続校注

唐詩解釈辞典

〔付〕歴代詩

松浦友久 編

大修館書店

凡例

一、本書は、正編『校注 唐詩解釈辞典』に引き続き、日中両国の唐詩・歴代詩の享受史において最も基本的かつ重要な役割を果たしてきたと思われる作品一五四首——唐詩は『正編』所収の一六〇首を除く一一一首、歴代詩（辞賦を含む）は唐詩を除く四三首——を精選し、読解・鑑賞上、また研究・教育上、正確かつ豊富な関連資料を提供しようとするものである。選択に当たっては、特に現行の一般書や教科書類に頻出する作品については、漏れなく採録するようにした。

二、本書の構成は、「漢詩概説」「作品解釈」「詩人小伝」「テキスト解題」「漢詩年表」「漢詩地図」などから成り、各作品が立体的・系統的に理解できるようにした。また、必要な場合には、それぞれに凡例・解説などを加え、使用の便に供した。

三、「作品解釈」の部分は本書の本体をなすものであり、それぞれ——〔原詩〕〔テキスト〕〔校語〕〔詩型・韻字〕〔語釈〕〔通釈〕〔諸説の異同〕〔備考（必要なものだけ）〕の八項から成っている。

四、上記八項のうち、〔諸説の異同〕は、〔テキスト〕〔校語〕とともに本書の特色をなす部分であるが、問題の性質上とくに明確な記述が望まれるため、——「異同の所在」（複数の場合はⅠⅡⅢ……と記す）→「異同の類別」→「異同の論拠」の順に分類記述することによって、系統的・体系的な理解が行なわれやすいようにした。

五、排列は、前半の唐詩に関しては、まず作者の姓の第一字の五十音順（同音の場合は筆画順）により、さらにそれぞれの作者ごとに、詩題訓読の五十音順によった。後半の歴代詩に関しては、原則として作者（もしくは作品群）の年代順（作者は没年順）により、さらにそれぞれの作者（作品群）ごとに、詩題訓読の五十音順によった。

六、唐詩については、全体的な統一性という点から『全唐詩』（中華書局、活版十二冊本、一九六〇年版、揚州詩局本に校訂加点したもの）を底本とし、その巻数・冊数・頁数を示した。歴代詩に関しては、当該作品の現行テキストとして最も信頼すべきものを選んで底本とした。〔テキスト〕の項の冒頭に示すものがそれである。なお『詩経』『楚辞』を除く六朝以前の詩については、逯《りょく》欽立《きんりつ》輯校『先秦漢魏晋南北朝詩』（中華書局、全三冊、一九八三年）を底本として、魏詩一〇（上—496）、のように記した。一〇は巻数、上は上・中・下三冊の上冊、496はその頁数である。

七、本書収録の本文は、なるべく通行性の高い本文になるようにし、主要諸本との異同を〔校語〕に示した。強いて定本を作ることよりも、校本としてより多くの情報を提供することに主な目的があるからである。

八、頻出するテキストについては、『全唐詩』＝『全』、『唐詩選』＝『選』、『唐詩三百首』＝『百』、『三体詩』＝『体』――のように略称を用い、その他のテキストについては、同一作品中に再出する場合にだけ適宜省略して示した。

九、韻字については、（唐詩を含め）古典詩の押韻の実態に最も近いという意味から〔　〕内に『詩韻（平水韻）』（一〇六韻）の韻目を示した。ただし『広韻』（二〇六韻）においては、①韻目が細分されていたり、②韻目が異なっていたりする場合もあるので、さらに〔　〕内に『広韻』の韻目を示した。その場合、『詩韻』の韻目と異なる韻字については、その右横に＊印△印□印などを付して、区別を示した。

例（一五四頁）「秋《しう》・遊《いう》・頭＊《とう》（下平声尤韻〔尤侯＊韻〕）」

また、『詩韻』の韻目が複数にわたり、かつ、その中の一つが『広韻』の複数の韻目に相当する場合には、その左横に｜線を付してその関係を示した。

例（二七七頁）「衣△《い》・時＊《じ》・枝《し》（上平声支微△韻〔支之＊微△韻〕）」

また『詩経』など上古期の作品については、上古漢語の「部」によって韻を示した。

例（六六九頁）「采《さい》・友《いう》」（之部上声）

なお換韻の箇所には／印を入れた。

十、中国語の表記は、原則として現行の拼音字母《ピンイン》と声調符号を用い、中古音の表記は、原則として藤堂明保『学研漢和大字典』（学習研究社、一九七八年）によった。なお、国際音声記号は〔　〕で示した。

十一、或る作品の解説中に、同一参考文献が再出する場合には、原則として、「著作者名」と「文献名」だけを示した。換言すれば、「出版社名」や「刊行年次」の省略された参考文献は、原則としてすでに、その作品の解説の既述の部分に示されているわけである。

十二、解説中の人名については、故人・現存者とも、原則として敬称を省略した。

十三、「漢字」については、原則として、〔原詩〕〔校語〕〔韻字〕の部分は旧字体。その他はすべて新字体とした。ただし、「余・餘」「予・預」「欠・缺」「豊・豐」など、原文や固有名詞として正確な書き分けが必要な場合には、旧字体を併用している。

十四、「かなづかい」については、〔漢文（文言）訓読〕および〔韻字〕の部分は、旧かなづかい。その他はすべて新かなづかいとした。ただし、訓読についても、資料訓読の部分では、字音だけは新かなを用いた。なお、「字音旧かなづかい」のうち、「水《すゐ》」「追《つゐ》」の類は、近年の日本語学の知見により、「水《すい》」「追《つい》」とした。

目次

〔付〕歴代詩編

正編続編　総合詩題索引

（読み下し五十音順　[正]は正編所収作品）

続 校注 唐詩解釈辞典 〔付〕歴代詩

漢詩概説

松浦友久

目次

(一)　序に代えて

『校注 唐詩解釈辞典』の後を承けて、『続 校注 唐詩解釈辞典［付］歴代詩』を編集・刊行する。前者が正編、後者が続編の、統一的な辞典である。

本書編集の目的は、基本的に、『正編』の解説（一三〜一四頁）に記したものと同じである。が、たんに続編として唐詩の重要な作品を補うだけでなく、わが国における漢詩（中国古典詩）愛読の長い歴史に対応するために、上古から近代までの中国古典詩のなかで、とくに日本でも愛好されてきた影響力の大きい作品を、「歴代名詩選」として付載している。これによって、『詩経《しきょう》』『楚辞《そじ》』から魯迅《ろじん》にいたるまでの主要作品についても、唐詩の場合と同様に、その〔テキスト（出典）〕〔校語（文字の異同）〕〔語釈〕〔通釈〕〔諸説の異同〕等々の要点が、正確かつ詳細に、読者に理解されることになるであろう。

本書のこの「概説」は、詩人・詩風・詩型などの流れを歴史的に解説する「漢詩の歴史」と、主要な詩型の構造や機能をリズム構造の面から解説する「詩型とリズム」、の二つの部分から成っている。

両者はそれぞれに重要なものであるが、前者については、これまでも多くの関係書が現在の通説というべき解説を繰返し述べており[1]、本書が同様の内容を詳述する必要性は必ずしもない。

これに対して、後者については、漢詩を理解するうえでの重要な知識でありながら、系統的な解説を試みたものは、——特にこうした辞典や訳注書のなかでは——ほとんど無い。いわば、「漢詩のこころとひびき」のうち、「こころ」を支える「ひびき」の面だけが著しく欠落しているというのが、これまでの実情であった。

　こうした現状を踏まえつつ、本「概説」では、前者については本書所収作品へのコメントを含む必要最小限の要点に絞り、後者については、各主要詩型のリズム構造とその相互関係を、分かりやすい「リズム譜」（節奏譜）を示すことによって、系統的に説明してゆきたい。

（二）漢詩の歴史

三千年に及ぶ漢詩の歴史は、作者・題材・様式（詩型）の相互関係から見た場合、ほぼ三期に分けて考えるのが妥当であろう。

第一期（先秦から漢末）——形成期

現存する中国古典詩の作品群のなかで、最も早い時期に形成され、かつ、文学史的に大きな影響力をもつものは、『詩経』と『楚辞』である。

『詩経』は現存の詩篇が三〇五篇。詩題だけ残って作品の本文（詩句）の失なわれたものが六篇。このため、一般に「詩（経）三百」と略称されてきた。年代的には、周代の初期から春秋時代の中期までの作品、と考えられている。内容的には、風《ふう》（国風＝諸国の民歌）・雅《が》（大雅・小雅＝朝廷の楽歌）・頌《しょう》（宗廟を祀《まつ》る宗教歌）の三種に類別され、修辞的には、比《ひ》（直喩《シミリ》）・興《きょう》（暗喩《メタファー》）・賦《ふ》（直叙）の三種に類別される。この六者は、あわせて「六義《りくぎ》」と呼ばれてきた。様式的には、四字句を中心とした連章形式の作品が主流である。

　本書では、「関雎《かんしょ》」「桃夭《とうよう》」を始め、日本で広く読まれてきた代表作五篇を収めた。『詩経』の作品が、歴代の解釈史においてどのように扱われてきたかということも、これらの実例に即してその大勢をつかむことができよう。

　一方『楚辞』は、戦国末期に長江（揚子江）の中流地域に生まれた「楚国の辞《うた》」である。屈原《くつげん》・宋玉《そうぎょく》・景差《けいさ》らの作品が中心であるが、類似の手法で作られた漢代の作品までを含めて「楚辞」と呼ぶこともある。様式的には、六言句を中心とした長短句の長篇・中篇が主流であり、四言句を中心とする『詩経』とは著しい対照を示す。本書では、日・中の読書史でいわば源泉的な役割を果たしてきた屈原の「漁父《ぎょほ》の辞」を収めている。

　続いて、秦末から前漢の中ごろにかけて、「楚辞」の系譜を引く「楚調」の歌が、楚辞的な「兮《けい》」の字を含む七言詩歌として作られるようになる。「垓下《がいか》の歌」「大風《たいふう》の歌」「秋風の辞」などが、文字通りの代表作である。

これに次ぐ前漢～後漢の詩歌史では、「楽府《がふ》」と呼ばれる歌辞系の作品が、主要な系譜を生んでいる。

「楽府」とは本来、漢の武帝によって設立・拡大された「音楽の府（役所）」の意であるが、そこで演奏される音楽の歌辞として集められた詩歌作品、および、その系譜を継ぐ歌辞系の作品も、あわせて「楽府」と呼ばれるようになった。楽府詩は、「楽府題」と呼ばれる特定の題目をもつ。楽府題は本来、その歌辞を歌うための曲調の名であった。しかし、漢末から南北朝・唐代にかけて次第に曲調が失なわれ、実質的には読書詩（徒詩）として享受されるのが大勢となった後も、それぞれの楽府題自体は確実に継承され、今日に至るまで、楽府詩が楽府詩であることを示す具体的な標徴《マーク》となっている。本書では、「薤露《かいろ》」「上邪《じょうや》」「悲歌」など、代表的な古《もと》辞《うた》を収めた。

後漢から次の魏・晋の時代にかけては、「古詩十九首」と呼ばれる五言詩の作品群が生まれている。「去る者は日《ひび》に以て疎《うと》し」「迢迢《ちょうちょう》たる牽牛星《けんぎゅうせい》」「生年は百に満たず」など、本書所収の四首は、その最も代表的な作品である。

第二期（魏晋～唐末五代）——完成期

魏晋・南北朝以後の詩歌史では、——それまでの第一期がおおむね無名氏（読み人しらず）の作品を中心とするのに対して——作者の名が明らかな作品が大勢を占めるようになる。こうした傾向は、後漢末建安《けんあん》期の三曹《さんそう》・七子《しちし》のころから顕著となってくるのであるが、この事実は一面、「漢詩」が真に中国文学を代表する主要ジャンルとして完成されるためには、多くの個性的な詩人たちが、さまざまな伝記的体験を踏まえつつ、自己表出の主要な手段として詩作に取り組むことが必要だった、ということを示しているであろう。

この「第二期」は、前期としての魏晋南北朝期と、後期としての隋唐五代期とに、ほぼ二分される。

前期を代表する詩人は、曹植《そうしょく》・阮籍《げんせき》・嵆康《けいこう》・陸機《りくき》・潘岳《はんがく》・陶淵明・謝霊運《しゃれいうん》・謝朓《しゃちょう》らである。本書では、日本での読書史の実態に応じて、陶淵明の主要作品を中心に約十首を収録している。「飲酒（其の五）」「園田の居に帰る（其の一）」「帰去来の辞」等に関して引用・解説された多くの資料は、本書刊行の目的をよく裏づけることになるであろう。

ただ、魏晋南北朝期の作品は、漢詩完成期の前半を構成するものとは言いながら、詩語・詩型・語法・発想等の面で、正確には完成への途上に在る。従って、総体的に見ると、唐詩・宋詩・明清詩のようには、作品の表現が安定していない場合もある。このため、阮籍や謝霊運の作品には、一首中の一句・一聯としてはきわめて著名でありながら、一首全体としては難解で敬遠されがちなものも少なくない。

いずれにしても、南北朝時代の詩歌は南朝系の詩人によって代表されている。北朝は、政治史的・軍事史的には南朝を圧倒する力をもちながら、文学史的には模倣・追随に終始しているといってよい。本書でも、北朝の詩としては「勅勒《ちょくろく》の歌」一首を収めるにとどめている。

第二期（完成期）の後半は、統一王朝としての隋～唐～五代（梁・唐・晋・漢・周）、約四〇〇年弱に相当する。東晋以来の、約二五〇年間の南北朝分裂は、隋の文帝によって統一された。唐代の中期、「科挙」（進士）の試験に「詩」を課すことが定例化したことも、優秀な人材を詩作に向かわせたという点で、大きな意味をもっていよう。とりわけ、「律詩」「絶句」に代表される「近体詩」の確立は、同時に、古代以来の伝統的手法の作品を「古体詩」として対比的に位置づけることによって、唐詩全体の表現力を飛躍的に高めることになった。李白・杜甫・白居易など、中国詩史を代表する詩人がこの時代に現われていることは偶然ではない。

唐詩は一般に、初唐・盛唐・中唐・晩唐の四期に区分される。各期の主要詩人や詩風の特色については、『正編』の巻頭解説を参照されたい。

第三期（宋～近代）――継承期

唐代三〇〇年の豊かな実作と読書を体験することによって、漢詩（古典詩）は、中国知識人の文雅な自己表出のジャンルとして、完全に文学史の主流に定着した。いわゆる「漢文、唐詩、宋詞（塡詞《てんし》）、元曲（散曲）」という名高い評語の存在によって、近世の文学史の主流が塡詞（詩から派生した短篇・中篇の抒情詩）や散曲（中国歌劇の歌詞〔唱《アリア》〕の部分）に移ったと見るのは、中国文学史の実態に即していない。[2] 二十世紀の初頭に口語の白話詩（新詩）が提唱・実践されるまで、中国詩史の主流は、確乎として文語の古典詩（旧詩）であった。また、すぐれた詞人がおおむねすぐれた詩人だったという文学史上の事実も、忘れられてはならないであろう。

この第三期は、宋詩～元・明詩～清詩に大別するのが普通であり、一般に「近世」と呼ばれる時期に相当する。この時期の漢詩は、実作者の急増と木版印刷の普及、また、それによって生まれた残存率の高さによって、唐詩以前に比べると、一挙にその数量が増している。それだけに才能のある詩人の数も多いわけであるが、題材的にも様式的にも「唐詩」の完成度があまりに高かったために、かれらが自己の時代の特色ある詩風を生み出すためには、さまざまな困難を自覚せざるをえないことになる。

ごく大まかにいえば、宋詩は、唐詩とは異なる手法によって唐詩を超えることを基本的な志向とし、元明詩は、唐詩と共通の手法で唐詩に近づくことを基本的な志向とし、清詩は唐詩・宋詩を二つのモデルとして独自の詩境を生むことを志向していた、と概括することができよう。

たとえば、宋の蘇軾《そしょく》・黄庭堅《こうていけん》・陸游《りくゆう》らの主要作品に見られる、日常性への理智的な凝視と静謐な充足感。明の古文辞派(前後七子)の徹底した唐詩鼓吹が、逆に公安派(三袁《さんえん》)の白居易・蘇軾重視を生んでいるという事実。また、清朝の「神韻派」(王漁洋《(士禛)》)・「格調派」(沈徳潜《しんとくせん》)・「性霊派」(袁枚《えんばい》)の最終的に目ざしたものが、自己の詩説に基づく唐詩・宋詩のいわば止揚だったと考えられること——等々。これらはいずれも、近世の詩人たちの詩歌実作における自己確認の方向性を示すものとして、きわめて興味深い。

本書では、日本でも広く愛唱されてきた蘇軾の代表作を中心に、林逋《りんぽ》・陸游・高啓から近代の魯迅までの十首を、第三期の主要作品として採録した。第一期・第二期の諸作品と併せ読むことによって、第三期の作品の傾向や特色も、より具体的に理解されるものと思われる。

(三) 詩型とリズム

三千年に及ぶ中国古典詩(漢詩)の長い歴史のなかで、その詩型もまた、さまざまな変化を示してきた。先秦時代に始まる「四言詩」、戦国末~漢代初期に始まる「七言詩」、漢代に始まる「五言詩」は、その主要なものである。そして、「三言詩」「六言詩」「雑言詩」も、それぞれに独特の役割を果たしてきたと言ってよい。

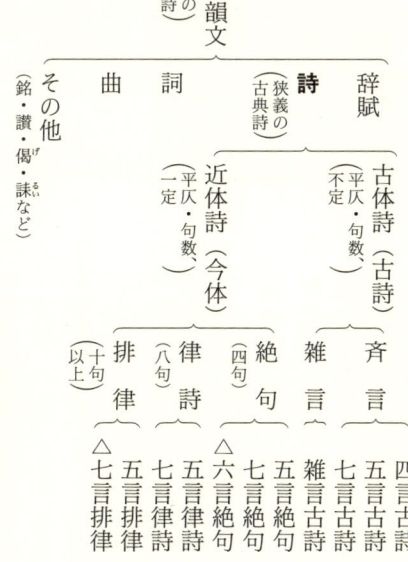

こうした「一句の字数」だけを基準とした「広義の詩型」は、さらに、「句数」「押韻《おういん》」「平仄《ひょうそく》」「対句」等の条件も加えて、「五言絶句」「七言律詩」「雑言古詩」……など、個々の詩型(狭義の詩型)を構成する。それらを、各詩型が完成された唐代の情況に即して系統的に分類すれば、次のようにまとめられよう(宋代以後には、「漢詩」〈狭義の古典詩〉の新しい詩型は生まれていない)。

- 古典韻文(広義の古典詩)
  - 辞賦
  - **詩**(狭義の古典詩)
    - 古体詩(古詩)(平仄・句数、不定)
      - 斉言
        - 四言古詩
        - 五言古詩
        - 七言古詩
      - 雑言
        - 雑言古詩
    - 近体詩(今体)(平仄・句数、一定)
      - 絶句(四句)
        - 五言絶句
        - 七言絶句
        - △六言絶句
      - 律詩(八句)
        - 五言律詩
        - 七言律詩
      - 排律(十句以上)
        - 五言排律
        - △七言排律
  - 詞
  - 曲
  - その他(銘・讃・偈《げ》・誄《るい》など)

△印は、作例の少ないもの。

これら十一種類の個々の詩型は、それぞれに独特な詩的個性(表現機能)を具えている。[3] 詩人たちは、——自覚の有無・強弱はさまざまながら——そうした詩型の個性を前提に、個々の詩型を選びつつ、個々の作品を生み出してきた。李白が「絶句」、特に「七言絶句」を得意とし、杜甫が「五言律詩」や「七言律詩」を得意としたことに表われているように、〝詩型の個性〟と〝詩人の個性〟とは、深い部分で結ばれていると考えられよう。

〔**四言詩**〕　中国古典詩の歴史において最も早く成立・流行したのは、むろん「四言詩」である。現存最古の詩集『詩経』が四言句・四言詩を中心としている点に明らかなように、それは、中国語（漢語 Hànyǔ）が言語自体として具えている根源的な拍節リズム、すなわち、「二音＝一拍」のリズム単位を、最も単純・素朴な形で生かしたものに他ならない。

1拍　2拍

＊關關《かんかん》雎　鳩《しょ×きゅう》　　關《くわん》　關《くわん》たる雎鳩《しょきう》は　　guān'guān jūjiū
在河《ざいか》之洲《×しゅう》　　河《かは》の洲《す》に在《あ》り　　zàihé zhīzhōu
窈　窕《ようちょう》淑　女《しゅくじょ×》　　窈窕《えうてう》たる淑　女《しゆくぢよ》は　　yǎotiǎo shūnǚ
君子《くんし×》好　逑《こうきゅう》　　君子《くんし》の好逑《かうきう》　　jūnzǐ hǎoqiú

（『詩経』周南「關雎《かんしょ》」）

を具えている。そのため、中国古典詩の「二音＝一拍」のリズムは、上掲の「關雎《かんしょ》」の原詩のように、日本漢字音の「四音＝一拍」（×印＝休音を含む）のリズムで読むことによって、ほぼ正確に実感することができる。

また『詩経』のような古い時代の作品を現代中国語（普通《プートン》話《ホア》）の発音で読んだ場合でも、「発音」はかなり大きく変化しているが、「リズム」自体は基本的に全く変化していない。[4]

右の「リズム譜」に明らかなように、「四言詩」では、「一句＝四言＝二拍＝無休音」の、単純で安定した同質的リズムが連続する。これは中国語によって形成されうるあらゆる詩型のなかで、最も基本的かつ原始的な詩型だと言ってよい。このため、中国詩史において最も早く主流を占めながら、「五言詩」や「七言詩」のような、より複雑なリズム感を生む詩型が登場するようになると、急速に衰退へと向かうことになる。南北朝以後になると、特に古代的な詩想やリズムを意図する場合以外には、ほとんど作られていない。

〔**五言詩**〕「四言詩」に続いて主流を占めたのは、後漢から魏晋にかけて確立された「五言詩」である。「古詩十九首」は、その早い時期の代表的作品と見なせよう。

＊中国語（特に文言＝文語文）と日本語は、その発音上の性格として、ともに明確な「等時性」（音節的・拍節的な等時性）

1拍　2拍　3拍

行行重行行×
與君生別離×
相去萬餘里×
各在天一涯×
……

行《ゆ》き行《ゆ》きて重《かさ》ねて行《ゆ》き行《ゆ》く
君《きみ》と生《い》きながら別離《べつり》す
相《あ》ひ去《さ》ること　万余里《ばんより》
各《おのおの》　天の一涯《いちがい》に在《あ》り
……

（「古詩十九首」其の一）

「五言詩」は「四言詩」に対して、著しく顕著なリズム的特色をもっている。

第一は、四言詩が「一句＝二拍」（二拍子）の偶数拍リズムであるのに対して、五言詩は「一句＝三拍」（三拍子）の奇数拍リズムだということ。この点は、「奇数↕偶数」の対比性・相補性という点で、きわめて分かりやすい。

第二は、四言詩「〇〇〇〇」が「句末休音」をもたない単純・平板なリズムであるのに対して、五言詩「〇〇〇〇〇×」は各句の末尾に「一字＝½拍」分の休音（×印）をもっていること。それによって、歯切れのよい、弾力性のあるリズム感が生まれていること、である。この点は、

行行重《こうこうちょう》　行行×《こうこう××》　xíngxíng chóngxíng xíng×
与君生別離×《よ×くんせいべつり×××》　yǔjūn shēngbié lí×

と、中国語音（あるいは日本漢字音）で音読してみれば、すぐに確認できるだろう。

第三は、一句の下半身と言うべき「下三字」において、「意味のリズム」（——印）と「韻律のリズム」（⌒印）とが、Ⓐ合致するケース「相去万余里×」（正調）と、Ⓑズレるケース「行行重行行×」（変調）とが生まれること、それによって、リズム感がより多様化していること、である。

「五言詩」の——「四言詩」に対する——この三つの特色は、詩歌史的に見て、いずれも特筆に値する鮮明な変化・発展であった。「四言詩」の平板・単調な均質的リズムに慣れた人々にとって、こうした「五言詩」の活潑・複雑なリズムが、如何に新鮮なものに感じられたかは、想像に難くない。「三曹」と称せられた曹操・曹丕《ひ》・曹植、「建安の七子」と称せられた王粲《おうさん》・劉楨《りゅうてい》・徐幹《じょかん》……たち、やや後れる陸機や潘岳、或いは晋宋期の陶淵明や謝霊運など、詩人たちは争って「五言詩」を作り、読者もそれを歓迎した。

このようにして詩歌史の主流を占めた「五言詩」は、唐代の王維・李白・杜甫らによってさらにその意境を深め、以後、今日に至るまで、主要定型の地位を失なっていない。

〈**七言詩**〉　たんに時期的な前後関係から言えば、楚の項羽の「垓下《がいか》の歌」などの作例が見られるように、いわゆる「楚調」の「七言詩」は「五言詩」よりも早い時点で文学史に登

場している。

1拍　2拍　3拍　4拍
力拔山兮氣蓋世×
時不利兮騅不逝×
騅不逝兮可奈何×
虞兮虞兮奈若何×

力《ちから》山《やま》を抜《ぬ》き　気《き》世《よ》を蓋《おほ》ふ
時《とき》利あらず　騅《すい》逝《ゆ》かず
騅《すい》逝《ゆ》かざる　奈何《いかん》すべき
虞《ぐ》や虞《ぐ》や　若《なんぢ》を奈何《いかん》せん
（項羽「垓下の歌」『史記』項羽本紀）

七言詩のリズム構成は、①「一句＝四拍」、②句末に「一音＝½拍」の「休音」をもつ、③下半身の下三字において、「意味のリズム」と「韻律のリズム」が、Ⓐ合致するケース「故人西辞黄鶴楼×」（正調）とⒷズレるケース「煙花三月下揚州×」（変調）がある――の三点を基本とする。このうち、①は「四言詩二句＝一聯」と共通し、②③は、「五言詩の下半身（下三字）」と共通する。

このように整理してみると、「七言詩」こそは、①「一句四拍」の安定した偶数リズム、②「句末休音」によるリズムの活性化、③下三字における「正調リズム」と「変調リズム」の対比効果――という三つの条件を具えた詩型であり、中国語（漢語）という偶数性を基調とした言語において、そのリズム効果が最もよく生かされた構造であることが、明らかになってくる。*

＊　例えば、「人生七十古来稀――人生七十　古来稀《まれ》なり」（「曲江」其の二）、「風急天高猿嘯哀――風急に天高くして猿嘯《な》くこと哀し」（「登高」）など、杜甫によって完成された「七言律詩」の壮麗なリズム、また、「漢皇重色思傾国――漢皇　色を重んじて傾国を思ふ」（「長恨歌」）、「同是天涯淪落人――同じく是れ天涯淪落《りんらく》の人」（「琵琶行」）など、白居易によって自覚的に活用された「七言古体詩」（七言歌行）の暢《の》びやかな朗誦性。こうしたすぐれた表現力は、いずれも「七言詩」の可能性を最もよく発揮した作例として、長く後世の規範となってきた。

では、このように真に中国詩を代表する「七言詩」は、どうして「五言詩」より数百年も後れて、ようやく主流の座を占めるに至ったのだろうか。しかも、文学史への登場は、「五言詩」よりもむしろ早かったにもかかわらず。

それは要するに、「七言詩」の「一句＝四拍」のリズムが、「四言詩」の「一聯＝二句＝四拍」のリズムに対して同質性が強すぎたために、「四言詩」が流行していた時代においては、その独自の存在理由が明確にならなかったからだ、と考えられる。とりわけ、初期の「七言詩」は「毎句韻」の形式が普通だったため、「七言詩」の「一句＝一韻＝四拍」と、「四言詩」の「二句＝一韻＝四拍」との共通性・同質性は、

いっそう高かったと言えるからである。例えば、

1拍　2拍　3拍　4拍
桃之夭夭灼灼其華　　桃《もも》の夭夭《えうえう》たる　灼灼《しゃくしゃく》たる其《そ》の華《はな》
（『詩経』周南「桃夭」）

1拍　2拍　3拍　4拍
秋風起兮白雲飛×　　秋風《しうふう》起《おこ》りて　白雲《はくうん》飛《と》ぶ
（漢の武帝「秋風の辞」）

の両者をくらべた場合、その違いは、それぞれの句末の第四拍に「一音＝½拍」分の「休音」（×印）が有るか無いか、という点だけである。まさにそれゆえに、「七言詩」が流行するためには、①「四言詩」が主流の座から退くこと、②「七言詩」自体が「毎句韻」から「隔句韻」に変って韻律的独自性を高めること——の二つの条件が必要だったことが、客観的にも確認されるだろう。そして事実、この二つの条件が満たされた六朝後期以後において、「七言詩」は「五言詩」に次ぐ主流の地位を占めるようになったのであり、(5)さらに中唐以後においては、五言詩をも凌ぐ真の主流の座を占めるに至ったのである。

このように見てくると、中国古典詩における主要詩型の変遷は、外在的・視覚的には「四言→五言→七言」という「音節リズム」（音数リズム）の形をとりながらも、内在的・聴覚的には「二拍→三拍→四拍」という「拍節リズム」（拍数リズム）の変遷であったことが、はっきりと分かってくる。

では次に、そうした「拍節リズム」自体の変化の要因は、どこに求められるだろうか。

第一の要因は、「拍数における偶数・奇数の相補性」という点である。すなわち、①まず偶数拍の「四言詩」（二拍子）が流行し、②それに続いて奇数拍の「五言詩」（三拍子）が流行し、③やがて偶数拍の「四言詩」（二拍子）の漸減を補うように、同じ偶数拍の「七言詩」（四拍子）が漸増する。そして最終的には、④奇数拍の「五言詩」（三拍子）と、偶数拍の「七言詩」（四拍子）とが、相補的に機能しつつ、主流の座を分け合っているのである。この一連の因果関係は、きわめて整合的であり、疑問の余地がない。

第二の要因は、「句末休音の有・無」という点である。「一句＝二拍」（一聯＝四拍）という「四言詩」が、——中国語本来の「二音＝一拍」リズムに合致するゆえに——最も早くから定着・流行していながら、続く「五言詩」「七言詩」の出現・流行によって傍流の位置へと逐《お》われたのは、四言句の句末に「休音」が無く、リズムの活性化や多様化が構造的に不可能だったからである。

逆に、「五言詩」や「七言詩」は、句末に「一音＝½拍」分の「休音」が有るために、①句末のリズムに流動感（弾み・歯切れのよさ）が生まれる。しかも、②下半身の三字において、「意味のリズム」と「韻律のリズム」が〝ズレ〟たり〝合致〟したりすることによって、リズムが多様化する。詩的リズムとしてどちらがより豊かな表現力をもつかは、言うまでもない。中国の長い詩歌史において、「四言詩」（○○○○）が早く衰退し、「六言詩」（○○○○○○）がほとんど流行せず、「八言詩」（○○○○○○○○）が遂に成立しなかった――という明確な事実は、それらが、いずれも「句末休音」の無い詩型だったことに因っているのである。

最後に、最も大事な要点を一つ。ではなぜ「句末の休音*」は、リズムを活性化するのだろうか。

*「五言詩」や「七言詩」が――「四言詩」や「六言詩」に比べて――弾みのある、歯切れのよいリズムを生むことは、中国語音や日本漢字音で音読してみれば、誰もが気づく周知の事実であると言ってよい。しかし、これまでの中国詩歌のリズム論・詩型論は、――中国の学界を含め――おおむね、字数（音数）だけに着目した「音節リズム論」だったために、「拍節リズム」によって生まれる句末の「休音」の存在が把握されず、「休音」の機能・効果が客観的に理解されてこなかった。「漢詩の歴史――詩型の変遷」を考えるうえで、詩歌の生きた脈拍（脈搏）を捉える「拍節リズム論」が不可欠なのは、このためである。

「休音」とは要するに、そうした拍節リズムの流れにおいて「拍の流れは有りながら、音の流れが無い」という「有拍無音」の現象である。[6]

このため、そこには「実音」の欠落による一種の真空状態、いわば「リズム的真空」が生まれざるをえない。物理的真空であれ、心理的真空であれ、「真空」は必然的に、それを塡《う》めようとするエネルギーを生む。このエネルギーの流れこそが、「句末の弾み」（流動感・歯切れのよさ）の実態である。無休音の「四言詩」「六言詩」の句末にこの「弾み」がないのは、塡《う》めるべき「リズム的真空」が無いために、句末のリズムの流れが活性化しないからに他ならない。

――「休音」すなわち「リズム的真空」こそは、リズム活性化の〝磁場〟であり、〝穴位《つぼ》〟である、と言えるだろう。

（1）中国漢詩（古典詩）の展開に関する文学史的な解説としては、前野直彬編『中国文学史』第一～八章の「韻文・詩詞」の部（石川忠久・佐藤保ほか執筆）（東京大学出版会、一九七五年）が便利である。また、詩人ごとにその代表例と解説を添えて、日・中両国の漢詩読書史の具体的な潮流を示したものとしては、松浦友久編『漢詩の事典』第II部「詩人の詩と生涯」（宇野直人執筆）（大修館書店、一九九九年）が便利である。

（2）「漢文・唐詩・宋詞・元曲」という評語は、それぞれの時代性を象徴する文学ジャンルとして位置づけるべきであり、文学史の主流か傍流かという事実関係とは判断の基準を異にする。

（3）参照：「中国古典詩における詩型と表現機能——詩的認識の基調として」（松浦友久『中国詩歌原論——比較詩学の主題に即して』大修館書店、一九八六年。中国語版『中国詩歌原理』孫昌武・鄭天剛訳、遼寧教育出版社、一九九〇年）。

（4）参照：「言語時空における発音の可変性とリズムの不変性」（松浦友久『リズムの美学——日中詩歌論』明治書院、一九九一年。中国語版『節奏的美学』石観海・趙徳玉・頼幸訳、遼寧大学出版社、一九九五年）。

（5）「中国古典詩のリズム——リズムの根源性と詩型の変遷」（注（3）所掲『中国詩歌原論』所収）。

（6）「休音」の構造とその機能については、下記の小論も併せて参照されたい。「詩的リズム論における基礎的なポイント」(七)(八)章（注（4）所掲『リズムの美学』所収）、「〝リズム的真空〟（休音）の認定——〝流動感〟の磁場として」（松浦友久『「万葉集」という名の双関語《かけことば》』「IIIリズムの個性」所収、大修館書店、一九九五年）。

付記：本解説のうち「(三) 詩型とリズム」の部分は、既刊の小稿「漢詩の歴史——詩型の変遷」（『月刊・しにか』一九九四年九月号）の内容を大幅に増訂したものである。

唐詩編

韋《い》応《おう》物《ぶつ》

0 幽居　　幽居《いうきよ》

1 貴賤雖異等　　貴賤《きせん》　等《とう》を異《こと》にすと雖《いへど》も
2 出門皆有營　　門《もん》を出《い》づれば　皆《みな》営《いとなみ》有《あ》り
3 獨無外物牽　　独《ひと》り外物《ぐわいぶつ》に牽《ひ》かるる無《な》く
4 遂此幽居情　　此《こ》の幽居《いうきよ》の情《じやう》を遂《と》ぐ
5 微雨夜來過　　微雨《びう》　夜来《やらい》過《す》ぐ
6 不知春草生　　知《し》らず　春草《しゆんさう》の生《しやう》ずるを
7 青山忽已曙　　青山《せいざん》　忽《たちま》ち已《すで》に曙《あ》け
8 鳥雀繞舍鳴　　鳥雀《てうじやく》　舎《しや》を繞《めぐ》つて鳴《な》く
9 時與道人偶　　時《とき》に道人《だうじん》と偶《ぐう》し
10 或隨樵者行　　或《あるい》は樵者《せうしや》に随《したが》つて行《ゆ》く
11 自當安蹇劣　　自《みづか》ら当《まさ》に蹇劣《けんれつ》に安《やす》んずべし
12 誰謂薄世榮　　誰《たれ》か世栄《せいえい》を薄《うす》んずと謂《い》はん

テキスト　『全』一九三-3-1987 ◆『選』一 ◆『四部叢刊本韋江州集』八 ◆『韋蘇州集』八（蓬左文庫蔵、明万暦三一年刊朱墨套印本）◆『四部備要本韋蘇州集』八 ◆『国学基本叢書本韋蘇州集』八 ◆『唐五十家詩集本韋蘇集州』七 ◆『和刻本韋蘇州集』八

校語　11劣　『全』『四部備要本』『国学基本叢書本』『和刻本』には、「一ニ作ルレ拙ニ」との校語がある。

詩型・韻字　五言古詩。営《*えい》・情《*じやう》・生《しやう》・鳴《めい》・行《かう》・栄《えい》（下平声庚韻〔庚清*韻〕）。

語釈
0**幽居**　出仕せず、世間を避けて幽静なところに住む。また、その住まい。この詩題は、第四句「幽居ノ情」と対応する。『礼記』「儒行」に、「儒有リニ博《ひろ》ク学ビテ而不レ窮《きは》マラ、篤《あつ》ク行ヒテ而不レ倦《う》マ、幽居シテ而不レ淫セ、上通シテ（高官に任ぜられる）而不レ困《くるし》マルモノ一」とあり、『後漢書』巻八三「逸民列伝第七三」（中華書局校点本）の法真伝に、「幽居シテ恬泊《てんぱく》、楽シミテ以テ忘ルレ憂ヲ」とある。また、詩では、晋の陶淵明の「答フニ龐《ほう》参軍ニ一」詩（『靖節先生集』巻一）に「豈無カランニ他好一、楽シムニ是ノ幽居ヲ一」とあり、同題の詩（巻二）にも、「我実《まこと》ニハ幽居士、無シニ復タ東西ノ縁一」とある。韋応物は、生涯に何度か仕官しているが、その間に、主として寺院などに隠棲している。この詩も、そうした折の作品のひとつであろう。彼の詩集には、「閑居」「郡内閑居」「燕居即事」「野居書スレ情ヲ」「郊居言フレ志ヲ」「夏景端居即事」など、類似の詩境をうたった作品が多くみられる。韋応物の屏居《へいきよ》（世間から身をひいて、ひっそりと家にこも

ること）については、〔備考〕(1)を参照。また、「幽」字には、本来、隠蔽の意があり、転じて、深遠・事物の内面といった意にもなる抽象度の高い語だが、韋応物はこの「幽」字を偏愛している。この点については、〔備考〕(2)を参照。なお、唐詩には、「幽居」を詩題に含む詩が、顧況・銭起・李端・白居易・李商隠・韋荘などにもみられる。

1 **貴賤雖異等**　人は皆、身分の上下を異にするけれども、「貴賤」は、貴いことといやしいこと。身分の高い人と低い人。「等」は、等級、階級。『周易』「繋辞下伝」に、「三与《ト》レ五《ハ》同《ジクシテ》レ功《ヲ》而異《ニス》レ位《ヲ》。三多《ハク》レ凶、五多《ハシ》レ功。貴賤之等也」とあり、『礼記』「坊記」に、「故《ニ》貴賤有《リ》レ等、衣服有《リ》レ別、朝廷有《レバ》レ位、則《チ》民有《リ》レ所《ル》レ譲《ゆづ》」とあり、『春秋左氏伝』隠公五年に、「昭《あきらカニシ》二文章《ヲ》一、明《カニシ》二貴賤《ヲ》一、弁《ズ》二等列《ヲ》一」とある。古代の封建的階級社会では、人の身分に絶対的な等級の差があるのは、自明のことであった。

2 **出門**　門の外へ出る。身分の貴賤にかかわらず、一歩家を出れば、ということ。『周易』「同人」に、「象《ニ》曰《ハク》、出《デテ》レ門《ヲ》同《ジウス》レ人《ニ》、又誰《カ》咎《とがメン》」とある。

営　心にはかりいとなむ仕事。人々の身分に応じた名利のための日常的営為。陶淵明「庚戌《かのえいぬノ》歳、九月中、於《テ》二西田《ニ》一穫《ス》二早稲《ヲ》一」詩（巻三）に、「孰《たれカ》是《レ》都《すべテ》不《シテ》レ営《いとなマ》、而以《モテ》求《メンヤ》二自《ラ》安《ンズルヲ》一」とある。

3 **外物**　自己のそとにある非本質的な物。世俗的富貴・名利・権勢などの類。『荘子』「外物」に、「外物不《ハ》レ可《カラ》レ必《ひつス》」とあり、『荀子』「修身」に、「志意修《をさマレバ》則《チ》驕《おごり》二富貴《ニ》一、道義重《ケレバ》則《チ》軽《ンズ》二王侯《ヲ》一。内《ニ》省《かへりミテ》而外物軽《ケレバナリ》矣」とある。また、詩では、晋の嵇《けい》紹「贈《ル》二石季倫《ニ》一詩」（逯《りよく》欽立編『先秦漢魏晋南北朝詩』「晋詩」巻七）に、「仁者安《ンジテ》二其《ノ》身《ヲ》一、不下為《ニ》二外物《ノ》一惑《ハサレ》上」とある。

牽　（名利などに）ひかれる。とらわれる。『楚辞』「招魂」（宋玉）に、「主《トシ》二此盛徳《ヲ》一兮、牽《ひカレテ》二於俗《ニ》一而蕪《ぶ》穢《あいス》（草茂りよごれる）」とある。

4 **遂**　自覚的、意識的に完遂する。全うする。成就する。

5 **微雨**　こまかな雨。こぬか雨。主として春雨についていう。春の百花百草の再生をうながす滋雨でもある。西晋の潘岳《はんがく》「閑居《ノ》賦」（『文選』巻一六）に、「微雨新《タニ》晴《レ》、六合（世界）清朗《ナリ》」とあり、東晋の陶淵明「読《ム》二山海経《せんがいきようヲ》一十三首（其一）」詩（『靖節先生集』巻四）に、「微雨従《より》レ東来《タリ》、好風与《と》レ之倶《ともニス》」とある。

なお、この第5句から第8句までには、簡野道明『唐詩選評説』上（明治書院、一九二九年）以来、諸書において、孟浩然「春暁」詩の影響があると述べられている。また、江戸の広瀬淡窓『淡窓詩話』巻上（岩波文庫、一九四〇年）は、陶淵明「飲酒二十首（其五）」の影響を指摘して、「韋蘇州ガ幽居ノ詩、亦陶ガ法ヲ学ブモノナリ。貴賤雖レ異レ等ノ四句、己レガ幽居無営ノ平生ヲ叙ブ。而シテ後、中間ニ微雨夜来過ノ四句ヲ安置ス。是レ唯一朝ノ景ニシテ幽居ノ情状宛然タリ。陶ガ結盧ノ四句、即チ韋ガ貴賤ノ四句ナリ。陶ガ採菊ノ四句、即チ韋ガ微雨ノ四句ナリ。二詩皆前後ニ平生ヲ虚叙シ、中間ニ一時ノ景ヲ実叙ス。篇法ノ妙、雋永ニシテ味フベシ」と評している。石川忠久『漢詩の風景』（大修館書店、一九七六年）も、淵明の同詩の情景を裏返した形（秋の季節に対して春、夕暮に対して曙）で歌っていると指摘している。

6 **不知**　ここでは、「……であろうか」「たぶん……だろう」の意。

軽い疑問の意を表し、それに対する自答をも含む。詩歌における「不知」には、軽く副詞化して「いったい（……だろうか）」「恐らく（……だろう）」など、疑問や推量の語気を表すものが多い。

春草　春に萌え出ずる若草。劉宋の謝霊運「登ル二池上《ほとり》ノ楼ニ一」詩（『文選』巻二二）に、「池塘《ちとう》生ジ二春草ヲ一、園柳変ズ二鳴禽《めいきん》ヲ一」とある。

7**青山**　青々とした山。斉の謝朓《ちょう》「游ブ二東田ニ一」詩（『文選』巻二二）に、「不シテレ対《むか》ハ二芳春ノ酒ニ一、還《かへりみ》テ望ム二青山ノ郭ヲ一」とあり、梁の簡文帝（蕭綱）「秋夜」詩（『玉台新詠』巻七）に、「緑潭《たん》倒《さかしま》ニシ二雲気ヲ一、青山銜《ふく》ム二月眉ヲ一」とある。『文選』二例、『玉台新詠』一例という比較的新しい詩語だが、初唐以来、山水や離別を素材・主題とする詩において定着してくる。韋応物には一九例あり、愛用詩語のひとつ。

忽　伝統的に「たちまち」と訓ずるが、ふと気がつけば、という意。無意識下から意識下への転換を示す語であり、単に時間的にはやく、ということではない。ここでは、作者が、春の夜から明け方にかけて、寝床のなかでまどろんでいたような時間の経過を感じさせる。「微雨」という聴覚から、「青山已曙」の視覚、そして、「鳥雀」の聴覚へとつながる平安の時間である。

8**鳥雀**　鳥と雀。また、すずめなどの小鳥。最も日常的、身近な鳥を用いている。劉宋の謝霊運「斎中ニテ読ムレ書ヲ詩」（『宋詩』巻二）に、「虚館絶エ二諍訟《そうしょう》ヲ一（うったえごと）、空庭来タル二鳥雀一」とある。

舎　すまい。いおり。ここでは、幽居のすまいをさす。

9**時**　ここでは、「時々」「時には」の意。

道人偶　「道人」は、道を得た人。有道の人。また、具体的イメージとしては、道教の法を修めた道士。仏教の僧侶。あるいは、単に俗世間を逃れた人。ここでは、韋応物が屏居した場所のほとんどが寺院であったので、僧侶をさすかもしれないが、韋応物の詩には「僧」字が一九例用いられており、あえて僧侶を「道人」という必要もない気がする。もっとも、「僧」を二音節化するために、「道人」とした可能性も考えられなくはないが。ちなみに、「僧人」の語は、敦煌変文等に見られる口語のようであるから（小島憲之『日本文学における漢語表現』第一章、岩波書店、一九八八年）、もし、僧の意味とすれば、使用を避けたのかもしれない。彼の詩には「道人」は他に二例あるが、いずれも道教の道士とはとりにくく、「道士」は三例あるが、これは道教の道士であろうから、結局、韋応物と同様の俗世間を逃れた人の意と思われる。

「偶」は、相ならぶこと、連れだつこと。また、向かいあうこと。意味はやや異なるが、『論語』「微子」の「長沮《ちょうそ》・桀溺《けつでき》耦《ぐう》シテ（すきを揃えて並んで）而耕ヤス」のイメージを意識しているのかもしれない。簡野道明『唐詩選詳説』下は、「偶《あ》って談笑したり」と訳して、「偶」を「遇」と同意にとっており、釈清潭『国訳唐詩選』（国訳漢文大成、国民文庫刊行会、一九二〇年）以下多くの注釈書は、「対座して」とするが、「偶」字そのものに座る意はない。

10**樵者**　きこり。樵夫（父）・樵子に同じ。唐の王維「終南山」詩（『全』一二六）に、「欲シ下投ジテ二人処ニ一宿セント上、隔テテレ水問フ二樵夫ニ一」とある。また、『漢書』巻八七下「揚雄伝（下）」に、「士ニシテ有ラバ下不ルレ談ゼ二王道ヲ一者上、則チ樵夫モ笑ハンレ之ヲ」とある。樵夫は、漁父とともに、古代中国では賤業の一種であったが、文化史的には、隠者・隠遁のイメージを帯びた存在であり、詩文に頻出するようになる。彼らには彼らの極めて現実的な日常生活の営みがあったはずだが、おそらく、大地に根ざして、四季の運行に準じて、規則正しく耕種する農民と比べた時、士大夫たちには、どこか出没自在な移動性、潜行性を内在した非日常的な人々に見える部分があったからであろうか。

11**自当**　自ら当然……しなければならない。やや散文的措辞だが、ここでは、作者の自覚的意思表示を示しており、最終二句は、第1句から第4句と同じく、説理的な表現となっている。

安　やすんじる。満足する。甘んじる。知足安分ということ。

蹇劣　弱く劣る。転じて、人の拙才にたとえる。遅鈍拙劣。ここでは、韋応物自身が謙遜して言っている。「蹇」は、足がきかなくて、歩行が不自由なこと。

12**誰謂**　一体誰が……と言おうか（思おうか）、言いは（思いは）しない。「謂」は、たんに「言う」のではなく、原則として、話者の判断を示す。この「誰」は、基本的には世間一般の人々であろうが、自分自身のことでもある。反語の語法。

薄　軽んずる。軽視する。

世栄　世俗の栄誉、富貴功名などをいう。『三国志』「魏書」巻二一「王粲《さん》伝」の徐幹に関する劉宋の裴松《はいしょうし》之の注に、「先賢行状」を引いて、「（徐）幹……軽《ンジ》レ官《ヲ》忽《おろそカニシ》レ禄《ヲ》、不レ耽《ふけラ》二世栄《ニ》一」とある。

通　釈

侘び住まい

人は皆、身分の高いものと低いものと、等級に違いはあるが、ひとたび我が家を出れば、誰でも皆あくせくと名利を求めて働いているものだ。しかし、ひとり私だけは、名誉とか利益とか、自分のそとにあるものに心ひかれることなく、世俗から離れた閑静な暮らしの楽しみを、思うように味わっている。

こまやかな雨が、昨夜はひとしきり降っていた。おそらく（この雨で）庭の春草も萌え出たことであろう。（と思いながらうとうとしているうちに）緑の山は、ふと気がつけばすでに曙けそめて、雀や小鳥たちが、このいおりの周りでさえずりはじめた。

こうした暮らしの中で、時には、道士と連れ立ったり、またある時には、木こりに従って山の中に入ってゆくこともある。世渡りの拙劣な私は、当然、分相応のこの暮らしに満足すべきだと思っているのだ。ことさらに世俗的な栄誉を軽視して（高雅にふるまおうとして）いるわけではない。

諸説の異同

特記事項なし。

備　考

(1)　韋応物と屏居

韋応物は、若くして任俠を好み、10代半ばで玄宗の近衛兵となったが、寵を恃《たの》んで無頼の日々を送っていた。しかし、安史の乱後、玄宗が崩御して失職し、そうした青春の日々を後悔して、読書に励んだ。以後、27歳頃に洛陽丞になってから、蘇州刺史を最後に、50数歳で没するまでの約三〇年間、仕官と屏居を交互にくりかえしている。その主なものは、洛陽丞退任後の30歳頃、洛陽城東の同徳精舎での寓居、京兆府功曹及び高陵県令兼任・鄠《こ》県令退任後の43歳頃、鄠県西部の善福精舎での退居、滁《ちょ》州刺史歴任後、49歳頃、滁州南巌寺での仮寓、蘇州刺史退任後の56歳頃、蘇州永定寺での寓居、といったところであり、ほとんどが寺院を屏居の舞台としている(参照：赤井益久「韋応物の屏居」(『漢文学会々報』第三〇輯、国学院大学漢文学会、一九八四年)、羅聯添「韋応物年譜」(『唐代詩文六家年譜』学海出版社、一九八六年)、植木久行「唐代作家新疑年録(3)」(弘前大学人文学部『文経論叢』第二五巻第三号、一九九〇年)。

この詩の創作時期については、高木正一『唐詩選』下(新訂中国古典選、朝日新聞社、一九六六年)は、蘇州刺史時代の作とし、周勛《くん》初主編『唐詩大辞典』(顧復生執筆)江蘇古籍出版社、一九九〇年)は、徳宗の建中元年(七八〇)、或いは二年の春、灃《ほう》水(終南山中より発して、長安西南郊外を流れ、渭《い》水に注ぐ)のほとりに閑居していた折の作とするが、ともに根拠は示されておらず、定め難い。しかし、以上いずれかの屏居の折の作であることはまちがいなかろう。

ところで、このようなほとんど規則的ともみえる屏居のくりかえしは、韋応物に先行する隠逸的詩人にも見られないものである。たとえば、41歳で彭沢県令を辞して以後、隠棲の意志を生涯貫き通した陶淵明とも、仕官の夢を内心ひそかに抱きつつ、結果として無官を通した孟浩然とも、また、終始官にありながら、深く仏教に帰依しつつ、半ば隠者の如き晩年を送った王維とも異なった生き方であるが、いうまでもなく韋応物の意図的なものであり、自己の理想とする生き方の実践でもあった。屏居の理由は、第一義的には、仕官時代の周囲の政治勢力、政治的状況との齟齬、確執によるのだが、そこには、自己の「兼済」的な政治信念が容れられない時には、独り己の節を守り、身をよく修めるという、いわゆる「独善」的思考が濃厚に認められる。すなわち、屏居に至った理由は、たとえ政治的敗北であっても、屏居それ自体は、韋応物にとって自己の本性を守り養う重要な手段であり、半ば目的でさえあったと思われる。

このことは、「幽居」詩の最終二句の解釈、自己の才を拙劣ととらえ、知足安分すべきだと自認する韋応物の真意をどう見るか、という問題とも深く関わってこよう。古来、自己の政治的志が世(既成の政治勢力)に容れられず、朝野いずれにあるかはともかく、不遇を余儀なくされた場合、そうした自己の性格・能力・生き方などを「拙」という観念によって自己確認し、詩文に表現するということ自体は、陶淵明や杜甫、後の白居易にも見られるように、中国では、程度の差はあれ、ふつうの現象であった。

ただ、韋応物の場合は、たとえば唐の李肇《ちょう》『唐国史補』巻下に、「韋応物、立性(生まれつきの性質)高潔、鮮食(食を少なくすること)寡欲、所レ居《ル》焚《たキ》レ香《ヲ》掃《イテ》レ地《ヲ》而坐《ス》」と記されているように、高潔無欲なイメージが強く、日・中ともに大多数の注釈書は、ここにそうした肯定的な韋応物の人格をみようとするが、もう少し複雑に解釈する書物もある。

たとえば、江戸の服部南郭『唐詩選国字解』(日野龍夫校注、東洋文庫、平凡社、一九八二年)は、終二句について、「我かうして居る故、世間の者は定めて、韋応物は富貴官禄に望みはないと気性を高くかまへて、隠者の真似をするので有ろうとそしるであろうが、中々我はそうしたことではない。元より無性者である故に、迚《とて》も世の中に居ても何の役にも立たぬに因って、官位俸禄を貰うて浮き世の栄花を営むことは厭じゃ。それゆへ幽居が手前の気に叶うてよい。おれは気が高いではない。唯無性者故に引っ込んで居るばかりぢゃ。上べはかう云うて、下心は、我、才智あれども世に用いられずに居るゆへに、このやうに隠遯《とん》して居ると含ませて、作ったものぢゃ」と講説し、同じく江戸の宇野成之『唐詩選解』(嵩山房、一七八四年)、千葉玄之『唐詩選講釈』(嵩山房、一八一三年)なども、同一、同趣旨のことを述べている。現代でも、田所義行『新評唐詩選』下(勁草書房、一九六九年)、石川忠久『漢詩の風景』、前野直彬ほか編『漢詩の解釈と鑑賞事典』(旺文社、一九七九年)などは、名利に走る俗世間の人々に対する諷刺・皮肉を秘めた韋応物の傲然たる態度があるとみている。

確かに、第1句から第4句にみられる、名利に奔走する俗世間の人々という定義と、それらに全くひかれない自己の自信に満ちた生き方の顕示をみると、最終二句には、どこかとってつけたような弁解にも似た、それでいて諷刺をこめているようなニュアンスが感じられなくもない。

古来、隠逸詩人の宗とされる陶淵明の詩が、実は多様複雑なものであることを感得していたのは宋の蘇東坡であり、また、陶淵明が自然と風雅のみを愛した単純な隠者では決してないことを喝破したのは魯迅であった。概して、中国における隠遁的志向を持ち実践した人々は、必ずしも単純ではない。そうした文化史的水脈からいえば、服部南部らの解釈にも十分に理はあろう。

しかし、結局は、韋応物その人をどうとらえ、この作品をどう鑑賞するかという、享受者一人一人の心性いかんに帰着するともいえよう。

(2)　韋応物と「幽」「清」

韋応物は、後世、唐代文学史において「王(維)・孟(浩然)・韋(応物)・柳(宗元)」と併称される自然詩人の一人であるが、白居易の「与《フル》二元九一書」(『白氏長慶集』巻四五)に、「如《キハ》二近歳韋蘇州歌行《ノ》一、才麗之外、頗《すこぶル》近《シ》二興諷《ニ》一。五言詩又《モ》高雅閑澹、自成《ラス》二一家之体《ヲ》一。今之秉《とル》レ筆《ヲ》者、誰《カ》能《ク》及《バン》レ之《ニ》」とあるように、彼の高雅閑澹《たん》な閑適・自然詩を、最も早く認め評価したのが、白居易であった。そうした韋応物の詩世界をキーワード的な詩語からとらえたものに、たとえば大野実之助「王右丞と韋蘇州」(『国文学研究』第一九集、一九五九年)がある。それによると、韋応物の全作品五六六首のうち、「幽」字を用いているものが九三首にのぼり、ここから、「韋応物の場合は、例えば一の花草一の禽鳥に対する時でも、眼に見る形体耳に聞く音声を心に感受してそれをそのまま率直に歌詩として表現するというのでなく、眼に見る形体耳に聞く音声の裏面または内面を深く洞察し、それ等に伴う趣、換言すれば雰囲気とも称すべき気分を味わうところに、詩境の醸成があると思われる」という。

また、深沢一幸「韋応物の抒情詩」(『飈《ひょう》風』第七号、一九七五年)によれば、全作品五七一首のうち、「清」字は一三四例、「幽」字は八八例あって、他詩人と比べても高い比率を示している。本来、はっきりした明らかな状況を示す「清」と、不明確なはっきりしない状況を示す「幽」とは、対立する概念といえよう。しかし、韋応物にとっては、より形而上的、抽象的な概念であり、彼の自然に対した詩には、この両語がしばしば共にあらわれ、互いに対立するのではなく、融合しつつ、結局は、この自然をあるがままのかたちにあらしめている「道」とでもいうべき根源的な一つのものに向かっていき、止揚的統一に至る、という。

（高橋　良行）

韋《い》荘《そう》

0古離別

古離別《こりべつ》

1晴煙漠漠柳毿毿

晴煙漠漠《せいえんばくばく》として柳《やなぎ》毿毿《さんさん》たり

2不那離情酒半酣

離情《りじやう》を那《いか》んともせず　酒《さけ》　半《なか》ば酣《かん》なり

3更把玉鞭雲外指

更《さら》に玉鞭《ぎよくべん》を把《と》りて雲外《うんぐわい》を指《さ》せば

4斷腸春色在江南

断腸《だんちやう》の春色《しゆんしよく》　江南《かうなん》に在《あ》り

テキスト　『全』六九五-10-7997　◆『選』八　◆『楽府《がふ》詩集』七二「雑曲歌辞」　◆『万首唐人絶句』（趙宧光等修訂）三〇　◆『唐詩類苑』一〇七　◆『唐詩品彙《ひんい》』「唐詩拾遺」四　◆『石倉十二代詩選』唐巻八九　◆『全唐詩録』九四　◆『浣花集』（『唐詩百名家全集』）　◆『唐音統籤《とうせん》』七八九、戊籤《ぼせん》余三五　◆『浣花集』一（四部叢刊本）　◆『唐詩別裁集』二〇　◆向迪琮《てきそう》校訂『韋荘集』（人民文学出版社、一九五八年）所収「浣花集」一　◆李誼『韋荘集校注』一（四川省社会科学院出版社、一九八六年）

校語

0**古離別**　『全』では題下に「一ニ作ル二多情ニ一」との校語がある。『選』

『唐詩品彙』「唐詩拾遺」は「古別離」に作る。

1煙 『選』『楽府詩集』『万首唐人絶句』『唐詩別裁集』は「烟」に作る。別体字。

毿毿 『石倉十二代詩選』『全唐詩録』『唐音統籤』『浣花集』（『唐詩百名家全集』四部叢刊本）『韋荘集』は「鬖鬖」に作る。いずれも毛の長いさま。

3玉 『楽府詩集』『万首唐人絶句』『唐詩類苑』『唐音統籤』『浣花集』（四部叢刊本）『韋荘集』『韋荘集校注』は「馬」に作る。

詩型・韻字

七言絶句。毿《さん》・*酣《かん》・南《なん》（下平声覃韻（覃談韻*））。

語釈

0古離別 楽府題、雑曲歌辞。『楽府詩集』七一、「古別離」の条の解題に次のようにいう。『楚辞』九歌「少司命」に「悲《シキハ》莫《シ》レ悲《シキハ》二 兮生《キナガラニシテ》別離《スルヨリ》一」とあり、「古詩十九首」（其一）に「行《キ》行《キテ》重《ネテ》行《キ》行《ク》、与レ君生《キナガラニシテ》別離《ス》……」とある（本書七七三頁所収）。のち、蘇武が匈奴に使いし、李陵がこれに与えた詩に「良時不《ハ》レ可《カラ》レ再《ビス》、離別《ハ》在《リ》二須臾《ニ》一」とある。故にのちの人はこれに倣って「古別離」を作った、と。『楽府詩集』七一に載せる江淹の「古別離」は、もともと『文選』巻三一、雑体詩の「古別離」を、郭茂倩《かくもせん》が楽府題として録したものである。

竺顕常（釈大典）『唐詩解頤《かいい》』は「楽府凡そ題するに古と曰ふ者は、古来の咏歌する所を謂ふなり」と指摘する。平野彦次郎『唐詩選研究』（明徳出版社、一九七四年）は「（本詩は）一般の離別としても見られるが、やはり夫婦の離情として見るのがよい」とし、植木久行『心象紀行／漢詩の情景②人生の哀歓』（東方書店、一九九〇年）は「馬に乗って雲外へと旅立つ男性を見送る女性の歌であろう」とする。蕭滌非《しょうできひ》ほか『唐詩鑑賞辞典』（〔劉逸生執筆〕上海辞書出版社、一九八三年）などは、柳陰下の送別の宴で作者が友人と別れたときの作とする。

1晴煙 あかるいかすみ、もや。晴れた空にたなびくかすみ。前野直彬編『唐詩鑑賞辞典』（〔山之内正彦執筆〕東京堂出版、一九七〇年）は「明るい光を含んだうすもや」と注し、「別離の悲しみをやさしく包みこむヴェールの役割を果たして、極めて効果的である」と評する。

漠漠 もやもやと、あたり一面に淡く広がるさま。南斉の謝朓《しゃちょう》の「遊《ブノ》二東田《ニ》一詩」（『文選』巻二二）に「遠樹曖《トシテ》阡阡《せんせん》、生煙紛《トシテ》漠漠」とあり、呂向《りょきょう》の注に「漠漠《ハ》、布散也」とある。千葉芸《うん》閣『唐詩選師伝講釈』（漢文叢書、博文館、一九一三年）に「漠漠ハ淡キ貌《さま》」とある。

毿毿 細い毛のふさふさと長いさま。ここでは柳の無数の小枝が糸のごとく細長く垂れるさま。孟浩然の「高陽池《ニテ》送《ル》二朱二《ヲ》一」詩に「澄波澹澹《たんたんトシテ》 芙蓉発《ひらキ》、緑岸毿毿《トシテ》 楊柳垂《ル》」とある。ちなみに江戸期の服部南郭『唐詩選国字解』は「毿毿はうごく貌《さま》なり」とし、「柳も毿毿と風に吹きうごかされて」と訳すが、穏当ではあるまい。

森槐南『唐詩選評釈』（文会堂書店、一九一八年）は、「此れ煙柳に対して離情を生ず。首句の景語、即はち所謂る断腸の春色なり」と評する。

2不那 「無那」「無奈」に同じ。俗語的表現。どうすることもできない。

離情　別れにあたっての思い。

酒半酣　江戸期の入江南溟『唐詩句解』に「宴を謂ふ」とする。「酣」は、酒盛りの真っ最中。また、酒を飲んで楽しむこと。「半酣」は、酔いがほどよくまわって、ほろよい気分になることをいうのであろう。平野彦次郎『唐詩選研究』には「『酒半酣』は酒宴半ばに及ぶをいう。この句は倒装法で『酒は半ば酣なれども、離情を那んともせず』の意」とする。

　また植木久行『心象紀行／漢詩の情景②人生の哀歓』は承句を「こみあげる離別の思いをおさえかね、なかなか酔いきれない妾《わたし》」と訳する。『唐詩鑑賞辞典』（劉逸生執筆）は「酒半酣」の表現の巧みさについて次のように説明する、「仮如酒還没有喝、離別者的理智還可以把感情勉強抑制、如果喝得太多、感情又会完全控制不住。只有酒到半酣的時候、別情的無可奈何才能給人以深切的体味（もしも酒をまだ飲んでいなければ、別れゆく者の理性は感情をまだ強いて抑えることができるし、もしも飲みすぎていたならば、却って感情を抑えきることができないに違いない。ただほろ酔い加減のときのみが、別れのいかんともしがたい気持ちを、人にしみじみと感じさせることができるのだ）」と。

3**更**　入江南溟『唐詩句解』は「上二句の言ふ所、已に堪へず。別に更に別れに臨むの愁ひを言ふ」とし、中島敏夫・佐藤保『唐詩選』下（学習研究社、一九八六年）は、さらにこの方向を敷衍して「ただでさえ別離を悲しむ女性に、こともあろうに鞭で行く手をさし示す男性のつれないしぐさ」に「怨みをこめた言葉」であるという（佐藤保執筆）。また『唐詩鑑賞辞典』（山之内正彦執筆）は「酔がまわるにつれて感情がたかぶり、杯を置いて更に一段行動を進めずにはいられなくなる、という心の動きを示す」とする。

把　手にとる、にぎる。前野直彬『唐詩選』下（岩波文庫、岩波書店、一九六九年九刷）に「『……を』『……で』という意味をあらわす」とするのは適切ではない。

玉鞭　玉で飾った鞭。鞭の美称。

雲外指　雲外は、くものかなた。くものうえ。遠いところを指す。「外」は、物を隔てた向こう側の意。「雲表」に同じ。「雲外指」とは「指雲外」の意。平仄の関係で転倒したもの。「指」の主語は、旅立つ人。

4**断腸春色**　「断腸」は、はらわたがちぎれるほど悲しむこと。極度の悲しみ。ここでは、うららかな春景色を見ることによって、一層離別の悲しみが引立てられることから、このように表現したのであろう。戸崎允明『箋註唐詩選』（冨山房、一九一〇年）は、「旅立つ夫を見送る妻の歌」として次のようにいう、「江南ノ春色ハ常ニ足ル二以テ娯《たのし》マシムルニレ心ヲ也。而レドモ不レバ能ハ二随従スル一則チ妾独リ守リテ二空房ヲ一、見ル二江南ノ春景ヲ一耳《のみ》。乃チ春色ノ所ニ以断レツ腸ヲ也。是レ良人ノ所レ不ル二敢テ知ラ一也」と。江戸期の宇野鼎『唐詩集註』は「断腸ス春色在ルヲ二江南ニ一」と読み「春は在れども人は去る」と注する。逆に、『唐詩鑑賞辞典』（山之内正彦執筆）では、旅立つ詩人自身の歌（いわゆる「留別」の詩）と解釈している。（諸説の異同）II参照。

在　『唐詩鑑賞辞典』（山之内正彦執筆）は「少し大げさにいうなら、厳然として存在している、ということで、単なる有無を超えた強い存在感を示すことばである」と指摘する。

江南　広義の「江南」とは、長江中下流の南の地域、いわゆる江南道を指す。狭義では長江下流の東南の地域（現在の浙江省、江蘇・安徽省の一部）。南北朝以降、風光明媚で気候温暖な土地として、北方中国人の憧れの対象であった。

通釈

古離別

うすもやが晴れた空一面に広がり、柳がしなやかに長い糸を垂らしている。酒の酔いもほどよくまわってきたものの、こみあげる別れの悲しみをどうすることもできない。

旅立つあなたは、さらに玉で飾られた鞭を取り上げ、はるか雲の彼方を指し示す。残された私の前には、悲痛な思いをかきたてるような、江南の春景色が広がっているばかり。

諸説の異同

異同の所在　I

結句「断腸春色在江南」の解釈について

異同の類別

A　送る人が江南に留まって断腸の思いを抱く、と解釈する。

B　送られる人が江南に行って、そこの春景色を見て断腸の思いを抱く、と解釈する。

A説を採るもの：久保天随『唐詩選新釈』（博文館、一九〇九年）、戸崎允明『箋註唐詩選』、簡野道明『唐詩選詳説』下（明治書院、一九二九年）、平野彦次郎『唐詩選研究』、中島敏夫・佐藤保『唐詩選』下、植木久行『心象紀行／漢詩の情景②人生の哀歓』など。

B説を採るもの：服部南郭『唐詩選国字解』、前野直彬編『唐詩鑑賞辞典』（山之内正彦執筆）、蕭滌非ほか『唐詩鑑賞辞典』（劉逸生執筆）など。

異同の論拠

A説（「断腸春色在江南」を、送る人が江南に留まって断腸の思いを抱くとする説）

この句には両説がある。(イ)意解で示したように、送る人が江南に留まって腸を断つとなすもの。(ロ)送られる人が、江南に行って、江南の春色を見て腸を断つであろうと想像するもの。考えるに、転句「雲外を指す」とあるので、江南を指してかのところに断腸の春色があると解するのも、おのずから一説のようであるが、起句の烟や柳がすなわち春色を写したものであるから、おる人がその春色に対して断腸すると見るのが、作者の意に合するように思う。

（以上、平野彦次郎『唐詩選研究』）

本詩は「玉鞭」をとって「雲外」に旅ゆかんとしている男性を見送る女性のうたと考えられるからである。つまり、起句の明るく美しい春景色と、結句の「断腸の春色」とは同じもので、あとにのこる女性のいる（すなわち、いま送別の場所でもある）江南の光景と解釈することが、基礎になっている。景色が美しければ美しいほど、別れの悲しさがひとしお、という、詩にはおなじみの手法による作品と見たいのである。

（以上、中島敏夫・佐藤保『唐詩選』）

B説（「断腸春色在江南」を、送られる人が江南に行って、そこの春景色を見て断腸の思いを抱くとする説）

『唐詩鑑賞辞典』（山之内正彦執筆）は「詩人は恐らく揚子江北岸（江北）におり、遥か雲のかなたに江南の春景色を望んでいるのであろう」と注し、「そこで私はさらに玉飾りの鞭を手にとり、雲のかなたを指し示す／悲痛な思いをかき立てる春景色が江南の地に広がっているではないか」と訳す。そして「断腸の春色」とはいうものの、これはまた、かぎりなくなつかしい江南の春への憧れの歌でもあるだろう」と評する。

ここでは、起句と結句との関係を考え、A説に従って訳した。

異同の所在　II

本詩は「送別の詩」か「留別の詩」か

異同の類別

A　留まる人（この場合は女性）が旅立つ人（この場合は男性）を見送る作品と解釈する。

B　旅立つ人（この場合は作者自身）が留まる人に別れをつげる作品と解釈する。

異同の論拠

基本的に、IにおけるA説とB説の考え方に対応することになる。従ってここでは、留まる女性が、旅立つ男性を見送る「送別の詩」としてとらえておきたい。

（松尾　幸忠）

王《おう》　維《い》

0 渭川田家
1 斜光照墟落
2 窮巷牛羊歸
3 野老念牧童
4 倚杖候荊扉
5 雉雊麥苗秀
6 蠶眠桑葉稀
7 田夫荷鋤至
8 相見語依依
9 即此羨閒逸
10 悵然吟式微

渭川《ゐせん》の田家《でんか》
斜光《しやくわう》　墟落《きよらく》を照《て》らし
窮巷《きゆうかう》　牛羊《ぎうやう》帰《かへ》る
野老《やらう》　牧童《ぼくどう》を念《おも》ひ
杖《つゑ》に倚《よ》つて　荊扉《けいひ》に候《ま》つ
雉雊《きじな》いて　麦苗秀《ばくべうひい》で
蚕《かひこ》眠《ねむ》つて　桑葉《さうえふ》稀《まれ》なり
田夫《でんぷ》　鋤《すき》を荷《にな》つて至《いた》り
相《あ》ひ見《み》て　語《ご》　依依《いい》たり
此《これ》に即《つ》きて間逸《かんいつ》を羨《うらや》み
悵然《ちやうぜん》として式微《しきび》を吟《ぎん》ず

テキスト　『全』一二五-2-1248　◆『百』五言古詩　◆『静嘉堂蔵宋本王右丞集』四　◆『蜀刊本王摩詰文集』六　◆『須渓先生校本唐王右丞集』四（四部叢刊本）　◆『顧可久注唐王右丞詩集注

説』四 ◆『顧起経注類箋唐王右丞詩集』一 ◆『趙殿成注王右丞集箋注』三 ◆『唐文粋』一六下 ◆『文苑英華』三一九 ◆『唐詩品彙』九 ◆『唐詩別裁集』一

校語

0**川** 『全』には「一作レ水」との校記がある。『文苑英華』には「水」に作る。

1**光** 『全』には「陽」に作り、「一作レ光」との校記がある。『文苑英華』も「陽」に作り、「一作レ光」の校記を付す。ここでは王維の詩文集諸本に従った。

2**窮** 『唐文粋』には「深」に作る。『顧可久注本』には「窮」に作る。本字。

帰 『静嘉堂本』には「歸」に作る。古字。

3**牧童** 『全』には「一作二僮僕一」との校記がある。『唐詩品彙』には「僮僕」に作る。

4**杖** 『静嘉堂本』『四部叢刊本』『顧起経注本』には「仗」に作る。「仗」はここでは「つえ」の意で、「杖」と同義。

5**雊** 『四部叢刊本』には「鴝」に作る。俗字であろう。

6**蠶** 『蜀刊本』には「蠺」、『四部叢刊本』には「蠶」、『文苑英華』には「蠶」、に作るが、みな俗字であろう。『唐詩品彙』には「蚕」に作る。省略形による俗字。

眠 『静嘉堂本』には「眼」に作る。意味が通じ難い。誤刻であろう。

7**至** 『全』には「一作レ立」との校記がある。『静嘉堂本』『四部叢刊本』『趙注本』『唐詩品彙』には「立」に作る。

9**羨** 『静嘉堂本』『蜀刊本』『四部叢刊本』『唐文粋』『文苑英華』『唐詩品彙』には「羡」に作る。「羡」は音「イ」、地名である。本来「羨」とは別の字であるが、「羡」の略体ないし俗字として使われたものであろう。

閒 『百』『静嘉堂本』『蜀刊本』『四部叢刊本』『文苑英華』『唐詩品彙』には「閑」に作る。ここでは「しずか」の意で、同義。

即此羨閒逸 『唐文粋』には「羨此良閑逸」に作る。

10**吟** 『静嘉堂本』『趙注本』『唐文粋』『文苑英華』には「歌」に作る。

詩型・韻字

五言古詩。帰《き》・扉《ひ》・稀《き》・依《い》・微《び》（上平声微韻〈微韻〉）。

語釈

0**渭川** 川の名。渭水のこと。また渭水の流れる平原。ここでは後者。「渭水」は、長安（陝西省西安市）の北郊を東流し、黄河に入る。

田家 田舎屋。農家。

1**斜光** 斜めに傾いた日の光。夕陽の光。『全』などの「斜陽」ならば、「夕陽」の意。

墟落 村落。趙殿成注に「謂二村墟籬落一」。梁の范雲「贈二張徐州稷《しよく》一」詩に「軒蓋照二墟落一」（『文選』二六）とあるのをふまえる。

2**窮巷** 村の貧しげな小道。『唐文粋』の「深巷」は「村の奥まった小道」の意になる。

牛羊帰 夕暮れ、山や村はずれの放牧地から、牛や羊が村に帰ってくる。蓋し『詩経』王風「君子于役《うえき》」の「日之夕《ゆふべ》矣、羊牛下来」を意識した表現。村の平穏な生活を表象する。

3**野老**　田舎の老人。
牧童　「牛羊」の番をしている子供。『唐詩品彙』には「僮僕」に作るが、それもこの詩にあっては「牛羊」の番をしている召使い、ととるべきであろう。
4**荆扉**　「荆」は、いばら。「荆扉」で「柴の戸」というほどの意。田舎屋の粗末な戸をいう。「候荆扉」は、あるいは晋の陶淵明「帰去来辞《ノ》」の「僮僕歓迎《ビヘ》、稚子候《ツ》レ門《ニ》」にもとづくか。
5**雊**　雉が鳴くこと。『詩経』小雅「小弁《しょうはん》」に「雉之朝《あしたニ》雊《なク》、尚求《ホム》二其《ノ》雌《ヲ》一」とあり、その鄭箋に「雊《ハ》、雉鳴《ク》也」とある。ただし一句は晋の潘岳「射雉賦《せきちノふ》」の「麦《ハ》漸漸《トシテ》以擢《テぬきんデのぎヲ》レ芒、雉《ハ》鷕鷕《よう》《トシテ》而朝《ニ》雊《ク》」(『文選』九) にもとづく。
6**蚕眠**　かいこが脱皮する際に、桑も食べずにじっとしているのを「眠」という。
7**荷鋤至**　鋤を肩にかついでやって来る。農夫が家に帰るときの景。晋の陶淵明「帰《ル》二園田《ノ》居《ニ》一五首其《ノ》三」詩に「晨《あしたニ》興《おキテ》理《メ》二荒穢《ヲ》一、帯《ビテ》レ月《ヲ》荷《ヒテ》レ鋤《ヲ》帰《ル》」とあるのをふまえるか。『静嘉堂本』などの如く、「荷鋤立」ならば「鋤をかついだまま立ちどまる」。「荷(hè)」は去声に読む。
8**相見**　「相」は、ここでは「お互いに」。「見」は、人とあう。「田夫」同士が互いに出会う、と解しておく。
依依　したわしげなさま。離れるにしのびない心持ち。「観《ル》二別《ルル》者《ヲ》一」(六三頁)の〔語釈〕も参照。晋の潘岳「寡婦賦《ノ》」に「雖《モ》二冥冥《めい》《トシテ》而罔《なシトみルコト》一レ覿、兮、猶《ホ》依依《トシテ》以憑附《テひょうふス》」とあり、李善注に「依依、思恋《スル》之貌《かたち》」(『文選』一六)とある。
9**即此**　このような田園の景色を目《ま》のあたりに見て。「即」は「物ごとに直接に即して」が原義。「此」は上述の如き情景と解しておく。
間逸　心しずかでやすらかなこと。『唐文粋』には一句を「羨此良閑逸」に作るが、それならば訓は「此の良《まこと》に閑逸なるを羨み」、句意は「この(眼前の景が)まことにやすらかなのを羨み」というほどのことになろうか。
10**悵然**　なげくさま。
吟式微　「式微」は『詩経』邶《はい》風「式微」の詩を指す。黎侯《れいこう》が狄《てき》人《ひと》に逐《お》われて衛に亡命していたのを、臣下が帰国するように勧め、「式微」を作ったという。その冒頭に「式微《もっテおとろヘ》式微《テ》、胡《なんゾ》不《ル》レ帰《ラ》。微《なクンバ》二君之故《ゆゑ》一、胡為《なんすレゾおいテセン》乎二中露《ニ》一」〔衰えに衰えてしまった。なぜ国にお帰りにならないのですか。わが君のおんためでなければ、どうしてこの中露におりましょうか。〕(中露:衛の邑の名)とある。ここでは農村の生活のしずけさを羨んだ作者が「式微」を吟ずることで、「胡ぞ帰らざる」＝どうして自分の居るべきところへ帰らないのか、自分も田園生活に入りたい、という願望を表したのである。なお『静嘉堂本』『趙注本』などの「歌」でも、「式微を歌ふ」で、句意に大きな違いはない。「吟」ならば「吟詠」のイメージ、「歌」ならば「歌唱」のイメージが中心になる。

通釈

渭水のほとりの農家

夕陽が村ざとを照らし、貧しげな小道を牛や羊が帰ってゆく。田舎の老人は牧童の身を案じ、杖をついて柴の戸口に待っている。雉が鳴き、麦の苗は穂が伸び、蚕は眠りにつき、桑の葉は残り少なくなった。農夫は鋤をかついでやって来て、たがいに出会えば、去りもやらず語りあっている。それを見てのどかなしずけさが羨ましくなり、心をうごかされて（「胡《なん》ぞ帰らざる」という）「式微」の詩を口ずさむのだ。

諸説の異同

異同の所在　Ⅰ

「桑葉稀」の解釈

異同の類別

A　（蚕が順調に育ち、眠りについている時節となったため）
　桑の葉は沢山摘まれて残り少ない。

B　（蚕が眠っているため、桑を食べないから）家の中の蚕の
　側に与えられた桑の葉は少ない。

A説を採るもの：塩谷温『唐詩三百首新釈』（弘道館、一九二九年）、都留春雄『王維』（岩波書店、一九五八年）、『唐詩三百首』（注解者未詳、台湾正言出版社、一九六九年）、小川環樹・都留春雄・入谷仙介『王維詩集』（（都留執筆）岩波書店、一九七二年）、目加田誠『唐詩三百首1』（平凡社、一九七三年）、吉川幸次郎・小川環樹編『唐詩選』（（入谷仙介執筆）筑摩書房、一九七三年）、入谷仙介『王維』（筑摩書房、一九七三年）、入谷仙介『王維研究』（創文社、一九七六年）、蕭滌非ほか『唐詩鑑賞辞典』（（傅如一執筆）上海辞書出版社、一九八三年）、田部井文雄『唐詩三百首詳解上』（大修館書店、一九八八年）、深沢一幸『唐詩三百首』（角川書店、一九八九年）、鄧安生・劉暢・楊永明『王維詩選訳』（巴蜀書社、一九九〇年）など。また、注解者・刊年ともに未詳であるが、『言文対照　唐詩三百首』（香港宏智書局）もこの解を採る。

B説を採るもの：釈清潭『陶淵明集・王右丞集』（国民文庫刊行会、一九二九年）。

異同の論拠

A説、B説ともに言及されていない。

A説は、〔異同の類別〕の項に記したように解釈したものであろう。B説も〔異同の類別〕に記したような考え方によるものであろうが、釈清潭自身の解をそのまま左に掲げておく。

　野外雉が雊く辺には麦の苗が秀で、屋内蚕の眠る側に桑葉は食はざるが故に稀なり。

（『陶淵明集・王右丞集』の「大意」）

この文から推測するに、ここの第5句と第6句の両句が対句であるところから、屋外の景と屋内の景が対照させられていると考え、「眠っている蚕」には、少ししか桑を与えない、ととったものであろう。しかしこの詩全体の情景描写は屋外の景が中心であるから、麦が穂を伸ばすのと、桑の葉が残り少なくなるのとを対にしたと見ても、表現上、不都合ではない。また、初夏、麦の穂がすくすくと伸び、蚕も桑をさかんに食べた結果、よく育って眠る、と解することで、農村の営みの順調さ、自然なやすらかさがより明瞭になるように思う。故に、B説には従わない。

なお、参考のためにA説の立場をとる訳文を二種紹介しておく。

　蚕は（成長して脱皮し）眠りについていて、桑の葉も残り少ない。

（田部井文雄『唐詩三百首詳解上』）

　はるごが三眠しているとき、桑の葉はもう摘みつくされてしまいそうだ（春蚕三眠時桑葉已快摘光）。

（鄧安生ほか『王維詩選訳』の現代中国語訳）

異同の所在　II

「相見語依依」は、「田夫」が誰とあって語るのか

異同の類別

A　「野老」と出あって語る。

B　農民同士、誰か他の人と出あって語る。

C　作者王維と出あって語る。

A説を採るもの：都留春雄『王維』、小川環樹ほか『王維詩集』（都留執筆）、田部井文雄『唐詩三百首詳解上』、深沢一幸『唐詩三百首』、王達津『王維孟浩然選集』（上海古籍出版社、一九九〇年）など。

B説を採るもの：釈清潭『陶淵明集・王右丞集』、塩谷温『唐詩三百首新釈』、『唐詩三百首』（台湾正言出版社）、目加田誠『唐詩三百首1』、吉川幸次郎ほか編『唐詩選』（入谷仙介執筆）、入谷仙介『王維』、入谷仙介『王維研究』、金性尭『唐詩三百首新注』（上海古籍出版社、一九八三年三版）、蕭滌非ほか『唐詩鑑賞辞典』（傅如一執筆）、鄧安生ほか『王維詩選訳』、『言文対照　唐詩三百首』（香港宏智書局）など。

C説を採るもの：田部井文雄『唐詩三百首詳解上』に引く一説（誰の説であるかは言及されていない）。

異同の論拠

言及されていない。文脈からすれば三説とも成立し得る。ただしこの詩が、第1句から第8句までが叙景、末二句が作者の心情の吐露という構成だとすると、C説を採ると、詩意の流れが些か悪くなるようである。いま、B説によって解しておく。

異同の所在　III

「即此」の訓と解

異同の類別

A　「此《これ》に即《つ》いて」と訓み、「これ（＝眼前の田園風景）をみて・それに接して」と解する。

B　「即《すなは》ち此《ここ》に」と訓み、意味はAと同じく「（景色を）見ていると、まのあたりにすると」などと解する。

C　「即《すなは》ち此《こ》の（間逸を羨み）」と訓み、「そこでこの……」と解する。

A説を採るもの：塩谷温『唐詩三百首新釈』、目加田誠『唐詩三百首1』、入谷仙介『王維』（訓は「此《これ》に即《つ》きて」）、田部井文雄『唐詩三百首詳解上』（訓は「此《こ》れに即《つ》きて」）、深沢一幸『唐詩三百首』（訓は「此《ここ》に即《つ》きて」）など。中国刊行の本には、無論、訓はないが、鄧安生ほか『王維詩選訳』に「これを見て、私はすぐさま深く田園のしずけさを羨んで（見此我便深羡田園的閑適）」と現代中国語訳するのは、この解釈と見なしてよいであろう。

また『唐詩三百首』（正言出版社）『言文対照　唐詩三百首』（宏智書局）に、同じく「私はこのような情況にあって（我在這般情況中）」と現代中国語訳するのや、王達津『王維孟浩然選集』に「即此は、就此（この景色に即して）の意味であり、上述の村落のしずかな景色を指す（即此：就此，指上述村落閒適之景）」と注するのは、この解を採るものと見てよいであろう。

B説を採るもの：釈清潭『陶淵明集・王右丞集』、都留春雄『王維』、小川環樹ほか『王維詩集』（都留春雄執筆）など。訓のみについていえば、正徳四年（一七一四）刊、和刻『顧可久注唐王右丞詩

集注説』が、「即此」の二字に返点・送仮名をつけず、左側に訓読符をつけるのは、このB説の訓ということになる。

C説を採るもの：吉川幸次郎ほか『唐詩選』（入谷仙介執筆）、入谷仙介『王維研究』など。

異同の論拠

A説についてはは言及されているものがあるが、B説・C説は特に言及されてはいない。「即」「此」ないし「即此」の語義の解釈の相違によって異同が生じたものであろう。

A説について。

「此」この情景を「即」まのあたりにして。

（深沢一幸『唐詩三百首』の語釈）

これに接しては。此は、目前にしている田園の風景。

（田部井文雄『唐詩三百首詳解上』の語釈）

右の引用からわかるように、「即」を「目にふれる」「接する」（参考：目にふれることを「即目」という）、「此」を「眼前の光景」と解するもの。

なお、入谷仙介『王維』に「ここへやってきて」と訳すのは、「即」を「その位置につく、その場にゆく」と解したのであろう。項を分かつべきかもしれないが、訓が同じなのでここに含めた。

B説は「即此」の語義から生じた解釈。「即此」を、宇野明霞撰・釈大典補訂『詩語解』（宝暦一三年〔一七六三〕）には「言フ二当処ヲ一也」、同『詩家推敲』（寛政一一年〔一七九九〕）には「端的ヲイフ辞ナリ」と解している。上にいわれていることを承けて「その場で、その時に、そのままさに」などの意味を表す助辞である。本詩の場合、上述の八句にうたわれた田園の風景を見て、「その場で、そこで」という語気としたのであろう。

ただしその訳文が、例えば

それを見ていると、平和な田園の生活が羨ましくなり、

（都留春雄『王維』）

それをまのあたりにすると、のどかな安らかさが羨ましく、

（小川ほか『王維詩集』（都留執筆））

となっている事実から言えば、訓読としてもA説を採るほうが妥当であろう。したがってA説とB説は「訓読」上の差異だけになる。

C説は「即」「すなはち」を「そこで」ととり、「此」を下へかけて解したのであろう。訓読と訳の例を挙げる。

即ち此の間逸を羨み

そこでこの気楽な境涯がうらやましくて

（吉川ほか『唐詩選』（入谷執筆））

ただしこのC説の「此の間逸を羨み」「この気楽な境遇がうらやましくて」という訓と訳では、「此」が「間逸」にかかることになる。つまり、「羨ミ二此ノ間逸ヲ一」という原文でなければならないことになる。しかし原文は「即此・羨・間逸」なのであるから、「此」を「間逸」に直接かけることは不可能であり、誤読といわざるを得ない。

以上、A説が最も妥当である。

異同の所在 Ⅳ

「式微」に託した心境

異同の類別

A （心の故郷《ふるさと》であるしずかな）田園生活に入りたいという思い。

B　郷里に帰りたいという思い。

A説を採るもの：清、章燮《しょうしょう》『唐詩三百首註疏』（文源堂版、光緒一〇年〔一八八四〕序本）、釈清潭『陶淵明集・王右丞集』、都留春雄『王維』、『唐詩三百首』（台湾正言出版社）、小川ほか『王維詩集』（都留春雄執筆）、吉川ほか『唐詩選』（入谷仙介執筆）、目加田誠『唐詩三百首1』、入谷仙介『王維』、入谷仙介『王維研究』、金性尭『唐詩三百首新注』、陳貽焮『王維詩選』、蕭滌非ほか『唐詩鑑賞辞典』（傅如一執筆）、田部井文雄『唐詩三百首詳解上』、深沢一幸『唐詩三百首』、鄧安生ほか『王維詩選訳』、王達津『王維孟浩然選集』、『言文対照唐詩三百首』（宏智書局）など。これらのうち、釈清潭訳は「式微の詩即ち帰田の詩を吟ぜざるを得ず」と「大意」を示しているのみであるが、「帰田」が単に「郷里に帰る」という以上のニュアンスで用いられているように思われるので、ここに含めた。

B説を採るもの：塩谷温『唐詩三百首新釈』。

異同の論拠

言及されていない。解釈上のニュアンスの相違であろう。B説の訳文を挙げておく。

悵然と悲しんで式微の詩をうたって私も家郷に帰りたくなった。

（塩谷温『唐詩三百首新釈』「講義」）

なお塩谷訳も、同書の「大意」の項に、

渭水辺《へん》の静な夕暮に、農夫や牧童《ひつじかひ》など帰る景色を見て、そぞろに田園生活ののんきなるに感じて己《おのれ》も故郷に帰りたく思ふ意。

とあるのを見ると、単なる帰郷という以上のニュアンスを含むようにも読める。したがって異説として区別する必要はないかもしれないが、且く訳文の上での差異を重視して項を分かった。

備考

釈清潭が「此の篇は、全く淵明の帰去来辞より脱化し来るもの」と評しているが、まさに陶淵明の流れを汲むというに相応しい田園詩である。ごく自然に、淡々と描き出された渭水のほとりの農村の、初夏の夕暮れの情景。そしてその情景を前にした詩人の田園生活への憧憬――。しかしこの憧憬が、農村の「間逸」な生活に回帰したいという願望であることに注意すべきであろう。農村に平和なしずけさを求める王維と、農村での実際の生活との間には、ある種のへだたりがあったはずである。王維は農村生活者の立場で詩を作ったのではなく、観察者、傍観者として田園をうたったのだった。

なお鄧安生ほか『王維詩選訳』、王達津『王維孟浩然選集』には、この詩を李林甫が権力をにぎっていた時期（田口補：天宝二、三年〔七四三、四〕頃〜天宝九載〔七五〇〕）、林甫に排斥されて帰隠の思いを抱いたおりの作であるとする。だが、この詩は、制作時期を確定するには、現在のところ、資料が十分でないと思われる。鑑賞の一助として両書の説を紹介するにとどめ、これ以上の論及はひかえておく。

（田口　暢穂）

0 寒食汜上作　　寒食《かんしよく》汜《し》上《じやう》の作《さく》

1 廣武城邊逢暮春　　広武《くわうぶ》城辺《じやうへん》　暮《ぼ》春《しゆん》に逢《あ》ひ

2汶陽歸客淚沾巾　汶陽《ぶんやう》の帰客《きかく》　涙《なみだ》　巾《きん》を沾《うるほ》す
3落花寂寂啼山鳥　落花寂寂《らくくわせきせき》　山《やま》に啼《な》くの鳥《とり》
4楊柳青青渡水人　楊柳青青《やうりうせいせい》　水《みづ》を渡《わた》るの人《ひと》

テキスト　『全』一二八－2－1307　◆『体』七言絶句後対　◆『静嘉堂蔵宋本王右丞集』六　◆『蜀刊本王摩詰文集』一〇　◆『須渓先生校本唐王右丞集』六（四部叢刊本）　◆『顧可久注唐王右丞詩集注説』六　◆『顧起経注類箋唐王右丞詩集』一〇　◆『趙殿成注王右丞集箋注』一四　◆『文苑英華』一五七　◆『唐詩品彙』四八

校語

0**寒食汜上作**　『静嘉堂本』には「寒食汜中作」、『体』には「寒食汜上」、『文苑英華』には「寒食汜水山中作」、『唐詩品彙』には「寒食汜上作」に作る。また『全』には題下に「一作ル二途中口號一」との校記がある。この「途中口號」は、趙殿成がすでに指摘するとおり、『國秀集』（唐、芮《ぜい》挺章編）の題である。

1**邊**　『四分叢刊本』には「边」、『文苑英華』には「邉」に作る。ともに俗字。

詩型・韻字　七言絶句。*春《しゆん》・巾《きん》・人《じん》（上平声真韻〈真諄韻*〉）。

語釈

0**寒食**　冬至から一〇五日目にあたる日の前後三日間、火を用いることを禁じ、冷たいものを食べる。旧暦の三月一〇日ごろ、太陽暦の四月三日前後にあたる。清明節（二十四気の一。春から一五日目）の前二日にあたり、晩春落花のころであり、詩の題材にしばしばうたわれた。

寒食の由来について、『荊楚歳時記』（梁、宗懍《そうりん》撰）には「琴操」を引いて左の如くいう。春秋時代、晋の文公は若いとき、介子推《かいしすい》（之綏・子綏とも書く）を従えて亡命生活をおくっていた。そのさなか、困窮のあまり、子推は自分の股の肉を割《さ》いて文公に食べさせたことがあった。やがて文公は国に帰って位に即いたが、子推は酬われることがなかったため、山に隠れてしまった。文公はこれを迎えようとしたが出てこようとはしなかった。そこで山に火をかけたところ、子推は木に抱きついたまま焼け死んでしまった。文公は子推を哀れみ、五月五日に火をたくことを禁じた。寒食に火を禁ずるのはこれに由来する。五月五日というのは今と異なるが、俗説による、と。

汜上　汜水《しすい》のほとり、の意。汜水（汜水《はんすい》ともいう）は洛陽の東、河南省成皋《せいこう》県の北東を流れる黄河の支流。したがって題意は、「寒食の日、汜水のほとりでの作」というほどのことになる。『唐詩品彙』の「寒食汜上作」という題も、汜水＝汜水であるから、そのまま「寒食の日、汜水での作」と解して、同じ所での作ということになる。『体』の「寒食汜上」ならば「寒食の日、汜水のほとりにて」、『文苑英華』の「寒食汜水山中作」ならば「寒食の日、汜水のほとりの山中での作」というほどの意になろう。「山中」の「山」は第1句の「広武城」のある山であろうか。『静嘉堂本』の「寒食汜中作」はやや解し難い。『静嘉堂本』そのものに「中、一本作ルレ上ニ」と校記を付しているほどであるから、誤伝の可能性もあろう。強いて解はつけずにおく。なお「途中口号」であれば「旅の途中、即興の作」ということになる（口号＝思いつくままに吟じた詩）。

　また、「汜」は、「し」と「い」と両音あるが、川の名のときは「し」とするのがよい。漢文大系本『三体詩』（冨山房、一九一〇年）の裴庾《はいゆ》の増註に「汜、羊子切《ノ》」という音注があって「い」の音が導かれ、『三体詩素隠抄』（影寛永一四年刊本〔勉誠社、一九七七年〕に拠る）にも「汜《イ》」と振仮名を施しているが、手許の元禄五年刊『三体詩』（川勝五郎右衛門版）の裴註には「祥子切《ノ》」——即ち音は「し」——とあり、『史記』項羽本紀にも成皐の附近の「汜水」についでは「音《ハ》祀《し》」と注する（集解引如淳注）。「し」に従う。

1 **広武城**　河南省成皐県の北東、汜水のほとりに築かれたとりで。昔、漢の高祖（劉邦）と楚の項羽が対峙した古戦場。『史記』項羽本紀・高祖本紀に見える。

2 **汶陽**　春秋時代の魯の国の地名。現在の山東省寧陽県の近く。汶陽とは汶水《ぶんすい》の陽＝北岸の地の意。「汶陽帰客」の「客」は「旅人」で、王維自身のこと。汶陽から帰る旅人、の意であろうか。〔諸説の異同〕参照。

涙　惜春の情ゆえの涙であろうか。

巾　手巾。ハンカチ。

3 **寂寂**　「さびしい」ではなくて、「ひっそりと、静か」の意。杜甫「江亭」詩の「寂寂《トシテ》　春将《ニ》レ晩《クレント》《す》」と同じ用法。村上哲見『三体詩㈠』（中国古典選〔文庫版〕、朝日新聞社、一九七八年）は「わびしくも散りゆく花」と訳しているが、その解はとらぬ。

通釈

　寒食の日、汜水のほとりでの作

いにしえの広武城のほとりで晩春の候にめぐりあわせ、汶陽から帰る旅人は（春を惜しんで）涙でしとどに手巾をぬらす。山中には鳥が啼いて、花は音もなくひそやかに散り、川を渡ってゆく人々に、柳が青々と鮮やかである。

諸説の異同

異同の所在

「汶陽帰客」の解釈、特に何時、どこからどこへ「帰」るのかについて

異同の類別

A　開元一四年（七二六）春、済州（山東省長清県の西南）から洛陽へ帰る、とする説。

B　開元一四年（七二六）、済州から汶陽に行き、さらに故郷の蒲州を経て長安へ赴く、とする説。

C　開元一五年（七二七）春、済州から洛陽へ帰る、とする説。

D　時期は記さないが、汶陽から洛陽か長安へ帰る、とする説。

E　時期は記さないが、山東から長安へ帰る、とする説。

F　時期は記さないが、済州から帰った後、再び山東の地へ旅し、そのときに汶陽から都へ帰る、とする説。

G　時期を特定しないが、済州在任中のいつか、汶陽へ帰ってゆく、とする説。

A説を採るもの：王達津『王維孟浩然選集』（上海古籍出版社、一九九〇年）。また長清華『詩仏—王摩詰伝』（河南人民出版社、一

九九一年）は長安や都などとは記さずに、一四年春、済州から帰る、とするが、便宜上、ここに含める。

B説を採るもの：小林太市郎・原田憲雄『王維』（〔小林執筆〕集英社、一九六四年）。

C説を採るもの：鄧安生・劉暢・楊永明訳注『王維詩選訳』（巴蜀書社、一九九〇年）。

D説を採るもの：陳貽焮『王維詩選』（人民文学出版社、一九八三年）。

E説を採るもの：小川環樹・都留春雄・入谷仙介『王維詩集』（〔入谷執筆〕岩波書店、一九七二年）、『唐詩論語史記抄の研究（教授資料）』（角川書店）。

F説を採るもの：入谷仙介『王維研究』（創文社、一九七六年）。

G説を採るもの：都留春雄『王維』（岩波書店、一九五八年）、村上哲見『三体詩』（中国古典選〔文庫版〕、朝日新聞社、一九七八年）。

異同の論拠

このように異説が多いのは、汶水が王維の任地であった済州のすぐ南、兗州《えんしゅう》を流れているという地理的な事情と、王維の済州在任期間及びその後の動静が十分に明らかでないという伝記的な事情による。王維が済州司倉参軍に出されたのは開元八年（七二〇）か九年（七二一）、離任したのは開元一四年（七二六）以降と推定されている。右に挙げた諸説も、済州在任期間をどうとるか、済州を去るときの作とみるか否かで大きくわけることができるようである。

A・B・Cの三説は、細部に相違は認められるが、済州を去るときの作とみるもの。

A説は、開元九年に済州に出された王維が、一四年春に洛陽に帰るときの作だとする。

B説は、開元八年に済州に出された王維が、おそらく一四年の春に済州をはなれ、汶陽から一旦故郷に帰って、ついで長安に上った、その途上の作だとする。

C説も開元九年に済州に出された王維が、一五年春に汜水を渡って洛陽に赴くときの作だとし、「汶陽」も、ここでは済州を指すと解している。

D・Eの二説は、済州在任期間との関係にふれぬ説といえよう。無論、伝記的事実が十分に明らかでないためである。ただしE説の小川ほか『王維詩集』は、済州在任期間を開元八年から一四年ころと推定している（同書「年譜」〔入谷執筆〕）。

F説は王維の済州在任期間を開元八年から一四年としたうえで、この詩を済州から帰った後、伝記的事実がわからぬ時期に、再び山東に旅して、その帰途の作と推定している。入谷氏の伝記構成そのものに立脚した説というべきものである。

G説は、両書ともに、王維が済州司倉参軍に左遷されているときの作とする。喜多尾城南『王維詩評釈』（彙文堂、一九二三年。ただし筆者は未見）にもとづく。そして詩の通釈で「汶陽に帰る旅人」（都留『王維』）、「汶陽へ帰路をいそぐ旅人」（村上『三体詩』）と訳語をあてている。それ以上の論拠は特に示されない。なお、村上『三体詩』は、

ただし王維が汶陽に帰るというのはおかしいので、おそらく汾《ふん》陽（山西省）の誤りであろう。汾陽は王維の原籍地太原に近く、父の王処廉《しょれん》は汾州（すなわち汾陽）司馬の官に終ってい

る。

と疑義を呈している。

「汶陽帰客」という語をそのまま解釈すれば、「汶陽から（どこかへ）帰る旅人」とも「（どこかから）汶陽へ帰る」とも解し得るであろう。その「汶陽」は、王維の任地であった済州から近い土地であるが、済州そのものでは、無論、ない。だが、済州在任期間とその後の動静がよくわからないのと、近接する土地であるということから、済州と関連させて考える説が出てきたのであろう。その中でもC説は、「汶陽」は済州を指すと明言している。だが、そう言い切れるのかどうか、根拠は示されていない。A説も済州からの帰途の作とするのは、特に論拠は示さぬものの、「汶陽」と済州が近接しているところから出た説ではないかと思われる。B説は済州から汶陽へ行き、それから山西に向かうとするものである。これは小林氏独特の伝記構成にもとづく説であり、論拠が必ずしも十分に示されているとは言い難いが、済州と結びつける解釈の一つではある。またG説は、済州に居たとき、汶陽へ帰ったと解するもので、これも地理的条件が背景になっていると考えてよいであろう。しかし既に村上説に疑義が呈されているとおり、王維が汶陽に「帰る」というのは些か腑に落ちない。つまり済州と結びつけて解釈しようとする説は、何かすっきりしないところが残るように思われるのである。D・E・F説の如く、済州と関連させないで解する――したがって制作時期についても、済州在任期間とは切り離し、不明のままにする――説が浮かび上がってくるのはそのためであろう。

　明確な結論は出しにくいが、いま、筆者としては、汶陽が済州を指すと断定するには材料が不足していること、汶陽に「帰る」というには、王維と汶陽とのつながりが不明なこと、この詩が作られた「汜水」は山東にあるのではなく、洛陽の近くにあること、により、D・E・F説に近い形で、制作時期は不明であるが、汶陽から都へ帰る、の意に解しておく。

備考

『三体詩素隠抄』には「楚漢ノ戦ノ、アトヲ見テ、天宝ノ乱後ノ体ヲ、感シタリ」とあり、広武城の古戦場を通りかかった王維が、安史の乱後のさまを連想して感慨をもよおしての作とする。この詩の制作時期と安史の乱の先後関係を確定できない以上、このような解釈も否定はできないが、遽かには同意し難い。この詩の主題は、おそらく起・承句にあからさまにうたわれる惜春の情であろう。なればこそ、転・結句の晩春の景を描いた対句が生きてくるのである。

（田口　暢穂）

0 鳥鳴澗

1 人閒桂花落

2 夜靜春山空

3 月出驚山鳥

4 時鳴春澗中

鳥鳴澗《てうめいかん》

人間《ひとかん》にして　桂花《けいくわ》落《お》ち

夜《よる》静《しづ》かにして　春山《しゅんざん》空《むな》し

月《つき》出《い》でて　山鳥《さんてう》を驚《おどろ》かし

時《とき》に鳴《な》く　春澗《しゅんかん》の中《うち》に

テキスト　『全』一二八-2-1302　◆『静嘉堂蔵宋本王右丞集』三　◆『蜀刊本王摩詰文集』五　◆『須渓先生校本唐王右丞集』三（四

部叢刊本）◆『顧可久注唐王右丞詩集注説』三　◆『顧起経注類箋唐王右丞詩集』九　◆『趙殿成注王右丞集箋注』一三　◆『唐詩品彙』三九　◆『唐詩別裁集』一九

校　語

0**澗**　『四部叢刊本』『顧可久注本』『顧起経注本』『趙注本』には「礀」に作る。「礀」も「たに」で、「澗」と同義。

1**閒**　『静嘉堂本』『蜀刊本』『四部叢刊本』『顧可久注本』『唐詩品彙』には「閑」につくる。ここでは同義。

桂　『蜀刊本』には「佳」に作る。

4**澗**　『顧起経注本』には「礀」に作る。

詩型・韻字

五言絶句。空《くう（こう）》・中《ちゆう》（上平声東韻（東韻））。

語　釈

0**鳥鳴澗**　文字どおりには「鳥の鳴いているたに」の意。ただしこの詩は、元来「皇甫岳ノ雲渓雑題五首」と題する連作中の第一首であり、王維の知人、皇甫岳のすまいか別荘の「雲渓」という流れに沿った景観についてよまれたものである。したがって題意としては「鳥の鳴いている澗《たに》にて」ととるか、固有名詞の如くあつかうのがよいであろう。

皇甫岳は、顧起経注、趙殿成注にいうとおり、『新唐書』宰相世系表（七五下）に皇甫恂《じゆん》の子として挙げられる「岳」であろうか。顧起経はその人と断定しているが、趙殿成は「未ダレ知ラ二即チ此ノ人ナルカ否カヲ一」と、断定を避けている。皇甫岳が皇甫恂の子か否かはいま遽かに決め難いが、王維の知友の一人であったことはたしかで、王維に「皇甫岳ノ写真讃」（『趙注本』巻二〇。「写真」は肖像画の意）がある。なお「皇甫岳」を『全』『顧起経注本』は「皇甫嶽」としているが、『新唐書』宰相世系表に「岳」に作るのをも考慮して、『趙注本』などによって「岳」としておく。「雲渓」は、その皇甫岳の別荘のあった谷であろう。陳貽焮『王維詩選』（人民文学出版社、一九八三年）は、皇甫岳の別荘の所在地で、長安の近郊にあったかもしれぬが未詳、とする。

ちなみに「五首」のこれ以外の四首の題を挙げておく。「蓮《れん》花塢《かう》」「鸕鶿堰《ろじえん》」「上平田《じようへいでん》」「萍池《へいち》」である。

1**閒**　しずか。心のどかな状態をいう。「閒」には「間《あいだ》（jiān）」と「閑《しずか》（xián）」の両義があるが、ここでは後者。常用漢字では「閑」にあたる。

桂花　もくせいの花。都留春雄『王維』（岩波書店、一九五八年）に、『植物名実図考』（清、呉其濬撰）を引いて「普通、もくせいは秋咲くが、春咲くものもあるという」と説くのに従う。『植物名実図考』には「巖桂」を木犀であるとし（巻三三）、別に「山桂花」というものをあげて「春作シ二小苞ヲ一（つぼみ）、迸《ほう》開五出シ、長柄裊《まと》ヒレ糸ヲ、繁蕊《ずい》聚《あつ》ムレ縷《いと》ヲ。色侔《ひと》シ二金粟（桂花）・香越・木ニ犀一。」と述べている（巻三六）。蕭滌非ほか『唐詩鑑賞辞典』（余恕誠執筆）上海辞書出版社、一九八三年）にも、春咲きの「桂花」と解するか、詩人のイメージによって描き出された景と解するか、両様の解釈が可能だが、この連作は風景を写すのに近いものであるから、春咲きの「桂花」とするのがよいとしている。

なお、『蜀刊本』は「佳花」に作る。それならば「美しい花」

の意になるが、「桂」と「佳」で、字体の類似による誤刻のおそれもある。従わない。

2**空**　ひっそりしているさま。

3**驚山鳥**　明月の光に、眠っていた鳥が目をさますのである。この三字、「驚二山鳥一」と訓むこともできる。

『蜀刊本』は「空山鳥」に作る（訓は「空山の鳥」か「山鳥空し」）が、承句で「春山空し」といって転句で「空山の鳥」というのは語が重なりすぎるようであるし、「山鳥空し」では結句の「時に鳴く」とのつながりが悪くなるように感ぜられる。従わない。

4**時**　ときどき。

通　釈

鳥鳴澗

人はのどかに、もくせいの花が散り、夜は静かに、春の山はひっそりしている。明月が上って山の鳥を驚かし、（驚いた鳥が）ときどき春の谷で鳴いている。

諸説の異同

特記事項なし。

備　考

春の夜の山中のしずかな美しさを描いた佳品。寝鳥が月の光に目をさますというあたり、夜の山中のしずけさと月光の明かるさを感じさせて見事。

（田口　暢穂）

0使至塞上　使《つかひ》して塞上《さいじやう》に至《いた》る
1單車欲問邊　単車《たんしや》辺《へん》を問《と》はんと欲《ほつ》し
2屬國過居延　属国《ぞくこく》居延《きよえん》を過《す》ぐ
3征蓬出漢塞　征蓬《せいほう》漢塞《かんさい》を出《い》で
4歸雁入胡天　帰雁《きがん》胡天《こてん》に入《い》る
5大漠孤煙直　大漠《たいばく》孤煙《こえん》直《なほ》く
6長河落日圓　長河《ちやうが》落日《らくじつ》円《まど》かなり
7蕭關逢候騎　蕭関《せうくわん》候騎《こうき》に逢《あ》へば
8都護在燕然　都護《とご》燕然《えんぜん》に在《あ》りと

テキスト

『全』一二六-2-1279 ◆『選』三 ◆『静嘉堂本王右丞集』六 ◆『蜀刊本王摩詰文集』一〇 ◆『須渓先生校本唐王右丞集』六（四部叢刊本） ◆『顧可久注唐王右丞詩注説』六 ◆『顧起経注類箋唐王右丞詩集』五 ◆『趙殿成注王右丞集箋注』九 ◆『文苑英華』二九六 ◆『唐詩品彙』六一 ◆『唐詩別裁集』九

校　語

1**邊**　『唐詩別裁集』には「邉」に作る。俗字。

2**屬**　『静嘉堂本』『蜀刊本』『四部叢刊本』『唐詩品彙』『唐詩別裁集』には「属」に作る。俗字。

單車欲問邊　屬國過居延　『全』に「一作下銜レ命辭二天闕一、單車欲レ問レ邊」との校記がある。『文苑英華』の本文がこの校記の形をとり、本集には『全』に本文の形に作る旨の校記を付す。〔諸説の異同〕Ⅰ参照。

4**雁**　『選』『静嘉堂本』『蜀刊本』『四部叢刊本』『顧可久注本』『文苑英華』『唐詩品彙』『唐詩別裁集』は「鴈」に作る。「鴈」は「雁」の或体字で、同義。

胡　『四部叢刊本』には「湖」に作る。上句「漢塞」との対を考慮すれば「胡」が「湖」に勝る。誤写であろう。

5**煙**　『顧可久注本』『趙注本』『選』『唐詩品彙』には「烟」に作る。「煙」は「煙」の或体で、同義。

7**騎**　『全』『静嘉堂本』『蜀刊本』『四部叢刊本』『顧可久注本』『唐詩品彙』『唐詩別裁集』には「吏」に作る。なお『全』は「一《ニ》作《ル》騎」との校記を付す。「候騎」は斥候の騎兵の意、「候吏」も偵察の役人の意で、どちらも意味は通ずる。また『静嘉堂本』『蜀刊本』など、古い時代の版本には「吏」に作るところからすると、或は「吏」が勝るかもしれないが、広く流布した『趙注本』や『選』が「騎」に作るのを考慮して、いま「騎」に作る。また〔語釈〕の項を参照のこと。

詩型・韻字

五言律詩。邊《へん》・延《*えん》・天《てん》・圓《*えん》・然《*ぜん》（下平声先韻〔先仙韻*〕）。

語釈

0**使**　官吏が天子の命によって地方に赴くこと。王維がいつ、いかなる事情で、どこへ赴く時の作であるかについては、〔諸説の異同〕Ⅱを参照。

塞上　「塞」は辺境地帯のとりで。「上」はかたわら、ほとり、そのあたり。「塞上」でとりでのほとり、また国境地帯、の意。

1**単車**　供もない、ただ一台の車。『文選』巻四一、李陵「答《フル》蘇武《ニ》書」に「足下《そくか》昔以《テ》単車之使《ヲ》、適《ゆク》万乗之虜《りよニ》」とあるのにもとづく。

問辺　辺境地帯を視察する。

2**属国**　他の国の支配を受け、従属している国。特に漢代、漢に降った西域の国をいった。そのもとの国号を存し、故俗を改めずに漢に属するので属国という。『漢書』武帝紀に、元狩二年（前一二一）、匈奴の昆邪《こんや》王が休屠《きゅうちょ》王を殺し、その衆四万餘人をひきいて降ったのを、五属国を置いてこれを処遇したとある。また『後漢書』志二三、郡国志五に、張掖属国、張掖居延属国の名が見える。ここでは下に出てくる「居延」を、居延属国になぞらえてよんだものであろう。なお、この「属国」を「典属国」（漢代の官名で、属国の事を典《つかさど》る）の略とし、いま辺境に使いする王維をなぞらえて言ったと解する説がある。〔諸説の異同〕Ⅲを参照されたい。

過　「(居延を）すぐ」「(居延に）よぎる」の両訓が可能であるが、意味としては「おとずれる・たちよる・たずねる・さしかかる」などの意でよいであろう。ただし本篇がいつ、いかなる時に作られたのか（〔諸説の異同〕Ⅱを参照されたい。涼州へ赴任する途中の作か否かが主な問題になろう）ということに関連して、疑問が生ずる。涼州（甘粛省武威）赴任途上の作ならば、涼州より西方の「居延」を「過ぎる」のはおかしい。また、涼州へ向かうのならば、第7・8句の「蕭関」や「燕然」も、涼州や「居延」とは方向がちがう。そこでこれらの地名は、辺塞詩らしさを感じさせるために、かりに用いたものであろうという立場から、地理的条件を度外視して、ここの「過」を「通り過ぎる」と訳すもの（伊藤正文『王維』〈中国の詩人、集英社、一九八三年〉）が出てくる。また逆に、実際の地名としても、涼州赴任時の作ではなく、涼州在勤中にさらに国境方面へ出張しての作とみて、「通過した」と訳すもの（小川環樹ほか『王維詩集』〈入谷仙介執筆〉岩波文庫、岩波書店、一九七二年）もある。

居延　西域の地名。漢代には匈奴の居た地で、しばしば戦いの舞台となった。「居延海」「居延沢」と呼ばれる湖がある。現在の内蒙古自治区の額済納《エチナ》旗のあたりで、後漢には前出の「張掖居延属国」が置かれていた。

3 **征蓬**　風に吹かれて飛んでゆく蓬。また、旅人を風に吹かれて飛んでゆく蓬に喩えていう。ここでは作者が遠く旅する我が身を「征蓬」になぞらえた。「征」は、「ゆく」「旅に行く」の意。「蓬」は、我が国の草餅に用いるヨモギとは異なり、砂地に生ずる草で、秋に枯れて根から断ち切れると、風に吹かれてころがり飛ぶ。どこまでもころがってゆくので「征蓬」といい、また「転蓬」「飛蓬」などともいう。この「征蓬」を譬喩的に解するについては、次の「帰雁」の解し方とともに〔諸説の異同〕Ⅳを参照されたい。

4 **帰雁**　春、北方に帰ってゆく雁。これも作者が旅する我が身をなぞらえた表現と解しておく。〔諸説の異同〕Ⅳ参照。

胡天　異民族の住んでいる地の空。異国の空。「胡」は、中国の北方または西方の異民族の総称。また、異民族の住む地をもいう。

5 **大漠**　砂漠。広大な砂漠。『文選』巻五六、班固「封ズルノ二燕然山ヲ一銘」に「経テ二磧鹵《せきろ》ヲ一、絶《わたル》二大漠ヲ一」とあり、その李周翰注に「磧ハ、石地、鹵ハ、鹹地《かんち》（塩分の多い地）也。大漠ハ、砂漠也」とある。なお、この「大漠」を具体的に「おそらくアラシャン砂漠のことであろう」（高木正一『唐詩選』二〈中国古典選〈文庫版〉、朝日新聞社、一九七八年〉）、「モンゴル高原地帯のゴビの大砂漠をいう」（中島敏夫・斉藤茂『唐詩選』中〈〈中島敏夫執筆〉中国の古典、学習研究社、一九八五年〉）とするものがあるが、この詩の地名がすべて地理的な実態を反映しているか否か明らかでない面があるので、いまは地名を特定しないことにする。

孤煙直　ただ一筋の煙がまっすぐにたちのぼっている。この煙を、辺境の塞《とりで》で通信連絡に用いるのろしの煙ととるか、人家の（炊事などの）煙ととるか、解がわかれる。どちらの説も成立し得るであろうから、訳文では限定しないでおく。〔諸説の異同〕Ⅴ参照。またこの「直」という表現について、趙殿成『王右丞集箋注』は、塞外の地にはつむじ風が多く、その風ははげしいので煙や砂が吹き上げられて真直ぐに上る。親しくその景を見た者には始めて「直」の字のよさがわかる、と述べている。

6 **長河**　長く延びた、どこまでも流れてゆく河。河の名を明記しない文献が多いが、記すものには、「黄河」とするものと「居延河」（居延の近くの川）」とするものがある。そのように解する論拠は、どちらの立場に立つ文献も、示していない。蓋し「居延河」ととるのは、第2句に「居延を過ぐ」とあるのによってであろう。「黄河」ととるのは、中国古典詩の世界では、黄河の源流が西方塞外の地であると認識されていたという、当時の人々のイメージによってのことであろう。いま管見の範囲で、それぞれの文献を挙げておく。

黄河とするもの：戸崎允明『箋註唐詩選』（漢文大系、冨山房、一九一〇年）、斎藤晌『唐詩選』上（漢詩大系、集英社、一九六四年）、入谷仙介『王維』（中国詩文選、筑摩書房、一九七三年）、中島敏夫ほか『唐詩選』中（中島敏夫執筆）中国の古典、学習研究社、一九八五年）、王達津『王維孟浩然選集』（上海古籍出版社、一九九〇年）、鄧安生ほか『王維詩選訳』（巴蜀書社　一九九〇年）など。

居延河とするもの：森槐南『唐詩選評釈』（郁文舎、一九一〇年〔第八版〕）、簡野道明『唐詩選詳説』上（明治書院、一九二九年）、前野直彬編『唐詩鑑賞辞典』（西岡晴彦執筆）東京堂出版、一九七〇年）など。

7 **蕭関**　古来の関所の名。唐代、原州平高県（寧夏回族自治区固原県）の東南にあった。長安から塞北寧夏方面への要衝。

候騎　斥候の騎兵。顧玄緯注、趙殿成注にすでに指摘する如く、梁の何遜の「見ル二征人ノ分別スルヲ一」詩に「候騎出デ二蕭関ヲ一、追兵赴ク二馬邑ニ一」とある。つまり「蕭関」と「候騎」は、詩的イメージの上で結びつく語である。なお、〔校語〕でふれたとおり、「候騎」を「候吏」（斥候の役人）に作る本があるが、『趙注本』や『選』の「候騎」に従う。

8 **都護**　辺境地帯の行政・軍事を掌る長官。漢代に西域都護が置かれて西域を支配したのに始まる。唐代、玄宗の頃には六都護府が置かれ、西方は安西・北庭の両都護府が、北方は安北・単于《ぜんう》の両都護府が管轄していた。

燕然　山の名。燕然山は、現在のモンゴル人民共和国の杭愛山《ハンガイ》の古名。唐の初め、安北都護府は燕然山の南方に置かれていたが、異民族の勢いに押されて後退し、玄宗の頃には現在の内蒙古自治区包頭市の南、黄河沿岸の中受降城に南下していた（譚其驤主編『中国歴史地図集第五冊　隋・唐・五代十国時期』（地図出版社、一九八二年）による）。また、後漢の和帝の時、将軍竇憲《とうけん》が匈奴を破ってこの燕然山に登り、「封ズルノ二燕然山ヲ一銘」（班固撰。前出）を刻した碑を建てた（『後漢書』列伝第一三、竇憲伝）。つまり燕然山は、古くは匈奴に勝ったゆかりの地、唐代では北方に勢力を張った治所であった。ここで都護が燕然山にいるとうたうのは、唐が異民族に対して優勢であるという気分を含んでいるのであろう。

なお、第7・8句の「蕭関」「燕然」は、第2句の「居延」とは、地理上、あわない。辺境らしさを感じさせる地名を借りてうたったものであろうか。

通釈

使者として辺塞の地に赴いて

辺境地帯を視察するため、ただ一台の車で、属国の居延をおとずれた。

（私は）風に吹かれて転《ころ》がる蓬のように漢の塞《とりで》を出て（旅路にのぼり）、北へ帰る雁のように異国の空へ向かってゆく。

大砂漠にただ一筋の煙が真直《まっすぐ》に立ち上り、長々と延びる河に沈みゆく太陽がまんまるい。

蕭関で斥候の騎兵に出会ったが、都護は今、燕然山においでだということだ。

諸説の異同

異同の所在 Ⅰ

第1・2句の本文

異同の類別

A「単車欲問辺、属国過居延」。

B「銜命辞天闕、単車欲問辺」。

A説を採るもの：『全』『静嘉堂本』『蜀刊本』『四部叢刊本』『顧可久注本』『顧起経注本』『趙殿成注本』『唐詩品彙』『唐詩別裁集』『唐詩選』（架蔵文化一〇年〔一八一三〕刊小本他）、『唐詩選掌故』（千葉芸閣《うんかく》、寛正五年〔一七九三〕再版本）、『箋註唐詩選』（戸崎允明、天明四年〔一七八四〕刊。活字本は漢文大系、冨山房、一九一〇年）、『唐詩選国字解』（服部南郭、文化一一年〔一八一四〕再版本）、釈清潭『陶淵明集・王右丞集』（続国訳漢文大成、国民文庫刊行会、一九二九年）、都留春雄『王維』（中国詩人選集、岩波書店、一九五八年）、小川環樹ほか『王維詩集』（岩波文庫、岩波書店、一九七二年）、森槐南『唐詩選評釈』（郁文舎、一九一〇年〔八版〕）、釈清潭『唐詩選』（国訳漢文大成、国民文庫刊行会、一九二〇年）、簡野道明『唐詩選詳説』上（明治書院、一九二九年）、前野直彬『唐詩選』中（岩波文庫、一九六二年）、目加田誠『唐詩選』（新釈漢文大系、明治書院、一九六四年）、斎藤晌『唐詩選』上（漢詩大系、集英社、一九六四年）、中島敏夫・斉藤茂『唐詩選』中（〔中島敏夫執筆〕中国の古典、学習研究社、一九八五年）、吉川幸次郎ほか『唐詩選』（〔入谷仙介執筆〕筑摩叢書、筑摩書房、一九七三年）、前野直彬『唐詩鑑賞辞典』（〔西岡晴彦執筆〕東京堂出版、一九七〇年）、松浦友久『唐詩の旅―黄河篇』（〔張燕瑾執筆〕社会思想社、一九八〇年）、蕭滌非ほか『唐詩鑑賞辞典』（上海辞書出版社、一九八三年）、陳貽焮『王維詩選』（人民文学出版社、一九八三年）、王達津『王維孟浩然選集』（上海古籍出版社、一九九〇年）、鄒安生ほか『王維詩選訳』（巴蜀書社、一九九〇年）など。

なお、Bの本文に言及したうえで、Aの本文を採る文献を別に挙げておく。入谷仙介『王維』（中国詩文選、筑摩書房、一九七三年）、入谷仙介『王維研究』（創文社、一九七六年）、伊藤正文『王維』（中国の詩人、集英社、一九八三年）など。

B説を採るもの：『文苑英華』、小林太市郎・原田憲雄『王維』（〔原田憲雄執筆〕漢詩大系、集英社、一九六四年）、高木正一『唐詩選』二（中国古典選〔文庫版〕、朝日新聞社、一九七八年）など。

異同の論拠

Bの本文に言及しないでAの本文を採るもの

論拠については言及されていない。蓋し通行の王維の詩文集、『唐詩選』の本文に拠ったものであろう。

Bの本文を採るもの

通行の集の本文（田口補：Aの本文を指す）によると、長安を出て、燕然山に向かうべき主人公が居延をすぎて、また蕭関にもどることになり、地理上、矛盾を生ずる。Bの本文ならばその矛盾はなくなり、かつ第3・4句と音律もかなう。

（以上、小林太市郎・原田憲雄『王維』〔原田憲雄執筆〕）

（涼州に赴任する作者が）任地より遠い居延に立ちよるはずはなく、そこからまた蕭関に向かうのは、大きくもどることになり、おかしい。また「単車欲問辺、属国過居延」としたのでは、次聯の

「征蓬出漢塞、帰雁入胡天」と、同じ韻律がくりかえされることになって、律詩の規則に合わなくなる。（田口補：○は平字、●は仄字を表す。つまり平仄式にあわないという指摘）

（以上、高木正一『唐詩選』二）

Ｂの本文に言及したうえで、Ａの本文を採るもの

Ｂの本文ならば地理上の矛盾はなくなるが、Ａの本文の、辺境を行く王維の内心の緊張がまっさきにずばりと投出されているという長所が失われる。

（以上、入谷仙介『王維研究』）

Ｂの本文ならば経路上に矛盾を生じることが少ないし、律詩としての平仄にもすぐれているが、『文苑英華』以外のテキスト、特に王維の集の両種の宋本や元刻本（さらに『唐詩選』も）がＡの本文に作るので、簡単に改めるのも難しい。

（以上、伊藤正文『王維』）

本稿においては、入谷・伊藤両氏の説により、また、唐代の辺塞詩にあっては辺境の地名は必ずしも地理的に厳密に用いられているとは限らないことをも考慮して、Ａの本文を採った。なお、Ｂの本文の場合、「命《めい》を銜《ふく》んで天闕《てんけつ》を辞《じ》し、単車《たんしゃ》　辺《へん》を問《と》はんと欲《ほっ》す」と訓《よ》み、「君命を奉じて宮殿を辞去し、ただ一台の車で辺境を視察しようとする」というほどの意になろうか。意味上、論理的に整ってはいるように感ぜられる。

異同の所在　II

本篇の制作事情

異同の類別

Ａ　開元二五年（七三七）、王維が節度判官（節度使の属官）となり、涼州（甘粛省武威県）の河西節度副大使崔希逸のもとに赴いた時の作。

Ｂ　開元二五年（七三七）、王維が監察御史として、涼州に赴いた時の作。

Ｃ　開元二五年（七三七）、王維が監察御史兼節度判官として涼州に赴いた時の作。

Ｄ　開元二五年（七三七）以降、節度判官として涼州にいた間の作。

Ｅ　開元二四年（七三六）以降、節度判官として涼州に勤務していた時期の作か。

Ｆ　開元二五年（七三七）一一月頃から二八年（七三八）頃の間、節度判官として涼州に勤務していた時期の作。

Ｇ　開元二三年（七三五）、監察御史として辺境に赴いた時の作。

Ｈ　開元二七年（七三九）、監察御史として関内道の北部（現在の陝西省北部から内蒙古自治区）を巡視した時の作。

Ａ説を採るもの：都留春雄『王維』、前野直彬『唐詩選』中、目加田誠『唐詩選』、前野直彬『唐詩鑑賞辞典』（西岡晴彦執筆）、高木正一『唐詩選』二、松浦友久『唐詩の旅―黄河篇』（ただし年代は示していない）など。

Ｂ説を採るもの：趙殿成『王右丞年譜』、陳貽焮『王維詩選』、蕭滌非ほか『唐詩鑑賞辞典』（張燕瑾執筆）など。

Ｃ説を採るもの：中島敏夫・斉藤茂『唐詩選』中（中島敏夫執筆）、鄧安生ほか『王維詩選訳』、張清華『詩仏―王摩詰伝』（河南人民出版社、一九九一年）など。ただし、中島『唐詩選』は、後年

（王維45歳の頃）に楡林郡（内蒙古自治区ジュンガル一帯）などに侍御史として出使した時の作である可能性に言及している。

D説を採るもの：小林太市郎・原田憲雄『王維』（原田憲雄執筆）、王達津『王維孟浩然選集』など。

E説を採るもの：小川環樹ほか『王維詩集』（入谷仙介執筆）。ただし、「涼州在勤中、さらに国境方面へ出張しての作であるというのが通説だが、あるいは陝西の北部の楡林地方の作であるかもしれない」と説明している。

F説を採るもの：吉川幸次郎ほか『唐詩選』（入谷仙介執筆）。

G説を採るもの：顧起経『唐王右丞年譜』。

H説を採るもの：入谷仙介『王維』、入谷仙介『王維研究』、伊藤正文『王維』など。

異同の論拠

それぞれの著者の、王維の伝記構成と、本篇のとらえ方による。右に挙げた文献も、論拠を記さぬものが多いし、制作事情には言及しないで訳注のみ付すという文献も多い。「いつごろ作られたか正確なことはわからない。涼州で節度判官をしていたときと解釈できるが、監察御史とみるほうが筋がとおる」という文献もある（斎藤晌『唐詩選』上）。

いま、王維の涼州在任期を中心にすえて、伝記的事実を見なおし、右の諸説について考えてみたい。

いま王維の詩文に拠れば、開元二五年（七三七）秋には王維が涼州の河西節度副大使崔希逸のもとにいたことがわかる（「為《ニ》㆓崔常侍《ノ》㆒謝《スルノ》㆓賜物《ヲ》㆒表」（『趙注本』巻一七））。そのときの職は、「双黄鵠歌送別」（『趙注本』一一）と「涼州《ニテ》賽《ス》㆑神《ニ》」詩（『趙注本』巻一四）に付せられた原注「時為《ニリ》㆓節度判官《ト》㆒、在《リテノ》㆓涼州《ニ》㆒作」によって、節度判官であったことが知られる。

そして開元二七年五月には長安に帰っていたことがわかる「大鷹福寺《ノ》大徳道光禅師《ノ》塔《ノ》銘」（『趙注本』巻二五）に「開元二十七年五月二十三日」の日付がある。

一方、伝記を見ると、『旧唐書』本伝に右拾遺・監察御史・左補闕・庫部郎中を歴たことを記す（涼州に赴いたことは記さない）。『新唐書』本伝には、張九齢が政権を執り、右拾遺に任ぜられ、監察御史になったと記す（やはり涼州に赴いたことは記さない）。両『唐書』の記述が一致しているのは右拾遺をへて監察御史になったことである。

王維が右拾遺に任ぜられたのは開元二二年（七三四）か二三年（七三五）であろう。張九齢が中書令となって政権を握ったのは、開元二二年である。『新唐書』本伝にいう如く、王維が張九齢に抜擢されて右拾遺になったとすれば、それは二二年か二三年のことになろう（入谷仙介『王維研究』、伊藤正文『王維』は開元二二年、小林太市郎『王維の生涯と藝術』〔全国書房、一九四四年〕は二三年とする）。右拾遺を辞したのがいつであるかは詳かでない。張九齢が李林甫との政争に敗れ、荊州長史に左遷された開元二五年（七三七）四月以後であろうとは、諸家の一致して説く所である。

この伝記から知られる事実と、詩文から得られた知見をあわせて考えると、「右拾遺—涼州—監察御史」という経歴が想定できることになる。なお、王維が監察御史に任ぜられたことは、その「出塞作」詩（『趙注本』巻一〇）の原注「時為《ニリ》㆓御史《ト》㆒、監㆔察《スルノ》塞上《ヲ》㆓作」で確められる。ただし監察御史となったのがいつであるかは、今日の研究でも説がわかれる。小林『王維の生涯と藝術』は、涼州で崔常侍の幕中にあって昇任した（時期は言及しない）とし、入谷『王維研究』は帰京していた開元二七年（七三九）のことかといい、伊藤『王維』は開元二六年（七三八）には帰京して御史となっていたか、とする。

右に述べた所をふまえて前掲A～Hの諸説を検討してみよう。

まずGは、開元二三年には長安にいたと考えられるので、否定してよい。

Bも、涼州にはじめに赴いた時は監察御史ではなく、節度判官であったはずだから、これも否定してよいであろう。

この二説以外は、みな否定しきれぬように思われるので、問題点を挙げておく。

Aは伝記的には矛盾点はない。ただし詩中の地名、「居延」「蕭関」「燕然」等が涼州に赴く途上の作にはそぐわない（文学的修辞とみれば疑問は解消する）。また、詩の印象や用語が似ている「出塞作」詩と本篇が同じ時期に作られたと仮定すると、「出塞作」の原注「時に御史と為る」と齟齬をきたす。

Cは、A説で問題になった「御史」の疑問点を解消する説である。しかし、節度判官という外官の属官と、中央から監察に派遣される監察御史とを兼務するというのは些か疑問である。

D・E・Fは、明記していないけれども、A説を展開させて、涼州からさらに遠方へ向かったと解釈し、地理上の疑問をやわらげようとしたものであろうか。ただし地理的に実況をうたったものとは考えられないのは、A説と同じ。なお、Eで涼州在任期間を開元二四年以降とするのは、王維の涼州赴任が確定できないので、崔希逸が河西節度使に任ぜられた開元二四年秋で示したもの、Fで涼州在任期間を開元二五年一一月頃から二八年頃とするのは、前出「為二崔常侍《ノ》一謝《スルノ》二賜物《ヲ》一表」から、逆に厳密に引下げて考え、王維が殿中侍御史に任ぜられたことが確実な二八年までとしたものであろう。いずれにせよ、入谷氏の見解は今日では『王維研究』に示されているものによるべきである。

Hは、本篇と「出塞作」を同じ時期の作と見なし、監察御史として辺境に赴いた時の作とする説である。ただし入谷『王維研究』と伊藤『王維』は、監察御史に任ぜられた時期については見解を異にするものの、「出塞作」や本篇にうたわれた巡察が行われた時期は同じく開元二七年（七三九）と推定している。しかし巡察した地域は、入谷『王維研究』は楡林郡・新秦郡（唐の勝州の一部。今のオルドス地方から陝西北部へかけての地）かといい、伊藤『王維』は蕭関（寧夏回族自治区固原県のあたり）から霊州（寧夏回族自治区永寧県の南方）付近かという。なお、このH説でも、作中の地名は文学的に選ばれた用語であるとする。

以上の検討を経て、いま、どの説に拠るかとなれば、（先学諸氏が指摘された如く）決め手になる材料が不十分といわねばならない。筆者にはH説が最も合理的なように思われるが、この考え方にも疑問の餘地がないわけではないのである。この説では本篇と「出塞作」を同時期の作と見なすのが前提となっており、また地名を文学的修辞としている。だが、仮に本篇を「出塞作」と切りはなし、地名を文学的修辞として読むならば、涼州節度判官赴任時制作説・涼州節度判官在任中制作説も全面的に否定することはできないように思われる。本稿においては断定を避け、斎藤『唐詩選』上の「正確なことはわからない」に与《くみ》しておく。

異同の所在　Ⅲ

本篇の制作場所

異同の類別

A　居延を通った後、蕭関に至っての作。王維が辺境に赴いた事情、居延と蕭関の地理的矛盾にはふれない。

B　開元二五年（七三七）、王維が節度判官となり、涼州（甘粛省武威県）の河西節度副大使崔希逸のもとに赴く途中、蕭関での作。蕭関が居延の近くのように解する。

C　王維が節度判官となり、涼州の崔希逸のもとに赴く途中、蕭関での作。居延は蕭関より遠い、今後の目的地と解する。

D　開元二五年（七三七）、王維が監察御史として涼州に赴く途中、居延を通った後、蕭関での作。居延と蕭関の地理的矛盾にはふれない。

E　開元二五年（七三七）、王維が監察御史兼節度判官として涼州に赴く途中、蕭関での作。居延と蕭関の地理的矛盾には、直接はふれない。

F　開元二五年（七三七）、王維が監察御史兼節度判官として涼州に赴く途中、居延を通った後、蕭関での作。居延と蕭関、燕然の地理的矛盾は、実際の地名を指すものではないとする。

G　開元二五年（七三七）以降、王維が節度判官として涼州にいた時期に、居延を過ぎ、蕭関に至っての作。

H　開元二四年（七三六）以降、王維が節度判官として涼州に勤務していた時期に、さらに国境地方へ出張し、居延を過ぎ、蕭関に至っての作。

I　開元二五年（七三七）一一月頃から二八年（七三八）頃の間、王維が節度判官として涼州に勤務していた時期に、居延を過ぎ、蕭関に至っての作。

J　開元二三年（七三五）、王維が監察御史として辺境に赴いた時、居延をへて、蕭関に至っての作。

K　開元二七年（七三九）、王維が監察御史として関内道北部（現在の陝西省北部から内蒙古自治区）楡林あたりを巡視した時の作。詩が作られたのは、その楡林あたりであろう。詩の解釈のうえでは蕭関に至っての作ということになるが、居延、蕭関、燕然の地名は文学的修辞とみなすので、地理的矛盾は問題にしない。

L　開元二七年（七三九）、王維が監察御史として関内道北部、蕭関から霊州（寧夏回族自治区霊武県の西南）あたりの黄河沿岸を巡視した時の作。詩が作られたのもそのあたり、詩の解釈のうえでは居延での作で、蕭関はこれからの目的地と解するが、地名は文学的修辞とみなすので、地理的矛盾は問題にしない。

M　制作時や王維の官職などは確定できないが、居延に向かう途上、蕭関での作とする。

N　本篇の第1・2句を、『文苑英華』に従って、「銜《ンデ》レ命《ヲ》辞《ン》二天闕《ヲ》一、単車欲《ス》レ問《ハント》レ辺《ヲ》」に改め、蕭関での作とする。

A説を採るもの：千葉芸閣《うんかく》『唐詩選掌故』、戸崎允明『箋註唐詩選』、服部南郭『唐詩選国字解』、森槐南『唐詩選評釈』、釈清潭『唐詩選』、簡野道明『唐詩選詳説』上、釈清潭『陶淵明集・王右丞集』など。
B説を採るもの：都留春雄『王維』、前野直彬『唐詩選』中、目加田誠『唐詩選』、前野直彬『唐詩鑑賞辞典』（西岡晴彦執筆）など。
C説を採るもの：松浦友久『唐詩の旅—黄河篇』。
D説を採るもの：陳貽焮『王維詩選』、蕭滌非ほか『唐詩鑑賞辞典』（張燕瑾執筆）など。
E説を採るもの：張清華『詩仏—王摩詰伝』。
F説を採るもの：中島敏夫・斉藤茂『唐詩選』中（中島敏夫執筆）、鄧安生ほか『王維詩選訳』など。
G説を採るもの：王達津『王維孟浩然選集』。
H説を採るもの：小川環樹ほか『王維詩集』（入谷仙介執筆）。
I説を採るもの：吉川幸次郎ほか『唐詩選』（入谷仙介執筆）。
J説を採るもの：顧起経『唐王右丞年譜』。
K説を採るもの：入谷仙介『王維』、入谷仙介『王維研究』など。
L説を採るもの：伊藤正文『王維』。
M説を採るもの：斎藤晌『唐詩選』上。
N説を採るもの：小林太市郎・原田憲雄『王維』（原田憲雄執筆）、高木正一『唐詩選』二など。

異同の論拠

それぞれの著者の、王維の伝記構成と、本篇にうたわれた「居延」と「蕭関」の位置関係——居延は蕭関よりもはるか西にある。したがって居延を通過した後、蕭関に至るという行程は、普通は考えられない——の認識のしかたによる。右に挙げた文献の中でも、居延と蕭関の地理的な矛盾にはふれないものが多く、したがって論拠も明記されていない文献が多い。いま、推測をまじえながら、検討を加えておきたい。

A説は、王維が辺境に赴いた事情（時期を含めて）には言及せず、地理的矛盾にもふれていない。本篇をそのまま読み、解釈したものであろう。地理上の疑問は解決されない。

B説は、制作事情には言及するが、地理上の疑問にはふれていず、疑問を解決するには至らない。

C説は、王維が辺境に赴いた事情をふまえ（時期には言及しない）、涼州の崔希逸の幕下に赴く途上、蕭関での作とする。

(1) 詩中の地名は、燕然が長安からもっとも遠く、蕭関はもっとも近い。居延はその中間にある。

(2) したがって、第2句を、すでに居延に来たうえでの表現と見たのでは、第7句の蕭関とは矛盾する。

結論　三つの地名をすべて文学的修辞と見なし、地理には関わらないとする見かたもできるが、ここでは涼州に在る崔希逸の幕下へ赴く途上、蕭関での作とするのが自然であろう。その場合、第2句を従来の解釈のように実景と見なすことは困難であり、本書の試訳のように、今後の目的地と見ることが必要になる（田口補：第2句を「属国　居延を過らん」と訓読し、「典属国の官として、涼州の属国、居延の地までも踏破するのだ」と訳す）。「単車欲問辺」という表現は、明らかに、自分がまだ「辺（国境地帯）」にいないことを示していよう。

（松浦友久『唐詩の旅—黄河篇』）

D説は、B説とは辺境に赴いた事情（官職）を異にする説。地理上の疑問は解決されない。なお、趙殿成『王右丞年譜』も、このD

説に分類してよいかもしれない。本文の注においては地理上の疑問には言及していない。

E説は、涼州への途上、蕭関での作とし、蕭関を過ぎて蘭州を経、涼州に向かったと考えている。居延との関係は、直接は言及しない。ただし、「出塞作」の項で、その第一句「居延城外獵《ル》二天驕《ヲ》一」に関連して、涼州着任後、張掖の北の居延城に行った、と述べている。本篇は涼州赴任の途上の作と見なしているのであるから、「居延」について、「出塞作」の説明とは異なる説明があるべきではないかと思われる。

F説は、制作事情についてはE説と同じであるが、地理上の矛盾は、実際の地名ではなく、文学的修辞と見ることで解消される。

> 地理的状況からすると、詩中の地名が皆現実の地名であるとは考えにくく、居延・大漠・長河（黄河）・蕭関・燕然の各地名の全てが王維の現実に符号することは先ずないと思われる。
> （中島敏夫『唐詩選』中）

> 詩中居延・蕭関・燕然均属用漢征匈奴典故、不是実指、所以蕭関在南、与詩意不妨。
> （鄧安生ほか『王維詩選訳』）

G説は、王維が涼州に赴任する途上の作ではなく、涼州在勤中の作と見るもの。涼州から辺境に出むいたと考えれば、地理上の矛盾は生じない。

H説・I説は、涼州在任期間のとりかたが異なるが、同じ考え方にもとづく説。前項〔異同の所在〕II「本篇の制作事情」をも参照されたい。この両説も、G説と同用、涼州から辺境に出むいたと考えれば、地理上の疑問は解消する。ただし入谷氏の見解は、今日では『王維研究』に示されているもの（後出K説）によるべきである。

J説は、すでに〔異同の所在〕II「本篇の制作事情」で言及したとおり、王維は開元二三年には長安にいたと考えられるので、否定される。

K説は、詩が作られたのは、王維が巡視した楡林で、詩の解釈のうえでは蕭関とする。ただし地名は文学的修辞と見なし、地理的矛盾は問題にしない。論拠は伝記構成のしかたと、地名が典故として用いられていることである。

L説も、詩が作られたのは、王維が巡視した蕭関から霊州あたりだが、詩の解釈のうえでは居延とする。なお、蕭関はこれからの目的地と解し、第7句を「蕭関　候吏に逢わば」と訓読している。ただし地名は文学的修辞と見なし、地理的矛盾は問題にしないことは、K説に同じ。論拠もK説に同じ。

M説は、制作事情が確定しにくいことと、地理的に疑問があることをふまえて、居延を目的地と解し、その途中、蕭関での作と見る。第2句を「居延を過ぐ」と訓読し、「行くさきは遠い居延である」と訳している。

N説は詩の本文を改めることで、地理上の疑問を解消する。

(1)　この詩の初二句は、王維の集のどの本にも「単車欲問辺、属国過居延」とする。集の文字に従うならば、長安を出て、燕然山に向かうべき主人公が、居延をすぎて、また蕭関に立ちもどることになる。

(2)　塞外の地理は唐人にも必ずしもはっきりとはしていなかったようではあるが、この違い（マヽ）はなはだしすぎる。

(3)『文苑英華』の本文「銜命辞天闕、単車欲問辺」ならば、何の矛盾もなく、且つ、3、4句と音律もよくかなう。

結論：『文苑英華』の本文に従う。

（小林・原田『王維』（原田執筆））

居延という地名がなくなり、地理的矛盾がないので、そのまま蕭関での作と考えることができる。この説を採る、いま一つの文献、高木氏『唐詩選』も、同じ論拠によっている。ただし、制作事情についてはニつの文献で説がわかれる。原田『王維』は、開元二五年（七三七）、王維が節度判官として涼州に赴任した、涼州在任中の作とし、高木『唐詩選』は、開元二五年、涼州に赴任する途中の作とする。

以上の検討を経て、地理上の疑問を解決し得る解釈がどれかというとになるが、伝記的な問題がからんで、すっきりとした結論は出しにくい。

王維が節度判官となり、涼州に赴任する途中の作とする立場に立てば、C説が最も明晰な解釈である。ところが〔異同の所在〕Ⅱ「本篇の制作事情」で言及した如く、王維の事蹟が確定できないので、F説・G説・K説・L説・M説も否定できない。筆者としては、伝記から考えて、監察御史として北辺に赴いた時の作で地名は文学的修辞とするK説・L説も有力なように思われる。〔通釈〕は掲出のように曖昧な形にしておいた。

なお、本書においては『文苑英華』の本文は採用していないので、N説は採らない。

異同の所在　Ⅳ

「属国」の解

異同の類別

A　従属している国。

B　典属国（官名）。

C　「従属している国」と「典属国」の両義があるとし、前者をとる。

D　両義があるが、「典属国」とする。

E　両義を二重に含んでいる。

A説を採るもの：『顧起経注本』、『趙注本』、千葉芸閣『唐詩選掌故』、戸崎允明『箋註唐詩選』、服部南郭『唐詩選国字解』、森槐南『唐詩選評釈』、釈清潭『唐詩選』、釈清潭『陶淵明集・王右丞集』、陳貽焮『王維詩選』、王達津『王維孟浩然選集』、鄧安生ほか『王維詩選訳』など。

B説を採るもの：簡野道明『唐詩選詳説』上（田口補：ただし「属国都尉」という後漢の名称を用いている）、伊藤正文『王維』、蕭滌非ほか『唐詩鑑賞辞典』（張燕瑾執筆）など。

C説を採るもの：目加田誠『唐詩選』、小川環樹ほか『王維詩集』（入谷仙介執筆）、中島敏夫・斉藤茂『唐詩選』中（中島敏夫執筆）など。

D説を採るもの：都留春雄『王維』、前野直彬『唐詩選』中、斎藤晌『唐詩選』上、前野直彬『唐詩鑑賞辞典』（西岡晴彦執筆）、吉川幸次郎ほか『唐詩選』（入谷仙介執筆）など。

E説を採るもの：入谷仙介『王維』、入谷仙介『王維研究』、松浦友久『唐詩の旅―黄河篇』など。

異同の論拠

A説の論拠は、「語釈」の「属国」の項に述べた『漢書』、『後漢書』の記事により、居延が「属国」であったことを拠りどころとしている。

Ｂ説の論拠は、第1句の「単車」が蘇武の故事をふまえるのと同じく、「典属国」に任ぜられた蘇武に王維自身をなぞらえたとするもの。

Ｃ説の論拠は、Ｂ説を念頭においたうえで、なおＡ説と同じ根拠で「従属国」とする。

Ｄ説も、Ａ説を念頭においたうえで、Ｂ説と同じく蘇武への連想を重視する。

Ｅ説は、Ｂ説と同様、蘇武への連想があって、「典属国」蘇武が胸に浮かび、その「属国」にふさわしい地名として「居延」が選ばれた、という（入谷『王維研究』）。

本稿ではＣ説に従う。

異同の所在　Ｖ

「征蓬」「帰雁」の解

異同の類別

Ａ　「征蓬」は旅人の飄泊のさまを喩えるととるが、「帰雁」についてはは明確にいわない。

Ｂ　「征蓬」「帰雁」を、ともに辺地にゆく自身の喩えととる。

Ｃ　「征蓬」を自身の喩えとし、「帰雁」とともに胡地へ行く、ととる。Ｂのバリエーションといえようか。

Ｄ　「征蓬」「帰雁」を、ともに譬喩的な意味を明言せず、実景のように解する。

Ａ説を採るもの：戸崎允明『箋註唐詩選』、都留春雄『王維』、小林太市郎・原田憲雄『王維』（原田憲雄執筆）、斎藤晌『唐詩選』上、入谷仙介『王維』、陳貽焮『王維詩選』など。ただし、戸崎允明『箋註唐詩選』は「帰雁をみて、我が北行に感ず」といい、入谷仙介『王維』は「征蓬の如くに帰れない自分に対し、ふるさとへ帰るものとして飛鳥をうらやんでいる」といい、それぞれ旅情がこめられていることを指摘している。

Ｂ説を採るもの：前野直彬『唐詩選』中、高木正一『唐詩選』二、松浦友久『唐詩の旅—黄河篇』、伊藤正文『王維』、蕭滌非ほか『唐詩鑑賞辞典』（張燕瑾執筆）、王達津『王維孟浩然選集』など。ただし伊藤正文『王維』は「帰雁」の句について、「帰るべき雁がかえって胡《えびす》の地に入ってしまい、帰還の目途の立ちにくいことをいう」と説き、他の文献とややニュアンスを異にするが、便宜上、ここに入れておく。

Ｃ説を採るもの：森槐南『唐詩選評釈』、釈清潭『唐詩選』、簡野道明『唐詩選詳説』上、目加田誠『唐詩選』、前野直彬『唐詩鑑賞辞典』（西岡晴彦執筆）、中島敏夫・斉藤茂『唐詩選』中（中島敏夫執筆）など。ただし中島敏夫『唐詩選』は、「征蓬」の語釈に「王維もまた征蓬とともに塞を出、帰雁の入りゆく空の下へと行こうとする」と説明しているのをここに入れたもの。

Ｄ説を採るもの：釈清潭『陶淵明集・王右丞集』、小川環樹ほか『王維詩集』（入谷仙介執筆）、吉川幸次郎ほか『唐詩選』（入谷仙介執筆）、入谷仙介『王維研究』、鄧安生ほか『王維詩選訳』など。

異同の論拠

特に記さない。いま、「征蓬」句と「帰雁」句が対句であることを考慮すると、「征蓬」が譬喩的な意味であるとすれば「帰雁」も譬喩的な意味であると解するのがよいように思われる（またはＤ説のように、二句とも実景のように解するのがよいように思われる）。

〔通釈〕ではB説に従って訳しておいた。

異同の所在

「孤煙」の解　VI

異同の類別

A　のろしの煙。

B　人家の（炊事などの）煙。

C　どちらともいえない。

A説を採るもの：趙殿成『王右丞集箋注』、都留春雄『王維』、入谷仙介『王維』、入谷仙介『王維研究』、高木正一『唐詩選』二、松浦友久『唐詩の旅—黄河篇』、蕭滌非ほか『唐詩鑑賞辞典』（張燕瑾執筆）、王達津『王維孟浩然選集』など。

B説を採るもの：服部南郭『唐詩選国字解』、森槐南『唐詩選評釈』、簡野道明『唐詩選詳説』上など。

C説を採るもの：釈清潭『陶淵明集・王右丞集』、前野直彬『唐詩選』中、目加田誠『唐詩選』、小林太市郎・原田憲雄『王維』（原田憲雄執筆）、前野直彬『唐詩鑑賞辞典』（西岡晴彦執筆）など。ただし、釈清潭、原田両氏は語注に趙殿成ののろし説を引くが、断定はしていないもの、西岡氏はのろしが相応しかろうといいつつ、森槐南の説も挙げて、決め難いとする。

異同の論拠

A説：辺境の光景として、連絡用の烽火が相応しいという感覚が前提にあるのであろう。そして趙殿成注に宋の陸佃の『埤雅』を引いていう、「古之烽火、用《フ》二狼糞《ヲ》一。取《ル》二其《ノ》烟直《クシテ》而聚《マルヲ》一。雖《モ》二風吹《クト》レ之不レ斜《メナラ》一。或《ルヒト》謂《フ》辺外多《シ》二廻風一。其《ノ》風迅急《ニシテ》、裊《たわメテ》二烟沙《ヲ》一而直上《ス》。親《シク》見《ル》二其《ノ》景《ヲ》一者、始《テ》知《ル》二直字之佳《ナルヲ》一」と。この烽火がまっすぐに立ち上るというのをあてはめたものである。

B説：特に論拠は示されない。例を示せば、

沙漠ニ出テ、山モナイニ付テ、風ガナイユヘ《マヽ》、一ツハナレノ家ナドヨリ、烟リガ上ルガマツスグニノボッテ、何ノサハリモナク、云々

（服部南郭『唐詩選国字解』）

一道の炊煙雲に連って

（森槐南『唐詩選評釈』）

などというばかりである。

C説：A・B両説を挙げたうえで、どちらとも決め難い、確定する必要もなさそう、とする。

辺境の砂漠の光景を思い浮かべると、確かにどちらとも決め難い。現にこの「孤煙」については何とも言わない文献が多いのも、そのためではないかと思われる。いま、C説に従う。

なお、釈清潭『唐詩選』に「孤煙直」を解して「流砂は廻風が迅急にして煙沙を裊《たわ》めて直ちに上ると見るべきか、又烽火の空を衝き上るを直しと見るべきか、直は正直《せいちょく》即ち『マツスグ』と解く方面白かるべし」というのは、前掲趙注の記述を些かずれた文脈で援用したものであろうが、C説に入れてよいのかもしれない。

備考

本篇の頸聯は、古来、砂漠の雄大なる景を写した名句として知られるが、顧可久注に「曠遠之景」と評するのはまことに適切な評といってよいであろう。

（田口　暢穂）

0田園楽
1桃紅復含宿雨
2柳緑更帯春煙
3花落家僮未掃
4鶯啼山客猶眠

田園楽《でんゑんらく》
桃《もも》紅《くれなゐ》にして　復《ま》た宿雨《しゆくう》を含《ふく》み
柳《やなぎ》緑《みどり》にして　更《さら》に春煙《しゆんえん》を帯《お》ぶ
花《はな》落《お》ちて　家僮《かどう》未《いま》だ掃《はら》はず
鶯《うぐひす》啼《な》いて　山客《さんかく》猶《な》ほ眠《ねむ》る

テキスト　『全』一二八-2-1306　◆『静嘉堂蔵宋本王右丞集』四　◆『蜀刊本王摩詰文集』六　◆『須渓先生校本唐王右丞集』四（四部叢刊本）　◆『顧可久注唐王右丞詩集注説』四　◆『顧起経注類箋唐王右丞詩集』九　◆『趙殿成注王右丞集箋注』一四　◆『唐詩品彙』四五　◆『唐詩別裁集』一九

校語

0**田園楽**　本来『全』や王維の詩文集には、「田園楽七首」に作り、本詩はその第六首として収められているが、本書には本詩一首のみを採ったため、「七首」「其の六」等は略した。

また「田園楽七首」の題の下に、『静嘉堂本』には「六言、走筆成」との小字注が、『蜀刊本』には「六言、走筆立《たちどころ》成」との大字注がある。

『全』には「田園楽七首」の題下に「一作輞川六言」との校記があり、『顧起経本』には「詩林廣記題曰輞川六言」、『趙注本』には「詩林廣記作輞川六言」とある。

なお『全』には本詩の末尾に「此首一作皇甫曾詩」、『顧起経注本』には「皇甫冉集亦載此詩、題云閒居六言」、『趙注本』には「皇甫冉集亦載此首、題作閑居六言」との校記がある。いま『全』を検するに、皇甫冉の部（巻二五〇-4-2829）にこの詩を収めず、皇甫曾の巻（巻二一〇）にはこの詩を収め、「閒居」と題して「一作王維詩」との校記を付す。さらに『二皇甫集』（皇甫曾との皇甫冉の詩集を一つにまとめた集。四庫全書本に拠った）巻六（皇甫冉の部）にもこの詩を収め、「閒居」と題して「又作王維詩」の校記を付す。『全』の本詩の「皇甫曾詩」という校記は誤りであろう。

1**宿**　『蜀刊本』には「秋」に作る。しかし「秋雨」では詩全体の季節感とあわない。誤りとみておく。『万首唐人絶句』（宋、洪邁編）巻二六、六言には「夜雨」に作るが、それならば「昨夜の雨」と解し得る。いま、通行の王維の詩文集の形による。

2**更**　『顧可久注本』には「叓」に作る。本字。

春　『全』『唐詩品彙』『唐詩別裁集』には「朝」に作る。王維の詩文集諸本に「春」に作るのに従う。

煙　『顧可久注本』には「煙」、『趙注本』には「烟」に作る。「烟」は異体、「煙」は小篆による古い字体。

3**僮**　『全』『蜀刊本』には「童」に作る。通行の王維の詩文集諸本に「僮」に作るのに従う。

掃　『静嘉堂本』は「帰」に作る。「掃」の誤刻と見ておく。

4**鶯**　『全』には「一作鳥」との校記を付す。『静嘉堂本』『蜀刊本』『四部叢刊本』には「鸎」に作る。異体字。『唐詩品彙』には「鳥」に作る。

詩型・韻字

六言絶句。煙《えん》・眠《べん(みん)》（下平声先韻〔先韻〕）。

語釈

0**田園楽**　田園の楽しみ。〔校語〕の条でふれたとおり、「輞川六言」の題も伝えられていたようである。輞川の別荘での作と考えてよいであろう。

1**宿雨**　昨夜からの雨。『蜀刊本』の「秋雨」は秋の雨の意で、〔校語〕に記した如く、一首の季節感にあわない。

2**春煙**　春霞。「煙」は、ここでは「もや」「かすみ」をいう。

3**家僮**　めしつかい。『全』『蜀刊本』の「童」でも同じ意味になる。必ずしも「召使いの少年」ととらなくてよい。

4**鶯**　わが国の「ウグイス」ではなくて、「コウライウグイス」という鳥。中国古典詩に、春の鳥としてしばしばうたわれる。「梅に鶯」ならぬ、柳ととりあわせてうたわれることが多いが、この詩もその例の一つと見てよいかもしれない。

山客　山に来ている人。「客」は「他所から来た人」の意。または山に住んでいる人。さらに進んで、「隠者」と解する（石川忠久『中国古典詩聚花　隠逸と田園』〔小学館、一九八四年〕）こともできる。ここでは王維自身をいう。

猶　（鶯が啼いているのに）やはり、まだ。

通釈

田園の楽しみ

紅《あか》い桃の花は昨夜からの雨を含んでうるおい、緑の柳の枝は春の日のもやにかすんでいる。花が散っているのに召使いはまだ掃除をせず、鶯が囀っているのに山へ来た人はなお眠っている。

諸説の異同

異同の所在

「山客」を誰とするか

異同の類別

A　王維自身とする。

B　詩中に描かれた「隠士」とする。

A説を採るもの：小林太市郎・原田憲雄『王維』（〔原田執筆〕集英社、一九六四年）、小林環樹・都留春雄・入谷仙介『王維詩集』（〔都留執筆〕岩波書店、一九七二年）、石川忠久『中国古典詩聚花　隠逸と田園』、鄧安生・劉暢・楊永明『王維詩選訳』（巴蜀書社、一九九〇年）など（語釈や訳文に明記されているものを挙げた。都留春雄『王維』〔岩波書店、一九五八年〕は「山村の人」と訳出しているのみであるが、連作全体の流れでみれば王維自身のことと読める）。

B説を採るもの：王達津『王維孟浩然選集』（上海古籍出版社、一九九〇年）。

異同の論拠

A説・B説ともに明記されていない。鑑賞上の見解の相違ということであろう。参考のために王達津の語注を引いておく。

山客：山居之客。此指隠士。

王説では「この詩は山居の春景色を描き、清麗な趣の中に物にこだわらない気分をあらわしている（此詩写山居春色，於清麗中露出疎曠）」との評語をも付しているから、「隠士」は王維以外の人ということになろう。

備考

この詩は六言絶句の形で作られているのが珍しい。宋、黄昇『玉林詩話』に「六言絶句《ハ》如《キ》下王摩詰桃紅《ガ》　復《ニシテ》含《タム》二夜《(マヽ)》雨《ヲ》一、及《ビ》王荊公楊柳《ガ》鳴《イテ》レ蜩《ひぐらし》　緑暗《シトイフガ》上二詩、最《モ》為《リ》二警絶《一》、後難《キ》レ継《ギ》者《ナリ》」（宋、魏慶之編『詩人玉屑』巻一九引）とあるように、実験的な詩型と考えられていたことが窺える。宋、洪邁『万首唐人絶句』にも、六言絶句は一巻、三八首しか収められていない。

林亦「論六言詩的格律」（『文学遺産』〔江蘇古籍出版社、一九九六年第一期〕）は、六言詩の形式・韻律についてさまざまな角度から論じた論文であるが、いま本篇と関係する事項を紹介しておく。

① 六言の近体詩は、作例は少ないが、王維「田園楽七首」のように、著明な詩人の名作が人口に膾炙している。

② 唐以後の六言の近体詩は、そのほとんどが絶句である。

③ 六言近体詩は平声韻が普通で、換韻しない。

④ 六言近体詩は、普通、第1句には押韻しない（これは後出の、対偶を重んずることと関係する）。

⑤ 六言詩の基本的なリズムは「2＋2＋2」で、「3＋3」の作例は少ない。

⑥ 対偶について、律詩は、五言・七言の場合と同様、頷聯と頸聯がそれぞれ対句になるという規則を守っている。首聯まで対句という作例もある。絶句は、五言・七言の絶句が対偶を用いなくてよいのと異なり、対偶が多用される。起句と承句が対をなすのみならず、全篇対句という作品が多い（調査した一〇三首の六言絶句中、五一首が全編対句）。王維の「田園楽七首」は、七首すべてが全対格であり、特に「桃紅復含宿雨、……」詩は佳作である。

林亦論文にも指摘するとおり、本編は、第1句と第2句、第3句と第4句が対をなしている。対句の厳密さという点から見れば、第2句の「春煙」は、『全』などの「朝煙」のほうが「宿雨」との対が鮮明になり、優るかもしれない。

なお、鑑賞上の問題として、蕭滌非ほか『唐詩鑑賞辞典』（〔周嘯天執筆〕上海辞書出版社、一九八三年）、石川忠久『中国古典詩聚花　隠逸と田園』に、この詩と孟浩然「春暁」（『正編』五八三頁）との類似が指摘されている。石川説では、「王維は〈春暁〉を踏まえて、一ひねりした、というところか」と推測しているのが興味ふかい。

（田口　暢穂）

0 輞川閒居
1 一従帰白社
2 不復到青門
3 時倚簷前樹
4 遠看原上村
5 青菰臨水映
6 白鳥向山翻
7 寂寞於陵子
8 桔槹方灌園

輞川《まうせん》の閑居《かんきよ》
一《ひと》たび白社《はくしや》に帰《かへ》つてより
復《ま》た青門《せいもん》に到《いた》らず
時《とき》に倚《よ》る　簷前《えんぜん》の樹《じゆ》
遠《とほ》く看《み》る　原上《げんじやう》の村《むら》
青菰《せいこ》　水《みづ》に臨《のぞ》んで映《えい》じ
白鳥《はくてう》　山《やま》に向《む》かつて翻《ひるがへ》る
寂寞《せきばく》たり　於陵《おりよう》子《し》
桔槹《けつかう》　方《まさ》に園《ゑん》に灌《そそ》ぐ

テキスト 『全』一二六-2-1277 ◆『静嘉堂蔵宋本王右丞集』四 ◆『蜀刊本王摩詰文集』六 ◆『須渓先生校本唐王右丞集』四（四部叢刊本）◆『顧可久注唐王右丞詩集注説』四 ◆『顧起経注類箋唐王右丞詩集』四 ◆『趙殿成注王右丞集箋注』七 ◆『唐詩品彙』巻六一 ◆『唐詩別裁集』九

校語

0**間** 『静嘉堂本』『蜀刊本』『四部叢刊本』『唐詩品彙』には「閑」に作る。ここでは同義。

3**簷** 『全』には「檐」に作る。「檐」が正字で「簷」は或体であるが、王維の詩文集には「簷」に作るので、通行度の高い「簷」に従う。

5**映** 『全』には「抜」、『蜀刊本』には「拔」に作る。通行度の高い、『趙注本』等王維集諸本の文字づかいに従う。

8**槹** 『全』には「槔」、『静嘉堂本』『四部叢刊本』には「槹」、『顧可久注本』には「槹」に作る。「槔」が正字で「槹」は異体であろうが、通行度の高い『趙注本』等の文字づかいに従う。「槹」「槹」は俗字か。

詩型・韻字

五言律詩。*門《もん》・*村《そん》・翻《はん》・園《えん》（上平声元韻（元魂韻*））。

語釈

0**輞川** 長安の東南、藍田《らんでん》県の西南の地名。王維の別荘、輞川荘があった。この別荘で作られた、有名な五言絶句の連作が『輞川集』である（『正編』「辛夷塢」の項参照。四五頁）。

間居 「間」は、のどか、心しずか。「間居」は、人を避け、しずかに棲みくらすこと。なお『静嘉堂本』などの「閑」も「しずか」で、同義。

1**白社** 河南省洛陽市の東にあった地名。『晋書』隠逸伝（董京伝）に「（董京）初メ与㆓隴西ノ計吏㆒倶ニ至㆓洛陽ニ㆒、被髪シテ而行キ、逍遥吟詠シ、常ニ宿ス㆓白社ノ中ニ㆒」とあり、隠逸の士が集まった所。ここでは輞川の別荘を白社になぞらえた。

2**青門** 漢代の長安城の南東門の名。正しくは霸城門というが、門の色が青いので青門という。『漢書』王莽伝中の顔師古注に「三輔黄図ニ云フ、長安城ノ東出南頭ヲ名ヅク㆓霸城門ト㆒。俗ニ以テ㆓其ノ色青キヲ㆒、名ヅケテ曰フ㆓青門ト㆒」。ここでは長安の都をいう。

3**時** 時として……する。あるときは……する。

簷 のき。「簷前」で、のきば、軒先《のきさき》。

5**青菰** 青いまこも。

映 水に（まこもの）かげがうつること。『全』の「臨水抜」ならば訓は「水に臨んで抜きんづ」で、「水辺に（丈高く）のびている」。『蜀刊本』の「臨水拔」ならば「水に臨んで拔《ひら》く」で、「水辺で（風に）なびいている」というほどの意か。

7**寂寞** 「さびしい」ではなく、心のありようがしずかなことをいうのであろう。小川環樹・都留春雄・入谷仙介『王維詩集』（都留執筆）岩波文庫、一九七二年）の「山居の即事」詩の語釈で「『荘子』天道篇に見える語で、道家のいう、塵念や欲心をとり去り、無為に徹した静けさの極致の境地。王維の場合は、それと、仏教における〈寂静《じゃくじょう》〉、〈寂滅〉すなわち煩悩を離れ俗世の苦患をたちきった涅槃《ねはん》の境地とが微妙に融合されているであろう」というのに従う。

於陵子 戦国時代の斉《せい》の隠者、陳仲子《ちんちゅうし》のこと。於陵《おりょう》という所に住み、於陵仲子と称した。皇甫謐『高士伝』中に、「陳仲子者ハ、斉人也。其ノ兄戴為リ二斉ノ卿ト一、食禄万鍾ナリ。仲子以為シテ二不義ト一、将《ひきヰテ》ニ妻子ヲ一適《ゆキ》レ楚ニ、居リ二於陵ニ一、自ラ謂フ二於陵ノ仲子ト一。……楚王聞キテ二其ノ賢ヲ一欲シ二以テ為サント一レ相ト、遣《しム》下使ヲシテ持シ二金百鎰《いつ》ヲ一、至リテ二於陵ニ一聘《へいせ》中仲子ヲ上。……（仲子）出デテ謝シ二使者ニ一、遂ニ相与《ひとも》ニ逃レ去リ、為ニレ人ノ灌《そそグ》レ園ニ」とある。ここでは王維本人になぞらえる。

8 桔槹　井戸のはねつるべ。

方　いま、ちょうど（……しているところ）。

灌園　田畑に水をそそぐ。前掲、於陵仲子が作男になって灌漑したこと——為ニレ人ノ灌グレ園ニ——をふまえた語。王維が隠者の如き心境で暮らしていることをいう。

通　釈

　輞川のわびずまい

一たび私の白社である輞川に帰ってからは、ふたたび青門のある都に行くことはない。

時には軒端の樹にもたれて、遠く平野の村を眺めやる。

青いまこもが水に映《うつ》り、白い鳥が山に向かって飛んでいく。

於陵子のような私はしずかな心境で、今やはねつるべで畑に水をやっているところだ。

諸説の異同

異同の所在

「時」の解

異同の類別

A　「あるときは……する」と解する。

B　「いつも」と解する。

A説を採るもの：釈清潭『陶淵明集・王右丞集』（国民文庫刊行会、一九二九年）、小林・原田『王維』（原田執筆）。

B説を採るもの：小川・都留・入谷『王維詩集』（都留執筆）。

異同の論拠

両説とも、特に言及されていない。字義の解釈のちがいによるものであろう。すなわちA説は「時」を〔語釈〕に述べた如くに解したもの、B説は「時」を「時常」＝「つね」「いつも」の意に解したもの。いま、A説により、〔語釈〕・〔通釈〕の如く解しておく。

備　考

『唐詩別裁集』の沈徳潜の評語に「三四天然、青白字複《ス》」と。第3・4句、まことに作為を感じさせず、しかもしずかな心境を詠じて秀れる。この聯のように、二句でひとつの意味をなす対句を流水対という。また「白社」「白鳥」「青門」「青菰」と、「白」「青」字が重複して用いられているのが注意をひく。近体詩では普通、同じ文字の重用を避けるものであるが、これはおそらく意図的な重用であろう。それにもかかわらず、煩わしさは感じさせない。

（田口　暢穂）

0 観猟　　猟《れふ》を観《み》る

1 風勁角弓鳴　　風勁《かぜつよ》くして角弓《かくきゆう》鳴《な》り

2 将軍猟渭城　　将軍《しやうぐん》　渭城《ゐじやう》に猟《れふ》す

3 草枯鷹眼疾　　草《くさ》枯《か》れて鷹眼《ようがん》疾《はや》く

4 雪盡馬蹄輕　　雪尽《ゆきつ》きて馬蹄《ばてい》軽《かろ》し

5 忽過新豊市　忽《たちま》ち新豊《しんぽう》の市《し》を過《す》ぎ
6 還帰細柳営　還《ま》た細柳《さいりう》の営《えい》に帰《かへ》る
7 迴看射鵰処　鵰《てう》を射《い》し処《ところ》を迴《くわい》看《かん》すれば
8 千里暮雲平　千里《せんり》　暮雲《ぼうん》平《たひら》かなり

テキスト 『全』一二六–2–1278 ◆『選』三 ◆『静嘉堂本王右丞集』五 ◆『蜀刊本王摩詰文集』九 ◆『須渓先生校本唐王右丞集』五（四部叢刊本）◆『顧可久注唐王右丞詩集注説』五 ◆『顧起経注類箋唐王右丞詩集』四 ◆『趙殿成注王右丞集箋注』八 ◆『極玄集』上（文政八年（一八二五）官板）◆『又玄集』上（享和三年（一八〇三）官板）◆『唐詩紀事』一六 ◆『唐詩品彙』六一 ◆『唐詩別裁集』九

校語

0 **觀獵** 『全』の題下に「紀事《ニハ》題《シテ》曰《フ》二獵騎《ト》一。樂府詩集、萬首絶句《ハ》以《テ》二前四句《ヲ》一作《シ》二五絶《ト》一、並《みな》題《シテ》曰《フ》二戎渾《ト》一」と注する。この注にいうとおり、『唐詩紀事』巻一六には本篇を「獵騎」と題して収める。また『楽府詩集』巻八〇、『万首唐人絶句』五言絶句巻二一には本篇の前半四句を絶句として収録し、ともに「戎渾」と題する。〔備考〕参照。また、『静嘉堂本』には「觀獵詩」に作る。

1 **勁** 『全』には「一作《ニル》レ動《ニ》」との注記がある。

3 **草** 『選』には「艸」に作る。同義。

鷹 『静嘉堂本』『四部叢刊本』は「鴌」、『顧可久注本』は「鸎」に作る。蓋しみな俗字。

4 **雪** 『蜀刊本』には「雲」に作る。

盡 『四部叢刊本』には「尽」に作る。俗字。

5 **豐** 『蜀刊本』『四部叢刊本』『顧可久注本』『極玄集』は「豊」に作る。俗字。

7 **迴** 『選』『唐詩別裁集』には「囘」、『趙殿成注本』『唐詩紀事』『唐詩品彙』には「回」、『静嘉堂本』『蜀刊本』『四部叢刊本』『顧起経注本』には「廻」、『顧可久注本』『極玄集』『又玄集』には「廽」に作る。「囘」は「回」の古字、「廽」は「廻」の或体で、意味上は「迴」「回」「廻」は通用する。

射鵰 『全』には「一作《ニル》二落雁《ニ》一。一作《ニル》二失雁《ニ》一」と校記を付す。

詩型・韻字 五言律詩。鳴《めい》・城《*じやう(せい)》・輕《*けい》・營《*えい》・平《へい》（下平声庚韻〔庚清韻*〕）。

語釈

0 **観猟** 狩猟のさまを見てうたった詩。中国古典の世界では、狩猟はスポーツとしてのみ行われるのではなく、軍事訓練の意味もあった。本篇に将軍の勇武のさまをたたえる趣があるのはそのためである。『唐詩紀事』にはこの題を「猟騎」に作るが、それならば「馬にのって狩をする人」の意になる。また『静嘉堂本』の「観猟詩」の場合は、掲出の題意と大きな違いはない。

1 **角弓** 角で飾った弓。『詩経』小雅「角弓」に「騂騂《せいせい》タル角弓」（弓の形が整っているさま）とある。何の角を用いるのかは、よくわからない。戸崎允明『箋註唐詩選』（漢文大系本、冨山房、一九一〇年）には「郭璞《ノ》毛詩拾遺《ニ》曰《ハク》、象弭魚服。按《ズルニ》左伝《ニ》曰《ハク》、左《ニ》執《ルト》二鞭弭《ヲ》一。弭者《ハ》弓之別名。謂《フ》下以《テ》二象牙《ヲ》一為《ルヲ》上レ弓《ヲ》。今西方《ニ》有《リ》下以《テ》二犀角及ビ鹿角ヲ二為ルレ弓ヲ者上」とあり、犀や鹿の角を用いると解している。簡野道明『唐詩選詳説』上（明治書院、一九二九年）も、これを承けるかたちで「鹿や犀などの角を以て飾った弓」と説明している。ところが吉川幸次郎・三好達治『新唐詩選』（吉川幸次郎執筆）岩波新書、岩波書店、一九五二年）、高木正一『唐詩選』二（中国古典選〔文庫版〕、朝日新聞社、一九七八年）には「水牛の角ではった」とする。斎藤晌『唐詩選』上（漢詩大系、集英社、一九六四年）には「犀角や鹿角を弓に張ったものとあるが、おそらく普通には水牛の角を張ったのであろう」といい、明確なところはわからない。前野直彬『唐詩選』中（岩波文庫、岩波書店、一九六二年）に「具体的な製法は明らかではない」とするのに落着くことになろう。ただし『周礼』冬官考工記「弓人」に、弓の材に「牛の角」を用いるといい、「長さ二尺有五寸」などという記述があるのを見ると、普通の牛ではなく、角の大きい水牛を用いたのかとも思われる。

鳴　弓や弦が強い風に吹かれて（風を切るような）音をたてることをいうのであろう。また、猟をして矢を放つ弦音とも考えられようか。〔通釈〕では「弓が（風に吹かれて）音を立てる」と、漠然と訳しておく。〔諸説の異同〕参照。

2 **渭城**　秦の都であった咸陽《かんよう》のこと。漢代には渭城（県）と呼んだ。ここではその名前を用いたもの。唐代、京兆《けいちょう》府咸陽県（現陝西省咸陽市）のやや東に位置していた。長安（陝西省西安市）からは渭水をへだてた対岸にあたる。なお、ここの「渭城」は町をいうのではなく、町はずれの原野で猟をしているのである。

3 **鷹眼**　鷹狩につかう鷹の眼。この「鷹」は「鷹狩」につかうものと解しておく。都留春雄『王維』（中国詩人選集、岩波書店、一九五八年）には「鷹は、獲物を探させるのに使う」と注するが、探させ、狩り出させるだけでなく、小禽・小動物をとらえさせるのであろう。

疾　「疾」は、すばやい、すみやか等の義。鷹の眼が獲物をすばやく認めることであろう。「はやし」と訓《よ》んでおいたが、「とし」でもよい。草木が枯れ、隠れ場所がなくなって、鷹が獲物を見逃さないのである。

4 **雪尽**　雪がきえる。前野直彬『唐詩選』中に「雪の道は尽きて、ここから先は一面の枯れ草原」と訳すが、従い難い。

5 **忽**　「たちまち」。「すみやかに」というほどの意に解してよいか。都留春雄『王維』には「ふと気がついてみると」と注する。

新豊市　「新豊」は昔の県名。長安の東北、現在の陝西省臨潼《りんどう》県の東北にあった。唐代には新豊県と呼んだり、昭応県、会昌県等と改名したりしている（『新唐書』地理志）。漢の高祖が都を長安に定めた後、父の太公が郷里の豊《ほう》を恋しがったので、豊と同じ町を作らせ、故旧知友を呼びよせて住まわせた。その町を新豊といった。『史記』高祖本紀正義所引『括地志』に「太上皇時ニ悽愴トシテ不レ楽マ、高祖竊カニ因ツテ二左右ニ一問フレ故《ゆゑ》ヲ。答フルニ以テス二平生所ハレ好ム皆屠販少年ノ、酤リレ酒ヲ売リレ餅ヲ、闘ハシレ鶏ヲ蹴リレ鞠ヲ、以テレ此ヲ為スニレ歓ト、今皆無シレ此、故ニ不ルヲレ楽マ。高祖乃チ作リ二新豊ヲ一、徙シテ二諸故人ヲ一実《みた》スレ之ヲ。太上皇乃チ悦ブ」とある。「市」は、「まち」であろう。なお、この新豊は酒の産地として有名で、王維の「少年行四首其一」（『趙殿成注本』巻一四）にも「新豊ノ美酒斗十千、咸陽ノ遊侠多シ二少年一」とうたわれている。そこで前野直彬『唐詩選』中には「狩猟のあと、この町で杯をあげるという心をふくめているであろう」と説いている。そこまで言い切れるか否か、わからないので、説を紹介するにとどめておく。

6 **細柳営**　漢代の軍営の名。漢の文帝の時、周亜夫《しゅうあふ》が将軍となって細柳という所に陣を設けたが、軍令きわめて厳しく、文帝が軍を慰労に来た時も兵士がとどめて入れなかった。文帝は使者に節《せつ》を持たせて将軍に詔《みことのり》し、将軍の命によって始めて陣に入ることができた（『史記』絳侯世家、『漢書』周亜夫伝）。そこで軍令厳正な将軍の陣営を「細柳営」というようになった。わが国で将軍の幕府を「柳営」と称するのもこれによる。

その柳営の位置であるが、『史記』絳侯世家正義所引『括地志』に「細柳倉ハ、在リ二雍州咸陽県ノ西南二十里ニ一也」というのに従い、現在の陝西省咸陽市の西南にあったと解しておく。中島敏夫・斉藤茂『唐詩選』中（〔中島敏夫執筆〕中国の古典、学習研究社、一九八五年）も「渭水北岸の咸陽市の西南にあった」とする。もともと「細柳営」の所在ははっきりしていない。『漢書』文帝紀の注に、①長安の西北、②渭水の北、③昆明池の南の柳市、の三説があり、また中島『唐詩選』中には「西安市の西南にも細柳の地名があり、ここを細柳営とする説もあるが、これは周亜夫の細柳営とは別物とされる」と説かれているほどである。いま、右のように解しておく。

なお「営」は、もともと「陣営・兵営」であるが、ここでは詩中の「将軍」が猟をする陣屋の意に解してよいであろう。〔通釈〕には「陣営」としておく。

さて、本篇で「渭城に猟し」、「新豊の市を過ぎ」、「細柳の営に帰る」といっているが、仮に現在の臨潼県から咸陽市の直線距離を測っても四七キロ以上ある。あるいは実際に往き来した土地をうたったのではなく、「将軍」の敏捷な行動を強調するために殊更に離れた地を挙げたものか、または詩的修辞として典故のある地名を用いたものかとも考えられる。

7 **迴看**　「廻看」「回看」と同じ。ふりかえってみる。

射鵰　わしを射落とす。「鵰」は「雕」に同じく、鷲をいう。『史記』李将軍伝に、李広が匈奴と戦った時、三人の鵰を射る匈奴の兵と遭い、その一人を擒にしたという話が載っている。また『北斉書』斛律光《こくりつこう》伝に「嘗テ従ヒテ二世宗ニ一（文襄帝、高澄）於洹橋ニ一校猟ス。見二一大鳥ヲ一、雲表ニ飛颺ス。光引イテレ弓ヲ射レ之ヲ、正ニ中ツ二其ノ頸ニ一。此ノ鳥形如ク二車輪ノ一、旋転シテ而下ル。至レバレ地ニ乃チ大鵰也。世宗取リテ而観レ之ヲ、深ク壮異トス焉。丞相ノ屬邢子高見テ而歎ジテ曰ハク、『此レ射鵰ノ手《しゆ》也ト』当時伝ヘテ号ス二落鵰都督ト一」とある。「射鵰《せきてう》」で、射術にすぐれていることをいう。ここでは「将軍」の技倆をたたえるのである。

通　釈

猟を観《み》る

風が強く吹きわたって角弓が鋭い音を立てる。いま、将軍が渭城へ狩に出かけられたのだ。

（冬を迎えて）草は枯れ、鷹の眼はすばやく獲物を見つけ、雪が消えて馬の蹄《ひづめ》は軽やかに馳せめぐる。

たちまち新豊《しんぽう》のまちを通り過ぎて、ふたたび細柳の陣営に帰りついた。

わしを射落としたところをふりかえって見ると、千里の彼方までひろがる平原に夕暮れの雲が平らになびいていた。

諸説の異同

異同の所在

「角弓鳴」の解

異同の類別

A　「風が弓に吹きつけて音をたてる」と解する。

B　「風が角弓の弦に吹きつけて音をたてる」と解する。

C　「弓が風に吹かれ、きしんで音をたてる」と解する。

D　「(風が吹く原野に)弓の弦の音がひびく」と解する。

E　「風で弓や弦が鳴る音と弓矢を射る音の両者にかけてある」と解する。

F　第1句の本文を「風動《キテ》角弓鳴《ル》」に改め、「弓を発射すると風をおこし、音をひびかせる」と解する。

A説を採るもの：森槐南『唐詩選評釈』(郁文舎、一九一〇年〈第八版〉)、釈清潭『唐詩選』(国訳漢文大成、国民文庫刊行会、一九二〇年)、簡野道明『唐詩選詳説』上(明治書院、一九二九年)、都留春雄『王維』(中国詩人選集、岩波書店、一九五八年)、小川環樹ほか『王維詩集』(〈入谷仙介執筆〉岩波文庫、岩波書店、一九七二年)など。

B説を採るもの：前野直彬『唐詩選』中(岩波文庫、岩波書店、一九六二年)、目加田誠『唐詩選』(新釈漢文大系、明治書院、一九六四年)、斎藤晌『唐詩選』上(漢詩大系、集英社、一九六四年)、蕭滌非ほか『唐詩鑑賞辞典』(〈周嘯天執筆〉上海辞書出版社、一九八三年)など。

C説を採るもの：吉川幸次郎・三好達治『新唐詩選』(〈吉川幸次郎執筆〉岩波新書、岩波書店、一九五二年)、高木正一『唐詩選』二(中国古典選〈文庫版〉、朝日新聞社、一九七八年)など。

D説を採るもの：内田泉之助『新選唐詩鑑賞』(明治書院、一九五六年)、鄧安生ほか『王維詩選訳』(巴蜀書社、一九九〇年)など。

E説を採るもの：中島敏夫・斉藤茂『唐詩選』中(〈中島敏夫執筆〉中国の古典、学習研究社、一九八五年)。

F説を採るもの：王達津『王維孟浩然選集』(上海古籍出版社、一九九〇年)。

異同の論拠

どの説も言及されていない。

F説は、本稿とは異なる本文を立てるのであるから、ひとまず除外する。C説は「荒野をおおうて吹く風に、背に負うた剛弓は、きしきしときしむ」(吉川『新唐詩選』)、「武者たちの背に負う剛弓が強い風にきしきしときしむこと」(高木『唐詩選』)と説明されるものであり、弓が風に吹き撓められて音をたてるように読みとれる。些か腑に落ちない。他の説は、本篇にうたわれた情景を考えると、どれも成り立つであろう。いま〈通釈〉では特に限定せず、「弓が(風に吹かれて)音を立てる」と、A説に近い形で訳しておく。

備考

〈校語〉に記した如く、『楽府詩集』と『万首唐人絶句』には本篇の前半四句を絶句として収め、「戎渾」と題している。この題を、中島敏夫『唐詩選』中には「西域の音楽名か」と説明する。この説は、本篇を『楽府詩集』は巻八〇近代曲辞に収め、唐代に歌われていた歌辞のように扱っていること、『万首唐人絶句』も五言絶句巻二一の「楽府詞二十二首」のうちに収めていること、「戎」の字が異民族を連想させること、などにもとづくものであろうと思われる。なお、本篇の前四句は、『全』巻二七、雑曲歌辞にも「戎渾」の題で収められる（『全』1-386）。『楽府詩集』『万首唐人絶句』『全』巻二七とも、作者名は記さない。

この詩の制作年代は「不明」（前野直彬『唐詩選』中）であるが、王達津『王維孟浩然詩選』は「開元二五年（田口補：七三七）秋、王維は監察御史となって塞上に使いした。この詩は崔希逸の幕府に入る時に作ったものであろう」という。根拠不明だが、紹介しておく。また、蕭滌非ほか『唐詩鑑賞辞典』（周嘯天執筆）には「遒勁で力強い詩風から見て、王維の前期の作品であろう」と推測している。これも紹介するにとどめる。

最後に一つ、風変りな解釈を紹介しておく。釈清潭『唐詩選』の尾聯の解である。

第7句の「射鵰」は李広と匈奴の弓の名人の故事による語であり、「射鵰処」の「処」とは、夷狄の地を言う。観猟に因《よ》って、その地を回看するのである。そして第8句の「千里」は、渭城の付近から狄地を看れば、千里も百里も遠いことを意味する。「暮雪平」とは、文字通りに解するのは表面の解で、実は辺疆の静寧なるを言う——。

やや過剰な深読みをした解で、却って詩意がわかりにくくなるように感ぜられる。

（田口　暢穂）

0 観別者
1 青青楊柳陌
2 陌上別離人
3 愛子遊燕趙
4 高堂有老親
5 不行無可養
6 行去百憂新
7 切切委兄弟
8 依依向四鄰
9 都門帳飲畢
10 従此謝親賓
11 揮涕逐前侶
12 含悽動征輪
13 車徒望不見
14 時見起行塵
15 吾亦辭家久
16 看之涙滿巾

別《わか》るる者《もの》を観《み》る
青青《せいせい》たり　楊柳《やうりう》の陌《はく》
陌上《はくじやう》　別離《べつり》の人《ひと》
愛子《あいし》　燕趙《えんてう》に遊《あそ》ばんとす
高堂《かうだう》に老親《らうしん》有《あ》り
行《ゆ》かずんば養《やしな》ふべき無《な》し
行《ゆ》き去《さ》らば百《ひやくいう》憂新《あら》たなり
切切《せつせつ》として兄弟《けいてい》に委《ゆだ》ね
依依《いい》として四鄰《しりん》に向《むか》ふ
都門《ともん》　帳飲《ちやういん》し畢《をは》り
此《これ》より親賓《しんひん》に謝《しや》す
涕《なみだ》を揮《ふる》つて前侶《ぜんりよ》を逐《お》ひ
悽《かなし》みを含《ふく》んで征輪《せいりん》を動《うご》かす
車徒《しやと》　望《のぞ》めども見《み》えず
時《とき》に行塵《かうぢん》を起《お》こすを見《み》る
吾《われ》も亦《ま》た家《いへ》を辞《じ》すること久《ひさ》し
之《これ》を看《み》て　涙《なみだ》　巾《きん》に満《み》つ

テキスト　『全』一二五-2-1245 ◆『静嘉堂本王右丞集』五 ◆『蜀刊本王摩詰文集』九 ◆『須渓先生校本唐王右丞集』五（四部叢刊本）◆『顧可久注唐王右丞詩集注説』五 ◆『顧起経注類箋唐王右丞詩集』二 ◆『趙殿成注王右丞集箋注』四 ◆『唐詩品彙』九 ◆『唐詩別裁集』一

校語

0**別**　『蜀刊本』には「音」に作る。「音」では題意が通じない。蓋し誤刻。

5**不**　『静嘉堂本』には「久」に作る。第6句「行去百憂新」と対比させて考えると、「久行」では意味が通じ難い。誤刻であろう。

8**鄰**　『蜀刊本』には「隣」に作る。同義だが「鄰」が本字。

9**帳**　『蜀刊本』には「障」、『唐詩品彙』には「悵」に作る。

10**親賓**　『四部叢刊本』『趙殿成注本』には「賓親」に作る。〔語釈〕を参照。

11**涕**　『四部叢刊本』『顧起経注本』『趙殿成注本』『唐詩品彙』『唐詩別裁集』には「涙」、『顧可久注本』には「泪」に作る。「泪」は「涙」の異体で、字義はみな「なみだ」である。〔語釈〕参照。

前　『唐詩品彙』には「行」に作る。

13**徒**　『静嘉堂本』『四部叢刊本』『顧可久注本』『趙殿成注本』『唐詩品彙』は「従」に作る。

14**見**　『静嘉堂本』『四部叢刊本』『顧可久注本』『趙殿成注本』『唐詩品彙』には「時」に作る。なお『静嘉堂本』には「一本作ル㆑見ニ」との注がある。

15**吾**　『全』に「一ニ作ル㆑余ニ」との注記がある。『静嘉堂本』『四部叢刊本』『顧可久注本』『顧起経注本』『趙殿成注本』『唐詩品彙』『唐詩別裁集』には「余」に作る。なお『静嘉堂本』には「一本作ル㆑吾ニ」との注がある。意味は同じ。

久　『全』に「一ニ作ル㆑者ニ」との注記がある。『唐詩品彙』には「者」に作る。

詩型・韻字　五言古詩。人《じん》・親《しん》・新《しん》・鄰《りん》・賓《ひん》（親《しん》）・輪《りん》*・塵《ぢん》・巾《きん》（上平声真韻〔真諄*韻〕）。

語釈

1**楊柳陌**　楊柳《やなぎ》が植わっている道。「陌」は東西に通ずる道（一説に、南北に通ずる道）。ここではおそらく第9句「都門」のはずれの道。旅人を送る際に、送る者が柳の枝を折って旅立つ人にはなむけする習慣（折楊柳）があった。それで離別の景に「楊柳」がえがかれるのである。

3**愛子**　いとし子。愛児。次句の「老親」からみての語。旅立つ人を指していう。この句を釈清潭『陶淵明集・王右丞集』（続国訳漢文大成、国民文庫刊行会、一九二九年）には、「愛す子が燕趙に遊ぶを」と訓《よ》み、「我は愛す子《し》が燕趙に向つて遊ぶ意を、何故に愛すると言はば、高堂に猶ほ老親有り、之《これ》を養ふには行《ゆ》いて祿を求めざるべからず、云々」と解している。蓋し和刻本『顧可久注本』（正徳四年〔一七一四〕刊覆万暦一八年刊本）の送りがな、「愛スル子カ燕趙ニ遊（ブ）コトヲ」に何ほどかの影響を受けての訓解であろうが、いま、採らぬ。作者の感想は入っていないと見て、親がかわいがっている子、の意に解しておく。

く。

遊　仕官・勉学などのために、故郷を離れて他国へ行くこと。

燕趙　ともに昔の国名。燕は春秋戦国時代の国名で、現在の河北省一帯を、趙は戦国時代の国名で、現在の河北省南部から山西省北部にかけての一帯を指す。都からはるかはなれた遠方という気分で用いられている語。

4**高堂**　高い、立派な建物。ここでは「父母のいる所」の意に用いる。さらに、父母を「高堂」ということもある。岑参「送《ル》三張子《ノ》尉《タルヲ》二南海《ニ》一」詩（『岑嘉州詩』巻三）に「不レ択《バ》二南州《ノ》尉《ヲ》一、高堂《ニ》有《リ》二老親一」とある。

5**無可養**　老親を養うてだてがない。このあたりの発想は、『孔子家語』致思の「負《ヒテ》レ重《キヲ》渉《レバ》レ遠《キヲ》、不《シテ》レ択《バ》レ地《ヲ》而休《いこフ》。家貧《ク》親老《イタレバ》、不《シテ》レ択《バ》レ禄《ヲ》而仕《フ》」を念頭においているか。

6**百憂**　多くの心配。『詩経』小雅谷風「無将大車」に「無《カレ》レ思《フ》二百憂《ヲ》一」とある。

新　あらたに心に生ずる、というほどの意。

7**切切**　ここでは、ねんごろなさま、丁寧なさま。

8**依依**　基本義は、「物ごとが切れずに続いているさま」を表す重言の擬態語。そこから派生して、①枝が長くしなやかに垂《しだ》れるさま、②思い慕って断ち切れぬさま、③煙や光が広がり流れるさま、④心が惹かれて断ち切れぬさま、などの意があるが、ここでは、②の、思い慕うさま、離れるに忍びないさま、などの意であろう。都留春雄『王維』（中国詩人選集、岩波書店、一九五八年）は「切切と似た意」と注するが、「切切」は「思いが切実に（自他の）身に迫る」さまで、イメージが異なる。

9**都門**　都の入口の門。「都門」は、都の中の町の区画（里《り》、また坊《ぼう》ともいう）の門にもいい、さらに転じて「みやこ」のこともいうが、ここでは「都の入口の門」の意にとっておく。陳貽焮『王維詩選』（人民文学出版社、一九八三年）は語釈で「京都《みやこ》の中の里巷の門。一般に京城《みやこ》を都門と称する意味とは異なる」と述べているが、その理由は示していない。この句の「都門に帳飲する」とは、次項に引く江淹の「別《わかれノ》賦」の句、さらには『漢書』疏広《そこう》伝をふまえるのであろう（次項参照）。その『漢書』疏広伝に「東都門外に宴を張った」ことが見えており、この「東都門」は漢の長安城の東にあった城門である。疏広の送別の宴は長安城外で行われたわけである。といって、勿論、唐代のこの詩の場合を含む、すべての送別の宴が城外で行われたというつもりはないが、『漢書』疏広伝をふまえて詩のイメージを考えれば、ここの「都門」は「都城の門」と考えてよいのではあるまいか。

帳飲　「帳」は、「とばり、幕」。「帳飲」は、野外に幕を張って送別の宴を開くこと。「都門に帳飲する」とは、『文選』巻一六、梁の江淹の「別《わかれノ》賦」に「帳二飲《シ》東都《ニ》一、送《ル》二客《ヲ》金谷《ニ》一」とあるのをふまえるのであろう。その李善注に引く『漢書』疏広《そこう》伝に「（広）称《シ》二疾《やまひ》篤《シト》一、上疏《シテ》乞《フ》二骸骨《ヲ》一。上以《テ》二其《ノ》年老《イタルヲ》一、皆許《ス》レ之《ヲ》。（略）公卿大夫、故人邑子、為《ニ》設《ケ》二祖道《ヲ》一、供二帳《ス》東都門外《ニ》一」とある。「邑子」は「町の人」、「祖道」は、旅人の無事をいのって道の神をまつり、送別の宴を張ること、「供帳」は、幕を張って宴会の場を設けること、「東都門」は、漢の長安城の東側にあった三つの門のうち、最も北にあった宣平門のことである。

疏広の送別の宴は長安の郊外で行われたことがわかる。

〔校語〕に記した如く、『蜀刊本』は「障飲」に作り、『唐詩品彙』には「悵飲」に作る。「障」には「とばり、幕」の義があるから、「帳飲」に近い意味になるといえるかもしれないが、「障飲」と熟して用いるか否か、甚だ疑わしい。「悵飲」も、「なげきつつ飲む」と解することができるかもしれないが、おさまりが悪い。ここは「帳飲」という語が安定している点でまさる。

10**謝親賓**　見送りの親戚知人に別れを告げる。「謝」は、別れを告げる。「親賓」は、「親」は身内の者、「賓」は賓客。

〔校語〕に記した如く、『四部叢刊本』『趙殿成注本』には「賓親」に作る。意味上は同じであり、押韻の上からも「賓親」で上平声真韻の韻を踏むことができる。ただし「賓親」で韻を踏むと、第4句「老親」と同じ韻字を用いることになる。韻律上の制約のゆるやかな古体詩であっても、違う韻字を用いるのが、よりよいであろう。「親賓」に作るテキストに拠っておく。

11**揮涕**　なみだをはらう。「揮」は「ふるふ」と訓《よ》むが、「はらう、はらいのける」の義。『文選』巻二三、魏の王粲の「七哀詩二首其一《ノ》」に「顧《テ》聞《クモ》二号泣《ノ》声《ヲ》一、揮《ツテ》レ涕《ヲ》独《リ》不レ還《ラ》」とあり、その李善注に『孔子家語』の王粛注を引いて「揮《フトハ》レ涕《ヲ》、以《テ》レ手《ヲ》揮《フ》レ之《ヲ》也」という。

〔校語〕に記した如く、「揮涙」「揮泪」に作るテキストがある。「涙」と「泪」は同義の異体なので、あわせて考えておく。「涕」と「涙」は、ここでは同じく「なみだ」であり、意味上の優劣はつけ難い。韻律上も、ともに仄字で、使いわけたとも考え難い（しかも本篇は古体詩である）。典故の問題を考えても、『文選』巻二六、晋の陸機の「赴《ク》レ洛《ニ》詩二首其一《ノ》」に「揮《フ》二涙《ヲ》広川《ノ》陰《みなみニ》一」とあり、李善注に引く『孔子家語』王粛注に「揮《フトハ》レ涕《ヲ》者、涙以《テ》レ手《ヲ》揮《フ》レ之《ヲ》」と見えていて、これも同じくもとづく所があることになる。『四部叢刊本』『顧可久注本』『顧起経注本』『趙殿成注本』など、通行度の高い王維の集に「涙（泪）」に作ることを考えると、「揮涙」が目に慣れた形であろうが、いまは『全』『静嘉堂本』に拠っておく。

前侶　さきに行く同伴の者。『唐詩品彙』『蜀刊本』には「行侶」に作るが、その場合は「旅の道づれ」。

12**含悽**　心の中に悲しみをいだく。「含」は、心中に感情を抱く。「悽」は、かなしみ。『文選』巻二三、宋の謝霊運の「廬陵王墓下作《ノ》」に「含《ンデ》レ悽《ヲ》泛《ブ》二広川《ニ》一」とあり、その呂延済注に「悽《ハ》、悲也」とある。

征輪　遠く旅立つ車。「征」は、遠く旅に行く義。

13**車徒**　車と、それに従う者。〔校語〕でふれたとおり、「車従」に作るテキストがあるが、「車従」の語は目に慣れない。「従」は「ともの者、従者」で、「車従」で「車と従者」の意になるのか。または「車が（前の車に）従って行く」の意であろうか。都留春雄『王維』には「あとに従う車の意であろうか。それとも車と従者の意か」と注し、「車の一行は、（望み見てももはや見えず）」と訳している。また吉川幸次郎ほか『唐詩選』（〈入谷仙介執筆〉筑摩叢書、筑摩書房、一九七三年）は「車を列ねた一行は（早やながめても見えなくなった）」と訳している。「車あとに従って一列になった車」の意であろうか。いまは「車徒」の本文を採り、右の如く解しておく。

14時見起行塵　時おり（旅人の）車のたてる塵が舞いあがるのが見える。「時」を「時に、時おり」と解しておく。「行塵」は、旅ゆく車がたてる土けむり。この句、前出、江淹の「別賦」に「駆《リテ》二征馬《ヲ》一而不レ顧《ミ》、見二行塵之時《ニ》起《ルヲ》一」とあるのにもとづく。

この句は〔校語〕に記した如く、「時時起行塵」に作るテキストがある。「時時《じじ》行塵起《こうじんおこ》る・行塵《こうじん》を起《おこ》す」、または「時時《ときどき》行塵起る・行塵を起す」と訓むのがよいであろう。「時時《じじ》」と訓んだ場合は「しばしば、しょっちゅう」の意に、「時時《ときどき》」と訓んだ場合は「ときおり、ときどき」の意に解するのがよいであろう。いまは掲出の形に従っておく。

15辞家久　長いこと家を離れている。中国古典語では、動作の程度や、動作の行われる期間・回数を表す語が補語として動詞（または動詞＋客語）の下におかれることが多い。その場合、「……すること……」と訓むのが一般的な訓である。〔校語〕に記した如く、『唐詩品彙』には「辞家者」に作る。「家をはなれている者」の意である。いま、掲出の形に従う。

16巾　手巾。ハンカチ。

通釈

離別する人を観て

青々とした柳の道。そのほとりに別れを惜しむ人たちがいる。

愛児は遠い燕や趙の国に旅立とうとし、高堂には年老いた両親が残されている。行かなければ親を養う手だてがないが、行こうとすれば数限りない憂いが新たにわきおこる。ねんごろに兄弟に後のことを頼み、いつまでも去りがたく隣近所に話をする。都の門での別れの宴もおわり、これより親戚、賓客の人たちに別れを告げる。涕《なみだ》をはらって先に出発した仲間を追って、心に悲しみを抱きつつ、旅の車を出発させる。車や従って行く人は、望み見ても見えなくなり、時おり、進みゆく車の立てる土けむりが舞いあがるのを見るばかりだ。

思えば私も、家に別れて久しい身の上だ。この光景をながめているうちに、涙で手巾をぐっしょりぬらしてしまった。

諸説の異同

特記事項なし。

（田口　暢穂）

王《おう》　建《けん》

0 新嫁娘
1 三日入厨下
2 洗手作羮湯
3 未諳姑食性
4 先遣小姑嘗

新嫁娘《しんかぢやう》
三日《さんじつ》にして　厨下《ちゆうか》に入《い》り
手《て》を洗《あら》ひて　羮湯《かうたう》を作《つく》る
未《いま》だ姑《こ》の食性《しよくせい》を諳《そら》んぜず
先《ま》づ小姑《せうこ》をして嘗《な》めしむ

テキスト　『全』三〇一-5-3423　◆『百』五言絶句　◆『唐詩品彙』四三　◆『唐詩別裁集』一九　◆『唐王建詩集』七（『和刻本漢詩集成　唐詩』第八輯）　◆『万首唐人絶句』「五言」九　◆『王司馬集』七（文淵閣四庫全書本）

校　語
0 **新嫁娘**　『全』では「新嫁娘詞其三」とある。『万首唐人絶句』では「新嫁娘詞」とある。
1 **下**　『万首唐人絶句』では「裏」に作る。
3 **姑**　『全』では「一《いつ》ニ作《つく》ルレ娘ニ」とある。『唐王建詩集』では「娘」に作る。

詩型・韻字
五言絶句。*湯《たう》・嘗《しやう》（下平声陽韻〔陽唐*韻〕）。

語　釈
0 **新嫁娘**　新しく嫁いだばかりの娘《むすめ》。『広韻』下平・陽韻に「娘、少女之号」とある。
1 **三日**　婚姻後、三日目を指す。
厨下　台所。
2 **羮湯**　「羮」とは、肉や野菜をポタージュ状にしたスープのこと。「湯」もスープを意味する。
3 **諳**　熟知する。章燮《しよう》『唐詩三百首註疏』では「練（慣れる）」とする。
姑　夫の母。しゅうとめ。塩谷温『唐詩三百首新釈』（弘道館、一九二九年）では、「姑」の字の中に「舅《しゆうと》」も含むとする。
食性　味の好み。塩谷温前掲書では、（吸い物のかげんが）甘好きであるか辛好きであるかというくらいの意味であるとする。
4 **先**　まず、はじめに、さきに。宇野明霞撰・釈大典刪補『詩家推敲』巻上に「先ハ早也・始也ト訓ス○先遣小姑嘗……（中略）……ソノ義明ナリ」とある。
小姑　こじゅうと。夫の妹。
嘗　なめる。味見をする。内田泉之助『新選唐詩鑑賞』（明治書院、一九五六年）では「こころみしむ」と訓じても通じるとするが、ここでは抽象的に過ぎよう。

通　釈
新たに嫁いだ娘
（婚礼から）三日後、はじめて婚家の台所に入る。手を洗い清めて、スープを作る。まだ（新婚早々で）、しゅうとめの味の好みがよくわからないので、まずはじめに、義妹に味見をしてもらう。

諸説の異同

特記事項なし。

備　考

○　三日……葉大兵ほか主編『中国風俗辞典』（上海辞書出版、一九九〇年）によれば、婚姻後三日目（四日目の所もあるという）新妻が廚房に入り、食事を作って婚家の舅をはじめとする年長者の人々に食事を差し出したという。これを「三日下廚」「参廚」「入廚」といったという。同書ではこの風習の起源を唐代に求めており、論拠として王建のこの詩があげられている。さらに、同書には、この習俗を行う前に詣でる神の名や、食事を作る時に歌う歌などが、示されている。

○　沈《しん》徳潜『唐詩別裁集』一九で、「新嫁娘」詩を「詩到ル二真処ニ一、一字モ不レ可カラ二移易ス一」と評す。

○　章燮『唐詩三百首註疏』では、この詩を評して「言フ二新嫁娘之謹畏ヲ一也。推スニレ之ヲ仕路ノ中ノ新進者、類《おほむね》ハ皆ナ若《ごと》シレ是《かく》ノ」と述べる。この評に影響されてか、現代の評釈書、一例として朱大可『新注唐詩三百首』（香港中華書局、一九五八年）においても、「この詩は、新娘の娘を真に詠んだのではなくて、自分が初めて官界に入り長官の考えがわからないので、事に当たってはまず同僚に教えを乞うことを述べた」のだとしているものもある。この点においても、古典詩解釈における諷諭性の伝統を見て取ることができる。

○　この詩は、郭茂倩『楽府詩集』には収められていない。しかし、詩題を「新嫁娘詞」とするものもあることから、歌辞系のイメージをもつ詩であるといえよう。

（水谷　誠）

0 水夫謠　水夫《すいふ》の謡《うた》

1 苦哉成長當驛邊　苦《くる》しい哉《かな》　成長《せいちやう》して駅辺《えきへん》に当《あ》たる

2 官家使我牽驛船　官家《くわんか》　我《われ》をして駅船《えきせん》を牽《ひ》かしむ

3 辛苦日多樂日少　辛苦《しんく》の日《ひ》は多《おほ》くして楽日《らくじつ》は少《すく》なく

4 水宿沙行如海鳥　水《みづ》に宿《しゆく》し沙《すな》を行《ゆ》くこと海鳥《かいてう》のごとし

5 逆風上水萬斛重　風《かぜ》に逆《さか》らひ水《みづ》を上《のぼ》りて万斛《ばんこく》重《おも》く

6 前驛迢迢後淼淼　前駅《ぜんえき》は迢迢《てうてう》として　後《うし》ろは淼淼《べうべう》たり

7 半夜緣堤雪和雨　半夜《はんや》　堤《つつみ》に縁《そ》ひて雪《ゆき》は雨《あめ》に和《わ》し

8 受他驅遣還復去　他《た》の駆遣《くけん》を受《う》けて　還《また》復《た》去《ゆ》く

9 夜寒衣溼披短蓑　夜寒《よるさむ》く　衣《ころも》　溼《しめ》りて　短蓑《たんさ》を披《つ》け

10 臆穿足裂忍痛何　臆穿《むねうが》ち　足裂《あしさ》けて　痛《いた》みを忍《しの》ぶを何《いかん》せん

11 到明辛苦無處說　明《めい》に到《いた》るも　辛苦《しんく》　説《と》く処《ところ》無《な》く

12 齊聲騰踏牽船出　声《こゑ》を斉《そろ》へ騰踏《とうたふ》して船《ふね》を牽《ひ》きて出《い》づ

13 一間茆屋何所直　一間《いつけん》の茆屋《ばうをく》　何《なん》の直《あたひ》する所《ところ》ぞ

14 父母之鄉去不得　父母《ふぼ》の郷《きやう》は去《さ》るを得《え》ず

我願此水作平田　我《われ》願《ねが》はくは　此《こ》の水《みづ》を平田《へいでん》と作《な》し
長使水夫不怨天　長《なが》く水夫《すいふ》をして天《てん》を怨《うら》まざらしめん

テキスト　『全』二九八-5-3382 ◆『唐百家詩選』一三 ◆『唐王建詩集』二（『和刻本漢詩集成　唐詩』第八輯）◆『王司馬集』二（文淵閣四庫全書本）

校語
1 **成**　『唐王建詩集』『王司馬集』では「生」に作る。
当　『唐百家詩選』では「水」に作る。
3 **辛苦**　『唐百家詩選』では「苦」に作る。
6 **後**　『全』では「一ニ作ル㆑波ニ」とある。『唐百家詩選』では「波」に作る。
9 **夜**　『全』では「衣」に作り、「一ニ作ル㆑夜ニ」と校語を記す。『唐王建詩集』『王司馬集』では「衣」に作る。ここでは、『唐百家詩選』で「夜」に作るのに従う。
溼　『王司馬集』では「濕」に作る。「溼」は「濕」の異体字。
蓑　『全』では「一ニ作ル㆑莎ニ」とある。『唐百家詩選』『唐王建詩集』『王司馬集』では「莎」に作る。「莎」とは、かやつり草の一種。
11 **無**　『全』では「一ニ作ル㆑何ニ」とある。
12 **出**　『全』では「一ニ作ル㆑歌ニ」とある。『唐百家詩選』では「歌」に作る。
13 **茆**　『唐百家詩選』では「茅」に作る。同義。
14 **郷**　『全』では「一ニ作ル㆑邦ニ」とある。

詩型・韻字
七言古詩。邊《へん》・＊船《せん》（下平声先韻（先＊仙韻））／＊少《せう》・鳥《てう》・＊淼《べう》（上声篠韻（篠＊小韻））／＊雨《う》・去《きよ》（上声語＊麌韻（語＊麌韻））1／＊蓑《さ》・何《か》（下平声歌韻（歌＊戈韻））／＊說《せつ》・出《しゆつ》（入声質＊屑韻（術＊薛韻））／直《ちよく》・＊得《とく》（入声職韻（職＊徳韻））／田《でん》・天《てん》（下平声先韻（先韻））。換韻。
1「＊雨・去」の用韻を、去声御＊遇韻と、あるいは「雨」を上声、「去」を去声とした合韻例とすることも可能である。特に、中唐以後、古体詩での上去通押例は、散見しうるので例外扱いではなく、許容例の中に含められるべきであろう。

語釈
0 **水夫**　古代中国において、船を上流に上らせるために岸から縄で船を遡行させる労動する人夫をここでは指す。
謡　楽器の伴奏を付けずに肉声のみで歌ううた。『爾雅《じが》』（釈楽《しやくがく》）に「徒歌ヲ謂フ㆓之レ謡ト㆒」とある。この条について、郝懿行《かくいこう》『爾雅義疏《そ》』には、次のようにある。

徒者《は》、空也。但也。猶ホゴトキ㆑独ノ也。……歌者《は》、『説文《せつもん》』（八篇下）ニ云フ、「詠也」ト。『釈名《しやくみよう》』（釈楽器）ニ云フ、「人声ヲ曰フ㆑歌ト」ト。按ズルニ歌ニ有リ㆓弦歌・笙歌㆒。要ハ以テ㆓人声ヲ㆒為ス㆑主ト。謡者《は》、『説文』（三篇上）ニ作ル㆑䍃ニ、云フ㆔「徒歌ナリ。从フ㆓言・肉ニ㆒」。肉ハ即チ人声ナリ。石経《せきけい》ハ作ル㆑謡ニ。『詩』（魏風）「園有桃」（毛）伝ニ、「曲合ハスヲ㆑楽ヲ曰フ㆑歌ト、徒歌ヲ曰フ㆑謡ト」。『初学記』（一五）引キテ㆓『韓詩章句《かんししようく》』ヲ㆒、「有ルヲ㆓章曲㆒曰フ㆑歌ト、無キヲ㆓章曲㆒曰フ㆑謡ト」。

郭茂倩『楽府詩集』には巻八七〜八九に「……謡」と称するものを収めるが、本詩は含まれていない。

1 駅　古代において、陸路・水路での乗り継ぎの馬や船を用意した公設の宿場を指す。宿駅のこと。

2 官家　役人、お上、政府。

4 水宿沙行　夜、水辺《みずべ》で寝て、昼間は川岸の砂の上をゆく。また、「水宿」を「船中で寝る」と見ることもできる。横山伊勢雄『中国古典詩聚花　政治と戦乱①』（尚学図書、一九八四年）では、この部分を「岸辺で寝て、砂の上を歩く」と解す。

海鳥　水辺の鳥。劉逸生主編・李樹政選注『張籍王建詩選』（中国歴代詩人選集、香港三聯書店、一九八二年）では、海鳥を「鷗《かもめ》」と特定する。ちなみに、杜甫「旅夜書《ス》レ懐《ヒヲ》」（『正編』四二〇頁所収）のなかに「沙鷗」が見えることから、華中あたりで見られるものであったのであろう。

5 逆風上水　風に逆らい、流れに反して、河を遡《さかのぼ》る。この部分を、「動詞＋目的語」が重なったものと解する。長田夏樹「白話詩人王建とその時代─唐・五代講唱文学発達史の一側面として」（『神戸外大論叢』7-1〜3、一九五六年）では、「逆風」をむかい風とし、「上水」を水をまきあげることとする。さらに、この「逆風上水」が「万斛」のような「重」さであるというように解している。ただし、このように解する論拠は示されていない。

斛　容量（かさ）の単位。一斛が一〇斗となる。唐代の一斗は、約六リットルであるから、一斛は、約六〇リットルとなるが、「万斛」は、極度の多量を表す慣用句。ここでは、重量《おもき》の意に転用している。

6 後　ここでは、「後」を「前駅」に対する「後駅」の意と解する。

「波」に作るテキスト（〔校語〕6参照）もあるが、その場合は「川波が果てなく広がる」の意となる。

淼　ひろいさま。水がひろびろとはてしなく続くようす。渺渺と同じ。

7 半夜　よなか。

8 受他駆遣　「他」は白話系の三人称代名詞。「官家」を指す。「駆遣」とは、追い立てること。

還復去　また行く。この部分を現代語の「走来走去……いったりきたり」にとるものもある（馬茂元『唐詩選』二一五頁――下記の蕭滌非「読『唐詩選』注釈随筆」での引用による）。それを批判して、蕭滌非は『楽府詩詞論藪』「読『唐詩選』注釈随筆」（斉魯書社、一九八五年）において、「還復」は連文であって「また」の意味であるとする。また、劉逸生主編・李樹政選注『張籍王建詩選』（前掲）では「一来一去地牽船……行ったり来たりして船を引く」と解釈している。

9 披　はおる。かぶる。

短蓑　短かいみの。着古して、編んであるかややすげなどが抜け落ちたために「短蓑」となったのであろう。

10 臆穿　「臆」は、胸。「臆穿」を、徐澄宇選注『張王楽府』（古典文学出版社、一九五七年）は、「寒さで胸口《みぞおち》に穴があきそうになる」とし、武漢大学中文系古典文学教研室選注『新選唐詩三百首』（人民文学出版社、一九八〇年）では、「細縄が胸を摩擦して、胸口《みぞおち》に穴があきそうになる」ことをいうとする。また、中国社会科学院文学研究所編『唐詩選』下（人民文学出版社、一九七八年）、林庚ほか『中国歴代詩歌選』上編二（人民文学出版社、一九八一年）では、「穿」を「（縄による傷で）裂ける」とする。ここでは、引き綱でこすれて胸の皮膚が破れるのを強調した表現、とみておきたい。

忍痛何　方法を問う「如何《いかん》・若何《いかん》」の「何」。「忍」は「こらえる・がまんする」の意。この部分は、「如何忍痛」あるいは「如忍痛何」――「どのように痛みを耐えしのんだらよいのだろうか」とほぼ同意。また、長田夏樹前掲論文では、この部分を「痛み何なるを忍ばん」と読む。

12 **騰踏**　「騰」は、はねあがる。「踏」は、足で地をふむ。「騰踏」で足踏みする。また、「とうたふ」という音は、声母《せいぼ》（語頭子音）〔d-〕を同じくする双声《そうせい》である。また、句末の「出」の主語を「歌」とした場合には、「騰踏」の意味は、「（歌声が）高くあがる」になる。

13 **一間茆屋**　「茆屋」は「茅屋」とも書く。かやぶきの粗末な家屋《いえ》。また、「一間」は、「茆屋」に付く数詞「一」と量詞「間」。現代中国語のように、数詞と名詞の間に量詞が付くようになるのは、中唐以後の口語表現の中によく見られる。

何所　事物を問う「なに」の意味。「直何所」で、いくらになる。なお、高適「田家春望」での「何所」の〔語釈〕（一六九頁）を参照。

直　「値」に同じ。あたいする。

14 **去不得**　去ることができない。詹満江「唐詩における口語表現―動詞に後置する助辞をめぐって」（『芸文研究』51、慶応大学、一九八七年）によれば、通常の文言では、「取得」などのような「動詞＋得」というかたちにおいて、「得」は、前の動詞と等立の関係にある。ところが、唐代の口語において、「動詞＋得」の「得」が付属語化して、「除《イテ》レ酔《ヲ》無《シ》レ因《ル》三破《リ》二得《ルコト》愁《ヲ》一」――酔う以外に愁いを打ち破ることのできるすべがない（白居易「東楼招客夜飲」）」などのように、明らかに可能の意を表しているものがある。これに否定詞の付いた「動詞＋不得（未得）」の「不得」は、ほとんど不可能を表すとする。さらに続けて、文言において「不得」は、「不得＋動詞」というかたちになり、しかも禁止を表すことがある。ところが、口語形の「動詞＋不得」においては、禁止の意を表す例について探しえなかった、と述べる。ただし、太田辰夫『中国語歴史文法』（江南書院、一九五八年）二三二頁での記述によれば、唐代において「動詞＋不得」に目的語がはいる場合は「動詞＋目的語＋不得」というかたちになるという。この点で、「做不得這件事――そのことをしてはいけない」（現代中国語での「動詞＋不得」の「不得」の意は、禁止または不適切を表す）のような、現代中国語の文法とは異なる点に注意したい。

通釈

水夫の謡《うた》

つらいなあ、宿駅の近くで生まれ育ったばっかりに、お役人は私に宿場の船を引かせるのだ。

全くつらい日ばかりで、楽しい日など有りはしない。夜は水辺で寝て、昼間は川岸の砂の上をいく、まるで水鳥のよう。風に逆らい、流れに反して河をさかのぼるので、（船は）とてつもない重さだ。行く手の宿場ははるかかなた、後の宿場も水のはるかに広がるかなた（に没している）。

夜中につつみに沿って進み行けば雨に雪が交じり、お役人に追い立てられつつ、また進み行く。

夜は寒く、着物はぬれても、短い蓑《みの》を肩にかけるだけ。（引き縄でこすれて）胸の皮膚が破れ、足のウラも裂ける。この痛みを、いったいどうやって耐えたらよいのだろうか。

夜があけても、このつらさを訴えるところはない。声をそろえて歩みだし、船を引いて出発する。

小さなあばら屋など、いったい、いくらになるだろう（いちもんの値打ちもない）。だが、父母のいるふるさとだから、捨てていくことはできないのだ。

わたしは願う。できることならこの河を平らな田畑にして、もう永久に、水夫が天を怨まないようにさせたいと。

諸説の異同
特記事項なし。

備考
呂慧鵬《けいけん》ほか『中国歴代著名文学家評伝』続編一（周秦《ヨリ》至《ル》唐五代）（山東教育出版社、一九八八年）によれば、「水夫謡」は、王建が田季安の幕府にあった時期に南方へ旅をし（元和五年〔八一〇〕前後）、その折りに属目《しょくもく》したことを題材としてできたのではないか、と推定されている。他方、遅乃鵬「王建年譜」（同『王建研究叢稿』〔巴蜀書社、一九九七年〕所収）は、王建が幽州節度使劉済の幕僚であった時期に淮南《わいなん》（江蘇省揚州市）に旅し、その帰路（永貞元年〔八〇五〕）、食糧を運んだ時、船を引く水夫の苦しい生活に感じて作ったとする。

（水谷　誠）

王《おう》昌《しょう》齢《れい》

0 閨怨
閨怨《けいゑん》

1 閨中少婦不知愁
閨中《けいちゆう》の少婦《せうふ》　愁《うれひ》を知《し》らず

2 春日凝粧上翠楼
春日《しゆんじつ》　粧《よそほひ》を凝《こ》らして翠楼《すいろう》に上《のぼ》る

3 忽見陌頭楊柳色
忽《たちま》ち見《み》る　陌頭《はくとう》　楊柳《やうりう》の色《いろ》

4 悔教夫壻覓封侯
悔《く》ゆらくは　夫壻《ふせい》をして封侯《ほうこう》を覓《もと》めしめしを

テキスト　『全』一四三-2-1446 ◆『選』七 ◆『百』七絶 ◆『才調集』八 ◆『万首唐人絶句』七言一七 ◆『唐詩品彙』四七 ◆『明袁翼刊本王昌齢詩集』 ◆『和刻本王昌齢詩集』五 ◆『唐百家詩本王昌齢詩集』上 ◆『唐人雑詩本王昌齢詩集』上 ◆『唐詩二十六家本王昌齢集』下 ◆『唐五十家詩集本王昌齢集』下

校語
1 **知**　『全』『才調集』『万首唐人絶句』『和刻本』『唐百家詩本』『唐人雑詩本』『唐詩二十六家本』『唐五十家詩集本』では「曾」に作る。ここでは『選』『百』『唐詩品彙』に従う。
2 **粧**　『全』『和刻本』では「妝」に作る。「粧」と同義。ここでは、『選』『百』『才調集』『万首唐人絶句』『唐詩品彙』『唐百家詩

本』『唐人雑詩本』『唐詩二十六家本』『唐五十家詩集本』に従う。

詩型・韻字

七言絶句。愁《しゅう》・樓《＊ろう》・侯《＊こう》（下平声尤韻〔尤侯＊韻〕）。

語　釈

0**閨怨**　閨中にある女性のもの思い。「閨」は、女性の寝室、居室。「怨」は、名状しがたいものおもい、うれい。ここでは、日本語でいう屈折した攻撃性を秘めた「うらみ（憎しみ）」とはやや異なる。閨怨詩における「怨」は、物ごとの実現可能性が自覚されながら、それが実現されないことによる不満・憤懣であり、「恨」が、物ごとの解決不可能性、回復不可能性への自覚による無念さ・悔恨であるのと対照的である（参照：松浦友久「詩語としての『怨』と『恨』―閨怨詩を中心に」〔『詩語の諸相―唐詩ノート〈増訂版〉』研文出版、一九九五年〕）。「閨怨」は、梁の何遜《かそん》「閨怨」（『玉台新詠』巻五）以来の古楽府《がふ》題。但し、宋の郭茂倩《せん》『楽府詩集』には、巻四一「怨詩行」から巻四三「雑怨」まで一〇八首の閨怨詩が収められているが、「閨怨」という楽府題の作品は未収である。『全唐詩』には、王昌齢の他に、孟郊・戴叔倫・韓偓《あく》・魚玄機などに同題の詩があり、白居易にも「閨怨詞」がある。

1**少婦**　年少の婦人。年若い妻。中国古典語では、基本的に、「婦」は既婚女性を、「女」は未婚女性を表すことが多い。古くは『史記』巻一二六「滑稽列伝」に、「（東方朔《とうぼうさく》）徒《いたづら》用所賜銭《せん》帛《ぱく》、取《めと》少婦於長安中好女」と見え、詩では、梁の元帝（蕭繹《しょうえき》）「燕歌行」（『玉台新詠』巻九）に「燕趙佳人本自多、遼東少婦学春歌」、陳の蘇子卿「南征詩」（逯《りょく》欽立輯校『先秦漢魏晋南北朝詩』「陳詩」九）に「南中地気暖、少婦莫愁寒」とある。同じく王昌齢の「青楼曲二首（其二）」にも、「楼頭少婦鳴箏坐、遙見飛塵入建章」とある。

不知愁　「少婦」は、おそらくある程度以上の階級に属していた女性であろうが、結婚して日も浅く、未だ人の世の愁いを知らないということ。なお、〔校語〕で記したように、別集系のテキストを中心として多くの諸本では「知」を「曾《かつて》」に作っており、それならば、かつて愁えたことがない、という意味になり、より客観的な描写になるが、いずれにしろ、作者は、この新妻の何の屈託もなく無邪気な特質を、「不知愁」の一点において表出しているのである。

2**凝粧**　化粧を凝らす。新妻の関心が朝の念入りな化粧にあることを示しているが、この部分、一種の華やかな雰囲気が、脂粉の芳香とともに感じられるようである。ちなみに、唐代は、古代中国の化粧史において、その種類や技法が多様化され、洗練された時代であったが（参照：汪維玲・王定祥『中国古代婦女化妝』陝西人民出版社、一九九一年）、清の劉文蔚『唐詩合選詳解』巻四や徐増『而庵説唐詩』巻一〇のように、「凝粧」を特定の化粧法の名称と解する必要もなかろう（参照：李雲逸注『王昌齢詩注』上海古籍出版社、一九八四年）。

翠楼　美しい緑色の高楼。「青楼」「紅楼」などの語と同じく、婦人の住む色あざやかな楼館をいう美称。なお、ここでは、平仄（二六対）の関係から、平声の「青（qīng）」ではなく、仄声の「翠（cuì）」字を用いたのであろう。「翠楼」の語は、『文選』

『玉台新詠』ともに見られないが、梁の江淹《えん》「山中楚辞六首（其二）」に、「日華粲《タリ》二於芳閣《ニ》一、月金披《ひらク》二於翠楼《ニ》一」とある。

3 **忽見** 「忽」は、伝統的に「たちまち」と訓ずるが、ふと気がつけば、というぐらいの意味で、無意識下から意識下への転換を示す語。心理的意外性が中心で、単に時間的にすばやく、という意味ではない。意符（意味記号）が「心」であることに注意したい。「見」は、見るともなく自然に見えること。

陌頭 街路のほとり。「陌」は、「阡」と同じく、もと、田の間の境界やあぜ道。転じて、街路、まち。ここでは後者とみておく。『頭』は、上・下・中・外・辺・裏などと同じく、漠然とした空間を表す語。梁の武帝（蕭衍《しょうえん》）「襄陽蹋《とう》銅蹄歌三首（其一）」（『梁詩』巻一）に「陌頭征人去《リ》、閨中女下《ル》レ機《はたヲ》」とあり、陳の王瑳《さ》「折楊柳」（『陳詩』巻九）に「陌頭蔵《シ》二戯鳥《ヲ》一、楼上掩《フ》二新粧《ヲ》一」とある。

楊柳色 やなぎの新緑の色。植物学的には、楊は「かわやなぎ」、柳は「しだれやなぎ」だが、ここでは「楊柳」すなわち「柳」のこと（参照：水上静夫『中国古代の植物学の研究』（角川書店、一九七七年）、張先覚・鄢《えん》化志「楊・柳・楊柳」（『文史知識』一九九一年第三期））。

古代中国における街路樹の歴史は、春秋・戦国時代に始まるらしいが、唐代、長安のような大都市では、やなぎなどが街路の両側に植えられていたのであろう（劉禹錫「楊柳枝詞九首、其八」（『全』三六五）に、「長安陌上無窮《ノ》樹、唯《ダ》有《リ》垂楊《ノ》管《スルヲ》二別離《ヲ》一」とある）。乾燥いちじるしい北方中国の風土では、早春に芽吹く柳の新緑は、日本における桜花以上に、自然の再生を人々に実感させるものである。また、古来、中国では、親しい人々との離別の時、柳の枝を手折って環とし、別れゆく者に贈る習慣があった（佚名『三輔黄図《さんぽこうず》』巻六「橋、灞《は》橋」に、「漢人送《リテ》レ客《ヲ》至《レバ》二此《ノ》橋《ニ》一、折《リテ》レ柳《ヲ》贈別《ス》」とある）。柳のもつ生命力の強さに加えて、柳の環のごとく、旅立つ人が無事に出発の地に帰還するようにと、道中の健康と将来の再会を祈念したのである（参照：水上静夫『花は紅・柳は緑』八坂書房、一九八三年）。

つまり、楊柳は、中国古典詩においては、春の生命力と離別の哀傷感の象徴であった。ここでも、陌頭の楊柳を見た新妻は、当然、夫との離別時の情景を思い起こしているのであろう。なお、この詩を視覚的にみれば、「翠楼」「柳色」ともに青緑を中心とした春の色彩を背景に、少婦の化粧のあでやかな紅色が対照的に浮かびくるようである。

4 **悔** 過去に行った自己の行為を、とりかえしのつかぬこととして苦しい思いでふりかえること。送りがなの「ラク」は、「聞《きク》道《ナラク》」「惜《をシムラクハ》」などの「ラク」と同じく、上代日本語の古典文法では、上の活用語についてこれを体言化する接尾語。

教 「使」「令」などと同じく使役の助字。古典語の韻目では、この意味の時は、平声 jiāo に読むのが原則。「教える・教育」の意の時は、去声 jiào に読む。現代中国語での声調区分とは、ほぼ逆の関係になるので注意したい。ここでは、平仄（二四不同）の関係上、平声に読んでいることが確認される。

夫壻 夫。無名氏「陌上桑」（『楽府詩集』巻二八）に「東方千余騎、夫壻居《リ》二上頭《ニ》一」とある。

覓封侯 立派な戦功を立てて、諸侯にもとりたてられるようにと願ったこと。「覓」は求めること。「封侯」は、領地を与えられて諸侯に封ぜられること。古く『戦国策』『呂氏春秋』『管子』『漢書』などに見える語。なお、一将兵として従軍した者が、本当に軍功によって諸侯にとりたてられるようなことが、王朝交替期の動乱時は別として、唐代にどの程度ありえたか疑問が残る。しかし、礪《と》波《なみ》護「唐の官制と官職」(小川環樹編『唐代の詩人―その伝記』(大修館書店、一九七五年))によると、大きな軍功をたてた者に加えられる恩典であった「勲官」は、外征がふえるにつれて濫発され、その価値は時代とともに低落し、一介の兵卒にも上柱国(正二品)が授けられるようになったという。いずれにしろ、周辺諸民族との間にしばしば戦争を発動した玄宗の治政下では、このような願望は、おそらくひとつの時代の空気ともいうべきものであったのだろう。岑参《しんじん》の「送李副使赴磧《せき》西官軍」詩(『全』一九九)にも、「功名祇《たダ》向馬上取、真是英雄一丈夫」とある。また、明の楊慎『升菴詩話』巻八「唐詩不厭同」の条には、多くの唐詩の類似詩句を例示しているが、その最初に、王昌齢の「閨怨」の転・結句と、晩唐の李頻《ひん》(楊慎は李頎《き》とするが誤り)の「春閨怨」詩「紅妝女児灯火羞、画眉夫壻隴《ろう》西《せい》頭《ほとり》。自怨愁容長照鏡、悔教征戍《せいじゅ》覓《もとメ》封侯」(『全』五八七)を挙げている。確かに、李頻詩の結句は、王昌齢詩のそれをほとんどそのまま転用したものである。

通釈

閨中のもの思い

閨中の新妻は、(年若く無邪気で)人の世の愁いというものを知らない。ある春の日、念入りに化粧をして、(気ばらしでもしようかと)色あざやかな高楼に上ってみる。(あたりを眺めわたしているうちに)ふと目に入ったものは、街路の傍らに植えられた柳の新緑。(晴れやかな気持もうすらいで)心のうちにわきおこる後悔の念は、出征したあの人に、「諸侯にとりたてられるほどの手がらを立ててね」などと言ってしまったこと。

諸説の異同

特記事項なし。

備考

(1) 閨怨詩の常識

「閨怨」とは、夫や恋人の不在による女性の愛の喪失感、非充足感を、主として男性詩人が、作中の女性の立場、あるいは客観的第三者の立場から、古楽府的な手法によってうたったものであり、中国古典詩史においては、古くより重要な題材のひとつであった。

夫や恋人の不在の原因は、出奔・従軍・商旅・赴任・失寵など様々であり、待ち続ける女性もまた、農民や商人の妻、遊郭の妓女、後宮の美女と様々であるが、『詩経』王風の「君子《くんし》于《う》役《えき》」や衛風の「伯兮《はくけい》」以来の、出征した夫を故郷で思う妻という、いわゆる「征夫思婦」の詩と、皇帝の寵愛を失った後宮の女性を描く「宮怨」の詩が、閨怨詩として典型的なものである。王昌齢は、離別詩・辺塞詩とともに、数量的には必ずしも多くはないが、この閨怨詩の名手(様式的には七絶)でもあった。たとえば、「閨怨」や「青楼曲二首」などは前者に属し、「西宮春怨」(『正編』九四頁)や「長信秋詞五首」などは後者に属する作例である。

さて、この詩の表現上の魅力、あるいは技法上の斬新な点は何であろうか。すでに多くの先人が説くところであるが、たとえば、明の蔣一葵は、「不知・怨見・悔教、有リ二転折一。是レ章法ナリ」（『唐詩集註』巻七）と述べており、森槐南も、「不レ知レ愁の三字、反筆を以て提起し、少女が、極痴の情態より入りて、漸く離別の悲を触動す。其の悲、初より愁を知れる者に比して、人を感動すること更に一倍を加ふ。是れ落想の起妙なり」（『唐詩選評釈』新進堂、一八九七年）と述べている。すなわち、まず起句において、愁いとは無縁な年少の新妻を登場させたところに、閨怨詩の常識を裏切るような着想がある。しかし、そのような彼女も、承句において、無邪気に化粧に時間をかけ、美しい翠楼に上って、四周の春景色を眺望するうちに、転句で、ふと路傍の柳樹の新緑に触発され、結句に至って、悔悟の念が胸のうちにわき起こる。柳の新緑は、春の象徴的景物であり、おのずから人に時の推移を意識させると同時に、かつての夫との別離の情景を想起させる。離別後、すでに何年も経ているということは、「不知愁」という以上、現実的ではないが、季節の循環という意味からいえば、少なくとも一年ぐらいは経過しているのであろう（一年間、新婚の夫が不在でありながら、愁いを知らなかったところにこそ、この新妻の個性が集約されているのだが）。そうして、新妻が初めて覚えた愁いは、政治への批判や夫への怨嗟ではなく、使役の「教」が示すように、むしろ、積極的に夫に対して大きな戦功をあげるよう求めた自己の軽率な行為を後悔する、という自責の形において表されるのである。

　松浦友久「唐詩に表われた女性像と女性観―「閨怨詩」の意味するもの」（『中国詩歌原論―比較詩学の主題に即して』大修館書店、一九八六年）によれば、唐詩に描かれた男性にとっての理想的な女性像とは、「みずからの主体性によって積極的に情況を変えるのではなく、逆に、所与の条件のなかで男性への満たされぬ思慕を抱きつづけるという女性像」「美しく、可憐で、受動的な、しかも、愛の可能性を断念しないで待ちつづける存在」、すなわち、閨怨的な女性像であった。とすれば、王昌齢の「閨怨」詩もまた、愁いを知らぬ無邪気な新妻を登場させるという奇抜な着想をみせながら、結局は、彼女が後悔の念を覚えて、これから愁えつつ不在の夫を待ち続けるであろうと予想させることによって、詩題そのものの典型的な閨怨詩へと変貌しているわけである。

　なお、同じく松浦友久「『辺塞』と『閨怨』を結ぶもの―楽府詩の表現機能をめぐって」（『中国詩歌原論』）によれば、ふつう、唐詩にみられる楽府系の辺塞詩と閨怨詩は、内容上、深い相互依存の傾向があるが、それは辺塞と閨怨という題材が、「兵士の望郷の念いの中核たる閨中の妻」と「空閨の嘆きの要因たる辺境の防備」という表裏の関係にあり、詩的抒情の要因として、密接に関連しあっているからである。この「閨怨」詩に、辺塞的な要素が含まれているのも、こうした意味で偶然ではない。

　ところで、吉川幸次郎『新唐詩選』（岩波新書、岩波書店、一九五二年）は、この「閨中少婦」を「下町の平凡な女」とし、他にも同様の説をとるものがみられるが、中・日の多くの注釈書は、ある程度上流階級の女性とする。「凝粧」や「上翠楼」という行為が、時間的、物理的に可能であることからいえば、そのように解する方がより妥当であろう。何よりも、「不知愁」は、第一義的には、「少婦」の年齢の若さ、人生経験の浅さ、または、頭脳的、感性的単純さによるのであろうが、同時にまた、「愁」を生じさせる余地のない経済的に安定した生活が、夫の出征後も保証されていたからでもあろう。さらに、庶民ではなく、上流階級の女性としてこそ、この詩に内在する華やかさ、なまめかしさのようなものが生きてくるのであり、対照的に、予期しうる運命（夫の死）の前の「少婦」のいたましさも顕在してくるのである。むろん、この「少婦」の結句における後悔の念は、おそらく、ただちに夫の死という想像にまでは至っておらず、一人で空閨を守るもの寂しさといった程度のものであろう。しかし、一旦出征し従軍すれば、死は、当然、悪しき想像の終極にありうるわけであり、少なくともこの詩の読者は、それを想像しながら読むことになる。

そうした予期しうる夫の無残な死を、辺塞詩のなかで閨怨と関連させながら形象化したものとして、晩唐の陳陶の「隴西行四首《ろうせいこう》（其二）」詩（『全』七四六）、「誓《ツテ》掃《はらハントシテ》匈奴《ヲ》不顧《ミ》身《ヲ》、五千《ノ》貂《ちょう》錦《きん》喪《うしなフ》胡塵《ニ》。可《シ》憐《ム》無定河辺《ノ》骨、猶《ホ》是《レ》春閨夢裏《ノ》人」をあげられよう。いたましくも無定河（オルドス高原を東流する黄河の支流）のほとりに散らばっている白骨こそ、故郷に残してきた妻が、春の日、閨中でまどろみ夢見ているいとしい人のなれの果てなのだ、というのである。この詩の後半二句が、王昌齢の「閨怨」詩の意識的な翻案かどうかは不明だが、閨中の思婦の愁いの究極として、確かに見事なまでに符合しているといえよう。

(2)　楼上の思婦

王昌齢の「閨怨」詩を「楼上の思婦（悲しい思いに沈む婦人）」という観点からとらえたものに、矢嶋美都子「楼上の思婦―閨怨詩のモチーフの展開」（『日本中国学会報』第三七集、一九八五年）がある。これによれば、楼上の思婦のモチーフは、『詩経』や『楚辞』に源流を発し、漢魏に至って明確に形象化されるが、その女性は、相当上流階級に属する美しい婦女であり、富貴・権門の遊び人、道楽息子（「蕩子」）といったその夫の不在（不在の理由は不明）を、ひたすら待ちながら嘆き悲しむというイメージであった。やがて、六朝期、殊に梁代において、こうした女性のイメージは継承されつつ、夫の不在の理由として、辺境への従軍、ということが加えられ、閨怨詩と辺塞詩の融合がみられるようになる。さらに、六朝末から初唐にかけて、必ずしも思婦ではない「小婦」（権門の家の三男の嫁）と、思婦だが登楼とは結びつかない「少婦」の二つの要素が加味される。そうしてついに、登楼する愁いを知らない「少婦」（だが、最後には愁いを知る思婦となる）という、反転の着想をみせる王昌齢の「閨怨」詩が出現するのである。

（高橋　良行）

王《おう》勃《ぼつ》

0蜀中九日　蜀《しょく》中《ちゅう》の九日《きゅうじつ》

1九月九日望郷臺　九月九日《くがつここのか》　望郷《ばうきやう》台《だい》

2他席他郷送客杯　他《た》席《せき》他《た》郷《きやう》　客《かく》を送《おく》る杯《さかづき》

3人情已厭南中苦　人情《にんじやう》已《すで》に厭《いと》ふ　南中《なんちゆう》の苦《く》

4鴻鴈那従北地來　鴻鴈《こうがん》　那《なん》ぞ北地《ほくち》より来《きた》る

テキスト　『全』五六-2-684　◆『選』七　◆『捜玉《そうぎよく》小集』　◆『文苑英華』一五八　◆宋、洪邁《まい》『万首唐人絶句』五四　◆明、趙宧光・黄習遠『万首唐人絶句』一一　◆元、楊士弘『唐音』一（文淵閣四庫全書本）　◆『王勃集』下（明、銅活字本『唐五十家詩集』）　◆『王子安集』三（明版、四部叢刊）　◆明、黄徳水ほか『唐詩紀』初唐九　◆『唐詩品彙』四六（明、汪宗尼校訂本）　◆『王勃集』下（明、許自昌編『前唐十二家詩』）　◆『王勃集』（明、楊一統編『唐十二家詩』、不分巻）　◆明、鍾惺・譚元春『唐詩帰』一　◆明、李攀竜『古今詩刪』二一（和刻本）　◆『王子安集』三（文淵閣四庫全書本）　◆清、徐倬《じよたく》『全唐詩録』四　◆『王勃集』下（清、江標輯『唐人五十家小集』）　◆『唐詩別裁集』一九（乾隆二八年、教忠堂重訂本）　◆清、蔣清翊《よく》『王子安集註』三　◆『王勃集』下（延享四年刊、和刻本）　◆『盧昇《ろしようし》之集』三（文淵閣四庫全書本）　◆『幽憂子集』三（明版、四部叢刊）　◆『盧照隣集』三（徐明霞点校、中華書局、一九八〇年、『楊炯集』と合刊）

校語

0**蜀中九日**　『捜玉小集』には「九日升高」に作り、『唐詩別裁集』には「九日登高」に作る。『王子安集』（二種）『唐詩紀』『唐詩帰』『幽憂子集』『盧照隣集』は「蜀中九日、登玄武山旅眺」に作り、『盧昇之集』は「蜀中九日、登玄武山旅望」に作る。また『全唐詩録』は「蜀中九日、登元武山旅眺」に作る。これは清の聖祖の諱《いみな》「玄燁」を避けたもの。陳垣『史諱《しき》挙例』「第八十二　清諱例」の条参照。なお、『全』の題下注にいう。「『(唐詩)紀事』作和邵大震、一作蜀中九日登玄武山旅眺」と。

2**他席他郷**　『選』には「佗席佗郷」に作る。同意。

杯　『捜玉小集』『王勃集』（前唐十二家詩・唐十二家詩・和刻本）は「盃」に作る。俗字。

3**人情**　『捜玉小集』『万首唐人絶句』（二種）『唐音』『王子安集』（二種）『唐詩紀』『全唐詩録』『唐詩別裁集』『幽憂子集』『盧照隣集』には「人今」に作る。『全』も「一作今」と注する。『文苑英華』は「今日」に作る。

4**鴻鴈**　『全』は鴻を「一作鳴」と注する。『捜玉小集』『唐音』『全』『全唐詩録』『唐詩別裁集』『王子安集註』には鴈を雁に作る。鴈は雁の別体字。

詩型・韻字

七言絶句（拗《おう》体《たい》。起句は二四不同・二六対を守らない）。臺*《だい》・

杯《はい》・來*《らい》（上平声灰韻（灰咍*韻））。

語釈

0**蜀中**　蜀《しょく》（今の四川省）の地。中は場所や方位を表わす名詞。蔣紹愚「唐詩詞語札記(二)」（『語言学論叢』一〇輯、一九八三年、同『唐詩語言研究』〔中州古籍出版社、一九九〇年〕の附録に再録）参照。大野実之助『唐詩の鑑賞』（早稲田大学出版部、一九五四年）に、「蜀の中心、即ち成都城のこと」とするのは誤りであろう。承句の「南中」と同意。

九日　陰暦九月九日の重陽《ちょうよう》節をいう。重陽とは、陽数（奇数を陽、偶数を陰とする）の最大である「九」の字が二つ重なることにもとづき、重九《ちょうきゅう》ともいう。「九」字はまた、「久」字と音通して縁起がよいとされた。この日、人々は山や丘、高台などに登り（登高）、不老延命の効能をもつという菊花を浮かべた酒（菊酒）を飲み、芳烈で紅《あか》い実をつけた茱萸《かわはじかみ》の枝を髪に挿して厄除《やくよ》けをした。収穫の終わる晩秋をいろどる行楽日である。詳しくは、松田稔「唐の登高詩起源考」（『漢文学会々報』二一輯〔国学院大学〕、一九七五年）、中村喬『中国の年中行事』（平凡社選書、平凡社、一九八八年）、植木久行『唐詩歳時記』（学術文庫、講談社、一九九五年）など参照。

詩題は「蜀中の九日、玄武山に登りて旅眺《りょちょう》す」にも作る（〔校語〕参照）。玄武山とは剣南道梓州《ししゅう》玄武県の東二里にある山（『元和郡県図志』三三）。今の四川省中江県付近（成都市の東北約七〇キロメートル）にある。聶文郁《じょうぶんいく》『王勃詩解』（青海人民出版社、一九八〇年）に、「今の四川省三台県付近」とするのは誤り（一七二頁）。山の西側には西山廟、東側には道君廟のある道教の聖地であり（王勃「遊ブ二廟山一序」）、王勃は「蓋《けだ》し蜀郡の三霊峰なり」（「遊ブ二山廟一（詩）序」）とたたえる。『唐詩紀事』八、邵大震《しょうだいしん》の条によれば、この日、王勃は邵大震や盧照鄰《ろしょうりん》らと一緒に玄武山に登って詩を作った。詳しくは（備考）参照。ちなみに、釈大典『唐詩解頤《かいい》』にいう。「（王勃）蜀中に在りて、九日、台に登り客を送るに属《あ》ひて作れり。然れども送別の為《ため》にして作るに非ず。故に止《た》だ九日とのみ題す」と。

1**九月九日**　「きうげつ（がつ）きうじつ」とも読む。承句の「他席他郷」と、いわゆる双擬対《そうぎつい》（同一句中に一字ないし二字を間にはさんで同じ文字を重ねて用い、次の句もまたこの形態をとる対偶法）をなす。競作した邵大震と盧照鄰の詩も、やはり双擬対をなす（〔備考〕に引く詩参照）。

望郷台　「郷《きやう》を望《のぞ》む台《だい》」とも訓む。従来、固有名詞とも、あるいはまた、普通名詞とも考えられてきた。ただし、固有名詞と見なす場合でも、「郷を望む台」の意味が婉曲的に働く。戸崎允明『箋註唐詩選』にいう。「台は望郷を以て名と為す。客愁知るべし」と。斎藤晌『唐詩選』下（漢詩大系、集英社、一九六五年）は、普通名詞としての立場から「梓州《ししゅう》玄武県にあった、ただの高台で、故郷を望むためにそれに登ったことをいう」と注し、起句を「九月九日、故郷を望んで高台に登った」と訳す。また、姚奠中主編、秀竜・陸渾『唐宋絶句選注析』（山西人民出版社、一九八〇年）にいう。「昔、出征あるいは流浪して他郷にある人は、しばしば高いところに登ったり、土で築いた台に登ったりして故郷を眺めた。こうした台は、昔から望郷台と呼ばれた」と。つまり、望郷台は、各地にある、ありふれた名称と考えてよい。

ところで、杜甫の「雲山」詩には、「神《しんハ》交《まじハル》作《ル》レ賦《ふ》客《ヲ》、力《ハ》尽《つク》望郷台」とあり、清の仇兆鰲《きゅうちょうごう》『杜詩詳註』九には、『太平寰宇記』七二、剣南西道・益州成都県の条に見える『益州記』を引いて、「昇遷亭は路を夾《はさ》んで二台有り。一《いつ》に望郷台と名づく」という。『杜詩詳註』はまた、「望郷台は隋の蜀王（楊）秀の築く所」という『成都記』をもあわせ引く。従来、王勃詩の望郷台も杜詩中のそれと同一視されることが多かった。たとえば、清の蔣清翊『王子安集註』、千葉玄之『唐詩選師伝講釈』（漢文叢書、博文館、一九一三年）、戸崎允明『箋註唐詩選』、久保天随『唐詩選新釈』（博文館、一九〇九年）、簡野道明『唐詩選詳説』（明治書院、一九二九年）、平野彦次郎『唐詩選研究』（明徳出版社、一九七四年）、富寿蓀《そん》『千首唐人絶句』（上海古籍出版社、一九八五年）、李長路『全唐絶句選解』（北京出版社、一九八五年）など。しかし、これは明らかな誤解である。杜詩中の望郷台は成都の北約五キロメートルにあり、本詩の作られた玄武山とは場所が全く異なる（玄武山は成都の東北約七〇キロ）。中島敏夫・佐藤保『唐詩選』下（学習研究社、一九八六年）は、このことを考証し、あわせて「王勃・杜審言関係地図」（二一二頁）のなかで前掲の二つの望郷台の位置を明示する。

ちなみに、近藤春雄『唐詩のよみ方と解釈』（武蔵野書院、一九七三年）にいう。「九月九日には高い所に登るのが例なので、『登』字を省略しても分る」と。また聶文郁『王勃詩解』は、一句を「私たちは望郷台のような高い山に登る」と訳す。私たちとは、邵大震・盧照隣を含めていうのであろう。

2 他席他郷　平仄の関係から「他郷他席」を置きかえたもの。異郷のなじめぬ宴席の意。平野彦次郎『唐詩選研究』（前掲）は、「他郷における一席の意。起句の九月九日に対するために、『他』字を重ねて用いた」とし、石川忠久『漢詩の楽しみ』（時事通信社、一九八二年）も、「この地がよその国であり、その席で、の意。九月九日と『九』の字を重ねたのに合わせて、『他』の字を重ねたもの」と指摘する。つまり、他席の他はいわゆる双擬対を形成するために置かれた字で、深い意味はあまりないと考えてよいだろう。ただ結果としては、「独在《リテ》二異郷《ニ》一為《ル》二異客《ト》一」（王維「九月九日憶《フ》二山東兄弟《ヲ》一」詩）のように、異郷の地における旅愁の深さをきわだたせる効果を生んでいる。

戸崎允明『箋註唐詩選』にいう。「客中《かくちゅう》に（旅先で）客を送る、愁腸知るべし。佗《た》（＝他）の字を畳《かさ》ねて情甚《はなは》だ切なり」と。佐久節『唐詩選新釈』（弘道館、一九二九年）もいう。「台の望郷と名づくるは郷思を起すの一なり。他席他郷は其の二なり。客中客を送つて離杯を酌むは其の三なり」と。

ところで、「他席」の他字の意味にこだわりすぎると、「自分の家で開かれたのではない席」（前野直彬『唐詩選』下〔岩波文庫、岩波書店、一九六三年〕）、「他家の宴席」（目加田誠『唐詩選』〔明治書院、一九六四年〕）、「自家の宴でない席」（斎藤晌『唐詩選』下）、「他の人の宴席」（中島敏夫ほか『唐詩選』下）などと、かなり苦しい説明にならざるを得ず、ひいては諸説の生まれる主因となった。今日、他席には、(1)王勃自身が当初から予定して加わっていた（送別の）宴席、(2)王勃がふと見かけた隣席、あるいはふと飛び入りした他人の宴席——宴席への参加を「たまたま」「ふとしたことで」と偶発性をもたせて解釈する説、の二つがあり、後者はさらに「送客杯」の主語を(a)他《ほか》の人、(b)王勃自身、にとる二説に分かれる。〔諸説の異同〕参照。

送客杯　「客《かく》を送《おく》るの杯《はい》」とも訓む。大野実之助『唐詩の鑑賞』は、「都に向い帰る人を送る杯」と訳す。ところで客については、前野直彬『唐詩選』下に、「このとき、邵大震は旅行中だったらしい」と注し、高木正一『唐詩選』一（朝日文庫、朝日新聞社、一九七八年）は、『唐詩紀事』（〔備考〕参照）に拠《よ》って、「三人（王勃・邵大震・盧照隣）のうち作者（王勃）と盧とは、詩中ひとしく郷愁を訴えているのに、邵の詩にはそれがみられず、『遊人　幾度か菊花の叢《くさむら》』などと歌うところからみて、おそらく彼は、このとき蜀を旅行中だったのであろう。とすれば、作者にとって、この日の宴席は、めぐりあった友人を迎えての佳節の良宴であったと同時に、邵を見送る送別の宴をかねるものでもあったということになる」と推測する（前野直彬・石川忠久『漢詩の解釈と鑑賞事典』も、「旅立つ『客』は邵大震だったらしい」とする）。他方、王気中「王勃」（呂慧鵑《りよけいけん》ら『中国歴代著名文学家評伝』第二巻〔隋唐五代、山東教育出版社、一九八三年〕）や同「王勃在四川的創作活動—兼論唐初的士風和文風」（『中国古典文学論叢』第二輯、人民文学出版社、一九八五年）は、王勃が玄武山のある梓州を訪れたのは、当地にいる邵大震（王勃「遊山廟序」に見える邵令遠と同一人物らしい。このことは、早くも鈴木虎雄「王勃年譜」（『東方学報』（京都）第一四冊第三分、一九四四年〕総章二年の条に、令遠は邵大震の字《あざな》と指摘される）や鹿弘胤《ろくこういん》をたよるためであろうと指摘する。要するに、前野・高木両説は、現在のところ、一つの臆説にすぎない。

3 **人情**　「人の情《こころ》」とは作者王勃の気持ちを指すが、『箋註唐詩選』に「人情は汎《ひろ》く言ふ。遠邦に客寓せる者にして、豈《あ》に其れ此の情無《な》からんや。人人皆然《しか》り。『人』の字に味有り」と指摘されるように、それはまた、同じ境遇にある旅人の心を代弁する働きをもつ。この意味で「我ガ情」とは異なる。簡野道明『唐詩選詳説』は「北人たる我が情をいふ」と注する。晋の王讃「雑詩」に、「人情ハ懐《なつカシミ》二旧郷ヲ一、客鳥ハ思《したフ》二故林ヲ一」とある（『文選』二九）。

已厭　已は「早已」（とっくに）の意。厭の読みは、従来、「あク」「いとフ」の二つがあり、ここでは「もうたくさんだとうんざりし、嫌気がさす」の両意を含むであろう。つまり、厭飽《えんぽう》の意から厭悪《えんお》の義が生ずるわけである。富寿蓀『千首唐人絶句』（前掲）は、「飽嘗」（いやというほど体験する）の意にとる。

南中苦　南中は「汎《ひろ》く南方を指す」（『箋註唐詩選』）。星川清孝『歴代中国詩精講』（学燈社、一九五四年）は、「『中』は地方を一般に指す」という。要するに、南中は結句の「北地」と互文同義になる。蜀中の〔語釈〕参照。謝朓「酬《むくユ》二王晋安ニ一」詩に「南中（晋安郡〔福建省〕を指す）橘柚《きつゆう》栄《さかユ》、寧《いづクンゾ》知ランヤ　鴻雁ノ飛ブヲ」（『文選』二六）とあり、白居易「新楽府五十首」其四八の「秦《しん》吉了《きつりよう》」（鳥の名）詩にも、「秦吉了、出ヅ二南中ニ一」とある。一説に、「南中」という地名とする。しかし、これは明らかな誤りであろう。〔諸説の異同〕参照。苦は、つらさ、味気なさ。

4 **鴻鴈** 渡り鳥のかり（ガン）の類。『詩経』小雅「鴻鴈」詩の毛伝に、「大なるを鴻と曰ひ、小なるを鴈と曰ふ」とある。『礼記』「月令《がつりょう》」篇、仲秋（八月）の条に「鴻鴈来《きた》る」とあり、同書・季秋（九月）の条に「鴻雁来賓《らいひん》す」とある。来とは、北から南に飛来する意。

那 疑問（いぶかしむ気持ち）の意味をもつ副詞。「何」と同意。六朝期以来の、やや俗語的用法である。平野彦次郎『唐詩選研究』にいう。「（清の）徐而庵《じょじあん》（名は増、『（而庵）説唐詩』）は、『鴻雁よ』と呼びかけて、『お前はどうして北から来るか』と問いかける意に解している（『説唐詩』一〇に「鴻雁《ノ》二字《ハ》、宜《シク》二読《ミ》一住《とどマル》、是《レ》呼《ンデ》二鴻雁之名《ヲ》一而告《グル》レ之《ニ》也」とある……引用者注）。普通の説は、雁はどうして北から来るのだろうと、この方の心中で、雁の心中を推測するで、この点が少し異なっている」と。ちなみに、四川省社会科学院文学研究所『歴代四川山水詩選注』（重慶出版社、一九八五年）は、結句を「北方の鴻雁さえも時候に応じて当地に飛んで来ようとはしない」と訳す。これは「那」を反語にとる立場であり、聶文郁『王勃詩解』や秀竜・陸渾『唐宋絶句選注析』（前掲）も同じ。しかし、同時に作られた邵大震と盧照隣の詩中にも雁が詠まれていることからすれば、鴻雁の南飛する実景を見て（少なくとも南飛する情景を共通のモチーフとして）作ったと考えるべきであろう。反語と見なす説には従わない。

北地 「京洛（みやこ）を指す」（『箋註唐詩選』）とも、「王勃の故郷、絳州《こうしゅう》竜門（今の山西省河津市……引用者注）の地を指す」（簡野道明『唐詩選詳説』）ともいう。王勃は幼少期、故郷の竜門で過ごしたらしい（前掲の王気中「王勃」など）。そして竜朔《りゅうさく》元年（六六一）、12歳のころから、蜀に入る総章二年（六六九）、20歳に至る期間の大半を都長安で過ごしている（田宗尭「王勃年譜」〔『大陸雑誌』三〇巻一二期、一九六五年〕など参照）。しかも中央の政治に参与したいと願う唐代の詩人たちにとって、都長安はいわば「故郷」のように意識されていた。横山伊勢雄『唐詩の鑑賞―珠玉の百首選』（ぎょうせい、一九七八年）にいう。「都を故郷とするのは、唐詩に多い表現であるが、それは都が自分の住むべき場所つまり官途に進める場所と意識するからである」（二三七頁）と。本詩の北地も、「故郷」たる都長安をより強く意識した言葉として捉えるべきであろう。梁の江淹《こうえん》「還《ル》二故国《ニ》一」詩に、「北地三《タビ》変《ヘ》レ露《ヲ》、南簷《えん》再《ビ》逢《フ》レ霜《ニ》」とある。

千葉玄之『唐詩選師伝講釈』は、「後対ユヱ、カヘリ点ヲナホシテ見レバ、人情已厭二南中一苦《セツナイ》トスレバ、第四句トニラミ合ツテ、ヨカラズヤ」といい、釈大典『唐詩解頤』も「已《ニ》厭《テ》二南中《ヲ》一苦《ム》《コマル》」と訓む。この訓み方は、本詩をいわゆる全対格《ぜんついかく》（一詩全体が対句から成る）と見なす立場に属する。森槐南『唐詩選評釈』（文会堂書店、一九一八年）や、佐久節『唐詩選新釈』、内田泉之助『新選唐詩鑑賞』（明治書院、一九五六年）なども、同じく全対格と見なすが、清の沈徳潜《しんとくせん》『唐詩別裁集』一九は、「似《テ》レ対《ついスルニ》不《ルハ》レ対《セ》、初唐標《ノ》格、不レ得レ認《メ》二作《なスヲ》律詩之半《バト》一」と指摘する。絶句の基本的性格（非対偶性）を考えれば、しいて対句にとる必要性もないだろう（「人情」を「人今」に作るテキストでは、そもそも対句をなしえない）。

通釈

蜀地での重陽節

九月九日（の重陽節）、（その名も悲しい）望郷台（に登る）。異郷の地のなじめぬ宴席で、旅立つ人を見送る餞別《はなむけ》の酒（を傾ける）。わが心は、ほとほと南方の生活に嫌気がさして切ないのに、雁たちよ、お前たちはどうして（わざわざ）北方から飛んでくるのか。

諸説の異同

異同の所在　Ⅰ

「他席」の解釈

異同の類別

A　作者が当初から予定して加わった（送別の）宴席。

B　作者がふと見かけた（送別の）隣席、あるいは、ふと飛び入りした他人の（送別の）宴席――行為の偶発性を強調する説。

a　「送客杯」を飲む人は他《ほか》の人。

b　「送客杯」を飲む人は作者。

A説を採るもの：戸崎允明『箋註唐詩選』、久保天随『唐詩選新釈』、森槐南『唐詩選評釈』、大野実之助『唐詩の鑑賞』、前野直彬『唐詩選』下、目加田誠『唐詩選』、斎藤晌『唐詩選』下、高木正一『唐詩選』一、平野彦次郎『唐詩選研究』、前野直彬・石川忠久『漢詩の解釈と鑑賞事典』（旺文社、一九七九年）、秀竜・陸渾『唐宋絶句選注析』、石川忠久『漢詩の楽しみ』、中島敏夫ほか『唐詩選』下、劉文蔚編選・楊栄業新注『唐詩合選』（広西人民出版社、一九八六年）など。

B説のaを採るもの：千葉玄之『唐詩選師伝講釈』、簡野道明『和漢名詩類選評釈』（明治書院、一九一四年）、簡野道明『唐詩選詳説』、鎌田正ほか『唐詩選通解』（宝文館、一九三九年）、内田泉之助『新選唐詩鑑賞』、田所義行『新評唐詩選（新訂版）』上、田森襄『中国の名詩鑑賞4　初唐』（明治書院、一九七五年）など。

B説のbを採るもの：星川清孝『歴代中国詩精講』、近藤春雄『唐詩のよみ方と解釈』など。

異同の論拠

A説（作者が当初から予定して加わった〔送別の〕宴席とする説）

他席が、清の徐増『説唐詩』にいうごとく、「他人の酒席」という意味にも解せぬことはない。それならば、作者たちの宴席とは別に、ほかの人が張っている送別の宴ということになるが、自分の家ならぬよその宴席という意味で、作者たちのそれと解しておいた。

（以上、高木正一『唐詩選』一）

他席は他郷における筵席の意で、別席ではない。呉韋庵《ごいあん》は「他席は他郷の一席なり」（『唐詩選勝直解』）と説いている。従って送レ客杯は自分が客を送るの意に説く。

結論：送客杯は上の望郷台と対句になって、いずれも名詞を並べただけであるが、望郷台は、自分が登っていることは申すまでもない。そうであればその対句の送客杯も自分が客を送っていると見るのが、詩の作法から見て、穏当である。

（以上、平野彦次郎『唐詩選研究』）

B説（作者がふと見かけた送別の隣席、あるいは、ふと飛び入り

した他人の送別の宴席、つまり、行為の偶発性を強調する説）

他席ヲ見レバ、他郷ノ人デ、故郷ヘ帰ルヤウスデ、旅客ヲ送ルナゴリノ杯ヲススメルヲ見テ、羨マシク眺メヤリ思フノミ。

（以上、千葉玄之『唐詩選師伝講釈』）

重陽の日、望郷台に登り、客を送る宴席に飛び入りして作ったのである。送別を主としたのではないから、単に蜀中九日と題したのである。

（以上、簡野道明『唐詩選詳説』）

B説は、⑴詩題に「送別」の語がないこと、⑵「他席」の他を、文字どおり他《ほか》の、他人の意味に捉えたこと、の二点から生まれたらしい。しかし、すでに〔語釈〕の条で述べたように、「他席他郷」は「九月九日」と双擬対《そうぎつい》をなす手法から生まれた表現であるにすぎない。いいかえれば、他席の他は、なじめぬ異郷感を訴える表現効果をもつが、実質的には軽く置かれた言葉であると考えるべきであろう。つまり「他席他郷」は、他郷の宴席というほどの意味である。ちなみに、B説（のa）に属する簡野道明『唐詩選詳説』の承句の訳をあげて参考に供する。「思郷の情を催してゐる折しも、偶《たまたま》此の他郷の他の席で帰郷する客を送る別《わかれ》の杯を把つてゐる人のあるのを見て、一入《ひとしほ》故郷を思ふの情が切になつた」と。

異同の所在　II

「南中」の解釈

異同の類別

A　南方（の地）。

B　「南中」という地名。

A説を採るもの：服部南郭『唐詩選国字解』、戸崎允明『箋註唐詩選』、久保天随『唐詩選新釈』、佐久節『唐詩選新釈』、簡野道明『唐詩選詳説』、星川清孝『歴代中国詩精講』、内田泉之助『新選唐詩鑑賞』、前野直彬『唐詩選』下、目加田誠『唐詩選』、斎藤晌『唐詩選』下、田所義行『新評唐詩選（新訂版）』、近藤春雄『唐詩のよみ方と解釈』、田森襄『中国の名詩鑑賞4　初唐』、高木正一『唐詩選』一、前野直彬ほか『漢詩の解釈と鑑賞事典』、秀竜ほか『唐宋絶句選注析』、蔣紹愚「唐詩詞語札記㈡」（前掲）、中島敏夫ほか『唐詩選』下など。

B説を採るもの：清、蔣清翊『王子安集註』、簡野道明『和漢名詩類選評釈』、聶文郁『王勃詩解』、葛傑・倉陽卿『千家絶句』（花山文芸出版社、一九八四年）、四川省社会科学院文学研究所『歴代四川山水詩選注』、楊栄業『唐詩合選』など。

異同の論拠

B説（「南中」という地名とする説）

（晋の常璩《じょうきょ》）『華陽国志』（四、南中志）に、「南中ハ在昔《むかし》蓋《けだ》シ夷越《いえつ》（少数民族の名）之地、滇《てん》・濮《ぼく》・句町《くてい》・夜郎・葉楡《ようゆ》・桐師《どうし》・嶲唐《すいとう》（いずれも小さな侯王国の名）、侯王国ハ以テレ十ヲ数フ」とある。

（以上、蔣清翊『王子安集註』）

A説（南方の地とする説）の論拠を述べたものはないが、「南中」の語の用例、および、「南中」は「北地」と互文同義をなすことなどによるのであろう。宋之問《そうしもん》の「至リテ二端州駅一、見テ二杜《と》五審言《しんげん》・沈《しん》三佺《せん》期《き》・閻《えん》五朝隠《ちょういん》・王《おう》二無《ぶ》競《きょう》ノ題スルヲ一レ壁ニ、慨然トシテ成スレ詠ヲ」詩（本書二二五頁）にも、「逐臣北地承《こう》ケ二厳譴《げんけん》ヲ一、調セラレテ到レバ二南中ニ一毎《つね》ニ相《あひ》見ントス」とあって、「北地」と「南中」とが対照的に用いられている。「南中」は広く「南地」の意であると考えてよい。

「南中」という地名に由来するとするB説は、明白な誤りである。任乃強『華陽国志校補図注』（上海古籍出版社、一九八七年）所載の「南中志形勢総図」や、劉琳『華陽国志校注』（巴蜀書社、一九八四年）所載の「華陽国志南中志疆域《きょういき》示意図」によれば、「南中」は今の雲南省や貴州省を指し、本詩の作られた梓州玄武県付近を含まない。梓州付近は、南中ではなくて「蜀」（『華陽国志』三、蜀志）の範囲にある。B説の誤りは明らかだといえよう。

備考

本詩に関する基本資料は、南宋の計有功『唐詩紀事』八、邵大震の条である。

「九日登リテ二玄武山一旅眺スニ」云フ、「九月九日望メバ二遥空ヲ一、秋水秋天生ズ二夕風一。寒鴻(1)一向《ひたすら》ニ南飛ブコト遠シ、遊人(2)幾《いくタビカ》度《わたル》菊花ノ叢《そう》ト」。盧照隣和シテ云フ、「九月九日眺《ながム》レバ二山川ヲ一、帰心帰望積ム二風煙一。他郷共ニ酌ム二金花ノ酒（菊酒）、万里同《とも》ニ悲シム鴻鴈ノ天ト」。玄武山ハ在リ二今ノ東蜀一。高宗ノ時、王勃以テ二檄《げきスルにはとりニ》レ鶏（闘鶏のそれ）文ヲ一、斥《せき》ニ出セラル（追放）沛王（李賢）ノ府ヲ一。既ニ廃サレ、客タリテ二剣南（道）一、有リ下遊ンデ二玄武山ニ一賦《ふスル》上詩ヲ。照隣為《たり》二新都ノ（県名、今の四川省新都県。成都市の東北約二〇キロメートル）尉《い》一。大震ハ其ノ同時ノ人也。勃ノ詩ニ云フ、「九月九日望郷台、他席他郷送ル レ客ヲ杯。人今《いま》已ニ厭フ南中ノ苦、鴻鴈那ゾ従リ二北地一来ル」。

注(1)　一向は副詞。張相『詩詞曲語辞匯釈』三、一向(一)や、塩見邦彦「唐詩俗語新考(4)」（弘前大学教養部『文化紀要』一九号、一九八四年）一向の条など参照。この転句を「寒雁一《いっ》に（一たび）南に向ひて飛ぶこと遠し」などと訓む説もあるが、従わない。

注(2)　幾度は「幾度《いくたび》か（ぞ）」とも読める。ちなみに、邵と盧の詩の訳は、中島敏夫ほか『唐詩選』下参照。

三詩はみな「九月九日」で始まり、それにあわせて承句も一・三字を反復する、いわゆる双擬対を用いていること、および、雁という共通のモチーフによって望郷の情を歌っていることから、同じ場で競作されたものであろう（高木重俊「王勃の生涯と文学」（『北海道教育大学紀要（第一部A）』三二巻一号、一九八一年）参照）。いいかえれば、王勃は邵大震・盧照隣らと一緒に、重陽節の日、梓州玄武県の玄武山に登って唱和したと考えられる。

本詩の作成年代に関しては、従来、(1)総章二年（六六九）、(2)咸《かん》亨《こう》元年（六七〇）、(3)咸亨二年（六七一）以後（作者22、23歳）、の三説に分かれる。このうち、(3)の説を採るものは、斎藤晌『唐詩選』下と中島敏夫ほか『唐詩選』下であるが、これは誤りであろう。王勃は、沛王府追放後の総章二年（六六九）五月癸卯（二六日）、都長安を出発し、約一月後、蜀に入った（王勃「入蜀紀行詩序」）。そして成都周辺の地（益州・梓州・漢州・綿州など）を往来し、咸亨二年の晩秋九月（遅くとも初冬一〇月の初め）には都長安に帰ってきたと推定される。これは、同年の冬の吏部銓（吏部での採用試験）に参加するためであり、王勃の蜀滞在期間は二年あまりであった。劉汝霖《りゅうじょりん》「王子安年譜」（『師大月刊』二期、一九三三年）、田宗尭「王勃年譜」、傅《ふ》璇琮《せんそう》「盧照隣楊炯年譜」（徐明霞点校『盧照隣集　楊炯集』所収）、『唐才子伝校箋』（中華書局、一九八七年）一、王勃の条（傅璇琮執筆）、張志烈『初唐四傑年譜』など参照。つまり、咸亨二年の九月九日には、王勃はすでに都長安に近づいていたと推測され、当時まだ蜀の梓州玄武県に滞在していて本詩を作った可能性は、きわめて少ない（翌年は全く不可能）。

結局残るのは、(1)の総章二年作と、(2)の咸亨元年作の二つである。(1)の説を採るものには、鈴木虎雄「王勃年譜」、田宗尭「王勃年譜」、高木重俊「王勃の生涯と文学」、張志烈『初唐四傑年譜』、駱祥発『初唐四傑研究』などがあり、(2)の説を採るものには、劉汝霖「王子安年譜」(ただし、成都付近での作と誤る)、『唐才子伝校箋』一、盧照鄰の条(任国緒執筆)、聶文郁「王勃年譜」(『王勃詩解』所収)、王気中「王勃在四川的創作活動」、何林天『重訂新校王子安集』(山西人民出版社、一九九〇年)、任国緒「盧照鄰生平行迹再考」(『唐代文学研究』広西師範大学出版社、一九九〇年)、陶敏・傅璇琮『唐五代文学編年史(初盛唐巻)』(遼海出版社、一九九八年)などがある。(1)の説を採る高木論文は、鈴木の年譜を参照しながら、次のようにいう。

> 彼らが登った玄武山の山東には道君廟、山西には西山廟があり、王勃「遊山廟序」「遊廟山賦」によると、彼の二十一歳(六五〇年生説では二十歳)の秋に、済陰の鹿弘胤・安陽の邵令遠(邵大震の字)とともにここを訪れたことが記されている。また、総章二年(六六九)五月に長安を発った王勃の入蜀が盧照鄰との同道でなかったとすれば、この二人の出会いは、王勃の蜀地到着後間もなくということになろう。

総章二年に、王勃が邵大震らと玄武山に登ったことは、王勃の「遊山廟序」によって明らかである。ただそのとき、盧照鄰も同道していたかどうかは不明であるものの、ほぼ同じ時期に作られた可能性は充分ある。ただこの説には、若干疑問もある。六月末ごろに入蜀し、蜀の地でまだ二カ月あまりしか過ごさない王勃が、はたして「人情已に厭ふ　南中の苦」云々と歌うものであろうか。南方生活のつらさ、味気なさをつくづく感じるには、やはり一年間ぐらいの期間が必要ではなかろうか(王気中の前掲論文参照)。

一方、同じく(1)の説を採る駱祥発『初唐四傑研究』は、別の観点から次のようにいう(九六頁)。

> 王勃の詩「人今已《ニ》厭《フ》南中《ノ》苦、鴻雁那《ゾ》従《リ》北地来《ル》」(「人今」は『唐詩紀事』に拠る……引用者注)の詩意から、王勃入蜀の年(総章二年)の作であるはずだ。というのは、「人今已厭南中苦」は、盧照鄰の「帰心帰望積風煙」と「万里同悲鴻雁天」(前掲)に的を定めて発したものである。あの人は「南中」での旅(暮らし)に対して、とっくにあきあきしているのに、私という「鴻雁」は、どうしてなおも「北地」から飛んでこようとしたのか、と。入蜀ほどない頃に書かれた様子は充分明白である。

この捉え方は、「人」を作者(王勃)自身ではなく盧照鄰と捉え、しかも鴻雁を作者に見立てている。もちろん、こうした特異な理解が、(1)の総章二年作説を採るものに共通しているわけではない。また、繊細な詩人の感性にあっては、わずか二カ月の異郷暮らしでさえも、充分長すぎるほど堪えがたいのだ、との反論も予想され、さらには一種の文学的虚構である可能性もあろう。

やはり(1)説を採る田宗尭の年譜は、咸亨元年の九月、王勃は九《きゅう》隴《ろう》県(成都の西北約四〇キロメートル。玄武県とは約七五キロ離れる)に滞在していたとする。仮にそうであるとしても、王勃が九月の間ずっと九隴県に滞在しつづけた確証はない。まして咸亨元年の九月は、じつは閏九月もあって、例年の二倍の長さである。要するに、より客観的な確証を得られるまでは、本詩は総章二年(六六九)、20歳の重陽節か、翌咸亨元年、21歳の重陽節の作、と考えておくべきであろう。

ちなみに、前掲の『唐詩紀事』には、盧照隣は当時、益州新都県の尉（補佐官）であったとするが、すでに辞任していた可能性も高い。また陶敏・傅璇琮『唐五代文学編年史（初盛唐巻）』は、邵大震は当時、玄武県の尉であったとする。これらの問題点については、今後の研究の進展を待ち、しばらく深入りを避けたい。なお王勃の生没年については、植木久行「初唐詩人王勃生卒年考」（弘前大学人文学部『文経論叢』二四巻三号、一九八九年）参照。最後に、本詩に対する佐久節『唐詩選新釈』の評語をあげて結びとする。

有情《うじやう》の人を以て無情の鳥を尤《とが》むるは、最も悽怨《せいゑん》の情の深きを見る。

（植木　久行）

0仲春郊外　　仲春《ちゆうしゆん》の郊外《かうぐわい》
1東園垂柳徑　　東園《とうゑん》　垂柳《すいりう》の径《こみち》
2西堰落花津　　西堰《せいえん》　落花《らくくわ》の津《しん》
3物色連三月　　物色《ぶつしよく》　三月《さんげつ》に連《つら》なり
4風光絶四鄰　　風光《ふうくわう》　四隣《しりん》に絶《た》つ
5鳥飛村覺曙　　鳥《とり》飛《と》びて　村《むら》　曙《あけぼの》なるを覚《さと》り
6魚戲水知春　　魚《うを》戯《たはむ》れて　水《みづ》　春《はる》なるを知《し》る
7初晴山院裏　　初《はじ》めて晴《は》る　山院《さんゐん》の裏《うち》
8何處染囂塵　　何《いづ》れの処《ところ》にか囂塵《がうぢん》に染《そ》まれる

テキスト　『全』五六-2-676 ◆『文苑英華』三一八 ◆元、楊士弘『唐音』一（文淵閣四庫全書本）◆『唐詩品彙』五六 ◆『王子安集』三（四部叢刊）◆『王勃集』下（明、銅活字本『唐五十家詩集』）◆『王勃集』下（明、許自昌編『前唐十二家詩』）◆明、黄徳水・呉琯《かん》ほか『唐詩紀』初唐九 ◆明、鍾惺・譚元春『唐詩帰』一 ◆『王勃集』（明、楊一統編『唐十二家詩』、不分巻）◆『王勃集』下（明、朱警編『唐百家詩』）◆『王子安集』三（文淵閣四庫全書本）◆『王勃集』下（清、江標輯『唐人五十家小集』）◆清、徐倬《じよたく》『全唐詩録』四 ◆清、蔣清翊『王子安集註』三 ◆『王勃集』下（延享四年〔一七四七〕刊、和刻本）

校語
4**絶**　『全』に「一ニ作ルレ繞ニ」と注する。
6**戯**　『文苑英華』『王勃集』（『唐十二家詩』）には「戯」に作る。俗字。

詩型・韻字　五言律詩。津《しん》・鄰《りん》・*春《しゆん》・塵《ぢん》（上平声真韻〔真諄韻*〕）。

語釈
0**仲春郊外**　仲春は陰暦の二月（陰暦では、一月から三月までが春の季節）。郊外とは城《まち》の外。
1**東園**　東の庭園。明の璩崑玉《きよこんぎよく》編『古今類書纂要《さんよう》』二、地理部、園林の条に、「中に亭台・池梁・花果有るを園と曰ひ、平地に叢木有る処《ところ》を林と曰ふ」とある。陶淵明「飲酒二十首」其八に「青松在リ㆓東園ニ㆒」とあるが、これは庭の東側をいうらしい。

垂柳径　柳のしだれる細道。庾信《ゆしん》「行雨山銘」に「横藤礙《さまた》ゲ㆑路ヲ、垂（一作ニ㆑弱ル）柳低《た》ル㆑人ニ」とある。「径」は「みち」とも読める。『説文解字』二下に「歩道なり」とあり、迂回せずにまっすぐ通じた近道をいう。

2 **西堰**　堰は水をせきとめておくせき。水を庭園内の池に引き入れるためのものか。

落花津　津は渡し場、浅瀬の舟着き場。本詩の首聯は対句。ちなみに、落花と垂柳を対《つい》にする例は、梁の簡文帝「長安道」詩の「落花依リ㆓度《ど》幰《けん》（過ぎゆく車のほろ）ニ㆒、垂柳払フ㆓行輪ヲ㆒」などがある。

3 **物色**　自然の風物、特に季節折々の美しい景色。梁の劉勰《りゅうきょう》『文心雕竜』には、自然の風物と文学との関わりを論じた「物色篇」がある。また『文選』一三には賦《ふ》の「物色」の部があり、唐の李善は「物有り文《あや》有るを色と曰ふ」と注する。寒山の詩に「歳去リテ換《かへ》㆓愁年ヲ㆒、春来リテ物色鮮《あざや》カナリ。山花笑ヒ㆓緑水ニ㆒、巌岫《がんしゅう》ニ舞フ㆓青煙㆒。蜂蝶自《おのづか》ラ云《ここ》ニ楽シミ、禽魚更ニ可シ㆑憐ム（愛らしい）」云々と。

連三月　「連……」には、(1)……の間じゅうずっと、(2)……にまで連続する、の二説がある。また「三月」にも、(1)晩春三月、(2)春三か月、(3)三月《みつき》（何か月）もの間、の三説がある。詳しくは〔諸説の異同〕参照。ちなみに、許文雨『唐詩集解』（正中書局、一九五四年）は、「物色・風光は暮春に入るがごとし」と評釈する。

4 **風光**　風と光にあふれた美しい景色。「風景」の語と同様に、目に見える景色だけでなく、春らしい温暖の感覚を含むか。小川環樹「中国の文学における風景の意義」（同『風と雲―中国文学論集』（朝日新聞社、一九七二年）所収）参照。

絶四隣　絶は比類なく卓絶する意。すなわち、近隣の地とは隔絶してきわだち、すぐれること。友人の盧照隣「元日述懐」詩に、「草色迷ヒ㆓三径ニ㆒、風光動カス㆓四隣ヲ㆒」とある。ちなみに、この頷《がん》聯《れん》は次の頸聯とともに対句を形成する。

5 **村覚曙**　下句の「水知春」とともに、ほぼ「覚村曙」「知水春」と同意。覚は、はっと気づく、そうかと思いあたること。同字の重複を避けて、「知」も「覚」の意で用いている（互文同義）。

6 **魚戯**　漢代の古楽府「江南」に「魚戯ハル蓮葉ノ間、魚戯ハル蓮葉ノ東」云々とあり、南斉の謝朓《しゃちょう》「遊ブ㆓東田ニ㆒」詩にも、「魚戯レテ新荷動キ、鳥散ジテ余花落ツ」（『文選』二二）とある。

水知春　上句の「覚」と本句の「知」の主語は作者自身と考えてよいだろう。ただし、聶文郁《じょうぶんいく》『王勃詩解』（青海人民出版社、一九八〇年）は「人々」とする。

7 **初晴**　初は、今しも……したばかりの意。副詞。

山院裏　山院は「山亭」などと同意で、山荘をいう。あるいは山荘の庭の意。院は垣根をめぐらせた建築物を指す。諸橋轍次『大漢和辞典』四（修訂版）に、本例をあげて「山の寺、山寺」とするが、おそらく誤りであろう。裏は中の意。

8 **染囂塵**　染はそまる、しみこむ、汚《けが》される意。囂塵《ごうじん》は俗世間のさわがしさやほこりっぽさ。ここでは、俗念や雑念をも暗示しよう。『左伝』昭公三年（前五三九）の条に、「初め、（斉の）景公、晏子《あんし》の宅を更《あらた》めんと欲す。曰はく、『子《し》の宅は市に近く、湫隘《しゅうあい》（土地が低くて狭い）囂塵にして、以て居るべからず。……』」とあり、杜預《どよ》の注に「囂は声、塵は土」とある。やかましくてごみごみしていること。陶淵明「桃花源詩」に「借《しゃ》問《もんス》游《あそブノ》レ方士《ニ》、焉《いづクンゾ》測《ラン》塵囂《ノ》外《ヲ》」とあり、謝朓「之《ゆカントシテ》二宣城《ニ》一、出《いデ》二新林浦《ヲ》一、向《カフ》二版橋《はんきょうニ》一」詩に「囂塵自《より》レ茲《これ》隔《テ》、賞心（心にかなうこと）於《イテ》レ此遇《ニあハン》」（『文選』二七）とある。

通　釈

仲春二月の郊外

東側の庭園《その》には、（緑の）柳のしだれる小道、西側のせきには、（紅《あか》い）花の舞い散る渡し場。

美しい自然の風物は（すでに）三月《みつき》ものあいだ続き、風と光にみちあふれた勝景は、近隣の地とは較《くら》べものにならない。

鳥が飛びたって、村ざとの夜が明けゆくことにはっと気づき、魚が楽しげにおよぎまわって、水ぬるむ春になったのだと思いあたる。

折しも春雨が晴れあがったばかり、山荘のなかは、（すっかり雨に洗い清められて、俗世間特有の）さわがしさ、ほこりっぽさは、どこにも見あたらない。

諸説の異同

異同の所在

「連三月」の解釈

異同の類別

A　晩春三月まで続く（であろう）。

B　春三か月の間ずっと続く。

C　（すでに）三月《みつき》（あるいは何か月）もの間ずっと続く。

A説を採るもの：吉川幸次郎『新唐詩選（前篇）』（岩波新書、岩波書店、一九五二年、杜甫「春望」詩の条、のち『吉川幸次郎全集』第一一巻に再録）、吉川幸次郎・小川環樹編『唐詩選』（『今鷹真執筆』筑摩叢書、筑摩書房、一九七三年）、吉川幸次郎『杜甫詩注』三（筑摩書房、一九七九年、「春望」詩の条）など。

B説を採るもの：高島俊男「『春望』について」（『漢文教室』九五号、大修館書店、一九七〇年所収）、小池一郎「『不在』の文法について―唐詩文法論序説」（『同志社外国文学研究』四七、一九八七年）など。

C説を採るもの：聶文郁『王勃詩解』（前掲）、松浦友久「烽火連三月―数詞の声調をめぐって」（同『詩語の諸相―唐詩ノート』（研文出版、一九八一年））など。

異同の論拠

B説（春三か月の間ずっと続くとする説）

「連」の字は、下に一定の長さをあらわす語（「夜」のようにみじかくても「年」のように長くても）がくると、「そのあいだじゅうずっと」という意味になる。一例：宋之問「経《ふ》二梧州《ヲ》一」詩に、「南国無《ニハク》二霜霰《》一、連年見《ル》二物華《ヲ》一」（一年中、花が咲いている。訓点は引用者）」。

結論：春三か月の間じゅう続く意である。

（以上、高島俊男「『春望』について」）

王勃の句が厳密な対句であるとすれば、「三月」は「四隣」に対して、「三つの月」即ち春の三か月（三春）を意味する。「連」の語義は、王鉷『詩詞曲語辞例釈』に見える「満」「遍」の意や、荻生徂徠『訳文筌蹄《せんてい》』初編巻三の「ツヅクナリ。続ノ字ト似タリ。但シ連ハ広キ字ナリ。続字ハ断タルヲツグナリ」を参照すれば、「時間的・空間的に広がり、おおいつくしてゆく」の意をもつと考えたい。

結論：王勃の句は、美しい風光が春三か月（一・二・三月）間をおおいつくすことをいう。下句の「風光絶四隣」は、『文苑英華』三一八に、「絶ハ、集作ニルㇾ繞ニ」（訓点は引用者）とある。「物色連三月」の連は、この「繞《めぐ》る」に近い意味をもつ。

（以上、小池一郎「『不在』の文法について」）

C説（すでに）三月《みつき》（あるいは何か月）もの間ずっと続くとする説

「連〜」という形で、下に一定の時間の長さをあらわす語がくる場合は、「〜のあいだ引きつづいて」といった継続や延引の意にとるのが穏当であろう。ところで、「一」から「十」までの数詞のうち、平声は「三」のみである。しかも本詩（五律）の場合、二四不同・対法・粘法《ねんぽう》などから見て、「三」（平声）以外は使いにくい個所である。この結果、こうした「三」は、慣用的な不特定数（とくに不特定の多数）を表わすものに拡大される例がむしろ多い。

結論：律体の詩語「三月」の解釈としては、少なくともそこに、不特定多数としての要素が強く含まれていることが望ましい。つまり「連三月」は、「すでに三月《みつき》ものあいだつづき」、あるいは「何か月ものあいだつづき」と訳するのが、原詩の意味に最も近いと考えられる。

（以上、松浦友久「烽火連三月」）

＊高島・小池・松浦の三論文とも、その主眼は杜甫「春望」詩中の一句の解釈にあり、王勃の詩句そのものを論じたものではない。それで、前掲の要約は、引用者自身の、推論をもまじえた整理の部分をもつことを、あらかじめおことわりしておきたい。

なお、A説（晩春三月まで続くであろうとする説）は、とくに論拠を明示していない。吉川幸次郎『新唐詩選（前篇）』は、ただ「明かに旧暦三月の意である」とのみいい、同『杜甫詩注』三でも「仲春二月きさらぎの風物が、次の三月やよいにも連続するのをいう」と解説する（二〇〇頁）。他方、C説を採る聶文郁《じょうぶんいく》『王勃詩解』は、「（陰暦一二月に咲きはじめる——引用者注）臘梅《ろうばい》の花を含めた好風景がすでに三か月も続いている（已経連続三個月了）」と訳し、明らかに前掲の松浦説と同じ立場である。ただ若干、「三」を「三」のままに捉えようとする姿勢が強いが……。要するに、王勃詩の「物色連三月」の解釈は、すでに見たように、杜甫「春望」詩の「烽火連三月」のそれと密接に関連している。杜詩に関する〔諸説の異同〕は、『正編』三四二頁以下（宇野直人執筆）を参照されたい。筆者はC説にしたがって訳した。

備考

詩は、山村に宿泊した仲春の翌朝、あたりを散策しながら、静かで美しい自然の風物を賞《め》で、清らかな山荘のたたずまいを描くものであろう。聶文郁『王勃詩解』は、隠棲を願う詩情から、「郊興《こうきょう》」「郊園即事」「春日還ルㇾ郊ニ」詩などとともに、虢州《かくしゅう》（河南省霊宝市）参軍《さんぐん》に在任中の作とする。咸亨《かんこう》四年（六七三）から翌年にかけて、作者24、25歳ごろのことである。早熟の詩人王勃は、当時すでに官界での挫折（沛王府からの追放）をつぶさに体験し、同時にまた、才能を恃《たの》む傲慢な態度が災《わざわ》いして同僚たちから嫉《にく》まれていた。聶文郁の推測は、傾聴すべき一説であるといえよう。ちなみに、王勃は27歳で没したらしい。王勃の生没年の諸説に関しては、植木久行「初唐詩人王勃生卒年考」(弘前大学人文学部『文経論叢』第二四巻第三号、一九八九年）参照。

（植木　久行）

0滕王閣
1滕王高閣臨江渚
2佩玉鳴鸞罷歌舞
3畫棟朝飛南浦雲
4朱簾暮捲西山雨
5閒雲潭影日悠悠
6物換星移度幾秋
7閣中帝子今何在
8檻外長江空自流

滕王閣《とうわうかく》
滕王《とうわう》の高閣《かうかく》　江渚《かうしよ》に臨《のぞ》み
佩玉《はいぎよく》　鳴鸞《めいらん》　歌舞《かぶ》罷《や》む
画棟《ぐわとう》朝《あした》に飛《と》ぶ　南浦《なんぽ》の雲《くも》
朱簾《しゆれん》暮《ひぐれ》に捲《ま》く　西山《せいざん》の雨《あめ》
閒雲《かんうん》　潭影《たんえい》　日《ひ》に悠悠《いういう》
物換《ものかは》り星移《ほしうつ》りて　幾秋《いくしう》をか度《す》ぐる
閣中《かくちゆう》の帝子《ていし》　今何《いまいづく》にか在《あ》る
檻外《かんぐわい》の長江《ちやうかう》　空《むな》しく自《おのづか》ら流《なが》る

テキスト　『全』五五－2－672(3)◆『選』二◆『古文真宝後集』序類◆『文苑英華』三四三◆元、楊士弘『唐音』一(文淵閣四庫全書本)◆『唐詩品彙』二五(明、汪宗尼校訂本)◆『王子安集』二(明版、四部叢刊)◆『王勃集』下(明、銅活字本『唐五十家詩集』)◆『王勃集』下(明、許自昌編『前唐十二家詩』)◆『王勃集』(明、楊一統編『唐十二家詩』、不分巻)◆『王勃集』下(明、朱警編『唐百家詩』)◆明、黄徳水ほか『唐詩紀』初唐九◆明、李攀竜『古今詩刪』一二(和刻本)◆明、陸時雍『唐詩鏡』一(文淵閣四庫全書本)◆『王子安集』二(文淵閣四庫全書本)◆清、徐倬《じよたく》『全唐詩録』四◆『王勃集』下(清、江標輯『唐人五十家小集』)◆『王勃集』下(延享四年〔一七四七〕刊、和刻本)◆『唐詩別裁集』五◆南宋、王象之《しようし》『輿地《よち》紀勝』二六、隆興府(粤雅堂刊)◆南宋、祝穆《ぼく》『方輿勝覧』一九、隆興府(祝洙補訂の宋版)◆南宋、陳元靚『歳時広記』三五に引く『(唐)摭言《せきげん》』

校語

0**滕王閣**　『文苑英華』には「滕王閣ノ歌」に作る。『王子安集』(四庫全書本)『王勃集』(前唐十二家詩・唐百家詩)には、滕を「滕」に作る。俗字。『方輿勝覧』は「秋日燕スル㆓滕王閣ニ㆒詩ノ序」の末尾に、『古文真宝後集』は「滕王閣ノ序」の末尾に、それぞれ収め、詩題を欠く。

1**滕王**　『王子安集』(四庫全書本)『王勃集』(前唐十二家詩・唐百家詩)には、滕を「滕」に作る。俗字。

2**佩玉**　『文苑英華』『唐音』『王子安集』(四部叢刊・四庫全書)『王勃集』(前唐十二家詩・唐百家詩・和刻本)『唐詩別裁集』には「珮玉」に作る。通じて用いられる。

鳴鸞　『古文真宝後集』『唐音』『唐詩品彙』『王勃集』(前唐十二家詩)『古今詩刪』『唐詩別裁集』『方輿勝覧』『摭言』(『歳時広記』所引)には、鸞を「鑾」に作る。同意(鑾のほうが後出の字）。

4**朱簾**　『全』『文苑英華』『王勃集』（唐十二家詩）『唐詩紀』『全唐詩録』『唐詩鏡』『唐詩別裁集』『輿地紀勝』『方輿勝覧』『摭言』（『歳時広記』所引）には、朱を「珠」に作る。両字は音通する。徐震堮「敦煌変文集校記補正」（『華東師範大学報』一九五八年一期）など参照。

5**閒雲**　『古文真宝後集』『文苑英華』『王勃集』（明銅活字本・前唐十二家詩・唐百家詩・和刻本・唐人五十家小集）『唐詩品彙』『古今詩刪』『方輿勝覧』には、閒を「閑」に作る。通じて用いられる。ちなみに、『輿地紀勝』は第5句と第6句を欠く。

6**度幾秋**　『全』『選』『王勃集』（唐十二家詩）『唐詩紀』『唐詩鏡』『王子安集』（四庫全書）『全唐詩録』『摭言』（『歳時広記』所引）には、「幾度秋《いくたびノあきゾ》」（幾《いくタビカ》度《わたル》レ秋《ヲ》とも訓める）に作る。

7**閣中**　『王勃集』（明銅活字本）には「閤中」に作る。形訛《けいか》であろう。

8**空自**　『唐詩品彙』には、自を「目」に作る。形訛。

詩型・韻字

七言古詩。渚《しょ》・舞《ぶ》・雨《う》（上声語麌韻（語麌韻））／悠《いう》・秋《しう》・流《りう》（下平声尤韻（尤韻））。換韻。

語釈

0**滕王閣**　唐の高祖（李淵）の第二二子、太宗李世民の弟にあたる滕王の李元嬰《りげんえい》が、洪州《こうしゅう》（今の江西省南昌市付近）都督《ととく》在任中に、城西の章江門《しょうこうもん》外（今の南昌市沿江路）の贛江《かんこう》（章江）のほとりに創建した楼閣。徐進『滕王閣詩選』（江西人民出版社、一九八三年）によれば、その遺跡は南昌市の章江門と広潤門《こうじゅんもん》との間の滕王閣小学校付近である。南宋の王象之《おうしょうし》『輿地紀勝《よちきしょう》』二六、江南西路隆興府《りゅうこうふ》には、「在《リ》二郡城之西《ニ》一。唐高祖之子滕王元嬰《ノ》所レ建《ツル》也。夾《ムニ》以《テス》二二亭《ヲ》一。南《ヲ》曰《ヒ》二圧江《ト》一、北《ヲ》曰《フ》二挹秀《ゆうしゅう》《ト》一。自《リ》レ唐至《ルマデ》レ今《ニ》、名士《ノ》留題（詩文を題《か》き留めること）甚《ダ》富《メリ》」という。

滕王閣の創建年代には、従来、永徽《えいき》四年（六五三）と顕慶《けんけい》四年（六五九）の二説がある。国家文物事業管理局主編『中国名勝詞典』（上海辞書出版社、一九八一年）や隗芾《かいふつ》主編『中国名勝典故』（吉林人民出版社、一九八九年）などは前者、『（嘉慶重修）大清一統志』三〇九、南昌府や中島敏夫『唐詩選』上（学習研究社、一九八二年）などは後者である。しかし、後者の顕慶四年説は、前者よりもかなり劣る。『資治通鑑』二〇〇、顕慶四年四月の条には、「高履行貶《セラル》二洪州都督《ニ》一」とあり（『旧唐書』六五、高士廉伝には、顕慶三年のこととする）、その年の創建とは考えにくい。ところで、李元嬰の洪州在任期間は、永徽年間の後半（六五二―六五五）ごろで、永徽四年（六五三）もこの中に含まれる。『旧唐書』六四、高祖二十二子伝、滕王元嬰の条には、「永徽中、元嬰頗《ル》驕縦《きょうしょう》逸遊《シ》、動作失《フ》レ度《ヲ》。……三年、遷《リ》二蘇州刺史《ニ》一、尋《イデ》転《ズ》二洪州都督《ニ》一」とあり、『冊府元亀』二八一、宗室部、領鎮四にも、「永徽中、遷《リ》二蘇州刺史《ニ》一、尋《イデ》転《ズ》二洪州都督《ニ》一」とある（郁賢皓『唐刺史考』㈣（江蘇古籍出版社・中華書局香港分局、一九八七年）一九七七頁参照）。また晩唐の韋慤《いかく》「重修滕王閣記」（『全唐文』七四七）には、「背《クコト》二郛《ふ》郭《かく》（洪州城の外城）一不《シテ》二二百歩《ナラ》一、有《リ》下巨閣称《スル》二滕王《ト》一者上。……考尋《スルニ》二結構之始《メヲ》一、蓋《シ》自《リ》二永徽一後《ナラン》。時《ニ》滕王作《なり》二蘇州刺史《ト》一、転《ジテ》二洪州都督《ニ》一之所《ナラン》二営造《スル》一也」（大中二年（八四八）の作）とあり、永徽四年説の傍証になろう。ただ永徽四年説の原拠は未詳であり、ひとまずそのころの創建と考えておく。中島敏夫『唐詩選』上には、「現在の南昌市沿江路の贛江《かんこう》の岸に滕王閣の遺跡があるが、これは明清時に新たに建てられたものが一九二六年戦火にあって焼失した跡である。唐の閣址は宋元ころすでに江中に崩れ、その後、現在までに二八回修建が繰り返されているといわれる」とある。一番もとの閣は高さ九丈（約三〇メートル）、三層だった。滕王閣の本来の規模については、『中国名勝詞典』（前引）にも「高さは九丈、三層で、閣の東西の長さは八丈六尺、南北の幅は四丈五尺」云々と見える。唐代の一丈は約三・一メートル。

　ちなみに、『大明一統志』四九、南昌府や明の王圻《おうき》『三才図《ず》会《え》』地理一〇などは、高閣が落成したおり、これを創建した李元嬰がたまたま滕王に封ぜられたので滕王閣と名づけた、とする。しかし、前掲の『旧唐書』滕王元嬰伝や、『新唐書』七九、高祖諸子伝、滕王元嬰の条によれば、貞観一三年（六三九）に滕王に封ぜられたとあり、その誤りは明白である。一九八九年、唐代の遺跡の南約一〇〇メートルの地に、宋代の様式をとり入れた新「滕王閣」が再建された（高さ五七・五メートル）。これで湖南の岳陽楼、湖北の黄鶴楼とともに、いわゆる「江南三大名楼」が再びそろったことになる。

1 **滕王**　李元嬰を指す。前注参照。

高閣　高くそそりたつ楼閣。潘岳「秋興《ノ》賦」（『文選』一三）に「高閣連《ナル》レ雲《ニ》」とある。ここでは滕王閣を指す。王勃の同時の作「秋日登《リテ》二洪府《ノ》滕王閣《ニ》一餞別《スル》序」（以下、「滕王閣序」と略称）には、「飛閣流《シ》レ丹《ヲ》、下臨《ム》レ無《キ》レ地《そこ》《ニ》（高峻の形容）」という。

臨　「物の縁《ふち》に立って見おろす」意（前野直彬編『唐詩鑑賞辞典』〔高島俊男執筆〕東京堂出版、一九七〇年）。

江渚　江は長江、もしくは南方の大きな川。ここでは、鄱《は》陽《よう》湖にそそぐ贛江《かんこう》（章江。長江の支流の一）を指す。『大清一統志』三〇八、南昌府、章江の条に、「在《リ》二府城《ノ》西《ノ》章江門外《ニ》一。闊《ひろサ》十里、一名贛水」とある。渚は川岸、水辺の意。一説に、江中の中洲《なかす》とする（平野彦次郎『（中学・高校教科書の）漢詩解説』〔武蔵野書院、一九五七年〕、聶文郁『王勃詩解』〔青海人民出版社、一九八〇年〕、徐進『滕王閣詩選』など）。

2 **佩玉**　(1)士大夫の腰の帯に下げる数個の玉《ぎょく》の飾りもの、腰の左右に一セットずつ下げた。一セットは、ひもで連ねた数個の玉から成り、玉は君子の人格を象徴する。歩くと触れあって清らかなひびきをたてた。『礼記』「玉藻」篇に「古《いにしへ》之君子《ハ》必《ズ》佩《おブ》レ玉《ヲ》」とあり、その鄭玄注に「比《ス》二徳《ニ》焉。君子士《ハ》已《い》上《じようナリ》」とある。(2)歌妓や舞姫の腰に下げた飾りもの、おびだま。この二説については、〔諸説の異同〕I参照。

鳴鸞　この解釈にも二説ある。(1)天子や貴族（士大夫）の車につける鸞《らん》鳥《ちょう》（鳳《ほう》凰《おう》の一種）の形をした黄金製の鈴。『礼記』「玉藻」篇に「君子（士以上の者）在《レバ》レ車《ニ》、則《チ》聞《キ》二鸞《らん》和《か》（和は車につける黄金製の鈴）之声《ヲ》一、行《あるケバ》則《チ》鳴《ラス》二佩玉《ヲ》一」とある。久保天随『唐詩選新釈』（博文館、一九〇八年）は、「馬の鑣《くつわ》に着けてある鈴」とする。(2)舞姫や歌妓の腰につけた鈴。『古文真宝彦竜抄』（清文堂刊『続抄物資料集成』第五巻、一九八〇年影印）には、「妓女ノ腰ニ玉ヲ帯《ビ》テ、其《ノ》間ニ鈴ヲ付《ケ》鳴《ラス》ソ。昔遊ヲ想像《スル》也」とあり、笑雲和尚編著『古文真宝後集抄』（漢文叢書、博文館、一九一四年）に引く『句解』の注にも、「工歌妓舞《ハ》（歌工舞妓？）多《ク》二佩玉衡牙《こうが》（佩玉の中央にある玉）之属《たぐヒ》一、又有《タリ》三鑾鈴雑《ノざつ》二珮《ばいスル》於身《ニ》一、周旋曲折、鏘然《スレバそうぜんトシテ》（玉の触れあう音）有《リ》レ声」という。ちなみに、横山伊勢雄『唐詩の鑑賞―珠玉の百首選』（ぎょうせい、一九七八年）には、佩玉鳴鸞の語を「貴族の人々を暗示するという提喩のレトリック」とする。〔諸説の異同〕Ｉ参照。

罷歌舞　罷には三説ある。⑴すっかり終わる、停止する、全くやむ。これは第2句を眼前の寂寞たる光景と見なす立場の解釈。簡野道明『唐詩選詳説』（明治書院、一九二九年）にいう。『歌舞罷』に作るべきを押韻の都合で、罷の字を上へ置いた。詩の方は文と異って文字の用法が自由である。それで罷は上と下とを兼ねて管す。佩玉・鳴鸞・歌舞が倶に皆罷むことで、つまり昔日の歓楽の事が全く亡んで跡方《あとかた》もないことだ」と。⑵（一時的に歌舞が）完了する意。釈大典『唐詩解頤』には、罷を「猶《ホシ》レ言《フガ》レ成《ト》也」とする。これは、第2句を李元嬰のいた盛時の光景と捉える立場の解釈。華麗な歌舞が今しも終わったばかりの盛宴をいう。この場合、罷は「歌舞」のみにかかる。内田泉之助『新選唐詩鑑賞』（明治書院、一九五六年）は「一時的に歌舞の終了する意」とし、平野彦次郎『漢詩解説』（前掲）には、より詳しく「歌舞を成すこと。一曲終れば一時罷める故、歌舞を罷むと言つた。総て罷んで無くなつたのではない」という。この場合、「歌舞を罷《や》む」とも訓む。⑶疲れる意。「歌舞に罷《つか》る」と訓み、「歌い疲れ、踊り疲れたことであろう」と解釈する（田森襄『中国の名詩鑑賞4　初唐』〔明治書院、一九七五年〕）。〔諸説の異同〕Ⅱ参照。

「佩玉鳴鸞罷歌舞」の解釈は、要するに、この句を⑴現在の寂寞たる滕王閣の情景（創建者の滕王が去った後の眼前の景）、⑵滕王の催す華やかな盛宴の歓楽の描写、のどちらに捉えるか、と密接に関連する。いま、それぞれの訳例を一つずつあげる。林《はやし》羅山《ざん》・鵜飼石斎《うかいせきさい》『古文真宝後集諺解《げんかい》大成』（漢籍国字解全書、早稲田大学出版部、一九二八年）は、⑴の立場に立ち、「滕王巳に薨せられしより（これは誤解、後注参照）、此閣に参候する士大夫も、皆散し尽て、佩玉鳴鑾も空しく不見聞、伎女の多く歌舞せしも、今は罷《やみをわり》畢て無《レ》之となり」と訳す。また⑵の立場に立つ内田泉之助『新選唐詩鑑賞』（前掲）は、「王在《(ママ)》世時は、佩玉の響ゆかしく、馬の鈴音清らに、供人を引き連れてこの閣に至り、あまたの妓女《うたいめ》に歌をうたい舞をまわせ了っては楽しんだのであった」と訳す。

3**画棟朝飛**　画棟は美しく彩色された滕王閣のむなぎ。「滕王閣序」の「彫甍《ちょうぼう》」（美しい細工を施した飾り彫りのある瓦屋根）とほぼ同意。また「滕王閣」の「飛閣流《ス》レ丹《ヲ》」によれば、朱ぬりの楼閣であった。他方、「飛」は飛びかう、軽やかにただよう意。服部南郭『唐詩選国字解』には、「閣の高い意《こころ》を云ひ、又雲の飛ぶことを云ふ。両方へかかる」とする。

南浦雲　浦は水べ、岸べ。南浦の語は、古く屈原の作とされる「九歌」の一つ「河伯《かはく》」（『楚辞』所収）に、「子《し》（あなた）交《ハまじヘテ》レ手《ヲ》兮東行、送《シ》二美人《ルよキヲ》兮南浦《ニ》一」とあり、離別のイメージをもつ。ただしここの南浦は地名。『輿地紀勝』（前掲）二六、隆興府、南浦亭の条には、「在《リ》広潤門《ノ》外《ニ》。下瞰《みル》南浦《ヲ》。往来舟《ノ》艤《はぎス》於此《ニ》。在《リテハ》唐《ニ》固《ヨリ》已《ニ》有《リ》之」とある。『大清一統志』三〇九、南昌府、南浦の条には、「在《リ》南昌県西《ノ》南《ノ》広潤門《ノ》外《ニ》。往来《ニ》艤《スル》舟《ヲ》之所《ニシテ》、章江至《リテハ》此《ニ》分流《ス》」といい、清の顧祖禹《こそう》『読史方輿紀要』八四、南昌府・章江の条には、「在《リ》府城《ノ》西《ニ》。一名贛江。……北流《シテ》、至《リテ》城南之南浦《ニ》、始《メテ》別《レテ》為《ル》支流《ト》」云々とある。一説に、「山《ノ》名。在《リ》閣《ノ》西南《ニ》」（釈大典『唐詩解頤』）とする。この説を採るものには、『唐音』張震注、小林信明ほか『唐詩選通解』（宝文館、一九三九年）、大野実之助『唐詩の鑑賞』（早稲田大学出版部、一九五四年）などがある。古来、雲は山の峰やほら穴から湧き出るものとされた。この意味では南浦山のほうが理解しやすいが、主要な地誌類はみな水べの地名としており、信憑性にとぼしい。山の名では「次の西山と重複する」（前野直彬『唐詩選』上（岩波文庫、岩波書店、一九六一年））。久保天随『唐詩選新釈』も、「この南浦は、矢張《やはり》江湾の名で、南浦山といふも、畢竟《ひっきょう》その近くに在るから、同じ名を得たので、下の西山に対しても、この南浦は、水にする方が面白い様である」という。他方、千葉玄之『唐詩選師伝講釈』は「大明一統志ニ、南浦ハ南昌府ニテ、駅亭ノ地名ナリ」として、「南浦駅ニタナビク雲」と訳す。しかし、『大明一統志』四九、南昌府・宮室、南浦亭の条には、「在《リ》府城広潤門《ノ》外《ニ》。下瞰《みル》南浦《ヲ》。今為《ル》南浦駅《ト》」とあり、南浦駅となったのは明代のことである。要するに、南浦は江湾の名と理解すべきであろう。南浦山とする説は劣り、南浦駅とする説は誤りである。

ちなみに、郭璞《かくはく》「遊仙詩七首」其二（『文選』二一）には「雲生《ズ》梁棟間《ノ》《ニ》」とあり、王維「文杏館《ぶんきょうかん》」詩に「不知《ラ》棟裏《ノ》雲、去《リテ》作《なル》人間《じんかん》《ノ》雨《ト》」とある。「滕王閣序」にも「臨《ミ》帝子（滕王元嬰）之長洲《ニ》、得《タリ》天人（「仙人」にも作る）之旧館《ヲ》」という。旧館とは滕王の住んだ旧《ふる》い館《やかた》（滕王閣）を指すらしい。それを天人・仙人の住みかに見たてており、それは梁棟間に生ずる雲が仙界への連想を誘うことに通じあう。

なお、黎洪《れいこう》・恵淇源《けいきげん》・張新旭《ちょうしんきょく》選注『華夏山河篇』（安徽人民出版社、一九八四年）は、第3句を解釈していう。「梁《はり》や柱に反射した日ざしが、ゆれ動く江水のためにゆらめき、梁上に描かれた雲や水がゆらめいているような錯覚をもたらすことをいう。『飛』は飛動する、ゆらめく意。『南浦雲』は梁や柱に描かれた雲や水、南浦は広く水辺を指す」と。この解釈はやや即物的で穿ちすぎの嫌いがあり、穏当ではなかろう。ちなみに、太田青丘『唐詩入門』（河出文庫、河出書房新社、一九六〇年）は、第3句を評していう。「閣高きが故《ゆえ》に飛ぶ雲の早さが躍動し、朝なるが故に雲の輝き、天の高朗も一層発揮される。しかもその雲を、レンズをしぼって、鬼獣蛟竜《こうりゅう》など怪奇な彫刻のあったであろうところの画棟に配して、印象目ざむるばかりに鮮明」と。

4 **朱簾**　(1)朱ぬりのすだれ（『古文真宝後集諺解大成』など）、(2)真珠のすだれ、たまだれ。朱は珠と音通する（簡野道明『唐詩選詳説』など）。晋の葛洪《かっこう》撰とされる『西京雑記』二に、「昭陽殿《ハ》（前漢の都長安の未央宮内の後宮）織《リテ》珠《ヲ》為《つくル》簾《ヲ》。風至《レバ》則《チ》鳴《リテ》、如《シ》珩珮《こうはい》（おびだま）之声《ノ》」とある。「珠簾」に作るテキストも多いことに注意（〔校語〕参照）。(3)「結構に飾りなした廉《みす》」

(服部南郭『唐詩選国字解』)。千葉玄之『唐詩選師伝講釈』にも、「朱ハ、アカイトイフコトデハナイ。リツパニ綺麗ナルコトヲ云フ。ミゴトノミス」という。

暮捲 捲は巻きあげる、巻き収める、ぐるぐる巻く意。服部南郭『唐詩選国字解』には、「簾を巻くと、雨を内へ巻きこむやうに見ゆると、両方へかけて、皆高い閣中より見渡す処の景を云ふ」とする。本句を眼前の寂寞たる情景とする立場では、「朱い簾は夕暮に西山に降る雨を含んだ風が吹き巻く」(星川清孝『歴代中国詩精講』(学燈社、一九五四年))とし、姚奠中主編『山西歴代詩人詩選』(山西人民出版社、一九八〇年)も「夕方には西山の風雨が楼閣上の真珠のすだれを吹いて巻きあげている」と訳す。また『唐詩選国字解』は「結構に飾りなした簾《みす》を捲いて見れば、西方の方には雨の降るのが見える」と訳す。他方、滕王在時の盛況とする立場では、「夕べには西山のあたりから降りそそぐくる驟雨《しゅうう》に驚いて朱《あけ》の簾を捲き上げさせる」(太田青丘『唐詩入門』)、「朱のすだれは夕方、西山にけぶる雨を望むべく捲かれたであろう」(前野直彬『唐詩選』上)などと訳す。

ちなみに、第3句と本句とは対応関係の明瞭な、いわゆる工《こう》対《つい》である。千葉玄之『唐詩選師伝講釈』に「朝ニハ暮ヲ含ミ、暮ニハ朝ガ含ンデ、文字ヲタガイニカヨハセテ使カウタ」というごとく、朝と暮の二字を互文《ごぶん》(見義)と見なすこともできよう。森槐南『唐詩選評釈』(文会堂書店、一九一八年)にいう。「尤も妙なるは、朝暮の二字、無意識中に流光の箭駛《せんし》(箭《や》のごとく駛《はせ》る意)にして遏止《あっし》(とどめる)すべからざるの意を点し、以て下の一段を開拓し出せるにあり」と。

西山 南昌市の西郊にある山の名。洪崖山《こうがいさん》、南昌山、厭原《えんげん》山などともいう。北宋の楽史《がくし》『太平寰宇記《かんうき》』一〇六、洪州南昌県の南昌山の条には、「在《リ》二県《ノ》西三十五里《ニ》一。高《サハ》二千丈、周迴《しゅうかい》三百里」とある。また『輿地紀勝』二六、隆興府の西山の条に引く北宋の余靖《よせい》(字は安道)の記には、「西山在《リ》二(南昌)県《ノ》西四十里《ニ》一。巌岫《がんしゅう》(岩や峰)四《よも》ニ出《いデ》、千峰北《ヨリ》来《ル》。嵐光《らんこう》染《メ》レ空《ヲ》、連属《スルコト》三百里」(嵐は山気)という。太古の仙人、洪崖ゆかりの道教の聖地である。『読史方輿紀要』八四、南昌府の西山の条も参照。張九齢が洪州刺史在任中(七二七—七三〇年)に作った「登《リ》二城楼《ニ》一望《ンデ》二西山《ヲ》一作《ル》」詩(『全』四九)にも、「城楼枕《のぞミ》二南浦《ニ》一、日《にっ》夕《せき》顧《ながム》二西山《ヲ》一」とある。

雨 前句の「雲」とともに、楚《そ》王と巫山《ふざん》の神女との、いわゆる雲雨の契りの典故を暗に用いた、とする指摘がある(季鎮淮ほか『歴代詩歌選』(中国青年出版社、一九八〇年)など)。石川忠久『NHK　漢詩をよむ(昭和六一年一〇月~昭和六二年三月)』(日本放送出版協会、一九八六年)にいう。「二句目の佩玉・鳴鑾は高貴な男性を連想させ、歌舞は美しく着飾った女性を連想させる。それを承けて往時を回想する三、四句目は、雲・雨という楚の襄《じょう》王の故事を想起させ、なまめかしい美しさを添える」と。中島敏夫『唐詩選』上(前掲)も、この立場にたって滕王寵愛の女性のたたずまいを連想させるとしていう。「滕王の荒淫のことが暗に諷刺されているわけではない。あくまでもおめでたい席上での詩文である。艶《つや》やかな美しい色が添えられているのである」と。他方、田森襄『中国の名詩鑑賞4　初唐』は「男女が情交を交わしていることをも表」すとして、第3・4句を「朝には南浦から流れて来た雲の下の美しく彩《いろど》られた棟木の下で、夕には巻き上げれば西山に雨が降り注ぐのが見える珠簾の中で、美男と美女のいとなみが行われたことであろう」と訳す。しかし、この田森説の解釈は穏当ではなく、あくまでも艶麗なイメージを添える程度に理解しておくべきであろう。

ちなみに、滕王の洪州都督在任中の荒淫漁色ぶりについては、『新唐書』七九、高祖諸子伝、滕王元嬰の条に、「官属妻ノ美ナル者、紿《あざむ》イテ為《ため》ニレ妃召シ、逼《せま》リテ私《わたくし》ス(自分のものにする、姦通《かんつう》)レ之ヲ。嘗為テラル二典籤《てんせん》(官名)崔簡《さいかん》ノ妻鄭《てい》ニ嫚罵《まんば》セ(あなどりののしる)一。以テレ履《くつ》ヲ抵《う》チテ二元嬰ノ面ヲ一血流レ、乃チ(やっと)免《まぬか》ル」と記される。

ところで、前掲の『華夏山河篇』は、第4句を解釈していう。「すだれが巻かれるとき、真珠がふれあって、まるで雨の音のように聞こえることをいう。『西山雨』は雨の音を指し、『西山』は実際の意味をもたず、単に上句の『南浦』と対《つい》になる働きをもつにすぎない」と。この解釈は、あまりにも即物的な捉えかたであり、従いがたい。

5 **間雲**　「閑雲」と同じく、のどかにたなびく雲。間(閑)は、他のものにわずらわされず静かに、あるいは、ゆったりとした姿を形容する。久保天随『唐詩選新釈』には、「心なき雲、静に出没する雲」といい、山岸徳平『唐詩評解』(有精堂出版、一九五二年)は「動くともなく、動かぬともなく、ふわりと浮んでいる雲」とする。

潭影　潭は川や湖の淵《ふち》(水の深いところ)。ここでは、閣前を流れる章江(贛江)のそれを指す。潭影の解釈には、従来、四説ある。(1)潭《ふち》のたたえる光(前野直彬『唐詩選』上など)、(2)潭にうつった影、これは、さらに(a)閑雲の倒影(笑雲和尚編『古文真宝後集抄』、『古文真宝後集諺解大成』など)、(b)景物の倒影(季鎮淮ほか『歴代詩歌選』など)、の二つに分かれる。(3)潭の色。戸崎允明『箋註唐詩選』に「影は猶ほ色と云ふがごとし」とある。簡野道明『唐詩選詳説』は、これを受け、「潭《ふち》の水の青青と湛《たた》へた色をいふ」とする。(4)潭を照らす日光(日ざし)。細貝泉吉『詩体の研究と唐朝の詩壇』(秋豊園出版部、一九三五年)や呉紹礼・張鎮『古代風景詩訳釈』(黒竜江人民出版社、一九八四年)など。以上の諸説のうち、星川清孝『歴代中国詩精講』が影を「光・色などをいう」と注するように、(1)と(3)は意味的に近い。現在のところ、(3)が通説。また(2)の(a)説では、「間雲の潭影」と訓むことになる。諸説のうち、(4)は最も劣る。

日　「ひびニ」とも読み、毎日の意。前野直彬編『唐詩鑑賞辞典』(高島俊男執筆)には、「一日中、そして毎日」と注する。

悠悠　閑静なさま。ものに拘束されず自由自在のさま(林庚《りんこう》・馮《ふう》沅君《げんくん》主編『中国歴代詩歌選』上編(2)〔人民文学出版社、一九六四年〕など)。高木正一『唐詩選』一(朝日文庫、朝日新聞社、一九七八年)にいう。「人間の感情とは無関係にのんびりとしたさま」と。ここでは、昔と少しも変らぬ意を含む。陶淵明「与《と》ニ殷晋安《いんしんあん》一別ル」詩に「飄飄タリ西来ノ風、悠悠タリ東去ノ雲」とある。

6 **物換**　事物が変化する。林庚ほか『中国歴代詩歌選』上編(2)などは、物を「四季の景物」の意に捉える。

星移　星が転移する。星座は季節につれて動くところから、歳月のたつこと。松原朗『唐詩の旅―長江篇』（現代教養文庫、社会思想社、一九九七年）は通説と異なり、「歳星が位置を移すこと、また転じて歳月の過ぎることを言う」とする。

度幾秋　度は時間が経過する意。秋は歳と同意。本詩が「滕王閣序」と同じ晩秋九月（重陽節？）の作であることと、押韻の都合上、「秋」字を用いたのであろう。「幾秋をか度《わた》りし」などとも訓む。『古文真宝彦竜抄』にいう。「元嬰、此閣ヲ建《テ》ラレテカラ、イカホトニ成《ラ》ンゾ」と。滕王閣の創建時（六五三年？）から本詩の作成時（上元二年〈六七五〉、〈備考〉参照）までは、わずか二二年間である。滕王の去った後、と考えるならば、さらにその期間は短くなる。

7 **閣中帝子**　帝子とは天子の子。ここでは、高祖李淵の第二二子である滕王李元嬰を指す。閣は滕王閣。帝子の語は、屈原作とされる「九歌」の一つ「湘《しょう》夫人」に、「帝子降《ル》二兮北渚《ニ》一」と見える（『楚辞』所収）。

何在　「何《いづこ》にか在る」とも訓む。梁の呉均「周承《しゅうしょう》未《ダ》レ還《ラ》重《ネテ》贈《ル》詩」に「石渠《せききょ》（閣の名）闃《しづカニシテ》無《ク》レ人、子雲（揚雄の字）今何《クニカ》在《ル》」とある。『唐音』の張震注に「王勃作《ル》レ記《ヲ》時、閻《えん》都《と》督《とく》重三建《スレバ》是《ノ》閣《ヲ》一、則《チ》滕王固《ハヨリ》已薨《ニゼリ》矣」とあり、「（滕王は）已に卒去して、閣ばかり残ると也」（『古文真宝後集諺解大成』）などとあるように、本詩の作成時、すでに滕王は死没していたとする説が、かなり広く流布する（簡野道明『唐詩選詳説』など）。しかし、滕王元嬰の死は『旧唐書』六四の本伝に「文明元年（六八四）薨《ズ》」とあり、『資治通鑑』二〇三、則天武后の光宅元年（六八四）の条に「夏四月、開府儀同三司・梁州都督滕王元嬰薨《ズ》」とあって、その誤りは明白であろう。滕王閣創建以後、この詩が作られた時までは、わずか二〇年あまりしかたっていない。したがって「閣中帝子今何在」の句は、人の世の転変のはげしさを強調したもの、と理解すべきであろう。斎藤晌『唐詩選』上（集英社、一九六四年）など参照。清末の姚大栄は、その「再《ビ》書《ス》下王勃『秋日登《リテ》二洪府滕王閣《ニ》一餞別《スル》序』後《ノニ》上」（『惜道味斎集』文編所収）のなかで、悪虐・無頼な滕王元嬰が滁州（今の安徽省滁州市）に流罪されていたころの作であり、「詩意蓋《ハシ》感《ジ》二其《ノ》放《タレ》廃《セラルルニ》一、非《ザル》レ悲《ムニ》二其長逝《ヲ》一也」という。

8 **檻外**　檻は手すり、おばしま。ここでは滕王閣のそれを指す。

長江　章江（贛江）のこと。前野直彬『唐詩選』上に「揚子江」とするのは誤り。

空自流　宇野明霞？（通常は釈大典撰とされる）『詩語解』上、空復・空自の条には本詩などをあげ、「皆言《フ》二它《たニ》（＝他）無《キヲ》レ有《ルコト》一」とし、宇野明霞原撰、釈大典删補『詩家推敲』上にも本詩などをあげて、「コレバカリニシテ、他ナキヲ云フ辞ナリ」とする。この説に従えば、長江だけは人の世の転変も知らぬげに、昔のままに流れゆく意となろう。王鍈『詩詞曲語辞例釈（増訂本）』（中華書局、一九八六年）も本詩などをあげていう。「空は独・自の意味をもつ。それで〝空自〟と連用するときには『独《ひとり》自《で》』の意、いわゆる〝同義重言〟でもある」と（一三九頁）。他方、本詩の「空自」は、二字で一語（むなしく、の意。自は猶自・本自・已自・終自などと同じ副詞語尾〈接尾語〉としての用法）としても充分捉えることができる。蔣紹愚

「杜詩詞語札記」（『語言学論叢』六輯、一九八〇年所収。同『唐詩語言研究』（中州古籍出版社、一九九〇年）の附録に再録）や、塩見邦彦『唐詩口語の研究』（中国書店、一九九五年）など参照。「空」について、太田青丘『唐詩入門』は「人の世の移りとは拘わりなく」の意とし、田森襄『中国の名詩鑑賞4　初唐』は「王に賞《め》でられることもなく」と訳す。また前野直彬『唐詩選』上は、「自」を「人の世の変転も知らぬげに、川は相変らずそのまま流れるという意味を示す」とする。しかし、必ずしも「空」「自」の意味を個別的に捉えなければならない必然性はない。いいかえれば、「空自」（空しく自《おのずか》ら）は、「空《た》自《だ》」とも「空自《むなしク》」とも訓めるわけである。李白「送別」詩にも、「雲帆望ンデレ遠キヲ不ニ相ヒ見エ一、日暮長江空シク自ラ流ル」とある。ちなみに、本詩の対句は第3・4句と第7・8句である。

通釈

滕王閣

滕王（李元嬰）の建てられた高閣《たかどの》が、章江の水べに臨んでそそりたつ。（かつてここに集《つど》った、滕王をはじめとする高貴な人々。その腰に下げた）佩玉《おびだま》の触れあう音も、（訪れる馬車の高らかな）鈴音も（もはや聞こえず）、（にぎやかな）歌や踊りも、すっかりとだえてしまった。美しく彩《いろど》られたむなぎのあたりには、南浦に湧く雲が朝（日に染まりつつ）飛びかい、美しい珠簾《たまだれ》は夕方、西山から迫りくる風雨に吹かれて巻きあがる。

無心にただよう雲、清澄な潭《ふち》の（碧《あお》い）色は、（昔と変わることなく）毎日、のどかな姿をみせている。（しかし）万物は移ろい、歳月は（速かに）流れて、（滕王閣の落成以後）幾年《いくとせ》すぎたことであろう。（この高閣で楽しんだ）帝《みかど》の子（滕王）は、今いったいどこにおられるのであろうか。手すりの前を流れる章江だけは、（滕王のおられた当時のままに盛んに）流れゆく。

諸説の異同

異同の所在　I

「佩玉鳴鸞」の解釈

異同の類別

A　滕王などの高貴な人々の腰に下げた佩玉《おびだま》と、彼らの乗る馬車の鈴。

B　歌妓や舞姫の腰に下げた佩玉《おびだま》と、彼女たちの身を飾る鈴。

A説を採るもの：蔣清翊『王子安集註』、笑雲和尚編『古文真宝後集抄』に引く湖月の説、林羅山・鵜飼石斎『古文真宝後集諺解大成』、釈大典『唐詩解頤』、服部南郭『唐詩選国字解』、千葉玄之『唐詩選師伝講釈』、戸崎允明『箋註唐詩選』、久保天随『唐詩選新釈』、森槐南『唐詩選評釈』、簡野道明『唐詩選詳説』、佐久節『唐詩選新釈』、小林信明ほか『唐詩選通解』、山岸徳平『唐詩評解』、星川清孝『歴代中国詩精講』、大野実之助『唐詩の鑑賞』、内田泉之助『新選唐詩鑑賞』、太田青丘『唐詩入門』、前野直彬『唐詩選』、目加田誠『唐詩選』（明治書院、一九六四年）、斎藤晌『唐詩選』上、田所義行『新評唐詩選（新訂版）』（勁草書房、一九六八年）、田森襄『中国の名詩鑑賞4　初唐』、前野直彬・石川忠久『漢詩の解釈と鑑賞事典』（旺文社、一九七九年）、高木正一『唐詩選』、任明「王勃《滕王閣詩》試解」（人民文学出版社編輯部編『唐詩鑑賞集』、一九八一年刊所収）、中島敏夫『唐詩選』上、徐進『滕王閣詩選』、市川桃子ほか『中国古典詩聚花―詠史と詠物』など。

＊ 季鎮淮ほか『歴代詩歌選』や呉紹礼ほか『古代風景詩訳釈』などは、滕王のそれに限定する。

B説を採るもの：『古文真宝彦竜抄』、『古文真宝後集抄』に引く『句解』、林庚《こう》・馮沅君《ふうげんくん》主編『中国歴代詩歌選』上編(2)、花房英樹「前野直彬注解『唐詩選』の書評」（京都大学『中国文学報』第一八冊、一九六三年所収）、姚奠中《ようてんちゆう》主編『山西歴代詩人詩選』、聶文郁『王勃詩解』、張相儒『中国山水詩選』、張碧波ほか『新編唐詩三百首訳釈』（黒竜江人民出版社、一九八四年）など。

異同の論拠

A説（高貴な人の描写とする説）

作者王勃は、「佩玉鳴鸞」の語を用いて、宴会に参加した賓客と主人を「君子」（『礼記』「玉藻」篇の言葉）とほめたたえ、これは「滕王閣序」の「賓主ハ尽クセリ二東南之美ヲ一」の句と呼応する。この言葉は、唐以前、歌舞の形容に用いられていないばかりでなく、唐以後の詩文のなかでも例証をさがしあてられない（大意）。

結論：何の根拠もなく「君子」の服飾を「舞妓の服飾」と見なすのは妥当ではない。

（以上、任明「王勃《滕王閣詩》試解」）

B説（舞姫の描写とする説）

宋玉の「神女ノ賦」（『文選』一九）に見える「於イテレ是ニ揺《うご》カシテ二珮飾《はいしよく》（おびだま）ヲ一鳴ラシ二玉鸞《ぎよくらん》（玉の鈴）ヲ一、整ヘ二衣服ヲ一斂《をさ》ム二容顔ヲ一」（五臣注「神女ハ、揺カシ二鸞佩ヲ一、整フ二容顔ヲ一」）は、踊り子の腰につけた鈴を「鳴鸞」ともいう用例ではないか（訓点と一部の注は引用者）。

（以上、花房英樹「前野直彬注解『唐詩選』の書評」）

A説は、佩玉・鳴鸞の通常の用法にもとづく（ただし、任明の説では、高貴な人は通説とは異なり、王勃が詩・序を作ったとき、ともに宴会に参加した人々を指す）。これに対して、B説は同じ句中の「歌舞」の語にもとづいて生まれたものであろう。踊り子が鈴や玉の飾りを身につけて舞うことは、敦煌・莫高窟《ばっこうくつ》の壁に描かれた舞踏図や、杜甫「即時」詩の「百宝装ヒ二腰帯ニ一、真珠絡《まと》フ二臂《ひ》鞲《こう》ニ一」（歌妓の舞う姿の描写。臂鞲は臂衣）、白居易「柘枝《しやし》妓《ぎ》」詩の「帽ハ転ジテ二金鈴ヲ一雪面廻《めぐ》ル」（柘枝妓は中央アジアから伝来した柘枝舞を舞う歌妓。雪面は雪のように白い顔）などによって充分推測できよう（王克芬著、韓飛鳳訳『中国舞踊史話』〈外文出版社、一九八八年〉など参照）。しかし、それを佩玉・鳴鸞と表現するかどうかは、花房説の指摘だけではやや論拠に乏しいようである。中国舞踊芸術研究会舞史研究組編『全唐詩中的楽舞資料』（人民音楽出版社、一九八一年）「三、服飾」の「女子服飾」の条参照。筆者は、しばらくA説を採る。

異同の所在 II

「罷歌舞」の罷字の解釈

異同の類別

A　すっかり終わる。全くやむ（二度と行われない）。

B　（一時的に）完了する、（まさに）終わった（ばかり。何度も行われる）。

C　疲れる。

A説を採るもの：『古文真宝後集抄』に引く湖月の説、林羅山・鵜飼石斎『古文真宝後集諺解大成』、『古文真宝彦竜抄』、服部南郭『唐詩選国字解』、千葉玄之『唐詩選師伝講釈』、簡野道明『唐詩選詳説』、佐久節『唐詩選新釈』、小林信明ほか『唐詩選通解』、星川清孝『歴代中国詩精講』、大野実之助『唐詩の鑑賞』、山岸徳平『唐詩評解』、前野直彬『唐詩選』、林庚・馮沅君『中国歴代詩歌選』上編(2)、目加田誠『唐詩選』、斎藤晌『唐詩選』、田所義行『新評唐詩選（新訂版）』、前野直彬編『唐詩鑑賞辞典』（高島俊男執筆）、高木正一『唐詩選』、横山伊勢雄『唐詩の鑑賞―珠玉の百首選』、聶文郁『王勃詩解』、前野直彬ほか『漢詩の解釈と鑑賞事典』、季鎮淮ほか『歴代詩歌選』、姚奠中『山西歴代詩人詩選』、武漢大学中文系古典文学教研室選注『新選唐詩三百首』（人民文学出版社、一九八〇年）、中島敏夫『唐詩選』上、徐進『滕王閣詩選』、張相儒『中国山水詩選』、張碧波ほか『新編唐詩三百首訳釈』、呉紹礼ほか『古代風景詩訳釈』、市川桃子ほか『中国古典詩聚花―詠史と詠物』など。

　B説を採るもの：呉呉山（『箋註唐詩選』所引）、釈大典『唐詩解頤』、釈清潭『国訳唐詩選』（国訳漢文大成、国民文庫刊行会、一九二〇年）、内田泉之助『新選唐詩鑑賞』、平野彦次郎『漢詩解説』、太田青丘『唐詩入門』など。

　C説を採るもの：田森襄『中国の名詩鑑賞4　初唐』。

異同の論拠

　A説（全くとだえたとする説）

『解頤』（釈大典『唐詩解頤』）の罷《ひ》の字を解して成とする（B説）は、呉呉山《ごござん》の説に本づくものなれども、曲解たるを免れず。

（以上、佐久節『唐詩選新釈』）

　前半四句は、眼前の叙景に追憶をも寄せている。二句の罷の字につき、呉呉山は、「滕王、昔日の盛時、棟宇珠簾は、その壮麗を極む、罷とは、なほ成といふがごとし」と言った。成と見れば、滕王在時を想像したものとなり、滕王盛事の事となるが、「罷」を「成」とするのは、無理な解釈であるから、従わない。故に、前半後半、ともに滕王歿後《ママ》（去った後、と訂正すべきである……引用者注）のことを叙するものとする説に従った。それがよいのである。

（以上、山岸徳平『唐詩評解』）

「罷む」の語を、今まさに歌舞を奏し罷んだの意に解する説もある。前半四句を昔の盛んだったころの様子を想像して描いた状景と解するのである。しかし、その画棟、朱簾の両句は現在の姿と見て差支《さしつかえ》なく、必ずしも前半を往時の盛況と解することはできない。罷むは遠い昔に罷んだとする方がよいと思われる。

（以上、星川清孝『歴代中国詩精講』）

　B説（一時的に完了したとする説）

「罷」一字の意義にとらわれて、古来両説の解が行われている。即ち「罷」の字を一時的に歌舞の完了する意に解し、詩の前半を滕王生前《ママ》の昔を叙すとし、後半を歿後《ママ》の今を叙すとするのはその一、わが国の釈大典の『唐詩解頤』の解などは呉呉山の説に本づいて、罷むはなお成すに同じとまで言っている。他の一説は、「罷」を過去の事と見なし、従って「歌舞罷」というべきところを押韻の都合で倒装したもの、「罷」は上の佩玉鳴鸞にもかかり、昔時の歓楽止んで跡方もないと解し、全首を以て滕王歿後《ママ》の衰をいうとなす説で、わが戸崎允明《いんめい》の『箋註唐詩選』などは之を主張している。

　結論：この詩の構造は韻字の転換を以て前後両段に分れて居り、前半には特に華麗な文字を用い、後半には多く蕭条の語句を連ねて、前後対照の妙を示している。前を盛時、後を衰時と解するのが、作者の本意に適うものと思われる。

（以上、内田泉之助『新選唐詩鑑賞』）

此の詩の前半は、「罷む」の字に拘泥した説が相当にあるが、此の詩は、前半は「佩玉鳴鸞」「画棟」「朱簾」等、華麗の文字を用ひて、後半の「間雲潭影」「物換星移」等、蕭条たる景を叙したのと相対して居る。又韻字の転換等、其の作法により見るも、前半と後半とは截然《せつぜん》区別して、一は盛時、一は衰時なることは争はれぬ。詩としても一盛一衰として見なければ妙味はない。

結論：呉韋庵（呉呉山）は、「佩玉鳴鸞、楽を作して歌舞し、棟宇朱簾、其の壮麗を極む」と説いて居る。「罷む」は歌舞を一曲成し終つたので、大典禅師が「罷むは猶ほ成すといふが如し」と言つたのは適当。

（以上、平野彦次郎『漢詩解説』）

C説（疲れるとする説）

この詩は、上声の語《ご》・麌《ぐ》の両韻で通押する前半と、平声尤韻《ゆういん》で押韻する後半とに分かれ、前半は滕王時代現在で、後半は閣伯嶼《（ママ）》時代現在で詠まれている。ただその場合、「罷歌舞」の三字を、従来のように「歌舞罷みぬ」「歌舞を罷む」と読むことには疑問が残る。というのは、歌舞がやんだのでは、それは閣伯嶼時代現在での表現になってしまうからである。そこでこの三字を「歌舞を成す」の意だと解釈した先人があり、国訳漢文大成の『唐詩選』の注解はそれに賛意を示している。しかし、「罷」を「成」と読むのはいささか強引に過ぎる。

結論：「罷」には別に「つかれる」という意味がある。従って「歌舞に罷《つか》る」と読み、「歌い疲れ、踊り疲れたことであろう」の意に解釈してみてはどうであろうか。「罷《や》む」と読めば仄声《そくしょう》であり、「罷《つか》る」と読めば平声であるが、この詩では、他の句の第五字目を見ると、第三四句はともに平、第五六句はともに仄、第七八句はともに平なのであるから、第一二句もともに平声である方が、平仄の関係からもよいように思われる。

（以上、田森襄『中国の名詩鑑賞4　初唐』）

罷字の解釈の差異は、要するに、前半四句を創建者の滕王がいないという意味で寂寞たる現在の状況（A説）と見なすか、滕王がいた当時の華やかな盛況（B説）と見なすか、という文脈の捉え方の異同にもとづく。C説はB説の弱点を克服するために考案されたものである。しかし、⑴本詩が平仄の制約を受けない古体詩であること、⑵罷を疲れる意にとるのは、休止の意味よりも文脈的にむずかしいこと、の二点によって、説得力にとぼしい。それを裏づけるように、このC説を提唱した田森襄自身も同書の訳ではA説を採り、試案にとどめている。換韻を論拠とするB説は、それなりの説得力をもつが、罷の解釈にやや説明を要する難点がある。近体詩の成立にともなう古体詩の作法形成期の〝七言古体詩〟を、成熟・完成期のそれと等しく見なす点も問題になろう（〔諸説の異同〕Ⅲに引く中島敏夫説参照）。ここではひとまずA説に従う。

ところで、任明「王勃《滕王閣詩》試解」（前掲）は、本詩の解釈を同時の作「滕王閣序」と密接させて捉え、第2句を「（王勃らの参加した）閣上での宴会が終わって客も去り、歌舞もやんだ」という、ごく普通・平凡な叙事にすぎず、いかなる感慨も含まないとする。この任明説は本詩と「滕王閣序」とを直結させた一つの解釈のありかたを表わすものとして確かに興味深い。しかし、他方では、詩と序を、それぞれ独立した一作品として捉えることも充分可能であろう。

異同の所在 III

本詩の構想の解釈

異同の類別

A　八句全体を滕王去りし後（「滕王歿後」と誤解するものを含む）の寂寞たる状況と、それに対する作者の追懐の情を表白したものとする。

B　前半四句を滕王のいた華やかな昔時の盛況、後半四句を滕王去りし後（歿後とする誤解も含む）の寂寞たる衰況と捉える。

C　Aの立場に近いが、第3・4句のみを滕王在時の華やかな盛況を想像したものとする。

A説を採るもの：明、唐汝詢『唐詩解』一一、戸崎允明『箋註唐詩選』、服部南郭『唐詩選国字解』、久保天随『唐詩選新釈』、簡野道明『唐詩選詳説』、佐久節『唐詩選新釈』、小林信明ほか『唐詩選通解』、星川清孝『歴代中国詩精講』、大野実之助『唐詩の鑑賞』、斎藤晌『唐詩選』、林庚・馮沅君『中国歴代詩歌選』上編(2)、山岸徳平『唐詩評解』、聶文郁『王勃詩解』、武漢大学中文系古典文学教研室『新選唐詩三百首』、季鎮淮ほか『歴代詩歌選』、張相儒『中国山水詩選』、呉紹礼ほか『古代風景詩訳釈』、金性尭ほか『古詩選読』上冊（上海古籍出版社、一九八四年）など。

B説を採るもの：釈大典『唐詩解頤』、森槐南『唐詩選評釈』、内田泉之助『新選唐詩鑑賞』、平野彦次郎『漢詩解説』、太田青丘『唐詩入門』など。

C説を採るもの：千葉玄之『唐詩選師伝講釈』、細貝泉吉『詩体の研究と唐朝の詩壇』、前野直彬『唐詩選』、目加田誠『唐詩選』、前野直彬編『唐詩鑑賞辞典』（高島俊男執筆）、横山伊勢雄『唐詩の鑑賞—珠玉の百首選』、前野直彬ほか『漢詩の解釈と鑑賞事典』、中島敏夫『唐詩選』上、松枝茂夫編『中国名詩選』中（岩波文庫、岩波書店、一九八四年）など。

異同の論拠

A説（眼前の景と追懐の情を歌うとする説）

言ふこころは、閣在るも其の人已《すで》に去れり。只《た》だ朝暮雲雨往来するのみ。南浦の雲、西山の雨、自《おのづか》ら蕭条たり。

（以上、戸崎允明『箋註唐詩選』に見える第三四句に対する注。もと漢文）

B説（前半を盛時、後半を衰時とする説）

前半は是れ王が在時の閣、後半は是れ閣が重修時の閣、四句転韻して今昔を分写す。

（以上、森槐南『唐詩選評釈』）

＊〔異同の所在〕IIに引く内田泉之助『新選唐詩鑑賞』と平野彦次郎『漢詩解説』を参照。換韻の作法と文字の対照的使用（前半の華麗と後半の蕭条）を主な論拠とする。

C説（第3・4句のみ、滕王在時の盛況を想像した句とする説）

詩全体は二段、前四句と後四句に分かれる。前段は、渚・舞・雨で韻をふみ、後段は、換韻して、悠・秋・流で韻をふむ。七言古詩は、五言古詩と異なり、むしろ換韻する方が普通である。前段は滕王の当時を想い起こし、後段は歳月無常を嘆く。韻を換えるということは、そこで段が分かれることを意味する。従って、前段四句は四句とも滕王の当時を詠んだものとする見解（B説）が生ずるのも無理からぬことである。具体的には「歌舞罷みぬ」は王勃の当時を詠む――滕王の宴は遠い過去のものとなったと詠む――ものではなく、滕王の当時において歌舞の宴は終わった、と詠むものだとする。それは次の第三・四句へと直接つながって、三・四句は歌舞の宴が終わったすぐ後の閣中から見た景ということになる。確かに、換韻による段分けという詩の作法からすれば、一理あることである。しかし、詩全体の感じから言えば、やはり、華やかな宴は既に終わってしまい、過去のものとなってしまったと王勃の時点を詠んでいると取りたい感は否めない。それにこの詩は初唐の詩で、七言古詩が登場してきたばかりの時である。詩の厳密な作法が完全に確立していたとは思えない。更に王勃の天才ぶりを考え合わせれば、奔放な詠み方が似つかわしくもある。

結論：「歌舞罷みぬ」を王勃の時点ととるか滕王の時点ととるか、いずれにとるにせよ、第三・四句は、第一義的には滕王の当時を詠む句とせねばならない。「歌舞罷」んで、一旦現在に至った詩の流れは、もう一度滕王の当時に引きもどされる。そのことによって過去と現在とは重ねられる。現在、目にする南浦・西山の景は、同時に過去の閣中の人が眺める景である。その過去と現在の間の微妙な振幅の揺れが、この詩に深い奥行きを与える。

（以上、中島敏夫『唐詩選』）

明の唐汝詢『唐詩解』一一には、「此慨《なげク》繁華《ノ》易《やすキヲ》尽《キ》也」という。作者の視線は、滕王という主《ぬし》を失った滕王閣の寂寞たる状況へと向かいがちである。たとえ往時を思わせる盛宴が閣中で華やかに開かれたとしても、深い傷痕（〔備考〕参照）をいだく王勃は、その歓楽に酔いきれず、行方定かならぬ滕王の数奇な運命に思いを馳せつつ、懐古の情にひたったようである。筆者はひとまずA説に従う。

ちなみに、本詩を「閣が重修時の閣」（前掲の森槐南『唐詩選評釈』）での作とする注釈書が散見される。たとえば、市川桃子ほか『中国古典詩聚花―詠史と詠物』は、「この作品は再び修復された建物の、きらびやかな宴席で披露された。しかし、そのことは作者の懐古の情を妨げてはいない」などという。はたして本詩は、華麗に修復成った時の盛宴での作なのであろうか。王勃の「滕王閣序」のみを読むかぎり、この盛宴は「勝餞」（序中の語。盛大な餞別の宴会）であり、序は本来「秋日登《リテ》洪府《ノ》滕王閣《ニ》餞別《スル》序」と題される（『文苑英華』七一八。奈良国立博物館『正倉院展』〔一九九五年〕の影印によれば、『王勃集』残巻〔唐鈔本〕も『文苑英華』と同じである）。この修復（重修）時説は、じつは後代の虚構《フィクション》らしい（〔備考〕に引く文献参照）。

備考

本詩は、「滕王閣序」（通称、「滕王閣詩序」「秋日登《リテ》洪府《ノ》滕王閣《ニ》餞別《スル》序」ともいう。後者が最もよいとする指摘は、屈万里「『滕王閣序』的両個問題」〔『大陸雑誌』一六巻九期、一九五八年〕に見える）のなかに、「一言均《シク》賦《シテ》、四韻俱《ともニ》成《ル》」とある四韻詩である。四韻とは八句の意（「滕王閣」詩は、じつは六韻）。つまり、本詩の作成年代は「滕王閣序」のそれと等しい。しかし、華麗な四六駢儷文として著名な「滕王閣序」は、古来、13、14歳の王勃が、その早熟な文才を如実に示した作品として、種々の逸話を生んできた。ここでは、主な逸話を若干紹介しながら、その作成年代（＝「滕王閣」詩のそれ）に関する諸問題を検討したい。従来、提出された主な説が、四つある。(1)作者13、14歳のときの作、(2)上元二年（六七五）の作、(3)作者18、19歳ごろの作、(4)咸亨《かんこう》二年（六七一）の作、である。なお、王勃の生年は、六五〇年（高宗永徽元年）が最も説得力をもつが、一説に一年早い六四九年（太宗貞観二三年）とする。詳しくは、植木久行「初唐詩人王勃生卒年考」（弘前大学人文学部『文経論叢』第二四巻第三号、一九八九年）参照。

作成年代の具体的な検討に入る前に、主なエピソードの一つとして、『大明一統志』四九、南昌府、滕王閣の条を引いておきたい。

（洪州）都督閻伯嶼《えんはくしよ》重修《ス》。因《リテ》（九月）九日宴《シ》二僚属《ヲ》於閣《ニ》一、欲《シテ》レ誇《ラント》二其婿呉子章《ごししようノ》能《クスルヲ》レ文《ヲ》、令《しメントスル》二宿《あらかじメ》構《つくラ》一之《ヲ》時《ニ》、王勃省《たづネテ》レ父《ヲ》、次《やどル》二馬当《ニ》（山名。江西省彭沢県《ほうたく》の東北の長江南岸にある）一。去《ルコト》二南昌《ヲ》一七百余里。水神告《ゲ》二其故《ノことヲ》一、且助《ツクレバ》レ風《ヲ》、天明（夜明け）而《ニシテ》至《リ》、与《あづかル》レ宴《ニ》。果《タシテ》請《ヒテ》二諸賓《ニ》一為《ラシム》レ序《ヲ》。皆辞《スルモ》レ之《ヲ》、至《リテ》レ勃《ニ》不レ辞《セ》。閻不レ楽《シマ》、密《カニ》令《ム》二吏《ヲシテ》得《レバ》レ句《ヲ》即《チ》報《ぜ》一。至《リテ》下「落霞与《と》二孤鶩《こぼく》一斉《シク》飛《ビ》、秋水共《ニ》二長天《ト》一一色《ナリニ》」上、矍《かく》然《トシテ》（驚くさま）曰《ハク》、「此《レ》天才也《ト》」。其《ノ》婿慚《ヂテ》而退《ク》。

王勃が神風によって滕王閣まで送られたとする伝説は、宋代の志怪小説集、委心子《いしんし》撰『新編分門古今類事』（金心点校本、中華書局、一九八七年）三、異兆門上、「王勃不レ貴《たつとカラ》」の条に引く晩唐の羅《ら》隠《いん》（八三三—九〇九）『中元伝』に、「唐《ノ》王勃、方《まさニ》十三《ニシテ》、随《ヒテ》レ舅《をぢニ》遊《ブ》二江左《ニ》（江南）一」とのこととして見え、中元水府を主《つかさ》どる神仙が登場する。南宋の陳元靚《ちんげんせい》『歳時広記』三五、重九、「記滕閣」に引く『（唐）摭言《せきげん》』は、「年十三、侍《ジシテ》二父《ノ》宦《ニ》一遊《ブ》二江左《ニ》一」ときの話として、後引の『唐摭言』や前述の『中元伝』の内容を加えて、さらに小説的な潤色を施している。なお、『古文真宝後集抄』や『古文真宝後集諺解大成』などに引く『摭遺《せきい》新説』にのせる羅隠『中源（ママ）水府伝』は、上述の『中元伝』よりも詳細で小説的なふくらみをもつ（13歳のときとする）。

ちなみに、王勃が「滕王閣序」を作ったときの洪州都督を閻伯嶼とするのは明らかな誤りで、名は未詳である。岑仲勉「唐集質疑」に収める「都督閻公之雅望」の条（『国立中央研究院歴史語言研究所集刊』第九本、一九四七年。のち『唐人行第録』に再録）、田宗尭「王勃年譜」（『大陸雑誌』三〇巻一二期、一九六五年）、斎藤晌《しよう》『唐詩選』上、羅聯添《られんてん》「唐代詩人軼事考弁」（同『唐代文学論集』下冊、学生書局、一九八九年所収）など参照。近年もなお、誤った訳注書があるので注意を要する（市川桃子ほか『中国古典詩聚花—詠史と詠物』など）。許嘉甫「『滕王閣序』小考」（『文学遺産』一九九四年二期）が、閻立本を指すとするのも疑わしい（同論文が孟学士を孟利定に比定するのも確証はない）。

ここで作成年代の検討に入りたい。まず⑴作者13、14歳のときの作とする説である。この立場を採るものには、『古文真宝後集抄』に引く湖月や青松の説（ともに13歳）、清の蔣清翊『王子安集註』八（14歳）、鈴木虎雄「王勃年譜」（『東方学報』（京都）第一四冊第三分、一九四四年、一四歳の条）、聶文郁「王勃年譜」（同『王勃詩解』所収）、王気中「王勃」（呂慧鵑ら編『中国歴代著名文学家評伝』第二巻（山東教育出版社、一九八五年三版））、駱祥発『初唐四傑研究』（東方出版社、一九九三年、竜朔三年13歳）などがある。

この説の主な論拠は、五代・後梁の貞明二年（九一六）か翌年ごろに成立したとされる王定保『唐摭言』五、「以《テ》二其人《ノ》不《ルヲ》一レ称《ハ》レ才《ニ》、試《ミテ》而後《ニ》驚《ク》」の条に、

王勃著《ス》二滕王閣《ノ》序《ヲ》一、時年《ニ》十四。都督閻公《えんこう》不《ぜ》二之《ヲ》信《ぜ》一。勃雖《モ》レ在《リト》レ座《ニ》、而閻公意《ノ》属《ハよセラレテ》二子《ノ》婿《むこ》孟学士《ナル》者《ニ》一為《つくラシメントシ》レ之《ヲ》、已《ニ》宿《メ》構《つくレリ》矣。及《ンデ》下以《テ》二紙筆《ヲ》一巡《めぐラスニ》上譲《ラシムルモ》二賓客《ニ》一、勃不《ハ》二辞譲《セ》一。公大《イニ》怒《リ》、払《ツテ》レ衣《ヲ》而起《チ》、専令《ラレム》三

人《ヲシテ》伺《ハ》二其《ノ》下《スヲ》レ筆《ヲ》。第一報《ニ》云《フ》、「南昌故郡《ノ》、洪都新府《ノ》」《ト》。公曰《ハク》、「亦《タ》是《レ》老先生常談《ノ》（ありふれた表現）」《ト》。又報《ジテ》云《フ》、「星《ハ》分《カチ》二翼軫《よくしんヲ》一、地《ハ》接《スト》二衡廬《こうろニ》一」。公聞《キ》レ之《ヲ》、沈吟《シテ》（考えにふける）不レ言《ハ》。又云《フ》、「落霞《ハ》与二孤鶩《ぼく》一斉《シク》飛《ビ》、秋水共《ニ》二長天《ト》一一色《ナリト》」。公矍然《かくぜんトシテ》而起《チテ》曰《ハク》、「此《レ》真《ニ》天才《ナリ》。当《ニ》二垂《レテ》不朽《ナル》一矣《シト》」。遂亟《すみやかニ》請《ヒテ》二宴所《ニ》一、極《メテ》レ歓《ヲ》而罷《ム》。

とある記事である。ただ『太平広記』一七五、幼敏、「王勃」の条に引く『摭言』の前半は、これとかなり異なる。

王勃字《ハ》子安、六歳《ニシテ》能《ク》属《つづル》レ文《ヲ》。清才濬発《しゅんぱつニシテ》、構《フルニ》レ思《ヒヲ》無《シ》レ滞《ルコト》。年十三、省《たづネテ》二其父《ヲ》一至《ル》二江西《ニ》一。会《たまたま》府帥《すい》（洪州都督）宴《ス》二於滕王閣《ニ》一。時《ニ》帥府《すいふニ》有《リテ》レ婿《ノ》善《ク》為《ルヲ》二文章《ヲ》一。帥《ハ》欲《ス》レ誇《ラント》二之《ヲ》賓友《ニ》一。乃《チ》宿《メ》構《つくリテ》二滕王閣序《ヲ》一、俟《まチテ》二賓合《ノあつマルヲ》一出《ダシ》レ之《ヲ》、為レ若《ほつスごとクセント》二即《イテ》レ席《ニ》而就《なル》者《ノ》一。……

(イ)年齢が14歳ではなく13歳であること、(ロ)江西の父を訪ねたときの作であること、この二点は特に重要な異同である。(イ)の「13歳」は、前述の羅隠『中元伝』などと等しく、(ロ)の作成事情は、「舅《をぢ》に随ひて江左に遊ぶ」（『中元伝』）や「父の宦《かん》に侍《じ》して江左に遊ぶ」（『歳時広記』所引『摭言』）などとともに注目される。清の蔣《しょう》清翊《せいよく》『王子安集註』八は、14歳の時の作とする『唐摭言』の説に従って、当時、王勃の父、王福時《ふくじ》は六合県（揚州の属県）の県令であったとした（序の「家君作《なル》レ宰《ト》」の注）。王気中「王勃」も、この立場にたち、六合県令の父を尋ねて呉越の地に遊び、帰路に滕王閣を訪れた、とする。しかし、この点については、内藤湖南「正倉院尊蔵二旧鈔本に就きて」（『内藤湖南全集』第七巻〔筑摩書房、一九七〇年〕所収、もと『支那学』第三巻一号所収）の「二、王勃集」の条に、

楊炯《ようけい》が『王勃集』の序に亦た云ふ、「父福時《ハ》歴二任《シ》太常博士・雍《よう》州司功（参軍）・交阯・六合二県令《ヲ》一、為《ル》二斉州刺史《ト》一」（訓点等は引用者）と。其仕履《しり》を叙するに、豈《あ》に故《こと》さらに先後を顛倒《てんとう》すべけんや。且つ唐の制として、太常博士は従七品官、雍州司功参軍は正七品下官にして、六合県は唐初に上県なれば、其の令は従六品官なり。六合令より太常博士・雍州司功に升遷すべき理なし。交阯は中下県にして其令は従七品上官なれば、之より六合令に升るは事に於て順なりとす。されば福時の六合令たるは交阯令たりし後に在るべく、勃の十四歳の時に在るべからざる也。

と指摘されるように、その誤りは明白であろう。このことは、すでに清末の姚大栄《ようだいえい》「書《ス》下王勃『秋日登《リテ》二洪府滕王閣《ニ》一餞別《スル》序《ノ》』後《ニ》上」（前掲）や、田宗尭「王勃年譜」などにもくり返されている。また、六合県は揚州にあって、「中原より六合に往くとき、水陸両道倶《とも》に応《まさ》に南昌を過《よぎ》るべからず。勃は何事ぞ迂遠《うえん》を憚《はば》からずに道を此に取らんや」（姚大栄の前掲「書……序後」）の反論も自然に生れてくる。滕王閣のある洪州が六合県（長江の北）の南（長江の南）にあって、ルート上でも問題であるとする指摘は、馬茂元《ばぼうげん》「《唐書・文芸（苑）伝》札記」（同『晩照楼論文集』〔上海古籍出版社、一九八一年〕）や田宗尭「王勃年譜」などにも見える。こうした反論を予想して、父の王福時は江南（会稽《かいけい》か、その付近）の県令（鈴木虎雄「王勃年譜」）であるとか、洪州付近か、その東南の地方官（聶文郁「王勃年譜」）であろうとする説も生じた。しかし、この14歳説は、(イ)王勃自ら序中に「東隅（青少年期）已《ニ》逝《ケドモ》、桑楡《そうゆ》非《ズ》レ晩《キニ》（人生の晩年期には、まだ間《ま》がある）」と述べていること、(ロ)洪州付近や会稽（浙江省紹興）などでは、洪州と近すぎて「奉《ゼン》二晨昏《しんこんヲ》於万里《ニ》一（父母に孝養を尽くすために、万里のかなたに赴く）」とは言いがたいこ

と、(ハ)序中の「舎《すツ》簪笏《しんこつヲ》於百齢《ニ》」（生涯、官途に就く希望を捨て去った）」は、まだ仕官していない14歳時の王勃の境遇にそむくこと（王勃は17歳以後、官を授けられた）、などの諸点で説得力に欠ける。鈴木虎雄「王勃年譜」は、今日の通説である(2)の上元二年、26歳の説に対しては、

(a)　序中で王勃自ら「童子」と称していること。

(b)　序中で王勃自ら「等《シ》終軍之弱冠《ニ》」（弱冠は20歳の意――引用者）」といっていること。

の二点を理由に、交阯へ赴くときの年齢（27歳）では不適切だ、とする。しかし、(a)については、伊藤東涯『秉燭譚《へいしょくたん》』一に、「王子安ノコト」の条で、

「童子何知《ソラン》」ノ一句、本《もと》『国語』「晋語」ニ出テ（『左伝』成公十六年の条にも見える――引用者注）、晋ノ大夫《たいふ》范匄《はんかい》、軍事ヲイフニヨリテ、ソノ父范文子《はんぶんし》、執《リテ》戈《ほこヲ》逐《ヒテ》之《ヲ》曰《ク》、「国之存亡《ハ》、天命也。童子何知《ソラン》焉」ト。勃コノ語ヲトリテ、「家君作《ル》宰《ト》」ト云《フ》句ニ対《つい》セリ。父ニ対シテ言フ時ハ、成人ノ時ニモ童子トイフベシ。且ツ范匄モ政事ヲイフホドナレバ、児童ニテモアラザルベシ。

といい、高歩瀛《こうほえい》『唐宋文挙要』乙篇・巻一にも、童子と呼ばれた范匄は30歳ごろであろう、と推測する。また(b)の点では、(1)の14歳作説も(2)の26歳作説も、ともに優劣をつけがたいが、じつは(b)の「等《シ》終軍（前漢の武帝時の人）之弱冠《ニ》」という句に関しては、きわめて注目すべき文字の異同が存在する。それは、わが正倉院所蔵の慶雲四年（七〇七）書写の『王勃集』残巻に、弱冠を「妙日」に作ることである（内藤湖南「正倉院尊蔵二旧鈔本に就きて」〔前掲〕や、奈良国立博物館『正倉院展』（一九九五年）の影印による）。一見、「妙日」では意味が通じがたいようであるが、必ずしもそうとは言いきれない。というのは、曹植「求《ムル》自試《ラ》表《ミラレンコトヲ》」（『文選』三七）に、「終軍《ハ》以《テ》妙年《ヲ》使《ヒシ》越《ニ》、欲《ス》得《テ》長《ちょう》纓《えい》（長いひも）占《ヲはかり》其《ノ》王《ヲ》、羈《き》致《ちセント》北闕《ニ》（つないで都につれてくる）」とあるからである。つまり、「妙日」とは、この「妙年」とほぼ同意で、「弱冠」よりも広義の青年期――妙《わか》き日の意味であろう、と考えられる。「弱冠」と「妙日」との文字の微妙な異同は、「滕王閣序」の作成年代を考察する論拠に重大な影響を与えざるをえない。

他方、聶文郁《じょうぶんいく》「王勃年譜」は、あわせて一〇の論拠をあげて、竜朔《りゅうさく》三年（六六三）、14歳のとき、江南（洪州付近か、その東南）に在任中の父を訪ね、その途中、滕王閣の宴に参加して作った、とする。その論拠の重要な部分に対しては、張志烈「王勃雑考」（『四川大学学報』〔哲学社会科学〕一九八三年二期）がすでに反論している。聶文郁が論拠の一つとしてあげる序中の「勃三尺《ノ》微命」の解釈――聶文郁は、三尺を身長と見なし、14歳の年齢とはかなうが、26歳では不適当である。成年の場合は七尺――についても、当然反論が出よう。三尺とは、とるに足らぬ微々たる存在であるという謙称（星川清孝『古文真宝後集』三〔明治書院、一九六一年〕など）であるとも、『礼記』「玉藻」篇の「紳《しんノ》（大帯を前で結んで垂れ下がった部分）長《サノ》制、士《ハ》三尺」を踏まえた表現であるとも考えられる（高歩瀛『唐宋文挙要』乙編一など）。任国緒「王勃《滕王閣序》作于何年」（『北方論叢』一九八六年六期）では、14歳の身長を三尺（一メートル弱）とするのはやや低すぎるようだとして、高歩瀛の説に従う。いずれにせよ、「三尺」を14歳作説の論拠と見なすのは、かなり無理であろう。

ただ、聶文郁の論拠のなかでやや興味深いのは、閻公とその女婿が王勃に注意をはらわなかったのは、王勃がまだ14歳であまり世間に知られていなかったためである、晩年の王勃は詩人として有名になり、序の執筆を辞退しなかったことを、閻公が怒るはずはない、とする指摘である。しかし、『唐摭言』や『中元伝』に見える〝滕王閣序〟伝説は、(a)王勃が「六歳にして解く文を属《つづ》り、思ひを構ふるに滞ること無く、詞情英邁《えいまい》なり」(『旧唐書』一九〇上、「文苑伝」上)と記される早熟な文才の持ち主であったこと、(b)序中に「童子何知《ソランヤ》」という句があること、(c)楊炯《ようけい》の「王勃集序」に「(勃)年十有四《ニシテ》、時誉斯《ここニ》帰《ス》」とあること、の三点に付会された逸話であろう。高歩瀛『唐宋文挙要』乙編一にいう。「嘗て疑ふ、『唐摭言』の子安(王勃の字)十四歳のとき序を作るの説は、乃ち後人『童子』の二字に由《よ》りて付会して出《い》だせしかと」と(伊藤東涯『秉燭譚』二や姚大栄「書……序後」など参照)。要するに、13～14歳作説は、文壇の佳話としては面白いが、史実としては信憑性に乏しい。

次に、(2)上元二年(六七五)作説の検討に入りたい。時に作者26歳(六五〇年生年説)である。この説を採るものには、元の辛文房『唐才子伝』、姚大栄「王子安年譜」(『惜道味斎集』文編所収)、同「書《ス》下王勃《ノ》『秋日登《リテ》二洪府滕王閣一餞別《スルノ》序』後上」、劉汝霖《りゅうじょりん》「王子安年譜」(『師大月刊』第二期、一九三三年)、閻崇璩《えんすうきょ》「王勃年譜」(『師大学刊』第二期、一九四三年)、内藤湖南「正倉院尊蔵二旧鈔本に就きて」(前掲)、「正倉院本王勃集残巻跋」(『内藤湖南全集』一四巻)、田宗尭「王勃年譜」、屈万里「『滕王閣序』的両個問題」、簡野道明『唐詩選詳説』、星川清孝『古文真宝後集』、伊藤正文・一海知義編訳『漢魏六朝唐宋散文選』(平凡社、一九七〇年)、馬茂元「《唐書・文芸(苑)伝》札記」、張志烈「王勃雑考」、高文・何法周主編『唐文選』上(人民文学出版社、一九八七年)、郁賢皓『唐刺史考』(四)、『唐才子伝校箋』一、王勃の条(傅璇琮《ふせんそう》執筆)中華書局、一九八七年)、羅聯添「唐代詩人軼事考弁」、張志烈『初唐四傑年譜』(巴蜀書社、一九九三年)などがあり、筆者もこの立場である。『新唐書』二〇一、「文芸伝」上、王勃の条には、王勃が虢州《かくしゅう》(河南省霊宝市)参軍となった後のことを、次のように記している。

倚《たのミテ》レ才陵藉《ヲりょうせきシ》(軽蔑していじめる)、為《ル》二僚吏共嫉《ノニムトコロト》一。官奴曹達《ノそうたつ》抵《をかシ》レ罪《ヲ》、匿《かくル》二勃所《ノニ》一。(王勃)懼《おそレテ》二事洩《ノもルルヲ》一、輒《すなはチ》殺《ス》レ之《ヲ》。事覚《あらはレテ》当《ニ》レ誅《セラル》。会《ヒテ》レ赦除《ニのぞカル》レ名《ヲ》(官職に就く資格を奪うこと)。父福時《ノ》、繇《より》二雍《よう》州(陝西省西安)司功参軍一坐《シテ》二勃故《ノことニ》一左二遷《セラル》交阯《こうし》(ベトナム北部)令《ニ》一。勃往《キテ》省《たづネ》、度《わたリテ》レ海溺《ヲ》レ水《ニ》、痵《きシテ》(ショックによる激しい動悸)而卒《ス》。年二十九(ママ)。

初、道出《メいヅ》二鍾陵《しょうりょう》(洪州を指す)一。九月九日(洪州)都督大《イニ》宴《シ》二滕王閣《ニ》一、宿命《メジテ》二其婿《ノニ》一作《ラシメ》レ序《ヲ》、以夸《テほこラントス》レ客《ニ》。因出《リテダシテ》二紙筆《ヲ》一徧請《クフモ》レ客《ニ》、莫《シ》二敢当《テタルモノ》一。至《リテ》レ勃《ニ》、汎然《はんぜんトシテ》不レ辞《セ》。都督怒《リ》、起《ツテ》更《かへ》レ衣《ヲ》、遣《しム》下吏《ヲシテ》伺《ヒテ》二其文《ノヲ》一輒《チ》報《ぜ》上。一再(重ねて、たびたび)報《ズレバ》、語益《ますます》奇《ニシテ》、乃《チ》矍《かく》然《トシテ》(驚くさま)曰《ハク》、「天才也《ト》」。請《ヒテ》二遂《ニ》成《サシメ》レ文《ヲ》、極《メテ》レ歓《ヲ》罷《ム》。

高歩瀛『唐宋文挙要』乙編一は、この『新唐書』王勃伝は『唐摭言』にもとづきながら、「王勃14歳」と「孟学士」の説を採用しなかった。おそらくすでに何時《いつ》の作であると定めることができなかったのであろう、と推測する。しかし伊藤東涯『秉燭譚』二のように、

伝ノ文ツヅキ、如《シ》レ此《ノ》。シカレバ王勃年二十九(ママ)ノ時ニ、父王福時ガ、交阯ノ令タルヲ見廻ニユキテ、ソノ道中ニテ九月九日ニ滕

王閣ヲ通テ序ヲ作リ、海ヲ度《わた》リサマニ死セリトミエタリ。

と捉えるほうが自然であろう。蔣清翊『王子安集註』八には、『唐才子伝』が交阯へ赴く途中の作とする点について、「此れ、辛氏、『新唐書』本伝に二事連叙するを見て、遂に此の謬《あやま》り有り。実は則ち『唐書』には《初》の字有りて、之を界《くぎ》る。原《も》と相ひ蒙《かうむ》らざるなり」と述べ（『王子安集註』巻頭の《彙録事跡》にのせる『唐才子伝』の条にも、「初」字の誤読の結果であると見なす）、「滕王閣序」の作成と交阯への旅は全く無関係であるとした。この蔣説に対して、内藤湖南「正倉院尊蔵二旧鈔本に就きて」は、

　初の字は父を省する往路の由る所を示す為《ため》に下せるにて、十五年前（十二年前?）の事を指して初と為《な》せるに非ざること、其の辞を按じて知るべし。

と述べて反論した。馬茂元「《唐書・文芸（苑）伝》札記」も同じく反論し、「『初』は生前を追述する言葉（先に、の意）であり、「道出《ヅ》二鍾陵《ニ》一」も交阯への南行を表わす。『唐才子伝』は『新唐書』本伝にもとづいて、その言葉を少し変えたにすぎず、誤ってはいない。蔣氏は14歳作説を採る『唐摭言』の説に無理やり適合させるために、（王勃の死後に就いた）父の六合令就任を14歳の時へと溯らせたのだ」などと主張した。穏当な見解であろう。

清末の姚大栄は、「書《ス》下王勃《ノ》『秋日登《リテ》二洪府滕王閣《ニ》一餞別《スル》序《ノ》』後《ニ》上」（前掲）のなかで、上元二年説を採り、序中の「家君作《リ》レ宰《ト》、路出《ヅ》二名区《ニ》一」と「舍《すテ》二簪笏《しんこつヲ》於百齢《ニ》一、奉《ゼン》二晨昏《ヲ》於万里《ニ》一」の句は、楊炯「王勃集序」の「補《セラル》二虢州参軍《ニ》一。坐《シテ》免《ゼラレ》、歳余《ニシテ》、尋《ツイデ》復《スルモ》二旧職《ニ》一、棄《テテ》レ官《ヲ》沈《メ》レ迹《みヲ》、就二養《ス》於交阯《ニ》一」と合致する、と指摘した。この上元二年説（作者26歳）では、すでに述べた序中の「等《シ》二終軍之妙日《わかキニ》一」や「東隅（青少年期）已逝《ケドモ》、桑楡《そうゆ》（晩年）非《ズ》レ晩《キニ》」ともかなう。より重要なのは、上元二年における王勃の交阯行のルートとその季節感は、この説を充分成りたたせることである。

「蓋し勃は上元二載八月十六日を以て、漢祖を淮陰《わいいん》に祭り（神田氏蔵本の祭文に因て証すべし——原注）、尋《つい》で江寧（南京）を経、九月九日前後に南昌に抵《いた》り、再び越中に出で、嶺を踰えて広州より海に航せしなり」（内藤湖南「正倉院尊蔵二旧鈔本に就きて」）と考えられる。ただ傍点部は誤りと思われ、削除すべきであろう。劉汝霖「王子安年譜」に付す「王子安赴交阯図」や張志烈「王勃雑考」『初唐四傑年譜』参照。

続いて、比較的新しい(3)作者18歳、19歳ごろの作とする説の検討に入りたい。高木重俊「王勃の生涯と文学」は、闘鶏の檄文が高宗の怒りにふれて沛王府《はいおうふ》を追放された後、東の呉の地へ旅立ち、その途中、洪州の滕王閣に上った、と考えて、次のごとくいう。

「序」では、「家君作《リ》レ宰《ト》、路出《ヅ》二名区《ニ》一。童子何知《ランゾ》、躬《みづから》逢《フトハ》二勝餞《ニ》一。……、勃三尺《ノ》微命、一介《ノ》書生《ナリ》。無《ク》レ路請《フニ》レ纓《ヲ》、等《シ》二終軍之弱冠《ニ》一。有《リテ》レ懐《フ》レ投《ゼンコトヲ》レ筆《ヲ》、愛《ス》二宗愨《そうかく》之長風《ヲ》一。舍《すテ》二簪笏《ヲ》於百齢《ニ》一、奉《ゼン》二晨昏《ヲ》於万里《ニ》一」（訓点は引用者）というように、もはや官職を得る機会を失ったからには、遠地に県令たる父に奉侍せんとして旅をするわが身を「童子」「終軍」「宗愨」に比して表現している。童子とは、自分が座の中で最も若年であるところから言うのであろう。漢の終軍は二十余歳にして世を去り、人は終童と呼んだという。後世彼は賈誼《かぎ》とともに終賈と並称され、早成の誉をになうが、終軍は十八《(ママ)》歳で謁者給事中となり、賈誼も二十二《(ママ)》歳で博士となっている。また、南朝宋の宋《(ママ)》愨は年少のころ叔父の宗炳にその志を問

われ、「長風に乗じて万里の波を破らん」と答えたという。これらを総合するに、この作品を十四歳や二十六・二十七歳(ママ)の時のものと見るよりも、十八・十九歳(ママ)の作（乾封元年（六六六）、同二年――引用者注）と見ることの方が自然である。恐らくは東呉の地方の県令であった父の王福時を見舞う途次の作と思われるが、福時がどこの県令であったかを明らかにする記録は残っていない。

と。他方、任国緒「王勃《滕王閣序》作于何年」は、総章元年（六六八）19歳の二月以後（春末・夏初）、沛王府を追放された王勃は、六合県に赴いてその県令の父親を訪ね、そのついでに江南の山水風景を眺めて楽しもうとした。そのため、洪州に迂回して滕王閣を訪れ、その後、六合県を通って都長安に帰った、とする。その主要な論拠は、

(1) 序の内容は、仕官失意後のなかにも、人生に対する積極的な進取の精神がある。それは、上元二年、交阯へ赴く途中の思想感情とは異なり、仕官して初めて挫折し、まだ官途にあきあきしない以前である。

(2) 序中の「等シ二終軍之弱冠一ニ」は、明白に序の作成時期を告げている。つまり、当時、王勃の年齢は必ず20歳（弱冠）に近い。

(3) 19歳のときなら、「童子」の語にもふさわしい。

などである。これらの論拠のうち、客観的な説得力をもつものは少ない。「童子」の語は、「父ニ対シテ言フ時ハ、成人ノ時ニモ童子トイフベシ」（前引）であり、高木・任両氏が18、19歳説を提唱した最も根本的な論拠と思われる「弱冠」（20歳ごろ）の言葉もすでに述べたように、正倉院蔵旧鈔本には、より漠然とした「妙日《わかき》」に作っている。父の官職を六合県令と見なすことの誤りも、すでに述べたとおりである（高木論文には、この難点はない）。任国緒の主張する論拠(1)は、主観的な判断にすぎず、必ずしも説得力をもたない。

この18、19歳説の最大の難点は、沛王府追放の時期に対する疑問である。王勃は総章二年（六六九）五月、都長安から蜀（四川省）へと向かうが、それ以前に江南の東呉に旅したことは明らかである（王勃「綿州北亭ノ群公宴ニテスルノ序」）。しかし、その時期は必ずしも明確ではない。張志烈「王勃雑考」『初唐四傑年譜』が、沛王府修撰時期の乾封《けんぽう》二年（六六七）、呉越の地に遊んだとするのが、比較的穏当な説であろう。この点では高木説に近いが、沛王府修撰（侍読）在任中かどうかで、両者は大きくくい違っている。いずれにせよ、18、19歳説では、最初の挫折である沛王府追放の事実がなくては成立しがたい。しかし、総章元年（六六八）の一二月、王勃が「拝スルニ南郊ニ頌《しょう》一」「上ツル下拝スルニ南郊ニ頌ヲ上表」を作成したとき、まだ沛王府在任中であったとするのが通説である（閻崇璩「王勃年譜」、劉汝霖「王子安年譜」、聶文郁「王勃年譜」、馬茂元「《唐書・文芸（苑）伝》札記」、張志烈「王勃雑考」『初唐四傑年譜』、駱祥発『初唐四傑研究』に収める「初唐四傑年譜」など）。そして翌年（総章二年）の五月、都長安から蜀へと向かうので、戯れに作った闘鶏の檄文による沛王府追放は、総章元年の歳末から翌年の初めごろとなる。闘鶏は唐代、清明節前後の遊びであったことからすれば、その追放は総章二年の晩春三月ごろ、と推定される（張志烈「王勃雑考」）。現時点では、高木・任両説はやはり説得力に乏しい。

最後に、(4)咸亨《かんこう》二年（六七一）、23歳(ママ)の作とする説を検討したい。

蒋逸雪「王勃作《滕王閣序》之年」(『江海学刊』〔群衆論叢〕一九六二年二期所収）にいう。

各家の注釈本には、「咸淳二年、洪州牧《ノ》閻伯嶼《えんぱくしょ》宴《ス》賓僚《ヲ》于滕王閣」とあるが、その咸淳は咸亨の誤りである。と（笑雲和尚『古文真宝後集抄』には、正しく咸亨二年に作る）。しかし、王勃は咸亨二年の六月までは蜀に滞在しており（王勃「梓潼《ノ》南江《こう》汎《うかブル》舟《ヲ》序」）、年内に都長安に帰った、と推測されている（ただし、王気中、「王勃在四川的創作活動」（『中国古典文学論叢』第二輯、人民文学出版社、一九八五年）は、咸亨三年の前半まで蜀に滞在していたとする）。蜀と長安との交通路を大きくはずれる洪州への旅を、この時期に設定しうる論拠は全くない。そもそも閻伯嶼を序中の閻公に比定する誤りについては、前述したとおりである。田宗尭「王勃年譜」によれば、閻伯嶼は、諸説のなかで最も遅い上元二年作説の当時にあっても、まだ生まれていないか、あるいは幼かった、と考証する。つまり、蒋逸雪の拠る旧注そのものが誤りであり、全く信憑性はない。

要するに、現在のところ、「滕王閣序」と「滕王閣」詩の作成年代は、王勃が交阯に向かう途中の上元二年（六七五）、26歳の晩秋九月（九月九日の重陽節?）、と見なすのが、やはり最も妥当であろう。

＊　　＊

ちなみに、王勃が交阯に向かった旅は、じつは交阯令に左遷された父親の王福時に随ったものである、とする説が提出されている。清の兪正燮《ゆせいしょう》『癸巳《きし》存稿』一二、「王勃滕王閣序書後」には、王勃は乾封・総章年間（六六六—六七〇）のころ、父に随って交阯へ赴く途中、序を作成したとする。作成年代そのものは誤りと思われるが、父と同伴であるとする説は、その後、屈万里「『滕王閣序』的両個問題」、田宗尭「王勃年譜」、傅璇琮《ふせんそう》「《滕王閣詩序》一句解—王勃事迹弁」（『古典文学論叢』二輯、一九八二年）、『唐才子伝校箋』一、王勃の条（傅璇琮執筆）、張志烈『初唐四傑年譜』などに継承されている（いずれも上元二年説）。その主な論拠としては、

(イ)　序に「家君作《リ》宰《ト》、路出《ヅ》名区《ニ》。童子何《ゾ》知《ラン》、躬《ラ》逢《フトハ》勝餞《ニ》」とあるが、これは王勃が父（家君）と同道し、その前で「童子」と謙称したと考えられる。

(ロ)　王勃「過《ギリテ》淮陰《ヲ》謁《スル》漢祖《ノ》廟《ニ》祭文」（羅振玉輯校「王子安集佚文」）には、「奉《ジテ》命《ヲ》作《ル》」という題下注がある。

(ハ)　王勃の族翁《ぞくおう》王承烈（名は紹宗?）が王勃に与えた手紙「族翁承烈書」（大阪市立美術館編『唐鈔本』（同朋舎出版、一九八一年）所収。(ロ)の文も収める）に、「聞《ク》吾宗《ガ》粤《ここに》自《リ》中州《シ》、随《フ》任《ニ》南《なん》徼《きょう》（南の辺境）」とあり、「吾が宗」とは父の王福時を指すと考えられること。

などである。

上元二年における王勃の交阯行が、父親に同道したものではないか、とする疑いは、すでに姚大栄「王子安年譜」にも言及されるが、姚大栄自身は次のごとく反論する。

(a)　王福時の交阯令就任は、子の王勃の罪に連坐したための左遷である。こうした左遷の場合は、韓愈のそれのごとく、速やかに左遷の地に赴かなければならず、山川をゆったりと遊覧する余裕のない場合が通例である。とすれば、父が一《（ママ）》年前に赴任し、王勃が翌年（上元二年）、同じ道を通って訪ねたのであろう。

と。鈴木虎雄「王勃年譜」も、「滕王閣序」は「父子同行して餞に遇ふの辞」らしいとし（ただし、14歳作説）、王勃の「過《ギリテ》二淮陰《ヲ》一謁《スル》二漢祖《ノ》廟《ニ》一祭文」に対しては、王福時があらかじめ勃に命じ、自分に代わって祭文を作らせたのであろう、と推測する。

上元二年の父子同道説は、確かに一説としては興味深いが、姚大栄のごとき疑問も生じてくる。というのは、

(a) 王福時の交阯令赴任が王勃の罪に連坐しての左遷であることは、王勃の「上《ツル》二『百里昌言』《ヲ》一疏」によっても明白である。

(b) 罪を犯した王勃が恩赦にあったのは、上元元年八月のことと考えられる（姚大栄「王子安年譜」、劉汝霖「王子安年譜」、田宗尭「王勃年譜」、聶文郁「王勃年譜」、張志烈『初唐四傑年譜』など参照）。

とすれば、王福時の交阯令左遷は、遅くとも王勃が恩赦にあう上元元年八月以前のことと考えられよう。王勃が恩赦にあってから半年以上後に、父子同道して交阯に赴いたとは、とうてい考えにくい（駱祥発「初唐四傑年譜」〔同『初唐四傑研究』所収〕参照）。また、王福時の交阯行のルートは、王勃の「上《ツル》二『百里昌言』《ヲ》一疏」のなかに、

今大人上延《かみまねキ》二国譴《こくけん》（国家のとがめ）一《ヲ》、遠《ク》宰《タリ》二辺邑《ニ》一。出《デテ》二三江《ニ》一而浮《カビ》二五湖《ニ》一、越《ヘテ》二東甌《とうおう》（越州〔今の浙江省〕）一《ヲ》、而渡《ル》二南海《ヲ》一。此《レ》勃之罪也。

とある（この場合の五湖は、太湖〔太湖および付近の湖〕を指そう）。王福時のルートは、「東甌を越え」る点（いわゆる李翺《りこう》「来南録」のルート）において、王勃が洪州から贛江ぞいにそのまま南下したそれと若干異なるように思われる。同じ左遷の場合でも、李白の夜郎行のように、きわめてゆるやかなケースも見うけられるが、この王福時左遷と同一視できるかどうかは疑問である。父子同道説はきわめて興味深い一説ではあるが、ひとまず通説のように、交阯に左遷されている父親を訪ねていく途中、滕王閣にたちよったのだ、と考えておきたい。

（植木　久行）

温《おん》庭《てい》筠《いん》

0 商山早行
1 晨起動征鐸
2 客行悲故鄉
3 雞聲茅店月
4 人迹板橋霜
5 槲葉落山路
6 枳花明驛牆
7 因思杜陵夢
8 鳧雁滿迴塘

商山《しやうざん》の早行《さうかう》
晨《あした》に起《お》きて　征鐸《せいたく》を動《うご》かせば
客行《かくかう》　故郷《こきやう》を悲《かな》しむ
鶏声《けいせい》　茅店《ばうてん》の月《つき》
人迹《じんせき》　板橋《はんけう》の霜《しも》
槲葉《こくえふ》は山路《さんろ》に落《お》ち
枳花《きくわ》は駅牆《えきしやう》に明《あき》らかなり
因《よ》りて思《おも》ふ　杜陵《とりよう》の夢《ゆめ》
鳧雁《ふがん》　迴塘《くわいたう》に満《み》つ

テキスト　『全』五八一-9-6741 ◆『体』五律 ◆『文苑英華』二九四 ◆『瀛奎律髄《えいけいりつずい》』一四、晨朝類 ◆『唐詩類苑』一一三 ◆『石倉十二代詩選』唐巻六四 ◆『温庭筠詩集』七（『唐詩百名家全集』）◆『唐音統籤《とうせん》』五七七、戊籤《ぼせん》四 ◆『全唐詩録』七九 ◆『温庭筠詩集』七（四部叢刊本）◆『温飛卿詩集箋注』七 ◆『温飛卿詩集』下（和刻本）

校語
3 **雞**　『唐詩類苑』『温庭筠詩集』（『唐詩百名家全集』）では正字の「鶏」に作る。「雞」は異体字。
4 **迹**　『文苑英華』『温庭筠詩集』（『唐詩百名家全集』）『唐音統籤』は「跡」に作る。「迹」が本字。
板　『全唐詩録』は「版」に作る。
6 **牆**　『瀛奎律髄』『唐詩類苑』『石倉十二代詩選』『唐音統籤』『温飛卿詩集』は「墻」に作る。「牆」が正字。
8 **鳧**　『文苑英華』『石倉十二代詩選』『唐音統籤』『全唐詩録』『温飛卿詩集』は「凫」に作る。俗字。
雁　『文苑英華』『唐詩類苑』『温庭筠詩集』（『唐詩百名家全集』）『唐音統籤』は「鴈」に作る。別体字。
迴　『体』『全唐詩録』『温飛卿詩集箋註』『温飛卿詩集』は「回」に作る。『唐詩類苑』『石倉十二代詩選』『唐音統籤』『温庭筠詩集』（『唐詩百名家全集』四部叢刊本）は「廻」に作る。いずれも同義。

詩型・韻字　五言律詩。郷《きやう》・霜《さう》・牆《しやう》・*塘《たう》（下平声陽韻〈陽*唐韻〉）。

語釈
0 **商山**　陝西省商州市付近から丹鳳県商鎮に到る山なみの名。商嶺、商坂とも言い、漢代の初期に四人の賢者がここに隠れ「商山の四皓《しこう》」と呼ばれたことで有名。ここからさらに東南七〇キロに、関中（長安地方）との境界をなす関所、武関がある。第7句の表現から見て、この詩は作者が、商山―武関―襄陽という経路で、長江中流地区へ旅立ったときの作品であろう。松浦

友久編『漢詩の事典』（大修館書店、一九九九年）三四一頁以下参照。

早行　朝早く出立する。早朝の旅。「早発」「暁発」に同じ。

1**征鐸**　『体』天隠注によれば「征車（旅の車）上の鈴なり」とある。鐸は特に大きな鈴をいう。それを「動かす」とは、出発の合図に打ち鳴らすことか（物が始動することを一般に「動」という）、あるいは鈴を鳴らしつつ車を進めることか、いずれかの意味であろう。佐藤保・中村嘉弘『鑑賞漢詩のこころ』（有斐閣、一九八四年）には「晩唐の杜荀鶴の『秋　臨江駅に宿る』の詩に『漁舟の火影　寒くして浦に帰る、駅路の鈴声　夜山を過ぐ』というが、この『鈴声』も同じく車につけた鈴の音であろう」という。佐藤保『中国古典詩聚花　行旅と辺塞』（小学館、一九八四年）では「征鐸動き」と読み、「出発をうながす車の鈴が鳴りひびき」と訳す。

　ただし、小川昭一『中国の名詩鑑賞7晩唐』（明治書院、一九七六年）や武漢大学中文系古典文学教研室選注『新選唐詩三百首』（人民文学出版社、一九八〇年）などは、鐸を「馬の首や体につけた鈴」とする。劉樹勛《くん》『唐宋律詩選釈』（長江文芸出版社、一九八一年）には「鐸是鈴子。大約就是系在馬項下的銅鈴。旅客早起、牽出馬匹、安上韁勒、小銅鈴動了、発出響声、一天的行程又将開始了（鐸とは鈴である。たぶん馬の首の下に結びつけた銅の鈴のことであろう。旅人は早起きし、馬を牽きだし手綱をつける。小さな銅の鈴が動いて音が鳴り、一日の旅がまた始まろうとするのである）」と説明する。

2**故郷**　ここでは都長安を指す。天子を頂点とする朝廷が存在する都長安は、仕官を志す広範な知識人にとって、まさに心のふるさとであり、滞在期間の長短にかかわりなく、しばしば「故郷」と意識された。

3**鶏声**　中唐の王観の「早行」詩に「雞唱催《イうながシテ》レ人《ヲ》起《タシム》」とある。

茅店　茅で屋根を葺いたような粗末な旅館。「店」は厳密に言えば、旅宿業、食飲業、倉庫業などを兼ね備えた商用屋舎を指し、「邸」「邸店」ともいう。店と邸との基本義は同じであるが、邸は必ず大都市にある宏壮な建物を指し、店は一般に郷村や小都市に置かれた小規模なものをいう。詳しくは、日野開三郎『唐代邸店の研究』（自家版、一九六八年）や、滋賀秀三『訳注　日本律令五』（東京堂出版、一九七九年）二〇一頁など参照。後者には、邸店を「倉庫用、販売業務用、旅宿用その他の用途・業態（それはしばしば複合的でありうる）の如何を問わず、一般に商用屋舎を指す」とする。

4**板橋**　木の板を渡しただけの粗末な橋。明末の曾益ら撰『温飛卿詩集箋注』は『関中記』を引いて、「板橋在《ハリ》ニ商州《ノ》北四十里《ニ》一」と注する。ここでは頷聯の対句構成（茅店が固有名詞ではなく、単なる泛称《はんしょう》にすぎないこと）から普通名詞ととるべきであろう。前野直彬編『唐詩鑑賞辞典』（山之内正彦執筆）東京堂出版、一九七〇年）にいう。「中国では一般に石橋が多い。商山は木材の豊かな山岳地帯なので、粗末な板橋が掛かっていたのであろう」と。なお、趙昌平『唐詩選』（上海書店、一九九三年）は、頷聯の各句は、中唐の顧況の「過《グ》ニ山《ノ》農家《ヲ》一」詩の「板橋人渡《ハリ》ニ泉声《ヲ》一、茅簷《ぼうえん》日午雞鳴《ク》」に基づくようだと指摘する。

　また、前野直彬・石川忠久編『漢詩の解釈と鑑賞事典』（旺文社、一九七九年）などは、頷聯を「宿場の前の情景」とし、続く頸聯を「進み出した時の目にうつる情景」とする。しかし、頷聯を、出発して間もないころとしても、何ら不都合はない。

霜 周本淳「唐人的早行詩和温庭筠的『商山早行』」（『学林漫録』六集、一九八二年所収）には「槲葉落、枳花開是商山暮春的特有景色。至于〝霜〟呢？ 今日江淮間農諺還説清明断雪、穀雨断霜。何況商山在淮北呢？（槲葉が落ち、枳花が開くというのは商山の暮春の特有の景色である。〝霜〟というのはどういうことか？ 今でも長江・淮水のあたりでは、農事に関する諺として、清明節のころに雪が消え、穀雨節のころに霜が消える、という。まして商山は淮水の北にあるのだから、この時期に霜があるのは当然である）」という。

5 **槲葉** 「槲」は、かしわ。その葉は冬の間もついたままで、翌年の春、新芽がのびるときになって落ちる。

本詩を、この第4・5句などから秋の作とするものもある（例えば小川昭一『中国の名詩鑑賞7晩唐』など）が、春の作であることは、次の句の枳花の開花時期によって明らかである。ただ本詩は、「秋意を以て春景を写す」特色をもつとされる（劉斯翰『温庭筠詩詞選』〔三聯書店香港分店、一九八六年〕参照）。

6 **枳花** 春に咲く白いからたちの花。明の李時珍『本草綱目』三六、枳の条の「集解」に引く宋の蘇頌の言葉に「今、洛西・江湖ノ州郡、皆有ナリレ之。以テ二商州ノ者ヲ一為スレ佳ト。木ハ如クニシテレ橘ノ而小サク、高サ五七尺。葉ハ如クレ橙ノ、多シレ刺《とげ》。春生ジ二白キ花ヲ一、至リテレ秋ニ成スレ実ヲ」（傍点、松尾）とある。同じく温庭筠の「送ル二洛南李主簿ヲ一」詩（洛南は商山のある商州に属する洛南県）にも、槲葉と枳花を対にして「槲葉暁ニ迷ヒレ路ニ、枳花春満ツレ庭ニ」とある。

駅牆 駅舎を囲む牆壁。唐代、駅伝制度が整備され、交通幹線にそって駅館（駅舎）が設けられ、駅馬や駅船が用意された。青山定雄『唐宋時代の交通と地誌地図の研究』（吉川弘文館、一九六九年再版）第一篇第三には「駅舎（伝舎）には上庁・下庁・或いは東庁・西庁等の別があった。その他、種々の建物や施設があり、周囲には墉《よう》をめぐらし、門は堂々たるものが多かったらしく、一般には駅楼と呼ばれた」という（五二頁）。引用文の「墉」が駅牆にあたる。ちなみに、駅には陸駅、水駅、水陸兼備の三種があった。

7 **因** 前野直彬編『唐詩鑑賞辞典』（山之内正彦執筆）は「このように一句の首に置かれた場合には、上の句を承け、それがきっかけとなって、の意をあらわすことが多い」と指摘する。

杜陵 長安の東南郊外、漢の宣帝の杜陵一帯の高台の地。温庭筠が、少なくともある一時期、杜陵近辺の地に住んでいたことは、彼の「鄠《こ》杜ノ郊居」「鄠郊ノ別墅《しょ》ニテ寄スレ所ニレ知ル」「自リ二有ル二扈《ゆうこ》一」（昔、鄠県付近にあった国名）至ルモ二京師ニ一已ニ後ル二朱桜之期ニ一」などの詩によっても推測できる。しかも第三首目の詩中には、自ら「杜陵ノ遊客恨ム二来ルコトノ遅キヲ一」と歌っている。傅璇琮《ふせんそう》主編『唐才子伝校箋』第三冊、巻八（中華書局、一九九〇年）、温庭筠の条（梁超然執筆）によれば、温庭筠は都長安の東南郊、京兆府鄠《こ》県の東北の郊野の、杜陵に近いところに住んでいたと推定する。ここではより広く都長安の代称と考えてよい。温庭筠の生れ故郷はもともと江南らしい（陳尚君「温庭筠早年事迹考弁」（『中華文史論叢』一九八一年二期）によれば、常州無錫の人。太原の人とするのは、いわゆる郡望である）が、住み慣れた都長安を故郷のように意識していたことが、この句の表現からうかがわれる。

夢　佐藤保・中村嘉弘『鑑賞漢詩のこころ』には「おそらく昨夜、この宿場で見た夢の情景が、旅愁をかき立てる眼前の情景によび起こされ、思い出されたのであろう」とする。『唐詩鑑賞辞典』（山之内正彦執筆）は本句を思い出のなかの風景とし、「すると私には夢のなかのように杜陵の思い出が浮かぶ」と訳し、前野直彬・石川忠久編『漢詩の解釈と鑑賞事典』も「見はてぬ夢の名残のように、故郷長安あたりの景色が目に浮かぶ」と訳す。

8**鳧雁**　「鳧」は野性の鴨。温庭筠「郊居秋日、有《リ》レ懐《フ》二一二《ノ》知己《ヲ》一」詩にも「稲田《ノ》鳧雁満《ツ》二晴沙《ニ》一」と見える。

迴塘　ぐるりと回るように湾曲している池。「塘」は、池の堤、または堤にかこまれた池そのもの、を指す。ここでは後者の意。杜陵の西北にある曲江池（都長安の東南隅に有る遊覧地）をイメージしていると思われる。劉斯翰『温庭筠詩詞選』も、ここでは曲江池を指すはずだとする。

通釈

商山での早朝の旅立ち

朝早く起きだして、旅立つ車の鐸《すず》を鳴らせば、異郷の旅路にある身には、ひときわ故郷のことが悲しく思いやられる。

刻《とき》を告げる鶏の声、茅《かや》ぶきの旅籠の上に傾く月。板を渡しただけの橋を掩う霜、その上に点々とのこる人の足跡。

かしわの葉は山路に散り落ち、からたちの花が駅舎の土塀に白く映える。

そこで思い出されるのは、夢に見たなつかしい杜陵のこと。ぐるりと回った池に、野鴨や雁が群れをなしていたその光景。

諸説の異同

特記事項なし。

備考

本詩は、山中の粗末な旅館から朝早く出発したときの、わびしい情景を美しく歌いあげた作品で、特に頷聯の二句は早行の名句として有名である。北宋の欧陽修はこの作品をたいそう気に入っていた。『六一詩話』には、北宋の梅尭臣の言葉として「詩家雖《モ》レ率《したがフト》レ意《ニ》、而造《ルコト》レ語《ヲ》亦難《シ》。若《もシ》意新《シク》語工《たくミニシテ》、得《レバ》二前人所《ノ》レ未《ダ》レ道《いハ》者《ヲ》一、斯為《ス》レ善《シト》也。必《ズ》能《ク》状《ゑがキテハ》二難《キ》レ写《シ》之景《ヲ》一、如《クニシ》レ在《ルガ》二目前《ニ》一、含《ミテハ》二不《ル》レ尽《キ》之意《ヲ》一、見《あらハシメ》二於言外《ニ》一、然《ル》後《ニ》為《ス》レ至《レリト》矣。……又若《キハ》二温庭筠《ノ》『鶏声茅店月、人跡板橋《ノ》霜』一……則《チ》道路《ノ》辛苦、羈愁旅思、豈不《ニラン》レ見《ハレ》二於言外《ニ》一乎《や》」という。また、明の朱承爵の『存余堂詩話』には、「温庭筠商山早行詩《ノ》、有《リ》二『鶏声茅店《ノ》月、人迹板橋《ノ》霜』一。欧陽公甚《ダ》嘉《よみス》二其語《ヲ》一、故《ニ》自《ラ》作《リ》二『鳥声茅店《ノ》雨、野色板橋《ノ》春』一（「過張到秘校荘」詩。ただし、該詩は「鳥声梅店雨、野色柳橋春」に作る——松尾）以《テ》擬《ス》レ之《ニ》、終《ニ》覚《ユ》三其《ノ》在《ルヲ》二範囲之内《ニ》一」という語を引く。

（松尾　幸忠）

賈《か》　至《し》

0初至巴陵、與李十二白・裴九同泛洞庭湖

1楓岸紛紛落葉多
2洞庭秋水晩來波
3乘興輕舟無近遠
4白雲明月弔湘娥

初《はじ》めて巴陵《はりよう》に至《いた》り、李十二《りじふに》白《はく》・裴九《はいきう》と同《とも》に洞庭湖《どうていこ》に泛《うか》ぶ

楓岸紛紛《ふうがんふんぷん》として落葉《らくえふ》多《おほ》し
洞庭《どうてい》の秋水《しうすい》　晩来波《ばんらいなみ》だつ
興《きよう》に乗《じよう》じて　軽舟《けいしう》　近遠《きんゑん》無《な》し
白雲《はくうん》　明月《めいげつ》　湘娥《しやうが》を弔《とむら》はん

テキスト

『全』二三五－4－2598　◆『選』七　◆宋、洪邁『万首唐人絶句』三　◆明、趙宧光・黄習遠『万首唐人絶句』一二　◆『唐詩品彙』四八　◆明、呉琯ほか『唐詩紀』一〇五、盛唐四五　◆明、鍾惺・譚元春『唐詩帰』一三　◆明、李攀竜『古今詩刪』二一（和刻本）　◆清、徐倬『全唐詩録』一九　◆『唐詩別裁集』一九（乾隆二八年、教忠堂重訂本）　◆清、王琦『李太白全集』三二（中華書局『王注本』）

校語

0初至巴陵……　『万首唐人絶句』（二種）は、李十二白の「白」、洞庭湖の「湖」の二字を欠く。『選』『古今詩刪』『唐詩品彙』は「裴九」の二字を欠く。『唐詩品彙』は、泛を「汎」に作る。『唐詩紀』は同意。なお、『唐詩別裁集』は、詩題を「巴陵ニテ與《ともニ》二李十二・裴九ト一汎《うかブ》二洞庭ニ一」に作る。ちなみに、本詩は、『全』『唐詩紀』『李太白全集』には「三首」の「其二」、『万首唐人絶句』（二種）には「三首」の「其三」、『唐詩品彙』『古今詩刪』『唐詩帰』には「二首」の「其二」として収める。

詩型・韻字

七言絶句。多《た》・波《は》*・娥《が》（下平声歌韻〔歌戈韻*〕）。

語釈

0**初至巴陵**　初は、今しも……したばかり、の意。副詞。巴陵は岳州巴陵郡、その州治（州庁）は巴陵県に置かれた。今の湖南省岳陽市、洞庭湖に臨む。『旧唐書』四〇、地理志三、江南道岳州の条に、「天宝元年（七四二）、改めて巴陵郡と為し、乾元《けんげん》元年（七五八）、復た岳州と為る」とある。巴陵の名の由来については、『元和郡県図志』二七、江南道岳州巴陵県の条に、「昔羿《げい》（夏《か》の時代の有窮国の君主で弓矢の名人、后羿《こうげい》）屠《ほふル》ニ巴蛇《はだ》（大蛇。象《ぞう》を食らう蛇）ヲ於洞庭ニ一。其ノ骨若シレ陵《をかノ》。故ニ曰フニ巴陵ト一」とある。この伝説は、李白の「荊州賊平ラギ、臨ンデニ洞庭ニ一言ヒテレ懐ヒヲ作ル」詩にも歌われる。その他、巴陵の地名の由来については、何光岳「岳陽市地名考」（『地名知識』一九八五年五期）に詳しい。

李十二白　杜甫と並称される著名な古典詩人李白。十二は排行（輩行とも書く。祖父、もしくは曾祖父を同じくする一族間の、同世代の男子の年齢序列を表わす番号。ただし、第一番めのみは「一」とせずに「大」字を用いる）。裴九の九も同じく排行。

親しい仲間同士では、この排行をつけて呼びあう。

裴九　名は未詳。賈至の「贈《ル》二裴九侍御《じぎよノ》昌江《しようこう》草堂《ニテ》弾《ズルニ》レ琴《ヲ》一」詩や李白の「夜泛《ンデ》二洞庭《ニ》一、尋《ネテ》二裴侍御《ヲ》一清酌《ス》」詩などに見える裴侍御と同一人物。その李詩には、「明湖漲《みなぎり》二秋月《ニ》一、独《リ》泛《ブ》巴陵《ノ》西。遇《たまたま》憩《いこフ》裴逸人《はいいつじん》、巌居陵《がんきよしのグ》二丹梯《たんてい》（山の意）《ヲ》一。抱《イテ》レ琴《ヲ》出《デ》二深竹《ヲ》一、為《ニ》レ我《ガ》弾《ズ》二鵾雞《こんけい》（曲の名）《ヲ》一」云々とある。裴逸人とは、世を隠れ住む隠遁者の裴、という意味であろう。逸人は字《あざな》という説もあり（後出）、また瞿蛻園《くぜいえん》・朱金城『李白集校注』（上海古籍出版社、一九八〇年）二〇には、「晋の裴頠《はいぎ》、字《あざな》逸民のことであろう。唐代では民の字を諱《い》み（太宗李世民の避諱《き》）、人の字に改める。裴頠は清談の大家泛称《はんしよう》して逸人というのではない」とする。裴頠は清談の大家（『晋書』三五）として知られるが、この『校注』の説は、やや穿《うが》ちすぎのようである。

ところで、前野直彬『唐詩選』下（岩波文庫、岩波書店、一九六三年）には、賈至の詩に「『裴九侍御に贈る』（前掲の「贈裴九侍御昌江草堂弾琴」）『裴九弟に別る』という作があるところから、侍御史となり、作者の姻戚で、義弟にあたる人だったと見えるが、伝記はわからない」という。「……弟」という表現だけで、賈至の義弟であると判断できるかどうかは疑問であり、さらに「侍御」は、御史台に属する侍御史・殿中侍御史・監察御史の総称であり、侍御史とは限らない。

裴九とは裴隠のことであるともいう。裴隠とは、李白の「流《サレ》二夜郎《ニ》一、至《リ》二西塞駅《ニ》一、寄《ス》二裴隠《ニ》一」詩に見える人物。詹鍈《せんえい》『李白詩文繫年』（人民文学出版社、一九八四年再版）乾元二年（七五九）、「詶《むくユ》下（＝酬）裴侍御《ノ》留《メテ》二岫《しゆう》師《しヲ》一弾《ジテ》レ琴《ヲ》見《らルルニ》上寄《セ》」詩の条には、光緒重修『湖南通志』流寓人物伝を引いていう。「裴隠《ハ》官《タリ》二侍御《ニ》一。謫《たくセラレテをり》居《ニ》二岳州《ニ》一、与《と》二岫道人《ニ》一鼓《かなデテ》レ琴《ヲ》自娯《らたのシム》。李白流《サレテ》二夜郎《ニ》一過《よぎり》レ之《ニ》、相与《あひともニ》唱和遊宴《ス》」と。

本詩に対する注釈書としては、陳新注『唐代絶句選』（中華書局、一九八二年）が、「裴九は裴隠、字《あざな》逸人」であるとする。これは、前掲詩中の「裴逸人」を姓・字に捉えたことを表わす。ただ、この裴九侍御＝裴隠（字《あざな》の問題はしばらく置く）とする説に対しては、胥樹人『李白和他的詩歌』（上海古籍出版社、一九八四年、二六一頁）や安旗主編『李白全集編年注釈』（巴蜀書社、一九九〇年、一四九二頁）が、牽強付会の臆測であると批判する。

ちなみに、大野実之助『李太白詩歌全解』（早稲田大学出版部、一九八〇年）は、前掲の「流夜郎、至西塞駅、寄裴隠」詩の注で、裴隠について次のごとくいう。

唐の臨湘《りんしよう》（湖南長沙県の南）の人。字は逸人、白馬磯《はくばき》（湖南臨湘県の東北十里に在り、……）のあたりに居り、李白の友として善かった。褻《ママ》隠は都において侍御史の官に就いていたが、退官して帰り、琴を鼓し自ら楽しみ、李白と唱和することがしばしばであった。

と（九六〇頁以下）。この説は、おそらく李詩中の「裴侍御」像を帰納した結果にもとづくものであろう。ところが、不思議なことに、同書は前掲の「詶裴侍御留岫師弾琴見寄」詩の注で、裴侍御の名字や閲歴は不詳であるとし（一〇三六頁）、前掲の「裴逸人」の逸人を「世俗の情を逸脱した人」と注している。明らかに矛盾であろう。しばらく、裴九の名は未詳としておき、今後の研究に待つ。

泛洞庭湖　泛は泛舟《はんしゅう》、つまり、舟に乗って水上に泛《うか》ぶこと。洞庭湖は長江中流域にある、日月の出没する中国最大の湖として知られ、「八百里の洞庭」などと称された。その大きさは季節によって変化し、夏や秋には長江の水があふれて湖の中へ流れこむため、一層広大となった。晩唐の詩僧可朋《かほう》の「賦《ス》二洞庭《ヲ》一」詩には、「周極八百里、凝《こラシテ》レ眸《ひとみヲ》望《メバ》則労《つかル》」と歌われている（『全』八四九）。ちなみに、現在の洞庭湖は歴代の干拓と大量の土砂が堆積した結果、無数の湖沼群を構成し、中国第二位の淡水湖になった（広さ三〇〇〇～五〇〇〇平方キロ）。馬正林主編『中国歴史地理簡論』（陝西人民出版社、一九八七年）や、松浦友久編『漢詩の事典』（大修館書店、一九九九年）参照。

1**楓岸**　楓樹《ふうじゅ》の茂る岸べ。宋玉「招魂」に「湛《たん》湛《タル》江水兮上《ほとりニ》有《リ》レ楓」（『楚辞』）とあり、阮籍「詠懐十七首」其一七に「湛湛《タル》長江水《ノ》、上《ニ》有《リ》二楓樹《ノ》林一」とある（『文選』二三）。楓樹は、紅葉の美しさで知られ、呉《ご》・楚《そ》（長江南岸）の地に多い。黒川洋一ほか『中国文学歳時記』秋〔上〕（同朋舎、一九八九年）「秋の洞庭湖」の条には、

楚の国の「楓《ふう》」は、日本のいわゆるかえで（槭樹《せきじゅ》科）ではなく、高さ四〇メートルにも達する楓香樹《ふうこうじゅ》（金縷《きんる》梅《ばい》科）である。

とあり（丸山茂執筆）、中島敏夫・佐藤保『唐詩選』下（学習研究社、一九八六年）にも、

「楓」字は、カエデと訓ぜられる字だが、日本のカエデと中国の「楓《ふう》」とは別物。かえでは、かえで科のいわゆる「もみじ」。「楓」は、まんさく科の楓《ふう》。落葉高木で、大きいものは高さ二〇メートル。直径一～二メートルに達する。葉は三裂する。

云々という。しかし、詩歌に詠まれる楓樹《ふうじゅ》は、紅葉の美しい木々を代表させた言葉であり、必ずしもある特定の樹木をのみ指すのではないらしい。清の呉其濬《ごきしゅん》『植物名実図考』三五、楓には、「江南凡《ノ》樹葉《ツ》有《ニル》二叉《さ》岐《き》一者《ハ》、多《ク》呼《ビテ》為《シ》レ楓《ト》、不《ニ》二尽《クハ》同《ジウセ》一レ類《ヲ》」とある。つまり、葉に切れめのある樹の通称、というわけである。沢田瑞穂『芭蕉扇―中国歳時風物記』（平河出版社、一九八四年）「楓はカエデとは限らない」の条には、植物名は時代や地方によって同名異種・同種異名であることが多く、トウカエデ（唐楓）や楓香、江南や江西に多い喬木《きょうぼく》の烏臼《うきゅう》（ナンキンハゼ、南京櫨）などは、いずれも楓と呼ばれたらしいとして、次のごとくいう。

唐の張継の「楓橋夜泊」の詩に詠まれた蘇州城外の江楓も、案外に実物はナンキンハゼだったのではないか。清・王《おう》端履《たんり》『重論文斎筆録』（巻九）の説によると、江南地方の水辺には多く烏臼が植えられ、霜を経た秋葉は鮮紅愛すべし。詩人（張継をさす）がこれを楓としたのは誤認にすぎない。楓は山中に生える木で、最も湿気を嫌うから、水辺には植えられないはずだと。……　詩文では楓も「もみぢ」（紅《もみ》の色素が出る意味で、紅葉の汎称）と同様に紅葉のことで、植物の品種名とは限らなかったようである。

と。楓が水辺には植えられないとする王端履の説は、前掲の宋玉詩などによれば疑わしいが、烏臼の誤認とする説は興味深

い。ちなみに、わが国では、一般に楓をカエデと読む。カエデとは手に鋭い切れめのある「カエルデ」（蛙手）の約語とされ、この意味では前掲の呉其濬の説と一致する。植木久行『唐詩歳時記』（学術文庫、講談社、一九九五年）三二五頁参照。

紛紛　多くのものが盛んに乱れ散るさまを表わす重言《ちょうげん》（畳語《じょうご》）。梁の呉均「発《セントシテ》二湘州《ヲ》一贈《ツテ》二親故《ニ》一別《ルル》詩三首」其三に、「流蘋《りゅうひん》方《まさニじょう》繞繞《タリ》、落葉尚《なホ》紛紛《タリ》」とある。

落葉多　秋の深まり（晩秋九月）と秋風の激しさを暗示する。

2**秋水**　清澄な水の色と、豊かな水量を暗示する。『荘子』外篇「秋水」篇に「秋水時《ニ》至《リ》、百川灌《そそグ》レ河《ニ》」とあり、杜甫「劉九法曹・鄭瑕丘《ていかきゅうト》石門《ノ》宴集」詩には「秋水清《クシテ》無《ク》レ底、蕭然《トシテしずム》静《ニ》客心《ヲ》」とある。

晩来波　晩来は夕暮れどき、または、夕暮れに近づいて、の意。来は助字、時間を表わす名詞や形容詞の後に置かれて、時間を表わす名詞を構成する語尾。「朝来」「夜来」「今来」「昨来」「頃来」などと同例。蒋紹愚「杜詩詞語札記」（『語言学論叢』六輯、一九八〇年、同『唐詩語言研究』（中州古籍出版社、一九九〇年）の附録に再録）参照。慈周『葛原詩話後篇』二、来の条にも、「夜来風雨声《ノ》、朝来送《リ》レ客罷、今来読《ム》二何書《ヲカ》一ノ類ハ、来ノ字スベテ付字《ケ》ニテ、以来ノ義ナシ。者字《ノ》、焉字《ノ》ヲツクル類ナルヘシ」とある。波は動詞、波だつ意。ちなみに、承句は、『楚辞』九歌「湘《しょう》夫人」（屈原作とされる）の「嫋嫋《じょうじょうタル》（絶えまなくそよ吹く意）兮秋風、洞庭波《ダッテ》兮木葉下《くだル》」の句を踏まえる。『唐詩訓解』七にいう。「上用《ヒテ（ママ）ハ》二楚詞語《ノヲ》一布《キ》レ景《ヲ》、下遂有《リ》二湘娥之弔《ニ》一。逐臣（罪を得て放逐された臣下）托興《たくきょう》之微意也」と。

3**乗興**　興《きょう》（偶然性を帯びた興奮・感興）にまかせて。簡野道明『唐詩選詳説』下（明治書院、一九二九年）に、「心が浮きたって面白いのに因つて事を為す義」とする。晋の王徽之《おうきし》（王羲之の子、字は子猷《しゆう》）は大雪の降ったある夜、友人の戴逵《たいき》を訪ねようと思いたった。小舟に乗ってその門前までくると、会わずに引き返した。友人がそのわけをたずねると、「吾本《もト》乗《ジテ》レ興《ニ》而行《キ》、興尽《つキテ》而返《ル》。何《ゾ》必《ズシモ》見《ンヤ》レ戴《ヲ》」と答えたという（『世説新語』「任誕」篇。『晋書』八〇、王徽之伝にもほぼ同じく見える）。「乗興」の語は、この逸話を連想させ、自由気ままで洒脱《しゃだつ》な行為、といったイメージをもつ。

軽舟　舟足の軽やかな小舟。釈大典『唐詩解頤』に「軽きが故《ゆゑ》に自在」、千葉玄之『唐詩選師伝講釈』（漢文叢書、博文館、一九一三年）に「軽ハ自由自在ノコト」という。

無近遠　「遠近の差別もなく乗りまわ《（ママ）》」すこと（服部南郭『唐詩選国字解』）。無は「不論」（……を論ぜず、……の区別なく）の意で、「無貴賤」「無親疏」と同例。徐仁甫『広釈詞』一〇（冉友僑校訂、四川人民出版社、一九八一年）「無—不論」の条など参照。梁の元帝「春別応令詩四首」其四に、「若使《シメバ》三月光《ヲシテ》無《カラ》二近遠一、応《まさニ》レ照《ラス》離人今夜啼《なクヲ》」とある。転句は、自由気ままに湖上の舟遊びを楽しむことをいう。

4**白雲明月**　清の王尭衢《おうぎょうく》『古唐詩合解』上には、「徐《おもむロニ》而月上《リ》、又有《リ》二白雲点綴《ノてんていスル》（飾りを添える）一。水光映《ジ》レ月《ニ》、上下一色、因《リテ》思《フニ》下昔之玩《もてあそブ》二此水月《ヲ》一者《ヲ》上、已有《リ》二湘娥《ニ》一。今湘娥去《リテ》而雲月留《マル》。可《シ》下同《ともニ》二雲月《ト》一以弔《テフ》中湘娥《ヲ》上矣。湖中《ノ》君山《ニハ》有《リ》二湘娥廟《ノ》一」とあり、かつて湘娥の賞《め》でて楽しんだ（悠久不変の）白雲と明月を思い描く。また千葉玄之『唐詩選師伝講釈』は、「白雲ヤ明月ノケシキヲ見ルニ、千歳以前ヨリカワラヌ《（ママ）》、湘君ヲ弔フヤウニアル」という。この説は、「白雲と明月が湘君の霊を慰めている」（黒川洋一ほか『中国文学歳時記』秋〔上〕、「秋の洞庭湖」〔丸山茂執筆〕）とする訳と似かよう。他方、簡野道明『唐詩選詳説』下には、

極目茫茫として方角も立たず、湘君即ち湖中の女神娥皇女英を弔はうと欲したが、唯白雲と明月とより外に指すものとてはない。雲と月とは美人にも比すべきものであれば、雲月を望んで湘君を想ふ意を寄せたのである。

と訳している（傍点は引用者）。また中島敏夫・佐藤保『唐詩選』下には、次のようにいう。

「白雲明月」はもちろん実景中のもの。しかし実景たるにとどまらず、それが提起される背景にはやはり湘娥に関わるものがあると思われる。「明月帰らず碧海に沈み、白雲愁色蒼梧に満つ」（李白「哭晁衡」詩）とあるように、舜の二妃が後を追った舜の蒼梧に於ける死には白雲が伴い、この白雲は「蒼梧に出で大梁に入る」と伝説で説かれている。蒼梧は洞庭湖の南の地。「明月」は、『楚辞』九章・渉江篇に「明月を被《か》むりて宝璐《ほうろ》を珮《お》ぶ…　旦《あした》に余将《よまさ》に江湘を済《わた》らんとす」とある等《（ママ）》する。

と。このうち、白雲の指摘は興味深いが、「渉江」篇の「被《かうむル》ニ明月ヲ一」の明月は一般に玉の名とされ、その典故はにわかに従いがたい。

弔湘娥　弔は、遺跡や墳墓などを前にして古人や往時をしのぶ、古人の霊をなぐさめるなどの意。湘娥は湘水（や洞庭湖）の女神、舜の二妃娥《が》皇《こう》と女英《じょえい》のこと。湘君・湘霊・湘夫人・湘妃などともいう。古代神話によれば、聖天子尭帝《ぎょうてい》の二人娘、長女の娥皇と次女の女英は、ともに尭帝の後継者、舜《しゅん》帝の妃《きさき》となった。のち、舜が南方を巡幸（あるいは南征）する途中、蒼梧《そうご》（洞庭湖の南、湘水の上流に近い九疑山《きゅうぎさん》〔湖南省寧遠県〕）で死んだ。二人の妃はその後を追ってきたが、崩御の知らせを聞くや、湘水に身を投げて死に、その水神になったと伝えられる。姉が湘君、妹が湘夫人であるともされるが、詩中の「湘娥」は二妃の総称と考えてよい。洞庭湖中の島「君山」には、二妃を葬る「湘妃墓」（『大明一統志』六二、岳州府・陵墓）があり、現在は「二妃墓」などと呼ばれる（松浦友久編『漢詩の事典』四六一頁以下など参照）。『元和郡県図志』二七、岳州湘陰県の条に「県北一百六十三里の青草湖（洞庭湖の南にある湖）上に在」るとする「舜ノ二妃ノ冢《はか》」は、君山上のそれとは異なるらしい。なお古代神話については、宋の洪興祖『楚辞補注』九歌「湘君」の解題や、高歩瀛《こうほえい》『文選李注義疏』二、後漢の張衡「西京賦」中の「湘娥」に対する注釈（中華書局、一九八五年、四三九頁以下）など参照。湘娥の語自体は、曹植「九詠」にも「揚《ゲテ》ニ激楚《げきそ》（古曲の名）ヲ一兮詠《ズ》ニ湘娥ヲ一」などとある。

ところで、「弔湘娥」の訳として、具体的に「湘君の廟」を弔う意にとるものもある（服部南郭『唐詩選国字解』）。佐久節『唐詩選新釈』（弘道館、一九二九年）は、「いつしか日暮れて白雲の揺曳《えうえい》する所に明月を仰ぎつつ湘君の廟を弔った」と訳

し、鎌田正ほか『唐詩選通解』（宝文館、一九三九年）には、「折しもふと気がついて、湘君の廟を弔はうと思つたが、茫々として方角も立たず、只明月が出で白雲のたなびく天空を眺めて、じつと思ひやつたことである」と訳す。

他方、陳新注『唐人絶句選』（中華書局、一九八二年）は、「伝説中の湘娥もどこで身を殉じたのかわからず、ただ白雲・明月のなかで弔うよりほかはない」と説明する。ちなみに、蕭滌非ほか『唐詩鑑賞辞典』（上海辞書出版社、一九八三年）には、湘君をしのぶ理由を次のごとく説明する。「二妃の、舜に対する限りない誠意が、賈至の共感と思慕を引き起こした。みずから誠意を尽くしながら左遷され、君門（朝廷）への道は断たれてしまった。湘君の悲劇的な運命とも、いささか似てはいないだろうか」（何国治執筆）と。

通釈

巴陵に到着したばかりの時、李白や裴九と一緒に洞庭湖に舟を泛《うか》べて遊ぶ

（折しも）湖岸には、楓樹《ふうじゅ》の紅葉がはらはらと盛んに舞い散り、秋深き洞庭湖の水面は（清澄な水をたたえて）、夕暮れどき波立ってきた。（われわれは）軽やかな小舟を浮かべて、気の向くままに、あるいは遠くあるいは近くをこぎまわる。（いつしか日も暮れ、昔と少しも変わらぬ）白雲たなびく明月のもとで、（舜帝の死に殉じた哀れな）湘水の女神の霊を弔おう。

諸説の異同

異同の所在

李白の「陪《ばい》ニ族叔《ぞくしゅく》刑部侍郎曄《よう》及中書賈《か》舎人《しゃじん》至一、遊ニ洞庭一五首」其一には、「洞庭西望楚江分、水尽南天不レ見レ雲。日落長沙秋色遠、不レ知何処弔ニ湘君一」（『選』七。『正編』六九六頁）とある。この詩も本詩と同様に乾元二年（七五九）の秋の作であるが、全く同時の作かどうかということ。

異同の類別

A　同時の作。

B　同時の作ではない。

A説を採るもの：久保天随『唐詩選新釈』（博文館、一九〇八年）、森槐南『唐詩選評釈』下（文会堂書店、一九一八年）、佐久節『唐詩選新釈』、簡野道明『唐詩選詳説』下、鎌田正ほか『唐詩選通解』、内田泉之助『新選唐詩鑑賞』（明治書院、一九五六年）、目加田誠『唐詩選』（明治書院、一九六四年）、平野彦次郎『唐詩選研究』（明徳出版社、一九七四年）、高木正一『唐詩選』四（朝日文庫、朝日新聞社、一九七八年）など。

B説を採るもの：松浦友久『李白研究―抒情の構造』「第四章　詩人としての自己と他者―周辺詩人との交遊をめぐって」㈥賈至（三省堂、一九七六年）、中島敏夫ほか『唐詩選』下など。

異同の論拠

A説（同時の作とする説）

李白の詩に「不レ知何処弔ニ湘君一」とあるのに答えたもので、応和の妙を得ている。

（以上、内田泉之助『新選唐詩鑑賞』）

李白の詩の題と比すれば、裴九という別人があって、李曄の名がないが、元来詩の題には、同行者全部を書かないことがあるので少しも怪しむに足らない。

（以上、平野彦次郎『唐詩選研究』）

B説（同時の作ではないとする説）

(1) 詩題に多少の異同があること（李曄⇕裴九）。
(2) 李白の洞庭湖舟遊は、当時しばしば行われたらしいこと。

結論：李白の連作と賈至のそれとをまったく同じ夜の唱和の作と見るのは、やや無理なようである。

（以上、松浦友久『李白研究』）

詩題の「初」は「……したばかり（の時）」。賈至は乾元二年（七五九）の秋に岳州司馬に流されてきた。この詩はその来たばかりの作。李白の詩句が賈至のこの詩と共通するので、同時の作とする人もあるが、同時の作ではない。賈至のこの詩が作られた後、程なくして李曄を迎えて李白・賈至は再度洞庭湖に泛び遊び、李白は前回の遊びの際の賈至のこの詩をふまえて李白の詩を詠んだと解さなければならない。

（以上、中島敏夫ほか『唐詩選』下）

乾元元年の秋、李白が江夏（湖北省武漢市）から長江を再び溯って岳州に来たのは、裴九侍御の招きに応じて洞庭湖に遊ぶためであったらしい。「答フ下裴侍御ノ先行シテ至リ二石頭駅ニ一、以テレ書ヲ見れレ招カ、期シテ二月ノ満ツルヲ一泛バントスルニ中洞庭ニ上」という李詩が残る。また李白の「夜泛ンデ二洞庭ニ一、尋ネテ二裴侍御ヲ一清酌ス」詩によれば、本詩の場合とあわせて、李白の洞庭湖の舟遊は少なくとも二度以上あることになる。詹鍈『李白詩文繫年』乾元二年の条も、李白と賈至の詩を同時の作とは見なしていない。平野彦次郎『唐詩選研究』は、同時の作とするA説を採りながら、いわゆる唱和の作ではないとして、次のようにいう。

李白は五首連作し、賈至は三首連作し、各自にその思うところを詠じているので、いずれが先に作ったか、固より臆測の限りでない。殊に湘君のことは、洞庭湖にあっては、尤も興味ある詩材であるので、両人期せずして詩中にそのことを用いるのは、少しも怪しむに足らない。もし意あって唱和するとすれば、李白の詩の第三首（「洛陽ノ才子謫《たく》セラル二湘川ニ一」の句は、長沙に左遷された前漢の賈《か》誼《ぎ》に、同じ洛陽出身の賈至をなぞらえたもの――引用者注）には、賈至のことをいっている。これに対してこそ、何とか応ずるべきであるが、それには何ともいっていない。これを見ても各自に勝手に作ったことは明白である。

と。この説はまた、同時の作ではないとするB説にも充分応用できる。秋夜・明月・湘娥・舟遊などの詩材や詩境の類似は、同じ年の同じ晩秋九月の洞庭湖を舞台とした、単なる偶然の暗合であろう。賈至の作が「初至巴陵……」と題されていることを考えれば、賈至の詩が李詩よりも早く作られたはずである。あるいは、李白は賈至の詩を念頭に置きながら、「自から酬答の詞を為せり」（森槐南『唐詩選評釈』下）とも考えられよう。少なくとも現時点においては、ともにほぼ同時期（晩秋九月）の作ではあるが、同時の作と確定しうる論拠に乏しいようである。

備考

本詩は三首連作なので、其一と其三をまずあげておきたい（『全』による）。

（其一）
江上ニ相ヒ逢フハ皆旧遊　湘山永《なが》ク望ンデ不レ堪《たへ》レ愁ヒニ
明月秋風洞庭ノ水　孤鴻落葉一扁舟

（其三）

江畔ノ楓葉初メテ帯ブレ霜ヲ　渚辺ノ菊花モ亦タ已ニ黄《き》ナリ
軽舟落日興不レ尽キ　三湘五湖意何ゾ長キ

旧遊は旧友の意。賈至と李白は天宝元年（七四二）都長安で知りあい、天宝三載の秋、李白が杜甫や高適らと一緒に梁《りょう》・宋《そう》の地（河南）に遊んだとき、賈至も同道したらしい。郁賢皓『李白叢考』（陝西人民出版社、一九八二年）に収める「李白交遊雑考」参照。賈至と裴九侍御との関係は未詳。裴九が都長安で御史台に属する侍御史（あるいは殿中侍御史・監察御史）であったころに知りあったのであろうか。湘山は君山の別名。扁舟は小舟。三湘五湖は洞庭湖周辺の地の総称。其三の起・承句によれば、本詩は晩秋九月の作と考えてよい（詹鍈『李白詩文繫年』など）。「（二妃の眠る）湘山永く望んで愁ひに堪へず」「明月　秋風　洞庭の水」「軽舟　落日　興尽きず」などの表現は、本詩を理解する参考となる。

本詩の作られた背景を少し説明しておきたい。乾元《けんげん》二年（七五九）の晩春三月、李白は夜郎（貴州省正安付近）へ左遷される途中、三峡の上流、虁《き》州（四川省奉節県）の白帝城付近（一説に、三峡の巫山《ふざん》付近）で恩赦にあい、長江を下った。そして江夏（湖北省武漢市）に遊んだ後、その年の秋には再び長江を溯って岳州にやってきた（詹鍈『李白詩文繫年』や安旗・薛天緯『李白年譜』など参照）。これは、裴九侍御の招きに応じて洞庭湖の舟遊びを楽しむためらしい（上述）。他方、賈至は乾元二年（七五九）の春、粛宗朝内部の政争のあおりを受け、中書舎人から汝《じょ》州（東都洛陽の南、河南省汝州市）の刺史《しし》（州の長官）に転出した。ところが、その年の三月、九節度使の率いる唐朝の大軍は安慶緒（安禄山の子、父を殺して自立）を相《そう》州（河北省安陽市）に包囲したが、指揮系統の不統一や史思明の救援などによって大敗を喫した。この知らせが伝わると、河南の高官たちは身の危険を感じて逃げだし、賈至も職を棄てて汝州から逃《のが》れた。かくてその罪を問われて、岳州の司馬（刺史を補佐する次官。ただし、唐中期以降は、ほとんど実務をとらない貶《へん》官《かん》のポスト）に左遷されたのである。本詩によれば、賈至の岳州到着は晩秋九月である。詳しくは、傅璇琮『唐代詩人叢考』（中華書局、一九八〇年）所収の「賈至考」、郁賢皓「李白交遊雑考」（前掲）、『唐才子伝校箋』（中華書局、一九八七年）巻三、賈至の条（傅璇琮執筆）など参照。時に李白は晩年の59歳、賈至は42歳であった。傅璇琮「賈至考」は、本詩を「意境は悠遠、表現は清麗、同遊者の共通した不遇感をも表出する」と評している。

（植木　久行）

賈《か》島《とう》

0尋隠者不遇　隠者《いんじゃ》を尋《たづ》ねて遇《あ》はず
1松下問童子　松下《しょうか》　童子《どうじ》に問《と》へば
2言師採薬去　言《い》ふ　師《し》は薬《くすり》を採《と》りに去《さ》ると
3只在此山中　只《た》だ此《こ》の山中《さんちゅう》に在《あ》らん
4雲深不知處　雲深《くもふか》くして処《ところ》を知《し》らず

テキスト　『全』五七四-9-6693　◆『選』六　◆『百』五言絶句　◆『文苑英華』二二二八　◆宋、李龏《りきょう》『唐僧弘秀集』七（文淵閣四庫全書本）　◆明、趙宧光《ちょうかんこう》・黄習遠《こうしゅうえん》『万首唐人絶句』一〇　◆明、王相『（五言）千家詩』上（長春古籍書店影印、一九八二年）　◆『唐詩品彙』四三　◆明、高棅《こうへい》選、日本、東夢亭《ひがしむてい》箋註『唐詩正声箋註』一九（『和刻本漢詩集成　総集篇』第三輯）　◆『閬仙詩《ろうせん》』（『唐賈浪仙集』附集、『叢書集成初編』所収）　◆『唐詩別裁集』一九

校語

0**尋隠者不遇**　『全』には、一に「孫革、訪仐尊師」に作る。『文苑英華』『全』四七三にも、「孫革、訪仐尊師」に作り、『唐詩正声箋註』には、「孫革、訪二仐尊師一不レ遇」に作る。孫革は生卒年不詳。江南（今の江蘇省南部、浙江省一帯）の人。憲宗の元和六年から一三年（八一一―八一八）まで監察御史、穆《ぼく》宗の長慶二年（八二二）に刑部員外郎、刑部侍郎、文宗の大和四年（八三〇）に左庶子となった人物である（周祖譔主編『中国文学家大辞典・唐五代巻』、中華書局、一九九二年）。ちなみに、本作品は、四部叢刊『唐賈浪仙長江集』には未収である。『万首唐人絶句』には、作者を「無本」に作る。これは、賈島が僧籍に在った時の名である。

詩型・韻字

五言絶句。去《きょ》・處《しょ》（去声御韻〈御韻〉）。

語釈

0**尋隠者不遇**　「隠者」は「隠士」とも呼ばれ、俗世間から離れて静かに暮らす人。

1**松下**　松の木の下。亭々と聳《そび》える松は隠者世界の目印とされる（石川忠久『中国古典詩聚花2　隠逸と田園』小学館、一九八四年）。

童子　隠者に仕えて、身辺の雑用をする少年。侍童とも言う。王昌齢「武陵開元観黄錬師院三首」（其二）に、「松間白髪黄尊師、童子焼レ香禹歩時」とある（『全』一四三）。

2**師**　童子が仕えている隠者を指す。師匠、先生。「訪羊尊師」の詩題に従えば、師とは羊という姓の道士である（尊師は道士の尊称）。

採薬　「薬」は薬草。薬草を採集する。古来、隠者の仕事とされた。採取した薬草は、自らが服用するほか、里の人々を救済したり、或いは売ったりしたとされる。その服用の最終目的は、不老長寿であった。

3只在此山中 「只」は限定を示す副詞。「就」と同じく、「ほかでもない、とりもなおさず」。事実はこうなのだという主観の強調の語気を持つ。「ほかでもない、この山中におられるのだろうが」。

なお、この第3句と次の第4句は、晋、皇甫《こうほ》謐《ひつ》撰『高士伝』(四部備要などに所収)に見える後漢の隠者、夏馥《かふく》が林慮山(隆慮山。河南省林州市の西一〇キロに在る)に入り、家人がさがし求めたが、その所在が分からなかったという故事に基づいたとされる(宇野明霞『唐詩集註』など)。

4雲深不知処 「処」は、しかるべき落ちつき場所。ここでは、行方、ありかの意。隠者が薬草を採りに行った、その落ちつき場所がわからない。

通釈

隠者をたずねたが遇えなかった

松の木の下で、隠者にお仕えしている少年に(師はどこにおられるのかを)尋ねたところ、「お師匠様は薬草を採りにいらっしゃいました」との答え。それではいずれこの山中におられるのだろうが、雲が深くたちこめて、どこにおられるやらさっぱりわからない。

諸説の異同

異同の所在

第2句以下、どこまでが童子のことばか

異同の類別

A 第2句以下全てを童子のことばとする。

B 第2句のみ童子のことばとし、以下を賈島のことばとする。

C 第2句を童子、第3句を賈島、第4句を童子のことばとする。

A説を採るもの:清、章燮《しょうしょう》『唐詩三百首注疏』(浙江人民出版社、一九八〇年)、喩守真《ゆしゅしん》『唐詩三百首詳析』(中華書局香港分局、一九七三年重印)、前野直彬『唐詩選』下(岩波文庫、岩波書店、一九八三年第二七刷)、蕭滌非《しょうてきひ》ほか『唐詩鑑賞辞典』(沈煕乾《しんきけん》執筆)上海辞書出版社、一九八三年)、劉首順『唐詩三百首全訳』(陝西人民教育出版社、一九八六年)、潘百済『全唐詩精華分類鑑賞集成』(河南大学出版社、一九八九年)など。

B説を採るもの:竺顕常(釈大典)『唐詩解頤』、服部南郭『唐詩選国字解』(漢籍国字解、早稲田大学出版部、一九一〇年)、戸崎允明『箋註唐詩選』(漢文大系、冨山房、一九七八年第三刷)、塩谷温『唐詩三百首新釈』(書籍文物流通会、一九六八年)、簡野道明『唐詩選詳説』(明治書院、一九八二年第七八刷)、齋藤晌『唐詩選』上(漢詩大系、集英社、一九六四年)、目加田誠『唐詩選』(新釈漢文大系一九、明治書院、一九八五年第三四版)、高木正一『唐詩選』(中国古典選〔文庫版〕、朝日新聞社、一九七八年)、松浦友久『中国詩選(3) 唐詩』(現代教養文庫、社会思想社、一九八三年第一六刷)、平野彦次郎『唐詩選研究』(明徳出版社、一九七四年)、石川忠久『漢詩の風景』(大修館書店、一九八二年六版)、など。

C説を採るもの:東夢亭『唐詩正声箋註』など。

異同の論拠

A説(第2句以下全てを童子のことばとする説)

(1) この作品は全篇、作者と童子の問答という形式が貫かれている。

(2) 各句には、問いの具体的内容及び問いそのものが省略されていると見るべきである。

(3) 第1句では「師は何処へ往ってしまわれたのか」という問いの内容が省略され、第2句の童子の答えにそれが暗示されている。

(4) 第3句では「薬を何処に採りに往かれたか」、第4句では「山のどのあたりに採りに往かれたか」という作者の問いそのものが省略され、童子の答えにそれが暗示されている。

結論：第2句以下は全て童子のことばである。

（以上、蕭滌非ほか『唐詩鑑賞辞典』）

B説（第2句のみ童子のことばとし、以下を賈島のことばとする説）

(1) この詩は隠趣（隠逸の世界らしい趣き）のある作品である。

(2) 第3、4句は賈島が心に思ったことであり、隠趣は言外にある。

(3) ある説に、第2句以下を全て童子のことばとするものがあるが、第2句のみ童子のことばとする説の趣き深さには及ばない。

結論：第2句のみ童子のことばとし、以下は賈島のことばである。

（以上、戸崎允明『箋註唐詩選』）

(1) 第1句、第2句は賈島と童子の問答であるが、転句結句の自問自答と相呼応している。

(2) 転結2句は、自問自答であり、忽ち希望、忽ち失望、一開一合の変化あるところに、作者の苦心を見るべきである。

結論：第2句のみ童子のことばとし、以下は賈島のことばである。

（以上、平野彦次郎『唐詩選研究』）

C説（第2句を童子、第3句を賈島、第4句を童子のことばとする説）

(1) この詩を一問三答（第1句を賈島の問い、以下を童子の答え）としたならば、語気は切迫したものとなる。

(2) 第1句を（賈島の）問い、第2句を（童子の）答え、第3句を問い、第4句を答えと見るべきである。起承転結は自ずからその中にあるのである。

結論：第2句は童子、第3句は賈島、第4句は童子のことばである。

（以上、東夢亭『唐詩正声箋註』）

ここではB説に従って訳した。

備考

(1) 隠者を尋ねたが、当の隠者は姿を見せないという趣向の「尋隠者不遇」というテーマは、隠者の奥深く、捉えどころのない風趣を示すものとして、とりわけ唐代の詩人たちに好んで取り上げられた。このテーマは、西晋の頃（西暦三世紀）、張華、左思、陸機などによって始められた「招隠詩」の展開の中から生まれたものと考えられている。石川忠久「『尋隠者不遇』詩の生成について」では、「尋隠者不遇」というテーマが見出されるに至る過程とその後について、次のように要約する。

第一段階　魏～晋

老荘の風潮によって、自然に親しみ、超俗世界に憧れる気運が起こり、遊覧詩、隠逸詩、遊仙詩が誕生する。

第二段階　東晋～六朝末

A　遊覧詩の中から、友と約束したが来なかったということにより、却って閑雅な風趣（期不至）が詠われる。逆説的おもしろ味の発見。その変化型として、送別に間に合わなかった（送不及）、尋ねられたが留守をした（顧不値）などの詩題が生み出される。

B　登山の詩から、当時盛んに建てられた道観や寺院を尋ね、また道士や僧侶を尋ねたり、薬草を採ったりする、超俗の雰囲気を詠う詩も出てくる。

第三段階　初唐〜盛唐

A・Bの融合が始まる。魏知古の作（「玄元観《ニ》尋《ネテ》二李先生《ヲ》一不レ遇《ハ》」（『全』九一））は画期を成すもの。盛唐に入ってこの妙味が自覚され、続々と作られる。ただし、尋ねる人は限定される。

第四段階　中唐〜晩唐

専ら絶句の形で、特定の人物の枠を出て、一種の題詠として完成する。いろいろな小道具や意匠が工夫される。

（以上、『小尾郊一博士古稀記念論集』所収、第一学習社、一九八三年、石川忠久『陶淵明とその時代』（研文出版、一九九四年）に再録）

さらに、右の論文では、こうした詩題は概ね唐末までに意匠は開発され尽し、発展は停止し、一部の例外的な成功例（明、高啓「尋《ヌ》二胡隠君《ヲ》一」詩）以外は、そのあとをなぞって行くだけであったと指摘する。

(2)　同趣の唐人の作品一首（李商隠作）を参考までに載せておく。

訪隠者不遇　　隠者《いんじゃ》を訪《たず》ねて遇《あ》はず、
成二絶其二　　二絶《にぜつ》を成《な》す　其《そ》の二《に》

城郭休過識者稀　城郭《じょうかく》　過《よぎ》るを休《や》めて　識《し》る者稀《ものまれ》なり
哀猿啼処有柴扉　哀猿《あいえん》啼《な》く処《ところ》に　柴扉《さいひ》有《あ》り
滄江白日樵漁路　滄江《そうこう》　白日《はくじつ》　樵漁《しょうぎょ》の路《みち》
日暮帰来雨満衣　日暮《にちぼ》　帰来《きらい》　雨《あめ》　衣《ころも》に満《み》つ

（『全』五三九）

（増子　和男）

韓《かん》翃《こう》

0寒食
1春城無處不飛花
2寒食東風御柳斜
3日暮漢宮傳蠟燭
4輕烟散入五侯家

寒食《かんしよく》
春城《しゆんじやう》　処《ところ》として飛花《ひか》ならざるは無《な》し
寒食《かんしよく》　東風《とうふう》　御柳斜《ぎよりうななめ》なり
日暮《ひく》れて漢宮《かんきう》より蠟燭《らふそく》を伝《つた》へ
軽烟《けいえん》散《さん》じて入《い》る　五侯《ごこう》の家《いへ》

テキスト　『全』二四五-4-2257　◆『選』八　◆『百』七言絶句　◆『体』一　七言絶句　◆五代蜀、韋縠《いこく》『才調集』九（四部叢刊）　◆『文苑英華』一五七　◆南宋、計有功『唐詩紀事』三〇　◆明、趙宧光・黄習遠『万首唐人絶句』　◆『韓君平集』下（明、銅活字本『唐五十家詩集』所収）　◆明、張之象『唐詩類苑』一九　◆明、高棅《こうへい》『唐詩品彙』四九　◆清、沈徳潜『唐詩別裁集』二〇　◆熊谷立閑頭注『（鼎鐫注釈解意懸鏡）千家詩』上（延宝八年〔一六八〇〕跋）

校　語
0**寒食**　『文苑英華』に「寒食日卽事」に作る。
1**春城無處**　『全』に、一に「春風何處」に作る。
飛　『唐詩紀事』に「開」に作る。
3**日暮**　『文苑英華』『韓君平集』に「一夜」に作る。
4**輕**　『選』『体』『才調集』『文苑英華』『唐詩紀事』『韓君平集』『唐詩類苑』に「青」に作る。

詩型・韻字
七言絶句。花《くわ》・斜《しや》・家《か》（下平声麻韻〔麻韻〕）。

語　釈
0**寒食**　「カンジキ」とも読み、「熟食日《じゆくしよくじつ》」とも言う。唐代、冬至から数えて一百五日目（旧暦二月末、もしくは三月初〔現在の四月初旬〕）を寒食節とし、前後三日間（一百四、五、六日）、一日中、火をたくことが禁じられ、夜は燈火をつけることが許されなかった。天宝一〇載（七五一）の勅に「自《より》レ今以後、寒食竝《ならビニ》禁《ズルコト》レ火《ヲ》三日」とある（『唐会要』二九、節日）。「寒食」の名は、人々があらかじめ調えておいた食物（熟食）を寒《つめ》たいまま食べたことによる。
この行事の由来については、春秋時代、晋の文公によって焼死させられた功臣介子《かいし》推《すい》の伝説と結びつけて語られている。寒食節が終わる翌日（一百七日目）が三月の節気、清明節であり、禁火が解かれる。詳しくは、平岡武夫「白居易と寒食・清明」（『東方学報』〔京都〕四一冊、一九七〇年、同『白居易―生涯と歳時記』〔朋友書店、一九八八年〕に再録）や中村喬『中国の年中行事』（平凡社、一九八八年）など参照。
1**春城**　「城」は「しろ」ではなく、「城郭に囲まれたまち」である。春の町。具体的には、国都・長安を指す。
無処不　二重否定。「……でないところはない」「いたるところ……だ」。

飛花　落花。程千帆・沈祖棻《しんそふん》『古詩今選』下（上海古籍出版社、一九八三年）は、「ここでは柳絮（柳の種子の上に生ずる白い毛状のもの。熟すると綿のように乱れ飛ぶ）を指す」とするが時期的にも早く、穏当ではなかろう。

2 **東風**　春の風。

御柳　宮城の、お堀の柳。御苑、御溝などのように、天子に関するものに対しては、「御」の字を冠する。

また、『三輔黄図』六、「雑録・長安御溝の条」に、「(前漢の）長安《ノ》御溝《ハ》、謂《フ》㆓之《これヲ》楊溝《ト》㆒。謂《フ》㆑植《フルヲ》㆓高楊《ヲ》於其上《ノほとりニ》㆒也」などとあるように、この「御柳」も、広く唐の都、長安城内の御溝（宮中へと流れ入る水路）の柳をも意味すると考えられよう。より具体的には、清明渠、竜首渠、永安渠などの水路に沿う楊柳《やなぎ》の並木をも含むと考えたい。宮城内のそれに限定すれば詩のイメージが喚起するスケールの大きさが極度に失われるようである。植木久行『唐詩歳時記』（学術文庫、講談社、一九九五年）八八頁参照。

3 **漢宮**　唐を漢におきかえたもの。白居易「長恨歌」の冒頭「漢皇重《ンジテ》㆑色《ヲ》思《フ》㆓傾国《ヲ》㆒」でよく知られるように、唐詩でしばしば用いられる手法である。

伝蠟燭　寒食節が終わって清明節となると、各家庭では、新たに火を起こした。これを新火という。朝廷では、新火を近臣に下賜する習慣があった。天子から下賜される火は楡柳（にれややなぎ）の木を鑽《き》りもんで取った。

ところで、平岡武夫の前掲「白居易と寒食・清明」では、大暦九年（七六八）の進士試験に出題された「清明賜《フ》㆓新火《ヲ》㆒」詩に対する、合格者四名の答案などにより、清明節の未明に、禁中で取られた新火が、都大路を騎乗の中使（引用者注：宮中より派遣される使者。一般には宦官がなる）によって、近臣の家へと蠟燭にともされて派手やかに運ばれることを考証して次のように言う。

賜火の日時は清明節の未明であろう。韓翃の詩を除いて、右にあげた資料（引用者注：韓濬《かんしゅん》「清明賜《フ》㆓新火《ヲ》㆒」や白居易「謝《スルノ》㆔清明日恩㆓賜《セラルヲ》新火《ヲ》㆒状」など）はみな清明という（傍点は引用者）。

とすれば、本詩の寒食節（の最終日）の賜火は明らかに「例外」であり、諷刺の意図や寓意があると考えるほうが穏当であろう。

4 **五侯**　五人の諸侯。権貴の臣。唐の謝観「清明《ノ》日恩㆔賜《セラルルノ》百官《ニ》㆓新火《ヲ》㆒賦」にも、「降《くだスニ》㆓五侯《ニ》㆒以《テシ》㆓殷渥《いんあくヲ》㆒、歴《わたルニ》㆓庶僚《ニ》㆒以《テス》㆓簡易《ヲ》㆒」（殷渥とは、「ねんごろなこと」）とある（平岡論文参照）。

五侯については、(1)前漢の成帝のとき、皇太后王氏の一族である王譚《たん》、王商、王立、王根、王逢らが侯に封ぜられたこと（『漢書』九八「元后伝」）、(2)後漢の順帝のとき、外戚の梁冀《き》の一族の梁胤《いん》、梁譲、梁淑《しゅく》、梁忠、梁戟《げき》らが侯に封ぜられたこと（『後漢書』六六「陳蕃伝」の唐、李賢注）、(3)後漢の桓《かん》帝のとき、宦官の単超、徐璜《こう》、貝瑗《ばいえん》、左綰《わん》、唐衡《こう》らが侯に封ぜられたこと（『後漢書』七八「宦者列伝」）、などの諸説がある。これらをふまえて、A＝権貴の人々が何事においても優先されることを諷した、B＝特に(3)をふまえて、宦官の専横を諷した、C＝ただ、宮中寒食の日の模様を詠じた、という説がある。ここでは、A説に従った。詳しくは〔諸説の異同〕の項参照。

通釈

寒　食

春の城中《まち》、いたるところ花びらが舞っている。寒食のこの日、東風に、お堀の柳も斜めになびいている。日も暮れる頃、宮中からろうそくの火が伝えられ、その軽やかな烟《けむり》は、春風に散りながら、権臣たちの家へと入って行く。

諸説の異同

異同の所在

諷諭の有無と、その対象

異同の類別

A　権貴の人々が何事にも優先されるのを諷した。

B　宦官が専横であるのを諷した。

C　諷諭の意はなく、ただ宮中寒食の模様を写した。

A説を採るもの：清、沈徳潜『唐詩別裁集』（中華書局香港分局、一九七七年）、服部南郭『唐詩選国字解』（漢籍国字解、早稲田大学出版部、一九一〇年）、村上哲見『三体詩』一（中国古典選〈文庫版〉、朝日新聞社、一九七八年）、植木久行『唐詩歳時記』（講談社学術文庫、講談社、一九九五年）、中国社会科学院文学研究所『唐詩選注』上（北京出版社、一九八二年第二版）、劉首順『唐詩三百首全訳』（陝西人民教育出版社、一九八六年）、周勛初《しゅうくんしょ》ほか『唐詩大辞典』（蔣寅執筆）江蘇古籍出版社、一九九〇年）など。

B説を採るもの：元、釈円至（天隠）注『三体詩』（『増註三体詩』一所収、漢文大系、冨山房、一九七八年第三刷）、日本、室町、月舟寿桂『増註唐賢絶句三体詩幻雲抄』上（抄物大系、勉誠社、一九七七年）、明、高棅選、東夢亭箋註『唐詩正声箋註』二一、戸崎允明『箋註唐詩選』八（漢文大系、同書は、『三体詩』と合巻）、釈大典『唐詩解頤《かいい》』（京都、田原屋勘兵衛、一八〇〇年）、清、章爕《しょうしょう》『唐詩三百首注疏』（浙江人民出版社、一九八一年第二次印刷）、簡野道明『唐詩選詳説』下（明治書院、一九八二年第七八版）、中国社会科学院文学研究所『唐詩選』上（人民文学出版社、一九八六年第五次印刷）、金性尭『唐詩三百首新注』（上海古籍出版社、一九八六年第五次印刷）、蕭滌非《しょうできひ》ほか『唐詩鑑賞辞典』（周嘯天執筆）上海辞書出版社、一九八三年）、李長路『全唐絶句選釈』上（北京出版社、一九八七年）など。

C説を採るもの：塩谷温『唐詩三百首新釈』（書籍文物流通会、一九六八年）、平野彦次郎『唐詩選研究』（明徳出版社、一九七四年）、齋藤晌『唐詩選』上（漢詩大系、集英社、一九六四年）、目加田誠『唐詩選』（新釈漢文大系、明治書院、一九八五年第三四版）、前野直彬『唐詩選』下（岩波文庫、岩波書店、一九八三年第二七刷）、高木正一『唐詩選』四（中国古典選〈文庫版〉、朝日新聞社、一九七八年）、中島敏夫ほか『中国古典詩聚花6　歳時と風俗』（小学館、一九八五年）、富寿蓀『千首唐人絶句』上（劉拝山執筆）、上海古籍出版社、一九八五年）、中島敏夫・佐藤保『唐詩選』下（中国の古典29、学習研究社、一九八六年）など。

異同の論拠

A説（権貴の人々が、何事にも優先されるのを諷したとする説）

(1)　寒食の禁火は、民間では夜に灯をともすことを禁じているが、宮中では日暮れになったばかりなのに、すでに上等な蠟燭に火を分けて、五侯の家に下賜する。

(2) 五侯とは、一説には外戚、一説には宦官を指すとするが、いずれにせよ特権階級である。
(3) 作者は、この小さな出来事を叙べることによって、王侯貴族が（これ以外にも）種々の特権を享有していることを示している。
結論：この作品は、権貴の人々が何事にも優先されるのを諷している。
（以上、劉首順『唐詩三百首全訳』）

B説（宦官が専横であるのを諷したとする説）
(1)（『後漢書』七八）「宦者列伝」に、桓帝が単超を新豊侯に、徐璜を武原侯に、具瑗を東武陽侯に、左綰を上蔡侯に、唐衡を汝陽侯に封じた。五人は、同日に侯となったので、世に五侯と称された。これ以来、権力は宦官に帰し、朝政は日々に乱れた。
(2) 唐は、粛宗、代宗の代（七五六―七七九）以来、宦官の権勢が盛んとなり、政治が衰乱すること、漢の五侯の頃を彷彿させるものがあった。
結論：この作品は、宦官が専横であるのを諷している。
（以上、釈円至『増註三体詩』）

C説（諷諭の意はなく、ただ宮中寒食の模様を写したとする説）
(1) この作品は、風刺の有無が問題となる。
(2) それは、結句の「青（軽）烟は散じて入る　五侯の家」という句をどう読むかによって意見が分かれる。
(3)「五侯」は宦官五人を意味するとも考えられるからである。
(4) 唐代は、粛宗、代宗以後になって、宦官が政権を専らにした。そのことを漢代に擬して諷刺したとも考えられる。
(5) しかし、起句と承句の長安の町の美しい描写を承けて、日暮の中の一点の新火の描写に展開していくと考えた方が、この作品のすばらしさがより一層出るのではないだろうか。
(6) 降りしきる花びらと春風を受けた柳の色彩的対照、暮れの闇と蠟燭の光との対照。この色彩の対照がこの作品のポイントなのである。
結論：この作品に諷諭の意味はなく、ただ宮中寒食の模様を写したものである。
（以上、中島敏夫・佐藤保『唐詩選』下）

諷諭の意味を認めないC説の場合、すでに〔語釈〕で述べたように、本詩の寒食節（の最終日）の賜火が唐詩中の例外である点をどう説明するかが課題となろう。

備考

本作品をめぐる逸話について

韓翃は、天宝一三載（七五四）の進士。淄青《しせい》節度使侯希《こうき》逸《いつ》の幕僚となったが、やめて一〇年の間、仕えずに閑居し、後、宣武節度使李勉の幕僚となった。建中（七八〇―七八三）の初め、駕部郎中、知制誥となった。このとき、宰相が二度にわたって候補者をすすめたが、天子の承認がなく、再度尋ねると「韓翃に与えよ」とのことである。ところが当時、同姓同名の者が江淮の刺史となっており、宰相が、どちらの韓翃かを尋ねたところ、天子が、「〝春城　処として飛花ならざるは無し〟云々の韓翃である」と答えたという（唐、孟棨『本事詩』情感第一）。

右の『本事詩』の記載に従えば、本作品は遅くとも建中年間以前の作となる。詳しくは傅《ふ》璇琮《せんそう》「関于《柳氏伝》与《本事詩》所載韓翃事迹考実」（同『唐代詩人叢考』所収、中華書局、一九八〇年）

参照。

程千帆・沈祖棻《しんそふん》『古詩今選』に言う。

　この政治諷刺詩は、制作年代を確認できない。もし玄宗の時代（七一二—七五六）に作られたのであれば、五侯は、楊貴妃の族兄、楊国忠と、（韓国夫人、虢《かく》国夫人、秦国夫人の称号を賜った）姉妹たちを指すのであろう。（或いは）もし安史の乱（七五五—七六三）以後に作られたのであれば、（五侯は、代宗以来）権勢が日ごとに盛んとなった宦官の政治集団を指すのであろう。表現法は婉曲でありながら風刺は力強い。

（増子　和男）

寒《かん》山《ざん》

0（詩題なし）

1 千雲萬水間　千雲《せんうん》　万水《ばんすい》の間《かん》
2 中有一閑士　中《うち》に一閑士《いちかんし》有《あ》り
3 白日遊青山　白日《はくじつ》には青山《せいざん》に遊《あそ》び
4 夜歸巖下睡　夜《よる》は巌下《がんか》に帰《かへ》りて睡《ねむ》る
5 倏爾過春秋　倏爾《しゅくじ》として春秋《しゅんじう》を過《す》ごし
6 寂然無塵累　寂然《じゃくねん》として塵累《ぢんるい》無《な》し
7 快哉何所依　快《こころよ》きかな　何《なん》の依《よ》る所《ところ》ぞ
8 靜若秋江水　静《しづ》かなること秋江《しうかう》の水《みづ》のごとし

テキスト　『全』八〇六-12-9099◆『寒山詩集』五七葉ウラ（宋版）◆『寒山子詩集』四四葉ウラ（建徳周氏景宋刻本、四部叢刊）◆『寒山子詩集』四七葉オモテ（高麗刊本、四部叢刊初印本）◆『寒山子詩集』二九葉オモテ（明、万暦刊本）◆『寒山子詩集』五三葉オモテ（五山版）◆『寒山詩集』一一葉ウラ（文淵閣四庫全書本）◆『寒山詩』四二葉ウラ（寛永年間刊、和刻本漢詩集成

唐詩第一輯）◆『寒山詩』三一葉オモテ（寛永一〇年〔一六三三〕刊、同上）

校　語

2**閑士**　『全』『寒山詩集』（四庫全書本）『寒山子詩集』（五山版）には、「閑」を「閒」に作る。通じて用いる。

5**倏爾**　『寒山子詩集』（万暦刊本）には「倏爾」に作る。「倏」が俗字。

詩型・韻字

五言古詩。士《し》・睡《すい》・累《るい》・水《すい》（上声紙韻〔旨止韻〕・去声寘韻〔寘韻〕通押）。

語　釈

0〔**詩題なし**〕　寒山の詩はすべて詩題がない。

2**閑士**　のどかに生活する隠者。閑は閑静・閑暇《かんか》の意で、俗世間から離れて何物にもわずらわされず、ゆったりと静かに落ち着いているさま。閑士は閑人・処士とほぼ同意。入谷仙介・松村昂『寒山詩』（禅の語録13、筑摩書房、一九七〇年）には、「世をわびる男」と訳す。「一閑士」とは「寒公の自称」（和田健次『寒山詩講話』〔京文社書店、一九三三年〕）と考えてよい。

3**白日**　日中、昼間《ひるま》の意で、第4句の「夜」と対《つい》をなす。晋の陳寿『三国志』六四、呉書・滕胤《とういん》伝に、「胤ハ、白日ニハ接シ二賓客ニ一、夜ハ省ミル二文書ヲ一」とある。陶淵明「帰ル二園田居ノ一五首」其二にも、「白日掩《おお》フ二荊扉《けいひ》ヲ一」とある。

4**夜帰**……　「夜は帰りて巌下に睡る」とも訓める（江戸初期の木内以慎『寒山詩鈔』五〔寛文七年刊、東北大学図書館蔵〕など）。寒山（子）の住まいは、台州唐興《とうこう》県（今の浙江省天台県）の西七〇里の天台山中にある寒巌という岩窟とされる（〔備考〕に引く「寒山子詩集序」）。宋の陳耆卿《ちんきけい》『嘉定赤城志』二一、天台県の条には、「寒石山在ハリ二県ノ西北七十里ニ一。寒山子嘗ハテ居ルレ之ニ。今呼ビテ為ス二寒巌ト一」とある。

5**倏爾**　すみやかなるさま、たちまち。爾は副詞や形容詞につく接尾語（助字）。後漢の蔡邕《さいよう》「太傅祠堂碑銘」に、「春秋既ニ暮レ、倏爾トシテ乃チ喪フ」とある。

6**寂然**　静かなさま。心が静かに澄みきった状態をいう。然は形容詞や副詞につく接尾語（助字）。

塵累　俗世間のわずらわしい事がら。仏教語としては、我をけがし、束縛する煩悩の類をいう（『楞厳経《りようごんきよう》』一）。ここでは、双方の意を含むか。Robert G. Henricks『The Poetry of HAN-SHAN（寒山の詩）』（State University of New York Press, 一九九〇年、三八一頁）には、「Polluting cumbersome ties（心を汚す、じゃまなやっかいもの）」と訳す。津田左右吉「寒山詩と寒山拾得の説話」（『津田左右吉全集』一九巻〔岩波書店、一九六五年〕の第八篇。もと『シナ仏教の研究』所収）は、「もし寒山みづからの心境をいつたものならば、みづから塵累なしといふのは、そのことが実は塵累なのではないか。それを『快哉』といふに至つては、なほさらである」と評し、ふんぷんたる俗臭をかぎとる。

7**快哉**　寒山の別の五言詩に、「快キ哉混沌ノ身ハ、不レ飯セ復タ不レ尿《にようせ》」とある。哉は「かな」と読む詠嘆の助字。

何所依　寛永一〇年刊『寒山詩』や木内以慎『寒山詩鈔』五などは、「何の依る所かあらん」と訓む。依は身をあずける、もた

（千雲万水間）

れかかる意。寒山の七言詩に、「心《ハ》似《タリ》二孤雲《ノ》無《キニ》一レ所レ依《ル》、悠悠《タル》世事《ハ》何《ソ》須《もちヒン》レ覓《もとムルヲ》」とある（これは陶淵明の「詠《ズ》二貧士《ヲ》一七首」其一に、「万族（この世界の全ての物）各《おのおの》有《リ》レ託《スル》、孤雲独《リ》無《シ》レ依《ル》」を踏まえていよう）。「何所……」は、ここでは反語の用法。ちなみに、「何所」は一語として捉えることもできよう。⑴事物を問う「何」と同意で、所は語尾化したもの（太田辰夫『中国語史通考』第一部の「3、中古漢語の特殊な疑問形式」参照）。この場合、「何《なに》所にか依らん」となる。⑵「何所」は「何処」と同意。場所を問う。王維の「送別」詩に、「下《おりテ》レ馬《ヨリ》飲《マシム》二君《ニ》酒《ヲ》一、問《フ》レ君《ニ》何所《いづくニカ》之《ゆクト》」とあるのは、この一例。王海棻『古漢語疑問詞語』（浙江教育出版社、一九八七年）一一九頁参照。いずれにしても「何にもどこにも依りたのむところがない」意。西谷啓治『寒山詩』（筑摩書房、一九八六年）には、本句を「何ものにも依存するを要せぬ自らの自由の境地を」歌いあげるとする。

8 **静若秋江水**　静は安静、若は「ごとシ」と読む。南斉の謝《しゃ》朓《ちょう》「晩《くれニ》登《リテ》二三山《ニ》一還《かん》望《ぼうス》京邑《ヲ》一」詩に「余霞（日没後の空の夕ばえ）散《ジテ》成《なシ》レ綺《あやぎぬヲ》、澄江静《カニシテ》如《シ》レ練《ねりぎぬノ》」とある（『文選』二七）。また中唐の詩僧皎然《こうねん》「答《フ》二蘇州《ノ》韋応物郎中《ニ》一」詩（『全』八一五）には、韋応物の詩をたたえて、「格将《ハと》二寒松一高《ク》、気与《ハと》二秋江一清《シ》」とある。西谷啓治『寒山詩』（前掲）には、「静かに澄んで流れる日々の生活を」歌いあげているとする。

通釈

幾重《いくえ》にも幾重にも重なりあう白雲、幾筋《いくすじ》にも幾筋にも流れゆく水《かわ》。（無数の雲と川につつまれた）この地（寒山）に、のびやかに生きる一人の隠者がいる。日中には青い山々に出かけて（ぶらぶら歩き）、夜は岩かげに帰って眠る。（こうして）またたくまに歳月が過ぎゆき、心は静かに澄みきって、俗世間の煩わしさ、心を悩ます煩悩をもたない。ほんとうに快適なことよ、何にも（そしてどこにも）身をゆだねない（真の自由な）生き方は。秋の大江の澄みわたる水のように、（少しも波だたず）安らかである。

諸説の異同

特記事項なし。

備　考

寒山子（寒山に住む子《おとこ》の意であろう。略称は寒山）は、いわば永遠の謎をひめた風狂の隠士（詩僧？）であり、その実在を証明する確実な資料を欠いている。今日伝わる、風狂の士としての寒山子像は、天台山（浙江省の名山。仏教・道教の霊場）に住んだ仏窟巌《ぶつくつがん》遺則（七五一―八三〇）という僧をはじめとする複数のモデルをもとに、徐々に潤色・形成されたらしい（愛宕元「寒山子説話について―閭丘胤序を中心として」〔京都大学教養部『人文』第XXIX集、一九八三年所収〕参照）。現存資料によれば、唐末・五代には、寒山子の詩集が流布し、寒山子なる人物も存在したと考えられた（入矢義高「寒山詩管窺」〔『東方学報（京都）』二八、一九五八年〕など参照）。いま、寒山子説話の初期に属する基本資料の一部をあげて参考に供する。初唐の台州刺史閭丘《りよきゅう》胤《いん》の作（唐末・五代の偽作？）に仮託される「寒山子詩集序」には、

詳《つまびらカニスルニ》夫《かノ》寒山子者《は》、不《ル》レ知《ラ》二何許《いづくノ》人《ナルカヲ》一也。自《より》二古老《ノ》一見《シ》レ之《ヲ》、皆謂《おもへリ》二貧人風狂之士《ト》一。隠《シ》二居天台《ノ》唐興県《ノ》西七十里《ニ》一、号《シテ》為《ス》二寒巌《ト》一。毎《つねニ》於《をルモこノ》二茲地《ニ》一、時還《ル》二国清寺《こくせいじニ》一。

云々とある。国清寺は天台山の中腹にある名刹。隋の高僧智顗《ちぎ》の創建に成る天台宗の聖地。『中国仏教の旅』4（美乃美、一九八〇年）など参照。

他方、唐末・五代の有名な道士杜光庭《とこうてい》撰とされる『仙伝拾遺』（『太平広記』五五、寒山子の条所引）には、

寒山子者《は》、不知其名氏（姓名）。大暦（七六六—七九）中、隠居天台翠屏山《すいへいさん》。其山深邃《しんすい》、当暑有雪、亦名寒岩。因自号寒山子。好為《つくり》詩、毎《ごと》得一篇一句、輒題《しる》於樹間・石上。凡《すべ》三百余首。多述山林幽隠之興《きょう》（山林に隠れ住む興趣）、或譏諷《ふうし》時態（世相を諷刺する）、能警励《れい》流俗（世俗をいましめ励《はげ》ます）。桐柏《とうはく》徴君《ちょうくん》徐霊府、序（順序だてて並べる）而集之、分為三巻、行於人間《じんかん》（世の中）。

云々という。桐柏とは天台山の別名。そこには、著名な道士司馬承禎《しばしょうてい》が創建した道観、桐柏観もある。また天台山の道士徐霊府《じょれいふ》が〝徴君〟と呼ばれたのは、武宗（八四一—四六在位）に徴《め》されながら辞退したためである（『全』八五二の小伝参照）。ちなみに『寒山子詩集』の作者「寒山子」は、今日では初唐の人ではなく、『仙伝拾遺』（前掲）にいう大暦年間（八世紀後半）以降の中唐期の人、とするのが通説である。入谷仙介・松村昂『寒山詩』、一海知義・入矢義高『陶淵明　寒山』（新修中国詩人選集1、岩波書店、一九八四年、「寒山」の補記〔入矢執筆〕）、王運熙『漢魏六朝唐代文学論叢』（上海古籍出版社、一九八一年）に収める「寒山子詩歌的創作年代」（楊明と共同執筆）など参照。ただし、その生年は盛唐期、もしくは初唐の末ともいう。銭学烈「寒山子与寒山詩版本」（『文学遺産増刊』一六輯、一九八三年）、連暁鳴・周琦「寒山子生平新探」（『東南文化』一九九〇年六期）参照。

本詩は、奥深い山中（天台山の寒巌？）に幽居して道を楽しむ高逸の士の生活と、その閑適の境地——いわば煩悩を克服した澄明な悟境を歌う、いわゆる楽道歌《らくどうか》（道を楽しむ歌）の一種と見なしてよいだろう（貫休「寄赤松舒道士」詩参照）。入矢義高「寒山—その人と詩」（同『求道と悦楽』〔岩波書店、一九八三年〕所収）には、本詩を次のように評する。

いささか自己顕示的な匂いがなくもないにしても、翳りのないこの単純明快な境涯の提示のしかたは、彼が一つの安らぎの境地に達したことを暗示しており、それはまた雲と水と、山と巌とが、それぞれに彼の心境そのものの象徴としても効かされていることから確かめられる。ここには〈禅〉を導入して理解する必要は全然ない。

と。また和田健次『寒山詩講話』（前掲）は、本詩を「一読、明鏡止水の如き寒公が肚裏《とり》（胸中）、磅礴《ぼうはく》（広く満ちわたるさま）として詩中に横溢《おういつ》するを看《み》る」と評し、延原大川『平訳　寒山詩』（明徳出版社、一九六一年）は、本詩を仮に「法喜」と題する。

最後に、木内以慎（字《あざな》は三説）『寒山詩鈔』（前掲）五に見られる評釈をとりあげ、参考に供する。

此詩モ亦《また》寒山ノ自称ソ。（天）台山千雲万水ト広間ニ一《いち》閑士アリ。白昼ニハ青山ニ登リ遊ヒ、夜ハ岩下ニ帰テ睡ル。業作自然《じねん》ト毎事ナリ。倏爾《しゅくじ》ハ早卒ノ皃《かたち》。俄然《がぜん》ト春秋ハ過キ行キ行トモ、風花雪月、流転ニ任《まか》スルホトニ、情性寂然《じゃくねん》トシテ塵累ナキソ。然《しか》ル生涯ハ、扨《さて》何ノ依倚《いい》モナイホトニ、快然トシテ心中ノ清浄ナル事、秋江水ノ湛々《たんたん》タルカ如シトナリ。

＊一部、読みや送り仮名などを付け加えた。

（植木　久行）

韓《かん》愈《ゆ》

0 山石　　山石《さんせき》

1 山石犖确行徑微　山石犖确《さんせきらくかく》として　行径微《かうけいかす》かなり

2 黄昏到寺蝙蝠飛　黄昏《くわうこん》　寺《てら》に到《いた》れば　蝙蝠《へんぷく》飛《と》ぶ

3 升堂坐階新雨足　堂《だう》に升《のぼ》り　階《かい》に坐《ざ》すれば　新雨《しんう》足《た》り

4 芭蕉葉大支子肥　芭蕉《ばせう》は葉《は》大《だい》にして　支子《しし》は肥《こ》えたり

5 僧言古壁佛畫好　僧《そう》は言《い》ふ　古壁《こへき》の仏画《ぶつぐわ》好《よ》しと

6 以火來照所見稀　火《ひ》を以《もっ》て来《きた》り照《て》らせども　見《み》る所《ところ》　稀《まれ》なり

7 鋪牀拂席置羹飯　牀《しやう》を鋪《し》き　席《せき》を払《はら》ひ　羹飯《かうはん》を置《お》く

8 疏糲亦足飽我飢　疏糲《それい》　亦《ま》た我《わ》が飢《う》ゑを飽《あ》かしむるに足《た》る

9 夜深靜臥百蟲絶　夜《よ》深《ふ》けて静《しづ》かに臥《ぐわ》せば　百虫《ひやくちゆう》絶《た》え

10 清月出嶺光入扉　清月《せいげつ》　嶺《みね》を出《い》でて　光《ひかり》　扉《とびら》に入《い》る

11 天明獨去無道路　天明《てんめい》　独《ひと》り去《さ》れば　道路《だうろ》無《な》し

12出入高下窮煙霏
出入高下《しゅつにふかうげ》　煙霏《えんぴ》を窮《きは》む

13山紅澗碧紛爛漫
山紅澗碧《さんこうかんぺき》　紛《ふん》として爛漫《らんまん》

14時見松櫪皆十圍
時《とき》に見《み》る　松櫪《しょうれき》の皆《みな》十囲《じふゐ》なるを

15當流赤足蹋澗石
流《なが》れに当《あた》り赤足《せきそく》にして澗石《かんせき》を蹋《ふ》めば

16水聲激激風吹衣
水声激激《すいせいげきげき》として　風《かぜ》　衣《ころも》を吹《ふ》く

17人生如此自可樂
人生此《じんせいかく》の如《ごと》くんば　自《みづか》ら楽《たの》しむべし

18豈必局束爲人鞿
豈《あ》に必《かなら》ずしも局　束《きよくそく》として人《ひと》の為《ため》に鞿《ほだ》されんや

19嗟哉吾黨二三子
嗟《あ》哉《あ》　吾《わ》が党《たう》の二《に》三子《さんし》

20安得至老不更歸
安《いづく》んぞ老《おい》に至《いた》るまで更《さら》に帰《かへ》らざるを得《え》んや

テキスト　『全』三三八-5-3785　◆『百』七言古詩　◆『朱文公校昌黎先生集』三（四部叢刊本）◆『宋本昌黎先生集』三（故宮博物院蔵、南宋淳熙元年〔一一七四〕重刊本）◆『五百家註音弁昌黎先生詩集』三　◆『東雅堂本昌黎先生集』三　◆『唐韓昌黎集』三（明、蔣之翹注。万治三年〔一六六〇〕覆崇禎刊本）◆『韓昌黎詩繫年集釈』二（上海古籍出版社、一九八四年）◆『唐詩品彙』三五　◆『唐詩別裁集』七

校語

1**徑**　『唐詩品彙』には「逕」に作る。或体。

2**昏**　『四部叢刊本』『故宮博物院本』『東雅堂本』『唐詩品彙』には「昬」に作る。俗字。

3**升**　『四部叢刊本』『東雅堂本』『蔣之翹注本』『韓昌黎詩繫年集釈』『唐詩別裁集』には「昇」に作る。ここでは同義。

足　『五百家註本』『唐詩品彙』（及び『唐詩三百首』の一本）には「定」に作る。〔語釈〕参照。

4**支**　『全』には「即梔《チ》字」との注記がある。また『百』『五百家註本』『唐詩品彙』には「梔」に作る。

5**畫**　『唐詩品彙』には「畵」に作る。俗字。

7**牀**　『百』には「床」に作る。ここでは「人が座ったり寝たりする台」の意で、「牀」と同義。なお、「床」はもと「牀」の俗字。

8**疏**　『五百家註本』『蔣之翹注本』『韓昌黎詩繫年集釈』『唐詩別裁集』には「疎」に作る。「疏」の俗字。『四部叢刊本』『故宮博物院本』『東雅堂本』には「踈」に作る。「疎」の譌字。『唐詩品彙』には「踈」に作る。「踈」の俗字。

9**深**　『蔣之翹注本』には「滚」に作る。古字。

10**月**　『蔣之翹注本』には「風」に作る。ここは「清風」では通じ難い。他の諸本に従う。

11**明**　『蔣之翹注本』には「朙」に作る。「明」の古字「朙」から生じた異体字か。

道　『蔣之翹注本』には「衜」に作る。古字。

12**煙**　『百』『五百家註本』『唐詩別裁集』には「烟」に作る。或体字。

16**吹**　『故宮博物院本』『五百家註本』には「生一作吹」、『百』『唐詩

品彙』には「生」に作る。

18束　『蔣之翹注本』『唐詩品彙』には「束」に作る。「束《し》」は別の文字であり、誤刻と見做す。なお『唐詩別裁集』には「伬」に作るが、これは「促」の俗字。その場合の意味については〔語釈〕参照。

詩型・韻字

七言古詩。微《び》・飛《ひ》・肥《ひ》・稀*《き》・飢《き》・扉《ひ》・霏《ひ》・圍《ゐ》・衣《い》・鞿《き》・歸《き》（上平声微*支韻（微*脂韻）通押）。ただし「飢」は平水韻では支韻、『広韻』では脂韻に属し、どちらも微韻ではない。だが、本篇は古体詩なので、微支韻（微脂韻）の通押と見ておく。なお、韓愈の古体詩には、このような緩やかな押韻がしばしばある（水谷誠氏の教示）。

語　釈

0山石　語義は「山中の石」。ただしこの詩は、山中の石をうたった作品ではない。つまりこの詩題は詩の内容を表すものではなく、第1句の冒頭二字をとって題としたものである。韓愈の詩には初句の冒頭二字を題とするものが散見する。例えば「齷齪」「忽忽」など。また「北極、贈《ル》二李観《ニ》一」もそれに類するか。

1犖确　山に大きな石が沢山あるさま。「ラクカク」で、畳韻の擬態語。中国の伝統的な注では『五百家註』に引く孫汝聴註に「山不《ルノ》レ平《ラカナラ》貌《かたち》」、『韓昌黎詩繫年集釈』の補釈に「山石険峻《ニシテ》不《ル》レ平《ラカナラ》之貌」とあるように、山路の険しいさまをいう語ととることが多いようである。

行径微　山中の小道があるかなきかの状態であること。「行径」は、進んでゆく山中の小道。「微」は、道があるかないかはっきりしないこと。

2黄昏　たそがれどき。

蝙蝠　こうもり。「服翼」「仙鼠」ともいう。

3階　本堂の前にある階段。

新雨足　降ったばかりの雨が十分にうるおいをもたらしている。「新雨」は、新たに降った雨。「足」は、十分、たっぷり。「新雨」に「新たに降って、いまあがった雨」という意味があるので、「定」はよろしくない。「足」をとる。

4支子肥　くちなしの実が大きくふくらんでいる。「支子」は、「梔子」に作るテキストがあったり、『全』に「即梔《チ》字」と注するとおり、くちなし。くちなしは初夏、白い花が咲き、芳香がある。秋に黄紅色の実をつけ、染料や薬用になる。「肥」は、くちなしの実がふくらんでいるさまと解する説と、花が大きくふくらんでいるさまと解する説がある。ここでは実がふくらんでいるさまとする。〔諸説の異同〕参照。

6所見稀　見えたものは少ししかない。「所見」で、見えたもの。照明が十分でなかったり、画が古かったりで、よく見えなかった。

7鋪牀　こしかけをならべる。「鋪」は「しく」と訓《よ》むが、「ならべる、設ける」の意。「牀」は人が座ったり寝たりする台。

払席　敷物（のほこり）を払う。「鋪牀払席」で、食事の席を設けること。塩谷温『唐詩三百首新釈』（昭和漢文叢書、弘道館、一九二九年）、目加田誠『唐詩三百首』1（東洋文庫、平凡社、一九七三年）に、「席」を「食卓」と解しているのは、「席」に「宴席・酒席」等、食事や宴会の場という意味があるところから出た意訳であろう。

羹飯　吸い物と御飯。食事。「羹」は「あつもの」と訓むが、肉と野菜をまぜて煮た、とろみのあるスープ。

8**疏糲**　（お寺の）粗末な食物。粗飯。「疏」は、ここでは「粗」に同じ。「糲」は、くろごめ。しらげてない米。玄米。

9**深**　「ふける」と訓んでおいたが、「ふかし」でもよい。

10**清月**　清らかに澄んだ月。ここを「清風」に作るテキストがあるが、澄んだ月が嶺の上にのぼり、その光がさしこむ、という情景で、「清風」では通じ難い。

11**去**　ここでは寺の外へ「ゆく」、さらにいえば、そのあたりを歩いてみる、というほどの意で、「立ち去る」のではあるまい。

12**出入高下**　行き来し、上《のぼ》り下《くだ》りする。〔諸説の異同〕参照。

窮煙霏　朝もやの中を、そのはてまでも歩いてゆく。「窮」は、もののはてをきわめる。「煙霏」は、二字とも「もや・かすみ」。「煙霏」を、『文選』巻五五、劉峻「広絶交論」の「煙《ノゴトク》霏《とビ》雨《ノゴトク》散《ズ》」によって「もやがたなびく。霧のなびくところ」などの意に解するものがあるが（原田憲雄『韓愈』〔漢詩大系、集英社、一九六五年〕、田部井文雄『唐詩三百首詳解』下〔大修館書店、一九九〇年〕）、とらぬ。

13**山紅**　山が朝日をうけて輝いている紅《あか》い色。この二字にはさまざまな解がある。①山の土の紅とるもの（久保天随『韓退之詩集』上〔続国訳漢文大成、国民文庫刊行会、一九二八年〕、吉川幸次郎・桑原武夫『新唐詩選続篇』〔〈吉川執筆〉岩波新書、岩波書店、一九五四年〕）、②山が朝日をうけて輝いている紅の色ととるもの（塩谷温『唐詩三百首新釈』〔昭和漢文叢書、弘道館、一九二九年〕、『言文対照　唐詩三百首』〔香港広智書局、撰者・刊年未詳〕、目加田誠『唐詩三百首』1〔東洋文庫、平凡社、一九七三年〕）、③山中の花の紅の色ととるもの（吉川幸次郎ほか『唐詩選』〔〈筧文生執筆〉筑摩叢書、筑摩書房、一九七三年〕、深沢一幸『唐詩三百首』〔鑑賞中国の古典、角川書店、一九八九年〕、田部井文雄『唐詩三百首詳解』下〔大修館書店、一九九〇年〕、金性尭『唐詩三百首新注』〔上海古籍出版社、一九八三年三版〕、止水『韓愈詩選』〔香港三聯書店、一九八三年〕、劉首順『唐詩三百首全訳』〔陝西人民教育出版社、一九八六年〕、張国栄『唐詩三百首訳解』〔中国文聯出版公司、一九八九年〕）、④山の木々の葉の紅《あか》い色ととるもの（前野直彬・斎藤茂『韓退之』〔中国の詩人、集英社、一九八三年〕）、などがある。いま類例から意味を推測したいのだが、韓愈にも他の詩人にも、「山紅」という用例がなかなか見当たらない。ただし、夕陽に照らされた「山」が「赤」い（なお、この「赤」は韻字である）という例がある。杜甫の「光禄坂行」（『杜詩詳註』巻一二）の「山行《シテ》落日下《ニリ》二絶壁《ヨリ》一 南望《スレバ》千山万山赤《シ》」がそれである。これを考慮に入れて、この詩の「山紅」を、朝日が山を紅《あか》く染めている色ととっておく。

澗碧　谷川のみどり。

紛爛漫　（紅とみどりが）入り乱れて光りかがやく。「紛」は、いりみだれる。「爛漫」は畳韻の擬態語で、光り輝くさま。やや展開して、美しく照りはえる、というほどの意にも解し得るであろう。

14**松櫪**　松とくぬぎ。「櫪《れき》」は「櫟《れき》」に同じく、くぬぎのこと。

15**当流**　流れに入って。流れに出くわして。「当」は、ある場所、ある時にいる・あること。

赤足　はだし。「赤脚」ともいう。

蹋　ふむ。「踏」の本字。

澗石　谷川の中の石。

16**激激**　勢いが激しいさま。重言。

吹衣　風が衣をひらひらと吹きうごかす。「生衣」に作るテキストがあるが、その場合、「衣に生ず」と訓《よ》み、意味は「衣を吹く、衣に吹きおこる」というような訳でよいであろう。

17**如此**　このように、美しく調和した自然のようであれば、という意か。

18**局束**　体や心がちぢこまって、のびのびしない。こせこせする。畳韻語。「局促」「局趣」と書いても同じ。したがって「局促」に作るテキストも、意味は同じ。

鞿　束縛する。「鞿」は、「きづな」。馬をつなぐ綱。転じて、束縛。束縛する。ここは「為レ人鞿」で、受身の形。束縛される。

19**吾党二三子**　わが仲間の人々よ。弟子たちや年少の人々に呼びかける語。『論語』公冶長に「帰《ランか》与帰《ラン》与。吾党《ガ》之《の》小子《ハ》狂簡、斐《ひ》然《トシテ》成《ス》レ章《ヲ》」とあるのにもとづく。

20**安得**　反語。「どうして……することができようか、できはしない」。

帰　帰隠する。引退して故郷に帰る。

通釈

山の石

山の石はごろごろして、小道もかすか。黄昏《たそがれ》に寺に着くと、蝙蝠《こうもり》が飛んでいる。（寺の）本堂にあがり、階段に座ってみると、降ったばかりの雨に十分にうるおい、芭蕉の葉は大きく、梔子《くちなし》の実もふくらんでいる。（寺の）坊さんは古い壁の仏画がすばらしいと言い、明かりで照らしたけれども、よく見えなかった。腰かけをならべ、敷物を払って、吸物と御飯を用意してくれ、粗末な食事だが、私の空腹をみたすには十分だった。夜がふけて静かに寝ていると、さまざまな虫の声もとだえ、澄んだ月が嶺から出て、光が戸口からさしこんできた。

夜明けに一人で外へ出たが、道らしい道もない。行ったり来たり、上ったり下ったりして、朝もやの中をどこまでも歩いて行った。（朝日をうけて輝く）山の紅《あか》と谷のみどりとが入りみだれ、あざやかに照りはえて美しい。時おり見かける松やくぬぎは、みな十《と》抱《かか》えもある。渓流に出あってははだしで谷川の石を踏むと、水音ははげしく、風が衣に吹きつける。人生がこのようなものならば、楽しいものだろう。どうしてこせこせと他人に束縛されて生きることがあろうか。ああ、わが同志の人々よ、どうして年老いてもなお帰隠せずにいられようか（何とかして隠棲したいものだ）。

諸説の異同

異同の所在　Ⅰ

「支（梔）子」は花か実か

異同の類別

A　花と解する。

B　実と解する。

A説を採るもの：章燮『唐詩三百首註疏』（文源堂刊本、光緒一〇年＝一八八四序）、久保天随『韓退之詩集』上（続国訳漢文大成、国民文庫刊行会、一九二八年）、『言文対照　唐詩三百首』（香港広

智書局、撰者・刊年未詳）、目加田誠『唐詩三百首』1（東洋文庫、平凡社、一九七三年）、止水『韓愈詩選』（香港三聯書店、一九八三年）、蕭滌非ほか『唐詩鑑賞辞典』（〔霍松林執筆〕上海辞書出版社、一九八三年）、張国栄『唐詩三百首訳解』（中国文聯出版公司、一九八九年）など。以上は、それぞれの語釈・通釈などに「花」と明記してあるものであるが、他に注の文献の引用の仕方、説明の仕方からみて、「花」を想定しているのではないかと思われるものがある。いま、便宜上、この項に含めて挙げておく。清・顧嗣立『昌黎先生詩集注』（秀野艸堂本、康熙三八年＝一六九九序）、陳婉俊『唐詩三百首補註』（中華書局、一九五九年）、銭仲聯『韓昌黎詩繫年集釈』上（上海古籍出版社、一九八四年）、鴛湖散人『唐詩三百首集釈』（台湾藝文印書館、一九七七年）、金性尭『唐詩三百首新注』（上海古籍出版社、一九八三年第三版）、陳邇冬『韓愈詩選』（人民文学出版社、一九八七年）など。（あるいは文献を引用し）、「支（梔）子」について説明するのに、「花」についてのみ説明し、「実」についてはほとんど全くふれぬものである。

B説を採るもの：塩谷温『唐詩三百首新釈』（昭和漢文叢書、弘道館、一九二九年）、吉川幸次郎・桑原武夫『新唐詩選続篇』（〔吉川幸次郎執筆〕岩波新書、岩波書店、一九五四年）、原田憲雄『韓愈』（漢詩大系、集英社、一九六五年）、吉川幸次郎ほか『唐詩選』（〔筧文生執筆〕筑摩叢書、筑摩書房、一九七三年）、前野直彬・斎藤茂『韓退之』（中国の詩人、集英社、一九八三年）、深沢一幸『唐詩三百首』（鑑賞中国の古典、角川書店、一九八九年）、田部井文雄『唐詩三百首詳解』下（大修館書店、一九九〇年）など。

異同の論拠

A説を採るものには、論拠の示されるものと示されぬものがある。いまA説を採る文献を見渡してみると、日本人による文献は二点で、他は中国人による文献ばかりである。そして日本人による二書は、その拠りどころになる中国の文献が明示されていたり、明らかに推測できるものなので、そのあたりから説明しておく。

(1)久保天随『韓退之詩集』字解

支子は梔子即ちくちなし、酉陽雑俎に「諸花六出の者少し、惟だ梔子花のみ六出、即ち西域の薝蔔花なり」とある。それから、杜甫の句に紅綻雨肥梅とあつて、肥の字は、これに本づき、即ち上の新雨足を承けたのである。

（田口補：六出とは、花弁が六裂していることであろう。杜詩は「陪《シテ》二鄭広文《ニ》一遊《ブ》二何将軍《ノ》山林《ニ》一十首其《ノ》五」〔『杜詩詳註』巻二〕。この久保字解は顧嗣立『昌黎先生集注』の補注によるものであろう。顧嗣立注は銭仲聯も引き、止水『韓愈詩選』も拠りどころとしたようである。よって顧注を挙げておく）

顧嗣立『昌黎先生集注』補注

酉陽雑俎、諸花《ニ》少《シ》二六出《スル》一者、惟《ダ》梔子花《ノミ》六出《ス》。即《チ》西域《ノ》薝蔔《せんぷく》花也《ト》。梔《ハ》与《ト》レ支同《ジ》。按《ズルニ》老杜《ノ》詩《ニ》、紅綻《ブハ》雨肥《ヤスナリト》レ梅《ヲ》。肥字《ハ》本《ヅキ》レ此《ニ》、承《ケ》二上《ノ》新雨足《ルヲ》一来《ル》。

(2)目加田誠『唐詩三百首』1語釈

章燮『唐詩三百首註疏』により、花がふくらんでいる貌と解しておく。

章燮『唐詩三百首註疏』

梔子《ハ》、花也。開《キ》盛《ンナルヲ》曰《フ》レ肥《ト》。

つまり、久保説、目加田説の論拠は、それぞれに先行文献にあるのだが、そのもとになった顧説、章説の拠りどころはよくわからない。顧説は『酉陽雑俎』の花に関する條りしか引いていず、実には言及しないから、この「支（梔）子」を花と解したのだろうと推測される。章説も「花也」というばかりで、理由は示さない。他の文献でも同様である。陳婉俊『唐詩三百首補註』、鴛湖散人『唐詩三百首集釈』は『酉陽雑俎』の前掲の條りを引くのみ、金性尭、陳邇冬らは花について説明するのみなので、花と解するのだろうと考えられるのである。

B説についても、論拠は明らかでない。いま按ずるに、「肥」という語感から、花が咲いている状態と解するよりも実がふくらんでいる状態と解するほうが相応しく感ぜられること、通説ではこの詩は貞元一七年（八〇一）七月二二日に洛北の恵林寺に遊んだときの作と考えられており、旧暦七月ではくちなしの花には遅すぎると思われること（これについては〔備考〕参照）、などが理由になっているのであろう。ただし、もう少し積極的な根拠をあげる文献があるので、紹介しておく。

○深沢一幸『唐詩三百首』

「支子」をくちなしの花とする説もあるが、杜甫の「鄭広文《ていこうぶん》に陪して何《か》将軍の山林に遊ぶ」詩に「紅《くれない》の綻《ほころ》ぶは雨の梅を肥やすなり」とある「肥」の対象は、「梅」の実であり、ここも同じくくちなしの実をいうだろう。

本稿においては、「肥」の語感という漠然たる理由、深沢説、韓愈本人や李白、杜甫の作品に「花」が「肥」えるという表現が見出し難いこと（本篇において「肥」が韻字であるとはいえ）、「花」ととる解に必ずしも明確な拠りどころが示されないこと、の四つの理由で、B説の「実」とする解釈を採っておく。

異同の所在 II

「出入高下」の解釈（と訓）（特に「出入」の意味）

異同の類別

A　高い所（山）に出（身体を現し）、低い所（谷あい）に入る（身体を没する）と解する。

B　林を出たり入ったりし、山をのぼったりおりたりすると解する。

C　谷を出たり入ったりし、のぼったり下ったりすると解する。

D　行ったり来たりし、上《のぼ》り下りすることと解する。

E　出たり入ったり、上《のぼ》ったり下ったりすると解する。

F　高みに出、低処に入り、低処に出、高みに入ると解する。

G　「出入」の意味をあまり明瞭に示さずに解する。

A説を採るもの：久保天随『韓退之詩集』上、原田憲雄『韓愈』（訓は「高下に出入し」）、前野・斎藤『韓退之』、劉首順『唐詩三百首全訳』（陝西人民教育出版社、一九八六年）など。

B説を採るもの：吉川・桑原『新唐詩選続篇』（吉川執筆）、吉川ほか『唐詩選』（筧執筆）など。

C説を採るもの：止水『韓愈詩選』。

D説を採るもの：目加田誠『唐詩三百首』1。

E説を採るもの：深沢一幸『唐詩三百首』、田部井文雄『唐詩三百首詳解』下など。

F説を採るもの：蕭滌非ほか『唐詩鑑賞辞典』（霍松林執筆）。

G説を採るもの：塩谷温『唐詩三百首新釈』、『言文対照　唐詩三

百首』、金性尭『唐詩三百首新注』、張国栄『唐詩三百首訳解』など。

異同の論拠

どれも明瞭には示されない。「出入高下」をどのような構文として把握するか、またどのような語を補って考えるかで相違を生ずるのであろう。

A説は「高下」を「出入」という動詞の客語とみての解。原田『韓愈』の「高下に出入し」という訓は、意味を明瞭に示す訓といえる。

B説は「出入」「高下」をそれぞれ並列の動詞とみて、「林」を「出入」すると語を補ったもの。訳例は

　でたらめに林を出たりはいったり、山をのぼったりおりたり。（吉川『新唐詩選続篇』）

C説もB説と同様、「谷」を「出入」すると考えるもの。訳例は

　出谷入澗、時高時低、（在晨霧朝霞中穿来穿出。）（止水『韓愈詩選』）

D説は「出入」を「往来」の意に、「高下」を「のぼりくだりする」の意に解するもの。それぞれを動詞とみる。説明の例は、

　行ったり来たりし、上り下りすること。（目加田『唐詩三百首』語釈）

E説は「出入」「高下」をともに動詞とみるが、語を補わぬもの。訳例は

　出たり入ったり、高く登ったり、下ったりして、（存分に歩き回り）、（田部井『唐詩三百首詳解』）

なお、深沢『唐詩三百首』は、語釈には「山中を出たり入ったり上ったり下ったりする」と記すが、口訳では「山あいを出たり入ったり、坂を上ったり下ったりしながら」と訳している。この訳文はC説に近いか。

F説はA説のように「出入」を動詞、「高下」をその客語とみるのだが、「出」と「入」がどちらも「高下」にかかるように解するもの。訳例は

　出于高処、入于低処、出于低処、又入于高処、時高時低、時高。（蕭滌非ほか『唐詩鑑賞辞典』）

G説は語を補うのを避けて「高下」のほうに重点をおき、「出入」は「進んでゆく」という程度に解するもの。訳例は

　山径崎嶇のぼったり下ったりして、（塩谷『唐詩三百首新釈』）

　在高高低低的山路中進出着。（金性尭『唐詩三百首新注』語釈）

いま、本稿ではD説を採っておく。

備考

この詩の制作時期は、「洛北恵林寺《ニテ》題《ス》レ名《ヲ》」（東雅堂本『昌黎先生集』遺文）に「韓愈、李景興、侯喜、尉遅《うつち》汾《ふん》、貞元十七年七月二十二日、魚《シ》二于温洛《ニ》一、宿《シテ》レ此《ニ》而帰《ル》。昌黎韓愈《ノ》書《ス》」とあるのと関連させ、貞元一七年（八〇一）七月二二日に恵林寺に宿した時だとするのが通説になっている。しかし今日でも止水『韓愈詩選』の如く、王鳴盛『蛾《ぎ》術《じゆつ》編』にいう嶺南に左遷された時の作だとする人もいる。

さきに〔諸説の異同〕で「支子」を「くちなしの実」と解するの

に、制作時期を手がかりにし得るように記したが、それはあくまでも通説の上に立った筆者の臆測であり、そのような手がかりを明記する文献はない。筆者としても、「実」と解するための要因とはしていないことをお断りしておく。

また、この詩は夕暮れに寺に至るところから、寺での一夜、翌朝の山中の景の描写とつづき、最後に世俗の束縛をのがれて帰隠したい心持ちを述べて結ばれている。時間の経過を巧みにたどり、緊密に構成された精緻な作である。末尾の帰隠の願望を詠じた二句は、「吾が党の二三子」という表現が『論語』にもとづくことを考えれば、直接的には年少の友人（あるいは弟子）に対して自身の感懐を披瀝した言ととるべきであろうが、ひょっとしたら「党争に終始する二三の同僚への警告」（吉川『新唐詩選続篇』）であったかもしれない。ただし通説に従ってこの詩を貞元一七年七月の作とすると、韓愈はこの時、節度使の幕僚の職を去り、官についてはいなかった。一七年冬、吏部の試験を受けるために上京し、一八年に四門博士に任ぜられることになる。帰隠の願望は実人生とは一致していなかったのである。

（田口　暢穂）

0 落齒
1 去年落一牙
2 今年落一齒
3 俄然落六七

落歯《らくし》
去年《きよねん》　一牙《いちが》落《お》ち
今年《こんねん》　一歯《いっし》落《お》つ
俄然《がぜん》として六七《ろくしち》落《お》ち

4 落勢殊未已
5 餘存皆動搖
6 盡落應始止
7 憶初落一時
8 但念豁可恥
9 及至落二三
10 始憂衰卽死
11 每一將落時
12 懍懍恆在己
13 叉牙妨食物
14 顚倒怯漱水
15 終焉捨我落
16 意與崩山比
17 今來落既熟
18 見落空相似
19 餘存二十餘

落勢《らくせい》　殊《こと》に未《いま》だ已《や》まず
余《よ》の存《そん》するも皆動揺《みなどうえう》す
尽《ことごと》く落《お》ちて応《まさ》に始《はじ》めて止《や》むべし
憶《おも》ふ　初《はじ》め一《いっ》の落《お》ちし時《とき》
但《た》だ念《おも》ふ　豁《くわっ》にして恥《は》づべしと
二三《にさん》の落《お》つるに至《いた》るに及《およ》んで
始《はじ》めて憂《うれ》ふ　衰《おとろ》へて即《すなは》ち死《し》せんことを
一《いっ》の将《まさ》に落《お》ちんとする時毎《ときごと》に
懍懍《りんりん》たること恒《つね》に己《おのれ》に在《あ》り
叉牙《さが》として物《もの》を食《くら》ふを妨《さまた》げ
顚倒《てんたう》して水《みづ》に漱《すす》ぐを怯《おそ》る
終焉《しゅうえん》　我《われ》を捨《す》てて落《お》つ
意《い》　崩山《ほうざん》と比《ひ》す
今来《きんらい》　落《お》つること既《すで》に熟《じゅく》し
落《お》つるを見《み》れば空《むな》しく相《あ》ひ似《に》たり
余《よ》の存《そん》する二十余《にじふよ》も

次第知落矣　次第《しだい》に　落《お》つることを知《な》さん
儻常歳落一　儻《も》し常《つね》に歳《とし》ごとに一《いつ》落《お》つれば
自足支兩紀　自《おのづか》ら両《りやう》紀《き》を支《ささ》ふるに足《た》らん
如其落倂空　如《も》し其《そ》れ落《お》ちて併《あは》せて空《むな》しくとも
與漸亦同指　漸《ぜん》なると亦《ま》た指《むね》を同《おな》じうせん
人言齒之落　人《ひと》は言《い》ふ　歯《は》の落《お》つるは
壽命理難恃　寿命《じゆみやう》　理《り》として恃《たの》み難《がた》しと
我言生有涯　我《われ》は言《い》ふ　生《せい》は涯《かぎり》　有《あ》り
長短俱死爾　長短《ちやうたん》　俱《とも》に死《し》せんのみと
人言齒之豁　人《ひと》は言《い》ふ　歯《は》の豁《くわつ》なるは
左右驚諦視　左右《さいう》　驚《おどろ》いて諦視《ていし》すと
我言莊周云　我《われ》は言《い》ふ　荘周《さうしう》云《い》へり
木雁各有喜　木雁《ぼくがん》、各〻《おのおの》喜《よろこび》　有《あ》りと
語訛默固好　語《ご》訛《なま》れば黙《もく》すれば固《もと》より好《よ》し
嚼廢軟還美　嚼《か》むこと廃《すた》れば軟《やはら》かなるもの還《ま》た美《うま》し
因歌遂成詩　因《よ》りて歌《うた》ひて遂《つひ》に詩《し》を成《な》し
持用詫妻子　持《ぢ》して用《もつ》て妻子《さいし》に詫《ほこ》る

テキスト　『全』三三九-5-3801 ◆『朱文公校昌黎先生集』四（四部叢刊本）◆『宋本昌黎先生集』四（故宮博物院蔵、南宋淳熙元年〔一一七四〕重刊本）◆『五百家註音弁昌黎先生詩集』四 ◆『東雅堂本昌黎先生集』四 ◆『唐韓昌黎集』四（明、蔣之翹注。万治三年〔一六六〇〕覆崇禎刊本）◆『韓昌黎詩繫年集釈』二（上海古籍出版社、一九八四年）

校語

0 **落歯**　『故宮博物院本』『五百家註本』には「齒落」に作る。

4 **已**　『四部叢刊本』『故宮博物院本』『五百家註本』『東雅堂本』には「巳」に作る。ただし版本・写本（およびそれらの影印本）では「己・已・巳」の区別は明瞭でないのが普通である。ここもそのように考えて、意味上の区別は特にないと見ておく。

5 **存**　『全』には「一ニ作ルレ在ニ」との注記がある。『故宮博物院本』『五百家註本』には「在」に作る。意味上は大きな違いはない。いま通行度を考え、『全』『東雅堂本』などの「存」に従う。

10 **死**　『蔣之翹注本』には「歹人」に作る。同義。蓋し篆文の字形から出た字体。「歹（がつへん）」は「歺」の形になることがある。

12 **恆**　『四部叢刊本』『東雅堂本』『蔣之翹注本』には「恒」に作る。北宋の第三代真宗の諱「恆＝恒」を避けた欠筆。『故宮博物院本』に「恒」に作るのも欠筆か。

己　『全』には「已」、『四部叢刊本』『五百家註本』『東雅堂本』

『蔣之翹注本』には「巳」、『故宮博物院本』『韓昌黎詩繫年集釈』には「己」に作る。上述の如く、版本や写本の「巳・已・己」は区別がつけ難い。「巳」に作る四本も、「已」か「己」か定め難い。いま、『故宮博物院本』『繫年集釈』によって「己」をとる。「己」の場合の訓と解は〔語釈〕参照。

13**叉**　『四部叢刊本』『故宮博物院本』『五百家註本』『東雅堂本』『蔣之翹注本』には「乂」に作る。「乂」は「義」の俗字であり、ここでは「義牙」では意味が通じ難い。「叉」の誤りとみて、「叉」をとる。

14**怯**　『蔣之翹注本』には「恡」に作るが、これは「悋」の俗字。「悋」で、「をしむ」と解するのであろうか。しかし他の諸本と比べて一本だけかけはなれて異なった本文であり、いま、誤刻と見ておく。

16**與**　『故宮博物院本』『五百家註本』には「欲」に作る。その場合の訓と意味については〔語釈〕参照。

21**落一**　『故宮博物院本』『五百家註本』には「一落」に作る。〔語釈〕参照。

28**死**　『蔣之翹注本』には「歺」に作る。同義。前出。

32**木**　『全』は「水」に作り、「一ニ作ルレ木ニ」と注記する。「水」では意味上、不適切である。『四部叢刊本』『故宮博物院本』『五百家註本』『東雅堂本』『蔣之翹注本』『韓昌黎詩繫年集釈』により、「木」をとる。〔語釈〕参照。

雁　『四部叢刊本』『故宮博物院本』『五百家註本』『東雅堂本』『蔣之翹注本』には「鴈」に作る。「鴈」は「雁」の或体で、同義。

34**軟**　『東雅堂本』『蔣之翹注本』『韓昌黎詩繫年集釈』には「輭」に作る。「輭」が本字であるが、通行の「軟」に従う。

詩型・韻字

五言古詩。齒《し》・已《い》・止《し》・恥《ち》・死《*し》・己《き》・水《*すい》・比《*ひ》・似《じ》・矣《い》・紀《き》・指《*し》・恃《じ》・爾《じ》・視《*し》・喜《き》・美《*び》・子《し》（上声紙韻〔紙旨止韻〕）。

語　釈

0**落歯**　この題は三通りの解釈が可能である。①「らくし」と訓《よ》み、「落ちた歯」と解する。「落」を「歯」の修飾語ととる考え方。吉川幸次郎・桑原武夫『新唐詩選続篇』（吉川幸次郎執筆）岩波新書、岩波書店、一九五四年）に「落つる歯」と訓んでいるのも同じ。この吉川『新唐詩選続篇』をはじめとして、前野直彬編『唐詩鑑賞辞典』（陳明新執筆）東京堂出版、一九七〇年）、吉川幸次郎・小川環樹編『唐詩選』（筧文生執筆）筑摩叢書、筑摩書房、一九七三年）、松浦友久・田口暢穂『中国の名詩鑑賞6』（田口暢穂執筆）明治書院、一九七六年）、前野直彬・斎藤茂『韓退之』（中国の詩人、集英社、一九八三年）などがこの解をとる。また、古く和刻『蔣之翹注本』も、「落歯」とあるのみで返点・送りがなを付していないから、この訓みをとっているのであろう。②「歯を落とす」「歯を落つ」（この場合の「落つ」は、古語の他動詞）と訓み、「歯が抜けおちた」と解する。「落」を他動詞ととる考え方。久保天随『韓退之詩集』上（続国訳漢文大成、国民文庫刊行会、一九二八年）の「歯を落つ」がこの解をとる。③「落歯《らくし》」と音読するか、あるいは「歯落《はお》つ」と訓読し、「歯が抜けおちた」と解する。中国語の文には、人・事物の存在や現象・物の出現消失を表現するとき、存在する人・物、出現消失した事物を動詞の下に置く構文（「存現文」という）がある（例：有《リ》レ人。生《ズ》二白露一。発《ス》二棹歌一。など）。この「落歯」も、存現文と考えることができる。手許の訳注書・鑑賞書類では、この立場に立つものは見当たらないが、「生歯・生牙」（歯が生える）の反意語として、③と見るのが妥当であろう。したがって本書では③の解を採っておく。本文中で「一牙落ち」「一歯落つ」などと訓んであるのも、同様に存現文と見ての訓である。

〔校語〕でふれたとおり、この詩題を『故宮博物院本』『五百家註本』には「歯落」に作る。「歯落」ならば「歯落《はお》つ」で、「歯が抜け落ちた」という意になり、意味は明らかになる。しかし平板な形になってしまい、趣を欠く憾みは免れない。

1 **落**　前項に述べた如く、存現文と見て、「一牙落《お》つ」と訓《よ》んでおく。以下も同じ。和刻『蔣之翹注本』、久保『韓退之詩集』、吉川ほか『唐詩選』（筧執筆）などのように「（を）落とす」と訓むものもある。

牙　奥歯《おくば》。

2 **歯**　前歯《まえば》。第1句で「牙」といい、第2句で「歯」と対比させたのは押韻を考慮してのことか。また、同じ表現を避ける意図もあろう。

3 **俄然**　にわかに。急に。吉川『新唐詩選続篇』に「俄然、すなわちがらがらと」と訳しているが、「俄然」＝「がらがらと」という意ではなく、急につぎつぎと歯が抜けたさまを「がらがらと」と言いかえたものであろう。

落六七　吉川『新唐詩選続篇』、前野『唐詩鑑賞辞典』（陳執筆）、松浦ほか『中国の名詩鑑賞6』（田口執筆）は「六七」を「落」という動詞の程度・数量を表す補語と見て、「落つること六七」と訓《よ》んでいる。いま「六七歯落つ」の意と考えて存現文と見ておく。

4 **落勢**　（歯が）抜け落ちるというなりゆき・傾向。「勢」は「いきおい」であるが、「なりゆき・傾向」「ありさま・ようす」などの意にとっておく。「はずみ」というほどの意にとっているように思える訳注書・鑑賞書もある（久保『韓退之詩集』、前野『唐詩鑑賞辞典』（陳執筆）、吉川ほか『唐詩選』（筧執筆）、前野・斎藤『韓退之』）が、いま上記の如く解する。

殊　「ことに」「とりわけ」等、強調を表すが、ここでは否定の強調に用いられ、「いっこうに・まったく（……ない）」等の意。止水『韓愈詩選』（香港三聯書店、一九八三年）は、張相『詩詞曲語辞匯釈』巻二に「殊《ハ》、猶《ホ》《シ》レ猶《ノ》也」と解するのを引いて、この「殊」も「猶」（なほ）の意にとる。しかし張相の論拠は『文選』巻三〇、謝霊運「南楼中《ノ》《ニテ》望《ム》二所《ノ》レ遅《まツ》客《ヲ》一」詩の「園景早《ク》已《ニ》満《ツルモ》、佳人殊《ニ》未《ダ》レ適《かへら》」の「殊」を、五臣注本では「猶」に作るから、「殊《ハ》即《チ》猶也」というものである。この「殊」は、胡克家重刻李善注本には「猶」に作り、「殊」が安定した形とは言い難い。また文字の異同は、字義が同じであるために書き換えられて生ずるとは限らない。「殊」＝「猶」とする解に全面的に同意するのは些かためらわれる。張相の挙げている例には「猶」と解し得るものもあるが、「未」にかかる副詞ととるだけでよさそうなものが多い。止水説は一解として紹介するにとどめておく。

5**餘存**　あとにのこっている歯。「餘」は「そのほかの」ではなく、「のこりの」の意。

6**止**　「落勢」がとまり、状態が落ち着く。

8**豁**　からっと開けたさま。空虚なこと。ここでは歯の抜けたあとがうつろになっていること。

10**始憂**　やっと心配するようになる。

即死　すぐに死んでしまう。「即」は「すぐに・ただちに」。

12**懍懍**　危ぶみおそれるさま。『尚書』「泰誓」に「百姓懍懍《トシテ》、若《シ》レ崩《スガ》ニ厥角《そノつのヲ》一」とあり、偽孔伝に「言《いふこころハ》、民畏《レ》ニ紂之虐《ヲ》一、危懼《シテ》不レ安《カラ》、若《ク》三崩二摧《スルガ》其角《ノヲ》一、無《シ》レ所レ容《ルル》レ頭《ヲ》」とある。ここでは「危ぶみおそれる心持ち」というほどの名詞化した気分で「懍懍たること」と訓《よ》んでおく。吉川『新唐詩選続篇』に「懍懍のこころ」、前野『唐詩鑑賞辞典』（陳執筆）に「懍懍」と訓むのも、おそらくその意。

恒在己　「懍懍たる心持ち」が、いつもわが身にとりついている。「己」が「已」であれば、「懍懍たること恒《つね》に已《をは》りに在り・已《をは》るまでに在り」などと訓み、「危ぶみおそれる心持ちが、一本の歯が抜けてしまうまでつづく」と解することになろう。

13**叉牙**　①欠けてまたになった歯。②わかれてふぞろいなさま。前野『唐詩鑑賞辞典』（陳執筆）、松浦ほか『中国の名詩鑑賞6』（田口執筆）は、ともに①の意に解し、吉川『新唐詩選続篇』、吉川ほか『唐詩選』（筧執筆）、止水『韓愈詩選』、陳邇冬『韓愈詩選』（人民文学出版社、一九八七年）は②の意に解している。いま「叉牙として」と訓み、畳韻の擬態語と考えて、②の解を採ることにする。なお、久保天随『韓退之詩集』に「動く貌」と解するのは、その根拠がよくわからない。

14**顛倒**　さかさまになる。ひっくりかえる。歯がぐらぐらして、口をすすぐ勢いでひっくりかえるように感じることをいう。

怯　おじける。おそれる。

漱　うがいをする。くちすすぐ。

15**終焉**　しまいに。ついには。「焉」は、状態を表す助字。

16**与崩山比**　山が崩れるのと同じような（たいへんな）心持ち。「比」は、ひとしい、おなじ。「与」は、比較の対象を示すのに用いる前置詞。「……とくらべて（……である）」。「校語」に示した如く、「意欲崩山比」に作るテキストがある。「意《こころ》に崩山《ほうざん》に比《ひ》せんと欲《ほっ》す」と訓み、「心中、山が崩れるのと比べたいほどの気持ちになる」という解になろうか。

17**今来**　「来」は、時間を表す語につく助字。いまは。いまでは。

熟　なれる。「習熟」の意。

18**相似**　歯が抜けるありさまが、どの場合も似ている。吉川『新唐詩選続篇』にはこの句を「落つるものの空しく相い似たるを見るのみ」と訓《よ》んでいるが、意味上はほぼ同じ。なお、前野・斎藤『韓退之』は、「落つるを見ること空しく相似たり」と訓み、「どの歯がぬけても同様にむなしく見送るばかりだ」と訳している。これは「相似」を、「(歯が抜けるのに対処する態度が)どの歯が抜けた場合も同じようだ」と解したものであろう。いまは上記の如く解しておく。

20**次第知落矣**　この「知」は「為《な》す・作《な》す」の意で、「知」および一句の主語は「のこっている二十餘本の歯」。一句全体で「次第に　落つる（こと）を知《な》（為）さん」（次々と抜け落ちてゆくだろう）の意。先行諸訳は、「知」および一句の主語を韓愈として「次々と抜け落ちることはわかっている」「次々と抜けてゆくにきまっている」等と訳すものが多いが、「次第」は「落」にかかるのではなく、「知」にかかっているのであるから、「知」の主語を韓愈とすることはできない。したがって、かりに訓読を「知《し》る」と訓んでおく場合でも、その主語は「歯」で、「（のこった二十餘本の歯も）自分たちが抜け落ちてゆくことを、一本ごとに承知している」という構文で解釈することが必要になる。

21**儻**　もし。仮定の副詞。

歳　ここでは「毎年」の意。「としごとに」と訓《よ》む。

落一　一本（の歯）が落ちる。前に述べたとおり、存現文と見ておく。「校語」にふれた如く「一落」に作るテキストがあるが、それならば「一落《いつお》つれば」で、平叙文として解すればよい。

22**足**　「……するのに十分である」。

両紀　二四年。『書経』「畢命」に「既ニ経二三紀ヲ一、世変ジ風移ル」とあり、その偽孔伝に「十二年ヲ曰フレ紀ト」とある。「両紀」で二四年である。二十餘本がのこっているのなら、毎年一本抜けても二〇年以上はもつことになる。

23**併空**　歯が一度に抜けてしまうこと。「併」は、二つ以上のことが同時におこることをいう。

24**漸**　歯が次第に抜けること。「漸」は、事態が次第に進行することをいう。

指　むね。ことの内容。「旨」に同じ。

25**人言**　「ある人は言う」「誰か……という人がいる」という気分に解し、「我は言ふ」と対比させて考えておく。

26**理難恃**　当然、あてにならない。「恃」は、たのみとする、たよる。歯が抜けるのは肉体の衰弱のあらわれであり、したがって理の当然として寿命もあてにならなくなる。

27**生有涯**　人の生は有限である。「涯」は、きわまり、かぎり。『荘子』「養生主」に「吾生ガ也ヤ有リレ涯《かぎり》」とある。

30**諦視**　よくよく見る。じろじろ見る。「諦」は、つまびらか。『説文』三篇上に「諦、審也」とある。「諦」には「あきらむ」という和訓があるが、本来の字義としては「あきらかにする、はっきりさせる」意の「あきらむ」である。「実現できないと認めてあきらめる」の意にあてるのは、我が国での用法。

31**荘周**　荘子のこと。荘子の言は次項参照。

32**木雁各有喜**　『荘子』「山木」に、役に立たぬ木は切られずに天寿を全うすることができ、反対に声の悪い雁は先に殺されて料理されてしまう、有能だから身を全うするとも限らぬし、無能だから助かるというわけでもない、という説話が見える。世の中の幸不幸のはかり難いことをいう。「荘子行キ二於山中一、見ル二大木ノ枝葉盛茂スルヲ一。伐ルレ木ヲ者止レドモ二其ノ旁ニ一而不レ取ラ也。問フニ二其ノ故ヲ一、曰ハク、无シトレ所レ可キレ用フ。荘子曰ハク、此ノ木以テ二不材ヲ一得タリトレ終フルヲ二其ノ天年ヲ一。夫子出デ二於山ヲ一、舎《やどル》二於故人之家ニ一。故人喜ビテ命ジテ二豎子ニ一、殺シテレ鴈ヲ而烹《に》シムレ之ヲ。豎子請ウテ曰ハク、其ノ一ハ能ク鳴キ、其ノ一ハ不レ能ハレ鳴ク。請フ奚《いづレヲカ》殺サント。主人曰ハク、殺セト二不ルレ能ハレ鳴ク者ヲ一」と。「校語」で、『全』の本文に「水雁」に作るのは意味上不適切なので「木雁」をとると述べたのは、この『荘子』をふまえた語であるからである。

33**語訛**　ことばがなまる。歯が抜けたために発音が変になるのである。

34**嚼**　歯でものをかむこと。「咀嚼」の意。
還　また。さらに。
美　うまい。おいしい。
35**因**　そこで。
遂　かくて。そこで。「とうとう。結局」の意ではない。
36**詑**　ほこる。「誇」に同じ。「わびる・わび」にこの字をあてるのは、我が国での用法。

通　釈

歯が抜け落ちる

去年、奥歯が一本抜け、今年は前歯が一本抜けた。にわかに六本七本と抜け落ちてゆくが、歯の抜ける形勢はいっこうに止まることがない。あとにのこっている歯もみなぐらぐらと動き、全部抜けて、やっとおさまるらしい。

思えばその初め、一本が抜けた時、ただ、口の中に穴があいたのが恥ずかしいと思っただけだった。二本三本と抜けてみると、体が衰えて、このまますぐに死ぬのではないかと心配になりだした。一本が抜けそうになるたびに、びくびくした気持ちがいつも私につきまとっていた。歯はでこぼこして、物を食べるのも不自由だし、ぐらぐらとひっくりかえるようで、うがいをするのもびくびくものだった。ついに（だめになった歯が）私を見捨てて抜けてしまうときは、山が崩れるのと同様な大層な気持ちになった。（だが）近ごろは抜けるのにも慣れてしまい、抜けるのを見ても、ただ、いつものとおりだと思うばかりだ。今のこっている二十何本も、次々に抜け落ちてゆくだろう。しかし、もし毎年一本が抜けるのなら、二十四年間は十分にもつ。（また）もし、全部抜け落ちて一度に空になってしまうとしても、少しずつ抜けてゆくのと、結局は同じことだ。

ある人は言う、歯が抜けたからは、寿命も当然、あてにならなくなりましたね、と。私は言う、人生には限りがあるもの、長寿でも短命でも、どちらもいずれは死ぬのだ、と。ある人は言う、歯にぽっかりとすきまがあっては、周囲の人が驚いてじろじろ見るでしょう、と。私は言う、荘周が云ったように、木や雁には有能か無能かでそれぞれの幸いがあるのだ、と。言葉が変になるならば、黙っているのがよろしい。ものが噛めなくなったならば、軟らかなものがさらにおいしくなるというものだ。そこでこんな気持ちを歌い、詩にまとめあげ、それを妻や子供に見せて威張るようなわけだ。

諸説の異同

特記事項なし。

備　考

歯が抜け落ちてゆくさまをうたった詩で、韓愈らしいユーモアを感じさせる作品である。歯の抜けるさま、自身の感慨、それらをうたう表現の克明さ、また、「落」字の反覆の手法などにも、韓愈らしい特徴を認めることができる。

この詩の制作時期は貞元一九年（八〇三）と推定されている。韓愈の、貞元一八年（八〇二）の「与《フル》㆓崔羣《ニ》㆒書」に「近者《ちかごろ》尤《モ》衰憊《シ》、左車《ノ》第二牙、無㆑故《ク》動揺《シテ》脱去《ス》」（車は、はぐき）とあり、この詩に「去年一牙落ち、今年一歯落つ」といっていることから、そう推定するのである。貞元一九年（八〇三）には作者は36歳、四門博士から監察御史に転じた年にあたる。随分と早くから歯を悪くしていたことになるが、後に「贈《ル》㆓劉師服《ニ》㆒」詩で「我今呀豁《シテ》落《ツル》者多《シ》、所《ノ》㆑

存スル十餘モ皆兀靴《ごつげつ》タリ(不安で落ち着かぬさま)」とうたったのは45歳の時であった。他にも、韓愈が歯の悪いことをいう詩文は多い。この詩のユーモラスな響きとは裏腹に、相当気にしていたことがうかがえよう。

(田口　暢穂)

魚《ぎょ》玄《げん》機《き》

0 送別
送別《そうべつ》

1 水柔逐器知難定
水柔《みづやはら》かにして器《うつは》を逐《お》ふ　定《さだ》め難《がた》きを知《し》る

2 雲出無心肯再歸
雲《くも》出でて心《こころ》無《な》し　肯《あ》へて再《ふた》び帰《かへ》らんや

3 惆悵春風楚江暮
惆悵《ちうちやう》す　春風楚江《しゆんぷうそかう》の暮《くれ》

4 鴛鴦一隻失羣飛
鴛鴦一隻《ゑんあういつせき》　群《むれ》を失《うしな》つて飛《と》ぶ

テキスト 『全』八〇四-11-9055 ◆『才調集』一〇(四部叢刊)◆『万首唐人絶句』四〇(書目文献出版社、一九八三年)◆『唐女郎魚玄機詩一巻』(用宋睦親坊陳解元書棚本景印)◆『名媛詩帰』一一(明、趙宦光・黄習遠修訂)

校語

0 **送別** 『万首唐人絶句』『才調集』『名媛詩帰』は「送別」詩の「其二」として記載する(「備考」参照)。『全』『唐女郎魚玄機詩一巻』はそれぞれ独立した「送別」に作る。

1 **水柔** 『全』は題下に「一ニ作ルレ流ニ」と校注する。『名媛詩帰』は

「水流」に作る。

詩型・韻字　七言絶句。帰《き》・飛《ひ》（上平声微韻〔微韻〕）。

語　釈

1 **水柔逐器**　『荀子』八「君道」に「君《ナル》者《ハ》槃《はん》（たらい）也。槃円《ニシテ》而水円《ナリ》。君《ナル》者盂《う》（はち）也。盂《う》方《ニシテ》水方《ナリ》」とあり、『韓非子』一一、「外儲説左上」に「孔子曰《ハク》、為《たル》二人君一者《ハ》猶《ホ》レ盂《キ》也《ノ》。民猶《ホ》レ水《キ》也《ノ》。盂方《ナラバ》水方《ニ》、盂円《ナラバ》水円《ナリ》」とある。いずれも槃（たらい。盤に同じ）、盂（茶わん）を君主に、水を民にたとえて民の意は君主の意に随うことをいう。ここでは水を自分自身に、器を別れた相手に喩えていう。

2 **雲出無心**　『陶淵明集』五「帰去来辞」に「雲無心《ニシテ》以《テ》出《ヅ》レ岫《ヲ》」（岫は谷）とある。ここでは別れた人を雲にたとえていう。

3 **惆悵**　思い切れず残念がる、恨み悲しむ。同じく「帰去来辞」に「奚《なんゾ》惆悵《トシテ》而独悲《リシマン》」とある。chōu chàng と声母（子音）を同じくする双声の擬態語。

楚江　湖南、湖北一帯の河をさす。

4 **鴛鴦**　おしどり。仲の良い夫婦にたとえる。

一隻　一羽。

通　釈

送別

水は「方円の器に随う」とか、私もあなたの意に随うよりほかはなく、自分で自分の運命を定めることはできないとわかっております。あなたは雲が無心に谷を出ていくように私のもとを去って、もう二度ともどって来ては下さらないでしょう。ここ春風の吹く南方の地の川のほとり、日暮れ時に私は思い切れないあなたのことを悲しくうらめしく思うばかり。仲の良いおしどりの一羽が、はぐれて飛んでいるのは、まるで今の私のこの身の上のようです。

諸説の異同

特記事項なし。

備　考

○〔校語〕の項に記したように、この詩は、『万首唐人絶句』『才調集』『名媛詩帰』では「送別」詩の其二となっている。其一の送別詩は魚玄機の詩としてはこの詩と同様に有名な次の作品である。

送別
秦楼幾夜愜心期
不料仙郎有別離
睡覚莫言雲去処
残灯一醆野蛾飛

送別《そうべつ》
秦楼《しんろう》　幾夜《いくよ》か愜《きょうしん》心を期《き》せしも
料《はか》らざりき　仙郎《せんろう》　別離《べつり》有《あ》らんとは
睡覚《すいかく》　言《い》ふこと莫《な》し　雲去《くもさ》りし処《ところ》
残灯一醆《ざんとういっさん》　野蛾《やが》　飛《と》ぶ

（秦楼は妓館のこと。秦の穆公の娘、弄玉《ろうぎょく》と、簫の名手蕭《しょう》史が結婚し、二人して簫を吹くと鳳凰が飛来した。やがて二人は鳳凰に乗り去っていったという『列仙伝』の故事による。転じて秦楼は妓館を指す。愜心は満足すること。仙郎は仙人の若者。蕭史をいう。転じて魚玄機の相手の男を指す。睡覚は、ねむりがさめること。）

其一と其二の詩は、いずれも魚玄機が愛人李億との別れを詠んだものと考えられている。李億の名は『北夢瑣言』九、『唐才子伝』八、『全』小伝中にみえるが、『全』作品中にはその名はみえず、「贈鄰女」の下注に「一作《ニル》レ寄《スニ》二李億員外《ニ》一」とあるのみである。『才調集』では「寄《ス》二李億員外《ニ》一」に作っているが、この人物の実在性についても疑問も提出されている（魚玄機像の変遷も含めて、西村富美子「唐代女流詩人論―魚玄機」（『四天王寺女子大紀要』6、一九七三年）に詳論がある）。

○　魚玄機は、侍女の緑翹《りょくぎょう》殺害事件を森鷗外が「魚玄機」という小説に仕立てたことにより、我が国でもその名がよく知られている。その事件の詳細については『太平広記』一三〇や『続談助』三が記録を残している。特に本稿最後に原文を掲載する『太平広記』は、構成が物語的でリンチ場面や死体発見の場面など、凄惨で生々しい迫力がある。森鷗外の小説は、大筋ではそれらの資料によっているが、彼の創作による部分もいくつかみられる。たとえば楽人陳某を彼女の恋人とした点などである。

また、『太平広記』『続談助』には記さないが、『北夢瑣言』『全唐詩』小伝は、刑を執行した京兆尹を温璋《しょう》としている。この点について、曲文軍「女詩人魚玄機考証三題」（『復印報刊資料　中国古代、近代文学研究』一二期、一九九二年）中には、魚玄機の死と温璋とは無関係とする論証がされている。その内容を要約すると、魚玄機の死が『三水小牘』の記載によれば咸通《かんつう》戊子（八六八年）であるのに対し、温璋は咸通の末には徐泗《し》節度使であって、京兆府の長官となったのは八七二年で魚玄機の死の四年後であるということ、さらに、『太平広記』四九に引く『三水小牘』によれば、温璋が財を貪る酷吏で評判が悪く、そのために貧しい道士であった魚玄機の死と結びつけられたのではないか（お金があれば、賄賂によって罪を赦された）ということである。

一女僮曰緑翹。亦明慧有色。忽一日、（魚玄）機為鄰院所邀、将行、誡翹曰、「無出。若有客、但云在某処」。機為女伴所留。迨暮方帰院。緑翹迎門曰、「適某客来、知錬師不在、不舎轡《くつわ》而去矣」。客乃機素相暱者。意翹与之私、及夜張燈扃戸、乃命翹入臥内訊之。翹曰、「自執巾盥数年、実自検御、不令有似是之過、致忤尊意。且某客至扣扉、翹隔闔報云、『錬師不在』。客無言、策馬而去。若云情愛、不蓄於胸襟有年矣。幸錬師無疑」。機愈怒。裸而笞百数、但言「無之」。既委頓、請杯水酹地曰、「錬師欲求三清長生之道、而未能忘解佩薦枕之歓、反以沈猜、厚誣貞正。翹今必斃於毒手矣。無天則無所訴。若有、誰能抑我彊魂。誓不蠢蠢於冥冥之中、縦爾淫佚」。言訖、絶于地。

機恐。乃坎後庭瘞之。自謂人無知者。時咸通戊子春正月也。有問翹者、則曰、「春雨霽逃矣」。客有宴於機室者。因溲於後庭、当瘞上、見青蠅数十集于地、駆去復来。詳視之、如有血痕、且腥。客既出、竊語其僕。僕帰復語其兄、其兄為府街卒。嘗求金於機、機不顧。卒深銜之。聞之、遽至観門覘伺、見偶語者。乃訝不覩緑翹之出入。街卒復呼数卒、攜鍤具、突入玄機院発之。而緑翹貌如生。卒遂録玄機。京兆府吏詰之、辞伏。而朝士多為言者。府乃表列上。至秋竟戮之。在獄中亦有詩曰、「易求無価宝、難得有心郎」。「明月照幽隙、清風開短襟」。此其美者也。

『太平広記』一三〇「緑翹」

（山崎　みどり）

許《きょ》　渾《こん》

0秋思
1琪樹西風枕簟秋
2楚雲湘水憶同遊
3高歌一曲掩明鏡
4昨日少年今白頭

秋《しう（しゅう）》　思《し》（秋《あき》の思《おも》ひ）
琪樹《きじゆ》の西風《せいふう》　枕簟《ちんてん》の秋《あき》
楚雲《そうん》　湘水《しやうすい》　同遊《どういう》を憶《おも》ふ
高歌《かうか》一曲《いつきよく》　明鏡《めいきやう》を掩《おほ》ふ
昨日《さくじつ》は少年《せうねん》　今《いま》は白頭《はくとう》

テキスト　『全』五三八-8-6139 ◆『選』八 ◆『体』七絶 ◆『許用晦文集』（南宋蜀刻本）一 ◆『万首唐人絶句』（趙宧光等修訂）二九 ◆『唐音』一三 ◆『唐詩品彙《ひんい》』五三 ◆『石倉十二代詩選』唐巻六三 ◆『丁卯詩集』上（『唐詩百名家全集』）◆『唐音統籤《とうせん》』五九一、戊籤《ぼせん》五 ◆『全唐詩録』八〇 ◆『丁卯集』上（四部叢刊本）◆清、許培栄『丁卯集箋註』八 ◆江聡平『許渾詩校注』（台湾中華書局）

校語
0**秋思**　『全』では題下に「一作《ル》二秋日《ニ》一」との校語がある。『許用晦文集』『丁卯詩集』『丁卯集』『許渾詩校注』は「秋日」に作る。
1**枕**　『全』では「一作《ル》レ華《ニ》」との校語がある。『許用晦文集』『石倉十二代詩選』『丁卯詩集』『丁卯集』『許渾詩校注』は「華」に作る。
2**水**　『全』では「一作《ル》レ月《ニ》」との校語がある。『許用晦文集』『石倉十二代詩選』『丁卯詩集』『丁卯集』『許渾詩校注』は「月」に作る。

詩型・韻字　七言絶句。秋《しう》・遊《いう》・頭《*とう》（下平声尤韻〔尤侯韻*〕）。

語釈
0**秋思**　秋の物思い。秋の悲しみ。「思」には、愁・悲・怨・哀の意もある（郭在貽《ざいい》「唐詩異文釈例」〔『文史』一九輯、一九八三年所収〕参照）。月舟寿桂編『三体詩幻雲抄』（勉誠社影印）に「秋思ト云ハ、宋玉カ九弁ニ、悲哉秋之為気也、ト云テカラ、秋ハカナシイソ。又秋ハ粛殺気アリ。草木黄落スルホトニ、カウカナシイソ」と。「秋思」は楽府題（琴曲歌辞）とも考えられるが、『楽府詩集』には未収。
1**琪樹**　琪は玉の一種。玉のようにつややかで美しい樹。「珠樹」とほぼ同意。ここでは、庭の木々を美しく形容する。笁顗常《じくけんじよう》（釈大典）『唐詩解頤《かいい》』には「樹青くして玉の如くなるを謂ふなり」と注する。晋の孫綽《しやく》「遊《ブノ》二天台山《ニ》一賦」（『文選』巻一一）に「琪樹璀璨《さいさん》《トシテ》而垂《ル》レ珠《ヲ》」とある。
西風　秋風。ちなみに、東風は春の風、南風は夏の風、北風は冬の風。東西南北を四季に配した表現。
枕簟秋　「簟」は、緑の竹を割き、その表皮を編んで作った夏の敷物。竹製のござ。「タカムシロ」。暑い夏に寝台の上に敷き、なめらかで涼しい肌ざわりを楽しむ。「枕簟」で、「枕辺のタカムシロ」「就眠のためのタカムシロ」の意。その心地よい触感が冷たく感じられるころすでに秋が訪れている。白居易の「夜坐《ス》」詩には、「秋《ハ》従《リ》二簟上一生《ズ》」とある。なおこの部分は「枕簟秋なり」とも読める。

2楚雲湘水　楚は長江の中流域、今の湖北・湖南の両省一帯を指す。「湘江」に同じ。源を広西壮《チワン》族自治区の海洋山（旧、陽海山）に発し、途中、湖南省永州市で瀟水と合し、洞庭湖に注ぐ。戴叔倫「湘川野望」詩にも「今日登《リテ》レ高《キニ》望《メドモ》不レ見《エ》、楚雲湘水各〻悠悠」とある。平野彦次郎『唐詩選研究』（明徳出版社、一九七四年）は、「この詩では定まった水名ではなく、楚雲と対《つい》して、洞庭付近の水を湘水と泛称《はんしょう》している」とする。

ちなみに、許渾は若いころ洞庭湖の南に住んだことがある。この点はすでに唐邦治「唐郢州刺史許渾伝」（『鎮・丹・金・溧《りつ》・揚　聯合月刊』第二期、一九四六年）に言及されているが、より詳しく論じたのは董乃斌《とうだいひん》「唐詩人許渾生平考察」（『文史』二六輯、一九八六年）である。その論文にいう。許渾の「下第《シテ》貽《ル》二友人《ニ》一」詩に「身《ハ》在《ルモ》二関西《ニ》一家《いへス》二洞庭《ニ》一」とあり、「鄭秀才東帰《ス》、憑《リテ》達《ス》二家書《ヲ》一」詩にも「欲《スルモ》レ寄《セント》二家書《ヲ》一少《まれナリ》二客《ノ》過《グルコト》一、閉《ザシ》レ門《ヲ》心《ハ》遠《シ》洞庭《ノ》波《ニ》」とある。許渾がかつて湖湘一帯に住んだことは確かであり、この点を証明する許渾の詩も多い（本詩「秋思」もその一例）。元和一〇年（八一五）ごろ、許渾は、淮西節度使呉元済《ごげんさい》の反乱による戦災を避けるため、南下して湖南に移り住み、そこで約六、七年間居住したあと江南の丹陽に移った、と。同論文は、聞一多説に従って、許渾は徳宗の貞元七年（七九一）に生まれたとする。とすれば、許渾が湖南に寓居していた時期は20代後半にあたる。ただ、許渾の生年は現在のところ確定できず、貞元三年（七八七）前後（卞《べん》孝萱《けん》・喬長阜「許渾」、後引）や、貞元四年（七八八）（羅時進「許渾生年考」『陝西師大学報』〈哲学社会科学版〉一九八八年四期）とする説もある。これによれば30代前後となるが、いずれにしても若いころである。

わが江戸時代の説心和尚『三体詩素隠抄』巻一（勉誠社影印）はこの句の楚雲を、楚の襄王と一夜の契りを結んだ巫山の神女、湘水を、舜のあとを追って身投げし、湘水の女神となった二妃、娥《が》皇《こう》・女英《じょえい》ととり、若き日にこの地で彼女らのような美人と遊んだことを述懐すると解釈する。これは古い注釈書に多い。江戸期の入江南溟『唐詩句解』も「借りて以て、少《わか》き時、朋友と倡家に遊びし時を言ふ」と解釈する。石川忠久『漢詩のこころ』（時事通信社、一九八〇年）もこの立場であり、第2句は「単に景色のよい地に遊んだことにとどまらず、美しい女性たちを訪ねて遊んだという甘美な思い出が色濃くたちのぼるのである」と指摘する。しかし、若いころ湖湘地帯に住んでいた体験をふまえた表現ととれば、必ずしもそのように解釈しなければならない必然性はない。

憶　一般に過去の事象との関連において用いられ、思い出す、もしくはおぼえている意。潜在している記憶を思い起こすこと。

3高歌一曲掩明鏡　「高歌一曲」は高らかに歌の一節を歌う。昔を思い出し、気分が若やいだのであろう。あるいはまた、竺顕常『唐詩解頤』は「悶を遣《や》る所以」なり、つまり、憂さ晴らしのための行為ともみなせる、とする。江戸期の宇野鼎『唐詩集註』などもこの立場である。「明鏡を掩う」は、自分の老衰した姿を見るに忍びないのである。この部分、漢の班婕妤《しょうよ》「擣《とう》素《そノ》賦」の「対《シテ》二秋風《ニ》一掩《フ》レ鏡《ヲ》」をふまえる。

4 **昨日少年今白頭**　「昨日」は「近い過去」。「ほんの昨日までは」。遠い過去を近い過去として振り返る語気を示す。「少年」は「青年・若者」の意。この一句は、いわゆる句中対（当句対）の手法によって、人間の老いやすいことを表現したもの。阮籍「詠懐詩」（其五）に、「朝《ニハ》為《ルモ》二媚少年《ト》一、夕暮《ニハ》成《ル》二老醜《ト》一」とある。

なお、江聡平『許渾詩校注』は転、結の二句を、李白の「将進酒」の「君不《ヤ》レ見、高堂明鏡《ノ》悲《シム》二白髪《ヲ》一、朝《ニハ》如《キモ》二青糸《ノ》一暮《ニハ》成《ル》レ雪《ト》」および「岑夫子《しんふうし》、丹丘生。将《ニ》レ進《メント》レ酒《ヲ》、君莫《カレ》レ停《ムル》。与《ために》レ君《ガ》歌《ハン》二一曲《ヲ》一、請君為《ニ》レ我《ガ》側《テテ》レ耳《ヲ》聴《ケ》」（『正編』六五九頁以下参照）をふまえるらしい、とする。

釈清潭『国訳三体詩』（国民文庫刊行会、一九二一年）は、本詩を「此の詩の如きも、太白の『秋浦歌』と張九齢の『照鏡見白髪』の二絶を粉本として成りしもの、とくに清新を見ず」と評する。因みにこの二絶は、それぞれ『正編』二三三頁、六五五頁に収める。

通釈

　秋の思い

玉のようなつややかな庭樹に秋風が立ち、（夏の間心地よかった）枕辺のたかむしろにも、ひんやりとした秋の気配を感じるようになった。（なつかしき）楚の空に浮かぶ雲よ、（美しき）湘水の流れよ。かつて共に遊んだ友人たちのことを思い出す。

高らかに歌のひとふしを口ずさんだものの、傍らの鏡に蓋をしてしまった。ああ、ほんの昨日までは若者だった私が、今はすっかり白髪頭の老人となってしまったのだ。

諸説の異同

特記事項なし。

備　考

(1) 本詩の制作時期について

本詩は、秋の訪れに、ふと鏡に映ったわが老衰した姿を見たときの、驚きと悲哀を歌う。いわゆる嘆老の詩であり、恐らくは晩年に近いころの作であろう。『(新刻李袁二先生精選) 唐詩訓解』に「此れ秋を感じて少年の遊を憶ふ。因りて自ら其の衰老を嘆《なげ》くなり」と評する。

この点について、従来の解説書では、晩年の郢《えい》州（湖北省鍾祥市）刺史時代の作とするもの（例えば、簡野道明『唐詩選詳説』下〔明治書院、一九二九年〕、内田泉之助『新選唐詩鑑賞』〔明治書院、一九五六年〕）、或いは同じく晩年、潤州の丁卯橋《ていぼうきょう》のあたりに引退したおり、郢州刺史の時代を回想して詠んだとするもの（例えば、高木正一『唐詩選』四〔朝日文庫、朝日新聞社、一九七八年〕、平野彦次郎『唐詩選研究』、中島敏夫・佐藤保『唐詩選』下〔学習研究社、一九八六年〕）などがある。これまでは許渾の伝記に不明な部分が多かったため、2句目の「楚雲湘水」を、許渾の郢州刺史時代と関連させてとらえるのが一般的な解釈であった。

しかし、前述の如く、最近の研究によって許渾が若いころ「湖南」に寓居したことが明らかになった以上、従来の説は再検討されなければならないことになる。近年の研究成果によれば、晩唐の顧陶の「唐詩類選後序」を主な論拠として、許渾は大中八年（八五四）の終わりから、大中九年の初めごろ、鄂州刺史在任中に没したらしい（卞孝萱・喬長阜「許渾」（呂慧鵑《りよけいけん》ほか『中国歴代著名文学家評伝』続編1、山東教育出版社、一九八九年所収）、郭文鎬「許渾刺鄂及卒年考」（『江漢論壇』一九八九年五期）、植木久行「杜牧生卒年論拠考—許渾らの没年にも触れて」（『集刊東洋学』六八号、一九九二年）、謝栄福「許渾卒年・卒官質疑」（『文史』三五輯、一九九二年）など参照）。とすれば、この作品は、「楚雲湘水」の語から見て、「湖北」の鄂州時代を回想したもの、或いは鄂州時代に詠まれたものとするよりも、むしろ「湖南」に寓居していたころの旧友（たち）との思い出を、晩年のどこかの時点で追憶したもの、と考えておくのが妥当であろう。

(2) 本詩の作者について

『三体詩』では、この詩の作者を杜牧とする。許渾と杜牧は、詩が一部分錯綜していることで知られるが、この作品は現行の杜牧のテキストには採られておらず、かつ、『三体詩』以外に杜牧を作者とするものもないため、許渾の作とみて間違いはない。

（松尾　幸忠）

伝《でん》、荊叔《けいしゅく》

0 題慈恩塔　慈恩《じおん》の塔《たふ》に題《だい》す

1 漢國山河在　漢国《かんこく》　山河《さんが》在《あ》り

2 秦陵草樹深　秦陵《しんりよう》　草樹《さうじゆ》深《ふか》し

3 暮雲千里色　暮雲《ぼうん》　千里《せんり》の色《いろ》

4 無處不傷心　処《ところ》として心《こころ》を傷《いた》ましめざるは無《な》し

テキスト　『全』七七四－11－8774 ◆『選』六 ◆宋、計有功『唐詩紀事』八〇、不知名（中華書局本）◆宋、洪邁『万首唐人絶句』九六 ◆『唐詩品彙』四五（明、汪宗尼校訂本）◆明、趙宧光・黄習遠『万首唐人絶句』三 ◆明、李攀竜『古今詩刪』二〇（和刻本）◆『唐詩別裁集』一九（乾隆二八年、教忠堂重訂本）

校語

0 **題慈恩塔**　『古今詩刪』『唐詩別裁集』には、「塔」を「墖《たふ》」に作る。同意。『唐詩紀事』には「雁塔《ノ》詩《ニ》云《フ》」として引く。ちなみに、「題慈恩塔」は必ずしも本詩の原題ではなく、後人が仮につけた詩題の可能性が高い（〔備考〕参照）。いいかえれば、本詩の原題は不明であるとするのが実態に近い。

1 **山河**　『万首唐人絶句』（両種とも）は「河山」に作る。

伝、荊叔

2**草樹**　『唐詩別裁集』には「草」を「艸」に作る。本字。

詩型・韻字

五言絶句。深《しん》・心《しん》（下平声侵韻〔侵韻〕）。

語釈

0**題慈恩塔**　慈恩塔は慈恩寺の仏塔の意。慈恩寺は都長安城内の東南部、晋昌坊《しんしょうぼう》の東半分を占める大寺院。貞観《じょうがん》二二年（六四八）、まだ太子であった高宗李治《りち》が、亡母の追善のために林泉形勝の地にあった廃寺の跡を利用して再建した。その名は「慈母の恩」に由来する。竹林におおわれ、牡丹・藤・蓮・柿などの名所であった。また、塔は、インド求法の旅から帰った玄《げん》奘《じょう》（正しくはジョウではなく、ゾウ）が将来した大量の経典と仏像を安置するために建立したもの。最初は五層で、高さは一八〇尺（約五四メートル）、各階の中心には、仏舎利を一〇〇〇、あるいは二〇〇〇、あわせて一万粒あまりを納め、経典は上層部の石室に安置された。その後、この塔は心部が土で表面のみ磚《せん》（レンガ）であったため、まもなく老朽化した。このため、則天武后の長安年間（七〇一―七〇四）、今度はすべて磚を用い、高さを二層増して七層とした。人々は、らせん状の階段を登って、都を眼下に眺めることができた。唐代、この塔を一般に慈恩寺の浮図《ふと》（仏塔の意）と呼び、雁塔とも呼ばれた。詳しくは、小野勝年「長安の慈恩寺とその文化」（『龍谷大学仏教文化研究所紀要』一五、一九七六年）や、重光「唐大慈恩寺補記」（『考古与文物』一九八三年二期）、松浦友久・植木久行『長安・洛陽物語』（集英社、一九八七年）二二三頁以下、小野勝年『中国隋唐長安・寺院史料集成』（法蔵館、一九八九年）史料篇（八四頁以下）・解説篇（五五頁以下）、植木久行『唐詩の風景』（学術文庫、講談社、一九九九年）六三頁以下など参照。「題」は、壁などに詩歌等を題《か》きつける意。詳しくは、杜荀鶴「夏日題悟空上人院」詩の〔語釈〕（二八〇頁）参照。

1**漢国**　前漢の都長安の意。国は第一義的には天子の住む都（国都）を意味するが、その国都を中心にすえた国家の意を含ませて捉えてよい。前漢の都長安は、唐代の都長安とともに、今日の陝西《せんせい》省西安市に位置し、秦の都咸陽《かんよう》（咸陽市の東）もその近隣に位置する。詳しくは、武伯倫『西安歴史述略』（陝西人民出版社、一九七九年）や、前掲『長安・洛陽物語』など参照。ちなみに、前野直彬・石川忠久『漢詩の解釈と鑑賞事典』（旺文社、一九七九年）にいう。「唐代人は朝廷を憚《はば》かり、唐を漢に託して表現することが多い。ここも次の句の秦陵《しんりょう》と対《つい》をなし、文字どおり漢の国の意味を持つが、同時に唐朝の意をも含む」と。

山河在　在は、人の世の興亡や盛衰をよそに、昔ながらに確固として存在する意。重々しいひびきをもち、秦漢帝国がはかなく滅びたことを暗示する。人間の営為の瞬間性に対する、自然の悠久性を強調する言葉。

2**秦陵**　秦の始皇帝（前二五九―前二一〇）の陵墓《みささぎ》―驪《り》山陵《ざんりょう》（西安市の東方約三五キロメートルの臨潼《りんとう》県にある）を指す。その造営は、始皇帝が秦王に即位した13歳以後ほどなく始まり、数十万の罪人や各地の農民を駆りたてて大規模に行われた。かくて誕生する巨大な〝地下宮殿〟は、死後もなお、世界の帝王として生き続けようとする始皇帝の、すさまじい執念を物語る。

一九七四年、大量の兵馬俑《へいばよう》（土を材料とした陶製の兵士と馬の像）が発見され、今日、秦始皇兵馬俑博物館が造られている。詳しくは、前掲の『長安・洛陽物語』三〇頁以下や、吉川忠夫『秦の始皇帝』（中国の英傑1、集英社、一九八六年）、松浦友久編『漢詩の事典』三四七頁以下など参照。

草樹深　荒廃するさま。『唐詩選平箋註』の潘稼堂《はんかどう》の評に、「この二句は互文《ごぶん》なり。漢国と言へば、秦国も知るべし。秦陵と言へば、漢陵も知るべし」（平野彦次郎『唐詩選研究』（明徳出版社、一九七四年）所引）とあり、戸崎允明『箋註唐詩選』も、「秦・漢の世、已《すで》に滅亡して、今は惟《た》だ山河・丘陵有るのみ」という。内田泉之助『中国名詩集』（河出書房新社、一九六四年）もほぼ同じ。釈大典『唐詩解頤《かいい》』に、秦陵を「或いは亦《ま》た通じて五陵を言ふ」と注するのも、この立場に近い。五陵とは、唐の都長安の北を流れる渭水《いすい》の北岸に、東西に点在する前漢の五帝の陵墓（高祖の長陵、恵帝の安陵、景帝の陽陵、武帝の茂陵、昭帝の平陵）を指す。詳しくは、植木久行「詩語『五陵』考―地名の多義的用法をめぐって」（『古田教授退官記念中国文学語学論集』（東方書店発売、一九八五年）所収）や『漢詩の事典』三五五頁以下など参照。

ちなみに、前半二句は対句。その表現は、杜甫「春望」詩の「国破山河在、城春草木深」を踏まえるか。ただ清の沈徳潜『唐詩別裁集』は、単なる「暗合」であるとする。また高木正一『唐詩選』四（朝日文庫、朝日新聞社、一九七八年）にいう。前半二句は「唐人の漢によせる深い親愛感と、秦にいだく或るうとましさが感じられる」と。

3 **暮雲千里色**　色は色彩・光・様子などの意を含んだ景色。日暮れの雲が見わたすかぎり（千里四方）、わびしい夕焼け色に染まりつつ、しだいにたそがれていく情景。南斉の劉絵《りゅうかい》「餞《はなむけス》謝文学（謝朓）」（洪順隆『謝宣城集校注』四（台湾・中華書局、一九六九年、三四四頁）による）に、「汀洲《ていしゅう》千里芳、朝雲万里色」とある。

ちなみに、戸崎允明『箋註唐詩選』に「千里一望、惟《た》だ暮色の蕭条たるを見るのみ」と注し、久保天随『唐詩選新釈』（博文館、一九〇九年）に「千里一望、暮雲暗く立ちこめて居て」と訳するように、蒼茫たる暮色の迫りくる黄昏時《たそがれ》の陰暗な景色を想像するのが通説。ところが、松浦友久『唐詩の旅―黄河篇』（現代教養文庫、社会思想社、一九八〇年）は、

華やかな夕暮れの雲。千里のかなたまでひろがった茜《あかね》色。どこに目を向けても、わが心は痛むばかりだ。――「暮雲千里色」は、「朝雲万里色」（斉の劉絵《りゅうかい》「謝文学に餞《はなむ》けす」）などのように、一面にひろがった朝やけ夕やけの雲をいう。つかの間の荘厳とも言うべき夕暮れの天地の間に身をおいて、作者の心は、いよいよ敏感に時の流れを感受しているようである。

と述べ、時間的にやや早い情景を思い描く。

4 **無処不傷心**　服部南郭『唐詩選国字解』には、「処《ところ》として心を傷ましめずといふこと無し」と訓む。これは、より古い伝統的な訓み方（古訓）。「無……不……」は二重否定。戸崎允明『箋註唐詩選』に、「『処』の字、『色』の字は相照らす（照応する）」と評する。

通　釈

慈恩寺の塔に題《か》きつける

かつて(秦)漢の都が置かれた、この長安の地。(ただ)山河(のみ)は、今も昔のままに存在する。秦(漢)の皇帝の陵墓《みささぎ》は、(季節のままに)草や木が鬱蒼と生い茂って(荒れはてて)いる。はるか千里のかなたまで広がる夕暮れの雲は、いま蒼茫たる暮色をたたえ、どこを眺めても心を痛ませないところはない。

諸説の異同

特記事項なし。複雑な伝承過程については、〔備考〕の条参照。

備　考

『唐詩選』所収の有名なこの作品は、じつは作者の名が依然として不明の謎《なぞ》の詩である。南宋の計有功は『唐詩紀事』八〇、不知名の条に、この詩(「雁塔詩」)を引き、「傍書に云ふ、荊叔偶《たまたま》〻題すと。何人《なんぴと》なるかを知らざるなり」という。厳密にいえば、荊叔は詩を題《か》きつけた人の名であり、同時に作者でもあるという確証はない。また荊叔という人自体、伝記が全く不明である。

明の郎瑛《ろうえい》『七修類稿』三三、荊叔詩の条には、本詩に関する考証を次のようにいう(大意)。

明の高棅《こうへい》『唐詩正声』一九には、荊叔の「題《ス》ニ慈恩寺《(ママ)》ノ塔ニ」詩を収めるが(本文は略)、私は、この詩は塔とは無関係であると思っていた。後に聞くところによれば、(長安の南に横たわる)終南山の小さな白い石のうえに一詩が刻まれ、唐風に満ちあふれるが、字は晋《しん》の体《スタイル》、残念なことに名を欠くという。その句は前掲の詩句どおりであると伝える。『唐詩紀事』を読むにおよんで、この詩はまた「題塔《(ママ)》」(塔に題す)といい、無名の下《もと》に係《か》けられ、「いったい誰が名を荊叔と題《か》いたものかわからない」と注される(原文：但又註曰、不知何人題名荊叔)。私は疑問に思って、姓氏関係の諸書を調べたが、荊叔の名はない。好事家《こうずか》が名を偽《いつわ》ってこの詩をたまたま塔に書きつけ、高棅は深く考えずに、それを『唐詩正声』のなかに入れたのだ、と推察する。

昨日、史乾用に会ったところ、彼はいう。「私は親《みずか》らこの詩を慈恩寺の塔で見た」と。果たして小さな白い石のうえに、前《さき》に聞いたごとく刻まれ、塔の頂きにあって、人の名を欠く(という)。かくてはじめてわかった――前《さき》の詩は、必ず終南(山)に題するものであり、好事家がそれを掘りとって塔へ移しかえたものであることを。

この説は、傾聴すべき資料性に富む。わが山本北山『作詩志彀《しこう》』(日本詩話叢書本)は、この説を踏まえていう。

(本詩は)モト終南山ノ石ニ刻ミアリシ詩ナリ。毫末《ケノサキホドモ》慈恩寺《(ママ)》ノ塔ニ干渉セズ。而《シカ》ルニ『唐詩選』、荊叔ガ作トシテ、題《スル》ニ慈恩寺ノ塔ニ詩トス。『品彙』(高棅『唐詩品彙』)『正声』ノ疎謬《そびゅう》(粗忽《そこつ》な誤り)ヲ踏《フメ》ルナリ。……荊叔ハ詩ヲ塔ニ写スモノノ名ニシテ、作者ノ名ニアラズ。詩モ題《スル》ニ塔ニ詩ニアラズ。世儒知ラズ、牽合胡説《けんごうこせつ》(こじつけて、でたらめをいう)シテ解ヲ費ス。癡人ノ夢ヲ説ク如シ。

と。

ところで、本詩が確かに慈恩寺の塔に題《か》きつけられていたことを示す貴重な資料がある。それは、中国科学院考古研究所に蔵される『慈恩雁塔唐賢題名』(通称は『雁塔題名帖《ちょう》』)である。北宋の宣和二年(一一二〇)、柳瑊《りゅうかん》は、塔上にわずかに残存する唐人の題名

（いわゆる題壁詩を含む）を石に模刻《もこく》させて一〇巻とした（南宋の陳思編『宝刻叢編』七の終わりに著録する『慈恩雁塔唐賢題名』十巻の条参照）が、現存する残巻二巻は、その宋代の拓本である。羅《ら》福頤《ふくい》「雁塔題名帖介紹」（『文物』一九六一年八期）や、周勛《くん》初主編『唐詩大辞典』（江蘇古籍出版社、一九九〇年）の巻頭に収める拓本の写真（現存部分の一部）によれば、その残巻中に、

　漢國□□□秦陵草樹深暮雲千里色何處不傷□

の一行が見える（□は磨滅して判読不能の字を表わす）。ただし、作者名や荊叔の名は全く見えない（もちろん、すでに磨滅した可能性も充分考えられる）。文字の異同としては、結句の「無處」を「何處」（何《いづ》れの處《ところ》か）に作ることが注目される。この拓本が宋代のものとされる（羅福頤の前掲論文）ことからすれば、終南山の小白石に刻まれた年代と、慈恩寺の題壁詩の年代との時代的前後関係が新たな問題となろう。あるいは本来、慈恩寺の塔に題《か》きつけられた詩が、のちに終南山の小白石に刻まれたのかも知れない。

　現存する拓本の内容が貞元二年（七八六）から咸通四年（八六三）に至る七七年間にわたることを考えれば、本詩もその期間内に題《か》きつけられた可能性が高い。つまり、前掲の拓本によれば、作者名を欠くものの、ほぼ中唐後期から晩唐初めに題《か》かれた可能性がきわめて高い。この「伝、荊叔」の詩のほうが、やはり杜甫の「春望」詩よりも遅く作られたと考えてよいであろう（この論旨の一部は、すでに『長安・洛陽物語』一二八頁以下に発表）。周祖譔主編『中国文学家大辞典（唐五代巻）』（中華書局、一九九二年）も、荊叔は貞元年間から大中年間ごろ（八世紀後半から九世紀前半）の人らしいと推測する（陳尚君執筆）。

　ちなみに、本詩は従来、安史の乱後の中唐以降、一般に晩唐の作とする説が多かった。これは、もっぱら詩の内容とその調べから臆測したものである。前掲の拓本によれば、森槐南『唐詩選評釈』（文会堂書店、一九一八年）の「必らず是れ亡国後の作」とする説は誤りとなる。参考のために、従来なされてきた臆説を二、三あげておこう。服部南郭『唐詩選国字解』は「中唐以後の詩なり」といい、戸崎允明『箋註唐詩選』は「蓋《けだ》し（安）禄山の乱後の作。世次は考ふべからず」という。また内田泉之助『新選唐詩鑑賞』（明治書院、一九五六年）には、

　詩の内容から察すると、天宝乱後の荒廃に対する感懐と思われるものがあるので、或は中唐の作であろうか。

とあり、高木正一『唐詩選』四（前掲）には、

　盛唐のしらべに近いが、哀世の慨があって、どうやら晩唐の作らしい。

という。

（植木　久行）

元《げん》　稹《しん》

0得樂天書　　楽天《らくてん》の書《しょ》を得《え》たり
1遠信入門先有淚　　遠信《ゑんしん》　門《もん》に入《い》りて　先《ま》づ涙《なみだ》有《あ》り
2妻驚女哭問何如　　妻《つま》は驚《おどろ》き女《むすめ》は哭《な》きて　何如《いかん》と問《と》ふ
3尋常不省曾如此　　尋常《じんじやう》は省曾《かつ》て此《かく》の如《ごと》くならざりき
4應是江州司馬書　　応《まさ》に是《こ》れ江州《かうしう》の司馬《しば》の書《しょ》なるべし

テキスト　『全』四一五-6-4588 ◆『元氏長慶集』二〇（四部叢刊本）◆『万首唐人絶句』「七言」一〇 ◆『元氏長慶集』二〇（文淵閣四庫全書本）

校語　特記事項なし。

詩型・韻字　七言絶句。如《じょ》・書《しょ》（上平声魚韻〔魚韻〕）。

語釈

0**楽天**　白居易の字《あざな》。4の語釈にあるように、このとき（＝元和一二年ごろ、〔備考〕参照）白居易は、江州に流され、司馬の職に在った。一方の元稹も、このころ都を離れ、四川の通州司馬の職に在った。

1**遠信**　とおくからの手紙、また、それを届ける使者。「信」には、手紙の意ばかりでなく、手紙を運ぶ使者の意味もある。ここでは両義を兼ねていよう。

2**驚**　はっとする、ぎくりとする。『正編』二一六頁参照。

3**尋常**　唐詩において「尋常」には、A：ふだん・平時（現代中国語の「平常 píngcháng」と同じ）と、B：いつも・しょっちゅう（現代中国語の「時常 shícháng」と同じ）の両義がある。ここでは、Aの意。『正編』三一九頁、および陳植鍔「唐代詩文中的〈尋常〉」『唐代文学論叢』六輯（陝西人民出版社、一九八五年）参照。

省　ここでの「省」については、A：かつて、B：見る、の両説がある（〔諸説の異同〕参照）。本書の〔通釈〕では、A説を採っている。また、本文の訓読では、「省曾」で「かつて」と訓読する。

4**江州**　現在の江西省九江市付近。ちなみに、「江州」の名称については、時代によって場所が異なるので、注意したい。

司馬　唐代、州の刺史の次官をいう。ただし、左遷されたものがなる閑職であった。『正編』四六〇頁参照。

通釈

白楽天からの手紙を受け取って

遠方からの手紙の使者が家に入って（手紙が届くと）、たちまち先ず涙があふれでた。妻はハッと胸をつかれ、むすめは（突然の変化に驚き）泣きだして、私に「いったいどうしたの」とたずねる。（私が答えないでいるので、妻はきっとこう思ったであろう）ふだんは今までこんなことはなかったのに、きっとあの江州に流された司馬の白氏からの手紙に違いない、と。

諸説の異同

異同の所在

「省」の用法

異同の類別

A　かつて。

B　見る。

A説を採るもの：張相『詩詞曲語辞匯釈』（中華書局、一九五三年）、高木正一「唐詩における助辞「省」の用法について」（『東方学』5、一九五三年一二月、同『六朝唐詩論考』〔創文社、一九九九年〕に再録）など。

B説を採るもの：松枝茂夫『中国名詩選（下）』（岩波書店、一九八六年）、劉文忠『古詩類選友誼詩』（人民文学出版社、一九八九年）など。

異同の論拠

A説（「省」を「かつて」と解する説）

「曾」とほぼ同義であり、「曾」と「省」が平仄で使い分けられた用例が少なくない（賈島「寄《ス》二賀蘭朋吉《ニ》一」「会宿曾《テ》論《ジ》レ道《ヲ》、登高省《かつテ》識《ス》レ文《ヲ》」）。また、本詩「得楽天書」のように、「省曾」が重なった例もある（韓愈「李花贈《ル》二張十一署《ニ》一」詩「対《シテ》レ花《ニ》豈《ニ》省曾《かつテ》辞《センヤ》レ盃《ヲ》」）。したがって、「省曾」は重言《ちようげん》（この場合は、同義のことばを重ねること）であり、両字とも同義である。

（以上、張相『詩詞曲語辞匯釈』巻五「省（二）」）

(1)　杜甫「詠懐古跡《えいかいこせき》　其三」の第5句「画図省識春風面」に見える「省識」の二字について、諸家がいろいろな説を立てている。それを大別するに、「省識」を連語――察也、審也の意味をもつ――とするもの（黄生・浦起龍など）、「省」を助辞――「ほぼ」の意――とするもの（邵宝・朱鶴齢など）がある。

(2)　「省」を「省察」と解する説の論拠として、「省」一字で「省察」の意味の例が他の詩において多く有るからとするが、「省識」の連語が唐代に行われていた様子が見えない。

(3)　さらに、杜甫のこの詩が律詩――しかも第5句と対句――であることを考えるとき、下句の「空帰」に対する「省識」は連語ではなく、助辞「省」と動詞「識」の組み合わせと見たほうがよい。また、「空帰」「省識」とも広い意味での双声《そうせい》（語頭子音をそろえること）である。

(4)　以上の理由で、「省」を助辞とみるが、「ほぼ」の意味とするのは疑問点がある。なぜなら、「ほぼ」の意味の「省」の例が見あたらないからである。さらに、張溍の「少」という説については、杜甫においてそのような用法は見られない。釈大典の「能」の説についても、承服しかねる。

(5)　そこで、「省」の助辞における用法を、律詩のミーターを考慮にいれつつ見てみると、「曾」の助辞的用法と同じである――ちょうど律詩における「若」（仄声）と「如」（平声）のように。

(6)　この推測を確かめるものとして、杜甫「秋雨歎」において「未曾」と大半のテキストは作るが、『九家集註杜詩』本では「未省」に作る。古くは「未省」に作るテキストのあったことは確かであり、しかもその方が詩の原形でなかったかと思う。では、「秋雨歎」詩の「省」がなぜ書き改められたのかというと、意味が同じだとすると見なれぬ「省」よりも「曾」の方がわかりやすい。意をもって「曾」に改めることも起こりうる。しかも、この詩が古体詩であるので、韻律の制約を受けないことも影響している。一方、「不省」での用例は律詩であり、「省」がミーターのキーポイントに使用されているため、原形のまま伝わったのであろう。

(7)「省」は原義が「かえりみる」ということから、派生義として過去の事態を指す助辞（ここでは「副詞」を意味している（水谷注））となったのであろう。では、なぜこのような分かりにくい「省」を用いなければならなかったのかというと、「曾」は平声であって、ミーターの法則から仄声でなければならないとき「省」を用いた。以上の点から、「省」を見てみると、否定詞「未」「不」を伴った用例が唐詩に多く見られる。

（以上、高木正一「唐詩における助辞「省」の用法について」）

＊右の高木論文は、本来、杜甫詩での助辞「省」について述べたものである。しかし、元稹の「得楽天書」での「省」を助辞とするに当り、最も詳細で最も説得力をもつ論文であるので、その論拠を十分に示すため、ここにかなり長い要約を付すことにした。

B説（「省」を「見る」と解する説）

その論拠については言及されてない。

備考

花房英樹ほか『元稹研究』（彙文堂書店、一九七七年）によれば、本詩は元和一二年（八一七）、39歳の作である。これは、詩題の「楽天の書」を、白居易が元和一二年（八一七）四月一〇日の夜、廬山《ろざん》の草堂で綴った「与二フルノ（元）微之一書」（朱金城『白居易集箋校』巻四五所収）と見なした結果でもある（花房英樹『白居易研究』（世界思想社、一九九〇年再版）一一三頁も参照）。また、卞孝萱『元稹年譜』（斉魯書社、一九八〇年）では、本詩に「妻」という表現が見えることから、――ちなみに、元稹が裴淑《はいしゅく》と結婚したのが元和一一年五月である――元和一一年五月以降の作とする。一方、松枝茂夫前掲書では、本詩を元和一〇年八月ごろの作とするが、裴淑との結婚を考慮にいれると無理があるであろう。

（水谷　誠）

高《こう》　適《せき》

0塞上聞吹笛　　塞上《さいじやう》にて笛《ふえ》を吹《ふ》くを聞《き》く
1雪淨胡天牧馬還　雪浄《ゆききよ》くして　胡天《こてん》　馬《うま》を牧《ぼく》して還《かへ》る
2月明羌笛戍樓閒　月明《つきあき》らかにして　羌笛《きやうてき》　戍楼《じゆろう》の間《かん》
3借問梅花何處落　借問《しやもん》す　梅花何《ばいくわいづ》れの処《ところ》よりか落《お》つる
4風吹一夜滿關山　風吹《かぜふ》いて一夜《いちや》　関山《くわんざん》に満《み》つ

テキスト　『全』二一四-3-2243 ◆『選』七 ◆『高常侍集』八（四部叢刊本）◆『河岳英霊集』中 ◆『国秀集』下 ◆『才調集』一 ◆『文苑英華』二一二 ◆『唐詩品彙』四八 ◆『万首唐人絶句』「七言」四 ◆『高常侍集』四（文淵閣四庫全書本）◆『高常侍集』（国学基本叢書本）下 ◆『唐賢三昧集』下 ◆敦煌出土『唐詩選』残巻（ペリオ2555）

校　語

0**塞上聞吹笛**　『全』には「和《ス》二王七《ノ》玉門關《ニテ》聽《クニ》レ吹《クヲ》レ笛《ヲ》」に作り、「一作《ル》二塞上《ニテ》聞《クニ》レ笛《ヲ》」と記す。『高常侍集』（四部叢刊本）『文苑英華』『万首唐人絶句』『高常侍集』（文淵閣四庫全書本）『唐賢三昧集』では「塞上聽吹笛」に作る。『国秀集』では「和《ス》下王七《ノ》度《リテ》二玉門關《ノ》上《ヲ》一吹《クニ》上笛《ヲ》」に作る。『才調集』では、作者を宋済《そうせい》とし、さらに詩題を「塞上聞笛」に作る。敦煌出土『唐詩選』残巻（ペリオ2555）では、作者名を記さず、詩題も「七言」とのみ記す。ここでは、『選』『唐詩品彙』に従う。

0～4　『全』には「胡人吹《ク》二（一作《ル》レ羌《ニ》）笛戍樓間《ノニ》一　樓上蕭條《せうでうトシテ》海月閒《しづカナリ》　借問《しやもんス》落梅凡幾曲《ソ》　從《ヒテ》レ風《ニ》一夜滿《ツ》二關山《ニ》一」に作り、「一作《ル》二〈塞上聽吹笛云、雪淨胡天牧馬還　月明羌笛戍樓間　借問梅花何處落　風吹一夜滿關山〉《ニ》一」と記す。『国秀集』では「胡人吹笛戍樓間　樓上蕭條海月閑　借問落梅凡幾曲　從風一夜滿關山」に作る。ここでは、『選』『唐詩品彙』に従う。なお、〔備考〕(1)(2)(4)参照。

1**雪淨胡天牧馬還**　『河岳英霊集』では「胡人羌笛戍樓間」に作る。『才調集』では「胡兒吹笛戍樓間」に作る。ここでは『選』『唐詩品彙』に従う。

淨　敦煌出土『唐詩選』残巻（ペリオ2555）では「靜」に作る。「靜」と「淨」とは同音字であることから、音通による誤写であろう。

2**月明羌笛戍樓閒**　『河岳英霊集』では「樓上蕭條明月閑」に作る。『才調集』では「樓上蕭條海月閑」に作る。ここでは、『選』『唐詩品彙』に従う。

羌　『高常侍集』（四部叢刊本）『文苑英華』『万首唐人絶句』『唐賢三昧集』敦煌出土『唐詩選』残巻（ペリオ2555）では「羗」に作る。俗字。ここでは、『選』『唐詩品彙』に従う。

詩型・韻字

七言絶句。還《くわん》・*閒《かん》・*山《さん》（上平声刪韻〔刪山韻*〕）。

語　釈

1 **雪浄**　A：雪がきよらかに降り積もったさま、B：（春がまさに至らんとするこの時節に）雪が溶けてなくなる、の二つの解釈がある。

　A説：前野直彬『唐詩選』下（岩波書店、一九六三年）、中島敏夫ほか『唐詩選』下（〔佐藤保執筆〕中国の古典29、学習研究社、一九八六年）など。

　B説：黒川洋一ほか『中国文学歳時記　冬』（〔川合康三執筆〕同朋舎、一九八九年）、高光復『高適岑参詩訳釈』（黒竜江人民出版社、一九八四年）、栗斯『唐詩故事続集　第一集』（中国国際広播出版社、一九八八年）など。

　A・B両説とも、論拠は示されていない。ただし、『中国文学歳時記　冬』での「関山の雪」において、「雪浄」とは「雪がきれいに降り積もる」と解するのではなく、「積もっていた雪が溶けてなくなったと解する」のであると述べる。ここで、B説の「浄」に「雪が溶けてなくなる」の義が出てきたのは、現代中国語において「浄 jìng」に「すっかりなくなる・何もない」という動詞の用法が出てきたことによるものと思われる。現代の中国での注釈書にB説の解釈が出ているのも現代中国語の動詞「浄」に基づいているものと思われる。ただし、唐代での「浄」は、形容詞の用法（きよらか・けがれのない）が主であるので、ここでの〔通釈〕はA説に依っている。岡田充博「高適の『塞上聴吹笛』詩について」（『横浜国大　国語研究』一六号、一九九八年）も、注1のなかで唐詩の用例を検討して、B説を誤りと見なす。

胡天　異民族の空。または、異民族の地。

牧馬　はなしがいの馬。放牧をしている馬。ただし、孫欽善『高適詩集校注』（上海古籍出版社、一九八四年）では、古代において遊牧民族が国境を侵犯することを「牧馬」というとする。したがって、「牧馬還」とは、胡人が外地に撤退することをいうとする。しかし、この解は、「牧馬」としての典故（李陵「与《フルノ》二蘇武《ニ》一書」の「胡笳互《ニ》動《キ》、牧馬悲鳴《ス》」『文選』四一）から見て、品詞的にも、辺塞詩の発想にも合わないように思われる。

2 **羌笛**　羌とは、今のチベット系民族の呼称。簡野道明『唐詩選詳説』下（明治書院、一九二九年）では、羌を羊を牧する胡人の義とするが、いささか当を失する解である。羌笛とは、チベット系民族より招来した笛。唐詩では、一般に哀愁を帯びた音色を出す笛として表される。

戍楼　守備のための見張りのやぐら。「戍」は「まもる」の意。

間　この「間」について、A：あいだ（あたり）、B：「閑」（のどか・しずか）の二つの解釈がある。

　A説：服部南郭（日野龍夫校注）『唐詩選国字解』三（東洋文庫四〇七、平凡社、一九八二年）、目加田誠『唐詩選』（新釈漢文大系一九、明治書院、一九六四年）、高木正一『唐詩選』三（中国古典選二七、朝日新聞社、一九七八年）、中島敏夫ほか『唐詩選』下（〔佐藤保執筆〕）など。

　B説：前野直彬『唐詩選』下、阮廷瑜『高常侍詩集校注』（中華叢書編審委員会・台北、一九六五年）など。

　〔通釈〕は、A説に従っている。

3 **借問**　こころみに問う、ちょっとおきききするの意。訓読の読み癖で「シャモン」と読む。詩の中で、よく用いられる表現である。宇野明霞原注・釈大典刪補『詩家推敲』下（勉誠社文庫一一六、勉誠社、一九八三年）では、「借言」ともいうとある。

梅花 笛の曲名「梅花落」（横笛曲辞）と春の到来を告げる梅の花を掛けて表現している。ただし、この胡地では、もちろん梅の花など見ることができない。釈大典『唐詩七絶解頤』巻七に、「塞上無《シ》レ梅、故《ニ》因《リテ》レ曲《ニ》而問《フ》レ之《ヲ》」と述べる。同時にまた、梅の花が咲く中国内地への郷愁もこもる。ちなみに、『楽府詩集』巻二四「梅花落」では、同題による江総・盧照隣の辺塞を詠う詩を、また沈佺期《しんせんき》・劉方平の閨怨を詠う詩を、収めている。

4**関山**（いま、自分らが守る）関所などのある辺境の山々。なお、この「関山」について、A：風景の関山に笛曲の「関山月」を掛けていると言及するものと、B：笛曲の「関山月」には全く言及しないものとに分かれている。

A説：目加田誠『唐詩選』、斎藤晌『唐詩選』下（漢詩大系七、集英社、一九六五年）、中島敏夫ほか『唐詩選』下（佐藤保執筆）など。

B説：服部南郭（日野龍夫校注）『唐詩選国字解』三、釈大典『唐詩七絶解頤』、王阮亭『唐賢三昧集』など。

このように、近時の日本の注釈書がA説を採用し、中国及び昭和初期以前の日本の注釈書がB説（A説のような言及をしない）を採用する傾向がある。いずれにせよ、A・Bどちらの立場に立つにしても、通釈または鑑賞する場合、それほど大きな違いはないであろう。ただし、A説は、「梅花落」と「関山月」と曲名が重複する点と知的にすぎる点において、やや劣るように思われる。ちなみに、『楽府詩集』巻二三「関山月」に引く『楽府解題』では、「関山月《ハ》、傷《ム》二離別《ヲ》一也」とある。

通釈

辺地のとりでのほとりにて、笛を吹く音《ね》を聞く

雪が白く映《は》えわたるこの異国の空のもと、放牧の馬は返ってくる。こうこうと照る月のもと、物見やぐらのあたりから、羌笛のもの悲しい音色が聞こえてくる。

ちょっとお聞きしたい、春を告げる梅の花（の曲）は、どこから舞い落ちてくるのだろうか。風にのり、一晩中、関所のあるこの辺境の山々に満ちあふれているではないか。

諸説の異同

〔語釈〕の「1雪浄」・「2間」・「4関山」及び〔備考〕(1)(2)(3)参照。

備考

(1)『全』では宋済の巻（四七二-7-5354）にも「塞上聞笛　一作和王七度玉門関上吹笛」の題で同詩を載せる。本文は「胡児吹笛戍楼間　楼上蕭條海月間　借問梅花何処落　風吹一夜満関山」とあり、『全』（二一四）で高適の作とするものよりも、『選』や高適別集に表現が近くなっている。

(2)高木正一『唐詩選』三では、この詩の本文は『国秀集』『河岳英霊集』がもともとのかたちであり、それが通行本のような表現になったのは『万首唐人絶句』に始まるようである、と述べる。唐代編集の総集（『才調集』も含めて）での本文を考えると高木説には妥当性があるように思われるが、「通行本のような表現」の始まりを『万首唐人絶句』（南宋）に求めるよりも『文苑英華』

（北宋）に求めるのが適当であろう。ただし、「通行本のような表現」の存在が北宋期の『文苑英華』にある以上、どちらの表現が先行するのかを説くには慎重でなければならないであろう。しかも、敦煌出土『唐詩選』残巻及び（宋刻の系統を引くものの、明版である）別集では、「通行本のような表現」のかたちで表れるのも、本文選択の優先性として問題となるところである。

(3)　王之渙「涼州詞」と本詩とが唱和の関係にあるとする説がある（詳細は『正編』八五頁参照）。理由は、『全』の詩題が「和王七玉門関聴吹笛」に作る「王七」とは、王之渙を指すからであるとする。

　この点について、岑《しん》仲勉『唐人行第録』（上海古籍出版社、一九七八年）一〇頁において、「間・山の二韻が同じく王之渙「涼州詞」でも押韻していることから見て、『全』の詩題の〝王七〟は王之渙である」とする（周勛初『高適年譜』〔上海古籍出版社、一九八〇年〕二七頁でも同様に述べる）。さらに、論拠を示していないが、『全』で本詩を宋済の作とするのは、誤りであるとする。

　ところで、傅《ふ》璇琮《せんそう》『唐代詩人叢考』（中華書局、一九八〇年）「靳《きん》能所作王之渙墓志銘跋」では、岑仲勉のこの見解に補足して、以下のように言う。王之渙「涼州詞」の詩題が「聴玉門関吹笛」にも作ることから、「涼州詞」は楽曲から付けた題であり、もう一方の「聴玉門関吹笛」についていえば作詩時のありさまを述べたものである。『高常侍集』では詩題を「塞上聴吹笛」に作るが、高詩の「月明羌笛戍楼間」は王詩の「羌笛何須怨楊柳」に対応しており、以上のことから、高適と王之渙とは唱和したことがわかる、と。

　ちなみに、岡田充博「高適の『塞上聴吹笛』詩について」（前掲）は、『国秀集』所収の詩題「和王七度玉門関上吹笛」に着目して、王七は王之渙ではなく王度を指すと考えるが、筆者はしばらく度を人名ではなく動詞「度《わた》る」と捉えたい。〔校語〕の条参照。

(4)　『全』での詩題及び詩句の解を以下に示す。

　王七の「玉門関にて笛の音を聞く」に唱和する

えびすが物見やぐらのあたりで笛を吹く。やぐらには人気《ひとけ》もなく、ゴビの砂漠に照る月光は、ひっそりと静まりかえる。試みに尋ねるが、今夜はこの「梅花落」の曲を何度吹いたのであろうか。この曲は風にのって、一晩じゅう辺境の山々に響きわたっている。

　蕭條＝ものさびしいさま。海月＝ゴビの砂漠より昇る月。

（水谷　誠）

0 田家春望　　田家《でんか》の春望《しゅんぼう》

1 出門何所見　　門《もん》を出《い》でて何《なん》の見《み》る所《ところ》ぞ

2 春色満平蕪　　春色《しゅんしょく》　平蕪《へいぶ》に満《み》つ

3 可歎無知己　　歎《たん》ずべし　知己《ちき》無《な》きを

4 高陽一酒徒　　高陽《かうやう》の一酒徒《いちしゅと》

テキスト　『全』二一四-3-2242　◆『選』六　◆『高常侍集』八

（四部叢刊本）◆『高常侍集』下（国学基本叢書本）◆『唐詩品彙』四〇 ◆『万首唐人絶句』「五言」七 ◆『高常侍集』二（文淵閣四庫全書本）

校語

4 **一** 『全』に「一《ニ》作《ル》レ憶《ニ》」とある。

詩型・韻字

五言絶句。蕪《ぶ》・徒*《と》（上平声虞韻〔虞模韻*〕）。

語釈

0 **田家** いなかや。または、いなか。

春望 春のながめ。

1 **出門何所見** 王粲《さん》「七哀詩」（本書八〇〇頁所収）での「出《デテ》レ門《ヲ》無《シ》レ所レ見《ル》」という表現をふまえるか。〔備考〕参照。

何所 以下の二説がある。A：事物を問う疑問詞「何所」である。この語は、かならず動詞の前にくる。B：「所見（見る所のもの）」に「何」を冠したものである。

A説を採るもの：太田辰夫『中国語史通考』（白帝社、一九八八年）

B説を採るもの：中島敏夫ほか『唐詩選』下（（中島敏夫執筆）中国の古典二九、学習研究社、一九八六年）

A説を採る太田辰夫においても、もともとはB説のように「所＋V（動詞）」に「何」を冠したものであったが、中古（六朝）以後「所」が「何」の詞尾化（接尾辞化）するようになった。語序は上古のままであるが、文法的には「何所＋V」であるとする。もう一方のB説については、何の言及もない。

なお、ここでは事物を問う疑問詞とする。なに（甚麼 shén-me）の義。

2 **平蕪** たいらかに広がる原野。「蕪」は、雑草のおいしげった土地のこと。森槐南『唐詩選評釈』下（文会堂書店、一九一八年）で、この句を「満眼の庸俗看るに堪へざるの意あり」と述べるが、作者の眼前の像としたほうが味わいがある。

3 **知己** 自己・自分を本当に理解してくれる友。ここでの「知」は、理解する・よく知りぬくという意味である。

4 **高陽** 地名。『史記正義』（『史記』巻九七「酈《れき》生陸賈列伝」）に引く『陳留風俗伝』によれば、高陽は雍丘（現在の河南省開封《かいほう》市付近）の西南にあるとする。高木正一『唐詩選』三（中国古典選二七 朝日新聞社、一九七八年）、石川忠久『中国古典詩聚花 隠逸と田園』（尚学図書、一九八四年）などで、高陽の地を河北省保定県の東南とするのは誤りであろう。

一酒徒 「一酒徒」とは、ひとりの酒呑み。平野彦次郎『唐詩選研究』（明徳出版社、一九七四年）では、この「一」を添え字とする。

この句の「高陽の一酒徒」で酈食其《れきいき》を指す。酈食其の伝は、『史記』巻九七「酈生陸賈列伝」に見える。『史記』によれば、漢の高祖劉邦が兵をひきいて陳留を通過したとき、酈食其は劉邦に目通りを願った。取り次ぎの者が劉邦に告げると、劉邦はどんな人物かと尋ねたところ、取り次ぎの者は儒者であると答える。すると、劉邦は儒者には用がないと面会を断わると、酈食其は、目を怒らし剣に手を掛けて、「自分は高陽の酒徒であって、儒者ではない」と伝えよといったため、劉邦はあわてて酈食其を招きいれた。これが縁となって、劉邦は天下を手に入れるための有能な人材をそばに置くこととなった。ただし、この話は、酈食其の本伝には見えず、「酈生陸賈列伝」の末に付けられた「朱建」の伝の後にある。しかも、この話は本伝に見える劉邦と酈食其との出会いの様子とかなり異なっているので、後世の竄入と見なされている部分である。もっとも、高適がこの詩において典故としている以上、唐以前の挿入である。

通釈

田園での春のながめ

門を出ていったい何が見えるだろうか。（とりたてて見るべきものとてなく）ただ、春の様子がこの荒れはてた原野に満ちているだけだ。嘆かわしいことに、私には真の友がおらず、まさにあの高陽の一酒徒（酈食其）と同じように過ごしているだけである。

諸説の異同

〔語釈〕の「1何所」の項を参照。

備考

○石川忠久ほか『漢詩の解釈と鑑賞事典』（旺文社、一九七九年）によれば、六朝詩での「門を出ると、……を見る」という句法は、墓や白骨・無人の路のように、暗い世界を表現している。ところが、この詩では明るい春の野原が広がっており、それは尽きることのない生命力を感じさせると述べる。

○本詩の制作年を、彭蘭「高適繫年考證」（『文史』三、一九六三年）では、天宝三載（七四四）――彭蘭はこの年を高適39歳とする――雍丘に漫遊した時とする。劉開揚『高適詩集編年箋註』（中華書局、一九八一年）では、彭蘭の説を拘泥しすぎと批判した上で、開元二二年（七三四）――劉開揚はこの年を高適31歳とする――宋州に滞在したころの作ととりあえずしたいと、述べる。さらに、周勛《くん》初『高適年譜』（上海古籍出版社、一九八〇年）では、天宝元年（七四二）――周勛初はこの年を高適43歳とする――淇《き》上《じょう》に滞在した時の作とする。いずれの説とも、高適が若い頃、梁・宋の地（河南省）に居た時期の作とする。

なお、彭蘭・劉開揚・周勛初のそれぞれにおいて、高適の生年が異なっている。彭蘭は七〇六年説、劉開揚は七〇四年説、周勛初の七〇〇年説をそれぞれ採る。各説の問題点を洗い出した詳細な高適生年考証に、植木久行「唐代詩人新疑年録(1)」（弘前大学人文学部『文経論叢』23-3、一九八八年）があり、この中で周勛初の七〇〇年生年説が最も説得力をもつと述べる。ちなみに孫欽善『高適詩集校注』（前掲）に収める「高適年譜」は、七〇一年生まれとする。

（水谷　誠）

顧《こ》況《きょう》

0湖中
1青草湖邊日色低
2黄茅瘴裏鷓鴣啼
3丈夫飄蕩今如此
4一曲長歌楚水西

湖中《こちゅう》
青草湖辺《せいそうこへん》　日色《にっしょく》低《た》れ
黄《くわう》茅瘴《ばうしやう》裏《り》　鷓鴣《しやこ》啼《な》く
丈夫《ぢやうふ》　飄蕩《へうたう》　今此《いまかく》の如《ごと》し
一曲《いつきよく》の長歌《ちやうか》　楚水《そすい》の西《にし》

テキスト　『全』二六七-4-2968　◆『選』八　◆『唐詩品彙』五〇　◆『唐詩紀事』二八　◆明趙宧光・黄習遠修訂『万首唐人絶句』一五（書目文献出版社、一九八三年）　◆『華陽真逸詩』下（唐人五十家小集所収）

校語

0**湖中**　『全』は題下に「一作ル二洞庭秋日一ニ」と校記する。『唐詩紀事』は「洞庭秋日」に作る。

1**日色**　『唐詩紀事』は「日影」に作る。

2**黄茅瘴裏**　『万首唐人絶句』は「裏」を「里」に作る。『全』『唐詩品彙』『華陽真逸詩』『唐詩紀事』は「瘴」を「嶂」に作るが、ここでは『選』『万首唐人絶句』が「瘴」に作るのに従う。

啼　『選』は「啼」を「鳴」に作る。

3**飄蕩**　『華陽真逸詩』は「蕩」を「泊」に作る。

4**長歌**　『唐詩紀事』は「狂歌」に作る。

詩型・韻字

七言絶句。低《てい》・啼《てい》・西《せい》（上平声斉韻〔斉韻〕）。

語釈

0**湖中**　本文中にみえる青草湖、一名巴丘湖。洞庭湖、あるいは洞庭の南に接する湖、さらにまた鄱陽湖という説もある（「諸説の異同」参照）。

1**日色**　日の光。但しここでは、「色」は「日」を二音節化するためにそえられた字と考えてよい。

2**黄茅瘴**　「黄茅」は、枯れて黄ばんだ茅。茅は、ちがや・すすき等の総称。瘴は、湿気に蒸される悪い気のこと。この気にあたると病にかかるという。茅が枯れる陰暦八・九月に流行病がひろまるので、土地の人々はこれを黄茅瘴と呼んだと言う。『全』では「瘴」を「山の峰」の意味を持つ「嶂」に作っているが、『南方草木状』『桂海虞衡志』にみえる次の記述に従って「黄茅瘴」とした。

芒草枯ルル時、瘴疫大ニ作《おこ》ル。交広（交州・広州）此レ爾《しかり》也。土人呼ビテ曰ヒ二黄茅ノ瘴一ト、又タ曰フ二黄芒ノ瘴一ト。

晋、嵇含『南方草木状』『説郛』八七（明鈔本）

八九月曰フ二黄茅瘴ヲ一。土人以テ二黄茅瘴ヲ一為ス二尤モ毒アリト一。

宋、范成大『桂海虞衡志』雑誌『説郛』五〇

鷓鴣　大きさ、体形ともウズラ類とキジ類の中間に位置するキジ科の鳥。中国南部から海南島・インドシナ・タイ・ビルマにかけて分布する（平凡社『世界大百科事典』「しゃこ」の項より

略述)。

鷓鴣は、「禽経」(『重較説郛』六七)に「飛《ベバ》必《ズ》南《ニ》翥《とびたッ》、晋安曰《ハク》懐《フト》レ南《ヲ》」とあり、西晋、張華の注に「鷓鴣、其《ノ》鳴《クヤ》自《ラ》呼《ブ》。飛《ベバ》必《ズ》南向《シ》、雖《モ》二東西《ニ》廻翔《スト》一、開翅之始《メハ》、必《ズ》先《ツ》南《ニ》翥《とびたッ》。其《ノ》志懐《ヒ》レ南《ヲ》、不《ル》レ徂《ゆカ》レ北也《ニ》」とみえる。このように古くから鷓鴣は深い哀しみや恨みを持った鳥として文学上位置づけられているといえる。唐代では白居易「山鷓鴣詞」(『全唐詩』四三五)に「唯《ダ》能《ク》愁《ヘシムルノミ》二北人《ヲ》一　南人慣《レテ》レ聞《クニ》 如《シ》レ不《ルガ》レ聞《カ》」とみえるように、南方に客居する詩人の故郷を思う心を象徴するものであった。この顧況の詩の中でも、そのイメージによって作中に詠まれているといってよいだろう。

また、その鳴き声については、『禽経』や晋、崔豹『古今注』(『漢魏叢書』所収)にみえるように「自呼《ラブ》(自分で自分の名を呼ぶ)」、つまり「鷓鴣 zhè gū」という鳴き方が古くから伝えられたものである。また別に「但南不北」(dàn nán bù běi)と鳴くともいわれている。鷓鴣の鳴き方としては一般的に「行不得也哥哥(xíngbudé yě gēge)」(行ってはいけないよ兄さん)と鳴くといわれるが、その鳴き方は、黄庭堅の詩「戯《レニ》詠《ズ》二零陵《ノ》李宗古居士《ノ》家馴《ノ》鷓鴣《ヲ》一二首」(「此《ノ》鳥為《なス》二公行不得《ヲ》一」〔gōngxígbude〕)や明、李時珍『本草綱目』禽部第四八巻(「多《ク》対《ならビ》啼《ク》。今俗《ニ》謂《フ》三其《レ》鳴《クヤ》曰《フト》二行不得也哥哥《ト》一」)など、宋代にはいってから記録にあらわれるようになる。広く流布したのは、おそらく『本草綱目』にみえるように明代であったと思われる。唐詩における鷓鴣については、「行不得也哥哥」という哀れな声の鳥というイメージはまだ定着していなかったとみてよい。したがって前野直彬注解『唐詩選』下(岩波文庫、一九七八年)に、第4句の「長歌」の語は「行不得哥哥の鳴き声を念頭においてうたい出されたものであろう」と解釈されているが、その可能性は少ないと思われる。

以上、鷓鴣のイメージについての記述は主に、賈祖璋『鳥与文学』(開明書店、一九三一年)を参照した。また他に鷓鴣については、閨怨詩中のイメージを中心に論じた、杉本繁昭「〝雙雙金鷓鴣〟について」(『中国詩文論叢』第三集、一九八四年)がある。

3 **丈夫**　身のたけ一丈の男子、転じて立派な男子のこと。日本語のいわゆる「丈夫」の意ではない。『春秋穀梁伝』一一、文公一二年に「男子《ハ》二十《ニシテ》冠《ス》。冠《シテ》而列《ス》二丈夫《ニ》一」とある。唐詩では、しばしばみずからを誇りをもって(時には、かえって自嘲的語気を帯びて)称するときに用いられており、この詩も、その用法である。他の例として韓愈「秋懐詩十一首」其三に、疲れた自己をはげまして「丈夫意有《リ》レ在《ルコト》、女子乃《チ》多《シ》レ怨《ミ》」とある。

飄蕩　おちぶれて、さまようこと。飄《ひょう》泊または飄零と同じ。

4 **長歌**　声を長くして歌うこと。または長いあいだ心ゆくまで歌うこと。『唐詩紀事』は、「長歌」を「狂歌」に作っている。この「狂歌」という校語について、高木正一『唐詩選』(朝日新聞社、一九六四年)は、この一句に戦国時代の屈原が国を追われ流浪行吟したことへの連想がこめられているとすれば、「狂歌」とする方が面白い、と指摘している。

楚水　長江中流域を指す。水は、かわのこと。「楚江」「荊《けい》江」の類語。春秋戦国時代、この一帯は楚の領土であった。なお「楚水西」はあるいは押韻の必要で用いられたもので、実質的な意味を持たない可能性もある。

通釈

湖にて

青草湖の辺《ほとり》に陽《ひ》が低くかたむき、黄色く枯れた茅の悪気のたちこめる中で、鷓鴣が故郷をはなれた私の心をかきたてるように鳴いている。私は一男子でありながら、今は落ちぶれさまよってこのような身の上だ。そして一曲の長歌を楚水の西のこの地で唱うばかりである。

諸説の異同

異同の所在

「青草湖」の所在の特定

異同の類別

A　青草湖（一名巴丘湖。湖北省岳陽の西南にあって洞庭湖と続く湖）。

B　洞庭湖の南にある湖。

C　洞庭湖。

D　鄱陽湖。

A説を採るもの：高木正一『唐詩選』（朝日新聞社、一九六四年）、服部南郭『唐詩選国字解』（東洋文庫407、平凡社、一九八二年）、前野直彬『唐詩選』（岩波文庫、岩波書店、一九七八年）、『唐詩選』（漢文大系、冨山房）戸崎允明注。

B説を採るもの：森槐南『唐詩選詳釈』（文会堂書店、一九一八年）、簡野道明『唐詩選詳説』（明治書院、一九六六年）。

C説を採るもの：『唐詩紀事』

D説を採るもの：平野彦次郎『唐詩選研究』（明徳出版社、一九七四年）

異同の論拠

A説、B説、C説は、結論としていえば結局指す所は一つの湖であると考えられる。

A説（青草湖は洞庭湖に続く湖とする説）

高木正一『唐詩選』は「青草湖は一名巴丘湖ともよばれ湖北省岳陽の近くにあって洞庭湖と続く湖。渇水期を迎えて水がかれると一面の草原になるところから、この名がついたらしい。一説には洞庭湖の南にある湖の名だともいう」と記す。

B説（青草湖は洞庭湖の南にある湖とする説）

簡野道明『唐詩選詳説』は「湖は青草湖で洞庭湖の南に在る」とし、「一説に、青草湖は岳州に在り一名は巴丘湖」とする。

しかし、『大清一統志』三五八、岳州府をみると青草湖については「在リ二巴陵県ノ（湖南省岳州県）西南ニ一。湘水ノ所ニシテレ匯《めぐル》、為リ二洞庭之南涘一。接シ二長沙府湘陰県ノ界ニ一、亦タ名ヅク二巴丘湖ト一」とある。この記述によれば巴丘湖とよばれ、岳州にあって、洞庭湖と続き（以上A説）洞庭湖の南にある（B説）のが青草湖であって、この二説は一つの湖を指していることがわかる。

A説・B説の混乱が生まれた原因としては次のような理由が考えられる。一つは、青草湖の名前の由来として①青草山があるため。②水がかれて青い草原になるため。という二説があることである。①については『大清一統志』所引の「荊州記」に「巴陵ノ（湖南省岳州県）南ニ有リ二青草湖一。湖南ニ有リ二青草山一、故ニ因テ以テ為スレ名ト」とあり、②については同じく『大清一統志』所引の『岳陽風土記』に「青草湖、冬春《ニハ》水涸《レ》、皆青草也、与《と》㆓洞庭㆒相通《ヒズ》」とある。このことが二つの湖があるかのような印象を与えるためである。また、『唐詩選』戸崎允明の注に、まず『荊州記』の本文を引き、続いて「一、説《ニ》青草湖《ハ》在《リ》㆓岳州《ニ》㆒」と別に同名の湖があるかのように注記したことも遠因となっているかもしれない。

C説（青草湖は洞庭湖とする説）

C説は、論拠については特に言及されていない。C説としたのは詩題が、詩題の校語に示したように「洞庭秋日」となっていることによる。これは『大清一統志』『岳陽風土記』にもあるように、青草湖が洞庭湖と通じていることによるのであろう。

以上のように、A説、B説、C説は結局青草湖という同じ一つの湖を指しているものと結論づけられるだろう。

D説（青草湖は鄱《は》陽湖とする説）

D説については、唐汝詢、森槐南が顧況の饒《じょう》州（江西省鄱陽県）にいる時の作品であると考えているとして、平野彦次郎『唐詩選研究』が次のような意見を記している。

この詩は、唐汝詢《じゅん》や槐南氏等が、顧況が饒州にある時の作といっているのは、地理上より考察すれば誤解としなければならないが、私には別個の私案がある。中国にては江蘇省の太湖も洞庭湖と称するように、地名の混同が諸方にあるから、或いは鄱陽湖も洞庭湖と称するのではないかという疑念がある。顧況には小孤山という題で「大孤山遠《クシテ》小孤出《ヅ》、日照《ハス》洞庭帰客《ノ》船」という詩がある。大孤山小孤山は鄱陽湖附近にあるので、これは顧況が饒州にある時の作のように思われる。もしこれが鄱陽湖の詩とすれば、洞庭帰客船も、鄱陽湖でなければいけない。また青草湖も湖南省の洞庭湖辺にあることは有名であるが、安徽省にも同名の湖があるように、この鄱陽湖にも、或いは同じ名があるのではあるまいか。以上は私の私案に過ぎないが、もしこの案が真なりとせば、本篇も饒州の司戸の時の作となすことができる、という訳で参考のためにこれを附記す。

しかし、唐汝詢『刪《さん》定唐詩解』一四は、この「小孤山」詩について「貶《セラル》㆓饒州《ノ》司戸《ニ》㆒。此《レ》傷《ミ》㆓湖中《ノ》風気之悪《あシキヲ》㆒而自《ラ》嘆《ズル》㆓其飄泊《ヲ》㆒也」と記すのみで、湖そのものについては、青草湖を鄱陽湖と断定しているわけではない。森槐南が「青草湖は洞庭の南に在り、饒州に近かし」というように、饒州と洞庭湖との距離を往来に無理のない範囲と考えることもできる。詩の情調から考えると、この詩が饒州左遷時代の作という可能性は十分考えられるが、その頃に洞庭湖附近まで足をのばして作ったとも考えられる。

ただ顧況の作品については、他にも「青嶂青溪直復叙、白雞白犬到人塚」（『望簡寂観』『全』二六七）や「故園黄葉満青苔」（『聴角思帰』『全』二六七）など色彩語を多く使った句がみられる。これは顧況が画家であった（『歴代名画記』一〇）こととも関係しているかもしれない。そしてここでも「青草湖」という語が地名の正確さよりもむしろ「黄茅瘴」と色彩の対を作るために使われた可能性もある。

以上のような可能性を検討すると、青草湖が洞庭湖（の南の湖）であるのか鄱陽湖であるのかについての決定的な位置の特定はしがたい。通釈においては、ひとまず一般的な洞庭湖付近の湖として解釈した。

（山崎　みどり）

常《じょう》建《けん》

0送宇文六　　宇文六《うぶんろく》を送《おく》る

1花映垂楊漢水清　　花《はな》は垂楊《すいやう》に映《えい》じて　漢水《かんすい》清《きよ》く

2微風林裏一枝輕　　微風《びふう》　林裏《りんり》　一枝《いつし》軽《かろ》し

3卽今江北還如此　　卽今《そくこん》　江北《かうほく》　還《ま》た此《か》くの如《ごと》し

4愁殺江南離別情　　愁殺《しうさつ》す　江南《かうなん》　離別《りべつ》の情《じやう》

テキスト　『全』一四四-2-1463 ◆『選』七 ◆『文苑英華』二六九 ◆明、趙宧光ほか『万首唐人絶句』一二 ◆『唐詩品彙』四八 ◆『宋本常建詩集』上（天禄琳琅叢書）◆『常建集』下（『唐五十家詩集』所収）◆『常建集』一（『唐百家詩』所収）◆『常建詩』三　七言絶句（文淵閣四庫全書）◆『常建詩集』三　七言絶句（『崔常詩集』所収）

校語

1**垂**　『英華』に「隨」に作る。

漢水　『全』に、一に「水徹」に作り、『英華』も「水徹」に作る。

2**微**　『全』に、一に「曉」に作り、『英華』も「曉」に作る。

詩型・韻字　七言絶句。清《せい》・輕《けい》・情《じやう（せい）》（下平声庚韻〔清韻〕）。

語釈

0**送宇文六**　「宇文」は姓。欧陽や司馬などと同じく、二字からなる複姓である。「六」は排行。宇文六については未詳。彼を作者が送った詩が本作品である。

この作品がどこで作られたかについては、A＝江北で作られた、B＝江南で作られたという二説がある。

A説に従えば、宇文六が江南に赴くのを送った詩、B説に従えば、宇文六が江北に赴くのを送った詩、となる。ここではA説が妥当であろう。ちなみに、B説の一訳を示しておく。「今や江北も、やはりこのような春景色なのだろうか。一人江南に留まる私の心は、まさに堪えがたい思いがするのだ」（目加田誠『唐詩選』新釈漢文大系一九、明治書院、一九八五年第三四版）。詳しくは〔諸説の異同〕の項参照。

1**映**　てる。うつる。はえる。また「掩映《えんえい》」の語があるように、見え隠れするとする説もある（平岡武夫「白居易と寒食・清明」『東方学報』〔京都〕、四一冊、一九七〇年、植木久行『唐詩歳時記』学術文庫、講談社、一九九五年、など）。

垂楊　しだれやなぎ。「垂柳」と同意。一般には、「柳――しだれやなぎ」「楊――かわやなぎ（枝が垂れない）」として使い分けるが、ここでは平仄の関係で「垂楊」を用いた。

漢水　湖北省を縦断し、武漢市漢陽で長江に合流する大河。『楚辞』に収める「漁父辞」にいう「滄浪」は、一説ではこの漢水の別名とされる。赤茶色を呈する長江に比べ、今日もなお「滄浪」の名にふさわしく、あおあおとした水をたたえている。松

浦友久編『漢詩の事典』（大修館書店、一九九九年）五四九頁以下参照。

2林裏　「裏」は、「うら・うち」の両義をもつ。ここでは後者。林の中。

3即今　ただいま。現在。「只今」と同意。

還如此　ここでは「……さえもまた、このようである」の意。我が国、宇野明霞が、「還如」を「亦然《タルノ》辞」とする（『詩語解』上、『漢語文典叢書』一所収、汲古書院、一九七九年。なお、『詩語解』は従来、釈大典（顕常）の撰とされて来たが、正しくは宇野明霞の撰であることが明らかとなった。詳しくは、岩見輝彦「宇野明霞の『詩語解』について」（『汲古』第五号、汲古書院、一九八四年）、徳田武「宇野明霞の訓読の悲劇」（『新しい漢文教育』第八号、全国漢文教育学会、一九八九年）参照）ように、一般に「還」は「亦」（やはりまた）に解されるが、ここでは「尚且《ホッ》」「仍然《なほ》」の用法で、「江北でさえもこれほどだから江南の春景はさぞ愁いにたえがたかろう」の意。

また、「還」には、「すでに」（已、已経。時間副詞）の用法もある（王瑛『詩詞曲語辞例釈・増訂本』中華書局、一九八六年）。

4愁殺　「殺」は笑殺、悩殺、酔殺などの用例と同じく、程度のはなはだしいことを示す接尾語（助字）。深い愁いに沈める。許《のみ》山《やま》秀樹「『V殺』の成立と展開」（『中国詩文論叢』第一二集、中国詩文研究会、一九九三年）参照。

江南　一般的には、長江下流の南の地―江蘇省の南部を中心に、浙江省の西北部安徽省南部などを指す。より狭くは、蘇州市西郊に広がる太湖を指すときもある（植木久行『唐詩の風景』学術文庫、講談社、一九九九年、一七三頁以下参照）。

この詩の場合、「漢水」という川の名から、「江北」を湖北省一帯と考えれば、長江をはさんだその対岸、湖北省の一部・湖南省一帯、すなわち広義の江南を指すとることができよう。

通釈

宇文六を送る

紅い花が緑のしだれ柳に照り映え、漢水は（その影を宿しつつ）清らかに流れている。そよ風が林の中を時おり過《よ》ぎると、（花のついた）一枝が軽やかに揺れる。今やここ江北の地さえも、このように美しい春景色だ。君の行く江南の春景を思えば、離別の情に愁いはひとしお深まるのだ。

諸説の異同

異同の所在

この作品がどこで作られたか

異同の類別

A　江北で作られた。

B　江南で作られた。

A説を採るもの：清、王尭衢《おうぎょうく》『古唐詩合解』上（文化図書公司、一九七〇年）、宇野明霞『唐詩集註』、釈大典『唐詩解頤』、千葉玄之（芸閣）『唐詩選詩伝講釈』（江戸、嵩山房小林新兵衛、文化一三年〔一八一三〕）、服部南郭『唐詩選国字解』、戸崎允明『箋註唐詩選』（漢文大系、冨山房、一九七八年第三刷）、簡野道明『唐詩選詳説』下（明治書院、一九八二年第七八版）、齋藤晌『唐詩選』（漢詩大系、集英社、一九七四年）、平野彦次郎『唐詩選研究』（明徳出版社、一九七四年）、高木正一『唐詩選』三（中国古典選〔文庫版〕、朝日新聞社、一九七八年）、前野直彬・石川忠久『漢詩の解釈と鑑賞事典』（旺文社、一九八三年重版）、富寿蓀ほか『千首唐人絶句』上（上海古籍出版社、一九八五年）、植木久行『人生の哀歓』（松浦友久編『心象紀行―漢詩の情景②』東方書店、一九九〇年）など。

B説を採るもの：目加田誠『唐詩選』（新釈漢文大系）、前野直彬『唐詩選』下（岩波文庫、岩波書店、一九八三年第二七刷）など。

異同の論拠

A説（この作品が江北で作られたとする説）

(1) 前半二句は、別れの地の景色をのべている。

(2) 場所は江北、漢水に近い所である。

(3) 作者は晩年、武昌の西の鄂渚《がくしょ》に穏棲した（武昌は漢水が長江に流れ込む漢陽の対岸にある〔増子〕）。この作品は、その頃の作品であろう。

結論：この作品は江北で作られた。

（以上、高木正一『唐詩選』）

B説（この作品は江南で作られたとする説）

(1) この時、宇文六が江北へゆくのか、江南にゆくのかはっきりしない。

(2) しかし、常建の詩には、江南一帯や（長江南岸の）武昌、湖南の作品があるから、これも武昌あたりにいたときの作品であろう。

(3) 「江南離別情」というのは、自分が江南にとどまって江北にむかう君（宇文六）と別れる寂しさをいうのであろう。

(4) あるいは宇文六が江南にゆくのを送る詩として解する人もあるが、それには従わない。

結論：この作品は江南で作られた。

（以上、目加田誠『唐詩選』）

なお、前野直彬ほか『漢詩の解釈と鑑賞事典』では、A説に従いつつも、A、B両説に従った解釈を共に載せ、

後者（B説）のように解釈するとき、早く進士の試験に及第していながら、いつまでも不遇で下級の役人から抜けられなかったという作者が、漢水を北上して行く宇文六を見送りつつ、そのさらに北にある主都《ママ》長安を遥かな憧憬と淡い悲しみの目で見つめている、というふうにも読めるだろう。

と述べる。

（増子　和男）

0 題破山寺後禪院　　破山寺《はざんじ》の後《うしろ》の禅院《ぜんゐん》に題《だい》す

1 清晨入古寺　　清晨《せいしん》　古寺《こじ》に入《い》れば

2 初日照高林　　初日《しょじつ》　高林《かうりん》を照《て》らす

3 竹逕通幽處　　竹逕《ちくけい》　幽処《いうしょ》に通《つう》じ

4 禪房花木深　　禅房《ぜんばう》　花木《かぼく》深《ふか》し

5 山光悅鳥性　　山光《さんくわう》　鳥性《てうせい》を悦《よろこ》ばしめ

6 潭影空人心　　潭影《たんえい》　人心《じんしん》を空《むな》しくす

7萬籟此都寂
8但餘鐘磬音

万籟《ばんらい》 此《ここ》に都《すべ》て寂《ひそ》まり
但《た》だ余《あま》す 鐘磬《しょうけい》の音《おと》

テキスト 『全』一四四-2-1461 ◆『選』三 ◆『体』五言律詩 ◆『百』五言律詩 ◆唐、殷璠『河岳英霊集』一（四部叢刊）◆唐、韋荘『又玄集《ゆうげんしゅう》』一（唐人選唐詩十種、上海古籍出版社、一九七八年）◆『文苑英華』二三四 ◆宋、姚鉉《ようげん》『唐文粋』一七（四部叢刊）◆『唐詩紀事』三一 ◆宋、王安石『王荊公唐百家詩選』四（南宋初期刻本、古逸叢書三編之二三）◆『宋本常建詩集』上（『天禄琳琅叢書』第一集）◆『常建集』下（『唐五十家詩集』四所収、明、銅活字本）◆『常建集』一（明、朱警『唐百家詩』所収）◆『常建詩』三 五言律詩（文淵閣四庫全書）◆『常建詩集』三 五言律詩（『崔常詩集』所収、『和刻本漢詩集成 唐詩』第一輯所収）◆『唐詩品彙』六三 ◆『唐詩別裁集』九

校語

0**題** 『選』『品彙』『別裁』に「題」字なし。
後禅院 『又玄集』『体』に「後院」に作る。
2**照** 『英華』に「耀」に作り、また一に「朗」に作る。『宋本』『唐百家詩選』も「朗」に作る。『紀事』『文粋』に「明」に作る。
3**竹逕** 『全』は「竹」について「一作《ニリ》ㇾ一《ニ》、一作《ニル》ㇾ曲《ニ》」と校注する。『紀事』は「竹徑」に作り、『選』『体』『百』『品彙』『別裁』には「曲徑」に作る。
通 『全』に「一作《ニル》ㇾ遇《ニ》」と校語を記す。
4**花** 『体』は「華」に作る。
7**都** 『選』『体』『百』『品彙』『別裁』は「倶」に作る。
8**但餘** 『選』『体』『百』『品彙』『別裁』は「惟聞」に作る。
鐘 『英華』は「鍾」に作る。

詩型・韻字

五言律詩。林《りん》・深《しん》・心《しん》・音《いん》（下平声侵韻〔侵韻〕）。

語釈

0**題** 壁や屏などに、詩句や姓名を書きつけること。題識《だいし》。白居易「香炉峰下、新卜《タニぼくシ》山居《ヲ》、草堂初《メテ》成《ルニ》、偶《たまたま》題《ス》東壁《ニ》」（『正編』四五八頁参照）がよく知られている。杜荀鶴「夏日題悟空上人院」（本書二八〇頁）の〔語釈〕参照。
破山寺 寺の名。その所在については、A＝蘄州《きしゅう》黄梅《こうばい》（湖北省黄梅県）、B＝常熟県（江蘇省常州市）、C＝いずれとも決し難い、との説がある。ここではB説に従う。詳しくは〔諸説の異同〕の項参照。B説に従ってさらに言えば、破山寺は同地の虞《ぐ》山の興福寺の別名であり、南朝・斉（四七九―五〇二）の倪徳《げいとく》光《こう》が自宅を喜捨して寺となしたとされる（宋、朱長文『呉郡図経続記』中、叢書集成初編3146、中華書局）。ちなみに、中島敏夫・斎藤茂『唐詩選』中（中国の古典二八、学習研究社、一九八四年）には、明代の絵画を載せる（二二六頁）。
禅院 ①寺院、②禅房の両意があるが、ここでは②とした。寺院に付属した、僧侶の起居するための家屋。僧房。程千帆・沈祖棻『古詩今選』上（上海古籍出版社、一九八三年）に言う、寺廟は常に前院と後院に分かれる。前院は仏をまつり、法事を行う場所であり、後院は生活する場所である、と。

1清晨 清らかに晴れたあけがた。早朝。朝まだき。日の出前の早い朝。魏、曹植「贈《ル》二白馬王彪《ニ》一」（『文選』二四）に、「清晨発《ス》二皇邑《こうゆうヲ》一」とあり、五臣（呂向）注に「清晨《トハ》、日未《ダ》レ出《デルノ》時」とある。

2初日 昇りはじめたばかりの太陽。

3竹逕 「逕」は「径」に同じ。竹林の中の小道。

幽処 奥深く、静かなところ。

4花木 花の咲いている木。色彩を去った坊さんたちの生活する部屋と、その周囲に色彩をほこって咲く花の木とが、朝日のなかに清潔な調和を作る（吉川幸次郎・三好達治『新唐詩選』岩波書店、一九七四年四一版）。中国では、草花よりも花木を愛する傾向が強い。

5山光 山の輝き。山色。ここでは朝日を浴びた、山の色どりや様子を言う。

鳥性 「性」は本性。生まれつきの性質。鳥の本性。次句「人心」に対して、鳥の心を言う（対文同義）。杜甫「移《サントシテ》二居《ヲ》夔州《きしゅうニ》一作《ル》」（『全』二九二。『全』では、「作」は「郭」に作る）の「山光見《ル》二鳥情《ヲ》一」という句に対して、清、仇兆鰲《きゅうちょうごう》『杜詩詳註』一五では、「鳥悦《ブハ》二山光《ヲ》一、春気暖《ナレバ》也」と述べる。さらに仇註では、杜甫のこの句に対して、本詩の頸聯を引いて次のように述べる。「為《スハ》二殷璠《ノ》首推《ト》一（『河岳英霊集』上〈備考(2)の項参照〉）、不《レバ》レ知《ラ》レ出《ヅルヲ》二少陵《ニ》一（杜甫）也。『杜憶《ニ》』（明、王嗣奭《おうしせき》撰）見《ルハ》二鳥情《ヲ》一属《シ》レ人《ニ》、悦《ブハ》二鳥性《ヲ》一属《ス》レ鳥《ニ》」と。

6潭影 「潭」は、ふち。「影」は、かげではなく、「景」すなわち「光」（上句の「光」と対文同義）。潭《ふち》にたたえる光や色。王勃《おうぼつ》「滕王閣」詩（本書九〇頁）に、「間雲潭影日《ニ》悠悠《タリ》」とある。詳細は当該〈語釈〉参照。

空 「空虚」ではなく、雑念を去った清らかな状態にする。

7万籟 天地間の万物が発する自然の物音。あらゆる響き。「籟」はふえ。ひびき。すべて風が孔《あな》にあたって発する音。隋、姚察「遊《ブノ》二明慶寺《ニ》一詩」に、「含《ミテ》レ風《ヲ》万籟響《キ》、裛《うるホヒテ》レ露《ニ》百花鮮《カナリ》」と見える（逯欽立『先秦漢魏晋南北朝詩』下、隋詩四）。

8鐘磬 「鐘」は、かね。「磬」は打ち石。玉や石板を「へ」の字に作り、上から吊して打ち鳴らす楽器。寺院では僧のうつ銅鉢《どうはち》の類をも言う。主として銅製で、仏前礼盤《らいばん》の右側の磬架《けいか》にかけ、勤行《ごんぎょう》のとき、導師がこれを打ち鳴らす。鐘磬を鳴らすのは、僧の活動と終了とを示すためである（金性尭『唐詩三百首新注』上海古籍出版社、一九八五年第四次印刷）。

通釈

破山寺の後ろの禅院の壁に書きつける

さわやかな早朝、古い寺に入って行くと、昇りはじめたばかりの太陽が、高い林の梢を照らしている。竹林の中の小道は、奥深く静かなところへと通じ、（そこに在る）僧房（の周囲）には花の咲く木々が茂っている。朝日を浴びた山の色どりは、鳥の心を喜ばせ、深いふちにたたえる光は、人の心から雑念をはらいのけてくれる。天地間のあらゆるもの音は、すべて静まりかえり、ただ（寺で打ち鳴らす）鐘磬の音が聞こえてくるばかりである。

諸説の異同

異同の所在

破山寺の所在について

異同の類別

A　蘄州《きしゅう》黄梅《こうばい》（湖北省黄梅県）にあった。

B　常熟県（江蘇省常州市）にあった。

C　いずれとも決し難い。

A説を採るもの：元、裴庾《はいゆ》『三体詩註』（『増註三体詩』所収、漢文大系、冨山房、一九七八年第三刷）など。

B説を採るもの：北宋、朱長文『呉郡図経続記』、南宋、王象之『輿地紀勝』五（台北文海出版社景印、一九六二年）、西浙西路、平江府、古迹、興福寺の条、元、釈円至注『三体詩』（『増註三体詩』所収）、清、章燮《しょうしょう》『唐詩三百首注疏』（浙江人民出版社、一九八一年第二次印刷）、『（嘉慶重修）大清一統志』七七、蘇州府一「虞山」、七八、蘇州府三「興福寺」（四部叢刊続編）、釈大典『唐詩解頤』、戸崎允明『箋註唐詩選』（漢文大系、冨山房、一九七八年第三刷）、簡野道明『唐詩選詳説』上（明治書院、一九八二年第七八版）、目加田誠『唐詩選』（新釈漢文大系、明治書院、一九八五年三四版）、高木正一『唐詩選』三（中国古典選〈文庫版〉朝日新聞社、一九七八年）、蕭滌非《しょうてきひ》ほか『唐詩鑑賞辞典』（〔倪其心《げいきしん》執筆〕上海辞書出版社、一九八三年）、中島敏夫・斎藤茂『唐詩選』、周勛初《しゅうくんしょ》ほか『唐詩大辞典』（〔厚華執筆〕、江蘇古籍出版社、一九九〇年）など。

C説を採るもの：村上哲見『三体詩』三（中国古典選〈文庫版〉、朝日新聞社、一九七八年）など。

異同の論拠

A説（蘄州黄梅〈湖北省黄梅県〉にあったとする説）

(1)　蘄州黄梅に破頭山《はずさん》がある。

(2)　この場所で、五祖（禅宗東土の五代目の祖師、弘忍《ぐにん》大師）が六祖（同六代目の慧能《えのう》大師）に衣鉢を伝えた。

結論：破山寺は蘄州黄梅にある。

（以上、元、裴庾『三体詩註』）

B説（破山寺は常熟県にあるとする説）

(1)　（虞山の）九里（約五・九キロ）ほど北（の峰）を破山という。（神と）竜とが闘って、竜が山腹をつき破って谷が出来たため（以龍闘衝破山腹為澗而名）の命名である。

(2)　興福寺は、常熟県破山にあり、またの名を破山禅院という。

(3)　唐の常建が、この寺を詩にうたっている。

結論：破山寺は常熟県にある。

（以上、『大清一統志』巻七七・七八）

C説（いずれとも決し難いとする説）

(1)　破山寺は、天隠注には常熟県、季昌注には蘄州黄梅にあるとする。

(2)　常熟県は今、江蘇省常熟市（但し、一九五八年には市を解消し、以後は県に復している〈塩英哲『精選中国地名辞典』凌雲出版、一九八三年参照〈増子〉〉）、蘄州黄梅は今、湖北省黄梅県で、全く別の場所であり、いずれが正しいか決し難い。

(3)　なお、（明、李攀竜？）『唐詩訓解』（巻三）の注では、天隠注に一致している。

結論：いずれが正しいか決し難い。

（以上、村上哲見『三体詩』）

備考

(1)　この作品の対句について

律詩では、一首のうちに少なくとも二組の対句が必要とされ、中央の二聯（3句と4句、5句と6句）がそれぞれ対句であるのを原則とする。しかし、本作品では3句と4句で対句を作らず、1句と2句で作るという破格を行っている。これを偸春《とうしゅん》体（借春《しゃくしゅん》体）と称する。

(2)　この作品の評価について

唐、殷璠は『河岳英霊集』の常建評において、本作品を首位の中の一首に置き、特に第6句を「警策」（詩文の中にあって全篇を活動させる眼目となる重要な短い言葉）と評した。

宋代に至り、破山寺の境内にこの詩碑が刻まれるほど人々に広く愛誦されたという（宋、呉可『蔵海詩話』〔『歴代詩話続篇』(上)所収〕）。就中、北宋の欧陽脩は、この作品を特に推重した。その推重の語は、宋、計有功『唐詩紀事』、宋、胡仔『苕渓漁隠叢話《ちょうけいぎょいんそうわ》』前集に引く『洪駒父《こうくほ》詩話』など多数の書物に引用されている。ここでは、彼の別集『居士外集』二四（『欧陽文忠公集』〔四部叢刊初編〕所収）に載せる「題《ス》二青州《ノ》山斎《ニ》一」から抜粋しておく。

吾常喜《ここのンデ》誦《シテ》二常建《ノ》詩《ヲ》一、云《フ》、竹逕通《ジ》二幽処《ニ》一、禅房花木深《シト》。欲《スルモ》下効《ならイテ》二其《ノ》語《ニ》一作《ラント》中一聯《ヲ》上、久《シク》不レ可《カラ》レ得《う》。酒《すなはチ》知《ル》造《ル》レ意《ヲ》者《ハ》為《ス》レ難《シト》レ工《たくみナリ》也。

（増子　和男）

岑《しん》　参《じん》

0春夢

1洞房昨夜春風起

2遙憶美人湘江水

3枕上片時春夢中

4行盡江南數千里

春夢《しゅんむ》

洞房《どうぼう》　昨夜《さくや》　春風起《しゅんぷうお》こり

遥《はる》かに美人《びじん》を憶《おも》ふ　湘江《しゃうかう》の水《みづ》

枕上《ちんじゃう》　片時《へんじ》　春夢《しゅんむ》の中《うち》

行《ゆ》き尽《つ》くす江南《かうなん》　数千里《すうせんり》

テキスト　『全』二〇一-3-2107　◆『河岳英霊集』中（四部叢刊）◆五代蜀、韋穀『才調集』七（四部叢刊）◆『文苑英華』一五七　◆宋、姚鉉『唐文粋』一五（四部叢刊）◆宋、計有功『唐詩紀事』二三　◆明、趙宧光・黄習遠『万首唐人絶句』一二　◆明、高棅《こうへい》『唐詩品彙』四八　◆『岑嘉州詩』七（四部叢刊）◆『岑嘉州集』下（明、張遜業『十二家唐詩』）◆『岑嘉州集』八（『唐五十家詩集』五）◆『岑嘉州詩』八（『和刻本漢詩集成　唐詩』第五輯）

校語

0**春夢**　『英華』に、「春夜所思」に作る。

1**洞房**　『紀事』『十二家唐詩』『和刻本』は「洞庭」に作り、『全』も、「一に（洞）庭に作る」とする。

2**遙憶美人**　『全』『紀事』『和刻本』に「故人尚隔」に作るが、『河岳英霊集』以下、上記のテキストを除く全てのテキストの記載に従うこととする（詳細は〔語釈〕及び〔諸説の異同〕の項参照）。

詩型・韻字
七言絶句。*起《き》・水《すい》・*里《り》（上声紙韻〔旨止韻*〕）。

語　釈
0**春夢**　「夢」は古来、昼間に思っていることが夜、夢の形となって現れると考えられ、魂の交感とも見なされて来た。我が国で夢をうたった作品と言えば、「思ひつつ寝《ぬ》ればや人の見えつらむ　夢と知りせばさめざらましを」（小野小町、『古今和歌集』巻一二）に代表される恋の歌が少なくない。まして「春の夢」という本作品の題名は甚だ示唆的ではあるが、中国の伝統的解釈では、後に述べるように、そうした見解には否定的である。

1**洞房**　奥深い部屋。寝室。しばしば婦人の寝室を意味する（前野直彬『唐詩鑑賞辞典』一一二頁、韓偓《かんあく》「五更」〔山之内正彦執筆〕東京堂出版、一九七四年）。

2**遥憶美人**　「憶」は、「念」や「思」と置き換えられることが多いが、実際の用例としては、ほとんどすべてが「おぼえている、おもいだす」といった意味に限定されており、何らかの意味で必ず過去の事象とかかわっている（松浦友久「憶君遥在瀟湘月―離別詩における時間の表現」、〔『中国文学研究』第二期、早稲田大学中国文学会、一九七六年〕松浦友久『（増訂版）詩語の諸相―唐詩ノート』二〇八頁、研文出版、一九九五年）。

「美人」は、古典的には女性よりもむしろ男性に用いられ、賢い人、徳行すぐれた人、という意味をも持つ。「美しい女性」をも意味するようになるのは、より新しい漢代以後の用法である。そこで本作品の「美人」とは誰を指すかが問題となる。それは、誰が「美人」を夢見たかによって、次のように説が分かれる。

A　作者が、友人を夢に見た。
B　作者が、思う人（女性）を夢に見た。
C　作者の仮託した女性が、思う人（男性）を夢に見た。
D　A、B、C説のいずれでも良い。

伝統的解釈に従えばAであるが、ここではCにとる。詳細は〔諸説の異同〕の項参照。

〔校語〕に示した通り、『紀事』などのテキストでは、「遙憶美人」を「故人尚《なホ》隔《へだツ》」としていた。もし、これがオリジナルのものであるなら、右の諸説のうちAが正しいことになる。

①　魏、曹植「雑詩六首其四」（『文選』二九）に、「南国有《リ》二美人一、容華《ようか》若《ごとシ》二桃李《ノ》一。朝《あしたニ》遊《ビ》二江北《ノ》岸《ニ》一、日夕《にっせき》宿《ル》二湘沚《しょうしニ》一」（沚とは渚。本句はまた「夕《べニ》宿《ル》二瀟《しょう》湘《しょうノ》水《ニ》一」にも作る）とあるが、本作品は、これをふまえている（東《ひがし》夢《む》亭《てい》『唐詩正声箋註』二〇）。

②　南宋、范成大「湘陰橋口市《ノ》別《ニテ》遊子明《ニ》一」詩に「遥《カニ》憶《おもフ》美人湘水《ノ》夢、側《そばだテテ》レ身《ヲ》西望《ス》剣門《ノ》詩」（『石湖居士詩集』五、四部叢刊初篇）とあるのは、本作品をふまえたものである（陳鉄民・侯忠義『岑参集校注』上海古籍出版社、一九八一年）。という指摘が存する。ここでは、それらの見解に従って、「遥憶美人」とした。『紀事』等のテキストで「故人尚隔」として

いる事について、『岑参集校注』では、後人が改めたのであろう、とする。

湘江　広西壮《チワン》族自治区興安県の南の海陽山（『辞源』〈修訂本〉の記述に従う。『辞海』〈一九七九年版〉、『中華人民共和国地図集』〈新華書店上海発行所、一九八四年〉などでは、「海洋山」。海陽山と海洋山とは音通）の美潭を源とし、北流して洞庭湖へと注ぐ、湖南省最大の河川。全長八五六キロ。おそらく哀切な「瀟湘」のイメージ（松浦友久『漢詩の事典』大修館書店、一九九九年、四六六頁以下参照）にも彩られていよう。

3**片時**　かたとき、つかのま。ほんのわずかな時間。

4**江南数千里**　「江南」には狭義・広義二通りある（常建「送ル㆓宇文六ヲ㆒」、本書一七五頁）。ここでは、湘江の流れている湖南省をも含む広義の江南をいう。「数千里」は、ここでは、春の夜の夢で行き尽くした距離であろう。房開江・潘中心『唐人絶句五百首』（貴州人民出版社、一九八二年第三次出版）では、「数千里かなたの江南」の意とする。

通釈

春の夜の夢

昨夜、奥まった部屋の中に春風が吹きこみ、遥か湘江のあたりに居る美人《よきひと》のことを思い出した。（その思いの深さゆえか）枕辺で、しばしまどろんだ（春の夜の）夢の中で、（私は）江南地方数千里の道のりを歩き尽くしたのだ（なつかしいあなたに会うために）。

諸説の異同

異同の所在

誰が「美人」を夢に見たのか。そして、「美人」とは誰を指すのか

異同の類別

A　作者が、友人を夢に見た。

B　作者が、思う人（女性）を夢に見た。

C　作者の仮託した女性が、思う人（男性）を夢に見た。

D　A、B、C説のいずれでも良い。

A説を採るもの：中国社会科学院文学研究所『唐詩選』上（人民文学出版社、一九八六年第五次印刷）、陳鉄民・侯忠義『岑参集校注』、房開江・潘中心『唐人絶句五百首』、黄粛秋ほか『唐人絶句選』（中華書局、一九八二年）、程千帆・沈祖棻『古詩今選』上（上海古籍出版社、一九八三年）、松枝茂夫『中国名詩選』中（岩波文庫、岩波書店、一九八四年）、富寿蓀ほか『千首唐人絶句』上（上海古籍出版社、一九八五年）、劉開揚『岑参詩選』（四川文芸出版社、一九八六年）、松浦友久『中国名詩集―美の歳月』（朝日新聞社、一九九二年）など。

B説を採るもの：明末清初、唐汝詢『唐詩解』（順治一六年〈一六五九〉万芨堂刊本）、『情詩三百首』（〈金文男執筆〉上海古籍出版社、一九九〇年）など。

C説を採るもの：劉逸王『唐詩小札』（広東人民出版社、一九七八年第八次印刷）、高光復『高適　岑参詩訳釈』（黒竜江人民出版社、一九八四年）、劉学諧ほか『唐代絶句賞析　続編』（安徽文芸出版社、一九八五年）、増子和男「岑参『春夢』詩解釈存疑」（『日本文学研究』第二七号、梅光女学院大学日本文学会、一九九一年）など。

D説を採るもの：蕭滌非《しょうてきひ》ほか『唐詩鑑賞辞典』（〈沈祖棻執筆〉、

上海辞書出版社、一九八三年）など。

異同の論拠

A説（作者が友人を夢に見たとする説）

(1)「洞房」とは、奥深い静かな部屋を意味する古典語である。が、同時に、新婚夫婦の部屋を意味する日常語である。

(2) この詩は、その「洞房」に「春風」が起こった夜、「美人」を「枕上」の「春夢」の中に尋ね歩く、という設定であり、素材的・発想的には、恋愛詩と紙一重のところにあるといってよい。

(3) 事実、「美人」を美女だとする解釈や、洞房の女性が湘江の美《よ》き男性を慕う詩だとする解釈もある。

(4) しかし、そうしたイメージの大きな揺れを許容しながらも、第一義的には、やはり作者自身が、一人称的に、古典語的な「美《よ》き人、美《すぐ》れた人」としての友人を訪ねた作品、と見るのがふさわしい。

(5) 岑参の作品には、作者が三人称的に女性の視点から恋を歌う、という「閨怨」的な作品はほとんどないし、妻（家人）以外の女性を一人称的に慕うという、一般的恋歌《こいうた》も見当らないからである。

結論：作者が、友人を夢に見たのである。

（以上、松浦友久『中国名詩集』）

B説（作者が、思う人（女性）を夢に見たとする説）

(1) この「美人」は、必ずや具体的人物を指していよう。

(2) その人は、『詩経』鄘風《ようふう》の「桑中」に歌われた、衛《えい》の娘の類であろうか（古典的解釈に従えば、衛の公室は淫奔で、身分の上下を問わず互いの妻妾と通じ、桑中の野〔今の河北省濮陽市付近〕に密会したとする。爾来、「桑中」と言えば男女が密会する事を言う〔増子〕）。

結論：作者が、思う人（女性）を夢に見たのである。

（以上、唐汝詢『唐詩解』）

C説（作者の仮託した女性が、思う人（男性）を夢に見たとする説）

(1)「美人」は友人を指すとする見方が、伝統的に行われているが、必ずしもこれが唯一の解釈とは思われない。

(2) 第2句目「遥憶美人」を「故人尚隔」とするテキストの存在を、友人説の証拠とするものがあるが、岑参と同時期の人である殷璠の『河岳英霊集』をはじめとする大部分のテキストが、「遥憶美人」としている事は無視できない。

(3)「美人」を美女と見る解釈も存在するが、

① 一人称的恋愛詩に対して原則的に禁忌を持つ隋唐詩の伝統に反するという点。

② 作者である岑参に、恋愛にまつわる有名な逸話が残されていないという点。

から、この解釈は妥当と思われない。

(4) この問題を解く鍵は「洞房」という語であろう。「洞房」には婦人の部屋（閨房）という意味がある。

(5)「洞房」が婦人の部屋であるならば、夢を見るのは女性であり、美人はその女性の思う人（男性）となる。

(6) 女性が男性を夢に見るという――或いは遠くに居る夫や恋人を思うという三人称的構想は、中国中世詩の伝統の中で、早くから認知された「閨怨詩」に連なる。

(7) 閨怨詩のうち、遠くに居る男性を夢に見るという内容を持つ作品は、『文選』巻二二所載の漢代の楽府《がふ》「飲馬長城窟行」にまで遡り得る。

(8) 男性の作者が、女性の代りに、その気持ちを歌うというのも、閨怨詩の普遍的パターンである。

(9) 春に夢見るのは、女性こそがふさわしい。

結論：作者の仮託した女性が、思う人（男性）を夢見たのである。

（以上、増子和男「岑参『春夢』詩解釈存疑」）

D説（A、B、C説のいずれでも良いとする説）

(1) 古代漢語では、「美人」という語は、現代語におけるそれよりも広い意味を持つ。

(2) この語は男性、女性いずれをも指し、容姿の麗しい人、徳行のすぐれた人を言う。

(3) 本作品においては、遠く離れた、愛すべき人を指すのであろうが、それが男性であるか女性であるかは定かでない。

(4) 作者は夢のことを歌っているのであるから、そこに歌われている「美人」が女性であるか男性であるか、深く穿さくする必要はない。

結論：A、B、C説いずれでも良い。

（以上、蕭滌非ほか『唐詩鑑賞辞典』）

以上のように、この作品中、誰が誰を夢に見たかに関して諸説が存する。ここではC説に従って解釈を試みたが、それも一つの可能性を示すに過ぎない。何となれば、この作品はA、B、C説のいずれを是とするかの決定的手がかりを欠いているからである。恐らく、それは作者である岑参が意識的に為したものであろうが、このように、さまざまな解釈が成立し得る点にこそ、あるいは本作品の魅力が存すると言うべきか。

従って、ここに示した解釈のうち、いずれを是と見るか、或いはこれらの全てを否定し去って、新たな見解を示すかは、他の作品にも増して、読者の判断に委ねられることとなろう。

（増子　和男）

0 白雪歌送武判官歸　　白雪《はくせつ》の歌《うた》　武判官《ぶはんぐわん》の帰《かへ》るを送《おく》る

1 北風捲地白草折　　北風《ほくふう》　地《ち》を捲《ま》いて　白草《はくさう》を折れ

2 胡天八月卽飛雪　　胡天八月《こてんはちぐわつ》　即《すなは》ち飛雪《ひせつ》す

3 忽如一夜春風來　　忽《こつ》として一夜《いちや》　春風《しゆんぷう》来《きた》りて

4 千樹萬樹梨花開　　千樹万樹《せんじゆばんじゆ》　梨花《りくわ》開《ひら》くが如《ごと》し

5 散入珠簾濕羅幕　　散《さん》じて珠簾《しゆれん》に入《い》りて　羅幕《らばく》を湿《うるほ》し

6 狐裘不煖錦衾薄　　狐裘《こきう》　煖《あたた》かならず　錦衾《きんきん》薄《うす》し

7 將軍角弓不得控　　将軍《しやうぐん》　角弓《かくきう》　控《ひ》くを得《え》ず

8 都護鐵衣冷猶著　　都護《とご》　鉄衣《てつい》　冷《ひや》やかなるも猶《な》ほ著《つ》く

9 瀚海闌干百丈氷　　瀚海闌干《かんかいらんかん》として　百丈《ひやくぢやう》氷《こほ》り

10 愁雲慘淡萬里凝　　愁雲惨淡《しううんさんたん》として　万里《ばんり》凝《こ》る

11 中軍置酒飲歸客中軍置《ちゅうぐんち》酒《しゅ》して　帰客《きかく》に飲《の》ましむ

12 胡琴琵琶與羌笛胡琴《こきん》と琵琶《びは》と羌笛《きやうてき》と

13 紛紛暮雪下轅門紛紛《ふんぷん》たる暮雪《ぼせつ》　轅門《ゑんもん》に下《くだ》り

14 風掣紅旗凍不翻風《かぜ》は紅旗《こうき》を掣《ひ》けども　凍《こほ》りて翻《ひるがへ》らず

15 輪臺東門送君去輪台《りんだい》の東門《とうもん》　君《きみ》が去《さ》るを送《おく》る

16 去時雪滿天山路去《さ》る時《とき》　雪《ゆき》は天山《てんざん》の路《みち》に満《み》つ

17 山迴路轉不見君山迴《やまめぐ》り路転《みちてん》じて　君《きみ》を見《み》ず

18 雪上空留馬行處雪上《せつじやう》空《むな》しく留《とど》む　馬《うま》の行《ゆ》きし処《ところ》

テキスト　『全』一九九-3-2050　◆『百』七言古詩　◆北宋、王安石『(王荊公)唐百家詩選』四（南宋初期刻本、古逸叢書三編之二三）◆南宋、計有功『唐詩紀事』二三　◆明、高棅《こうへい》『唐詩品彙』二九　◆『岑嘉州詩』二（四部叢刊）◆『岑嘉州集』上（明、張遜業『十二家唐詩』）◆『岑嘉州詩』四（『和刻本漢詩集成　唐詩』第五輯）◆『岑嘉州集』四（明、銅活字本『唐五十家詩集』五）◆清、沈徳潜『唐詩別裁集』五

校語

0 **武判官歸**　『全』『品彙』『四部叢刊』『十二家唐詩』『明銅活字本』『和刻本』『別裁集』に、「武判官歸京」に作る。

1 **捲**　『唐百家詩選』『紀事』『品彙』『四部叢刊』『明銅活字本』『和刻本』に「卷」に作る。同意。

3 **忽如**　『全』『紀事』に「忽然」に作る。

5 **濕**　『全』『別裁集』に「溼」に作る。「濕」の本字。

6 **煖**　『唐百家詩選』『紀事』『四部叢刊』『十二家唐詩』『明銅活字本』『和刻本』に「暖」に作る。同意。

7 **角弓**　『紀事』に「雕弓」に作り、『全』も、「一に雕に作る」とする。

8 **猶著**　『四部叢刊』『十二家唐詩』『明銅活字本』に「難着」に作る。唐、顔元孫『干禄字書』によれば、著が正字で、着は俗字。

10 **慘淡**　『唐百家詩選』『紀事』に「黲澹」に作り、『全』に「黲淡」に作り、『百』に「慘澹」に作るが、『四部叢刊』等に従う。「黲澹」「黲淡」「慘澹」は、「慘淡」とほぼ同意。『十二家唐詩』に「慘慘」に作る。

17 **迴**　『唐百家詩選』『紀事』『十二家唐詩』『明銅活字本』『和刻本』は「回」に作る（『和刻本』は「回」の古字「囘」に作る）。『百』『品彙』『四部叢刊』『別裁集』に「廻」に作る。「回」「廻」は「迴」と同意。

詩型・韻字

七言古詩。折《せつ》・雪《せつ》（入声屑韻（薛韻））／來《らい》・開《かい》（上平声灰韻（咍韻））／*幕《ばく》・*薄《はく》・著《ちやく》（入声薬韻（薬*鐸韻））／氷《ひよう》・凝《ぎよう》（下平声蒸韻（蒸*韻））／客《かく》・笛《てき》（入声陌錫韻（陌*錫*韻））／*門《もん》・翻《ほん》（上平声元韻（元魂*韻））／*去《きよ》・路《ろ》・*處《しよ》（去声遇御韻（暮御*韻））。換韻。

語釈

0 **白雪歌**　いわゆる歌行体の一種。「――歌」や「――行」を併せて歌行と呼び、「新楽府《しんがふ》」と同じく唐代になってから新しく作

られた古体詩の一種である。

歌行はさらに、

(1)広義の歌行――盛唐末期までの、包括的な歌行。

(2)狭義の歌行――中唐の新楽府運動を直接的契機として生まれた歌行。

に分類される。広義の歌行は、①擬古的楽府題を採らない、②器楽伴奏を伴わない、③歌辞的な詩題（歌・行・曲）もしくは、リズム（雑言・七言）・措辞（*蟬聯体《せんれんたい》・双擬《そうぎ》対《つい》……）をもつことを特色とする。

＊蟬聯体：前の句末の語を受けて上の句をはじめるもの。

＊双擬対：上下の二句が対偶をなし、さらに上下二句が、それぞれ一句中で、第一字と第三字に同一の文字を畳用するもの。

この広義の歌行が、①三人称的描写から一人称的描写へ、②寓意の愛用から直叙の愛用へ、という表現方法の改変を通じて、楽府に対する様式的独自性を形成し、諷諫《かん》性の強い、狭義の新楽府と、そうした要素の稀薄な、狭義の歌行とに二分され、原則的には、それを規準として長く継承されていった（以上、松浦友久『中国詩歌原論』大修館書店、一九八八年、「八、詩と音楽」参照）。「歌行」は「伝統楽府」の特質をあえて踏み破って、作者自身の体験性と、一人称的視点を、積極的に主張するところに成立する（松浦友久『漢詩の事典』大修館書店、一九九九年、七二五頁参照）。

本詩は、右にいう広義の歌行に属する。岑参には、「――歌」「――行」をもって送別の詩を作る例が一二例あり、王維や李白に先例が見られるにしても、岑参において特に顕著な作風である。しかも一二例のうち八例が、西域の風物を題材にしてうたうことも特徴的である（以上、鈴木修次「岑参の歌行詩」〔「岑参論」、同『唐代詩人論』(上)所収、鳳出版、一九七三年〕参照）。

武判官帰　武判官とは判官の武某。判官とは、節度使・監察使・防禦《ぎょ》使の属官。ここでは、安西四鎮節度使兼北庭都護の封常清（?―七五五）の属官の武某であろう。武がいかなる人物であるかは未詳。王素「吐魯番出土文章中有関岑参的一些資料」（『文史』三六輯、一九九二年）では、封常清の安西府（亀茲、今の新疆ウイグル自治区の庫車《クチャ》）の老練な部下であろうとする。

〔校語〕で触れたように、『全』ほかでは、「武判官帰京」に作る。「京」は都すなわち長安であるから、本詩は、武判官が長安へ帰るのを送った詩ということになる。

本詩は、岑参が、天宝一三載（七五四）、封常清の節度判官として、再び西域に赴き、北庭（新疆ウイグル自治区吉木薩《ジムサ》爾《ル》）、輪台（新疆ウイグル自治区米泉付近。輪台の位置については、輪台の〔語釈〕の項参照）に在った頃の作と考えられている。その制作年代については、A＝天宝一三載、B＝天宝一四載の二説がある。ここではB説を採る。詳しくは、〔諸説の異同〕Ⅰを参照。

1 **捲地白草折**　捲地「地を捲《ま》く」とは、地面に貼りつきながら、猛烈な速さで前進すること。すさまじい勢いを形容し、多く風に用いる（『漢語大詞典』六）。

白草は、漢代以来、西域の代表的な植物とされてきた。『漢書』巻九六上「鄯善《ぜんぜん》国」の条の顔師古注に、「白草似《ハテ》レ莠《ゆうニ》而細《ほそク》、無《シ》レ芒《のぎ》。其《ノ》乾孰《スル》時正《ニ》白色、牛馬《ノ》所レ嗜《このム》也」と見える（莠とは、和名はぐさ、えのころぐさ。稲に似ているが、実らない雑草）。その性質は堅靱《けんじん》（かたくて折れにくい）という。

陳鉄民・何双生ほか『高適岑参詩選』（人民文学出版社、一九八五年）は、白草とは席萁《せきき》草であり、芨芨草《きゅうきゅうそう》とも呼び、西域に産する牧草で、砂地や砂礫地に生じ、茎は堅くて折れにくく、密集して群がりはえ、干熟する時、白色となるとする（張輝『岑参辺塞詩選』（人民文学出版社、一九八一年）も、白草とは芨芨草のこととする）。席箕（萁）は一名、塞蘆《さいろ》といい、北方の異民族の地に生ずる（唐、段成式『西陽雑俎』続集巻一〇）。唐詩によく用いられ、李賀「塞下曲《ノ》」（『全』三九三にも、「秋静《カナレドモ》見《あらハレ》二旄頭《ぼうとう》一、沙遠《ク》席羇《せきき》（萁）愁《フ》」と詠まれている（旄頭とは星宿の名。スバルまたはプレアデスにあたる。昴宿。胡星とも称し、この星宿がことごとく動けば胡兵が動くとされた）。

これに対し、徐実曽「唐辺塞詩里的〝白草〞和〝席萁草〞」（『江蘇師院学報』一九八一年一期）では、

①植物学上の分類では、白草（禾本科）は学名をPennisetum flaccidum grisedといい、一方、席箕草（禾本科）――別名は芨芨草、席萁草、塞蘆――は学名をAchnatherum Splendents(Trin) Ohwiという。従ってこの二種は異なる植物である。

②この二種は形態、用途、分布が極めてよく似ているために、一種類の植物と思われることが多い。

とし、白草と席萁草（芨芨草）とは異なる植物であると結論を下す。

「白草折」とは、堅靱な白草さえも折れてしまうほど、風が猛烈に吹く様子を表現したもの。

岑参の詩には白草が多くうたわれるが、「酒泉西《ノカタ》望《ム》玉関道《ノ》、千山万磧《ばんせき》皆白草」（「贈《ル》二酒泉韓《ノ》太守《ニ》一」）（『全』一九九）とあるように、酒泉から西の玉門関に至る街道沿いの山や磧（ゴビタン、もしくは砂漠）は、みな白草におおわれていたらしい。〝色彩〞を失った白草こそ、荒涼たる西北の大地の象徴だったのである（植木久行『唐詩の風土』研文出版、一九八三年）。

2 **胡**　胡は北方、または西方の異民族。えびす。「胡天」は、えびすの地域の空、もしくは天候。転じて、遠い辺境の地、西域。

八月即飛雪　八月は陰暦八月。仲秋。「即」は前の語と後の語を直結させる副詞。時間的に直結させた表現を意訳すれば、「今」（日本、釈空海『篆隷《てんれい》万象名義』第五帖）とも訳せる。いまこの時。秋の半ば、八月というのにはや雪が舞う。「八月」と「飛雪」とを「即」によって直結したもの。

廖立《りょうりつ》『岑参評伝』（人民文学出版社、一九九〇年）では、唐代の輪台県が置かれたと考えられている米泉《べいせん》県近郊の烏魯木斉《ウルムチ》で、①一九八六年九月三日（陰暦七月二九日）に大雪が降ったこと、②一九六八年九月五日にも降雪の記録があることを示し、この句の表現が事実に即しているとする。また、蘇北海「岑参《輪台歌的》幾箇考証」では、天山以北の烏魯木斉、奇台、伊犁《イリ》、阿勒泰《アルタイ》では、陽暦九月に、摂氏0度以下になり、烏

魯木斉、阿勒泰、塔城では降雪があると指摘する（同『西域歴史地理』〈新疆大学出版社、一九八八年〉13「漢輪台、唐輪台和岑参輪台歌考証」所収）。

3 **忽如**　従来の説では、「たちまち……のごとし」と訓読し、「たちまち……のようだ」と訳している。しかし、最近、「忽如」を「猶如…」「正如…」と同意の俗語とし、「あたかも……のごとし」と訓読し、「あたかも……かのようである」と訳すべきであるとする説が提出されている。ここでは、後者の説を採りつつ、やや修正を加えた。詳しくは、〔諸説の異同〕II参照。

一夜　一夜には、①一夜のうちに、②或る夜、という二つの意味がある。「忽如」を「たちまち……のようだ」とする者の中には、それと対応させて、①に採るものがある（田部井文雄『唐詩三百首詳解』(上)〈大修館書店、一九八八年〉、張滌華主編『全唐詩大辞典』第一巻〈山西人民出版社、一九二二年〉など）。また、「忽如」を、「あたかも……かのようだ」とする者の中にも、劉首順『唐詩三百首全訳』（陝西人民教育出版社、一九八六年）のように①に採るものもある。が、「忽如」を「あたかも……かのようだ」と訳す説を採るならば、必ずしも①に採らなくともよいであろう。ここでは、②に採る。

4 **千樹万樹梨花開**　千、万は数多くを示す。千万の樹。「梨花開」は、無数の樹々の枝に雪の降り積もった様子を、白い一面の群がり咲く梨の花に見立てたものである。梁、蕭子顕「燕歌行」に、「洛陽梨花落《ツルコト》如《シ》レ雪《ノ》」とあり（逯欽立『先秦漢魏晋南北朝詩』(中)「梁詩」一五）、初唐、東方虬《きゅう》「春雪」に、「春雪満《チテ》レ空《ニ》来《リ》、触《ルル》処似《タリ》二花開《クニ》一」とある（『全』一〇〇。触処は到る処）。

第3、4句を従来の説に従って訳せば、「たちまち、一夜のうちに春風が吹いて、数多くの樹々に（白い）梨の花が開いたかのようである」となる。ちなみに、第3、4句は、同じ岑参の「梁園歌、送《ル》二河南王説《えつ》判官《ヲ》一」詩（『全』一九九）の「梁園二月梨花飛《ビ》、卻《かえッテ》似《タリ》二梁王雪下《ノ》時《ノ》一」を反転させ、より美しく表現したものともいう（劉開揚『岑参詩選』四川文芸出版社、一九八六年）。

5 **散入珠簾**　珠簾の珠は本来、貝の中にできる真珠を言うが、広く宝玉の類をも言う。たま。珠簾は、たまのすだれ、たまをつづったすだれ。珠箔とも言う。晋、葛洪《かっこう》『西京雑記』一に、「昭陽殿織《リテ》レ珠《ヲ》為《シ》レ簾《ト》、風至《レバ》則鳴《リテ》如《シ》二珩珮《こうはい》之声《ノ》一」（珩珮とは、おびだま。腰につける装飾品）とある。なお、南朝宋の謝恵連「雪賦」に、「終開《ニ》レ簾《キテ》入《ヲ》レ隙《ルすきまニ》」とある（『文選』巻一三）。

羅幕　うすぎぬの幕。鈴木修次『唐詩　その伝達の場』（日本放送出版協会、一九七六年）には、「中央アジア地帯は、砂あらしがはげしいので、その砂塵を避けるためもあって、室中に『羅幕』を使用するのである」という（一九〇頁）。

6 **狐裘**　狐の腋の下の白い毛皮を集めて作った皮衣。得難いため、古来、珍重され、貴人の身に着けるものとされた。『詩経』秦風「終南」に、「君子至《リヌ》止（止は句末の助字）、錦衣狐裘」とある。また、有名な「鶏鳴狗盗」の故事の中で、戦国時代、秦の昭王に捕われた斉の孟嘗君が、狗《いぬ》の真似《まね》の巧みな食客に取り戻させたのも、先に昭王に献じてあった狐白裘であった（『史記』七五「孟嘗君列伝」）。

錦衾　にしきのかけぶとん。りっぱな夜具。『詩経』唐風《とうふう》「葛生《かっせい》」

に、「角枕《かくちん》粲《さん》兮《タリ》、錦衾爛《らん》兮《タリ》」（角枕とは、獣の角製の、りっぱな枕）とある。

7**角弓**　獣の角で装飾した剛弓。王維「観猟」詩に、「風勁《つよクシテ》角弓鳴《リ》、将軍猟《ス》渭城《ニ》」とある。また、〔校語〕7で触れたように、『唐詩紀事』では角弓を「雕弓」に作っている。雕弓とは、彫刻をほどこした見事な弓。

不得控　得は、できる。機会などに恵まれてできる意の場合が多いが、ここでは可能。控は、ひく。後漢、許慎『説文解字』一二(上)に、「匈奴名《ヅケテ》引《クヲ》弓《ヲ》控弦《トス》」（清、段玉裁『説文解字注』では、「曰《フ》控弦《ト》」に作る）」とある。寒さのために、手がかじかんで、引きしぼることができない。

8**都護**　辺境を治める都護府の長官。唐は広大な征服地経営のため、高宗の永徽年間（六五〇―六五六）に、辺境の地に安東・安西・安北の四都護府を置き、麟徳元年（六六四）、単于・北庭を加えて六都護府とした。都護は軍民両権を兼ね、大都護一人（従二品）、副大都護二人（従三品）、副都護二人（正四品）で、諸蕃の慰撫、反乱の防止、征討・賞罰などをつかさどった。

この都護を、北庭都護の封常清を指すとする説がある（程千帆・沈祖棻『古詩今選』上海古籍出版社、一九八三年）。しかし、ここでは、むしろ上句の「将軍」と共に「軍中の主将」を指す広義の用例であろう（陶琴雁『唐詩三百首詳注』江西人民出版社、一九八〇年）。ちなみに、「将軍」と「都護」との対は、すでに梁、戴暠《たいこう》「度《わたル》関山《ヲ》」詩に、「将軍一百戦、都護五千兵」と見える（『楽府詩集』巻二七）。

猶著　「猶」は副詞。それでもまだ、やはり。「著」は着と同じく、身につける。それでもまだ脱ぐわけにいかぬとは、緊張した臨戦態勢を指すか。〔校語〕8で触れた『四部叢刊』等の「冷難著」では、単につめたくて身につけがたい意となる。

9**瀚海**　広大な砂漠。瀚の字は翰とも書き、瀚《ひろ》き海、つまり海のごとき広い砂漠の意味として用いられる。大小の沙丘が果てしなく連なり、まるでうち寄せる波涛にも似た光景、あるいは、風のまにまに移動して姿を変えていく流沙、はるか一面につづく不毛の砂礫《されき》の大地など、これら広漠たる風景を海に見立てたものである（植木久行『唐詩の風土』参照）。

注目すべき異説として、瀚海とは、維吾爾《ウイグル》語が突厥《チュルク》口語を継承した語彙すなわち、山中の狭隘な深い谷を意味する hang-heli（音訳は杭海爾）、険しい谷の奥深い静かな所を意味する hanghiro（音訳は杭海洛）に基づくとし、具体的には、北庭付近の天山の峡谷を指すとする説がある（高文・王利純『高適岑参選集』上海古籍出版社、一九八八年、孫映逵「岑参辺塞詩地名箋釈」西北師範学院学報編輯部、同中文系編『唐代辺塞詩研究論文選粋』所収、甘粛教育出版社、一九八八年、柴剣虹『「瀚海」弁』、同『西域文史論考』所収、国文天地雑誌社、一九九二年など）。くわしくは〔備考〕の項参照。

なお、瀚海をも含めた、辺塞詩の「海」字の解釈については、植木久行「瀚海・海風考」（『中国文学研究』第八期、早稲田大学中国文学会、一九八二年）が詳しい。

闌干　縦横に入り乱れ、あふれるさま。盛んなさま。畳韻の形容語。晋の左思「呉都賦」（『文選』五）の「珠琲《しゅはい》闌干《タリ》」（珠琲とは、多くの真珠にひもを通して二列に垂らしたかざり。たまかざり）の句に対して、唐の李善は「闌干《トハ》猶《ホ》二縦横《キ》一也《ノ》」と注する。ここでは地面に縦横に氷が張りつめる様子を言う。

百丈氷　一〇〇丈もの厚さの氷。一丈は一〇尺。唐代の一丈は約三メートル。一〇〇丈は約三〇〇メートルとなるが、氷が極めて厚く張りつめていることを誇張した表現。〔校語〕9に示した「千尺」あるいは「百尺」という表現も同様である。漢の東方朔撰とされる『神異経』「北方経」に、「北方層氷万里、厚《サ》百丈」とあり、唐の富嘉謨《ふかぼ》「明冰篇」に、「南山闌干《トシテ》昼夜冰《ル》」とある（『全』九三）。

10**愁雲**　どんよりと垂れこめた雲。人をうれいに沈みこませるような陰鬱な暗い雲。宋、謝恵連「雪賦《ノ》」に、「寒風積《つもり》、愁雲繁《しげシ》」とある（『文選』巻一三）。

惨淡　うすぐらいさま。畳韻の形容語。

凝　まるで、寒さで凍りついたように凝り固まって動かない。

11**中軍**　本陣。軍中の主帥（主将）のいる所。軍を、左軍・中軍・右軍の三つに分け、主帥は中軍に居た。『春秋左氏伝』「桓公五年」に、「王為《なり》二中軍《ト》一、虢《かく》公林父将《タリ》二右軍《ニ》一、蔡人《さいひと》衛人《えいひと》属《ス》焉。周公黒肩将《タリ》二左軍《ニ》一、陳人《ちんひと》属《ス》」とある。一説に、中軍は「軍中」の意とする（『漢語大詞典』一）。『古詩今選』では、封常清の幕府を指すとする。

置酒　酒をそなえる。酒宴を設ける。『史記』六「秦始皇本紀」に、「始皇置ヨ酒《ス》咸陽宮《かんようきゅうニ》一、博士七　人前《すすミテ》為《ス》レ寿《ヲ》」とある。

帰客　帰って行く旅人。ここでは都へ帰って行く武判官を指す。

12**胡琴**　西域伝来の弦楽器の一種。文献には、①一弦で、弾じて演奏する（『文献通考』一三七「楽考」一〇「絲之属」）、②二弦で、馬の尾毛を絃とした竹弓をこすって演奏する（『元史』礼楽志五）、とある。今日、胡琴と言えば、胡弓の類を指すが、ここでは、広く西域伝来の琴の類を指すと見ればよいであろう（陳鉄民・侯忠義『岑参集校注』）。

琵琶　西域伝来の四弦または五弦の弦楽器。唐、王翰「涼州詞」其《ノ》一の「葡萄《ノ》美酒夜光《ノ》杯、欲《ほっスレバ》レ飲《マント》琵琶馬上催《こうながス》」の句は、我が国でも広く知られている。琵琶に関する資料については、『正編』七二頁に詳しい。

羌笛　西域伝来の笛の一種。羌とは、青海を中心に、中国の西北方の辺境に居住したチベット系遊牧民。元来、笛は中国に元からあったものではなく、西域から伝わったものである。前漢の武帝（前一四一～前八七年在位）の頃、現今の「ひちりき」に類する縦笛と、五孔、七孔の横笛とがもたらされた。このうち五孔のものが、羌笛と呼ばれるようになった（鈴木修次「西域の音楽と唐の辺塞詩」〔『漢文教室』一六号、大修館書店、一九五五年〕参照）。羌笛の音色は、「羌笛何須《ソもちヒン》怨《ムヲ》二楊柳《ヲ》一」（唐、王之渙「涼州詞」）とうたわれるように、悲哀に満ちた音色であったという（『正編』八三頁）。

13**紛紛**　盛んにみだれ散るさま。

轅門　軍営の門。軍門。轅とは、車のながえ（馬車の、かじ棒）。もと、王が出行して宿泊するとき、非常の事態にそなえて車を並べて藩（かこい）とし、二両の車をあおむけて、その轅を向かい合わせて門としたことによる。『周礼』天官(下)「掌舎」の、「設《ク》二車宮轅門《ヲ》一」という本文に付せられた、後漢、鄭玄の注、および疏を参照。

14**掣**　ひく。ひっぱる。ここでは吹き動かす意。

紅旗凍不翻　紅旗とは、当時、節度使の用いた紅《あか》い軍旗。杜甫「冬狩行」詩に、「十年厭《いとフ》レ見《ルヲ》旌旗紅《ノ》」とあり、清の仇兆鰲《きゅうちょうごう》『杜詩詳注』一二に引く、黄鶴の注に「天宝九載（七五〇）五月、諸衛《ト》（都の近衛軍）与《と》二諸節度一所《ノ》レ用《フル》緋色旗旛《きはん》（旗じるし）、並《ビニ》改《メテ》為《ス》レ赤《ト》」云々という。

「凍不翻」とは、凍りついて、はためかない。隋、虞世基《ぐせいき》「出塞二首」其二に、「霧烽黯《くらクシテ》無《ク》レ色、霜旗凍《リテ》不レ翻《ひるがヘラ》」とある（『先秦漢魏晋南北朝詩』「隋詩」六。ただし、この詩は虞世基の弟の虞世南《ぐせいなん》の作ともいう）。

15**輪台**　旧説に、新疆ウイグル自治区の輪台県（庫車《クチャ》県の東）とするのは、漢代の輪台県と混同したものである。今日、唐代の輪台県（天山山脈の北麓にあり、天山山脈の南麓にある漢代の輪台とは位置を異にする）の古城遺址は、未だ発見されておらず、近年の論争対象の一つであるが、ほぼ、①米泉、②阜康、③烏魯木斉、④烏拉泊古城、⑤昌吉、の五説があるという（李建超「論輪台地望」〔『文物』一九八八年六期所収〕）。

16**天山路**　新疆中部を東西に走る天山山脈の麓に沿う道。いわゆる天山北路、天山南路。天山山脈は、パミール高原から新疆ウイグル自治区に走る大山脈。全長二五〇〇キロメートル、幅二五〇～三〇〇キロメートル。「天山」の語は前漢時代ごろから用いられ始めたが、①甘粛《かんしゅく》と青海省との省境をなす祁連《きれん》山と、②その西北に位置する天山山脈の東段部分とを、いわば「一連《ひとつら》なりの雪をいただく、塞外・西域の高峻な山なみ」と見なす傾向が強い。唐代には、天山（新疆）と祁連山（甘粛）との区別が明確化したが、通常の古典詩のイメージでは依然として「塞外・西域の高峻な白い雪の山」であった（松浦友久編『漢詩の事典』五一一頁参照）。この巨大な山脈の北側にあるオアシス国家を結ぶ通商路を天山北路、その南側を結ぶそれを天山南路と呼ぶ。ここでは天山北路を指し、途中、山越えのルートもある。

17**山迴路転**　山道が曲折している。迴・転はともに、まがりくねる意。曲がりくねる山道の角を折れると、その姿は見えなくなるのである。

18**空留**　むなしく跡を留める。いたずらに留める。前の句の「不見君」を受ける。また、この「空」を単なる限定の意（「只」「僅」と同意）とする説もある（清の章燮『唐詩三百首注疏』、陳鉄民・何双生ほか『高適岑参詩選』、陶今雁『唐詩三百首詳注』など）。

通釈

白雪の歌　武判官が帰るのを見送る

北風が大地を捲き上げ（るように吹きすさび）、白草は一面に折れ、（この西北の）塞外の地は、秋の半ばというのに、はやくも雪が舞う。ふと気づけばあたかも或る夜春風が吹き、（見わたす限り）千万の樹々に（白い）梨の花が（一斉に）咲いたようである。

（その雪は、陣営の美しい）珠《たま》の簾《すだれ》の中に吹き込んで、羅《うすぎぬ》のとばりを湿らせ、狐のかわごろもさえも暖かくなく、（りっぱな）錦の夜具も（肌寒くて）薄く感じられる（始末）。将軍は（手がこごえて）角弓が引けず、都護は、鉄衣《よろい》が冷たくても、それでもまだ身につけている。広大な砂漠は、氷が縦横に一〇〇丈もの厚さで張りつめ、陰鬱な暗い雲は（どんよりと）一面に凝り固まって動かない。主将のいる陣営では、酒宴を設けて、都へ帰り行く旅人に（武判官に、送別の）杯を勧め、胡琴や琵琶、羌笛《きょうてき》を奏《かな》でる（酒興を添える）。夕暮れの雪は、紛紛と軍営の門に降りしきり、風は紅《あか》い軍旗をひっぱるが、凍りついて翻らない。

（ここ）輪台の東の門で、私はあなたが遠ざかって行くのを見送る。遠ざかってゆくその時、雪は天山の路を一面に埋めつくすのだ。山の道は廻《めぐ》りまがって、もはやあなたの姿は見えず、雪の上に、馬の行った足あとだけが、残るばかり。

諸説の異同

異同の所在 Ⅰ

本詩の制作年代

異同の類別

A　天宝一三載に制作された。

B　天宝一四載に制作された。

A説を採るもの：武漢大学中文系古典文学教研室『新選唐詩三百首』（人民文学出版社、一九八〇年）、蕭滌非《しょうできひ》ほか『唐詩鑑賞辞典』（周嘯天《しょうてん》執筆）上海辞書出版社、一九八三年）、中国社会科学院文学研究所『唐詩選』上（人民文学出版社、一九八七年）、潘仲華《はんちゅうか》ほか『全唐詩精華分類鑑賞集成』（河南大学出版社、一九八九年）、周勛初《くんしょ》ほか『唐詩大辞典』（江蘇古籍出版社、一九九〇年）、廖立《りょうりつ》『岑参評伝』（人民文学出版社、一九九〇年）など。

B説を採るもの：李嘉言「岑詩系年」（『文学遺産増刊』第三輯、作家出版社、一九五六年。『李嘉言古典文学論文集』に再録（上海古籍出版社、一九八七年））、陳鉄民・侯忠義『岑参集校注』、柴剣虹《さいけんこう》「岑参辺塞詩系年補訂」（『文学遺産』増刊一四輯所収、中華書局、一九八二年二月）、劉開揚『岑参詩選』、王淑磐《しゅくはん》ほか『歴代塞外詩選』（内蒙古人民出版社、一九八六年）、王素「吐魯番出土文書中有関岑参的一些資料」（『文史』第三六集、中華書局、一九九三年）など。

異同の論拠

A説（天宝一三載に制作されたとする説）

(1)『資治通鑑』巻二一七によれば、封常清が北庭都護を兼ねたのは、天宝一三載三月末である（ただし、『通鑑』に「権」とあるのは、一時的に兼ねる意である）。

(2)天宝年間、辺境守備に任ぜられた大官は、受命後、出発を遅延させることは許されなかった。

(3)封常清が北庭へ赴いて、ほどなく「西征」の事があった（岑参の「凱歌六首　其《ノ》一」の、「漢将承《ケ》レ恩《ヲ》西《ノカタ》破《ル》レ戎《ヲ》」をふまえる）。それは九月のことであった。

(4)従って、封常清は、三月末に命を受け、四月上旬に都を出発し、六月に任地である北庭に到着したと見るべきであろう。

(5)岑参が北庭に赴いたのは、当然のことながら、封常清よりも遅れたとすることはできない。

結論：本詩が制作されたのは、天宝一三載である。

（以上、廖立『岑参評伝』。ただし、同書は一般と異なり、本詩を同年の冬に制作されたとする（同書「岑参年表」による）)

B説（天宝一四載に制作されたとする説）

(1)『吐魯番出土文書』の中の、岑参に関する資料は、

① 唐〔注〕天宝十四載、交河郡某館具上載帖馬食踖歴、上郡長行坊状（唐の天宝十四載、交河郡《こうかぐん》〔治所は新疆ウイグル自治区吐魯番県の西北の雅爾和屯〕の某館にて上載〔昨年〕の帖馬《ちょうば》〔いわゆる長行馬――長行坊で管理され、設定された軍用路に沿って用いられる官馬――の運用規定外に補充・配当された馬を指す〕の食踖歴《しょくきくれき》〔食踖歴・馬料帳歴・食歴は、いずれも馬の食糧の支出を書き記した帳簿形式の文書をいう〕を具《の》べて、郡〔交河郡〕の長行坊に上《たてまつ》る状〔書きつけ〕）。

② 「唐天宝一四載、某館申一三載三〔月〕至一二月侵食当館馬料帳歴状」（唐の天宝一四載、某館にて一三載の三〔月〕より一二月に至り侵食〔規定外に消費する〕せられし当館の馬料の帳歴を申《の》ぶるの状）である。

(2) ①によれば、天宝一三載八月二四日、②によれば、同年一〇月二五日から二九日にかけて、岑参が交河郡内を通ったことがわかる。

(3) ①、②共に、用件は公務出張であったと推定されるが、特に①の記録から、彼が八月二四日以前に、北庭都護府に着任していたことがわかる。

(4) 一方、武判官は、同文書の「唐天宝十三載、礌石館具七〔月〕至閏十一月帖馬食歴、上郡長行坊状（唐の天宝十三載、礌石館《らいせきかん》〔交河郡から焉耆《えんき》に到る間に設けられた駅館の名。厳耕望『唐代交通図考』第二巻、中央研究院語言研究所、一九八五年に収める図九参照〕にて七〔月〕より閏十一月に至る帖馬の食歴を具《の》べて、郡〔交河郡〕の長行坊に上《たてまつ》るの状）」から、

① 天宝一三載、北庭より天山館を南下して、七月七日に礌石館を経て安西へ赴いた。

② 同年九月六日以後、安西から礌石館を経て北庭へ赴いた。

ことがわかる。

(5) 従って、仮に岑参が八月二四日以前に北庭に居たとしても、武判官その人が七月から九月にかけて北庭にはおらず、安西にいたわけであるから、本詩を作ることはできない。

結論：本詩が制作されたのは、天宝一四載八月である。

（以上、王素「吐魯番出土文書中有関岑参的一些資料」）

〔注〕「吐魯番出土文書」の三題は、いずれも本来の題名ではなく、編者のつけたいわゆる「擬題」である。唐代の交通運用については〔備考〕の項参照。

異同の所在 II

「忽如」の意味

異同の類別

A たちまち……のようだ。

B あたかも……かのようである。

A説を採るもの：塩谷温『唐詩三百首新釈』（弘道館、一九二九年。書籍文物流通会影印、一九六八年）、鈴木修次「盛唐の辺塞詩人—巻一『愁思』、巻二『塞外』に関連して」（『漢文教室』一四号、大修館書店、一九五三年）、目加田誠『唐詩三百首』一（東洋文庫、平凡社、一九七三年）、中田喜勝「シルク・ロードに於ける岑参の詩」（『長崎大学教養部紀要（人文科学編）』第二一巻二号、一九八一年）、田部井文雄『唐詩三百首詳解』上（大修館書店、一九八八年）、張滌華ほか『全唐詩大辞典』第一

巻（山西人民出版社、一九九二年）など。

B説を採るもの：蔣紹愚《しょうしょうぐ》「唐詩詞語礼記」（『北京大学学報』〔哲学社会科学〕、一九八〇年三期。王瑛《おうえい》・曽明徳《そうめいとく》『詩詞曲語辞集釈』〔語文出版社、一九九一年〕による）、塩見邦彦「唐詩俗語新考（二）」（弘前大学教養部『文化紀要』第一七号、一九八三年。同『唐詩口語の研究』〔中国書店、一九九五年〕に再録）、程千帆・沈祖棻『古詩今選』、徐元渠《じょげんきょ》『高適岑参詩選注』、劉首順『唐詩三百首全訳』（陝西人民教育出版社、一九八六年）、深沢一幸『唐詩三百首』（角川書店、一九八九年）、王瑛『唐宋筆記語辞釈例』（中華書局、一九九〇年）、盧潤祥《ろじゅんしょう》『唐宋詩詞常用語詞典』（湖南出版社、一九九一年）など。

異同の論拠

A説（たちまち……のようだとする説）

論拠は明示されていない。

B説（あたかも……かのようであるとする説）

(1) 孟浩然「蔡陽館《さいようかん》」詩に、「日暮レ馬行クコト疾《はや》ク、城荒レ人住ムコト稀ナリ。聴ケバレ歌ヲ疑フレ近キカトレ楚ニ、投ズレバレ館ニ忽如レ帰ルガ」とある。「疑フレ近キカトレ楚ニ」は、「似タリレ近キニ楚ニ」である。この両句は、蔡陽の客舎は故郷の襄陽《じょうよう》からすでに遠からぬ所に在るので、まるで家に着いたのと同じであると述べている。

(2) 李白「上元夫人」詩に、「忽如二随ヒテレ風ニ飄《ただよ》フガ一」とあるのは、「猶ホ如シ二随ヒテレ風ニ飄フガ一」ということで、上元婦人と嬴女児《えいじょじ》という二人の仙女の飄々として超越した表情や態度を描写している。

(3) 杜甫「峡中覧物」詩の、「巫峡忽如レ瞻ルガ二華嶽ヲ一、蜀江猶ホ似タリレ見ルニ二黄河ヲ一」という二句は、「忽如」と「猶似」とを対として、三峡中の巫峡と蜀江とが、まるで華山と黄河のようだという意味を示している。

(4) 岑参「虢州《かくしゅう》ノ郡斎ノ南池ノ幽興…」詩に、「仰ギテ望メバ二浮ト与《と》ヲレ沈、忽如ニ雲ト与《と》ノレ泥」とある。また、同「登ル二千福寺ノ多宝塔ニ一」詩に、「宝塔凌《しの》ギ二太虚ヲ一、忽如ニ湧出ノ時ノ一」とあるのは、宝塔に全く破損がなく、建てられたばかりの時のようである、という意味である。

(5) さらに、同「白雪歌」詩に、「北風捲イテレ地ヲ白草折レ、胡天八月即チ飛ス雪、忽如ニ一夜春風来リテ、千樹万樹梨花開クガ一」とあるのは、雪が、まるで（白い）梨の花のようだ、という意味である。

（以上、蔣紹愚「唐詩詞語札記」）

結論：「忽如」は、「あたかも……かのようである」という意味である。

〔補説〕「忽」は「心」を意符（意味記号）とする楷声文字であり、従って「心理状態」を表すのを原則とする。基本義は、心が対象に集中せず放心状態にあること。その語義は、「忽然《こつぜん》」の「忽《こつ》」に最もよく表れており、それまで気づかなかった事象や、予期しなかった事象に「ふっと気づく」心理状態、を表している。従って、かりに「たちまち」と訓じた場合でも、それは「物理的な速さ」よりも「心理的な意外性」に重点を置いて理解することが必要になる。

この点から問題の「忽如《こつじょ》」を考えれば、「忽如……」とは、予期しなかった事象に「ふっと気づけば……のようだ」の意に他ならないことがはっきりする。つまり、「忽《こつ》」自体が「猶」や「正」の意になるのではなく、「忽《こつ》」たる心理状態の結果として「猶如……」「正如……」だと感じるのである。例えば前出の杜甫の「峡中覧物」の詩で「巫峡忽如瞻華嶽」と「蜀江猶似見黄河」が対になっているのは、まさにこの事実を示すものであり、華嶽（華山）ならざる巫峡が「ふと気づけば」華嶽のように見える、という「意外性」の心理状態に重点があるわけである。

従って結論的にいえば、「忽如……」は、「忽《こつ》として……の如し」と訓読し、「ふと気づけば……のようだ」と口語訳するのが最も妥当だと判断されよう。

（以上、松浦友久）

備　考

1　「瀚海」の語源に関する異説

(1)　岑参の「白雪歌」詩の最後の四句（本詩第15～18句）から、瀚海と天山とが密接な関係を有していることがわかる。

(2)　「白雪歌」の姉妹篇とも言うべき「天山《ノ》雪歌《ノ》、送《ル》ニ蕭治《ノ》帰《ルヲ》レ京《ニ》」詩に、「晻靄《えんあい》《トシテ》寒氛《かんぷん》万里凝《リ》、闌干《トシテ》陰崖百丈冰《ル》」とあり、これは「白雪歌」の「瀚海闌干《トシテ》百丈冰《リ》、愁雲惨淡《トシテ》万里凝《ル》」と非常によく似た表現である。このことから、「瀚海」と「陰崖」とが極めて近似なものであることが暗示されていると考えられる。

(3)　ウイグル語では、険しい山崖が形成する峡谷をhang（音訳は「杭」）と呼び、峡谷の奥深い静かな所をhang hali（音訳は「杭海爾」）と呼び、山谷の後背の陰をhang hiro（音訳は「杭海洛」）と呼ぶ。これらの尾音をとれば共に、「杭海」すなわち「瀚海」となる。

(4)　ウイグル語の研究者によれば、こうした呼称は、古代突厥《チュルク》語がウイグル族に伝わったものであるが、日常口語であるために、長い間、文章語として一般的に用いられなかったという。

(5)　以上のことから、「瀚海」とは、突厥が高山の険しい嶺の狭隘で深い谷を「杭海」と称したのに基づくと推定される。

(6)　その原義は、ウイグルの口語にのみ伝承され、後世の人々は「瀚海」という文字から、戈壁《ゴビ》灘《タン》や砂漠地帯を指すと考えたのである。

(7)　劉郁『西使記』によれば、「瀚海」は別失把（庭州輪台付近）以東の古金山を指すとする。

(8)　吉木薩（北庭都護府の置かれた地）の東南一帯の天山の峻嶺は、古くは金嶺と呼ばれた。

(9)　このことから、北庭付近の天山の峡谷が「瀚海」と呼ばれたことは確実である。

(10)　さらに、この地に瀚海軍が置かれたのも、それに基づく。また、この崖上に瀚海亭という烽亭が建てられていたことも、右を傍証しよう。

結論：瀚海とは狭隘で、奥深い谷、さらに具体的には、北庭付近の天山の峡谷を指す。

（以上、柴剣虹「『瀚海』弁」）

2　唐代の交通運用

長行坊とは、本来、州（郡）府に所属する交通機関として長行馬（「乗り通りの馬」を意味し、駅ごとに乗り継ぐ「駅馬」に対する言葉）等を管理したが、七世紀末以降の軍事支配の強化によって、実質的には駐屯軍の将兵が管理・運用する交通機関となった。軍用幹線に館を設置し、その路線を整備して、活発化する唐内地および周辺の政治、軍事拠点たるオアシスとの交通・通信・運輸活動に対応した。そして、「帖馬」（帖とは本来配当すべき性質ではないものを規定外に配当して資助せしめる意）を通じて、長行馬は管内の各オアシスを自由に往来する機能を獲得し、駐屯軍や辺州都督府の臨機応変な前線での活動に対応したという。ちなみに、長江坊は州（郡）管下の全館を統轄して馬料を支給し、長行馬はこれらの諸館で馬料を受けとるシステムであった（以上、荒川正晴「中央アジア地域における唐の交通運用について」〔『東洋史研究』五二巻二号、一九九三年〕を参照）。

3　本詩の評価

岑参は、七言歌行体で塞外の風景や辺境の見聞を取り上げ、高い評価を得ている。たとえば、清の施補華《しほか》『峴傭《けんよう》説詩』には、

岑嘉州《ノ》七古（七言古詩）、勁骨《けいこつ》奇異《ニシテ》、如《シ》二霜天《ノ》一鶚《がくノ》一（鶚とは、和名みさご。わしたか目の、とびに似た鳥）。故《ニ》施《セバ》二之《ヲ》辺塞《ニ》一最《モ》宜《シ》。

という。本詩はその中でも名作として人口に膾炙している作品である。鈴木修次「岑参論」（前出）では、本詩の特質を次のように述べる。

岑参は、送別の宴席を借りて、その席につらなる人々に、平素の作品の一つを送別詩の形で公開し、かつまたその作品を、都へ帰ってゆく相手に贈って、都への伝達を期待したのであったように思う。（中略）武判官の帰京を送る送別の詩は、実はこの（終りの）四句で満たされているのであって、その前の部分は、岑参が日ごろ作っておいて、機会があったならば披露したいと思っていた辺塞の情況をうたう一種の報道文学である。（中略）岑参は、こんにちの文化現象でいうならば、映画監督に近い姿勢で、この「白雪歌」を展開させている。そしてそこに、ある種のユニークな、そして新しい夢を、詩という文芸の可能性に託そうとしている。美文による報道文学であろうとすると同時に、イメージの世界において、視覚的幻影を結ばせようとする斬新なくふうを、この作品には見ることができる。

4　本詩の表現上の特徴

岑参の詩は、類似表現を繰返し使用する特徴をもつ。本詩の場合は、「天山《ノ》雪歌、送《ル》三蕭治《ノ》帰《ルヲ》レ京《ニ》」詩の表現と特に類似性が高い。たとえば、その中の、

北風夜捲《ク》赤亭《ノ》口　一夜天山雪更《ニ》厚《シ》（第3、4句）
晻靄《トシテ》寒氛万里凝《リ》　闌干《トシテ》陰崖千丈冰《ル》（第9、10句）
将軍《ノ》狐裘臥《セドモ》不レ暖《カナラ》　都護《ノ》宝刀凍《リテ》欲《ス》レ断《タント》（第11、12句）
正《ニ》是《レ》天山雪下《ふルノ》時　送《ル》三君《ノ》走《ラセテ》レ馬《ヲ》帰《ルヲ》二京師《ニ》一（第13、14句）

などは、それぞれ本詩の第1〜4句、第9〜10句、第6・8句、第17〜18句と語彙や表現の面において類似する（新免恵子「岑参の詩について――同一表現の多用」〔森野繁夫・新免恵子『唐代の詩人岑参の辺塞詩』、渓水社、一九八八年〕参照）。

5　本詩の「雪」の地位

「雪」は、本詩を貫くライト・モチーフ（主要動因）の地位にある。清の章燮『唐詩三百首註疏』二には、次のように評されている。

此《ノ》詩《ハ》連二用《ス》四《ノ》雪《ノ》字《ヲ》一。第一《ノ》雪《ノ》字《ハ》見《エ》二送別之前《ニ》一、第二《ノ》雪《ノ》字《ハ》見《エ》二餞別之時《ニ》一、第三《ノ》雪《ノ》字《ハ》見《エ》二臨《ム》レ別《レ》之際《ニ》一、第四《ノ》雪《ノ》字《ハ》見《ユ》二送《ル》レ帰《ルヲ》之後《ニ》一。字《ハ》同《ジナレドモ》而用意《ハ》不《ル》レ同《ジカラ》耳《のみ》。

（増子　和男）

沈《しん》佺《せん》期《き》

0古意　　古意《こい》

1盧家少婦鬱金堂　　盧《ろ》家《か》の少婦《せうふ》　鬱金堂《うつこんだう》

2海燕雙棲玳瑁梁　　海燕《かいえん》双棲《さうせい》す　玳瑁《たいまい》の梁《りやう》

3九月寒砧催木葉　　九月《くぐわつ》　寒砧《かんちん》　木葉《もくえふ》を催《もよほ》し

4十年征戍憶遼陽　　十年《じふねん》　征戍《せいじゆ》　遼陽《れうやう》を憶《おも》ふ

5白狼河北音書斷　　白狼河《はくらうか》北《ほく》　音書《いんしよ》断《た》え

6丹鳳城南秋夜長　　丹鳳城《たんぽうじやう》南《なん》　秋夜《しうや》長《なが》し

7誰爲含愁獨不見　　誰《たれ》か愁《うれ》ひを含《ふく》みて独《ひと》り見《み》ざらしめ

8更教明月照流黄　　更《さら》に明月《めいげつ》をして流黄《りうくわう》を照《て》らさしむる

テキスト　『全』二六－1－365・九六－2－1043　◆『選』五　◆『百』七言律詩の後に付す楽府　◆『才調集』三　◆『捜玉小集』　◆『文苑英華』二〇五　◆『楽府詩集』七五、雑曲歌辞　◆『唐詩紀事』六、喬《きょう》知《ち》之《し》の条（王仲鏞《よう》『校箋』本（四部叢刊本を底本））　◆『唐詩品彙』八二（明、汪宗尼校訂本）　◆『沈佺期集』四（明、銅活字本『唐五十家詩集』）　◆『沈佺期集』下（明、許自昌編『前唐十二家詩』）　◆『沈佺期集』（明、楊一統編『唐十二家詩』、不分巻）　◆『沈雲卿集』上（明、朱警編『唐百家詩』）　◆明、呉琯ほか『唐詩紀』初唐三〇　◆明、陸時雍《よう》『唐詩鏡』四（文淵閣四庫全書本）　◆明、李攀竜『古今詩刪』一六（和刻本）　◆『唐詩別裁集』一三（乾隆二八年、教忠堂重訂本）　◆清、徐倬《じよたく》『全唐詩録』六

校語

0**古意**　『才調集』『沈雲卿集』には、「古意、呈ス㆓喬《けう》補《ほ》闕《けつ》知《ち》之《し》㆒」に作る。また『沈佺期集』（明銅活字本・前唐十二家詩・唐十二家詩）『全』九六『唐詩紀』『唐詩鏡』『全唐詩録』には、「古意、呈ス㆓補闕喬知之㆒」に作る。他方、『楽府詩集』『全』二六には「獨不見」に作る（楽府題）。『全』九六にも、「一ニ作リ㆓古意㆒、又タ作ル㆓獨不見㆒」と注する。ちなみに、『文苑英華』は「二首」の「其二」として収める。

1**盧家**　『才調集』には「織ル㆑錦ヲ」に作る。

少婦　『全』二六『楽府詩集』『唐詩紀事』『沈雲卿集』には「小婦」に作る。『全』二六には「集ニハ作ル㆑少ニ」と注する。少・小はほぼ同意。

鬱金堂　『沈佺期集』（明銅活字本・前唐十二家詩・唐十二家詩）『沈雲卿集』『唐詩別裁集』には「堂」を「香」に作り、『全』九六には「一ニ作ル㆑香ニ」と注する。森槐南『唐詩選評釈』（文会堂書店、一九一八年）は、「是れ『河中之水歌』（後出）に『中有欝（ママ）金蘇合香』と云へるを混じたるものにして、堂に作らずんば、下の玳瑁梁と相連属せず、断として従ふべからざるなり」という。

2**雙棲**　『才調集』『文苑英華』『楽府詩集』『唐詩紀事』『全』二六『沈佺期集』（唐十二家詩）には、「棲」を「栖」に作る。別体字。

玳瑁　『選』『文苑英華』には「瑇瑁」に作る。玳は瑇の俗字。

3**木葉**　『文苑英華』『楽府詩集』『唐詩紀事』『全』二六には「下葉」に作る。

4**十年**　『選』（漢文大系本）には「十月」に作る。誤植であろう。

遼陽　『選』（漢文大系本）には「遼東」に作る。これも誤りであろう。「東」では押韻できない。

5**白狼河**　『才調集』には「白駒河」に作る。

北　『沈雲卿集』には「比」に作る。形訛。

音書　『才調集』『文苑英華』には「軍書」に作る。『全』九六にも「一ニ作ルレ軍ニ」と注する。

7**誰爲**　『才調集』『文苑英華』『唐詩紀事』『全』二六には、「誰知」に作る。また『沈佺期集』（唐十二家詩）『全』九六には「誰謂」に作る。為と謂は通じて用いられる。『全』二六にも「集ニハ作ルレ謂ニ」と注する。

含愁　『文苑英華』には「含情」に作る。

獨不見　『文苑英華』には「見」を「語」に作る。

8**更教**　『才調集』『文苑英華』『楽府詩集』『唐詩紀事』『全』二六には、「使妾」に作る。『全』二六には「集ニハ作ル二更教ニ一」と注する。

照流黃　『才調集』『文苑英華』には照を「對」に作る。『全』二六には、一句全体を「一ニ作ル二使妾明月對流黃ニ一」と注する。

詩型・韻字

七言律詩。堂《だう》・梁《りやう》・陽《やう》・長《ちやう》・黃《くわう》（下平声陽韻〈陽唐韻〉）。

語　釈

0**古意**　擬古《ぎこ》・効古《こうこ》などとほぼ同じく、昔ぶりを意味するが、あわせて現在の心境の表出にも重点を置く詩題らしい。『文鏡秘府論』南巻・論文意に引く王昌齢『詩格』にいう。「古意者《トは》、若シ非ザレバ二其ノ古意ニ一、当ニ三何ゾ有ル二今意一。言フ三其ノ効《ならフヲ》二古人ノ意ニ一。斯レ蓋シ未ダレ当タラ二擬古ニ一」と。また、内田泉之助『玉台新詠』上（明治書院、一九七四年）、鮑令暉《ほうれいき》「雑詩六首」其四「古意、贈ル二今人ニ一」の条（二七一頁）にいう。「『古意』とは詩題の一種、……古人の意にならった作品の意であるが、男女の情を内容とする作が多く、斉・梁より初唐にかけて同題の作品がかなり多い」と。ここでは、漢代以来、くり返し歌われてきた思婦《しふ》（戍婦《じゆふ》。辺地に出征した夫を慕い、ひとり空閨を守る若い妻）の嘆きに擬《なぞら》えて作ったことをいう。盧照隣にも「長安古意」（『選』所収）の作がある。前野直彬『唐詩選』中（岩波文庫、岩波書店、一九六二年）は、喬《きよう》知之《ちし》（〈備考〉参照）の「李侍郎（李嶠《りきよう》）の古意に和す」詩に注目し、「当時、詩人たちがたがいに『古意』の題で詩を作りあっていたらしい」と指摘する。

詩題は一に「独不見」に作る。楽府題の一つ。より詳しくいえば、「自分だけが愛する人に見《あ》えない」という女性の悲しみをこめた楽曲の名。宋の郭茂倩《かくもせん》『楽府詩集』七五、雑曲歌辞、「独不見」の条に引く『楽府解題』には、「独不見ハ、傷《いたム》ニ思ヘドモ而不ルヲレ得レ見ルヲ」とある。森槐南『唐詩選評釈』にいう。

題して古意と云ふは、梁の武帝が「河中之水歌」（後出）中の盧家少婦を借り来りて一篇の結構とし、楽府に独不見の曲あるに由り、之を湊合《そうごう》して以て無限の離思を寓したればなり。故に又た一に題して独不見と云ふ。按ずるに独不見は梁の柳惲《りゅううん》の作くる所、其の詩、

別島望ムレ雲ヲ台　天《てん》淵《えん》臨ムレ水ニ殿
芳草生ジテ未ダレ積《しげ》ラ　春花落チテ如シレ霞《あられ》ノ
出デテ従フ張公子ルニ　還《かへ》リテ過ギル趙飛《ちょうひ》燕《えん》
奉ズレ箒《はうき》ヲ長信宮　誰カ知ラン独リ不ルヲレ見

＊訓点は引用者。別島は離れ島。天淵は池の名。張公子は張方、前漢の成帝はおしのびで外出するとき、富平侯張方の家人だと称したという（『漢書』「五行志」第七中之上、成帝時の童謡の条）。『楽府詩集』七五、『玉台新詠』五に所収。

是れ宮娥《きゅうが》（ここでは前漢の成帝の妃、班婕妤《はんしょうよ》を指す。のちに趙飛燕姉妹のために帝の寵愛を奪われ、しりぞいて長信宮に住む成帝の母に仕えた——引用者注）の独り長信宮に閉居して、長く君主に見《まみゆ》るを得ざるを傷むもの、独不見の義、推して知るべし。

と。柳惲の詩の末句「誰知独不見」は、本詩の第7句「誰為（一作知）含愁独不見」との関連で注目される。

1 **盧家少婦**　盧は六朝から唐代にかけて、崔《さい》・李・鄭《てい》・王とともに山東の五姓と呼ばれ、最高の名族と見なされていた。前野直彬『唐詩選』中には、「詩で貴顕の家をいうときには、しばしば盧姓を用いた。ここも、現実の人物ではない」とする。少《わか》い婦《つま》。次に本詩の典故となる「河《か》中《ちゅう》之《の》水歌」を引く。『楽府詩集』八五、雑歌謡辞や沈徳潜『古詩源』一二などは梁の武帝の作とするが、『玉台新詠』九、歌詞二首（其二）や『芸文類聚』四三、歌の条は作者不詳とする。逯欽立輯校『先秦漢魏晋南北朝詩』梁詩一、梁武帝「河中之水歌」（一五二〇頁）参照。

河中之水ハ向ツテレ東ニ流ル　洛陽ノ女《じょ》児《じ》名ハ莫《ばく》愁《しゅう》
莫愁十三能ク織リレ綺《き》ヲ　十四采《と》ルレ桑ヲ南《なん》陌《ぱく》ノ頭《ほとり》
十五嫁《か》シテ為リニ盧家ノ婦一ト　十六生《う》ミテレ児《こ》ヲ字《あざな》ハ阿《あ》侯《こう》
盧家ノ蘭《らん》室《しつ》桂ヲ為シレ梁《はり》ト　中ニ有リ二鬱《うっ》金《こん》蘇《そ》合《ごう》ノ香《こう》一
頭《ず》上ノ金《きん》釵《さい》十二行　足下ノ糸《し》履《り》ハ五文章
珊《さん》瑚《ご》ニ挂《か》ケテレ鏡ヲ爛《らん》トシテ生ジレ光ヲ　平《へい》頭《とう》ノ奴《ど》子《し》擎《ささ》グ二履《り》箱《そう》ヲ一
人生ノ富貴ハ何ノ所ゾレ望ム　恨ムラクハ不リシヲ三早ク嫁《とつ》ガ二東家ノ王ニ一

＊南陌は南の陌《みち》のべ。金釵十二行は金のかんざし十二列（美しいかんざしをいくつも挿す意）。糸履は絹糸のくつ。五文章は五色のあやもよう。珊瑚は珊瑚樹の鏡台。平頭は無帽の意、一説に頭巾の名。奴子は下僕《しもべ》。履箱は履《くつ》の箱。

ちなみに、詩歌に歌われる莫愁には、二つの系統がある。一人は、郢《えい》州石城（湖北省鍾祥市。南京〈石頭城付近〉に誤られがちである）の女性で、歌謡を善くし、楽府「莫愁楽」に歌われるもの（『楽府詩集』四八）。もう一人は、豪族の盧氏に嫁いだ、この洛陽の女性である。宋の洪邁『容斎三筆』第一一「両莫愁」の条参照。寒山の五言詩にも、「璨《さん》璨《タル》（光り輝くさま）盧家ノ女《むすめ》、旧来名ヅクニ莫愁ト一」とある。中国社会科学院文学研究所『唐詩選』上（人民文学出版社、一九七八年）などは、「盧家少婦」を若い妻の代称とする。

鬱金堂　鬱金はウコンとも読む。西域産の香草。一説に、カシミールやペルシャ産のサフランを指すともいう。香料・染料（黄

色）となる。『冊府元亀《さっぷげんき》』九七〇、外臣部、朝貢三には、「伽毘《かび》国献《ズ》二鬱金香《ヲ》一。葉《ハ》似《テ》二麦門冬《ニ》一、九月花開《ク》。状《ハ》如《ク》二芙蓉《ノ》一、其《ノ》色《ハ》紫碧。香《リハ》聞《にほフ》二数十歩《ニ》一。華《はなサケドモ》而不レ実《みノラ》、欲《スレバ》レ種《ヱント》取《ル》レ根《ヲ》」という。宋の龐元英《ほうげんえい》『文昌雑録』三にいう。「唐宮中《ノ》毎《ごとニ》レ有《ル》二行幸一、即《チ》以《テ》二竜《りゅう》脳《のう》・鬱金《ヲ》一布《しク》レ地《ニ》。至《リテ》二宣宗《ニ》一、性尚《たっとビ》二倹素《ヲ》一、始《メテ》命《ジテ》去《ラシム》レ之《ヲ》。方《あたリテ》二唐《ノ》盛時《ニ》一、其《ノ》侈麗《しれいナルコト》如《シ》レ此《クノ》」と。蔡鴻生「唐代九姓胡貢品分析」（『文史』三一輯、一九八八年）、『正編』六二三頁の注、今村与志雄訳注『酉陽雑俎《ゆうようざっそ》』3（東洋文庫、平凡社、一九八一年）三一頁など参照。鬱金堂とは、鬱金香をたきしめた、あるいは壁に塗りこめた豪奢な部屋（表座敷、前面吹き抜けの広間）をいう。清の殷元勲《いんげんくん》・宋邦綏《そうほうすい》『才調集補註』三に、「堂《ハ》是《レ》以《テ》二鬱金《ヲ》一塗《ル》レ壁《ニ》、如《シ》二椒《しょう》房《ぼう》之類《ノ》一」とある。椒房とは皇后の住む御殿のこと。山椒《さんしょう》は暖気と芳香を与え、実を多く結ぶところから多産を祈って壁に塗りこんだという。金性尭『唐詩三百首新注』（上海古籍出版社、一九八〇年）などは、鬱金を酒にひたし、泥にかきまぜて壁にぬり、室内をかぐわしくする、と具体的に注する。

2**海燕**　つばめ。いわゆるウミツバメではなく、海より飛来するツバメの意。渡り鳥の燕は春、南海方面から飛来し、秋に飛び去る。前掲の『文昌雑録』三にいう。「世説《ニいフ》、海《ノ》外《ニ》有《リ》二燕子《つばめ》一、至《リテ》二秋社《ニ》一乃《チ》去《リ》、仲春《ニ》復《タ》来《ル》」と。秋社とは立秋後五番めの戊《つちのえ》の日に行われる社（土地神）の祭り。張九齢「詠《ム》レ燕《ヲ》」詩には、「海燕何《ぞ》微眇《びびょうタル》、乗《ジテ》レ春《ニ》亦《タ》暫《ク》来《ル》」とある。一説に、越燕を指すとする。朱東潤主編『中国歴代文学作品選』中編第一冊（上海古籍出版社、一九八〇年修訂再版）にいう。「越燕ともいう。燕の一種。体は軽くて小さく、胸は紫色。南方の海浜地区（昔の百越の地）に生まれるための命名。海燕は春、北に飛び、室内に巣を作る」と。この固有名詞説は、陶琴雁『唐詩三百首詳注』（江西人民出版社、一九八〇年）など、中国の注釈書に多い。

双棲　雌雄双《つが》いで仲よく巣作りして棲《す》むこと。釈大典『唐詩解《かい》頤《い》』に「己《おのれ》（少婦）が孤栖を恨む」とある。本詩の冒頭二句を、出征した夫の帰りを待ちわびる若い妻をとりまく現在の環境としてではなく、若夫婦が仲よく二人で暮らしていたときの幸せな状況を象徴する、とする捉えかたがある。こうした考えかたは、すでに明の唐汝詢《とうじょじゅん》『唐詩解』三九（万暦四三年序刊）や清の王尭衢《おうぎょうく》『古唐詩合解』下（雍正《ようせい》一〇年自序）などに見えるが、いま千葉玄之『唐詩選師伝通釈』を引いておきたい。「一二ノ句ハ反興ト云フ。ムカシ、盧氏ノ家ニ莫愁ト云フ少婦アツテ、鬱金堂ト云フ、キレイナル坐敷ニ、夫婦ムツマジク住居セシハ、海辺カラ来タ、ツガヒノ燕ガ双ビ棲ンデ、玳瑁ヲ以テ飾リシ梁ノ上ニ居タゴトク、コノヤウナ目出度キ仕合ナ夫婦モ有ルニ、ソレトハ手前ハ、ウラハラデ、大ニチガウタト、ヒツクリ反ツテ興ヲ起シテ、奥深キ閨中ニ独リ心サミシク愁ヒテ居ル」と。この千葉説では、幸福な他の夫婦を思い描くが、一般的には「海燕双棲す」るごとき過去の幸福な生活と、一人暮らす現在の不幸な生活との対比を考える。金性尭『唐詩三百首新注』、劉樹勛『唐宋律詩選訳』（長江文芸出版社、一九八一年）、王啓興・毛治中『唐詩三百首評注』（湖北人民出版社、一九八四年）など参照。

玳瑁梁　鼈甲《べっこう》で飾った豪奢で美しい梁《はり》。「画梁（彩色をほどこした梁）」（金性尭『唐詩三百首新注』）、「梁が塗られて玳瑁のように美しいもの」（陶琴雁『唐詩三百首詳注』）などと考えてもよい。梁の沈約《しんやく》「（登《リテ》レ台《ニ》）望《ム》二秋月《ヲ》一」詩に「九華（殿名）玳瑁《ノ》梁」とある。ちなみに、玳瑁は南海に産する亀の一種。その甲《こうら》は半透明・黄褐色で黒い斑点があり、櫛《くし》や笄《こうがい》、眼鏡の縁などの細工に用いられる。ちなみに、盧照隣「長安古意」に「双燕双《ビ》飛《ンデ》繞《めぐり》二画梁《ヲ》一、羅幃《らい》翠被《すいひ》鬱金香」とある。

3 **九月** 晩秋の九月（旧暦）。

寒砧 砧は擣衣《とうい》（搗練《とうれん》）に用いる平たい石の台。きぬた。擣衣（衣《きぬ》を擣《う》つ）とは通常、織った絹布を砧上にのせ、両手で長い杵《きね》を持ち、それを上げ下げしてつく。その具体的な情景は、唐の張萱《ちょうけん》「搗練図」（宋摹本《もほん》）（人民美術出版社刊『中国美術全集』絵画編2、隋唐五代絵画、一九八四年などに所収）など参照。ただし、六朝期では女性二人で一本の杵を持ち、上げ下げしてついたらしい。これは、織維中の膠質《にかわ》や不純物を除去し、布地をしなやかにして光沢を出す作業工程の一種。このあと裁断して縫う。詩歌における擣衣は、遠方にいる夫の寒衣《ふゆぎ》を用意するために行なう晩秋（初冬）の風物として歌われる。増田欣「擣衣の詩歌―その題材史的考察」（富山大学『教育学部紀要』一五号、一九六七年）にいう。「（六朝期における擣衣詩の）作者たちの意図は、空閨にとり残された佳人の怨思を歌うことにあった。……　ただ、織機や擣衣のばあいには、良人《おっと》のもとに冬衣を送り届ける、いわゆる送寒衣というモティーフを含みこむところから、良人を冬の訪れの一足早い辺境に置く必要があり、それが辺塞の戍役《じゅえき》と結びつきやすかった」と。また程千帆《ていせんぱん》・沈祖棻《しんそふん》『古詩今選』（上海古籍出版社、一九八三年）にいう。「唐代の府兵制度の規定によれば、応召の出征兵士は自ら武器や衣服・日用品を準備しなければならない。衣服は家族の者が作って駐屯地に送る。練《きぬ》で衣服を作るには、まず石砧《きぬた》の上で木杵《きね》でもって擣《つ》いた後、はじめて縫うのに都合よくなる。それで征戍を歌う唐詩は、いつも寄衣や擣衣に言い及ぶのだ」と（上冊、一四二頁）。この指摘は、赤井益久「送寒衣―唐詩「送衣曲」をめぐって」（国学院大学『漢文学会々報』三一輯、一九八六年）の「六、防人と寒衣」の条にも、「（唐代の府兵制下の）防人は租庸調雑徭を免かれるかわり、兵甲糧食衣服などはすべて自辨であった。「擣衣曲」「送衣曲」は、まさにこうした防人にむけ送られた冬衣を歌ったもの」とある。北魏の温子昇「擣衣」詩（『古詩源』一四）には、「長安城中秋夜長《ク》、佳人錦《きん》石《せき》（砧の美称）ニ擣《ツ》二流黄《きぬヲ》一」と歌う。

「寒砧」の寒は、「冬着を暗示するとともに、さむざむとした音の感じ」（斎藤晌『唐詩選』下〈集英社、一九六五年〉）を表わす。もちろん、「それが秋から冬にかけて寒くなるころの仕事だからである」（目加田誠『唐詩選』〈明治書院、一九六四年〉）。中国社会科学院文学研究所『唐詩選』上などは、「寒風中のきぬたの音」と解釈する。なお、擣衣については、祁慶富「〝搗衣〟解」（『社会科学戦線』一九八二年一期）、文啓宇「〝搗衣〟是怎么回事?」（施宣園ほか主編『中国文化之謎（第三輯）』〈学林出版社、一九八七年〉所収）、植木久行『唐詩歳時記』（学術文庫、講談社、一九九五年）など参照。

催木葉 催は「うながス」とも読み、せきたてる意。木葉を「下葉」に作るテキスト（〔校語〕参照）に従えば、「葉を下《くだ》すを催す」と訓み、砧声のすさまじさを強調する。ただ陶琴雁『唐詩三百首詳注』のみは、第3句を「九月木葉催寒砧」の倒置文であると見なし、「深秋、木の葉が寒風に揺れ落ちるさまを見ると、寒い冬が間近《まじか》であることを予感させる。寒天《さむぞら》はどの家にも擣衣して寒さを防ぐようにせきたてている」と説明する。ちなみに、梁の武帝「擣衣」詩（『玉台新詠』七）に、「中州木葉下《ル》、辺城応《まさニ》《シ》二早《ク》霜《オクナル》一」とある。

4 **十年征戍**　十年の語は、夫と別れてのちの歳月の長さを表わす場合にしばしば用いられる。一例、曹植「七哀《ノ》詩」（『文選』二三）の「君行《キテ》踰《こエ》二十年《ヲ》一、孤妾常《ニ》独《リ》棲《ム》」。ここでは、下句の「憶遼陽」と呼応して、「毎年毎年夫の安否を気づかいつつ暮らすうちに、十年になってしまったという感慨」（斎藤茂・中島敏夫『唐詩選』中〔学習研究社、一九八五年〕）が含まれる。征戍は征《ゆ》きて戍《まも》る意。一般に遠征して辺境（国境）の守備につくことをいう。

憶遼陽　憶は思い出し、しのぶ意。藤堂明保『学研漢和大字典』によれば、口に出さず胸が詰まるほど、さまざまに思いをはせることをいう。ここでは安否を気づかう意を含む。遼陽は夫のいる場所。『漢書』二八下、地理志には、遼東郡の属県として遼陽県の名が見える（今の遼寧《りょうねい》省遼陽市の西北）。その付近は、唐代でも塞外の地であった。ただ第5句「白狼河北」との関連でいえば、漢代の遼西郡・遼東郡を広く指す用法であろう。遼陽の陽は韻字でもある。久保天随『唐詩選新釈』（博文館、一九〇八年）は「遼西の地をいふ」とする。これは、白狼河の流れるところが遼西郡だからである。ちなみに、陶琴雁『唐詩三百首詳注』は、第4句を「憶遼陽十年征戍」の倒置と見る。

5 **白狼河北**　白狼河は白狼水ともいい、今の遼寧省を流れる大凌《たいりょう》河《が》のこと。省内を東流して錦州市の東をへて遼東湾にそそぐ。『漢書』二八下、地理志に、右北平郡の属県として白狼県の名が見え、その顔師古注に「有《リ》二白狼山一。故《ニ》以《テ》名《ツク》レ県《ニ》」とある。また『旧唐書』一九九下、北狄《ほくてき》伝、奚《けい》や、『新唐書』一四四、北狄伝、奚《けい》によれば、奚（鮮卑族の一種）国《こく》の南境として白狼河の名が見える。『水経注』一四、大遼水の条参照。戸崎允明『箋註唐詩選』には、「北は辺地を謂ふ」とする。

音書断　音書は手紙。梁の王僧孺《おうそうじゅ》「春怨」詩（『玉台新詠』六）に、「万里断《エ》二音書一、十載（十年）異《ことニス》二棲宿《せいしゅく》（住む家）《ヲ》一」とある。

6 **丹鳳城南**　丹鳳城は帝都（長安城）、あるいは帝都の宮城をいう。鳳城・鳳闕などとほぼ同意。杜甫の「送《ル》二覃《たん》二判官《ヲ》一」詩に「永《ク》懐《おもフ》丹鳳城」の句があり、『九家集注杜詩』三二に見える宋の趙彦材の注に「丹鳳城《ハ》指《シテ》二言《フ》長安帝城《ヲ》一也。秦穆公《ぼくこうノ》女《むすめ》弄玉《ろうぎょく》吹《ケバ》レ簫《ヲ》、鳳集《とまル》二其《ノ》城《ニ》一。因《リテ》号《ス》二丹鳳城《ト》一」という。駱賓王《らくひんのう》「帝京篇」にも「丹鳳朱城白日暮《ル》」とある（『選』所収）。しかし鳳城・鳳闕の名の由来は、おそらく前漢の都長安にあった壮麗な建章宮の北闕《ほくけつ》（正門にあたる）の上に置かれた双《つが》いの銅鳳凰《どうほうおう》と関連しよう。『史記』一二、孝武本紀の司馬貞『索隠』に引く『三輔《さんぽ》黄図』に、「武帝営《ミ》二建章（宮）《ヲ》一、起《コス》二鳳闕《ヲ》一。高《サ》三十五丈（一丈は約二・三メートル）」とあり、同じ条に引く『三輔故事』に「北《ニ》有《リ》二圜《えん》（円形の）闕《けつ》一。高《サ》二十丈、上《ニ》有《リ》二銅鳳皇《（ママ）》一。故《ニ》曰《フ》二鳳闕《ト》一」とある。闕は宮城の門を指す。鳳闕の具体的なイメージは、黄明蘭編著『洛陽漢画《が》像磚《ぞうせん》』（河南美術出版社、一九八六年）一五一頁の「双闕・鳳鳥・楼閣」参照。ちなみに、唐の都長安の東内《とうだい》「大明《たいめい》宮」の正門も、丹鳳門と呼ばれた。幅九メートルの門道を三つもつ巨麗な南正門（東西五一メートル、奥ゆき一六メートル、門道と門道との間は四メートル）である。中国科学院考古研究所編『唐長安大明宮』（科学出版社、一九五九年）など参照。

帝都長安城の南とは、一般の人々が住む長安城内の南部を指し、ここでは少婦の住む場所である。程千帆ほか『古詩今選』には、この「南」は実際のことをいうが、上句の「河北」は「城南」との対《つい》をなすためのものであり、広義に用いた、と指摘する。簡野道明『唐詩選詳説』（明治書院、一九二九年）にいう。「白狼トイヘバ名モ恐ロシク、丹鳳トイヘバ名モ『ヤサシク』感ゼラレル。地名ヲ用フルコトノ巧《たくみ》ナルコトヲ見ヨ」と。この「白狼―白いオオカミ」と「丹鳳―丹《あか》いオオトリ（鳳凰）」との美しい色彩対比はまた、辺境の荒涼と都の繁華をそれぞれ対照的に象徴する。

秋夜長　第3句の「九月」を受け、夫を思慕して眠れない若妻にとって、秋の夜はひときわ長く感じられることをいう。無名氏「古詩十九首」（『文選』二九）其一七に「愁《ヒ》多《クシテ》知《ル》二夜《ノ》長《キヲ》一」とあり、魏《ぎ》の文帝（曹丕《そうひ》）の「雑詩二首」（其一）に「漫《まん》漫《トシテ》秋夜長《ク》、烈烈《トシテ》北風涼《さむシ》」とある。森槐南『唐詩選評釈』は、「秋夜の長き、独り空床を守り、眼に看る所は則はち海燕の双栖なり、耳に聞く所は則はち寒砧落葉の凄切なり。此の時此の際、誠に何を以てか自から堪えんや《（ママ）》」と評する。

7
誰為　(1)「為《ためニ》レ誰《たれノ》」と同意、つまり「誰使」と同意。(2)「誰《カ》為《ニ》」、(3)「為《なス》レ誰《ト》」、(4)「為」を使役の意と見なす、つまり「誰使」と同意。(5)「為《ためニ》レ何《なんノ》」と同意、誰は何の意。(6)「誰《カ》為《おもハン》」、為は謂《おもフ》と同意、などの諸説がある。詳しくは〔諸説の異同〕参照。「為」を「ために」と読む場合は、一般に「或るものの利益になるように、或る人に好意をよせて」の意味になる（小川環樹『唐詩概説』〔岩波書店、一九五八年〕「唐詩の助字」）。

独不見　「独り（愛する人に）見《あ》えない」意。また、その意をこめた曲名（楽府題）。前野直彬『唐詩選』中には、「楽府の中ではしばしば、一種のはやし言葉のようにして用いられる」と指摘する。ちなみに、程千帆ほか『古詩今選』は、「誰知含愁独不見」に作り、本句は柳惲《りゅううん》「独不見」（前掲）の「奉《ズ》レ帚《ヲ》長信宮、誰《カ》知《ラン》独《リ》不《ルヲ》レ見」の語を用いたとする。

含愁　悲しみを心中にいだいて口に出さないこと。

8
教　使役を表わす。伊藤東涯『操觚字訣』上には、「教ヲシムトヨムコト、教命シテ、ナサシムルヨリ、語辞ニ用ユ。後世、俗語ニ多シ」という。この意味のとき、古典では平声に読む。

明月　千葉玄之『唐詩選師伝講釈』は、流黄を帷《とばり》の意味にとって、次のようにいう。「コノ月ニ対シ、夫トトモニ楽ミシコトヲ又モ思ヒ出シ、ソノ時ノ月モ、今見ル明月モ、カハリハセヌガ、我ガ身ノヤウスガ、チガフユヱ、月ノ光ガ、カヘツテ物哀レデサビシク思ハレテ、哀シゲニ帷ノ中へ光ガサシ照ラスユヱ、イトド夫ト一所ニ昔シ楽ミシコトヲ思ヒ出シ、涙ガ流レテナラヌナリ」と。

流黄　浅黄《あさぎ》色の絹布《きぬ》、もしくは浅黄色（ただし、『辞源』修訂本〔一九七九年版〕三には、「褐黄色」とする）。戸崎允明『箋註唐詩選』には「生帛《きぎぬ》なり。……生帛にして色を施さざる者は、微《すこ》しく黄を含む。故に流黄と曰ひ、又《ま》た留黄と曰ふ」とある。漢代の「相逢行《そうほうこう》」の古辞（『楽府詩集』三四）に、「大婦ハ織リ二綺羅《きら》ヲ一、中婦ハ織ル二流黄ヲ一」とあり（呉均「三婦艶」詩にも全く同じ詩句がある）、晋の張載「擬《ぎ》四愁詩四首」（『玉台新詠』九）其一に「佳人ハ遺《おく》ルレ我ニ筒《とう》中ノ布《ぬの》、何ヲ以テカ贈ランレ之ニ流黄ノ素《きぬ》」とある。また梁の江淹《こうえん》「別レノ賦」（『文選』一六）には「晦《くら》クセリ二高台之《の》流黄ヲ一」とあり、その李善注に引く『環済要略』には「間《かん》色ニ有リレ五。紺・紅・縹《ひょう》・紫・流黄」という。流黄が具体的に指すものについては、(1)（流黄製の、流黄色の）帷《とばり》やカーテン、(2)織機《おりき》の上の生帛《きぎぬ》（織りかけの浅黄色の絹布）、(3)若妻の擣《う》つ絹布、(4)（夫と坐臥を共にした）簟《てん》（竹製のゴザ。流黄簟）、(5)若妻の衣服、(6)夫が婚前に贈ってくれた絹織物、などの諸説がある。(4)は『西京雑記』三に見える流黄簟のことであろう。〔諸説の異同〕参照。

通釈

古《いにし》えの意《こころ》で

盧《ろ》氏の若い婦《よめ》は、鬱金香をたきしめた（豪奢な）部屋のなかに（ただ一人さびしく暮らしている）。鼈甲《べっこう》飾りの美しい梁《うつばり》には、双《つが》いの燕が（夫婦仲よく）棲《す》んでいる。

（今年ももう）晩秋の九月、（冬着の支度に擣《う》つ）砧《きぬた》のさむざむとした音が、落葉をせきたて（るように響きわたり）、（すでに）十年もの間、（はるか北辺の）遼陽に出征したまま帰らない夫のことが（しきりに）思い出され、しのばれてなりません。

（名も恐ろしい）白狼河《はくろうが》の北（にいる夫のもと）からは、（久しく）便りがとだえており、（私のいる繁華な）都長安城内の南部では、秋の夜が（ひときわ）長く感じられます。

いったい誰が（この私に）いとしい夫《ひと》に会えない悲しみをいだかせ、そのうえ明月に（夫のいない部屋の）萌黄《もえぎ》色の生絹《きぎぬ》（のカーテン）を（しらじらと）照らさせるのでしょう。

諸説の異同

異同の所在　I

「誰為……」の解釈

異同の類別

A　誰為は「為《ため》ニレ誰ノ」と同意。ただし、続く「含愁独不見」の解釈は、次の三種に分かれる。

(1)若妻自ら「独不見」の曲を奏でる。

(2)若妻以外の人が、夫を慕う「独不見」の曲を奏でる。

(3)「独不見」の曲を想定せずに、「独り見ず」を「含愁」の理由として捉えるもの。

B　誰為を「誰か為《ため》に」と訓むもの。

C　為は使役の用法。誰為は誰使と同意。

D　誰為は「為ニレ何ノ」の意。誰は何の意。

E　誰為は「誰か為《おも》はん」と読む。為は謂の意。

Aの(1)説を採るもの：戸崎允明『箋註唐詩選』、塩谷温『唐詩三百首新釈』（弘道館、一九二九年）、佐久節『唐詩選新釈』（弘道館、一九二九年）、渡辺末吾ほか『唐詩選通解』（宝文館、一九三九年）

など。

Aの⑵説を採るもの：千葉玄之『唐詩選師伝講釈』、簡野道明『唐詩選詳説』、斎藤晌『唐詩選』下、近藤春雄『唐詩のよみ方と解釈』（武蔵野書院、一九七三年）、高木正一『唐詩選』一（朝日文庫、朝日新聞社、一九七八年）、横山伊勢雄『唐詩の鑑賞―珠玉の百首選』（ぎょうせい、一九七八年）、斎藤茂ほか『唐詩選』中など。

Aの⑶説を採るもの：明、唐汝詢『唐詩解』三九、清、章燮『唐詩三百首註疏』、森槐南『唐詩選評釈』、久保天随『唐詩選新釈』、前野直彬『唐詩選』中、目加田誠『唐詩選』、前野直彬『唐詩鑑賞辞典』（（高島俊男執筆）東京堂出版、一九七〇年）、武漢大学中文系古典文学教研室『新選唐詩三百首』（人民文学出版社、一九八〇年）、張碧波・鄒《すう》尊興『新編唐詩三百首訳釈』（黒竜江人民出版社、一九八四年）など。

B説を採るもの：服部南郭『唐詩選国字解』など。

C説を採るもの：朱大可『校註唐詩三百首』（香港・中華書局、一九五八年）、金性尭『唐詩三百首新注』、蔡義江ほか『唐宋詩詞探勝』（浙江人民出版社、一九八一年）、陳昌渠・張志烈・邱《きゅう》俊鵬『唐詩三百首注釈』（四川人民出版社、一九八二年）、張国栄『唐詩三百首訳解』（中国青年出版社、一九八八年）、連波・査洪徳『沈佺期詩集校注』（中州古籍出版社、一九九一年）など。

D説を採るもの：林庚・馮《ふう》沅君主編『中国歴代詩歌選』上編⑵（人民文学出版社、一九六四年）、劉樹勛《くん》『唐宋律詩選訳』（長江文芸出版社、一九八一年）など。

E説を採るもの：未見であるが、訓みとしては充分可能である。

異同の論拠

Aの⑵説（誰のために悲しげに「独不見」の曲を奏でるのかとする説）

唐の呉兢《ごきょう》の『楽府解題』に、「独不見は、思うて見るを得ざるを傷《かな》しむ」ものと記されるが、この歌曲は、もと梁の柳惲《りゅううん》の作ったものであり、それは、天子の寵愛を失った漢の班婕妤《はんしょうよ》が、ひとり長信宮に閉居して、またと天子にあえぬ悲しみをテーマとしてよまれたものである。宋の郭茂倩《かくもせん》の『楽府詩集』には沈佺期のこの詩をも、同じ題名でかかげている。この三字を文字通り、自分ひとりが思う人とあえずにいるという意に解く説もあるが、流黄を照らす月とともに、若妻の情をかきたてる外的条件としての歌曲とみる方がよいのではないか。

（以上、高木正一『唐詩選』一）

A説は一般に「誰《た》が為《ため》に愁ひを含む　独不見《どくふけん》」（とくにその⑴と⑵）と訓む。他の説には特に論拠を明示したものはないが、Cの「為」を使役と見なす説については、徐仁甫『広釈詞』二（冉友僑校訂、四川人民出版社）、「為―使」の条や、羅竹風主編『漢語大詞典』6（一一〇六頁）など参照。この説では「誰」が二句双方にかかることになり、「為」と「教」がいわゆる互文同義を形成する。Aの⑵⑶説の場合、第8句「更教……」の主語として「無情な天」を補って訳出するものがある（前野直彬『唐詩選』中、前野直彬『唐詩鑑賞辞典』（高島俊男執筆）、高木正一『唐詩選』一、斎藤茂ほか『唐詩選』中など）。また、E説の「誰か為《おも》はん」は、「誰謂」「誰知」という異文の存在（〈校語〉参照）が論拠になる。為は謂に通じて用いられ、謂と知とは類義語である。柳惲の「独不見」詩

（前掲）に「誰《カ》知《ラン》独《リ》不レ見《ルヲ》」とあることも、このE説の論拠になろう。

ここで、各説の主な訳例や注をあげて参考に供する。

Aの⑴説「心を紛《まぎ》らす為《ため》に独不見の曲を奏すれば、誰の為に愁《うれへ》を含むのか益〻《ますます》悲みを増すのみであるのに」（塩谷温『唐詩三百首新釈』）。また渡辺末吾ほか『唐詩選通解』には「誰為」を「夫も居ないのに誰の為にするのであらう」と注し、「眠れぬまゝに、愁《かな》しみの情を含む独不見の曲を弾ずるが、聞いてもらひたい夫は居ず、益〻悲しみを増すだけであるのに」と訳す。

Aの⑵説「誰《た》が為にか愁を含んで笛の曲も夥多《あまた》ある中から、意《い》地《ぢ》悪《わる》くも夫を慕ふ独不見の曲を吹くのを聞けば、懐《なつか》しく思ふ情も彌《いや》増《ま》すばかりである」（簡野道明『唐詩選詳説』）、「おりから聞こえる『逢えなくて』のさびしい調べ、誰のためにかくも悲しみをこめて奏でているのか」（横山伊勢雄『唐詩の鑑賞―珠玉の百首選』）など。

Aの⑶説　唐汝詢『唐詩解』三九には、「此《レ》果《タシテ》為《ニカ》レ誰《ガ》而含《ム》レ愁《ヒヲ》、今所《ノ》レ懐《おもフ》之人《ニハ》独《リ》不レ見《あへ》」と注される。「胸の中にかくも悲しみがこもるのは、誰のためであろうか。――だがその夫にも、会うことはできない」（前野直彬『唐詩選』中）など。

B説「折りから誰か何者ぞ、意地悪う、笛の曲も多いに夫を慕う独不見の曲を吹く」（服部南郭『唐詩選国字解』）。

C説「いったい誰が若妻を悲しませ、思う人に会えなくさせるのか」（張国栄『唐詩三百首訳解』）など。筆者の訳も、ひとまずこのC説による。

D説「どうして、愁いをいだいてただ一人会うことができないでいるとき、さらに明月に流黄を照らさせるのでしょう」（劉樹勛『唐宋律詩選訳』）、「月光はどうして意地悪にもこの愁いにしずむ女の前ばかりを照らすのであろう」（林庚ほか『中国歴代詩歌選』）など。つまり、「誰為」を「なぜ、どうして」と訳して、二句全体にかける。

E説「若妻がひとり夫に会えない悲しみをいだいていることに、いったい誰が気づくであろうか」となろう。

異同の所在　II

「流黄」の解釈

異同の類別

A（若妻の住む部屋の流黄製〔流黄色〕の）帷《とばり》・カーテンの類。

B　織機《おりき》の上の（織りかけの）浅黄色の生絹《きぎぬ》。

C　若妻の擣つ砧上の生絹《きぎぬ》（絹布。砧上の衣とするものを含む）。

D（若妻がかつて夫と坐臥を共にした）竹簟《たかむしろ》（竹製のゴザ。流黄簟）。

E　若妻の衣服。

F　夫が婚前に贈ってくれた絹織物。

A説を採るもの：唐汝詢『唐詩解』、王尭衢『古唐詩合解』下、釈大典『唐詩解頤』、服部南郭『唐詩選国字解』、千葉玄之『唐詩選師伝講釈』、塩谷温『唐詩三百首新釈』、簡野道明『唐詩選詳説』、渡辺末吾ほか『唐詩選通解』、斎藤晌『唐詩選』下、田所義行『新評唐詩選（新訂版）』（勁草書房、一九六九年）、近藤春雄『唐詩のよみ方と解釈』、朱東潤主編『中国歴代文学作品選』中編第一冊、金性尭『唐詩三百首新注』、陶琴雁『唐詩三百首詳注』、劉毓濤ほか『歴代抒情詩詞』(貴州人民出版社、一九八四年)、劉亜玲・田軍・王洪主編『中国歴代詩歌鑑賞辞典』(中国民間文芸出版社、一九八八年)など。

B説を採るもの：戸崎允明『箋註唐詩選』、佐久節『唐詩選新釈』、兪陛雲『詩境浅説』(開明書店、一九四七年の影印本)、朱大可『新註唐詩三百首』、前野直彬『唐詩選』中、目加田誠『唐詩選』、喩守真『唐詩三百首詳析』(太平書局、一九六五年)、横山伊勢雄『唐詩の鑑賞―珠玉の百首選』、劉樹勛『唐宋律詩選訳』、程千帆・沈祖棻『古詩今選』、張碧波・鄒尊興『新編唐詩三百首訳釈』、斎藤茂ほか『唐詩選』中など。

C説を採るもの：林庚・馮沅君主編『中国歴代詩歌選』、田森襄『中国の名詩鑑賞4　初唐』(明治書院、一九七五年)、中国社会科学院文学研究所『唐詩選』上、武漢大学中文系古典文学教研室『新選唐詩三百首』、季鎮淮ほか『歴代詩歌選』(中国青年出版社、一九八〇年)、王啓興・毛治中『唐詩三百首評注』(湖北人民出版社、一九八四年)など。

D説を採るもの：森槐南『唐詩選評釈』、久保天随『唐詩選新釈』など。

E説を採るもの：張志浩・兪潤泉『聞一多選唐詩』(岳麓書社、一九八六年)など。

F説を採るもの：連波・査洪徳『沈佺期詩集校注』。

＊　李華・李如鸞『新選千家詩』(人民文学出版社、一九八四年)はAかB、蔡義江ほか『唐宋詩詞探勝』(浙江人民出版社、一九八一年)はAかCとする。

異同の論拠

B説(織機のうえの浅黄色の生絹とする説)

古楽府の「相逢行」に「大婦《たいふ》羅綺《らき》を織り、中婦《ちゅうふ》流黄を織る」とあるのをはじめ、詩には機織りの場面で「流黄」を歌う例が多いので、ここも同様に解釈しておく。

(以上、斎藤茂ほか『唐詩選』中)

なお、冒頭の「盧家ノ少婦」を「織ルレ錦ヲ少婦」に作る異文(『才調集』)の存在は、B説の論拠の傍証となりうるであろう。ちなみに、斎藤茂ほか『唐詩選』中は、A説(流黄製の帷《とばり》・カーテンとする説)の論拠をも説明していう。

「古詩十九首」に「明月何ぞ皎皎《こうこう》たる、我が羅《ら》の床幃《しょうい》を照らす。憂愁寐《い》ぬる能《あた》わず、衣《ころも》を攬《と》りて起ちて徘徊《はいかい》す。客行《かくこう》楽しと云うと雖《いえど》も、早く旋帰《せんき》するに如《し》かず。(下略)」とあり、「明月」がベッドの幃《カーテン》を照らし、月を見て離れている夫を思いやるという例も多いことから、「流黄」をベッドのカーテンに用いられた絹布と見る説もある。

なお、Cの論拠としては、北魏の温子昇「擣衣」詩の「佳人錦石擣《ツ》二流黄《ヲ》一」(前掲)をあげることができよう。

F説(夫が婚前に贈ってくれた絹織物とする説)

流黄は一種の絹織物。晋の張載「擬四愁詩」に「佳人贈我筒《(ママ)》竹《(ママ)》布、何以報之流黄素」(前掲)とあり、梁の簡文帝「詠雪」詩(『玉台新詠』七には、「同《ともニ》二劉諮《し》議《ぎト》一詠《ズ》二春雪《ヲ》一」と題する)に「思婦流黄ノ素《きぬ》、温姫(晋の温嶠《おんきょう》の妻)玉鏡台」とあれば、流黄は昔の人が愛を誓う(結婚の契りを結ぶ)贈答品に用いたものであり、当然離別や思慕の情を引き起こしやすい。

結論：本詩の流黄は婚前に夫が贈ったものであるはずだ。明月が照らすと、夫を思慕する彼女の気持ちを引き起こす。

（以上、連波ほか『沈佺期詩集校注』）

BとFを除いた解釈は、森槐南『唐詩選評釈』のいわゆる「歇後《けつご》不瑩《ふえい》の語」（歇語は、ある成語の下の語を省略していわないこと。不瑩は不明瞭）にあたるが、A・B・Cの三説がやはり穏当であろう。筆者はひとまずA説に従って訳した。

備考

詩題は、一《いつ》に「古意、呈《ていス》二喬《きょう》補《ほ》闕《けっ》知《ち》之《し》一」に作る。喬知之とは、同州馮翊《ひょうよく》（陝西省大荔《たいれい》県）の人、俊才で、その詩は当時諷詠された。則天武后朝（周）のときに、右(ママ)補闕・左司郎中などを歴任した（『旧唐書』一九〇中、文苑伝、喬知之の条）。詩題の「補闕」とは、天子の過失を諫め、闕《けつ》（＝欠）を補う職。右補闕は門下省、左補闕は中書省に属した。『唐才子伝校箋』巻一（中華書局、一九八七年）、沈佺期の条（傅《ふ》璇琮《せんそう》執筆）には、(1)垂拱二年（六八六）、陳子昂《ちんすごう》が左補闕喬知之に従って（反した同羅や僕固らの諸部を）北征したこと（羅庸『陳子昂年譜』や、陳子昂「観《ル》二荊玉《けいぎょくヲ》一篇」序の「丙戌《ノ》歳、余従《ツテ》二左補闕喬公《ニ》一北征《ス》」云々参照）、(2)喬知之は天授二(ママ)年（六九一）、武三(ママ)思に謀殺されたこと、の二点を論拠に、本詩は垂拱二年（六八六）か、その後の数年間に作られた早年の名篇、とする。陳子昂の「燕然《えんぜんノ》軍人《ノ》画像銘」序によっても、垂拱二年、喬知之が「左補闕」であったことは明らかである。『旧唐書』本伝の右補闕は左補闕の誤りか。

沈佺期の生年は、現在のところ未詳である。譚優学「沈佺期行年考」（同『唐詩人行年考（続編）』〈巴蜀書社、一九八七年〉所収）や、査洪徳『沈佺期年譜』（前掲の『沈佺期詩集校注』所収）は、ともに聞一多「唐詩大系」の説に従って顕慶元年（六五六）の生まれとするが、確証はないらしい。ひとまず高木重俊「沈佺期の生涯と文学」（『中国文化　漢文学会会報』四四号、一九八六年）の「永《えい》徽《き》元年（六五〇）ころの出生」説に従えば、垂拱二年当時、約37歳となる（聞説等では31歳）。ちなみに、沈佺期の死は開元二年（七一四）ごろである。

喬知之の死を天授二年とする傅璇琮の説は、定説とは見なしがたい。その死は本詩のモチーフとの関連で論じられることもあるので、やや詳しく説明しておきたい。『旧唐書』喬知之伝（前掲）にいう。

知之《ニ》有《リテ》二侍婢一曰《フ》二窈娘《ようじょうト》一。美麗《ニシテ》善《クシ》二歌舞《ヲ》一、為《ル》二武承嗣《ぶしょうしノ》所《ト》一レ奪《フ》。知之怨惜《シ》、因《リテ》作《ツテ》二「緑珠篇《りょくしゅへんヲ》」一以《テ》寄《セ》レ情《ヲ》、密《ひそカニ》送《リテ》与《ス》二婢《ニ》一。婢感憤《シテ》自殺《ス》。承嗣大《イニ》怒《リ》、因《リテ》諷《ふうシテ》二酷吏《ニ》一羅織《らしょくシテ》誅《セシム》レ之《ヲ》。

と。羅織とは無実の罪に陥れて人を捕らえること。また緑珠とは西晋の石崇《せきすう》の寵婢《ちょうひ》の名。孫秀が横恋慕して彼女を奪おうとしたとき、石崇に操をたてて、楼上から身を投げて死んだ。喬知之作「緑珠篇」は『全』八一所収（『万首唐人絶句』三には「緑珠怨三首」に作る。また宋の阮閲編『増修詩話総亀』三一、詩累《しるい》門に引く『古今詩話』〈宋の李頎《りせき》撰。郭紹虞《かくしょうぐ》『宋詩話輯佚』上にも収める〉には、後半の八句を窈娘の答詩と見なす）。

窈娘と喬知之との逸話は、盛唐初めの張鷟《ちょうさく》『朝野僉載《せんさい》』二（『太平広記』二六七、武承嗣の条にも引く）や、晩唐の孟棨《もうけい》『本事詩』「情感」篇などによって広く伝わる。『隋唐嘉話』下、盛唐の劉餗《りゅうそく》こうした諸書によれば、喬知之は窈娘を寵愛して結婚しなかった。

武后一族の権臣武承嗣が彼女を奪いとると、悲憤のあまり病床に臥し、「緑珠篇」を作ってひそかに届けた。その詩を読んだ窈娘は悲しんで食事をとらず、井戸に身を投げて死んだ。驚いた武承嗣がその屍《なきがら》の裙帯《くんたい》（スカートの帯《ひも》）のなかに喬知之の詩を見つけて激怒し、彼を謀殺させたという。窈娘の名は一に碧玉《へきぎょく》とも伝える。また略奪者の名を武延嗣とするテキストは、おそらく武承嗣の形訛《けいか》であろう。傅璇琮の武三思謀殺説は、唐代の文献では、中唐の沈亜之《しんあし》「上二九江鄭使君一書」（『全唐文』七三五）などにしか見えず、その説には従いがたい。

ところで、南宋の計有功『唐詩紀事』六、喬知之の条には、「緑珠篇」と上述の逸話を述べた後、引き続いて沈佺期の「贈二知之一『古意』」（本詩）をあげる。高木正一『唐詩選』一は、この排列は両者（詩と事件）のつながりをほのめかしているとして、次のようにいう。

沈佺期の詩が、愛する人に会えぬ女のなげきをうたって思慕の情をかきたてているのをみると、あるいは、作者が碧玉の身になりかわって喬知之によせる思慕の情を、古歌のおもむきにまねて歌ってやったものであるかも知れないと、私は思う。

他方、田森襄『中国の名詩鑑賞4　初唐』は、この逸話と、喬知之が万歳通天元年（六九六）の秋、契丹《きったん（キタイ）》征伐のために北征したことを関連づけていう。「愛妾と別れて契丹への前線に従軍している喬知之に、窈娘の心を伝えた作ではないかと想像するとおもしろい」と。王夢鷗「本事詩校補考釈」（芸文印書館刊『唐人小説研究』三集、一九七四年）の按語《あんご》（三四頁）も、本詩を契丹征伐（原文は「出征遼寇」）と関連づけて、窈娘（碧玉）の存在を容認する。これは、詩中の「憶遼陽」と契丹族との地理的近似性に着目した推測であろうか。

ところで、沈佺期の本詩は、「窈娘を奪ひ去られし時分、喬知之に送つたものかも知れない」（久保天随『唐詩選新釈』）とする前掲の説に対しては、すでに前野直彬編『唐詩鑑賞辞典』（高島俊男執筆）や斎藤茂ほか『唐詩選』中が、それぞれ無関係・牽強付会などと批判するが、その論拠はいずれも主観的な判断にすぎない。

本詩が窈娘略奪事件や契丹征伐と無関係であることは、より客観的に論証できるようである。『資治通鑑』二〇六、神功元年（六九七）六月の条には、右司郎中（ママ）喬知之がこの事件で武承嗣に謀殺されたことを記し、『考異』（司馬光撰。胡三省注所引、単行の『資治通鑑考異』では、巻一〇）はその死を本年に繋ける理由を詳しく考証する。しかしその考証が誤りであることは、岑仲勉『通鑑隋唐紀比事質疑』（陳達超整理、中華書局、一九六四年）の「神功元年誅喬知之」（一二八頁）の条に指摘するごとくであろう。喬知之が陳子昂とともに万歳通天元年（六九六）の契丹征伐に参加したとする『考異』の説は、じつは単なる臆測にすぎない。近年、韓理洲『陳子昂研究』（上海古籍出版社、一九八八年）に収める「行年中的幾個問題」の「五　以継母憂返蜀之年」の条には、喬知之の「苦寒行」（『全』八一）を論拠に、喬知之が契丹征伐に従軍したとする『考異』の説を支持するが、新たに加えられた論拠は擬古的・虚構的な要素の濃厚な楽府詩であり、充全な説得力をもたない（王仲鏞『唐詩紀事校箋』六（巴蜀書社、一九八九年）も『考異』の説を正しいとする）。従って現時点では、喬知之の契丹征伐と本詩との関連を推測する田森襄・王夢鷗の説には従いがたい。

また窈娘（碧玉）略奪事件は、『新唐書』二〇六、武承嗣伝や、『本事詩』「情感」篇、『増修詩話総亀』に引く『古今詩話』（前掲）によれば、喬知之が左司郎中（尚書省都省に属す。従五品上）に在任中のできごとである。『新唐書』四、則天武后紀、天授元年（六九〇）八月壬戌《じんじゅつ》（一九日）の条には、右《（ママ）》司郎中喬知之の誅殺を記す（前掲の『資治通鑑』も右司郎中）が、『旧唐書』喬知之伝（前掲）の「則天時《ノ》、累《しきりニ》除《セラレ》二右補闕一、遷《ル》二左司郎中一」や、『冊府元亀』七七七、総録部、名望三の「喬知之、……官至《ハル》二左司郎中一」（宋本による。明版は喬和之に誤る）によれば、右司郎中は左司郎中の誤りか。

喬知之はすでに述べたように、垂拱二年（六八六）当時、左補闕（従七品上）であった。岑仲勉『通鑑隋唐紀比事質疑』（前掲）は、(1)『新唐書』則天武后紀の、天授元年八月の死、(2)『考異』に引く中唐の歴史家柳芳《りゅうほう》の『唐暦』に、「天授元年二月十日、誅《ス》二喬知之《ヲ》一」とある、(3)補闕の官品は従七品上、右《（ママ）》（左）司郎中のそれは従五品上である。垂拱二年から天授元年に至る前後五年間に、（従七品上から従五品上へと）八階昇ることは充分信じられること、を論拠に、喬知之は天授元年八月の死である、と論断する。『隋唐嘉話』や『朝野僉載』は、それぞれ「補闕喬知之」「周《ノ》補闕喬知之」として逸話を収録するが、妥当ではない。

要するに、窈娘略奪事件は喬知之の左司郎中在任中のことであり、沈佺期の「古意」はそれよりも何年か前、喬知之がまだ左補闕に在任中、上呈されたものであろう。官品の開きを考えるならば、「垂拱二年か、その後の数年間」（傅璇琮の説）の作とするよりも、むしろ垂拱二年前後の作と考えるべきであろう。連波・査洪徳『沈佺期詩集校注』は、垂拱二年、喬知之が左補闕として北征した時の作とする。つまり、本詩は窈娘が略奪されたときの作とする高木正一らの説は成立しがたいのである。ましてや、垂拱二年、すでに左補闕であった喬知之が、一〇年後の契丹征伐時（従軍そのものが疑わしい）にもなお左補闕の職に在任していた、と見なす『考異』や田森襄らの説は明らかに誤りであろう。

ちなみに、『本事詩』によれば、事件は載初元年三月に発生し、「四月下《サレ》レ獄《ニ》、八月死《ニス》」とあり、『新唐書』則天武后紀の天授元年八月没説と同じである（『増修詩話総亀』に引く『古今詩話』も、載初元年四月、「下《サレテ》レ獄《ニ》死《ス》」とある）。つまり、『唐暦』『新唐書』『本事詩』『古今詩話』はみな、喬知之の死を天授元年（＝載初元年、六九〇）と見なしている（死亡月の異同は除く）。この意味で、その死を天授二年とする傅璇琮の説は、きわめて疑わしい。その論拠はおそらく、羅庸『陳子昂年譜』が、陳子昂の「西還《シテ》至《リ》二散関《ニ》一、答《フ》二喬補闕知之《ニ》一」詩を天授二年の作とすることであろう（彭慶生『陳子昂詩注』〔四川人民出版社、一九八一年、一五五頁〕も同じ。韓理洲の前掲論文は六九八年の作とするが、従いがたい）。しかし、前掲の基礎資料が等しく記す天授元年没説をくつがえすほどの確証を持たないようである。筆者はひとまず、喬知之の死を天授元年（六九〇）と考えておきたい。陶敏・傅璇琮『唐五代文学編年史（初盛唐巻）』では、六九〇年八月の死に訂正されている。

この観点に立てば、次の説の誤りも明白である。佐久節『唐詩選新釈』は、「沈佺期が中宗皇帝の時、杜《と》審言《しんげん》等《ら》と嶺表に流された時に、補闕喬知之に寄せて貶謫の恨みを閨怨に仮託し、以て苦衷を訴へたものであらう」という。沈佺期の嶺南への左遷は神竜元年（七〇五）のことである。この説は、森槐南『唐詩選評釈』などを受けたものであろうが、喬知之の死後一五年にあたることを考えるべきである。

＊　＊

本詩は異文に富む。『才調集補註』三に引く馮黙庵《ふうもくあん》（明末の馮舒。弟の馮班〔鈍吟〕とともに『二馮評点才調集』一〇巻を著す）の言葉には、

「古意」《ハ》、原《もト》是《レ》楽府。故《ニ》平仄不レ叶《かなハ》。『（唐詩）品彙《ひんい》』（明の高棅《こうへい》撰）派《はシテ》（分類して）為《ス》二律詩《ト》一。故《ニ》改二却《セリ》許多《あまたノ》字《ヲ》一。

とあり、五代・蜀の韋穀《いこく》撰『才調集』所収の本文こそ正しいと主張する。しかし、盛唐期に編纂された初唐詩の選集『捜玉集』一〇巻（撰者未詳）の旧態をよく保存するとされる『捜玉小集』一巻にのせる本文は、今日通行の文字である（伊藤正文「『捜玉小集』について」〔京大『中国文学報』第一五冊、一九六一年〕は、『捜玉小集』の成立を南宋中期とする。中沢希男「唐人選唐詩考」〔『群馬大学教育学部紀要（人文・社会科学）』二二―四、一九七三年も参照〕。『捜玉小集』の成立とその流伝は、今日なお不明のところが多いが、李珍華・傅璇琮「『捜玉小集』考略」〔『中国典籍与文化論叢』第一輯、一九九三年〕は、玄宗の開元後期か天宝前期に編纂されたと推測し、その成立が『唐詩品彙』にはるかに先だつことだけは疑いない。とすれば、馮黙庵の『唐詩品彙』改竄《かいざん》説は誤りというべきであろう。多くの異文の存在、とくに『捜玉小集』『才調集』の両選集に収める文字の大きな異同は、本詩が徒詩《とし》（楽器の伴奏をともなわない、専ら読むための詩）と楽府詩（「独不見」）の双方で広範に流布したことと密接に関連するだろう。いいかえれば、大きな文字の異同は流伝の過程そのものに秘密がありそうである。ただ、本詩を律詩と見なした場合、頷聯の「寒砧」と「征戍」、「木葉」と「遼陽」、頸聯の「音書」と「秋夜」などは、相互の意味的な対応関係を見出しがたく、品詞のみ対応する寛《ゆる》やかな対偶（寛対）である、と評しえよう。もっとも、頸聯の「白狼河」と「丹鳳城」の巧緻な対比がその欠点をかなり補っている。しかし、律詩における二組の対句が当該詩型最大の見どころであることを考えるならば、七言律詩の詩型としては未成熟な初期の作と見なすべきであろう（斎藤茂ほか『唐詩選』中参照）。

（植木　久行）

0 邙山

邙山《ばうざん》

1 北邙山上列墳塋

北邙山上《ほくばうさんじやう》　墳塋列《ふんえいつら》なり

2 萬古千秋對洛城

万古《ばんこ》千秋《せんしう》　洛城《らくじやう》に対《たい》す

3 城中日夕歌鐘起

城中《じやうちゆう》　日夕《につせき》　歌鐘《かしよう》起《お》こるも

4 山上唯聞松柏聲

山上《さんじやう》　唯《た》だ聞《き》く　松柏《しようはく》の声《こゑ》

テキスト　『全』九七-2-1055　◆『選』七　◆『文苑英華』三〇六　◆『沈佺期集』四（明、銅活字本『唐五十家詩集』）◆『唐詩品彙』四六（明、汪宗尼校訂本）◆明、趙宧光・黄習遠『万首唐人絶句』一一　◆『沈佺期集』下（明、許自昌『前唐十二家詩』）◆『沈佺期集』七言絶句（明、楊一統『唐十二家詩』）◆『沈雲卿集』下（明、朱警『唐百家詩』）◆明、呉琯ほか『唐詩紀』初唐三

一　◆明、李攀竜『古今詩刪』二一（和刻本）

校　語

3**歌鐘**　『文苑英華』『沈佺期集』（『前唐十二家詩』）『沈雲卿集』には、「鐘」を「鍾」に作る。通仮（同意）。

4**山上**　『文苑英華』には「山下」に作る。

唯　『万首唐人絶句』には「惟」に作る。唯・惟の二字は、古今通用する。

松柏　『文苑英華』『沈佺期集』（『唐十二家詩』）『沈雲卿集』には、「柏」を「栢」に作る。別体字。

詩型・韻字

七言絶句。塋《えい》・城《じやう(せい)》・聲《せい》（下平声庚韻（清韻））。

語　釈

0**邙山**　長安と並称される古都洛陽《らくよう》（河南省）の北、黄河の南に、延々と東西方向に一九〇キロメートル連なる黄土の平坦な丘陵。北邙山・芒山《ぼうざん》などともいう。後漢以来、王侯貴族の墓地となり、「我が京都の鳥部山の如き処《ところ》」（簡野道明『唐詩選詳説』（明治書院、一九二九年））である。後世、墓地の代名詞ともなる。邙・芒は、ともに「亡」字と音通し、墳墓の名称にふさわしい。邙山の南側はなだらかな傾斜地、これとは逆に、北側は黄河の河道の南移にともなう浸蝕によって峻崖を形成する。こうした地理的景観は、「土厚水深」の地とされ、陽光のふりそそぐ南斜面が最適の墓葬地となる。しかも都に近い条件にもめぐまれていた。『大明一統志』二九、河南府、山川の条に、「（北邙）山は偃師《えんし》・鞏《きよう》・孟津《もうしん》の三県に連なり、綿亘《めんこう》（連なる）すること四百余里、東漢の諸陵及び唐・宋の名臣の墳《はか》、多く此《ここ》に在り」という。今日なお、何千何万という墓塚《はか》——後漢の原陵・恭陵・憲陵・懐陵・文陵、西晋の高原陵・崇陽陵・峻陽陵、北魏の長陵・景陵、およびそれらに付随する陪葬墓を残すという（李献奇・陳長安『洛陽名勝詩選』（中国旅游出版社、一九八四年）一五一頁）。邙山の景色は、陳舜臣監修『唐詩の旅』（中国古典紀行第二巻、講談社、一九八一年）八二頁の写真など参照。

北邙山を歌う作品としては、西晋の張協に「登ル二北芒一ノ賦《ふ》」（厳可均『全晋文』八五）があり、陶淵明「擬古九首」其四にも、「一旦百歳後、相与《あひともニ》還ル二北邙一」とある。唐代には、新しい楽府題「北邙行」（行はうた）も生まれ、「梁甫吟《りようほぎん》」「泰山吟」「蒿里行《かうりかう》」などとともに、人生の無常を主題《テーマ》とした（郭茂倩《かくもせん》『楽府詩集』九四、新楽府辞、楽府雑題「北邙行」の解説参照）。王建「北邙行」には「北邙山頭ノ少ナシ二閑土一（あき地）、尽ク是レ洛陽人ノ旧墓」とあり、張籍「北邙行」には「山頭ノ松柏半バ無シレ主、地下ノ白骨多シ二於土一ヨリ」と歌われている。千葉玄之『唐詩選師伝講釈』（漢文叢書、博文館、一九一三年）には、「異国ハ日本ノヤウニ、寺ニ死骸ヲ葬ルコトハナイ」と指摘する。中国の墓地は、城《まち》の外（郊外）に造営された。松浦友久・植木久行『長安・洛陽物語』（集英社、一九八七年）二一七頁以下、気賀沢保規「邙山とその墓誌の周辺」（『墓誌銘集』下〈中国法書ガイド26、二玄社、一九八九年〉）、松浦友久編『漢詩の事典』三九七頁以下など参照。

1**列墳塋**　「墳塋を列《つら》ぬ」とも訓む（服部南郭『唐詩選国字解』や、内田泉之助『新選唐詩鑑賞』（明治書院、一九五六年）など）。

墳は土を高くもりあげた、いわゆる土饅頭《どまんじゅう》型の墓。塋は『説文解字』一三下に「墓なり」とある。周囲をしきって、一般の土地と区別した墓域。墳塋は墳墓の総称（連文）。西晋の潘岳《はんがく》「西ノ征賦」に、「思《ヒ》纏《てん》ニ綿《めん》タリ　於墳塋ニ一」とある（纏綿は、まつわる意。『文選』一〇）。

2 **万古千秋**　万古は万世にわたって、千秋は千年。要するに、四字で「昔から変わることなく永久に、いつまでも」の意。初唐の劉希《りゅうき》夷《い》「公子行」に、「百年同《ジク》謝《ス》（別れを告げる）西山ノ日、千秋万古北邙ノ塵」とある。

対洛城　対は対《むか》う、向きあう、ここでは、見おろす意。生死の世界が隣接することを暗示する。洛城は洛陽城の略。六朝・宋《そう》の鮑照《ほうしょう》「放歌行」に、「鶏鳴《ハク》洛城裏《ノうち》、禁門平旦開《ニク》」とある。洛陽は西の都長安に対する東都（両都制）。唐代の前半期、とくに沈佺期の生きた則天武后の時代から玄宗の時代にかけて、経済都市として繁栄し、人口一〇〇万を超える巨大な都城になったという。天子もしばしば滞在する（安史の乱後は一変して、天子の訪れのないまま、閑静な副都と化し、高級官僚の退老の地となる）。詳しくは、宿白「隋唐長安城和洛陽城」（『考古』一九七八年六期、中島比による邦訳が『東洋史苑』一七〔一九八〇年〕に載る。題は「隋・唐長安城と洛陽城」）、植木久行『唐詩の風景』（学術文庫、講談社、一九九九年）参照。

3 **城中**　洛陽の城《まち》のなか。中国では一般に、県以上の行政府が置かれた都市は、外敵や水害・疫病などから身を守る城壁で囲まれていた。漢民族は、この城壁内の都市生活を、輝ける中国文化の象徴として誇り、みずから「城郭の民《たみ》」と称し、遊牧民を「行国の民」「行国随畜《ずいちく》の民」と呼んで軽蔑した。そそりたつ城壁はまた、周囲に点在する農村に対して、富と文化と権威の所在を告げる働きを持った。北方の黄土地帯では、その城壁は、いわゆる版築《はんちく》（両側に板を張り、なかに泥土を入れてつき固める）という手法で造られた。ちなみに、一句の終わりの字を次句の冒頭に重ねて用いる手法――本詩の場合、承句の末の「城」と転句冒頭の「城」――は、「回環頂針《かいかんちょうしん》の法」などといい、「作法が面白い」（簡野道明『唐詩選詳説』）。

日夕　(1)日暮れ、夕暮れ、つまり「日の夕べ」、(2)昼も夜も、朝な夕な、つまり「日と夕」、の二説がある。〔諸説の異同〕参照。『詩経』王風「君子于役《うえき》」に、「日之《の》夕《べ》矣、羊牛下来《リル》」とあるのは、(1)の例（ただし、この「夕」は「夕べとなる」〔暮れる〕という動詞としての用法であろう）。

歌鐘　古くは編鐘《へんしょう》（音律の異なる三種以上の小さな鐘を吊《つ》り並べた古代楽器）を指し、鮑照「数詩」に「七盤《しちばん》（の舞）起《コリ》ニ長袖（の舞姫）ニ、庭下列《ニつらヌ》歌鐘《ヲ》ニ」などとある。しかしここでは、にぎやかな歌声や鐘（金属製の打楽器）の音をいう。歌舞と音楽。鐘は鐘鼓、楽器の代称。中島敏夫ほか『唐詩選』下（学習研究社、一九八六年）には、「鐘は、青銅器が早期（殷）に発達した中国では、古代から主要な楽器の一つであった」と指摘する。

4 **唯聞松柏声**　『唐詩訓解』（和刻本）は、「邙山は万古を歴《へ》て、聞く所は惟《た》だ松柏の声」と注し、戸崎允明『箋註唐詩選』は、結句を「第一句に応ず」と評する。起句の「山上」の語を結句で再びくり返し、なめらかなリズム感をかもしだしている。松柏は墓地に植えられる常緑樹——松と柏《ひのき》を指す。柏は、いわゆるブナ科のカシワではなく、ヒノキ科の常緑喬木《きょうぼく》、コノテガシワ（側柏）の類。「古詩十九首」其一三に、「駆《ル》レ車《ヲ》上東門、遥《カニ》望《ム》郭《かく》北《ほくノ》墓（北邙山の墳墓を指す）。白楊何《ゾ》蕭蕭《タル》、松柏夾《さしはさム》二広《キ》路《みちヲ》一」云々とあり（『文選』二九）、六朝・梁の何遜《かそん》「銅雀妓」には、「曲終《リテ》相《あヒ》顧《ミテ》起《たテバ》、日暮松柏《ノ》声」とある。ところで、後漢の班固『白虎通《びゃっこつう》（義《ぎ》）』四下、崩薨《ほうこう》篇に引く『含文嘉』にいう。「天子墳《ハノ》高《サ》三仞《じん》、樹《うウルニ》以《テス》レ松《ヲ》。諸侯半《バシ》レ之《ニ》、樹《ウルニ》以《テス》レ柏《ヲ》。大夫《ハ》八尺、樹《ウルニ》以《テス》レ欒《あふちヲ》。士《ハ》四尺、樹《ウルニ》以《テス》レ槐《えんじゅヲ》。庶人《ハ》無《ク》レ墳、樹《ウルニ》以《テス》二楊柳《ヲ》一」と。田森襄『中国の名詩鑑賞4 初唐』（明治書院、一九七五年）は、この記事に拠《よ》って、「ここでは山上が高貴の人々の墓地であることを示唆《しさ》している」と指摘する。傾聴すべき説である。ただし、久保天随『唐詩選新釈』（博文館、一九〇八年）は、「ここでは、墓田の樹木を汎称するもの」とする。ちなみに、田所義行『新評唐詩選（新訂版）』上（勁草書房、一九六八年）には、「松柏の老大木の枝葉をゆさぶる風の音」と訳す（六二頁）。鬱蒼と生い茂る無数の、ものふりた松柏の老大木。それをゆさぶる夜風のざわめきを連想すべきか。また、内田泉之助『中国名詩集』（河出書房新社、一九六四年）は評する。「城中の歌鐘は、生前万人の欲する歓楽の音。山上松柏の声は、死後誰人も避け難い寂寞の哀音である」と。対照的な二種の音を効果的に利用する技巧に注意したい。

通釈

邙　山

北邙山の上には、無数の墳墓《はか》がつらなり、千年も万年も変わることなく、洛陽の城《まち》と向かいあう。日暮れともなれば、城中《まちなか》では、楽しげな歌舞の声、にぎやかな音楽の音《ね》が湧き起こるけれども、山の上では、夜風に鳴る松や柏《ひのき》の声《おと》がさびしく響きわたるばかり。

諸説の異同

異同の所在

「日夕」の意味

異同の類別

A　日暮れ、夕暮れ（日の夕べ）。

B　昼も夜も、朝な夕な（日《ひる》と夕《よる》）。

A説を採るもの：千葉玄之『唐詩選師伝講釈』、戸崎允明『箋註唐詩選』、簡野道明『唐詩選詳説』、前野直彬『唐詩選』下（岩波文庫、岩波書店、一九六三年）、目加田誠『唐詩選』（明治書院、一九六四年）、斎藤晌『唐詩選』下（集英社、一九六五年）、松浦友久『中国詩選Ⅲ　唐詩』（現代教養文庫、社会思想社、一九七二年）、平野彦次郎『唐詩選研究』（明徳出版社、一九七四年）、石川忠久『漢詩の風景―ことばとこころ』（大修館書店、一九七六年）、前野直彬・石川忠久『漢詩の解釈と鑑賞事典』（旺文社、一九七九年）、松浦友久『唐詩の旅―黄河篇』（現代教養文庫、社会思想社、一九八〇年）、植木久行『唐詩の風景』、連波・査洪徳『沈佺期詩集校注』（中州古籍出版社、一九九一年）、松浦友久編『漢詩の事典』など。

B説を採るもの：佐久節『唐詩選新釈』（弘道館、一九二九年）、鎌田正ほか『唐詩選通解』（宝文館、一九三九年）、大野実之助『唐詩の鑑賞』（早稲田大学出版部、一九五四年）、星川清孝『歴代中国詩精講』（学燈社、一九五四年）、内田泉之助『新選唐詩鑑賞』（明治書院、一九五六年）、田所義行『新評唐詩選（新訂版）』上、田森襄『中国の名詩鑑賞4　初唐』、高木正一『唐詩選』一（朝日文庫、朝日新聞社、一九七八年）、長谷川滋成『漢詩解釈試論―転句を視点にして』（渓水社、一九八二年）、栗斯『唐詩故事』第四集（地質出版社、一九八三年）など。

異同の論拠

B説（昼も夜もとする説）

この詩は劉希夷の「公子行」「代悲白頭翁」両詩の最後の二行（後者の詩は「但《ダ》看《ヨ》古来歌舞地《ノ》、惟《たダ》有《ルノミ》黄昏鳥雀《ノ》悲《シム》」――引用者注）とよく似た雰囲気を持っている。沈佺期がもし劉希夷の詩からヒントを得たとするならば、この詩の「日夕」は「黄昏」を意味するかもしれない。しかしこの詩の一方の重心が現世の栄華という点にあると見るならば、「昼となく夜となく」の意味に取りたい。

（以上、田森襄『中国の名詩鑑賞4　初唐』）

A説（夕暮れとする説）の論拠を特に論じたものはないが、A説を採る主な理由の一つは、詩語としての「日夕」は、伝統的に「日の夕べ」（夕暮れどき）の意味に用いる傾向が強いことによろう。たとえば、

○曹植「雑詩六首」其四の「朝《ニ》遊《ビ》江北岸《ノ》《ニ》、日夕《ノ》《ベニ》宿《ス》湘《しょう》沚《なぎさ》《ノ》」（『文選』二九）

○王粲《おうさん》「従軍詩五首」其五の「日夕《ニ》涼風発《おこり》、翩翩《へんぺんトシテ》漂《ハス》吾《ガ》舟《ヲ》」（『文選』二七）

○陶淵明「飲酒二十首」其五の「山気日夕《ニ》佳《ナリ》、飛鳥相与《ひともニ》還《ル》」

○孟浩然「秦中《ニテ》感《ジテ》秋《ニ》寄《ス》遠上人《ニ》」の「日夕《ニ》涼風至《リ》、聞《ケバ》蝉《ヲ》但《ダ》益《ますます》悲《シム》」

などは、いずれも「日の夕べ」の意味である（孫寿瑋編『唐詩字詞大辞典』（華齢出版社、一九九三年）に、孟浩然の詩の用例を「朝夕、昼も夜も」とする説には従いがたい）。前掲の田森説は、こうした詩語としての「日夕」の意味を充分検討しておらず、さらに本詩の「一方の重心が現世の栄華」にあると見なす点も、本詩のテーマの正しい理解（〔備考〕参照）という観点から問題が残る。もちろん、唐詩中に「昼も夜も」を意味する「日夕」の用例が全くないわけではない。たとえば、劉長卿の「初《メテ》至《リ》洞庭《ニ》、懐《フ》灞陵《ノ》別業《ヲ》」詩の「長安邈《はるかナルコト》千里、日夕懐《フ》双闕《ヲ》」は、日夜の用例であろう（羅竹風主編『漢語大詞典』5、五三八頁参照）。

要するに、沈佺期の本詩の用例は、A説のほうが妥当と思われる。戸崎允明『箋註唐詩選』に、「日夕は宴酣《たけなは》なる時なり」と注するのは、おそらくA説にもとづくものであろう。

備考

大野実之助『唐詩の鑑賞』には、作者が「たまたま邙山を眺めるか、又は邙山に登って上の心境を詠じたものであろう」といい、李長路『全唐絶句選解』（北京出版社、一九八七年）も、「作者が邙山に遊んだ時の作」とするが、単なる臆測にすぎない。

本詩は、「人生の富貴栄華の常なく恃《たの》むに足らぬことを悲しんだ」（簡野道明『唐詩選詳説』）作品であり、転句と結句は相異なる二種の「音声」を通して、生死の世界を鮮烈に対比する。ちなみに、森槐南『唐詩選評釈』（文会堂書店、一九一八年）には、次のように評している。

抑《そもそも》城中の歌鐘は是れ生前の歓楽、山上の松柏は是れ身後の哀情。哀情既に歓楽の極まる所たれば、明らかに歌鐘は即ち松柏

の先声、其娯《たのし》むべきを覚へず、寧ろ其悲むべきを覚ふ。
と。

（植木　久行）

薛《せつ》濤《とう》

0送友人　　友人《いうじん》を送《おく》る
1水國蒹葭夜有霜　水国《すいこく》の蒹葭《けんか》　夜《よる》　霜《しも》有《あ》り
2月寒山色共蒼蒼　月寒《つきさむ》くして　山色《さんしよく》　共《とも》に蒼蒼《さうさう》
3誰言千里自今夕　誰《た》れか言《い》ふ　千里《せんり》　今夕《こんせき》よりすと
4離夢杳如關塞長　離夢《りむ》は杳《えう》として関塞《くわんさい》の如《ごと》く長《とほ》からん

テキスト　『全』八〇三―11―9037 ◆『才調集』一〇（四部叢刊）◆『万首唐人絶句』四〇（人民文学出版社、一九八三年）◆『薛濤詩』（翠琅玕館叢書第四集所収）◆明、鍾惺・譚元春『名媛詩帰』一三（明刊河潤堂蔵板本）◆張篷舟箋『薛濤詩箋』（人民文学出版社、一九八三年）

校語
4**塞**　『全』は「一ニ作ルレ路ニ」と校注する。『才調集』『名媛詩帰』『薛濤詩』は「路」に作る。

詩型・韻字
七言絶句。霜《さう》・蒼《さう》*・長《ちやう》（下平声陽韻〈陽唐韻*〉）。

語釈
0**友人**　誰を指すのかについては不明。

1水国　水辺の土地。成都を指す。成都は錦江に臨む水辺の町である。

蒹葭　芦・荻。『詩経』秦風「蒹葭」に「蒹葭蒼蒼《タリ》」の句があり、朱子の注に「蒹《ハ》似《テ》レ萑《かんニ》而細《シ》。高《サ》数尺。又《タ》謂《フ》二之《ヲ》薕《ト》一。葭《ハ》蘆也」という。萑《カン》とは、荻の十分成長したもの。芦・荻いずれも秋に穂をつけることから、暗に季節が秋であることを示している。

2蒼蒼　ここでは、蒼白《あおじろ》いさま。前注に掲げた『詩経』の「蒹葭蒼蒼《トシテ》、白露為《ル》レ霜《ト》」の句から連想されたものだろう。ただし、「蒼蒼」の語の意味について毛伝では「盛《ンナル》也」とし、鄭箋も「彊《きよう》盛《ナリ》」（注：彊は強の本字）として盛んに茂るさまとする。また「あおあお。また空のはれわたっているさま。ここは月が皎《さ》え、山の色もそれとともに、あおくくっきりと寒むざむと見えること」（辛島驍『魚玄機・薛濤』集英社）という説もある。本詩には「共」の字があることから、「蒹葭・霜・月・山色」がすべて月光に照らされて青白くみえるさま、と解しておく。

3誰言　誰が言おうか（誰も言わない→そんなことは決してない）。反語形。

4杳　はるかに遠く分明ならざるさま。

関塞　関所と塞《とりで》。ないしは、関所としての塞。辺境の象徴である。校にみえる「関路」であれば関塞への道。また、「杳如」を「杳然」の意とし、「離夢は杳如として関塞は長《とお》し」とも読めよう。その際の通釈は「離別の夢はあてもなくさまよい、あなたの行く塞《とりで》のまちは遥かに遠いのです」（松浦友久・田口暢穂『中国の名詩鑑賞』6、明治書院、一九七六年）となる。

長　距離のあるさま。ここでは、別れた相手の行く関塞の地が遥かに遠いさま。「長」は「遠」の類語。

通釈

友を送る

水の都の秋の夜、芦の葉には霜がおり、寒々とした月光も山並みもみな白々と冷ややかです。あなたとの千里の別れが今晩からはじまるなどとは決して思いません。別れたあなたを尋ねる私の夢は、はるかな辺境の関塞《とりで》にも届くほどに、いつまでも、どこまでも、あなたを追ってゆくことでしょう。

諸説の異同

異同の所在

「共蒼蒼」の解釈

異同の類別

A　蒹葭と山色が「蒼蒼」である。

B　空と山の色が「蒼蒼」である。

C　「蒹葭」「月寒」「山色」などがすべて共に「蒼蒼」である。

A説を採るもの：『唐詩鑑賞辞典』（周嘯《しよう》天《てん》執筆）上海辞書出版社、一九八三年）、松枝茂夫『中国名詩選』（岩波文庫、一九八六年）。

B説を採るもの：辛島驍『魚玄機・薛濤』（集英社、一九六四年）。

C説を採るもの：松浦友久・田口暢穂『中国の名詩鑑賞・中唐』（明治書院、一九七六年）、張篷舟（『薛濤詩箋』〔人民文学出版社、一九八三年〕等の著作のある薛濤詩の研究者）から本項目担当（山崎）宛の、一九九〇年二月九日付の私信。

異同の論拠

A説（蒹葭と山色が「蒼蒼」であるとする説）

語釈に掲げたように『詩経』に「蒹葭蒼蒼」の句があるところから「蒼蒼」は前の句の蒹葭と山色にかかるとする。

B説（空と山の色が「蒼蒼」であるとする説）

『魚玄機・薛濤』の注釈中に次のように記されている。「あおあお。また空のはれわたっているさま。ここは月が皎《さ》え、山の色もそれとともに、あおくくっきりと寒むざむと見えること」。

C説（すべてともに「蒼蒼」であるとする説）

張篷舟氏の私信で、次のようにいう。「〝蒼蒼〟白色。〝共〟総指帯霜的〝蒹葭〟、〝月寒〟、〝山色〟、都是一片白茫茫的景色、故用〝共〟字概括。不是単指一両様」（〝蒼蒼〟は白色である。〝共〟は霜をおびた〝蒹葭〟と〝月寒〟と〝山色〟を指して、すべて一面に白くぼんやりと広がる景色であることをいっている。だから〝共〟の字でまとめて言ったのである。たんに一つ二つの語を指しているのではない）。解釈はこのC説に拠っている。

（山崎　みどり）

宋《そう》之《し》問《もん》

0 題大庾嶺北驛　　大庾嶺《だいゆれい》の北駅《ほくえき》に題《だい》す

1 陽月南飛雁　　陽月《やうげつ》　南飛《なんぴ》の雁《がん》

2 傳聞至此廻　　伝《つた》へ聞《き》く　此《ここ》に至《いた》つて廻《かへ》ると

3 我行殊未已　　我《わ》が行《かう》　殊《こと》に未《いま》だ已《や》まず

4 何日復歸來　　何《いづ》れの日《ひ》か　復《ま》た帰来《きらい》せん

5 江靜潮初落　　江静《かうしづ》かにして　潮《うしほ》初《はじ》めて落《お》ち

6 林昏瘴不開　　林《はやし》昏《くら》くして　瘴《しやう》開《ひら》かず

7 明朝望鄉處　　明朝《みやうてう》　郷《きやう》を望《のぞ》む処《ところ》

8 應見隴頭梅　　応《まさ》に隴頭《ろうとう》の梅《うめ》を見《み》るべし

テキスト　『全』五二-1-640　◆『百』五言律詩　◆『国秀集』上　◆『文苑英華』二九七　◆『宋之問集』下（四部叢刊続編、明版）　◆『唐詩品彙』五七（明、汪宗尼校訂本）　◆『宋之問集』下（明、許自昌編『前唐十二家詩』）　◆『宋之問集』（明、楊一統編『唐十二家詩』、不分巻）　◆『宋之問集』下（明、朱警編『唐百家詩』）　◆明、呉琯ほか『唐詩紀』初唐三四　◆『唐詩別裁集』九

（乾隆二八年、教忠堂重訂本）◆清、徐倬『全唐詩録』六

校語

0**題大庾嶺北驛**　盛唐の芮挺章《ぜいていしょう》『国秀集』には「題ス二大庾嶺ニ一首」に作り、『文苑英華』には「登大庾嶺北驛　北迴《集作此迴》」に作る（二字分、空欄）。

1**雁**　『文苑英華』『宋之問集』（四部叢刊・前唐十二家詩・唐十二家詩・唐百家詩）『唐詩品彙』『唐詩紀』『唐詩別裁集』には「鴈」に作る。別体字。

2**至此迴**　『国秀集』には至を「到」に作る。同意。『文苑英華』には此を「北」に作る。おそらく形訛《けいか》であろう。両字は字形が似るため、時おり誤って異文を作りだす。郭在貽《かくざいい》「唐詩異文釈例」（『文史』一九輯、一九八三年）参照。『文苑英華』に収める本詩の詩題の一部「北迴」を『集』（南宋時の『宋之問集』）に「此迴」に作るのと同じ現象である。なお、『全』『国秀集』には「廻」を「回」に作り、『文苑英華』『唐詩別裁集』には「迴」に作る。いずれも同意。

4**復**　『宋之問集』（前唐十二家詩）には「便」に作る。

6**昏**　『文苑英華』『唐詩品彙』には「昬」に作る。俗字。

8**隴頭**　『国秀集』『文苑英華』には「嶺頭」に作る。〔語釈〕の条参照。

詩型・韻字

五言律詩。廻《くわい》・*來《らい》・*開《かい》・梅《ばい》（上平声灰韻〔灰咍*韻〕）。

語釈

0**題大庾嶺北駅**　題は壁（ここでは駅舎のそれ）に詩歌を題《か》きつける意。いわゆる題壁詩の風習については、杜荀鶴「夏日題悟空上人院」の〔語釈〕（二八〇頁）参照。大庾嶺は江西省と広東《かんとん》省の省境をなす山脈。南越えのルートは、今の江西省大余（＝庾）県の南、広東省南雄県の北にあった。『元和郡県図志』三四、嶺南道韶《しょう》州始興県の条には、「本《も》と塞上《さいじょう》と名づく。（前）漢、南越（国）を伐《う》つとき、監軍《かんぐん》姓庾《ゆ》なるもの有りて、此の地に城《きづ》く。衆軍皆《みな》庾の節度（さしず）を受く。故《ゆゑ》に大庾と名づく」という。別名は東嶠《とうきょう》山《ざん》・梅嶺。『太平寰宇記《かんうき》』一〇八、江南西道虔《けん》州大庾県の条に引く『太康地理志』には、「嶺路峻《しゅん》阻《そニシテ》、螺《になノゴトク》転《めぐリテ》而上《ル》。踰《こユルコト》二九蹬《きゅうとう》一（多数の石段）ヲ二里《ニシテ》至《ル》二頂《キニ》一」とあり、つづら折りの峻険さを伝える。ここを、宋之問は馬（駅馬）に乗って登ったらしい。その「早《つとニ》発《ス》二大庾嶺《ヲ》一」詩に「晨《あしたニ》躋《のぼり》二大庾険《ノヲ》一、駅鞍馳《セ》復息《タいこフ》」とある。松浦友久編『漢詩の事典』五六〇頁以下参照。北駅は大庾嶺の嶺北にある宿駅の宿泊所（駅舎）。別掲の宋之問詩「至端州駅……」の〔語釈〕（二二六頁）参照。大庾嶺を越えて南下すると、未開で野蛮な嶺南の地に入ることになり、旅愁がひときわ深まる。

1**陽月**　陰暦一〇月（初冬）のこと。『爾雅《じが》』五、釈天・月陽の条に、「十月を陽と為す」とある（『詩経』小雅「杕杜《ていと》」の鄭箋《ていせん》にも見える）。陰がきわまって陽が生じる意らしい。

南飛雁　雁は候鳥《こうちょう》（渡り鳥）のかり。秋になると、南に渡って衡《こう》陽《よう》（洞庭湖の南）や鄱陽湖《はようこ》付近で越冬し、春とともに塞北《さいほく》の地へ帰るとされた。植木久行『唐詩歳時記』（学術文庫、講談社、一九九五年）三七頁以下参照。『礼記』「月令《がつりょう》」篇、仲秋（八月）の月に、「鴻鴈来《こうがんきた》る」とあり、同・季秋（九月）の月に、「鴻鴈来賓《らいひん》す」とある（鴈は雁の別体字）。来とは北から南に飛

来する意。

ところで、雁は随陽鳥《ずいようちょう》・陽鳥・随陽雁などとも呼ばれた。暖気を追って渡る鳥の意。『書経』三、「禹貢《うこう》」篇に「陽鳥ノ攸《ところ》㆑居ル」とあり、孔安国の伝（注の意）に「陽に随《したが》ふの鳥。鴻鴈の属《たぐ》ひ」とある。また杜甫の「同ズ㆔諸公ノ登ルニ㆓慈恩寺ノ塔ニ㆒」詩に、「君看ヨ随フ㆑陽ニ雁ノ、各《おのおの》有ルヲ㆓稲粱《とうりよう》ノ謀《はかりごと》㆒」とある。つまり、陽月と雁とは一種の縁語関係をなすらしい。また、雁の南飛を特に初冬一〇月とするのは、大庾嶺が雁の飛来する最南端にあることを強調する意図をもつか。ちなみに、宋之問「早《つと》ニ発ス㆓大庾嶺ヲ㆒」詩に、「春煖《あたた》カナリ陰梅ノ花、瘴《しよう》ハ回《かへ》ル陽鳥ノ翼」とある。回とは、冬の間、なりをひそめていた毒熱の気が復活する（回《かえ》る）意と、陽《か》鳥《り》が翼を回《めぐ》らして北へ回《かえ》る意との双関語《かけことば》。深沢一幸『唐詩三百首』（角川書店、一九八九年）に、「『陽月』は、ここでは詩人自身の旅の時間も示していよう」とするが、これは誤りであろう。宋之問の大庾嶺越えは、別掲詩によってもわかるように、春（晩春）である。詳しくは〔備考〕参照。

2 **伝聞** 人づてに聞く、言い伝える、うわさによれば……だ、の意。同じ左遷中の作「早《つと》ニ入ル㆓清遠峡ニ㆒」詩にも、「伝ヘ聞ク峡山好シト、旭日《きよくじつ》耀《こ》グ㆓前沂《ぜんぎん》（前方の岸）ニ㆒」とある。

至此廻 此は大庾嶺を指す。廻は回と同意。引き返す。その主語は雁。雁は大庾嶺を越えず、春とともに北へ帰ることをいう。すでに述べたように、雁は一般に衡陽《こうよう》（南岳衡山《こうざん》の陽《みなみ》にある地名）や鄱陽湖（彭蠡《ほうれい》湖）付近で越冬するとされる。大庾嶺は、その鄱陽湖のはるか南に位置する。前野直彬『唐代詩集』下（中国古典文学大系、平凡社、一九七〇年）にいう。「衡陽の回《かい》雁峰《がんほう》（衡山の一峰）と同様のことが、大庾嶺のあたりについても言われていたのであろう」と（二〇〇頁）。

3 **我行** 行は行旅。ここでは、瀧州《そうしゅう》（広東省羅定市の南）に左遷される旅を指す。

殊未已 殊は後につづく否定を強める副詞。はなはだ、全く、特に、などの意。宇野明霞原撰・釈大典刪補『詩家推敲』上、殊の条にいう。「此翁殊不㆑然ラ、羈人殊未㆑安、殊非㆓遠別ノ時ニ㆒。不・未・非ヲツヨク言フナリ」と。ここでは、私の旅だけは全く……と限定し強調する働きをもつのであろう。自分の境遇が雁にさえ及ばないことをいう。

ところで、陶琴雁『唐詩三百首詳注』（江西人民出版社、一九八〇年）は、殊を「猶、還」（依然としてまだ、なお）の意とする。これは、張相『詩詞曲語辞匯釈』二、殊の条に「殊ハ、猶ホキ㆑猶ノ也」とあり、宋之問の本詩を例句の一つとしてあげることにもとづくのであろう。これと同じ説は、徐仁甫『広釈詞』九の「殊―猶」の条にも見える。二人の論拠は、殊を「猶」に作る異文の存在である。いま、二例をあげて参考に供する。(1)江淹「休上人怨ム㆑別レヲ」詩（「雑体詩三十首」の一）の「日暮レテ碧雲合スルモ、佳人殊未ダ㆑来ラ」、(2)盧思道「従軍行」詩の「庭中ノ奇樹ハ已ニ堪ヘタルモ㆑攀《よ》ヅルニ、塞外ノ征人ハ殊未ダ㆑還ラ」。とくに(2)の例は、猶の反意語「已」の字が対文として用いられ、注目される。ここでは、ひとまず通説に従っておく。張碧波・鄒尊興『新編唐詩三百首訳釈』（黒竜江人民出版社、一九八四年）に、「殊」を「不同」の意（動詞、殊《ことな》る）にとるのは、本句が次句とともに、ゆるやかな流水対《つい》（句意が流れる水のように上から下へとひと続きをなす対句。二句で一意をなす）を構成することを考えれば、妥当ではない（殊は復と対をなす）。已は動詞、停止する、そこまででやめる意。

4 **復帰来**　復は副詞、再びの意。来は動詞の後に軽く添えられた助字。

5 **江静**　江は鄱陽湖《はようこ》に流れそそぐ贛江《かんこう》、すなわち、洪州《こうしゅう》（江西省南昌市）からずっと舟で溯ってきた川を指すだろう。

潮初落　田部井文雄『唐詩三百首詳解』上巻（大修館書店、一九八八年）に、「潮は、海水の満ちたり引いたりする現象」とするが、唐詩では江潮《こうちょう》（河川の感潮現象。河川のなかに進入してくる海潮によって、河川の淡水が逆流・振動して水位のあがる淡水潮）をも指す。植木久行『唐詩の風景』三二八頁参照。初は、今しも（やっと）……したばかり、の意。王達津「宋之問与《霊隠寺》詩」（同『唐詩叢考』〔上海古籍出版社、一九八六年〕所収）は、宋之問の詩に「落」字が愛用されることを指摘する。その一例、「江鳴《リテ》　潮未《ダ》レ落《チ》」（「遊《ブ》二称心寺《ニ》一」）。ちなみに、5、6句の頸聯は、南方の異様で憂鬱な風土を描写する対句。それぞれ下三字（潮初落・瘴不開）の結果、上二字（江静・林昏）の状態が導かれている。

6 **林昏**　昼なお暗い、鬱蒼と茂る南方特有の密林風景であろう。荻生徂徠『訳文筌蹄《せんてい》』に、昏は「ユウベ《（ママ）》ナリ。クルルナリ。転用シテ、クラシトヨム。暗ト同義ナリ。明ノ反対ナリ」とある。

瘴不開　瘴は亜熱帯・熱帯に属する高温多湿の深山や密林地区に蔓延《まんえん》する悪気（毒熱の気）。マラリアなどの風土病にかかる原因と考えられた。別掲「至端州駅……」詩の瘴癘の〔語釈〕（二三二頁）参照。不開とは、晴れない、こもる、たちこめる意。

7 **明朝**　明日の朝、もしくは単に明日の意。

望郷処　処は名詞（去声）で、「……する時」「……する処《ところ》（場所）」の両義をあわせ含む。『詩家推敲』下、処の条にいう。「無《シ》レ処レ謝《スル》二前恩《ヲ》一、東林送《ル》レ客《ヲ》処、山中独《リ》対《ス》花《ノ》開《ク》処。コレ時ニカカル。然モ地ヲモ帯《ビ》テイフ」と。ここでの場所とは、嶺上の高処、すなわち「隴頭」をいう（中国社会科学院文学研究所『唐詩選』上〔人民文学出版社、一九七八年〕など）。本詩のやや後に作られた宋之問「度《わたる》二大庾嶺《ヲ》一」詩に、「度《リテ》レ嶺《ヲ》方《まさニ》辞《セントシ》レ国《ヲ》、停《とどメテ》レ軺《くるまヲ》一《タビ》望《ム》レ家《ヲ》。魂《ハ》随《ヒ》二南《ヨリ》翥《あがル》鳥《ニ》一、涙《ハ》尽《つク》二北枝《ノ》花《ニ》一」（南翥《しょ》は春、南から北へと飛びたつ意）と歌う。

8 **隴頭梅**　隴は壠《ろう》（＝壟）の仮借《かしゃ》（朱駿声『説文通訓定声』豊部弟《（ママ）》一）で、隴頭とは、壟《ろう》（高地、高い岡）の頭《うえ》、もしくは頭《ほと》りの意。塩谷温『唐詩三百首新釈』（弘道館、一九二九年）には、「隴頭梅」を「岡の上《うへ》の梅」と注する。この意味で、本詩を収める古い総集『国秀集』と『文苑英華』に「嶺頭梅」に作る異文が注目される。沈徳潜『唐詩別裁集』に「隴頭疑《フラクハ》レ是《レ》嶺頭《ナルカト》」とする指摘は、先行の総集を充分調査しなかったための推測であるが、その推測自体は改めて注意される。

　ところで、大庾嶺は梅の樹が多いところから「梅嶺《ばいれい》」とも呼ばれた（ただし一説に、梅嶺の名はかつて兵を率いてここまで来た漢初の梅鋗《ばいけん》の名にちなむという。『読史方輿紀要』八三、江西の条参照）。邱燮友《きゅうしょうゆう》『新訳唐詩三百首』（三民書局、一九八三年修訂三版）には、「唐の張九齢はかつて径《みち》を開いて梅の樹を嶺上に植えた。それで梅嶺ともいう」とするが、その大庾嶺の新道開鑿《かいさく》は、本詩の作成時より約一〇年後の開元四年（七一六）のことである（中村久四郎「唐時代の広東（第一回）」〔『史学雑誌』二八編三号、一九一七年〕参照）。その説明は適切ではなく、本詩は、大庾嶺の梅の樹を詠じた早期の作品として注目される。同時期の作に、「春煖《あたた》かなり　陰梅の花」「涙は尽《つ》く　北枝の花」（いずれも前掲）とある。北枝の花とは、白居易『白氏六帖事類集』二九・三〇、梅の条の「南枝」に「大庾嶺上《ノ》梅《ハ》、南枝落《チテ》、北枝開《ク》」とあるように、梅の花を指すと考えてよい。つまり、張九齢の新道開鑿以前に、梅の樹がすでに多かったと考えるべきであろう。ちなみに、「南枝落ちて北枝開く」という慣用句は、大庾嶺の北と南の気候・風土の著しい差を象徴する言葉である。

隴頭の梅という言葉は、おのずと南朝・宋の陸凱《りくがい》「贈《ル》ニ范曄《はんようニ》一詩」を連想させる。いま、逯欽立輯校『先秦漢魏晋南北朝詩』宋詩四によって原文を示す。

『荊州記』（南朝・宋の盛弘之撰）曰《ハク》、「陸凱与《ト》ニ范曄一交《リ》善《シ》。自《リ》ニ江南一寄《ス》ニ梅花一枝《ヲ》一。（駅使（宿場の飛脚））詣《いたリテ》ニ長安《ニ》一与《ヘ》レ曄《ニ》、兼《ネテ》贈《ツテ》レ詩《ヲ》曰《ハク》、『折《ツテ》レ花《ヲ》（一に梅に作る）逢《あヒ》ニ駅使《ニ》一、寄ニ与《ス》（送り届けてもらう）隴頭人《ノニ》一。江南《ニハ》無《シ》レ所レ有《ル》、聊《いささカ》贈《ル》一枝《ノ》春《ト》』」

＊隴頭の人とは、隴山の頭《ほと》りにいる人の意で、長安（陝西省西安市）にいる范曄を指す。

李華・李如鸞《じょらん》『新選千家詩』（人民文学出版社、一九八四年）にいう。「『隴頭梅』は隴頭の人に寄《おく》る梅の意。陸凱の詩の前半二句の語意を用いる。故郷を望んで梅を見るのは、故郷を思いつつ梅の枝をたおって寄《おく》る意がある。しかも『折梅逢駅使』は、詩題の『北駅』ともよくかなう」と。陳舜臣『唐詩新選』（新潮社、一九八九年）に、終わりの二句を「明日は梅の名所の嶺上に至り、そこで故郷をふりかえるが、梅の枝を折って親しい人に贈りたいものだ」と訳するのも、ほぼ同じ立場である。現存文献のなかで最も古い『国秀集』と『文苑英華』が「嶺頭」に作ることを考えるならば、逆にこの著名な典故を踏まえていると見なした後人が、嶺頭を故意に隴頭に改めた可能性も否定できないようである。ここでは、しばらく「故郷をふり返りながめるとき、見えるのはもはや故郷の（なつかしい）風物ではなく、大庾嶺の高処の梅の花である」（陳昌渠ほか『唐詩三百首注釈』（四川人民出版社、一九八二年））として、望郷の情や異郷感の高まりを示唆する表現であると考えておく。張碧波・鄒《すう》尊興『新編唐詩三百首訳釈』に、「隴頭は山頂、ここでは、はるかな故郷の山頂を指す」云々として「明日の朝、高処に登って故郷をながめると、きっと隴山山頂の紅梅が見えるであろう」と訳すのは誤りであろう。

また、目加田誠『唐詩三百首』二（東洋文庫、平凡社、一九七五年）には、「きっと岡の辺りには梅の花が早くも咲いていることであろう」と訳し、深沢一幸『唐詩三百首』も「きっと早咲きの梅の花を目にするだろう」と訳す。これは、中国社会科学院文学研究所『唐詩選』上が、「大庾嶺の気候は早く暖かになり、一〇月中には梅の花を見つけることができる。それで『応見隴頭梅』という」と注する立場と同じであり、第1句の陽月（陰暦一〇月）を宋之問自身の旅の時期と捉える考え方から生まれた解釈であろう。しかし、別掲の詩や〔備考〕によれば、宋之問の山越えの時期は晩春三月である。したがって「早咲きの梅の花」云々の訳は誤りとなろう。ちなみに、譚優学「宋之問行年考」（同『唐詩人行年考（続編）』（巴蜀書社、一九八七年）所収）は、本詩を春の作と考え、「隴頭の梅とは、南枝にまず花をつける梅の樹をいい、梅の花ではない」とする。しかし、すでに引いた「春煖《あたた》かなり　陰梅の花」や「涙は尽《つ》く　北枝の花」などによれば、嶺《みね》の北側に生える遅咲きの梅花を指すと考えてよい。

通釈

大庾嶺の北の宿駅（の壁）に題《か》きつける

聞くところによれば、陰暦一〇月、南方に飛来する雁でさえ、ここ（大庾嶺）まで来ると、（もはや山越えせず、翌春、北へと）引き返すという。

（だが）私の（左遷の）旅は（その雁たちとは異なり）、いっこうにまだ終わろうとはしない。（いったい）何日《いつ》になったら、再び（北へ）帰れるのであろうか。

折りしも水かさが引いて、（舟旅を続けた）贛《かん》江《こう》の水面は静まりかえり、（周囲にたちこめる）毒熱の気は（いつまでも）晴れやらず、（鬱蒼と茂る）林のなかは（常に）薄暗い。

明朝《あす》、大庾嶺の高みに登って故郷をながめやるとき、きっと（名にしおう）岡のべの梅の花（ばかり）を目にすることであろう。

諸説の異同

特記事項はないが、細部の異同については〔語釈〕参照。また本詩の作成年代の異同は〔備考〕参照。

備考

詩は、神竜元年（七〇五）に誅殺された張易之《ちょうえきし》兄弟（則天武后の寵臣）の事件に連座して、作者が瀧《そう》州（広東省羅定市の南）参軍に左遷されていく途中、大庾嶺の山越えにさしかかるその北駅での作、時は晩春三月。作者は五〇代前半か半ばすぎであったらしい（宋之問の別掲「至端州駅……」詩の〔備考〕など参照）。安東俊六「初唐詩の作者・作品に関する異説について―宋之問の詩のばあい」（九州大学『中国文学論集』二号、一九七一年）や、道上克哉「宋之問の瀧州流謫」（『学林』一号、一九八三年）、高木重俊「宋之問論（上）」（『北海道教育大学紀要（第一部A）』三七巻一号、一九八六年）、王啓興「宋之問」（呂慧鵑ら編『中国歴代著名文学家評伝（続編一）』（山東教育出版社、一九八八年））などによれば、神竜元年の二月、洛陽を発《た》った宋之問は、淮北《わいほく》を経て江州（江西省九江市）を通り、洪州（江西省南昌市）からは贛江《かんこう》を舟で溯り、やがて大庾嶺を越える。この後、北江を舟で下って韶州《しょうしゅう》（広東省韶関市）を通り、広州（広東省広州市）につく。そして西江を溯り、端州（広東省肇慶市）を通って、配所の瀧州に赴いた。本詩のやや後に作られた「早《つとニ》発《シテ》二始興（韶州の属県）《ノ》江口《ヲ》一至《リテ》二虚氏村《ニ》一作《ル》」詩に「乗《ジテ》レ春《ニ》望《マン》二越台（広州にある越王台）《ヲ》一」とあることによって、大庾嶺を通過したとき、春（晩春）であったことがわかる。このことは、前掲の「早《ニ》発《ス》二大庾嶺《ヲ》一」詩の「春煖《あたたカナリ》　陰梅《ノ》花」などによっても知ることができよう（安東俊六の前掲論文参照）。この左遷の旅は、宋之問の「自《リ》二洪府一舟行《シ》、直《ニ》書《ス》二其《ノ》事《ヲ》一」詩に、「厳程無《なク》二休隙《きゅうげき》一、日夜渉《わたル》二風水《ヲ》一」と歌われるように、まさに強行軍の連続であったらしい。ちなみに、本詩を瀧州に左遷される途中の作とするものには、目加田誠『唐詩三百首』二、陶今雁『唐詩三百首詳注』、姚奠

中主編『山西歴代詩人詩選』（山西人民出版社、一九八〇年）、張碧波ほか『新編唐詩三百首訳釈』、『唐才子伝校箋』巻一、宋之問の条（傅璇琮執筆）中華書局、一九八七年）、張国栄『唐詩三百首訳解』（中国青年出版社、一九八八年）、深沢一幸『唐詩三百首』などがある。

ところで、作成年代に関しては、若干異説がある。宋之問は生涯に二度、嶺南に左遷されているが、本詩を第二番めの左遷、すなわち、睿宗《えいそう》の景雲元年（七一〇）六月、誅された韋后（中宗の皇后）一派の一味として、欽州《きんしゅう》（広西壮族自治区欽州市の北）に左遷される途中の作である、とする説である。喩守真『唐詩三百首詳析』（太平書局、一九六五年）、季鎮淮ほか『歴代詩歌選』第二冊（中国青年出版社、一九八〇年）、松枝茂夫『中国名詩選』（岩波文庫、岩波書店、一九八四年）、王啓興・毛治中『唐詩三百首評注』（湖北人民出版社、一九八四年）、譚優学「宋之問行年考」（前掲）、陳舜臣『唐詩新選』などは、いずれもこの立場である。しかし、この説は誤りであろう。安東俊六「初唐詩の作者・作品に関する異説について」（前掲）や、高木重俊「宋之問論（下）」（『北海道教育大学紀要（第一部A）』三七巻二号、一九八七年）、王啓興「宋之問」（前掲）などによれば、欽州左遷のルートは荊州（湖北省荊州市（江陵））から洞庭湖を経て湘江を舟で溯り、桂州（広西壮族自治区桂林市）に赴く。当地に長期滞在した後、桂江を舟で下って梧州（同・梧州市）に出て、その後、藤州（同・藤県）を通って配所の欽州（同・欽州市の北）についた。昭民「宋之問〝賜死〟欽州考」（『学術論壇』一九八二年六期）も参照。つまり、第二回めの嶺南行—欽州左遷のときは、大庾嶺を通らないのである。譚優学「宋之問行年考」は、この大庾嶺越えを欽州左遷のときと推定するが、少なくとも二度にわたる嶺南行のルートに関しては、独断的な臆測と誤りが多く、その考証は説得力をもたない。現在のところ、安東俊六・高木重俊・王啓興の前掲論文こそ、最も説得力をもつといえよう。

（植木　久行）

0 至端州驛、見杜五審言・沈三佺期・閻五朝隱・王二無競題壁、慨然成詠
端州駅《たんしゅうえき》に至《いた》りて、杜五審《とごしん》言《げん》・沈三佺期《しんさんせんき》・閻五朝隠《えんごてういん》・王二無競《わうじぶきやう》の、壁《かべ》に題《だい》せるを見《み》て、慨然《がいぜん》として詠《えい》を成《な》す

1 逐臣北地承嚴譴
逐臣《ちくしん》　北地《ほくち》に厳譴《げんけん》を承《う》け

2 調到南中每相見
調《てう》せられて南中《なんちゆう》に到《いた》れば　毎《つね》に相《あ》ひ見《み》んとす

3 豈意南中岐路多
豈《あ》に意《おも》はんや　南中《なんちゆう》　岐路《きろ》多《おほ》く

4 千山萬水分鄉縣
千山万水《せんざんばんすい》　郷県《きやうけん》を分《わ》かたんとは

5 雲搖雨散各飜飛
雲揺《くもうご》き雨散《あめさん》じて　各〻《おのおの》飜飛《ほんぴ》し

6 海闊天長音信稀
海闊《うみひろ》く天長《てんなが》くして　音信稀《おんしんまれ》なり

7 處處山川同瘴癘　処処《しよしよ》の山川《さんせん》　同《おな》じく瘴《しやう》癘《れい》

8 自憐能得幾人歸　自《みづか》ら憐《あはれ》む　能《よ》く幾人《いくにん》か帰《かへ》るを得《え》ん

テキスト　『全』五一-1-626　◆『選』二　◆『国秀集』上　◆『文苑英華』二九七　◆『宋之問集』上（明版、四部叢刊続編）◆明、陸時雍『唐詩鏡』五　◆『唐詩品彙』二五（明、汪宗尼校訂本）◆『宋之問集』上（明、許自昌編『前唐十二家詩』）◆『宋之問集』（明、楊一統編『唐十二家詩』、不分巻）◆『宋之問集』上（明、朱警編『唐百家詩』）◆明、呉琯ほか『唐詩紀』初唐三三　◆明、李攀竜『古今詩刪』一二（和刻本）◆明、鍾惺・譚元春『唐詩帰』三　◆清、徐倬『全唐詩録』六　◆『唐詩別裁集』五（乾隆二八年、教忠堂重訂本）

校語

0 **至端州驛**……　盛唐の芮挺章《ぜいていしよう》『国秀集』には、「端州驛見杜審言・王無競・沈佺期・閻朝隠壁有題、慨然成詠」に作り、『文苑英華』は「題端州驛、寄杜審言・王二無競」に作る。また『宋之問集』（四部叢刊）には閻を「閶」に作る。俗字。『古今詩刪』には「王二無競」の王を「三」に作る。形訛《けいか》。また『宋之問集』（四部叢刊・前唐十二家詩・唐百家詩）『唐詩品彙』『古今詩刪』は詠を「咏」に作る。俗字。

2 **調**　『国秀集』『文苑英華』『全』『唐詩鏡』『唐詩帰』『唐詩紀』『全唐詩録』『唐詩別裁集』には「謂」に作る。〔語釈〕参照。

3 **豈意**　『文苑英華』には「不覺」に作る。ほぼ同意。

4 **千山萬水**　『国秀集』『文苑英華』には「千里萬里」に作る。『全』は「一作千里萬里」と注する。

5 **雲搖**　『文苑英華』には「雲隨」に作る。

雨散　『宋之問集』（前唐十二家詩）には散を「散」に作る。俗字か。

飜飛　『国秀集』には「分飛」に作る。また『全』『唐詩紀』『唐詩品彙』『唐詩帰』『唐詩鏡』『全唐詩録』『唐詩別裁集』には、飜を「翻」に作る。飜は翻の別体字。

6 **天長**　『国秀集』『文苑英華』は「江長」に作る。

8 **自憐**　『唐詩別裁集』には「自言」に作る。この言は思う意。蔣紹愚「唐詩詞語札記」（『北京大学学報』哲学社会科学、一九八〇年三期、同『唐詩語言研究』〔中州古籍出版社、一九九〇年〕の附録に再録）参照。

詩型・韻字

七言古詩。譴*《けん》・見《けん》・縣《けん》（去声霰韻〔霰線韻*〕）／飛《ひ》・稀《き》・歸《き》（上平声微韻〔微韻〕）。換韻。

語釈

0 **至端州駅**　端州は今の広東省肇《ちよう》慶《けい》市（広州市の西方）。宋之問は、杜審言・沈佺期・閻朝隠・王無競らの宮廷詩人たちとともに、則天武后やその寵臣張《ちよう》易之《えきし》・張昌《しよう》宗《そう》兄弟に詩才を認められ、周の都「神都」（洛陽）で詩酒に明け暮れていた（ただし、王無競のみはやや異なっていたらしい）。神竜元年（七〇五）の正月、太子（のちの中宗李顕）の命を奉じた張《ちよう》柬之《かんし》らによって、病床に臥していた武后の政権が倒され、張易之兄弟が殺されて、李氏の唐朝が復活した。このとき、彼らはみな張兄弟の一味として、嶺南《れいなん》（広東・広西、ベトナム北部を含む）へ左遷された。杜審言は峰州（ベトナム北部）、沈佺期は驩州《かんしゅう》（峰州よりさらに南）、閻朝隠は崖州《がい》（海南省）、王無競は広州（広東省）、そして宋之問は瀧《そう》州（広東省羅定市の南）であった。彼らはそれぞれ同年二月、別々に配所に向かったらしい。高木重俊「沈佺期の生涯と文学」（『中国文化　漢文学会会報』四四号、一九八六年）にいう。「彼らが洛陽を出たのは二月中旬と思われるが、彼らの旅程と経路はそれぞれにずらしてあった。宋之問と杜審言は江州（九江市）・洪州（南昌市）と南下して大庾嶺を越え、沈佺期は『神竜初、廃逐南荒、途出郴口、北望蘇耽山』という詩題が示す通り、洞庭湖から湘江を溯り、郴州を経て宜章県の南で南嶺を越えた。そして韶州（韶関市）で大庾嶺から至るルートと合流し、北江を下って広州に入っている。……王無競は広州への旅の途中に広州の西の端州（高要県）に出ているから、桂州経由で桂江を下って端州に至っていると思われる。ただ、閻朝隠の経途は不明である」と。この高木説のなかで、杜審言に関する部分は、きわめて疑わしい。『唐詩選』にも収める杜審言の七絶「渡《ル》二湘江《ヲ》一」詩には、「独《リ》憐《ム》京国《ノ》人南竄《なんざんセラレ》、不《ルヲ》レ似二湘江《ノ》水《ノ》北流《スルニ》一」とある。本詩は峰州に南竄（南方に流罪）される途中の作と考えられ、異説はない。とすれば、杜審言は湘水を溯るルートを取ったことは明らかであろう。沈佺期に「遥《カニ》同《どうズ》二杜員外審言《ノ》過《グルニ》レ嶺《ヲ》一」詩があることを考えれば、沈佺期と同じ湖南路であった可能性が高い（ただし、一緒に旅したわけではない）。

端州駅は、当時、交通の要衝にある水駅であったらしい。宋之問が端州駅につくと、先行の四人は宿泊所の壁に詩を題《か》きつけて、それぞれの配所へと発《た》ったあとであった。前野直彬『唐代の詩人達』（東京堂出版、一九七一年）「嶺南への旅」（七一頁）にいう。「流罪ではあるが、……　五人ともいちおうは地方官の肩書をあたえられているので、赴任のための旅行という性格をも持つ。そうした役人のための宿泊所、いわゆる駅亭が、街道の（または水路に沿った）町々には設けられてあった。したがって、五人とも、端州では同じ宿に泊まったわけである」と。宋之問が最も遅れた理由について、高木正一『唐詩選』一（朝日文庫、朝日新聞社、一九七八年）にいう。宋之問の「『杜審言を送る』詩に、『病に臥して人事絶え、君が万里の行《たび》を聞く（『全』五二には、聞を嗟〔なげく〕に作る）』とうたうごとく、病床にあった彼は、一行よりはおくれて端州駅に着いた」と。この高木説は、じつは誤りである。というのは、宋之問の「送杜審言」詩は、則天武后の聖暦元年（六九八）、杜審言が洛陽の丞から吉州司戸参軍に左遷されるのを見送った詩であり、七年後の今回の嶺南左遷とは全く無関係である。傅璇琮『唐代詩人叢考』（中華書局、一九八〇年）に収める「杜審言考」（三二頁）や、譚優学『唐詩人行年考（続編）』（巴蜀書社、一九八七年）に収める「宋之問行年考」（六頁）参照。

杜五審言　六四八年以前生―七〇八年没。字《あざな》は必簡、鞏《きょう》県（河南省）の人。杜甫の祖父。咸亨《かんこう》元年（六七〇）の進士。則天武后朝の著名な詩人。著作佐郎を授けられ、修文館直学士となって卒した。李《り》嶠《きょう》・崔融・蘇味道とともに、文章の四友と呼ばれ、傲慢・軽薄なところがあった。『旧唐書』一九〇上、文苑伝、『新唐書』二〇一、文芸伝、徐定祥『杜審言詩注』（唐詩小集、上海古籍出版社、一九八二年)、『唐才子伝校箋』一など参照。ちなみに、姓名間の数字は、いわゆる排行《はいこう》(輩行とも書く。祖父、もしくは曾祖父を同じくする一族間の、同世代の男子の年齢序列を表わす番号。ただし、第一番めのみは「一」とせず、「大」字を用いる)。唐代、親しい友人間では、この排行で呼びあうことが多い。岑仲勉『唐人行第録』(上海古籍出版社、一九七八年再版)参照。

沈三佺期 ?—七一四年没? 字は雲卿《うんけい》、相州内黄(河南省)の人。上元二年(六七五)の進士。宋之問と同年(同じ年の進士及第者)である。則天武后・中宗の時代、宮廷詩壇の中心となり、宋之問とともに「沈《しん》・宋《そう》」と並称され、七言律詩の確立に寄与した。考功員外郎・起居郎などを歴任し、修文館直学士となる。『旧唐書』一九〇中、文苑伝、『新唐書』二〇二、文芸伝、『唐才子伝校箋』一、連波・査洪徳『沈佺期詩集校注』(中州古籍出版社、一九九一年)など参照。

閻五朝隠 ?—七一三年没? 字は友倩《ゆうせん》、趙州欒城《らんじょう》(河北省)の人。進士・制科に及第(及第年は未詳)。則天武后におもねり、詩の表現は奇と評され、宋之問とともに張易之の詩を代作した。官は給事中・著作郎などを歴任。『旧唐書』一九〇中、文苑伝、『新唐書』二〇二、文芸伝など参照。

王二無競 六五二年生—七〇五年没。無競は、むきょう、むけい、などとも読む。字は仲烈、東萊《とうらい》(山東省)の人。家は財産に富み、豪縦な性格をもつ。監察御史・殿中侍御史・太子舎人などを歴任(孫逖《そんてき》「太子舎人王公墓誌銘」〔『全唐文』三一三〕参照)。嶺南の広州に左遷されていた時、詔と偽《いつわ》った仇敵に殺された。『旧唐書』一九〇中、文苑伝や、『新唐書』一〇七の本伝によれば、神竜年間の初め、権勢のある寵臣をそしったかどにより、蘇州司馬に左遷されたが、ほどなく張易之兄弟との交遊を咎《とが》められて広州に流されたという。広州左遷が神竜元年二月とすれば、蘇州へ赴任する途中か、着任そうそうに広州へと向かうことになったであろう。

題壁 壁に詩歌などを題《か》きつける意。いわゆる題壁詩の風習については、杜荀鶴「夏日題悟空上人院」詩の〔語釈〕(二八〇頁)参照。ここでは、官設の宿泊所「駅舎《えきしゃ》」の壁に詩を題《か》くこと。星斌夫《あやお》編『中国社会経済史語彙(続編)』(光文堂書店、一九七五年)、駅舎の条にいう。「唐代、各駅には駅舎(又は伝舎)を設け、飲食物を備えて宿泊飲食の用に供した。駅舎には上庁・下庁、或いは東庁・西庁の別があり、その他種々の建物や施設があり、周囲には墉(土塀)をめぐらし、門には堂々たる層楼のものが多く、一般には駅楼とよばれた」と。より詳しくは、青山定雄『唐宋時代の交通と地誌地図の研究』(吉川弘文館、一九六九年再版)の「第三 唐代の駅と郵及び進奏院」参照。

慨然 胸がつまり、深い感慨をもよおすさま。感無量のこと。ちなみに、鈴木修次『唐詩—その伝達の場』は、本詩を「端州駅に至り、杜五審言・沈三佺期・閻五朝隠・王二無競に見《あ》い、壁《へき》に題《しる》して……」と読み、「作者を含めて『逐臣』の五人が、たまたま端州駅で顔をあわせることになった」というが、これは明らかな誤読・誤解である。

1 **逐臣** 罪を得て(都から)放逐された臣下。隋の孫万寿「遠《ク》戍《まもりテ》二江南《ヲ》一、寄《ス》二京邑《けいゆうノ》親友《ニ》一」詩には、「賈誼《かぎハ》長沙《ノ》国、屈平《ハ》湘水《しょうすいノ》浜《ほとり》。

江南ハ瘴癘《しょうれい》ノ地、従来多シ二逐臣一」云々とあり、不遇のイメージをもつ。この「逐臣」が誰を指すかについては、⑴宋之問（戸崎允明『箋註唐詩選』や久保天随『唐詩選新釈』〔博文館、一九〇八年〕など）、⑵宋之問を含めた五人（千葉玄之『唐詩選師伝講釈』や前野直彬『唐詩選』上〔岩波文庫、岩波書店、一九六一年〕など）、の二説がある。しかしどちらか一方に限定しなければならない理由は特になさそうである。つまり、逐臣はまず第一に本詩の作者自身のことであるが、同時にまた、作者自身を含めた五人に共通する境遇でもある。

北地　ここでは、東都洛陽（周の神都洛陽）を指す。千葉玄之『唐詩選師伝講釈』、前野直彬『唐詩選』上、斎藤晌『唐詩選』上〔集英社、一九六四年〕、高木正一『唐詩選』一、高島俊男ほか『中国古典詩聚花―友情と別離』〔小学館、一九八五年〕などは、都長安を指すとするが、これは単純な誤り。

承厳譴　承は「下ヨリ上ノ物ヲウクル」こと（伊藤東涯『操觚《そうこ》字訣』六）、「ウケミニナツテヲルナリ。向カラクル、コチラニマツテウケテヲルナリ」（荻生徂徠『訳文筌蹄《せんてい》』）の意。厳譴は厳重なお咎《とが》め。譴は譴責。『晋書』三〇、刑法志に載せる西晋の裴頠《はいぎ》の上書に、「以テ二厳詔ノ所ヲ一レ譴《とが》ムル」云々とある。

2 **調**　調は移動する意。官職の転任（左遷・昇任の双方に用いる）をいう。ちなみに、調は一に「謂」に作り、「謂《おもへ》らく」と読む。（南方の地理に暗いので）てっきり……だと思っていたが、じつはそうではなかったの意。この点について、小林信明ほか『唐詩選通解』（宝文館、一九三九年）に引く呉呉山（『唐詩選』）の説に、「按ずるに、『謂到南中毎相見』は、正に下の二句『豈意南中岐路多、千山万水分郷県』と呼応す。旧本『謂』の字、『調』の字に訛《か》す。上下倶《とも》に隔閡《かくがい》せり」とある。隔閡とは、上下の文脈が隔絶してとぎれることをいう。佐久節『唐詩選新釈』（弘道館、一九二九年）も、この説に従う。字形の類似による誤り（形訛《けいか》）の可能性も高いが、調の字でもいちおう文意が通じるので調の字のままで解釈しておく。ちなみに、高木正一『唐詩選』一に「謂《い》えらく」と読み、「……と言っていた」と訳すが、従いがたい。

南中　南方（の地）。ここでは、嶺南を指す。中は方位や場所を表わす名詞。「北地」と互文同義をなす。ちなみに、王勃の「蜀中九日」詩（本書七七頁）にも、「北地」と「南中」が対《つい》になって用いられている。蔣紹愚「唐詩詞語札記㈡」（『語言学論叢』一〇輯、一九八三年、同『唐詩語言研究』〔前掲〕に再録）参照。

毎相見　毎は「常に、恒《つね》に」（いつも、つね日ごろ）の意（徐仁甫『広釈詞』一〇〔冉友僑校訂、四川人民出版社、一九八一年〕など）。相は動作に対象のあることを示す接頭語（助字）。いわゆる偏指《へんし》（一人称あるいは二人称のいずれかのみを特定して指す）の用法の一種。太田辰夫『中国語史通考』（白帝社、一九八八年）一九二頁参照。ここでは、杜・沈・閻・王の四人に会って旅愁を慰めることをいう。

3 **豈意**　「豈《あ》に意《おも》ひきや」とも訓む（釈大典『唐詩解頤』）。豈は反語の副詞、意は動詞。思いがけないことに、の意。戸崎允明『箋註唐詩選』にいう。「豈意は図《はか》らざるなり。此（端州駅を指す）に至りて驚愕す」と。つまり、端州駅に到着後はじめて、つくづく嶺南の広漠さに気づいたことをいう。簡野道明『唐詩選詳説』は、豈意の語は「音信稀まで管到《かんとう》する」というが、換韻のことを考えるならば、次句の終わり（分郷県）までとすべきであろう。

岐路 分かれ道、えだみち。岐は分岐。『淮南子《えなんじ》』一七「説林訓《ぜいりんくん》」に、「楊子見《テ》二岐路《ヲ》一而哭《ナク》レ之《ニ》。為《ためナリ》下其《ノ》可《キカ》二以《テ》南《ス》一、可《キカノ》中以《テ》北《ス》上」（通行本では岐路を「逵路《きろ》」（四通八達の大路）に作るが、『文選』四三、孔稚珪《こうちけい》「北山移文」の李善注所引に従う）とあり、人生の進路に起こる大きな分岐点を暗示する語感をもつ。戦国時代の思想家楊朱《ようしゅ》の、岐路をめぐるこの逸話は、『荀子』「王覇」篇や『列子』「説符」篇にも見える。

4 **郷県** 村や城《まち》。唐代では、五百戸を一郷、百戸を一里とする郷里制を施《し》く（杜佑『通典』三に引く大唐令）。この郷里は、地方行政の末端として、戸籍・徴税・治安・勧農などの種々の側面で機能する、人為的な行政単位である。いいかえれば、多数の農民が集まって生活する村（自然村落）は、この郷里の下に含まれていた。そして、郷がいくつか集まって県となり（一県平均十郷前後）、さらに州・道《どう》となる。したがって、厳密には、郷は村と同意ではない。県・郷という二つの地方行政区域を指す。

ちなみに、宮崎市定「中国における聚落形体の変遷について」（同『アジア史論考』中巻〈朝日新聞社、一九七六年〉所収）には、「唐代になると、県城だけを残して他の小城は凡て姿を消し、到る所に五十戸乃至百戸位の散村が出現し、それを凡そ五百戸毎に区画したのが郷であり、郷は単なる面積だけで中心がない」という。他方、中村治兵衛「唐代の郷」（鈴木俊教授還暦記念『東洋史論叢』一九六四年所収）には、「唐の地方制度は道―州＝郡―県、それから県の下は、郷―里―（村）―隣保―戸となっていた。そして県の上中下の別が戸数の多少を規準としていたばかりか、県下の地方制度もまた戸数を単位として積み重ねる方式をとり、四家を隣とし、五家を保とし、百戸を里とし、五里（即ち五百戸）を郷とするように、戸数を単位とし区画が編成されたのが特色である。またこの戸数単位の区画とは別に、それと並行して聚落のままの村と、城郭の中の街（町）である坊とが認められていた」とする。

5 **雲揺雨散** 「雲《くも》のごとく揺《うご》き雨《あめ》のごとく散《さん》じて」と訓むほうが文意に近い（佐久節『唐詩選新釈』など）が、しばらく通行する訓みに従う。釈大典『唐詩解頤』には、「人の離散を喩ふ」と注する。魏《ぎ》の王粲《おうさん》「贈《ル》二蔡子《さいし》篤《とくニ》一詩」に、「悠悠《タリ》世路、乱離多《ク》阻《へだタレリ》。済岱《せいたいト》江衡《こうこう》、邈焉《ばくえんトシテ》（遠いさま）異《ニス》レ処《ところヲ》。風《ノゴトク》流《レ》雲《ノゴトク》散《ジテ》、一《タビ》別《ルレバ》如《シ》レ雨《ノ》」云々とある（『文選』二三）。「雨の如《ごと》し」とは、降る雨は天や雲から訣別してきたのだとする発想にもとづく表現。揚雄《ようゆう》「劇《はげシトシ》レ秦《ヲ》美《ほム》レ新《ヲ》」にも「雲《ノゴトク》動《キ》風《ノゴトク》偃《のべふシ》、霧《ノゴトク》集《リ》雨《ノゴトク》散《ズ》」という（『文選』四八）。また、白居易「五年秋《ノ》、病後独《リ》宿《ス》二香山寺《ニ》一、三絶句」（其二）に、「飲徒歌《か》伴《はん》今何《いづくニカ》在《ル》、雨《ノゴトク》散《ジ》雲《ノゴトク》飛《ビテ》尽《ク》不レ迴《かへラ》」とあり、温庭筠《おんていいん》「送《ル》二崔《さい》郎中《ノ》赴《クヲ》一レ幕《ニ》」詩に、「心遊《ビ》目断《ツ》三千里、雨《ノゴトク》散《ジ》雲《ノゴトク》飛《ブ》二十年」とある「雨散雲飛」も、遠い離散をたとえる類似の表現。坂田新「雨と雲―「貧交行」初句の前史」（早稲田大学『国語教育研究』第七集、一九八七年）には、雨と雲が別離を表現する素材として意識されるようになった魏晋六朝期の雲雨観——雨が降るのは天上の雲から訣別してきたのだとする発想——について、晋の傅《ふ》玄《げん》「昔思君《せきしくん》」の「昔君与《と》トハレ我兮形影潜カニ結ビ、今君与トハレ我兮雲ハ飛ビ雨ハ絶《わか》ル」（訓みは同論文による）などの用例をあげていう。「それは単に雨と雲とが別れの景にふさわしいとして言い添えられるのではなくて、雲雨そのものが別れをなすという発想である。つまり、雨は元来、天上の雲より降り下る。…… 雨が降るということは天の雲と訣別してくるわけであって、しかも一たび零《お》ちはじめた雨滴は二度と雲には相い遇わぬ。『雨絶于天（雨、天に絶《わか》る）』とか、『雨絶無還雲（雨絶《わか》れて雲に還ること無し）』とか、『雨絶雲（雨、雲に絶《わか》る）』とか、いずれもその意味で別離の形容となるのであった」と。

翩飛　空をひらひらと飛ぶ意。翩（翻）は単に「飛」と同意のときもある。ここでは、親友たちが端州駅からすみやかに旅立ったことをたとえる。この主語について目加田誠『唐詩選』（明治書院、一九六四年）は「放逐された五人の者」とするが、宋之問を除く四人と見なすべきであろう（高木正一『唐詩選』一など）。

6 **海闊天長**　仲間同士の「行程（道のり）の悠遠なるを言ふ」（『箋註唐詩選』）。閻朝隠の流された崖州の地は、海をへだてた海南島にあり、また杜審言や沈佺期の流された峰州と驩《かん》州の地は、海の外《かなた》のように意識されたであろう。「天長」は、『国秀集』や『文苑英華』に「江長」に作る。この異文は興味深い。ちなみに、中国における海《うみ》のイメージは、わが国とは異なる。唐代なお、「世界のはて、太陽の光もとどきかねる暗黒の地に広がる、不気味なおどろおどろしき存在」であり、「人間の認識能力を越えた、恐ろしい怪物の生息する不気味な黒い水の広がり」と意識された。吉川幸次郎「森と海」（『吉川幸次郎全集』第一九巻〈筑摩書房、一九六九年〉所収）、前野直彬『風月無尽—中国の古典と自然』（東京大学出版会、一九七二年）「海」の章、植木久行「瀚海・海風考—辺塞詩の『海』字の解釈をめぐって」（早稲田大学『中国文学研究』八期、一九八二年）、同「唐詩に詠まれた南北の風土」（弘前大学人文学部特定研究報告書『文化における「北」』一九八九年所収）、石川忠久『文学に表れた海—中国と日本』（『中国文学の比較文学的研究』〈汲古書院、一九八六年〉所収）など参照。本詩においても、そうした暗いイメージが作用していよう。

音信稀　音信は「いんしん」とも読む。手紙、便り。稀は、宇野明霞原撰・釈大典刪補『詩家推敲』下にいう。「少ハ物ノスクナキヲイヒ、稀ハ間ノマバラナルヲイフ」と。

7 **処処**　到るところ、どの場所も。一般に名詞の重言《ちょうげん》（畳語）は、「どの……も」という意味をもつ。例、人人（どの人も）、時時（いつも）、朝朝（毎日、毎朝）など。

同　前面もしくは後面に提示される人や事物を総括する副詞。「都」（いずれもみな）「皆」「倶《とも》に」と同意。高樹藩『文言文虚詞大詞典』（湖北教育出版社、一九九一年）、徐仁甫『広釈詞』六など参照。

瘴癘　高温多湿の熱帯・亜熱帯地区に蔓延《まんえん》する悪気（毒熱の気）。マラリアなどの熱病にかかる原因と考えられた。白川静『字統』（平凡社、一九八四年）「瘴」の条にいう。「南方の湿潤の地には、風土病マラリアの類が多く、瘴癘《しょうれい》の地とされる。後漢以後の文献に至ってみえるのは、そのころ南方との交渉がはじまったからである。〔後漢書、馬援《ばえん》伝〕に『軍吏、瘴疫《しょうえき》を経《へ》て死するもの、十の四なり』、また〔南蛮伝〕にも『死亡を致すもの、十に必ず四、五なり』とみえ、その猖獗《しょうけつ》の状を伝えている」と。嶺南は瘴癘の地と意識された。植木久行『唐詩の風土』（研文出版、一九八三年）二六九頁以下参照。

8自憐 自は、自分で自分のことを、の意。自殺の自と同意。憐は、『説文解字』下に「哀《あはレム》也」、『爾雅《じが》』釈詁《しゃくこ》下に「愛《スル》也」とある。つまり、自憐とは、自分ながらわが身をふびんに思う、われながらわが身がいとおしい、の意。いとおしむ気持ちが極度に達すると、悲哀の情も生まれてくる。戸崎允明『箋註唐詩選』にいう。「佗《た》（＝他）の之《これ》を憐む者無《な》し。故に自ら憐む」と。古くは、『楚辞』に収める宋玉の「九弁」に、「廓落《かくらくタリ》　兮羈旅《きりよニシテ》（旅路にあって）而無《シ》二友生（友人）一。惆悵《ちゆうちようトシテ》　兮私《ひそカニ》自憐《ラム》」とある。ちなみに、自は、第一義的には宋之問のことを指すと考えられるが、簡野道明『唐詩選詳説』上に「五人のものが各〻自の義、之問一人の独り自ではない」と指摘するように、それはまた、他の四人にも共通する心情である。

能得 能は可能。得は、蔣紹愚「杜詩詞語札記」（『語言学論叢』六輯、一九八〇年、同『唐詩語言研究』〔前掲〕所収）のなかに、本例などをあげ、いわゆる獲得・実現・可能を表わす用法ではなく、「動詞、有（有り）」であるとし、盧潤章『唐宋詩詞常用語詞典』（湖南出版社、一九九一年）も同じである。これに従えば、「能《よ》く幾人《いくにん》の帰ること得《あ》らんや」となる。きわめて注目すべき指摘であるが、しばらく通行の訓読のままにしておく。

通　釈

端州の宿場に到着し、杜審言・沈佺期・閻朝隠・王無競が（それぞれ宿舎の）壁に詩を題《か》きつけておいたのを見て、（思わず）胸がつまって感無量となり、一首の詩ができあがった

臣《わたし（たち）》は北の地で厳しいお咎《とが》めを受け、（嶺南へと）放逐されることになった。左遷されて南方の地に到着したならば、いつも会えるものだと思っていた。（ところが）思いがけないことに、南方の地は（広漠として）分かれ道が多く、数知れぬ山や川が町や村を（幾重《いくえ》にも）分けへだてているではないか。

（先行の仲間たちはすでに）飛散する雲と雨の別れのように、それぞれ（配所へと）飛び去ってしまった。（相互の間に横たわる）海は広く空は果てしなくつづいて、（お互いに）便りをかわす機会も間遠《まどお》になる（はずだ）。（各自の流されゆく）先々の山や川は、どこもみな、恐ろしい毒熱の悪気に満ちみちている。（われらのうち、いったい）何人が無事に帰京できるのであろうか。（そう思えば）われながらわが身が（急に）いとおしくなり、（つくづく）ふびんに思うのだ。

諸説の異同

特記事項はないが、細部の異同については〔語釈〕の条参照。

備　考

詩は神竜元年（七〇五）、作者が瀧《そう》州参軍として嶺南に左遷される途中、端州（広東省肇慶市）の宿駅での作。季節は初夏（旧暦四月）のころか（宋之問「題大庾嶺北駅」詩の〔備考〕参照）。宋之

問の生年は、現在もなお確定できないが、しばらく傅《ふ》璇琮《せんそう》「唐代詩人考略」(『文史』八輯、一九八〇年)に見える「六五〇―六五六年ごろ」や、王啓興「宋之問」(呂慧鵑ら編『中国歴史著名文学家評伝(続編一)』〔山東教育出版社、一九八八年〕)に見える「高宗の永徽年間の初め(永徽元年は六五〇年)か、やや少し前」に従えば、当時、宋之問は五〇代前半か半ばごろであったらしい。高木正一『唐詩選』一は、「人間の不幸が生みだす悲哀の情を伝えて哀切であり、従来の詩に乏しかった新しい抒情性をうちだしている」と評している。

ところで、作者らが張易之《ちょうえきし》兄弟の一味として流された事件について、『旧唐書』七八、張行成伝にいう。「神竜元年の正月、則天(武后)病ひ甚だし。是の月の二十日、宰臣崔玄暐《さいげんい》・張柬之《ちょうかんし》ら、羽林兵(近衛兵)を起《うご》かして太子(後の中宗李顕)を迎へ、玄武門(洛陽の宮城の北門)に至りて、関《かんぬき》を斬りて入り、(張)易之・昌《しょう》宗《そう》を迎仙院(宮城内の集仙殿の別名)に誅し、並びに天津橋の南に梟首《きょうしゅ》(さらし首)にす。則天は(位を)遜《ゆず》りて上陽宮に居《す》む。……朝官の房融・崔神慶・崔融・李嶠・宋之問・杜審言・沈佺期・閻朝隠ら、皆二張(張易之・昌宗兄弟)に坐して竄逐《ざんちく》(遠地へ追放)せらる。凡て数十人」とある。天津橋と上陽宮については、松浦友久・植木久行『長安・洛陽物語』(集英社、一九八七年)や、植木久行『唐詩の風景』(学術文庫、講談社、一九九九年)など参照。前野直彬『唐代の詩人達』「嶺南への旅」は、この神竜元年の政変と詩人たちの関わりをかなり詳細に記している。なお、本詩の詩題に対する〔語釈〕の条も参照されたい。

(植木　久行)

張《ちょう》　謂《い》

0 題長安主人壁　長安《ちゃうあん》の主人《しゅじん》の壁《かべ》に題《だい》す
1 世人結交須黄金　世人《せじん》交《まじは》りを結《むす》ぶに　黄金《わうごん》を須《もち》ふ
2 黄金不多交不深　黄金《わうごん》多《おほ》からざれば　交《まじは》り深《ふか》からず
3 縦令然諾暫相許　縦令《たとひ》然諾《ぜんだく》して　暫《しばら》く相《あ》ひ許《ゆる》すとも
4 終是悠悠行路心　終《つひ》に是《こ》れ　悠悠《いういう》たる行路《かうろ》の心《こころ》

テキスト　『全』一九七-3-2022 ◆『選』七 ◆『河岳英霊集』上 ◆元、楊士弘『唐音』七(文淵閣四庫全書本)◆『唐詩品彙』四八(明、汪宗尼校訂本)◆明、趙宧光《ちょうかんこう》・黄習遠『万首唐人絶句』一二 ◆明、陸時雍《りくじよう》『唐詩鏡』二八(文淵閣四庫全書本)◆明、呉琯ほか『唐詩紀』一六一(盛唐一〇一)◆明、李攀竜『古今詩刪』二二(和刻本)◆明、徐倬《じょたく》『全唐詩録』一九

校語

0 **題長安主人壁**　『全』『唐詩紀』は誤って「題長安壁主人」に作る。蕭滌非ほか『唐詩鑑賞辞典』(〔何国治執筆〕上海辞書出版社、一九八三年)が、この誤った詩題をそのまま採用するのは理解しがたい。『唐音』は「題張主人壁」に作り、注目される。

詩型・韻字　七言絶句（拗体《おうたい》。起承句はともに二四不同・二六対《つい》を守らない）。金《きん》・深《しん》・心《しん》（下平声侵韻〈侵韻〉）。

語　釈

0 **題長安主人壁**　「題……壁」は壁に書き題《しる》す意。いわゆる題壁詩の風習については、杜荀鶴「夏日題悟空上人院」詩の〔語釈〕（二八〇頁）参照。長安は唐の都、今の陝西《せんせい》省西安市。詳しくは松浦友久・植木久行『長安・洛陽物語』（集英社、一九八七年）や、室永芳三『大都長安』（歴史新書、教育社、一九八二年）など参照。

「主人」は、都長安で作者が寄寓した旅館の主人（旅客相手を業務とする旅館の経営者）というよりも、むしろ旅館（逆《げき》旅《りょ》）そのものを指す用法。旅館の経営者は、停止主人・居停主人・逆旅主人・店主人・店主などと呼ばれ（停止・居停は宿泊の意。また店は邸店《ていてん》〈旅館・飲食・倉庫の業務を兼ねる〉）、略して主人という。「主人」の語が頻用されるにつれて、旅館・邸店そのものを指す用法が生じた。たとえば、李白の「宿《ス》二清渓《ノ》主人《ニ》一」（『全』一七〇）や、李嘉裕《りかゆう》の「題《ス》二霊台県《ノ》東山村《ノ》主人《ニ》一」（『全』二〇七）などは、この例である。『太平広記』三五八、鄭生《ていせい》の条に引く『霊怪録』には、

鄭生《ナル》者、天宝末《ノ》、応《ジテ》レ挙《ニ》之《ユク》レ京《ニ》。……日暮《レテ》、投二宿《ス》主人《ニ》一。

とあり、主人の語が旅館の意味をもつことを明瞭に示す。詳しくは日野開三郎『唐代邸店の研究』（自家版、一九六八年）の「主人之家」の条（四五～四八頁）参照。この意味で、「主人とは寄寓している家のあるじ」（前野直彬『唐詩選』下〈岩波文庫、岩波書店、一九六三年〉）などと注する説明は、やや正確さを欠くといえよう。星川清孝『歴代中国詩精講』（学燈社、一九五四年）に、「主人とは旅宿のこと」とするのが正しい。

ちなみに、戸崎允明『箋註唐詩選』には、張謂の七言古詩「贈《ル》二喬林《きょうりん》〈琳〉一」（『選』二）を参照して、「詩意を按ずるに、蓋し是れ主人ならん」という。しかしこれは、明白な誤りであり、喬琳は張謂の友人の一人にすぎない。平野彦次郎『唐詩選研究』（明徳出版社、一九七四年）参照。かくして、元の楊士弘『唐音』に「題張主人壁」に作る異文が注目される。また、孟浩然にも全く同題の五言古詩「題長安主人壁」（『全』一六〇）がある。

1 **結交**　締交《ていこう》（交りを締《むす》ぶ）と同意、交際する。作者未詳の「古詩二首」其一に、「結《ブニ》レ交《リヲ》莫《カレ》レ羞《はヅル》レ貧《ヲ》、羞《ヅレバ》レ貧《ヲ》友（一作交）不レ成《ラ》」とある（逯欽立『先秦漢魏晋南北朝詩』漢詩一二）。

須　「もちフ」「もちヰル」と読み、ぜひとも必要とする、必須の条件とする意。

2 **黄金不多……**　黄金は金銭。高適《こうせき》「邯鄲《かんたん》少年行」にも、「君不レ見《ヤ》今人交態《ノ》薄《キヲ》、黄金用《ヒ》尽《クセバ》還《まタ》疏索《そさく》（よそよそしいさま）」と歌う（『選』二）。わが国では、「金の切れめは縁の切れめ」などという。

3 **縦令**　「たとえ……でも」と、仮定の反転する用法。「縦使」「縦然」「縦」と同意。

然諾　よろしいとうけあうこと、承諾。固く約束する意。梁の江《こう》淹《えん》「雑体三十首」の一つ、「陳思王（曹植）贈友」に、「延陵《えんりょうハ》（季札）軽《かろンジ》二宝剣《ヲ》一、季《き》布《ふハ》重《ンズ》二然諾《ヲ》一」とある（『文選』三一）。

暫　戸崎允明『箋註唐詩選』にいう。「『暫』の字は『終是』と相《あ》ひ照《て》らす。此の字は軽薄を見《あらは》す」と。

相許　許は相手のいい分を聴許《ちようきよ》（きき入れる）して信用する。ここでは、親密な交際をする意。「相」は動作に対象のあることを示す接頭語（助字）。いわゆる偏指《へんし》（一人称あるいは二人称のいずれかのみを特定して指す）の用法の一種。太田辰夫『中国語史通考』（白帝社、一九八八年）一九二頁参照。ちなみに、平野彦次郎『唐詩選研究』（前掲）は、「相許」を「その人のために力を尽くすことを許諾すること。李白の詩『感《ジテ》ニ君恩《ガ》ノ重《キニ》ニ許《ス》ニ君命《ニヲ》ニ』（「結襪子《けつべつし》」）」と注する。

4 **終是**　終は「始めて」に対し、帰着点を示す副詞。最終的には、結局のところ。清の王尭衢《おうぎようく》『古唐詩合解』上にいう。「『終』の字は『暫』の字と応ず」と。「是」は「……は……である」と判断の語気を表す繫詞《けいし》。また副詞の接尾辞とも考えられる。是の接尾辞化の現象については、志村良治『中国中世語法史研究』（三冬社、一九八四年）八三〜八四頁参照。前野直彬編『唐詩鑑賞辞典』（東京堂出版、一九七〇年）にいう。「『是』は『終是』と密接についたことばで、話手（作者）の判断を明確に示すはたらきをする」（佐藤保執筆）と。ちなみに、近藤春雄『唐詩のよみ方と解釈』（武蔵野書院、一九七三年）には、是を「……と為る」意とする。

悠悠　はるかにへだたる形容。ここでは、無関心、疎遠な態度をいう。

行路心　「行路の人の心」、何の関係もない行きずりの人に対するような、親しみのない冷淡な気持ち。前漢の蘇武《そぶ》の作とされる「詩四首」其一に、「骨肉縁《より》ニ枝葉《ニ》ニ、結交亦《モ》相因《タあヒよル》。四海皆《みな》兄弟、誰為《カタラン》ニ行路人《ノ》ニ」（『文選』二九）とある。結交（蘇武の詩では交際する友人の意）の語も見えることに注意したい。結句は、「つひには遠く隔たつて、路行く他人と同じやうに、途中で逢つても見ぬふりをして通り過ぎて仕舞《しま》ふ」（簡野道明『唐詩選詳説』〈明治書院、一九二九年〉）、あるいは、「しまいには、何のゆかりもない路傍の人の心となって、途で逢ってもそしらぬ態度を示すようになる」（内田泉之助『新選唐詩鑑賞』〈明治書院、一九五六年〉）などと訳されるように、ある種の臨場感をそなえた生々しいイメージを結ぶ。

通釈

都長安の旅館の壁に書き題《しる》す

世間の人は交際するのに、金銭の力を必要とする。金銭が多くなければ、（それにつれて）交際も深まらない。たとえ固く承諾して、しばらく親密につきあったとしても、（金がなくなるとともに疎遠になり）、結局は（全く縁もゆかりもない）路傍の人のようになってしまうのだ。

諸説の異同

特記事項なし。「主人」の解釈の異同については〔語釈〕の条参照。

備考

情義や親愛の情を欠いた、金銭めあての軽薄な交遊を慨嘆した詩。おそらく、真の交遊を渇望《かつぼう》する作者の憤懣がこめられていよう。戸崎允明『箋註唐詩選』にいう。「長安の俗の軽薄を嘆ずるなり」と。詩人がほとんど政治家志望の当時にあっては、名利うずまく大唐の都長安は、とりわけ人間の栄光と挫折にまつわる複雑な感情が醜く交錯する場所でもあった。「長安」の語のもつ重さは充分注目されてよい。

千葉玄之『唐詩選師伝講釈』（漢文叢書、博文館、一九一三年）には、本詩のモチーフを次のように推測する。

疑フラクハ、張謂、進士トナリ、京ニ来ル時、張謂、嚢中《のうちゅう》重ク見エシユヱ、旅宿ノ主人ガ、ネンゴロニ世話シタリシガ、思ノ外、張ガ文章ノ上ニテ取リ上ゲラレズシテ落第シタ。久シク逗留シテ嚢中モ軽クナリシカバ、彼《か》ノタノモシク云ヒシ主人、アシラヒガ相違シタ。出テ行ケガシトスルフルマヒユヱ、コノ詩ヲ主人ノ壁ニ題シ、ハリツケテ別ルルナラン。

終わりの「ハリツケテ」の部分は単純な誤解であるが、こうしたモチーフの指摘は、服部南郭『唐詩選国字解』のなかにもほぼ同様に見える。釈大典『唐詩解頤《かいい》』や久保天随『唐詩選新釈』（博文館、一九〇九年）、内田泉之助『新選唐詩鑑賞』（前掲）などもほぼ同じ立場であり、前野直彬『唐詩選』（前掲）は「主人」との間にトラブルを想定する。こうした考えは、石川忠久『漢詩のこころ』（時事通信社、一九八〇年）に、

始めて都へ出て、試験に失敗したらしい。長安の主人、とは下宿のおじさんとみえる。落第した後、何か冷たいしうちでも受け、それでその家の壁に、墨くろぐろとこの詩を書きつけた、ということであろう。

とあるように、今日なお継承されるが、要するに、確証のない単なる臆測にすぎない。簡野道明『唐詩選詳説』（前掲）に、

此の詩は、張謂がまだ進士に及第しなかった以前の作で、当時交遊の軽薄なことを慨いて、其の旅宿の壁に書きつけたので、杜甫の「貧交行」と同じく、人情の軽薄を慨いたのだ。

と指摘されるように、宿舎の主人の心がわりをそしるための作、とのみ限定して解釈しなければならない必然性はない（佐藤保ほか『唐詩選』下〔学習研究社、一九八六年〕参照）。これはまた、「主人」の語義を正しく把握できなかったことと関連しよう。平野彦次郎『唐詩選研究』にもいう。「そんな狭い考えで作った詩ではあるまい」と。

わが国の訳注書は、前引の注釈書にも見えるように、釈大典『唐詩解頤』や服部南郭『唐詩選国字解』以下、ほとんど本詩を作者の進士及第以前の作と見なしている。たとえば、前野直彬・石川忠久『漢詩の解釈と鑑賞事典』（旺文社、一九七九年）には、

内容から見て故郷から長安に出てきて、まだ科挙の試験に及第していないころの作、とするのが妥当である。進士に及第したのは二十二、三歳ごろと推定されるから、若い時代の作品である。

とする。しかし、平野彦次郎『唐詩選研究』に「落第の時と断定する材料はない。いずれ不平のことがあって作ったのではあろうが、作詩の時期は不明とするのが穏当である」と指摘されるように、現段階において進士及第以前の作とする確証はない。少なくとも明言できることは、

(1)張謂の進士及第の年は天宝二年（七四三）である（『唐詩紀事』二五）。

(2)本詩が『河岳英霊集』に収められていることから、開元二年（七一四）から天宝一二載（七五三）に至る期間の作である。

の二点である。当時、進士科に及第しても、なかなか任官できなか

った状況（当時の進士科は高等文官になるための資格試験であり、採用試験ではない）を考えるならば、本詩を進士及第以前の作と断定することはできない。この意味で陶敏・傅《ふ》璇琮《せんそう》『唐五代文学編年史（初盛唐巻）』（遼海出版社、一九九八年）が、進士及第前の天宝元年（七四二）の作と推定するのは、臆測の域を出ない。

ちなみに、前掲書に進士及第時の年齢を「二十二、三歳ごろ」と推定する説は、大きな誤りである。これは聞一多「唐詩大系」の生卒年（七二二—七六〇？）に拠るものであるが、傅璇琮『唐代詩人叢考』（中華書局、一九八〇年）「張謂考」に考証するように、その生年は聞一多の説より少なくとも一〇年ほど早い生まれと考えられる（ただし、正確な生年は未詳）。その「二十二、三歳ごろ」以前の作とする説は訂正されなければならない。

（植木　久行）

張《ちょう》説《えつ》

0 還至端州驛前與高六別處

還《かへ》りて端州駅《たんしゅうえき》に至《いた》る、前《さき》に高六《かうろく》と別《わか》れし処《ところ》

1 舊館分江口
2 悽然望落暉
3 相逢傳旅食
4 臨別換征衣
5 昔記山川是
6 今傷人代非
7 往來皆此路
8 生死不同歸

旧館《きうくわん》　分江《ぶんかう》の口《くち》
悽然《せいぜん》として落暉《らくき》を望《のぞ》む
相《あ》ひ逢《あ》ひて旅食《りよしよく》を伝《つた》へ
別《わか》れに臨《のぞ》んで征衣《せいい》を換《か》ふ
昔《むかし》は記《しる》す　山川《さんせん》の是《ぜ》なるを
今《いま》は傷《いた》む　人代《じんだい》の非《ひ》なるを
往来《わうらい》　皆《み》な此《こ》の路《みち》なるも
生死《せいし》　帰《き》を同《おな》じうせず

テキスト　『全』八七-2-956 ◆『選』三 ◆『文苑英華』二九七 ◆『張説之文集』八（四部叢刊本）◆『唐詩品彙』五八 ◆『唐詩別裁集』九 ◆『張燕公集』八（文淵閣四庫全書本）◆『張

燕公集』四（叢書集成新編本）

校語

1口 『全』は「日」に作り、「一ニ作ルレ口ニ」と校語を記す。ここでは、『選』以下の諸本に従う。

2悽 『選』『唐詩品彙』では、「淒」に作り、『文苑英華』『唐詩別裁集』では「凄」に作る。同義。

3食 『張説之文集』『張燕公集』（文淵閣四庫全書本）では「舎」に作る。

5記 『張燕公集』（文淵閣四庫全書本）では「寄」に作る。

詩型・韻字

五言律詩。暉《き》・依《い》・非《ひ》・歸《き》（上平声微韻（微韻））。

語釈

0還 （行った先から）かえること。つまり、都から左遷され、左遷地から都へかえるので、「還」を用いる。「往」の反義語。なお、8の「帰」は、本来居るべきところに帰ること。よって、8の「帰」には、都へ帰ることと、昔の正常な生活に戻ることの二義をもたせて解釈した。

端州 今の広東省肇慶《ちょうけい》市（もとの高要県）。いわゆる端渓の硯で有名な地である。肇慶市内を広東省最大の大河「西江」が流れている。西江の下流（珠江）は、広州市をひかえ、現在においても肇慶市は交通の要衝である。

高六 高戩《せん》のこと。官は司礼丞（太常丞）の役に付く。「六」とは、一族の同世代内での順序を示す排行において六番目であること。つまり、高一族のうち、高戩の世代の中では六番目であることを示す。

張説と高戩が嶺南に流されることになった事件を、『新唐書』一二二「魏元忠伝」によって見てみれば次のようになる（『旧《く》唐書《とうじょ》』七八「張行成伝」同九二「魏元忠伝」、および『新唐書』一〇四「張行成伝」にも同様の記事が見える）。――長安三年（七〇三）、則天武后のお気に入りの権臣張易之《ちょうえきし》兄弟が、時の宰相魏元忠から警戒されていた。このため、張易之兄弟は宰相を失脚させようと、則天武后に「魏元忠と高戩とが謀反をたくらんでいる」と訴えた。張易之兄弟は、則天武后の面前で魏・高両名が謀反をたくらんでいるとの証言を、張説に強要するが、張説は両名の無実を主張した。このため、魏元忠・高戩は死を免れ、南方に流されることになった。また、まきぞえになった張説も広西壮族自治区の欽州に流されることになった（この時、張説37歳）。

ちなみに、張説は、中宗の復位後（神竜元年（七〇五））に赦《ゆる》されて、都に帰る途上、この「端州」に立ち寄ったのである。この時点では、同じく流された高戩は、嶺南の流刑地で没していた（この点について、陳祖言『張説年譜』（香港中文大学出版、一九八四年）は「高戩貶ヨ死スルハ嶺南ニ、史ノ所ナリレ未ダザルレ載セ」と述べる）。本詩は、この時に作られたもの。張説39歳の作。

1分江口 川の分岐するほとり。千葉玄之『唐詩選師伝講釈』巻一（漢文叢書、博文館、一九一三年）では、「分江」を地名とする。また、釈大典『唐詩五律解頤《かいい》』巻三（寛政一二年跋）では「江口ニ分レ」と読む。ただし、両書とも典拠を示してはいない。

2悽然 ものさびしく、いたましいさま。ここでは、「高六」がこの世を去り自分一人だけ都に帰る気持ちを暗示している。

落暉　夕日・入日。「落日」と同じ。韻字の関係で「暉」を用いる。

3**伝旅食**　「伝……」について、A：とりまわして飲食する、B：食いぶちによって生活する、C：「伝旅」で旅舎、駅の意である、の三説がある。〔通釈〕では、対句の「換征衣」と同様の行為と解してA説に従って解釈した。〔諸説の異同〕参照。

4**征衣**　旅の衣。「征衣」を交換することについて、戸崎允明箋註『箋註唐詩選』（漢文大系二、冨山房、一九一〇年）「時恰《あたか》モ秋ナリシカバ、単衣ヲ袷《あはせ》ニ著更《きか》ヘテ相別レタリトナリ」と述べる。ただし、目加田誠『唐詩選』（新釈漢文大系一九、明治書院、一九六四年）、吉川幸次郎ほか『唐詩選』（入谷仙介執筆）筑摩叢書二〇三、筑摩書房、一九七三年）では、互いの着ているものを記念のために取りかえたとする。

5**記**　記憶する。はっきりと覚えていること。

6**人代**　人の世。人間社会。佐久節『唐詩選新釈』（弘道館、一九二九年）において「代は世と同じ、人世といふが如し、唐の太宗の諱《いみな》は世民といふので世の字を避けて代の字を用ひたのである」と述べる。

7**皆**　ここでは「（往路も復路も）ともに」の意。中国語の「皆《みな》」や「都《すべて》」は、二つ以上の複数であれば使用できる。日本語の「みな」「すべて」が三つ以上の複数を意味するのとは異なる。

通釈

都に還《かえ》る途中、端州の宿場に至った。ここは、以前高六と別れたところである。

以前の宿舎は、（昔のままに）川の分岐するほとりにある。その場で、私はものさびしい気持ちで夕陽を眺める。

（かつてこの地で、われら二人）互いに出会っては、旅の食事を分かちあい、別れに臨んでは、それぞれの旅衣を交換しあったのであった。

かつては、大自然の山や川が不変の存在であることを心に記しとどめたのに、今は、人の世の営みがうつろいやすく、高君がこの世にいなくなったことを悲しむばかりだ。

流されてゆくときも、もどって来るときも、ともにこの路を通るのに、生き残った私と死した君とは、一緒に都に帰ることもない（人生の帰着点を同じくしえなかったのだ）。

諸説の異同

異同の所在

「伝旅食」の解釈

異同の類別

A　とりまわして飲食する（手から手へ伝える）。

B　食いぶちによって生活する。

C　「伝旅」で旅舎・駅とする。つまり、駅での食事・駅で食事をとること。

A説：服部南郭（日野龍夫校注）『唐詩選国字解』一（東洋文庫四〇五、平凡社、一九八二年）、小林信明ほか『唐詩選通解』（宝文館、一九三九年）、吉川幸次郎「張説の伝記と文学」（『東方学』一、一九五一年、いま『吉川幸次郎全集』一一）、目加田誠『唐詩選』、吉川幸次郎ほか『唐詩選』（入谷仙介執筆）、高木正一『唐詩選』一（中国古典選二五、朝日新聞社、一九七八年）など。

B説：中島敏夫ほか『唐詩選』中（〔中島敏夫執筆〕中国の古典二八、学習研究社、一九八五年）など。
C説：黄雨選注『歴代名人入粤詩選』（広東人民出版社、一九八〇年）など。

異同の論拠

A説
　吉川幸次郎「張説の伝記と文学」において、「伝」の字は、『唐詩選』の従来の解釈家の説とは異なって、同じ容器に盛った飲食物を、とりまわして飲食する意味と信ずる、と述べる。土田泰講義『唐詩選講義』（興文社、一八九三年）では「相逢テ旅宿食ヲ手カラ相伝テ食セシトキハカナシクアリシ」と述べており、大局的に見てA説の範囲内にあるといえる。
　また、服部南郭（日野龍夫校注）『唐詩選国字解』一でも、「食を伝ふ（一つの器に盛った食物を互いにとりまわして食べること）——（　）内は校注者注」というのは、『儀礼《ぎらい》』にあることである、と述べている（ただし、「伝食」という語は、『儀礼』に見えず、「旅食」という語が、『儀礼』「燕礼」「大射儀」に見える。服部南郭は、「旅食」の語義（後述）から以上のように述べたのであろうか）。

B説
　中島敏夫ほか『唐詩選』中（中島敏夫執筆）では、「伝旅食」を〝互いに配所へ向かって官給の飯にあずかる身〟とする。「伝旅食」の解は未詳であるとするが、上記のごとく訳す理由として、
(1)「伝食」とは『孟子』（滕文公、下）に出る語で、一族郎党が諸侯（＝孟子当時）の食いぶちによって生活すること（「伝」は「転」の意）とされる。

〔補注〕
　「伝食」は、清の焦循が『孟子正義』で「伝食謂トハ下舎フ二止シ諸侯之客館ニ一、而受テクルヲ中其ノ飲食ヲ上也」と言うように、諸侯の客館に寄食することに重点がある。そしてこの場合、「伝 zhuàn」（去声）の名詞的用法になるので、第四句の「換征衣」と対句を成さなくなるのが難点であろう。（以上、松浦友久）

(2)「旅食」は、古く（秦漢のころまでは）「衆食」の意で、大部屋住まいの者があてがいぶちで多数が一緒になって食事を取ること。唐宋のころでは旅の食事の意で使う。
(3)ここでは、「伝食」と「旅食」の両語を組み合わせた意に解する。

C説
　特には論拠が述べられていない。

備考

○　左遷され流刑地に赴く途中、端州にて、張説が高戩と別れた時に作った五言律詩「端州ニテ別ル二高六戩ニ一」（八七-2-951）が残っている。

異壌《じょう》同クシ二羈《き》竄《ざん》ヲ一　途中喜ブ二共ニ過ゴスヲ一
愁多クシテ時ニ挙ゲレ酒ヲ　労罷《や》ンデ或イハ長ウスレ歌ヲ
南海風潮壮《さかん》ニ　西江瘴《しょう》癘《れい》多シ
於テレ焉《ここ》ニ復タ分ツレ手ヲ　此ノ別レ傷マシキコト如何セン

○　張説が都長安へ帰った同じ年（神竜元年〔七〇五〕）に、都から左遷されてきた著名な詩人がここ「端州」に至って詩を詠んでいる。宋之問「至リテ二端州駅ニ一、見ル二杜五審言・沈《しん》三佺期・閻《えん》五朝隠・

王二無競題セルヲレ壁ニ、慨然トシテ成スレ詠ヲ」（本書二二五頁所収）がそれである。偶然とはいえ、初唐期の重要詩人がほぼ同時に「端州」に至っているのは、興味深い。

○　中島敏夫ほか『唐詩選』中（中島敏夫執筆）、および小林信明ほか『唐詩選通解』が指摘するように、張説のこの詩が作られたのは、欽州左遷からの帰途であって、旧説のような岳州（湖南省岳陽市）からの帰途の作ではない（岳州左遷は開元三年（七一五））。

このような初歩的な誤りが生じたのは、古くは唐汝詢『唐詩解』三二「按ズルニ道済嘗テ貶サレ二岳州ニ一、過グルニ二此ノ駅ヲ一而与二高六一分別ス。及ビ二召還スルニ一而高死セリ。故ニ作ル二是ノ詩ヲ一」、袁宏道校と称する『唐詩訓解』二（『唐詩解』とほぼ同文を引く）、『唐詩別裁集』「燕公嘗テ貶サレ二岳州ニ一……」とある。日本においても、土田泰『唐詩選講義』、戸崎允明箋註『箋註唐詩選』所引の呉山の説、森槐南『唐詩選評釈』上（文会堂、一九一八年）、久保天随『唐詩新釈』（博文館、一九〇八年）、簡野道明『唐詩選詳説』上（明治書院、一九二九年）、などが岳州左遷からの帰途とする。ちなみに、中島敏夫は、「唐汝詢のこうした地理上の多くの誤りは、汝詢が五歳から盲目であったことに関わっているのかもしれないと推測する」と述べる。

（水谷　誠）

張《ちょう》祜《こ》

0 金山寺

1 一宿金山寺

2 微茫水國分

3 僧歸夜船月

4 龍出曉堂雲

5 樹影中流見

6 鐘聲兩岸聞

7 因悲在城市

8 終日醉醺醺

金山寺《きんざんじ》

一宿《いつしゆく》す　金山寺《きんざんじ》

微茫《びばう》として　水国《すいこく》分《わ》かる

僧《そう》は帰《かへ》る　夜船《やせん》の月《つき》

竜《りよう》は出《い》づ　暁堂《げうだう》の雲《くも》

樹影《じゆえい》　中流《ちゆうりう》に見《み》え

鐘声《しようせい》　両岸《りやうがん》に聞《き》こゆ

因《よ》つて悲《かな》しむ　城市《じやうし》に在《あ》りて

終日《しゆうじつ》　酔《ゑ》ひて醺醺《くんくん》たるを

テキスト　『全』五一〇-8-5818　◆『体』五言律詩　◆『文苑英華』二三八　◆『唐詩品彙』六七　◆『唐詩紀事』五二　◆『張承吉文集』三（宋蜀刻本唐人集叢刊一八）　◆高士奇輯注『三体唐詩』五（文淵閣四庫全書本）　◆方回『瀛奎律髄』一「登覧類」　◆蔡正孫『詩林広記』九

校語

0**金山寺**　『全』では「題《ス》潤州《ノ》金山寺《ニ》」に作り、「一本《ニ》無《シ》上《ノ》三字」と校語を記す。『張承吉文集』では「題潤州金山寺」に作る。ここでは、『体』以下の諸本に従う。

1**寺**　『全』では「一《ニ》作《ル》頂《ニ》」とある。『文苑英華』『唐詩紀事』『詩林広記』では「頂」に作る。

2**微茫水國分**　『全』では「超然《トシテ》離《ル》世羣《ヲ》」に作り、「一《ニ》作《ル》〈微茫水國分〉《ニ》」と校語を記す。『張承吉文集』では「超然離世群」に作る。ここでは『体』以下の諸本に従う。なお、施蟄《ちつ》存『唐詩百話』（上海古籍出版社、一九八七年）では、「超然離世群」を佳とする。その理由として、作者が「一宿金山寺」した時に自分自身「超然離世群」と感じたからであり、しかもこの句が尾聯の「翻思《ス》在《リテ》朝市《ニ》」と呼応しているとする。また「微茫水国分」では第一句とは接続しないし、この句では「翻思」することもなくなり凡庸な詩句となるからであるとする。

3**船**　『張承吉文集』では「舡」に作る。船の俗字体。

4**曉**　『唐詩紀事』では「晩」に作る。

5**影**　『全』では「色」に作り、「一《ニ》作《ル》影《ニ》」と校語を記す。『張承吉文集』では「色」に作る。ここでは、『体』以下の諸本に従う。

7**因悲**　『全』では「翻思」に作り、「一《ニ》作《ル》因悲《ニ》」と校語を記す。『張承吉文集』では「翻思」に作る。

城　『全』では「朝」に作り、「一《ニ》作《ル》城《ニ》」と校語を記す。『文苑英華』『唐詩紀事』『張承吉文集』『詩林広記』では「朝」に作る。ここでは、『体』に従う。

〔付記〕『唐詩品彙』『唐詩紀事』では、作者を張祐とする（〔諸説の異同〕参照）。

詩型・韻字

五言律詩。分《ふん》・雲《うん》・聞《ぶん》・醺《くん》（上平声文韻〔文韻〕）。

語　釈

0**金山寺**　江蘇省鎮江市にある寺。町の中心から西北三キロの金山（海抜六〇メートル）にある。『元和郡県図志』巻二五によれば、氐父《てい》山（東晋が苻堅《ふけん》を破った時、この地で氐賊を捕らえたことから名付けたとある）というが、当地では俗に「金山」というと述べる。また、北宋の楽史『太平寰宇《かんう》記』巻八九「潤州」の条には、「金山沢心寺は町の東南の揚子江上にある。『図経』に、もともと浮玉山といったが、頭陀《ずだ》（修行僧の意）が開山のとき金を得たので金山寺というとある」と述べる。清末に島の南岸が対岸と陸続きになり、今では鎮江（潤州）から直接車で行くことができる。

金山寺は、東晋の創建になり、もとの名を沢心寺といったが、北宋の真宗より竜游寺の名を賜った。さらに清初に江天寺と改名された。通称金山寺という。文学的には、『白蛇伝』の舞台としても有名である。松浦友久編『漢詩の事典』（大修館書店、一九九九年）四三二頁以下参照。

2**微茫**　ぼんやりとして、はっきりしないさま。m-の子音を語頭にそろえた双声語。

水国　水辺の土地。水郷地帯。

分　あきらか・あきらかにする。現代中国語の「分明・呈現」の意にとる（王鍈《えい》『詩詞曲語辞例釈』八六頁、中華書局、一九八六年参照）。

この「分」に関して、村上哲見『三体詩』三（中国古典選三

一、朝日新聞社、一九七八年）では、A：あきらか、B：分かるの二義があるとし、ここでの用例はわかりづらいとした上でA説に近い「見分かつ」の意とする。ちなみに、A説を採るものとして、野口寧斎『三体詩評釈』下（郁文舎、一九一〇年）、前野直彬『唐詩鑑賞辞典』（今西凱夫執筆）東京堂、一九七〇年）など、B説を採るものとして、『三体詩素隠抄』下（勉誠社、一九七七年）、関本寅講義『三体詩法講義』（興文社、一八九三年）、岡田正之注『三体詩』（有朋堂書店、一九二〇年）、釈清潭訳弁講『国訳三体詩』（国民文庫刊行会、一九二一年）など。両説とも、論拠を示していない。

3**帰**　「帰り来る」の意にとる。郭在貽《い》『訓詁叢稿』（上海古籍出版社、一九八五年）「唐詩中的反訓詞」において、唐詩の「帰」には、A：帰り来る、B：帰り去《ゆ》くの二つの用法があるとする。

A説には村上哲見『三体詩』三など、B説には『三体詩素隠抄』下、前野直彬『唐詩鑑賞辞典』（ただし、『唐詩鑑賞辞典』では備考欄にてA説にも触れている）など。ともに論拠は示されていないが、A説では（托鉢などに出ていた僧などが）寺に帰って来るとし、B説では本院に参じていた僧たちがそれぞれの僧坊に帰っていくとする。

夜船月　金山は長江（揚子江）中の島であった（植木久行『唐詩の風景』（講談社学術文庫、講談社、一九九九年）所収の「京口三山図」（二一三頁）参照）ため、船で往来をしなければならなかった。この船が月光に映し出されている様子をいうのであろう。

4**竜出暁堂雲**　『易』「乾卦《けんか》・文言伝」に「雲従ハフレ竜ニ」とあるように、中国に古くから両者を関係づける思想があったことがわかる。ここでは竜が今にも姿を現すかのように、雲が湧き川霧が立ちこめていると解す。

ちなみに『三体詩素隠抄』下では、この句について暁がたに僧堂を見れば川霧が立ちこめている様子を「サテハ夜ハ僧堂ノ中ニ竜ガ宿シタルカ、暁ニナリテ雲ニ乗ツテ出ルカト、ヲモフタトゾ」とする一解をあげた上に、さらに「竜」を僧に「雲」を大衆にたとえたとする別の解にも言及している。また、釈清潭訳弁講『国訳三体詩』では、「竜象雲聚《りゅうぞううんしゅう》」は仏家の常套語であることから僧が雲のごとく集まる様と、真の竜が暁堂の雲を出す様の二義を含むとする。

6**鐘声両岸聞**　村上哲見『三体詩』三、前野直彬『唐詩鑑賞辞典』では、鐘の音が両岸から聞こえるとする。しかし、金山寺が江中にあったことを考えると、渡部英喜ほか『唐詩紀行』（渡部英喜執筆）昭和堂、一九八四年）や植木久行『唐詩の風景』のように、金山寺の鐘声が川幅の広い長江のしじまを破って両岸にまで響くのが聞こえる、と解するほうが妥当であろう。

7**因**　それがため、かくて。劉淇『助字弁略』一での「仍」の義の「因」とここでは考える。なお、『唐詩鑑賞辞典』では、「それがもとで、それがきっかけとなって」と解す。

城市　中国の古代都市は城壁に囲まれているため、「城市」という。現代中国語においても、都市を「城市」という。この「城市」をどの町と特定する必要はないが、対岸の潤州（鎮江）の町をいうと見るのが、穏当であろう。

8 **醺醺**　酒に酔うさま。

通釈

金山寺

金山寺に一夜宿れば、おぼろげに水郷の土地であることがわかる。

夜には、僧が船に乗って、月光の中を金山寺に帰ってくる。朝方には、僧堂に川霧が立ちこめて、（今にも）竜が現れる（かのよう）。

樹々の影は、揚子江の流れの中ほどに映って見え、鐘の音は、遠い両岸にまで聞こえてゆく。（このように金山寺はすばらしい所で、わが身が洗われる思いがする。）

それだけに、何とも悲しく思われる。この自分が世俗の町なかに住んで、一日じゅう酒びたりの生活をしていることが。

諸説の異同

異同の所在

「金山寺」の作者名の混乱

異同の類別

A　作者を張祜とするもの。

B　作者を張祐とするもの。

A説を採るもの：胡応麟『詩藪』内編巻四「近体上・五言」、胡震亨『唐音癸籤』二九、呉企明「張祜、張祐弁」（『唐音質疑録』上海古籍出版社、一九八六年）、譚優学『唐詩人行年考』（四川人民出版社、一九八一年）など。

B説を採るもの：『唐才子伝』、『三体詩素隠抄』下、『増注三体詩』（漢文大系二、冨山房、一九一〇年）など。

B説は、——〔校語〕の付記に掲げた諸本も含めて——いずれも作者を単に「張祐」とするのみであって、論拠などいっさい触れていないが、いずれも影響力のある諸本であるので列挙した。

異同の論拠

A説（作者を張祜とし、「祐」は「祜」の字の誤記とする説）

「張祜字《ハ》承吉、刻本大半作《ル》レ祐《ニ》、覧者莫《シ》レ弁《ズル》。縁《リテ》二承吉字《ニ》一、祐・祜倶《ニ》通《ズル》耳。一日偶《たまたま》閲《スレバ》二雑説《ヲ》一、張子《ノ》小名《ハ》冬瓜《ナリ》。或《あるひと》以《テ》譏《ル》レ之《ヲ》。答《ヘテ》云《フ》「冬瓜《ハ》合《まさニ》《ベシト》レ出《ヅ》二瓠《こ》（「祜《こ》」と音通）子《ニ》一」。則《チ》張之名祜《ナルコト》審《つまびラカナリ》矣。」

（以上、胡応麟『詩藪』内編巻四）

(1)　張祜・張祐はそもそも別人であるのか、それとも実は一人であって「祜」「祐」の字形が近いための誤字であるのか、問題をはっきりさせなければならない。

(2)　同じ記述が諸本によって、「祜」に作ったり「祐」に作ったりしている。たとえば、「宮詞」について述べた記述において、王観国『学林』、葛常之『韻語陽秋』では「祜」と、王灼『碧鶏漫志』では「祐」となっている。また、張為『詩人主客図』では「祜」であるのに、『唐詩紀事』では『詩人主客図』を引いて「祜」を「祐」に作る。さらに、杜牧と交遊があったことから杜牧に「登《リテ》二池州《ノ》九峰楼《ニ》一寄《ス》二張祜《ニ》一」の詩があるが、張祐の伝しか載せない『唐才子伝』にこの詩についての言及がある。以上のことから、張祜・張祐は同一人物を指していると思われる。

(3)　また、卒年に関して、『新唐書』「芸文志」において「祜《ハ》……大中中《ニ》卒《ス》」とし、王楙《ぼう》『野客叢書』二四では「祐死《ハ》二于宣宗《ノ》大中《ノ》初年《ニ》二」としていることからも同一人物である。

(4) 別集においては、『新唐書』「芸文志」に「張祜詩一巻」を著録し、『宋史』「芸文志」では「張祐詩十巻」、さらに胡震亨『唐音癸籖』三〇では「張祜詩十巻」となっている。また、北京図書館蔵南宋蜀刻本『張承吉集』では第一頁目の書名の下の署名は「張祐」となっているが、詩篇の中では「張祜」(「元和直言詩」「夢《ゆめム》二李白《ヲ》一」)となっている。これらのことからも、同一人物であることがわかる。

(5) それでは、同一人物である以上、「祜」「祐」のいずれが正しいのか、ということになる。

(6) 池州の斉山での石壁において、杜牧と題名(名勝見物した年月や同行の人名などを記す文体の一種)を書したのは、張祜であるとの記載が魏泰『臨漢隠居詩話』及び『宝刻類編』六に見えている。

(7) 唐人との応酬詩において杜牧・李渉に張祜と見え、また皮日休の文でも張祜とする。さらに、唐人選である『才調集』でも張祜に作る。

(8) 『本事詩』『雲渓友議』『唐摭言』一三「矛盾」、『唐語林』三などの筆記類では、張祜と記しており、また詩話においても「宮詞」を作った唐詩人の中の一人として張祜を挙げている。

(9) 以上の諸々の例から、中晩唐において張祐という詩人はおらず、「祐」は「祜」の字の誤記とするのが妥当である。

(以上、呉企明「張祜、張祐弁」)

備考

○『唐才子伝』六によれば、張祜は生来山水を愛し、著名な寺を多く遊歴したという。潤州においては甘露寺・招隠寺についても詩に詠んでいる。このほか、蘇州・杭州等の名刹にも実際訪れて詩を詠んでいる。また、金山寺・甘露寺は中晩唐以後、歴代の詩人によってよく詠われた詩跡である。『太平寰宇記』八九でも「以上《ノ》二寺《ハ》(金山寺・甘露寺)為《リ》二江山《ノ》勝絶一。復有《タリ》二名人《ノ》篇什一」と述べる。

○『唐詩別裁集』一三で、沈徳潜は「此《ノ》公《ノ》金山詩《ハ》最《モ》為《ルモ》二庸下一、偏《ひとへニ》以《テ》レ此《レヲ》得《タリ》レ名《ヲ》、真《ニ》不レ可《カラ》レ解《ス》」と述べ、「金山寺」詩を収めない。

(水谷 誠)

張《ちょう》籍《せき》

0野老歌
野老《やらう》の歌《うた》

1老翁家貧在山住
老翁《らうをう》　家貧《いへひん》にして　山《やま》に在《あ》りて住《ぢゅう》し

2耕種山田三四畝
山田《さんでん》を耕種《かうしゅ》すること三四畝《さんしほ》

3苗疏税多不得食
苗《なへ》は疏《そ》なるに税《ぜい》は多《おほ》くして食《しょく》するを得《え》ず

4輸入官倉化爲土
官倉《くわんさう》に輸《をさ》め入《い》れしは　化《くわ》して土《つち》と為《な》る

5歳暮鋤犂倚空室
歳暮《さいぼ》　鋤犂《じょれい》は空室《くうしつ》に倚《よ》り

6呼兒登山收橡實
児《じ》を呼《よ》び山《やま》に登《のぼ》りて　橡《しゃう》実《じつ》を収《をさ》む

7西江賈客珠百斛
西江《せいかう》の賈客《こかく》は　珠《しゅ》　百斛《ひゃくこく》

8船中養犬長食肉
船中《せんちゅう》の養犬《やうけん》は　長《つね》に肉《にく》を食《くら》へり

テキスト　『全』三八二─6─4280 ◆『唐張司業詩集』一・七言古詩（四部叢刊本）◆『張文昌文集』四（続古逸叢書本）◆『唐張司業詩集』一（国学基本叢書本）◆『張籍詩集』一（中華書局、一九五九年）

校語

0**野老歌**　『全』『四部叢刊本』『国学基本叢書本』『張籍詩集』には「一作ルニ山農詞ニ」との校語がある。『続古逸叢書本』は「歌」を「詞」に作る。「詞」は「歌」に同じ。

1**老翁**　『全』では「老農」に作る。ここでは『四部叢刊本』『続古逸叢書本』『国学基本叢書本』『張籍詩集』に従う。

3**疏**　『四部叢刊本』『続古逸叢書本』『国学基本叢書本』では「踈」に、『張籍詩集』では「疎」に作る。「疎」は「䟽」の異体字。「䟽」は「疏」に通ず。「踈」は「疏」の俗字。ここでは『全』に従う。

5**倚**　『全』『続古逸叢書本』では「傍」に作る。ここでは『四部叢刊本』『国学基本叢書本』『張籍詩集』に従う。

詩型・韻字

七言古詩。＊畝《ほ》・土《ど》（上声麌＊有韻（姥厚＊韻））／室《しつ》・實《じつ》（入声質韻（質韻））／斛《こく》・肉《にく》（入声屋韻（屋韻））。換韻。

語釈

0**野老歌**　張籍の創作になる新楽府《がふ》題。但し、宋の郭茂倩《せん》『楽府詩集』には未収。「野老」は、いなかずまいの老人。ここでは、貧しい老農夫を指す。歌は、行・吟・曲・引・詞などとともに歌辞系の詩（楽府・歌行）の題に頻用される字で、うた。

1**老翁**　年老いた男。老叟。

家貧在山住　家が貧しくて山間に住んでいる、という第一句は、第2句から第6句にかけての具体的描写に対する導入的表現となっている。袁行霈《はい》主編『歴代名篇賞析集成』上（鄭孟彤《とう》執筆）中国文聯出版公司、一九八八年）は、一般的にいって、山間地では畑が少なくやせていて、平地のそれよりいっそう苦しいであろうが、「家貧」といい「在山住」ということによって、そうした貧窮の印象を読者に鮮明に与える、という。

2 **山田**　山間の畑。田は、田・畑いずれをも指す。ここでは、おそらく段段畑のようなものであろう。

三四畝　唐代の一畝は約五・八アールだから、約一七・四アールから二三・二アール程の広さ。むろん、ここでは畑の狭いことを強調している。山田なので、その収穫は実面積以下のものであろう。

3 **苗疏税多不得食**　本来、土壌のやせた山間の畑なので、苗さえまばらにしか育たないのに、そんなことにはおかまいなく、取り立てられる税金は多い。そのために、食糧生産者である自分たち自身は、最低限の食事さえできない。そうした、不合理な苛斂誅求のさまをいう。

4 **輸入**　租税の穀物を役所に運び入れて納めること。輸租に同じ。

官倉　役所の穀物倉庫。直接的には、県の倉庫であろうが、それは、ひいては中央政府の倉庫にも直結している。同時代の元稹《しん》の「田家詞」（『全』四一八）にも、「種得《ヱタリ》官倉珠顆穀《カノ》、六十年来兵簇簇《そうそう》、月月食糧車轆轆《ろくろく》」とある。

化為土　租税の穀物が、長い間食せられることなく死蔵されて腐敗し、文字通り土と同化している無惨な状況をいう。類似の表現が、白居易の「秦中吟十首、其二、重賦《じゅうふ》」（『全』四二五）にも、「進《メ》入瓊《けい》林庫《ノニ》、歳《とし》久《シクシテ》化《シテ》為《ル》塵《ト》」とある。

5 **鋤犂**　鋤は、立って草を刈ったり田を耕やすのに用いる柄の長いクワ。犂は、牛馬用のカラスキ。ちなみに、日本語では語義が転倒して、中国とは反対に、鋤は「すき」を指し、鍬を「くわ」とする。なお、鋤犂を、日本の諸注釈書は「じょり」と読むが、多くの漢和辞典類が「じょれい」と読むのに従う。

倚　ここでは、壁にたてかけていること。

空室　収穫物も人の気配もないがらんとした家の中。ところで、この第5句を、太田青丘『詩と人生―中国の古典』（法政大学出版局、一九七一年）は、「歳の暮れだというのに、まだすき・くわで働いて、ガランドウの室でぐったり休む間もあらばこそ」と訳している。確かに、鋤犂には動詞的用法もあるが、やや深読みの感がある。ほとんど全ての日・中の注釈書は、歳末になって、収穫物の全てを租税として徴収され、何もない「空室」に、農具だけがむなしくたてかけられている、と解している。なかには、「空室」の外、つまり家の外の壁にたてかけているとする注釈書や、鋤犂だけが老農夫につれそうものとして寂しくある、と解するもの（この説は、第6句の「呼児」と少し矛盾しよう）もあるが、通説に従っておく。同時代の柳宗元「田家三首（其二）」（『全』三五三）の「蚕糸《さんし》尽《ことごとクいたシ》輸税《ニ》、機杼《きちょ》空《シク》倚《よル》壁《ニ》」という表現と一脈通じるものがあろう。

6 **呼児**　自分の子供を呼びつけて。児は、男女の子供についていえるが、ここでは息子。年少の息子とすれば、老翁には、これから十分に食べさせて養育しなければならぬ子供がいるということであり、生活の苦しさの一端を示していよう。

橡実　従来の日本の通説は、トチの実とするが、ドングリと解する方が妥当であろう。トチの実とドングリは、形状・用途などよく似ているが、厳密には異なる樹木の果実である。ドングリは、今日の植物学では、カシ・コナラ・クヌギなどのブナ科コナラ属の果実の俗称であり、楕円形または卵円形の堅果で、その下部が椀形または皿形の殻斗で包まれている。特にクヌギの果実を指す場合が多いようである（〔備考〕参照）。ちなみに、「橡実」は、古来、不作の年や飢饉の時の救荒食品として用いられており、たとえば、『晋書』巻五一「摯《し》虞《ぐ》伝」には「（摯虞）遂ニ流㆓離シ鄠・杜之間㆒ニ、転㆓入シテ南山中㆒ニ、糧絶エ飢ウルコト甚シ、拾ヒテ㆓橡実㆒ヲ、而食ラフ㆑之ヲ」とあり、『唐書』巻一一四「崔従伝」には「（崔従）会ヒ㆓歳饑《さいき》㆒ニ、拾ヒテ㆓橡実㆒ヲ以テ飯トシ、講学不㆑廃セ」とある。詩にも散見されるが、杜甫の「乾《けん》元中、寓㆓居シ同谷県㆒ニ作ル㆑歌ヲ七首（其二）」に「歳《としどし》拾ヒテ㆓橡栗㆒ヲ随フ㆓狙《しよ》公㆒ニ」とある「橡栗」も、ドングリの類である。

7西江　日・中の諸注釈書ともに、A＝桂・黔《けん》・鬱《うつ》三江の水が、広西壮族自治区蒼梧県で合流し、東流する部分、つまり珠江の上流の主流である西江一帯を指すとする説と、B＝江西省九江市一帯の長江とする説とに大別される。他に、C＝江蘇省蘇州市西方の長江、D＝長江の中下流域、E＝長江、F＝（不特定の）西の川などの諸説があり、ここではD説が妥当として解釈している。〔諸説の異同〕参照。

賈客　賈は商人。客は旅人。商売のために各地を旅している商人。但し、ここでは零細な行商人ではなく、大船を用いて国内貿易に従事しているような豪商、富商であろう。

珠百斛　「珠」は真珠。古来、広東沿海は、海産の真珠の名産地であった。ちなみに、中国では、各地の河川で淡水産の真珠の採取も行われていたようである（参照：藪内清訳注『天工開物』下巻、珠玉〔注〕、東洋文庫、平凡社、一九六九年）。一斛は、一〇斗。唐代の一斗は約〇・五九リットルだから、一斛は約五・九リットル。真珠が約五九〇リットルもあるということ。もっとも、必ずしも実数と考える必要はなかろう。ところで、「西江」をどう解釈するかによって、この「珠百斛」を、商品としてみるか、富の象徴としてみるか、異なってくる。〔通釈〕では後者に解している。

8船中養犬長食肉　商船の商人たちは、旅行時の家ともいうべき船中で、ペット、あるいは番犬として犬を飼っており、常に農民の口には入らない肉の餌を与えているということ。つまり、農民は、商人の飼犬にも劣るという痛烈な諷刺の語であり、いうまでもなく第6句の「収ム㆓橡実㆒ヲ」と対応している。農村を背景とした自然詩的な唐詩には、鶏犬の吠える情景が常套的に描写されるが、この句のように商人の飼っている船中のペット的な犬を描くのは珍しく、風俗資料としても興味深い。現在でも、家族やペット、家財道具などを船上に積んで長江を往来する各種の船を見ることができる。

通釈

老農夫のうた

年老いた農夫は、家貧しく山に住んでいて、三、四畝にすぎぬ山の畑を耕やして生計をたてている。

（土壌の痩せている山間の畑ゆえ）苗さえもいくらも育たないのに、租税のみ多くて、（自分たちは）食べることもできない。お上の倉庫に納めた穀物はといえば、（あり余って）腐り果て土になっている有様。

（本来なら、楽しく新年を迎えるべき）年の暮に、くわやすきの農具だけが、（人気《ひとけ》もなく何もない）がらんとした空っぽの家の中に立てかけられているのみだ。子供を呼んで山に登り、ドングリを拾い集めて食べ物とするしかない。

長江の中下流域をゆきかう大商人たちは、真珠を百斛も蓄えていて、彼らが船中で飼っている犬でさえ、（農民の暮らしよりはるかにぜいたくで、）いつも肉を食べているというのに。

諸説の異同

異同の所在

「西江」はどの川を指すか

異同の類別

A　珠江の主流である西江。

B　江西省九江市一帯の長江。

C　江蘇省蘇州市西方の長江。

D　長江の中下流域。

E　長江。

F　西の川。

A説を採るもの：徐澄宇『張王楽府』（古典文学出版社、一九五七年）、中国社会科学院文学研究所『唐詩選』下（人民文学出版社、一九七八年）、武漢大学中文系古典文学教研室『新選唐詩三百首』（人民文学出版社、一九八〇年）、李樹政『張籍王建詩選』（生活・読書・新知三聯書店香港分店、一九八二年）、蕭滌《でき》非ほか『唐詩鑑賞辞典』（周嘯天執筆）上海辞書出版社、一九八三年）、横山伊勢雄『中国古典詩聚花①　政治と戦乱』（小学館、一九八四年）、栗斯『唐詩故事続集』三（中国国際広播出版社、一九八八年）、李冬生『張籍集注』（黄山書社、一九八九年）、党誠恩『中国歴代商賈詩歌選』（中国商業出版社、一九九〇年）、松浦友久ほか『心象紀行　漢詩の情景③　理想への意志』（坂田新執筆）東方書店、一九九〇年、）など。

B説を採るもの：王易鵬『古代詩歌選』二（少年児童出版社、一九六一年）、南充師範学院中文系古典文学教研組『古代詩歌選』（四川人民出版社、一九七九年）、朱東潤『中国歴代文学作品選』中編第一冊（上海古籍出版社、一九八〇年）、楊磊《ようらい》『読点唐詩』（雲南人民出版社、一九八一年）、程千帆ほか『古今詩選』下（上海古籍出版社、一九八三年）、閻簡弼《えんかんひつ》『唐詩選注』（遼寧人民出版社、一九八五年）、張志浩ほか『聞一多選唐詩』（岳麓書社、一九八六年）、袁行霈《はい》ほか『歴代名篇賞析集成』上、潘百斉『全唐詩精華分類鑑賞集成』（河海大学出版社、一九八九年）など。

C説を採るもの：『中国歴代詩歌選』上編二（人民文学出版社、一九六四年）。

D説を採るもの：吉川幸次郎ほか『唐詩選』（筧文生《かけひふみお》執筆）筑摩叢書、筑摩書房、一九七三年、）、高橋良行「張籍『野老歌』における『西江賈客』について」（『学術研究　外国語・外国文学編』第四二号、早大教育学部、一九九四年）。

E説を採るもの：林家英ほか『中国古典詩歌選注』二（甘粛人民出版社、一九八五年）。

F説を採るもの：太田青丘『詩と人生—中国の古典』、原田憲雄『中国名詩選』（人文書院、一九七三年）、屈春山ほか『古今名詩選読』（河南人民出版社、一九八一年）、朱宏恢《こうかい》ほか「自成一家　風格

多様—読張籍詩『野老歌』和『夜到漁家』」（中央人民広播電台文芸部『閲読和欣賞　古典文学部分㈨』所収、広播出版社、一九八四年）など。

異同の論拠

A説（珠江の主流である西江とする説）

今の広東省の西江を指すとみるべきである。広東は、真珠をとりあつかう商人の出身地である。

（以上、徐澄宇『張王楽府』）

B説（九江市一帯の長江一帯とする説）

今の江西省九江市一帯を指す。ここは、唐代には江南西道に属していたので、西江というのである。当時、この一帯は、商業の盛んな地域であった。

（以上、南充師範学院中文系古典文学教研組『古代詩歌選』）

C説（蘇州市西方の長江とする説）

李白の「蘇代覧古」に「祇《ただ》今惟《ただ》有《リ》㆓西江月《ノ》《ノミ》㆒、曾《テ》照《ス》呉王宮裏《ノ》人」とあり、「烏棲曲」に「起《ツテ》看《みル》秋月《ノ》墜《ツルヲ》㆓江波《ニ》㆒」とあるのからすれば、江は姑蘇（今の蘇州）のまちの西方にある。張籍の本籍は姑蘇だから、あるいは即ちここを指しているのかもしれない。

（以上、『中国歴代詩歌選』上編㈡）

D説（長江の中下流域とする説）

揚子江の中下流域を指す。『張王楽府』の注者徐澄宇氏が、真珠商人の多く出た広東市に河口をもつ珠江の上流をいう、と解するのはおそらく誤り。（以下、白居易「塩商婦《ノ》」の「嫁《シ》得《タリ》西江《ノ》大商客」に注して）劉禹錫の「夜聞《ク》㆓商人船中《ノ》箏《そうヲ》㆒七絶」（『劉夢得外集』八）に「揚州市裏商人の女、来たりて占む西江明月の天」という。

（以上、吉川幸次郎ほか『唐詩選』〈筧文生執筆〉）

E説（長江とする説）

西江は、本来長江上流を指すが、ここでは広く長江を指している。

（以上、林家英ほか『中国古典詩歌選注』㈡）

F説（西の川とする説）

言及されていない。

以上のA～F説は、いずれも十分な論拠を示しているとは言い難いが、要するに、珠江の主流である西江とみるA説と、長江とみるB～E説とに大別され、なかでもA説とB説は数量的にみて拮抗している。

まずA説は、今日、地理学的に西江といえば、雲南省曲靖市の馬雄山に源を発する南盤江から始まって、途中の広西壮族自治区で、北盤江・柳江・鬱江・桂江を合せ、広東省に入ってから初めて西江と呼ばれる、中国南方最大の川、珠江（二一九七キロメートル）の主流を指すのがふつうである点と、古来、広東地方は、真珠の採取が盛んな地域であり、当然、それらを売買の対象とする商人たちも多かったと思われる点を結びつけて考えているようである。そのため、A説をとる中国の注釈書のほとんど全てが、広東一帯（なかには、広西、または両広〔広東・広西〕一帯とするが）の真珠を売買する旅のブローカー的商人と解している。すなわち、詩中の「珠百斛」を富の象徴としての「珠」ではなく、商品としての「珠」とみなしているのである（もっとも、A説の日本の二書は、広東の商人としつつ、「珠」を富の象徴とみなしている）。

このA説は、それなりに説得力があるように思われるが、さらに

A説の立場から補えば、張籍は、諸国歴遊の青年時代（22歳～25歳、または20歳～30歳）に、嶺南（広東・広西）にも旅したことがあるらしく、もし、そうであるとすれば、第7・8句は、彼自身の直接的な見聞を素材とした可能性も含まれる。

次に、B説が根拠とする九江、当時の江州（潯陽）が江南西道に属していたというのは確かだが（参照：『元和郡県図志』巻二八、江南道四）、それゆえ西江と称したという文献資料は未詳。

C・D説は、他詩人の西江の用例から類推しており、有効な方法と思われるが（もっとも、C説が「烏棲曲」を引くのは理解し難い）、用例が少なすぎよう。かつ、C説は、張籍の本籍とも結びつけている。張籍の本籍については、従来、蘇州・和州の二説あるが、本籍が蘇州、父の張輩の代に至って和州（安徽省烏江）に移居しているので、蘇州西方の長江とはゆかりがあると考えているのであろう。

いずれにしろ、B～E説は、長江のどの流域を指すか（あるいは漠然と長江全体を指すか）という相対的な差異ともいえようが、地理学的に長江の一部を西江と固定化した名称で呼ぶことはないようであるから、C・D説のように詩語としての用法を確認しておくことが有効であろう。

「西江」の語は、『荘子』雑篇、外物篇に、「(荘) 周曰《ハク》、諾《ト》。我且《まさニ》《ス》三南《ノカタ》遊《バシト》二呉越之王《ニ》一。激《シテ》二西江之水《ヲ》一而迎《ヘン》レ子《ヲ》。可《ナルかト》乎」と見えるのが最初のようであるが、この語が、呉越の辺りを起点にして、西方の長江を指すのは、文脈からみて妥当と思われる。次に、詩についていえば、『詩経』から南北朝末までの間に詩語としての定着はなく、劉宋の謝瞻《せん》「王撫《ぶ》軍・庾《ゆ》西陽集《ノつどヒニ》別《ル》」詩（『文選』巻二〇）等三首に見られるのみであるが、いずれも少なくとも長江中流辺りを指すと考えられる。

続いて、唐代になると、張説《えっ》・王維・孟浩然・王昌齢・李白・杜甫・岑参《しんじん》・高適・李嘉祐・賈至・劉長《ちょう》卿《けい》・韋応物・皇甫曾・権徳輿《よ》・劉禹《う》錫《しゃく》・張籍（野老歌の他に一例）・王建・元稹《しん》・白居易などに見られる。これらのうち、用例の顕著な李白（八例）は、全て長江中流（武漢）から下流（南京）にかけて、杜甫（一一例）は全て三峡の夔《き》州から湖北省公安県に滞在中に作っており、白居易は、七例中五例が江州司馬として九江在任中の作である。他詩人の用例も含めて通覧すると、基本的には全て四川省東部の三峡以東から、江蘇省の南京・揚州付近までの間、中でも安徽・江西省流域の長江を中心的に指していると判断され、珠江水系を指す用例は、張説の二首などを例外として、見出し難い。この点で、A説とB～E説との差異は決定的である。

ところで、「野老歌」の主題は、苛税に苦しむ老貧農への張籍の同情であり、悪政を行う為政者への怒りである。しかし、この作品は、老貧農と対極的な莫大な富を蓄えた豪商を対置させることによって、商賈詩（商人詩）の側面をもっているともいえよう。そこで、詩語史的検討とは別に、商賈詩の観点から見ても、長江説の方が妥当であると考えられる。

商業・商人等を素材の一部とする商賈詩は、『詩経』以来、魏晋南北朝詩や初唐詩においても、断片的、断続的に見られるが、李白・杜甫に至って比較的多くの作例が見られる。しかし、両者の間には微妙な違いがある。それは、李白には商人への批判という視点が感じられないが、杜甫には一部の詩に、商人の過剰な利益追求

（貪利）への批判、即ちそうした商人や商業活動を、政治経済的、社会的悪としてとらえる公的視点が芽生えてくるのである。

このような杜甫的な視点は、続く中唐の顧況「上古之什補亡訓伝十三章（其七）蘇方（熱帯地方に産す樹木の一種）一章」（『全』二六四）、元稹「估客楽」（『全』四一八）、白居易「塩商婦」（『全』四二七）、「琵琶行」（『全』四三五）、劉禹錫「賈客詞」（『全』三五四）など、一時期いわゆる諷諭詩人として活躍した詩人達の作品に、より明白な形で継承されるようになる。これらの作品に描かれている商人は、胡商・塩商・茶商などであるが、いずれも長江中下流域を舞台とした大商人である。そして言うまでもなく、張籍は彼らと直接的、間接的に深い交友関係のあった詩人であり、商人への批判を一篇の主題とし、比較の対象として農夫を点綴している彼の「賈客楽」（金陵《ノ》向《に》西《し》賈客多《シ》、船中《ニ》生長《シテ》楽《シム》㆓風波《ヲ》㆒。……）は、明らかに白居易らの作品と同系列の作品である。張籍の「賈客楽」は「野老歌」の姉妹編ともいうべき作品であり、従って、「野老歌」における「西江賈客」もまた、長江中下流域を舞台とする大商人と解するのが自然であろう。

（以上、高橋良行「張籍『野老歌』における『西江賈客』について」）

備考

○「橡実」の意義

『大漢和辞典』では、「橡」の字解として、「木の名。とち。つるばみ。七葉樹科の落葉喬木。……又、くぬぎの類。又、其の実」と記し、「橡実」を「橡の実。橡子。櫟《れき》実」と訳している。『新字源』でも、「橡」を「①とち。②くぬぎ。③つるばみ。どんぐり」と字解している。確かに、日本では、古来、「橡」字は「とち」と「くぬぎ」や「どんぐり」に共用されてきたようである（参照：木村陽二郎『図説草木辞苑』（柏書房、一九八八年）の当該項）。しかし、今日の植物学では、とちのきは、主として四国以北に自生する日本特産のトチノキ科の落葉高木であり、くぬぎは、日本・中国の山地に広く自生するブナ科の落葉高木である（増淵法之『日本中国植物名比較対照辞典』（東方書店、一九八八年）によれば、トチノキ科の木は、二属約二五種のうち、中国には一属八種があるのみだが、ブナ科の木は、世界に八属約九百種あり、中国には五属約二八〇種があるという）。そして、どんぐりというのは、クヌギ・コナラ・カシ・カシワなどブナ科コナラ属の果実の種子の俗称であるが、特にクヌギのそれを指すようである。また、つるばみは、古名つるはみで、くぬぎのことであり、漢和辞典類の字解には混乱がみられる。

一方、中国でも、『唐・新修本草』『本草綱目』『三才図会』など歴代の本草学関係文献には様々な記述がみられ、必ずしも一様ではないが、『辞源（修訂本）』『漢語大詞典』『漢語大辞典』などをあわせみると、「橡」は櫟樹、櫟樹の果実とされ、「橡実」は、橡栗・橡斗・橡果・橡子に等しく、いずれも櫟樹、すなわち、くぬぎの果実（櫟実・櫟梂《きゅう》）としている。橡実がくぬぎの果実であることは、木村康一編『新註校定国訳本草綱目』第八冊（春陽堂書店、一九七五年）や、上海科学技術出版社・小学館編『中薬大辞典』第二冊（小学館、一九八五年）でも確認することができる。したがって、橡実が、基本的にブナ科の樹木の果実の種子を指すことは確かなようであり、日本の諸注釈書が（原田憲雄『中国名詩選』を除いて）とちの実と解しているのは妥当を欠く。むしろ、どんぐりと訳しておく方がより妥当であろう。

付言すれば、杜甫の「北征」や「乾《けん》元中、寓居シ同谷県ニ作ル歌ヲ七首（其二）」詩中の「橡栗」を、鈴木虎雄『杜少陵詩集』以降、多くがとちの実や栗と解しているが、これもどんぐりと解すべきであろう。

（高橋　良行）

陳《ちん》子《す》昂《ごう》

0 感遇
1 朝入雲中郡
2 北望單于臺
3 胡秦何密邇
4 沙朔氣雄哉
5 藉藉天驕子
6 猖狂已復來
7 塞垣無名將
8 亭堠空崔嵬
9 咄嗟吾何歎
10 邊人塗草萊

感遇《かんぐう》
朝《あした》に雲中《うんちゆう》郡《ぐん》に入《い》り
北《きた》のかた　単于《ぜんう》台《だい》を望《のぞ》む
胡秦《こしん》　何《なん》ぞ密邇《みつじ》たる
沙朔《ささく》　気《き》　雄《ゆう》なるかな
藉藉《せきせき》たり　天《てん》の驕子《けうし》
猖狂《しやうきやう》　已《すで》に復《ま》た来《きた》る
塞垣《さいゑん》　名将《めいしやうな》無く
亭堠《ていかう》　空《むな》しく崔嵬《さいくわい》たり
咄嗟《とつさ》　吾《われ》　何《なに》をか歎《なげ》く
辺人《へんじん》　草萊《さうらい》に塗《まみ》る

テキスト　『全』八三-2-894　◆北宋、姚鉉《ようげん》『唐文粋《ぶんすい》』一八（四部叢刊）◆『唐詩紀事』八　◆『陳伯玉文集』一（四部叢刊）◆『陳子昂集』上（明銅活字本『唐五十家詩集』二）◆『陳子昂集』

上（明、張遜業『十二家唐詩』）◆『陳伯玉集』上（明、朱警『唐百家詩』）◆『陳拾遺集』一（文淵閣四庫全書）◆徐鵬校『陳子昂集』一 ◆明、高棅《こうへい》『唐詩品彙』三 ◆明、黄徳水・呉綰《ごわん》『（初盛）唐詩紀』初唐・二一

校語

0**感遇** 『唐文粋』に、「感寓詩三十八首」に作る。『全』および『明銅活字本』、『（初盛）唐詩紀』では、「感遇詩三十八首」と題し、他の別集では、「感遇三十八首」と題する。本作品は、以上の集および『唐詩紀事』では、その三七番目に位置づけられている。『品彙』では「感遇詩三十六首」とし、本作品を其一八とする。

詩型・韻字

五言古詩。臺《*だい》・哉《*さい》・來《*らい》・嵬《くわい》・萊《*らい》（上平声灰韻〈仄咍*韻〉）。

語釈

0**感遇** 自らの境遇や、おりにふれて遭遇した事物に対する感慨を詠じた詩。韓理洲「『感遇詩』析疑」には、「感遇」という題は、「寓意を持つ、時宜をえた見聞の実録」の意であるとする（同『陳子昂研究』上海古籍出版社、一九八八年所収）。ちなみに、元の楊子弘編『唐音』二に収める陳子昂「感遇二十四首」の条に対して、明の張震は、「感遇云《ト》者《フは》、謂《フ》有《リテ》感《ズル》於心《ニ》而寓《シ》於言《ニ》、以《テ》攄《のブルヲ》其意《ヲ》也。又云《フ》、感《ジ》之《ヲ》於心《ニ》、遇《あヒテ》之《ヲ》於目《ニ》、情発《シテ》於中《ニ》、而寄《ス》於言《ニ》。如《キモノ》荘子《ノ》寓言《ノ》類《たぐひノ》是也」という（文淵閣四庫全書本）。なお、遇と寓は同音である（『広韻』去声、十遇の条）。

〔校語〕に示したように、「感遇」詩は三八首の連作である。その制作時期について、『旧唐書』一九〇中「文苑伝（陳子昂伝）」は、彼の感遇三十首（『新唐書』一〇七「陳子昂伝」では三八章）を見た王適が、「此《ノ》子必《ズ》為《ラン》天下《ノ》文宗《ト》」と評したとし、文明元年（六八四）の春、進士に及第した二十代の半ばごろより以前、すでに制作されていたとする。しかし、

①より古い、（陳子昂の友人）盧蔵用の書いた「陳氏別伝」には、王適が陳子昂の詩を見て、右の評を述べたとするのみで、「感遇」詩を見ての評とはしていないこと（盧蔵用については、本書二六二頁の「薊丘覧古」参照。「陳氏別伝」は、『文苑英華』七九三、『全唐文』二三八、および、徐鵬校『陳子昂集』所収）。

②作品中に、この連作が、さまざまな時期に作られたと思われる語が見出されること（例えば、第二七首に「朝《ニ》発《シ》宜都《ノ》渚《ヲ》、浩然《トシテ》思《フ》故郷《ヲ》」とあるのは、明らかに彼が蜀を出る時の作、第二九首に「丁亥歳云《ここニ》暮《レ》、西山事《トス》甲兵《ヲ》」とあるのは、丁亥の年すなわち、垂拱三年（六八七）の作であることを示すものと思われる）。

から、青年時代から晩年に至る長い期間にわたって書き続けられたものと考えるべきであり、同一時期に全てが作られたとは考えがたい。羅庸「陳子昂年譜」開耀元年（六八一）の条（徐鵬校『陳子昂集』所収。もと『国学季刊』第五巻第二号〈北京大学、一九三五年〉収載）、韓理洲「『感遇詩』析疑」参照。

羅庸「陳子昂年譜」では、「感遇三十八首」の第三七首にあたる本詩を、則天武后の垂拱二年（六八六）、左補闕であった喬《きょう》知《ち》之《し》の北征に、作者が従った時の作とする（開耀元年の

条）。彭慶生《ほうけいせい》『陳子昂詩注』も同じ説である（四川人民出版社、一九八一年）。詳しくは、〔備考〕の項⑴を参照。

この連作は、中唐の皎然『詩式』三に、早くも、「子昂の『感寓《ママ》三十首』は阮公の『詠懐』に出づ」（李壮鷹『詩式校注』〔斉魯書社、一九八六年〕による）と明示されるように、魏の阮籍「詠懐」詩の影響を受けて作られたとされ、従来、陳子昂が、六朝美文の余風を受けた当時の詩壇に抗して、古雅に復することを提唱し、実践した作品と目されてきた。

そして、その追随者として、張九齢「感遇十二首」や李白「古風五十九首」を生んだこと、および、杜甫や白居易からも賞讃されたことなどから、今日まで概ね高い評価を受けている。詳しくは、〔備考〕の項⑵を参照。

1**雲中郡**　春秋時代の戎狄《じゆうてき》の地。戦国時代は趙に属した。秦は始皇一三年（前二三四）に郡を置く（『水経《すいけい》注』三「河水」）。以来、中国の北方防衛の要衝と目された。その治所も雲中の名をもって呼ばれるが、位置は時代と共に変遷した（詳しくは、『嘉慶重修大清一統志』一六〇「帰化城六庁」参照）。

本詩にうたわれた雲中郡については、従来、

①漢の雲中郡（治所は、今日の内蒙古自治区托克托《トグト》県の東北）とする説（彭慶生『陳子昂詩注』や韓理洲「詩文編年補正」〔『陳子昂研究』所収〕など）。

②唐の雲中郡（治所は今日の山西省大同市）とする説（高校用教科書『唐詩抄』〔東京書籍〕など）。

がある。ここでは、①に従い、漢の雲中（あるいは、その付近）としておく。詳しくは、〔備考〕の項⑶参照。次の句に言う「単于台」は、①②のほぼ北側に位置する。

2**望**　意識的意図的に、遠くの対象物を眺めること。

単于台　塞外に在った展望台（物見台）の名。単于とは、匈奴の王の称号。『漢書』六「武帝紀」の元封元年（前一一〇）の条に、「（武帝が兵一八万を率いて）行《キテ》レ自《より》二雲陽一、北《ノカタ》歴《ヘテ》二上郡、西河、五原《ヲ》一、北《ノカタ》登《ル》二単于台《ニ》一」と見える。その位置は呼和浩特《フフホト》市（古くは、綏遠帰化城）の西とされる（『辞海』一九七九年版）。

同じ作者の「感遇」第三五首にも、「西《ノカタ》馳《はせ》二丁零《ノ》塞《ニ》一、北《ノカタ》上《ル》二単于台《ニ》一」とあり、当時においても、単于台と称する台が存在し、作者自らがそれに登ったことがわかる。

3**胡秦**　胡地と秦地。胡は、唐代、ペルシア系のソグド人（粟特、Sogdiana）を多く指すが、ここでは中国の北方や西方の遊牧民族の総称。彭慶生『陳子昂詩注』は、ここでは、突厥を指すとする。また、秦は、狭義には今日の陝西省一帯を指すが、ここでは、天下を統一した始皇帝の秦帝国の意から引伸して、中国全体を指す。遊牧民族の地と中国本土。

何密邇　何は、「何と……なことか」と感嘆する気持ちをあらわす用法。「密」「邇」は共に、ぴったりとつく意（類義語）。『書経』周書「畢名《ひつめい》」に、「密二邇《シ》王室《ニ》一、式《もつテ》化《ス》二厥《そノ》訓《おしへニ》一」とある。

4**沙朔**　沙は沙漠（砂漠）。朔は北。「北方の砂漠地帯」。

気　明瞭な形はないが、何となく感ぜられる勢い。

雄　おおしい。威勢が良い。

5**藉藉**　多くのものが乱れ散らばる様子。籍籍とも書く。「紛紛」とほぼ同意。

天驕子　漢代、匈奴の自称として用いられた言葉で、天帝のわがまま息子、天帝お気に入りの暴れ息子の意。『漢書』九四「匈奴伝」上によれば、匈奴の王は、「胡は天の驕子なり」と自称して、中国の北辺を侵したという。以後、辺境の強盛な異民族やその首領を「天の驕子」という。略称は「天驕」。

匈奴は、滅亡後も中国歴代の王朝を悩ませた、種々の遊牧民族の代称とされた。陳子昂の時代に勢力を保ち、唐と対峙していた遊牧民族としては、イルティリシュ可汗（骨咄禄《こっとつろく》）の再興した突厥《とっけつ（くつ）》（突厥第二帝国）や吐蕃、あるいはまた孫万栄《そんばんえい》らの率いる契丹《キタイ》（本書二六一頁以下「薊丘覧古」参照）などの名が挙げられる。羅庸「陳子昂年譜」の説によれば、鉄勒部（T'ieh-le）の同羅（Tongra）、僕固（P'u-ku 僕骨、薄骨）を指す。鉄勒部は、貞観一二年（六四六）以降、唐に支配されていたが、高宗の永淳元年（六八二）に突厥第二帝国が唐に反旗を翻すと、それに帰属した。詳しくは、〔備考〕の項(1)を参照。

6 **猖狂**　「猖」は盛んに暴れる。たけだけしい様子。意にまかせて、たけりくるうさまを表す畳韻の語。

已　副詞。「未」の対義語。もう……してしまった。「早已」（とっくに）。

復　反復や連続を表す副詞とも、あるいはまた、軽い副詞接尾辞とも考えられる。蔣紹愚「唐詩詞語小札」（同『唐詩語言研究』、中州古籍出版社、一九九〇年）の「二七、復」の条には、形容詞や副詞の語尾（接尾辞）としての用例をあげ、その中に、「青春已《ニ》復《タ》過《グ》、白日忽《チ》相《ヒ》催《もよほス》」（李白「寄《ス》レ遠《キニ》」十二首其四）が見える（『分類補注李太白詩』二五。四部叢刊）。ここでは、通常の、反復の意か。

7 **塞垣**　辺境地区（塞）に設けられた城壁（垣）。具体的には、中国の内外をへだてる（万里の）長城をいう。南朝・宋の鮑照「東武吟」（『文選』二八）に、「後《ニ》逐《ヒテ》二李軽車《ヲ》一、追《ヒテ》レ虜《ヲ》窮《ム》二塞垣《ヲ》一」とあり、李善注にも引く、後漢の蔡邕《さいよう》「難《ズ》四夏育《かいくノ》上《ヲ》三言《スルヲ》鮮卑仍《しきリニ》犯《スト》二諸郡《ヲ》一」（『蔡中郎文集』六（四部叢刊））に、「秦築《キ》二長城《ヲ》一、漢起《コスハ》二塞垣《ヲ》一、所以《ゆゑん》下別《カチ》二外内《ヲ》一、異《ニスル》中殊俗《ヲ》上也」とあり、五臣（張銑）注に、「塞垣《トハ》、長城也」という。松浦友久編『漢詩の事典』二九六頁以下参照。

8 **亭堠**　国境地域にあって、敵の様子をうかがうための物見台。物見やぐら。亭候とも書く。

空崔嵬　「空」は、本来そこに存在すべきものが存在しない状態、ないしはその結果生じる感情（埋田重夫執筆「長恨歌」（『正編』五〇〇頁））。「崔嵬」は、建物などが高くそびえる様子を表す畳韻の語。後漢、班固「西都《ノ》賦」に、「爾《しかシテ》乃《チ》正殿崔嵬《トシテ》層構《ス》」とあり（『文選』一）、その李善注に、「崔嵬《トハ》、高《キ》貌《かたち》也」と見える。「むなしく高くそびえている」。

名将が存在しない情況下にあっては、たとえ物見台が高くそびえて、敵をいちはやく発見しても、敗北が目に見えているからむだである。彭慶生『陳子昂詩注』にいう、「この二句は、辺将が無能であり、物見台が高く険しいにもかかわらず、かえって敵が侵入するのを防止できなかったのをそしっている」。

9 **咄嗟**　悲嘆の語。咄は舌打ちをする、また、その音。嗟は、嗟嘆の語がある通り、なげくこと。「嘆く声、ためいきをつく声」。西晋、左思「詠史」詩（八首其八）に、「咄嗟復《また》彫枯《セリ》」とあり

（『文選』二一）、張銑注に、「咄嗟《トハ》、嘆詞也」と見える。

何歎　「何」は疑問詞。安、焉、曷、胡、寧、奚などより重い意味を示す（荻生徂徠『訓訳示蒙』四）。『詩経』鄘《よう》風「相鼠《しょうそ》」に、「人《ニシテ》而無《クンバ》レ儀、不《シテ》レ死《セ》何《ヲカ》為《サン》」とある。「（一体）何を嘆くのか」。その理由は、次句に詠じられる。

「感遇」三八首には、第一〇、一四、二〇を除いた三五首に、四十余回の疑問・反語が見られる。そしてその特色は、他人と自分との対立を明らかにした上での措辞である点にある（安東俊六「陳子昂の『感遇詩』を支える思想について」（『中国文芸座談会ノート』一六所収、九州大学中国文学会、一九六七年二月）。

10 **辺人**　辺境の住民や、辺境を守る兵士たち。

塗草莱　草むらの中で無残な死をとげる意。「士卒塗《まみル》二草莽《ニ》一」（李白「戦城南」）の「塗草莽」と同様の表現。動詞としての「塗」は、日本語としては、「まみる（まみれる）」と訓ずるが、漢語表現としては、「（塗《どろ》のようなものを）塗《ぬ》る」「塗《ぬ》りつけたように広がる」「塗りつけたように汚す」の意。無残な死にかたを形容する「肝脳（胆）塗《ル》レ地《ニ》」（戦死者の肝臓や脳みそ（胆嚢）が地面に広がる意）と同じ。従って、「死んで野草をその血で汚す」、「兵士の流した血が草にくっつく」と意訳することも可能である（植木久行執筆「戦城南」（『正編』六九三頁）参照）。「草莱」は、雑草のくさむら、生い茂った雑草。

通　釈

感　遇

朝、（辺境の地）雲中郡に入り、北のかた単于台をながめやる。（こうして見ると）異民族の地と、わが中国とは、何と密接していることであろう。北方の砂漠地帯から立ちのぼる（あやしい）気の雄大さよ。あちこちにおびただしく散在していた「天の驕児《きょうじ》」（匈奴）たちが、（今や一つに集まって）、たけり狂いつつ（辺境を侵すべく）やって来たのだ。（けれども）長城付近には（彼らを迎え撃つべき）名将もなく、物見の櫓《やぐら》台だけが、いたずらに高くそびえるばかり。深くためいきをついて、（一体）私は何を嘆こうとするのか。辺境の地の人々は、（無惨にも殺されて）自らの屍を荒れはてた草むらにさらすほかないのだ。

諸説の異同

特記事項なし。

備　考

(1)　本詩の制作時期について

〔語釈〕の項に示したように、本詩は、作者が垂拱二年（六八六）、左補闕であった喬知之の北征に従った時に作られたものと考えられている。しかし、この北征は、新旧『唐書』の陳子昂伝および、『旧唐書』喬知之伝（一九〇「文苑伝」中）にも記載されていない。

羅庸「陳子昂年譜」垂拱二年の条には、次の諸点から、この問題を論じている。

①『資治通鑑』二〇三、垂拱元年の条に、同羅・僕固等の諸部族が叛いたので、左《さ》豹韜衛《ひょうとうえい》将軍の劉敬同を派遣して、これを討ったとの記載がある。

②『陳子昂集』六「燕然軍人画像銘《ノ》序」によれば、丙戌の歳に金微州都督の僕固始（僕固族の始という人物）が叛いたので、天

子が劉敬同に征討の勅命を下し、さらに、左補闕の喬知之に特に命じて、その軍を援護させたとある。

③『陳子昂集』一「観《ルノ》二荊玉篇一序《ヲ》」に、陳子昂自らが、丙戌の年に喬知之の北征に従い、夏四月、張掖河《ちょうえきが》（甘粛省張掖市の西南の八宝山から流れる。黒河の二つある源流の一）に至ったとある。

④②、③共に「丙戌」とあるのは、垂拱二年のことであり、①の『通鑑』の元年とする記載は誤まりである。

羅庸は、このように指摘し、その時に作られた作品として、感遇詩については、開耀元年の条に、第三、三五、三七首を挙げるもの、特に理由は述べていない（彭慶生『陳子昂詩注』や、傅璇琮《ふせんそう》『唐才子伝校箋』一（中華書局、一九八七年）も同じ）。おそらく、地名に着目して判断したのであろう。

韓理洲「詩文編年補正」では、羅庸の説を支持して、その理由を述べるが、本詩については、第三五首と共に次の諸点から考証している。

①「感遇」三五に「西《ノカタはせ》馳二丁零《ていれいノ》塞一《ニ》、北《ノカタ》上《ル》二単于台一《ニ》」とある。
②丁零とは昔の狄人《てきじん》に属し、後に匈奴に属した。
③単于台は、雲州雲中県の西北百余里に在った（『通鑑』胡三省注に引く、杜祐『通典』の説。唐の一里は五五九・六メートル〈増子〉）。
④雲中郡の治所は、内蒙古自治区托克托《トグト》県の東北である。
⑤②～④から、明らかに作者が塞外に赴いた時のものであることがわかる。
⑥子昂は、六八六年の金微州都督の僕固始の乱と、六九六年九月から翌年七月までの契丹征討との二度だけ従軍している。
⑦『陳子昂集』では、僕固征討を多く「匈奴」ということばに代えて述べているが、契丹征討については、「鮮卑」の語に代えて言及している。

結論：この両首の詩は、六九六年の契丹征討の時ではなく、六八六年に僕固を征討した時に制作された。

ちなみに、陳子昂の生没年については、まだ定説がなく、主要な三説における当時の年齢をあげて、参考に供する。

○羅庸「陳子昂年譜」（六六一－七〇二）によれば、当時26歳。
○彭慶生「陳子昂年譜」（六五九－七〇〇）によれば、当時28歳（呉明賢「陳子昂生卒年弁」、「陳子昂生卒年弁補証」も同じ説。『唐才子伝校箋』一「陳子昂」の条より再引）。
○韓理洲「生卒年考証」（同『陳子昂研究』所収）（六五八－六九九）によれば、29歳。

(2)　感遇詩の評価をめぐって

陳子昂のまとまった文学的な主張は、「修竹篇」序（『陳伯玉文集』一）と、「上《たてまつルノ》二薛令（元超）文章一啓《ヲ》」（『同書』一〇）に見られる。とりわけ、「修竹篇」序では、漢魏詩への賞讃と、それへの復帰が述べられているが、従来、感遇詩は、こうした主張を実践したものと考えられて来た。

感遇詩への評価は、杜甫や白居易が、

○終古立《ツ》二忠義一《ヲ》、感遇有《リ》二遺篇一（杜甫「陳拾遺故宅《ノ》」）
○唐興《リテ》二百年、其間《ノ》詩人不レ可《カラ》二勝《あゲテ》数《フ》一。所《ノ》レ可《キ》レ挙《グ》者《ハ》、陳子昂有《リ》二感遇詩二十首一（『文苑英華』六八一に「三十首」に作る）、鮑魴《ニ》（「防」の誤記）有《リ》二感興詩十五首一（白居易「与《フルノ》二元九《ニ》一書」）

（『白氏文集』〈那波本〉二八）

と賞讃されたこと、さらには、〔語釈〕の項に示したように、張九齢や李白が、これにならった作品を作ったことも相俟って、概ね高い評価を受けて今日に至っている。

　こうした感遇詩への高い評価に対して、安東俊六は、「陳子昂の『感遇詩』を支える思想について」、「陳子昂の詩論と作品」（『九州中国学会報』一四、九州大学中国文学会、一九六八年）、「初唐文学史における陳子昂の位置づけ」（『同』一五、一九六九年）、「陳子昂の『感遇詩』の再評価」（『同』一八、一九七二年）の中で、次の幾つかの理由から疑義を提出している。

①陳子昂は当時有名でなく、官位も低く、詩壇に影響力も持っていなかった。

②従来、「修竹篇」序において漢魏詩を高く評価したことに基づき、感遇詩はその詩論を実践した作品とされてきた。

③しかし、感遇詩と密接な関係があるのは、魏の阮籍「詠懐詩」であって、建安の風は副次的なものである。

④感遇詩の典拠とした詩句は、漢魏詩よりも、「修竹篇」序で退けた南朝の用例が多い。

⑤しかも、その構成や展開の方法も稚拙で、なかには読者を全く予想しないように思われる晦渋なものもある。

⑥感遇詩はむしろ、折りにふれた自己の感懐を独白としてつづったものであろう。そう考えれば、読者を意識せずに作られたわけであるから、④⑤の理由も理解される。

結論：感遇詩は、独白としてつづられた日常的作品であり、「修竹篇」序に述べられた復古的文学論と区別すべきである。

　右の説は、従来、「修竹篇」序と感遇詩とが併せて論ぜられることが多かったこと、そして陳子昂と感遇詩とが、極めて高く（その実体を超えて）評価され続けて来たことへ一石を投じた発言といってよい。しかしながら、論者の言う、社会的にも詩壇においても必ずしも高くない位置にあった陳子昂の「独白」が、後世の詩人たちに少なからぬ影響を与えたことは、やはり動かし難い。また、〔語釈〕の項に示したように、感遇三八首は、作者の若い頃から晩年に至るまでの長い期間に作られたことは、今日定説となっているが、これを十分考慮することなく、作品群全体を「稚拙」と総評することが適切か否か等、やはり問題が残ろう。

(3)　雲中の位置について

〔語釈〕の項に示したように、本作品にいう「雲中」については、

①漢の雲中（治所は、今日の内蒙古自治区の托克托《トグト》県の東北）

②唐の雲中（治所は、今日の山西省大同市）

の二説が行われている。このうち、②については、

　㋑当地は、古くは雲内郡、貞観一四年（六三八）からは雲州と呼ばれ、玄宗の天宝元年（七四二）になって雲中郡とされたものである（『嘉慶重修大清一統志』一四六「大同府」建置沿革）。いいかえれば、陳子昂の生きた七世紀後半、唐代における「雲中」という行政区画名は、まだ生まれていない。

　㋺本詩の2句目に見える「単于台」の在ったとされる内蒙古自治区呼和浩特《フホト》市との距離は、直線距離にしておよそ一五〇キロ。たとえ文学的表現にしても、「望《ム》」には遠すぎる。

などの理由から否定されるべきであろう。一方、①は、呼和浩特市から直接距離にして、およそ四〇キロである（塩英哲『中国地名辞

典』（凌雲出版、一九八三年）に、漢の雲中郡の位置を托克托県の東北二〇キロとする説に従えば、距離はさらに近くなる）。しかし、この地を雲中郡の治所としたのは漢代までであり、後漢末には、今日の山西省原平市の西南に治所は移され、これも北魏の末（五二〇年代）には廃されている（『辞海』一九七九年版）。陳子昂の時代においても、なおこの地が「雲中」の名をもって呼ばれていたか否かが問題となる。

　唐、高宗の竜朔三年（六六三）二月、瀚海《かんかい》都護府（永徽元年（六五〇）設置）を雲中古城に移して雲中都護府と改称。磧《せき》（ゴビ。戈壁。砂礫まじりのステップ）を境として、磧の南を雲中都護府、磧の北を瀚海都護府（もと、貞観二三年（六四七）に設置された燕然都護府）が、それぞれ治めることとした。雲中都護府の所管は、漢の雲中古城（托克托県）から、東南の朔州（今日の山西省朔州市）に至る地域であった。その二年後の麟徳元年（六六五）の正月、雲中都護府は、単于大都護府と改称された（『資治通鑑』二〇一、同書胡三省注、『唐会要』七三参照）。ここに言う雲中古城について、『辞海』（一九七九年版）は、今日の内蒙古自治区和林格爾《ホリンゲル》の西北の土城子とする。和林格爾の地は、漢の雲中古城の在ったとされる托克托県の東約四〇キロに在る。

　本詩の制作時期が、垂拱二年（六八六）でなかったとしても、陳子昂の言う「雲中」が、単于都護府の治所の雲中古城であった可能性は高いと言えよう。

　この雲中古城が、漢の雲中であったと即断するには、なお議すべき点もある。しかし、前者が和林格爾の西北と言い、後者が托克托県の東北と言われていることから推して、ほぼ同一または極めて近い地点を指すものと思われる。

(4)　本詩の言志について

　『資治通鑑』二〇三、垂拱元年一一月の条に、則天武后が、天官尚書の韋待価に、吐蕃征討を命じた事を記しているが、その後に、当時麟台正字の職に在った陳子昂が、武后へ奉った書を載せている（今、その全文は、「上ル二軍国ノ利害ノ事ヲ一」三条、すなわち「出使」「牧宰」「人機」という形で見ることができる。『陳伯玉文集』八、『全唐文』二一一所収）。そのなかで陳子昂は、

①宰相、刺史、県令、そして異民族征討などの任を負う使者には、適材を選ぶべきこと。

②最近しきりに行われる出兵によって、人民が疲弊しているので、彼らを安息させるべきこと。

を述べ、「隋ノ煬帝不シテレ知ラ三天下ニ有ルヲ二危機一、而信ジ二貪佞《たんねい》之臣ヲ一、冀《こひねが》ヒ下収ムル二夷狄ヲ一之利ヲ上、卒ニ以テ滅亡ス。其ノ為《た》ル二殷鑑《いんかん》一、豈《あ》ニ不レ大ナラ哉」として武后を諫めた。だが、そうした諫言も武后には効果なく、翌年の北征となる。

　やがて自らが辺境に赴くと、その主張は匈奴（遊牧民族、とりわけ突厥）を断固討ち、辺境地帯の秩序を早急に回復すべきであるという方向にむかう。すでに、羅庸「陳子昂年譜」や彭慶生『陳子昂詩注』が指摘するように、「為ニ二喬補闕ノ一論ズルノ二突厥ヲ一表」（『陳伯玉集』四、『全唐文』二〇九）は、本詩の制作されたのと同じ年の垂拱二年の作と考えられている。その中で陳子昂は、

①歴代王朝の対匈奴政策を述べることを通じて、匈奴征討が必要であること。

②自らが直接見聞した辺境地帯の惨状を述べ、その秩序回復が急務であること。

③そのためには、適材の登用が必要であること。

を強く主張している。この主張は、本詩の7句目以降の内容と重なる部分が多く、併せて参照する必要があろう。

清、陳沆《ちんこう》は、本作品について次のように述べる。

則天時辺患ハ、西吐蕃ハ、北突厥ハ、東契丹ハ。……此章ノ「北ノカタ望ムハ二単于台ヲ一、憂フルヲ二突厥ヲ一也。武后殺シ二程務挺《ていむてい》・黒歯常之《こくしじようし》・泉献誠《せんけんせい》ノ諸将ヲ一、又用ヒ二閻知微《えんちび》ヲ一送リテ二武延秀《ぶえんしゆう》ヲ一使ヒセシム二突厥ニ一。為リテ二其ノ侮笑スルトコロト一、益《ますます》軽ンジテ二中国ヲ一生ゼシムル二辺患ヲ一也（『詩比興箋』三）

陳子昂が文章や詩を通じて、繰返し主張した適切な人材の登用は、武后政権にあっては、結局実現されぬまま推移する。やがて作者は、武氏一族の一人である武攸宜《ぶゆうぎ》の指揮する契丹征討軍の参謀として、二度目の従軍を経験することとなる。本詩の制作されたは、それから一〇年後の、万歳通天元年（六九六）のことであった（「薊丘覧古」参照）。

（増子　和男）

0 薊丘覧古
1 南登碣石館
2 遙望黃金臺
3 丘陵盡喬木
4 昭王安在哉
5 霸圖悵已矣
6 驅馬復歸來

薊丘覧古《けいきうらんこ》
南《みなみ》のかた　碣石館《けつせきくわん》に登《のぼ》り
遥《はる》かに黄金台《わうごんだい》を望《のぞ》む
丘陵《きうりやう》　尽《ことごと》く喬木《けうぼく》
昭王《せうわう》　安《いづ》くに在《あ》りや
霸図《はと》　悵《ちやう》として已《や》みぬ
馬《うま》を駆《か》りて　復《ま》た帰《かへ》り来《きた》る

テキスト　『全』八三-2-896　◆『選』一　◆『文苑英華』三〇一　◆『陳伯玉文集』二（四部叢刊）◆『陳子昂集』上（明銅活字本『唐五十家詩集』二）◆『陳子昂集』上（『十二家唐詩』）◆明刊『陳伯玉集』下（景印岫盧現蔵罕伝善本叢刊）◆『陳拾遺集』二（文淵閣四庫全書）◆徐鵬校『陳子昂集』二　◆『唐詩品彙』三　◆明、李攀龍『古今詩刪』一〇　◆『唐詩別裁集』一　◆黄徳水・呉琯（初盛）唐詩紀』初唐・二一

校　語

0 **薊丘覧古**　陳子昂の別集および『全』『唐詩紀』では、「燕昭王」という小題がつけられており、「薊丘覧古、贈盧居士藏用」と題する六首の連作（『全』『唐詩紀』では七首）の第二番目に位置づけられている。『唐詩別裁集』では「燕昭王」、『文苑英華』では「燕王」と題している。

1 **碣石館**　『全』および『唐詩紀』に「碣石坂」に作り、『全』に、「一に館に作る」とするが、二書以外の全てのテキストに従うこととする。詳しくは、〔語釈〕の項参照。

5 **霸圖**　明銅活字本に、「伯圖」に作る。この「伯」は「霸」と音通させた用法である。

詩型・韻字

五言古詩、臺《だい》・哉《さい》・來《らい》（上平声灰韻〔咍韻〕）。

語　釈

0 **薊丘**　戦国時代に、燕の国都の在った高台の地。現在の北京市の

西南、広安門付近。旧来の説では、北京市の北、徳勝門外の遺址「土城関」が薊丘とされていた。しかし、土城関自体は元代の創建とされ、近年の考古学的発掘によって、この説は誤伝とされるに至った。また、戦国時代と唐代とでは、薊城の位置の変遷に伴って、薊丘の位置にも異同が生じたと考えられ、前者は薊城内の西北隅、後者は薊城城外の西北部に位置したとされる。詳しくは、植木久行執筆「登幽州台歌」（『正編』二六四～二六五頁）参照。また、薊丘、碣石館、黄金台の位置に対する諸説の異同と考証に関しては、中島敏夫「陳子昂『薊丘覧古』黄金台等地理攷」（『愛知大学文学論叢』六九集、一九八二年）や、松浦友久『漢詩の事典』（大修館書店、一九九九年）三〇〇頁以下参照。

覧古　古を覧《み》る。懐古とほぼ同じ。古蹟を訪ねて往時をしのぶ。この題名は、「詠史」詩の伝統を継いだもので、晋以来、途絶えていたものを作者が復活させたものである。〔備考〕の項参照。なお覧古（懐古）と詠史の異同については、『漢詩の事典』五八一頁以下参照。

〔校語〕に示したように、この作品は、別集と『全』、『唐詩紀』では、「薊丘覧古、贈ル盧居士蔵用ニ」と題する六首の連作（『全』、『唐詩紀』では七首）の第二番目に位置づけられている。その六首とは、①軒轅《けんえん》台、②燕昭王、③楽生《がくせい》、④燕太子、⑤田光先生、⑥鄒衍《すうえん》であり、七首とは、これに「郭隗《かくかい》」を加えたものである。このうち、「郭隗」だけは四句から成るが、『全』では、本来は他の作品と同じく六句であったものが欠けたと考え、「末缺」と注する（『唐詩紀』にも「闕」とある）。四部叢刊、明銅活字本では、この篇は六首の直後に置かれ、本来完結した四句の詩篇らしい（中島敏夫「陳子昂『薊丘覧古』黄金台等地理攷」）。一方、彭慶生『陳子昂詩注』（四川人民出版社、一九八一年）では、「六首」の六を七の誤りと見なす（後引の韓理洲の論文も七首の連作と見なす）。

「盧居士蔵用」とは、姓は盧、名は蔵用（六六四？―七一三？）。居士とは、仕官せずに野に在る、才徳ある読書人のこと。盧蔵用は当時、都長安の南に横たわる終南山に隠棲していたが、当代の名士として知られ、作者とは深い親交を持っていた。蔵用の手になる「陳氏別伝」は、その親交の深さをうかがわせる資料となっている（『文苑英華』七九三、『全唐文』二三八、徐鵬校『陳子昂集』所収）。

1**碣石館**　燕の昭王が、賢者・鄒衍を招くために築いた宮殿、碣石宮。昭王は、この宮殿を築き、鄒衍に師事した（『史記』七四「孟子荀卿列伝」）。簡野道明『唐詩選詳説』上（明治書院、一九八二年第七八版）には、「宮を改めて館と為《し》たのは、押韻の法（平韻ノ詩デ韻ヲ押《ふ》マヌ句ノ終ハ皆仄字ヲ用ヒル）に従ったのである」と指摘する。宮は平、館は仄。陳子昂自身の序文（〔備考〕の項参照）によれば、その遺跡と伝えられる場所は存在したが、遺跡そのものは、当時すでに「蕪没」していた。ちなみに、〔校語〕の項で示したように、『全』や『唐詩紀』に従えば、「碣石坂」すなわち碣石宮の在った付近の坂となり、こちらを正文とする見方も成立しよう。

碣石宮の位置については、古くは渤海湾に臨む、河北省楽亭県に在る碣石山との混同が見られたが、燕の都が置かれた薊丘に在ったと考えるべきであろう。『史記』「孟子荀卿伝」に引く、唐の張守節『史記正義』によれば、碣石館（宮）の跡とされた場所は、幽州薊県の西三〇里（唐代の一里は五五九・八メートル）の寧台の東に在った。唐代の薊県は、現在、明・清時代の北京外城の西北部、すなわち広安門および西便門付近が有力とされる。

2 **遥望**　はるかに望む。「望」は意識的・意図的に、ある対象物をながめること。

黄金台　昭王が千金を置いて、天下の賢士を招いたとされる楼台（台榭）。一名、招賢台。しかし、『史記』をはじめとする古い資料には、黄金台どころか、台を築いたとする記載は見出されない。南朝・宋の鮑照「放歌行」（『文選』二八）や、後魏の酈《れき》道元『水経注』（一一「易水」）など、六朝期の文献にはじめて「黄金台」の名が出てくることから、右の話は後世の説話である可能性が高い。ただ、この話は、昭王の人材尊重の象徴と理解され、それに倣って「黄金台」を築くものが現れたらしい。唐詩の中でも好んでうたわれている。

碣石館（宮）と黄金台（招賢台）は、本来、昭王が新たに造営した「下都《かと》（副都）」（北京市の西南約一〇〇キロ）の周辺に置かれていたらしい。これは、諸国から訪れる遊説の士や賓客《ひんかく》（食客）たちが、間隙に乗じて不測の事態を起こすことを懸念したためらしい（松浦友久『漢詩の事典』三〇一頁以下参照）。中島敏夫「陳子昂『薊丘覧古』黄金台等地理攷」では、陳子昂の見た可能性のある台について、

①唐代、碣石宮の所在地とされた薊県の、西三十里の寧台を黄金台と見なして詠じた可能性が高い。

②現在、「登幽州台歌」と題される詩（『正編』二六一頁）の「幽州台」が、黄金台と同一の可能性がある。

とする。

なお、この冒頭の二句は、三国・魏の王粲「七哀詩」（二首其一。本書八〇〇頁）に、「南ノカタ登リ二灞陵《はりよう》ノ岸ニ一、廻《めぐ》ラシテレ首《かうべ》ヲ望ム二長安ヲ一」とあるのに影響を受けたものと思われる。

3 **喬木**　空高く、そばだって、下に枝がなく、陰の少ない木。ここでは碣石館や黄金台が跡かたもなく消え失せているさまや、燕が滅びて後の時間の経過を暗示する。ちなみに喬木は、旧都などを形容することばとしても用いられる。南朝・宋の顔延之「還リテ至リテ二梁城ニ一作ル」詩（『文選』二七）には、「故国（旧都）多ク二喬木一、空城凝《あつ》マル二寒雲一」とあり、李善注に引く『論衡』逸文に、「観テ二喬木ヲ一知ル二旧都ヲ一」とある。これらは、もと『孟子』巻二「梁恵王章句」下に、「所謂《いはゆる》故国ナル者ハ、非ルレ謂フニ下有ル二喬木一之謂ヒヲ上也」とあるのを踏まえた表現である。

4 **昭王安在哉**　昭王は、戦国時代・燕の王（前三一一―前二七九在位）。斉から壊滅的打撃を被った燕を建て直すべく、賢者を招こうとした。その願いを聞いた郭隗の「先ず隗より始めよ」の一言により、彼のために宮殿を改築し、これに師事。この話を聞いた楽毅《がくき》・鄒衍《すうえん》などの賢士が陸続として燕に集まったと伝えられる。やがて燕は強大となり、斉に敗北を喫してから二十数年後、斉を打ち破った（『史記』三四「燕召公世家」）。

なお、昭王の出自について、王噲《かい》の太子平ではなく、燕の公子の一人職《しょく》であるとの説もある（唐、司馬貞『史記索隠』所引

の『古本竹書紀年』)。ただ、詩人たちにとって、自己の才能を認めてくれる理想の君主としての昭王像の本質にかかわる問題ではなかった(松浦友久『中国名詩集―美の歳月』、朝日新聞社、一九九二年)。この句は、三国・魏・阮籍の「詠懐八十二首(其三一。逯欽立《りょくきんりつ》『先秦漢魏晋南北朝詩』魏詩一〇)に、「簫歌有《リ》二遺音一、梁王安《クニ》在《リ》哉」とあるのを踏まえたものであろう。

5 **覇図** 「覇」とは、力で天下を制圧した、諸侯の長。徳により天下を治める「王」の対義語。天下制覇のもくろみ。覇者となる夢(大望)。

悵 思い切れずに残念がる。痛ましくも。「惆《ちゅう》悵《ちょう》」の意。

已矣 「已」は、終わる、過ぎ去る。「矣」は、ここでは、すでに形成された事態を表す助字。現代中国語の、句末の「了」に近い用法。つまり、新しい事態の発生・完成を示し、しばしば感慨や感嘆の語気を伴う。「実現できずに終わってしまった」南朝・斉、謝朓の「新亭《ノ》渚《ニテ》別《ルルノ》二范零陵《ニ》一詩」(『文選』二〇)に、「心事(志と仕事)倶《ともニ》已《ミヌ》矣、江上徒《ラニ》離《かかル》レ憂《ニ》」とある。

中国社会科学院文学研究所『唐詩選』上(人民文学出版社、一九八六年第五次印刷)によれば、契丹征伐に対する自己の献策が、指揮官の武攸宜《ぶゆうぎ》に抑圧された嘆きをこめているとする(この間の事情については、〔備考〕の項で詳しく述べる)。

6 **駆馬復帰来** 「復」は、類語の「再」よりは軽い意を示す(荻生徂徠『訓訳示蒙』四)。「そして」というほどの軽い意味。深い悲しみに襲われて、その場にいたたまれず帰るのである。清の王堯衢《ぎょうく》『古唐詩合解』上に、「噫《ああ》、斯《こノ》人(昭王)微《なカリセバ》、吾与《ともニカ》レ誰《ト》帰《セン》」(北宋の范仲淹《はんちゅうえん》「岳陽楼《ノ》記」中の語)と説明する。阮籍「詠懐十七首」(其八。『文選』二三所収)に、「駆《かりテ》レ馬《ヲ》復《また》来《リ》帰《セン》、反顧《シテ》望《ム》二三河《ヲ》一」とある。

通釈

薊丘で古跡を覧《み》る

南のかた、碣石宮の在った辺り(の丘)に登り、遥か黄金台の方を望み見る。(今や)丘はすっかり高い木が一面生い茂り、名君とうたわれた昭王は、どこにいってしまったのか(その影さえもとどめない)。天下を制覇しようとした昭王のもくろみは、いたましくも(すでに)過去のものとなってしまった。私は、馬を走らせて帰りゆく。

諸説の異同

特記事項なし。地理的考証の諸説については、〔語釈〕冒頭の書物や論文参照。

備考

(1) 作品成立の背景について

本作品を含む連作「薊丘覧古、贈《ル》二盧居士蔵用《ニ》一」には、作者の自序があり、作品成立の背景をうかがうことができる。

丁酉歳《ノ》(六九七年)、吾北征《シ》、出《デテ》レ自《リ》二薊門一、歴二観《スルニ》燕之旧都《ヲ》一、其《ノ》城池霸迹《ハ》(一作《ル》二霸業跡《ニ》一)已《ニ》蕪没《セリ》矣。乃《チ》慨然《トシテ》仰歎《シ》、憶《おもフ》二昔楽生(楽毅《がくき》)鄒子(鄒衍《すうえん》)群賢之遊盛《ンナルヲ》一矣。因《リテ》登《リ》二薊丘《ニ》一(一作《ル》二薊楼《ニ》一)、作《リテ》二六詩《ヲ》一(一作《ル》二七詩《ヲ》一)以志《しるシ》レ之《ヲ》、寄《ス》二終南《ノ》盧居士《ニ》一。亦有《リ》二軒轅遺跡一。

この作品を贈られた盧蔵用の「陳子別伝」や『新・旧唐書』などによって、右の自序を補って説明すると、以下のようになる。

則天武后の万歳通天元年（六九六）、孫万栄らの率いる契丹が兵を挙げ、営州（遼寧省朝陽市）を占拠した。これに対して唐朝は、武后の一族で、建安王であった武攸宜《ぶゆうぎ》を指揮官として契丹征討軍を派遣した。この時、右拾遺の職にあった作者は、この征討軍の参謀となり、漁陽（天津市薊《けい》県。北京の市街地から東方約九〇キロ）に駐屯していた。翌、神功元年三月、清辺道総管・王孝傑の指揮する一七万の官軍が、契丹によって大敗を喫すると、漁陽に駐屯する武攸宜の軍は動揺し、戦意を著しく喪失した。しかも指揮官の武攸宜は、将としての知略に欠けていた。現状を憂慮した子昂は、参謀の立場からこれを諫め、献策を行ったが、攸宜は彼の発言を儒者（学者）の空論として退けた。数日後、子昂は再び献策したが、かえって攸宜の不興を買い、軍曹に降格された。彼は以後、一切口を閉ざしたという。

同年六月、契丹軍は将、孫万栄を失い、乱は平定され、七月、征討軍は凱旋することになる。本作品を含む一連の作品は、軍曹に降格されてから凱旋するまでの間、すなわち三〜六月頃の作とするのが定説である。

万金を投じて賢士を招聘しようとした昭王の熱意と、参謀たる自分の献策に一顧すら与えようともしない武攸宜の頑迷さ。陳子昂は、かつて値百万の胡琴を購い、これを打ち砕いて見せた後、自らの詩文を配ったと伝えられる、強烈な自負心の持ち主であった（唐、李冗《じょう》（伉?）『独異志』（『唐詩紀事』八、『太平広記』一七九等所収））。そうした彼にとって、賢者を礼遇する理想的為政者像と、現実との甚だしい落差に対する感慨は、測り知れないものがある。

清の陳沆は、『詩比興箋』巻三のなかで、「薊丘覧古」詩の連作に共通するテーマを、則天武后打倒のために挙兵した李唐の宗室や徐敬業らの失敗に対する痛惜の念であると捉え、本作品のテーマに対しては、「中興を思ふなり」と注した。しかし、すでに韓理洲『薊丘覧古』和『登幽州台歌』正義——評『詩比興箋』的箋釈——」（同『陳子昂研究』、上海古籍出版社、一九八八年所収）のなかで反駁されるごとく、本詩はむしろ、賢者を礼遇する良き気風の失われた現実社会を批判し、国君を補佐して富国強兵に導こうとするおのれの雄図が、無残にも挫折したことへの深い嘆きがこめられている、と考えるべきであろう。清の沈徳潜は、「言外ニ見《あらはス》レ無《キヲ》三人ノ延《まねク》二国士ヲ一也」と評する（『唐詩別裁集』一）。

なお、小笠原博慧「陳子昂論—その人と作品」では、こうした見解に反対し、その慨嘆は、むしろ則天武后とその執政の破廉恥さ、および将来の政治情況に対する公憤と捉える。そして、現実を直視した「切直」さゆえに、己が受容され得ない人事の隘路《あいろ》に迷う詩人の訴えでもあったろう、とする（中国古典研究会編『中国文学の世界』笠間選書133、笠間書院、一九八一年）。

(2) 本作品の文学史上の意義について

〔語釈〕の項に示したように、本作品を含む連作「薊丘覧古」詩は、詠史詩の伝統を継承したものと捉えられている。高木正一「陳子昂と詩の革新」（『吉川博士退休記念中国文学論集』、一九六八年所収）では、その文学史上の意義を次のように指摘する。

①連作「薊丘覧古」詩は、史実を客観的にうたうというよりは、その史実を常に自己にひきつけて解釈しつつ、現実の社会や政治について、自らの欲求や志向を述べ、とりあげた人物に対し

ても常に憧憬的讃美的姿勢でうたっている。

②それは、晋、左思の「詠史」詩（『文選』二一）以来の伝統に従ったものであるが、こうした詠史詩は晋宋以後姿を消した。

③これに代って現れたのが、梁・庾肩吾《ゆけんご》の「賦《シ》㆓得《タリ》稽叔夜《ヲ》㆒」（『先秦漢魏晋南北朝詩』梁詩二三）などの作品である。これらの作品は題詠詩の一種であり、伝えられた史実を客観的に詠じたものである。

④このように廃れていた詠史詩を復活させたところに、連作「薊丘覧古」詩の新しい意義がある。

⑤「覧古」という題名も、『文選』二一所収の、晋、盧諶《じん》の「覧古」詩一首以来絶えていたものを復活させたものである。

⑥これに似たものに「懐古」詩があるが、それは旧都もしくは古跡に寄せる懐古悲悼の情を詠じたものであり、詠史本来の「覧古」詩とは一線を画する。

⑦その点、「薊丘覧古」は、盧諶の作品と志向を同じくするもので、久しく絶えて見られなかった、この題名を、詠史詩の復活と共に再現させたものである。

（増子　和男）

陳《ちん》　陶《とう》

0 隴西行　　隴西行《ろうせいかう》

1 誓掃匈奴不顧身　　誓《ちか》つて匈奴《きょうど》を掃《はら》はんとして身《み》を顧《かへり》みず

2 五千貂錦喪胡塵　　五千《ごせん》の貂錦《てうきん》　胡塵《こぢん》に喪《うしな》ふ

3 可憐無定河邊骨　　憐《あは》れむべし　無定河辺《むていかへん》の骨《ほね》

4 猶是春閨夢裏人　　猶《な》ほ是《こ》れ　春閨《しゅんけい》　夢裏《むり》の人《ひと》

テキスト　『全』七四六－11－8492 ◆『百』七言絶句 ◆『文苑英華』一九八 ◆宋、洪邁『万首唐人絶句』三五 ◆『唐詩品彙』五四（明、汪宗尼《おうそうじ》校訂本）◆明、趙宧光・黄習遠『万首唐人絶句』三二 ◆明、陸時雍『唐詩鏡』五〇（文淵閣四庫全書本）◆明、胡震亨『唐音統籤《とういんとうせん》』七七二（唐音戊籤余二八）◆明、鍾惺・譚元春『唐詩帰』三四 ◆清、杜詔・杜庭珠『中晩唐詩叩弾集』一一 ◆清、龔賢《きょうけん》『中晩唐詩紀』晩唐陳陶詩 ◆清、李調元『全五代詩』三八（叢書集成新編本）

校語

0 **隴西行**　『全』『文苑英華』『万首唐人絶句』（両種）『唐音統籤』

『全五代詩』は、「隴西行四首」其二として収め、『唐詩品彙』は「隴西行二首」其二として収める。また『中晩唐詩紀』は「隴西行四首」其一として所収。

1 **匈奴** 『中晩唐詩紀』は、この二字を伏字《ふせじ》にする。

2 **喪** 『文苑英華』は「㲉」に作る。本字。

4 **裏** 『中晩唐詩紀』は「裡」に作る。同意。

詩型・韻字

七言絶句。身《しん》・塵《ぢん》・人《じん》（上平声真韻〔真韻〕）。

語 釈

0 **隴西行** 漢魏以来の楽府題《がふだい》。隴西は隴山《ろうざん》（今の陝西《せんせい》・甘粛《かんしゆく》両省の省境付近にそびえる山脈）の西、今の甘粛省・寧夏回族自治区一帯の地を指す。唐の杜佑《とゆう》『通典《つてん》』一七四、古雍州《こようしゆう》下、隴西郡（渭州）の条に、「秦は隴西郡を置く。隴坻《ろうてい》（隴山）の西に居《あ》るを以て名と為《な》す。二漢（前漢・後漢）、之《これ》に因る。……大唐は渭州と為し、或いは隴西郡と為す」と。唐代、州を郡に改称した期間は天宝元年（七四二）から乾元《けんげん》元年（七五八）に至る一六年間。塩谷温『唐詩三百首新釈』（弘道館、一九二九年）は、隴西を「匈奴に行く道に当《あた》る」と注する。行はうた。「隴西の行《うた》」は、本来「燕歌行」や「呉趨行《ごすうこう》」のように、一地方独特のメロディーにもとづいて歌われたものであろう。『漢書』三〇、芸文志、歌詩の条に、「燕代謳雁門雲中隴西歌詩九篇」を著録し、前漢の武帝の時代、すでに隴西地方の歌辞が存在していたらしい。「隴西行」は、のち（魏のころ）に「歩出夏門行」と異名同曲となり（増田清秀『楽府の歴史的研究』資料篇「第四章　文選李善注の古楽府と楽府詩集」一〔創文社、一九七五年〕参照）、相和歌辞・瑟調曲《しつちようきよく》に分類される。ただし、本詩は宋の郭茂倩《かくもせん》『楽府詩集』三七に未収載。同書「隴西行」の条に引く『楽府解題』にいう。「梁の簡文（帝）の『隴西《ハ》（四）戦地《ノ》』のごときは、但《た》だ辛苦して征戦し、佳人《かじん》怨思するを言ふのみ」と。陳陶の本詩は、その伝統的な「隴西行」の曲にならって作った、いわゆる擬古《ぎこ》楽府詩。

1 **誓掃匈奴** 誓は（神仏に祈って）ちかいを告げる）ちかいを立てる。誓師《せいし》（出陣のとき、将兵を集めて戒め、ちかいを告げる）の語もある。掃は消滅させる、すっかり除く意。承句の「塵」字と一種の縁語関係をなす。匈奴は秦代から漢代にかけて、中国の北辺の蒙古《モンゴル》地方を根拠地にした強大な遊牧騎馬民族。騎射にすぐれ、しばしば内地に侵入して、中国をおびやかした。『史記』一一〇、『漢書』九四上、『後漢書』八九の各匈奴伝（『後漢書』では南匈奴伝）参照。唐代では、匈奴に代わって、突厥《とつけつ》・回紇《かいこつ》・鉄勒《てつろく》などが北方にいた。しかし、唐詩の世界では依然として「匈奴」の語を用い、広く中国の西北地区に侵入する異民族を指す。これは、時代を漢代に仮託する唐詩の一手法。

不顧身 石川忠久『漢詩の風景—ことばとこころ』（大修館書店、一九七六年）にいう。一身を顧みず戦場に赴くという言い方は、曹植《そうしよく》「白馬篇」に登場する幽《ゆう》・并《へい》（河北・山西）の遊俠児《おとこだて》を踏まえ、「わずか七字（冒頭の一句）で、この若者は白い馬にまたがった勇者、……　いなせな感じの若者であることを暗示する」と。石川忠久『漢詩の楽しみ』（時事通信社、一九八二年）も参照。いま参考のために、曹植「白馬篇」を引く、「白馬飾《ニリ》ニ金羈《きんきヲ》一、連翩《れんぺんトシテ》　西北馳《ニはス》。借問《しゃもんス》誰家《たがいへノ》子《こソ》、幽并《ノ》遊俠兒。……　長駆《シテ》蹈《ふみ》匈奴《ヲ》、左顧《さこシテ》凌《しのガントス》鮮卑《せんぴヲ》。棄《ツ》身《ヲ》鋒刃《ほうじんノ》端《たんニ》、性命安《いづクンゾ》可《ケンヤ》懐《おもフ》。父母且《スラかツ》不《レバ》顧《ミ》、何《ゾ》言《ハン》子与《トとヲ》妻。名編《へんセラルレバ》壮士《ノ》籍《せきニ》、不得中《うちニ》顧《ミル》私《ヲわたくしヲ》。捐《すテテ》軀《みヲ》赴《キ》国難《ニ》、視《みルコト》死《ヲ》忽《あたかも》如《シ》帰《きスルガ》（忽如は、まるで……のようだの意）」（『文選』二七）。ただし通説では、本句を曹植詩を踏まえた表現とは見なさい。

2　五千貂錦　五千は「兵の多きを言ふ」（清の章燮《しょうしょう》『唐詩三百首註疏』）が、その言葉自体は、李陵《りりょう》の事件を踏まえているらしい（簡野道明『和漢名詩類選評釈』〔明治書院、一九一四年〕、富寿蓀『千首唐人絶句』下〔上海古籍出版社、一九八五年〕など）。前漢の武帝の天漢二年（前九九）の秋、貳師《じし》将軍李広利は三万の騎兵をひきいて匈奴の征伐に向かった。このとき、李陵の軍も匈奴の兵を分散させるために出撃し、匈奴の単于《ぜんう》（王のこと）の大軍八万に包囲・攻撃された。かくて「陵軍《ノ》五千人、兵矢既《ニキ》尽、士死《ノスル》者過《グルモ》半《バヲ》、而所《ノ》殺傷《スル》匈奴亦《モタ》万余人」であった。李陵は退却しながら八日間戦い、兵糧乏しく救援の兵も来なかった。ついに李陵が匈奴に降伏すると、「其兵《ノ》尽没《クシ》（全滅し）、余亡散《ノシテ》得《ル》帰《ルヲ》漢《ニ》者《ハ》四百余人」であったという（『史記』一〇九、李将軍列伝）。このことは、司馬遷「報《ズル》任少卿《じんしょうけいニ》書」（『文選』四一）にもいう。李陵は「常に奮《ふる》つて身を顧みず、以て国家の急に徇《したが》はんことを思」っていた。これは李陵の日ごろの覚悟であり、国士の風格をもつ。「李陵は歩卒《ほそつ》を提《ひっさ》ぐる（ひきいる）こと、五千に満たず、深く戎馬《じゅうば》の地を践《ふ》み、……単于《ぜんう》と連戦すること十有余日、殺す所、半当《はんとう》に過ぐ（自軍の兵の半数以上の敵兵を殺した）。……　転闘すること千里、矢尽き道窮《きは》まり、救兵至らず。士卒死傷して積むがごとし」と（『漢書』六二、司馬遷伝にも見える）。「五千」という数字は、この典拠を踏まえた表現と考えてよいだろう。

貂錦は貂《てん》の毛皮（毛色は赤黒色と黄色の二種があり、軽くて暖かい。主産地は中国の東北部と南シベリアの森林地帯、きわめて貴重なもの。詳しくは松田壽男「蘇子の貂裘と管子の文皮」〔『早稲田大学大学院文学研究科紀要』第三輯、一九五七年、のちに『松田壽男著作集』3《六興出版、一九八七年》に再録〕参照）と錦《にしき》（五色の糸で美しくもようを織り出した絹織物）で作った軍服（戦衣）。ここでは、それを身につけた中国の将兵たち。松浦友久『中国の名詩集―美の歳月』（朝日文庫、朝日新聞社、一九九二年）には、「唐朝の軍隊への美称」であり、「唐朝の軍隊」と訳するが、唐朝のそれに限定する必要はないであろう。ただし、貂錦が具体的に何を指すかについては、(1)貂裘《ちょうきゅう》（テンの皮ごろも）と錦衣《きんい》（＝錦袍《きんぽう》、錦織りの上着）、(2)貂帽《ちょうぼう》（テンの毛皮の帽子）と錦衣（＝錦袍）、の二説に分かれる。(a)林庚・馮沅君主編『中国歴代詩歌選』上編(2)（人民文学出版社、一九六四年）や、金性尭『唐詩三百首新注』（上海古籍出版社、一九八〇年）などは、いずれも漢の羽林軍《うりんぐん》（近衛兵《このえ》）が貂裘錦衣を着ていたことを踏まえる表現という。とすれば、『後漢書』百官志二、光禄勲・羽林中郎将の条に、「羽林郎……　常に漢陽・隴西・安定・北地・上郡・西河凡《すべ》て六郡の良家を選んで補《ほ》す」（前漢時代も同様であることは、濱《はま》口重國《ぐちしげくに》『秦漢隋唐史の研究』上巻〔東京大学出版会、一九八〇年復刊〕の「第六　両漢の中央諸軍に就いて」参照）とある記事と関連して興味深いが、現在のところ、その典拠は未詳。(b)

章燮『唐詩三百首註疏』に、「塞外は地寒し。故《ゆゑ》に戦袍《せんぽう》（軍服）は皆貂錦を用ふ」とし、目加田誠『唐詩三百首』三（東洋文庫、平凡社、一九七五年）も、この説に従う。ちなみに、『後漢書』輿服志下、武冠の一つ、貂尾《ちょうび》で飾られた「趙恵文冠」に対する劉昭注所引の胡広《こう》の解説に、「北方は寒涼なり。本《もと》貂皮を以て額を暖たむ。冠に附施し、因りて遂に変じて首飾と成れり」という。また、(c)石川忠久『漢詩の風景—ことばとこころ』（前掲）は、「単なる軍服ではない。てんもにしきも贅沢《ぜいたく》なもの」であり、「いなせな美少年」を暗示するとし、同『漢詩の楽しみ』（前掲）は、「てんの皮ごろもとにしきの着物。いずれも高価なものであるから、こういう軍服を着るのは、金持ちの坊ちゃん、ということになる」と指摘する。他方、(d)房開江・潘中心『唐人絶句五百首』（貴州人民出版社、一九八一年）は、「ここでは、精鋭部隊を広く指す」とし、劉永済『唐人絶句精華』（人民文学出版社、一九八一年）も「精練之軍」と見なす（劉学鍇ほか『唐代絶句賞析（続編）』（安徽文芸出版社、一九八五年）も同じ）。蕭滌非ほか『唐詩鑑賞辞典』（閻昭典執筆）上海辞書出版社、一九八三年）も同じ立場に立ち、その戦死者が五千人に達するのは、戦争の激しさと死傷のひどさを表わすとする。ところで、貂錦の用例としては、李益「登リ㆓夏州城（陝西省北部）㆒、観ニ㆔送ル行人（出征兵士）㆒、賦《ふ》シ㆓得タリ六州ノ胡児ノ歌ヲ㆒」詩に、「沙頭牧シテ㆑馬ヲ孤雁飛ビ、漢軍ノ遊騎貂錦ノ衣」とあり、劉禹錫「和ス㆕白侍郎（白居易）ノ送ルニ㆔令狐《れいこ》相公《しょうこう》（令狐楚）ノ鎮スルヲ㆓太原ニ㆒」詩に、「十万ノ天兵貂錦ノ衣、晋城《しんじょう》（太原）ノ風日斗《たちま》チ生ズ㆑輝ヲ」とある。この二例を考えるならば、(a)と(d)の説が特に参照に値するであろう。

通説では前半二句の主語を「五千貂錦」（五千の将兵たち）とするが、塩谷温『唐詩三百首新釈』（弘道館、一九二九年）は「部下の兵士を率ゐて進み戦つたが」云々と訳し、主語を将軍、「五千の貂錦」をその率いる部下とする（内田泉之助『新選唐詩鑑賞』（明治書院、一九五六年）も同じ）。簡野道明『和漢名詩類選評釈』（前掲）に、「五千の兵士を率ゐて進み戦ひたるが、戦利あらずして討死し」云々と訳すのも、この立場である。

喪胡塵　喪は去声、命を失う、全滅する意。また胡塵は、北方の異民族、ここでは匈奴の住む砂漠、あるいは匈奴との戦いで舞いたつ砂塵の意。王啓興・毛治中『唐詩三百首評注』（湖北人民出版社、一九八四年）は、「西北の少数民族の地区を指す」とする。とくに北方（朔方《さくほう》）の砂漠は、古来しばしば遊牧騎馬民族との激戦の舞台となり、この結果、砂漠には戦場ないし戦争のイメージがただようことになる。松浦友久「『沙場』考」（同『詩語の諸相—唐詩ノート』（研文出版、一九八一年））参照。

3 **可憐**　身をふるわせるような深い感動を表わす言葉。ここでは、まことに気の毒だ、じつに痛ましいの意。

無定河　黄河の支流の一つ。朔水《さくすい》・奢延水などともいう（『元和郡県図志』四、関内道・夏州朔方県の条）。内蒙古自治区に発し、陝西《せんせい》省北部綏徳《すいとく》付近を東南に流れて、黄河にそそぐ。無定河の名は、急流のために沙が流され、川底の深さが「不ル㆑定マラ」ことにもとづくという（『大明一統志』三六、延安府・山川の条）。石川忠久『漢詩の風景―ことばとこころ』にいう。「定め無し、という名が、いかにも無常感をかきたてるはたらき」をもつと。

4 **猶是** 猶は「已《い》」（すでに）の反意語、依然として今でもの意。是は「〜は……である」と判断の語気を表わす繋詞。

春閨 春は美称とも考えられる。閨は女性の居室・寝室。ここは、留守をまもる将兵の妻。ただし、石川忠久『漢詩の楽しみ』は「都の若妻」と訳す。

夢裏 裏は中の意。「春閨夢裏人」は「春の夜、妻の夢のなかに現われる人」の意で、現実にはすでに死んで白骨と化した遠征の夫（五千貂錦）を指す。唐の李華「弔《フ》二古戦場《ヲ》一文」にいう。「其《ノ》存《スルヤ》其《ノ》没《スルヤ》、家莫《なシ》二聞知《スル》一。人或《イハ》有《ルモ》レ言、将《まさニ》《し》レ信《ゼント》、将《まさニ》《す》レ疑《ハント》。悁《けん》悁《けん》《トシテ》心目《ニ》、寝寐《しんび》《ニ》見《ル》レ之《ヲ》」（従軍兵士の生死は、家の者には知らせが入らない。知らせてくれる人がいても、半信半疑のありさま。心も目も憂いに閉ざされ、兵士《おっと》の姿を夢みる）と。南宋の魏慶之編『詩人玉屑』八、沿襲、「述者工於作者」の条に引く『隠居語録』には、本詩の後半二句は、この李華の発想を踏襲して、「蓋し前より工みなる」ものと評する。ちなみに、王文濡『歴代詩評注読本』上冊（北京市中国書店影印、一九八三年）は、「閨人は猶ほ未だ其の死を知らず。其の家に還《かへ》るを夢みるなり」という。

通釈

隴西行

（内地をおびやかす）匈奴を一掃せんと固く誓いをたて、わが身の危険を顧みず（出征した将兵たち）。（その）五千の将兵は（無残にも）西北の砂漠（の戦場）で全滅してしまった。痛ましいかな、（名も悲しげな）無定河のほとりに（散乱する死者の）白骨よ。（君たちこそは）今もなお、故郷にいる妻の、春の夜の（悩ましい）夢のなかに（夜ごと）現われる（生きた）人なのだ。

諸説の異同

特記事項はないが、細部の異同（「貂錦」など）については、〔語釈〕と〔備考〕参照。

備考

反戦・厭戦の主題《テーマ》を、後半二句の絶妙な対比――荒涼として人かげもなき無定河畔と暖かく芳しい婦人の寝室、無残な累々たる白骨と夢中に現われるりりしい兵士《おっと》、無情な現実と甘美な夢などを通して、しみじみと訴えかける詩（劉学鍇ほか『唐代絶句賞析（続編）』〔前掲〕参照）であり、特にこの後半二句は、「人多くこれを伝誦」したという（『苕渓漁隠叢話』前集一八、「韓吏部下」の条に引く宋の蔡寛夫『詩話』）。その発想は、晩唐の沈彬《しんぴん》「弔《とむらフ》二辺人《ヲ》一」詩の「白骨已《ニ》枯《ル》沙上《ノ》草、家人猶《なほ》自《ハ》寄《ス》二寒衣《ヲ》一」（『全』七四三）や、許渾「塞下《さいか》」の「夜戦桑乾《そうかん》《ノ》北《フ》、秦兵半《ハ》不《バ》レ帰《ラ》。朝来有《リ》二郷信一、猶《なほ》自《ス》寄二寒衣《ヲ》一」などと似ている。

松浦友久『中国詩選Ⅲ　唐詩』（現代教養文庫、社会思想社、一九七二年）には、

河辺に散らばる無残な白骨と、春閨に結ぶ艶やかな香夢《こうむ》との対比が、この詩の絶妙の発想である。……　唐詩にとって最も理想的な表現――抒情性と社会性の緊密な結合が、ここに見られる。

と評し、石川忠久『漢詩の楽しみ』には、

何とも無残な、痛ましい情景である。これが骨太のたくましい

武士だったら、その効果はない。〃いなせな金持ちの若者〃であるからこそ無残さが鮮烈に迫る。そのつれ合いの若妻も、苦労知らずの、あだっぽい女だ。貂錦と春閨の夢、という甘美なものに対する、胡塵と無定河の骨、というむごたらしさ。その極端な対照はみごとというほかない。一種の嗜《し》虐的な風趣が漂う。

と評する。ただし、石川説のように、「五千貂錦」を「いなせな金持ちの若者」と見なす捉え方はやや限定しすぎであり、必ずしも定説とは見なしがたいようである（〔語釈〕の条参照）。

ちなみに、賀裳《がしょう》『載酒園詩話』（前掲の富寿蓀『千首唐人絶句』下所引）にいう。

陳陶《ノ》「隴西行」「五千貂錦喪《フハ》二胡塵《ニ》一」、必《ズ》為《ためニシテ》二李陵《ノ》事《ノ》一而作《ル》。漢武（漢の武帝）《ハ》欲《ス》レ使《メント》二匈奴《ノ》兵《ヲシテ》毋《カラ》レ得《うルコト》三専《ラ》向《フヲ》二貳師《じし》（貳師将軍李広利）一。故《ゆゑニ》令《しム》二陵《ヲシテ》傍《かたはらヨリ》撓《みだサ》レ之《ヲ》。一念之動、殺《ス》二五千人《ヲ》一。陶《ハ》譏《そしルモ》二此事《ヲ》一而但《ただ》言《フノミ》二閨情《ヲ》一。唐詩《ノ》所《ゆゑん》二以深厚《ナル》一也。

と。この説も一説としては興味深いが、捉え方がやや狭すぎるようである。

ところで、本詩の作成年代に言及する文献がある。『太平記』一八、「金崎《カネガサキノ》城落《オツル》事」の条には、陥落後の惨状を描写して、

「誓《ツテ》掃《ツテ》二匈奴《ヲ》一不《ズ》レ顧《カヘリミ》レ身《ヲ》、五千貂錦喪《ノデウキンホロブ》二胡塵《ゴヂンニ》一、可《ベシ》レ憐《アハレム》無定河辺《ムテイカヘンノ》骨《ホネ》、猶是《コレ》春閨夢裡《ムリノ》人」ト、己亥《キガイ》ノ歳《トシ》ノ乱《ラン》ヲ見テ、陳陶《チンタウ》ガ作リシ隴《ロウ》西行《カウ》モ角《カク》ヤト被《レ》二思《ヒ》知《ラ》一タリ。

とあり（日本古典文学大系三五、岩波書店、一九六一年に拠る）、陳陶の詩は「己亥ノ歳ノ乱ヲ見テ」作った作品であるとする。この説は、管見の範囲では日中両国の唐詩注釈書類には未見のようである。後藤丹治・釜田喜三郎校注『太平記』二（前掲の岩波・日本古典文学大系本）の頭注には、この乱を「唐の粛宗の乾元二年（七五九）、史思明（安禄山の将）が燕王と称し、安慶緒（安禄山の長子）を殺し、范陽に帰り、帝を潜称した時」（乾元二年は己亥）のことに比定する。山下宏明校注『太平記』三（新潮日本古典集成、新潮社、一九八三年）も、ほぼ同じ立場である。しかし「十世紀、南唐の詩人」（山下宏明注、後藤・釜田の注もほぼ同じ）である陳陶が、一五〇年以上も前の安史の乱を「見テ」「作リシ」とは全く考えがたい。このためであろうか、柳瀬喜代志「中世新流行の詩集・詩話を典拠とする『太平記』の表現―『太平記』作者の嚢中の漢籍考」（『軍記と漢文学』和漢比較文学叢書15、汲古書院、一九九三年）には、「本詩は僖宗乾符六年（八七九）黄巣の乱に際して詠んだもの。此の乱に嶺南の地では士卒十に三四が死没したと伝える」と述べ、同論文の注（7）には、同じ乱の苦難を歌った『三体詩』巻一に収める曹松「己亥歳」が、この『太平記』中に二度典拠として用いられていることを指摘した後、「『太平記』の作者は凄絶な戦況を唐朝己亥の年の乱を詠んだ詩で比擬する」という。

陶敏「陳陶考」（『中華文史論叢』一九八六年第一輯）によれば、唐五代には二人の陳陶――晩唐の詩人と南唐の隠士――がおり、「隴西行」の作者である陳陶は、ほぼ乾符六年（八七九）、72歳ごろに没したと臆測され、『唐才子伝校箋』八、陳陶の条（梁超然執筆）では、陳陶はほぼ乾符初年（八七四）に没したと臆測する。前掲の柳瀬説は、梁超然の没年説では成立しえず、陶敏説にあっても死没した年の作となり、その可能性は少ないようである。そもそも「僖宗乾符六年黄巣の乱を歌って絶唱と評された詩」（柳瀬論文注（7））とする論拠は未詳であり、西北の辺境における胡漢の激戦を

歌う「隴西行」のなかで、嶺南の、しかも漢族同士の内乱を歌ったものと考えるのは、穏当ではあるまい。現時点では、これらの説には忽《にわ》かに従いがたい。本詩はやはり、秦漢以来、異民族との激しい攻防がくり広げられた広大無辺の砂漠地帯を背景とし、「『河辺《かわべ》の白骨』『春閨の香夢』という死《タナトス》と生《エロス》のイメージが巧みに重な」りあった（松浦友久『中国名詩集―美の歳月』）、辺塞詩の典型的な作品として理解しておくべきであろう。

（植木　久行）

鄭《てい》　谷《こく》

0 淮上與友人別　淮上《わいじやう》にて友人《いうじん》と別《わか》る
1 揚子江頭楊柳春　揚子《やうす》江頭《かうとう》　楊柳《やうりう》の春《はる》
2 楊花愁殺渡江人　楊花《やうくわ》愁殺《しうさつ》す　江《かう》を渡《わた》るの人《ひと》を
3 數聲風笛離亭晩　数声《すうせい》の風笛《ふうてき》　離亭《りてい》の晩《ばん》
4 君向瀟湘我向秦　君《きみ》は瀟湘《せうしやう》に向《むか》ひ　我《われ》は秦《しん》に向《むか》ふ

テキスト　『全』六七五-10-7731 ◆『才調集』五 ◆『文苑英華』二八二 ◆『万首唐人絶句』（趙宦光等修訂）三〇 ◆『唐音』一四 ◆『唐詩品彙《ひんい》』五四 ◆『詩淵』第六冊〈四三七〇頁〉（書目文献出版社影印）◆『唐詩類苑』一〇七 ◆『石倉十二代詩選』唐七六 ◆『雲台編』中（『唐詩百名家全集』）◆『唐音統籤《とうせん》』七二〇、戊籤《ぼせん》七六 ◆『全唐詩録』九一 ◆『鄭守愚文集』一（四部叢刊続編）◆『唐詩別裁集』二〇 ◆厳寿澂・黄明・趙昌平箋注『鄭谷詩集箋注』二（上海古籍出版社）

校語
0 **淮上與友人別**　『唐詩品彙』は「淮上別故人」に作り、『詩淵』は「淮上送友人」に作る。
1 **揚子江**　『才調集』『唐詩品彙』『詩淵』『唐詩類苑』『石倉十二代

詩選』『雲台編』『全唐詩録』『鄭守愚文集』は「楊子江」に作る。通じて用いられる。

2楊花 『文苑英華』は「梅花」に作るが、誤りであろう。

殺 『鄭守愚文集』は「煞」に作る。俗字。

詩型・韻字

七言絶句。*春《しゅん》・人《じん》・秦《しん》（上平声真韻〔真*諄韻〕）。

語釈

0淮上 淮水のほとり。淮水は淮河ともいい、黄河と長江の中間に位置する。源は河南省南部の桐柏山で、東流して安徽省北部を経過し、やがて海に注ぐ。その下流の楚州山陽県（江蘇省淮安市）で、いわゆる大運河（邗《かん》溝）によって揚州・揚子江と結ばれていた。ここの「淮上」とは、淮水と揚子江とを結ぶ大運河（邗溝）の、より厳密に言えば、江岸線の南移にともなってその南端に開鑿《かいさく》された新運河（開元二六年〔七三八〕）に成る伊婁《いろう》河《が》。江の北岸の瓜《か》洲《しゅう》浦《ほ》と揚子県とを結ぶ）付近、言いかえれば揚州城南約五キロの地と推定される揚子県城付近（今の三叉河）から揚子江北岸の瓜洲浦に至る区間を指す。このことは、北宋末の阮閲編『詩話総亀』前集巻一六、留題門、下に、「瓜州（＝洲）渡・揚子橋（＝揚子津）は江・淮の衝（交通の要衝）に介《はさ》まり、南のかた瀟湘に之《ゆ》き、北のかた秦隴《しんろう》に走《ゆ》くもの、咸《み》な此《ここ》に道を取る」と述べた後、本詩を引いていることによっても明らかである。愛宕元「唐代の揚州城とその郊区」（梅原郁編『中国近世の都市と文化』京都大学人文科学研究所、一九八四年所収。のち、愛宕元『唐代地域社会史研究』同朋舎、一九九七年に再録）及び趙葦航「瓜洲懐古」（唐宋運河考察隊編『運河訪古』上海人民出版社、一九八六年）等参照。また劉学鍇ほか『唐代絶句賞析』（安徽人民出版社、一九八一年）のごとく「淮上」を揚州の意にとってもよい。

ところで揚州（の南の運河沿い）の地を「淮上」と呼んだその理由について、趙昌平『唐詩選』（上海書店、一九九三年）には「唐代、今の江蘇・安徽両省の長江以北、淮河以南の地区を淮南と呼び、淮南道（行政区画の一種）が置かれ、それを治める役所が今の江蘇省揚州に置かれた。それで揚州一帯を淮上ともいう」とする。

他方、成瀬哲生「千家詩児説 一」（『徳島大学教養部紀要』（人文・社会科学）第二三巻、一九八八年）は、隋の煬帝が完成させた淮水・長江間の大運河（邗溝）――その水は長江（揚子江）の水ではなく、水位の高い淮水から長江へと当時は流れていた（現在は揚水ダムによって水量豊富な長江の水を使用）――も、淮水と呼ばれていた可能性があるとして、本詩をとりあげて言う。「詩題の淮上が詩中で揚子江頭と表現されている。淮上は淮のほとり、揚子江頭は揚子江のほとりである。この淮上と揚子江頭を同一の場所とするには、大運河と長江の合流地点、つまり揚州（江蘇省揚州）での作と考える他ない」と。

1揚子江頭 「揚子江」は長江のうちの揚州付近を流れる部分を指す名称。揚州江都県の南に揚子津という渡し場があったことによる。「江頭」は「江上」に同じ。江のほとり。

楊柳 やなぎの総称。「楊」は、かわやなぎ。「柳」は、しだれやなぎ。ここでは、その枝を折って旅立つ人を送ったという六朝以来の習慣、〝折楊柳〟の行為を連想させる。

2 **楊花**　楊《やなぎ》の絮《わた》。柳絮《りゅうじょ》。平仄の関係で「絮」（仄声）の代わりに「花」（平声）を用いたもの。春の末、白く軽いまわたのような種子（綿毛《わたげ》をつけた柳の種子）が風に乗って空中に舞う。植木久行『唐詩歳時記』（講談社学術文庫、講談社、一九九五年）九三頁、一二五頁参照。ここでは、晩春の季節感とともに旅人の漂泊を暗示する。

愁殺　「殺」は強調の助字。愁の気持ちにたえがたくする。詳しくは許山《のみやま》秀樹「『V殺』の成立と展開―漢から唐末までの詩を中心に」（『中国詩文論叢』第一二集、一九九三年）参照。

渡江人　直接的には離別する友人を指すが、清の王尭衢《おうぎょうく》『古唐詩合解』上には、「凡そ一切の江を渡る者」と指摘するごとく、その友人を含めた広い意味にとることもできる。

　ちなみに、承句の表現は中唐の朱放「送《ル》二魏校書《ヲ》一」詩の「楊花撩乱《トシテ》撲《みチ》二流水《ニ》一、愁二殺《スルコト》人行《ノたびヲ》一知《ルヤ》不《ルヤ》レ知《ラ》」を用いたらしい（趙昌平『唐詩選』、厳寿澂《ちょう》・黄明・趙昌平箋注『鄭谷詩集箋注』上海古籍出版社、一九九一年）。

3 **風笛**　風に乗って伝わってくる笛の音。ここでは前者の「楊柳」との関係から、別れの笛曲〝折楊柳〟のメロディーを暗示している。

離亭　送別の宴をはる駅亭。亭は、やど、宿場。

4 **瀟湘**　「湘水」の流れる洞庭湖南の流域一帯を指す。「湘南」ともいう。「湘水」は湖南省を北流して洞庭湖に注ぐ川で、水が清く付近の風景が美しいことで有名であった。晋の羅含《らがん》撰『湘中記』に「湘川清《ハラカニ》照《うつシ》二五六丈下《ノヲ》一、見《ルコト》二底石《ノヲ》一如《シ》二樗蒲子《ちょぼノ》一」（「樗蒲の子」は、ばくちに使うさいころ。この「子」の字は、楊守敬ほか『水経注疏』の説に従った）。五色鮮明《ニシテ》、白沙如《ク》二霜雪《ノ》一、赤崖若《シ》二朝霞《ノ》一」（『水経注』巻三八、湘水の条所引）とある。なお、「瀟」については、今日一般に、湘水の上流の支流である「瀟水」のことと解釈されているようだが、実はこの点については従来から別の解釈も存在する。それは「瀟なる（水の清くて深い）湘水」という、「瀟」を川の名称とはとらず、水を形容する言葉としてとる解釈である。これは『水経注』（同上）の「神二遊《シ》洞庭之淵《ニ》一、出二入《ス》瀟湘之浦《ニ》一、瀟者《トは》、水清深《ノクキ》也」を受けた解釈で、これに従えば、「瀟湘」とは、湘水の美しい流れを表現した言葉ということになる。一方、前者の「瀟」「湘」二水ととる解釈は唐の柳宗元に始まる。柳宗元の「愚渓《ぐけい》詩序」には「灌水之陽《きたニ》有《リ》レ渓焉、東流《シテ》入《ル》二于瀟水《ニ》一」「余《ハ》以《テ》レ愚《ナルヲ》触《レ》レ罪《ニ》、謫《たくセラル》二瀟水上《ノほとりニ》一」という表現が見られ、また「湘口館《ハ》瀟湘二水《ノ》所レ会《スル》」と題する詩のなかに、二水がそれぞれ「九疑《ハ》濬《ふかクシ》二傾奔《ヲ》一、臨源《ハ》委《ゆだヌ》二縈迴《えいかいニ》一」（九疑、臨源は山や嶺の名）とうたわれている（参考、戸崎哲彦「柳宗元文学の生地・永州を訪れて㈠」『東方』一三五、一九九二年）。

　ところで、『水経注』を始めとして、唐以前の地理書の類を調べてみると、「瀟水」という呼称は見当らない。古来から詩跡（歌枕）として甚だ重視されてきたはずの「瀟湘」が、もしも本来「瀟」「湘」二水の併称であったとするならば、たとえ「瀟水」が「湘水」の支流ではあるにせよ、少々不自然なことのように思われる。この点について、『嘉慶重修（大清）一統志』巻三七〇、永州府一、瀟水の項には次のように言う。「道州の北に在り。源は瀟山に出づ。東流して営水に入る。『州志』

に、瀟水の源に三有り。一は瀟山に出づ。……一は小瀟水と曰ふ。……一は寧遠県九疑山に出づ。下流は倶に湘に入る、と。按ずるに瀟湘は古より並称さる。然れども『漢志』、『水経』倶に瀟水の名無し。唐の柳宗元の『愚渓詩序』に始めて、『瀟水の上《ほとり》に謫せらる』と称す。然れどもその源流を詳らかにせず。宋の祝穆《しゅくぼく》始めて、『瀟水は九疑山に出づ』と称す。今細かく之を考ふるに、唯だ、道州の北のかた、瀟山に出づる者のみ瀟水と為す。その下流は皆営水の古道なり。祝穆の謂ふ所の九疑山に出づるものに至っては、乃ち『水経（注）』の冷水なり。北のかた都渓（水）に合して以て営に入るものなり。……蓋し後人は営水の経る所を以て、統べて之を瀟水と謂ひ、遂に営水有るを知らざるなり」と。

これによれば、「瀟」は本来水《かわ》の名ではなかったが、柳宗元が初めてこれを水名として用いた。ただし、そのときはどの流れを指すのか具体的には不明であった。後、南宋の祝穆に、瀟水は九疑山に発すると述べられて（『方輿勝覧』巻二五）、以後それが定着した。しかしこの瀟水は『水経注』でいうところの冷水にあたり、本来は瀟山（道県の西北二五里）に源を発するものを瀟水とすべきである。が、後の人は瀟水の下流にあたる営水までも瀟水と呼ぶようになってしまい、営水の名称を忘れてしまったのだ、という。

たしかに、今日の瀟水は、唐時期には営水と記載されており（『中国歴史地図集』五、「隋・唐・五代十国時期」唐代、江南西道の項、地図出版社、一九八二年）、それが瀟水と呼ばれるようになるのは宋代からである（同上書六、「宋・遼・金時期」北宋、荊湖南路・北路の項）。また、『嘉慶重修一統志』では、柳宗元は瀟水の源流について詳らかにしていない、としているが、先に挙げた「湘口館……」詩には「九疑濬《クシ》傾奔《ヲ》」とあることから、当時からこの流れが九疑山から来ていることは知られていたわけで、このことからも、柳宗元の謂う所の瀟水が、当時の営水を指していたことがわかる。また、柳宗元と同時代、道州（永州と東南に隣接する州。今の湖南省道県付近）刺史となった呂温の「道州《ノ》秋夜南楼即事」詩に「雲去《リテ》舜祠閉《ヂ》、月明《ラカニシテ》瀟水流《ル》」とあることから、営水を瀟水と呼ぶ現象は、中唐ころから起こったものと思われる。なぜそのような現象が起こったかについては不明であるが、思うに当時、地元では営水を「瀟水」と俗称しており、柳宗元や呂温はそれに従い、後にそれが、柳宗元文学の持つ強い影響力によって、正式な呼称として定着したのではないかと思われる（参考、松尾幸忠「瀟湘考」〔『中国詩文論叢』第一四集、一九九五年〕）。

なお、山内春夫「『湘南（瀟湘）』考」（同『風花―中国古典詩論抄』〔彙文堂書店、一九九二年〕所収）は、唐詩に詠まれた湘南（＝瀟湘）のイメージを、次の五つ、①古伝説の地、湘水の神のいる地、②官吏の左遷されることの多い地、③山水の美しい地、④候雁の渡来地、⑤雨のよく降る風土、に帰納する。また、松浦友久編『漢詩の事典』（大修館書店、一九九九年）四六六頁以下も参照。

秦　唐の都、長安地方（陝西省西安市）のこと。もともと秦の都、咸陽がその付近にあったことによる。

なお、結句の表現は中唐の顧況の「送《ル》李秀才《ノ》入《ルヲ》京《ニ》」詩の

「君《ハ》向《ヒ》二長安《ニ》一余《ハ》適《ゆク》レ越《ニ》」を用いたようである（『鄭谷詩集箋注』）。

また、「瀟湘と長安と、相い隔たること万里の地を提示するのは、再会の期しがたいことの間接的な表示」である（松浦友久『唐詩―心のリズム』社会思想社、一九八四年）と同時に、いわゆる「客中（旅中）客を送る」離別詩の典型である。

通釈

淮上（揚州の南）で友人と別れる

揚子江のほとり、やなぎが美しく枝垂《しだ》れる春。風に舞う白い（無数の）柳絮《りゅうじょ》は、江を渡っていく君に堪え難い愁いを抱《いだ》かせることだろう。

日暮どき、宿場の離別の宴席に、いくたびか風に乗って笛の調べが聞こえてくる。（お互い、ひとたびここを立てば）君は南のかた瀟湘へと向かい、私は北のかた長安へと向かうのだ。

諸説の異同

特記事項なし。

備考

趙昌平「鄭谷年譜」（『唐代文学論叢』第九集〔陝西人民出版社、一九八七年〕所収）によれば、景福元年（八九二）作者42歳の春、江南から長安に帰るときの作と推定する。厳寿澂・黄明・趙昌平箋注『鄭谷詩集箋注』には、大順元年（八九二）春の作とするが、大順は景福の誤植。同書の巻末に付す趙昌平「鄭谷伝箋」によれば、大順二年（八九一）か、翌、景福元年（八九二）晩春の作とする。ちなみに、王達津「鄭谷生平系詩」（同『唐詩叢考』〔上海古籍出版社、一九八六年〕所収）は、本詩を乾寧《けんねい》元年（八九四）作者46歳のときの作とし、「淮上」は安州・黄州を含む淮南西道一帯を指し、揚子江も通称で、単に金陵（江蘇省鎮江市）付近の長江を指すのではなく、離別の場所は、今の武昌・嘉魚付近（いずれも湖北省に属する。嘉魚は武昌〔武漢市〕より、長江のやや上流に位置する）であるはずだとする。しかしこの説は解釈に無理があり、前出の趙説よりも劣るであろう（ちなみに、趙・王の二説は鄭谷の生年を異にする）。

（松尾　幸忠）

杜《と》秋《しゅう》娘《じょう》

0金縷衣　金縷《きんる》の衣《い》
1勸君莫惜金縷衣　君《きみ》に勧《すす》む　惜《をし》む莫《な》かれ金縷《きんる》の衣《い》
2勸君惜取少年時　君《きみ》に勧《すす》む　惜《をし》み取《と》れ少年《せうねん》の時《とき》
3花開堪折直須折　花開《はなひら》いて折《を》るに堪《た》へなば直《ただ》ちに須《すべか》らく折《を》るべし
4莫待無花空折枝　花《はな》無きを待《ま》つて空《むな》しく枝《えだ》を折《を》ること莫《な》かれ

テキスト　『全』七八五-11-8862 ◆『百』楽府 ◆『楽府詩集』八二 ◆『唐詩別裁集』二〇 ◆『樊川詩集』「杜秋娘詩」原注 ◆『名媛詩帰』一五

校語
0**金縷衣**　『全』は「雑詩」に作る（「雑詩十九首」中の第一首）。『唐詩別裁集』は「金縷詞」に作る。ここでは『百』『楽府詩集』『樊川詩集』「杜秋娘詩」原注に従う。
2**惜取**　『全』『唐詩別裁集』『樊川詩集』「杜秋娘詩」原注、『名媛詩帰』は「須惜」に作る。『百』『楽府詩集』に従う。なお、聞汝賢『詞牌彙釈』（台湾各大書店、一九六四年）に記載する「金縷曲」は「且惜」に作る。

詩型・韻字　七言絶句。衣《い》・時《じ》・枝《し》（上平声支微韻〔支之微韻〕）。

語釈
0**金縷衣**　金の縷《いと》で織った衣。後に詞牌《はい》（詞や曲の譜式の名称）の一つとなる。
1**莫惜**　（金縷の衣は惜しむべきものだが、次のものにくらべたら）惜しんではならない。
2**惜取**　大切に我がものとする。「取」はやや助字化されているが、なお原義をとどめる。
少年時　「少年」は若者、青年、若い時代。
3**堪折**　折れるほどになる、折ることができるほどになる。この詩の文脈としては、「折るにふさわしい状態になる」。「堪 kān」（平声）は「可 kě」（仄声）と同義で、可能・適当を表す。詩歌では平仄によって使い分ける。
須折　折ることが必要である。「須」は「必」の類語。「……することが必要である」。

通釈
金の糸の衣
あなたに勧めましょう。貴重な金の糸で織ってあるからといって、その衣を惜しんではなりません。それよりも（二度と帰らぬ）青春の時を惜しむべきです。花が咲いて折ることができるようになったらすぐに手折るべきです。ぐずぐずして花がなくなり枝ばかりになってから折るようではなりません。

諸説の異同

異同の所在

作者について

異同の類別

A　杜秋娘。

B　李錡（鎮海節度使、杜秋娘を妾とした）。

C　作者不明。

A説を採るもの：『百』『唐詩別裁集』『名媛詩帰』、鎌田正・米山寅太郎『漢詩名句辞典』（大修館、一九八〇年）、近藤春雄『唐詩のよみ方と解釈』（武蔵野書院、一九七四年）など。

B説を採るもの：『楽府詩集』。

C説を採るもの：『全』『樊川詩集』「杜秋娘詩」原注、松枝茂夫『中国名詩選』（岩波文庫、一九八三年）。

異同の論拠

A説（作者を杜秋娘とする説）

作者を杜秋娘とするA説は、通説で特にこれといった論拠が示されているわけではない。ただ『漢詩名句辞典』は、この詩を女性の作とみなして次のようにいっている。「晋の陶淵明の「雑詩」に『盛年重ねて来たらず、一日再び晨《あした》なり難し。時に及んで当《まさ》に勉励すべし、歳月は人を待たず』といい、宋の朱熹《しゅき》の『偶成』に『少年老い易く学成り難し、一寸の光陰軽んずべからず』という。意味するところは同じであっても、理に走る二男子の作に比して、これは情を主とした女性の表現である。両者を、そして三者を比較して味わってみるのもおもしろい」。

また、近藤春雄『唐詩のよみ方と解釈』でも、「この詩は李錡に対し、私の若く美しい中にせいぜい愛して下さいよという意を寓したものと思われる」と積極的に女流の作として受けとめていることがわかる。

B説（作者を李錡とする説）

特に論拠はあげられていない。

C説（作者不明とする説）

松枝茂夫『中国名詩選』下は「この詩は、実は杜秋娘の作ではない、李錡がこの歌を好んで秋娘にうたわせたというだけで、『全唐詩』では作者不明の「雑詩」の部に入れられている」という。

その論拠となったのは、杜牧の「杜秋娘詩」と思われる。杜牧は「杜秋娘ノ詩」の序に「王被《かうむり》レ罪ヲ廃削セラル。（杜）秋因《よりテ》賜フレ帰ルヲ二故郷一ニ。予過ギテ二金陵一ヲ感ジ二其ノ窮シ且ツ老ユルニ一為ニレ之ガ賦スレ詩ヲ」と記すように杜秋娘と直接の面識があったようである。その詩中に「秋玉斝《か》を持して酔ひ与《とも》に唱ふ金縷の衣」（「秋持玉斝酔　与唱金縷衣」）とある。さらに原注には「金縷ノ衣」の詩全文を掲げ、その最後に「李錡、長く此の辞を唱ふ」（「李錡長唱此辞」）という。これを読むと、杜牧がこの詩の作者を李錡ないしは杜秋娘と特定しているわけではないことがわかる。しかしながら、後世「金縷ノ衣」の作者が杜秋娘や李錡として伝わることになったのは、あるいは、この条があることの影響によるものであるのかもしれない。

以上のように、この詩を杜秋娘、あるいは李錡の作と断定するには根拠が十分ではなく、作者不明の民間歌謡とするのが妥当であるように思われる。

備考

佐藤春夫『車塵集』には、「金縷衣」の訳詩がみえるが、その第一句で「綾にしき何をか惜しむ」と事もなげに歌いこなした訳筆を小村定吉によって激賞されている（初出『オルフェオン』〔一九三〇年二月〕中公文庫『日本の詩歌』〔佐藤春夫〕所引）。

　ただ若き日を惜しめ
綾にしき何をか惜しむ
惜しめただ君若き日を
いざや折れ花よかりせば
ためらはば折りて花なし

（山崎　みどり）

杜《と》荀《じゆん》鶴《かく》

0夏日題悟空上人院　夏日《かじつ》　悟《ご》空上《くうしやう》人《にん》の院《ゐん》に題《だい》す
1三伏閉門披一衲　三伏《さんぷく》　門《もん》を閉《と》ざして　一衲《いちなふ》を披《き》る
2兼無松竹蔭房廊　兼《か》ねて松《しよう》竹《ちく》の　房廊《ばうらう》を蔭《おほ》ふ無《な》し
3安禪不必須山水　安禅《あんぜん》は必《かなら》ずしも山水《さんすい》を須《もち》ひず
4滅得心中火自涼　心中《しんちゆう》を滅得《めつとく》すれば　火《ひ》も自《おのづか》ら涼《すず》し

テキスト　『全』六九三-10-7981　◆童養年『全唐詩続補遺』一四（『全唐詩外編』下、五四八頁に、「贈ル㆑僧ニ」句として後半二句を『詩話総亀』〔後出〕から引く。これは本詩の後半の異文であることに気づかず、誤って佚句と見なしたもの。すでに房日晰「《全唐詩続補遺》校読」〔『古籍点校疑誤滙《わいろく》録』㈡、国務院古籍整理出版規劃《きかく》小組編印、一九八五年所収〕に、その誤りの指摘がある）◆『杜荀鶴文集』二（上海図書館蔵宋蜀刻本）◆明、胡震亨《こしんこう》『唐音統籤《とういんとうせん》』七六〇（唐音戊籤《ぼせん》余六）◆『唐風集』三（文淵閣四庫全書本）◆『唐風集』下（中華書局上海編輯所編・校点本『杜荀鶴詩』、『聶夷《じようい》中《ちゆう》詩』と合刊、中華書局、一九五九年）◆清、李調元『全五代

詩』四（叢書集成新編本）

校　語

2**蔭**　『杜荀鶴文集』には「蔭」に作る。俗字。

4**心中**　五代・蜀の何光遠《かこうえん》『鑑誡録《かんかいろく》』九、削古風《さくこふう》の条には、後半二句を引き、「心頭」に作る（叢書集成新編本）。また、北宋の阮《げん》閲《えつ》編『（増修）詩話総亀《そうき》』（前集）二六、寄贈門の条にも、後半の二句を引き、「心頭」に作る（人民文学出版社、一九八七年）。周文淳の校記に、「頭」字は明《みん》抄本に「時」に作るとある）。「心頭」は俗語で、心の意。杜荀鶴「旅懐」詩（『体』七絶）にも、「半夜燈前十年事《ノ》、一時和《シテ》雨《ニ》到《ル》心頭《ニ》」とある。「心中」とほぼ同意。

涼　『杜荀鶴文集』『唐音統籤』には「涼」に作る。俗字。

詩型・韻字

七言絶句。廊《*らう》・涼《りやう》（下平声陽韻〈陽唐韻*〉）。ちなみに、山本和義ほか『中国文学歳時記』夏（同朋舎、一九八九年）に、「衲」も韻字とするのは誤り（平野顕照執筆）。衲は入声合韻である。

語　釈

0**題悟空上人院**　「題」は、牆壁・石壁・屏風・門扉・詩板・木の葉などに詩歌（原則として自作のそれ）や姓名等を題《か》きつける意。いわゆる題壁詩の風習は唐代、一種の作品発表方式、詩歌流布の主要な一手段として定着し、寒山詩三百余首を除いても、約四〇〇首が現存する。特に寺院や駅亭（宿場）・役所などの壁が利用され、詩型は、初唐では五言が多く古詩も見られたが、しだいに七言の近体詩が増加し、七言絶句が最も盛行した。詳しくは、鈴木修次『唐詩―その伝達の場』（NHKブックス、日本放送出版協会、一九七六年）や、羅宗濤「唐人題壁詩初探」（『中華文史論叢』四七輯、一九九一年）、呉承学「論題壁詩」（『文学遺産』一九九四年第四期）など参照。悟空上人は未詳。『宋高僧伝』三、訳経篇に見える有名な、唐の上都（長安）章敬寺の悟空ではない。院は、もと垣根をめぐらせた建物。寺院、僧房の意味にも用いられる。

1**三伏**　一年中で暑さの最も厳しい時節。夏至の日から数えて三番めの庚《かのえ》の日を初伏、四番めの庚の日を中伏、立秋後の最初の庚の日を末伏（後伏）という。三伏とは、この三つの総称、三伏日ともいう。唐代、三伏には一日ずつ休暇となった（仁井田陞『唐令拾遺』「仮寧令第二十九」）。伏とは、陰気が起ころうとするが、盛んな陽気のために押さえられている意（『漢書』二五上、郊祀志《こうしし》の顔師古注）。新暦では、ほぼ七月中旬から八月中旬に相当する。

閉門　門は出入りする戸口。ここでは、僧房のそれ。

披一衲　披には、(1)「きル」「かク」と読み、はおる、肩にかける、着る意、(2)「ひらク」と読み、（僧衣の前を）はだける、ひらく意、の二説がある。杜荀鶴「空・閑《ノ》二公遞《たがひニ》以《テ》禅律《ヲ》相《あひ》鄙《いやシム》、因《リテ》而解《ク》之《ヲ》」詩には、「念珠《ねんじゆ》（念仏のときに手にかける数《じゆ》珠《ず》）在《レバ》手《ニ》隳《やぶリ》禅衲《ヲ》、禅衲披《かクレバ》肩《ニ》壊《こはス》念珠《ヲ》」とある。詳しくは〔諸説の異同〕参照。ちなみに、類語の「掛」が衣服を着る意味をもつことは、蔣礼鴻『敦煌変文字義通釈』（第四次増訂本）の第四篇「掛寡垂」の条参照。衲は衲衣《のうえ》（僧侶の着物）を指す。衲の原義は補綴《ほてい》、つづりあわせる。つまり、朽ち古びた弊衣をつぎはぎして作った袈裟《けさ》の意。

2**兼無……**　兼は全・絶の意。「兼無……」は全く……ない。たとえば、白居易の「与《と》ニ夢得（劉禹錫の字《あざな》）一偶《たまたまともニ》同到《リ》ニ敦詩《とんし》（崔群の字）宅《ノ》一、感《ジテ》而題《ス》レ壁《ニ》」詩に、「園荒《レテ》唯有《ダリ》ニ薪堪《ノたへタル》レ採《ルニ》、門冷《カニシテ》兼《ネテ》無《シ》ニ雀可《ノキ》レ羅《あみス》」などとある。王鍈『詩詞曲語辞例釈』（増訂本、中華書局、一九八六年）や、盧潤祥『唐宋詩詞常用語詞典』（湖南出版社、一九九一年）の「兼」の条参照。なお、この「兼無……」の著名な用例は、王駕《おうが》「晴景」詩の「雨前初《メテ》見《ル》花間葉《ノ》、雨後兼《ネテ》無《シ》葉底花《ノ》」（『体』七絶）である。『三体詩幻雲抄』（勉誠社影印・抄物大系）に引く或説《わくせつ》に「兼与《ハと》レ全同意也」とあり（三一一頁）、村上哲見『三体詩』上（朝日新聞社、一九六六年）にもいう。「『兼ねて無し』という表現は見ないが、『並びに無し』と同様に否定を強調したいい方であろう。『京本通俗小説』の『碾玉《てんぎょく》観音』に引用するところでは『全く無し』となっている」と（九四頁）。ちなみに、山田無文『碧巖録《へきがんろく》全提唱』第五巻（禅文化研究所、一九八七年）には、「もとより」と訳し（一二〇頁）、小川昭一『中国の名詩鑑賞7晩唐』（明治書院、一九七六年）には「また」、大上正美『中国古典詩聚花―思索と詠懐』（小学館、一九八五年）には「おまけに」と訳する。

房廊　部屋と廊下。

3**安禅**　単に坐禅（座禅）する意。坐禅すると、身心が安楽になるため、安禅という（宇井伯寿監修『仏教辞典』〔大東出版社、一九九〇年新版〕）。あるいは、落ちついて坐禅すること。ちなみに、この言葉は、わが空海の「進《たてまつルノ》ニ李邕《ようノ》真蹟屏風《ノへいふうヲ》一表」に、「安禅余隙《ノよげきニ》」云々と見える（『遍照《へんじょう》発揮性霊集《せいれいしゅう》』四）。ここは、夏安居《げあんご》（＝坐夏《ざげ》、夏の雨季九〇日間、修行僧が一か所に定住して修行すること）のときに行なう坐禅を指すか。

不必……　……とは限らない意。部分否定。

須山水　山や水《かわ》を必要とする。須は「もちフ」「もちヰル」と読み、必要不可欠の意。山水は、世俗を離れた山中や河辺の、静謐《せいひつ》で清涼な環境を指す。承句の「松竹」を受ける。

4**滅得心中**　心中の雑念や分別心を消し去ること。「得」は動詞の後につく語助（助字）。可能や実現を表わす口語的用法である。詳しくは、志村良治『中国中世語法史研究』（三冬社、一九八四年）「第一部　中世中国語の語法と語彙」の「十五　補助動詞」の条など参照。

火自涼　「自」は、もともと、それ自体、おのずと、もとより、などの意。宇野明霞原撰・釈大典刪補『詩家推敲』上、「自」の条に、「自由《をのづから》ノ義ハ、モトヨリニシテ、造作ニ渉《わたら》ザル意ナリ」と説明し、「ヲノヅカラ（ママ）」「モト」などと読む。徐仁甫『広釈詞』八にも「自猶《ハホ》レ本《ノ》、副詞」といい、王鍈『詩詞曲語辞例釈』（増訂本）も、「自は〝本〟の意味、語気副詞」という。火（のごとき猛暑）さえも、本来涼しく感じられるものなのだ、の意。ちなみに、この結句と類似した発想（外的条件や環境は、心のあり方しだいで克服できる）は、すでに白居易の「苦《シミ》レ熱《サニ》題《ス》ニ恒寂《こうじゃくしノ》師禅室《ニ》一」詩に見える。参考にその詩（七言絶句）をあげる。「人人避《ケ》レ暑《ヲ》走《リテ》如《シ》レ狂《フガ》、独《リ》有《リ》ニ禅師《ノ》不《ル》レ出《いデ》レ房《ヲ》。可《あ》是《に》禅房無《ニ》ニ熱《カランヤ》到《サノル》一、但《ダ》能《ク》心静《カナレバ》即身《チモ》涼《シ》」（但は、もしも……でありさえすればの意）。

通釈

夏のある日、悟空上人の僧房（の壁）に題《か》きつける

（一年中で最も暑い）三伏《さんぷく》の時節に、戸を閉めきり、僧衣をまとって（坐禅にはげんでいる）。（上人のいる）僧房や廊下に、涼しげな木陰を落とす松や竹が全くない。坐禅には、必ずしも（清爽な）山水（の環境）を必要とするわけではない。無念無想の境地に到りうれば、火（のような猛暑）でさえも、もとより涼しく感じられるものなのだ。

諸説の異同

異同の所在

「披一衲」の披の読みと解釈

異同の類別

A「きル」「かク」と読み、はおる、着る、肩にかける意。

B「ひらク」と読み、（僧衣の前を）はだける、ひらく意。

A説を採るもの：石川忠久『漢詩の楽しみ』（時事通信社、一九八二年）、山田無文『碧巖録全提唱』第五巻（前掲）、山本和義ほか編『中国文学歳時記』夏（平野顕照執筆、前掲）、村松暎『漢詩の人間学』（PHP研究所、一九九〇年）、坂田新『理想への意志』（心象紀行／漢詩の情景③、東方書店、一九九〇年）、宇野直人ほか『研究資料漢文学5　詩Ⅲ』（明治書院、一九九三年）など。

B説を採るもの：小川昭一『中国の名詩鑑賞7　晩唐』（前掲）、大上正美『中国古典詩聚花―思索と詠懐』（前掲）など。

異同の論拠

A説・B説とも、特に言及しないが、B説には問題がある。大上正美の訳には、「夏至を過ぎたこの夏の盛りのある日、寺の門を閉じて今日も修行に励む寺僧たちも、暑さには閉口しているらしく、けさごろもの前をはだけている」とあり、前半二句を悟空上人を除く他の寺僧たちの修行態度、後半二句を悟空上人のみのそれ、と分けて捉える。これは、おそらく「披」字を「ひらク」と読み、宋玉の「風賦《ノ》」に「有《リ》二風《ノ》颯然《さつぜんトシテ》而至《ル》一。王廼《すなはチ》披《ひらイテ》レ襟《えりヲ》而当《タリテ》レ之《ニ》曰《ハク》、『快《ナル》哉《かな》此《ノ》風、……』」などとある著名な用例を思い浮かべて解釈したものであろう。他方、小川昭一の訳には「僧衣を開いて、わずかに涼をとる」とあり、「披一衲」の主語を悟空上人の行為にとるらしい。その小川説に従えば、明らかに結句の趣旨と矛盾し、誤りであろう。それで大上説は、悟空上人を除く他の一般的な僧侶たちの修行態度を指すと考えたらしい。しかし本詩の主眼は、「三伏」「閉門」「披一衲」「兼無松竹蔭房廊」という種々の悪条件が積み重なるなかで、火のような猛暑を物ともせず平然と坐禅する悟空上人の修行ぶりを讃嘆するところにある。したがって「披一衲」を重なる悪条件をやわらげて涼をとる行為に捉えるのは、文脈の展開上、適切ではない。他方、大上説のように「披一衲」を他の僧侶の行為と捉えて、この矛盾を解決しようとするのも、論旨の統一という観点から見て明らかに無理であろう。

次の用例は参照に値する。

(1)魏《ぎ》の文帝（曹丕《そうひ》）「雑詩二首」其一に、「展転《トシテ》不レ能《ハ》レ寐《いヌル》、披《きテ》レ衣《ころもヲ》起《チテ》彷徨《ス》」（『文選』二九）とある。

(2)『南史』四九、劉訏《りゅうく》伝に、「訏嘗《つねニ》著《つケ》二穀《こく》布巾《ヲ》一、披《きル》二納衣《ヲ》一。毎《ごとニ》レ遊《ブ》二山沢《ニ》一、輒《すなはチ》留連《シテ》忘《ル》レ返《ルヲ》」とある。

(3)韋応物「寄《ス》二馮著《ふうちよニ》一」詩に、「披《テ》レ衣《ヲ》出《デ》二茅屋《ヲ》一、盥漱《かんそう》臨《ム》二清渠《きよニ》一」とある。

(4)杜荀鶴「題《ス》二徳玄上人院《ノニ》一」詩に、「我雖《ハモ》レ未《ダずト》二似《ごとク》レ師《ノ》披《き》レ衲《ヲ》、此理《ノハ》

同《ともニ》師悟了然」とある。

(5)寒山の詩に、「冬披破布衫《さん》、蓋是書誤已」とある。つまり、「披衣」「披衲」の類の披は、通常、衣をはおる、着る、肩にかけておおう意となる。そして「一衲」の「一」の字も、大上訳とは異なり、むしろ「他の僧侶たちはいざ知らず、悟空上人だけは」の意味がこめられていよう。要するに、「披」を「ひらク」と読むB説は、少なくとも本詩の場合、ほとんど誤読に近い。

備考

本詩は、進士及第以前の作品を収める別集『杜荀鶴文集』(『唐風集』)に見えるところから、大順二年(八九一)、46歳以前の作であるが、具体的な作成年代は未詳。五代・蜀の何光遠『鑑誡録』九、削古風の条にいう。

(後)梁杜舎人荀鶴、為詩愁苦、悉《ことごとク》干《あづかル》教化。毎《つねニ》於吟誦、得其至理。如《たとへバ》贈僧云、「安禅不必須山水、滅得心頭火自涼」

と。本詩の後半二句は、いわゆる禅偈《ぜんげ》として愛唱される。臨済宗楊《よう》岐《ぎ》派に属する北宋末期の圜悟克勤《えんごこくごん》撰『碧巌録《へきがんろく》』「第四三則　洞山《とうざんノ》寒暑廻避」の「評唱」(本則に対する解説・論評)には、本詩の後半二句が引用され、「滅得心中」を「滅却心頭」に作る(入矢義高ほか訳注『碧巌録』(中)〈岩波文庫、岩波書店、一九九四年〉に拠る)。ちなみに、わが天保一四年(一八四三)に刊行された妙喜宗績編『竜門夜話』下、快川《かいせん》国師の条には、ほぼ次のごとくいう。

織田信長の軍勢が甲斐《かい》の武田勝頼の居城(甲州城)を攻め落とすと、州内の禅僧は(臨済宗の)慧林寺《えりんじ》に難を避けた。たまたま敗軍(武田軍)の兵士も、こっそりこの中にまぎれこんでいたが、快川国師は匿《かく》まって出さなかった。信長は激怒して衆僧を駆りたてて山門に登らせ、下に薪を積み重ねて四方から火を放った。百余人の修行僧たちは、みな威儀を整えて煙火のなかに端坐し、快川国師の命に従って、それぞれこの苦境に対処し、心中の迷いを破砕する「転語」(法輪を転ずる語)を述べて末後《まつご》(臨終)の句となした。それが終わると、快川国師は、ただちに「安禅は必ずしも山水を須ひず、心頭を滅却すれば火も自ら涼し」と唱《とな》え、「既にして熛炎《ひょうえん》(飛び火)衣《ころも》に及ぶも、恬然《てんぜん》として坐化《ざけ》す(坐ったまま亡くなる)。天正十年(一五八二)四月三日なり」。

(植木　久行)

杜《と》審《しん》言《げん》

0和晉陵陸丞
　早春遊望
1獨有宦遊人
2偏驚物候新
3雲霞出海曙
4梅柳渡江春
5淑氣催黄鳥
6晴光轉綠蘋
7忽聞歌古調
8歸思欲霑巾

晋陵《しんりよう》の陸丞《りくじよう》の早春《さうしゆん》遊望《いうばう》に
　和《わ》す
独《ひと》り宦遊《くわんいう》の人《ひと》有《あ》りて
偏《ひと》へに驚《おどろ》く　物候《ぶつこう》の新《あら》たなるに
雲霞《うんか》　海《うみ》を出《い》でて曙《あ》け
梅柳《ばいりう》　江《かう》を渡《わた》りて春《はる》なり
淑気《しゆくき》　黄鳥《くわうてう》を催《もよほ》し
晴光《せいくわう》　緑蘋《りよくひん》を転《てん》ず
忽《たちま》ち古調《こてう》を歌《うた》ふを聞《き》き
帰思《きし》　巾《きん》を霑《うるほ》さんと欲《ほつ》す

テキスト

『全』六二-3-733（杜審言）◆『全』一九五-6-2010（韋応物）◆『選』三 ◆『百』五言律詩 ◆『体』五言律詩 ◆『文苑英華』二四一 ◆元、方回『瀛奎律髄』一〇・春日類 ◆明、高棅《こうへい》『唐詩品彙』五七 ◆明、黄徳水・呉琯《かん》『唐詩紀』一二三 ◆明、張之《し》象《しょう》『唐詩類苑』九 ◆明、鍾《しょう》惺《せい》・譚元春《たんげんしゅん》『唐詩帰』一二 ◆明、唐汝詢《とうじょじゅん》『唐詩解』三一 ◆清、沈徳潜《しんとくせん》『唐詩別裁集』九 ◆『杜審言集』上（明、銅活字本『唐五十家詩集』所収、上海古籍出版社影印）◆『杜審言集』上（明、許自昌輯『前唐十二家詩』所収）◆『杜審言詩集』（明、朱警編『唐百家詩』所収）

校語

0**和晉陵陸丞早春遊望**　『体』では詩題を「早春游望」に作る。『文苑英華』では「遊望」を「有懐」に作る。『唐詩解』『百』では「陸丞」を「陸丞相」に作る。また、『杜審言集』（唐五十家詩集）『杜審言集』（前唐十二家詩）『杜審言詩集』では「遊」を「游」に作る。『瀛奎律髄』は「陵」の下に「陸」字を脱す。

1**遊**　『体』『杜審言集』（唐五十家詩集）『杜審言集』（前唐十二家詩）『杜審言詩集』では「游」に作る。

4**渡**　『文苑英華』『瀛奎律髄』『選』『唐詩帰』では「度」に作る。

6**轉**　『全』（韋応物）『文苑英華』『唐詩紀』『杜審言集』（前唐十二家詩）『杜審言詩集』では「照」に作る。

7**古**　『全』（韋応物）では「苦」に作る。

8**欲**　『文苑英華』では「已」に作る。

霑　『体』『唐詩品彙』『選』『唐詩解』『唐詩別裁集』『百』では「沾」に作る。同義。

巾　『杜審言集』（唐五十家詩集）は「市」に作る。誤字か。

詩型・韻字

五言律詩。人《じん》・新《しん》・春《*しゅん》・蘋《ひん》・巾《きん》（上平声真韻（真諄*韻））。

語釈

0**和晉陵陸丞早春遊望**　「晋陵」は、現在の江蘇省常州市。唐代、江南道常州晋陵郡晋陵県。常州の州治（政庁所在地）である。

「陸丞」とは、陸という姓の県丞（県令の補佐官）のこと。人物については未詳。なお「陸丞」を「陸丞相」に作るテキスト（『唐詩解』、明の李攀龍《はんりよう》選『唐詩訓解』、清の王堯衢《ぎようく》『古唐詩合解』、『百』）もあり、これに従うと県丞ではなく、宰相となる。もっとも、聞一多『唐詩大系』（『聞一多全集』所収、開明書店、一九四八年）は、杜審言と時を同じくして、陸元方という名の宰相がいたことを指摘しつつも、詩中の語気がそれらしくないこと、また唐代では宰相を丞相とは呼ばないことを理由に、「相」を衍字《えんじ》と断定している。入江忠囿『唐詩句解』五言律上（滄浪居、一七三五年）も同じく、「相」を衍字と見なす。

「遊望」とは、旅の途次の眺めをいう。本詩は、「陸丞」が作った「早春遊望」と題する詩に倡和《しようわ》した作。なおこの詩の作者について、古来異説がある。『全唐詩』では、本詩の題下に「一作《ニル》二韋応物《ノ》詩《ニ》一」と注し、若干文字が異なるものの、韋応物の名のもとに（巻一九五）同詩を載せている。詳しくは〔備考〕を参照されたい。

1 独有　A＝ただ……だけが、と限定・強調に解するもの、B＝ただ一人いる、と解するもの、の二説がある。

A説を採るもの：釈清潭『国訳唐詩選』（国訳漢文大成、国民文庫刊行会、一九二〇年）、前野直彬『唐詩選』（岩波文庫、岩波書店、一九六二年）、目加田誠『唐詩選』（新釈漢文大系、明治書院、一九六四年）、高木正一『唐詩選』（中国古典選、朝日新聞社、一九六五年）、前野直彬編『唐詩鑑賞辞典』（〔高島俊男執筆〕東京堂出版、一九七〇年）、中島敏夫・佐藤保『唐詩選』（学習研究社、一九八六年）、林庚《こう》・馮沅君《ふうげんくん》『中国歴代詩歌選』上編二（人民文学出版社、一九六四年）、蕭滌非《しようてきひ》ほか『唐詩鑑賞辞典』（〔倪其心《げいきしん》執筆〕上海辞書出版社、一九八三年）など。

B説を採るもの：吉川幸次郎・小川環樹編『唐詩選』（〔今鷹真執筆〕筑摩書房、一九七三年）、村上哲見『三体詩』三（中国古典選、朝日新聞社、一九七八年）など。

A説は、「宦遊」の身にあるものだけが、もしくは「宦遊」の身にあってはじめて「物候」の改まるのに驚くことが可能なのであって、もしかりに故郷にあれば決して驚きはしない、という意味が言外に込められていると考える。この場合、「有」字は軽い。一方B説では、たった一人で異郷にある孤独な境遇を強調した解釈となっている。〔通釈〕では、A説を採った。

宦遊人　「宦遊」とは、郷里を離れて役人となること。または、役人として旅をすること。「宦」は役人、「遊」は旅の意。初唐の王勃「杜少府《ノ》之《ユク》二任《ニ》蜀川《ニ》一」に、「与《レ》君離別《スルノ》意、同《ジク》是《レ》宦遊《ノ》人」とある。

「宦遊人」が、具体的に誰を指すかについては、以下の三説に分かれる。

①作者自身（清、章燮《しようしよう》『唐詩三百首註疏』〔東海文芸出版社、一九五七年〕、戸崎允明『箋註唐詩選』〔嵩山房、江戸、天明四年〈一七八四〉〕、塩谷温『唐詩三百首』〔明治出版社、一九一九年〕、目加田誠『唐詩三百首』〔東洋文庫、平凡社、一九七三年〕、前野直彬『唐詩選』など）。

②倡和の相手である陸丞〔または陸丞相〕（清、王堯衢《ぎようく》『古唐詩合解』〔帝都書林、江戸、明和一年〈一七六四〉〕、林庚・馮《ふう》

沅君《げんくん》『中国歴代詩歌選』など)。

③作者と陸丞の両者(明、唐汝詢『唐詩解』〈明、万暦四三年〈一六一五〉序刊〉、明、蔣一葵・唐汝詢『唐詩集註』〈平安書林、江戸、安永三年〈一七七四〉〉、明、李攀龍選『唐詩訓解』、服部南郭『唐詩選国字解』〈東洋文庫、平凡社、一九八二年〉、高木正一『唐詩選』、松枝茂夫編『中国名詩選』〈岩波文庫、岩波書店、一九八四年〉、程千帆・沈祖棻《しんそふん》『古詩今選』〈上海古籍出版社、一九八三年〉など)。

これらの注釈書の大半が明確な論拠を示していないなかで、①作者説の前野直彬『唐詩選』と、②陸丞(相)説の王堯衢『古唐詩合解』の所説は注目に値する。

まず、前野直彬『唐詩選』は、「もちろん、陸丞も同じ『宦遊』の身にちがいないが、この言葉はよい意味をもつものではないから、相手に適用するのをはばかって『独り』といった。言外に、陸丞も同じ境遇だという気持ちは、当然含められている」とし、「宦遊」の語感に着目する。

一方、王堯衢『古唐詩合解』は、「陸丞相有《リ》二早春遊望之作一、而《シテ》老杜和《セリ》レ之。故《ニ》先《ツ》従《よリ》二陸丞相一説起《キコス》」とし、和詩という点に着目している。もっとも、このテキストは詩題を「陸丞相」に作っているために、続けて「丞相宦遊《シテ》、帰《リ》二晋陵《ニ》一、驚《ク》二早春之物候《ノ》一新《セルニ》一、故《ニ》有《リ》二遊望之作一」と解釈しており、この点には疑問を感じないわけにはいかない。第一、帰郷したものを「宦遊人」と言うのは、表現として無理があるだろう。

それはともかく、本詩が和詩であることに着目した点は、一つの見識と言ってよい。陸丞の原唱はすでに佚《いっ》しており、作詩の詳しい事情は分からないが、本詩の尾聯「忽聞《チキ》レ歌《フヲ》二古調《ヲ》一、帰思欲《ス》レ霑《サント》レ巾《ヲ》」の表現から推し量ってみると、その内容は宦遊の身のつらさに触れたものであったことがうかがわれる。したがって、それを承けた杜審言の倡和詩が、まず首聯に相手＝「陸丞」のことから説き起こすのもまた、ごく自然なことだと言えよう。いま本稿では、この和詩の観点を生かし、かつ作者自身も暗にうちに含むものと解して、ひとまず③説を採ることにする。

2 **偏** 原義は、かたよっていること。転じて「ひたすら」、「……してばかりいる」の意になったり、「とりわけ、ことさらに」と強調を表したりもする。釈清潭『国訳唐詩選』では、「偏は遍の反対にて『トリワケ』と云ふ義に当る」と説く。

物候 「物」は、風物、景物、「候」は、気候をいう。あるいは、「物候」で、季節の移り変わりに伴って変化する自然界の現象そのものを指す。梁の簡文帝「晩春賦」に「嗟《なげキ》二時序《ノ》之迴斡《ヲ》一、歎《ズ》二物候《ノ》推移《ヲ》一」とある。なお章燮『唐詩三百首註疏』では、「雲霞」「梅柳」「黄鳥」「緑蘋」が「物」に相当し、「曙」「春」「淑気」「晴光」が「候」に相当する、と説く。

3 **雲霞** 中国古典詩に見える「霞」は、一般に日の光を受けて空が薄赤く見えることをいい、朝焼け、夕焼けの類で解釈されることが多い。たとえば、六朝・宋の謝霊運「石壁精舎還《ヨリ》二湖中《ニ》一作」に「林壑斂《をさめ》二暝色《ヲ》一、雲霞収《ム》二夕霏《せきひ》一」とあるのは、その代表的な例であろう。だが、一方で「青霞」「白霞」など赤色ではない「霞」があり、また「流霞」(たなびき動くもや)という語があるように、必ずしも朝焼け、夕焼けでない、むしろ日本語の「かすみ」に近い意味も併せもっていることに留意したい。いまはひとまず、雲気全般を指すものとして解釈しておく。

海　晋陵のある長江下流を指す。徐定祥『杜審言詩注』（上海古籍出版社、一九八二年）は、「詩人は東に大江を望んではいるが、江の流れが広大で、江と海がつながっているように思えたので、それを海と呼んだ（原文中国語）」として、眼前に広がる長江の広大さを喩えた、一種の誇張表現と見なす。

しかし実のところ、当時の人々の意識のうえで長江下流は文字通り「海」であったようである。前野直彬『唐詩選』は「（晋陵のあたりは）もちろん海が見えるわけではないが、このあたりで作られた詩は、しばしば海という言葉が使われる」と指摘する。中島敏夫・佐藤保『唐詩選』でも同じく、「実際には揚子江であるが、河口に近く、海として扱われる」としている。事実、隋の煬帝《ようだい》「泛《ブ》二龍舟《ヲ》一」詩には「借問《しゃもんス》　揚州《ハ》在《ルト》二何《レノ》処《ニカ》一、淮南江北海《ノ》西頭」とあり、これに従うと、晋陵の西に位置する揚州が、当時、東海の西端と意識されていたようである。

なお服部南郭『唐詩選国字解』は、本句に「都は北の方で、海は遠いによつて、海から日の出づるなどと云ふことは見たこともない」という気持ちがこめられている、と言う。「海」の語を用いることによって、作者が日の昇る東海に近い（言い換えれば、都から遠く離れた）江南の地にいることが、いっそう印象づけられるわけである。

4 **梅柳渡江春**　「梅柳」は、「共に早春の魁《さきがけ》と為るもの」（釈清潭『国訳唐詩選』）。「江」は、長江。「春」は、上句の「曙」同様、「本来名詞であるものを、夜があける、春になる、と動詞のように用いる、いわゆる『実字虚用』である」（村上哲見『三体詩』）。「渡江」の解釈については、説が分かれる。〔諸説の異同〕Iを参照されたい。

5 **淑気**　温和な春の気。「淑」は、善い、清い。西晋の陸機「塘上行」に「淑気与《ともニ》レ時《ト》殞《おチ》、餘芳随《ヒテ》レ風《ニ》損《そこナハル》」とある。

黄鳥　コウライウグイス。形は日本のうぐいすよりも大きく、体は黄色で、羽と尾には少し黒が混じっている。春に鳴き、声が美しいとされる。淵在寛《えんざいかん》『陸氏草木鳥獣虫魚疏図解』（詩経動植物図鑑叢書、中文出版社、一九八〇年）によると、まれに日本（筑紫）へも渡って来るらしい。『詩経』によく見える（「周南、葛覃《かったん》」など）鳥。

『爾雅《じが》』「釈鳥」に、「皇、黄鳥」とあり、邢昺《けいへい》の疏に「陸璣《りくき》ノ疏《ニ》云《フ》、黄鳥《ハ》、黄鸝《こうり》留《る》也。或《イハ》謂《フ》二之《ヲ》黄栗留《ト》一、幽州人《ノハ》謂《フ》二之《ヲ》黄鶯《おうト》一、一名倉庚、一名商庚、一名鵹黄《りこう》、一名楚雀、斉人謂《フ》二之《ヲ》搏黍《はくしょト》一」と記すごとく、この鳥には、黄鸝留、黄栗留、黄鶯、倉庚など、じつにさまざまな別名がある。また、『礼記《らいき》』「月令《がつりょう》」の「仲春之月」に「倉庚鳴《ク》」とあり、古代中国では二月（仲春）の景物と考えられていたようである。

6 **緑蘋**　「蘋《ひん》」は、水草の一種で、別名、田字草とも呼ばれる。和名は、四葉《よつば》浮き草、かたばみ藻《も》。『爾雅』「釈草」に「苹《へい》、蓱《へい》。其《ノ》大《ナル》者《ハ》蘋」とある。すなわち、苹（浮き草）の大きなものを「蘋」という。戸崎允明『箋註唐詩選』では、『礼記』「月令」の「季春之月」に「虹始《メテ》見《あらハレ》、萍始《メテ》生《ズ》」とあることによって、「中国北方（中原）では、三月に生ずる『蘋』が、江南の地では早春にすでに生ずるのだ」と説く。2句目「驚」の字を活かした説である。なお梁の江淹「詠《ズ》二美人《ノ》春遊《ヲ》一」に「江南二月《ノ》春、東風転《ズ》二緑蘋《ヲ》一」とあり、おそらく、本句「晴光転緑蘋」は、これを踏まえたものであろう（〔諸説の異同〕II参照）。

7忽 ふと、思いがけず。意外なことをいう。意符（意味記号）が「心」であることに注意したい。

古調 「古調」が、「陸丞」の原唱「早春遊望」詩を指すことについては、先行諸注の一致しているところである。しかし、その意味するところ、とくに「調」の解釈については、一様ではない。「古人の如き調子の佳詩」（釈清潭『国訳唐詩選』）のように、①「調子」と見なす説、また「古い詩のスタイルにならった作りかたをしていた」（前野直彬『唐詩選』）と言うように、②「スタイル」とする説、さらに「その格調が古人に近い」（徐定祥『杜審言詩注』）、「古雅な、古典的風格を備えた」（村上哲見『三体詩』）など、③「格調・内容」と解する説がある。

「調」の原義は、曲調、音調であり、唐の劉長卿「聴《ク》レ弾《クヲ》レ琴《ヲ》」の「古調雖《モ》二自《ラ》愛《スト》一、今人多《シ》レ不《ルモノ》レ弾《カ》」、耿湋《こうい》「贈《ル》二興平《ノ》鄭明府《ニ》一」の「緑琴聴《キ》二古調《ヲ》一、白屋被《ル》二深仁《ヲ》一」、白居易「和《ス》下令狐僕射《ぼくや》小飲《シテ》聴《クノ》二阮咸《げんかん》《ヲ》一詩《ニ》上」の「古調何人識《カラン》、初《メテ》聞《ケバ》満座驚《ク》」、元稹「和《ス》二李校書《ノ》新題楽府《ニ》一十二首」其の二の「正声不レ屈《セ》古調高《ク》、鍾律参《しん》差《トシテ》管弦病《ム》」など、これら唐詩の「古調」の用例を見る限りにおいて、琴などの弦楽器の調べを指して言うことが多い。したがって、本詩の「古調」も「詩の古雅な風格」とは解しにくい。また「古詩のスタイル」と解すると、原唱が古詩であるのに、その返し歌が律詩になり、「相手の詩が律詩なら、おなじく律詩で倡和する」（高木正一『唐詩選』）という原則にそむくことになる。そこでいまは、（陸丞の吟ずる）「古いしらべ」で解釈しておく。

なお〔校語〕の項でふれたように、『全』（韋応物）では「苦調」に作っている。

8帰思 故郷を思う心。郷愁。「思」（おもい）は名詞であり、去声（sì）で読むことによって平仄が整う。

霑巾 「巾」は手巾（ハンカチ）、佩巾《はいきん》の類。涙で手巾を濡らす意。初唐の王勃「杜少府之《ゆク》二任《ニ》蜀川《ニ》一」にも、「無《カラン》レ為《ス》在《リテ》二岐路《ニ》一、児女《ノゴトク》共《ニ》霑《スヲ》レ巾《ヲ》」とある。

ところで、なぜ作者が涙で手巾を濡らしそうになったのか、その理由について、服部南郭『唐詩選国字解』は、次のように説明する、「其《（その）》もとの古調の中に、故郷を恋しいと云ふことが作りたててあつたのを見て、吾も忽ち故郷へ帰りたうなつて、巾を沾《（うるほ）》さんと欲す」と。つまり、陸詩の〝内容〟が作者の心を動かした、と考えるわけである。

一方、前野直彬『唐詩選』は、「それが古い詩のスタイルにならった作りかたをしていたために、作者にとっては、ひとしおなつかしく感ぜられたのであろう」と述べ、陸詩の古い〝スタイル〟が作者の興趣を刺激した、という見方を示している。

ともあれ、「忽《チ》聞《ク》レ歌《フヲ》二古調《ヲ》一」とある以上、陸詩のもつ何かが作者の琴線に触れたことは異論のないところであろう。いまは、陸丞の吟ずる詩の古い調べが、作者の郷愁を誘った、と解しておく。

通釈

晋陵県の陸丞の「早春遊望」の詩に和する

お互い、役人として異郷に身を置くものだけが、風物や気候があらたまったことに、ひたすら心を驚かせるのです。

雲や霞《もや》が海から立ちのぼると、夜が曙《あ》けそめ、梅や柳は長江を渡ってこの江南に来ると、はやくも春の姿になっています。

春の温和な気が、コウライウグイスのさえずりを促し、晴れやかな陽射しが、緑の浮き草を揺らせているようです。

あなたが歌う古き調べを、ふと耳にして、故郷恋しさに、私は涙で手巾を濡らさんばかりになりました。

諸説の異同

異同の所在 Ⅰ

「渡江」の解釈

異同の類別

A　梅柳が、江南から江北へ渡る。

B　梅柳が、長江の北（都）から江南地方へ渡る。

C　都の人（作者を含む）が、北から長江を南渡する。

A説を採るもの：王堯衢『古唐詩合解』七、章燮『唐詩三百首註疏』四、釈大典『唐詩解頤』三（江戸、安永五年〈一七七六〉）、釈清潭『国訳唐詩選』、前野直彬『唐詩選』中、目加田誠『唐詩選』、前野直彬編『唐詩鑑賞辞典』（高島俊男執筆）、中島敏夫・佐藤保『唐詩選』、目加田誠『唐詩三百首』など。

B説を採るもの：服部南郭『唐詩選国字解』㈠、塩谷温『唐詩三百首』、高木正一『唐詩選』、吉川幸次郎・小川環樹編『唐詩選』（今鷹真執筆）、村上哲見『三体詩』三、松枝茂夫編『中国名詩選』中、蕭滌非ほか『唐詩鑑賞辞典』（倪其心執筆）など。

C説を採るもの：戸崎允明『箋註唐詩選』三、徐定祥『杜審言詩注』、余冠英・王水照『唐詩選』（人民文学出版社、一九七八年）など。

異同の論拠

A説（梅柳が江南から江北へ渡る、とする説）

春は江南、武進のあたりから、揚子江をわたって、北へと進んでくる。それは、梅の花や柳の新芽がしだいに北へと移動することによって知られるわけで、そのことを梅柳が江を渡ると表現した。

結論：梅柳は江南より咲き始め、長江を北に渡ると、江北の地も春景色となった。

（以上、前野直彬『唐詩選』）

B説（梅柳が北方から江南へ渡る、とする説）

梅柳などは、早春の時分は都で花は咲こうともしないのに、一度、江を渡って江南の方に来ると、花盛りである。

結論：梅柳は長江を渡って（私のいる）江南に来ると、はやくも春のすがたになった。

（以上、服部南郭『唐詩選国字解』）

なお、C説（都の人が北から長江を南渡する、とする説）は、異同の論拠を明示していない。ただ、戸崎允明『箋註唐詩選』に「京国人自《リシテ》レ北而来《タルガ》故云《ニフ》」とある。この説に従って本句を解釈すると、「都の人（作者を含む）が北から長江を渡って来ると、すでに梅柳も花開いて、春景色となっている」となり、比較的B説に近い。A説の方は「晋陵」（常州）が江南であることと矛盾する。〔通釈〕では、B説に従って訳した。

異同の所在 Ⅱ

「転緑蘋」の訓読と解釈

異同の類別

A「緑蘋に転ず」日の光りが緑蘋にうつろいきらめいている。
B「緑蘋を転ず」日の光りが緑蘋を揺り動かす。
C「緑蘋転ず」日差しが風に吹かれた緑蘋とともに揺れ動く。
D「緑蘋を転ず」日の光りが蘋の葉を緑に変える。

A説を採るもの：目加田誠『唐詩選』、村上哲見『三体詩』三、松枝茂夫編『中国名詩選』中、高木正一『唐詩選』、前野直彬編『唐詩鑑賞辞典』（高島俊男執筆）、中島敏夫・佐藤保『唐詩選』など。

B説を採るもの：塩谷温『唐詩三百首』、目加田誠『唐詩三百首』二など。

C説を採るもの：蔣一葵・唐汝詢『唐詩集註』三、釈大典『唐詩解頤』三、前野直彬『唐詩選』中など。

D説を採るもの：王堯衢『古唐詩合解』七、章燮『唐詩三百首註疏』四、千葉玄之『唐詩選掌故』三（嵩山房、江戸、明和一年〈一七六四〉）、釈清潭『国訳唐詩選』、林庚・馮沅君『中国歴代詩歌選』上編二、余冠英・王水照『唐詩選』、徐定祥『杜審言詩注』など。

異同の論拠

明快な論拠を示している注釈書は少ない。そこで、私見をもって論点を整理しておきたい。まず、「転」の字義をめぐって、「揺れ動く（揺り動かす）」とするA～C説と、「変える」とするD説に大きく二分される。さらに、A～C説間の相違は、「転」の主体に求められる。すなわち、A説は「晴光」が、B説は「緑蘋」が、揺れ動く、と解する。またこの二説の「転」は、A説が自動詞、B説が他動詞と考えられよう。

もう一つのC説は、A、B両説を併せたもので、「晴光」と「緑蘋」の両者が転ずる、と見なす。蔣一葵・唐汝詢『唐詩集註』に、「余謂《ヘラク》 催字《ノハ》属《シ》淑気《ニ》、繋《かかリテ》黄鳥《ニ》、倶《ニ》通《ズ》。転字《ノモ》亦《タ》然《リ》、為《シ》日光之移転《ト》、為《シテ》緑蘋之動発《ト》、倶《ニ》通《ズ》」とあり、また前野直彬『唐詩選』に「うきくさの揺れ動くにつれて、日光も揺れ動くように見える」と言う。

一方D説は、王堯衢『古唐詩合解』に「緑蘋之葉為《リテ》春光《ノ》所《ト》転《ズル》而生《ズ》」と説くように、春の暖かな陽光によって、緑蘋の葉が育っていく、と見る説である。これは、上句「淑気催《ス》黄鳥《ヲ》」との意味上の釣り合いを考慮したもので、それなりの説得力をもっている。というのは、「淑気」が「黄鳥」に対して何らかの作用を及ぼすのであれば、「晴光」が「緑蘋」に少なからず変化を与える、と考えられるからである。ただし、「転緑蘋」の構造を、「使浮蘋転緑（浮蘋を緑に変える）」（林庚・馮沅君『中国歴代詩歌選』）と解釈するには、なんと言っても語法上、無理があるように思われる。

たんに文脈から見れば、D説がすぐれるようであるが、ここでは、「転」の基本義に即して、日の光りが緑蘋を揺り動かす、とするB説を支持しておく。もっとも、物理的に言って、日光が植物を揺り動かすことはあり得ないから、日の光りが風に吹かれた緑蘋とともに揺れ動くように見える、と解するC説の方がより実態に即していると考えられなくもない。しかし、対句の上句が擬人法を用いているように、本句にも比喩的表現が用いられていると考えれば、それも大きな問題にはならないであろう。

備考

この詩は、杜審言の代表作として名高く、その精巧な対句が唐代五言律詩の模範と評されている。しかし、すでに〈語釈〉の項でふれたように、この詩の作者については異説が存在する。すなわち、『全唐詩』では、巻六二、杜審言の作として、本詩を収録しながらも、その詩題の下に「一作《ニル》二韋応物詩《ノ》一」と注記し、同書の巻一九五、韋応物のところ（題下注「一作《ニル》二杜審言詩《ノ》一」）にも重出しているのである。

ところで、この韋応物詩説は、むろん『全唐詩』に始まるものではなく、早くも南宋初に成る、呉曽『能改斎漫録』に見えている。

「『俗吏閑居《スルコト》少《ク》、同《ト》レ人会面《スルハ》難《シ》。偶《たまたま》随《ヒ》二香署客《ノ》一、来《タリテ》訪《とフ》二竹林歓《ノヲ》一。暮館花微《カニ》落《チ》、春城雨暫《ラク》寒《シ》。甕間《ニ》聊《カ》共《ニ》酌《ミ》、莫《カレ》レ使《ムル》二宦情《ヲシテ》闌《ナラ》一』。韋応物陪《シテ》二王郎中《ニ》一尋《ヌル》二孔徴君《ヲ》一詩也。『独有宦遊人、偏驚物候新。雲霞出海曙、梅柳渡江春。淑気催黄鳥、晴光転緑蘋。忽聞歌古調、帰思欲沾巾』。韋応物和《スル》二晋陵陸丞《ノ》早春遊望《ニ》一詩也。二篇皆佳作、而《レドモ》韋集逸去《シル》。余《ガ》家《ニ》有《リテ》二顧陶所《ノ》レ編《スル》唐詩一、有《リ》レ之、故附《ニ》三見《ス》于此《ここに》二」（巻一一、記詩）

――「韋応物逸詩」と題する本条は、南宋の胡仔《こし》編『苕《ちょう》渓《けい》漁隠叢話後集』巻九にも「復斎漫録（引用者注：『能改斎漫録』を指す）に云《い》ふ」として引かれ、さらに南宋の魏慶之《ぎけいし》編『詩人玉屑《ぎょくせつ》』巻一五にも見える（ただし、『苕渓漁隠』『詩人玉屑』ともに、文字に若干出入がある）。作者、呉曽の言うところによれば、彼の家蔵になる〝顧陶の編する所の唐詩〟に、本詩が（中唐の）韋応物の作である、とされていたようである。

〝顧陶の編する所の唐詩〟とは、『新唐書』芸文志、および南宋の陳振孫『直斎書録解題』が著録する、顧陶『唐詩類選』二〇巻のことである。『直斎書録解題』によると、じつに一二三二首の唐詩を収めていた、この書物は、惜しくも明代には散佚しており、現在では『古今図書集成・文学典』巻一九七に収める序文――「唐詩類選序」ならびに「唐詩類選後序」――が伝わるにすぎない。だが、もしかりに呉曽の言うように、『唐詩類選』が韋応物の作として本詩を収めていたとすれば、その信憑性はほとんど疑う余地がないであろう。というのも、顧陶という人物は、大中年間（八四七―八六〇）の校書郎（典籍の校正を掌る職）であったというから、韋応物（七三七？―七九二？）とはさほど時を隔てておらず、彼が実際に『韋応物集』を目睹《もくと》した可能性はきわめて高いからである。

ともあれ、手がかりの乏しい現在において呉曽の所説の真偽を検証することは難しく、この問題は長く等閑に付せられてきた。ところが、近年、姜光斗・顧啓「『和晋陵陸丞早春游望』的作者為韋応物考」（『南京大学学報』一九八二年第二期）が、あらためてこの問題を取り上げ、緻密な考証を加えたうえで、韋応物詩説を提唱するに至った。この論考は、十分な客観性を具えており、斯界においてもそれなりの影響力をもつと思われるので、以下にその論拠を示しておきたい。

(1) 北宋嘉祐元年（一〇五六）、王欽臣の撰述にかかる「韋蘇州集序」には、「十五総類に分け、合はせて五百七十一篇」とあるのに、元刊本、明刊本ともに、一三総類、五五五首しか収めておらず、二類、一六首が欠落している。ところで、王氏の分類は主に詩題によっているが、当然あるべき「倡和」、「陪侍」が見られず、失われた二類がこれであった可能性が考えられる。そして、『能改斎漫録』が引く、「陪王郎中尋孔徴君」と「和晋陵陸丞早春遊望」は、まさしく「陪侍」と「倡和」に当たる。また、元刊本

『須渓先生校本韋蘇州集』の拾遺八首のうち、三首は紹興壬子（一一三二年）校本によって補っているが、その三首のうちの二首が、「陪王郎中尋孔徴君」と「和晋陵陸丞早春遊望」であり、もう一首が、『又玄集』（引用者注：唐の韋荘の編纂）に韋応物の作として収める「送官人入道」であることから考えると、少なくとも南宋初（紹興年間）には、「和晋陵陸丞早春遊望」詩は韋応物の作とみなされていたことになる。

(2)　南宋の楊万里の「杜必簡詩集序」（『誠斎集』巻八二）では、（杜審言集の）全詩数は四二首ある、と言う。ところが、いま『全唐詩』では、四三首あり、楊万里の言う数よりも、一首多い。『全唐詩』が詩題の下に「一ニ作ル二韋応物ノ詩ニ一」と注する本詩が、それである可能性は高い。また楊万里の序では、杜審言詩中の佳作が挙げられるなか、本詩には言及していない。これは、南宋時、本詩がまだ『杜審言集』に収録されていなかったことを暗示するものである。

(3)　陸丞のいる晋陵は、韋応物が刺史をしていた蘇州（呉郡）のとなりにあり、両者の間に往来があったことは想像にかたくない。一方、杜審言の方は、『旧唐書』、『新唐書』の伝による限り、吉州司戸参軍として転出したこと、そして峰州（今のベトナム北部）に流謫されたこと以外は、生涯の大半を都で過ごしており、晋陵付近で任官した経歴がない。

(4)　もっとも杜審言に「大酺」、「重九ノ日宴ス二江陰ニ一」詩があることを理由に、彼が江陰県（江蘇省江陰市）の県丞（または県尉）になったと見なす論者（引用者補：傅璇琮《ふせんそう》『唐代詩人叢考』（中華書局、一九八〇年）所収「杜審言考」を指す）もあるが、江陰には、洛陽丞から吉州司戸参軍に左遷される際に立ち寄ったにすぎず、しかも「重九ノ日ニ宴ス二江陰ニ一」という詩題からみて、その時期は秋にあたり、「早春遊望」とはおのずと季節を異にする（引用者注：つまり、杜審言が江陰で本詩を作った可能性が否定される）。

(5)　また別に、杜審言が、赦免されて都に召還される途次、晋陵を通過した可能性が考えられなくもないが、これから郷里に帰るものが、「帰思欲スレ霑サントレ巾ヲ」というのはいかにも不自然である。反対に韋応物は、早くから官吏の生活を嫌悪しており、晩年はとくに「宦遊」に耐えられず、望郷の思いが強かった。

(6)　頷聯《がんれん》、頸聯《けいれん》の風格を見ると、杜審言の他の作品とは懸隔があり、むしろ韋応物の句の方に類似する。

以上、テキスト、伝記、詩風の三つの観点から、本詩が杜審言の作品ではなく、韋応物の作品であることが、論証されている。このうち、伝記、詩風の二点は、立論の根拠としてまだ脆弱であるように思われるので、ここではテキストに関する論点を中心に若干の問題を提起しておこう。

まず(1)の後半には、元刊『韋蘇州集』が紹興壬子校本によって、本詩を補ったとされ、これが南宋初に本詩が韋応物の作品であったとする主要な論拠となっている。しかし、前掲論文中にも引用されている、楊守敬『日本訪書志』巻一四「須渓先生校本韋蘇州集十巻」によると、元刊『韋蘇州集』のなかで、何堪之本などによって補ったものが、二九首（紹興壬子校本の三首を含む）、それにもとからある五五五首を加えると、五八四首となり、王欽臣の序にいう五七一首と数が合わない。つまり、後に補った二九首のうち、少なくとも一三首は偽作が紛れ込んでいるのである。それが、本詩でないとは断言できないだろう。

次に、論拠(2)に言う楊万里の序は、日本鈔宋本を影印した『四部叢刊』本『誠斎集』によっているが、明版『杜審言集』に載せる楊万里の序では、「四十二首」ではなく、「四十三首」に作っている。『誠斎集』所載の楊序は、慶元乙卯（一一九五年）に作られたのに対して、『杜審言集』所載の楊序は、乾道庚寅（一一七〇年）冬一〇月に書かれたとあり、二五年早いものである。しかも、万曼『唐集叙録』（中華書局、一九八〇年）では、『誠斎集』所載の序は、『杜審言集』所載の序よりも、内容は詳細にわたるけれど、なにぶん伝鈔《でんしょう》であるため、舛誤《せんご》がある、と指摘している。とすれば、元来、楊万里の序には「四十三首」とあった可能性が考えられ、これは『全唐詩』の数とも符合する。

そして、もう一つ、姜光斗・顧啓論文にとって障碍となる点は、北宋初期（九八七年完成）の『文苑英華』、南宋末期（一二五〇年頃完成）の『三体詩』、そして元初（一二八三年完成）の『瀛奎律髄』のいずれもが、杜審言の作としていることである。これは、宋代に杜審言詩説が行われていたことを示す確かな証拠にほかならない。したがって、同論文が言うように、南宋以前は韋応物の作であったのが、元以後杜審言の作と見なされるようになったとする仮説は、必然的に見直しを迫られよう。

そもそも『能改斎漫録』の発言にしても、『韋蘇州集』紹興壬子（一一三二年）校本が本詩を収めているのであれば、それに後れて出版された同書（成書は、紹興二四年〈一一五四〉から二七年〈一一五七〉の間とされる）が、なにもわざわざ「韋応物逸詩」説を唱える必要はあるまい。とすれば、南宋当時、まだ一般に韋応物詩説が認められていなかったと考える方が自然ではなかろうか。

ともかく、この問題にはなお再考の余地があり、韋応物詩説が通説ないし定説となりうるためには、まずこの宋代における杜審言詩説を否定しうるだけの実証的かつ論理的な説得力が求められるだろう。

（井上　一之）

杜《と》甫《ほ》

0 哀王孫
哀王孫《あいわうそん》（王孫《わうそん》を哀《かな》しむ）

1 長安城頭頭白烏
長安城頭《ちやうあんじやうとう》　頭白《とうはく》の烏《からす》

2 夜飛延秋門上呼
夜《よる》　延秋門上《えんしうもんじやう》に飛《と》んで呼《よ》ぶ

3 又向人家啄大屋
又《ま》た人家《じんか》に向《む》かつて大屋《たいをく》に啄《ついば》めば

4 屋底達官走避胡
屋底《をくてい》の達官《たつくわん》　走《はし》つて胡《こ》を避《さ》く

5 金鞭折斷九馬死
金鞭折断《きんべんせつだん》して九馬《きうば》は死《し》し

6 骨肉不待同馳驅
骨肉《こつにく》も同《おな》じく馳駆《ちく》するを待《ま》たず

7 腰下寶玦青珊瑚
腰下《えうか》の宝玦《はうけつ》　青珊瑚《せいさんご》

8 可憐王孫泣路隅
憐《あは》れむべし　王孫《わうそん》　路隅《ろぐう》に泣《な》く

9 問之不肯道姓名
之《これ》に問《と》ふも肯《あ》へて姓名《せいめい》を道《い》はず

10 但道困苦乞爲奴
但《ただ》道《い》ふ　困苦《こんく》　奴《ど》と為《な》るを乞《こ》ふと

11 已經百日竄荊棘
已経《すで》に百日《ひやくにち》　荊棘《けいきよく》に竄《かく》れ

12 身上無有完肌膚
身上《しんじやう》　完《まつた》き肌膚《きふ》有《あ》る無《な》し

13 高帝子孫盡高準
高帝《かうてい》の子孫《しそん》は尽《ことごと》く高準《かうせつ》

14 龍種自與常人殊
竜種《りようしゆ》　自《おのづか》ら常人《じやうじん》と殊《こと》なり

15 豺狼在邑龍在野
豺狼《さいらう》は邑《いふ》に在《あ》り　竜《りよう》は野《や》に在《あ》り

16 王孫善保千金軀
王孫《わうそん》　善《よ》く保《たも》て　千金《せんきん》の軀《み》を

17 不敢長語臨交衢
敢《あ》へて長語《ちやうご》して交衢《かうく》に臨《のぞ》まざるも

18 且爲王孫立斯須
且《しばら》く王孫《わうそん》の為《ため》に立《た》つこと斯須《ししゆ》ならん

19 昨夜東風吹血腥
昨夜《さくや》　東風《とうふう》　血《ち》を吹《ふ》いて腥《なまぐさ》く

20 東來槖駞滿舊都
東来《とうらい》の槖駝《たくだ》　旧都《きうと》に満《み》つ

21 朔方健兒好身手
朔方《さくはう》の健児《けんじ》　好身手《かうしんしゆ》

22 昔何勇鋭今何愚
昔《むかし》は何《なん》ぞ勇鋭《ゆうえい》にして今《いま》は何《なん》ぞ愚《ぐ》なる

23 竊聞天子已傳位
竊《ひそ》かに聞《き》く　天子《てんし》　已《すで》に位《くらい》を伝《つた》へ

24 聖德北服南單于
聖徳《せいとく》は北《きた》のかた南単于《なんぜんう》を服《ふく》せしめ

25 花門剺面請雪恥
花門《くわもん》は面《おもて》を剺《さ》きて恥《はぢ》を雪《そそ》がんことを請《こ》うと

26 愼勿出口他人狙
慎《つつし》んで口《くち》より出《いだ》す勿《なか》れ　他人《たにん》　狙《ねら》はん

27 哀哉王孫愼勿疎
哀《かな》しい哉《かな》　王孫《わうそん》　慎《つつし》んで疎《そ》なる勿《なか》れ

28 五陵佳氣無時無
五陵《ごりよう》の佳気《かき》　時《とき》として無《な》きこと無《な》し

テキスト　『全』二一六-4-2268　◆『百』楽府　◆『宋本杜工部

集』一 ◆『九家集注杜詩』二 ◆『杜陵詩史』五 ◆『分門集注杜工部詩』九 ◆『草堂詩箋』九 ◆『銭注杜詩』一 ◆『杜詩詳注』四

校語

1**頭白烏** 『銭注本』には「樊（晃）作《ハリ》二多白烏《ニ》一、一作《ニル》二頸白烏《ニ》一」、『詳注本』も同じく「樊（晃）作《リ》レ多《ニ》、一作《ル》レ頸《ニ》」、『草堂詩箋』には「卞圜《べんかん》作《リ》二多白烏《ニ》一、或作《イハル》二頸白烏《ニ》一」、また『杜陵詩史』には「(王) 洙曰《ハク》、或謂《ヒトいヘラク》 頭字《ノハ》当《ニ》レ作《ル》レ頸《ニ》、蓋烏無《シニ》二頭白者《ケレバナリノキ》一」、『分門集注本』にも「或《ヒト》謂《ヘラク》 頭字《ノハ》当《ベシニ》レ作《ル》レ頸《ニ》、蓋烏無《シニ》二頭白《ケレバナリノキ》者一」との校語がある。

3**向** 『分門集注本』には「(王) 洙曰《ハク》 一作《ニル》レ來《ニ》」、『全』『杜陵詩史』『草堂詩箋』『銭注本』『詳注本』には「一作《ニル》レ來《ニ》」との校語がある。

6**待** 『百』『詳注本』は「得」に作り、後者には「一作《ニル》レ待《ニ》」との校語がある。なお『宋本』『九家集注本』『杜陵詩史』『分門集注本』『草堂詩箋』『銭注本』『全』は「待」に作り、うち後三者には「一作《ニル》レ得《ニ》」との校語がある。

8**憐** 『宋本』には「怜」に作る。別体字。

13**高** 『百』『全』『草堂詩箋』『銭注本』『詳注本』は「隆」に作り、うち後四者には「一作《ニル》レ高《ニ》」との校語がある。なお『宋本』『九家注本』『分門集注本』『杜陵詩史』は「高」に作り、うち『杜陵詩史』には「一作《ニル》レ隆《ニ》」との校語がある。

15**豺** 『宋本』には「犲」に作る。別体字。

19**東** 『全』『九家集注本』『草堂詩箋』『銭注本』『詩注本』には「一作《ニル》レ春《ニ》」、『杜陵詩史』には「一作《ニル》レ秦《ニ》」、『分門集注本』には「(王) 洙曰《ハク》 一作《ニル》レ秦《ニ》」との校語がある。なお「秦風」では、ここでは意味を成さないから、「秦」は、字形の似た「春」の単純な誤写であろう。孤立した例として清、呉見思『杜詩論文』奉先五に「秋風」に作る。これは詩の制作時期を秋と考えたことによる臆改であろう。

20**槖** 『全』『草堂詩箋』『銭注本』『詳注本』には「一作《ニル》レ駱《ニ》」との校語がある。

駞 『全』『百』は「駝」に作る。別体字。

23**天** 『九家集注本』『杜陵詩史』『分門集注本』『草堂詩箋』は「太」に作り、うち『草堂詩箋』には「一作《ニル》レ天《ニ》」との校語がある。なお『百』『宋本』『全』『銭注本』『詳注本』は「天」に作るが、『全』『銭注本』には「一作《ニル》レ太《ニ》」との、また『詳注本』には「一作《ニル》レ大《ニ》」との校語がある。

26**狙** 『九家集注本』は「徂」に作る。また『草堂詩箋』『銭注本』『詳注本』には「一作《ニル》レ徂《ニ》」との校語がある。

27**踈** 『全』は「疏」、『宋本』『杜陵詩史』『分門集注本』『草堂詩箋』は「疎」に作る。同義。

詩型・韻字

七言古詩。烏《△を》・呼《△こ》・胡《△こ》・驅《＊く》、瑚《△こ》・隅《＊ぐ(ぐう)》・奴《△ど》・膚《＊ふ》・殊《＊しゅ》・軀《＊く》、衢《＊く》・須《＊す》・都《△と》・愚《＊ぐ》・于《＊う》・狙《△そ》、疎《そ》・無《＊ぶ》（上平声魚虞韻《＊△》（魚虞模韻《＊△》））。

語釈

0**哀王孫** 王族の子弟の窮情を哀しむ。「王孫」には、女の、いとしい男に対する呼称、あるいは日本語の旦那に相当するような実力者に対する呼称、など様々の用法が派生している。しかし、ここでは基本義での用法。杜甫の同時期の作に「哀江頭」

（『正編』二六八頁）があるが、命題の類似からしてこの「哀王孫」との対をなす作品と考えてよかろう。

1 **城頭**　長安城の頭《ほとり》。「頭」は、漠然と空間の広がりを示す語。なおここでは下に「頭白烏」を続けることで、詩に、同語の反復による歌謡的口調を与える効果をねらったものでもある。「城」はここでは、長安城の城壁とも、城壁で囲まれた長安の街ともとれる。

頭白烏　頭の白い烏《からす》。不祥のしるし。『九家集注本』に「趙（次公）云《フ》、頭白烏《ノ》号《なクハ》、不祥也」。『草堂詩箋』に引く『三国典略』（佚書）に、「侯景令《しム》レ飾《ラ》二朱雀門《ヲ》一。其日《ノ》、白頭烏《ノ》万計《ばかり》、集《とまル》二門楼《ノ》上《ニ》一」。五四八年、北朝から流れてきた蕃将の侯景が反乱を起こし、翌年、南朝梁の国都建康（今の南京）を占領したとき、都門の朱雀門を修築させた。その日、頭の白い烏が一万羽ばかり、朱雀門上に飛来した。今は失われたこの『三国典略』の素性はよくわからないが、①梁の侯景、唐の安禄山ともに、蕃将（異民族出身の将軍）であり、②反乱によって国都を占領したこと、③また侯景における朱雀門、安禄山における延秋門のいずれもに頭白の烏が現れたこと——両者に認められるこうした共通性は注目されてよい。かりに『三国典略』が確実に存在した書物だとすれば、杜甫がこれを参照した可能性は極めて高いとみてよかろう。

　なお一本に「頸白烏」の異文があり、『杜陵詩史』に引く王洙の注に「或《ヒト》謂《いヘラク》、頭字《ノハ》当《ニ》レ作《ル》レ頸《ニ》、蓋《シ》烏《ニハ》無《ケレバナリ》二頭白者《ノキ》一」とある。しかしここでは次句に烏が夜に鳴くこととも併せて異常な事態を述べることに主眼がおかれたものと見るべきで、この点で「頭白烏」の異様さはこの詩に一層ふさわしいといえる。

2 **夜飛延秋門上呼**　烏が夜、延秋門の外で鳴き呼《さけ》ぶ。「呼」には、大声でさけぶ、よび寄せる、の二つの用法があるが、ここでは前者。烏の頭が白いことはもとより、烏が夜に飛んで呼《さけ》ぶこともまた異常な事態であり、この事態の背後には、さらなる異常な事態の存在が暗示されることになる。

「延秋門」は、天宝一五載（七五六）六月一二日の未明、玄宗が陥落直前の長安を遁れて成都へと蒙塵するときに通った門。その延秋門とは、長安城の北端から漢の長安故城を含んで渭水にかけてひろがる、高い塀によって囲まれた広大な禁苑の、その西門のことである。長安都城の人々に気付かれぬように粛々と、夜闇を侵して延秋門より脱出する玄宗の一行。そしてその一行の上を、群がり飛び、鳴き呼《さけ》ぶ、頭白の烏たち。「夜飛延秋門上呼」に描かれるのは、こうした尋常ならざる光景である。

3 **又**　それのみならず、さらに。

向　①方向を示す前置詞（……に対して）、②場所を示す前置詞（……に於いて）。ここでは一応、①の解をとる。

大屋　貴族、高官の邸宅の屋根。

4 **屋底**　屋根の下。すなわち、邸宅の中。「底」は、ここでは「裏《うち》」「中」の口語的用法。杜甫には「眼花《くらミ》落《チテ》レ井水底《ニ》眠《ル》」（「飲中八仙歌」、『正編』二七七頁）がある。なお「底」の含意については、参照：「水底の眠り—詩に見える方位詞『底』の附帯観念について」（宇野直人『中国古典詩歌の手法と言語』研文出版、一九九一年）。

達官　高官。

胡　西北地方の異民族の総称。唐代では、特にペルシャ系のソグド人を指すことが多い。ここでは、安禄山、および麾《き》下の反乱軍を指す。安禄山自身が、胡人を父に、突厥人（トルコ人）を母に持つ胡人であり、また麾下の将士にも胡人が多かった。

「屋底達官走避胡」とは、六月一二日未明の玄宗の長安脱出が禁軍と少数の伴回りのみを従えて隠密裡に行われ、明けてのちその事実を知った皇族や高官たちは恐慌状態に陥った、その光景を描く。

5**金鞭折断九馬死**　胡から逃れようと馬を鞭打ち続けたために、黄金の鞭は折れ、九頭の馬は死んだ。「金鞭」の金は、美称であろう。「九馬」は、『西京雑記』巻二に「文帝自《より》レ代還《かヘルニ》、有《リ》ニ良馬九匹一、皆天下之駿馬也」、すなわち前漢の文帝が所領の代（河南省蔚《うつ》県）から長安の都に迎えられて皇帝となったとき、九頭の駿馬に乗ってきた。この句、都落ちする玄宗を描くとも、これを後から追う皇族（また広く朝廷の大官たち）ともとれるが、『西京雑記』の「九馬」が皇帝のものであるのを考慮し、前者の解釈を採る。またこう見ることで、皇帝に即位すべく意気揚々と「九馬」を駆って長安に上ってきた漢の文帝と、「九馬」を乗り潰し蒼惶として長安から都落ちする玄宗との対比が際立って、いっそう表現の奥行きが増すであろう。

6**骨肉**　近親者。ここでは、玄宗によって置き去りにされた皇族たちを指す。

同馳駆　玄宗と同《とも》に馬を馳《は》せ駆《かけ》らせて逃ること。

7**腰下**　腰につけた……。「下」は、対する「上」とともに、名詞を場所化する接尾辞としての機能をもつ。この用法の場合、本来の「した・うえ」といった方向を指示する意味は相対的に弱まる。

宝玦　宝玉で作られた環状の飾りもの。環の一部が缺（欠）けているので「玦」と書く。

青珊瑚　南海に産する珊瑚は、海岸線の少ない中国においては、古来、貴重な宝物であった。「腰下」に「宝玦」と「珊瑚」を佩《お》びているのは、その者が顕貴の家柄であることを明示する。

8**可憐**　ある対象に向けて強い感動から発せられる感嘆の語で、悲嘆から賛嘆まで幅広い感情を含みうる。白居易「長恨歌」で楊貴妃一門の栄華を描く一節に「可《シ》レ憐《レム》光彩《ノ》生《ズルヲ》ニ門戸《ニ》一」（『正編』四八三頁）とあるのは、悲嘆ではなく賛嘆の用法。これに対しての「可憐王孫泣路隅」は、悲嘆の用法である。

9**不肯**　……するのを承知しない。「……するを肯《がへん》ぜず」と訓んでもよい。王孫が、対面の礼として名を問われても、これに答えようとはしないのは、唐の皇族が、安禄山によって厳しく追及されているためである。

10**但道**　ただ……とだけいう。11・12句「已経百日竄荊棘、身上無有完肌膚」までかかるとする解釈もあるが、ここでは「困苦為奴」の四字だけとみたい。ここでの王孫は、寡黙に徹することで、最も雄弁に、自らの困苦を訴えることができる。従って11・12句は、杜甫の観察と解釈すべきである。

困苦　安禄山の皇族追及の目を遁れて、苦難の生活を送っていること。その「困苦」の具体的情況は、続く11・12句に述べられる。

為奴　作者（杜甫）の下僕となって、身分をくらませ、安禄山の追及から遁れる。

11**已経**　「已経 yǐ jīng」の二字ですでにの意を表すこと、現代中国語の用法と同じ。ただし「已《すで》に百日を経《へ》て」と解して、「経」に本来の動詞機能を認めることも可能。

百日　かりにこれが実数であるとすれば、六月一二日の玄宗蒙塵から起算して、晩秋の九月二二日がこの百日目にあたる。もっとも、19句に見える「東風」が『礼記』月令《がつりょう》の「孟春之月」の条に「東風解《ク》レ凍《こほりヲ》」とあるように春風だとすると、この「百日」との間に齟齬をきたすことになる。ここでは、24・25句に述べられるウイグルの帰順と援兵提供が歴史的に秋九月の事件であること、しかもこれが詩中に軍事的機密として表現されていて、この詩の制作がこれから間もない時期と判断されること、この二点からこの詩の作時は晩秋九月と考えられる。すなわち、あたかも玄宗の都落ちから「百日」後のことである。

荆棘　イバラなど、とげのある雑草・雑木の総称。

12**身上**　身には。「上」は、名詞の後について場所化する語。7の「腰下」の注も参照。

完肌膚　無傷の皮膚。『孝経』の「開宗明義章」に、「身体髪膚《はっぷハ》、受《ク》ニ之《ヲ》父母《ニ》一、不《ルハ》ニ敢《ヘテ》毀傷《セ》一、孝之《の》始也」とある。身体の完全なる保全は、伝統的な儒教の観念においてそれ自体が道徳的価値を伴うものであることが、ここで注意されてよかろう。

13**高帝子孫尽高準**　高祖の子孫は、みな鼻筋が通っている。「準《ジュン》」（また音セツ）は、鼻筋の意。なお「高帝」は、直接には「王孫」の先祖である唐の初代皇帝、高祖李淵（在位六一八―六二六）を指すが、「高準」との関係では、前漢の初代皇帝、高祖劉邦（在位前二〇六―前一九五）を念頭におく表現となっている。『史記』「高祖本紀」に劉邦の面貌を描いて「隆準《ニシテ》而竜顔《ナリ》」とある。「隆準」とは「隆《たか》い準」、これをあえて「高準」に改めるのは、吉川幸次郎『杜甫詩注』第三冊（筑摩書房、一九七九年）にいうように、おそらく直前の「高帝」とともに同字を反復することで歌謡的色彩を出すためであろう。

14**竜種**　皇帝の血筋。「竜」は、皇帝の象徴である。

15**豺狼在邑竜在野**　野に在るべき山犬と狼が邑《まち》に在り、邑に在るべき竜が却って野に在る。「豺狼」は山犬と狼、転じて凶悪残忍な人間のこと。ここでは安禄山と、その配下の将士をいう。「竜」は皇帝の象徴であり、ここでは玄宗から帝位を譲り承けた粛宗（在位七五六―七六二）を指す。粛宗の行在所《あんざい》は、この時鳳翔（陝西省鳳翔県、長安の西方約一五〇キロ）にあった。

なお直前の句の「竜種」に続けてここでも「竜」の字を反復使用するのは、例によって歌謡的色彩を演出するためである。

16**千金軀**　千金に価する大切な身体。相手の身体への尊称。

17**不敢**　無理を押して……するつもりはない。

長語　無駄話。「長」は「冗長 rǒng zhàng」の意。『杜陵詩史』『分門集注本』には「長語」について、いずれも「長者杖《は》zhàng、乃《チ》剰言也」とある。

交衢　辻。従来の盛んな十字路。十字路での長話が憚られるのは、王孫を筆頭に旧体制側の不穏分子を弾圧しようとして、安禄山軍の将士の目がつねに光っているためである。

18**且為王孫立斯須**　ともあれ王孫のために、しばらく立ちどまり

(次の情報を伝えておき)たい。「且」は、そのことが不十分な、臨時的な、仮りの選択であることを示す助字であり、「しばらク」の訓にも拘らず時間的な意味よりも、心理的な意味を中心とする。「ひとまずは」。ここでは王孫と懇ろに言葉を交したくともそれは叶わないので、不十分ではあるが短時間でかいつまんで話しをしておきたい、という心理の曲折を示す。「斯《シ》須《シュ》 sīxū」は同じ声母(子音)の字を双《なら》べた双声の擬態語で、同じ韻母(母音)の字を畳《かさ》ねた畳韻の擬態語「須臾《シュユ》」と同じく、短時間であることを表す。

なおこの一句は、前漢の李陵が別れに当って蘇武に贈ったといわれる詩(『文選』巻二九、李陵「与《フル》二蘇武《ニ》一詩三首」其一)に「長《とこしへニ》当《ベシ》二従《より》レ此《こレ》別《ル》一、且《クタ》復立《ツコト》　斯須《ナラン》」とあるのを意識するであろう。

19**東風**　東から吹く風。通常は春風のこと。『礼記』月令の「孟春之月」に「東風解《ク》レ凍《こほりヲ》」。しかしこの詩の作時は、七五六年秋と考えられるので(11句「百日」の〔語釈〕を参照)、ここの「東風」は、春風ではなく、たんに東から吹く風のことである。『九家集注本』に趙次公の注として「東風《ハ》応《ベシ》二是《レ》東方之風《ナル》一、非《ザル》レ言《フニ》レ春《ヲ》也」。ちなみにこの時期、安禄山は長安東方の洛陽に留まっている。

吹血腥　血の上を吹いてくるから、腥《なまぐさ》い。「東風」は、本来、歓ばしき春の訪れであるが、長安以東は安禄山の占領下にあり、かつまたそこは凄惨な戦闘が繰り広げられた地域であるので、「東風吹《イテ》レ血腥《ヲ》《シ》」と表現した。なお「東風」を「春風」に作る本《テキスト》もあるが、吉川幸次郎『杜甫詩注』(前掲)にも示唆があるように、次句の「東来」とともに文字の歌謡的な反復を意図したものと判断されるので、「東風」がよいであろう。

20**橐駞**　駱駝《らくだ》。外来語に漢字を当てたもので、様々の表記がある。胡人が多くを占める安禄山軍では、多くの駱駝が用いられていた。

旧都　かつて都であったところ。長安を指す。なお「東来橐駞《ノ》満《ツ》二旧都《ニ》一」とは、安禄山が、占領した洛陽・長安の二都から彼の本拠地范陽(今の北京)に財宝を駱駝に載せて運び去ったことをいうのであろう。『旧唐書』二〇〇、上「史思明伝」に「自《より》三禄山陥《シテ》二両京《ヲ》一、常以《テ》二駱駝《ヲ》一運《ビ》二両京御府《ノ》珍宝《ヲ》於范陽《ニ》一、不レ知《ラ》二紀極《おはりヲ》一」とある。

21**朔方健児**　朔方軍の兵卒。ここでは、かつては哥舒翰《かじょかん》の率いる朔方軍の籍に在りながら、六月九日の潼関における哥舒翰の敗北後は安禄山軍に編入されている兵卒のこと。「健児」は、「強壮なる若者」の意だが、唐の制度では辺境を守備する屯田兵を指す。

好身手　すぐれた武芸。北斉《せい》、顔之推《しすい》『顔氏家訓』誡兵に「頃《ちかき》世《ハ》乱離《ナレバ》、衣冠之士、雖《モ》レ無《シト》二身手一、或《イハ》聚《メ》二徒衆《ヲ》一、違三棄《シテ》素業《ヲ》一、徼《も》三幸《とム》戦功《ヲ》一」(近頃は戦乱が続き、貴族までが、みずからは武芸の心得もないのに、あるいは手下を集め、家学を棄てて、戦功を追い求める)、とある。

22**昔何勇鋭**　かつて哥舒翰の率いる朔方軍にいた頃は、いかにも勇猛、精鋭をうたわれていた。「何」はほぼ現代中国語の「何等 hé děng」と同じく、下に形容詞を伴って、感嘆の意を表す。

今何愚　今は安禄山の反乱軍に加勢して、いかにもだらしなく、節操がない。

23**竊聞**　仄聞する。漏れ聞く。「竊」の字は、天子に対する謙譲の意を示す用法であるとともに、ここでは26句「慎勿レ出レ口他人狙」の句意からみて、今得た情報が機密に属していることを示す用法を兼ねると考えてよかろう。

天子已伝位　玄宗がすでに位を新帝粛宗に譲った。七五六年六月一二日未明に、ともに長安を脱出した玄宗と皇太子（李亨）は、途中で別れ、玄宗は西南の成都へ、皇太子は西北の霊武へと向かった。七月一二日（『資治通鑑』に拠る）、粛宗が霊武で即位したのを承けて、玄宗はやむなく粛宗の即位を認めて譲位を伝える正式の使者を霊武に派遣している。

24**聖徳北服南単于**　皇帝の聖徳が、北に向かっては「南単于《なんぜんう》」を臣服させた。「南単于」とは、後漢に遊牧帝国の匈奴が南北に分裂した、その南の匈奴の王（単于《ぜんう》 chán yú）をいうが、ここでは借りて唐の西北辺で精強を誇ったウイグル（回紇《かいこつ》・回鶻《かいこつ》・廻《かい》紇《こつ》）の王のことを指す。北匈奴ではなくとくに南匈奴に言及しているのは、南匈奴が漢に対して親和政策をとる国だったためである。ウイグルは、粛宗即位後まもなく援助を申し入れて、九月には粛宗のもとに援兵を送っている。

25**花門剺面請雪恥**　花門《ウイグル》は刃で顔を切って哀しみを表し、唐朝の蒙った恥辱を晴らしたいと願い出た。「花門」はウイグル居住区にある山名、転じてウイグルそのものを指す。「剺面」は、匈奴やその末裔とされるウイグルの風習で、君主等の喪祭において面を刃で傷つけて哀悼を表す行為をいう。

26**慎勿出口**　新帝の即位とウイグルの唐朝への帰順協力は、機密情報であり、他言してはいけない。

他人狙　安禄山軍に協力する密偵が、王孫をはじめ不穏分子をこっそりと狙っている。なお「狙」を「徂」に作る本《テキスト》もあり、これならば、他人が密告しに徂《ゆ》くの意になる。

27**慎勿疎**　油断してはならない。「疎」は、疎略、疎漏。細心ならざること。前句の「慎勿出口」に続けて「慎勿疎」をいうのは、例によって言辞の反復による歌謡的効果をねらったもの。

28**五陵佳気**　唐の創業以来の歴代皇帝の陵墓からは、唐朝の存続を証すかのように佳気が立ち昇っていることをいう。「五陵」とは、一般に、長安の北を流れる渭水の北岸に連なる前漢の五帝の陵墓（初代高祖の長陵、二代恵帝の安陵、四代景帝の陽陵、五代武帝の茂陵、六代昭帝の平陵）のことであり、ここでは、借りて唐の創業以来の歴代皇帝の陵墓（高祖の献陵、太宗の昭陵、高宗の乾《けん》陵、中宗の定陵、睿《えい》宗の橋陵など）をいう。「佳気」は、『後漢書』光武帝紀の「論」に「望《ム》レ気《ヲ》者《ノ》蘇伯阿、為《ニ》二王莽《ノ》一使《シテ》至《リ》二南陽《ニ》一、遥《カニ》望《ミ》二春陵《しょうりょう》郭《ヲ》一、唶《たたへテ》曰《ハク》、『気《ノ》佳《キかな》哉。鬱鬱葱《そう》葱然《タリ》』」（気の良否を見る名人の蘇伯阿が王莽のために使者として南陽に行ったとき、遠くから〔やがて後漢の初代光武帝となる劉秀の住まう〕春陵の郭《まち》を望んで、感嘆して言った、「気のなんと佳《よ》いことか。鬱鬱葱葱然として盛んであることよ」）、とある。

無時無　「無《シ》二時《トシテ》無《キコト》一」。無くなる時は無い。「無」の字の反復が歌謡的色彩を演出すること、上述のとおり。

通釈

皇族の子弟を哀しむうた

長安城の頭《ほとり》に群がった頭の白い烏は、やがて夜には（都落ちする玄宗の一行に付きまとうかのように）延秋門外で鳴き呼《さけ》んでいた。それから街中の人家に舞い戻ってきて邸宅の屋根を啄《ついば》み出すと、（事態の急変をさとった）家の中の高官たちは、胡《えびす》の軍勢から遁れようと逃げまどうのだった。（我先に遁れゆく玄宗の一行は）黄金の鞭を折れなんばかりに振るい続けて、九頭の天下の駿馬を乗り潰し、骨肉の皇族たちが一緒に逃げようとするのをも待つこともなく見棄てていった。

腰にさげた宝玦と青い珊瑚の飾り物、可愛想に王孫が道端に泣いていた。お名前を尋ねても、答えようとはせず、ただ「どうにもならない。下僕にでもしてほしい」というばかりである。もう百日も荊棘《いばら》の中に身を竄《かく》していたので、（見れば）からだ中、無傷の膚とてない。（しかし窶《やつ》れてはいても）初代高祖の子孫の方々は、いずれも鼻筋がくっきりと通って、皇帝の血筋はおのずと平凡な人間とは異なっておいでである。山犬や狼が邑《まち》なかに在り、竜が野に在る。（こんな転倒した事態がいつまでも続くわけはない。だから）王孫よ、御身を大切にしたまえ。

人目の多い四つ辻で、何も無駄話しをするつもりはないが、それでも王孫に、ひとまず立ちどまって話したいことがある。昨夜、東の風が血腥い臭いを運んで来たのも束の間、東から来た駱駝がたちまち旧都長安に満ちあふれた。朔方軍の健児と呼ばれた士卒たちは、すぐれた武芸の持ち主たちで、昔はいかにも精鋭とうたわれたものであるのに、今はいかにも堕落しはてたものだ。しかし漏れ聞くところでは、天子はすでに皇太子に位を譲られて、新天子の聖徳は、北に向かっては南単于（にもなぞらえるべきウイグル）の酋長を臣服させ、彼らはついに顔を刃で傷つけて哀情を表明し、唐朝の蒙った恥を晴らしたいと申し出たということだ。このこと、慎んで口外なさらぬように、こっそりつけ狙っている者がいるに相違あるまいから。

哀しいかな、王孫よ、慎んで粗略に振舞ってはなりますまい。唐の歴代天子の御陵から立ちのぼるめでたい気こそは、決してなくなる時もないのだから。

諸説の異同

異同の所在

制作時期について

異同の類別

A　至徳元載（七五六）七月一四日以前。

B　同年秋（九月頃）。

C　至徳二載春。

A説を採るもの：黄鶴『黄鶴補注杜詩』二

B説を採るもの：郭知達『九家集注本』、張綖《えん》『杜工部詩通』三、仇兆鰲《ごう》『杜詩詳注』、浦起竜『読杜心解』二之一、郭曾炘《そうきん》『読杜劄《さつ》記』、四川省文史研究館『杜甫年譜』、陳貽焮《ひきん》『杜甫評伝』（上海古籍出版社、一九八二年）、簡明勇『杜甫詩研究』（学海出版社、一九八四年）、周勛《くん》初編『唐詩大辞典』（鄭慶篤執筆）江蘇古籍出版社、一九九〇年）、鈴木虎雄『杜少陵詩集』一（続国訳漢大成、国民文庫刊行会、一九二八年）、目加田誠『唐詩三百首』I（東洋文庫、平凡社、一九七三年）など。

C説を採るもの：楊倫『杜詩鏡銓』一、吉川幸次郎『杜甫詩注』（筑摩書房、一九七九年）第三冊、黒川洋一『杜甫詩選』（岩波文庫、一九九一年）など。

なお、「東風」を「春風」に作るものは、特に明言がなくとも、概ねC説と考えてよかろう。例えば単復『読杜詩愚得』二、邵《しょう》宝『（刻）杜少陵先生詩分類集註』四、盧元昌『杜詩闡』四など。

異同の論拠

A説（至徳元載七月一四日以前とするもの）

A説を主張するのは、管見では黄鶴『黄鶴補注杜詩』二に限られている。次にその論拠を引用して示す。

○（黄）鶴曰《ハク》、詩《ニ》云《フ》「切《ひそかニ》聞《ク》太子已《ニ》伝《フルト》レ位《ヲ》」。当《ニ》《ベシ》下在《ツテ》二至徳元載七月《ニ》一作《ル》上。詳《シクハ》見《ユ》レ注《ニ》。

○（黄）鶴曰《ハク》、……其《ノ》時王孫《ノ》在《ル》二長安《ニ》一者、皆未《ダ》レ遇《あハ》レ害《ニ》。詩《ハ》、故《ニ》不レ及《バ》レ之《ニ》。蓋《シ》『史《ニ》』（『新唐書』玄宗紀）云《フ》、「天宝十五載八月癸巳（一二日）粛宗即《クト》レ位《ニ》」。而《レドモ》『（資治）通鑑』以為《ニテス》、七月甲子（一二日）即《キ》レ位《ニ》、丁卯《ニ》（一五日）安禄山使《メ》三孫李《ヲシテ》　殺《サ》二霍国長公主及《ビ》王妃駙馬等《ヲ》一、己巳《ニ》（一七日）又殺《サシムト》二皇孫及《ビ》郡県主二十余人《ヲ》一。」

要約すれば、詩中に皇太子即位の消息《ニュース》を伝えることから至徳元載（七五六）七月の作と判断される。すなわち、詩には、皇族（王孫）が反乱軍に殺害されたとの言及はない。ところで『資治通鑑』に拠れば、皇太子の即位は、七月一二日、そして皇族の殺戮は一五日以後に初めて発生している。とすれば、この詩の制作時期は、一二日以降、一五日以前に限定されることになる。

黄鶴の考証は、はなはだ具体的であるが、問題点があるとすれば、以下の三点である。①粛宗は即位ののちに、ウイグルに援兵を求めている（『旧唐書』一九五「迴紇伝」に「及《ビ》二至徳元載七月《ニ》一、粛宗於《テ》二霊武《ニ》一即《ク》レ位《ニ》。遣《シム》下故《もとノ》邠《ひん》王男《ノむすこ》承寀《しょうさいヲシテ》　封《ジテ》為《ラシメ》二燉煌王一、将軍石定番《ヲシテ》、使《つかひシテ》二于迴紇《ニ》一、以《テ》修《メ》レ好《よしみヲ》　徴《もとメ》上兵《ヲ》」）。とすれば、粛宗即位の三日以内に杜甫がこの「哀王孫」を作って、その中で長安から遠く霊武において即位した新帝粛宗の消息を記し、さらにはウイグル（南単于）の援助が実現したことにも言及することは、事実上、ほとんど不可能と考えてよい。②詩中に王孫の苦境を述べて「已《す》経《でニ》百日竄《かくル》二荊棘《ニ》一」とある。かりに「百日」が実数ではないとしても、黄鶴の主張するように七月一五日以前の作とすると、玄宗の長安放棄（六月一二日）と、これに続く長安陥落から数えて一カ月とない日数を、あえて「百日」と表現するのは、いかにも不自然である。③黄鶴は、詩中に反乱軍の皇族殺戮への言及がないと主張するが、「已経《ニ》百日竄《レ》二荊棘《ニ》一、身上無《シ》レ有《ル》二完《キ》肌膚《ニ》一」と描かれた王孫の逃亡生活の惨状、また「慎《ンデ》勿《カレ》レ出《ダス》レ口《ヨリ》　他人狙《ハン》」と記された皇族をめぐる険悪な世情は、その背後に十分に皇族殺戮を想像させるものである。

以上①②③の三つの問題点によって、黄鶴の唱えるA説は、成り立ちがたいと判断してよかろう。

B説（同年秋とする説）

次にB説の論拠として、仇兆鰲『杜詩詳注』の所説を掲げる。

○按《ズルニ》、明皇《ノ》西狩《スルハ》（玄宗の西への都落ち）、在《リ》二天宝十五載六月十二日《ニ》一。粛宗即《キ》レ位《ニ》、改二元《スルハ》至徳《ト》一、在《リ》二七月甲子《ニ》一（一二日）。是《ノ》月丁卯（一五日）、禄山使《ム》三人《ヲシテ》　殺《サ》二霍《かく》国長公主及《ビ》王妃駙馬等《ヲ》一、己巳（一七日）、又殺《サシム》二王孫及《ビ》郡県主二十余人《ヲ》一。詩《ニ》云《フ》「已経《ニ》百日竄《ルト》二荊棘《ニ》一」、蓋《シ》在《ル》二九月《ノ》間《ニ》一也。詩《ハ》必《ズ》此《ノ》時所《ナラン》レ作《ル》。

仇兆鰲は、主に詩中の「百日」の語を根拠に、制作時期を九月に比定している。玄宗の長安放棄と、直後の無政府状態の混乱に陥った長安の町、そして反乱軍の侵攻。六月から九月までの百日の逃亡生活と、その疲れは、王孫のおかれた危機的な情況を際立たせるに、必要にして十分なものであった。

このB説の最も弱点となるのは、第19句「昨夜東風吹レ血腥」の「東風」の語である。「東風」は、常識的には春風である。吉川幸次郎『杜甫詩注』に、

〔東風〕はるかぜ。『礼記』「月令《がつりょう》」の「孟春之月」の条に、「東風は凍《こお》りを解く」。

と説明し、この立場から詩の作時を翌至徳二載（七五七）の春（C説）と見るのが、この解釈の代表的なものである。また「東風＝はるかぜ」という常識がおのずと帰着するところ、本文そのものを「東風」から「春風」に改める本《テキスト》も現れることになる。『九家集注杜詩』『草堂詩箋』『銭注杜詩』『杜詩詳注』などが「一《ニ》作《ル》レ春《ニ》」との校語を付すのはともかくとして、明では単復『読杜詩愚得』二、邵宝『(刻)杜少陵先生詩分類集注』四、清では盧元昌『杜詩闡』四、呉見思『杜詩論文』陥賊中六、張溍『読書堂杜詩集註解』三などの明代から清初にかけての注釈書が、本文そのものを「春風」に改めているのは、いずれもこの例である。

したがってB説の立場では、「東風」が春風ではなく、たんに東方から吹く風であるとする解釈の成立が前提となる。『九家集注本』に、趙次公がことさらに「春風《ハ》、応《ベシ》二是《レ》東方之風《ナル》一、非《ザル》レ言《フニ》レ春《ヲ》也」と注しているのは、このためである。

C説（至徳二載春とする説）

次にC説の論拠については、先に示した吉川幸次郎のものが代表例となるのであろう。「東風」が主に春風を意味するのは、『礼記』「月令」の「孟春之月」の条に「東風解《ク》レ凍《こほりヲ》」と記されて以来の、いわば常識なのである。C説に弱点があるとすれば、第11句「已経二百日竄《レ》二荊棘《ニ》一」の「百日」が、玄宗の長安脱出（六月一二日）から翌年の春までの約二百日と大きく齟齬することである。「百日」が概数であるとしても、この齟齬の大きさは、無視できる程度のものではない。もう一つ、第23～26句「竊《ニ》聞《ク》天子已《ニ》伝《ヘ》レ位《ヲ》、聖徳《ハ》北《ノカタ》服《セシメ》二南単于《ヲ》一、花門剺《ハキテ》レ面《ヲ》請《フ》レ雪《ガンコトヲ》レ恥《ヲ》、慎《ンデ》勿《カレ》レ出《ダス》レ口《ヨリ》 他人狙《ハン》」は、要するに新帝粛宗が即位し、花門（ウイグル）が粛宗に恭順の態度を示したことが、杜甫の仄聞にかかる一種の機密情報であること、またそれゆえにめったに口外すると危険であること、を述べるものである。こうした新たな消息を伝える表現は、無論、粛宗の即位（七月一二日）と、花門の帰順（八～九月）という新たな事態と時間的に密着するから意味を持つものである。とすれば、この詩の作時を翌年春と見るのは、いかにも不自然の感を免れないであろう。

以上、ABC説の主な論拠を掲げて、簡単にその問題点についても指摘してきた。結論としては、いずれの説とも完璧ではなく、問題点を含む。しかし私見によれば、最も問題の少ないのはB説である。「東風」は、一義的には、安禄山軍によって蹂躙され、いまはその支配下にある中国の東半分から戦乱の血腥い臭気を運んで来る風であって、春の風である必要はない。また次句「東来橐駝満旧都」の「東」の字と反復呼応して歌謡的口吻を演出するためにも、「東風」の語は必要であった。こうした点を考慮に入れれば、「東風」を春の風と解釈する必要性は特にはない、と判断してよかろう。従って、ここではB説、すなわちこの詩の作時を至徳元載九月

と見る説を支持することにしたい。

備考

(1)　この「哀王孫」は、「哀江頭」（至徳二載〔七五七〕春の作。参照：『正編』二六八頁）と対を成す作品と考えられる。詩題と詩型（七言古体詩）にみられる共通性、また安禄山占領下の長安の時事に取材するという手法の共通性が、このことを明らかに裏付けている。

こうした共通性に支えられた、明らかに一対を成すこの二首の詩は、却って内部において興味深い相違を示している。杜甫は明らかに連作と判る詩において、類似の詩を連ねるのではなく、しばしばあえて異なる手法を用いることで作品を相互に緊張関係に置き、一首一首を際立たせようと試みることがある（参照：松原朗「杜甫『詠懐古跡』詩考―古跡の意味するものについて」、また特に注23。専修大学人文科学研究所『人文科学年報』二一号、一九九一年）。「哀王孫」と「哀江頭」との場合も、この好例となるであろう。

相違の一は、ともに帝室に連なる人物に取材しながらも、その描き方がすこぶる対照的なことである。安禄山の乱という一つの情況に対して、これを権力の頂点で受け止めて殺されていった楊貴妃と、いわば社会の底辺に沈んでこれを受け入れ、荆棘の間を逃げまどう王孫という、二つの異なる典型をあざやかに描き分けた点に注目したい。また楊貴妃と王孫との境遇の違いと対応して、二人の作品への登場の仕方にも違いが見られる。「哀王孫」の場合、杜甫は現実の情況の中で、一人の王孫と出会って交渉を持つ。ところが「哀江頭」の場合、作品に現れるのは、かつて玄宗に侍して栄華の絶頂にあった楊貴妃への美しい追想である。こうして「哀王孫」は、安史の乱を描いて生々しい様相を帯びるのに対して、「哀江頭」は、題材の華やかさにもかかわらず、翳りのある陰画の趣きを呈することになる。

一方、詩の韻律という面でも、二つの詩は異なった手法をとっている。この点については、つとに森槐南《かいなん》『杜詩講義』下巻（文会堂書店、一九一二年）に次のような指摘がある。

杜子美の集中に、一韻到底の七言古詩と云ふものは、数へる程しかないのでありますが、此、哀江頭、哀王孫の二篇は何れも其中の一つであります。前の哀江頭の方は、仄声の一韻到底でありますから、言葉が余り迫りまして、音節を成さないようになりますから、故《こと》らに律調（近体詩の平仄規則を満たした句、松原注）を多く交へて流暢ならしむる様に致してあります。此、哀王孫の方は、平声の一韻到底でありますから、一句として、律調の句は這入って居りませぬ。唯だ屋底達官走避胡。と云ふ句が、稍や律調に近いのでありますが、此の句も官の字が孤平となって居りまして、律調では忌みます所の平仄でありますから、詰り一句も律調はないのであります。此等は、後に韓退之（韓愈、松原注）あたりが拵へました一韻到底の七言古詩の源を成して居るものゝ様でございます。

近体詩は、平声の字で押韻する。したがって、仄声で押韻する「哀江頭」では、むしろ律調の句を多用して韻律を諧和ならしめ、反対に平声で押韻して近体詩に近い「哀王孫」の場合は、あえて律調の句を避けて古体詩の格調をもたせた、という指摘である。

「哀王孫」「哀江頭」は、詩題や題材に認められる共通性の高さからみて、あらかじめ対を成すべく作られた連作詩であることは明らかである。しかし正しくそれ故に、両者は題材の扱い方から韻律の設定まで、注意ぶかく書き分けられている。杜甫の用意の細心さと、これを可能にした力量を窺うことができるだろう。

(2)「哀王孫」は、途中で韻を踏み換えない一韻到底格の詩であるが、意味上段落の変わるところでは、通常は韻を踏まない一聯の上の句も韻を踏んで、この区切りを明示する手法を取っている。吉川幸次郎『杜甫詩注』の「余論の一」に、次のように述べる。

……段落の変り目ごとに、7の〔腰下宝玦青珊瑚《コ》〕、17の〔不敢長語臨交衢《ク》〕、27の〔哀哉王孫慎勿疎《ショ》〕と、一聯の上の句、普通は押韻しないのを押韻して、区切りをはっきりさせる。つまり「段を逐いて韻を転ずる」ことなくして、それと同じ効果をあげる。このことに注意するのは、わが武元登々弁《たけもととうとうあん》の「古詩韻範」であって、「此篇一韻到底ノ詩ノ常法ニアラズ」。常法は一聯の上の句はすべて押韻しないのに、これはそうせず、「数〻韻ヲ換テ長短定ラザルノ詩ト作法ヲ同フス、熟〻章法ヲ玩味スベシ」。よくそこに気をつけよ。(以下略)

要するに、長篇の古体詩で意味段落を示す場合は、そこで韻を換えるのが常法である。しかしこの詩のような換韻のない一韻到底格では、こうした手法は用いられない。そこで、意味段落の冒頭において、通常は押韻しない奇数句でも押韻することでそのことを示したのである。これは杜甫の独創的な工夫であろう。武元登々弁は、江戸時代後期の漢学者であり、その『古詩韻範』五巻は、とかく留意されることの少ない古体詩の韻律について体系的な分析を試みた重要な著作である。

(松原　朗)

0 奉贈韋左丞丈　韋《ゐ（い）》左《さ》丞《じよう》丈《ぢやう》に奉贈《ほうぞう》す
二十二韻　二十二韻

1 紈袴不餓死　紈袴《くわんこ》　餓死《がし》せず
2 儒冠多誤身　儒冠《じゆくわん》　多《おほ》く身《み》を誤《あやま》る
3 丈人試静聴　丈人《ぢやうじん》　試《こころ》みに静《しづ》かに聴《き》け
4 賤子請具陳　賤子《せんし》　請《こ》ふ　具《つぶ》さに陳《の》べん
5 甫昔少年日　甫《ほ》　昔《むかし》　少年《せうねん》の日《ひ》
6 早充観國賓　早《つと》に観国《くわんこく》の賓《ひん》に充《あ》てらる
7 讀書破萬巻　書《しよ》を読《よ》みて万巻《ばんくわん》を破《やぶ》り
8 下筆如有神　筆《ふで》を下《くだ》せば神《しん》有《あ》るが如《ごと》し
9 賦料揚雄敵　賦《ふ》には料《はか》る　揚雄《やうゆう》が敵《てき》
10 詩看子建親　詩《し》には看《み》る　子建《しけん》が親《しん》
11 李邕求識面　李邕《りよう》は面《めん》を識《し》らんことを求《もと》め
12 王翰願卜鄰　王翰《わうかん》は鄰《となり》を卜《ぼく》せんことを願《ねが》ふ
13 自謂頗挺出　自《みづか》ら謂《おも》へらく　頗《すこぶ》る挺出《ていしゆつ》す
14 立登要路津　立《たちどこ》ろに要路《えうろ》の津《しん》に登《のぼ》り
15 致君堯舜上　君《きみ》を堯舜《げうしゆん》の上《うへ》に致《いた》し

16 再使風俗淳　再《ふたた》び風俗《ふうぞく》をして淳《じゅん》ならしめんと
17 此意竟蕭條　此《こ》の意《い》　竟《つひ》に蕭条《せうでう》
18 行歌非隱淪　行歌《かうか》　隠淪《いんりん》に非《あら》ず
19 騎驢三十載　驢《ろ》に騎《の》ること三十載《さんじっさい》
20 旅食京華春　旅食《りよしよく》す　京華《けいくわ》の春《はる》
21 朝扣富兒門　朝《あした》には富児《ふじ》の門《もん》を扣《たた》き
22 暮隨肥馬塵　暮《くれ》には肥馬《ひば》の塵《ちり》に随《したが》ふ
23 殘杯與冷炙　残杯《ざんぱい》と冷炙《れいしや》と
24 到處潛悲辛　到《いた》る処《ところ》　潜《ひそ》かに悲辛《ひしん》す
25 主上頃見徵　主上《しゆじやう》　頃《このご》ろ徴《め》さる
26 欻然欲求伸　欻然《くつぜん》として伸《の》ぶるを求《もと》めんと欲《ほっ》す
27 青冥卻垂翅　青冥《せいめい》　卻《かへ》つて翅《つばさ》を垂《た》れ
28 蹭蹬無縱鱗　蹭蹬《そうとう》として鱗《うろこ》を縦《ほしいまま》にする無《な》し
29 甚媿丈人厚　甚《はなは》だ媿《は》づ　丈人《ぢやうじん》の厚《あつ》きに
30 甚知丈人眞　甚《はなは》だ知《し》る　丈人《ぢやうじん》の真《まこと》なるを
31 每於百寮上　毎《つね》に百寮《ひやくれう》の上《うへ》に於《おい》て
32 猥誦佳句新　猥《みだ》りに佳句《かく》の新《あら》たなるを誦《しよう》せり
33 竊效貢公喜　竊《ひそ》かに貢公《こうこう》の喜《よろこ》ぶに效《なら》ふも
34 難甘原憲貧　原憲《げんけん》の貧《まづ》しきに甘《あまん》じ難《がた》し
35 焉能心怏怏　焉《いづくん》ぞ能《よ》く心《こころ》怏怏《あうあう》として
36 祇是走踆踆　祇《た》だ是《こ》れ走《はし》ること踆踆《しゆんしゆん》たらん
37 今欲東入海　今《いま》　東《ひがし》のかた海《うみ》に入《い》らんと欲《ほっ》し
38 卽將西去秦　即《すなは》ち将《まさ》に西《にし》のかた秦《しん》を去《さ》らんとす
39 尙憐終南山　尚《な》ほ憐《あは》れむ　終南山《しうなんざん》
40 回首清渭濱　首《かうべ》を回《めぐ》らす　清渭《せいゐ》の浜《ほとり》
41 常擬報一飯　常《つね》に一飯《いっぱん》に報《むく》ひんと擬《ほっ》す
42 況懷辭大臣　況《いはん》や大臣《だいじん》を辞《じ》せんと懐《おも》ふをや
43 白鷗沒浩蕩　白鷗《はくおう》　浩蕩《かうたう》に没《ぼっ》せば
44 萬里誰能馴　万里《ばんり》　誰《たれ》か能《よ》く馴《な》らさん

テキスト　『全』二二六-4-2251　◆『古文真宝』前集五言古風長篇　◆『宋本杜工部集』一　◆『九家集注杜詩』一　◆『杜陵詩史』二　◆『分門集注杜工部詩』一七　◆『草堂詩箋』三　◆『銭注杜詩』一　◆『杜詩詳注』一

校　語
0 **奉贈韋左丞丈二十二韻**　『古文真宝』は「贈ル二韋左丞ニ一」に作る。
5 **少**　『分門集注本』には「(王) 洙《しゆ》曰ハク、一ニ作ルレ妙ニ」、『全』『杜陵詩史』『草堂詩箋』『銭注本』『詳注本』には「一《ニ》作《ル》レ妙《ニ》」との校語がある。

6**充** 『草堂詩箋』には「充《ハ》一《ニ》作《ル》レ就《ニ》」との校語がある。

賓 『宋本』『杜陵詩史』『分門集注本』『草堂詩箋』には「賔」に作る。別体字。

12**卜** 『詳注本』は「爲」に作り、「陳(浩然)作《ル》レ爲《ニ》、一《ニ》作《ル》レ卜《ニ》」との校語がある。『銭注本』には「卜陳《ハ》(浩然)作《ル》レ爲《ニ》」、『杜陵詩史』『分門集注本』には「(王)洙曰《ハク》、一《ニ》作《ル》レ爲《ニ》」との校語がある。

鄰 『古文真宝』『九家集注本』『杜陵詩史』『分門集注本』『草堂詩箋』は「隣」に作る。別体字。

13**出** 『全』には「一《ニ》作《リ》レ生《ニ》、一《ニ》作《ル》レ特《ニ》」、『草堂詩箋』には「出《ハ》一《ニ》作《リ》レ特《ニ》、一《ニ》作《ル》レ生《ニ》」、『杜陵詩史』『分門集注本』には「(王)洙曰《ハク》一《ニ》作《ル》レ生《ニ》、(史)彦《げん》輔曰《ハク》一《ニ》作《ル》レ特《ニ》」、『銭注本』『詳注本』には「一《ニ》作《ル》レ生《ニ》」との校語がある。

16**俗** 『詳注本』に「(唐)摭《せき》言《ニ》作《ル》レ化《ニ》」との校語がある。

17**條** 『詳注本』に「(唐)摭言《ニ》作《ル》レ索《ニ》」との校語がある。

18**歌** 『宋本』『杜陵詩史』『分門集注本』に「謌」に作る。別体字。

19**三十載** 『詳注本』には「十三載」に作り、「諸本《ハ》作《ル》二三十載《ニ》一。盧(世摧《かく》)注《ニハ》作《ル》二十三載《ニ》一」との校語がある。

20**食** 『全』に「一《ニ》作《ル》レ客《ニ》」との校語がある。

22**隨** 『杜陵詩史』に「随」に作る。別体字。

23**杯** 『古文真宝』『宋本』『杜陵詩史』『分門集注本』『草堂詩箋』には「盃」に作る。別体字。

29**媿** 『全』『古文真宝』『九家集注本』『詳注本』は「愧」に作る。別体字。

31**寮** 『全』『詳注本』は「僚」に作る。同義。

33**效** 『宋本』『杜陵詩史』『分門集注本』は「効」に作る。別体字。

36**祇** 『宋本』『杜陵詩史』は「祗」に作る。別字だが、しばしば通用される。

37**海** 『詳注本』に「(唐)摭言《ニ》作《ル》レ洛《ニ》」との校語がある。

40**回** 『宋本』『草堂詩箋』は「廻」に作る。同義。

首 『詳注本』に「一《ニ》作《ル》レ望《ニ》」との校語がある。

濱 『宋本』『杜陵詩史』『分門集注本』『草堂詩箋』は「瀕」に作る。別体字。

41**飯** 『詳注本』に「一《ニ》作《ル》レ餐《ニ》」との校語がある。

43**沒** 『古文真宝』『宋本』『草堂詩箋』『杜陵詩史』『分門集注本』は「波」に作り、『草堂詩箋』には「波《ハ》或《イハ》作《ル》レ沒《ニ》、非《ズ》レ是《ただしきに》」との、後二者には「(王)洙曰《ハク》一《ニ》作《ル》レ沒《ニ》」との校語がある。なお『全』『九家集注本』『詳注本』『銭注本』は「沒」に作り、前三者には「一《ニ》作《ル》レ波《ニ》」、『銭注本』には「宋(本)作《ル》レ波《ニ》」との校語がある。

詩型・韻字

五言古詩。身《しん》・陳《ちん》・賓《ひん》・神《しん》・親《しん》・鄰《りん》・津《しん》・淳《*じゅん》・淪《*りん》・春《*しゅん》・塵《ぢん》・辛《しん》・伸《しん》・鱗《りん》・眞《しん》・新《しん》・貧《ひん》・踆《*しゅん》・秦《しん》・濱《ひん》・臣《しん》・馴《*じゅん》(上平声真韻(真諄*韻))。

語釈

0**奉贈** うやうやしく贈る。「奉」は、動詞「贈」に冠して敬語化する副詞と理解すべきものであり、従来の「贈り奉《たてまつ》る」の訓はとらない。

韋左丞丈　尚書省左丞（正四品上）である韋済。その家は、祖父韋思謙、伯父韋承慶、父韋嗣立と続いて代々宰相を出し、「父子三人、皆至ル二宰相ニ一、有唐以来、莫シ二与《とも》ニ為スレ比《たぐひ》ヲ」（『旧唐書』八八「韋嗣立伝」）と称される当時の名門であった。韋済が尚書省の左丞となったのは、『旧唐書』八八「韋済伝」に「天宝七載、又為リ二河南尹ト一、遷《すすム》二尚書左丞ニ一」とあることから、天宝七載（七四八）以後のことと知られる。したがって、この詩の作時も、天宝七載以後ということになる。

「丈」は、つまり丈人。年長者の敬称であり、親戚の異姓の年長者、とくに岳父（妻の父）を称することが多い。ここでは、韋済を親しみを込めて呼んだものと考えてよかろう。杜甫にはこの他、韋済に二篇の詩を寄贈しているが（「奉寄河南韋尹丈人」「贈韋左丞丈済」）、いずれも「丈」「丈人」をもって称していることは、両者の親密な関係を窺わせるものである。なお韋済との関係については、〔備考〕を参照。

二十二韻　脚韻の数が二二。偶数句で脚韻を踏むので、四四句、二二〇字の詩となる。ちなみに、韻数で詩の長さを記す例は、特に排律の場合に一般的であるが、このように古体詩のこともあるので、注意が必要である。

1 **紈袴**　「紈」は、染色されていない素《しろぎぬ》。「袴」は、下穿《したばき》。「紈袴」とは、転じてこれを身に着ける貴族たちをいう。班固『漢書』一〇〇上「叙伝」に「綺襦紈絝」、これに対する顔師古の注に「紈ハ、素《しろぎぬ》也。綺ハ、今ノ細綾也。並ニ貴戚子弟之服ナリ」。また『礼記』「内則」に「衣ハ不レ帛《きぬニセ》二襦袴《じゅこヲ》一」。孫希旦『礼記集解』に、「襦ハ、裏衣、袴ハ、下衣。二者ハ皆不二以テレ帛ヲ為《つくラ》レ之ヲ、防《さケレバ》二奢侈ヲ一也」。襦は、裏《なか》にきる衣、袴は下につける衣、いずれも帛《きぬ》で作らないのは、奢侈を防《さ》げるためである。人目に触れない下着（襦・袴）も帛で作るのが貴族の奢侈だったことが、却って暗示されている。

2 **儒冠**　儒学に志す者。杜甫自身も、これに含まれる。前の「紈袴」と対比されるとき、「紈袴」が、本人の学識と節操とによらず、もっぱら家柄によって立身出世できる者であるのに対するとき、「儒冠」は、もっぱら本人の学識と節操によって為すことあらんと志す者を指すと考えてよかろう。吉川幸次郎は、「儒冠」について次のように説明する。――孔子をはじめ、古代の「儒家」の人人が、学派の象徴として、特別な冠をかぶったこと、「礼記《らいき》」の「儒行」篇その他に見え、「荘子」の「田子《でんし》方《ほう》」篇によれば「儒の円き冠を冠るのは、天の時を知るなり」。ただしこれも古代の事態であり、唐代の現実ではない。唐の時代、儒学は民族の教養として普遍であり、杜はことにその教えに忠実であったけれども、もはや儒者のための特別な服装は存在しない。しかし古代の生活でならば〔儒冠〕をかぶったであろう人間は、今もそのために〔多〕しばしば〔身を誤る〕。（以上『杜甫詩注』第一冊三四頁）。

3 **丈人**　この詩を贈る相手、韋済を指す。「丈人」の語義は、〔語釈〕0「韋左丞丈」の項を参照。

試　相手に対する願望を示す。次句の「請」と同じ。いわゆる、ためしにこころみに、の意ではない。何楽士ら『古代漢語虚詞通釈』（北京出版社、一九八五年）に「或イハ用ヒテ下于下ノ対シレ上ニ或イハ朋友相互之間ニ提ニ出スル某ノ一請求ヲ一的句中ニ上、表ニ示スル尊敬ヲ一」、下位者が上位者に対し、また友人相互において、何かしらの願望を提する文中に用いられて、敬意を示す。

聴　注意してきく。「聞 wén」が無意識のうちにきこえるのに対して、「聴 tīng」は、意識して耳を傾けること。

4 **賤子**　謙称。作者自身を指す。

具陳　具体的に陳述する。その陳述の内容は、以下、作品の末尾まで。

5 **甫**　杜甫の自称。上奏文などの公的文書では、姓によらず、名によって自称するのが型である。それゆえ、杜甫がここで名の「甫」によって自称するのは、一種、居ずまいを正した語気を演出する効果をもつ。杜甫の他の用例として、雄篇「北征」詩に、「君《ハ》（＝粛宗）誠《ニ》中興《ノ》主《ニシテ》、経緯（施政）固《もとより》密勿《ふつタリ》（着実）。東胡反《そむキテ》未《ダ》レ已《やマ》、臣甫憤《いきどほりノ》所《ナリ》レ切《ナル》」。粛宗帝に対して自称する文脈に、「臣甫」の語が用いられている。また晩年、夔《き》州期の「酔《ヒテ》為《ために》馬《ヨリ》墜《おチ》、諸公携《たずさヘテ》レ酒《ヲ》相《ヒ》看《ル》」詩、つまり酒に酔って不覚にも落馬し、臥せっていたところ、お歴々が酒を携えて見舞いに来てくれたという詩の冒頭に、「甫也《や》諸侯《ノ》老賓客、罷《のみおはり》レ酒《ヲ》酣歌《かんかシテ》拓《とル》二金戟《ノほこヲ》一」とある。これは、詩を「甫」という厳粛な自称によって開始することで、落馬という失態をちぐはぐに際立たせようとする、一種の高等修辞である。

昔　かつて。遠からぬむかしも含む。

少年日　若かった時分。「少年 shào nián」は、いわゆる子供を指すことはなく、語感としてはむしろ日本語の青年に近い。朱熹の作と伝えられる「偶成」詩に「少年易《ク》レ老《イ》学難《シ》レ成《リ》、一寸《ノ》光陰不《カラ》レ可《ンズ》レ軽」とある「少年」も、同様である。

6 **充**　員数に充当される。推薦されて「観国賓」のメンバーとなる。

観国賓　科挙の受験資格者。当時、高等文官資格試験である科挙を受験するためには、まず二つの方法のいずれかで受験資格を得なければならなかった。一つは、六学《りくがく》と呼ばれる、国子学（三品以上の高官の子弟）・太《たい》学（五品以上）・四門学（七品以上）・律学・書学・算学の国立学校の出身者（これを生徒と呼ぶ）、もう一つは、各地方の府・州で実施される府試・州試（合わせて郷試と呼ばれる）の予備試験の合格者（これを郷貢進士と呼ぶ）である。杜甫は、おそらくは郷里鞏《きょう》県の属する河南府（洛陽）の府試を経て、郷貢進士となったのであろう。杜甫がこの資格を得たのは、開元二三年（七三五）、24歳以前と推定される。

なお「観国賓」は、『易経』「観」の卦に、「六四。観《ミル》二国之《の》光《ヲ》一、利用《よろシもつテ》三賓《タルニ》二于王《ニ》一」、国の光《みやこ》《うつくしさ》を観ると、王の盛徳がしのばれて、その侍臣となりたく思う、を出典とする語である。

7 **読書破万巻**　博学のさま。中国の古典詩は、典故（文学表現の依拠となる先行文献）を踏まえた表現の愛用を最も顕著な修辞的特徴としている。したがって作詩には、博学が要件とされたのである。ちなみに杜甫の詩は、この自負の語を裏切らず、博学を駆使して作られたものが多く、唐詩の中でも難解の部類に属する。

8 **有神**　霊感に富む。「神」また「鬼神」は、人の能力を超えた霊妙な作用。博学の基礎の上に作られる杜甫の詩は、たんなる知識の退屈な羅列をこえて、霊妙なる精気につらぬかれる。

9 **賦料揚雄敵**　賦（叙事を主とする長篇の韻文の様式）について

は、自己を、揚雄の好敵手と料《おも》う。「敵」は、釣り合う相手、好敵手。揚雄は、前漢の賦の大家（前五三―後一八）。『文選』には「甘泉賦」「羽猟賦」「長楊賦」などの代表作が収められる。また『論語』になぞらえて著された思想書『（揚子）法言』、方言研究の先駆的業績『（揚子）方言』などがある。

10詩看子建親　詩については、自己を、曹植（字は子建）の血縁者と看なす。曹植（一九二―二三二）は、魏の武帝曹操の第三子。みずからも優れた詩人であった曹操の宮廷には、その子の文帝曹丕や曹植をはじめ、建安七子《しちし》と呼ばれる文人たちが集まって、文学の盛時を作り出した。その中心的な詩人が、この曹植である。

　この9・10句は、7・8句「読《ミテ》レ書《ヲ》破《ブリ》二万巻《ヲ》一、下《セバ》レ筆《ヲ》如《シ》レ有《ルガ》レ神」に示された自負の、具体的な成果である。揚雄・曹植、ともに杜甫に至るまでの中国文学史にひときわ目立った高峰であり、これに自己をなぞらえるのは、常識的には不遜の仕業に近いであろう。

11李邕求識面　李邕は、杜甫とは一体誰なのかと、顔見知りになりたいと思った。「識面」は、交際を通して面識を持つこと、ないしは交際すること。李邕（六七八―七四七）は、『文選』の注（いわゆる李善注）を書いた李善の子。当時の文壇の重鎮であり、『旧唐書』巻一九〇中「文苑伝」の「李邕伝」に、

　初《メ》、（李）邕早《つとニ》擅《ほしいままニシ》二才名《ヲ》一、尤《モ》長《ズ》二碑頌《ニ》一。雖《モ》二貶《おとサレテ》レ職《ヲ》在《リト》レ外《ニ》、中朝《ノ》衣冠及《ビ》天下《ノ》寺観、多《ク》齎《もたらシ》三持《シ》金帛《ヲ》一、往《キテ》求《ム》二其《ノ》文《ヲ》一。前後《ノ》所《スル》レ製《スル》、凡《ソ》数百首、受《ケ》三納《スルコト》饋遺《おくりものヲ》一、亦至《タル》二鉅万《ニ》一。時議以為《おもへラク》、自《より》レ古鬻《ひさギテ》レ文《ヲ》獲《うルコト》レ財《ヲ》、未《ダ》《ズト》レ有《ラ》二如《キ》レ邕《ノ》者一。

碑頌の制作に長《た》けた李邕のもとには、朝廷の高官や天下の寺観の依頼が殺到して、この筆耕によって彼は鉅万の財を獲た。このように文名を博した李邕にして、なお詩人杜甫は、気に掛かる存在だった。とは、杜甫自身の自負より出た言葉である。

　なお『新唐書』巻二〇一「杜甫伝」に、「甫字子美、少《わかクシテ》貧《シク》不《ラ》二自振《ハ》一、客《タリ》二呉越斉趙《ノ》間《ニ》一。李邕奇《トシ》二其《ノ》材《ヲ》一、先《まツ》往《ゆキテ》見《ル》レ之《ヲ》」とあるのは、おそらくは杜甫のこの詩に基づく記述であろう。では杜甫が李邕と出会った時期と場所となると、概ね二説に分かれる。一つは、天宝四載（七四五）、済州（山東省済南市）とするもの（例えば、小川環樹編『唐代の詩人―その伝記』〔黒川洋一執筆〕大修館書店、一九七五年）。もう一つは、これに先だつ時期、洛陽とするもの（例えば、『九家集注本』所引の趙次公の所説、また『杜詩詳注』）である。いま杜甫「八哀詩」の「贈秘書監《ノ》江夏《ノ》李公邕」詩を按ずるに、「伊《これ》昔臨淄《りんし》亭《ノ》、酒酣《たけなはニシテ》託《ス》二末契《ニ》一。重《かさネテ》敍《スレバ》二東都《ノ》別《レヲ》一、朝陰改《マル》二軒砌《けんぜいニ》一」、臨淄郡（済南）の歴下亭の宴席において、かつての東都洛陽における別れを思い出して物語るとあるので、済南での面会（天宝四載）に先だって、二人はすでに洛陽で知り合ったと考えるのが適当であろう。杜甫には、李邕の死後の作である「贈秘書監《ノ》江夏《ノ》李公邕」詩（前掲）の他に、済南での交遊時の作に「陪《シテ》二李北海《ニ》一宴《ス》二歴下亭《ニ》一」詩、「同《ズ》三李太守《ノ》登《ルニ》二歴下古城《ノ》員外《ノ》新亭《ニ》一」詩があり、杜甫と李邕の交遊の親密さを窺うことができる。なお杜甫が『文選』を重視したのも、文選学者李邕の薫陶の結果である可能性が高い。

12王翰願卜鄰　王翰《おうかん》は、隣りに家を建てて、近所付き合いをしたい

と思った。「卜」は、地相を占って家を構えること。「王翰」（生没年未詳）は、「涼州詞」（『正編』七一頁参照）の作者として知られる盛唐の詩人。宰相張説《ちょうえつ》（在任七二一—七二六）に優遇されたが、その傲岸不遜の言動が周囲の反感を買い、張説の失脚後は、汝州（河南省臨汝県）の長史、ついで仙州（河南省葉県）の別駕に左遷されている。杜甫が王翰と交遊を結んだとすれば、それは彼が、杜甫の郷里（河南省鞏県）にほど近い汝州・仙州の地方官となっていた時期であろう。

なお吉川幸次郎『杜甫詩注』には、第11・12句について、次のように述べている。

　ところでこの聯の措辞、異常と感ずる。先輩二人の賞識を、漱石氏はむこうから面会を求め、鷗外氏は隣人となりたがったという形でいうことが、異常なばかりではない。そうした事実があったとしても、普通の詩人ならば、たとえば「巨公」は識面を求め、「耆宿《きしゅく》」は卜隣を願う、という風に、個人の名を出さないであろう。いま個人名をぶしつけに、しかも〔李邕〕〔王翰〕と実名でいう。李太守、李江夏など、出身の地名あるいは官名で呼び、実名を敬避するのが、一般の風習なのをも、無視する。杜詩が実名を敬避しないのは、友人の李白、高適《こうせき》に対してそうであること、この巻の詩に、やがてすぐ見えるが、先輩に対してもこだわらない。それだけに詩の現実性、一そうである。

13 **頗**　やや。それなりに。「頗」は「偏頗《へんぱ》」、つまりある方面に偏っていること。訓「すこぶる」は、「すこしぶる」に由来し、現代語の「すこぶる＝非常に」ほどの強調感はない。

挺出　抜群。抜きん出る。

14 **立**　すぐにも。現代中国語の「立刻 lìkè」に相当する。

要路津　政府枢要の地位（＝要路）への出世コース（＝津）。「津」は、川の渡場、転じて目的を遂げるために必ず通るべきみち。漢、無名氏の「古詩十九首」其五（『文選』巻二九）に「何不《ゾル》下策《むらうチテ》二高足《ヲ》一（駿馬）、先拠《ヅラ》中要路津《ノニ》上。無《カレ》レ為《ス》下守《リテ》二貧賤《ヲ》一、轗《かん》軻《かシテ》（不遇の様）長《つねニ》辛苦《スルヲ》上」。

15 **致君堯舜上**　君（＝玄宗皇帝）を、堯帝・舜帝以上の名君の境地に至らせる。「致《いたす》」は、自動詞「至《いたる》」と対応する他動詞。至らせる。「堯舜」は、伝説上の二人の聖天子。『孟子』「万章」上に、殷の初代天子湯王《とうおう》に出仕を求められたときの賢臣伊尹《いいん》の語として、「吾豈若《ニしカン》レ使《ムルニ》三是《ノ》君《ヲシテ》（＝湯王）為《たラ》二堯舜之君一哉《や》」、自分はこの湯王を堯舜のような名君にしないでおれようか、と記す。

16 **再使風俗淳**　国民の風俗を、もう一度かつての堯舜の御世のように淳朴なものとしたい。第15・16句、杜甫の政治的抱負を語るものとして、ことさらに有名である。

　第7～12句は、専ら自己の文学的能力を述べ、これに続く第13～16句は、官僚（為政者）たるべくその能力と抱負を述べる。文学と政治が、背馳する異質なものではなく、却って連続し一貫するものとして捉えられていることに注目したい。科挙の最難関である進士科が、主に詩・賦の実作能力を試験することは、文学と政治とを一つに結接する制度的な根拠であった。そしてこの制度は、一つの哲学、すなわち、為政者の条件となるすぐれた学識教養と人格的陶冶は、文学作品（詩・賦）の場に偽りのない様相を現すものであり、したがってそれらは文学の実作能力を尺度として量りうる、とみる哲学によって裏付けられるものであった。杜甫が、自己の文学的能力を、直截に政治的能力に結接しうると考えたことには、こうした制度と哲学の背景がある。

　ただし、概ねの場合、その哲学は、いわば仮想された理念としてあしらわれるにすぎないものであったが、杜甫の場合は、文字通りに信じられていた点が、独特であった。

17**此意**　第13～16句に提示された政治的抱負。

竟　予期に反して……となった。

蕭条　「蕭条《セウデウ》 xiāo tiáo」、同じ韻母を持つ字を畳《かさ》ねた畳韻の擬態語で、もの淋しい様を表す。多く秋から冬にかけての光景の形容となるが、ここでは精神的挫折について用いられている。

18**行歌**　歩きながら歌う。多くは狂人の、また佯《よう》狂の人の振舞い。

隠淪　世間と交渉を断ち、「隠」れ「淪《しず》」んで生きる者。隠者。隠遁者。「行歌」する「隠淪」の代表的な例は、『論語』「微子」に記される「楚狂接《ノせつ》（せふ）輿《よ》」。

　楚狂接《ノ》輿、歌《ヒテ》而過《グ》二孔子《ヲ》一。曰《ハク》「鳳《ヨ》兮鳳《ヨ》兮、何《ゾ》徳之衰《ヘタル》。往《ク》者《ハ》不レ可《カラ》レ諫《いさム》、来《タル》者《ハ》猶《ホ》可《シ》レ追《フ》。已《やミナン》而已《ミナン》而、今之従《フ》レ政《ニ》者《ハ》殆《あやふシ》而」。孔子下《リテ》、欲《スルモ》二与《と》レ之言《かたラント》一、趨《はしリテ》而辟《さケ》レ之《ヲ》、不レ得二与レ之言《ルヲ》一。

　楚の佯狂者接輿は、孔子の車の側を通り過ぎるとき、政治に積極的に参与しようとする孔子を揶揄して歌を唱った。

　なお「行歌非隠淪」の句は、自分は「行歌」、つまり不平を鳴らす詩を作ってはいるが、断じて楚狂接輿の輩のように「隠淪」を決め込むつもりはなく、政治に参加したくともその道が閉ざされているだけなのだ、と解釈される。ただし別解「幽隠沈淪の境遇を非《のろ》いつつ行歌した」もあり、〔諸説の異同〕を参照。

19**騎驢**　驢《ろ》（馬《ば》）に騎《の》るとは、下積みの生活、具体的には無官の浪人生活を送ること。貴族、高官であれば、驢ではなく、馬に騎る。

三十載　この詩が、杜甫37歳（天宝七載〈七四八〉）の作と推定されることから、この「三十載」は実数ではあるまい。吉川幸次郎『杜甫詩注』に、〈多年の放浪を、「文選」二十六、陶淵明の詩の「閑居すること三十載」、二十三、梁の任昉《じんぼう》が友人范雲《はんうん》を哭した詩の、「歓《まじは》りを結ぶこと三十載」、それらを想起しつつ、かく表現したとしたい〉と述べる。なお『杜詩詳注』は、「三十載」を「十三載」の誤りと主張する。これならば、ほぼ実数に合うが、信頼性の高い宋本系の本《テキスト》をはじめ、諸本のいずれもが「三十載」に作ることを考慮すれば、臆改といわざるをえないだろう。

20**旅食**　寄食する、つまり不安定な客寓生活をすること。

　別義に、正式の任官を得るに至らない、いわば見習いの官人のこと。この場合、「旅」は、衆多。役所では旅《おおぜい》でいっしょに食事をする身分の人、という意。『儀礼』「燕礼」にみえる「旅食」の語に鄭玄《じょうげん》が注して、「旅《ハ》、衆《おほキ》也。士衆食《ノ》、謂《スルトハ》レ未《ダ》レ得《ザルヲ》二正禄《ヲ》一、所謂《いはゆる》庶人在《ノ》レ官《ル》者《ニ》也」。吉川幸次郎『杜甫詩注』には、杜甫の禄仕を求めてなおこれがかなえられない情況に鑑みて、両義を兼ねた微妙な用法とみる。あるいはその可能性もあろうが、その場合であっても、前者が中心義であることは疑いえない。なお韓愈の散文「祭《ル》二十二郎《ヲ》一文」に「故《ニ》捨《テテ》レ汝《ヲ》而旅三食《シ》京師《ニ》一、以《テ》求《ム》二斗斛之禄《ヲ》一」とあるのは、多分に杜甫のこの詩句を意識するものであり、その用法の微妙さも、また杜甫に似る。

京華　みやこ。ほぼ京都・京師というのに同じ。但しここでは、「京華春」と、下に続く「春」の字と照り映えて、「華」の字までも春の華のイメージを帯びてあでやかによそおう。この効果は、「京都」「京師」では出てこない。「旅食」のうらぶれた杜甫の境遇と、爛漫たる「京華春」との対比が、鮮明である。

21**富児**　富家の、具体的には貴族や高官もしくは豪商の子弟。「児」であるのは、次句の「肥馬」を騎り回すのが、父兄よりも、弱輩の子弟にふさわしいことと対応するものであり、さらにはそれが分別も弁えぬ「児」であることによって富家の権力を笠に着た横暴な振舞いがいっそう際立つからでもある。

22**肥馬**　立派な馬。なお肥馬と軽裘（スマートな裘《かわごろも》）は、大街を濶歩する富家の子弟の象徴である。

第21・22句、禄仕の手づるを求めて、杜甫が貴族・高官のご機嫌伺いに奔走したことを述べる。唐代の科挙は、宋代以後とは異なり、答案の成績のみによらず、衆人の評判や、有力者の推薦理由などを総合的に勘案して合否が判定された。したがって、あらかじめ試験官や周囲の有力者に、「行巻」「温巻」と称される自作の詩文集を投じて気脈を通じ、あるいは好ましい評価をかち得ようとするなどの事前の運動が重要な意味を持っていた。なお第31・32句に、運動の具体的様相が見える。

23**残杯与冷炙**　飲みのこしの酒と、冷たくなった炙肉《あぶりにく》。冷遇のさまをいう。顔之推《がんしすい》『顔氏家訓』「雑芸篇」に、「唯《ダ》不レ可《カラ》レ令《ム》レ有《ラ》二称誉一。見《らレテ》レ役《えきせ》二勲貴《ニ》一、処《おり》二之《これガ》下坐《ニ》一、以《テ》取《ラン》二残杯冷炙之辱《ヲ》一。戴安道《スラ》猶《ホ》遇《あへり》レ之《ニ》。況《ンヤ》爾曹《ノともがらヲヤ》乎」。音楽について人の評判になるようではいけない。顕貴の者に楽士としていいようにあしらわれ、彼等の末席で、残杯と冷炙をあてがわれるような屈辱を受けるだけだ。戴逵《たいき》（字、安道）のような名望家でも、この屈辱を受けたのだから、ましてわが子たちよ、用心が必要だ。この句がこの『顔氏家訓』を踏まえていたとすると、杜甫には一介の文士としてあしらわれ、軽視されたという思いがあったのかもしれない。

24**到処**　行く先々、どこでも。

潜　人知れず。

25**主上頃見徴**　玄宗皇帝に、近頃、制科（特別試験）の受験者として徴し出された。「頃」は、遠からぬ過去をいう。「見＋《プラス》（動詞）」は、受身から転じて、しばしば相手への敬意の表現となる。「……していただく」。

なおこのとき（天宝六載〔七四七〕）の試験については、〔備考〕を参照。

26**欻然**　たちまち。事態の急転が、意表に出ることを示す。「欻忽《くっこつ》」という熟語もあるように、「忽然」とほぼ同義。

欲求伸　今まで胸中に蔵していた禄仕と政治的抱負の実現への鬱屈した願望を、伸ばし、かなえさせたいと思った。

27**青冥**　あおぞら。『楚辞』九章「悲回風」に「拠《リテ》二青冥《ニ》一以《テ》攄《のブ》レ虹《ヲ》兮」。「青冥《セイメイ》 qīng míng」と、同じ韻母を持つ字を畳《かさ》ねる畳韻の語で、対句を構成する次句の「蹭蹬」がやはり畳韻の語であるのと巧みに対応している。

卻　予期に反して。

垂翅　鳥が精気を失って翅《つばさ》を垂れる。失意の形容。

28**蹭蹬**　失勢難渋のさま。「蹭蹬《ソウトウ》 cèng dèng」は、前句「青冥」と対応する畳韻の語。東晋、木華「海賦《ノ》」（『文選』巻一二）に、大魚が海岸に打上げられて死に瀕したさまを「蹭二蹬《トシテ》窮波《ニ》一、陸二死《ス》塩田《ニ》一」。李善の文選注に「蹭蹬《ハ》、失《フ》レ勢《ヲ》之貌《さま》」。

縦鱗　自在に泳ぐ。得意のさま。

29**甚媿丈人厚**　韋済の厚意、配慮に対し、期待に応えられなかったこと、つまり特別試験の制科に落第したことを、愧《は》ずかしく思う。

30**甚知丈人真**　結果は不首尾に終わったとはいえ、その経過において、韋済の真情、誠意を、つくづくと知った。

　丈人韋済の杜甫に示した「厚」と「真」とは、続く第31・32句に具体的に記される。

31**百寮**　百官。多くの官僚。「寮 liáo」は、「僚 liáo」と、音義ともに通じる。なお「百寮上《ノ》」というのは、韋済が尚書左丞の高官の地位にあることを前提とした表現。

32**猥誦**　かたじけなくも朗誦していただく。「猥」は、下に動詞を伴って、過分にも……していただく、という謙譲の語気を表す。諸葛孔明「出師表《すいしノ》」に、先帝劉備の三顧の礼を回想して、「先帝不レ以《テセ》二臣《ノ》卑《ひ》鄙《ひナルヲ》一、猥《みだリニ》自《みづから》枉屈《おうくつシ》、三《タビ》顧《たづヌ》二臣《ヲ》於草廬之中《うちニ》一」。

佳句新　佳《よ》き詩句の新鮮であるもの。「新」は、新奇・新作の両義を含んだ用法であろう。なお杜甫は自作の詩を「佳句新」と称するのだが、「猥誦」の謙譲と、この「佳句新」にこめられた尊大な自負とが、一句の中で結び合うところが、この時の杜甫の屈折した意識を窺わせて興味ぶかい。

　この第31・32句、科挙受験に備えての事前運動の一齣である。〔語釈〕22参照。

33**竊效**　心中……の真似をする。「竊」は、下に動詞を伴って、分不相応におこがましくも……する、という謙譲の語気を示す。

貢公喜　「貢公」は、前漢の貢禹を、「公」の敬称で呼んだもの。貢禹と親友の王吉《おうきつ》は、ともに清廉をもって知られ、王吉（字は子陽）が任官すると、貢禹はやがて自分にもお徴しがかかると喜んで、冠を弾《はじ》いて塵を払い出仕の準備をした。人々はこれを「王陽在《レバ》レ位《ニ》、貢公弾《ク》レ冠《ヲ》」（『漢書』七二、「王吉伝」）と称した。韋済のような清廉の士が高官の位に在るからには、まもなくこんな自分にも仕官の道が開けると、心ひそかに期待している。

34**難甘原憲貧**　原憲の貧乏に、いつまでも甘んじることはできない。「原憲」は、孔子の弟子の中でも貧乏で知られた人物。『史記』六七「仲尼弟子列伝」に、次のようにある。

　孔子卒《しゆつシ》、原憲遂亡《ニかくレテ》在《リ》二草沢《ノ》（片田舎）中《うちニ》一。子貢《しこう》（孔子の弟子の出世頭）相《しようタリ》レ衛《ニ》（衛国の大臣）。而《シテ》結《ビ》レ駟《ヲ》（四頭立ての馬車）連《ネ》レ騎《ヲ》、排《シテ》二藜藿《れいかくヲ》一（粗末な雑穀類）入《リ》二窮閻《えんニ》一（路地裏）、過《よぎリテ》謝《ス》二原憲《ニ》一。憲攝《とリテ》二敝《やぶレタル》衣冠《ヲ》一見《ル》二子貢《ニ》一。子貢恥《ヂテ》レ之《ヲ》、曰《ハク》「夫子《ふうし》豈《ニ》病《へいナルかト》乎」。原憲曰《ハク》、「吾聞《ケリ》レ之《ヲ》、無《キ》レ財者《ハ》謂《ヒ》二之《ヲ》貧《ト》一、学《ビテ》レ道《ヲ》而不《ル》レ能《あたハ》レ行《フ》者《ヲ》謂《フ》二之《ヲ》病《ト》一。若《ごとキハ》レ憲《ノ》、貧也、非《ザル》レ病《ニ》也《ト》」。子貢慙《はヂ》、不《シテ》レ懌《よろこバ》而去《ル》。終身恥《ヅ》二其言之過《あやまテルヲ》一也。

35**焉能**　どうして……できようか。「焉《いづくんゾ》」は、反語の副詞。次句「祇是走踆踆」までかかる。

快快　「快快 yàng yàng」。不平をいだいて楽しまないこと。

36 **祗是**　ひとえに……である。「祗《シ》 zhǐ」は、「祇・只《シ》 zhǐ」と、音義とも通じる。

踆踆　「踆《しゅん》 踆 qūn qūn」。重言《ちょうげん》の擬態語。バタバタ走り回るさま。

この「焉能心快快、祗是走踆踆」の一聯は、対句でありながら、二句で一意をなす、いわゆる流水対である。

37 **今欲**　次句の「即将」と同義。徐仁甫『杜甫詩商権続編』（四川人民出版社、一九八六年）に、次のように説明する。

「今欲」と「即将」は互文であり、「今欲」は、ほぼ「即将」と同義である。孫炎注『爾雅釈詁』に、「即」はほぼ「今」と同義とある。従って「今」は、「即」と解しうる。『史記』「高祖本紀」に、「諸侯幷起《ならビコリ》 今屠《ほふラントス》レ沛《ヲ》」、これは即《すなはチ》（ただちに）沛を屠らんとするの意味である。「欲」は、ほぼ「将」と同義である。杜詩ではこの詩の外に、「聞《ママ》山歌」（聞は閒の誤字：松原注）の「松《ニハ》浮《カブ》欲《シテ》レ尽《キント》 不《ルノ》レ尽《キ》雲、江《ニハ》動《ク》将《ニ》レ崩《レント》 未《ダ》レ崩《レルノ》石」、「小至」の「岸容《ハ》待《チテ》レ臘《ヲ》将《ニ》レ舒《のベントシ》柳《ヲ》、山意冲《キテ》レ寒《ヲ》欲《ス》レ放《ひらカント》 梅《ヲ》」。「欲」と「将」はいずれも互文であり、いずれも「欲」がほぼ「将」と同義の証拠である。――

東入海　東のかた海に入る。海は、中国では東のはてに位置し、したがって遠く東に旅することを、「入《ル》レ海《ニ》」と表現しうる。他方、人の知る世界のはてに広がる「海」は、同時に、世俗の猥雑を脱した自由の境地の象徴ともなりうる。『論語』「公冶長」に、「子曰《ハク》、道不レ行《ハレ》、乗《リテ》レ桴《いかだニ》 浮《バント》二于海《ニ》一」、孔子が言う、世の中に正しい道が行われない、いっそ自分は桴に乗って海に浮かぼう。こうして海は、失意の人を迎え入れる世界でもあった。ちなみに杜甫のこの「東入レ海」は、この両義を含むであろう。ちなみに末聯「白鷗没《セバ》二浩蕩《ニ》一、万里誰《カ》能《ク》馴《ラサン》」に描かれた海を舞う白鷗は、脱俗と自由の象徴であることも、ここにいう「海」が両義的に用いられていることを裏付けるものである。

38 **即将**　前句「今欲」の〔語釈〕を参照。

西去秦　西を振り向いては、秦に別れを告げる。「秦」は、春秋戦国時代に秦の国があった地域。すなわち長安一帯。

39 **尚憐**　秦（長安）を去る今となっても、なおいとおしむ。「憐 lián」は、強く心を惹かれることで、現代日本語「あわれむ」の狭い意味に限られない。

終南山　長安の南方四〇キロばかりにある山。チベット高原から東に延びる秦嶺山脈の主峰で、長安から程近い大自然の偉容として、しばしば唐詩にも詠じられる。

40 **回首**　振り返る。「首」は、頸《くび》より上の部分、つまり頭部。なお「回首」は、前句の「尚憐」と同じく、未練愛惜の意を表す。

清渭浜　清らかな渭水の浜《きしべ》。「渭」は、渭水（また渭河）。長安の北方十数キロを東流する渭水は、その支流の涇《けい》水が濁っているのに対して、「清渭」と称される。『詩経』邶風《はいふう》「谷風《こくふう》」に、「涇《ハ》以《テ》レ渭《ヲ》濁《ル》」、涇水は渭水と以《くら》べると濁っている。「清渭」もまた「終南山」とともに、長安を取り囲む大自然の偉容である。

なお「終南山」と「清渭浜」とをいとおしむのは、長安と、長安を中心に営まれる政治の世界への未練を断ち切れないことでもあり、また自分とこれとの橋渡しをしてくれるはずの丈人韋済への惜別の思いに出るものでもあった。

41**擬**　「欲」と同義。……したい。

報一飯　一飯の恩義に報いる。なお「一飯」は、そのものとして価値があるのではなく、自分が窮したときに、これを見かねて手を差し伸べてくれたその人の恩愛のゆえに価値がある。杜甫が禄仕の道を求めて長安に出てきたときは、正しく「一飯」の恩愛が身に沁みるときだったのである。なお「報《ニ》二一飯一」に、関わる、韓信の有名な故事。

（韓）信釣《ス》二於城下《ニ》一。諸母漂《あらフ》。有《リ》二一母一見《テ》二信《ノ》飢《ヱタルヲ》一、飯《くらハス》レ信《ニ》、竟《つひニ》漂《フコト》数十日。信喜《ビ》、謂《ヒテ》二漂母《ひようぼニ》一曰《ハク》、「吾必《ズ》有《ヤ》二以《ランテ》重《おもク》報《イルコト》レ母《ニ》」。母怒《リテ》曰《ハク》、「大丈夫《だいじようふ》不《ル》レ能《あたハ》二自《ラ》食《くらフ》一、吾哀《シミテ》二王孫《ヲ》一而進《ム》レ食《しよくヲ》。豈望《マン》レ報《イヲ》乎《やト》」（『史記』巻九二「淮陰侯列伝」）。

もっともこの韓信の場合は、漂母（洗濯女）が絮漂《わたあら》いの仕事を終えるまでの数十日間、続けて食べさせてもらったわけで、厳密には「一飯」ではない。

42**況懐辞大臣**　「況」は、典型的には「A且《スラかツ》（猶《ホ》）……ス、況《ンヤ》B乎《ヲや》」の形をとる、Aを抑え、Bを揚げて強調する、抑揚の構文。「大臣」は、尚書左丞の官にある韋済を指す。「懐」の解釈は難しいが、ひとまず、ある思い――ここでは韋済のもとを辞去するという決断の思い――を心に深くいだく、と解しておく。

「常擬報一飯、況懐辞大臣」。これまで長安に逗留しているときにも、いつも一飯の恩義に報いたいと念じていた。ましてや今、訣別の思いを心に深くいだくとき、感謝の念は、いやまさる。この二句、杜甫の惜別の念を、韋済に向かって吐露する。

43**白鷗**　世俗の羈束を脱し、自由に向かって飛翔するものの象徴。杜甫は、禄仕と、政治的抱負「致《シ》二君《ヲ》堯舜《ノ》上《ニ》一、再《ビ》使《メン》二風俗《ヲシテ》淳《ナラ》一」の願いをいだきながらも、その望みはかなえられず、鬱屈した思いは、ついに白い鷗の姿の中に投射される。

没浩蕩　大海原の彼方に没し去る。「没」は、飛び去って水平線の彼方に姿を消すことであり、水没して魚を捕えるのでは、詩にならない。「浩蕩」は、水面の広くたゆたうさま。例えば、西晋、潘岳《はんがく》「河陽県《ニテ》作《ル》詩二首」其一（『文選』二六）に、黄河の流れを写して「洪流何《ゾ》浩蕩《タル》」。但しこの語は、志気の広大、奔放であることの形容としてもしばしば用いられる。『楚辞』九歌「河伯」に、「登《リテ》二崑崙《こんろんニ》一兮四《よもニ》望《メバ》、心飛《ハ》揚《シテ》兮浩蕩《タリ》」。杜甫が、海を具体的に直指する語（例えば、東海・大海、等）を用いなかったのは、一つには第37句「今欲東入海」とあるので同字の反復を忌んだ結果でもあろう。しかしあるいはより本質的には、「浩蕩」という二義性をもった、具体的ならぬがゆえに観念的な用語によって、あえて表現の振幅を目一杯に取ろうと試みたためと考えられる。なお異文「波浩蕩」との是非をめぐって解釈に異説もあり、詳しくは〔諸説の異同〕を参照。

44**万里誰能馴**　万里の彼方に飛翔しようとするその野性――浩蕩たる志気――を、いったい誰が飼い馴すことができようか。「誰」の中には、丈人韋済も含まれているだろう。

通釈

尚書省左丞の韋済《いせい》の丈人《おじぎみ》に奉る。二十二韻。

紈の下穿きをつける貴族たちは、食うに困って死ぬこともないというのに、儒者の冠をいただく我等が輩は、処世を誤ってうだつもあがらないのだ。

丈人《おじぎみ》よ、どうぞ、お聴きください。賤子《やつがれ》、事情を申し上げたく存じます。

甫《わたくし》、かつて青年であった時分に、早くも科挙の受験資格を手に入れました。万巻の書を読破し、筆を下せば、霊妙の気が迸るまでになりました。賦を書かせれば、揚雄の好敵手、詩を作らせれば、曹植の縁者かと、自分でも思っておりました。かの李邕《よう》は、わたくしと識り合いになりたいと思い、かの王翰は、わたくしの隣りに住まいたいと思うほどでありました。だから、われながら思ったものです。少しばかり、頭抜けている。すぐにも枢要の地位について、わが君を、堯舜にもまさる聖天子にすすめまいらせ、民ぐさの風俗を、もう一度太古さながらに淳朴にさせたいものである、と。

この願いは、あてがはずれて、蕭条と、うら枯れる有様となりはてました。しかし道ゆきながら歌ってはいても、これでも世に背を向けて隠者となるつもりはないのです。

うらぶれて驢馬に跨《またが》ること三〇年、都の春に、仕官の道を求めて寄食し、朝には富豪の子弟を尋ねては、その門を扣《たた》き、暮には貴顕が乗った駿馬の蹴立てる土ぼこりのあとを追いかける。飲み残しの杯の酒と、冷たくなった炙《あぶりにく》とをあてがわれるばかりで、どこにいっても人知れず悲しい思いがこみあげるのです。

皇帝よりちかごろお徴《め》しがかかり、ここぞとばかりに、鬱屈した思いを伸ばそうと意気込んではみたものの、青空に向かって鳥は、却って翅を垂れ、行く手をはばまれて、魚は、鱗を存分に泳がせることもできなくなりました。

丈人の御厚意こそは、まことに有難く、丈人の真心こそは、まことによく判りました。常々、なみいる百官の上において、かたじけなくも、わが佳き句の新鮮であるものを誦《よ》みあげてくださいました。丈人が高位にあることで、かつて貢公がそう期待もしたように、いずれはわたくしにも声が掛かるものと、心中ひそかに期待しておりましたが、しかし今となっては、かの原憲のごとき貧しさに、いつまでも甘んずることはできません。どうして、不平の思いをいだきながら、ただやみくもに走り回ってばかりいられましょうか。

ただちに東のかた海に浮かぶべく、今こそ、西のかた長安に別れを告げる所存です。それでも、終南山の姿こそ慕わしく、清らかな渭水の岸辺も名残り惜しい。いつも一飯の御恩に報いたいと念じており、ましてや、大臣との訣別の思いを心に深くいだくとき、感謝の念はいやまさります。

しかし白い鷗は、はるばると広がる海原の彼方に、今や没し去ります。万里に向かってはばたこうとするその野性を、いったい誰が飼い馴らせるものでしょうか。

諸説の異同

異同の所在

「白鷗没浩蕩」と「白鷗波浩蕩」の是非と、その解釈について

異同の類別

A 「没」の字をよしとし、白鷗が浩蕩たる海原に遠ざかり消えてゆく、と解釈する。

B 「没」の字をよしとし、白鷗が（魚を捕るために）水に没《もぐ》る、と解釈する。

C 「波」の字をよしとし、白鷗が波の浩蕩と広がるところにいる、と解釈する。

A説を採るもの：蘇軾『東坡題跋』二、郭知達『九家集注本』

一、王十朋『杜陵詩史』二、黄鶴『黄鶴補注杜詩』一、王嗣奭『杜臆』一、銭謙益『銭注杜詩』一、朱鶴齢『輯注杜工部詩集』一、仇兆鰲《ごう》『杜詩詳注』一、張溍《しん》『読書堂杜詩集注解』一、楊倫『杜詩鏡銓』一、郭曾炘《そうきん》『読杜劄《さつ》記』、蕭滌非《しょうできひ》『杜甫詩選注』（人民文学出版社、一九七九年）、山東大学中文系『杜甫詩選』（人民文学出版社、一九八〇年）、『唐詩鑑賞辞典』（〈徐竹心執筆〉上海辞書出版社、一九八三年）、王士菁《せい》『杜詩便覧』（四川文芸出版社、一九八六年）。日本では、鈴木虎雄『杜少陵詩集』第一巻（続国訳漢文大成、国民文庫刊行会、一九二八年）、目加田誠『杜甫』（漢詩大系、集英社、一九六五年）、星川清孝『古文真宝（前集）』上（新釈漢文大系、明治書院、一九六七年）、黒川洋一『杜甫詩選』（岩波文庫、一九九一年）など。

B説を採るもの：邵《しょう》宝『（刻）杜少陵先生詩分類集注』八、など。

C説を採るもの：『宋本杜工部集』一、『草堂詩箋』一、黄生『杜工部詩説』一。なお『古文真宝』は「白鷗波浩蕩」に作るが、わが五山の笑雲和尚『古文真宝前集抄』や、江戸の榊原篁洲『古文真宝前集諺解大成』では、諸説を示しながらも、解釈の方向はA説にちかい。

異同の論拠

A説を採る注釈の多くがまず挙げるのは、蘇軾（一〇三六―一一〇一）の『東坡題跋』二「書《ス》諸集改字《ノ》」の条である。

陶潜《ノ》詩《ニ》「採《ル》菊《ヲ》東籬《ノもと》下、悠然《トシテ》見《ル》南山《ヲ》」。採《ル》菊《ヲ》之次《ついでニ》、偶然見《ル》山《ヲ》、初《メ》不《シテ》用《ヒ》意《ヲ》而境与《と》意会《ス》。故《ニ》可《キ》喜《ブ》也。今皆《ハ》作《ル》「望《ムニ》南山《ヲ》」。杜子《し》美《び》（杜甫の字《あざな》）云《フ》、「白鷗没《ス》浩蕩《ニ》、万里誰《カ》能《ク》馴《ラサント》」。蓋《けだシ》滅没《スル》於煙波《ノ》間《ニ》耳《のみ》。而《レドモ》宋敏求謂《ヒテ》余《ニ》云《フ》、「鷗《ハ》不《ト》解《あたハ》没《もぐル》」、改《メテ》作《ス》「波《ニ》」。二詩（陶潜と杜甫の二詩）改《メナバ》此両《ノ》字《ヲ》、覚《ユル》一篇《ノ》神気索然《タルヲ》也。

すなわち「白鷗没浩蕩」とは、「蓋《つま》り煙波間《かすむなみま》に滅没《きえ》るということに耳《すぎな》い」。それなのに宋敏求（北宋の学者、蘇軾の友人）は私に向かって「鷗は水には没《もぐ》れない」と説いて、「波」の字に改作した。これでは全篇にみなぎる精妙なる気《エネルギー》が、索然として失われてしまう（ちなみに陶潜「飲酒」詩についての蘇軾の議論は、「望」は意識してながめる、「見」は無意識裡にみえてくる、目にうつる、の字義の相違をめぐって行われている。詳しくは本書八七八～八七九頁を参照）。

B説の論拠は、宋敏求が「鷗不解没《あたハもぐル》」（A説の論拠参照）と説いたことに対する反論として提示された。『杜陵詩史』『分門集注杜工部詩』『黄鶴補注杜詩』などに引かれる蘇軾の注（実は蘇軾に仮託した偽注）に、

……[a]宋敏求云《フ》、「鷗不《ト》善没《よくセもぐルヲ》」、改《メテ》作《ス》「波《ニ》」。殊《ことニ》不知《ラ》鷗之滅没《スルノ》於煙波《ノ》間《ニ》、最為《もたるヲ》自然。善旧本《ニ》作《ル》「没《ニ》」。[b]『禽経』云《フ》、「鳧《かもハ》善《クシ》浮《カブヲ》、鷗《ハ》善《クスト》没《ルヲ》」。当《ベシ》以《テ》「没《ノ》」字《ヲ》為《ス》是《ぜト》。

aの部分は、基本的には、前掲の『東坡題跋』の趣旨を踏まえたものである。しかしbの部分は、宋敏求が「鷗は水には没《もぐ》れない」と主張したことに対する形式的な反論であり、蘇軾『東坡題跋』の趣旨を誤解し、大きく逸脱する議論となっている。すなわち蘇軾は、「没」を「滅没＝遠ざかって消える」と解釈するものであって、何も宋敏求の議論の次元におりて「鷗善没《よくスもぐルヲ》」を主張するものではなかったのである。

蘇軾の説（A説）、「鷗善没《クスもぐルヲ》」の説（B説）とは、ともに「白鷗没浩蕩」の文字を是《ぜ》とするものであっても、その解釈の趣旨は却って甚だ相違するものである。この点について『九家集注本』は范淑夷甫（経歴未詳）の言を引いて、

世有《リ》師曠《ノ》『禽経』之書。其《ノ》中《ニ》曰《ハク》、「鳧《ハ》善《クシ》浮《カブヲ》、鷗《ハ》善《クスト》没《ルヲ》」。則《チ》「没」《ノ》字、却《テ》是《レ》沈没之《の》没《トナリテ》、即《チ》与《と》前説（蘇軾のA説）又相《ヒ》反《セリ》矣。

と述べ、AB両説が、実は相異なる説であることをつとに確認している。

いま按ずるに、B説は、宋敏求の説への反論として一定の歴史的な意味を持つものであるが、杜甫の「白鷗没浩蕩」の解釈としては、神気索然の感を免れないであろう。

C説は、最古の杜集である『宋本杜工部集』に「白鷗波浩蕩」の文字が採用されていることを、最も主要な論拠とする。そして「没浩蕩」が力のこもった躍動感に主眼を置く表現となるのに対していえば、「波浩蕩」は、無理のない、穏やかで自然な表現として評価できるものである。『杜陵詩史』『分門集注杜工部詩』『黄鶴補注杜詩』に、師尹《しいん》の説を次のように引く。

師（尹）曰《ハク》、……王荊公（安石）常《かつテ》以《テ》「波」《ノ》字《ヲ》為《つくル》「没」《ノ》字《ニ》。其《ノ》謬《あやまツヤ》甚《シキ》也。鷗善《ハよくス》浮没《ヲ》、何《ゾ》必《シモ》独《リ》言《ハン》没《ヲ》耶《や》。如《キ》前輩諸公《ノ》因《よリテ》挙《グルモ》杜詩《ノ》「身軽《クシテ》一鳥過《すグ》」之句《ヲ》、坐間、皆忘《レタリ》「過」《ノ》字《ヲ》。因《リテ》共《ニ》補《フニ》之《ヲ》、或《ヒト》言《ヒ》「下《くだルト》」、或《ヒト》言《フモ》「疾《はやシト》」、竟《つひニ》不《ル》似《しカ》「過」《ノ》字之為《スニ》渾成《ヲ》也。則《チ》知《ル》、「没《スルモ》浩蕩《ニ》」亦《タ》不《ルヲ》如《しカ》「波浩蕩」之自然《ナルニ》。（傍点松原）

自然な表現というのが、C説の論者が多く指摘するところであり、吉川幸次郎もAC両説を比較して、その点に言及している。

いずれを是とすべきか、「浩蕩に没す」をよしとする東坡の説も傾聴すべきだが、ただ〔波浩蕩〕なのも、却って自然のように思われ、それに賛成するものもある。たとえば明の唐元竑《こう》の「杜詩攟《くん》」が、東坡をしりぞけて、〔波〕を是とするのを、清の「四庫全書総目提要」一百四十九には、その書の見どころの一つとする。

AC二説の是非は、結局のところ、いずれかに決することは難しいであろう。なおあえて私見を付け加えるならば、C説「白鷗波浩蕩」では、自然にすぎて淡泊であり、その静止した趣きは、何よりも次句「万里誰能馴」に披攊されるところの、野性から迸る白鷗のエネルギーに相応しくないと感じられる。誰による馴致も羈束も容れずに、浩蕩たる海原の彼方に没し去る白鷗の形象こそ、このときの杜甫に相応しい似姿であろう。

備考

第25句「主上頃《ロ》見《る》徴《サ》」とは、諸注に拠れば、天宝六載（七四七）に催された制科（特別試験）のことと考えられている。科挙は、定期的に催される常科（通常これを科挙と呼ぶ）と、臨時に皇帝が催す制科（前者常科に対して特科とも呼ぶ）の二種があった。『資治通鑑』二一五、天宝六載の条に、この時の制科について次のように記す。

上《しよう》（玄宗）欲《シ》広《ク》求《メント》天下之士《ヲ》、命《ジテ》通《ズルモノニ》一芸以上《ニ》、皆至《ラシム》京師《ニ》。（宰相）李林甫恐《レ》草野（在野）之《ノ》士対策《シテ》斥言《センコトヲ》（批判）其《ノ》（李林甫）姦悪《ヲ》、建言《スラク》、「挙人（受験者）多《ク》卑賤愚《ぐ》聵《きナレバ》、恐《ルト》有《アリテ》俚言、汚濁《センコトヲ》聖聴《ヲ》」。乃《チ》命《ジ》郡県《ノ》長官《ニ》、精《くわシク》加《へ》

試練《ヲ》一、灼《しやく》然《トシテ》超絶《セル》者《ハ》、具《そなへテ》レ名《ヲ》送《リ》レ省《ニ》（尚書省）、委《ネテ》二尚書《ニ》一覆試《セシメ》（再試）、御史中丞監《シ》レ之《ヲ》、取《リテ》二名実相副《ヒかなフ》者《ヲ》一聞奏《セシム》。既《ニシテ》而至《ル》者《ハ》皆試《ミルニ》以《テシ》二詩・賦・論《ヲ》一、遂《ニ》無《シ》二一人《ノ》及第《スル》者一。林甫乃《チ》上《たてまつり》レ表《ヲ》、賀《ス》三野《ニ》無《シト》二遺賢一。

李林甫は、開元二二年（七三四）より天宝一一載（七五二）まで、宰相の職にあること一九年、「口には蜜、腹には剣」と称される権謀によって玄宗朝の後半を実質的に支配した。彼は科挙出身の官僚を忌み、これに反発する敵対者を排除している。科挙官僚の頭目であった宰相張九齢が李林甫の讒言によって失脚した（開元二五年〔七三七〕）のは、これを象徴する事件である。

天宝六載のこの制科でも、「李林甫恐《ル》三草野之士《ノ》対策《シテ》斥言《センコトヲ》其《ノ》姦悪《ヲ》二」、李林甫は在野の士が政策論を述べて彼の姦悪を批判するのを恐れて、最終的には「遂《ニ》無《シ》二一人《ノ》及第《スル》者一」、一人の及第者も出さなかった。そして玄宗に上表して、「野《ニ》無《シ》二遺賢一」、在野には摘みのこしの賢者はいなかった、これは政道が宜しきを得ている証拠だとして賛辞を述べている。

実はこの『資治通鑑』の記事は、元結の「喩《さとス》レ友《ヲ》」の文に基づくものである。

天宝丁亥（六年〔七四七〕）中、詔《シテめス》二天下《ノ》士《ヲ》一。人《ノ》有《ル》二一芸一者、皆得《タリ》下詣《いたりテ》二京師《ニ》一就《つクヲ》上選《ニ》。相国晋公（李）林甫、以《テ》二草野之士《ノ》猥《みだらナルコト》多《ク》、恐《ル》レ洩漏《センコトヲ》当時之機《ヲ》一、議《シテ》二於朝廷《ニ》一曰《ハク》、「挙人多《ク》卑賤愚瞶《ぐきニシテ》、不《ル》レ識《しラ》二礼度《ヲ》一、恐《ルト》下有《リテ》二俚言一、汙中濁《センコトヲ》聖聴《ヲ》上」。於《テ》レ是《ここニ》奏《シ》二待制《スル》者《ニ》一、悉《ことごとクしム》令二尚書長官《ヲシテ》考試《シ》、御史中丞《ヲシテ》監《セ》レ之《ヲ》。試《ハ》如《シ》二常吏《ノ》一（原注「如《シ》三吏部《ノ》試《ミルガ》二詩・賦・論・策《ヲ》一」）。已《すでニシテ》而布衣（在野）之士、無《シ》レ有《ル》二第《スル》者一。遂《ニ》表《シテ》賀《シ》二人主《ニ》一（玄宗）、以《テ》為《ス》三野《ニ》無《シト》二遺賢一。

この元結の文章は、当の受験生において既に宰相李林甫の手法に対する強い反発があったことを窺わせていて、興味ぶかい資料である。杜甫のこの作詩の背後にも、ともに受験した者として同様の憤懣があったと見てよかろう。

ところでこの詩が天宝六載の制科の試験と対応して作られたと見るのは、宋代の諸注より、清代の有力な注釈『銭注杜詩』『杜詩詳注』を経て、今日に至るまでの、いわば定説となっている。これに対して、疑問を提起したのは、吉川幸次郎『杜甫詩集』第一冊「奉贈韋左丞丈」の第28句への注釈（後掲）、および同第二冊の「はしがき三」、「贈韋左丞済」の「余論の一」である。

ところで以上に述べる特別試験での失敗、諸注また諸年譜、天宝六載七四七、三十六歳のこととする。

……説は宋の魯《ろ》訔《べん》の年譜にはじまり、以後おおむねの諸家に踏襲されているが、検討を要する。詩を呈した韋済が、尚書左丞に就任したのは、題注にいうように天宝七載以後のある年である。六載にはまだその職にいない（松原注1）。またそもそも元結の文章は、みずからの受験と落第をいうのみで、杜も運命を共にしたとはいわない。「資治通鑑」や「新唐書」の李林甫伝にも、六載の特別試験を骨抜きにしたのを、李の罪状の一つとして記すが、いずれも元結の文書を資料としての記載であり、杜も犠牲者の一人であったとはいわない。一方また清の徐松の「登科記考」（松原注2）五によれば、野の遺賢を求めて、特試を行のうという詔勅は、天宝六載ばかりでなく、七載また十載（松原注3）にも発布されている。いよいよ六載の事件と固定しにくい。——

＊注1　『黄鶴補注杜詩』に「魯訔ノ年譜ニ謂《いへラク》 此ノ詩在リト二天宝六載一。而《しかレドモ》 不レ知ラ二是ノ年（韋）済未ダレ拝セ二（尚書）左丞ヲ一。按ズルニ、旧史ニ（『旧唐書』）天宝七載（韋）済為《なり》ルヲ二河南尹ト一、遷《すすムト》二尚書左丞ニ一。……当ニ二是レ七載ノ作ナル一ベシ」。こうして南宋の黄鶴以後、諸注はおおむねこの詩を制科受験の翌年、天宝七載の作と認めている。

＊注2　「五」は、「九」の誤り。

＊注3　『登科記考』九によれば、天宝一〇載（七五一）の制科に際して、杜甫は「三大礼賦」を献じ、これが玄宗に認められて徴されて受験している。但し、結果は、六載の制科と同様、全員が不合格であった。なお官僚の任期は、原則として三年を限度としており、天宝七載に河南尹となった韋済が、次に尚書左丞に遷《すす》んだのは、おそらくは天宝九載か一〇載。恰も杜甫が制科を受験した天宝一〇載には、韋済は尚書左丞として長安にいた可能性が高い。とすれば、この詩と対応する制科も、天宝六載ではなく、一〇載のものである可能性が高いことになろう。

（松原　朗）

0 客至　　客至《かくいた》る

1 舍南舍北皆春水　　舎南《しやなん》　舎北《しやほく》　皆《みな》　春水《しゆんすい》

2 但見群鷗日日來　　但《た》だ見《み》る　群鷗《ぐんおう》の日日《にちにち》来たるを

3 花徑不曾緣客掃　　花径《くわけい》　曽《かつ》て客《かく》に縁《よ》りて掃《はら》はず

4 蓬門今始爲君開　　蓬門《ほうもん》　今始《いまはじ》めて君《きみ》が為《ため》に開《ひら》く

5 盤飧市遠無兼味　　盤飧《ばんそん》　市《し》遠《とほ》くして兼味《けんみ》無《な》く

6 樽酒家貧只舊醅　　樽酒《そんしゆ》　家貧《いへひん》にして只《た》だ旧醅《きうばい》あり

7 肯與隣翁相對飲　　肯《あへ》て隣翁《りんをう》と相《あ》ひ対《たい》して飲《の》まんや

8 隔籬呼取盡餘盃　　籬《まがき》を隔《へだ》てて呼《よ》び取《と》りて餘盃《よはい》を尽《つ》くさ

しめん

テキスト　『全』二二六－4－2438 ◆『唐詩別裁集』一三 ◆『百』◆『唐宋詩醇』一五 ◆『唐詩品彙』一〇 ◆『宋本杜工部集』二 ◆『九家集注本』二一 ◆『杜陵詩史』一三 ◆『分門集注本』二〇 ◆『草堂詩箋補遺』一 ◆『銭注本』一一 ◆『詳注本』九 ◆『才子杜詩解』四

校語

2 **見**　『全』『宋本杜工部集』『九家集注本』『杜陵詩史』『分門集注本』『銭注本』『詳注本』に引く一本では「有」に作る。

5 **盤飧**　『全』では「盤餐」に作る。

6 **樽酒**　『唐詩品彙』『才子杜詩解』では「尊酒」に作る。

詩型・韻字

七言律詩。來《＊らい》・開《＊かい》・醅《はい》・盃《はい》（上平声灰韻〈灰咍韻＊〉）。

語釈

0 **客至**　上元二年（七六一）、杜甫50歳、成都の浣花草堂にての作。原注に「喜ブ二崔《さい》明府ノ相過《ヒよギルヲ》一」とある。「明府」は県令の雅称。本詩は県令の崔氏の来訪を歓迎して作ったものである。杜甫の母の姓は崔氏であり、この県令も母方の親族の一人かも知れない。『才子杜詩解』に「薛広文《せつこうぶん》云フ、〃按ズルニ 公ノ母ハ崔氏、明府ハ其ノ舅《きゆう》氏《し》也《ト》。〝今看去《スルニ》、恐《ラクハ》不ニ是《レ》尊行《ナラ》一、必《ズ》是《レ》表兄弟（＝母の兄弟姉妹の子）《ナラン》。題《シテ》曰《フハ》ニ〝客至《ルト》〟一、是《レ》又《タ》遠分《ナル》者《ナレバナリ》。待《スル》レ他《かれヲ》之法、客《トシテ》又《タ》不ニ純《もつぱラ》是《レ》客《ナラ》一、親《トシテ》又《タ》不ニ純《ラ》是《レ》親《ナラ》一。故《ニ》知《ル》三其《ノ》為《たルヲ》ニ遠分《ノ》表兄弟一也」と説く。

2 **群鷗日日来** 『列子』黄帝篇第一一章の故事（「江村」詩の〔語釈〕〔三三五頁〕を参照）。ここでは、杜甫自身が無心であることと、ならびに、ふだん草堂に来客が無いことを示していよう。

3 **花径** 花の散り敷いた小道。本句は、『杜陵詩史』に引く蘇軾の説によれば、次の故事をふまえる。

王武仲隠居《ス》。羊欣《ようきん》相訪《あヒとフ》。武仲曰《ハク》、君子宜《シク》レ去《ル》、吾不レ可《カラ》レ啓《ひらク》レ関《ヲ》、恐《ルレバナリト》三踏ニ砕《センコトヲ》満径《ノ》落花《ヲ》一。欣、嗟賞《スルコト》久《シクシテ》レ之《ヲ》而帰《ル》。

ただし、杜甫の詩注に引かれる蘇軾の説がおおねむ仮託であるという指摘があることは注意を要する（南宋、葛立方《かつりゆうほう》『韻語陽秋』巻一六、厳羽《げんう》『滄浪《そうろう》詩話』考証、陳振孫『直斎書録解題』巻一九、など）。

なお「花径」を一説に〝花咲く小道〟とする（森槐南《もりかいなん》『杜詩講義』上巻〔文会堂書店、一九一二年〕、黒川洋一『杜甫』上〔中国詩人選集第九巻、岩波書店、一九五七年〕、前野直彬・石川忠久『漢詩の解釈と鑑賞事典』〔旺文社、一九七九年〕、鎌田正・米山寅太郎『漢詩名句辞典』〔大修館書店、一九八〇年〕、蕭滌非《しようできひ》ほか『唐詩鑑賞辞典』〔范之麟《はんしりん》執筆、上海辞書出版社、一九八三年〕）。しかし下の「不ニ曾縁《テリテ》レ客掃《ニハ》一」との関係で言えば〝花の散り敷いた小道〟と取る方が穏当のようである。

ちなみに、現在の杜甫草堂には、この詩に因んだ「花径」という名の小径がある。

4 **蓬門** よもぎを編んで作った門。貧者のすまい、また隠者のすまいを言う。

5 **盤飧** 皿に盛った食事。

市 市場。より大きく、〝成都の市街区〟と取ってもよいであろう。浣花草堂から市街区までは約四キロあり、近いとは言えない。なお『詳注本』に「市遠《シトハ》、指《ス》ニ南市《ノ》津頭《ヲ》一」と注する。

兼味 二種以上のごちそう。

6 **樽酒** 酒ガメに入った酒。「樽《そん》」は、口が大きく腹の大きい、酒を蓄えておく器。勺《しやく》を用いて酒を壺や杯につぐ。参照：原田種成「樽の形状について―白楽天「花樽飄落酒」の解―」（『漢字漢文』第二五巻三八号、秀英出版、一九九三年）。

旧醅 ふるいにごり酒。醅は、こさない酒。濁酒。

7 **肯** ここでは〝請願〟の意。清、劉淇《りゆうき》『助字辨略』巻三に「『爾《じ》雅《がニ》』云《フ》〝可也《ト》〟。愚案《ズルニ》、肯《ハ》願《フノ》辞也。心《ニ》誠《ニ》願《フ》レ之《ヲ》、故《ニ》為《ス》レ可《ト》也」と説くのはこれである。

8 **取** 動詞につける助辞。張相『詩詞曲語辞匯釈《わいしやく》』（北京中華書局、一九五三年）に「取、得也」とある。

籬 ませがき。しばや竹をあらく編んだかき。

なおこの尾聯について、清、何焯《かしやく》『義門読書記』巻五四に「留《メテ》レ之《ヲ》不レ聴《ゆるサ》ニ其《ノ》去《ラントスルヲ》一、以《テ》応《ズル》ニ至《ル》之難《キニ》一也。呼取《シ》対飲《シテ》、令《しムル》レ共《ニセ》ニ此《ノ》喜《ビヲ》一也」と説く。

通釈

客人がおいでになられた

わが家の北も南も、あふれ流れる春の水に囲まれて、目に入るものと言えば、鷗の群れが日々やって来る姿ばかり。花の散り敷いた小道も、来客のために掃き清めることはありませんでしたが、よもぎの門を、いまはじめてあなたを迎えるために開きます。皿のごちそうは、成都の町が遠いため一品のみですし、樽の酒も、家が貧しいため古いにごり酒にすぎません。隣の老翁と一緒に飲むことをご承知下されますか。垣根ごしに呼び寄せて、残っている酒を飲み尽くしましょうよ。

諸説の異同

特記事項なし。ただし細部の異同について、〔語釈〕欄を参照されたい。

備　考

首聯は浣花草堂の閑静な春景、頷聯は客人を迎える歓迎の挨拶。頸聯は客人をもてなすに当っての謙遜のことばであり、尾聯はさらに歓を尽すため、村人を招くことを提案して結ぶ。終始、客人の崔明府に語りかけるような調子で詠ぜられており、彼とは気のおけない交友関係にあったことが推察されよう。

（宇野　直人）

0 聞官軍收河南河北　　官軍《(かん)くわんぐん》の河南河北《かなんかほく》を収《をさ》むるを聞《き》く

1 剣外忽傳收薊北　　剣外《けんぐわい》　忽《たちま》ち伝《つた》ふ　薊北《けいほく》を収《をさ》むるを

2 初聞涕涙滿衣裳　　初《はじ》めて聞《き》きて　涕涙《ているい》　衣裳《いしやう》に満《み》つ

3 却看妻子愁何在　　却《かへ》つて妻子《さいし》を看《み》るに　愁《うれ》ひ何《いづく》にか在《あ》る

4 漫卷詩書喜欲狂　　漫《みだ》りに詩書《ししよ》を巻《ま》いて　喜《よろこ》びて狂《きやう》せんと欲《ほつ》す

5 白日放歌須縱酒　　白日《はくじつ》　放歌《はうか》　須《すべか》らく酒《さけ》を縦《ほしいまま》にすべし

6 青春作伴好還郷　　青春《せいしゅん》　伴《はん》を作《な》し　好《よろ》しく郷《きやう》に還《かへ》るべし

7 卽從巴峽穿巫峽　　即《すなは》ち巴峡《はけふ》従《よ》り巫峡《ふけふ》を穿《うが》ち

8 便下襄陽向洛陽　　便《すなは》ち襄陽《じやうやう》に下《くだ》りて洛陽《らくやう》に向《むか》はん

テキスト　『全』二二七-4-2460 ◆『百』七言律詩 ◆『唐詩別裁集』一三 ◆『宋本杜工部集』一二 ◆『九家集注本』二四 ◆『杜陵詩史』拾遺 ◆『分門集注本』一三 ◆『草堂詩箋』三二 ◆『銭注本』一二 ◆『詳注本』一一 ◆『才子杜詩解』四

校　語

0 **聞官軍收河南河北**　『全』『宋本杜工部集』『銭注本』『詳注本』に引く一本では「收雨河」に作る。

薊北　『宋本杜工部集』では「蓟北」に作る。

2 **涕涙**　『九家集注本』では「涕泣」に作る。

4 **漫**　『才子杜詩解』では「謾」に作る。

巻　『才子杜詩解』では「捲」に作る。

5**白日**　『杜陵詩史』『詳注本』『才子杜詩解』の本文、ならびに『全』『銭注本』に引く一本では「白首」に作る。これについて、蕭滌非ほか『唐詩鑑賞辞典』（霍松林執筆）上海辞書出版社、一九八三年）に「〝白日〟に作ると、下句の〝青春〟と明らかに重複するので、〝白首〟に作る方がよい」と注する（原文中国語）。

放歌　『宋本杜工部集』では「放謌」に作る。

詩型・韻字

七言律詩。裳《しやう》・狂《きやう》・郷《きやう》・陽《やう》（下平声陽韻（陽韻））。

語釈

0**聞官軍収河南河北**　広徳元年（七六三）春、作者52歳、梓州《ししゆう》（四川省三台県）にて、安史の乱の平定を聞いてすぐに作った詩である。

　乾元《けんげん》二年（七五九）史思明が叛し、河南・河北は占領された。が、やがて史思明は息子の史朝義に殺される。ついで宝応元年（七六二）冬、官軍の将僕固懐恩《ぼくこかいおん》らが朝義の軍を破り、洛陽・河南と勝ち進んだ。翌広徳元年（七六三）正月、朝義は広陵（江蘇省江都県）に敗走して自ら縊死《いし》し、部将の田承嗣《でんしようし》、李降仙《りこうせん》らも幽州（北京市・河北省）などにて投降、河北も回復された。足かけ九年にわたる大乱も、こうしてひとまず平定されたのである。

1**剣外**　剣門（四川省剣閣県の北にある山）の向こう。蜀の地のこと。

薊北　薊州の北（河北省北部）。安禄山はこの地の節度使であった。

2**初**　……したばかり。

3**却看**　第一義的には「ふり返って見る」の意であろう（参照・松浦友久「却話巴山夜雨時─詩語とその語感─」（『詩語の諸相─唐詩ノート』、研文出版、一九八一年））。また、「『卻《(ママ)》』は、かく夢ごこちから現実にもどる転換を示すであろうとともに、つぎに説く妻子のうえに生じた激変の感じをも示すであろう」という指摘がある（田中謙二「杜詩『聞官軍収河南河北』考」（『中国文学報』第一七冊、一九六二年））。

妻子愁何在　従来の諸注はこの句に対する解釈が明確ではないが、特に言及のあるものについて見ると、次の四類に分けることができる。

A　動乱の中で、杜甫は妻子と共に流浪して来たが、今日の吉報によって、妻子を見ても、これ以上苦労させる心配、嘆きを感じなくなった、とする。『九家集注本』に、趙次公の説を引いて「公毎《つね》ニ憂ヒテ二喪乱一而シテ妻子ノ流離スルヲ一、既ニ聞ケバレ収ムルヲ二薊北一、則チ天下ニ有リ二平定之理一、所以《ゆゑ》ニ却ッテ看ルモ二妻子ヲ一而不レ知ラ二其ノ愁ヒ之所一レ在ル」とあるのはこれである。黒川洋一『杜甫』上（中国詩人選集第九巻、岩波書店、一九五七年）に「さてはと妻子を見たがいつもの愁も今日はわくどころか」と訳し、田中謙二「杜詩『聞官軍収河南河北』考」に「日ごろ傍にある妻子は、確かに、異郷に流寓する杜甫を慰める存在ではあった。しかし、かれらはまた、いたずらに詩人の悲傷をもかきたてた。いまはどうか。がらりと一変して、これまでの妻子につきまとうたあの愁いの影は、『却って』拭うがごとくに痕かたもない」

と説くのは、この立場に近いであろう。

B　動乱の世にあって、家族みな悲嘆に暮れていたが、今日の吉報を聞いて、自分のみならず妻子の表情からも、悲しみの色が一掃された、とする。明、金聖嘆『才子杜詩解』に「平日、我雖《ハモ》レ不下在《リテ》二妻子面前《ノ》一《ニ》愁《ヘ》上、妻子却《ッテ》偏《ひとへニ》要《ほっス》下在《リテ》二我面前《ガ》一《ニ》愁《ヘント》上。一切攢眉《ノさんび》（まゆをひそめる）涙眼之状、甚是難《ダレシ》レ看《み》。今日涕涙沾湿中《ノニ》、却《ッテ》看《レバ》二妻子顔面《ノ》一《ヲ》、已《すでニ》絶《はなはダ》不レ類《セ》二平時《ニ》一、然則《ラバチ》你們《なんぢらの》底愁《ヒハ》竟《つひニ》丢《すテテ》向《ッテ》二那裏《いづこニ》一去《レルや》耶」、清、何焯『義門読書記』巻五四に「愁《ヒ》何《ニカ》在《ルトハ》、言《フ》三妻子皆非《ナ》《ザルヲ》二復向時之愁歎《タきようじ》《ニ》一也」とあるのはこれである。

C　「自分は兼て希望して居つたことが成就したと云ふ報告に接し非常に喜んで涙が衣裳一パイに落ちた事であるが却つて妻子の方を見ると妻も子を怪しんで貴君は今官軍が薊北を収めたに対して御喜びになるのが至当であるのに何の愁があつて涙を御流しなさるかと問はれる位であつて、嬉し涙が此の如くであります」（森槐南『杜詩講義』上巻）。

D　「妻子はまだこのニュースを知らない。喜色のないのは当然である、それをもどかしげに、何をしおたれてあるぞ、愁い何《いずく》にか在らん、と呼びかける」（吉川幸次郎・三好達治『新唐詩選』〈岩波新書、一九五四年〉）。

本稿ではひとまずAに従う。右の四類のうちC・D両説は、解釈自体は興味深いがやや穿ち過ぎの感もあろう。また、本詩全体がひたすら杜甫自身の押え難い喜びを流露させていることからすれば、B説のように〝妻子のようすからも愁いが消えた〟と取るよりは、A説のように〝妻子に対しても愁いは消えた〟と取る方が、全体が一気通貫するように思われる。

4 **漫**　気もそぞろに。手あたりしだいに。喜びのあまりじっとしていられず、そこらに散乱している読みかけの書物（巻子本《かんすぼん》）を取りまとめているようす。

詩書　詩を集めた本。詩集。

巻　当時の書物は巻子本（巻き物に作った本）であったから言う。

喜欲狂　気も狂うばかりに喜ぶ。夢中になって喜ぶ。これを特に「すぐにも故郷に帰れると、気も狂わんばかり」と解する説がある（山田勝美『中国名詩鑑賞辞典』〈角川書店、一九七八年〉）。

5 **白日**　照り輝く太陽。くもりない太陽。また、まひる。日中。白昼。次句の「青春」と対をなすのは、『楚辞』大招の冒頭の句「青春受《ケテ》レ謝《ヲ》、白日昭只《あきラカナリ》」を意識するか。

6 **青春**　春の草木が青々と茂ったようす。ここでは〝この春三ヶ月のうちに〟という気分を含むであろう。一説に〝来年の春〟の意とする（森槐南『杜詩講義』上巻、塩谷温『唐詩三百首新釈』〈昭和漢文叢書、弘道館、一九二九年〉、山田勝美『中国名詩鑑賞辞典』）。

作伴　道づれとなって。つれだって。「作伴とは妻子一家つれだつをいふ。『青春を伴と作《な》して』とよます説あり、取らず」（鈴木虎雄『国訳杜少陵詩集』中〈国民文庫刊行会、一九二八年〉）。

6 **好還郷**　「好《よ》し　郷に還らん」と訓読し、「好」を〝さあ、いざ〟という意味に解するものが多いが、塩谷温『唐詩三百首新釈』、山田勝美『中国名詩鑑賞辞典』に「好《シ》レ還《ル》レ郷《ニ》」と訓ずるのがよいであろう。本稿では特に、前句の「須」（すべからく……べし）と対になっていることを考慮し、「好」を「宜」の平仄互換と見て「よろしく……べし」と訓読した。「好」字のこのような用法について、松浦友久『「柳絮」と「楊花」』（『『万葉集』という名の双関語《かけことば》―日中詩学ノート―』）（大修館書店、一九九五年）に指摘がある。

なお、本句の「好」については、『才子杜詩解』に「好《ノ》字《ハ》見《あらはス》下此時不《ンバ》レ帰《ラ》、更《ニ》待《タン》二何《いづレノ》時《ヲカ》一、趁《おヒテ》二此《ノ》春天《ヲ》一一斉《ニ》帰去《りゆカンコトヲ》上」とある。

7即　すぐに。ただちに。すぐそのときに。

巴峡　巴郡・巴県（重慶市一帯）の峡谷。『詳注本』に引く旧注に「巴県有《リ》二巴峡一、巫山県有《リ》二巫峡一」と言う。また『才子杜詩解』にも「巴峡《ハ》在《リ》二重慶《ニ》一、巫峡《ハ》在《リ》二夔《き》州《しゆう》（四川省奉節県）一《ニ》」と注し、やはり巴峡が巫峡よりもかなり上流にあるものとしている。

穿　本来〝穴をあける、貫く〟意。ここでは、長江の両岸がせまくなっている急流地帯を一気に抜けることを言う。『才子杜詩解』に「穿《ノ》字《ハ》見《あらはス》二甚《ダ》軽鬆《ニシテ》、有《レバ》レ空即《チ》過去《ギゆクヲ》一也」とある。

巫峡　〝三峡〟の一つ、つまり湖北省巴東県の西にある、四川省から湖北省へ抜ける長江の急流地帯を指す。

8便　すぐに。早くも。この二句は共に「即《チ》」「便《チ》」というほぼ同義の助字に始まる。これについて『才子杜詩解』は「此《ノ》二句《ハ》説《ク》レ帰《ルヲ》。合《シテ》二二句《ヲ》一見《ルニ》、説《ク》乙着帰《スル》時妻子皆飛《ビ》得起《テたチ》、要《もとムルコト》レ帰《ルヲ》一似《ニタル》下不《レ》待《タ》二装束《ヲ》一、即《チ》上《ル》レ路《ニ》為《スニ》快者《トナルヲ》甲、即《ハ》是《レ》即刻、便《ハ》是便易《ナリ》」と説く。

下　長江の上流から下ってゆく。

なお鈴木虎雄『国訳杜少陵詩集』中に「下るの義明《あきらか》ならず、愚見地理上よりみれば『上りて』とあるべしとおもはるるも『下』とあり。強《しひ》ていはば都にゆくを上ることとし他地にゆくを下るといひしか。ともかく襄陽へゆくことなり」とある。ここから襄陽へ行くには漢水を溯《さかのぼ》ることになるので、このような疑問が出されているわけである。ただ、この点については『才子杜詩解』に次のような説明がある。「巫峡順《したがツテ》レ流《レニ》而下《リ》、遂至《ル》二襄陽《ニ》一。此《レハ》是《レ》一水之地、故用《フ》二下《ノ》字《ヲ》一。洛陽《ハ》已《すでニ》是《レ》陸路、故用《フ》二向《ノ》字《ヲ》一」（巫峡から川の流れにしたがって下《くだ》り、そのまま襄陽に至る。襄陽は長江とひとつづきの川の流域なので、〝下〟の字を用いた。洛陽へはもう陸路を辿るので、〝向〟の字を用いた）。本句の「下」はここに述べられたとおりの用法と見てよいであろう。

なお、森槐南『杜詩講義』上巻では、本聯について「先づ三峡の方から舟を下して巴峡から段々下つて巫峡を穿つそれから洞庭湖へ出て又漢水を溯つて襄陽から上陸をして今度愈々故郷洛陽へ帰ることが出来るであらうと思ふのである、誠に斯んな嬉しいことは無いのであると斯う申す意味でございます」と説く。

襄陽　襄州襄陽県（湖北省襄樊市）。長江に北側から注ぐ漢水に沿う都市。杜甫の祖先はこの地に住んだ。『詳注本』に引く顧《こ》宸《しん》の注に「公《ノ》先世《ハ》為《たリ》二襄陽《ノ》人一。祖依芸《そノいげい》為《たリテ》二鞏《ノ》令一、徙《うつリ》二河南《ニ》一、父《ノ》閑為《たリテ》二奉天令一、徙《ル》二杜陵《ニ》一、而《ウシテ》田園尚《ホ》在《リ》二洛陽《ニ》一」とある。

洛陽　杜甫自身の原注に「余《ガ》田園在《リ》二東京《ニ》一」と言う。「東京」は洛陽のこと。

通　釈

官軍が河南・河北を平定なされたと聞いて

この蜀の僻地《へきち》に突然、官軍が薊北を平定したとの報が伝えられた。それを耳にするや、うれしさのあまり涙が衣のそでをぐっしょりぬらした。改めて妻や子を振り返って見ても、これまで感じられた悲しみはもうどこかへ消え去ってしまい、うわの空で書物を巻きながらも、喜びのあまり頭がおかしくなりそうだ。こうなったら白昼堂々、大声で歌を歌い、思う存分酒を飲まなくては。この春こそは、家族そろって故郷に帰るべき時なのだ。さっそく巴峡から巫峡へ抜け、そのまま襄陽に下って洛陽へ向かうとしよう。

諸説の異同

特記事項なし。ただし細部の異同について、〔語釈〕欄を参照されたい。

備　考

首聯は、官軍の勝利と大乱の収束とを聞いて、まず感涙にむせんだことから詠じ起こす。頷聯は、このニュースによって一変したわが心と、喜びのあまりほとんど自制を失っている状態とを描き出す。頸聯は狂喜の中に故郷へ帰ろうとする思いを浮び上がらせ、尾聯で帰途のようすを具体的に念じて結ぶ。

形式は七言律詩であり、対句・平仄などの規制もきちんと守られているが、全体として爆発的な歓喜の情を一気呵成に吐露した趣がある。

「それで沈徳潜が申しますに一気流注不見句法字法之跡とあつて始めから終までずつと一気で貫いて居りまして何処と句切処も無い唯《ただ》嬉しくて嬉しくて堪らないと云ふ精神が此五十六字一パイに満ちて居る処が妙だと申すのであります、左様な嬉しくて堪らぬと云ふ情懐をば七律で写しましたから極めて窮屈な処へ打込みますので大筆力にあらざれば出来ませぬのであります、是等の詩も矢張り和裴迪登蜀州東亭云々の詩と同じ訳でありまして全く嬉しくて堪らない精神を発揮致すに虚字を働かせて居ります、忽伝とか初聞と云ふところで喜意が溢るゝばかりに感ぜられます訳であります」（森槐南『杜詩講義』上巻）

「狂喜の歌であるこの詩には陽韻が用いられ、一聯ごとに明るい韻尾をひびかせる。それも最もふさわしい処置であろうほかに、第二聯以下の各聯の冒頭に耳すまそう。そこには「卻」qiek「白」bok「即」zik という、すべて速やかにKで終る入声の字をおく。これも重要な意図をもって打たれた布石ではあるまいか。わたくしは、狂喜する詩人がはやる心のままに、一聯一聯を威勢よく口ずさむ、一種の間投詞——えいッ・やッに類する発声のごときを想像してみるのだが」（田中謙二「杜詩『聞官軍収河南河北』考」）。

特に尾聯は、律詩として珍しい対句である上、それぞれの句が句中対を成しているので、きわめてリズミカルな調子を帯びている。より細かく見ると、この両句には同一の、もしくは近似の声母（c, ch）・韻母（-k, -p, -ng）・母音（a, i, a）の繰り返しが見られ、そのことが両句の音調の躍動感をいっそう高めていると思われる。しかも最終句は、七字中五字までが～ian, ～iang の〈陽声韻〉である。明るく、よくひびくその音調は、たしかに、作者のはずむ心をそのまま音声・リズムに託した感を与えると言えよう。

zik cung Ba-xiap chuan Wu-xiap

bian xia Xiang-yang xiang lek-yang

この両句の音声的配列については、前掲の田中論文に詳しい分析がある。

（宇野　直人）

0月夜憶舎弟
1戍鼓斷人行
2邊秋一雁聲
3露從今夜白
4月是故郷明
5有弟皆分散
6無家問死生
7寄書長不達
8況乃未休兵

月夜《げつや》　舎弟《しやてい》を憶《おも》ふ
戍鼓《じゆこ》　人行《じんかう》断《た》え
辺秋《へんしう》　一雁《いちがん》の声《こゑ》
露《つゆ》は今夜《こんや》より白《しろ》く
月《つき》は是《こ》れ故郷《こきやう》のごとく明《あき》らかなり
弟《おとうと》有《あ》るも　皆《みな》　分散《ぶんさん》し
家《いへ》の死生《しせい》を問《と》う無《な》し
書《しよ》を寄《よ》するも長《なが》く達《たつ》せず
況《いはん》や乃《すなは》ち未《いま》だ兵《いくさ》を休《や》めざるをや

テキスト　『全』二二五-4-2419　◆『百』五言律詩　◆『宋本杜工部集』一〇　◆『九家集注杜詩』二〇　◆『杜陵詩史』九　◆『分門集注杜工部詩』九　◆『草堂詩箋』一四　◆『銭注杜詩』一〇　◆『杜詩詳注』七

校　語

2**邊秋**　『全』『銭注本』には「秋邊」に作り、「一ニ作ル二邊秋ニ一」との校語がある。他のテキストは「邊秋」に作るが、うち『詳注本』のみ「一ニ作ル二秋邊ニ一」との校語を付す。

雁　『宋本』『杜陵詩史』『分門集注本』『草堂詩箋』は「鴈」に作る。別体字。

5**分散**　『全』『宋本』には「一ニ作ル二羈旅ニ一」、『九家集注本』『草堂詩箋』『銭注本』『詳注本』には「一ニ作ル二羇旅ニ一」、『杜陵詩史』『分門集注本』には「（王）洙曰ハク、一ニ云フ二羈旅ト一」との校語がある。「羈」「羇」は別体字。

7**達**　『全』『宋本』『銭注本』は「避」に作り、前者には「一ニ作ル二達ニ一」、後二者には「樊（晃）ハ作ルレ達ニ」との校語がある。他のテキストは「達」に作るが、うち『詳注本』のみ「一ニ作ルレ避ニ」との校語を付す。

詩型・韻字　五言律詩。行《かう》・聲*《せい》・明《めい》・生《せい》・兵《へい》（下平声庚韻〈庚清韻*〉）。

語　釈

0**憶**　思い出す。「憶」は、必ず過去に関して「おもう」。

舎弟　他人に対して、自分の弟を称するときの謙称。

1**戍鼓**　「戍」は、「国境を守る」の意。転じて「国境を守るとりで」。ここでは後者の用法で、辺境の要衝である秦州（現在の甘粛省天水市）を指す。乾元《けんげん》二年（七五九）の夏、華州の司功参軍の官を失った杜甫（48歳）は、秦州・同谷を経て、一二月に蜀の成都に赴く。その放浪途上の作である。「戍鼓」とは、すなわち辺境の戍である秦州の町に打ち鳴らされる鼓《つづみ》のことである。戍鼓は、居民に警戒をうながすために鳴らされるものだが、ここでは夜間の外出禁止を告げる戍鼓のことであろう。唐代には、都城の長安をはじめとして、都市の居民の夜間外出は禁止されていた。

断人行　人の行《あゆみ》が途絶える。「断」を他動詞と見て、「人行を断つ」と訓ずることもできるが、ここでは「行 xíng 庚韻」の字で押韻するために、「人行断＝人行断《た》ゆ」が前後倒置されたものと考えたい。なお「行 hāng 陽韻」では韻字とはならないためで、ここの「行」は、「行《あゆむ》 xíng」の意と見るべきであり、「行《つら・ならび》 hāng」の意とはならない。

2 **辺秋**　辺境の町、秦州の秋。荒涼とした風景を想起させる語である。

一雁声　渡り鳥である雁は、秋の景物である。「一雁」は、群をはぐれた雁とも、また真先に飛来した雁とも解釈しうるが、次句「露従今夜白」において、時節の変化が尖鋭に意識化されていることにかんがみて、ここでは後者の解釈をとる。

3 **露従今夜白**　二十四節気の「白露＝陽暦の九月八日前後」を踏まえた表現であろう。二十四節気は、中国の古代文明を育んだ洛陽・長安などの華北の風土・気候を基準に考えられたものであり、やはり華北に属する秦州の地でも、白露の節気には、実際に白露が結ぶと考えてよかろう。『礼記』・月令《がつりょう》篇に「孟秋之月（陰暦七月）……涼風至《リ》、白露降《ル》」とある。また『逸周書』時訓篇に「白露之日、鴻雁来《タル》」とある。白露の節に、鴻雁（鴻は大型の雁）が初めて飛来するというこの記事は、前句の「一雁」の解釈においても参考にされてよい。

4 **月是故郷明**　解釈は二つに分かれる。「月は（他郷ではなく）故郷において最も明るい」。「月は、（ここ他郷の秦州においても）故郷におけるのと同様に明るい」。現代中国語の中では、この一句が成語となって主に前者の意に用いられるが、ここでは後者の解釈に従う。なお〔諸説の異同〕を参照。

5 **有弟**　長子である杜甫には、名前のわかっているだけで、年の順に穎・観・豊《ほう》・占の四人の弟がいる。

なお杜甫には「第五弟《ノ》豊《ハ》独《リ》在《リ》二江左《ニ》一、近《ゴロ》三四載、寂《トシテ》無《シ》二消息一、覓《もとメテ》レ使《ヲ》寄《ス》二此《ノ》二首《ヲ》一」（『詳注』巻一七）という詩があり、この詩題に誤りがなければ豊は四番目の弟となる（第五弟は中国の用法では、長子である杜甫をその中に含めた杜家の第五子である、弟の意）。しかも豊の下には末弟の占がいることから、杜甫には名前の伝わらない一人の弟を含めて、全部で五人の弟がいたことになる。もっとも、「第五弟豊」の「五」は、諸本はいずれも「五」に作るが、あるいは誤字の可能性もある。すなわち「乾元中、寓二居同谷県《ニ》一、作《ルコト》レ歌《ヲ》七首」其三には「有《リ》レ弟有《リ》レ弟在《リ》二遠方《ニ》一、三人各〻痩《セタリ》 何人《なんぴとカ》強《まさラン》」とあって、このとき三人の弟が杜甫と別居して、それぞれ河南と山東にいることが明記されており、しかも末弟の占はこのとき杜甫に同行していることから、杜甫の弟は四人――そうであるならば、名前の伝わっている穎・観・豊・占の四人の弟と、その数が符合する――と考えるのが自然だからである。

皆分散　安史の乱（七五五―七六三）によって、兄弟が分散したことをいう。

6 **無家問死生**　杜甫は、かつて洛陽東郊の偃師《えんし》県の首陽山の下《ふもと》に陸渾荘という家を築いている。しかし、いま弟たちの消息を問い合わせようにも、そこには杜甫の連絡を受ける弟も誰もいない、ということ。

7寄書　手紙を出す。

長不達　永遠に届かない。「長」は、空間・時間の両義に用いうるが、ここでは後者の用法であろう。

8況乃　まして。程度の重いものにすすむことを示す。

休兵　兵《いくさ》を休《や》める。「未休兵」とは、安史の乱が平定されないことをいう。

通釈

月の明るい夜に、弟を思う

城塞に打ち鳴らされる鼓の音とともに、人通りは途絶え、辺境の秋景色の中に、一羽の雁の声だけが響く。

露は、はじめて今夜から、きらきらと冷やかに結び、月は、さながら故郷と同じように、明るく照りわたる。

弟たちはいるのだが、皆、散り散りとなってしまい、その生死の消息を問おうにも、問うべき家もなくなった。

弟たちに手紙を出してはみても、いつまでも届かない。それどころか、戦争すら、まだ終わっていないのだ。

諸説の異同

異同の所在

「月是故郷明」の解釈について

異同の類別

A　月は、他郷におけるよりも、故郷において最も明るい（故郷の、他郷に対する優越性を示す、とみる解釈）。

B　月は、他郷においても、故郷と同様に明るい（他郷が、月を介して故郷と連続一体化する、とみる解釈）。

異同の論拠

AB両説を明確に区別して解釈を下している注釈書は、あまり多くない。いま、この点を明確に論ずるものとして、A説から蕭滌非『杜甫詩選注』（人民文学出版社、一九七九年）、B説からは徐仁甫『杜詩注解商榷《かく》続編』（四川人民出版社、一九八六年）を、次に掲げる。

A説：月はどこでも明るいものだが、心が故郷にあるために、「月是故郷明」と言っている。なるほど頭上に見えるのは秦州の月ではあっても、月を故郷へとことよせているのである。岑参の「憶《フ》長安《ノ》曲《ヲ》」に「東望《シテ》望《メバ》長安《ヲ》、正《ニ》値《あフ》日《ノ》初《メテ》出《ヅルニ》。長安不《ザルモ》可《カラ》見《ル》、喜《ブ》見《ルヲ》長安《ノ》日《ヲ》」とあるのも、心が長安にあるために、「長安日」と言ったのであり、両者は互いに参照されてよい。

（蕭滌非『杜甫詩選注』、原文は中国語）

B説：「月是故郷明」の句は、ある人は「月はやはり故郷の方が明るい」と解釈し、またある人は「月はやはり故郷と同様に明るい」と解釈しているが、結局、杜詩の本義はいずれであろうか。私が思うには、この句を解釈する鍵は「是」の字にある。「是」は「似」とほぼ同義である。李賀の「苦《シム》昼《ノ》短《キニ》」に「誰《カ》是《レ》任公子、雲中射《ル》白驢《ヲ》」とあるが、曾《そう》本と姚経三《ようけいさん》本は「誰似」に作っている。白居易の「早冬」に「老柘葉《ハノ》黄《バミテ》如《ク》嫩樹《どんじゅノ》、寒桜枝《ハノ》白《クシテ》是《レ》狂花」とあって、「如」と「是」はいいかえであり、「是」は「似」とほぼ同義である。薛能《せつのう》の「升平楽《がく》」に「何《ゾ》期《セン》于此《ノ》地《ニ》、見説《きくならク》似《タリト》仙宮《ニ》」とあって、「似」は一本には「是」に作り、「是」は「似」とほぼ同義である。杜甫のこの詩の「月是故郷明」は、月が故郷に似て明るいことをいうものである。こうしてみれば異説も一つにまとまり、意味も明確になる。

（徐仁甫『杜詩注解商榷続編』、原文は中国語）

ちなみに現代中国語の文脈の中では、「月是故郷明」の句はいわば断章取義的に故郷の無条件の優越性を意味する慣用句として用いられており、こうした理解が杜甫にも遡って適用されるときにおのずとA説が提起されるのであろう。しかし本稿では、六朝以来の文学に現れる月の多くが、遠く隔たった者を同じく照らすという発想を踏まえていることに鑑み、B説に従って通釈した。例えば六朝、宋、謝荘「月の賦」（『文選』一三）に、「美人邁《ハゆキテ》兮音塵闕《ハかクルモ》、隔《テテ》二千里《ヲ》一兮共《ニス》二明月《ヲ》一」。また『正編』六五一頁の李白の「子夜呉歌」の「一片月」の〔語釈〕を参照。

（松原　朗）

0倦夜
1竹涼侵臥内
2野月満庭隅
3重露成涓滴
4稀星乍有無
5暗飛螢自照
6水宿鳥相呼
7萬事干戈裏
8空悲清夜徂

倦夜《けんや》
竹涼《ちくりやう》　臥内《ぐわだい》を侵《をか》し
野月《やげつ》　庭隅《ていぐう》に満《み》つ
重露《ぢゆうろ》　涓滴《けんてき》を成《な》し
稀星《きせい》　乍《たちま》ちに有無《うむ》
暗《くら》きに飛《と》びて　蛍《ほたる》　自《みづか》ら照《て》らし
水《みづ》に宿《やど》りて　鳥《とり》　相《あ》ひ呼《よ》ばふ
万事《ばんじ》　干戈《かんくわ》の裏《うち》
空《むな》しく悲《かな》しむ　清夜《せいや》の徂《ゆ》くを

テキスト　『全』二二七-4-2464 ◆『宋本杜工部集』一二 ◆『九家集注杜詩』二四 ◆『杜陵詩史』一八 ◆『分門集注杜工部詩』三 ◆『杜工部草堂詩箋補遺』五 ◆『銭注杜詩』一二 ◆『杜詩詳注』一四

校　語

0**倦夜**　『銭注本』には「呉曾漫録《ニ》、顧陶類編《ニ》題《シテ》云《フ》、倦《ムト》二秋夜《ニ》一」、『全』には「呉曾漫録《ニ》云《フ》、顧陶類編《ニ》題《シテ》作《ルト》レ倦《ムニ》二秋夜《ニ》一」、『詳注本』には「顧陶類編《ニ》作《ル》レ倦《ムニ》二秋夜《ニ》一」との校語がある。

2**満**　『全』『宋本』『銭注本』には「一《ニ》作《ル》レ偏《ニ》」、『詳注本』には「一《ニ》作《ル》レ遍《ニ》」との校語がある。「偏」「遍」は別体字。

56**暗飛螢自照、水宿鳥相呼**　『銭注本』には「呉曾漫録《ニ》、顧陶類編《ニ》三聯《ニ》云《フ》、飛螢自照《ラシ》レ水《ヲ》、宿鳥競《ヒテ》相呼《ヒ》」、『詳注本』には「顧陶類編《ニ》作《ル》二飛螢自照《ラシ》レ水《ヲ》、宿鳥競《ヒテ》相呼《ビ》一」、『全』には「一《ニ》作《ル》二飛螢自照《ラシ》レ水《ヲ》、宿鳥競《ヒテ》相呼《バフニ》一」との校語がある。

詩型・韻字

五言律詩。隅《ぐ（ぐう）》・無《ぶ》・呼《*こ》・徂《*そ》（上平声虞韻（虞模韻*））。

語　釈

0**倦夜**　夜を眠れずに過ごすこと。またその夜。「倦」は、同じ状態・動作を継続することに精神的につかれること。但し「倦夜」の語は、例えば杜甫において用語の基準となっていたらしい『文選』に見えないばかりか、伝統的文芸用語の集大成ともいうべき『佩文韻府』にも収められない罕見《かんけん》の語であり、注者はこれ以外の用例を知らない。杜甫の造語か、少なくとも杜甫が詩語として特別に見出した語であろう。

1**竹涼**　竹林から溢れ出す涼気。成都一帯は、今も竹林が多い。なお杜甫は、成都西郊に草堂を構えたとき、友人の韋続から綿竹(蜀の綿竹県に産する竹の一種)を贈られている(杜甫「従《より》二韋二明府続処《ガ》一覓《もとム》二綿竹《ヲ》一」詩)。詩にいう竹は、あるいはこのとき草堂の庭先に植えたであろう綿竹かもしれない。

侵　次第に深くまで入りこむ。『説文解字』に「侵、漸進也」(侵は侵の旧字体)とある。またこの用法による熟語には、「侵尋」「侵淫」(ともに、次第に入りこむ)などがある。この字の通常の用法(秩序を損ねて侵犯する)とは、ニュアンスを異にする。

2**野月**　野づらを照らす月。杜甫の住まう草堂が、成都の郊外にあって、人里から隔てられていることを暗示している。但し「野月」の語は『文選』『玉台新詠』などには見えず、『佩文韻府』には、杜甫より下った中唐、王建「秋夜曲」其一の「城烏作《レバ》レ営《ヲ》啼《ク》二夜月《ニ》一」の一例を掲げるだけの、罕見の語である。

3**重露**　繁くいちめんに結んだ露。「重」には去声(宋 zhòng おもい)、上声(腫 zhǒng おおい)、平声(冬 chóng かさなる)の三種の声調があって、意味が区別される。去声「重《ヂユウ》露」であれば、重《おも》く結んだ露、平声「重《チョウ》露」であれば、重《かさ》なりあって大きくなった露。しかしここでは上声「重《ヂユウ》露」の重《おお》くいちめんに結んだ露と解釈するのがよかろう。『広韻』(上声腫韻)に、「重《ハ》、多《キ》也、厚《キ》也」と注している(参照:松浦友久『中国名詩集―美の歳月』朝日文庫、朝日新聞社、一九九二年。七七頁の「十月清霜重」の句の解釈)。またこう解釈するとき、対句「稀星乍有無」の「稀星、稀《すくな》い星」と最も釣合がとれる。

涓滴　しずく。「涓」は、わずかな流水、またしずく。ここでは後者の用法。

4**稀星**　月光の明るさのまえに光を失って、わずかにのこって見える星のこと。魏、曹操「短歌行」の「月明《ラカニ》星稀《ナリ》」の句を意識するか。

乍有無　月明りにまぎれて、星がふと見えたり、見えなくなったりする。「乍有無」の語は、韻律の制約を受けない散文であれば、「乍有乍無」と反復するのが通常である。

5**暗飛**　暗がりの中を飛ぶ。

蛍自照　蛍が、その光でみずからを照らす。後漢、王符の『潜夫論』に「蛍飛《ビテ》耀《ひかり》自《ラ》照《ラス》」、また西晋、傅咸《ふかん》「蛍火賦」(『芸文類聚』九七)に「顧《ミテ》見《レバ》二蛍火《ヲ》一、熱《シテ》以《テ》自《ラ》照《ラス》」とある。「自照」は、蛍の自家発光をいうだけではなく、その光が微弱で、周囲のものを明るく照らしえず、かろうじてみずからの姿を照らし出すにすぎないことを含意する。杜甫の「夜」詩(本書三七六頁)に、長江に泊まる孤舟を見おろして「疎灯自《ラ》照《ラシテ》　孤帆宿《ス》」と描くのは、灯火の光の弱さをいうものに相違ない。この詩の「暗飛蛍自照」の「自照」も、やはりこの用法とみてよかろう。そして、暗がりの中で、ようやく自己の存在《ありか》を照らし出している「蛍」や「孤帆の疎灯」とは、杜甫の孤独の中で尖《するど》く研ぎ澄まされてゆく自意識の暗喩以外のものではない。

なお「蛍」は、中国では初秋の景物であり、詩題の異文

「倦《ム》二秋夜《ニ》一」とも符合して、この詩が秋の制作であることがわかる。中国文学に現れる蛍については、山崎みどり「蛍のイメージ」（『中国詩文論叢』三、一九八四年）が、関連資料を系統的に整理していて、参考になる。

6**水宿**　水辺に宿る。「水」は、川・湖・海などの総称であり、ここでは杜甫の草堂の側を流れる浣花渓を指す。

鳥相呼　水鳥たちが、互いに鳴き交わす。夜の暗闇の中で、伴侶を求めて鳴く水鳥は、これを聞く者の孤独の深さの譬喩となっている。「相呼」の「相」の字が効果的である。

前句の「蛍」、そしてこの句の「鳥」は、生けるものの痛々しい切実さを、つまりは癒しがたいばかりの孤独の深さを象徴している。そしてその限りにおいて、両者は作者自身の分身であると解釈される。

7**干戈**　武器。たてとほこ。転じて戦争。ここでは、安史の乱（七五五―七六三）と、これに続く成都における徐知道の乱（七六三年）、吐蕃《チベット》の侵入（七六三年）などを指す。

8**空悲**　「清夜」が、引き留めることもかなわずに「徂《すぎゆ》」くのを、悲しんでも仕方のないのに、悲しむ。その悲しみとは、自己を取りまく小さな世界だけがかろうじて保ちえている幸福、その非本来的な幸福の脆さに対する懼れ、といい換えてよいものである。国家と社会の全体を侵蝕する頽廃と混乱とに対する憂慮でもあろう。また、必ずしも幸福に満たされてはいない自己の人生の中で、つかの間、手に入れた平安の確かさを、定かには量りかねるためでもあろう。しかしいずれにしても、このように社会という外部へと繰り出す関心と、自己の内部へと収斂してゆく人生の感慨とが、互いに異質で別個のものでありながら、作品の中ではあたかもはじめから表裏の関係にあるもののごとくに一つに重ね合わされている。このような視点の設定、認識の方法が、杜甫の詩を、他の詩人の詩から截然と際立たせている特徴である。

清夜徂　秋の澄みきった夜が、すぎゆく。「清」の意味するところは、すでに作品中の「竹涼」「野月」「重露」「稀星」等の語によって繰り返し示された、明るく澄みきった清涼感である。ところで「清夜」の語は、早くは魏、曹植「公讌《こうえん》詩」に「公子敬《シ》二愛客《ヲ》一、終《フルマデ》レ宴《ヲ》不レ知《ラ》レ疲《レヲ》、清夜遊《ベバ》二西園《ニ》一、飛蓋相《ヒ》追随《ス》」と用いられ、また南朝宋、鮑照《ほうしょう》「擬行路難」其二に「承《ウク》二君清夜之《ガ》歓娯《ヲ》一」と用いられるように、この語には伝統的に、華やいだ宴遊のイメージを演出している。とすれば、杜甫がこの「清夜」という情況において、あえて内心の孤独と不安とを語ろうとしたのは、注目すべき特徴といえるだろう。

通釈

眠れぬ夜

竹むらに溢れた涼気が、臥所《ふしど》の中まで忍び入り、野づらを照らす月光が、庭の隅々まで明るく満ちる。

いちめんに結んだ露が、（竹の葉先から）雫となってしたたり、まばらな星が、（明月のまえに光を蔽われて）ふと見え、ふと消えている。

暗がりに飛ぶ蛍は、そのかぼそい光でみずからの姿を照らし、水辺に宿る鳥たちは、深いしじまの中に鳴き交わす。

思えば、ものみなすべて、戦乱の最中にあって、この清らかな夜が、刻々と過ぎ去ってゆくのを、今はただ悲しみつつ送るしかないのだ。

（松原　朗）

諸説の異同

特記事項なし。

0江村

1清江一曲抱村流
2長夏江村事事幽
3自去自來堂上燕
4相親相近水中鷗
5老妻畫紙爲棊局
6稚子敲針作釣鉤
7多病所須唯藥物
8微軀此外更何求

江《かう》(こう)村《そん》

清江《せいかう》一曲《いつきよく》　村《むら》を抱《いだ》いて流《なが》る
長夏《ちやうか》　江村《かうそん》　事事《じじ》幽《いう》なり
自《おのづか》ら去《さ》り自《おのづか》ら来《き》たる　堂上《だうじやう》の燕《つばめ》
相《あ》ひ親《した》しみ相《あ》ひ近《ちか》づく　水中《すいちゆう》の鷗《かもめ》
老妻《らうさい》は紙《かみ》に画《ゑが》いて棊局《ききよく》を為《つく》り
稚子《ちし》は針《はり》を敲《たた》いて釣鉤《てうこう》を作《つく》る
多病《たびやう》　須《ま》つ所《ところ》は唯《た》だ薬物《やくぶつ》
微軀《びく》　此《こ》の外《ほか》に　更《さら》に何《なに》をか求《もと》めん

テキスト　『全』二二六-4-2433　◆『文苑英華』三一九　◆『聯珠詩格』畳字格　◆『千家詩』　◆『宋本杜工部集』二　◆『九家集注本』二一　◆『杜陵詩史』一二　◆『分門集注本』七　◆『草堂詩箋』一八　◆『銭注本』一一　◆『詳注本』九　◆『才子杜詩解』二

校語

0**江村**　『詳注本』では「江邨」に作る。同音・同義。

1**抱村流**　『才子杜詩解』では「抱春流」に作る。また『詳注本』では「抱邨流」に作る。

2**江村**　『詳注本』では「江邨」に作る。

3**自來**　『全』『九家集注本』『杜陵詩史』『分門集注本』『草堂詩箋』『銭注本』『詳注本』に引く一本では「自歸」に作る。

堂上　『全唐詩録』『才子杜詩解』の本文ならびに『全』に引く一本では「梁上」に作る。

燕　『宋本杜工部集』『杜陵詩史』『分門集注本』では「鷰」に作る。

5**爲**　『全』『宋本杜工部集』『杜陵詩史』『分門集注本』『草堂詩箋』『銭注本』『詳注本』に引く一本では「成」に作る。

棊局　『全唐詩録』『文苑英華』『杜陵詩史』『分門集注本』『草堂詩箋』『銭注本』では「碁局」に作る。また『全』『九家集注本』『才子杜詩解』では「棋局」に作る。

7**多病所須唯藥物**　『詳注本』の本文、ならびに『全』『宋本杜工部集』『銭注本』に引く一本では「但有故人共祿米」に作る。また『文苑英華』の本文では、「但有故人供緣水」に作る。さらに「供」は、『宋本杜工部集』『銭注本』『詳注本』に引く樊本、『全』『草堂詩箋』に引く一本では「分」に作る。

所須　『才子杜詩解』では「所需」に作る。

唯　『分門集注本』『草堂詩箋』『才子杜詩解』の本文、ならびに『詳注本』に引く一本では「惟」に作る。

8何　『全』『宋本杜工部集』『九家集注本』『分門集注本』『草堂詩箋』『銭注本』『詳注本』に引く一本では「無」に作る。

詩型・韻字

七言律詩。流《りう》・幽《いう》・鷗《おう》・鉤《こう》・求《きう》（下平声尤韻〔尤侯幽韻〕）。

語　釈

0江村　水辺の村。上元元年（七六〇）、杜甫49歳、成都の草堂にて、夏の日の情景と感懐とを詠じている。

安禄山の乱（七五五―）以後、杜甫は家族と共に、混乱の続く長安を離れ、乾元二年（七五九）、蜀《しょく》の桟道《さんどう》を越えて成都（四川省）にたどりついた。翌年、西郊外の浣花渓《かんかけい》に草堂を作り、以後三年九ヶ月の間、ここで過ごすこととなる。官を辞して貧しかったとは言え、杜甫の人生としては平穏な時期であった。彼の詩、全一四〇〇餘首のうち、二四〇首餘りが成都滞在中に作られている。

1清江　長江上流の「錦江」の支流「浣花渓」を指す。

抱村流　村落を抱くように彎曲して流れる。「『村を抱《いだ》いて流る』という表現は、この村の地形として、たしかに実景である。と同時に、母親が子供を抱くような、安らかなくつろぎを感じさせよう」（松浦友久『中国名詩集―美の歳月』〔朝日文庫、朝日新聞社、一九九二年〕）。本句に見られる、この一種胎内感覚的な趣は、続く頷・頸両聯のおだやかな境地を先取りするかのようである。

2事事　すべての事ども。

幽　奥深くてもの静か。また、世間に出ないで隠れている。

4相親相近　（鷗が）私に対して親しみ近づく。一説に〝鷗がお互いに親しみ近づき合っている〟とする（鈴木虎雄『国訳杜少陵詩集』中〔国民文庫刊行会、一九二八年〕、猪口篤志『評釈中国歴代名詩選』〔右文書院、一九八二年〕）。本稿では、この句は『列子』黄帝篇の故事（〔備考〕を参照）を背景とするものと考え、「相」を〝私（杜甫）に対して〟の意と見た。

水中　水のうえ。水面下ではない。

5碁局　碁盤。

6敲針　まっすぐな縫い針は、そのままで魚を釣ることはできないので、これをたたいて曲げて釣り針とする。前漢、東方朔《とうぼうさく》の「七諫《しちかん》―謬諫《びゅうかん》」に、君主が礼節を尽くさずに賢者を招こうとすることをたとえて「以《テ》二直鍼《ヲ》一而為《サバ》レ釣《ヲ》兮　又何《ノ》魚《カ》之《これ》能《ク》得《ン》」とある。

以上、中間二聯について『詳注本』に「梁燕属《ハシ》レ邨《むらニ》、水鷗属《ハス》レ江《ニ》。棋局属《ハシ》レ邨《ニ》、釣鉤属《ハス》レ江《ニ》。所謂〝事事幽〟也」と指摘する。

7薬物　漢方薬。杜甫自身、成都では薬草を栽培し常用していた。

8微軀　いやしい身体。自身の謙称。

此外　こうした穏やかな暮らし（自足的な境地）のほかには。「此」について、従来はおおむね第7句の「薬物」のみを指すと取り、〝この身は薬のほかには何も求めない〟と解するが、それでは7・8両句は同じ内容の繰り返しということになってしまうだろう。そうではなく、むしろ作者はこの末句によって、名声・地位・財産など世俗的な価値観を脱却しようとする心情を表明していると察せられる。

彼は翌上元二年（七六一）、「絶句漫興九首」其三でも、

莫《なかレ》レ思《フ》身外無窮《ノ》事　且《かツ》盡《つくセ》生前有限《ノ》杯

と、同じ心境を詠じている。このようにとってこそ、本句は全体の結びとしてふさわしい重みを持つことになろう。

ちなみに、世俗の名利を断ち切って自己を保全しようと詠ずる例は他の詩人にも見られるので、二、三挙げておく。

独《リ》無《ク》二外物《ノ》牽《ひク》一　遂《とグ》二此《ノ》幽居《ノ》情《ヲ》一（韋応物「幽居」）

性与《レ》時相《ヒ》遠《ク》　身与《レ》世両《ふたつながラ》忘《ル》（白居易「分二司《シテ》洛中《ニ》一多《ク》レ暇《いとま》……」）

今日嶺上《ニ》行《キ》　身世永《ク》相《ヒ》忘《ル》（蘇軾「過《よぎル》二大庾嶺《たいゆれいニ》一」）

右の韋応物詩に言う「幽居の情」が、まさしく本句「此外」の「此」に当たる。

なお、この第8句を、前の頸聯の内容を強く承けるものとしてとらえる説がある（猪口篤志『評釈中国歴代名詩選』）。すなわち〝妻が碁盤を作るのも、わが子が釣り針を作るのも、みな私を思ってのことだが、病弱の私に必要なものは薬だけなのだ〟と解釈するのだが、因果関係が強調されすぎて、一首全体の〝在るがままに自足する〟という詩想との間にズレが生ずるようである。

通釈

水辺の村にて

澄んだ川の流れは大きくひと曲りして、村を抱きかかえるように流れている。この長い夏の日、水辺の村はなにもかもすべてがじっと静まりかえっている。まわりのようすにかかわりなく出入りする屋敷の燕《つばめ》、すっかり私に馴れて近づいて来る、川を泳ぐ鴎《かもめ》。年老いた妻は紙に線を引いて碁盤《ごばん》を作り、幼いわが子は縫《ぬ》い針をたたいて釣り針を作っている。病気がちの私に必要なものはただ薬だけ。こんな取るに足らない私であれば、この穏やかな日々の暮らしのほかに何をほしがることがあろう。

諸説の異同

特記事項なし。ただし細部の異同について、〔語釈〕ならびに〔備考〕欄を参照されたい。

備考

頷聯の鴎は、『列子』黄帝篇の故事に基づく。海辺に住む鴎好きの男が、毎日鴎と遊んでいた。しかし或る日、父親から、鴎を捕えるよう命ぜられて海岸に出たところ、男の意図を察してか、鴎たちは決して空から下りてこなかった、という。

海上之人、有《リ》下好《ム》二漚（鴎）鳥《ヲ》一者上。毎旦之《ゆキ》二海上《ニ》一、従《ヒテ》二漚鳥《ニ》一游《ブニ》、漚鳥之至《ル》者、百住《ニシテ》（百　数《モテ》）而不《フルモ》レ止《マ》。其《ノ》父曰《ハク》、「吾聞《ク》、漚鳥皆従《ヒテ》レ汝《ニ》游《ブト》。汝取《リ》来《タレ》、吾玩《もてあそパント》レ之《ヲ》」。明日之《ユクニ》二海上《ニ》一、漚鳥舞《ヒテ》而不《ル》レ下《ラ》也。

つまり邪心を持たぬ者にのみ、鴎はなつくのであり、杜甫がここで鴎が〝すっかり私に馴れて近づいて来る〟と詠じているのは、この時の彼の心に一点の邪気もないことを示すこととなる（これについては、『正編』「旅夜書懐」の〔備考〕(3)〔四二六頁〕を参照されたい）。

○

頸聯に描かれた妻や子の姿は、そのまま白描――典故や比喩性をもたない描写ととらえて差支えないであろう。ただ『杜陵詩史』に引く師尹は、次のような、比興諷諫説に基づく解釈を紹介している。

妻比臣、夫比君。棊局直道也。針本全直、而敲曲之。言老臣以直道成帝業、而幼君壊其法。稚子比幼君也。此天厨《てんちゅう》（天子の厨房）禁臠《きんれん》（天子の食する上等の切り肉。転じて、質のよいもの）之説也。或説、老妻以比楊妃、稚子以比禄山。蓋禄山為妃養子。棊局天下之喩也。妃欲以天下私禄山、故禄山得以邪曲包蔵禍心。此説為得之。雖然、甫之意亦不如此。老妻稚子乃甫之妻子、甫其肯以己妻子而託意於淫婦人与逆臣哉、理必不然。

文中で既に師尹自身も指摘するとおり、ここでは比興にこだわる必要は無いと思われる。

一方、明、金聖嘆『才子杜詩解』は、やや別の角度から次のように述べる。

中四句、従来便作長夏幽事。言老妻奕棊、稚子釣魚、丈人無事、倘佯其間、真大快活。殊不知、可以日日奕棊釣魚、不可日日画紙敲針。試取通篇一気詠之便見。両解八句只是前解之第一句尽之耳（解は、詩の段落。金聖嘆は本詩全体を前後二段に分けて見ている）。然則紙本白浄無彼我、針本径直無廻曲。而必画之敲之、作為棋局釣鉤、乃恨事非幽事。而従来人悶悶全不通篇一気詠、遂誤読之也。

瞿斎云、先生以夔龍《きりよう》（舜の二人の臣下）伊呂《いりよ》（殷の伊尹《いいん》と周の呂尚と。ともに開国の功臣）自待者、起手便着「事事幽」三字、真乃声声涙、点点血矣。何必読終篇而見其不堪耶。

○

北宋の王安石は、この頸聯に基づいて、

老妻稲下収遺穂、稚子松間拾堕樵

という対句を作っている（「悼鄞江隠士王致」）。清の仇兆鰲《きゅうちょうごう》はこれを評して、

杜能説出旅居閒適之情、王能説出高人隠逸之致。句同意異、各見工妙。

と述べている（『詳注』巻九）。

（宇野直人）

0 江亭
1 坦腹江亭暖
2 長吟野望時
3 水流心不競
4 雲在意倶遅
5 寂寂春将晩
6 欣欣物自私
7 故林帰未得
8 排悶強裁詩

江《かう》亭《てい》（こう）
坦腹《たんぷく》す　江亭《かうてい》の暖《あたた》かなるに
長吟《ちやうぎん》　野望《やばう》の時《とき》
水流《みづなが》れて心《こころ》は競《きそ》はず
雲在《くもあ》りて意《い》は倶《とも》に遅《おそ》し
寂寂《せきせき》として　春《はる》　将《まさ》に晩《く》れんとし
欣欣《きんきん》として　物《もの》　自《みづか》ら私《わたくし》す
故林《こりん》　帰《かへ》ること未《いま》だ得《え》ず
悶《もん》を排《はい》して強《し》ひて詩《し》を裁《さい》す

テキスト 『全』二二六－4－2439 ◆『唐詩品彙』六二 ◆『別裁』一〇 ◆『唐宋詩醇』一 ◆『宋本杜工部集』 ◆『九家集注本』二二 ◆『杜陵詩史』一三 ◆『分門集注本』五 ◆『草堂詩箋補遺』一 ◆『銭注本』一一 ◆『詳注本』一〇

校語

1**暖** 『唐詩品彙』では「煖」に作る。また『全』に引く一本では「臥」に作る。

4**在** 『詳注本』では「胡夏客云、在、疑《フラクハ》作《ルカト》レ住《ニ》」と注記する。

7 8**二句** 『全』『草堂詩箋補遺』に引く一本では「江東猶苦戰 回首一顰眉」に作る。蕭滌非ほか『唐詩鑑賞辞典』（劉逸生執筆）上海辞書出版社、一九八三年）ではこちらを採択している（同書五二三頁）。

詩型・韻字

五言律詩。時《*じ》・遲《ち》・私《し》・詩《*し》（上平声支韻（脂之韻*））。

語釈

0**江亭** 川べりの亭。亭は、あずまや。庭の中の建物。

本詩は上元二年（七六一）暮春、杜甫50歳の作。成都の郊外、浣花渓のほとりのあずまやにて、情景と感懐とを詠じたもの。

1**坦腹** 腹ばいになる。ねころぶ。リラックスしたようす。一説に〝仰向けにねそべる〟とする（鈴木虎雄『国訳杜少陵詩集』中（国民文庫刊行会、一九二八年）、細貝香塘『杜詩鑑賞』（秋豊園出版部、一九三九年）、目加田誠『杜甫』（漢詩大系第九巻、集英社、一九六五年））。しかし、この語は『晋書《しんじょ》』王羲之《おうぎし》伝の次の句に基づくと思われる。「惟《ダ》一人《いちにんノミ》在《リ》二東床《ニ》一、坦腹《シテ》食《シ》、独《リ》若《シ》レ不《ルガ》レ聞《カ》」。「坦腹」が仰向けに寝そべることだとすれば、食事をすることはむつかしいのではなかろうか。

2**野望** 山野に向かって眺望する。

3**水流** 『論語』子罕《しかん》第九に見える、いわゆる「川上の嘆」（子在《リテ》二川上《せんじょうニ》一曰《ハク》、逝《ゆク》者如《ハキ》レ斯《かくノ》夫《か》。不レ舎《おカ》二昼夜《ヲ》一）以来、水の流れは時間の流れ、人の世の転変を象徴し、志を得ぬ人々に嘆きの思いを起こさせるものとされる。杜甫がここで「心不レ競《ハ》」と言うのは、目前の水の流れから過ぎゆく時間を連想しても、それによって心を乱されることはないという境地、つまり杜甫の心がすっかり和らいでいることを示している。

ただ、尾聯の内容からして、ここの頷聯両句も、現実に杜甫の心が和らいでいると言うよりは、〝そうでありたい〟という願望をこめたものとしてとらえる方が適切のように思われる。（備考）を参照。

4**雲** 雲は脱俗的な心境のたとえである。「意倶《ニ》遅《シ》」と言うのは、雲と自分の心とは同じようにゆったりとしている。つまり自分の心は脱俗的な境地に安住して、動き乱れることが無い、ということを示す。

5**寂寂** ものさびしく静かなようす。ひっそりとしたようす。「寂寞」に比べて〝静けさ〟に重点がある。

6**欣欣** よろこばしいようす。特に、草木がいきいきとしている形容。東晋、陶淵明の「帰去来兮《ノ》辞」の、春の到来を述べた部分に「木《ハ》欣欣《トシテ》以《テ》向《フ》レ栄《ニ》」とあるのに基づく。

物 もろもろの生きもの。

自私 それぞれに自分の性質を全うする。各々がそれぞれに満足している。「私」は、〃個人の利益だけを基準とする、ひいきにする〃が原意。ここでは、杜甫の心に不満があるため、草木のいきいきとしたようすに必ずしも共感できず、草木が自分たちだけ春のすばらしさを謳歌しているように見える、という疎外感を表していよう。

7 **故林**　故郷。

8 **排悶**　心中の悩みを払いのける。憂さばらしをする。気ばらしをする。

裁詩　詩を作る。

特に「本詩を作る」とする説がある（鈴木虎雄『国訳杜少陵詩集』中、黒川洋一『杜甫』上〔中国詩人選集第九巻、岩波書店、一九五七年〕）。

通　釈

川べのあずまやにて

あたたかい川べのあずまやに寝そべって、声長く詩を口ずさみつつ野を眺める今、この時。川の水が流れてゆくが、私の心はそれと競うのはやめにしたい。雲が浮かんでいるが、私の気分も雲と同じようにのんびりとありたいものだ。春はひっそりと暮れてゆき、生ける物は楽しげに己《おの》が存在を全うしている。しかしこの私はいまだに故郷へ帰ることができず、せめてもの気ばらしに、つとめて詩を作っているのだ。

諸説の異同

特記事項なし。ただし細部の異同について、〔語釈〕ならびに〔備考〕を参照されたい。

備　考

本詩については、成都在住期の作者の、心のゆとりを示していると見るものが多い（斎藤勇『杜甫』〔研究社、一九三六年〕、吉川幸次郎『杜甫について』〔全集第一二巻、筑摩書房、一九六八年〕、森野繁夫『杜甫』〔中国の詩人　その詩と生涯、集英社、一九八二年〕、黒川洋一『杜甫』〔鑑賞　中国の古典⑰、角川書店、一九八七年〕、など）。

しかし蕭滌非ほか『唐詩鑑賞辞典』〔劉逸生執筆〕では、そのような見方は「一種表面的看法」であるとして、次のように述べる（要約、原文中国語）。

本詩の頷聯は、静けさの中から相反する想念を導き出している。「水流レテ心ハ不レ競ハ」とは、本来、心中に〃競おうとする〃ものがあったのに、水の流れを目にするや、ふいに〃ふだんからこのようにあわただしくすることには結局意味は無い〃という考えが生じた。「雲在リテ意ハ倶ニ遅シ」も同様であり、本来、胸中に強い抱負がありながら、当時の客観的情勢がその現実を許さない。したがってのんびりしてなどいられないのだが、今、ゆったりと浮かぶ白雲を見て、突然〃自ら苦しみを求めるような姿勢ではなく、白雲と共にのんびりしていることこそ正しい〃ということを悟るのである。

頸聯にはさらに杜甫の面目が現れている。「寂寂春将晩」は、心中の寂寞を表し、「欣欣物自私」は、ものみなが繁栄して自分だけが衰えている悲哀を表す。これは一種の〃融景入情〃（景物への感情移入）の手法である。晩春は本来、決して寂寞としたものではない。が、このような境遇にある作者の目から見ると、その景色はおのずから寂寞たるものになる。眼前に咲き誇る草花も、作者に喜びを与えてはくれない。そこで作者は、春の動植物が「自私《ラス》」であることを悟るのである。これらのことは、詩人のこの時の心境が決して悠閑自在のものではないことを証明しよう。作詩当時、安禄山の乱はまだ平定されず、この春、李光弼《りこうひつ》が邙山《ぼうざん》で大敗、河陽・懐州はいずれも陥落した。作者は四川に乱を避けてはいたものの、決して憂国憂民の感情を忘れてはいないのであり、これこそは、杜甫が一般の山水詩人と異なる点なのである。

（宇野　直人）

0西閣夜
1恍惚寒山暮
2逶迤白霧昏
3山虚風落石
4樓靜月侵門
5擊柝可憐子
6無衣何處村
7時危關百慮
8盜賊爾猶存

西閣《せいかく》の夜《よる》
恍惚《くわうこつ》として寒山《かんざん》暮《く》れ
逶迤《いい》として白霧《はくむ》昏《くら》し
山《やま》虚《むな》しくして　風《かぜ》　石《いし》を落《お》とし
楼静《ろうしづ》かにして　月《つき》　門《もん》を侵《をか》す
柝《たく》を撃《う》つ　可憐《かれん》の子《きみ》
衣《ころも》無《な》し　何処《いづこ》の村《むら》
時《とき》危《あやう》くして百《ひやくりよ》慮に関《くわん》す
盗賊《たうぞく》　爾《なんぢ》は猶《な》ほ存《そん》せり

テキスト　『全』二二九-4-2497 ◆『宋本杜工部集』一六 ◆『九家集注杜詩』三一 ◆『杜陵詩史』二三 ◆『分門集注杜工部詩』五 ◆『杜工部草堂詩箋補遺』七 ◆『銭注杜詩』一四 ◆『杜詩詳注』一七

校語

1**山**　『九家集注本』には「空」に作る。『詳注本』には「江」に作り、「洪（仲）ノ注ニハ従フ㆑江ニ。別ニ作ル㆑山ニ者ハ、犯ス㆑重ヲ」と注す。

2**昏**　『宋本』『分門集注本』には「昬」に作る。別体字。

詩型・韻字　五言律詩。昏《こん》・門《もん》・村《そん》・存《そん》（上平声元韻〈魂韻〉）。

語釈

0**西閣**　杜甫が夔《き》州（現在の四川省奉節県）逗留（七六五年三月～七六七年一月）の一時期、七六五年秋から翌年の春まで寓居したところ。長江を見おろす白帝山の南西の中腹に位置していた。なお「秋興」（『正篇』三二五頁参照）、「返照」（本書三五三頁）、「夜」（本書三七六頁）は、いずれも西閣における作品と考えられる。

1**恍惚**　ぼんやりとして見定めがたいさまを表す。「恍惚《くわうこつ》 huǎng hū」は、同じ声母（子音）を持つ字を双《なら》べた、双声の擬態語。

寒山　寒々とした山。晩秋から冬にかけての山。

2**逶迤**　うねうねと連なるさまを表す。「逶迤《いい》 wēi yí」は、同じ韻母（母音）を持つ字を畳《かさ》ねた、畳韻の擬態語。「恍惚」（双声語）と「逶迤」（畳韻語）という方法を異にする擬態語を対句構造の中で対置して、鮮明な効果をねらったもの。

昏　暗くなる。「昏黒」「昏暮」の熟語があるように、日暮れて暗黒になることをいう。「白霧」に対してあえて暗黒を示す「昏」を配したところが、巧妙。

3 **山虚** 草木が葉を落として、山ががらんと空虚になること。六朝、梁の蕭繹《しようえき》「和《ス》二王僧弁《ガ》従軍《ニ》一」詩に「山虚《シクシテ》 和《シ》二鐃管《どうかん》一、水清《クシテ》写《ス》二楼船《ヲ》一」（山ががらんとして鐃管の調べが冴々と響きわたり、川が澄んで、軍船がくっきりと水に映る）。この用例から考えると、草木が葉を落とした山には、反響してよく音を伝えるというイメージが付帯していたようである。「風落《トス》レ石《ヲ》」。風が吹いて、石がころがる。すなわちこのかそけき音も、「山が虚し」ければこそ聞きつけることができた。

4 **楼** 杜甫が寓居していた西閣を指す。「楼」「閣」は二階以上の階をもった建物をいう。

月侵門 月光が門の内（庭先）まで、徐々に這入りこむ。「浸」の字が、水の徐々にしみこむのを表すのと同系の語である。なお「倦夜」詩（本書三三一頁）の「竹涼侵《ス》二臥内《ヲ》一」（たかむらの涼気が次第に臥所の中まで入りこむ）と同じ用法である。杜甫の描くこの月が、青白く凄涼の気味を帯びていることについては、〔備考〕(1)を参照。

5 **撃柝** 柝（拍子木）をたたく。夔《き》州の城《まち》の夜警をいう。

可憐子 同情すべきかわいそうな男。冬の夜更けに、権力によって夜警に駆り出された境遇に同情したもの。「子」は、もとは男子の尊称、転じて親愛の呼びかけ。「可」は、何々するに相応しい、何々するに価する、という適当の義を表す。「可憐」は、悲嘆から賛嘆まで幅広い感情を含む感嘆の語。ここでは悲嘆の用法。

6 **無衣** 冬の寒さをしのぐ衣服が無い。貧窮のさまをいい、併せて、戦時の政府による苛斂誅求を暗示する。『詩経』秦風に「無衣」詩があるのを意識するだろう。

何処村 いったい、どこの村であろうか。但しここでは、どこの村でも同様であろう、という語感を込める。なお第5・6句の解釈については、〔通釈〕に示したもののほかに、別解も可能である。〔備考〕(2)を参照。

7 **時危** 安史の乱（七五五―七六三）以来の時局の混乱。

関百慮 様々の憂慮を刺激し呼び起こす。

8 **盗賊** 国家、朝廷の権威に服しない反乱分子。安史の乱の余党や、各地を騒擾する軍閥たちをさす。ここではとくに前年（七六五年）より成都で起こった崔旰《さいかん》の反乱がまだ平定されていないのを念頭におくだろう。

爾 人を見下げて（ときにあるいは親しみをこめて）呼ぶ二人称。杜甫「酔時歌」に「忘《レテ》レ形《ヲ》到《いたル》二爾汝《ニ》一」（酔って分別を忘れおまえと呼びすてにする）。ここでは直前の「盗賊」を指す。

なお、近年になって曹慕樊《そうぼはん》『杜詩雑説』（四川人民出版社、一九八一年）に異説が提出された。「爾」は、「盗賊」ではなく、第5・6句「撃柝可憐子、無衣何処村」によまれた戦時の窮民を指す、すなわち「盗賊爾猶存」は「盗賊が跳梁跋扈するこの時にも、おまえたち窮民はまだどうにか生きながらえているのだ」と解釈されるという説である。曹慕樊によれば五言句で上二字・下三字が別個のものを述べる句法は杜甫の慣用するものであり、例えば「戯《レニ》題《シテ》寄《セテ》上《たてまつル》二漢中王《ニ》一三首」其三の「群盗《ニ》無《シ》二帰路一」（群盗が跳梁跋扈する時勢のため、自分には故郷に帰る路が無い）も、上二字は群盗、下三字は作者自身を指す句法であると述べる。これも一説である（なお曹慕樊はこれと関わりつつ第7句「時危関二百慮一」を「この戦乱の時勢に、窮民たちは百慮――様々な世渡りのための思惑をめぐらす」と解釈するが、ここまでくると僻解にすぎるであろう）。

通釈

西閣の夜

ぼんやりと輪郭も溶けて、冬の山は暮れなずみ、うねうねと這い伝って、白い霧は世界を暗く沈めてゆく。

山は、がらんと葉を落として、吹き起こる風は石を突き落とし、楼は、ひっそりと静まって、月が戸口の中までしのび込む。

（この夜更けに）拍子木を打って用心を触れ回っているのは、かわいそうな男たち。冬着も持たずに寒さにこごえるのは、いったい何処の村のことであろうか（三峡の谷間は、実に、こうした窮民によって満たされているのだ）。

この陰鬱な時勢のなかで、くさぐさの憂慮が、胸のうちにさわぐ。叛乱者よ、お前たちはいかにものうのうと、生きのびているではないか。

諸説の異同

特記事項なし。

備考

(1) 杜甫の詠ずる月のイメージ

吉川幸次郎「杜甫と月」（初出『中国文学報』第一七冊、一九六二年。のち『吉川幸次郎全集』第一二巻、筑摩書房、一九七四年）に、次のように述べる。

以上例挙して来たかぎりでいえば、杜甫の詩に現れる月色が、しばしば凄涼であるのは、その下にある風景が凄涼なことに基因する。しかし単にそればかりではなく、杜甫には、月色そのものを、凄涼な不健康なものとして感ずる態度が、別にあったと思われる。態度はむろん、月色をしばしば凄涼な風景とむすびつけてながめ、詠ずることによって、生まれている。しかしそうしたむすびつきをもたなくても、月色そのものに不健康なもの、無気味なものを、反射的に感ずる態度である。

晩年夔州での「西閣の夜」にいう、山虚風落石、楼静月侵門、山は虚《むな》しくして風は石を落とし、楼は静かにして月は門を侵す。青白い月色のなかに、何か不吉なもの、無気味なものを感じていると、私には思われる。おなじく夔州での「中宵」の、飛星過水白、落月動沙虚、飛ぶ星は水を過ぎて白く、落月は沙に動きて虚《むな》し、またそうした気味にある。さきだっての蜀中での作、「客夜」の、入簾残月影、高枕遠江声、簾に入る残月の影、枕を高くすれば遠江の声、またそれであり、月色はいとうべきもの、拒絶すべきものとして詠ぜられているように見える。おなじく蜀中での「宿府」の、永夜角声悲自語、中天月色好誰看、永夜の角声悲しみて自ずから語り、中天の月色好きも誰か看ん、これは月色の「好」をみとめつつも、それを拒絶したい気もちを、ぶっつけに語る。（以下略）

このような傾向にある杜甫の月と比べるとき、李白の筆下に描かれる月は、明澄にいかにも好ましいものである。例えば「峨眉山月の歌」「月下独酌」「酒を把りて月に問ふ」の諸篇（『正編』六二四頁、六三七頁、六四三頁）に現れる親愛の情に輝いた月を見よ。

(2) 5・6句「撃柝可憐子《ノ》、無衣何処村《ノ》」について

通釈のように「撃柝」の人と、「無衣」の人とを別箇の人物として解釈するのが一般的であるが、別にこれを一連の事柄を詠じたものと解することも可能である。すなわち「冬衣もないかわいそうな男が、こごえながらいったい何処の村で拍子木を撃ち鳴らしているのか」。この場合、散文的論理では「無《シ》レ衣・可憐子《ノ》、撃《ツハ》レ柝《ヲ》・何処《ノ》村《ゾ》」となるべきものを、故意に交錯させてストレスを加え、微妙に緊張をはらんだ対句に構成したものと理解することになる。

こうした句作りにおける交錯の手法は、杜甫の他の詩にもしばしば見られるものである。例えば「登楼」詩（『正編』三八四頁）の首聯、

花近高楼・傷客心　花は高楼に近くして　客心《かくしん》を傷《いた》ましむ
万方多難・此登臨　万方　多難　此《ここ》に登臨す

も、たんに散文的な倫理の疎通を求めるならば、

花近高楼・此登臨
万方多難・傷客心

すなわち「花が高楼の間近にまで迫って咲きそうとき、この美しい時節を堪能すべく高楼に登ってみれば、中国の至る所は戦乱に苦しんでいて、異土をさすらう私の心は悲しみに痛む」となるのが自然である。これをあえて前後に交錯させることで、内に静かな緊張を秘めた、神妙の表現となっている。このように散文的論理の脈絡を断ち切って、句中にあえて跳躍を持ち込む手法が、杜甫の好んで用いるものだった。この点を考慮すれば、この詩の頸聯「撃柝可憐子、無衣何処村」についても、あるいはここに提示した別解のほうがより適切な解釈となるかもしれない。

（松原　朗）

0 絶句二首(其一)　絶句《ぜつく》二《に》首《しゅ》（其《そ》の一《いち》）

1 遅日江山麗　遅《ち》日《じつ》　江山《かうざん》　麗《うるは》しく
2 春風花草香　春《しゅん》風《ぷう》　花草《くわさう》　香《かんば》し
3 泥融飛燕子　泥《どろ》融けて　燕子《えんし》飛《と》び
4 沙暖睡鴛鴦　沙《すな》暖《あたた》かにして　鴛鴦《えんあう》睡《ねむ》る

テキスト　『全』二二八-4-2475 ◆『宋本杜工部集』一三 ◆『九家集注杜詩』二五 ◆『杜陵詩史』一九 ◆『分門集注杜工部詩』二 ◆『草堂詩箋』二一 ◆『銭注杜詩』一三 ◆『杜詩詳注』一三

校語

3 **燕**　『宋本』『九家集注本』には「鷰」に作る。別体字。

詩型・韻字

五言絶句。香《きやう》・鴦《あう》（下平声陽韻〔陽韻〕）。

語釈

0 **絶句**　詩型の名称を、そのまま詩題にしたもの。こうした題のつけ方は六朝《りくちょう》時代からすでにあるが、杜甫の絶句にはとりわけ多い。改めて題をつけるまでもないような瑣末な主題や、またこれとは逆に、明示的な詩題では総括できない屈折した感慨を述べるときに、こうした命題が好んで用いられたようである。

いつの作とは決定できないが、南宋の黄鶴が広徳二年（七六四）の成都における作と推定してからは、もっぱらこの説が行われている。

なおこの詩は連作二首の其一で、其二はすでに『正編』（三七二頁）に収められている。併せて備考も参照。

1**遅日**　春日。春のうららかな陽光。『詩経』豳風《ひんぷう》「七月」に「春《しゅん》日《じつ》遅遅《タリ》」とあるのを踏まえた語で、「遅遅」とは『詩経』の最古の注釈、前漢末の毛萇《もうちょう》の「毛伝」によれば「舒緩《じょかん》（おだやか）」、下って南宋の朱熹《しゅき》（朱子）の『詩集伝』の解釈によれば「日長《クシテ》而暄《あたたかシ》」とある。

江山　「江」は、主に長江およびその支流を指す。成都での作とすれば、成都の西南を流れる錦江（長江の支流の岷江の、その支流）である。

麗　「美麗」「壮麗」などと熟するが、『文選』（揚雄「羽猟賦」）の李善注に「光華」とあるように、光りかがやくようにあざやかなこと。

2**花草**　花と草。また、花をつけた草。ここでは対句の中で「江山」（江と山）と対応することから、前者の解が優先されよう。

3**泥融**　ひからびていた泥が、春の雨を経て、軟かくぬかるむことか。

燕子　燕《つばめ》のこと。「子」は、「扇子」「椅子」「妻子《つま》」と同じく口語系の接尾辞。季節（春）を考慮しても、「燕の子」は不自然であり、またその意ならば「乳燕」というのが一般的である。「燕子」と二音節化したのは、次句の「鴛鴦」と対になるためである。

4**鴛鴦**　オシドリ。「鴛」が雄、「鴦」が雌といわれる。『詩経』小雅「鴛鴦」に詠じられてより、古くから詩歌の素材となった。『詩経』の「毛伝」に「鴛鴦《ハ》匹《つがひノ》鳥《ナリ》」、また「鄭箋《ていせん》」に「匹鳥《ハ》言《フココロハ》其止《ノとマレバ》則《チ》相耦《ヒならビ》、飛《ベバ》則《チ》為《ス》レ双《ならブヲ》。性《トシテ》馴《なレ》耦《ならブ》也」と注されるように、しばしば夫婦和諧の象徴となった。ここでも杜甫の家庭の平安が、ひそかに示唆されているかもしれない。

なお「飛《ビ》二燕子一」「睡《ル》二鴛鴦一」がそれぞれ語順倒置されているのは、第4句が「鴦」で押韻されること、またさらに第3・4句が対句構造をとるためである。

通　釈

絶句

うららかな陽光をあびて、江と山とは美しく光りかがやき、春の風に、花も草もかぐわしく匂いたつ。

泥はゆるんで、（巣作りに泥をくわえて）燕は飛びまわり、沙辺はぬくんで、鴛鴦がならんで眠っている。

諸説の異同

特記事項なし。

備　考

この詩は「絶句二首」と題された五言絶句の連作の第一首であり、これに続く第二首（『正編』に所収）を掲げれば左のようである。

絶句二首其二

江碧鳥逾白

山青花欲燃

今春看又過

絶句二首　其の二

江碧《かうみどり》にして　鳥逾《とりいよいよ》〻白《しろ》く

山青《やまあを》くして　花燃《はなも》えんと欲《ほっ》す

今春《こんしゅん》　看《みすみす》〻又《ま》た過《す》ぐ

何日是帰年　何《いず》れの日か　是《こ》れ帰年《きねん》ならん

この第二首は、前半二句が対句にして叙景、後半二句は対句ならぬ散句を用いた、望郷の念を綴る抒情というふうに、一首の中に二重の対立構造を含んでいる。そしてこの対立のゆえにもたらされる緊張が、詩に重厚な骨格を与えているのである。

これに対して今読む第一首は、その中に異質なものの対立を含まず、またその結果としての緊張をはらむことなく、終始ゆったりと進行する。

遅日　江山　麗　　遅日　江山麗しく
↔　↔　↔
春風　花草　香　　春風　花草香し

泥融　飛　燕子　　泥融けて　燕子飛び
↔　↔　↔
沙暖　睡　鴛鴦　　沙暖かにして　鴛鴦睡る

という具合に、一首全体が、二組の対句によって構成されている。対句は、二つの事柄を対置することによって、作品に緊張を持ち込もうとする表現手法である。しかしこの二組の対句について見れば、「遅日↔春風」の対置された二つが共に長閑な春の風光であるように、また「江山↔花草」「泥融↔沙暖」「燕子↔鴛鴦」のように、いずれも対立的というよりも、むしろ同質で親和的な二つの事柄を選び出して対句（正対）が構成されている。この結果、対句であっても内部に対立と緊張をはらむことなく、穏やかに調和した表情を保っている。

この対句の性格については、連作第二首の、

江碧鳥逾白　江碧にして　鳥逾〻白く
山青花欲燃　山青くして　花燃えんと欲す

という対句が、「江↔山」「碧↔青」「白↔燃（あかくもえる）」のように、対立的な二つの事柄を組み合わせて、張りつめて躍動する対句（反対）を構成しているのと、対照的ともいえるほどに表現効果を異にしている。

こうして連作第一首は、一篇の全体が叙景に統一され、しかも二組の穏やかな対句によって構成されることによって、屈託もなくくつろいで、駘蕩たる春を楽しんでいるかのように思われる。そして、翳りもないそのあまりの明るさは、却って背後に、ある種の不安を予感せずにはおられないほどでもある。つまり、続く第二首に表明される時間の消耗に対する焦燥と、これによって惹き起こされる流離の悲嘆とは、その実、この第一首の中にすでに隠微に用意されていると見ることができるであろう。

（松原　朗）

0天末懐李白　天末《てんまつ》にて李《り》白《はく》を憶《おも》ふ
1涼風起天末　涼風《りやうふう》　天末《てんまつ》に起《おこ》る
2君子意如何　君子《くんし》　意《い》　如何《いかん》
3鴻雁幾時到　鴻雁《こうがん》　幾時《いくとき》か到《いた》る
4江湖秋水多　江湖《かうこ》　秋水《しうすい》多《おほ》し
5文章憎命達　文章《ぶんしやう》は命《めい》の達《たつ》するを憎《にく》み
6魑魅喜人過　魑魅《ちみ》は人《ひと》の過《す》ぐるを喜《よろこ》ぶ

7 應共冤魂語
応《まさ》に冤魂《えんこん》と共《とも》に語《かた》らんとして

8 投詩贈汨羅
詩《し》を投《とう》じて汨羅《べきら》に贈《おく》るなるべし

テキスト 『全』二二五-4-2424 ◆『百』五言律詩 ◆『唐宋詩醇』四 ◆『唐詩別裁集』一〇 ◆『宋本杜工部集』一〇 ◆『九家集注本』二〇 ◆『杜陵詩史』一〇 ◆『分門集注本』一九 ◆『草堂詩箋』一五 ◆『銭注本』一〇 ◆『詳注本』七

校語

3**鴻雁** 『宋本杜工部集』『杜陵詩史』『分門集注本』『草堂詩箋』『九家集注本』では「鴻鴈」に作る。同音・同義。

8**汨羅** 『宋本杜工部集』では「汨灑」に作る。また『集千家注批点杜工部集』五では「泪羅」に作る。

詩型・韻字

五言律詩。何《か》・多《た》・過《*くわ》・羅《ら》(下平声歌韻〈歌才韻*〉)。

語釈

0**天末** 空のはて。天涯。作詩当時、杜甫が居た秦州(甘粛省天水市)を指す。一説に、李白が流される予定であった夜郎(貴州省桐梓《とうし》県)を指すとする(細貝香塘『杜詩鑑賞』〈秋豊園出版部、一九三九年〉、塩谷温『唐詩三百首新釈』〈弘道館、一九二九年〉、喩守真『唐詩三百首詳析』〈北京中華書局、一九五七年〉)。

本詩は至徳二年(七五七)、秦州にての作。「夢《ム》二李白《ヲ》一二首」其《ノ》一の〔語釈〕(三八一～三八二頁)に述べるとおり、李白はこの年、永王璘の軍に加担した罪により、夜郎に流罪となった。が、巫山《ふざん》(四川省)まで到ったところで大赦に遇い、放免される。杜甫自身はこの赦免のことを知らず、李白が遠い南の果てに去ったものとしてこの詩を作ったのである。

なお「天末」という語は後漢、張衡《ちょうこう》の「東京賦《ノ》」に、天子の巡行のさまを述べて「眇《はるカニシテ》二天末《ニ》一以《テ》遠期《クシ》、規《はかリテ》二万世《ヲ》一而大《イニ》摹《のっとル》」(『文選』巻二)とあるのから出たもので、西晉、陸機の「為《ためニ》二顧《こ》彦先《げんせんノ》一贈《ル》レ婦《つまニ》二首」其《ノ》二に、遠く離れた夫を思慕する妻の心情を詠じて「借問《ス》歎《ズルハ》何為《ノためゾ》 佳人眇《はるカナリ》二天末《ニ》一 遊宦《シテ》久《シク》不レ帰《ラ》 山川修《ながクシテ》且《ツ》闊《はるカナリ》」(『文選』巻二四)、同じく陸機の「擬古詩十二首」其《ノ》一に、やはり長旅にある夫を慕う妻の心情を詠じて「遊子眇《はるカニシテ》二天末《ニ》一 還期不レ可《カラ》レ尋《ヌ》」(『文選』巻二九)とある。本詩の詩題・第1句は、これら陸機の用法を承けている。

2**君子** 李白を指す。

3**鴻雁** かり。大きいのが鴻、小さいのが雁。前漢、蘇武(前一四〇—前六〇)の故事から〝書信を届けるもの〟という属性を荷《にな》っている。蘇武は前漢の武帝のとき、匈奴に使者として赴いたまま抑留された。武帝はその釈放を求めるために、〝御苑の上林苑に飛んで来た雁の足に蘇武からの手紙が結んであった〟と偽って交渉、蘇武は一九年たって帰国することができたという(『漢書』蘇武伝)。

この句は〝私のこの詩を託した雁は、幾時《いつ》になったら李白のいる南の地に到着するのか〟という思いを述べていよう。ただし、従来の諸注では〝李白からの音信は幾時《いつ》こちらに届くのか〟とするものが多い。〔諸説の異同〕を参照。

4 **江湖**　江南地方。「三江五湖」の略。

「此江湖は秋は猶更水量が増しますことで風浪の害も秋が最多いのであります、手紙は更に来ずさうして秋の風浪の害の多き水国を経て行かれる事であるから如何にも案否(ママ)が心配でならぬ事である尤も此鴻雁は秋の節物のもので秋は鴈南に飛びますことである殊に此南の方へ段々参ることでありますから固より秋といふ関係から申しましたのであります」(森槐南『杜詩講義』上巻、文会堂書店、一九一二年)。また一説に「多は水量の多きをいふに非ずして、水面の多種なるをいふならん、秋はむしろ水減ずるものなればなり」(鈴木虎雄『国訳杜少陵詩集』中、国民文庫刊行会、一九二八年)。

以上3 4両句は、音信の通じにくい地に居る李白の身を案じたもの。『九家集注本』に引く趙次公の説に、「両句ハ似タル三通ジテレ句ヲ言フ二書信ヲ一耳《のみ》。問フ二鴻雁幾時カ可キヲレ到ル二於白之処ニ一。江湖ノ秋水既ニ多ケレバ、則チ鴻雁游泳シテ其ノ到ルコト恐ラクハ遅カラン也」、『詳注本』に「鴻雁ニハ想ヒ二其ノ音信ヲ一、江湖ニハ慮《おもんぱか》ル二其ノ風波ヲ一」。

5 **文章憎命達**　文学というものは、作者が栄達するのを憎むらしい。『九家集注本』に引く趙次公の説に「意ハ与《と》二〝儒冠多ク誤ルレ身ヲ〟一同ジ。蓋シ窮スル者ニシテ而シかル後ニ工《たくみ》ナリ二于文ニ一、故ニ文章反ッテ憎ム二命達ヲ一也」(「儒冠多ク誤ルレ身ヲ」は、杜甫が30代後半ごろに作った五古「奉二贈スル韋《い》左丞《さじょう》丈《じょう》ニ一二十二韻」の第2句。〝貴族の子弟が洋々たる将来を保証されているのに対し、学問のみで身を立てようとするものは不如意なことが多い〟)。『杜陵詩史』に引く師尹の説に「自《より》レ古《いにしへ》文章之士ハ、命運多シ二蹇滞《けんたい》一」。「命達」は、運命が順調に開ける(通達する)こと。

なおこの句について、そのような一般論としてとらえず、特に李白が「清平調詞三首」を作ったため高力士に讒言されたことを指す、とする説がある(喩守真『唐詩三百首詳析』)。

6 **魑魅喜人過**　夜郎付近には人を喰う種々の化け物が棲み、人が通過するのを喜ぶ。「魑魅」は、いろいろの化け物。「魑」は山川の精。「魅」は妖怪。『銭注本』に「白流サル二夜郎ニ一、乃チ魑魅之地ナリ」。

以上5 6両句は、通説に従えば、文才ゆえの苦難に翻弄される李白の境遇に同情したものとなる。

ただし、清、何焯《かしゃく》『義門読書記』巻五三では「過」を「過失」の意とし、「此ノ句ハ指シテ二与《と》レ白争フレ進ムヲ者ヲ一言フレ之ヲ。鬼神ハ忌《いみ》レ才ヲ、喜《この》ンデ伺フ二過失ヲ一。古人ハ四声多ク転借シテ用フレ之ヲ。非ザル二過従(すぎる)之過ニ一也。此ノ解ハ出デ二安渓先生ニ一、最モ有リ二意味一。蓋シ以テ比ス下悪《にく》ミ二俊異ヲ一、訾《そし》ル二文雅ヲ一之徒ニ上」と述べ、この句は小人どもが李白を陥れようとしている意を含むものとする。『九家集注本』『杜陵詩史』等に引く趙次公の説にも「譬フ下小人害セントスル二君子ヲ一之意ニ上」とある。

また一説に、〝ばけものさえ李白の到来を知って歓迎する。李白を放逐した朝廷の人々はばけもの以下である〟という意を表すとする(『集千家注批点杜工部詩集』五)。この説によれば、本句は杜甫の、朝廷に対する批判の意図を含むこととなる。

7 **応**　きっと……にちがいない。推量の意。この字は通説では8句までかかるものとする。が、鈴木虎雄『国訳杜少陵詩集』中では7句のみにかかると見て、次のように述べる。

「応下共二冤魂一語上、投レ詩贈二汨羅一、旧解《きうかい》『応』の字《じ》に二句《く》を管《くわん》せしめてみ、投レ詩贈二汨羅一を李白《りはく》の所為《しよゐ》となす。『応《まさ》に冤魂《ゑんこん》と共《とも》に語《かた》り、詩《し》を投《とう》じて汨羅《べきら》に贈《おく》るなるべし、』とよむ。余《よ》は一句《く》づつ切《き》りてよむ。其《そ》の例《れい》は五律《りつ》、奉レ贈二王中允維一（巻《くわん》六、上冊《じやうさつ》五四三頁《ページ》にみゆ）の終《をは》り、窮愁応レ有レ作、試誦白頭吟なり、この句《く》も旧解《きうかい》と鄙説《ひせつ》と異《こと》なれるが、鄙説《ひせつ》によれば上句《じやうく》は王維《わうゐ》についていひ、下句《かく》は作者自己《さくしやじこ》についていへるなり、今《いま》『応共』二句《く》も、上句《じやうく》は李白《りはく》についていひ、下句《かく》は作者自己《さくしやじこ》についていふとみる、因《よ》つて投レ詩贈二汨羅一とは作者《さくしや》が斯篇《このへん》を投《とう》じて汨羅《べきら》の客《かく》ともいふべき李白《りはく》に贈《おく》るといふ義《ぎ》ととるなり、死《し》んだ屈原《くつげん》に与《あた》へるのに「贈」といひしは用字《ようじ》の妙《めう》なりなど歎美《たんび》してゐる人《ひと》（鍾惺《しようせい》・黄白山《くわうはくざん》）もあれど、贈《そう》の字《じ》は死者《ししや》に対《たい》しては本来無理《ほんらいむり》きはまれり、生者《せいしや》に対《たい》してこそ始《はじ》めて意義《いぎ》あり。因《よ》つて、鄙説《ひせつ》は応下共二冤魂一語上、投レ詩贈二汨羅一とよむ。」

7**冤魂**　冤罪で死んだ人の霊。楚の屈原を指す。屈原は楚の三閭大《さんりよたい》夫《ふ》であったが讒言に遭って追放され、南方の水郷地帯をさまよった末、汨羅《べきら》に身を投げて自殺した。（本書七二四〜七二八頁「漁父」の［備考］を参照）隋、孫万寿の「遠戍《クまもり》二江南ヲ一、寄《ス》二京邑ノ親友ニ一」詩に「従来多《シ》二逐臣一」とあるように、江南は古来、多くの人が流謫された土地であり、その筆頭として思い浮かべられるのが屈原なのである。

8**投詩贈汨羅**　前漢の賈誼《かぎ》（前二〇一—前一六九）が左遷されて長沙（湖南省）に至り「弔《とむらフノ》ニ屈原ヲ一賦」を作った故事。作中、賈誼は屈原を悼むとともに、自己の不遇を訴えている。ここでは李白の文才と冤罪とを賈誼のそれになぞらえ、〝李白は今ごろ、冤罪から来る内心の憤悶を屈原に向って訴えているだろう〟と想像している。

「魑魅喜人過といふ中には自ら喰殺されるであらう、さう云ふ物に覡はれてはどうも覚束《(おぼつか)》ないといふことが其中に在ります。そこで自ら応共冤魂語といふ句が出て参りますけれ共《(ども)》実際生きて居ります者を死ぬであろうと申ますには甚だ妙なことでございますから共処まで叙しては行つたけれ共覚《(ママ)》へず筆をば元へ返して投詩贈汨羅と申して矢張り生きて居る人の様に申しました、唯々奇幻に言い放つたのみでは面白く無い、そこで元《(も)》との穏やかなる平穏の字に返して終りと致しました、そこが即ち頓挫とか抑揚とかいふので奇幻十二分に到つて居るがそれのみでは一向詩が面白くないのであります一旦危険の処まで叙してもとへ返つて来るといふ所が大変味ふべき所であります。」（森槐南『杜詩講義』上巻）

通釈

さいはての地で李白どのを思いやる

涼しい風がさいはての地、秦州に吹き始めた。（秋風の中、この私もわびしい気持であるが、いっそう僻遠の地に流された）あなたはどのような心境であられることか。この詩を託する雁はいったい幾時《いつ》になったらあなたの許《もと》に着くのだろう。そちらの水郷地帯では秋の水があふれて、舟旅もさぞ難儀なことであろう。文学・文章というものは、作者の命運が伸びるのを憎悪するのが古来の習わしであり、邪悪な化け物たちは、人のおとずれを喜んで待ち構えているものなのだ。あなたはきっと、冤罪に死したあの屈原と（お互いの無実を）語り合うべく、（屈原が入水《じゆすい》した）汨羅《べきら》に（前漢の賈誼《かぎ》に倣《なら》って）詩を投じ、屈原の魂を弔《とむら》っておられるに違いない。

諸説の異同

異同の所在

第3句「鴻雁幾時到」の解釈

異同の類別

A（杜甫のこの詩を託した）雁は、いつになったら李白の居処に到着するのだろうか。

B（李白からの音信を託せられた）雁は、いつになったら杜甫の居処に到着するのだろうか。

A説を採るもの：北宋、趙次公注（『九家集注本』所引）、呉熊和《ごゆうか》主編『唐宋詩詞評析詞典』（施明智《しめいち》執筆）浙江《せっこう》人民出版社、一九九〇年）。

B説を採るもの：森槐南『杜詩講義』上巻、鈴木虎雄『国訳杜少陵詩集』中、塩谷温『唐詩三百首新釈』、細貝香塘『杜詩鑑賞』、黒川洋一『杜甫』上（中国詩人選集第九巻、岩波書店、一九五七年）、目加田誠『唐詩三百首』2（東洋文庫265、平凡社、一九七五年）、蕭滌非《しょうてきひ》ほか『唐詩鑑賞辞典』（孫芸秋《そんげいしゅう》・王啓興《おうけいこう》執筆）上海辞書出版社、一九八三年）、石川忠久『NHK漢詩をよむ』友情のうた（日本放送出版協会、一九八六年）など。

異同の論拠

いずれも言及されていない。

A説の嚆矢《こうし》は恐らく『九家注』に引く北宋の趙次公（字、彦材《げんさい》）の説であろう。

問《フ》ニ鴻雁幾時《カ》可《キヲ》レ到《ル》ニ於白之処《ニ》一。江湖《ノ》秋水既《ニ》多《ケレバ》、則《チ》鴻雁游泳《シ》、其《ノ》到《ルコト》恐《ラクハ》遅《カラン》也。

しかしながら、以後この説を支持するものはほとんど見られない。その中にあって、『唐宋詩詞評析詞典』はこの説を採る稀な例であるが、そこでは「鴻雁」を特に〝李白赦免の知らせを伝える雁〟とし、次のように述べられる。

杜甫は李白が恩赦に遇ったとの知らせを聞き、大いに喜んだが、その一方で焦りと不安とを禁じ得ない。焦るのは、この知らせを伝える雁がいつになったら李白の身辺に到着するかわからないからであり、不安になるのは、江湖は広く、風波ははげしく、かりに李白が赦免の通知を受け取ったとしても、帰路が非常にけわしいからである（原文中国語）。

一方、B説を採るものは多いが、その根拠を示している例は無い。ただ鈴木虎雄『国訳杜少陵詩集』のみ、趙彦材の注には「作者自己の書がいつ白のもとにつくことやら」ととく、今取らず。

と、A説の存在に言及するが、これを否定する理由までは述べられない。

いまB説の根拠を推察するに、作詩当時の季節は秋であり、雁が南へ飛び移る時期である。その雁が李白の書信を携えてこちらへ戻って来るのは来年の春である。それはまだまだ先のこと、いったいいつになるか実感がわかないくらい遠い先のことだ——という心情を表わしたものと思われる。

しかし本稿では詩想の流れを次のようにとらえ、A説に従った。

① 第1句に季節が初秋であることが明示されている。

② 初秋の雁は南に飛ぶものである。

③ そこから〝李白への書信・贈詩を届ける雁は、いつ李白のいる南の地に到着するだろうか〟という想念が生ずる。

この方が、流れとしてより自然のように思われる。

（宇野　直人）

0 白帝城最高楼
白帝城《はくていじやう》の最高楼《さいかうろう》

1 城尖徑仄旌旆愁
2 獨立縹緲之飛樓
3 峽坼雲霾龍虎睡
4 江淸日抱黿鼉遊
5 扶桑西枝對斷石
6 弱水東影隨長流
7 杖藜歎世者誰子
8 泣血迸空廻白頭

城尖《しろとが》り　径仄《みちかたむ》きて　旌旆《せいはい》愁《うれ》ふ
独《ひと》り立《た》つ　縹緲《へうべう》の飛楼《ひろう》に
峡坼《けふさ》け　雲霾《くもつちふ》りて　竜虎《りようこ》睡《ねむ》り
江清《かうきよ》く　日抱《ひいだ》きて　黿鼉《げんだ》遊《あそ》ぶ
扶桑《ふさう》の西枝《せいし》　断石《だんせき》に対《むか》ひ
弱水《じやくすい》の東影《とうえい》　長流《ちやうりう》に随《したが》ふ
藜《あかざ》を杖《つゑつ》き世《よ》を歎《たん》ずる者《もの》は誰《た》が子《こ》ぞ
血《ち》を泣《なみだ》し空《くう》に迸《ほとばし》らせて白頭《はくとう》を廻《めぐ》らす

テキスト　『全』二二九-4-2439 ◆『宋本杜工部集』一六 ◆『九家集注杜詩』三一 ◆『杜陵詩史』二三 ◆『分門集注杜工部詩』五 ◆『杜工部草堂詩箋補遺』六 ◆『銭注杜詩』一四 ◆『杜詩詳注』一五

校語
1 **仄**　『宋本』には「一ニ作ルレ翼ニ」、『杜陵詩史』『分門集注本』には「(王)洙曰ハク、一ニ作ルレ翼ニ」との校語がある。『全』『銭注本』は「昃」に作り、「一ニ作ルレ翼ニ」との校語がある。なお『九家集注本』『詳注本』は「仄」に作り、前者には「一ニ作ルレ翼ニ」との校語、および「趙(次公)云フ、徑仄旧ハ作ルニ徑昃ニ一、已《もとより》誤テリ。又作タルニ徑翼ニ一、無シレ義」との注が、また後者には「旧《もと》作ルレ昃ハ、非ナリ。一ニ作ルレ翼ニ」との注がある。
3 **睡**　『全』『詳注本』『銭注本』は「臥」に作り、前二者には「一ニ作ルレ睡ニ」、後者には「呉(若)ハ作ルレ睡ニ」との校語がある。
5 **對**　『杜陵詩史』『分門集注本』は「封」に作る。『全』『銭注本』『詳注本』は「對」に作り、「一ニ作ルレ封ニ」との校語がある。
8 **廻**　『全』は「廻」に、『九家集注本』『詳注本』は「回」に作る。皆な同義。

詩型・韻字
七言律詩(拗体)。愁《しう》・樓《ろう》*・遊《いう》・流《りう》・頭《とう》*(下平声尤韻(尤侯韻*))。

語釈
0 **白帝城**　瞿塘《くとう》峡を間近に望む、長江北岸の白帝山の中腹にある城塞。前漢末の混乱期には、梟雄公孫述は、自ら白帝と称し、この拠城を白帝城と称した。唐代の夔《き》州は、この白帝城の付近一帯と、小高い丘陵を隔てた西に数キロの瀼《じよう》西の一帯との、二つの中心をもっていた。
この詩は、作者55歳(大暦元年(七六六))、夔州(四川省奉節県)における作品と考えられている。
1 **城尖**　白帝城の城壁が、険しく尖《とが》ってそびえる。山城の起伏に富んだ様子をいう。
径仄　白帝城に登る径《こみち》、もしくは城内の径が傾斜している。
旌旆愁　「旌」は、旗竿の先端に旄牛《からうし》の尾と、鳥の羽とを飾った旗。「旆」は、旗の末端が燕尾のように裂かれた旗。但し、ここでは「旌旆」で、旗一般を指すと考えてよい。「旌旆愁」とは、険阻に聳える白帝城に掲げられたために、旗も、悄然《しようぜん》とうなだれて見えること。

2**独立縹緲之飛楼**　作者がただひとり、はるかに聳える高楼に登り立つ。「縹緲」は、高く遠く、ぼんやりとかすむさま。「飛楼」は、高楼。なおこの一句、通常の七言句が「○○・○○・○○○」の音数律をとるのに対して、「○○・○○○○○」の特異な音数律を用いる点で、また「之」字の使用が明らかに散文的である点で、特徴的である。杜甫は、おそらくはこうした典雅流麗ならぬ句作りをあえて選ぶことで、白帝城の異様な光景を、意味以前に、響きとして読者に直截に印象づけようとしたのであろう。

3**峡坼**　白帝城から、東の瞿塘峡を望んだときの光景。瞿塘峡の岩山が坼《さ》けて、その細い隙間に向かって長江が流れ込む。瞿塘峡は、三峡の中でもとりわけ雄大な景観を持ち、ほとんど垂直に聳えるかのような険しい両岸の岩壁に挟み込まれた長江は、川幅も一二〇メートルにせばまってその間を奔騰する。

雲霾　「霾《つちふる》」とは、強風によって吹き上げられた泥塵が、上空から降り落ちること。春先に日本でも見られる黄砂現象は、中国華北の黄土地帯で吹きあげられた泥塵が、海を渡って日本にまで達した「霾」である。もっとも詩にいう「雲霾」とは、ここの華中という風土からして原義的用法と見るのは難しく、おそらくは雲気が、さながら土埃のつくる黄雲のように、重たく暗く、瞿塘峡の谷間をうずめることをいうのであろう。

竜虎睡　峡中の雲気が、おどろおどろしく、盛んなさま。『易経』乾《けん》・九五に「雲ハ従ヒレ竜ニ、風ハ従フレ虎ニ」とあって、竜と虎は、雲気の通行と縁語の関係にある。

4**日抱**　日光が、やさしく抱擁するように、あたりを限なく照らすことか。『佩文韻府』では、杜甫のこの用例のみを示す。

黿鼉遊　黿《わに》と鼉《おおがめ》が遊《およ》ぐ。澄んだ長江を、日光が限なく照らすため、普段は水底に潜んで姿を現さない黿鼉までも、その泳ぐ姿が克明に見える。江水の澄んでいることを表現したもので、実際に黿鼉がいたと考える必要はない。

5**扶桑西枝**　扶桑は、東海にあると信じられた仙境で、（伝）東方《とうぼう》朔《さく》『海内《かいだい》十洲記』不分巻によれば、そこには巨木があり、高さ数千丈、太さ二千余囲《かかえ》、一つの根から二本の幹が寄りそうように生えるので、扶桑（扶《ささ》え寄りそう桑）という名がある、と記される。「扶桑西枝」とは、鈴木虎雄『杜少陵詩集』三（続国訳漢文大成、国民文庫刊行会、一九三一年）によれば、二本の幹の西に張り出した幹（枝）のこと。

対断石　「断石」とは、三峡の異称。禹《う》（治水で知られる伝説的聖天子）は、長江の氾濫を、三峡の岩山を断ち切り（断レ石）海に水路を開くことで、治めたと伝えられる。「扶桑西枝対断石」とは、白帝城（断石）からは、遠く東海中の仙山に生える扶桑の西向きの枝が見えることを、つまり白帝城の最高楼が、それほどに高く聳えて、眺望のきくことを表現したものである。

6**弱水**　中国の西方、崑崙山の下《ふもと》を流れると伝説される川。『山海《せんがい》経《きょう》』大荒西経に、「有リ二大山一、名ヅケテ曰フ二昆侖之丘ト一。其ノ下ニ有リテ二弱水之淵一、環《めぐ》リレ之ヲ」。これに対する東晋、郭璞《かくはく》の注に、「其ノ水不レ勝《たへ》二鴻毛ニ一」、その流れは鴻《かり》の羽毛も浮かべられないほどに、かぼそく弱い。前句の「扶桑」が、極東の地における巨大な存在の象徴とすれば、「弱水」は、極西の地における微小な存在の象徴として、互いに際立たせ合って対句の妙を作る。なお弱水と呼ばれるものには、崑崙の弱水以外にもある。やはり『山海経』の西山経に、「労山……弱水出《デ》レ焉《ここヨリ》、而《シテ》西流《シテ》注《グ》二于洛《ニ》一」。また『書経』禹貢に、「弱水既西《ニス》」。杜甫がいずれの弱水を念頭においていたかは不明であるが、むしろここでは漠然と、極西の地を流れる伝説的な河水と理解するに止めておくのが適当であろう。

随長流 「長流」は、長江を指していう。「弱水東影随長流」とは、弱水の東に流れる影《すがた》が、いつしか長江のはるかな流れに随《よりそ》って、一つに合体することをいう。これも前句と同様、白帝城最高楼からの眺望を、幻視を交え、誇張して表現したものである。

なおこの二句は、魏の曹植の「遊僊《ゆうせん》」詩に「東《ノカタ》観《み》二扶桑《ノ》曜《かがやクヲ》一、西《ノカタ》臨《ム》二弱水《ノ》流《ルルヲ》一」とあるのを敷衍したものであろう。

7 **杖藜** 藜《あかざ》を杖にする。藜は、アカザ科の一年生草木で、その茎は固く、しばしば杖に用いられる。

歎世 世情、世相を慨嘆する。当時（七六六年）、安史の乱（七五五―七六三）は平定されたものの、各地に反乱が頻発する険悪な世情にあった。「歎世者」とは、作者の自称。

誰子 「子」は、軽くそえられた俗語系の接尾語。

なおこの第7句は、「〇〇〇〇・〇〇」という七言句としては特異の音数律をもち、また「者」という散文的な助字を用いるなど、特徴的である。第2句の〔語釈〕も、あわせて参照。

8 **泣血** 「泣」は、ここでは他動詞。血を、泣《なみだ》としてながす。

迸空 空中に、勢いよくほとばしらせる。号泣の激しさとともに、白帝城最高楼の聳え立つ高さが、提示される。

廻白頭 白髪頭を、左右にめぐらす。頭《かしら》を廻らすのは、悲嘆の仕草である。

通釈

白帝城の最も高い楼に登って

城壁は、尖《するど》く突っ立ち、小径も険しく、城に立てられた旗さえも、うなだれて生気を失っている。そしていま、自分はただ独り、縹緲と杳《はる》かに聳える高楼に、登り立つ。

峡は裂かれて口を開け、その間に雲気は泥雲《どろぐも》のように重たくたちこめて、あたかも竜や虎が寝そべるかのようであり、江は澄みきり、陽光はおだやかに照らして、水底には黿《わに》や鼉《おおがめ》の泳ぐ姿さえ見えるかと思うほどだ。

東海の巨大な扶桑の、西に張り出した枝が、ここ三峡の断崖と向かい合い、西辺のか細い弱水の、東に流れる川筋が、そのまま長江のはるかな流れに寄りそうのが見える。

藜《あかざ》の杖に身をもたらせて、世の中を嘆じているのは、そもそも誰か。血の涙を流して虚空に注ぎながら、白髪頭を振り乱すのだ。

諸説の異同

特記事項なし。

備考

この「白帝城最高楼」は、近体の七言律詩としては破格の作品である。近体詩の平仄規則には、①句中においては、「二四不同」（第二字と第四字が平仄を異にする）、「二六対」（第二字と第六字が平仄を同じくする）という規則が、また②二句一聯中においては、対応する位置にある字（特に第二字、また第四、第六字）が平仄を異にする「対法」の規則が、さらに③聯と聯の間（例えば第2句と第3句の間）では、対応する位置にある字（特に第二字、また第四、第六字）が平仄を同じくする「粘法」の規則がある。ところがこの詩の場合、上記の近体詩の平仄規則が、多く踏み破られている。

①城○尖○径●仄●旌○旆●愁○
②独●立●縹○緲●之○飛○楼○
③峡●坼●雲○霾○龍○虎●睡●
④江○清○日●抱●黿○鼉○遊○
⑤扶○桑○西○枝○対●断●石●
⑥弱●水●東○影●随○長○流○
⑦杖●藜○歎●世●者●誰○子●
⑧泣●血●迸●空○廻○白●頭○

（平字は○、仄字は●で表示）

例えば①については、第1句は「二六対」、第2句では「二四不同」「二六対」の規則が破られている。また③については、第6句と第7句の間で「粘《ねん》法」が破られた、いわゆる失粘《しってん》となっている。またこれとは別に、句中の下三字が平字になる「平三連」は、近体詩の禁忌であるが、この禁忌が第2、第4、第6句で犯されている。以上に指摘したのは、この詩の破格の一部分であるが、このことからもこの詩がいかに標準的な近体詩（七言律詩）の平仄規則を顧慮していないかが知られよう。

しかも語釈（第2、第7句）で指摘したように、近体と古体とにかかわらず七言句は「○○○○・○○○」の音数律をとるのを常態とするのに対して、第2句では「独立・縹緲之飛楼」の、第7句では「杖藜歎世者・誰子」の特異な音数律を採用している（なお中国古典詩のこうした律《リズム》の特質については、松浦友久『リズムの美学——日中詩歌論』（明治書院、一九九一年）に詳細な論考がある）。

この詩は、平仄規則および音数律の、総じていえば韻律の、破格性を明らかな特徴としている。そしてこの特徴は、この詩のもう一つの特徴、すなわち幻想の放恣な展開（特に第5・6句）や感情の激越な表白（特に第7・8句）に示されたところの、節度にとらわれない奔放な抒情のあり方と、対応するものである。詩歌における韻律と表現内容とが互いに有機的な関係にあるべきことを、この詩は明瞭に示している。

（松原　朗）

0 返照
1 楚王宮北正黄昏
2 白帝城西過雨痕
3 返照入江翻石壁
4 帰雲擁樹失山村
5 衰年肺病唯高枕
6 絶塞愁時早閉門
7 不可久留豺虎亂

返照《へんせう》
楚《そ》王《わう》の宮北《きゆうほく》　正《まさ》に黄昏《くわうこん》
白帝《はくてい》の城西《じやうせい》　過雨《くわう》の痕《あと》
返照《へんせう》　江《かう》に入《い》りて　石壁《せきへき》に翻《ひるがへ》り
帰雲《きうん》　樹《き》を擁《よう》して　山村《さんそん》を失《うしな》ふ
衰年《すいねん》　肺《はい》は病《や》みて　唯《た》だ枕《まくら》を高《たか》くし
絶塞《ぜつさい》　愁《うれ》ふる時《とき》　早《はや》く門《もん》を閉《と》ざす
久《ひさ》しく留《とど》まるべからず　豺虎《さいこ》の乱《らん》

8南方實有未招魂　南方《なんぽう》実《まこと》に未《いま》だ招《まね》かれざるの魂《こん》有《あ》り

テキスト 『全』二三〇-4-2529 ◆『宋本杜工部集』一四 ◆『九家集注杜詩』二八 ◆『杜陵詩史』二五 ◆『分門集注杜工部詩』一 ◆『草堂詩箋』二八 ◆『銭注杜詩』一五 ◆『杜詩詳注』一五 ◆『選』五

校　語

1**昏**　『宋本』には「昬」に作る。別体字。

3**翻**　『九家集注本』『選』には「飜」に作る。別体字。

4**村**　『詳注本』には「邨」に作る。別体字。

詩型・韻字

七言律詩。昏《こん》・*痕《こん》・村《そん》・門《もん》・魂《こん》（上平声魂韻〔魂痕*韻〕）。

語　釈

0**返照**　①夕日、②夕日の光線、③もしくは太陽が地平線に沈んだ後の夕映え。ここでは第3句「返照入江翻石壁」において、返照が強い光線であることが示されているから、②の用法であろう。

1**楚王宮北**　楚王宮（また楚宮）は、夔州《き》（現在の四川省奉節県）の東に接してあったと伝えられる、戦国時代の楚国の離宮のこと。夔州逗留の時期（七六五年晩春―七六七年早春、杜甫55歳―57歳）、杜甫は夔州の土地の代表的古跡として、しばしばこの楚宮を詠じている。

　この楚王宮には、有名な伝説がある。『楚辞』に収められた戦国、楚の文人宋玉の「高唐賦」に次のようにある。楚の懐王（襄王の父）が離宮の高唐観に行幸したとき、昼寝の夢で巫《ふ》山の神女と会い、これと交歓した。神女は去るとき、「妾《ハ》住《ミ》二巫山之陽《みなみ》、高丘之阻《けはしき》一ニ、旦《あした》ニハ為《リ》二朝雲一ト、暮ニハ為《ツテ》二行雨一ト、朝朝暮暮、陽台之下ニアリ」、つまり巫山（三峡の山）に住まう神女は、朝は雲となり、暮には行雨《にわかあめ》となって姿を現す、と懐王にいい残した。この「高唐賦」に記された伝説によって、文学に詠まれる巫山の楚宮には、しばしば艶めかしい幻想が付帯している。杜甫のこの詩には直截的な言及こそないが、次句に暮の「過雨《にわかあめ》」が詠まれていることからも、杜甫がこの伝説を意識しながらこの楚王宮を詠じていることは、疑いえないであろう（ちなみに、「高唐賦」のように「行雨《（平声）》」と言わずに「過雨《（仄声）》」と文字を改めたのは、一つには「高唐賦」への単線的な連想を避けるためであり、また何よりも律詩の平仄規則によって「行 xíng 平声《ひょうしょう》」ではなく「過 guò 仄声《そくしょう》」がもとめられたためであろう）。

正　あたかも今。

2**白帝城西**　白帝城は、三峡（上流から瞿塘《くとう》峡・巫峡・西陵峡）の入口、長江北岸の小高い白帝山の中腹にある城。前漢末期の梟雄、公孫述は、自ら白帝と称し、またこの拠城を白帝城と称した（後世の説話に、この城の井戸から白竜が昇ったので、彼は自らを白帝――竜は帝の象徴《シンボル》――と称し、城を白帝城と呼んだ。唐、李吉甫『元和郡県図志』逸文一）。唐代の夔州は、この白帝城の一帯と、丘陵を隔てたこの西数キロにある瀼《じょう》西と呼ばれる比較的平坦な地区の、二つの中心をもっていた。杜甫はこの時、白帝山の南西の中腹に位置すると推定される西閣という寓居におり、そこから西には、白帝山のふもとのせまい谷間に密集する町並と、瀼西への視線をさえぎる丘陵が見えたはずである。「白帝城西」とは、その眺望をさしていう。

過雨痕　にわか雨の痕跡。

3 **返照入江**　夕日の光線が、長江の水面に差し込む。「過雨」をもたらした雨雲の切れ間から、不意に夕日の光が差した、という一瞬の変化を捉えた表現であろう。

翻石壁　長江の水面に差し込んだ返照が、岸の石壁にきらきらと反射する（訓読「翻《ヘル》二石壁《ニ》一」）。なお、長江の水面にうつった石壁が、波によって揺れ動く（訓読「翻《ヘス》二石壁《ヲ》一」あるいは「翻《ヘル》二石壁一」）とみる解釈もある。詳しくは〔諸説の異同〕を参照。

4 **帰雲**　ねぐらに帰る雲。中国人の古典的な観念として、雲は、朝に山の洞穴から湧き出し、夕にはそこに帰る。ここでは、白帝城に「過雨」を降らせた雲が、山に向かって遠ざかってゆくことをいう。

擁樹　山の樹々を、すっぽり包む。雲が低く、山肌を這う光景。

失山村　山村が視界から失われる、見えなくなる。

5 **衰年**　老衰の年齢。このとき、杜甫は55歳。

肺病　肺が病気になる。喘息の類か。肺疾は、糖尿（消渇）とともに、杜甫の晩年を苦しめた持病として、この時期の詩にしきりに言及がある。いずれの病気も、成都の草堂を去って長江を雲安（四川省雲安県）まで下った時期（七五四年秋、杜甫54歳）以後に、にわかに病状が悪化したようである。

唯高枕　ひたすら枕を高くする。「高枕」とは、「高臥」と同義で、主に、俗世を避けて高踏を装うことをいう。但しここではやむをえず病臥することを、屈接した自負に自嘲を交えて表現したものであろう。

6 **絶塞**　絶域辺境の要塞。夔州を指す。夔州は、辺境三峡の、軍事と通商の要衝であった。

愁時　愁うる時。対句として前句の「肺病」と呼応するため、「愁《フル》レ時《ヲ》＝時勢を愁うる」とは訓じがたい（鈴木虎雄『杜少陵詩集』三では、本文を「病《ム》レ肺《ヲ》」と臆改？したうえで、「愁時」に対しては、「時を愁う」の訓を与えている）。

早閉門　夕刻はやばやと家の門を閉める。自己の境遇と、戦乱のおさまらぬ時勢とを愁うるさま。これを即物的な防犯の行為と見るだけでは、不十分であろう。「高枕」「閉門」いずれも、杜甫が社会と交渉を持つだけの心理的、身体的な活性を失って、自己の孤独の世界にひきこもることを暗示する。

なお「門」を夔州の城門と解することも、不可能ではない。それならば、戦乱のやまぬ不穏な世情を警戒し、治安のために城門を閉める、という意味になる。

7 **豺虎乱**　「豺（山犬）虎」は、凶悪人の比喩。凶悪な盗賊のひき起こす反乱。安史の乱（七五五―七六三）以後、中央の威令が衰えるとともに各地で頻発するようになった兵乱のことをいう。三峡の軍事的要衝であった夔州は、とりわけ近隣の兵乱に敏感であった。

8 **南方**　杜甫がいる夔州は、長安から見れば南方の辺境に位置している。

未招魂　まだ招き寄せられていない、さまよえる魂。魂は、人の死、もしくは極度の悲哀によって、肉体を遊離すると考えられていた。『楚辞』に収められた宋玉の「招魂」は、汨羅《べきら》江に身を投げて非業の死を遂げた屈原のさまよえる魂を招き寄せるために作られたといわれるが、その中に「魂兮《ヨ》帰《リ》来《タレ》、南方不《ハ》レ可《カラ》ニ以《テ》止《マル》一」の一節がある。杜甫はこれを借りて、長安に帰りたくとも帰れずにいる不遇の自己を、死者の遊魂になぞらえつつ、あわせて暗に、中央にいる友人（高官）に対して、自己を官僚として長安に呼び戻してくれるよう希求したものでもあろう。

通釈

夕日の光

楚王の離宮の北は、今まさに黄昏に沈み、白帝城の西は、にわか雨の足あとが残っている。

夕日の光は、長江にふかぶかと差し込んで、岩壁にきらきらと散乱し、日暮れてねぐらに帰る雲は、樹々をおし包んで、山の村はその中に姿を消した。

老年に肺を病んでからは、ひたすら世を避けて枕を高くし、辺境の町で愁いのつのる時には、はやばやと家の門を閉める。

凶悪人どもの引き起こす兵乱の中に、いつまでも身をおくことはできない。ここ南方には、げにかくも、まだ招き寄せられていない魂があるのだ。

諸説の異同

異同の所在

「翻石壁」の解釈について

異同の類別

A　返照が長江の水面に差し込んで、岸の石壁にきらきらと反射する。

B　返照が長江の水面に差して明るくなったため、水面に映じた石壁の倒影が波に揺れ動くのが見える。

A説を採るもの：邵傅《しょうふ》『杜律集解』七言律詩下、徐放『杜甫詩今訳』（人民日報出版社、一九八五年）。日本では、戸崎允明『箋註唐詩選』五、千葉芸閣《うんかく》『唐詩選師伝講釈』七言律、森槐《かい》南『杜詩講義』中巻（文会堂書店、一九一二年）、目加田誠『唐詩選』（新釈漢文大系、明治書院、一九六四年）、目加田誠『杜甫』（漢詩大系、集英社、一九六五年）、斎藤晌《しょう》『唐詩選』下（漢詩大系、集英社、一九六五年）。

B説を採るもの：邵宝『(刻) 杜少陵先生詩分類集注』二三、顧宸『辟疆《へききょう》園杜詩註解』七言律巻五、呉見思『杜詩論文』夔州四二、盧元昌『杜詩闡』二六、張溍《しん》『読書堂杜工部詩集注解』一六、仇兆鰲《ごう》『杜詩詳注』一五。日本では、服部南郭『唐詩選国字解』七言律、津阪孝綽《たかひろ》『杜律詳解』下、森槐南『唐詩選評釈』下巻（文会堂書店、一九一八年）、鈴木虎雄『杜少陵詩集』第三巻（続国訳漢文大成、国民文庫刊行会、一九三一年）。

異同の論拠

ABいずれの説を採る注釈書の場合も、特にこれといった論拠が示されているわけではない。

いま参考のために、A説からは千葉芸閣『唐詩選師伝講釈』、B説からは邵宝『(刻) 杜少陵先生詩分類集注』を掲げる。

A説：サテ、返照ガ江水ニ入リ、波ニ映ジ、石壁ノヤウナ岸ヲ、チラチラキラキラトスルユヱ、翻ト云ツタ。
（千葉芸閣『唐詩選師伝講釈』七言律）

B説：「翻《ストハ》ニ石壁《ヲ》一」、石壁倒《さかしまニシテ》レ影《ヲ》入《ル》レ江《ニ》、故《ニ》波光翻動《スル》也。
（邵宝『(刻) 杜少陵先生詩分類集注』二三）

なお本書においては、かりにA説に拠って解釈した。（松原　朗）

0不見　　見《み》ず

1不見李生久　　李生《りせい》を見《み》ざること久《ひさ》し

2佯狂眞可哀　　佯狂《やうきやう》　真《まこと》に哀《あは》れむべし

3世人皆欲殺　　世人《せじん》　皆《みな》　殺《ころ》さんと欲《ほつ》するも

4吾意獨憐才　　吾《わ》が意《こころ》　独《ひと》り才《さい》を憐《あは》れむ

5敏捷詩千首　　敏捷《びんせふ》　詩《し》　千首《せんしゆ》

6飄零酒一杯　　飄零《へうれい》　酒《さけ》　一杯《いつぱい》

7匡山讀書處　　匡山《きやうざん》　読書《どくしよ》の処《ところ》

8頭白好歸來　　頭白《かしらしろ》くして好《よろ》しく帰来すべし

テキスト　『全』二二七-4-2458　◆『宋本杜工部集』一二　◆『九家集注杜詩』二四　◆『杜陵詩史』一五　◆『分門集注杜工部詩』一九　◆『杜工部草堂詩箋補遺』二　◆『銭注杜詩』一二　◆『杜詩詳注』一〇

校　語

0**不見**　『全』『詳注本』には「原注、近ゴロ無シ二李白ノ消息一」、『杜陵詩史』『分門集注本』には「魯（訔《ぎん》）曰ハク、近ゴロ無シ二李白ノ消息一」、『宋本』『九家集注本』『銭注本』には「近ゴロ無シ二李白ノ消息一」との注記がある。

6**杯**　『九家集注本』『杜陵詩史』『分門集注本』『杜工部草堂詩箋補遺』『銭注本』は「盃」に作る。別体字。

7**匡**　洪邁（南宋の人。一一二三―一二〇二）の『容斎随筆』二集の「康山読書」の条に、「杜子美ノ贈ルノ二李太白ニ一詩ニ『康山讀書處、頭白好歸來』」とある。また楊慎（明の人。一四八八―一五五九）の『丹鉛続録』三の「李白」の条に、「杜工部ノ寄スルノ二李太白ニ一詩ニ所ノレ謂フ、『康山讀書處、頭白好歸來』是レ也。晏元献公ガ『類要』ニ引ケリ二此詩ヲ一。今人不レ知ラ、乃チ改メテレ康ヲ爲ス二匡盧山ト一」とある。

8**好**　『全』には「一ニ作ルレ始ニ」、『宋本』『銭注本』『詳注本』には「一ニ云フレ始ト」との校語がある。

詩型・韻字

五言律詩。*哀《あい》・*才《さい》・杯《はい》・*來《らい》（上平声灰韻〈灰咍韻*〉）。

語　釈

0**不見**　第1句の初めの二字を取って詩題としたもの。『詩経』の命題が概ねこの方法であり、杜甫がこの詩も含めてしばしばこの方法を用いることは、『詩経』を強く意識した結果であろう。

1**李生**　李白を指す。「生」は、通常は学生、・書生、などと熟するように、まだ社会人として一人前ではない者を指していうが、ここでは永王李璘の水軍に参加し、これによって反逆罪に問われてすべてを失った李白の境遇を暗示する用法であろう。また尾聯「匡山読書ノ処、頭白クシテ好シク二帰来ス一ベシ」において、李白をあえて老書生に見立てて帰郷を促す表現をとることとも呼応すると考えてよかろう。

2**佯狂**　佯《いつわ》って狂人を装うこと。自己の才知を韜晦して保身をはかる方法となったこと、古来、多くの先例を持つ。一例として、箕子《きし》は殷の紂王《ちゅうおう》の暴政をしばしば諫めて聞き入れられず、ついに「被髪佯狂」し、自らすすんで奴隷に身を落とした（『史記』宋世家）。李白の飲酒にまつわる磊落な行動が、実は単なる愛飲の結果ではなく、「佯狂」すなわち俗世に納れられぬ不遇感の表白であったと、杜甫は解釈するのであろう。つづく「真二可《シ》レ哀《レム》一」の三字は、こうして「佯狂」を演ずるしかなかった李白への同情として読める。

3 **世人皆欲殺**　永王李璘の水軍が、粛宗によって反乱軍と見做され、至徳二載（七五七）二月に鎮圧されると、これに参加した李白は捕えられ、潯陽の獄に下された（同年三月―七月以前）。参照：松浦友久「李白における安史の乱（中）―関係事跡の意味するもの」（松浦友久『李白伝記論―客寓の思想』研文出版、一九九四年）所収。

4 **独憐才**　世人は知らず、ただ自分だけは李白の天才を愛《お》しむ。「独」は、ここでは前句の「皆」と対置されており、世人が「皆」李白を迫害しようとする中で、杜甫ひとりは、みずからの確信において「憐《レ》レ才《ヲ》」むものであることを強調する。「憐」は、古語「あはれむ」の含意にほぼ相当し、憐憫に限らず深い賛嘆や愛着をも幅広く表す。

5 **敏捷詩千首**　作詩の神速なるさまをいう。杜甫は、「飲中八仙歌」（『正編』二七七頁）において「李白一斗詩百篇」と、また「寄《ス》二李十二白《ニ》二十韻一」において「筆落《チテ》驚《キ》二風雨一、詩成《リテ》泣《カシム》二鬼神《ヲ》一」と詠じており、その作詩の神速をもって李白の天才の一つの顕著な特性と認識していたようである。

6 **飄零**　葉が秋風に吹かれて落ちることを基本義とし、転じて、落ちぶれて他郷をさすらうことの義となる。なお伝記論的には、この「飄零」の語によって、このとき李白はすでに夜郎流謫から赦され、長江中流域を放浪していた（また杜甫もその情況を知っていた）ものと考えられる。

7 **匡山読書処**　「匡山」は四川省江油県にある山。また「康山」「戴天山」ともいう。南宋、計有功『唐詩紀事』一八に引く楊天恵『彰明逸事』（一〇九九年成書）に「（李白）隠《ス》二居戴天大匡山《ニ》一。……今大匡山猶《ホ》有《リ》二読書台一」によれば、李白が早年ここに隠棲して読書したことが知られる。ちなみに匡山のある江油県（李白の当時の綿州昌明県）は、李白が数歳にして家族とともに西域から移住し、25歳（七二五年）の秋に蜀を去って三峡を下るまでの生活の拠点であり、李白において故郷と意識される土地であった。李白のこの時期の生活については松浦友久「李白における蜀中生活」（同『李白伝記論―客寓の思想』所収）に関連事項も含めての考証がある。

なお「匡山」を匡廬山（＝江西省の廬山）とする説が古くからあり、〔諸説の異同〕を参照。

8 **好帰来**　帰って来ればよいのだ。「好 hǎo」は「宜 yí」（ヨロシク……ベシ）の口語的表現。ここで「好」（仄《そく》声）が用いられたのは、「宜二帰来一」では近体詩の禁忌である平三連（句末の三字が平声になる）を避けるためであり、また口語的な「好」によって飾らぬ真率な表現を求めたためであろう。

通釈

会わずにいる

李白に久しく会わずにいるが、狂人を装っておのれを韜晦するその姿こそ、まことに痛ましい。

世間の人々は、こぞって永王李璘の挙兵に加担した君を殺そうとしたのだが、私は心中ひそかに、その天才を愛《お》しんだのだ。

瞬く間に、千首の詩を作りあげる能力をもちながら、今は浪々の中、一杯の酒に慰めを求めるしかあるまい。

蜀の匡山こそ、（かつて世に出る前に隠棲して）読書に励んだ場所、白髪を頂いた君よ、この地に帰り来たれかし。

諸説の異同

異同の所在

「匡山」の比定

異同の類別

A　四川省江油県の匡山。

B　江西省の廬山（匡廬山）。

A説を採るもの：郭知達『九家集注杜詩』二四、王十朋『杜陵詩史』一五、欠名『分門集注杜工部詩』一九、王嗣奭《しせき》『杜臆』三、仇兆鰲《ごう》『杜詩詳注』一〇、盧元昌『杜詩闡《せん》』一一、楊倫『杜詩鏡銓』八、蕭滌非《しょうてきひ》『杜甫詩選注』（人民文学出版社、一九七九年）、徐仁甫『杜詩注解商権』（中華書局、一九七九年）、『唐詩鑑賞辞典』（〔黄宝華執筆〕上海辞書出版社、一九八三年）、鄧魁《かい》英・聶《じょう》石樵『杜甫選集』（上海古籍出版社、一九八三年）、鈴木虎雄『杜少陵詩集』第二巻（続国訳漢文大成、国民文庫刊行会、一九二八年）、目加田誠『杜甫』（漢詩大系、集英社、一九六五年）。

B説を採るもの：黄鶴『黄鶴補注杜詩』二四、邵宝『（刻）杜少陵先生詩分類集注』二一、朱鶴齢『輯注杜工部詩集』八、銭謙益『銭注杜詩』一二、黄生『杜工部詩説』六、顧宸『辟疆《へききょう》園杜詩注解』五言律詩巻五、浦起竜『読杜心解』三之三、郭曾炘《そうきん》『読杜劄《さつ》記』、馮至《ふうし》『杜甫詩選』（作家出版社、一九五六年）、劉友竹「杜詩〈不見〉辨疑」（杜甫研究学刊『草堂』総第一一期、一九八六年六月）。

異同の論拠

A説（四川省江油県の匡山とする説）

A説を採るものから、その論拠を要領よくまとめたものとして、蕭滌非『杜甫詩選注』を掲げる。

杜甫は、李白が異郷にあって、禍いをまねきかねないことを憂慮し、そこで彼が故郷に帰ることを願ったものである。郭知達『九家集注杜詩』二四に杜田の『杜詩補遺』を引いていう。「（李）白、厥先《そのちち》、避仇客居蜀之彰明、太白生焉《ここに》。彰明有大小匡山、（李）白読書于大匡山、有読書台尚存。其宅在清廉郷、後廃為僧坊、号隴西院、蓋以太白得名。院有太白像、唐綿州刺史高忱《こうしん》及崔令欽記。所謂匡山、乃彰明之大匡山、非匡廬（廬山）也」。また『唐詩紀事』一八に楊天恵『彰明逸事』を引いていう。「元符二年（一〇九九）（楊）天恵補令于此、竊《ひそかに》従学士大夫求逸事、聞唐李太白、本邑人、居大匡山、杜甫詩云『匡山読書処、頭白好帰来』。然学者多疑《おもひ》太白為山東人、又以匡山為匡廬、皆非《あやまち》也」。按ずるに唐の鄭谷の「蜀中」詩に「雲蔵李白読書山」とあるのも、やはり大匡山を指すものである。黄鶴・銭謙益・仇兆鰲の諸家がみな、匡山を九江の匡廬（廬山）とするのは、正しくない。理由の第一は、李白は蜀の人であって、九江の人ではなく、もし匡廬を指すとすれば、「帰来」の二字が通じなくなってしまう。いわゆる「帰来」は、一般に故郷を指して用いられるからである。陶淵明の「帰去来辞」も、やはり彼が彭沢県《ほうたく》より故郷――柴桑《さいそう》に帰るときの作である。まして詩は「頭白」を明言しており、帰来は、おのずと故郷を指さざるをえない。第二は、杜甫は李白を懐しんで、彼を夢にも見ているが、このとき、彼は正しく李白の故郷にあって、しかも李白と久しく会えないでいた。だからこそ李白の帰来を切に願ったのであり、もし九江の匡廬を指すということであれば、杜甫は四川に在って、李白は廬山に向かうことになり、結局、両者の会面はかなわなくなる。その人に会いたいと願いながら、却ってその人を遠ざけてしまう、これでは人情の自然にそぐわない。第三に、廬山を匡山と称すること自体は六朝時代に始まるとはいえ、しかしながら唐人は一般にこれを廬山と称している。李白に「廬山謡」の詩があるが、匡山謡とはいわないのである。杜甫の詩の「巫山《ヨリ》不レ見二廬山《ノ》遠《キヲ》一」、「似得《タリ》廬山《ノ》路《ニ》」、「隠居欲《スルモ》レ就《つカント》廬山《ハ》遠《シ》」の如き、いずれも匡山とはいわないのである。かりに廬山を指すとしても、杜甫はここで廬山を直截に名指しせずに、「みずからその慣例を乱して」唐突にも「匡山」といわなければならぬ如何なる必要もないはずである。第四に、李白は各地を放浪して、安陸・任城・金陵・会稽、いずれもその旧遊の地であるのに、どうしてただただ廬山に限って、帰りたいと願わなければならないのだろうか。

以上が、――蕭滌非のA説を主張する論拠である。なおこのうち、郭知達『九家集注杜詩』に所引の杜田『杜詩補遺』の記事は、唐の范伝正の「李白新墓碑」を改竄したもので、信頼性が低いことは、すでに清の銭謙益が指摘している。また楊天恵『彰明逸事』（一〇九九年成書）にしても、巷間の俗伝を、李白の死後三三七年にして聞き取りしたもので、とうてい信を置きがたいことも、銭謙益は指摘している。蕭滌非の提示した論拠には、こうした危うい資料も含まれていることは、一応、注意されなければならない。

B説（江西省の廬山〈匡廬山〉とする説）

次に、B説を採るものから、劉友竹「杜詩〈不見〉辨疑」を取りあげたい。劉友竹は、先の蕭滌非の所説に反論する形で、以下のように述べる。

①「帰来」の語は、必ずしも自分の故郷（此《ここ》）に帰る場合にのみ用いられるものではなく、杜甫の用例に即してみても、むしろ「此《ここ》から彼《あちら》へゆく」また「彼《あちら》から彼《あちら》へゆく」という行動に用いられることが多い。

②杜甫は、李白が廬山を愛して、ここに帰隠したいと考えていたことを、彼の少なからぬ作品を通じて知っていたはずであり、しかも彼には蜀に帰る意志のないことも知っていたはずである。

③唐人が、廬山を匡山と称する例はいくつもあり、李白・杜甫の場合も同様にその例がある。

④杜甫が「ただただ李白の廬山に帰るのを願った」理由は、上記の②にも述べたように、李白が一度は廬山に隠棲し、かねて廬山に帰隠したいと願っていたことを知っていたからである。

AB両説には、以上のようにそれぞれ説得力のある論拠があっ

て、にわかに優劣は決しがたい。本書では、かりにA説に拠って解釈をつけた。（松原　朗）

0 無家別　無家《むか》の別《わか》れ

1 寂寞天寶後　寂寞《せきばく》たり　天宝《てんぽう》の後《のち》

2 園廬但蒿藜　園廬《ゑんろ》　但《た》だ蒿藜《かうれい》

3 我里百餘家　我《わ》が里《さと》　百《ひやく》余家《よか》

4 世亂各東西　世《よ》乱《みだ》れて各〻《おのおの》東西《とうざい》たり

5 存者無消息　存《そん》する者《もの》は消息《せうそく》無《な》く

6 死者爲塵泥　死《し》せる者《もの》は塵泥《ぢんでい》と為《な》れり

7 賤子因陣敗　賤子《せんし》　陣《ぢん》の敗《やぶ》るるに因《よ》りて

8 歸來尋舊蹊　帰《かへ》り来《き》たつて旧蹊《きうけい》を尋《たづ》ぬ

9 久行見空巷　久《ひさ》しく行《あゆ》みて空巷《くうかう》を見《み》れば

10 日痩氣慘悽　日《ひ》に痩《や》せて　気《き》惨悽《さんせい》

11 但對狐與狸　但《た》だ狐《こ》と狸《り》とに対《たい》すれば

12 豎毛怒我啼　毛《け》を竪《た》てて我《われ》を怒《いか》りて啼《な》く

13 四鄰何所有　四鄰《しりん》　何《なん》の有《あ》る所《ところ》ぞ

14 一二老寡妻　一二《いちに》の老寡妻《らうくわさい》

15 宿鳥戀本枝　宿鳥《しゆくてう》　本枝《ほんし》を恋《こ》ふ

16 安辭且窮棲　安《いづ》くんぞ且《しばら》く窮棲《きうせい》するを辞《じ》せんや

17 方春獨荷鋤　春《はる》に方《あた》りて独《ひと》り鋤《すき》を荷《にな》ひ

18 日暮還灌畦　日《ひ》暮《く》れて還《ま》た畦《けい》に灌《そそ》ぐ

19 縣吏知我至　県吏《けんり》　我《わ》が至《いた》るを知《し》りて

20 召令習鼓鞞　召《め》して鼓鞞《こへい》を習《なら》はしむ

21 雖從本州役　本州《ほんしう》の役《えき》に従《したが》ふと雖《いへど》も

22 內顧無所攜　内《うち》に顧《かへり》みるに携《たづさ》ふる所《ところ》　無《な》し

23 近行止一身　近《ちか》くに行《ゆ》くも止《た》だ一身《いつしん》

24 遠去終轉迷　遠《とほ》くに去《ゆ》かば終《つひ》に転《うた》た迷《まよ》はん

25 家鄉既盪盡　家郷《かきやう》　既《すで》に盪尽《たうじん》すれば

26 遠近理亦齊　遠近《ゑんきん》も理《り》として亦《ま》た斉《ひと》し

27 永痛長病母　永《つね》に痛《いた》む　長《なが》く病《や》める母《はは》の

28 五年委溝谿　五年《ごねん》　溝谿《こうけい》に委《すて》らるるを

29 生我不得力　我《われ》を生《う》むも力《ちから》を得《え》ず

30 終身兩酸嘶　終身《しうしん》　両《ふた》つながら酸嘶《さんせい》

31 人生無家別　人生《じんせい》　家無《いえな》きの別《わか》れ

32何以爲烝黎　　何《なに》を以《もっ》てか烝黎《じょうれい》と為《な》さん

テキスト　『全』二二七-4-2284 ◆『宋本杜工部集』二 ◆『九家集注杜詩』三 ◆『杜陵詩史』八 ◆『分門集注杜工部詩』一四 ◆『草堂詩箋』一三 ◆『杜詩銭注』二 ◆『杜詩詳注』七

校語

3**百**　『全』『九家集注本』『杜陵詩史』『草堂詩箋』『銭注本』『詳注本』には「一作萬」、『分門集注本』には「(王) 洙曰一作萬」との校語がある。

6**爲**　『全』『九家集注本』『杜陵詩史』『草堂詩箋』『銭注本』『詳注本』には「一作委」、『分門集注本』には「(王) 洙曰一作委」との校語がある。

8**舊**　『全』『九家集注本』『杜陵詩史』『草堂詩箋』『銭注本』『詳注本』には「一作故」、『分門集注本』には「(王) 洙曰一作故」との校語がある。

9**久**　『全』は「人」に作り、「一作久」との校語がある。

巷　『草堂詩箋』は「室」に作り、「一作巷」との校語がある。『全』『銭注本』『詳注本』は「一作室」との校語がある。

11**狸**　『全』「貍」に作る。別体字。

13**鄰**　『宋本』は「隣」に作る。別体字。

16**安**　『九家集注本』『杜陵詩史』『草堂詩箋』には「一作敢」との、『分門集注本』には「(王) 洙曰一作敢」との校語がある。

19**吏**　『詳注本』に「一作令」との校語がある。

27**永**　『杜陵詩史』は「率」に作る。

詩型・韻字

五言古詩。藜《れい》・西《せい》・泥《でい》・蹊《けい》・悽《せい》・啼《てい》・妻《さい(せい)》・棲《せい》・畦《けい》・鞞《へい》・攜《けい》・迷《めい》・齊《せい》・谿《けい》・嘶《せい》・黎《れい》（上平声斉韻〔斉韻〕）。

語釈

0**無家別**　別れるべき家人《つま》（また広く家族）のない者の、故郷との別れ。例えば「成家」は、広義には家庭をつくることだが、狭義には妻を娶ることをいう。ここでいう「無家」もこれとの類比で理解してよかろう。

この詩は、家族と別れて戦場に赴く兵士を詠じた三別と称される連作、「新婚別」「垂老別」「無家別」の、一つである。制作の時期は、乾元《けんげん》二年（七五九）、杜甫48歳の頃と考えられている。当時、安史の乱（七五五―七六三）が打ち続く中で、唐はすでに長安を奪回し、東都洛陽もほぼ回復していた。しかし安慶緒（安禄山の子）と部将史思明の率いるいわゆる安史の反乱軍も、なお強大な勢力を保ち、洛陽一帯の領有をめぐって、政府軍と激戦を交えていた。この乾元二年三月三日、政府軍、郭子儀・李光弼《ひつ》・王思礼らの率いる九節度使の六〇万の大軍は、史思明軍との会戦に大敗を喫し、郭子儀は、みずから河陽橋を断ち切って反乱軍の渡河を阻み、かろうじて黄河南岸の洛陽を保つという緊迫した事態に至っている（『資治通鑑』二二一に詳細）。こうした情況の中、各地で政府軍による厳しい徴兵が行われることになった。

杜甫は、前年（七五八年）の六月に、左拾遺から、華州司功参軍に左遷されている。この左遷は、至徳二載（七五七）、杜甫が敗軍の将となった宰相房琯《ぼうかん》を弁護して、粛宗皇帝の逆鱗に触れたときに、すでに予想されたものでもあった。杜甫は、この処遇に煩悶したようであり、左遷の翌年（乾元二年）の秋には、官を辞して、西南の蜀に向かって放浪を始めることになる。

　この「無家別」を含む三別の詩は、華州司功参軍在任中の七五九年の春、洛陽の陸渾荘《りくこんそう》（杜甫が、30代の半ば以後、生活の拠点を長安に移す以前に住まっていた家）を訪れたさいの見聞に基づいて制作したものと考えられている。

1**寂寞**　「寂寞」（漢音セキバク、呉音ジャクマク）は、同じ韻母を持つ字を畳《かさ》ねる、畳韻の擬態語。物音がなく、ひっそりと静まるさま。転じて、溌剌とした生気が失われて荒涼とするさま。ここでは、安史の乱によって世情が荒廃したことをいう。

天宝　玄宗治世の後半の年号（七四二―七五六）。「天宝後」とは、天宝の末に起こった安史の乱以後のことを指す。天宝年間は、政治に飽きた玄宗（在位七一二―七五六）の長い治世のおのずからなる積弊として上層の繁栄と奢侈との底に、様々な社会矛盾――楊貴妃一門による政治の壟断は、その最も顕著なもの。また貴族、大地主による農地の兼併および頻繁に繰り返される外征による農民生活の圧迫は、その最も深刻なもの――をかかえこんでいた。その末年に起こった安史の乱は、それら矛盾が最も尖鋭な形で噴出したものといえるだろう。しかし、反乱のもたらした無残な現実と対比するとき、翳りの兆した「天宝」にしても、なお盛時として回顧されるに足る華やかな繁栄があった。

2**園廬**　田園と茅ぶきの草廬。つまり農村。

但　ただ……だけである。

蒿藜　ヨモギとアカザ。ここでは荒れた田畑に茂った雑草。

3**里**　むらざと。

4**世乱**　安史の乱を指す。

東西　（東と西に）遠く離散すること。

5**存者**　生存者。

無消息　ふるさとに便りがない。つまり、行方知れずになっている。

6**為塵泥**　屍骸が、塵や泥にまみれて朽ちる。正式に埋葬されずに、野垂れ死ぬこと。

7**賤子**　謙称の一人称。

因陣敗　戦陣で敗れたために。その戦陣を具体的に指定する必要はないが、例えば前述の、乾元二年（七五九）三月三日の鄴《ぎょう》城における会戦で、郭子儀らの率いる政府軍六〇万の大軍が潰滅したこと、など。

8**旧蹊**　旧《も》と歩いた蹊《こみち》。ここでは、故郷の里《むら》へと続く道。「尋《たづヌ》」は、縁《よ》る、たどる。

9**久行**　久《なが》いこと行《ある》きまわる。里を、隈々まであるき回ることをいうのであろう。里に帰ってみると、かつての面影はなく、その様相は一変していた。それを一つずつ確かめる。

見空巷　ひと気のない、空っぽの小路が、目にはいる。「空」は、あるべく期待されるものの欠如。「巷」は、家並の間の細い道。小路。「見」は、「看」「望」などがみようと意識してみるのに対して、向うから目にうつる、みえてくること。

10**日瘦**　日に日に瘦せ衰える。一説に、日の光も、弱まり、瘦せ衰える。この点については、〔諸説の異同〕（異同の所在Ⅰ）を参照。

気惨悽　気力も、悲しみのために滅入る。

11**但対**　ただ……だけと対面する、出くわす。「但」の字、第2句「園廬但蒿藜」と重複している。特別の意図に出るものはともかくとして、同一作品中における同字の重複使用は避けられるべきものであって、とりわけ杜甫の詩には、こうした例はめずらしい。

狐与狸　キツネとタヌキ。ただし、両者がどこまで区別して意識されていたかは、疑わしい。「貍」は、狸の別体字。

12**豎毛怒我啼**　毛を逆立てて、自分に向かって吼えかかる。離散してひと気の絶えた村里では、狐と貍とが、かえって主人然として横行する。

13**四鄰**　東西南北、隣り近所。「鄰」は、隣の正字。

14**老寡妻**　年老いた寡婦（やもめ）。通常は寡婦というべきところ、あえて「寡妻」とするのは、押韻のためである。男性は、少年から老人に至るまで、尽く徴兵され、女性も、働きのあるものは軍営の雑用に徴用されて、村里にのこるのを許されているのは「老寡妻」のみ、という情況を、この詩句から思い描いてよかろう。なお女性も軍に徴用されたことは、杜甫「石壕吏」詩に、老婦の官吏に対する言葉として、「急《ギ》応《ゼバ》ニ河陽《ノ》役《いくさニ》一、猶《ホ》得《ン》レ備《フルヲ》ニ晨炊《ヲ》一」（ただちに河陽の戦陣に参ずれば、わたくしでも、朝食の世話ぐらいはできます）。詳しくは『正編』の「石壕吏《ノ》」（三六一頁）を参照。

15**宿鳥**　巣に宿る鳥。

恋本枝　生まれ育った枝に帰りたいと願う。『文選』二九「古詩十九首」其一に、「胡馬依《リ》ニ北風《ほくふうニ》一、越鳥巣《スクフ》ニ南枝《ニ》一」、朔北育ちの馬は、北風を懐しみ、南国の越の鳥は、南向きの枝に巣を架ける。いずれも、望郷の思いの譬喩である。

16**安辞**　どうして故郷の里を離れようか。「安《いづクンゾ》」は、反語の副詞。「辞」は、辞去、去る、離れる。

且窮棲　さしあたり困窮の棲《くらし》をするほかない。「且《しばらク》」は、本意ならぬ選択を示す副詞。「窮棲」は、窮居、つまり困窮の生活。「棲」は、もともと鳥が枝に棲《す》むこと。前句に提示された「宿鳥」の縁語として、この「窮棲」がある。

17**方春**　かりにこの農夫が、乾元二年三月三日の鄴城の会戦に敗れて故郷に帰ってきたとすれば、季節は晩春である。

独荷鋤　ひとりで鋤《すき》を荷《にな》う。共に耕作する家族も、また隣人も、いない。

18**日暮還灌畦**　日中は鋤をもって耕し、日暮れには、畑に水を灌《そそ》ぐ。朝から晩まで、勤労することをいう。なお「畦《けい》」は、田畑の仕切りのうね、あぜ、をいう。

19**県吏**　県の役人。「官」は、皇帝に直接に任命される上級の役人。「吏」は、官によって現地で採用される下級の役人。ちなみに中国では日本と異なり、県の上に郡（または州）がある。

20**召令習鼓鞞**　「召《シテ》レ我《ヲ》令《ム》レ習《ハ》ニ鼓鞞《ヲ》一」の略。「鼓鞞」は、軍で突撃のときに鳴らす攻め大鼓。

21**本州役**　自分の属する州の労役、兵役。

22**内顧無所携**　内を振り返って見ても、相い手を携えて生きる者、つまり妻（ないしは家族）がいない。なお一説に、「携（攜）」を「懏《けい》＝わかれる」に通じるとみて、「無レ所レ携」で別れるべき所《ひと》がいないと解釈する。この点については、〔諸説の異同〕（異同の所在II）を参照。

この二句、自分の州の境域内の兵役に従事するのだから、激戦の地に赴くのに比べれば、まだましではあるが、しかし、身内に、別れを告げるべき眷族もいないというのは、いかにも惨めではないか、という心理の曲折を示す。

23**近行** 近くに行役する。「従《フ》二本州《ノ》役《ニ》一」（第21句）を指す。

止一身 只《ただ》自分ひとり。「止《シ》 zhǐ」は、「只《シ》 zhǐ」と、音義ともに通じる。なおこの「近行止一身」の句、近くに行役するのだから、遠くに行役するのに比べるとまだましなはずだが、しかし、只自分ひとりの孤独の旅立ちであって、慰めもない、という意。すなわちこの一句は、第21、22句を改めて一句につづめて表現したもの。

24**転迷** いよいよ行方知れずになる。自分にも、また、自分を気に掛けてくれる者にも、自分の行く先が覚束ないものになる。「転《うたタ》」は、予期に反して事態が進行することを表す副詞。

25**家郷** 故郷。

盪尽 すっかりなくなる。「蕩尽」に同じ。「盪・蕩」は、水で洗いおとすこと。

26**遠近理亦斉** 遠い兵役と、近い兵役と、本来ならば後者が有利であるはずだが、いまは自分のことを心配してくれる家族もいない身上であるから、理屈として、どちらでも斉《ひと》しく、同じである。

28**五年委溝谿** 五年間も、まともな葬儀もせずに、棄てておいてしまった。五年間の出征の後、故郷に帰ってみると、ひとり残しておいた病気の母親は、もうすでに亡くなっていた。――母親の死に際して、満足な葬儀をあげられなかったことを悔やむ意が、こめられている。「五年」とは、安史の乱が勃発してより、現在（七五九年）に至るまでの、足掛け五年をいう。「委」は、委棄、棄ておく。「委《すツ》二溝谿《ニ》一」で、屍骸を溝谿《どぶ》に委《す》てておく、つまり野垂れ死ぬ。なお「溝壑《こうがく》」が普通だが、これを「溝谿」（別体字、溪）に改めるのは、「谿《けい》 xī」で押韻するため。

29**不得力** 子供の助力を得られない。親孝行してもらえない。『後漢書』皇后紀第一〇上「明徳馬皇后紀」に、やがて皇后となるこの人を、人相見が占った言葉として、「我必《ズ》為《ために》二此《ノ》女《むすめノ》一称《サン》レ臣《ト》。然《しかレドモ》貴《ナルモ》而少《かく》レ子《ヲ》。若《もシ》養《フ》二它《ほかノ》子《ヲ》一者《ときハ》得《テ》レ力《ヲ》、乃《チ》当《ニ》《ベシ》レ踰《こユ》二於所《ヲ》レ生《ム》一」、自分はこの少女に対して臣と称する（臣下となる）にちがいない。しかし、身分は貴くなるが、子が無い。もし他人の子を養子とするならば、親孝行もしてもらえ、きっと自分の生んだ子にもまさることだろう。

30**終身** 生涯。生きているあいだ中。

両酸嘶 母も子も、二人とも嘆き悲しむ。「酸嘶」の「酸」は、辛酸、「嘶」は、むせび泣く。なお「両」を母子とは解さず、母に対する生前の孝養と、死後の葬送との二つを欠いたことを指すとする解釈もある。〔諸説の異同〕（異同の所在III）参照。

31**人生** 人として、生まれ、生きること。日本語のいわゆる「人生」の名詞化した用法に比して、主体（能動）性が強くのこる。ここでも、虫や、魚や、鳥や、獣などではなく、ほかならぬ人として生まれ、かつ生きているにもかかわらず、という主体性の主張が認められる。

32 **何以**　何を根拠として。「以《テ》レ何《ヲ》」となるべきところ、目的語（「何」）が疑問詞のために句法に従って倒置されたもの。

烝黎　たみぐさ。民衆。「烝」は、衆多。「黎」は、黒色。つまり官人のように冠や頭巾をかぶらずに、黒い髪を露出しているもろもろの民。「烝黎」は、一般には、高貴な官人によって統治される下賤の民衆、を意味する。しかしここでは、その含意を逆手に取って、烝黎が、烝黎としての生活に安んじられない現実を摘抉して、これに責任を負うべき政府・官人の無策と怠慢を、暗に鋭く指弾している。

通釈

家族を失った者の別れ

天宝年間よりこのかた、世情は荒廃してしまい、村の田畑も草廬も、ただ雑草がはびこるばかりとなりました。自分の村里は、百戸あまり、しかし世が乱れてから、いずれの家族も離散してしまいました。生きている者も、消息《たより》はなく、死んでしまった者は、野晒しのまま塵や泥となりはてました。

賤子《わたし》は戦さに敗れたために、旧《もと》の蹊《みち》をたどって帰って来ました。久しく（茫然と）歩きまわって、ひと気のない路地を見ていると、日に日に痩せ衰えて、気力も、ただ悲しみに滅入るばかりです。途中で出会うものは、狐と狸とばかりで、毛を逆立て怒ってわたしに吼えかかる始末です。隣近所に誰が居るかといえば、一人、二人の年寄った寡婦《やもめ》がいるだけです。

巣の鳥は、生まれ育った枝を懐しむといわれるように、どうしてこの村を去ることができましょうか、ともかくここで佗住いに耐えるほかないのです。春に、ひとりで鋤《すき》をになって耕し、日暮れてからも、休む間もなく畑に水をやるという生活をはじめました。

ところが県の役人は、わたしが帰ってきたのを知って、兵に召して陣太鼓を習えと仰《おっしゃ》ります。自分の州の兵役に従事するので（近所だから楽といえば楽なので）すが、内を振り返っても、ともに手を携えて生きる家人もおりません。近くに出征するのも、わびしくただ一人、かといって遠くに出征すれば、最後にはいよいよ行方知れずになってしまいましょう。いずれにしても故郷の村は、すっかり空っぽになってしまったので、遠くても、近くても、理屈としては、どのみち同じことなのですが。

いつも心に痛むのは、長いこと病気であった母親が、（わたしが出征していた）五年の間に亡くなってしまい、葬式も出してあげられなかったことです。母親はわたしを生んでも、親孝行されるでもなく、こうして一生涯、母もわたしも、悲しみもだえ泣くばかりです。人と生まれて、別れる家族すらいないまま故郷に別れる、これではたして「烝黎《たみぐさ》」と呼んでよいものなのでしょうか。

諸説の異同

異同の所在　I

「日瘦」の解釈について

異同の類別

A　太陽の光が衰え弱まる。

B　日をおって痩せ衰える。

A説を採るもの：王嗣奭《しせき》『杜臆』、呉見思『杜詩論文』還京九、盧元昌『杜詩闡《せん》』七、仇兆鰲《ごう》『杜詩詳注』七、楊倫『杜詩鏡銓』

五。また馮至《ふうし》『杜甫詩選』（作家出版社、一九五六年）、中国社会科学院文学研究所『唐詩選』（人民文学出版社、一九七八年）、蕭滌非《しょうできひ》『杜甫詩選注』（人民文学出版社、一九七九年）、山東大学中文系古典文学研究室『杜甫詩選』（人民文学出版社、一九八〇年）、陳美林・金啓華『杜甫詩選析』（江蘇人民出版社、一九八一年）、『唐詩鑑賞辞典』（霍《かく》松林）上海辞書出版、一九八三年）、徐放『杜甫詩今訳』（人民日報出版社、一九八五年）、夏松涼『杜詩鑑賞』（遼寧教育出版社、一九八六年）などの近年の中国の注釈書の大部分。日本では、森槐南《かいなん》『杜詩講義』下（文会堂書店、一九二二年）、鈴木虎雄『杜少陵詩集』二（続国訳漢文大成、国民文庫刊行会、一九二八年）、黒川洋一『杜甫』下（中国詩人選集、岩波書店、一九五七年）、目加田誠『杜甫』（漢詩大系、集英社、一九六五年）など、近年の注釈書の大部分。

B説を採るもの：王十朋『杜陵詩史』九、佚名『分門集註杜工部詩』一四、黄鶴『黄鶴補注杜詩』三、邵《しょう》宝『（刻）杜少陵先生詩分類集註』三、などの中国の宋～明中期の注釈書の多く。また今人・徐仁甫『杜詩注解商権《かく》続編』（四川人民出版社、一九八六年）。

なお明の王嗣奭『杜臆』がA説を提出して以後は、今日に至るまでA説が盛行し、B説を採る注釈書は極めて少ない。

異同の論拠

A説（太陽の光が衰え弱まるとする説）

A説を提供したのは、管見の範囲では王嗣奭の『杜臆』が初めてである。その後、仇兆鰲『杜詩詳注』、楊倫『杜詩鏡銓』等の清代の有力な注釈書がこれを支持することによって、今日では、日中ともにこのA説が定説となった感がある。

次に王嗣奭『杜臆』と、『唐詩鑑賞辞典』（霍松林執筆）との所説を掲げる。

○「空巷《ナルニ》」而曰《フ》二「久《シク》行《ミテ》見《ルト》一」、触《レテ》レ処《ニ》蕭条《タリ》。日《ハ》安《ゾ》有《ラン》二肥瘦《スルコト》一、創《リテ》云《フ》二「日瘦《スト》一」、而《シテ》惨悽《ナルコト》宛然《トシテ》在《リ》レ目《ニ》。（『杜臆』三）

○……真《ニ》是《レ》満目凄涼《トシテ》、百感交《こもゴモ》集《ル》！于《おいテ》レ是《ニ》連《すラ》二日頭《たいよう》一看上去《ゲルモまタ》也消瘦《エセ》了《タリ》。"日《ハ》"無《シ》二所《いは》レ謂《ゆる》肥瘦《スルコト》一、由《よりテ》二于自己《ノ》心情《ノ》悲涼《ナルニ》一、因《よりテ》而看三見《ス》日光《ノ》黯淡《ナルヲ》一、情象凄惨《タリ》。（『唐詩鑑賞辞典』）

王嗣奭の所説は、論点の変更されることもなく、今日の霍松林まで継承されている。すなわち、「日瘦――陽光が瘦せ衰える」というのは、普段見なれない表現であり、杜甫の新造の語である。そして、蒿藜（雑草）が生い、狐狸の住みかと化した荒村をまのあたりにするとき、その光景の蕭条、惨悽たる趣きのゆえに、あたかも「日瘦」であるように、つまりそこを照らす陽光さえも微弱に、瘦せ衰えてしまったように感得される、と解釈するのである。念のために付言すれば、「日瘦」とは、あえて常識を踏みはずした新奇で生硬な造語であると認めたうえで、荒村の光景を描くのに効果をあげていると評価していることである。

B説（日をおって瘦せ衰えるとする説）

B説を採るものからは、A説が提起される以前のものとして王十朋『杜陵詩史』八を、またB説が定説化してのち、これに対して反駁した徐仁甫『杜詩注解商権続編』の所説を掲げる。

○蘇（軾）曰《ハク》、王斉、累《かさネテ》レ日《ヲ》飢腸、惨悽《トシテ》覚《ユ》レ瘦《セタルヲ》。（『杜陵詩史』。また同一の注釈が『分門集註杜工部詩』『黄鶴補注杜詩』『（刻）杜少陵先生詩分類集詩』にも見える）

ここに引用されている蘇軾注は、蘇軾に仮託された偽注、いわゆる偽蘇注である。しかし偽注であるにせよ、ここでの論旨自体は明らかである。曰く、「王斉（伝未詳）は、何日も空《すき》っ腹を抱え、みじめにも痩せ衰えたことが、自分でもわかった」。この注によれば、「日痩気惨悽」の句は、「日に日に痩せ衰えて、その気（様態）もみじめなものであった」と解釈されることになる。

○日色無光、当言日暗、不得謂之日痩。〝日〟有〝逾《いよいよ》〟・〝益《ます》〟義、表態副詞。梁鴻「適《ゆく》呉詩」：「哀茂時兮逾邁《ゆき》、愍《かなし》芳香兮日臭《くさき》」。〝日〟、〝逾〟互文、〝日〟猶〝逾〟也；鮑照「代白頭吟」：「周王日淪惑、漢帝益嗟称」。〝日〟、〝益〟互文、〝日〟猶〝益〟也。杜詩「揚旗」：「此堂不易《やすから》升、庸蜀日已寧《やすし》」、謂庸蜀（蜀の古名）逾益寧也；又「地隅」：「平生心已折、行路日荒蕪」、謂行路逾荒蕪也。此詩「日痩気惨悽」、謂無家別其人者、久行見此空巷、身逾痩而気惨凄也。不聞日色有光可曰〝日肥〟、則日色無光、不得謂之〝日痩〟、可以断言。（『杜詩注解商榷続編』三四頁）

論点は二つ。①「日」には、「日に日に、ますます」という副詞用法があり、この場合「逾《いよいよ》」「益《ますます》」とほぼ同様となる。古くは梁鴻（後漢の人。生没年未詳）より、鮑照（四一四前後―四六六）、杜甫に至るまで、系統的にこの用例を見出すことができる。次に、②陽光の衰弱を「日痩」と表現することは、この反対の事態を決して「日肥」とはいわないように、極めて不自然なことである。以上の二点より、「日痩」は、「日に日に、ますます、体が痩せ衰える」と解釈すべきである。

この徐仁甫の論点は、格別に新しい知見を提起したものではなく、むしろ常識的な判断に基づくものである。しかもA説を初めに唱えた王嗣奭『杜臆』においても、この徐仁甫の二つの論点による反論は、あらかじめ折り込みずみであった。すなわち「日、安有肥痩」、太陽（陽光）はどうして肥ったり痩せたりするであろうか、と述べて徐仁甫の①の論点を先取りし、また「創云日痩」、杜甫は従来はなかった「日痩＝陽光が痩せ衰える」という奇抜な表現を新たにこしらえた、と述べて徐仁甫の②の論点を前もってかわしているのである。この意味で、王嗣奭のA説は、難点を承知の上で提出された、いわば確信犯的な解釈なのである。

ではAB両説のうち、いずれが妥当であるのか。ここに至って判断は、詩を読むという行為において、もはや、読者に全く委ねられた次元の問題となる。但しここでは解釈の自然さを考慮して、通釈では一応、B説に依ることにする。

異同の所在　II

「内顧無所攜」の「攜」（携の旧字）の字義について

異同の類別

A　携帯、とくに手を携えて共に生活すること、と解釈する。「所攜」で、妻、あるいは妻子眷族の意味となる。

B　「攜」を「懏」の仮借とみて、離別すること、と解釈する。

A説を採るもの：邵宝『（刻）杜少陵先生詩分離集註』三、呉見思『杜詩論文』還京九、馮至『杜甫詩選』、また日本では森槐南『杜詩講義』下巻、鈴木虎雄『杜少陵詩集』二、黒川洋一『杜甫』下、目加田誠『杜甫』など。

B説を採るもの：蔡夢弼《さいぼうひつ》『草堂詩箋』一三、仇兆鰲《ごう》『杜詩詳注』七、蕭滌非『杜甫詩選注』、山東大学中文系古典文学研究室『杜甫詩選』、陳美林・金啓華『杜甫詩選析』、徐放『杜甫詩今訳』、夏松涼『杜詩鑑賞』。

なお両説併記のものに、中国社会科学院文学研究所『唐詩選』などがある。

異同の論拠

A説は、「攜」の基本義による解釈であり、その点でまた自然な解釈といえるものである。因みに「攜」字の用例は、杜甫の詩に三八例、李白の詩に四八例あるが、そのすべてが「たずさえる」の用法であり、「儶」に通じる「わかれる」の用例は見出されない。無論この数字は、ただちにA説の優位を意味するものではない。しかしそれでも、詩歌における「攜」字の解釈は、一般にまず基本義「たずさえる」にそって試みられるべきであり、これに対して「儶」からの仮借義「わかれる」に依る解釈は、これに依らざるをえない必要性がとくに認められた場合にのみ限られるべきであることはいうまでもない。

B説は、最も早く、南宋、蔡夢弼『草堂詩箋』によって提示されている。

○内《ニ》顧《ミンモ》二老幼《ヲ》一、而其心《ノ》無レ所《キ》二攜離《スル》一也。（『草堂詩箋』一三）

「攜」を「攜離」とパラフレイズしていることから、この字を「わかれる」の義に解釈したことは明らかである。

次にその後の注釈書に大きな影響力をもった仇兆鰲『杜詩詳注』、および近年の山東大学中文系古典文学研究室『杜甫詩選』の二つを掲げる。

○無《シトハ》レ所レ攜《わかルル》、無《キナリともニ》二与離別《スル》一者。（『杜詩詳注』七）

○無《シトハ》レ所レ攜《わかルル》、没《なきナリ》レ有《ル》下可《キノ》二以《テ》告別《ス》一的人上。攜《ハ》：当《ニ》《ベシ》レ為《つくル》二「儶《ノ》」的借用字《ト》一。『広雅・釈詁《ニ》』：「儶《ハ》、離《ルル》也《ト》」。（『杜甫詩選』）

現代中国の注釈書では、このB説が、大勢を占めている。確かに「攜」を「儶《わかル》」の仮借と見れば、ここでの解釈はすっきりと明晰になる。しかし、詩歌の解釈において重要なのは、その特定の詩句・文脈においてのみ成り立つような特殊な字義による解釈に頼らずに、より慣用される語義に即して解釈を行うことであろう。なおかつ、「無レ所レ攜」の意味するところ、B説「攜《わか》れる人がいない」が単純であるがゆえの明晰さは、A説「ともに手を攜《たずさ》える人がいない」の含蓄の豊かさと優しさに、及ばないように思われる。したがって、ここではA説を支持しておきたい。

異同の所在　III

「終身両酸嘶」の「両」の指すものについて

異同の類別

A　母と子とを指す。

B　母に対して孝養と葬送とを欠いたことを指す。

A説を採るもの：張綖《えん》『杜工部詩通』、邵宝『杜少陵先生詩分類集註』三、盧元昌『杜詩闡』七、仇兆鰲『杜詩詳注』七、馮至『杜甫詩選』、中国社会科学院文学研究所『唐詩選』、蕭滌非『杜甫詩選注』、山東大学中文系古典文学研究室『杜甫詩選』、陳美林・金啓華『杜甫詩選析』、徐放『杜甫詩今訳』。また日本では、鈴木虎雄『杜少陵詩集』二、黒川洋一『杜甫』下、目加田誠『杜甫』など。

B説を採るもの：傅《ふ》庚生『杜詩析疑』（陝西人民出版社、一九七九年）、徐仁甫『杜詩注解商榷続編』（四川人民出版社、一九八六年）。

異同の論拠

伝統的な解釈はA説であり、特に仇兆鰲『杜詩詳注』にこれが採られてからは、日中ともにこのA説が通説となった感がある。

A説からは、『杜詩詳注』七と、馮至『杜甫詩選』を揚げる。

○両《ナガラ》酸嘶《トハ》、謂《フ》ニ母子《ノ》飲《ムヲ》レ恨《ヲ》。(『杜詩詳注』)

○両酸嘶、母子二人終身埃着痛楚。(両酸嘶とは、母子二人が生涯、痛楚《かなしみ》を耐え忍ぶことである)(『杜甫詩選』)

B説は、A説に対して最近になって提出された。傅庚生『杜甫析疑』には、この詩が首尾一貫して「兵士」の一人称の視点で物語られていることに着目し、「終身両酸嘶」の主体も「兵士」であるべきだという理解に立って、さらに次のように述べる。

○杜甫是封建社会儒家礼教的奉行者、在他脳子里回旋的応該是〝生《キテハ》、事《つかフルニ》レ之《ニ》以《テシ》レ礼《ヲ》、死《シテハ》、葬《ムルニ》レ之《ヲ》以《テス》レ礼《ヲ》〟。〝生レ我不レ得レ力〟是説生不能事、〝五年委溝谿〟是説死未能葬、這是詩中的〝我〟〝終身両〟件〝酸嘶〟的事。(杜甫は封建社会の儒家的礼教の信奉者であり、彼の脳裡に渦巻いていたのは「生きては之に事《つか》ふるに礼を以てし、死しては之を葬むるに礼を以てす」という観念であったに相違ない。「生レ我不レ得レ力」とは、生前、事えて孝養することができなかったことをいい、「五年委ニ溝谿一」とは、死後、満足に葬送できなかったことをいうのであって、この点をこそ、詩中の「我」の「終生《しょうがい》のおいめとなる両《ふた》」つの「酸嘶《かなし》」いことなのである。)

なお同じくB説を唱える徐仁甫『杜詩注解商榷続編』では、「両」の指す内容はこれと同じとしながらも、「酸嘶」の主体を「母」と見る点で、解釈に微妙な相違がある。

AB両説のうち、いずれが妥当性をもつかは早計に論じがたいが、通釈では伝統的な解釈であるA説に従っておく。

(松原　朗)

0 野人送朱櫻　　野人《やじん》 朱桜《しゆあう》を送る

1 西蜀櫻桃也自紅　西蜀《せいしよく》の桜桃《あうたう》も也《ま》た自《おのづか》ら紅《くれなゐ》なり

2 野人相贈滿筠籠　野人《やじん》 相《あ》ひ贈《おく》りて 筠籠《ゐんろう》に満《み》つ

3 數回細寫愁仍破　数回《すうくわい》 細写《さいしや》 仍《な》ほ破《やぶ》れんかと愁《うれ》へ

4 萬顆匀圓訝許同　万顆《ばんくわ》 匀円《いんゑん》 許《かく》も同《おな》じきかと訝《いぶか》る

5 憶昨賜霑門下省　昨《さく》を憶《おも》へば 賜霑《してん》せらる 門下省《もんかしやう》

6 退朝擎出大明宮　朝《てう》を退《しりぞ》きて 擎出《けいしゆつ》す 大明宮《たいめいきゆう》

7 金盤玉筯無消息　金盤《きんばん》 玉筯《ぎよくちよ》 消息《せうそく》無《な》く

8 此日嘗新任轉蓬　此《こ》の日《ひ》 新《あたら》しきを嘗《な》めて 転蓬《てんぱう》に任《まか》す

テキスト　『全』二二六-4-2447 ◆『宋本杜工部集』一一 ◆『九家集注杜詩』二二 ◆『杜陵詩史』一三 ◆『分門集注杜工部詩』一〇 ◆『杜工部草堂詩箋補遺』一 ◆『銭注杜詩』一一 ◆『杜詩詳注』一一

校語

0 **朱櫻**　右記のテキストはいずれも「朱櫻」に作るが、明、邵傅『杜律集解』七律、巻上および津阪孝綽《たかひろ》『杜律詳解』巻中には「櫻桃」に作る。

3**回**　『全』には「迴」、『銭注本』には「廻」に作る。

詩型・韻字
七言律詩。紅《こう》・籠《ろう》・同《どう》・宮《きゅう》・蓬《ほう》（上平声東韻〔東韻〕）。

語　釈

0**野人**　農家の人。成都の西郊に草堂を営んでいた時期、杜甫は近隣の農家の人とも交際をもっていた。

朱桜　桜んぼ。詩中の「桜桃」と同じ。

1**西蜀**　中国の西辺に位置する蜀。中国の東辺に位置する呉（長江の下流地域）を東呉と呼ぶのと対をなす呼称。なお蜀は、現在の四川省の東半分を歴史的に巴《は》と称したのに対して、その西半分を指す。蜀が、西蜀と東蜀に分かれているのではない。杜甫がこの詩を作った成都は、正しく西蜀にある。

也　現代中国語の「也 yě」と同じく、「……もまた」の意。当時の俗語表現であり、正格の文言における「亦《マタ》」に相当する。文末におかれて断定を示す「也」の用法とは異なる。なおこの句の「也」によって意識にのぼるのは、作者がかつて左拾遺の官にあったときに天子から頂戴したそのときの桜桃である（第5・6句所述）。

自　他からの働きかけによらず、それ自体の内からの働きによって。漢文訓読では、自覚の有無によってそれぞれ「みづから」「おのづから」と訓み分けるが、原文の「自」そのものにこうした区別があるわけではない。

2**相贈**　贈ってもらう。「相」は、相互の作用を示す用法ではなく、ここでは対者（「野人」）の自己に向けられた行為に謝意を示す用法。現代中国語の「給 gěi」に似た機能をもつ。王維「竹里館」（『正編』五六頁）の「明月来《タリテ》　相《ヒ》照《ラス》」が「明月がやって来て私のことを照らしてくれる」の意であるのと同様の用法である。

筠籠　竹籠《かご》。

3**数回細写**　数回に分けて、細心に注意しながら、器にあける。「数回」は「細」にかかる。一度にザッとあけては桜桃を傷めるので、何回にも分けて、少しずつ器に移すことをいう。「写（寫）xiě」は、「瀉《しゃ》 xiè」に音義とも通じて、水を勢いよくそそぎかけること。ここでは、野人が持ってきた「筠籠」を傾けて、食器に桜桃の実を移し替えることをいう。『礼記』「典礼」上に、「器之漑《あらフベキ》者《ハ》不レ写《うつサ》、其《ノ》余《ハ》皆《ナ》写《ス》」、これに対する孔穎達《くようだつ》の疏《そ》に「写《ハ》謂《フ》三倒《シ》二伝《フルヲ》之《ヲ》一」（写は食器を傾けて他の食器に移すこと）とある。「細」の字に示された細心さと、「写」の大雑把な動作との対比的な組み合わせが、内部に緊張をはらんで新鮮である。

愁仍破　「仍」は、それでもなお。細心に扱っても、それでもなお桜桃のつやつやと張りつめた表皮を傷つけ破ってしまうのではないか、それが心配である。

4**万顆**　「顆」は、小さな粒を数えるときの量詞。

匀円　そろってまるい。「匀」は「均」の原字で、不揃いなく整うこと。

訝　不思議に思う。怪訝《けげん》に思う。

許　「如《シ》レ許《カクノ》」と同じ。

同　桜桃の粒が、どれも「同」じように「匀円」である。

5**憶昨**　「憶昨」の二字で、「憶《おもフ》」（過去を思い出す）の意に相当する。とくに杜甫は「憶昨《フ》」「憶昔《フシ》」を多用し、杜甫の詩の句頭に「憶」の字が用いられた三八例の句について見れば、「憶昨」八例、「憶昔」一五例の、計二三例がこれによって占められている。

賜霑　「霑」は、うるおすこと、転じて恩恵、褒美を与えること。ここでは「賜霑」で、天子（粛宗）が臣下に桜桃を賜ったことをいう。

門下省　杜甫は粛宗の至徳二載（七五七、46歳）より一年間、左拾遺という諫官の職にあった。左拾遺は、門下省に属していた。なお『九家集注杜詩』などが引く唐末、李綽《りしゃく》の『歳時記』（佚書）に「四月一日、内園《ヨリ》進《メ》二桜桃《ヲ》一、寝廟《ニ》薦《メ》訖《おハレバ》、頒賜《ス》。各《おのおのノ》有《リ》レ差」とある。「有《リ》レ差」は官吏の等級によって桜桃の量に差別があることをいう。これによれば、杜甫が桜桃を下賜されたのは、乾元《けんげん》元年（七五八）のこの四月一日ということになる。

6**退朝**　朝廷より退出する。

擎出　下賜された桜桃をささげ持って出る。「擎」は両手で大事にささげ持つこと。

大明宮　東の内裏《だいり》。東内《とうだい》。唐の三代皇帝高宗のときに、長安城の東北角、竜首原と呼ばれる高地に張り出すように造営された内裏で、玄宗の時代は専らこれが用いられた。なおこれに対して、旧来の太極宮は西内《せいだい》、玄宗が新たに造営した興慶宮は南内《なんだい》と称せられた。

7**金盤玉筯**　黄金の盤《おおざら》と宝玉の筯《はし》。粛宗がかつてこれを用いて桜桃を群臣たちに取り分けた食器。

無消息　「金盤玉筯」を用いて天子が群臣に桜桃を分賜するこうした宮中行事の消息が、いまは官位を失い、都を離れた自分には伝えられることもなくなったこと。杜甫の失意を暗示。

8**嘗新**　初物の桜桃を味わう。狭義には、天子が農産物の初物を食すること。にいなめ。またこの詩のように、これを一般の私人に対して広義に用いた場合でも、いくぶんかあらたまって儀式的な意味あいを含むであろう。なおここであえて「新」と言ったとき、この桜桃が、かつての天子より下賜された桜桃ではなく、いま、身分の低い野人より送られた桜桃であることを際立たせる効果も併せもつであろう。

任転蓬　行方定めなき転蓬のような境遇にわが身をゆだねる。「転蓬」は「飛蓬」に同じ。明、李時珍『本草綱目』二二、穀之二の「蓬草子」の条に「其《ノ》飛蓬乃藜蒿《れいこう》之類《ナリ》。末大《ハ》本小《ニ》、風易《やすク》レ抜《キ》レ之《ヲ》、故《ニ》号《ス》二飛蓬《ト》一」とある。主に中国北辺の乾燥地帯に生ずる植物で、秋になると枯れて、根元から切れて北風に転び飛ぶことからこの名がある。漢魏以来の詩歌では、しばしば漂泊者の譬喩となる。なおこの「転蓬」の詩語としての来歴や含意については、植木久行「曹植吁嗟《くさ》篇考—転蓬・飛蓬の詩的心象をめぐって」（早稲田大学中国古典研究会『中国古典研究』第二〇号、一九七五年）に詳しい。〔備考〕を参照。

通釈

農夫が桜桃を贈ってくれた

ここ蜀の地の桜桃も、（長安の都と同様に）おのずからに赤い。農人がこれを竹籠いっぱいに贈ってくれたのだ。

何回にも分けて少しずつ器にあけるが、それでも薄皮が裂けるのではないかと心配になるし、どの粒もそろって円《つぶ》らなのを、どうしてこうも同じ姿をしているものかと不思議にも思う。

思いかえせば、門下省において天子より桜桃を賜って、朝会を終えてのち、大明宮よりこれを大切にささげ持って退出したものであった。

桜桃を盛った金《こがね》の盤《おおざら》と玉の筯と、宮中のたよりは私のところにはすっかり途絶え、きょうのこの日、初物の桜桃を食しながら、寄るべない転蓬のような境遇にわが身をまかせるのだ。

諸説の異同

異同の所在　Ⅰ

「同」の意味

異同の類別

Ａ　桜桃の「万顆」が同じ。

Ｂ　かつて天子より賜った桜桃と同じ。

Ａ説を採るもの：邵《しょう》宝『(刻)杜少陵先生詩分類集註』二三、仇兆鰲《ごう》『詳注本』一一、張溍《しん》『読書堂杜工部詩集注解』八、周嘯《しょう》天主編『唐詩鑑賞辞典補編』(陶道恕執筆)四川文芸出版社、一九九〇年)、津阪孝綽《たかひろ》『杜律詳解』中、鈴木虎雄『杜少陵詩集』二(続国訳漢文大成、国民文庫刊行会、一九二八年)、吉川幸次郎「桜桃」(新潮文庫『杜甫ノート』所収)、黒川洋一『杜甫』(中国詩人選集、岩波書店、一九五七年)など。日本の注釈は、概ねこの解釈をとる。

Ｂ説を採るもの：王嗣奭《せき》『杜臆』四、顧宸『辟彊《へききょう》園杜詩註解』七言律巻之三。

異同の論拠

Ａ説からは吉川幸次郎「桜桃」、Ｂ説からは『辟彊園杜詩註解』を例示する。

Ａ説：「万顆《ばんか》は匀《ひと》しく円《つぶ》らにして許《か》くも同じきかと訝《いぶか》る」。このおびただしい粒どもが、みんな同じ丸さにそろうていること、不思議なまでではないか。

自然の斉一に対する感覚、それは早くから詩人の心にあった。冒頭の句の、「也自紅」という簡単なだけに、無限に複雑なものを裏にもち得る三字は、そうした感覚が、詩人の意識の下に、なお凝集はせぬながらも、きざしつつあったことを、物語る。今やこの感覚は「万顆匀《ひと》しく円《つぶ》らなり」という荘厳な事態を前にして、完全に凝集した。斉一を保たんとする自然の意思は、ただ一粒の桜桃をも、いびつな形であることを許さぬ。「万《よろず》の顆《つぶ》」がみな「匀《ひと》」しき「円《つぶ》」らさである。またそもそも「円《つぶ》らさ」こそは、「匀《ひと》しさ」斉一の表示である。さればこそ、ひとしきことを「匀」iŭn といい、まるきことを「円」iuân という。言葉の発音さえも相近く、相近い発音は、口をついて出た。「匀《ひと》しさ」、「円《まる》さ」、この荘厳な事態を見よ。「一飯だにも君を忘れざる」この忠厚の詩人の心も、今はただ眼前の桜桃の示す不思議だけが、それを領している。「万顆匀円訝許同」。

Ｂ説：万顆匀円、本無足異。若云「顆顆皆同」、但摹写桜桃之状《かたち》、有何情味。此曰「訝許同」者《は》、訝其同于昔日之所賜也。

Ｂ説を採る『辟彊園杜詩註解』の顧宸によれば、「万顆が匀円であるのは何ら意外性も神秘性も持たない尋常当然の事柄であり、それだけでは詩にならない。これが詩であるのは、目前の桜桃が、昔日の天子より賜った桜桃と、あってはならぬほどに似ていたこと、そしてこのことが自己の波瀾多き人生についての感慨を呼び起こさずにはおかなかったことを、この詩句が的確に指示しているためである。顧宸の理解の方向は、このようなものであろう。

　これに対してA説を採る吉川幸次郎は、顧宸が「万顆《ノ》匀円《ナルハ》、本《ヨリ》無《シ》ㇾ足《ル》ㇾ異《シムニ》」として一蹴したところに於いて、最も詳しく分析を加えている。「万顆」が「匀円」であることは、「荘厳な事態」である。自然が——人間を取りまく世界の総体が——美しい秩序の中で運行している。そして世界のこの真相が、眼前におかれた桜桃の中に端なくも開示されている。この発見の、この驚きこそが、この詩句の生命であると見るのが、吉川の理解である。詩人というものが、「無《シ》ㇾ足《ル》ㇾ異《シムニ》」尋常の事態の中に、尋常ならざる意味を探り当てる者であるとすれば、また杜甫がとりわけ熟視の姿勢において際立つ詩人であることを考慮すれば、杜甫のこの詩句の解釈としてはA説のほうが魅力的である。

　なおA説を採る吉川にしても、ついで「眼前の桜桃相互の間に示される相似は、やがて眼前の桜桃とありし日の桜桃との相似へ、……詩人の感興を導いてゆく」と述べるに及んで、A説が必ずしもB説と矛盾する関係にはないことが示唆されており、この点は注意されてよかろう。

　A説中の別解として、津阪孝綽の『杜律詳解』を掲げる。

　　万顆之多、当《キ》ㇾ有《ル》二異同一、而《しかモ》顆顆一様円珠《ノ》、略無《ニシテほボ》二大小相雑《ヒまじはル》一。何能匀《ゾクひとしク》同《キコト》如《モキ》ㇾ是《クノ》。蓋野人敬《シ》ㇾ公《ヲ》、特択《ニビテ》以贈《テル》。公感《ズ》二其厚意《ノ》一、所《ニ》三以驚嘆《スル》一也。

なぜ「万顆」が「匀円」なのかといえば、野人が杜甫を敬して、とくに粒揃いのものを贈ったからである。杜甫は、その厚意に感動し、それゆえに「驚き嘆《ためいき》をついた」と。ちなみに原文の「訝」は、野人の厚意に対する「驚嘆」として理解されている。津阪説もまた一説ではあるが、理に偏していて面白くない。

異同の所在　II

「金盤玉筯無消息」に暗示された事件

異同の類別

A　宝元元年（七六二）四月の粛宗の死。

B　広徳元年（七六三）一〇月の代宗の陝州逃避。

C　皇帝に関する特別の事件を想定しないもの。

A説を採るもの：王嗣奭『杜臆』四、盧元昌『杜詩闡』一三、浦起竜『読杜心解』四之一。

B説を採るもの：顧宸『辟疆園杜詩注解』七言律巻之三、呉見思『杜詩論文』一八、張溍『読書堂杜工部詩集注解』八

C説を採るもの：仇兆鰲『詳注本』一一、鈴木虎雄『杜少陵詩集』二。

異同の論拠

A説からは『杜臆』、B説からは『辟疆園杜詩注解』を例示する。

A説：賜霑《セラレテ》擘出《スルハ》、何等光寵《いかニナルモ》、而《レドモ》今何如《ハいかナランや》哉。公受《ク》二賜《ヲ》於粛宗之朝《ニ》一。閲《みルニ》二「金盤《ノ》」語《ヲ》一、似《タリ》下在《ルノ》二粛宗晏駕（崩御）後《ニ》一作《ニ》上。

B説：「無《シトハ》二消息一」、憶《フ》下去年十月吐蕃逼《せまり》二長安《ニ》一、代宗出《デテ》幸《スルヲ》中陝州《ニ》上。公遠在《クリテ》二成都《ニ》一、尚未《なホダ》ㇾ知《ラ》二真消息《ヲ》一也。因《リテ》二野人之贈《ルニ》一、忽思《チヘバ》二今日玉食《ノヲ》一、不ㇾ知《ラ》下有《リヤ》二此時物《ノ》一否《ザルヤヲ》上。所謂《いはゆル》「一飯不ㇾ忘《モル》ㇾ君《レヲ》」也。

A説では、杜甫が左拾遺の官にあって桜桃を賜ったのは粛宗の朝廷であり、その「金盤玉筯」の消息が途絶えたということを以て、粛宗の死（晏駕）を婉曲に表現したものとする。これに対してB説

では、吐蕃の長安侵入と、これに伴う代宗の陝州避難によって、朝廷の恒例の式典（四月一日の桜桃下賜）が停頓したことを気遣ったものとする。

このAB両説の対立を踏まえて、盧元昌『杜詩闡』はA説の立場から、次のようにB説『辟疆園杜詩注解』を批判する。

有《ルヒト》編《あミテ》二此《ノ》詩《ヲ》於広徳二年《ニ》一（代宗の陝州避難の翌年）謂《いへラク》：公（＝杜甫）憶《おもフ》下去年十月《ニ》、吐蕃逼《せまり》二長安《ニ》一、代宗幸《セシヲ》上陝《ニ》。公遠《ク》客《タレバ》二成都《ニ》一、未《ダ》レ知《ラ》二消息《ヲ》一、因《リテ》二野人之贈《ルニ》一、忽《チ》思《ヘリト》下今日玉食《ニ》、有《リヤ》二此《ノ》時物一否《ヤヲ》上。謬《あやまテリ》矣。微《ひそカニ》論《ズルニ》、広徳年間《ハ》、公在《リテ》二東川《ニ》一、与《ト》二西蜀一無《シ》レ渉《かかわル》。即《チ》是《ノ》年、公《ノ》「傷《ム》レ春五首《ヲ》」已《ニ》自注《シテ》云《フ》、「巴閬《はろう》僻遠《ナレバ》、傷《ミ》レ春《ヲ》罷《をハリテ》、始《テ》知《レリト》三春前《ニ》已《ニ》収《ムルヲ》二宮闕《ヲ》一」。桜桃《ハ》為《たり》二孟夏（四月）之物一、此《ノ》時尚《なホ》未《ダ》レ知《ラ》二消息《ヲ》一、不《ザルハ》レ幾《ちかカラと》下与二自注一相《ヒ》左《あかスニ》上。

すなわち、B説によれば、この詩は代宗の陝州蒙塵の翌年（広徳二年）四月の作で、この時すでに代宗は長安に還《かえ》っていたが、成都という僻地に客寓する杜甫はこの都の情報を知りえず、そのためになおも代宗の身の上を気遣っていたのである、と。しかし広徳年間は、杜甫は東川（四川省東部）に留寓しており、詩中にもいう「西蜀」の地とは接点がないので、B説は困難である。しかも広徳二年春に作られた「傷春五首」の自注には「巴閬（＝東川）は僻地なので、この傷春詩を作って後に、初めて、春になる前に吐蕃の手より長安の宮殿を奪回したことを知った」とある。桜桃は初夏四月の果物であり、とすれば、「傷春五首」におくれる「野人送二朱桜一」詩の作時（広徳二年四月）には、杜甫は長安奪回を知っていたとしなければならない。つまり、B説は「傷春五首」自注と矛盾していて、この点でも成り立ち難い。

以上、盧元昌がB説の難点として指摘した二点は、今日の杜甫の伝記研究の成果に照らしてみても、十分に説得力がある。AB択一であれば、A説に分があると見てよい。

しかし「金盤玉筯無《シ》二消息一」の句解には、必ずしも粛宗の死を想定するまでもあるまい。むしろこの句に示された感慨は、皇帝の死や朝廷の衰退という自己の外側の世界に向けられたものなのではなく、むしろ端的には、皇帝と朝廷から完全に疎外された自己の情況そのものに向けて発せられたものと理解すべきものであろう。左拾遺の官を失ったいま、もう二度とあずかることもかなわぬ朝廷の政事。「金盤玉筯」。すなわちこの語には、たんに典礼の儀物を指すにとどまらず、杜甫が官吏となって朝廷の政事にあずかりたいと願った、その思いの総体が仮託されているように思われる。つまり「無《シ》二消息一」とは、そうした朝廷の政事「金盤玉筯」から断絶し、疎外された自己の情況を表現するものと考えられるのである。筆者はこのように考えて、ひとまずC説を支持しておきたい。

備考

○詩語「転蓬」の用法

植木久行「曹植吁《く》嗟《き》篇《へん》考―轉蓬・飛蓬の詩的心象をめぐって」には、詩語として用いられたときの「転蓬」の意味を、次の三点に整理している。

草木の根・茎・枝葉等に、人間のある種の親属関係（骨肉・家族・兄弟等）を比喩させることは、別に珍しいことではないであろう。ただ秋風によって根と枝葉との二つに断ち切れて飄颻《ひょうよう》する飛蓬・転蓬は、本来、骨肉との離別の象徴となりやすい、という特殊な属性をもっている。

㋑ 秋風による飄颻――それ自体に旅人の彷徨・征人の転戦・官吏の流転生活等の類似をみてとるのが素朴で直観的な用法といえる。それと同時に、

㋺ 非循環性・一回性等の属性が、彷徨（転戦・流転生活等）の永続性を言外に示唆するところに悲哀の高まる理由が存在しているといえよう。さらに微視的にみれば、当然、

㋩ 根と枝葉との分離という側面が浮かびあがり、骨肉との別れ、家族との別れ、兄弟との別れを想像させることになり、悲哀も重畳されてゆくように思われる。

（松原　朗）

0夜
1露下天高秋水清
2空山獨夜旅魂驚
3疏燈自照孤帆宿
4新月猶懸雙杵鳴
5南菊再逢人臥病
6北書不至雁無情
7歩簷倚杖看牛斗
8銀漢遥應接鳳城

夜《よる》
露下《つゆくだ》り　天高《てんたか》くして　秋水清《しゅうすいきよ》し
空山《くうざん》の独夜《どくや》　旅魂驚《りょこんおどろ》く
疏燈《そとう》　自《みづか》ら照《て》らして　孤帆宿《こはんしゅく》し
新月《しんげつ》　猶《な》ほ懸《か》かりて　双杵鳴《そうしょな》る
南菊《なんぎく》　再《ふた》び逢《あ》ひて　人《ひと》　病《やまひ》に臥《ふ》し
北書《ほくしょ》　至《いた》らず　雁《かり》　情無《じゃうな》し
簷《のき》に歩《ほ》し杖《つゑ》に倚《よ》りて　牛斗《ぎうと》を看《み》れば
銀漢《ぎんかん》　遥《はる》かに応《まさ》に鳳城《ほうじゃう》に接《せつ》すべし

テキスト 『全』二三〇-4-2527 ◆『宋本杜工部集』一六 ◆『九家集注杜詩』三一 ◆『杜陵詩史』三一 ◆『分門集注杜工部詩』三 ◆『草堂詩箋』三六 ◆『銭注杜詩』一五 ◆『杜詩詳注』一七

校語

0**夜** 『全』『草堂詩箋』には「一《ニ》作《ル》二秋夜《ノ》客舎《ト》一」、『九家集注本』『銭注本』には「一《ニ》云《フ》二秋夜《ノ》客舎《ト》一」、『杜陵詩史』『分門集注本』には「(王) 洙曰《ハク》、一《ニ》云《フ》二秋夜《ノ》客舎《ト》一」との校語がある。

1**天高** 『全』『銭注本』には「一《ニ》作《ル》二空山《ニ》一」との校語がある。

水 『九家集注本』は「氣」に作る。『全』『詳注本』は「水」に作り、「一《ニ》作《ル》レ氣《ニ》」との校語がある。

3**疏** 『宋本』『九家集注本』『杜陵詩史』『草堂詩箋』は「踈」に作る。「疏」と音義とも通じる。

5**菊** 『全』『草堂詩箋』『銭注本』『詳注本』には「一《ニ》作《ル》レ國《ニ》」との、『杜陵詩史』『分門集注本』には「(王) 洙曰《ハク》、一《ニ》作《ル》レ國《ニ》」との校語がある。

6**至** 『全』『銭注本』『詳注本』には「一《ニ》作《ル》レ到《ニ》」との校語がある。

雁 『宋本』『九家集注本』『杜陵詩史』『草堂詩箋』『分門集注本』は「鴈」に作る。別体字。

7**簷** 『全』『宋本』『銭注本』『杜陵詩史』『分門集注本』には「蟾」に作り、前二者には「一《ニ》作《ル》レ簷《ニ》」、『銭注本』には「一《ニ》作《ル》レ簷《ニ》」および「趙（次公）傁曰《ハク》、当《ベシ》下以《テ》二歩簷《ヲ》一為《ス》上レ正《ト》」、後二者には「(王) 洙曰《ハク》、一《ニ》作《ル》レ簷《ニ》」および「趙（次公）曰《ハク》、当《ベシ》下以《テ》二歩簷《ヲ》一為《ス》上レ正《ト》」との校語がある。『九家集注本』『草堂詩箋』『詳注本』は「簷」に作り、『九家集注本』には「一《ニ》作《ル》レ蟾《ニ》」また「趙（次

公）云フ、歩詹ハ旧《もと》作ルモ二歩蟾ニ一、当ニ下以テ二歩詹ヲ一為ス上レ正トベシ」との、『詳注本』には「一ニ作ルレ蟾ニ」との校語がある。

詩型・韻字

七言律詩。清《*せい》・驚《きやう》・鳴《めい》・情《*じやう》・城《*じやう》（下平声庚韻〔庚*清韻〕）。

語　釈

1**露下**　露が冷ややかに結ぶ。第5句に菊花が詠じられていることも考え併せると作詩の時節は晩秋であり、とすればこれは二十四節気の「寒露」（陰暦九月初旬）の語を念頭におく表現とみてよかろう。

秋水　秋のかわ。ここでは、杜甫が逗留する夔《き》州（今の四川省奉節県）を流れる長江を指していう。因みに、「川」という漢語は、本来、河川と両岸の平野とを含めて指すことが多く、河川そのものを取り出すときには「水」、また「河水」「江水」などという。ここの「水」もそうした用例である。杜甫は夔州には、永泰二年（七六六、同年一一月に大暦と改元。55歳）晩春から、大暦三年正月まで、約二年間逗留している。

2**空山**　ひと気のない山。この詩を作ったと考えられる夔州逗留の一年目（七六六）の秋、杜甫は、白帝城のある白帝山の南西の山腹にあって長江を見おろす位置にある西閣に寓居していた。「空山」は、その西閣のあった白帝山を指すのであろう。

独夜　ひとり目醒めている夜。杜甫の夔州逗留には家族も伴っており、したがってこの「独夜」は、杜甫が夜ただひとりでいることを意味するものではない。

旅魂　異郷にさすらう魂。杜甫自身を指す。

驚　不安のために、眠りが急にはっと破られること。

3**疏灯**　ぽつんとひとつともった灯火。「疏」は「密」の対義語である。

自照　灯火の光が微弱なため、周囲を明るく照らすことができず、かろうじて自らの存在《ありか》を照らし出していることをいう。杜甫「倦夜」詩（本書三三一頁）の「暗ラキニ飛ビテ蛍自ラ照ラス」が、やはりこの用法である。杜甫の孤独な精神風景を象徴的に表現したものとして読める。

孤帆　ぽつんと浮かぶ船。唐詩においてはしばしば漂泊者の影を帯びるが、ここでもそうであろう（高橋良行「〝孤舟〟と〝扁舟〟―唐詩素材論の視点から」『早稲田大学大学院文学研究科紀要別冊』五集、一九七九年三月を参照）。なお杜甫が長江に泊まった「孤帆」を見おろす山中にいること、つまり「孤帆」に泊まっているのではないことは、第2句「空山独夜旅魂驚」、第7句「歩檐倚杖看牛斗」の二句からも、明らかである。

4**新月**　「東の空にさし出たばかりの月」と、満月に対するいわゆる「新月」（月齢零の朔《ついたち》の月、ないしは広義に三日月）の二つの用法がある。ここでは「新月猶ホ懸ル――新月が、沈みきれずに空にまだ懸っている」という表現からみて、後者の用法によるものと判る。

双杵　二人で向かいあって擣《う》つ杵《きね》。砧《きぬた》の上に麻布を敷いて杵で擣つその響きは、冬仕度に勤《いそ》しむ秋の季節の景物として唐詩に好んで取りあげられる素材である。

5**南菊再逢**　南国に咲く菊に再度めぐり逢う。この詩の作時は大暦元年（七六六）と考えられるので、「再逢」とは、前年の雲安（今の四川省雲安県）と今年の夔州で、再度、菊花の咲くのを見たことをいう。雲安と、その下流六〇キロばかりの夔州とは、ともに長江の峡谷にあるまちで、こうした距離的・風土的一体感が、両者をひとしく南国と見る意識を生んだものと思われる。なお杜甫においては、忠州（四川省忠県）～雲安～夔州の今日のいわゆる三峡の上流に位置する長江の一段も、広く三峡の一部として理解されていた。参照：松原朗「杜甫『旅夜書懐』詩の制作時期について」（『中国文学研究』第一六期、一九九〇年）。

人臥病　杜甫が病床に臥せる。杜甫は前年の永泰元年（七六五）の秋に雲安で消渇（糖尿病）が昂じて病臥して以来、健康を大きく損っていた。なお杜甫晩年の健康状態については、前項に掲げた松原論文を参照されたい。

6 **北書**　北からの書《てがみ》。「北」は、長安・洛陽の一帯を念頭に措くだろう。北にのこした弟妹（「月夜憶舎弟」詩、本書三二九頁参照）からの手紙、あるいは今は朝廷の高官となっている友人たちからの手紙をいう。なおこの詩よりも三年後の「登岳陽楼」詩（『正編』二九〇頁参照）にも「親朋無シ二一字一」（親戚・朋友からは短い便りも無い）という類似の表現がある。

雁無情　文学的心象において、雁は、北地からの手紙を携えて飛来すると考えられていた。「雁無情」とは、その雁が手紙を届けてくれないことをいう。前漢武帝の使節として北のかた匈《きょう》奴《ど》に赴いた蘇武は、彼の地に抑留されること一九年。彼が雁の脚に結び付けた手紙によってその消息は武帝の知るところとなり、漢に招き帰された。雁信・雁書などの熟語は、この故事に基づく。なお蘇武の伝は、『漢書』五四の「蘇建伝」の付伝に見える。また中島敦の小説『李陵』は、武帝の時代を生きた李陵・蘇武・司馬遷をめぐる事件に取材した歴史小説として参考になる。

7 **歩簷**　「簷《のき》をもつ回廊」の名称とも、「簷《のきば》を歩す」とも解釈できる。通釈は、後者に従った。〔諸説の異同〕を参照。なお「歩蟾」の異文であれば「蟾《つき》に歩む」、月光の下を歩む、の意となる。月中には蟾《ヒキガエル》がいるという伝説から、月を「蟾」ともいうのである。但し、満月ならばともかく、かぼそい「新月」（三日月）の光を指して「歩レ蟾」と表現するのは、無理があるだろう。

牛斗　二十八宿のうちの牛宿と斗宿、すなわち牽牛（山羊座のベータなど六星）と、これに隣接する南斗（射手座の六星）を指す。今かりにこの詩の作時を、「露下」（陰暦九月初旬の寒露の節気）と「新月」（三日月）の語を手掛りに、代宗の永泰二年、晩秋の三日月の夜、すなわち陰暦九月三日（ユリウス暦七六六年一〇月一一日）とすれば、三日月のなお沈みきらない夜八時頃には、南斗は西南の地平線に近く、牽牛はその少し上空に望まれたであろう。

8 **銀漢**　天の河。河漢・天漢などの類語。

応　「当」とほぼ同義で、事柄の必然的推移を示す助字。当為（きっと……しなければならぬ）・当然（きっと……であるにちがいない）のうち、ここでは後者の用法。

鳳城　丹鳳城。すなわち長安の天子の宮殿。この詩の作時を前項のごとくみれば、このとき天の河は、南斗・牽牛のかかる西南の地平線から、天頂を経て、東北の地平線に落ちかかっていた。その東北の方角は、長安の方角となる。杜甫は、西南の「牛斗」を望み、そして天の河を遥かに振りあおぎつつ、ついに東北の地平線のかなたに、天の河が「鳳城」と接する壮麗な光景を思い浮かべるのである。ちなみに、長安は、このとき杜甫がいた夔州の真北に位置するが、当時の観念としては、夔州も含めて巴蜀の地は、長安の西南に位置すると考えられていた。

通　釈

夜

露は下《お》ち、天は晴れわたって高く、秋の江水がどこまでも透き徹るとき。ひと気の絶えた山中（にある西閣の寓居）でひとり過ごす夜に、異土にさすらうわが魂は、不安におびえて目を醒ます。

ぽつんとともる灯がみずからの姿をかぼそく照らすところには、小舟が泊まっている。三日月が沈みかねてまだ天空に懸っているあたりには、杵《きね》の音が響いている。

南国に咲く菊の花に二度目に出会ったが、自分は今なお病床を離れられない。しかも北地（長安・洛陽の親戚や友人）からの手紙は届かず、雁とは、いかにもつれないものではないか。

簷《のきば》を歩き、ときに杖にもたれて、（西南の地平線ちかく）牽牛と南斗の星のあたりを望むと、天の河は（そこから天頂を経て東地の方角に）遥かにかかって、きっと天子のいます丹鳳城へと連なっているに相違ないのだ。

諸説の異同

異同の所在

「歩簷」の解釈

異同の類別

A　回廊の種類の名称。

B　「簷を歩す」。

A説を採るもの：『九家集注杜詩』以来の、「歩簷」について解釈を加える中国の注釈書の大部分。日本では津阪孝綽《たかひろ》『杜律詳解』中、森槐南《かいなん》『杜詩講義』中巻（文会堂書店、一九一一年）など。

B説を採るもの：吉川幸次郎「杜甫について」（『杜甫ノート』新潮文庫、一九五四年）、黒川洋一『杜甫』上（中国詩人選集、岩波書店、一九五九年）など。

AB両説を併記するもの：鈴木虎雄『杜少陵詩集』三（続国訳漢文大成、国民文庫刊行会、一九三一年）。

異同の論拠

A説（「歩簷」は回廊の種類の名称）

A説は、中国・日本を通じてのいわば伝統的な解釈である。『九家集注杜詩』がこの説を提示し、後続の注釈も概ねこれを踏襲している。参考として、『九家集注杜詩』およびこれを補足した明、顧宸『辟疆園杜詩注解』（七律五）を掲げる。

○趙（次公）云、……「歩簷」ハ旧《もと》作ル二「歩蟾一」。当《まさニ》下以テ二「歩簷ヲ一」為ス上レ正ト。而シテ字ハ又作ル二「櫚・檐一」ニモ。上林ノ賦ニ云フ、「歩櫚周《あまねく》流《わたルト》」。李善注ニ曰ハク、「歩櫚ハ、歩廊也ト」。謝恵連ノ詩ニ「房櫳引キ二傾月ヲ一、歩櫚結ブ二清風ヲ一」。劉孝綽ノ「望ムレ月ヲ」詩ニ云フ、「微光垂ル二歩檐ニ一」。庾信《ゆしんノ》詩ニ「歩櫚朝《あしたニ》未ダレ掃セ」。互ニ用フルレ此ヲ也。（『九家集注杜詩』三一）

右の論旨は四点に整理できる。①「歩簷」を「歩蟾」に作る異文はよくない。②「簷」は異体字の「櫚」「檐」に書かれることもある。③前漢、司馬相如「上林賦」に「歩櫚」の語があり、これに対する文選の李善注に「歩櫩、歩廊也《ハ》」とある。つまり「歩櫩（簷）」は、これで一つの名詞であり、これを動賓構造とみて「櫩（簷）に歩す」と訓じるべきものではない。④「歩櫩」がこれで一つの名詞であることは、他に謝恵連・劉孝綽・庾信の用例に徴しても明らかである。

では「歩簷」はいかなるものであるのか、清初の顧宸は次のように説明している。

○『楚詞《(ママ)ニ》』曰《ハク》「曲屋《ト》歩櫩《ト》」。漢、（司馬）相如《ノ》賦《ニ》「歩　櫩《(ママ)ニ》周《あまねくわたる》流」。即《チ》今之飛檐・歩廊也。古者《いにしへハ》、六尺曰《ヲフ》レ歩《ト》。今之廊檐《ハ》、大率《おほむネ》広《キコト》六尺《ナリ》。

「歩櫩」の語は、古くは『楚辞』や、司馬相如の賦に用例があり、今の飛檐・歩廊に相当する。かつては六尺の長さを歩といった。今の廊檐は、おおむね幅が六尺である。つまり「歩櫩（簷）」とは、幅が一歩（六尺）の、簷《のき》のある廊下のことである（なお、顧宸の幅六尺の簷とする解釈がかりに成り立たなくても、歩簷を簷の一種とするA説は成り立つ）。

B説（「歩簷」は「簷を歩す」）

こうした伝統的なA説に対して、B説（簷に歩す）は近年、日本において提出された。しかし、これを唱える吉川幸次郎、黒川洋一、ともに論拠を提示していない。

B説が可能となる条件として、杜甫以前に、「歩簷」が、名詞ではなく、動賓構造「簷に歩す」と解釈されるべき先行用例の存在がまず確認されなければならない。これについて筆者の管見に入ったものには、次の南朝斉の謝朓《ちょう》「詠《ズル》レ風詩《ヲ》」がある。

歩檐行袖靡　　檐に歩せば　行袖靡《なび》き

当戸思襟披　　戸に当たれば　思襟披《ひら》く

対句構造の中で、「当戸＝戸に当たる」と対置されている「歩檐」は、歩檐という名詞ではなく、「檐に歩す」と動賓構造に解せられるべき用例である。こうした用例の確認によって、B説の可能性は、ひとまず保証されると考えてよかろう。

ではA説とB説と、いずれがここの解釈として適当かと言うことになると、決め手はない。ただ杜甫の視線の頻繁な跳躍（天→水→空山→孤帆の疏灯→天空の新月）の背後には、ひとり眠ることもできずに夜をすごす、心の焦燥を、読み取ることができるだろう。この点で、杖にもたれて「歩簷」に静かに佇む姿よりも、「簷を歩し」ながら、つまり心を静めることもできないままに、ときおり杖にすがって立ちどまり、上空を仰ぎ見る杜甫の姿のほうが、この詩の情景としていっそうふさしいように考えられる。また、尾聯全体の「歩簷倚杖看牛斗、銀漢遥応接鳳城」という構文に即して見るならば、第8句がただひとつの動詞「接」を含むだけなのに対して、第7句は「歩・倚・看」の三つの動詞をしきりに連ねたものと考えられよう。つまりこうすることで、第7句の不安と焦燥とに突きうごかされた動揺が、第8句の静寂の中に浮かぶ天象図との対比で、さらにいっそう際立つように思われる。私見では、この二点で、B説により説得力があるように判断される。

（松原　朗）

0 夢李白二首　李白《りはく》を夢《ゆめ》む二首《にしゅ》　其《そ》の一《いち》

其一

1死別已呑聲
2生別常惻惻
3江南瘴癘地
4逐客無消息
5故人入我夢
6明我長相憶
7恐非平生魂
8路遠不可測
9魂來楓葉靑
10魂返關塞黑
11君今在羅網
12何以有羽翼
13落月滿屋梁
14猶疑照顏色
15水深波浪闊
16無使蛟龍得

死別《しべつ》　已《すで》に声《こゑ》を呑《の》み
生別《せいべつ》　常《つね》に惻惻《そくそく》たり
江南《かうなん》　瘴癘《しやうれい》の地《ち》
逐客《ちくかく》　消息《せうそくな》無し
故人《こじん》　我《わ》が夢《ゆめ》に入《い》り
我《わ》が長《なが》く相《あ》ひ憶《おも》ふを明《あき》らかにす
恐《おそ》らくは平生《へいぜい》の魂《こん》に非《あら》ざらん
路遠《みちとほ》くして測《はか》る可《べ》からず
魂来《こんきた》るとき　楓葉青《ふうえふあを》く
魂返《こんかへ》るとき　関塞黒《くわんさいくろ》し
君《きみ》　今《いま》　羅網《らまう》に在《あ》り
何《なに》を以《もつ》て　羽翼有《うよくあ》るや
落月《らくげつ》　屋梁《をくりやう》に満《み》ち
猶《な》ほ疑《うたが》ふ　顔色《がんしよく》を照《てら》すかと
水深《みづふか》くして波浪闊《はらうひろ》し
蛟龍《かうりゆう》をして得《え》しむること無《なか》れ

テキスト　『全』二一八-4-2289 ◆『百』五言古詩 ◆『古文真宝』前集 ◆『唐詩品彙』八 ◆『唐宋詩醇』一〇 ◆『唐詩別裁集』二 ◆『宋本杜工部集』三 ◆『九家集注本』五 ◆『杜陵詩史』九 ◆『分門集注本』三 ◆『草堂詩箋』一四 ◆『杜詩箋注』三 ◆『詳注本』七

校語

4**逐客**　『全』『箋注本』『詳注本』に引く一本では「遠客」に作る。

6**長**　『詳注本』に引く一本では「常」に作る。

7 8 9 10四句　『詳注本』では9 10 7 8の順とする。

8**路遠**　『草堂詩箋』の本文、ならびに『全』『杜詩箋注』『詳注本』に引く一本では「路迷」に作る。

不可測　『杜陵詩史』では「不可惻」に作る。

9**楓葉**　『宋本杜工部集』『杜陵詩史』『詳注本』の本文、ならびに『全』『杜詩箋注』に引く一本では「楓林」に作る。

10**魂返**　『杜詩箋注』『詳注本』に引く一本では「夢返」に作る。

11**君今**　榊原篁洲『古文真宝前集諺解大成』では「今君」に作る。

12**何以**　『全』『杜詩箋注』『詳注本』に引く一本では「何似」に作る。

14**照顔色**　『古文』前集の本文、ならびに『全』『杜詩箋注』『詳注本』に引く一本では「見顔色」に作る。

詩型・韻字

五言古詩。惻《そく》・息《そく》・憶《おく》・測《そく》・黑《*こく》・翼《よく》・色《しよく》・得《*とく》（入声職韻〔職徳*韻〕）。

語釈

0**夢李白**　乾元《けんげん》二年（七五九）秋、杜甫48歳、秦州（甘粛省天水市）での作。秦州滞在中に作られた杜甫の詩には、弟・妹や友人を偲んで作ったものが多いが、本詩もその一つで、敬愛する大詩人李白（当時59歳）の不穏な境遇を思いやる心情を詠じている。

　これより先、杜甫は天宝三年（七四四）、洛陽附近で李白と面識を得、翌年まで行動を共にした。李白は天宝元年、玄宗に招かれて朝廷に入り、宮廷詩人としての名声が天下に知れわたったが、その奔放な性格は宮中になじまず、天宝三年の晩春に長安を追放されてしまった。そして南方へ旅する途中、洛陽近辺で杜甫と出会ったのである（両者が会った土地が洛陽に限定できないことは、郁賢晧『李白叢考』〔陝西人民出版社、一九八二年〕に考証がある）。このとき杜甫は33歳、まだ無名の書生であったが、この出会いは彼に大きな影響を与え、以後、李白は彼にとって最も尊敬する人物となった（李・杜の交友については、『正篇』「春日憶《フ》㆓李白《ヲ》㆒」詩の〔語釈〕〔備考〕を参照されたい〔三三一～三三五頁〕）。

　本詩が作られたのは、両人が別れてから一四年後のことである。その間、李白はおおむね江南を漫遊していたが、安禄山の乱が勃発して間もない至徳元年（七五六）、長江一帯の防衛のため江陵（湖北省荊沙市）を訪れた永王璘《りん》（玄宗の第一六皇子）に招かれ、一二月、その幕下に入って軍事顧問となった。ところが、帝位を継いだ粛宗《しゅくそう》は弟の永王を疑い、賊軍と見なして征討の軍をさしむける。至徳二年（七五七）二月、永王軍は敗れ、李白も逮捕されて潯陽《じんよう》（江西省九江市）の獄に下された。しかし、正妻宗氏や、旧友の息子宋若思《そうじゃくし》（李白「江夏《ニテ》別《ル》㆓宋之悌《ニ》㆒」の〔備考〕〔本書五八一頁〕を参照）、江淮《こうわい》宣諭選補使崔渙《さいかん》らの努力によって減刑され、乾元《けんげん》元年（七五八）八月、夜郎《やろう》（貴州省桐梓《とうし》県）に流されることとなった（この間の事情については、松浦友久『李白伝記論―客寓の詩想―』第八章〈李白における安史の乱㈥―投獄・出獄まで―〉に詳しい〔研文出版、一九九四年〕）。そして夜郎へ向けて長江を溯《さかのぼ》り、乾元二年（七五九）三月、巫山（四川省の東端）まで来たとき、今度は大赦の令に遭う。かくて李白は再び長江を下り、その後二年ほど、長江中・下流の地区に遊び、気ままな生活を送ることとなるのである。

　――作詩当時、杜甫は、李白に対する大赦についての経緯は知らなかったと見え、李白がいまだ罪人として南国にあるという設定で本詩を詠じている。

1 **死別**　死にわかれ。〔諸説の異同〕Ⅰを参照。

呑声　声を出さずに泣く。梁、江淹の「恨《ミノ》賦」に「自《リ》古《いにしへ》　皆有《リ》㆑死、莫《シ》㆑不《ルハ》㆓飲《ミ》㆑恨《ミヲ》呑《マ》㆑声《ヲ》㆒」とあるのに基づく（『文選』巻一六）。

2 **生別**　生きていながら全く別々に暮すこと。『楚辞』九歌「少司命」に「悲《シミハ》莫《シ》㆑悲《シキハ》㆓生別離《ヨリ》㆒」とあるのに基づく。

惻惻　悲しみいたむようす。

3 **江南**　揚子江中・下流の地。李白が潯陽にあるものとして詠じているため、「江南」と言っている。

瘴癘　華南に多い、マラリヤなどの風土病。本句は、隋、孫万寿の「遠戍《クまもり》㆓江南《ヲ》㆒、寄《ス》㆓京邑《ノ》親友《ニ》㆒」詩に「江南瘴癘地《ノ》　従来多《シ》㆓逐臣㆒」とあるのをふまえる。「従来多《シ》㆓逐臣㆒」とは、具体的には屈原、賈誼《かぎ》などの人々を指している。杜甫はここで、この孫万寿の詩句を重ね合わせることにより、李白を屈原や賈誼らになぞらえているわけであろう。

4**逐客**　放逐されてさすらう人。李白のこと。

6**明**　はっきりさせる。〃旧友の李白が私の夢に現れたのは、私がいつも彼を思い出していることをはっきり証拠立てている〃という意。

長相憶　いつも相手を思い偲んでいる。「長」は「常」に通ずる。本句の解釈につき、〔諸説の異同〕IIを参照。

7**非平生魂**　ふだんの魂ではない。「魂」は「離魂」、すなわち夢の中のたましいの意で、ここでは夢の中に現れた李白の姿のこと。本句の解釈につき、〔諸説の異同〕IIIを参照。

8**路遠不可測**　李白の居場所までの道のりが非常に遠いので、李白のようすがふだんと違っていた理由（ひいては、いま李白が置かれている状況）を推測することができない。

なお榊《さかきばら》原篁州《こうしゅう》『古文真宝前集諺解大成』は〃ここまでの道のりは非常に遠くて、計測できないほどである〃という意味に解する。同書では「夢中、杜子美、心におもへらく、恐《おそら》くは李白平生の魂にてはあるまじきかと疑《うたがは》しき也、いかになれば、来る所の路の程遠きことは測《はかり》がたし、夢魂よもこゝまでは来《きた》り得まじければなり」と述べ、『事文類聚』前集巻二三の文「六国《ノ》時張敏与ニ高恵一為《たり》レ友、毎《つねニ》相思《ヒヘドモ》不レ能《ハ》レ得《ルコト》、敏於《テ》レ夢《ニ》往《キテ》尋《ヌ》、但《ダ》行《キテ》至《リ》ニ半路《ニ》一、即《チ》迷《ヒテ》不レ知《ラ》レ路《ヲ》」を注記する。この文は〃離れて暮らす知友をせめて夢の中で尋ねて行こうとするが、距離があまりに遠いため夢魂でさえ迷ってしまった〃という内容である。『諺解大成』はこれによって78両句を解釈し、〃あまりにも遠い道のりを訪れることのできる夢魂は、ふつうとは異なる、特別のものだ〃ということを言っていると見るわけである。また森槐南『杜詩講義』下巻（文会堂書店、一九一二年）に「併《しか》し考へて見ると、餘り遠過《とほすぎ》る処から来るのであるから、事に依ると、李白の真の精魂が、我意に感じて現はれたのではあるまいかと思はれる」と述べるのも、『諺解大成』に近い立場かと思われる。

9**楓葉**　江南には楓樹が多いため、〃あなたの魂が江南から飛来したとき、その背後に楓葉の青さを見たように思った〃と詠じたのである。本句は『楚辞』招魂に「湛湛《タル》江水兮上《ニ》有《リ》レ楓　目《ハ》極《メテ》ニ千里《ヲ》一兮傷《マシム》ニ春心《ヲ》一　魂《ヨ》兮帰《リ》来《タレ》哀《シ》ニ江南《ヲ》一」とあるのをふまえる。これは旧説では宋玉の作とされ、屈原が追放されて沼沢地帯をさまよい、生命が尽きようとしているのを憐み、その魂を招いて生命をつなぎとめるために作ったとされているものであるが、杜甫はこれをふまえることにより、李白を屈原に、そして自らを屈原の弟子とされる宋玉になぞらえているわけである。

10**関塞**　関所ととりでと。また転じて、辺境の町。ここでは、作者のいる秦州を指す。

910の二句、一説に、夢の中で李白が杜甫に語ったことばと解する。〃私が来るとき、私の居る楚の楓林は青く、私が去ろうとするとき、君の居る秦州のとりでは暗い〃（塚本哲三『古文真宝』前集〔漢文叢書、有朋堂書店、一九二一年〕）。同書では続く1112の二句を、杜甫が夢の中で李白に問いかけたことばと解し、この四句を両人の対話ととらえている。

11羅網　あみ。鳥や魚を捕える網。転じて、人をおとしいれる計略。ここでは、現在李白が置かれている険悪な状況のたとえ。また、牢獄のたとえと見てもよい。

16蛟龍　みずち。龍の一種。李白を迫害する悪い人々のたとえ。一説に、むかし楚の屈原が追放され、汨羅《べきら》に投身したことを暗示する、とする（内田泉之助『新選唐詩鑑賞』（明治書院、一九五六年）、中島敏夫『中国の名詩鑑賞』5（明治書院、一九七八年））。この説は、『杜陵詩史』『詳注本』などに引く、梁、呉均『続斉諧記《ぞくせいかいき》』の一節を重視したものであろう。

漢ノ建武中、長沙ノ人欧回、見ル三一人ノ、自ラ称スルヲ二三閭大夫ト一。曰ク、「吾嘗テ見ル二祭ノ甚ダ盛ンナルヲ一、然レドモ為ル二蛟龍ノ所ト一レ苦ムル」。

得　手に入れる。つかまえる。ここでは、李白が蛟龍につかまり、餌食《えじき》になること。一説に、「得」は得意に同じで、跋扈《ばっこ》する意とする（鈴木虎雄『国訳杜少陵詩集』中（国民文庫刊行会、一九二八年））。

通釈

李白どのを夢に見て

死別は已《すで》に帰らぬこととして、声を呑んで諦めるしかないが、生別は諦め切れぬだけに、いつまでも心のいたむものだ。江南は毒気のたちこめる土地だが、そこに追われた李白どのからは何のたよりも無い。この旧友が私の夢に現れたということは、私がいつもあなたを思い出していることを、はっきり示すものである。が、夢の中での李白どのは、どうもふだんの姿とようすが違うようであったが、あなたが居る所までの路は遠いから、事情を推測することもできない。あなたの魂は楓樹の葉が青々と茂る土地からやって来て、関所やとりでが黒々と横たわる国境の町から帰って行く。あなたは今、陥れられて険呑な境遇の網にかかっているというのに、どうして翼を得てここまで飛んで来られたのか。（不吉な夢にふと目ざめると）落ちかかる月の光は屋根の梁《はり》に充ちて、なおもそこにあなたの顔が照らし出されているような気がした。長江は水が深く、波路《なみぢ》もはるかに続いている。くれぐれも蛟龍などにつかまることのありませぬように。

諸説の異同

異同の所在

第1句「死別已呑声」の解釈　Ⅰ

異同の類別

A　死別となればもうあきらめて、悲しみに耐えるしかない。

B　死別はもとより悲しいものである。

C　知人との死別にこれまで何度も悲しんだ。

D　以前、李白と別れたとき、その別れを死別のように思って泣いた。

A説を採るもの：塩谷温『唐詩三百首新釈』（昭和漢文叢書、弘道館、一九二九年）、内田泉之助『新選唐詩鑑賞』、松浦友久『中国名詩集―美の歳月』（朝日文庫、朝日新聞社、一九九二年）。

B説を採るもの：目加田誠『杜甫』（漢詩大系第九巻、集英社、一九六五年）、星川清孝『古文真宝（前集）』上（新釈漢文大系第九巻、明治書院、一九六七年）、前野直彬『唐詩鑑賞辞典』（高橋稔執筆）東京堂出版、一九七〇年）、近藤春雄『唐詩のよみ方と解釈』（武蔵野書院、一九七三年）、ほか。

C説を採るもの：黒川洋一『杜甫』下（中国詩人選集第一〇巻、

岩波書店、一九五九年)、中島敏夫『中国の名詩鑑賞』5、鎌田正・米山寅太郎『漢詩名句辞典』(大修館書店、一九八〇年)。

D説を採るもの：鈴木虎雄『国訳杜少陵詩集』中。

異同の論拠

言及されていない。本稿では、この句と次の句とが対句になっていることに注目し、〝対句の相補的性格〟という点から最も妥当なA説に従った。すなわちこの1・2句は、「死別」の属性として「已呑声」があり、「生別」の属性として「常惻惻」がある、とする構文であり、「死別」は断念・諦念を、「生別」は持続・未練を生じさせることを表したものと見られよう。

B説は、第1句が江淹の「恨《ミノ》賦」をふまえていることを重視し、〝死別ということについては、已《すで》に江淹も「声を呑む」と言っているように、昔から悲しいものとされている〟という意に解したものと思われる。が、この「已」を「江淹が已に」とすると、次の句の「常惻惻」の主体が杜甫（ひいては人間一般）であるのと対にならない。

異同の所在　II

第6句「明我長相憶」の意味

異同の類別

A　(旧友李白が杜甫の夢に現れたのは) 杜甫がいつも李白を思い出していることをはっきり証拠立てている。

B　(李白が夢に現れたのは) 杜甫がいつも李白を思い出している友情の厚さに、李白が感応していることを明らかに示すためである。

C　(李白が夢に現れたのは) 杜甫がいつも李白を思い出していることを、李白がよく知っているからである。

D　(李白が夢に現れて、杜甫に対して)「私は君のことをいつまでも忘れない」と打ち明けた (この説では、本句の訓読は「明《カスニ》レ我《ニ》長《ク》相《ヒ》憶《フト》」となる)。

A説を採るもの：内田泉之助『新選唐詩鑑賞』、目加田誠『杜甫』、前野直彬『唐詩鑑賞辞典』(高橋稔執筆)、近藤春雄『唐詩のよみ方と解釈』、松浦友久『中国名詩集』ほか。

B説を採るもの：榊原篁洲『古文真宝前集諺解大成』。

C説を採るもの：鈴木虎雄『国訳杜少陵詩集』中。

D説を採るもの：中島敏夫『中国の名詩鑑賞』5。

異同の論拠

A説・B説・C説

言及されていない。

D説

古楽府「飲馬長城窟行」に、他郷にある夫から便りを得た妻の喜びを詠じて「夢《ニ》見《シトキハ》在《ルモ》二我《ガ》傍《ニ》一　忽《チ》覚《ムレバ》在《リ》二他郷《ニ》一……上《ニハ》言《ヒ》レ加《ヘヨト》二餐食《ヲ》一　下《ニハ》云《フ》二長《ク》相《ヒ》憶《フト》一」とある。このように「長相憶」「長相思」という語は漢代以来、別れに臨んでの挨拶や、遠く離れた者への手紙の文末の語として用いられる。蘇武の作とされる「別《レノ》詩」に「生《キテハ》当《ニ》二復《タ》来帰《ル》一　死《ストモ》当《ニ》二長《ク》相《ヒ》思《フ》一」、李陵の作とされる「別《レノ》詩」に「行人難《シ》二久《シク》留《ルコト》一　各《ミ》言《フ》二長《ク》相《ヒ》思《フト》一」とあるのはいずれも前者の例である。杜甫の本詩もこのような用法をふまえ、李白が杜甫の夢枕に立ち、別れの挨拶として「長相憶」と言ったものと考えられる。それゆえにこそ、杜甫はこれをただごとではないと感じ、すぐ次の第七句で「恐《ラクハ》非《ザラン》二平生《ノ》魂《ニ》一」と言っているのであろう。

（以上、中島敏夫『中国の名詩鑑賞』５）

本稿では、ひとまず現在の通説とも言うべきA説に従った。D説も重要な見解であるが、「明」の用法についての解釈が妥当を欠くようである。

異同の所在　Ⅲ

第7句「非《ザラン》㆓平生《ノ》魂《ニ》㆒」の解釈

異同の類別

A　李白の身に何か変事が起ったことを示す。

B　ふだんの魂ではない、つまり李白がすでにこの世にいないことを示す。

A説を採るもの：黒川洋一『杜甫』下、内田泉之助『新選唐詩鑑賞』、星川清孝『古文真宝（前集）』上、前野直彬『唐詩鑑賞辞典』（高橋稔執筆）、蕭滌非ほか『唐詩鑑賞辞典』（〔趙慶培執筆〕上海辞書出版社、一九八三年）、松浦友久『中国名詩集』など。

B説を採るもの：鈴木虎雄『国訳杜少陵詩集』中、塩谷温『唐詩三百首新釈』、細貝香塘『杜詩鑑賞』（秋豊園出版部、一九三九年）、目加田誠『杜甫』、吹野安『唐代詩選』（笠間書院、一九六八年）、近藤春雄『唐詩のよみ方と解釈』、中島敏夫『中国の名詩鑑賞』５など。

異同の論拠

言及されていない。

本稿では、続く第11句「君今在《リ》㆓羅網《ニ》㆒」が、李白の生存を前提としているように思われること、結びの第16句「無《レ》㆑使《ムルコト》㆓蛟龍《ヲシテ》得㆒」が、李白の今後の無事を祈る語であること、また連作の第二首（〔備考〕を参照）に〝李白の死〟という想念が現れていないことから、このとき杜甫を襲った〝李白の死〟への恐れは必ずしも決定的・持続的なものではないと考え、ひとまずA説に従った。

ただしここで注意すべきことは、次の〔備考〕に示すとおり、この第7句は第二段、すなわち夢の中の情景と心象とを詠じた部分に属しているということである。したがってこの句は、杜甫が不吉な夢を見ながら、夢の中で一時的に〝李白が死んだ〟という想念にとらわれたことを示していると考えることは勿論可能であり、むしろそう取る方が、夢の印象を詠じた句としていっそう濃密な臨場感を備えることになるとも言えよう。結局この場合のA・B両説は、どちらが正しくどちらが誤りというものではなく、解釈者による連想観念の差異の表れであり、どちらを取るかは読者の主観に委ねられているように思われる。

備考

本詩の内容は、次の三段落に分けることができる。

第一段（1～4句）＝李白の夢を見るに至った状況を簡潔に述べて導入とする。

第二段（5～10句）＝夢に現れた情景と、そのときにわき起こった感慨とを再現する。

第三段（11～16句）＝夢から覚めたあとの心境を述べる。

『詳注本』では、このような三段構成のことを「一頭両脚体」と称している。第一段を頭首に、第二・三段（ともに六句）を左右の両脚に見立てるわけである。（「一頭両脚体」については『正編』の「兵車行」の〔備考〕(1)〔四〇六頁〕を参照のこと）。仇兆鰲は、連作の第二首もやはり「一頭両脚体」であると指摘している。

その第二首を、次に挙げておこう。

夢李白二首 其二

浮雲終日行
遊子久不至
三夜頻夢君
情親見君意
告帰常局促
苦道来不易
江湖多風波
舟楫恐失墜
出門搔白首
若負平生志
冠蓋満京華
斯人独顦顇
孰云網恢恢
将老身反累
千秋万歳名
寂寞身後事

李白を夢む二首 其の二

浮雲《ふうん》 終日《しゅうじつ》行く
遊子《いうし》 久《ひさ》しく至《いた》らず
三夜《さんや》 頻《しき》りに君《きみ》を夢《ゆめ》む
情《じょうした》 親しむこと 君《きみ》が意《い》を見《み》る
帰《かへ》るを告《つ》げて常《つね》に局 促《きょくそく》たり
苦《ねんごろ》に道《い》ふ 来《き》たること易《やす》からず
江湖《こうこ》 風波《ふうは》多《おほ》し
舟 楫《しゅうしゅう》 恐《おそ》らくは失墜《しっつい》せんと
門《もん》を出《い》でて白首《はくしゅ》を搔《か》く
平生《へいぜい》の志《こころざし》に負《そむ》くが若《ごと》し
冠蓋《かんがい》 京華《けいか》に満《み》つるに
斯《こ》の人《ひと》 独《ひと》り顦 顇《しょうすい》す
孰《たれ》か云《い》ふ 網恢恢《あみかいかい》たりと
将《まさ》に老《お》いんとして身《み》は反《かへ》つて累《るい》せらる
千秋 万歳《せんしゅうばんざい》の名《な》
寂寞《せきばく》たり身後《しんご》の事《こと》

（宇野 直人）

杜《と》 牧《ぼく》

0 題烏江亭
1 勝敗兵家事不期
2 包羞忍恥是男兒
3 江東子弟多才俊
4 卷土重來未可知

烏江亭《うかうてい》に題《だい》す
勝 敗《しょうはい》は 兵家《へいか》 事《こと》 期《き》せず
羞《はぢ》を包《つつ》み 恥《はぢ》を忍《しの》ぶは是《こ》れ男児《だんじ》
江東《かうとう》の子弟《してい》 才俊《さいしゅん》 多《おほ》し
巻土重《けんどちょう》 来《らい》 未《いま》だ知《し》るべからず

テキスト 『全』五二三―8―5981 ◆『万首唐人絶句』（趙宧光等修訂）三二 ◆『樊川集《はんせん》』四（『唐詩百名家全集』）◆『唐音統籤《とうせん》』五六一、戊籤《ぼせん》一 ◆『全唐詩録』七四 ◆『唐詩類苑』一一二 ◆『樊川文集』四（四部叢刊本）◆『樊川詩集注』四 ◆『樊川文集夾註』四 ◆『詩林広記』（中華書局版、一九八二年）前集六

校語
1 **兵家** 『全』には「一ニ作ル㆓由來㆒」との校語がある。
事不 『全』には「一ニ作ル㆓不可㆒」との校語がある。『唐詩類苑』は「不可」に作る。
3 **才** 『全』には「一ニ作ル㆑豪ニ」との校語がある。『唐詩類苑』は「豪」に作る。
4 **巻** 『全唐詩録』は「捲」に作る。同義。

重　『唐詩類苑』は「従」に作る。

詩型・韻字
七言絶句。期《き》*・児《じ》・知《ち》（上平声支韻（支之韻*））。

語　釈
0 **烏江亭**　烏江は今日の安徽省和県の東北の烏江鎮。唐代は和州烏江県に属していた。「亭」はやど、宿場。秦の制度で、一〇里に一亭を置く。亭には、それをつかさどる亭長がいた。
劉邦との戦いに敗れた項羽は、垓下《がいか》で漢の軍隊に囲まれたが、その囲みを突破し、この烏江亭まで落ちのびてきた。そのとき烏江亭の亭長は船を準備して待ち、項羽に対し「江東（〔語釈〕の3を参照）は、土地は小さくとも千里四方、民衆は一〇万、王となるのに十分です。急いで長江を渡りなさい。今ここには私の船しかなく、漢軍が来ても渡ることはできません」とすすめた。これに対し、項羽は笑って「天が私を滅ぼそうとしているのに、どうして渡ることができよう。自分はかつて、江東の子弟八千人をひきつれてこの長江を渡ったが、今は一人として生きて還ってきたものはいない。たとえ江東の父兄が私を憐れんで王にしてくれたとしても、何の面目があろうか（天之《の》亡《スナリ》レ我《ヲ》。我何《ゾ》渡《ルコトヲ》為《サン》。且《ツ》籍与《ともニ》二江東《ノ》子弟八千人《ト》一渡《リテ》レ江《ヲ》而西《ス》、今無《シ》二一人《ノ》還《ルモノ》一。縦《ヒ》江東《ノ》父兄憐《レミテ》而王《タラントスルモ》レ我《ヲ》、我何《ノ》面目《アリテカ》見《エン》レ之《ニ》。）」と言い、この地で漢の軍隊と戦い、自らくびをはねて死んだ（『史記』巻七、「項羽本紀」）。

題　中国では、古来、住居（亭・塔・楼など）の壁や、景勝地の岩壁などに詩文や名前などを題《しる》す（書いたり刻んだりする）風習がある。これを「題壁」などと呼ぶ。この詩の場合も、項羽の最期の地「烏江」の宿場（亭）に立って昔をしのび、心中に沸きおこる感情を、当地の建物の壁などに書きつけたことをいう。「題す」はまた、単に「……を主題にして詩を作る」の意味に用いることもある。本書二八〇頁も参照。

1 **兵家**　戦いを日常とする者。軍人。兵法家。本来は、兵法家の孫子や呉子によって代表される諸子百家の「兵家」をさす。

事不期　事がらとして（その成否が）予測できるものではない。この場合は、勝敗の予測がつけにくいこと。期は、あてにする、予期する。

2 **包羞忍恥**　「包忍羞恥」（羞恥を包み忍ぶ）の意。互文。包は、心中にかくしおさめて、表面に出さないこと。

是男児　是は、主語と述語とをつなぐ繫詞《けいし》としての用法。……である。男児は、真の男、偉丈夫。後漢の班固・劉珍等撰『東観漢記』（中州古籍出版社、一九八七年）巻二一、載記、公孫述伝に「（延）岑曰《ハク》『男児当《ハニ》二死中《ニ》求《ム》レ生《ヲ》、可《ケン》二坐《シテ》窮《ス》一乎《や》、……』」とあり、唐の高適「燕歌行」にも「男児《ハ》本《もと》自重《ンズ》二横行《ヲ》一、天子非常《ニ》賜《フ》二顔色《ヲ》一（天子が格別の恩寵を賜わる）」とある。

3 **江東子弟**　江東は、長江下流域の、江蘇省南部、浙江省北部一帯をさす。この付近は、長江が北上して流れていることからこの称がある。江東は、また江左ともいい、江西（江右）との対の概念であるが、これは、北側を背にして南をながめた（南面した）場合、東が左、西が右となることによる。子弟は、若者。もともと項羽は、江東の地から叔父の項梁とともに兵を起こした。

才俊　「俊才」に同じ。異文の「豪俊」もほぼ同意。ここでは平仄の関係から語順を逆にしてある。

4 **巻土重来未可知** 「巻土重来」は「土を巻いて重ねて来《きた》る」とも読める。「土を巻く」とは、疾風が土ぼこりを巻き上げるような激しい勢いをいう。本句は、土ぼこりを巻き上げ、再び（態勢をたてなおして）攻めてくることも可能であったかもしれないのに、の意。

なお、この句について、「巻土重来したならば（天下の形勢〔以後の運命や歴史、勝敗のゆくえなど〕は）どうなっていたか分からない」と解釈するものもある。詳しくは〔諸説の異同〕参照。

通釈

烏江亭（の壁）に書き題《しる》す

軍人にとって勝敗は時の運、あらかじめ測り定めておくことはできない。（だからたとえ一旦は破れても）恥辱をこらえて再起をはかるのが、真の男子というものだ。江東の若者たちには、すぐれた人物が多いのだから、（恥をしのんで長江を渡っていたならば）土けむりを巻き上げて、再び攻めてくることも可能だったかもしれないのに。

諸説の異同

異同の所在

「巻土重来未可知」の解釈について

異同の類別

A 「土けむりを巻き上げて、再び攻めてくることも可能であったかもしれないのに」と解釈する。つまり、「巻土重来」を主語（主部）、「未可知」をその述語（述部）ととる（「未可知巻土重来」という句の目的語「巻土重来」を、主題〔陳述の対象〕として強調し提起するために、主語の位置にすえたとも考えられる）。

B 「土けむりを巻き上げて、再び攻めてきたならば（天下の形勢〔以後の運命や歴史、勝敗のゆくえなど〕は）どうなっていたか分からない」と解釈する。つまり、「巻土重来」を条件設定と解し、「未可知」の省略された目的語を以後の天下の形勢などととる。

A説を採るもの：内田泉之助『新選唐詩鑑賞』（明治書院、一九五六年）、市野沢寅雄『杜牧』（漢詩大系、集英社、一九六五年）、小川昭一『中国の名詩鑑賞7晩唐』（明治書院、一九七六年）、周錫馥《しゃくふう》『杜牧詩選』（生活・読書・新知三聯書店、一九八〇年）、朱碧蓮・王淑均『杜牧詩文選注』（上海古籍出版社、一九八二年）、王景霓《けいげい》『杜牧及其作品』（時代文芸出版社、一九八五年）、陳舜臣『唐詩新選』（新潮社、一九八九年）、松浦友久『中国名詩集―美の歳月』（朝日文庫、朝日新聞社、一九九二年）など。

B説を採るもの：小川環樹『唐詩概説』（中国詩人選集別巻、岩波書店、一九五八年）、武部利男ほか『漢詩鑑賞入門』（創元社、一九六二年）、前野直彬編『唐詩鑑賞辞典』（東京堂出版、一九七〇年）、荒井健『杜牧』（中国詩文選、筑摩書房、一九七四年）、鈴木修次『唐詩　その伝達の場』（NHKブックス、日本放送出版協会、一九七六年）、鈴木修次『唐代詩人論（四）』「杜牧論」（講談社学術文庫、講談社、一九七九年）、前野直彬・石川忠久編『漢詩の解釈と鑑賞事典』（旺文社、一九七九年）、石川忠久『漢詩の楽しみ』（時事通信社、一九八二年）、葛傑・倉陽卿『千家絶句』（花山文芸出版社、一九八四年）など。

異同の論拠

A説（「土けむりを巻き上げて、再び攻めてくることも可能であったかもしれないのに」と解釈する説）

最終句について、現行の邦訳には、「捲土重来すれば、（その結果は）未だ知るべからず」の意に解釈するものが多い。が、仮定の条件としては、「もしあのとき長江を渡っていれば」という前提が、すでに共有されている。したがって第三・四句については、「江東の子弟には俊才が多いのだから――捲土重来して再び覇を争うことも、可能だったかもしれないのに」、つまり、「未可知」は「捲土重来」自体の述語（述部）として読むのが、自然である。

（松浦友久『中国名詩集』）

B説（「土けむりを巻き上げて、再び攻めてきたならば［天下の形勢は］どうなっていたか分からない」と解釈する説）

特に言及されていないが、清の馮《ふう》集梧『樊川詩集注』巻四には、結句の注に『漢書』（巻三一）項籍伝の「項伯曰《ク》、『天下《ノ》事《ハ》、未《ダ》レ可《カラ》レ知《ル》』」（『史記』巻七、「項羽本紀」にも見える）を引く。あるいはこれをふまえて、「捲土重来（天下事）未可知」と解釈した可能性もあり得る。しかしながら、この項伯の発言は、項羽が烏江亭で、長江を渡るよう薦められた場面でなされたものではない。従って、この結句を解釈する拠り所としては、いささか説得力を欠くものと思われる。

備考

(1) 杜牧の「詠史詩」について

杜牧の詠史詩には、既成の歴史事実に対して「もしも……だったら」という仮定を加えて作られたものが何首か存在する。この詩もその中の一つで、以下に挙げる「赤壁」詩とともに従来から多くの議論をまき起してきた。この詩は、題材を歴史にとったものではあるが、その発想は時間への詠嘆を基調とする「懐古詩」のそれではなく、歴史事実に対する評価・褒貶《ほうへん》を発想の中心とするという点で、典型的な「詠史詩」になっている（議論の詳しい内容については「赤壁」〔備考〕(2)の③参照）。

杜牧は――「敗戦の恥辱にたえて再挙をはかり、最終的な勝利を獲得する者こそ、真の偉丈夫である」という観点から――、長江を渡ることをあっさり断念して自刎《じふん》した項羽の、一見壮烈で潔く見える態度を、自己の面子《メンツ》（体面）にこだわりすぎたものだと批判する。しかし、作詩の真意については、項羽の行為を愚かと批判するということよりも、英雄項羽が志半ばで死んだことを惜しむ深い遺憾の念の表白にある、とも解釈できよう。星川清孝『歴代中国詩精講』（学燈社、一九五四年）は、こうした屈折させる抒情のありかたを、「屈原の死を惜しんで揚雄の『反離騒』があるように、同情の意を表わす一つの表現法」と評する。また、山内春夫「杜牧の詠史詩について」（同『杜牧の研究』彙文堂、一九八五年所収）は次のようにいう。「ここ（結句：引用者注）に一途に力と行動にかられて突進した項羽の思慮の乏しさを惜しむ杜牧の感傷がある。その反面、もしもおのれがこの時の項羽であるならば、必ずよく事態を逆転して覇者たり得たであろうに、そういうおのれの能力への自信が背後に流れているように感じられる」と。

因みに、北宋の王安石は同じ「烏江亭」の詩題で、杜牧の考えに異をとなえている。

烏江亭　　　王安石

百戦疲労壮士哀
中原一敗勢難廻
江東子弟今雖在
肯与(注)君王捲土来

烏江亭
百戦疲労して　壮士哀しむ
中原一敗して　勢ひ廻し難し
江東の子弟　今在りと雖も
肯《あへ》て君王と与《とも》に捲土《けんど》して来《きた》らんや
（『王荊公《けいこう》詩集』巻四七）

（注）この「与」は、「項羽本紀」（本詩〔語釈〕0所引）の「且《ツ》籍与《ともニ》二江東子弟八千人《ト》一渡《リテ》レ江《ヲ》而西《ス》、今無《シ》二一人《ノ》還《ルモノ》一」の「与《ともニ》」を承けた表現。

なお、松浦友久編『漢詩の事典』（大修館書店、一九九九年）五一五頁以下も参照。

(2) 本詩の制作年代について
繆鉞《ぼくえつ》『杜牧年譜』（人民文学出版社、一九八〇年）は、杜牧37歳（開成四年［八三九］）、眼病の弟を伴い宣州（安徽省宣州市）から潯陽（江西省九江市）へと移る際、和州を通ったときの作とする（同『杜牧伝』人民文学出版社、一九七七年、も同じ）。

（松尾　幸忠）

漢　江

0漢江　　漢江《かんかう》
1溶溶漾漾白鷗飛　　溶溶《ようよう》　漾漾《やうやう》　白鷗《はくおう》飛び
2緑浄春深好染衣　　緑《みどり》浄《きよ》く　春深《はるふか》くして　衣《ころも》を染《そ》むるに好《よ》し
3南去北來人自老　　南去《なんきょ》　北来《ほくらい》　人《ひと》　自《おのづか》ら老《お》ゆ
4夕陽長送釣船歸　　夕陽《せきやう》　長《とこし》へに送《おく》る　釣船《てうせん》の帰《かへ》るを

テキスト　『全』五二三-8-5979 ◆『体』七絶 ◆『才調集』四 ◆『文苑英華』一六二 ◆『万首唐人絶句』（趙宧光等修訂）三二 ◆『唐詩品彙《ひんい》』五三 ◆『石倉十二代詩選』唐巻六二 ◆『樊川《はんせん》集』四（『唐詩百名家全集』）◆『唐音統籤《とうせん》』五六一、戊籤《ぼせん》一 ◆『全唐詩録』七四 ◆『樊川文集』四（四部叢刊本）◆『樊川詩集注』四 ◆『樊川文集夾註』四

校語
2緑　『万首唐人絶句』『樊川文集夾註』は「淥」に作る。「淥」は「清らか」の意。この場合「淥浄」で類義語を形成するが、おそらく淥は綠の形訛であろう。
浄　『樊川集』は「淨」に作る。「淨」と通用する。
深　『文苑英華』は「來」に作る。
4船　『樊川文集夾註』は「舩」に作る。俗字。

詩型・韻字
七言絶句。飛《ひ》・衣《い》・歸《き》（上平声微韻〔微韻〕）。

語釈
0漢江　川の名。漢水ともいう。源は陝西《せんせい》省寧強県の北、嶓冢《はちょう》山。はじめ漾《よう》水といい沔《べん》県（勉県）を経て沔水となり、褒《ほう》城県（陝西省）で褒水と合し初めて漢水と呼ぶ。湖北省襄樊《じょうはん》市を経て、武漢市で長江と合流する。長江最大の支流であり、都長安のある関中と長江流域とを結ぶ交通幹線であった。月舟寿桂編『三体詩幻雲抄』第三冊（勉誠社影印）に引く或説《わくせつ》に、「漢江は、

秦・楚の通路なり。故に南北の句有るなり」という。なお、葛傑・倉陽卿『千家絶句』（花山文芸出版社、一九八四年）は、今の漢水中流の襄河のことであるとする。

1溶溶　水の盛んに流れるさま。水を豊かにたたえるさま。『楚辞』（漢の劉向《りゅうきょう》「九歎」逢紛）に「揚《ゲ》二流波之潢潢《こうこうタルヲ》一兮、体溶溶《トシテ》而東回《ニかへル》」とあり、後漢の王逸注に「溶溶《ハ》、波貌《ノ》也。言《フココロハ》己随《ヒテ》レ流《レニ》而行《ク》、水盛《ンニシテ》広大《ナリ》、波高《クシテ》溶溶《タリ》、将《ニ》三東《ノカタ》入《ラント》二於海《ニ》一也」という。また『説文解字』（第一一篇上）に「溶《ハ》、水盛《ンナル》也」とあり、段（玉裁）注に「按《ズルニ》、今人《ノ》謂《ヒテ》二水盛《ンナルヲ》一曰《フ》二溶溶《ト》一」という。中唐の白居易の「早春招《ク》二張賓客《ヲ》一」詩に、「池色溶溶《トシテ》藍染《メ》レ水《ヲ》、花光焔焔《トシテ》火焼《ク》レ春《ヲ》」とあり、同じく杜牧の手になる「阿房宮賦《ノ》」にも、「二川溶溶《トシテ》、流《レテ》入《ル》二宮牆《ニ》一」とある。

漾漾　水が揺らぐさま。希世霊彦《きせいれいげん》の説に、「溶々は静かなる皃《かたち》、漾々は動く皃」という（『三体詩幻雲抄』所引）。初唐の宋之問の「宿《ス》二雲門寺《ニ》一」詩に、「漾漾《タリ》潭際《ノ》月、飀飀《りゅうりゅうタリ》杉上《ノ》風」とあり、盛唐の皇甫曾の「山下泉《ノ》」詩に、「漾漾《トシテ》帯《ビ》二山光《ヲ》一、澄澄《トシテ》倒《さかしまニス》二林影《ヲ》一」とある。後世、「溶漾」と一語にした用例も見られる。蘇軾の「鳳翔八観（李氏園）」詩に「春光水溶漾《タリ》、雪陣風翻撲《タリ》」とある。

白鷗　鷗《かもめ》は、日本では海の鳥としてのイメージが強いが、中国では淡水の鳥としても、しばしば詠まれる。たとえば、杜甫の「旅夜書《ス》レ懐《ヒヲ》」詩（『正編』四二〇頁）に、「飄飄《トシテ》何《ノ》所《ゾ》レ似《タル》、天地《ノ》一沙鷗」とある。鷗はまた、機心（下心）を忘れ去った人にのみ馴れる水鳥とされ、そのため隠士の世界の点景となっており、世俗の羈絆《きはん》から解き放たれた、精神の自由さを象徴するものとも言える。『正編』四二六頁、松浦友久編『漢詩の事典』（大修館書店、一九九九年）六五〇頁参照。

2緑浄　あおく澄みきった水の色の形容。緑はみずみずしい深みをたたえた感じの碧緑色。蘭坡景茝《らんぱけいし》は、「水色の緑、以て衣を染むべし。蓋し磵《かん》水湛《たた》へて藍の如きの意なり」という（『三体詩幻雲抄』所引）。韓愈の「題《シテ》二合江亭《ニ》一寄《ス》二刺史鄒《すう》君《ニ》一」詩に「瞰《かん》臨《りんスレバ》眇《トシテ》空闊、緑浄《クシテ》不レ可《カラ》レ唾《つばきス》」とある。これは唾を吐きかけるのさえためらわれるほどの水の色の澄明さをいう。李白の「襄陽歌」には、「遥《カニ》看《ル》漢水鴨頭緑《おうとうりょくノ》、恰《あたかモ》似《タリ》蒲萄《ノ》初《メテ》醱《はっ》醅《ばいスルニ》」とうたわれている。鴨頭緑とは唐代の染色の名。鴨《かも》の頭の毛のような緑色をいう。また当時の蒲萄（葡萄）酒は一般に緑色であった。

3南去北来人自老　「自」は自然に、というより、各人それ自体として、人それぞれに、という意味。そこには当然作者杜牧も含まれる。村上哲見『三体詩』一（中国古典選〈文庫版〉、朝日新聞社、一九七八年）は「自の字に、無為に年老いて行く歎きがこめられている」とし、周錫䪖《ふう》『杜牧詩選』（生活・読書・新知三聯書店、一九八〇年）は「一事も成ること無きを暗喩す」とする。松浦友久『中国名詩集―美の歳月』（朝日文庫、朝日新聞社、一九九二年）は、「杜牧自身の感慨の表白であるとともに、〝旅路としての人生〟〝旅人としての人間〟を集約した一種の説理性を具えていよう」と評する。

4夕陽長送　「長」は、どこまでも。いつまでも。近似音で同じ声調の「常―いつも」の意も含むと見てよい。江戸時代の説心和尚『三体詩素隠抄』巻二（勉誠社影印）は、この句を、「我モ帰隠シタガマシチヤト、述懐シタソ」という。

釣船　古来、漁夫（漁父、漁翁）や釣徒《つりびと》（釣客）は、樵夫《きこり》とともに、清高脱俗の生活者として理想化されていた。

通　釈

漢江

豊かにゆらゆらと流れゆく漢江の水。その川面を真っ白な鷗が飛んでゆく。緑の水は浄らかに澄み、春はたけなわで、衣服までも青く染まりそう。南へ、北へと旅するなかで、人はそれぞれに老いてゆく。夕陽の光が、釣り舟の帰るのをどこまでも照らしつづける。

諸説の異同

特記事項なし。

備　考

○本詩の制作年代について

繆鉞《ぼくえつ》『杜牧年譜』（人民文学出版社、一九八〇年）によれば、この詩は開成四年（八三九）、杜牧37歳、眼病の弟をつれ宣州（安徽省宣州市）から潯陽《じんよう》（江西省九江市）へと移り、江州刺史である従兄のもとへ弟を託したのち、二月仲春に、潯陽から都長安へと帰るときの作であるという（「題ス二烏江亭ニ一」〔備考〕(2)参照）。その論拠は、①杜牧はその生涯のうちに、都と長江流域とを何度か往復したが、その際、漢水ぞいの経路を使ったのは、このとき以外に、翌開成五年冬～会昌元年七月初秋にかけて、再び潯陽にいる弟を見舞ったときだけであるということ、②本詩に詠まれている季節は春であって秋ではない、の二点であり、本詩の制作年を開成四年の春としている。基本的にその考えで誤りはないが、杜牧が都と長江流域とを往復するにあたって、商州（陝西省商州市）――南陽（河南省南陽市）――襄州（湖北省襄樊《はん》市）――安州（湖北省安陸市）という、漢水を経由するルートを用いたのはこの他にもう一度存在する。会昌二年（八四二）春、刺史として黄州（湖北省黄岡市）に赴任するときである。このときの経路について、繆氏は特に触れていないが、次の詩によってそのことは明らかである。

青雲馬生角　青雲　馬　角《つの》を生じ
黄州使持節　黄州に使持節たり
秦嶺望樊川　秦嶺に樊川《はんせん》を望み
祇得迴頭別　祇《た》だ頭を迴《めぐ》らせて別るるを得たり
商山四皓祠　商山　四皓《こう》の祠《ほこら》
心与摴蒱説　心は摴蒱《ちょぼ》と説《かた》る
大沢蒹葭風　大沢　蒹葭《けんか》の風
孤城狐兎窟　孤城　狐兎の窟

（「池州送ル二孟遅先輩ヲ一」、『樊川文集』巻一）

杜牧は、黄州（詩中の「孤城」）で刺史をつとめたあと、さらに池州（安徽省貴池市）へと転任する。この詩は、池州在任時にたずねてきた孟遅という友人との再会のさまをうたったものであるが、そこには、開成二年～三年、第二回宣州滞在時における出会いから池州転任にいたるまでの自己の状況が伝記的に述べられている。引用したのは、ちょうど黄州に赴くときの箇所である。これで明らかなように、このとき杜牧は、終南山から商州へぬけるルートをとって黄州へといたったのである。この点について、王西平「杜牧詩文系年考辨」（『西北大学学報』（哲学社会科学版）一九八六年第一期）および郭文鎬「杜牧若干詩文系年之再考辨」（『西北師院学報』（社会科学版）一九八七年第二期）は、ともに「題シテ二安州浮雲寺楼ニ一寄ス二湖州ノ張郎中ニ二」詩の作成年代考証の部分で、この詩が黄州赴任時に作られたことを実証しつつ、杜牧がこのとき安州を通ったことを指摘するが、明確な形で、黄州赴任時の経路についての再検討はしていない。従って、『杜牧年譜』で開成四年（八三九）に繫年された、これらの地域ゆかりの作品群の中には、内容的に見て、黄州赴任時（八四二年）に詠まれたと見たほうが適切な作品も存在するわけである。詳しくは、松尾幸忠「杜牧詩の繫年に関する二・三の問題―特に黄州赴任時の経路を中心に」（『早稲田大学大学院文学研究科紀要別冊第一三集、文学・芸術学編』一九八六年）参照。

ただ、「漢江」については、特にどちらかに決定しうる内容的な特色は読み取れない。ここではとりあえず開成四年作説に従っておきたい。

（松尾　幸忠）

0赤壁
1折戟沈沙鐵未銷
2自將磨洗認前朝
3東風不與周郎便
4銅雀春深鎖二喬

赤壁《せきへき》
折戟《せつげき》　沙《すな》に沈《しづ》み　鉄《てつ》　未《いま》だ銷《せう》せず
自《おのづか》ら磨《ま》洗《せん》を将《もつ》て　前朝《ぜんてう》を認《みと》む
東風《とうふう》　周郎《しうらう》の与《ため》に便《べん》ぜずんば
銅雀《どうじやく》　春深《はるふか》くして　二喬《にけう》を鎖《とざ》さん

テキスト　『全』五二三-8-5980　◆『体』七絶　◆『百』七絶　◆『才調集』四　◆『万首唐人絶句』（趙宦光等修訂）三二　◆『唐詩品彙《ひんい》』五三　◆『樊川《はんせん》集』四（『唐詩百名家全集』）　◆『唐音統籤《とうせん》』五六一、戊籤《ぼせん》一　◆『全唐詩録』七四　◆『唐詩類苑』一一二　◆『樊川文集』四（四部叢刊本）　◆『樊川詩集注』四　◆『樊川文集夾註』四　◆『詩林広記』（中華書局版、一九八二年）前集六

校語

0**赤壁**　『全』では、題下に「一ニ作ル二李商隠ノ詩ニ一」との校語がある。『唐音統籤』では、題下に「一ニ作ルハ二李商隠ニ一誤レリ」とする。〔備考〕(1)参照。

1**沈**　『万首唐人絶句』は「塵」に作る。

未　『全』には「一ニ作ル二半ニ一」との校語がある。『体』は「半」に作る。

銷　『百』は「消」に作る。

2**認**　『詩林広記』では「驗」に作る。

4**鎖**　『樊川集』では「鏁」に作る。同義。

二喬　『才調集』では「二橋」に作る。また『詩林広記』（中華書局本）では「二喬」に作り、常振国・降雲の校語に「二喬はもと〈二橋〉に作る。……『三国志』「周瑜伝」が〈喬公二女〉と作るのによって改めた」という。

しかし、今日の『三国志』「周瑜伝」（百衲本、和刻本正史、中華書局本）の該当部分は〈橋公兩女〉となっており、特に校語も付されていない（中華書局本）。本来は〈橋〉字に作るのが適当かと思われる。〔語釈〕の項参照。

詩型・韻字

七言絶句。銷《せう》・朝《てう》・喬《けう》（下平声蕭韻〔宵韻〕）。

語釈

0**赤壁**　今日の湖北省蒲圻《ほき》県の西北、長江の南岸にある。その北岸は烏林で、赤壁と相対している。三国時代、曹操八〇万の軍隊と、孫権・劉備の連合軍とが戦った場所。この戦いによって、天下三分の形勢がほぼ定まった、といわれる。

後漢の建安一三年（二〇八）、河北を平定した曹操は、荊州（湖北省荊州市）を攻略して南下せんとする勢いにあった。これに対し、呉では孫権、周瑜《しゅうゆ》らが主戦論を唱え、また劉備も諸葛亮を呉に遣わし同盟を求めたので、両者は連合してこれに当たり、火攻めの計を用いて曹操の軍船を焼き払い、大きな勝利をおさめた。

但し、ここで杜牧が詠んでいる赤壁は黄州の赤壁（所謂〝東坡赤壁〟）の可能性が大である。詳しくは〔備考〕(2)参照。

1**折戟**　折れた戟《ほこ》。激戦を暗示する遺物。謝枋《へい》得（畳山）『唐詩絶句（註解）』巻三（長沢規矩也編『和刻本漢詩集成』総集篇二輯所収）は、この部分の表現について「予自江夏泝《さかのぼり》洞庭、舟過《よぎ》蒲圻県、見石崖有赤壁二字。因登岸、訪問父老、曰『此《ここ》正是周郎破曹公之地。南岸曰赤壁、北岸曰烏林。……至今土人耕田園者、或得弩《いしゆみ》・箭《や》・鏃《やじり》、長一尺有余。或得断鎗《そう》』想見周郎与曹公大戦可畏。此詩磨洗折戟、非妄言也」と述べる。

銷　とける。きえる。この場合はさびて朽ち果てることを言う。なお『体』は「鐵半銷」に作るが、その場合は「半ば（もしくは大半）朽ち果てている」の意となる。

2**自将磨洗認前朝**　この句は「自」と「将」の意味のとり方によって、いくつかの解釈に分かれるようであるが、とりあえず「自」は「それ自体」の意味にとり、「認」にかかるとし、「将」は「……を以て」の意味にとる。「磨洗」は戟についた泥やさびを、こすり落としたり洗ったりすること。つまり、磨き洗うことによって折れた戟それ自体が、まさしくかの三国時代のものとわかる、ということ（〔諸説の異同〕参照）。

前朝は前の王朝。ここでは赤壁の戦いがあった三国時代のことをさす。

3**東風不与周郎便**　赤壁の戦いのとき、孫権は部下の周瑜および程普らをさしむけて曹操の軍に当たらせた。その折、周瑜の配下の武将、黄蓋《こうがい》が火攻めの計を提案し、一〇艘の船を用いて、折からの東南風の勢いを利用して、曹操側の軍船を焼き尽くした（『三国志』巻五四、呉書「周瑜伝」、および注に引く『江表伝』）。従って「東風」は「東南風」の意。七字句に制約されて「南」を省略したのである。

周郎　周瑜のこと。「郎」は若い男性への愛称。周瑜、字は公瑾《こうきん》。盧江（安徽省）舒《じょ》の人。孫堅の子、孫策と同年で、甚だ仲が良かった。建安三年（一九八）、呉に戻った周瑜に対し、孫策は建威中郎将の職を与えた。このとき、周瑜は24歳で、呉の人々はみな彼のことを「周郎」（周家の若旦那）と呼んだという（前掲の「周瑜伝」）。

なお、一部の注釈書に、周瑜が赤壁の戦いのときに24歳であったとするものがあるが（朱碧蓮・王淑均『杜牧詩文選注』〔上海古籍出版社、一九八二年〕、王景霓《げい》『杜牧及其作品』〔時代文芸出版社、一九八五年〕など）、誤りであり、正しくは34歳である。

4 **銅雀**　楼台の名。楼上に、翼を広げた大きな銅製の雲雀（鳳凰）が飾られていたための命名。曹操が建安一五年（二一〇）の冬に鄴《ぎょう》都（東西約三・一キロ、南北約二・二キロの都城。今の河北省臨漳県）の西北隅（の城壁上）に建てた（『三国志』巻一、魏書「武帝紀」）。そこはまた、広々とした王室専用の銅雀園の一角でもあった。

漳水に臨み、高さ一〇丈（約二五メートル）、屋百余間《けん》（間は柱と柱の間隔の数）。この台が完成したとき、曹操は諸子に命じてこれに登らせ、賦を作らせたところ、曹植は直ちにすぐれた作品を作ったので、曹操は甚だ不思議がったという（『三国志』巻一九、魏書「陳思王伝」）。

曹操が建てた台には、この銅雀台を中心にして、北側に冰井台、南側に金虎台（何れも建安一八年完成）があり、総称して「三台」と呼ばれた。銅雀台は、また銅爵台とも書かれる（「雀」と「爵」は音通）。今日なお、銅雀台の跡がわずかに残る。詳しくは晋の陸翽《かい》『鄴中記』、北魏の酈《れき》道元『水経注』巻一〇、濁漳水篇、村田治郎『中国の帝都』（綜芸社、一九八一年）「第二章　鄴都考略」や、同済大学城市規劃《かく》教研室編『中国城市建設史』（中国建築工業出版社、一九八二年）第五章、松浦友久編『漢詩の事典』（大修館書店、一九九九年）三〇六頁以下など参照。

南宋末の蔡正孫編撰『詩林広記』前集六によれば、銅雀台は曹操の寵妾の居るところであったという。『三国志』にはそれに関する記述が見当らないが、『楽府詩集』巻三一、相和歌辞、平調曲の一つに「銅雀台」という曲があり、そこには次のような解題がつけられている。

銅雀台、一ニ曰フ二銅雀妓ト一。『鄴都故事』ニ曰ハク「魏ノ武帝遺三命シテ諸子ニ一曰ハク『吾死セル之後、葬リ二於鄴之西崗ノ上ニ一、与ト二西門豹ノ祠一相近クシ、無カレレ蔵スルコト二金玉珠宝ヲ一。余香ハ可シレ分ツ二諸夫人ニ一、不レ命ゼレ祭ルヲレ吾ヲ。妾与トハ二伎人一、皆著《おき》二銅雀台ニ一、台上ニ施シ二六尺牀ノ（台の意）ヲ一、下シ二繐《けい》帳（薄絹のとばり）ヲ一、朝晡《ほ》（朝夕）ニ上《たてまつ》レ二酒・脯《ほ》（ほし肉）・粻《ちょう》（米）・糒《び》（ほしいい）之属《たぐ》ヒヲ一。毎月朝十五（一日と一五日）ニハ、輒チ向ヒテ二帳前ニ一作セレ伎ヲ（歌舞）。汝等《ら》時ニ登リレ台ニ、望メ二吾ガ西陵ノ墓田ヲ一』。……（中略）……」按ズルニ銅雀台在リ二鄴城ニ一。建安十五年築ク。其ノ台最モ高ク、上ニ有リ二屋一百二十間一、連三接シ榱《すい》（たるき）棟ヲ一、侵三徹ス雲漢ヲ一。鋳シテ二大銅雀ヲ一置キ二于楼顛ニ一、舒《のべ》レ翼ヲ奮ハセレ尾ヲ、勢ヒ若シ二飛動スルガ一。因リテ名ヅケテ為ス二銅雀台ト一。

因みに、赤壁の戦いは建安一三年であるから、戦いの当時、台はまだ完成していなかったことになる。

二喬　喬公の二人の娘。何れも美人であった。孫策は姉の大喬を納《い》れ、周瑜は妹の小喬を納れたが、彼らが二人を獲得したのは皖《かん》（安徽省）を攻めたとき（建安三年〔一九八〕ごろ）のことであるから、赤壁の戦いの時には結婚してすでに一〇年が経過していたことになる。この点について『詩林広記』は徐伯山なる人物の発言を引き、「二喬ノ事ハ、自《おのづ》カラ見ユ下於戦フ二皖城ニ一之日ニ上、非ザル二赤壁ノ時ノ事ニ一也。牧之用ウルレ事ヲ、多ク不レ審ナラ、観ル者考ヘヨレ之ヲ」と述べる。

なお、この喬公を漢末の太尉喬（橋）玄とする説が『詩林広記』に見える。この点について、盧弼《ろひつ》『三国志集解《しっかい》』（巻五四）周瑜伝の条には、『太平寰宇記《かんうき》』（巻一二五）では喬公は舒州懐寧県（＝漢代の廬江郡皖県、今の安徽省）の人ということになるが、『後漢書』橋玄伝では梁国睢《すい》陽（河南省商丘市）の人となっている、また、もしも橋玄の娘であれば、曹操が若き日、橋玄に知遇を得た時点で、銅雀台に囲う願いはとうにかなえられていたはずである、さらに、『後漢書』や『三国志』も娘を孫策らに嫁がした喬公が漢末の大尉橋玄であることに言及していない、などからこの両者は別人である、とする意見が見える。金性尭『唐詩三百首新注』（上海古籍出版社、一九八〇年）もこの喬公は橋玄ではないとするが、その論拠については言及していない。

また、「喬」の字について、多くの注釈書は、もともと「橋」の字であったとするが、「喬」と「橋」とは音通である。詳しくは高歩瀛《えい》『唐宋詩挙要』巻八参照。

『三国志演義』によれば、曹操はもともとこの二人の美女を獲得する意思があったという。この点について、吉川幸次郎『人間詩話』三四、三五（『吉川幸次郎全集』第一巻所収、筑摩書房、一九六八年、もと岩波書店、一九五七年）は、この詩の後半二句の発想が、詩人みずからの発想として、すこし飛躍しすぎるように思われる、として次のように言う。

> 魏の曹操が大軍をひきいての遠征が、この二美人を獲得して、春深き銅雀台上にとじこめることを目的としてであったとは、歴史の書物のいわないところである。
> それをいうのは小説『三国演義』である。……杜牧の時代……そのころにもすでに、赤壁の戦争は、美人の獲得と関係したとする説話があり、この詩も、それをふまえているのではないか。たとい今の『三国演義』ほど強く潤色されたものではなかったにしてもである。

同様の指摘は村上哲見『三体詩』一（中国古典選〔文庫版〕、朝日新聞社、一九七八年）にも見られる。また、松浦友久『詩歌三国志』（新潮選書、新潮社、一九九八年）一八九頁の注（5）も参照。

通　釈

赤壁

折れたほこは砂に埋もれ、その鉄は未だ朽ちはててはいない。それを磨き洗い出してみると、まさしく、かの三国時代の遺物と見分けがつく。もしもあの赤壁の戦いのとき、東風（東南風）が周瑜に都合よく吹いてくれなかったならば、（呉の国は敗れて）喬氏の二人の美女は曹操につれ去られ、春深き銅雀台に閉じこめられていたであろう。

諸説の異同

異同の所在

「自将磨洗認前朝」の解釈について

異同の類別

A 「将」を「……を以て」の意味にとり、作者（あるいはほこを拾いあげたひと本人）が磨くことによって、ほこそのものが三国時代のものとわかる、と解釈する。

B 「将」についてはA説と同じであるが、「磨洗」の主体を長江の水ととる。

C 「将」についてはA説と同じであるが、「自」を明確に「みずから、自分で」の意味にとる。

D 「自」についてはC説と同じで、さらに「将」を動詞「手に持つ、手にとる」の意にとり、そこから「拾いあげる」の意味に解釈する。

E「自」については言及せず、「将」についてはD説と同じに解釈する。

A説を採るもの：喩守真『唐詩三百首詳析』（中華書局、一九五七年）、市野沢寅雄『杜牧』（漢詩大系、集英社、一九六五年）、目加田誠訳注『唐詩三百首』三（東洋文庫、平凡社、一九七五年）、小川昭一『中国の名詩鑑賞7晩唐』（明治書院、一九七六年）、朱碧蓮・王淑均『杜牧詩文選注』（前出）、松浦友久『中国名詩集―美の歳月』（朝日文庫、朝日新聞社、一九九二年）など。

B説を採るもの：関本寅『三体詩法講義』（興文社、一八九三年）、村上哲見『三体詩』一、市川桃子ほか『中国古典詩聚花　詠史と詠物』（小学館、一九八四年）、渡部英喜『長江漢詩紀行』（昭和堂、一九八六年）など。

C説を採るもの：清、王尭衢《く》『古唐詩合解』上、釈清潭『国訳三体詩』（国訳漢文大成、国民文庫刊行会、一九二一年）、小川環樹『唐詩概説』（中国詩人選集別巻、岩波書店、一九五八年）、田部井文雄『唐詩三百首詳解』下（大修館書店、一九九〇年）など。

D説を採るもの：周錫韍《ふう》『杜牧詩選』（生活・読書・新知三聯書店、一九八〇年）、葛傑・倉陽卿『絶句三百首』（上海古籍出版社、一九八〇年）、呉奔星『歴代抒情詩選』（湖南人民出版社、一九八三年）、葛傑・倉陽卿『千家絶句』（花山文芸出版社、一九八四年）など。

E説を採るもの：中国社会科学院文学研究所編『唐詩選』下（人民文学出版社、一九七八年）、前野直彬・石川忠久編『漢詩の解釈と鑑賞事典』（旺文社、一九七九年）、金性尭『唐詩三百首新注』、武漢大学中文系古典文学教研室選注『新選唐詩三百首』（人民文学出版社、一九八〇年）、陶琴雁『唐詩三百首詳注』（江西人民出版社、一九八〇年）、房開江・潘中心『唐人絶句五百首』（貴州人民出版社、一九八一年）、程千帆・沈祖《しんそ》棻《ふん》『古詩今選』（上海古籍出版社、一九八三年）、王景霓『杜牧及其作品』など。

異同の論拠

A説（「将」を「……を以て」の意味にとり、作者（あるいはほこを拾いあげたひと本人）が磨くことによって、ほこそのものが三国時代のものとわかる、とする説）

ここに挙げた書物は、必ずしもすべて「自」と「将」の意味について明確に言及しているわけではないが、ひとまず訳文から判断して、A説に分類した。その中ではっきりと、この二語の用法について説明しているのは次の書物である。

ここに折れた戟《ほこ》が一つ。砂に埋もれていながら、その鉄はまだ朽ち果ててはいない。きれいに磨き洗ってみると、これはまさしく三国時代のものだと見わけがつく。――「自将……」の「自」は、直接には「認……」にかかる。つまり、「（折れて、しかも錆《さ》びた不完全な戟ながら）これはこれで、（〝磨洗〟することによって）ちゃんと分かる」の意。訓読文では「自ら」が「磨洗」にかかるような感じが生まれるので、「長江の砂や水に自然と磨洗されて……」といった訳文になりやすいが、「自将」の語順から見て、無理であろう。

（松浦友久『中国名詩集―美の歳月』）

B説（「将」についてはA説と同じで、「磨洗」の主体を長江の水

ととる説）

特に言及はないが、訳を見ると「其折レ残リガ自ラ海水ノタメニ磨キ洗ハレテアルヲ見レバ」（関本寅）、「川の水に洗いみがかれて、かの三国時代のものとたしかめられる」（村上）となっており、「磨洗」の主体を長江の水ととらえている。

C説（「将」についてはA説と同じで、「自」を「みずから、自分で」の意味にとる説）

自は自身の手での意。将は散文の以とほぼ同じ用法。それによって。それとは下文の磨洗をさす。（小川環樹『唐詩概説』）

したがってここでは「自《みず》から磨洗を将って……」と訓読されている。田部井文雄『唐詩三百首詳解』下、もほぼ同様の説明。

自《みづからを》将二折-戟一磨洗《シテ》、一《ヘニ》認《ム》信《まことニ》レ是魏武敗《ラレシヲ》二於周郎《ニ》一、而《シテ》前朝之遺跡宛-然《タリ》（『古唐詩合解』上、注）。

D説（「自」についてはC説と同じで、「将」を動詞として「拾いあげる」の意味にとる説）

「自」についてはC説と同じで、さらに「将」を動詞ととり（手に持つ、手にとるの意）、文脈から「拾いあげる（撿起、拿起）」と解釈している。

E説（「自」については言及せず、「将」はD説と同じとする説）

「自」については言及はなく、「将」についてはD説と同様に動詞としてとらえている。

以上の諸説を検討してみると、まず「自」については言及していないものが多く、にわかにどちらとも決めがたいものがある。「将」についても、全く動詞としての可能性が無いわけではない。しかし、同じ杜牧の手になる作品「九日斉山登《ニテ ル》レ高《キニ》」詩（『樊川文集』巻三）の頸聯に、

但将酩酊酬佳節　但だ酩酊を将て　佳節に酬いん
不用登臨恨落暉　用ひず　登臨して落暉を恨むを

という表現があり、ここでは「将」は明らかに介詞（前置詞）である。しかもこの「但将……」の句は「自将……」の句と、構造的に全く同じと考えられることから、A説の方向で解釈するのが無難であろう。

また、「磨洗」の主体であるが、B説のごとく「長江の水」ととると、拾いあげる前からすでに三国時代のものと分かっていることになる。やはりここでは、拾いあげて、泥やさびをきれいに磨き落したことによって、初めて三国時代のものと分かった、と解釈したほうが、この詩のなかにおける「認」の字の用法が、より一層生きてくるのではないかと思われる。

備考

(1)「一作李商隠」について

この詩は李商隠の文集にも見えるため、しばしばこのような校語が付されてきたが、実際には杜牧の作品と考えてほとんど問題がなく、従来からも特に論争にはならなかった。清の馮浩《ふう》は『玉谿生詩集箋注』巻三、「赤壁」詩の条で馮班の「北宋本不《ハ》レ載《セ》、南宋本始《メテ》有《リ》レ之」という言を引く。この説によれば、後人（南宋の人？）の付加ということになり、実際、この詩を載せない李商隠のテキストも多い。一方、杜牧の作品集では本集（巻四）に収め、宋代以降の詩話のなかでもはっきりと杜牧の作品とされていることから、作者について、特に問題はないと見てよい。

(2) 赤壁について

ここで詩題となっている赤壁について、従来の注釈書は、三国時代に戦いが行なわれた赤壁（今日の湖北省蒲圻《ほき》県の西北、また一説に武昌県の西南）であるとするものが多い。その事実自体に誤りはないのだが、この詩の作成時期との関係で若干の問題が存在する。具体的に言えば、ここで杜牧が実際に想定して詠んでいる赤壁は（蒲圻、または武昌の赤壁ではなく）、下流の黄州のそれである可能性が強い、ということである。以下、この点についていささか考察を試みてみたい。

①赤壁の所在地について

はじめに、三国時代に実際に戦いが行なわれた赤壁について述べておきたい。

従来から赤壁の所在地については五〜六種余りの異説が存在する。その中で信憑性の高いものは湖北省蒲圻県の西北（嘉魚県の西南）説と武昌県の西南説である。それぞれの説の由来について、歴史的な資料に基づいて整理すると、次のようになる。

(a)蒲圻赤壁説

『後漢書』巻七四下、劉表伝（唐、章懐太子李賢注）、唐、杜佑『通典《つてん》』巻一八三、唐、李吉甫『元和郡県図志』巻二七、北宋、楽史『太平寰宇記』巻一一二、『江夏辨疑』（宋？）（南宋、胡仔『苕《ちょう》渓漁隠叢話』後集巻二八所引）、清、顧祖禹『読史方輿紀要』巻七六　湖広、武昌府、嘉魚県

(b)武昌赤壁説

後魏、酈《れき》道元『水経注』巻三五、南宋、王象之『輿地紀勝』巻七九、荊湖北路、漢陽軍、『嘉慶重修（大清）一統志』巻三三五、武昌府一

ここでは、細かい論点については省略するが、今日では一般に、蒲圻赤壁説が有力なようである。詳しくは、楊貫一・丁力「対于赤壁所在地的一点看法」（『中国歴史博物館館刊』一九七九年一期）や郭沫若『中国史稿地図集』上（地図出版社、一九七九年）四七頁、繆鉞《ぼくえつ》『三国志選注』上（中華書局、一九八四年）六五頁など参照。

②黄州赤壁説と杜牧の詩

赤壁の異説のなかで、今日、ほぼ定説と認められるものについて確認したが、次に黄州赤壁説の出現について考えてみたい。

唐代までの時点において、上記以外に異説としてあがっているのは、1漢陽（臨漳山南峰）、2漢川（汊《さ》川県西八〇里、赤壁草市）、3岳州巴邱湖曹由洲の三者である。1は劉宋の盛弘之『荊州記』（『太平御覧』巻一六九、州郡部、沔《べん》州の項所引）、2は『通典』および『元和郡県図志』、3は『通典』に、それぞれ記載があり、1は『輿地紀勝』巻七九で、2と3は『通典』、『元和郡県図志』の該当部分で、すでに駁論が加えられている。

ここで問題となる黄州赤壁説は、まだこの時点ではあげられておらず、宋代に入って、初めて異説の一つとして浮上してくる。具体的には、『苕渓漁隠叢話』（後集巻二八）所引『江夏辨疑』、および『輿地紀勝』に見られ、これも1〜3同様、該当部分ですでに駁論が加えられている。

ここで、次に掲げる杜牧の作品が重要な意味をもってくる。

斉安郡晩秋　　斉安郡の晩秋

柳岸風来影漸疏　　柳岸　風来りて　影漸く疎《まば》らに

使君家似野人居　　使君　家は似たり　野人の居に

雲容水態還堪賞　　雲容　水態　還《ま》た賞《め》づるに堪へ
嘯志歌懐亦自如　　嘯志　歌懐　亦た自如たり
雨暗残燈棋欲散　　雨は残燈に暗くして　棋散ぜんと欲し
酒醒孤枕雁来初　　酒は孤枕に醒めて　雁来ること初めなり
可憐赤壁争雄渡　　憐れむべし　赤壁　雄を争ひし渡し
唯有蓑翁坐釣魚　　唯だ蓑翁の　坐して魚を釣る有るのみ

（『樊川文集』巻三）

これは彼が40歳―42歳（会昌二―四年）、黄州（湖北省黄岡市）刺史をしていた折の作品である。斉安郡とは黄州の郡名であり、ここでは明らかに、杜牧は赤壁を蒲圻ではなく黄州にあるものとして詠んでいる。

ところが、別の詩では次のような表現が見られる。

烏林芳草遠　　烏林　芳草遠く
赤壁健帆開　　赤壁　健帆開く

（「早春寄《ス》二岳州《ノ》李使君《ニ》一、李《ハ》善《クシ》レ棋《ヲ》愛《シ》レ酒《ヲ》、情地閑雅《ナリ》」『樊川文集』巻二）

この詩であげられている烏林は、三国時代の赤壁の北岸にあたる地名である。つまり杜牧は少なくともここでは、赤壁を、黄州にあるものとしては詠っていないことになる。

この両者の矛盾について、清の馮《ふう》集梧『樊川詩集注』は、「斉安郡晩秋」詩で『江夏辨疑』の説を全面的に引用し、他方、「早春寄岳州李使君、……」詩の注においては、『通典』の説を引用する。そして後者において、杜牧は祖父（杜佑）の正しい説にしたがっているにもかかわらず、前者においては、俗説にしたがっている、と結論づけている。

ところで、既に見たように、唐代までにおける、赤壁の異説（俗説）のなかで、黄州説をあげたものは見いだせないのである。さらに、『通典』の著者杜佑は杜牧の祖父であり、杜牧はこの祖父を甚だ尊敬していた。従って、杜牧が祖父の説を無視することは考えがたい。以上のことから、彼は、赤壁の正しい所在地を知っていながら、あえて、黄州の赤壁に、三国時代の赤壁への連想を重ね併せて詠んだと考えざるを得ない。

黄州はもともと、孫権が勢力の中心を置いていたように、三国時代と決して無縁な土地ではなかった。しかもここには「赤鼻山」と呼ばれる場所があり、発音も「赤壁」に類似していることから、俗に赤壁と呼ばれるようになったものであろう。詳しくは、『輿地紀勝』『読史方輿紀要』など参照。

今日、黄州赤壁の有名な作品としては、蘇軾の「赤壁賦」や、「赤壁懐古」などの作品があげられるが、その濫觴は杜牧にまでさかのぼるとみたほうが妥当であろう。また、蘇軾自身、杜牧の「斉安郡晩秋」詩を念頭において同系の作品を作ったとも考えられる。

従って、この「赤壁」詩は、「斉安郡晩秋」詩の存在とも考え併せて、杜牧が黄州在任時代に詠まれた可能性が大きいと見てよい。

参考、松尾幸忠「杜牧と黄州赤壁―その詩跡化に関する一考察」（『中国詩文論叢』第八集、一九八九年）。

ちなみに月舟寿桂は、『三体詩幻雲抄』第五冊のなかで、『唐才子伝』を参照していう。「杜牧は黄・池・睦・湖の四郡に遷るも、鄂《がく》州に到るの事無し。此の詩は恐らく黄州の赤壁に遊びて之を作るか。然らば則ち鄂州の故事を借用せしのみ。『方輿勝覧』鄂州赤壁山の注に、此の詩を載す。是れに由りて之を観れば、杜牧も亦た鄂州に到りしか。縦ひ鄂州に到らずとも、之を賦すは、詠史の常例なり」と。

③「赤壁」詩をめぐる評価について

本詩は、一般に「詠史詩」（歴史上の事実を詠じた詩）に分類されるものであるが、従来からその評価をめぐって多くの議論が起こった。それは、この詩が普通の詠史詩とは異なり、歴史的事実と反対の場面を想定して詠んでいるからである。つまり、ここでは末の二句、もしも東（南）風が吹いて周瑜に味方しなかったならば状況は異なっていたであろう、という部分がそれに相当する。

このような表現上の手法は、他に、前項の「題《ス》㆓烏江亭《ニ》㆒」詩と、次に引く「題《スル》㆓商山四皓廟《ニ》㆒一絶」に見られる。

呂氏強梁嗣子柔　呂氏は強梁　嗣子は柔
我於天性豈恩讎　我　天性に於いて豈に恩讎《おんしゅう》あらんや
南軍不袒左辺袖　南軍　左辺の袖を袒《はだぬ》ぎせずんば
四老安劉是滅劉　四老の劉を安んずるは　是れ劉を滅すなり

（『樊川文集』巻四）

漢の高祖（劉邦）の后、呂氏は甚だ剛毅な性格であったが、その太子は柔弱であったため、高祖はこれを廃し、戚夫人の子を立てようとした。これに対し、呂后は商山の四人の隠者を太子の守《も》り役に付けることに成功し、高祖の太子廃立の考えを改めさせた。

やがて太子が即位し、恵帝となったが、その没後、呂氏一族の権勢は甚だ強大となり、劉氏の天下を脅かしはじめた。そこで大尉周勃は一計を案じて北軍を趙王呂禄の手から解放し、自らその軍中に入って「呂氏に味方するものは右腕をまくり、劉氏に味方するものは左腕をまくれ」と言ったところ、全軍は左腕をまくった。そこでさらに朱虚侯劉章の助けを得て南軍を掌握し、呂氏を滅ぼすことに成功した（『漢書』巻三「高后紀」、巻四〇「周勃伝」）。

ここでは、「南軍が味方についたので劉氏の天下は保たれたが、もしそうでなかったなら、四皓が劉氏のために為したことは、結果として（呂氏の専横を招き）劉氏を滅ぼすことになっていただろう」という部分がそれである。

こうした表現に対して、歴代の文学者の間から様々な議論が起きた。以下、その代表的なものをあげてみる。口火を切ったのは宋代の許顗《ぎ》である。

杜牧之作《リテ》㆓赤壁詩《ヲ》㆒云《フ》、「折戟……（中略）……」意《ニ》謂《おもへラク》、赤壁《ニテ》不《レバ》㆑能《ハ》㆑縦《はなツ》㆑火《ヲ》、為《ニ》㆓曹公《ノ》㆒奪《ハレテ》㆓二喬《ヲ》㆒置《ク》㆓之《ヲ》銅雀台《ノ》上《ニ》㆒也。孫氏《ノ》覇業《ハ》、繋《かかル》㆓此《ノ》一戦《ニ》㆒。社稷《ノ》存亡、生霊《ノ》塗炭《ハ》都《すべテ》不㆑問《ハ》、只《ダ》恐《ル》㆑捉㆔了《セラルルヲ》二喬《ヲ》㆒、可《シ》㆑見《ル》㆓措大《そだいノ》（読書人の貶称）不《ルヲ》㆑識《ラ》㆓好悪《ヲ》㆒。

（『彦周詩話』）

南宋の胡仔《し》も同様に、

苕渓漁隠曰《ハク》、牧之於《テ》㆓題詠《ニ》㆒、好《ム》㆑異《ナルヲ》㆓於人《ニ》㆒。如《キハ》㆓赤壁《ノ》㆒云《フ》、「東風不《ンバ》㆘与《ニ》㆓周郎《ノ》㆒便《ゼ》㆖、銅雀春深《クシテ》鎖《サン》㆓二喬《ヲ》㆒」題《スニ》㆓商山四皓廟《ニ》㆒云《フ》、「南軍不《ンバ》㆑袒《はだぬギセ》㆓左辺《ノ》袖《ヲ》㆒、四皓安《ンズルハ》㆑劉《ヲ》是滅《スナリ》㆑劉《ヲ》」皆反㆔説《セリ》其《ノ》事《ヲ》㆒。至《リテハ》㆑題《スニ》㆓烏江亭《ニ》㆒、則《チ》好《ミテ》㆑異《ヲ》而叛《ケリ》㆓於理《ニ》㆒。詩云《フ》、「勝負《ハ》兵家《モ》不㆑可《カラ》㆑期《ス》、……（中略）……」項氏以《テ》㆓八千人《ヲ》㆒渡《ルモ》㆑江《ヲ》、敗亡之余、無《シ》㆓一《トシテ》還《ル》者㆒。其《ノ》失《ヘルコト》㆓人心《ヲ》㆒為《ス》㆑甚《シト》、誰《カ》肯《ヘテ》復《タ》附《カンヤ》㆑之《ニ》、其《ノ》不《ルコトハ》㆑能《ハ》㆓巻土重来《スル》㆒決《セリ》矣。

（『苕渓漁隠叢話』後集第一五）

と批判した。

一方、これらの意見に対する反論として、例えば清の呉景旭は、

余以《おもへラク》牧之数詩《ハ》、倶用《ヒテ》二翻案《ノ》法《ヲ》一、跌《てつ》-入《スルコト》一層《ニ》、正-意益ゞ醒《ム》、謝畳山《ノ》所謂死中《ニ》求《ムル》レ活《ヲ》也。『漁隠叢話』《ニ》云《フ》、牧之《ノ》題詠……（中略）……。嗚《あ》呼《あ》、此《レ》豈《ニ》深《キ》二於詩《ニ》一者《ナランや》哉。

（『歴代詩話』巻五二、唐詩、二喬）

と述べ、また馮集梧も「赤壁」詩の注で『彦周詩話』の意見を紹介したあと、

詩《ハ》不レ当《まさニ》二如《ク》レ此《ノ》論《ズ》一、此《レ》直《ただニ》村《ノ》学究《ノ》読史《ノ》見識《ナリ》、豈《ニ》足《ラン》三与《ともニ》語《ルニ》二詩人《ノ》言《ヒテ》レ近《キヲ》指《スカラ》レ遠《キヲ》之故《ヲ》一乎《や》。

（『樊川詩集注』巻四）

と反論している。

また日本の野口寧斎『三体詩評釈』（郁文社、一九一〇年）も「牧の銅雀を言ひ、周郎を言ふは、其勃窣《ぼっそつ》理屈（言葉ゆるやかに道理を説くこと）にして、無趣無味なるを避くるなり。正喩互参し、語意双関して、妙自ら其中に在るなり。美人といひ、香草と言ふ。何ぞ独り美人香草に止まらんや」と、同様の見解を示す。

これらの意見を整理してみると、批判派の主な論点は、杜牧の、歴史認識に対する問題点を指摘していることがわかる（例えば、許顗は「社稷存亡、生霊塗炭都不問――国家の存亡や人民の苦しみを全く問題にしていない」と言い、胡仔も「敗亡之余、無一還者、其失人心為甚、誰肯復附之――〔項羽は〕敗れた結果、部下をみな戦死させ、人望を全くなくしたからには、いったい誰がまたこれにつき従うことがあろうか」と述べる）。

一方、肯定派は、杜牧の着想のおもしろさそのものを評価している。例えば、清の呉喬は、

古人《ノ》咏史《ハ》、但《ダ》叙《ベテ》レ事《ヲ》而不《レバ》レ出《ダサ》二己《ノ》意《ヲ》一、則《チ》史也、非《ザル》レ詩《ニ》也。……

如《キハ》二牧之《ノ》一……赤壁《ニ》云《フ》、「折戟沈《ミ》レ沙《ニ》……」用意隠然《トシテ》、最《モ》為《ス》レ得《タリト》レ体《ヲ》。

（『囲爐詩話』巻三）

と言い、詩である以上、その着想を大事にすべきであると述べた。

ところで、杜牧はなぜこのような、いわば逆説的な着想を思いついたのか。この点につき小川環樹『唐詩概説』では「その心理の底にわだかまるものを分析して見れば、杜牧は……現実の世界に倦みつかれていた、その心情を表わすのではなかろうか。もはや、いかにしても歴史をひきもどすことはできないという深いなげきが、反撥の形で表明されたのかも知れない」と述べる。さらに山内春夫「杜牧の詠史詩について」（『東方学』第二一輯、一九六一年、のち『杜牧の研究』彙文堂、一九八五年所収）は「その最も直接的な要因は、彼の懐いていた現実への不満にあったと思う。彼は現実への不満をそのままあらわにすることをはばかる特殊な地位にあったために、不満は変形して、忠実をかりて間接的に、起こらなかった事件を期待する形の詩に表わされたのである」と述べ、当時の社会背景との関わりから、杜牧の詠史詩についての考察を行なっている。

（松尾　幸忠）

0早行
1垂鞭信馬行
2數里未雞鳴
3林下帶殘夢

早行《さうかう》
鞭《むち》を垂《た》れ　馬《うま》に信《まか》せて行《ゆ》く
数里《すうり》　未《いま》だ鶏鳴《けいめい》ならず
林下《りんか》に　残夢《ざんむ》を帯《お》び

4葉飛時忽驚
5霜凝孤鶴迴
6月暁遠山横
7僮僕休辭險
8時平路復平

葉《は》飛《と》びて　時《とき》に忽《たちま》ち驚《おどろ》く
霜《しも》凝《こ》りて　孤鶴《こかく》迴《はる》かに
月暁《つきあかつき》にして　遠山《えんざん》横《よこ》たはる
僮僕《どうぼく》　険《けん》を辞《じ》するを休《や》めよ
時《とき》平《たひ》らかなれば　路《みち》も復《ま》た平《たひ》らかなり

テキスト　『全』五二五-8-6016◆『唐詩類苑』一一三◆『石倉十二代詩選』唐巻六二◆『樊川《はんせん》集』(『唐詩百名家全集』)◆『唐音統籤《とうせん》』五五六、戊籤《ぼせん》一◆『全唐詩録』七三◆『樊川文集』別集(四部叢刊本)◆『樊川詩集注』別集◆石川丈山撰『詩仙図像』◆藤原成烈編『詩仙堂志』起集

校語

2**雞**　『唐詩類苑』『唐音統籤』では「鷄」に作る。正字。「雞」は異体字。

5**鶴**　『石倉十二代詩選』『詩仙図像』『詩仙堂志』は「雁」に作る。

迴　『唐詩類苑』『唐音統籤』『全唐詩録』『樊川文集』別集は「逈」に作る。俗字。『詩仙図像』『詩仙堂志』は「廻」に作る。廻は、めぐる意。

6**曉**　『樊川集』は「曉」に作るが形訛《けいか》であろう。

7**險**　『唐詩類苑』『樊川集』は「慮」に作る。

8**時平**　『石倉十二代詩選』『詩仙図像』『詩仙堂志』は「何時」に作る。

路復　『石倉十二代詩選』『詩仙図像』『詩仙堂志』は「世路」に作る。

詩型・韻字　五言律詩。行《かう》・鳴《めい》・驚《きやう》・横《わう》・平《へい》(下平声庚韻〈庚韻〉)。

語釈

0**早行**　朝早く出立する。「早発」に同じ。

1**垂鞭**　馬に鞭をあてて疾走させるのではなく、馬の歩みに任せ、ゆっくりと進み行くさまを言うのであろう。李白の「贈ル㆓郭将軍㆒」詩に「平明払ヒ㆑剣ヲ朝シテ㆑天ニ去リ、薄暮垂レ㆑鞭ヲ酔ヒテ㆑酒ニ帰ル」とあり、杜甫の「酔ヒテ為ス㆓馬ヨリ墜ツルヲ㆒、諸公携ヘテ㆑酒ヲ相ヒ看ル」詩に「江村ノ野堂争ヒテ入ル㆑眼ニ、垂レ㆑鞭ヲ嚲《たれ》テ㆑鞚《たづな》ヲ凌グ㆓紫陌ヲ㆒」とあり、また岑参《しんじん》の「与ヘテ㆓独孤漸ニ㆒道《い》フ㆑別レヲ長句、兼ネテ呈ス㆓厳八侍御ニ㆒」詩に「無ク㆑事垂レテ㆑鞭ヲ信《まかせ》㆓馬頭ニ㆒、西南幾《ほとん》ド欲ス㆑窮メント㆓天尽ヲ㆒」とある。

信馬　信は、まかせる。「信ス㆑筆ニ」「信ス㆑手ニ」「信ス㆑歩ニ」などと同じ用法。白居易「長恨歌」(『正編』四八二頁以下)にも「君臣相ヒ顧ミテ尽ク霑《うるほ》シ㆑衣ヲ、東ノカタ望ミ㆓都門ヲ㆒信セテ㆑馬ニ帰ル」と見える。

2**数里**　唐代の一里は五五九・八メートル。

3**残夢**　消えかかり、くずれゆく夢。残は、衰残の意。また、目がさめたあとの、まだ夢見心地の気分。杜審言の「賦シ㆓得タリ妾薄命ヲ㆒」詩に「啼鳥驚カシ㆓残夢ヲ㆒、飛花攪《みだ》ス㆓独愁ヲ㆒」とある。また、杜牧より少し後の詩人劉駕の「早行」詩に「馬上続《つ》ギ㆓残夢ヲ㆒、馬嘶《いなな》キテ時ニ復タ驚ク」とあるのはあるいは杜牧のこの作を踏まえるか。

4**忽驚**　ふとめざめる。突然、はっと目覚める。「忽」は、「心」を意符(意味記号)とする諧声文字。「ふと気づく」心理状態を表わす。「驚」は、ここでは目覚める意。

5**霜凝**　霜が白く凍る。曹植の「贈ル㆓丁儀ニ㆒」詩に、「初秋涼気発《おこり》、

庭樹微《やうやク》銷落《ス》。凝霜依《リ》二玉除《ニ》一（「除」は、きざはし）、清風飄《ただよフ》二飛閣《ニ》一」とあり、魏の阮籍の「詠懐詩（八十二首）」（其三）に「凝霜被《おほヒ》二野草《ヲ》一、歳暮《レテ》亦云已《タここニやミヌ》」とある。

迥　はるかなさま。遠いさま。音は「けい」。

7 **僮僕**　しもべ。めしつかい。日野開三郎『唐代邸店の研究』（自家版、一九六八年）にいう。「任官前の貧書生の旅行でさえ、一馬驢二僕夫乃至二馬驢二僕夫と百匹単位の絹とを揃えるのが普通で、稀に一驢一僕の例も見られるが、それは特別に貧弱なもので、一馬驢二僕夫以上というのが最も多い。恐らく此れが安全旅行の資装として普通のものであると共に、最低限の線でもあったのであろう。一馬驢の場合は乗用、二馬驢の場合は乗用と駄用、二僕夫の場合は雑用の僕と担夫とである」（七九～八〇頁）と。

休　禁止を表わす副詞。宇野明霞原撰、釈大典刪補『詩家推敲』下には「既ニ為《ナシ》タルヲヤメヨト云ニハ限ラス、直ニナカレノ義ニ用ユ」という。

険　険阻。険しい道。

8 **時平路復平**　山内春夫「『野ざらし紀行』における杜牧「早行」詩の引用について」（『杜牧の研究』彙文堂、一九八五年）は、『泰平の世だから路も平坦なのだ』と、痛烈な皮肉を以て、泰平でない現実への深い不満と嘆きを吐露したもの」という。

ちなみに「何《レノ》時《カ》世路平《ラカナラン》」の文字に従う星川清孝『歴代中国詩精講』（学燈社、一九五四年）は、尾聯を「供人達よ旅路の険阻艱難を恐れてはならない。なぜなら、世の中の人生行路だって、いつ平穏になることがあろう、人の世の旅路もこれと同じく苦労なものであるからだ」と訳し、本詩は「早行のわびしい気分を描き、童僕をはげまして人生の『行路難』を語る」と評する。

通釈

早朝の旅立ち

鞭を（馬にあてず）垂らしたまま、馬の歩みに任せて進んで行く。もう数里も来たのに、夜明けを告げる鶏はまだ鳴かない。林の辺りを過ぎ行くとき、（うつらうつらと）まだ夢見心地で、（秋の）木の葉の舞い散る音に、ときおりはっと我にかえる。

（一面に）凍てつく霜の降るなか、一羽の鶴がはるかかなたを飛び、有明《ありあけ》月の沈みゆくところ、山並みが遠く横たわっている。従者よ、道の険しさを恐れることはない。今は世の中が泰平だから、道もまた平らかなはずだ。

諸説の異同

特記事項なし。

備考

本詩は、松尾芭蕉の『野ざらし紀行』で、小夜《さよ》の中山（静岡県掛川市日坂付近）での作句のもとになった作品として有名である。関係する部分を次に引用する。

二十日余りの月かすかに見えて、山の根ぎはいとくらきに、馬上にむちをたれて、数里いまだ鶏鳴ならず。杜牧が早行の残夢、小夜の中山に至りてたちまち驚く。

馬に寝て残夢月とお（遠）しちや（茶）のけぶり

（『芭蕉文集』日本古典文学大系四六、岩波書店、一九五九年）

（　）内は引用者注

芭蕉は、『石倉十二代詩選』から採った石川丈山撰『詩仙図像』によって本詩を知り、したがって最終句は「何レノ時カ世路平ラカナラン」であると理解していたらしい。また尾聯を除く前の六句の風景描写が、すこぶる絵画的な美しさに満ちている点を好んだらしい。詳しくは山内春夫「『野ざらし紀行』における杜牧「早行」詩の引用について」(『大谷女子大国文』第一三号、一九八三年、のち『杜牧の研究』彙文堂、一九八五年所収)参照。

(松尾　幸忠)

白《はく》居《きょ》易《い》

0 鹽商婦　惡幸人也
塩商《えんしやう》の婦《ふ》　幸人《かうじん》を悪《にく》むなり

1 鹽商婦
塩商《えんしやう》の婦《ふ》

2 多金帛
金帛《きんぱく》多《おほ》し

3 不事田農與蠶績
田農《でんのう》と蚕績《さんせき》とを事《こと》とせず

4 南北東西不定家
南北東西《なんぼくとうざい》　家《いへ》を定《さだ》めず

5 風水爲鄕船作宅
風水《ふうすい》を郷《きやう》と為《な》し　船《ふね》を宅《たく》と作《な》す

6 本是揚州小家女
本《もと》是《こ》れ揚州《やうしう》小家《せうか》の女《むすめ》

7 嫁得西江大商客
嫁《か》し得《え》たり　西江《せいかう》の大商客《だいしやうかく》

8 綠鬟富將金釵多
緑鬟《りよくくわん》　富《と》み将《ゆ》きて金釵《きんさ》多《おほ》く

9 皓腕肥來銀釧窄
皓腕《かうわん》　肥《こ》え来《き》たりて銀釧《ぎんせん》窄《せま》し

10 前呼蒼頭後叱婢
前《まへ》には蒼頭《さうとう》を呼《よ》び後には婢《ひ》を叱《しつ》す

11 問爾因何得如此
爾《なんぢ》に問《と》ふ　何《なに》に因《よ》つて此《かく》の如《ごと》きを得《え》たる

12 壻作鹽商十五年　壻《をつと》は塩商《えんしやう》と作《な》りて十五年《じふごねん》

13 不屬州縣屬天子　州県《しうけん》に属《ぞく》せず　天子《てんし》に属《ぞく》す

14 每年鹽課納官時　毎年《まいねん》　塩課《えんくわ》　官《くわん》に納《い》るる時《とき》

15 少入官家多入私　少《すこ》しく官家《くわんか》に入《い》れ多《おほ》く私《し》に入《い》る

16 官家利薄私家厚　官家《くわんか》の利《り》は薄《うす》く私家《しか》は厚《あつ》し

17 鹽鐵尙書遠不知　塩鉄尚書《えんてつしやうしよ》は遠《とほ》くして知《し》らず

18 何況江頭魚米賤　何《なん》ぞ況《いは》んや　江頭《かうとう》は魚米《ぎよべい》賤《やす》く

19 紅鱠黄橙香稻飯　紅鱠《こうくわい》　黄橙《くわうとう》　香稲《かうたう》の飯《はん》

20 飽食濃粧倚柂樓　飽食《はうしよく》　濃粧《のうさう》　柂楼《たろう》に倚《よ》る

21 兩朶紅顋花欲綻　両朶《りやうだ》の紅顋《こうさい》　花《はな》　綻《ほころ》びんと欲《ほつ》す

22 鹽商婦　塩商《えんしやう》の婦《ふ》

23 何幸嫁鹽商　何《なん》の幸《さいは》ひあつてか塩商《えんしやう》に嫁《とつ》ぐ

24 終朝美飯食　終朝《しゆうてう》　美《うま》き飯食《はんしよく》

25 終歳好衣裳　終歳《しゆうさい》　好《よ》き衣裳《いしやう》

26 好衣美食有來處　好衣美食《かういびしよく》　来処《らいしよ》有《あ》り

27 爾須慙愧桑弘羊　爾《なんぢ》須《すべか》らく桑弘羊《さうこうやう》に慙愧《ざんき》すべし

28 桑弘羊　桑弘羊《さうこうやう》

29 死來日已久　死《し》してより来《このかた》　日《ひ》已《すで》に久《ひさ》し

30 不獨漢時今亦有　独《ひと》り漢時《かんじ》のみならず今《いま》も亦《ま》た有《あ》り

テキスト　『全』四二七-7-4706～4707　◆『楽府詩集』九九、新楽府下　◆『唐宋詩醇』二〇　◆『那波本白氏文集』四（陽明文庫本・四部叢刊本）◆『神田本白氏文集』四（太田次男・小林芳規『神田本白氏文集の研究』〈勉誠社、一九八二年二月〉所収）◆『金沢本白氏文集』四（『金沢文庫本白氏文集』〈一～四〉〈勉誠社、一九八三年一〇月〉所収）◆『南宋紹興刊本白氏文集』四　◆『明馬元調校本白氏文集』四　◆『清汪立名編訂本白香山詩集』四　◆『敦煌巻子本白氏詩集（以下、『敦煌本』と称す）』（『白氏長慶集』〈文学古籍刊行社、一九五五年八月〉所収）

＊　本詩の篇目番号は〔0162〕（花房英樹『白氏文集の批判的研究』〈朋友書店、一九七四年七月〉、平岡武夫・今井清『白氏文集歌詩索引（全三冊）』下冊、篇目表〈同朋舎出版、一九八九年一〇月〉を参照）。

＊　古鈔本を含めた諸本校勘については、平岡武夫・今井清校定『白氏文集全三冊』第一冊、巻四、新楽府、一〇八～一一一頁（京都大学人文科学研究所、一九七三年三月）、『神田本白氏文集の研究』白氏新楽府校勘記、二一九～二二〇頁、太田次男『旧鈔本を中心とする白氏文集本文の研究（上中下冊）』（勉誠社、一九九七年二月）を参照。

校語

0 鹽　『神田本』『南宋紹興本』では「塩」に作る。同義。

惡幸人也 『陽明文庫本』『金沢文庫本』『南宋紹興本』『楽府詩集』では詩題下にこの句がない（『陽明文庫本』『金沢文庫本』『南宋紹興本』では巻三「新楽府序」〔0124〕の部に、『楽府詩集』では巻九七「新楽府上」の部にそれぞれ収録している）。

1**鹽** 『神田本』『南宋紹興本』では「塩」に作る。同義。

3**與蠶** 『神田本』では「与蚕」に作る。同義。

4**定** 『全』『楽府詩集』『唐宋詩醇』『陽明文庫本』『金沢文庫本』『南宋紹興本』『馬元調本』『汪立名本』『敦煌本』では「失」に作るが、ここでは『神田本』などで「定」に作るのに従う。

5**船** 『神田本』『金沢文庫本』『南宋紹興本』では「舩」に作る。同義。

6**揚** 『陽明文庫本』『神田本』『金沢文庫本』『南宋紹興本』では「楊」に作る。

8**綠** 『全』『汪立名本』では「綠」に作るが、ここでは『楽府詩集』『唐宋詩醇』『陽明文庫本』『神田本』『金沢文庫本』『南宋紹興本』『馬元調本』などで「緑」に作るのに従う。同義。

鬟 『神田本』では「鬟」に作る。

富 『全』では「富」に注して「一ニ作ルレ溜ニ」と説く。

富將 『汪立名本』では「溜去」に作る。

將 『全』『楽府詩集』『唐宋詩醇』『陽明文庫本』『金沢文庫本』『南宋紹興本』『馬元調本』では「去」に作るが、ここでは『神田本』などで「將」に作るのに従う。

11**爾** 『神田本』では「尒」に作る。

因何 『神田本』では「何因」に作る。

12**壻** 『楽府詩集』では「婿」に作る。『神田本』では「聟」に作る。

鹽 『神田本』『南宋紹興本』では「塩」に作る。同義。

13**縣** 『神田本』では「鄉」に作る。

14**鹽** 『神田本』『南宋紹興本』では「塩」に作る。同義。

課 『全』『楽府詩集』『唐宋詩醇』『陽明文庫本』『金沢文庫本』『南宋紹興本』『馬元調本』『汪立名本』では「利」に作るが、ここでは『神田本』などで「課」に作るのに従う。

納 『全』『楽府詩集』『唐宋詩醇』『陽明文庫本』『金沢文庫本』『南宋紹興本』『馬元調本』『汪立名本』では「入」に作るが、ここでは『神田本』などで「納」に作るのに従う。

16**厚** 『神田本』では「富」に作る。

17**鹽** 『神田本』『南宋紹興本』では「塩」に作る。同義。

18**況** 『唐宋詩醇』『陽明文庫本』『神田本』『金沢文庫本』では「况」に作る。同義。

19**鱠** 『全』『神田本』では「膾」に作るが、ここでは『楽府詩集』『唐宋詩醇』『陽明文庫本』『金沢文庫本』『南宋紹興本』『馬元調本』『汪立名本』などで「鱠」に作るのに従う。

20**粧** 『全』『楽府詩集』『唐宋詩醇』『馬元調本』『汪立名本』では「妝」に作り、『神田本』では「粧」に作るが、ここでは『陽明文庫本』『金沢文庫本』『南宋紹興本』などで「粧」に作るのに従う。

倚 『楽府詩集』『唐宋詩醇』『陽明文庫本』『神田本』『金沢文庫本』『南宋紹興本』では「倚」に作る。同義。

柂 『全』『唐宋詩醇』『馬元調本』では「柁」に作り、『神田本』では「柂」に作るが、ここでは『楽府詩集』『陽明文庫本』『金沢文庫本』『南宋紹興本』『汪立名本』などで「桅」に作るのに従う。

21**朶**　『全』『汪立名本』では「朶」に作るが、ここでは『楽府詩集』『唐宋詩醇』『陽明文庫本』『神田本』『金沢文庫本』『南宋紹興本』『馬元調本』などで「朶」に作るのに従う。

綻　『陽明文庫本』『神田本』では「綻」に作る。同義。

22**鹽**　『陽明文庫本』では「塩」に作る。『神田本』では「塩」に作る。同義。

23**何**　『全』『楽府詩集』『唐宋詩醇』『陽明文庫本』『金沢文庫本』『南宋紹興本』『馬元調本』『汪立名本』では「有」に作るが、ここでは『神田本』などで「何」に作るのに従う。

幸　『神田本』では「幸」に作る。

鹽　『陽明文庫本』『神田本』では「塩」に作る。同義。

24**美**　『楽府詩集』『唐宋詩醇』『陽明文庫本』では「美」に作る。『神田本』『金沢文庫本』では「美」に作る。同義。

飯　『神田本』では「飲」に作る。

26**美**　『楽府詩集』『陽明文庫本』では「美」に作る。『神田本』『金沢文庫本』では「美」に作る。

有來　『全』『唐宋詩醇』『馬元調本』『汪立名本』では「来何」に作るが、ここでは『楽府詩集』『陽明文庫本』『神田本』『金沢文庫本』『南宋紹興本』などで「有來」に作るのに従う。『全』では「來何」に注して「一作《ニル》二有來《ニ》一」と説く。

27**爾**　『全』『楽府詩集』『唐宋詩醇』『陽明文庫本』『金沢文庫本』『南宋紹興本』『馬元調本』『汪立名本』では「亦」に作るが、ここでは『神田本』などで「爾」（「尒」）に作るのに従う。

慙　『全』『楽府詩集』『唐宋詩醇』『馬元調本』『汪立名本』では「慚」に作るが、ここでは『陽明文庫本』『神田本』『金沢文庫本』『南宋紹興本』などで「慙」に作るのに従う。

愧　『唐宋詩醇』『汪立名本』では「媿」に作る。

桑　『神田本』では「桒」に作る。

28**桑弘羊**　『神田本』では「々々々」に作る。

29**來日**　『全』『楽府詩集』『唐宋詩醇』『陽明文庫本』『南宋紹興本』『馬元調本』『汪立名本』ではこの二字がないが、ここでは『神田本』『金沢文庫本』などで「來日」に作るのに従う。

30**時**　『神田本』では「朝」に作る。『汪立名本』では「世」に作る。

詩型・韻字

雑言古詩。帛《はく》・績《せき》*・宅《たく》・客《かく》・窄《さく》（入声陌錫*韻〔陌錫*韻〕）／婢《ひ》・此《し》・子《し》*（上声紙韻〔紙止*韻〕）／時《じ》△・私《し》*・知《ち》（上平声支韻〔支脂之*△韻〕）／賤《せん》△・飯《はん》・綻《たん》*（去声願諫霰*△韻〔願襇線*△韻〕）／商《しやう》・裳《しやう》・羊《やう》（下平声陽韻〔陽韻〕）／久《きう》・有《いう》（上声有韻〔有韻〕）。換韻。

語釈

0**塩商**　生産者から塩を買い集め、中央政府に納める仲買人を指す。中国では古来、「塩」と「鉄」は、基本的に専売品であり、塩商（「塩籍」を得た商人）は国家の委託を受けて、実質的に塩の流通を取りしきった。堤留吉『白楽天研究』（春秋社、一九六九年一二月）では「唐は安史の乱以後、財政の窮乏を救うために、いろいろの重税を課するとともに、いろいろの専売事業（例えば塩・茶・酒など）を行なった。塩の場合には、政府は諸所に塩院や塩場を設け、塩戸を招集して製塩を行なわせ、政府の定めた価格で塩商に払い下げたり、また詩にあるように、仲買人が製塩者から買い集めて、これを政府に納入したりした。いずれの場合においても仲買人は莫大な利益を得た。かの〝琵琶行〟に見える〝前月浮梁買茶去〟とある商人もこの種のものではなかろうか。なお唐代においては、商工業が非常に盛んになり、それに乗じて政府はもとより官吏・貴族などがしきりに一般人民と利を争って暴利を貪ったが、その間にあって巨利を占めたのが仲買人のごとき豪商であった」と説明する。

こうした塩商制度の弊害・矛盾については、元和元年（八〇六）、制科受験のため長安で制作された白居易「策林七十五其《ノ》二十三、議《はかり》㆓塩法之弊《ヲ》㆒ 論《ズ》㆓塩商之幸《ヲ》㆒」〔2040〕（『那波本白氏文集』巻四六）でも取り上げられ、「……臣又見《タルニ》、自《リ》㆑関以東、上農・大賈易《ハヘ》㆓其《ノ》資産《ヲ》㆒入《おさメテ》 為《ル》㆓塩商《ト》㆒。率《ネ》皆《ナ》多《ク》蔵《シ》㆓私財《ヲ》㆒別《ニ》営《ム》㆓裨販《ヲ》㆒、少《シク》出《シ》㆓官利《ヲ》㆒、唯《ダ》求《ム》㆓隷名《ヲ》㆒。居《ニ》無《ク》㆓征徭㆒、行《ニ》無《シ》㆓権税㆒。身《ハ》則《チ》庇《まもラレ》㆓於塩籍《ニ》㆒、利《ハ》尽《ク》入《ル》㆓於私室《ニ》㆒。……」と厳しく糾弾されている。この「策林」〔2040〕と「塩商婦」〔0162〕との間には、極めて類似した語彙（僥倖之人←→幸人）や表現（少出官利・利尽入於私室←→少入官家多入私・官家利薄私家厚）などが認められるが、この点に関して、陳寅恪『元白詩箋証稿』（上海古籍出版社、一九七八年三月）は「楽天此篇之意旨、与《ハ》㆓其《ノ》前数年所《ノ》㆑擬《ス》策林之言㆒殊《ことニ》 無《シ》㆓差異㆒」と指摘する。巨万の富を占有した塩商については、白居易と同じ時代を生きた劉禹錫の「賈客詞」〝序文〟（『劉禹錫集』巻二一）にも「五方之賈、以《テ》㆑財《ヲ》相《たがヒニ》雄《タリ》、而《シテ》 塩賈尤《も》熾《さかンナリ》」とある。また中国における「塩制」史の詳細については、佐伯富『中国塩政史の研究』（法律文化社、一九八七年九月）を参照。因みに「商 shāng」は、一定の店舗を構えず商売をすること、いわゆる「行商」の意。一定の店を出して商売をすることを表わす「賈《こ》 gǔ」の用法と異なる。この点で、4句目5句目の「南北東西不定家」「風水為㆑郷船作㆑宅」表現は注意されてよい。

婦 既に結婚している女性（妻）。奥さん、おかみさん、女房。去声「婦《つま》 fù」字は、平声の「夫《おっと》 fū」字と対応する。「塩商婦」は、「新楽府《がふ》五十首」のうちの三八番目の作品。元和四年（八〇九）、白氏38歳、長安での作。

悪 ここでは「憎悪」「嫌悪」「厭悪」の「悪《お》 wù」（動詞用法）。にくみきらうの意。本字以下の部分は、白居易自身によって加えられた小序であり、個々の作品の創作意図をより明確化する。また「新楽府五十首」全体の序文（大序）〔0124〕には、「凡《ソ》九千二百五十二言、断《ジテ》為《ス》㆓五十篇《ト》㆒。篇《ニ》無《ク》㆓定句㆒、句《ニ》無《シ》㆓定字㆒。繫《ケ》㆓於意《ニ》㆒、不㆑繫《ケ》㆓於文《ニ》㆒。首句《ハ》標《シ》㆓其《ノ》目《ヲ》㆒、卒章《ハ》顕《カニス》㆓其《ノ》志《ヲ》㆒。詩三百之義也。其《ノ》辞《ハ》質《ニシテ》 而径《ナリ》。欲《スル》㆓見《ル》㆑之《ヲ》者《ノ》易《カランコトヲ》㆑諭《リ》也。其《ノ》言《ハ》直《ニシテ》 而切《ナリ》。欲《スル》㆓聞《ク》㆑之《ヲ》者《ノ》深《ク》誡《メンコトヲ》㆒也。其《ノ》事《ハ》覈《かくニシテ》 而実《ナリ》。使《メントスル》㆓采《ル》㆑之《ヲ》者《ヲシテ》伝《ヘ》㆑信《ヲ》也。其《ノ》体《ハ》順《ニシテ》 而肆《ナリ》。可《キ》㆔以《テ》播《ス》㆓於楽章歌曲《ニ》㆒也。捴《すべテ》 而言《ヘバ》㆑之《ヲ》為《ニ》㆑君《ノ》為《ニ》㆑臣《ノ》為《ニ》㆑民《ノ》為《ニ》㆑物《ノ》為《ニ》㆑事《ノ》而作《ル》、不《ル》㆓為《ニハ》㆑文《ノ》而作《ラ》㆒也」（『陽明文庫那波本白氏文集』巻三）とある。松浦友久「白居易の文学論」（『漢文研究シリーズ7 白楽天と〝白氏文集〟』所収）（尚学図書、一九七七年五月）では「諷諭詩のジャンルで第一に注目されるのは、〝新楽府、五十首〟である。元和三年（八〇八）に左拾遺の職に抜擢されて以来、かれは、天子への助言・諫言というその職分に対して、きわめて忠実であろうと努力した。

……（序文引用）……かれの〝新楽府〟の目的が直接に『詩経』を目指すものであることが、まず明らかになる。ついで、読む者に理解されやすく、聞く者を深く戒め、採択するものに真実を伝えさせ、歌われる詩として曲調にのりやすく、──といった一連の心づかいが説明され、最後に、君のため、臣のため、民のため、物のため、事のために詩を作るのであって、文そのもののために作るのではない、という結論が示されている。かれの文学論が、ここで周到・細心に実行されていることが知られよう」と解説する。ただし、新楽府の歌唱性は理念としての主張であり、実際に「楽章歌曲」として歌われることはなかったと判断される（松浦友久、本書のための補注）。

幸人　まじめに働かず、不正な手段によって幸福を得ている人間。ネガティブなイメージが中心であり、いわゆる「遊惰之人」「僥倖之人」を指す。『左伝』宣公一六年の条に「羊舌職曰ハク、吾聞クレ之ヲ、『禹称《あ》ゲテ二善人ヲ一、不善人遠ザカル』、此《これ》之謂《いひ》也夫《なるか》。詩曰ハク、『戦戦兢兢トシテ、如クレ臨ムガ二深淵ニ一、如シトハレ履ムガ二薄氷ヲ一』善人在レバレ上ニ也。善人在レバレ上ニ、則チ国ニ無シ二幸民一。諺曰ハク、『民之多幸ハ、国之不幸也ト』。是レ無キ二善人一之謂《いひ》也ト」とあり、「幸人」は「幸民」と同義であると考えてよい。中国社会科学院文学研究所『唐詩選（上下冊）』（人民文学出版社、一九七八年四月）、李希南・郭炳興『白居易詩訳釈』（黒龍江人民出版社、一九八三年三月）、梁鑑江『白居易詩選』（広東人民出版社、一九八六年九月）などは「唐人ハ避ケテ二太宗李世民ノ諱ヲ一、以テレ民ヲ為《つく》ルレ人ニ」「唐人為避唐太宗李世民諱、把民写作人」と説く。

也　それが事実である、と認識する時の、説明的な語気を表わす。

2 **多金帛**　金や帛《きぬ》をたくさんもっている。塩あきんどのおかみさんの豪勢な暮らしぶりを表現する。「帛」は絹織物の総称。当時、貨幣価値をもつものとして扱われた。白居易「売炭翁」詩〔0156〕参照。「金帛」について、鈴木虎雄『白楽天詩解』（弘文堂、一九六一年一二月）、高木正一『白居易(上)』（岩波書店、一九八〇年二月）、梁鑑江『白居易詩選』では「金銭と絹」（銭和帛）とし、李希南・郭炳興『白居易詩訳釈』では「有很多金銀綢緞」（多くの金銀と絹を所有する）とする。

3 **不事**　従事しない。「事」は専念する、従事する、仕える。「仕shi」は「事shi」の音通としても用いられる。

田農　田畑を耕やして作物を植え育てること、農業（agriculture）一般を指す。「田」は、水田・陸田の意。因みに「田」の動詞用法には、①耕作する、②狩猟する、などがある。

与　接続詞「……と」。英語のandに相当する。

蚕績　養蚕・紡績などの労働。王汝弼『白居易選集』（上海古籍出版社、一九八〇年一〇月）では「蚕績、養蚕・紡絲・績麻・織布等家内女工」（蚕績とは、蚕を飼い、きぬ糸を紡ぎ、麻を紡ぎ、布を織るなど、家庭内の女性の仕事）と説明する。唐代の一般家庭の婦人と全く懸け離れた塩商の妻の生活ぶりを描写している。

4 **南北東西不定家**　この部分、多くのテクストが「南北東西不失家」に作っているがここでは採らない。詳しくは〔校語〕および平岡武夫・今井清校定『白氏文集全三冊』第一冊一〇八頁を参照。水上生活者としての自由気ままな漂泊生活を説く。因みに平岡武夫・今井清『白氏文集歌詩索引（全三冊）』（同朋舎出版、一九八九年一〇月）に拠れば、詩歌表現としての「東西南北」は、本詩を入れて五例確認できる。

5 **風水為郷** 風と水とをふるさとにしている。「風水」とは、風と水のある場所（江辺）のこと。中国語の「水」は、川・湖・海のいずれをも指すことができる点に注意。「郷」の原義は、一二五〇〇軒の隣ぐみによって構成される地域社会であるが、ここでは単に「故郷《ふるさと》」（親しく懐かしい空間）の意。

船作宅 船を自分の家としている。冠婚葬祭を含めた日常生活の全てを、この船上で過ごしていることを示唆する。かなり大きな船をイメージしてよい。この点に関連して、陳寅恪『元白詩箋証稿』では、李肇撰『唐国史補』を引用して「舟船之盛、尽於江西。編蒲為帆、大者或数十幅、……（中略）……居者養生送死嫁娶、悉在其間」と説く。ここでは「風水為郷・船作宅」の「当句対」——一句それ自体のなかで対偶を構成するもので「本句対」「就句対」「句中対」「四柱対」とも言う——にも留意したい。宋の洪邁『容斎続筆』巻三、〝詩文当句対〟の条には「唐人詩文、或於一句中自成対偶。謂之当句対。蓋起於楚辞蕙烝蘭藉、桂酒椒漿、桂櫂蘭枻、斫《きり》冰積雪。自斉梁以来、江文通・庾子山諸人亦如此。如王勃宴滕王閣序一篇皆然」とある。中国文学における対偶表現の諸相については、古田敬一『中国文学における対句と対句論』（風間書房、一九八二年六月）に詳しい。

6 **本是** 「もともとは……である」。この「是 shì」は、英語の be 動詞に相当する。現代中国語の「本来是」に等しい。

揚州 現在の江蘇省揚州市。長江から黄河に北上する大運河の入口に位置する交易・商業都市。当時、塩・米などの集散地として繁栄した。宋の洪邁『容斎随筆』巻九、〝唐揚州之盛〟の条にも「唐世塩鉄転運使在揚州、尽斡《くめぐらス》利権、判官多至数十人、商賈如織」とある。詳細は李廷先『唐代揚州史考』（江蘇古籍出版社、一九九二年五月）を参照。

小家 賤しく貧しい平民・庶民の家柄。中国社会科学院文学研究所『唐詩選（上下冊）』、顧学頡・周汝昌『白居易詩選』（人民文学出版社、一九八二年二月）、李希南・郭炳興『白居易詩訳釈』、梁鑑江『白居易詩選』などでは、『漢書』巻六八霍光伝の「使楽成《しがくせい》小家子得幸将軍」を引用して「封建社会では、貴族・官僚・大地主を除いた一般の人々を小家と呼ぶ」と述べる。また吉川幸次郎・桑原武夫『新唐詩選続篇』（岩波書店、一九七八年六月）では「〝小家の女〟という小家は、意味をたしかめにくいが、たぶん、かたぎの家の娘ではあるまい」と説明する。

女 中国語の「女」には、①おんな、②おまえ、③むすめ、などの意味があるが、ここでは③の用法。

7 **嫁得** 男のもとへ嫁にゆく。「得 dé」は動詞に添える口語的な助字で、動作・状態の実現や完了を示す。「V＋得」で、より俗語的な用法となっている。

西江 長江下流の江西省・安徽省あたりの地域を指す。物産が豊かで交易の盛んな商業地区である。劉禹錫の「夜聞商人船中筝七絶」（『劉禹錫集』巻三八〔「外集」巻八〕）には「大艑高船一百尺、新声促柱十三絃。揚州市裏商人女、来占西江明月天」とある。「西江賈客」の詳細については、高橋良行「張籍"野老歌"における"西江賈客"について」（『学術研究―外国語・外国文学篇』四二、早稲田大学教育学部、一九九四年）を参照。

大商客　塩商人に象徴される豪商。「客」の原義は、人が自分の家を離れている状態を指す。使われる文脈によって①traveler、②guestなどの語義が生じる。因みに「客」の対義語は「主」。

8 **緑鬟**　若い女の黒髪のまげ。光沢のある黒髪を「緑」の字で形容する。鈴木虎雄『白楽天詩解』では「みどりの黒髪より成るかつら」と説く。

富将　頭髪が豊かに生えている貌《さま》を言う。「将 jiāng」は、概ね携帯・所持を含意する動詞の下部に添えられて、動作の方向を示す助字。軽くリズムを添えて、口語的な気分を含む。俗語表現・日常生活語彙の導入に熱心であった白居易は、この他にも「駆将」「侵将」「寄将（去）」「捕将（去）」「収将」「把将」「移将」「輸将」「攜将」「誓将」「操将」「銜将」「寄将」「跨将」など、極めて多種多様な用例を残している。詳しくは許山秀樹「古典詩における"V将"―"V殺"との比較を中心に」（『中国詩文論叢』第一四集、中国詩文研究会、一九九五年一〇月）を参照。

金釵多　黄金で作られたかんざしをたくさん挿している。富裕のシンボルとしての装身具。「金」が単なる美称でない点に注意。

9 **皓腕**　真白な手首。「腕 wàn」は、うでの下端の手のひらとつながっている部分（手首）。因みに「うで」ならば、「臂 bì」の字が使われる。労働と全く無縁な生活を送る「塩商婦」を描写した部分。「皓」（かがやく白）は、女性美の絶対条件。

肥来　まるまると肥えふとっている。「来」は、ある動作・状態・時間の継続や展開を示す助字。ここでは、軽くリズムを添える。「富将」に対応した口語的な用法。

銀釧　銀製のうでわ。王汝弼『白居易選集』、顧学頡・周汝昌『白居易詩選』、龔克昌・彭重光『白居易詩文選注』（上海古籍出版社、一九八四年一月）では、①庶民や平民の婦女子の装身具は、銅や鉄に限られていたこと、②高級官僚や貴族の家族には、金や銀のアクセサリーが許されていたこと、③その根拠として『旧《く》唐書』輿服志の記事が挙げられること、④この一句は、「塩商婦」の違法や権勢を表現しているということ、などの諸点を指摘する。前出の劉禹錫「賈客詞」にも「妻ハ約《は》メ二雕金ノ釧ヲ一、女《むすめ》ハ垂ル二貫珠ノ纓《ひも》ヲ一」とある。

窄　「狭」と同義。せまい、窮屈である。「銀」の「釧《うでわ》」が肉に食い込んでいる様子。贅沢な日常生活によって、栄養状態が極めてよいことを示唆する。「皓腕肥来・銀釧窄」の一句は、人間の身体表現に敏感な白居易の詩性が最もよくでている部分。白居易文学と身体との諸問題については、埋田重夫「白居易詠病詩の考察―詩人と題材を結ぶもの」（『中国詩文論叢』第六集、早稲田大学中国詩文研究会、一九八七年六月）、同前「白居易と身体表現―詩人と詩境を結ぶもの」（『中国文学研究』第二〇期、早稲田大学中国文学会、一九九四年一二月）、同前「白居易と姿勢描写―視点の下降が意味するもの」（『中国文学研究』第二一期、早稲田大学中国文学会、一九九五年一二月）などに詳しい考察がある。

10**前呼**　前には（蒼頭を）大声で呼ぶ。「呼」は大声で叫ぶこと。

蒼頭　男性の奴隷の通称。下僕、下男。もともと「蒼《くろ》」い「頭」布をしたものの意。『漢書』巻七二、「鮑宣伝」には「蒼頭・盧児《ハ》皆用《テ》致《ス》レ富《ヲ》」とあり、その（孟康）注に「下民陰《ハ》類《ナリ》、故《ニ》以《テ》レ黒《ヲ》為《ス》レ号《ト》。漢《ハ》名《ヅケテ》レ奴《ヲ》為《ス》二蒼頭《ト》一。非《ザルモ》二純黒《ニ》一、以《テ》別《ツ》二於良人《ト》一也」とある。

後叱　後ろには（婢を）大声で怒鳴りつける。中国で出版された各種注釈書は等しく「罵 mà」（しかる、ののしる）と訳す。因みにこの一句の「前呼……後叱……」の部分について、梁鑑江『白居易詩選』では「一会児呼喝……、一会児怒叱……」（……したり、……したり）、倪海曙『長安集』（唐詩的白話改写）（生活・読書・新知三聯書店出版、一九八三年一月）では、「回過頭去罵了……、転過頭来又吩咐……」（ふりむいて……し、かしらをまわしてまた……し）とそれぞれパラフレイズする。また前野直彬『唐代詩集（上下）』（平凡社、一九七九年一〇月）では「下男を目の前に呼びつけ、ふりむいて女中を追い使う」（以上傍点、埋田）と訳す。

婢　女性の奴隷。下女、端女《はしため》。

11**問爾**　ちょっとお前さん（塩あきんどのおかみさん）に尋ねてみたい。諷諭詩の作者である白居易の問いかけ。読者一般を代表しての質問。

因何　後ろに動詞がきて、「どのような方法によって」（通過什么方法）「どうして」（怎么）という疑問を提示する。王海棻『古漢語疑問詞語』（浙江教育出版社、一九八七年四月）一八七頁参照。「因」は「原因」にも「手段」にもなることば。

得　「得」の原義は、「チャンスを得ることで……できる」ということ。逆に「不得」ならば「……するチャンスを得なくて……できない」となる。

如此　このようにぜいたくな暮らし。「如」の用法はほぼ①もしも、②……に及ぶ（多く「A不如B」「AはBに及ばない」の否定形で用いられる）、③……のようである、の三つに帰納できるが、ここでは③の意。

12**壻**　亭主、夫、主人。「壻」には①夫、②娘の夫、の二義があるが、ここでは前者の用法。以下、「塩商婦」の答えの部分。

十五年　「塩商」の資格を獲得してから、既に一五年の歳月がたっている。その権力・権勢が、もはや揺ぎないものとして定まっていることを暗示する。

13**不属州県**　国家公認の専売商人である「塩商」は、州や県といった地方レベルの支配・管轄を受けない。「不属」は「不属於」の略。以下、同じ。白居易の親友であった元稹の「估客楽」（『元稹集』巻二三）にも「小児販《シ》二塩鹵《ヲ》一、不レ入《レ》二州県《ノ》征《ニ》一」とあり、同じく張籍の「賈客楽」（『張司業詩集』巻一）にも「年年逐《ヒテ》レ利《ヲ》西覆《タ》東、姓名《ハ》不レ在《ラ》二県籍《ノ》中《ニ》一」とある。

属天子　皇帝自身が直接管理する〝塩鉄機関〟に所属する。

14**塩課**　塩の専売による利益の上納金。

納官時　政府（官《おかみ》）に納める時。中国語の「時 shí」は、抽象的な時間を指すのではなく、具象的な「その時」の意味に限定されて用いられる点に注意。「納」は現代中国語の「繳付」に等しい。

15**少入官家**　「官家《おかみ》」（天子・国家・政府）にはちょっとだけ納めて。

多入私　自分のふところにはたんまり入れる。「私」は「公」の反意語。因みに「私」には、「こっそり」「ひそかに」「人知れず」といった語感が含まれる。「少入官家・多入私」の当句対にも注意。

16**官家利薄**　「官家《おかみ》」（天子・国家・政府）の利益は薄く（して）。「利」は利益、利潤、人情として好ましいもの。

私家厚　「私家《じぶん》」（個人・私人）の利益は厚く（する）。「厚」は「薄」の反義語。「官家利薄・私家厚」の当句対にも留意。貞元四年（七八八）以降、塩価が暴騰し、塩商が莫大な富を手に入れた経過については、『新唐書』巻五四、食貨四にも「……江淮《ノ》豪賈射《ねらヒ》レ利《ヲ》、或《イハ》時《ニ》倍《ス》レ之《ヲ》、官収不レ能《ハ》レ過《グ》レ半《バヲ》、民始《メテ》怨《ム》矣」「……塩估益《ゝ》貴《ク》、商人《ハ》乗《ジテ》レ時《ニ》射《ヒ》レ利《ヲ》、遠郷《ノ》貧民困《シテ》二高估《ニ》一、至《ル》レ有《ルニ》二淡食《スル》者一。……」とある。

17**塩鉄尚書**　塩・鉄の専売を管掌する大臣。中唐以後、尚書省のもとに「塩鉄使」が置かれ、いわゆる「六部」（吏部・戸部・礼部・兵部・刑部・工部）の「尚書」（長官）や「侍郎」（次官）によって兼任された。より具体的な人物としては、李巽《りそん》や李鄘《りよう》が意識されていよう。本詩「塩商婦」が制作された元和年間初期の塩鉄使については、例えば『唐会要』巻八八〝塩鉄使〟の条にも「元和元年四月、兵部侍郎李巽《ヲ》充《ツ》二諸道《ノ》塩鉄使《ニ》一。三年六月、刑部尚書李鄘《ヲ》充《ツ》二諸道《ノ》塩鉄使《ニ》一」とある。また陳寅恪『元白詩箋証稿』では、「而《ルニ》楽天賦《シタル》二此《ノ》篇《ヲ》一時、塩鉄尚書為《ハリ》二李巽《ニ》一。李巽《ハ》為《リ》二唐代《ノ》主計《ノ》賢臣《ニ》一、其名《ハ》僅《ほとンド》亜《つグ》二於劉晏《ニ》一。李巽之後《ハ》、継《グニ》以《テス》二李鄘《ヲ》一、鄘《ハ》以《テ》二当《リテ》レ官《ニ》厳重《ナルヲ》一知《ラル》レ名《ヲ》」と述べ、この二人のすぐれた人物を諷刺の対象とみることに疑問を呈し、「意《フニ》者其《レ》或《ハ》別《ニ》有《ラン》レ所レ指《ス》耶」と説く。因みに尚書省下の〝塩鉄転運使〟職責に関しては、張国剛『唐代官制』（三秦出版社、一九八七年四月）第三章、政務機関、尚書省の条を参照。

遠不知　中央（首都長安）から遠く離れているので（不正の実態を）理解していない。中国語「知 zhi」の原義は、単に「知るknow」というよりもむしろ「理解するunderstand」に近い。したがって「知人」で、その人の人格を含めた全てを理解している意となる。その外貌を他の人と区別して――識別して――見知っているだけならば、別に「識人」と表現される。また近藤春雄『白氏文集と国文学　新楽府・秦中吟の研究』（明治書院、一九九〇年一一月）では「なお、〝壻は云々〟の句から、この句までは塩商の婦の言葉である」と説く。これに対して鈴木虎雄『白楽天詩解』では「婦の答のつづき」を「答へてゐふ、わたしの夫はしほあきうどをしてゐること十五個年で……その左右の紅き頰は花のほころびかけた風情がある」までとする。

18**何況**　まして……はいうまでもない。因みに「何」は語法上、目的語（賓語）にならない点に注意。

江頭　かわ（長江）のほとり。多くの場合、南方のかわを「江」、北方のかわを「河」で表わす。「頭」は漠然とした空間を示す語。現代中国語の「……辺」に近い。「……のほとり」。

魚米賤　魚や米の値がやすい。ただでさえ富裕なのに、物価が賤《やす》い所で生活していることでより一層、豪勢な生活ができる。

「賤」の用法はおおよそ、①値段・価格がひくい（安い）、②身分・地位がひくい（卑しい）、③ひくく見なす（軽蔑する）、の三つに帰納できるが、ここでは①の意。この部分、白居易の「物以《ハテ》レ多為《キヲ》レ賤《シト》、双銭易《フ》二一束《ニ》一」（「食笋」〔0299〕）や「彼因《ハテ》レ稀《ナルニ》見《れ》レ貴《バ》、此以《ハテ》レ多為《キヲ》レ軽《シト》」（「白牡丹詩」〔0031〕）などの表現が想起される。

19 **紅鱠**（新鮮な）あかみのなます、さしみ、たたきの類。「鱠《かい》」（膾）は、魚肉や獣肉を細切りにして香辛料をかけたもの。王汝弼『白居易選集』では「細切魚肉」（細く切った魚肉）と説明する。また李希南・郭炳興『白居易詩訳釈』では「鱠魚」（ヒラという魚）と語釈を加える。いずれも異同の根拠が明示されていない。

黄橙 こがね色のだいだい（みかん科の果実）。

香稲飯 A＝「香・稲飯」と区切って、かぐわしい稲のめしとするもの、B＝「香稲・飯」と区切って、香稲という特上種のめしとするもの、という二説がある。

A説を採るもの：鈴木虎雄『白楽天詩解』、高木正一『白居易(上)』、武部利男『白楽天詩集』（六興出版、一九八一年一月、平凡社、一九八八年八月）、倉石武四郎・須田禎一『歴代詩選』（平凡社、一九六〇年九月）、石川忠久『NHK漢詩をよむ　白楽天』（日本放送出版協会、一九八九年四月）など。

B説を採るもの：前野直彬『唐代詩集（上下）』、吉川幸次郎・小川環樹『唐詩選』（筑摩書房、一九八〇年七月）、愛知大学中日大辞典編纂処『中日大辞典　増訂第二版』（大修館書店、一九八九年一一月）、『漢語大詞典（全一二巻）』（漢語大詞典出版社、一九九三年一一月）など。

A・B説いずれも、異同の根拠が明示されていないが、ただB説に引用した『漢語大詞典』第一二巻、〝香稲〟の条では、杜甫（「秋興」詩之八）と李郢（「江亭晩望」詩）の用例を挙げた後、「《直省志書・廬江県》土産、紅秈稲・白秈稲・早糯稲・晩糯稲・黒晩稲・白晩稲・香稲」と述べる。また『中日大辞典』〝香稲米〟の条では、「上等米の一種（色は淡紅を呈する）」と説く。因みに中国で出版された白居易詩注釈書の多くは、「香稲飯」「香米飯」とのみ記す。〔通釈〕ではB説を採っている。何れの説にしても、中国語の「香 xiāng」においしい、心地よい、などの語感が含まれていることは十分注意されてよい。

20 **飽食** たらふく食べて。「飽」は、もうこれ以上、食べられないほど満腹（飽和状態）の意。「食」には、①食べる（ショク・shí）、②養う（シ・sì）の両用法があるが、ここでは①の義。

濃粧 厚化粧（濃化粧）して、おしろいをこってり塗った状態で。生活労働から解放されている身の上を示す。

倚 よりかかる、もたれる、身をよせかける。「身・心」ともに満ち足りて、生理的にも心理的にもリラックスしている姿勢・姿態。埋田重夫「白居易と姿勢描写―視点の下降が意味するもの」（『中国文学研究』第二一期、早稲田大学中国文学会、一九九五年一二月）を参照。

柂楼 大型木造船の最後尾（艫《とも》）にある操舵室。眺望が利くように、二層以上の建造物になっているので「柂楼」という。「柂《た》 duò」は「柁《た》 duò」「舵《た》 duò」と音通。

21 **両朶**　二つの、両方の、左右の。「朶」は量詞。一般に量詞は、物を数える単位（名量詞）と動作や程度をはかる単位（動量詞）とに大別されるが、ここは前者の用法。孫寿瑋『唐詩字詞大辞典』（華齢出版社、一九九三年一〇月）〝朵〟の条では「①量詞、用于花和云彩。②量詞、用于像花或云彩的東西」（①量詞、花と雲に用いる。②花や雲のようなものに用いる）と説明し、②の後に白居易「塩商婦」を引用する。また王紹新「唐代詩文小説中名量詞的運用」（程湘清主編『隋唐五代漢語研究』（山東教育出版社、一九九二年三月）所収）では、〝朵〟の適用対象として「花」「雲」「烟」「山」「峰」「婦女化了粧的瞼頬」（女性の化粧を施したほお）を挙げ、同じく白居易「塩商婦」の当該句を呈示する。

紅顋　あかいほお。「紅」は若々しく血色のよいことを表わす。「紅顔」「紅脣」など。高木正一『白居易(上)』では「あごから頬にかけての部分」と述べる。

花欲綻　（まるで）花がほころびかけようとしている（美しさ）。この花について、霍松林『白居易詩訳析』（黒龍江人民出版社、一九八一年九月）、同前『白居易詩選訳』（百花文芸出版社、一九八六年二月）、許凱如『白居易詩選訳』（華聯出版社、一九七六年一〇月）などは、何れも「桃の花」とするが、根拠を明示しない。「欲」は、今まさにある状態になりつつあることを示す字、現代中国語の「将要」「快要」に等しい。「綻」は、裂ける、破れる、開く、ほころぶ、いわゆる「破綻《はたん》」の「綻」。

23 **何幸**　どうして幸いにも……なのか、どうして（幸運にも）……できたのか。因みにこの二字について、多くのテキストは「有幸」に作り（〔校語〕23、参照）、「さいわいにして」「幸運にも」「運よく」「幸運に恵まれて」などと訳出する。

24 **終朝**　一日中、まる一日、終日。現代中国語の「整天」「成天」「一天到晩」に等しい。

美飯食　豪華な食事、うまいめし。御馳走を言う。「美」（「羊」プラス「大」）の原義は、まるまると肥えふとった大きな羊のイメージ。そこから、①すばらしい、②立派な、③豪華な、④みごとな、⑤あっぱれな、⑥すぐれた、などの語義が生じる。この点で、英語のsplendidの語感により近い。いわゆる「美しい」（beautiful）は、前述の本義から派生した用法。

25 **終歳**　一年中、まる一年、終年。現代中国語の「整年」「一年到頭」に等しい。

好衣裳　いい着物、きれいな衣服。「衣」は、上半身に帯びる上《うわ》衣《ぎ》、「裳」は、下半身につけるはかま・スカートの類。因みに、「長恨歌」〔0596〕に見える「霓裳羽衣曲」とは、霓《にじ》の裳《スカート》と羽毛の衣《うわぎ》という名をもった、西域伝来の舞曲名。

26 **好衣美食**　すぐ前の「好衣裳」「美飯食」を承けた表現。雑言古体・換韻格というダイナミックな詩律構造のなかで、同一表現が畳み掛けるように詠われる。白居易諷諭詩の特色の一つ。

有来処　きちんとした出処（由来）がある。「来処」は、拠って来たるべき所。鈴木虎雄『白楽天詩解』では、「来何処、この三字を或は有来処に作る。来何処とはどこからでて来たのかと問ふ辞、その意は〝どこからでもない人民の懐からでたのではないか〟の意なり、有来処も同意なり」と説く。

27 **爾**　お前さんは。〝塩商人《あきんど》のおかみさん〟を指す。

須　ぜひとも……する必要がある。必ず……すべきだ。「須 xū」は「需 xū」に通じる。

慙愧　感謝する、ありがたく思う。唐代の俗語（白話系語彙）である。「慚」「愧」「慚愧」「慚謝」「愧謝」「愧荷」なども、全て同義。文語的用法として用いられる日本語の「ザンキ」（恥じ入る）の意味ではないことに注意。張相『詩詞曲語辞匯釈（上下冊）』（中華書局、一九七九年一〇月）では「感幸、多謝、僥倖、難得」、蔣礼鴻『敦煌変文字義通釈（第四次増訂本）』（上海古籍出版社、一九八八年九月）では「感謝」、盧潤祥『唐宋詩詞常用語詞典』（湖南出版社、一九九一年一月）では「難得、虧得、多謝」、王洪『唐宋詞百科大辞典』（学苑出版、一九九三年一月）では「難得、僥幸、感謝」、郭在貽『郭在貽敦煌学論集』（江西人民出版社、一九九三年一二月）では「慚、愧、慚愧、愧謝、愧荷這些詞在六朝和唐宋詩文小説中都有感謝之意」、蔣礼鴻『敦煌文献語言詞典』（杭州大学出版社、一九九四年九月）では「感謝」などと、ほぼ共通した解釈をとる。そうしたなかで、ただ孫寿瑋『唐詩字詞大辞典』だけは「①因有缺点或過錯而感到不安（以下、白居易塩商婦の当該二句引用）、②難得、有幸喜・僥幸的意思」と述べ、「欠点や過ちによって心苦しく感じること」という文言用法を採用する。また日本で出版された著作では、入矢義高・古賀英彦『禅語辞典』（思文閣出版、一九九一年七月）が「感嘆詞として用いられ、ありがたや、の意。唐代から元代まで一般に用いられた俗語。文語の用法ではない。〃慚〃または〃愧〃の一字だけでも〃感謝する〃意に用いる」、塩見邦彦『唐詩口語の研究』（中国書店、一九九五年一月）が「〃ありがたや〃〃かたじけない〃の意。〃愧謝〃〃慚謝〃〃愧荷〃なども。……また〃慚〃〃愧（媿）〃各一字でも多用される。尚、日常語として、円仁の『入唐求法巡礼行記』にも頻用される」と解説する。

桑弘羊　前漢の武帝に重用された経済官僚。塩や鉄の専売制度を立案し実施した人物。後年、上官桀らとともに、謀反を企てた罪により誅殺された。『漢書』巻二四下、食貨志第四下には「其明《ノクル》年、元封元年、卜式貶《サレテ》為《ル》太子太傅《たいふト》。而《シテ》桑弘羊為《リ》治粟都尉《ト》、領《シ》大農《ヲ》、尽《ことごとク》代《リテ》僅《ニ》斡《つかさどル》天下《ノ》塩鉄《ヲ》。……（中略）……弘羊自《ラ》以《テ》為《ニ》国《ノ》興《スヲ》大利《ヲ》、伐《ほこり》其《ノ》功《ニ》、欲《シ》為《ニ》子弟《ノ》得《ント》官《ヲ》、怨《ミ》望《シ》大将軍霍《かく》光《ヲ》、遂《ニ》与《ニ》上官桀等謀反《シ》、誅滅《セラル》」とある。

29 **死来**　死んで。「来」は、ある程度の時間が経過したことを示す助字で、軽くリズムを添える。

日已久　時間が大変に久しい。桑弘羊（前漢）から白居易（中唐）まで、およそ九〇〇年の歳月が経過している。「已」は、形容詞の前に来た場合は、おおむね、その状態を強調する（「甚」「太」の訓詁をもつ）。はなはだ、とても、大変に、はやくから。一方、動詞の前に来た場合は、おおむね、日本語の「スデニ」の意味となる。古典中国語の「已久矣」が、現代中国語の「太長了」にパラフレイズされる例などに留意。また平声字を三つ連ねた「桑弘羊 Sāng hōng yáng」と仄声字を三つ結んだ「日已久 rì [t] yǐjiǔ」の韻律対応にも注意したい。

30 **不独**　単に……だけを……するのではない。「不独……亦有……」と呼応した句法。

漢時　桑弘羊の献策（平準法 etc）によって、塩などの専売が本格的に行われるようになった前漢（西漢）の時代。

今　白居易らが活躍する中唐の時代。

亦　異なる主体によって同じ動作が繰り返されることを示す字。（現在でも）やはり……。

本詩終末四句に登場する桑弘羊なる人物像を、白居易が肯定・否定いずれの立場から描写しているのか、という点については、A＝桑弘羊は、塩鉄制度における傑出した人材であり、彼の功績によって国家の収入が増加し、人民の税負担が軽減した。そのような優秀な官僚は、唐の時代にもいるはずなのに、天子に見出されず任用されないでいる、とするもの、B＝桑弘羊は、塩鉄専売によって国家の財政危機を一時的に救ったが、そのために人民は塗炭の苦しみを受けた。大衆を苦しめ塩商を栄えさすこのような役人は、漢代から唐朝に到るまで絶えることなく存在している、とするもの、C＝桑弘羊は、奸商の中間搾取を廃し、国庫の収益を増大させたことでは評価できるが、国家のため皇帝のためという視野しか持ち得なかった点で、人物描写としては、やはり〝褒中に貶あり〟と考えられるとするもの、という三説がある。

A説を採るもの：霍松林『白居易詩訳析』、顧学頡・周汝昌『白居易詩選』、李希南・郭炳興『白居易詩訳釈』、龔克昌・彭重光『白居易詩文選注』、霍松林『白居易詩選訳』、梁鑑江『白居易詩選』、中国社会科学院文学研究所『唐詩選（上下冊）』など。

B説を採るもの：鈴木虎雄『白楽天詩解』、吉川幸次郎・桑原武夫『新唐詩選続篇』、前野直彬『唐代詩集（上下）』、高木正一『白居易(上)』、武部利男『白楽天詩集』、石川忠久『NHK漢詩をよむ　白楽天』、近藤春雄『白氏文集と国文学　新楽府・秦中吟の研究』など。

C説を採るもの：王汝弼『白居易選集』など。

以上、A・B・C説いずれも、異同の根拠が明示されていない。〔通釈〕ではB説を採っている。A説とB説を隔つ最大の要因は、27句目に出現する「慙愧」の解釈である。文言用法（恥じ入る）を採るものは、相対的にA説に傾き、白話用法（感謝する）を採るものは、相対的にB説に傾く。どちらに拠るかによって、いわゆる「卒章」の諷諭性は、全く異質なものとなっている。

詩語「慙愧」の解釈は、本詩における文脈（context）の論理的整合性にまで決定的な影響を与えている。〔語釈〕17、塩鉄尚書の条で言及した陳寅恪（『元白詩箋証稿』の疑義――諷論対象の特定をめぐる疑問）も、同一線上に生じた問題である、と推測される。

通釈

塩商人《あきんど》のおかみさん　不正な手段で幸福《しあわせ》を得ている人を悪《にく》む

塩あきんどのおかみさんは、お金や帛《きぬ》をどっさりもち、田畑を耕すことも蚕を飼うこともしない。南へ北へ東《ひがし》・西《にし》、家を定めることもなく、風と水とを故郷《ふるさと》にし、船を自分の住所《すみか》にしている。もとは揚州の貧しい家の娘であったが、嫁いだところが西江の大あきんどのもと。ゆたかなつやある鬢《かみ》には、金《こがね》のかんざしがいっぱいさしてあり、肉づきのよいまっしろな手首には、銀のうでわがくいこんでいる。

前には下男を大声で呼び、後ろには下女を怒鳴りつけている。ちょっとお前さん（おかみさん）にたずねてみたい、どういうわけでそんな身分になれたのですかと。亭主は塩あきんどになってから、一五年。州や県の管轄《しはい》は受けずに、天子さまのもとに属している。

毎年、塩のうりあげを政府に納める時、官家《おかみ》にはほんのちょっとだけ納め、自分のふところにはたんまり入れる。おかみの利益は薄くして、じぶんの利益は厚くする。塩・鉄専売の大臣は、遠くにいるからわからない。

まして江《かわ》のほとりでは、魚や米の値もやすい。あかみの鱠《なます》にこがね色の橙《だいだい》、そしてうまい極上米の飯《めし》。たらふく食べて厚化粧、船尾の楼《たかどの》にもたれれば、両ほおからは花がこぼれんばかり。

塩あきんどのおかみさん、どんな幸運で、塩あきんどに嫁げたのか。一日中、うまいものを食べ、一年中、きれいな着物をまとっている。きれいな着物もおいしい食べ物も、ちゃんとした出処《でどころ》がある。お前さん（おかみさん）は、あの桑羊弘に感謝する必要があろう。桑羊弘は、死んで随分と久しいが、漢の時代だけでなく今の世にもやはり居るのだ。

諸説の異同

特記事項なし。

備　考

中国の「塩制」史については、中国・日本において、おびただしい論文・研究書が出版されているが（〈語釈〉0、塩商の条を参照）、その通史的・全体的特色を俯瞰するには、『アジア歴史事典（新装復刊版全一二巻）』（平凡社、一九九二年七月）の第四巻、〝塩《しお》〟の条（佐伯富執筆）が最も便利である。そこでは、「生産」「塩の専売」「塩価・私塩」「塩商」（別に「塩商《えんしょう》」の項も設ける）「文献」などの各項目ごとに、詳細な説明・解説がなされており、中唐詩人白居易の「塩商婦」詩を理解するうえで、一定の参考資料になると思われる。以下、関連する記述に限定して、引用・紹介する。

① 中国では広大な面積の割合に、海岸線が短く、塩の生産地がかぎられていた。このような立地条件が、中国では政府が塩の専売を実施する便宜を与えた。塩の専売制度が二〇〇〇年の長きにわたって実施されたことは、世界にも類例のないことで、これは中国の地形が専売を実施するに適していたからである。かぎられた生産地の塩を販運するとき、経過する道途が長く、要所に関所を設けて検査することができる。このような事情から塩の専売が永続し、独裁政治の財政的基礎に大きな寄与をなした。唐末五代から独裁政治の傾向があらわれ、宋代にいたって一応の完成をみるが、独裁君主のよってたつところの地盤は膨大な軍隊である。多額にのぼる軍事費はこれまでの両税の収入ではとうていまかないきれないので、塩をはじめ茶・酒・礬《はん（みょうばん）》・香薬などの専売を実施し、その益金を軍費に充当した。宋代では財政の八割までが軍事費に使用されたが、塩の専売収入は宋の財政に大きな貢献をした。唐の代宗の大暦（七六六—七七九）末年には、歳入銭一二〇〇万貫（1貫は一〇〇〇文）のうち、塩利はその半ばをしめた。宋代にも塩利は財政の半ばをしめたらしく、元代には八割にもおよんだ。……塩がはじめて専売に付せられたのは、漢の武帝の元狩年間（一二二—一一七B.C.）である。武帝は外征や土木工事のため財政が窮迫し

たため塩鉄の専売を始めた。その後、塩の専売は置廃常ならなかったが、唐の中ごろ、粛宗の至徳年間（七五六—七五八）、第五琦によって塩の専売制度が施行せられ、それ以来現今まで約一三〇〇年にわたって継続実施せられている。……（以上、〝塩の専売〟の条）。

②　塩が専売に付せられると、塩価はにわかに暴騰した。唐の天宝・至徳（七四二—七五八）の間、専売実施以前には、塩価は毎斗（五斤）一〇銭であったが、実施後、乾元一年（七五八）には一一〇銭となり、貞元四年（七八八）には三一〇銭に高騰し、まもなく三七〇銭に暴騰している。塩の専売価は生産費の数十倍、ときには一〇〇倍にもなり、さらに国家が疲弊して財政的に困難になると、塩価はますますつりあげられた。ここから人民のうちには塩価の安い外民族の支配にも甘んじるという風潮が生じた。また塩価の暴騰に比例して、人民の生活は窮乏するが、一日たりとも塩を欠くことはできないから、そこに塩を専売価格より安く密売して利益をえようとする者が現われる。そのため政府では密売が行なわれると、その収入が減少するから、塩法という厳重な禁令を設けて取り締まったが、密売人は互いに徒党を組み、秘密結社を結成して塩の密売に従事した。彼らは一般に塩徒・塩賊・塩梟と称せられた。……（以上、〝塩価・私塩〟の条）。

③　唐以前においては、大体長安が政治の中心であったので、都に近い解州塩が重要視された。塩商はすでに大きな資本をもち、経済界で活躍したばかりでなく、政治界にも進出した。倚《い》頓《とん》や刁間、蜀の羅裒《らほう》は古代中国における豪商として知られているが、いずれも塩商から身を起こし、巨万の富をたくわえた。膠鬲《こうれき》は文王によって魚塩の中から挙げられ、東郭咸陽は漢の武帝により大農丞に抜擢されたが、いずれも塩商が政界へのりだした。塩商は、理財の才に長じていたばかりでなく、そのうらでは多年蓄積した財力にものをいわせたに違いない。しかし、塩商がとくに政治に大きな影響をあたえるようになったのは、宋代以後、塩の専売制が確立して以後のことに属する。……（以上、〝塩商〟の条）。

いわゆる〝安史の乱〟以後の中唐期は、従来の政治機構が破壊された結果、社会的にも軍事的にも経済的にも文学的にも、全く新しい動きが台頭してきた時代でもあった。そうした変革・変動の時代において、塩商に代表される商人勢力の増長は、国家財政のあり方とも深く関係して、極めて緊急性の高い政治課題・経済問題でもあったと判断される。その事実は、白居易とほぼ同時代を生き抜いた元稹・劉禹錫・張籍らの詩文に、商人らの豪勢奢侈な生活ぶりを諷刺する作品が等しく見出せることからも明確に証明されよう。白居易を中心とした新楽府系作品の量産は、「中唐」というダイナミックで複雑な時代の要請を受けて必然的に登場した文学現象であったと言えよう。

（埋田　重夫）

0王昭君　二首　　王昭君《わうせうくん》　二首《にしゆ》

1満面胡沙満鬢風　　面《おもて》に満《み》つる胡沙《こさ》　鬢《びん》に満《み》つる風《かぜ》

2眉銷残黛臉銷紅　　眉《まゆ》は残黛《ざんたい》を銷《け》し臉《かほ》は紅《べに》を銷《け》す

3 愁苦辛勤顦顇盡
4 如今却似畫圖中

1 漢使却迴憑寄語
2 黄金何日贖蛾眉
3 君王若問妾顏色
4 莫道不如宮裏時

愁苦《しうく》辛勤《しんきん》して顦顇《せうすい》し尽《つ》くし
如今《によこん》　却《かへ》つて画図《ぐわと》の中《うち》に似《に》たり

漢使《かんし》却《きやく》迴《くわい》するとき憑《よ》りて語《ご》を寄《よ》す
黄金《わうごん》　何《いづ》れの日か蛾眉《がび》を贖《あがな》はん
君王《くんわう》　若《も》し妾《せふ》が顔色《がんしよく》を問《と》はば
道《い》ふ莫《なか》れ　宮《きゆう》裏《り》の時《とき》に如《し》かずと

テキスト　『全』四三七-7-4858 ◆『文苑英華』二〇四 ◆『楽府詩集』二九 ◆『万首唐人絶句』一八（「其一」のみ収載）◆『和漢朗詠集』下、王昭君（「其一」のみ収載）◆『才調集』（『唐人選唐詩新編』所収、陝西人民教育出版社、一九九六年七月）五（「其二」のみ収載）◆『唐宋詩醇』二三（「其二」のみ収載）◆『那波本白氏文集』一四（陽明文庫本・四部叢刊本）◆『南宋紹興刊本白氏文集』一四 ◆『明馬元調校本白氏文集』一四 ◆『清汪立名編訂本白香山詩集』一四

＊ 本詩の篇目番号は〔0805〕〔0806〕（花房英樹『白氏文集の批判的研究』〔朋友書店、一九七四年七月〕、平岡武夫・今井清『白氏文集歌詩索引（全三冊）』下冊、篇目表〔同朋舎出版、一九八九年一〇月〕を参照）。

校語

0 **王昭君二首**　『全』『文苑英華』『南宋紹興本』『馬元調本』『汪立名本』では、この直後に「時ニ年十七ナリ」の自注を付す。

1 **鬢**　『全』では「鬢」に注して「一ニ作ルレ面ニ」と説く。

3 **勤**　『楽府詩集』では「懃」に作る。

顦顇　『楽府詩集』『万首唐人絶句』『汪立名本』では「憔悴」に作る。同義。

4 **却**　『全』では「卻」に作るが、ここでは『文苑英華』『楽府詩集』『万首唐人絶句』『和漢朗詠集』『陽明文庫本』『南宋紹興本』『馬元調本』『汪立名本』などで「却」に作るのに従う。

似　『全』では「似」に注して「一ニ作ルレ是ニ」と説く。

1 **却**　『全』では「卻」に作り『唐宋詩醇』では「却」に作るが、ここでは『文苑英華』『楽府詩集』『才調集』『陽明文庫本』『南宋紹興本』『馬元調本』『汪立名本』などで「却」に作るのに従う。

迴　『全』『万首唐人絶句』『才調集』では「回」に作り、『唐宋詩醇』では「廻」に作るが、ここでは『文苑英華』『楽府詩集』『陽明文庫本』『南宋紹興本』『馬元調本』『汪立名本』などで「迴」に作るのに従う。

詩型・韻字　七言絶句。紅《こう》・中《ちゆう》（上平声東韻〔東韻〕）、眉《び》・時《*じ》（上平声支韻〔脂之*韻〕）。風《ふう》。

語釈

0 **王昭君**　白氏の自注（『南宋紹興本』）に拠れば、貞元四年（七八八）、17歳の時の作品。科挙受験のための習作（楽府《がふ》題による練習の詩）と考えられる。因みに楽府様式が、その擬古性（伝統継承性）への徹底によって、作詩技能の客観的評価基準になりやすかった点については、松浦友久『中国詩歌原論─比較詩

学の主題に即して』(大修館書店、一九八六年四月)第四章、詩と評価、「唐代詩歌の評価基準について―〃此詩可以泣鬼神矣〃を手がかりに」を参照。王昭君は前漢元帝(在位期間、前四八～前三三)の時代の宮女。名は嬙、字《あざな》は昭君。晋の文帝・司馬昭の諱《いみな》を避けて「明君」「明妃」とも称される。匈奴の呼韓邪単于《ぜんう》に嫁した悲劇薄命の女性として有名。『漢書』(元帝紀・匈奴伝)『後漢書』(南匈奴伝)にそれぞれ記事があるが、中国文学における王昭君のイメージ――実像そのものではない――形成という点で、『琴操』と『西京雑記』の記述が特に注意される。例えば『西京雑記』(巻上)の全文には「元帝《ノ》後宮既《ニ》多《ク》、不レ得二常《ニハ》 見《ユルヲ》一。乃《チ》使《メ》三画工《ヲシテ》 図《カ》二其《ノ》形《ヲ》一、案《ジテ》レ図《ヲ》召《シテ》 幸《ス》。諸宮《ノ》人《ハ》皆賂《ス》二画工《ニ》一。多《キ》者《ハ》十万、少《ナキ》 者《モ》亦《タ》不レ減《ゼ》二五万《ヲ》一。独《リ》王嬙《ノミハ》 自《ラ》恃《ミテ》二容貌《ニ》一不レ肯《ゼ》レ与《フルヲ》。工人乃《チ》醜《ク》図《キ》レ之《ヲ》、遂《ニ》不レ得レ見《ユルコトヲ》。後匈奴入朝《シ》、求《メテ》二美人《ヲ》一為《サントス》二 閼氏《えんし》《ト》一。於《テ》レ是《ニ》上《ハ》案《ジ》レ図《ヲ》、以《テ》二昭君《ヲ》一行《カシム》。及《ンデ》レ去《ルニ》 召《シ》見《セラルルニ》、 貌《ハ》為《ス》二後宮第一《ト》一。善《ク》応対《シ》、挙止閑雅《ナリ》。帝《ハ》悔《ユルモ》レ 之《ヲ》而名籍《ハ》已《ニ》定《マル》。方《ニ》重《ンジ》二信《ヲ》於外国《ニ》一、故《ニ》不二復《タ》更《ヘ》一レ人《ヲ》。乃《チ》窮二案《シ》其事《ヲ》一、画工《ハ》皆棄市《セラル》。籍《しらブルニ》二 其家資《ヲ》一、皆巨万《ナリ》。画工有《リ》二杜陵《ノ》毛延寿一。為《ルニ》二人形《ヲ》一醜好老少必《ズ》得二其《ノ》真《ヲ》一。安陵《ノ》陳敞、新豊《ノ》劉白・龔寛《ハ》並《ビニ》 工《ミニ》 為《スモ》二牛馬飛鳥《ヲ》一、人形《ノ》好醜《ハ》不レ逮《バ》二延寿《ニ》一。下杜《ノ》陽望《モ》亦《タ》善《クス》レ画《ヲ》。尤《モ》善《シ》二布色《ニ》一。樊育《モ》亦《タ》善《クス》二布色《ヲ》一。同日《ニ》棄市《セラル》。京師《ノ》画工於《テ》レ是《ニ》殆《ンド》 稀《ナリ》」とある。王昭君伝説の変演成長と各種中国文学作品との関係については、中津浜渉「王昭君伝説と文学」(『新国語研究』第一三号、大阪府高等学校国語研究会、一九六八年五月)、黒川洋一「王昭君の伝説と文学」(『埴生野国文』二、四天王寺女子大、一九七二年一月)で詳しい報告がなされている。また特に〃王昭君変文〃についての考察としては、川口久雄「敦煌変文の素材と日本文学―王昭君変文と我が国における王昭君説話」(『金沢大学法文学部論集(文学編)』一一期、一九六四年一〇月)が参考になる。

1 **満面胡沙**　顔一面に吹きつける胡《えびす》の地の沙《すな》。「胡」は中国北方の蛮族・蛮地。文明の届かぬ無智蒙昧の地、漢族ならぬ異民族雑居の地。因みに、「砂」は、文言ではほとんど使用されない。

満鬢風　鬢いっぱいに吹きぬける北方の風。「沙」を含んだ極寒の風である。「鬢」は左右の耳ぎわに生えている髪の毛。白髪は多く、この部分から目立ってくる。第1句目「満面胡沙・満鬢風」の〃句中対〃に注意。

2 **銷残黛**　「銷」の原義は「金属をとかす」。ここでは「消」と同義。「残黛」は色あせて消えかかったまゆずみ。「残 cán」の原義は、完全なものがそこなわれ、すたれていくこと。「衰残」「敗残」(しぼみすたれる)などのように、ネガティブなイメージが中心。使用される文脈によって、「くずれさる」「かたむく」「うすれる」などの語義が生ずる。

2 **臉銷紅**　かおから紅《べに》の色が消え失せる。頬紅を言うのであろう。若さと美貌の喪失を描写する。中国では古来、「紅」「紫」などの色彩は、より多くプラス方向のイメージをもつ。内田泉之助『白氏文集』(明徳出版、一九七八年四月)では「臉、目の下・頬の上にあたる部分、顔」と述べる。

3 **愁苦辛勤**　極度にかなしみ、くるしむこと。胡地における過酷で無情な生活を詠った部分。「辛勤 xīnqín」は共通の韻母／in／と共通の声調(平声)をもつ畳韻の語。唐代音では〔siĕn giən〕。

顦顇尽　痩せ衰えてやつれ果てた貌《さま》。「尽 jìn」は動詞語尾に付いて、その動作・状態が極限状態に達していることを示す字。

4**如今**　いま、現在。「而今」と同じ。

却似　逆に、反対に（似てしまっている）。岡村繁『白氏文集』三（竹村則行執筆）明治書院、一九八八年七月）では「却、心ならずも、心理的屈折を表す当時の俗語」と述べる。

画図中　宮廷画家によって醜く描かれた王昭君の肖像画のこと。〔語釈〕0、王昭君の条に引用した『西京雑記』本文を参照。

1**漢使**　匈奴の地に来た漢（朝）の使者。「使《つか》い」という名詞用法の場合は去声（shì）。

却廻　帰還する。匈奴の地（野蛮の地）から漢（文明の地）にもどっていくこと。現代中国語で「返回去」「轉回去」と言うのに等しい。

憑寄語　「憑」は〝依頼〟すること。「寄語」は〝伝言〟すること。それぞれ現代中国語の「凭借」「請托」「伝語」「伝話」に等しい。「寄」は「托」と同義。誰かに寄託して、目の前にいない人に（何かを）おくる意。現代中国語でも「寄信 jì xìn」（手紙を出す）などと用いる。また目の前にいる人に（何か）をおくるのであれば「贈」の字が用いられる。

2**黄金**　王昭君を呼びもどすため、漢の帝《みかど》から匈奴の王に支払われる黄金（身代金）。

何日　いつ、いつになったら。疑問詞であるが、ここでは王昭君の強い願望を表わす。

贖　あがなう、身請けする。「贖身」「贖取」の意。

蛾眉　「蛾眉」で美女の意。細く長くカーブした蛾（蚕の蝶）の触角を、美人の繊細な眉に喩える。ここでは王昭君をさす。「詩経」衛風、碩人に公妃の美貌を形容して「手《ハ》如《ク》二柔荑《ノ》一、膚《ハ》如《ク》二凝脂《ノ》一、領《ハ》如《ク》二蝤蠐《ノ》一、歯《ハ》如《シ》二瓠犀《ノ》一、螓首蛾眉、巧笑倩《タリ》兮、美目盼《タリ》兮」とある。詩語としての「蛾眉」については、松浦友久「〝蛾眉〟考—詩語と歌語II」（『詩語の諸相—唐詩ノート』〈増訂版〉、研文出版、一九九五年一〇月）に詳しいが、その五九頁では「蛾の触角をどのようなものとして捉えるかは、要するに、そこに存在する①どの要素を、②どのように、認識するかということである。中国古典詩の伝統的な感覚にあっては、その細長さと屈曲を、細くなだらかに曲る美しさとして捉えるのが一般的であった。一方わが国では、その色彩や鱗粉が第一義的な印象として受けとられ、〝蛾眉〟はむろん〝蛾〟そのものが、和歌的・日本語的な美感からはほど遠いものとして、ほとんど完全に拒否されている。そこには、女性の容貌・容姿の美しさを、〝柔かき荑《かや》〟〝凝れる脂〟はもとより、〝瓠《ひさご》の犀《たね》〟〝蝤《すくも》蠐《むし》〟〝螓《せみ》〟といった、多様なイメージの、具体的事物で、形容していく中国的な感覚と、そうした具体的譬喩の場合でさえも、〝花のかんばせ月の眉〟といった、穏やかで、繊細、かつ普遍化しやすいイメージしか好まない日本的な感覚との差異が、きわめて象徴的に表われている。むろん、〝花容月貌〟や〝雪膚花貌〟の類も、古来、中国における一般的な譬喩であった。一連の差異のポイントは、①〝蛾の触角〟のような特殊な素材をも、②女性に関わる、③美的イメージとして、④普遍化するか否か、というところにあるであろう」と述べる。

3 **君王若問**　天子さまがもしお尋ねになられたならば。具体的には前漢の元帝をさす。「若」は「如」と同じく英語の if の意。

妾顔色　わたしの容色、容貌。「妾」は女性の自称（謙辞）。詩語「顔色 yánsè」の語義については、①顔の色（基本義的・文語的用法）、②色彩（派生義的・口語的用法）という二つがあるが、ここでは①の用法。この詩語のもつ複数の性格については、以下の六点が指摘できる。(1)「顔色」は中国中世文学において相対的に散文よりも韻文によって成長してきた語であるということ、(2)詩歌における「顔色」の口語的用法の最初は、現存資料の限りではほぼ六朝末期であるということ、(3)口語用法の「顔色」を比較的多く用いる詩人は盛唐では杜甫であるが、この詩語が本格的に多用されるのは中唐に入ってからであるということ、(4)唐代詩人中、群を抜いて「顔色」を多用するのは白居易であるが、彼は一定数の文言用法を保持させつつも、それ以上に口語用法を先行させてさまざまな事象の色彩を詠っている。それ故にこの詩語の完成者と判断されること、(5)唐詩で「顔色」が詠い込まれる詩型は相対的に古体詩であって、近体詩――詩に律詩・排律――でもってこの詩語を詠じようとする姿勢が弱いということ、(6)白居易によって試行され完成された口語用法の「顔色」は、文学史的にみた場合、晩唐を代表する詩人（例えば杜牧・李商隠・温庭筠 etc）には継承されず、作品の残存数も少なく後世の批評家による評価も低い多数のマイナーポエットによって個別的非集団的に受け継がれたということ。詳しくは埋田重夫「詩語〝顔色〟の形成とその展開―白居易詩にみられる口語的用法をめぐって」（『中国文学研究』第八期、早稲田大学中国文学会、一九八二年一二月）を参照。

これら確認できた(1)～(6)の事柄を合わせ考える時、白居易のこの詩語に対する愛着は非常に深いものと言わざるを得ないであろう。それは徹底した口語系語彙への執着とそうした詩語の心象拡大への情熱であったと言えるかもしれない。伝統的な詩歌の用法を継承しつつ、しかもそこに新たな変相《バリアント》を加えようとする白居易の態度は、この「顔色」という詩語においても、極めて有機的に作用していると言えよう。

4 **莫道**　「莫」は禁止を示す。英語の must not に等しい。「道 dào」は「説 shuō」の類語で、言うということ。現代中国語でも「説長道短」（口さがない）「能説会道」（口先がうまい）などと用いる。

不如　「A不如B」の構文で、AはBに及ばないということ。Aの部分にマイナス価値（現在の醜い容貌）、Bの部分にプラス価値（過去の美しい容貌）の語が入る。

宮裏時　漢の皇宮のうちにいた時（の美貌）。具体的には元帝（諱は奭）の後宮《ハーレム》をさす。中国語の「裏 lǐ」は、「……のなかに」「……のうちに」という意味。日本語の「ウラ」と語義が異なる。

通釈

王昭君二首（其の一）

顔一面に吹きつける異国の沙《すな》と鬢の毛一杯に吹きぬける風のため、黛《まゆずみ》も色あせ臉《かお》の紅《ほほべに》もいつしかすっかり消え失せました。ありあまる悲しみと苦しみのためこの身はやつれ果て、今では思いがけずも肖像画のなかのあの醜い人物そっくりになってしまいました。

王昭君二首（其の二）

漢の使者が帰国するにあたり、伝言をお頼みします。いったいいつになったら黄金で、私を買いもどしてくださるのでしょうか。天子さまがもし私の容色をお尋ねになりましたら、かつて宮中にいた時に遠く及ばぬなどとは、どうかおっしゃらないでください。

諸説の異同

特記事項なし。

備　考

王昭君伝説は、中国古典詩における主要な題材の一つとして、歴代の数多くの詩人によって詠われている。そうした客観的事実は、例えば宋代の郭茂倩によって編集された『楽府詩集』（太古から五代までの楽府詩の総集）のなかに、王昭君をテーマにした多数の作品が収録されていることからも、はっきりと理解できよう。参考までに以下、詩題・作者・作品数を示す。引用は『楽府詩集』の体裁に従う。

〔A〕「王昭君」（『楽府詩集』巻29、相和歌辞四）〔①石崇1、②鮑照1、③施榮泰1、④庾信1、⑤無名氏1、⑥崔国輔1、⑦無名氏1、⑧盧照隣1、⑨駱賓王1、⑩沈佺期1、⑪梁献1、⑫上官儀1、⑬董思恭1、⑭顧朝陽1、⑮東方虬3、⑯郭元振3、⑰劉長卿1、⑱李白2、⑲儲光羲1、⑳皎然1、㉑白居易*2、㉒令孤楚2、㉓李商隠1、以上、23人30首〕。

〔B〕「昭君詞」（『楽府詩集』巻29、相和歌辞四）〔①梁簡文帝1、②武陵王紀1、③沈約1、④張正見1、⑤王褒1、⑥庾信1、⑦何妥1、⑧薛道衡1、⑨王偃1、⑩張文琮1、⑪陳昭1、⑫戴叔倫1、⑬李端1、⑭范静婦沈氏2、以上、14人15首〕。

〔C〕「昭君怨」（『楽府詩集』巻59、琴曲歌辞三）〔①王嬙1、②王叔英妻劉氏1、③陳後主1、④白居易*1、⑤張祜2、⑥梁氏瓊1、以上、6人7首〕。

〔D〕「明妃怨」（『楽府詩集』巻59、琴曲歌辞三）〔①楊凌1、以上、1人1首〕。

王昭君の故事は、その悲劇的性格故か、実にさまざまな詩人によって詠われている。とりわけ唐代の文学者においては、格好の詩材として強く意識されたように思われる。なかでも中唐の白居易は、前述の〔A〕「王昭君二首」〔0805～0806〕、〔C〕「昭君怨一首」〔1003〕以外にも、「青塚」〔0122〕（『陽明文庫那波本』巻二、諷諭二）、「過《よぎル》昭君《ノ》村《ヲ》」〔0526〕（同巻一一、感傷三）など複数の作品を残していて注意される。制作年次という点に限って言えば、「昭君怨」「青塚」「過昭君村」などはいずれも、江州司馬の任にあった40代後半の時期に集中して作られている。これに対して「王昭君」詩は、詩人としては全く無名であった17歳の時の作であり、しかも王昭君を題材とした白詩のなかで最も有名な詩篇となっている点が興味ぶかい。後年大きく開花する詩人の才能は、早くもこの詩のうちにはっきりと現われている。

本詩の特色の第一は、七言絶句による二首連作形式という点であろう。前詩は、胡地での苦しみに満ちた生活ぶりの描写、後詩は、単于《ぜんう》（匈奴の王）の地に派遣された使者が帰国するにあたっての会話、と解釈されよう。前半・後半それぞれの詩的 situation をどのように捉えるかについては、複数の場面設定が可能であろうが、いずれにしても連作形式を採用することで、白居易は「王昭君」詩全体にある種の展開性（物語性）を与えることに成功していると考えられよう。

第二に指摘すべき特色は、詩想レベルでの斬新性（新奇性）である。王昭君の美貌を直接間接に描写する作品は数多いが、白居易はその容色が艱難辛苦の結果、すでに過去のものとして永遠に失われてしまったことを前提として詠い出す。「愁苦・辛勤・顦顇尽、如今・却似・画図中」「君王・若問・妾顔色、莫道・不如・宮裏時」なる表現は、その発想・着想の著しい屈折性ゆえに、白居易以前の文学にあってはほとんど全く試行され得なかった詠法である。王昭君の悲劇的性格は、美しい容貌の喪失——完全なる青春の喪失——によって極限にまで高められている。科挙受験をひかえた時期のいわゆる練習題であろうが、少年時代の彼の詩才を窺い知るうえで大変貴重な作品となっている。

（埋田　重夫）

0輕肥
1意氣驕滿路
2鞍馬光照塵
3借問何爲者
4人稱是內臣
5朱紱皆大夫
6紫綬或將軍
7誇赴軍中宴

軽肥《けいひ》
意気《いき》　驕《おご》りて路《みち》に満《み》ち
鞍馬《あんば》　光《ひか》りて塵《ちり》を照《て》らす
借問《しゃもん》す　何為《なんす》る者《もの》ぞと
人《ひと》は称《しょう》す　是《こ》れ内臣《ないしん》なりと
朱紱《しゅふつ》は　皆大夫《みなたいふ》
紫綬《しじゅ》は　或《あるい》は将軍《しょうぐん》
誇《ほこ》りて軍中《ぐんちゅう》の宴《えん》に赴《おもむ》き

8走馬去如雲
9罇罍溢九醞
10水陸羅八珍
11果擘洞庭橘
12鱠切天池鱗
13食飽心自若
14酒酣氣益振
15是歲江南旱
16衢州人食人

馬《うま》を走《はし》らせ　去《さ》ること雲《くも》の如《ごと》し
罇罍《そんらい》　九醞《きうをん》溢《あふ》れ
水陸《すいりく》　八珍《はっちん》を羅《つら》ぬ
果《くわ》は洞庭《どうてい》の橘《たちばな》を擘《つんざ》き
鱠《なます》は天池《てんち》の鱗《りん》を切《き》る
食《しょく》飽《あ》きて　心《こころ》自若《じじゃく》たり
酒《さけ》酣《たけなは》にして　気《き》益〻《ますます》振《ふる》ふ
是《こ》の歳《とし》　江南《かうなん》旱《ひでり》し
衢州《くしう》　人《ひと》　人《ひと》を食《くら》ふ

テキスト　『全』四二五-7-4676 ◆『才調集』一（『唐人選唐詩新編』所収、陝西人民教育出版社、一九九六年七月）◆『唐文粋』一六 ◆『唐宋詩醇』一九 ◆『唐詩別裁集』三 ◆『那波本白氏文集』二（陽明文庫本・四部叢刊本）◆『南宋紹興刊本白氏文集』二 ◆『明馬元調校本白氏文集』二 ◆『清汪立名編訂本白香山詩集』二

＊本詩の篇目番号は〔0081〕（花房英樹『白氏文集の批判的研究』〔朋友書店、一九七四年七月〕、平岡武夫・今井清『白氏文集歌詩索引（全三冊）』下冊、篇目表〔同朋舎出版、一九八九年一〇月〕を参照）。

校語

0**輕肥**　『才調集』では「江南旱」に作る。『汪立名本』では「輕肥」に注して「按　才調集作江南旱」と説く。また同じく『全』では「一作江南旱」と説く。

4**內**　『才調集』では「近」に作る。

6**或**　『才調集』『別裁』では「悉」に作る。また『全』では「或」に注して「一作悉」と説く。

7**軍中宴**　『才調集』では「中軍會」に作る。『唐文粋』では「軍中晏」に作る。『別裁』では「中軍宴」に作る。

8**去**　『才調集』『別裁』では「疾」に作る。また『全』では「去」に注して「一作疾」と説く。

9**罇**　『全』『唐宋詩醇』では「尊」に作る。『陽明文庫本』では「鐏」に作る。

12**鱠**　『全』『唐宋詩醇』『馬元調本』『汪立名本』では「膾」に作るが、ここでは『唐文粋』『別裁』『陽明文庫本』『南宋紹興本』などで「鱠」に作るのに従う。『才調集』では「繪」に作る。また朱金城『白居易集箋校（全六冊）』（上海古籍出版社、一九八八年一二月）では「城按　鱠同膾、才調作繪非」と説く。

13**心**　『唐文粋』では「色」に作る。

詩型・韻字

五言古詩。塵《ちん》・臣《しん》・*軍《ぐん》・*雲《うん》・珍《ちん》・鱗《りん》・振《しん》・人《じん》（上平声真文韻〈真*文韻〉）。

語　釈

0**軽肥**　元和五年（八一〇）、白居易39歳の時、長安で作られた「秦中吟」一〇首〔0075~0084〕中の第七番目の作品。長安地区は古代の秦国の旧地であったので、「秦中」でもって長安地方一帯をさす。序に「貞元・元和之際、予在長安。聞見之間、有足悲者。因直歌其事、命《なづケテ》為秦中吟」（『陽明文庫本』巻二、諷諭二、古調詩五言）とあり、白居易の諷諫の詠意は明白である。「軽肥」は「軽裘肥馬」（軽く暖かい高価な裘《かわごろも》と肥え太った立派な馬）の意。『論語』雍也篇に「子曰、赤之適斉乗肥馬衣《きタリ》軽裘、吾聞之也、君子周《すくヒテ》急不継富」とあり、「乗・肥馬」「衣・軽裘」（衣 yì〔去声〕は動詞用法。衣衣 yìyī で〝衣《うわぎ》を衣《き》る〟）の二語によって、高位高官とその贅沢三昧な日常生活を言う。古代中国封建社会における特権階級のいわゆる象徴《シンボル》・指標《メルクマール》。

1**意気**　中国語の「意態」「神気」の意。態度・様子、表情・顔つきなど。顧学頡・周汝昌『白居易詩選』（人民文学出版社、一九八二年二月）、梁鑑江『白居易詩選』（広東人民出版社、一九八六年九月）では「了不起」（すごい・大したものだ・かなわない）の語感を含むと指摘する。

驕満路　（宦官《かんがん》たちの）尊大傲慢の気が、通り過ぎる道路いっぱいに満ちあふれる。

2**鞍馬**　一般に「鞍馬」には、①鞍《くら》をつけた馬、②馬に鞍をつける、の二義があるが、ここでは①の用法。

光照塵　鞍をおいた馬（あるいはそれにのっている貴人）はひかり輝いて、路上に立ち上る塵をも照らす。威光の輝く貌《さま》を描写する。この部分を、鈴木虎雄『白楽天詩解』（弘文堂、一九六一年一二月）では「鞍おきたる馬の飾りはその光り飛ぶちりほこりをも照らすかと怪まる」と説き、近藤春雄『白氏文集と国文学　新楽府・秦中吟の研究』（明治書院、一九九〇年一一月）

では「きらびやかな鞍のきらきら輝いて道の塵を照らすのをいう」と述べる。また武漢大学中文系古典文学教研室選注『新選唐詩三百首』（人民文学出版社、一九八〇年七月）では「指馬鞍上的皮革和金属飾品閃閃発光」（鞍の皮革と金属の飾りがキラキラと光を発する）と説明する。「塵」は北方中国特有の「黄塵」（野にたつ塵）「紅塵」（都にたつ塵）をさす。詳しくは鈴木修次『人生有情　警策のことば』（東京書籍株式会社、一九七七年五月）〝黄塵・紅塵・香塵〟の条を参照。因みに唐の都、長安の道路事情は悪かったらしく、晴れた日には塵が風に舞い、雨・雪が降れば泥のぬかるみになったという。

3**借問**　ちょっと尋ねてみる。現代中国語の「請問」と同義。

何為者　何を（仕事に）している者なのか。現代中国語の「干什麼的」と同義。詳しくは王海棻『古漢語疑問詞語』（浙江教育出版社、一九八七年四月）を参照。また語法的に「何」が目的語（賓語）にならない点も注意。例えば「何《ニ》可《シ》ㇾ比《ス》」とは言えても「可《シ》ㇾ比《ス》ㇾ何《ニ》」とは言えないなど。

4**人称**　人々が言うには。「称chēng」（平声）は、はっきり言う意。「称chèn」（去声）ならば、〝かなう〟意。

是内臣　皇帝側近の宦官である。この「是shì」は、英語のbe動詞（……である）に相当する。「内臣」の原義は、皇帝の左右に侍る近臣（高級官僚）であるが、ここは派生義としての宦官。宦官は去勢手術（生殖器の切除）を施された男子で、禁中ふかく仕えて皇帝・后妃・宮女たちの身のまわりの世話をする臣。「寺人」「閹人」「閹宦」「宦者」「中官」「内官」「内侍」「太監」「内監」などとも称される。中国社会科学院文学研究所古代組・北京市維尼綸廠、選注小組『唐詩選注（上下冊）』（北京出版社、一九七八年九月）、竇英才・王景霓・金永徳・許龍九『唐代文学作品選』（吉林人民出版社、一九八一年一一月）では、この部分についてほぼ同じ記述をし、「這里指宦官。按唐代的官制、宦官属内侍省、因在宮廷之内伺候皇帝、故称内臣。但実際上、他們的権力遠遠超出他們本職之外、也有正式被任命為外廷職務的、有的還被授予高級武職」（ここでは宦官を指す。唐代の官制では、宦官は内侍省に属し、宮廷内にあって皇帝の世話をしたので内臣という。しかし実際は、彼らの権力ははるかにその職権の外にまで達していて、なかには正式に外廷の職務に任命されたものもいた。さらにまたあるものは高級武官の職を授けられた）と説明する。唐王朝滅亡の三大要因として、①宦官、②藩鎮、③異民族、が挙げられるが、①の実態については、三田村泰助『宦官―側近政治の構造』（中公新書、一九七八年八月）、寺尾善雄『宦官物語―男を失った男たち』（東方書店、一九八五年五月）などに詳しい。

5**朱紱**　A＝官印をつなぎとめる朱色の絹のひもとするもの、B＝朱色の衣服（緋衣）とするもの、という二説がある（詳細は〔諸説の異同〕の項参照）。〔通釈〕ではB説を採っている。

皆　ともに、いずれも、おのおのそれぞれがみな、ということ。古典中国語の「皆」は、指示する対象が二つの場合にも使える点に注意。現代日本語の「みな」が三つ以上の用法であるのと微妙に異なる。

大夫　具体的には御史大夫・諌議大夫などをさす。御史台に一人置かれる御史大夫（正三品）は、刑法によって官僚の犯罪を摘発し正す。諫議大夫は門下省に属し、皇帝の側近に侍って政策の誤まりを正し諫める職。通常は四人置かれ正四品下。これ以外にも大夫は、職官等級名や爵位名としても用いられた。隋唐代の光禄大夫・栄禄大夫は、もともと文職散官の称号で、もっぱら封贈のために使われた。詳細は牛志平・姚兆女『唐人称謂』（三秦出版社、一九八七年五月）、張国剛『唐代官制』（三秦出版社、一九八七年四月）を参照。因みに朱金城・朱易安『白居易詩集導読』（巴蜀書社、一九八八年五月）、『白居易集箋校（全六冊）』では、「通鑑胡三省注、唐中世以前、率《おほむネ》呼将師為大夫。白居易詩所謂《いはゆる》武官称大夫是也」と指摘する。

6**紫綬**　A＝官印をつなぎとめる紫色の絹のひもとするもの、B＝紫色の衣服とするもの、という二説がある（詳細は〔語釈〕5朱紱の条および〔諸説の異同〕の項参照）。〔通釈〕ではB説を採っている。

或　「或」は「有」と同じ。「……には……もいる」という感じ。

将軍　武官名。唐代の十六衛・羽林・龍武・神武・神策などの軍隊ではみな、大将軍の下に将軍を置く。春秋時代の晋国では、卿を軍将としたので将軍の称号が生じ、戦国時代に武官の名称となった。詳細は牛志平・姚兆女『唐人称謂』を参照。また田中克己『白楽天』（集英社、一九八〇年七月）では「唐代では近衛軍の将、従って宦官と関係がふかい」と説き、王汝弼『白居易選集』（上海古籍出版社、一九八〇年一〇月）では「驃騎大将軍」「輔国大将軍」などの具体名を挙げる。

誇赴　ひけらかし得意顔で参加する。「誇」は「揚威耀武」（威を揚《しめ》し武を耀《かがや》かす）。「赴 fù」は、目的をもって一定の方向に行くこと。

軍中宴　ここの「軍」は、いわゆる「禁軍」（天子直属の軍隊である近衛兵六部隊）。唐代中期（特に徳宗・憲宗の時代）において、宦官一派の勢力は拡大強化し、親衛隊六軍（左竜武軍・右竜武軍・左神武軍・右神武軍・左神策軍・右神策軍——一軍は一万二五〇〇人によって構成）の統帥権は、宦官によって独占されるようになった。ここではそれら禁軍司令官の主催する宴会を言う。「宴 yàn」は、酒宴を中心としながらもひろく快楽一般を含んだ営みのこと。

8**走馬**　宴会に参加するため車馬を駆る。宦官勢力は、欠損した肉体をもつもの同士の強固な信頼関係によって、縦横に結ばれていた。その結束力を誇るかのように、意気揚々と一般の宦官までもが、禁軍の催すさかもりの会場へと急ぐのである。

去　此地（近）——→《ゆく》彼地（遠）ならば「去 qù」、彼地（遠）——→《くる》此地（近）ならば「来 lái」が用いられる。中国語における両字の用法は、意識の中心点に近づく（来）、意識の中心点から遠ざかる（去）、という相違によって厳密に使い分けられる。従って漢語の「去 qù」は「（遠ざかって）ゆく」ということ。日本語の「さる」と微妙に異なる、詳しくは、松浦友久「〝来⇔去〟対比の基本義——辞典類の記述の適否を中心に」（『中国文学研究』第一九期、早稲田大学中国文学会、一九九三年一二月）を参照。

如雲　A＝宴会に赴く車馬が雲のように多いと解釈するもの、B＝宴会に赴く車馬が雲のように速いと解釈するもの、という二説がある。

A説を採るもの：簡野道明『白詩新釈』（明治書院、一九五六年一二月）、鈴木虎雄『白楽天詩解』、佐久節『白楽天全詩集』（日本図書センター、一九七八年七月）、田中克己『白楽天』、石川忠久『NHK漢詩をよむ　白楽天』（日本放送出版協会、一九八九年四月）、近藤春雄『白氏文集と国文学　新楽府・秦中吟の研究』、王汝弼『白居易選集』、襲克昌・彭重光『白居易詩文選注』（上海古籍出版社、一九八四年一月）、倉石武四郎・須田禎一『歴代詩選』（平凡社、一九六〇年九月）など。

B説を採るもの：武部利男『白楽天詩集』（六興出版、一九八一年一月、平凡社、一九九八年八月）、霍松林『白居易詩訳析』（黒龍江人民出版社、一九八一年九月）（平凡社、一九九八年八月）、李希南・郭炳興『白居易詩訳釈』（黒龍江人民出版社、一九八三年三月）、霍松林『白居易詩選訳』（百花文芸出版社、一九八六年二月）、許凱如『白居易詩選訳』（華聯出版社、一九七六年一〇月）など。

なお張碧波・鄒尊興『新編唐詩三百首訳釈』（黒龍江人民出版社、一九八四年四月）は「象浮雲涌出那様、形容車馬跑得快、来的多」（浮き雲が涌き出るように、車馬が速く駆け、たくさんやってくる貌《さま》を形容する）と説明し、A説B説を折衷したものとなっている。両説いずれも、異同の根拠が明示されていない。〔通釈〕ではA説を採っている。詩語としての「雲」には、①豊か、②美しい、③長い、④多い、などのプラス方向のイメージのほかに、⑤はかなく不安定なものの象徴（人寿、行旅、左遷 etc）、⑥白日（太陽→皇帝）を覆ってしまう邪悪なものの象徴（佞臣《ねいしん》、奸臣《かんしん》 etc）、といったマイナス方向のイメージをも含みもつ。

9 **罇罍**　「罇」は酒を入れる口の大きい器。かめ、さかずき、とっくりなどの類。日本語の「たる」と微妙に異なる。「罍」は酒や水を入れる口の小さい酒がめ。表面に〝雲〟や〝雷〟の文様が刻してある。

溢　いっぱいになったものが流れ出す、あふれるほどいっぱいに入っている。

九醞　A＝固有名詞としての美酒《うまざけ》と解するもの、B＝普通名詞として九度（何度も何度も）かもした美酒《うまざけ》と解するもの、という二説がある。

A説を採るもの：王汝弼『白居易選集』、顧学頡・周汝昌『白居易詩選』、蘇仲翔『元白詩選注』（中州書画社、一九八二年八月）、李希南・郭炳興『白居易詩訳釈』、朱金城・朱易安『白居易詩集導読』、朱金城『白居易集箋校（全六冊）』、中国社会科学院文学研究所『唐詩選（上下冊）』（人民文学出版社、一九七八年四月）、張燕瑾『唐詩選析』（天津人民出版社、一九八一年二月）、竇英才・王景霓・金永徳・許龍九『唐代文学作品選』など。

B説を採るもの：簡野道明『白詩新釈』、鈴木虎雄『白楽天詩解』、石川忠久『NHK漢詩をよむ　白楽天』、近藤春雄『白氏文集と国文学　新楽府・秦中吟の研究』、霍松林『白居易詩訳析』、襲克昌・彭重光『白居易詩文選注』、霍松林『白居易詩選訳』、許凱如『白居易詩選訳』など。

B説については異同の根拠が明示されていない。またA説のなかでは、朱金城『白居易集箋校（全六冊）』が最も詳細な注釈をつけて「九醞《ハ》、酒名《ナリ》。産《ス》二於宜城《ニ》一。国史補巻下、〝酒之美《うまキ》者《ハ》、宜城之九醞。〟太平寰宇記巻一四五襄州《ニ》〝宜州出《ス》二美酒《ヲ》一、今《ノ》在《ル》二宜城県《ニ》一也。俗号《シテ》二宜城《ノ》美酒《ヲ》一為《ス》二竹葉林《ト》一。〟輿地紀勝巻八二襄陽府《ニ》〝漢《ノ》宜城《ノ》故城《ナリ》、元和郡県志《ニ》云《フ》、在《リ》二今《ノ》宜城県南九里《ニ》一、本《ハ》楚《ノ》鄢県《ナリ》、其地出《ス》二美酒《ヲ》一。〟柳帝詩話巻十八《ニ》〝襄陽《ノ》宜城《ノ》東《ニ》、有《リ》二金沙泉《ニ》一、造酒甚《ダ》美《ナリ》、世《ニ》称《ス》二宜城春《ト》一、又名《ツク》二竹葉清《ト》一。張華《ノ》軽薄篇《ニ》『蒼梧《ノ》竹葉清、宜城《ノ》九醞酒』梁《ノ》簡文《ノ》烏栖曲《ニ》『宜城《ノ》醞酒今朝熟《シ》、停《メ》レ鞭《ヲ》繋《ギテ》レ馬《ヲ》暫《シ》栖宿《ス》』〟」と述べる。因みに田中克己『白楽天』では「九醞、名酒。九は多種の意」とし、張碧波・鄒尊興『新編唐詩三百首訳釈』では「九《ハ》、虚数《ニシテ》、言《フ》二其《ノ》多《キヲ》一。醞《ハ》、美酒《ナリ》」とし、A説、B説と微妙に異なった解釈（多種な美酒・多量の美酒）を示す。

10 **水陸** 水産（海産）・陸産（地産）の各種の食品。いわゆる「山珍海味」（山海の珍味）。

羅 ずらりといっぱいに並べる、列《つら》ねる。「羅」は「列」と同義。

八珍 八種類の珍味、ごちそう。鈴木虎雄『白楽天詩解』では「〝周札〟の膳夫職に見えたり。一は淳熬、陸稲の飯を塩及び膏にていためたるもの、二は淳母、黍《きび》の飯を上と同様にせしもの、三は炮豚、まる豚のフライ、四は炮牂、まるの牡羊のフライ、五は擣珍、牛羊鹿等のヒレ肉のたたき、六は漬、薄切りの牛肉の酒つけ、七は熬、香料をつけたこがし肉、八は肝膋、狗の肝をその腸の脂《アブラ》でいためたもの」と説明する。これら〝八珍〟の具体的調理法については『礼記』内則《だいそく》篇に詳しい。また顧学頡・周汝昌『白居易詩選』、梁鑑江『白居易詩選』、武漢大学中文系古典文学教研室選注『新選唐詩三百首』では〝八珍〟に諸説があることを指摘したうえで、「龍肝」「鳳髄」「鯉尾」「鴞炙」「猩唇」「豹胎」「熊掌」「酥酪蟬」を挙げる。因みに霍松林『白居易詩訳析』『白居易詩選訳』では「〝八〟是形容様数多、不一定指熊掌、鯉尾等〝八珍〟」（八は品数の多いことを形容しているのであって、必ずしも熊掌、鯉尾などの八珍を指すのではない）と述べる。

11 **果** いわゆる水果《くだもの》のこと。

擘 一つのものを手で割って二つ以上にする。中国大陸で出版された白詩注釈書・唐詩注釈書の大部分は「剖開」「分開」「掰開」「用手把東西分開」などと説明する。またこの部分を倉石武四郎・須田禎一『歴代詩選』、石川忠久『NHK漢詩をよむ白楽天』ではそれぞれ「洞庭の山からもぎたての蜜柑《みかん》」「くだものは洞庭の蜜柑をもぎとって来たものであり」と訳出し、異なった解釈を示すが、その根拠についてはいずれも明示されていない。

洞庭橘 江蘇省太湖の洞庭山に産する柑橘《みかん》。江南地方の特産。古来、宮中への献上品（貢物）の一つとして有名。宋の韓彦直『橘録』巻上〝洞庭柑〟の条には「洞庭柑《ノ》皮《ハ》細《ニシテ》而味美《よシ》……熟《スルコト》最《モ》早《シ》」とある。因みに中国社会科学院文学研究所古代組・北京市維尼綸廠、選注小組『唐詩選注（上下冊）』では「湖南洞庭湖地区或江蘇太湖地区出産的橘子、是遠道運来的新鮮水果」（湖南省の洞庭湖地域や江蘇省の太湖地域に産するみかんで、遠く運ばれてきた新鮮なくだもの）との注釈を加える。「洞庭（桔）」の詳しい考証については、呉小如『読書叢

札』「白居易詩臆札」〃軽肥〃の条（北京大学出版社、一九八七年八月）を参照。

12**鱠**　魚の生肉を包丁で細かく切り、酢などの調味料で味つけした料理。いわゆる〃うおなます〃のこと。

切　包丁で切る。動詞用法の場合は「切 qiē」（平声）。

天池　〃大海〃の意。天（造物主）が創造した池。『荘子』内篇〃逍遙〃に「北冥《ニ》有《リテ》レ魚、其《ノ》名《ヲ》為《ス》レ鯤《ト》。鯤之大《ナルコト》、不《ル》レ知《ラ》二其《ノ》幾千里《ナルカヲ》一也。化《シテ》而為《ルヤ》レ鳥《ト》、其《ノ》名《ヲ》為《ス》レ鵬《ト》。鵬之背、不《ル》レ知《ラ》二其《ノ》幾千里《ナルカヲ》一也。怒《シテ》而飛《べバ》、其《ノ》翼《ハ》若《シ》二垂天之雲《ノ》一。是《ノ》鳥也、海運《うごケバ》則《チ》将《ニ》レ徙《ラント》二於南冥《ニ》一。南冥《ト》者《ハ》天池也」とある。また王汝弼『白居易選集』では「天池、可能指的是禁苑内的池塘、也可能指大海」と述べ、宮中の庭園にある池との可能性をも指摘する。さらにまた顧学頡・周汝昌『白居易詩選』では「揚州有《リ》二天池《ニ》一（在《リ》二今《ノ》江蘇儀征県《ニ》一）……天池《ノ》鱗《トハ》当《ニ》レ謂《フ》二天池《ノ》所《ノ》レ産《スル》魚《ヲ》一」と説明する。いずれもその論拠を示さない。因みに「池」は〃丸い池〃、「塘」は〃四角い池〃。

鱗　狭義のうろこ、広義のさかな。ここでは後者の用法で、魚類全体の意。

13**食飽**　山海の珍味（御馳走）をいやというほど食べて。「飽」は、もうこれ以上、食べられないほど満腹（飽和状態）になる意。

心自若　心が泰然《ゆったり》として何の気遣いもない貌《さま》。心にとがめるものがなく、快適気楽な様子。いわゆる「順心満意」「心満意足」。ふだんからごちそうに食べ慣れている宦官を描写する。「自若」は「自如」と同義。

14**酒酣**　酒を充分に飲んで「酣」は、酒に気持ちよく酔うこと。

気益振　気炎・気勢（元気）がますます盛んになる。「気」は人の精神状態。「振 zhēn」（平声）は、盛大なる貌《さま》。「食飽心自若」「酒酣気益振」二句の互文的表現に注意。

15**是歳**　是《こ》の歳《とし》。ここの「是 shì」は、指示代詞。具体的には憲宗の元和三年（八〇八）冬から元和四年（八〇九）春にかけての時期を意識している。朱金城『白居易集箋校（全六冊）』では「城按《ズルニ》、此《レ》当《ニ》下指《シテ》二元和三、四年間《ノ》江南之旱《ヲ》一而言《フ》上。旧書巻十四《ノ》憲宗紀《ニ》〃（元和三年）、是歳《ノ》淮南、江南、江西、湖南、山南東道《ニ》旱《アリ》〃」と述べる。『資治通鑑』巻二三七、唐紀五三、憲宗元和四年の条にも「南方《ニ》旱饑《アリ》」とある。

江南　長江（大江）以南の地域。太湖周辺の地域を含む。

旱　雨が長く降らず大地が乾ききること。いわゆる〃ひでり〃の災害。多くの場合、飢饉を招く。

16**衢州**　現在の浙江省西部、衢県一体の地方を言う。王汝弼『白居易選集』、龔克昌・彭重光『白居易詩文選注』では浙江省衢県の「龍游・常山・江山・開化」一体の地域とする。また鈴木虎雄『白楽天詩解』、近藤春雄『白氏文集と国文学　新楽府・秦中吟の研究』等では「福建省にある地名」と説くが、採らない。

人食人　江南地方を襲った大旱魃によって大規模な飢饉が発生して、人が人の肉を食べて生命《いのち》をつなぐ極限状況を描く。白居易の流浪窮乏の青年時代の体験が生きていよう。本詩終末の一句は、詩人による誇張ではなく、衆人公認の厳然たる事実であったと考えられる。宦官たちの豪勢な宴会風景を詠った後、一般大衆の悲惨な境遇を提示することで、諷諭詩としての表現機能を十二分に発揮している。またいわゆるCannibalismについては、桑原隲蔵「支那人間に於ける食人間の風習」(『桑原隲蔵全集』第二巻、東洋文明史論叢、岩波書店、一九六八年三月)、中野美代子『カニバリズム(人間嗜食)論』(潮出版社、一九七五年一月)を参照。

通釈

軽肥《ぜいたく》(軽い衣《うわぎ》と肥えた馬)

意気揚々として、傲慢の気は路《みち》いっぱいに満ちあふれ、鞍をつけた馬はひかり輝いて、たちのぼる塵に照らしだされる。そこでちょっとお尋ねするが、あれはいったい何者なのか。人々が答えて言うには、皇帝側近の宦官さまとのこと。

朱《あか》い衣服を身につけているのは、いずれもみな大夫さま。紫の衣服を着たものには、将軍さまもいらっしゃる。得意顔で、近衛の禁軍主催の宴会《うたげ》に参加し、馬を走らせて、叢雲《むらくも》のようにわんさと出かけていく。

各種の酒器には、最高級の九醞《さけ》があふれ、水産やら陸産やら、ごちそうがずらりといっぱいに並ぶ。果物は、洞庭の橘《みかん》を割り分けたものであり、鱠《なます》は、大海の魚を細かく切ったものである。

山海の珍味をいやというほど食べ、心はゆったりとしてのんきなもの。美酒《うまざけ》をたらふく飲んで、気炎はますますあがるばかり。だがほかでもないこの年、江南地方では大旱魃《かんばつ》が続き、衢州《くしゅう》では、人が人を食っている。

諸説の異同

異同の所在　I

「朱紱」と「紫綬」の解釈

異同の類別

A　官印をつなぎとめる朱色・紫色の絹のひも(帯)とするもの。

B　朱色・紫色の衣服とするもの。

A説を採るもの:佐久節『白楽天全詩集』、簡野道明『白詩新釈』、内田泉之助『白氏文集』、田中克己『白楽天』、石川忠久『NHK漢詩を読む　白楽天』、近藤春雄『白氏文集と国文学　新楽府・秦中吟の研究』、霍松林『白居易詩訳析』、顧学頡・周汝昌『白居易詩選』、蘇仲翔『元白詩選注』、李希南・郭炳興『白居易詩訳釈』、霍松林『白居易詩選訳』、梁鑑江『白居易詩選』、許凱如『白居易詩選訳』、中国社会科学院文学研究所『唐詩選(上下冊)』、中国社会科学院文学研究所古代組・北京市維尼綸廠、選注小組『唐詩選注(上下冊)』、武漢大学中文系古典文学教研室選注『新選唐詩三百首』、張燕瑾『唐詩選析』、呉熊和・蔡義江・陸堅『唐宋詩詞探勝』(浙江人民出版社、一九八一年九月)、竇英才・王景霓・金永徳・許龍九『唐代文学作品選』、張碧波・鄒尊興『新編唐詩三百首訳釈』など。

B説を採るもの:王汝弼『白居易選集』、龔克昌・彭重光『白居易詩文選注』、朱金城『白居易研究』(陝西人民出版社、一九八七年四月)、朱金城・朱易安『白居易詩集導読』、朱金城『白居易集箋校(全六冊)』など。

異同の論拠

A説(「朱紱」「紫綬」とは、官印をつなぎとめる朱色・紫色の絹のひも〔帯〕であると解釈する説)

(1)　朱紱、朱色の印綬、金印をさげるひも。「紱」は別に「韍」と同じく見、祭服で革製の前垂れとする説*もあるが、ここは次句の「紫綬」に対し、印綬と解する。

（以上、内田泉之助『白氏文集』）

＊鈴木虎雄『白楽天詩解』には「紱は革にてつくりたる前垂れなり。むらさきのひも、綬は印のひも、金印を結ぶもの」とある。

(2)「紱、綬都是官僚系印（当時印是佩帯的）或佩玉的絲織縄帯、顔色因官級而不同。朱紱、紫綬、都是高級官才能用的、参看《唐書・輿服志》『親王纁朱《はくんしゅノ》綬、四彩《ナリ》……一品緑紱《ハノ》綬、四彩《ナリ》……二品、三品《ハ》、紫綬《ノ》、三彩《ナリ》』自四品以次則用青綬、黒綬」（紱・綬はいずれも印（当時の印は身におびるものであった）や佩玉をむすぶための絹織りのなわおびで、色が官階によって異なった。朱紱・紫綬はともに高級官僚だけが使用できるものであった。……四品より下は青綬、黒綬を用いた）。

（以上、顧学頡・周汝昌『白居易詩選』）

(3)「紱和綬都是古代官員繫印的絲帯。顔色因官階不同而有別。《詩・曹風・候人》伝《ニ》〝大夫以上、赤紱《ニシテ》乗《ル》軒《ニ》。〟《史記・范雎蔡沢列伝》〝懐《キ》黄金之印《ヲ》、結《ブ》紫綬《ヲ》於要《こしニ》（腰）〟」（紱と綬はいずれも古代の官僚が印をむすぶ絹製の帯のこと。色は官位の違いによって区別がある）。

（以上、梁鑑江『白居易詩選』）

(4)「〝朱紱〟、〝紫綬〟、古代系印紐或佩玉的絲織縄帯、官階高的用紅色或紫色。《文選》曹植《求《ムル》自《みづから》試《ミラレンコトヲ》表》〝俯《シテハ》愧《ヅ》朱紱〟、李善注〝、《礼記》曰《ハク》、諸侯佩《ビ》山玄《ノ》玉《ヲ》而朱組《ノ》綬《アリ》。《倉頡篇》曰《ハク》、紱《トハ》、綬也〟」（朱紱・紫綬は、古代において印のつまみや佩玉をむすぶための絹織りのなわおびで、官位の高いものは紅《あか》い色や紫の色を用いる）。

（以上、中国社会科学院文学研究所『唐詩選（上下冊）』）

(5)「紱、綬、唐代官僚系印或佩玉的絲織縄帯、朱紱、朱紅色的絲縄。紫綬、紫色絲縄。唐制、官級九品。二品、三品佩紫綬（服色同）、四品、五品衣緋（朱紅）。朱、紫、都是高級官吏用的顔色」（紱・綬は、唐代の官僚が印や佩玉をむすぶための絹織りのなわおびのこと。朱紱とは、あかい絹のひも。紫綬は、紫色の絹のひも。唐の制度では官階は九品あった。二品、三品のものは紫綬（服の色も同じ）をおび、四品、五品のものは緋（朱のようなあか）をきる。朱や紫はいずれも高級官僚が用いる色彩）。

（以上、張碧波・鄒尊興『新編唐詩三百首訳釈』）

結論：複数の用例から考えても「朱紱」「紫綬」とは、官印をつなぎとめる朱色・紫色の絹ひも（帯）であると判断される。

（以上、前述諸書のまとめ）

B説（「朱紱」「紫綬」とは、高位高官が着用する朱色・紫色の衣服であると解釈する説）

(1) 城按《ズルニ》、唐人《ノ》詩文中多《ク》称《シテ》「朱衣」「紫衣《ヲ》」為《ス》「朱紱」「紫綬《ト》」。白氏《ノ》初《メテ》著《テ》緋《ヲ》戯《レニ》贈《ル》元九《ニ》詩《ニ》〔1237〕、「晩遇《ハ》縁《リ》才拙《ノキニ》、先衰《ハ》被《よル》病牽《カルルニ》。那《ゾ》知《ラン》垂《ルルノ》白日《ヲ》、始《メテ》是著《レルノ》緋《ヲ》年。身外《ノ》名《ハ》徒爾《ニシテ》、人間《じんかんノ》事《ハ》偶然《ナリ》。我《ハ》朱《ニシテ》君《ハ》紫綬《ナリ》、猶《ホ》未《ダ》得差《ならブルヲ》肩《ヲ》」。初《メテ》除《セラレ》尚書郎《ニ》脱《グ》刺史《ノ》緋《ヲ》詩《ニ》〔1175〕、「便《チ》留《メテ》朱紱《ヲ》還《リ》鈴閣《ニ》、却《リテ》著《テ》青袍《ヲ》侍《ス》玉除《ニ》」。早春西湖《ニ》閑遊《シ》悵然《トシテ》興《シ》懐《ヲ》憶《フ》与《と》微之同《ジク》賞《セシコトヲ》。因《リテ》思《フ》在《リテ》越《ニ》官重《ク》事殷《しげク》鏡湖之遊或《ハ》恐《ル》未《ダ》暇《アラ》。偶〻成《シテ》十八韻《ヲ》寄《ス》微之《ニ》詩《ニ》〔2326〕、「貴《ニシテ》垂《レ》長《キ》紫綬《ヲ》、栄《ニシテ》駕《スト》大《ナル》朱輪《ニ》」。

(2) 李商隠《ノ》祭《ル》外舅《ノ》贈《ラルル》司徒《ヲ》公《ヲ》文《ニ》（樊南文集補編　巻一二）、「旋《つイデ》依《キ》朱紱《ヲ》、入《リテ》謁《スト》皇闈《ニ》」。

(3) 岑仲勉《ノ》玉渓生年譜会箋平質釈《ニ》云《ク》、「唐文《ノ》『銀章朱紱』《ハ》即《チ》『賜緋魚袋』之典語《ナリ》、此《レ》謂《ヒテ》賜《ヒシヲ》緋《ヲ》後《ニ》入《ルヲ》朝《ニ》、非《ザル》言《フニ》充《ツルヲ》京職《ニ》也《ト》」。

(4) 杜荀鶴《ノ》再経《ル》胡城県《ヲ》詩《ニ》、「今来《いま》県宰加《フ》朱紱《ヲ》、便《チ》是《レ》蒼生《ノ》血染《メ》成《セリト》」。

(5) 均《シク》為《リ》有力之証、今人《ノ》所《ハ》注《スル》唐詩及《ビ》白詩選本《ヲ》、多《ク》誤《チテ》釈《キテ》為《ス》繫印之綬《ト》、蓋《シ》未《ダ》熟《セ》諳唐人《ノ》詩文中之習語《ニ》也。

（以上、朱金城『白居易集箋校〔全六冊〕』）

＊ 朱金城『白居易研究』、朱金城・朱易安『白居易詩集導読』もほぼ同じ文献資料（用例）に拠ってB説を支持する。また王汝弼『白居易選集』〝紫綬句〟の条では「綬有時指印繫、然此処紫綬亦謂紫衣、為三品官僚的朝服。所以白氏《王夫子》〔0581〕詩半開玩笑地説『紫綬朱紱青布衫《ト》、顔色《いろ》不《ル》同《ジカラ》而已《のみ》矣』此詩所謂『朱紱』和『紫綬』、其義亦同」（綬は時として印をむすぶものを指すこともあるが、しかしここの紫綬もまた紫衣のことをいう、三品の官僚の朝服である。だから白氏の〝王夫子〟の詩ではなかば冗談めいて次のように言っている。……この詩のいわゆる〝朱紱〟と〝紫綬〟とはその意味も同じである）と述べ、朱金城所引の白詩用例と異なる点で注目される。

結論：複数の用例から考えても「朱紱」「紫綬」とは、高位高官が着用する朱色・紫色の衣服であると判断される。

（以上、前述諸書のまとめ）

備考

「軽肥」詩の構成は、前半部（1句〜14句）と後半部（15句16句）とにはっきりと二分される。前半では、軍権・政権をも支配する宦官勢力の驕慢ぶりを描写し、彼らの権勢を最もよく象徴する空間として、「山珍海味」「美酒鮮果」にあふれたパーティ会場を登場させる。「罇罍・溢九醞↕水陸・羅八珍」「果擘・洞庭橘↕鱠切・天池鱗」の対句によって提示される豪華な食卓風景は、白居易の詩人としての力量（描写力）を雄弁に物語っている。14句にわたって克明に点綴されてきたそれら傲慢奢侈なイメージは、終末二句に示された衝撃的な事実（飢餓によるカニバリズム）をいっそう際立たせるうえで、極めて効果的である。まさしく『唐宋詩醇』が「結句斗絶《ニシテ》有《リ》一落千丈之勢《ノ》」と評する所以《ゆえん》であり、また白氏が「首句標《シ》其目《ヲ》、卒章顕《ス》其志《ヲ》」（「新楽府序」〔0124〕）と述べる諷諭詩の正統的技法にほかならない。「軽肥」詩の構成・内容は、同じ「秦中吟・其九」に収められている。「歌舞」〔0083〕（『陽明文庫那波本』巻二）に酷似していることも、十分注意されてよいであろう。参考までにその全詩を引用する。

歌舞

秦中歳云《ニ》暮《レ》　大雪満《ツ》皇州《ニ》
雪中退《ク》朝《ヨリ》者　朱紫尽《ク》公侯
貴《ハ》有《リ》風雲《ノ》興　富《ハ》無《シ》飢寒《ノ》憂
所《ハ》営《ム》唯《ダ》第宅　所《ハ》務《ムル》在《リ》追遊《ニ》
朱輪車馬《ノ》客　紅燭歌舞《ノ》楼
歓酣《ニシテ》促《シ》密坐《ヲ》　酔暖《ニシテ》脱《ス》重裘《ヲ》
秋官為《リ》主人　庭尉居《ル》上頭《ニ》
日中《ヨリ》一《タビ》為《セバ》楽《シミヲ》　夜半《マデ》不能《ハ》休《ム》

豈ニ知ランヤ閿《ぶん》郷ノ獄　中ニ有ルヲ二凍死ノ囚一

批判対象となる者（宦官と司法官）、詠われる季節（春と冬）、悲惨な境遇にある人（衢州の民衆と閿郷の囚人）はそれぞれに異なるが、一首全体にわたって展開される「プロット」（筋立て）は、「軽肥」詩のそれと驚くほど似ていることが理解されよう。もしかりに、「説理」と「抒情」の交錯する表現磁場にこそ白居易詩の真髄があるとするならば、公的理によって社会悪を糾弾する諷諭詩と、私的理によって自身の哲学観を開陳する閑適詩とは、確かにそれぞれの分野において矛盾対立することなく、白氏の文学の核心に触れていると判断されよう。

（埋田　重夫）

0舟中讀元九詩　舟中《しゅうちゅう》にて元九《げんきゅう》の詩《し》を読《よ》む

1把君詩卷燈前讀　君《きみ》が詩巻《しかん》を把《と》りて灯前《とうぜん》に読《よ》む

2詩盡燈殘天未明　詩《し》尽《つ》き灯残《とうざん》して天《てん》未《いま》だ明《あ》けず

3眼痛滅燈猶闇坐　眼《め》痛《いた》み灯《とう》を滅《めっ》して猶《な》ほ闇坐《あんざ》すれば

4逆風吹浪打船聲　逆風《ぎゃくふう》　浪《なみ》を吹《ふ》いて船《ふね》を打《う》つ声《こゑ》

テキスト　『全』四三八-7-4873◆『万首唐人絶句』一八◆『唐宋詩醇』二三◆『那波本白氏文集』一五（陽明文庫本・四部叢刊本）◆『南宋紹興刊本白氏文集』一五◆『明馬元調校本白氏文集』一五◆『清汪立名編訂本白香山詩集』一五

＊本詩の篇目番号は〔0883〕（花房英樹『白氏文集の批判的研究』（朋友書店、一九七四年七月）、平岡武夫・今井清『白氏文集歌詩索引（全三冊）』下冊、篇目表（同朋舎出版、一九八九年一〇月）を参照）。

校語

3**闇**『唐宋詩醇』『汪立名本』では「暗」に作る。同義。

4**船**『南宋紹興本』では「舩」に作る。同義。

詩型・韻字

七言絶句。明《めい》・＊聲《せい》（下平声庚韻〔庚清韻＊〕）。

語釈

0**舟中**　元和一〇年（八一五）六月三日の未明におきた宰相武元衡の暗殺事件は、白居易の人生を大きく狂わす結果となった。当時、「左賛善大夫」（太子の教育係）であった白居易は、「藩鎮」（地方軍閥）がさしむけた刺客の速やかなる逮捕処罰を求める上奏文を、その日の午前中に提出した。この越権行為は、ありあまる正義心から出たものであったが、「秦中吟」「新楽府」など一連の諷諭詩を苦々しく思っていた一派は、彼の先走りを主な口実にして、長安から遠く離れた江州の司馬（名目だけの閑職）に左遷した。白居易44歳の秋のことである。この点については、平岡武夫『白居易』宰相武元衡暗殺事件（左賛善大夫・武元衡暗殺事件・白居易の上書）（筑摩書房、一九七七年一二月）に大変詳細な説明があるので、参照されたい。

「舟中」とは（長安）──→（襄陽）──→（漢江）──→（江州）へと下っていく旅の途中に乗った舟をさす。花房英樹『白氏文集の批判的研究』綜合作品表、朱金城『白居易集箋校（全六冊）』（上海古籍出版社、一九八八年一二月）は、ともに元和一〇年（八一五）、44歳、長安より江州への途中の作とする。

読元九詩　元九とは白居易前半生の親友、元稹のこと。「九」は排行。一族の兄弟・従兄弟など同性の同世代の人間を、年齢の順に並べた番号（例えば元大・元二・元三・元四……など）。元稹は元氏のなかで九番目に誕生した男子であった。古代中国における士人社会では、両親から授かった本名（諱《いみな》）は、その名が示すごとく神聖不可侵なものとして尊重され、通常の社交にあっては、「排行」「字《あざな》」「官職名」が多く用いられた。白居易が江州潯陽へ出発したのは、元和一〇年（八一五）の八月であるが、この時元稹は、四川の通州司馬に貶謫されており、任地で健康を害していた。かつて元稹が江陵（士曹参軍）へ左遷された時に通った路を、今度は白居易自身が歩まねばならなかったのである。因みに白居易の排行は二十二。

1**把**　手に取る、手に持つ、という動詞用法。現代中国語で「拿着」と言うのに等しい。

君詩巻　元稹の詩集、詩稿。自作の詩文を集めたいわゆる〝巻子《かんす》本《ぼん》〟。本格的な木版印刷技術がまだ発達していない唐代は、〝筆写本〟（manuscript）の時代であった。元稹は元和一〇年（八一五）、江陵から長安に召還され、在京数カ月にして再度、通州の司馬へと貶謫された。ここに述べる「詩巻」は、通州出立にあたって、元稹が白居易に与えた自撰詩集のこと。白居易はその詩稿を携えて、江州へと旅立ったのである。「与《フルノ》元九《ニ》書《ふみ》」（1486）（『那波本白氏文集』巻二八）の記述に拠れば、「新旧文二十六軸」によって構成される詩巻であったことがわかる。

灯前読　左遷貶謫という元稹と全く同じ境遇になって、白居易は一種特別な感慨をもって、ほのかな灯りのもとで友人の詩集を熟読しているのであろう。前引の「与《フルノ》元九《ニ》書《ふみ》」には「開《ケバ》巻《ヲ》得《タリ》意《ヲ》、忽如《チシ》会面《スルガ》」と述べられている。

2**詩尽**　二十六軸からなる元稹の詩集を、余すところなく全て読了したことを言う。「尽 jìn」は、水が吸い尽くされるようになくなる感じ。元稹にとって白居易は、また白居易にとって元稹は、それぞれの文学に対する唯一最大の理解者であった。いわゆる〝元白〟の友情関係は、単なる「詩敵」などの表現では説明のつかない強力な精神的一体性によって結ばれていたようである。因みに、中国文学におけるいわゆる〝恋愛詩〟の乏しさと〝友情詩〟の多さについては、松浦友久『中国詩歌原論―比較詩学の主題に即して』第二章「詩と性愛」（大修館書店、一九八六年四月）に詳しい考察がある。

灯残　灯《ともしび》の光りがうすれていく。「残月」（光の輝きが次第にうすれていく月）と同じ用法。中国語「残 cán」の原義は、「完全なものがそこなわれる、くずれさる、しぼみすたれる」ということ。日本語の「残る」とは、語義がかなり異なる。「衰残」「敗残」などの漢語は、そうした感覚を最もよく表わす。

天未明　空はまだ明けやらない。「未」は、「現在までの事態として……でない」という意味。ここの「天」は、具体的には西方の天空をさす。

眼痛滅灯　眼に痛みを覚えて灯りを消す。「灯前」「灯残」「滅灯」と同一字が三度詠われている。刻一刻と変化する「灯」の描写によって、親友の詩集を読みふける白居易の姿と久しい時間の経過が、鮮明に意識される。この部分について李希南・郭炳興『白居易詩訳釈』（黒龍江人民出版社、一九八三年三月）は「詩的前三句圍繞〝灯〟字写詩人読元詩的行動過程、先是灯前把巻細読、再是将詩巻読完灯将滅、最後是眼読痛灯已滅」と説明する。また本句に言う「眼痛」は、単なる眼精疲労をさすのではなく、白居易の慢性的持病であった眼病をも意識して使われていよう。彼の眼病については、ⓐ近視・乱視・遠視などの視力障害（いわゆる飛蚊症・眼花・花生眼etc）であったこと、ⓑ具体的症状の自覚は、既に20代後半から30代前半にかけて始まり、この病症は74歳の最晩年までほぼ一貫して続いたということ、ⓒ病因は「与《フルノ》二元九ニ一書《ふみ》」に述べられるごとく、科挙及第のための過度な受験勉強にあったと考えられること、ⓓ視力障害は、彼の一生を通して、頭風（頭痛）を誘発させる主要因ともなったこと、の四点にほぼ整理できるようである。白居易と眼病との関係については、埋田重夫「白居易における眼疾の意義—視力障害が詩人にもたらしたもの」（『中国文学研究』第二三期、早稲田大学中国文学研究会、一九九七年十二月）に詳しい。参考までに白居易詠病詩全般にわたる論点を五つだけあげる。①題材詩としての詠病詩が、詩人個人にあって本格的に多作され始めるのは、いわゆる中唐以後であり、漢魏六朝・隋・初唐・盛唐の各時代では、それほど量産されるものではなかったということ、②唐代詩人中、詠病詩を最も多く創作したのは白居易であり、それら作品群は、後代の『詠物詩選集』の編者たちにとっても、ほとんど無視できないほどの量的質的意味をもっていたということ、③白居易個人における疾病は多種多様であるが、そのなかでも慢性（持続性）の眼病、急性（突発性）の風痺——痛風のこと——は、彼の人生観・死生観・健康観・疾病観に大きな影響を与えたと考えられる。病期という点で言えば、服喪期（40歳〜43歳）、外任期（44歳〜55歳）、退居期（62歳以降）の三つの時期が特に注意されるということ、④白居易がこれだけ多数の詠病詩を制作した要因は、彼自身病弱であったという事実のほかに、その文学に顕著な生活日誌的性格を指摘しなければならない。つまり白居易文学に強く認められる「詩作の日常化」「日常性の詩化」という要素は、我々の日常生活とやはり不可分な疾病という題材に対して、極めて有機的に作用していると判断されること、⑤白居易詩の大きな特色の一つである説理・談理という傾向は、その詠病詩の分野において、一層色濃く反映されている。それら説理系詠病詩では、疾病という負的環境でいかにして精神の安定・充足をはかるかとの問題がしばしば議論されるが、そうした「理」の開陳は、結果として白居易に、強力な精神的肉体的復原力を与えていると考えられること。

猶闇坐　それでもなお依然として暗闇のなかに坐っている。灯りを消してもそのまま寝つかず、船中の闇のなかにじっと坐している姿に、遠く元稹を思う白居易の心情が強くにじみでている。「猶」は現代中国語「還」（それでも・やはり・なお・まだ）と同じ。白居易と姿勢描写との関係については、埋田重夫「白居易と姿勢描写—視点の下降が意味するもの」（『中国文学研究』第二一期、早稲田大学中国文学会、一九九五年一二月）

で詳細に考察したことがある。そこで確認できた事実を五点だけ紹介したいと思う。①白居易が身体の構えに敏感な詩人であった事実は、ⓐ唐詩アンソロジーに収められる名作四首（「新豊折臂翁」〔0133〕「長恨歌」〔0596〕「琵琶引」〔0603〕「香鑪峯下、新卜山居、草堂初成、偶題東壁五首、其四」〔0978〕）の用例、ⓑ『白氏文集』に多量かつ多様に残されている姿勢表現（立・倚・坐・臥……etc）の分析、の二点からも明確に証明される点、②他者の姿勢は、唐代社会のあらゆる階層の人々に及んでいるが、とりわけ老人・女性・子供のリアルな描写が注目される。彼らの一つ一つの個性的な姿勢描写は、白氏的な詩情を根底から支えているものの、その大多数は、部分的個別的素材としての用法に留まっている点、③素材として取り上げられる白居易自身の姿勢描写は、ⓐ単一の姿勢、ⓑ対句・当句対を用いた二種類の姿勢、ⓒ三種類以上に集積された複数の姿勢、にほぼ分類できるが、それら大部分は、単に「身体の構え」に留まらず、いわば「精神の構え」としても詠われており、一首全体の心象構造や詩想構造に深刻な影響を与えている点、④白居易自らの姿勢を題材として詠う作品は、合計七三首に達する――そのうち洛陽で作られた作品は四一首もの多きを占める――が、そこでは白氏独自の閑適時空に関連させて、「身・心」をリラックスさせるあらゆる「坐・臥」姿勢が徹底的に描写されている点、⑤そしてこの「坐・臥」空間は、大きく分けてⓐ「内省洞察」の場、ⓑ「養病蘇生」の場、ⓒ「身心融合」（「忘我自適」）の場、という三つのスタイルで詠出・表現されることが多く、白居易の「閑・適」的詩想を表明する最も中心的な磁場となっている点。

4 **逆風吹浪** 「逆」の原義は、「こばむ」「しりぞける」「さからう」。その逆ならば、「順」の字が用いられる。船にさからうようにしてふく風。その向かい風が長江の波をふきあげる。

打船声 船べりに激しく打ちつける音。「声」は現代中国語の「声音《おと》」（shēngyīn）。中国語では聴覚に響くものはすべて「声《おと》」であり「音《おと》」である。「声《こえ》」と「音《おと》」を厳密に区別して用いる日本語の感覚と微妙に異なる。またこの部分を、太田次男『白楽天』（集英社、一九八三年一月）、山岸徳平『唐詩評解』（有精堂出版、一九五二年六月）はそれぞれ「船を打つ声《おと》す」「船を打つの声《こえ》あり」と動詞化して訓読している。因みに本詩第4句目「逆風・吹浪・打船声」は、中国語のいわゆる兼語式的表現となっていることも注意される。

通釈

舟の中で元九の詩を読む

君の詩集を手にとって灯《あか》りの前で読みかえす。詩を読みつくすと灯《ひ》もうすれたがよるの空はまだ明けやらない。眼が痛むので灯《ともしび》をけしそのまま暗闇に坐っていると、向かい風が浪《なみ》を吹きあげて船べりをはげしくたたく声《おと》がする。

諸説の異同

特記事項なし。

備考

本詩が作られたちょうどその頃、元稹は左遷地の通州で極度の重病（伝染病）のため生死の境にあった。卞孝萱《べんこうけん》『元稹年譜』（斉魯書社、一九八〇年六月）に拠れば、元和一〇年（八一五）、元稹37

歳、八月のことである。病臥のなか、彼は白居易貶謫の知らせを聞いてすぐさま七言絶句一首を詠んだ。「残灯無《クシテ》レ焔《ほのほ》影幢幢《とうとうタリ》、此夕《ノ》聞《ク》三君《ガ》謫《セラレシヲ》二九江《ニ》一。垂死病中驚《キテ》坐起《スレバ》、暗風吹《キテ》レ雨《ヲ》入《ル》二寒窓《ニ》一」（「聞三楽天《ノ》左三降《セラレシヲ》江州司馬《ニ》二」、『全』四一五）。まだ白居易の詩を眼にしていない段階でありながら、両詩の詠じる風景・情感は驚くほど似ている。中国の士人社会で重視された〝友情〟〝友愛〟のなかで、特に元白のそれが特筆される所以である。『唐宋詩醇』（巻二三）の評語が「同調」と結論づける理由もまさしくここにある。白居易からようやく届いた詩を読んだ後、元稹は再び親友の身の上を案じて詠う。「知《ル》君《ガ》暗《ニ》泊《マリ》二西江岸《ニ》一、読《ミテ》二我閒詩《ヲ》一欲《スルヲ》レ到《ラント》レ明《ニ》。今夜通州還《タ》不レ睡《ラ》、満山風雨杜鵑《とけんノ》声」（「酬《ユ》三楽天舟《ニテ》泊《マリ》夜読《ムニ》二微之《ノ》詩《ヲ》一」、『全』四一五）。三首に共通して詠出される「風」（「逆風」「暗風」「風雨」）は、元和一〇年における元白両人の政治的・社会的境遇、心理的・生理的状況を最も雄弁に物語るものとして留意されねばならない。

（埋田　重夫）

0 商山路有感　　商山《しやうざん》の路《みち》にて感《かん》有《あ》り
1 萬里路長在　　万里《ばんり》　路《みち》長《とこ》しへに在《あ》り
2 六年身始歸　　六年《ろくねん》　身《み》始《はじ》めて帰《かへ》る
3 所經多舊館　　経《ふ》る所《ところ》　旧館《きうくわん》　多《おほ》きも
4 太半主人非　　太半《たいはん》　主人《しゆじん》は非《ひ》なり

テキスト　『全』四四一-7-4926～4927　◆『古文真宝前集』一八（陽明文庫本・四部叢刊本）◆『南宋紹興刊本白氏文集』一八　◆『明馬元調校本白氏文集』一八　◆『万首唐人絶句』六　◆『那波本白氏文集』一八　◆『清汪立名編訂本白香山詩集』一八

＊　本詩の篇目番号は〔1182〕（花房英樹『白氏文集の批判的研究』（朋友書店、一九七四年七月）、平岡武夫・今井清『白氏文集歌詩索引（全六冊）』下冊、篇目表（同朋舎出版、一九八九年一〇月）を参照）。

校語

1 **路**　『全』では「路」に注して「一作《ニル》レ途《ニ》」と説く。
2 **身**　『古文真宝前集』では「今」に作る。
4 **太**　『全』『古文真宝前集』『汪立名本』では「大」に作るが、ここでは『万首唐人絶句』『陽明文庫本』『南宋紹興本』『馬元調本』などで「太」に作るのに従う。

詩型・韻字

五言絶句。歸《き》・非《ひ》（上平声微韻〔微韻〕）。

語釈

0 **商山路**　長安から商山を経て東南に通じる街道。「商山」は別名「楚山」とも言い、現在の陝西省商県にある。秦末漢初の乱世を避けて、東園公・綺里季・夏黄公・角里《ろく》先生ら四人の年老いた賢人（眉髪皓白のため四皓《しこう》と称された）が隠棲した場所として名高い。因みに白居易の「答《フル》二四皓廟《ノ》一詩」〔0105〕（『陽明文庫那波本白氏文集』巻二）については、平岡武夫『白居易』（筑摩書房、一九七七年一二月）二〇六～二四五頁で詳しい考察がなされている。花房英樹『白氏文集の批判的研究』、朱金城『白居易集箋校（全六冊）』（上海古籍出版社、一九八八年一二月）では、ひとしく元和一五年（八二〇）、49歳、忠州刺史から長安（尚書司門員外郎）に召還される途上の作とする。朱金城『白居易集箋校』巻八「登《ル》二商山《ノ》最高頂《ニ》一」〔0349〕の〝箋〟では『清一統志』〝商州〟の条を引いて、「商山在《リ》二州東《ニ》一。……旧志《ニ》、山在《リ》二州《ノ》八十里《ノ》丹水之南《ニ》一、形如《シ》二商字《ノ》一、路通《ズ》二武関《ニ》一」と述べる。京兆府から商南に到るまでのいわゆる〝商山路〟は、覇橋駅→藍田駅→青泥駅→韓公駅→藍橋駅→藍渓駅→北川駅→安山駅→仙娥駅→商州上洛県（〝治所〟所在地）→四皓駅→洛源駅→商洛県（棣華駅）→桃花駅→層峯駅→武関（武関駅）→青雲駅→商南→陽城駅のルートをとる。この点についての詳細な資料は、厳耕望『唐代交通図考（全五巻）』第三巻〝秦嶺仇池区〟（中央研究院歴史語言研究所、専刊之八三、一九八五年九月）を参照。

有感　心に尽くせぬ感慨を有した、ということ。元和一〇年（八一五）、白居易44歳の折り、武元衡暗殺事件をめぐる〝越権行為〟によって江州司馬に流されてから、既に五年の歳月が経過している。五年前の左遷貶謫の時に通過した商山路を、いままたこうして踏みしめている、といった複雑な感慨である。「有」は、めったにないことがあるの意。

1 **万里路**　万里のかなたにまで続く路。因みに中国唐代の「一里」は、約五六〇メートル。

長在　ずっと長い間いつまでも存在している。発音が通じることから「常 cháng」の類語。いつも、いつまでも、永遠に。「在 zài」（去声）は、しっかり確かに存在している意、重い感覚を含みもつ。二字で空間的永続性、時間的永遠性を表現する。岡村繁『白氏文集』四（竹村則行執筆）明治書院、一九九〇年一一月）では、「在は持続を表す接尾辞。当時の俗語。現代語の……着に当たる」と説明し、「都へ通じる万里の商山街道はどこまでも長い」と訳出するが、この詩句の「在」は、語法的に異なる文語系の本動詞であり、俗語（口語）系の接尾語ではないので、ここでは採らない。

2 **六年**　江州司馬・忠州刺史という外任職にあった年月を言う。具体的には、元和一〇年八月から元和一三年一二月までの江州期、元和一三年一二月から元和一五年六月までの忠州期（合計五年強）を意識していよう。「六年」は概数表現。

身　自分の肉体、身体《からだ》。因みに狭義の「身 shēn」は、頸《くび》から股までの躯《からだ》、「体 tǐ」は四肢をさす。白居易と身体表現との関係については、埋田重夫「白居易と身体表現—詩人と詩境を結ぶもの」（『中国文学研究』第二〇期、早稲田大学中国文学会、一九九四年一二月）を参照されたい。そこでは、①白居易の身体論（身心論）を扱う前提としては、ⓐ生来の虚弱な体質、ⓑそれ故に生じた身心状況への過敏な気質、ⓒ前述二点によってもたらされた自照的・観照的性格、の三点が挙げられる。②白居易の文学にとって体質・心性のあり方——いかにして身心の安閑自適を図るかという問題——は、重要不可欠な詩想となっているが、その事実は、彼が使用する膨大な身心関係語彙からも明確に裏づけられる。③身心論を題材にする作品では、「身・閑」「身・適」「心・閑」「心・適」という四つの視点が呈示されているが、それら全ての同時充足こそが、白居易の理想とした——現実に実現できるかどうかは別として——究極の閑適世界であったと考えられる。④かつまた、身心論を扱う題材詩では、この理想モデル化された四つの閑適時空に関連して、ⓐ複数の具体的な養生法、ⓑ名目だけの閑職としての東都分司賓客がもつ価値、ⓒ復原蘇生の内発的詩想、ⓓ詩歌言語による世界像の意欲的再構築など、極めて重要な問題が提起されている。⑤素材としての身体部位（頭・胴・四肢）は、自己を描くもの（より多く閑適系作品に集中）と他者を写すもの（より多く諷諭系作品に集中）とに二大別されるが、両者に共通する性格は、ⓐ対語対句表現（対偶表現）頻用による詩的表現効果、ⓑ〝生理〟としての「身体」と〝心理〟としての「感情」の密接不可分性、ⓒ各種の意味に満ちた生命的な身体存在、の三点にほぼ絞り込むことができる。……などの諸点を指摘した。

始　いまはじめて、ようやく、やっと。文言助字の「乃」とほぼ同義。現代中国語の「才」に等しい。摩擦・抵抗・熟慮・決意を経て始めてある事態が発生する感覚・気分を示す。

帰　「帰 guī」の原義は、本来あるべき処に帰趨する、帰着する、落ち着く、ということ。日本語の「帰る」と微妙に異なる。また帰着という原義にそくして言えば、「帰」は、一度も行ったことのない場所でも用いられる。この点で「還 huán」（めぐりめぐって元の場所にもどる）の用法と大きく異なる。

3 **所経**　通り過ぎる場所（沿道・街道）。商山路をさす。「経」は「過」と同義。「所」は下にくる用言を受けて名詞句をつくる助字。

多旧館　かつての馴染みの旅館が多い。「旧」は「古」に比べて、よりネガティブなイメージをもつ。「館」は飲食・宿泊のための施設。

4 **太半**　大部分、おおかた。厳密には全体の三分の二を「太半」、三分の一を「少半」と言う。

主人非　旅館の主人が以前の人ではない、ということ。「非」の解釈をめぐって、A＝旅館の主人が単にかわってしまったと解するもの、B＝旅館の主人がすでにこの世の人でなくなったと解するもの、という二説がある。

A説を採るもの：簡野道明『白詩新釈』（明治書院、一九五六年一二月）、星川清孝『古文真宝前集』上（明治書院、一九六七年一月）など。

B説を採るもの：佐久節『白楽天全詩集』（日本図書センター、一九七八年七月）、高木正一『白居易（下）』（岩波書店、一九八〇年二月）、岡村繁『白氏文集』四（竹村則行執筆）など。

いずれも、異同の根拠が明示されていないが、ただB説を採る岡村繁『白氏文集』四（竹村則行執筆）では、「非人の非。死去をいう」と説く。本詩中にある「六年」「太半」という表現から考えて、〔通釈〕では、「死去」という一面に限定しないA説を採っている。

通釈

商山街道で感ずるところがあって作った詩

万里のかなたにまで続く路はとこしえに存在する。そしていま六年ぶりに私はようやく帰ってきた。通り過ぎる街道沿いにはなじみの旅館が多いが、その主人の大部分はかつてのその人ではない。

諸説の異同

特記事項なし。

備考

白居易の自撰集である『白氏文集《ぶん》』（七一巻）は、彼の歩んだ人生の縮図そのものである、と言っても過言ではない。七五年の人生にあって、一人の人間が抱いた実にさまざまな感情（喜怒哀楽怨）が、平易なことばによってストレートに詠出されている。この点で『白氏文集』を読むという行為は、白居易なる人格と正面から向かい合い語り合うことを意味していよう。作者と作品の距離は極めて密接しており、個々の作品の成立は白居易の伝記と深く結びついている。「商山路」での複雑な感慨（無常流転の情）を詠った本詩の成立事情については、既に詳しく述べたが、「商山路」を題材にする作品は、この他にも三首指摘することができる。以下、参考までに成立年代順に引用する。

①「与レ君前後多《ク》遷謫《セラル》、五度経過《ス》此《ノ》路隅。笑《ヒテ》問《フ》中庭《ノ》老桐樹《ニ》、這《この》廻《たび》帰《リ》去《リテ》免《ルルヤ》レ来《ルヲ》無《いなやト》」（「商山路駅《ノ》桐樹、昔与二微之一前後《シテ》題《セシ》レ名《ヲ》処」〔1183〕巻一八）

②「前年《ノ》夏、子自《リ》二忠州刺史一除書《アリテ》帰《ル》レ闕《ニ》。時《ニ》刑部李十一侍郎・戸部崔二十員外《モ》亦《タ》自《リ》二澧・果二郡《ノ》守一徴《サレテ》還《リ》、相《ヒ》次《イデ》入《リ》レ関《ニ》、皆同《ジクス》二此《ノ》路《ヲ》一。今年予自《リ》二中書舎人一授《ケラレ》二杭州刺史《ヲ》一、又由《リ》二此《ノ》途一出《ヅ》。二君已《ニ》逝《キ》、予独《リ》南行《ス》。追歎《シテ》興《シ》レ懐《ヲ》、慨然《トシテ》成《ス》レ詠《ヲ》。後来有《リテ》下与《ニ》二予《ガ》杓直・虞平一游《ビシ》者上、見《バ》二此《ノ》短什《ヲ》一、能《ク》無《カランヤ》二惻惻《タルコト》一乎。儻《シ》未《ダ》レ忘《レ》レ情《ヲ》、請《フ》為《セ》二継和《ヲ》一。長慶二年七月三十日、題《スト》二於内郷県南亭《ニ》一云《フ》レ爾《カ》」。

(a)「憶《フ》昨徴《サレテ》還《ル》日、三人帰路同《ジクス》。此《ノ》生《ハ》都《テ》是《レ》夢、前事旋《たちまチ》成《ル》レ空《ト》。杓直《ハ》泉《ニ》埋《メ》レ玉《ヲ》、虞平《ハ》燭《ニ》過《グ》レ風。唯残《シテ》二楽天《ヲ》一在《リ》、頭白《クシテ》向《フ》二江東《ニ》一」（「商山路《ニテ》有《リ》レ感并《ス》レ序《ヲ》」〔1310〕巻二〇）

(b)「停《メテ》レ驂《ヲ》歇《ミ》二路隅《ニ》一、重《ネテ》感《ジテ》一《タビ》長吁《ス》。擾擾《タリ》生還《タ》死、紛紛《タリ》栄又《タ》枯。困《つかレテハ》支《ヘラレ》二青竹杖《ニ》一、閑《ニハ》捋《ひねル》二白髭鬚《ヲ》一。莫《レ》レ歎《ク》二身《ノ》衰老《ヲ》一、交遊半《バ》已《ニ》無《シ》」（「重《ネテ》題《ス》」〔1311〕巻二〇）

①は本詩と同じく元和一五年（八二〇）、49歳の作であり、②は長慶二年（八二二）、51歳の折り、杭州刺史赴任の途上に制作されたもの。「万里路長《シヘニ》在《リ》」と詠った〝商山路〟を通るたびに、白居易は悲哀・憂愁のまじった複雑な思いにとらわれている。長安と江南を結ぶ商山路の風景は、江州司馬・杭州刺史という外任職時代の人生をまざまざと想い起こさせるものとしてあったと言えよう。

（埋田　重夫）

0 村夜
1 霜草蒼蒼蟲切切
2 村南村北行人絶
3 獨出前門望野田
4 月明蕎麥花如雪

村夜《そんや》
霜草《さうさう》は蒼蒼《さうさう》　虫《むし》は切切《せつせつ》
村南村北《そんなんそんぼく》　行人《かうじん》絶ゆ
独《ひと》り前門《ぜんもん》に出《い》でて野田《やでん》を望《のぞ》めば
月明《つきあき》らかにして蕎麦《けうばく》　花《はな》　雪《ゆき》のごとし

テキスト　『全』四三七-7-4854 ◆『万首唐人絶句』一八 ◆『唐宋詩醇』二三 ◆『那波本白氏文集』一四（陽明文庫本・四部叢刊本）◆『南宋紹興刊本白氏文集』一四 ◆『明馬元調校本白氏文集』一四 ◆『清汪立名編訂本白香山詩集』一四

＊ 本詩の篇目番号は〔0793〕（花房英樹『白氏文集の批判的

研究』(朋友書店、一九七四年七月)、平岡武夫・今井清『白氏文集歌詩索引(全三冊)』下冊、篇目表(同朋舎出版、一九八九年一〇月)を参照)。

校語

1草　『汪立名本』では「艸」に作る。同義。

3前門　『唐宋詩醇』『汪立名本』では「門前」に作る。

詩型・韻字

七言絶句。切《せつ》・絶《*ぜつ》・雪《*せつ》(入声屑韻(屑薛韻*))。

＊ 仄韻拗体詩。『唐宋詩醇』巻二三に「一味真朴、不レ假ラ二妝《しよう》點《てん》ヲ一。自ラ具ヘ二蒼老之致ヲ一、七絶中之近キレ古ニ者ナリ」とある。

語釈

0村夜　元和六年四月三日、長安宣平里の自宅で白居易の母陳氏が亡くなった。享年57歳。三年に及ぶ服喪のため、彼は全ての官職を辞して、白氏一族の〝墳墓の地〟である下邽《かけい》(長安西郊・渭水北岸の華州下邽県義津郷)に退居した。本詩は「丁憂」中の元和六年(八一一)から元和九年(八一四)、40歳から43歳までの秋夜に詠まれたもの。花房英樹『白氏文集の批判的研究』綜合作品表、朱金城『白居易集箋校(全六冊)』(上海古籍出版社、一九八八年一二月)は、ともに元和九年(八一四)、43歳の作とする。また下邽渭村の通称が「金氏村」「紫蘭村」であった点については、朱金城『白居易集箋校』第二冊八五三頁、王拾遺『白居易伝』第四章(陝西人民出版社、一九八三年五月)などで指摘されている。

1霜草　A=「霜枯れした草」と解するもの、B=「霜草という固有の名をもつ草」と解するもの、という二説がある。

A説を採るもの:簡野道明『白詩新釈』(明治書院、一九五六年一二月)、田中克己『白楽天』(集英社、一九八〇年七月)、高木正一『白居易(下)』(岩波書店、一九八〇年二月)、西村富美子『白楽天』(角川書店、一九八八年一〇月)など。

B説を採るもの:程秀龍・陸渾『唐宋絶句選注析』(山西人民出版社、一九八〇年一二月)など。

いずれも、異同の根拠が明示されていない。ただB説を採る『唐宋絶句選注析』は「草名、又名相思草」とのみ説明する。〔通釈〕ではA説を採っている。

蒼蒼　A=「衰えて青白い貌《さま》」と解するもの、B=「盛んに茂る貌《さま》」と解するもの、という二説がある。

A説を採るもの:簡野道明『白詩新釈』、高木正一『白居易(下)』、前野直彬『唐詩鑑賞辞典』(佐藤保執筆)東京堂出版、一九七〇年九月)、吹野安『必修漢詩新釈』(笠間書院、一九七四年五月)、山田勝美『中国名詩鑑賞辞典』(角川書店、一九八三年四月)、前野直彬・石川忠久『漢詩の解釈と鑑賞事典』(旺文社、一九八三年)など。

B説を採るもの:西村富美子『白楽天』、吉川幸次郎・小川環樹『唐詩選』(筑摩書房、一九八〇年七月)、程秀龍・陸渾『唐宋絶句選注析』など。

A説を採る前野直彬『唐詩鑑賞辞典』は、「『詩経』秦風蒹葭の詩に〝蒹葭(よし・あし)は蒼蒼として、白露　霜と為る〟という句があり、古注の毛伝は〝盛ん也〟とする。また別の注では〝物の老いたる状《さま》〟とするが、生気を失ったままの草がしげる状態をいう擬態語であろう。一説に、青白い色」と説く。

またB説を採る西村富美子『白楽天』は、「青白いの意もあるが、ここは盛んに茂るさまをいう。『詩経』〝秦風・蒹葭〟に、〝蒹葭　蒼蒼　白露霜と為る〟とあり、毛伝は、〝蒼蒼は盛んなり〟と注している」と述べる。A説B説ともに、これ以上の異同の根拠が明示されていない。前述二説以外のものとしては、岡村繁『白氏文集』三（竹村則行執筆）明治書院、一九八八年七月）の「青白い月景色の形容。『全唐詩』巻四八一、李紳の〝新楼詩〟二十首中、〝晏安寺〟詩に、〝啼鳥歇む時山寂寂たり、野花残る処月蒼蒼たり〟と」がある。〔通釈〕では、畳字の擬態語《オノマトペア》（cāngcāng）としてA説を採っている。唐代音では〔ts'aŋts'aŋ〕。

切切　低く途絶えがちな虫の音《ね》を表わす擬声語《オノマトペア》（qièqiè）。「蒼蒼」と同じ畳字。唐代音では〔ts'etts'et〕。中国で出版された白詩注釈書・唐詩注釈書の多くは、この部分を「虫鳴細碎的声音」と説明する。この一句、か細い秋の虫の音《ね》の描写によって、無限に広がる夜の静寂《しじま》が一層強く意識される。

2**村南村北**　下邽渭村（金氏村）の南も北も。完全な口語表現であり、白居易の言語感覚を理解するうえで注意される。馬漢彦『唐宋絶句選析』（広西人民出版社、一九八一年一月）は、この部分を「〝村南村北〟是地地道道的口語。這都可以看出作者作詩善于向民歌学習、語言通俗生動的特色」と説く。また「金氏村」について、王拾遺『白居易伝』は、「居易的家、住在義津郷的金氏村、又名紫蘭村。這個小小的村庄、不過四十幾戸人家、大都以農為業。渭河在村南緩緩流過、河岸裏村子百歩左右、那裏還有一个渡口、俗称蔡渡。站在院内階下、就可以看見峰巒雄峻的華山、的确是個山光水色風景宜人的所在」と詳細な説明を加えている。

行人絶　路ゆく人影も途絶えた。「絶」は、姿がなくなること。詩中で詠われる時間が、深夜であることを暗示する。

3**独出前門**　たった一人、わが家の前門《かどぐち》から外に出てみる。「行人絶」「独出前門」のイメージの連続に留意したい。詩人の孤独な姿が、短くつまった入声《にっしょう》字（「絶 jué〔t〕」「独 dú〔k〕」）の連続によって効果的に示されている。

望野田　「望」の基本義は、下から上をみること。その逆に、上から下をみるならば「臨」字が用いられる。「野田」で「野畑《はたけ》」。「田」は、陸田、水田の意。下邽の地勢から考えると、緩やかに拡がる丘陵地に〝野田〟があり、白居易はそれを仰ぎ見ている、と解釈するのが自然であろう。本詩後半二句について馬漢彦『唐宋絶句選析』は、白居易が農業に特別な関心を寄せていたとして、「后両句写作者対農事的関心。……（中略）……〝独出門前《ママ》〟与上句〝行人絶〟互相対照、暗表作者対農事的特別関切。……（中略）……作者看到農作物開花、豊収在望的喜悦之情、洋溢在字里行間」と分析する。しかし下邽退居期における白居易の精神的肉体的環境は、①母陳氏の死、②娘金鑾の死、③妻楊氏の実家帰省、④不眠症・疾病の多発、⑤長安政界（社交界）との隔絶、⑥丁憂生活から生じる経済的困窮、などに示されるごとく、マイナス方向の性格を強くもっていたと判断される。農業との関係にのみ絞って、本詩の情感を述べる馬説は、ある意味で一面的・限定的すぎるように思われる。

4**月明**　秋の夜空に皓皓《こうこう》と輝く月（明かり）。

蕎麦　白居易「村夜」詩に詠われる素材としての蕎麦《そば》の花は、中国古典詩歌史における最も早い用例に位置づけられる。「蕎麦」は、夏から秋にかけて小さな白い花をつける。穀粒は黒く、粉にして食用に供する。黒川洋一等『中国文学歳時記（全七巻）』「秋・下」（〔桑山龍平執筆〕同朋舎、一九八九年三月）では、「そばはタデ科の一年草で、比較的冷涼な気候にも適し、土地条件もあまり選ばない。山間地ややせ地にも作られ、栽培が容易でその期間も短いので救荒の植物としても重視される。中国での栽培は南北朝の後で、唐代から文献にその名が見られるようになる。『本草綱目』には〝そばは南北皆なあり。立秋前後に種を下す。八、九月に収刈す。茎の高さ一、二尺、赤茎緑葉、烏桕樹《とうはぜ》の葉の如し。小白花を開く。繁密粲粲然たり〟とある。詩にはその花の白さと香しさ、とくに月夜のそばたけの美しさがうたわれる。宋・陸游の〝蕎麦初めて熟す〟に〝城南城北　雪を鋪《し》く如く、原野の家家　蕎麦を種う、霜晴れ収斂《しゅうれん》（かり入れ）して家に在ること少なく、餅餌　今冬窄《とぼ》しきを憂えず、胡麻油を圧して油更《さら》に香しく、油は新しく餅は美し　先を争って嘗む〟とあるのはそばの花の美しさとともに、それにともなう〝田家楽〟、またそばの食べ方もよまれていて面白い」と極めて詳細な説明がなされている。

花如雪　蕎麦の真白な花が白色の月光に照らされて、まるで田地《はたけ》一面に雪が降りしいたような美しさを言う。白居易が愛したいわゆる「雪月花」の典型的な心象風景である。この点については、菅野禮行「白居易の詩における〝雪月花〟の表現の成立について」（『日本中国学会報』第三〇集、一九七八年。後に『平安初期における日本漢詩の比較文学的研究』、大修館書店、一九八九年に収録）に詳しい論考がある。参考までに『平安初期における日本漢詩の比較文学的研究』第二章、第三節、第五、「白居易の詩における〝雪月花〟の表現と道真の美意識」の構成を以下に示す。㈠「雪月花」の表現の成立、㈡自然美の象徴的表現としての「雪月花」、㈢白居易の「雪月花」の表現の文学的特質、㈣白居易の仏教的自覚と「雪月花」、㈤「雪月花」と道真の詩。

通釈

村の夜景

霜にうたれた草は青白く続き、秋の虫の声《ね》がか細く聞こえてくる。金氏村の北でも南でも、路ゆく人の姿はない。たった一人前門《かどぐち》にたたずんで、野田《のら》を眺めると、月かげに照らされた蕎麦《そば》の白い花が、まるで一面に降りしいた雪のよう。

諸説の異同

特記事項なし。

備考

白居易の母陳氏の死については、いくつかの注目すべき説が出されている。母親に対する白居易の愛情・感謝の深さは、『白氏文集』に散見される複数の記述によってもはっきりと窺い知ることができる。「太原白氏家状二道之二、襄州別駕府君《ノ》事状」（1497）（『那波本白氏文集』巻二九）には、その死に関して「元和六年四月三日、歿《ス》二于長安《ノ》宣平里《ノ》第《ニ》一、享年五十七《ナリ》」と記している。未亡人生活一七年、白居易40歳の時のことである。白居易の親友である元稹は、陳氏のために「祭《ル》二翰林白学士太夫人《ヲ》一文」（『元氏長慶集』巻六〇）を書いている。28歳で母を失った元稹にとって、陳氏はまた、実母以上の存在であった。〃良妻賢母〃であった陳氏の濃《こま》やかな愛情は、わが子白居易に止まらず、その友人である元稹にも、惜しみなくそそがれた。

陳氏の死についてまとまった見解を提示するものとしては、①アーサー・ウェーリー『白楽天』（花房英樹訳、みすず書房、一九五九年一二月）、②平岡武夫「白居易の家庭環境に関する問題」（『白居易―生涯と歳時記』第二部：白居易の家庭（朋友書店、一九九八年六月）」、③花房英樹『白居易研究』（世界思想社、一九七一年三月）、④太田次男『白楽天』（集英社、一九八三年一月）、の四書がある。それら記述内容を以下、箇条書きにして示す。

①アーサー・ウェーリーの『白楽天』第五章、の場合。

(1) 八一一年の初夏、白の母が「宣平里の家」で亡くなった。高彦休によると、母はしばらく前から、狂気の発作に襲われがちであり、ある時には、自らを刺そうとしたこともあったという。家族のものは、二人の強い田舎娘に世話をさせていたが、遂に母は目をかすめて、井戸に身を投げたのである。

(2) われわれは、わずか一年前に、元稹が首都をしばらく訪れた時、白の母がどんなに彼をかばってやったかを見てきた。このことは高彦休の記述と符合している。その記述の中では、彼女は週期《ママ》的な発作をおこしたが、それから完全に回復するようにみえた、と述べられているのである。白は、彼女が死んだ日付を記録しているのを別とすれば、母の死に関しては、間接的にしか言及していない。そしてそれが起った時の状況には、何らの光もあてていない。宣平里は、彼が以前に住んでいた常楽里の真西隣にあった。彼はごく最近に引越したに違いないと、一般に想像されている。彼の母がそのような状況にありながら、白のいる屋根の下以外のところで、生活していたなどとは、到底ありえないことだから。

②平岡武夫「白居易の家庭環境に関する問題」第六章、母の死、の場合。

(1) 左拾遺のころ、彼は新昌里に住んでいた。戸曹参軍になって、宣平里に移ったものと思われる。左拾遺は側近清要の官であり、理念を生かす地位である。戸曹参軍は、京兆府のそれであっても、地方官であり、庶務の官職である。白居易は母のために転身の決心をしたのである。母はこの家で、孝養のために職を変えることを厭わなかった吾が子にみとられながら、夫のあとを追った。未亡人生活は十七年であった。

(2) この母の死を、白居易は「歿」と記している。ただ歿といえば、通常は病死を意味する。祖母の薛氏の死に、「大暦十二年六月十九日、歿於新鄭県私第」と記している（No.1496）のも、同じ意味である。私は、白居易の母の死を、表現の通例のままに、病死としてうけとっている。

(3) しかるに、白居易の母は井戸におちて死んだという話があり、しかも、それが二つの話になって伝えられている。その一つは、旧唐書の白居易伝に見える。……（中略）……母の死に関するいま一つの話は、高彦休の『闕史』に見える。陳振孫の白文公年譜が引用している。知不足斎本などには載っていない。

(4) 旧唐書の話は、母が花を見ていて井戸に堕ちて死んだこと、白居易が花を賞でる詩および新井の詩を作ったこと、および、その作詩が武元衡事件に際して、中傷者の口餌になったこと、この三要素から成っている。そして、話の主目的は、白居易が貶謫された時のいきさつを述べることにある。白居易を憎む者が彼を陥し入れるために用いた中傷の言葉として載せており、話の真偽には触れていない。白居易の母の死は元和六年であり、武元衡の暗殺は元和十年である。その間にあまりにも時間が経ちすぎている。白居易の服喪もとっくに終っている。まことに白居易の態度が不謹慎であったのであれば、すなわち、母の喪に服しながら母の死を悼まないのであれば、それは、母の死のすぐ後にこそ、言い立てられているはずである。また、もし母の死に時効がないというならば、白居易は、生涯、花を賞でる詩を作ることができなかったはずである。事実はそうでない。はばかることなく、非難されることなく、しきりに花を賞でている。文集にもれっきとして作品を載せている。新井詩は、いまの白氏文集には載っていない。しかし、「新しい井戸」というのであるから、それは母が墜ちた井戸ではない。新井を詩にしてさえいけないならば、白居易は、生涯、井戸から水を飲むことができなかったはずと、宋代の人がすでに皮肉を言う《ママ》ている。闕史によると、「新井詩」は、白居易が盩厔県の尉をしていた時、すなわち元和元年の作品である。母の死より五・六年も前の作品である。

(5)　闕史の話は、これも三段に分れる。はじめは、白居易の母が発狂して自殺したこと、次は、裴度が白居易を庇護したこと、そして終りが旧唐書にいう「看花堕井」および「新井詩」についての批判である。……（中略）……実在の人物が登場していても、時間を無視して書かれている話は、虚構である。闕史の話が虚構であることは、話に独得の筋書があることからも、見えすいている。……（中略）……旧唐書では「看花墜井」そのことは問題になっていない。この事態にもかかわらず、白居易が花を賞でる詩や新井の詩を作ったことが、孝子の情に背くものとして非難されている。闕史では、「堕井」自体が大事件であって、それの善後処置が問題になっている。母親が井戸に投身自殺することは、士大夫の家では、まったく仰天すべきことであり、狂人以外にはあるべからざることである。当人が発狂していたときまれば、子どもの責任は軽減され、将来の出路も開けてくる。白居易の母を投身自殺と決めてしまうと、白居易のために大岡裁きをする人の登場が必要になる。そうでなければ、白居易が、その後に官界生活をつづけ、刑部侍郎となり河南尹となってゆく事実と、これまた、つじつまが合わなくなる。

(6)　白居易が描く母の姿は、常に愛着と感謝の対象である。彼の若き日、貞元十五年の春、兄の幼文はやっと浮梁県の主簿になった。白居易はこの兄を訪ねて来ていた。幼文は乏しい禄をさいて、それを洛陽にいる母へとどけることを白居易に命じた。彼は米を負うて帰途につく。大きな川をわたり、けわしい山をのぼり、毒虫と虎狼の危害におびえ、風雨と泥濘にはばまれながら、ひたすらに道をいそぐ。彼には、膝下を離れている子を思うて、日夜、心をいためている母の愛が、しみじみと胸にしみてわかっていた。また、弟たちが母のお世話をしているものの、自分がお傍にいるようにはいかないことを、よく知っていた。彼は、翼をもたぬ自分を悲しみ、空かける雲をうらやみながら、故郷の母を思うて涙を流すのであった。彼の「傷遠行賦」（No.1410）は、この時の作品である。白居易はまた、母の死後に母を語って、「この十年あまりのうちに、子供たちが文学をもって仕官し、側近清要の官になることができたのは、実に母上の御教育の賜物である」（No.1497）と述べている。彼の家には、子供に、五六歳にして詩を学び、九歳にして声韻を諳んじ、十五六歳にして進士に志させる教育があった。白居易が京兆府戸曹参軍の職を求めたのも、この母に孝養をつくしたいためであった。下邽に墓を作ったのも、そして、異郷にもがりする父たちをここへ迎へ葬ったのも、母の死が、母を葬むることが、その契機をなしている。

③花房英樹『白居易研究』第一章、白居易の生涯、親族と世系、の場合。

(1) 新唐書本伝には、元和十年（815）、武元衡暗殺に関して、居易がその職に非ずして、賊を急いで捕えるよう上奏したことから、宰相に〝居易の母、井に堕ちて死す、しかるに居易は「新井」の篇を賦せり。言は浮華にして実行なし。〃と非難した者がある、と記される。旧唐書本伝にも相い似た事が録されている。ただし「言は浮華にして実行なき」ことに、「甚だしく名教を傷う」と加えられていた。この母の死については、陳振孫が「白文公年譜」で引用する、高彦休の「闕史」の文にも見える。そこには、〝公の母に心疾あり、悍妒に因りてこれを得たり。嫠《やもめ》なるに及び、家苦貧なり。公と弟、安居するを獲ず、常に米を索め衣を乞うこと隣れる郡邑よりす。母昼夜にこれを念い、病益ます甚だし。公、計に宣州に随う。母、憂憤によりて発狂す。葦刀をもって自ら剄す。人これを救いて免がるるを得たり。後、偏く医薬を訪《たづ》ぬ。あるいは発しあるいは瘳《い》ゆ。常に二壮婢に恃《たの》み、厚く衣食を給し、これを扶け衛らしむ。一旦やや怠りしとき、坎井に斃れぬ。〃とある。文はまだ続くが、それらをも含めて、白居易と交渉のあった仏光和尚の、その弟子から聞いた話として、録されていた。重なる伝聞であり、膨れにふくれたものとは考えられる。

(2) 今の「闕史」には、この文は見えぬが、宋の張耒の、「賈長卿の『高彦休の続白楽天事を読む』に題す」（『張右史文集』巻四八）によれば、北宋の末の賈炎のころにも存し、新唐書に見えるような死は、あり得べきこととも見なされていた。「楊虞卿に与うる書」に、上奏のことについて、「これを妄と謂い、これを狂と謂うも、また敢て逃れんや。且つここをもって辜《つみ》を獲ば、いかにせんと顧《おも》うのみ。況んやまたここをもって罪名となさざるをや」と、白居易は述べている。越権のことは「罪名」とならず、他のことが「罪名」となっていたのである。それは新唐書に見える、「言は浮華にして実行なし」ということか、旧唐書に見える、「甚だしく名教を傷う」ことかであったに違いない。事の真偽は別としても、「井に堕ちて死す」という噂は、すでに当時から存していた、と考えざるを得ない。噂がささやかれるほど、白居易の母は、何らかの疾病に悩まされていた、とも思われる。

④太田次男『白楽天』第四章、退去と左遷、母の死、の場合。

(1) 平岡武夫氏は綿密な考証の結果、一説による事故死説を否定し、病死説をとっている。なお、アーサーウェイリーはほとんどなんの吟味もなしに、事故死をごく自然に肯定している。……（中略）……この問題は母親の個人的事件にとどまるだけではなく、白居易の内面生活の解明にも、当然、少なからざる影響があろうから、その意味からも、看過するわけにはいかない。その資料は唐の高彦休撰『闕史』にかつて収められていた。本文は二つの部分から成り、後半はのちに付加されたものらしく、事実的誤りも少なくない。平岡氏はその誤りを逐一指摘し、それによって、前半の記事の信憑性をもすべて否定するが、いま、この方法には従いがたい。

(2) 検討の結果、筆者は後半を切り離すが、前半の記事に関するかぎり、少しも無理がなく、母陳氏の病状をかなり正確に伝えるものとみている。なお、『闕史』の記事には、この資料の出所を東都（洛陽）聖善寺の老僧とし、この僧は仏光和尚弟子とする。白居易は最晩年にいたるまで仏光和尚とつきあい、九十歳を超える老僧に尊崇私淑《ママ》していた。個人的にも特に親しかったので、この記事がこの人から出たとすれば、資料そのものも信用するにたりよう。……（中略）……白居易が郷試に及第し、ついで進士の試験に応ずるために長安に来たときのことである。そのときの詩（「長安にて正月十五日」）を引いて、前途に限りない希望をいだいて昂然たるべき若い白居易が、なんとも説明しがたい深い悲しみを懐いて、故郷に後ろ髪をひかれる思いで、独り部屋にただずんでいると記した。いま、この『闕史』の一文と照合するとき、白居易は郷里に、自殺を計った母を残したまま上京したことになり、時期的に、この異常な悲しみとぴたりと合致する。悲しみの原因をここに求めてほぼまちがいないであろうし、そうなると『闕史』の資料としての価値もいよいよ重くなってくる。この資料の示す母の死因も信用するにたるものとみなすことができよう。

(3) 単に病弱な母親を残して他所《よそ》へ出かけることですら、人の心を重くするが、まして、精神に異常があり、しかもそうなった原因が夫なきあとの生活上の絶えざる労苦によることは、当時すでに青年であった白居易には、わかりすぎるほどよくわかっていた。この母はいわば離散して暮らさねばならなかった一家の痛ましい犠牲者であるという意識が白居易にはつねにあったであろう。

(4) 元和四年〈八〇九〉八月、元稹は監察御史として蜀において厳礪らを弾劾し、そのやり方がややきびしすぎたとして洛陽に召喚、左遷の扱いをされた。このとき、忿懣やるかたない彼をやさしく慰めたのは白居易の母その人であった。死の知らせを受けて切々の情を綴った元稹の手紙のなかにこのことは述べられている。「あるときは発《おこ》りあるときは瘳《い》ゆ」という病状をよく示し、このとき、母は具合のよいときであったろうとウェイリーはいうが、あるいはそうかもしれない。正常な状態で人に接している最後の記事といえよう。

微妙なニュアンスの違いは別として、陳氏の死因については、①自然死としての病死説、②発狂による自殺説、の二つに分類することができる。白居易の文学や思想の変化を、伝記論の立場から考察するうえで、その母の死は極めて重要な意味をもっていると推測される。前掲の平岡説・太田説は、それぞれに強い説得力をもっているが、立論のために引用される文献資料の記述内容が、限定的かつ間接的であるため、いずれも決定的なものとはなっていない。こうした二説間の〝揺れ〟は、中国大陸で出版された著作にもそのまま反映されており、例えば王拾遺『白居易伝』は病死説を、陳友琴『白居易』（上海古籍出版社、一九七八年五月）は自殺説をそれぞれ採用している。また謝思煒『白居易集綜論』（中国社会科学出版社、一九九七年八月）では、白母の心疾について、重い反応性抑鬱型精神病あるいは躁鬱性精神病の抑鬱型と推測している。

（埋田　重夫）

0杜陵叟　傷農夫之困也　杜陵《とりよう》の叟《おきな》　農夫《のうふ》の困《くる》しみを傷《いた》むなり

1杜陵叟　杜陵《とりよう》の叟《おきな》
2杜陵居　杜陵《とりよう》に居《を》り
3歳種薄田一頃餘　歳《とし》ごとに種《う》う　薄田《はくでん》一頃《いつけい》余《よ》
4三月無雨旱風起　三月《さんぐわつ》　雨《あめ》無《な》くして旱風《かんぷう》起《お》こり
5麥苗不秀多黄死　麦苗《ばくべう》は秀《ひい》でずして多《おほ》く黄《くわう》死《し》す
6九月降霜秋早寒　九月《くぐわつ》　霜《しも》降《ふ》りて秋《あき》早《はや》く寒《さむ》く
7禾穂未熟皆青乾　禾穂《くわすい》は未《いま》だ熟《じゆく》せざるに皆《みな》青乾《せいかん》す
8長吏明知不申破　長吏《ちやうり》　明《あき》らかに知《し》れども申破《しんぱ》せず
9急斂暴徴求考課　急斂《きふれん》　暴徴《ばうちよう》　考課《かうくわ》を求《もと》む
10典桑賣地納官租　桑《くは》を典《てん》し地《ち》を売《う》りて官租《くわんそ》を納《をさ》む
11明年衣食將何如　明年《みやうねん》の衣食《いしよく》　将《まさ》に何如《いかん》せんとする
12剝我身上帛　我《わ》が身上《しんじやう》の帛《はく》を剝《は》ぎ
13奪我口中粟　我《わ》が口中《こうちゆう》の粟《ぞく》を奪《うば》ふ
14虐人害物卽豺狼　人《ひと》を虐《しひた》げ物《もの》を害《がい》するは即《すなは》ち豺狼《さいらう》
15何必鉤爪鋸牙食人肉　何《なん》ぞ必《かなら》ずしも鉤爪鋸牙《こうさうきよが》の人肉《じんにく》を食《は》むのみならんや
16不知何人奏皇帝　知《し》らず　何人《なんぴと》か皇帝《くわうてい》に奏《そう》せし
17帝心惻隱知人弊　帝心《ていしん》　惻隠《そくいん》　人《ひと》の弊《へい》を知《し》る
18白麻紙上書德音　白麻紙上《はくましじやう》　徳音《とくおん》を書《しよ》し
19京畿盡放今年税　京畿《けいき》　尽《ことごと》く放《ゆる》す今年《こんねん》の税《ぜい》
20昨日里胥方到門　昨日《さくじつ》　里胥《りしよ》　方《まさ》に門《もん》に到《いた》り
21手持勅牒牓郷村　手《て》に勅牒《ちよくてふ》を持《も》ちて郷村《きやうそん》に牓《ばう》す
22十家租税九家畢　十家《じふか》の租税《そぜい》　九家《きうか》は畢《をは》り
23虚受吾君蠲免恩　虚《むな》しく受《う》く　吾《わ》が君《きみ》の蠲免《けんめん》の恩《おん》

テキスト　『全』四二七-7-4704　◆『楽府詩集』九九、新楽府下

◆『唐宋詩醇』二〇 ◆『那波本白氏文集』四（陽明文庫本・四部叢刊本）◆『神田本白氏文集』四（太田次男・小林芳規『神田本白氏文集の研究』〈勉誠社、一九八二年二月〉所収）◆『金沢本白氏文集』四（『金沢文庫本白氏文集』〈一〜四〉〈勉誠社、一九八三年一〇月〉所収）◆『南宋紹興刊本白氏文集』四 ◆『明馬元調校本白氏文集』四 ◆『清汪立名編訂本白香山詩集』四

＊本詩の篇目番号は〔0154〕（花房英樹『白氏文集の批判的研究』〈朋友書店、一九七四年七月〉、平岡武夫・今井清『白氏文集歌詩索引〈全三冊〉』下冊、篇目表〈同朋舎出版、一九八九年一〇月〉を参照）。

＊古鈔本を含めた諸本校勘については、平岡武夫・今井清校定『白氏文集全三冊』第一冊、巻四、新楽府、八八〜八九頁〈京都大学人文科学研究所、一九七三年三月〉、『神田本白氏文集の研究』白氏新楽府校勘記、二一二頁、太田次男『旧鈔本を中心とする白氏文集本文の研究〈上中下冊〉』〈勉誠社、一九九七年二月〉を参照。

校語

0 **傷農夫之困也**　『陽明文庫本』『南宋紹興本』『楽府詩集』では詩題下にこの句がない（『陽明文庫本』『南宋紹興本』では巻三「新楽府序」〔0124〕の部に、『楽府詩集』では巻九七「新楽府上」の部にそれぞれ収録している）。

5 **麥**　『神田本』では「麦」に作る。同義。

9 **斂**　『楽府詩集』『唐宋詩醇』『陽明文庫本』『金沢文庫本』『南宋紹興本』では「歛」に作るが、ここでは『全』『神田本』『馬元調本』『汪立名本』などで「斂」に作るのに従う。

暴　『唐宋詩醇』『南宋紹興本』では「暴」に作る。同義。

12 **剝**　『楽府詩集』『陽明文庫本』『金沢文庫本』『南宋紹興本』では「剥」に作る。同義。

15 **鉤**　『全』『楽府詩集』『唐宋詩醇』『南宋紹興本』では「鈎」に作るが、ここでは『神田本』『金沢文庫本』『馬元調本』『汪立名本』などで「鉤」に作るのに従う。同義。

17 **帝**　『神田本』『金沢文庫本』では「〻」に作る。

人　『全』では「人」に注して「一作ㇾ八」と説く。

弊　『唐宋詩醇』では「獘」に作る。

19 **年**　『神田本』では「秋」に作る。

21 **勑**　『全』『唐宋詩醇』『汪立名本』では「尺」に作る。

牓　『南宋紹興本』では「榜」に作る。

村　『汪立名本』では「邨」に作る。

22 **九家**　『陽明文庫本』『金沢文庫本』では「八九」に作る。

詩型・韻字

雑言古詩。居《きょ》・餘《よ》（上平声魚韻〈魚韻〉）／起《き》・死《し》（上声紙韻〈旨止韻〉）／寒《かん》・乾《かん》（上声寒韻〈寒韻〉）／破《は》・課《くわ》（去声箇韻〈過韻〉）／租《そ》・如《じょ》（上平声魚虞韻〈魚模韻〉）／粟《ぞく》・肉《にく》（入声屋沃韻〈屋燭韻〉）／帝《てい》・弊《へい》・税《ぜい》（去声霽韻〈霽祭韻〉）／門《もん》・村《そん》・恩《おん》（上平声魂韻〈魂痕韻〉）。換韻。

語釈

0 **杜陵**　長安（陝西省西安市）南東郊外の地名。秦代の杜県。漢の宣帝（劉詢）の陵墓が造られたことにより、「杜陵」（県）と改称された。朱金城『白居易集箋校〈全六冊〉』（上海古籍出版社、一九八八年一二月）二二四頁の「杜陵叟」詩の〝箋〟で

は、「元和郡縣志《ノ》巻一《ニ》、杜陵在《リ》《ハ》（萬年）縣《ノ》東二十里《ニ》、漢宣帝《ノ》陵《ノ》也《ト》。程大昌雍録《ノ》巻七《ニ》、秦武公滅《シ》杜《ヲ》、以《テ》杜国《ヲ》為《ス》杜縣《ト》。縣之東《ニ》有《リ》原、名《ヅケテ》為《ス》東原《ト》、宣帝以為《テス》己《ガ》陵《ト》、故《ニ》東原之地《ハ》遂《ニ》為《ル》杜陵縣《ト》也《ト》」と説明を加える。いわゆる杜陵叟の「籍貫」なのであろう。

叟　じいさん。「叟 sǒu」（仄声）は、年老いた男性への呼称。「翁 wēng」（平声）の類語。ここでは、凶作と重税に苦しむ老農夫をさす。因みに「杜陵叟」は、「新楽府《がふ》五十首」のうちの三〇番目の作品。元和四年（八〇九）、白氏38歳の作。

傷　いたみかなしむ。以下の五文字、白居易自身によって加えられた小序。個々の作品の制作意図を明確にする。

困　「困苦」「困厄」「困窮」の「困」。出口や逃げ場のない苦しみ・悩みを言う。

也　上声（yě）で重く読まれるべき字。事象を理性的に説明する語気をもつ。ここでは作品の内容や意図を説明する語気。

2 **杜陵居**　この部分を『李白と杜甫　唐詩のこころ』指導資料（三省堂、一九七四年三月）では「杜陵の居」と訓読し、「（杜陵の爺さん）杜陵住まい」と訳出する。中国で出版された唐詩注釈書、白詩注釈書の大多数は、「居」を動詞として「住在杜陵」（杜陵に住んでいる）と訳す。

3 **歳種**　年々（毎年毎年）、耕して植える。「種 zhòng」（去声）は動詞用法で、「（苗を）植える」「（種を）まく」意。

薄田　地味のよくないやせた耕地、田畑。「薄」は肥沃でないこと。漢語の〝田〟は「田地《はたけ》」（耕作地）のこと。日本語のいわゆる「田《たんぼ》」の意味に限定されない。

一頃余　「頃」は耕地面積をはかる単位、約五町八反。一頃は百畝（一七五五五坪）。竇英才・王景霓・金永徳・許龍九『唐代文学作品選』（吉林人民出版社、一九八一年一一月）では「到白居易写詩時、由于人口増加、兼并劇烈、一般農民耕地很少、這里是根据旧制泛指」（白居易が本詩を作った頃になると、人口が増加し、合併統一が激烈となったため、一般農民の耕地は少なくなっていた。ここでは旧制度に拠って大まかに示したのである）と述べる。これに対して王汝弼『白居易選集』（上海古籍出版社、一九八〇年一〇月）では、『旧唐書《く》』食貨志の記述（武徳七年〔六二四〕、始《メテ》定《ム》律令《ヲ》、丁男中男《ニハ》給《ス》一頃《ヲ》〔百畝〕、所授《ク》之《ノ》田十分之二《ハ》為《シ》世業《ト》、八《ハ》為《ス》口分《ト》。世業之田《ハ》、身死《スレバ》則承《ツグ》戸《ヲ》者《ニ》便《チ》授《ケ》之《ヲ》、口分《ハ》則収《メ》入《ル》官《ニ》）に基づいて、「所以杜陵叟雖能種田一頃左右、而所承受的世業田則不過二十畝」（だから杜陵叟が田地一頃ほどを耕作することができたといっても、実質的に受け取る世業田はわずか二〇畝〔三五一一坪〕に過ぎない）と説く。また本詩第1句から第3句目まで、〝杜陵叟〟の地位・身分をくっきりと描写する部分として注意される。

4 **三月**　陰暦三月。陽暦の四月下旬に相当する。より具体的には、元和四年（八〇九）の三月を指す。元和三年冬から翌年の春にかけて、関中から江南にわたる広い地域で、極めて深刻な旱害（飢餓）のあったことが白居易「賀雨」詩〔0001〕（巻一）、『新唐書』巻七憲宗紀、『資治通鑑』巻二三七憲宗元和四年の条にみえる。

無雨　雨の降るべき時節に、恵みの雨が全くないことを言う。三月の中気である「穀雨節」前後は、文字通り百穀を潤す雨期であり、農作業（苗植え・養蚕 etc）の始まる重要な時期である。

旱風起　ひでりの風が（大地をけずるようにして）吹き起こる。

5 **麦苗不秀**　麦の苗に穂が出ず、花がつかない。「秀」は動詞で、（穀類が）穂を出して花をつけること。霍松林『白居易詩訳析』（黒龍江人民出版社、一九八一年九月）、顧学頡・周汝昌『白居易詩選』（人民文学出版社、一九八二年二月）、霍松林『白居易詩選訳』（百花文芸出版社、一九八六年二月）などでは「禾穂揚花叫秀」（穀物の穂が柱頭を伸ばして花をつけることを秀という）と述べる。因みに「秀」の原義は、「長い茎をもつ花」。

多黄死　多くが枯れて、黄ばみ死んでしまう。

6 **九月**　陰暦九月。陽暦の一〇月下旬に相当する。より具体的には、「寒露節」（新暦の一〇月八、九日）「霜降節」（新暦の一二月二三、二四日）を迎える晩秋の時節を言う。因みに、「寒露節」は露気が冷たくなって凝結する時期、「霜降節」は露気が霜に変化する時期。詳しくは、植木久行『唐詩歳時記』（講談社学術文庫、一九九五年八月）二七四頁参照。

降霜　霜の気が天から降りそそぐ。『礼記』月令、孟秋之月の条に「涼風至《リテ》、白露降《ル》」とあり、同じく季秋之月の条に「是月《この》也《や》、霜始《メテ》降《レバ》、則《チ》百工休《やム》」とある。古来中国では、露や霜は天空から降り下るものとして意識された。「霜満天」「飛霜」「流霜」などの詩語は、この点からも注意されてよい。詳しくは、前野直彬『風月無尽』（東京大学出版会、一九八八年五月）天象の部、佐藤保『漢詩のイメージ』（大修館書店、一九九二年一〇月）〝天文〟の部参照。

秋早寒　本来は清涼である秋に、冬の寒気が早くも訪れること。「寒露節」の頃に、早くも霜が降るようになったことを言う。「早」は、時間的にはやいということ。現代中国語の「早就」（とっくに、もう）に等しい。

7 **禾穂**　稲の穂。田中慶太郎『支那文を読むための漢字典』（（学生字典邦訳版）研文出版、一九八七年六月）禾部では「嘉穀なり、未だ稾を去らざる穀を禾と謂ふ。秦漢以前の禾の字はみな粱を指して言ふ。即ち今の小米子（粟）なり。後世に至って始めて稲を以て禾と為す」と解説する。

未熟　まだ成熟しないうちに。「未」は、現在までの事態として……でない、という意味。

皆　それぞれがみな、おのおのがみな、一つ一つがともに。古典中国語の「皆」は、必ずしも三つ以上の対象にのみ使われるのではなく、二つの対象にも用いられる点に注意。現代日本語の「みな」と微妙に異なる。

青乾　青い色のまま急にひからびてしまう。いわゆる〝青枯れ〟。本詩5句目「麦苗・不秀・多黄死」との対偶表現にも留意したい。

8 **長吏**　A＝県令・県丞・県尉などの地方官とするもの、B＝土地の上級官吏とするもの、C＝地方長官とするもの、という三説がある。

A説を採るもの：霍松林『白居易詩訳析』、顧学頡・周汝昌『白居易詩選』、李希南・郭炳興『白居易詩訳釈』（黒龍江人民出版社、一九八三年三月）、霍松林『白居易詩選訳』、梁鑑江

『白居易詩選』（広東人民出版社、一九八六年九月）、朱金城・朱易安『白居易詩集導読』（巴蜀書社、一九八八年五月）、褚斌傑『白居易詩歌賞析集』（巴蜀書社、一九九〇年四月）、竇英才・王景霓・金永徳・許龍九『唐代文学作品選』など。

B説を採るもの：鈴木虎雄『白楽天詩解』（弘文堂、一九六一年一二月）、高木正一『白居易(上)』（岩波書店、一九八〇年二月）、『李白と杜甫　唐詩のこころ』指導資料など。

C説を採るもの：王汝弼『白居易選集』、堤留吉『白楽天生活と文学』（敬文社、一九五九年四月）、近藤春雄『白氏文集と国文学　新楽府・秦中吟の研究』（明治書院、一九九〇年一一月）、倉石武四郎・須田禎一『歴代詩選』（平凡社、一九六〇年九月）、吉川幸次郎・桑原武夫『新唐詩選続篇』（岩波書店、一九七八年六月）など。

以上のほかに、B説・C説の中間的なものとして龔克昌・彭重光『白居易詩文選注』（上海古籍出版社、一九八八年一二月）がある。そこでは「長吏、旧称県級官吏的長者、即県令。也泛指地方長官」（長吏は、県クラスの役人の長、つまり県令の旧称である。またひろく地方長官をさす）と注釈が加えられている。A、B、C説いずれも、異同の根拠が明示されていない。〔通釈〕ではA説を採っている。因みに、古典中国語としての「吏」の原義は、〝小役人〟。中央政府によって任命され、派遣される「官」（高級官僚）と異なり、普通それぞれの土地に根づいて生活している者（実務の専門家）が徴用された。また「官吏」で広義の〝役人〟の意味。

明知　はっきりと（事情・事態を）理解しているのに。漢語としての「知zhī」は、単に「知る」（know）というよりも「理解する」（understand）ということ。この点で「識shì〔k〕」と語義が異なる。例えば「我知其人」（私はその人を〔外貌ばかりでなく人格を含めた全てを〕理解している）「我識其人」（私はその人を〔他の人の外貌と区別して〕見知っている）など。

不申破　「申破」は動詞で、「上級部局に〔書類で〕報告し、〔事情を〕ずばり指摘する」意。「破」は、単なる強意の助字ではなく、「看破」「踏破」「説破」「驚破」「道破」「喝破」のように、破壊・破裂の気分をより強く含む点に注意。鈴木虎雄『白楽天詩解』では「申は上司へ申告すること、破とは事情を明白に解析するをいふ」と説き、顧学頡・周汝昌『白居易詩選』、李希南・郭炳興『白居易詩訳釈』、孫寿瑋編『唐詩字詞大辞典』（華齢出版社、一九九三年一〇月）などでは「申、申奏、向上級報告（上報）（上の役所に報告する）、破、説明（説明する）」と述べる。

9 **急斂暴徴**　有無を言わさず、せきたてるように徴税する。四字で現代中国語の「横徴暴斂」に相当する。「急」は「急迫」「切迫」の意。ただちに、あわただしく、さっさと。「斂」は、集める、搾り取る。「暴」は、「暴発」（急に発射する）「暴死」（急に死ぬ）のそれで、にわかにの意。「徴」は、（国家が法律を行使して）徴集・徴発すること。この部分、「急＝暴」「斂＝徴」を互訓的に重ねることで、税吏の横暴さ・理不尽さを強調する。近藤春雄『白氏文集と国文学　新楽府・秦中吟の研究』では「急いであつめ、乱暴にとりたてて」（傍点、埋田）と解釈する。

求考課　自分の勤務評定（考課・考績）が上がることを問題とする。「求」は「問」の意。「考課」はいわゆる「考功課吏」（功罪を考察して官吏を督課する）の略。唐代官僚の考課は、毎年おこなわれる〝小考〟と三年から四年ごとになされる〝大考〟の二種類に分けられる。その職務は、尚書省吏部の考功司が管轄し、〝京官〟と〝外官〟の考課については、考功郎中と員外郎がそれぞれ担当した。勤務評価は九段階（上上・上中・上下・中上・中中・中下・下上・下中・下下）からなり、それぞれの等級を決定する考課基準は「四善」と「二十七最」に分かれていた。詳しくは張国剛『唐代官制』（三秦出版社、一九八七年四月）第七章第五節、〝考課与致仕〟の条を参照。

10 **典桑**　「典」は、現代中国語の「典当 diǎndàng」に相当し、質に入れるということ。桑の木を担保にして高利貸しから金を借りる。

売地　自分の所有する土地を売却する。農民の生命《いのち》である耕地を売り払うことを指す。

納官租　国税を納入する。「官租」は、政府に納める税金。具体的には、徳宗の建中元年（七八〇）に、宰相楊炎によって立案された〝両税法〟が意識されていよう。唐代前半の正税であった「租」（田からあがる穀物の上納）「庸」（夫役《ぶやく》あるいはそれにかわる絹の上納）「調」（家内生産物としての織物の上納）とは異なり、楊炎の〝両税法〟は六つの原則から成り立っていた。『アジア歴史事典（全一二巻）』（平凡社、一九九二年七月）「両税法」（日野開三郎執筆）の項目では「第一は、両税以外の税役をいっさい厳禁する単税原則、第二は、夏と秋との収穫期に徴収する両回徴収原則。ただし夏税は冬作（麦）田に課し、秋税は夏作（粟稲）田に課し、同一田産に両回課税するのではない。第三は、戸を賦課対象とし、各戸の資産の多少を調べて均率に徴収する戸対象・資産対応均率賦課の原則。第四は、中央地方の歳出予算を計上し、これを第三原則によって民戸に配賦する量出制入原則。第五は、資産の評価、予算の計上、税額の決定などすべて銭額を用い、納税も銭納を本則とする銭額銭納原則。ただし実際の納入は、粟・稲・布帛・草《わら》その他の物の充用を認める大幅な折納運営によっていた。第六は、土戸・客戸の別なく有産戸はすべて現住地において税戸に編貫する見居原則である。第一ないし第四は税法構成の基本原則、第五、第六は運営の原則で、基本原則はすべて州県の便法時代に芽ばえている」と説明する。また『李白と杜甫　唐詩のこころ』指導資料では、注釈を加えて「……戸税・地税・商税からなる夏と秋の二期に納付する。農民は、その戸税や地税に苦しんだ。貨幣徴収が建て前であるが、地税は物納、戸税も布帛等の代納が許された。課税の公平と農民の負担軽減のために租庸調に変わった両税法は、すぐ破綻と矛盾を露呈して貧農を苦しめた」と述べる。唐代両税法の実態に関するより詳しい考察については、船越泰次『唐代両税法研究』（汲古書院、一九九六年二月）を参照されたい。参考までに本書の目次編成を以下に紹介する。〔第一部　両税法研究史〕（第一章　中国における両税法研究―一九二〇―八〇年代初、第二章　続・中国における両税法研究―一九八〇年代、第三章　日本における両税法研究―日野氏の業績を中心に）〔第二部　唐代両税法各論〕〈Ｉ　両税法成立史の観点から〉（第一章　両税法成立に関する一考察）〈II　両税法課税体系に関連して〉（第二章　唐代両税法における斛斗の徴科と両税銭の折糴・折納問題―両税法の課税体系に関連して―、第三章　唐・五代の地子・苗子―附、税子・租子―、第四章　唐宋両税法の課税体系について、第五章　元稹「同州奏均田状」浅釈）〈III　戸等制との関連をめぐって〉（第六章　唐代戸等制雑考、第七章　吐魯番出土、唐代戸等文書覚書）〔第三部　餘論〕（第一章　唐代後期の常平義倉、第二章　唐代均田制下における佐史・里正、第三章　五代節度使体制下における末端支配の考察―所由・節級考―）〔結語〕（唐代両税法略論　附索引）。

11 **明年衣食**　来年の「衣《き》」るもの「食」べるもの。「衣《き》食」の二字は、前句の「桑」（絹）「地」（作物）のイメージを承けて、後句の「帛」「粟」に繋げる点で注意される。

将何如　（将来の状況として）どのようであるのか。「賓語」（目的語）として使われる「何如」「何若」は、物事の状態・状況―状態事実―を尋ねる疑問詞（どのようであるのか）で、現代中国語の「怎麼様」に等しい。「何為」（どうして・理由）「奈何」「若何」「如何」（どうしたらよいか。処置）と区別して用いられる。この部分、いわゆる〝通韻〟―上平声虞韻「租zū」と上平声魚韻「如 rú」―のため、「如何」が転倒して使われた可能性も考えられる。その場合は、物事の方法・手段を尋ねる疑問詞（どうするのか）となり、現代中国語の「怎麼辦」に等しい。〔通釈〕ではこのニュアンスで訳出した。中国で出版された注釈書の多くは、この箇所について「明年的衣和食有甚麼辦法！」（来年の衣食についていかなる算段《てだて》があるというのか）とやや詠嘆的に訳す。

12 **剝**　はぎとる。「剝脱 bōtuō」の義。因みに、皮をはぐ場合は bāo。

我　杜陵叟（老農夫）の自称。わし（の）、おいら（の）。この部分、三人称表現から一人称へと変換されていることに注意。詩情（憤怒）の昂まりを示す。

身上帛　身につける帛《ふく》。「帛」は絹織物の総称。「桑植え」→「養蚕」→「機織」の結果つくりだされる生活必需品としての帛。ここでは農民が自ら着るところの広義の衣類を指す。唐の時代、量産された帛は必ずしも高級品のイメージをもたない。この部分、白居易「秦中吟十首其二、重賦」〔0076〕の「厚地植《ニうエ》二桑麻《ヲ》一、所《ハ》レ要《もとムル》済《すくハンガタメナリ》二生民《ヲ》一。生民理《おさム》二布帛《ヲ》一、所《ハ》レ求《ムル》活《いカサンガタメナリ》二一身《ヲ》一。身外充《テ》二征賦《ニ》一、上以奉《テささグ》二君親《ニ》一」が想起される。

13 **奪我口中粟**　わしの口にいれる粟《めし》を奪いとる。「粟」は狭義の〝アワ〟、広義の〝穀類〟。ここでは穀類の食料一般を指す。鈴木虎雄『白楽天詩解』では「粟、こめ」と述べる。また梁鑑江『白居易詩選』では「帛、此代指衣著。粟、此代指糧食」（帛、ここでは代用して衣服を示す。粟、ここでは代用して食料を示す）と説く。「身上・帛」「口中・粟」ともに、押韻字としての優先性から採用・配置されたのであろう。押韻律・音性律などのいわゆる詩律が、詩語の選択に強い影響力を及ぼしている事実は、中国古典詩の性格を考えるうえで十分に注意されてよい。「奪」は、強制的に人の所有物を取ること。因みに12句目から15句目にかけて、「剝《ハク》 bō〔k〕」「帛《ハク》 bó〔k〕」「奪《ダッ》 duó〔t〕」「粟《ゾク》 sù〔k〕」「肉《ニク》 ròu〔k〕」という強い響きをもつ入声《にっしょう》字が集中的に用いられていることは、貪官・汚吏の凶悪さとそれらに対する老農夫――あるいは作者（白居易）その人――の憤怒・憎悪をストレートに表わして効果的である。

14 **虐人害物**　人をしいたげいじめ、物をきずつけそこなう。いわゆる「残民害理」の意。この一句、武部利男『白楽天詩集』（六興出版、一九八一年一月）では「ものとりごうとう　ひといじめ　これこそ　やまいぬ　おおかみだ」と訳出する。

即　「A即B」で、Aが一〇〇パーセントBと同一であることを示す。Aはとりもなおさず Bである、という語感。決意・熟慮・抵抗・摩擦を経てある事態が生ずることを示す上声の「乃 nǎi」に比べて、入声の「即 jí〔k〕」は、AB間の心理的隔たりが極めて少ない。

豺狼　やまいぬとおおかみ。ともに凶暴な肉食動物。転じて残忍非道な人間（役人）の喩え。現代中国語でも、罵語としての「豺狼虎豹」は、〝極悪人〟の総称として使われる。

15 **何必**　反語表現による強調構文。発話者の詠嘆の感情を強く含む。「……だけが……するとは限らない」。「……だけが……するというわけではない」。

鉤爪鋸牙　鉤《かぎばり》のようにまがった爪、鋸《のこぎり》のようにするどい牙《きば》をもった猛獣（豺と狼）。因みに李希南・郭炳興『白居易詩訳釈』では「張牙舞爪」（牙をむきだし爪をふるう）と訳す。

食人肉　貧しい老農夫から、ありったけの租税を絞りとる酷吏を、人間を襲ってその肉を食い尽くす猛獣に喩えたもの。陳友琴「白居易的〝杜陵叟〟和〝繚綾〟浅説」（『語文学習』総第八二期、一九五八年七月）では、こうしたいわゆる〝狗官〟（悪役人）の実名として『新唐書』巻一五三段秀実伝に登場する「焦令諶」を挙げている。直訴に及んだ農民をなぶりものにした焦令諶は、当時の封建社会にあって無数にいたのであろう。

16 **何人**　どのような人、いかなる人。「何」は「誰」と同義。具体的には、当時翰林学士であった白居易と李絳の二人を指す。『資治通鑑』巻二三七、唐紀五三、憲宗元和四年の条には「上《ハ》以《テ》ニ久旱《ヲ》ー、欲《ス》レ降《サント》ニ徳音《ヲ》ー。翰林学士李絳・白居易上言《ス》、以為《おもヘラク》欲《セバ》レ令《メント》ニ実恵《ヲシテ》及《バ》レ人《ニ》、無《シ》レ如《クハ》レ減《ズルニ》ニ其《ノ》税《ヲ》ー」とある。因みに元和三年（八〇八）四月から元和五年（八一〇）五月にかけて、白居易は左拾遺（天子の過失を指摘し諫める職掌）と翰林学士（天子の命令書である詔勅を起草する職掌）とを兼ねていた。こうした政治的環境のもとで、おびただしい新楽府系作品（諷諭詩）が作られたのである。詳しくは、王拾遺『白居易生活系年』（寧夏人民出版社、一九八一年六月）、朱金城『白居易年譜』（上海古籍出版社、一九八二年六月）を参照。また「不知何人」について、王汝弼『白居易選集』、龔克昌・彭重光『白居易詩文選注』、朱金城・朱易安『白居易詩集導読』などでは、均しく「作者《ノ》自《ラ》隠《スナリ》ニ其《ノ》善《ヲ》ー」と指摘する。

奏皇帝　皇帝陛下に意見を申し述べる。唐朝第一一代皇帝である李純（憲宗）への上奏文提出を指す。元和四年（八〇九）三月、白居易・李絳によって提出された上奏文の内容は、①元和四年度の租税減免、②不必要な宮人（宮女）の解放、③地方官僚からの進奉禁止、④嶺南・黔中・福建における不法な奴婢掠売の禁止など、多岐にわたるものであった。①②の詳しい内容については、『那波本白氏文集』巻四一、奏状の「奏請加徳音中節目（二件）」（縁今時旱請更減放江淮旱損州縣百姓今年租税）〔1954〕（請揀放後宮内人）〔1955〕によって知ることができる。朱金城『白居易集箋校（全六冊）』巻五八、三三四〇頁も併せて参照。

17**帝心惻隠**　「惻隠」は、他人の苦痛や不幸をあわれみいたむ意。いわゆる「忍びざるの心」。『孟子』公孫丑上に「惻隠之心、仁之端《はじめ》也。羞悪《しゅうお》之心、義之端也。辞譲之心、礼之端也。是非之心、智之端也。人之有是四端也、猶其有四体也」とある。「不知何人奏皇帝、帝心惻隠知人弊」の蟬聯体にも留意したい。

人弊　人民大衆の疲弊・困弊。いわゆる労苦困窮のこと。またこの部分について、中国社会科学院文学研究所『唐詩選（上下冊）』（人民文学出版社、一九七八年四月）では「作者在此処有意為統治者涂脂抹粉、表現了官僚階級立場」（作者はここで、わざと統治者のために詩句を美化し、官僚階級としての自己の立場を表現した）と注記する。さらにまた王汝弼『白居易選集』では「知道官吏欺上壓下的弊端」（官吏たちの上をあざむき下をしいたげる弊害を〔皇帝は〕理解する）と解釈して、「人弊」を「百姓《ひゃくせい》の疲弊」ではなく「官吏の弊害」とする。

18**白麻紙上**　唐代の詔令用紙である白麻紙《しろあさがみ》に。「上 shàng」は〃……に〃ぐらいの感じ。①唐、李肇撰『翰林志』に拠れば、詔勅に用いられる紙には、黄麻紙・白麻紙・青藤紙・白藤紙……などがあり、麻から作られる白紙《しろがみ》を最上とし、紙材・紙色によって命令内容や優先順位が異なった。②白麻紙は、将相の任命・大赦・特赦・討伐・免租など、国家の最も重要な政令の公布に用いられ、黄麻紙は、それ以外の一般的な命令書に使われた。宋、王溥撰『唐会要』巻五七、翰林院の条には「故事、中書以黄白二麻為綸命重軽之辨、近者所由猶得用黄麻、其白麻皆在此院、自非国之重事・拝授于《と》徳音・赦宥者、則不得由于斯《これ》矣」とある。また陳寅恪『元白詩箋証稿』（上海古籍出版社、一九七八年三月）では、同じ文献を引用して「蓋徳音例《おおむね》以白麻紙書之、此唐家制度也」と結論づける。③鈴木虎雄『白楽天詩解』に拠れば、唐の制度では、「制」には白麻紙を用いて印を用いないが、「詔」には黄麻紙と印とが用いられる、とする。これと類似の指摘は、前述の『翰林志』でもなされている。

書　動詞、かきつける。起草する。因みに形符としての「聿」は、手で筆をもっている貌《さま》。

徳音　A＝天子のなさけ深いおことばとするもの、B＝賦税免除のよい知らせ（福音）とするもの、C＝唐代詔書の一種でいわゆる恩詔とするもの、という三説がある。

A説を採るもの：鈴木虎雄『白楽天詩解』、佐久節『白楽天全詩集』（日本図書センター、一九七八年七月）、高木正一『白居易(上)』、武部利男『白楽天詩集』（六興出版、一九八一年一月）、近藤春雄『白氏文集と国文学　新楽府・秦中吟の研究』、吉川幸次郎・桑原武夫『新唐詩選続篇』など。

B説を採るもの：李希南・郭炳興『白居易詩訳釈』、梁鑑江『白居易詩選』、中国社会科学院文学研究所『唐詩選（上下冊）』、竇英才・王景霓・金永徳・許龍九『唐代文学作品選』など。

C説を採るもの：王汝弼『白居易選集』、霍松林『白居易詩訳析』、顧学頡・周汝昌『白居易詩選』、龔克昌・彭重光『白居易詩文選注』、朱金城・朱易安『白居易詩集導読』など。

A、B、C説いずれも、異同の根拠が明示されていない。〔通釈〕ではC説を採っている。

19**京畿**　京師（天子の都である長安）と畿内（首都を囲む四〇余りの県）。

尽放　全部が免除される。「尽 jìn」（去声）は、たまっていた水が、吸い尽くされて全て消えてなくなる語感を含みもつ。「放」は放免、免除の義。

今年税　具体的には、憲宗の元和四年に下された賦税免除令をさす。〔語釈〕16を参照。因みに顧学頡・周汝昌『白居易詩選』では、『新唐書』巻七、本紀第七、憲宗皇帝の「(元和)四年正月壬午、免《ズ》山南東道、淮南、江西、浙東、湖南、荊南今歳《ノ》税《ヲ》」を引用して、「未言京畿、可能是以后追免的」（まだ京畿に言及していないが、あるいはこれ以後に追免されたのかもしれない）と述べる。

20**昨日**　きのうを含めた比較的近い過去の時間を指し示す。先日、過日、かつて。鈴木虎雄『白楽天詩解』では「必しもその前日をいふに非ず」と注釈を加える。

里胥　むらの役人、里正《むらおさ》。百戸（一里）ごとに一人の里正（村長）が置かれ、主に農業・養蚕・賦役などの雑務を監理した。

方　（その時になって）はじめて、ようやく、やっと。現代中国語の「才」に相当する。

到門　一軒一軒の民家の門口《かど》にやってきて。漢語の「門」は、ものが出入りする所。日本語の「もん」の意に限定されない。

21**手持勅牒**　手に租税免除の公文書をもって。「勅」は皇帝の命令、「牒」は文書。鈴木虎雄『白楽天詩解』、佐久節『白楽天全詩集』、高木正一『白居易(上)』、吉川幸次郎・桑原武夫『新唐詩選続篇』などでは、「勅牒」を「勅語を書いた長さ一尺の竹や木のふだ」とする。

牓　動詞用法（bǎng 上声）。かかげ示す、かけ示す、はり示す。「榜」と同義。

郷村　むらざと。人口分布が城鎮よりも疎な場所。「郷」字について、田中慶太郎『支那文を読むための漢字典』では「古は万二千五百家を以て郷と為す。旧定地方制にて、人口五万に満たざる区域を以てみな郷と為せり。俗に沿うて城鎮以外を以てみな郷と称す。〃郷村〃〃郷閒〃の如し」と説く。

22**十家租税**　（むらざと）十軒の租税のうち。

九家畢　九軒分（の税金）は既に納付ずみ。「畢」は完了の意。白詩に多用される数字表現は、リアルで具体的なイメージを結ぶうえで必須のものとなっている。この点については、金子彦二郎「数字的表現と白楽天の詩」（『漢文教室』第15号、大修館書店、一九五四年一一月）に詳しい。

23**虚受**　天子の恩恵を受けることが全くないことを言う。「虚」は「空」の類語（in vain）。「受」はうけわたしすること。鈴木虎雄『白楽天詩解』では「虚とは受け得ざるをいふ」と述べる。

吾君　われらの天子さま。因みに一人称を示す「吾 wú」（平声）「余 yú」（平声）「予 yú」（平声）などは、「我 wǒ」（上声）に比べてより軽い語感をもつ。

蠲免恩　租税を蠲《のぞ》き免《ゆる》す恩恵。「新楽府序」〔0124〕に呈示されたいわゆる「卒章顕《ハラカニス》二　其《ノ》志《ヲ》一」の手法によって、一首全体の主題が明確に呈示された部分。天子の免税令が通達された時、おかみによる税の収奪は、既に九〇パーセントが終了してしまっていると言うのである。国家政策の欺瞞性を暴露した名句として有名。旱魃・冷害・酷吏・納税の四重苦にあえぐ杜陵在住の一老農に取材して、租税納付後やっともたらされた天子免税の徳音は、単なる形ばかりの仁愛ポーズに過ぎないと諷刺しつつ、広範な為政者階級に対して、実情の調査・把握と早急の手立て・方策を訴える主張が提出されている。

通釈

杜陵のじいさん　農民の困窮をいたみかなしむ

杜陵のじいさんは、杜陵に住み、くる年もくる年も、一頃あまりのやせた田地《はたけ》に種をまく。

三月になっても恵みの雨は降らず、ひでりの風が吹き起こり、麦の苗はいっこうに穂が出ないまま、多くは黄ばんで枯れはてた。九月になると霜の気は降りそそいで、秋なのにもう早くも寒くなり、稲の穂はいまだみのらず、どれもこれもみな青いままひからびてしまった。

地方の役人は凶作を理解しているくせに、ありのまま上司に報告せず、租税をせきたてて搾り取り、自分の勤務評定を上げようとする。

万策つきた農民は桑を質入れし田地《はたけ》を売り払って、やっとお上への租税を納入する。これで来年の衣《き》るもの食うもの、いったいどうせよというのか。

おいらが身につける帛《ふく》をはぎとり、おいらが口にする粟《めし》をふんだくる。人間を虐待し生き物に危害を加えるのは、とりもなおさず豺《やまいぬ》や狼《おおかみ》のようなやから。鉤《かぎばり》の爪や鋸《のこぎり》の牙をもつ猛獣だけが、何も人間の肉を食うものとはかぎらない。

いかなる人が皇帝《みかど》にご意見申しあげたのか知らないが、天子さまは御心《みこころ》に農民の困窮を痛ましく思し召されて、白麻紙《しろあさがみ》に恩詔を書かしめられ、都とその周辺地方一帯に今年の税を全て免除すると布令《ふれ》られた。

先日、村の役人がようやく家々の門口《かどぐち》にやってきて、手に勅旨の文書を持ちながら、それを村々に提示しつつふれ歩く。ところが一〇軒の租税のうち、九軒までもが既に納付ずみで、わが君による免税のおめぐみも全く名のみで受けることがない始末。

諸説の異同

特記事項なし。

備考

唐代新楽府《がふ》運動の文学史的流れについては、おおよそ盛唐の元結（「系楽府」一二首、『元次山文集』巻三）・杜甫（「兵車行」「三吏三別」）によって創始され、中唐の白居易（「秦中吟」一〇首「新楽府」五〇首）・元稹（「和《ス》二李校書《ノ》新題楽府《ニ》一」一二首、『元氏長慶集』巻二四）・李紳（「楽府新題」二〇首、散逸）らによって完成され、晩唐の劉駕（「唐楽府」一〇首、『全』巻五八五）・皮日休（「正楽府」一〇首、『全』巻六〇八）・胡抱章（「白氏諷諫」五〇首、散逸）たちによって小規模かつ部分的に継承された、と位置づけてよいであろう。それら個々の詩歌作品の系譜のなかで、名実ともに新楽府の典型を作りあげたのが白居易であった。

彼は古楽府系の作品がもつ楽府題・詠法・句式・発想・心象・措辞・用語などを大幅に刷新することで、社会詩としての美刺諷諫的意図を、より一層直截化・明確化することに成功した詩人であると言える。それは、漢代以来の伝統的な古楽府・擬古楽府系作品が等しく内包する、①楽曲への連想性、②視点の三人称化、③場面の客体化、④表現意図の未完結化、といった表現機能の限界性を突き破り乗り越える政治的文学的活動でもあった（この点についての詳細な考察は、松浦友久『李白研究―抒情の構造』李白楽府論考―表現機能の完成をめぐって〔三省堂、一九七六年三月〕、同前『中国詩歌原論―比較詩学の主題に即して』楽府・新楽府・歌行論―表現機能の異同を中心に〔大修館書店、一九八六年四月〕を参照）。

膨大な作品量（約三〇〇〇首）を誇る白居易において、古楽府・擬古楽府系作品の総数が、その一生を通じて大変少ない事実は、彼の前半生の左拾遺任官時代に精力的に展開された「新楽府運動」と関連づける時、極めて大きな意味をもってくる。例えば白居易の親友であり詩敵でもあった元稹は、「楽府古題序」（『元氏長慶集』巻二三）のなかで「自《リ》二風雅《ノ》一至《ルマデ》二於楽流《ニ》一、莫《シ》レ非《ザルハ》下諷二興《シ》当時之事《ヲ》一、以《テ》貽《のこスニ》中後代之人《ニ》上。……近代《ニハ》唯《ダ》詩人杜甫悲《シム》二陳陶《ヲ》一・哀《シム》二江頭《ニ》一・兵車・麗人等《ノミ》、凡《ソ》所《ハ》二歌行《スル》一率《ネ》皆即《シテ》レ事名《ヅケ》レ篇《ニ》、無《シ》二復《タ》倚傍《スル》一。予少時与《ニ》二友人楽天・李公垂輩《ト》一、謂《ヒテ》レ是《ヲ》為《シ》レ当《タレリト》、遂《ニ》不三復《タ》擬《なぞらへ》二賦《ふサ》古題《ニ》一」と述べている。安禄山・史思明の大乱以後の唐王朝（中唐）は、政治・経済・外交・軍事上のさまざまな社会矛盾が噴出し、既存の権威や価値が大きく失墜し、先行きを透視できない極めて複雑かつ困難な時代となっていた。こうした過渡的な時代を生きる文学者にとって、詩人（諷諫者）と為政者（被諷諫者）との間の〝安全弁〟として機能するいわゆる「言《フ》レ之《ヲ》者《ハ》無《ク》レ罪、聞《ク》レ之《ヲ》者《ハ》足《ル》二以《テ》戒《シムニ》一」（『毛詩大序』）式の擬古楽府は、もはや全く満足できない詩歌様式となっていた、と判断される。こうした状況のなかで生み出された「杜陵叟」以下の新楽府諸作品は、新しい社会事象を描写するには、新しい楽府のスタイルこそがふさわしい、とする優れて先進的・画期的な試みであった。それはまた逆に、その急進的・革新的性格――視点の非三人称化・場面の主体化・表現意図の直接呈示など――故に、支配体制側からの反撃を許容し、その結果、文学史の表舞台から急速に消失していく宿命をも自らの内に胚胎していたと結論づけられよう。

（埋田　重夫）

0 暮立　　暮《ひ》れに立《た》つ

1 黄昏獨立佛堂前　　黄昏《くわうこん》　独《ひと》り立《た》つ　仏堂《ぶつだう》の前《まへ》

2 滿地槐花滿樹蟬　　満地《まんち》の槐花《くわいくわ》　満樹《まんじゆ》の蟬《せみ》

3 大抵四時心總苦　　大抵《おほよそ》　四時《しいじ》　心《こころ》総《すべ》て苦《くる》しきも

4 就中腸斷是秋天　　就中《なかんづく》　腸《はらわた》の断《た》ゆるは是《こ》れ秋天《しうてん》

テキスト　『全』四三七-7-4854 ◆『万首唐人絶句』一八 ◆『和漢朗詠集』上、秋興 ◆『那波本白氏文集』一四（陽明文庫本・四部叢刊本）◆『南宋紹興刊本白氏文集』一四 ◆『明馬元調校本白氏文集』一四 ◆『清汪立名編訂本白香山詩集』一四

＊　本詩の篇目番号は〔0790〕（花房英樹『白氏文集の批判的研

究』（朋友書店、一九七四年七月）、平岡武夫・今井清『白氏文集歌詩索引（全三冊）』下冊、篇目表（同朋舎出版、一九八九年一〇月）を参照。

校語

3 **抵** 『和漢朗詠集』では「底」に作る。

總 『陽明文庫本』『南宋紹興本』では「揔」に作る。『和漢朗詠集』では「惣」に作る。

詩型・韻字

七言絶句。前《ぜん》・*蟬《ぜん》・天《てん》（下平声先韻〈先仙韻*〉）。

語釈

0 **暮立** 秋の夕暮れにたった一人たたずんで感懐を述べた詩。元和六年（八一一）四月三日、白居易の母陳氏が長安宣平里の自宅で亡くなった。享年57歳。陳氏の死因をめぐる諸説については、「村夜」詩の〔備考〕を参照。夫である白季庚に15歳で嫁ぎ、幼文・居易・行簡・幼美の四兄弟を生んだ。その賢たる母親像については、「太原白氏家状二道之二、襄州別駕府君事状」〔1497〕（『那波本白氏文集』巻二九）に詳しい。三年間に及ぶ「丁憂」のため、白居易は一族〝墳墓の地〟である下邽（長安西郊・渭水の北岸）に退居した。本詩はその服喪期間である元和六年（八一一）から元和九年（八一四）までのある秋の夕刻に詠われたもの。伝記的には40歳から43歳までの時期にあたる。花房英樹『白氏文集の批判的研究』綜合作品表、朱金城『白居易集箋校（全六冊）』（上海古籍出版社、一九八八年一二月）は、ともに元和九年（八一四）、43歳の作とする。下邽退居期に詠われた作品の多くは、その制作年次の確定が非常に難しいものとなっている。因みに、白居易詩にみえる立・倚・坐・臥などの姿勢表現の意義については、埋田重夫「白居易と姿勢描写—視点の下降が意味するもの」（『中国文学研究』第二一期、早稲田大学中国文学会、一九九五年一二月）を参照。

1 **黄昏** たそがれ時。西の空が黄色く昏《く》れていく夕刻。中国社会科学院語言研究所詞典編輯室編『現代漢語詞典』（商務印書館、一九八三年一月）では「黄昏、日落以後星出以前的時候」（黄昏とは、太陽が沈んで星が出るまでの時分）と述べる。

仏堂 寺院のお堂。「堂」の原義は、より多く公的な客用の表ざしき。家族用のプライベートな居間を意味する「室」とは微妙に異なる。「仏堂」は、下邽渭村で三年の喪に服している白居易の姿を、そのまま連想させることばとなっている。最愛の母を失った元和六年に、白居易は結婚して初めて授かった一人娘の金鑾《きんらん》（3歳）をも亡くしている。発病してから一〇日、突然に訪れたいとけない吾子の死であった。自分を生み育ててくれた母、自分に授けられ大切に育ててきた娘、といったあいつぐ骨肉の死のなかで本詩が作られたことは、伝記論的観点からも十分に注意されてよい。

2 **満地槐花** 地面いっぱいに散り敷いた槐《えんじゅ》の花。山岸徳平『唐詩評解』（有精堂出版、一九五二年六月）では「えんじゅの木の花。槐は落葉喬木。高さ四、五十尺、周囲七、八尺となるものも少くない。葉は藤に似ている。庭園にも植える。黄白色の蝶形の小さな花が、むらがって咲く。この外にも〝山えんじゅ〟とて、山地に生じ、もっと、大きくなるものもある。〝山えんじゅ〟は、花はうす黄色で、十月下旬頃に実が成熟する。この槐花は〝山えんじゅ〟であろうかと思う。それは、普通の〝えんじゅ〟よりも、花はややおそくなる」と説明し、白居易「暮立」詩に詠われる「槐」の種類は「山えんじゅ」である、と推定する。

満樹蟬　樹木《こだち》いっぱいに鳴きしきる蟬の声《ね》。蟬は夏蟬と秋蟬に分かれるが、ここでは後者。また本詩2句目は、いわゆる〝句中対〟。一句中に「満」の字が二度使用されていることに注目して、西村富美子『白楽天』（角川書店、一九八八年一〇月）は「第二句はその周辺の景物〝槐花〟と〝蟬〟を用いて詩の背景に作るが、〝満地〟〝満樹〟と〝満〟の字が二度も同じ句のなかに重ねられて、実際詩人の目に映じた槐花と蟬の情景ではあろうが、〝満〟は表現としては過剰であり、異常な風景である。前半は叙景であるがこのかなり衝撃的な光景に触発される詩人の情が後半の句に表れる」と説明する。「蟬」と「槐」は『白氏文《ぶん》集』にしばしば詠われる。中国古典詩歌に描写される「蟬」は、「高潔」のイメージ（①飲露、②蟬脱）と「悲哀」のイメージ（①短命、②晩秋）にほぼ二分される。

3**大抵**　おおよそ、おおむね、だいたい、の意。「大都」「大率」「大凡」と同義。白居易が愛用した白話（口語）系語彙の一つ。花房英樹『白居易研究』（世界思想社、一九七一年三月）第四章、言語形式では、白氏の多用する俗語系語彙として、「請」（平声）「格是」「而今」「匹如」「些些」「耳冷」「妬他」「欺我」「勿留」「羸垂」「温暾」「将謂」「大都」「校」「却後」「生計」「活計」「兼問」「聴取」「看」などを紹介して、「俗語、さらには俚諺を採り上げることは、日常生活の感情や意識を、採り上げることでもある。かつて歌詩は、伝統をもち、雅順と見なされていた詩語で綴られていた。そのような雅語で綴られている限り、その言語で対象が選ばれ考えられ、見られ感じられていることである。そしてその言語に即応しない事象や心理は、ことごとく捨象されるほかはなかった。しかし現実は、伝統の中に納りかえっているものではない。ことに安史の乱を経た中唐では、現実は新しい事態を噴き上げていた。伝統からはみ出た実相を、拾い上げ追究するためには、それに適わしい現実の言語が用いられなくてはならない。現前にたじろがぬ目を注ぐ者は、生活の意識や感情を洩らさぬために、俗語をも歌詩の中にくり込むのである。そして一たび俗語を採り上げる体制が成立した後は、伝統的な詩語にまで制限を加えるに至り、俗語をいよいよ多く容れる。〝銭あれば〟の俚諺を含む〝西行〟の詩篇は、作品番号（3019）によって一見して了解されるように、後期の作である。その後期にはいよいよ俗語が、多くなって行く。その趣きは、〝看〟なり〝大都〟なりの作品番号を見ても、理解されるであろう。〝詞は質にして俚〟であり、日常性を帯びるという傾向は、ただ〝新楽府〟期のみではなく、白居易の生涯にわたっていたのである」と結論づけている。

四時　春・夏・秋・冬の四つの時節、季節。古代中国人は四季の循環を、無限に続く「陽」気と「陰」気のサイクルによってもたらされると考えた。陽エネルギーの極点に「夏」、陰エネルギーの極点に「冬」を設定し、それぞれの過渡期に「春」と「秋」があると認識した。それゆえに過渡期としての「春」と「秋」は、視覚的にも聴覚的にも万物が著しく〝変化推移〟する短い時節として感じとられた。

心総苦　心にいつもつらく思われる。「心」は、〝心臓〟という、より具体的具象的イメージを中核にもつことば。「苦」の原義は、程度を過ぎて苦痛を感じること。〝つらい〟という感覚をより強く含む。「総」の字は、現在も含めた長い時間の持続不変を示す。現代中国語の「経常」「一直」にほぼ等しい。「総」の訳については、A＝「いつも」と訳出するもの、B＝「それぞれみな」と訳出するもの、という二説がある。

A説を採るもの：田中克己『白楽天』（集英社、一九八〇年七月）、武部利男『白楽天詩集』（六興出版、一九八一年一月）、岡村繁『白氏文集』三（竹村則行執筆）明治書院、一九八八年七月）、山岸徳平『唐詩評解』、黒川洋一等『中国文学歳時記（全七巻）』「秋・上」（松浦友久執筆）同朋舎、一九八九年三月）など。

B説を採るもの：高木正一『白居易(下)』（岩波書店、一九八〇年二月）、西村富美子『白楽天』、吹野安『必修漢詩新釈』（笠間書院、一九七四年五月）、前野直彬・石川忠久『漢詩の解釈と鑑賞事典』（旺文社、一九八三年）など。

いずれも、異同の根拠が明示されていない。〔通釈〕ではA説を採っている。

4**就中**　なかでも、とりわけ。口語系の用語。対象を一点に絞り込み、強調する際に用いることば。

腸断　「断腸」と同義。平仄式（二四不同）遵守のため語順が転倒している。腸《はらわた》がずたずたに断ち切られるほどの悲しい思い。中国人（漢民族）は耐えがたい自身の感情を、心（心臓）・腸などに代表される臓器の具体的即物的イメージに結びつけて表現することを好む。「断腸」（「腸断」）のみならず、「絶腸」「絶肝」「破胆」「裂胆」「傷心」「砕心」「破心」「摧心」などの一連の類語は、中国文言系古典詩の用語として何ら忌避されることなく、積極的に使用されている。詩語「断腸」の中国古典詩における成立と定着、およびその流行の必然性、日本古典和歌との比較・考証については、松浦友久『詩語の諸相―唐詩ノート』〈増訂版〉第一部、「断腸考―詩語と歌語Ⅲ」（研文出版、一九九五年一〇月）を参照。

是　「……である」という意味。中国語の「是 shì」における基本的用法は動詞。英語の be 動詞に相似する。「A是B」で「AはBである」。

秋天　現代中国語の用法と同じく、漢字二字で秋の季節(autumn・fall) そのものを言う。ここの「天 tiān」は、意味のない接尾字で、軽くリズムを整える。「前 qián」「蟬 chán」とともに、平声の脚韻字を形成している。前野直彬・石川忠久『漢詩の解釈と鑑賞事典』では、「秋の空。季節としての秋の意にも用いる」と述べる。七言絶句（七言四句二十八文字）という極めて限定された表現空間に、「大抵」「就中」「秋天」などの白話（口語・俗語）系語彙が連続して使用されていることは、白居易の言語観（詩語観）を理解するうえで、まことに興味ぶかい。また悲秋文学との関係から白居易の「暮立」詩を解説したものに、黒川洋一等『中国文学歳時記（全七巻）』「秋・上」（松浦友久執筆）がある。そこでは「秋の夕べは、四季と詩歌の関わりのなかでとりわけ好まれる主題である。それはおそらく、詩歌の抒情の主要な源泉たる時間意識が、〝秋〟という季節の、とりわけ〝夕べ〟という時間帯において、人々に強く自覚されやすいからであろう。秋に関わる詩的心情は、中国では『楚辞』の〝九弁〟（宋玉）の名高い冒頭——〝悲しい哉《かな》秋の気たるや　蕭瑟として、草木揺落して変衰す〟を直接の典拠としつつ、もっぱら〝悲秋〟のイメージを中心に継承されてきた。この点は、春に関わる詩的心情が、〝傷春〟とともに〝歓楽〟や〝愛惜〟のイメージとして継承されてきたのと、大きく異なっている。それはつまり、〝四季〟と〝人生〟とが、その推移形態としては〝相似〟でありながら、反復可能な四季と反復不可能な人生という点では決定的に〝相反〟である、という事実に因っていよう。換言すれば、〝人生の一回性〟という事実が〝秋〟——人生の老年においてこそ、いっそう切実に感じられやすいからにほかならない。とすれば、〝秋の夕べ〟こそは、そうした〝人生の黄昏〟と〝季節の黄昏〟とが、さらに〝一日の黄昏〟と重なって、もっとも感覚的な詩的時間となっているのだと判断されよう。秋の夕べをうたう中国詩歌の、少なくともその深層には、おおむね、悲哀・寂寞の心情が流れているといってよい。ただし、中国においても、詩歌史以前の上古にあっては、秋は穀物の収穫に象徴される楽しい季節とイメージされていたらしい。〝秋〟という漢字の字源が、喜ぶべき〝穀物の成熟・収穫〟を意味しているという事実は、この点を強力に傍証している。ちなみに、日本における悲秋の観念が中国詩歌に起因していることは、近年ひろく知られるようになっているが、同様に、中国においても上古では秋が悲しくなかったという事実は、十分に注意されてよい。象徴的にいえば、秋を悲しいものと感じるようになった段階から、中国の詩歌史は、その本格的な展開を示しているといえるのである」と述べられており、極めて示唆にとむ指摘となっている。またこの点（「悲秋文学」と「惜春文学」）についてさらに詳しく考察したものに、松浦友久『中国詩歌原論―比較詩学の主題に即して』第一部、〔一、詩と時間〕「中国古典詩における〝春秋〟と〝夏冬〟―詩歌の時間意識に関する基礎的ノート（上）」「中国古典詩における〝春〟と〝秋〟―詩歌の時間意識に関する基礎的ノート（下）」（大修館書店、一九八六年四月）がある。

通釈

日暮れにたたずむ

一日の黄昏《たそがれ》どきたった一人仏堂の前に立てば、槐《えんじゅ》の花は大地に散りしき蟬の声は樹々《きぎ》に満ちわたる。およそ四季の移ろいはいつでも心につらく思われるが、とりわけ腸《はらわた》がちぎれるほどに悲しいのは秋の時節。

諸説の異同

特記事項なし。

備考

本詩が制作された地である下邽《かけい》（長安西郊・渭水北岸）は、白氏一族のいわゆる〝墳墓の地〟として特別の意味をもっている。遠い祖先・子孫を含めた親族のために、墳墓の地を下邽に定め、その整合的な血縁意識のなかに生きようとした白居易の思想的特色は、①「居易 jūyì」（易《やす》きに居る）「楽天 lètiān」（天を楽しむ）という諱《いみな》・字《あざな》をもつことによって生じる自己暗示的な影響、②元稹・劉禹錫という著しく個性の異なる二人の詩人との不変的親交、③終生一人の妻（弘農郡君楊氏）しかもたなかった夫婦観・家庭観、④中二聯に対句を配することによって、イメージの完全なる整合性が要求される律詩様式への高い適性、⑤「知足安分」「楽天知命」「止足不辱」などの語や「中隠」の思想に示される中庸肯定の思考様式、⑥牛僧孺一派（挙子党）と李徳裕一派（任子党）との間で、長年にわたって生じたいわゆる〝牛李の政争〟にあっても、特定の派閥に盲従することなく、終始一貫して中立性を保ったその政治的姿勢、などの一連の傾向と平行して、その人間性を考えるうえで重要な示唆を与えている。これらの諸点に共通する基本的性格（属性）は、安定した整合的な世界にこそ自己の積極的な共感を見出すという認識である。そこには、極端で過激なものに対する持続的な関心は認められない。そうした整合性への志向が、白なる同一血縁集団の精神的結合という意味で達成されたのが、ほかならぬ〝下邽の地〟であった、と考えられよう。

　白居易とその墳墓の地「下邽」との関係については、平岡武夫『白居易』「白居易の生活、白氏の子」（筑摩書房、一九七七年一二月）でも言及されているが、より詳細な論考としては、同氏になる「白居易の家庭環境に関する問題」第七章、墳墓の地（『白居易　生涯と歳時記』第二部：白居易の家庭）（朋友書店、一九九八年六月）が指摘できる。その主要な論点について以下、箇条書きにして提示する。

①　白居易は常に「太原白居易」と称しているが、その実、彼の家系は太原から韓城に分れた支族のさらに下邽に分れた一支族に属するものである。下邽に移り住んだのは、白居易の曾祖父の白温である。しかし、この人は韓城に帰り葬られている。この時には、韓城がなお彼らの墳墓の地として見られていたのである。

②　白温が韓城より下邽に移ってから、白居易は四代目に当る。白温は韓城に葬ったが、白鍠にはそのことがない。大暦八年このかた、もがりのままである。すでに三十八年を経過している。祖母も三十四年を数える。父でさえ、十七年になる。白居易は韓城からすでに疎遠になっていたのである。下邽からいえば、白氏はここにすでに四代にわたって住みついている。祖父の遺骸も長安からここに移してある。下邽の位置は韓城よりもはるかに長安に近い。長安に近く住むことは、当時の人人にとって望ましいことであった。

③　祖父母も父母も、その葬る日はみな元和六年十月八日である。三十八年・三十四年・一七年の長いもがりをしていたのが、一挙にここに帰るべき所をもったのである。母の死が元和六年四月三日であり、その歳の十月八日に葬られていることは、祖父母と父母を葬る営みが、母の死を起点にしていることを示している。

④　貧寒のなかから彼を育てて今日あらしめた母、その母の魂に永遠の安住地を与えることは、彼の何にもまして念願することであった。もがりではなく、墳墓の地を求めた。いずこにそれを定めるか、彼は決断を迫られた。すでに韓城は遠くなっている。彼はすっかり住みついている下邽に地を卜《ぼく》することに心をきめた。この決心は、母の死後、間もなくなされたに違いない。四月三日から十月八日までの間に、父を襄陽から、祖母を

新鄭から遷し葬ることがなされている。

⑤ 白居易の墓つくりは、金鑾の死に遭うて、さらに切実さをました。元和六年、母のために喪に服して、下邽の村にいた時、ひとり娘が死んだのである。……（中略）……母と幼児と、最愛のものの魂を迷わせておくことは、彼は耐えられなかった。彼女たちに永遠の安らぎを与えることが、彼の最大の念願になった。墳墓の地が定められた。父を迎え、祖父母を併せて、墓域が完成した。これらの人たちの魂が安まることは、同時に、白居易の心が落ちつくことであった。

⑥ 祖父母と父母を葬ってから一年半の後、元和八年二月二十五日に、白居易は末弟の幼美（金剛奴）のなきがらを符離からこの下邽の墓地に改葬した。幼美が九歳のいとけないなきがらを符離にもがりしたのは貞元八年九月十二日であるから、これは二十二年目の本葬である。白居易は心の負担をまた一つ減らすことができた。この日、彼はこの幼い弟のために祭文（No.1448）を書き、墓誌銘（No.1470）を書いている。

⑦ 幼美の魂を鎮めることによって、白居易の葬むるべきものは、みな葬り終えた。墳墓の地はいよいよ安定さを加えた。白居易みずからも、死後の安住地を確保したものが持つ心の落ちつきを覚えた。進士及第に次いで、彼の生涯の第二の時期がここに劃された。この時、彼は、先哲が不惑という《ママ》たその年齢であった。彼の前半生がここに終る。詩人の運命は、しかし、常に数奇である。三十五年の後に、彼自身に与えられた永遠の眠りの場所は、父母と愛児のかたわらではなかった。

白居易は会昌六年（八四六）、住み慣れた洛陽履道里の自宅で病没した。享年75歳。その亡きがらは、同年十一月に龍門の香山寺にあった如満（仏光）禅師の墓塔のそばに葬られた。洛陽在住の士人やこの地を訪れた旅人が、酒を愛した白居易の霊を慰めようとその墓に酒を注いだため、周辺の土は乾くことがなかった、と言われる。また白居易が埋葬された唐代の香山寺跡については、一九八四年、洛陽市龍門文物保管所によって試掘が行われた。詳しくは、植木久行・松浦友久『長安・洛陽物語』（集英社、一九八七年）二四七頁～二四八頁、温玉成「洛陽竜門香山寺遺址的調査与試掘」（『考古』一九八六年第一期）を参照されたい。

（埋田　重夫）

0 賦得古原草送別　　賦《ふ》して古《こ》原《げん》の草《くさ》を得《え》たり　別《わか》れを送《おく》る

1 離離原上草　　離《り》離《り》たり原上《げんじやう》の草《くさ》

2 一歳一枯榮　　一歳《いつさい》　一《ひ》とたび枯栄《こえい》す

3 野火燒不盡　　野《や》火《くわ》　焼《や》きて尽《つ》くさず

4 春風吹又生　　春風《しゆんぷう》　吹《ふ》きて又《ま》た生《しやう》ず

5 遠芳侵古道　　遠芳《ゑんぱう》　古道《こだう》を侵《をか》し

6 晴翠接荒城　　晴翠《せいすい》　荒城《くわうじやう》に接《せつ》す

7 又送王孫去　　又《ま》た王孫《わうそん》の去《さ》るを送《おく》れば

8 萋萋滿別情　　萋萋《せいせい》として別情《べつじやう》満《み》つ

テキスト 『全』四三六-7-4836 ◆『百』五律 ◆『文苑英華』二八五 ◆『瀛奎律髄彙評（上中下）』中、着題類、二七（上海古籍出版社、一九八六年四月）◆『唐詩品彙』六七 ◆『唐宋詩醇』二三 ◆『唐詩別裁集』一一 ◆『那波本白氏文集』一三（陽明文庫本・四部叢刊本）◆『南宋紹興刊本白氏文集』一三 ◆『明馬元調校本白氏文集』一三 ◆『清汪立名編訂本白香山詩集』一三

＊本詩の篇目番号は〔0671〕（花房英樹『白氏文集の批判的研究』（朋友書店、一九七四年七月）、平岡武夫・今井清『白氏文集歌詩索引（全三冊）』下冊、篇目表（同朋舎出版、一九八九年一〇月）を参照）。

校語

0 **賦得古原草送別** 『百』『唐詩品彙』では単に「草」に作る。

1 **離離** 「汪立名本」では「離離」に注して「一ニ作ル咸陽ニ」と説く。因みに唐の張固『幽閑鼓吹』（〔語釈〕4参照）、宋の呉曾『能改斎漫録』（巻八、沿襲）では該当部分の白詩として「咸陽ノ原上草」を引用する。

詩型・韻字

五言律詩。榮《えい》・生《せい》・城《*じゃう》・情《*じゃう》（下平声庚韻〔庚清*韻〕）。

語釈

0 **賦得** 「賦得……」とは、何人かが関連題材の一つずつを分担し、それぞれが割りあてられた詩を作るもの。もともと六朝（梁代）以来の集団創作形式の一つであるが、本詩はその制作年次（貞元三年（七八六）、白氏16歳）と顧況の挿話（〔語釈〕4、参照）から考えて、科挙受験のために作られたいわゆる〝模擬詩〟（練習詩）と考えられる。王汝弼『白居易選集』（上海古籍出版社、一九八〇年一〇月）、霍松林『白居易詩訳析』（黒龍江人民出版社、一九八一年九月）、顧学頡・周汝昌『白居易詩選』（人民文学出版社、一九八二年二月）、梁鑑江『白居易詩選』（広東人民出版社、一九八六年四月）、朱金城・朱易安『白居易詩集導読』（巴蜀書社、一九八八年五月）などはみな、科挙応試の際の習作と述べる。これに対して李希南・郭炳興『白居易詩評釈』（黒龍江人民出版社、一九八三年三月）、龔克昌、彭重光『白居易詩文選注』（上海古籍出版社、一九八四年一月）褚斌傑『白居易詩歌賞析集』（〔袁行霈執筆〕巴蜀書社、一九九〇年四月）では単に「〝賦得〟とはあらかじめ指定・制約された題目で詩を作りあげること」と説明する。

また「賦得」形式に関しては、斯波六郎「〝賦得〟の意味について」（『中国文学報』第三冊、京都大学、一九五五年一〇月）で詳しい考察がなされている。そこでは、①「賦得……」はもと「賦……得……」と同じ意味であって、数人が共通の大題の下に、それぞれ小題を分得して作ったことを示すのであったろうということ、②その「賦」の字の意味は、「わける」でもなく、「はめこむ」でもなくて、「賦詠」（「……を題として作る」「……の題を設けて作る」）であろうということ、③この題詞の形式、及び題詞の意味する分題制作の実際は、ともに斉代の題詞と分題の実際とを承けついだものであろうということ、の三点が結論として提示されている。さらにまた詩題の訓読について、都留春雄「白居易〝賦得古原草送別〟をめぐって―唐代における詠物詩の一展開」（『滋賀大国文』二〇、一九八二年六月）では「賦して古原草を得たり　別れを送る」と読むべき

であるとして、その理由を四つ提出している。①韋応物の集を見ると、白居易の詩題と相い似る例が四例見つかる。「賦得鼎門送盧耿赴任（賦して鼎門を得たり盧耿の任に赴くを送る）」「賦得浮雲起離色送鄭述誠（賦して浮雲離色起こるを得たり鄭述誠を送る）」「賦得暮雨送李冑（賦して暮雨を得たり李冑を送る）」「賦得沙際路送従叔象（賦して沙際路を得たり従叔象を送る）」の送別四首は、白居易の作がその詩題に特定の人物名を掲げない点を異にしつつも、「賦得」と送別とが結合する点では、白氏の作と軌を一にする。韋氏の四首の存在から、当時の送別の席では、各自あらかじめ詩題を限定し、その限定された詩題を主題として別離の情を詠ずる慣習あるいは事例があったと考えられる点、②中世の南朝に端を発する詠物詩と、それを別離に結びつけての送別の賦詠が最も早く見えるのは、陳の張正見「別韋諒賦得江湖汎別舟（韋諒に別る、賦して江湖　別舟汎《うか》ぶを得たり）」（『芸文類聚』巻七一、舟車部）である。この詩題が「賦得云々送（あるいは別）云々」でなく、「送云々賦得云々」の逆の形をとっていることから、「賦得云々」「送云々」は両者の間で句切れること一層明白である。同様な事例は隋の王冑「賦得鴈送周員外戍嶺表（賦して鴈を得たり、周員外の嶺表に戍《まも》るを送る）」、劉斌《ひん》「送劉員外同賦陳思王詩得好鳥鳴高枝（劉員外を送る、同《とも》に賦して陳の思王の詩〝好鳥高枝に鳴く〟を得たり）」にも認められるという点、③この詠物形式の送別詩は、唐に入ると俄然その数（43例）を増し、それと同時に成熟度を高め、内容を充実してひとつの完成に達する。韋応物・劉孝孫・楊濬《しゅん》・許敬宗などの作を始め、張九齢・駱賓王・李頎・王翰・李白・高適・銭起・郎士元・皇甫冉・陳潤・朱長文・戴叔倫・張衆甫・盧綸・李益・李端・劉商・朱湾・権徳輿・楊巨源・欧陽詹等々白居易に至るまで、初、盛、中唐の詩人にその作があり、離宴における送別詩や餞詩制作の一形式としてすでに定着していることを物語っているという点、④白居易の「賦得古原草送別」詩は、以上のごとき事情を考えると、現実に送別の席で人を送る作として制作されたか、その想定のもとに制作されたか——後者である可能性が強いと思うが——を別にして、陳代に始まると思われる詠物による送別詩の延長上に制作されたものと言えるであろう。そうだとすればその詩題は、「賦して古原草を得たり　別れを送る」と訓むのが最も妥当であると考えられる点。以上、都留論文要旨。「賦得～送～」を「賦して～を得たり、～」と読むのは、その他の読みかたが想定できないほど語法上当然であるが、多数の用例の集的として資料的価値は高い。

古原草　古びた野原に生い茂る草。中国詩歌における伝統的技法の一つとして、〝野草〟は離別の場面——あるいは離別の状態——を詠い興《おこ》すものとして多用される。こうした傾向は特に離別詩・閨怨詩のジャンルで著しい（〔語釈〕7王孫、参照）。因みに李華・李如鸞『新選千家詩』（人民文学出版社、一九八四年一一月）では「古原、疑指長安楽游原一類地方」（古原はおそらく長安の楽游原あたりの場所を指すのではないか）と説く。

送別　中国離別詩の形態は、おおむね「送別」と「留別」に二分される。「送別詩」は相手の出発を見送る作品（留まる側から惜別を詠うもの）であり、「留別詩」は、〝別意を留める〟といった意味から、自分が別れて旅立つ場面を示す作品（去る側から惜別を詠うもの）である。この区分の成立に関する詳論としては、松原朗「六朝期における離別詩の形成（下）の二―初唐四傑による「送序」の創出をめぐって」（『中国詩文論叢』第一二集、中国詩文研究会、一九九三年一〇月）を参照。

1 **離離**　野草が繁茂する貌《さま》。畳字（lílí）の擬態語《オノマトペア》。唐代音では〔liĕliĕ〕。青草が長く多く茂っている状態。王汝弼『白居易選集』では「新苗細軟的様子」（新なえの小さく軟らかな貌《さま》）と説く。

原上草　野原の草。「上 shàng」は漠然とした空間（……のあたりに）を表わす語で、現代中国語での用法に近い、「原」は、草が一番密生している空間。中国で出版された唐詩注釈書・白詩注釈書の多くは、「原」の部分を「郊野平地」「山野平原」などと説明する。因みに喩守真『唐詩三百首詳析』（中華書局香港分局、一九七九年六月）では「此《ノ》詩《ハ》雖《モ》二是《レ》詠物詩《ト》一、意在《リ》レ諷刺《スルニ》小人《ヲ》一、又可《シ》下作《なシテ》二寓言詩《ト》一看《ル》上」と述べ、「草―→小人」「原上―→君側《ナリ》」「枯栄―→去《リテ》二一小人《ヲ》一来《ルナリ》二一小人《ノ》一」「火焼―→斥除《スルモ》不《ルナリ》レ能《ハ》レ尽《クス》」「春風―→乗《ジテ》レ時《ニ》又崛起《スルナリ》」「侵道―→傾二軋《スルナリ》君子《ヲ》一」「接城―→欺二凌《スルナリ》君上《ヲ》一」「別情―→小人殷勤《ナル》処最《モ》易《シ》レ動《シ》レ人《ヲ》」のごとく、それぞれの詩語が比喩化されて用いられていると説く。これに対して陳婉俊・黄雨『新評唐詩三百首』（広東人民出版社、一九八二年四月）、目加田誠『唐詩三百首』（平凡社、一九八二年一〇月）などは〝牽強附会〟の説として完全に否定する。

2 **一歳**　一年と同義。「歳時」（一歳・四時）の「歳」。『爾雅』釈天第八に「夏曰《ハフ》レ歳《ト》、商曰《ハフ》レ祀《ト》、周曰《ハフ》レ年《ト》、唐虞曰《ハフ》レ載《ト》」とある。白居易詩では詩律（二四不同）遵守のため、「枯 kū」（平声）に対応して「歳 suì」（仄声）が用いられている。

一枯栄　草は秋から冬にかけて一度は枯れるものの、また春になると芽を吹き出して茂ってくる。「枯萎」と「繁栄」の意。この一句、草のたくましい生命力を描写し、あわせてそのような恒久不変の友情を示唆する。一句中に「一」字、重出している点に注意。

3 **野火**　野焼きの火。晩冬から早春にかけて、荒原の枯草を焼くために放たれる火。いわゆる日本語の「野火《のび》」。

焼不尽　（焼いても）焼き尽くすことができない「焼也焼不尽」。「動詞プラス不プラス結果補語」で「……することができない」の意。この部分、現代中国語のいわゆる〝可能補語〟（potential complement）の構文に近い。

4 **春風吹又生**　春風がさっと吹き渡ると、草はさらにまた生えてくる。「又 yòu」は（既に経験したことを）さらにもう一度、ということ。「野火・焼不尽」「春風・吹又生」の完成された対句（流水対）に注意。春草がどんどん生い茂る貌《さま》によって、草の力強く瑞々しい生命力を強調する。宋代の范晞文『対牀夜語』巻三は、この一聯について「劉商《ノ》柳《ノ》詩《ノ》、幾回離別折《リテ》欲《スルモ》レ尽《キント》、一夜《ニ》春風吹《キテ》又《タ》長《ズハ》、不レ如《カ》二楽天《ノ》草《ノ》詩《ノ》、野火焼《キテ》不レ尽《クサ》、春風吹《キテ》又《タ》生《ズノ》、語簡《ニシテ》而思暢《ヒのびヤカナルニ》一。或《イハ》又謂《タフ》、楽天《ノ》此聯《ハ》不レ如《カ》二（劉長卿）春入《レバ》二焼痕青《シ》之句《ニ》一」と述べる。

本詩頷聯《がんれん》「野火焼《キテ》不レ尽《クサ》、春風吹《キテ》又《タ》生《ズ》」の二句については、白居易と顧況との興味深いエピソードが伝えられている。陳友琴編『古典文学研究資料彙編　白居易巻』（中華書局、一九六二年一一月）には、彼の詩作に関する数多くの伝説が収集されているが、そのなかでも顧況をめぐる挿話は、最も有名なものの一つと言えよう。初出文献として特に注意されるのは、①晩唐、張固『幽閑鼓吹《ゆうかんこすい》』、②五代、王定保『唐摭言《とうせきげん》』（巻七）の二書であるが、以下それぞれの該当部分を引用する。

①「白尚書応レ挙《ゼントシニ》、初《メテ》至レ京《リニ》、以レ詩《テヲ》謁二顧著作一《スニ》。顧覩二姓名一《ヲ》、熟二視白公一《シテヲ》曰《ハク》、米価方貴《ニたかク》、居《ルコトモ》亦弗レ易《タカラ》。乃披レ巻《チケバヲ》、首篇《ニ》曰《ハク》、咸陽原上草《ノ》、一歳一枯栄《トタビス》。野火焼《キテ》不レ尽《クサ》、春風吹《キテ》又生《タズト》。即嗟賞《チシテ》曰《ハク》、道二得箇語一《いヒバこノヲ》、居《ルコト》即易《チシト》矣。因為レ之延《リテニガひろメ》誉《ヲ》、声名大振《イニフ》」。

②「白楽天初挙《メテゲラルルヤ》、名未レ振《ダハ》、以二謌詩一《テかヲ》謁二顧況一《スニ》。況謔レ之《たはむレテ》曰《ハク》、長安百物貴《シ》、居大不レ易《ルニイニトカラ》。及下読《ビミテ》至中賦二得原上草一送二友人一詩上《ルニシテノヲルヲニ》曰《ハク》、野火焼《キテ》不レ尽《クサ》、春風吹《キテ》又生《タズト》、況歎レ之《ジテヲ》曰《ハク》、有二句如一レ此《ラバノキかクノ》、居二天下一《ルモニ》有二甚難一《ランなんノキコト》、老夫前言戯レ之耳《ノハレシニト》」。

ところでこのエピソードの真偽をめぐって、日中双方の学者の間で実にさまざまな議論が展開されている。それら諸説の内容を分析・検討すると、A＝白居易と顧況が長安で出会った史的事実はなく、全くの伝説に過ぎないとするもの、B＝白居易と顧況は長安で実際に会っているとするもの、C＝白居易と顧況とが出会ったのは、長安ではなく江南地方であろうとするもの、という三説に帰納できる（詳細は〔諸説の異同〕の項参照）。

5**遠芳**　遥か遠くまで広がっている芳草。「芳」は、芳香を放って茂る草花。目加田誠『唐詩三百首』では「芳は草を美化した表現である」と説く。また龔克昌・彭重光『白居易詩文選注』（上海古籍出版社、一九八四年一月）では「草香遠播」（草の香りが遠くまで広がる）と述べ、通説と微妙なニュアンスの違いを示す。

侵　「侵 qīn」（平声）は「占 zhàn」（去声）と類義。詩中では平仄によって使い分けることが多い。ここでは、際限なく広がって覆い占めること。

古道　古い昔ながらの街道。張燕瑾『唐詩選析』（天津人民出版社、一九八一年二月）では「很少人行的路」（人通りの少ない道）と解釈する。〝頸聯〟（5・6句目）の「古道」「荒城」の二語は、詩題「古原草」の心象を直接に承けることばとして注意される。

6**晴翠**　太陽光線に照らされて、一層鮮やかさをました明るい緑色の草をいう。「遠芳」（嗅覚）に対する「晴翠」（視覚）。龔克昌・彭重光『白居易詩文選注』は「指春草翠緑得象剛被雨水洗過一様」（春草の緑がたったいま雨水に洗われたばかりのようであることを指す）と述べる。

接　連なるということ。「至る」「達する」「届く」という語感を含みもつ。

荒城　A＝荒れはてた城市《まち》と解釈するもの、B＝荒れはてた城《じょう》壁《へき》と解釈するもの、という二説がある。

A説を採るもの：龔克昌・彭重光『白居易詩文選注』〔衰敗的古城〕、山田勝美『中国名詩鑑賞辞典』〔さびれた町続き〕（角川書店、一九八三年四月）、松浦友久『中国詩選三、唐詩』〔荒れはてた城《まち》〕（社会思想社、一九八五年六月）、衛中・馬志

瑞『古詩一百首』〈荒涼的古城〉（北京出版社、一九八三年五月）、王啓興・毛治中『唐詩三百首評注』〈辺遠的城鎮〉（湖北人民出版社、一九八四年二月）、張碧波・鄒尊興『新編唐詩三百首訳釈』〈辺遠的城郊〉（黒龍江人民出版社、一九八四年四月）など。

B説を採るもの：高木正一『白居易(下)』（岩波書店、一九八〇年二月）、岡村繁『白氏文集』三（竹村則行執筆）明治書院、一九八八年七月）、西村富美子『白楽天』（角川書店、一九八八年一〇月）、陶今雁『唐詩三百首詳注』〈荒蕪的城垣〉（江西人民出版社、一九八一年九月）、目加田誠『唐詩三百首』、石川忠久『NHK漢詩を読む　白楽天』〈荒れはてた城壁。中国の町は城壁に囲まれており、外へ出る城門のそばで別れの宴会を開く習慣があった〉（日本放送出版協会、一九八九年四月）、田部井文雄『唐詩三百首詳解』〈荒れはてた城壁にまで連なっている。城は、城壁。またはそれに囲まれている町〉（大修館書店、一九九〇年六月）など。

A、B説いずれも異同の根拠が明示されていない。また日本で出版された唐詩注釈書・白詩注釈書の多くは、単に「荒城」とのみ訳出する。〈通釈〉ではA説を採っている。

7**又送**　またこの時節にこの場所で（君の旅立ちを）見送る。「又」字は4句目にも見え重出。「送」は「送別」の意。陶今雁『唐詩三百首詳注』では「指又一年、承上文一歳、年年如此」〈また一年ということ、上文の一歳を承けて、別れが毎年このようであることを指す〉と述べる。

王孫　いわゆる王子公孫のこと。原義は王侯貴族の子弟。ここでは旅立っていく友人（男子）への美称・敬称として用いる。『楚辞』（招隠士）の「王孫遊《ビテ》兮不レ帰《ラ》、春草生《ジテ》兮萋萋《タリ》、……王孫兮《ヨ》帰来《リタレ》、山中《ニハ》兮不レ可《カラ》ニ以《テ》久《シク》留《マル》一」の典故に拠る。「春草」「芳草」「王孫」「旅遊」三語の結合によって、離別場面を構成する手法は、中国古典詩における一つの典型となっている。

去　此地（近）──→《ゆく》彼地（遠）ならば「去 qù」、彼地（遠）──→《くる》此地（近）ならば「来 lái」が用いられる。中国語における両字は、意識の中心点に近づく（来）、意識の中心点から遠ざかる（去）、という相違によって厳密に使い分けられる。従って漢語の「去 qù」は「（遠ざかって）ゆく」ということ。日本語の「さる」と微妙に異なる。詳しくは、松浦友久「〝来⇕去〟対比の基本義―辞典類の記述の適否を中心に」（『中国文学研究』第一九期、早稲田大学中国文学会、一九九三年一二月）を参照。

8**萋萋**　野草が勢いよく生い茂る貌《さま》。畳字（qīqī）の擬態語《オノマトペア》。唐代音では〔ts'ei ts'ei〕。前句同様、『楚辞』（招隠士）の典故を踏まえると同時に、第1句目「離離・原上草」を強く意識した表現。また霍松林『白居易詩訳析』では「草色」と説く。

満別情　（萋萋と生い茂る草のように）惜別の情《おもい》が胸に満ちあふれる。詠物詩による惜別の情の開陳が、終末二句（尾聯）に至って一気に自己完結している点に注意。詠物スタイルによる離別詩の典型的詠法であり、対句表現や典故技法と並んで、詩人における作詩技術の優劣高低が最も明確に反映される部分でもある。

通釈

古原の草という題で賦《うた》い、送別の情を述べた（詩）

離離と広がる野原の草は、一年に一度ずつ枯れては萌《も》え出る。その強い生命力は野火《のび》でさえ焼き尽くすことができず、春風が吹くころにはまた生えてくる。遠くまで広がる芳《かぐわ》しい草は古い道を蓋《おお》うようにして茂り、晴れわたる光に映えた翠《あお》い草は荒れはてた城《まち》にまで続いている。いままた君の旅立ちを見送れば、萋萋《せいせい》と生い茂る草のように惜別の情が僕の胸いっぱいに満ちあふれる。

諸説の異同

異同の所在　Ⅰ

白居易と顧況の逸話の真偽

異同の類別

A　白居易と顧況が長安で出会った史的事実はなく、全くの伝説に過ぎないとするもの。

B　白居易と顧況は長安で実際に会っているとするもの。

C　白居易と顧況とが出会ったのは、長安ではなくおそらく江南地方であろうとするもの。

A説を採るもの：羅聯添『唐代文学論集（全二冊）』「唐代詩人軼事考辨」白居易の条（台湾学生書局、一九八九年五月）、中国社会科学院文学研究所『唐詩選（上下冊）』（人民文学出版社、一九七八年四月）、傅璇琮『唐代詩人叢考』「顧況考」（中華書局、一九八〇年一月）、金性尭『唐詩三百首新注』（上海古籍出版社、一九八〇年九月）、呉熊和・蔡義江・陸堅『唐宋詩詞探勝』（浙江人民出版社、一九八一年九月）、陳昌渠・張志烈・邱俊鵬『唐詩三百首注釈』（四川人民出版社、一九八二年六月）、王拾遺『白居易伝』（陝西人民出版社、一九八三年五月）、朱金城『白居易研究』「〝白居易詩選〟編年注釈質疑」（陝西人民出版社、一九八七年四月）、張国栄『唐詩三百首訳解』（中国文聯出版公司、一九八八年三月）、朱金城・朱易安『白居易詩集導読』（巴蜀書社、一九八八年五月）、朱金城『白居易集箋校（全六冊）』（上海古籍出版社、一九八八年一二月）、褚斌傑『白居易詩歌賞析集』（〔袁行霈執筆〕巴蜀書社、一九九〇年四月）川合康三『終南山の変容　中唐文学論集』Ⅲ白居易、長安に出てきた白居易―喧噪と閑適、二　顧況との出会いの逸話の条（研文出版、一九九九年一〇月）など。

B説を採るもの：都留春雄「白居易〝賦得古原草送別〟をめぐって―唐代における詠物詩の一展開」、陳友琴『白居易』（上海古籍出版社、一九七八年五月）、褚斌傑『白居易評伝』（北京大学出版社、一九九四年九月）、龔克昌・彭重光『白居易詩文選注』、邱燮友『白居易』（河洛図書出版社、一九七八年二月）など。

C説を採るもの：羅聯添『白楽天年譜』（国立編訳館、一九八九年七月）など。

異同の論拠

A説（白居易と顧況が長安で出会った史的事実はなく、全くの伝説に過ぎないと解釈する説）

(1)　白居易は徳宗の貞元十五年（七九九）、年二十八の時、始めて長安に赴き、科挙の試験を受けたことが確認されている（陳振孫「白香山年譜」参照）。

(2)　『旧唐書』巻130の「顧況伝」には「及《ビ》ニ泌《ノ》卒《スルニ》一不レ哭《サ》、而《ルニ》有《リ》ニ調笑之言一、為《ル》ニ憲司《ノ》所《ト》レ劾《スル》、貶《セラル》ニ饒州《ノ》司戸《ニ》一」とあり、また『旧唐書』巻13、本紀、貞元五年には「三月甲辰《ノ》李泌卒《ス》」とある。

(3)　以上のことから、顧況は貞元五年に饒州司戸に貶謫《へんたく》されたことが理解される。また前述「顧況伝」に拠れば、彼は饒州に左遷された後、再び長安にもどることはなかった。そうだとするならば、白居易が科挙に応じた時、どうして顧況に会うことが可能であろうか。

(4) 思うに、白居易が15〜16歳の時は、貞元二〜三年(七八六―七八七)にあたるが、この時、彼は戦乱を避けて江南におり、まだ長安に上《のぼ》って科挙の受験をしていなかった。したがって白氏15〜16歳の折、詩人顧況との出会いを説く「旧唐書」巻166「白居易伝」の記述は誤まりということになる。

(以上、羅聯添『唐代文学論集』「唐代詩人軼事考辨」〝白居易〟の条)

(1) 白居易の「呉郡詩石記」〔2916〕には「貞元初《ノメ》、韋応物為《ハリ》二蘇州《ノ》牧一、房孺復為《ハリ》二杭州《ノ》牧一、皆豪人也。韋嗜《ハミ》レ詩《ヲ》、房嗜《ハミ》レ酒《ヲ》、毎《つねニ》与二賓友一酔一詠、其《ノ》風流雅韻、多《ハ》播《クひろマル》二於呉中《ニ》一。或《ヒト》目《シテ》二韋《ト》・房《ヲ》一為《ス》二詩酒《ノ》仙《ト》一。時《ニ》予《ハ》始《わづかニ》 年十四五、旅《スルモ》二二郡《ヲ》一以《テ》二幼賤《ヲ》一不レ得二與《ともニ》遊宴《スルヲ》一。……然《ルニ》二郡之物状人情《ト》与《ハと》二曩時《むかし》一不レ異《ナラ》。前後相《ヒ》去《ルコト》 三十七年、江山是《ハナルモ》而歯髪非《ハナリ》。又可レ嗟《タシク》矣。……宝暦元年七月二十日、蘇州刺史白居易題《しるス》」(原文の大部分は埋田引用)とある。

(2) 「呉郡詩石記」が作られたのは、宝暦元年であり、そこで述べられる「三十七年」とは、貞元四年のことである。貞元四年七月に、孫晟は蘇州刺史から桂管観察使となり、韋応物は孫晟の後任であった。したがって韋応物が蘇州刺史となったのは貞元四年七月以前ではありえない。

(3) 貞元四年は白居易17歳の時であり、「十四五歳」の時ではない。「十四五歳」という表現それ自体が、確定的でないニュアンスを含んでいる。白居易は14〜15歳の時、江南にいたのであって、長安に行って顧況に謁することは全く不可能である。白居易が長安に上《のぼ》ったのは、少なくとも貞元五年以後のことである。しかしこの時、顧況はすでに、嘲謔の罪によって饒州司戸の官に貶謫されていた。

(以上、朱金城『白居易研究』「〝白居易詩選〟編年注釈質疑」、朱金城『白居易集箋校〔全六冊〕』など)

＊ 朱金城に類した指摘は、傅璇琮『唐代詩人叢考』「顧況考」の三九七〜四〇〇頁でも詳しく述べられている。また川合康三『終南山の変容 中唐文学論集』の三四〇頁から三四一頁では「……少年時代の白居易が長安で顧況に会って称揚されたというのは、まずありえなかったとするのが妥当なのだろうが、事実ではないにしても、当時の雰囲気をよく伝えている話柄ではある。――無名の少年がすでに一家を成している人物に謁見する、そこでひとたび詩文が認められれば、たちまち名が長安中に広まる。韓愈と皇甫湜が、李賀のあるいはまた牛僧儒の才を発掘し、喧伝したという故事もそうであった。個々の事実性よりも、行巻の習慣を背景として、門蔭の恩恵に浴さない層の嘆賞と期待の反映とみることができる。白居易を認めたのが顧況に設定されているのは、顧況が〝性詼諧〟と本伝(『旧唐書』巻一三〇、李泌伝付)その他に記されるように、居易の名をもじってからかうのに恰好な人物と考えられたためであろうか。……白居易の文学は仮に一言で括れば肯定の文学といえようが、文壇に登場する契機としてこの二句(「野火焼不尽、春風吹又生」)が語られているの

は、彼の文学の本質をみごとに捉えているように思われる。こうした文学や時代状況把握の的確さが、後世の事実詮索と関わりなく、広く流布したゆえんであろう」との見解を示す。

結論：白居易と顧況とが長安で出会うことは、両者の伝記に照らしても全く不可能であり、単なる憶説に過ぎない。

（以上、前述諸書のまとめ）

B説（白居易と顧況は長安で実際に会っていると解釈する説）

(1) 白居易のこの詩は、唐人である張固の『幽閒鼓吹』に依れば、若き白居易が科挙に応ぜんとして上京の砌り、顧況に会って示した作ということになる。因みには居易が宣州すなわち安徽省宣城県において郷試に及第したのが徳宗の貞元十五年（七九九年）、それから上京し進士科に及第するのが翌貞元十六年、数え年二十九歳であった。それまで彼は、十一歳から二十一歳頃まで徐州の符離（安徽省宿県）に寓居し、二十二歳から父の官に従い湖北の襄陽へ移り、父を失って後、貞元十四年（七九八）二十七歳のとき、江西の浮梁県主簿兄幼文の許に身を寄せ、翌年宣州での郷試に合格する。

(2) また一方顧況は、粛宗の至徳二年（七五七）の進士で、大暦十四年（七七九）に蘇州刺史、浙江東西道観察使となった韓滉の下で判官となり、柳渾が貞元三年（七八七）宰相になると、推薦されて秘書郎となり、ついで同年親密な李泌が宰相になると、しばらくして著作郎に遷っている。また貞元五年（七八九）三月、泌が死ぬと、不真面目な軽口がもとで弾刻され、饒州（江西省鄱陽県）司戸参軍に左遷される。韓滉は建中二年（七八一）潤州刺史、浙江東西節度使（鎮海節度使）となり貞元三年、同官で死んでいるから、顧況の長安在住は、早くても恐らく建中二年以後、遅くとも貞元三年から同五年までのことと推定される。

(3) 一九五五年刊『白氏長慶集』（南宋紹興刊本影印）に拠れば、この詩（賦得古原草送別）の三首前に「涼夜有懐」詩が載せられ、題下の自注に「此れより後の詩は、並びに未だ挙に応ぜざる時の作」と記す。また一首前の「江南送北客因憑寄徐州兄弟書（江南にて北客を送り因って徐州の兄弟に書を憑寄す）」詩には同じく自注として「時に年十五」と記し、二首後の一首「病中作」詩には「年十八」、九首後の「江楼望帰」と題する作には「時に難を避けて越中に在り」と自注する。やはり居易十五六歳頃の作である。以上の自注は、彼の「賦得古原草送別」詩を挟む前後の詩の排列に関し、小川環樹博士が『唐代の詩人』（昭和五十年十一月・大修館書店）の序説で「白居易の伝記がたいへん細かい処までわかるのは……その作品の排列が大体においてかれ自身の編んだ形のままに伝えられているからである。かれが自ら『白氏長慶集』を編したとき、詩は四つの大きな類に分け、それぞれの類の中では作った年月をおってならべた。多少の前後はあっても、大きな混乱がない」と述べておられるのと符合する。されば清の汪立名はその『白香山年譜』において、この詩を白氏十六歳の作とするのである。

(4) また五首後には「長安正月十五日」と題する作を載せることから、白氏は二十歳前の早年に一度上京したことが窺われ、顧況との面晤は大いに可能性があると考えられよう。因みに近人顧学頡『白居易年譜簡編』は、この逸事を白居易十八歳、貞元五年のこととして位置づける。また花房英樹氏（『白氏文集の批判的研究』）は十六歳の作とされる。

結論：若年の白氏が長安に旅し、その折顧況と面会したという話は、両者の人生の軌跡から見て充分あり得ようし、またエピソード自体がいかにもいささか不面目な駄洒落屋顧況の面目を躍如たらしめている点からしても、事実であろうことほぼ間違いないと推測される。

（以上、都留春雄「白居易〝賦得古原草送別〟をめぐって——唐代における詠物詩の一展開」）

＊ 都留春雄論文以外のB説を採る諸書は、いずれもその論拠を明示せず、唐の張固『幽閒鼓吹』、五代の王定保『唐摭言』巻七、宋の尤袤『全唐詩話』巻二などに収載される挿話をそのまま事実として援用する。

C説（白居易と顧況とが出会ったのは、長安ではなく江南地方であろうと解釈する説）

(1) 楽天が長安にきて科挙を受けたのは貞元十五年、二十八歳の時であり、これ以前においては、おそらく一度も長安に上《のぼ》っていないものと判断される。しかも顧況は貞元五年に饒州司戸に貶されている。その後まもなくして蘇州に転じ、ここで韋応物と交際している。これ以後、顧況は二度と長安にもどることなく茅山で寿《よわい》を終えている。

結論：楽天が詩を携えて顧況に謁したということがもし事実だとするならば、その場所は江南地方でなければならない。

（以上、羅聯添『白楽天年譜』）

＊ 出版年月・引用資料の重複から考えて、C説の羅聯添『白楽天年譜』は、A説の同人による『唐代文学論集（全二冊）』「唐代詩人軼事考辨」〝白居易〟の条、をさらに発展させたものであろう。

備考

友との離別に寄せる作者の感傷が、瑞々しい感性と非凡な古典的発想に支えられて詠われている。この場合の古典的発想とは、中国文学の代表的な修辞法である「典故」と「対句」を指す。春草（秋草）と離別の結合は、中国文学史上、最も基礎的な典故を踏まえたものにほかならない。また五言律詩（五言八句四〇字）にはめ込まれた対偶表現は、「野火」⟷「春風」、「焼不尽」⟷「吹又生」、「遠芳」⟷「晴翠」、「侵古道」⟷「接荒城」など極めて平易である。しかし平易でありながら決して平凡でないところに、後に天才詩人として活躍する白居易の才能を窺うことができよう。本詩は科挙試験に課される「試帖詩」（五言一二句の排律）を意識して制作されたいわゆる練習題の詩であり、設定されている離別の場面も全て虚構である。それ故にこそ客観的な評価基準となる典故の手法、対句の技法の出来ばえが、一首全体の評価を決定的なものにしたと考えられる。唐詩における作品評価とその基準という問題を考える時、本詩は顧況と白居易の挿話の存在を含めて、大きな意味を含みもつと判断される。白居易16歳の時の作品だとすれば、後年になって自由自在に駆使される対偶（対句）表現への高い適性が、既にこの作品のうちに、極めて明確なかたちで現れていると言えよう。白居易はやはり、早熟の詩人であったのである。

＊ 因みに楽府詩が「擬古性（伝統継承性）への徹底」という点で、また律詩が「対偶性への徹底」という点で、それぞれ

客観的な作品評価が行ないやすいジャンル（様式）であったことが指摘されている。詳細な議論は松浦友久『中国詩歌原論—比較詩学の主題に即して』「唐代詩歌の評価基準について—〝此詩可以泣鬼神矣〞を手がかりに」（①序、②関連記述の系譜、③楽府詩としての「烏棲曲」、④作品評価とその基準、⑤結語）（大修館書店、一九八六年四月）を参照。

（埋田　重夫）

0 聞夜砧　夜《よる》の砧《きぬた》を聞《き》く

1 誰家思婦秋擣帛　誰《た》が家《いへ》の思婦《しふ》か秋《あき》に帛《きぬ》を擣《う》つ

2 月苦風凄砧杵悲　月苦《つきさ》え風凄《かぜすさ》まじくして砧杵《ちんしよ》悲《かな》し

3 八月九月正長夜　八月《はちぐわつ》 九月《くぐわつ》　正《まさ》に長《なが》き夜《よる》

4 千聲萬聲無了時　千声万声《せんせいばんせい》　了《をは》る時《とき》無《な》し

5 應到天明頭盡白　応《まさ》に天明《てんめい》に到《いた》らば頭《かしら》尽《ことごと》く白《しろ》かるべし

6 一聲添得一莖絲　一声《いつせい》添《そ》へ得《え》たり　一茎《いつけい》の糸《いと》

テキスト　『全』四四二-7-4945~4946　◆『和漢朗詠集』上、擣衣　◆『那波本白氏文集』一九（陽明文庫本・四部叢刊本）◆『南宋紹興刊本白氏文集』一九　◆『明馬元調校本白氏文集』一九　◆『清汪立名編訂本白香山詩集』一九

＊本詩の篇目番号は〔1287〕（花房英樹『白氏文集の批判的研究』〔朋友書店、一九七四年七月〕、平岡武夫・今井清『白氏文集歌詩索引〔全三冊〕』下冊、篇目表〔同朋舎出版、一九八九年一〇月〕を参照）。

校語

2 **凄**　『全』『馬元調本』『汪立名本』では「凄」に作るが、ここでは『陽明文庫本』『南宋紹興本』などで「凄」に作るのに従う。

6 **添**　『汪立名本』では「添」に作る。同義。

詩型・韻字

七言古詩。悲《ひ》・時《＊じ》・絲《＊し》（上平声支韻〔脂之＊韻〕）。

語釈

0 **聞**　無意識無自覚のうちに「きこえてくる」という意味。「きく」という積極的な意志を含めば、「聴」の字が用いられる。ともに平声字であるが、字義を異にする。

夜砧　「砧《ちん》」は、着物を縫う前段階で、材料の素絹を槌や棒で叩いて軟らかくするための石製の台。また光沢のある練り絹を作るためのそうした行為一般（〝擣衣〞〝搗衣〞）をさす。懐郷・望郷をテーマとする題材詩に頻用される詩語の一つ。冬着の仕度が始まったことを示す秋の風物でもある。同様の説明は、例えば朱金城・朱易安『白居易詩集導読』（巴蜀書社、一九八八年五月）でも「聴到在石上搗帛的声音。古時候裁制衣服之前、先将絲帛衣服放在砧石上捶打、使它松軟、叫做搗衣、不能解釈為直接拍打衣服。客居外地的人、聴到搗帛的声音、容易引起対家郷的懐念。唐詩中写這一類的作品很多」となされている。また「聞《ク》二夜砧《ヲ》一」詩の制作時期について、花房英樹『白氏文集の批判的研究』綜合作品表では、長慶二年（八二二）、51歳、長安での作とし、朱金城『白居易集箋校（全六冊）』（上海古籍出

版社、一九八八年一二月）では、長慶二年以前の作であろうとする。

1 誰家　だれの家、どこの家。場所を指示する伝統的・古典的・書面語的な文言系の語彙・語法（基本義）。詩語としての「誰家」については、埋田重夫「白居易詩にみられる〝誰家〟をめぐって—特にその俗語用法に関するノート」（『中国詩文論叢』第五集、中国詩文研究会、一九八六年六月）参照。以下、前掲論文で展開した七つの論点とその結論を提示しておきたい。①「誰家」（shuíjiā）という詩語には、古典色の強い基本義としての「ダレノイエ」（人間を指示）と俗語色の強い派生義としての「ダレ」（場所を指示）の両用法が認められるが、詩歌における白話系用法の淵源は、ほぼ漢代の「梁甫吟」にまで溯ることができるということ。②しかしそうした白話系の語意・語法は、漢魏六朝詩の作品世界においてほとんど例外的な地位を占めているに過ぎないということ。③「誰家……何処……」といった対語・対偶パターンは、六朝期の作品には極めて少なく、この語を対句構造のなかにとり込む傾向は、近体詩（特に律詩・排律）の確立した唐代に入ってからだと判断されること。④唐詩における「誰家」は、文言・白話双方の用法において多様なバリエーションが認められるが、その最大の要因は「七言音数律」（○○$_{1\,2}$・○○$_{1\,2}$・○○○$_{1\,2\,3}$）の流行であると考えられること。⑤唐代詩人にあって最も「誰家」を多用するのは白居易（三六例）であり、俗語用法も一〇例と際立った数量を示している。このことから彼における用法は、そのまま唐詩全体の「誰家」用法をも——極めて集約的に——代表する結果になっているということ。⑥中唐以前の「誰家《だれ》」の不盛行は、白居易の出現によって大きな転換期を迎えたが、しかしそれは、彼一個人による積極的な嗜好を意味したに過ぎず、中唐詩壇を形成する元稹・劉禹錫・李紳・韓愈・孟郊・賈島・柳宗元などの諸詩人にもほとんど全く引き継がれるものではなかったということ。そしてさらにその乏しい水脈は唐末宋初まで変化することなく続いたということ。⑦「誰家」の文言用法・白話用法を識別するための客観的な尺度（スケール）としては、Ⓐ六朝以来の伝統的な表現手法（慣用表現）による判断、Ⓑ対偶・対語構造による判断、Ⓒ文脈（コンテキスト）による判断、の三点が最も有効であろうが、これらの基準はそれぞれ一つ一つ独立されて用いるべきものではなく、むしろ相互に——有機的に——関連させて、優先順位の高いものから使用されるべき性格にあるということ。

　このようにみてくると、白居易の詩語「誰家」に対する執着・執念・創意・工夫は相当のものであることが理解されよう。白居易文学におけるその特異なアスペクトは、このことばの語彙史（俗語形成の歴史）に照らして考えた場合、直ちにはっきりしてくる。詩語としての「誰家《だれのいえ》」と「誰家《だれ》」をそれぞれ併用することで、白居易がどのような詩的表現効果を追究したのか——あるいは追究したと考えられるのか——という問題は、その文学を言語面から考究するうえで、どうしても把握しておかねばならないものである。この問題を考察する際の最大のポイントは、結局のところ、一語義二音節化（現象）がもたらす詩的表現効果という点に絞られてくるであろう。「一字」

＝「一音節」＝「一概念」を原則とする「漢語 Hànyǔ」の古典詩のなかに、一義二音の口語的「誰家《だれ》」(shui・jia) が配置された場合、「家」(jiā) の助字化によって、その部分に一種の〃軽み〃とも言うべき表現効果を生み出すことは否定できない。意味や節奏《リズム》の面で一字一字のウエートが大きい文言詩のなかに、白話系語彙が部分的に混入することで、一首全体の心象や音調にある種の〃浮揚感〃が生じてくるのである。唐詩に散見される俗語としての「夜来」(yèlāi)「朝来」(zhāolāi)「晩来」(wǎnlāi)〔「来」は全て助字〕の表現効果や存在意義も、おそらくこのあたりにあると考えられる。完全な白話詩のなかで用いられたのでは相殺されてしまって効果があがりにくいのに対して、文言詩のなかで部分的に使われることによって、詩語「誰家《だれ》」には新たな視覚的・聴覚的イメージが付加されるのだと言えよう。歴代の知識人たちが、白詩に「白俗」という評語を冠してきたのも、これらの問題と決して無関係ではないであろう。白居易は日常生活に直結した俗語系語彙を古典詩のうちに多数導入しているが、そうした情熱を支えるものは、何よりもことばに対する多元的な価値認識だったと思われる。白居易詩にみられる「誰家」(shuíjiā) は、この意味からも、彼の詩語観・言語認識の一端を極めて象徴的に示唆するものであると結論づけられよう。それはいわば白居易における保守的傾向(伝統用法の継承) と革新的傾向 (非伝統用法の開拓) との適度なバランス性と言ってもよいかも知れない。詩人の個性は、詩語の選択と運用にも明確に投影されていると考えられよう。

思婦　自分のもとを遠く離れている夫に、思慕の情をよせる婦《つま》。いわゆる空閨（一人寝の寂しい女性の寝室）の婦《つま》。「征夫」の対語。因みに、名詞用法の「思」は去声 (sì)。

秋擣帛　秋の夜空に帛《きぬ》を擣《う》つ音が響きわたる。この場合の「帛」は、遠行の夫のためのもの。帛を擣つ行為によって、間近に迫った冬の到来を暗示する。木の棒（杵）や板で布地を打ち、やわらかくしてつやをだし、衣服を仕立てやすくする。「擣練」とも言う。「砧声」「秋夜」「月光」「孤閨」で、一つの自己完結した心象世界を形成している点に留意。比較的早い時期の先行作品として謝恵連「擣衣」詩（『文選』巻三〇、『玉台新詠』巻三にそれぞれ収載）がある。

2月苦　月光が異常なほど冷たく冴えわたる。「苦 kǔ」は、はなはだしく程度を過ぎて、苦痛を感じることを示す字。基本的には、つらいという感覚を含みもつ。また岡村繁『白氏文集』四（〔竹村則行執筆〕明治書院、一九九〇年一一月）の「早朝思㆓退居㆒」詩の語釈では、「月が恐ろしいまでに冴えわたる。唐の李華〃弔古戦場文〃に〃月色苦《さ》えて霜白し〃と。また『白氏文集』巻十九、〃聞夜砧詩（一二八七）に〃〃月苦え風凄くして砧杵悲し〃、巻六十三、〃哭師皐〃詩（三〇四一）に〃月苦え烟愁へて夜半を過ぐ〃と」とやや詳しい説明をする。

風凄　秋風が寒い。いわゆる「凄風苦雨」の用法。「凄」の字義については、ほぼ①寒涼（さむい）、②悲傷（いたましい）に大別される。

砧杵悲　布地をうつための石の台（砧《きぬた》）と木の棒（杵《きね》）の音が、もの哀しく聞こえてくる。朱金城・朱易安『白居易詩集導読』では、「砧杵」の二字を「舂米或捶衣的木棒」（米をついたり衣をうったりする木製の棒）とする。

3**八月九月**　陰暦の八月九月。寒く暗い冬が、すぐ間近に迫った晩秋であることに注意。

正長夜　ほんとうに長い夜。秋の季節の夜長《よなが》を言う。

4**千声万声**　「千」「万」ともに強調の字。「千呼万喚」「千言万語」「千絲万縷」などのように連用されて、程度のはなはだしいことを示す。「声」は、ひびき。いつ止むともなく響きわたるキヌタの音を描写する。「声」は現代中国語の「声《お》音《と》」(shēngyīn)。中国語では、聴覚に響くものはすべて「声《おと》」であり「音《おと》」である。「声《こえ》」と「音《おと》」を厳密に区別して用いる日本語の感覚と微妙に異なる。

無了時　終わる時がない。止む時がない。「了」は、おわる、しとげるの意。

5**応**　「応」は英語の must に相当する。きっと……であるにちがいない。現代中国語の「応該」「応当」。ここでは「頭尽《ク》白《シ》」までかかっている。

天明　東方のそらが白々と明《あか》るむころ。明け方。

頭尽白　A＝きぬたを聞く詩人白居易の頭髪が、その悲哀にみちた音によって、すっかり白くなってしまうとするもの、B＝きぬたを打つ人妻自身の頭髪が、悲哀憂愁のために、すっかり白くなってしまうとするもの、という二説がある（詳細は〔諸説の異同〕の項参照）。〔通釈〕では、A説B説折衷の立場を採っている。つまり第一義的には、「思婦」の「頭尽白」のイメージを中心にしつつも、第二義的には、これを聞く人々（白居易など）の頭髪も白くなるという連想を含む、とする立場である。

6**一声**　4句目「千声万声」のなかの「一声」。澄んだ秋の夜空に、トーントーンと響きわたるキヌタの声《おと》。

添得　「添」は「増」と同義。「得」は動詞に添える口語的な助字で、そういう状態になることを示す。（白髪《しらが》を）増してしまう。可能（……できる）や継続（……している）の気分を表わす場合もある。因みに張相『詩詞曲語辞滙釈（全二冊）』（中華書局、一九七九年一〇月）巻一では、「欺得」（杜甫詩）「帰得」（黄庭堅詩）などの用例を指摘している。

一茎糸　一本の白髪。第1句目の「帛」の縁語。「茎」はいわゆる名量詞。「糸 sī」は、きぬいと、白髪に喩える。発音の類似性から、「糸《し》 sī」（いと）は「思《し》 sī」（おもい）にも通じる。因みに「線 xiàn」ならば、もめんいとの意。詳細は埋田重夫「白居易の白髪表現に関する一考察」（『村山吉廣教授古稀記念中国古典学論集』〔汲古書院、二〇〇〇年三月〕）参照。

通釈

夜の砧《きぬた》を耳にして

夫を思い慕う、どこの家の婦《つま》であろうか、秋の夜に帛《きぬ》を擣《う》っている。月光が冷たく冴えわたり寒風が吹くなか、きぬたの音が悲しげに響く。八月九月はちょうど夜長《よなが》のとき。後から後からきぬたの音《ね》は続き、終わる時がない。このまま夜明けまで続いたら、きっと頭はまっ白になってしまうにちがいない。トンとうつ一声《いっせい》ごとに、それを耳にするものの白髪が一本ずつ増えていくのだから。

諸説の異同

異同の所在

「頭尽白」の主語・主体の特定

異同の類別

Ａ　きぬたを聞く詩人白居易の頭髪が、その悲哀にみちた音によって、すっかり白くなってしまうとするもの。

Ｂ　きぬたを打つ人妻自身の頭髪が、悲哀憂愁のために、すっかり白くなってしまうとするもの。

Ａ説を採るもの：佐久節『白楽天全詩集』（日本図書センター、一九七八年七月）、高木正一『白居易(下)』（岩波書店、一九八〇年二月）、田中克己『白楽天』（集英社、一九八〇年七月）、黒川洋一等『中国文学歳時記（全七巻）』「秋・下」（西村富美子執筆）同朋社、一九八九年三月）、田部井文雄・高木重俊『漢文名作選3漢詩』（大修館書店、一九九〇年二月）、岡村繁『白氏文集』四（竹村則行執筆）など。

Ｂ説を採るもの：松浦友久『李白　詩と心象』九八頁（社会思想社、一九七〇年一月）、吹野安『必修漢詩新釈』（笠間書院、一九七四年一〇月）など。

異同の論拠

Ａ説（きぬたを聞く詩人白居易の頭髪が、すっかり白くなってしまうと解釈する説）

(1)　かうして夜明けまで聞かされたら、吾が頭髪は尽く白くなってしまふであらう。（傍点、埋田、以下同じ）

（以上、佐久節『白楽天全詩集』）

(2)　夜明けまでこんな音を聞かされたら、頭はすっかり白毛となろう。

（以上、高木正一『白居易(下)』）

(3)　このまま夜明けまでつづけてやられたら頭がまっ白になる。

（以上、田中克己『白楽天』）

(4)　夜明けまでずっと聞かされたら、私の頭はすっかり白くなってしまうにちがいない。

（以上、黒川洋一等『中国文学歳時記』「秋・下」）

(5)　……作者は、この詩を以上の四句だけで完結させることなく、結びの二句に作者自身を登場させることによって、新鮮さを加えている。きぬたの一声一声が、聞く人すなわち作者の白髪を一本一本増すことによって、ついには一夜にしてまっ白にしてしまうであろうというのである。第一句の〝帛〟と第六句の〝一茎糸〟とは縁語であり、一声ごとに白髪が一本ずつ増してゆくとする発想も新しさがある。しかしそれ以上に、結びの二句を加えることによって、前四句で思婦の情を歌うにとどめるこの種の作品に、その思婦の情と一体となった作者の憂愁と、強い同情とが付加されたのであった。

（以上、田部井文雄・高木重俊『漢文名作選3漢詩』）

(6)　こうして砧を擣つ音が夜明けまでつづいたならば、それを聞く私の頭髪はきっとまっ白になってしまうであろう。

（以上、岡村繁『白氏文集』四）

結論：「頭尽白」の主語・主体は、かなしげなきぬたの音を聞いている白居易自身である。

（以上、前述諸書のまとめ）

Ｂ説（きぬたを打つ人妻（思婦）自身の頭髪が、すっかり白くなってしまうと解釈する説）

(1)　旧暦の七月八月は、秋のなかば、秋のすえである。秋の夜《よ》長《なが》。

いつまでも、とぎれることのない砧《きぬた》うつ杵《きね》の音。天明《よあけ》まで打ちつづけたその末は、砧うつ女の髪の毛も、いつかまっ白になっているだろう。ほかならぬその響きの一つ一つが、嘆きの白髪を一茎《ひとすじ》ずつ増していくのだから。

（以上、松浦友久『李白　詩と心象』九八頁）

(2)　ⓐ聞こえている砧の音に、それを打つ思婦の想いを思いやっている、ⓑコンテキストも、一首の冒頭から「思婦」で一貫している、ⓒ「応到」の語気は、「自分」（白居易）よりも「思婦」を思いやる語気とする方が妥当である、などの諸点から考えると、「頭尽白」に「思婦」が含まれないのは不自然であり、第一義的には、B説がより適当であると考えられる。

（以上ⓐⓑⓒ、松浦友久、本書のための補説）

(3)　この秋の夜、きぬたを打つ響きがしきりに聞こえてくる。あれはいったいどこの家の人妻であろうか、たぶん夫と離れて住む哀れな人妻ででもあろう。今夜の月は殊のほか冴えわたり、風も冷たく、きぬたの音も一層悲しげである。陰暦の八・九月は正に夜長の候、その長い夜を休む間もなく、ひっきりなしに打ちつづけている。このまま杵を打ちつづけたら、ひと響きごとに一本ずつ白髪を添えて行って、夜の明けるころには、恐らく美しい黒髪もまっ白になってしまうことであろう。

（以上、吹野安『必修漢詩新釈』）

結論：「頭尽白」の主語・主体は、かなしみのうちにきぬたを打っている思婦自身である。

（以上、前述諸書のまとめ）

備考

「砧声」「月光」「秋夜」といった三つの要素を連結させて、「思婦」（孤閨を守る人妻）の孤独・悲哀・憂愁を詠う作品は、中国歴代の文学者（詩人）によって愛好され多作された一つの典型的なイメージ――女性像――であった。白居易のこの作品も、そうした従前の詩歌作品の伝統を踏まえつつも、そこに新たな彼独自の境地を切り拓《ひら》いている。その著しい個性の第一は、終末二句「応《ニ》下到《ラバ》二天明《ニ》一頭尽《ク》白《カル》上、一声添得《ヘタリ》一茎《ノ》糸」の斬新な表現に、最もよく現われていると言えよう。本詩の前半四句と後半二句を結ぶ詩情の妙は、白居易が天性の詩人であることを明確に証明している。

本詩に認められる白居易の個性の第二は、詩律のゆるやかな七言六句の古体詩のなかに展開される数字的表現の妙である。第3句「八月九月正長夜」、第4句「千声万声無了時」、第6句「一声添得一茎糸」のように、限定された表現空間のなかに、複数の〝数対〟が自由自在に用いられている。白居易の詩才のなかでも、対句技術は特に傑出しているが、それが数字表現に結びついていかんなく発揮された時、他の詩人の追随を許さない独擅場となっていることは特に注意されてよいであろう（この点に関しては、金子彦二郎「数字的表現と白楽天の詩」『漢文教室』第一五号、一九五四年一一月）に詳しい用例と考察があるので参照されたい）。

（埋田　重夫）

0　夜雪　　夜《よる》の雪《ゆき》

1　已訝衾枕冷　　已《すで》に訝《いぶか》る　衾枕《きんちん》の冷《ひや》やかなるを

2　復見窓戸明　　復《ま》た見《み》る　窓戸《さうこ》の明《あき》らかなるを

3夜深知雪重　夜深《よるふか》くして雪《ゆき》の重《おも》きを知《し》る
4時聞折竹聲　時《とき》に聞《き》く　折竹《せっちく》の声《こゑ》

テキスト　『全』四三三―7―4792 ◆『万首唐人絶句』六 ◆『那波本白氏文集』一〇（陽明文庫本・四部叢刊本）◆『南宋紹興刊本白氏文集』一〇 ◆『明馬元調校本白氏文集』一〇 ◆『清汪立名編訂本白香山詩集』一〇

＊本詩の篇目番号は〔0506〕（花房英樹『白氏文集の批判的研究』（朋友書店、一九七四年七月）、平岡武夫・今井清『白氏文集歌詩索引〔全三冊〕』下冊、篇目表（同朋舎出版、一九八九年一〇月）を参照）。

校語

1**已**　『陽明文庫本』『南宋紹興本』では「巳」に作る。

2**窗**　『陽明文庫本』『南宋紹興本』では「窻」に作る。同義。

詩型・韻字

五言絶句。明《めい》・＊聲《せい》（下平声庚韻（庚清韻＊））。

語釈

0**夜雪**　深夜の大雪を詠った詩。花房英樹『白氏文集の批判的研究』、朱金城『白居易集箋校（全六冊）』（上海古籍出版社、一九八八年一二月）では、元和一一年（八一六）、45歳、江州での作とする。また王汝弼『白居易選集』（上海古籍出版社、一九八〇年一〇月）では、元和一〇年（八一五）から元和一三年（八一八）冬にかけての作品と指摘する。

1**已**　「已……」「復……」と連結して、二つの性質または状態が並存することを示す句型。「……であるうえにまた……である」ということ。現代中国語表現の「既……又……」「既……且……」に相当する。蔡啓倫『唐代絶句選』（山東人民出版社、一九七九年一二月）では、この部分を「已経」（すでに）と注釈するが、ここでは採らない。

訝　驚き不審に思う。「驚奇」「奇怪」の意。「訝 yà」（仄声）は「驚 jīng」（平声）と同義。詩では多くの場合、平仄によって漢字を使い分ける。

衾枕　「衾」は「被子」（かけぶとん）、「枕」は「枕頭」（まくら）。並称して〝寝具・夜着〟一般をさす。因みに「枕」は、いわゆる箱枕。『白氏文集』には、おびただしい睡眠の場が詠われている。白居易は幼少の頃より眠りの場と深い関係をもつ詩人であった。この点に関する詳しい考察は、埋田重夫「白居易と睡眠―〝閑〟と〝適〟を充足させるもの」（『中国文学研究』第一六期、早稲田大学中国文学会、一九九〇年一二月）を参照。

冷　「冷」という皮膚感覚（触覚）のなかに、積雪（大雪）の夜を暗示する。

2**復**　第1句目の「已」に呼応する常用句型。「已……復……」（not only~but also~）。「復」は「又」と同義。

見　「見」は第4句「聞」に対応する語で、風景が無意識無自覚的に〝眼に入る〟意。積極的な意識をともなって対象をみるのであれば、「看」「観」「視」などの字が用いられる。

窓戸明　「窓戸《まど》 chuānghu」の辺りが雪明かりで白んでいる。この部分を顧学頡・周汝昌『白居易詩選』（人民文学出版社、一九八二年）では「窓紙透亮」（窓の障子紙が明るくなっている）と説明する。「明」という視覚のなかに、冬夜こんこんと降り頻る大雪が暗示される。

3 **夜深**　冬の夜が深《ふ》けていく。平仄式の関係で、「深夜 shēnyè」（平・仄）が倒置しているとも考えられる。この点に関係して、猪口篤志『評釈中国歴代名詩選』（右文書院、一九八六年一〇月）では、「夜《や》深《しん》　雪の重きを知る」と訓読して「よふけ。深夜と同じ。〃夜深くして〃とよむ人もある」と注釈を加える。

知雪重　漢語の「知」は、単に「知る」というのではなく「理解する」ということ。「知人――人を知《し》る」（その人格を含めた全てを理解している）「識人――人を識《し》る」（その人の外貌を見《み》識《し》っている）。前述の「衾枕・冷」「窓戸・明」をうけて、白居易は夜が深《ふ》けて雪が重く降り積もった事実をはっきりと理解したのである。因みに蔡啓倫『唐代絶句選』では、「這里有断定的意思」（ここでは断定の意味を含む）と説く。

4 **時聞**　時おり聞こえてくる。中国語の「時」は、しかるべき時期・時節の意。「聞」は、無意識に聞こえてくる意。意識的にきくのであれば「聴」が用いられる。両字ともに平声で、厳密な使い分けがある。また「時」の字義について、蔡啓倫『唐代絶句選』は「常常《いつも》」、霍松林『白居易詩訳析』（黒竜江人民出版社、一九八一年九月）、龔克昌・彭重光『白居易詩文選注』（上海古籍出版社、一九八四年一月）は「不時《しょっちゅう》」であるとする。

折竹声　積雪の重みで竹の折れる声《おと》。「折」は「断」の意。「声」は「音」の義。中国語では聴覚に響くものは全て「声《お》音《と》」である。いわゆる「コエ」「オト」を明確に区分して用いる日本語の用法と微妙に異なる。おびただしい中国古典詩歌作品のなかでも、豪雪（夜雪）の貌《さま》を聴覚的に描写した数少ない用例の一つ。前述の「冷」（触覚）「明」（視覚）をうけ、夜の静寂さを一層きわだたせている。

通　釈

深夜の雪

夜ねていてどうも夜着が冷たいと思っていたが、ふと窓をみると雪明りで白んでいる。夜が深《ふ》けて雪が重く降り積もったことを理解したのは、時どき竹の折れる声《おと》を耳にしたから。

諸説の異同

特記事項なし。

備　考

白居易は〃竹〃をこよなく愛した詩人であった。その具体的理由については、『白氏文集』巻二六の「養竹記」〔1474〕に詳しく述べられている。彼は〃湘竹〃〃蘄竹〃〃苦竹〃〃黄竹〃〃笻〃〃箭〃〃篠〃など、多種多様な竹を描写しており、とりわけ〃窓辺の竹〃〃水辺の竹〃〃籬《まがき》を遶《めぐ》る竹〃などを殊のほか好んで詠っている。堤留吉「白楽天と竹」（『東洋文学研究』第八〇号、早稲田大学、一九六〇年三月）、同前『白楽天研究』（春秋社、一九六九年一二月）二八〇頁～二八七頁などでは、〃白居易と竹〃との関係について次のように述べている。

① 白楽天の竹を詠んだ詩を顧みるに、著しく数の多いのは、四十五歳頃、五十歳から五十三歳頃までに至る数年間、五十八歳

を中心とする両三年、六十二歳頃から六十七歳に至る数年間、七十一歳頃ということになる。

② 白楽天の流浪・猟官の時代はもとより、兼済思想に燃えていた頃の作には竹を詠んだものは非常に少なく、ようやく兼済のむつかしさを知り、やがて江州に貶謫された四十五歳頃から急に竹の詠が増加し、それ以後は前述のような増減の波を示しつつ七十一歳（致仕の年）まで続き、七十二歳から七十五歳、すなわち死に至るまでは著しくその数を減じている。

③ しかもその高い波は江州や杭州のような竹郷、履道里のような水竹の佳境に在った時であることはいうまでもないが、自然に親しみ、分に安じて落ち着くことができ、したがって心に余裕を生じた時に起こり、低い波はそれとは反対に快快として楽しまず、心に余裕が持てないような時に生じている。

④ このように、竹をうたった詩の多少によって、その生活、心の動きなどをうかがうことのできるのも、当然のこととはいいながら興趣のあることではなかろうか。

（以上、堤留吉『白楽天研究』）

堤留吉の指摘に基づき、いわゆる「詠竹詩」の内容や表現の変化によって、白居易の一生を通じての思想の変遷を考察したものに、中西文紀子「白楽天の〝竹〟イメージについての考察」（『お茶の水女子大学中国文学会報』第九号、一九九〇年四月）がある。そこでは白居易の詠う竹が、儒教的な君子のイメージと老荘的な閑適のイメージの二面性をもつことを指摘し、儒家思想と道家思想を同居させていた白居易にとって、竹は自己を投影させるのに最も適した題材・素材であった、と結論づけている。以下、その主要な論点について、箇条書きに紹介したいと思う。

ⓐ 楽天の〝竹〟のイメージは、初め「養竹記」〔1474〕に見える非常に儒教的倫理観に適う「君子の植物」といったようなもので始まった。このイメージは、『礼記』のイメージそのものに連なると見ることが出来よう。その儒教的なイメージは一生もち続けつつ、美しさや爽やかさといった必ずしも儒教臭のない竹のイメージや、竹林七賢の故事から連想される老荘思想的な閑適のイメージの竹を詠み続けた。これらのイメージが、楽天の中でどのように同居していたかという問題は、ひいては儒教的倫理観と老荘的隠遁的思想とが彼のなかでどのように同居していたかという、大きな問題につながるものであり、簡単に結論付ける事はできない。しかし今、竹に関する彼の言及のみを手がかりとして、次のように考える。

ⓑ すなわち、楽天の思想の根底には、一生を通じて、厳然として儒教的倫理観があったと、私は見る。竹に関する言及にのみ限ってみれば、生涯を通じて儒教的倫理観に立脚する竹を詠み続けたことなどが、その現れといえよう。しかし、その一方で楽天は、やはり若いうちから、老荘的・隠遁的思想にも目覚め、この類の趣向の竹を詠み続けていた。こうして見てくると、儒教的倫理観を根底に固くもち続けながらも、老荘的・隠遁的思想にも憧憬の念をもち、両者を自己の中に何らかの形で同居させていた、楽天の姿が浮き彫りにされる。この様な楽天にとって、竹という、根本的性質は非常に儒教的倫理観に適うものをもちながらも、王羲之の故事などから、隠遁思想に欠かせないイメージをも兼ね備えた存在は、非常に強く親近感を覚

えるものであり、従って、自己を投影するにも最適だったのではなかろうか。

ⓒ 加えて、本来崇高な要素をもつ竹が、不当に粗末に扱われている様は、優れた人材と自負する楽天にとって、見いだされずに野にある自分を表現するのに、これまた、またとない恰好のモデルだったと考えられる。

ⓓ 非常に強い親近感を覚え、自身の投影であればこそ、嬉しいときも悲しいときも、竹に仮託して詠んだのであり、それが故に、竹の詠み方を辿ることによって、楽天のその時々の心情が手に取るように窺い知れるのであろう。生涯に経験した一つ一つの事件による心の動き、それらを通じて一生の間に経た、更に大きな思想の変化、そういったものが、竹を詠んだ詩を追い掛けることによって見えてくる。

（以上、中西文紀子「白楽天の〝竹〟のイメージについての考察」）

白居易文学にとって、〝花〟〝酒〟〝病〟〝眠〟〝家〟はそれぞれに重要な題材であるが、〝竹〟もまた、彼の多様な価値観の一端を反映する詩材として重要な意味をもっていたようである。詩人における題材の重要性をはかる尺度（スケール）としては、ⓐ作風からの判断、ⓑ不可欠性からの判断、ⓒ作品享受史からの判断、の三点が指摘できようが、白居易詩に詠出される〝竹〟は、それらいずれの条件から考えても、十分に注意されるべきものと考えられる。

（埋田　重夫）

皮《ひ》日《じつ》休《きゆう》

0 館娃宮懷古　館《(かん)くわん》娃《あ》宮《きゆう》にて古《いにしへ》を懐《おも》ふ

1 豔骨已成蘭麝土　艶骨《えんこつ》 已《すで》に蘭麝《らんじや》の土《つち》と成《な》り

2 宮牆依舊壓層崖　宮《きゆう》牆《しやう》 旧《きう》に依《よ》つて層崖《そうがい》を圧《あつ》す

3 弩臺雨壞逢金鏃　弩《ど》台《だい》 雨《あめ》に壊《やぶ》れて 金鏃《きんぞく》に逢《あ》ひ

4 香徑泥銷露玉釵　香径《かうけい》 泥《どろ》に銷《き》えて 玉《ぎよく》釵《さい》を露《あら》はす

5 碽沼只留溪鳥浴　碽沼《けんせう》 只《た》だ渓鳥《けいてう》の浴《よく》するを留《とど》め

6 屧廊空信野花埋　屧廊《せふらう》 空《むな》しく野《や》花《くわ》の埋《うづ》むるに信《まか》す

7 姑蘇麋鹿眞閒事　姑《こ》蘇《そ》の麋《び》鹿《ろく》 真《まこと》に閒事《かんじ》

8 須爲當時一愴懷　須《すべから》く当時《たうじ》の為《ため》に 一《ひと》たび懐《こころ》を愴《いた》ましむべし

テキスト 『全』六一三-9-7075 ◆『体』七律 ◆『松陵集』六 ◆『唐詩類苑』一五五 ◆『唐音統籤《とうせん》』六八七、戊《ぼ》籤《せん》七二 ◆『唐詩別裁集』一六

校語

0 **館娃宮懷古** 『体』は「館娃宮」に作る。

1 **豔** 『体』『松陵集』『唐詩類苑』『唐音統籤』は「艶」に作る。
2 **牆** 『松陵集』『唐詩類苑』『唐音統籤』は「墻」に作る。「牆」が本字。
3 **弩** 『唐詩別裁集』は「努」に作るが形訛《けいか》であろう。
5 **碩** 『唐詩別裁集』は「研」に作る。同義。
只 『体』『松陵集』は「秖」に作る。同義。
渓 『全』は「一ニ作ルレ山ニ」との校語がある。『体』は「山」に作る。『唐詩別裁集』は「谿」に作る。同義。
6 **信** 『全』は「一ニ作ルレ任ニ」との校語がある。『唐詩別裁集』は「任」に作る。同義。
7 **閒** 『体』『唐詩別裁集』は「閑」に作る。同義。

詩型・韻字

七言律詩。崖《がい》・釵《さい》・埋《*まい》・懐《*くわい》（上平声佳韻（佳皆韻*））

語釈

0 **館娃宮** 宮殿の名。春秋時代に呉王夫差が西施の為に築いた宮殿。唐の陸広微『呉地記』「花山」の条に「東二里に館娃宮有り。呉人、西施を呼びて娃と作す。夫差置く。今の霊岩山、是れなり」とあり、宋の朱長文『呉郡図経続記』巻中、碩石山の条に「(館娃宮は) 蓋し西子（西施）を以て名を得るのみ」という。江蘇省蘇州市の西南郊外一五キロの地にある霊岩山（碩石山。これは、当山でとれる深紫の石が碩になるための命名。高さ一八二メートル。呉県木瀆鎮の近くにある）にあった。北宋の楽史《がくし》撰『太平寰宇記《かん》』巻九一（「江南東道、蘇州呉県」の条）に「碩石山は県の西三十里、胥《しょ》門（蘇州城の西門の一つ）の外にあり。……『越（絶）書』に云ふ、『呉人は碩石（山）に於て館娃宮を置く』」とある。中唐の劉禹錫には「館娃宮ハ在リ二旧郡ノ西南ノ碩石山上ニ一。前ニ瞰ミ二姑蘇台ヲ一、旁ニ有リ二采香径一。梁ノ天監中、置キテ二仏寺ヲ一曰フ二霊嵒ト一。即チ故宮也。信《まこと》ニ為《たり》二絶境一、因リテ賦ス二二章ヲ一」という長い題の詩が残る。霊岩山については、鍾俊華編『蘇州の名所巡り』（朝華出版社、一九八三年）や、張墀《ち》山ほか『蘇州風物志』（江蘇人民出版社、一九八二年）などに詳しい。なお、本詩に関する古跡に関しては、植木久行『唐詩の風景』（講談社学術文庫、講談社、一九九九年）二二七頁以下参照。「娃」は呉の言葉で美女の意。音はアイ。アは慣用音。漢の揚雄『方言』二に「娃、嫷、窕は艶美なり。呉、楚、衡、淮の間は娃と曰ひ、南楚の外は嫷と曰ふ。……故に呉に館娃の宮有り」という。「館娃」は美女を住まわせる、の意。

1 **艶骨** 美人の骨。西施の死については詳らかでないが、作者はこの館娃宮で死んだものと考えているようである。

蘭麝土 「蘭」は香草の代表的なもの。フジバカマ。「麝」は麝香。美人が埋葬された土地だからこのように表現したのであろう。

野口寧斎『三体詩評釈』（郁文舎、一九一〇年）に「艶麗なる西施の如き者、埋めて当に土も亦蘭麝の如くなるべし。一句語意は鮮麗にして、以下皆此意より成る」と評する。

2 **宮牆** 宮殿を囲む屏。

依旧 もとのまま。むかしのまま。「仍旧」に同じ。

圧 ここでは、「臨む」、「……の上に位置する」、の意。蔣紹愚「杜詩詞語札記」（『語言学論叢』第六輯、一九八〇年、王鍈《えい》・曾明徳『詩詞曲語辞集釈』語文出版社、一九九一年所収）に

「〃圧〃にもまた縦と横と二方面の意味がある。即ち〃臨む、位置する〃と〃並ぶ、寄り添う〃である」とあり、前者の用例として本詩を引用する。盧潤祥『唐宋詩詞常用語詞典』（湖南出版社、一九九一年）も同じ。

層崖 巌石が幾重にも重なったがけ。そそりたつ絶壁。

3 **弩台** 「弩」は「おおゆみ」、「いしゆみ」。仕掛けを用いて矢石を発射する武器。「弩台」はその仕掛けを設置する台。砲台などと同じたぐい。台は土を搗《つ》き固めて造った高大な基壇をいう。『体』の季昌注に「呉王　教弩台有り。呉の地に在り」とある。

金鏃 金属製のやじり。「金」には「銅」の意味もある。

4 **香径** 「採香径」とも言う。霊岩山（館娃宮）から西南の香山にのびる水路。呉王夫差は香草を香山に栽培し、それを西施に採らせるためにこの水路を開鑿したという。霊岩山から望むと一本の矢のように真直ぐであったことから「箭逕《せんけい》」とも呼ばれた。南宋の范成大『呉郡志』巻八、「館娃宮」の条に「（碩石）山前有リ二採香径一」とあり、同巻、「採香逕」の条に「在ル二香山之傍ノ小渓ニ一也。呉王種ヱ二香ヲ於香山ニ一、使ム下美人ヲシテ泛カベ二舟ヲ於渓ニ一以テ採ラ上香ヲ。今自リ二霊巖山一望メバレ之ヲ、一水直キコト如シレ矢ノ、故ニ俗ニ又名ヅク二箭逕ト一」とある。ちなみに白居易の「題ス二霊岩（巖）寺ニ一」詩に「娃宮屧廊《しょうろう》尋イデ已ニ傾キ、碩池香径又欲スレ平ラカナラント」とある。なお、「香径」は従来「こみち」と解釈されてきたようであるが、ここでは「水路」として解釈した。詳しくは〈諸説の異同〉参照。

泥銷 （香径が）泥におおわれて消える。

玉釵 関本寅『三体詩講義』（興文社、一八九三年）にいう、「洞冥記ニ云フ、漢ノ元鼎間、神女アリ。玉釵ヲ留テ、帝ニ与フ。帝、趙婕妤ニ与フ。昭帝ノ元鳳中ニ至テ、猶此玉釵アリ。宮人之ヲ砕《くだか》ント謀ル。明日釵筐《はこ》ヲ視レバ、惟々白燕ノ天ニ昇ルヲ視ル。後宮因テ玉釵ヲツクル。西施ハ是ヨリ先世ナルモ、詩人ガ句ヲ托シテ言フ。故ニ追テ玉釵ノ字ヲ用フルナリ」と。『洞冥記』は『漢武洞冥記』とも言い、漢代小説の名。この記事は巻二に見える。

5 **碩沼** 霊岩山の山頂にある碩池のこと。『呉郡図経続記』巻中、碩石山の条に「山頂に三池あり月池と曰ひ、碩池と曰ひ、玩華池と曰ふ。旱《ひでり》と雖も竭《つ》きず、其の中に水葵の甚だ美しき有り。蓋し呉の時に鑿《うが》つ所なり」とある。

6 **屧廊** 「響屧廊《きょうしょうろう》」のこと。霊岩山の山頂にあったという。「屧」は、くつしき（靴の中に施す木製の底）、また、はきもののこと。「響屧廊」は、呉王が作らせた廊下で、床板が楩枏《べんなん》（楩はくすのきに似た喬木）で出来ており、西施が歩くと妙なる音がしたことからこの名が生まれたという。『体』天隠注に引く『蘇州図経』や『呉郡図経続記』巻中、碩石山の条参照。ちなみに前掲の『蘇州の名所巡り』にいう、「呉王夫差は館娃宮を建造したとき、あずさの板で張りつめた床をもつ長い廊下をつくり、その下の土を掘りだして大きな缸《かめ》を一列に並ばせるよう、職人たちに命じた。西施と宮女たちが木製の履物をつっかけてその上を歩くと、木琴のような清らかな音が発し、それが宮女たちの体につけた鈴や珠の音とまじって、耳に心地よい」と。響屧廊は、また〃鳴屐《げき》廊〃ともいう。

信 「信」は、まかせる。杜牧「早行」詩の「信馬」の〈語釈〉参照。「空信野花埋」は、空しく野の花に埋もれて今は往来する人もいないこと。

7姑蘇　呉王闔閭《こうりょ》が築き、その子夫差が拡張した壮麗な離宮「姑蘇台」のこと。唐の陸広微『呉地記』には「姑蘇台在二呉県西南三十五里一。闔閭造、経営九年始成。其台高三百丈、望見三百里外一、作二九曲路一以登レ之」という。他方、『太平広記』巻二三六、「呉王夫差」の条に引く『述異記』には次の如くいう、「呉王夫差築二姑蘇台一、三年乃成。周環詰屈、横亘《わたルコト》五里、崇二飾土木一、殫《たん》二耗《こうす》人力一。宮妓千人。又別立二春霄宮一、為二長夜飲一、造二千石酒鍾一。又作二大池一、池中造二青竜舟一、陳二妓楽一、日〻与二西施一為二水戯一。又於二宮中一作二霊館・館娃閣一、銅鋪玉檻、宮之欄楯、皆珠玉飾レ之」と。

ちなみに、姑蘇台の建てられた姑蘇山の位置は、霊岩山（硯石山）の東南数キロにある七子山付近らしい。姑蘇台はこの七子山（横山）の上にあったとも、その北に連なる峰（姑蘇山）にあったともされ、今日なおその台址についての定説はない。なお、南宋の石刻「平江（蘇州）図」のなかに、姑蘇台の名が見える（植木久行『唐詩の風景』二三三頁参照。また、松浦友久編『漢詩の事典』四二四頁以下も参照）。

麋鹿　「おおしか」と「しか」。夫差が越との戦いに勝ち、西施を得て遊びに耽るのをみて伍子胥《ごししょ》がこれを諫めて「臣今見三麋鹿游二姑蘇之台一也（姑蘇台が廃墟となって、雑草の類いが生い茂り、鹿などの遊ぶところとなる、の意）」といったが、夫差はこれを聞き入れず、逆に伍子胥に自殺を命じた（『史記』巻一一八「淮南衡山列伝」参照）。

閒事　無駄なこと。何にもならないこと。ここでは、伍子胥の諫言も役に立たず、結局呉が滅びてしまったことをいう。

8須為当時一愴懐　説心和尚『三体詩素隠抄』巻八（勉誠社影印）には、尾聯を「子胥カ云タル姑蘇ノ麋鹿ノイサメハ、イタツラ事ニナツタソ。我ハ最モ為レ之愴レ懐也。時ノ人ハ、ナニトテ懐ヲイタマシメヌゾ。セメテ一度ナリトモ、ソノカミ、カクアリシ事ニツイテ、胸懐ヲイタマシメヨトソ」と解釈する。

通釈

館娃宮にて古を懐う

かの美人（西施）の骨はかぐわしい土と化してしまったが、かつての宮殿の塀は今もなお昔のままに、幾重にも重なった断崖に臨んでたつ。

その昔、弩《おおゆみ》を据え付けたという高台は雨に崩れてしまい、眼に触れるのは金属のやじりだけ。そして西施のために開鑿されたという採香径は土砂に埋もれて消え、玉のかんざしが現われているのみ。

山頂の硯池には、今は渓にすむ鳥が水浴びをしているだけで、西施が歩いた響屧廊も、野の花に埋もれたまま。

伍子胥が姑蘇台に麋鹿が遊ぶのを恐れて呉王に諫言したことも、本当に無駄なこととなった。今となっては、かつての栄華を偲んで、ひとたび悲しもうではないか。

諸説の異同

異同の所在

第4句「香径泥銷露玉釵」の解釈について

異同の類別

A　「香径」を、「呉王夫差が西施に香草を摘ませたこみち」ととり、その「こみち」が土を洗い流されて玉の釵があらわれている、と解釈する。

B「香径」を、「西施が香山に香草を採りにいくために、開鑿された水路」ととり、その「水路」が泥に埋もれて跡形もなくなり、泥の中から玉の釵が現われている、と解釈する。

A説を採るもの：村上哲見『三体詩』二（中国古典選〔文庫版〕、朝日新聞社、一九七八年）。

B説を採るもの：石川忠久『NHK漢詩を読む—風土と人々（江南の巻）（四月～九月）』（内山精也執筆(注)）日本放送出版協会、一九九四年）。

（注）本テキストには執筆者名が明記されていないが、担当者からの直話による。

異同の論拠

A説、B説ともに明確な論拠は示されていない。A説は「径」をそのまま「こみち」と解釈したものと思われ、またB説は、〔語釈〕の部分で挙げた范成大の『呉郡志』の記述をふまえて解釈したものと思われる。

初めに、文献資料的な側面から両説を検討してみたい。

『呉郡志』以前に「香径」の名が現われるのは、唐の陸広微撰『呉地記』の佚文である。

呉王種《エ》㆓香《ヲ》於此《ニ》㆒、遣《ム》㆓美人《ヲシテ》採《ラ》㆑之《ヲ》、故名《ヅク》。下《ニハ》有《リ》㆓採香涇㆒、通《ズ》㆓霊巌山《ニ》㆒、今名《ヅク》㆓箭涇山《ト》㆒。

（盧騰龍『蘇州府志』巻六、李銘皖・譚鈞培修、馮桂芬纂『同治蘇州府志』巻六所引）

なお、ここでは「径」は「涇」に作るが、「径」は、「みぞ」を表わす「涇」にも通じて使われることがある。

また范成大は、『呉郡志』の中で「香径」を「水路」ととらえていたが、自らの作品のなかでも次のような表現が見られる。

香山

採香径裏木蘭舟　採香　径裏　木蘭の舟

嚼蕊吹芳爛熳遊　嚼蕊　吹芳　爛熳の遊

（後略）

（『范石湖集』巻三）

館娃宮賦

（前略）

蕩龍舟之水嬉　龍舟の水嬉を蕩《ほしいまま》にし

擷香径之春芳　香径の春芳を擷《つ》む

（後略）

（同、巻三四）

これらの資料から判断すれば、「径」を「こみち」と解釈する積極的な理由は乏しいと言わざるをえない。従って、文献資料的な側面からは「径」を「水路」ととるほうが有力であると言えよう。

次に、律詩の対句としての整合性という側面から検討したい。対句の場合、平仄の対応は勿論、語法面での対応も要求される。A説に従った場合、この頷聯の部分は「兵士に弓を習わせた高台は雨のためにくずれて」と「香草を摘んだ径は土を洗い流されて」となり、「高台が雨によってくずれる」↕「径は土を洗い流される」で、語法的に厳密な対句とならない。しかも、「銷」は「消」に通じ、「消える」の意味はあるが「流れる」の意味はない。

一方、B説に従った場合、「呉王自らが兵士に弓を教えたという台は、雨に打たれて崩れ去り」と「西施のために開鑿された採香逕は、泥に埋もれて跡形もなくなり」となり、「台が雨によって崩れ去る」⇔「採香逕が泥によって埋もれる」で、語法的に厳密に対応する。しかも意味の上からも「水路が泥によって埋もれて消える」ととるほうがより自然であろう。

以上二つの側面から検討して、ここではB説に従って訳した（参考、松尾幸忠「皮日休『館娃宮懐古』の『香径』について―『詩跡』解釈の視点から」〔『中国詩文論叢』第一五集、一九九六年〕）。

備考

呉王夫差の建てた宮殿については、古来から多くの詩人が創作の題材としてきており、本詩もその系譜のうえに占める一作品である。

本詩は皮日休と陸亀蒙を中心とする唱和詩集『松陵集』巻六に収められている。咸通一〇年（八六九）、皮日休は蘇州刺史崔璞の従事（幕僚の一種）となって蘇州の地を訪れ、当地に閑居していた陸亀蒙と知り合い、日々、詩を唱和しあった。この詩に対して、「奉《ル》レ和《シ》二襲美《ノ》館娃宮《ニテ》懐《フニ》レ古《ヲ》次韻」（襲美は皮日休の字）という陸亀蒙の作品が残されている（なお皮日休には、この他に「館娃宮懐古五絶」という連作もある）。

『松陵集』は、咸通一一年（八七〇）を中心とした一年あまりの間に作りかわした詩を、陸亀蒙が編集し、皮日休が序文を執筆したものである。同一詩体のなかでは原則として作成順に配列されており、本詩は咸通一一年、春の作と推定されている。沈《しん》開生「皮日休系年考弁」〔『研究生論文選集（中国古代文学分冊）』〔江蘇人民出版社、一九八三年〕所収）の会昌元年（八四一）生年説によれば、皮日休は当時30歳である（蕭滌非《しょうできひ》・鄭慶篤整理『皮子文藪』〔上海古籍出版社、一九八一年〕に付す中華書局上海編輯所一九五九年版の前言によれば、33～37歳である）。なお沢崎久和「『松陵集』の構成と編次―沈開生氏「皮日休系年考弁」補正」（福井大学『国語国文学』第二六号、一九八七年）は、『松陵集』所収の詩の作成年代を考える際の必読論文である。

（松尾　幸忠）

孟《もう》浩《こう》然《ねん》

0 過故人荘
1 故人具雞黍
2 邀我至田家
3 綠樹村邊合
4 青山郭外斜
5 開筵面場圃
6 把酒話桑麻
7 待到重陽日
8 還來就菊花

故人《こじん》の荘《そう》に過《よぎ》る
故人《こじん》 雞黍《けいしょ》を具《そな》へ
我《われ》を邀《むか》へて 田家《でんか》に至《いた》らしむ
緑樹《りょくじゅ》 村辺《そんぺん》に合《がっ》し
青山《せいざん》 郭外《くわくぐわい》に斜《なな》めなり
筵《えん》を開《ひら》きて 場圃《ぢやうほ》に面《めん》し
酒《さけ》を把《と》りて 桑麻《さうま》を話《かた》る
重陽《ちようやう》の日《ひ》に到《いた》るを待《ま》ちて
還《ま》た来《きた》りて 菊花《きくくわ》に就《つ》かん

テキスト 『全』一六〇-3-1651 ◆『百』五言律詩 ◆『宋本孟浩然詩集』下 ◆『四部叢刊本孟浩然詩集』四 ◆『元禄三年刊本劉辰翁批孟浩然詩集』下 ◆『元文四年刊本孟浩然詩集』 ◆『唐百家詩選』一 ◆『唐詩品彙』六〇 ◆『唐詩別裁集』九

校語

0**荘** 『宋本孟浩然詩集』『四部叢刊本孟浩然詩集』には「庒」、『唐詩品彙』『唐詩別裁集』には「庄」に作る。「庄」は「荘」の俗字。「庒」は「庄」の異体で、意味はみな同じ。

1**雞** 『宋本孟浩然詩集』『唐詩品彙』は「鷄」に作る。「雞」が本字。

3**樹** 『四部叢刊本孟浩然詩集』には「尌」に作る。「尌」は「樹」の籒文。

邊 『元文四年刊本孟浩然詩集』『唐詩別裁集』には「邉」に作る。俗字。

5**筵** 『百』『元文四年刊本孟浩然詩集』『唐詩品彙』『唐詩別裁集』は「軒」に作る。

6**話** 『元文四年刊本孟浩然詩集』には「詁」に作る。「詁」は「よむ、解釈」等の義で、通じ難い。蓋し誤刻か。

7**到** 『元禄三年刊本孟浩然詩集』には「至」に作る。「至」も「いたる」で、「到」と同訓同義であるが、この詩は五言律詩であり、律詩の場合、一首の中で同じ文字を重用しないのを原則とするから、ここは第2句の「至田家」と重ならない「到」のほうが自然である。

詩型・韻字

五言律詩。家《か》・斜《しや》・麻《ま》・花《くわ》（下平声麻韻〔麻韻〕）。

語釈

0**過** 立ちよる。訪問する。「……（に）よぎる」「……（を）すぐ」と訓《よ》む。

故人 旧友。友人。誰を指すかは不明。

荘 別宅。別荘。

1**具雞黍** 「具」は、用意する。ととのえる。「雞黍」は、にわとりをつぶし、きびの飯を炊く。(田舎家で) 心をこめて人をもてなすこと。その典拠に二説ある。一つは『論語』微子の「(丈人) 止《メテ》二子路《ヲ》一宿《セシメ》、殺《シ》レ雞《ヲ》為《つくリテ》レ黍《ヲ》而食《ハシメ》レ之《ニ》、見《まみエシム》二其《ノ》二子《ヲ》一焉」によるとする説。塩谷温『唐詩三百首新釈』(昭和漢文叢書、弘道館、一九二九年)、小川環樹『唐詩概説』(中国詩人選集別巻、岩波書店、一九五八年)、田部井文雄『唐詩三百首詳解』上(大修館書店、一九八八年)、深沢一幸『唐詩三百首』(鑑賞中国の古典、角川書店、一九八九年)、朱大可『新註唐詩三百首』(香港中華書局、一九五八年)、游信利『孟浩然集箋注』(台湾学生書局、一九七五年再版)、陳貽焮『孟浩然詩選』(人民文学出版社、一九八三年)、李景白『孟浩然詩集校注』(巴蜀書社、一九八八年)、徐鵬『孟浩然集校注』(人民文学出版社、一九八九年)、曹永東『孟浩然詩集箋注』(天津古籍出版社、一九九〇年)、王達津『王維孟浩然選集』(上海古籍出版社、一九九〇年)、趙桂藩『孟浩然集注』(旅遊教育出版社、一九九一年) などがこの立場をとる。もう一つは、「後漢の范式が太学に遊んで汝陽の張劭と友人になった。帰郷するとき、式は、二年したら貴君の御両親にお目にかかりに行くと約束した。その期日になって、張劭は母に言って雞と黍を具えて待っていると、式は果してやって来た」という故事によるとする説。陳婉俊補註『唐詩三百首』(商務印書館、一九六一年)、喩守真『唐詩三百首詳析』(香港太平書局、一九六五年)、彭国棟『唐詩三百首詩話薈編』一(台湾華岡出版有限公司、一九七〇年) 目加田誠『唐詩三百首』2(東洋文庫、平凡社、一九七五年) などはこの立場をとる。いま改めてこの二つの典拠を比べてみると、「故人」が友情を以て「雞黍」でもてなすという点に重きをおいて考えれば、范式と張劭の故事が、この詩の典拠としてより相応しいように思われる。ただし出所となる文献について、些か問題がある。この故事の出所を、陳『補注』に『漢書』とするのは何かの誤りであろうが、喩『詳析』、彭『薈編』、目加田注(ただし第一刷から第四刷まで)には『後漢書』とする。しかし今本『後漢書』范式伝のこのエピソードの条には「雞黍」の字は用いられていない。そこで目加田注第五刷以降は、『蒙求』に「范張雞黍」の標題があること、その徐子光註(所謂補註)に、張劭が御馳走を具えて式を待ったとあることから、張劭が「雞黍」でもてなしたという故事が想定できるのではないか、という説明がなされるようになった。ところが『蒙求』の、李瀚撰・李瀚自注の所謂『古註蒙求』「范張雞黍」の条に引く『後漢書』には「殺雞炊黍」の語があり、その記述は『文選』巻二六、范雲「贈二張徐州稷《(マヽ)》一」詩の李善注所引謝承『後漢書』の記事によく似ている(早川光三郎『蒙求』上〈新釈漢文大系、明治書院、一九七三年〉。また『古註蒙求』は池田利夫編『蒙求古註集成』〈全四巻。汲古書院、一九八八年〜一九九〇年〉によって確認できる)。ここでは、『蒙求』は古註所引『後漢書』と『文選』李注所引謝承『後漢書』を比べて、撰人名が明記されている謝承『後漢書』の記事を以て「張劭が范式を雞黍を具えてもてなした」という故事の裏づけとし、この詩の「具雞黍」の出典と見なしておきたい。その記事を左に掲げておく。

謝承後漢書《ニ》曰《ハク》、山陽《ノ》范式、字《ハ》巨卿、与《と》二汝南《ノ》張元伯一為《たり》レ

友。春別《レ》二京師《ニ》一、以《テ》レ秋《ヲ》為《ス》レ期《ト》。至《リ》二九月十五日《ニ》一、殺《シ》レ雞《ヲ》作《ル》レ黍《ヲ》。二親笑《ヒテ》曰《ハク》、山陽《ハ》去《ルコト》レ此《ヲ》幾千里《ナル》、何《ゾ》必《ズシモ》至《ランヤト》。元伯曰《ハク》、巨卿《ハ》信士、不《ル》レ失《セ》レ期《ヲ》者《ト》。言未《ダ》レ絶《エシテ》而巨卿至《ル》。

（詳しくは田口暢穂「孟浩然『過故人荘』詩をめぐって——『故人具雞黍』の典拠——」（『創立三十周年記念鶴見大学文学部論集』、一九九三年）参照。なお東京書籍『漢文（古典）』教師用指導書のこの詩の条に、「雞黍」の典拠を『文選』注所引謝承『後漢書』と考えるべきだという指摘——『蒙求』古註との関係には触れない——がある（安藤信広執筆））

3 **村辺合**　村のまわりをとりかこんでいる。「村辺」は村のさかい。

4 **郭**　村を囲む土壁であろう。まちやとりでのかこいを郭という。ここは村のかこい。

5 **開筵**　宴をひらく。「筵」は、むしろ、しきもの。また、席。ここは宴席の意。「開軒」に作るテキストがあるが、それに従えば「まどを開く」。『文選』巻二五謝瞻「答二霊運一」詩の李善注に、「軒《ハ》、牕《まど》也」とある。

場圃　畑。「圃」は、はたけ。「場」は、春、夏には畑とし、秋、冬には築き固めて作業場とする所。『詩経』豳風《ひんぷう》「七月」に「九月築《ク》二場圃《ヲ》一」とあり、毛伝には「春夏為《シ》レ圃《ト》、秋冬為《ス》レ場《ト》」、鄭箋には「場圃《ハ》同《ジ》地耳《ナルのみ》。物生《ズル》之時、耕三治《シテ》之《ヲ》二以《テ》種《ヱ》二菜茹《ヲ》一、至《リ》二物尽《ク》成熟《スルニ》一、築堅《キメテ》以《テ》為《ス》レ場《ト》」とある。

6 **把**　手にもつ。

話桑麻　農事について語りあう。陶淵明「帰《ル》二園田《ノ》居《ニ》一五首其《ノ》二」に「相《ヒ》見《テ》無《ク》二雑言一、但《ダ》道《フ》桑麻長《のびタリト》」とあるのにもとづく。

7 **重陽**　陰暦九月九日。陽の数（奇数）の九が重なるので「重陽」という。この日には、菊花を浮かべた酒を飲んで健康と長寿を祈る風習があった。重陽の節の行事や習俗については、植木久行『唐詩歳時記』（講談社学術文庫、一九九五年）に詳しい。

8 **就菊花**　菊の花を見る、賞する、という意。「就」は「近づく」「（ある所へ）行く」などの意であろう。王昌齢「竜標《ノ》夜宴」詩の「沅渓《ノ》夏晩足《ル》二涼風一、春酒相《ヒ》携《ヘテ》就《ク》二竹叢《ニ》一」、白居易「九日登《リテ》二西原《ニ》一宴望《ス》」詩の「移《シテ》レ座《ヲ》就《ク》二菊叢《ニ》一、餻酒前《ニ》羅列《ス》」（那波本『白氏文集』巻六）、同「就《ク》二花枝《ニ》一」詩の「就《キテ》二花枝《ニ》一、移《ル》二酒海《ニ》一」（同前、巻五一）などによって考えれば、「（菊の花に）近寄っていとおしむ」意になろう。参考のために注解書類の「就」の解を紹介しておく（明確に字義を説いているものだけ）。

「近づく」と解するもの：朱大可『新註唐詩三百首』、徐鵬『孟浩然集校注』、曹永東ほか『孟浩然集箋注』。

「行く」と解するもの：田部井文雄『唐詩三百首詳解（上）』。陳貽焮『孟浩然詩選』は「就、牽就」と注しているが、これも「近づく」の意であろうか（現代中国語の「牽就・遷就」は「歩みよる」の意）。また金性尭『唐詩三百首新注』（上海古籍出版社、一九八三年（三刷））は、「就菊花、乗菊花開時再来探望（＝菊の花がさいたときに、また見に来る）。就、交接」としている。この「交接」は、「つきあう」「訪ねる」というような意味であろうか。

通釈

友人の別荘をたずねて

旧友が鶏と黍飯《きびめし》（の御馳走）をととのえて、私を村の別荘に招いてくれた。

緑の樹々が村のまわりをとり囲み、青い山々が村の壁のむこうに斜めにつらなっている。

宴を張って畑をながめながら、酒を汲んで桑や麻の出来具合いを語り合う。

（やがて）重陽の節句になったならば、またやって来て菊の花をたのしみたいものだ。

諸説の異同

特記事項なし。

備　考

元の方回の『瀛奎律髄《えいけいりつずい》』（巻二三）の評語に「此《ノ》詩句句自然《ニシテ》、無《シ》二刻畫之迹一」とあるとおり、田園に閑居する喜びを、まことに淡々とうたった詩である。孟浩然の田園詩の代表作といってよい。また、清の沈徳潜の『唐詩別裁集』（巻九）の評語、「通体精妙。末句《ノ》就字《ノ》作《なシテ》レ意《ヲ》、而帰《ス》二於自然《ニ》一」の如く、第8句の「就」字のはたらきを賞する説がある。

なお『万首唐人絶句』（宋、洪邁撰）五言絶句巻二〇に、本篇の前半四句を「過友人荘」の題で、王維の作として収めている。

（田口　暢穂）

0 洛陽訪袁拾遺　　洛陽《らくやう》に袁拾遺《ゑんしふゐ》を訪《と》うて
不遇　　遇《あ》はず

1 洛陽訪才子　　洛陽《らくやう》に才子《さいし》を訪《と》へば

2 江嶺作流人　　江嶺《かうれい》に流人《りうじん》と作《な》る

3 聞説梅花早　　聞説《きくな》らく　梅花《ばいくわ》早《はや》しと

4 何如此地春　　此《こ》の地《ち》の春《はる》に何如《いかん》

テキスト

『全』一六〇-3-1667 ◆『選』六 ◆『四部叢刊本孟浩然詩集』四 ◆『元禄三年刊本劉辰翁批孟浩然詩集』上 ◆『元文四年刊本孟浩然詩集』◆『唐詩品彙』三八

校　語

0 **洛陽**　『全』『四部叢刊本』『元禄刊本』『元文刊本』には「洛中」に作る。意味は同じ。いま、通行度の高い『選』に従った。

袁　『元禄刊本』には「表」に作る。

3 **聞**　『元禄刊本』には「見」に作る。「見説」でも意味は同じだが、他の諸本に従う。

4 **此**　『四部叢刊本』には「北」に作る。『全』には「北」に作り、「一作《ニル》レ此《ニ》」との校記がある。いま、『選』などに従って「此」を採る。

詩型・韻字

五言絶句。人《じん》・*春《しゆん》（上平声真韻〔真諄*韻〕）。

語　釈

0 **袁拾遺**　「袁」は姓、「拾遺」は官名で、天子を諫めることを掌る。左拾遺と右拾遺があり、左拾遺は門下省、右拾遺は、中書省に属す。拾遺の官にあった袁某、の意。この袁某を高木正一『唐詩選』二（中国古典選〔文庫版〕、朝日新聞社、一九七八年）は孟浩然の友人、張子容の「永嘉即事、寄《ス》二贛《かん》県袁少府《ノ》瓘《くわんニ》一」詩（『全』一一六-2-1176）にいう袁瓘とし、中島敏夫・

佐藤保『唐詩選』下（〈中島敏夫執筆〉中国の古典、学習研究社、一九八六年）は儲光羲《ちょこうぎ》の「貽《おくルノ》二袁三拾遺《ノ》謫《セラルルニ》一作」詩（『全』一三八-2-1405）にいう袁三（三は排行）であろうかとする（高木正一は、この「袁三」も袁瓘であろうという）。また徐鵬『孟浩然集校注』（人民文学出版社、一九八九年）は、孟浩然の「南《ヨリ》還《リ》舟中《ニテ》寄《ス》二袁太祝《ニ》一」詩などにうたわれる「袁太祝」（太祝は、祭祀や儀式を掌る官）と同じ人物であろうとしている。確かなことはわからない。

1 **洛陽訪才子**　「洛陽才子」は、前漢の賈誼のこと。晋の潘岳の「西征賦《ノ》」に「賈生洛陽之《ハ》才子」（『文選』巻一〇）とあるのにもとづく。賈誼は洛陽の人で、少《わか》くして学問に通じ、太中大夫となったが、その才を嫉まれて讒言を受け、長沙（湖南省長沙市）に流された。この句は袁拾遺を賈誼になぞらえたものであるが、袁が洛陽の人で、すぐれた人物であることをいうだけではなく、南方に流されたことをもあわせていった表現。

2 **江嶺**　長江・五嶺の地方。五嶺は湖南省と広東省・広西壮族自治区の間にある五つの嶺。大庾《たいゆ》嶺・始安嶺・臨賀嶺・桂陽嶺・掲陽嶺をいう（別の数え方もある）。五嶺の南を嶺南という。

流人　罪あって遠地に移された者。

3 **聞説**　「きくならく」と訓じ、「聞くところによると、人の言うのを聞くと」の意。『元禄刊本』の「見説」も同義で、「いふならく・みるならく・きくならく」などと訓ずる。

梅花早　袁拾遺が流されて行った江嶺の地は南方だから、気候温暖で梅も早く開く。とくに虔《けん》州大庾県（江西省大余県付近）の南、現在の広東省との境界にある大庾嶺は梅が多く、梅嶺ともいわれる。それを意識した表現であろう。戸崎允明『箋註唐詩選』は、明の王仁錫の『潜確居類書』「大庾嶺在《ハリ》二南雄府城北《ニ》一。漢武撃《チ》二南越《ヲ》一、楊僕遣《ハシテ》二部将庾勝《ヲ》一屯《セシム》二兵于此《ニ》一。因名《テツク》。上多《シ》レ梅。又名《ツク》二梅嶺《ト》一」と、『南康記』「大庾嶺多《ハクシテ》レ梅、而先発《ツス》」を引いている。大庾嶺の名の由来については『潜確居類書』より早く、唐の李吉甫の『元和郡県志』巻二八、虔州大庾県の条に「南康記《ニ》云《フ》、前漢南越不《ニ》レ賓《セ》。遣《ハシテ》二監軍庾姓者《ノヲ》一討《タシメ》レ之《ヲ》、築《ク》二城於此《ヲニ》一。因《ツテ》レ之為《ニス》レ名《ト》」とあり、また梅が多く、梅嶺の別名があることについては宋の王象之の『輿地紀勝』巻三六、南安軍景物の条に「梅嶺、大庾嶺上多《シ》レ梅。亦名《タツク》二梅嶺《ト》一」とある。『箋註唐詩選』所引の『南康記』はいま遽かに確かめられないが、中唐の白居易の『白孔六帖』巻九九、梅の条に「大庾嶺上梅《ノ》、南枝落《チテ》、北枝開《ク》」とあったり、初唐の宋之問の詩句・詩題に「春煖《あたたカナリ》陰梅《ノ》花、瘴回《ル》陽鳥《ノ》翼」（「早発《ニス》二大庾嶺《ヲ》一」『全唐詩』巻五一）、「明朝望《ム》レ郷《ヲ》処、応《シ》レ見《ル》二隴頭《ノ》梅《ヲ》一」（「題《ス》二大庾嶺《ノ》北駅《ニ》一」『全唐詩』巻五二）などとあるのを見れば、唐代の、それもかなり早い時期から大庾嶺の梅は知られていたと考えられる。なお、前漢の武帝の時に兵を駐屯させたという「梅嶺」（『史記』東越列伝、『漢書』両粤伝に見える）は、虔州虔化県（江西省寧都県）の北にある梅嶺山で、大庾嶺とは別の山であろう。

4 **何如**　「いかん」。「……と比べてどうか」という疑問詞。「何ぞ如《し》かん」という反語によむ説もある。〔諸説の異同〕参照。

此地　洛陽をいう。「北地」に作るテキストがあるが、その場合も南方の「江嶺」に対して「北の地」で、やはり詩が作られた洛陽を指すことになる。地理的な対比は「北地」のほうが明らかであるが、「貴君がかつていた、そして私が今いるこの洛陽」という気分を重視し、『選』の本文の通行度の高さをも考慮して、「此地」を採る。

通　釈

洛陽に袁拾遺をたずねたが、あえなかった

洛陽に才子袁拾遺を訪《たず》ねたが、江嶺の地に流人になって去った後だった。聞くところでは、そちらは梅の花が早く咲くという。ここ洛陽の春景色と比べて、いかがでしょうか。

諸説の異同

異同の所在

結句の訓と解

異同の類別

A　「此の地の春に何如《いかん》」と訓《よ》み、「当地の春景色に比べて、そちらはいかがでしょうか」と解する。

B　「何ぞ此の地の春に如《し》かん」と訓み、「いくら梅が早く咲いても、洛陽の春には及ばない」と解する。

C　「此の地の春に何如《いづれ》ぞや」と訓み、「洛陽と江嶺では、春はどちらが早いか」と解する。

A説を採るもの：前野直彬『唐詩選』下（岩波文庫、岩波書店、一九六三年）（訓は「此の地の春と何如《いかん》ぞ」）、高木正一『唐詩選』二など。

B説を採るもの：服部南郭『唐詩選国字解』（文化一一年〈一八一四〉再版本）、戸崎允明『箋註唐詩選』（漢文大系、冨山房、一九一〇年）、森槐南『唐詩選評釈』（郁文舎、一九一〇年〈八版〉）、簡野道明『唐詩選詳説』下（明治書院、一九二九年）、目加田誠『唐詩選』（新釈漢文大系、明治書院、一九六四年）、斎藤晌『唐詩選』下（漢詩大系、集英社、一九六五年）など。

C説を採るもの：釈清潭『唐詩選』（国訳漢文大成、国民文庫刊行会、一九二〇年）。

異同の論拠

B説については言及されていない。「何如」を「何ぞ如かん」と反語に訓むという、訓の問題であろう。「いくら梅が早く咲こうとも、洛陽には及ばない」というところに同情の念がこもっているのはいうまでもない。

A説を採る高木正一は、旧説としてB説を紹介したうえで、「『何如』の二字を、比較してどうかの意味にとり、相手への問いかけとした方が、含蓄があり、情はよりこまやかになる」と主張する。いま本稿もその立場に拠った。

C説は「洛陽と江嶺と春はドチラが早いかと寄問する」と解しているが、論拠は示されていない。思うに流された友人に対して春の到来の遅速を問うというのは、詩趣に欠けるであろう。

なお、参考にB説の旧解を示しておく。

コナタノユカレタ、嶺南アタリハ、早クアタ、カニナルユヘ（マヽ）、花ナドモ、ハヤクサクデアラフガ（マヽ）、ソノ処ニイル（マヽ）ヨリ都コノ（マヽ）地ニ、イル（マヽ）ガマシデアラフ（マヽ）、イタハシイコトヂヤ（服部南郭『唐詩選国字解』）

詢《まことニ》美《ナレドモ》　非《ズ》二吾《ガ》土《ニ》一。何《ゾ》及《バンヤ》二洛陽《ノ》春色《ニ》一乎。（戸崎允明『箋註唐詩選』）

また中島敏夫・佐藤保『唐詩選』下（中島執筆）は、「此地」を「北地」に作り、「北地の春と何如《いかん》」と訓み、A説の解を採ったうえで、一解としてB説に言及している。
訓の問題をはなれて解釈のみについていえば、蕭滌非ほか『唐詩鑑賞辞典』(〔李景白執筆〕上海辞書出版社、一九八三年)はB説を採っている。

早開的梅花、是特別引人喜愛的。可是流放嶺外、怎及得留居北地故郷呢?

備考

宋の劉辰翁の評語に「便チ不ルモレ着ケ二一字ヲ一、亦タ自ツカラ深ク怨ム」とある。たしかに訪ねた相手にあえぬなげきを直接述べることなく、却って深い同情を表すのに成功した佳篇といえるであろう。
また斎藤晌『唐詩選』下には、孟浩然が30歳の頃に上京して進士の試験を受け、落第ののち洛陽に滞在したとして、そのときの作であろうと推測している。けれども孟浩然の上京応試は開元一六年(七二八)、40歳(六八九年生まれとして)の時のことと考えられるので、この斎藤氏の推測に全面的に同意することはできない(参考:谷口明夫「孟浩然事跡考—上京応試をめぐって—」〔『中国中世文学研究』第一一号、一九七六年〕)。ただし孟浩然の事跡は確定できない事柄が多く、応試以外に30歳の頃に洛陽に行った可能性もないわけではない。制作時期を特定するには材料不足であるとだけいっておく。

(田口　暢穂)

楊《よう》巨《きょ》源《げん》

0 折楊柳
1 水邊楊柳麴塵絲
2 立馬煩君折一枝
3 惟有春風最相惜
4 殷勤更向手中吹

折楊柳《せつやうりう》
水辺《すいへん》の楊柳《やうりう》　麴塵《きくぢん》の糸《いと》
馬《うま》を立《とど》め君《きみ》を煩《わづら》はして一枝《いつし》を折《を》る
惟《た》だ春風《しゅんぷう》の最《もつと》も相《あ》ひ惜《を》しむ有《あ》り
殷勤《いんぎん》に更《さら》に手中《しゅちゅう》に向《む》かつて吹《ふ》く

テキスト

『全』三三三-5-3736 ◆唐、令狐楚撰『御覧集』(『唐人選唐詩新編』所収、陝西人民教育出版社、一九九六年七月)◆『楊少尹詩集』(清、席啓寓輯『唐詩百名家全集』所収、康熙四一年序洞庭席氏刊本)◆『万首唐人絶句』二五 ◆『唐詩品彙』五二(宋、高棅編撰、上海古籍出版社、一九八二年八月)◆『唐詩合選』一(宋、謝枋得撰注、明刊本)◆『唐詩正音』六(元、楊士弘編、朝鮮刊本)◆『官板批點唐音』一三(元、楊士弘編・明、顧璘評、享和二年刊本)◆『唐音類選』二二、七言絶句(明、黄佐編、清康熙四九年刊本)◆『彙編唐詩十集』二九、七言絶句(明、唐汝詢補評、明天啓三年序刊本)癸集四『唐詩解』(明、唐汝詢撰、明万暦四三年序刊本)◆『唐詩絶句精選』二(明、胡次焱編、江戸刊本)◆『中晩唐詩紀』(清、龔賢編、清刊本)◆

『唐詩快』一五（清、黄周星編、清刊本）

校語

0 **折楊柳**　『万首唐人絶句』『唐詩品彙』『唐詩解』『中晩唐詩紀』『唐詩快』では「和練秀才楊柳」に作り、『唐詩絶句精選』では「和練秀才楊柳詞」に作る。また『唐詩合選』では「和鍊師索秀才楊柳」に作り、『唐詩正音』『官板批點唐音』『唐音類選』『彙編唐詩十集』では「和練師索秀才楊柳」に作る。『楊少尹集』では「折楊柳」に作る。因みに『全』では「折楊柳」に注して「一作和練秀才楊柳。一作戴叔倫詩」と説く。

1 **柳**　『楊少尹集』では「栁」に作る。『唐詩快』では「栁」に作る。同義。

麴塵　『唐詩品彙』『唐詩快』では「綠煙」に作る。『唐詩合選』『唐詩正音』『官板批點唐音』『唐音類選』『彙編唐詩十集』『唐詩解』『唐詩絶句精選』では「綠烟」に作る。因みに『全』では「塵」に注して「一作煙」と説く。

3 **惟**　『唐詩品彙』では「唯」に作る。同義。

春　『唐詩正音』『官板批點唐音』『唐音類選』では「東」に作る。

最　『唐詩正音』では「冣」に作る。同義。

4 **更**　『全』では「更」に注して「一作肯」と説く。

詩型・韻字

七言絶句。絲《し》*・枝《し》・吹《すい》（上平声支韻〈支之*韻〉）。

語釈

0 **折楊柳**　漢代横吹曲辞（宋、郭茂倩《せん》『楽府《がふ》詩集』巻二二）以来の伝統をもついわゆる「楽府題《がふだい》」の一つ。「離別」（「送別」「留別」）をテーマとする。漢代より、見送るものが〝楊柳《やなぎ》〟の枝を折って輪（同心結）を作り、旅立つ人に贈る習慣（『三輔黄図』巻六参照）があり、これを〝折楊柳〟と言う。「楊 yáng」（平声＝変化しないトーン）は「枝が上向きの〝かわやなぎ〟」、「柳 liǔ」（仄声＝変化するトーン）は「枝が下向きの〝しだれやなぎ〟」。詩中では、平仄によって使い分けることが多い。また楊柳の二字で、広義のやなぎの意。〝折楊柳〟の風俗習慣については、①柳の枝を「環《わ》」にして贈るのは、「環《かん》」（huán）が「還《かん》」（huán）の字に通じ、早く帰還してくださいという願いをこめた、②「柳《りゅう》」（liǔ）の音が「留《りゅう》」（liú）の字に近いため、柳の長い糸で旅立つ人をつなぎとめる気持ちを表わす、③柳が早春に最も早く芽ばえるように、最も速やかに帰ってくださいという気持ちをこめた、④生命力の強い柳がどんな土地でも根をおろすように、旅行く先々で元気に暮らすことを祈った、⑤古くから柳には辟邪の力があると信じられたため、旅立つ人の一路平安を祈って贈った、などの諸説がある。詳しくは植木久行『唐詩歳時記』（講談社学術文庫、一九九五年八月）を参照。因みに前野直彬『唐詩鑑賞辞典』（〈陳明新執筆〉東京堂出版、一九七〇年九月）では「この詩が送別の場で作られたものかどうかは極めて疑わしい。ある本では、題を〝練秀才の楊柳に和す〟とするが、練某の作った〝折楊柳〟に唱和して作ったものか、そうでなくとも、〝折楊柳〟という楽府題を用いて一篇の詩を創作したものと考えられるのである。ちなみに、練某の作品はいま残っていない」と説明する。また山田勝美『中国名詩鑑賞辞典』（角川書店、一九八三年四月）では「〝折楊柳〟は、元来は送別に際し、楊柳の枝を折って輪にし、この輪のように、またもとへ戻ってくることを念じ、一路平安の意をこめることから、また送別の曲名ともなったが、ここでは単に家づとにするため、楊柳の枝を折るという意で、送別の意は全くない」と解説する。

1 **水辺** 岸のあたり、水《かわ》のほとり。漢代の都、長安のことを記した『三輔黄図』巻六〝橋〟の条には「覇橋在《ハリ》二長安東《ノ》一、跨《ギテ》レ水《かわヲ》作《ス》レ橋《ト》、漢人送《リテ》レ客《ヲ》至《レバ》二此橋《ノ》一、折《リテ》レ柳《ヲ》贈《ル》レ別《レニ》」とある。また『唐詩鑑賞辞典』(〔林東海執筆〕上海辞書出版社、一九八三年二月)では、本詩の〝水辺〟について「可能指長安灞水之畔」(おそらく灞水のほとりを指すのだろう)と述べる。

楊柳 ここでは狭義(二種)の「楊」(ポプラ類のハコヤナギ・ネコヤナギ・カワヤナギ)「柳」(ヤナギ類のシダレヤナギ)の意ではなく、広義(総称)としての「楊柳《やなぎ》」のこと。中国では別離に際して、見送る人が旅立つ者のために〝楊柳《やなぎ》〟の枝を手折り、そのはなむけとした。日本におけるいわゆる〝馬のはなむけ〟(見送る人が出立する人の乗る馬の鼻を旅立つ方角に向けて、道中の安全を祈る行為)に相当する。

麴塵 「麴塵」の原義は、「麴《こうじ》」(麦粉を主体)に生える淡黄色のケカビ(日本のコウジカビとは異なる)の胞子。転じて、葉に先立つ、浅黄色の穂状の花(柳花)を指す。初春を代表する景物の一つ。晩春のいわゆる「柳絮」とは異なる。「麴塵」については、植木久行『心象紀行 漢詩の情景② 生の哀歓』(東方書店、一九九〇年一〇月)の八二頁の〝語釈〟を参照。因みに前野直彬・石川忠久『漢詩の解釈と鑑賞事典』(旺文社、一九八三年)では、「別に〝緑烟の糸〟としているテキストもある。緑烟とは夕方のもやのことで、柳の細い枝に一面に芽が萌え出てボーッともやでかすんでいるように見えることをいう」と説明する。

糸 原義は「きぬいと」。ここでは(新芽を連ねた)楊柳《やなぎ》の枝を指す。また「糸《し》」(sī)は「思《し》」(sī)の「双関語《かけことば》」。閨怨詩・離別詩などに常用されて、相手への思慕の情を示唆する。

2 **立馬** 馬を駐《とど》めること。「立」は、体をまっすぐにして動かない意。

煩君 君にお願いして……してもらう。「煩」は「労」と同義。A=現代中国語の「煩労」「煩請」に相当する。「君」は尊称。A=旅立つあなたにお願いして……してもらうとするもの、B=路傍の人に頼んで……してもらうとするもの、という二説がある(詳細は〔諸説の異同〕の項参照)。〔通釈〕ではB説を採っている。

折一枝 楊柳の一枝を折る。(〔語釈〕0参照)。吹野安『必修漢詩新釈』(笠間書院、一九七四年五月)では、「(折を)使役動詞として読むことに注意する」と述べ、また猪口篤志『評釈中国歴代名詩選』(右文書院、一九八六年一〇月)では、「一枝を折り取ると解する者が多いが誤りである。一枝を折りまげておくのである」と説くが、具体的な論拠を示さない。

3 **惟有** 「惟」(「唯」)は強意・限定の助字。すぐ下にくる「有」を修飾する。「只有」と同義。ここでは、軽く副詞化され、「惟有」の二字で「惟有《ただ》」の意。

春風 春(陰暦一月～三月)に吹くなごやかな風。「木」「火」

「土」「金」「水」の相生・相剋を述べる五行説では、「春」の季節に「東」の方角と「青」の色彩を配することから、「東風《こち》」「青風」とも言う。

最相惜　「春風だけが私との別れをとても惜しんでくれるかのように……」ということ。後半二句にみられる春風の擬人化に注意。この部分、作者の離別の情を併せて象徴する。「惜」は「愛」（いとしい感情＝喪失への畏れ）と同義。「相」は、行なわれる動作に対象のあることを示す語で、必ずしも日本語の「互いに」という意味に限定されない。現代中国語の「相信」（信じる）と同じ用法。

4 **殷勤**　ねんごろに。丁寧に。真心をこめて。「殷勤《いんぎん》 yīnqín」は、共通の韻母/in/と共通の声調（平声）をもつ畳韻の擬態語《オノマトペア》。唐代音では〔ɪən gɪən〕。

更　またも。あらためて。いっそう。全く。いちだんと。副詞としての去声（gèng）の用法。

向　「於」「在」と同じ。漢語の「向」は、方向性（……にむかって）と空間性（……で）の両義をもつが、ここでは後者の用法。因みに吹野安『必修漢詩新釈』、山田勝美『中国名詩鑑賞辞典』、猪口篤志『評釈中国歴代名詩選』では「……に向かって」と訳出する。

手中　楊柳の小枝を持つ（この）手のなかにまで。「手中」については、A＝見送る君の手のなかでとするもの、B＝旅立つ私の手のなかでとするもの、という二説がある。

A説を採るもの：前野直彬『唐詩鑑賞辞典』（陳明新執筆）、『唐詩鑑賞辞典』（林東海執筆）、猪口篤志『評釈中国歴代名詩選』など。

B説を採るもの：吹野安『必修漢詩新釈』、前野直彬『唐代詩集』〔上下〕（平凡社、一九七九年一〇月）、近藤春雄『唐詩のよみ方と解釈』（武蔵野書院、一九八一年三月）、山田勝美『中国名詩鑑賞辞典』など。

A、B説いずれも、異同の根拠が明示されていない。〔通釈〕ではB説を採っている。また猪口篤志『評釈中国歴代名詩選』の「余論」では、「作者が自分を見送って来た人（愛人でも結構）に柳を綰《つが》ねさせる。その人が心をこめて再び還って来るようにと柳の枝に手をかけるとき、心なしか手がふるえる。そのために柳の枝も細かく動く。そこを〝春風が離別を惜しむのか、慇懃《いんぎん》に手中に向かって吹く〟といって、春風に託している所に技巧もあり、情韻両つながら兼ね備わっている詩である」（傍点、埋田）と述べ、一般的な解釈と微妙な差を示す。

吹　ここでは平声の動詞用法（chuī）。風がふく。「笛」「風」の意を示す名詞用法であれば去声（chuì）。

通釈

楊柳《やなぎ》を手折《たお》る

水辺に垂れる楊柳《やなぎ》の細い糸（枝）が、柔らかな萌黄色の花に包まれている。馬をとどめて、路傍の人に一枝《ひとえだ》を折ってもらいましょう。（見送ってくれる人もいない旅立ちに）ただ春の風だけが、別れを心から惜しむかのように、枝をもつこの手のなかまでねんごろに吹き入ってくる。

諸説の異同

異同の所在

「煩君」の解釈

異同の類別

　A　旅立つあなたにお願いして……してもらうとするもの。

　B　路傍の人にお願いして……してもらうとするもの。

A説を採るもの：前野直彬『唐詩鑑賞辞典』（陳明新執筆）、吹野安『必修漢詩新釈』、近藤春雄『唐詩のよみ方と解釈』、前野直彬・石川忠久『漢詩の解釈と鑑賞事典』など。

B説を採るもの：沈祖棻『唐人七絶詩浅釈』（上海古籍出版社、一九八一年三月）など。

異同の論拠

A説（「煩君」の「君」とは、実際に旅立っていく人を指しており、その人にお願いして……してもらうと解釈する説）

(1)　この詩は、本来ならばみずからたおるべき柳の枝を、出立の友に頼んで一枝折りとってもらうというところに新しさを出し、さらに友人の手中にある柳のたおやかな枝が春風の中で揺れ動いているという細かな視点に一首の眼目があるであろう。

（以上、前野直彬『唐詩鑑賞辞典』（陳明新執筆））

結論：「煩君」の「君」は、旅立っていく人自身を指しており、その人に頼んで、楊柳《やなぎ》を折ってもらうと解釈するのが妥当である。

（以上、前述諸書のまとめ）

B説（「煩君」の「君」とは、道端の人を指すと考えられ、その人にお願いして……してもらうと解釈する説）

(1)　「無人折贈、而麻煩道傍之人代折、暗示出踽踽独行的凄涼情境、為下文伏筆」（柳を手折って贈る人がいないので、道ばたの人に頼んでかわりに折ってもらう、それは一人旅のさみしい情景を暗示しており、下の句の伏線となっている）。

（以上、沈祖棻『唐人七絶詩浅釈』）

(1)　「煩君」の「君」が私を送別してくれる人なら、初めから「折柳」してくれるべきで、わざわざ頼んで折ってもらう必要はない。

(2)　「惟有春風」は、「春風」の他に「最相惜」してくれる人がいないことを示す。

(3)　もし「煩君」の「君」が見送りの人だとすれば、その人が私を「最相惜」してくれるとしなければ、離別詩の表現として、相手に失礼となる。

（以上(1)(2)(3)、松浦友久、本書のための補説）

結論：「煩君」の「君」は、見送ってくれる人もいない旅立ちに、見知らぬ路傍の人に頼んで楊柳《やなぎ》を折ってもらうと解釈するのが自然である。

（以上、前述諸書のまとめ）

備考

中国古典詩の世界において、「流水」「転蓬」「楊柳」「浮雲」「春草」「班馬」などの詩語は、高揚した離別の場面や心情を表現するのにほとんど必須の存在となっている。とりわけ初春、いち早く新緑に染まる「楊柳」は、「折楊柳」という〝楽府題〟や〝習俗〟とも深く関係して、離別詩を構成する必要不可欠の詩材と考えられよう。本詩では、直接的な心情描写は完全に捨て去られており、「春風」とそれに揺れる「手中の柳」によって、無限にひろがる惜別の情が象徴される。起・承句に配置された「麴塵糸」「煩君折……」の詩想も斬新・奇抜であり、そのイメージが転・結句の擬人法的表現に無理なく連結されている点に、作者の詩人としての技量を窺い知ることができよう。一首全般に及ぶ動的な心象が、七言絶句独特の軽快な音数律（○○・○○・○○○）とみごとに呼応した作例の一つと判断される。

（埋田　重夫）

李《り》　益《えき》

0夜上受降城聞笛　　夜《よる》　受降城《じゆかうじやう》に上《のぼ》りて笛《ふえ》を聞《き》く

1回樂峯前沙似雪　　回楽峰前《くわいらくほうぜん》　沙《すな》　雪《ゆき》に似《に》たり

2受降城下月如霜　　受降城《じゆかうじやう》下《か》　月《つき》　霜《しも》の如《ごと》し

3不知何處吹蘆管　　知《し》らず何《いづ》れの処《ところ》にか蘆管《ろくわん》を吹《ふ》く

4一夜征人盡望鄉　　一夜《いちや》　征人《せいじん》　尽《ことごと》く郷《きやう》を望《のぞ》む

テキスト　『全』二八三-5-3229 ◆『選』八 ◆『百』七言絶句 ◆『唐詩品彙』五一 ◆『李益集』下（明、銅活字本『唐五十家詩集』八、上海古籍出版社、一九八一年）◆『文苑英華』二一二 ◆『唐詩紀事』三〇 ◆『万首唐人絶句』一五 ◆『李尚書詩集』（道光二年武威張氏二酉堂刊本）◆『楽府詩集』八〇（佚名「婆羅門」で載録）

校語

0**夜上受降城聞笛**　『李益集』は「聞笛」を「聞筦」に作る。「筦」は「管」の意。『文苑英華』は詩題を「聞クレ笛ヲ」に作る。『楽府詩集』は、作者不明の「婆羅門」として載録。

1**回樂峯**　『全』では「回樂峯」の下に「一ニ作ルレ烽ニ」とする。『李尚書詩集』『李益集』『唐詩紀事』は「烽」に作る。
2受降城下　『全』では「受降城下」の下に「一《ニ》作《ル》レ上《ニ》。一《ニ》作《ル》レ外《ニ》」と校注する。『選』『文苑英華』『唐詩品彙』『万首唐人絶句』『楽府詩集』『唐詩三百首』は「外」に作る。『李尚書詩集』『李益集』は「上」に作る。
3吹蘆管　『全』では「吹蘆管」の下に「一《ニ》作《ル》レ笛《ニ》」と校注する。

詩型・韻字
七言絶句。霜《さう》・郷《きやう》（下平声陽韻（陽韻））。

語　釈
0受降城　漢の武帝の時に将軍公孫敖《こうそんごう》が匈奴の降伏を受けるために塞外に築いた城塞。唐代になって突厥の侵入に備えるため、黄河の北岸に沿って、張仁愿《ちょうじんげん》が、東・中・西の三受降城を置いた。厳耕望『唐代交通図考』（台湾商務印書館、一九八六年）に依れば、東受降城は、今の托克托《トコト》の西北十余里（五キロ）、中受降城は、包頭の西、東経一〇九度の辺り、西受降城は、今の杭錦後旗、北緯四一度東経一〇七度の辺りという。東受降城と中受降城との間は三〇〇里（約一五〇キロ）、中受降城と西受降城との間は三八〇里（約一九〇キロ）離れていたという。
　また、別に受降城とは、霊州を指すという説もある。詩中の受降城がどの受降城を指すかについては、〈諸説の異同〉を参照。
1回楽峰　霊州（寧夏自治区霊武の西南）の管内にある回楽県の山とするのが通説である（『旧唐書』三八、『新唐書』三七地理志）。また一説に、李益には「暮《ニ》過《よぎル》₂回楽烽《ヲ》₁」の詩があり、その詩中に「烽火高《ク》飛《ブ》百尺台」とあるように、烽火台（のろし台）の名であるから、校語にもみえる「烽」とするのが正しいとする説もある（金性尭注『唐詩三百首新注』など）。
　別の見解として、譚優学『唐詩人行年考』（四川人民出版社、一九八一年）は、霊武回楽県と西受降城（内蒙古自治区杭錦后旗）は、はるかに離れており（直線距離で約三八〇キロ）、ここでいう回楽烽とは西受降城外の烽火台の一つではないかという（受降城の所在とともに、「諸説の異同」を参照）。
3芦管　胡笳《こか》。芦の茎で作った笛。芦の葉を巻いてこしらえたものは芦笛という。もと胡人の楽器であったが、唐代では杜甫が四川の夔州《き》で作った「秋興」八首の二にも「山楼《ノ》粉堞隠《タリ》₂悲笳《ニ》₁」とみえるように、胡人の吹くものとは限らず、ここでは兵士のなかのだれかが吹いているのであろう。
4征人　受降城を守る遠征軍の兵士達。

通　釈
　夜、受降城に登り笛の音を聞いて
回楽峰の前には砂原が雪のように白く広がり、受降城のあたりには月光が霜のようにきらめいている。そのとき、芦笛の音が聞こえてくるのを耳にしたが、あれはいったいどこで吹いているのだろうか。夜どおし、遠征の兵士たちはひとり残らず遠い故郷の空を眺めやるのだ。

諸説の異同
異同の所在
「受降城」の所在
異同の類別
A　東受降城。

B　中受降城。
C　西受降城。
D　霊州の受降城。

A説を採るもの：前野直彬『唐詩選』下（岩波文庫、一九六九年）、石川忠久『漢詩の楽しみ』（時事通信社、一九八二年）など。

B説を採るもの：目加田誠『唐詩選』（「新釈漢文大系」一九、明治書院、一九六四年）、卞孝萱「李益年譜稿」（朱東潤編『中華文史論叢』八、上海古籍出版社、一九七八年）中国社会科学院『唐詩選』下（人民文学出版社、一九七八年）、程千帆・沈祖《しんそ》棻《ふん》注『古詩今選』（上海古籍出版社、一九八三年）王亦軍、裴豫敏『李益集注』（甘粛人民出版社一九八九年）など。

C説を採るもの：松浦友久『中国詩選三』（現代教養文庫720、社会思想社、一九七二年）平野彦次郎『唐詩選研究』（明徳出版社、一九七四年）、『漢詩漢文解釈講座』四（伊藤典子執筆）昌平社、一九九五年）、金性堯注『唐詩三百首新注』（上海古籍出版社、一九八〇年）、富寿蓀選注『千首唐人絶句』（上海古籍出版社、一九八五年）、范之麟『李益詩注』（上海古籍出版社、一九八四年）、『新選唐詩三百首』（人民文学出版社、一九八〇年）など。

D説を採るもの：蕭滌非ほか『唐詩鑑賞辞典』（陳志明執筆）上海辞書出版社、一九八三年）。

異同の論拠

A説（「東受降城」とする説）

回楽峰が今の寧夏自治区霊武の西南の回楽県の山とすると、三つの受降城のどの城からも遠すぎる。また山西省大同の西約二八〇キロにもこの名の山があるという説もあり、それならば、東受降城の西にあたるのでいまはその説に従って東受降城とする。

（以上、前野直彬『唐詩選』下）

注：霊州の回楽峰が山西省大同市にあるとする説（『唐詩訓解』七等にみえる。山崎注）については、『漢詩漢文解釈講座』四の「夜上受降城聞笛」（伊藤典子執筆）の語釈の項に、次のような指摘がある。「なお、霊州を現在の山西省大同市とする鑑賞書・訳注書があるが、唐の霊州は霊武郡、霊州大都督府で、寧夏にあった地名である。唐代の雲州が山西省大同市にあたる」。

B説（「中受降城」とする説）

中受降城は、漢の五原郡（今の内蒙古自治区五原の西北）にあった。李益には「塩州過《よぎル》ニテ胡児ノ飲馬泉ニ」（塩州は漢の五原郡）の詩が

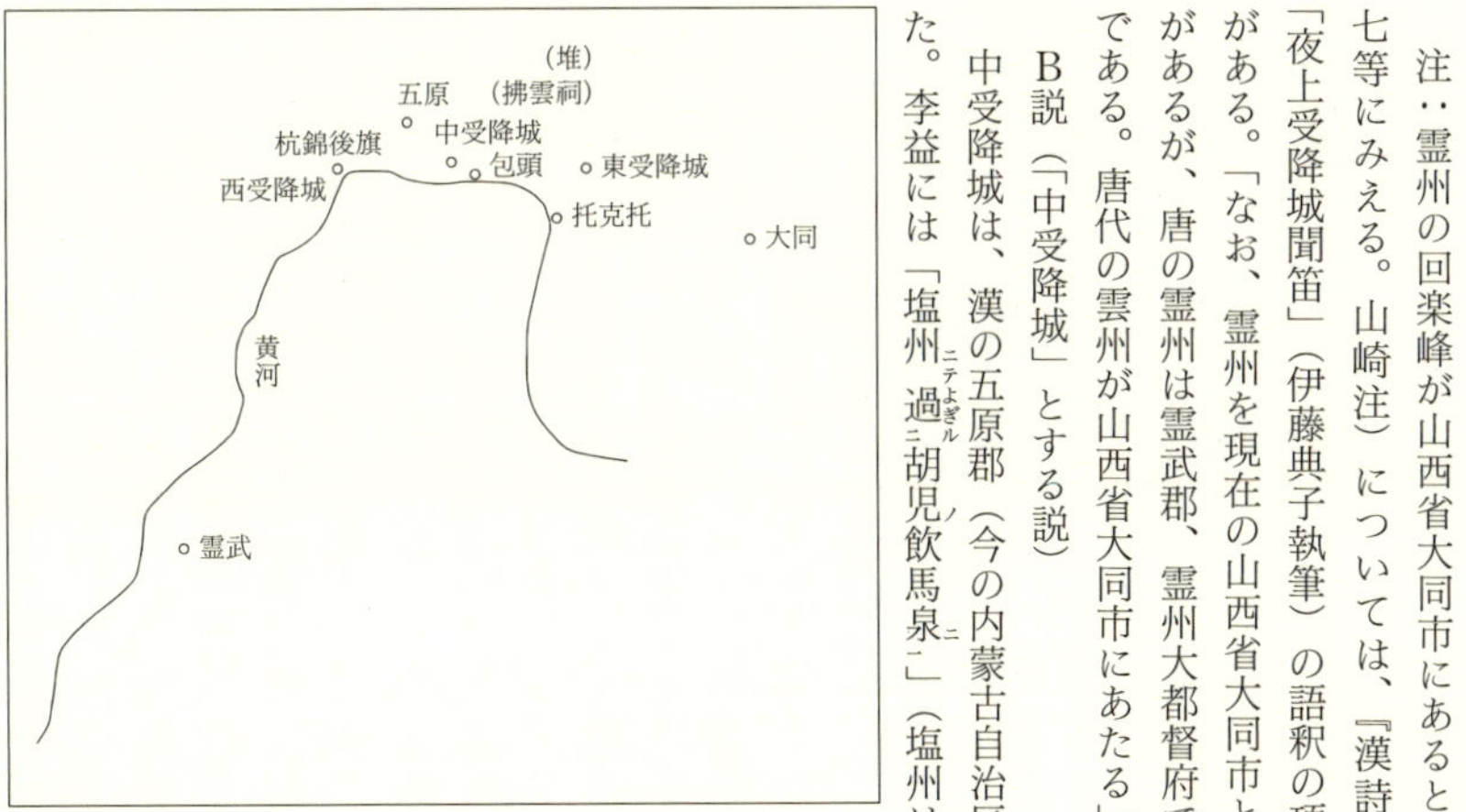

あり、この詩の受降城も中受降城を指す。

（以上、中国社会科学院『唐詩選』下）

『元和郡県志』四、（関内道、豊州）に「朔方軍、北《ノカタ》与二突厥一以《テ》レ河《ヲ》為《ス》レ界《ト》、河北《ノ》岸有《リ》二拂雲堆神祠一、…中略…以《テ》二拂雲祠《ヲ》一為《ス》二中城《ト》一」とある。李益には「拂雲堆」の詩があり、ここでも中受降城のことを指している。

（以上、王亦軍、裴豫敏『李益詩注』）

なお、この二つの指摘では、李益が確かにこの地を通ったことの証明にはなるが、「受降城」を「中受降城」と特定することはできないだろう。

C説（「西受降城」とする説）

西受降城があったのは、今の内蒙古自治区杭錦後旗の辺りであり、回楽峰が霊州にある山とすると、それに最も近いのは、三つの受降城のうち西受降城ということになる、というのがその論拠である。

D説（「霊州の受降城」とする説）

貞観二十年、唐の太宗は霊州で突厥の部隊の投降を受けた。受降城の名はこれに由来し、『宋史』三四七、張舜民伝では、唐時の呼称を踏襲して霊州を受降城と呼んでいる。ここでいう受降城もこの霊州のことを指し、東・中・西の三受降城とは関係がない。

（『唐詩鑑賞辞典』〈陳志明執筆〉）

なお、ABCD説のように特定しない注釈書類も多数ある。

備考

○この詩は、七言絶句の傑作として、王世貞『芸苑巵言』四では「回楽烽前《ノ》一章、何必《ゾ》二王龍標（昌齢）・李供奉《ヲ》（白）一」とまで称えられた作品である。また、李益の詩は楽人が一篇を作るごとに買い求めて歌詞とし、また絵にも画かれたと伝えられるが（「毎《ごとニ》レ作《ル》二一篇《ヲ》一、為《なり》二教坊《ノ》楽人《ノ》以《テ》レ賂《ヲ》求取《メルトコロト》一、唱《ヒテ》為《ス》二供奉《ノ》（宮廷演奏用）歌詞《ト》一。其《ノ》征人歌、早行篇、好事者《ノ》画《キテ》為《シ》二屏障《ヲ》一、（回楽峯前沙似《タリ》レ雪《ニ》、受降城外月如《シ》レ霜《ノ》）之句《ハ》、天下以《テ》為《ス》二歌詞《ト》一」『旧唐書』一三七）、この詩が唱われたことは、校注にも示したように作者不明の「婆羅門」として『楽府詩集』八〇に収録されていることからもうかがえる。

なお、この詩には同題の作品がもう一首、同じく『全唐詩』二八三に見え、題下に「一作《ニル》二戎昱詩《ノニ》一」と校注する。「回楽峰前沙似《タリ》レ雪《ニ》、受降城下月如《シ》レ霜《ノ》」の二句は、先に掲げたように李益の本伝のうちにも記され、李益本人の作と考えられる。しかしもう一首の「夜上《リテ》二受降城《ニ》一聞《ク》レ笛《ヲ》」については、戎昱の「聞《ク》レ留《ヲ》」として同じく『全唐詩』二七〇に収録されており（題下に「一作《ニル》二李益詩《ノニ》一」と校注）、こちらは戎昱の作である可能性を、王夢鷗『唐詩人李益生平及其作品』（芸文印書館、一九七三年）中に指摘されている。

（山崎　みどり）

李《り》賀《が》

0 秋來

1 桐風驚心壯士苦

2 衰燈絡緯啼寒素

3 誰看青簡一編書

4 不遣花蟲粉空蠹

5 思牽今夜腸應直

6 雨冷香魂弔書客

7 秋墳鬼唱鮑家詩

8 恨血千年土中碧

秋来《あききた》る

桐風《とうふう》　心《こころ》を驚《おどろ》かし　壮士《さうし》　苦《くる》しむ

衰燈《すいとう》　絡緯《らくゐ》　寒素《かんそ》を啼《な》く

誰《たれ》か青簡一編《せいかんいつぺん》の書《しよ》を看《み》て

花虫《かちゆう》をして粉《ふん》として空《むな》しく蠹《むしば》ましめざる

思《おも》ひは牽《ひ》く　今夜《こんや》　腸《ちやう》　応《まさ》に直《ちよく》なるべし

雨《あめ》は冷《ひ》ややかにして　香魂《かうこん》　書客《しよかく》を弔《とむら》ふ

秋墳《しうふん》　鬼《き》唱《うた》ふ　鮑家《はうか》の詩《し》

恨血《こんけつ》　千年《せんねん》　土《ど》中《ちゆう》の碧《へき》

テキスト　『全』三九〇-6-4399　◆『文苑英華』三三二　◆『唐詩品彙』三五　◆『李賀歌詩編』一（四部叢刊本）◆北宋本『李賀歌詩編』一（台湾国立図書館、一九七一年影印）◆宋本『李長吉文集』一（台湾学生書局、一九六八年影印）◆朝鮮活字本『李長吉集』景物類（内閣文庫所蔵）◆宋呉正子　宋劉辰翁『李長吉歌詩』一（新文豊出版、一九七九年）◆清王琦等『李賀詩注』一（世界書局、一九七二年）◆清呉汝綸『李長吉評注』一（昌平叢書）◆『錦囊集』一（秀水金氏用元古堂、秀水金氏梅花草堂影印善本之二、一九二三年）◆清陳本礼箋注『唐李賀協律鉤元』一（清嘉慶十三年刻本、香港中文大学罕伝善本叢書初編、一九七三年）

校語

1 **壯**　『文苑英華』は「志」に作る。呉汝綸『李長吉評注』は「文苑作ハルレ志ニ」と校注する。

3 **編**　『文苑英華』は「篇」に作る。

4 **蟲**　『文苑英華』は「虫」に作る。

6 **雨冷香魂**　『文苑英華』は「香」を「鄉」に作り、「鄉」の後に「集作ハルレ涙ニ」と校注する。清呉汝綸『李長吉評注』は「香」の後に「文苑作ハルレ鄉ニ」と校注する。

弔書客　朝鮮活字本『李長吉集』、『錦囊集』は「弔」を「吊」に作る。「吊」は、もと、「弔」の俗字。

詩型・韻字

七言古詩。苦《こ(く)》・＊素《そ》・＊蠹《と》（上声虞韻〈姥韻〉と去声遇韻〈暮韻〉の通押）／直《ちよく》・客《かく》・＊碧《へき》（入声陌職韻〈陌昔職韻〉）。換韻。

語釈

0 **秋来**　秋になる。秋の到来。

1 **桐風**　秋風のこと。『淮南子《えなんじ》』説《ぜい》山訓に「見テ二一葉ノ落ツルヲ一、而知ル二歳之将ニレ暮レントスルヲ一」とあり、梧桐の葉の落ちるのを見て、秋の来たことを知るとある。

壮士苦　壮士は意気盛んな男子のこと。『淮南子』繆称《びょうしょう》訓に「春《ノ》女《ハ》思《ヒ》、秋《ノ》士《ハ》悲《シム》」とあり、男子は秋を悲しむものと考えられていた。

2**哀灯**　消えかかったうすぐらいともしび。

絡緯　こおろぎの類。紡絲、趣織、紡織娘とも呼ばれるのは、この虫の声を聞く頃、気候が寒くなり衣類を織るのを急がされるため。またその声が、機を織る音に似るため。

寒素　Ⓐ寒素（冬着）を織る機《はた》の音のようにきこえる虫の鳴き声、Ⓑ貧しい読書人、Ⓒ秋をいう、という三説がある。「通釈」はB説をとっている。詳しくは「諸説の異同」を参照。

3**青簡**　書物。古代、紙がなかった時代に青い竹のふだに字を書いた。青竹を火であぶって油分をとり（殺青）、漆で字を書いたという。そこで唐代はすでに紙があったが書物のことを青簡という。具体的には李賀自身の詩稿を指す。

4**花虫**　紙をくう虫。紙魚。清王琦『李長吉歌詩彙解』では蠹《と》魚（きくい虫、紙くい虫の類）に同じとする。李賀以外の用例をみない。葉葱奇は「体は小さく、銀白色の細い鱗があり、尾の長さと体長が同じで、みたところ非常に美しく、そのため花蟲という」（『李賀詩集』人民文学出版社、一九五九年）と注している。

鈴木虎雄『李長吉歌集』（岩波文庫、一九六一年）の注では、「花字があるから花にたかる虫で、蝶か〝あぶ〟か〝ぶんぶん〟か何か知らぬが蠹魚（きくい虫、紙くい虫、「きら」の類）とは別物とみる。下の香魂弔書客とあるのが此の虫のことを言ったのである」という。

「遣」の字については、訓読したように使役で読むのがふつうだが、清、王琦の注では、「遣《ハ》駆逐也」と駆除・駆逐の意で解釈している。その時は訓読は「花蟲を遣《や》らずして粉として空しく蠹せしむ」となる。

5**思牽**　胸中のさまざまな思いが強く対象をひきつけること。別解として、対象によって「思ひは牽かれ」「思」とは悲しい思いのこと。張華「励志詩」『文選』一九に「吉士思《フ》レ秋《ヲ》」とあり、その李善注に「思《ハ》、悲也」とある。

腸応直　腸がまっすぐに硬直して絶命するにちがいない。「応」は、「まさに……べし」の再読文字で「……するはずである」の意。腸は、断腸や廻腸など悲哀の感情を表現するのによく用いられる器官であるが、ここで極限に達した悲痛を表すのに「腸が回《ねじ》れる」といわず「腸がまっすぐに硬直して絶命する」というのは、李賀独特の体感的な表現である。

悲哀の表現に使用される「腸」については、松浦友久「〝断腸〟考」（『詩語の諸相―唐詩ノート』研文出版、一九八一年）中に、詩語形成史という点から、その用例が検証されている。それに拠れば、初期においては、「廻腸傷気」（宋玉「高唐賦」『文選』一九）や「徊腸傷気」（同「神女賦」『文選』一九）にみえるように、「腸が悲しみのためにもつれる」という表現であった。「断腸という詩語が多用されるのは『世説新語』の成書後、宋代ないしは斉代にはいってからであるという。このような戦国末以来の詩語形成の経緯、特にその初期において「もつれる、ねじれる、よじれる」という表現が主流であったことを考えあわせると、李賀が「腸応直」というのは、まさに意表を衝く新奇な発想であることがわかるだろう。

6香魂　香ぐわしい魂。香は、はなやいだものに冠せられる一種の美称で、実際に香気を放つものとは限らない。①花の精。②美人の魂。③花にたかる虫の魂（4花虫の注の項参照）。④古代の詩人の魂。

ふつうは、①花の精、②美人の魂を指すとするものが多いが、ここでは④古代の詩人の魂を指すものとして解釈した。

6書客　書生。李賀自身をいう。

7秋墳　秋の墓場。墳は土が盛りあがるの意。

鬼　死者の魂。日本のいわゆる「オニ」ではない。①李賀自身の魂。②先祖の亡霊（黒川洋一『李賀詩選』岩波文庫、一九九三年）。③前の句の香魂（李賀詩選組『李賀詩選』人民文学出版社、一九七八年）など諸説あるが、ここでは一般的な死人の亡霊として解釈した。

鮑家詩　六朝時代、六朝宋の鮑照（?―四六六）の詩。鮑照は、李賀と同様に仕官という点では不遇な、すぐれた詩人であったことから、自らに比していったものと思われる。鮑照には死者の嘆きをうたった「代蒿里行《だいこうりこう》」「代挽歌《だいばんか》」があり、「詩」はそれらを指すと思われる（「備考」参照）。

8恨血千年土中碧　『荘子』外物篇に「萇《ちょう》弘死《シ》於蜀《ニ》、蔵《ス》其《ノ》血《ヲ》。三年、化《シテ》為《なル》碧《ト》」とみえる。周朝の大夫《たいふ》萇弘が無実の罪で殺されたが、三年後、その血が土の中で碧（エメラルド）となっていたというこの話を意識している。千年の後に、おのれの恨みを綴った詩はその恨みの深さのゆえに化して碧玉のような光を発するだろうという意を託す。同様の表現（恨みの血潮が地中で凝固する）については、「雁門太守行」の「凝夜紫」の注を参照。

通釈

秋が来た

桐の枯れ葉を吹く風音にはっとして壮士は苦しむ。わびしい灯火の下では、貧しい書生の暮らしを嘆くかのようにこおろぎが鳴いている。いったい誰が私のこの一冊の詩集を開いて、紙魚《しみ》に食われ粉々にさせずにおいてくれるのだろうか。

わが思いは腸をひき腸がまっすぐに伸びて（絶命して）しまいそうだ（それほどの悲痛な思いが迫ってくる）。冷ややかな雨の降るなかを、古の詩人たちがこの文学書生の弔問に訪れてきている（もう、私の命はつきようとしているのだ）。秋の墓場では亡霊どもが鮑照の送葬の歌をうたっている。わが恨みの血潮は、千年後には、土中の碧玉と化して発掘されるだろう（私の遺した詩集はエメラルドの光をはなって、人々の前に現れるのだ）。

諸説の異同

異同の所在

寒素の意味

異同の類別

A　寒素(冬着)を織る機《はた》の音のようにきこえる、虫の鳴き声。

B　貧しい読書人。李賀自身を指す。

C　秋をいう。

A説を採るもの：清、王琦『李長吉歌詩王琦彙解』（『李長吉歌詩』所収、中華書局、一九七六年）、前野直彬『唐詩鑑賞辞典』

（〔陳明新執筆〕東京堂出版、一九七〇年）、蕭滌非ほか『唐詩鑑賞辞典』（〔陳志明執筆〕上海辞書出版社、一九八三年）、荒井健『李賀』（岩波書店、一九五九年）、斎藤晌『李賀』（『漢詩大系』13、集英社、一九六七年）。

B説を採るもの：鈴木虎雄『李長吉歌集』（岩波文庫、一九五九年）、黒川洋一『李賀詩選』（岩波文庫、一九九三年）

C説を採るもの：清、方扶南『方扶南批本李長吉詩集』（『李長吉歌詩』所収、中華書局、一九七六年）。

異同の論拠

A説（虫の鳴き声、と採る説）

王琦の注に「絡緯《ハ》、莎雞也。其《ノ》声如《シ》二紡績《ノ》一。故《ニ》曰《ク》啼《クト》二寒素《ニ》一」とあり、虫の鳴き声と、冬着とを重ねて、「絡緯が寒衣を織るような声で鳴く」とする。『漢語大詞典』三（漢語大詞典出版社、一九九三年）で、「寒素」の意味として「寒衣を指す」とし、その例に李賀「秋来」詩が載せられているのは、王琦注と同じ系列の解釈である。

同様に前野直彬『唐詩鑑賞辞典』では、次のように記載する。「寒素は、本来冷ややかな白絹の意である（素は染める前の無色の絹）。そこで直前の絡緯（こおろぎ）にかけて、虫の鳴き声を織るはたの音にたとえたもの」。

B説（貧しい読書人、と採る説）

寒素のために啼く意であろう。作者の傷心行に、病骨傷《ム》二幽素《ヲ》一とある。幽素、寒素、似た意とおもう。寒素を織物ととく注があるが、予は作者の貧窮状態をいうとみる。

（以上、鈴木虎雄『李長吉歌詩集』）

C説（秋をいう、と採る説）

清、方扶南は「寒素《ハ》作《リテ》二素秋《ニ》一解《ス》」という。また、上海市橡膠工業公司・上海師範大学中文系李賀詩選組『李賀詩選』（人民文学出版社、一九七八年）は、「寒秋」の意に採るが、続けて「古代貧窮的読書人也称〝寒素〟、這里語意双関」と、古代の貧乏な読書人のことも〝寒素〟といい、ここでは両方の意味にかけて使っていると注している。

実際に李賀詩では、一つの語句が重層的にいくつもの意味をもって使用されたと考えられる場合が多い。通釈では、B説に拠ったが、限定できる根拠はなく、ここでも、以上の三つの意味をすべて意識した上で用いた表現ではないかと思われる。

備考

(1) 注の7に記した宋の鮑照の「代蒿里行」「代挽歌」は、次の作品である。

代蒿里行

同《ジク》尽《キルニ》無《シ》二貴賤一、殊《ニ》願《フ》有《ルヲ》二窮伸一。馳波催《シ》二永夜《ニ》一、零露逼《ル》二短晨《ニ》一。結《ビテ》二我《ヲ》幽山《ノ》駕《ニ》一、去《ラン》二此《ノ》満堂《ノ》親《ヲ》一。虚容遺《シ》二剣佩《ヲ》一、美貌戢《おさム》二衣巾《ニ》一。斗酒安《クンゾ》可《ケン》レ酌《ム》、尺書誰《レカ》復《タ》陳《ベン》。年代稍《ようやクうつリ》推遠《ク》、懐抱日《ニ》幽淪《ス》。人生良《ニ》自《ラ》劇《はやシ》、天道与《ニセン》二何人《ト》一。齎《もちゆきテ》二我《ガ》長恨《ノ》意《ヲ》一、帰《シテ》為《ラン》二狐兎《ノ》塵《ト》一。

代挽歌

独《リ》処《ル》重冥《ノ》下、憶《フ》昔登《リシヲ》二高台《ニ》一。傲岸《タリ》平生《ノ》中、不レ為《ラ》二物《ノ》所《ト》一レ裁《ク》。埏門只《ダ》復《タ》閉《ツレバ》、白蟻相《ヒ》将《イテ》来《ル》。生時芳蘭《ノ》体、小虫今為《ル》レ災《ト》。玄鬢無《ク》二復《タ》根一、枯髏依《ル》二青苔《ニ》一。憶《フ》昔好《ミ》二飲酒《ヲ》一、素盤進《メシヲ》二青梅《ヲ》一。彭（越）・韓（信）及廉（頗）・藺（相如）、疇昔已《ニ》成《ル》レ灰《ト》。壮士皆《ナ》死《ニ》尽《クシ》、余人安《クニカ》在《ル》哉。

（『鮑参軍詩註』一、中華書局、一九七二年）

(2) 劉衍『李賀詩校箋証異』（湖南出版社、一九九〇年）は、この詩は李賀の最後に近い時期に制作されたとみている。李賀は元和一一年（八一六）潞州より帰った後、二七歳で没したと推定されているが（朱自清『李賀年譜』龍門書店、一九七〇年）、この詩は、その孤独で悲痛な情調から、潞州で作られたのではないかと述べている。また、第三句の「青簡一編書」は、病が重くなったので自分で詩集を整理編集したことをいうという。

（山崎　みどり）

0 雁門太守行

1 黑雲壓城城欲摧

2 甲光向日金鱗開

3 角聲滿天秋色裏

4 塞上燕脂凝夜紫

5 半卷紅旗臨易水

6 霜重鼓寒聲不起

7 報君黃金臺上意

8 提攜玉龍爲君死

雁門太守行《がんもんたいしゆかう》

黒雲《こくうん》　城《しろ》を圧《あつ》して　城《しろ》摧《くだ》けんと欲《ほつ》す

甲光《かふくわう》　日《ひ》に向《むか》つて　金鱗《きんりん》開《ひら》く

角声《かくせい》　天《てん》に満《み》つ　秋色《しうしよく》の裏《うち》

塞上《さいじやう》の燕脂《えんじ》　夜紫《やし》を凝《こ》らす

半《なか》ば　紅旗《こうき》を巻《ま》いて易水《えきすい》に臨《のぞ》む

霜《しも》重《おも》く　鼓《つづみ》寒《さむ》くして　声《こゑ》起《おこ》らず

君《きみ》が黄金台上《わうごんだいじやう》の意《い》に報《むく》い

玉　龍《ぎよくりよう》を提携《ていけい》して君《きみ》が為《ため》に死《し》せん

テキスト　『全』三九〇-6-4395　◆『文苑英華』一九六　◆『楽府詩集』三九　◆『唐詩別裁集』八　◆『李賀歌詩編』一（四部叢刊本）◆北宋本『李賀歌詩編』一（台湾国立図書館、一九七一年影印）◆宋本『李長吉文集』（台湾学生書局、一九六八年影印）◆宋呉正子・宋劉辰翁『李長吉歌詩』一（昌平叢書）◆清呉汝綸『李長吉詩評注』一（新文豊出版、一九七九年）◆清王琦注「李長吉歌詩彙解」一（『李賀詩注』所収、世界書局、一九七二年）◆『錦嚢集』一（秀水金氏用元古堂景印、一九二三年、秀水金氏梅花草堂影印善本之二）◆清陳本礼箋注『唐李賀協律鉤元』一（香港中文大学罕伝善本叢書初編、清嘉慶十三年刻本、一九七三年）

校語

0 **雁門太守行**　『文苑英華』は「雁門太守歌」に作る。呉汝倫『李長吉評注』は「雁門」に作る。

2 **向日**　『全』は「一ニ作ㇾル月ニ」と校記する。北宋本『李長吉歌詩編』、宋本『李長吉文集』、『楽府詩集』、『李賀歌詩編』（四部叢刊本）、呉正子・劉辰翁『李長吉歌詩』、呉汝綸『李長吉詩評注』、王琦『李賀詩注』、『唐李賀協律鉤元』は「向月」に作る。

3 **角聲**　宋本『李長吉文集』は「鬼聲」に作る。

4 **塞上**　『全』は「一ニ作ㇾル土ニ」と校記する。宋本『李長吉文集』、『李長吉集』（朝鮮活字本）、呉正子・劉辰翁『李長吉歌詩』は「塞土」に作る。

燕脂　『文苑英華』『楽府詩集』は「燕支」に作る。

5 **半卷**　呉汝綸『李長吉詩評注』は「半掩」に作る。『錦嚢集』、曾益・王琦『李賀詩注』『唐李賀協律鉤元』は「半捲」に作る。

6 **鼓寒聲不起**　『全』は「一ニ作ル二聲寒一」と校記する。呉汝綸『李長吉詩評注』、『唐李賀協律鉤元』は「鼓聲寒不起」に作る。

8提攜　宋本『李長吉文集』北宋本『李賀歌詩編』『李賀歌詩編』（四部叢刊本）『李長吉集』（朝鮮活字本）は「提携」に作る。呉正子・劉辰翁『李長吉歌詩』は「攜」に作る。

玉龍　『文苑英華』は「玉環」に作る。

詩型・韻字

七言古詩。摧《さい》・開《かい》（上平声灰韻〔灰咍韻〕）／裏《り》・紫《し》・水《すい》・起《き》・意《い》・死《し》（上声紙韻〔紙旨止韻〕と去声寘韻〔志韻〕の通押）。換韻。

語　釈

0雁門太守行　「雁門」は秦、漢代の郡名。役所（郡治）は今の山西省右玉県の南にあった。匈奴等の北方異民族がここから中国本土へ攻め入った場所。「太守」は郡の長官、「行」は歌というほどの意味。「雁門太守行」は楽府題（『楽府詩集』三九「相和歌辞」）である。今に残るこの楽府の古辞は、後漢の洛陽の令（長官）王渙《おうかん》の善政を称えるもので、雁門太守とはまったく関係がないが、後世この楽府題は辺塞の地の征戦を歌うのに用いられた（〈備考〉参照）。

1黒雲　黒い雲。「黒雲」は軍の集結を暗示するものであり、不吉な予感の象徴でもある。『唐李賀協律鉤元』は兵が到来したために塵が上がる様子を描写したという。

2甲光　「よろい」に反射してきらめく月あるいは日の光。「甲」は中国では「よろい」の意を表す。「かぶと」は「冑《ちゅう》・兜《とう》」などで表す（〈備考〉参照）。

金鱗　金のうろこ。びっしりと並んだ兵士のよろいに光が反射するさま。

3角声　軍中で吹く角笛《つのぶえ》の音。命令の伝達に用いるもの。

4塞上　とりで。辺境の要塞。「上」は漠然と空間化するときの接尾辞。あたり。

燕脂　えんじ。「土の色」（鈴木虎雄注）。あるいは、兵士の流した鮮血を喩えていうという（張燕瑾『唐詩選析』天津人民出版社、一九七九年）。

凝夜紫　燕脂《えんじ》の血潮が紫色に凝固すること。鈴木虎雄訳は、「夜目に見ると『えんじ』色（土の色）がむらさきにみえる」という。崔豹《さいひょう》『古今註』（「漢魏叢書」六六）には、「秦築《クニ》㆓長城《ヲ》㆒、土色皆《ナ》紫《ナリ》。故《ニ》曰《フ》㆓紫塞《ト》㆒」とみえる。李賀には、「秋来」にも、恨みの血潮が地中で凝固するというイメージ（「恨血千年土中碧《へき》」）を使っており、ここでもその意味に解釈した。また、『隋書』五一、列伝一六の長孫晟《せい》の伝に、長孫晟の言として、次のように記す。夜、城楼から望むと北に赤い気が長さ百余里にもわたって雨足のようにたれさがっていた。兵書をみるとこれは「洒血」といってこの下の国は必ず滅ぶとあった。

以上を参考にすると、この第4句には、「暮色」「とりでの紫色の土の色」「兵士の流した凝固した血潮」「敗戦の不吉な気配を表わす洒血」という以上の四つの意味が考えられる。おそらくその中の一つだけの意味ではなく、すべての意味を含んだ多層的表現ではないかと考えられる。

5半巻紅旗　戦に敗れ、士気を失い、撤退する様子をいう。紅旗とは、古代、軍旗として用いた旗。或いは儀仗隊が用いた紅色の旗のこと。

易水　河北省中部、北京の南西約七〇キロを流れる川。実際の位置としては、山西省にある雁門からは、ずっと東よりの地を流れる。ここでは、『史記』八六「刺客列伝」二六の荆軻伝にみえる「風蕭蕭《トシテ》兮易水寒《シ》、壮士一《タビ》去《ッテ》兮不㆓復還《タラ》㆒」の句をふまえて、死地に赴く兵士たちの悲壮な決意を示したもの。『史記』刺客列伝の荆軻は、秦の始皇帝を暗殺するため、死を覚悟して旅立っていった人物。その死出の旅を送る宴を張ったのが易水のほとりであり、この歌（前出）をきいた席上の者たちは極度の緊張と悲しみで髪が逆立ったという。

6 **鼓寒声不起** 声が低く沈んで、士気があがらないさま。『漢書』李陵伝に、「吾《ガ》士気《ノ》少《シク》衰《ヘテ》、而鼓不《ルハ》㆑起《ラ》者何《ゾヤ》也」とみえる。

7 **黄金台** 河北省大興県の東南。遺址は易水の東南にある。戦国時代、燕の昭王が、台上に千金を置いて天下の人材を集めようとしたという故事にもとづく。

8 **提携** ひっさげ、たずさえる。

玉龍 名剣。古来、名剣は龍の化身と考えられ、剣を呼ぶのに、龍の称号を用いる。例えば、楚の宝剣三本のうち一本の名を「龍淵」といい、これを唐人《とうひと》は唐の高祖の劉淵の諱《いみな》を避けて「龍泉」と呼んだ。「玉」は美称。

通釈

雁門太守行

黒雲が城をおしつぶすような勢いでたれこめて、城はいまにも砕け崩れるかのようだ。鎧は日の光を反射して金の鱗《うろこ》のようにきらめく。

角笛の叫びが天空に響きわたり、秋の気配の中、城塞の血潮は、敗色を暗示するかのように不吉な紫色に凝固してみえる。半ば巻いた紅旗は易水に臨み、霜が重く降りて、太鼓の音色も凍てついて意気があがらない。いざ、今こそ我が君の御恩に報いる時だ。玉龍の剣をたずさえ、君のためにこの命をささげよう。

諸説の異同

特記事項なし。

備考

(1) 第二句「甲光向日金鱗開」について

「升菴詩話」十、黒雲の条に、王安石のこの句に対する、「方《まさニ》黒雲《ノ》圧《スル》㆑城《ヲ》時、豈《ニ》有《ランヤ》㆓向月之甲光㆒」と言う見解を引き、明、楊慎は「宋《ノ》老頭巾不㆑知《ラ》㆑詩《ヲ》」と反駁し、「凡《およソ》兵《ノ》圍《ムニ》㆑城《ヲ》、必《ズ》有《リ》㆓怪雲変気㆒」という。王琦「李長吉歌詩彙解」は秋の気候は瞬時に変化するから、にわかに日光がさしこんだという（「秋天《ノ》風景倏《たちまチ》陰《くもリ》 倏《チ》晴《レ》瞬息《ニシテ》而変《ズ》」）。『唐李賀協律鉤元』は月を待って交戦するので「向月」と詠うという。

(2) この詩に関する逸話

唐、張固『幽閑鼓吹』に次のような話が載せられている。李賀が韓愈のもとを訪ねた時、韓愈は来客の後で極めて疲れていた。そのために門人が取り次いだ李賀の詩巻を渡すと、帯を解いたままそれを読もうとした。ところが冒頭の第一首「雁門太守行」の詩句「黒雲圧《シテ》㆑城《ヲ》城欲《ス》㆑摧《くだケント》、甲光向《カッテ》㆑日《ニ》金鱗開《ク》」に目がとまると、はっとして帯をつけ直し李賀を迎え入れたという。

この話は、韓愈が国子博士として洛陽にいた元和四年（八〇九）の頃のことであろうといわれる。しかし、李賀には別にもう一つ韓愈との出会いに関する逸話がある（『太平広記』二〇二（所引の『唐摭言《せき》』））。李賀が7歳の時、韓愈と皇甫湜《しょく》の訪問を受け、「高軒過」一篇をたちまちのうちに著して、二公を大いに驚かせたというものである。今「高軒過」序文には、「韓員外愈、皇甫侍御湜、見《ラル》レ過《よギ》。因《よりテ》而命《ゼラレテル》作」と残る。しかし皇甫湜が監察御史となったのは、元和四年のことであり、7歳（貞元十三年、七九七）は誤りで、李賀の20歳前後の出来事と考証されている（朱自清『李賀年譜』龍門書店、一九七〇年）。この点についてでは、もし「高軒過」の「序」にいう如く韓愈と李賀が出会っていたとするなら、わざわざ李賀が韓愈を訪問するはずはない。従って、少なくともどちらか一方の逸話が事実でないことになろう。

(3)　楽府題「雁門太守行」について

語釈の「雁門太守行」の項にも記したように、『楽府詩集』三九に「古辞」として載せられている長篇の詩は、後漢の洛陽の令（長官）であった王渙（字《あざな》は稚子）の事跡をうたったもので雁門の太守とは関係がない。この点について、松浦友久『唐詩の旅―黄河篇』（現代教養文庫、社会思想社、一九八〇年）では次のような仮説が提示されている。

『楽府詩集』に記載されている古辞以外の六首は、李賀のこの作品も含めて、いずれも朔北の地における戦役のありさまを描いており、幽州・易水・幷《へい》州・雁門・雁門山など、そこにうたわれた地名や背景も、詩題のイメージとかなり接近している。また一般に、楽府題とまったく無関係な作品が〝古辞《もとうた》〟であるというのも、考えにくいことである。

こうした点から判断してみると、おそらく、現在、古辞とされている作品のほかに、雁門地方の太守の戦いのさまを描いた本来の古辞があり、現在の古辞はその曲調に合わせただけの替えうたであることが考えられよう。とすれば、北方での戦役を描く後世の作品のほうが、むしろ本来の内容に近いことになる。

（以上、前掲書の李賀「雁門太守行」の項に拠る）

（山崎　みどり）

0 蘇小小墓　蘇《そ》小小《せうせう》の墓《はか》

1 幽蘭露　幽蘭《いうらん》の露《つゆ》

2 如啼眼　啼眼《ていがん》の如《ごと》し

3 無物結同心　物《もの》の同心《どうしん》に結《むす》ぶ無《な》く

4 煙花不堪剪　煙花《えんくわ》は剪《き》るに堪《た》へず

5 草如茵　草《くさ》は茵《しとね》の如《ごと》く

6 松如蓋　松《まつ》は蓋《きぬがさ》の如《ごと》し

7 風爲裳　風《かぜ》は裳《もすそ》と為《な》り

8 水爲珮　水《みづ》は珮《はい》と為《な》る

9 油壁車　油壁車《いうへきしや》

10 夕相待　夕《ゆふ》べに相《あ》ひ待《ま》つ

11 冷翠燭　翠燭《すいしよく》 冷《ひ》ややかに

12 勞光彩　光彩《くわうさい》は労《つか》る

13 西陵下　西陵《せいりよう》の下《もと》

14風吹雨　　風《かぜ》　雨《あめ》を吹《ふ》く

テキスト　『全』三九〇-6-4396 ◆『李賀歌詩編』一（四部叢刊本）◆北宋本『李賀歌詩編』一（台湾国立図書館、一九七一年影印）◆宋本『李長吉文集』（台湾学生書局、一九六七年影印）◆『李長吉集』歌類（朝鮮活字本）◆宋呉正子・宋劉辰翁評註『李長吉歌詩』（昌平叢書）◆『楽府詩集』八五、雑歌謡辞 ◆宋呉汝綸評註『李長吉詩評注』一（新文豊出版社、一九七九年）◆『錦嚢集』（秀水金氏用元復古堂本景印、一九二三年、秀水金氏梅花草堂影印善本之二）◆清、王琦注『李長吉歌詩彙解』（世界書局『李賀詩注』所収、一九七二年）◆清陳本礼箋註『唐李賀協律鉤元』一（香港中文大学罕伝善本叢書初編、清嘉慶一三年刻本、一九七三年）

校語

0**蘇小小墓**　『全』は題下に「一ニレ作ルレ歌ニ」と校注する。北宋本『李賀歌詩編』、宋本『李長吉文集』、『唐李賀協律鉤元』、『楽府詩集』、四部叢刊本『李長吉歌詩編』、朝鮮活字本『李長吉集』は『蘇小小歌』に作る。

4**煙花**　『唐李賀協律鉤元』は「烟」に作る。別体字。

不堪剪　『楽府詩集』『唐李賀協律鉤元』は「翦」に作る。同義。

9**油壁車**　北宋本『李賀歌詩編』宋本『李長吉文集』四部叢刊本『李賀歌詩編』は「壁」を「辟」に作る。同義。

10**夕相待**　『全』は「夕」に作り、「一ニ作ルレ久ニ」と校注する。呉正子・劉辰翁評註『李長吉歌詩』呉汝綸評註『李長吉詩評注』は「夕」に作る。宋本『李長吉文集』北宋本『李賀歌詩編』『楽府詩集』『錦嚢集』『唐李賀協律鉤元』四部叢刊本『李賀歌詩編』朝鮮活字本『李長吉集』は「久」に作る。

14**風吹雨**　北宋本『李賀歌詩編』宋本『李長吉文集』朝鮮活字本『李長吉集』は、「風雨吹」に作る。四部叢刊本『李賀歌詩編』は「風雨晦」に作る。王琦と呉正子・劉辰翁本は「一ニ作ル風雨改ニ」と校注するが「改」に作るテキストは未見。

詩型・韻字　古詩。眼《がん》・剪*《せん》（上声潸銑*韻〔産獮*韻〕）／蓋《がい》・珮*《はい》（去声泰隊*韻〔泰隊*韻〕）／待《たい》・彩《さい》（上声賄韻〔海韻〕）／下《か》・雨*《う》（上声馬麌*韻〔馬麌*韻〕、上古音ではともに魚部）。換韻。最後の句が「風雨晦《くわい》」の場合、蓋*・珮△・待・彩△・晦*△（上声賄韻〔海韻〕と去声泰隊韻〔泰隊韻〕の通押）となる。

語釈

0**蘇小小**　銭塘（浙江省杭州市）の名妓の名。その墓は嘉興と杭州の二カ所にあると伝えられる（詳しくは「諸説の異同」参照）。『楽府詩集』は「蘇小小歌」の古い時代の無名氏の作として次の古辞を載せる。「我乗ハル油壁車、郎乗ハル青驄《そう》馬、何レノ処ニカ結バン二同心ヲ一、西陵松柏ノ下」（注：「郎」は女から夫や恋人を指すことば）。なお、呉正子・劉辰翁本にはこの蘇小小の古辞を梁の武帝の作とするが、武帝に現存する「蘇小小歌」はなく、何にもとづくものかは不明。あるいは『楽府詩集』の「蘇小小歌」の古辞の次に載せる歌が武帝の「河水之歌」であることから誤って武帝の作としたのかもしれない。

1**幽蘭露**　奥ゆかしくけだかい蘭の花におく露。蘭は唐代頃までは、日本でフジバカマと呼ぶキク科の植物をも指したらしい。

李賀が愛読した『楚辞』（「贈《ル》二陳商《ニ》一」詩に「楚辞繋《かク》二肘後《ちゅうごニ》一」の句がある）の「離騒」には、屈原が天帝への贈り物として楚の国から携えていったとみえる。高潔なイメージを持つ植物。

3**無物結同心**　「同心」は、心を合わせること。男女が契りを結ぶこと。二人の固い結びつきに喩えて同心（心を同じくする）といった。『易』繋辞《けいじ》伝上に「二人同心《セバ》、其利《ノとキコト》断《タン》レ金《モ》。同心之言、其臭《ノかおり》如《シ》レ蘭《ノ》」とみえる（但し、ここでいう同心は君子の交わりを指す）。次図のように固くむすんだ結び方を「同心結び」というが、それをいいかえて「結同心」といったもの。陳駒「何物『同心結』」（『文史知識』一九八五年一一期）によれば、同心結とは「永遠に同心を結ぶ」意を寓し、愛情の不変を象徴する同心結は、しばしば飾りとして用いられ、錦織の図案にもとり入れられた。同心結は、一般には美しい色の「錦緞」（金襴緞子《きんらんどんす》）を用いたが、柳や草などを用いることもあり、とくに唐宋期盛行したという（掲載の図は同論文に依る）。

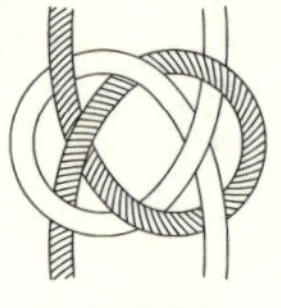
同心結

句中の「物」の意味については、異論もあるが（単なる「物」として訳すのが従来の通釈、黒川洋一編「李賀詩選」（岩波文庫、一九九三年）に「物は人物・動物・植物のいずれにも用いられるが、ここでは人物をさすと見る」とあるのに従う。

4**煙花不堪剪**　A＝けむりをおびた他草の花（鈴木虎雄訳）。B＝夕もやの中の花。煙はもや（荒井健訳）。C＝春がすみの中の花、野山の風情をしめす。それは絹のように見えるが、剪《き》って贈り物にはできない（斎藤晌訳）。D＝春がすみ。野山に立ち籠める春がすみを絹の生地に見立てたものと解する。剪《せん》は、はさみで生地を裁断して晴れ着をこしらえる意（黒川洋一訳）。ここではB説の「もやの中の花」を採った。「堪 kān」（平声）は、可能・適当を表す。「可 kě」（仄声）と平仄によって使い分ける。ここでは「摘み取って贈りものとすることができない」。

5**茵**　車の座席の敷物。生えている草を見立てていったもの。

6**蓋**　車のほろ。

7・8**風為裳・水為珮**　「裳」はスカート。風の音が裳の衣ずれの音のようにひびくことをいう。「珮」は佩《お》びもの。川の音が、珮が互いに触れあう音のように響くことをいう。なお、この二行は、『楚辞』「離騒」の「製《たチテ》二芰荷《ヲ》一以《テ》為《シ》レ衣《ト》兮、集《メテ》二芙蓉《ヲ》一以為《ス》レ裳《ト》」を学んだものとする指摘（原田憲雄『李賀研究』第一三号）がある。

9**油壁車**　青い油布を四面に張って雨よけにした、身分の高い人の使う車。『資治通鑑』一三九の胡三省の注に「油壁車者、加《フ》二青油衣《ヲ》於車壁一也」とみえる。油壁車に乗った蘇小小が男の来訪を待つ、というのが通常の解釈。葉葱奇疏注『李賀詩集』（人民文学出版社、一九五九年一月）では、彼女が生前乗りなれたこの油壁車がきっともどってくると待っている、と解釈する。

11**冷翠燭**　王琦は「翠燭《ハ》、鬼火也。有《リテ》レ光而無《シ》レ燄《ほのお》。故曰《フ》二冷翠燭《ト》一」という。翠はもえぎ色、青黄色。

12**労光彩**　疲れた光をはなっている。荒井健訳は「かがやきは疲れ」、鈴木虎雄訳は「つかれるばかりにいつまでも光っている」

とあり、その注に「いつまでもともっているので『骨折っている』というた《ママ》」という。劉斯翰選注『李賀詩選』（三聯書店香港分店「中国歴代詩人選集」一、一九八〇年）には、「労、不辞労苦的意思」（労は、労苦をいとわないという意味）と注釈する。

13 **西陵下**　西陵は地名。現在、蘇小小の墓は、杭州の西湖にかかる西陵橋（現在は西冷橋という）のたもとにある。墓の位置については〈備考〉参照。

通釈

蘇小小の墓

ゆかしい蘭の露は、まるで涙を浮かべた目もとのようだ。ちぎりを結ぶ相手はいない。もやにつつまれた花をつみとることはできない。

草は車の敷き物、松は車のほろ。風はもすその衣《きぬ》ずれの音、流れる小川は佩《お》びもののひびき。彼女は油壁車に乗っていつまでも恋しい人の訪れを待っている。あおい鬼火は冷ややかに疲れた光をはなっている。西陵のほとり、風が雨を吹きつける。

諸説の異同

異同の所在

想像による作品か、それとも実際に墓を訪ねて詠んだ作品か。

異同の類別

A　いわゆる寄題で、想像による作である。

B　李賀は実際に蘇小小の墓を訪ねている。

A説を採るもの：斎藤晌『李賀』漢詩大系13（集英社、一九七七年）、前野直彬『唐詩鑑賞辞典』（陳明新執筆）東京堂出版、一九七〇年）。

B説を採るもの：朱自清『李賀年譜』（龍門書店、一九七〇年）、原田憲雄『李賀研究』第一三号（方向社、一九七五年）、陳式如「姚文燮昌谷集註」（『李賀詩注』世界書局、一九七二年）。

異同の論拠

A説（想像による作とする説）

南斉のころの雑歌謡辞にある蘇小小歌にもとづくものであって、実際にそこを訪ねての作ではないと記されるのみで、特に論拠は示されていない。

B説（実際に訪ねて作っているとする説）

朱自清『李賀年譜』に次のように二点を指摘する。

一、李賀の十四兄は、李賀の「潞州張大宅《ノ》病《ニテム》レ酒《ヲ》。遇《ヒ》二江使《ニ》一、寄三上《ス》十四兄《ニ》二」の詩にみえるように昭関（安徽省和州含山県小峴の西）に居住している。同詩中に「覚《さメテハ》騎《ス》燕地《ノ》馬、夢《ニ》載《ル》楚渓《ノ》船、椒桂《ヲ》傾《かたむケ》二長席《ニ》一、鱸魴《ヲ》斫《きル》二玳筵《たいえん》《ニ》一」（目がさめている時は燕の馬に乗っているが、夢の中では楚の船に乗っている。あなた〔十四兄〕は山椒や桂花をひたした酒を傾け、玉のむしろの上で鱸《ろ》や魴《ほう》という名産の魚を料理していることだろう）というのは、昔その地を訪れた時のことが忘れ難いのである。

二、李賀の詩集中には楽府の旧題を用いたものではあるが、南方（長江以南）の風土を詠んだものが多い。例えば次のような詩がそうである。

「追和柳惲《うん》」「大堤曲」「蜀国絃」「蘇小小墓」「湘妃」「黄頭郎」「湘中曲」「羅浮山父与《フル》レ葛篇《ヲ》」「画甬東城」「釣魚詩」「安楽宫」「石城暁」「巫山高」「江南弄」「貝宮天人」「江楼曲」「莫愁曲」等。「七

夕」の詩の最後に「銭塘蘇小小、更値《あ》一年秋」という句があり、注釈者達はなぜ突然「蘇小小」の名が出てくるのか不明としているが、李賀が江南の地を訪ねたということを考えるなら、納得できることである。

なお、陳式如は、『姚文燮《しょう》昌谷集註』の中で、李賀には必ず若くして亡くなった恋人があったにちがいなく、だから蘇小小に託して詠んだというが、論拠があっての説ではない。

備考

蘇小小の墓の位置について、王琦の注に次のような資料を載せる。

蘇小小墓在嘉興県西南六十歩。乃晋之歌姫。今有片石在通判庁、題曰蘇小小墓。（『方輿勝覧』三）

嘉興県前有呉妓人蘇小小墓。風前之夕、或聞其上《ほとり》有歌吹《すい》之音。（李紳「真娘墓詩序」）

李賀「蘇小小墓」詩中にみえる西陵とは杭州のことであり、嘉興はその東北約九〇キロメートルの所にある。どちらにも蘇小小の墓として伝わるものがあったらしいが、いずれが蘇小小の実際の墓の所在地であるのかは不明である。また蘇小小という名前自体、銭塘の蘇小小には南斉の人と、宋の人の二人がいた（明『七修類稿』二七）という説もあり、他にもいくつもの伝説が残っている（詳細については山崎みどり「李賀〝蘇小小歌〟について」『中国文学研究』第一六期、一九九〇年）。おそらく当時の妓女として有名であった蘇小小という名は、源氏名として普通名詞のように扱われたのではないか、と思われる。そのために複数の蘇小小が存在し、履歴についても錯綜しているものと考えられる。

李紳の記す蘇小小墓は嘉興県のものであるが、「風前之夕、或聞其上有歌吹之音」という記述は李賀詩の本文にきわめて似かよっており、李賀はこの伝説を知っていたとも考えられる。あるいは、李紳から蘇小小に関するなんらかの知識を得たのかもしれない。李賀と李紳（七七二―八四六）は同時代の人であり、また李賀の友人でもあった沈亜之が、その伝「李紳伝」（『沈下賢文集』四）を書いており、二人の間にも交遊関係があったのではないかと考えられるからである。李賀の詩が古辞にもとづいて詠まれたことはもちろんである。さらに彼の詩が、李紳から得た知識や、別の方面から得た蘇小小にまつわる伝説から想像をふくらませて作られた可能性もあるということを指摘しておきたい。

（山崎　みどり）

0 夢天　　天《てん》を夢《ゆめ》む

1 老兎寒蟾泣天色　　老兎《らうと》　寒蟾《かんせん》　天色《てんしよく》に泣《な》き

2 雲樓半開壁斜白　　雲楼《うんろう》半《なか》ば開《ひら》きて壁《かべ》斜《なな》めに白《しろ》し

3 玉輪軋露溼團光　　玉輪《ぎよくりん》　露《つゆ》に軋《きし》りて団光《だんくわう》湿《うるほ》い

4 鸞珮相逢桂香陌　　鸞珮《らんぱい》相《あ》ひ逢《あ》ふ　桂《けい》香の陌《みち》

5 黃塵清水三山下　　黄塵《くわうじん》　清水《せいすい》　三山《さんざん》の下《もと》

6 更變千年如走馬　　更《あらたま》り変《か》はること千年《せんねん》　走馬《そうば》の如《ごと》し

7遙望齊州九點煙　遥《はる》かに望《のぞ》む　斉州《せいしゅう》　九点《きゅうてん》の煙《けむり》

8一泓海水杯中瀉　一泓《いちおう》の海水《かいすい》　杯中《はいちゅう》に瀉《そそ》ぐ

テキスト　『全』三九〇-6-4396　◆『李賀歌詩編』一（四部叢刊本）◆北宋本『李賀歌詩編』一（台湾国立図書館、一九七一年影印）◆宋本『李長吉文集』一（台湾学生書局、一九六八年影印）◆朝鮮活字本『李長吉集』題詠類（内閣文庫所蔵）◆宋呉正子・宋劉辰翁『李長吉歌詩』一（昌平叢書）◆清呉汝綸『李長吉詩評注』一（新文豊出版、一九七九年）◆清王琦注『李長吉歌詩彙解』一（世界書局『李賀詩注』所収、一九七二年）◆『錦嚢集』一（秀水金氏用元古堂景印、秀水金氏梅花草堂影印善本之二、一九二三年）◆『唐詩品彙』三五　◆清陳本礼箋注『唐李賀協律鉤元』一（清嘉慶十三年刻本、香港中文学罕伝善本叢書初編、一九七三年）

校語

3**淫**　『全』『三家評註李長吉歌詩』所収「李長吉歌詩王琦彙解」以外の他の諸本は、「濕」に作る。「淫」は「濕」の本字。

4**珮**　『錦嚢集』は「鳳」に作る。

詩型・韻字

七言古詩。*色《しょく》・白《はく》・陌《はく》（入声陌職*韻（陌職*韻））／下《か》・馬《ば》・瀉《しゃ》（上声馬韻（馬韻））。換韻。

語釈

0**夢天**　天を夢にみた詩。想像によるものなので「夢む」という。

1**老兎寒蟾**　中国には、月には兎と蟾《ひきがえる》がいるという伝説がある。それで、兎も蟾も月の代名詞として使われるが、ここでは、兎と蟾そのものの具体的なイメージが使われている。

天色　天、月明かりでほの白い天、ないしは空の色とするのが一般的な解釈。別に「天色（月の光）は泣（なみだ）のひかる様だ」を倒置した表現と解釈するものがある（劉衍『李賀詩校箋証異』湖南出版社、一九九〇年）。

2**雲楼**　雲の峰を、月宮の楼閣に喩えていった。

壁斜白　Ⓐ雲の裂け目についていう（黒川洋一『李賀詩選』岩波文庫、一九九三年）。Ⓑ月光は一般的に斜めにさすので、だから「壁斜白」という（葉葱奇『李賀詩集』人民文学出版社、一九五九年）という二説がみられるが、ここではⒶ説を採った。

3**玉輪軋露**　玉輪は月輪のこと。まるい月を輪に見立てて月輪という。李賀は月が天空を移動することを車輪に見立てているので、「軋《きし》る」といった。ちなみに、月が軌道の上を運行するという発想は韓愈の代表作「秋懐」其九に「飛轍危《クシテ》難《シ》レ安《ンジ》」とある。制作の前後は判らないが、おそらくは影響関係があるだろう。また天上の車輪が露に濡れながら進んでいくという表現は、古代の中国人が、露は天にあって凝固した後、地上に降ってくるものと考えていたことによる。『礼記』月令篇、孟秋月には「涼風至《いたり》、白露降《くだル》」とある（詳細は、前野直彬『風月無尽』東京大学出版会、一九七二年）。

団光　まん丸なひかり。月のことをいう。李賀の造語か。

4**鸞珮**　鸞は伝説上の神鳥の名。鳳凰の一種。形はにわとりに似て、羽毛は五色、鳴き声は音階に合うという。鸞珮については、Ⓐ鸞鳥を彫った、あるいはその形をした玉の佩《お》びもの。腰に玉の装飾品をつけた一人の貴人（仙女）。Ⓑ鸞は鸞車（鈴のついた車）のこと、珮は女性が帯につける玉飾りで、鸞に乗った貴公子と珮をつけた女性の二人を指す（荒井健『李賀』岩波書店、一九五九年）という二説がある。Ⓑ説については、鸞珮の荒井健注の中で、こういう説があると紹介されているがどこから引かれたものか未詳。Ⓐ説については、日中両国の注釈書類（鈴木虎雄『李長吉歌集』岩波文庫、一九五九年、黒川洋一『李賀詩選』岩波文庫、一九九三年、斎藤晌『李賀』「漢詩大系」13、集英社、一九六七年、蕭滌非ほか『唐詩鑑賞辞典』〔劉逸生執筆〕上海辞書出版社、一九八三年、中国社会科学院・北京市維尼綸廠選注小組『唐詩選注』北京出版社、一九七八年、葉葱奇『李賀詩集』人民文学出版社、一九五九年、上海市橡膠工業公司・上海師範大学中文系李賀詩選組『李賀詩選』人民文学出版社、一九七八年）が採る説で一般的な解釈。ここでもA説に従った。

相逢　鸞珮についての二つの解釈をうけて三つの解釈がある。

A：仙女達が行き交う（前項A説を採る解釈）。

B：天上の美男美女のあいびき（前項B説に依る）。

C：自分（作者）が月中の仙女にあう（前項でA説を採る解釈のうち、葉葱奇『李賀詩集』、及び劉斯翰選注『李賀詩選』三聯書店香港分店、一九八〇年七月）。

月中の仙女を具体的に嫦娥のことを指すとするものもある（劉衍『李賀詩校箋証異』湖南出版社、一九九〇年）。

解釈はA説に依った。

桂香陌　桂香は、もくせいの花の香り。陌は月宮の街路。月世界には、桂樹（もくせい）が生えているという神話伝説がある。

5 **黄塵清水**　滄海桑田に同じ。世界の変転の激しいことをいう。葛洪『神仙伝』七に仙女麻姑が「已見《ニル》三東海《ノ》三《タビ》一為《ルヲ》二桑田《ト》一」といったのに対し王方平が「海中復揚《タグ》レ塵《チ》」といったという話がみえる。

三山　東の渤海《ぼっかい》にあるとされる神仙が住んでいる三つの山。蓬萊山・方丈山・瀛《えい》洲山。『史記』六「秦始皇本紀」六に「斉人徐《じょ》市《ふつ》等上《たてまつり》レ書《ヲ》、言《フ》下海中《ニ》有《リ》二三神山一、名《ヅケテ》曰《ハク》蓬萊・方丈・瀛洲、仙人居《ルト》上之《ニ》。」とみえる。

6 **更変**　めぐり変わる。

如走馬　速いこと。歳月があっという間に過ぎることの喩え。『荘子』「知北遊」に「人《ノ》生《クルハ》二天地《ノ》間《ニ》一、若《ごとシ》二白駒《はくく》之過《ルガ》レ郤《げきヲ》」という語句がみえるが、それにもとづく表現。

7 **斉州**　斉は中・中央の意。中州、すなわち中国のこと。

九点　九つの点。古代、中国は九つの州からなると考えられていた。「九州」を改めて九点というのは、月世界からみれば「九州」がけしつぶのように小さくみえることを表現している。

煙　もや・かすみ・けむりのように視界をくもらすガス状のものの総称。ここでは、地上（九点）がもやによって定かにみえないことをいう。

8 **一泓**　ひとたまりの水。泓は水の広く深いこと。これに最小を示す「一」をつけて「一泓」とするのは矛盾した表現だが、これによって月世界から見おろしたときの人間世界の矮小さを印象づけようとする表現と理解してよいだろう。

杯中　大海を杯に喩える。後半四句は、天上から地上を見おろした景色を詠む。それで、東海の海原も杯のように小さいものにみえることをいう。

通説

天を夢みる

月に棲む老いた兎と寒そうなひきがえるが天に向かって泣いている。楼閣の扉が開くように、そびえる雲の峰が斜めに裂け、その裂け目の壁が月光に白く光り輝く。玉の車輪は露に軋《きし》りつつ移り行き、円《まる》い光はしっとりと露を含んで濡れている。鸞珮を腰に帯びた仙女たちは、もくせいの香る道を行きかっている。

三つの神山のもとで、下界は黄色い塵に変わるかとみればたちまち澄んだ水に変化する。移り変わるその素速さは千年の時間でさえも走る馬が過ぎるようにあっという間。遥かにみやれば中国は小さくもやる九つの点にみえるばかり。(広い海原も)ひとたまりの海水が、まるで小さな杯にそそがれたかのようだ。

諸説の異同

特記事項なし。

(山崎　みどり)

李《り》商《しやう》隠《いん》

0 錦瑟　　錦瑟《きんしつ》

1 錦瑟無端五十弦　　錦瑟《きんしつ》　端《はし》無《な》くも　五十弦《ごじふげん》

2 一弦一柱思華年　　一弦《いちげん》　一柱《いつちゆう》　華年《くわねん》を思《おも》ふ

3 莊生曉夢迷胡蝶　　莊生《そうせい》の曉夢《げうむ》　胡蝶《こてふ》に迷《まよ》ひ

4 望帝春心託杜鵑　　望帝《ばうてい》の春《しゆん》心《しん》　杜鵑《とけん》に託《たく》す

5 滄海月明珠有涙　　滄海《さうかい》　月《つき》明《あき》らかにして　珠《たま》に涙《なみだ》有《あ》り

6 藍田日暖玉生煙　　藍田《らんでん》　日《ひ》暖《あたた》かにして　玉《たま》は煙《けむり》を生《しやう》ず

7 此情可待成追憶　　此《こ》の情《じやう》　追憶《ついおく》を成《な》すを待《ま》つ可《べ》けんや

8 只是當時已惘然　　只《た》だ是《こ》れ　当時《たうじ》　已《すで》に惘然《ばうぜん》

テキスト　『全』五三九-8-6144 ◆『体』上 ◆『百』七言律詩 ◆四部叢刊本『李義山詩集』五 ◆明、汲古閣『唐人八家詩』本『李義山詩集』上 ◆『李義山詩集』(清、朱鶴齡箋注・沈厚塽《そう》輯評)上 ◆『李義山詩集箋注』(清、朱鶴齡箋注・程夢星刪補)上 ◆『李義山詩集箋註』(清、姚《よう》培謙箋)九 ◆四部備要本『玉谿生詩箋注』四 ◆『玉谿生詩詳註』(清、馮浩《ふうこう》注)二

校語

4**託**　『玉谿生詩詳註』は「托」に作るが、『全』以下の諸本に従う。

6**煙**　『全』『体』『百』『唐人八家詩本』『四部叢刊本』『李義山詩集箋註』（清、姚培謙箋）以外の諸本は、「烟」に作るが、『全』以下の諸本に従う。「烟」は「煙」の別体字。

詩型・韻字

七言律詩。弦《げん》・年《ねん》・鵑《けん》・煙《えん》・然《ぜん》*（下平声先韻〔先仙韻*〕）。

語釈

0**錦瑟**　金の元好問編・元の郝《かく》天挺《てい》注・明の廖《りょう》文炳《へい》解『唐詩鼓吹箋注』巻七や桃源瑞仙ほか『三体詩素隠抄』巻五など古注の多くが説くように、錦のように美しい模様の描かれた（あるいは、彫られた）瑟、の意であろう。馮浩の箋注によれば、錦瑟・宝瑟というのも、玉琴・瑤琴というのと同じであり、美称と考えられる。錦瑟の語は、あまりみかけない詩語だが、杜甫「曲江《ニテ》対《ス》レ雨《ニ》」詩（『杜詩詳註』巻六）に、「何《いづれノ》時詔《カみことのりシテ》此金銭会《ノ》、暫《アリテ》酔《クハン》佳人錦瑟《ノ》傍」とある。李商隠には他に三例あるが、そのうち二例は悼亡詩的な作品において用いられている。ここでも、おそらく妻の王氏が生前愛用していた楽器であろう。琴瑟は、ともに中国古来の撥《はつ》弦楽器の一種だが、七弦の琴（琴のこと）が、周代以来、士大夫の志を発露する楽器であったのに対して、二五弦の瑟（おおごと）は、主として女性の弾く楽器であった（古代には、大瑟・小瑟の二種があったらしく、形も時代によってかなり異なり、弦数も二五弦・二四弦・二三弦と一定していないが、二五弦がふつうである）。古来（『詩経』「小雅、常棣《じょうてい》」の「妻子好合《シ》、如《シ》レ鼓《スルガ》二瑟琴《ヲ》一」以来）、琴瑟の音色の調和は、夫婦和合にも比喩される。したがって、「錦瑟」という詩題そのものに、妻か恋人かはともかく、女性に対する、あるいは女性との関係における詩人の情念が暗示されているといえよう。なお、この詩題は、『詩経』に見られるように、第1句冒頭の語から取っており、李商隠には、このような命名法の作品が他にも多くあるが（たとえば「自喜」「潭《たん》州」「商於《お》」「碧城」「如有」「昨日」「一片」等）、この詩については、ふつう、彼の何らかの恋愛体験を描いたとされる一群の「無題」詩と同類の作品とみなされている。しかし、他に多くの「無題」と題される作品がある以上、やはり、それらとの差異を考えるべきであろう。また、機械的な命題法であり、実質的な意味がないとする説、あるいは、錦瑟を歌った詠物詩であることを否定するに急なあまり、錦瑟とは内容的に全く無関係とする説もあるが、作詩の契機、錦瑟のもつ悲哀に満ちた基調低音という点で、無関係ということはあり得ない。

1**無端**　はからずも。思いもよらず。賈《か》島（現在では、劉皁《そう》の作とされる）の「度《わたル》二桑乾《ヲ》一」詩（『全』五七四、『正編』一三〇頁）に、「無《クモ》レ端《はし》更度《ニル》桑乾水《ノ》、却《かヘッテ》望《メバへいヲ》二并州《ヲ》一是《レ》故郷」とある。

五十弦　五十弦の瑟。『史記』巻一二「武帝本紀」や『漢書』巻二五上「郊祀志」によれば、太古、泰帝（三皇の一人の伏羲《ふっき》）が五十弦の瑟を素女（歌声をよくする神女）に演奏させたが、音色の物悲しさにたえかねてこれを禁じた。しかし、演奏する者がやまなかったので、これを壊して半分の二十五絃に改めたという。『史記』巻一二「武帝本紀」に、「泰帝使《ム》三素女《ヲシテ》鼓《セ》二五十弦瑟《ノヲ》一、悲《シ》、帝禁《ゼドモ》不レ止《マ》、故《ニ》破《リテ》二其瑟《ノヲ》一為《ス》二二十五弦《ト》一」とあり、『漢書』巻二五上「郊祀志」にも、同様の記載がある。

〔語釈〕0「錦瑟」の項で述べたごとく、唐代では、瑟は二十五弦が一般的であった点からいえば、五十弦という表現自体に、この詩が既にその最初から虚構めかした、あるいは暗喩的な世界を歌うことを示しているともいえよう。ところで、この五十弦が、詩人の年齢の概数を示していると解釈するものが多くあるが、その可能性もなくはなかろう。しかし、妻あるいはかつての恋人の年齢を示しているという解釈には無理があろう。たとえば、古人は、妻を亡くすことを「断弦」（再婚することを「続弦」）と言ったところから、二十五弦の瑟が一度に断たれて、五十弦となったこと、しかし、元来、二十五弦の一本一本には二十五の琴柱があり、そこから詩人が若かりし頃の妻を想起したが、それはちょうど25歳の妻であった、と解するものや、妻もしくは恋人が25歳で死んだと解するものである。こうした点については、周振甫『李商隠選集』（上海古籍出版社、一九八六年）、同『文学風格例話』「李商隠」（上海教育出版社、一九八九年）は、伏羲の故事は、五十弦を壊して二十五弦としたのであり、その逆の「断弦」とは関係なく、したがって悼亡詩ではない、と批判している。また、周振甫『李商隠選集』、傅《ふ》庚生ほか『百家唐宋詩新話』（〔黄雨執筆〕四川文芸出版社、一九八九年）がいうように、李商隠は26歳の時に、涇《けい》原節度使であった王茂元の娘と結婚しており、39歳の時に妻が死去している。したがって、妻の王氏が25歳で死去したとすれば、李商隠と結婚した時には12歳であり、合理的な解釈とはいえないであろう。これらとは別に、『呂《りょ》氏春秋』巻五「仲夏紀、古楽篇」を引いて、古には本来、十五弦の瑟があった点から、「五十」は「十五」の転倒したものであろうとし、十五ならば、王氏との結婚生活十五年と合致するという説さえある。しかし、主要な李商隠詩集のいずれにも、「十五」に作るテキストが全く見られないこと、伝説における五十弦の瑟だからこそ、一首全体に流れる悲哀の基調音にふさわしいこと、などから見て、妥当性に欠けるであろう。そもそも、五十弦という数を、詩人やその妻の年齢と関連づける必然性は全くない。

2 **一弦一柱**　錦瑟の弦の一本一本と、琴柱のひとつひとつ。柱は、瑟の弦を調節するために各弦の下に立てる可動性の琴柱。なお、ここには、第1句の韻字である「弦」字が用いられている。近体詩において、韻字を韻脚以外の箇所にも用いることは、押韻の効果を減殺する点から避けるのが望ましいが、ここでは、しり取りのような一種の流動感を生んでいて効果的である。

華年　人生における華やかな年月。ここでは、夢多く甘美な青春の日々。

3 **荘生暁夢迷胡蝶**　荘生は、戦国時代の道家の思想家である荘子（荘周）。この句は、荘子が、夢に胡蝶となったが、目覚めた後、自分が夢で胡蝶となったのか、胡蝶が夢で自分になったのか、判然としなくなったという、夢と現実、物と我との分別しがたいことをたとえた寓話（『荘子』「内編、斉物論篇」「昔者《むかし》、荘周夢為《ニル》二胡蝶《ト》一。栩《く》栩然《トシテ》胡蝶也。自《ラ》喩《たのしミテ》適《かなヘル》レ志《ニ》與《か》、不《ル》レ知《ラ》レ周《ナルカヲ》也。俄然《トシテ》覚《さムレバ》則《チ》遽《きよ》遽然《トシテ》周也。不レ知《ラ》下周之夢為《ニル》二胡蝶《ト》一與《か》、胡蝶之夢為《ニル》レ周與《トかヲ》上。周與《ト》二胡蝶一、則《チ》必有《ズラン》レ分矣。此《レヲこれ》之謂《フ》二物化《ト》一）をふまえている。ただし、原典には、暁に夢を見た、とは明示されていない。この部分については、荘子が妻を亡くした時、恵子《し》が見舞ったところ、盆を鼓して平然としていた、という同じく『荘子』中の故事をも兼ね用いているのであろう、という清の銭飲光（清の何焯《しゃく》『義門読書記』巻五七「李義山詩集上」、所引）や馮浩の指摘があり、これを支持する説は多い。しかし、周振甫『文学風格例話』「李商隠」、同『李商隠選集』がいうように、「鼓盆」の故事は「外篇、至楽篇」中のものであり、やや無理かと思われる。

4 **望帝春心託杜鵑**　望帝は、神話中の蜀の天子、杜宇のこと。春心は、恋情、春情（一説に、春を傷む心ともいう）。杜鵑は、子規（ホトトギス）。この句は、蜀の望帝伝説をふまえている。蜀の望帝伝説は、文献によってかなり異同があるが、この作品の愛情詩的詩脈と関連すると思われるものは、およそ次のようなものである。望帝は、臣下の鼈《べつ》霊に治水を命じておきながら、鼈霊の不在中にその妻と密通した。そこで、自らの不徳を恥じて、鼈霊に位を譲り、蜀を去ったが、その時、子規（杜鵑）が鳴いていた。後、蜀の人々は、杜鵑の悲しい声を聞くたびに、望帝をしのんだという（漢の揚雄『蜀王本紀』（『太平御覧』巻八八八、妖異部四、巻九二三、羽族部一〇、所引）。なお、西晋の常璩《きょ》『華陽国志』巻三「蜀志」によれば、望帝は位を譲って、西山に隠棲したが、それは、杜鵑の鳴く陰暦二月のことであった、という）。また、一説に、望帝が死んで、その魂が杜鵑に化したともいう（唐の劉知幾《き》『史通』巻一八、雑説下、後漢の許慎『説文《もん》解字』巻四上、北魏の闞駰《かんいん》『十三州志』（『太平御覧』巻一六六、州都部一二、剣南道、所引）等）。

杜鵑には、六朝以来、その年の最初に杜鵑の鳴き声を聞いた者は、人と別れる運命になるとか、厠で聞くと不祥である、など不吉な鳥としての伝承がある。さらに、杜甫の「杜鵑行」詩（『杜詩詳註』巻九・一〇）以来、口腔の赤いところから連想された、口から血を滴らせながら鳴き続けるという啼血のイメージがある。またその鳴き声は、晩唐には「思帰（帰るを思う）」、北宋以降は「不如帰（帰るに如かず＝帰りたい）」と認識されていた（以上、杜宇化鳥説の展開、中国古典詩における杜鵑の諸相については、植木久行「ほととぎすのうた　杜鵑と郭公をめぐって」（『比較文学年誌』第一五号、一九七九年）参照）。なお、荘子の胡蝶の夢と杜宇とを対とする先行表現として、閻琦《えんき》「『錦瑟』新解」（『西北大学学報（哲社版）』一九八二年第三期）は、李白の断句「野禽啼《なキ》二杜宇《ニ》一、山蝶舞《フ》二荘周《ニ》一」（『李太白文集』巻三〇）、張祜《こ》「華清宮《ニテ》和《ス》二杜舎人《ニ》一」（『全』五一〇）の「杜鵑魂厭《いとヒ》レ蜀《ヲ》、胡蝶夢《ニ》悲《シム》レ荘《ヲ》」とを指摘している。

5 **滄海**　滄々とした海原。ふつう、『初学記』巻六「地部、海」にいうように、東海をいうが、ここでは、前漢の東方朔（？）『海内《だい》十洲記』（不分巻）に見られるような、仙人のいる島をとりまく滄海、仙境としての滄海であろう。

月明珠有涙　この句、注釈書によって解釈に少しずれが見られるが、月が満ちて明るい時には、海底の真珠も涙の珠のように丸くなる、と解しておく。西晋の左思「呉都《ノ》賦」（『文選』巻五）に、「蚌蛤《ほうごう》（真珠貝）珠《ハアリ》レ胎（貝の中に珠を含んでいること）、二与《ともニ》レ月虧《トき》全（満ち欠け）」《ス》とあり、その李善注に、『呂氏春秋』「季秋紀、精通」を引いて、「月望《ナレバ》則《チ》蚌蛤《ハ》実《ニ》、月晦《つごもりナレバ》則《チ》蚌蛤《ハ》虚《ナリ》」という。また、六朝の志怪小説とされる（後漢、郭憲？・）『別国洞冥記』（巻二）や、梁の任昉《じんぼう》『述異記』（巻上）、晋の張華『博物志』巻九「異人」などによれば、日南・南海（ベトナム北部）の海底に住む鮫《こう》人（人魚）の流す涙が真珠になるという、いわゆる鮫人伝説がある（鮫人伝説については、松岡正子「人魚伝説——『山海経』を軸として」〈『中国文学研究』第八期、一九八二年〉、参照）。古来、滄海が、東海（渤《ぼっ》海）、すなわち北方の海をさす点と、南海の真珠のイメージとの矛盾を説く注釈書や、この第5句を詩人自身の悲痛の象徴とする解もある。いずれにしろ、本来、月は天上の明珠であり、珠は水中の名月でもあり、涙は珠によって比喩される点から言えば、この第5句は、一貫したイメージの連鎖によって構成されており、混然とした象徴性にまで高められている。

6 **藍田**　今の陝西省藍田県（西安の東南約四〇キロメートル）にある山の名。『漢書』巻二八上、地理志に、「藍田、山《ヨリ》出《ダス》二美玉《ヲ》一」とあり、唐の徐堅ほか『初学記』巻二七「玉」に『京兆記』を引いて、「藍田出《スニ》二美玉《ヲ》一如《シ》レ藍《ノ》、故曰《フ》二藍田《ト》一」とあり、唐の杜佑『通《つ》典』巻一七三に、「玉之美《ナル》者《ヲ》曰《ヒ》レ球《ト》、次《ナルヲ》曰《フ》レ藍《ト》。蓋以《シテ》二県《ノ》出《ダスヲ》レ玉《ヲ》、故名《ヅク》二之《ヲ》藍田《ト》一」とある。唐の李吉甫『元和郡県志』巻一にも、「関内道京兆府藍田県、藍田山、一名玉山、在《リ》二県《ノ》東二十八里《ニ》一」あり、北宋の宋敏求『長安志』巻一六にも、「在《リ》二県《ノ》東南三十里《ニ》一」とあるように、古来、美玉を産する山として名高い。また、『長安志』巻一六に引く郭縁生の『述征記』に、「其《ノ》山出《ダス》レ玉《ヲ》、亦《タ》名《ヅク》二玉山《ト》一」とあるように、玉山ともいう（このことから、高橋和巳『李商隠』〈岩波中国詩人選集、一九五八年〉は、『山海経《せんがいきょう》』にいう仙女西王母の住むという玉山への連想を指摘する。なお、李商隠の「揺落」詩〈『全』五四一〉には、「未《ダ》レ諳《そらンぜ》滄海路《ノ》、何《レノ》処《カ》玉山岑《ノみね》」とある）。さらに、同書に引く後魏の『風土記』に、「山巓《てん》（山の頂上）方二里、聖賢仙隠之処《ナリ》」というごとく、この藍田山の頂上には、仙人が集うという伝承もあり、第5句「滄海」と対応して、仙界への連想も含まれていよう。

日暖玉生煙　この句も、多様な解釈がなされているが、日も暖かくさすとき、美玉からは煙がたちこめる（美玉は消えうせてしまう）、と解しておく。美玉を地中に蔵する山の上には、煙がゆらめく、と解する説もある。この第6句の典故として、諸注釈書は、東晋の干宝《かんぽう》『捜神記』巻一六（『学津討原』本）や闕名『録異伝』（不分巻。魯迅『古小説鉤沈《こうちん》』所収）にある、呉王夫差の娘、紫玉と、侍僕の韓重《かんちょう》との悲恋を指摘している。すなわち、韓重との結婚を父に許されず、恨みながら死んだ紫玉は、斉魯での学問を終えて帰郷し、墓参に来た韓重の前に現れ、三日ほど共に過ごした後、別れに際して、直径一寸の玉を韓重に与える。韓重は、夫差を訪ねて事の次第を述べるが、墓をあばいたものと思って怒った夫差は、韓重を捕らえてしまう。逃げ出した韓重から訴えられた紫玉は、亡霊となって父王に会いに行き、その声を聞いた母親が、走り出て抱いたところ、彼女は煙となって消えうせたという（この場合、紫玉という名自体が、煙を生じる玉の隠喩であろう）。他に、『宋書』巻八五「謝荘伝」を引いて、「藍田美玉」は、妻の美しい容姿にたとえたものという解釈や、妻の物化を象徴しているのだという説もある。また、『増訂三体詩』巻二、元の釈円至の注によれば、北宋の王応麟『困学紀聞』巻一八は、晩唐の司空図「与《ヘテ》二極浦《ニ》一談《ズル》レ詩書《ヲ》」に引く、中唐の戴叔倫の文「詩家《ノ》景《ハ》如《シ》二藍田日暖《カクシテ》良玉生《ズルガ》レ煙《ヲ》。可《クシテ》レ望《ム》而不《ル》レ可《カラ》レ置《ク》二於眉睫《しょう》之前《ニ》一也」にもとづくともいう。これと同様な指摘は、北宋の葉夢得《しょうぼう》『石林詩話』巻下にも、「司空図記《スニ》二載叔倫《ノ》語《ヲ》一、詩人之辞《ハ》、如《シト》二藍田日暖《カクシテ》、良玉生《ズルガ》レ煙《ヲ》。是《レ》亦《タ》形似之微妙《ナル》者《ナリ》。但《ダ》学者不《ル》レ能《ハ》レ味《フコト》二其《ノ》言《ヲ》一爾《のみ》」とある。司空図の文は、本来、詩的言語が、日常的言語とは一線を画して、その背後に微妙な象徴性を有することを説いたもの（意境説）である。しかし、戴叔倫の文を援用するこの詩の注釈者の多くは、望むことができながら近づくことができないもの、という点から、詩人の政治的、文学的理想と、その実現の不可能性を象徴していると解している。なお、傅《ふ》庚生ほか『百家唐宋詩新話』（楊柳執筆）は、李商隠が、晩年、鄭州で病気となり、自らの生涯を傷んで歌った詩とし、第5・6句の「珠」「玉」は、詩人自らの美才にたとえ、「涙」「煙」は沈淪の痛みを述べているとして、魏万の「金陵《ニテ》酬《ユ》二李翰林謫仙子《ニ》一」（『全』二六二）の「君抱《ハク》碧海珠《ノ》、我懐《いだク》藍田《ノ》玉」を引く。この「珠」を、才能があるにもかかわらず、世に捨てられる才人にたとえる「滄海遺珠」として解するのは、多くの「自傷生平」説（〔備考〕参照）に共通する解釈である。

7此情　頷聯・頸聯で象徴されているような、青春の日々の愛にまつわる言い難い思い。

可待成追憶　今、青春の日々が追憶の対象となるのを待って、初めてこのようになったのであろうか、いや、待つまでもない、の意。可は、ここでは、「那《なンゾ》」「豈《あニ》」などと同じく、反語を示す助詞。待つまでもない。「成追憶」は、第2句の「思華年」と対応している。なお、明治以来、一説に、この悲しい感情は、将来、追憶となるのを待つことができるだろうか（いや、できまい）、と追憶の時点を将来に想定する説もある。これは、この第7句のみを見る限りでは一見妥当のように思われるが、第8句の措辞（当時……）との関連からいえば、必然性に乏しい。

8只是　限定・強調を示す助字。ほかでもなく……なのである。ところで、第7句の「可」、第8句の「只是」「已」と連続する三つの助字は、追憶の情に溺れきっていない、詩人の覚醒した悲哀を明確化するものといえよう。

惘然　失望や悲哀、寂寞などのため、心がうつろになることをいう。「惘」は、心にあみがかかったように、ぼんやりとした状態。単に「とりとめのないさま」の意の「茫然」とは区別すべきであるとされる（参照：宇野直人『研究資料漢文学⑤　詩Ⅲ』、明治書院、一九九三年）。

通釈

錦瑟

美しい錦のような模様の大琴、はからずも、それは、（かの伏羲《ふっき》氏が、音色のあまりの悲しさゆえに、奏でることを禁じたのと同じ）五十弦。その弦の一すじ一すじ、琴柱の一つ一つに、華やかな青春の日々を思い出す。

その昔、荘周は、明け方の夢に胡蝶となり、覚めて後、自分が蝶か、蝶が自分か、迷ったという。また、蜀の望帝は、その道ならぬ恋心を、杜鵑の悲しい鳴き声に託したという。

青々とした海原に、月が満ちて照りわたるとき、美しい真珠は鮫人の涙をたたえているかのようであり、藍色の藍田山に、日差しが暖かくさすとき、美玉は煙となって消えうせてしまうかのようである。

この朦朧としてとらえがたい思いは、今、こうして追憶することによって、初めてこのようになったのであろうか。いや、追憶となるのを待つまでもなく、青春のあの当時から、既に、わたしの心は、悲哀や寂寞のために、茫漠とした状態にあったのだから。

諸説の異同

特記事項なし。

備考

○「錦瑟」の主題

李商隠の詩について、元の元好問は、その「論詩三十首（其十二）」で「望帝春心託杜鵑、佳人錦瑟怨華年。詩家総愛西崑《せいこん》好、独恨無人作鄭箋《ていせん》（後漢の鄭玄《じょうげん》による『詩経』の注）」と述べ、清の王士禛も「戯倣元遺山論詩絶句三十二首（其十二）」で「獺祭《だっさい》（カワウソ。李商隠を指す）曾驚博奥殫、一篇錦瑟解人難。千秋毛鄭（『詩経』を伝えた前漢の毛公と鄭玄）功臣在、尚有弥《り》天《び》（大徳の比喩）釈道安（前秦の高僧。ここでは、初めて李商隠詩集に注を施した明末の釈道源のこと）」と述べている。彼らが嘆くごとく、古来、李商隠の詩は、伝統的規範を超越した独自の発想、僻典をも避けぬ典故の多用、牛李の党争間にあって詩文に韜晦せざるを得なかった経歴などのために、極めて難解なことで知られる。その中でも、この「錦瑟」は、高度な象徴性のゆえに、最も難解な作品として、千百年余にわたって詩人や詩評家たちを苦しめてきた。すなわち、よくいえばいかなる解読も自由な、悪くいえば解読の不可能な、作品であったわけである。また、それだけに、この作品に対する解釈意欲を人々にわかせたらしく、百家に余る者が注解を試み、主要な解釈だけでも十指に及ぶといわれている。それらを集めただけで、ゆうに一冊の大部の書物が編集できるほどである。

今、「錦瑟」の主題などに対する主要な説を、時代順に挙げれば、以下のごとくである。①錦瑟を令狐楚の青衣（婢女、愛姫）とする説（北宋の劉攽《はん》『中山詩話』〔不分巻〕、南宋の計有功『唐詩紀事』巻五三「李商隠」等）、②頷聯・頸聯を、錦瑟の音色（適・怨・清・和）の表象とし、詠物（楽器）詩または音楽詩として解する説（北宋の蘇軾〔『苕《ちょう》渓漁隠叢話前集』巻二二所引の黄朝英『緗《しょう》素雑記』〕、南宋の許顗《ぎ》『彦《げん》周詩話』〔不分巻〕等）、③亡くなった妻を悼んだ悼亡詩と解する説（清の朱彝《い》尊〔朱鶴齢箋注・沈厚塽輯評『李義山詩集』巻上、所引〕、清の何焯《しゃく》『義門読書記』巻五七、清の銭良択〔馮浩箋注『玉谿生詩箋注』巻四、所引〕、清の陸崑曾『李義山詩解』〔不分巻〕、清の姚培謙『李義山詩集箋注』巻九等）、④自己の人生の不運（挫折）を傷んだとする自傷身世説（清の何焯〔朱鶴齢箋注・沈厚塽輯評『李義山詩集』巻上、所引〕、清の汪《おう》師韓『詩学纂聞』〔不分巻〕、近人張采田『玉谿生年譜会箋』巻四等）、⑤青春時代の放蕩を後悔したと解する説（清の葉矯然『龍性堂詩話初集』不分巻）、⑥唐王朝の衰亡を傷んだとする憂国説（岑《しん》仲勉『隋唐史』中華書局、一九五七年)、⑦李商隠詩集全体の総序的な作品と解する説(何焯(清の王応奎《けい》『柳南随筆』巻三所引、一説に程湘衡の説)、銭鍾書『馮注玉谿生詩集詮評』未刊稿(周振甫『詩詞例話』「形象思維」中国青年出版社、一九七九年、所引)等)、⑧恋人であった宮女の死を悼んだと解する説(蘇雪林『玉溪詩謎』(『玉溪詩謎正続合編』台湾商務印書館、一九八八年、所収))、⑨妻の形見の錦瑟を見て、華やかな思い出を宿す過去の日を回顧する感傷の歌と解する説(高橋和巳『李商隠』)、⑩若き日の失われた恋を追憶したと解する説(前野直彬《あき》『唐詩鑑賞辞典』(山之内正彦執筆)東京堂出版、一九七〇年)、⑪牛李の党争を背景とした政治的寓意(暗喩)詩と解する説(程千帆「李商隠『錦瑟』詩張『箋』補正」(『古詩考索』上海古籍出版社、一九八四年、所収))、⑫特定不可能説(『唐詩鼓吹箋注』巻七)など。

これらの説のうち、①②は早くからほぼ完全に否定されているが、従来、③悼亡説と④自傷身世説とが最も有力であり、近年、中国では、⑪政治的寓意説も一定の支持を得ている。④は、妻王氏との結婚を蹉跌の主因として強調するものと、文学者としての懐才不遇を強調するものとに分かれており、他の説も、それぞれ部分的に複雑に融合、錯綜しており、多くのバリエーションの説を生んでいる。なお、日本の注釈書の多くは、⑩失われた恋への追憶説を採るが、逆に現代の中国では稀にしか見られない。

諸説に見られる注解は、〔語釈〕の項に部分的に紹介してきたが、一つの説が、すべての難解な語句に対して、合理的、整合的な解釈を提示しているということはなく、それぞれ他の説に対する妥当性と非妥当性とをあわせもっているというのが実態である。

そこで、改めてこの作品の構成を時間的に見ると、錦瑟の五十弦の一本一本の弦、ひとつひとつの琴柱に触発されて、「華年」を「思」うからには、作詩の時点は、少なくとも中年以降、または晩年ということになる。そして、頷聯・頸聯において象徴される思い、すなわち、第7句にいう「此情」は、追憶となるのを待つまでもなく、既に華年の時から詩人の心を領していたものであり、詩人の精神世界が連続性のもとにあることを示すが、それは、作詩時点における詩人の、過去の自己に対する認識でもある。そして、その基調音は、第8句、「惘然」の語でこそ表現されうるものである。換言すれば、頷聯・頸聯の象徴性がどのように高度なものであろうと、この基調音をはみ出るものではなかろう。無論、読者がはみ出て解釈するのは自由だが、少なくとも作詩時点の詩人の詩心は、この点において整合性を保持していたはずである。したがって、頷聯・頸聯のなかに、青春の日々の甘美な体験や夢想が用心深くこめられていたとしても、最終的には、悲哀の情緒に収斂されるものであろう。

さて、以上の点を確認したうえで、いずれの説がより妥当かを考えれば、感傷的な追憶による悼亡詩としての要素を主旋律としつつ、そこには自己の生涯の不遇(政治的挫折)を傷む覚醒した感情も、おのずから潜在していると解しておきたい。

李商隠は、有り余るほどの文学的才能に恵まれながら、官途においては、生涯不遇であった。その主たる原因は、青年時代に、牛僧孺派の令狐楚・綯《とう》親子の庇護を受けて、進士に登第しながら、翌年には、敵対する李徳裕派の王茂元の幕府に入り、その娘と結婚したことによる。そのために、令狐綯からは恩義に背く者として忌避され、牛李の党争にまきこまれざるを得なかったのである（近年、傅《ふ》璇琮《せんそう》「李商隠研究中的一些問題」〔『文学評論』一九八二年第三期〕は、このような通説を否定して、李商隠が牛党から排斥を受けるのは、大中元年〔八四七〕、自ら進んで李徳裕派の桂管観察使鄭亜の幕府に入り、李党を支持したことから始まるというが、今はひとまず通説に従っている）。

李商隠にとって、夫や父親という家庭人としての幸福は、妻の王氏とのこまやかな日常のなかで実感されるものであったが、同時に、最愛の妻である王氏との結婚が、公人ともいうべき官僚としての生涯にわたる蹉跌をもたらしたのも事実である。その二律背反的な事実は、繊細な詩人の精神を一貫して苦しめたであろう。今は亡き妻と過ごした青春の日々が、甘美で互いの敬意と愛情に満ちたものであればあるほど、妻への哀惜や哀悼の念が増す一方、ほろ苦い悔恨にも似た感情は、意識の表層にのぼらせてはならず、李商隠独自の高度な詩表現の深層に沈澱したことであろう。「華年」を「思」うといいながら、人生に対する青年時代の肯定的な感情を、額縁のように切り取って提示しているのではない。むしろ、逆に、そこには、現在に至るまで一貫してひそかに持続された悲哀の感情によって、「華年」が追憶されているのである。このように理解するとき、頷・頸二聯には、夢と同化されるような不確かな現実、令狐綯派から見れば、道ならぬ愛ともいうべき結婚生活、妻との間に共有された悲哀を内包した清らかな暮らしや、はかなさを秘めたお互いの暖かな思いやり、などが象徴されていると読むことも可能であろう。

なお、念のためにいえば、⑩失われた恋への追憶という解釈も、十分に魅力的ではある。李商隠は、王氏と結婚する以前に、女道士や宮女、さらには洛陽の商人の娘などとの恋愛関係があった可能性が、蘇雪林などによって考証されているからである。しかし、すでに述べたように、この作品は、少なくとも中年以降になってから若き日を追憶しているのは確かである。その場合、王氏の生前であれ、死後であれ、相思相愛の王氏を得て、十数年近く仲睦まじく連れ添いながら、若き日の失われた恋の対象を、かくも深く全人生の代償でもあるかのごとく歌っていると解することは、やはり不自然ではなかろうか。

また、⑪牛李の党争を背景とした政治的寓意詩という説、すなわち李徳裕の涯州（海南島）への流謫と、令狐綯の宰相就任とに代表されるような苛烈な政争を、頷聯・頸聯において暗喩したものとする解釈も、『詩経』以来の詩歌と政治との密接不可分な伝統からいえば、一概に否定することはできない。しかし、「惘《ぼう》然」の語で総括される「華年」への追憶、というこの作品の基本構造や、首聯に女性の存在を強くにじませつつ、一首を貫く深い対自的、対内面的な措辞から見れば、やはり牽強付会の感はいなめないであろう。

それはさて、李商隠は、李白や杜甫や白居易に比べれば、その作品の社会性・現実性などの点においては、偉大な詩人とは言い難い。しかし、後世に与えた影響、すなわち李商隠の詩を純粋に文学として享受し愛好した者は、李・杜・白に比べて、決して少なくはない。北宋初期の楊億・劉筠《いん》らによる李商隠の詩を模倣した西崑体の大流行を初めとして、明代の唐詩復興時期の前・後七子から、明末の陳子龍・銭謙益・呉偉業らを経て、清末民初に至るまで、李商隠の与えた影響には絶大なものがある。たとえ、今日の目から見て、それらが本質的な享受や継承ではないという批判を承認しても、なおかつ、このことは否定し難い事実であろう。何よりも、今日でいう青春文学・恋愛文学の乏しい中国古典詩の世界において、李商隠は、極めて高度な象徴的、暗喩的手法によってではあるが、それらを創出したほとんど唯一の詩人だからである。

（高橋　良行）

0 嫦娥

1 雲母屏風燭影深
2 長河漸落曉星沈
3 嫦娥應悔偸靈藥
4 碧海青天夜夜心

嫦娥《じやうが》

雲母《うんも》の屏風《へいふう》　燭影《しよくえい》深《ふか》く
長河《ちやうが》　漸《やうや》く落《お》ちて　曉星《げうせい》沈《しづ》む
嫦娥《じやうが》　応《まさ》に悔《く》ゆべし　霊薬《れいやく》を偸《ぬす》みしを
碧海《へきかい》　青天《せいてん》　夜夜《やや》の心《こころ》

テキスト　『全』五四〇-8-6197　◆『百』七言絶句　◆『万首唐人絶句』四一・七絶　◆四部叢刊本『李義山詩集』六　◆明、汲古閣『唐人八家詩』本『李義山詩集』中　◆『李義山詩集箋注』（清、朱鶴齢箋注・程夢星刪補）中　◆『李義山詩集』（清、朱鶴齢箋注・沈厚塽《そう》輯評）中　◆『李義山詩集箋註』（清、姚《よう》培謙箋）一六　◆四部備要本『玉谿生詩箋注』六　◆『玉谿生詩詳註』（清、馮浩《ふうこう》注）三

校　語

0 **嫦**　『全』『四部叢刊本』『李義山詩集箋注』『李義山詩集箋註』『四部備要本』『李義山詩集』『玉谿生詩詳註』『李義山詩刪註』『李義山詩辨正』は、いずれも「常」に作るが、『百』『万首唐人絶句』『唐人八家詩本』に従う。

3 **嫦**　0「嫦」の項に同じ。

詩型・韻字

七言絶句。深《しん》・沈《ちん》・心《しん》（下平声侵韻〈侵韻〉）。

語　釈

0 **嫦娥**　古代神話伝説中の女性の名。嫦娥は、もと弓の名人であった羿《げい》（堯の世に、太陽が一〇個同時に出て、人々がその熱に苦しんでいた時、そのうちの九個を矢で射落としたことで知られる英雄）の妻であったが、ある時、羿が西王母（西の果ての崑崙山に住む神女）からもらった不死の薬をこっそり盗んで飲んだところ、仙女となり、月に逃げて月の精となったといわれる。いわゆる「嫦娥奔月」の故事であるが、転じて、月の異名ともなる（前漢の劉安『淮南子《えなんじ》』巻六「覧冥訓」に、「羿《げい》請《こ》ヒシニ二不死之薬ヲ於西王母一、姮（嫦）娥竊《ぬす》ミテ以テ奔《はし》リテ二月ニ一、（羿）悵然トシテ有リテレ喪《うしな》フ、無シ二以テ続《つ》クコト一レ之ニ」とあり、これに対する後漢の高誘の注に、「姮娥ハ羿ノ妻ナリ。羿請ヒテ二不死薬ヲ於西王母ニ一、未ダレ及バレ服スルニレ食ヲ之、姮娥盗ミテ食ラヒレ之ヲ、得テレ仙ヲ、奔リテ入リテ二月中ニ一為ル二月精ト一也」とある）。本来、「恒娥」と記されていたが、漢の文帝の諱《いみな》が恒であったため、漢人《ひと》が改めて「姮《こう》娥」とした。「恒」は、また「常」と同義であることから、「嫦」の俗字が生まれ、後に「ジョウ」の俗音ができたという（この発音については、小川環樹ほか『角川新字源』による）。諸文献によっては、「常娥」「常羲」「常儀」「常宜」とも書かれている。

なお、『淮南子』巻七「精神訓」、巻一七「説林訓」によれば、月中には蟾蜍《せんじょ》（ひきがえる）がいて月を蝕んでいるとあり、『後漢書』巻二〇の注および『芸文類聚《げいもんるいじゅう》』巻一「月」などに所引の後漢の張衡の「霊憲」によると、この蟾蜍は嫦娥の化身という。これは、夫を裏切った嫦娥への罰といった発想かもしれないが、美的イメージは完全に損なわれてしまう。また、嫦娥の他に、月中には、仙薬を搗《つ》く兎と、仙術を学びながら、過失のため、月に流謫《るたく》され、切っても切ってもすぐに切り口がふさがってしまう五百丈の桂の木を、罰として永遠に切らされている西河の呉剛という男がいる。前者は、『楚辞』「天問」、晋の傅《ふ》玄（？）「擬天問」（『太平御覧』巻四所引）、後者は、晋の虞《ぐ》喜「安天論」（『太平御覧』巻四所引）、唐の段成式『酉陽《ゆうよう》雑俎《ざつそ》』巻一「天咫《し》」などに見られる。思うに、月中に嫦娥が逃げたのは、陰陽思想において、月と女性が陰に属すことと関連するであろうし、不死の薬は、月の不死（盈虧《えいき》〔満ち欠け〕の永久的反復性）との連想によるものであろう。

古来、月面の陰影を見て、人々が様々な空想を馳せたのは、洋の東西を問わぬところだが、中国ではこうした神話的伝承が早くから流布していたらしく、歴代の文学や芸術作品の重要な題材となってきた。たとえば、近年発見された長沙の馬王堆一号漢墓の帛《はく》画（絹に描かれた絵）にも、「嫦娥奔月」があったのは記憶に新しい。唐詩にも、李白「把《とリテ》レ酒《ヲ》問《フ》レ月《ニ》」詩（王琦《き》本『李太白文集』巻二〇）に、「白兎搗《ツク》レ薬《ヲ》秋復春、嫦娥孤《ひとり》栖《すミテ》与《ト》レ誰隣《スル》」とあり、劉禹錫「七夕二首（其二）」詩（『全』三五七）に、「河鼓（牽牛星の北にある三星）霊旗（北斗星）動《キ》、嫦娥破鏡斜《メナリ》」とある。また、近年では、毛沢東の詞「蝶恋花 答《フ》二李淑一《ニ》一」に「寂寞嫦娥舒《のべ》二広袖《ヲ》一、万里長空且《しばらク》為《ニ》二忠魂《ノ》一舞《ハン》」とあり、神話に題材を求めた魯迅の小説集『故事新編』にも「奔月」がある（参照：袁珂《か》『中国神話伝説詞典』上海辞書出版社、一九八五年）。

ところで、この詩における嫦娥が誰を指すか（仙女である嫦娥・嫦娥に比擬された恋人〔女道士・宮女…〕等）、また、第1・2句の主体は誰か（詩人自身・嫦娥・恋人等）という点については、従来、諸説紛々だが、本稿では、詩人のもとを離れていった恋人を嫦娥に比擬したものと解し、第1・2句の主体もその恋人と考えている。この点については、主題が何かという問題と関連してくるので、〔諸説の異同〕を参照。

1**雲母屏風**　雲母で飾られた美しい屏風。「雲母」「雲屏」ともいう。「雲母車」や「雲母殿」などと同じく、王侯貴族にのみ許された豪華な調度品であった。

雲母は、きらら。深山の洞窟中に生ずる珪酸塩鉱物の一種。花崗岩中に含まれる板状結晶で、火にも焼けず、水にも濡れず、紙のように薄く剝げる。明の李時珍『本草綱目』金石部第八巻によると、色沢などの差によって、雲華・雲珠・雲英・雲液・雲砂などともいう。また、劉宋の盛弘之『荊《けい》南志』に見える華容（湖北省監利県西北）の方台山は、雲母の産地だが、雲がわき出る場所の下を掘ると、必ず多くの雲母がとれ、中には長さ五、六尺の屏風にすることができるようなものもある、という説を引いて、この石が雲の発生する根であるところから雲母という名がついたのである、という。また、『抱朴子』内篇、巻一一「仙薬」や『神仙伝』巻八「衛叔卿」にみられるように、雲母は仙人になるための重要な仙薬のひとつであった。ここでは、「嫦娥」に象徴される女性の身分の高貴さと、神仙世界のイメージとを内在しているのであろう。

「屏風」は、ついたて。びょうぶ。風を防いだり物や視線を遮ったり、あるいは装飾とするもの。ふつう、絵や字がかかれている。『後漢書』巻三三「鄭弘伝」に、「遂《ニ》帝問《ヒテ》知《リ》二其《ノ》故《ヲ》一、聴《ゆるシテ》レ置《クヲ》二雲母屏風《ヲ》一、分二隔《スノ》其間《ヲ》一」とあり、漢の劉歆《きん》ほか『西京《けい》雑記』巻一にも、趙飛燕が皇后となった時、妹の趙昭儀が贈った祝賀の品の中に、雲母扇とともに雲母屏風が含まれていたことが記されている。詩では、杜甫「奉《ル》レ酬《イ》二薛《せつ》十二丈判官《ガ》見《るるニ》レ贈《ラ》一」詩(『杜詩詳注』巻一九)に、「志在《ハリ》二麒麟閣(賢臣の肖像画を描かせたところ)一、無《シ》レ心二雲母屏(ここでは、富裕の象徴)一」とある。本来、雲母屏風に、固定した男女の性別的属性はないが、高貴な階級と不可分の物といえよう。なお、李商隠の詩には、ついたて式・折りたたみ式合せて「屏風」の用例が九例見られ、他の詩人たちと比べると、詩空間を演出する小道具として好んでいたことがうかがえる。

燭影 ともしびのおとすかげ。「燭」は、ともしび、あかり。ここでは、おそらく油灯ではなく、上流階級の日用品であった蠟燭であろう。「影」は、月やともしびなどのひかり。転じて、物の影、姿・形の意を示す。詩では、中唐以降は、かげの意に用いられることが多いともいわれる。

深 ともしびに照らされた主人公の影が、雲母の屏風に深々と映っていること。同時に、主人公のいる室内の空間的奥ゆきや、夜の時間の経過を示し、主人公の追憶の内省的深化をも暗示しているといえよう。

2 **長河** 天の川。天河・銀河・天漢・銀漢・雲漢などともいう。劉宋の謝荘「月賦」(『文選』巻一三)に、「列宿掩《おほヒ》レ縟《あやヲ》、長河韜《つつム》レ映《ひかりヲ》」とある。

漸落 しだいに傾いて。

暁星 夜明けの空にまばらに見える星。明けの星。晨星。斉の謝朓《ちょう》「京路《ニ》夜発《ス》」(『文選』巻二七)に、「暁星正《ニ》廖落《りょうらく》(まばらで少ないさま)《トシテ》、晨光復《タ》泱漭《おうもう》(はっきりとしないさま)《タリ》」とある。

3 **応** まさに……べし、と訓読する再読文字で、きっと……にちがいない、という推量の意味を示す。別に、ぜひ……しなければならない、という義務の用法もある。

悔 過去の行為を取り返しのつかぬこととして悔やむこと。

偸 こっそり盗む。

霊薬 霊妙な効能のある薬。神薬。ここでは、嫦娥が夫から盗んだ不死の薬をいう。漢の東方朔《ぼう》(?)『海内《だい》十洲記』(不分巻。『増訂漢魏叢書』本)に、「一洲之上、専《ラ》是林木《レ》、故《ニ》一名《ニ》二青邱《ツクト》一、又有《リ》二仙草・霊薬・甘液・玉英一、靡《なシ》レ所《ト》レ不《ル》レ有《ラ》」とある。

4 **碧海** 青海原。滄海。また、神仙の住まう伝説中の海の名。「碧」は、エメラルド色。『海内十洲記』に、「扶桑在《リ》二東海之東岸《ニ》一、……登《ルコト》レ岸《ヨリ》一万里、東《シテ》復《タ》有《リ》二碧海一」とあり、隋の煬帝(楊広)「望《ム》レ海《ヲ》」詩(逯《りょく》欽立『先秦漢魏晋南北朝詩』「隋詩」巻三)に、「碧海雖《モ》二欣矚《きんしょく》(よろこび見る)《スト》一、金台(黄金でつくった台)空《シク》有《リ》レ聞《ク》」とある。また、李白「古有《リ》レ所《ノ》レ思《フ》」詩

（『李太白文集』巻四）に、「我思仙人、乃在碧海之東隅」とある。

青天　あおぞら。蒼天。碧空。『列子』「黄帝」に、「夫《そレ》至人者、上閬《うかがヒ》青天、下潜《くぐり》黄泉、揮《き》斥《せき》（自在にかけまわる）八極（世界のはて）、神気不変」とあり、『荘子』「逍遙遊」に、「有鳥焉。其名為鵬、……絶雲気、負青天」とある。また、李白「把酒問月」詩（『李太白文集』巻二〇）に、「青天有月来《このかた》幾時、我今停杯一問之」とある。なお、「碧海青天」の語を、日・中の諸注釈書は、主として、「碧海」を「青天」の比喩的修飾語と解して「碧海のような青天」とするものと、「碧海」を地球上の大海原、「青天」を月と地球の間の空間として並列的に解するものとに分かれている。前者の解が過半を占めるが、ここでは後者に解しておく。

夜夜　よなよな。毎夜。梁の沈約《しん》「夜夜《やや》曲」（『梁詩』巻六）に、「北斗闌干《らんかん》（斜めに横たわるさま）去、夜夜心独傷」とある。

通釈

嫦娥

きらびやかな雲母の屛風に隔てられた部屋の奥深く、ともしびに照らされて、あの人の影が深々とうつっている。（夜明けが近づいて）天の川もしだいに西に傾き、暁の星が西の空に消えてゆく。（私のもとを去った）嫦娥（のようなあの人）は、きっと不死の霊薬を夫から盗んで、冷たい月の世界に逃げ去ったことを、後悔しているにちがいない。碧《みどり》色の大海原、青々と広がる天空、（果てしなき彼方を照らし、見つめている）彼女の夜毎の思いよ。

諸説の異同

異同の所在

「主題」の解釈

異同の類別

A　自己の政治的挫折への後悔（懐才不遇感）。

B　自己の政治的挫折への後悔（妻王氏との結婚に対する後悔）。

C　恋人（女性）の裏切りをうたったもの。

D　妻王氏の死を悼む悼亡の詩。

E　女道士を誇ったもの。

F　女道士に同情したもの。

G　女道士（宋華陽）への愛情。

H　詩人の理想の追求をうたったもの。

I　嫦娥を誇ったもの。

J　女性一般のひそかな恋のもの思いをうたったもの。

K　愛する男に裏切られた女性の心。

L　男女の不義の思い。

M　処世法に対する戒め。

N　権力者の求仙に対する戒め。

O　詮索無用説。

A説を採るもの：清の何焯《しゃく》の説（清の朱鶴齢箋注・沈厚塽《そう》輯評『李義山詩集』巻中〔香港中華書局、一九七八年〕所収）、清の姜《きょう》炳璋《へいしょう》『選玉渓生詩補説』（南開大学出版社、一九八五年）、安徽師範大学中文系古代文学教研組『李商隠詩選』（中国古典文学読本叢書、人民文学出版社、一九七八年）、姚奠中《ようてんちゅう》主編、程秀龍ほか注析『唐宋絶句選注析』（山西人民出版社、一九八〇年）、孫琴安『唐人七絶選』（陝西人民出版社、一九八二年）、葛傑ほか選注『千家絶句』（花山文芸出版社、一九八四年）、林家英ほか選注『中国古典詩歌選注』二（甘粛人民出版社、一九八五年）、葉 葱奇《しょうそう》『李商隠詩集疏注』（人民文学出版社、一九八五年）、傅《ふ》庚《こう》生ほか編『百家唐宋新詩話』（〔富寿蓀《そん》執筆〕四川文芸出版社、一九八九年）、湯高才ほか主編『蒙読唐詩鑑賞辞典』（〔劉亜卿執筆〕中州古籍出版社、一九九〇年）など。

B説を採るもの：張采田『玉谿生年譜会箋』（上海古籍出版社、一九八三年）、閻《えん》簡弼《ひつ》『唐詩選注』（遼寧人民出版社、一九八五年）、王汝弼《ひつ》ほか箋注『玉谿生詩醇』（斉魯書社、一九八七年）など。

C説を採るもの：高橋和巳『李商隠』（中国詩人選集、岩波書店、一九五八年）、喩守真『唐詩三百首詳析』（香港中華書局、一九五九年）、吉川幸次郎『続人間詩話』（岩波新書、岩波書店、一九六一年）、前野直彬《あき》編『唐詩鑑賞辞典』（〔山之内正彦執筆〕東京堂出版、一九七〇年）、横山伊勢雄『唐詩の鑑賞　珠玉の百首選』（ぎょうせい、一九七九年）、松枝茂夫『中国名詩選』下（岩波文庫、岩波書店、一九八六年）、深沢一幸『唐詩三百首』（鑑賞　中国の古典、角川書店、一九八九年）、田部井文雄『唐詩三百首詳解』下（大修館書店、一九九〇年）など。

D説を採るもの：清の紀昀《いん》の説（清の朱鶴齢箋注・沈厚塽輯評『李義山詩集』巻中、所収）、劉逸生『唐詩小札（重訂本）』（広東人民出版社、一九七八年）、張燕瑾《きん》『唐詩選析』（天津人民出版社、一九七九年）、南充師範学院中文系古典文学教研組選注『古代詩歌選』（四川人民出版社、一九七九年）、邱燮《しょう》友『新訳唐詩三百首』（三民書局、一九八一年）、沈《しん》祖棻《ふん》『唐人七絶詩浅釈』（上海古籍出版社、一九八一年）、呉紹烈ほか『唐詩三百首注疏』（安徽人民出版社、一九八三年）、『新選千家詩』（人民文学出版社、一九八四年）、呉熊《ゆう》和主編『唐宋詩詞評析詞典』（〔沈幼征執筆〕浙江人民出版社、一九九〇年）など。

E説を採るもの：清の朱鶴齢箋注・程夢星刪注『李義山詩集箋注』（台湾広文書局、一九七二年）、清の馮浩箋注『玉谿生詩集箋注』巻三（中国古典文学叢書、上海古籍出版社、一九七九年）、陳昌渠《きょ》ほか注『唐詩三百首注釈』（四川人民出版社、一九八二年）など。

F説を採るもの：劉学鍇《かい》ほか『唐代絶句賞析』（安徽人民出版社、一九八一年）、周振甫『李商隠選集』（中国古典文学名著選集、上海古籍出版社、一九八六年）、楊済東編『詩詞曲賦名作鑑賞大辞典（詩歌巻）』（〔呉小如執筆〕北岳文芸出版社、一九八九年）など。

G説を採るもの：陶今雁『唐詩三百首詳注』（江西人民出版社、一九八〇年）、蘇雪林『玉溪詩謎正続合編』（台湾商務印書館、一九八八年）、陸永品『詩詞鑑賞新解』（語文出版社、一九八八年）など。

H説を採るもの：頼芳伶《れい》『唐代詩選』（中国歴代経典宝庫、時報文化出版企業有限公司、一九八七年）など。

I説を採るもの：宋の趙蕃ほか選、宋の謝枋《ほう》得注『謝注唐詩絶句』（浙江古籍出版社、一九八八年）、金性堯『唐詩三百首新注』（上海古籍出版社、一九八〇年）、李淼《びょう》ほか『唐詩三百首訳析』（吉林文史出版社、一九八六年）など。

J説を採るもの：『中国歴代詩歌選』上編二（人民文学出版社、一九六四年）、清の衡《こう》塘退士編、清の陳婉俊補注、黄雨評説『新評

唐詩三百首』（広東人民出版社、一九八二年）、呂美生主編『中国古代愛情詩歌鑑賞辞典』（陳謙豫《よ》執筆）黄山書社、一九九〇年）など。

K説を採るもの：前野直彬ほか編『漢詩の解釈と鑑賞事典』（旺文社、一九七九年）など。

L説を採るもの：明の唐汝詢《じょじゅん》（劉学鍇ほか『李商隠詩歌集解』（中国古典文学基本叢書、中華書局、一九八八年）所引）の説。

M説を採るもの：清の姚培謙『李義山詩集箋註』（中文出版社、一九七九年）など。

N説を採るもの：尹《いん》賢『唐詩絶句選講』（甘粛人民出版社、一九八三年）、張国栄『唐詩三百首訳解』（中国文聯出版公司、一九八九年）など。

O説を採るもの：陳永生『李商隠詩選』（中国歴代詩人選集、生活・読書・新知三聯書店香港分店、一九八〇年）、張碧波ほか『新編唐詩三百首訳釈』（黒竜江人民出版社、一九八四年）、王洪主編『古代詩歌精萃鑑賞辞典』（郭家建執筆）北京燕山出版社、一九八九年）など。

異同の論拠

諸説は錯綜しており、截然と分類することには無理があるが、一応以上のように分類してみた。いずれの説も断片的な印象批評に終わっており、必ずしも論理的に根拠が述べられているわけではないが、以下に諸説を要約し、私見を加えておく。

A・B説は、ともに自己の政治的挫折をうたったものと解するが、A説は、清の何焯の「自比《ラス》下有《ルモ》二才調一翻《かへツテ》致《いたスニ》中流落不遇《ヲ》上也」に発する説、いわゆる伝統的な「懐才不遇」の考え方に近いものといえよう。一方、B説は、近人、張采田の『玉谿生年譜会箋』巻四「依違（あるいは依拠し、あるいは違背し）党《シ》局《ニ》一放《より》レ利《ニ》偸合（利により迎合する）。《ス》此《レ》自懺《らくユル》之詞《ナリ》。作《なス》二他解《ヲ》一者非《ハナリ》」や同『李義山詩辨正』「『嫦娥偸薬』比《ハス》下一《タビ》婚《シテ》二王氏《ト》一結《ビ》二怨於人《ヲ》一、空《シク》使《ムルニ》中我《ヲシテ》一生懸望（不安のあまり気遣う）、好合《シ》（子直〔令孤綯の字〕と良好な関係を保つこと）無《カラ》上期《スル》耳。（この詩に）所《ノ》レ謂《フ》〝悔《かい》〟也《ナリ》。蓋《シ》亦《タ》為《ニ》二子直《ノ》一陳《べ》レ情《ヲ》不《シテ》レ省《ミ》而発《セリ》」に発する説で、王氏（王茂元の娘）との結婚をはじめ、終生、牛李の両党派間で揺れ動いた、李商隠自身の曖昧な生き方に対する懺悔の念を強調したものとする。

これらはともに、詩全体の主体が作者自身であり、嫦娥に比擬される者も作者ということになる。A説は、一首に含まれる女性的な雰囲気や、「才調」を嫦娥の人となりや行為などに比擬することの困難さから見て、無理があろう。B説も、李商隠が、牛李の両党派間において、微妙な立場にあったことは事実だが、妻の王氏を終生愛していたと思われる点からみて、同じく無理があろう。

C説は、日本では、「裏切られた愛の恨みを古い神話に託した歌」と解する高橋和巳以来、通説の観があり、逆に中国の注釈書でこの説を採るものは極めて少ない。また、日本の諸注釈書は、この愛人を、私を裏切って、高貴な人のもとに身をよせた女性とするが、具体的にどのような種類の女性であるかについては特定を試みていない。この場合、第1・2句の主体は作者であり、嫦娥は裏切った女性の比喩となる。今、この説を敷衍した前野直彬編『唐詩鑑賞辞典』を引いておく。「裏切られた愛の思い、それも自分のもとを去って高位のものに身を寄せた恋人の心を思いやったものと解する説（高橋和巳等）がもっとも自然であると思われる。天上や仙界の清浄境に高嶺の花となった恋人の姿を画いた李商隠のこの種の詩には、中、下級の士人たちが恋愛においてしばしば遭遇しなければならなかった共通の運命が反映しているのかもしれない。嫦娥が現れる李商隠の他の七絶……の詩に共通する冷涼・清浄・透明な世界で孤独と寂寥に堪えている嫦娥のイメージには、別離の運命に醒め切りながら、そうでしかあり得ない恋愛をロマン的に美化し、恋人たちの傷心を慰め癒そうとするこの詩人の祈りがこめられている。」

D説は、清の紀昀《いん》に始まる説だが、「此《レ》悼亡之詩《ナリ》、非《ズ》レ詠《ズルニ》二嫦娥《ヲ》一」と言うのみで、論理的な根拠を示している訳ではない。この亡き妻である王氏を悼んだ詩という説は、近人の張采田などは否定しているが、現在の中国ではそれなりに一定の支持を得ており、たとえば、沈祖棻『唐人七絶詩浅釈』は、紀昀の説が比較的真実に近いとしたうえで、古代の迷信では、善人が死ぬと昇天することができると考えられており、美貌の女性を神仙になぞらえることは、古典詩歌中の一種の伝統である。第2句で、天の川や暁の星を描いているのは、夜の実景である。星や天の川から月に思い至り、月中の嫦娥に思い至り、彼女の孤独に思い至るのは、極めて人情に合致している。したがって、嫦娥が月に奔った故事によって、妻の王氏の死になぞらえているのである、という。また、呉熊和主編『唐宋詩詞評析詞典』も、沈祖棻説を敷衍して、第1句は、寝室の屏風の内で、燭光の下、詩人が亡妻を追慕して一睡もできず、そのため、第2句では、詩人が庭に出て、暁の空を見上げ、月を凝視している。彼は、本来、こうして愁いを消すつもりであったが、月を見て思わず月中の嫦娥に思い至り、嫦娥の孤独から、亡き妻の魂の悲しさ、寂しさを連想している。そうして、王氏に死してなお心あらば、彼女の孤高の霊魂も、きっと天に飛翔して、嫦娥と同様に永遠にさまよいながら、人間界を見下ろして、夫のことを恋しく思っているだろう。詩人の心の中では、既に、嫦娥と亡妻とは融けあって一体となっているのである、という。

しかし、夫の羿から不死の薬を盗んだ嫦娥の行為は、男性の論理からみて、決して称賛されるべきものではなく、愛する亡妻のイメージと重ねる解釈には無理がある。また、『李商隠詩歌集解』の按語が説くように、嫦娥は、自らの意志で霊薬を盗み、月世界に逃げたが、妻がこの世を去ったのは運命（寿命）であり、自ら願ったものではない。したがって、「応悔」の措辞は全く情理に合致しないことになろう。

E説は、清の程夢星や馮浩による、女道士の浅薄な道心をそしったものとする説であり、馮浩は、「為《ニ》下入道《シテ》而不《ル》レ耐《ヱ》二孤孑《けつ》（孤独なこと）一者《ニノ》上致《ス》レ誚《そしりヲ》」という。

F説は、E説とは逆に、女道士に対する詩人の同情を歌ったものと解しており、たとえば、劉学鍇他『唐代絶句賞析』は、この詩の主人公は、道観に寂しく暮らしている一人の女道士の可能性が高く、詩人は、同情的な態度で、彼女の孤独な状況と寂しい気持ちを描写しており、同時に、自己の境遇の味気なく寂しい感慨が滲み出ているかもしれない、とする。

G説は、F説に同じだが、女道士を特定している点が異なる。蘇雪林の説を承けていると思われる陸永品『詩詞鑑賞新解』によれば、李商隠は、かつて宋華陽姉妹と親密に交際しており、宋華陽とは一時、恋愛生活を送ったことがある。その「月夜重《ネテ》寄《ス》二宋華陽姉《し》妹一」詩中の「偸《ミ》レ桃《ヲ》窃《ム》レ薬《ヲ》事難《シ》レ兼《ネ》……」は、女道士宋華陽姉妹などが寂寞に耐えられないのを諷刺したのであろうが、これは、「嫦娥応悔偸霊薬」と符合している。これらから、「嫦娥」詩は、李商隠と女道士宋華陽との愛情を描いた作品であり、詩人の宋華陽に対する思慕の念を反映したものと解している。以上、E・F・G説は、一首全体の主体が女道士ということになろう。

H説は、詩人が名月を見、月中の嫦娥を連想し、さらに、何千何百年後の彼女の境遇と心情を想像するとき、詩人と嫦娥とはひとつとなっている。「偸霊薬」は、表面的には、仙人になりたいという嫦娥の欲望を表しているようであるが、それはまた、詩人の高踏的な理想の追求を象徴している。すなわち、「嫦娥」は、理想を追求する詩人の象徴でもある。李商隠は、人が平素の理想を実現した後には、その代償として、往々にして嫦娥のように果てしのない空虚さと寂寞とを感じるものだと認識していたのかもしれない、という。しかし、この説も、「偸霊薬」のもつ暗い印象を、詩人の理想に重ね合わせることには無理があろう。

I説は、嫦娥は、不死の薬を飲んだことによって、確かに長生の幸福を手に入れたが、同時に、夫婦ともに睦まじく生きる楽しみも失ってしまい、誰もいない月世界で孤独に生きねばならないと、神話を皮肉的に歌ったものと解している。宋の謝枋得は、こうした解釈を「前人未《ダ》二道破《セ》一」と指摘しているが、既に〔語釈〕0「嫦娥」の項で例示した李白詩の「嫦娥孤栖《リ》与《ミテとカ》レ誰隣《スル》」や、杜甫「月」詩（『杜詩詳註』巻一七）、「斟酌《スルニ》姮娥寡《ナリ》、天寒《クシテ》奈《いかニセン》二九秋（三カ月、九旬の秋）《ヲ》一」などは、その発想において、この「嫦娥」詩の先駆というべき用例であろう。

J説については、たとえば、呉美生主編『中国古代愛情詩歌鑑賞辞典』は次のようにいう。詩人は、嫦娥の典故を用いているが、月中に奔走した後の彼女の孤独な寂しさや恋しさが、後悔の念に至ることに重点をおいている。詩中の女性は、秋の夜、独座して孤独のうちにあり、嫦娥と同様の寂寞や綿々たる恋心の愁いを感じている。詩人は、嫦娥の孤独な寂しさに借りて、人間界の女性が恋人と離別して、相手を思慕している思いを表現しているのである、という。「雲母屏風」から、詩中の女性が、上流階級に属する人物であることを前提としたうえで、それ以上の特定を試みず、いわば一般化した立場である。

K説を採る『漢詩の解釈と鑑賞事典』は、「一応、素直に読んで、愛する男に裏切られた女性の心を古代の伝説上の女性、嫦娥に託して歌ったもの」とする。しかし、嫦娥の故事の文脈からいえば、夫の羿を裏切って月に出奔したのは嫦娥であって、彼女が裏切られた訳ではない。やや牽強附会の感があろう。

L説は、明の唐汝詢の説くもので、この詩には恐らく「桑中之思」、すなわち、『詩経』「鄘《よう》風」の一篇「桑中」に描かれたような男女の不義に対する批判的思いが含まれており、嫦娥によってその人を指しているのであろうとする。これは、具体的にどのような人物の男女関係を想定しているのか不明であり、説得力に欠ける。

M説を採る清の姚培謙は、「此《レ》非《ザル》レ咏《ズルニ》二嫦娥《ヲ》一也。従来美人名士、最《モ》難《キ》レ持《シ》者《ハ》末路《ナリ》。末二語《ハ》、警醒（注意を与えて目をさまさせる）不レ少《ナカラ》」という。すなわち、身の処し方への一般的戒めと解する立場であるが、一首のもつ抒情の質からみて、従い難い。

N説は、俗世間の人々は、神仙を好むが、嫦娥のように、神仙には神仙の孤独な懊悩がある。どうして、人々は、苦心して霊丹妙薬を追求し、飛翔して仙人になる必要があろうか。さらに、この言下には、晩唐の皇帝が神仙を信じ、丹薬を服用して、不老長生を求めていることに対する婉曲的な諷諫があるという。確かに、李商隠が、皇帝など権力者の求仙に対して、終始批判的であったのは事実だが、これまた全篇から感取される冷涼として清澄な抒情の質からいえば、そうした諷諭詩的な趣旨を読み取ることは、やはり不自然であろう。

O説を採るものは、詮索不要とするか不能とするかニュアンスの差はあるものの、要するに詮索無用説である。

以上、文字どおり諸説紛々だが、何がしか李商隠の現実的、伝記的部分と結合させて解釈するA～H説と、いわば一般化して解釈するI～N説などとに大別されよう。これらの中から一説を選択し断定する根拠は、筆者にもないが、作詩の動機としては、伝記的諸説のいずれかの可能性が高いように思われる。李商隠は、嫦娥・姮娥・素娥など「嫦娥」を意味する詩語を一五例用いてるが、ほとんど全ての作例について、各種注釈書の類は（清朝以来の古注も含めて）、その背後に、李商隠のいわゆる恋愛体験を看取している。そうした点からいえば、この作品も、C・E・F・G説のように、宮女や女道士などとの恋愛体験を想定して読むほうが、正しい解釈かもしれない（ただし、その相手を想定することは困難であるが）。〔通釈〕では、ひとまずC説に近い立場をとっているが、第1・2句の主体を、嫦娥に比擬された恋人と解している。「雲母屛風」にこめられた高貴な雰囲気からみて、寒門の士族であった詩人自身と解するのは、やや不自然と思われるからである。したがって、一首全体は、詩人が、自分のもとを離れて、おそらく高貴な者に身を寄せた恋人の、ある夜の情景と悔恨の心情を想像したものと考えられる。

むろん、詩題に現実的な作詩の状況が含まれていない点からみて、西王母とならぶ代表的な仙女である嫦娥を、神話に即しながらも、典故をなぞる伝統的な形ではなく、「奔月」後の孤独という、彼女のいわば極めて人間的な負的心情を剔出する形で、純粋に描いた作品と見ることもできよう。いずれであれ、そこには、李商隠に特徴的な、古代の神話伝説に対する深い関心や機知が作用していることは間違いない。

（高橋　良行）

0 無題　　無題《むだい》

1 相見時難別亦難　　相《あ》ひ見《み》る時《とき》難《かた》く　別《わか》るるも亦《ま》た難《かた》し

2 東風無力百花殘　　東風《とうふう》力《ちから》無《な》く　百花《ひやくくわ》残《そこな》はる

3 春蠶到死絲方盡　　春蚕《しゆんさん》死《し》に到《いた》りて　糸《いと》方《はじ》めて尽《つ》き

4 蠟炬成灰涙始乾　　蠟炬《らふきよ》灰《はひ》と成《な》りて　涙《なみだ》始《はじ》めて乾《かわ》く

5 曉鏡但愁雲鬢改　　暁鏡《げうきやう》但《た》だ愁《うれ》ふ　雲鬢《うんびん》の改《あらた》まるを

6 夜吟應覺月光寒　　夜吟《やぎん》応《まさ》に覚《おぼ》ゆべし　月光《げつくわう》の寒《さむ》きを

7 蓬萊此去無多路　　蓬萊《ほうらい》此《ここ》より去《さ》ること多路《たろ》無《な》し

8 青鳥殷勤爲探看　　青鳥《せいてう》殷勤《いんぎん》に為《ため》に探《さぐ》り看《み》よ

テキスト 『全』五三九-8-6168 ◆『百』七言律詩 ◆四部叢刊本『李義山詩集』五 ◆明、汲古閣『唐人八家詩』本『李義山詩集』上 ◆『李義山詩集箋注』（清、朱鶴齢箋注・程夢星刪補）上 ◆『李義山詩集』（清、朱鶴齢箋注・沈厚塽《そう》輯評）上 ◆『李義山詩集箋註』（清、姚《よう》培謙箋）一〇 ◆四部備要本『玉谿生詩箋注』三 ◆『玉谿生詩詳註』（清、馮浩《ふうこう》注）二

校　語

7 **萊** 『百』以外の諸本は全て「山」に作るが、『百』に従う。「蓬山」は「蓬萊山」の略。

詩型・韻字

七言律詩。難《なん》・殘《ざん》・乾《かん》・寒《かん》・看《かん》（上平声寒韻〔寒韻〕）。

語　釈

0 **無題** つけるべき題がない、といった意味の詩題であり、作者が、作品の主題を明白にしたくないという意志のもとに題されたものである。詩集の伝来の過程で自然に失われ、後人が適当に補ったものではない（その場合は、「闕《けつ》題」とか「失題」という）。「無題」という題そのものは、中唐の盧綸《ろりん》・張籍・李徳裕などにも見られるが、意識的にある種の主題を隠蔽して、しかも多作（李商隠には一六首の「無題」詩がある）したのは、李商隠が初めてである。その隠された文学的主題については、従来、清の馮浩や近人張采田などの、いわゆる政治的寄託説があったが、近年、鈴木虎雄の「艶詩」説、すなわち失われた恋愛を詠じたものという解釈が、少なくとも日本では通説となっており、また現代の中国でも、文革末期の一時期を除いて、恋愛詩と認定するものが大多数である。いずれにしろ、中国の古典詩は、日本の和歌や俳句とは異なり、『詩経』などは例外として、作品の主題や作詩の状況などを述べた作者の意識的な詩題（時には自序や自注も）が付されるのが普通であり、その意味からも、この「無題」という詩題の特異性がうかがえよう（参照：鈴木虎雄「李義山の無題詩」〔『中国文学報』第六冊、一九五七年〕、川合康三「李商隠の恋愛詩」〔『中国文学報』第二四冊、一九七四年〕、森瀬寿三「李商隠の無題詩について」〔『東海学園国語国文』一一、一九七七年〕、森山秀二「李商隠の『無題』詩―その篇題を巡って」〔『漢学研究』第二一号、一九八四年〕）。

1 **相見時難別亦難** 会うことは難しく、それゆえに、会えば別れることもまた難しい、ということ。さらに分析的にいえば、前者の「難」は、会うことが得難い「難」であり、後者の「難」は、別れることが耐え難い「難」である。一句中のふたつの「難」字によって、詩人と恋人とが相愛の仲でありながら、恋の成就を妨げる外的な何物かの存在を暗示しており、それゆえの男女の微妙で屈折した恋愛心理を、言い得ていて絶妙である。このような詩句は、現代の日本の歌謡曲の一節にも通じるものを感じさせるが、杜牧「贈別二首（其二）」詩（『正編』四四七頁）の「多情ハ却《かヘッテ》似《タリ》総《すべテ》無情ナルニ、唯覚《ユ》罇《そん》前笑《ヒノ》不《ルヲ》成《ラ》」など、晩唐の詩人たちに共通に見られる心理表現でもある。なお、この詩句には、次のような類似の先行表現がある。魏の曹丕《ひ》「燕歌行」詩（『楽府《がふ》詩集』巻三二）に、「別《ルルハ》日何《ゾ》易《やすク》会《フハ》日難《シ》、山川悠遠《トシテ》路漫漫《タリ》」、魏の曹植「来日当《ル》大難《ニ》」詩（『楽府詩集』巻三六）に、「別《ルルハ》易《ク》会《フハ》難《シ》、各《おのおの》尽《クサン》杯觴《しょうヲ》」、劉宋

の武帝「丁督護歌五首（其二）」詩（『楽府詩集』巻四五）に、同じく「辛苦戎馬《じゆうばノ》間、別《ルルハ》易《ク》会《フハ》難《シ》レ得」。殊に、曹丕の作は、同じく七言詩であり、内容的にも、怨情を訴える部分を含み、一首の冒頭に措辞されるという共通項をもつ。しかし、これら三首が、〈別＝易↕会＝難〉という単純な二項対立的発想であるのに対し、李商隠の詩は、それを反転させた、より複雑な表現となっている。また、一句中における同一字（「難」）の連用は、本来、近体詩においては避けられるべきものだが、ここでは句中の押韻のごとき効果を生んでおり、内容とは反対に一種の韻律上の軽快感を与えている。

2**東風**　東から吹いてくる風。春の風。『礼記《らいき》』「月令《がつりよう》」に、「孟春之月、……東風解《ク》レ凍《ヲ》」とあり、李白「春日独酌二首（其一）」詩（王琦《き》本『李太白文集』巻二三）に、「東風扇《あふり》二淑気（めでたい生気）一《ヲ》、水木栄《さかユ》二春暉（春の光）一《ニ》」とある。

百花残　春のもろもろの花々が、盛りを過ぎてくずれ散ること。「残」は「残る」という意味ではなく、「そこなわれる」ということ。王昌齢「西宮春怨」詩（『正編』九四頁）に、「西宮夜静《カニシテ》百花香《シ》、欲《シテ》レ捲《カント》二朱簾《ヲ》一春恨長《シ》」とある。なお、この第2句は、本来ならば百花百草、万物に生命を与える春の使者たる東風が、晩春のゆえに力無く、また百花も盛りを過ぎていることから、二人の恋愛の現在が、無残な結末に終わろうとしていることを、おのずから暗示しているのである。

3**春蚕到死糸方尽**　春の蚕は、死ぬ時になって、初めて糸を吐き尽くす。「糸《し》」は「思《し》」と同音（sī）で、相手への思いとかけており、楽府詩の常套的手法である。さらに、ここでは「死」（sǐ）と「糸」の類似音によるしりとり的効果もあろう。「方」は、初めて、やっとの意。恋の思いは、死ぬまで続く（死んだ後、初めて止む）、という意を暗喩している。晋の民歌「作《ル》二蚕糸《ヲ》一四首（其二）」（『楽府詩集』巻四九）に、「春蚕不レ応《ニカラ》レ老《ユ》、昼夜常懐《いだク》レ糸《ヲ》。何惜《ゾシマン》微軀《ノ》尽《クルヲ》、纏綿《てんめん》（繭を作る時に、糸がまといもつれること。転じて、男女の相親しむこと）自《おのづから》有《リ》レ時」とあり、「子夜歌四十二首（其八）」（『楽府詩集』巻四四）に、「春蚕易《ク》レ感《ジ》レ化《ニ》、糸子《しし》已《ニ》復《タ》生《ズ》」とある。

4**蠟炬**　ろうそく。

成灰　ろうそくが燃え尽きて、灰となること。これは、第3句の「到死」に対応するもので、ろうそくの死を意味する。また、絶望するという意の「灰心」ともかけていると思われる。李商隠の他の「無題四首（其二）」詩（『正編』六〇六頁）にも、「春心莫《カレ》二共《ニ》花《ト》争《フコト》一レ発《ひらクヲ》、一寸《ノ》相思一寸《ノ》灰」とある。

涙始乾　（ろうそくから流れる）しずくは、その時になって初めて乾く。「涙」は、第一義的には、ろうそくから滴るしずく、いわゆる蠟涙を指すが、第3句の「糸」が、恋人への思いとかけているように、主人公の悲しみの涙でもある。「始」は、第3句の「方」と同義。なお、ろうそくのしずくを涙にたとえる先行例としては、陳の後主の「自《リ》二君之出《デシ》一矣六首（其五）」詩（『楽府詩集』巻六九）に「思《フコト》レ君《ヲ》如《シ》二夜燭《ノ》一、垂《レテ》レ涙《ヲ》著《いたル》二鶏鳴《ニ》一」とある。同時代の杜牧「贈別二首（其二）」詩にも、「蠟燭有《リ》レ心還《かへツテ》惜《シミ》レ別《レヲ》、替《ハリテ》レ人《ニ》垂《レテ》レ涙《ヲ》到《ル》二天明《ニ》一」とある。これら第3句と第4句とは対句であり、前者は、自然の生命体たる「春蚕」が、死に至って初めて糸を吐くのを止めるという自然の営為に、恋の情念たる「思」をかけており、後者は、人工の物である「蠟炬」が、燃え尽きて初めて蠟を垂らすのを止めるという燃焼現象を、人の「涙」がかわくことに擬人化しているのである。そして、詩人と恋人との恋が、死に至る（少なくとも精神的には）破局を内在した性質のものであることを表している。ところで、この頷聯について、春蚕は、糸を吐き終わっても死ぬわけではなく、蛹となり、越冬して蛾となり、産卵して後、また蚕となる。そのように愛情は生き続けている。同様に、蠟燭は無駄に燃えて「涙」を流しているのではなく、光明となって人の心を照らしているのである、として、その情調は楽観的で進取に富んだものと解する極めてユニークな説もある（楊磊《らい》『読点唐詩』雲南人民出版社、一九八一年）。しかし、ややアンニュイな情緒の首聯から、死とエロスとの切迫した相関関係をも暗示する頷聯への詩脈からみて、妥当とは言い難い。なお、清の紀昀《いん》は、この頷聯について、「但《ダ》三四《ノミ》太《はなはダ》纖《ニシテ》近《シ》レ鄙《ニ》、不レ足《ラ》レ存《スルニ》」（『玉谿生詩説』巻下）と述べているが、これに同調する者はほとんどなく、古来、最も人口に膾炙している名対句である。

5 **暁鏡**　毎朝、化粧のたびに向かう鏡。

雲鬢改　ここでは、恋人の豊かで美しい髪の毛が、（時の流れの中で）恋を成就できぬ悲しみのため、衰え変わること。「雲鬢」は、上流階級の女性の、烏雲《うん》のように豊かで美しい黒髪。鬢は、もと耳の上あたりの毛。詩語としての「雲」には、豊か、美しい、多いなどのプラスの心象が含まれるとされ、一種の美称でもある。白居易の「長恨歌」（『正編』四八二頁）に、「雲鬢、花顔金歩揺、芙蓉帳《ノとばり》暖《カニシテ》度《わたル》二春宵《ヲ》一」とある。

6 **夜吟**　ここでは、恋人が、夜、詩歌を口ずさみ歌うこと。詩人が、恋人に贈った詩歌であろうか。

応覚　おそらく（肌に）感じ取るに違いない。「応」は、おそらく……だろう、という高い蓋然性、可能性の方向での推測を示す助字。「当」よりはやや軽い。なお、第5、6句は、詩人が、別後の恋人の、明け方から夜までの一日を想像して、彼女の孤独な生活（姿態）や心理（感覚）を、対句表現としたものと考えられる。すなわち、第5句では、恋人が、自己の姿を暁の鏡にうつして（視覚的）、衰老を嘆き（心理的）、第6句では、恋人が、夜、詩を吟じて（聴覚的）、月光の凄涼さを覚えている（感覚的）のであろう。

この頸聯は、恋人と妻という違いはあるものの、自己を、相手の姿態や心理に同化させている点で、杜甫「月夜」詩（『正編』三一二頁）の「香霧雲鬟《かん》湿《うるほヒ》、清輝玉臂寒《カラン》」を承けているかもしれない。もっとも、最近の中国の注釈書には、この詩全体の主体を、基本的には男性（詩人）としつつ、頷聯に関してはいろいろな異説が散見される。たとえば、①第5句は女性を描いたものだが、第6句は男性を描いたと解する説、②第5・6句はこれと同様だが、尾聯の二句も、「青鳥」の故事が西王母（女性）と関連することから、女性の側の願望と解する説、③第5句は男性が女性のことを想像しており、第6句は女性が男性のことを想像していると解する説、④第5句は女性が自己の心情を述べたものであり、第6句は女性が男性の状況を想像していると解する説などがあり、さらに、⑤一首全体を、詩人が女性になりかわって、女性の口吻でうたったものと解する説などである。しかし、①〜④のいずれも、頷聯においてのみ詩の主体を分散させるべき必然性に乏しく、殊に①②の解釈では、第6句「応」字の用法から見て、詩全体の主体である男性(詩人)と第6句の男性とは別人となり、一首の基本構造が崩れることになろう。また、⑤の可能性は考えられなくもない。が、本稿ではひとまず、定論ともいうべき、一首全体の主体を詩人、少なくとも男性という立場から解釈している。

7 **蓬萊**　東海の海上にあって、仙人が住むと伝えられる三仙山のひとつ、蓬萊山のこと。『史記』巻六「秦始皇本紀」に、「斉人徐市《ふつ》等上書《シテ》言《フ》、海中有《リ》二三神山一、名《ヅケテ》曰《フ》二蓬萊・方丈・瀛《えい》洲《ト》一。僊《せん》人居《ル》レ之《ニ》」とある。これを、主人公とも恋人(女性)とも関連づけない注釈書も多いが、ここでは、恋人のいる場所をいうものと解する。

無多路　多くの道のりはない。そう遠くはない。李商隠の他の「無題四首(其二)」詩(『全』五三九)には、「劉郎《ハ》已《ニ》恨《ム》蓬山《ノ》遠《キヲ》、更《ニ》隔《ツ》蓬山一万重《ちょう》」とあり、女性の側から恋人(男性)との隔絶感を強調しているが、ここではそれを反転した言い方。「多路」は、白居易などに見られるが、比較的珍しい詩語である。

8 **青鳥**　西王母の使者とされる伝説上の青い鳥。『山海経』第一六「大荒西経」に、「西有《リ》二王母之山一、……有《リ》二三青鳥一、赤首黒目《ナリ》」とあり、その郭璞《はく》注に「皆西王母所《ノ》レ使《フ》也」とある。漢の班固(?)『漢武故事』(不分巻)などによれば、七月七日、西王母が漢の武帝に会うとき、まず青鳥が使いとして承華殿に飛んで行ったという。後世、詩文では、男女の間を取り持つ使者として描かれる。隋の薛《せつ》道衡の「豫《よ》章行」詩(『楽府詩集』巻三四)に、「願《ハクハ》作《リテ》二王母《ノ》三青鳥《ト》一、飛《ビ》来《タリ》飛《ビ》去《リテ》伝《ヘン》二消息《ヲ》一」とあり、杜甫の「麗人行」詩(『杜詩詳註』巻二)にも、「楊花雪《ノゴトク》落《チテ》覆《ヒ》二白蘋《ひん》《ヲ》一(白い花の咲く水草)、青鳥飛《ビ》去《ツテ》銜《ふくむ》二紅巾《ヲ》一」とある。

殷勤　心をこめて、ねんごろに。慇懃に同じ。白居易の「長恨歌」に、「為《ニ》レ感《ズルガ》二君王《ノ》展転《ノ》思《ヒニ》一、遂《ニ》教《しム》二方士《ヲシテ》殷勤《ニ》覓《もとメ》一」とある。

為探看　私のために、(あの人の様子を)さぐって見て来てほしい。「為」は、……のためにという前置詞的用法で、wèi と去声に読む。「看」は、唐代では一般に、kān と平声に読む。張相の『詩詞曲語辞匯《わい》釈』巻三、「看」の条に、「嘗試之辞《ナリ》、如《シ》レ云《フガ》二試試看《ト》一」と説くごとく、……してみるという軽く試みる意を示す助字。ところで、この尾聯は、首聯・頷聯の悲壮な緊張感と比べると、「蓬萊」「青鳥」といった神仙的語彙とは裏腹に、どこか現実性を感じさせなくもない。すなわち、何者かの意志によって引き裂かれた二人の恋愛だが、「無多路」に注目すれば、その二人の居所は必ずしも遠隔の地ではなく、少なくとも空間的にはなお再会の可能性を有しているとも考えられる。しかし、また逆に、「蓬萊」の語で象徴されるからには、空間的、社会的には到達不能などこかでありながら、それが「無多路」でもあるのは、霊鳥である青鳥をもってすればということであって、やはり絶遠の地を意味するものかもしれない。あるいは、別離の後も相愛の感情を共有する詩人にとって、心理的には、絶望を裏返した一縷の希望の表現とも考えられよう。清の何焯《しゃく》が「末路不レ作《サ》二絶望《ノ》語《ヲ》一、愈《いよいよ》悲《シ》」(朱鶴齢箋注・沈厚塽輯評『李義山詩集』所引）と言い、紀昀が尾聯について、「不レ為《サ》ニ絶望之詞《ヲ》一、固《もとヨリ》詩人忠厚之旨也」（『王谿生詩説』巻下）と評するのも、このような点をふまえてのものであろう。

通釈

無題

あなたと会うことは難しいが、一度会えば別れることもまた同様に、あるいはそれ以上に難しい。時節の移ろいゆく今では、春風も力無く吹いて、多くの花々も無残にしぼみ散ってしまった（そのように私たちの恋も、終わりを告げようとしているのであろうか）。

春の蚕は、糸を吐き続けて、死に至って初めてその糸は尽き果てるし、ろうそくは、燃え続けて、すっかり灰になって初めて涙のようなしずくが乾くのだ（そのように、あなたへの私の思いは尽きることなく、死ぬまで悲しみの涙は流れ続けるのだ）。

あなたは、朝ごとに向かう鏡に己が姿を映して、（悲しみのあまり）雲なす美しい黒髪の衰えることを、ただひたすらに愁えているのだろうか。そうして、夜ごと、（私の贈った）詩を口ずさみながら、夜更けの月光の肌寒さを、おそらくは感じ取っているに違いない。

（あなたの住まう）蓬萊山は、ここからそれほど遠い距離ではない。恋の使者たる青い鳥よ、どうかお願いだから、私のためにあの人の様子を見てきてはくれないだろうか。

諸説の異同

特記事項なし。

備考

○「無題」詩とその主題

「無題」という題は、今日、現代絵画や彫刻、あるいは中国でも現代詩の世界では、ごくありふれた題名である。しかし、中国古典詩においては、〔語釈〕の項で述べたように、実質上、李商隠によって意識的に創出された革新的な命題であった。意図されて「無題」と題されたからには、「錦瑟」など第1句の冒頭二字から命題された作品群とは区別するべきであり、より複雑な主題が隠されていると見るべきであろう。

李商隠の「無題」詩については、異説（馮浩『玉谿生詩箋注』の一七首説、清の屈復『玉谿生詩意』の一九首説、最近の中国における拡大解釈した数十首説）もあるが、一応、一六首と認定するのが普通である。その一六首のそれぞれは、作詩の時点や背景、詩型も一様ではなく（森山秀二「李商隠の『無題』詩――その篇題を巡って」によれば、五律三首、五言小律一首、五古一首、七律七首、七絶三首、七古一首）、共通する主題を明らかにすることも難しい。

中国では、清代の詩評家に見られるように、伝統的には、自己の不遇を仮託した政治的寓意詩と解釈するものが多かったが、日本では、鈴木虎雄「李商隠の無題詩」以来、一種の艶詩、すなわち恋愛詩とみなす見方が有力である。「万里風波一葉舟」の一首のみ、異郷、蜀地での孤愁を描いていて異質であるが、他の一五首のすべてが、恋愛の対象を特定することは困難であるものの、何らかの恋情をうたった作と解されるからである。たとえば、高橋和巳『李商隠』（中国詩人選集、岩波書店、一九五八年）は、「無題」詩の主題や特質として、以下の可能性を述べている。①公言し得ない不幸な恋愛関係に基く文学と解すること。②公言し得ぬ何か別の困難な人間関係の仮託と見ること。③そこに提出される状況が、彼の経験が裏付けをしているにせよ、多分に小説的構成を持つと解すること。④虚構とまではゆかずとも、一種のモザイク風な詩篇であると解すること。⑤詞《はうた》に近いものとして、詩人自ら軽く考えていたゆえに「無題」と題したのだと考えられること。

しかも、「無題」詩には、修辞的には、六朝以来の楽府系の艶詩の発想や語彙が、重層的に用いられ、典故的心象が利用されていながら、たんなる擬古楽府的艶詩ではない、李商隠独自の新しい恋愛詩の創造に成功している。この点について、森瀬寿三「李商隠の無題詩について」は、「李商隠の『無題』詩は、いわば彼にとっての『新楽府』であったといえよう。楽府題を設定することによって、従来の楽府文学の空間に組み入れられてしまうことを李商隠は殊のほか恐れていたように見受けられる。……愛の歓びと悲しみに耽溺する事に生きる証しを求めた李商隠は、同時に楽府文学の所謂『虚構』の文学空間を究極的にまで個人化しようとした。其結果出来上がったのが、一連の『無題』詩ではなかったか」と述べている。これは、従来の擬古楽府的艶詩が、恋愛の外在的要素（男女の容貌や恋愛のストーリィなど）の描写を主としていたのに対し、李商隠の恋愛詩は、内在的要素、すなわち男女の恋愛心理の描写や、表現の高度化（暗喩・象徴など）に熱心であったとも言い換えられよう。

なお、恋愛の対象が誰であるかという点に関連していえば、宮女・公主・妓女・女道士、または幕主の愛妾、さらには新婚の妻など、さまざまな可能性が考えられるが、詩の表面から特定することは困難である。しかし、対象が誰であれ、意図された匿名性は、現実的、政治的配慮とは別に、無題詩が、詩人と恋人とのみに通じる、ラブレターのようなものであったことを示しているかもしれない。あるいは反対に、妓楼での妓女や遊客たちのリクエストに応じて作られた（実際の対象をもたぬ）、歌謡曲のような虚構の恋愛詩であったかもしれず、さらには、そうした契機や背景さえもたぬ、全く純粋な虚構の絵空事であった可能性さえ、考え得るのである。

さて、この作品は、一六首の無題詩のなかでも、最も人口に膾炙している名作としての評価が高い作品であるが、他の無題詩と同様に、中国では、古来さまざまな解釈が試みられている。例えば、清の紀昀（『玉谿生詩説』巻下）は、人生における艱難辛苦を嘆いた「感遇之作」とし、何焯（『義門読書記』巻五七、「李義山詩集上」）、馮浩（『玉谿生詩箋注』巻三）などは、光陰止め難く、人生の尽きんとすることを嘆いた「嘆老」の作とする。なかでも、その主流は、清の呉喬（『西崑発微』巻上）、胡以梅（『唐詩貫珠』巻三一）、姚培謙（『李義山詩集箋註』巻一〇）、程夢星（『李義山詩集箋注』巻上）、近人張采田（『玉谿生年譜会箋』巻四）、汪辟疆《おうへききょう》（「玉谿詩箋挙例」『汪辟疆文集』上海古籍出版社、一九八八年）などに見られる、自己の不遇と「君臣朋友」との関係を、男女の恋愛関係に寄託したものという解釈である。すなわち、詩人が、高官（主として令狐綯《とう》）の引き立てを得た後、関係が悪化して疎遠となったが、失意の中で自己の忠貞を訴え、再び援助を求める政治的状況を、男女の恋愛関係に寄託したものと解するわけである（この場合、「東風」が令狐綯を、「百花」が李商隠を指す）。

確かに、香草や美人、男女の相愛に政治的感慨を寄託するのは、楚の屈原や宋玉、後漢の張衡、魏の曹植以来、中国古典詩における一種の伝統的な表現手法となっている。しかし、もし、実質上、令狐絢への干禄《かんろく》（求職）の作であるならば、いくら面子の問題があるとはいえ、ここまで韜晦する必要はないであろう。一首全体を虚心に見れば、恋人との離別の悲しみと、なお断ち切れぬ彼女への思慕の情を、そのような結末しかもちえぬ恋の顛末を、晩春の移ろいゆく時間の中で、「春蚕」や「蠟炬」に象徴させながら、纏綿とうたいあげた、純粋抒情詩であることは明らかである。たとえ、実在の対象をもたぬ完全に虚構の作であったとしても、中国古典詩において、きわめて希有の高度な恋愛詩となっていることは確かであろう。

ちなみに、この詩に関しては、中国でも、戦前の蘇雪林『李義山恋愛事迹考』（上海北新書局、一九二八年〔『玉溪詩謎正続合編』台湾商務印書館、一九八八年、所収〕）などを早い例として、最近の研究でも、陳貽焮《いきん》「李商隠恋愛事迹考辨」（『文史』第六期、一九七九年）以降、劉逸生「李商隠：『無題』」（『唐詩鑑賞集』、人民文学出版社、一九八一年）、劉学鍇《かい》ほか『李商隠詩歌集解』（中華書局、一九八八年）等、ほとんどすべてのものが、無題詩の範囲や恋愛の具体的対象、背景など細部の考証とか解釈は別として、明白に恋愛詩と認定している。

（高橋　良行）

李《り》 白《はく》

0 秋登宣城謝朓北楼　　秋《あき》に宣城《せんじやう》の謝朓北楼《しやてうほくろう》に登《のぼ》る

1 江城如畫裏　　江城《かうじやう》 画裏《ぐわり》の如《ごと》く

2 山晩望晴空　　山《やま》晩《く》れて晴空《せいくう》を望《のぞ》む

3 兩水夾明鏡　　両水《りやうすい》 明鏡《めいきやう》 夾《はさ》み

4 雙橋落彩虹　　双橋《さうけう》 彩虹《さいこう》落《お》つ

5 人煙寒橘柚　　人煙《じんえん》 橘柚《きついう》寒《さむ》く

6 秋色老梧桐　　秋色《しうしよく》 梧桐《ごとう》老《お》ゆ

7 誰念北樓上　　誰《たれ》か念《おも》はん 北楼《ほくろう》の上《うへ》

8 臨風懷謝公　　風《かぜ》に臨《のぞ》みて謝公《しやこう》を懐《おも》ふと

テキスト 『全』一八〇-3-1839 ◆『選』三 ◆『静嘉堂蔵宋本李太白文集』一九 ◆『分類補注李太白詩』二一 ◆『王琦集注李太白文集』二一 ◆『瀛奎律髄』一 ◆『唐詩品彙』六〇 ◆『唐詩解』三三 ◆『李詩通』一八 ◆『景宋咸淳李翰林集』一六 ◆『唐宋詩醇』七 ◆『唐詩別裁集』一〇

校語

0**秋登宣城謝朓北楼**　『静嘉堂本』では詩題下注に「宣城」の二字を附する。

2**晩**　『瀛奎律髄』では「色」に作る。『唐詩品彙』『唐詩解』『唐宋詩醇』『唐詩別裁集』『全』『選』では「曉」に作るが、『静嘉堂本』『景宋咸淳本』『分類補注本』『李詩通』『王注本』等、有力な李白の別集類が、いずれも「晩」に作るので、「晩」に改めることにした。

4**彩**　『静嘉堂本』では「采」に作る。

5**煙**　『王注本』『瀛奎律髄』『唐詩品彙』『唐詩解』『唐宋詩醇』『唐詩別裁集』では「烟」に作る。同義の異体字。

寒　『静嘉堂本』『王注本』校注に「一ニ作ル㆑空ニ」とする。

8**懐**　『瀛奎律髄』では「憶」に作る。

詩型・韻字

五言律詩。空《くう》・虹《こう》・桐《どう》・公《こう》（上平声東韻〈東韻〉）。

語釈

0**宣城**　唐代の江南西道宣州《せんしゅう》（一時、天宝年間には宣城郡）の州治の置かれた地。現在の安徽《あんき》省宣州市。古名は宛陵《えんりょう》。いわゆる皖《かん》南《なん》地区の代表的な都市で、山水にも恵まれている。北に敬亭山を望み、また宛渓《えんけい》・句渓《こうけい》の二水がこのまちを廻るように流れている。典型的な江南の形勝地と言える。

また文学的風土としても、南斉《なんせい》の謝朓《しゃちょう》、唐の李白・杜牧といった大詩人がこの地を訪れ、多くの秀作を残している。特に、謝朓の名声は非常に高く、宣城は別名「謝朓城」「謝公城」「小謝城」とも言われている。なお、李白と宣城との関係については、〔備考〕を参照のこと。

謝朓北楼　謝朓は六朝の南斉時代の大詩人で、清新にして華麗な詩風で知られている。李白の最も敬愛した詩人の一人でもある（李白と謝朓との関係については〔備考〕を参照）。

謝朓は建武二年（四九五、32歳）の夏から翌建武三年の秋の終わり頃までの一年余りを、この宣城で郡太守として勤務し、その間、二〇首余りの詩作品を残している。その、彼が自ら建設し起居していた「高斎《こうさい》」（「郡斎」、郡太守の邸宅）の跡地に建てられたものが、この「謝朓北楼」（別名「謝朓楼」）であるとされる。王琦注（「宣州ノ謝朓楼ニテ餞㆓別ス校書叔雲ヲ㆒」の注）によれば、「『江南通志』ニイフ、畳嶂楼《じょうしょうろう》ハ、在リ㆓寧国府郡治ノ後ニ㆒、即チ謝朓為《たり》シ㆓宣城太守㆒時之高斎ノ地ナリ。一名北楼、亦タ称ス㆓謝公楼ト㆒。唐咸通《かんつう》ノ間、刺史ノ独孤《どくこ》霖《りん》改建シ、易《か》フ㆓今ノ名ニ㆒」とある（『江南通志』巻一六）。また『大明《だいみん》一統志』巻一五「寧国府」にも「北楼……南斉ノ守謝朓建ツ、……咸通中、刺史ノ独孤改ム㆓名ヲ畳嶂楼ニ㆒」とある。また、安旗主編『李白全集編年注釈』（巴蜀書社、一九九〇年）も「北楼ハ、即チ高斎ナリ」と言う。宣州市地方志編纂委員会編『宣州概覧』（黄山書社、一九八八年）によれば、「高斎」は宣城郡治の北の陵陽山山頂に謝朓によって建てられ、後、唐の初めに至って、地元の人間が謝朓を懐かしみ、その跡地に新たに一楼を建築し、それが郡治の北に位置することに因んで「北楼」と名付けた、と言う。地理的には、宣州市城内の城中最も高い場所である陵陽山山頂にあり、直下（東側）に宛渓を見、遠望すれば、北に宛渓・句渓の合流点、さらには遥か敬亭山を眺めることができる。まさに宣城きっての形勝地の一つと言えよう。この「謝朓北楼」は日中戦争の際、日本軍の空襲によって破壊され、現在その残基を見るのみである（ちなみにこの「謝朓北楼」「謝朓楼」については『正編』〔植木久行執筆〕の〔語釈〕六八一頁にも解説があるので、併せて参照されたい）。

1江城　川沿いのまち。宛渓・句渓（総称して水陽江）といった河川がこのまちを廻っているので、こう言った。この地は江南の地にふさわしく豊かな水量に恵まれる。李白は「自リ㆓梁園㆒至リ㆓敬亭山ニ㆒見㆓会公ヲ㆒談ジ㆓陵陽ノ山水ヲ㆒兼ネテ期シ㆓同遊ヲ㆒因ツテ有リ㆓此ノ贈㆒」詩（『全』巻一七一）においても「陵巒《りょうらん》抱《いだ》ク㆓江城ヲ㆒」と、この宣城を「江城」と言っている（「陵陽山」「陵巒」いずれも北楼のある陵陽山を指す）。

如画裏　宣城のまちの美しさが、あたかも絵画のなかに描かれた世界のようであることを言う。清、沈徳潜『唐詩別裁集』巻一〇は、この詩の頷聯・頸聯こそが、まさにその「画の如き」風景であると指摘している。

2山晩　明清以来、『唐詩品彙』『唐詩解』『唐宋詩醇』『唐詩別裁集』『全』『選』等、多くの総集類がこの「晩」の字を「暁」に作っており、『唐詩解』に至っては「宣城ハ山水奇秀、暁望尤モ佳シ」とさえ語っている。その影響か、大野實之助『李太白詩歌全解』（早稲田大学出版部、一九八〇年）も「暁」の字を採っている。しかし、これは、『静嘉堂本』『景宋咸淳本』『分類補注本』『李詩通』『王注本』といった代表的な李白の別集類が、いずれも「晩」としていることからもわかるように、明らかに誤記ないし改竄である。おそらく『唐詩品彙』『唐詩解』といった明代を代表する総集類の影響によって通行してしまったものと考えられる。

ちなみに謝朓の詩には晩景を描いたものが多いが、李白もそれを意識したか。

晴空　秋の夕暮時の晴れわたった空。首聯二句は、「江」「山」「空」と、この宣城の景色を巨視的にとらえている。まずは登高遠望の様子を大づかみに描き出し、以下、頷聯・頸聯において、その細部を写し出す、という構成になっている。

3両水　宣城を流れる宛渓と句渓の二水をいう。張才良主編『李白詩四百首』（〔趙子文執筆〕安徽文芸出版社、一九九四年）によれば「宛渓は宣城東南の嶧《えき》山に源を発し、東北に流れて九曲河となり、折れて西北に流れて宣城南門の響潭に至り、再び城東を廻って北門の三汊河《さんさが》に至って、句渓と合流し、さらに北上して水陽鎮に至り、水陽江と称する。さらに青弋江《せいよくこう》に合流し、蕪《ぶ》湖《こ》に出、長江に入る。また、句渓は、宣城の東三里に位置し、源は安徽省寧国県、その流れは宣城東門外三里橋から、北門外の三汊河に至り、宛渓に合流する。句渓は、水流が回曲していて、その形が草書の『句』字に似ているので、その名がある」（原文中国語）と言う。

ちなみに現在の宣州市区の地図に照らしてみると、宛渓は市区東の外側を大きく南北に廻り、一方、句渓は、その内側の市区内に東南から入り、謝朓北楼のあたりにおいてはほぼ北流して、そのまま市区の北にある宛渓（水陽江本流）に至っている。

つまり、謝朓北楼からの眺望でいうならば、句渓は北楼東側の真下を陵陽山に沿ってほぼ南から北へと流れており（近景）、その流れを追っていくと、北の彼方（遠景）において、市区外を大きく南から北に廻っていた宛溪との合流点が見える、という形勢になる。

なお、「句溪」は、謝朓の作品にも見え（「将遊湘水尋句溪」詩）、言わば「詩跡」の一つとなっており、李白詩にも一例見出せる（「別韋少府」〔『静嘉堂本』巻一三〕に「洗心句溪月、清耳敬亭猿」とある。なお『全』巻一七四は「句」を「向」に作るが、「敬亭」との対を考えれば誤りとすべきである）。また、「宛溪」は、現存の謝朓の詩には見出せないが、李白は六首の作品に詠じており、この「宛溪」の名をも、「詩跡」として定着させている。

〔補注〕「句溪《こう》」は現在、現地では「jùxī」すなわち「くけい」と発音され、上記の張才良『李白詩四百首』のように「水流が回曲して草書の『句』字に似ている」ゆえの名称、とされている。しかし、「宛《えん》 wǎn 溪 xī」（ゆるやかに曲った溪《かわ》）に対する本来の命名としては、恐らく「句《こう》（勾・鉤）gōu 溪」（句《かぎ》のように鋭く曲った溪《かわ》）、の意だったと考えられる。従って、「句」字の形からの名称とする場合も、「句《こう》（句曲《こうきょく》した）溪 gōuxī」と読まれるのが相応しい（以上、松浦友久）。

夾明鏡　明るく澄んだ鏡のような宛溪・句溪二筋の川が宣城のまちをはさんでいること。異説もある（〔諸説の異同〕Ⅰを参照）。夕陽に照らされて美しく輝く二水を「明鏡」にたとえ、さらに「夾」字によって、宣城のまちが、その二水の間にはさまれていることを示して、第1句の「江城」の語に対応させている。多くの論著がこの「夾」字の用字上の妙を絶賛している。

なお、現在の宣州市においては、明らかに句溪と宛溪とは市区をはさむ形になっているが（ただし東半分）、唐代の宣州城がこの句溪・宛溪に対してどのような位置にあったのかについては、一応確認しておく必要があろう。宣州市地方志編纂委員会編『宣州概覧』の説明によれば、宣城は、東晋時代、「子城」に当たる部分が陵陽山一帯を利用して建設されたが、隋代に至って、これを手狭《てぜま》と考えて、新たに「羅城」部分が作られ、その結果、宛溪も城中を貫くことになったという。この説明に基づくならば、句溪は陵陽山の東麓を流れているわけであるから、もともと謝朓の時代から、城内ないしその縁《ふち》にあり、さらにその東に位置する宛溪も、隋代以降には宣州城内に入ったことになる。

つまり、謝朓の時代（六朝期）はともかくとして、李白の時代（唐代）には、宛溪・句溪は、少なくとも東の一部分においては、宣州城をはさむ形勢になっていたことになる。

4 **双橋**　二つの橋。宛溪に架かる鳳凰橋と済川橋《さいせんきょう》の二橋を指すとするのが通説。この二橋については、『大明一統志』巻一五「寧国府」にその名が見え、いずれも隋の開皇年間（五八一—六〇〇）の築であるとしている。王琦所引の『江南通志』によれば、「宛溪在寧国府城（清代の宣州）東、跨《またイデ》溪上下有両橋、上橋（上流、即ち南側の方の橋）曰鳳凰、直《あたル》城東南泰和門外。下橋（下流、即ち北側の方の橋）曰済川、直城東陽徳門外。並隋開皇中建」とある。張才良主編『李白詩四百首』（趙子文執筆）によれば、隋の創建当初は二橋とも木橋であったが、明代に重建する際、石橋に代えたと言う。

ちなみに現在は二橋とも石橋（済川橋は一九八〇年代初頭に大修理が施され、また鳳凰橋は一九八五年に再建されている）で、謝朓北楼から見た場合、済川橋はほぼ真東、鳳凰橋はほぼ東南に位置している。この「双橋」について、釈清潭『国訳唐詩選』（国訳漢文大成、東洋文化協会、一九五六年）は「宛渓に架したるは鳳凰橋、句渓に架したるは済川橋」と解するが、これは上記の地方志類等を見る限り、誤りと言えよう（二橋とも宛渓に架かる）。また、服部南郭『唐詩選国字解』（早稲田大学出版部、一九二六年）は「両水にかけてある双橋」と解しているが、これも、李白のいう「双橋」が済川橋と鳳凰橋であるとすれば、誤りということになろう。

落彩虹　二つの橋が彩り鮮やかな虹となって、その影を川面に落としている、ということ。つまり「彩虹」は川面に逆さに映る橋の比喩。川面に映る橋の影（倒景）が、その揺れ動く波とともに、夕暮れ時の日に照らされて、彩り鮮やかにきらめいているので、〃「彩」ある「虹」〃とたとえたのであろう。なお、異説として、「彩虹」は川面に映る影のことではなく、橋そのものの比喩であり、「落彩虹」とは、その「彩虹」の如き橋が天から落ちてきたかのようであることを言う、といった説などがある（〔諸説の異同〕IIを参照）。

いずれにせよ、この「落」字は、優れた用字として、後世、高い評価を得ている。

5**人煙寒橘柚**　「人煙」は、人家から立ちのぼる、炊飯等によって発生する煙。「橘柚」は、ここでは柑橘類の総称として用いていると考えられる。厳密に言えば「橘」と「柚」とでは異なっていて、「橘」は「タチバナ」の類、「柚」は「ユズ」の類で、「橘」は「柚」より小さい（ただし、青木正児『李白』（漢詩大系第八巻、集英社、一九六五年）は「『柚』はザボンのたぐひ、ユズではない」と指摘する）。ただ、ここでの「橘柚」は、次の句の「梧桐（アオギリ）」と対をなしているので、むりに「橘」と「柚」とに分けて解釈する必要はなく、単に柑橘類全般を指すという程度に理解しておけばよい。「橘柚」という語は、すでに『書経』「禹貢」にも見えている、古くからある表現。いかにも中国南方らしい産物。

なお、この句について、次の第6句との関係で、諸説、訳の上で微妙な違いがある（〔諸説の異同〕III）。〔通釈〕では、この句を「人煙橘柚寒」の倒置と考え、〃人煙のあるあたりでは、橘柚の実がつめたげである〃という方向で解釈した。

6**秋色老梧桐**　「秋色」は秋の気配。「梧桐」はアオギリ。「梧桐一葉落ちて、天下尽く秋を知る」の諺もあるように、秋になって真っ先に落葉する木として知られる。ただ、だからと言ってこの詩に描かれている季節を細かく限定する必要はあるまい。注釈書の中には、この句から「七月」あるいは「九月」に限定しているものもあるが（つまり初秋に「梧桐」が落ちるということで「七月」であるとしたり、また、「老」字が「梧桐」が完全に散り落ちた状態を意味するということで「九月」であるとする等）、〔通釈〕では、月を限定せず、しだいに葉が落ちていっている状態として解釈した。

この句全体についても、その前の第5句との関係で、諸説、微妙な解釈の違いがある（〔諸説の異同〕Ⅲ）。〔通釈〕では、この句を「秋色梧桐老」の倒置と見て、〝秋の気配の中、梧桐がしだいに老いてゆく〟といった方向で解釈した。

ちなみにこの第5、6句目（頸聯）は、謝朓の「切切《トシテ》陰風《ニ》暮《レ》、桑柘《そうしゃニ》起《コル》寒煙《ニ》」（「宣城郡内登望」）、「陰風」は朔風、北風の意）という句を意識したものと思われる。第3、4句目（頷聯）と同様、優れた対句と言えよう。特に「寒」「老」の二字は、秋の雰囲気を醸し出して妙である。

7 **誰念**　解釈が大きく分かれる部分。①（今、自分李白〔ないし作中主体。以下同じ〕が謝朓のことを懐かしんでいる、ということの気持ちを）〝誰が思ってくれようか〟〝誰が理解してくれようか〟の意ととる説、②〝思いもかけなかったことに〟〝思いもよらず〟（自分李白はこの謝朓北楼において、敬慕し続けていた謝朓を懐かしむことができた）、という意にとる説等がある（〔諸説の異同〕Ⅳを参照）。〔通釈〕では①の方向で解釈した。ただし、〝誰も思ってくれない〟〝誰も理解してくれない〟といった、強い反語の語気を含んでいると見做す必要はないように思われる。〝誰か私とともに謝朓を懐かしんではくれまいか〟といったように、李白が共感者を求めて発言しているとも解釈しうるからである。

8 **臨風**　秋風に臨んで。秋風に吹かれつつ。『漢語大詞典』巻八（漢語大詞典出版社、一九九一年）「臨風」の条に「迎風、当風」とある。用例としては、『楚辞』「九歌・少司命」に「望《ムモ》美人《ヲ》兮未《ダ》来《ラ》、臨《ンデ》風《ニ》怳《こうトシテ》兮浩歌《ス》」とある。この場合、思いを寄せる「美人」がやって来ることを待ち焦がれているといった場面に「臨風」が登場している。また南朝・宋の謝荘「月《ノ》賦」にも「臨《ンデ》風《ニ》歎《クコト》兮将《はタ》焉《いづクンゾ》歇《やマン》、川路長《クシテ》兮不可《カラ》越《ユ》」とあり、嘆きの言葉とともに用いられている場合もある。してみると、ここでの「臨風」という語も、謝朓に会うことのできない嘆き悲しみを暗示しているのかも知れない。

ちなみにこの「風」を「風景」「風光」の意とする説も多くあるが、「風」一字だけで風景の意味とするのは、語法的にやや無理があろう（〔諸説の異同〕Ⅴ参照）。

謝公　謝朓のこと。「公」は敬称。

通　釈

秋、宣城の謝朓北楼に登る

江縁《べ》りのまち宣城は、あたかも絵画のなかに描かれたよう。山は夕暮れ、晴れわたった空が眺められる。

宣城を流れる二筋の川は、明るい鏡がまちをはさんでいるかのごとく、川面《かわも》に映る二つの橋は、彩り鮮やかな虹が水に落ちているかのよう。

人家から立ちのぼる煙のあたり、ミカンの実がつめたげに見え、深まりゆく秋の気配のなか、アオギリの葉は、しだいに老い枯れてゆく。

誰が察してくれるだろうか、この北楼の上で、秋風に吹かれながら謝朓殿《どの》を慕い懐かしんでいる、このわたしの気持ちを。

諸説の異同

異同の所在　Ⅰ

第3句「両水夾明鏡」の解釈

異同の類別

A　「明鏡」のような宛渓・句渓二水が宣城のまちをはさんで廻っているとする。
B　A説とほぼ同じ。ただし二水の合流しているところを特に指すとする。
C　二水の合流点の水面が「明鏡」のようになっているとする。
D　「明鏡」は地名で、「明鏡湖」のこととする。
E　「明鏡」は橋のアーチが水に映ったその影とあわさって円形をなしたものとする。
F　「明鏡」のような渓水が岸にはさまれているとする。

A説を採るもの：服部南郭『唐詩選国字解』（巻三）、簡野道明『唐詩選詳注』上（明治書院、一九二九年）、釈清潭『国訳唐詩選』、復旦大学古典文学教研組編『李白詩選』（人民文学出版社、一九六一年）、目加田誠『唐詩選』（新釈漢文大系第一九巻、明治書院、一九六四年）、青木正児『李白』、武部利男『李白』（世界古典文学全集第二七巻、筑摩書房、一九七二年）、高木正一『唐詩選』（中国古典選第二七巻、朝日新聞社、一九七八年）、李白詩選注編選組編『李白詩選注』（上海古籍出版社、一九七八年）、大野實之助『李太白詩歌全解』、劉開揚等『李白詩選注』（上海古籍出版社、一九八九年）、郁賢皓『李白選集』（上海古籍出版社、一九九〇年）、松浦友久『李白詩選』（岩波文庫、岩波書店、一九九七年）など。

B説を採るもの：中島敏夫・佐藤保『唐詩選』下（中国の古典第二八巻、学習研究社、一九八六年）、郁賢皓主編『李白大辞典』（倪培翔《げいばいしょう》執筆）江西教育出版社、一九九五年）など。

C説を採るもの：斎藤晌『唐詩選』下（漢詩大系第七巻、集英社、一九六五年）、蕭滌非《しょうできひ》等編『唐詩鑑賞辞典』（馬茂元執筆）上海辞書出版社、一九八三年）、余冠英主編『中国古代山水詩鑑賞辞典』（王琳執筆）江蘇古籍出版社、一九八九年）など。

D説を採るもの：宣州市地方志編纂委員会編『宣州概覧』、張才良主編『李白詩四百首』（趙子文執筆）など。

E説を採るもの：この説を第一解とするものは管見の限りでは無い。ただし常秀峰・何慶善・沈暉『李白在安徽』（安徽人民出版社、一九八〇年）は、このように解釈することも可能であるとする。また中島敏夫・佐藤保『唐詩選』下も、この説を一説として紹介している。

F説を採るもの：この説を第一解とするものは管見の限りでは無い。ただし中島敏夫・佐藤保『唐詩選』下は、この説を一説として紹介している。

異同の論拠

A説は、最も一般的な説。管見の限り、具体的な論拠は述べられていないが、案ずるに、その論拠は容易に推し量りうる。つまり、第4句「双橋落彩虹」の「彩虹」が「双橋」の比喩である以上、その対の一方であるこの第3句の「明鏡」も「両水」の比喩であろうと考えられるわけである。また「夾」まれる対象は、この宣城のまちであるから、訳としては〝二つの川は明るい鏡のごとく輝きつつ宣城のまちをはさんでいる〟といった意になる。本稿では、最も穏当と考えられるこのA説を採用することにした。ちなみに、日本側の多くの注釈類が「明鏡を夾む」と訓読しているが、「夾」の対象は宣城であると考えられから、「明鏡夾む」（つまり〝明鏡（が宣城を）夾む〟）と訓読することにした（ちなみに松浦友久『李白詩選』

では「両水夾《はさ》みて明鏡のごとく、双橋落として彩虹のごとし」と訓読する）。

B説は、例えば中島敏夫・佐藤保『唐詩選』に「両水は宣城の町の東側を流れる宛渓と句渓の二水で、この二水が合流しているのを明鏡が（町を）夾むといったもの」とある。案ずるに、A説とほぼ同じであるが、二水の合流点に注目している点、A説をさらに一歩進めた解釈と言えよう。つまり、A説では、この二水が具体的にどのように離合しているのかが曖昧であるが、B説は、「夾」字の字義に着目し、二つの線が一点に結ばれる形（つまり「V」字形あるいは逆「V」字形）で、二水が宣城をはさんでいることを強調するわけである。ただ、確かに宛渓と句溪とは宣城北郊で合流するわけであるが（「両水」の注を参照）、李白が果たして読者にそこまでの地理的知識を要求しているか否かは疑問である。従って、本稿では、とりあえずB説のような踏み込んだ解釈は避けることにした。

C説もやはり二水の合流点に着目するが、その「明鏡」の在処を合流点のみに限定している点、B説と異なっている。つまり、二水によって「夾」まれた部分（合流点）が、円形をなしていて、あたかも円鏡（古代の鏡は円形が基本形）のようになっているとするわけである。

D説の場合もほぼ同様の発想で、実際に「明鏡湖」なる湖が、かつてこの合流点に存在したとしている（ただ現在では〝田荘〟になってしまっていると言う）。このD説は、地元の郷土史家の編になる宣州市地方志編纂委員会編『宣州概覧』に掲載されているだけに、看過できない貴重な意見ではある。しかし、北の彼方《かなた》にある特定の一点にのみ李白の関心が向けられているとは考えがたい。むしろ「夾明鏡」は、宣城全体の光景を詠んでいると見るほうが、詩の興趣としては優れているのではないだろうか。

異同の所在　II

第4句「彩虹」の解釈

異同の類別

A　橋が川面に映った影をたとえたもの。

B　橋そのものの形状をたとえたもの。

C　実際に天空に虹がかかっているようす（比喩でない）。

A説を採るもの：服部南郭『唐詩選国字解』（巻三）、簡野道明『唐詩選詳注』上、釈清潭『国訳唐詩選』、蕭滌非等編『唐詩鑑賞辞典』（馬茂元執筆）、中島敏夫・佐藤保『唐詩選』下、余冠英主編『中国古代山水詩鑑賞辞典』（王琳執筆）、郁賢皓主編『李白大辞典』（倪培翔執筆）、松浦友久『李白詩選』など。

B説を採るもの：復旦大学古典文学教研組編『李白詩選』、目加田誠『唐詩選』、青木正児『李白』、斎藤晌『唐詩選』下、武部利男『李白』、高木正一『唐詩選』、李白詩選注編選組編『李白詩選注』、大野實之助『李太白詩歌全解』、常秀峰・何慶善・沈暉『李白在安徽』、石川忠久『NHK漢詩をよむ―李白』（日本放送出版協会、一九八八年）、郁賢皓『李白選集』など。

C説を採るもの：宋緒連・初旭主編『三李詩鑑賞辞典』（（宋緒連執筆）吉林文史出版社、一九九二年）。

異同の論拠

まず、C説について。宋緒連・初旭主編『三李詩鑑賞辞典』（宋緒連執筆）は、この詩は雨後の晴れわたった景色を詠じたものと思われるので（宣城は秋に雨の多い土地で、一一月には平均一一日以上雨が降るという）、この第4句は、雨後、実際に虹が天に架かっている情景を描いていると考えてもおかしくはないとする。ただ、案ずるに、第3句目が「両水」を「明鏡」にたとえている関係上、この第4句目の「彩虹」も「双橋」に対する比喩と考えるのが対句としては自然ではないか、という通説に対しての反論がなされていない。

これに対し、A説・B説ともに、「彩虹」を「双橋」に対する比喩と見る点、意見は一致している。案ずるに、この両説の違いは、結局「落」字の解釈の違いによっていると考えられる。つまりA説は、〝橋が水に落ちて虹のように見える〟と解釈し（つまり〝橋が落ちる〟）、B説は、〝橋自体が、（天から）落ちてきた虹のように見える〟と解釈する（つまり〝虹が落ちる〟）。

結論を言えば、第3句の「両水夾明鏡」との対句の整合性といった面から見た場合、A説がやや勝っているように思われる。すなわち、第3句が〝両水が明鏡のように（宣城のまちを）夾む〟と、文法的に解析できるとすれば（こう解釈するのが最も一般的な解釈であることは、すでに〔諸説の異同〕Ⅰで指摘した）、第4句は〝双橋が彩虹のように（川面に影を）落とす〟と解釈してこそ、対句の整合性が維持できよう。これをB説のようにとると、〝双橋は（天から）彩虹を落としたかのよう〟と解釈するにせよ、〝双橋は（天から）彩虹が落ちてきたもの〟と解釈するにせよ、第3句とは構文が微妙に異なってきてしまう。よって、本稿はA説を採用した。

ちなみに、李白が「双橋」を「彩虹」にたとえた理由として①橋がアーチ型（拱型）であるから、②橋に彩色が施されているから、③川面に映る橋影が、その川面に立つ波とともに揺らぎ、折しもそこに夕陽が当たって、極彩色に見えるから、等の諸説があり、また、これら①～③のうちの二点を兼ねている説もある。例えば、A説を採る余冠英主編『中国古代山水詩鑑賞辞典』（王琳執筆）は「秋天的《の》渓水《ハ》明浄澄澈、遠遠《ト》望去《スレバ》、光亮如《ク》レ鏡《ノ》、横ニ跨《シ》渓上的拱形《ノ》双橋《ヲ》一、軽霊欲《シ》レ飛《バント》、倒ニ映《ス》水中的橋影《ニ》一、在《リテ》ニ夕陽的照耀下《スルニ》一、折射《シテ》出《ダス》ニ五顔六色《ヲ》二」と述べ（①③を兼ねる）、また、B説を採る高木正一『唐詩選』は「（二橋の）彩色をほどこした曲線の美しさを虹にたとえて彩虹といった」と述べる（①②を兼ねる）。

異同の所在　Ⅲ

第5句「人煙寒橘柚」及び第6句「秋色老梧桐」の解釈

異同の類別

A　「寒橘柚」「老梧桐」は「橘柚（は）寒し」「梧桐（は）老ゆ」の意。

B　「寒橘柚」「老梧桐」は「橘柚を（して）寒からしむ」「梧桐を（して）老いしむ」の意。

C　「寒橘柚」「老梧桐」は「橘柚に寒し」「梧桐に老ゆ」の意。

A説を採るもの：簡野道明『唐詩選詳注』上、釈清潭『国訳唐詩選』、目加田誠『唐詩選』、斎藤晌『唐詩選』下、武部利男『李白』、中島敏夫・佐藤保『唐詩選』下、松浦友久『李白詩選』など。

B説を採るもの：李白詩選注編選組編『李白詩選注』、劉開揚等『李白詩選注』、張秉戌主編『山水詩歌鑑賞辞典』（朱灼玓執筆）中国旅游出版社、一九八九年）など。

C説を採るもの：青木正児『李白』、高木正一『唐詩選』、石川忠久『NHK漢詩をよむ—李白』、郁賢皓主編『李白大辞典』（倪培翔執筆）等。

異同の論拠

まず、C説から見てみると、この説は要するに、「人煙」「秋色」を「寒」「老」の主語とみなし、〃人煙が、橘柚によって（あるいは〃橘柚のあたりで〃）冷たく見え、秋色が、梧桐のために（あるいは〃梧桐が落ちるたびに〃〃梧桐の葉のあたりで〃）いっそう深まる（老いる）〃といった方向で解釈する説である。例えば、郁賢皓主編『李白大辞典』（倪培翔執筆）は「人煙因リテ二橘柚ニ一而寒ク、秋色為ニ二梧桐ノ一而老ユ」と訳し、また、青木正児『李白』は「人家の炊煙は橘柚の木の間から寒むさうに立上り、秋の色は梧桐の枯葉に現れてゐる」と訳し、高木正一『唐詩選』は「人家の煙は、みかんの木の間からつめたげに立ちのぼり、秋の気配が、あおぎりの枯葉にいろ深い」と訳し、石川忠久『NHK漢詩をよむ―李白』は「人家の煙は蜜柑の木の間に寒ざむと立ち上り、秋の気配は青桐の葉が落ちるたびに深まってゆく」と訳す。

これに対し、A説は、「人煙」「秋色」を主語と考えない。「寒橘柚」「老梧桐」に関しては〃橘柚が、冷たげである〃〃梧桐が老いる〃の意（つまり「橘柚寒」「梧桐老」の倒置）であるとし、〃人煙のあるあたり（あるいは〃人煙によって〃）、橘柚は冷たげに見え、秋の気配の深まる中（あるいは〃秋の気配によって〃）、梧桐は老いて枯れていく〃といった方向で解釈する。例えば、目加田誠『唐詩選』は「人家の煙の立ちのぼるあたり、蜜柑の類がさむざむと黄ばみ、秋の色深き中に、梧桐の葉も枯れている」と訳し、武部利男『李白』は「人家の煙が立ちのぼりみかんの実がつめたそうだ。秋の気配に青ぎりは葉を落とした」と訳し、中島敏夫・佐藤保『唐詩選』下は「人家から立ちのぼる煙に、みかんの実が、いかにもさむざむしい。広がる秋の色の中、年老いた桐の木は、もうすっかり葉を落としてしまっている」と訳す。

B説は、結果的に言えば、このA説とかなり近い説といえるが、使役的な構文であることが強調される。つまり〃人煙が橘柚を（いっそう）寒々とさせ、秋色が梧桐を（いっそう）老いさせる〃といった方向で解釈している。例えば、李白詩選注編選組編『李白詩選注』は「人煙稀少、使橘柚林籠罩了寒意、秋色深沈、使梧桐更顕得蒼老」（人煙はまれで、橘柚の林に寒気を包みこませ、秋色は深まり、梧桐をさらに老いさせる）と解し、張秉戌主編『山水詩歌鑑賞辞典』（朱灼玽執筆）は、「秋天的傍晩、隠没在山林中的人家昇起了一縷縷炊煙、使橘柚蒙上了一層寒意、寂冷的秋色、使梧桐失去了原来的本色、変得有些蒼老」（秋の暮方、山林中に隠れた人家から一筋一筋炊煙が昇り、橘柚に一層の寒さを包みこませ、寂しく冷たい秋の気配は梧桐から本来の色を失わせ、いささか老いたように変化させる）と解する。個々の語の因果関係をより明確化させようといった方向の解釈である。

この三説、いずれに解しても、この詩の興趣を著しく損なうことはないであろう。また、いかようにでも解釈できるというところにこの対句の妙趣があると考えることもできよう。本稿では、とりあえずA説を採ることにした。

異同の所在　Ⅳ

第7句「誰念」の解釈

異同の類別

A　「誰が思い到るであろうか」の意。

B　「思いもかけぬことに」の意。

A説を採るもの：服部南郭『唐詩選国字解』(巻三)、簡野道明『唐詩選詳注』上、釈清潭『国訳唐詩選』、復旦大学古典文学教研組編『李白詩選』、斎藤晌『唐詩選』下、大野實之助『李太白詩歌全解』(ただし自分李白のことを思慕してくれるものがいようか、の意にとる)、蕭滌非等編『唐詩鑑賞辞典』(馬茂元執筆)、劉開揚等『李白詩選注』、郁賢皓『李白選集』、郁賢皓主編『李白大辞典』(倪培翔執筆)、松浦友久『李白詩選』など。

B説を採るもの：目加田誠『唐詩選』、青木正児『李白』、武部利男『李白』、高木正一『唐詩選』、中島敏夫・佐藤保『唐詩選』下、石川忠久『NHK漢詩をよむ—李白』など。

異同の論拠

中国側のほとんどの注釈類がA説を採っているが、日本においては、大きく二つに説が分かれている。まずB説を採るものをいくつか紹介してみると、青木正児『李白』は「誰念　何ぞ思はん。思ひがけなくも、此のやうな機会に恵まれた、と私《ひそ》かに喜ぶのであらう」と注し、高木正一『唐詩選』は「誰か思はんとは、思いもよらなかったの意。『念はざりき』の反語形である」と述べ、中島敏夫・佐藤保『唐詩選』は「『誰念』は、一種の熟語。ここでは『思いもかけぬことに』の意として、自分(李白)を主として『誰が念い至ったであろう』と解した」と述べる。つまり、この第7、8句目(尾聯)は、李白(作中主体)が、この謝朓北楼に登れたことを、予想外のことであったとして、感動し喜んでいる場面であるとするわけである。

一方、A説は、例えば蕭滌非等編『唐詩鑑賞辞典』(馬茂元執筆)が、「〃懐《フ》二謝公《ヲ》一〃的《の》〃懐〃、是《ハ》李白自指《ラシ》、〃誰念〃的〃念〃、是《ハ》指《レス》二別人《ヲ》一。両句的意思、是《ハ》慨《レ》下嘆《スルナリ》自己《ノ》〃臨《ンデ》レ風《ニ》懐《フ》二謝公《ヲ》一〃的心情没《ノ》中《な》有《キヲ》誰能《モよ》够《ク》理解《スルコト》上」と述べるように、〃他人の誰が知ってくれよう、私李白がこの謝朓北楼の上で謝朓を懐っていることを〃という意味にとる。つまり「誰」は自分以外の他者を指しており、この二句は全体として、李白がその他者の中に、理解者がいないことを嘆いている、あるいは、理解者を切に求めている、ということになる。ともあれ、この説に従えば、李白の孤独感・疎外感がクローズアップされることになろう(ただし、例外的な解釈として、釈清潭『国訳唐詩選』は、A説を採りながら、「謝玄暉の本領を知る者は北楼の上にある我一人なりとの抱負を示す」「此の篇、謝朓に託して、暗に自ら今日の謝朓なることを表す」とし、李白が積極的に孤高の自負心を誇っているものと考える)。また、中国側の論者の多くは、李白の人生にこの詩を重ね合わせようと試みている(つまり、この詩が天宝一二載(七五三)か一三載の作であるという説に立ちつつ、李白が、政治的な挫折を味わい、誰も理解者のいなくなってしまった状況をも、この詩に託している、とするものが多い)。

本稿ではA説を採ることにした。B説を積極的に否定する論拠はないが、例えば、〔語釈〕に示したように「臨風」が『楚辞』や謝荘「月賦」の用例を踏まえているとするならば、喜びの情とは縁遠いように思われる。やはり、理解者を求める孤独感や寂寥感を詠じていると見るべきではなかろうか。〃敬慕する謝朓は、すでにこの世の人でなく、そしてその謝朓を懐かしんでいる自分のことを、だれが理解してくれようか〃、と謝朓亡き後の寂しさを詠じているものと解したい。李白は謝朓を詠じる際、しばしば彼の亡き後の孤独感・寂寥感を強調している(〔備考〕参照)。その意味でも、A説のほうが勝っているように思われる。ただし、「誰念」は「無《シ》二人《ノ》了解《スル》一」（復旦大学古典文学教研組編『李白詩選』）といった強い反語でとる必要は、必ずしもないであろう。共感者・理解者を求める切なる声ととることもできよう。また、李白の政治上の挫折と重ね合わせる必要も、この詩に関してはあまりないように思われる。

異同の所在　Ⅴ

第8句「風」の解釈

異同の類別

A「吹く風」「秋風」の意。

B「風景」「風光」の意。

A説を採るもの：佐久節『唐詩選新釈』上（弘道館、一九二九年）、中島敏夫・佐藤保『唐詩選』下、簡野道明『唐詩選詳注』上、目加田誠『唐詩選』、青木正児『李白』、武部利男『李白』、高木正一『唐詩選』、石川忠久『NHK漢詩をよむ―李白』、松浦友久『李白詩選』など。

B説を採るもの：服部南郭『唐詩選国字解』（巻三）、釈清潭『国訳唐詩選』、斎藤晌『唐詩選』下、大野實之助『李太白詩歌全解』、余冠英主編『中国古代山水詩鑑賞辞典』（王琳執筆）など。

異同の論拠

A・B両説ともに、特に論拠は示されていない。案ずるに、（語釈）に指摘したように、「臨風」の「風」は、『漢語大詞典』でも基本義の〝吹く風〟の意としており、A説を採るのが一般的な解釈と言えよう。用例的に見ても、「風」一字で〝風景〟〝風光〟の意ととる（B説）には、いささか無理があるように思われるのであるが、釈清潭『国訳唐詩選』が「秋風に臨んでと見ても可なるが、それより風景に臨んでと見る方が可なり」と述べているように、B説を採用する注釈書も多い。その理由は、おそらく、この語が登高遠望をモチーフとする詩の末尾にあり、それまでの第1句から第6句までが、すべて〝風景〟〝風光〟を述べているがためであろう。つまり、「臨風」をこの詩全体を統括した表現であるとみなし、それゆえ「風」は〝この宣城の謝朓北楼からの風景〟でなければならないと判断したものと思われる。しかし、「臨風」は『楚辞』以来、〝風に吹かれて〟という意の伝統的な慣用句であり、その意味でも、B説はやや飛躍的な解釈と結論されよう。

備考

李白と謝朓・宣城

李白は、清初の王魚洋が「一生低《たル》レ首《かうべヲ》謝宣城」（「論詩絶句」其三）と彼を評したごとく、謝朓（字は玄暉）を非常に敬愛していた。確かに現存作品を見る限り、李白詩に現れる詩人の中で、最も頻繁に登場するのが謝朓である。合計一六首に見える。中には、

蓬莱《ノ》文章建安《ノ》骨　中間《ノ》小謝又《タ》清発

（「宣州《ノ》謝朓楼《ニテ》餞二別《ス》校書《ノ》叔雲《ヲ》一」〈『全』巻一七七〉）

諸《ハ》為《シ》二楚人《ノ》重《ンズルヲ》一　詩《ハ》伝《フ》二謝朓《ノ》清《キヲ》一

（「送《ル》二儲邕《ノ》之《クヲ》武昌《ニ》一」〈『全』巻一七七〉）、儲邕の詩風を謝朓に似るとして称賛する）

解《えタリいヒ》レ道《い》澄江浄《きコト》如《シトねりぎぬノ》レ練　令《ム》三人《ヲシテ》長《ク》憶《ハ》二謝玄暉《ヲ》一

（「金陵城西楼月下吟《ノ》」〈『全』巻一六六〉、「澄江浄如練」は謝朓の「晩登《リ》二三山《ニ》一還《ッテ》望《ム》二京邑《ヲ》一」の詩句）

我《ハ》吟《ズ》謝朓詩上《ノ》語　朔風颯颯《トシテ》吹《イテ》飛《バス》レ雨《ヲ》

（酬《ユルノ》二殷明佐《ノ》見《ルニ》レ贈《ラ》二五雲《ノ》裘《ヲ》一歌」〈『全』巻一六七〉）

というように、謝朓の詩風、詩句を高く評価した表現もある。また、謝朓の古跡を訪れ、その遺風を懐かしみ、かつ謝朓亡き後、自らの理解者が存在しなくなったことを悲しんだり、自らをその後継者と任じたりするものも多い。例えば、

独酌《ス》板橋浦　古人誰《カ》可《キ》レ徴《ス》
玄暉難《シ》二再《ビ》得一　灑《そそギテ》レ酒《ヲ》気填《うづム》レ膺《むねヲ》
（「秋夜板橋浦《ニテ》泛《カベ》レ月《ヲ》独酌《シテ》懐《フ》二謝朓《ヲ》一」）（『全』巻一八一）

紛紛《タリ》江上《ノ》雪　草草《タリ》客中《ノ》悲《シミ》
明《ニ》発《シテ》二新林浦《ヲ》一　空《シク》吟《ズ》二謝朓《ノ》詩《ヲ》一
（「新林浦《ニテ》阻《はばマレ》レ風《ニ》寄《ス》二友人《ニ》一」）（『全』巻一七二）

高人屢《しばしば》解《スルモ》二陳蕃榻《ヲ》一　過客難《シ》レ登《ルコト》二謝朓楼《ニ》一
（「寄《ス》二崔侍御《ニ》一」）（『全』巻一七三）

謝亭離別《ノ》処　風景毎《つねニ》生《ズ》レ愁《ヲ》
……今古一《ニ》相接《ス》　長歌《シテ》懐《フ》二旧遊《ヲ》一
（「謝公亭」）（『全』巻一八一）

我《ハ》家《ス》敬亭《ノ》下　輒《チ》継《グ》謝公《ノ》作
（「遊《ビ》二敬亭《ニ》一寄《ス》二崔侍御《ニ》一」）（『全』巻一七三）

等々。李白は謝朓ゆかりの土地をこまめに歴訪している。例えば、当塗（現・安徽省当塗県）及びその青山（李白が自らの墓所として選んだ地）、謝公宅、あるいは金陵（江蘇省南京市）及びその郊外の板橋浦、新林浦、三山、そして、この宣城である。

一方、宣城もまた、李白の最も愛した土地の一つと言える。彼が宣城の地について触れている作品は三〇首を超えている。その訪問時期については、晩年にさしかかる天宝一二載（七五三、李白53歳）頃が、その第一回目と考えられているが、それ以降も、頻繁にこの地を訪れている。この李白と宣城との出会いは両者にとって非常に幸運であったと言える。当時の李白は、その詩風の完成期にさしかかっており、彼の描く山水詩は、従来の大胆な発想に加えて、清澄な美しさにも磨きがかかりつつあった。一方、この宣城は、江南独特の美しい山水に恵まれ、なおかつ李白の敬愛する謝朓ゆかりの地でもあった。李白は、この地の持つ豊かな山水と、謝朓詩の持つ〝清新〟な詩風に触発され（李白が謝朓を敬愛するのも、その〝清新〟な詩風が李白の生来の詩的感覚と共鳴したからであろう）、多くの名作を残している。「秋登《ル》二宣城《ノ》謝朓北楼《ニ》一」「謝公亭」「宣州《ノ》謝朓楼《ニテ》餞《ス》二別校書叔雲《ヲ》一」「独坐《ス》二敬亭山《ニ》一」「宣城《ニテ》見《ル》二杜鵑花《ヲ》一」「哭《ス》二宣城《ノ》善醸紀叟《ヲ》一」といった作品は、いずれも李白詩中の代表作である。李白は謝朓ゆかりの地である敬亭山、謝公亭、謝朓楼（謝朓北楼）、句渓を詠じたばかりでなく、謝朓の詠じなかった（少なくとも現存作品に残っていない）土地をも詠じ、新たな「詩跡」を開発している（例えば、宛渓、宛渓館、双橋、響山、崔八丈水亭等）。以後、宣城は、謝朓の作品だけでなく李白の作品によっても天下に知れわたることになる。また、李白も、早くも晩唐の頃には、この宣城において謝朓と肩を並べるほどの詩人として、並称されるようになっている（例えば、晩唐の林寛の「送《ル》三許棠先輩《ノ》帰《ルヲ》二宣州《ニ》一」〔『全』巻六〇六〕に「鶯《ハ》啼《ク》謝守《ノ》塁、苔《ハ》老《ユ》謫仙《ノ》碑」〔「謝守」は宣城太守・謝朓、「謫仙」は李謫仙、即ち李白〕とある）。李白は宣城と出会うことによって、その詩想を深め、宣城もまた、李白と出会うことによって、その土地（「詩跡」）としての名声を高めることができたわけである（参照：李直方「李白与謝朓」〔一九六六年初出、『李太白研究』、里仁書局、一九八五年所収〕、松浦友久「李白における

謝朓の像」（一九六五年初出、松浦友久『李白研究』、三省堂、一九七六年所収）、寺尾剛「李白における宣城の意義―『詩的古跡』の定着をめぐって」（中国詩文研究会『中国詩文論叢』第一三集、一九九四年所収）、李子龍等編『謝朓与李白研究』（人民文学出版社、一九九五年）など）。

（寺尾　剛）

0金陵城西樓月下吟　　金陵《きんりよう》城《じやう》西楼《せいろう》　月下《げつか》の吟《ぎん》

1金陵夜寂涼風發　　金陵《きんりよう》　夜《よる》　寂《せき》として涼 風《りやうふう》発《おこ》り
2獨上高樓望呉越　　独《ひと》り高楼《かうろう》に上《のぼ》りて　呉越《ごゑつ》を望《のぞ》む
3白雲映水搖空城　　白雲《はくうん》　水《みづ》に映《えい》じて　空城《くうじやう》を揺《ゆる》がし
4白露垂珠滴秋月　　白露《はくろ》　珠《しゆ》を垂《た》れて　秋月《しうげつ》に滴《したた》る
5月下沈吟久不歸　　月下《げつか》に沈吟《ちんぎん》して　久《ひさ》しく帰《かへ》らず
6古來相接眼中稀　　古来《こらい》　相《あ》ひ接《せつ》するもの　眼中《がんちゆう》に稀《まれ》なり
7解道澄江淨如練　　道《い》ひ解《え》たり　澄《ちよう》江《かう》浄《きよ》きこと練《ねりぎぬ》の如《ごと》しと
8令人長憶謝玄暉　　人《ひと》をして　長《なが》く謝玄暉《しやげんき》を憶《おも》はしむ

テキスト　『全』一六六-3-1720 ◆『静嘉堂蔵宋本李太白文集』七 ◆『分類補注李太白詩』七 ◆『王琦集注李太白文集』七 ◆『又玄集』上（『唐人選唐詩十種』（上海古籍出版社、一九五八年）所収）◆『文苑英華』一五二 ◆『古文真宝前集』四 ◆『唐詩品彙』二六 ◆『李詩通』一六 ◆『景宋咸淳李翰林集』一七

校語

0**金陵城西樓月下吟**　『又玄集』『景宋咸淳本』では「城」字無し。『唐詩品彙』では単に「月下吟」と題し、題下注に「金陵城西樓作」とする。

1**寂**　『静嘉堂本』『王注本』では「一ニ作ルレ靜ニ」とする。

涼　『静嘉堂本』『文苑英華』『古文真宝』『李詩通』『景宋咸淳本』では「凉」に作る。

2**高**　『又玄集』『文苑英華』では「西」に作り、『静嘉堂本』『王注本』も「一ニ作ルレ西ニ」とする。

3**空城**　『静嘉堂本』では「空」字を「一ニ作ルレ秋ニ」とする。『王注本』は「一ニ作ル二秋城ニ一、『文苑英華』作ハル二秋光ニ一」とする。『文苑英華』では「秋光」に作り、「『集』作ハル二空城ニ一」とする。

4**垂珠滴秋月**　『静嘉堂本』では「一ニ作ル三沾《うるほ》シテレ衣ヲ濕スニ二秋月ヲ一」とする。『王注本』は「『文苑英華』作ハル三如クシテレ珠ノ滴ルニ二秋月ニ一、一ニ作ル三沾シテレ衣ヲ濕スニ二秋月ヲ一」とする。『又玄集』では「滴」を「濕」に作る。『文苑英華』では「垂珠滴」を「如珠滴」に作り、「『集』作ハル二垂レテレ珠ヲ濕スニ一」とする。

5**沉**　『又玄集』『文苑英華』『古文真宝』では「長」に作り、『静嘉堂本』『王注本』も「一ニ作ルレ長ニ」とする。

6**來**　『文苑英華』『古文真宝』では「今」に作り、『静嘉堂本』『王

注本』も「一ニ作ルレ今ニ」とする。
7**浄**　『又玄集』『古文真宝』『景宋咸淳本』では「靜」に作る。
8**長**　『景宋咸淳本』では「還」に作り、『静嘉堂本』も「一ニ作ルレ還ニ」とする。『王注本』は「一ニ作ルレ還ニ、『文苑英華』作ハルレ却ニ」とする。『文苑英華』『古文真宝』では「却」に作る。

詩型・韻字

七言古詩。發《はつ》・越《えつ》・月《げつ》（入声月韻（月韻））／歸《き》・稀《き》・暉《き》（上平声微韻（微韻））。

語　釈

0**金陵城西楼**　金陵は現在の江蘇省南京市。六朝の都であったところ。唐代においては江寧県《こうねいけん》（潤州《じゅんしゅう》に属する）と称されていた。「金陵」というのは、戦国時代以来のこの地の美称。その城西楼とは、李白の時代、孫楚《そんそ》酒楼（孫楚は東晋時代の文学者、風流をもって知られた）と呼ばれていた楼閣で、後に、李白の名声にともなって「李白酒楼」とも称せられるようになった。この楼閣は幾度も再建され、清朝後期まで存在していたという。詳細は南宋・馬光祖修『景定建康志』巻二一「李白酒楼」の条、陳済民主編『金陵掌故』（南京出版社、一九八九年）所収「李白歌棹孫楚楼」などを参照のこと。所在地は、現在の水西門西水関南側。かつては、北流する長江に、城内から流れ出てきた秦淮河《しんわいが》が、ここで合流していた。西には長江を左右に中分する白鷺洲が望まれ、北には三国時代の呉の孫権が建設した石頭城が望まれる、という金陵屈指の景勝地であった。ちなみに現在の中国側の注釈書の多くが、所在地を「覆舟山上」としているが、これは『王注本』巻一九に引く北宋の張舜民の説を踏まえたものであり、その「覆舟山」は、現在の玄武湖南の覆舟山ではなく、現在の石頭山（清涼山）の一部のことで、上記の場所とは、地理的にそれほど矛盾しない。なお、李白の他の詩に「玩《もてあそビ》ニ月ヲ金陵城西ノ孫楚酒楼ニ一、達《ス》レ曙《あけぼのニ》、歌吹《シテ》日晩《くレ》、乗《ジ》レ酔《ニつケ》著ニ紫綺裘・烏紗巾ヲ一、与《と》ニ酒客数人一棹ニ歌《シ》秦淮ニ一、往《ゆキ》ニ石頭ニ一、訪《とフ》ニ崔四侍御ヲ一」（『全』巻一七八）という作品もある。

吟　詩歌の一体。「歌吟」「歌行」の類に属する。

1**発**　ここでは風が起こることをいう。

2**呉越**　呉（江蘇省南部一帯）と越（浙江省一帯）をいう。「呉越を望む」というのは、やや誇張的な表現であるが、それだけこの城西楼が高いということを強調したいわけであろう。この二句、「寂」「涼」「独」「高」といった語を連ね、孤独感、寂寥感を強調し、この詩の末尾における、唯一の共鳴者たる謝朓への憧憬の念を一層際立たせる伏線にもなっている。

3**水**　ここでは城西楼の付近を流れる長江や秦淮河の水を指すと考えられる。

揺空城　「空城」は、ひとけない城壁。「揺」は、その「空城」が水面に映って揺らいでいることを表す。

4**白露垂珠滴秋月**　「珠」は真珠。この句の表現はかなり奇抜で、様々な解釈が行なわれている。詳細は〔諸説の異同〕Ⅰを参照のこと。〔通釈〕では、葉末の白露が真珠のような玉となって、秋の月光に照らされつつ、ともに滴り落ちる、といった方向で解釈した。古代中国においては、「霜」は空中を流れると意識されていたが、「露」は地上に結ぶものとされていた。この句の類似表現としては、南朝・梁の江淹《こうえん》「別《レノ》賦」に「（地上の）

秋露如《ク》レ珠《ノ》、（天上の）秋月如《シ》レ珪《けいノ》。明月白露《ト》、（双方の）光陰往来《ス》」（『江文通集』巻一）とあり、おそらくこれを踏まえたものと考えられる。いずれにしてもこの句は、前の第3句とともに、清澄で幻想的な夜景を詠じたもので、秀逸と言える。「白」字どうしの対というのも極めて奇抜である。また第3句では俯してみた情景、第4句では仰ぎ見た情景というように、視点も自然に移行していることに注意したい。

5沈吟　①低い声で詩を吟ずる、②深くもの思いにふける、等の説がある。〔通釈〕では①の解釈を採用した。詳細は〔諸説の異同〕IIを参照のこと。

6古来相接　〔通釈〕では、古来の文学者・詩人の中で、李白自身がともに心を通わせられ共鳴できる人物をいうものとして解釈したが、諸説ある。詳細は〔諸説の異同〕IIIを参照のこと。

7解道　ここでの「解」は、虚詞的な用法で、「うまく（上手に）……できる」という意味の「能」とほぼ同義。「道」は「言う」「表現する」の意。従って「解道」二字で〝よくぞ巧みに表現したものだ〟といった意味になり、称賛の語気が含まれている。ちなみに「解」を理解するの意味にとり、〝自分は謝朓の以下の句の意味を心から理解できた〟といった方向で解釈する説もある。詳細は〔諸説の異同〕IVを参照のこと。

澄江浄如練　「澄江」は澄んだ長江の意。「浄」は清らかな流れを言う。長江は、濁った黄河に対して、しばしば「清江」とも表現され、その清らかさが強調される。「練」は白いねりぎぬのこと。謝朓の「別《ル》ニ王僧孺《ニ》一」（『芸文類聚』巻三九）に「月池皎《トシテ》如《シ》レ練《ノ》」とあることからもわかるように、月の光のような純白の輝きを連想させる絹の一種である。この句は南朝・斉の謝朓（『正編』李白「宣州謝朓楼餞別校書叔雲」〔植木久行執筆〕、及び本書李白「秋登宣城謝朓北楼」〔寺尾剛執筆〕を参照）の代表作の一つ「晩登《リ》ニ三山《ニ》一還《ス》レ望《ヲ》京邑《ヲ》一」（『謝宣城集』巻三、『文選』巻二七）の「餘霞散《ジテ》成《リ》レ綺《ト》、澄江静《カナルコト》如《シ》レ練《ノ》」からの引用。詩題の「三山」は金陵（南京）の南郊にある長江に臨む山で、金陵付近の代表的な「詩跡」の一つ。また、「京邑」は謝朓の当時の都・建康、すなわち金陵（南京）のこと。李白はこの句を引用することによって、読者に対して、謝朓の句のすばらしさを再認識させるとともに、金陵一帯の月夜の美しさを一層印象付ける、という二重の効果をあげることに成功している。ちなみに、『静嘉堂本（宋本）』『分類補注本』『王注本』等の代表的な李白集は、いずれも謝朓の句の「澄江静《カナルコト》如レ練《ノ》」の「静」字を「浄」に作っている（〔校語〕参照）。このことについて、松浦友久『李白―詩と心象』（教養文庫、社会思想社、一九七〇年）は次のように述べる。「『静』（上声・去声）と『浄』（去声）とは、母音のひびきに少し相違はあったが、中世の発音としても、たいへんよく似た音であった。李白がわざと変えたのか、好みによる無意識のまちがいか、あるいは、たんに後世の人が字を写しちがえたものであろうか。『散成綺』との対句だという点からみて、おそらく『静』のほうが本来の形を伝えているのだろう。ただおもしろいことに、これを李白の詩の中に置いてみると、『解道澄江浄如練』のほうが、イメージとして生きてくるし、いっそう李白らしい感じがする。李白には、謝朓との共通点のほかに、謝朓の詩にみられない新しい感覚、イメージの飛躍や流動感がある。『解道澄江静如練』では、その流動感がふっと止まってしまうような感じがするからであろう」と。

8令人　「令」は使役を表す。「人」は、ここでは李白自身をいう。

憶　思い出す、回想する、記憶する、の意。

謝玄暉　謝朓のこと。玄暉は字《あざな》。その清新な詩的感覚によって、李白の最も敬愛する詩人の一人となっている。詳細は『正編』李白「宣州ノ謝朓楼ニテ餞二別ス校書叔雲一ヲ」（植木久行執筆）、及び本書李白「秋登ル二宣城ノ謝朓北楼一ニ」（寺尾剛執筆）、及びその所掲論文等を参照のこと。

通釈

金陵の城西楼での月下の吟

金陵の夜は寂しく、涼やかな風が吹き起こる。そんななか、ひとり高楼に登り、呉や越の地を眺めやる。

白雲は水に映り、ひとけない城壁を揺り動かし、白露は真珠を垂らしたように、秋の月光に照らされて滴り落ちる。

月の下で詩を口ずさみつつ、もう長いこと、去りかねてここに留まっている。古来の詩人で、わたしの心にかなう人はまことに稀であった。

よくぞみごとに詠じたものだ――「澄《ちよう》江《こう》　浄《きよ》きこと練《ねりぎぬ》の如《ごと》し」（澄んだ川面は、浄らかで、白い練絹のよう）、とは。この句は、わたしをして、永遠に謝玄暉の名を懐かしく思い出させるのだ。

諸説の異同

異同の所在　Ⅰ

第4句の解釈、特に「白露」と「秋月」との関係

異同の類別

A　白露が月の中に滴り降る、と解するもの。

B　白露が月から滴り落ちてくる、と解するもの。

C　白露が月の光とともに（葉末から）地上に滴り落ちていると解するもの。

D　白露が月の下で滴り落ちていると解するもの。

A説を採るもの：榊原篁洲『古文真宝前集諺解大成』（早稲田大学出版部編『漢籍国字解全書』、一九二八年）、久保天随『李太白詩集』（国民文庫刊行会、一九一〇年）、青木正児『李白』（漢詩大系第八巻、集英社、一九六五年）、武部利男『李白』（世界古典文学全集第二七巻、筑摩書房、一九七二年）、筧久美子『李白』（鑑賞中国の古典第一六巻、角川書店、一九八八年）、弘征『李白詩精選精注』（広西師範大学出版部、一九九六年）など。

B説を採るもの：大野實之助『李太白詩歌全解』（早稲田大学出版部、一九八〇年）、蕭滌非等編『唐詩鑑賞辞典』（何慶善執筆）上海辞書出版社、一九八三年）、宋緒連・初旭主編『三李詩鑑賞辞典』（雲横執筆）吉林文史出版社、一九九二年）郁賢皓主編『李白大辞典』（張采民執筆）広西教育出版社、一九九五年）など。

C説を採るもの：松浦友久『李白詩選』（岩波書店、岩波文庫、一九九七年）など。

D説を採るもの：復旦大学古典文学教研組『李白詩選』（人民文学出版社、一九八八年）、郁賢皓『李白詩選』（上海古籍出版社、一九九〇年）など。

異同の論拠

A～D説いずれも、特に根拠を記したものはない。諸説の分岐点

は、主として「白露」と「秋月」との関係の解釈にある。以下にいくつか、この句の解釈例を挙げることにする。

A説（白露が秋月の中に降りる）については、例えば、榊原篁洲『古文真宝前集諺解大成』は「白露は珠の如く円かに結て秋月のさやかなる中に滴り降也」（傍点筆者）とする。筧久美子『李白』の場合、他のA説と若干異なり、「露の珠が水中の秋の月にしずくとなってしたたり落ちる」（傍点筆者）と訳し、ここでの月は天空のものではなく「水に映じた月をいうのであろう」と注している。

B説（白露が秋月から降りてくる）については、例えば、大野實之助『李太白詩歌全解』は「白露はさながら珠を垂れるように秋月から滴り落ちてくる」とし、蕭滌非等編『唐詩鑑賞辞典』（何慶善執筆）は「仰二観《スレバ》 遥空《ヨリ》垂落《スル》的露珠《ヲ》一、在《リテ》二月光《ノ》映照《スル》下《ニ》一、象《ニテ》二珍珠般《ノ》晶瑩《ニ》一、彷彿《トシテ》 是《レ》従《よリ》二月亮中《ノ》一滴出《リヅ》」（傍点筆者）と訳し、さらに「月亮《ハ》是《レ》不《ルモ》レ会《ベカラ》レ『滴《ラシム》』二露珠《ヲ》一的、但《ダ》『独《リ》上《リ》二高楼《ニ》一』、凝《ラシ》レ神《ヲ》仰二望《スレバ》 秋月《ノ》皎潔如《キヲ》レ洗《フガ》、好象《あたかモ》露珠《ハ》是《レ》従《リ》二月亮上《ノ》一滴《リ》下《ルニ》 似《に》的《タリ》」（傍点筆者）と解説する。

C説（白露が秋月とともに地上に降りる）については、例えば、松浦友久『李白詩選』は「（葉末の）白露は真珠のように結んで、秋の月光とともに（地上に）滴り落ちる」（カッコ内は筆者補足）とする。

D説（白露が秋月の下で降りている）については、例えば、復旦大学古典文学教研組『李白詩選』は「白露《ハ》在《リテ》二秋夜《ノ》月光下《ニ》一垂《レ》滴《ルコト》如《シ》レ珠《ノ》」（傍点筆者）とする。

案ずるに、A説B説の場合、「月の中に」、あるいは「月から」、（霜ではなく）露が降りるという表現は、常識的に言っても、また、中国古典詩の伝統から見ても、いささか疑問である。しかし、李白が奇抜な発想を得意とする詩人であるという中国古典文学史上の定論からすれば、このA説B説が成立する可能性は十分にありうる。また、C説も、この句が踏まえたと考えられる江淹の「別《レノ》賦」の表現（〔語釈〕参照）が、月と露を並列的に扱っていることを考慮に入れれば、十分に成り立ちうるであろう。そもそもこの句自体が、読者に様々な解釈を許容する構造となっており、一つの説に固執するよりは、様々な解釈の可能性を試みつつ読むほうが、詩としての味わいが増すように思われる。この句が、いかにも李白らしい、清澄な感覚に富んだ、幻想的かつ奇抜な表現である、ということにこそ注意を払うべきであろう。〔通釈〕では〔語釈〕でも述べたように、「露」は地上に結ぶものという当時の通念に最も合致するC説を採ることにした。

異同の所在 II

「沈吟」の解釈

異同の類別

A　詩を吟ずること。

B　深く思いにふけること。

A説を採るもの：大野實之助『李太白詩歌全解』、筧久美子『李白』、松浦友久『李白詩選』など。

B説を採るもの：青木正児『李白』、武部利男『李白』、蕭滌非等編『唐詩鑑賞辞典』（何慶善執筆）、石川忠久『NHK漢詩をよむ—李白』（日本放送出版協会、一九八八年）、弘征『李白詩精選精注』、郁賢皓主編『李白大辞典』（張采民執筆）など。

異同の論拠

いない。

A説B説ともに、特に一方の説を否定する形での論拠は示されていない。

A説を採るものとしては、例えば、大野實之助『李太白詩歌全解』は「詩句を口ずさみ……」と訳し、松浦友久『李白詩選』は「声低く詩を吟じつつ……」と訳して、「『低吟』『微吟』の類語」と注する。

B説の立場の解釈をいくつか挙げると、例えば青木正児『李白』は「つくづくと思ひ入るに……」と訳し、武部利男『李白』は「思いにふければ……」と訳し、蕭滌非等編『唐詩鑑賞辞典』（何慶善執筆）は「沈思黙想」と訳す。

案ずるに、文脈的にはA説B説どちらにも解し得るであろう。〔通釈〕では、「沈吟」を詩題の「月下吟」に呼応する表現と考えて、A説を採ることにした。ただし、この詩全体の構成を見た場合、前半四句が叙景、後半四句が抒情（作者の心境の吐露）という、いわゆる〝前実後虚〟の作となっていると考えられ、その際、B説のように取れれば、その前後の境界及び全体の構成がより明快になるという利点もある。その意味でB説も捨て難い。

異同の所在　III

「古来相接」の解釈

異同の類別

A　「古来の人物（文学者・詩人）の中で自分李白が慕わしく思える人物、共鳴することのできる人物」という意に解釈するもの。

B　「古来の人物（文学者・詩人）の中で自分李白が継承すべき人物」という意に解釈するもの。

C　「古人と心を通わすことのできる人物」という意に解釈するもの。

D　「古来続々と文学者・詩人が現われてきたが……」という意に解釈するもの。

A説を採るもの：久保天随『李太白詩集』、大野實之助『李太白詩歌全解』、復旦大学古典文学教研組『李白詩選』、蕭滌非等編『唐詩鑑賞辞典』（何慶善執筆）、郁賢皓『李白詩選』、弘征『李白詩精選精注』、郁賢皓主編『李白大辞典』（張采民執筆）など。

B説を採るもの：松浦友久『李白―詩と心象』など。

C説を採るもの：李白詩選注編選組『李白詩選注』（上海古籍出版社、一九七八年）、筧久美子『李白』など。

D説を採るもの：青木正児『李白』、石川忠久『NHK漢詩をよむ―李白』など。

異同の論拠

A～D説いずれも、特に他の説を否定するような形での論拠は示されていない。

A説を採るものとしては、例えば大野實之助『李太白詩歌全解』は「昔から相接して親しく交際し懐しく慕わしく思っている人」と訳し、復旦大学古典文学教研組『李白詩選』は「相接、指《ス》下在《に》二精神上一能《ク》共鳴《スル》的人《ヲ》上」と注する。

B説を採るものとしては、例えば松浦友久『李白―詩と心象』は「古来の文学の歴史のなかで、自分がほんとうに継承すべき詩人」と訳す。

C説を採るものとしては、李白詩選注編選組『李白詩選注』は、「如今能《ク》与二古人一精神《ノ》相《ヒ》通《ズル》的人」と訳し、筧久美子『李白』は「昔の人と心を通わせられる人」と訳す。

D説を採るものとしては、例えば青木正児『李白』は「相接続して詩人が現れることであろう」と注し、さらに「古来詩人は続々と現はれてゐるが……」と訳す。

案ずるに、「相」字及び「接」字をどう解釈するかによって、諸説分かれているようである。〔通釈〕では、とりあえずA説を採ることにした。一応の根拠としては、李白に「謝公亭」（『全』巻一八一。宣城の謝朓ゆかりの地で詠じたもの）という作品があり、その末尾に「古今一《ニ》相《あヒ》接《ス》、長歌懐《シテフ》旧遊《ヲ》」という句があり、この場合、「古今一相接」は「昔の謝朓と現在のわたし李白（の心）がこの地でひとたびつながりあう、共鳴しあう」といった方向で解釈するのがふさわしい。この句もそれと同様の発想・表現と見たい。

異同の所在　Ⅳ

「解道」の意味、特に「解」の解釈

異同の類別

A　「解」を「……できる」「うまく……した」の意とし、「解道」で「うまく言ったものだ」といった訳にするもの。

B　「解」を「理解する」「わかる」の意とし、「解道」で「言ったことが理解できる」といった訳にするもの。

C　「解」を「解《と》く」の意とし、「解道」で「言いつくす」「説き明かす」といった訳にするもの。

A説を採るもの：久保天随『李太白詩集』、蕭滌非等編『唐詩鑑賞辞典』（何慶善執筆）、筧久美子『李白』、劉開揚等選注『李白詩選注』（上海古籍出版社、一九八九年）、弘征『李白詩精選精注』、松浦友久『李白詩選』など。

B説を採るもの：復旦大学古典文学教研組『李白詩選』、宋緒連・初旭主編『三李詩鑑賞辞典』（雲横執筆）、郁賢皓主編『李白大辞典』（張采民執筆）など。

C説を採るもの：大野實之助『李太白詩歌全解』など。

異同の論拠

A～C説いずれも、特に他の説を否定するような形での論拠は示されていない。

A説を採るものとしては、例えば松浦友久『李白詩選』は「『能道』（能《よ》く道えり）と同じ。表現の巧みさを誉める言葉」と注して「よくぞ表現しえたもの」と訳し、劉開揚等選注『李白詩選注』は「会説、会詠」（上手に言う、上手に詠じる）の意と注し、弘征『李白詩精選精注』は「能够説出」（よく言い出す）と訳している。

B説を採るものとしては、例えば復旦大学古典文学教研組『李白詩選』は「懂得説」（言うことがわかる）と注し、宋緒連・初旭主編『三李詩鑑賞辞典』（雲横執筆）は「我最能理解……」と訳している。

C説を採るものとしては、例えば、大野實之助『李太白詩歌全解』は「『解』はとく、『道』はいう、言いつくす、説き明かしている」と注している。

案ずるに、C説は「解」の解釈と「解道」の意味との間に飛躍があり、語法的に成り立ちにくい。A・B両説は、それぞれに説得力があるが、辞書レベルでは、次のように説明されている。例えば、張相『詩詞曲語辞匯釈』（中華書局、一九五三年）巻一では「解道」の用例を二つに分類し、その一として「解道《ハ》、猶《ホ》云《フガ》会説《ト》也。其《レ》指《シテ》前人之名句《ヲ》而言《フ》、則《チ》猶《ホ》云《フガ》会詠《ト》也」と説明し、その二として

「解道《ハ》、猶《ホ》《キ》レ云《フガ》ニ知道《ト》（知る）一也。此《レ》解之本義《ナリ》」と説明し、李白のこの「金陵城西楼月下吟」の例を前者の例として挙げている。また『漢語大詞典』一〇（漢語大詞典出版社、一九九二年）の「解道」の条では「①懂得、知道。②猶能吟、会吟。③講述、訴説」と、三つの用法に分類して、李白のこの詩の例を②の用例として挙げている。『詩詞曲語辞匯釈』『漢語大詞典』ともに、現在において最も有力な辞書の一つであり、それらがいずれも李白のこのケースをA説で採っている。よって〔通釈〕ではとりあえずA説を採ることにした。

（寺尾　剛）

0 見京兆韋参軍
　量移東陽二首
1 潮水還帰海
2 流人却到呉
3 相逢問愁苦
4 涙尽日南珠

京兆《けいてう》の韋《ゐ》参軍《さんぐん》の東陽《とうやう》に量《りやう》移《い》せらるるを見《み》る、二《に》首《しゅ》（其の一）
潮水《てうすい》　還《めぐ》りて海《うみ》に帰《かへ》り
流人《りうじん》　却《かへ》つて呉《ご》に到《いた》る
相《あ》ひ逢《あ》ふて愁苦《しうく》を問《と》へば
涙《なみだ》は尽《ことごと》く日南《にちなん》の珠《しゅ》

テキスト　『全』一六八-3-1733 ◆『選』六 ◆『静嘉堂蔵宋本李太白文集』八 ◆『分類補注李太白詩』九 ◆『王琦集注李太白文集』九 ◆『万首唐人絶句』三 ◆『唐詩品彙』三九 ◆『唐詩解』二一 ◆『李詩通』二〇 ◆『景宋咸淳李翰林集』六 ◆『唐宋詩醇』五

校語
0 **見京兆韋参軍量移東陽二首**　『静嘉堂本』『分類補注本』では題下注に「呉中」の二字を附する。『万首唐人絶句』では「京兆」及び「二首」が無い。『選』『唐詩品彙』『唐詩解』『李詩通』では「二首」が無い。
2 **却**　『全』（底本）では「卻」に作るが、諸本によって通行の「却」字に改める（「卻」は「却」の本字。意味は同じ）。

詩型・韻字
五言絶句。呉《*ご》・珠《しゅ》（上平声虞韻〔虞模韻*〕）。

語釈
0 **見**　会う、顔をあわせる、の意。従って、この詩は李白が韋参軍に出会って、直接贈ったもの、ということになる。
京兆　京兆府、つまり、都・長安を指す。
韋参軍　「韋」は姓。「参軍」は、軍や地方の役所の属官。一般に軍事顧問や事務官として服務する。唐代においては、はじめて任官される際や地方に貶謫される際に、この官を拝することが多かった。「韋参軍」なる人物に関しては未詳。なお、前野直彬『唐詩選』中（岩波文庫、岩波書店、一九六三年）は、「『京兆韋参軍』とあれば、通常は京兆府参軍の韋某の意味だが、京兆の韋氏といえば当時では名門なので、ここでは京兆を本籍とする韋参軍の意味かもしれない」と指摘する。
量移　「量《はか》り移す」、つまり、遠国に流されたものを、情状酌量によって、より近い場所に配所を移すこと。清の顧炎武『日知録』巻三二「量移」の条に「唐朝《ノ》人、得《テ》レ罪《ヲ》貶《へん》ニ竄《ざんセラレ》遠方《ニ》一、遇《ヒ》レ赦改メラル二近地ニ一、謂フ二之ヲ量移ト一」とある。この詩の詩題および結句によって、韋参軍は、この時、日南（安南。現在のベトナム中部）から東陽に移されたことがうかがい知られる。従って、李白がこの詩を贈った場所も、東陽である可能性が高い。ただ瞿《く》蛻園《ぜいえん》・朱金城『李白集校注』（上海古籍出版社、一九八〇年）は、東陽近くで出会ったとは限らないと指摘する。また安旗主編『李白全集編年注釈』（巴蜀書社、一九九〇年）は、宋本の題下注に従い、単に〝呉中の作〟とのみ記している。

東陽　唐代の行政区分においては、江南東道婺州《ぶしゅう》に属する。現在の浙江省金華市東陽。「東陽」という地名は、南朝の宋の詩人・謝霊運の代表作の一つ「東陽谿中贈答」等によって知られる。李白詩にも「東陽素足女、会稽素舸郎。相ヒ看テ月未ダレ墜チ、白地断ツ二肝腸ヲ一」（「越女詞」其四、『全』巻一八四）といった用例がある。

1**潮水**　満ちたりひいたりする水の流れ、ここでは、河川における潮流を言う。

還　動詞的に解釈して「めぐって」（「かへって」）と訓読するか、副詞的（虚詞的）に解釈して「また」と訓読するか、といった、大きく分けて二つの説がある（〔諸説の異同〕Ⅰ参照）。〔通釈〕では動詞的に解釈して「めぐりめぐって」という訳をつけた。

2**流人**　罪を得て流された人。つまり韋参軍のこと。

却　解釈に諸説ある（〔諸説の異同〕Ⅱを参照）。〔通釈〕では、軽い逆接の気分を表す副詞と判断し、「かえって」と訳した。つまり、第1句（起句）を受けて、〝潮は本来帰るべき所である海に帰ってゆけるのに、（それなのに）韋参軍はかえって東陽までしか帰ることができず、本来帰るべきはずの京兆にはいまだに帰られぬままである〟といった、いささか心外な気持ちをこの「却」の字に込めたものと考えた（なお、虚字としての「却」字には「正《まさニ》」と読む訓詁もあるが、ここでは文意として採らない）。

呉　東陽は現在の浙江省北部、即ち、「越」の地に属する。一方、「呉」は、一般にその北に位置する現在の江蘇省南部一帯から浙江省の北の一部にかけての地を指すことが多いが、ここでは、「越」地方も含めて広く長江下流の地を指して「呉」と称したものと考えられる。いわゆる「呉越」の地を単に「呉」ないし「越」と言い換えるケースは、唐詩にはしばしば見られる。この詩でも、韻字の関係もあって、この「呉」の字が用いられたと考えられる。なお、中島敏夫・佐藤保『唐詩選』下（学習研究社、一九八六年）では、「呉」について「現在の江蘇省南部を中心として浙江省の北部及び安徽省にかけての一帯の古名（先秦時代の呉の国は今の蘇州市に都を置いていた、その古国名によるもの）。東陽は呉に属す」と注し、「呉」国の範囲をかなり広くとらえている。

3**問愁苦**　李白が韋参軍に対して、貶流の身の苦しさ、悲しみを尋ねた。

4**尽**　副詞的に「ことごとく」の意味にとるか、動詞的に「つく(尽きる)」の意味にとるか、二説がある（〔諸説の異同〕Ⅲ参照）。〔通釈〕では前者をとった。

日南珠　「日南」は唐代の行政区分においては、嶺南道安南都護府管轄の愛州に属していた。現在のベトナム中部よりやや北側に位置する。唐の版図のほぼ最南端にあたる。また漢代の行政区分によれば、現在のベトナム中部に日南郡が置かれている。ここで言う「日南」が唐代のそれか、漢代の古名に従ったものか、にわかには判別しがたい。ここでは広く嶺南一帯を指しているものと考えておくのが穏当と思われる。「珠」は、ここでは真珠を言う。南海に住む人魚（鮫人《こうじん》）の涙が真珠となったという伝説が、『別国洞冥記』巻二や『述異記』巻下、『博物志』巻二等に見える（〔備考〕(3)参照）。この結句の部分は、前の句での李白の問いに韋参軍が答えた会話文と考えることもできる（〔諸説の異同〕Ⅳ参照）が、〔通釈〕では直叙とみて訳しておいた。

通釈

京兆の韋参軍が東陽に量移されたのに出会う

川面に満ちた潮は、めぐりめぐって（本来帰りつくべき所である）海に帰ってゆく。（それなのに）流された罪人であるあなたは、（都・長安にまでは戻れず）かえって、呉の地にたどりついたばかり。

お互いにめぐりあって、流罪の日々の苦しさを尋ねてみれば、君の落とす涙は、一粒一粒がみな、（人魚の流す）日南の真珠のようだ。

諸説の異同

異同の所在　Ⅰ

「還」の解釈

異同の類別

A　「還」を「メグツテ（メグリテ）」と読んで、動詞的に解釈する（「めぐりめぐって」の意）」。

B　「還」を「カエツテ（カヘリテ）」と読んで、動詞的に解釈する（「潮水が海にかえる」の意）。

C　「還」を「マタ」と読んで、副詞的に解釈する（「やはりまた」の意）。

A説を採るもの：前野直彬『唐詩選』中、目加田誠『唐詩選』（新釈漢文大系第一九巻、明治書院、一九六四年）、松浦友久『李白―詩と心象』（教養文庫、社会思想社、一九七〇年）など。

B説を採るもの：服部南郭『唐詩選国字解』（早稲田大学出版部、一九二六年）、佐久節『唐詩選新釈』（弘道館、一九二九年）、藤原楚水『唐詩選通解』（清雅堂、一九六七年）、平野彦次郎『唐詩選研究』（明徳出版社、一九七四年）、簡野道明『唐詩選詳説』上（明治書院、一九八六年）など。

C説を採るもの：久保天随『李太白詩集』中（国民文庫刊行会、一九二八年）、和木清三郎『唐詩選講義』（京文社、一九三五年）、釈清潭『国訳唐詩選』（国訳漢文大成、東洋文化協会、一九五六年）、斎藤晌『唐詩選』下（集英社、一九六五年）、田中克己・小野忍・小山正孝『唐代詩集』（平凡社、一九六九年）、武部利男『李白』（世界古典文学全集第二七巻、筑摩書房、一九七二年）、高木正一『唐詩選』三（中国古典選第二七巻、朝日新聞社、一九七八年）、中島敏夫・佐藤保『唐詩選』下、大野實之助『李太白詩歌全解』（早稲田大学出版部、一九八〇年）など。

異同の論拠

異同の論拠については、B説の立場に立つ平野彦次郎『唐詩選研究』に、「還は引き返すこと。帰は落ちつくべきところにかえり着くこと。河に差し上って来た潮水が引き返すのは『還』で、本の海に落ちつくのは『帰』である」との指摘がある。A説C説については特に論拠は示されていない。

案ずるに、起句・承句が緊密な対句関係を構成していると考えるならば、承句の副詞「却」とともに、「還」字も副詞的に解釈するのが穏当と思われるが（C説）、絶句の場合、他の近体詩に比べ、それほど対句の厳格さは要求されず、また、起句・承句の意図である、〝水の循環性〟に対する〝人事の非循環性〟（「水はめぐってもとに戻るのに、韋参軍はそれがかなえられない」）を、詩人が強調しようと意図してこの「還」字を配していたとするならば、動詞的に解釈した方がより適切であろう（A説B説）。

ただB説のように「還」を「かえる」と解釈した場合、確かに「還」と「帰」は、平野彦次郎『唐詩選研究』の指摘するように、基本的な字義としては異なってはいるが、広義にとれば、かなり類似した表現であり、やはり同義語の反復といった感はまぬがれない。従って本稿では、とりあえず「循環する」といった方向で解釈するA説によって解釈することにした。むろん、「還」を動詞とすると、この句全体がいわゆる〝実字〟ばかりとなり重すぎると考えるならば、C説をとってもよい。

異同の所在　II

第1句（起句）と第2句（承句）との繋がり方

異同の類別

A　潮は本来帰ってゆくべき海に帰ってゆけるのに、流人は帰るべきところ（長安）には帰れず、この呉の地にやってきた、と、逆説的に繋げて解釈する。

B　潮が海に帰ってゆくのと同じように、流人もまた呉の地に帰ってきた、と、順接的に繋げて解釈する。

A説を採るもの：唐汝詢《とうじょじゅん》『唐詩解』（巻二二）、久保天随『李太白詩集』、佐久節『唐詩選新釈』、簡野道明『唐詩選詳説』上（明治書院、一九二九年）、釈清潭『国訳唐詩選』、目加田誠『唐詩選』、平野彦次郎『唐詩選研究』、高木正一『唐詩選』三、大野實之助『李太白詩歌全解』、服部南郭『唐詩選国字解』及び日野龍夫の注（平凡社、一九八三年）など。

B節を採るもの：斎藤晌『唐詩選』、前野直彬『唐詩選』中、武部利男『李白』、中島敏夫・佐藤保『唐詩選』など。

異同の論拠

A説に立つものとしては、平野彦次郎『唐詩選研究』に比較的詳細な論拠が述べられている。本書は「却」字の註釈部分に、「退却の却で、カエッテと訓んでも、後へさがる意がある。こうなるはずなのに、アベコベにそうはならないという意に用いる。この詩では、流人も潮水が海に帰するように、その落ちつくべき京師に帰るべきはずなのに、僅かに東陽に量移させられるに過ぎないから、『却』の字を用いた」と述べる。ちなみに、「却」を「あべこべに」と訳しているものとしては、他に簡野道明『唐詩選詳説』、釈清潭『国訳唐詩選』などがある。B説については、特に論拠は示されていない。

案ずるに、A説・B説の違いは韋参軍（あるいは彼を励ますべき立場にある李白も含めて）が、東陽に量移させられたことを、十分満足するに値する処遇と考えているか（B説）、あるいは、なお不本意と考えているか（A説）の違いに由来するものと考えられる。この詩だけで当時の韋参軍なる人物の心情を推し量ることは困難であるが、①詩題（あるいは中央で働くことを栄誉とする当時の一般通念）から、韋参軍の希望する帰着点が「京兆」（長安）であろうと推定できること、②李白が、なお韋参軍のことを「流人」（「流罪となっている人」）と称していること、③「却」字は意外性を言外に含むことが多いこと（つまり、「京兆に帰還できると思っていたのに、はからずも東陽に配属された」と解釈できること）、④以下に続く詩の後半部分も韋参軍の悲哀のさまが描かれていること、⑤この詩の第二首目（〔備考〕(4)参照）の第4句に、「莫道此行難」とあること、⑥浙江省東陽は、当時としても、やはり南方の僻遠の地といった印象を免れないこと、などの理由から、韋参軍にとって、東陽の地は依然としてつらい行旅の途次と意識されていたものと考えるのがよいようである。以上のことから、〔通釈〕ではA説を採ることにした。

異同の所在　Ⅲ

「尽」の解釈

異同の類別

A　「尽」を「コトゴトク」と読んで、副詞的に解釈する。

B　「尽」を「ツク」と読んで、動詞的に解釈する（「泣き尽くす」）。

C　A・B両説の義を兼ねているとする。

A説を採るもの：和木清三郎『唐詩選講義』、平野彦次郎『唐詩選研究』、松浦友久『李白─詩と心象』、大野實之助『李太白詩歌全解』、植木久行『唐詩の風土』（研文出版、一九八三年）など。

B説を採るもの：唐汝詢『唐詩解』（巻二二）、久保天随『李太白詩集』、佐久節『唐詩選新釈』、簡野道明『唐詩選詳説』、前野直彬『唐詩選』、目加田誠『唐詩選』、斎藤晌『唐詩選』、藤原楚水『唐詩選通解』、武部利男『李白』、高木正一『唐詩選』など。

C説を採るもの：釈清潭『国訳唐詩選』、中島敏夫・佐藤保『唐詩選』など。

異同の論拠

A説B説ともに、明確な論拠は示されていない。A説B説を融合させているC説については、中島敏夫・佐藤保『唐詩選』が、「句は、流れる涙尽く日南の真珠となったという意味と、真珠と化す涙が尽きてしまう程、泣き尽くしたという意味とを兼ねるもので、そこにこの句の妙がある」として、二つの解釈が可能であることを、むしろ積極的に評価している。

案ずるに、A説B説どちらでも解釈は可能と思われる。ただ、二者択一的に選択するとすれば、「ツク」と読んで「涙が真珠となって尽きてしまった」といったように事後的・完了的な表現ととるよりは、「コトゴトク」と読んで「韋参軍の目から次々と流れ落ちてくる涙は、尽くみな日南の真珠のごとくである」と解釈するほうが、いかにも今まさに韋参軍の涙を見ているといった、臨場感のある表現になるように思われる。従って、〔通釈〕ではとりあえずA説（「コトゴトク」）をとった。ただし、五言詩のリズム（「○○／○○○」）として落ち着くのはB説であり、こちらを捨てにくいのも事実である。

なお、唐汝詢『唐詩解』は、B説をとりつつも、「涙が今にも真珠とともに落ち尽くそうとしている」、というふうに解釈している

（「泣涙之多キコト、将《まさ》ニ下与スル二此珠ノ一倶ニ尽上キント耳」）。

異同の所在　Ⅳ

結句の解釈

異同の類別

A　韋参軍の様子を直叙したものとする。

B　韋参軍が李白の問いに答えた会話文とする。

C　A・B両説の義を兼ねているとする。

A説を採るもの：久保天随『李太白詩集』、簡野道明『唐詩選詳説』、和木清三郎『唐詩選講義』、武部利男『李白』、大野實之助『李太白詩歌全解』、松浦友久『李白―詩と心象』、植木久行『唐詩の風土』など。

B説を採るもの：前野直彬『唐詩選』、目加田誠『唐詩選』、斎藤晌『唐詩選』、平野彦次郎『唐詩選研究』、高木正一『唐詩選』など。

C説を採るもの：中島敏夫・佐藤保『唐詩選』。

異同の論拠

A説B説ともに、明確には論拠は示されていない。ただ、B説の立場をとる平野彦次郎『唐詩選研究』は、「日南は韋参軍のいたところであるから、結句を韋参軍の答辞とみるのが穏当である」と述べている。C説については、中島敏夫・佐藤保『唐詩選』は、「この句は、李白の問いに対する答えの形と、答えの代わりに韋が涙を流したということの両者を兼ねさせ得るところにもミソがある」と、折衷案を提出している。

〔通釈〕では、A説を採用した。〝韋参軍は、悲しみのあまり、答えが言葉とならず、答えの代わりに涙があふれ出てきた〟と解釈するほうが、より屈折に富み情緒豊かであろうとみなしたためである。

備考

(1)　制作年代について（「量移」との関係を中心に）

この詩の制作年代については、詩題に見える「量移」の行なわれた年代が、問題となっている。清の王琦『李太白全集』は、『旧唐《くとう》書《じょ》』「玄宗紀」の「（開元）二十年……十一月庚午、祀リ二后土ヲ於脽《すい》上一ニ、大イニ赦シ二天下一ヲ、左降官ハ量移セラル二近処一ニ」（巻八）及び「（開元）二十七年……二月乙巳、加ヘ二尊号開元聖文神武皇帝一ヲ、大イニ赦ス二天下一ニ、……左降官ハ量移セラル二近処一ニ」（巻九）を引き、「『量移』ノ字始メテ見ユ二於此一ニ」とコメントしている。このことを根拠に、詹鍈《せんえい》『李白詩文繫年』（作家出版社、一九五八年）は、開元二七年（七三九）（李白39歳）の五月頃の作品であろうと推定している（同説によれば開元二〇年〔七三二〕には李白は安陸にいたので、この年はありえないとする）。安旗・薛天緯《せつてんい》『李白年譜』（斉魯書社、一九八二年）もこの説に従っている。ただ「量移」の語の初出が開元二〇年及び二七年であるとしても、いずれもたまたま大規模な恩赦（「大赦」）であったため史書に記載されたにすぎず、個人レベルの配所がえはしばしば行なわれていたので、必ずしもこの二度の大赦の時に制作年代を絞る必要はない、という考え方も可能である。黄錫珪《こうせきけい》『李太白年譜』（作家出版社、一九五八年）は、この二度の大赦の年を考慮に入れず、天宝四載（七四五）、李白三度目の越中旅行の際の作としている。いずれにせよ、現段階では、制作年代は未詳とするのが穏当であろう。

(2)　「潮水」「海」「流人」「涙」「珠」について

この詩は、わずか二〇字の中に、「潮水」「海」「流人」「涙」「珠」という、流れるもの、透明で輝きあるものをイメージさせる語彙が一首全体にちりばめられている。一連の類似するイメージによって全体が統一されるよう語句が選別され、構成されていると言ってよい。「流謫」という沈痛な題材を扱っているにも関わらず、どこかカタルシス（浄化作用）が感じられるのも、李白の、こういった用字における配慮によるところが大きい。また、この詩の詩型が、中国古典詩のなかで最も短い五言絶句であるがゆえに、そのような効果も一層際だつのであろう。

(3)　南海の人魚伝説について

南海の人魚（鮫人）の涙については、次のようないくつかの伝承がある。

①「吠勒国《はいろく》……去ルコト二長安ヲ一九千里、在リ二日南ニ一。人長《たけ》七尺、被髪（ざんばら髪）至ルレ踵《きびす》ニ。乗リ二犀象之車ニ一、乗リテレ象ニ入リ二海底ニ一、取ルレ宝ヲ。宿セバ二於鮫人（水中に住む人、いわゆる人魚のこととされる）之舎ニ一、得二涙珠ヲ一。則チ鮫人ノ所レ泣ク之珠也」（伝・郭憲『〔漢武帝〕別国洞冥記』巻二）

②「南海ノ外ニ、有リ二鮫人一。水居スルコト如クレ魚ノ、不レ廃セ二機績ヲ一（はた織り）。其ノ眼能ク泣《なみだ》スレ珠ヲ。従リレ水出デ、寓ス二人家ニ一。積日売リレ絹ヲ、将ニレ去ラント、従ヒ二主人ニ一索ム二一器ヲ一。泣キテ而成ルレ珠ト。満ツレバレ盤ニ以テ与フ二主人ニ一」（張華『博物志』巻九）

③「南海ノ中ニ、有リ二鮫人ノ室一。水居スルコト如クレ魚ノ、不レ廃セ二機織ヲ一。其ノ眼能ク泣ケバ則チ出ダスレ珠ヲ」（任昉『述異記』巻下）。

③の記述はおそらく、②の『博物志』に基づくものと思われる。また『文選』（巻五）左思「呉都ノ賦」に「淵客慷慨シテ而涙《なみだ》スレ珠ヲ」とあり、その李善注にも、②とほぼ同様の記述が見られる。

また、本詩の〝珠のような涙〟といった発想は、他の李白詩にも散見する。例えば、「珠涙湿ス二羅衣ヲ一」（「学ビレ古ヲ思フレ辺ヲ」、『全』巻一八四）、「撫シテレ心ヲ茫茫涙如シレ珠ノ」（「有リレ所レ思フ」、『全』巻一六三）など。ただこれらは必ずしも日南の人魚伝説を踏まえたものではない。

(4)　「見京兆韋参軍量移東陽其二」について

参考までに、この作品の「其二」を挙げておく。

聞説金華渡　　聞説《きくなら》く　金華の渡《と》
東連五百灘　　東は五百灘に連なると
全勝若耶好　　全く若《じゃく》耶の好きに勝《まさ》る
莫道此行難　　道《い》ふ莫れ　此の行《たび》難しと
猿嘯千谿合　　猿嘯　千谿《せんけい》に合《つらな》り
松風五月寒　　松風　五月も寒し
他年一携手　　他年　一たび手を携《たずさ》へ
揺艇入新安　　艇を揺るがして新安に入らん

「金華」は東陽の西およそ五〇キロに位置するまち。「五百灘」はその西の郊外にある早瀬。「若耶」は浙江省紹興にある若耶渓のこと。六朝の頃から景勝の地として知られていた。「新安」は浙江上流の新安江のこと。東陽・金華からは東陽江を下って行けば、睦《ぼく》州《しゅう》建徳で合流する。久保天随『李太白詩集』は、二首の違いについて、「前首は無限の愁苦を叙し、凄涼満目、いかにも悲しげであつたから、後首に於いては、その地の絶勝を点出し、聊か慰籍の意を遇したので、二首相俟つて、各〻その妙を尽くして居る」と指摘している。

（寺尾　剛）

0 江夏別宋之悌　　江夏《(こう)かうか》にて宋之悌《そうしてい》に別《わか》る
1 楚水清若空　　楚水《そすい》　清《きよ》きこと空《むな》しきが若《ごと》く
2 遙將碧海通　　遙《はる》かに碧海《へきかい》と通《つう》ず
3 人分千里外　　人《ひと》は千里《せんり》の外《そと》に分《わ》かれ
4 興在一杯中　　興《きょう》は一杯《いっぱい》の中《うち》に在《あ》り
5 谷鳥吟晴日　　谷鳥《こくてう》　晴日《せいじつ》に吟《ぎん》じ
6 江猿嘯晩風　　江猿《かうゑん》　晩風《ばんぷう》に嘯《うそぶ》く
7 平生不下涙　　平生《へいぜい》は涙《なみだ》を下《くだ》さざるに
8 於此泣無窮　　此《ここ》に於《お》いて泣《な》くこと窮《きはま》り無《な》し

テキスト　『全』一七四-3-1787 ◆『静嘉堂蔵宋本李太白文集』一三 ◆『分類補注李太白詩』一五 ◆『王琦集注李太白文集』一五 ◆『文苑英華』二八六 ◆『唐詩品彙』六〇 ◆『唐詩解』三三 ◆『李詩通』一八 ◆『景宋咸淳李翰林集』一三 ◆『唐宋詩醇』六

校　語
4 **杯**　『静嘉堂本』『唐詩品彙』では「盃」に作る。
5 **吟**　『唐詩品彙』では「迎」に作る。
6 **猿**　『唐宋詩醇』では「猨」に作る。意味は同じ。

詩型・韻字
五言律詩。空《くう》・通《つう》・中《ちゅう》・風《ふう》・窮《きゅう》（上平声東韻〈東韻〉）。

語　釈
0 **江夏**　唐代の鄂州《がくしゅう》州治所在地（現在の湖北省武漢市。いわゆる武漢三鎮のうち武昌に当たる）。ちなみに、唐詩にしばしば詠まれる黄鶴楼は、この江夏の長江沿い（東岸）に建てられていた。

別　中国古典詩においては一般に、作者自らが旅立つ場合には「別」（あるいは「留別」）、相手が旅立つ場合には「送」（あるいは「送別」）というタイトルをつけるのが通例である。しかし、この詩の場合、その内容及び当時の宋之悌の置かれていた状況（現在のベトナム内に位置する朱鳶《しゅえん》に左遷される途次。詳細は次項及び〈諸説の異同〉I参照）を考慮に入れると、〝李白が、これから旅立つ宋之悌を送別している〟と解釈するほうが、より適切であるように思われる。また、あくまで留別詩と解して、李白のほうが旅立つとしても、詩の内容は、主として〝宋之悌の朱鳶左遷〟に重点が置かれていると解すべきであろう。

つまり第3句に「人分千里外」とあるが、当時の李白は江夏から程遠くない安陸（現在の湖北省安陸）に所帯を持っており、そこを中心に活動していたわけであるから、単に李白が宋之悌のもとを離れていくというだけでは、「千里」という用語は誇張に過ぎるように思われる。さらには第2句に見える「碧海」という用語も、当時の李白の行動範囲が内陸部（おもに湖北省）のみであったことに鑑みた場合、行く先を暗示する表現としては、やや不適切であろう。むろん「千里」も「碧海」も単に心理的隔絶感を強調するための表現に過ぎないと考えることもできるが、しかしこれを、当時の宋之悌の、これから遙か南海の地に左遷されるといった状況を配慮した表現と考えれば、より自然に解釈ができることになる。

宋之悌　初唐の大詩人・宋之問の弟。宋令文の第三子。開元年間に右羽林将軍・益州長史・剣南節度兼采訪使・河東節度兼太原尹を歴任。後、事件に巻き込まれて朱鳶（唐代の安南都護府交《こう》趾《し》郡〈交州〉〔現在のベトナム北部〕にあった）に流されている。おそらくこの作品は、開元二二年（七三四）頃、宋之悌がその朱鳶に流される途次、江夏に立ち寄った際、たまたま自身も旅の途中であった李白（当時34歳）が贈ったものと思われる（現存史料を見る限り、宋之悌の生涯において、彼が江夏を訪れることのできた機会は、唯一この朱鳶左遷途次以外にはあり得ないので、この詩の制作年代がほぼ確定できる）。

ちなみに、宋之悌の子・宋若《そうじゃく》思《し》は、後に李白が永王李璘《りりん》の軍に参加した罪で、潯陽《じんよう》の獄に繋がれた際（粛宗至徳二載〔七五七〕）、積極的に李白の釈放運動を展開し、なおかつ自らの幕僚として彼を招き入れた人物でもある（以上については、郁賢《いくけん》皓《こう》『李白叢考』〔陝西人民出版社、一九八二年〕所収「李白詩《江夏別宋之悌》繫年弁誤」〔初出は『南京師院学報』一九七八年第三期〕に詳細な考証がある。〔諸説の異同〕Ⅰ及び〔備考〕(2)参照）。

1 楚水　楚（現在のほぼ湖南・湖北省一帯）の地を流れる長江、あるいは、その長江を含めたこの辺り一帯の河川。

ちなみに、南宋の陸游は、ここでの「楚水」を、江夏の対岸の沔州《べんしゅう》（漢陽）において長江に注ぐ「漢水」を指すものと推測しており（『入蜀記』巻五、八月三十日の条に「自《リ》レ此《ここ》（鸚鵡洲を指す）以南《ハ》為《たり》二漢水一。『禹貢《うこう》』所謂《ニ》嶓冢《はちょうヨリ》導《キ》レ漾《ヲ》、東流《シテ》為《ル》レ漢者《トナリ》。水色澄徹《ニシテ》可《シ》レ鑑《みル》。太白云《フハ》二『楚水清《キコト》若《シ》レ空《シキガ》』一、蓋《シ》言《フ》レ此《ヲ》也」とある）、清の王琦（『王注本』）もこの説を引用している（ただし王琦は「『禹貢』所謂嶓冢導漾、東流為漢者」部分を省略して引用しており、そのため読み方によっては、ここで陸游が言わんとしている「楚水」は「長江」のことではないかという誤解も生まれている。例えば、大野實之助『李太白詩歌全解』〔早稲田大学出版部、一九八〇年〕は、王琦引用文をそのまま訓読し、「勿論これは揚子江を指して言っている」としている。しかし嶓冢（山）を源流とするのは「漢水」であって「長江」ではない。従って陸游説は、あくまで「楚水」イコール「漢水」という立場に立っているということを確認しておく必要がある）。この陸游の記述の影響のためか、近年の註釈類でも「楚水」を「漢水」のこととしているものが見受けられるが（例えば宋緒連・初旭《しょきょく》主編『三李詩鑑賞辞典』〔王歩高・王嵐執筆、吉林文史出版社、一九九二年〕など）、長江の一支流に過ぎない「漢水」に限定する必然性もないであろう。

おそらく陸游は、次に続く「清若空」という表現から、実景として長江に比べ漢水のほうがはるかに澄んでいたため、このような説を立てたものと考えられる。しかし、唐詩人たちの一般通念としては、長江を（黄河等の濁流に比して）澄んだ川として見るのは常識に属している。広く楚地方の長江、あるいはその支流をも含めた長江一帯を指すと考えたほうが、この詩の雄大なスケール感を損なわないように思われる（特に第2句目にある、「碧海」に通じている、という表現からも、「漢水」より「長江」を指すと考えたほうがより適切であろう)。

「楚水」を「長江」の意で用いている例としては、例えば、李白自身の他の作品にも、「陽台隔《テ》㆓楚水《ヲ》㆒、春草生《ズ》㆓黄河《ニ》㆒」(「寄《ス》㆑遠《キニ》」其六〔『全』巻一八四〕)とある。この場合、巫山の雲雨の故事を踏まえている(「陽台」は長江沿いの巫県北陽台山上にあったと伝えられる)わけであるから、ここでの「楚水」が〝楚地方の長江〟を指していることは明白である。また、〝楚地方の長江及びその一帯〟という意味では、李白とほぼ同時期の詩人である賈至《かし》の「送《ル》㆔李侍郎《ノ》赴《クヲ》㆓常州《ニ》㆒」(『全』巻二三五)に「雪晴《レ》雲散《ジテ》北風寒《ク》、楚水呉山道路難《シ》」とある。この場合「楚水」は、「呉山(呉一帯の山々)」との対比から、長江をはじめとする楚地方一帯の河川を漠然と指しているものと考えられる。なお、裴斐《はいひ》主編『李白詩歌賞析集』(〔裴斐・宋紅執筆〕巴蜀書社、一九八八年)では、李白のこの詩の「楚水」を「漢水が流れ込んで後の長江の水」(原文中国語)としており、穏当な解釈と言えるであろう。

清若空　水の清らかで透明なさまをいう。「空」は、虚しいさま、何もないさま。天空・青空のことと解釈する説もある(久保天随『李太白詩集』中〔国民文庫刊行会、一九二八年〕、大野實之助『李太白詩歌全解』など。〔諸説の異同〕II参照)。南朝・斉の劉瑱《りゅうてい》(中華書局本『王注本』では「劉楨」に作るが、おそらく字形の類似によるミスプリント。四部備要本では「劉瑱」となっている)の「上《リテ》㆑湘《ヲ》度《わたル》㆓琵琶磯《ヲ》㆒」詩(『先秦漢魏晋南北朝詩』斉詩巻五)に「煙峯晦《キコト》如《ク》㆑昼《ノ》、寒水清《キコト》若《シ》㆑空《シキガ》」とあり、おそらくこれを模したものであろう。李白の他の詩にも「玉壺美酒清《キコト》若《シ》㆑空《シキガ》」(「前有樽酒行」其二、『全』巻一六二)という例が見られる。

なお、李白は清澄で透明感のあるイメージをとりわけ好んだ詩人で、この作品でも、この他、「碧海」「一杯(の酒)」「晴日」「涙」といった、一連の清らかなイメージを持つ語彙を選択し、配列している。

また、この「楚水清若空」の句は、平仄で言うならば、「仄仄平仄平」となり、五言律詩の決まり(二四不同の原則)に合わないが、このことについて、裴斐主編『李白詩歌賞析集』では、次のように述べている。「この五律は首句の『楚水若清空』だけが規律に合っていない。もし『楚水清若空』とすれば規則にかなうが、詩人は明らかに声律によって雰囲気が害されることを願っていない。さらに、唐の近体詩には『平平仄平仄』という特殊句型が極めてしばしば見られ、これは『平平平仄仄』の変化したものである。同じ道理で、上述のこの李白の詩の句型は、『仄仄平平平』から『仄仄平仄平』に変化したものとすれば、理にかなうようである。ただ、このような句型は唐の近体詩にあまり見られないので、後世の詩律を論じる人々から注意を払われなかったにすぎない」(原文中国語)と。

2 **将**　「与」に同じ。介詞(前置詞)的に用いており、「……と」「……に」の意。平仄の関係で、仄声「与」の代わりに平声「将」を用いている。語感としては口語的な響きがある。

碧海　青い海。宋之悌の左遷先を暗示していると考えられる(「別」「宋之悌」「人分千里外」の〔語釈〕の部分を参照)。

「碧」はあおみどり、エメラルドグリーン。李白はこの「碧海」という語を気に入っていたらしく、現存作品中、七例見出せる。

3人分千里外 ここでの「人」は李白、あるいは李白と宋之悌を指す。〔通釈〕では後者の意で訳出した。理由については、〔語釈〕の「別」及び「宋之悌」の項でも言及したが、この詩は、「別」というタイトルからすれば留別詩である可能性が強く、そうだとすれば、「分」かれてゆく主体は、当然李白自身でなくてはならない。しかし、すでに述べたように、一方の宋之悌も左遷の途次であるから、この江夏の地を離れていかなくてはならない立場にあったことになる。詩全体の内容も、「碧海」「千里」といった語彙や末尾二句に見える悲壮感あふれる表現などから判断して、宋之悌の左遷の悲しみに重点が置かれていると解釈するほうが、より実態に即しているように思われる。従って、解釈の上では、李白・宋之悌双方が、各々この江夏の地から、千里もの彼方へ離れてゆく、という方向で訳出した。

4興在一杯中 「興」は、わきおこる思い、感興。松浦友久『李白—詩と心象』（教養文庫、社会思想社、一九七〇年）は「離別の興（おもい）」を指すとする。また、郁賢皓主編『李白大辞典』（裴斐・宋紅執筆）江西教育出版社、一九九五年）は、以下の頸聯の「谷鳥吟晴日、江猿嘯晩風」に呼応する表現であると指摘している。

この第3、4句目（頷聯）の「人分千里外、興在一杯中」という表現は、おそらく庾抱《ゆほう》（隋—初唐）の「悲《シミハ》生《ジ》二万里外《ノ》二一、恨《ミハ》起《コル》二一杯中《ノ》二一」（「別《ル》二蔡参軍《ニ》一」（『全』巻三九））に着想を得たものと思われる。

また、明、胡《こ》応麟《おうりん》『詩藪《しそう》』（内編巻四・近体上・五言）に、次のような指摘がある。「太白《ノ》『人《ハ》分《カレ》二千里外《ノ》二一、興《ハ》在《リ》二一杯中《ノ》二一』、達夫《たつぷノ》（高適《こうせき》の字《あざな》）『功名《ハ》万里外《ノ》、心事《ハ》一杯中《ノ》』（「送《ル》三李侍御《ノ》赴《クヲ》二安西《ニ》一」（『全』巻二一四））、甚《ハダ》類《ス》。然《レドモ》、高《ハ》（適）雖《ドモ》二渾厚《ト》一、易《ク》レ到《リ》、李（白）則《ハチ》超逸入《ル》レ神《ニ》」と。李白・高適いずれも、極小の数と極大の数を対比させることによって、離別の場面を効果的に盛り上げていると言えよう。松浦友久『李白—詩と心象』は、「この対句の描くイメージは、拡散と凝縮の感覚が対比され、とりわけさわやかで美しい」と評している。

5谷鳥 通説では、谷間の鳥。「布谷鳥」（ホトトギス）の略という説もある（宋緒連・初旭主編『三李詩鑑賞辞典』（王歩高・王嵐執筆）など）が、対の一方が「江猿」であり、「江の猿」という意であるから、こちらも単に「谷の鳥」と解釈するのが穏当かと思われる。〔通釈〕では通説に従っておいた。ただ、①江夏一帯の長江流域には谷が少ない、②中国古典詩の伝統では、ホトトギスは望郷の念に駆られて、血を吐きながら飛ぶ鳥（口の中が赤いのでこの伝承がある）、というイメージがあり、別離の詩にふさわしい素材である、という二点を考慮に入れた場合、このホトトギス説も一考の余地がある。

6江猿 長江の江辺に棲む猿。三峡からこの楚の地にかけて、かつては多くの野猿が棲息していた。

嘯 ここでは声を長く引いて啼く、の意。猿の鳴き声をいう。猿の鳴き声（特に長江一帯のそれ）が悲痛（「断腸の声」）であるというのは、中国古典詩に共通するイメージである。

「谷鳥吟晴日、江猿嘯晩風」の二句は、さりげなく、昼間から夜へと時が推移していくさまをも表現している、という点に注意したい。しだいに宋之悌との別れの時が迫って来ていることを暗示しつつ、尾聯に繋げている。

7平生　ふだん、いつも。

8泣　声無く涙を流す、あるいは低い声で哭くこと。『漢語大詞典』（漢語大詞典出版社、一九九〇年、巻五「泣」）に「無声流涙或低声而哭」とある。声を押し殺して男泣きしているさまが、「泣」の一字によって、集約的に表現されていることに注意したい。

無窮　窮まることがない。限りがない。

通釈

江夏の地で宋之悌と別れる

楚の地を流れる河川は、その清く透明なことあたかも水がないかのごとく、遙か彼方の青い大海に通じている。

私たちはこれから、各々千里のかなたへと別れていかなくてはならないが、とりあえず今は、この一杯の酒の中にある興趣を飲み尽くそう。

谷間の鳥は晴れた陽ざしの中に歌い、江辺の野猿は暮れ方の風に向かって声長く叫んでいる。

ふだんは涙を流しもしないのに、今ここに到っては、とめどなく泣いてしまうのだ。

諸説の異同

異同の所在　I

制作年代

異同の類別

A　至徳三年（乾元《けんげん》元年・七五八）以降（夜郎に流される際、あるいはその赦免の後）の作品。

B　開元二二年（七三四）頃、李白が安陸を中心に活動していた時期の作品。

A説を採るもの：黄錫珪《こうせきけい》『李太白年譜』（一九〇六年脱稿。作家出版社、一九五八年）、詹鍈《せんえい》『李白詩文繋年』（作家出版社、一九五八年）、復旦大学中文系古典文学教研組選注『李白詩選』（人民文学出版社、一九六一年）、大野實之助『李太白詩歌全解』など。

B説を採るもの：郁賢皓『李白叢考』（陝西人民出版社、一九八二年所収「李白詩《江夏別宋之悌》繋年弁誤」、初出は『南京師院学報』一九七八年第三期）、及びこの論文発表以後の中国の主要な著作・論文。例えば裴斐主編『李白詩歌賞析集』、安旗主編『李白全集編年註釈』（巴蜀書社、一九九〇年）、宋緒連・初旭主編『三李詩鑑賞辞典』、郁賢皓主編『李白大辞典』（閻琦執筆）、松浦友久『李白詩選』（岩波文庫、岩波書店、一九九七年）など。

異同の論拠

結論から先に言えば、郁賢皓『李白叢考』所収「李白詩《江夏別宋之悌》繋年弁誤」によって宋之悌なる人物の事績が明らかにされたことから、B説の正当性が、ほぼ確定されたと言ってよい。

この郁論文が発表されるまでは、A説が学界の通説であった。言うまでもなく、A説を採るかB説を採るかによって、詩全体の解釈・印象はかなり異なったものになってしまう。A説を採れば、この詩は、李白自身の政治的挫折（永王李璘軍参加の罪による「夜郎流謫」）による失意・悲しみにウエイトが置かれることになろう。

A説のうち、根拠を示しているのは、詹鍈『李白詩文繫年』及び復旦大学中文系古典文学教研組選注『李白詩選』であるが、その根拠はかなり希薄で、単に尾聯の「平生不下涙、於此泣無窮」という悲壮な表現が、「夜郎流謫」の李白の心境に合致しているという、心象的な臆断によるものに過ぎない。

これに対して、郁賢皓『李白叢考』所収「李白詩《江夏別宋之悌》繫年弁誤」（B説）は、宋之悌の経歴からこの詩の制作年代を考証した画期的な論考であった。本論文は『朝野《ちょうや》僉載《せんさい》』巻六、『旧《く》唐書《とうじょ》』「宋之問伝」「杜《と》暹《しん》伝」、『新唐書』「宋之問伝」、『元和姓纂』巻八「宋氏」、『唐会要』巻七八、杜甫「過宋員外之問旧荘」および浦起龍『読杜心解』・朱鶴齢『杜工部集輯註』の当該詩の注等の文献を駆使し、宋之悌の家系、官職歴（〔語釈〕参照）、没年（開元二九年以前に没している）等を明らかにしつつ、この李白の「江夏別宋之悌」の制作年代は、宋之悌が、開元一九年（七三一）、太原の尹《いん》の職を解かれて、朱鳶《しゅえん》に左遷される途次、つまり、開元一九年以降数年のうち以外にはありえないことを論証している（郁論文では、李白の当時の行跡を考慮に入れた上で、開元二二年〔七三四〕の作と推定しており、安旗主編『李白全集編年註釈』等もこれに同意している）。

この論文は、以後多くの支持を得、現在では、ほぼ学界の定説になっている。その結果、この作品の解釈は大きく修正を加えなくてはならなくなった。まず、ポイントの一つは、この詩が李白の若い頃の作品（しかも彼の不得意な詩型とされている律詩）であるということ。二つ目には、この詩が李白の「離別詩」の傑作であるという点は動かないが、果たして「留別」の詩であるのか「送別」の詩であるのか、という点が新たに問題になってきた、ということである。〔語釈〕で見てきたように、「遙将碧海通」の「碧海」が宋之悌の左遷先の朱鳶を指すとすれば（郁論文は「『碧海』ハ則チ顕然トシテ是レ指ス二朱鳶ヲ一」と断じている）、この詩は宋之悌を送る「送別」の詩と解釈したほうが、無理なく理解できる。しかし中国古典詩の通例としては、「別」と題されている作品のほとんどは「留別」の詩である（ちなみに『分類補注本』はこの詩を「留別」詩に分類している）。従って、あくまでこの詩を「留別」詩と考えるならば、〝自分李白は、これから現在宋之悌とともにいる江夏の地を離れるが、ほどなく宋之悌もこの地を離れていくことを、自分李白は知っているので、宋之悌の境遇をも詩の中で歌うことにする〟というような背景を設定する必要があろう。いずれにせよ、この問題は、今後の課題となるであろう。

異同の所在　II

第1句目の「空」の解釈

異同の類別

A　何もないさま、空虚なさまを言う。

B　天空・青空を言う。

A説を採るもの：復旦大学中文系古典文学教研組選注『李白詩選』、松浦友久『李白―詩と心象』、宋緒連・初旭主編『三李詩鑑賞辞典』（王歩高・王嵐執筆）など。

B説を採るもの：久保天随『李太白詩集』、大野実之助『李太白詩歌全解』、馬里千選注『李白詩選』（三聯書店香港分店、一九八二年）など。

異同の論拠

まず、具体的に該当部分の注釈を抜き出して記すと、A説を採る復旦大学中文系古典文学教研組選注『李白詩選』及び宋緒連・初旭主編『三李詩鑑賞辞典』は「空明《ニシテ》無《シ》物」と注し、松浦友久『李白―詩と心象』は「楚の地方を流れる長江（揚子江）は、清らかに澄んでいる。まるで水がないかのよう」と訳し、「若空」の訓読を「空しきが若く」としている。

また、B説を採る久保天随『李太白詩集』は「漢水は、澄み切って、その色は、青天と一般、……」と訳し、大野實之助『李太白詩歌全解』は「揚子江の水の清らかなことは青空と全く同じような澄み切った色をしており、……」と訳し、馬里千選注『李白詩選』は「形容《ス》楚水像《ノにテ》碧空《ニ》一般《ニ》清澈《ナルヲ》」と注している。

いずれも、明確な論拠を示してはいない。しかし「若空」「如空」は「まるで何もないかのよう」という意の慣用句であるという点を考慮に入れて、A説を採用した。

備考

(1)　李白と武漢

現在の武漢市は、湖北省の省都として、あるいは東西南北の交通の要衝、長江中流域最大の都市としても広く知られている。解放後（一九四九年以降）、長江南岸の武昌区、長江北岸漢水以東の漢口区、長江北岸漢水以西の漢陽区と、三つの区に分けられているが、これを唐代の行政区画に照らしてみると、武昌区は鄂《がく》州（江夏）、漢口区と漢陽区は沔《べん》州（漢陽）となる。

李白と武漢との関係を見ていくと、非常に深い縁があることに気付く。彼が武漢の土地（名勝古跡等も含めて）を歌った作品は、その地名を含んでいるものだけに限定しても、四〇首近くにのぼる。しかも「黄鶴楼送《ニテ》孟浩然之《ル》広陵《ノクヲ》」「与史郎中欽《ニ》」（『宋本』では「欽」を「飲」に作る。その場合は「史郎中と飲み」となる）聴《ク》黄鶴楼上吹《ニテ》笛《クヲ》」「鸚鵡洲」「早春寄《ス》王漢陽《ニ》」「江夏別《ニテ》宋之悌《ルニ》」「送《ル》儲邕之《ノ》武昌《フヲ》」「江夏送《ニテ》友人《ルヲ》」「江夏行」等、よく知られている名作も多い。李白は生涯、少なくとも六度、この武漢の地を訪れている。

①出蜀後、初めて長江を下る際（25歳頃）
②安陸時代、孟浩然を送った際（28歳頃）
③安陸時代、宋之悌と別れた際（35歳頃）
④夜郎に流される途次（58歳）
⑤恩赦に遇い再び長江を下る際（59歳）
⑥岳州・永州に遊び、再び戻って来た際（60歳）

その間、孟浩然・宋之悌・張謂《ちょうい》・韋冰《いひょう》・韋良宰《いりょうさい》といった人物とこの地で出会い、それは、彼の人生に少なからぬ影響を与えている。

一方、この武漢の人々にとっても、李白の訪問は、大きな誇りとなり栄誉となったようである。現在、武漢市は、その美称として「江城」という名を用いているが、これは李白の「与史郎中欽聴《ク》黄鶴楼上吹《ニテ》笛《クヲ》」中の「江城五月落梅花」から採った名称であると言う。そもそも黄鶴楼の名を天下に知らしめたのは、かの「黄鶴楼」詩（『正編』一八二頁参照）を残した崔顥《さいこう》を除けば、李白である。とりわけ「黄鶴楼送《ニテ》孟浩然之《ル》広陵《ノクヲ》」（『正編』六四一頁参照）が有名であるが、李白はこの作品以外にも繰り返し黄鶴楼の名を詩題・詩中に取り上げている（現存作品中一三首に見える）。現在、五層の黄鶴楼が再建されているが、その中にある黄鶴楼ゆかりの詩人たちを描いた巨大な壁画の中央に最も大きく描かれているのが、李白の肖像である。武漢の人々の間での李白人気がうかがえよう。武漢での李白人気は、何も現代に始まったことではない。すでに南宋時代、江夏側に「太白読書堂」、漢陽側に「太白祠」「郎官亭」（李白の名付けた「郎官湖」を記念するもの）といった李白関係のモニュメントが建てられ、文人墨客たちに「詩跡」として親しまれていた（『輿地紀勝』巻六六及び巻七九参照）。

李白はこの武漢の地で様々な人物との出会いの機会を得、そしてまた多くの土地賛美の詩を残した。この「江夏別宋之悌」詩の「楚水清若空、遙将碧海通」という句も、江夏の地のスケールの大きさ、河川の清澄な美しさを歌って、おおいに武漢の人々の土地への愛着心を満足させていることであろう（李白と武漢の関係については寺尾剛「李白における武漢の意義―『詩的古跡』の生成をめぐって」（『中国詩文論叢』第一一集、一九九二年）参照）。

(2)　李白と宋之悌・宋若思父子

李白にとって宋之悌との出会いは、彼の後半生における人生最大の危機を思えば、まことに僥倖の一語に尽きるであろう。安禄山が謀叛を起こした翌年、粛宗至徳元載（七五六）、廬山に隠棲していた李白は、玄宗の第一六子・永王李璘の要請に応じて、その幕府に参加した。李璘に反乱の意志があったか否かは定かでないが、この年即位したばかりの兄・粛宗皇帝は、李璘を叛軍とみなし、討伐軍を向かわせた。翌春、李璘軍はあえなく敗退し、李白は逃走の途中、彭沢《ほうたく》（現在の江西省彭沢県）で捕らえられ、潯陽《じんよう》（現在の江西省九江市）の獄中に入れられる。この際、李白の窮地を救おうと奔走してくれたのが彼の妻・宗氏であり、崔渙《さいかん》（当時、江南宣慰大使。宰相職に就いていたこともある）であり、そしてこの宋之悌の子である宋若思であった。宋若思は、天宝一五載（至徳元載、七五六）、監察御史から御史中丞となり、明くる至徳二載（七五七）、江南西道采訪使、宣城郡太守となっている。折しも、李白が潯陽の獄に繋がれているのを知り、その救出に尽力し、しかも、自らの幕府に参加させてもいる（李白に「中丞宋公以《テ》二呉兵三千《ヲ》一赴《カントシ》二河南《ニ》一、軍次《やどル》二尋陽《ニ》一。脱《セシメ》二余之囚《ヲ》一、参二謀《トス》幕府《ニ》一。因《リテ》贈《ル》レ之《ニ》」〔『全』巻一七〇〕という詩がある）。当時、依然として李白の罪に対する朝廷からの最終判決は下されておらず（後、至徳二載冬に夜郎左遷が決定される）、その意味でもこの宋若思の、ともすれば「反逆者」を匿《かくま》ったという嫌疑をかけられかねない行為は、勇気ある行動と言わねばならないであろう。

宋若思が自らの危険も顧みず、李白を救おうとした真意は、どこにあったのであろうか。当時の李白は天下にその名を知られた著名人であった。宋若思はその名声を利用しようとしたのであろうか。あるいは初唐の大詩人・宋之問の甥であるという、彼の血統が、李白の詩文の才を惜しんだのか。

理由の一つとして考えられるのが、この、李白が彼の父に贈った「江夏別宋之悌」という作品である。離別詩を得意とした李白の諸作品のなかでも、この詩は出色の出来栄えであると言ってよい。父の名とともに後世、長く語り継がれていくであろうこの珠玉の作品を生み出した詩人に対して、その子が亡き父に代わって、必死の救出活動を行なったとしても、決して不思議ではないであろう（宋之悌の伝記については前掲の郁賢皓『李白叢考』所収「李白詩〈江夏別宋之悌〉繫年弁誤」及び「李白交遊雑考」に詳細な考証がある）。

（寺尾　剛）

0 對酒憶賀監二首、幷序
太子賓客賀公、於長安紫極宮一見余、呼余爲謫仙人。因解金龜、換酒爲樂。没後對酒、悵然有懷。而作是詩。

酒《さけ》に対《たい》して賀監《がかん》を憶《おも》ふ二《に》首《しゆ》、序《じよ》を幷《あは》す（其の一）
太子《たいし》賓客賀《ひんかくが》公《こう》、長《ちやう》安《あん》の紫極《しきよく》宮《きゆう》にて一《ひと》たび余《よ》を見《み》るや、余《よ》を呼《よ》びて謫仙人《たくせんにん》と為《な》す。因《よ》りて金亀《きんき》を解《と》き、酒《さけ》に換《か》へて楽《たの》しみを為《な》す。没後《ぼつご》、酒《さけ》に対《む》かひて、悵《ちやう》然《ぜん》として懐《おもひあ》有り。而《しか》して是《こ》の詩《し》を作《つく》る。

1 四明有狂客　四《し》明《めい》に狂《きやう》客《かくあ》有り
2 風流賀季眞　風流《ふうりう》なる賀《が》季《き》真《しん》
3 長安一相見　長《ちやう》安《あん》に一《ひと》たび相《あ》ひ見《み》て
4 呼我謫仙人　我《われ》を呼《よ》ぶ　謫仙人《たくせんにん》なりと
5 昔好盃中物　昔《むかし》　盃中《はいちゆう》の物《もの》を好《この》み
6 翻爲松下塵　翻《かへ》つて松《しよう》下《か》の塵《ちり》と為《な》る
7 金龜換酒處　金亀《きんき》　酒《さけ》に換《か》へし処《ところ》
8 却憶涙沾巾　却《かへ》つて憶《おも》へば　涙《なみだ》　巾《きん》を沾《うるほ》す

テキスト　『全』一八二-3-1859　◆『静嘉堂蔵宋本李太白文集』二二　◆『分類補注李太白詩』二三　◆『王琦集注李太白文集』二三　◆『唐文粋』一五　◆『古文真宝前集』二　◆『李詩通』一八　◆『景宋咸淳李翰林集』九

校語

0 **對酒憶賀監二首幷序**　『古文真宝』では「幷序」の二字及び序文が無い。

賀公　『唐文粋』『景宋咸淳本』では「公」を「監」に作る。

紫極宮　『唐文粋』にはこの三字が無い。

一見余　『唐文粋』『景宋咸淳本』では「余」字が無い。

呼余　『唐文粋』では「余」を「予」に作る。

没後對酒　『分類補注本』『王注本』『古文真宝』には、この四字が無い。『王注本』校語に「『繆本』下多シ二没後對酒ノ四字一」とある。ここでは『全』『静嘉堂本』『唐文粋』『李詩通』『景宋咸淳本』に従う。また『全』は「没」を「歿」に作るが、諸本に従い改める。

2 **風流**　『王注本』『静嘉堂本』校注に「一ニ作ル二霞衣一」とする。

5 **盃**　『全』『分類補注本』『唐文粋』『景宋咸淳本』では「杯」に作るが、『静嘉堂本』等に従う。

6 **翻**　『王注本』『唐文粋』『古文真宝』『李詩通』は「今」に作り、『王注本』は「一ニ作ルレ翻ニ」とする。『全』『静嘉堂本』『分類補注本』では「翻」に作り、いずれも「一ニ作ルレ今ニ」とする。

8却 『全』では「卻」に作るが、ここでは通行の「却」に従う。

詩型・韻字

五言律詩。眞《しん》・人《じん》・塵《ぢん》・巾《きん》（上平声真韻〔真韻〕）。

語釈

0**対酒** 酒と向かいあう。酒を飲むこと。

憶 ここでは死者を追憶する意。この詩は通説によれば、天宝六載（七四七）、李白が会稽《かいけい》（現在の浙江省紹興市）の賀知章《がちしょう》の旧宅を訪れた際の作。賀知章の死後、三年が経過していることになる。

賀監 当時の文壇の大御所的存在であった賀知章（六五九―七四四）のこと（賀知章については『正編』付録「詩人小伝」七四八頁の「賀知章」の条〔増子和男執筆〕を参照）。賀監というのは、賀知章が秘書省の長官である秘書監（従三品、主として宮中の図書の管理をする官）を勤めたことがあったので、このように称した。李白は、以下の序にも述べているように、長安において賀知章に出会い（両者の出会いを、郁賢皓《いくけんこう》『李白叢考』〔陝西人民出版社、一九八二年〕所収「李白両入長安及有関交遊考弁」では、開元一八年〔七三〇〕頃のこととし、松浦友久『李白伝記論』〔研文出版、一九九四年〕所収「李白における長安体験」上・下は、郁説を批判しつつ、天宝元年〔七四二〕の冬の始め頃のこととしている）、賀知章は42歳も年下の李白と意気投合し、酒を酌み交わしたのである。その際に賀知章が李白に与えた「謫仙人」という呼び名は、以後の李白の人生に大きな影響を与えることになる。その点については、松浦友久『李白伝記論』（第〔一〕〔六〕篇）に詳細な論があるので参照されたい。ちなみに、晩唐、孟棨《もうけい》『本事詩』「高逸第三」、五代、王定保『唐摭言《とうせきげん》』七「知己」にも、この両者の出会いの記事が掲載されている。この二書によれば、その際、賀知章は李白の詩を激賞したといい、その作品は『本事詩』によれば「烏棲曲」あるいは「烏夜啼」、『唐摭言』によれば「蜀道難」であるという。いずれも楽府体の作品である。

二首 この詩は二首連作の第一首目。「其二」については〔備考〕を参照のこと。

太子賓客 晩年、賀知章が秘書監とともに兼任していた職名（正三品）。東宮府に属し、皇太子の教育や東宮府の事務処理等が主な職務。

賀公 「公」は敬称。

長安紫極宮 「紫極宮」は老子廟の別称。熱狂的な道教支持者であった玄宗皇帝が造らせた、いわば官製の道教寺院で、道教教育の学校としても機能していた。『旧唐書《くとうじょ》』巻九「玄宗紀・下」によれば、開元二九年（七四一）正月に、西京・東京（長安・洛陽）の両京及び諸州に、「玄元皇帝廟」並びに「崇玄廟」を置くよう命じ、天宝二年（七四三）三月に、西京の玄元廟は太清宮、東京は太微宮、天下の諸郡（天宝年間は「州制」から「郡制」に改められている）は紫極宮に改めたという。松浦友久『李白伝記論』（上掲）及び郁賢皓『李白詩選』（上海古籍出版社、一九九〇年）は、李白のいう「長安紫極宮」とは、この西京の太清宮のことであろう、とする。あえて正式名称である太清宮の名を李白が用いなかった理由としては、松浦友久『李白伝記論』によれば、天下諸郡の老子廟が「紫極宮」と呼ばれ、それが最も一般に普及していた呼称であったためであろう(要旨)、と推理する。これに対し、詹鍈主編『李白全集校注彙釈集評』(百花文芸出版社、一九九六年)は、李白の「長安紫極宮」は、長安の京兆府紫極宮の別称か正式名称にちがいなく、その場所は、おそらく長安城内の長安県所轄区域内にあったであろうとして、上記の「長安紫極宮」イコール「西京・太清宮」説を否定している。ただ、長安県所轄区域内に、その「紫極宮」が存在していたかどうかについては、現在のところ確認はされていない。

謫仙人　天上から罪を得て、地上界に遷謫《せんたく》(左遷)された仙人のこと。この語の持つ主要な属性として、松浦友久『李白伝記論』(上掲)は、①才能における超越性・超俗性、②社会関係における客体性・客寓性、③言動における放縦性・非拘束性、の三点を挙げている。まさに李白にふさわしい呼称と言えるであろう。この呼称は彼の以後の人生において、大きな心の支えとなったであろうし、また彼自身のアイデンティティの拠り所ともなったであろう。名付け親たる賀知章に対する感謝の念は、この詩だけでなく他の作品にも、しばしば現われている(「備考」参照)。

金亀　唐代の官僚が腰に帯びた金製の亀型の飾り。唐の初め、内外官五品以上の者は、みな、魚袋を佩《はい》していたが、則天武后の天授元年(六九〇)に魚袋を亀袋に改め、後、三品以上は金、四品は銀、五品は銅のものとしたという。つまり則天武后朝の三品以上の者は金亀を帯びていたことになる。しかし、中宗が復位するや、亀袋は廃され、以前のように魚袋に復されたという(例えば『旧唐書』巻四五「輿服志」に「天授元年九月、改《メテ》二内外所《ノ》レ佩《おブル》魚《ヲ》一並《ビニ》作《ス》レ亀《ト》。久視元年十月、職事三品已上亀袋、宜《シク》《ベシ》レ用《フ》二金飾《ヲ》一。四品《ハ》用《ヒ》二銀飾《ヲ》一、五品《ハ》用《フベシ》二銅飾《ヲ》一」とあり、『文献通考』「王礼考・百官佩魚」に「到《リ》二武后《ニ》一改《メ》レ魚《ヲ》為《ス》レ亀《ト》。中宗初《メ》罷《やメ》二亀袋《ヲ》一、復《タ》給《スルニ》以《テス》レ魚《ヲ》」とある)。従って、玄宗朝の時代は、官僚は魚袋(三品以上なら「金魚」)の方を帯びていたはずであり、また、賀知章がこれらを賜るにふさわしい高官に昇ったのも玄宗時代である。このような矛盾から、王琦(『王注本』)は、「金亀《ハ》蓋《シ》是《レ》所《ノ》レ佩《おブル》雑玩之類《ニシテ》、非《ザル》二武后朝《ノ》内外官《ノ》所《ノ》レ佩《ブル》之金亀《ニ》一也」と注している。ただ、この作品の詩序の文脈から判断すれば、賀知章が自分李白のために、非常に貴重なものまで酒に換えてくれた、という方向で理解すべきであり、従って、到底、「雑玩之類」とは考えられない。かといって、皇帝から下賜された官位の象徴である重要なものを実際に質草《しちぐさ》に出すとも考えにくい。朱金城・瞿蛻園《くぜいえん》校注『李白集校注』(上海古籍出版社、一九八〇年)も、「按《ズルニ》、解《キ》二金亀《ヲ》一換《フトハ》レ酒《ニ》、不レ過《ギ》レ紀《しるスニ》二一時《ノ》狂態《ヲ》一、豈《ニ》有《ランヤ》下以《テ》二官儀《ノ》質《ヲ》一売《ル》二於酒家《ニ》一之理上」と指摘している。案ずるに、詩序で言う「金亀」は、やはり、玄宗朝の「金魚」のことを、古い呼び名で称したものと考えるのが穏当であろう。が、賀知章が、本当にそれを酒に換えたのか、あるいはそれに相当する品をもってしたのか、あるいはまた酒席の上での単なる諧謔か、様々な解釈が可能な部分ではある。

悵然　悲しむさま。心痛むさま。

1 **四明有狂客**　「四明」は四明山のこと。現在の浙江省東北部、紹興市（唐代の越州、会稽郡にほぼ相当）と寧波市（唐代の明州、余姚郡にほぼ相当）との境界線に沿って南北に走る長大な連山。平均五〇〇メートル程度の低い丘陵状の山岳で、主峰の四明山（別名「四窓岩」、嵊《じょう》県（唐の剡《せん》県）にある）でも、海抜一〇一二メートルほどである。「狂客」は、世間の常識の枠から超越した生き方をしている人物のこと。「客」とは、旅人、よそ者、仮寓者の意で、俗世には仮住居《かりずまい》しているにすぎないことを暗示する。『新唐書』巻一九六「隠逸」「賀知章伝」に「知章晩節尤《もっとモ》誕放《たんぽうニシテ》、遨《あそビ》嬉《たはむレ》二里巷《りこうニ》一、自号《ラス》二〝四明狂客〟及《ビ》〝秘書外監《ト》〟一」とあるように、彼自らが「四明狂客」と称していた。彼の出身地は越州（会稽郡）の永興（現在の浙江省杭州市蕭山県、紹興市とは境を接している）であり、また、その近辺で彼の信仰する道教の聖山と言えば四明山であるので、こう称したのであろう。ちなみに玄宗皇帝は、賀知章が86歳で致仕して郷里に帰る際、彼の郷土への愛着ぶりに感動したのか、鏡湖（現在の紹興市区付近の湖）と剡川（現在の紹興市嵊県・新昌県一帯、その東部には四明山の主峰がある）の一帯の地を下賜している。

2 **風流** 洒脱《しゃだつ》放逸、風雅瀟洒《しょうしゃ》な性格の人物。李白は、敬愛する孟浩然に対しても「吾《ハ》愛《ス》孟夫子、風流天下《ニ》聞《コユ》」（「贈《ル》二孟浩然《ニ》一」）と、この「風流」の語を用いている。してみれば、李白にとっても最高級の誉め言葉という意識があったにちがいない。

季真 賀知章の字《あざな》。

5 **盃中物** さかずきの中にあるもの、すなわち酒のこと。東晋の陶淵明「責《ム》レ子《ヲ》」（本書八九七頁［井上一之執筆］）に「天運苟《シクモ》如《クンバ》レ此《かくノ》、且《しばらク》進《メン》二杯中物《ノヲ》一」とある。賀知章が酒を好んだことについては、杜甫も「飲中八仙歌」（『正編』杜甫「飲中八仙歌」〔松原朗執筆〕）を参照）において、賀知章を八仙の筆頭に掲げ、「知章騎《ガのルハ》レ馬似《ニタリ》レ乗《ルニ》レ船《ニ》、眼花《めくらミ》落《チテ》二井水底《ニ》一眠《ル》」と歌っているほどである。

6 **翻** かえって、逆に、反対に、の意。

松下塵 ここでの松は、墓地を暗示する。中国では、墓地に松や柏（コノテガシワ＝ヒノキの一種）を植える習慣がある。「塵」は、肉体が滅んで塵土に帰ることをいう。

7 **処** 空間、時間の一点を指す語。「場所」「時」、いずれに訳すこともできる。特に近体詩では、平仄の関係で、平声の「時(shí)」が使えないとき、しばしば時間の意味で、仄声の「処(chù)」の字が使われている。ここでは、いずれにも解することができる。

8 **却憶** ふりかえって追憶すること。

沾巾 「沾」は、濡らす、うるおす、の意。「巾」は、手巾、ハンカチのこと。

通釈

酒を前にして秘書監であった賀知章を追憶する、二首（その一）、序文をあわせ記す

太子賓客であった賀先生は、長安の紫極宮で、ひとたびわたしを見るや、わたしのことを「謫仙人」と呼んでくださった。そして、貴重な「金亀」の帯び物を腰からほどいて酒に換え、楽しみを尽くしたのであった。亡くなってから、わたしは酒を前にして、悲しみのあまり、先生を追憶して、この

詩を作ることにした。

四明山に狂客がいた。その名は、風流で知られた賀季真殿である。

長安で、ひとたびわたしを見るや、わたしのことを「謫仙人」と呼んでくださった。

昔は、さかずきの中の酒を愛していたのに、今ではかえって松の下の塵になってしまわれた。

「金亀」を酒に換えてくださった、あの長安でのひと時——ふりかえって思い出せば、涙は手巾を濡らしてしまう。

諸説の異同

特記事項なし。

備　考

李白が賀知章に対して、いかに尊敬し感謝していたかについては、彼の他の作品からもうかがい知ることができる。ここでは、李白が賀知章を歌った詩を三首ばかり紹介しておく（底本は『静嘉堂本』とする）。

まず、本作品の其二から紹介する。

対酒憶賀監二首（其二）

狂客帰四明　狂客《きようかく》　四明《しめい》に帰《かへ》り
山陰道士迎　山陰《さんいん》　道士《どうし》　迎《むか》へり
勅賜鏡湖水　勅《ちよく》して鏡湖《きようこ》の水《みづ》を賜《たま》ひ
為君台沼栄　君《きみ》が　台沼《だいしよう》の栄《ほまれ》と為《な》す
人亡余故宅　人亡《ひとほろ》びて故宅《こたく》を余《あま》し
空有荷花生　空《むな》しく荷花《かか》の生《しよう》ずる有《あ》り
念此杳如夢　此《これ》を念《おも》へば杳《よう》として夢《ゆめ》の如《ごと》く
凄然傷我情　凄然《せいぜん》　我《わ》が情《じよう》を傷《いた》ましむ

第2句目は、東晋の書聖・王羲之が、山陰の道士の持つ鵞鳥と、自分の書した黄庭経とを交換した故事を踏まえる。第3、4句目は、賀知章帰郷の際、玄宗皇帝が彼のために、会稽（山陰）の名勝の一つ鏡湖を下賜したことを踏まえ、それによって彼の所有する台や沼が、栄誉を得ることになったという意。

次の詩は、おそらく前の詩と同時に書かれたもの。

重憶　重《かさ》ねて憶《おも》ふ

欲向江東去　江東《こうとう》に向《むか》つて去《さ》らんと欲《ほつ》す
定将誰挙杯　定《さだ》めて誰《たれ》とか杯《さかづき》を挙《あ》げん
稽山無賀老　稽山《けいざん》に賀老《がろう》無《な》し
却棹酒船回　却《かへ》つて酒船《しゆせん》に棹《さを》さして回《かへ》る

この詩にも、長安での賀知章との飲酒の思い出が暗示されている。

次の詩は、賀知章が致仕（退職）して都・長安を去る時に李白が贈ったもの。当時、李白はまだ長安で宮仕えをしていた。時に天宝三載（七四四）正月、李白44歳、賀知章86歳。その後、李白はほどなくして長安を放逐され（晩春三月頃）、賀知章も、会稽に帰ってまもなく、その年内にこの世を去っている。

送賀賓客帰越　賀賓客《がひんかく》の越《えつ》に帰《かへ》るを送《おく》る

鏡湖流水漾清波　鏡湖《きようこ》の流水《りゆうすい》　清波《せいは》を漾《ただよ》はせ
狂客帰舟逸興多　狂客《きようかく》の帰舟《きしゆう》　逸興《いつきよう》多《おほ》し
山陰道士如相見　山陰《さんいん》の道士《どうし》　如《も》し相《あ》ひ見《あ》へば
応写黄庭換白鵝　応《まさ》に黄庭《こうてい》を写《うつ》して白鵝《はくが》に換《か》ふべし

なお、賀知章送別の際の作品として、「送ル㆔賀監ノ帰ルヲ㆓四明ニ㆒、応制」

という詩が残っているが、これについては、近年になって晩唐期の詩人が書いた偽作ではないかという説が出されている。陶敏「李白『送賀監帰四明応制』詩為偽作」（上海三聯書店『李白学刊』第二集、一九八九年）がそれで、郁賢皓『李白詩選』はこの説を支持し、詹鍈主編『李白全集校注彙釈集評』は否定している。

（寺尾　剛）

0 春日醉起言志　春日《しゅんじつ》　酔起《すゐき》して志《こころざし》を言《い》ふ

1 處世若大夢　世《よ》に処《を》るは大夢《たいむ》の若《ごと》し
2 胡爲勞其生　胡為《なんすれ》ぞ　其《そ》の生《せい》を労《らう》する
3 所以終日醉　所以《ゆゑ》に終日《しゅうじつ》　日酔《ゑ》ひ
4 頽然臥前楹　頽然《たいぜん》として前楹《ぜんえい》に臥《ふ》す
5 覺來眄庭前　覚《さ》め来《きた》りて庭前《ていぜん》を眄《み》れば
6 一鳥花間鳴　一鳥《いってう》　花間《かかん》に鳴《な》く
7 借問此何時　借問《しゃもん》す　此《こ》れ何《なん》の時《とき》ぞ
8 春風語流鶯　春風《しゅんぷう》　流鶯《りうあう》と語《かた》る
9 感之欲歎息　之《これ》に感《かん》じて歎息《たんそく》せんと欲《ほっ》し
10 對酒還自傾　酒《さけ》に対《たい》して還《ま》た自《みづか》ら傾《かたむ》く
11 浩歌待明月　浩歌《かうか》して明月《めいげつ》を待《ま》ち
12 曲盡已忘情　曲《きょくつ》尽きて已《すで》に情《じやう》を忘《わす》る

テキスト　『全』一八二-3-1856　◆『唐詩品彙』六　◆『唐詩別裁集』二　◆『唐宋詩醇』八　◆『古文真宝』前集二　◆『静嘉堂本』二二　◆『分類補注本』二三　◆『王注本』二三

校語

0 **言志**　久保天随『国訳李太白詩集』（続国訳漢文大成（国民文庫刊行会、一九二八年））に引く一本では「宣志」に作る。

1 **處世**　『分類補注本』では「雰世」に作る。俗字体。

5 **覺來眄庭前**　『王注本』に引く石刻本では「攬衣覽庭除」に作る。

眄　『全』『詩醇』『王注本』では「盼」に、『唐詩品彙』『唐詩別裁集』『古文真宝』『分類補注本』では「盻」に作る。いずれも〝見る〟意であるが、「盼」には目もとが美しい意（『詩経』衛風―碩人）が伴い、「盻」には恨んで見る意（『孟子』滕文公・上）が伴う。「眄」がよいであろう。

6 **一鳥**　『王注本』に引く石刻本では「有鳥」に作る。

7 **此何時**　『古文真宝』では「如何時」に作る。

8 **鶯**　『静嘉堂本』では「鸎」に作る。

9 **歎**　『分類補注本』『王注本』では「嘆」に作る。同義。

10 **對酒還自傾**　『王注本』に引く石刻本では「未歎酒已傾」に作る。

詩型・韻字

五言古詩。生《せい》・△楹《えい》・鳴《めい》・*鶯《あう》・△傾《けい》・△情《せい（じやう）》（下平声庚韻（庚耕*清△韻））。

語釈

0 **言志**　心に思うところを述べる。「志」は単なる気分・感情ではなく、志望・信念・抱負の類、つまり或る目標に向かって動いている心の状態をいう。また「言志」は『書経』舜典《しゅんてん》に「詩《ハ》言《ヒ》レ志《ヲ》、歌《ハ》永《クス》レ言《ヲ》」、『礼記《らいき》』楽記に「詩《ハ》言《フ》二其《ノ》志《ヲ》一也」、『詩経』大序に「詩者《は》志之所レ之《ゆク》也。在《ルヲ》レ心《ニ》為《シ》レ志《ト》、発《スルヲ》レ言《ニ》為《ス》レ詩《ト》」などとあるように、詩の定義として最も正統的権威をもち、詩人にとっての規範とも言うべき語である。前漢以降、これに基づく〝述志詩〟の系列があり、そこでは知識人の人生観・社会観が開陳されるのを常とする。本詩題において、そのように謹直で倫理的な「言志」という語と、頽廃的・享楽的な「酔起」という語とを結合させているところに、作者の反骨精神、もしくは茶目っ気を感じ取ることができよう。

1 **処世**　この世をわたってゆく。世間で暮してゆく。『荘子《そうじ》』山木篇に「処《ルコト》レ世《ニ》不レ便《ナラ》、未《ダ》レ足《ラ》三以《テ》逞《たくましクスルニ》二其《ノ》能《ヲ》一也」とある。

大夢　長大な夢。『荘子』斉物論篇に、生死を超越すべきことを説いて「夢《ニ》飲《ム》レ酒《ヲ》者《ハ》、旦《あしたニシテ》而哭泣《シ》、夢《ニ》哭泣《スル》者《ハ》、旦《ニシテ》而田猟《でんりょうス》。方《あたリテ》二其《ノ》夢《ムルニや》一也、不《ル》レ知《ラ》二其《ノ》夢《ナルヲ》一也。夢之中《うちニ》、又占《フ》二其《ノ》夢《ヲ》一焉。覚《さメテ》而後《ニ》知《ル》二其《ノ》夢《ナルヲ》一也。且《ツ》有《リ》二大覚一而《しかル》後《ニ》知《ル》二此《これノ》其大夢《ナルヲ》一也。而《ルニ》愚者《ハ》自《ラ》以《テ》為《シ》レ覚《メタリト》、竊竊《せつせつ》然《トシテ》知《ルトス》レ之《ヲ》」とある。人の生を「大夢」、人の死を「大覚」と呼んで、生も楽しむに足りず、死も恐れるに及ばないことを説いている。

また一説に、同じく『荘子』斉物論篇の結尾に見える〝蝴蝶の夢〟の故事——夢の中で蝴蝶となって楽しく飛び回り、目ざめてから、自分の本性が蝴蝶なのか人なのか分らなくなった、という故事を承けるとする（武部利男『李白』上〔中国詩人選集第七巻、岩波書店、一九五七年〕、鎌田正・米山寅太郎『漢詩名句辞典』〔大修館書店、一九八〇年〕、山之内正彦・成瀬哲生『美酒と宴遊』〔中国古典詩聚花⑦、小学館、一九八五年〕、『中国文学歳時記』春〔下〕―「春の飲酒」〔松浦友久執筆、同朋舎、一九八八年〕）。

2 **胡為**　「何為《なんすれゾ》」に同じ。どうして。理由を問う。

労其生　（あくせくと暮して）自分の人生を疲れさせる。『荘子』大宗師篇に「夫《そレ》大塊《たいかい》（＝天地自然）載《のスルニ》レ我《ヲ》以《テシ》レ形《ヲ》、労《スルニ》レ我《ヲ》以《テシ》レ生《ヲ》、佚《いつスルニ》レ我《ヲ》以《テシ》レ老《ヲ》、息《やすムルニ》レ我《ヲ》以《テス》レ死《ヲ》。故《ニ》善《シトスル》二吾《ガ》生《ヲ》一者《ハ》、乃《チ》所三以《ニ》善《よシトスル》二吾《ガ》死《ヲ》一也」とあるのに基づく。荘子の原意は、〝人の生死は自然に支配されているものであるから、人は安んじて自然のままにまかせて生きるのがよい〟というものであるが、李白はこれを承けつつも、〝あくせくせずに、一日中酒を飲んでいよう〟と、頽廃的・享楽的な方向に詩意を転じている。

3 **所以**　それゆえ。3・4句を「終日酔ひ　頽然として前楹に臥する所以《ゆゑん》」と訓読するものもある（久保天随『国訳李太白詩集』）。

4 **頽然**　酔ってくずおれるようす。ぐでんぐでんになるようす。『宋書《そうじょ》』顔延之《がんえんし》伝に「得《うレバ》レ酒《ヲ》必《ズ》頽然《トシテ》自得《ス》」とある。

前楹　庭に面した柱。「楹」は、棟《むね》の正面の東西に立てる円柱。テラスのような空間を形成するものであろう。

5 **眄**　ながめる。一説に「眄《かへりみ》る」と訓読する（久保天随『国訳李太白詩集』）。

6 **花間**　咲き誇る花のあいだ。詩に詠ぜられる花は、木に咲く花であることが多い。参照：津田左右吉「唐詩における花と酒と」

(全集第一〇巻、岩波書店、一九六四年)。

7借問 たずねてみる。試みに問う。本句は西晋、張協「雑詩十首」其八(『文選』巻二九)に、旅中の望郷の念を詠じて「借《しゃ》問《もんス》此《レ》何《ノ》時《ゾ》 胡蝶飛《バン》二南園《ニ》一」とあるのをふまえる。張協・李白ともに、心が満たされず煩悶する者が季節の変化に気づき、ますます煩悶をつのらせる場面で「借問《ス》此《レ》何《ノ》時《ゾ》」という句を用いている。

此何時 鳥と花とが戯れるような美しい光景が展開される今は、いったい何という季節か。久しく酒に溺れているため、ついに季節の感覚をも失いかけたというのであろうか。

なお榊原篁洲《さかきばらこうしゅう》『古文真宝前集諺解《げんかい》大成』では、「何時」は季節ではなく、時刻を問うものと解し、次のように述べる。

「【借問―】、本集如何時を作二此《レ》何《ノ》時《ソニ》一、何時とは時候を問《とふ》に非ず、杜子美の数〻問《フ》夜如何の句と同意にて日の早晩何の時刻ぞと云《いふ》意也、睡起なれば日の早晩も不レ覚《おぼえず》ゆゑに花間に鳴く鳥に何の時ぞと問《とひ》かけたれば春風のどやかに吹裏《ふくうち》に花間をこづたふ流鶯が時答へがほに囀り語ると也」。

8春風 春に吹く風。のどかな春の風。一説に、これを特に「夕東風《ゆふこち》」とする(久保天随『国訳李太白詩集』)。

流鶯 枝から枝へと飛び移って鳴くウグイス。一説に「流れるようなウグイスの声」(武部利男『李白』上)。

9感之 「之」の指す内容は判然としないが、既に述べたいくつかの点――詩題の、伝統的観念を揶揄・嘲笑するようなニュアンス、1~4句の、「長夜の飲」という語をも連想させる頽廃的な状況、7句の用例などから推すに、目前ののどかな春景に比してあまりにもみじめな自分の状態に心を打たれ、季節はのどかな春であるのに自分の心はのどかではないことを嘆いて「嘆息」しそうになる、というのであろうか。

「感之」のとらえ方について、従来、注者によって多少ニュアンスのずれが見られる。「光陰の過ぎ易きに感傷す」(塚本哲三『古文真宝』(漢文叢書、有朋堂書店、一九二一年))、「心に流光の転徙を感ずる」(久保天随『国訳李太白詩集』)、「春愁を感ずる」(青木正児『李白』(漢詩大系第八巻、集英社、一九六五年))、「自然の摂理のすばらしさに、思わず感嘆する」(松浦友久『李白―詩と心象』(社会思想社、一九八四年))。

一方、榊原篁洲『古文真宝前集諺解大成』は、むしろ「之」の指す内容を明示しないところが妙味であるとして、次のように述べる。

「【感之】は鶯語声滑《こゑなめらか》にて日も漸《やうやく》晩景に及ぶ因《よつ》て春の暮《レ》ゆくを感じて欲《スル》二歎息《セント》一か、按《あんずる》に所レ感何事とさゝずして自《オノヅカラ》妙なるべし、何にがなことよせて酒を飲《のま》んと思へるは李白の意也。睡起偶〻鶯の鳴を聴く因て漫爾《メタト》感慨を興《ヲコ》してそれを酒資として又酒に対して自ら傾て飲也是乃李白飄逸の処也、還自傾は已に酔臥して起て又飲む故《ニ》還自と云《いふ》也」。

10還自傾 「自」は、飲まずにいられない心境を表す。東晋、陶淵明「飲酒二十首」其七に「一觴聊《カリ》独進《メ》 杯尽《クレバ》 壺自傾《ラク》」とあるのを承けていよう。しかしここでの李白の用法は、むしろ杜甫「曲江二首」其一《ノ》に「且看《ツン》欲《スル》レ尽《キント》 花経《ノふルヲ》レ眼《ヲ》 莫《カレ》レ厭《フ》傷《ル》レ多《キニ》 酒《ノ》入《ルヲ》レ脣《ニ》」とある自堕落な気分の方に近いようである。

11浩歌 大声で歌う。声高らかに歌う。歴代の用例の稀な語であるが、『楚辞』九歌「少司命」に、思う相手に会えないことを嘆いて「望《ムモ》二美人《ヲ》一兮未《ダ》レ来《タラ》　臨《ミテ》レ風《ニ》怳兮《こうトシテ》浩歌《ス》」、杜甫の五言古詩「玉華宮」に、時の移ろいと人生の無常とを嘆いて「憂《ヘ》来《タリテ》藉《しイテ》レ草《ヲ》坐《シ》　浩歌《スレバ》涙盈《みツ》レ把《はニ》」、白居易の五言古詩「春江閑歩、贈《ル》二張仙人《ニ》一」に、春景色に触発される憂愁を詠じて「江景又妍和　牽《ひキテ》レ愁《ヲ》発《ス》二浩歌《ヲ》一」などとあり、心中の不満や悲しみを紛らわせる行為として詠ぜられる傾向がある。また李賀に「浩歌」、白居易に「浩歌行」と題する楽府体の詩があり、いずれも人生のはかなさへの嘆きを詠じている（『楽府詩集』巻六八）。

本詩の場合も、文脈の流れを考え合わせ、そのような代償的行為として「浩歌」をとらえることが可能であろう。

12**忘情**　世俗の情を忘れる。一般には、世俗を脱して無為の境地に入ることを意味するが、ここは、酔って何もわからなくなること。既に述べた「借問此何時《スレノゾ》」「歎息《ス》」「還自傾《タラク》」「浩歌《ス》」という一連の動作の裏に、満たされぬ心の悩みがあるとすれば、本句は〝心の痛みを忘れるべく飲み続けてついに酔いつぶれるに至る〟という悲惨な結末と思われる。が、ここを楽観的な結末と見る立場もある。「【浩歌】、楚辞九歌、臨《テ》レ風《ニ》怳《トシテ》兮浩歌《ス》、声をはりて高く歌ふ也、已《すで》に醒《さめ》て又酔て浩歌して明月の出るを待《ッ》酔歌の曲終《をはり》て歌ひ罷《やめ》たれば嚮《さき》の人世夢幻の感慨春風鶯語の歎息凡そ我が情に関《アツカル》者《ノ》総て忘却して胸中一物もなし陶然として唯《ただ》楽《たのし》むのみ也」（榊原篁洲『古文真宝前集諺解大成』）、「心はさらに和み、楽しさを述べようという気持さえ、すっかり忘れてしまった」（松浦友久『李白―詩と心象』）。

通　釈

春の日　酔いざめに　胸中の思いを述べる

この世に生きてゆくということは、長い夢を見るような、所詮《しょせん》たわいもないものだ。どうしてあくせくとわが生命をすり減らすことがあろう。だから私は一日中酒に酔い、庭先の柱にぐったりともたれたままでいるのだ。ふと目ざめて庭の方に目をやると、一羽の鳥が花咲く枝かげで鳴いている。さて、今は何の季節であったか。春風が黄鳥とたわむれて語り合っている。そののどかなようすにかえって心ふさがり、ため息が出そうになり、酒つぼに向えばまたひとりでに杯が傾いてゆく。大声で歌って月の出を待っていたが、歌を歌いつくすと、もはや何もわからなくなり、完全に酔いつぶれてしまった。

諸説の異同

特記事項なし。ただし細部の異同について、〔語釈〕欄を参照されたい。

備　考

本詩の内容は、次のように、四句づつ三段落に分けることができよう。

第一段＝一日中酒を飲み続ける理由を、『荘子』を引用しつつ述べる。ただし、これは真剣な人生哲学というよりも、飲酒を正当化する一種の理屈を戯れに提示して見せたというところであろう。

第二段＝季節が春であることを示す。とりわけ第8句「春風語《ル》二流鶯《ト》一」は、半ば酔境にある作者の感覚がとらえた情景を巧みに表している。

第三段＝季節ののどかさに同化できない煩悶を吐露し、第一段と呼応させて結ぶ。

○

本詩の制作年代については、石川忠久『NHK漢詩をよむ』李白篇（日本放送出版協会、一九八八年）は、玄宗の天宝三年（七四四）、44歳ごろの作と推定する（「李白略年譜」）。この年、李白は宦官高力士らの讒言により長安を追われ、放浪の旅に出ることとなる。

一方、安旗主編『李白全集編年注釈』（成都、巴蜀書社、一九九〇年）は、開元二一年（七三三）、李白33歳、安陸に閑居中の作とする。同書では同年の作として、「待《テドモ》レ酒《ヲ》不レ至《ラ》」「山中《ニテ》与二幽人一対酌《ス》」「夏日山中」などを挙げている。案ずるに、これら三作がいずれも閑居の身にふさわしい、ゆったりとした気分を表しているのに対し、本詩は全体に心中の抑えかねる憂悶を感じさせ、自棄的 desperate な気分が濃厚であって、同年の作としてはやや異質の感がある。どちらかと言えば、閑居中というよりは、出仕中、それもその末期、宮廷生活になじめない自己の資質や、必ずしも自分に好意的ではない周囲の感情に気づき始めた頃の作とする方がふさわしいように思われる。

なお、青木正児『李白』、大野實之助『李太白詩歌全解』（早稲田大学出版部、一九八〇年）、詹鍈《せんえい》『李白詩文繫年』（北京、人民文学出版社、一九八四年）、いずれも本詩の制作年代に言及していない。

○

本詩に対する歴代の評語には、陶淵明を引き合いに出すものが散見する。

○太白《ノ》此《ノ》詩《ハ》、擬《スル》レ陶《ニ》之作也。（元、蕭《しょう》士《し》贇《いん》『分類補注』）

○流麗酣暢、欲《スル》レ勝《ラント》二淵明《ニ》一者《ハ》、以《テ》二其《ノ》尤《モ》易《キヲ》一也。（明、高棅『唐詩品彙』巻六に引く劉説）

たしかに、本詩末句「曲尽《キテ》已《ニ》忘《ル》レ情《ヲ》」は、淵明の「飲酒二十首」其五の末句「欲《シテ》レ弁《ゼント》已《ニ》忘《ル》レ言《ヲ》」に似ている。が、全体の境地は、静止的な淵明詩と異なり、豪放・沈痛である。俗世間を睥睨《へいげい》し冷笑する姿勢に徹している淵明に比して、何か悟り切れない焦燥と、そこから来る、やむにやまれぬ酒への耽溺とが感ぜられ、痛々しい印象を与える詩のように思われる。

本詩のそのような性格は、一九世紀後半のヨーロッパ詩壇にも共感をもって受け入れられたと見え、一九〇七年にはドイツのハンス・ベートゲが訳詩集『中国の笛』の中で本詩を訳出、さらにオーストリアの作曲家グスタフ・マーラーは、声楽つき交響曲「大地の歌」の第五楽章の歌詞として本詩のベートゲ訳を採用した（参照：市川桃子「漢詩とマーラーをつなぐ糸」〔『月刊しにか』一九九二年九月号、大修館書店〕）。その歌詞（"DER TRUNKENE IM FRÜHLING" と題する）の和訳をここに示しておこう。

春に酔える者―李白による

人生が一場《じょう》の夢に過ぎないなら
努力も苦労も何の甲斐《かい》があろう。
それよりも飲めなくなるまで
終日酒に溺れよう。

心と身体が酔いしれると
よろめきながら

家の戸に辿りつき
そのまま眠りこんでしまう。

目覚めの床に待つものは何か？　聞け。
庭先きの樹で一羽の鶯が囀《さえず》っている。
私は鶯に尋ねる。
〈もう春がやって来たのか〉と。

鶯は答える。
〈然《しか》り、春はここに在り。
夜の闇を越えて今ここに来たれり〉と。
私はその声に聞きほれ、鶯は歌い、笑う。

私は溜息を吐《つ》いて
再び酒の中に溺れる。
そして月が夜空に輝き出るまで
終日歌を歌おう。

たとえ春がやって来ても
今の私にとって何の甲斐があろう。
歌えなくなるまで歌を歌い
飲めなくなるまで酒を飲み
そのまま眠りこんでしまうのだ。

（宇野　功芳：訳）

（宇野　直人）

0 蜀道難　蜀道難《しょくだうなん》
1 噫吁嚱危乎高哉　噫《あ》吁嚱《あ》　危《あやふ》いかな　高《たか》いかな
2 蜀道之難難於上青天　蜀道《しょくだう》の難《かた》きは　青天《せいてん》に上《のぼ》るよりも難《かた》し
3 蠶叢及魚鳧　蚕叢《さんそう》と魚鳧《ぎょふ》と
4 開國何茫然　国《くに》を開《ひら》くこと　何《なん》ぞ茫然《ばうぜん》たる
5 爾來四萬八千歲　爾来《じらい》　四万八千歳《しまんはっせんざい》
6 不與秦塞通人煙　秦塞《しんさい》と人煙《じんえん》を通《つう》ぜず
7 西當太白有鳥道　西《にし》のかた太白《たいはく》に当《あた》りて　鳥道《てうだう》有《あ》り
8 可以橫絕峨眉巓　以《も》つて峨眉《がび》の巓《いただき》を横絶《わうぜつ》すべし
9 地崩山摧壯士死　地《ち》崩《くづ》れ山摧《やまくだ》けて　壮士《さうし》死《し》し
10 然後天梯石棧相鉤連　然《しか》る後《のち》　天梯《てんてい》　石桟《せきさん》　相《あ》ひ鉤連《こうれん》せり
11 上有六龍回日之高標　上《うへ》には　六竜回日《りくりようくわいじつ》の高標《かうへう》有《あ》り

12 下有衝波逆折之回川
下《した》には　衝波《しょうは》逆折《ぎゃくせつ》の回川《くわいせん》有《あ》り

13 黄鶴之飛尙不得過
黄鶴《くわうかく》の飛《と》ぶも　尙《な》ほ過《す》ぐるを得《え》ず

14 猨猱欲度愁攀援
猨猱《ゑんだう》度《わた》らんと欲《ほっ》するも　攀援《はんゑん》を愁《うれ》ふ

15 青泥何盤盤
青泥《せいでい》　何《なん》ぞ盤盤《ばんばん》たる

16 百步九折縈巖巒
百步《ひゃっぽ》に九折《きうせつ》して　巖巒《がんらん》を縈《めぐ》る

17 捫參歷井仰脅息
參《しん》を捫《な》で井《せい》を歷《へ》て　仰《あふ》ぎて脅息《けふそく》し

18 以手撫膺坐長歎
手《て》を以《も》つて膺《むね》を撫《ぶ》して　坐《ざ》して長嘆《ちゃうたん》す

19 問君西遊何時還
君《きみ》に問《と》ふ　西遊《せいいう》何《いづ》れの時《とき》にか還《かへ》ると

20 畏途巉巖不可攀
畏途《ゐと》　巉巖《ざんがん》　攀《よ》づべからず

21 但見悲鳥號古木
但《た》だ見《み》る　悲鳥《ひてう》の古木《こぼく》に号《さけ》び

22 雄飛雌從繞林閒
雄《をす》は飛《と》び雌《めす》は從《したが》つて　林間《りんかん》を繞《めぐ》るを

23 又聞子規啼夜月愁空山
又《ま》た聞《き》く　子規《しき》の夜月《やげつ》に啼《な》いて　空山《くうざん》に愁《うれ》ふるを

24 蜀道之難難於上青天
蜀道《しょくだう》の難《かた》きは　青天《せいてん》に上《のぼ》るよりも難《かた》し

25 使人聽此凋朱顏
人をして　此《こ》れを聽《き》きて朱顏《しゅがん》を凋《しぼ》ましむ

26 連峯去天不盈尺
連峰《れんぽう》　天《てん》を去《さ》ること尺《しゃく》に盈《み》たず

27 枯松倒挂倚絕壁
枯松《こしょう》　倒《さか》しまに挂《か》かりて絕壁《ぜっぺき》に倚《よ》る

28 飛湍瀑流爭喧豗
飛湍《ひたん》　瀑流《ばくりう》　喧豗《けんくわい》を争《あらそ》ひ

29 砯崖轉石萬壑雷
崖《がけ》を砯《う》ち石《いし》を転《てん》じて　万壑《ばんがく》雷《とどろ》く

30 其險也若此
其《そ》の険《けん》なるや　此《かく》の若《ごと》し

31 嗟爾遠道之人胡爲乎來哉
嗟《ああ》　爾《なんぢ》　遠道《ゑんだう》の人《ひと》　胡為《なんす》れぞ来《きた》れるや

32 劍閣崢嶸而崔嵬
剣閣《けんかく》　崢嶸《さうくわう》として崔嵬《さいくわい》たり

33 一夫當關
一夫《いっぷ》　関《くわん》に当《あた》れば

34 萬夫莫開
万夫《ばんぷ》も開《ひら》く莫《な》し

35 所守或匪親
守《まも》る所《ところ》　或《ある》いは親《しん》に匪《あら》ずんば

36 化爲狼與豺
化《くわ》して狼《らう》と豺《さい》とに為《な》らん

37 朝避猛虎
朝《あした》に猛虎《まうこ》を避《さ》け

38夕避長蛇　　夕《ゆふ》べに長蛇《ちやうだ》を避《さ》く
39磨牙吮血　　牙《きば》を磨《みが》き血《ち》を吮《す》ひ
40殺人如麻　　人《ひと》を殺《ころ》すこと麻《あさ》の如《ごと》し
41錦城雖云樂　　錦城《きんじやう》は楽《たの》しと云《い》ふと雖《いへど》も
42不如早還家　　早《はや》く家《いへ》に還《かへ》るに如《し》かず
43蜀道之難難於上青天　　蜀道《しよくだう》の難《かた》きは　青天《せいてん》に上《のぼ》るよりも難《かた》し
44側身西望長咨嗟　　身《み》を側《そばだ》てて西望《せいばう》し　長《なが》く咨嗟《しさ》す

テキスト　『全』二〇-1-245、同一六二-3-1680　◆『百』楽府《がふ》　◆『古文真宝前集』七　◆『河嶽英霊集』上　◆『唐写本唐人選唐詩』　◆『文苑英華』二〇〇　◆『唐文粋《ぶんすい》』一二　◆『楽府詩集』四〇　◆『唐宋詩醇《じゆん》』二　◆『静嘉堂蔵宋本李太白文集』三　◆『分類補註李太白詩』三　◆『景《えい》宋咸《かん》淳本李翰林集』三　◆『李詩通《つう》』四　◆『玉琦《き》集注李太白文集』三

校語

0**蜀道難**　『唐写本唐人選唐詩』では「古蜀道難」に作る。『静嘉堂本』では、題下に「諷スル二章仇兼瓊《けい》ヲ一也」という注がある。

1**巇**　『全』一六二『百』『古文真宝前集』『唐宋詩醇』『分類補註本』では「戯」に作る。同義。

6**不**　『唐写本唐人選唐詩』では「不」の上に「乃」の字がある。『全』二〇『楽府詩集』では「乃」に作り、「一ニ作ルレ不ニ」とある。『文苑英華』『静嘉堂本』『王注本』では「一ニ作ルレ乃ニ」とあり、『咸淳本』では「一ニ作ル二乃不ニ一」とある。

8**可**　『静嘉堂本』では「何」に作り、「一ニ作ルレ可ニ」とし、『王注本』では「一ニ作ルレ何ニ」とある。

9**地**　『唐写本唐人選唐詩』では「虵」に作る。「虵」は「蛇」の俗字。

摧　『唐写本唐人選唐詩』では「催」に作る。

10**相**　『全』二〇『楽府詩集』『静嘉堂本』では「方」に作り、「一ニ作ルレ相ニ」とあり、『全』一六二では「一ニ作ルレ方ニ」とある。『百』『唐写本唐人選唐詩』では「方」に作る。「方」ならば、はじめて、ようやくの意となる。

11**六龍回日之高標**　『古文真宝前集』『唐写本唐人選唐詩』では「横河斷海之浮雲」に作る。『全』二〇・一六二では「一ニ作ル二横河斷海之浮雲ニ一」とある。

13**過**　『全』二〇『楽府詩集』『静嘉堂本』では「過」字がなく、「得」に対して「一ニ作ルレ過ニ」とある。

14**猨**　『全』二〇・一六二『古文真宝前集』『河嶽英霊集』『唐写本唐人選唐詩』『唐文粋』『分類補註本』『王注本』では「猿」に作る。「猨」は「猿」の異体字。『文苑英華』では「猨猱」を「猿猱」に作る。ここでは他の諸本に従う。

援　『全』二〇『河嶽英霊集』『文苑英華』『唐文粋』『楽府詩集』『静嘉堂本』『咸淳本』『李詩通』では「縁」に作り、『全』一六二では「一ニ作ルレ縁ニ」とする。『唐写本唐人選唐詩』では「牽」に作る。ここでは他の諸本に従う。

18**撫**　『古文真宝前集』『河嶽英霊集』では「拊」に作る。「拊」ならば、(胸を)たたく、なでる。

膺　『唐写本唐人選唐詩』では「心」に作る。

19**問君**　『全』一六二『咸淳本』では「一ニ作ル二征人ニ一」とある。

時　『古文真宝前集』『河嶽英霊集』では「當」に作る。

21**鳥**　『全』二〇では「一ニ作ルレ鳴ニ」とある。

古　『全』二〇『楽府詩集』『咸淳本』では「枯」に作り、「一ニ作ルレ古ニ」とする。『全』一六二では「一ニ作ルレ枯ニ」とある。『河嶽英霊集』では「枯」に作る。『唐写本唐人選唐詩』では「石」に作る。

22**雌従**　『全』二〇『楽府詩集』では「呼雌」に作り、「一ニ作ル二雌従ニ一」とする。『全』一六二では「一ニ作ル二呼雌ニ一」「一ニ作ル二従雌ニ一」とある。『古文真宝前集』『文苑英華』では「呼雌」に作る。『唐写本唐人選唐詩』『分類補註本』『李詩通』では「従雌」に作る。

林　『唐写本唐人選唐詩』では「花」に作る。

23**夜月**　『唐写本唐人選唐詩』では「夜」の字が欠けている。

25**凋**　『全』二〇『河嶽英霊集』『唐文粋』では「彫」に作る。

26**去天不盈尺**　『唐写本唐人選唐詩』では「入烟幾千尺」に作る。『全』二〇・一六二『楽府詩集』『静嘉堂本』『王注本』では「一ニ作ル二入煙幾千尺ニ一」とある。

28**争**　『全』二〇では「相」に作る。

29**砯**　『文苑英華』では「峻」に作る。『静嘉堂本』では「氷」に作る。

30**險**　『唐写本唐人選唐詩』『唐文粋』では「嶮」に作る。同義。

若　『全』一六二では「如」に作り、「一ニ作ルレ若ニ」とするが、『全』二〇『河嶽英霊集』『唐写本唐人選唐詩』『唐文粋』『楽府詩集』『静嘉堂本』『李詩通』『王注本』ら諸本に従う。

34**萬夫**　『河嶽英霊集』では「萬人」に作る。『静嘉堂本』『李詩通』では「萬人」に作り、「一ニ作ルレ夫ニ」とある。『全』一六二『王注本』では「夫」に「一ニ作ルレ人ニ」とある。

35**親**　『河嶽英霊集』では「人」に作る。『文苑英華』では「人」に作り、「一ニ作ルレ親ニ」とする。『全』二〇・一六二『楽府詩集』『静嘉堂本』『王注本』では「一ニ作ルレ人ニ」とある。

44**長**　『唐写本唐人選唐詩』では「令人」に作る。『全』二〇・一六二『文苑英華』『王注本』では「一ニ作ル二令人ニ一」とある。

詩型・韻字

雑言古詩。*天《てん》・△然《ぜん》・*煙《えん》・*巓《てん》・△連《れん》・△川《せん》・援《ゑん》(上平声元韻〔元韻〕)、下平声*△先韻(*△先仙韻〕)/*盤《ばん》・*巒《らん》・歎《たん》(上平声寒韻〔寒*桓韻〕)/還《くわん》・攀《はん》・*閑《かん》・*山《さん》・顔《がん》(上平声刪韻〔刪山韻〕)/尺《せき》・*壁《へき》(入声陌錫韻〔昔*錫韻〕)/*豗《くわい》・*雷《らい》・△哉《さい》・*嵬《くわい》・△開《かい》・豺《さい》(上平声佳灰韻〔皆*△灰*△咍韻〕)/蛇《じゃ》・麻《ま》・家《か》・嗟《さ》(下平声麻韻〔麻韻〕)。換韻。

語釈

0**蜀道難**　古楽府題。都の長安から蜀(現在の四川省)に至る蜀道が、極めて険阻な難路であることを詠じたもの。『楽府詩集』巻四〇「相和《そうわ》歌辞(管弦の合奏曲の歌詞)、瑟《しつ》調曲」には、梁の簡文帝・劉孝威、陳の陰鏗《こう》、唐の張文琮《そう》・李白までの同題の作が五首(連作を数えれば七首)収められている。しかし、唐の呉競《きよう》『楽府古題要解』巻下に、「蜀道難備《ハつぶさニ》言ニ銅梁(四川省銅梁県の山)・玉塁(四川省汶《びん》川県東部の山)之険ヲ一」とあるように、すべてが蜀道の険難について詠じているわけではなく（簡文帝は、巫《ふ》山の、劉孝威は、玉塁・銅梁等の険難について詠じている）、該当するのは、陰鏗以下の作である。いずれにせよ、李白以前の作は、五言四句から七言六句程度の短篇のものであり、李白の長篇（四四句〔句読によっては五〇句近い〕、二九四字）には及ばない。また、音数律的にも、一句七言を基調としつつ、三言から四・五・八・九・一〇・一一言にいたる長短句をおりまぜ、自由奔放なリズムを現出させている（〔備考〕(2)を参照）。何よりも、雄大な構想や、様々な故事と迫真の山岳描写とを融合した複雑な表現は、李白の独創である。それは、古楽府の伝統と同時に、前漢の揚雄や西晋の左思の「蜀都賦」の流れを継承するものともいえよう。森槐《かい》南『李詩講義』（文会堂書店、一九一三年）が説くように、「蜀道の賦」ともいうべき趣がある。ちなみに、「蜀道」という語は、前漢の司馬遷『史記』巻七の「項羽本紀」に始まると思われる。

1 **噫吁嚱**　ああ。日本漢字音では、イ・ク・キ（コ）。現代中国語音では、yī・xū・xī (hū)。三字ともに、驚嘆や憂愁、懐疑の時などに発する感嘆の声。ふつう、「噫」とか「嗚呼」など一、二字で表現するが、ここでは三字重ねて驚嘆の意を強調している。清の王琦の注に、北宋の宋祁《き》『宋景文公筆記』を引いて、「蜀人見《テ》㆑物《ヲ》驚異《スレバ》、輒《すなはチ》曰《ク》噫嘻嚱《ト》。李白作《リテ》㆓蜀道難《ヲ》㆒、因《テ》用《フ》㆑之《ヲ》」という。これによれば、蜀の方言であったことになる。また、「危乎高哉」の「乎」「哉」も感嘆を表す散文的助字であり、第1句全体が、まず蜀道の険難に対する驚嘆の措辞からなっており、この作品の基調音を示している。「噫吁戲」で、読点を付してもよい。

2 **蜀道之難難於上青天**　蜀への道の困難なことは、青空の高みに上るよりも難しい。「青天」は、あおぞら、蒼天。『荘子《じ》』「内篇、逍遙遊」に「有《リ》㆑鳥焉、其名《ノ》為《ス》㆑鵬《ト》、絶《チ》㆓雲気《ヲ》㆒、負《フ》㆓青天《ヲ》㆒」とある。この一句は、詩題をパラフレーズしたものであり、「之」はやや辞賦的、散文的用字といえる。後に第24・43句でも繰り返され、この詩のテーマを端的に表した句である。「蜀道之難」の部分で、読点を付してもよい。

3 **蚕叢及魚鳧**　蚕叢・魚鳧ともに、蜀の地を開いたとされる古代の伝説上の王。前漢の揚雄の『蜀王本紀』（西晋の左思「蜀都賦」〔『李善注文選』巻四〕に対する晋の劉逵《き》注所引）に、「蜀王之先《せんハ》、名《ヅク》㆓蚕叢・拍《はく》獲・魚鳧《ふ》・蒲沢・開明《ト》㆒。是時《ノ》、人萌（人民）、椎髻《ついけい》（さいづちまげ）左言（言語の雑乱すること）、不《シテ》㆑暁《さとラ》㆓文字《ヲ》㆒、未《ダ》㆑有《ラ》㆓礼楽㆒。従《より》㆓開明㆒上到《ルマデ》㆓蚕叢《ニ》㆒、積《ム》㆓三万四千歳《ヲ》㆒」とあり、西晋の常璩《きょ》『華陽国志』巻三「蜀志」（任《じん》乃強校注、上海古籍出版社、一九八七年）に「有《リ》㆓蜀侯・蚕叢㆒、其目《ノ》縦《ハ》、始《メテ》称《ス》㆑王《ト》。死《シテ》作《リ》㆓石棺・石槨《かくヲ》㆒、国人従《フ》㆑之《ニ》、故俗以《テ》㆓石棺槨《ヲ》㆒為《ス》㆓縦目人《ノ》冢《ト》㆒也」という。要するに、蜀が、紀元前三一六年、秦の恵王によって派遣された張儀や司馬錯によって滅ぼされ、中原の歴史に登場するまでの、伝承的時代の王である。なお、李白「送《ル》㆓友人《ノ》入《ルヲ》㆑蜀《ニ》」詩（王琦本『李太白文集』巻一八）にも、「見《みル》説《ナラク》、蚕叢《ノ》路《みち》、崎《き》嶇《くトシテ》不㆑易《やすカラ》行《キ》」とある。ところで、一九八六年、四川省広漢県三星堆《たい》から、明らかに黄河文明とは異質な形態をした、約三千～五千年前の古蜀の遺跡や様々な遺物が発掘されている。なかには、『華陽国志』に記述される縦目と照応するとも考えられる「銅人頭」「凸目銅面具」等が発見されており、古代蜀の歴史を考察するうえで興味深い。また、今日の考古学では、古代蜀の国は、遠く夏や殷と交渉のあったことが推測されている（参照：林紹明ほか主編『三星堆与巴蜀文化』・屈小強ほか主編『三星堆文化』、ともに巴蜀書社、一九九三年）。

4 **開国** 国を初めて建てること。建国。左思「呉都賦《ノ》」（『文選』巻五）に、「有呉《ゆうご》之開《ク》レ国《ヲ》也《ヤ》、造《はじまりより》レ自二太伯一、宣《のブ》二於延陵（季札）《ニ》一」とある。

茫然 ぼんやりとして定かでないさま。ここでは、太古の伝承の開国から悠久の時を経て、すべてがぼんやりとしていること。

5 **爾来** それ以来。ここでは、開国以来ということ。蜀の諸葛亮「出師表《すいしノ》」（『文選』巻三七）に、「受《ケ》二任《ヲ》於敗軍之際《ニ》一、奉《ズ》二命《ヲ》於危難之間《ニ》一。爾来二十有一年矣《ナリ》」とある。

四万八千歳 前述のごとく、『蜀王本紀』では蚕叢から開明まで三万四千歳とあり、それから李白の時まで一万四千年経たことになる。蜀の歴史（時間）的深遠さを、誇張して強調しているのである。

6 **秦塞** 秦（現在の陝西省）の辺塞。蜀と接している国境地帯のとりで。ここでは転じて、とりでの背後に広がる長安地方（秦）をいうのであろう。

人煙 人家から立ちのぼる炊事の煙。転じて人家。「不…通」とは、住民どうしの生活に往来や交渉がないこと。魏の曹植「送《ル》二応氏《ヲ》一詩二首（其二）」（『文選』巻二〇）に「中野《ちゅうや》何《ゾ》蕭條《タル》、千里無《シ》二人煙一」とある。

7 **太白** 太白山のこと。秦嶺山脈の主峰で、太一・太壹ともいい、標高三七六七メートル、頂上は一年中、冠雪している。現在の陝西省眉県の東南二五キロメートル、長安からは西南西約一〇〇キロメートルのところにあり、蜀道の入口にあたる。秦（長安地方）を代表する名山で、道教の聖地でもあり、山上には第十一洞天があった。北魏の酈《れき》道元『水経注』巻一八「渭水」に、「県有《リ》二太一山一、……亦曰《フ》二太白山《ト》一、在《リ》二武功県南《ニ》一、去《ルコト》二長安《ヲ》一二百里、不レ知《ラ》二其《ノ》高《サ》幾何《いくばくナルカヲ》一。俗云《フ》、武功《ノ》太白去《ルコト》レ天《ヲ》三百《ト》」とある。また、王琦の注に慎蒙の『名山記』を引いて、「太白山、在《リ》二鳳翔府郿《び》県東南四十里《ニ》一、鍾《あつメ》二西方金宿之秀《ヲ》一、関中《ノ》諸山莫《シ》レ高《キハ》二於此《ヨリ》一。其《ノ》山巓《てん》高《クシテ》寒《ク》、不レ生《ぜ》二草木《ヲ》一、常有《リテ》二積雪一不レ消《エ》、盛夏《ニ》視《レバ》レ之《ヲ》猶《ホ》爛《らん》然（輝くさま）《タリ》、故以《テ》二太白《ヲ》一名《ヅク》」という。なお、李白には、「登《ル》二太白峰一」詩（王琦本『李太白文集』巻二一）もある。

鳥道 本来は、飛鳥の径路。ここでは、高く険しく連なっている山々の間の、鳥でもなければ越せないかのような山道。なお、一説として、王立顕主編『四川公路交通史』上（四川人民出版社、一九八九年）によれば、秦嶺山脈の南側から漢江に注ぐ褒水と、北側から渭水に注ぐ斜水は、ともに太白山に発するが、その水源は分水嶺である衙《が》嶺山を隔てて相対しており、この二水の河谷《かこく》に沿って通っている褒斜《ほうや》道という街道が、すなわち李白の「蜀道難」にいう「太白鳥道」であると考証されている。

厳耕望『唐代交通図考』三（中央研究院歴史語言研究所、一九八五年）によると、この褒斜道は、一に斜谷《やこく》路ともいい、漢～唐において、秦・蜀間の交通の幹線であった。長安から漢中や蜀に入る四つの街道（東から子午谷道・駱谷道・褒斜道・嘉陵故道）のうち、秦嶺山脈の西部を東北から西南にかけて縦断しており、郿《び》県南の斜谷より、太白嶺の西斜面を越えて褒城に至る街道である。谷道の長さは約二三五キロメートル、道幅は約三〜五メートルという。ところが、第15句の「青泥」山は、これら四つの街道のうち最も西回りの別の街道にある。すなわち、長安から渭《い》水北岸を西行して鳳翔府に出、散関・鳳州・興州等を経て利州（興元市）に至る駅道、いわゆる嘉陵故道の途中（鳳州と益州の間）に位置している。したがって、この「鳥道」が、具体的には褒斜道を指しているという解釈に従えば、詩中の街道は複数ということになって、一貫性に欠けることになろう。もっとも、李白があえて複数の街道を描いて、蜀道の困難を立体的、重層的に表現しようとしたとも考えられるが、「青泥」のような固有名詞が明示されていない以上、しいて褒斜道と規定する必要もなかろう。ちなみに、厳耕望によれば、盛唐以降、詩文に現れる褒斜道はこの褒斜道ではなく、鳳州から褒城に至る褒斜新道（元来、北魏の開いた廻車道を改めて整備したもので、約一七五キロメートル。二つの褒斜道は、Y字形を呈しており、下段部分の武休関から褒城までは、褒斜旧道と重複している。また、鳳州から長安までは、嘉陵故道を用いることになり、それを合わせると約四七〇キロメートル）を指すという（以上、実際の位置関係については、厳耕望『唐代交通図考』三・四付載の地図一一・一四を参照）。

　ところで、「鳥道」の用語としては、北周の庾《ゆ》信「秦州天水郡麦積崖仏龕《がん》銘」（『庾子山集注』巻一二）に、「鳥道乍《たちまチ》窮《マリ》、羊腸或《イハ》断《ツ》」とあり、唐の王維「送《ル》㆔楊長史《ノ》赴《ク》㆓果州（現在の四川省南充市）㆒《ニ》」詩（『王右丞集箋注』巻八）に、「鳥道一千里、猿啼十二時」とある。

8 **横絶**　横切り渡る。横断する。

峨眉巓　峨眉山の頂上。巓は、山のいただき。峨眉山は、成都の西南約一三〇数キロメートルにある峨眉県の、西約三・五キロメートルに連なる岷《びん》山山脈の南の峰で、標高三〇九九メートル。『明一統志』巻七一「眉州」（『四庫全書』本）に、「峨眉山、在《リ》㆓（眉）州《ノ》城南二百里《ニ》㆒、来《ル》㆑自《より》㆓岷山㆒。連《ネ》㆑岡《ヲ》畳《ミ》㆑巘《みねヲ》、延袤《ぼう》（土地の広がり）三百余里、至《リテ》㆑此《ニ》突起《ス》㆓三峯㆒、其《ノ》二峯《ハ》対峙《シ》、宛《あたかモ》若《シ》㆓峨眉《ノ》㆒、自《リ》㆓州城㆒望《メバ》㆑之《ヲ》、又如《シ》㆔人之拱揖《きょうゆうスルガ》㆓（両手をこまぬくあいさつ）於前《ニ》㆒」とある。古来、道教の聖地であり、唐宋以降は仏教の聖地ともなった。長安から成都に至る道筋からは、西南に遠くはずれているが、蜀を代表する名山であるため、太白山と対応して詠じられているのであろう。なお、李白には、若年の作と考えられている「登《ル》㆓峨眉山《ニ》㆒」詩（『李太白文集』巻二一）や「峨眉山月歌」詩（巻八）等もある。

9 **地崩山摧壮士死**　大地が崩れ、山が砕けて、（五人）の勇士が（生き埋めとなって）死んだ。『華陽国志』巻三「蜀志」にある「（秦）恵王知《リ》㆓蜀王《ノ》好《ムヲ》㆑色《ヲ》、許《ス》㆑嫁《スルヲ》㆓五女《ヲ》於蜀《ニ》㆒。蜀遣《ハシテ》㆓五丁《ヲ》㆒迎《ヘシム》㆑之《ヲ》。還《リテ》到《リ》㆓梓潼《しどうニ》㆒、見《ル》㆔一大蛇《ノ》入《ルヲ》㆓穴中《ニ》㆒。一人攬《とリテ》㆓其尾《ヲ》㆒、掣《ひケドモ》㆑之《ヲ》不㆑禁《たへ》。至《リ》㆓五人相《ヒ》助《ケ》、大呼《シテ》抴《ひク》㆑蛇《ヲ》、山崩《ル》。時《ニ》圧殺《ス》㆓五人及《ビ》秦五女并《ビニ》将従（お供の者）《ヲ》㆒。而《シテ》山分《レテ》為《ル》㆓五嶺《ト》㆒」という伝説に基づいている。『唐写本唐人選唐詩』が「山」を「蛇」に作るのは、この伝説の影響をより直接的に示すものであろう。

10**天梯**　天にも届くような梯子。山路の険しさの形容である。『楚辞』「九思、傷時」（王逸）に、「縁《リテ》二天梯《ニ》一兮北上《シ》、登《ル》二太一《ニ》兮玉臺《ニ》一」とある。

石桟　石の桟道。蜀の桟道は、主として木桟・石桟・土桟の三種に大別される。これらのうち、木桟は、最も広く用いられているものであり、地形や山容によって、色々な形式のものが応用されている。桟（絶壁に穴を穿って横木〔梁〕を差し込み、その上に板を敷いて道としたもの。下が深い谷底の場合は、上下に二個の穴を穿ち、下の穴に斜めの支柱を差し込む。また低い河谷の場合は、直立の支柱を立てる）・閣（桟道の上に、一定の距離毎に架設された屋根や窓のついた小屋）・欄（桟道の外側につけられたてすり）・道（桟道の上の板）・橋（深い谷や溝に、長い桁《けた》を架けて橋状としたもの）の五部分からなっており、これらのすべてまたは一部を組み合わせて作られる。石桟には、絶壁に穴を穿ち石の棒を差し込んで、その上に板を敷いたもの、絶壁に石段を穿ち、その両側にてすり、または握り棒を設けたもの、絶壁を大きく凹状に穿って、そこを道としたものなどがある。土桟は、湿った森林や沼沢地帯で用いられるもので、木を切って道に敷き、その上に土石を固めて路盤とし、路面としたものや、同じ高さに木を切って株を残し、その上に木の板を敷いて通行できるようにしたものである（参照：袁庭棟『巴蜀文化』遼寧教育出版社、一九九一年）。ここでは、石の桟道の方が、木の桟道よりもいっそう険難なイメージを与えることにもよる用語であろう。ちなみに、桟道の起源については、確証はないが、巴蜀では少なくとも戦国時代にはかなりの規模で敷設されていたらしい。特に秦から蜀に至る秦蜀古道は、その密度が高く、「桟道千里、無《シ》レ所レ不《ル》レ通《ぜ》」（前漢、司馬遷『史記』巻一二九「貨殖列伝」）とか「桟道千里、通《ズ》二於蜀漢《ニ》一」（前漢、劉向《きょう》『戦国策』「秦策」）といわれるほどであった。漢中の褒城から金牛・三泉・利州等を経、蜀の剣門山を越えて剣州に至る、いわゆる石牛道（剣閣道）は、秦の恵王が、金の便をするという石牛の計略を用いて蜀を討った時、切り開かれたと伝えられており、三国時代には、しばしば魏と蜀の交戦の舞台ともなったところである。この金牛から剣州に至る約二百数十キロメートルの間は、蜀道中、最も地形の険峻な地帯であり、桟道や橋閣は数万間に及ぶという（参照：厳耕望『唐代交通図考』四、一九八六年）。なお、四川における桟道の一部は、近年に至るまで実際に用いられていた。

鉤連　ひき連なる。鉤は、ものをかける先の曲がった金属製のかぎ。かぎを引きかけるように、また、鎖のように続き連なっていること。

11**六竜回日**　太陽神を牽く六匹の竜が、（蜀の高く険しい峰々に阻まれて）その向きを変えて引き返すこと。『淮南子《えなんじ》』に「爰《ここ》止《メ》二羲《ぎ》和《かヲ》一、爰息《いこハシム》二六螭《りくち》（六匹の水竜）一、是《ヲ》謂《フ》二懸車《ト》一」とあり、その注に「日乗《リ》レ車、駕《スルニ》二以六竜《テシ》一、羲和御《ス》レ之《ヲ》。日至《リテ》レ此而薄《せまり》二於虞泉《ニ》（日の入る所）一、羲和至《リテ》レ此而迴《ラス》二六螭《ヲ》一」（『初学記』巻一「天部上、日」、所引）というのに基づいているのであろう。

高標　蜀の山の最高峰で、その辺りの標識となるようなところ（王琦の説）。一説に、元の蕭士贇《いん》は、現在の四川省楽山市の旧城内西北、岷《びん》江・大渡河と青衣江の間にある高標山（一名高望山・高標《ひょう》山。標高四二八・五メートル）のことという。また、左思「蜀都賦《ノ》」（『六臣注文選』巻四）に「羲和仮《リ》二道《ヲ》於峻岐《ニ》一、陽烏（太陽のなかに住むカラス）廻《めぐラス》二翼《ヲ》乎高標《ニ》一」とあり、その呂延済の注に、「高標高枝《ハ》（高山の高い木の枝）也」とあるが、王琦は否定している。確かに、次句の「回川」との対応から見ると、高い木の枝という微視的な解釈より、巨視的な王琦の解釈のほうが、合理的だと思われる。

12 **衝波**　岩や岸に突き当たる波浪。大波。西晋の陸機「演連珠五十首（其三十九）」（『文選』巻五五）に、「衝波安流《スレバ》、則《チ》竜舟《モ》不レ能《ハ》二以《テ》漂《フ》一」とある。

逆折　逆流したり曲折しながら流れること。前漢の司馬相如「上林賦《ノ》」（『文選』巻八）に、「横流逆折《シ》、転騰《とう》澈冽《べつれつ》（相い過ぎ、相い撃つさま）《タリ》」とある。

回川　廻り曲って流れている川。一説に、渦巻いている川。ちなみに、このような激流を、あえて実際の蜀道の地理に即していえば、剣閣の東方を街道に沿うように南流している嘉陵江（やや支流）が該当する。嘉陵江は、その東源、西源のいずれも秦嶺山脈より発し、陝西省略陽・四川省広元・閬《ろう》中・南充などを経て、重慶で長江に注ぐ大河である。全長約一一二〇キロメートルのうち、剣門山の山域と接している広元市昭化鎮（唐代の益昌県）までの四〇七キロメートルが上流である。この間、河谷はV字形を呈し、谷の傾斜は四〇度以上あり、支流との合流点では、暴雨の時、崖崩れや土石流が発生しやすい地形となっている。海抜一〇〇〇メートル前後の剣門山を横切っている昭化鎮あたりでは、谷の幅約三〇〇メートル、江水の幅約三〇メートルの険阻な峡谷を形成している（参照：『中華人民共和国地名詞典　四川省』商務印書館、一九九三年）。

13 **黄鶴**　黄色い鶴。黄鶴は仙人の乗る仙鳥であり、そのような霊力のある鳥でさえ、越えられないということ。唐の沈佺《しんせん》期「黄鶴」詩（『全』九五）に、「黄鶴佐《たすケ》二丹鳳《ヲ》一、不レ能《ハ》レ群《スル》二白鷴《かん》（しらきじ）一《ト》」とある。また、一説には、古書では鶴と鵠とは通用することから、黄鵠（鶴に似た黄色の大鳥で、天空を天翔ける）のこととする。黄鵠は、古来、一挙千里の鳥とされる。

14 **猨猱**　手長猿系のさる。猿猱に同じ。北宋の陸佃《でん》『埤《ひ》雅』巻四「釈獣、猨」に「猨、猴属、長臂、善嘯《クうそぶキ》、便《ナリ》二攀援《スルニ》一」とあり、『管子』巻二〇「形勢解」に、「墜岸（切り立った岸）三仞《じんナルハ》、人之所二大《イニ》難《シトスル》一也、而《ルニ》猿猱《ハ》飲《ムト》レ焉《ここニ》」とある。

愁攀援　「攀援」は、よじ登ること。攀縁に同じ。山谷や林間を、敏捷によじ登り移動できる猿でさえ、愁えるほど険阻なこと。『荘子』「外篇、馬蹄篇」に、「鳥鵲之巣《モ》、可《シ》二攀援《シテ》而闚《うかがフ》一」とある。

15 **青泥**　山の名。青泥嶺。泥公（功）山ともいう。現在の陝西省南西部の略陽県の西北、甘粛省東南部の徽《き》県の南にある山。地勢の険しい山で、山上には雲や雨が多く、行人が常にぬかるみにあうことから命名されたという。〔語釈〕7「鳥道」の項で述べたように、長安から渭水の北の鳳翔府、南の鳳州を経て、成都に至る駅道の途中にあたり、関門の地であった。ここでは蜀の桟道の比喩として言及されている、とする注釈書もあるが妥当ではない。李白は、固有の地名（山名）として、まず「太白」と「峨眉」によって、蜀への道程のおおまかな起点と終点を提示し、その間にある具体的な難所として、この「青泥」と「剣閣」とを交錯させながら、象徴的に描写していると考えられる。駱賓王「従軍中行路難二首（其一）」詩（『全』七七）に、「途《ハ》危《シ》紫蓋峰、路《ハ》渋《ス》青泥坂」とあり、杜甫「泥功山」詩（『杜詩詳註』巻八）に、「朝《ニ》行《ク》青泥《ノ》上、暮《ニ》在《リ》青泥《ノ》中」とある。

盤盤　（山道の）重なり曲がりくねっているさま。ここでは、山についての描写であるから、そのような状態でだんだんと高くなっているさま。

16**百歩**　百歩あゆむ。『荘子』「内篇、養生主篇」に、「沢《ノ》雉《きじハ》十歩《ニ》一啄《シ》、百歩《ニ》一飲《ス》」とある。この「百歩」という語は、『周礼《しゅらい》』「夏官、大司馬」、『管子』巻一〇、『荀子《じゅんし》』巻一五、『戦国策』巻七などにもみられるが、文脈によって、百歩もあるという用法と、わずか百歩でさえという用法が混在している。ここでは、わずか百歩という短い距離の間に、道が九回も折れ曲がるほど険しいと強調しているのである。

九折　何度も曲がりくねる。また、曲折の多いつづらおりの坂道。一説に、「九折坂」という固有名詞に解するものもある。梁の沈《しん》約「従軍行」（『楽府詩集』巻三二）に、「雲《ハ》縈《めぐル》九折《ノ》嶝《さか》、風《ハ》巻《ク》万里《ノ》波」とある。

巖巒　岩の多い険しい山々。巖は、大きな岩。巒は、めぐり連なった山々。「ガンラン yánluán〔ŋam luan〕」は、現代語では響きを同じくする韻母を重ねた、畳《じょう》韻の擬態語としての効果ももつ。李白「望《ム》二黄鶴山《ヲ》一」詩（『李太白文集』巻二一）に、「巖巒《ハ》行《やリ》二穹跨《きゅうこ》（まるく連なっているさま）《ヲ》一、峯嶂《しょう》亦《タ》冥密（暗く重なり合っているさま）《タリ》」とある。

17**捫参歴井**　参《しん》（shēn、西洋でいうオリオン座）と井（双子座）とは星宿の名。捫は、なでる、つかみ取る。歴は、一歩一歩と足を進めて過ぎること。経る、通る。ここでは、蜀道の高いことを強調して、旅人は、夜空を仰ぎながら、あたかも手で星をなでるように、足で踏みしめるようにして通るようだということ。ちなみに、古代中国の天文学では、天上の星座（二十八宿）が、そのまま地上の各地域に相応するとされていた。参井二宿は、隣り合っていて、参宿七星は西方七宿の末に位置して、蜀の分野に、井宿八星は南方七宿の首に位置して、秦の分野に当たると考えられていた。秦から蜀への道の描写として、相当する天上の星座と関連させて表現しているのである。

脅息　恐れ緊張して息をひそめる。息を殺す。一説に、肩（わき）で息をし、息を切らせる。楚の宋玉「高唐賦《ノ》」（『文選』巻一九）に、「股戦《こせん》（ふるえおののく）脅《ひそメ》レ息《ヲ》、安《いづくンゾ》敢《あヘテ》妄《みだりニ》摯《とラン》」とあり、その李善注に、「脅息《トハ》、猶《ホシ》レ翕《をさムルガ》レ息《ヲ》也」とある。

18**撫膺**　胸をなで、また打つしぐさ。膺は、胸。「拊心—心《むね》を拊《う》つ」と同じく、愁苦、悲嘆のさま。

19**君**　蜀に旅立つ不特定の者（＝読者）、または、詩中の旅人の自問の語。この「君」が誰を指すかは、この詩がどのような意図で作られたかという問題と関連してくるため、李白の友人・玄宗皇帝などに特定する諸説がある（〔備考〕(1)、参照）が、ひとまず、このように解しておく。

西遊　西国に旅をする。ここでは、長安から蜀への旅。

20**畏途**　険阻で恐ろしく、気味の悪い道。畏塗に同じ。この語は、『管子』巻一〇「戒」に、「以《テ》二重任《ヲ》一行《キ》二畏途《ヲ》一、至《ルハ》二遠期《ニ》一、惟《ダ》君子《ノミ》乃能《チよくスト》矣」とあるように、人生や世間の恐るべき道というニュアンスで用いられるほうが多いようである。

巉巖　山や巖が高く険しいさま。また、そのような岩。畳韻（ザンガン chán yán）の擬態語。宋玉「高唐賦《ノ》」に、「登《リテ》二巉巖《ニ》一而下望《スレバ》兮、臨《メリ》二大阺《ち》之稸《ちく》水《ニ》一（大きな丘陵に蓄えられた水）」とある。

23**子規**　ほととぎす。杜宇・杜鵑ともいう。蜀の地に最も多い鳥で、晩春になって鳴き始め、夜から明け方まで鳴き、夏になると昼夜をおかず鳴く。中国では、その鳴き声は不吉で、口の中が赤いことから、血を吐くように哀切なものと思われていた。『華陽国志』巻三「蜀志」などに見られるように、古代蜀の王、杜宇（望帝）が、臣下に譲位して西山に隠棲した時、ほととぎすが鳴いていたとか、蜀を去った杜宇が、望郷の念に悶死し、その魂がほととぎすに化身したとかいう、蜀の地と関連の深い伝承が意識されている（杜宇化鳥説の展開、中国古典詩におけるホトトギスの諸相については、植木久行「ほととぎすのうた杜鵑と郭公をめぐって」〈『比較文学年誌』第一五号、早大比較文学会、一九七九年〉、参照）。王維「送《ル》三楊長史赴《クヲ》二果州《ニ》一」詩に、「別後同《ジクシ》二名月《ヲ》一、君応《ニ》レ聴《シ》レ子規《ヲ》一」とある。なお、「又聞子規啼夜月」で、読点を打つ読み方もある。

空山　人のいない静かな山。人気のない寂しい山。魏徴の「述懐」詩（『全』三一）に、「古木鳴《キ》二寒鳥《ヲ》一、空山啼《ク》二野猿《ヲ》一」とある。

25**凋朱顔**　血色のよい若々しい顔を老いさせる。「凋」は、しぼむ、衰える。ここでは、若さを失わせること。「朱顔」は、赤みをおびた美しい顔。紅顔。美人・少年などの顔をいう。『楚辞』「大招」に、「容《かんばせハ》則《チ》秀雅、稺《おさなキ》朱顔只（只は語助詞）」とある。

28**飛湍**　飛ぶような早瀬。「湍」は、急流。

瀑流　高いところからしぶきをあげて流れ落ちる瀑布（滝）の水。

喧豗　相い戦う声、かまびすしい声。ここでは、水が岩などに当たって騒がしく響く音。「喧」は、騒がしいこと。「豗」は、撃つこと。双声の語。晋の木華「海賦《ノ》」（『文選』巻一二）に、「磊訇匌《らいとうこうトシテ》而相豗《ヒうツ》」とあり、李善の注に「相《ヒ》豗《ツトハ》、相《ヒ》撃《ツ》也」とある。

29**砯崖**　激流が崖の岩を撃って音を立てる。晋の郭璞《はく》「江賦《ノ》」（『文選』巻一二）に、「砯《うチテ》レ巖《ヲ》鼓《ノゴトク》作《おコル》（なりひびく）」とあり、その李善注に「砯《ハ》水《ノ》激《スル》レ巖《ニ》之声也」とあり、『広韻』巻二「下平声、蒸第十六」に「砯《ハ》水《ノ》激《スル》二山巖《ニ》一声」とある。

転石　石を転がす。後漢の張衡「西京賦《ノ》」（『文選』巻二）に、「複陸重《ちょう》閣（幾重にも重なる高殿）、転《ジ》レ石《ヲ》成《ス》レ雷《ト》」とある。

万壑雷　多くの谷川に、激流の音が雷のようにとどろくこと。王維「送《ル》二梓州李使君《ヲ》一」詩（『王右丞集箋注』巻八）に、「万壑樹参《ジ》レ天（天高くそびえ）、千山響《ク》二杜鵑《ニ》一」とある。

31**爾**　あなた。「汝」の類語。二人称の代名詞で、「遠道之人」と同格。第19句の「君」と同じく、この句も、詩人が、蜀に旅立つ不特定の者（＝読者）に対して発したもの、または、詩中の旅人の自問の語と解釈しておくが、対象を特定する諸説もある。

遠道　遠い道程。遠路。『楚辞』「哀時命」（厳忌）に「騁《はセテ》二騏《き》驥《き》

（優れた馬）於《ヲ》中庭《ニ》一兮、焉《いづくンゾ》能《ク》極《メン》二夫《ノ》遠道《ヲ》一」とある。

胡為乎来哉 どうしてこのように険阻な蜀に来たのであろうか（来るのであろうか、と訳す注釈書もある）。「胡為」は、疑問・反語の副詞。何為に同じ。魏の王粛（？）『孔子家語《け》』巻四に、「孔子往《キテ》観《テ》レ之《ヲ》曰《ク》、麟也。胡為《なんすレゾ》来《レルヤ》哉、胡為《なんすレゾ》来《レルヤ》哉」とあり、杜甫「送遠」詩（『杜詩詳註』巻八）に、「帯甲（よろいを着た兵士）満《チ》二天地《ニ》一、胡為《なんすレゾ》君遠行《スル》」とある。なお、第19句では、旅人は、「西遊」、即ち蜀に去る（向かう）のだが、この第31句では、蜀に来ると表現されており、あたかも、語り手たる詩人（李白）の拠って立つ場（視点）が、旅人と同行するかのごとく、長安から蜀道の地へと移動している。このような視点の転換も、「蜀道難」の主題に対する解釈を曖昧なものにさせている大きな要因である。

32 **剣閣** 剣門山の閣道（桟道）。剣門山は、現在の四川省東北部にある剣閣県の北約二五キロメートル、昭化の西南に位置して、大東北から西南の方向にのびている。長さ一八キロメートル、大剣山は幅五キロメートル、小剣山は幅一・五キロメートル。両山が門のように険しく対峙し、その形状が真っすぐに剣を挿したようであるところから名付けられた。主峰の大剣山七二峰（海抜一二四八メートル）の山脈が中断しているところに、長さ五〇〇メートル、幅二、三〇メートルの隘路ができている。ここに、蜀漢の章武元年（二二一）、諸葛孔明が関門を築き、付近の岩肌を穿って、約一五キロメートルに及ぶ閣道（桟道）を作ったといわれており、これが「天下雄関」と称される剣門関である。古来、蜀の国は、天下で最も堅固な「四塞《そく》の地」であったが、その蜀の中でも最大の難所が、長安から蜀への道中（正確にいえば、秦の恵王によって開鑿された、漢中から蜀に至る「金牛道」中）にある剣閣であり、いわば秦蜀の咽喉、蜀の北門にあたっている（参照：『逍遙游』一九八七年第一期「剣閣専輯」〈雲南・貴州・四川人民出版社〉、単樹模主編『中国名山大山辞典』〈山東教育出版社、一九九二年〉、『中華人民共和国地名詞典　四川省』等）。『水経注』巻二〇「瀁《よう》水」に、「又《タ》東南《シテ》経《ふ》二小剣戍《ノ》北《ヲ》一。西《ノカタ》去《ルコト》二大剣《ヲ》一三十里、連山絶険、飛閣通《ズ》レ衢《みちヲ》。故《ニ》謂《フ》二之《ヲ》剣閣《ト》一也」とある。ちなみに、このルートに、近代的な道路（川陝公路）が作られたのは一九三六年であり（この時、三層の古関楼がとりこわされた）、新中国成立後の一九五六年、その西側に鉄道（宝成鉄路）が開通して、初めて人や物資の往来が容易となった。

崢嶸 高く険しいさま。畳韻（ソウコウ zhēng róng〔dẓɛŋ ɦuɛŋ〕）の擬態語。後漢の班固「西都賦《ノ》」（『文選』巻一）に、「金石崢嶸《タリ》」とあり、その李善注に「郭璞《ノ》方言注《ニ》曰《ク》、崢嶸《ハ》、高峻也《ト》」とある。

崔嵬 山の高い険しいさま。畳韻（サイカイ cuēi wěi）の擬態語。『楚辞』「九思、傷時」（王逸）に、「超《エ》二五嶺《ノ》（山脈の名）兮嵯峨《タルヲ》一、観《みル》二浮石（山名）《ノ》兮崔嵬《タルヲ》一」とある。

33・34 **一夫当関万夫莫開** 一人の男が、この関所に立ち塞がって守れば、一万人の男とてこれを開いて通ることはできない。ちなみに、この剣閣は、古来、兵家必争の地であり、一九三五年、長征中の紅軍の通過に至るまで、大小百次に近い戦争があったが、剣門関を正面から突破した例はなく（一説に、大小五十余次のうち、側面から迂回して関門を破ったものが二例、正面突破がわずかに一例のみという）、まさに難攻不落の要害の地であった。その意味で、この句は、あながち誇張表現ではない。左思「蜀都賦《ノ》」に、「一夫守《レバ》レ隘《あいヲ》、万夫莫《なシ》レ向《フ》」というのに基づく。また、杜甫の「剣門」詩（『杜詩詳註』巻九）には、「一夫怒《リテ》臨《メバ》レ関《ニ》、百万未《ダ》レ可《カラ》レ傍《そフ》（近づく）」という変用した表現もある。なお、この句は、日本では、滝廉太郎の作曲で知られる「箱根八里」（鳥居忱《まこと》作詞）の一節に用いられていて、余りにも有名である。

35所守匪親　剣門関を守る者が王家の親族でないならば。西晋の張載「剣閣銘《ノ》」（『文選』巻五六）に、「惟《こレ》蜀《ノ》門、作《なシ》レ固《メヲ》作《ス》レ鎮《しづメヲ》、是《これヲ》曰《ヒ》二剣閣《ト》一、壁立《りつ》千仞《ナリ》。窮《メ》二地険《ノヲ》一、極《ム》二路峻《ノヲ》一。……一人《いちにん》荷《になヘバ》レ戟《げきヲ》、万夫《モ》趑《し》趄《しよ》（たちもとおる）《ス》。景勝之地、匪《あらズンバ》レ親《しんニ》勿《なカレ》レ居《をラシムル》」とあるのに基づく。要するに、国の存亡に関わるような要害の地は、国君の親族に守備させなければ、いつ裏切りにあって滅亡に至るとも限らないということ。

36狼・豺　狼と、やまいぬ。ともに人間に害をなす猛獣で、中国古典では、常に奸臣や逆賊、非道・残虐なこと、などに譬えられる。

37猛虎　人間に害をなす猛々しい虎。

38長蛇　同じく人間に害をなす大蛇。転じて、残忍凶悪なものの譬え。ここでは、狼や豺、猛虎とともに、剣閣の天険によって謀叛した逆臣をも指しているが、一篇の主題と関連して、具体的な人物が想定されているという説もある（〔備考〕参照）。用語としては、『春秋左氏伝』定公四年に、「申包胥《しよ》如《ゆキ》レ秦《ニ》乞《ヒテ》レ師（援軍）曰《ク》、呉為《シ》二封豕《ほうし》（大きな豚）・長蛇《ヲ》一、以《テ》荐《せん》二食《しよく》（侵略）上国《ス》（夷狄に対する中国）一」とあり、『山海経《ノ》』「北山経」に、「是山《こノ》也《ヤ》、……有《リ》レ蛇、名《ヅケテ》曰《フ》二長蛇《ト》一、其毛《ノハ》如《シ》二彘豪《ていごう》（豚の毛）《ノ》一」とある。また、杜甫の「発《ス》二閬《ろう》中《ヨリ》一」詩（『杜詩詳註』巻一二）に「前《ニハ》有《リ》二毒蛇一、後《ニハ》猛虎、渓行尽日無《シ》二村塢《お》（むら）一」、「客居」（巻一四）にも「人虎相半《ひなかばシテをり》居、相傷《ヒそこなフモ》終両《ニともニ》存《ス》」とある。

40殺人如麻　人を殺すことが、乱れもつれた麻のごとく多いこと。『史記』巻二七「天官書」に「秦遂《ニ》以《テ》レ兵《ヲ》滅《シ》二六王《ヲ》一、并《セ》二中国《ヲ》一、外《ニ》攘《はらフ》二四夷《ヲ》一、死人如《シ》二乱麻《ノ》一」とある。

41錦城　蜀の成都のこと。秦の張儀らが築いた成都秦城には、東側に太城、その西に少城があり、少城には、錦江の水で洗う特産の錦を司る役所があったことから、錦官城ともいう。晋の任豫《じんよ》『益州記』（不分巻〔『説郛《せつぷ》』弓《きゆう》六一〕）に、「益州城《ハ》、張儀所《ノ》レ築《ク》、錦城在《リ》二州南《ニ》一、蜀時《ノ》故宮也、其処《ノ》号《ス》二錦里《ト》一」とある。

雖云楽　楽しいところではあっても。次の句とあわせて、「古詩十九首（其十九）」（『文選』巻二九）に、「客行雖《モ》レ云《フト》レ楽《シト》、不レ如《しカ》二早《ク》旋帰《スルニハ》一」とあるのを意識していよう。また、錦城が歓娯の地であるという認識は、左思の「蜀都賦《ノ》」の終段にみられる「斯《これ》（以上述べてきたこと）蓋《シ》宅土（蜀の地）之所《ナリ》二安楽《スル》一、観聴《ノミ》（人々の耳目）之所《ナリ》二踊躍《よう》（喜び勇む）《スル》一。焉《いづくンゾ》独《リ》三川（洛陽）為《たラン》二世《ノ》朝市（朝廷と市場。転じて都）一」を承けていると思われる。

44側身西望　身をちぢめて、不安な気持ちで西の方を望む。「側身」は、身をそばめ、ちぢめる。恐れ慎んで、心安らかならぬさま。『詩経』「大雅、蕩之什、雲漢序《ノ》」に、「遇《ヒテ》レ災《ニ》而懼《おそレ》、側《そばメ》レ身《ヲ》修《メ》レ行《ヲ》、欲《ス》レ銷《けシ》二去《ラント》之《ヲ》一」とある。また、後漢の張衡「四愁詩四首（其三）」（『六臣注文選』巻二九）に、「側《そばメテ》レ身《ヲ》西望《スレバ》涕《なみだ》霑《うるほス》レ裳《ヲ》」とあり、「（其一）側身東望」に対する呂延済の注に、「意、愁《ヒテ》二王室《ヲ》一、志所《ナリ》レ不《ル》レ安《ンぜ》。故《ニ》側《メテ》レ身《ヲ》而望《ム》也」とある。ただし、この最終句の主体も、詩人なのか、詩中の旅人なのか、定かではない。

嗟 ため息をついて、深く嘆く。

通釈

蜀道の険難

ああ、危険なことよ、高いことよ。蜀に至る道の険難は、青天の高みに上るよりも難しい。（伝説の蜀の古王である）蚕叢と魚凫とが、国を開いたのは、なんと茫然たるいにしえのことか。それより今日まで四万八千年の間、（東北に隣接している）秦と国境を越えての人々の往来はなかった。長安の西には、太白山がそびえているが、鳥でもなければ越せないような道筋があるのみで、それによってのみ蜀の峨眉山の頂きまで、横断することができるのである。（かつて秦の恵王が蜀の王に嫁がせた五人の美女を、蜀の五人の壮士が出迎えたとき、途中の山中で穴に入る大蛇を見てその尾をひっぱったところ、）地が裂け山が崩れて（美女もろとも）壮士が圧死してしまったという。しかし、そのようなことがあって初めて（蜀と秦とは通行が始まり）、天まで届くような石で作られた桟道が架けられたのである。この蜀の桟道の頭上には、太陽の乗った車を牽く六匹の竜でさえも、そのあまりの高さにたじろいで方向を転回するほどの高峰がそびえており、眼下には、岩にぶつかる大波が逆流する、曲がりくねった川がある。（霊力をもった天駆ける）黄鶴でさえ、この高峰を飛び越えることはできず、（身軽でよじのぼることに秀でている）猿でさえ、険しい断崖を攀じ登ることができず、憂えるほどである。

（秦から蜀への途中にある）青泥山の道は、なんと険しく曲がりくねっていることよ。百歩行くたびに九回も折れ曲がるほどであり、険しい岩山をめぐっている。（その山行は）あたかも夜空に輝く参《しん》星を手で撫で、井《せい》星のかたわらを過ぎて行くかのようであり、夜空を仰いで息をころし、手で胸を撫でながら、座り込んで長嘆息をする。

君にお尋ねしたい。西の方、蜀の地に旅に出られて、いったい何時お帰りになられるのか。険しい巖のそそりたつ恐ろしい山道は、攀じ登ることもできない。ただ、悲しげな鳴き声の鳥が古木に鳴き叫び、雄の後を雌が従って、林の間を飛び回っているのが見えるだけである。また、（蜀の地に多い、不吉な鳥とされる）ホトトギスが、夜空の月明かりのなかで鳴き、人気のない山中で愁いに苦しむ声を聞くのみである。蜀に至る道の険難は、青空の高みに上るよりも難しい。蜀への旅人に、この困難を聞かせれば、それだけで若々しい紅顔もたちまち衰えしぼんでしまうほどである。

連なる峰々は、天から隔たることわずか一尺にも満たないほど高くそびえており、枯れた松が逆さまに絶壁にもたれかかっている。飛ぶような早瀬や、激しくしぶきをあげて流れ落ちる滝は、争うかのごとく轟々と音を立て、崖を撃ち石を転がす激流の音は、谷という谷中に雷の如くとどろいている。蜀の桟道の険難さは、これほどまでである。ああ、遙か遠い道のりを越えてきた旅人よ、君は一体どうしてこのようなところにやって来たのか。蜀道の最難関である剣門山の閣道（桟道）は、高く険しくそびえている。古来、一人の勇士がこの関所を守れば、万人の兵といえども、打ち破ることはできないといわれてきた。もし、この関所を守る者が、王家の親族でなければ、かえってこの天下の険に拠って謀反を起こし、狼や豺のごとく害をもたらすであろう。

（この蜀への道中では、）朝には獰猛な虎を避け、夕べには、長大な蛇の害を避けねばならない。（逆臣たちが、一旦、天険によって反乱を起こせば、彼らは、虎や蛇のごとく）牙を磨き、血を吸い、麻を刈り取るごとく、おびただしい人々が殺されることであろう。かの錦官城（成都）の街は、楽しみが多いところとは言われているが、むしろ早く故郷の家に帰ったほうがよい。蜀に至る道の険難は、青天の高みに上るよりも難しい。（そのことを思えば、）身をちぢめて西方の蜀を望み、いつまでも嘆息するのである。

諸説の異同

特記事項なし。

備考

(1)「蜀道難」の主題

「蜀道難」は、李白の数多い楽府詩（一四九首。その他の歌行体の作品を含めると約二四〇首）の中でも最高傑作のひとつとされている。たとえば、李白が、開元末年から天宝初年頃に、長安で、初めて秘書監の賀知章と会ったとき、この「蜀道難」を示したところ、賀知章は、未だ読み終わらないうちに驚嘆、称賛して、李白を「謫仙」（天界から地上に流謫された仙人）と称した（晩唐の孟棨《けい》『本事詩』「高逸第三」。五代の王定保『唐摭《せき》言』七「知己」では、「太白星精」と称した）という逸話は、あまりにも有名である。

ところで、古来、この作品に関する最大の問題は、創作時期の問題とも関連するのだが、李白の製作意図、すなわち主題が何であるか、という点であり、殊に、「剣閣崢嶸而崔嵬」句以下に込められた寓意性の有無である。従来、多くの注釈者や研究者が諸説を展開してきたが、今、松浦友久「李白楽府論考―表現機能の完成をめぐって」（同『李白研究―抒情の構造』第七章、三省堂、一九七六年）や、中森健二「李白『蜀道難』成立考―諷章仇兼瓊説の再検討」（『学林』第四号、一九八四年）によって、主要な諸説を時代順に示せば、ほぼ以下のごとくである。

㈠ 剣南節度使の厳武が、房琯《かん》・杜甫に対して殺意をもっていたのを、李白が憂慮して諷刺批判したとするもの（唐の李綽《しゃく》『尚書故実』〈叢書集成本〉、唐の韋絢《いけん》『劉賓客嘉話録』〈『説郛』等所収〉、唐の范攄《ちょ》『雲渓友議』巻二〈『稗《はい》海』等所収〉、宋の欧陽脩ほか『新唐書』巻一二九「厳武伝」等）。

㈡ 益州長史・剣南節度使であった章仇兼瓊《しょうきゅうけんけい》を諷刺したとするもの（宋の沈《しん》括『夢渓筆談』巻四、宋の洪芻《すう》『洪駒《く》父詩話』〈宋の胡仔『苕《ちょう》渓漁隠叢話』前集巻五所引〉、宋の洪邁《まい》『容斎続筆』巻六、久保天随『李太白詩集』〈続国訳漢文大成本〉等）。

㈢ 玄宗皇帝が、安禄山の乱を逃れて蜀に蒙塵しようとするのを諫めたとするもの（元の蕭《しょう》士贇《いん》『分類補註李太白詩』巻三、清の沈徳潜『唐詩別裁集』巻六、清の乾《けん》隆帝『唐宋詩醇』等）。

㈣ 古来の相和歌瑟調曲に和したものであり、特定の寓意を認めないもの（明の胡震亨《こう》『李詩通』巻四、明の顧炎武『日知録』巻二七、清の趙翼『甌《おう》北詩話』巻一、王運熙《き》「談李白的〝蜀道難〟」（『唐詩研究論文集』人民文学出版社、一九五九年）、松浦友久「李白楽府論考―表現機能の完成をめぐって」等）。

(五) 友人王炎が蜀に行くのを送ったとするもの（詹鍈《せんえい》「李白蜀道難本事説」（同『李白詩論叢』作家出版社、一九五七年））。

(六) 故郷蜀の山川の奇険さと壮麗さをうたったとするもの（樊《はん》興「蜀道難的寓意及写作年代弁」（『李白研究論文集』中華書局、一九六四年））。

(七) 四川の北部に来ていながら、友人あるいは親族の待つ成都まで足をのばせなかった時の言い訳として作られたとするもの（A・ウェイリー『李白』（小川環樹《たまき》ほか訳、岩波新書、一九七三年））。

(八) 人生行路（求官）の困難を嘆き、「懐才不遇」の意を託したとするもの。（郁賢皓《こう》「李白両入長安及有関交游考辨」（同『李白叢考』陝西人民出版社、一九八二年）、嘯流「也談《蜀道難》寓意」（『唐代文学論叢』一九八二年第一期）、安旗「《蜀道難》求是《ぜ》」（『唐代文学論叢』一九八二年第二期）等）。

(一)～(四)説は、古典的な説ともいうべきものであり、(五)説以下は近人の説である。(五)説は、(四)説を敷衍したものであり、(六)・(八)説は、(五)説を承けたものといえよう。これらの諸説のうち、(一)・(三)説は、すでに久保天随などによって否定されている。李白の「蜀道難」は、唐の殷璠《はん》『河嶽英霊集』巻上（天宝一三年成立。ただし、中沢希男「河嶽英霊集攷」（『群馬大学紀要・人文科学部門』第一巻、一九五一年）によれば、建中（七八〇―七八三）以後の成立）に収められているが、その序文に、開元二年（七一四）から天宝一二年（七五三）までの作品を採録すると明記されている。厳武が、剣南節度使として蜀に赴任するのは、粛宗の上元二年（七六一）であり、安禄山の乱は、それに先立つ天宝一五年のことであるから、いずれの説も、採録の下限と時間的に合致しないことになる。

したがって、(一)・(三)説以外の説に可能性が残るが、現代中国では、(五)の詹鍈「李白蜀道難本事説」が、(一)・(二)・(三)説を否定し、(四)説を敷衍して、李白の「剣閣賦」「送ル二友人ノ入ルヲ一レ蜀ニ」詩と同時期、同主旨の作品と考察して以来、この詹説に賛同するものやそのバリエーションの説が大勢を占めている。一方、中森論文は、詹説をも批判しつつ、強く(二)説を主張している。また、(八)の郁説は、陰鏗《こう》の「蜀道難」を根拠に、「蜀道難」の古辞が、本来、功名の遂げ難いことを寓意したものと想定している。そして、李白の「蜀道難」も、そのような楽府題の伝統をふまえて、長安への第一次上京時に、失意の中で作られたものと解しており、一定の説得力を有している。しかし、それに対して、松浦友久「李白における長安体験(上)」（同『李白伝記論―客寓の詩想』研文出版、一九九四年）は、一連の「蜀道難」の古辞のなかで、「功名難シレ求メ」の要素は、陰鏗の一首以外には見られず、陰鏗の詩のみを論拠として、李白の「蜀道難」も同趣の主題であり、第一次在京時（開元一八年（七三〇）頃）の作と定めるのは困難であるという。ちなみに、松浦説では、李白が賀知章と出会って「蜀道難」を献じたのは、第二次在京時（天宝二年（七四三）三月以後、または、開元二九年（七四一）正月以後）の早い時期と考証されている。

筆者には、いずれの説が最も妥当であるかを判断する独自の根拠はないが、強いて言えば、特定の政治的寓意や背景に拘泥する必要はなく、(四)説の立場で解釈して差し支えないのではなかろうか。作品に寓意性があるか否かについて考えるためには、李白の数多い他の楽府詩の寓意性を総合的に検証することが、不可欠であろう。すなわち、李白の楽府詩全体の共通性と照合するなかで、「蜀道難」の共通性と特異性も、ある程度明白にすることができるであろうし、さらには、その前提となる楽府・擬古楽府の基本的な表現機能を理解しておく必要もあると思われる。

そこで、今はひとまず、こうした実作段階における表現意図の事実解明とはやや異なる立場に立つ、㈣に挙げた松浦論文や同「楽府・新楽府・歌行論—表現機能の異同を中心に—」（同『中国詩歌原論—比較詩学の主題に即して』大修館書店、一九八六年）により、楽府の表現機能の認定、および「蜀道難」に対する評価を、次に要約しておく。

唐代楽府詩の表現機能を、当時の楽府詩史の主流をなす古楽府系作品（いわゆる擬古楽府を含む伝統的楽府）の立場からまとめれば、

一、楽曲への連想
二、視点の三人称化・場面の客体化
三、表現意図の未完結化

となる。

すなわち、一は、唐代の楽府詩が、実作において楽府題を採るからには、実際上の歌唱性の有無・強弱は別として、そこには何らかの楽曲性への連想が作用せざるをえない。またそれゆえに、そこに一種のリズム感・流動感が生まれ、独自の雰囲気として作品全体に作用することになる。二は、作者の一人称的な個別的視線は捨象され、共有化された第三人称的な視点から一首全体が描写される。そして、そのことによって、作品中の場面は、作者個人の主体的な体験の場としてでなく、いわば舞台上の場面のように、客体化されて提示されるのが普通である。また、三は、いわゆる比興諷諫・美刺諷諫の表現意図との関わりで機能することが多い。すなわち、作者と作品の距離をより大きくすることによって、作者の表現意図が間接化・未完結化され、詩人（諷諫者）と為政者（被諷諫者）との間の安全弁として作用することになりやすい。しかし、楽府詩の実態としては、このような要素を含んでいるか否かは未決定・未確定のまま読者に提示し、読者の主体的・主観的判断によって、その表現意図を完結させるものである。

これらの表現機能は、一から三の順に、より基礎的な機能から、より複合的な機能へと、移行ないし展開していると考えてよいが、それぞれ内的、相互的に関連しあっている。

したがって、典型的、代表的な擬古楽府である「蜀道難」の表現や構成も、李白の実作段階における意図は別として、㈠〜㈧のような多様な解釈を許容するだけの屈折と陰影をもっている。そして、こうした恣意的ともいうべき各種の感情移入を許容する許容感覚、換言すれば、作品の表現意図に関する非固定的な未完結性こそが、「蜀道難」をしていっそう魅力的な作品たらしめてきた一つの要因だと見るべきではなかろうか。

(2)「蜀道難」のリズム

「蜀道難」は、古体詩のうち雑言古詩である。〔語釈〕の項でふれたように、九言以上の句は、三言・四言などに分句することも可能であるが、ひとまず本書で例示した句読に従えば、四言六句、五言八句、七言二一句、八言一句、九言六句、一〇言一句、一一言一

句、計七種四四句となる。七言句を中心に長短句をまじえて、まさに変幻自在の感がある。あたかも、蜀道の険難を、五回の換韻（入声をまじえた六種の韻脚）や多くの畳韻の語とともに、雑言古詩に独特な変化屈折したリズム（音数律）の交替によって、多様化・立体化しているかのごとくである。そして、いうまでもなく、三度繰り返される「蜀道之難《キハ》　難《シ》㆔於上《ルヨリモ》㆓青天《ニ》㆒」という九言句（四言＋五言）が、一首全体の主題を象徴すると同時に、リズム上の骨格を形成している。

ところで、雑言古詩の「雑言」の在り方について、松浦友久「中国古典詩における詩型と表現機能―詩的認識の基調として」八　雑言古詩論（『中国詩歌原論―比較詩学の主題に即して』）は、次のように述べている。

「雑言」は、大別して、①大部分が七言句で、ごく一部にだけ字余りの八言句などがはいっているといった形式と、逆に、②三言・四言・五言・六言・七言・八言以上、等の句が自在に混在する形式との二種類がある。このうち、前者は、事実上、七言古詩とリズム上きわめて近く、旧来の詞花集類では、七言古詩の部に収録されることが多い。

李白には、後者の楽府系雑言古詩の作例も多く、それらには、（a）「将進酒」のように、相対的には七言系リズムが多いが、それ以外のリズムも多用されているもの、（b）「上留田」のように、全体的に七言以外のリズムのほうが多いもの、さらに、（c）「戦場南」のように、著しく異質な五言（三拍）のリズムと七言（四拍）のリズムとが、一聯のなかに併置されているものさえある。

このような分析によれば、「蜀道難」は、七言二一句、七言以外二三句であり、類型からいえば(b)の作例といえよう。

(3)　「蜀道難」の変奏

「蜀道難」が、直接的には蜀道の険難をいい、転じて政治的諷諫や人生行路の困難をも寓意すると解釈されてきたことは、すでに見てきた通りであるが、この趣旨を反転した「蜀道易《い》」という作品もある。

たとえば、中唐の陸暢《ちよう》（元和元年〈八〇六〉の進士）は、蜀で自分を厚く遇してくれた剣南節度使韋皐《いこう》（貞元元年〈七八五〉―永貞元年〈八〇五〉在任）の善政（実際には、苛斂《れん》誅求をする一方で、三年に一度の免税を行うなど、巧妙な治政であったらしい）をたたえて、「蜀道易」を作り、「蜀道《ノ》易《やすキハ》、易《シ》㆔於履《ムヨリモ》㆓平地《ヲ》㆒」（『全』四七八に逸句を収める）と蜀道の平易なことを歌った。献呈された韋皐は喜んで、陸暢に羅《うすぎぬ》八〇〇疋《ひき》を贈ったという（唐の李綽《しやく》『尚書故実』。なお、この故事の詳しい背景については、乾源俊「李白『蜀道難』序説」〈『高知大国文』第二一号、一九九〇年〉、参照）。

続いて、北宋の晁説之《ちようえつし》の「題《ス》㆓楊如晦《ノ》二画（之一蜀道図）㆒《ニ》」という題画詩に、「行人愁絶《スルモ》　却《かへつテ》無《ク》㆑愁《ヒ》、始《メテ》信《ズ》宜《シク》㆑歌《フ》蜀道易」（『嵩山文集』巻四）とある。紀行詩にも優れていた南宋の范成大の「再用《ビフ》㆓前韻（「甲午《ノ》除夜、猶《ホ》在《リ》㆓桂林《ニ》㆒、……」詩の韻）㆒《ヲ》」詩（『范石湖集』巻一四）に、「蜀道雖《モ》㆑如《キト》㆑履《ムガ》㆓平地《ヲ》㆒、杜鵑終《ニ》勧《ムト》不《カ》㆑如《ルニ》㆑帰」とあり、「清湘駅《ニテ》送《ル》㆓祝賀州《ノ》南帰《スルヲ》㆒」詩（巻一五）に、「万里書来《リテ》蜀道易《ク》、四愁詩成《リテ》湘水深《シ》」、「点心山」詩（巻一八）にも、「遊人貪《リ》㆓勝践（名所を訪ね歩くこと）㆒《ヲ》、姑《しばらク》吟《ズ》蜀道易」とある。また、険阻なること剣閣にも過ぎる長江の三峡（瞿《く》塘峡）が、偶然、水量の増加のため、容易に通行できたことを詠じた「瞿唐行」詩（巻一九。七言古詩、一六句）の最終二句にも、「剣閣翻《ツテ》成《ル》蜀道易、謂《フ》歌㆓范《ハン》子《ガ》瞿唐《ノ》行《うたヲ》㆒」とあることから、「蜀道難」の反転は十分すぎるほど意識されていたということであろう（もっとも、范成大には、「初《メテ》発《シ》㆓桂林《ヲ》㆒、有《リ》㆓出嶺之喜㆒、……」詩（巻一五）の、「茲《こノ》事未《ダ》㆓渠《にはカニハつキ》央㆒、万里蜀道《トシテ》難」、「発《ス》㆓荊州《ヲ》㆒」詩（巻一五）の「千山万水垂垂（しだいに）老《イ》、只《ダ》欠《ク》天《ノ》西蜀道難」という本来の用例もあるのだが）。

　また、明の方孝孺も、洪武二七年（一三九四）、蜀の献王朱椿《ちん》に招かれてその世子の師となり、陸暢にならって、「蜀道易有《リ》㆑序」（四部叢刊本『遜志斎集』巻二四）を作っている。その序の冒頭に、「昔唐《ノ》李白作《リ》㆓蜀道難《ヲ》㆒以《テ》譏㆓刺《ス》蜀師之酷虐《ナルヲ》㆒」と述べた後、陸暢は韋皐に媚びて「蜀道易」を作ったが、自分は陸暢とは異なり、天子（太祖）の聖徳や蜀王の善政によって太平が実現し、蜀道の通り易く、蜀（成都）の繁栄と安寧をまねいたことを、心から頌美するものだという。そして、「臣、才《ハ》雖《モ》㆑不《ト》㆓敢《ヘテ》望《マ》㆑白《ヲ》而所㆑遇《フ》之時《ハ》白不㆓敢《ヘテ》望《マ》㆑臣《ヲ》也」と、自分が、李白より太平の御代に在世している僥倖を強調する。この方孝孺の「蜀道易」詩（全七〇句、四一九字）は、「美矣《ナル》哉《カナ》　西蜀之道、何《ゾ》今易《ハやすクシテ》　而昔難《ハシ》」という句で始まり、そのバリエーションが途中と最後に二度繰り返され、間に序文の趣旨の内容が歌われていて、「蜀道難」と同様の構成である（もっとも、彼が、後に、帝位を簒奪し、即位の詔勅を起草するよう求めた燕王朱棣《てい》〔永楽帝〕によって、磔刑に処せられ、九族および門下生八七三名も族滅されたのは、歴史の皮肉であろう）。

　さらに、四川出身の文学者である現代の郭沫若にも、李白の「蜀道難」を模擬しながら、その趣意を変えた「蜀道奇」（一九六一年発表、『郭沫若全集　文学編4』〔人民文学出版社、一九八四年〕）という、全一〇章、一〇一行（八五一字）からなる口語の新詩がある。「噫《あ》吁《あ》嘻！　雄《ナル》哉《カナ》壮《ナル》乎《カナ》！　蜀道之奇《ハ》奇《ナリ》㆔于読《ムヨリモ》㆓異書《ヲ》㆒。四川盆地古《いにしえハ》本《もと》大陸《ノ》海《ナリ》、海水汪汪《ハおうトシテ》向《ヒテ》㆑東《ニ》注《グ》。流《レテ》成《ス》瀑布三千丈、地質年代遠《ハ》邁《クすグ》㆔蚕叢《ト》与《とヲ》㆓魚鳧㆒。……」と始まるこの作品は、第六章と第九章でも繰り返される「蜀道之奇奇于読異書」の句に、一首の主題、すなわち、蜀の奇観、壮観が明示されている。五丁・李冰《ひょう》・司馬相如・揚雄・諸葛孔明・李白・杜甫・蘇軾など、蜀と関係の深い歴史的人物とその功績を再評価しながら、長征・革命を経て、人民の力によって、新生中国の偉大な領域となった、現代の四川全域の壮観、栄光を称賛している。

　これらのうち、陸暢・方孝孺・郭沫若の（李白「蜀道難」に対する）変奏的作品は、いずれも、韋皐や、天子・蜀王や、新中国への、政治的頌歌として作られている。このことは、彼らが、本歌ともいうべき李白の作品を、方向はそれぞれに異なっているが、同じく政治的寓意詩として解読していたことを示している。

（以上、高橋良行「李白『蜀道難』の変奏―『蜀道易』の系譜について―」〔『村山吉廣教授古稀記念中国古典学論集』汲古書院、二〇〇〇年〕、参照）

（高橋　良行）

0 宣城見杜鵑花　　宣城《せんじやう》にて杜鵑《とけん》の花《はな》を見《み》る

1 蜀國曾聞子規鳥　　蜀国《しよくこく》　曾《かつ》て聞《き》く　子規《しき》の鳥《とり》

2 宣城還見杜鵑花　宣城《せんじやう》　還《ま》た見《み》る　杜鵑《とけん》の花《はな》
3 一叫一廻腸一斷　一叫《いつけう》　一廻《いつくわい》　腸一断《ちやういちだん》
4 三春三月憶三巴　三春《さんしゆん》　三月《さんげつ》　三巴《さんぱ》を憶《おも》ふ

テキスト　『全』一八四-3-1877 ◆『万首唐人絶句』一三 ◆『静嘉堂本』二三 ◆『分類補注本』二五 ◆『王注本』二五

校語
3 **一廻**　『全』では「一迴」に、『万首唐人絶句』『王注本』では「一回」に作る。同義。

詩型・韻字
七言絶句。花《くわ》・巴《は》（下平声麻韻〈麻韻〉）。

語釈
0 **宣城**　安徽省宣州市。なお『全』では、詩題の下に「一作杜牧詩。題云子規」（一《いつ》に杜牧《とぼく》の詩《し》に作《つく》る。題《だい》して「子規《しき》」と云《い》ふ）と注する。〈備考〉を参照。
杜鵑花　さつき、つつじの類。江南地方に多く、「映山紅《えいざんこう》」とも呼ばれる。杜鵑《ほととぎす》の鳴く晩春三月、この鳥が吐く血で染められたように赤い花を咲かせるのでこの名がある。
1 **蜀国**　現代の四川省。李白の出身地である。
子規鳥　ほととぎす。江南では子規といい、蜀では杜宇という。晩春、血を吐きながら悲しげに鳴き、とりわけ旅人に望郷の念を起させるものとされた。「夜聞ク二子規ヲ一」という定例化された詩題もある。
4 **三春**　春三ケ月。孟春・仲春・季春。
三巴　どの地点を指すか、時代によって異同があるが、より早い三国時代の用法が通説と言える。すなわち、巴郡（重慶市一帯）・巴西（四川省閬中県一帯）・巴東（四川省奉節県一帯）の三郡をいう（参照：譚其驤《たんきじよう》主編『中国歴史地図集』第二冊〔上海・地図出版社、一九八二年〕二九〜三〇頁）。ただ、ここでは「蜀」と同義に用いている。

通釈
宣城で杜鵑《ほととぎす》の花を目にして
故郷の蜀で、かつてほととぎすの声を聞いたことがあった。今また宣城の地で、杜鵑《ほととぎす》の花を見ている。鋭い叫び声と共にひと飛びして人の心をかきむしる、あのほととぎすの姿を思い出しながら、私は春三ケ月も終りに近いこの三月、わが三巴の地をなつかしんでいる。

諸説の異同
特記事項なし。なお『分類補注本』延宝七年（一六七九）刊の山脇重顕点では、第2句の「還見」を「還《かへ》って見《み》る」、第3句を「一たび叫び　一たび廻つて　腸一たび断つ」と訓読している。

備考
杜鵑花を見て子規の声を連想し、望郷の思いに駆られることを詠ずる。前半、後半ともに対句。
制作年代について、詹鍈《せんえい》『李白詩文繫年』（北京、人民文学出版社、一九八四年）・石川忠久『NHK漢詩をよむ』李白篇（日本放送出版協会、一九八八年）は天宝一四年（七五五）、李白55歳の作とする。この年、李白は秋浦に居たが、一一月に安禄山が范陽で挙兵、翌一二月には早くも洛陽が陥落した。

一方、安旗主編『李白全集編年注釈』(成都、巴蜀書社、一九九〇年)は、宝応二年(七六三)暮春、李白63歳の作とする。同書によれば、李白はこの年の冬に没しており、本詩はほとんど生涯最後の作に近い。これに関し、同書は次のように述べる。

思郷情緒之強烈、為白集中往昔所無有、応是暮年所作。白暮年于《に》晩春至宣城、惟本年有可能《あたふ》、因繫《かく》于此。此詩又《樊川《はんせん》別集》、題作《子規》。杜牧平生《へいぜい》足跡未至蜀地、非是(同書中巻、一六六〇頁)。

(宇野　直人)

0 哭晁卿衡
1 日本晁卿辭帝都
2 征帆一片繞蓬壺
3 明月不歸沈碧海
4 白雲愁色滿蒼梧

晁卿衡《ちょうけいこう》を哭《こく》す
日本《にほん》の晁卿《ちょうけい》　帝都《ていと》を辞《じ》し
征帆一片《せいはんいっぺん》　蓬壺《ほうこ》を繞《めぐ》る
明月《めいげつ》は帰《かへ》らず　碧海《へきかい》に沈《しづ》み
白雲愁色《はくうんしゅうしょく》　蒼梧《さうご》に満《み》つ

テキスト
『全』一八四-3-1886 ◆『静嘉堂蔵宋本李太白文集』二四 ◆『分類補注李太白詩』二五 ◆『王琦集注李太白文集』二五 ◆『万首唐人絶句』一三 ◆『李詩通』二〇 ◆『景宋咸淳李翰林集』一九

校語
0 **哭晁卿衡**　『王注本』校語に「『蕭本』作行」とある。『分類補注本』では「晁」を「晃」に作り、「衡」を「行」に作る。『万首唐人絶句』では「哭晁卿」に作る。『李詩通』では「晁」を「晃」に作る。

1 **晁**　『分類補注本』『李詩通』では「晃」に作る。

2 **繞**　『静嘉堂本』『王注本』『李詩通』『景宋咸淳本』では「遶」に作る。ほぼ同義。

4 **愁**　『万首唐人絶句』では「秋」に作る。

詩型・韻字
七言絶句。都《と》・壺《こ》・梧《ご》(上平声虞韻〈模韻〉)。

語釈
0 **哭**　「哭……」とは、死者との別れを歌う詩の一形態。臨哭詩。告別・哀悼の詩。

晁卿衡　阿倍仲麻呂(六九八―七七〇)のこと。中国名を「晁衡」、または「朝衡」という。『旧唐書』巻一九九「東夷伝」、『新唐書』巻二二〇「東夷伝」ともに「朝衡」と記す(なお、新・旧『唐書』とも「仲麻呂」を「仲満」に作っている)。王琦は「蓋『晁』字即古『朝』字、朝衡・晁衡、実一人也」と注している。「卿」は、当時の彼の官職名であった「衛尉寺卿」(朝廷の軍器・儀仗類を扱う官)の略称。当時、彼は「秘書監兼衛尉寺卿」という役にあった(「秘書監」は秘書省の長官で、図書著作等を司る官)。また、「卿」は単に敬称・愛称であるという説もある(「諸説の異同」I参照)。

阿倍仲麻呂は、元明天皇霊亀二年、すなわち唐の玄宗の開元四年(七一六)に、遣唐留学生として選抜され、翌年、吉備真備《きびのまきび》・僧玄昉《げんぼう》らとともに、押使・多治比真人県守《たじひのまひとあがたもり》率いる第九次遣唐使の一員として来唐した。入唐して以来、中国の風習を慕い、中国式に名前を換えるなど、在留の意志は固く（『新唐書』に「慕《ヒ》二中国之風《ヲ》一、因《テ》留《マリテ》不レ去《ラ》、改《メ》二姓名《ヲ》一為《ス》二朝衡《ト》一」とある）、都・長安の太学で勉学に励み、やがて、科挙にも合格し（記録上、日本人で唐の科挙合格者は、彼一人しかいない）、玄宗に信任された。『旧唐書』「東夷伝」によれば、左補闕、儀王の友、左散騎常侍、鎮南都護（『新唐書』によれば「安南都護」）等を歴任し、73歳（『大日本史』では70歳とする）、唐土にて没した。

一時、日本への帰国を図ったこともあり、天宝一二載（七五三）に、遣唐使藤原清河《きよかわ》の帰国船に便乗しようとして、許可を得、ともに長安を発った。この際の作品と思われる詩が、『全』〔巻七三二〕に「衘《ミテ》レ命《ヲ》還《ルノ》レ国《ニ》作」という題で収録されている（『正編』「送秘書晁監還日本国」〔田口暢穂執筆〕の「秘書晁監」の注を参照）。また、離別に際して、王維・包佶《ほうきつ》・趙驊《ちょうか》等から詩を贈られている（王維の詩については『正編』参照。包佶、趙驊の詩については［備考］参照）。藤原清河一行は途中、揚州に立ち寄り、鑑真《がんじん》を迎え、さらに蘇州の黄泗埔《こうしほ》から船出した（『古今和歌集』の左注、及び『大日本史』では「明州」とするが、杉本直治郎『阿倍仲麻呂伝研究』〔育芳社、一九四〇年〕の考証によれば、蘇州の黄泗埔が正しい）。『古今和歌集』『小倉百人一首』等でも著名な「天《あま》の原（『土佐日記』は「青海原」に作る）ふりさけ見れば春日《かすが》なる三笠《みかさ》の山に出でし月かも」の歌は、『古今和歌集』の左注によれば、この船出の際に作られたものという。

結局、四隻の船のうち、彼の乗った船は、途中、暴風に遭って難破し、南海の安南驩州《かんしゅう》（ベトナム北部）に漂着した。彼が再び長安に戻れたのは、翌々年の天宝一四載（七五五）の六月であった（ちなみに鑑真の乗った船は、無事日本に到着している）。この間、中国では、仲麻呂が溺死したという噂が流れ、天宝一三載（七五四）当時、広陵（揚州）に滞在していた李白もその知らせを受け（おそらく李白を師と仰ぐ友人魏万《ぎまん》の報告による——郁賢皓『李白選注』〔上海古籍出版社、一九九〇年〕を参照）、悲嘆してこの詩を作ったものと考えられる。李白は天宝元年（七四二）から足掛け三年、長安において、翰林供奉として出仕しており、仲麻呂とは、おそらくその間に交遊があったものと考えられる。

ちなみに李白は広陵で魏万と離別する際、「送《ル》三王屋山人魏万《ノ》還《ルヲ》二王屋《ニ》一」（『全』巻一七五）という詩を作り、その中で、「身《ニ》著《ケ》二日本裘《ヲ》一、昂蔵《トシテ》出《ツ》二風塵《ヲ》一」と、魏万のことを讃え、自らこの部分に注して「裘則《ハチ》朝卿《ノ》所レ贈《ル》、日本《ノ》布為《ニテつくル》レ之《ヲ》」と語っている。「裘」とは革衣・毛皮の服のこと。仲麻呂と李白・魏万との親密な関係がうかがわれる。

1 **辞帝都**　「辞」は、別れを告げる。「帝都」は、唐の都・長安を指す。天宝一二載、阿倍仲麻呂が藤原清河とともに、長安を出発し、日本への帰国の途についたことをいう。

2 **征帆**　旅征《ゆ》く船の帆。

一片　一ひらの。ぽつんと一つある。ここでは船の帆を指す。「一片《ノ》征帆」と言うべきところを、平仄の関係で「征帆一片」としている。唐詩における「一片」の意味・用法については、松浦友久『詩語の諸相―唐詩ノート』「八、長安一片月〜『一片』の用法とそのイメージ」(研文出版、一九八一年、一五五頁)に詳しい。

繞　めぐる。筧久美子『李白』(鑑賞中国の古典一六、角川書店、一九八八年)によれば、「繞は、ちっぽけな帆船が大海の波にもまれて、蓬莱の島(日本)になかなかたどり着けないということを意味し、航海が困難であったことを示す」という。

蓬壺　日本を指す。本来「蓬壺」とは、神仙思想で言うところの東海の三神山(「三壺」「三丘」とも言う。「蓬莱《ほうらい》」「方丈《ほうじょう》」「瀛《えい》洲」の三山)の一つ、蓬莱山を言う。「壺」と言うのは、この三神山がいずれも壺状の形をしている、という伝承から来ている。古来から中国では、徐福伝説にも見られるように、東海の島々に対して神秘的なイメージを抱いていたが、神仙思想を好んだ李白は、この詩においてもそういった中国人の伝統的日本観を巧みに生かしている。

3 **明月**　阿倍仲麻呂に喩える。彼の高潔な人柄、輝かしい経歴・生き方等を暗示する。なお、その他、仲麻呂の「天の原……」の歌を指すのではないかといった説や、天空の月のことでなく、「明月珠」(真珠)のことではないかという説などもある(「諸説の異同」II参照)。

不帰　日本に帰着できないことを言う。「帰」とは、本来帰着すべきところに行き着くことを表す語。日本人である仲麻呂にとって、最終的にたどり着くべきところは、当然、生れ故郷であるところの日本であるので、「帰」字を用いたわけである。李白の仲麻呂に対する心遣いが感じられる一語である。

沈碧海　仲麻呂が海で溺死したことを暗示する。この次の句冒頭の「白」字との色彩コントラストの鮮やかさに注意したい。

4 **白雲愁色**　中国古典詩における「雲」は、しばしば眼前の視界を遮《さえぎ》る障害として用いられる。「総《すべ》テ為二浮雲ノ能ク蔽一フガ日ヲ、長安不レ見エ使二ム人ヲシテ愁一ヘ」(李白「登二ル金陵ノ鳳凰台一ニ」『正編』、六三四頁)など。ここでも、〝雲に蔽われて、仲麻呂の亡くなった場所すらはっきりとしない〟、ということを暗示しているのかも知れない。また、「白雲」という語は『荘子』「天地篇」に「乗二リ彼ノ白雲一ニ、至二ル於帝郷一ニ(仙界の帝都)」とあり、また『穆天子伝』(巻三)中で西王母の歌う、いわゆる「白雲謡」でも知られるように、神仙的な雰囲気を連想させる語でもある。なお、「白雲愁色」は、擬人的表現と解釈することもできよう。

蒼梧　「蒼梧」は、一般に、伝説上の聖天子・舜《しゅん》帝が巡幸中に崩じたという、いわゆる「蒼梧之野」(古くは『礼記』「檀弓」上に見える)、あるいはその地にあるという「蒼梧山」(別名「九疑山」。舜帝の埋葬地とされる)を指す。従って、普通に解釈すれば、この「蒼梧」を含めた南方の地及び海一帯を言う、ということになるが、異説として、その「蒼梧」では内陸に過ぎ、しかも帰国船のルートと隔たりすぎるということで、「蒼梧山」が飛び移って来たという伝説のある東海沖の郁山《うつざん》(現在の江蘇省連雲港市にある)のことを言う、という説もある(「諸説の異同」III参照)。〔通釈〕では、李白が仲麻呂の没した地点を南方の海のどこかと判断したため、同じく南方にある舜の埋葬地として著名な蒼梧を引き合いに出し(舜の不幸な

〝死〟という意味で仲麻呂の死と連想を直結させやすい）、蒼梧をも含めた南方の海・山を漠然と指そうとしたのであろうと考え、それに基づき解釈した。なお、李白が本詩において「蒼梧」と「白雲」を並べた理由としては、『帰蔵』（『初学記』巻一所引）にある「有《リ》白雲出《デ》蒼梧《ヨリ》、入《ル》於大梁《ニ》」を意識したものと思われる。「白」と「蒼」との寒々とした色彩コントラストが、仲麻呂の死の悲しみを一層効果的に盛り上げていることにも注意したい。

通釈

晁衡（阿倍仲麻呂）の死を哭す

日本の晁衡殿は、帝都・長安に別れを告げ、ひとひらの帆船は、東海の蓬萊山（日本）の辺りを、巡り巡っていった。

（やがて船は遭難し、）明月のごときあなたは、日本に帰り着くことなく、碧い海原に沈んでしまった。後には、白い雲が、愁いのさまを帯びながら、南方の蒼梧の辺りに漂っているばかり。

諸説の異同

異同の所在　Ⅰ

詩題「晁卿衡」及び詩中「晁卿」の「卿」字の意味

異同の類別

A　晁衡に対する尊称あるいは愛称。

B　衛尉卿の略。

A説を採るもの：復旦大学中文系古典文学教研組『李白詩選』（人民文学出版社、一九六一年）、李白詩選注編選組『李白詩選注』（上海古籍出版社、一九七八年）、安旗・薛天緯《せつてんい》・閻琦《えんき》『李詩咀華』（北京十月文芸出版社、一九八四年）、張歩雲『唐代中日往来詩輯注』（陝西《せんせい》人民出版社、一九八四年）、毛水清『李白詩歌賞析』（江西人民出版社、一九八六年）、裴斐《はいひ》主編『李白詩歌賞析集』（〔王景琳執筆〕巴蜀書社、一九八八年）、筧久美子『李白』、郁賢皓『李白選注』など。

B説を採るもの：久保天随『李太白詩集』（国民文庫刊行会、一九二八年）、松浦友久『李白―詩と心象』（教養文庫、社会思想社、一九七〇年）、武部利男『李白』（世界古典文学全集第二七巻、筑摩書房、一九七二年）、今枝二郎『唐代文化の考察(1)～阿倍仲麻呂研究』（高文堂出版社、一九七九年）、大野實之助『李太白詩歌全解』（早稲田大学出版部、一九八〇年）、小尾郊一『李白』（中国の詩人第六巻、集英社、一九八二年）、劉開揚・周維揚・陳子建『李白詩選注』（上海古籍出版社、一九八九年）、石川忠久『NHK漢詩をよむ―李白』（日本放送出版協会、一九八八年）など。

異同の論拠

A説・B説とも、両説を併記して、その優劣を論じているものはない。総じてA説は中国側の通説になっており、B説は日本側の通説になっているようである。その意味で、管見による限り日本で初めてA説を採った筧久美子『李白』、及び、逆に中国で初めてB説を採った劉開揚・周維揚・陳子建『李白詩選注』は注目に値する。

A説の主な論拠は、例えば、張歩雲『唐代中日往来詩輯注』が「古代では同輩・朋友に対して、多く『卿』と称して、親密さを表した」（原文中国語）と述べるように、「卿」字が古来からの慣習的な尊称・愛称であるということである。ただ、A説の問題点を挙げるとするならば、詩題のごとく、尊称を姓名の間に挟み込む習慣が、伝統的に見出されるか否かという点にある。

一方B説は、案ずるに、その論拠は、『鑑真大和上東征伝』に見える「衛尉卿安倍朝臣朝衡」という記述、及び杜佑『通典』巻一八五に見える「天宝末、衛尉少卿朝衡……」といった記述によるものであろう。姓名の間に官職名を挟み込むことは中国の慣例であるから、詩題の「晁卿衡」という表現も不自然ではない。しかし、B説の問題点を挙げるとするならば、詩中にある「晁卿」は、やはり尊称・愛称と採るほうが、李白の仲麻呂に対する尊敬・親愛の情がよく現れるのではないかということ、あるいはまた、仲麻呂の天宝一二載当時の官職が衛尉少卿（従四品上）兼秘書監（従三品）であったと推測できるが、何ゆえ李白が官位の低い方の衛尉少卿を挙げたのか、といった疑問も生じて来る（王維は送別に当たっての詩で、詩題に「秘書晁監」と明言している。『正編』参照）。李白が仲麻呂の昇進を知らなかった可能性もあるが、いずれにせよ、疑問の残るところである。現段階では、両説とも一長一短があり、懸案のままにしておくのが穏当であろう。

異同の所在　II

「明月」の意味

異同の類別

A　天上の月のことで、晁衡に喩える。

B　明月珠（真珠）のことで、晁衡に喩える。

C　仲麻呂の「天の原……」の和歌の原詩を指す。

A説を採るもの：従来の大多数の注釈書・研究書が、この説を採る。

B説を採るもの：裴斐主編『李白詩歌賞析集』（王景琳執筆）、宋緒連・初旭主編『三李詩鑑賞辞典』（張永芳執筆）吉林文史出版社、一九九二年）など。

C説を採るもの：黒川洋一「阿倍仲麻呂の歌について」（岩波書店『文学』、一九七五年八月号所収）。

異同の論拠

A説が最も普及している。「明月」が、光り輝くという属性を持つことから、仲麻呂の高潔な人柄・輝かしい経歴に喩え、また、沈みゆくものであるということから、「明月不帰」は仲麻呂の乗った船が遭難したことを暗示する、というもの。

これに対し、近年、「明月」が〝明月珠〟（南方の海に産する真珠の一種）の略ではないかという説が出て来ている（B説）。例えば、宋緒連・初旭主編『三李詩鑑賞辞典』（張永芳執筆）は、「出典は李斯『諫《ムルノ》二逐客《ヲ》一書』の『垂《ル》二明月之珠《ヲ》一』で、李白の『書《シテ》レ情《ヲ》贈《ル》二蔡舎人雄《ニ》一』にも『倒《さかしまニシテ》レ海《ヲ》索《もとメ》二明月《ヲ》一、凌《イデ》レ山《ヲ》采《ル》二芳菲《ヲ》一』の句があり、明月を以て珠を指している。……月は水中に落ちてもまた昇ってくるので、『不帰』（という表現）とは合いにくい。珠が碧海に沈めば、求めるすべもないので、『不帰』（という表現）とも比較的合致する」（原文中国語）と述べている。案ずるに、この説は、かなりの説得力を持つと考えられる。というのも、次の句にある「蒼梧」は、中国人の通念からすれば、一般に南方をイメージする語であり（〔諸説の異同〕III参照）、そこから南方の海に産する真珠を連想するのも、不自然ではないからである（真珠については、本書「見《ル》三京兆《ノ》韋参軍《ノ》量二移《セラルルヲ》東陽《ニ》一」の〔備考〕参照）。

C説の発端は、A・ウェイリーが、李白の「明月……」の句が仲麻呂の「天の原ふりさけ見れば春日なる三笠の山に出でし月かも」を意識しているのではないか、と指摘したことに始まる。A・ウェイリー『李白』(原書は一九五〇年出版、小川環樹・栗山稔訳、岩波新書、一九七三年、一一一頁)は、次のように述べる。「『明月』への言及から、仲麻呂が出発にあたって書いた詩を李白は知っていたように思われる。事実、日本の伝説では、仲麻呂の歌は中国の友人のために中国語に翻訳されたことになっている」と(ここでいう「歌」とは「天の原……」のこと。このウエイリーの説は、小川環樹「三笠の山に出でし月かも」(岩波書店『図書』、一九六七年九月号所収)にも詳しく紹介されている)。次いで、黒川洋一「阿倍仲麻呂の歌について」は、この説を一歩進めて、李白は帰国船出帆直前に仲麻呂と出会い、この歌(ないしその中国語版)の存在を知っていたと推定し、この「明月不帰……」の句は、「仲麻呂は明月の詩を我々のもとに残して海に沈み、あれほど懐かしがった故国の月を見ることを得なかった」と解すべきである、と結論づけている。また、一海知義『漢詩一日一首』(平凡社、一九七六年、秋冬巻四六〇頁)は、明月を男性に擬する例が中国古典詩には稀であるということを論拠に、黒川説の可能性を示唆している。

魅力的な説ではあるが、少なくとも、①帰国船出帆前の李白と仲麻呂との接触の事実関係が確認できない、②「天の原」の歌自体も、制作時期が確定できない(彼の真作ではないという異論も存在する)、仲麻呂自身の中国訳も現存していない、といった様々な不確定要素がある、③「明月」については、男性の比喩と考えても不自然ではない(例えば筧久美子『李白』は「日本は、中国からは太陽や月が昇る東の方角に当たるので、帰国する使者とか僧侶などを送る詩には、明月という語で日本(人)を表現することが多い」と指摘する。ただし用例は挙げられていない)——等々の疑問・反論の余地があるので、現状では、仮説の域を出ないと言わざるを得ない。〔通釈〕では、B説・C説も捨て難いが、とりあえず通説であるA説を採用した。

異同の所在 III

「蒼梧」の所在、及び指し示す範囲

異同の類別

A　舜帝ゆかりの南方の蒼梧の地(または蒼梧山。別名・九疑山)、及びその地を含めた南方一帯。

B　東海沖(江蘇省連雲港)の郁山(郁洲山、郁林山とも)。

A説を採るもの：武部利男『李白』、一海知義『漢詩一日一首』、大野實之助『李太白詩歌全解』、石川忠久『NHK漢詩をよむ—李白』、筧久美子『李白』、入谷仙介『唐詩の世界』(筑摩書房、一九九〇年)など。

B説を採るもの：王琦注『李太白全集』、久保天随『李太白詩集』、復旦大学中文系古典文学教研組『李白詩選』、松浦友久『李白—詩と心象』、李白詩選注編選組『李白詩選注』、安旗・薛天緯・閻琦『李詩咀華』、張歩雲『唐代中日往来詩輯注』、毛水清『李白詩歌賞析』、劉開揚・周維揚・陳子建『李白詩選注』、郁賢皓『李白選注』、安旗主編『李白全集編年注釈』(巴蜀書社、一九九〇年)、宋緒連・初旭主編『三李詩鑑賞辞典』など。

異同の論拠

A説・B説とも、両説を併記し、論拠を挙げた上で優劣を比較検討しているものは少ない(ただし小尾郊一『李白』は、結論を加えぬまま両説を併記している。また、筧久美子『李白』は、A説を第一義訳としつつも、一説としてB説も併記し、双方を重ね合わせた手法ではないかと指摘する）。

案ずるに、〔語釈〕でも述べたように、「蒼梧」と言えば、伝統的には、舜帝が巡幸中に崩じた地とされる〝蒼梧之野〟（所在地は現在の湖南省内とも広西壮族自治区内とも言われる）、あるいは埋葬地とされる〝蒼梧山〟（別名〝九疑山〟〝九嶷山〟、現在の湖南省寧遠県南にあるとされる）を指すのが普通である。従って、A説は、この伝統的な「蒼梧」を採用していることになる。しかし、この解釈では、①阿倍仲麻呂が目指した日本は、東海の彼方にあり、「蒼梧」のある南方ではない、②かりに、阿倍仲麻呂が南方で遭難したという情報が李白のもとに寄せられていたとしても、「蒼梧」は南方とは言え、中国のかなり内陸部に属している、といった位置的な問題がある。この点をカバーすべく、例えば、大野實之助『李太白詩歌全解』は「長安の都からは蒼梧山のあたりを経て遠い東南に当たる方向で仲麻呂の死があったということで、仲麻呂の死没した海と都との中間に介在する山であることから悲哀の情を含め、白雲が充満していると見立てたのである」（ただし、仲麻呂の帰国した七五三年以後、李白が長安にいた可能性はない〔筆者注〕）と述べ、また石川忠久『NHK漢詩をよむ―李白』は「湖南省南部の九疑山のあたりだが、ここでは広く、南方の海岸地帯を指す」と注し、また入谷仙介『唐詩の世界』は「ここは漠然と南方の国にある山を指している。古代の中国人は、日本の位置を、実際の緯度よりも、ずっと南方と考えていた」と述べている（以上A説）。

これに対してB説を最初に唱えたのが、清の王琦である。王琦は、『水経注』巻三〇「淮水」にある「東北《ノ》海中有《リ》二大洲一、謂《フ》二之《ヲ》郁洲《ト》一。『山海経』所謂《いはゆる》郁山在《ルトイフ》二海中《ニ》一者也。言《ヒ》下是《ノ》山自《リ》二蒼梧一徙《うつルト》一此《ニ》、云《フ》三山上《ニ》猶《ホ》有《リト》二南方《ノ》草木一二」という記述（ちなみに『山海経』第一三「海内東経」に「都州在《ハリ》二海中《ニ》一、一《ニ》曰《フ》二郁州《ト》一」とあり、郭璞は「今在《リ》二東海朐県界《ニ》一、世伝《フ》此《ノ》山自《リ》二蒼梧一従《リ》レ南徙来《タレバ》、上皆南方《ノ》物也《ト》。郁音《ハ》鬱《ナリ》」と注している）、及び『大明一統志』巻一三「淮安府」の「鬱洲山」の条にある「朐山《ノ》東北海中有《リ》二大洲一、謂《フ》二之《ヲ》鬱洲《ト》一。又名《ツク》二郁洲一。一名郁鬱山、一名蒼梧山。或《ヒト》云《フ》昔従《リ》二蒼梧一飛来《ビタルト》」という記述を引用している。つまり王琦が言わんとするところは、この詩の「蒼梧」は、本来の蒼梧山ではなく、その蒼梧山が飛来したという伝説のある朐県東北海中の〝郁洲〟〝郁山〟（〝郁林山〟〝郁洲山〟等の別名がある。郁賢皓『李白詩選』によれば、現在の江蘇省連雲港市花果《かざん》山のことで、清朝中葉に土砂の堆積によって、陸続きになってしまっている）であるというわけである。

B説を採用する諸説は、いずれもこの王琦説の踏襲と言えよう。確かに、このように解釈すれば、先に挙げた①②の難点は解消できるが、問題は、この〝東海の蒼梧山〟の知名度である。むろん『水経注』に掲載されている（ただし、〝郁洲〟という名称。『山海経』郭璞注に初めて〝蒼梧〟の名が見える）わけであるから、全く無名であったとは考えられないが、やはり、普及度では、本来の蒼梧山に及ばない。しかも、地方志の類を見る限り、この山は東海といってもかなり近海に属しており、この詩のスケールの大きさに似合わないとも言える。また、〔諸説の異同〕IIに挙げたB説が指摘するように、「明月」が〝明月珠〟を意識するとすれば、一層、東方より南方の雰囲気に合致する。

以上のごとく、A説・B説いずれも、一長一短があり、決定的な決め手はない。とりあえず、南方の蒼梧の知名度やこの詩のスケールの大きさに鑑みて、〔通釈〕ではA説を採用することにした。

なおA・B説いずれにも属さないが、Rewi Alley訳『Lipai 200 Selected Poems』(Joint Publishing 一九八〇年)は、この句を"leaving the whole of China clouded in sadness"と英訳している。「蒼梧」を"the whole of China"(〃中国全土〃)と解釈している点、興味深い。おそらく、〃英明な君主(舜)のいた国である中国の国中の人々が仲麻呂の死を悼んでいる〃、という意に取ったものであろうが、一説として傾聴に値しよう。

備考

阿倍仲麻呂は、主に文学畑の役職に就いていた関係もあってか、数多くの唐詩人と交遊していたらしい。李白のこの「哭晁卿衡」の他にも、彼に関する唐詩人の作品がいくつか現存している。まず、儲光羲(七〇六?―七六三)に「洛中《ニテ》胎《おくル》二朝校書衡《ニ》一、朝《ハ》即《チ》日本人也」(『全』巻一三八)という詩がある。「万国朝《シ》二天中《ニ》一、東隅道最《モ》長《シ》。朝生美《ハ》無《ク》レ度《かぎり》、高駕仕《フ》二春坊《ニ》一。出入《ス》蓬山《ノ》裏、逍遥《ス》伊水《ノ》傍。伯鸞《はくらん》遊《ビ》二太学《ニ》一、中夜一《ニ》相《ヒ》望《ム》。落日懸《リ》二高殿《ニ》一、秋風入《ル》二洞房《ニ》一。屡〻言《フ》相《ヒ》去《ルコト》遠《ク》、不《ト》レ覚《エ》レ生《ズルヲ》二朝光《ヲ》一」(第3句目「朝」字は、『全』では「吾」に作るが、同時に「一に『朝』に作る」とあり、その方が適切と思われるので改めた)。「天中」は唐の朝廷。「朝生」は晁(朝)衡。「春坊」は皇太子(後の粛宗)の官府の称。仲麻呂がそこの司経局校書であることをいう。「蓬山」は蓬莱山。暗に日本をいう。「伊水」は洛陽南郊を流れる河。「伯鸞」は後漢の大学者であり、かつ人格者であった梁鴻《りょうこう》の字《あざな》。梁鴻は後漢の太学出身者であったので、引き合いに出し仲麻呂に比した(〃太学〃は中央の科挙受験生のための教育機関。仲麻呂はここの卒業生であった)。「洞房」は奥深い内室。「朝光」は朝日。この詩は、仲麻呂が司経局(あるいは修文館)校書であった時(開元一〇年〔七二二〕前後と言われる)に贈られた詩と考えられる。末尾二句から、二人の友誼が並々ならぬものであったことが想像できる。

また、天宝一二載(七五三)、仲麻呂が帰国することになり(〔語釈〕参照)、長安においてその送別式が行なわれた際に贈られたとされる詩が、三首現存する。まず、王維(七〇〇?―七六一)に「送《ル》三秘書晁監《ノ》還《ルヲ》二日本国《ニ》一」(『全』巻一二七)という作品がある(『正編』〔田口暢穂執筆〕参照)。

また、趙驊《ちょうか》(?―七八三)も「送《ル》三晁補闕《ノ》帰《ルヲ》二日本国《ニ》一」(『全』巻一二九)という送別詩を贈っている。「西掖承《ヨリうケ》二休澣《かんヲ》一、東隅返《ル》二故林《ニ》一。来《リテハ》称《かなヒ》二郯《たん》子《ノ》学《ニ》一、帰《リテハ》是《レ》越人《ノ》吟。馬上秋郊遠《ク》、舟中曙海《ノ》陰。知《ル》君《ノ》懐《ヒ》二魏闕《ヲ》一、万里独《リ》揺《ガス》レ心《ヲ》」とある。「西掖」は中書省の別称。ここでは広く唐王朝を指す。「休澣」は休暇。「東隅」は日本、「故林」は故国を指す。「郯子」は孔子が教えを乞うたとされる郯国の君主。博学で知られた。「越人吟」は戦国時代の越国出身の荘舄《げき》が、楚国に仕えていた時、病の際には必ず故国の歌を歌っていたという故事(『史記』巻七〇「陳軫伝」などに見える)に基づく。ここでは故郷を懐かしむこと。「魏闕」は宮門のことで、ここでは唐王朝を指す。

さらに、包佶《ほうきつ》(七二七?―七九二)にも「送《ル》二日本国《ノ》聘賀使晁巨卿《ノ》東《ニ》帰《ルヲ》一」(『全』巻二〇五)という作品が存在する(杉本直治郎『阿倍仲麻呂伝研究』は、この詩を吉備真備《きびのまきび》に宛てた作品とするが、今枝二郎『唐代文化の考察(1)―阿倍仲麻呂研究』はそれを否定している)。「巨卿」は晁衡の字(『続日本紀』は臣卿に作る)。詩は、「上才生《マル》二下国《ニ》一、東海是《レ》西隣。九訳蕃君《ノ》使、千年聖主《ノ》臣。野情偏《ヘニ》得レ礼《ヲ》、木性本含《ムト》レ真《ヲ》。錦帆乗《ジテ》レ風《ニ》転《ジ》、金装照《ラシテ》レ地《ヲ》新《タナリ》。孤城開《キ》二蜃閣《しんかくヲ》一、暁日上《ス》二朱輪《ヲ》一。早《つとニ》識《ラン》来朝《ノ》歳、塗山玉帛均《シ》」というもの。「下国」は小国の意、日本を指す。「西隣」は中国が日本から見て西隣にあるのでこう言う。「九訳」とは幾度も通訳を通さねば言葉が通じないという意。「聖主」は中国の君主。この句は、千年来の国際交流の歴史があることを言う。「野情」「木性」ともに日本人の質朴な性格を言う。「金装」は立派な旅の装い。「蜃閣」は蜃気楼。中国では東海、日本を詠じるときしばしば蜃気楼を素材として用いる。「朱輪」は日輪（貴人の乗る車という説もある）。末尾二句は、仲麻呂の再びの来朝を期待する。「塗山玉帛」は禹王が塗山に諸侯を会した際、諸侯が玉帛を献上した故事を踏まえる。大国が小国を慈しみ、小国が大国に奉仕するという古代の理想的な国家関係を意味する。「均」は等しい（単なる助字であると解釈する説もある）。

これらに対し、仲麻呂も「銜《ふくミテ》レ命《ヲ》還《ルノ》レ国《ニ》作」（『全』巻七三二）という留別の詩を作っている。参照：『正編』五八頁（田口暢穂執筆）。

ちなみに、仲麻呂の「天の原……」の現代人による漢詩訳が『全唐詩外編』（中華書局本巻末の「附録」）に掲載されているので、参考までに挙げておく（胡錫年の訳）。題は「望郷」で、「廻《めぐらラシ》レ首《ヲ》挙《ゲテ》レ目《ヲ》望《ム》二蒼穹《ヲ》一、明月皎潔挂《ク》二中空《ニ》一。遥《カニ》思《フ》故国《ノ》春日野、三笠《ノ》山月亦《タ》相《ヒ》同《ジ》」というもの。

（寺尾　剛）

0 望天門山

天門山《てんもんざん》を望《のぞ》む

1 天門中斷楚江開
2 碧水東流直北迴
3 兩岸青山相對出
4 孤帆一片日邊來

天門《てんもん》中《ちゆう》断《だん》して楚《そ》江《かう》開《ひら》く
碧水《へきすい》東流《とうりう》して直《ちよく》北《ほく》に迴《めぐ》る
両《りやう》岸《がん》の青山《せいざん》　相《あ》ひ対《たい》して出《い》で
孤《こ》帆《はん》一片《いつぺん》　日辺《じつぺん》より来《き》たる

テキスト　『全』一八〇-三-1839　◆『選』七　◆『静嘉堂蔵宋本李太白文集』一九　◆『分類補注李太白詩』二二　◆『王琦集注李太白文集』二一　◆『万首唐人絶句』一三　◆『唐詩品彙』四七　◆『唐詩解』二五　◆『李詩通』二〇　◆『景宋咸淳李翰林集』一九　◆『唐宋詩醇』七　◆『唐詩別裁集』二〇

校語

0 **望天門山**　『静嘉堂本』では題下注に「當塗」とある。

2 **直北**　『全』（底本）『選』『分類補注本』『王注本』『万首唐人絶句』『唐詩品彙』『唐詩解』『唐宋詩醇』『唐詩別裁集』いずれも「至北」に作るが、古い版本の系統の『静嘉堂本』『景宋咸淳本』により改める。『李詩通』も「直北」に作るが「直」字に対して、「一《ニ》作《ル》レ至《ニ》」と注する。『唐詩別裁集』では「直」を「向」に作る。『全』では「直」を「至」に作り「一《ニ》作《ル》レ直《ニ》」と注する。『王注本』は「至此」に作るが「『繆本』《ハ》作《ル》二直北《ニ》一、一《ニ》作《ル》二至此《ニ》一」と注する。

迴　『選』『静嘉堂本』『分類補注本』『唐詩品彙』『唐詩解』『李詩通』『唐宋詩醇』では「廻」に作る。

4 **來**　『全』（中華書局本）では「水」に作る。おそらく誤記。韻字から考えて、「水」ではありえない。康熙揚州詩局本影印『全唐詩』〔上海古籍出版社〕によって「來」に改める。

詩型・韻字

七言絶句。*開《かい》・迴《くわい》・*來《らい》、〔上平声灰韻〔灰咍*韻〕〕。

語　釈

0 **天門山**　長江下流の両岸にある二つの山の総称。安徽《あんき》省当塗《とうと》県西南約一五キロにある。東岸の東梁山《とうりょうざん》（別名博望山《はくぼうざん》。海抜約八一メートル。現在の蕪湖《ぶこ》市に属す）と西岸の西梁山《せいりょうざん》（別名梁山《りょうざん》。海抜約一〇〇メートル。現在の和県に属す）が、あたかも天界の門のように長江をはさんで対峙しているので、この名が付いたと言う。一説に、下流に当たる六朝の古都・建康（江蘇省南京市）にとって門となるので「天門」と言ったという説もある（中島敏夫・佐藤保『唐詩選』下〔中国の古典第二八巻、学習研究社、一九八六年〕を参照）。別に蛾眉山《がびさん》とも称される。さほど高い山ではないが、このあたりの長江両岸はほとんど平地で、それだけに、この二山はひときわ目立つ存在となっている。天門山に関する記述は古くからあり、清の王琦（『王注本』）は『図経』（唐以前のものと考えられる地図を中心とした地理書）を引用している（「『図経』、天門山ハ、在リ二太平州当塗県ノ西南二十里一ニ。又名ヅク二蛾眉山ト一。二山夾ンデ二大江ヲ一対峙《たいじ》シ、東ヲ曰ヒ二博望ト一、西ヲ曰フ二梁山ト一」とある）。また、唐の中期の地理書『元和《げんな》郡県志』（八一三年成立）にも「博望山ハ、在リ二県ノ西三十五里一ニ、与二和州一対スレ岸ヲ。江ノ西岸ヲ曰ヒ二梁山ト一、在リ二溧陽《りつよう》県ノ南七十里一ニ。両山相望ムコト如シレ門ノ。俗ニ謂フ二之ヲ天門山ト一」（巻二八「宣州当塗県」の条）とある。

しかし、この山の存在を天下に知らしめたのは、やはり李白のこの「望天門山」詩と考えられよう。李白以降、天門山は典型的な「詩跡」の一つとなり、今日に至るまで、数多くの詩人たちによって繰り返し詠み継がれてきている。李白自身、この山をとりわけ気に入っていたらしく、「天門山銘」という名文があるほか、詩中にも、「海神来タリ過ギテ悪風迴ル、浪ハ打ツテ二天門ヲ一石壁開ク」（「横江詞六首、其四」、『全』巻一六六）、「月ハ銜ンデ二天門ヲ一暁《あケ》、霜ハ落チテ二牛渚ニ一清シ」（「献ズ二従叔当塗宰陽冰ニ一」、『全』巻一七一）、「歌ハ動カシ二白紵山ヲ一、舞ハ迴ラス二天門ノ月ヲ一」（「書懐贈ル二南陵常賛府ニ一」、『全』巻一七一）、「進マシメ二帆ヲ天門山ヨリ一、迴ラセバレ首ヲ牛渚没ス」（「自リ二金陵一泝《さかのぼリテ》レ流レヲ過ギ二白壁山ヲ一翫ンデレ月ヲ達シ二天門ニ一寄ス二句容《こうよう》ノ王主簿ニ一」、『全』巻一七三）等、しばしば歌い込まれている。

1 **天門中断**　長江が二つの山の間を流れているのを、天の門の中間が断絶したかのよう、と表現したもの。「天門山」の名称の由来を、大胆な表現によって活性化している。地名に対する関心の強さ、ダイナミックな山水描写、いずれも李白詩の特色の一つである。

楚江開　楚の地方を流れる長江が、舟（流れ）が進むに連れて、ちょうど門がしだいに開かれていくかのように、広がっていくこと。「楚江」は、楚の地を流れる長江を言う。「楚」は長江中流域（湖北・湖南一帯）に限定されることも多いが、戦国時代の「楚」国の最大版図は、安徽省・江蘇省にまで及んでいたので、この天門山のある長江付近も「楚江」と称して不思議でない。また、この天門山のあたりを「楚」の東限とみなして、これより東を「呉」ないしは「江東」と考えることもできる。安旗主編『李白全集編年注釈』（巴蜀書社、一九九〇年）は「長江至《リテ》レ此《ニ》折《レ》向《カヒテ》レ北《ニ》流《ル》、故《ニ》呉地有《リ》二江東之称一」と指摘している。

なお、この詩の起句・承句の表現について、中島敏夫・佐藤保『唐詩選』は、現地取材に基づき、次のように述べている。「流れ下っていく時に、始め西岸（左岸）の梁山の背後に隠れて見えなかった江の水路と東岸の博望山とが、船が進むに連れて次第にその背後の博望山が姿を現わして来それと共にその間の水路が拡がっていく……。江は梁山を廻って大きく左へ曲がり、江は、その部分で東流して来た流れが略ぼ直角に向きを変えて北流する」と。筆者（寺尾）案ずるに、このあたりの長江は、巨視的に言えば北流しているとは言え、かなり蛇行しているというのが実態で、また中洲も多く、船がその中洲のどちら側をめぐるかによって天門山の見え方も大きく異なってくる。従って、天門山がこのように見える船の航行ルートはかなり限られている、と言わねばならない。興味深い指摘ではあるが、一説に止め置くこととしたい。

2 **碧水東流直北迴**　東に流れていた碧色（深い青緑色）の長江が、この天門山の辺りで直北に方角を変えて流れることを言う。厳密に言えば、ほぼ東に流れていた長江は、天門山のやや上流にある蕪湖《ぶこ》において、直北に流れを変え、この天門山の辺りでは、北北東に流れている。ただ、この付近の長江はかなり蛇行しており、また詩的表現という面から言っても、必ずしも地形に厳密に照らし合わせて表現する必要はないであろう。この「天門山の辺り」で、それまでほぼ東流していた長江が、北に流れを変えている、といった程度の地理的理解でこの句は解釈するのが穏当と思われる。

中国の主な河川は、この長江のみならず、〝百川東流〟という成語もあるように、おおむね西から東に流れている。その一般通念に対して意外性を喚起する、というねらいが含まれていよう。李白らしい大胆かつ雄大な表現である。

なお、この「直北」については多くのテキスト、訳注本が「至北」に作り、さらにその「北」字を「此」字に改めるものもあるので、この点について触れておく。

まず、本稿の採用した『静嘉堂本』（『宋本』）『景宋咸淳本』は「直北」としているので、解釈の上での問題はない（東流していた長江が、この天門山辺りで直北に廻っている、の意）。青木正児『李白』（漢詩大系第八巻、集英社、一九六五年）、松浦友久『李白―詩と心象』（教養文庫、社会思想社、一九七〇年）等は、この「直北」を採っている。

一方、『分類補注本』『王注本』『選』（いずれも「至北」に作る）等を底本にしている注釈類の多くは、「北」字を「此」字に改めたり、そうでなくとも、「此」字に改めるべきであると述べている。とりわけ「此」字に改めている例は多く、例えば武部利男『李白』上（中国詩人選集第七巻、岩波書店、一九五七年）、「『北』は『此』の誤りであろう」と指摘）、大野實之助『李太白詩歌全解』（早稲田大学出版部、一九七〇年）、「『至北迴』では意味が通じがたい」と指摘）、小川環樹『唐詩集』（世界文学大系第八巻、筑摩書房、一九七五年）、「原本は此が北になっているが、此の誤りというのが通説である」と指摘）等が挙げられる。また、安旗主編『李白全集編年注釈』は、底本を一貫して『王注本』としている関係で、「至北」のままにしているが、注釈部分において、「当《ニ》レ作《ルベシ》二『至此』《ニ》一、長江《ハ》至《ツテ》レ此《ニ》折《レ》向《カヒテ》レ北《ニ》流《ル》、故呉《ニ》地《ニ》有《リ》二江東之称一」と述べている。また、郁賢皓『李白選集』（上海古籍出版社、一九九〇年）も、「北」のままにしつつも、「此」字のほうが勝っているとしている。ただし、その理由が、諸説と若干異なっている。「按《ズルニ》、作《ルヲ》二『至此迴』《ニ》一為《ス》レ勝《ト》。因《リテ》三両山《ノ》石壁突《二》入《スルニ》江中《ニ》一、江面突然《ニシテ》狭窄、上游《ノ》水流至《リテここニ》レ此、沖《ニ》撞《シ》石壁《ニ》一而形《二》成《ス》旋渦《ヲ》一」と述べ、「迴」字を、天門山の岸壁に打ちつけられた水流が渦を巻いている状態と解している。ちなみに、清の王琦（『王注本』）も、「毛西河曰《ク》、因《ツテ》二梁山博望夾峙《スルニ》一、江水至《ツテ》レ此《ニ》一迴旋《スル》也。時刻（時世の俗本）誤《リテ》レ『此』《ヲ》作《ル》レ『北』《ニ》、既《ニ》（『中華書局本』は「即」に作るが、『四部備要本』によって改める）東《シテ》又北《シ》、既《ニ》北《シテ》又迴《ル》、已《ニ》乖《キ》二句調《ニ》一、兼《ネテ》失《スト》二義理《ヲ》一」と指摘している。

以上を整理すれば、「至北」は、①「直北」にすべきである、②「至此」にすべきである、という二つの見解が主流を占めていると言える。本稿では、現存最古の宋本（『静嘉堂本』）と、宋本の流れを汲む『景宋咸淳本』を生かして①を採ることにした。

3 **両岸青山相対出** 「両岸青山」は天門山を形成する両岸の梁山・博望山を指す。「青山」は第2句目の「碧水」と、色彩的なコントラストを成していることに注意したい。「相対」は、この梁山・博望山が長江をはさんで向かいあっていることを言う。「出」は、この両山が互いに川面から突き出して聳えているさまを言う。〝出現する〟の意ではなかろう。

4 **孤帆一片** 「一片孤帆」の倒置表現（平仄の関係による）。ぽつんとある一艘の小舟、の意。この「孤帆」が、作者（李白）の乗っている船か、それとも、作者の居る場所から見えた景物（遠景）か、という点において、議論が分かれている（〔諸説の異同〕I参照）。〔通釈〕では前者で訳出しておいた。

ちなみに「孤帆」を〝独帆船〟（帆が一つしかない船）とし、この句を「多くの独帆船が太陽に映じているさま」（原文中国語）と解釈する説もある（常秀峰・何慶善・沈暉『李白在安徽』〔安徽人民出版社、一九八〇年〕）が、おそらくこれは「一片」を〝一面〟の意と考えたがためであろう。孤立した説であるのでここでは採らない。

日辺 太陽のある辺り、天の涯。極めて遠いところを指す。『漢語大詞典』第五巻（漢語大詞典出版社、一九九〇年）「日辺」の条の第一項に「太陽的《の》傍辺。猶《ホ》レ言《フガ》二天辺《ヲ》一。指《ス》二極遠的地方《ヲ》一」とあり、その例としてこの詩句が挙げられている。「日辺」の本来の字義としてはこれでよいと思われるが、この作品の中において、具体的にどこを指しているのかについては、古来さまざまな説がある。代表的な説としては、①単に遠いところ、②日の没する辺り（西方）、③日の昇る辺り（東方）、④天子の居る辺り（つまり長安）、等がある（〔諸説の異同〕IIを参照）。

通釈

天門山を眺める

天の門のような天門山が中ほどで二つに断ち切られ、東へ東へと流れていたみどりの水は、ここで真北《まきた》に廻って流れてゆく。

両岸の青々とした二つの山が突き出して狭まっている中を、わたしの乗った一艘の小舟は、遙か西の太陽の輝く辺りからやって来て、くぐりぬけて行く。

諸説の異同

異同の所在　Ｉ

第4句の「孤帆」は作者（李白）の乗っている舟か、それとも作者の眺めている景物の一つか

異同の類別

Ａ　作者（李白）の乗っている舟。

Ｂ　作者（李白）の見ている景物の一つ。つまり作者の乗っている舟ではない。

Ａ説を採るもの：久保天随『李太白詩集』（国民文庫刊行会、一九二八年）、青木正児『李白』、松浦友久『李白―詩と心象』、高木正一『唐詩選』（中国古典選第二七巻、朝日新聞社、一九七八年）、蕭滌非等編『唐詩鑑賞辞典』（〔劉学鍇執筆〕上海辞書出版社、一九八三年）、裴斐主編『李白詩歌賞析集』（〔葛景春執筆〕巴蜀書社、一九八八年）、宋緒連・初旭主編『三李詩鑑賞辞典』（〔王之江執筆〕吉林文史出版社、一九九二年）など。

Ｂ説を採るもの：前野直彬編『唐詩鑑賞辞典』（東京堂出版、一九七〇年）、平野彦次郎『唐詩選研究』（明徳出版社、一九七四年）、大野實之助『李太白詩歌全解』、常秀峰等編著『李白在安徽』、安旗・薛天緯・閻琦『李詩咀華』（北京十月文芸出版社、一九八四年）、向島成美『中国古典詩聚花―山水と風月』（小学館、一九八四年）、余冠英主編『中国古代山水詩鑑賞辞典』（〔賈炳棣執筆〕江蘇古籍出版社、一九八九年）、郁賢皓『李白選集』、郁賢皓主編『李白大辞典』（〔郁賢皓執筆〕江西教育出版社、一九九五年）、松浦友久『李白詩選』（岩波書店、岩波文庫、一九九七年）など。

異同の論拠

Ａ説：『唐詩鑑賞辞典』（劉学鍇執筆）は、この詩の後半二句に見える新鮮な喜びの感覚（「新鮮喜悦之感」）や動的な美しさ（「動態美」）は、詩人自らが流れに沿って下っているからこそ味わえる感覚であるとする（要旨）。また、『李白詩歌賞析集』（葛景春執筆）はＢ説を否定する根拠として「孤帆」の「孤」の字に着目し、もし「孤帆」を景物とすれば、作者の乗る舟とあわせて二艘となり、「孤」の字が生きないと指摘する（要旨）。

Ｂ説：大野實之助『李太白詩歌全解』は「遠望の写景極めて緊密かつ適確な表現と評することが可能」と指摘する。また、安旗・薛天緯・閻琦『李詩咀華』は、この詩の四句全体に詩題の「望」字の意味が生きており、従って、この「孤帆」も詩人の眺めている光景の一つであると考えるのがよいとする（要旨）。郁賢皓『李白選集』も、この『李詩咀華』の考えとほぼ同様で、「望」字に着目しつつ、さらに詳細に作品全体を分析している。つまり、この詩は「遠望」→「近望」→「左右望」→「遠望」という構成になっていると指摘する。また、Ａ説の『唐詩鑑賞辞典』（劉学鍇執筆）がこの句を「動態美」であるとしたことに対しては、向島成美『中国古典詩聚花―山水と風月』は、むしろこの後半二句は「静」であり、前半二句の「動」と「見事に調和」した構成となっているとする。

なお、このＢ説の場合、おおむね李白自身も別の舟に乗っているという前提で書かれているものが多いが、例外的に『中国古代山水詩鑑賞辞典』（賈炳棣執筆）は、天門山に登っての眺望であるとしている。

〔通釈〕では、ひとまずＡ説を採用した。その理由としては、一

つには、A説を採ることによって、今自分が舟に乗っているといった臨場感や、次々に光景が変化していくといった動感が、一首全体として統一的に強調されるように思われること、今一つには、この句は、李白が暗に自らを天空の舟に乗り太陽を渡って来る殷の名臣・伊尹《いいん》に気分的になぞらえていると考えられるため（諸説の異同」II参照）、「日辺」を下ってくる「孤帆」は李白の乗ったものとするのがよいと判断したためである。むろんB説を積極的に否定するわけではない。

異同の所在 II

第4句の「日辺」の指している場所

異同の類別

A 遠いところ（方角・場所を特定しない）。

B 太陽の没する辺り（西の方、長江上流の方）。

C 太陽の昇る辺り（東の方、長江下流の方）。

D 天子の居る辺り（つまり長安。天門山の北西かなたに位置する）。

E 太陽の没する辺りを指すと同時に長安をも意味（あるいは暗示）している（B・D両説を併わせたもの）。

A説を採るもの：久保天随『李太白詩集』、目加田誠『唐詩選』（新釈漢文大系第一九巻、明治書院、一九六四年）、武部利男『李白』（世界古典文学全集第二七巻、筑摩書房、一九七二年）など。

B説を採るもの：青木正児『李白』、前野直彬編『唐詩鑑賞辞典』、高木正一『唐詩選』、大野實之助『李太白詩歌全解』、蕭滌非等編『唐詩鑑賞辞典』（劉学鍇執筆）、毛水清『李白詩歌賞析』（江西人民出版社、一九八六年）など。

C説を採るもの：李白詩選注編選組『李白詩選注』（上海古籍出版社、一九七八年）、安旗・薛天緯・閻琦『李詩咀華』、向島成美『中国古典詩聚花—山水と風月』、中島敏夫・佐藤保『唐詩選』、劉開揚等『李白詩選注』（上海古籍出版社、一九八九年）、安旗主編『李白全集編年注釈』など。

D説を採るもの：唐汝詢『唐詩解』（巻二五）、服部南郭『唐詩選国字解』（早稲田大学出版部、一九二六年）、和木清三郎『唐詩選講義』（京文社書店、一九三五年）、宋緒連・初旭主編『三李詩鑑賞辞典』（王之江執筆）など。

E説を採るもの：松浦友久『李白—詩と心象』、裴斐主編『李白詩歌賞析集』（葛景春執筆）、石川忠久『NHK漢詩をよむ（4月〜9月）』（日本放送出版協会、一九八六年）、松浦友久『李白詩選』など。

異同の論拠

〔語釈〕で触れたように「日辺」の語の表面上の意味としては、「太陽のあるあたり」、やや意訳すれば「天のはて（天辺）」「遠いところ」という意であるという点では諸説ほぼ一致している。しかし、具体的にこの詩における「日辺」の指している方角はどちらか（西か東か）という問題、『世説新語』等の故事が踏まえられているか否かという問題が絡んでくると、現在に至るまで諸説紛々たる状況となっている。特に『世説新語』の故事を踏まえているか否かという点については、肯定派・否定派を問わず、多くの論者が触れているので、最初に挙げておくことにする。『世説新語』「夙慧《しゅくけい》篇」（『晋書』「明帝紀」にもほぼ同じ内容の記述があるが、おそらく『世説新語』から転用したもの）に、次のような記述がある。

晋明帝《ノ》（司馬紹、東晋皇帝）数歳《ニシテ》、坐《セシトキ》二元帝（司馬睿《えい》、晋王朝南遷後の初代東晋王朝皇帝）《ノ》膝上《ニ》一、有《リ》レ人従《より》二長安一来《タル》。元帝問《ヒテ》二洛下（都）《ノ》消息《ヲ》一、潸《さん》然《トシテ》流《ス》レ涕《なみだヲ》。明帝問《フ》、「何以《テ》致《セルト》レ泣《クヲ》」。具《つぶさニ》以《テ》二東渡意《ノ》一告《グ》レ之《ニ》。因《リテ》問《フ》二明帝《ニ》一、「汝《ガ》意《ニ》謂《おもへラク》長安《ハ》何《いか》二如《んト》日《ノ》遠《キニ》一」。答《ヘテ》曰《ハク》、「日遠《シ》。不《ル》レ聞《カ》下人《ノ》従《リ》二日辺一来《タルヲ》上。居然《トシテ》可《シト》レ知《ル》」。元帝異《トス》レ之《ヲ》。明日集《メ》二群臣《ヲ》一宴会《シ》、告《グルニ》以《テシ》二此意《ヲ》一、更《ニ》重《ネテ》問《フ》レ之《ヲ》、乃《チ》答《ヘテ》曰《ハク》、「日近《シト》」。元帝失《シテ》レ色《ヲ》曰《ハク》、「爾《なんぢ》何《ノ》故《ニ》異《ナル》二昨日之言《ニ》一邪《やト》」。答《ヘテ》曰《ハク》、「挙《グレバ》レ目《ヲ》見《ルモ》レ日《ヲ》、不《ト》レ見二長安《ヲ》一」。

この話は、幼少期の明帝の聡明さを賛美するという意図のほか、中原地帯（特に西晋の首都・洛陽及び、前漢をはじめとして多くの王朝の都であった長安一帯）を追われた東晋の王朝人の悲しみがその背後に語られている。この話が出処となって、後世しばしば「日辺」は「長安」を暗示する語として使用されることとなる。例えば李白の「永王東巡歌、其十一」（『全』巻一六七）にも「南風一掃《シテ》胡塵静《カニ》、西《ノカタ》入《リ》二長安《ニ》一到《ル》二日辺《ニ》一」とある。この場合の「日辺」は明らかに『世説新語』を踏まえていよう。問題は、この「望天門山」の「日辺」の場合はどうであるか、ということになる。

A説：この説は「日辺」を表面的な意味（「太陽のあるあたり」、やや意訳すれば「天のはて（天辺）」「遠いところ」）以上に深読みするべきではないとする考え。「日辺」の方角（西か東か）も特定しない。特に『世説新語』の故事を踏まえて長安を指すという説（D説）を否定するものが多い。例えば、久保天随『李太白詩集』は「日辺」を「遠いところ」と注し、「或は長安として、自分が長安から来たといふことに解して居るが、それは、断じて誤りであらう」とする。また目加田誠『唐詩選』は「この詩の日辺は長安を意味し、都を恋しがる気持ちが含まれていると解する人もある。それまでは考えなくてもいいのではないか。ただ渺茫たる大江の光景である」とする。

B説：この説は「日辺」の位置を西（長江上流の方、日の没する方）に特定している。例えば、青木正児『李白』は「日の沈みゆくあたり」と注する（『世説新語』の故事には触れていない）。前野直彬編『唐詩鑑賞辞典』は「西に傾く太陽のあたり」と訳し、『世説新語』の故事については一説として挙げるのみ。毛水清『李白詩歌賞析』は「〝東辺日出〞の所からやって来たとする考えもあるが、詩全体の語気から推し量れば、〝西辺日没〞の所からやって来たとするのがやや穏当であり、そう考えてこそ前の『碧水東流』の描写と一致することになる」（原文中国語）とし、詩全体の語気・雰囲気及び承句の「東流」との整合性といった面からC説を否定する（また『世説新語』の故事にも触れていない）。

C説：この説も『世説新語』の故事を踏まえていないとする点では、A説B説と近いが、方角を東（長江下流の方、日の昇る方）に特定する点、B説とは全く対立する。安旗・薛天緯・閻琦『李詩咀華』は西から下ってきた李白が、東方（朝日の方角）からやって来る「孤帆」を望んでいるとする。根拠としては、この作品が李白の初めての長江下りの際の作品と推定されるためとする（但し、この作品の制作年代には諸説あり確定するのは難しい（筆者注））。向島成美『中国古典詩聚花―山水と風月』は、この句を「朝日の光をあびて一ひらの帆影がはるかかなたからやってくるのが見える」と訳し、「この詩は純粋の叙景詩と見るべきであって、ここに作者の都への思いなどを見るのはむしろ余計である。ではこの詩の『日辺』

はどうかといえば、私は李白が『秋　巴陵に登りて洞庭を望む』詩でうたう『清晨　巴陵に登れば、周覧　極まらざる無し。……来帆江中に出で、去鳥　日辺に向かう』の句の情景を参照したい。『日辺に向かう』は、朝方、鳥たちが東の空へ向けて飛びたつことだろう。そうしてみると、天門山の詩の場合も、早朝の光景と見ることが可能なはず」とし、BD両説を否定する。安旗主編『李白全集編年注釈』は「末句之『日辺』《ハ》、当《ニ》レ《ベシ》指《ス》二旭日《ヲ》一、全句亦《モタ》江上舟中所《ノ》レ見《ル》、非《ズ》二自謂《ラフニ》一（「孤帆」が李白の乗る舟でないということ〔筆者注〕）、更《ニ》無《シ》二寓意一（『世説新語』等を踏まえた寓意性などはないということ〔筆者注〕）」とする。

D説：この説は、「日辺」が『世説新語』を踏まえたものと見做し、長安を指すと特定するもの。例えば、唐汝詢『唐詩解』（巻二五）は「時蓋《けだシ》初《メテ》去《リテ》二京華《ヲ》一而適《ゆク》レ楚《ニ》、故《ニ》有《リ》二日辺之語一」とする（つまり、この説に従えば、必然的に李白の長安放逐〔七四四年、44歳〕後の作ということにもなる）。また、宋緒連・初旭主編『三李詩鑑賞辞典』（王之江執筆）は、この詩には天門山を「賛美」し「欣賞」しようとする感情などなく、むしろ、人生の苦難や長安（朝廷）に出仕できない失意の情を暗示しようとしている、と主張する（ただし長安放逐後の作か否かには言及してない）。

E説：これはB説D説を折衷させた説と言うことができる。ただし、この説を採る論者も、多くの場合『世説新語』の故事は暗示・補足程度に止めており、李白が、追放された都を恋しがっている、朝廷を批判しているといったような寓意性はそれほど認めていない。例えば、松浦友久『李白—詩と心象』は「『日辺』には、『天子のそば』『長安』という連想を含めてもいい」と述べ、石川忠久『NHK漢詩をよむ』も、「『日辺』は長安の縁語。都を望む情を暗示している。『日辺』は、第一句の『天門』と応じている」（「天門」には都の門の意もある〔筆者注〕）と述べるに止めている（両説ともB説を第一訳とし補足的にD説も許容するという立場）。また、裴斐主編『李白詩歌賞析集』（葛景春執筆）は、『世説新語』に見える「日辺来」という三字がそのまま用いられている以上、この典故を李白が意識していることは明らかであり、従ってこれを無視することはできない、さらには李白の他の作品にも「忽《チ》復《タ》乗《ジテ》レ舟《ニ》夢《ム》二日辺《ヲ》一」（「行路難、其一」〔『全』巻一六二〕）というように長安を指す例もある、といった理由を挙げ、ここでの「日辺」は、「長安」であり、同時にその長安のある「西方（落日の方）」をも表す「双関語」（掛け詞）である、と主張する。

以上、A～E説を概観したが、以下に若干の資料を補足しつつ私見を述べておきたい。李白の「行路難、其一」に「閑来垂《レテ》レ釣《ヲ》坐《シ》二渓上《ニ》一、忽《チ》復《タ》乗《ジテ》レ舟《ニ》夢《ム》二日辺《ヲ》一」（静嘉堂蔵本〔『宋本』〕巻三、『全』巻一六二。『全』は「坐」を「碧」に作る）という一聯がある。上句は言うまでもなく周王朝建国の功臣、太公望呂尚《りよしよう》の故事。そして下句は、『宋書』巻二七「符瑞上」に「伊摯《いし》将《ニ》レ応《ジント》二湯命《ニ》一、夢《ニ》乗《ツテ》レ船《ニ》過《グ》二日月之傍《ヲ》一」とあるように、湯王を助け殷王朝を成立させた伊尹《いいん》（伊摯）が、湯王に出会うに先立って、それを暗示する吉夢を見たという故事を指している。つまりこの二句は、二人の建国の功臣が名君（文王・湯王）との出会いを心待ちしているさまを描き、李白自らもそうありたいと願っている部分である。ここで着目すべきは『宋書』の「船」と「日月」を、李白が「行路難、其一」においては「舟」と「日辺」に置き換えているという点である。つまり李白にとって、舟と「日辺」とは、この伊尹伝説を通して、連想の上で結びついているわけである。彼の「秋登《リ》二巴陵《ニ》一望《ム》二洞庭《ヲ》一」にある「来帆出《デ》二江中《ヲ》一、去鳥向《カフ》二日辺《ニ》一」（『全』巻一八〇）という表現もその傍証となろう。

この「望天門山」の「孤帆一片日辺来」という表現も、同様のケースと見ることができるように考えられる。李白にとって舟（「孤帆」）と「日辺」とは、和歌で言うところの「縁語」のごとく、連想の上で当然のように結びついていたと考えるのが自然であろう（むろん李白の「日辺」の用例の中には、「日辺攀《ヨヂ》二垂蘿《すいらヲ》一、霞外倚《ル》二穹石《きゆうせきニ》一」（「自《より》二巴東一舟行《シテ》 経《ヘ》二瞿唐峡《くとうヲ》一登《リ》二巫山《ノ》最高峯《ニ》一晩還《リテ》 題《ス》レ壁《ニ》」、『全』巻一八二）のように頭上高くにある空を指すケース、「彭蠡《ほうれい》（鄱陽《はよう》湖のこと）将《と》レ天合《シ》、姑蘇《こそ》（長江下流の蘇州のこと）在《リ》二日辺《ニ》一」（「送《ル》二王孝廉《ノ》観省《スルヲ》一」、『全』巻一七七）のように東方のはてを指すケースも存在する。しかしこれらの場合には、いずれも舟は登場しない）。

以上を総合してみた場合、①李白がこの「孤帆一片日辺来」という表現を着想するにあたって、伊尹が船に乗って天空を渡り太陽（及び月）の傍らを通り過ぎた夢を見、それが君主（朝廷）との出会いの暗示であったという伝説を意識していた可能性が高いこと、②「日辺来」という三字は『世説新語』の表現と全く同じであること等の事実を全く無視するわけにはいかず、やはり「朝廷」「都」あるいは「都のある方角」を意識していると判断せざるをえないように思われる。但し仕官できぬ悲哀、朝廷への忿懣等を寓意していると考えるのは、やはりこの詩から受ける明るい雰囲気にそぐわないであろう（ちなみに伊尹の故事は瑞兆）。この詩の「日辺」は、単に「孤帆」のやってきた方角を示そうとしただけではあるまいか。つまり「都・長安もある西の方」という解釈が最も適切であるように思われる（つまりE説）。また、さらに〔諸説の異同〕Iにも関連して言えば、伊尹の典故に従うならば、天空の舟に乗っているのが伊尹自身である以上、この「望天門山」において「孤帆」に乗っているのも、全くの第三者ではなく、作者李白自身と考えるのがふさわしいようである（李白はしばしば古代の英雄に自らをなぞらえる詩人であるという意味も含めて）。

（寺尾　剛）

0 杜陵絶句
1 南登杜陵上
2 北望五陵間
3 秋水明落日
4 流光滅遠山

杜陵《とりよう》 絶句《ぜつく》
南《みなみ》のかた杜陵《とりよう》の上《うへ》に登《のぼ》り
北《きた》のかた五陵《ごりよう》の間《かん》を望《のぞ》む
秋水《しうすい》 落日《らくじつ》明《あき》らかに
流光《りうくわう》 遠山《ゑんざん》に滅《めつ》す

テキスト　『全』一八〇-3-1834 ◆『唐詩品彙』三九 ◆『万首唐人絶句』三 ◆『静嘉堂本』一九 ◆『分類補注本』二一 ◆『王注本』二一

校語

0 **杜陵絶句**　『唐詩品彙』『万首唐人絶句』では、「杜陵」に作る。また『静嘉堂本』では詩題「杜陵絶句」の下に小字で「長安」

の二字を附する。

詩型・韻字

五言絶句。閒《かん》・山《さん》（上平声刪韻〔山韻〕）。

語釈

0**杜陵**　長安（陝西省西安市）の東南にある。周代に杜伯の領地であり、前漢の宣帝が葬られた陵墓の地であることによって、「杜陵」と称せられた。

2**五陵**　五人の漢代の帝王の陵墓。長陵（高帝）・安陵（恵帝）・陽陵（景帝）・茂陵（武帝）・平陵（昭帝）。渭水の北にある。ちなみに、その付近には裕福な階層の別荘が多く、「五陵」という語は奢侈・豪遊の気分を伴ってしばしば文学作品に表れる。陳、徐陵『玉台新詠』序に「其人也、五陵豪族、充選掖庭、四姓良家、馳名永巷《えいこう》」、北周、庾信《ゆしん》「華林園馬射賦」に「六郡良家、五陵豪選」、崔顥《さいこう》「渭城少年行」に「万戸楼台臨渭水　五陵花柳満秦川」、李頎《りき》「送康洽《こうこう》入京進楽府歌」に「柳色偏《ひとへ》濃九華殿　鶯声酔殺五陵児」、杜甫「秋興八首」其三に「同学少年多不賤《せん》　五陵衣馬自軽肥」など。李白の「少年行」にも「五陵年少金市東　銀鞍白馬度春風」とある。

従来、本詩の解釈に際して「五陵」のこのようなイメージを考慮するものは稀であるが、本詩の内容を理解するためにはこれを重視することが必要と思われる。〔備考〕を参照。

なお、以上1・2句は、後漢、班固「西都賦」の「南望杜覇、北眺五陵」（『文選』巻一）という句を承けたもの。

3**秋水**　澄み切った秋の水。ここでは渭水の川面《かわも》のことであろう。一説に、あたりを流れる多くの川を指すとする（大野實之助『李太白詩歌全解』〔早稲田大学出版部、一九八〇年〕）。

4**流光**　流れゆく光。魏、曹植「七哀詩」（『文選』巻二三）に「明月照高楼　流光正徘徊」とある。また、流れゆく光陰。李白「前有樽酒行《ぜんゆうそんしゅこう》」其一に「青軒桃李能幾何《いくばく》　流光欺《あざむ》人忽蹉《さ》跎《た》」とある。ここでは前者の意。

通釈

杜陵にて作れる絶句

都長安の南、杜陵の上に登って、北のかた五陵を眺めやる。すると秋の川面が夕日を浴びて明るく輝いているが、空中に流れる光はしだいに遠くの山々のかげにうすれてゆくのだった。

諸説の異同

異同の所在

第4句「流光滅遠山」の解釈

異同の類別

A　流れゆくかすかな光が、やがて遠い山々のかげに消えてしまう意とする。

B　水に映った光の中に、遠い山がうっすらと見え、やがて消えてゆく意とする。

C　夕日の明るい光の中に、ぼんやりと影絵のように見える山の姿がしだいに消えてゆく意とする。

D　夕日が沈んで闇が訪れ、日の光と共に山も消えてしまう意とする。

A説を採るもの：松浦友久『李白―詩と心象』（社会思想社、一九七〇年）。

B説を採るもの：久保天随『国訳李太白詩集』下（国民文庫刊行

会、一九二八年）。

C説を採るもの：大野實之助『李太白詩歌全解』。

D説を採るもの：武部利男『李白』上（中国詩人選集第七巻、岩波書店、一九五七年）。

異同の論拠

いずれも言及されていない。四説ともに興味深い解釈であるが、作者自身の意図に最も近いのがどれであるかを考える場合、後半二句の対句構造が有力な鍵になると思われる。すなわち、第3句は〝秋の川面《かわも》は落日を受けて明るい〟という、主語＋述語＋目的語の形をとる。したがって、これに対応する第4句を、対句構造の整合性を考慮して解釈すれば、〝流れる光は遠くの山のために消える〟という意味になろう。

備考

高処に登って眺望する詩。時は夕暮れ、沈む日の光が描かれる点、晩唐、李商隠の五絶「楽遊原」（『正編』六一三頁）の先蹤とも言えよう。

楽遊原　　楽遊原　　李商隠（晩唐）

向晩意不適　晩《ばん》に向《むか》つて　意《い》　適《かな》はず
駆車登古原　車《くるま》を駆《か》つて古原《こげん》に登《のぼ》る
夕陽無限好　夕陽《せきよう》　無限《むげん》に好《よ》し
只是近黄昏　只《た》だ是《こ》れ　黄昏《こうこん》に近《ちか》し

李商隠と同様、李白も人知れぬ憂悶をいだいて高台に登ったのであろうか。『万首唐人絶句』の本詩の項に引く黄生『唐詩摘抄』に、

有ルモレ望ムコト而不レ得レ意ヲ。

と評する。

制作年代については、安旗主編『李白全集編年注釈』（成都、巴蜀書社、一九九〇年）は天宝二年（七四三）、43歳、詹瑛《せんえい》『李白詩文繋年』（北京、人民文学出版社、一九八四年）は天宝三年（七四四）、44歳の作とする。天宝二年は李白が翰林供奉《かんりんぐぶ》として長安に出仕して二年目であり、翌三年春には讒言により放逐されている。本詩を作ったのが右のいずれの年であったとしても、李白は既に宮廷生活とおのれの資質との違和感を感じており、それが自然に詩中に反映されたと見ることができよう。

さらに、詩中で作者自身が立つ「杜陵」という地の〝死〟のイメージと、作者が眺めている「五陵」という地の〝豪遊・歓楽〟のイメージとの鋭い対照に注目すれば、本詩には、右のような個人的感懐を超えた、人生の無常そのものへの嘆きが秘められていると解することもできるかも知れない。同じように生と死との対比を詠じた先例として、次の七絶がある。

邙山　　邙山《ぼうざん》　　沈佺期《しんせんき》（初唐）

北邙山上列墳塋　北邙山上《ほくぼうさんじょう》　墳塋《ふんえい》列《つら》なる
万古千秋対洛城　万古《ばんこ》千秋《せんしゅう》　洛城《らくじょう》に対《たい》す
城中日夕歌鐘起　城中《じょうちゅう》　日夕《にっせき》　歌鐘《かしょう》起《おこ》り
山上惟聞松柏声　山上《さんじょう》　惟《た》だ聞《き》く　松柏《しょうはく》の声《こえ》

邙山（北邙山）は洛陽の北五キロに連なる台地で、後漢以来の王侯貴族の墓地が多い。この詩でも作者は、夕暮れ時に、邙山という死のイメージの強い場所から洛陽の歓楽を見つめ、人生の無常を詠じている。

（宇野　直人）

0勞勞亭
1天下傷心處
2勞勞送客亭
3春風知別苦
4不遣柳條青

労労亭《らうらうてい》
天下《てんか》　傷心《しやうしん》の処《ところ》
労労《らうらう》　客《かく》を送《おく》るの亭《てい》
春風《しゆんぷう》　別《わか》れの苦《くる》しきを知《し》り
柳条《りうでう》をして青《あを》から遣《し》めず

テキスト　『全』一八四-3-1874　◆『静嘉堂蔵宋本李太白文集』二三　◆『分類補注李太白詩』二五　◆『王琦集注李太白文集』二五　◆『万首唐人絶句』三　◆『唐詩解』二一　◆『李詩通』二〇　◆『景宋咸淳李翰林集』一九　◆『唐宋詩醇』八　◆『唐詩別裁集』一九

校　語　諸本異同無し。

詩型・韻字　五言絶句。亭《てい》・青《せい》（下平声青韻〔青韻〕）。

語　釈

0**労労亭**　建築物の名。南京西南十数華里（一華里は五〇〇メートル）に在ったと言う。『静嘉堂本』「労労亭歌」（巻七、〔備考〕参照）の題下注に「在《リ》二江寧県南十五里《ニ》一。古《ノ》送別之所、一名臨滄観」とある。また『太平御覧』巻一七九（「観」の条）に引く『輿地志《よちし》』（南朝・陳の顧野王の編）によれば、「丹陽郡秣陵《まつ》県《ノ》新亭隴《ろうニ》有《リ》二遠望楼一。又名《ヅク》二労労楼《ト》一、宋《ニ》（原文は「末」に作るが、おそらく「宋」の誤写。南朝の劉宋のこと）改《メテ》為《ス》二臨滄観《ト》一。行人分別之所」とあり（『分類補注』本の楊斉賢注にも同様の記述が引用される）、さらに北宋の楽史編『太平寰宇記』巻九〇に「臨滄観《ハ》、在《リ》二労山《ノ》山上《ニ》一。有《リテ》レ亭七圏《ナリ》、名《ヅケテ》曰《フ》二新亭《ト》一。呉《ノ》所《ノ》レ築《ク》、宋改《メテ》為《ス》二新亭《ト》一、中間名《ヅク》二臨滄観《ト》一。晋《ノ》周顗《しゆうぎ》与《ニ》二王導等一常《ニ》春《ニ》登《リ》レ之《ニ》会宴《ス》。顗曰《ハク》、風景不レ殊《ことナラ》、挙《グレバ》レ目《ヲ》有《リ》二江山之異《ナル》一。即《チ》此《レ》謂《フ》二労労亭《ヲ》一、古《ノ》送別《ノ》所」とある。六朝以来、古都南京における送別の地として知られていた名所（〔備考〕参照）。

2**労労送客亭**　「労労」には、本来、①はなはだ疲れるさま、②心苦しいさま、③なごりを惜しむさま、④労に報いること、ねぎらうこと、等の意味がある。労労亭なる名称も、おそらく、こういった「労労」の本義からの命名であろう。李白は、「労労」と「亭」の間に「送客」という語を入れることによって、この語の本来の意味を再び活性化させている。松浦友久『李白―詩と心象』（教養文庫、社会思想社、一九七〇年）は「『労々láo láo』とは、去りゆく人へのねぎらいであり、のこされる我が心の痛みであろう」と述べ、植木久行『唐詩の風土』（研文出版、一九八三年）は「『労労』とは、見送る者の心の痛みを表すと同時に、旅立つ者の苦労を思いやって、ねぎらい、いたわる意味がこめられていた」と述べる。総じて李白は、ある土地を詠ずる場合、しばしば「地名」に含まれる語の字義そのものにも関心を寄せる（例えば、「秋浦歌、其二」〔『全』巻一六七〕の「秋浦長似秋」等）。ここは、その好例と言える。

3**春風**　ここでは早春の風であろう。次にある「知」字によってわかるように、擬人化されていることに注意したい。李白は擬人表現をとりわけ好んで用いる詩人であったが（寺尾剛「李白における擬人表現について—絶句を中心に」（『早稲田大学大学院文学研究科紀要』別冊一七集所収、一九九〇年）参照）、「春風」についても、「春風伝《ヘ》二我《ガ》意《ヲ》一、草木度《はかル》二前知《ヲ》一」（「望《ミ》二漢陽柳《ノ》色《ヲ》一、寄《ス》二王宰《ニ》一」（『全』巻一七三））、「佳遊不レ可《カラ》レ得、春風惜《シム》二遠別《ヲ》一」（「登《リ》二梅岡《ニ》一望《ミ》二金陵《ヲ》一、贈《ル》二族姪《ノ》高座寺僧中孚《ニ》一」（『全』巻一八〇））等といった擬人表現が見られる。

4 **不遣柳条青** 「遣」は使役を表す。この句は、いわゆる〝折楊柳〟の習慣を踏まえる。中国では古くから、送別の際、旅立つ人に対して、見送る人が楊柳の枝を手折って贈る習慣があった。一説に、「柳《りゅう》」が「留《りゅう》」字に通じるからだという。つまり、留まって欲しいという願いを柳の枝に籠めるわけである。また柳には魔除けの作用があったとも言う。この詩の末尾二句は、まだ早春の候で、柳の葉が芽吹いていないという事実に着目して、「春風」が別れのつらさを知って、見送る人たちが枝を手折らないようにと、故意に柳葉を芽吹かせないでいる、ということ。ちなみに唐代の中国では、一般に春先に人事異動が行なわれたため、送別の宴も、とりわけこの時期に集中した。

通　釈

労労亭

天下で最も人の心を痛ませるところ、それは「労労」の名を持つ、この、旅人を送る亭子《あずまや》。

春風も、人の別れのつらさを知ってか、柳の枝に青い芽を吹かせようとはしない。

諸説の異同

特記事項なし。

備　考

この詩は、絶句を得意とした李白の五言絶句の中でも秀逸の一品である。『唐詩鑑賞辞典』（上海辞書版社、一九八三年、陳邦炎執筆）も指摘しているように、柳・春風を素材にした唐詩の中には、王之渙の「送別」（『全』巻二五三、「楊柳東風樹《ノ》、青青《トシテ》夾《ム》二御河《ヲ》一。近来攀折《ニ》苦《シム》、応《ニ》《べシ》レ為《ためナル》二別離多《キガ》一」）、楊巨源の「折楊柳」（『全』巻三三三、「水辺《ノ》楊柳麹塵《きくじんノ》糸、立《とどメ》レ馬《ヲ》煩《ハシテ》レ君《ヲ》折《ル》二一枝《ヲ》一。唯有《ダリ》二春風《ノ》最《モ》相《ヒ》惜《シム》一、殷勤《ニ》更《ニ》向《カッテ》二手中《ニ》一吹《ク》」本書五〇〇頁所収）等、数多くの傑作が見出されるが、発想の奇抜さ・連想の豊かさにおいて、李白のこの作品は群を抜いていると言えよう。生涯を旅に生き、幾度となく離別を体験した李白ならではの味わいがある。清の高宗『唐宋詩醇』（巻八）も、この詩を「二十字無《シ》レ不《ルハ》レ刺《サ》レ骨《ヲ》」と評している。

詩題となっている「労労亭」の所在地については、古来から議論がある。六朝時代に広く知られていた南京南郊の「新亭」という亭子《あずまや》（後に単に地名としても用いられるようになったようである）の別名とも、また「新亭」の南側にあった、別の亭子とも言われている（新版『辞海』では「〔労労亭〕在《リ》二今南京市《ノ》西南《ノ》古新亭《ノ》南《ニ》一、旧説《ニ》即《チ》新亭《トスルハ》、誤《リナリ》」とする）。「新亭」のあった地は、古来「新亭隴」、「新亭岡」「新亭壘」、等と呼ばれており、このような記述から推測するに、小高い山丘にあり、その山丘の一処に「労労亭」も建てられていたようである（「新亭」の別名とも言われている以上、「新亭」とは別の建築物であったにしても、かなり相接して存在していたものと考えられる）。

ちなみに「新亭」の所在地については、袁暁国「六朝軍事重鎮—

新亭故址考」（南京市哲学社会科学聯合会編『南京社聯』一九八八年第二期所収）に詳細な考証があり、それによれば、現在の南京中華門外約一二華里（約六キロ）に位置する石馬山（海抜四〇メートル）にあったと推定している。「新亭」は六朝時代においては、南京南郊の陸路・水路双方にわたる交通・軍事の要衝であり、また士人貴族たちの遊宴・離別の地でもあった。『世説新語』「言語篇」に見える著名な「新亭の涙」の故事も、この地での出来事である。六朝時代の「新亭」に関する記述は、枚挙に暇がない。

一方、「労労亭」については、〔語釈〕に挙げた陳の顧野王の『輿地志』の記述以外には、六朝時代の記録はほとんど発見されておらず、三国の呉の創建と言われているだけに、不可解な現象と言わねばならない。それだけに、「労労亭」は「新亭」の別名であるという説も説得力を持つわけであるが、少なくとも、唐代、特に李白の時代においては、「労労亭」なる名称は「新亭」と同等、あるいはそれ以上の地位を確立していたであろうことだけは、李白のこの詩によって明らかである。

李白には、「労労亭」を詠じた詩が、今一首あるので、ここに紹介しておく。

労労亭歌（『全』巻一六六）

金陵労労送客堂　金陵《きんりょう》　労労《ろうろう》　客《かく》を送《おく》るの堂《どう》
蔓草離離生道傍　蔓草《まんそう》離離《りり》として道傍《どうぼう》に生《しょう》ず
古情不尽東流水　古情《こじょう》は尽《つ》きず　東流《とうりゅう》の水《みず》
此地悲風愁白楊　此《こ》の地《ち》　悲風《ひふう》　白楊《はくよう》を愁《うれ》えしむ
我乗素舸同康楽　我《われ》　素舸《そか》に乗《じょう》じて康楽《こうらく》に同《おな》じく
朗詠清川飛夜霜　朗詠《ろうえい》す　清川《せいせん》　夜霜《やそう》を飛《と》ばすを
昔聞牛渚吟五章　昔《むかし》聞《き》く　牛渚《ぎゅうしょ》に五章《ごしょう》を吟《ぎん》ぜしを
今来何謝袁家郎　今来たって何ぞ謝せん袁家の郎
苦竹寒声動秋月　苦竹寒声　秋月を動かし
独宿空簾帰夢長　独り　空簾に宿して　帰夢長し

「離離」は盛んに茂る様。「素舸」は白い船。「康楽」は山水詩人として知られる南朝・宋の謝霊運。「清川飛夜霜」は、おそらく謝霊運の詩句（現存しない）。「昔聞」以下の二句は、東晋時代、謝霊運の祖先でもある風流人の謝尚が、牛渚（現在の安徽省馬鞍山市）付近で舟遊びをしていたとき、近くで袁家郎（袁宏）が「詠史詩」を吟詠していたのを耳にし、風流に感じて、彼の船に呼び寄せ、ともに談笑したという故事（『世説新語』「文学」注に引く『続晋陽秋』に見える）に基づく。「五章」とは、その「詠史詩」が五首あったということであろう。

李白は、周知の通り、「羇旅詩」「離別詩」「懐古詩」などのジャンルを得意とした詩人であったが、とりわけ、六朝の古都・南京（金陵・建業・建康・江寧等の別名がある）においては、これらのジャンルの傑作を数多く生み出している。李白の詠じた南京の多くの地が、後に「詩跡」となっているのも道理であろう（「鳳凰台」「三山」「白鷺洲」「瓦棺閣」「征虜亭」「謝公墩」「白下亭」「城西楼（李白酒楼）」等）。「労労亭」及び「労労亭歌」は、その意味でも、李白の面目躍如といった感のある作品である。

（寺尾　剛）

0魯郡東石門送
杜二甫
1醉別復幾日
2登臨偏池臺
3何言石門路
4重有金樽開
5秋波落泗水
6海色明徂徠
7飛蓬各自遠
8且盡手中杯

魯郡《ろぐん》の東《ひがし》石門《せきもん》にて杜二甫《とじほ》を送《おく》る
酔別《すいべつ》 復《ま》た幾日《いくにち》ぞ
登臨《とうりん》 池台《ちだい》に偏《あま》ねし
何《なん》ぞ言《い》はん 石門《せきもん》の路《みち》
重《かさ》ねて金樽《きんそん》の開《ひら》く有《あ》らんと
秋波《しゅうは》 泗水《しすい》に落《お》ち
海色《かいしょく》 徂徠《そらい》に明《あき》らかなり
飛蓬《ひほう》 各自《かくじ》 遠《とお》ざかる
且《しば》らく手中《しゅちゅう》の杯《はい》を尽《つ》くさん

テキスト 『全』一七六-3-1795 ◆『静嘉堂蔵宋本李太白文集』一四 ◆『分類補注李太白詩』一七 ◆『王琦集注李太白文集』一七 ◆『唐詩品彙』六 ◆『李詩通』一五 ◆『景宋咸淳李翰林集』一一 ◆『唐宋詩醇』六

校語

0**魯郡東石門送杜二甫** 『唐詩品彙』では「杜二甫」を「杜甫」に作る。

2**偏** 『景宋咸淳本』では「遍」に作る。意味は同じ。

3**言** 『全』『分類補注本』『王注本』『唐詩品彙』『李詩通』『唐宋詩醇』いずれも「時」に作るが、現存最古の版本である『静嘉堂本』、及び宋本の系統を引く『景宋咸淳本』の二本に従って「言」に改める。なお、『王注本』校注に「『繆本』作ハルレ言ニ」とある。

路 『静嘉堂本』『王注本』校注に「一作ニルレ下ニ」とする。

6**徠** 『静嘉堂本』では「來」に作る。

8**手** 『王注本』校注に「『繆本』作ハルレ林ニ」とする。『静嘉堂本』では「林」に作る。

杯 『静嘉堂本』『景宋咸淳本』では「盃」に作る。

詩型・韻字

五言律詩（『李詩通』では五言古詩に分類する）。*臺《だい》・*開《かい》・*徠《らい》・杯《はい》（上平声灰韻（灰*咍韻））。

語釈

0**魯郡** 現在の山東省済寧《さいねい》市兗州《えんしゅう》県（『中華人民共和国地名詞典・山東省』〔商務印書館出版、一九九四年〕の区画による）にほぼ相当する。唐代の兗州。この詩が制作された天宝四載（七四五）の時点では、魯郡と改称されていた（天宝年間は、それ以前の「州」制が廃され、「郡」制が行なわれていた）。郡治（州治）は現在の兗州県城のやや東（現在の兗州鎮）にあった。ここでいう「魯郡」は、その郡治所在地のある魯郡城を指すものと考えられる。ちなみに、李白は天宝初頭の長安出仕前後、山東地方に仮の居を構えていたが、その居住地について、今日に到るまで、さまざまな議論がなされてきている。清、王琦編『王注本』付録「李太白年譜」が任城《じんじょう》（現在の済寧市市中区）説を採って以来、近年に到るまで、この説が有力視されていたが、最近になって、こちらの魯郡郡治が李白の仮寓地であるという説が登場し（安旗『李白研究』「東魯寓家地考」（一九八五年草稿完成、一九八六年改定、西北大学出版社、一九八七年所収）、王伯奇「李白来山東、家居在兗州」、茆家培《ぼうかばい》・李子龍主編『謝朓与李白研究』（人民文学出版社、一九九五年）など）、現在では、この説が有力になりつつある。この詩に関連して言えば、この魯郡仮寓説を採るとすれば、李白は自分の住まいのあるところから杜甫を見送ったことになり、興味深い。なお、魯郡を山東省滋陽《じよう》県とする注釈書も多いが（青木正児『李白』〔漢詩大系第八巻、集英社、一九六五年〕など）、滋陽県は兗州県の明代以来の名で、一九五八年に曲阜《きょくふ》県に組み込まれ、一九六一年に、また曲阜県から分かれて兗州県と名称を替えている。従って、一九六一年以降の地名の注としては、本注のように山東省済寧市兗州県とするのがよい。

石門　所在地については諸説ある。代表的な説としては、①山東省曲阜県城の東北約二五キロ（唐代の魯郡からは約四〇キロ）にある石門山のこと、②唐代の魯郡東門から出てすぐのところにある金口壩《きんこうは》のこと（城東の泗水《しすい》に架かる石堤で、通行用の橋として、また、水量調節のための水門として機能していた。石造で、かつ門の形をしているので、「石門」と称されていた）、③曲阜県城（古の魯国都城）の外城門のこと、等の説がある。現在では、②説がほぼ定説になりつつある。詳しくは〔諸説の異同〕Ⅰを参照。

杜二甫　杜甫のこと。「二」は排行を言う。つまり、杜甫は一族の同世代の中で二番目に生まれた男子であった。李白と杜甫との交遊は、天宝三載（七四四）秋（李白44歳、杜甫33歳）に始まる。両者は「梁・宋の間」（現在の河南省開封市から商丘市一帯）において出会い（洛陽で出会ったとする説が通行しているが、これは根拠に乏しい）、意気投合してその地をともに遊び、交遊を深めた。後いったん別れるが、翌天宝四載（七四五）春、再び東魯において出会い、ともに斉州（現在の山東省済南市）に赴き、当時の名士である北海太守・李邕《りよう》と面会する。後またしばらく別れるが、秋頃には再会し、行動をともにした。この詩は、その三度目の交遊の後の別れの際に書かれたもので、同時に、この別れは両者の最後の別れともなった。杜甫は仕官の道を開こうとして都・長安に赴き、一方、李白もほどなくして江南の地に向けて旅立ち、両者は二度と出会うことはなかった（李杜の交遊については『正編』「春日憶李白（杜甫）」の項〔宇野直人執筆〕を参照）。

1 **酔別復幾日**　「酔別」は、別れの酒に酔うこと。「復」字には、①反復を表す、②疑問詞の前に置かれて、疑問を強調する、といった意味・用法があるが、ここではどちらでも解釈できる。ちなみに、安旗・薛天緯《せつてんい》・閻琦《えんき》『李詩咀華《そか》』（北京十月文芸出版社、一九八四年）は、ここでの「復」を「能《よク》」の意とする。この句については、「酔別」が、具体的にいつの時点を指しているのか、という点の判断の違いなどによって、解釈が分かれている。大別すると、①この魯郡での交遊以前における別離の日から、この日まで幾日たったであろうか、②今回この場で（天宝四載秋、魯郡）、これまで幾日別れを惜しんでの杯を交わしたことか、③今回この場で（天宝四載秋、魯郡）、数日前にいったん別れの杯を交わしてから、今日まで幾日経ったであろうか、④本当に別れる日まで、あと幾日別れの杯を交わすことができるだろうか、といった解釈がある。詳細は〔諸説の異同〕IIを参照のこと。〔通釈〕では②の方向で解釈した。

2 **登臨**　「登山臨水」の意（この四字句は『楚辞』「九弁」に見える）。山水自然を遊覧し楽しむこと。孟浩然「与《と》二諸子一登《ル》二峴《けん》山一」（『全』巻一六〇）に「江山留《とどメ》二勝跡《ヲ》一、我輩復《タ》登臨《ス》」とある。なお異説として、武部利男『李白』（世界古典文学全集第二七巻、筑摩書房、一九七二年）は「登臨」を「高い所に登って下のほうをながめる」意としている。

徧　「遍」に同じ。ここでは、あまねくめぐり尽くすことをいう。現代中国語でいうならば「走遍」の意。

池台　池や楼台を言う。『漢語大詞典』巻八（漢語大詞典出版社、一九九〇年）は「池苑楼台」とする。なお異説として、「池の台」といったように連体修飾語と被修飾語の関係と見る説もある（前野直彬『李白』（集英社、一九六六年）、石川忠久『NHK漢詩をよむ—李白』（日本放送協会、一九八八年）など）。いずれにせよこの語には、『旧唐書』巻五一「后妃伝・上」に「大帝・孝和、仁《ニシテ》而不武、但《ダ》恣《ニス》二池台之賞《ヲ》一」とあるように、遊覧の楽しみを連想させるニュアンスが含まれていよう。また、この句全体について、「登臨」と「池台」が対応関係（互文の関係）にあると考え、あまねく台に登り、池に臨む、といった方向で解釈する説もある（田中克己『天遊の詩人・李白』（中国の名詩第四巻、平凡社、一九八二年））。〔通釈〕では、通説に従い、「池台」も含めて広く山水自然の名勝を、登臨し、遊覧し尽くした、といった方向で解釈した。

3 **何言**　反語で、どうして言い切れようか、の意。二句全体にかかり、今後の再会が容易でないことをいう。なお、『全』『王注本』等のように「何時」に作れば、「何《いつ》れの時か」と訓じ、「いつになったら」の意となる。

4 **重**　かさねて、ふたたび、の意。

金樽　「金」は、金属性であることを表すと解してもよいし、単なる美称と解してもよい。「樽」（「尊」「罇」とも書く）は、日本のいわゆる「たる」ではなく、酒器の一種で、杓で汲む。一般に、口が広く首がくびれて、胴が丸く（あるいは四角く）膨らんでいるもの（壺や瓶《かめ》に似た形）が多い。また、「犠尊」のように牛の形を模した形状のものもある。先行論文として原田種成「樽の形状について—白楽天『花樽飄落酒』の解—」（『漢字漢文』第二五巻三八号、秀英出版、一九九三年）などがある。

5 **秋波落泗水**　「秋波」は秋の川波、あるいは秋の川の水。「泗水」は現在の山東省中部を流れる大河。源は東蒙山南麓。主として四つの水源から流れ出るのでこの名がある。魯郡（兗州）においては城東を流れている。「落」とは、秋の渇水期にあって川の水量が減り、落ち込んだように低く流れているさまをいう。なお異説として、「落」を「注ぐ」の意と解する説や、「秋波」が泗水の川面に「落」ちるとする説などがあるが、〔通釈〕では通説に従って解釈した。詳細は〔諸説の異同〕IIIを参照。

6 **海色**　ここでは、「東海」（東シナ海）の海のけはい、景色、輝きをいう。異説として、海のことではなく「暁色」「曙色」の意であるとする説などがある。詳細は〔諸説の異同〕IVを参照。〔通釈〕では前者で解釈した。

明　明るく照り映える、明るく照らすこと。前句の「落」字とともに李白の用字上の妙を味わうべきであろう。

徂徠　山名。現在の山東省泰安市区東南約二〇キロにある徂徠山（「徠」は「来」とも書く）のこと。ほぼ東西に走る連山で、長さ二一キロ、幅一二キロ、主峰の太平頂は海抜一〇二七メートル。北に五岳の一つ泰山を望む。徂徠山の文学的な歴史は古く、中国最古の詩集『詩経』「魯頌」「閟宮《ひきゅう》」に「徂徠之松、新甫之柏」という用例が見える。李白は長安出仕以前、開元二八年（七四〇、40歳）頃、ここに五人の隠者とともに隠棲し、「竹溪の六逸」と称せられていた時代もあり、彼自身、愛着のある山でもある。この詩の舞台である魯郡（兗州）からは約七〇キロも離れており、実景として見えていたとは考え難いが、この句全体が「海色」（徂徠山と東海との距離は二〇〇キロ以上ある）という表現も含めて、いかにも李白らしい、雄大なスケールを感じさせる句となっていることにこそ、注意を払うべきであろう。

　徂徠山がこの詩の素材として選ばれた理由としては、①魯郡の雄大な自然を表現するため、②上句の「泗水」という川に対するところの「山」を出し、整合的な対句にするため、③泰山には及ばないとは言え、山東の山々の中では魯郡（兗州）第二の「詩跡」であるため（魯郡から見れば泰山は徂徠山のさらに北にあり、北を意識するなら手前にある徂徠山を無視し難い）、④李白にとって、隠棲もしたことのあるなじみ深い山であるため、といった点が挙げられるであろう。

7 **飛蓬**　枯れて球状になって転がり飛ぶ「蓬草《ほうそう》」。「転蓬」「孤蓬」といった表現とともに、旅人を象徴する語として中国古典詩にしばしば登場する。「蓬」については、植木久行『唐詩歳時記』（講談社学術文庫、一九九五年。初出は明治書院、一九八〇年）に詳しい。同書によれば、「この蓬は、いわゆるヨモギではなく、アカザ科の砂地植物――ハハキギ（ホウキギ）の類をさすらしい（艾がヨモギ）。……飛蓬・転蓬は、一般に北方の辺境地帯の荒漠たる砂漠に生え、秋になって枯れると、風に吹かれて根が断ちきれ、球状のかたまりとなって、風の吹くままに大空や地上をくるくると転げていく」（三〇〇頁）という。

各自　二字で、おのおの、それぞれの意。李白と杜甫がたがいに離れていくことをいう。

8 **且**　ひとまずは。しばらくは。とりあえずは。

通釈

　魯郡の東、石門で杜甫を送る

別れを惜しんで酒に酔うこと、今日までいったい幾日に及んだであろう。その間、君と二人で、池や楼台など、山水名勝はあまねく遊覧し尽くしてしまった。

どうして確約できようか――この石門の路で、ふたたび金樽を開いて、なかよく酒を酌み交わす日が来るということを。

澄みきった秋のさざ波は、水かさの減った泗水の川面に低く流れ、はるか東の海の光は、かすかに見える徂徠山を明るく照らしている。

風に吹かれて飛んでゆくあてどない蓬草のように、われわれはこれから各々遠く離れてゆく。とりあえずは、今この手の中にある（最後の）一杯を飲み尽くそうではないか。

諸説の異同

異同の所在　I

「石門」の所在地

異同の類別

A　現在の曲阜城東北約二五キロにある石門山のこと。

B　現在の兗州県兗州鎮（唐の兗州（魯郡）の治所）東約二・五キロにある泗水上の金口壩《は》（別名金口堰《えん》、金口閘《こう》など）という石造の水門（石堤）のこと。

C　現在の曲阜の魯国都城外城門のこと。

A説を採るもの：王士禎《おうしてい》『居易録』（巻二七）に見える孔尚任《こうしょうじん》の発言。以下、近年に到ってB説が普及するまで、ほとんどの注釈書がこの説を踏襲。

B説を採るもの：鄭修平「石門弁疑」（『李白在山東論叢』、山東友誼書社、一九九一年。初出は『済寧師専学報』、一九八七年第一期）、宮衍興《きゅうえんこう》「李白占籍東魯地名考」（『李白研究論叢』第二集、巴蜀書社、一九九〇年）、徐葉翎《じょようれい》「李白寓家東魯考弁」（茆家培・李子龍主編『謝朓与李白研究』、人民文学出版社、一九九五年）、王伯奇「李白来山東、家居在兗州」（同上）、詹鍈《せんえい》主編『李白全集校注彙釈集評』（百花文芸出版社、一九九六年）、松浦友久『李白詩選』（岩波文庫、岩波書店、一九九七年）など。

C説を採るもの：弘征『李白詩精選精注』（広西師範大学出版社、一九九六年）。

異同の論拠

A説は、清、王士禎『居易録』（巻二七）が孔尚任（『桃花扇』の作者としても知られる清朝の文人）の言葉として引用した、「孔博士東塘《とうとう》（孔尚任のこと）言フ、曲阜県東北ノ有リ二石門山一。……李太白ニ有ルハ下『石門ニテ送ル二杜二甫ヲ一』詩ニ、『何ゾ言ハン石門ノ路、復タ有ラント中金尊ノ開ク上』、亦タ其ノ地ナリ」という発言に由来する。その論拠としては、山東時代の杜甫ゆかりの「張氏隠居」（杜甫「題ス二張氏ノ隠居ニ一二首」（『全』巻二二四）を指す。「其二」には「石門斜日到ル二林丘ニ一」という句もある）と推定される「張氏荘」なるものが、この山麓に存在しており、この「張氏荘」は、伝承によれば、張叔明（李白とともに徂徠山に隠棲した竹渓の六逸の一人）の旧居とされている、といった点が挙げられている。ここで言う石門山とは、孔尚任自《みずか》らが隠棲していた石門寺のある山で、現在の山東省曲阜市東北約二五キロに位置している。王琦『王注本』がこの説を引用して以来、近年に到るまで、地元の観光案内のガイドブック等を含めて、異説を唱えるものはほとんど存在しなかった。

B説は、最近になって登場した新説である。鄭修平「石門弁疑」は、まずA説に対して、六点にわたってその非を指摘する。以下、そのうちの四点を紹介すると、①孔尚任の言う石門山は、唐代においては遊覧の名所であったことはなく、②また、李白当時の魯郡からは直線距離にして四〇キロも離れており、③この詩においても、李白は「石門」とは言っても「石門山」とは言っておらず、④また、関連の杜甫詩に見える「石門」（前掲）は兗州（魯郡）のそれであって、曲阜とすれば行政区画的に無理がある、とする。次いで本書は、北魏・酈道元《れきどうげん》の『水経注』巻二五の「洙《しゅ》水……又タ南シテ逕ヘテ二瑕《か》丘《きう》ノ（唐の兗州（魯郡）治）城ノ東ヲ一、而南ノカタ入ル二石門ニ一、向来《きょうらい》結ビテレ石ヲ為シ二水門ト一、跨《こ》セシムル二于水上ニ一也」を引き、これが李白の言う「石門」のこととし（ちなみにここでの「洙水」は、現在「泗水」と称されている)、さらに、この石門は、兗州城の東の門を出て程遠くないところ(約一キロ)、泗水上に現存している「金口壩」(現在の長さ約五〇〇メートル、唐代においてはその倍はあったと推定され、上は橋として通行可能であり、下は船を通すこともできたという)と考えられる、と指摘している。確かに、この鄭修平説に立ち、李白の言う「石門」を「金口壩」と考えれば、魯郡と石門との距離関係の問題も解消され、また第3句の「石門路」という表現も無理なく解釈できる。また、『水経注』以来の古跡でもあり、送別の地にふさわしい(さらには、李白の他の詩にしばしば登場する魯郡の尭祠《ぎょうし》との位置関係にも合致する)。問題は、この現在の兗州東の「金口壩」が、かつて「石門」と呼ばれていたかどうか、という点にあるが、これについては、徐葉翎「李白寓家東魯考弁」に、一九九二年末、金口壩橋畔から石人二尊が発見され、その背面には、北魏延昌三年(五一四)の年号とともに「起ツ二石門ヲ于泗津之下ニ一」と記した題記があったことが報告されている。この徐葉翎「李白寓家東魯考弁」、及び王伯奇「李白来山東、家居在兗州」(徐葉翎とほぼ同様の立場に立つ)の二論は、多くの地志類を考証し、さらに近年の実地調査、出土資料の成果を踏まえた論となっており、大いに参考となる。これらの研究調査によって、この「金口壩」説は極めて説得力を持つことになり、現在では、ほぼ定説になりつつある。ちなみに林東海『詩人李白』上(美乃美中国カラー文庫、一九八三年、九七頁)には「金口壩」の写真が掲載されている。

C説は、『論語』「憲問」にある「子路宿ル二于石門ニ一」を論拠とする。案ずるに、確かに李白の意識下にこの文句が潜在していた可能性は否めないが、場所が曲阜である以上、やはりA説と同様の難点がある。

異同の所在　II

「酔別復幾日」の解釈

異同の類別

A　「酔別」を前回の斉魯(山東省)一帯の交遊の後の別離の宴と考えて、「以前に別れてから、幾日経ったであろうか」という意に解釈する。

B　「酔別」を今回の魯郡での交遊期間内に限ってのこととして、「別離の名残りが惜しまれて、幾日にもわたって別れの杯《さかずき》を交わした」という意に解釈する。

C　B説と同様に「酔別」を今回の交遊に限るが、餞別の宴《うたげ》が数日前に一度開かれたという前提の下に、「この前別れの杯を交わしてから、今日ふたたび杯を交わすまで幾日経ったことか」という意に解釈する。

D　B説と同様に「酔別」を今回の交遊に限るが、現在から未来にわたっての発言とみて、「本当に別れる日まで、あと何日杯を酌み交わせるか(まもなく別れの時である)」という意に解釈する。

A説を採るもの:青木正児『李白』、裴斐《はいひ》主編『李白詩歌賞析集』(馮鍾芸《ふうしょううん》執筆)巴蜀書社、一九八八年)、劉開揚等選注『李白詩選注』(上海古籍出版社、一九八九年)など。

B説を採るもの:久保天随『李太白詩集』(国民文庫刊行会、一九二八年)、大野實之助『李太白詩歌全解』(早稲田大学出版部、一九八〇年)、安旗・薛天緯・閻琦『李詩咀華』(北京十月文芸出版社、一九八四年)、筧久美子『李白』(鑑賞中国の古典第一六巻、角

川書店、一九八八年）、松浦友久『李白詩選』など。

C説を採るもの：田中克己『天遊の詩人・李白』（中国の名詩第四巻、平凡社、一九八二年）、曹樹銘『李白与杜甫交往相関之詩』（台湾商務印書館、一九八二年）、鄭修平「石門弁疑」、宋緒連・初旭主編『三李詩鑑賞辞典』（呉汝煜執筆）吉林文史出版社、一九九二年）など。

D説を採るもの：郭沫若『李白与杜甫』（人民文学出版社、一九七一年）、李白詩選注編選組『李白詩選注』（上海古籍出版社、一九七八年）、李暉《りき》『李白詩選読』（黒竜江人民出版社、一九八〇年）、蕭滌非等編『唐詩鑑賞辞典』（何国治執筆）上海辞書出版社、一九八三年）など。

異同の論拠

ABD説いずれも、積極的に論拠を挙げているものはない。C説を採る鄭修平「石門弁疑」は、要約すれば、次のように主張する——本詩に「復」とあるのは、今回が二度目の集まりであることを物語っている。第一回目は、李白が「秋日魯郡尭祠亭上宴別杜補闕范侍御」という詩を記した時であり、ここでの「杜補闕」とは杜甫のことである、と。しかし、案ずるに、「杜補闕」を杜甫とするのは困難であり、この説はそれを論拠とする以上、妥当ではない。

その他ABD説はいずれも成立可能な解釈といえるが、〔通釈〕では、B説を採ることにした。理由としては、離別し難い名残り惜しさや、離別直前の状況の緊迫感は、B説によってこそ最も強調される、と判断したからである。

異同の所在　III

「秋波落泗水」、特に「落」字の解釈

異同の類別

A　秋の渇水期に当たるため、川波が落ち込んだように泗水に流れている、という意に解釈する。

B　「落」を注ぐという意にとって、秋の川波が泗水に注いでいる、という意に解釈する。

C　川波が泗水の川面に落ちている、という意に解釈する。

D　「秋波」は秋の薄雲がなびくさまをいうとして、そのような秋のけはいの中に泗水が低く流れている、という意に解釈する。

A説を採るもの：久保天随『李太白詩集』、青木正児『李白』、前野直彬『李白』、大野實之助『李太白詩歌全解』、安旗・薛天緯・閻琦『李詩咀華』、松浦友久『李白詩選』など。

B説を採るもの：李暉『李白詩選読』、李白詩選注編選組『李白詩選注』など。

C説を採るもの：武部利男『李白』（世界古典文学全集第二七巻、筑摩書房、一九七二年）。

D説を採るもの：小尾《おび》郊一《こういち》『李白』（中国の詩人第六巻、集英社、一九八二年）など。

異同の論拠

A〜D説、いずれも積極的には論拠を挙げていない。

A説は、最も通行している解釈と言える。例えば、松浦友久『李白詩選』は、この句を「澄みきった秋の川波は、水かさの減った泗水の流れに揺れ、……」と訳している。B説では、李暉『李白詩選読』が、「落、指帰注」と注し、李白詩選注編選組『李白詩選注』は、この句を「秋波蕩漾不停地瀉入泗水」と解釈している。C

説の武部利男『李白』は、この句を「秋のさざ波は泗水の川面に落ち、……」と訳している（「さざ波」が「川面」に落ちる、というのはやや意味不明瞭）。D説の小尾郊一『李白』は、「秋波」の意を「秋の薄雲がたなびくさまをいうか」といい、この句全体を「秋のけはいの中に泗水が低く流れている」と訳している。この小尾説に近いものとしては、裴斐主編『李白詩歌賞析集』（馮鍾芸執筆）が、この句を「秋色落《チ》入《ル》泗水《ノ》碧波《ニ》」と訳している。

〔通釈〕では、B～D説に積極的な論拠が示されていないため、通説と言えるA説を採ることにした。水量が減ることを「落」というのは、唐詩にはしばしば用いられる用法である。例えば、孟浩然「渡《リ》浙江《ヲ》問《フ》舟中人《ノニ》」（『全』巻一六〇）に、「潮落《チ》江平《ラカニシテ》未《ダ》有《ラ》風」とあるが、これなどは「潮」が引いているさまを言っているわけであるから、明らかに「落」字は水量が減ったことを表していると言えよう。

異同の所在 Ⅳ

「海色」の解釈

異同の類別

A　海の「色」と、ほぼ字義通りに解釈する。

B　暁の「色」という意に解釈する。

C　海の暁の「色」という意に解釈する（AB両説を折衷したもの）。

D　海のように広い天空の「色」という意に解釈する。

A説を採るもの：前野直彬『李白』、大野實之助『李太白詩歌全解』、李暉『李白詩選読』、武部利男『李白』、小尾郊一『李白』、安旗・薛天緯・閻琦『李詩咀華』、松浦友久『李白詩選』など。

B説を採るもの：李白詩選注編選組『李白詩選注』、毛水清『李白詩歌賞析』（広西人民出版社、一九八六年）、郁賢皓主編『李白大辞典』（陶谷執筆）広西教育出版社、一九九五年）など。

C説を採るもの：詹鍈主編『李白全集校注彙釈集評』。

D説を採るもの：筧久美子『李白』。

異同の論拠

A～D説ともに、積極的に他説を否定するような論拠は挙げていない。

A説が最も多く、一応これを通説と見てよいであろう。この立場を採る解釈をいくつか挙げてみると、例えば、大野實之助『李太白詩歌全解』は「海の景色」、李暉『李白詩選読』は「大海在《ル》陽光照射下《ノニ》的《の》顔色《いろ》」、武部利男『李白』は「東海のはての色」、小尾郊一『李白』は「遠くの海水の色が輝き……」、松浦友久『李白詩選』は「はるかな東海の輝き」と訳している。

B説を採るものとしては、毛水清『李白詩歌賞析』が「曙色」と訳すほか、李白詩選注編選組『李白詩選注』は「暁色」と訳しつつ、さらに「因《ル》払暁時《ノニ》天色微明《ニシテ》如《キニ》海気朦朧《タルガ》」と、その理由も記している。C説を採る詹鍈主編『李白全集校注彙釈集評』は「海上的《の》暁色」と解釈している。案ずるに、このBC説は、『分類補注本』巻二「古風」其一八の「鶏鳴海色動《ク》」の句に対する注にある「楊斉賢曰《ハク》、海色《ハ》、暁色也。鶏鳴之時、天色昧明《ニシテ》、如《シ》海気朦朧然《タルガ》」という解釈に由来するものと考えられる（この部分はそのまま『王琦本』当該箇所にも引用されている）。

D説を採る筧久美子『李白』は、「海色」に注して、「ここでは海のように広い天空を海といい、その色をさすのだろう」と述べている。

〔通釈〕ではA説を採ることにした。その理由としては、まず、B説の場合、この説がおそらく根拠としている王琦の注はあくまで「古風」其一八の注であり、この作品にそのまま当てはまるとは限らない、という難点がある。また、C説は、確かに「海色明徂徠」の句から考えて（東の海の色が徂徠山を明るく照らすわけであるから、太陽は東にあると考えられる）、結果として文脈的には適合するが、「海色」という語自体に「海上の暁色」という意味が本来的に内在しているとは、俄かには断じ難い。D説は、一考に値するが、やや孤立した説である。以上のことから、A説を採るのが最も穏当と考えられる。

　なお、中国語の「色」には色彩という意味のほか、ようす、雰囲気、けはい、景色といった意味もあり、中国側の注釈の場合、特に注意を要することを付記しておく（例えば「曙色」「暁色」「海色」など）。


（寺尾　剛）

劉《りゅう》長《ちょう》卿《けい》

0 重送裴郎中貶吉州　重《かさ》ねて裴郎中《はいろうちゅう》の吉州《きっしゅう》に貶《へん》せらるるを送《おく》る

1 猿啼客散暮江頭　猿《さる》啼《な》き客散《かくさん》ず　暮《ぼ》江《かう》の頭《ほとり》

2 人自傷心水自流　人《ひと》は自《おのづか》ら心《こころ》を傷《いた》ましめ　水《みづ》は自《おのづか》ら流《なが》る

3 同作逐臣君更遠　同《おな》じく逐臣《ちくしん》と作《な》つて　君更《きみさら》に遠《とほ》し

4 青山萬里一孤舟　青山万里《せいざんばんり》　一孤舟《いちこしう》

テキスト　『全』一五〇-3-1556 ◆『選』七 ◆『万首唐人絶句』七言六 ◆『唐詩帰』二五 ◆『唐詩解』二八 ◆『劉随州文集』八・外集（蓬左文庫蔵朝鮮旧刊本）◆『劉随州詩集』八・外集（四部叢刊本）◆『劉随州集』一〇（唐五十家詩集本）◆『劉随州集』八・外集（四部備要本）◆『劉随州集』八（百部叢書集成〔畿輔叢書〕本）

校語
0 **重送裴郎中貶吉州**　『朝鮮旧刊本』外集・『四部叢刊本』外集・『四部備要本』外集では、「重《ネテ》送《ル》」に作る。

1猿　『百部叢書集成本』では「猨」に作る。「猿」の本字。

暮　『唐詩解』では「莫」に作り、「音《ハ》暮」と注記する。

詩型・韻字

七言絶句。＊頭《とう》・流《りゅう》・舟《しゅう》（下平声尤韻〔尤侯韻＊〕）。

語釈

0重送　重ねて送別すること。離別詩には、基本的に、作者が対者を見送る送別詩と、作者が対者に見送られる留別詩とがあり、初唐四傑（初唐後期）以後の唐詩では、詩題に「送」とあれば前者、「別」とあれば後者と考えてよい（両者の用法の成立過程については、松原朗「六朝期における離別詩の形成（下）の二――初唐四傑による『送序』の創出をめぐって」〔『中国詩文論叢』第一二集、一九九三年〕を参照）。「重ねて」というのは、劉長卿に「送《ル》三裴郎中《ノ》貶《セラルルヲ》二吉州《ニ》一」（『全』一四七）という五律があることからみて、何かの事情で再び裴郎中を見送ったからである。当時、同一の対者に対して、重ねて送別の宴や機会をもち、詩を贈ることは、必ずしも珍しいことではなかった。『全』には、他に、杜甫・韋応物・銭起・劉禹錫・杜牧などにも「重送……」と題する作品がみられる。

裴郎中　劉長卿の友人。詩題に裴郎中を含む詩には、他に「歳日、見二新暦《ヲ》一、因《テ》寄《ス》二都官裴郎中《ニ》一」（『全』一五一）という七律があり、劉長卿の親友の一人であったことはまちがいないが、名や字、経歴など詳しいことは未詳。ちなみに、焦文彬ほか『大暦十才子詩選』（陝西人民出版社、一九八八年）は、裴虬《きゅう》のことと注するが、その根拠は記されていない。おそらく、劉長卿の詩に、「春過《よギル》二裴虬《ガ》郊園《ヲ》一」（『全』一四八）があることによるのであろうか。また、裴姓の者は、これらの他に、「裴使君」「裴舎人」「裴二十一」「裴二十端公」「裴四判官」などが詩題中にみえているが、特定はし難い。なお、郎中は、中央政府の尚書省に属する吏部・戸部・礼部・兵部・刑部・工部のいわゆる六部《りくぶ》の属官として置かれた尚書・侍郎・郎中・員外郎・主事のひとつ。従五品上。

貶　官位を下げる。処罰する。貶謫《たく》。左遷。

吉州　今の江西省吉安市。省都南昌市の南南西約二六〇キロメートル。唐の李吉甫『元和郡県図志』巻二八（中国古代地理總志叢刊、中華書局、一九八三年）によれば、隋の開皇年間に、廬陵を改めて吉州とした。吉州という名は、吉水にちなんで命名したものである。長安との距離は、三六〇五里（約二〇一八キロメートル）。当時は、江南西道に属していた。

1猿啼　野猿が哀しげに鳴いている。梁の簡文帝（蕭綱）「蜀道難」（逯欽立《りょくきんりつ》輯校『先秦漢魏晋南北朝詩』「梁詩」巻一〇）に、「笛声下《リテ》復《タ》高《ク》、猿啼断《エテ》還《まタ》続《ク》」とある。中国の中部・南部を舞台とした離別・羈旅・流寓をうたう唐詩には、猿声が旅人の旅愁をかきたてるものとして、常套的に描かれる。この詩句では、夕暮になって、離別の場所たる川のほとりで、野生の猿たちがいっそう哀切に鳴き騒いでいるのである。詩語としての「猿声」などについては、〔備考〕(1)を参照。

客散　基本的には、客は客人、旅人。散は、その場から散っていくこと。去っていくこと。注釈書によって説が分れており、A＝見送りの人々も帰ってゆく、B＝裴郎中と劉長卿が別れる、C＝旅人はそれぞれに散ってゆく、の三説に大別できるが、

〔通釈〕ではA説をとっている（詳細は〔諸説の異同〕参照）。

暮江頭　夕暮れのかわのほとり。劉長卿の詩には、「暮」の時間がよくうたわれる。「江」は、基本的に、北方中国でよく用いられる「河」、南北両用的な「水」に対して、長江以南での川の呼称。隋の煬帝《ようだい》（楊広）の「春江花月夜二首（其一）」（「隋詩」巻三）に、「暮江平《ラカニシテ》不レ動《カ》、春花満《チテ》正《ニ》開《ク》」とある。「頭」は、漠然とした空間を示す語。

2 **自**　伝統的に「おのずから」と訓読するが、「自然と」の意ではなく、人と水とがそれぞれ無関係に、それ自体として、の意で、絶妙の措辞である。明の蔣一葵《しよういつき》は、「両《ふたつノ》自《ノ》字、有情無情《ノ》別、最《モ》佳《ナリ》」（宇野明霞編・釈顕常補『唐詩集註』巻七、京都文林軒、一七七四年）と評しており、江戸の釈大典は、「自《ノ》字、猶《ホ》《シ》三文《ニ》用《フルガ》二則《ノ》字《ヲ》一」（『唐詩解頤《かいい》』七絶、平安書林、一七七六年）と評している。すなわち、散文の「則」が、あるものを他から区別する用法であるのに準じて、この「自」も「人」と「水」とを区別しているのである。

傷心　心を傷める。また、傷ついた心。漢の蘇武（？）の「詩四首（其二）」（『文選』巻二九）に、「俛仰《ふぎよう》内《ニ》傷《マシメ》レ心《ヲ》、涙下《リテ》不レ可レ揮《カラはらフ》」とあり、司馬遷の「報《ズル》二任少卿《ニ》一書」（『文選』巻四一）に、故《ニ》禍《ハ》莫《なク》レ憯《いたまシキハ》二於欲利《ヨリ》一、悲《シミハ》莫《シ》レ痛《キハ》二於傷《マシムルヨリ》一レ心《ヲ》」とある。

3 **逐臣**　何らかの罪を得て、都から放逐された臣下。逐客・遷客などと同義。西晋の陸機「楽府《がふ》十七首、君子行」（『文選』巻二八）に、「逐臣《モ》尚《なホ》何《カ》有《ラン》、棄友《モ》焉《いづくンゾ》足《ラン》レ歎《クニ》」とある。

君更遠　裴郎中の左遷地である吉州の方が、同じく逐臣の身である作者の左遷地より、さらに遠隔の地にあるということ。但し、この点については、両者の離別の場所、劉長卿の左遷地などについて解明されておらず、事実か、詩的修辞か疑問が残る。〔備考〕(2)を参照。

4 **青山**　青々と木々の生い茂っている山。距離によって緑色にも見え、群青色にも見える山だが、ここでは暮色の深まりゆく時間を背景として、より暗色を帯びたものであろう。斉の謝朓《しやちよう》「游《ブ》二東田《ニ》一」（『文選』巻二二）に、「不レ対《シテむかハ》二芳春《ノ》酒《ニ》一、還《かへりみテ》望《ム》二青山郭《ヲ》一」とあり、梁の簡文帝「秋夜」（『玉台新詠』巻七）に、「緑潭《たん》倒《さかしまニシ》二雲気《ヲ》一、青山銜《ふくム》二月眉《ヲ》一」とある。「青山万里」は、「万里青山」としてもほぼ同義であるが、絶句としての平仄（二六対）の関係から選ばれた措辞でもあろう。

一孤舟　一そうの小舟。「孤舟」は、おそらく東晋の陶淵明の「始《メテ》作《なリテ》二鎮軍参軍《ト》一経《シトキニ》二曲阿《ヲ》一作《ル》」（『靖節先生集』巻三）（「眇《びよう》眇《トシテ》孤舟逝《ゆキ》、緜《めん》緜《トシテ》帰思紆《まつハル》」）や「帰去来兮《ノ》辞」（巻五）（「或《イハ》命《ジ》二巾車《ヲ》一、或《イハ》棹《さをサス》二孤舟《ニ》一」）に始まる詩語で、王昌齢・杜甫・岑参などによって定着するが、とりわけ劉長卿の偏愛した詩語のひとつである。「一」を「孤舟」に冠する絶妙さについては、明の蔣一葵が、「唐人《ひと》屢《しばしば》用《ヒテ》二一孤舟《ヲ》一連《ヌ》レ字《ヲ》。……惟《ダ》加《ヘテ》二一《ノ》字《ヲ》一、益《ますます》覚《ユ》二孤舟《ノ》凄楚《ナルヲ》一。宋人《ひと》病《うれフルハ》二其《ノ》為《スコトヲ》レ複《ヲ》、非《ズ》二知《ル》レ詩者《ニ》一」（『唐詩集註』巻七）と述べて以来（劉拝山評解・富寿蓀選注『唐人絶句評注』〈香港中華書局、一九八〇年〉は、明の敖英『唐詩絶句類選』の語とする）、それを首肯する立場が、今日の諸注釈書にまで継承されている（参照：高橋良行「『孤舟』と『扁舟』—唐詩素材論の視点から—」〈『早大大学院文学研究科紀要別冊』第五集、一九七九年〉）。

通釈

重ねて、裴郎中が吉州に左遷されて行くのを送別する

岸辺の猿は悲しげに鳴きさわぎ、見送りの人々もそれぞれ帰ってゆく、この夕暮れの江《かわ》のほとりで。人は（有情の人ゆえに）別れを悲しんで心を傷ましめ、江の水は（無情の水ゆえに、そうした人の傷心とは関わりなく）ただ流れ去ってゆくのだ。同じく都を放逐されて任地に赴く身の上だが、君の行くべき配所は、私よりもさらに遠い。（旅立つ君を見送れば、）青い山々の連なる遥か彼方に、悄然と去りゆく一そうの小舟（があるのみだ）。

諸説の異同

異同の所在

「客散」の解釈

異同の類別

A　見送りの人々も帰ってゆく。

B　裴郎中と劉長卿が別れる。

C　旅人はそれぞれに散ってゆく。

A説を採るもの：宇野成之『唐詩選解』巻下（嵩山房、一七八四年）、服部南郭述・日野龍夫校注『唐詩選国字解』巻七（東洋文庫、平凡社、一九八二年）、千葉玄之『唐詩選講釈』巻七（嵩山房、一八一三年）、久保天随『唐詩選新釈』五（博文館、一九〇九年）、釈清潭『国訳唐詩選』（国訳漢文大成、国民文庫刊行会、一九二〇年）、簡野道明『唐詩選詳説』下（明治書院、一九二九年）、塩谷温『中国詩選』（弘道館、一九三四年）、太田青丘『唐詩入門』（河出書房、一九五五年）、大野実之助『唐詩の鑑賞』続編（早稲田大学出版部、一九五八年）、高木正一『唐詩選』下（新訂中国古典選、朝日新聞社、一九六六年）、目加田誠『唐詩散策』（時事通信社、一九七九年）、石川忠久『漢詩のこころ』（時事通信社、一九八〇年）、孫琴安『唐人七絶選』（陝西人民出版社、一九八二年）、高島俊男・成瀬哲生『中国古典詩聚花⑧ 友情と別離』（（高島俊男執筆）尚学図書、一九八五年）、蕭滌非ほか編『唐詩鑑賞辞典』（（陳志明執筆）上海辞書出版社、一九八三年）、蔣争『学生唐宋名詩読本』（中国国際広播出版社、一九八八年）、湯高才・黄銘新主編『蒙読唐詩鑑賞辞典』（中州古籍出版社、一九九〇年）、高橋良行「『客散』考」（『学術研究　外国語・外国文学編』第四五号、早大教育学部、一九九七年）など。

B説を採るもの：戸崎允明《いんめい》箋註・服部宇之吉校訂『箋解唐詩選』（漢文大系、冨山房、一九一〇年）、中島敏夫・佐藤保『唐詩選』下（（佐藤保執筆）中国の古典、学習研究社、一九八六年）、松枝茂夫『中国名詩選』下（岩波文庫、岩波書店、一九八六年）、周溶泉ほか主編『歴代怨詩趣詩怪詩鑑賞辞典』（（姜《きょう》漢林執筆）江蘇文芸出版社、一九八九年）など。

C説を採るもの：前野直彬『唐詩選』下（岩波文庫、岩波書店、一九六三年）、目加田誠『唐詩選』（新釈漢文大系、明治書院、一九六四年）、斎藤晌『唐詩選』下（漢詩大系、集英社、一九六五年）、田所義行『新評唐詩選（新訂版）』上（勁草書房、一九六八年）、松浦友久・田口暢穂『中国の名詩鑑賞6　中唐』（（松浦友久執筆）明治書院、一九七六年。但し、改版の『はじめて読む唐詩』五（明治書院、一九九八年）ではA説を採る）、山田勝美『中国名詩鑑賞辞典』（角川書店、一九七八年）など。

異同の論拠

A説は、数量的には圧倒的に多い。日本では、已に例示した先行文献に見られるように、江戸期からの古い説であるが、現代中国の注釈書にも散見される。

B説はきわめて少数派だが、戸崎允明『箋解唐詩選』には、「客散《トハ》謂《フ》ニ分《チテ》レ手《ヲ》離散《スルヲ》一」と注され、服部宇之吉の頭注に「客散は相別ルルナリ」とある。別れるのは、他の見送りの人々も同様であろうが、より直接的には、裴と劉の両人を指しているとみてよかろう。また、『歴代怨詩趣詩怪詩鑑賞辞典』は、「今、『猿鳴三声　涙裳を霑《うるほ》す』暮江のほとりで、別れる（客散）のであるから、どうして心を傷め、悲しまずにおれようか」と評釈している。『中国名詩選』は、「同船した君ともここでお別れだ」と、やや離別の状態にも推測してふれている。

C説は、「旅人」と解してはいるが、裴郎中と劉長卿を含めて意識しているらしいとみられるもの（目加田『唐詩選』、斎藤『唐詩選』下、松浦『中国の名詩鑑賞6　中唐』）と、江辺の渡し場の背景としての旅人一般と解しているものとに分かれるようであり、その違いは必ずしも明白ではないので、一説としてまとめておく。

以上の三説は、大別すれば、「客散」の「客」を送別の宴に集まった見送りの客と解するA説と、旅人と解するB・C説ということになる。

A説は、当時の官吏の送別の実態として、当事者以外に複数の見送る人々がいたであろうことを前提としている。ただし、A説の難点は、見送る対象である裴郎中と劉長卿を残したまま、他の見送りの人々が先に帰ってしまうというのは、人情から見ても、儀礼から見ても、やや考えにくいことである。また、〔備考〕(2)に述べるごとく、この詩の作られた詳しい状況は判明しておらず、あるいは、この時、裴・劉両人以外に見送りの人々がいなかった可能性もある。また、見送りの人々がいたとしても、とり残された二人の孤独感を強調する表現意図から、詩の表面に描かれていない可能性もある。これらの場合は、初めからA説は成立し得ない。

B説は、「客」を裴・劉両人に限定しているが、第1句から第4句へとしだいに増幅されてくる離別の悲哀の詩脈からみると、内的な一貫性があるように思われる。この場合、「人」が「傷心」するのは、むろん別れに臨む人々一般の普遍的心情でもあろうが、中心的には、この詩の主人公ともいうべき二人の胸中を表現していると見ているのであろう。

C説は、第1句が、離別の舞台たる夕暮れの渡し場を、背景として全体的に描いているとすれば、おのずから旅人は彼ら両人のみとは限らず、他の旅人が（あるいは二人を含めて）、それぞれの目的地に散って行く情景と解してさしつかえないと考えているのであろう。以上、B・C説には、いずれも捨て難い解釈上の合理性がある。

ところで、「客」の原義は、白川静『字統』によれば、「異族神（客神）」であり、のちに賓客をいい、異客をいい、他地に赴くことをいう語となったという。思うに、こうした離別詩において「客」といえば、遷客・逐客・孤客・万里客などの熟語の場合、基本的には、家郷や都を離れて異郷の地を旅する者を指すのがふつうである。

しかし、今、改めて「客散」の用例を検討すると、必ずしも単字である「客散」の「客」が旅人を意味するとは限らないと思われる。まず、「詩経」から隋詩までは用例がなく、初唐の盧照鄰に一例あるのが最初のようである。以下、索引のある主要詩人を検索すると、王維（一例）、李白（一例）、杜甫（二例）、岑参（一例）、韋応物（一例）、銭起（一例）、白居易（四例）、張籍（一例）、許渾（三例）、李商隠（二例）、温庭筠（二例）などに見られ、劉長卿にもこの詩の他に二例ある。これらの用例を詩題や内容から分類すると、詩人と友人・貴人間の往来や宴集、友人との離別、名所旧跡等での清遊などを題材とするものがほとんどであり、他に挽詩や妓楼・旗亭を舞台とする詩などもある。離別詩以外の用例における「客」が、招かれている賓客や来客、清遊の人士などを意味するのは当然として、離別詩の用例における「客」も、基本的には送別の宴に参会した客人のようである。例を一、二挙げれば、岑参「虢州《ノ》後亭《ニテ》送《ル》李判官《ノ》赴《クヲ》晋絳《ニ》」詩（『岑嘉州詩』巻七）の「西原駅路掛《カリ》城頭《ニ》、客散紅亭雨未《ダ》休《やマ》《ズ》」や白居易「北楼《ニテ》送《ル》客《ノ》帰《ルヲ》上都《ニ》」詩（『白氏文集』巻一六）の「京路《けいろ》人帰《リテ》天直《あたり》北《ニ》、江楼客散《ジテ》日平《カナリ》西《ニ》」などがあり、劉長卿の「送《ル》梁侍御《ノ》巡《ルヲ》永州《ヲ》」詩（「全」一四八）にも、この作品と同じような趣向の「蕭蕭《タリ》江雨《ノ》暮、客散《ジテ》野亭空《シ》」がある。むろん、明白に判断し難いものもあるが、逆に、「客散」の「客」が、これから旅立つ人（見送られる者）を明らかに意味していると思われる用例も見当たらない。これは、「遷客散」「逐客散」「孤客散」などの用例は見出し難いが、「賓客散」「衆客散」「談客散」などの用例は見られる点からも傍証されよう。

このように見てくると、B・C説も捨て難いが、ここでは、すでに述べたA説の難点をも考慮したうえで、用例の一般性に従って、穏当なA説を採っておく。

（以上、高橋良行「『客散』考」）

備考

(1) 詩語としての「猿声」

猿の鳴き声は、中国古典詩に頻出するが、松浦友久「『猿声』考—詩語と歌語Ⅰ」（『詩語の諸相—唐詩ノート〈増訂版〉』研文出版、一九九五年）に詳細な論考があるので、以下にその要点を記しておく。

猿声は、長江の上流から中流にかけての風土を背景として、まず、『楚辞』系の詩語として登場し、やがて、三国から南北朝初期にかけて詩材とすることが一般化し、梁・陳に至ると、「猿声」もしくは「猿声」を聞くことが、詩歌の主題的な地位をも占めてくる。

続く唐代においては、枚挙にいとまがないほど多用されるが、杜甫の「聴《イテハ》猿《ヲ》実《ニ》下《ル》三声《ノ》涙」（「秋興八首」其二）の如く、巴東三峡の「漁者歌」の発想を中心に置きつつ、より広くは、長江系の風土一般における愁人・遷客の悲哀をいや増すものとしてうたわれており、六朝以来の用法を基本的に継承している。

一方、日本の古典詩歌、特に和歌の世界では、記紀万葉から中世に至るまで、サルの声への関心はきわめて乏しく、「しか」「をじか」「さをしか」など〝鹿のね〟をうたう厖大な作品例と対照的であるが、その他、「うぐひす」「ほととぎす」「かり」「たづ」「ちどり」「うづら」「まつむし」「せみ」「かはづ」などの声への関心と比べても、極端に少ない。

このような中・日の詩材と歌材における「猿声」の地位の極端な差異は、その基調にある物理的な鋭さ・カン高さを、悲哀や憂愁を誘う、しかしあくまで清遠なひびきとして受けとめる中国的・中国語的な感性と、逆にそれを、抒情表現の具としては一種の違和感をもって受けとめる日本的・日本語的な感性との相違に由来していよう。それは、おそらく、両国の〝風土〟および〝言語〟の相違のもとに、長い年月を通じて生みだされたものであろうゆえに、かなり体質化された根深いものと考えられる。

なお、猿（猨）と猴《こう》は、明の李時珍『本草綱目』巻五一に見られるごとく、本草学的には猿はテナガザル系、猴はオナガザル系のサルに区分され、「一鳴三声、凄切《ニシテ》入《ル》二人《ノ》肝脾《ニ》一」鳴き声が「猿」に属するものとされていたことは確かである。しかし、古典詩歌では、両者が共通のイメージで歌われる例は、必ずしも稀ではなく、混用されて用いられている。何よりも事実として、中国に産するサルの大部分は猴の類であって、テナガザル系の大部分は四川・広東・広西などに散見するのみである。

また、語彙史的に見て、本来、「猿」は文言的・雅語的性格が強く、「猴」は白話的・俗語的性格が強いため、古典詩の用語として、「猿」が用いられることが圧倒的に多い。したがって、長江流域の詩歌に頻出する「猿声」の実態は、オナガザル系の鳴き声「猴声」を主とするものであったといえよう。――また、松浦友久「『猿の声』と『鹿の声』 i ii iii」（『万葉集という名の双関語《かけことば》―日中詩学ノート』大修館書店、一九九五年）も参照。

(2)「君更遠」の解釈

〔語釈〕の項でも述べたように、転句「君更遠」の解釈をめぐって、主として日本の注釈書において（現代中国の注釈書では、ほとんど注意が払われていない）、これを事実上の措辞とみるか、離別の心情を増幅するための虚構上の修辞とみるかに分かれている。

こうした解釈の差異が生じるのは、この作品が、根拠は不明だが、従来、劉長卿が50歳前後の頃、潘州南巴（今の広東省茂名市）の尉に左遷された時の作と考えられており、前野直彬『唐詩選』下や目加田誠『唐詩選』、松浦友久ほか『中国の名詩鑑賞6 中唐』が指摘するように、裴郎中の配所である吉州（今の江西省吉安市）は、潘州よりも中央に近いからである。念のためにいえば、『元和郡県図志』巻二八、江南道四によると、吉州は、都の長安から三六〇五里と算定されている。潘州は、該当する巻三五、嶺南道二が、通行本では全て欠けており、里数を知ることはできないが、巻三四、嶺南道一に見られる周辺諸州の里数から考えても、より遠隔の地であることはいうまでもない（この地理関係を誤解したものとして、夙に、清の沈徳潜『唐詩別裁集』巻二〇に、「吉州去《ハルコト》二京師《ヲ》一更《ニ》遠《シ》二於南巴《ヨリモ》一」とあり、明の李攀龍選・袁宏道校『唐詩訓解』巻七（和刻本）に、『南巴去《ハルコト》二京師《ヲ》一稍《やや》近《シ》二于吉《ヨリ》一」とあり、森槐南『唐詩選評釈』〔新進堂、一八九七年〕や焦文彬ほか『大歴十才子詩選』なども同様に記している）。

そこで考えられるのが、劉長卿の左遷地を潘州以外の地と想定する立場である。たとえば、前野直彬『唐詩選』下や石川忠久『漢詩のこころ』は、劉長卿が随州刺史に在任中、配所へおもむく裴が通りかかったのかもしれないとする。しかし、劉長卿が最晩年に随州（今の湖北省随州市）刺史に任ぜられたことは、従来、彼自身の作品からみても、研究史的にも、左遷とは意識されていない。また、斎藤晌『唐詩選』下は、南巴と吉州との距離的矛盾には触れていないが、南巴の尉から睦州（今の浙江省梅城）の司馬に量移（恩赦によって逐臣をより近い任地に移すこと）された時の作とする。しかし、この場合でも、明白に吉州の方が睦州よりも更に遠いとは言い難い。加えて、傅《ふ》璇琮《せんそう》「劉長卿事迹考辨」（『唐代詩人叢考』中華書局、一九八〇年）によれば、睦州司馬への左遷は、大暦八年（七七三）から一二年（七七七）間のある秋冬の交と考証されており、これが正しいとすれば、「送《ル》三裴郎中《ノ》貶《セラルルヲ》二吉州《ニ》一」やこの詩が春を背景としているらしい点とも符合し難く、やはり疑問は残ることになる。

また、これらとは別に、中島敏夫ほか『唐詩選』下は、劉長卿の詩集に「初《メテ》聞《キ》二貶謫《ヲ》一続《イテ》喜《ビ》二量移《セラルルヲ》一登《リテ》二干越《かんえつ》亭《ニ》一贈《ル》二鄭校書《ニ》一」詩（『全』一五一）があることを根拠に、南巴に行く途中、量移の知らせがあって、どこか近くに流謫地が変更されたのかもしれないとし、干《かん》越亭のある鄱陽《はよう》（今の江西省波陽県）を離別の場所と推定する。同じく、周勛《くん》初主編『唐詩大辞典』（江蘇古籍出版社、一九九〇年）も、根拠はやや異なるが、乾元元年（七五八）、南巴の尉に左遷されたが、江西の余干《かん》（今の余干県）・洪州（今の南昌市）などの地で量移の沙汰を待っていた折の作とする。また、儲《ちょ》仲君『劉長卿詩編年箋注（上）』（中国古典文学基本叢書、中華書局、一九九六年）、楊世明校注『劉長卿集編年校注』（新注古代文学名家集、人民文学出版社、一九九九年）も、ともに乾元二年、洪州にて、量移の沙汰を待っていた折の作と推定している。これらの説は、最も合理的だが、量移された新たな任地が特定できない以上、不安が残ろう。

一方、松浦友久ほか『中国の名詩鑑賞6　中唐』は、後年、睦州司馬に量移されてからの体験を歌ったものとも考えられるが、おそらくは、友人への愛惜の思いを強調するための詩的修辞とみるべきものであろう、と説く。これは、新しい見解であり、一定の説得力を持つようにも思われる。劉長卿の詩集を繙くと、「更」の用例が六十数例見られ、なかには「相《ヒ》送《ル》天涯《ノ》裏《うち》、憐《レム》レ君《ヲ》更《ニ》遠《キ》人」（「送《ル》三張起・崔載華《ノ》之《クヲ》二閩《びん》中《ニ》一」詩『全』一四七）や「憐《レム》レ君《ヲ》更《ニ》去《ルコト》三千里、落日青山江上《ニテ》看《ン》」（「使《ヒヨリ》還《リテ》七里瀬上《ニテ》逢《フ》三薛《せつ》承規《ノ》赴《クニ》二江西貶官《ニ》一」詩『全』一五〇）のような類似の例もあるところから、離別詩において、劉長卿の好んだ措辞のひとつともみなしえよう。ただ、もし、本当に両者の左遷地が南巴と吉州であるとすれば、その距離の遠近は明白であり、たとえば、仙台に向かう者と大阪に向かう者が東京で離別の場をもったとして、後者が前者に対して「君更遠」というのは、いかに友情の増幅のためとはいえ不自然であろう。

結局、以上いずれの解釈も、現時点ではなお一考を要するものである。

(3)　劉長卿の詩語感覚

劉長卿は、聞一多の説によれば、杜甫より三年早く生まれているが、その詩人としての活躍は、むしろ50歳以降にあり、中唐初期の詩人と位置づけられている。彼の詩については、ほぼ同時代人である高仲武が、『中興間気集』巻下において、「詩体雖《モ》レ不《ト》二新奇《ナラ》一、甚《ダ》能《ク》錬飾《ス》。大抵十首已上、語意稍《やや》同《ジク》、於《イテ》二落句《ニ》一尤《モ》甚《シ》。思《ヒ》鋭《ク》才窄《せまき》也」と評しており、この評語は、現在まで基本的に継承されている。確かに、現存する彼の詩約五百余首を通覧すると、数多くの類似表現・同一表現の多用が見られるのである。しかし、高仲武の否定的評価とは別に、劉長卿の主観・自意識においては、そうした作詩法を肯定するような詩語感覚、表現態度があったのではないかと思われる。すなわち、ごくふつうの詩語によって、自己の詩世界における詩表現の典型を作ることに、より熱心であり自覚的であったのではなかろうか。たとえば、離別詩ならば離別という主題に即した最も会心の表現を模索し、しかも、いったん獲得した典型的表現に対しては、さらなる典型を求めて様々な変用を試みつつ、再生産していった可能性がある。かつ、そこには、彼が詩人として活躍した江南の官界や江左の詩壇の人々の、享受者としての一種の期待や反応も介在していたであろう。

彼の離別詩や自然詩などの代表作をみると、ある一定の選びぬかれた詩語と詩語が、まるで順列の組み合わせのように句や句中の位置を変えて様々に結びつき、独特の純粋抒情の詩世界を作りあげているのである。

この詩も例外ではなく、第1・2句における猿声・江水の流れは、離別・羇《き》旅詩の慣用語であり、第1句の「暮」、第3句の「更」「遠」も、劉長卿の好んだ措辞である。殊に第4句は、彼の最常用詩語の集約表現といってもよい。初唐以来、山水や離別を素材・主題とする詩において定着してくる比較的新しい詩語である「青山」、『楚辞』に一例あるのを始めとして、六朝以来変哲のない詩語となる「万里」、陶淵明以来の「孤舟」、これら三語はいずれも、索引で検索しうる主要詩人中、または全唐詩人中、劉長卿が最多の用例を示している詩語である。つまり、彼が最も偏愛した詩語の組み合わせによって、李白の「送ル三孟浩然ノ之クヲ二広陵ニ一」詩の「孤帆遠影碧空ニ尽キ、唯ダ見ル長江ノ天際ニ流ルルヲ」にも一脈通じるような、余韻嫋嫋《じょうじょう》たる離別詩の象徴的な光景を現出しているのである。

劉長卿の愛用した詩語としては、他に、晩・帰・千里・憐・独・惆悵・白雲・青青・蒼蒼・寒・落日・夕陽などがあげられるが、いずれも、人々のあまり用いない特異な詩語ではなく、むしろふつうの詩語である。劉長卿には、詩表現の典型化への熱心さと表裏一体をなす形で、その時代が共有する詩語の集約的、上ずみ的部分を他詩人よりも敏感に選択し、自己の詩語として練磨する、一種の通俗性・流行性への志向とでもいうべき感覚もあったように思われる。

こうした劉長卿の詩語感覚、表現態度は、詩表現の一回性に対して、飽くなき追求をみせた杜甫を詩史上の先駆として、中晩唐期に普遍的に見られる孟郊や賈島らいわゆる「苦吟派」の詩人群と対比した時、盛唐と中唐のはざまにあって、逆説的な独自性をみせているといえよう（参照：高橋良行「劉長卿詩の表現をめぐって—評価史的側面から」〔『中国文学研究』第八期、早大中国文学会、一九八二年〕）。

（高橋　良行）

盧《ろ》綸《りん》

0塞下曲
1林暗草驚風
2將軍夜引弓
3平明尋白羽
4沒在石稜中

塞下曲《さいかきょく》
林《はやし》 暗《くら》くして 草《くさ》 風《かぜ》に驚《おどろ》く
将軍《しゃうぐん》 夜《よる》 弓《ゆみ》を引《ひ》く
平明《へいめい》 白羽《はくう》を尋《たづ》ぬれば
没《ぼっ》して石稜《せきりょう》の中《うち》に在《あ》り

テキスト
『全』二七八-5-3153 ◆『百』楽府 ◆唐、令狐楚『御覧詩』（唐人選唐詩十種、上海古籍出版社、一九七八年）◆北宋、郭茂倩『楽府詩集』九三 ◆明、趙宦光・黄習遠『万首唐人絶句』四 ◆『盧綸集』六（明、銅活字本『唐五十家詩集』八）◆『唐盧綸詩集』下（『和刻本漢詩集成 唐詩』八）◆明、高棅『唐詩品彙』四一 ◆清、沈徳潜『唐詩別裁集』一九 ◆劉初棠校注『盧綸詩集校注』三

校語
0**塞下曲** 『全』『万首唐人絶句』『和刻本』『品彙』『盧綸詩集校注』には「和張僕射塞下曲」に作る。
4**稜** 『百』『万首唐人絶句』に「棱」に作る。「棱」と「稜」と同意。

詩型・韻字
五言絶句。風《ふう》・弓《きゅう》・中《ちゅう》（上平声東韻（東韻））。

語釈
0**塞下曲** 唐代になって作られた新しい楽府題。塞下は「塞《とりで》の下《ほとり》」の意。『楽府詩集』には新楽府辞・楽府雑題として収める。同書の編者・郭茂倩は、新楽府を、
① 唐代の新歌である（「……楽府・……歌・……行・……曲」などの歌辞的な詩題をもつものと、普通の詩題をもつが、歌謡的なリズムや措辞によって歌辞的な性格を帯びるもの）。
② 楽府的な詩章をもつ（比興諷諌の要素をもつ）。
③ 楽器伴奏を伴わない。
と定義した。こうした定義に基づき、「新楽府」に分類された作品のうち、「塞上曲」「塞下曲」「公子行」「老将行」「邯鄲宮入怨」などの諸篇は、定義どおり、「伴奏を伴わない」「唐代の新歌」である。しかし、詩題や発想・手法が擬古的なものであるため、機能的には擬古楽府と共通の性格になっており、いわば「広義の新楽府」と称すべきもので、新楽府としての独自性はきわめて乏しい（松浦友久「楽府・新楽府・歌行論」（同『中国詩歌原論』所収、大修館書店、一九八六年）参照）。
「塞下曲」は、「出塞」「入塞」と共に辺塞・辺境に赴いた将兵の愁苦や、家にあって夫の帰りを待つ妻の怨みをうたうものが多い。本詩は、「塞下曲」と題された六首連作の第二首。この連作は、右に述べた塞下曲の概ねの傾向とは異なり、勇壮の気に満ちた作品となっている。
〔校語〕の項に示したように、『全』などでは、詩題を「和ス二

張僕射《ぼくや》塞下曲《ニ》」に作る。これが本来の詩題とすれば、この連作は、張僕射の作った塞下曲に唱和して作られたことになる。僕射とは官名。秦に始まる官で、元来は射を善くする者を充てたところから、この名があるが、やがて天子を補佐する職となった。唐代には、尚書省に左右の僕射が置かれ（各一名、従二品）、名目上は次官であったが、長官の尚書令（一名、正二品）が、唐初の武徳年間に、後に太宗となった秦王・李世民が任ぜられて以来、空席となったために、実質上は尚書省の長官であった。中書省の長官の中書令（二名、正三品）、門下省の長官である侍中（二名、正三品）と共に宰相の任にあたったが、後には、中書令と門下侍中のみが、真の宰相と見なされるに至った。

この張僕射が誰であるかについては、A張建封、B張延賞の二説がある。A説の張建封が検校（令外の官である寄禄官）右僕射となったのは貞元一二年（七九六）、B説の張延賞が左僕射となったのは貞元元年（七八五）のことである。従って、本詩の制作時期も、A・Bいずれの説を採るかによって異なってくる。後に〔諸説の異同〕の項で述べるように、A・B両説には、いずれも若干の問題点が存するが、これらを覆して新たな説を立てるのにも決定的な資料がない。そこで、現時点では、多少の問題点は認めつつも、A・Bいずれかを採るのが穏当と思われる。ここではA説を採ることとしたい。詳しくは〔諸説の異同〕の項参照。

盧綸は、その晩年の貞元年間、おおむね河《か》中《ちゅう》絳州《こうしゅう》節度使・河中尹《いん》の渾瑊《こんかん》の幕僚として蒲州《ほしゅう》（山西省永済《えいさい》県）にあった。やがて、太府卿であった舅《おじ》の韋渠牟《いきょぼう》の推挙により、徳宗に召されて長安に上ったのは、早くとも貞元一四年の秋とされる（植木久行「唐代作家新疑年録(7)」弘前大学人文学部『文経論叢』第二九巻第三号、一九九四年）。前述A・B両説の、いずれを採っても、本作品の制作時期は、作者が渾瑊の幕僚として在任中のこととなる。

1**林暗草驚風**　「草驚風」は、草が（塞外の激しい）風にざわめく。この「風」を次句と関連づけて、A＝将軍の放った強弓の矢が起こした、B＝将軍が獲物を追って馬を疾駆させて起こした、とする説がある（A説は、清、章燮《しょうしょう》『唐詩三百首注疏』、鈴木虎雄『中国戦乱詩』〔筑摩書房、一九八五年初版第二刷〕など、B説は、張碧波ほか『新編唐詩三百首訳釈』〔黒竜江人民出版社、一九八四年〕など）が、ここでは採らない。

本句については、A＝虎などの野獣が潜んでいることを暗示する、B＝単に風の吹いていることを示す、C＝何か起ころうとする不気味さを示す、という三説がある。ここでは、C説を採る。詳しくは、〔諸説の異同〕の項参照。

2**将軍**　〔備考〕の項で述べるように、本詩は、前漢の将軍・李広（？—前一一九）の故事をふまえる。李広は隴西・成紀（甘粛省秦安県）の人。家は代々射法を善くしたが、とりわけ彼は弓の名手として名を知られた。匈奴の討伐で勇名を馳せ、匈奴は「漢飛将軍」と呼んで彼を恐れたという（『史記』一〇九「李将軍列伝」）。なお、「漢飛将軍」については、『正編』八九頁の語釈の項に詳しい。

ちなみに、本詩にいう「将軍」も、李広その人を指すとする説がある(姚奠中《ようてんちゅう》『唐宋絶句選注析』〔山西人民出版社、一九八〇年〕、程千帆ほか『古詩今選』〔上海古籍出版社、一九八三年〕、『新漢文　史記の世界　指導と研究』〔清水書院、一九八九年版〕など)。

一方、将軍とは、李広の故事をふまえつつも、直接的には、A=盧綸が幕僚として仕えていた渾瑊を示す、B=張僕射を指す、という二説がある(A説を採るもの:中国社会科学院古典文学研究所『唐詩選』上〔人民文学出版社、一九七八年〕、陳友琴「略談盧綸的《塞下曲》和《擒虎曲》」〔同『長短集』所収、浙江人民出版社、一九八八年〕など。B説を採るもの:傅《ふ》璇琮《せんそう》「盧綸考」〔同『唐代詩人叢考』所収、中華書局、一九八〇年〕など)。

本詩にいう「将軍」が、まず李広を念頭に置いていることは間違いない。しかし、本詩を含む六首の連作が、辺塞・辺境に赴いた将兵の勇壮な有様を浪漫的に歌う傾向が強いことを考慮に入れれば、李広に象徴されるような一人の将軍を想起すればよく、一人物だけに限定しなくともよいであろう。

3**平明**　夜明け。あかつき。吉川幸次郎「王昌齢詩」にいう、「平明」とは薄明はすでに宇宙をひたしそめながらも、太陽はまだ東にのぼらぬ時間をいう。……太陽がその出現に先だって、まずその光のみを地表に及ぼし、新たな蘇生を約束する三四十分間」であり、「鶏鳴」の後、「日出」の前を意味する「平旦」と同義語である、と(『吉川幸次郎全集』第一一巻所収、筑摩書房、一九七四年)。

白羽　白い羽の矢。しらはの矢。

4**石稜**　岩石のかど。岩かど。ここでは、岩のすき間、裂け目を指すとする説(金性尭『唐詩三百首新注』〔上海古籍出版社、一九八〇年〕など)や、二つの岩などの間の狭いすき間の中とする説(陶琴雁『唐詩三百首詳注』〔江西人民出版社、一九八〇年〕など)もある。

ちなみに、この第3、4句の故事の類話として、『韓詩外伝』巻六には次のように見える。

昔者《むかし》、楚ノ熊渠子《ゆうきよし》ハ夜行シ、見テ二寝石ヲ一(横たわっている石)、以テ為シ二伏虎ト一、彎《ひき》テレ弓ヲ而射レバレ之ヲ、没シテレ金ヲ(矢の先端)飲マシムレ羽ヲ。下視シテ知ル二其ノ爲《た》ルヲレ石。

通釈

塞下の曲

夜の林は暗く、草が折からの風に吹かれて乱れ騒いでいる。(草かげに獲物らしき姿を見つけた)我らの将軍は、闇夜の中で弓を引き絞った。夜明けになってから、昨夜放った白羽の矢の行方を探してみると、(何とその矢は)岩のかどに突きささっていた。

諸説の異同

異同の所在　I

張僕射とは誰を指すか

異同の類別

A　張建封を指す。

B　張延賞を指す。

A説を採るもの:傅璇琮「盧綸考」、陳昌渠《しょうきょ》ほか『唐詩三百首注釈』(四川人民出版社、一九八一年)、林家英ほか『中国古典詩歌選注』二(甘粛人民出版社、一九八五年)、焦文彬《しょうぶんひん》ほか『大暦十才子

詩選』（陝西人民出版社、一九八八年）、卞孝萱《べんこうけん》ほか「盧綸」（呂慧《りょけい》鵑《けん》ほか『中国歴代著名文学家評伝』続編一（山東教育出版社、一九八八年）所収）、周勛初《くんしょ》『唐詩大辞典』（〔蔣《しょう》寅《いん》執筆〕江蘇古籍出版社、一九九〇年）、陶敏『全唐詩人名考証』（陝西教育出版社、一九九六年）など。

B説を採るもの：高木正一『唐詩選』上（中国古典選一五、朝日新聞社、一九六六年）、中国社会科学院文学研究所『唐詩選』下、武漢大学中文系古典文学研究室『新選唐詩三百首』（人民文学出版社、一九八〇年）、韓景陽『唐詩百首注析』（内蒙古人民出版社、一九八二年）、陳友琴「略談盧綸《塞下曲》和《擒虎歌》」、王啓興ほか『唐詩三百首新注』（湖北人民出版社、一九八四年）、黄粛秋ほか『唐人絶句集』（中華書局、一九八四年）、中島敏夫・佐藤保『唐詩選』下（〔中島敏夫執筆〕、学習研究社、一九八六年）、向新陽ほか『征戦詩選』（中州古籍出版社、一九八八年）、劉初棠『盧綸詩集校注』など。

異同の論拠

A説（張建封を指すとする説）

(1)『旧唐書』一四〇の「張建封伝」に、貞元四年（七八八）、徐州刺史となり、御史大夫、徐・泗・濠節度使を兼ねた。同一二年、検校右僕射を加えられた。同一三年冬、京師（長安）で徳宗に拝謁したという記事がある。

(2)建封は、同一六年に没している。

(3)盧綸が詩題に「張僕射」としていることから、この作品は当然、貞元一二年に建封が右僕射になって後のものである。

(4)最も作られた可能性が高いのは、建封が一三年に入朝してから、翌一四年に任地へ戻るまでの時期であろう。

(5)張建封には、今日、詩二首すなわち、「競《きそフ》二渡河ヲ一」「酬《むくユ》二韓校書愈ノ打毬歌ニ一」（『全』二七五）が伝えられている（ちなみに、孫望『全唐詩補逸』には、唐、李肇『唐国史補』巻上から、さらに張建封の作として「朝天行（徐州朝天行）」の二句を引いて収録する（陳尚君『全唐詩補編』上所収、中華書局、一九九二年―増子））。

(6)中国古典文学研究所『唐詩選』では、張僕射とは張延賞を指すとし、その左僕射任官の年を貞元三年（七八七）とする。そして、本詩の制作時期もその頃と推定している。

(7)しかし、『旧唐書』（一二）「徳宗紀」（上）や、（『新・旧唐書』の）「張延賞伝」および『資治通鑑』二三二には、張延賞は貞元元年八月に左僕射となり、三年の七月に没したとある。

(8)従って、中国古典文学研究所『唐詩選』の記載は誤りであり、同書の制作時期に関する推定も信用できない。

(9)さらに、張延賞には文才がなかったことも重要な証拠となろう。

結論：張僕射とは、張建封を指す。

（以上、傅璇琮「盧綸考」）

B説（張延賞を指すとする説）

(1)（傅璇琮の）「盧綸考」では、張僕射とは張建封を指すとする。

(2)しかし、（「和ス二張僕射ノ塞下曲ニ一　其ノ四」）に、「亭亭トシテ七葉貴シ」とあり、これは、延賞の父である嘉貞が玄宗の、延賞が徳宗の、そしてその子の弘靖が憲宗のそれぞれ宰相となり、時に「三相張氏」と称せられたこと（『旧唐書』一二九「張延賞伝」、『新唐書』

七二「宰相世系表」下)、および、『唐国史補』(中)に、「祖孫三代為《なルハ》レ相《ト》、唯《たダノ》此一家《ノミ》」と称せられたのと内容的に一致する。

(3)　一方、張建封の父の張玠は、一介の白衣(布衣と同じ。無位無官)にすぎず、「亭亭《トシテ》七葉貴《シ》」という詩の内容と合わない。

(4)　『資治通鑑』二三二には、①張延賞が左僕射となったのは、貞元元年(七八五)八月以後である、②翌貞元二年秋、唐軍は吐《と》蕃《ばん》(チベット)と戦い、これに勝った、③貞元三年七月、張延賞は没している、とある。

(5)　(「塞下曲」の連作中には)秋の情景が描かれているところから、これらの詩は、貞元二年の秋に作られたのであろう。

結論:張僕射とは張延賞を指す。

(以上、劉初棠『盧綸詩集校注』)

〔語釈〕の項でも触れたように、右のA、B両説には、それぞれ問題点がある。

まずA説について。

(Ⅰ)　〔異同の論拠〕(4)で傅璇琮は、貞元一四年の春、盧綸がすでに都にいたごとく考えているが、盧綸が都に出たと推定されるのは、早くとも同年の秋である(植木久行「唐代作家新疑年録」(7)。従って、在京中での直接唱和を想定する説には問題がある。

(Ⅱ)　〔異同の論拠〕(9)で、張延賞には文才がなかったとする点。確かに、張延賞は詩文を残さず、かつまたその詩文の才能を示す逸話等も伝わってはいない。しかし、それが直ちに詩文を作らなかった——ないしは作れなかった——証拠とはなり難い。

次にB説について。

〔異同の論拠〕(2)で、劉初棠は、張延賞の一族が三代宰相を出し、それを盧綸が「亭亭《トシテ》七葉貴《シ》」とうたったとした。しかし、延賞の子の弘靖が宰相となったのは、憲宗(在位八〇五—八一九)の時であり、盧綸没後のことである。従って、盧綸が在世中の段階では、父親の嘉貞と延賞本人の二人が宰相になったにすぎず、「亭亭《トシテ》七葉貴《シ》」としたのは、若干誇張のし過ぎではないかと考えられる。

以上のように、A・B両説は、いずれも確証を欠く。いいかえれば、詩題にいう「張僕射」が、この二説以外の人物である可能性も否定できない(厳耕望『唐僕尚丞郎表』によれば、左右僕射になった人物を確定できない空欄がある)。

だが、

(Ⅰ)　貞元年間、ほぼ毎年のように異民族の侵寇に悩まされていたこと(詳しくは、〔備考〕の項参照)。

(Ⅱ)　「塞下曲」の六首の連作が、塞外の風物を——浪漫的傾向が多少強くはあっても——詠じていること。

(Ⅲ)　A・Bに替わりうる「張僕射」の存在が確定できないこと。

などを考慮すれば、A・Bいずれかと考えるのが現時点では穏当であり、その制作時期も、作者晩年の貞元年間、節度使渾瑊の幕僚であった時期から、都に召されて、やがて没するまでの間である可能性が、やはり高いであろう。

異同の所在　Ⅱ

「林暗草驚風」は何を示しているか

異同の類別

A　虎などの野獣が潜んでいることを暗示する。

B　単に風の吹いている様子を示す。

C　何か起ころうとする不気味さを示す。

A説を採るもの：中華書局編『新編唐詩三百首』（同書局、一九五八年）、邱燮友《きゅうしょうゆう》『新訳唐詩三百首』（三民書局、一九七四年）、中国社会科学院文学研究所『唐詩選』下、劉拝山ほか『唐人絶句評注』（中華書局香港分局、一九八〇年）、呉熊和《ゆうわ》ほか『唐宋詩詞探勝』（浙江人民出版社、一九八一年）、陳友琴「略談盧綸《塞下曲》和《擒虎歌》」、程千帆ほか『古詩今選』下、蕭滌非《しょうできひ》ほか『唐詩鑑賞辞典』（〔周嘯天《しゅうしょうてん》執筆〕上海辞書出版社、一九八三年）、王啓興ほか『唐詩三百首新注』、林家英ほか『中国古典詩歌選注』二、富《ふ》壽孫《じゅそん》『千首唐人絶句』上（上海古籍出版社、一九八五年）、焦文彬ほか『大暦十才子詩選』、林庚《りんこう》ほか『学生古今詩詞鑑賞辞典』（福建人民出版社、一九八九年）、王洪『古代詩歌精萃鑑賞辞典』（北京燕山出版社）、潘百斉《はんひゃくせい》ほか『全唐詩精華分類鑑賞集成』（河南大学出版社、一九九〇年）、など。

B説を採るもの：劉逸生『唐詩小札』（広東人民出版社、一九六一年）、目加田誠『唐詩三百首』3（東洋文庫、平凡社、一九七五年）、金性尭『唐詩三百首新注』、黎洪《れいこう》『華夏正気篇』（安徽人民出版社、一九八二年）、葛傑ほか『千家絶句』（花山文芸出版、一九八四年）、孔凡信《こうはんしん》『歴代辺塞詩賞析』（明天出版社、一九八七年）など。

C説を採るもの：『新漢文　史記の世界　指導と研究』、田部井文雄『唐詩三百首詳解』下（大修館書店、一九八〇年）など。

異同の論拠

A説（虎などの野獣が潜んでいることを暗示するとする説）

(1)　古来、「雲は竜に従い、風は虎に従う」（『周易』―「乾」卦の文言伝）と言われている。

(2)　ここでは、「草驚風」ということばに託して、猛虎が林を飛び出して来る勢いと雰囲気とを出している。

結論：この句は、虎などの猛獣が潜んでいることを暗示する。

（以上、王啓興ほか『唐詩三百首新注』）

(1)　首句は場所と時間とを明示している。すなわち、①林のあたり、②暗い夜、③風が吹き草が動くという語がそれである。

(2)　深山や密林は、元来猛虎が姿を現す所である。

(3)　それに加えて、夜も更け、光線も薄暗く、耳にはただ風が草木を吹くのが聞こえてくるだけである。

(4)　草木が揺れる所に、ぼんやりと、まるで猛虎のような黒い影が見える。

(5)　こうした情景を見て、「驚」かぬものがあろうか。そこで詩人は、「驚」という文字を用いたのである。

結論：この句は、虎などの猛獣が潜んでいることを暗示する

（以上、王洪『古代詩歌精萃鑑賞辞典』）

B説（単に風の吹いていることを示すとする説）

(1)　『唐詩三百首注疏』には、将軍の強弓によって、矢がうなりを生じて飛び、その勢いで草がなびき伏すことという（〔語釈〕の項参照）。

(2)　必ずしもそう解しなくとも、ただ風さわぐ夜と解して良いと思う。

結論：この句は単に風が吹いている様子を示す。

（以上、目加田誠『唐詩三百首』）

C説（何か起ころうとする不気味さを示すとする説）

(1) うっそうと茂る木立ちが、夜の闇の中に黒くうずくまっている。

(2) 折しも夜風に吹かれる草が、何かに驚いたように乱れ騒ぎ、葉ずれの音が鳴りわたる。もののけでも出そうな不気味な夜の情景である。

(3) これは第2句以下で、李将軍が、石を虎と誤認し、はからずも神技を見せる伏線として、巧妙な雰囲気づくりである。

(4) この句の「風」を、矢が飛ぶ勢いのために起こる風と解する説もある。

(5) その場合、1・2句が倒置ということになる。

(6) しかし、この解釈はやや主知的で、首句の妙味が半減してしまうように思われる。

結論：この句は、何か起ころうとする不気味さを示す。

（以上、『新漢文　史記の世界　指導と研究』）

備考

李広の故事と本詩の時間表現

〔語釈〕の項で触れたように、本詩は前漢の武帝時代の将軍、李広の次のような故事をふまえる。

（李）廣出ヅレ獵ニ。見テ二草中ノ石ヲ一、以爲テシテレ虎ト而射ルレ之ヲ、中《あた》リテレ石ニ没スレ鏃《やじり》ヲ（「鏃」は一に「羽」に作る。南朝・宋の裴駰『史記集解』参照）。視レバレ之ヲ石也。因リテ復タ更ニ射ルモレ之ヲ、終《つひ》ニ不レ能《あた》ハ二復タ入ルコト一レ石ニ矣（『史記』一〇九「李将軍列伝」）。

右の引用にも明らかなように、『史記』の本文では、この出来事の起こった時間について言及していない。言い換えれば、盧綸がうたうように、夜中に弓を射かけ、翌朝になって、矢が石に突き刺さっているのを発見した、とは述べていないのである。従って、本詩の時間設定は、作者独自のものということとなる。こうした設定をしたのは、矢が石に突き刺さるという神秘的出来事、またそれを可能にした李広の超現実的力量を強調するためのものとも言う（『新漢文　史記の世界　指導と研究』）。この説ではさらに、

(1) 中国では伝統的に昼は日常の、人間優先の時間帯、夜は非日常の、鬼神の跳梁する時間帯と考えられており、李広の超人的力量を示すには夜がふさわしいと作者が考えたのであろう。

(2) 第三句で、虎が実は石であったと判明する時点を、日常の時間帯の始まる翌朝に設定したことは、『史記』本文に、深層が判明した後では、李広自身、何度試みても、矢を突きたてられなかったという、話のなりゆきと巧みに呼応する。

とする。しかしながら、この説話の主眼は、右に説くような「李広の超人性」の強調にはなく、「人間の行為における主観的信念（虎だと思いこむ）の力の大きさ」の強調にあると見るべきであろう。従って、その主観的信念が崩れて石だと分かると、さしもの弓の名人、李広の力をもってしても、石に矢を突きたてられないこととなる。作者が場面を「夜」と「昼」に対比させたのは、「夜」は主観が成り立ちやすく、一方、「昼」はそれが成り立ち難いという見地からの設定、と見ることができよう。

なお、〔諸説の異同〕の項、異同の所在Ⅰにおいて、劉初棠が少しく触れていたが、盧綸が「漢飛将」として匈奴に恐れられていた李広の故事をふまえた詩を作ったのは、回紇《ウイグル》や吐蕃《チベット》といった異民族の侵寇に悩まされていた当時の唐の国情を反映しているという指摘

も付記しておきたい（陳友琴「略談盧綸的《塞下曲》和《擒虎曲》」、卞孝萱ほか「盧綸」など）。

〔諸説の異同〕の項で見たように、本詩の制作時期については、①貞元元年（から三年までの間。劉初棠は二年の秋までとする）、②貞元一二年（から一三年までの間）、という二説があった。両説にはそれぞれ問題点があることは既に見て来た通りであるが、共にその制作時期を、作者の晩年にあたる貞元年間としている点は、等閑にしてはならないと思う。試みに、『資治通鑑』の貞元年間の項（巻二三〇―二三六）を見ると、吐蕃の侵寇を伝える記事がほぼ毎年のように見出されるからである。こうした情況下で、節度使・渾瑊の幕僚であった作者が、相次ぐ異民族の侵寇に対して、ある種の感慨を催さなかったとは考え難い。やはり、こうした情況を打開してくれる李広のような英雄の登場を切望する気持ちが、作詩の背景にあったと考えるべきであろう。

（増子　和男）

0長安春望　　長安《ちやうあん》の春望《しゆんばう》

1東風吹雨過青山　　東風《とうふう》　雨《あめ》を吹《ふ》いて青山《せいざん》を過《す》ぐ

2却望千門草色閑　　却《かへ》つて千門《せんもん》を望《のぞ》めば　草色《さうしよく》　閑《かん》なり

3家在夢中何日到　　家《いへ》は夢中《むちゆう》に在《あ》つて　何《いづ》れの日《ひ》にか到《いた》らん

4春來江上幾人還　　春《はる》は江上《かうじやう》に来《きた》りて　幾人《いくにん》か還《かへ》る

5川原繚繞浮雲外　　川原《せんげん》　繚繞《れうぜう》たり　浮雲《ふうん》の外《そと》

6宮闕參差落照閒　　宮闕《きゆうけつ》　参差《しんし》たり　落照《らくせう》の間《かん》

7誰念爲儒逢世難　　誰《たれ》か念《おも》はん　儒《じゆ》と為《な》りて世難《せいなん》に逢《あ》ひ

8獨將衰鬢客秦關　　独《ひと》り衰鬢《すいびん》を将《も》つて　秦関《しんくわん》に客《かく》たらんとは

テキスト　『全』二七九-5-3173　◆『選』五　◆唐、令狐楚『御《ぎょ》覧《らん》詩』（唐人選唐詩十種）　◆唐、韋荘『又玄集《ゆうげん》』上（唐人選唐詩十種）　◆北宋、王安石『王荊公唐百家詩選』八（南宋初期刻本、古逸叢書三編之二三）　◆南宋、計有功『唐詩紀事』三〇　◆元、方回『瀛奎律髄《えいけいりつずい》』二九、旅況類（明版）　◆『盧綸集』五（明、銅活字本『五十家唐詩』八）　◆『唐盧綸集』下（明、劉成徳編、国鳳〔碧梧〕点。『和刻本漢詩集成　唐詩』八）　◆明、高棅《こうへい》『唐詩品彙』八六　◆清、沈徳潜『唐詩別裁集』一四　◆劉初棠《りゅうしょとう》校注『盧綸詩集校注』四

校語

2**却**　『全』『選』は「卻」に作るが、ここでは『御覧詩』ほかに従う。「卻」は「却」の本字。

草　『全』に、一に「柳」に作る。

閑　『全』『又玄集』『明銅活字本』『唐詩別裁集』に「閒」に作る。『唐百家詩選』『瀛奎律髄』に「間」に作る。「閒」「間」は、ここでは「閑」と同意。しばらく『選』ほかに従う。

4**春來**　『全』『明銅活字本』『盧綸詩集校注』に「春生」に作り、

『唐詩紀事』に「春帰」に作るが、『選』ほかに従う。

6 闕　『瀛奎律髄』に「闋」に作る。「闋」と同じ。

閒　『唐百家詩選』『瀛奎律髄』に「間」に作る。「閒」の俗字である。

7 逢世難　『又玄集』『唐詩紀事』に「多失意」に作る。

8 鬢　『瀛奎律髄』に「鬂」に作る。「鬢」の俗字である。

詩型・韻字

七言律詩。*山《さん》・*閑《かん》・還《くわん》・*閒《かん》・闗《くわん》（上平声删韻〈删山韻*〉）。

語　釈

0 **長安春望**　長安の春のながめ。「長安二月多《シ》二香塵一、六街馬車声轔《りん》轔《りん》」（韋荘「長安春《ノ》」、『全』七〇〇）に代表されるように、長安の春景色を詠じた作品は、他の季節に比べて数多い。試みに、『全』に「長安春――」の詩題を持つ作品を数えただけでも、二三首に及ぶ（夏〇、秋八、冬三）。長安の春景色のすばらしさについての我が国での著作としては、石田幹之助『長安の春』（東洋文庫九一、平凡社、一九六七年）や、近年のものでは松浦友久・植木久行『長安・洛陽物語』（中国の都城②、集英社、一九八七年）が詳しい。

本詩は、単に長安の春景色をうたったものではなく、それを眺めながら、作者自身の望郷の情や不遇感を詠じたものである。その制作時期は明らかではないが、A＝粛《しゆく》宗《そう》の至徳年間（七五六―七五七）に作られた、B＝長安が吐蕃に侵略された時（代宗の広徳元年〈七六三〉）に作られた、C＝安史の乱後、作者が長安に出て科挙に落第し続けた頃（代宗の大暦初年〈七六六―〉）に作られた、D＝朱泚《しゆせい》の乱の時（徳宗の建中四年―興元元年〈七八三―七八四〉）に作られた、E＝いずれとも決しかねるが、作者が都にいて身動きのとれぬ時に作られた、という五説がある。ここではD説を採りたい。詳しくは〔諸説の異同〕の項参照。

1 **東風吹雨**　五行思想では、東方は春に配されている（南方は夏、西方は秋、北方は冬）。春風。また谷風《こくふう》とも言う。丁放は、（金聖嘆の説を踏まえて）盧綸の出身地が、長安東方の河中の蒲《ほ》（今日の山西省永済《えいさい》市）であることから、作者が自らの故郷である東から吹き寄せる風により、望郷の念を催したとする（周嘯《しよう》天《てん》主編『唐詩鑑賞辞典補篇』四川文芸出版社、一九九〇年）。また、この句は、東晋、陶淵明の「読《ム》二山海経《ヲ》一詩」（『文選』三〇）に、「微雨従《リ》レ東来《タリ》、好風与《ともニス》レ之倶」とあるのを踏まえているとも言う（『盧綸詩集校注』）。ちなみに、戸崎允明『箋註唐詩選』（漢文大系、冨山房、一九七八年第三刷）は、第1句に「春雨忽ち晴る」と注する。

2 **却望**　却（卻）は、「ふりかえる」「かえりみる」といった動詞的用法。「しりぞく」という本義から引伸したもので、却顧・却憶・却話などの「却」と同じ例である（張相『詩詞曲語辞匯釈』）。望は、意識的・意図的に、遠い対象物をながめること。「ふりかえってながめる」。なお、「却」のこうした用法については、松浦友久「却話巴山夜雨時―詩語とその条件」（同『詩語の諸相―唐詩ノート（増訂版）』〈研文出版、一九九五年〉所収）参照。

千門　千は数多いことを示す語。「数多くの門」。具体的には、①数多くの宮城の門、②数多くの家々の門、という二つの意味がある。①の用例としては、『史記』一二「孝武本紀」に、「於《テ》是作《リ》建章宮《ヲ》、度《さだメテ》為《ス》千門万戸《ト》」とある。『資治通鑑』一四五、文宗・開成元年（八三六）の条の胡三省注には、この言葉から、「後世遂謂《ヒテ》宮門《ヲ》為《ス》千門《ト》」と指摘する。②の用例として、唐、姚合「晦日送窮詩」三首其一（『全』四九八）に、「万戸千門看《ヲ》、無《シ》人不《ルハ》送《ラ》窮《ヲ》」とある。

本詩を解釈する上で、①②のいずれによっても解釈は成立するようであり、また両意を含めた都全体を指すとも考えられるが、ここでは①を採る。その理由としては、

(1)本詩の「千門」の典故として、「孝武本紀」の、①に引いた一節を指摘するものが多いこと（ただし、『盧綸詩集校注』に、典故として『漢書』六「武帝紀」を挙げるのは明らかに誤まりである。当該箇所にそうした記述はない。これと同じ記述を『漢書』中に求めるのであれば、二五「郊祀志」下とすべきである）。

(2)「孝武本紀」を明らかに典故とする詩文が多く存し、これが漢代以来の主要なイメージを構成すると考えられること。例えば、後漢、班固「西都賦」（『文選』一）に、建章宮の様子を「張《はリテ》千門《ヲ》而立《ツ》万戸《ヲ》」（張は設ける意。片とびらが戸、左右にとびらがあるのが門）とし、同じく王逸「魯霊光殿賦」（『文選』一一）に、「千門相以《テ》、万戸如《シ》一《ノ》」とする。唐詩では、杜甫「哀江頭」（『正編』二六八頁）に、「江頭宮殿鎖《とザシ》千門《ヲ》、細柳新蒲《しんぽ》為《ために》誰《ガ》緑《カナル》」とし、王維「聴《ク》百舌鳥《ヲ》（鳥の名。モズ）」（『王右丞集』六）に、「万戸千門応《まさニ》覚《ベシ》暁《さとルあかつきヲ》、建章何必《ゾ》聴《カン》鶏鳴《ヲ》」とする例などがある。

が挙げられる。また、『盧綸詩集校注』に、漢代の建章宮の「千門万戸」を借りて、唐のことをのべたとする指摘も参考となろう。「漢皇重《ンジテ》色《ヲ》思《フ》傾国《ヲ》」（白居易「長恨歌」）という有名な例にも明らかなように、唐人は、自らの国をしばしば漢代になぞらえていた。

草色閑　閑は、のどか。前漢、賈誼《かぎ》「鵩鳥《ふくちょうノ》賦」（『文選』一三）に、「貌《ふるまひハ》甚《ダ》閑暇《ナリ》」とあり、李善注に「閑暇、不《トハ》驚恐《セ》」とする。

この閑という語には、「むだに」「等閑《なおざり》に」という意味もあることから、「いたずらに」「むなしく」とする解釈もある。たとえば、服部南郭『唐詩選国字解』（早稲田大学出版部、一九一〇年）は、「禁裡のうちをのぞめば、草なども乱のことゆへ、ただいたづらにはえて、誰れみるものもなく、一向《いっこう》のあれ地のやうになつている」と解釈する。しかし、ここでは、自然の悠久性、反復性の描写としてとらえ、「のどかで、のびやかな」自然のたたずまいが、人事や人生の瞬間性・一回性を浮き彫りにすることをいう。こうした感慨は、「国破《レテ》山河在《リ》、城春《ニシテ》草木深《シ》」（「春望」）と詠じた杜甫のそれと通じるものがあろう。

一方、明末清初の文芸批評家、金聖嘆（名は喟《き》。一六一〇―一六六一）は、「役にも立たず」の方向で捉え、「閑字《ノ》罵《ハののしリテ》草《ヲ》妙《ナリ》。如《ごとシ》云《フガ》無《キ》謂《ハレ》也（無意味だ）、扯《かたルたんヲ》淡《ト》也（くだらない）」と評する（『金聖嘆選批唐詩』四上〔浙江古籍出版社、一九八五年〕）。

3 **家在夢中何日到**　この一句は、南朝・陳、蘇子卿「南征詩」の「故郷夢中近《ハ》《ク》、辺愁酒上寛《ハ》《シ》」（『芸文類聚』五九「戦伐」）を踏ま

えるともいう（『盧綸詩集校注』）。

4**江上**　「江」は多くの場合、長江（揚子江）とその支流を指すが、ここでは「川の総称」とする。作者が、安史の乱を避けて住んだ鄱陽《はよう》（江西省鄱陽県）付近を流れる長江あるいはその支流を指すという説もある（斎藤茂『唐詩選』中〔『中国の古典』二八、学習研究社、一九八四年〕）。

幾人還　疑問・反語形による強い詠嘆をあらわす。「幾人が（望みをかなえて）故郷へ帰ったであろうか（いや、ほとんどの人が帰ることができずにいるだろう）」。王翰《おうかん》「涼州詞」に、「古来征戦幾人回《カル》」とある（『正編』〔水谷誠執筆〕七三頁参照）。明、李攀竜《りはんりょう》選・明、袁宏道《えんこうどう》校と称する『唐詩訓解』一に、「正《ニ》以《テナリ》二兵戈《へいか》阻截《そせつスルヲ》一」と理由を説明する（万暦四六年〔一六一八〕居仁堂余献可梓。服部南郭校訂）。

5**川原繚繞浮雲外**　「川原」は、川をはさんで広がる平原。具体的には、「川」とは渭水、「原」とは咸陽原を指すという説もある（『盧綸詩集校注』）が、やや分析しすぎであろう。ちなみに、張相『詩詞曲語辞匯釈』六「川」の条には、「川は陸地なり」といい、「川原は聯《つら》ねて用ひ、川は即ち原なり」と説明する。「繚繞（liàorào）」とは、うねうねと長く続く様子。畳韻の形容語。「浮雲外」とは、浮雲のかなた。外は「ほか」とも読む。関中平原が遥かかなたまで続く様子をこう述べたのである。

6**宮闕参差**　宮闕とは宮城の門。宮城そのものをも言う。闕だけでも宮城の門を言う。「参差（cēncī）」とは、高低・長短がふぞろいな様子。『詩経』周南「関雎《かんしょ》」に「参差《タル》荇菜《こうさいハ》、左右流《ニもとム》レ之《ヲ》」とある。双声の形容語。

この表現は、六朝・斉の謝朓《しゃちょう》「晩《ひぐれニ》登《リ》二三山《ニ》一、還一レ望《ス》京邑《けいゆうヲ》二」詩（『文選』二七）に、「白日麗《てらシ》二飛甍《ひぼうヲ》一、参差《トシテ》皆可《シ》レ見《ル》」とあるのに基づくとも言う（『盧綸詩集校注』）。

落照　落ちゆく光。夕日。落日、落暉、落影、晩照に同じ。第5句の「浮雲」と、この「落照」を、乱後の荒廃して国運の傾くさまや、ものさびしいありさまを描写したものとする説がある（『唐詩訓解』、服部南郭『唐詩選国字解』、宇野成之『唐詩選解』中〔嵩山房、天明四年〈一七八四〉〕、千葉玄之『唐詩選講釈』五〔嵩山房、文化一〇年〈一八一三〉〕など）。

7**誰念**　誰は反語。念は、『説文解字』一〇下に「常《ニ》思《フ》也」とあるように、心に常にとめておく、自覚的に思い続けているといった意味合いを持つ。「誰がいったい思っていたであろうか（いや、思いもよらない）」。

為儒　「儒」は儒者。儒教をもって国の教えとした中国にあっては、儒は知識人・読書人と同義語と言ってよい。「知識人となる」。儒者たることは〝文〟に生きることであり、文に生きてしかも世の混乱を救う責任を負うことである（松浦友久『中国詩選(3)　唐詩』社会思想社、一九七二年）。釈大典（竺顕常）『唐詩解頤《かいい》』五（平安書林、安永五年〔一七七六〕刊）に、「文《ハ》無《シ》レ用《に》レ于時」（返り点は原文のまま）という。

逢世難　世難とは、世の中の混乱。謝霊運「擬《ス》二魏《ノ》太子《ノ》鄴中集《ノ》詩《ニ》一」八首其六、応瑒《おうとう》の条に、「一旦逢《ヒ》二世難《ニ》一、淪薄《シテ》恒《つねニ》羈旅《きりよセリ》」とある（『文選』三〇）。「世の混乱にめぐりあう」。この「世難」が具体的に何を指すかについては、A＝安史の乱後の混乱、B＝吐蕃の乱、C＝朱泚《しゅせい》の乱、の三説がある。ここではC

を採る。これを、A、B、Cいずれに採るかで、本詩の制作時期に対する考え方も異なってくる。詳しくは、〔諸説の異同〕の項参照。

8**将**　助字。「以」「用」などと同じく、手段・方法をあらわすが、俗語的な語感がある。荻生徂徠『訓訳示蒙』三、岡白駒『助字訳通』上、入矢義高監修・古賀英彦編著『禅語辞典』（思文閣出版、一九九一年）など参照。「将」は平字、「以、用」は仄字。

衰鬢　衰は、うすくなり、白くなる。鬢は耳のきわの毛。唐、賀知草「回《かへりテ》レ郷《ニ》偶《たまたま》書《ス》」詩に、「郷音《きょういん》無《ク》レ改《マル》鬢毛衰《フ》」とある（『正編』〔増子和男執筆〕一三三頁参照）。「衰えて薄くなった鬢の毛」。老年の象徴。また、「衰鬢」は衰老を言うのではなく、衰頽（精神が衰退）し感傷する様子を表現したとも言う（『唐詩鑑賞辞典補篇』）。が、やや奇矯な説である。

客秦関　「客」は、よそから来て、一時的にとどまっている人。旅人。ここでは、それを動詞化した用法。「秦関」は、もと、秦の国の関所。後にその内側の関中地方、すなわち長安地方を言う。『盧綸詩集校注』は、秦関は、長安の門戸である函谷関を指し、ここではそれを借りて長安を指すとする。「長安地方に旅人としてとどまる」。

　この三字は、〔校語〕の項に示したように、『又玄集』『唐詩紀事』では「多《シ》二失意一」に作る。それに従えば、作者自身の不遇をより明確に表白したことになる。

通釈

長安の春のながめ

東風《はるかぜ》が、さっと雨を吹き寄せながら、青い山々を通り過ぎてゆく。ふりかえって数多くの宮門のあたりを眺めやれば、（雨にあらわれた）若草の色が、のどかな様子を見せている。（なつかしい）わが家は、ただ夢の中で見るばかり。いったいいつになったら帰れるのだろうか。春は江《かわ》の上《ほとり》にまためぐって来たが、いったい幾人が（望みをかなえて）故郷へ帰れたであろうか。川辺の草原はうねうねと、遥か浮雲のかなたにまで続き、宮殿は高く低く重なりあって夕日の中で輝いている。全く思いもよらぬことであった。知識人の身でありながら、なすすべもなく世の混乱にめぐりあい、ただひとり、鬢の毛も薄くなった身で、この長安に旅住まいしようとは。

諸説の異同

異同の所在

本詩の制作時期

異同の類別

A　粛宗の至徳年間に作られた。

B　長安が吐蕃の乱に遭った時（代宗の広徳元年）に作られた。

C　安史の乱後、作者が長安に出て科挙に落第し続けた頃（代宗の大暦初年）に作られた。

D　朱泚の乱の時（徳宗の建中四年—興元《こうげん》元年）に作られた。

E　いずれとも決しかねるが、作者が都にいて身動きのとれぬ時に作られた。

A説を採るもの：周嘯天主編『唐詩鑑賞辞典補篇』（〔丁放執筆〕）。

B説を採るもの：明、李攀竜選・明、袁宏道校『唐詩訓解』一、

明、唐汝詢『唐詩解』四四（万暦四三年〔一六一五〕序刊）、戸崎允明『箋註唐詩選』、釈清潭『〔国訳〕唐詩選』（国訳漢文大成、国民文庫刊行会、一九二〇年）、川上天山『唐詩選』（詳解全訳・漢文叢書(七)、至誠堂、一九二七年）、簡野道明『唐詩選詳説』下（明治書院、一九八三年七九版）、小林信明ほか『唐詩選通解』（宝文館、一九三九年）、内田泉之助『唐詩の解説と鑑賞』（明治書院、一九五三年）など。

C説を採るもの：森泰二郎（槐南）『唐詩選評釈』下（愛善社、一八九五年）、久保天随『唐詩選新釈』四（博文館、一九〇八年）、前野直彬『唐詩選』中（岩波書店、一九七一年第一二刷）、目加田誠『唐詩選』（新釈漢文大系一九、明治書院、一九七四年一九版）、山岸徳平『唐詩評解』（有精堂出版、一九七四年二〇版）、高木正一『唐詩選』四（中国古典選〔文庫版〕二八、朝日新聞社、一九七八年）、松浦友久『中国詩選(3)唐詩』、斎藤茂ほか『唐詩選』中、焦文彬《ひん》ほか『大暦十才子詩選』（陝西人民出版社、一九八八年）など。

D説を採るもの：斎藤晌『唐詩選』下（漢詩大系(七)、集英社、一九六五年）、傅璇琮主編『唐五代文学編年史　中唐巻』（遼海出版社、一九九八年）など。

E説を採るもの：服部南郭『唐詩選国字解』、宇野成之『唐詩選解』、千葉玄之『唐詩選講釈』五、佐久節『唐詩選新釈』（弘道館、一九二九年）、田所義行『新評唐詩選（新訂版）』上（勁草書房、一九七二年第三刷）など。

異同の論拠

A説（粛宗の至徳年間に作られたとする説）

言及されていない。

B説（長安が吐蕃に侵略された時〔代宗の広徳元年〕に作られたとする説）

当時、長安は吐蕃の乱にあい、代宗は陝《せん》（州の名、今日の河南省陝県〔増子〕）に行幸し、作者は京に留まっていた。詩中「世難」の語は、これを指しているのである。

結論：この作品は、吐蕃の乱に遭った時に作られた。

（以上、内田泉之助『唐詩の解説と鑑賞』）

C説（安史の乱後、作者が長安に出て科挙に落第し続けた頃〔代宗の大暦初年〕に作られたとする説）

(1) この詩の第2、6、7句で吐蕃の乱の後、長安が甚だ荒廃した様子を述べているとする説がある。

(2) しかし、そのつもりで読まない限りは、必ずしもそう見えない。

(3) 世難というのは、作者が天宝末年に安禄山の難を避けて鄱陽に客となり、その後上京したが、策試に意を得なかったのを指す。

(4) 従ってこれを吐蕃入寇のことと限ることはできない。

結論：この作品は、安史の乱後、作者が長安へ出て科挙に落第し続けた頃に作られた。

（以上、久保天随『唐詩選新釈』）

D説（朱泚の乱の時に作られたとする説）

(1) この詩は、安史の乱後、まだ天下の騒ぎのおさまっていない大暦初年、作者が長安に出て来て科挙に落第し続けた頃の作とされる。

(2) しかし、もっと後の作であろう。

(3) 大暦初年は、作者がまだ二〇歳そこそこで、衰鬢というのはあたらない。

(4)　徳宗の建中年間、朱泚の反した時の作ではなかろうか。賊中に陥ったことをしるした詩が別にある。

結論：この詩は、朱泚の反した時に作られた。

（以上、斎藤晌『唐詩選』下）

E説（いずれとも決しかねるが、作者が都にいて身動きのとれぬ時に作られたとする説）

(1)　この詩は、いつ作られたかははっきりしない。

(2)　しかし、詩の文句から察すると、都の長安が賊に占領され、たまたま都に来ていた官僚たちまで抑留されて身動きのできなかった時のことであろう。

(3)　安禄山の欄、朱泚の乱の時、長安は賊軍によってしばらく軍政が敷かれたことがある。

(4)　そうした場合の長安を予想して、この詩は読むべきであろう。

結論：この作品は、作者が長安で身動きのとれない時に作られた。

（以上、田所義行『新評唐詩選』上）

このような諸説が生まれた主な原因は、盧綸の生年が不明確なためである。現在のところ、提出された盧綸の生年説には、①天宝七載（七四八）……聞一多「唐詩大系」（『聞一多全集』辛集、開明書店）、『唐才子伝校箋』四（同第二冊所収、中華書局、一九八九年。傅璇琮の新説。趙昌平の説を参照して、旧説②を改めたもの）、劉初棠「盧綸簡譜」（同『盧綸詩集校注』所収）、②開元二五年（七三七）か、それ以前……傅璇琮「盧綸考」（同『唐代詩人叢考』（中華書局、一九八〇年）所収、旧説）、③開元二六年（七三八）……王達津「盧綸生平系詩」（同『唐詩叢考』上海古籍出版社、一九八六年所収）、④開元二七年（七三九）……卞《べん》孝萱《こうけん》・喬《きょう》長阜《ちょうふ》「盧綸」（呂慧鵑ほか『中国歴代著明文学家評伝（続編一）』山東教育出版社、一九八九年）などがあり、ほぼ①と②③④に大きく二分類することが可能である。このうち、①と②がそれぞれ有力な論拠をもつが、従来、その是非を判定する資料を欠いていた。周勛初主編『唐詩大辞典』（江蘇古籍出版社、一九九〇年）「盧綸」（蔣寅執筆）や、周祖譔主編『中国文学家大辞典（唐五代巻）』（中華書局、一九九二年）「盧綸」（賈晋華執筆）、『中国大百科全書　中国文学Ⅰ』（中国大百科全書出版社、一九八六年）「盧綸」（傅璇琮執筆）が、それぞれ生年未詳とするのは、おそらくこうした事情を反映しよう。特に、唐代の詩人の伝記研究にすぐれた成果をあげた傅璇琮自身が、七三七年か、それ以前？（生年未詳）七三四年へと、自説を変更させた事実は、盧綸の生年を確定することの困難さを如実に表している。

ところが、近年（一九九〇年）、西安市の南部から、盧綸の弟、盧綬《じゅ》の誌石「大唐故盧府君墓誌銘」（盧綸の次子、盧簡辞が執筆）が出土し、生年説を判定する有力な手がかりを与えた。傅璇琮はただちにこの墓誌に基づいて、「盧綸家世事迹石刻新証」（董健主編『文学研究』第一輯、南京大学出版社、一九九二年）を書いて、次のごとくいう、「弟の盧綬は、元和五年（八一〇）、60歳で没したので、逆算して天宝十載（七五一）生まれとなる。盧綸はその兄であるから、3歳離れた天宝七載（七四八）生年説と適合する。開元二五年（七三七）か、それ以前（『唐代詩人叢考』の旧説）に生まれたというならば、（14歳以上も年上となり）あまりにも年齢が離れすぎている」と（要約）。同墓誌によれば、少なくとも、この兄弟は二人のみであり、③④の生年説の場合でも、12歳以上離れていることになり、同じく穏当ではなかろう。ただ種々の事情により、兄弟二人が10歳以上離れていることは全くないともいいきれない。諸説の論拠の詳細な検討は、植木久行「唐代作家新疑年録」(7)・(10)（弘前大学人文学部『文経論叢』第二九巻第三号・第三二巻第三号、一九九四年・一九九七年）を参照されたい。が、現在のところ、盧綸はほぼ天宝七載（七四八）生まれと考えておくのが最も妥当であろう。とすれば、本詩の作成年代に関する判定は、かなり容易となる。至徳年間（A説）、作者が9〜10歳、広徳元年（B説）の時、16歳、大暦年間の初め（C説）には19〜20代前半となり、いずれの場合も本詩の尾聯「誰念為儒逢世難　独将衰鬢客秦関」にそぐわない。しかもA説やB説にいう9〜10歳頃は、作者はまだ長江の南にいたと考えられる（「盧綸簡譜」参照）。その誤りは明白であろう。

次に、朱泚の乱によって都長安が陥落していた時期――建中四年（七八三）の冬から翌興元元年の夏の間に作られたとするD説を検討してみよう。「長安春望」と題する本詩が、朱泚の乱中に作られたとすれば、興元元年（七八四）の春、作者37歳の時の作となる。この年齢は、西晋、潘岳の著名な「余春秋三十有二《ニシテ》、始《メテ》見《ル》二毛《ヲ》」（「秋興《ノ》賦」序、『文選』一三所収）を引くまでもなく、自らの容姿を衰鬢の身と表現することは十分可能である（この典故は、盧綸も使用）。しかも、当時の作者は、かつて安史の乱における杜甫のごとく、反乱軍によって、陥落した都長安の中で軟禁状態にあり、一時、病床にも臥し、そのうえ、大暦一二年（七七七）における元載・王縉《しん》事件（当時、代宗の寵を得ていた元載が、その驕慢な行いを弾該した李少良に、罪をかぶせて殺したために、帝の怒りをかって族滅された事件）に連座して以降、長く不遇な状態が続いていた。このことは、作者の「春日臥《シテ》病示《ニ》趙委黄《ニ》」詩（『全』二七八。「時陥《リテ》在《リ》賊中《ニ》」の題下注がある）や、「賊中与《と》厳越卿《ニ》曲江看《ル》花《ヲ》」詩（『全』二七九）、および劉初棠「盧綸簡譜」等によって明らかである。この意味で、わが江戸時代の入江《いりえ》南溟《なんめい》『唐詩句解』下（七言律）が、本詩の第3句を「乱中に繋かるるの人、総《すべ》て還ること能はず。惟《た》だに我れ帰を思ふのみならず。則ち因りて以て暫《しばら》く我が胸中を寛《ゆる》ぶべし」（一部、送り仮名を添加）と解釈するのは、充分参考になろう。現在のところ、本詩は、興元元年（七八四）の春、作者37歳の時の作と考えておくべきであろう（「盧綸簡譜」は未系年）。なお、E説は一種の折衷説であるが、安禄山の乱なども想定の一つに数えるのには従いがたい。

（増子　和男）

〔付〕歴代詩編

詩《し》経《きょう》

0 關雎　関《くわん》雎《しょ》　（国風、周南）

1 關關雎鳩　関関《くわんくわん》たる雎鳩《しょきう》は
2 在河之洲　河《かは》の洲《す》に在《あ》り
3 窈窕淑女　窈窕《えうてう》たる淑女《しゆくじよ》は
4 君子好逑　君子《くんし》の好逑《かうきう》
5 參差荇菜　参差《しんし》たる荇菜《かうさい》は
6 左右流之　左右《さいう》に之《これ》を流《もと》む
7 窈窕淑女　窈窕《えうてう》たる淑女《しゆくじよ》は
8 寤寐求之　寤寐《ごび》に之《これ》を求《もと》む
9 求之不得　之《これ》を求《もと》めて得《え》ざれば
10 寤寐思服　寤寐《ごび》に思服《しふく》す
11 悠哉悠哉　悠《いう》なる哉《かな》　悠《いう》なる哉《かな》
12 輾轉反側　輾転反側《てんてんはんそく》す
13 參差荇菜　参差《しんし》たる荇菜《かうさい》は
14 左右采之　左右《さいう》に之《これ》を采《と》る
15 窈窕淑女　窈窕《えうてう》たる淑女《しゆくじよ》は
16 琴瑟友之　琴瑟《きんしつ》　之《これ》を友《とも》とす
17 參差荇菜　参差《しんし》たる荇菜《かうさい》は
18 左右芼之　左右《さいう》に之《これ》を芼《えら》ぶ
19 窈窕淑女　窈窕《えうてう》たる淑女《しゆくじよ》は
20 鍾鼓樂之　鍾鼓《しようこ》　之《これ》を楽《たの》しむ

テキスト　『詩集伝』一　◆十三経注疏本『毛詩注疏』（『毛詩正義』）一

校　語

2 **洲**　『説文解字』一一篇下、州の条にこの句を引いて「州」に作る。

4 **逑**　『後漢書』張衡伝等では「仇」に作り、王先謙『詩三家義集疏』巻一は「仇」に作るのは漢代の『詩経』三学派（三家詩）のうち魯詩系のテキストとする。

5 **參差荇菜**　『説文解字』六篇上、槮《しん》の条に「槮差莕菜」として引く。

12 **輾**　『経典釈文』に「輾、本《もと》亦タ作ルレ展ニ」と。

18 **芼**　『玉篇』見部にこの句を引いて「覒《ばう》」に作る。

20 **鍾鼓**　『詩集伝』諸本及び『毛詩注疏』諸本、それぞれ「鍾鼓」に作るものと「鐘鼓」に作るものがある。『説文解字』一四篇上に、「鍾、酒器也」、「鐘、楽鐘也」と、鍾・鐘が酒器と楽器で字義の異なることを言うが、鐘字の条の段玉裁注に「經伝多ク作リレ鍾ニ、叚《か》二借《しゃ》ス酒器ノ字ヲ一」と、鍾が楽器の鐘に仮借されることを附記する。阮元『十三経注疏校堪記』にも「案ズルニ鍾字是《ぜ》也。『五經文字』ニ云フ、今經典或イハ通二用シテ鍾ヲ一爲ス二楽器ト一、是レ其ノ証」と。なお、『韓詩外伝』巻五にはこの一句を「鼓鍾楽之」として引く。

詩型・韻字

四言古詩。鳩《きう》・洲《しう》・逑《きう》。流《りう》・求《きう》（平声幽部）／得《とく》・服《ふく》・側《そく》（之部入声）／采《さい》・友《いう》（之部上声）／芼《ぼう》・樂《がう》（宵部去声）。

語　釈

0 **関雎**　『詩経』十五国風のうち、はじめの「周南」と「召南」を合わせて「二南」と呼び、周王朝初期に周公・召公がそれぞれの采地にあって治績をあげ、文王の教化が北から南に及んだことを示すという（鄭玄「詩譜」）。ただし、「南」を南方とする古注以来の解釈（『詩集伝』も「南、南方諸侯之国也」とする）とは別に、①周南は洛陽の地をいう（『史記』太史公自序の裴駰注に引く摯虞の説等）、②南は風・雅・頌と分類される詩の三体に並挙すべき詩の一体（顧炎武『日知録』三「四詩」の条等）、③南はもと楽器の名で南方異民族の楽曲に由来する歌謡（白川静『詩経研究』第五章、朋友書店、一九八一年、等）など、今日まで種々の説明がなされている。『詩経』各篇の篇名は多く初句から文字を選んでつけられており、「関雎」も「関関雎鳩」から二字を採っている。こうした篇名のつけ方は、漢以降の楽府《がふ》などにも襲用される。

1 **関関**　『毛伝』に「和声也」とあり、和《なご》やかに雎鳩が鳴きかわす擬声語。朱熹『詩集伝』も「雌雄相応ヒズル之和声也」と。

雎鳩　鳥の名。ワシやタカの類の猛禽で、和名をミサゴ、またウオタカという。水辺に棲息し、水中の魚を急降下して捕らえる。『毛伝』には「王雎也」と。この詩は男女の愛情もしくは思慕をモチーフにしていると考えられるので、冒頭に猛禽類のウオタカが点ぜられることは、それが魚を捕食することに意味があって、主題へと連なってゆくものと考えられる。古く魚や魚を捕ることが、愛情あるいは求愛への連想をともなったことは、聞一多「説魚」（『神話与詩』所収。『聞一多全集』第一巻、大安書店影印、一九六九年、等）などに細かに説かれている。

2 **河之洲**　「河」は狭義には黄河を指すが、ここは河川の通称と見てよいだろう。「洲」は、なかす。『毛伝』に「水中ノ可キレ居ル者ヲ曰フレ洲ト」と。

3 **窈窕**　女性のしとやかな美しさをいう。『毛伝』に「幽閒也」とあり、『詩集伝』もそれに従う。畳韻語 yǎotiǎo。

淑女　『毛伝』に「淑《ハ》、善ナリ」と、従って善《よ》き女《むすめ》。『詩集伝』は「淑《ハ》、善也。女者、未《ざる》ダレ嫁ガ之称」と。

4 **君子**　徳のある者、地位のある者など、いろいろな場合に用いるが、ここは「窈窕淑女」にふさわしい立派な若者を指すだろう。

好逑　「逑」は『毛伝』に「匹也」とあり、配匹、つれあい。君子のよき配偶であることをいう。

5 **参差**　音は「シン・シ」。畳韻語 cēncī。長いもの短いものが入りまじっている様子。『詩集伝』には「長短不斉之貌《かたち》」と。

荇菜　水草の名、アサザ。『毛伝』に「接余也」といい、『詩集伝』ではさらに語をついで「根《ハ》生《ジ》二水底《ニ》一、茎《ハ》如《ク》二釵股《かんざしノ》一、上《ハ》青《ク》下《ハ》白《ク》、葉《ハ》紫赤、円徑《ハ》寸餘、浮《カビテ》在《リ》二水面《ニ》一」と説明する。

6 **流之**　『毛伝』に「流《ハ》、求《ムル》也」と。水の流れに従って水草を採ること。

8 **寤寐**　『毛伝』に「寤《ハ》、覚《さムルナリ》。寐《ハ》、寝《いヌル》也」と。寝ても覚《さ》めても。

10 **思服**　『毛伝』に「服《ハ》、思《フ》レ之《ヲ》也」とあり、『詩集伝』も「服《ハ》、猶《ホ》《ごとキ》レ懐《ノ》也」と。従って「思服」は二字同義の熟語。

11 **悠哉**　「哉」は詠嘆の助字。「悠」は『毛伝』に「思《フ》也」といい、『鄭箋』も「悠哉」の二字を「思《フ》レ之《ヲかな》哉」と言いかえている。いずれも心から淑女を得んことを思うとの意のようで、『毛詩正義』では「又《タ》言《フココロハ》　后妃誠《ニ》思《フ》二此《ノ》淑女《ヲ》一哉、誠《ニ》思《フ》二此《ノ》淑女《ヲ》一哉《ト》」と説明する（古注では「関雎」の詩旨を后妃が夫のために淑《よ》き夫人を得たいとしていること、〔諸説の異同〕III、「関雎」の詩旨を参照）。『詩集伝』が「悠《ハ》、長也」とするのも、思いが深長であることをいうのであろう。

輾転反側　「輾転」は寝がえりをうつこと。「反側」は安らかに横になっていられぬこと。『毛詩正義』は「輾転」と「反側」は「大同小異」であるとし、『詩集伝』も「皆臥《シテ》不《ル》レ安《ンぜ》レ席《ニ》之意」という。

14 **采**　採に同じ。荇菜を摘む。

16 **琴瑟**　こと。琴は小、瑟は大。『詩集伝』に、「琴《ハ》、五絃或《イハ》七絃。瑟《ハ》、二十五絃。皆糸《ノ》（絃楽器）属」、と。

友之　『詩集伝』に「友者、親愛之意也」。親しみ仲良くすること。『毛伝』は「宜《シク》《べし》下以《テ》二琴瑟《ヲ》一友《トシ》中楽《シマシム》　之《ヲ》上」といい、『毛詩正義』には「此《ノ》淑女若《もシ》来《ラバ》、己宜《シク》《べし》下以《テ》二琴瑟《ヲ》一友《トシテ》　而楽《シマシム》上　之《ヲ》。言《フ》レ友《ト》者、親《シムコト》レ之如《ニシ》レ友《ノ》」と説明して、淑女が得られた後には友として親しくしようと、将来の実現をあらかじめ予想しての語と解している。『鄭箋』は、「同《ジウスル》レ　志《ヲ》為《ス》レ友《ト》。言《フココロハ》　賢女之助《ケテ》二后妃《ヲ》一共《スル》二（供に同じ）荇菜《ヲ》一、其《ノ》情意乃《チ》与《ニ》二琴瑟之志《ト》一同《ジ》。共《スル》二荇菜《ヲ》一之時、楽必作《ズおこル》」と、琴と瑟との調和するごとく心をひとつにして后妃を助け、祭祀に奉仕する意とする。〔諸説の異同〕III、「関雎」の詩旨参照。

18 **芼**　音は「ボウ」。『毛伝』に「芼《ハ》、択《ブ》也」とあり、『毛詩正義』に「抜《キテ》レ菜《ヲ》而択《ブ》レ之《ヲ》也」と。

20 **鐘鼓**　鐘《かね》と鼓。高田真治『詩経』上（漢詩大系、集英社、一九六六年）では「鐘鼓は主として祭祀や宴会の礼に用いられるが、房中の楽（家庭内の音楽）にも用いられる」と、特に言い添えている。

通釈

関雎《かんしょ》

鳴き交《か》わすミサゴが、川の洲にいる。しとやかな女《むすめ》さんは、立派な若者に適《ふさ》わしい。

長いもの短いもの、右に左にとアサザを摘《つ》む。しとやかな女さんは、寝ても覚《さ》めても慕わしい。

慕っても心が通わねば、寝ても覚めても思われる。思っては、思っては、寝つかれぬまま夜をすごす。

長いもの短いもの、右に左にとアサザを摘《つ》む。しとやかな女さんは、琴瑟《こと》を弾《ひ》いて仲よくしよう。

長いもの短いもの、右に左にアサザを摘む。しとやかな女さんは、鐘や鼓で楽しませよう。

諸説の異同

『詩経』は中国最古の詩集であるため、今日なおよく読めぬ部分が少なくなく、また五経の一つとして歴代の注釈がうず高く積みかさなっているため、異説の分岐も多数多様に上る。以下、問題点の主要なものを列記し、重点的な解説を添える。頻出する旧注は、『毛伝』（毛氏の伝）、『鄭箋』（鄭玄の箋）、『孔疏』（孔穎達等の『毛詩正義』の疏）、『朱注』（朱熹の『詩集伝』）の略称を用いる。

異同の所在　Ⅰ

「関雎」の序

漢代に『毛伝』が読まれるようになった時、この学派のテキストでは、すべての詩篇に序が添えられていた。いずれもごく短いもので、各篇の詩旨を説明している。ただ『詩経』冒頭の「関雎」についてだけは、詩についての総論を含む長文の序が添えてあって、これを「大序」（『詩経』全体についての総論部分）と「小序」（「関雎」の詩旨を説く部分）とに分ける説がある。序の全文は次の通り。

関雎ハ后妃之徳也。風之始メ也。所《ゆゑん》下以風シテ二天下ヲ一而正ス中夫婦ヲ上也。故ニ用ヒ二之ヲ郷人ニ一焉、用フ二之ヲ邦国ニ一焉。風ハ風也、教也。風シテ以テ動カシレ之ヲ、教ヘテ以テ化スレ之ヲ。

詩者志之所レ之《ゆク》也。在ルヲレ心ニ為シレ志ト、発スルヲレ言ニ為スレ詩ト。情動キテ二於中ニ一而形《あらハル》二於言ニ一。言ヒテレ之ヲ不レ足ラ、故ニ嗟《さ》二嘆ス之ヲ一。嗟二嘆シテ之ヲ一不レ足ラ、故ニ永二歌ス之ヲ一。永二歌シテ之ヲ一不レ足ラ、不ルレ知ラ二手之舞ヒレ之ヲ、足之蹈ムヲレ之ヲ也。

情発シ二於声ニ一、声成スレ文ヲ。謂フ二之ヲ音ト一。治世之音ハ、安ラカニシテ以テ楽シム。其ノ政和スレバナリ。乱世之音ハ、怨ミテ以テ怒ル。其ノ政乖《そむケバナリ》。亡国之音ハ、哀シクシテ以テ思フ。其ノ民困《くるしメバナリ》。

故ニ正シ二得失ヲ一、動カシ二天地ヲ一、感ゼシムルハ二鬼神ヲ一、莫シレ近キハ二於詩ヨリ一。先王以テレ是ヲ経シ二夫婦ヲ一、成シ二孝敬ヲ一、厚クシ二人倫ヲ一、美シ二教化ヲ一、移ス二風俗ヲ一。故ニ詩ニ有リ二六義一焉。一ニ曰ハク風、二ニ曰ハク賦、三ニ曰ハク比、四ニ曰ハク興、五ニ曰ハク雅、六ニ曰ハク頌。

上以テ風シ二化シ下ヲ一、下以テ風シ二刺シ上ヲ一、主トシテレ文ヲ而譎諫《きつかん》ス。言フレ之ヲ者無クレ罪、聞クレ之ヲ者足ル二以テ戒シムルニ一。故ニ曰フレ風ト。至リテ二于王道衰ヘ、礼儀廃《すたレ》、政教失ナハレ、国ゴトニ異ニシレ政ヲ、家ゴトニ殊《ことニスルニ》レ俗ヲ、而変風変雅作《おこル》矣。

国史明ラカニシ二于得失之迹ヲ一、傷《いたミ》二人倫之廃ヲ一、哀シミ二刑政之苛ヲ一、吟二詠シ情性ヲ一、以テ風ス二其ノ上ヲ一。達シテ二於事変ニ一、而懐フ二其ノ旧俗ヲ一者也。故ニ変風ハ発シ二乎情ニ一、止《とどマル》二乎礼義ニ一。発スルハ二乎情ニ一、民之性也。止マルハ二乎礼義ニ一、先王之沢也。

是ヲ以テ一国之事、繋《かかル》二一人之本ニ一。謂フ二之ヲ風ト一。言ヒ二天下之事ヲ一、形《あらハス》二四方之風ヲ一。謂フ二之ヲ雅ト一。雅者正也。言フ三王政之所ヲ二由リテ廃興スル一也。政ニ有リ二小大一、故ニ有リ二小雅一焉、有リ二大雅一焉。頌者美シ二盛徳之形容ヲ一、以テ二其ノ成功ヲ一告グル二於神明ニ一者也。是ヲ謂フ二四始ト一、詩之至リ也。

然レバ則チ関雎麟趾之化ハ、王者之風ナリ。故ニ繋《かく》二之ヲ周公ニ一。南ハ言フ二化ノ自《よりシテ》レ北而南スルヲ一也。鵲巣騶虞《じやくそうすうぐ》之徳ハ、諸侯之風也。先王之所二以テ教フル一ナリ。故ニ繋クニ二之ヲ召公ニ一。周南召南ハ、正始之道、王化之基ナリ。是《ここ》ヲ以テ関雎ハ楽シム下得テ二淑女ヲ一以テ配スルヲ中君子ニ上。憂ヒハ在リレ進ムルニ賢ヲ。不レ淫セ二其ノ色ニ一、哀シミ二窈窕ヲ一、思ヒテ二賢才ヲ一而無シ二傷ルノレ善之心ヲ一焉。是レ関雎之義也。

『経典釈文』に引く一説に、冒頭の「用之邦国焉」までが「関雎ノ序」で小序、その余の「風風也」以下を大序と見る。朱熹は右の摘録部分を小序とし、中間を大序と見る。『孔疏』は全体を大序とする。いずれにしても、「関雎」の詩が『詩経』巻頭の第一篇であるため、「関雎」のための序に『詩経』全体の総論が加わっていると考えればよい。この総論部分は、中国の文学理論としては最古に属するもので、後世の文学および文学論への影響もきわめて大きい。

序の作者については、①孔子説（小雅、鹿鳴之什、「南陔」「白華」「華黍」の『鄭箋』等）、②子夏説（『孔子家語』七二弟子解、王粛注等）、③衛宏説（『後漢書』儒林伝等）、④子夏・毛公合作説（『経伝釈文』所引沈重等）などをはじめとして、紛々と入り乱れて定まらない。宋代に至って、朱熹は『詩集伝』を著すにあたり詩序を『詩経』解釈の根拠とするに足りぬとして、すべて削去してしまった。『詩集伝』はその後、朱子学の盛行とともに広く世に読まれた書物となるため、〈『詩経』解釈における詩序の存廃問題〉と合わせて、〈詩序の作者問題〉は経学史の最大の疑案の一つとなっている。詩序の作者に関する歴代諸説の大要は『四庫全書総目提要』巻一五、経部・詩類一『詩序』の項、また近人の著述では胡樸安『詩経学』「大序小序」の項（人人文庫本、台湾商務印書館、一九七〇年）、張西堂『詩経六論』第六章（香港、古典文学出版社、一九五七年序刊）などで見ることができる。なお、詩序についての朱熹の見解は、朱熹『詩序弁説』及び朱鑑『詩伝遺説』巻二「序弁」に集められている。

異同の所在　II

「関雎」の分章

『毛伝』『朱注』は全体を三章（四句・八句・八句）に分かち、『鄭箋』は五章（各章四句）とする。同じ古注系でありながら『毛伝』と『鄭箋』が分章を異にするのは「関雎」の詩形が『詩経』の中でも特異なものであることに関わりがあるかもしれない。仮に五章とした場合、第二・四・五章は『詩経』に数多い畳詠体（「参差荇菜、左右□之、窈窕淑女、□□□之」の繰り返し）であるが、第一章と第三章は独立した章として附加されており、この様式は他に例を見ない。そこから、青木正児「詩経章法独是」（東北帝国大学法文学部十周年記念『史学文学論集』、『青木正児全集』第二巻、春秋社、一九七〇年に収む）では、もと二篇の別個の詩であったものを合成したのではないかと想定している。

異同の所在　III

「関雎」の詩旨

『毛伝』『鄭箋』では「関雎、后妃之徳也」と序文にあり、后妃《こうひ》の立派さを美《ほ》めたたえた歌、それも更に具体的には周の文王の后妃である太姒《たいじ》が、嫉妬心をいだくことなく文王のために「窈窕の淑女」を求め、ともに荇菜を摘み宗廟の祭りに事《つか》えたいと願っているのを歌ったとする。『朱注』は、序を削去して『毛伝』『鄭箋』の旧解を一新している部分が少なくないにもかかわらず、二南についてのみは文王の時代の詩であるとする旧注をそのままに受け入れており、「関雎」の詩旨についても基本的には『毛伝』『鄭箋』を襲っている。しかし、そうなると「求之不得、輾転反側」の句などは、正夫人が夫のためによき第二夫人らを得たいと夜も寝つかれぬほど思いなやむことになり、不自然は免れない。

次に、『後漢書』明帝紀に引く『韓詩章句』をはじめ三家詩系統の遺説から、周の康王（文王の曾孫）が皇后と朝寝をして政治を怠ることを批判した詩だとする説が、漢代には存在したようである。これも「関雎」の詩そのものから感じとりうる気分との間に大きな隔りがあって、後人の同意は得られにくい。

結婚の歌、もしくは祝婚歌と見るのが、今日でも比較的有力な解釈である。清、姚際恒『詩経通論』では「此《ノ》詩《ハ》只《ダ》是《レ》当時《ノ》詩人美《スル》二世子娶《めとり》レ妃《ヲ》初《メテ》婚《スルヲ》一之作」とし、清、方玉潤『詩経原始』も「此《ノ》詩蓋《シ》周邑之咏《ズル》二初昏《ヲ》一者」という。ただし、詩中に「琴瑟」「鐘鼓」などの語があるため、祝婚歌であるにしても、一般庶民のそれではなく、貴族階級の結婚であることを言い添える論著が多い（陳子展『詩経直解』復旦大学出版社、一九八三年、等）。

前説とよく似た気分を詩中から読みとりつつも、一応別説として扱うべきは、「関雎」をいちずな男性の恋の思いを表した求愛の詩とするもので、胡適は「琴瑟友之」「鐘鼓楽之」を漢の司馬相如が琴を弾じて卓文君の心を動かそうとした「琴挑」に当たるものとし、「作《なシテ》二新昏詩《ノ》一解《スルモ》亦《タ》未《ダざる》レ為《サ》レ得《タリト》也」と説く（胡適「論《野有死麕》書」および「談談《詩経》」。ともに『胡適古典文学研究論集』上海古籍出版社、一九八八年に所収）。

古来から『詩経』の注は数多く、以上に挙げた数説のほかに、異説別解がいくらでも存在する。また、かりに祝婚歌と見る一説をとっても、書物ごとに論証や観点・訓詁が異なり、実際には一書一説の様相を呈している。かつ、第一章の「窈窕淑女、君子好逑」は明らかに第三者が歌っている形であるが、第二章以下になると第三者が歌うのか、「之を求め」「輾転反側」する者の自詠であるのか、判断に苦しむ。第三者詠から自詠に転換しているとすれば、『詩経』編纂時の歌辞改編の問題などもからみ、安易な解釈はいよいよ提出しにくい。

異同の所在　Ⅳ

「関雎」の「興」について

『詩経』には、いわゆる「六義説《りくぎ》」として、「風《ふう》」「雅《が》」「頌《しょう》」という三種の詩体の別と「賦《ふ》」「比《ひ》」「興《きょう》」という三種の修辞法の別があるとされる（『孔疏』などに拠る。この点も異説が多い）。「関雎」は、興の手法によって歌われていると、『毛伝』『鄭箋』『朱注』にひとしくいう。興とは、仮に『朱注』に従えば「先《ツ》言《ヒテ》二他物《ヲ》一以《テ》引二起《スル》所レ詠《ズル》之詞《ヲ》一也」というもので、第一章で言えば「関関雎鳩、在河之洲」と歌い出し、そこから「窈窕淑女、君子好逑」という主題が引き興《お》（起）こされている。では、なぜ「関関雎鳩、云々」から後の句が引き起こされ得るのか、この点が明らかに説明できなければ、そこに興の存在を認定できなくなる。

『朱注』は「雎鳩」について、「状類《ス》二鳧《ふ》鷖《えいニ》一」と説いて、オシドリのように和《なごや》かに鳴きかわす鳥ということから、君子・淑女の関係へと興がはたらいているかの如く注している。しかし、雎鳩がオシドリに類するどころか、猛禽類であることはほぼ定説といってよく、そうなると男女の愛情なり結婚なりを引き起こすには適《ふさ》わしくないように感ぜられる。『毛伝』は雎鳩は「摯《しニシテ》而有《リ》レ別」といい、『鄭箋』『孔疏』がそれを敷衍解説して、「どんなに情愛が昂まっても、淫《みだ》れることはない」という意味の注釈を加えている。そこから文王と大姒の理想的な夫婦へと導びかれてゆくとしている。

聞一多はこれらの旧説を牽強附会であるとし、『詩経通義』（一九三七年一月、清華学報十二―一。『聞一多全集』第一巻、大安書店影印、一九六九年、等）では国風中の「鳩」字にはすべて女性の比喩が含まれているといい、「釈魚」では魚を捕食することが求愛の意になることを述べた。聞一多説の当否はひとまず別にして、その現代人の常識からだけではたどりにくい古代人の思念の迹を、文献の読み直しと民俗学的知見などから発掘してゆこうとする試みは、興について、あるいは『詩経』についてのみならず、広く中国古代文学研究全体に新風を呼び起こした。その後、「関雎」の興についても、少なからぬ新説が提出されているが、まだ百家争鳴の段階としか言えそうにない。

『詩経』における興の専論としては、中国では趙沛霖編『詩経研究反思』（天津教育出版社、一九八九年）の第二部分第五章「関于比興的界説和性質」、第六章「関于興的分類・本義和起源」に、古代から近人の論著までを対象として整理検討がなされている。また、日本では松本雅明『詩経諸篇の成立に関する研究』（東洋文庫、平凡社、一九五八年）の第二章・第三章に「興の研究」上下が収められ、白川静『詩経研究』（朋友書店、一九八一年）第七章「詩の発想と表現」も興の問題を論ずる。このほか、興に関する論著は村山吉廣等編『詩経研究文献目録』（汲古書院、一九九三年）および林慶彰主編『日本研究経学論著目録』（中央研究院中国文哲研究所籌備処、一九九三年）に登載されている。

異同の所在 Ⅴ

「左右流之」の訓詁

「左右」について、『毛伝』は何も注していないが、特に注をつけていないことを『経典釈文』の一説の如く「毛如字」と見れば、「右に左に」と訓むことになろう。『鄭箋』は「左右、助也」とし、「佐佑」の省借（画数の少ない簡略な字体で表記したもの）であって、后妃の仕事を「左右《たす》けて」荇菜を採る衆妾を言うのだと説く。『朱注』は「或左或右、言無方也」とあって、『毛伝』に近い。「流」字については、『毛伝』に「求也」といい馬瑞辰『毛詩伝箋通釈』では「流」「求」は一声の転である、と。『朱注』は「順《したがって》水之流而取之也」というが、やや訓詁の体をなさない。『爾雅』釈詁に「流、択也」の訓は『毛伝』の解に通じるであろう。近人の注では「流」を「摎《りゅう（りう）》」の仮借とするものが多く、たとえば袁梅『詩経訳注』（斉魯書社、一九八五年）に「流。通摎。或作摎、捋《とる》、采摘之意」とあるなど。また李湘『詩経研究新編』（河南大学出版社、一九九〇年）は『爾雅』釈言から「流、覃也」「覃、流也」の訓を採って、「蔓延」の意に解している。

異同の所在 Ⅵ

「思服」の訓詁

『毛伝』に「服、思之也」とあり、『鄭箋』は「服、事也」と異なっており、『孔疏』もしいて調和させることができないでいる。『朱注』は「服、猶《ごとき》懐也」と『毛伝』に近い。近人の注では『毛伝』『朱注』に従って「思服」を二字同義の熟語とするものが比較的多いが、『毛伝』を敷衍する清の馬瑞辰『毛詩伝箋通釈』などは、「思」を意味のない助字であるとしている。馬瑞辰によってかりに訓読すれば、「寤寐《ごび》思服《そおもふ》」とでもなろう。

異同の所在 Ⅶ

「芼之」の訓詁

『毛伝』に「芼、択也」とあり、「抜《とり》菜而択之也」（『孔疏』）とするが、『朱注』には「芼、熟《に》而薦之也」と解する。清朝の考証学者はおおむね『毛伝』を踏襲敷衍するが、戴震『毛鄭詩考正』は『朱注』と同じ『呂氏家塾読詩記』の「芼、熟薦之也」がよいと、『儀礼』士虞礼、『礼記』内則等での「芼」字使用例から考証している。李湘『詩経研究新編』は前出の相似句を「左右流《ひろがる》之」

（之は語助とする）とした釣り合い上、『説文解字』の「芼《ハ》、草覆《ノ》《ふく》蔓《まん》《スルナリ》」を引いて「密集《シテ》而蔓延《ス》」の意とする。

異同の所在 Ⅷ

「鐘鼓楽之」の解釈

『毛伝』は「琴瑟友之」について、「宜《シク》《べし》下以《テ》二琴瑟《ヲ》一友中楽《ス》之《ヲ》上」といい、求める淑女が得られたならば「琴瑟・鐘鼓」をもって仲良くし楽しませてやろうとの意のようである。しかし『鄭箋』は「琴瑟友之」については「琴と瑟とのごとく之《これ》と友《した》しもう」と見ており、「鐘鼓楽之」は「鐘と鼓のひびくなかで之《これ》と楽しくしよう」と解するようで、両句の扱い方がやや異なっている。おおむねの注は『毛伝』に従っているが、そうなると訓読も「之を友とせん」「之を楽しましめん」とするのが正確であろうが、いまは旧読の大勢に従って「之を友とす」「之を楽しむ」と訓んでおいた。

（坂田　新）

0 君子于役　　君子于役《くんしうえき》　（国風・王風）

1 君子于役　　君子《くんし》　役《えき》に于《ゆ》く
2 不知其期　　其《そ》の期《き》を知《し》らず
3 曷至哉　　曷《いづ》くにか至《いた》れるや
4 雞棲于塒　　雞《にはとり》は塒《ねぐら》に棲《す》み
5 日之夕矣　　日《ひ》の夕《ゆふ》べ
6 羊牛下來　　羊牛《やうぎう》は下《くだ》り来《きた》る
7 君子于役　　君子《くんし》　役《えき》に于《ゆ》く
8 如之何勿思　　之《これ》を如何《いかん》ぞ思《おも》ふ勿《な》けん
9 君子于役　　君子《くんし》　役《えき》に于《ゆ》く
10 不日不月　　日《ひ》あらず月《つき》あらず
11 曷其有佸　　曷《いつ》か其《そ》れ佸《あ》ふこと有《あ》らん
12 雞棲于桀　　雞《にはとり》は桀《とまりぎ》に棲《す》み
13 日之夕矣　　日《ひ》の夕《ゆふ》べ
14 羊牛下括　　羊牛《やうぎう》は下《くだ》り括《いた》る
15 君子于役　　君子《くんし》　役《えき》に于《ゆ》く
16 苟無飢渴　　苟《いやしく》も飢渇《きかつ》すること無《な》かれ

テキスト　『詩集伝』四　◆十三経注疏本『毛詩注疏』（『毛詩正義』）四

校語

3 **曷至哉**　足利文庫蔵の宋板『毛詩注疏』は「曷其至哉」と四字句になっている。第二章の「曷其有佸」とのつりあいから言っても、足利本が勝るかもしれぬが、今は通行本に従い、改めない。

詩型・韻字

雑言古詩。期《き》・塒《じ》・來《らい》・思《し》（之部平声）／月《げつ》・桀《けつ》・括《くわつ》・渴《かつ》（祭部入声）。

語釈

0**君子于役**　『詩経』国風のうち、「王風」に収められる。今の河南省洛陽市を中心とする東周王朝の直轄地域の民謡を集めた（鄭玄「詩譜」）とされる十篇中の一。公務で家を遠く離れている夫の身の上を、妻が思いやっている歌かと思われる（〈諸説の異同〉参照）。「君子」は朱熹『詩集伝』に「婦人目《スル》二其《ノ》夫《ヲ》一之辞」とあり、妻が夫を呼ぶ語。「于」は、往《ゆ》く。「役」は行役のことで、公務によって外へ出張すること。国境の守備・戦争・土木工事等、いろいろな場合がある。

2**其期**　夫の帰ってくる時。鄭玄の箋に「不知其期」を「不レ知《ラ》二其《ノ》反《かへル》期《ヲ》一」と補って説明している。

3**曷至哉**　「曷」は『鄭箋』に「何也」とあり、疑問詞。「何《いづレノ》時」にも「何《レノ》処（何所）」にも、どちらの意味でも用いられるが、『鄭箋』は「何《レノ》時《ニカ》当《べき》二来《リ》至《ル》一哉《や》」と解し、『朱注』は「且《ツ》今亦《タ》何《レノ》所《ニカ》至《レル》哉」と「どこまで行ったことだろう」と解している。前句「不知其期」との重複を避けて、ひとまず『朱注』によって訳す。

4**棲于塒**　「棲」は、寝ぐらに帰っていること。「塒」は『毛伝』に「鑿《うがチテ》レ牆《ヲ》而棲《すムヲ》曰《フ》レ塒《ト》」とあり、雞の寝ぐら。

8**如之何**　「如何」と同じ、どうして。「如何」が客語（目的語）を取る場合、多くそれを中間に置いて「如○何」の形となる。ただし、この「如之何」の句の場合、「之」は語調を整えるための助字で、特に指すところがあるわけではないだろう。

10**不日不月**　帰る月日がわからぬこと。『鄭箋』に「行役反《ルハ》無《シ》二日月《ヲ》一」と。また『朱注』も「君子行役之久《シキ》、不レ可《カラ》三計《かぞフルニ》以《ス》二日月《ヲ》一」と。

11**有佸**　「佸」は音は「カツ」。『毛伝』『朱注』ともに「会《フ》」の意とする。「有」を袁梅『詩経訳注』（斉魯書社、一九八五年）をはじめ近年の注釈では「又」と解するものが多い。『毛伝』『鄭箋』等では特に言及せず、「佸《あ》ふこと有り」と訓んでいるかと思われる。

12**桀**　雞小屋のとまり木。『毛伝』に「雞《ノ》棲《すムヲ》二于杙《くいニ》一為《ス》レ桀《ト》」と。『朱注』も「桀《ハ》、杙《ナリ》」。

14**括**　音は「カツ」。『毛伝』『朱注』とも「至《ル》」とする。ただし、古く『詩経』の各篇はいずれも楽《がく》にのせて歌われたことを考えれば、「括」は前出の「佸」と同音であるため、朱東潤主編『中国歴代文学作品選』（上海古籍出版社、一九七九年）などが「与レ佸声義並《ビニ》同《ジ》」と附言するのは当を得ている。

16**苟**　訓読の習慣で「いやしくも」と訓むが、「せめても」「かりそめにも」の意で、『鄭箋』『朱注』が「苟《ハ》、且也」とするのも、その意であろう。

通釈

夫はお役目に
夫は外地にお役目にいった。
いつ帰るとも分からない。
いまはどこまで行ったやら。
雞は寝ぐらに落ちついた。
一日も暮れた。
羊も牛も（山から）下《お》りてきた。
夫は外地にお役目にいった。

どうして心配せずにいられよう。

夫は外地にお役目にいった。
帰る月日も知られない。
いつになったら会えようか。
雞は止まり木に落ちついた。
一日も暮れた。
羊も牛も（山から）下《お》りてきた。
夫は外地にお役目にいった。
せめて飢え渇《かわ》くことのないように。

諸説の異同

「君子于役」の詩旨および作者について、古注の詩序では「君子于《ハ》役、刺《そしル》二平王《ヲ》一也。君子行役《シテ》無《シ》二期度一、大夫《たいふ》思《ヒテ》二其《ノ》危難《ヲ》一以《テ》風《ふうス》焉」とあり、役人が危険と困難のともなう外地への任務に出されていることを大夫（高官）が思いやり、時の平王への批判を込めたものだと説いている。『孔疏』は無論この序を拠り処にしており、「在《ル》レ家《ニ》之大夫、思《フ》二君子僚友《ノ》在《ル》レ外《ニ》之危難《ヲ》一」とする。ただし、後世には序の説を用いるものは少なく、おおむね『朱注』同様に、外地で苦労しているであろう夫を、妻が思いやっての詩と見ている。

（坂田　新）

碩　鼠

0 碩鼠　　碩鼠《せきそ》
1 碩鼠碩鼠　　碩鼠《せきそ》　碩鼠《せきそ》
2 無食我黍　　我《わ》が黍《きび》を食《は》む無《な》かれ
3 三歳貫女　　三歳《さんさい》　女《なんぢ》に貫《つか》へしに
4 莫我肯顧　　我《われ》を肯《あへ》て顧《かへり》みること莫《な》し
5 逝將去女　　逝《ゆ》きて将《まさ》に女《なんぢ》を去《さ》り
6 適彼樂土　　彼《か》の楽土《らくど》に適《ゆ》かんとす
7 樂土樂土　　楽土《らくど》よ　楽土《らくど》
8 爰得我所　　爰《ここ》に我《わ》が所《ところ》を得《え》ん

9 碩鼠碩鼠　　碩鼠《せきそ》　碩鼠《せきそ》
10 無食我麥　　我《わ》が麦《むぎ》を食《は》む無《な》かれ
11 三歳貫女　　三歳《さんさい》　女《なんぢ》に貫《つか》へしに
12 莫我肯德　　我《われ》に肯《あへ》て徳《とく》（をほどこす）莫《な》し
13 逝將去女　　逝《ゆ》きて将《まさ》に女《なんぢ》を去《さ》り
14 適彼樂國　　彼《か》の楽国《らくこく》に適《ゆ》かんとす
15 樂國樂國　　楽国《らくこく》よ　楽国《らくこく》
16 爰得我直　　爰《ここ》に我《わ》が直《ところ》を得《え》ん

17 碩鼠碩鼠　　碩鼠《せきそ》　碩鼠《せきそ》

18無食我苗
19三歳貫女
20莫我肯勞
21逝將去女
22適彼樂郊
23樂郊樂郊
24誰之永號

我《わ》が苗《なへ》を食《は》む無《な》かれ
三歳《さんさい》　女《なんぢ》に貫《つか》へしに
我《われ》を肯《あへ》て労《ねぎ》らふ莫《な》し
逝《ゆ》きて将《まさ》に女《なんぢ》を去《さ》り
彼《か》の楽郊《らくかう》に適《ゆ》かんとす
楽郊《らくかう》よ　楽郊《らくかう》
誰《たれ》か之《ゆ》きて永号《えいがう》するあらん

テキスト

『毛詩』五　魏風（漢文大系本）◆『毛詩』五（景刊唐開成石経、中華書局、一九九七年）◆『毛詩鄭箋』五　魏風（四部叢刊）◆『毛詩』五　魏風（相台岳氏本、京大人文研蔵本）◆『毛詩鄭箋』五（四部備要）◆孔穎達『毛詩正義』五（宋刊十行本、日本足利学校遺蹟図書館蔵本、汲古書院影印）◆『詩集伝』五（宋本、静嘉堂文庫蔵本、四部叢刊広編、台湾商務印書館復印、刊記なし）◆『毛詩正義』五（清、嘉慶二〇年（一八一五）江西南昌府学開雕、阮元審定、盧宣旬校、台湾芸文印書館復印）◆和刻本『毛詩鄭箋』（寛延二年（一七四九）、皇都書林刊、中文出版社影印、刊記なし）◆和刻本、藤原惺窩点『詩経』魏風（寛永五年（一六二八）正月京都安田安昌容膝亭刊、『和刻本経書集成』第一輯所収。一九七六年、汲古書院復印）◆「漢石経残碑」（『漢石経集存』芸文印書館一九七六年刊による。同書解説部活字。この部分、同書に残碑の影印は未収録）◆『韓詩外伝』（四部叢刊）、詩句の一部引用。◆『新序』（四部叢刊）「雑事」篇、詩句の一部引用。◆『呂氏春秋』（四部叢刊）「挙難」篇・高誘注に首章から三章まで全章引用。◆『白虎通徳論』（四部叢刊）四、「諫諍」篇、二句引用。

校語

2**無食我黍**　「漢石経残碑」に「毋食我柔」に作る。「柔」は「黍」の異体字。

3**三歳貫女**　「漢石経残碑」に「三歳宦女」に作る。

4**莫我肯顧**　「漢石経残碑」及び『呂氏春秋』「挙難」篇・高誘注には「肯」を「肎」に作る。「肎」が本字。

5**逝將去女**　『韓詩外伝』巻二「楚狂接輿……」の段、及びつづく「昔者桀為酒池糟隄……」の段には「逝將去汝」に作る。『白虎通徳論』に「詩《ニ》曰《ハク》」として「逝將去汝、適彼楽土」の二句が引用されている。それぞれ「女」を「汝」に作る。

13**逝將去女**　『韓詩外伝』巻二「伊尹去夏入殷……」の段に「逝將去汝」と引用。「女」を「汝」に作る。

詩型・韻字

四言古詩。鼠《しよ》・鼠《しよ》・黍《しよ》・女《ぢよ》・顧《こ》・女《ぢよ》・土《と》・土《と》・土《と》・所《しよ》（魚部）、鼠《しよ》・鼠《しよ》・女《ぢよ》・女《ぢよ》（魚部）／麥《ばく》・德《とく》・國《こく》・國《こく》・國《こく》・直《ちよく》（職部）、鼠《しよ》・鼠《しよ》・女《ぢよ》・女《ぢよ》（魚部）／苗《べう》・勞《らう》・郊《かう》・郊《かう》・郊《かう》・號《がう》（宵部）。王力『詩経韻読』（上海古籍出版社、一九八〇年）による。

語釈

1**碩鼠**　おおねずみ。碩は大きいこと。陸璣『詩草木鳥獣蟲魚疏』によれば「今《ノ》河東《ニ》有《リ》二大鼠一、能《ク》人《ノゴトク》立《チ》、交《ヘ》二前脚《ヲ》於頸上《ニ》一、跳舞《シ》善《ク》鳴《ク》。食《ラヒ》二人《ノ》禾苗《ヲ》一、人逐《ヘバ》則走《リテ》入《ル》二樹《ノ》空中《ニ》一。亦《タ》有《リ》二五技一、或《ハ》謂《フ》二之《ヲ》雀鼠《ト》一。魏国《ハ》今《ノ》河北県、是《レ》也」（現在の河東に大鼠が棲息しているが、人のように立ち上がって前足を頸《くび》の上で交差させることができ、飛びはね、よく鳴く。稲の苗を食べ、人がこれを追いかけると、木の穴の中に入ってしまう。また五つの技をもっている。この鼠を雀鼠ともいう。魏国は今の河北県である。『毛詩正義』巻五引）。

ここでは「詩序」に「国人刺《そしル》下其《ノ》君《ノ》重斂《シテ》、蠶二食《シ》於民一、不レ脩《メ》二其《ノ》政《ヲ》一、貪《リテ》而畏《レシムルコト》レ人《ヲ》若《キヲ》中大鼠《ノ》上也」（国人（自由民以上の国民）たちは、その国の君主が人民に重い税を課し、蚕が桑の葉を食べるようにその生活を脅かしながら、その政を整えず、貪るばかりで、その貪るさまが大鼠のようであるのを諷刺している）とあるように、重い租税を人民に課し、人民のための政治をしない君主を指している。『鄭箋』に「大鼠大鼠《トハ》者斥《ス》二其《ノ》君《ヲ》一也」（大鼠・大鼠とは其の君のことをさしている）とある。もとより、直接指していうことは憚られるために、大鼠に喩えていっているわけである。朱子によれば「比」は「比《トハ》者以《ツテ》二彼《ノ》物《ヲ》一比《ブル》二此《ノ》物《ニ》一也」（比とは、他の物を対比することによって今表現しようとしている物をきわだたせようとしたもの。『詩集伝』巻一「螽斯《しゅうし》」）とされる。

2 **無食我黍**　黍はもちきび。『説文』に「禾《ノ》属《ニシテ》而黏《ねばリアル》者《ナリ》也」とある。黏《ねば》り気の多いきびをいう。また黏り気の少ないものをも合せていうこともある。

3 **三歳貫女**　女は汝に同じ。甲骨文や先秦の文献には、多く「女」が第二人称（単数）として用いられている。

「貫」は事《つか》えること（毛伝）。「貫」は『説文解字』に「銭貝之毋也」とあるように、毋（穿《つら》ぬくの意）と貝の会意文字で、銭《ぜに》ざしがその本義であり、転じて、中《あた》る、貫《つら》ぬくといった意に用いられる。ここでは借りて「宦」の字に用い、「事《つか》える」の意に用いられている。魯詩で「宦」の字に作っているのは、その証拠である（以上、段玉裁注要約）。因みに「漢石経残碑」にも「宦」に作る。一説に慣に通じるとし、甘やかし、勝手にさせるの意とする。朱守亮『詩経評釈』（台湾学生書局刊）に「今《ノ》斉魯方言《ニ》謂《フ》二愛《シテ》養《フ》之《ヲ》一而不《ル》レ忍《ビ》レ払《フ》二其《ノ》意《ヲ》一曰《フト》レ慣《ト》、与二此《ノ》詩一義合《ス》」とある。

三歳は三年間、あるいは長年の意。鄭玄の箋には「我事《つかフルコト》レ女《なんぢニ》三歳《ナルモ》矣、曾《テ》無《シ》三教令恩徳《モテ》来《リテ》顧《ルコト》二眷《スルコト》我《ヲ》一、又疾《にくム》二其《ノ》不《ルヲ》レ修《メ》レ政《ヲ》也。古者三年《ゴトニ》大比《アリ》、民或《イハ》於《テ》レ是《ニ》徙《うつル》」（私はお前に三年間も仕えたけれど、教化・恩徳を施して、私を顧みてくれたことは絶えてなかった。こういってまた、君主が政治を正さないのを疾《にく》んでいるのである。昔は三年ごとに「大比」があって、その時、居住地を移動した人民があったのであろう）とある。

『毛詩正義』では、この「鄭箋」の部分をより詳しく説明を加えているので、それを見てみよう。

『周礼』地官・小司徒、及《ビ》卿大夫職《ニハ》皆云《フ》、三年《ニシテ》則大比《アリト》。言《フ》レ比《トは》者謂《フ》下大《イニ》校《シ》二比其民之数《ヲ》一、而定《ムルヲ》中其版籍《ヲ》上、明《カニス》下於《テ》二此《ノ》時《ニ》一民或《イハ》得《ルヲ》上レ徙《うつルヲ》。「地官」比長職曰《ハク》、「徙《レバ》二於国中及《ビ》郊《ニ》一、則従《ツテ》而授《クト》レ之《ニ》」。（鄭）注云《フ》、「徙《トハ》謂《フ》下不《レバ》レ便《ナラ》二其《ノ》居《ニ》一、或《イハ》国中之民、出《デテ》徙《リ》レ郊《ニ》、或《イハ》郊民《ノ》入《リテ》徙《ルヲ》中国中《ニ》上、皆従《ヒテ》而付《スト》二所《ニ》レ処《スルの》之吏《ニ》一」是《レ》大比之際、民得《タリ》レ徙《ルヲ》矣。

『周礼』地官の小司徒、及び卿大夫職には、ともに「三年ごとに大比あり」といっている。〝比〟というのは、その民の人数を大規模に調査し、その戸籍を定めることである。この時に他所の地に移り住む民のあったことを示している。「地官」比長職に「(民の)国中及び郊に徙《うつ》るときは、従って之に授く」とあるが、その鄭注では「〝徙〟とは、今住んでいる土地が気に入らぬ時、国(都)に住む民が郊外に移り住むことがあったり、あるいは逆に郊外の民が国(都)の中に移ることがあったことをいう。しかし、その場合もすべて所管の役所(役人)に管轄させる」とある。これが大比の際に、民が籍を他所へ移すことができる根拠である。

つまり、「鄭箋」及び『正義』に沿って読めば、この後の句「逝将去女」というのも、この〝国〟から逃亡してやるぞ、といった強い憤りではなく、〝大比〟という制度、つまり三年ごとの人民の戸口・戸籍調査の際に認められている、国(都)から郊外、郊外から国(都)への戸籍の移動という制度、に基づいた発言となる。重税を課して人民を苦しめながらも、その政治を改めようとしない君主への強い憤りはあるものの、いわば、それもなお体制の枠内での憤り、として捉えようとしていることになろう。

南宋の朱子(名は熹、一一三〇—一二〇〇)になると、このような〝大比〟といった制度でこの詩句を理解することはなくなり、「民困《シム》二於貪残《たんざん》之政《ニ》一、故《ニ》託二言《シテ》大鼠《ノ》害《スルニ》一レ己《ヲ》而去《ラントスル》レ之《ヲ》也」(人民は、あくまでむさぼりとろうとする残酷な政治に苦しんでいるために、大鼠が自分に害を与えていることにかこつけて、この地を去ろうというのである)とだけ言っている。激しい搾取に堪えかねた人民の心情を正当に読みとろうとしているように思われる。詩の語調・詩句の前後関係からすれば、詩の本来の意味は後者の方であることは、ほぼ疑いのない所であろう。

現代中国では、たとえば「古代の労働人民が残酷な搾取にあえぎながら、その苦しみ・悲しみ・怒りをうたったもの」(袁梅『詩経訳注』斉魯書社。一九八五年)ととるもの、またほとんど同じであるが、「小作農民の地主による残酷な搾取に対する告発」(高亨『詩経今注』一九八〇年一〇月、上海古籍出版社)といった読み方をするのが一般的である。階級的対立の側面を強調しているといえるだろう。

5 **逝将去女**　「逝」の解釈にほぼ次の三種の異説がある。

(イ)本義どおり「往《ゆ》く」の意にとるもの(毛伝、朱子『詩集伝』など)

(ロ)発声のことばで、意味はないとするもの(王引之『経伝釈詞』巻九)

(ハ)誓、誓を発するの意にとるもの(張慎儀『詩経異文補釈』)。同書、未見であるが、向憙『詩経詞典』によれば、「誓者、要約之詞也(要約とはここでは約束を結ぶ、といった意味であろう)。詩人疾《にくみ》二其君之貪残《ヲ》一、言《フ》下我《レ》誓《ツテ》将《ニ》《ルヲ》上去《ラント》レ女《ヲ》矣。其《ノ》義甚《ダ》当《レリ》、逝《ハ》為《リ》二誓之同声仮借《ノ》字一」とある(『春秋公羊伝』昭公一五年の徐彦疏所引の「誓将去女」による)。北京大学中国文学史教研室選注『先秦文学史参考資料』中華書局、一九六二年。高亨『詩経今注』前掲等、同説。

なお、やや特異な説として、袁梅は「逝」を「何」の意にとっている。「何時《いつ》になったら、（お前のもとを去って、あの安楽な国土に行けるのだろう）」とする。

ここでは、現代の通説に近い「誓」の意にとっておく。

6**適彼楽土**　適は「之《ゆ》く」の意（『毛詩正義』）。楽土は有徳の国（毛伝）、有道の国（朱子『集伝』）。理想の所（林庚・馮沅君《ふうげんくん》『中国歴代詩歌選（上編一）』人民文学出版社、一九六四年）。後句の「楽国」「楽郊」を含めて「人々が想像する安楽な所」（袁梅『詩経訳注』前掲）。より階級性を重んじて読む現代の解釈には「抑圧や搾取がなく、自由平等を享受している所」（陳子展・杜月村『詩経導読』巴蜀書社、一九九〇年）とするものもある。

8**爰得我所**　爰「鄭箋」は「曰」、朱子『詩集伝』は「於」とする。どちらも助辞として読んでいるのであろう。陳子展は「爰」を「於《おイテ》レ何《いづこニ》」ととっている。「鄘《よう》風」の「桑中」の詩句「爰采唐矣」を「鄭箋」では「於《イテ》レ何《ニ》采《とラン》レ唐《ヲ》、（必沬《ズまい》之郷《ナリ》）」としているのに基づく（陳子展『詩経直解』）。袁梅も「何処」（どこに）にとる。陳説に同じ。

また、単に「乃」にとる説もある（『先秦文学史参考資料』、林庚・馮沅君『中国歴代詩歌選』と、高亨『詩経今注』等）。「于是」、そこで、それで、「這才」そうしてやっと、それでやっと、などの意、となろう。「乃」ととるのが穏当か。「我所」は自分の住む所、身を安んずる所。

12**莫我肯徳**　徳は恩恵。少しも私に恩恵を与えてくれなかった、という意。

16**爰得我直**　直は「毛伝」によれば「得《ル》二其《ノ》直道《ヲ》一」こと。「鄭箋」は更に「直《ハ》猶《ホ》レ正《キノ》也」とするが、やや読みにくく異説が多い。その主なものとして、

A　直は直道、正道の意

B　直は宜しき所の意

C　直は所（自分の居場所・落ち着き場所の意）

D　直は値に通じ、価値の意

E　直は（志を）伸ばすの意

F　直はまっすぐ、まともに当たるの意を含み、ふさわしい相手の意

などがある。本文の通釈はC説に沿っている。詳しくは〔諸説の異同〕参照。

20**莫我肯労**　労はねぎらう、慰労するの意。

22**適彼楽郊**　郊は「鄭箋」に「郭外《ヲ》曰《フ》レ郊《ト》」とある。楽郊の意味は上章の楽土・楽国とほぼ同じ。語を変化させたもの。異文同義。

24**誰之永号**　之は「鄭箋」に「之往《ハク》也」とあり、行くこと（動詞の用法）。永号は長嘆の意（朱子『集伝』）。『正義』は鄭箋を受け、「彼有徳之《ノ》楽郊、誰《カ》往《キテ》而独《リ》長歌号呼《スルモノアラン》。言《フココロハ》往《ケバ》皆歌《ヒ》号《シテ》、喜二楽《ス》得《ルヲ》レ所《ヲ》、故我《ニ》欲《スル》レ往《カント》也」（あの有徳の楽郊の地、そこに行って一人だけで長歌号呼する者があろうか。そこに行けば、皆こぞって歌号し、安住の地を得たと喜ぶだろう。だから私もそこに行こうと思うのだ）と永号を喜びの号《さけ》びとする。

清の馬瑞辰は「之」を「其」（語助辞）と読み「誰之永号」は「誰其永号」と同じであるとする（『毛詩伝箋通釈』）。訓み

は「誰か之《こ》れ永号せん」となる。
訳は前者（朱子）に従った。

通釈

大鼠

大鼠よ　大鼠
私の黍《きび》を食べてはならぬ
三年の間　お前に仕えてきたのに
お前は私を顧みてくれようともしなかった
私はお前の許《もと》を離れ
あの理想の天地、楽土にゆくのだ
ああ楽土よ　楽土
私はそこに身を落ち着けよう

大鼠よ　大鼠
私の麦を食べてはならぬ
三年の間　お前に仕えてきたのに
お前は私に恩徳を施してくれようともしなかった
私はお前の許を離れ
あの理想の国、楽国にゆくのだ
ああ楽国よ　楽国
私はそこに住む場所をみつけよう

大鼠よ　大鼠
私の苗を食べてはならぬ
三年の間　お前に仕えてきたのに
お前は私を労《いたわ》ってくれることはなかった
私はお前の許を離れ
あの理想的な所、楽郊にゆくのだ
ああ楽郊よ　楽郊
そこに行けば、誰も声をあげて嘆いたりはしない

諸説の異同

異同の所在

第二章の詩句「爰得我直」における「直」の解釈

異同の類別

A　直は直道、あるいは正道の意。
B　直は宜、宜しき所の意。
C　直は所（自分の居場所）・道の意。
D　直は値に通じ、価値の意。
E　直は（志を）伸ばすの意。
F　直はまっすぐ、まともに当たるの意を含み、ふさわしい相手という意。

A説を採るもの：毛亨『毛伝』（『毛詩鄭箋』）、陳奐『詩毛氏伝疏』（北京市中国書店、一九八四年復印本）、吉川幸次郎『詩経国風』（岩波書店、一九五八年、一九七八年第一九刷）、高田真治『詩経』（集英社、一九六六年）

B説を採るもの：孔穎達『毛詩正義』、朱子『詩集伝』、『詩経原始』（台湾芸文印書館、一九六九年復印本。李先耕点校同書、中華書局、一九八六年）、江蔭香『詩経訳注』（原書名『国語注解詩経』）（原書広益書局、一九三四年版、北京市中国書店、一九八二年重印）

C説を採るもの：王引之『経義述聞』（四部備要本）、馬瑞辰『毛

詩伝箋通釈』（四部備要本。陳金生点校同書、中華書店、一九八九年）、清、桐城・呉闓生『詩義会通』（中華書局、一九五九年一活字版）、林義光『詩経通解』（中文出版社、一九七一年復印）、北京大学中国文学史教研室選注『先秦文学史参考資料』（中華書局、一九六二年、一九七八年広東第五次印刷）、蔣立甫『詩経選注』（北京出版社、一九八一年）、屈万里『詩経詮釈』（聯経出版事業公司、一九八三年）、金啓華『詩経全訳』（江蘇古籍出版社、一九八四年）、袁梅『詩経訳注』（一九八五年、斉魯書社）、楊任之『詩経今訳今注』（天津古籍出版社、一九八六年）

D説を採るもの：余冠英『詩経選』（人民文学出版社、一九五六年一月第一版、一九七九年北京第二版）、高亨『詩経今注』（前出）、陳子展『詩経直解』（復旦大学出版社、一九八三年）、程俊英『詩経訳注』（上海古籍出版社、一九八五年）

E説を採るもの：厳粲『詩緝』（明、嘉靖間趙府味経堂刻本、広文書局、一九七〇年影印）

F説を採るもの：加納喜光『詩経』（学習研究社、一九八二年）

異同の論拠

A説（直は直道、正道の意とする説）

「毛伝」には「直《ハ》、得《ウ》二其《ノ》直道《ヲ》一」とある。儒家の、あるいは読書人の伝統的な読経（典）の立場からすれば、「毛伝」は『詩経』の完全な形で残っている最も古い注釈であることから、単なる注釈ではなく、それ自身経典本文と分かち難いほど密接な関係のものであり、尊崇すべきものと考えられてきている。論拠というより、この「毛伝」の解が議論の出発点といってもよい。

この毛伝の「直《ハ》、得《ウ》二其《ノ》直道《ヲ》一」という注釈は、詩本文「爰《ここに》得《う》二其《ノ》直《ヲ》一」と対応させると、動詞「得」が重複する形となり、不自然な文章であることがわかる。

これについて、陳奐は、この「毛伝」の「直、得其直道」というのは、詩本文の「得其直」を解釈したものではなく、詩本文の「直」を解釈したものだと考える。つまり「毛伝」の「直、得其直道」は「得《トハ》二其《ノ》直《ヲ》一、得二其《ノ》直道《ヲ》一」という文の省略形だとみなすのである。

ともかく「毛伝」の解をそのままに生かそうとしているのがわかる。この説は『論語』衛霊公篇「斯民《ノ》也《ヤ》、三代之所二以直道《ニシテ》而行《ナフ》一也」（この人民は夏・殷・周三代の王朝が正直な方法（直道）を行っていたときのまま直道を行っている人々である）を念頭に置いた解釈である。

B説（直は宜《よろ》しき所の意であるとする説）

『毛詩正義』では、この前後「得《ン》二我《ガ》所《ヲ》レ宜《シキ》一」（私が落ち着くのにふさわしい所を手に入れよう）としている。宜は宜しき所、ふさわしい所の意。朱子・方玉潤、ともに「直《ハ》猶《ホ》レ宜《キノ》也」とのみ注している。この注だけでは正確な意味はつかみ難いが、恐らくは『毛詩正義』の解に近いのであろう。直を宜《よろ》しき所（宜《ただ》しき所）、好ましい所といった意味にとっている可能性が高いと考え、一括して扱った。江蔭香は「直《ハ》是《レ》相宜《ひかなフの》的意思《いみ》」とし、「相宜的地方《ふさわしいところ》をさがしあてそこに住むのだ」と訳している。

C説（直は職と読むべきであり、所の意味であるとする説）

王引之は『経義述聞』巻五において、「詩《ニハ》言《ヒテ》レ直《ト》、不レ言《ハ》二直道《ト》一。此詩《ノ》是《ハ》国人刺《そしルモノニシテ》下其君之重斂《れんシテ》、使《ムルヲ》中民《ヲシテ》不《ラ》上レ得《ニ》二其所《ヲ》一、非《ズ》レ謂《フニ》レ不《ラシムルヲ》レ得《ニ》二其《ノ》直道《ヲ》一。直《ハ》当《ニ》二読《ミテ》為《スベシ》一レ職《ト》。職《モ》亦《タ》所也」（「碩鼠」の詩の本文では「直」といっているのであって、「直道」とはいっていない。この詩は、国人がその君主が重税を課し、人民にその落ち着き場所を得させないようにしてしまったことを刺《そし》ったものであり、人民に直道を得させない、といっているのではない。ここの「直」は「職」と読むべきであり、職も所の〔意味〕である）といい、以下その実例をあげて、例証している。

馬瑞辰は基本的には王引之説をうけるが、更に「直与《トとハ》レ道一声《ノ》転、古《ハ》通用《ス》」とし「爰得《ニントハ》二我直《ガヲ》一」猶《ホ》三「爰得《ニントイフガ》二我道《ガヲ》一」と解し、「訓《よミテ》レ直《ヲ》為《スハ》レ道《ト》、義与《と》レ所亦相合《タヒス》。古人以《シテ》レ失《フヲ》レ路《ヲ》為《セバ》レ失《フト》レ所《ヲ》、則得《チうルモ》レ道《ヲ》亦為《タス》レ得《うト》レ所《ヲ》矣」（「直」を「道」と訓むのは、その意味は「所」とも合致する。古人は「失路」を「失所」といっているので、「得道」というのも「得所」という意となるのである）としている。このC説はもとよりA説を意識したものである。

D説（直は値に通じ、価値の意とする説）

余冠英によれば、「直就《ハすなはチ》是値《レナリ》。〝得《ニントハ》二我値《ガヲ》一〟就是説《チレいフ》レ使《メンコトヲ》三我的《ガ》労働　得《ヲシテえ》二到相当的代価《ノヲ》一」（直とは値のことである。〝我が値を得ん〟とは、私の労働にしかるべき代価を得させよう、という意味である）とする。近代的な労働価値の意識が反映されたものとして読みとろうとしていることがわかる。

こうした解釈がなされた背景には、古典の中に階級闘争があったことを読みとろうとする立場があると考えてよいであろう。事実、郭沫若『中国古代社会研究』（人民文学出版社、一九五四年第一版、一九七七年北京第三次印刷）の第二篇二節に階級意識の覚醒という標題で「碩鼠」を含めた『詩経』の詩が引用されている。

これに関して、やや興味深いのは、陳子展の注解の変化である。一応、同氏の説は『詩経直解』によりD説に属するものとしてあげてある。しかし、同氏の詩注釈はこれに先だつものとして『国風選訳』（春明出版社、一九五五年）があり、そこでは、郭説の歴史観を用いながらも、なお「直」の解については「毛伝」の「得二其直《ノ》道一」、「鄭箋」の「直猶《ハホ》レ正《シ》也」を用いている。

それが『詩経直解』（一九八三年）になると、

爰得《ニテ》二我直《ガヲ》一句、訳解可《ハキナリ》下従《ヒ》二毛・鄭《ニ》一、写《かキ》中成《ス》「哪里《いづこニカ》得《ント》上行《ヒ》二我《ガ》的正直《ヲ》一？」。或《イハ》説直同《フハジ》レ値《ニ》、謂《フ》三相二当《スルヲ》値一。猶《なホ》三今語謂《フガ》二相当之報酬、各々取《ルト》レ所《ヲ》レ値《あたル》也。愚用《フルハ》二此説《ノヲ》一、以《テノごとシ》三其較合《ややフヲ》二詩旨《ニ》一故也」（「爰得我直」の句は、その訳解は毛・鄭に従って「一体どこに〔いったら〕私の正しさを貫くことができるのだろうか」とするのがふさわしい。しかし、ある説に、直は値に同じで、価値に相当するの意であり、現代語で適切な報酬を各自それぞれ自分に見合っただけ手に入れる、という意味だとする。私が〔本文の解釈で〕この或説《わくせつ》を用いたのは、この方がやや詩の本旨にかなっていると考えたためである）。

としている。むしろ、後者の説〔或説《わくせつ》〕にはなじみにくいといった口吻が窺えるのではないだろうか。

E説（直は志を伸ばすの意とする説）

「直」に「伸」の意があることからこれを用いたもの。この部分、厳粲は「爾《なんぢ》不《レバ》三肯《ヘテ》徳《セ》二恵於我《ヲ》一、則《チ》我将《まさニ》レ求《メントヲ》二伸於他国《ニ》一。直猶《ハホ》レ伸《ノ》也。謂《フ》レ得《ント》レ伸《バスヲ》二其志《ノヲ》一也。受《ケテ》二抑《ヲ》於此《ここニ》一而欲《スル》レ求《メント》二伸《キ》彼《ヲかしこニ》一也」（お前が私を大事にしないのなら、私は他の国で志を伸ばそうと思うの意。直は伸に同じ。志を伸ばすことができることをいう。ここではしいたげられているので、あちらで志を伸ばそうと願うのである）とする。

F説（直はまっすぐ、まともに当たるという意味を含み、ぴったり当てはまる相手とする説）

この「直」は鄘風・柏舟の「実維我特（実に維《こ》れ我が特なり）」の特（かけがえのないたった一人の人）と似た意味であり、まっすぐ、まともに当たるという意味を含み、この詩の文脈では、ぴったり当てはまる相手、カップルとなるにふさわしい相手のこと、とする。

この加納喜光の解釈は、この部分だけ見れば唐突の感があるが、「碩鼠」の詩には農民が虐政から逃れ、安楽な土地を求めるという意味のほかに、妻が夫の虐待から逃れたいと祈るという意味の両義があるとする解釈から生まれたものである。

備考

「碩鼠」の詩は「毛伝」の序文によれば、「碩鼠《ハ》刺《そしル》二重斂《ヲ》一也。国人刺《そしル》下其《ノ》君重斂《シテ》蚕《さん》食《しよくシ》二於民《ヲ》一、不レ脩《メ》二其《ノ》政《ヲ》一、貪《むさぼリテ》而畏《レシムルコト》レ人《ヲ》、若《クナルヲ》中大鼠《ノ》上也」（「碩鼠」の詩は重税を諷刺したものである。魏の国人〔国人とは有官の人のようである〕は、魏の主君が人民を蚕が桑の葉をだんだんと食べ尽くしてしまうように、税をしだいに重くして人民を苦しめ、その政治を整えず、欲望をほしいままにし、人を畏れさせること、大鼠のようであることを刺《そし》ったものである）と、その背景が述べられている。

一方、漢の桓寛《かん》『塩鉄論』「塩鉄取下」篇（諸子集成本）には、「及《ビ》二周之末塗《まつとニ》一、徳恵塞《ふさガリテ》而嗜《し》欲衆《よくおほシ》。君奢侈《しやしニシテ》而上《かみ》求《ムルコト》多《ク》、民困《シミテ》二於下《ニ》一、怠《ル》二於公《ヲ》一乎。（「乎」は「事」の訛？）是《ここヲ》以《ツテ》有《おこリ》二履《ム》レ畝《ヲ》之税一、碩鼠之詩作《おこル》也」（周の末世になると、徳恵はとざされて失われ、欲望のみが多くなっていった。君主は奢侈となり、上から求めることが多くなってゆき、人民は下に在って苦しみにあえぎ、公事を怠るようになった〔税を払うことを怠るようになった、の意であろう（田中注）〕。そこで履畝《りほ》の税〔役人が田畝を巡って、収穫の出来具合を調査し、その良い田畝を択んで税を課すること〕を取りたてるようになったので「碩鼠」の詩が発《おこ》った）とある〔賢良の言葉〕。

また、『呂氏春秋』挙難篇には、斉の桓公（在位、紀元前六八五—前六四三）の時、衛の寧戚《ねいせき》が桓公に仕えようとしたいきさつが次のように記されている。

寧戚欲《スルモ》レ干《もとメント》二斉桓公《ノ》一、窮困《シテ》無《シ》二以《テ》自《ラ》進《ムル》一。於《イテ》レ是《ニ》為《リ》二商旅《ト》一、将《ひきヰテ》二任車《ヲ》一以《ツテ》至《リ》レ斉《ニ》、暮《ニ》宿《ル》二於郭門之外《ニ》一。桓公郊《ニ》迎《ヘ》レ客《ヲ》、夜開《キ》レ門《ヲ》、辟《さケシメ》二任車《ヲ》一、爝《かがりび》火甚盛《ダンニ》、従者甚衆《ダシ》。寧戚飯《やしなツテ》レ牛《ヲ》居《リ》二車下《ニ》一、望《ミテ》二桓公《ヲ》一而悲《シミ》、撃《チテ》二牛角《ヲ》一疾《とク》歌《フ》。桓公聞《キ》レ之《ヲ》、撫《シテ》二其《ノ》僕之手《ヲ》一曰《ハク》、異《ナルかな》哉、之《この》歌《フ》者、非《ズト》二常人《ニ》一。命《ジテ》二後車《ニ》一載《セシム》レ之《ヲ》。……

寧戚は斉の桓公に仕えようと思ったけれども、貧しくて生活に行きづまっていたので、自薦する方法がなかった。そこで旅商人となり、任車（荷車のこと）を引いて斉にゆき、国都の城門の外で宿泊しようとしていた。ちょうどその時、桓公は郊外で客人を迎えており、夜、城門を開け、任車を路上から遠ざけさせた。かがり火は煌々と輝き、従者も大変多かった。寧戚は牛に物を食べさせて、車の所にいたが、桓公を遥かに眺めて悲しみ、牛の角を撃って、甲高い声で歌を歌った。桓公はその歌を聞いて、その御者の手をとって言った。「これは珍しく不思議な歌だ。今、歌を歌っている者は、ただ者ではないと」。自分のうしろにひかえてある車にのせて宮中に戻った。……

この時、寧戚の歌った歌は、高誘の注によれば「碩鼠」の詩であった。

『後漢書』巻六〇馬融伝所引『説苑《ぜいえん》』にも「寧戚飯《やしなヒ》二牛《ヲ》于康衢《こうくニ》一」とある。（大通り）、撃《チテ》二車輻（車の矢、スポーク）一而歌《フ》二碩鼠《ヲ》一」とある。

『呂氏春秋』及び『説苑』の逸文によれば、寧戚が斉の桓公に仕えるきっかけとなったのが、この「碩鼠」の詩である。仮りに事実とすれば、「碩鼠」の詩は前七世紀以前の作品で、魏国のみならず、衛国にも知られていた（寧戚は斉に仕える前は衛の国にいた）ことがわかる。

「毛伝」及び『塩鉄論』『呂氏春秋』等所引の「碩鼠」にまつわる話、それぞれ少しずつ伝承を異にしているようである。

寧戚が「碩鼠」の詩を歌い、斉の桓公がそれを聞いて、心に悟る所があって、これを登用したという話は、『毛詩』大序の「下以《テ》風二刺《スルニ》上《ヲ》一、主《トシテ》レ文《ヲ》而譎諫《けっかんスレバ》（それとなくいさめる）、言《フ》レ之《ヲ》者無《ク》レ罪、聞《ク》レ之《ヲ》者足《たル》二以《テ》戒《ムルニ》一」がそのまま理想的に行なわれた一例となろう。事実かどうかは断定しにくいが、中国での〝詩〟の効用を考える上で興味深い。

（田中　和夫）

0 陟岵　　陟岵《ちょくこ》

1 陟彼岵兮　　彼《か》の岵《こ》に陟《のぼ》りて

2 瞻望父兮　　父《ちち》を瞻望《せんぼう》す

3 父曰嗟予子　　父曰《ちちいは》く、嗟《ああ》　予《わ》が子《こ》よ

4 行役夙夜無已　　役《えき》に行《ゆ》かば夙《しゆく》夜《や》已《や》む無《な》かれ

5 上愼旃哉　　上《ねが》はくは旃《これ》を愼《つつ》しめよ

6 猶來無止　　猶《な》ほ来《き》たれ、止《とど》まることなかれ

7 陟彼屺兮　　彼《か》の屺《き》に陟《のぼ》りて

8 瞻望母兮　　母《はは》を瞻望《せんぼう》す

9 母曰嗟予季　　母曰《ははいは》く、嗟《ああ》　予《わ》が季《すゑのこ》よ

10 行役夙夜無寐　　役《えき》に行《ゆ》かば夙《しゆく》夜《や》寐《い》ぬる無《な》からん

11 上愼旃哉　　上《ねが》はくは旃《これ》を愼《つつ》しめよ

12 猶來無棄　　猶《な》ほ来《き》たれ、棄《す》てらるること無《な》かれ

13 陟彼岡兮　　彼《か》の岡《をか》に陟《のぼ》りて

14 瞻望兄兮　　兄《あに》を瞻望《せんぼう》す

15 兄曰嗟予弟　　兄曰《あにいは》く、嗟《ああ》　予《わ》が弟《おとうと》よ

16 行役夙夜必偕　　役《えき》に行《ゆ》かば夙《しゆく》夜《や》必《かなら》ず偕《とも》にせよ

17 上愼旃哉　　上《ねが》はくは旃《これ》を愼《つつ》しめよ

18 猶來無死　　猶《な》ほ来《き》たれ、死《し》すること無《な》かれ

テキスト　『毛詩』五（漢文大系本、魏風）◆『毛詩』五（景刊

唐開成石経、中華書局）◆『毛詩鄭箋』五　魏風（四部叢刊本）◆『毛詩』五　魏風（相台岳氏本）◆『毛詩鄭箋』五　魏風（四部備要）◆『毛詩正義』五（宋刊十行本　足利学校遺蹟図書館蔵、汲古書院影印）◆『詩集伝』五（四部叢刊広編、静嘉堂文庫蔵、宋本、台湾商務印書館印行）◆『毛詩正義』五、阮本（清、嘉慶二〇年（一八一五）江西南昌府学開雕、阮元審定・盧宣旬校、台湾芸文印書館影印本、一九六五年三版）◆『毛詩鄭箋』五（静嘉堂文庫蔵、一九九二年、汲古書院影印。清原家秘点本。永正一八年（一五二一）五月六日於甘露寺亜相亭、講尺了、とある）◆和刻本『毛詩鄭箋』（和刻本、寛延二年（一七四九）皇都書林）◆藤原惺窩点『詩経』魏風（寛永五年（一六二八）正月、京都安田安昌容膝亭、『和刻本経書集成』第一輯所収。汲古書院影印、一九七六年）

校語

4**夙夜無已**　「石経魯詩残碑」（『隷釈』巻一四、明万暦刊本、上海涵芬楼影印　固安劉氏蔵、四部叢刊広編、台湾商務印書館印行）に「無」を「毋」に作る。同意。

5**上慎旃哉**　「石経魯詩残碑」（同上）に「上」を「尚」に作る。同意。

12**猶來無棄**　『爾雅』（嘉慶二〇年江西南昌府学開雕、十三経注疏本）「釈言」に「猷來無棄」に作る。異体字。「開成石経本」に「棄」を「弃」に作る。異体字。

18**猶來無死**　「石経魯詩残碑」（同上）に「無」を「毋」に作る。

詩型・韻字

雑言古詩。岵《こ》・父《ふ》（魚部）／子《し》・已《い》・止《し》（之部）、屺《き》・母《ぼ》（之部）／季《き》・寐《び》*・棄《き》（質*物部合韻）、岡《かう》・兄《けい》（陽部）／弟《てい》・偕《かい》・死《し》（脂部）。王力『詩経韻読』による。

語釈

1**陟**　登ること。周南「巻耳」篇の詩句「陟《のぼル》二彼《ノ》崔嵬《さいかいニ》一（石や岩がごろごろした山）」の「毛伝」に「陟升《ハル》也」とある。

岵　「毛伝」に「山無《ニ》《キヲ》二草木一曰《フ》レ岵《ト》」とある。一方、『爾雅』「釈山」には「多《キハ》二草木一岵、無《キハ》二草木一峐《き》」（峐《き》は屺《き》に同じ）とある（阮本十三経注疏本）。この詩の第二章の「陟彼屺兮」の「毛伝」に「山有《ルヲ》二草木一曰《フ》レ屺《きト》」とあるのとを較べると、「毛伝」と『爾雅』とでは岵と屺の意味が入れ違いになっている。『毛詩正義』では「（「毛伝」の文は）当《まさニ》《ベキ》二是《レ》転写誤《ノリナル》一也」としている。但し、どの段階での誤りなのかについては明示していない。

この「岵」と「屺」の解釈について、月洞譲「岵と屺について」（『漢文教室』第一四号、大修館書店、一九五四年）において両説の古注に基づく詳細な比較検討がなされている。結論として同氏は「詩経を読むのに、毛詩本を底本とする以上は（そうせざるを得ない以上は）毛鄭詩の詁訓を生かすべきだと思います。詩経解釈のもう一つの有力な本である、宋の朱熹の詩経集伝も、この岵屺に関しては、毛伝の説をそのままに採用しています」と「毛伝」の解を支持している。

第一章は父親の男性的なイメージ、第二章は母親の女性的なイメージを喚起する素材が配されていることからすれば、「毛伝」の解の方がより自然であるように思われる。

第一章に「岵（草木のない山）」、第二章に「屺（草木の茂った山）」、第三章に「岡」と歌われているが、必ずしもそれぞれ別個の山として読む必要はないであろう。もし別個の山とすれば、「草木のない山に登っては父を思い」、「草木の茂った山に登っては母を思い」、また「岡に登っては兄を思う」ことになる。それぞれ異なった山に登っては異なった家族を思い浮かべるという頗る不自然な表現になってしまう。

　この詩の表現の中心は、出征兵士が山に登って故郷の家の人々のことを思う――具体的には、その人々の言葉を思うということになる――ことであり、それを表現する方法として父・母・兄にふさわしい山・岡を選んで三章だての歌謡形式をとったものと考えられる。

　なお、『毛詩鄭箋』『毛詩正義』、朱子『詩集伝』とも、この詩は外地に出征した兵士が山に登って、父・母・兄を思ったもの、としている。

2 **瞻望**　瞻は視ること。『毛詩鄭箋』巻二・邶風《はいふう》（衛国の一地方〔今の河南省湯陰県一帯〕の詩を集めた篇）「燕燕《えんえん》」の詩句「瞻望弗《スルモず》レ及《バ》」に施された毛伝に「瞻《ハ》、視《ナリ》也。」とある。瞻望は遠方遥かに眺めやるの意。なお、白川静は「登高して故郷を望むのは、魂鎮めの意味がある」（『詩経国風』平凡社）とする。

兮　句末・句中の助辞。現代語の〝啊〟（文に間をもたせ、注意を喚起したり、感嘆の意を表わす助辞）に相当する（蒋立甫『詩経選注』北京出版社、一九八一年一月。向熹『詩経詞典』四川人民出版社、一九八六年八月、など）。

3・4 **父曰嗟予子、行役夙夜無已**　嗟《さ》は、嘆き悲しむ声。間投詞（感嘆詞）。行役は、戦闘・行軍・労役などの軍務につくこと。訓読は「行役す」、あるいは「役に行く」。夙夜は、(1)朝晩（朝から晩まで）、(2)朝早く起き、夜遅く寝る、(3)夜が明けぬ頃、朝まだき、等の三説がある。
　(1)鄭玄箋に「夙《ハ》、早《ナリ》、夜《ハ》、莫《ナリ》（＝暮）」とある。「鄭箋」ではこのあとの「無已」を「無《カレ》二解倦《スルコト》一（怠りなまけること）」と解しているので、この「夙夜」を、朝も晩も、あるいは朝から晩まで、明け暮れといった意味に解していることが推測される。
　しかし、『毛詩正義』では「嗟《ああ》、汝我子《ガヨ》也、汝従《ヒ》レ軍《ニ》行《キ》レ役《ニ》在《ル》レ道《ニ》之時、当《まさニ》《ベシ》二早《つとニ》起《キ》夜寐《ニいヌ》一、無《な》二得《カレ》已止《やミやムコト》一」（ああ、我が子よ。お前は軍務に従い、行軍したり労役についたりしている時は、朝早く起き、夜遅く寝るようにしなさい。怠りなまけてはならない）と、とっているので、「夙夜」は「鄭箋」の解とは異なり、(2)「夙夜す（朝早く起き、夜遅く寝る）」という動詞の用法に解しているのがわかる。これに由れば、本文の訓読は「父曰く、嗟予《ああわ》が子よ、役に行かば夙夜せよ、已《おこた》ること無《な》かれ」なお、『毛詩正義』本文の「無得」は、二字で一語の禁止を表わす副詞。詳しくは田中和夫「中古漢語副詞「無得」について」（『宮城学院女子大学人文社会科学論叢』第三号一九九四年）参照。また、『漢語大詞典』には「無得」の第二義として、「猶《ホ》《シ》二不レ准《ゆるサ》、不《ノ》レ許《サ》一」をあげる。その場合「無レ得」（得ず、得るなし、とよむ）。

　一方、陳奐『詩毛氏伝疏』（北京市中国書店、一九八四年六月、漱芳斎一八五一年版による影印）によれば、「夙《ハ》早《ナリ》也。早夜未《ダ》《ざルニ》レ明《ケ》而早《つとニ》起《ク》」とし、「早夜連《ハ》《ネテ》レ文《ヲ》成《ス》レ義《ヲ》」と解している。つまり、(3)「夙夜」を「早夜」夜が明けぬ頃、朝まだきの意にとっている。陳奐はこの前後を「行役太《はなはダ》早《シ》、欲《スルモ》レ寐《ネント》不レ得レ寐《ヌルヲ》」（軍隊の生活は、朝は大変早い。寝ていようと思っても寝ているわけにはいかない）という文脈に解している。

なお、この句は区切り方、及び父・母・兄の言葉を出征時に実際言われた言葉ととるか、それとも兵士が父・母・兄はこのように言っているであろうと想像した言葉ととるかなどについて異説がある。これについては〔諸説の異同〕及び〔備考〕参照。

5 **上慎旃哉**　上の語には、主として三様の解釈がある。⑴軍務にあって部列（部署）にある時（鄭箋：謂《フ》下在《リテ》二軍事《ニ》一作《スノ》二部列《ヲ》一時《ヲ》上）⑵尚（庶幾《ねが》はくは）の意。⑶赴く。

⑴は「鄭箋」及び孔穎達《くようたつ》『毛詩正義』などがとる解釈。「軍上」「部列上」というような、名詞の後に付けられて、……の中、……の最中などの意を表わす「上」の用法とみなしたものであろう。『毛詩正義』には「若至《シ》二軍中《ニ》一在《レバ》二部列之上《ニ》一、当《まさニ》《ベシ》レ慎《シム》レ之《ヲ》哉」（もし軍務にあって部署についている時には、くれぐれもまちがいのないようにしなさい）とする。本文は「（部列の）上にありては旃《これ》を慎め」と訓《よ》まれよう。

これに対して、朱子は「上」を「尚（庶幾）」（ねがハクハ）、の意にとり（「上《ハ》猶《なホ》《ごとシ》レ尚《ノ》」）、この句を「庶幾《ねが》《ハクハ》慎《シメ》レ之《ヲ》哉」（どうかくれぐれもまちがいのないようにしてほしい）とする（『詩集伝』）。

朱子はその論拠を明示していないが、清朝の経学家、陳奐《かん》・馬瑞辰・王先謙・胡承珙ら、すべて「魯詩石経残碑」（『隷釈』所引、〔校語〕参照）に「上」を「尚」に作るのにより、「尚」（庶幾）と解している。

但し、馬氏は「上者《は》、尚之仮借《かしゃ》、漢石経魯詩作《ル》レ尚《ニ》、是《レ》本字《ナリ》」（「上」は「尚」の仮借であり、漢石経の魯詩には「尚」に作っている。「尚」は「上」の本字）といい、毛詩の本文「上」そのものは改めないで、「尚」の仮借としているのに対し、王氏は毛詩で「上」に作っているのは古文（先秦時代の古書体で書かれたもの）であり、魯詩で「尚」に作っているのは今文《きんぶん》（漢代通行の隷書体で書かれたもの）であることを『儀《ぎ》礼《らい》』の注（鄭注）から例証し、「上」は「尚」ととるべきであるとする。

上《ヲ》作《ル》レ尚《ニ》者、毛詩作《ルハ》レ上《ニ》古文、魯詩作《ルハ》レ尚《ニ》今文。『儀礼』「郷射礼」「（兼《あはせたばヌルニ》二束之《ヲ》一以《テシ》レ茅《ヲ》）上《ニオイテス》レ握《ヨリ》焉」、注《ス》二「今文上作《ルト》レ尚《ニ》」。「覲礼」「尚《うへニオイテス》レ左《ヲ》」、注《ス》二「古文尚作《ルト》レ上《ニ》」（『詩三家義集疏』中華書局、一九八七年、呉格点校。但し、標点を改めた所がある）。

江蔭香『詩経訳注』（一九八二年、中国書店影印、一九三四年、広益書局刊『国語注解詩経』を改名影印したもの）に於いて、「上和《ハと》二尚字《ノ》一通用《ス》。是還要的意思（〝還要〟〔やはり……ねばならない〕の意）」とし、その白話解で「你須要小心謹慎、自己勉励着啊！」（お前は、くれぐれも心して慎み、つとめはげまなければいけないよ）とするのは、「……してほしい」というより、やや語気は強くなるが、上記の注釈の系譜に連なるものと考えられる。

この⑵の解釈は、北京大学中国文学史教研室選注『先秦文学史参考資料』（前引）、余冠英『詩経選』（人民文学出版社、一九五六年、一九七九年第八次印刷）、高亨『詩経今注』（上海古籍出版社、一九八〇年）、程俊英『詩経訳注』（上海古籍出版社、一九八五年）、朱守亮『詩経評釈』（台湾学生書局、一九八四年）、目加田誠『詩経　訳注篇第一』（丁字屋書店、一九四九年）、吉川幸次郎『詩経国風』（岩波書店、一九五八年）、加納喜光『詩経』（学習研究社、一九八二年）等、現代の多くの注釈書において支持されている。

(3)の説は、厳粲『詩緝』（広文書局、一九七〇年影印、明・嘉靖間趙府味経堂刻本）に見られるものである。本文は「上《おもむ》きては旃《これ》を慎めよ」となろう。旃は、之に同じ。毛伝に「旃《ハ》之《ナリ》」とある。王引之『経伝釈詞』（岳麓書社本、一九八四年）巻九に「之・旃《ハ》声相転《ヒジ》、旃・焉《ハ》声相近《ヒシ》。旃《ハ》又為《タス》二之焉之合声《ト》一」とある。「之」と「焉」とは音声が転じたもの、あるいは「旃」は「之」と「焉」との合声したもの、とする。黄典誠は、後者の解「之と焉の合音」としている（『詩経通訳新詮』華東師範大学出版社、一九九二年）。白川静はこの語を「左伝では晋関係の記事のところにみえ、その地域の方言であろう」とする（『詩経国風』平凡社、一九九〇年）。具体的に指す機能は弱く、リズムを整える機能の強い語。助辞。

6 猶来無止　猶　毛伝では「可」とする。『爾雅』「釈言」に基づいたもの。『毛詩正義』ではこの部分を「可《ベクンバ》レ来《タル》、乃《チ》来《レ》、無《カレ》下止《やメテ》二軍事《ヲ》一而来《タルコト》上」と解しているので、経文は「猶《ベシ》レ来《ル》（来たれ）、無《なカレ》レ止《やムコト》」と読むのであろう。経文にはない部分を補わなければ、文意がとりにくく、不自然さが残る嫌いがある。

朱子はここを「猶《ホ》可《シ》二以来帰《テリル》一、無《なカレ》下止《とどマリテ》二於彼《ニ》一而不《ルコト》上来《ラ》也」（やはり何としても帰って来なさい。彼処《かしこ》（戦地）にとどまって戻らぬことなどないように）と読む。「猶」は現代語の「還是」（やはり、ともかく）に当たる語と解しつつ、毛伝の解釈も加味して理解していることになる。

北京大学中国文学史教研室選注『先秦文学史参考資料』（「詩経」の項、閻簡弼《えんかんひつ》執筆）には「還是回来的好（やはり戻ってくるのがいい）」と解している。

一方、周錫韍《しゅうしゃくふう》は、「猶は可」とし、「また嘱望を表わすの辞」とする。……するがよい（強意）、また、どうか……、くれぐれも……の意、ととる（『詩経選』香港・三聯書店、一九八二年）。

無止は、『毛詩正義』では、先の「上慎旃哉」に触れたように、「軍事を止《や》めて来たること無かれ」の意に敷衍して解している。訓は「止《や》むること無《な》かれ」。

朱子は「無《なカレ》下止《とどマリテ》二於彼《かしこニ》一而不《ルコト》上来《タラ》也（前掲）」の意にとる。つまり、「止」は止《とど》まる、「無止」は「止《とど》まること無かれ」。

馬瑞辰は、この「止」を別に、「退散《シテ》不《ル》レ能《ハ》二前進《スルノ》一之称」（退散して、前進できないという意味）とする。

あるいは、「止」を「獲（敵の擄《とりこ》となる）」の意味にとるものもある。訓読は、したがって「止《え》らるる無《な》かれ」となる（朱子『詩集伝』所引の或説。また、前引『先秦文学史参考資料』所引の宋人李樗《りちょ》の説も同様。朱子所引の或説がこれにあたるのかどうかは未詳）。

7 屺　音はキ。草木の生えた山（毛伝）。一説に草木のない山（『爾雅』「釈山」）。

9 季　少子（末の子）。『詩集伝』に「尤《もっとモ》憐二愛《スル》少子《ヲ》一者《は》、婦人之

情也」（とりわけ末の子をかわいがるのは母親の情である）という。

10 無寐　「毛伝」・「鄭箋」・「正義」に従えば「寐ぬること無かれ」と読むことになる（「毛伝」に「無《なカ》レ耆《このム》レ寐《いヌルヲ》也」とあり、また第一章の「無止」との対比から）。

一方、朱子のように、戦地にある兵士が、母はこのように言うであろう、と想像する言葉とみれば、「寐ぬること無からん（寝る暇もないでしょう）」と読むことも可能であろう。

12 無棄　「棄」について朱子は「謂《いフ》三死《ンデ》而棄《テラルルヲ》二其尸《ノ》一也」（死んでその亡骸《なきがら》を棄てられることをいう）とする。「毛伝」では、第一章の父の言葉「上慎旃哉、猶来無止」に「父《ハ》尚《たつとブ》レ義《ヲ》」と注しているが、それに合わせて、この母の言葉「上慎旃哉、猶来無棄」に「母《ハ》尚《ブ》レ恩《ヲ》」と注を加えている。

父親は社会・国家の道義に重きを置いた発想をし、母親は親子の情を社会的なものよりも重んずる考え方をしている、というのである。

朱子の解釈も、この「毛伝」に沿ったものであるが、陳奐は同じく毛伝に拠りながら、「不《ざレ》レ棄《すテ》レ母《ヲ》」（母である私を棄てないでおくれ）と読んでいる。方玉潤も、「謂《いフ》レ無《カレト》下棄《テテ》レ我《ヲ》而不《ルコト》上帰《ラ》也」（私を棄てて、帰ってこないなどということのないように、という意味）ととる（『詩経原始』中華書局、一九八六年、李先耕点校本）。程俊英・蔣見元『詩経注析』中華書局、一九九一年、も陳説に従う。程俊英『詩経訳注』上海古籍出版社、一九八五年、も同じ。

また、「無棄」を、戦地・他郷にすて去られることのないように、おいてきぼりにされないように、ととる説もある（吉川幸次郎『詩経国風』、陳子展『詩経直解』）。

馬瑞辰は『説文』に「殨、棄也」とあるのにより、俗語で死のことを大殨といい、大殨は、大棄に通ずるとする。つまり、棄とは死去の別称とする。「無棄」は「棄《し》する無かれ」と訓むことになる。北京大学中国文学史教研室選注『先秦文学史参考資料』、袁梅『詩経訳注』斉魯書社、一九八五年、等、これに従っている。

この「無棄」について、近人目加田誠は第一章の「無止」、第三章の「無死」と関連して、「父は止まるなかれ、母は棄てらるるなかれといい、兄が始めて死ぬるなかれといっている。父母が、我子の死という言葉を口にするだにおそれているかのようで、ひとしお哀れである」と評している（『詩経・楚辞』平凡社第三版　一九六二年）。詩人の真情を穿ったものと言えよう。

13 岡　『詩経』周南「巻耳」の「毛伝」に「山《ノ》脊《せヲ》曰《フ》レ岡《ト》」（山の尾根を岡という）とある。山の背、尾根のこと。

16 偕　倶《とも》にすること（「毛伝」に「偕《ハ》倶《ナリ》也」）。蘇轍『詩集伝』に「必《ズ》偕《ニセヨトハ》、必《ズ》與《と》二同役者一偕《ニセヨ》、無《カレ》二独行《スルコト》一」（「必偕」というのは、必ず部隊の者と行動を同《とも》にしなさい、一人勝手に行動してはならない）（穎浜先生『詩集伝』、京都大学漢籍善本叢書、両蘇経解三、同朋舎、一九八〇年）とある。

朱子『詩集伝』には「與《と》二其儕《ノともがら》一同《ともニ》作《おこなヒ》同《ともニ》止《やメヨ》、不《ざレ》レ得《え》二自如《タルヲ》一也」（部隊の仲間と行動を共にしなさい。自分勝手にすることなどないように）とあり、ほぼ同趣旨。定説に近い。

ただ、別に「強いて努める」の意にとる説もある。

兪樾《ゆえつ》『群経平議』に見られる解釈で、(1)小雅「北山」の詩に「偕偕《タル》士子、朝夕従《フ》レ事《ニ》」とある句と意味は同じで、その「毛伝」には偕偕とは彊《きょう》壮《そう》の貌とあるから、ここも「強」と訓《よ》むべきである。また(2)『説文』人部に「偕《ハ》強也」とある。強は偕の本義であり、「偕」といっても、また「偕偕」と重ねていっても意味は同じである。(3)第一章の「行役夙夜無已」と第二章「行役夙夜無寐」とくらべれば、「必偕」というのも、この両章の意を申《の》ばしたものにちがいない、といった三点の理由から「必偕」とは「必当《まさニ》《ベキ》ニ自強《ラつとム》一也」とするのである（『皇清経解続編』巻一三七〇、『群経平議』九）。

林義光（『詩経通解』中文出版社、一九七一年）も、これに従っている。

通釈

陟岵《ちょくこ》

あの草木のない山に登って、遥かに故郷にある父上を眺めやる。出征に当たって、父上はこういわれた。

「ああ、わが子よ。戦地に行ったなら、朝から晩まで軍務に努め、励みなさい。くれぐれもまちがいのないようにな。そして、戦地に止まらずに必ず帰ってくるのだぞ」

あの草木の茂った山に登って、遥かに故郷にある母上を眺めやる。出征の時、母はこういわれた。

「ああ、私の末の子よ。戦地に行ったなら、朝から晩まで寝《やす》む暇もないでしょう。どうか、くれぐれもまちがいのないようにね。そして、帰って来ておくれ。戦地に棄てられることなく」

あの岡に登って、遥かに故郷にある兄を眺めやる。出征の時、兄はこういわれた。

「ああ、弟よ。戦地に行ったなら、一日中必ず部隊と行動を共にしろよ。くれぐれもまちがいのないように。そして帰って来るのだぞ、死なずにな」

諸説の異同

異同の所在

父曰嗟予子行役夙夜無已の句の区切り方

異同の類別

A 「予子」までで区切る。

B 「行役」までを一句とする。

C 「父曰嗟」を一句とし、以下は皆四字句として区切る。

A説を採るもの：孔穎達『毛詩正義』、段玉裁『詩経小学』、胡承珙『毛詩後箋』、北京大学中国文学史教研室選注『先秦文学史参考資料』、程俊英『詩経訳注』、吉川幸次郎『詩経国風』、加納喜光『詩経』、白川静『詩経国風』など。

B説を採るもの：朱子『詩集伝』、高亨『詩経今注』、金啓華『詩経全訳』（江蘇古籍出版社、一九八四年）、周錫䪖『詩経選』など。

C説を採るもの：呉闓生『詩義会通』（中華書局、活字本、一九六二年）、余冠英『詩経選』（人民文学出版社、一九七九年、第二版）、屈万里『詩経詮釈』（聯経出版事業公司、一九八三年）、乾一夫『中国の名詩鑑賞・1』（明治書院、一九七五年）など。

異同の論拠

広く言えば文勢ということになると思われるが、論旨の点でより具体的なものを挙げよう。

段玉裁は、詩が第一章の「父曰嗟予子」、第二章の「母曰嗟予季」、第三章の「兄曰嗟予弟」が皆五字句であり、また第一章の「予子」「無已」「無止」のそれぞれ「子」「已」「止」とが韻を踏み、第二章の「季」「寐」「棄」とが韻を踏み、第三章の「弟」「偕」「死」とが韻を踏んでいることから、「行役夙夜無已」で一句とする（『皇清経解』巻六三〇『詩経小学』）。胡承珙も段説を是《ぜ》とする（『毛詩後箋』巻九）。

このA説に対し、顧炎武『詩本音』（『皇清経解』巻一〇）所引の李因篤のB説では、父曰、母曰、兄曰からそれぞれ「行役」までを一句とする。その論拠として、「父曰嗟予子行役」「母曰嗟予季行役」「兄曰嗟予弟行役」は「子・季・弟」と、句中韻を踏んだものであり、句中韻を踏んだ詩の例として、他に「撃壌歌」があることを挙げる。

なお、胡承珙は句中韻を踏んだ例は『詩経』にはないようであるとし、段説に従っている。

所《ノ》レ云《フ》（『詩本音』所引李因篤の説）、句《ノ》半《ヲ》為《スハ》レ韻《ト》、詩（『詩経』）中似《タリ》レ無《キニ》二此《ノ》例一。不《ず》レ如《しカ》下段氏《ノ》曰《フニ》中此五字句父曰《ハク》、嗟予子《ガハ》、子《ト》与《と》二已・止一韻《ナリ》、次章《ハ》季寐棄韻《ナリ》、三章《ハ》弟偕死韻《ナリ》、行役夙夜無《カレハ》レ已《ム》六字句《ナリト》上。此《ノ》説直截《ナリ》。（『毛詩後箋』）

C説を採る呉闓生《ごかいせい》の考えでは以下の如くになる。段玉裁のいうように「父曰嗟予子」の五字を一句として、子・已・止を韻とみなすのはよい。しかし、古人の叶《きょう》韻《いん》の中には句中韻を踏むものがあり、もし段説のように「父曰嗟予子」で一句とすれば、あとの四句は六字で一句とみなすことになり、詩律の面から考えて不自然である。だから「父曰嗟」の三字を一句とし、あとは皆四字句とみなすのが妥当である。

ただし、呉氏のC説の句切り案によれば、一章が「陟彼岵兮、瞻望父兮、父曰嗟、予子行役、夙夜無已、上慎旃哉、猶来無止」と七句となり、古注に「陟岵三章　章《ゴトニ》六句」とあるのには抵触することになる（同書、蔣天枢による校語）。本書ではA説に従う。

備考

(1)この詩は、出征した兵士が故郷にある家族を思って詠った詩である。この点については所謂古注（「毛伝」・「鄭箋」・『正義』）と、朱子に代表される新注（『詩集伝』）との間に基本的に相違はない。ただ、古注では父の言葉、母の言葉、兄の言葉はそれぞれ、この兵士が出征するに当たって、父・母・兄が兵士に向かって直接に言った言葉であり、兵士が外地にあってそれを思い起こしているととるのに対し、『詩集伝』では、父・母・兄がそれぞれ自分を思って、このように言っているであろうと想像している言葉ととる所に違いが見られる。

『毛詩正義』及び『詩集伝』の該当部分を挙げておく。

孝子在《ル》レ役《ニ》之時、以《ツテ》二親戚離散《スルヲ》一而思二念《シテ》之《ヲ》一言《フ》、「己《われ》登《リテ》二彼岵《ノ》山之上《ニ》一兮、瞻《せん》二望《ぼうス》我《ガ》父所在之処《ヲ》一兮。我本欲《スル》レ行《カント》之時、而《すなハチ》父教二戒《シテ》我《ヲ》一曰《ハク》、『嗟《ああ》、汝我《ガ》子《ヨ》也、汝従《ガヒ》レ軍《ニ》行《キテ》レ役《ニ》在《ル》レ道《ニ》之時、当《まさニ》二早《つとニ》起《キ》夜《ニ》寐《ヌ》一。無《な》二得《カレ》已《やミ》止《ヤム》一』」又言《フ》『若《もシ》至《リ》二軍中《ニ》一在《ラバ》二部列之上《ニ》一、当《まさニ…ベシ》レ慎《シム》レ之《ヲ》哉。可《クンバ》レ来《きたル》乃《チ》来《タレ》。無《カレ》下止《やメテ》二軍事《ヲ》一而来《ルコト》上。若《シ》止《ムレバ》二軍事《ヲ》一、当《まさニ》レ有《ル》二刑誅《シ》一。故《ニ》深《ク》戒《シムト》レ之《ヲ》』」。

（大意：孝行息子が行役に在る時、父母や兄と遠く離れ離れになっているために、父母や兄を思っていった。「草木のない山に登って、私は父上の居られる方を眺めやる。私が出征しようとする時、父上は私を教え戒しめてこう言われた。『ああ、我が子よ。軍に従い、役に行き、軍務についている時は、朝早く起き、夜遅く休むようにしなさい。決して軍務から離れるようなことがあってはならぬ』『もし、軍に行き、軍務に従っている時にはしっかりと励みなさい。決して戻れるようになったら戻って来なさい。決して軍務を止めて戻ってくることのないように。もし軍務を止めて戻ったりすれば、必ず刑誅されるのだから。くれぐれもまちがいのないように』と」）

（『毛詩正義』巻五の三、「陟岵」）

孝子行《キテ》レ役《ニ》不レ忘《レ》二其《ノ》親《ヲ》一、故《ニ》登《リテ》レ山《ニ》以《テ》望《ミ》二其《ノ》父之所《ヲ》レ在《ル》、因《ツテ》想三像《シテ》其《ノ》父念《フ》レ己《ヲ》之言《ヲ》二曰《ハク》、「嗟乎《ああ》、我《ガ》之子行《キテ》レ役《ニ》、夙夜勤労《シ》、不レ得三止息《スルヲ》二。」又祝《シテ》レ之《ヲ》曰《ハク》、「庶幾《ねがハクハ》慎《シメヨ》レ之《ヲ》哉、猶《ホ》可《シ》二以《テ》来《タリ》帰《ル》一、無《カレ》下止《リテ》二於彼《かしこ》《ニ》一而不《ルコト》上レ来《タラ》也」。

（大意：孝行息子が行役の任務に従ってもその肉親を忘れず、山に登って父親の居る方角を眺めやり、父が自分を思って言っているであろう言葉を想像しているのである。父は言われていよう、「ああ、お前は戦地に行ったなら、朝晩勤め励んで、怠けたりしてはならぬ」と。また、祈って言われていよう、「くれぐれも気を付けなさい。やはり帰って来るのだぞ、戦地に止まって戻らぬことのないようにな」と）

（『詩集伝』巻五）

同じく、父・母・兄の言葉を思い描くのではあるが、古注では父・母・兄が兵士に向かって直接いった言葉を戦地で思い起こす、と取るのに対し、朱注では父・母・兄はこのようにいわれているであろう、と思い描いていると取っているることになる。迫真性において古注の解が勝るように感じられるが、いわば兵士の思い描く幻景の中にかえって迫真性を認めるためであろうか、新注に従う注釈家も多い（余冠英『詩経選』、程俊英『詩経訳注』、朱守亮『詩経評釈』、吉川幸次郎『詩経国風』、蔣立甫『詩経選注』〔北京出版社、一九八一年〕など）。

古注と朱子に代表される新注のこの発想法の違いについては、田中和夫「朱子の『詩経』解釈について—魏風「陟岵」の詩をめぐって—」（『宮城学院女子大学人文社会科学論叢』第四号一九九五年）参照。

(2)この詩について、伝統的な解釈とは異なり、民俗学的観点から理解しようとする立場も現われてきている。石川忠久『詩経』（明徳出版社、一九八四年）には、「この詩の登高と瞻望は、ともに行役の士の呪的行為の表れであり、それによってその対象とする家族——父・母・兄の魂を感動させるのである。感動させることによって、肉親の声が聴こえ、それを自らが巫祝のように宣《の》るのである。行役の士が自らの荒ぶる魂を鎮めようとするもので、恐らく舞や唱和を伴ってうたわれたものであろう」と解説されている。

（田中　和夫）

0 桃夭　　桃夭《たうえう》

1 桃之夭夭　　桃《もも》の夭夭《えうえう》たる

2 灼灼其蕡　　灼灼《しゃくしゃく》たる其《そ》の華《はな》

3 之子于歸　　之《こ》の子《こ》　于《ゆ》き帰《とつ》ぐ

4宜其室家　其《そ》の室家《しっか》に宜《よろ》し
5桃之夭夭　桃《もも》の夭夭《えうえう》たる
6有蕡其實　蕡《ふん》有《た》る其《そ》の実《み》
7之子于歸　之《こ》の子《こ》　于《ゆ》き帰《とつ》ぐ
8宜其家室　其《そ》の家室《かしつ》に宜《よろ》し
9桃之夭夭　桃《もも》の夭夭《えうえう》たる
10其葉蓁蓁　其《そ》の葉　蓁蓁《しんしん》たり
11之子于歸　之《こ》の子《こ》　于《ゆ》き帰《とつ》ぐ
12宜其家人　其《そ》の家人《かじん》に宜《よろ》し

テキスト　『毛詩』一　周南（漢文体系本）◆『毛詩』一　周南（景刊唐開成石経、中華書局復印）◆『毛詩鄭箋』一　周南（四部叢刊、常熟瞿氏鉄琴銅剣楼蔵本）◆『毛詩』一　周南（相台岳氏本、京大人文研蔵本）◆『毛詩鄭箋』一　周南（四部備要本）◆『毛詩正義』一（宋刊十行本、日本足利学校遺蹟図書館蔵本、汲古書院影印）◆『詩集伝』一　周南（宋本、静嘉堂文庫蔵本。四部叢刊広編、台湾商務印書館復印）◆『毛詩正義』一（清、嘉慶二〇年（一八二五）江西南昌府学開雕、阮元審定、盧宣旬校、台湾芸文印書館復印）◆和刻本『毛詩鄭箋』一（清原宣賢秘点本、永正年間書写。汲古書院影印）◆和刻本『毛詩鄭箋』一　周南（寛延二年（一七四九）皇都書林刊、中文出版社影印）◆和刻本　藤原惺窩点『詩経』周南（寛永五年（一六二八）京都安田安昌容膝亭刊、『和刻本経書集成』第一輯所収。一九七六年汲古書院復印）

校語

1**夭夭**　『説文』六篇上・木部に引用して「枖枖」に作る。同書一二下・女部には「𡝩𡝩」に作る。三家詩系の逸文。

10**蓁蓁**　『通典』（北宋刊本、宮内庁書陵部蔵、汲古書院影印、一九八〇年）巻五九礼一九に引用して「溱溱」に作る。但し、『通典』（中華書局、一九八四年二月影印本、万有文庫十通本の影印）、及び『通典』（中華書局、一九八八年十二月校点本、武英殿本の翻刻によるという浙江書局本を底本とする）には、どちらも「蓁蓁」に作っている。

詩型・韻字　四言古詩。華《くわ》・家《か》（魚部）、實《じつ》・室《しつ》（質部）、蓁《しん》・人《じん》（真部）。王力『詩経韻読』（上海古籍出版社、一九八〇年）による。

語釈

0**桃夭**　はちきれんばかりの若々しさ、まぶしいほどの輝きに満ち溢れている娘を、桃の木が燃え立つようなうす紅色の花を咲かせているさまによって喩える。さらに、この娘が嫁いでいったあとのことを想像し、その嫁ぎ先で好感をもって迎えられるであろうこと、子宝に恵まれるであろうこと、その家が子々孫々繁栄するであろうことを、それぞれ桃の木に豊かに実が実ること、桃の枝葉が茂ることによって喩え、人事と自然とを重ね合わせて表現したもので、この娘の現在を讃え、将来を言祝《ことほ》ぐ祝婚の歌（なお、〔諸説の異同〕〔備考〕参照）。

「桃夭」という詩題は、初句「桃之夭夭」から二字を抜き出してつけたものである。『詩経』の詩題のつけ方は、必ずしもその詩意に基づいてなされているわけではなく、主にその第一句の中から、二字あるいは四字をとってつけられるものが多い。例は少ないが、一字や三字、あるいは五字のものもある。

詩題のつけ方については『毛詩正義』周南・関雎《かんしょ》の中で「名ヅクルレ篇ニ之例、義トシテ無シ二定準一。多キモ不レ過ギ五ヲ、少ナキハ纔《わづか》ニ取ルノミレ一ヲ。……以テ三作ルモノ非ザルヲ二一人ニ一、故ニ名ヅクルニ無シ二定目一」（詩篇に題をつける際の通例として、そのやり方にきまった方法はない。多いものでも五文字を越すことはなく、少ないものではわずかに一字を用いている。……（詩篇を）作ったのがただ一人の人ではなかったので、詩題をつける時にもきまったやり方がなかったのである）と指摘されているように、『詩経』全篇を通してはきまった方法はない。最も多いのは、初句から二文字を選び出す方法である。「桃夭」はその一例。

1 **夭夭** 木が若々しいこと。『詩経』の漢代の注釈、「毛伝」には「夭夭トハ、其（＝桃）ノ少壮ナルモノ也」とある。邶風《はいふう》「凱風《がいふう》」（みなみかぜ）」に「棘心《きょくしん》夭夭タリ」とあり、その「毛伝」にも「夭夭ハ盛ンナル貌」とある。

南宋の朱子は「少好之貌」とする。若くて美しい（みめよい）の意。

『説文』六篇上・木部に「枖ハ、木ノ少ク盛ンナル皃《かたち》、従フレ木ニ、夭ノ声。詩ニ曰ハク、桃之枖枖タル」（傍点は筆者。以下同じ）とあり、同じく『説文』一二編下・女部に「𡝩ハ、巧也。詩ニ曰ハク、桃之𡝩𡝩タルト、女子ノ笑フ皃《かたち》」とある。段玉裁はこれに「木部已ニ称《いひ》二桃之枖枖一ト矣、此《ここ》ニ作ルハ二𡝩𡝩ニ一、蓋シ三家詩ナラン也。釈シテ為シ二女子ノ笑フ皃《かたち》ト一、以テ明ラカニス二𡝩之別ノ一義ヲ一」と注している。

「夭夭」を「枖枖」、あるいは「𡝩𡝩」に作るテキストがあったことが知られる。段玉裁はこれを三家詩（前漢の初め、魯人《ろひと》申培《しんばい》公によって伝えられた魯詩、燕人韓嬰《かんえい》によって伝えられた韓詩、斉人轅固《えんこ》生《せい》によって伝えられた斉詩をいう。それぞれ国家公認の詩学三派であった。現在、まとまったものとしては失われている）のものであろうとして推測している。

清の陳喬樅《ちんきょうしょう》は、この『説文』の部分について「許氏（許慎）兼ネ二載シ三家之詩ヲ一、訓ジテ枖ヲ為ス二木ノ少《わか》キ貌ト一。与《と》二『易林』ノ「桃夭少華」一義合フ。是レ用フ二斉詩之説ヲ一。其ノ作ルレ𡝩ニ者《は》殆《ほとんど》魯韓之異字ナルか与」（『斉詩遺説攷』巻一、『皇清経解続編』）という。つまり、「夭」を「枖」に作るのは斉詩で、「𡝩」に作るのは魯詩か韓詩の異字であろうと推断している。

清朝の馬瑞辰《ばずいしん》は、「夭夭」を「枖」の仮借とみなし、前引の『説文』「枖」の条によって、桃の木が若々しく盛んなさまととっている（『毛詩伝箋通釈』巻二、皇清経解続編、あるいは中華書局、一九八九年点校本など）。

一方、近人聞一多《ぶんいった》は『説文』夭部に「夭ハ屈也」とあるのに着目し、邶風《はいふう》「凱風《がいふう》」の詩に「凱風《みなみかぜ》自リレ南、吹クニ二彼ノ棘心ヲ一、棘心夭夭タリ」とあるのを、棘《なつめ》が風の吹くのを受けて屈曲することだと解釈し、また楽府《がふ》の「長歌行」に「凱風吹キ二長棘ヲ一、夭夭トシテ枝葉傾ク、黄鳥飛ビテ相追ヒ、咬咬《こうこう》トシテ弄ス二声音ヲ一」とあるのも、すべて『詩経』に基づいた表現であると見做し、その第2句は正に「枝葉傾」と述べて『詩経』の夭夭の義を申《の》べたのだ、とする。そして「桃之夭夭」の義もまた同じであると推断し、謝霊運の「悲哉行」の「差池《しちトシテ》（尾翼を張り舒《の》ばすさま）燕始《メテ》飛《ビ》、夭《よう》裊《じょうトシテ》桃始《メテ》栄《はなサク》」とある「夭裊《ようじょう》」も桃の枝が風に随《したが》って傾き屈する貌《かたち》であると解し、謝霊運は「夭裊」（という言葉）で詩の「夭夭」に易《か》えたのであり、これはよく詩の旨を得ているという。このように後世の詩文実作の例に基づいて考察し、「夭《ハ》訓《ズ》レ屈《ト》、凡《ソ》木《ノ》初《メテ》生《ズレバ》則《チ》柔韌《じんニシテ》而易《やすシ》レ屈《シ》、故《ニ》謂《フ》二之《ヲ》夭《ト》一」と結論づけている（『古典新義』「詩経通義」、『聞一多全集』2、開明書店版、新華書店、一九八二年重印）。

つまり、「桃之夭夭」とは桃の若い枝葉が風に吹かれて打ちなびいている状態ととっていることになる。この聞一多の解釈は基本的に「毛伝」の解、及び『説文』の解にも矛盾しないばかりでなく、後世の詩文実作の例をも視野に入れたものであり、詩を読む者がその具体的なイメージを結びやすいこともあるためか、近年支持されることが多くなってきているようである（楊任之『詩経今訳今注』天津古籍出版社、一九八六年。『詩経鑑賞集』人民文学出版社、一九八六年。費振剛「状物工巧、連想豊富―《周南・桃夭》簡析」。陳子展・杜月村『詩経導読』巴蜀書社、一九九〇年など参照。

また袁梅は、「桃之夭夭」を「桃樹繁茂《シ》、翠《みどり》欲《ほっス》レ滴《したたラント》」と訳しているが、別に聞一多の説を載せ（具体的な指摘は省かれているが）、夭夭は木の枝が湾曲傾斜して揺曳《ようえい》しているありさまを指す、として聞一多の説にも注意を払っている（『詩経訳注』斉魯書社、一九八五年）。

2 **灼灼**　「毛伝」に「華《はな》之盛《ンナル》也」とあり、『説文』一〇篇上・火部には「灼《ハ》灸也」とある。その段玉裁注には「凡《ソ》訓《ジテ》レ灼《ヲ》為《スト》レ明《ト》者《は》、皆由《ル》二経伝段《かりテ》レ灼《ヲ》為《スニ》レ焯《しゃくト》一。桃夭伝《ノ》曰《ニク》、灼灼《ハ》華之盛《ンナル》也《ト》。謂《ヒテ》レ灼《ヲ》為《ス》二焯之段借《かしゃノ》字《ト》一也」とする。焯《しゃく》とは明るいこと。桃の花がうす紅色に明るく咲いているありさま。

この句は後世、唐代の詩人崔護《さいご》の詩「題《ス》二都城南荘《ノニ》一」（『全唐詩』巻三六八、『本事詩』情感、『太平広記』巻二七四など）に「人面桃花相映《ヒジテ》紅《ナリ》」と歌われている句のような、直接的に少女と桃花が相映じているさまを詠んだもの、ではない。が、潑刺とした紅い桃の花に若くて美しい少女の顔を想い起こすこと、あるいはその逆に若くて美しい少女の顔に桃の花を想像することは、読者には許されていよう。

なお、『詩経』の中で女性の美しい顔を花に喩えたものとしては、鄭風「有女同車」に「有《リ》レ女同《ジクス》レ車《ヲ》、顔如《ハシ》二舜華《むくげノはなノ》一」とあるのが挙げられる。桃花と人面との関係については劉潔修『漢語成語考釈詞典』（商務印書館、一九八九年）の「人面桃花」の項に通時的な記述があって参考になる。

3 **之子**　之《こ》の子とは「是《こ》の子」に同じ。ここでは嫁いでいく娘のことをさす。詞義を解釈し、かつ古代の名物を考証した最も古い辞書である『爾雅』には、『詩経』の詞語を解釈している部分が多いが、その「釈訓」に「之子《こノ》者《トハ》、是子《ノ》也」とあり、またその後代の注、晋の郭璞《かくはく》の注には「斥《さス》レ所《ヲ》レ詠《ズル》（詠まれている人をさす）」としている。

3 **于帰**　お嫁に行くの意。「毛伝」に「于《ハ》、往《ク》也」とある。これによれば「于《ゆ》き帰《とつ》ぐ」の意。

「帰」は嫁ぐの意味。『詩経』召南「江有汜《こうゆうし》」の詩句「之子《コノ》歸《とつグ》、不《ズ》二我以《トともニセ》一」の鄭箋《ていせん》（後漢鄭玄《じょうげん》の『詩経』注）に「婦人謂《ヒテ》レ嫁《グヲ》曰《フ》レ帰《ト》」とある。これに先行する例としては『春秋公羊伝《くようでん》』隠公二年に、「冬十二月、伯姫帰《グ》二于紀《ニ》一、伯姫《トハ》何《ゾ》。婦人謂《ヒテ》レ嫁《グヲ》曰《フ》レ帰《ト》」というのが挙げられる。またその『公羊伝』の注、後漢の何休『春秋公羊解詁《くようかいこ》』には「婦人生《マレテハ》以《テ》二父母《ヲ》一為《シ》レ家《ト》、嫁《イデハ》以《テ》レ夫《ヲ》為《ス》レ家《ト》、故《ニ》謂《ヒテ》レ嫁《グヲ》曰《フ》レ帰《ト》」とある。

「帰」を嫁ぐの意とることについては異説はないが、「于帰」の「于」については、現代に至ってもなお異説が多い。

〔諸説の異同〕Ⅲ参照。

4 **宜其室家**　「室家」は嫁ぎ先の家庭。朱熹『詩集伝』に「室《トハ》謂《フ》二夫婦《ノ》所《ヲ》レ居《ル》、家《トハ》謂《フ》二一門之内《ヲ》一」とある。

別に、『春秋左伝』桓公一八年に「申繻《しんしゅ》曰《ハク》、女《ニ》有《リ》レ家、男《ニ》有《リ》レ室、無《シ》二相瀆《ヒけがルルコト》一也。謂《フ》二之《ヲ》有《リト》レ礼、易《ヘレバ》レ此《ヲ》必《ズ》敗《レン》」（魯の大夫）申繻は〔諫めて〕言った。女に夫が有り、男に妻が有れば、互いに汚すことをしない、これを礼有りといいます。これを変えたならば、必ず禍を招くでしょう）とあるのに基づき、「室家」を夫婦のこと、とするものもある（南宋、厳粲『詩緝《しゅう》』、袁梅『詩経訳注』〔斉魯書社、一九八五年〕、王宗石『詩経分類詮釈』〔湖南教育出版社、一九九三年〕など）。

「毛伝」・「鄭箋」系のいわゆる古注では、「有室家（家庭に入る、結婚する）」の意にとる。

この句の解釈に諸説がある。その主なものに、

(1)「宜」は和順（睦まじく親しみ、融和する）、「室家」は嫁ぎ先の家、の意とし、「宜其室家」で、「和順其室家」（其の室家に和順せん――嫁ぎ先の人々の心にかなうだろう、嫁ぎ先にうまく溶け込むだろう。あるいは、其の室家を和順せしめん――嫁ぎ先を和やかでしかも秩序あるものにさせるだろう）の意とする（朱子『詩集伝』）。

「宜其室家」の訓読は、「其の室家に宜《よろ》し（からん）」あるいは、「其の室家を宜《よろ》しからしめん」。「宜」は動詞。

王力『古代漢語』第二冊（中華書局、一九六二年初版、一九八一年）、蔣立甫『詩経選注』（北京出版社、一九八一年）、陳子展『詩経直解』（復旦大学出版社、一九八三年）、黄典誠『詩経通訳新詮』（華東師範大学出版社、一九九二年）、吉川幸次郎『詩経国風』上（岩波書店、一九五八年）、高田真治『詩経』上（集英社、一九六六年）、中島みどり『詩経』（筑摩書房、一九八三年）など。

(2)「宜」は(1)に同じ。「室家」を夫婦（または夫）の意にとり、「宜其室家」で、「夫と仲良くしていくだろう」、「良き妻となるだろう」、「夫婦の折り合いもよくいくだろう」といった意味にとるもの。訓読は「其の室家に宜しからん」。袁梅『詩経訳注』（斉魯書社、一九八五年）、王宗石『詩経分類詮釈』（湖南教育出版社、一九九三年）、藤野岩友『漢詩』（旺文社、一九五七年）、加納喜光『詩経』上（学習研究社、一九八二年）、境武男『詩経全釈』（汲古書院、一九八四年）、石川忠久『詩経』（明徳出版社、一九八四年）など。

(3)「宜」は「……すべきである、……するのが適切だ」の意。「室家」は「有室家（家庭をもうける、お嫁にいく）」の意

味。

前漢の「毛伝」では、この句に「宜以有室家、無踰時者」と注を付している。やや読みにくいが、清の陳奐は、この文について、「云《フ》下『宜《シク》三以《ツテ》有《ス》二室家《ヲ》一、無《カレトこ》中踰《ユル》レ時《ヲ》者《こと》上』。伝《ハ》兼《ネテ》二上句《ノ》一為《ス》レ釈《ヲ》。無《カレトハこ》レ踰《ユル》レ時《ヲ》言《フ》下無《カレ》レ踰《ユル》二少壮之時《ヲ》一、無《クシテ》レ踰《ユル》レ時《ヲ》而宜《シク》上有《ス》二室家《ヲ》二」と説明している。これに従えば、この「毛伝」は、「宜しく以て室家を有し、時を踰ゆる者無《こと》かるべし」と、読むことになろう。

更に、「毛伝」・「鄭箋」の再注釈である『毛詩注疏』によって補って読めば、「宜其室家」は、「(15歳から19歳にかけての夭夭然とした若々しい娘、若いばかりでなく燃え立つような容色を備えている。この娘が、秋から冬にかけて、結婚するのに最も正しい時に、結婚する。これは時を得た結婚といえる。この時を逃さず) 結婚するのがよい」の意。訓読は「宜しく其れ室家すべし」(漢の毛亨「伝」)。

(4)「宜」は、「……するのにふさわしい、……するのに適っている」の意。「宜其室家」を「(30歳の男性のところに20歳の娘が、桃の花咲くこの仲春のときに嫁いで行く) 結婚するのに、男女の年齢・婚礼の時節ともに (礼に) かなっている」の意とする。訓読は「其の室家するに宜し」(「鄭箋」)。

(補注、(4)の鄭箋の解釈も、『毛詩注疏』によって、補って意味をとっている)。

(5)「宜」は「儀」に通じ、「善」の意。「宜其室家」及び第三章の「宜其家人」は、(嫁ぎ先の) 家と家人とにうまく対処する、という意味とする (清・馬瑞辰『毛詩伝箋通釈』に「凡《ツ》『宜其室家』、『宜其家人』者《は》、皆謂《フ》四善《ヨク》三処《スル》其室家《ノ》与《ト》二家人《ニ》一耳」とある)。訓読は「其の室家を宜《よ》からしめん」、あるいはその意味をとって「其の室家を宜《ととの》へん」などとなろう。

簡潔な表現の句であるだけに、このように、その解釈には歴史的に異説が多い。

表面的には「宜」、「室家」の二つの言葉の意味・用法の理解の違いとなって、現れる。しかし、その背後には『詩経』の詩篇に社会的効用・政教的役割を認めるかどうか、換言すれば、詩の詞書きである「詩序」に「桃夭、后妃之所《ハ》レ致《ス》也。不《レバと》二妬忌《きせ》一則《チ》男女以《テシ》レ正《ヲ》、婚姻以《テシ》レ時《ヲ》、国無《シ》二鰥《かん》民《みん》一也」(桃夭の詩は、后妃の徳がもたらした〈社会的効用〉を詠んでいる。后妃が嫉妬しないので、国中の青年男女が正しい年齢で、また時を失わず正しい時節に結婚したので、〈周南の〉国には、鰥《やもお》・寡《やもめ》がいなかった) とあるのを認めるかどうか、また「詩序」を認めた場合でも、この「桃夭」の詩序「婚姻以時」の「時」を何時と考えるか (「毛伝」では、男は20歳から29歳まで、女は15歳から19歳まで。婚礼の時期は秋から冬にかけての時期。「鄭箋」では、男は30歳、女は20歳。婚礼の時期は仲春の月) 等の問題がある。それらをどう考えるかによって、この句の、ひいてはこの詩篇自体の読みも変わってくる。

現代においては、『詩経』は、その一部の歴史的事件を述べたもの以外は、「詩序」を排除した形で読まれるのが普通であり、「毛伝」「鄭箋」で論じられているような結婚時の年齢・時節が特に問題とされることはない。「桃夭」の詩も、もちろん「詩序」は排された形で読まれている。

それでもなお残る問題は、主としてこの詩の構成からくるものである。というのは、第一章の「灼灼其華」、第二章の「有蕡其実」、第三章の「其葉蓁蓁」という表現が、時間軸に沿ってなされているように見えることにある。これらは、時間軸とは関係なく、若々しいことを言葉を換えて表現したものだ、と考えるか、あるいは時間の経過を意識したもので、結婚後の将来の繁栄を見越し、そうなることを祈っているものだ、と考えるか、その理解が分かれるところである（諸説の異同）II 参照。

この詩が民謡だとしても、そのどちらの表現が自然であると認められるのか、見解が分かれるというのが、現状である。

こうしたことが関係して、「宜其室家」の句を読みにくいものにさせている、といえよう。

本稿では、「詩序」を排して『詩経』を解釈し、後世に最も大きな影響を与え続けている南宋の朱熹の『詩集伝』による解釈を(1)に掲げ、基本的にこれに従っておく。

6 **有蕡**　蕡とは、実の貌（「毛伝」）。実の盛んなさま（朱熹『詩集伝』）。桃の実が大きいさま（蘇轍『詩集伝』）。

この「有」は、「毛伝」では動詞（「～有り」）として読んでいることは、ほぼ疑いがない。

近代では、「状物之詞」（清、王引之『経伝釈詞』）ともされる。現代では、より明確に「形容詞詞頭」（王力『古代漢語』、前掲）とされる。あるいは、「形容詞之《の》前的《の》語助詞。和《と》ニ畳詞的作用ニ相似《ヒタリ》。有蕡《ハ》、即《チ》蕡蕡《ナリ》」とする説もある（程俊英『詩経訳注』、上海古籍出版社、一九八五年）。

また、今人屈万里は、『詩経』の詩の中で、すべて「有」の字を形容詞あるいは副詞の上につけたものは、「然」の字を形容詞あるいは副詞の下に加えたものに等しい、と言い、「有蕡」は「猶ほ蕡然のごとし」とする（屈万里『詩経詮釈』聯経出版事業公司、一九八三年）。

「毛伝」等の古注に従えば、「有蕡」は「蕡（たる）～有り」と読む。形容詞・副詞の前につく語助詞とする立場から読めば、「有《たル》レ蕡（蕡たる）」とか、「有《げ》にも蕡《ふく》れたる」（吉川幸次郎『詩経国風』上、前掲）などとなる。

蕡の意味については、桃の実がほんのり赤みを帯びて熟してくることをいう、とする説もある。于省吾『沢螺居《たくらきょ》詩経新証』（中華書局、一九八二年）巻上に「蕡・蕡・頒・頒与《と》レ蕡古《ハ》通《ズ》。……頒・蕡並《ビニ》応《ニ》ニ読《ミテ》作《ス》レ斑《ト》。……然則《ラバチ》「有蕡其実」即《チ》「有斑其実《ナリ》」桃実将《ノ》ニ熟《セント》レ、紅白相間《まじり》、其実斑然《タリ》」とある（但し、「有」を動詞として読んでいるのか、語助詞として読んでいるのかについては、判然としない）。

また一説に「有蕡」は「蕡蕡」に同じ、果実累々とした様子である、とするのもある（蔣立甫『詩経選注』前掲）。

この「桃之夭夭、有蕡其実」は、「毛伝」・「鄭箋」以来の「詩序」を重んずる古注では、この娘が容色麗しいばかりではなく、婦人がわきまえておくべき道徳を豊かに備えていることを言ったものだとされている。

現代では、こうした婦人の徳云々とは解されず、嫁いでいく娘を言祝《ことほ》いだ言葉、子宝に恵まれるであろうこと・子孫繁栄するであろうことを言祝いだものととらえるか（陳子展『詩経直解』(復旦大学出版社、一九八三年)、蔣立甫『詩経選注』、王宗石『詩経分類詮釈』(湖南教育出版社、一九九三年)など)、あるいは「本意は桃の花によって嫁ぐ娘の容色を喩えることにある。花を詠んだことによって、葉と実とを連想して詠んだもので、ただ反復・詠嘆しただけであり、そのほかの特別な意味は全くない」(黄典誠『詩経通訳新詮』華東師範大学出版社、一九九二年)ととらえるか、このどちらかで解釈されるのが普通である。

8**家室**　第一章の「室家」と同義。「有蕡其実」の「実」(質部)と韻を合わせるために、「室家」を「家室」としたもの。

10**蓁蓁**　枝葉の繁ったさま。「毛伝」に「至《ツテ》盛《ンナル》貌《かたち》。有《リ》レ色有《リ》レ徳、形体至《ツテ》盛《ン》也」(桃の枝葉が生命力にあふれ、よく繁っているさま。嫁ぎ行く娘が容色に恵まれ、婦徳を備え、しかも身体には若さがみなぎっているさまを喩える)とある。この「徳」を、時代の要請によって変化する「婦人の身に備うべき知性・精神的・技術的能力」と読み替えれば、現代にもそのままに理解できるように思われる。

この詩を、「桃の花の艶麗なのを見ただけであるが、やがて豊かに実が実るであろうこと・枝を伸ばし葉も茂るであろうことを連想し、これらを畳詠して言祝《ことほ》いだもの」(陳子展『詩経直解』)とすれば、「毛伝」の言うところとは異なって、前の章句「有蕡其実」と同じように、この「其葉蓁蓁」の句も将来の家族の繁栄を祈った言葉となろう。本稿では後者の解を採っている。

12**宜其家人**　家人は、嫁ぎ先の家の人々。「宜其家人」で、嫁ぎ先の人々に歓ばれるだろう、の意。

「毛伝」には、「一家之人尽以《クッテ》為《サン》レ宜《シト》(嫁ぎ先の家の人々は皆良いお嫁さんだと言うだろう)」とする。これに拠れば、「宜其室家」は、「其の家人に宜《よ》しとせられん」とか、「其の家人(のこころに)宜《かな》はん」「其の家人に宜《この》まれん」といった訓みになるだろう。

第一章の「宜其室家」、第二章の「宜其家室」と、この第三章「宜其家人」とでは、「宜」の用法が異なることになる。一・二章の「毛伝」では、「宜」は「宜しく……べし」となる。同一の詩篇の中で、文型がおなじでありながら、その用法が異なるとする捉え方は統一性を欠く嫌いがある。

これについて、「毛伝」を尊ぶ立場の陳奐は、詩の末章が上の二章とその辞を同じくして用法を異にするものが、『詩経』の中に何例かあることを挙げ、「毛伝」の読みの妥当性を強調している(『詩毛氏伝疏』)。

この点、「鄭箋」では、「家人」に「家人は猶ほ室家のごとし」と注して、一章・二章・三章の「宜」を同じ用法として、読もうとしているようである。

朱子のように、「宜」を和順と読むのも、上記のような「宜」の読みの混乱に一部関係があるかもしれない。

南宋の厳粲は、「宜其室家」を「夫婦皆得《ルナリ》二其宜《ノよろシキヲ》一也(夫婦ともに満足する)」、「宜其家人」を「不二特《シテたダニ》夫婦相宜《シキノミナラ》一而一家之人尽以《クッテ》為《ス》レ宜《シト》、言《フ》二其《ノ》能《ク》協和《シテ》而使《ムルヲ》レ無《カラ》二間言一(ただ夫婦だけが満足するだけでなく、嫁ぎ先の一家の人々すべてが満足することをいう。嫁ぎ先の人々と仲良くし、批判が生まれないようにさせる）」と取っている。

通釈

桃夭

若々しい桃の木
燃え立つようにうす紅色の花が咲いている
（このように若くて溌剌とした）
この娘が嫁いでいけば
明るく円満な家庭を築くだろう

若々しい桃の木
（やがて）豊かにその実をつけるだろう
（このように若くて溌剌とした）
この娘が嫁いでいけば
明るく円満な家庭を築くだろう

若々しい桃の木
（やがて）枝葉を豊かに繁《しげ》らせるだろう
（このように若くて溌剌とした）
この娘が嫁いでいけば
明るく円満な家庭を築くだろう

諸説の異同

異同の所在　I

「宜其室家」の解釈について、諸説の異同があるが、これについては、〔語釈〕の項参照

異同の所在　II

第一章の「灼灼其華」、第二章の「有蕡其実」、第三章の「其葉蓁蓁」という表現は、それぞれ時の経過を反映した表現であると見なすか、見なさないか、の違い

異同の類別

A　「灼灼其華」、「有蕡其実」、「其葉蓁蓁」は、時間の経過とは、関係がない、と見なすもの。

B　上記三句は、時間の経過を意識したものだ、と見なすもの。

A説を採るもの：(1)『毛詩』「毛伝」、蘇轍『詩集伝』（両蘇経解本、同朋舎、一九八一年影印）、胡承珙『毛詩後箋』（広雅書局刻本）、馬瑞辰『毛詩伝箋通釈』（中華書局、一九八九年）、吉川幸次郎『詩経国風』（岩波書店、一九五八年）、橋本循「詩経国風」（筑摩書房、一九六一年。『中国古典詩集一』所載）など。(2)呂東萊『呂氏家塾読詩記』（四部叢刊本）、厳粲『詩緝』、姚際《ようさい》恒《こう》『詩経通論』、黄典誠『詩経通訳新銓』、目加田誠『詩経訳注篇第一』（丁字屋書店、一九四九年）、白川静『詩経国風』（平凡社、一九九〇年）など。

B説を採るもの：方玉潤『詩経原始』（中華書局、一九八六年）、陳子展『詩経直解』、蔣立甫『詩経選注』、王宗石『詩経分類詮釈』、藤野岩友『漢詩』（旺文社、一九五七年）、加納喜光『詩経』上など。

異同の論拠

A説の論拠：A説に属するものでも、内容的には二系統に分かれる。

(1)「花」「実」「葉」には、それぞれ喩えられるものが具体的にあ

るから。「有蕡」たる「実」がある、とは新婦に婦徳があること、「蓁蓁」たる「葉」があるのは、新婦の姿形が立派に整っていることを表したものである（「毛伝」）。

(2)桃の花の艶麗な貌を、嫁ぎ行く娘に喩えただけであり、後の二章の「葉」「実」は、「花」を詠んだことから、言い及んだのである（姚際恒『詩経通論』）。

B説の論拠：「実」が「有蕡（豊かに実る）」ことは、新婦が将来子孫に恵まれることを祈った言葉であり、「葉」が「蓁蓁（生い茂る）」ことは、新婦の嫁ぎ先が、繁栄するであろうことを祝って言った言葉である（蔣立甫『詩経選注』）。

異同の所在　Ⅲ

「于」の用法と意味

A　「于」は、動詞で「往く」の意、とするもの。

B　「于」は、助辞（虚詞）、とするもの。

異同の類別

(1)助辞で実義なし

(2)助辞で動詞詞頭の語

(3)助辞で動詞動作の進行を表わす（副詞）

A説を採るもの：『毛詩』「毛伝」、孔穎達ら『毛詩注疏』、厳粲『詩緝』（書目文献出版社影印、明味経堂版、北京図書館古籍珍本叢刊2、一九八八年）、陳奐『詩毛氏伝疏』（北京市中国書店影印、漱芳斎版、一九八四年）、袁梅『詩経訳注』、楊任之『詩経今訳今注』（天津古籍出版社、一九八六年）、吉川幸次郎『詩経国風（上）』（岩波書店、一九五八年）、『辞海』語詞分冊（上）（上海辞書出版社、一九七九年）など。

B説を採るもの：

(1)　助辞で実義なし

馬瑞辰『毛詩伝箋通釈』（四部備要本）、周錫䪖『詩経選』（香港・三聯書店、一九八二年）、董治安主編『詩経詞典』（山東教育出版社、一九八九年）、目加田誠『詩経・楚辞』（平凡社、一九六〇年）、高田真治『詩経（上）』（集英社、一九七二年）、乾一夫『詩経』（明治書院、一九七五年）、加納喜光『詩経（上）』、中島みどり『詩経』など。

(2)　助辞で、動詞詞頭の語とするもの

王力主編『古代漢語』（中華書店、一九八一年）、祝敏徹ら『詩経訳注』（甘粛人民出版社、一九八四年）、向熹編『詩経詞典』（四川人民出版社、一九八六年）など。

(3)　助辞で、動詞動作の進行を表わす語とするもの（副詞）

屈万里『詩経詮釈』（聯経出版事業公司、一九八三年）、朱守亮『詩経評釈』（台湾学生書局、一九八四年）など。

異同の論拠

A説の論拠：この詩の「之子于帰」の「毛伝」に、「于往也《ハク》」とあり、強いて言えば、これがいわば論拠となる。小雅「節南山」の「維《レ》曰《ここニ》于《キ》仕《フ》」の「毛伝」にも、「于往也《ハク》」とある。

B説の論拠：「桃夭」の「之子于帰」という句の中で、「帰《とつ》ぐ」と言っているのだから、必ずしも「于」を「往く」の意に取る必要はない。『爾雅』に「于曰《ハ》也《ナリ》」とあり、この「曰」は、「古読《ハンデ》若《シ》聿《いつノ》。聿・于《ハ》一声之転」である。「于」「曰」「聿」は、すべて「詞（助辞）」である（馬瑞辰『毛詩伝箋通釈』二）。

この「于」を、実辞として読むか、虚詞（助辞）として読むか

（訓読では、たとえば「ここに」などと読む）、現在もなお決着はついていないといってよい。強いて言えば、助辞として読むのが、大勢を占めつつあると言えようか。また、助辞として読む者の間でも、なお上記のように、その理解の仕方に若干異同がある。

備考

いったいこの詩は、どの季節に詠まれたものなのだろう。

第一章の「灼灼其華」、第二章の「有蕡其実」、第三章の「其葉蓁蓁」という表現は、一応時間軸に沿ってなされているように見え、しかも、それらの間には時間のずれがあることは、明らかである。

だとすれば、この詩が読まれたのは、「灼灼其華」とある桃の花咲く時、「有蕡其実」とある桃の実のなる時、あるいは「其葉蓁蓁」とある桃の木の枝葉の繁る時、これらのどの時節なのであろうか。

それとも詠まれた季節は、春以外の他の季節なのであろうか、あるいは季節は限定できない（どの季節であってもかまわない）、のであろうか。〔諸説の異同〕のⅡで触れたことに関連するが、解釈史上の問題もあるので、おおよその流れを見てみよう。

まとまって残っている最も古い『詩経』の注釈である「毛伝」では、結婚する正しい時節は、秋から冬にかけての時と見なしているので（陳風「東門之楊」の「毛伝」に「男女失《ヒ》ㇾ時《ヲ》、不ㇾ逮《およバ》二秋冬《ニ》一」（男女が結婚をするのに、その正しい時節を逃してしまい、秋から冬にかけての結婚の正しい時節に間に合わない）とある）、この「桃夭」の詩の歌われた季節は、秋となるであろう（少なくとも春には限定されない）。「灼灼其華」は、娘の容色を喩えたものであり、「有蕡其実」とは、容色に恵まれているだけでなく、婦人の徳を備えていることを喩えたものであり、「其葉蓁蓁」とは、形体（姿形）が整っていることを喩えたものとする。これらの表現は、時間軸とは関係がないと見ていることになる。

後漢の鄭玄は、婚姻の正時を仲春としている（「東門之楊」の鄭玄「箋」に、〔〈男女失時〉というのは〕「失《フ》二仲春之月《ヲ》一」（仲春の時節を逃してしまった）」とある。また『周礼』地官・媒氏に、「中春之月、令《レム》ㇾ会《ハ》二男女《ヲ》一」（仲春の月に国の青年男女を結婚させる）とあるが、鄭玄は、これに「中春《ハ》陰陽交《ハル》、以《ツテ》成《セバ》二婚礼《ヲ》一順《フ》二天時《ノニ》一也」（中春は陰陽が交わる時であるので、婚礼を行なえば、天の時に順っていることになる）と注をし、婚姻の正時を仲春と考えている）。ただ、この「桃夭」の詩が歌われたのは、中春だとは言っておらず、「桃之夭夭《タル》、灼灼《タル》其《ノ》華」とは、「喩《フ》下時《ニ》婦人皆得《タルニ》中以《テ》二年盛時《ノヲ》一行《クヲ》上也」（当時女性が皆娘盛りの時〈20歳〉に嫁ぐことができたことを喩えている）」と言っているだけである。しかし、婚姻の正時を中春とする見方からすれば、この「桃夭」の詩が詠まれたのは中春であると、見なしていたのであろう。

南宋の朱熹は、『周礼』地官に「中春令《ニム》ㇾ会《ハ》二男女《ヲ》一」とあるのに従い、「桃之有《ルハ》ㇾ華、正《ニ》婚姻之時《ナリ》也（桃の木に花が咲く季節は、ちょうど婚姻の時である）とし、「文王之化、自《リ》ㇾ家而国《ニオヨビ》、男女以《テシ》ㇾ正《ヲ》、婚姻以《テス》ㇾ時、故《ニ》詩人因《よッテ》ㇾ所《ニ》ㇾ見《ル》、以起《テコシ》ㇾ興《ヲ》、而歎《たたへ》二其女子之賢《ナルヲ》一、知《ルナリ》四其《ノ》必有《ズルヲ》三以宜《テよカラシムル》二其《ノ》室家《ヲ》一也」（文王の教化が家から国にまで及び、青年男女は正しい年齢で、また適切な時節に結婚をするようになった。そこで詩人は、自ら見たところに因《よ》って感興を起こし、嫁いでいこうとする娘が、賢明であることに感嘆し、その嫁ぎ先の家を穏やかにまた秩序あるようにするであろうことを思って、（この詩を作ったのである）と言う。

「文王の教化」云々というのは、もちろん「毛伝」（及び注疏）などの古注によったものである。その点はともかく、ここで桃の花咲く時節、「見たところに因って感興を起こし」たとしていることから、朱熹は、桃の花が咲いているときに、詩人がその花及び婚礼を見て、この詩を作った、と考えていることになる。

しかし、「有蕡其実」、「其葉蓁蓁」については、何の言及もない。後世、「其実」「其葉」というのは、夏に属することで、理に合わない、という批判が出る所以である（姚際恒『詩経通論』）。

朱子とも交流のあった呂東萊《りよとうらい》は、「灼灼其華」、「有蕡其実」、「其葉蓁蓁」の句について、より明確に次のように言う。

「桃之夭夭《タル》、灼灼《タル》其華《ノハ》」、因《ツテ》二時物《ニ》一以発《テおコス》レ興《ヲ》。且《ツ》以比《テなぞらフル》二其華色《ノニ》一也。既《ニ》詠《よミ》二其華《ノヲ》一、又《タ》詠《ミ》二其実《ノヲ》一、又《タ》詠《ムハ》二其葉《ノヲ》一、非《ズ》レ有《ルニ》二他義一。蓋《シ》余興未《ダシテ》レ已《マ》、而反覆《シテ》歌詠《スル》二之《ヲ》一爾《のみ》」（「桃之夭夭、灼灼其華」というのは、時節に応じて現れる物〔桃の花〕を見たことによって感興を起こしたものである。且つこれを〔嫁ぎ行く娘の〕容色になぞらえたのである。桃の花を詠み、そして桃の実を詠み、桃の葉を詠んだのは、何か格別の託意があって詠んだのではない。しきりに感興が湧き起こるので、反覆して歌詠しただけである）（『呂氏家塾読詩記』二）

桃の花咲く（仲春時）にこの詩は歌われたものであり、矚目の桃の花に嫁ぎ行く娘の容色をなぞらえ、以下の「有蕡其実」、「其葉蓁蓁」は、ただ反覆歌詠して（娘の容色になぞらえた）だけで、そこには何らの託意はない、という。「其実」「其葉」についても、尽きない感興を言葉を換えて表現したものとするわけであり、理解はしやすい。

朱氏・呂氏ともに、「毛伝」「鄭箋」のように花・実・葉に具体的託意を込めることはなくなったものの、「結婚する正しい時節」という観点に固執していることから、「男女以《テシ》レ正《ヲ》、婚姻以《テス》レ時《ヲ》」とする「詩序」の影響を受けているものと言える。

「桃花」「婚礼」共に、仲春の矚目の景であることになる。

清朝の姚際恒は、第一章の表現を重んずる点で呂氏の解釈と一部分重なる所があるが、「桃花《ハ》色最《モ》艶《ナリ》、故《ニ》以《テ》取《リ》二喩《ヲ》女子《ニ》一、開《ク》下千古詞賦《ノ》詠《うたフ》二美人《ヲ》一之祖《ヲ》上。本《ハ》以《テ》レ華《ヲ》喩《フ》レ色《ニ》、而《シテ》其実《ノ》・其葉《ハ》因《ツテ》レ華《ニ》及《ブ》レ之《ニ》」（桃の花は、最も艶麗な花であるので、それでもって娘〔の艶麗〕を喩えたのであり、この詩はその後、美人を詠んだ詩詞の基を開いたのである。もともと花によって〔娘の〕容色を喩えたものであり、「其実」「其葉」は、花を詠んだことから、これらに言い及んだのである）という（『姚際恒著作集一　詩経通論』中央研究院中国文哲研究所、一九九四年）。「詩序」に言う婚姻の正時といったことには触れられていない。同じく清朝の方玉潤は、「桃《ノ》夭《タルハ》不《ル》レ過《ギ》下取《リテ》二其色《ノ》一以喩《フルニ》中之子《ノ》上、且《ツ》春華《はなさき》初《メテ》茂《ルハ》、即《チ》芳齢正盛時《ノナル》耳《のみ》。故《ニ》以為《テス》レ比《ヲ》、非《ズ》三必《ズシモ》謂《フニハ》二桃夭《ノ》時、『之子《ノ》』可《キヲ》レ尽《ク》二『于帰《ゆきとつグヲ》』一也」（「桃が夭夭として若わかしい」というのは、その桃の艶麗なさまによって「之子」に喩えたに過ぎない。また、春に花咲き、枝葉が茂り始めることで、「之子」が匂い立つ娘盛りの年頃になっていることを喩えたのである。だから桃の若々しいさまを言って、「之子」を言い起こしたのであって、必ずしも「桃夭」の時節の期間内に婚礼を済ましてしまうべきだ、というのではない）」と言い、さらに「意《ハ》尽《キタリ》二首章《ニ》一。葉・実《ハ》于帰《キ》後《グノ》事、如《シ》二緑葉成《シ》レ陰《かげヲ》子満《ツノ》レ枝《ニ》、亦《タ》以《テ》見《ハス》二婦人貴《ブヲ》レ有《ルヲ》レ子也（〔この詩の〕意は首章に尽きている。葉や実は、嫁いでいった後のことを言ったもので、「緑葉　陰を成し、子　枝に満つ」というようなもので、婦人は跡継ぎを儲けることが大事である、ということを表わしている)」とする(『詩経原始』中華書局、一九八六年)。

姚氏・方氏ともに「詩序」にいう結婚の正時を認めることには消極的で、単に桃の華で、娘の艶麗なさまを喩えたものとする。矚目の景は、若々しい娘の婚礼(準備段階を含めて)であるにすぎない。季節に限定されたものではなくなっている。

ただ、二章・三章に、結婚後の子孫繁栄を述べていると見るかどうかでは両者、その見解が分かれている。

現在では、この詩の趣意は、第一章で尽きており、後の二章は言葉を換えた繰り返し、とみる見方が、大勢を占めてきている、といえるだろう。ただ、二章以下を、単なる詩構成上の繰り返し・修辞的強調と見るか、結婚後の嫁ぎ先の子孫繁栄・家門繁栄の祈りが込められた繰り返し、と見るかでは、解釈が分かれている。本稿では、後者の立場で解釈している。

(田中　和夫)

楚《そ》辞《じ》

0 漁父　漁《ぎょ》父《ほ》　伝《でん》、屈原《くつげん》

1 屈原既放　屈原《くつげん》既《すで》に放《はな》たれて

2 游於江潭　江潭《かうたん》に游《あそ》び

3 行吟澤畔　行《ゆくゆ》く沢畔《たくはん》に吟《ぎん》ず

4 顔色憔悴　顔色《がんしょく》憔悴《せうすい》し

5 形容枯槁　形容枯《けいようこ》槁《かう》せり

6 漁父見而問之曰　漁父《ぎょほ》見《み》て之《これ》に問《と》ひて曰《い》はく

7 子非三閭大夫與　子《し》は三閭大夫《さんりょたいふ》に非《あら》ずや

8 何故至於斯　何《なん》の故《ゆゑ》に斯《ここ》に至《いた》れる、と

9 屈原曰　屈原曰《くつげんい》はく

10 擧世皆濁　世《よ》を挙《あ》げて皆濁《みなにご》りて

11 我獨清　我独《われひと》り清《す》めり

12 衆人皆醉　衆 人皆酔《しゅうじんみなゑ》ひて

13 我獨醒　我独《われひと》り醒《さ》めたり

14是以見放　是《こ》を以《もっ》て放《はな》たる、と
15漁父曰　漁父《ぎょほ》曰《い》はく
16聖人不凝滯於物　聖人《せいじん》は物《もの》に凝滞《ぎょうたい》せずして
17而能與世推移　能《よ》く世《よ》と推移《すいい》す
18世人皆濁　世人皆濁《せじんみなにご》らば
19何不淈其泥　何《なん》ぞ其《そ》の泥《どろ》を淈《にご》して
20而揚其波　其《そ》の波《なみ》を揚《あ》げざる
21衆人皆醉　衆人皆酔《しゅうじんみなゑ》はば
22何不餔其糟　何《なん》ぞ其《そ》の糟《かす》を餔《くら》ひて
23而歠其釃　其《そ》の釃《り》を歠《すす》らざる
24何故深思高擧　何《なん》の故《ゆゑ》に深《ふか》く思《おも》ひ高《たか》く挙《あが》りて
25自令放爲　自《みづか》ら放《はな》たれしむるか、と

テキスト

『文選』三三、騒（胡刻本・六臣注本）◆後漢、王逸『楚辞（章句）』七（叢書集成新編本）◆南宋初、洪興祖『楚辞補註』七（中華書局校点本）◆南宋、朱熹『楚辞集注』五、離騒（上海古籍出版社校点本）◆前漢、司馬遷『史記』八四、屈原賈生《かせい》列伝（中華書局校点本）◆元、黄堅『古文真宝後集』一

校語

0**漁父**　『古文真宝後集』は「漁父ノ辭」に作る。周知のごとく『古文真宝』は、五山・江戸期以来、長く愛読されてきた。このため「漁父の辞」と題する教科書類も多いが、ここでは『楚辞』や『文選』系統の本文による。ちなみに辞《じ》とは、「賦《ふ》」（朗誦する長篇の韻文）の発展・変遷の過程で生まれた文体の一つで、事物の羅列的描写を特色とする叙事的な（狭義の）賦に対して、特に屈原を中心とする『楚辞』系の、抒情的な作品（個人的、反体制的な悲歌）を指して呼ぶ。またこの二種を総称して「辞賦《じふ》」ともいう。『文選』が本篇を「辞」ではなく「騒《そう》」（『楚辞』の別称。屈原の代表作「離騒」の一字を取って命名したもの。騒は憂愁の意）のなかに分類していることは、「漁父の辞」の呼称が後世のものであることを表わしていよう。星川清孝『古文真宝（後集）』（明治書院、一九六一年）にもいう。「漁父」の文体は、「秋風ノ辞」などとは異なって、「散文中にわずかに押韻のあるものであり、……『楚辞』の一篇であることから、後世『辞』と呼ばれたのであろう」と。

1**屈原既放**　『史記』は「既放」の二字を欠く。ただし『史記』では、楚の頃襄《けいじょう》王《おう》の弟、令尹《れいいん》（宰相）子蘭《しらん》が上官大夫《じょうかんたいふ》に命じて屈原の過失を数えあげてそしらせた結果、「頃襄王怒リテ而遷《うつ》スレ之ヲ（都から追放する）」という句が、「屈原」の前に置かれている。ちなみに『史記』は、厳密にいえば、「漁父」を作品としてではなく一種の実録（伝記史料）として扱っている。このため、司馬遷自身による表現の改変も当然予想されよう。姜亮夫『屈原賦校注』（人民文学出版社、一九五七年）など参照。

2**游於江潭**　『史記』は「至於江濱」に作る。また『楚辞章句』『文選』（胡刻本・六臣注本）『古文真宝後集』は、游を「遊」に作

る。同意。

3**行吟澤畔**　『史記』は「行吟」の前に「被髪」（髪をとかして結ぶことなく、ぼうぼうと乱れたままにしておく意）の二字がある。

7**與**　『史記』『文選』（胡刻本）、晋、皇甫謐《こうほひつ》『高士伝』（叢書集成新編本）巻中、漁父には、「歟」に作る。二字は音通する。

8**至於斯**　『史記』は「而至此」に作る。

10**擧世皆濁**　『史記』『高士伝』は「擧世混濁」に作る。また『文選』（胡刻本・六臣注本）は「世人皆濁」に作る。ほぼ同意。

11**我獨清**　『史記』『楚辞章句』は、「我」の前に「而」の字がある。また『高士伝』は「而我清」に作る。

13**我獨醒**　『史記』『楚辞章句』は、「我」の前に「而」の字がある。

16**聖人**　『史記』『楚辞章句』は、「夫聖人者」に作る。

物　『文選』（六臣注本）『高士伝』は、「萬物」に作る。

18**世人皆濁**　『史記』『楚辞章句』『高士伝』は「擧世混濁」に作り、『文選』（胡刻本・六臣注本）は「世皆濁」に作る。

19**淈其泥**　『史記』は「隨其流」（其《そ》の流《なが》れに隨《したが》ひて）に作る。また同条に引く唐の司馬貞《しばてい》『(史記)索隱《さくいん》』には、「楚詞（楚辞と通用）には、『滑其泥』に作る」とある。ただし瀧川亀太郎『史記会注考証』（史記会注考証校補刊行会、一九五八年）本には、「滑」を「搰」に作る。他方、『高士伝』には、第19・20の両句を「何不揚其波、汩其泥」に作る。ちなみに淈・滑・搰・汩は、いずれも音コツで通用し、かきまわして濁らせる意。

23**歠其釃**　『史記』は「啜其醨」に作り、『文選』（胡刻本・六臣注本）『古文真宝後集』『高士伝』は「歠其醨」に作る。啜《せつ》の本字が歠。また釃《り》と醨《り》は音通する。

24**深思高擧**　『史記』『楚辞章句』『高士伝』は、「懷瑾握瑜」（瑾《たま》を懐《いだ》き瑜《たま》を握《にぎ》る。瑾《きん》と瑜《ゆ》は美玉の名で、すぐれた才能や資質の比喩）に作る。

25**自令放爲**　『史記』『楚辞章句』は「而自令見放爲」に作る。「見」字が加わると、受身であることが明確化する。

詩型・韻字

辞賦。清《せい》・醒《せい》（耕部）／移《い》・波《は》・醨*《り》・爲《ゐ》（歌・支*部通韻。ただし「醨」であれば歌部）、換韻。王力『楚辞韻読』（上海古籍出版社、一九八〇年）には、波の古音を「pai」とする。

語　釈

0**漁父**　漁翁《ぎょおう》（年老いた漁夫）、もしくは漁夫の意。漢の揚雄《ようゆう》『方言』巻六の、「凡《およ》そ老を尊んで……南楚《なんそ》　之を父と謂ふ」によれば、高齢の人を呼ぶ尊称（楚の方言）らしい。あるいはこの父は、「甫」と通じて（『(史記)索隱《さくいん》』）、男子の美称・通称となり、樵子《しょうし》（木こり）・牧児・猟師・農夫などの呼称とほぼ同じ、とも考えられる（明、汪瑗《おうえん》『楚辞集解』〔北京古籍出版社、一九九四年〕）。

ところでわが国では、「漁父」を一般に「ギョホ」と読みならわしてきた。これはおそらく、六朝末の『経典釈文《けいてんしゃくもん》』所収の『荘子音義』や唐代の『史記索隱』等の「漁父」の音注に、「父、音甫」とあるのを承けたものであり、より新しくは、笑雲編著『古文真宝後集抄』（室町時代の大永五年〔一五二五〕の成立。博文館、一九一四年）に引かれる青松（徳昌）の言葉、「韻書を以て之を考ふに、父子の父　音は腐、父老の父音は甫」などにもとづくのであろう。これは語頭子音の発音の差異によって意味を読み分けすること（破音《はおん》）を表わすが、両者の「父」は、ともに上声麌韻《ぐいん》に属する近似音であり（『広韻』）、ともに漢音はフ、慣用音をホとする（近現代中国語では、前者を第四声（去声）、後者を第三声（上声）に読み分ける。fù と fǔ）。従って「ギョフ」と読むものもあるわけである（藤野岩友『楚辞』（集英社、一九六七年）、花房英樹『文選（詩騒編）』四（集英社、一九七四年）、原田種成『私の漢文講義』（大修館書店、一九九五年）など）。

この点に関して、松浦友久「『漁父』の読音について—訓読・音読学における破音の機能」（早稲田大学『中国文学研究』第二五期、一九九九年）には、以下のようにいう。

「父」は、中古漢語の発音としては、基本義の「父親」のときは清音〔p〕の父《ふ》、派生義「男子の美称」のときは濁音（全濁）〔b〕の父《ぶ》、と読んで意味を区分した。しかしこの清濁の差は、日本漢字音では一般に漢音の清音「ふ」に統一された（呉音では例外的に「父母《ぶも》」の音が保存されている）ため、両者の区分は分かりにくくなった。しかし偶然にも「父、音甫」の「甫」が、一般に慣用音「ほ」（甫の場合も漢音はフ。ホはその慣用音——引用者注）として読まれていたため、結果的に「父《ふ》（母）↔（漁）父《ほ》（甫）」の読み分けが生かされて、古典の読解をより分析的なものにしてきた。このため訓読古典学の場においても、——たとえ「正音↔慣用音」の差によるものであれ——両義を対比して読み分けてゆくことが、むしろ望ましい。少なくとも、杜甫が正音によって「杜甫《ふ》」と読まれる情況が一般化しない限り、訓読古典学における「漁父《ほ》」の読音は妥当なものと判断される、と（要約）。

この漁父は、漁を生業とする人ではなく、俗世間を避けて悠々自適の生活を送る隠士の仮の姿とされる（類似の話を載せる『荘子』漁父篇も参照）。後漢の王逸《おういつ》の序にこういう。「『漁父』者《は》、屈原之所レ作ル也。屈原放逐セラレ、在リ二江湘《こうしょう》之間一ニ。憂愁歎吟シ、儀容変易《ぎようへんえき》ス。而シテ漁父避ケレ世ヲ隠シテレ身ヲ、釣リ二魚ヲ江浜一ニ、欣然《きんぜん》トシテ自ラ楽シム。時ニ遇ヒ二屈原ニ川沢之域一ニ、怪シンデ而問ヒレ之ニ、遂ニ相ヒ応答ス。楚人《そひと》思二念シテ屈原ヲ一、因リテ叙《じょ》シテ二其ノ辞ヲ一以テ相ヒ伝フ焉」と。江湘は長江と湘江（〔語釈〕32参照）。儀容は華やかな風貌の意。また「其の辞を叙す」とは、屈原と漁父との間にとりかわされた言葉を順序だてて書きつづったことを意味しよう。民国の徐英『楚辞札記』（杜松柏主編『楚辞彙編《いへん》』（新文豊出版公司、一九八六年）所収）は、屈原の死を悼んでそれを行なった「楚人」を、「或いは屈原の門人ならん」と臆測する。譚介甫《たんかいほ》『屈賦新編』（中華書局、一九七八年）も、屈原の旅につき従った弟子が書きとめたもの、と見なす。

この漁父のような隠者は、春秋・戦国時代以来、食料が豊かで気候も温暖、そのうえ洞庭湖や雲夢《うんぼう》の沢《たく》（荊州《けいしゅう》市〔江陵《こうりょう》〕以東、長江以北の江漢《こうかん》平原にあった広大な湿地帯）で知られる、湖沼の多い楚の国に多く現れた。李耳《りじ》（老子）や荘周《そうしゅう》、孔子の出会った接《せつ》（しょう）輿《よ》や長沮《ちょうそ》・桀溺《けつでき》などは、いずれも楚の人である。詳しくは姜亮夫『屈原賦校注』や、聶石樵《じょうせきしょう》『楚辞新注』（上海古籍出版社、一九八〇年）など参照。本篇の漁父も、そうした楚の隠者の一人に数えられ、古くは実在の人物と考えられた。しかし南宋初めの洪興祖《こうこうそ》『楚辞補註』のなかに、「『卜居』『漁父』は皆問答を仮設して、以て意《こころ》を寄するのみ。……以て実録と為すは非なり」と注されて以来、この漁父も一般に仮設《フィクション》の人物とされる。しかし姜亮夫のように実在の人物と見なす考え方も、依然として存続する。そうした一人、民国の王《おう》闓運《かいうん》『楚詞釈』（『楚辞彙編』所収）は、「蓋《けだ》し楚の旧臣、地を沅潭《げんたん》（洞庭湖にそそぐ沅水の潭《ふち》のそば）に避く。故に相《あ》ひ労《ねぎら》ひ問ふなり」という。なおこの漁父を神仙と見なし、本篇を占いを用いずに神仙と人とが直接問答する作品（占卜《せんぼく》系文学）と考える説もある（藤野岩友『楚辞』）。

1屈原既放　屈原（前三五三？—前二七七・二七六？）は、『楚辞』を代表する作者として知られ、名は平、原はその字《あざな》である。楚の王族の出身であり、彼の「離騒」は名篇として有名。字を用いた書き出しは、第三者的筆致を思わせ、しばしば後人の「偽作」であることを示す重要な論拠の一つに数えられてきたが、古代に字を自称する例が全くなかったわけではない。陳子展「論『卜居』『漁父』為屈原所作」（『中華文史論叢』第七輯、一九七八年所収。のち同『楚辞直解』（江蘇古籍出版社、一九八八年）に再録）参照。徐英『楚辞札記』は、屈原の徒（門人）が二人の問答を書きとめたための措辞、とする。

放は追放される意。『史記』屈原伝やその作品によれば、屈原は生涯に二度、楚の朝廷から追放されている。第一回めは懐王（前三二八—前二九九年在位）のとき、「漢北《かんぽく》」（漢水の北の意。襄樊《じょうはん》市（襄陽）付近より上流の地域を指すことが多い）に追放され、第二回めは頃襄王（前二九八—前二六三年在位）のとき、「江南」（洞庭湖周辺、長江中流域）に追放されたとする。本篇の「放」は『史記』屈原伝に従って、一般に第二回めの放逐時を指すと考えられているが、第一回めと見なす説も散見する（清初の王夫之《おうふうし》『楚辞通釈』（上海人民出版社、一九七五年）など）。

2游於江潭　游は、ここでは異文の「遊」と同意。ぶらぶらする、出歩く、さまようなどの意。また江潭は「江（南方の大河）の潭」の意。一説に「江や潭《ふち》」（目加田誠『定本楚辞』（目加田誠著作集第三巻、竜渓書舎、一九八三年所収）など）、「潭江《たんこう》」（固有名詞、〔諸説の異同〕参照）などとするが、採らない。

「江の潭」の通説も、じつは①江《かわ》の潭《ふち》（江潭《こうたん》）と、②江《かわ》の潭《ほとり》（江潭《こうじん》）の二説に分かれ、前者①を採る訳注書が多い。「江潭」の語は、屈原の作とされる「抽思《ちゅうし》」篇（九章の一）にも見え、そこに付された王逸の注に、「潭は淵《ふち》なり。楚《そ》人《ひと》　淵を名づけて潭と曰ふ」とある。つまり①の場合、楚の方言で、水の深くよどんだ淵を指すことになる。しかし本篇の「江潭」については、王逸自身、「水側《ノかたはラ》」と注する。これはおそらく、『史記』屈原伝の異文「江浜」（水べ）を参照した結果であろう。しかも潭の字には、岸やみぎわの意味もある。この場合、潭の音はタンではなく、潯《じん》（水辺の意）と通じて、ジン（シン）である。『漢書』巻八七上、揚雄《ようゆう》伝にも「江潭」の語が見え、唐の顔師古注に引く魏《ぎ》の蘇林《そりん》の注に、「潭は水辺なり」という。この②を採るものには、柳町達也『古文真宝』（明徳出版社、一九七一年）や徐仁甫『古詩別解』（上海古籍出版社、一九八四年）、猪口篤志『続文章軌範（上）』（屈原伝の条、明治書院、一九七七年）などがある。「江潭は泛《ひろ》く江南を指すのみ。今、湖湘《こしょう》（湖南地域）・漢沔《かんべん》（漢水の下流域）の間《かん》（あたり）は、皆之《これ》を江潭と謂ふべし。蓋し楚は本《も》と水国、故に既に『江潭』と曰ひ、又『沢畔』と曰ふ」と注する汪瑗『楚辞集解』も、おそらくこの②説を採るのであろう。「江潭」と「沢畔」を一種の対文同義、と見なしているようである。ここでは、しばらく①の説を採る。譚介甫『屈賦新編』は、江潭は漢江に臨む鐘《しょう》祥《しょう》県（湖北省鐘祥市）にあると考証するが、確証に乏しい。

ちなみに、江潭の江の具体名については、Ⓐ湘江、Ⓑ沅江（貴州省南部に源を発し、湖南省の西部を東北に流れて、常徳市を出た後、洞庭湖にそそぐ水量豊かな川。全長一〇六〇キロ。松浦友久編『漢詩の事典』〔大修館書店、一九九九年〕四六九頁以下参照）、Ⓒ滄浪江（〔備考〕参照）、Ⓓ潭江などがある。詳しくは〔諸説の異同〕参照。陰法魯審訂『昭明文選訳注』第四冊（吉林文史出版社、一九九二年）が、江潭を「広く江湖の間を指す」とするのは、汪瑗『楚辞集解』と同様に、どこと特定しない例である。

3**行吟**　「且《かツ》行《キ》且《ツ》吟《ズル》也」（汪瑗『楚辞集解』）の意。「行吟《こうぎん》す」とも訓む。歩きながら「吟」ずること。従来、吟には①詩歌を口ずさむ、②嘆く、嘆息する、うめくの二説があり、前者が通説。①の場合、より具体的には「賦《うた》」（星川清孝『古文真宝（後集）』〔「楚辞」〕（目加田誠『中国詩選』一〔現代教養文庫、社会思想社、一九七一年〕）を口ずさんだ、とする指摘があり、「詩文を作るために沈吟する」（猪口篤志『続文章軌範（上）』）ともいう。藤野岩友『楚辞』は、行吟を「やるせない気持ちをまぎらわせるため」の行為と注する（汪瑗『楚辞集解』もほぼ同じ）。

また②の場合、王逸の小序に「憂愁歎吟《ス》」とあり、後漢の許慎『説文解字』巻二上にも、「吟《ハ》、呻《うめ》くなり」とあるのが参考になろう。橋本循『訳註楚辞』（岩波文庫、岩波書店、一九三五年）は、吟を「太息の意」と注し、青木正児《まさる》『新訳楚辞』（『青木正児全集』第四巻、春秋社、一九七三年所収）は、「物思ひに沈みつつ、さまようてゐた」と訳す。小川環樹編訳『史記列伝』（筑摩書房、一九六九年）が「苦しみの声をもらし」と訳するのも、吟を呻吟《しんぎん》の意にとった例である。この②を採るものには、さらに柳町達也『古文真宝』や郿《お》霄《しょう》鳴《めい》『屈賦全釈』（遼寧教育出版社、一九八六年）などがある。ここでは②の説を採った。

沢畔　沢畔は沼沢地（湿地帯）のほとり、水辺の意。楚の国（長江中流域）には、かつて広大な沼沢地（湖沼群）があった。譚介甫『屈賦新編』は雲夢《うんぼう》の沢《たく》（前出）を指すはずだとするが、確証に乏しい。なお「行吟沢畔」以下の数句は、後世多く作られた「屈子《くっし》行吟図」のイメージの基になった箇所である。

4**憔悴**　（苦悩のあまり）顔色が黒くやつれるさま。「顴《しょう》顇《すい》」とも書く。語頭子音を同じくする双声《そうせい》の形容語。

5**形容枯槁**　「形容」は容姿、姿かたち。ここでは上句の「顔色」に対して、特に身体つきを指す。「枯槁」は痩せ衰えて生気《せいき》のないさま。枯も槁も、ともに草木の枯れる意。まるで枯れ木のようにやせ細ったさまをいう。双声の形容語。『老子』第七六章に「万物草木之生《ズルや》也柔脆《じゅうぜいナリ》、其死《ノスル》也枯槁《ス》」とあり、清の蔣《しょう》驥《き》『山帯閣註楚辞』（上海古籍出版社、一九八四年再版）もいう。「憔悴・枯槁は死に近きの容色なり」と。

7**子**　第二人称の敬称。あなた。

三閭大夫　屈原がかつて就いた官職の名。王逸の注に「其の故官を謂ふ」とある。ここでは屈原その人を指す。王逸の「離騒の序」にいう。「屈原は楚と同姓（王族）。懐王に仕へて三閭大夫と為る。三閭の職は王族の三姓を掌る。曰く、昭・屈・景、と。屈原は其の譜《ふ》属《ぞく》を序《じょ》し（三姓の系譜やその宗族《そうぞく》を順序だて）、其の賢良を率《ひき》ゐて、以て国士（楚国の政治をになう人物）を厲《はげ》ます」と。

三閭の閭は本来、城郭《まち》のなかの居住区「里《り》」の周囲をかこむ牆壁《しょうへき》の門を指す。昔、同姓の者は同じ里のなかに住んだ。姜亮夫『屈原賦校注』にいう。「昭・屈・景の三姓は、蓋《けだ》し同姓の三支為《た》りて、居は相ひ遠からず。三閭は猶ほ三里と言ふがごとし。三閭大夫は蓋し即ち里の郷大夫《きょうたいふ》（官名）の、宗姓《そうせい》を掌る者か」と。他方、金開誠・董洪利・高路明『屈原集校注』（中華書局、一九九六年）の「前言」は、前掲の王逸の序を踏まえて、三閭大夫は「宗族（同族）の事務と関わりがあり、あわせて楚王朝の貴族の子弟を監督・指導する責任をもつ職務」と規定する。また楊采華《ようさいか》『屈原及其辞賦新解』（武漢大学出版社、一九九四年）はこういう。「三閭大夫はただ国家の教育のみを掌る職で、あわせて巫祝《ふしゅく》の任務を帯び、楚王に代わって神職（楚巫）などを含む、さまざまな人材を養成する職責を持つ」と。

与　文末に置かれて疑問を表わす助字（語気詞）。ヤ、カと訓む。従って「（非《あら》ざる）か」と訓んでもよい。「歟」と音通する。

8**至於斯**　従来、「斯《ここ》」の解釈には、①この地（楚の朝廷から遠く離れた辺鄙《へんぴ》なこの場所）、②この境遇（放逐の憂き目、もしくは「顔色憔悴し、形容枯槁せる」状況）に二分されるが、「此に至る」に作る『史記』屈原伝の場合は、ほぼ①の意味に限定される。①を採る蒋驥『山帯閣註楚辞』は、「斯は江潭を指して言ふ」とし、藤野岩友『楚辞』は「こんな田舎《いなか》においでになったのですか」と訳す。

他方②を採る王逸は、「曷為《なんす》れぞ此《こ》の患《わざわひ》に遭《あ》ふや」と注する。そして「此のやうな目に」（青木正児『新訳楚辞』）、「このようなお姿に」（目加田誠『定本楚辞』）などと訳される。本例の場合、必ずしも①②の一方に限定して解釈する必要はなさそうであるが、①の場合は単に漁父の驚きを、②の場合はさらに同情の加わった驚きを表わすことになろう。

10**挙世皆濁**　挙世は世の中すべての意。後出の「衆人」や「世人」とほぼ同じ。挙は尽・全の意。「世《よ》（を）挙《こぞ》りて」とも訓む。また濁は、品性や徳性に欠ける汚れた行為を、水の清濁にたとえた表現。王逸は濁を「貪鄙《たんぴ》」（欲張りで心がいやしい）と注し、姜亮夫『屈原賦校注』も「利禄《りろく》（利益や俸禄）を貪《むさぼ》ることを謂ふ」と注する。

11**独**　ただ……だけ。「多くは感慨を含むところに用いる」（柳町達也『古文真宝』）。

12**衆人皆酔**　衆人は衆《おお》くの人。人々。酔は、酒に酔って感覚や意識を失うことから、正常な判断能力の欠如を指す。王逸は「財賄《ざいわい》（財貨）に惑《まど》ふなり」と注するが、これでは前述の「濁」の意と重複する。ここでは「(国家の) 危亡に昧《くら》きこと」(蔣驥『山帯閣註楚辞』)、より詳しくいえば「楚国の形勢に対する認識」の有無を醒・酔にたとえた表現(金開誠ほか『屈原集校注』)、と考えるべきであろう。従って濁と酔を一括して、「汚れた行が多く、而も其の非を覚《さと》らないこと」(青木正児『新訳楚辞』)と見なす説には従わない。

14**是以**　「是故《コノゆゑニ》」と同意。

見放　追放された。見は受身を表わす助字。王逸は「草野に棄てらるるなり」と注する。

16**聖人**　ものの道理に広く通じた、きわめて優れた人物。藤野岩友『楚辞』にいう。「知徳の完成した人。……漁父のいう聖人は、儒教の聖人ではなく、知恵の光を和らげ世の塵に同じくする(『老子』第五六章の「和光同塵」を指す――引用者注) 老子流の聖人をさすのであろう」と。

不凝滞於物　凝滞は一種の類義語。本来、水の流れがとどこおることをいうが、ここでは拘泥する、ものごとに執着して融通がきかない意。物は「あらゆる現象を指していう」(姜亮夫『屈原賦校注』)。

17**能与世推移**　能は可能。世の中の動きとともに移り変わって順応できる意。つまり世間の動向に応じて自分の考えや生き方を自在に変化させることができることをいう。蔣天《しょうてん》枢《すう》『楚辞校釈』(上海古籍出版社、一九八九年) は、「世は『時』とほぼ同意。推は遷《うつ》る。『与世推移』は『与《と》レ時変化《ス》』とほぼ同じ」という。ちなみに「聖人」以下の二句について、藤野岩友『楚辞』は「成語であろう」という。

19**淈其泥**　淈の音はコツ(gǔ)、五臣(張銑《ちょうせん》)注や洪興祖『楚辞補註』に「濁也《にごス》」というが、王夫之『楚辞通釈』は、「淈は之《これ》を撓乱《どうらん》する(かき乱す)なり」という。このため淈は、「にごス」「にごラス」のほか、「みだス」とも訓む(黒須重彦『楚辞』(学習研究社、一九八二年) など)。ここは両者をあわせて、かきまわして濁らす意と考えてよい。ちなみに徐仁甫『古詩別解』は、淈を下句の「揚」と対文同義をなすとする。

「其の泥を淈《にご》す」とは、上句の「世人皆濁る」を受けて、濁った泥水《どろみず》を一緒になってかきまわすこと。王逸は「其の風《ふう》を同じうす」と注する。「其」は世人を指すが、星川清孝『古文真宝(後集)』は、「其」を「それと同じ」の意と注し、「其泥」を「同じ泥」と訳す(下句の「其波」は、「同じ濁った波」と訳す)。

20**揚其波**　「濁流の波を揚げる」こと(姜亮夫『屈原賦校注』)。王逸は「沈浮(浮き沈み)を与《とも》にす」と注する。第19・20の二句は、『史記』屈原伝に「何不随其流而揚其波」と記されるように(〔校語〕参照)、「世人の汚れたやり方に徹底的に同調する」(藤野岩友『楚辞』) ほどの強い口調ではなかろう。この意味で五臣(張銑)注の「泥を淈し波を揚ぐとは、稍《や》や其の流れに随ふなり」や、明の凌稚《りょうち》隆《りゅう》編『史記評林』に見える李廷机《りていき》の「流れに随ひ波を揚ぐとは、倶《とも》に濁るに至らず、亦た必ずしも独り清まず。(後出の) 糟《かす》を餔《くら》ひ醨《り》を啜《すす》るとは、倶に酔ふに至らず、亦た必ずしも独り醒めず。所謂《いはゆる》世と推移する者なり」(林羅山解・鵜飼《うかい》石斎増述『古文真宝後集諺解大成』〔漢籍国字解全書12、早稲田大学出版部、一九二八年〕所引) が、参考になろう。橋川時雄「屈原『懐沙の賦』の序詞を読みて」（『二松学舎大学東洋学研究所集刊』第二集、一九七一年度）は、第18～20句（ただし『史記』の本文）をこう訳す。「あなたが、世の中の政治の流れが、今は混濁し切っていると仰しゃるなら、どうして、その混濁した流れのままに棹《さお》さして、その渦《わ》きたつ波に乗って、船をやろうとしはなさらないのだ」と。

22 **餔其糟**　餔《ほ》は本来、夕方（申《さる》の時）の食事を指す（『説文解字』巻五下）が、ここでは汎《ひろ》く食べる意。糟は酒のしぼりかす。「其」は上句の「衆人」を指すが、星川清孝『古文真宝（後集）』は「酔っている世人と同じ酒の糟を食い」と注する。他方、蕭兵『楚辞全訳』（江蘇古籍出版社、一九九八年）は「残した酒かすを食べ」と訳す。ちなみに王逸は、「其の俗に従ふなり」と注する。

23 **歠其釃**　歠は啜《せつ》の本字。すする、少しずつ飲む意。また釃は異文の「醨《り》」と音通して、薄い酒をいう。なお醨は『説文解字』巻一四下に「薄き酒なり」とあるが、橋川時雄「屈原『懐沙の賦』の序詞を読みて」は、「うすくて旨い酒。水に糟をとかし薄めた酒の上に浮んだうわずみ」と注する。また洪興祖『楚辞補註』は、釃を「水を以て糟を釃《しぼ》るなり」という。

「餔其糟而歠其釃」について、星川清孝『古文真宝（後集）』は「世人程は酔わずとも、その酒のかすやしたんだ（ママ）薄酒を飲んでわずかに同調すること。ことさらに醒めていることを表明して世にさからわない」と説明し、柳町達也『古文真宝』もこういう。「『糟』はあまり酔わないが、『醨』はさらに薄く、幾分か酔った気分になる程度。決して泥酔し、我を忘れるようなことはない」と。

24 **深思高挙**　深思は深く心配する、思は憂の意。第13句の「独り醒む」を受けて、「（国家の）危亡を恤《おそ》るる」（蔣驥『山帯閣註楚辞』）ことをいう。五臣（李周翰《りしゅうかん》）注にも、「（楚の）君と民とを憂ふるなり」とある。また高挙は、世間の人とは異なった高潔な行動やふるまいをすること。挙は挙動の意。第11句の「独り清む」を受けて、「利禄を超ゆる（超越する）こと」（『山帯閣註楚辞』）をいう。

25 **自令**　令は使役。「自令」は「猶ほ自ら取る（招く）と言ふがごとし」（汪瑗『楚辞集解』）。

為　「為」の解釈には、従来二説ある。①文末にあって疑問や詰問を表わす助字（語気詞）。常に「何《か》」や「奚《けい》」などの疑問詞とともに用いられ、「為乎」「為哉」などと連用されることもある（現代中国語では第二声に読む）。ここでは「何故……為」の形である（王海棻《かいふん》『古漢語疑問詞語』〈浙江教育出版社、一九八七年〉など参照）が、「何……為」や「何以……為」の形で現れることが多い（楊伯峻『古漢語虚詞』〈中華書局、一九八一年〉など参照）。中国の訳注書はほとんどこの①説を採るが、日本では逆に少数派である。①を採る柳町達也『古文真宝』は、「自ら放たれ令《し》めしか」と訓読する。

②通常の動詞（実字）「為《な》す」としての用法で、倒置法にもとづく句型、と考える。この場合、「白ら放た（れ）しむるを為す（や）」などと訓む。わが国では青木正児『新訳楚辞』など、ごく一般的な訓読である。原田種成『文選（文章篇）上』（明治書院、一九九四年）は、「上に『何故』があるために、

『為ニ自令レ放』『自為レ令レ放』とすべきものが倒置の形で強調された句法」といい、猪口篤志『続文章軌範（上）』はこういう。「これは自令放之為の省略形。倒装法である。之字を省略した形は、（『史記』）項羽本紀の、「天之亡我、我何渡為」（天の我を亡すに、我何ぞ渡ることを為さん）と同例。……屈原をとがめる口調であるが、深く屈原に同情するあまり、歯痒い思いでこういっているのである」と。ちなみに項羽本紀の用例も、①説によって「我何ぞ渡らんや」とも訓む。

要するに、今日なおこの形式の分析には定説がない。ここではしばらく①を採る。なおこうした「為」の訓読と用法については、江連隆『漢文語法ハンドブック』（大修館書店、一九九七年）五九頁以下や、太田辰夫「中古漢語の特殊な疑問形式」（同『中国語史通考』（白帝社、一九八八年）所収）などが参考になる。

通釈

漁父

屈原は（楚の朝廷から）追放された後、江《かわ》の淵に出かけてさすらい、湖沼のそばを物思いにふけりながらさまよっていた。顔色は黒ずんでやつれ、姿かたちも痩せ衰えて生気がなかった。

漁父は、その姿を見て（ひどく驚いて）たずねた。「あなたは三閭大夫さまではありませんか。どうしたわけでこのような場所に来られたのですか」と。

屈原はいう。「世の中じゅうみな濁りきっているのに、私だけが（すがすがしく）清《す》んでいた。人々はみな酔いしれているのに、私だけが（すっきりと）醒めていた。だから追放されたのだ」と。

漁父はいう。「聖人（というもの）は、なにごとにも固執することなく、世の中の動向（風潮）に順応して自在に変化できるもの。世の中の人々がみな濁っている（とおっしゃる）のなら、（あなたも）どうしてその泥水をかきまわし、濁った波を（ともに）あげないのですか。人々がみな酔いしれている（とおっしゃる）のなら、（あなたも）どうして（せめて同じ）酒かすを食べ、（酒かすを水にとかした）薄い酒をすすって酔わないのですか。どういうわけで（自分一人）深刻に思い悩み、高潔にふるまって、自分からわが身の放逐（という憂き目）を招いたのですか」と。

26 屈原曰　　屈原《くつげん》曰《い》はく

27 吾聞之　　吾《われ》之《これ》を聞《き》く

28 新沐者必弾冠　　新《あら》たに沐《もく》する者《もの》は必《かなら》ず冠《かんむり》を弾《はじ》き

29 新浴者必振衣　　新《あら》たに浴《よく》する者《もの》は必《かなら》ず衣《ころも》を振《ふる》ふ、と

30 安能以身之察察　　安《いづく》んぞ能《よ》く身《み》の察察《さつさつ》たるを以《もっ》て

31 受物之汶汶者乎　　物《もの》の汶汶《もんもん》たるを受《う》くる者《もの》あらんや

32 寧赴湘流　　寧《むし》ろ湘流《しやうりう》に赴《おもむ》きて

33 葬於江魚之腹中　　江魚《かうぎよ》の腹中《ふくちゆう》に葬《はうむ》らるるとも

34 安能以皓皓之白　　安《いづく》んぞ能《よ》く皓皓《かうかう》の白《しろ》きを以《もっ》て

35而蒙世俗之塵埃　世《せ》俗《ぞく》の塵埃《じんあい》を蒙《かうむ》らんや、と
乎
36漁父莞爾而笑　漁父《ぎよほ》莞爾《くわんじ》として笑《わら》ひ
37鼓枻而去　枻《えい》を鼓《こ》して去《さ》り
38歌曰　歌《うた》つて曰《い》はく
39滄浪之水清兮　滄浪《さうらう》の水清《みづす》まば
40可以濯吾纓　以《もつ》て吾《わ》が纓《えい》を濯《あら》ふべし
41滄浪之水濁兮　滄浪《さうらう》の水濁《みづにご》らば
42可以濯吾足　以《もつ》て吾《わ》が足《あし》を濯《あら》ふべし、と
43遂去不復與言　遂《つひ》に去《さ》つて復《ま》た与《とも》に言《い》はず

校語

30**安能**　『史記』は「人、又、誰能」（人又《ひとま》た誰《たれ》か能《よ》く）に作る。

32**湘流**　『史記』は「常流」に作る。『（史記）索隠』に「猶《ホ》二長流《ノ》一也」とするのは、音通にもとづく解釈である。江戸末・明治期の岡松甕谷《おうこく》『楚辞考』（『楚辞』〈漢文大系、冨山房、一九一六年〉所引）は、「蓋し常・湘は、音近くして訛《なま》れるなり」といい、湯炳正『楚辞類稿』（巴蜀書社、一九八八年）は、湘と常の二字は古音が同じであり、ここは本来「湘流」に作る、とする（四一二頁）。

33**葬於江魚之腹中**　『史記』は「而、葬乎、江魚腹中耳、」に作り、『文選』（胡刻本・六臣注本）は「葬於江魚腹中」に作る。

34**安能**　『史記』『楚辞章句』は、この二字の前に「又」の字がある。

皓皓　『史記』は「皓皓」に作る。同意。また『楚辞章句』は「皎皎」に作る。ほぼ同意。

35**而**　『文選』（胡刻本・六臣注本）は、この字を欠く。

塵埃　『史記』には「温蠖《をんくわく》」に作る。『（史記）索隠』は「惛憒《こんくわい》（心がくらみ乱れるさま）の意とするが、むしろここは「皓皓（之白）」に対して、うす黒く汚れたさまを意味しよう（猪口篤志『続文章軌範（上）』）。湯炳正「釈〝温蠖〟」（同『屈賦新探』〈斉魯書社、一九八四年〉所収）は、温蠖は前漢の韓嬰《かんえい》『韓詩外伝』巻一（「故《ニ》新《タニ》沐《スル》者《ハ》必《ズ》弾《キ》レ冠《ヲ》、新《タニ》浴《スル》者《ハ》必《ズ》振《ヒ》レ衣《ヲ》、莫《シ》下能《ク》以《テ》二己《おのれ》之皭皭《しやくしやくタルヲ》一、容《いルル》中人之混汚《こんお》然《ぜんタルヲ》上」）に見える「混汚」の同音仮借《かしや》字である、と指摘する。

ちなみに湯論文は、「塵埃」と「混汚（温蠖）」とは、意味は近いが異文をなし、同音仮借の関係にはない点に着目して論旨を展開し、荀子《じゆんし》（名は況《きよう》）・淮南王劉安（「離騒伝」の作者）・王逸の見た「塵埃」系の伝本と、司馬遷・韓嬰の見た「混汚」系の伝本とは、二種の異なるテキストであると見なす。そして「塵埃」系のほうが『老子』の言葉（和光同塵）を利用し、上文の「弾冠」や「振衣」とも関連して、屈原の賦の原型により近いのではないか、と推測する。

36**漁父莞爾而笑**　『文選』（胡刻本・六臣注本）には、爾を「尒」に作る。俗字。なお本句以下、『史記』には引用されていない。『史記』では、この後ただちに「乃ち懐沙の賦を作る」の句に

つながり、屈原がその賦を書き遺《のこ》して汨羅《べきら》の淵（洞庭湖にそそぐ湘江の一支流「汨羅江」の淵）に身を投げて死に、悲運の生涯を閉じたとする。橋川時雄「屈原『懐沙の賦』の序詞を読みて」にいう。賦の一篇はおおむね序詞・本詞・乱詞《らんし》（一篇の要旨をまとめて述べる結びの一節。乱は治の意――引用者注）の三段階から成る。この「懐沙の賦」もその例外ではなく、「もっともその書きぶりの典型が示されている」。つまり「漁父」は「懐沙の賦」の序詞であり、独立した「楚辞」の一篇としては本来存在してはいなかった、と。興味深い一説である。

37**鼓枻**　『楚辞章句』は「鼓枻」に作る。これは動詞（鼓）と名詞（鼓）としての使い分け（『説文解字』など参照）を反映していよう。柳町達也『古文真宝』も「鼓枻」に作り、鼓は誤りだとするが、一般に混用される。

38**歌曰**　『文選』（胡刻本・六臣注本）『楚辞集注』『古文真宝後集』は、この二字の前に「乃《チ》」（そこで）の字がある。

40**吾纓**　『文選』（胡刻本・六臣注本）『孟子』（離婁《りろう》章句上）『水経注』（巻二八、沔水《べんすい》）は、いずれも「我纓」に作る。同意。ちなみに『高士伝』は、纓下の「兮」を欠く。

42**吾足**　『文選』（二種）『孟子』『水経注』は、いずれも「我足」に作る。同意。ちなみに『高士伝』は、足下の「兮」を欠く。

韻　字

衣《い》・汶《もん》＊・埃《あい》△（微・文＊・之△部通韻）／清《せい》・纓《えい》（耕部）／濁《だく》・足《そく》（屋部）。換韻。王力『楚辞韻読』は、衣の古音を「iəi」、汶の古音を「miuən」とする（同書は「塵埃」を『史記』によって「温蠖（uak）」に改め、「浩浩之白（beak）」と押韻すると見なす）。なお衣・汶・埃の通韻は、蔣驥『山帯閣註楚辞』（「楚辞説韻」の条）、青木正児『新訳楚辞』、藤野岩友『楚辞』などの通説に従った。ただ湯炳正「釈〝温蠖〟」は、通行の「塵埃」は「埃塵」の誤倒であり、塵（真部）が「汶」（諄部）と通韻する（汶と埃では通韻しない）とする。王泗源『楚辞校釈』（人民文学出版社、一九九〇年）も、塵埃は埃塵の誤倒で、汶・塵は通韻すると指摘する。この場合、汶の音はビン（閔と音通）である。また一説に「衣」は「冠」（元部）と押韻するともいう。

語　釈

27**吾聞之**　「之」は次の第28・29の両句を指す。一説に「他動詞の下につく意味のない字」（柳町達也『古文真宝』）とする。いずれにせよ「新沐者……新浴者……」の二句が、古来の諺（楚の古諺）であることを示す。『荀子《じゅんし》』（荀況の思想・学説を記した書）不苟《ふこう》篇にも、「故《ゆゑ》ニ新タニ浴スル者振ヒ二其ノ衣ヲ一、新タニ沐スル者弾クハ二其ノ冠ヲ一、人之情也」とあり、さらに続けてこういう。「其誰レカ能ク以テ二己之潐潐《しょうしょう》タルヲ一、受クル二人之掝掝《わくわく》タルヲ一者アラン哉《や》」と。「新沐……」と「新浴……」の句が逆転し、「察察」を「潐潐」に、「汶汶」を「掝掝」に作る。この異同は、記憶にたよりがちな当時の作品伝承形態と密接に関連するだろうが、二語の異文の意味はほぼ同じである（一説に『荀子』の場合、前者は明察、後者は昏惑のありさまとする）。

ところで気になるのは、「漁父」と『荀子』の関係である。南宋の王応麟は、「荀卿《じゅんけい》（荀況のこと。卿は尊称）楚に適《ゆ》くこと、屈原の後に在り。豈《あ》に（疑辞）楚辞の語を用ふるか、抑《そもそ》も二子皆古語を述ぶるか」（『困学紀聞』巻一〇、諸子）と述べて、判断を留保する。他方、瀧川亀太郎『史記会注考証』は、『荀子』は「蓋し此の語を襲ふ」と注するが、その論拠を記さない。この意味で、『荀子』のなかには古諺の二句だけでなく、それに対して下した屈原自身の解説の二句までも同時に引用されており、当時、楚の地に流布しはじめた「漁父」の伝本や口頭伝承にもとづく可能性がきわめて高い、とする湯炳正「釈〝温蠖〟」の説は注目されてよい。他方、徐仁甫『古詩別解』は、「聞之」は第28—31句の四句全体にかかり、後半の「安能……汶汶者哉」の二句も、当時流布していた成語であり、屈原・荀子はともにそれを引いたのだ、という。しかし湯説のほうが穏当であろう。

28**新沐者**　新は「初」とほぼ同じく、「……したばかり」の意（副詞）。沐は髪を洗う意。柳町達也『古文真宝』にいう。「昔は男子も髪の毛を長くしたもので、髪を洗えば風にあてて晞《かわ》かし、櫛《くし》けずり、これを黒い帛《きぬ》（縰《し》）でつつみ、冠をのせた（内則）」と。内則は『礼記』の篇名。

弾冠　冠（帽子）を指先で軽くはじいて、塵を落とす意。前漢の劉向《りゅうきょう》『説苑《ぜいえん》』説叢篇には、「初沐者必拭冠」に作る（下句は同じ）。

29**新浴者**　浴は身体を洗う意。橋川時雄「屈原『懐沙の賦』の序詞を読みて」には、新沐・新浴は「ものいみ《斎戒沐浴》を意味する」とある。

振衣　衣服を振《ふ》って（振動させて）塵をはらう。ただ胡念貽《こねんい》『楚辞選注及考証』（岳麓書社、一九八四年）は、振は抻《しん》（拭《ぬぐ》う、清める、晞《かわ》かす）と通用するという。

30**安能……（乎）**　反語の句型。どうして……できようか（できない）。安能は「何能」とほぼ同じ。

身之察察　察察は、まっ白で清潔なさま。重言《ちょうげん》（畳字《じょうじ》）。上句の「沐・浴」を受けていう。

31**物之汶汶**　物は『荀子』不苟篇に「人」に作るが、本篇では直接的には上句の「冠・衣」を受けていう。汶の音は従来、二説ある。『（史記）索隠』は「音閔《びん(みん)》」とするが、洪興祖『楚辞補註』は「音門《もん(ぼん)》」とする（これに対応する中国語は、mín と mēn である）。『六臣注文選』の音注は「莫奔《ばくほん》（の反）」で、後者となる。いずれの場合も、文脈上「垢《あか》で汚れて黒ずんでいるさま」をいう重言。五臣（呂向《りょきょう》）注は、汶汶を「塵垢《じんこう》なり」とし、『（史記）索隠』は「猶《ホ》昏暗《キ》也」と注する。

ところで『老子』第二〇章には、「俗人昭昭《タルモ》、我独《リ》若《シ》昏《くらキガ》。俗人察察《タルモ》、我独《リ》閔閔《びんびんタリ》」とある（ただし閔閔は悶悶などにも作る）。湯炳正「釈〝温蠖〟」は、『索隠』の「音閔」説を踏まえていう。「汶と閔の古音は同じで互いに通用する。「漁父」の察察と汶汶の対挙は、『老子』（前掲の後半二句）を襲用したものであり、「漁父」の本段は『老子』の観点に的《まと》をしぼって発したものである。汶汶は唐の楊倞《ようりょう》『荀子』注に引く『楚詞』の「惛惛」（惛もコン・モンの二音がある）の同音仮借《かしゃ》字であろう」とする。なお岡松甕谷『楚辞考』（漢文大系『楚辞』所引）は、汶汶は「蓋し泯泯《びん(みん)》の仮借。泯泯は昏乱の貌《かたち》」という。汶字に対する二音「ビン・モン」は、それぞれ論拠をもつが、ここではしばらく通行の「モン」で読んでおく。

者乎　乎は疑問・反語の助字（語気詞）。ただ上の「者」字の解釈は、きわめて難解である。このため従来、①「(安んぞ能く……)物の汶汶たる者を受けんや」(橋本循『訳註楚辞』、目加田誠『中国詩選』一など)と、②「(安んぞ能く……)物の汶汶たるを受くる者《もの》あらんや(ならんや)」(花房英樹『文選(詩騒編)』四、猪口篤志『続文章軌範(上)』など。青木正児『新訳楚辞』は、「物の汶汶を受くる者ぞや」と訓む)がある。柳町達也『古文真宝』は②を採り、①の訓みを批判して、「身之察察と物之汶汶とは対するし、かつ『物の汶汶たる者』とはどういう意か、語をなさない」という(同書は「物の汶汶たるを受くる者《こと》あらんや」と訓む)。

要するに、こうした訓読の揺れは、ひとえに「者」字の解釈(用法)が確定しにくい結果である。しかし王泗源『楚辞校釈』のように、「汶の下の者の字は、著落《ちゃくらく》無《な》し。衍《えん》(字)なり」のごとく簡単に処理してしまうのも問題であろう。ここで注目されるのは、「……受《ン》二物之汶汶《タルヲ》一者乎《ヤ》」と訓む和刻本『(六臣注)文選』の解釈——者乎の二字を「ヤ」一字で訓む——である。これはおそらく、「者乎」を先秦の文献に現れる文末の「者邪」「者与(＝歟)」(常に疑問詞〔何・安・誰・孰・豈など〕と用いられて、疑問や反語の語気を助ける働きをもつ助字〔語気詞〕)とほぼ同様に理解したのであろう(陳子展「論『卜居』『漁父』為屈原所作」参照)。しかしもちろんそうした場合も、語気の重点は、明らかに乎・邪・与(歟)にある。「者」字のこうした用法は、楊伯峻『古漢語虚詞』や高樹藩『文言文虚詞大詞典』(湖北教育出版社、一九九一年)などに指摘される(後者が特に詳しい)。ただこうした「者」の用例は、「モノ」と訓んでもあまり違和感がない。このため第25・26句の「何故……為」の為(前述)よりも、その認定がいっそう遅れている。たとえば楊伯峻のあげる『老子』第二三章の、「飄風不《モ》レ終《をへ》レ朝《あしたヲ》、驟雨《しゅうう》不レ終《へ》レ日《ヲ》、孰為レ此者、天地《ナリ》」の場合も、通常の訓読「孰《たれ》か此れを為す者ぞ」で、少しも奇異な感じを受けないからである。筆者は②の和刻本の訓みに魅《ひ》かれるが、しばらく同じ②に属する一般の訓みに従った。

32 **寧赴湘流**　寧……は、どちらかといえば……のほうがいい、という選択を表わす言葉。むしろ、いっそ。『説文解字』巻五上に「願《フ》詞也」という。赴は「おもむク」と読むが、王逸注に「自ら淵に沈むなり」とあるように、「入る、身を投げる」意(藤野岩友『楚辞』や柳町達也『古文真宝』)。『荀子』不苟篇の「負《いだキテ》レ石《ヲ》而赴《ク》レ河《ニ》」は、同じ用例である。また『呂氏春秋』巻二〇、知分篇にも「赴《キテ》レ江《ニ》刺《ス》レ蛟《みづちヲ》」とあり、漢の高誘注に「赴《ハ》、入《ルル》也」という。

湘流は湘江(湘水)の流れ。湘江は広西《クワンシー》チュワン族自治区の東北部(海洋山)に源を発し、北東に流れて、永州・衡陽《こうよう》・長沙市などを経て、洞庭湖にそそぎこむ、湖南省最大の清流(全長八五六キロ。ただし六朝《りくちょう》の前期以前は、長江に直接そそいでいたらしい)。松浦友久編『漢詩の事典』「瀟《しょう》湘《しょう》」の条(四六六頁以下)など参照。

33 **葬於江魚之腹中**　橋川時雄「屈原『懐沙の賦』の序詞を読みて」にいう。「江魚の腹中を墓場とする発想」の背景には、「死人を葬るとき、石をいだかしめて浮きあがらず、その魂の安らかに鎮まりますよう、という水葬儀礼」があった、と。

34 **皓皓之白**　皓皓は輝くばかりに白いさま。重言。異文の「皎皎」もほぼ同意。第30句の「察察」を受け、行ないの高潔・潔白なさまをいう。

35 **蒙**　第31句の「受」と同意。猪口篤志『続文章軌範（上）』にいう。「蒙はけがれを身に被ること。辱とほぼ同じ。『儀礼《ぎらい》』士昏礼の鄭（玄）注に『白を以て緇《くろ》に造《いた》るを辱と曰ふ』とある」と。

塵埃　ちりやほこり。うすぎたないよごれや汚れ。第31句の「汶」を受ける。『史記』屈原伝の異文「温蠖」も、ほぼ同意。〔校語〕参照。

36 **莞爾而笑**　莞爾は、にこやかにほほえむさま。爾は語助詞。『論語』陽貨篇に「夫子《ふうし》（孔子）莞爾《トシテ》而笑《ヒテ》曰《ク》、割《クニ》レ鶏《ヲ》焉《ンゾ》用《ヒン》ニ牛刀《ヲ》ニ」とあり、魏の何晏《かあん》の『集解』に、「小笑貌《ノかたち》」とある。この微笑のもつ意味について、柳町達也『古文真宝』は、屈原の一徹な生き方に感心したさまとし、蒋天枢『楚辞校釈』も「心に許す（評価し感心する）所有るも、所見（考え）又た同じからざるの意有り」という。他方、花房英樹『文選（詩騒編）』四は、「事の是非を定め言うことのできぬ心理を含む」とする。

37 **鼓枻**　枻《えい》の解釈、①船べり（船舷《せんげん》）、②かい、かじ、ふなざおの差異に応じて、「鼓」の解釈も分かれる。後漢の王逸は、鼓枻を「船舷を叩《たた》くなり」と注した。これ以降、枻は船べり、鼓は叩くと注するものも多い（蔣驥『山帯閣註楚辞』、姜亮夫『屈原賦校注』など）。藤野岩友『楚辞』の「船ばたをたたいて歌の拍子《ひょうし》をとる」も、同じ立場である。他方、星川清孝『古文真宝（後集）』は、王逸説への批判をこめていう。鼓枻は「かじを勢よく鳴らして船を漕ぐ。鼓は音高くならすこと（同『楚辞』には『大きな音をさせるの義』とする）。王逸注に『枻』はふなばたとあるが、かじが本義。多分かじでふなばたを撃つことから、『枻』を『舷《ママ》』の意に解したのであろう」と。柳町達也『古文真宝』も、鼓は動かす意で、鼓枻は「楫を動かす。かいをかたかたと音をたててこぐ」意とし、枻にふなばたの意味はなく、王逸注は鼓の字に動かされた誤訳とする。岡松甕谷『楚辞考』（漢文大系『楚辞』所引）も、鼓枻を「楫《かぢ》を揺《うご》かすなり」という。中国でも金開誠ほか『屈原集校注』は、鼓は動、鼓枻は船のかいをこぎ動かす意と注する（胡念貽『楚辞選注及考証』も、ほぼ同じ）。松枝茂夫編『中国名詩選』上（岩波文庫、岩波書店、一九八三年）が、「櫂を操る。リズムをつけて船をこぐ」というのも、これに近い。猪口篤志『続文章軌範（上）』は「楫《かじ》をたたいて拍子をとること」と述べ、「撃楫《げきしゅう》の意と解してこそ、『乃歌曰』と相応じ、文章がいきいきとしてくる」という。郘霄鳴『屈賦全釈』も、かじをたたく（敲打船槳）と訳す。要するに「鼓枻」には、①船べりを（かいで？）たたく、②かいを鳴らして勢いよく船をこぐ、③かじを撃つ、の三説に分かれるが、しばらく②を採る。

38 **歌曰**　この「滄浪の歌」は、『孟子』離婁《りろう》章句上にも「孺子《じゅし》」（子ども）の歌（一種の童謡）として見える。このため楚の地に伝わる古い歌謡の一つと考えられ、漁父の自作ではない。ただ『孟子』では、「清《すマバ》斯《すなはチ》濯《ヒ》レ纓《ヲ》、濁《ラバ》斯《チ》濯《フ》レ足《ヲ》矣。自取《ラル》レ之《ヲ》也」という孔子の解説が紹介されている。つまり『孟子』では、水それ自体の清濁によって人の反応が異なり、人の栄辱もみずからその結果を招くのだ、と理解されている。ところが「漁父」では、「濯纓・濯足は、蓋し世と推移するの意」（蔣驥『山帯閣註楚辞』）と注されるように、世の清濁に応じた自在な生き方をすべきことをたとえており、両者を混同してはならない。ちなみに白川静『中国古代文学㈠』（中公文庫、中央公論社、一九八〇年）は、「滄浪の歌」を「もと舟歌であろう」と指摘する。

39**滄浪之水**　川の名。諸説あるが、漢水（漢江）の下流の通称、もしくは夏水の別称とする説が有力である。詳しくは〔備考〕参照。ただいずれの場合も、水の青く澄みわたるイメージをただよわせる。『文選』巻二八、陸機「塘上行《とうじょうこう》」に対する李善注に、『孟子』の「滄浪之水清」を引いて、「滄浪《ハ》、水色也」という。

清　第41句の「濁」と対《つい》をなし、王逸や五臣の注によれば、平和な世と乱世の比喩となる。王夫之『楚辞通釈』にいう。「滄浪の水は、初夏漲《みなぎ》れば則ち濁り、秋杪《しゅうびょう》（秋の末）水落つれば則ち清む」と。

兮　句調を整えたり、拍子をとったりするための助字（語気詞）。音はケイ、訓読では読まない。兮は『詩経』のなかにも見られるが、数量は少ない。これに対して『楚辞』では、ほぼ全篇にわたって規則的に用いられ、楚歌の重要な一特徴となる。郭《かく》紹虞《しょうぐ》「釈『兮』」（同『照隅室語言文字論集』〔上海古籍出版社、一九八五年〕）にいう。「『説文解字』巻五上に『語《ノ》所レ稽《とどマル》也』とあるように、兮は言葉の停頓する時に発する余声を記録する符号である。清の劉淇《りゅうき》『助字弁略』巻一に『歌之余声』とあるが、通常の言葉にも余声がある。この余声が、いわゆる語気である。『兮』字の表わす語気は比較的融通性をもち、停頓する長さによって種々の具体的な意味も生まれる」と（要約）。

他方、金開誠ほか『屈原集校注』の「前言」にいう。「『楚辞』の形式は民歌から起こり、このため語気詞『兮』の運用は重要である。現在の歌曲のなかの『阿』や『呀』の類いを考えてみれば、それは歌詞としては大きな意味をもたないが、歌唱のなかでは装飾音を加え、かえってその旋律内で重要なものに変わる。このことから楚辞形式の構成内の作用を推測できる。また句中における兮字の位置の変化は、必然的に歌唱や吟誦の口調・リズムに影響する。だからこう推測できる。『兮』字を基点として、その両端の字数がもし比較的少なければ、これらの字を発音する際の調べは、きっとゆったりとして長くなり、歌唱に近い。逆に両端の字数が比較的多ければ、これらの字を発音する際の調べは短くつづまって、吟誦に近い」と。

ちなみに白川静『字統』（平凡社、一九八四年）にいう。「兮」字は象形文字で、「呼子板《よぶこいた》」の形。これを鳴らせて曲の終始を知らせたものであろう」と。

40**可以**　……したらいい、……できようの意。

濯吾纓　纓は冠や帽子につけたひも。あごのところにかけて落ちるのを防いだ。本句は第42句の「濯吾足」と対をなし、王逸や五臣の注によれば、それぞれ仕官と隠遁の比喩になる。目加田誠『定本楚辞』は、こうした伝統的な解釈を踏まえて、「滄浪の歌」の趣旨をこう述べる。「世が治まり、道行なわれる時は冠の纓を洗って、出て仕えるがよい。世が乱れ、道の行なわれぬ時は、足を洗うて世をかくれるがいい。世の成り行きにしたがって、しいて自分一人、おのれを潔うするといって、世に逆らわぬが良いではないか」と。

43 **遂去**　遂は、そのままただちに、の意。主語は漁父である。

不復与言　不復は、「不」を二音節化して強調する慣用句。『正編』六六二頁参照。もうそれっきり（決して）……しないの意。蔣驥『山帯閣註楚辞』は、本句を「漁父遂去、原亦不復与言」と解釈し、橋本循『訳註楚辞』もこれに従うが、穏当ではない。「不復与言」は「不復与之言」の略であり、主語はやはり漁父、之は屈原と見なすのが通説である。二人の考え方（人生観）の溝は、結局埋まることなく物別れに終わった。孔子のいわゆる「道不同、不相為《ため》謀《はから》」（『論語』衛霊公篇。謀は相談する）である。

通釈

屈原がいう。「私はこんな言葉を聞いています。『髪を洗ったばかりの者は、必ず冠（の塵）をはじき落とし（てからかぶり）、身体を洗ったばかりの者は、必ず衣服（のほこり）を振《ふる》い落とし（てから着る）』と。どうしてこの清潔な身体に薄よごれたものなど着けることができましょう。いっそ湘江の流れに身を投げて、川魚《かわざかな》の餌《え》食《じき》になろうとも、どうして真白なわが身に世俗の汚れなど受けられましょう」と。

漁父はにっこりと笑い、櫂《かい》を鳴らして（勢いよく）漕いで去り、歌をうたっていう。

滄浪の川の水が清んだなら
わが冠のひもを洗えばよい
滄浪の川の水が濁ったなら
わが足を洗えばよい

（漁父は）そのまま去って、それっきり（屈原と）言葉をかわさなかった。

諸説の異同

異同の所在

「江潭」の江の具体名

異同の類別

A　湘江。
B　沅江。
C　滄浪江。
D　潭江。

A説を採るもの：星川清孝『古文真宝（後集）』、藤野岩友『楚辞』、星川清孝『楚辞』、目加田誠『中国詩選』一、金開誠『楚辞選注』（北京出版社、一九八〇年）、黒須重彦『楚辞』、金開誠ほか『屈原集校注』など。

B説を採るもの：蔣驥『山帯閣註楚辞』、橋本循『訳註楚辞』、馬茂元『楚辞選』（人民文学出版社、一九五八年）、柳町達也『古文真宝』、花房英樹『文選（詩騒編）』四、聶石樵『楚辞新注』、馬茂元ほか『楚辞注釈』（楊金鼎注釈、湖北人民出版社、一九八五年）、周嘯天主編『詩経楚辞鑑賞辞典』（蓉生執筆、四川辞書出版社、一九九〇年）など。

C説を採るもの：王夫之『楚辞通釈』、郭沫若『屈原賦今訳』（『沫若文集』第二巻（人民文学出版社、一九五七年）所収）、朱季海『楚辞解詁』（上海古籍出版社、一九八〇年再版）、鄔霄鳴『屈賦全釈』など。
D説を採るもの：王闓運『楚詞釈』、王泗源『楚辞校釈』など。

異同の論拠

A説（江潭を湘江と見なす説）
本篇は、漢初の人が屈原伝説によって作った寓言である。このため文中にいう状況は、必ずしも屈原の実際の経歴とは関わらない。しかし通行本の下文に「寧赴湘流」の句があるので、作者の心中では、この江は湘江を指す。
（以上、金開誠ほか『屈原集校注』）

B説（江潭を沅江と見なす説）
江は沅江をいう。潭は深い淵である。今の常徳府の沅水のかたわらに九潭がある。
（以上、蔣驥『山帯閣註楚辞』）

本篇は必ずしも事実の拠りどころを持たないが、（一篇の）文学作品としていえば、必ずある定まった時間や場所を持つ。作者は題材を処理する際、必ずそれらの関係をできるだけ客観的な実際（現実）に合わせる。本篇は、屈原が江南に放逐されたことを背景とする。彼は最後に沅江を通って湘江に入り、汨羅江に身を投げた。下文に「寧赴湘流、葬於江魚之腹中」と明言するからには、ここで指すのは沅江であり、これが比較的合理的（な解釈）である。もしも滄浪江（C説）であるというならば、時間や環境のうえで、いずれも緊密にかみあわなくなる。「滄浪」の歌は、楚の地で長いあいだ広範囲に伝わり、孔子もかつて孺子《こども》の歌を聞いた。このことは『孟子』離婁上篇に見える。ここでは、その歌を用いて、自分の心情を託したものであり、地理環境の制約を受けない。
（以上、馬茂元『楚辞選』）

C説（江潭を滄浪江と見なす説）
『楚辞』の原文は「游於江潭」に作り、『史記』屈原伝は「至於江浜」に作って、ともにどの江であるかは言っていない。しかし下文の漁父のうたう歌は、「滄浪の水」と明言しており、そこでこれを補った。屈原が最初に放逐された場所は、漢水の北部であった。「抽思」（九章の一）に「鳥有り南よりし、来《きた》りて漢北に集《とど》まる」とあり、また「思美人」（九章の一）に「嶓《は》冢《ちょう》（山の名。漢江の水源）の西隈《せいわい》（西隅）を指さして、纁黄《くんこう》（黄昏の時）と以て期（期限）と為す」とあるのが、その証拠である。『尚書』（書経）禹貢《うこう》篇に「嶓冢より漾《よう》（水）を導き、東流して漢（水）と為り、又た東して滄浪の水と為る」とあり、「漁父」が述べているのは、屈原の最初に放逐された時のことであることがわかる。
（以上、郭沫若『屈原賦今訳』の原注）

D説（江潭を潭江と見なす説）
「抽思」（九章の一）に「泝《さかのぼル》二江潭一ヲ兮」とある。もし潭が淵の意ならば、「泝る」というはずはなく、『楚辞』「漁父」の「游於江潭」や「行吟沢畔」とも重複する。潭を水《かわ》の名とするのが正しく、「漁父」の場合も同じである。潭水は武陵郡鐔成《たんせい》県の玉山（湖南省の西南端にあり、広西《クワンシー》の北端とも近い。譚其驤主編『中国歴史地図集』第二冊（地図出版社、一九八二年）二二～二三図参照）に源を発し、東流して阿林（地名）に到り、鬱水《うっすい》（今の潯江（西江の上流））に入る。このことは『漢書』巻二八上、地理志に見える。江潭の構詞法は、「渉江《しょうこう》」（九章の一）の「江湘」と同じく、それぞれ潭水、湘水である。

（以上、王泗源『楚辞校釈』一七〇頁）

王逸の小序に「江湘之間」とし、姜亮夫『屈原賦校注』に「沅湘之間」ともするように、A説（湘江）とB説（沅江）が現在のところ穏当であろう。この四説は、作品中に記される屈原の放逐時を、懐王の時（第一回、漢北）ととるか、頃襄王の時（第二回、江南）ととるか（〔語釈〕1参照）とも密接に関連する。このうちC説のみは第一回めに捉え、そのほかは晩年に近い第二回めを想定する。C説「滄浪江」（具体的な場所については〔備考〕参照）は、B説を採る馬茂元に批判されているように論拠に乏しい。またD説「潭江」（現在の融江・柳江）は、同じ「江潭」の語が用いられている「抽思」篇に対する洪興祖『楚辞補註』の説から生まれたものである。しかし江潭は下句の沢畔と対《つい》するとも考えられるので、この固有名詞説は、ほとんど誤りに近い（原田種成『文選（文章篇）上』参照）。

備考

(1)　「漁父」の作者をめぐって

汨羅の淵に身を投げて死んだと伝えられる楚の孤高の詩人、屈原。彼の風貌と性格は、対照的な人生観をもつ隠士、漁父を配する巧みな構想によって鮮やかに浮かびあがる。「屈原の、身を滅ぼしても誠実を貫こうとする態度と、滄浪の水の歌に詠われている、いわゆる和光同塵の生活を対立させた」（目加田誠『定本楚辞』）ものであるが、かたくなな屈原の態度は、楚の王族出身という血の濃さゆえの、不可避的な選択でもあったのであろう。いいかえれば本篇は、屈原が投身自殺に到った悲劇に対する、一つの理解のあり方を表わしている。

ところで本篇は、『古文真宝後集』のなかに「漁父の辞」として収められた結果、わが国で屈原といえば、この「漁父」中の屈原像をただちに思い浮かべ、日中両国で作成された画題「屈子行吟図」の源泉となった。

ただ「漁父」の作品とその作者については、今日なお深い謎につつまれている。現存文献として最も早く本篇を収めるのは、『史記』屈原伝である。ただ司馬遷はこれを作品としてではなく、屈原の伝記をつづる一史料として扱っている。本篇はまた、本来独立した一篇ではなく、「懐沙の賦」（九章の一）の序詞にすぎない、とする指摘もある（〔校語〕36参照）。

作者についても、現在では屈原以外のある人（無名氏）の偽作、とする説が有力である。「漁父」に対する後漢の王逸の小序（〔語釈〕0に引く）自体が、すでにある種のあいまいさを含むからである。王逸は屈原の作と認めながらも、「楚《そ》人《ひと》、屈原を思念して、因りて其の辞を叙《じょ》して、以て相ひ伝ふ」という。この点に関して、陳子展「漁父解題」（同『楚辞直解』所収）にいう。「屈原の作とするのは、後漢の政府の蔵書にもとづき、また後半の記述は、王逸自身の故郷でもある荊楚《けいそ》の旧地の民間伝説にもとづくはずだ」と。主にこの王逸の説、および『史記』屈原伝に収めることの二点にもとづいて、南宋初めの洪興祖『楚辞補註』、朱熹『楚辞集注』、明の汪瑗『楚辞集解』、明末清初の王夫之『楚辞通釈』、清の蔣驥『山帯閣註楚辞』など、歴代の主要な注釈書は、いずれも「漁父」を屈原の作と見なしてきた。

ただ同じ屈原作説を採るとはいっても、洪興祖『楚辞補註』のなかに、「『卜居』『漁父』は皆問答を仮設して、以て意を寄するのみ。

……以て実録と為すは非なり」（この注が洪興祖自身のものかどうかは若干疑問）と注されて以来、作品に登場する漁父は、仮設《フィクション》の人物とされることが多い。『庚午版　古文真宝鈔Ⅰ』（高羽五郎編、自家版、一九七二年所収。庚午は寛永七年〔一六三〇〕）にいう。

「原、讒《ざん》セラレ、謫居ノ悲サニカイタソ。大カタ讒人ノコトヲ含ムソ。漁父カ言モ、屈カ自ラ云フナリ。此ノ懐ヒヲノベンタメニ、漁父ト云フコトヲ設ケテ、問答体ニカイタソ。漁父カ云フ心ハ、聖人ノ心ナリ。屈カ言ハ、賢人ノ心ナリ。皆自問自答也」と。

この問答仮設の考えは、じつは「恐らく、屈原の後人が、彼と漁父との問答を仮設して作ったものであろう」（目加田誠『定本楚辞』）とする、後人偽作説を導きやすい。清の崔述は、『考古続説』巻下「観書余論」の条にいう。

是《およソ》作ル賦ヲ者ハ、託シテ古人ニ以テ自ラ暢《のブ》其ノ言ヲ。固ヨリ不ル計《かんがへ》其ノ年世（年代）之符スルヤ（符合）否《いなヤヲ》也。謝恵連《しゃけいれん》之賦《ふ》スル雪ヲ也《や》、託シ之ヲ（司馬）相如《しょうじょ》ニ、謝荘《しゃそう》之賦スル月ヲ也託ス之ヲ曹植ニ。是知ル仮託シテ成スハ文ヲ、乃チ詞人（作家）之常事ナルヲ。然ラバ則チ「卜居」「漁父」モ、亦タ必ズ非ズ屈原之所ニ自ラ作ル。……「卜居」「神女」之賦ハ、其ノ世遠クシテ、其ノ作者之名不レバ伝ハラ、則チ遂ニ以テ為スニ屈原・宋玉《そうぎょく》之所ト為《つくるのみ》耳。

＊　謝恵連・謝荘の賦は、『文選』巻一三に収める「雪ノ賦」と「月ノ賦」を指す。

ここでは、「漁父」と「卜居」は屈原の作ではなく、後人の偽作であろう（ただし意図的ではなく、賦の作成方法とも関連する）、と明言されている。

「漁父」は屈原の作ではない（ただし前漢初め以前の作）、とする近年の有力な説の口火を切った陸侃如《りくかんじょ》が、「屈原評伝」（一九二三年に成る。いま『陸侃如古典文学論文集』〔上海古籍出版社、一九八七年〕所収による）のなかで、この崔述の説をとりあげるのは、きわめて自然な筋道である。続いて游国恩《ゆうこくおん》も『楚辞概論』（商務印書館、一九二八年）のなかで、屈原の自作ではなく、秦代か前漢初めの作とした。

ここで現在に到るまで、しばしば言及される二人の重要な論拠をあげておきたい。陸侃如はいう。①「漁父」の冒頭「屈原既放」は、明らかに旁人《ぼうじん》（第三者）の記載である。②司馬遷も『史記』屈原伝のなかで「漁父」の本文を、「頃襄王怒リテ而遷ス之ヲ」（〔校語〕1参照）の後に直接続け、「乃チ作ル『漁父』之賦ヲ。其ノ辞ニ曰ハク……」とはいっておらず、ただ旁人の記載（周末・漢初の作）だと認めていた。游国恩もいう。「『漁父』は通篇『屈原』と称する。原は彼の名ではなく字《あざな》である。古人の自称は多く名を用いて、字を用いない」と。この二人の説を受けて、郭沫若《かくまつじゃく》も『屈原研究』（『沫若全集』第一二巻所収）のなかで、「漁父」は屈原の後輩の宋玉・唐勒《とうろく》・景差の徒の作であろう、と指摘する。

わが国でも、青木正児『新訳楚辞』はこういう。「漁父の説く所は老荘的な思想で、……（そうした）思想は屈原の他の篇には見出されない。因つて想ふに、此の篇は事によると、老荘思想の流行した漢初に於て、『荘子』の漁父篇の趣向に倣ひ、『孟子』所載の童謡を取入れて擬作したものかも知れぬ」と。

また藤野岩友『増補巫系文学論』（大学書房、一九六九年増補版）もいう。「両篇（卜居と漁父）の冒頭に、「屈原既放」とあるのは、第三者的叙述である。これは屈原物語が普遍した時代に、屈原遺作の一つとしてそれを伝へようといふ意図を以て筆を執つたものであらう。屈原自身がわが事を語つてゐる口吻ではない。それに全体的に稀薄な感じでこくが足りない」と。そして「漁父の辞は、語意膚《ふ》浅《せん》、他の騒《そう》（賦）に類《に》ず。疑ふらくは景差・唐勒の輩《やから》の偽撰する所かと」（訓読は引用者）という頼山陽『古文典刑』凡例の言葉を引いた後、こう大胆に推測する。

「漁父」は偽作であり、表現しようとするものを作者の創意に依る方法で描出すといふよりか、もとからあつた型に当嵌《あては》めることに依つて造上げてゆく。――かういつた方法が採られたことであらう。さう考へれば『論語』（微子篇）や『荘子』（人間世篇）の楚狂接輿などが粉本であつたかも知れない。「鳳兮」の歌に換へるのに、孟子の孺子歌（滄浪歌）を以てし、長沮・桀溺と子路との問答を入れれば、「漁父」の骨組みは成立つ。沢畔に行吟した場合、対手は漁父が似つかはしい。しかも漁父が隠者を代表するといふ型があるのである。

ただし「漁父」が屈原の自作でないとする考えは、あくまでも通説である。陳子展『楚辞直解』、姜亮夫『屈原賦校注』、湯炳正『屈賦新探』などは、いずれも屈原の作品と見なす。陳子展は「論『卜居』『漁父』為屈原所作」（前引）のなかで、陸・游二人が唱えた偽作説の論拠を逐一とりあげて反論し、その反論自体、それなりに説得力をもつ。

また湯炳正は「『楚辞』成書之探索」（同『屈賦新探』所収）のなかで、先秦の諸子百家の書は、多く弟子が遺篇を纂集《さんしゅう》したもの、もしくは同一学派の後学が旧説を補続して作りあげたものであり、しかもその纂集者や補続者は、しばしば自己の作品を当該書の後ろに付する特色をもつとする。そしてこの観点から、『楚辞』所収の作品（ただしその篇次は、最も古い形態を残す五代・南唐の王勉『楚辞釈文』に従う）を五組に分けて、『楚辞』が増補されていく過程を詳しく分析する。その説によれば、「漁父」は第二組（九歌・天問・九章・遠遊・卜居・漁父・招隠士）に属する。この作品群は、前漢の武帝の時代、淮南王劉安の賓客であった淮南小山たちか、淮南王劉安本人が増補した。このうち「漁父」までの六篇は、前漢の人がさがし求めることができ、しかも屈原の作と断定した全作品（淮南王劉安が都を置いた寿春《じゅしゅん》〔安徽省寿県。淮南市の西で、楚の古都〕、もしくは楚国の旧域内に流伝していた作品）であり、その巻末に増補者自身の作品「招隠士」を置いた。この第二組は、第一組（屈原の「離騒」と宋玉の「九弁」。先秦期、宋玉によって編纂され、『楚辞』の原型をなす）と合わさって『楚辞』の基礎を形成し、淮南王劉安以後、劉向以前の『楚辞』の通行本になった、と推測する。

「漁父」は、古韻の通押形態や作品の流布状況を考えれば、屈原の自作でないとしても、前漢中期以降に下る「偽作」ではなかろう。偽作の論拠自体も、古代の作品特有の伝承形態（作品認識を含む）を考慮すれば、充分説得力をもつものとはいえないようである。現在のところ、「漁父」はやはり、「伝、屈原」の作として扱っておくのが、最も穏当な処置といえよう。

(2) 「滄浪之水」をめぐって

「漁父」と『孟子』のなかに収める歌のなかの「滄浪水」（滄浪江）は、現在なおその具体的な場所を確定できない。これは、主に史料の不足と河道の変遷（消滅を含む）に由来する。しかし現在の湖北省内の長江以北で、荊州市（楚の古都、江陵）と武漢市（漢水が長江にそそぐ処）を結ぶ線を中心とした沼沢地を流れていたことは、ほぼ疑いない。従って蔣驥『山帯閣註楚辞』の説——常徳府竜陽県（湖南省漢寿県。洞庭湖の西南岸）にある川の名。滄山・浪山の二山に源を発し、合流して滄浪の水となる（沅江の一支流。同書所収の「楚辞地理総図」参照）——は、最も論拠に乏しい。蔣驥は、竜陽には滄浪市・滄浪郷・三閭郷・屈原巷《こう》もあって、最も信憑性が高いとするが、楊采華「滄浪之水略析」（同『屈原及其辞賦新解』所収）がすでに指摘するように、滄浪水の名は戦国時代よりも後に生まれ、後世の人が屈原を記念するために名づけた呼称にすぎないようである。陳子展「漁父解題」も、「竜陽の滄浪水は後《のち》に起こった名で、『楚辞』に附会して命名されたのだ」と指摘する（『楚辞直解』）。北宋の王存ら『元豊九域志』巻六が、当地の滄浪水の初出文献らしい。橋本循『訳註楚辞』や柳町達也『古文真宝』なども、蔣驥と同じ見解であるが、従いがたい。

滄浪水を記す最古の文献は、「嶓《は》冢《ちよう》ヨリ導キレ漾《よう》ヲ、東流シテ為リレ漢ト、又タ東シテ為ル二滄浪之水ト一」（〈諸説の異同〉参照）という『書経』禹《う》貢《こう》篇である。これ以後、種々の文献に散見するようになる。朱季海「滄浪之水考」（同『楚辞解詁』所収）は、滄浪水に関する唐以前の古い文献を整理して、次の三説に分ける。

①夏水《かすい》の別称（その故道は、荊州市の南で長江から分かれ、監利県の北を通り、東北に折れて、仙桃市付近で漢江に流入する）……論拠は『史記』巻二、夏本紀に見える唐の司馬貞『（史記）索隠』や、北魏の酈道元《れきどうげん》『水経注《すいけいちゅう》』巻三二、夏水の条に引く南朝・斉の劉澄之『永初山川（古今）記』。

②漢沔水《かんべんすい》の通称（漢江の下流は沔水《べんすい》〔上流を指す場合もある〕・漢沔水ともいう）……論拠は『水経注』巻二八、沔水の条に引く『地説』（朱季海の説によれば、梁の任昉《じんぼう》が増補した『地記』を指す。「滄浪の歌」を引く）や、酈道元自身の説。唐の徐堅『初学記』巻七、漢水の条。

③武当県にある（その場所は、襄樊《じょうはん》市〔襄陽〕よりも上流の漢江のほとり。現在の丹江口市と鄖《うん》県の間付近。南には武当山がある）……論拠は『史記』巻二、夏本紀の、唐の張守節『（史記）正義』に引く唐の李泰ら『括地志《かっちし》』や、六朝の庾仲雍《ゆちゅうよう》『漢水記』。

朱季海自身は、この結果を踏まえていう。「漁父」に「江潭に游ぶ」というからには、①と②の両説が穏当であり、均州武当県の③説は江から遠く離れすぎ、誤りであろう、と。その説は説得力をもつ。

他方、清の胡文英は、「滄浪水考」（同『屈騒指掌』〔北京古籍出版社、一九七九年影印〕所収。金開誠ほか『屈原集校注』にも、その大半を引く）のなかで、諸説を検討した後、滄浪水とは荊州市（江陵）の東辺に位置する「長湖」（現存）付近と見なす。そして武当山《ママ》の滄浪水は、荊州の武当山を均州のそれに見誤った結果とする。また楊采華「滄浪之水略析」（前出）は漢水の下流とし、その故道を現在の天門河（漢水の一支流）の少し北側を東流すると考え、夏水とは無関係だとする。この二説も、長江以北の「荊州市と武漢市とを結ぶ線を中核とする地域」から大きくはずれることはない。

ちなみに、譚其驤主編『中国歴史地図集』第一冊（地図出版社、一九八二年）に収める戦国時期「楚越」図に記される滄浪水は、いわば朱季海の整理した①夏水と②漢沔水（漢水の下流）を折衷《せっちゅう》した形（夏水の下流部一区間と、夏水が漢水に合流した後の一区間）になっている。

（稲畑耕一郎・植木久行）

項《こう》羽《う》

0 垓下歌　　垓下《がいか》の歌《うた》

1 力拔山兮氣蓋世　力《ちから》山《やま》を抜《ぬ》き　気《き》　世《よ》を蓋《おほ》ふ

2 時不利兮騅不逝　時利《ときり》あらず　騅《すゐ》　逝《ゆ》かず

3 騅不逝兮可奈何　騅《すゐ》の逝《ゆ》かざる　奈何《いかん》すべき

4 虞兮虞兮奈若何　虞《ぐ》や　虞《ぐ》や　若《なんぢ》を奈何《いかん》せん

テキスト　『先秦漢魏晋南北朝詩』漢詩一（上-88）◆『古詩源』二◆『楽府詩集』五八◆『文選補遺』三五◆『古詩紀』二

校　語

0 **垓下歌**　篇名の異同については〔語釈〕を参照。中国での諸本には、『史記』七項羽本紀、『漢書』三一陳勝項籍列伝をも含めて異同はないが、日本の五山の桃源瑞仙『史記鈔』には「古本」で全詩五句とするものがあって、第2句と第4句が「時不レ利《アラ》兮威勢廢《すたル》、威勢廢《レテ》兮騅《すゐ》不レ逝《ゆカ》」となっていて、その後に現行の後半二句が続く形に作っていたと伝えている。『史記鈔』のいう「古本」の素性は明らかでなく、かつ五山期には既に日本での『史記』通行本は現在の形になっていることを示す。

詩型・韻字

七言古詩。世《せい》・逝《せい》（去声霽韻〔祭韻〕）／何《か》・何《か》（下平声歌韻〔歌韻〕）。

語釈

0 **垓下歌**　秦末に決起した群雄の中で、当初他の諸将を押さえて中心に立ったのが項籍、字《あざな》は羽であった。前二〇六年に秦を滅して後は、長江下流域を領土として西楚《せいそ》の覇王《はおう》と号し、彭城《ほうじょう》（江蘇省徐州市）に都を置いて天下に号令した。しかし、やがて遠く西の漢中に追いやった漢王劉邦との間に天下を争う戦いが始まり、勇猛な項羽軍はしばしば戦場での勝利は得たものの、諸侯の多くは劉邦に従うようになり、前二〇二年、ついに垓下（安徽省霊璧県）で漢の大軍に包囲されてしまった。敵軍の中から自分の本拠地である楚の歌が聞こえてきて（「四面楚歌」）、もはや楚の人々まで離反したと知った項羽は、寵愛する虞《ぐ》美人を前に一詩を歌った。『史記』項羽本紀に次のように記される。

項王軍ノ壁ス二垓下ニ一。兵少ナク食尽ク。漢軍及ビ諸侯ノ兵囲ムコトレ之《これ》ヲ数重ナリ。夜聞キ二漢軍ノ四面皆楚歌スルヲ一、項王乃《すなはチ》大イニ驚キテ曰《いハク》、「漢皆已《すでニ》得タルレ楚ヲ乎《か》。是《これ》何ゾ楚人之《の》多キ也《や》ト」。項王則《すなはチ》夜起キテ飲ス二帳中ニ一。有リ二美人一、名ハ虞《ぐ》、常ニ幸セラレテ従フ。駿馬《しゅんめ》アリ、名ハ騅《すゐ》、常ニ騎スレ之ニ。於《おいテここニ》レ是項王乃チ悲歌忼慨《かうがい》シ、自ラ為《つくリテ》レ詩ヲ曰ハク、（垓下歌。略）歌フコト数闋《けつ》、美人和スレ之ニ。項王泣《なみだ》数行下ル。左右皆泣キ、莫《なシ》二能《よク》仰ギ視《み》ル一。

後年の高祖劉邦の「大風ノ歌」（本書七三二頁参照）と同様に、当初即興のように歌われているため、特定の篇名はなかったようで、『楽府詩集』五八では「力抜山操」、朱熹『楚辞集注』後語一では「垓下帳中之歌」と題し、その後、明の『古詩紀』はじめ多くの選本が「垓下歌」と題するようになっている。

1 **力抜山兮**　その力は大地から山を引き抜いてしまうほどだ、との意。『史記』七項羽本紀に「籍長《たけ》八尺余、力能《よク》扛《あグ》レ鼎ヲ」とある。「兮」は音「ケイ」。言葉の調子を整える助字として『詩経』以来用いられているが、ことに戦国時代の『楚辞』に頻出し、楚歌の形態上の一特徴となっている。劉譲言等『中国古典詩歌選注㈠』（甘粛人民出版社、一九八一年）をはじめ、中国の注釈の多くは、現代語の「啊」もしくは「呀」に相当するという。

気蓋世　気力は世の中を蓋《おお》いつくして、人々を圧倒するに足る、との意。『史記』項羽本紀に「（籍）才気過ギレ人ニ、雖モ二呉中ノ子弟ト一、皆已《はなはダ》憚《はばかル》レ籍ヲ矣」とある。この詩句から出て、強大な力や盛んな気勢を指して「抜山蓋世」という成語ができている。

2 **時不利**　時は、天の時、時運のめぐりあわせをいう。前句で述べた世人を圧倒する項羽の力量にもかかわらず、時勢は有利にはたらかなかったことで、『史記』項羽本紀でも項羽自ら「天之亡ボスニシテレ我ヲ、非ザル二戦之罪ニ一也」と繰り返し述懐している。

2 **騅不逝**　「騅」は項羽の乗馬の名。『爾雅』釈畜に「蒼白雑毛、騅也」、また『玉篇』に「馬ノ蒼白雑毛ノ色也」とあり、毛色が蒼白《くろしろ》いりまじった馬をいい、呼び名に転じたのであろう。「逝」は、ゆく、進む。「騅不逝」を日本のおおむねの諸注は「かく不利益な時間の到来の結果として、愛乗の馬である騅も、もはや歩もうとしない」（吉川幸次郎「項羽の垓下歌について」、一九五四年一〇月「中国文学報」一。のち『吉川幸次郎全集』六、筑摩書房に所収、一九七四年）との方向で説いているが、中国での注釈の中に時として「〈不ハレ逝カ〉、言フ下困《くるシミ》レ在ルニ二重囲ニ一、不ルヲレ得去《ゆクヲ》」」（余冠英『漢魏六朝詩選』人民文学出版社、一九五八年）、「〈騅《ノ》不《ルハ》レ逝《カ》〉、言《フ》下在《リテ》二囲《ミノ》中《ニ》一不《ルヲ》レ能《ハ》レ出《ツル》上」（鄭文『漢詩選箋』上海古籍出版社、一九八六年）などと、「得」「能」等を補なって説明しているのは「増字解経」に類するもので、やや訓詁の定則を外れる。早く日本の五山の桃源禅師『史記鈔』にも「平生一日千里ノ馬トシテ秘蔵シツル馬モ今ハ騎《のり》テ逝《ゆく》ヘキ方モナケレハ乃《すなはち》騅モ用ニ不立《たたざり》ヌ。用ニ不立《たたざ》レハ〈騅不レ逝《カ》〉ナリ」との説があり、「乗ってゆくべき方向が、この名馬からも奪われたと読むが、そう読むのは無理なように思われる」（吉川論文）。

3 **可奈何**　どうしたらよいだろう。反語で、「無レ可《シ》二奈《クモ》何《いかん》一《ス》」、どうしようもないことを言う。〔諸説の異同〕参照。

4 **虞**　項羽の寵姫。『史記』（「垓下歌」の語釈に引く）には「有《リ》二美人一、名虞《ハ》」とあるが、その注釈の一つである南朝宋、裴駰《はいいん》『史記集解』に引く除広の注が「姓虞《ハ》氏」として名ではなく姓だと見ており、『漢書』陳勝項籍列伝も「姓虞《ハ》氏」と記す。『精選国語II新訂版（指導書）』（明治書院、一九八九年）に、「虞を呼び名としたから、〔『史記』が〕名は虞と言ったのであろう」とした上で、「現在〈常用漢字表〉に〈おそれ〉の訓で〔虞〕が入れられているが、これははっと驚く〈愕《がく》〉に当てた意味からの訓である。〈娯〉に当てて楽しむ意味があり、ここではそれを連想させる。〈わたしをうっとりさせる楽しい人よ〉の意ではなかったか。なお、〈娯〉は女性と楽しく語り合うこと」と付記する。天下の公論ではあるまいが一説として存する。また、同じく『史記』に「美人」と称することについては、「美しき人」とする説と、秦代以来の侍姫の官名とする説とがある。

奈若何　「若」は「汝《じょ》（なんじ）」。発音の近似によって通用した。「奈何」が客語（目的語）を取る時には多く奈・何二字の間に置かれる。汝をどうしたらよいだろうかと、どうしてやりようもない事を反語で言う。

通釈

垓下の歌

わが力は山をも抜くほど、気力は世を蓋《おお》いつくすほどであるのに、時運のめぐり合わせは幸いせず、愛馬の騅《すい》ももはや進もうとはしない。

騅も進もうとはせず、どうにもならなくなってしまった。虞よ、虞よ。お前をどうにもしてやれぬのだ。

諸説の異同

異同の所在

第3句の解釈

異同の類別

A　「騅ノ逝《ゆ》カザルハ奈何《いかん》トモスベキモ」の意とする。

B　「騅ノ逝《ゆ》カザル奈何《いかん》スベキ」と反語に見て、「奈何《いかん》スベキモナシ」の意とする。

近年の注でA説を採るものは見えず、ほぼB説が定説となっているといってよい。早い時期に岡田正之解題『古詩源』（有朋堂文庫、有朋堂、一九二二年）が「騅ノ逝カザルハ奈何トモスベシ」と訓んでいるのがA説の例である。前記吉川論文にいう、「可奈何の義は、いうまでもなく不可奈何であって、いかんともすべからざることをいう、絶望の言葉である。したがってこの句は、〈騅の逝かざるは奈何す可き〉と読まねばならない。宋玉の〈九弁〉に、専思君兮不可化、君不知兮可奈何、専ら君を思うも化す可からず、君の知らざるを奈何す可き、とあるのが他の用例である。坊間の本には、この句を「騅ノ逝カザルハ奈何ス可キモ」と読むものがあるが、それは誤りである」、と。

また『精選国語II新訂版（指導書）』には、本詩の解釈としては無論B説を採っているものの、注に次のように両説の得失等をいう。

ところでこの詩の第二句「騅不レ逝《カ》兮可《キ》ニ奈何《ス》一」の解釈には、「騅の進まなくなったのをどうすることができようか、どうすることもできなくなった。」とするものと、「騅の進まないのは、まだなんとかする余地があるけれども」と肯定して、第四句「虞《ヤ》兮虞《ヤ》兮奈レ若《ヲ》何《セン》」の反語（否定）を強めているとするものがある。前者の解釈をとると、〔『史記』項羽本紀の〕下文の「非《ザル》ニ戦《ヒ》之罪《ニ》一也。」と照応せず、また表現としても第四句と反語形が重なり、平板な意味になってしまうきらいがある。後者の解釈には、我が民謡の「箱根八里は馬でも越すが　越すに越されぬ大井川」や「佐渡と越後崎や棹さしゃ届く　なぜに届かぬ我が思い」などの発想が参考になる。また、古本に七字多い詩があったというのが広く伝えられずに消えたのも、後者の解釈のような含蓄が考慮されたためであろうとも考えられるがやや理に陥る感がないでもない。

備考

『史記』項羽本紀では項羽が歌ったあと、「美人和《ス》レ之《ニ》」と記されていた。唐の張守節『史記正義』に『楚漢春秋』を引いて虞美人が項羽に和したという歌辞を載せている。

漢兵已略地　漢兵已《すで》に地を略し
四方楚歌声　四方　楚歌の声
大王意気尽　大王の意気は尽きぬ
賤妾何聊生　賤妾《せんしょう》　何ぞ生《せい》に聊《やす》んぜん

この和詩が真に虞姫の作であれば、五言詩の最も早い作例となるが、今人の多くは後世の擬作と考えている。

（坂田　新）

漢《かんの》高《こう》祖《そ》劉《りゆう》邦《ほう》

0大風歌　　大風《たいふう》の歌《うた》

1大風起兮雲飛揚　　大風《たいふう》起《おこ》りて雲《くも》飛《ひ》揚《やう》す

2威加海内兮帰故郷　　威《ゐ》 海内《かいだい》に加《くは》はりて故郷《こきやう》に帰《かへ》る

3安得猛士兮守四方　　安《いづく》にか猛士《まうし》を得《え》て四方《しはう》を守《まも》らしめん

テキスト　『先秦漢魏晋南北朝詩』漢詩一（上-87）◆『文選』二八 ◆『古詩源』二 ◆『楽府詩集』五八 ◆『古詩紀』一 ◆『古詩箋』七言歌行鈔二 ◆『古文真宝』前集八

校　語

1**起**　『倭名類聚抄』一（風雪類）に第1句だけを引いて「起」を「吹」に作る。

2**海内**　『初学記』一（雲）に引いて「四海」に作る。また同一四（饗讌）に『漢書』を引き、そこでの「大風歌」でも「四海」に作る。『白孔六帖』一八所引も「四海」。『文選』の諸本、本文はいずれも「海内」であるが、「威加海内兮帰故郷」の句を李善が注解して「威加《ハルトハ》二四海《ニ》一、言《フ》二已静《マレルヲ》一也」と言うのは、李善注本も本来は「四海」に作っていたことを思わせる。意味だけから言えば、「四海」も「海内」も同じ。いまは現在通行の「海内」のままとして改めない。

3**兮**　『三国志』一四、魏志、蔣済伝に第3句のみを引用しており、そこでは「兮」字が省かれている。

詩型・韻字　雑言古詩。揚《やう》・郷《きやう》・方《はう》（下平声陽韻〈陽韻〉）。

語　釈

0**大風歌**　漢の初代高祖劉邦が挙兵して項羽とともに秦を滅し、やがて項羽をも破って天下を統一する。建国後の漢の一二年（前一九五）一〇月、淮南《わいなん》王黥布《げいふ》の反乱を今の江蘇省域で平定した凱旋の途上、故郷の沛《はい》（江蘇省沛県）に立ち寄り、旧知を集めての酒宴において自ら作って歌をうたった。『史記』八、高祖本紀にいう。

高祖還帰《シ》、過《よぎル》レ沛《ニ》。留《とどマリテ》置二酒沛宮《シ》一、悉《ことごとク》召《シテ》二故人・父老・子弟《ヲ》一縦《ほしいままニセシム》レ酒《ヲ》。発《シテ》二沛中児《ヲ》一、得《ヲ》二百二十人《ヲ》一、教《フ》二之《これニ》歌《ヲ》一。酒酣《たけなはニシテ》、高祖撃《チ》レ筑《ちくヲ》、自《ラ》為《つくリテ》二歌詩《ヲ》一曰《いハク》、（大風歌。略）令《しム》三児《ヲシテ》皆和二習《セ》之《ニ》一。高祖乃《すなはチ》起《たチテ》舞《フ》。慷《かう》慨傷懐《シ》、泣《なみだ》数行下《ル》。謂《いヒテ》二沛父兄《ニ》一曰《ハク》、「游子《いうハ》悲《シム》二故郷《ヲ》一。吾《われ》雖《いへどモ》レ都《スト》二関中《ニ》一、万歳後《ノ》、吾《ガ》魂魄《ばくハ》猶《なホ》楽《シミ》二思《センヲ》沛《ヲ》一。且《かツ》朕《ハ》自《より》二沛公《一》以《テ》誅《シ》二暴逆《ヲ》一、遂《つひニ》有《ツ》二天下《ヲ》一。其《レ》以《テ》レ沛《ヲ》為《シ》二朕《ガ》湯沐邑《もくノいふト》一、復《シ》二其民《ヲ》一、世世無《カラシメント》レ有《ルコト》レ所《あづかル》レ与」。沛父兄・諸母・故人日々《ひびニ》楽《シミ》飲《ミテ》極《メ》レ驩《よろこビヲ》、道《いヒテ》二旧故《ヲ》一為《スコト》二笑楽《ヲ》一十余日《ナリ》。

『史記』の記載からは高祖の即興のようにも読みとれ、当初この詩には何の篇名もなかったらしく、『文選』もただ「雑歌・歌一首」として収載している。やがて梁代の『文心雕龍』

（第四五、時序）唐代の『芸文類聚』など、「大風歌」の名が定着した。一方、比較的早くから「三侯之章」ともいったようで、『史記』二四楽書に見える。侯は助字で、詩中に三つの助字「兮」が用いられていることから三侯とも呼んだと『史記索隠』（唐、司馬貞の書いた『史記』の注釈）に説明する。

1大風　暴風。『易通卦験』に「大風揚《グ》レ沙《ヲ》」、『春秋命暦序』に「大風飄《ただよハス》レ石《ヲ》」（いずれも『文選』二八「出自薊門行」の李善注所引）といい、『漢書』二七・五行志下之上にも「大風暴《にはカニ》起《コリ》、発《あばキ》レ屋《ヲ》折《ル》レ木《ヲ》」などの用例がある。なお、〔諸説の異同〕Ⅰを参照。

兮　調子を整えるための助字。音は「ケイ」。『詩経』以来用いられているが、ことに『楚辞』に頻出し、楚歌の一特長となっている。

飛揚　飛んで高く舞い上がる。ここは激しい風に吹かれて雲が天に舞い上がること。

2威　威勢、威力。天下を制圧した劉邦の威勢をいう。

3安　「どうにかして……したいものだ」と、願望の思いをこめた用法。塩谷温『中国詩選』（弘道館、一九三四年初版）に、「イヅクニカと訓じて、場所を問ふ疑問副詞と解する説もあるが、それでも意は通ずる。しかしこゝはイヅクンゾと訓じても、反語の意にはあらずして、願望の意を助ける語と解するを可とする」。

通釈

大風の歌

激しい風が吹いて、雲は空に飛びあがった。わが威勢をもって天下を制圧し、こうして故郷に帰ってきた。この上は何とか勇猛な士《おとこ》たちを得て、四方を安らかに守らせたいものだ。

諸説の異同

異同の所在

第1句の寓意

異同の類別

A　悪人どもが駆けまわって天下が乱れたことに喩える。

B　「大風」は劉邦自らに喩え、「雲」は世の混乱を指す。

C　「大風」は劉邦自らに喩え、「雲飛揚」は天下を平定したことを意味する。

D　「大風起」は劉邦の決起、「雲飛揚」は従臣たちの協力を意味する。

E　「大風起」は秦帝国崩壊の後のはげしい混乱と動揺の状態、「雲飛揚」は劉邦を含めて混乱の中で幸運にも天下に躍り出た人々を指す。

A説は『文選』李善注に「風起《コリ》雲飛《ブハ》、以《テ》喩《フル》二群兕競逐《シテ》而天下乱《ルルニ》一也」というもので、風雲に乗じて人々が決起し、それによってもたらされた動乱を喩えたものと見ている。ただし、風雲に乗じて決起した一人が他ならぬ劉邦でもあるわけだから、李善注のように「群兕」と言ったのでは、劉邦自身を含むことができなくなり、単に乱れた世情を指すだけになる。曹蔚文等『両漢文学作品選』（吉林人民出版社、一九八〇年）が「この句は風雲によって興《うたいおこし》とし、秦が亡び漢が興るという時代の大変化を象徴する」とか、鄭文『漢詩選箋』（上海古籍出版社、一九八六年）が李善注を踏襲しながら「風起《コリ》雲飛《ブハ》、喩《フ》二群雄競逐《シテ》、天下大《イニ》乱《ルルニ》一」と、群兕を群雄に修正した説明が出てくるのも当然である。

B説は同じく『文選』の五臣注に、「翰（李周翰）曰《ハク》、風《ハ》自《ラ》喩《ヘ》、雲《ハ》喩《フル》レ乱《ニ》也」とする説で、星川清孝『歴代中国詩精講』（学燈社、一九五四年）および『古文真宝前集』（新釈漢文大系、明治書院、一九六七年）などがこの説に従う。ただし、「雲《ハ》喩《フ》レ乱《ニ》」というのがやや明瞭を欠くことから、一歩進めて「雲飛揚」が「世乱の平定をいう」とする塩谷温『中国詩選』、内田泉之助『古詩源・上』（漢詩大系四、集英社、一九六四年）などのC説がある。『漢魏晋南北朝隋詩鑑賞辞典』（鄭子瑜執筆）山西人民出版社、一九八九年）が「（劉邦）席二巻《シ》諸夏《ヲ》一、勢《ヒ》如《シ》二青雲《ノ》飛揚《スルガ》一」とするのもC説となろう。榊原篁洲が『古文真宝前集諺解大成』（漢籍国字解全書に覆印がある）に「高祖兵を揚てより、沛の令を殺すを初として、向ふ所の秦城悉く散り降すこと、雲の風に逐れて飛揚するに比す」というのはC説の変異と言うべく、対秦戦争に限定して風が雲を吹き散らすように勝利してきたと解している。そうした天下の平定は、劉邦を主として従う将士の活躍協力があったはずで、『文選集注』に引く唐、陸善経のごとき「風起《コルハ》喩《ヘ》二初《メ》起《コセシ》レ（原写本は越に作るが起の誤字かと思われる）事《ヲ》時《ニ》一、雲飛揚《ハ》喩《フ》二従臣《ニ》一」とのD説が生じている。

E説は吉川幸次郎「漢の高祖の大風歌について」（「中国文学報」第二冊、一九五五年四月。のち『吉川幸次郎全集』六、筑摩書房一九七四年に収める）が詳細に説くところである。しかし、AからEまでの諸説にあって、そのうち榊原篁洲が対秦戦争のみに限定して説いているのはやや劣るかと思われるが、いずれの立場も訓詁や史実の裏づけなど直接的な本証・傍証を欠いており、作者本来の寓意を確定することは困難である。E説の吉川論文を批判する桑原武夫の書評（「中国文学報」第四冊、一九五六年四月）が「およそ詩の解釈の可能性の範囲は、もとより詩句によって限定されるが、その範囲内において詩の感銘が成立するのは、詩句と読み手のパーソナリティとの相互作用によってである」といい、吉川論文での「大風歌」の読解が恣意的・個人的な読後感でしかない恐れを指摘するのはもっともである。

（坂田　新）

漢武《かんのぶ》帝劉徹《ていりゅうてつ》

0 秋風辭
1 秋風起兮白雲飛
2 草木黄落兮雁南歸
3 蘭有秀兮菊有芳
4 懷佳人兮不能忘
5 汎樓船兮濟汾河
6 横中流兮揚素波
7 簫鼓鳴兮發棹歌
8 歡樂極兮哀情多
9 少壮幾時兮奈老何

秋風《しうふう》の辞《じ》
秋風起《しうふうおこ》りて　白雲飛《はくうんと》び
草木黄《さうもくくわう》　落《らく》して　雁南《かりみなみ》に帰《かへ》る
蘭《らん》に　秀《しう》あり　菊《きく》に　芳《はう》あり
佳人《かじん》を懐《おも》うて忘《わす》るる能《あた》はず
楼船《ろうせん》を汎《うか》べて　汾河《ふんが》を済《わた》り
中《ちゆうりう》　流に横《よこた》はりて素波《そは》を揚《あ》ぐ
簫鼓《せうこ》鳴《な》りて棹歌《たうか》　発《はつ》す
歓《くわんらくきは》　楽極まりて　哀情《あいじやうおほ》　多し
少壮幾時《せうさういくとき》ぞ　老《おい》を奈何《いかん》せん

テキスト　『先秦漢魏晋南北朝詩』漢詩一（上-94）◆『文選』四五　◆『古文真宝後集』一　◆『古詩源』二　◆『楽府詩集』八四　◆『古詩選』七言詩歌行鈔二　◆『古詩紀』一

校語
4 **懐**　『文選』および同一三「雪賦」李善注は「攜」に作る。『太平御覧』は「懐」（巻五七〇）・「攜」（巻五九一）両出。
5 **汎**　『太平御覧』五七〇は「泛」に作る。音義同じ。
船　『文選』には「舡」に作る。意味は同じ。
7 **鳴**　『北堂書鈔』一〇六での引用は「吹」に作る。「簫鼓吹」では句意が通じにくいが、鼓吹の熟語があることにひかれて誤ったものであろう。
棹　『太平御覧』五七〇は「櫂」に作る。意味は同じ。
8 **歡**　『太平御覧』五七〇・五九一は「忻」に作る。意味はほぼ同じ。

詩型・韻字
雑言古詩。飛《ひ》・歸《き》（上平声微韻〈微韻〉）／芳《はう》・忘《ばう》（下平声陽韻〈陽韻〉）／河《か》・波《は》・多《た》・何《か》（下平声歌韻〈歌韻〉）。

語釈
0 **秋風辞**　「辞」は文体の名で、漢代に盛行した「辞賦」の一類である。戦国時代以来の『楚辞』から発展してきたもの。「漁父辞」（七〇六頁）を参照。作者劉徹は漢の武帝。河東（山西省）の汾陰《ふんいん》に行幸して大地の神である后土の祭祀を行なおうとした時の作だとされる。『文選』等には『漢武故事』（撰者不明、原二巻。散佚）から採って次のような序を添えている。「上《しやう》行二幸シテ河東一、祠ル二后土一ヲ。顧二視シテ帝京一ヲ欣然タリ。中流与二群臣一飲燕シ、上歓ブコト甚シ。乃チ自ラ作ル二秋風辞一ヲ」。余冠英『漢魏六朝詩選』（人民文学出版社、一九五八年）等には、武帝が河東へ行幸したのは五回にわたるが、秋風の時節に当てはまるのは元鼎四年（前一一三）のそれであると指摘する。なお、諸書みな作者を漢の武帝（劉徹）とする中にあって鈴木修次『漢魏詩の研究』（大修館書店、一九六七年）第一章第一項「楚風の詩歌の系譜」では、①「秋風辞」はもと小説家の言をつづった『漢武故事』に初出であったらしい。②武帝の作と伝えられている「瓠子歌」（これも武帝の作かどうかは疑わしいが）とも趣が異なっている。③「秋風辞」は魏の文帝の「燕歌行」、漢の高祖の「大風歌」、『楚辞』の「離騒」「湘夫人」などをつきまぜて後人によって作られた可能性がある、として武帝の作者であることを疑問視している。鄭文『漢詩選箋』（上海古籍出版社、一九八六年）も武帝作者説を否定する。

2 **黄落**　草木の葉が黄色くなって枯れ落ちること。この句全体は『礼記』月令篇の「季秋之月、草木黄落シ、鴻雁来タリ賓ス」を受けるであろう。

3 **蘭有秀兮菊有芳**　「蘭」は香草の一種、「ふじばかま」の類で、秋期に花をつける。現在のいわゆる「ラン」とは異なる。この点について細かな考証は青木正児『中華名物考』（『青木正児全集』第八巻に所収、春秋社、一九七一年）の「香草小記」に見える。「秀」は花開くこと。「芳」は香りたかいこと。蘭に秀、菊に芳というが、ここは互文で、蘭菊ともに秀（花をつけ）芳（香りたかい）の意と見るべきところ。また、蘭菊は季節の景物であるとともに、佳人の比喩として用いられ、次句を引きおこす。

4 **佳人**　美人。〔諸説の異同〕を参照。

5 **楼船**　船上に楼を組みあげた屋形船。

汾河　山西省寧武県に源流を発し、西南に流れて山西省を縦断し、黄河に合流する河川。

6 **中流**　流れの中。「流中」に同じ。『詩経』国風周南「葛覃《かつたん》」に「中谷」の語があり、意味は「谷の中」であるなど、漢語の通常の語構成とはやや異なる熟語が主として上代の文献に時おり見える。

素波　白い波。

7 **簫鼓**　笛と太鼓。「簫」は竹管二四本、もしくは一六本を組み並べた笛。

棹歌　舟歌《ふなうた》。「棹」は船を行《や》る櫂《かい》で、櫂で船をこぎながら歌うた。

8 **歓楽の句**　この句の先蹤として、『文選』李善注では、『列女伝』陶答子妻から「楽シミ極マレバ必ズ哀シミ来タル」を引く（現行本には見えない）。また入谷仙介『古詩選(上)』（中国古典選、朝日新聞社、一九六五年。文庫版、一九七八年）に、「〈歓楽極まりて哀情多し〉というのは有名な句である。同時代のインテリ皇族として有名な淮南《わいなん》王劉安《りゅうあん》の編集した哲学書『淮南子《えなんじ》』説林訓には〈栄華有る者は必ず憔悴《おとろえ》有り〉というような認識をひそめて、自己の権力がもはや頂点に達し、没落に向かう他はないことを予感した支配階級の恐れの表現とはいえないであろうか」、とまで言うのはやや行きすぎのようで、ここは「支配階級」の保持している「栄華」が衰えることへの不安ではなく、「浮かれ過ぎた後のいいようのないむなしい気持ち」（山田勝美『中国名詩鑑賞辞典』角川書店、一九七八年）を言うことから、次句のどうしようもなく迫ってくる老死への哀感を導くもの。

9 **少壮幾時** 若くて元気な時はどれほどあるだろうか。少壮期がすぐに去ってしまって、どれほどの時間もないことを言う。

通釈

秋風のうた

秋風が吹きはじめて白い雲が空を飛び、草木の葉は黄ばんで枯落ち、雁も南へと帰ってゆく。

花が開き、よき香りをただよわせている蘭や菊、それを見れば彼《か》の美しき人を思うて忘れることができぬ。

やぐら船を浮かべて汾水《ふんすい》をわたれば、流れのただ中に船は横たわって白い波があがる。笛や太鼓の音も鳴りわたって舟歌《ふなうた》がはじまった。

だが歓楽のきわみ、かえって哀しみの思いばかりが湧いてくる。若き日々はどれほどの時間か、迫りくる老いをどうしようもないのだ。

諸説の異同

異同の所在

「佳人」の指すもの

異同の類別

A 賢臣を指す。

B 長安の後宮の美女を指す。

C 神女・仙女を指す。

A説は『文選』五臣注に呂延済が「佳人謂《ハフ》㆓群臣《ヲ》㆒也」と説くのがそれで、塩谷温『中国詩選』(弘道館、一九三四年初版)、山田勝美『中国名詩鑑賞辞典』などが踏襲する。B説は入谷仙介『古詩選(上)』に「佳人は長安の後宮に残してきた美女たちを指すのであろう」と。C説は星川清孝『歴代漢詩精講』(学燈社、一九五四年)および同『古文真宝後集』(新釈漢文大系、明治書院、一九六三年)、内田泉之介『古詩源』(漢詩大系、集英社、一九六四年)に見えるもので、『歴代漢詩精講』には次のように記されている。

この歌は「楚辞」の「九歌」にある神女を祭る歌の類の影響をうけているようである。「佳人」は「楚辞」では男女いずれにも用いているが、漢の武帝には、神女西王母その他の仙女伝説が多いこと(漢武内伝)、および帝のこの時の行幸は同様な仙女信仰の為のものであった(史記本紀)ことなどを考えると、この佳人は神女と解するのがよいと思う。武帝の「落葉哀蟬曲」に李夫人を懐って、「望《メドモ》㆓彼《ノ》美之女《ヲ》㆒。安《ンゾ》得《ン》㆑感《ゼシムルヲ》㆓余心之《ガ》未《ダ》㆑寧《カラ》㆒。」といっている美之女は即ち美人、佳人と同じ観念である。旧説の「羣臣の美徳」を佳人に喩えたものとする解釈は、やや道徳主義の詩観の弊がある。前述のようにこの「秋風辞」は「大風歌」に詩想も形態も擬した点がある。そして「安んぞ猛士を得て」と士を求める帝王の心構えが彼にはある。そこで此にも「佳人を懐ふ」という語があるのを、やはり帝王が羣臣の美徳を懐って忘れない心であると解したものであろう。私は前にあげた理由で、この説は取らない。しかし「大風歌」と「秋風辞」とを比較すると、自らその作者の人柄の相異がわかる。前者は素朴豪壮であり、後者は優美繊細である。彼は武の詩であり、これは文の詩であるともいうことができよう。

〔補説〕『楚辞』や楚調の詩歌では蘭や菊に「秀《すぐ》れた人材」の意を託する伝統があるので、ここでも恐らくそれが基本義であろう。が、作品の総合的な理解としては、そこに美女や神仙のイメージを重ねて立体的に把握するのが、作者（漢の武帝でない場合も含めて）の原意に近いと判断される。
（以上、松浦友久）

備考

〔語釈〕の「歓楽の句」にも引いたように、「歓楽極兮哀情多」との発想には『淮南子』説林訓、『列女伝』陶答子妻などの先行例が源流としてあり、ことに悲秋文学の系譜という観点からは宋玉「九弁」の「悲《シイ》哉秋之為《ル》レ気也《や》、蕭瑟《トシテ》兮草木揺落《シテ》而変衰《ス》、……歳忽《ハ》忽《トシテ》而遒尽《すギキ》兮、恐《ル》ニ余寿之《ガ》弗《ざルヲ》レ将《ながカラ》」から直接の影響を受けている。そうした悲秋文学の中での人生有限への感慨が「歓楽極兮哀情多」の句によって後世まで表現としての一典型となる。さらに人生有限の嘆きは、歓楽の時間をより充実したものとして過ごすことを歌う「為《スハ》レ楽《シミヲ》当《ニ》レ及《ブ》レ時《ニ》」（無名氏「生年不《ハ》レ満《タ》レ百《ニ》」。「古詩十九首」の第一五）、「及《ベンデ》レ時《ニ》当《ニ》ニ勉励《ス》一《べし》、歳月不《ハ》レ待《タ》レ人《ヲ》」（陶淵明「雑詩」）などの方向へも展開してゆくことになる。

（坂田　新）

漢《かん》代《だい》楽《が》府《ふ》

0 薤露　　薤露《かいろ》

1 薤上露　　薤上《かいじよう》の露《つゆ》

2 何易晞　　何《なん》ぞ晞《かは》き易《やす》き

3 露晞明朝更復落　　露《つゆ》は晞《かは》くも　明朝《みやうてう》　更《さら》に復《ま》た落《お》つ

4 人死一去何時帰　　人《ひと》死《し》して一《ひと》たび去《さ》れば　何《いづ》れの時《とき》にか帰《かへ》らん

テキスト　◆逯欽立《りよくきんりつ》『先秦漢魏晋南北朝詩』「漢詩九」◆左克明『古楽府』四　◆馮惟訥《ふういとつ》『古詩紀』一六　◆『楽府詩集』二七　◆『古詩源』三　◆崔豹《さいひよう》『古今注』逸文（『文選』二八、陸機「挽歌詩三首」其一の李善注に所引）◆『初学記』一四　◆『白氏六《りく》帖《じよう》事類集』一　◆『古今合璧事類備要』前集六八「哀挽門」◆『文選』二四「贈白馬王彪一首」の李善注　◆『太平御覧』一二「露」◆『古楽府』（東海大学古典叢書、小尾郊一・岡村貞雄訳注）

校語

0 **薤露**　左克明『古楽府』および『詩紀』では、「亦た泰山吟行に作る」と注記する。

1 **薤上露**　『古今注』逸文、『初学記』『古今合璧事類備要』では、

「薤上朝露」に作る。『文選』二四の李善注では、「薤上零露」に作る。『太平御覧』では、「露晞明朝更復落、人死一去何時帰」の二句のうち、「露晞」「一去」の四字を欠く。

詩型・韻字

雑言古詩。晞《き》・帰《き》（上平声微韻〈微韻〉）

語釈

0 **薤露**　楽府《がふ》題、つまり古い民間歌謡の詩題である。『楽府詩集』二七では、相和歌辞に分類されている。「薤」は、オオニラ。ラッキョウの類。もっとも、ここでは単に雑草のことを指すと考えてよかろう。「薤露」とは、その薤の葉の上に結んだ露を指す。なおこの楽府題は、詩の第1句「薤上露」の一部を切り取って付けられたものである。因みに、このような題の命名は、古代の作品、特に『詩経』によく見られる。

2 **何易晞**　何と乾きやすいことか。「何」は現代中国語「何等 Hé dĕng」と同じく、下に形容詞を伴って感嘆の意を表す。太陽の光に照らされ、忽ちに乾いて消えるその露とは、儚《はかな》く頼りないものの象徴である。

4 **一去**　去ったきり。「一」は、強調の副詞。一度、二度と回数を数えるときの用法ではない。

何時帰　ここでは反語の句法。もう帰ることはない。

通釈

薤《おおにら》の露

薤《おおにら》の上に結んだ露は、何と乾きやすいことか。しかしその露は、乾いて消えてしまっても、次の朝になれば、また同じように結ぶ。しかし人間は、死んでしまえば、この世を去ったきりもう帰ってくることはないのだ。

諸説の異同

特記事項なし。

備考

(1) 崔豹『古今注』逸文（『文選』二八、陸機「挽歌詩三首」其の一の李善注に所引）に、以下のような説話を載せている。

「薤露」「蒿里」《こうりハ》並《ビニ》喪歌《ナリ》。出《ヅ》二田横門人《ニ》一。（田）横自殺《セシトキ》、門人傷《いたミ》レ之《ヲ》、為《つくル》二之《これガ》悲歌《ヲ》一。言《フ》、人命《ハ》如《シト》三薤上之《の》露《ノ》易《キガ》二晞《かはキ》滅《ほろビ》一。亦《タ》謂《フ》、人死《スレバ》、魂精帰《ルト》二乎蒿里《ニ》一。故有《リ》二二章一（「薤露」と「蒿里」）。……至《リテ》二李延年《ニ》一、乃《チ》分《カチテ》二二章《ヲ》一為《つくル》二二曲《ヲ》一。「薤露」《ハ》送《リ》二王公・貴人《ヲ》一、「蒿里」《ハ》送《リ》二士《し》大夫《たいふ》・庶人《ヲ》一、使《ム》二挽《ひク》レ柩《ひつぎヲ》者《ヲシテ》歌《ハ》レ之《ヲ》。世《ニ》亦《タ》呼《ビテ》為《ス》二挽歌《ト》一也。

田横は、戦国時代の斉国の王、田栄の弟であった。劉邦が天下を平らげて前漢を興したとき、田横は、劉邦に召し出された。しかし田横は、かつては対等の関係であったのに、いま劉邦に対して臣を称することを恥じて、上京の途中で自害して果てた。このときに、門人が彼の死を悼んで、二篇の悲歌を作った。その内容は、薤の上に結んだ露が儚く乾くことと、泰山（山東省の名山）の南の支峰である蒿里が亡者の魂魄が集まる山であることを、嘆くものであった。その後、前漢の武帝の時代の宮廷音楽家である李延年は、この原作を改作して「薤露」「蒿里」の挽歌とし、柩を挽く者たちに、王公貴人の葬礼では「薤露」を、下級貴族と庶民のときは「蒿里」の曲を歌わせたのである。

もっとも「薤露」「蒿里」の挽歌は、必ずしも前漢初期の田横のときに始まるものではないらしい。その一つ「薤露」は、戦国時代の楚《そ》の文人宋玉《そうぎよく》の「対《こたフ》二楚王問《ノヒニ》一」の文章の中にも既に見えるものであり、従ってその由来は、田横の以前にまで遡ると考えられる。また一般論として、民間歌謡である楽府は、特定の個人によって制作されたものではなく、名も無き人々によって形成されるのを常としている。この点から見ても、「薤露」「蒿里」の二篇の挽歌を田横の門人の作とする伝統的な理解は、事実というよりも、一種の説話と位置付けるべきものであろう。

次に参考までに、宋玉の「対《フ》二楚王問《ノヒニ》一」(『文選』四五)の関連部分を引用する。宋玉は、戦国時代後期の、屈原を継いだ楚国の代表的な文人であり、『楚辞』に「九弁」等のすぐれた作品を残している。

客《ニ》有《リ》下歌《フ》二於郢中《えいちゆうニ》一者上。其《ノ》始《メヲ》曰《フ》二下里《かり》・巴人《はじんト》一。国中《こくちゆう》属《つづケテ》而和《スル》者、数千人《アリ》。其《ノ》為《スヤ》二陽阿・薤露《ヲ》一、国中属《ケテ》而和《スル》者、数百人《アリ》。其《ノ》為《スヤ》二陽春・白雪《ヲ》一、国中属《ケテ》而和《スル》者、不過《ギ》二数十人《ニ》一。……是《レ》其《ノ》曲《ノ》彌《いよいヨ》高《ケレバ》、其《ノ》和《スルモノ》彌《ヨ》寡《すくなシ》。

よそ者が、楚の国都の郢で歌を唱った。唱い始めは、「下里」といった巴の土地の俗謡だった。すると国都でこの曲に唱和するものは、数千人に上った。彼が「陽阿」「薤露」の歌を唱うと、国都でこれに唱和するものは、数百人であった。次ぎに彼が「陽春」「白雪」の歌を唱ったところ、唱和するものは、僅かに数十人であった。……つまり、曲が高尚であればある程、唱和するものは少なくなるのである。――この説話は、勝れた芸術は、容易に世間の理解を得られないことを言うもので、後世の文学でもしばしば引用される有名なものである。

(2) 『楽府詩集』は楽府題「薤露」の下に、魏の曹操、曹植、また東晋の張駿の擬古楽府「薤露」を掲載している(一方、南北朝期以降の作品を一篇も掲載していない)。『楽府詩集』は、前漢より唐代に至る楽府詩を、網羅的に収録することで知られている。このことを考慮すれば、楽府「薤露」の制作は、魏晋の時期に頂点に達して、その後は殆ど制作されることもなくなったと考えてよかろう。

蕭滌非《しようできひ》『漢魏六朝楽府文学史』(人民文学出版社、一九八四年)六三頁・一一一頁に魏晋の時期に人事の無常を詠ずる葬歌・挽歌が広く流行し、葬礼の場に限らず、宴会の席でも好んで唱われていたことが指摘されている。今日に伝えられている擬古楽府「薤露」が、多く魏晋期のものであることは、この指摘と相い呼応するものである。

(松原　朗)

0 江南　　江南《かうなん》

1 江南可採蓮　　江南《かうなん》に蓮《はす》を採《と》る可《べ》し

2 蓮葉何田田　　蓮葉《れんえふ》　何《なん》ぞ田田《でんでん》たる

3 魚戯蓮葉間　　魚《うを》は戯《たはむ》る蓮葉《れんえふ》の間《あいだ》

4 魚戯蓮葉東　　魚《うを》は戯《たはむ》る蓮葉《れんえふ》の東《ひがし》

5 魚戯蓮葉西　　魚《うを》は戯《たはむ》る蓮葉《れんえふ》の西《にし》

6 魚戯蓮葉南　　魚《うを》は戯《たはむ》る蓮葉《れんえふ》の南《みなみ》

7 魚戯蓮葉北　　魚《うを》は戯《たはむ》る蓮葉《れんえふ》の北《きた》

テキスト 『先秦漢魏晋南北朝詩』漢詩九楽府古辞（上-256）◆『古詩源』一 ◆『宋書』二一楽志三 ◆『楽府詩集』二六 ◆『文選補遺』三四 ◆『古詩紀』六

校　語

『芸文類聚』八二に古詩として「江南可採蓮、荷葉何田田、魚戯荷葉間、魚戯荷葉西」の四句だけを引く。「蓮」を「荷」に作るのが注意されるが、意味は同じ。『白孔六帖』三〇（蓮）にも古詩として「魚戯蓮葉下」の一句を引く。

詩型・韻字

五言古詩。蓮《*れん》・田《*でん》・間《かん》（上平声刪韻・下平声先*韻（山韻・先*韻）。

語　釈

0**江南**　『楽府詩集』では相和歌辞・相和曲の部に収載しており、相和歌とは「笙・笛・節・琴・瑟・琵琶・箏」の七種の楽器を用いるものと説明されているが、それは宮廷等で演奏されるようになってからのことで、歌詞を見れば民歌から出たものであることが明らかである。『宋書』楽志に「漢世の街陌《がいはく》の謡謳」というのは、その意であろう。『漢魏晋南北朝隋詩鑑賞辞典』（陶光執筆）山西人民出版社、一九八九年）に、「〈江南〉の語は、各時代での含義が同じではない。春秋・戦国・秦・漢では、一般に今の湖北の長江以南の地域と、湖南・江西一帯を指す。……一説に、ここでの江南は、漢代ではもっぱら揚州地区を指している」、と。

1**採蓮**　蓮《はす》の子《み》を摘む。ただし、「蓮」が「憐」の音に通ずるため、採蓮と言えば、恋愛をするとか、恋人を求めるとかいった「双関語（かけ言葉）」になる。以下、詩中の「蓮」字は、すべて恋の思いが寓される。

2**蓮葉**　鄭文『漢詩選箋』（上海古籍出版社、一九八六年）には、他書には見えぬこととして、「葉」字にも双関の意があるとして、「葉《ハ》、偞之省字。偞《ハ》本《もト》軽麗之貌《かたち》、此《ハ》指《ス》二軽麗之人《ヲ》一。蓮葉《ハ》、即《チ》憐偞、即《チ》可《キ》レ愛《ス》之軽麗之人《ナリ》」と。当時、蓮葉と音通の憐偞なる語が存在したかどうか確証を欠くが、一説として存する。

田田　蓮の葉が水に浮かんでいるさま（『漢魏南北朝詩選注』（辛志賢執筆）北京出版社、一九八一年。中国古典文学普及読物）。蓮の葉が茂っているさま（朱東潤主編『中国歴代文学作品選』上編第一冊、上海古籍出版社、一九七九年）。水面から抜け出て力強くいっぱいに広がっているさま（林庚・馮元君主編『中国歴代詩歌選』上編一、人民文学出版社、一九六四年）等々、いずれも本詩を見ての望文生義であろうが、中《あた》らずといえども遠からずか。

3**魚戯**　聞一多の論文「説魚」（『神話与詩』所収。『聞一多全集』第一巻、大安書店影印、一九六九年、等）などに詳述されるように、中国の民歌では魚は常に恋愛・求愛の象徴とされる。従って、魚戯は男女のたわむれる意を寓する。

通　釈

江《かわ》の南で

江《かわ》の南で蓮の実を摘むとき。蓮の葉の生《お》い茂ったことよ。魚が葉の間で戯れている。

魚は東で戯れる。魚は西で戯れる。魚は南で戯れる。魚は北で戯れる。

諸説の異同

特記事項なし。

備考

(1)『漢魏晋南北朝隋詩鑑賞辞典』が、「ここで歌っているのは、ひとりの恋人を求める若者で、彼はおそらく江南の人間ではなく、よそから江南にやってきたのである。江南にやってきて〈蓮を採る〉というのは、実は〈酔翁之意不ハレ在ラレ酒ニ〉であって、真意はそこにない」云々というのは、恐らくうがちすぎであろう。

最初の二句は男の歌、第三句は男女合唱、後の四句は周囲の男女が分かれて歌うとか、あるいは前三句のあと、東西南北の四句は四人の輪唱であろうとか、いろいろな想像ができるが、すべて臆説にすぎない。しかし、こうした一部分の文字だけを入れかえて同一句が繰り返されるのは、『詩経』以来、中国の民歌の形式面での特徴の一つである。

(2)採蓮の歌謡は、もとは労働歌として発想されたと思われるが、「蓮」と「憐」が同音であることから恋の歌となっていった。やがて六朝の文人間で柳惲・沈約に「江南曲」、湯恵休・蕭綱に「江南思」、蕭衍に「江南弄」など、「江南○」と題する作品群が歌われてゆくが、その源流は本詩にある。また晩春初夏の水辺で採蓮に従事する美しい乙女を詠ずる楽府「採蓮曲」への発展もあり、唐代以降にも李白をはじめとして少なからぬ作品が残されている。

（坂田　新）

0 蒿里　　蒿里《かうり》

1 蒿里誰家地　　蒿里《かうり》　誰《た》が家《いへ》の地《ち》

2 聚斂魂魄無賢愚　　魂魄《こんぱく》を聚斂《しうれん》して　賢愚《けんぐ》無《な》し

3 鬼伯一何相催促　　鬼伯《きはく》　一《いつ》に何《なん》ぞ相《あ》ひ催促《さいそく》せる

4 人命不得少踟蹰　　人命《じんめい》　少《しば》らくも踟蹰《ちちゆう》するを得《え》ず

テキスト

近人、逯欽立『先秦漢魏晋南北朝詩』漢詩九（上－257）◆清、沈徳潜『古詩源』三、「楽府歌辞」（中華書局校点本）◆晋、崔豹『古今注』中、「音楽第三」（新文豊出版公司『叢書集成新編』（明、顧元慶『顧氏文房小説』）所収三巻本）◆晋、干宝『捜神記』一六（通行二〇巻本（中華書局、古小説叢刊、一九七九年）。但し詩の本文は載せない。本文も併せて掲載するのは、『初学記』『太平御覧』）◆唐、李善注『文選』二七、陸機「挽歌詩三首」其一（所引の『古今注』（中華書局影宋本）◆唐、徐堅等『初学記』一四、「挽歌第十」（所引の『捜神記』）◆唐、呉兢『楽府古題要解』上（丁福保『歴代詩話続編』、中華書局、一九八三年）所収）◆宋、李昉等『太平御覧』五五二、礼儀部三一、「挽歌」（所引の『捜神記』）◆宋、郭茂倩『楽府詩集』二七、「相和歌辞二」（中華書局校点本）◆宋、蔡夢弼『杜工部草堂詩箋』二四、「八哀詩・故秘書少監武功蘇公源明」詩末句「永負蒿里餞」注（所引の『古今注』。（古逸叢書所収本））◆宋、謝維新『古今合璧事類備要』前集六八、哀挽門、「挽章」（四庫全書文淵閣本）◆元、左克明『古楽府』四、「相和歌辞上、相和曲」（四庫全書文淵閣本）◆明、馮惟訥『古詩紀』一六、漢六、「楽府古辞―相和歌辞・相和曲」（四庫全書文淵閣本）◆明、梅鼎祚『古楽苑』一四、「相和歌辞」（四庫全書文淵閣本）◆明、陸時雍『古詩鏡』一、漢一、「楽府古辞」（四

庫全書文淵閣本）◆近人・丁福保『全漢三国晋南北朝詩』全漢詩四、「楽府古辞―相和歌辞・相和曲」（中華書局、一九五九年）

【校　語】

0**蒿里**　『楽府古題要解』では「蒿里伝」に作り、「亦曰《タフ》㆓蒿里什《ト》㆒」と注記する。『古楽府』『古詩紀』『古詩鏡』『古詩源』では「蒿里曲」に作る。

2**聚斂**　『杜工部草堂詩箋』では「収斂」に作る。

魂魄　『太平御覧』では「精魂」に作り、『杜工部草堂詩箋』『古今合璧事類備要』では「精魄」に作る。

4**人命**　『楽府古題要解』では「今乃」に作る。

【詩型・韻字】

雑言古詩。愚《ぐ》・蹰《ちゅう》（上平声虞韻〈虞韻〉）。

【語　釈】

0**蒿里**　楽府題。「蒿里曲」ともいう。郭茂倩『楽府詩集』では、相和歌辞に分類され、魏の曹操、南朝宋の鮑照、唐の僧・貫休の作例三首が収録されている。棺を埋葬地へ運ぶ、野辺の送りの際に歌われた、いわゆる〈挽歌〉であり、前の「薤露《かいろ》」とともに現存最古の挽歌の一つである。本詩の由来については、「薤露」の〈備考〉(1)（七三九頁）を参照。

1**蒿里**　よもぎ＝雑草の繁茂するところ、の意。「蒿」は、よもぎ。キク科の多年生草本植物。

「蒿里」については、従来、①死後、人の魂が集まる場所＝墓地、もしくは冥界（黄泉、壌下）、②泰山の南に位置する山の名、の二説ある。詳細は〈備考〉を参照。

誰家　①だれの家、どこの家（場所を指示）、②だれ（人間を指示）、の二つの用法がある（①は古典的、伝統的用法で、②は口語的用法）。ここでは①。〈通釈〉では、「誰の」と訳したが、厳密にいえば「どの一族の」ほどの意。詩語「誰家」については、白居易「聞夜砧」詩の〈語釈〉（四八〇頁）参照。

2**聚斂**　集め収める。

魂魄　たましい。元来、「魂」＝霊魂、「魄」＝肉体（または白骨）を指したが、陰陽思想の普及にともない、遅くとも漢代には「魂」＝精神を司る陽のたましい、「魄」＝肉体を司る陰のたましい、と見なされるようになった、という（池田末利「魂魄考―その起源と発展」、日本道教学会『東方宗教』三、一九六三年）。『礼記』郊特牲に「魂気帰《ハシ》㆓于天㆒、形魄帰《ハス》㆓于地㆒」とあるように、人が死ぬと、「魂」は肉体を離れ天へと上り、「魄」は（屍とともに）地中へ帰るとされた。

無賢愚　賢人愚人の区別なく、の意。

3**鬼伯**　「鬼」は、霊魂や幽霊。「伯」は、長・頭目。従って「鬼伯」は、人の寿命を司る冥界の王を指す。一説に、冥界の兵卒・使者をいうとする。

一何　「全く何と……なことか」「どうしてこんなにも……なのか」の意。「一」は強意の助字。

相　後に続く動詞が他動詞、つまり動作対象があることを示す助字。従って、必ずしも「お互いに」の意ではない。

4**踟蹰**　「躊躇」の類語で、たちもとおること、ゆっくり進むこと、もしくはその様子。同一の声母（語頭子音）をそろえた双声の語。「踟跦」「踟躇」とも書く。「蹰」の音は本来「チュ」であるが、ここでは慣用音（「チュウ」）に従った。『詩経』にすでに用例がある（邶風《はいふう》「静女」に、「愛《スレドモ》而不レ見《エ》、搔《キテ》レ首《かうべヲ》踟躕《ス》」とある）。

通釈

蒿里

かの蒿里は、いったい誰の土地なのだろうか。そこは、賢愚の別なく、全ての死者の魂を集め収めている。

冥界の大王様は、一体どうしてこんなにも急《せ》き立てるのか。人の命は、ほんの少しもこの世にのんびりすることがかなわない。

諸説の異同

特記事項なし。

備考

本詩の成立について、秦末漢初の人、斉国の田横が自殺したのを悼んで、彼の門人が作ったものとする説が伝わっている（「薤露」の〔備考〕(1)七三九頁参照）。伝説の信憑性はひとまず措くとしても、斉（現在の山東省）という土地と「蒿里」とを緊密に結びつける解釈は、早くから一般的に行なわれており、一つの系譜を形成している。特に「蒿里」を特定の山名とする考え方が魏晋の頃には確実に存在していた。

『漢書』巻六、武帝紀に「太初元年（紀元前一〇四）十二月、禪《ぜんス》二高里《ニ》一」とあり、後漢・伏儼は、「（高里）山名《ナリ》。在《リ》二泰山《ノ》下《ニ》一」と注している。もちろん、これは「高里」に対する注であるから、「蒿里」を指していると断定できるわけではない。しかし、唐の顔師古（五八一—六四五）が以下のような補注を加えていることは注意されてよい。

此《ノ》高字《ハ》自《カラ》作《ル》二高下之高《ニ》一。而《ドモ》死人之里謂《ヒ》二之《ヲ》蒿里《ト》一、或《イハ》呼《ビテ》為《ス》二下里《ト》一者也。字《ハ》則《チ》為《リ》二蓬蒿之蒿《ト》一。或《イハ》者既見《テ》二泰山神霊之府《ナルヲ》一、高里山又在《タレバ》二其旁《ニ》一、即《チ》誤《リテ》以《テ》二高里《ヲ》一為《シ》二蒿里《ト》一、混二同《セルカ》一事《ニ》一。文学之士、共《ニ》有《リ》二此《ノ》謬《あやマリ》一。陸士衡《スラ》尚《ホ》不レ免《カレ》、況《ヤ》其餘《ヲ》乎。今流俗書本《ニ》此《ノ》高字《ノ》有《リ》二作《ル》レ蒿《ニ》者一。妄《リニ》加増《セル》耳。

顔師古は、くさかんむりの有無という字形の異同に注意を促し、『漢書』の「高里」が「死人之里」である「蒿里」と異なることを強調し、従来の誤謬を正そうとしている。しかし何れにせよ、この注から、遅くとも唐の初期、七世紀前半には、高里山を蒿里とする説が、民間ではかなり流布していたことをうかがい知ることができよう。

右の引用文中で顔師古に名指しで非難された陸士衡とは、西晋を代表する詩人、陸機（二六一—三〇三）のこと。彼は「太山吟」（一に「泰山吟」に作る）という楽府作品の中で（逯欽立『先秦漢魏晋南北朝詩』晋詩五）、泰山の峻険なる様を強調した後、次のように「蒿里」に言及している。

梁甫亦有館　　梁甫　亦《ま》た館有り
蒿里亦有亭　　蒿里　亦た亭有り
幽塗延万鬼　　幽塗　万鬼を延《ひ》き
神房集百霊　　神房　百霊を集《あつ》む

「梁甫」が山名であるので、対する「蒿里」も山名であることが相応しい。しかも、文脈から判断して、「蒿里」は泰山から見下ろせる泰山近辺の山ということになる。引用四句の後半は、直接的には泰山を詠じた部分であるが、そもそもこの二句を引き出すために、陸機は「蒿里」（と「梁甫」）の句を用意したのだと考えられる。従って、陸機の当時にはすでに、「蒿里山」自体にも、「万鬼を延き」「百霊を集」める空間というイメージが付与されていた、と考えられる。

ところで、この高里山（蒿里山）は実在する山である。鉄道の泰安駅のすぐ南に位置する小山で、現行の地図においては「蒿里山」と表記されることも多い（唐の後半期、『元和郡県図志』において、すでに「高里山、亦曰蒿里山」と記されている〔巻一〇、河南道六、「兗州」〕）。

近人、黄節（一八七三―一九三五）の『漢魏楽府風箋』（人民文学出版社、一九五八年。成書は一九二三年）によれば、この山の東北に廟があり、中に閻魔大王を始めとする七二司（澤田瑞穂『地獄変』〔修訂版、平河出版社、一九九一年〕によれば七五司）の神像が安置されていたという。また、澤田瑞穂氏（前掲『地獄変』）によれば、この山の近くに、いわゆる三途の川に見立てられた小川もあるともいう（四二～四四頁）。

挽歌「蒿里」が現在の形になったのは、『古今注』の記述を信じれば、遅くとも前漢・武帝の時代である。仏教がまだ普及する以前のことであるから、この歌の成立時期にあって、仮にこの歌の舞台が「高里山（蒿里山）」であったとしても、近世以降のこの山をめぐる地獄伝説とは全く無縁であった、と判断できる（但し、泰山が地獄と関連づけられるようになるのは、澤田氏前掲書によれば、三国時代にまで遡れるという）。

しかし、泰山、梁父（甫）山、徂徠山等、現在の泰安市一帯が、先秦の昔から、冥界もしくは神仙世界への入り口であると認識されてきたことも紛れもない事実である。「蒿里」詩がそもそも高里山（蒿里山）を指して詠じられたものなのか否かは、もはや知る術はないが、受容史の側面から見た場合、泰安という土地性がそうした伝承を脈々と育んできたという一点を無視し去ることはできない。

また一方で、顔師古の注に代表されるように、土地を特定せず、広く「死人の里」もしくは墓地と解する説も行なわれている。この土地不特定説はその基づく所によって以下の二種に類別できる。

一つは、「蒿」を「薨」の訛伝とする説（黄節『漢魏楽府風箋』、余冠英『楽府詩選』〔人民文学出版社、一九五三年〕等）。「薨」は、『礼記』内則の鄭玄注に「薨ハ乾也」とあり、「槁乾」すること、すわち枯死を意味する。また、『玉篇』に「薨里ハ、黄泉也、死人ノ里也」（巻一一、死部一五一）とあるのを主たる根拠とする。

他の一つは、「蒿」の本義をそのまま活かし、雑草の繁茂する山野＝遺体の埋葬場所である墓地を暗喩した表現、とする説である。明の張自烈『正字通』がその代表で、「蒿里ハ言フ冢《ちょう》間ニ宿草ノ積聚スルヲ。指シテ墓門ヲ言ヒ、非ザル泉壌下ニ也」（申集上、巻九、艸部）と説く。伊藤清司『死者の棲む楽園』（角川選書、角川書店、一九九八年）では更に、この名称が「死体を人里遠く離れた荒野に棄てていた大昔の葬俗の面影を伝えているのではないか」とも説いている（二六頁以下）。

以上、諸説それぞれに一理あり、何れが是であるか俄に断を下しがたい。何れにせよ、「蒿里」という語および詩には、古代中国人の死後の世界観を伺う鍵が隠されているようである。

（内山　精也）

0上邪　上邪《じゃうや》

1上邪　上邪《じゃうや》

2我欲與君相知　我君《われきみ》と相知《あひし》り

3長命無絶衰　長《とこしな》へに絶《た》へ衰《おとろ》ふること無《な》から命《し》めんと欲《ほっ》す

4山無陵　山《やま》に陵《をか》無《な》く

5江水爲竭　江水《かうすい》為《ため》に竭《つ》き

6冬雷震震夏雨雪　冬雷《とうらい》震震《しんしん》として夏《なつ》に雪《ゆき》雨《ふ》り

7天地合　天地《てんち》合《がっ》しなば

8乃敢與君絶　乃《すなは》ち敢《あ》へて君《きみ》と絶《た》たん

テキスト　『先秦漢魏晋南北朝詩』漢詩四鼓吹曲辞（上-160）◆『古詩源』一 ◆『宋書』二二楽志四 ◆『楽府詩集』一六 ◆『広文選』一二 ◆『古詩紀』五 ◆『古詩賞析』五

校　語

0**邪**　『古詩紀』に「一ニ作ルレ雅ニ」との校語があり、「上雅」となっていたテキストもあったのだろう。「邪」と「雅」、古音通であるとしても、通常の用字例では「邪」がよい。

詩型・韻字

雑言古詩。知《ち》・衰《すい》*（上平声支韻（支脂*韻）／竭《けつ》・雪《せつ》・絶《ぜつ》（入声屑韻〔薛韻〕）。

語　釈

1**上邪**　「上」は天、「邪」は嘆詞。「天よ」と呼びかけて誓う言葉。ただし、「上」の指すものには異説があり、〔諸説の異同〕IIを参照。

2**我**　この詩だけから言うと、「我」が男性であるのか女性であるのかは恐らく決定できまい。しかし、旧来大部分の注釈が「我」を女性として読んでいる。なお、〔諸説の異同〕I IIを参照。

3**長命**　「長」は、長く、いつまでも。「命」は「令」と同じで、使役を表す。〔諸説の異同〕IIIを参照。

絶衰　愛情の冷めることをいう語であろう。

4**陵**　山のもっとも高い地点、陵線。

5**江水**　「江」はもと長江およびその支流を指し、後には大きな川の意味で用いる。

竭　川の水が涸《か》れてなくなること。

6**冬雷**　雷鳴は春から夏の景物。冬に雷鳴があるのは、通常はあり得ない異常な事態。

震震　雷鳴の音。

夏雨雪　「雨」は動詞、降《ふ》る。去声 yù に読む。夏に雪がふるのも「冬雷」と同じく通常はあり得ないこと。

7**天地合**　天と地が合わさって一つになることで、この世の終わりを意味する。

8**乃敢**　「乃」は、その時こそ、といった気分。「敢」は、思いきって……する。塩谷温『中国詩選』（弘道館、一九三四年初版）では、「乃ち敢て君と絶たんや」と反語で訓んでいるが、ここは天地が合して消滅するような時が来たならば、その時こそは別れましょう、と逆説的な言いまわしで「不ルレ絶タ」ことを強調していると見るべきであろう。

絶　断絶する。別れる。

通釈

天よ

天よ。私はあなたと相《あ》い知る仲となって、永遠にこの愛が変わることのないようにしたいと願います。

山が平らになってしまい、大きな川の水も涸《か》れはててしまい、冬にゴロゴロと雷が鳴り、夏に雪が降って、天と地も終わりを迎える、そんな時が来たならば別れもしましょうが（それまでは決して離れません）。

諸説の異同

異同の所在　Ⅰ

「上邪」と「有所思」の関係

異同の類別

「上邪」は『宋書』楽志に「鐃歌《どうか》」（〔備考〕参照）として掲げられた一八篇の一で、同じ一八篇の中に「有所思」という一首があり、「有所思」と「上邪」とを本来合せて一篇であったと見る説が提出されている。まず、「有所思」の原文と訓読を掲げる。

有所思　　思ふ所《ひと》有り
有所思　　思ふ所《ひと》有り
乃在大海南　　乃《すなは》ち大海の南に在《あ》り
何用問遺君　　何を用《もつ》て君に問遺《もんい》（贈りもの）せん
双珠玳瑁簪　　双珠《そうしゅ》の玳瑁《たいまい》の簪《かんざし》
用玉紹繚之　　玉を用《もつ》て之《これ》を紹繚《しょうりょう》（装飾）す
聞君有他心　　聞く　君に他心（浮気心）有りと
拉雑摧焼之　　拉雑《らつざつ》（ひとまとめに）して摧《くだ》きて之《これ》を焼かん
摧焼之　　摧《くだ》きて之《これ》を焼き
当風揚其灰　　風に当《あた》つて其《そ》の灰を揚《あ》げん
従今已往　　今より已往《いおう》
勿復相思　　復《ま》た相《あ》ひ思《おも》ふこと勿《な》けん
相思与君絶　　相思うて君と絶ちぬ
雞鳴狗吠　　雞《にはとり》鳴き狗《いぬ》吠《ほ》えなば
兄嫂当知之　　兄《あに》も嫂《あによめ》も当《まさ》に之《これ》を知るべし
妃呼豨　　妃呼豨《ひこき》（あいの手の言葉）
秋風粛粛晨風颸　　秋風粛粛《しゅくしゅく》として晨風《しんぷう》（はやぶさ）は颸《はや》し
東方須臾高知之　　東方（の朝日）は須臾《しゅゆ》（すぐ）に高くして之を知らん

A　はじめ清の荘述祖『漢短簫鐃歌曲句解』に、「有所思」と「上邪」とを「当《まさ》に一篇と為すべき」で、「男女相《あ》ひ謂ふの言」であるとの指摘があり、それを受けて聞一多『楽府詩箋』（〔国文月刊〕に一九四〇年一〇月から連載。『聞一多全集』第四巻、大安書店影印刊等に所収、一九六九年）が「有所思」題下注に、「荘述祖謂此与上邪為男女問答之辞、当合為一篇。案荘説尤為妙悟、然細翫両篇、不見問答之意、反之以為皆女子之辞、弥《いよいよ》覚曲折反覆、声情頑艶」と述べた。つまり、両篇ともに女性の思いを歌ったものと見たのである。その後、余冠英『楽府詩選』（北京人民文学出版社、一九五三年）等が聞一多説を踏襲する。

B　近年の論著では「有所思」と「上邪」を連属する一篇と考えられるかどうか、荘・聞説への賛否を明言しないものが多いが、王汝弼『楽府散論』（陝西人民出版社、一九八四年）は、はっきりした連属否定の立場である。また、小尾郊一・岡村貞雄『古楽府』

（東海大学出版会、一九八〇年）では、「この篇（「上邪」）について、荘述祖『漢鐃歌句解』には、さきの「有所思」と連なって、両者を合して一篇とする。聞一多・余冠英もこれを認める。けれども前篇と後篇で多少の相違がある。余冠英は前篇では情人との断絶を考えながらも、決めかねている。この篇は、決心してからの誓いの辞《ことば》である」。ここでは『楽府詩選』での余冠英の語を引いているが、後に『漢魏晋南北朝隋詩鑑賞辞典』での余冠英は、より積極的に連属説を支持する。

異同の論拠

A説

『漢魏晋南北朝隋詩鑑賞辞典』（山西人民出版社、一九八九年）に余冠英が「有所思」と「上邪」を連属する一詩として鑑賞検討している。その大要は、ほぼ以下の如くである。

一、荘述祖が両者を「男女問答之辞」と見て「応《ニ》三合《シテ》為《ス》二一篇《ト》一」とし、聞一多が「妙悟」と称《たた》えた上で、「皆《みな》女子之辞《べし》」でよく通ずるとしたのは正しい。

二、漢の楽府で一詩を分割して二曲に用いる例は、「薤露」と「蒿里《こうり》」がもと一曲で、李延年が二曲に分けた（崔豹『古今注』）。

三、「有所思」を「勿復相思」（第11句）までの第一段と後半六句の第二段に分かち、第三段に「上邪」を配した場合、首尾ととのって自然である。(1)第二段の最後に「須臾高」と日を指して言い、第三段の「上邪」が天を指す。両語あい接して一人の口から出たと考えられる。(2)第三段の「知・衰」、第二段の「欷（原文豨は欷の借字）・颸・之」と用韻の連属性がある。(3)各段に「君」といい、女性自述の口ぶりが一貫する。(4)「長命無絶衰」と「相思与君絶」が対立的に応じ合う。(5)第一・三段には、一方で天地をも包みこみ一方で珠簪のみを描き、大小懸隔の趣で対応する。しかも、一句ごとに強調が高まり、極点にまで至って終わる手法で全体が統一される。(6)全体を通じて、感情強烈、気勢奔放で統一性がある。

四、二者は独立させて見ても名作ではあるが、それぞれに欠陥がある。「有所思」は結末が含蓄に富みすぎて明朗を欠き、前半と後半のつりあいが悪い。「上邪」の精彩は最後の誓言で、五事をたたみかさねて滝がいっきに流れ下り、飛流直下の趣があるが、この前段に曲折した流れがほしい。「合《スレバ》レ之《ヲ》則《チ》双《ふたつナガラ》美、離《セバ》レ之《ヲ》則《チ》両《ふたつナガラ》傷《そこナフ》」である。

B説

「上邪」を「有所思」に連属すると見ることを否定する王汝弼『楽府散論』は、次の諸点を指摘する。

一、両者は題材も内容も異なり、荘述祖の説は筋が通らない（王汝弼は「有所思」の結末は女主人公が封建的礼教の中で自殺したものと見る。また「上邪」は皇帝への誓言とする）。

二、『史記』功臣侯年表の劉邦が功臣に爵位を与えた時の誓辞「封爵之誓」に「使《ムルトモ》二河《ヲシテ》如《ク》レ帯《ノ》、泰山《ヲシテ》若《ごとクナラ》レ厲《といしノ》、国以《テ》永《ク》寧《やすらカニ》、爰《ここニ》及《ボサン》二苗裔《べうえいニ》一」とあり、「上邪」は臣下の側から皇帝の誓言に和したものではないか。

三、『宋書』楽志での排列は、「上邪」が鐃歌一八首中の第一五首、「有所思」が第一二首で、つながっていない。

四、荘述祖の説は内証と傍証を欠き、信ずるに足りぬ。

異同の所在　II

「上」の指すもの

異同の類別

A　天を指す。

B　皇帝を指す。

近年の注では、日本と中国とを問わず、「上」は「天」を指して言い、女性が永遠の愛を誓うと見るものが大部分である。荘述祖『漢短簫鐃歌曲句解』が「指《シテ》二天日《ヲ》一以《テ》自《ラ》明《カニスル》也」というのも、A説に等しい。

B説は星川清孝『歴代中国詩精講』（学燈社、一九五四年）に「君主に呼びかけて言う」などの類で、王汝弼『楽府散論』も「〈上邪〉は、〈皇上よ〉の意。漢人の習慣では皇帝を称して〈上〉もしくは〈今上〉という。このことは史書での例証は枚挙するにたえない。荘述祖が『亦《タ》指《シテ》二天日《ヲ》一自《ラ》明《ニスル》也』というのは臆説である」と。B説の場合、全体の詩意も臣下が皇帝に永遠の忠節を誓うことになる。なお、「上」を皇帝の意とした場合、日本での読み癖では「上《しょう》」と清音で読む。

また、塩谷温『中国詩選』（弘道館、一九三四年）では「上邪」を「天を呼んで誓ふ意、〈神《マイゴット》よ〉といふ如し」と、A説ではあるが、「男女の関係」をもって「君臣の関係」ということを示唆する。

異同の所在　III

「長命」の訓み

異同の類別

A　「命を長らえて」と見る。

B　「命」を使役の助字と見る。

日本での注釈は内田泉之助『古詩源・上』（漢詩大系四、集英社、一九六四年）をはじめ大部分がA説を採り、「命長らえる」ことから「いつまでも」といった意味に引伸して解釈している。潘重規『楽府詩粋箋』（香港人生出版社、一九六三年）が「長命」を「終《フルマデ》レ身《ヲ》」とするのもA説に含めてよいだろう。

近年の中国では例外なくB説を採り、荘述祖『漢短簫鐃歌曲句解』の「命《ハ》、令也」、および聞一多『楽府詩箋』の「案《ズルニ》古字通《ズ》」との附言を踏襲する。小尾郊一・岡村貞雄『古楽府』もB説による。A・Bいずれを採っても、詩意は通ずる。

備考

「上邪」は『宋書』楽志、『楽府詩集』等に鼓吹曲辞の鐃歌であるとして収載されている。鼓吹曲はもと軍歌として歌われたもので、その中で鐃歌は、鈴に似て舌のない金属楽器で（『周礼』地官、鼓人の条の鄭玄注による）、鐃を鳴らしながら歌った曲ということであろう。別に短簫鐃歌とも称し、短い簫と鐃の合奏で歌ったとも考えられる。『宋書』楽志四では、後漢の蔡邕の『礼楽志』を引いて、「短簫鐃歌は軍楽なり。黄帝の（臣の）岐伯が作る所、以て威を建て徳を揚げ士を勧め敵を諷《ふう》するものなり」とある。

ところが、今日に伝わる「上邪」を含む鐃歌一八曲は、いずれもいわゆる軍歌と思って見るとかなり様子が違っていて、「有所思」や「上邪」など熾烈な恋の思いを歌ったと考えられる作品や、戦死者を痛惜する「戦城南」などが入っている。そこで、清の王先謙『漢鐃歌釈文箋正』などでは、鐃歌の古い篇名だけが残っていて、歌辞は漢代に新たに作られたもので、後世の擬古楽府と同じ形で成立したのだと言っている。もっとも、別の考え方として、軍歌だからといって必ずしも戦意を鼓舞するものばかりだったとは限らず、その中に愛情を歌い望郷の意を訴えるものも含みえたのではないかと見ることもできる。

いずれにしても、現存鐃歌一八首には古風な趣が深く、調子をとるだけで意味のない「あいの手」が歌辞の中に入りまじり、訓詁を下し得ぬ部分や句意を定めがたい個所も多く、読解上少なからぬ困難がある。しかし、そうした読みとる上での困難はあっても、その詩中に歌われている思いが、いわゆる「温柔敦厚、詩教也」などとは異なった一種の激情に満ちていることは、誰しもが感じとることができよう。

（坂田　新）

0長歌行
1青青園中葵
2朝露待日晞
3陽春布徳澤
4萬物生光輝
5常恐秋節至
6焜黄華葉衰
7百川東到海
8何時復西歸
9少壮不努力
10老大徒傷悲

長歌《ちゃうか》行《かう》
青青《せいせい》たる　園中《えんちゅう》の葵《あふひ》
朝露《てうろ》は日《ひ》を待《ま》ちて晞《かは》く
陽春《やうしゅん》　徳沢《とくたく》を布《し》き
万物《ばんぶつ》　光輝《くわうき》を生《しゃう》ず
常《つね》に恐《おそ》る　秋節《しゅうせつ》の至《いた》り
焜黄《こんくわう》して　華葉《くわえふ》の衰《おとろ》ふるを
百川《ひゃくせん》　東《ひがし》して海《うみ》に到《いた》らば
何《いづ》れの時《とき》か　復《ま》た西《にし》に帰《かへ》らん
少壮《せうさう》　努力《どりょく》せずんば
老大《らうだい》徒《いたづ》らに傷悲《しゃうひ》せん

テキスト　『先秦漢魏晋南北朝詩』漢詩九（上-262）◆『文選』二七◆『古詩源』三◆『楽府詩集』三〇◆『古詩紀』六

校語

0長歌行　『事文類聚』前集六に顔延年の句として第四句を引いているが、恐らくは非。

2待日　李善注『文選』は「行日」に作る。

4萬物　『北堂書鈔』一五四にこの句を引いて「万里」に作る。

光輝　『文選』諸本は「光暉」に作る。

6華葉　李善注『文選』は「華蘂」に作る。

10徒　李善注『文選』は「乃」に作る。

傷悲　『文選』四五「秋風辞」李善注にこの句を引いて「悲傷」に作る。押韻から見て「傷悲」がよい。

詩型・韻字

五言古詩。葵《き》・晞《*き》・輝《*き》・衰《すい》・歸《*き》・悲《ひ》（上平声支微韻*〈脂微韻*〉）。

語釈

0長歌行　『楽府詩集』では相和歌辞として「長歌行」と題する古辞を二首（後一首を厳羽『滄浪詩話』等では二篇と見ているので、それに従えば古辞は三首）収載している中の第一首。「長歌」の題意は、崔豹『古今注』に「長歌短歌、言《フ》㆘人《ノ》寿命《ノ》長短各々有《リ》㆓定分㆒、不《ルヲ》㆑可《カラ》㆓妄《みだりニ》求《ム》㆒」とあって人の寿命に定めあることを歌うものとするが、李善の『文選』注にそれを否定し、

「古詩ニ云フ〈長歌正ニ激烈ト〉、魏ノ武帝ノ燕歌行ニ云フ〈短歌微吟シテ不レ能ハレ長クスル〉、晋ノ傅玄《ふげん》ノ豔歌行ニ云フ〈咄来《とつらい》長歌シテ続ツグト二短歌ニ一〉。然レバ則チ歌声ニ有リ二長短一、非ザルレ言フニ二寿命ヲ一也」と、曲調に長短の別があるとする説に従ってよいだろう。

1**葵** 「あおい」と日本では訓んでいるが、この詩で指している具体的な植物名については異説が多い。〔諸説の異同〕を参照。

2**晞** 日に照らされて乾《かわ》くこと。

3**陽春** うららかな春。

布徳沢 「布」は、広く及ぼすこと。「徳沢」は恩恵、ここは春の日の光や露露をいう。

5**秋節** 秋の季節。

6**焜黄** 黄ばんで枯れ衰えること。「焜」は「熉」の仮借で、『漢書』二二礼楽志の顔師古注に引く如淳注に「熉、黄貌《バムかたち》」とある（小尾郊一・岡村貞雄『古楽府』東海大学出版会、一九八〇年、等）。

華葉 「華」は花。花も葉も。

7**百川** 多くの河川。「百」は多数を表す。

東到海 中国では地勢の関係でほとんどの河川が東流して海に流れ込む。『尚書大伝』に「百川赴ク二東海ニ一」、『淮南子』泛論訓に「百川異ニシレ源ヲ、而モ皆帰ス二於海ニ一」などとあり、古くから成語化した言いまわしになっている。

10**老大** 年老いて高齢となって。劉譲言等『中国古典詩歌選注㈠』（甘粛人民出版社、一九八一年）などは「〈老大〉は偏義複詞でもっぱら〈老〉字に意がある」というが、老の方により意味の重みがあるにしても、偏義複詞とまでいう必要はないだろう。

徒 いたずらに。むなしく。

通釈

長歌行

青青《あおあお》と茂る園《その》の葵《あおい》に、うかべた朝露《あさつゆ》も日の光をあびて乾《かわ》いてゆく。うららかな春の恵みがあまねく、万物は輝きを生じてくる。

いつも心に恐れることは、やがて秋の季節がやってきて、花も葉も黄ばみ凋《しぼ》んで枯れてしまうことだ。

すべての川の流れは、東へと流れて海にそそぐが、いつになったとて再び西へ帰ることはない。若く元気なうちに力《つと》めなければ、年老いて空しく嘆くことになるのだ。

諸説の異同

異同の所在

「葵」とは何か

異同の類別

A　向日葵《ひまわり》。

B　たちあおい。

C　冬葵《ふゆあおい》。

D　特定しない。

A説は日中ともに比較的多くが採っており、小尾郊一・岡村貞雄『古楽府』、朱東潤主編『中国歴代文学作品選』（上海古籍出版社、一九七九年）などがそれである。ただし、今日のいわゆるヒマワリは北米原産種で中国へは後世（明代）に入ってもたらされたものらしい。したがって、本詩での「葵」に当てはめることは無理がある。

B説の「たちあおい」とするのは山田勝美『中国名詩鑑賞辞典』

（角川書店、一九七八年）で、C説は程千帆・沈祖棻『古詩今選』（上海古籍出版社、一九八三年）に「冬葵《ふゆあおい》、又《タ》名《ヅク》㆓冬寒菜《ト》㆒」という。

内田泉之助『古詩源・上』（漢詩大系四、集英社、一九六四年）が「あおいと読むが、種類はきわめて多く、錦葵・蜀葵・秋葵・向日葵などがある」と述べるのはD説に近づくが、「ここは向日葵《ひまわり》をいうのであろう」と言い添えるのは正しくない。『漢魏南北朝詩選注』（辛志賢執筆）北京出版社、一九八一年）が「錦葵・蜀葵・向日葵などがある。ここでは花草樹木の意で用いられる」とするのは、韻字を呼びおこすために「葵」字が置かれていることから考えても、面白い一説である。

（坂田　新）

0悲歌
1悲歌可以當泣
2遠望可以當歸
3思念故鄕
4鬱鬱纍纍
5欲歸家無人
6欲渡河無船
7心思不能言
8腸中車輪轉

悲歌《ひか》
悲歌《ひか》は以《もつ》て泣《な》くに当《あ》つべく
遠望《ゑんばう》は以《もつ》て帰《かへ》るに当《あ》つべし
故郷《こきやう》を思念《しねん》すれば
鬱鬱纍纍《うつうつるいるい》たり
帰《かへ》らんと欲《ほつ》するも家《いへ》に人無《ひとな》く
渡《わた》らんと欲《ほつ》するも河《かは》に船無《ふねな》し
心思《しんし》　言《い》ふ能《あた》はず
腸中《ちやうちゆう》　車輪転《しやりんてん》ず

テキスト　『先秦漢魏晋南北朝詩』漢詩一〇（上-282）◆『古詩源』一◆『楽府詩集』六二◆『文選補遺』三六◆『広文選』一二◆『古詩紀』七

校語
異同なし。

詩型・韻字
雑言古詩。歸《き》・纍《るい》／人《じん》。船《せん》・言《げん》・轉《てん》（上平声真元韻・下平声先韻・上声銑韻〔真元韻・仙韻・獮韻〕合韻）。上声の「轉」が平声字と押韻するのは異例。

語釈

0**悲歌**　『楽府詩集』では「雑曲歌辞」に分類されており、当時歌詞は存したものの伝来・曲調等が不明になっているものを一括した部分と思われる。

1**可以当**　充当することができる。この句では、悲歌することによって泣くことに代える。鄭文『漢詩選箋』（上海古籍出版社、一九八六年）に「悲歌本《もト》不㆑能《ハ》㆑代《フル》泣《クニ》、遠望亦《モタ》不㆑能《ハ》㆑代《フル》帰《ルニ》、而《しかルニ》謂《フハ》㆓之《ヲ》〈可以《ト》〉㆒者、無㆑可《ク》㆓奈何《キモいかんス》㆒、聊《カ》以《テ》自《ラ》解《カン》耳。内心《ノ》痛苦、于《イテ》㆑是《ニ》見《ル》㆑之《ヲ》」とあるのは、すぐれた解説である。

2**遠望**　はるか遠くを眺めやる。ここは遠い故郷を望む。

4**鬱鬱纍纍**　鬱鬱は、憂愁深く楽しまぬさま。纍纍は、失意のさま。内田泉之助『古詩源・上』が、この四字を「山木繁茂し、山岳重なりあったさま」とするのは、故郷とは遠く山野を隔てていることをいう措辞と見たのであろう。

8**腸中車輪転**　腸《はらわた》の中で車輪が回転しているかのごとく、たえがたい悲痛の思いでいること。荒々しく即物的な比喩が、かえってその激情と悲しみの深さを伝えるが、これは当時のきまった言いまわしであったらしく、「秋風蕭蕭トシテ　愁㆓殺ス人ヲ㆒」とはじまる「古歌」（『先秦漢魏晋南北朝詩』漢詩一〇、『古詩源』一等に所収）の最後の二句が、本詩と全く同じ「心思不能言、腸中車輪転」となっている。

通　釈

悲しく歌う

悲しく歌えば泣くかわりになる。遠くを眺めれば故郷へ帰るかわりになる。ふるさとを思うと、憂愁はつのるばかり。河を渡ってゆこうと思っても、家には船もない。胸のうちは言うこともできず、腸《はらわた》の中で、車輪がまわっているようだ。

（坂田　新）

諸説の異同

特記事項なし。

古《こ》詩《し》十九首《じゅうきゅうしゅ》

0去者日以疎　去《さ》る者《もの》は日《ひび》に以《もっ》て疎《うと》し

（古詩十九首　其の十四）

1去者日以疎　去《さ》る者《もの》は日《ひび》に以《もっ》て疎《うと》く
2來者日以親　来《きた》る者《もの》は日《ひび》に以《もっ》て親《した》し
3出郭門直視　郭門《くわくもん》を出《い》でて直視《ちよくし》すれば
4但見丘與墳　但《た》だ見《み》る　丘《きう》と墳《ふん》とを
5古墓犂爲田　古墓《こぼ》は犂《す》かれて田《たはた》と為《な》り
6松柏摧爲薪　松柏《しようはく》は摧《くだ》かれて薪《たきぎ》と為《な》る
7白楊多悲風　白楊《はくやう》　悲風《ひふう》多《おほ》く
8蕭蕭愁殺人　蕭蕭《せうせう》として人《ひと》を愁殺《しうさつ》す
9思還故里閭　故《もと》の里閭《りりよ》に還《かへ》らんと思《おも》ひ
10欲歸道無因　帰《かへ》らんと欲《ほっ》するも道《みち》の因《よ》る無《な》し

テキスト　逯欽立輯校『先秦漢魏晋南北朝詩』漢詩一二（上-332）◆『李善注文選』二九◆『六臣注文選』二九（明州刊本）

◆『六臣注文選』二九（四部叢刊）◆馮惟《ふうい》訥《とつ》『古詩紀』二〇（文枢堂蔵板）◆唐、欧陽詢撰『芸文類聚』四〇、禮部（下）◆『古今合璧事類備要』前集六七　白楊（文淵閣　欽定四庫全書本）

校語

0古詩十九首　『芸文類聚』は、「古墟墓詩」に作る。
1以　明州刊本『六臣注文選』、『芸文類聚』に「已」に作る。
疎　『李善注文選』、『古今合璧事類備要』に「踈」に作る。
2來　『李善注文選』、『芸文類聚』に「生」に作る。
以　明州刊本『六臣注文選』、『芸文類聚』に「已」に作る。

詩型・韻字

五言古詩。親《しん》・*墳《ふん》・薪《しん》・人《じん》・因《いん》（上平声真文韻*（真文韻*））。なお漢代ではすべて真部に属す。周祖謨・羅常培『漢魏晋南北朝韻部演変研究』（科学出版社、一九五八年）による。

語釈

0去者日以疎　古詩十九首すべて詩題を欠くが、通例に従って便宜的に第1句を見出しとした。また『文選』二九「古詩十九首」の順序に従い、「古詩十九首　其の一」の如く、順序を補記した。『文選』そのものにはないものである。以下同じ。「古詩十九首」というのは『文選』に従った名称。李陵「与《あたフル》二蘇武《ニ》一三首」、蘇武「詩四首」とともに五言詩の〝始祖〟とされる。作者不詳。
　なお、本書採録の「迢迢牽牛星」と「行行重行行」の二首は、梁・陳の徐陵《じょりょう》編『玉台新詠《ぎょくだいしんえい》』には前漢の枚乗「雑詩」九首中の第八首、第三首として、それぞれ収められている。

1去者　この語の解釈には四説がある。

(1)死んだ者。『文選』李善注に『呂氏春秋』（節喪篇）の「死者弥ゝ久《シク》、生者弥ゝ疎《シ》」を引き、また『文選』六臣注の李周翰注に「去者《ルハ》謂《フ》レ死也。来者《ルハ》謂《フ》レ生也。不レ見《ニ》二容貌《ヲ》一、故《ニ》疎《キ》也。歓愛《スルコト》終日《ナリ》、故《ニ》親《シキ》也」（「去る者」とは「死（んだ者）」と言う意味である。「来者」とは「生（きている者）」と言う意味である。亡くなってこの世を去った者の姿形は見ることが出来ないので、心も離れてしまうようになる。生きている者とは、いつも楽しく心を通わすことが出来るので、親しくなるのである）とある。元の劉履『風雅翼』「選詩補註」、明の閔斉華『文選瀹《やく》注《ちゅう》』、同じく明の張鳳翼『文選纂註評林』、清の張玉穀『古詩賞析』、及び方東樹『昭昧詹言《しょうまいせんげん》』（上海亜東図書館、一九一八年）、吉川幸次郎「推移の悲哀」（『中国文学報』第一四冊、京都大学中国文学会、一九六一年、後『吉川幸次郎全集6』（筑摩書房、一九七四年）に再録）、藤野岩友『漢詩』（旺文社、一九五七年、一九六六年再刊）などは、この立場である。
　上記「推移の悲哀」には、次の如く解説されている。
　はじめの二句に対して、李善が『呂氏春秋』の「死する者弥《い》よいよ久しくして、生くる者は弥よいよ疎なり」を引くのは、「節喪」篇の語であり、簡素な葬りをよしとするその篇が、その理由の一つとして、死の日から遠ざかれば遠ざかるほど、死者が生存者の記憶からうすれ去ってゆくのは、当然だというのであるが、この詩の二句もおなじ発想に出るとすれば、「去者」は死者の意となる。「去きし者は日に以て疎」なのであり、下の句「生者のみ日に以て親しむ」は、それを強調するためにいい足されたと見られる。

このように、この第一の説が最も古くから採られている、いわば伝統的解釈である。

(2)目前から去って行った人。『古詩賞析』(漢文大系)の標注(岡田正之)に「去者来者ハ広義ニ解スベシ、必ズシモ生死ニ限ラズ」とし、冒頭の二句を「相去レバ疎ク、生キテ交レバ従ッテ相親シム」の意に取る。目加田誠『中国詩選(1)―周詩〜漢詩―』(社会思想社、一九七一年)、松浦友久『中国名詩集』(朝日新聞社、一九九二年)等ほぼ同じ。

(3)過ぎ去ったこと。王尭衢『古唐詩合解』漢詩に「去《ル》者《トハ》過去之事」(去る者とは過ぎ去ったこと)と言う。

馬茂元は「去る者と来る者とは客観現象中の一切の事物をさす」とする(『古詩十九首初探』陝西人民出版社、一九八一年)。

(4)過ぎ去った日々、つまり若き日のことを指す。余冠英『漢魏六朝詩選』(人民文学出版社、一九五八年)に見られる説で、(3)説に含まれるとも考えられるが、冒頭の二句を「青春時代は日一日と遠ざかり、老年が日一日と近づいてくる」の意と、限定して取るところに特徴がある。

ここでは、(生者・死者を含め)去ってゆく者の意と取る。客観現象中のすべての去りゆく者とまでは広げず、人間関係を言っているものとして解し、(2)の解釈を採った。

日以疎 日一日と心が離れていく、の意。

2 **来者** 1去者の「去る者」との対応で、それぞれ(1)生きている者、(2)身近かに来る者、(3)将来のこと、(4)老年、の意味となる。

3 **郭門** 郭は外城(外側の城郭)のこと、その外城の門をいう。

4 **丘与墳** 丘も墳もともに墓の意。分けて解釈すれば、丘が小さい墓(土まんじゅう型を含む)、墳が大きな整った墓。『文選』巻九に収める班昭「東征賦」に、「蘧《きょ》氏在《リ》二城之東《ニ》一兮、民亦《モ》尚《タブ》二其《ノ》丘墳《ヲ》一」とあり、その李善注に「『広雅』曰《ハク》、墳《ハ》高也。『春秋説題辞』《ニ》曰《ハク》、丘者墓也」とある。また『方言』一三には「冢《ハ》秦晋之間謂《フ》二之《ヲ》墳《ト》一、……自《よりシテ》レ関而東謂《フ》二之《ヲ》丘《ト》一」とあり、丘も墳も塚《はか》の意味で、地方によって呼び方が異なることになる。ここでは、その類別を強調するのではなく、連言して、(さまざまな)墓ばかり、と墓の多いことを言ったものであろう。

6 **松柏** ともに常緑樹。柏はヒノキ科のコノテガシワ。

7 **白楊** ポプラの一種。松浦友久『中国名詩集―美の歳月』に「白楊は、中国の北方に多いポプラの一種。高く伸びた枝枝の葉が、風に白く翻るのでこの名があり、詩材として独特の気分をもつ。〝白楊多悲風、蕭蕭愁殺人〟とは、悲哀に富んだ美しい叙景的抒情の一聯であるが、同時に、この詩が、まぎれもなく北中国の風土を舞台とした作品であることを、視覚的・聴覚的に立証しているであろう」とする(前掲書)。

また『両漢文学史参考資料』には、「(白楊の二句は)悲しげな風が吹いてきて、墓道の傍らの白楊の木がさわさわとした音をたて、見る人を愁いに沈ませるのである。墓間の荒涼・静寂な雰囲気を描写することによって、異郷にある人の内心の悲愁を呼び起こしている」と言う。触物興気の妙を見ることが出来る。

「松柏」、「白楊」ともに多く墓地に植えられた樹木。墓域の土壌を堅固にすると同時に、墓地の目印とした。生前の身分によって、その墓地に植えられる樹木に違いがあったという記録もある。

『太平御覧』五五七、礼儀部、冢墓に、「『礼系』《ニ》曰《ハク》、「天子《ノ》墳《ハ》高《サ》三雉《ち》（一丈）、諸侯《ハ》半《バス》レ之《ニ》、卿大夫《ハ》八尺、士《ハ》四尺。天子《ハ》樹《エ》レ松《ヲ》、諸侯《ハ》樹《ヘ》レ柏《ヲ》、卿大夫《ハ》樹《ヱ》レ楊《ヲ》、士《ハ》樹《ウ》レ楡《ヲ》。尊卑《ニ》差《アリ》也」とあり、

また、『白虎通徳論』「崩薨」（四部叢刊）には、「『春秋含文嘉』《ニ》曰《ハク》、天子《ノ》墳《ハ》高《サ》三仞《じん》（七尺）、樹《ウルニ》以《テス》レ松《ヲ》。諸侯《ハ》半《バシ》レ之《ニ》、樹《ウルニ》以《テス》レ柏《ヲ》。大夫《ハ》八尺、樹《ウルニ》以《テシ》レ欒《らんヲ》。士《ハ》四尺、樹《ウルニ》以《テス》レ槐《ヲ》。庶人《ハ》無《ク》レ墳、樹《ウルニ》以《テス》二楊柳《ヲ》一」とある。

伝えるところに、一部違いが見られる（特に『白虎通』の「樹以楊柳」の句については、陳立の「疏證」（『白虎通義』巻一一、国学基本叢書）に詳述され、疑問とされている）。

このようなことが、果たしてどこまで整然と行なわれたのであろうか。ここでは、松・柏・楊とも墓地に多く植えられる樹木とのみ考え、墓地に葬られている者の生前の身分との対応を緊密に結びつけて解することまではしないでおくこととする。

悲風　悲しげに感じられる風。「凄厲的寒風（すさまじい音の寒風）」と取るものもある（『漢語大詞典7』漢語大詞典出版社、一九九一年）。なお、本書所収の「野田黄雀行」の〔語釈〕（八三六頁〜八三七頁）参照。

8 **蕭蕭**　風の音。ここでは白楊の木が風にさやいでいること。『文選』李善注に『楚辞』王褒「九懐」章句「蓄英」篇の「秋風兮蕭蕭」を引く。物寂しい雰囲気も重ね合わされている。

愁殺　「殺」は動詞・形容詞の後につけてその程度の甚だしいことを表わす助字。ひどく愁いに沈む、落ち込んでしまうの意。「動詞＋殺」の用法については、許山秀樹「V殺の成立と展開—漢から唐末までの詩を中心として—」（『中国詩文論叢』第一二集、一九九三年）が詳しい。「殺」をサイと読むのは誤り。

9 **思還**　この句に二通りの解釈がある。「還」を「帰る」の意に取るものと、「環（めぐる）」の意に取るものとである。前者では、「故の里閭に還らんと思ひ」となり、後者では、「思ひは故の里閭を環り」となる。本稿では前者に従った。

里閭　故郷。元来は「里」とは、二五世帯からなる住民地区をいい（『詩経』鄭風、「将仲子」の「毛伝」に「里《ハ》居也。二十五家《ヲ》為《ス》レ里《ト》」とある）、「閭」とは里巷の門をいう（『春秋公羊伝』成公二年に「二大夫出《デテ》相《ヒ》与《ニ》踦《きシテ》レ閭《ニ》（門の片方の扉をしめ、もう一方の扉を開けて）而語《ル》」とある）。

ただし、「閭」については、別に二五世帯のことをいうとするものもある（『周礼』地官・閭胥、鄭司農の注に「二十五家《ヲ》為《ス》レ閭《ト》」とある）。ここでは広く、村里・故郷のことを指す。なお、「里」については、宮崎市定「中国における聚落形体の変遷について」（『宮崎市定全集3』岩波書店、一九九一年）参照。

この「故里閭」について、別に「故里の閭」と読み、故郷の里巷の門、故郷の意に取るものもある。

10 **道**　(1)道路の意と、(2)引導（導きとなるもの）、手段の両意がある。どちらの解釈も成り立つが、(2)の解釈の方が、やや抽象性が高く、より広い情況で解釈が出来るので、(2)の解に従ってお

きたい（日本語の「道」にも、これとほぼ同様の含意がある）。

通釈

去る者は日《ひび》に以て疎し

去りゆく者からは日一日と心が離れてゆき、来たり近づく者には日一日と親しみが湧いてくる。

城郭の門を出て、真っ直ぐに前方を見れば、そこにはただ大小様々な墓が見えるばかり。

古いお墓は犂《すき》で犂《す》き起こされて、田畑となってしまい、お墓に植えられてあった松の木や柏の木（ひのき）も切り倒され、薪とされてしまった。

白楊にはサラサラと悲しげな風が吹いている。私は切なく愁いに沈む。

古里に帰りたいと思っても、付いて行くべき道はない。

諸説の異同

異同の所在　Ｉ

末尾の二句「思還故里閭、欲帰道無因」を生者の立場から言ったものと取るか、死者の立場から言ったものと取るかの違い（「思」の主語は生者か死者か）

異同の類別

A　「思」の主語を生者と取るもの。

B　「思」の主語を死者と取るもの。

C　生者、死者のどちらに取ってもよい。

A説を採るもの：『文選』李善注『六臣注文選』（日本足利学校伝来本）の李周翰注、劉履『風雅翼』「選詩補註」、王尭衢『古唐詩合解』、張玉穀『古詩賞析』、王士禎選・聞人倓《たん》箋『古詩箋』（上海古籍出版社、一九八〇年）、北京大学中国文学史教研室選注『両漢文学史参考資料』（中華書局、一九六二年）、馬茂元『古詩十九首初探』（陝西人民出版社、一九八一年）、吉川幸次郎「推移の悲哀」『吉川幸次郎全集6』、星川清孝『歴代中国詩精講』（学燈社、一九五四年）、藤野岩友『漢詩』（旺文社、一九五七年）、入谷仙介『古詩選』（朝日新聞社、一九六六年）、興膳宏・川合康三『文選』（角川書店、一九八八年）など。

B説を採るもの：呉淇『（六朝）選詩定論』、斯波六郎・花房英樹『文選』（筑摩書房、一九六三年）、花房英樹『文選（詩騒編）四』（集英社、一九七四年）、大上正美『中国古典詩聚花　思索と詠懐』（小学館、一九八五年）など。

C説を採るもの：張庚『古詩十九首解』（芸海珠塵本）。

異同の論拠

A説の論拠

李周翰の解釈：「欲帰道無因」の原因が、この詩人の政治的境遇に因るか、あるいはその国が乱れているために因るものである。『六臣注文選』李周翰注に「或《ルイハ》由《リ》二人事《ノ》迫窄《ニ》一、或《ルイハ》遭《フ》二乱国《ニ》一、故爾《ニしかル》也」（この詩人が政治的に何らかの迫害に遭っているか、あるいはその国が乱れているかのために、故郷に帰れないのである）とある。

劉履の解釈：「賦也。…此《ノ》詩大概語《ハ》与《と》二前篇一相類《ヒス》、而《シテ》此《レハ》則《チ》客二遊《シ》遐遠《ニ》一、思《フモ》下還《リ》二故里《ニ》一、日《ひび》与《と》二生者一相《ヒ》親《シマント》上、而不レ可《カラ》レ得、故其《ノ》悲愁感慨、見《ハレ》二於詞気《ニ》一、有《リ》下不《ル》レ能《ハ》二自已《ラム》一者上焉」（この詩は賦〈直叙〉である。……この詩は、おおよそ語調は前の詩〈「駆車上東門」の詩〉と類似している。しかし、この詩は古郷を遠く離れて他郷にある人が、古郷に帰って、日々人々と親しく過ごしたいと思っても、それは出来ない。だから、その悲愁の感慨がどうしても語気に現れてしまうのである）。つまり、この詩は異郷に旅暮らしをしている人が、古墓を見て、遙かに郷里にある生者（人々）を思って作った詩（直叙の詩）である。

吉川幸次郎の解釈：唐の常建に「古意」という詩があり、もしそれがこの古詩の作りかえであるとすれば、唐人の解釈も、呉淇のごとくではなかったことを示し得る。「馬を古道の傍に牧すれば、道傍には古墓多し。蕭条として人を愁殺し、蟬は白楊の樹に鳴く。迴顧して京邑を望めば、合沓として塵霧を生ず。富貴は安んぞ常とす可けん、帰り来《ゆ》きて貞素を保たん」（吉川幸次郎「推移の悲哀」）。

B説の根拠

呉淇の解釈：「王元美（王世貞）曰《ハク》、『此《レ》客《タリテ》二異郷《ニ》一、因《ツテ》レ見《ルニ》二古墓《ヲ》一而思《フ》二里閭《ヲ》一者《ナリト》』此《レ》解《シテ》二思《フノ》字《ヲ》一甚《ダ》当《レリ》。然《レドモと》与二上文一照一映《スルとき》処、却《ツテ》無《シ》二意味一。不《レ》如《しカ》三以《ツテ》思《フヲ》属《セシムルニ》二死者《ニ》一。余曾《ツテ》見《ル》丙修行《スル》人《ノ》有《リテ》下絵《ゑがク》二死《かレシ》髑《どく》髏《ろヲ》於牀几《ノ》間《ニ》一者上、作《ルヲ》乙髑髏謂《フ》レ人《ニ》之語《ヲ》甲。曰《ハク》、『昔日我如《シ》レ爾《なんぢノ》。吁《ああ》、何《ゾ》不《ルヤ》レ悔《ヒ》。異日爾《モ》如《シ》レ我《ノ》。吁、何《ゾ》不《ルト》レ修《メ》』」（王世貞は、この詩は異郷に在る人が古墓を見て故郷を「思」ったもの、と言っている。これは「思」の字の解釈として極めて妥当なものである。しかし、上の文と照らし合わせれば、（それでは）味わいが乏しい。「思」うのは、死者が「思」うとした方がよい。私は嘗て、修行者が坐具の所に髑髏の絵を描き、しかもその絵の中に、髑髏が人に語る言葉を書いてあるのを見たことがある。その言葉はこうだった。『昔は私もお前のようだった。ああ、早く悔い改めた方がよい。いずれお前も私のようになってしまうのだ。ああ、修行に励みなさい』と。

呉淇のこの注に述べられていることは、この詩の前の詩「駆車上東門」の呉淇注にも出ている、元《げん》の雑劇「嘆髑髏雑劇」（現在は失われたもののようである。摂南大学、高橋繁樹教授の示教による）の一場面のことを言ったものか。その一場面に、上のような場面があったのであろう。

呉淇注には、その拠り所はともかく、新しい読みが提示されてあるためか、現代日本の著作の中で、これに従うものも見られる。例えば、大上正美『中国古典詩聚花　思索と詠懐』には、「結びの二句は、墓地を見て人間存在のはかなさを思いやって望郷の思いに駆られてゆく旅人、と普通には解釈されているが、死者が故郷に帰りたがっているとする呉淇の解（「選詩定論」）をあえて採用してみた。死者の声にならぬ叫びが白楊のさやぎの中から流れてきた、としたのである。作中に一人称の悲哀を持ち込むよりも、作品空間が広がるのではないか」と言う。

C説の根拠

「両説（呉淇「選詩定論」所引、王元美説〈A説を採る〉と呉淇説）倶に可」ということからみても、独自の強い論拠があるわけではない。

しかし、このような立場に立ったことには、「道」の解釈をどう考えるか釈然としないものがあったことにも拠るようである。

まず、呉淇説について、「結《ビノ》二句《ハ》因《ツテ》下代《ツテ》二死者《ニ》一作《スニ》中惨語《ヲ》上以《テ》自《ラ》傷《ム》」（結びの二句は死者の〈故郷に帰ることができない〉無念の思いを代弁することによって、旅人自らの境遇を傷んだものである）とした上で、「言《フココロハ》覩《み》二此景状《ヲ》一、死《スルモノニたとヒ》即有《リテ》レ知而興三思《ストモ》故里《ヲ》一、然《しかレドモ》欲《スレバ》二覓《もとメテ》レ道《ヲ》而帰《ラント》一、則《チ》幽明相隔《ヒテ》、茫茫《トシテ》無《シ》レ路、将何《はタなにニカよラン》因也。則《チ》人生之可《キ》レ傷《ム》、何如耶《いかんゾや》」(ここでは以下のように言っている。この上の八句までに述べられている情景を見れば、死者にたとえ知覚があって故郷を思い起こしたとしても、道を求めて帰ろうとすれば、幽明遙かに境を異にしており、茫々として道はない。一体何を頼りにして、帰ることができようか。人生の傷ましさは、いかばかりであろうか、と)。このように、やや敷衍して解釈する(「道」を普通の道路の意に取る)。

次に、王世貞説に拠った場合を検討し、「言《フココロハ》当《リ》二此《ノ》時《ニ》一安《いづクンゾ》得《ンヤ》レ不《ルヲ》レ深《クセ》二『首邱』之思《ヒヲ》一。無《ケレドモ》レ如《レクハ》レ『欲《スルニ》レ帰《ラント》』而『道《ノ》無《キ》レ因《ル》』也。『道《ノ》無《シ》レ因《ル》』道字《ノ》当《ハまさニ》下作《シテ》二引導《ト》一解《ス》上。帰《ルニ》有《レバ》二資斧一則《チ》因《ッテ》二資斧《ニ》一為《ス》レ道《ト》、或《ルイハ》帰《ルニ》有《レバ》二附託一則《チ》因《ッテ》二附託《ニ》一為《ス》レ道《ト》。両者倶《ニ》無《シ》、所二以《ナリ》久《シク》淹《とどマル》一也」(ここでは以下のように言っている。この時、どうして望郷の思いを深めないでおれようか。帰るに越したことはないけれども、因るべき道がない。ここの「道」は「引導(導きとなるもの)」の意に解すべきである。例えば、帰るときに「資斧(旅費)」が有るのであれば、資斧が道ということになり、帰るときに「附託(便宜、身寄り)」が有るのであれば、附託が道ということになる。そのどちらもないので、久しくとどまっているのである)という(「道」を「引導(導きとなるもの)」の意に取る)。両説ともに成り立ち、且つ棄てがたいということであろう。

異同の所在 II

「思還故里閭」の「還」を「帰還」の「還(かえる)」の意味にとるか、「環繞(めぐる)」の意味に取るか

異同の類別

A 「還」を「帰る」の意に取るもの。

B 「還」を「めぐる」の意味に取るもの。

A説を採るもの:劉履『風雅翼』巻一「選詩補註」、王尭衢『古唐詩合解』、饒学斌《じょうがくひん》『月午楼古詩十九首詳解』(清刊本)、徐仁甫『古詩別解』(上海古籍出版社、一九八四年)、吉川幸次郎「推移の悲哀」(『吉川幸次郎全集6』)、星川清孝『歴代中国詩精講』、藤野岩友『漢詩』、入谷仙介『古詩選』、興膳宏・川合康三『文選』、大上正美『中国古典詩聚花 思索と詠懐』など。

B説を採るもの:陳柱『古詩十九首解』(隋樹森『古詩十九首集釈』香港中華書局、一九五八年、所引)、隋樹森『古詩十九首集釈』、北京大学中国文学史教研室選注『両漢文学史参考資料』、馬茂元『古詩十九首探索』(香港文瀚出版社、一九六九年)、陰法魯審訂『昭明文選訳注』第四冊(吉林文史出版社、一九九二年)など。

異同の論拠

A説:「還」を帰還・往還の還、「帰る」と読む。「思還」は「欲帰」と同じ意味である。上と下で用語は異なっているが、同じ意味を表わしている。これは、古人はこのような用語の重複を避けることが多いためである。陳柱説は拘《こだわ》りすぎであろう(徐仁甫)。

B説:「還」は「環」に通じ、まとわりめぐる、の意味に取るべきである。もし、「思還」を「思帰」の意味と取ると、後の句の「欲帰」と重複することになってしまう(陳柱)。

「還」を「環」の意味に取るべきだとする説は、陳柱より言われ始めたもので、現代の中国で支持されることが多くなっているものである。しかし、李善注をはじめとする『文選』の各種注でも、特に触れられることはなく、恐らくすべて「還」は「帰」として、理解されていたものと思われる。陳説も充分説得力のある解釈であ

る。本稿では、なお伝統的な解釈に従っておく。

備考

この詩は異郷に在る者が古墓を見て、人生無常の思いを抱き、叶えられぬことと分かってはいながら、なお帰りたいと思う、という感傷的情緒に溢れた詩である。

慨歎性が強く、厭世的であることは否めない。現実の世界に対する積極的な姿勢が乏しいためか、現代の中国で広く読まれている教科書的詩文選、王力主編『古代漢語』や、林庚・馮沅君主編『中国歴代詩歌選』などには、この詩は選択されていない。

なお、興膳宏・川合康三『文選』（前掲）では、古詩十九首の第十三首「駆車上東門」との関連を見て、「第十三首が死の必然を確認したあと、現世の快楽へかりそめの逃避を求めるところで終わっているのに対して、ここでは死の悲しみに重ねて、故郷喪失者の悲哀を覚え、一層の絶望の中で詩が閉じられている」と評されている。

（田中　和夫）

0 生年不満百　　生年《せいねん》　百《ひゃく》に満《み》たず

（古詩十九首　其の十五）

1 生年不満百　　生年《せいねん》　百《ひゃく》に満《み》たざるに
2 常懐千歳憂　　常《つね》に千歳《せんざい》の憂《うれ》ひを懐《いだ》く
3 晝短苦夜長　　昼《ひる》は短《みじか》く夜《よる》の長《なが》きに苦《くる》しむ
4 何不秉燭遊　　何《なん》ぞ燭《しょく》を秉《と》りて遊《あそ》ばざる
5 爲樂當及時　　楽《たの》しみを為《な》すは当《まさ》に時《とき》に及《およ》ぶべし
6 何能待來茲　　何《なん》ぞ能《よ》く來茲《らいし》を待《ま》たんや
7 愚者愛惜費　　愚者《ぐしゃ》は費《つひ》えを愛惜《あいせき》して
8 但爲後世嗤　　但《た》だ後世《こうせい》の嗤《わら》ひと為《な》るのみ
9 仙人王子喬　　仙人《せんにん》　王子喬《わうしけう》は
10 難可與等期　　与《とも》に期《き》を等《ひと》しくす可《べ》きこと難《かた》し

テキスト　逯欽立《りょくきんりつ》輯校『先秦漢魏晋南北朝詩』漢詩一二（上―333）◆『李善注文選』二九（胡克家景宋刊本）◆明州刊本『六臣注文選』（日本足利学校伝来本）二九◆『六臣注文選』二九（四部叢刊本）◆『太平御覧』八七〇、燭（四部叢刊本）◆白居易原本・孔伝続撰『白孔六帖』一四、燈燭「秉燭」に、古詩曰、「晝短苦夜長、何不秉燭游」と二句を引く。◆『古詩紀』（文枢堂蔵板）二〇◆『古詩賞析』四、漢詩（漢文大系本）

校語

1 **生年**　『太平御覧』は「人生」に作る。また、『文選』三五「七命」李善注、同二六「河陽縣作」李善注も「人生」に作る。
4 **遊**　『白孔六帖』に、「游」に作る。
9 **仙**　『六臣注文選』（四部叢刊本）に「善作小」とする。但し、胡克家李善注本では「仙」に作る。
10 **與**　『六臣注文選』（明州刊本）に「以」に作る。

詩型・韻字　五言古詩。憂《いう》・遊《いう》（下平声尤韻〔尤韻〕、漢代では幽部）／時《じ》・茲《し》・嗤《し》・期《き》（上平声支韻〔之韻〕、漢代では之部）。換韻。

語　釈

1・2**生年不満百、常懐千歳憂**　『荀子』王覇篇に「人《ニ》無《クシテ》二百歳之寿一、而《しかモ》有《ルハ》二千歳之信士一何《ゾヤ》也。曰《ハク》以《テ》二夫《かノ》千歳之法《ヲ》一自持《ラスルものハ》者、是《レ》乃《チ》千歳之信士《ナリ》矣」（人には百歳の寿命もないのに、千年たっても変わることなく信頼される人士があるのは、何故なのであろうか。それは、千年たっても変わることなく信頼出来る法〈礼儀〉で自らを律しているからである）とあり（李善注所引。ただし、李善注には、孫卿子曰、として引き、「人」と「無」の間に「生」の一字あり。以下は同じ。なお、孫卿子とは荀卿、名は況、荀子のこと。卿は尊称。漢の第七代皇帝宣帝劉詢の諱《いみな》を避けて、後に孫卿子ともいわれた）、その表現法に類似性が認められる。

2**千歳憂**　生きている時のことだけでなく、死後までのさまざまな心配事。

　別に「背負いきれぬほどの悲しみ」と取る説もある（興膳宏・川合康三『文選』角川書店、一九八八年）。時間的なもの（悲しみ）より、質的な・量的なものを重んじているところに特徴がある。人の生きることの哀しみをすくい取ろうとするところがあり、捨てがたいが、今は前者の解に従っておく。

3**苦**　ここでは「昼短」と「夜長」の両者を兼ねていう。

4**秉**　手に取ること。『六臣注文選』劉良注に「秉執《ハル》也」とある。ここではやや抽象的に用いられている。「（燭を）ともして」の意。

5**及時**　時機を逃さないこと。

6**来茲**　「茲」は年の意で、「来茲」で来年。『呂氏春秋』二六、士容論「任地」篇に「今茲美禾《アリ》、来茲美麦《アラン》」とあり、その高誘注に「茲年《ハナリ》」とある（李善注所引）。

8**後世**　後の世の人。呉淇はより限定して、子孫のこととする（『〈六朝〉選詩定論』に「後世、正指《ニス》二子孫《ヲ》一」とある）。

嗤　冷笑。

9**仙人王子喬**　劉向《りゅうきょう》『列仙伝』（四庫全書本　巻上）に「王子喬《ハ》周《ノ》霊王《ノ》太子晋《ナリ》也。好《ンデ》吹《キ》レ笙《ヲ》、作《ス》二鳳凰《ノ》鳴《ヲ》一。遊《ブ》二伊洛之間《ニ》一、道士浮丘公接《むかヘテ》上《ル》二崇高山《すうこうざんニ》一。三十余年後、求《ムルニ》二之《ヲ》於山上《ニ》一、見《テ》二栢良《ヲ》一曰《ハク》、『告《ゲヨ》三我家《ガ》二七月七日待《テト》二於緱《こう》氏山巓《ノいただきニ》一』。至《レバ》レ時、果《タシテ》乗《リテ》二白鶴《ニ》一、駐《とどマル》二山頭《ニ》一。望《メドモ》レ之《ヲ》不レ得レ到《ルヲ》。挙《ゲテ》レ手《ヲ》謝《シ》二時人《ニ》一、数日《ニシテ》而去《ル》。亦《タ》立《ツ》二祠《ほこらヲ》於緱氏山《ノ》下及《ビ》崇高首《ノニ》一焉」（王子喬とは、周の霊王の太子晋のことである。好んで笙を吹き、鳳凰の鳴くような演奏をするのであった。伊水・洛水の流域一帯を旅遊していた時、道士の浮丘公が彼を連れて、崇高山〔嵩山〕に上ってしまった。三十数年後、〔ゆかりの者が〕彼を山上に捜したところ、王子喬は〔友人の〕栢良を見て言った。『家の者に七月七日、私を緱氏山の頂で待つように伝えてほしい』。その時に行ってみると、果たして王子喬は白鶴にまたがって、山の頂に止まった。遙かに眺めやることは出来ても、そこに行くことは出来なかった。王子喬は手を挙げて人々に別れを告げ、数日すると、何処ともなく、飛び去っていった。その後、人々は彼の祠を緱氏山の麓と崇高山の頂に立てたのである）とある。伝説上の仙人。

10 **難可与等期** 呂向（五臣注者の一人）注に「難シレ可キコトと三与レ之同ニ為ス二不死ヲ一也」とある。「期」は期間、年寿のこと。「王子喬と、年寿を等しくすることができ難い」の意（星川清孝『歴代中国詩精講』学燈社、一九五四年、内田泉之助『古詩源上』集英社、一九六四年）。「等期」は期（望み、願い）を等しくする、の意として、長生をかなえること、に取るものもある。

通釈

生年、百に満たず

人は百歳までは生きられないのに、（愚かにも）千年あとのことまで心配してしまう。昼は短く、夜が長いのが嫌だと言うのなら、燭をともして夜も遊んだらいいではないか。

楽しむときは時を逃さず、楽しむべきだ。来年にしようなどと言ってはいられない。愚かな者は、お金を使うのを惜しんで、ただ後世の人に嗤《わら》われるだけである。あの仙人の王子喬のように、不死でいられることはないのだから。

諸説の異同

特記事項なし。

備考

（その一）

梁、沈約《しんやく》『宋書』二一「楽志」に「西門行」という楽府《がふ》が残されているが（『楽府詩集』三七、相和歌辞にも「晋楽所ノレ奏スル（晋代の楽府で演奏されたもの）」として同文が載せられている）、本詩と発想が類似しており、また用語・表現もよく似ている所が多い。

出デテ二西門ヲ一 歩ンデ念フレ之ヲ　　西門を出て、歩きつつ考える

今日不ンバレ作サレ楽シミヲ　　今のうちに楽しまなければ、

当ニキレ待ツ二何レノ時ヲカ一　　一体いつまで待ったらいいというのだろう

夫レ為サンレ楽シミヲ　　さあ楽しもう

為スハレ楽シミヲ 当ニシレ及ブレ時ニ　　楽しむときには、その時を逃してはならない

何ゾ能ク坐シ愁ヘテ佛《ふつ》鬱《うつ》トシテ　　どうして、鬱鬱と愁えているばかりで、何もせず

当ニ三復タ待ツ二来茲ヲ一　　来年まで待ってなどいられよう

飲ミン二醇酒ヲ一 炙《あぶり》二肥牛ヲ一　　醇酒《うまざけ》を飲み　肥牛（上質の牛肉）を炙《あぶ》り

請ヒ三呼ビテ心ノ所ヲレ歓ブ　　気の合った人達を呼び集め

可シ三用ツテ解クニ二愁憂ヲ一　　この憂いを払いのけよう

人生不ルニレ満タレ百ニ　　人は百歳までは生きられないのに

常ニ懐ク二千歳ノ憂ヒヲ一　　いつも千年あとのことまで心配してしまう

昼短クシテ而夜ハ長シ　　昼は短く、夜は長い（ことが嫌だというのなら）

何ゾ不ル二秉《とり》テレ燭ヲ遊バ一　　燭をともして、夜も遊んだらいいではないか

自《も》シ非ザレバ二仙人王子喬ニ一　　もしあの不老不死の仙人、王子喬でなかったならば

計会スルニ寿命難シレ与ニシレ期ヲ　　どう見積もっても、彼のような長生きをかなえることは出来ないのだ

自《もシ》非《ザレバ》二仙人王子喬《ニ》一
もしあの不老不死の仙人、王子喬でなかったならば

計会《スルニ》寿命難《シ》レ与《ニシ》レ期《ヲ》
どう見積もっても、彼のような長生きをかなえることは出来ないのだ

人寿《ハ》非《ズ》二金石《ニ》一
人の寿命は金石のように堅固なものではないからには

年命安《クンゾ》可《ケン》レ期《ス》
どうしてその寿命を予め測り知ることが出来ようか

貪《リ》レ財《ヲ》愛二惜《セバ》費《エヲ》一
財貨を貪るばかりで、出費を惜しんでいれば

但《ダ》為《ルノミ》二後世《ノ》嗤《わらヒト》一
ただ後世の人々に嗤われるだけであろう

郭茂倩『楽府詩集』三七、相和歌辞一二（中華書局、一九七九年）には、さらに、その本辞として、次の一曲を挙げている。

出《デテ》二西門《ヲ》一歩《ンデ》念《フ》レ之《ヲ》
西門を出て、歩きつつ考える

今日不《ンバ》レ作《サ》レ楽《シミヲ》
今日楽しまなければ

当《ニ》レ待《ツ》二何《レノ》時《ヲカ》一
一体何時まで待てばいいのだろう

逮《およンデハ》レ為《スニ》レ楽《シミヲ》、
楽しむときには

逮《ンデハ》レ為《スニ》レ楽《シミヲ》
楽しむときには

当《ニ》レ及《ブ》レ時《ニ》
その時を逃してはならない

何《ゾ》能《ク》愁《ヒテ》怫《ふつ》鬱《うつトシテ》
どうして鬱鬱と愁いてばかりいて

当《ニ》三復《タ》待《ツ》二来茲《ヲ》一
来年を待っていられよう

醸《シ》二美酒《ヲ》一炙《あぶり》二肥牛《ヲ》一
美酒を醸し、肥牛（上質の牛肉）を炙って

請《ヒ》三呼《ビテ》心《ノ》所《ヲ》レ歓《ブ》
気心の通ずる人を招待し

可《シ》三用《テ》解《ク》二憂愁《ヲ》一
この憂いを払いのけてしまおう

人生不《ルニ》レ満《タ》レ百《ニ》
人は百歳までは生きられないのに

常《ニ》懐《ク》二千歳《ノ》憂《ヒヲ》一
いつも千年後のことまで心配してしまう

昼《ハ》短《ク》苦《シメバ》二夜《ノ》長《キニ》一
昼は短く、夜の長いのが嫌だというのなら

何《ゾ》不《ル》二秉《とリテ》レ燭《ヲ》遊《バ》一
燭をともして夜も遊んだらいいではないか

遊行去去如雲除
弊車羸馬爲自儲
（以下二句、意味不明）

余冠英は、これら三首の関係について、次のようにいう。

這《これハ》是《レ》晋代楽府《ニ》所《ノ》レ用《フル》的歌辞《ニシテ》、較《ブレバ》二之《ヲ》漢《ノ》本辞《ニ》一有《リ》レ所《ニ》二増添《スル》一、如《シ》二『自《シ》非《レバ》二仙人王子喬《ニ》一』以下《ノ》一。也《まタ》有《リ》レ所《ニ》二刪除《スル》一、如《シ》二『行《キテ》去《ルコト》レ之《ヲ》、如《シ》二雲《ノ》除《フガ》一』両句《ノ》一。大約因《よ》三為《リテ》漢晋《ノ》楽律不《ルニ》レ同《ジカラ》、不レ能《ハ》レ無《カル》レ所《ニ》二増改《スル》一。其《ノ》増添《スルの》的部分《ハ》是《レ》以《ッテ》二古詩『生年不レ満《タ》レ百』篇《ヲ》一為《ス》二藍本《ト》一。而《シテ》古詩『生年不《ノ》レ満《タ》レ百《ニ》』篇《モ》也《まタ》是《レ》従《より》二『西門行』《ノ》本辞一演化《シ》出来《デきたル》的《ものナリ》。

これ（『西門行』晋楽所奏）は、晋代の楽府で用いられた歌辞であり、漢の（『西門行』）本辞と較べてみると、その言葉には付け加えられているものがある。『自非仙人王子喬』以下の句である。また、削除されたものもある。『行去之、如雲除』の二句である。恐らく漢・晋の楽律が異なっていたために、言

葉を増やさないわけにはいかなかったのであろう。付け加えられた部分は、古詩『生年不満百』を藍本（著作のもととなった本）として（作られたものであり）、そしてその古詩『生年不満百』は、また『西門行』本辞から変化発展し（て形成され）たものである。

（『楽府詩選』香港世界出版社、無刊記）

つまり、これら三首の関係は、

「西門行」（本辞）──→「生年不満百」

「西門行」（本辞）｛＋「生年不満百」の句／－「遊行～」以下の句｝──→「西門行」（晋楽所奏）

といった図式で考えられているわけである。

清朝の朱乾は、「此《レ》古詩十九首之一《ナリ》也。稍《やや》変《ジテ》其《ノ》辞《ヲ》以《テ》合《セシム》節奏（この「西門行（晋楽所奏）」は、古詩十九首の一つである。少しその言葉を変えて音楽のリズムに合わせたのである）」と言う（『楽府正義』八（秬香《きょこう》堂蔵板、乾隆五四年（一七八九）、同朋舎、一九八〇年影印）。古詩「生年不満百」を少し変えたものが「西門行」（晋楽所奏）である、とは言うものの、「西門行」（本辞）から古詩「生年不満百」が出てきたとは言わない。

また、吉川幸次郎は、これら三首が何らかの連関のもとに発生したことを認めながらも、「この詩（「生年不満百」の詩）が短い詩であるにも拘わらず、途中で韻を換えていることは、純粋に詩として創作されたものでなく、歌謡からの改作であることを、すこぶる思わせる」と、述べるにとどめ、これら三首の前後関係の断定を慎重に避けている（「推移の悲哀」『吉川幸次郎全集』第六巻、筑摩書房、一九七四年）。

古詩十九首の「生年不満百」と「晋楽所奏」の「西門行」との前後関係は、明らかであるが、「生年不満百」の詩と「本辞」の「西門行」との前後関係には、不明のところもあり、上記三首の前後関係を断定することまではしないでおくこととする。しかし、措辞・発想など互いに極めて類似していることは明白であろう。

（その二）

「古詩十九首」には、人生の短さを嘆いたものが、この「人生不満《タ》百《ニ》」（第十五首）の詩のほかにも、「青青《タル》陵上《ノ》柏」（第三首）、「今日《ノ》良《キ》宴会」（第四首）、「迴《めぐラシテ》車駕《ヲ》言《ここニ》邁《ゆク》」（第十一首）、「駆《ル》車《ヲ》上東門《ニ》」（第十三首）などに見ることが出来る。その短さを痛感した上で、採る生活態度には、二つの方向が認められる。

一つには、この詩のように、感覚的な遊びの世界に入ることによって、そのやるせなさから、逃れようとするものがあり、もう一つには、現実の政治的世界・官界で栄達すること、あるいは栄名を挙げることによって、自ら紛《まぎ》らわせようとする、がある。

「青青《タル》陵上《ノ》柏」には、「人生《レテ》天地《ノ》間《ニ》、忽《トシテ》如《シ》遠行《ノ》客《かく》、斗酒《モテ》相《ヒ》娯楽《シ》、聊《いささカ》厚《シトシテ》不《ラン》為《サ》薄《シト》（人がこの天地に生きているありさまは、あわただしく通り過ぎていく旅人のようなものである。だとすれば、一斗の酒を酌み交わし楽しもうではないか、まずはこれで満足して、充分な量だとしよう）」と言い、「駆《ル》車《ヲ》上東門《ニ》」には、「人生《ハ》忽《トシテ》如《シ》寄《スルガ》、寿無《シ》金石《ノ》固《キ》、…、不如《カ》飲《ミ》美酒《ヲ》、被服《スルニ》紈《がんト》与《とヲ》素」（人の生命は、つかの間、仮にこの世に身を寄せているようなものである。寿命は金石のように固いものではない。…この世で美酒を飲み、うすぎぬの美服を着て、大いに楽しんだ方がよい）と言う。これらは「人生不満《タ》百《ニ》」の「昼《ハ》短《ク》苦《シム》夜《ノ》長《キニ》、何《ゾ》不《ル》秉《リテ》燭《ヲ》遊《バ》、為《スハ》レ楽《ヲ》当《ニシ》レ及《ブ》レ時《ニ》、何《ゾ》能《ク》待《タンヤ》二来茲《ヲ》一」とその処世の方向に相通ずるものがあろう。

一方、「今日《ノ》良《キ》宴会」には、「人生寄《ス》二一世《ニ》一、奄忽《えんこつトシテ》若《シ》二飆塵《ひょうじんノ》一、何《ゾ》不《ル》下策《むちウチ》二高足《ニ》一、先《ヅ》拠《よラ》中要路《ノ》津《ニ》上」（人がこの世に身を寄せているのは、ちょうどあの風に吹き上げられた塵があっというまに見えなくなってしまうようなものである。駿馬に鞭をあてて、まず高位の人に取り入って、富貴を求めた方がいいではないか）とあり、「迴《ラシテ》レ車《ヲ》駕《シテ》言《ここニ》邁《ゆク》」には、「人生非《ハズ》二金石《ニ》一、豈能《ク》長寿考《ナランヤ》。奄忽《えんこつトシテ》随《ツテ》レ物《ニ》化《ス》、栄名以《テ》為《サン》レ宝《ト》（人の命は金石のように堅固で不変なものではなく、たちまちのうちに失われてしまう。栄名を挙げることこそ重んじよう）」と言う。共に現実の世の中で然るべき地位・名声を得ることを目指すことによって、迫り来る老・死の恐れを自ら紛らわせようとするものである。

前者にせよ、後者にせよ、そこには不老不死などということは認めない、醒めた理性がある。限りある人生、その動かしがたい現実を認め、しかも、その現実を何とかして意識の外に置きたいともがいている人間の苦悩が正面から歌われているところに、この一群の詩の特質があろう。

（その三）

元の劉履は、「此《レ》勉《はげマシ》二人《ニ》及《ンデ》レ時《ニ》為《スヲ》レ楽《シミヲ》、且《ツ》謂《ヒ》二仙人難《キヲ》レ可《キコト》レ与《ニス》、並《ビニ》使《ム》二之《ヲシテ》省悟《セ》一。蓋《シ》為《ニ》二貪吝無《キ》レ厭《クコト》者《ノ》一発《スル》也。其《レ》亦《タ》唐風『山有《ニ》レ枢《すう（おう）》』之遺意《ナルか》歟」（この詩は人に機会を逃さず楽しむことを勧め、また仙人と寿命を等しくすることは難しいと言って、この現実を悟らせようとしている。これは、恐らく厭くことなく貪り、ものを惜しみする人に向かって発した言葉であろう。その意味で、『詩経』唐風（大国晋の歌）の「山有《ニ》レ枢《すう》」の流れを汲んだものである）と言う（『風雅翼』一「選詩補註」一漢詩、四庫全書本）。「山有枢」の第一章のみ挙げよう。

山《ニハ》有《リ》レ樞　　山には枢（とげ楡《にれ》）有り
隰《ニハ》有《リ》レ楡　　隰《さわ》には楡有り
子《ニハ》有二衣　装一　　子には衣装有り
弗レ曳《カ》　弗レ婁《カ》　　曳《ひ》かず、婁《ひ》かず（それを着ようとしない）
子《ニハ》有《リ》二車　馬一　　子には車馬有り
弗レ馳《セ》　弗レ驅《タ》　　馳《は》せず、駆《むち》うたず（それに乗ろうとしない）
宛《トシテ》　其《レ》　死《スレバ》　矣　　宛《えん》として其れ死すれば（枯れ萎《しぼ》んで、死んでしまったら）
他　人　是《レ》　愉《シマン》　　他人　是れ愉《たの》しまん（人がそれらを楽しんで用いるだろう）

子（汝）に詩人自らも含めれば、正しく「為《スハ》レ楽《シミヲ》当《ニキ》レ及《ブ》レ時《ニ》」ことを言ったものと言えるであろう。

（田中　和夫）

0 迢迢牽牛星　　迢迢《てうてう》たる牽牛星《けんぎうせい》

（古詩十九首　其の十）

1 迢迢牽牛星　　迢迢《てうてう》たる牽牛星《けんぎうせい》
2 皎皎河漢女　　皎皎《けうけう》たる河漢《かかん》の女《ぢよ》
3 纖纖擢素手　　纖纖《せんせん》として素手《そしゆ》を擢《ぬ》き

札札弄機杼
終日不成章
泣涕零如雨
河漢清且浅
相去復幾許
盈盈一水間
脉脉不得語

札札《さつさつ》として機杼《きちょ》を弄《ろう》す
終日《しゅうじつ》 章《あや》を成《な》さず
泣涕《きゅうてい》 零《お》つること雨《あめ》の如《ごと》し
河漢《かかん》清《きよ》く且《か》つ浅《あさ》し
相《あ》ひ去《さ》ること復《ま》た幾許《いくばく》ぞ
盈盈《えいえい》たる 一水《いっすい》に間《へだ》てられ
脉脉《みゃくみゃく》として語《かた》るを得《え》ず

テキスト

逯欽立《りょくきんりつ》輯校『先秦漢魏晋南北朝詩』漢詩一二（上－331）（中華書局、一九八三年）◆『李善注文選』二九（胡克家景宋刊本）◆『六臣註文選』二九（明州刊本、日本足利学校伝来本、汲古書院影印、一九七四年）◆『六臣注文選』二九（四部叢刊）◆『玉台新詠』一（文淵閣、欽定四庫全書本、集部八）◆『玉台新詠』一（明、趙寒山覆刻、宋、陳玉父本）◆清、呉兆宜《ごちょうぎ》『玉台新詠箋注』一（中華書局、穆克宏《ぼくこくこう》点校、一九八五年）◆唐、徐堅等撰『初学記』四（文淵閣、欽定四庫全書本、子部一一、類書類、上海古籍出版社影印）◆唐、虞《ぐ》世南《せいなん》撰、明、陳禹謨《ちんうぼ》補注『北堂書鈔』一五〇、漢六（文淵閣、欽定四庫全書本、子部一一、類書類、同上）◆唐、欧陽詢撰『芸文類聚』四、歳時中、七月七日、詩、及び巻六五、産業部上、織、詩（上海古籍出版社、一九八二年）◆『太平御覧』八及び三一（四部叢刊）◆宋、祝穆撰『古今事文類聚』一〇、古詩の部、古楽府（文淵閣、欽定四庫全書本）◆南宋、真徳秀撰『文章正宗』二二上、古詩（文淵閣、欽定四庫全書本）◆清、張玉穀『古詩賞析』四、漢（漢文大系一八）◆『玉燭宝典』七（清、黎庶昌『古逸叢書』（下）江蘇広陵古籍刻印社影印、揚州古籍書店、一九九〇年）◆明、馮惟訥《ふういとつ》『古詩紀』二〇（文淵閣、四庫全書本）◆唐、白居易原本、宋、孔伝、続撰『白孔六帖』八二、織紝（文淵閣、四庫全書本、同上）「皎皎河漢女」より「泣涕漣如雨」までの四句

校語

1 **迢迢** 『玉燭宝典』には「苕苕」に作る。
2 **皎皎** 『玉燭宝典』、『芸文類聚』四には「皎皎」に作る。ただし、同『芸文類聚』六五には「皎皎」に作る。
3 **擢** 四部叢刊本『玉台新詠』、『玉燭宝典』には「濯」に作る。形訛。
4 **札札** 『初学記』、『太平御覧』三一には「軋軋」に作る。
6 **零** 『白孔六帖』には「漣」に作る。
8 **復** 『芸文類聚』四、『玉燭宝典』、『太平御覧』八には「詎」に作る。『北堂書鈔』には「誰」に作る。『古今事文類聚』には「距」に作る。
9 **間** 『李善注文選』、明州刊本『六臣注文選』、陳玉父本『玉台新詠』には「閒」に作る。二字は通用する。
10 **脉脉** 明州刊本『六臣注文選』には「脈」に作る。「脉」「脈」は共に「脈」の俗字。『古今事文類聚』には「脈脈」に作る。

詩型・韻字

五言古詩。女《ぢょ》・杼《ちょ》・雨《*う》・許《きょ》・語《ご》（上声語麌*韻（語麌*韻）、漢代ではすべて魚部）。

語釈

1 **迢迢** 『六臣注文選』呂延済注に「迢迢《ハ》、遠貌《キ》」とある。遙かに離れている状態をいう。星空を見ている人間から大空遙か彼方にというのか、あるいは織女星から見て遥かに離れているというのか、ややわかりにくいが、織女星から見て遥かに離れているとみなすのが、普通に行われている解釈である（北京大学中国文学史教研室選注『両漢文学史参考資料』等）。

張庚『古詩十九首解』（芸海珠塵本、集部詩文評類）には、この「迢迢」について、次のように言う。

「欲《シ》レ写《うつサント》三織女之繫《つなグヲ》二情於牽牛《ニ》一、卻《かヘッテまヅ》先用《ヒ》二迢迢《ノ》二字《ヲ》一、将《もっテ》二牽牛《ヲ》一推遠《シテ》、以下方《ニはじメテ》就《つキテ》二織女《ニ》一写《シ》二出《ダス》許多《ノ》情致《ヲ》一。句句写《シ》二織女《ヲ》一、句帰《シテ》到《リ》二牽牛《ニ》一、以見《テあらハス》二其迢迢《タルヲ》一」（織女が牽牛に心惹かれていることを描写しようとしながら、まず迢迢という遙かに遠く離れていることを表わす語彙を用い、表現上、牽牛を遠くに押しやり、そのあとではじめて、織女についてそのさまざまな情緒を描写している。一句一句、句ごとに織女を描写しながら、一句一句とその筆を牽牛に戻して行き、牽牛が遙かに離れている様を表わしている）。

馬茂元は「二句分挙、文義互見」とする（『古詩十九首初探』陝西人民出版社、一九八一年）。「迢迢」と「皎皎」がそれぞれ牽牛星・織女星のどちらにも掛かることになり、「遙か離れて、白く光り輝く牽牛星・織女星」の意味になる。前者は織女星の立場に近くたち、その感情世界に入り込もうとしているのに対し、後者は第三者的立場に立って、両星の物語を鑑賞しているというような違いが認められよう。今人袁行霈《えんこうはい》も互文見義の立場から、さらに次のように言う。

牽牛が〈皎皎〉と白く輝かないことがあるだろうか、また織女が〈迢迢〉と遥かかなたに輝いていないことがあるだろうか。どちらの星もあのように遥かにあり、どちらの星もあのようにも明るく輝いているのだ。ただ、〈迢迢〉の語を牽牛に用いれば、遥か他郷にある遊子を連想しやすくなり、〈皎皎〉の語を織女に用いれば、女性の美しさを連想しやすくなる。このように考えると、これらの語を入れ替えることは出来ないであろう。互文だからといって、「皎皎《タル》牽牛星、迢迢《タル》河漢女《ノ》」と改めたならば、その意趣は半減してしまうだろう。詩歌の言葉の微妙な所の一斑を見ることが出来よう（『漢魏六朝詩鑑賞辞典』上海辞書出版社、一九九二年。「迢迢牽牛星」の項）。

牽牛星 彦星。鷲座のα《アルファー》星（主星）、鷲の頭に当たるところに青白く輝くアルタイル星。天の川を挟んで上方、その対岸の所に織女星がある。

2 **皎皎** 白く光り輝いているさま。皎はつとに『詩経』陳風「月出」に「月出《デテ》皎《タリ》兮」と、月の白く輝くさまを写すのに用いられている。『文選』呂延済注に「皎皎《ハ》明《ラカナル》貌《かたち》」とある。

河漢女 織り姫星。琴座の主星ベガ。『詩経』小雅「大東」に「跂《きタル》彼《ノ》織女」とあり、跂とは、「注疏」に、三隅の形（三角形）とされるように、三角形の連星として認識されていた。

3 **纖纖** 纖とは『説文解字』一三上（糸部）に「纖《ハ》細也」とあるように、細いことをいう。ここでは、織女星（娘）の手がほっそりとしていることを表わす。

『毛詩』魏風「葛屨《かっく》」に「摻摻《さんさんタル》女手、可《シ》ニ以縫《テフ》レ裳《ヲ》」とあり、その「毛伝」に「摻摻猶《ハホ》ニ纖纖《ノ》一也」とある。同じ韓詩（『文選』「古詩十九首」其の二の李善注）には、「纖纖《タル》女手、可《シ》ニ以縫《テフ》レ裳《ヲ》一」に作っている。王先謙は、古詩の「纖纖擢素手」はこの韓詩の句に基づくとし、また纖の意味は「肌理細膩」（肌理《きめ》が細かく柔らかいこと）であるとする（『詩三家義集疏』（中華書局、呉格点校本））。

擢　挙げること。『六臣注文選』張銑《ちようせん》注に「擢《ハ》挙《グル》也」とある。縦糸の間を杼《ひ》につけた横糸を、左右に交互に引き抜くこと。『三才図会（器用）』九に見られる布機の図からすると、その動作は大きく、抜き上げるといった表現が相応しいようである。従って「あげ」と訓んでもいい。別に擢は引の意で、袖の中から腕をだす、の意に取るものもある（王力編『古代漢語』）。崔《さい》寔《しよく》『四民月令』渡部武訳注（平凡社、一九八七年）の「四月、機織り」の項参照。

同じ古詩十九首の第二首「青青河畔草」の詩に「纖纖《トシテ》出《ダシ》ニ素手《ヲ》一」とあるのは、袖から出ている白い腕そのものを写したものであり、ここは腕の動作を写したものである。呉淇『選詩定論』（雨焦斎蔵板）に「此詩与《トハ》ニ青青章《ノ》一、倶《ともニ》有《リ》ニ纖纖素手《ノ》四字《一》、但用《ダ》《フルニ》ニ出字与《トヲ》ニ擢字《ノ》一有《リ》レ別。出字《ノ》的《まことニ》是写《レシ》レ粧《ヲ》、擢字《ノ》的《まことニ》是《レ》写《スヲ》レ織、一些《いささかも》移動《スルコトず》不レ得《かなハ》」（この詩と「青青たる河畔の草」の詩にはともに「纖纖・素手」の四字が使われているが、出の字と擢の字を用いているところに違いがある。出の字は確かに粧（装い）を描写しており、擢の字は確かに織（機織り）を描写していて、この二字は決して移し替えることは出来ない）とある。

4 **札札**　機杼《きちよ》（機織りの横糸を通す道具）で、横糸を通し、布に織りなす時の音。擬声語。

弄　気が乗らないままに、ただ漫然と機織りの作業をしていることを、この「弄」の字で表現したもの（袁行霈「迢迢牽牛星」鑑賞文（前出））。

5 **章**　織り模様。「不成章」は、布が織りあがらないこと。織女が牽牛を思うあまり機織りに身が入らず、布が織りあがっていかないことをいう。

「終日不成章」の句は、『詩経』小雅「大東」の「跂《きタル》彼《ノ》織女、終日七襄《しちじようス》。雖《い》ニ則《ヘドモ》七襄《スト》一、不レ成《サ》ニ報章《ヲ》一」（三角の形をしたあの三つ星、織女星は一日に卯《う》（午前六時〜八時）より酉《とり》（午後六時〜八時）までの七更の間に、その位置を更ごとに一たび、合わせて七たび変えるけれども、一方向に動くばかりで、杼が左右に往ってはまた戻り、文目《あやめ》を織りなしていくようなことがない）を基にしている。

6 **泣涕零如雨**　この句は『詩経』邶風《はいふう》「燕燕」の「瞻望《せんぼうスルモ》弗《ず》レ及《バ》、泣涕《きふてい》如《シ》レ雨《ノ》」（嫁入りする子の姿がだんだんと遠ざかって行き、遥かに眺めやっても、もはや見ることが出来なくなってしまった。涙は雨のように流れ落ちるばかり）」に基づく。

9 **盈盈一水間**　この句の解釈に四説ある。第一は、古く『文選』六臣注の劉良注に見られるものである。盈盈は端麗の貌、つまり端麗の人（織女）とし、その人が一水の間にある（河の向こう岸にいる）とする。訓読は「盈盈たる（ひと）、一水の間にあり」となる。清の梁章鉅は基本的にこれに従い、古詩十九首の第二首「青青《タル》河畔《ノ》草」に「盈盈《タル》楼上《ノ》女」とあるのと合わせ、

「盈」は「嬴」に通じ、「嬴」はまた「孅」に通じるので、女性の美しい容貌を形容する言葉とする（清、梁章鉅撰『文選旁証二五』、光緒八年（一八八二）刊）。呉興の王蒓父《おうじゅんぽ》もほぼ同じ解釈をとる（王蒓父箋註、劉鉄冷校刊『古詩源箋註』華正書局、一九七五年）。

第二は、盈盈は河の流れが清くてしかも浅い状態、の意と取るもの。その場合「一水間」が読みにくくなる。明言しないものもあるが、「間」を隔（へだてる）の意にとっているようである。訓読では「盈盈たる一水に間《へだ》てられ」、あるいは、「盈盈として一水のへだてあり」などとなろう。清くて浅い一筋の河に隔てられ、の意。北京大学中国文学史教研室『両漢文学史参考資料』、馬茂元『古詩十九首初探』、『辞海』語詞分冊（下）（上海辞書出版社、一九七九年）など。

第三は、盈の原義――満たす、満ち溢れる――を重んじて、「盈盈」を水の満ち溢れた、漲り満ちたの意に取るもの。「一水間」の解釈については、ほぼ第二の説に同じ。星川清孝『歴代中国詩精講』（学燈社、一九五四年）、斯波六郎・花房英樹『文選』（筑摩書房、一九六三年）、目加田誠『中国詩選二』（社会思想社、一九七一年）、『漢魏南北朝詩選注』（［辛志賢執筆］北京出版社、一九八一年、漢詩の項）、夏伝才主編『中国古典文学精粋選読』（語文出版社、一九九五年）など。

第二、第三の解釈にもなお次のような問題が残る。

「盈」とは、『説文解字』に「満《タス》レ器《ヲ》也」とあるように、器に物を満たす、あるいは、物が満ち溢れるの意がその原義であり、「盈盈」に清く且つ浅いという意味を求めることが、難しいことである。「盈盈」の初出の例はこの「古詩十九首」（「青青河畔草」と「迢迢牽牛星」の二詩）の二例であり、「盈盈」に清く且つ浅いという意味をあてたのは、前の「河漢清且浅」という句との繋がりからきたものと推測される。〝望文生義〟（字面の意味にのみ依拠してこじつけの解釈をする）の嫌いがあることになる。かと言って、盈の原義を重んじて、水の満ち溢れる貌と取ると、前の句の「清くして且つ浅し」と齟齬《そご》することとなってしまう。

第四は、このような問題があるためか、現在では、「迢迢牽牛星」の「盈盈」を「清澈《ノ》貌、晶瑩《えいノ》貌」（『漢語大詞典』）のように澄み切っている・きらきらとしているの意味に取るものもある（林庚等篇『中国歴代詩歌選』上篇（一）人民文学出版社、一九六四年、『辞源』修訂本、第三冊　商務印書館、一九八一年、羅竹風主編『漢語大詞典』七、漢語大詞典出版社、一九九一年など）。

しかし、この場合も唐宋の詩詞などの用例が根拠となっており、十分な説得力があるとは言い難い。曁南《きなん》大学中文系中国古代文学教研室編著『中国歴代詩歌名篇賞析』（湖南人民出版社、一九八三年）も論拠は示さないが、同じ解釈。

ここでは、「盈盈」を初例である「古詩十九首」の、そのどちらの例にも共通の解釈で対応ができ、且つ言葉の意味の上からも妥当性があると思われる「端麗な、端麗な（ひと）」の意、と取り、この句を「端麗な織女が一筋の川に隔てられて」の意に取っておくこととする。

10 **脉脉**　見交わすこと。『文選』李善注に「『爾雅』《ニ》（逸文）曰《ハク》、脈脈《ハ》、相視《ヒル》也。郭璞《かくはく》曰《ハク》、脈脈《ハ》、謂《フ》二相視《ヒル》貌《ヲ》一也」とある。

通　釈

沼沼たる牽牛星

天の川の向こう　光り輝く牽牛星。（牽牛郎を想い慕いつつ）白く輝くのは織女星。

ほっそりとしたその白い腕を頻りに動かして、サッサッと機の杼《ひ》を操りながら、機《はた》を織っている。

（しかし、牽牛郎を想って心が乱れ）一日たっても文様は織りあがらない。ただ涙が雨のように流れ落ちるばかり。

天の川は清く澄んでいてしかも浅い。二星（二人）はこの川に隔てられてはいるが、それほど離れているわけではない。

美しい織女は一筋の川に隔てられて、向こう岸の牽牛郎と互いに目を見交わすばかりで、親しく語り合うことも出来ないでいる。

諸説の異同

「盈盈」の意味の理解に諸説の異同がみられるが、これについては〔語釈〕参照。

備　考

その一（詩の趣旨について）

この詩も「行行重行行」と同じように、牽牛（夫）を君に喩え、織女（妻）を臣下に喩えたものだ、とする解釈が古くから行われてきた。『六臣注文選』の呂延済注に「言《フココロハ》臣有《ルモ》二才能《ニ》一不《シテ》レ得《つかフルヲ》レ事《ニ》レ君《ニ》、而為《ル》二讒邪《ざんじゃノ》所《ト》一レ隔《ツル》、亦如《タシ》三織女阻《ノはばマルルガ》二其歓情《ノヲ》一也」（臣下に才能がありながら、君主に仕えることができず、讒邪の輩に君主との間を妨げられている。ちょうどそれは、織女がその夫と愛情を交わすのを阻まれているようなものである）とある。他の六臣、張銑《ちょうせん》・呂向・劉良も基本的に同じ解釈を取っている。このような、臣下が君主に忠を尽くすことの叶わぬことを託喩したものとする解釈は、君臣関係を社会統治の基盤とした時代――清朝末まで――基本的に広く支持されてきた。

元《げん》の劉履《りゅうり》は、その著『風雅翼』「選詩補注」において、この詩の趣意を「臣有《ニリ》二才美一、善《シ》二於治《ムルニ》一レ職《ヲ》、而《レドモ》君不二信用《セ》一、不レ得《テ》三以尽《クスヲ》二臣子之忠《ヲ》一、猶《ホ》乙織女有《ニリテ》二皎潔繊素之質一、勤《ムルモ》二於所《ニ》一レ事《フル》、不甲レ得《ルガ》下与《と》二牽牛一相親《ヒシミテ》以尽《クスヲ》中夫婦之道《ヲ》上也」（臣下にその職責をよく果たすことの出来る優れた才が有りながら、君主に信頼・任用されず、臣下としての忠を尽くすことが出来ないでいるのは、ちょうど織女が、貞潔で飾り気のない質を持ち、女としてまた妻として勤めながら、牽牛と夫婦の道を尽くせないでいるのに似ていることを言う）としている（四庫全書本）。明の閔斉華も「此《レ》以《テ》二夫婦《ヲ》一喩《フ》二君臣《ニ》一、言《フココロハ》臣不《ルハらレ》レ見《ル》レ知《ニ》二於君一、猶《ホ》三織女阻《ノマルルガ》二其歓情《ヲ》一也」（これは夫婦を君臣関係に喩えたものであり、臣下が君主に認められないのは、織女が夫婦の情愛を阻まれているようなものである）という（『文選瀹注《やくちゅう》』崇禎甲戌三月銭謙益序刊）。

清の呉淇もほぼ同じように「此《レ》蓋《シ》臣不《ルノ》レ得《ラレ》二於君《ニ》一之詩《ナリ》、特借《ニリテ》二織女《ヲ》一為《ス》レ寓《ト》」（この詩は臣下が君主の信を得られないことを述べた詩であろう。特に織女を借りて寓意したのである）」という（『（六朝）選詩定論』）。

このような読詩の流れの中にあって、明代の張鳳翼は、君臣関係を託喩したものとはみず、「婦人雖《ドモ》レ欲《スト》レ勤《メント》二于織祍《しょくじんニ》一而思《シテ》三念其夫《ノヲ》一、不レ能《ハ》レ成《スヲ》レ章、可《クモ》レ望而不《ム》レ可《カラ》レ親《シム》、故有《ニリ》二是詩《ノ》一」（婦人は機織りに勤めようとはするのだけれど、その夫を思うあまり、身が入らず、布が織り上がらない。夫を望み見ることは出来ても、これに親しむことは出来ない。そのためこの詩が出来たのである）という（『文選纂註評林』六、明・万暦庚辰［八年（一五八〇）］秋日、張鳳翼序、無刊記）。

純粋に婦人の情を述べたものとしているわけであり、この時代にあって男女の情愛をそのままに認めようとしている点で、他の注解とは際だった違いをみせている。恐らく、これには注釈をした張鳳翼の、劇作者としての男女の愛情に対する理解の深さ、及びその価値観を支える戯曲の観衆の目が関わっているに違いない。

なお、こうした君臣関係を仮託したものとして古詩を読もうとすることに対して、今人劉大白は強い反感・疑問を抱き、「この『託男女以寓君臣（男女のことに託して君臣関係を寓喩する）』という先入観は、誠に中国の旧文学中にある抒情詩（を葬り去ってきた）墳墓である。もし中国の旧文学を整理して、旧体の抒情詩のミイラに日の目を見させようとするならば、どうしてもこの先入観という古墓を掘り返さなければならない。抒情詩を含んでいる（『詩経』）国風や「古詩十九首」の類は、これを古墓の中から掘り出してきて、その抒情の霊魂を呼び覚まさなければならない」（「従古墓中掘出抒情詩」『旧詩新話』開明書店、一九二九年版影印、北京市中国書店、一九八三年）と強い口調で述べている。

現代では、夫婦の情愛を述べたものと取るのが普通である。

その二（作者について）

この詩は梁・陳、徐陵編『玉台新詠』巻一には前漢の枚乗作「雑詩九首」のなかの一首として収録されており、作者は枚乗である可能性もある。しかし、『文選』二九雑詩上、「古詩十九首」李善注に、「並《ビニ》云《フ》二古詩《ト》一、蓋《シ》不レ知《ラ》二作者《ヲ》一、或《ヒト》云《フ》二枚乗《ト》一、疑《フラクハ》不《ラン》レ能《ハ》レ明《ニスル》也。詩云《フ》『駆《ルト》二馬《ヲ》上東門《ニ》一』又《タ》云《フ》『遊三戯《スト》宛与《ト》レ洛《ニ》』此《レ》則《チ》辞《ハ》兼《ネ》二東都《ヲ》一、非《ザルコト》二尽《ク》是《レ》乗《ニ》一明《ラカナリ》。昭明《ハ》以《テ》レ失《フヲ》二其《ノ》姓氏《ヲ》一、故《ニ》編《シテ》在《リ》二李陵之上《ニ》一」（すべて古詩といっているのは、作者不詳であるからである。ある人は枚乗の作と言うが、恐らく証明することは出来ないであろう。詩に「馬を上東門に駆りて」〈第十三首〉といい、また「宛と洛とに遊戯す」〈第三首〉という。ここには東都洛陽〔後漢の都〕のことも歌われており、「〈古詩十九首のすべてが枚乗の作とは限らないことは明らかである。昭明太子は〈これ等の詩の〉作者の姓氏が分からなかったので、李陵の〈詩〉の前に置いたのである）とある。

また、劉勰《りゅうきょう》『文心雕龍』「明詩」篇に「又《タ》古詩《ハ》佳麗、或《イハ》称《スルモ》二枚叔《ト》一（叔は枚乗の字）、其《ノ》孤竹《ノ》一篇《ハ》（「古詩十九首」其の八）、則《チ》傅毅《ふき》之詞《ナリ》」ともあり、古来定論を見ないところである。今は暫く通説に従い、無名氏の作としておくこととする。

その三（七夕伝説について）

天の川に隔てられている牽牛星と織女星とが一年に一度、（七月七日にのみ）逢うことが許されるという、いわゆる七夕伝説が、いつ頃どのように形成されたかについては、今日でもなお十分には明らかでない。

『詩経』小雅「大東」には、「維《レ》天《ニ》有《リ》レ漢、監《みレバ》亦《タ》有《リ》レ光、跂《きタル》彼《ノ》織女、終日七襄《ス》。雖《いへドモ》三則《チ》七襄《スト》一、不レ成《サ》二報章《ヲ》一。睆《かんタル》彼《ノ》牽牛、不レ以《ツテセ》レ服《ひクヲ》レ箱《ヲ》」（空には天の川が薄く光り輝きながら流れ、三ツ星の織女星は一日に七更を動くけれども、文模様《あやもよう》を織りなすことはない。光り輝く牽牛星も車の箱を牽いてはくれない）とあり、牽牛・織女の名が既に見られる。しかし、ここには上のような伝説が背景として存在していたのかどうか、確認することはできない。

「古詩十九首」の中の本篇では、二星は人格化される度合いも強く、且つ情緒性豊かに描かれている。ただ、伝説の核心部分——川を渡って相逢う——ということはなく、これをもって七夕伝説の確立とは為しがたい。

二星が川を越えて相逢うということについては、『白孔六帖』九四、鵲の条に、『淮南子《えなんじ》』「烏鵲塡《うヅメテ》レ河成《ヲ》レ橋渡《シ》二織女《トス》一」（鵲が川をうずめて橋を形成し、織女を渡す）とあるのを引くが、この文は現行の『淮南子』には見えず、いわゆる逸文である。もしこの文が当初の『淮南子』にあったとすれば、前漢の初めには既に二星相逢伝説が形成されていたことになる。逸文であるところに問題が残る。

やや下って、魏の文帝、曹丕《そうひ》の「燕歌行」には、「明月皎皎《トシテ》照《ラス》二我牀《ガヲ》一、星漢西流《ニレテ》夜未《ダ》レ央《つキ》、牽牛織女遙《カニ》相望《ヒム》、爾独《なんぢひとり》何辜《ノつみアリテカ》限《ラルル》二河梁《ニ》一」（明月の白い光は私の寝台にさし込んでいる。天の川は西の空に傾き、まだ夜も明けてはいない。牽牛と織女は天の川越しに遥かに見つめ合っているばかり。一体あなたたちだけ、何の罪があっていつも橋を渡れないの？）」（『文選』二七）とあり（なお、原文「河梁」の梁はそえ字とみて、「河梁」を河、〝天の川〟として読む説もある）、またその李善注に曹植の「九詠注」を引き、「牽牛為《ハたり》レ夫、織女為《ハリ》レ婦、織女牽牛之星各《ハ》〻処《をり》二一旁《ニ》一、七月七日得《えタリ》二一《タビ》会同《スルヲ》一矣（牽牛は夫であり、織女はその妻である。二星はそれぞれ〈川〉の片方にいて、七月七日だけ逢う事が出来るのである）」とある。

この「九詠注」は、『文選』の他の作品、曹植「洛神賦」、謝恵連「七月七日夜詠《ム》二牛女《ヲ》一一首」の李善注にも、ほぼ同文が引用されている。この「九詠注」の文について、小尾・富永・衣川著『文選李善注引書攷證』上巻（研文出版、一九九〇年）「燕歌行」の部分に、「疑《フラクハ》是《レ》自注《ナランか》乎」と指摘する。

袁行霈「迢迢牽牛星」（前掲『漢魏六朝詩鑑賞辞典』）では、「迢迢牽牛星」の詩や、曹兄弟の作品等から、牽牛・織女の物語は、およそ後漢末から魏にかけての間に形成されたとされる。「九詠注」が曹植の自注として疑いのないものであるならば、袁説は従うべきものと思われる。

なお、七夕説話については、森三樹三郎『支那古代神話』（大雅堂、一九四四年）、出石誠彦『支那神話伝説の研究』（中央公論社〈増補改訂版〉、一九七三年）、小南一郎『中国の神話と物語り』（岩波書店、一九八四年）、中村喬『中国歳時史の研究』（朋友書店、一九九三年）等の関係章節に詳述されている。

七夕伝説の日本への伝来とその変容については、小島憲之『上代日本文学と中国文学　中』（塙書房、一九六四年）「七夕をめぐる詩と歌」に、日中双方の詩歌が比較対照されて論述されている。その中では中国の詩に表現されている織女星と『万葉集』に歌われている織女星の行動の違いが指摘されており、興味深い。

中国の織女星については、「行動を起すのが織女星であり、逢会の後帰途につくのもこの星であった。暁近き別れに於て、共寝のうるわしい寝床を幾度もかへりみ、女星の車をさびしく追ふのはほかならぬ彦星である」（注、仮名遣い原文のまま。漢字は常用漢字に変えてある、以下同じ）と、また、『万葉集』中のそれについては、「万葉の織女星は、夜河を徒歩で渡ったり、夜船を漕いで霧のこめた対岸へ辿りつく、彦星を迎へるつつましい女星であった」と指摘されている。

なお、「鵲の橋」を歌う作品が、我が国上代の漢詩集『懐風藻』にありながら、和歌にはすぐには歌われず、平安朝中後期の『拾遺集』『詞花集』になって初めて歌われた、という指摘もある（松浦友久『中国名詩集―美の歳月』朝日新聞社、一九九二年）。

（田中　和夫）

0 行行重行行　行《ゆ》き行《ゆ》きて重《かさ》ねて行《ゆ》き行《ゆ》く

（古詩十九首　其の一）

1 行行重行行　行《ゆ》き行《ゆ》きて重《かさ》ねて行《ゆ》き行《ゆ》く
2 與君生別離　君《きみ》と生《い》きながら別離《べつり》す
3 相去萬餘里　相《あ》ひ去《さ》ること万余里《ばんより》
4 各在天一涯　各《おの》おの天《てん》の一涯《いちがい》に在《あ》り
5 道路阻且長　道路《だうろ》　阻《そ》にして且《か》つ長《なが》し
6 會面安可知　会面《くわいめん》　安《いづ》くんぞ知《し》るべけん
7 胡馬依北風　胡馬《こば》は北風《ほくふう》に依《よ》り
8 越鳥巣南枝　越鳥《ゑつてう》は南枝《なんし》に巣《す》くふ
9 相去日已遠　相《あ》ひ去《さ》ること日《ひび》に已《すで》に遠《とほ》く
10 衣帶日已緩　衣帯《いたい》は日《ひび》に已《すで》に緩《ゆる》やかなり
11 浮雲蔽白日　浮雲《ふうん》　白日《はくじつ》を蔽《おほ》ひ
12 遊子不顧返　遊子《いうし》返《かへ》るを顧《おも》はず
13 思君令人老　君《きみ》を思《おも》へば人《ひと》をして老《お》いしむ
14 歳月忽已晩　歳月《さいげつ》　忽《たちま》ち已《すで》に晩《く》れぬ
15 棄捐勿復道　棄捐《きえん》せらるるも復《ま》た道《い》ふ勿《な》からん
16 努力加餐飯　努力《どりよく》して餐飯《さんぱん》を加《くは》へよ

テキスト　逯《りょく》欽立《きんりつ》輯校『先秦漢魏晋南北朝詩』（漢詩一二一（上―329）（中華書局、一九八三年）◆『李善注文選』胡克家景宋刊本（芸文印書館影印）◆『六臣註文選』明州刊本（日本足利学校伝来本）◆『六臣注文選』二九（四部叢刊本）◆『玉台新詠』（欽定四庫全書本、集部八巻一◆『玉台新詠』（四部叢刊本）◆『玉台新詠』（明、趙寒山覆刻、宋、陳玉父本）◆清、呉兆宜『玉台新詠箋注』（中華書局、一九八五年）◆『太平御覧』四八九人事部一八〇、別離（四部叢刊三編子部）◆魯《ろ》訔《ぎん》編次、蔡夢弼《さいぼうひつ》会箋、『草堂詩箋』（鍾仕良何献墀捐資助刊）◆『西山先生真文忠公　文章正宗』二二上（四部叢刊広編）◆羅振玉『鳴沙石古籍叢残』（民国六年〔一九一七〕上虞羅氏景印、宣統丁乙一〇月跋）「類書残巻」、「古類書」送別の部、「胡越」の条（詩の第一句より第一〇句まで）◆馮惟訥彙編『古詩紀』二〇（文枢堂蔵板）◆『白孔六帖』二、風の部、「馬」所引（欽定四庫全書・子部一一、第八九一冊）◆謝維新撰『古今合璧事類備要、続集』四六（欽定四庫全書、子部、同上第九三九冊）◆欧陽詢撰『芸文類聚』二九、人部一三、別の上（上海古籍出版社、一九八二年）◆張玉穀『古詩賞析』四（冨山房、

一九七六年増補版、漢文大系本）

校語

4**天一涯**　明州刊本『六臣注文選』（足利学校伝来本）に「善本作一天涯」とあり、四部叢刊本『六臣注文選』には「善作一天涯」となっている。但し、胡古本『李善注文選』には「天一涯」となっている。『芸文類聚』には「一天涯」に作り、『鳴沙石古籍叢残　古類書』送別の部、「胡越」の条には「一天崖」に作る。『草堂詩箋』「成都府」詩中の句「忽在天一方」の注には「古詩、各在天一方」とある。

6**安可知**　『鳴沙石古籍叢残　古類書』『太平御覧』四八九、人事部一八〇、別離所引には「知」を「期」に作る。

7**依**　『太平御覧』（同前）に「晰」に作る。『玉台新詠』（四部叢刊本、趙寒山覆刻宋陳玉父本、四庫全書本）、『玉台新詠箋注』、『草堂詩箋』「白沙渡」詩中の句「我馬向北晰」の注、及び『白孔六帖』すべて「晰」に作る。晰はいななくの意。『鳴沙石古籍叢残　古類書』及び『李善注文選』一六「嘯賦」注には「思」に作る。

12**不顧返**　『六臣注文選』（明州刊本、四部叢刊本）、馮惟訥『古詩紀』二〇、紀容舒『玉台新詠考異』（畿輔叢書）二に「不顧返」に作る。『李善注文選』、『玉台新詠』（陳玉父本、四庫全書）、『芸文類聚』には「不顧反」に作る。『玉台新詠』（四部叢刊本）には「不復返」に作る。

15**棄**　『李善注文選』、『芸文類聚』には「弃」に作る。「棄」の古字。

捐　『李善注文選』、『六臣注文選』（明州刊本、四部叢刊本）、『玉台新詠』（四部叢刊本）、『文章正宗』二二上、『太平御覧』には「捐」に作る。「捐」は「捐」の俗字。

16**努**　『太平御覧』に「弩」に作る。形訛。

餐　『太平御覧』『古今合璧事類備要　続集』四六に「湌」に作る。「飡」の俗字。『玉台新詠』（四部叢刊本、四庫全書本）では「飱」に作る。「飡」の俗字。『玉台新詠』（陳玉父本）には「飡」に作る。

詩型・韻字

五言古詩。離《り》・涯《がい》*・知《ち》・枝《し》（上平声支佳韻*（支佳韻*）、漢代ではすべて支部、なお『広韻』は支韻にも「涯」を収録）／緩《くわん》*・返《はん》・晩《ばん》・飯《はん》（上声阮旱韻*（阮緩韻*）、漢代ではすべて元部）。換韻。

語釈

1**行行重行行**　「行行」とは「行（行く）」という動詞を重ねて、その語気を強めたもの。止まらずに行き続け、旅を続けること。「行行《こうこう》」と訓んでもよい。張玉穀『古詩賞析』（漢文大系本）に「重《ネテ》行《キ》行《クトハ》、言《フ》二行《キテ》之不《ルヲ》レ止《マラ》一」とある。句全体で、旅人が旅を続け、ますます遠くに行ってしまうことをいう。呉淇『（六朝）選詩定論』（雨蕉斎蔵板）巻四に「首句連《れん》二畳《じようシ》四箇行字《ノ》一《ヲ》、中《ニ》但《たダ》以《ツテ》二一重《ちようノ》字《ヲ》一介《はさムハ》レ之《ニ》、極《ヲ》二字《スルナリ》（言葉を尽くして述べる）其《ノ》遠《ザカルヲ》一」とある。

2**生別離**　互いに生きていながら別れ別れになること。『楚辞』九歌「少司命」に「悲《シキハ》莫《なク》レ悲《シキハ》二兮生別離《ヨリ》一、楽《シキハ》莫《なシ》レ楽《シキハ》二兮新相知《ヨリ》一」とあるのを踏まえる。ここでは、再会の可能性が極めて少ない生き別れをいう。近人馬茂元は、「并非指人生一般的別離、而是有別后難以再聚的涵義、因而是最可悲的（これは決して人生における普通一般の別離を指しているのではなく、別れたあと再会することがむずかしい、という意味を含んでいる。だから最も悲しみが深いのである）」（『古詩十九首初探』陝西人民出版社、一九八一年）とする。

この「生別離」について、川合康三は「生別離はふつう死別と対比された生き別れの意味に解されているが、『琴操』の中で、夫の死を悲しんで作られた杞梁の妻の歌にも〝悲しみは生別離より悲しきは莫し〟とみえる。のちの元曲などには〝生〟が〝むりやり〟〝無理無体に〟の意味で使われているが、ここでもその方向で読みたい」とし、無理やりの別れ、と解している（興膳宏・川合康三『文選』角川書店、一九八八年）。

4 **天一涯**　涯は、はての意。魏の張揖《ちょうゆう》『広雅』に「涯、方也《ナリ》」（『文選』李善注所引）とある。「天の一涯」で天の一方の意。但し、現行本『広雅』には「涯」の字は見当たらない（周法高編『広雅索引』香港中文大学出版社、一九七七年）。但し、『広雅』釈詁に「厓、厲《ハ》、方也《ナリ》」とあり、王念孫『広雅疏證』に「涯《ハ》与《と》レ厓通《ズ》」とある（『爾雅・広雅・方言・釈名　清疏四種合刊』一九八九年六月、上海古籍出版社）。

なお、「涯」には三種の読音があり、(1)音宜（yí）、支韻、(2)音牙（yá）、麻韻、(3)音崖（yái）、佳韻があるが、ここでは第一の音、支韻で読まれる（王力主編『古代漢語』（修訂本）（中華書局、一九八六年）第四冊、常用詞「涯」字項、及び同書「古詩十九首」）。

5 **阻且長**　阻は道が険阻であること、けわしいこと。長は距離があること。『詩経』秦風・「蒹葭《けんか》」に「溯《そ》回《かいシテ》従《ハントスレバ》レ之《ニ》、道阻《ニシテ》且《ツ》長《シ》」（流れをさか上って之［＝所《ノ》レ謂《おもフ》人］に従っていこうとすると、道はけわしくてかつ遠い）とあるのを踏まえる。それによってどうしても思う人に近づけない内心の葛藤・あせりを述べる。

7 **胡馬**　胡馬は北方胡《えびす》の地に育った馬。『文選』李善注に「『韓詩外伝』《ニ》曰《ハク》、『詩』《ニ》曰《ハク》、〝代馬《ハ》（代の地、今の山西省北部に産する馬、またその地に育った馬）依《より》二北風《ニ》一、飛鳥《ハ》棲《ム》二故巣《ニ》一〟、皆不《ル》レ忘《レ》レ本《ヲ》之《の》謂《いヒ》也」とある（ただし、現行四部叢刊本『韓詩外伝』にはこの部分、残されていない。北海道中国哲学会『韓詩外伝索引』東豊書店、一九八〇年）。依は依恋（懐かしく思う、慕わしく思う）の意（余冠英『漢魏六朝詩選』一九五八年一〇月初版、一九七八年一二月、人民文学出版社第二版）。あるいは身を寄せるの意。「依」を「嘶」（いななく）に作るテキストもある（〔校語〕参照）。

李周翰（『文選』六臣注の注者の一人）は、「胡馬《ハ》出《デ》二於北《ヨリ》一、越鳥《ハ》来《タレバ》二於南《ヨリ》一、依二望《シ》北風《ニ》一、巣二宿《ス》南枝《ニ》一。皆思《フ》二旧国《ヲ》一」（『六臣注文選』明州刊本、汲古書院影印）、という。「依」とは（北風の方に）向かって身を寄せるといった意。

8 **越鳥**　越の地に育った鳥。越は南方越の地。現代の浙江省一帯を指す。

「胡馬依北風、越鳥巣南枝」の両句は、漢代の他の作品にも類似の表現がある。たとえば『塩鉄論』三「未通」篇に「故代馬《ハ》依《リ》二北風《ニ》一、飛鳥《ハ》翔《とブ》二故巣《ニ》一、莫《なシ》レ不《ルハ》レ哀《シマ》二其生《ヲ》一」、『呉越春秋』四闔《こう》閭《りょ》内伝に「胡馬《ハ》望《ミテ》二北風《ヲ》一而立《チ》、越燕《えんハ》（＝燕）向《ツテ》レ日《ニ》而熙《よろこブ》、誰《カ》不《ざラン》下愛《シ》二其《ノ》所《ヲ》レ近《ヅク》、悲《したハ》中其《ノ》所《ノ》レ思《フ》者《ヲ》上乎《や》」（四部叢刊本・四庫全書本）

とある。

朱自清は五言古詩は楽府から変化発展して出来たものだと考え、楽府においてはこのような情緒纏綿とした口調は、だいたい家に在る者が旅をしている者を思う作品にみられるもので、この詩の主人もおそらく「思婦（遠出の人を思う婦女）」であろうとした上で、この二句の比喩を上記の『韓詩外伝』『塩鉄論』『呉越春秋』と関連づけて次のようにいう。

「本を忘れず」というのは、旅人（夫）が故郷を忘れないようにと望むことであり、「其の生を哀しむ」とは夫が天涯で飄泊の生活を送っているのを哀れみ悲しんだものであり、「同類相親しむ」（注、朱自清の引用した『呉越春秋』では「誰不愛其所近、悲其所思者乎」が「同類相親之意」となっている）とは夫が故郷の親戚知友、乃至は家にあってあなたを心配している妻であるこの私のことを忘れないでほしいと願ったものである。たとえ旅にある人が故郷に帰りたいと思わなくとも、妻はなお彼に帰ってほしいと願うのである。互いによく知っているこの二句の比喩を用いて、動物ですらこうなのに、ましてや人においてはなおさらのことでしょう、というのである。慰めであると同時に願望でもある（朱自清「古詩十九首釈」、『国文月刊』一九四一年第六〜九、一五期連載。『朱自清古典文学専集之一、古詩歌箋釈三種』、上海古籍出版社、一九八一年に再録。後者による）。

この両句の比喩は、後世の文人達に重んじられ、陸機「贈《ル》㆓従兄車騎《ニ》㆒」の「孤獣《ハ》思《ヒ》㆓故藪《ヲ》㆒、離鳥《ハ》悲《シム》㆓旧林《ヲ》㆒」、陶淵明「帰《ル》㆓田園《ノ》居《ニ》㆒」（其一）の「羈鳥《きちょうハ》恋《ヒ》㆓旧林《ヲ》㆒、池魚《ハ》思《フ》㆓故淵《ヲ》㆒」、謝霊運「晩《ニ》出《ツ》㆓西射堂《ヲ》㆒」の「羈《き》雌《しハ》恋《ヒ》㆓旧侶《ヲ》㆒、迷鳥《ハ》懐《フ》㆓故林《ヲ》㆒」などは、類似の句作りと考えられる（詹安泰ら『中国文学史』第九章先秦・両漢部分。高等教育出版社、一九五七年初版、一九六三年）。

「行行重行行」に始まるこの詩は、『文選』に収められている「古詩十九首」中の第一首であるが、南宋の厳羽による『滄浪詩話』「考証」篇には、「古詩十九首《ノ》、行行《キキテ》重《ネテ》行行《キクハ》、玉台作《ニル》㆓両首《ニ》㆒。自《より》㆔越鳥巣《すクフ》㆓南枝《ニ》㆒以下、別為《ニス》㆓一首《ト》㆒。当《まさニ》《ベシ》㆓以《テ》㆑選《ヲ》（『文選』のこと）為《ス》㆑正《ト》」とある。清の孫志祖『文選考異』二（百部叢書集成、芸文印書館印行）「古詩」に「厳羽詩話《ノ》称《いフ》㆛玉台新詠《ニハ》以《テ》㆘越鳥巣《クフ》㆓南枝《ニ》㆒以下《ヲ》㆖、另《べつニ》為《スト》㆚一首《ト》㆙。然《レドモ》宋本玉台新詠二八実《ハ》不《ず》㆔另《ニ》為《サ》㆓一首《ト》㆒」という。確かに明の趙寒山覆刻宋陳玉父本『玉台新詠』には「越鳥巣南枝」以下を分けることはせず、「行行重行行」より「努力加餐飯」までを一首としている。

厳羽に指摘されている宋本との関係は明確ではないが、四部叢刊本『玉台新詠』（明、五雲渓館本）は「行行重行行」から「越鳥巣南枝」までを一首とし、「相去日已遠」から「努力加餐飯」までを一首としている（厳羽の指摘する宋本とは、分け方が一行異なることになる）。

なお、四庫全書本『玉台新詠』、乾隆三九年刊行の程琰刪補本を底本とした呉兆宜『玉台新詠箋注』、（中華書局、一九八五年）はともに前後に分けずに、一首としている。脚韻の面から見れば、「越鳥巣南枝」までと後半部とでは韻が異なっている。

この詩の作者については、無名氏とするもの（『文選』）、前漢の枚乗とするもの（『玉台新詠』）がある。

9 相去日已遠　この句の「遠」は距離的な意味―遠く隔たるの意味と時間的に久しくなってしまったの両意が含まれているのであろう（北京大学中国文学史教研室選注『両漢文学史参考資料』に、「言《いフココロハ》相《ヒ》離《ルルコト》愈《いよいよ》隔《タリ》愈《いよいよ》久《シ》」、とする）。清朝の張庚は「遠」は時間的な意味であることを強調している。「遠字《ノ》若《シ》作《セバ》ニ遠近之遠《ト》一、与《と》ニ上文《ノ》相去《ヒルコト》万余里一複《ス》（重複する）矣。惟《たダ》相去《ヒルコト》久《シ》、故《ニ》思《モ》亦《まタ》久《シ》、以《テ》衣帯緩《ゆるム》。帯緩《ムハ》即《チ》伏《ス》ニ下《ノ》加餐《ヲ》ニ」（芸海珠塵本『古詩十九首解』）

一方、近人余冠英は日一日と遠ざかって行くの意にとっている（『漢魏六朝詩選』）。

この句と次の句の両句「相去日已遠、衣帯日已緩」には、古楽府に類似の句「離《ルルコト》レ家《ヲ》日《ひびニ》趨《おもむキ》レ遠、衣帯日《ひびニ》趨《ク》レ緩《ニ》」のあることが指摘されている（『文選』李善注）。

11 浮雲蔽白日　直接的には浮雲が太陽を覆い隠しているの意であるが、この句の表現には政治的背景があるとみて読むのが、『文選』注以来の読み方である。

『文選』李善注には「浮雲之蔽《おほフ》ニ白日《ヲ》一、以《テ》喩《たとフ》三邪佞《じゃねい》之毀《そしルニ》ニ忠良《ヲ》一。故《ニ》遊子之行《キテ》不《ざルナリ》レ顧《おもハ》レ反《かえルヲ》也」（顧反の訓《よ》みについては次の〈語釈〉参照）と言い、『文子』や『新語』などを引用して、それらの表現の共通性を指摘している。

（伝）辛銒《しんきん》『文子』ニ（上徳篇）曰《ハク》、「日月欲《スルモ》レ明《ナラント》、浮雲蓋《おほフト》レ之《ヲ》」。陸賈『新語』ニ（慎微篇）曰《ハク》、「邪臣之蔽《おほフハ》レ賢《ヲ》、猶《なホ》三浮雲《ごとシト》之鄣《ふさグガ》ニ日月《ヲ》一」。「古楊柳行」ニ曰《ハク》、「讒邪《ざんじゃ》害《シ》ニ公正《ヲ》一、浮雲蔽《フト》ニ白日《ヲ》一」、義与《と》レ此同《ジ》。

この詩句は君主に仕える臣下間の権力闘争を背景として作られたものと見ているのがわかる。もちろん退けられた側の臣下の思いが述べられていることになる。そして白日が忠良の臣（あるいは賢臣）、浮雲が邪佞の臣に喩えられていると見なせよう。李善はこの句をおおよそ、「あの邪佞の輩《やから》が忠良な臣下であるこの私を誹り、私の正しい意見を覆い隠してしまっている」といった意味に解しているのであろう（『文子』『新語』等にも照らし合わせた）。

浮雲、白日の比喩については、①「白日」を「遊子」に、「浮雲」を「邪臣・讒間《ざんかん》の臣」に喩えたものとするものに、さらに呉淇《ごき》『選詩定論』、張庚『古詩十九首解』などがあり、②「白日」を「君主」、「浮雲」を「邪臣」（あるいは邪臣の讒言《ざんげん》）を喩えたものとするものに、劉良（『六臣注文選』の六臣の一人）、劉履「古詩十九首旨意」、閔斉華《びんせいか》『文選瀹注《やくちゅう》』（崇禎甲戌三月銭謙益序本）、夏伝才主編『中国古典文学精粋選読（上）』（語文出版社、一九九五年）などがある。

現代では、こうした政治的背景をもったものとして読もうとすることは少なくなり、個人的な夫婦間の思いを述べたものととるのが主流となっている。

近人馬茂元は「我国の古代封建社会においては、君臣の間の関係は夫婦の間の関係と観念上、一致していた」とした上で、「白日」は君主を隠喩したもので、ここでは遠遊している夫を指しているとし、「浮雲」は、その夫に新しい恋人ができたのではないかと思いめぐらした（その仮想の）恋人で、そのような夫婦間の愛情の妨げをなすものの象徴とみている（『古詩十九首初探』）。

褚斌傑《ちょひんけつ》はこの前後の文脈を、

「相去日已遠、衣帯日已緩」と夫人自らの夫への強い愛情を意を尽くして述べ、それと同時にその夫への深い思いが「浮雲蔽白日、遊子不顧返」という猜疑を引き出したもので、彼女は夫が久しい間、別れたままで帰って来ないのは、私以外に好きな人ができたのではないかしら、と心配しているのである。このような状況においてこうした感情を表わすのは女性特有の心理である（『中国文学史綱要』先秦・秦漢文学篇「古詩十九首的思想和芸術」、北京大学出版社、一九八七年）。

と解説している。

一方、小川環樹は、漢魏以来六朝を通じて、行く雲を眺めて親しい者の上に思いを馳せるという言い方に多くの類例があり、広く詩人の愛好する表現であった、といい、このような巨視的な観点から、この「浮雲蔽白日、遊子不顧返」について、次のように言っている。

恐らく空閨を守る妻が空をただよい行く雲がふと太陽の輝きをおおいかくすのを見て、遠くに在る夫の上を思うというのであって、李善注の「浮雲の白日を蔽うは以て邪佞《じゃねい》の忠良を毀《そし》るに喩う、故に遊子の行いて顧返せざるなり」との解は詩意を得ないとおもわれる。重点は日よりも雲の方にあるであろう（『風と雲―中国文学論集―』朝日新聞社、一九七二年）。

12 **遊子不顧返**　不顧返に三通りの解釈がある。①顧は念（おもう）の意味で、「返《かえ》るを顧《おも》わず（帰ろうと思わない）」ととるもの、②顧返は返顧のことで、「顧返せず（振り返らない）」ととるもの、③顧、返は同義複詞で、顧は還《かえ》る・帰るの意味で、「顧返《かえ》らず（帰らない、帰ろうとしない、または帰れない）」ととるものがある。

『文選』李善注に「鄭玄毛詩箋曰、顧念也」とある（「顧」を「念」と読む鄭箋は、小雅「正月」篇、商頌「那《だ》」篇の鄭箋）。第一の読みと考えられる。劉履『古詩十九首集釈』、張庚『古詩十九首解』、余冠英『漢魏六朝詩選』、北京大学中国文学史教研室『両漢文学史参考資料』など。

第二の解をとるものに呉淇『（六朝）選詩定論』（前引）がある。「顧返猶《なホ》言返顧。遊子日《ひび》遠、豈《あ》敢《あへ》望其帰家。求其一返顧而不可得。其情更苦」（顧返は返顧というのにほぼ等しい。旅人は日ごとに遠く離れてしまい、どうして家に帰りたいなどと思ったりしようか。ちょっと振り返り見たいと思っても［讒人に蔽《おお》われてしまい］、（それさえできない。その気持ちにはさらに苦しいものがある）とする。斯波六郎・花房英樹『文選』（筑摩書房、一九六三年）に「遊子　顧返《かえりみ》せず」と訓読し、故郷の方をふりかえって見るのさえものうい、と訳しているのは、基本的にこの第二の解の範疇に属するものと考えられる。

第三の解、顧返は同義複詞で、顧も返も帰るの意味であるとする解釈は、近年来、特に語学者の間で有力となりつつある説である。

王念孫は「顧反」の語に「還反（帰る）」の意となる用法があることを『史記』八四「屈原伝」の文、「懐王竟《つひ》聴鄭袖、復《タ》釈《ゆるシテ》去《ラシム》二張儀《ヲ》一。是《ノ》時屈平既《ニ》疏《うとンぜラレ》、不《ず》二復《タ》在《ラ》レ位《ニ》一。使《シ》二於斉《ニ》一、顧反《シ》、諫《メテ》懐王《ヲ》一曰《ハク》、何《ゾ》不《ざル》レ殺《サ》二張儀《ヲ》一。懐王悔《イ》、追《フモ》二張儀《ヲ》一不レ及《バ》」、『呂氏春秋』「観表」篇の「郈成子《こうせいし》（魯の大夫）為《ニ》レ魯聘《ノとヒ》二於晋《ニ》一、過《グ》レ衛《ヲ》。右宰穀臣（衛の大夫）止《メテ》而觴《さけすすメ》レ之《ニ》、陳《つらヌルモ》レ楽《ヲ》而不レ楽《かなデ》。酒酣《たけなハ》而《ニシテ》送《ルニ》レ之《ニ》以《テス》レ璧《ヲ》。顧《かへ》反《ルニ》、過《よぎレドモ》而弗《ず》レ辞《セ》」などの例以下数例を挙げて論証している（『読書雑志』三、「史記第四」）。

近人郭在貽《かくざいい》は王念孫の論を踏まえつつ、さらに古詩の中にも同様の例のあることを指摘している。郭氏は王念孫の挙例のほかに、梁の劉遵《りゅうじゅん》の楽府詩「度関山」（『楽府詩集』二七、相和歌辞二）の句「行人思顧返、道別且徂徊」を挙げ、「行人思顧返」は「行人思《おも》三顧返《フルヲ》二」とは読めず、「行人思《フ》二顧返《かへルヲ》一」としか読めないとし、この「顧返」は「帰返（かえる）、回来（戻る）」の意味であるとする。このような例証を基に、古詩十九首「行行重行行」の「遊子不顧反」の「顧反」も「帰返・回来」と読むべきであるという（「温談古書的注釈」、『学術月刊』一九八〇年第一期、後に『訓詁叢稿』上海古籍出版社、一九八五年に収録）。

さらに同氏は楽府詩「東門行」（『楽府詩集』三七、相和歌辞一二）の「出東門、不顧帰」の顧も帰の意味で、「顧帰」は同義複詞であるとする。と同時に、考えを推し広げ、魏の曹植「吁嗟《くさ》篇」（『古詩源』五）中の句「驚飆《きょうひょう》接《むかヘテ》レ我出《ヲデ》、故《ス》三帰彼中田《ノ》ニ二」の「故帰」も、故は顧の〝借〟（仮借）で、「帰返」の意味であるという（「古代漢語詞義札記㈠」、一九七七年第三期『杭州大学学報』所載、のち、『訓詁叢稿』に収録）。

「顧返」「顧帰」「故帰」など両字で一語ととらえ、「故」の字も「顧」の字と同じに用いられることがあることを指摘するものに、他に蒋礼鴻『義府続貂《ぎふぞくちょう》』（中華書局、一九八七年）がある。徐仁甫『古詩別解』（上海古籍出版社、一九八四年）「古詩十九首解」も「顧返」は同義複詞とし、「遊子不顧返」は「遊子《ず》不《ず》二還返《セ》一」の意味であるとする。

王力主編『古代漢語』（修訂本）（中華書局、一九八六年第二版）第四冊、「古詩十九首」は、この解釈によっている。

なお、「遊子不《ず》二顧返《かへラ》一（遊子、顧返《かへ》らず）」と読んだ場合、一般的には、旅人は帰ろうとしない、帰ろうと（思わない）、または、旅人は帰って来ないという意味と読むべきものと思われるが、前記、郭在貽は特に、「詩意からみて、〝遊子不顧返〟は遊子不《ず》二帰来《セ》一のことであるが、帰りたいと思わないというのではなく、客観情勢として旅人は帰ることができないという意味である」としている（前引『訓詁叢稿』「古代漢語詞義札記㈠」）。これは「封建時代、旅人が故郷を思うのは人情の常である」という考えに基づくものであるが、詩句の前後関係及び全体の趣旨からみて従い難い。

ここでは、第三の解釈に基づき、旅人は帰ろうとしないの意味としてとっておく。

13 **思君令人老**　君を思うと私は歳をとってしまう。ここでいう人とは一般の人ではなく遊子を思う人。

この句は『詩経』小雅「小弁《しょうはん》」の詩「我心憂傷《シ》、惄焉《できえんトシテ》如《シ》レ擣《うツガ》、仮寐《かびニ》永歎《ス》、維《こレ》憂《ハ》用《テ》老《イシム》、……」とある「維憂用老」から換骨脱胎したものとされる（沈徳潜『古詩源』、于光華『文選集評』〔有懐堂板〕所引孫氏説、朱自清「古詩十九首釈」（『古詩歌箋釈三種』）等）。心労のあまり身体も痩せてしまい、歳をとって老《ふ》けたようになってしまうの意。

14 **歳月忽已晩** 『文選』六臣注以来の伝統的な解釈によって、前の句の君を君主ととれば、この句は、恐らくは歳月も晩《く》れていってしまい、忠義を君主に尽くすことができなくなってしまうだろう、の意にとられよう（李周翰注、「恐《ラクハ》 歳月已晩《ニくレテ》不レ得《ざランえ》レ効《いたスヲ》二忠《ヲ》於君《ニ》一」）。詩全体が夫婦間の言葉であるとみなせば、（私達に残されている）時間はあっという間に過ぎていってしまいます、といった意味。「忽」は「忽然」、「ふと気づけば……だ」、「あっという間に」。意味記号（意符・義符）が「心」であることから分かるように、「予期しなかったことに突然気づく」心理状態をいう。

15・16 **棄捐勿復道、努力加餐飯** この二句の解釈に諸説がある（〔諸説の異同〕参照）。「棄捐」には「棄捐されて（＝捨てられて）」と動詞（受身）に読むものと、「（あれこれと思い悩むのは）棄捐して（＝止めて）」と読む読み方がある。

どちらにも論拠があるが、「棄捐」の語の実例としては、『戦国策』「秦策下、孝文王」に「王（秦王孝文王）使《しム》二子《ヲシテ》（子楚、後の文信侯）誦《セ》一、子曰《ハク》、少《わかクシテ》 棄捐《セラレテ》 在《リ》レ外《ニ》、嘗《テ》無《シ》三師《し》傅《ふノ》所二教学《スル》一、不《ずト》レ習《ハ》二於誦《ニ》一。王罷《やメ》レ之《ヲ》、乃《チ》留止《セシム》」とあり、また漢の班婕妤《はんしょうよ》「怨歌行」（『楽府詩集』四二相和歌辞一七）に「棄二捐《セラレ》篋《きょう》笥《しノ》中《ニ》一、恩情中道《ニテ》絶《ユ》」とあるように、動詞として用いられているので、「棄捐せらるるも（棄てられてしまったとしても）」と読んでおく。「棄捐勿復道」で、棄てられてしまったとしても、そのことについては私はもう何も言いませんの意。

「努力」という語について、従来の諸注釈において格別の注が加えられてはいないので、通常の「努力する」「勉める」という意味で、かつ「加餐飯」にかかる副詞的用法として読まれてきたものと考えられる。しかし、近人郭在貽は、この語はここでは「努力、用力」という意味の語ではなく、現代語の「保重、自愛（どちらも相手の健康を願う、いたわりの言葉。〝どうぞご自愛ください〟の意）」に当たるものであるという。「努力」「加餐飯」は並列の関係にあり、「努力加餐飯」の句は「努力《セヨ》、加《ヘヨ》二餐飯《ヲ》一」と訓み、「どうぞお身体大切になさって、たくさんご飯を召し上がられますように」の意味であるとする。そしてその論拠として、①『敦煌変文集』一「張淮深変文」（人民文学出版社第二次印刷、一九八四年）に「努力加餐飯」の類似句「帰程保重加飡飯」の句があること、②『三国志』巻九「魏書・諸夏侯曹伝」、裴注所引「魏末伝」に「君方《ニ》到《ラバ》二并州《ニ》一、努力《セヨ》 自愛《セヨ》」とあるのは〝努力！ 自愛！〟という並列結構として読むべきであること、③おなじく『三国志』四〇「彭羕《ほうよう》伝」に「天明《ラカニシテ》 地察《あきラカナリ》、神祇《ニ》有《リ》レ霊、復何《タヲカ》 言《ハンや》 哉。貴《ぶノミ》レ使《メンコトヲ》三足下《ヲシテ》 明《ラカニセ》二僕《ガ》本心《ヲ》一耳《のみ》。行《カン》矣努力《セヨ》、自愛《セヨ》、自愛《セヨ》」とある「行矣努力」とは現代語の「別了、你要多加保重」（おさらばです、どうぞあなたはお身体を大切になさって下さい）の意味であること、④また『捜神記』一「弦超」に「各自努力《セヨ》」とあるのは「各自保重（お互い身体を大切にしましょう）」の意味であること等々（他に数例）の例が系統的に挙げられている（『訓詁叢稿』「訓詁札記」）。

「努力加餐飯」の句は、当然相手へのいたわり・おもいやりの言葉として読まれることになる。「努力」を現代語の「保重・自愛」として読む郭説は注目すべき新解釈と思われる。

しかし、「努力」を勉めての意味で、副詞的に用いられるものとして、たとえば李陵「与蘇武三首、其三」(『文選』二九)の「努力《シテ》崇《たかクセヨ》二明徳《ヲ》一、皓首以為《テサント》レ期《ト》」があること、また郭説の挙例の「努力」をすべて現代語の「保重」の意味だとすることにやや不安が感じられること、仮に「保重」の意味用法としても、それが漢代のものにまでさか上って適用できるのかどうか、また「努力《セヨ》！　加餐飯《セヨ》！」と区切ることが、リズム上やや不自然さが残りはしないかなどの点から、ここでは「努力加餐飯」の句を、相手への思いやりの語として読む従来の通説の訓みに従い、「努力して餐飯を加えよ」として読んでおく。

この句は、相手への思いやり・いたわりとして読むほかに、自らへの励ましの言葉として「努力して、餐飯を加へん(私は努めて食事をとり、身体を大切にしていましょう)」と読む説がある(「諸説の異同」参照)。

通釈

行《ゆ》き行《ゆ》きて重《かさ》ねて行《ゆ》き行《ゆ》く

あなたはひたすら旅をつづけて、ますます離れていってしまう。そして私はあなたといつまた会えるのかわからない生き別れ。私たちは互いに遠く離れ離れになって、それぞれ天の一方に住む身となってしまいました。道は険阻でしかも遠く、再びお会いすることなどどうしてあてにできるでしょうか。北の方、胡の地に育った馬は北風に向かって身を寄せ、南の方、越の地に育った鳥は、南の枝に巣をかけるといいます(動物ですらこのように、故郷を懐かしむのに、あなたは私の所に帰って来て下さらぬ)。

こうしてお別れしている日々が長くなるにつけ、私の衣の帯も日に日に緩んでいってしまいました。もしかしたら、悪い女に誘惑されてしまい、それで家に帰ろうと思わないのではないかしら。あなたのことを思って、私は身も細る思い、歳をとってしまったようです。こうしている間にも、歳月は容赦することなく、あっという間に過ぎていってしまいます。私は棄てられてしまったなどと言うのは止めましょう。どうぞあなたもお身体大切になさって下さい。

諸説の異同

異同の所在

棄捐勿復道、努力加餐飯の解釈

異同の類別

A　「棄捐」を、棄てられてしまった(かも知れない)こと、と取り、「努力加餐飯」は自分のことについて言ったもの、つまり「私は努力してしっかりと食べていましょう」の意に取るもの。訓読「棄捐せらるるも、復た道ふこと勿《な》からん(あるいは、「勿かれ」)、努力して餐飯を加へん」(「棄てられてしまったことについては、もはや何も言うまい。私はしっかりと食べて身体を大切にしていましょう」)。

B　「棄捐」についてはAと同じ、後半の「努力加餐飯」は相手に対して言ったものと取る。訓読「棄捐せらるるも、復た道ふこと勿からん、努力して餐飯を加へよ［あるいは、努力せよ、餐飯を加へよ］」(棄てられてしまったことについては、もはや何も言うまい。ただ、あなたはお身体を大切になさって下さい)」。

C　「棄捐」を「(このようなことを思い悩むのは)打ち棄て

て」の意ととり、後半の句を自分のことについて言ったものと取る。訓読「棄捐して復た道ふ勿からん、努力して餐飯を加へん（このようなことをあれこれ思い悩むのはもうやめて、何も言うまい。私はしっかりと食事をして身体を大切にしていましょう）」。

D「棄捐」をCと同じにとり、後半を相手について言ったものとする。訓読「棄捐して復た道ふ勿からん、努力して餐飯を加へよ「あるいは「努力せよ、餐飯を加えよ」」（あれこれ悩むのはもうやめて、何も言うまい。どうぞあなたはくれぐれもお身体を大切になさって下さい）」。

A説を採るもの：劉履『風雅翼』一「選詩補註一」（欽定四庫全書、上海古籍出版社影印）、呉淇『（六朝）選詩定論』（蕉斎藏板）、方東樹『昭昧詹言』（上海亜東図書館、一九一八年）、隋樹森『古詩十九首集釈・箋注』（香港中華書局、一九五八年）、杜維沫「文温以麗　意悲而遠―古詩「行行重行行」―」（『漢魏六朝詩歌鑑賞集』人民文学出版社所収、一九八五年）など。

B説を採るもの：張玉穀『古詩賞析』四（漢文大系本）、王尭衢《おうぎょうく》『古唐詩合解』古詩十九首、朱筠『古詩十九首説』（隋樹森『古詩十九首集釈』所引）、朱自清「古詩十九首釈」（『朱自清古典文学専集之二　古詩歌箋釈三種』）、馬茂元『古詩十九首初探』、程千帆・沈《しん》祖《そ》棻《ふん》『古詩今選（上）』（上海古籍出版社、一九八三年）、岡田正之・佐久節『国訳文選（中巻）』（国民文庫刊行会、一九二二年、一九二五年第四版）、星川清孝『歴代中国詩精講』（学燈社、一九五四年）、藤野岩友『漢詩』（旺文社、一九五七年）、目加田誠『中国詩選（一）』（社会思想社、一九七一年）など。

C説を採るもの：暨《き》南《なん》大学中文系中国古代文学教研室『中国歴代詩歌名篇賞析』（湖南人民出版社、一九八三年）。

D説を採るもの：余冠英『漢魏六朝詩選』（人民文学出版、一九五八年初版、一九七八年、社第2版）、北京大学中国文学史教研室『両漢文学史参考資料』（中華書局、一九六二年）、陰法魯審訂、陸宏天・趙福海・陳復興主編『昭明文選訳注（第四冊）』（吉林文史出版社、一九九二年）、吉川幸次郎「推移の悲哀―古詩十九首の主題―」（『中国文学報』第一四冊、京都大学中国文学会、一九六一年、筑摩書房、一九六八年『吉川幸次郎全集　第六巻』所収）、斯波六郎・花房英樹『文選』（筑摩書房、一九六三年）、花房英樹『文選四』（集英社、一九七四年）、興膳宏・川合康三『文選』（角川書店、一九八八年）など。

異同の論拠

文脈の理解に関連するため、それぞれ論拠を一律に論ずることはむずかしいが、比較的明瞭なものを挙げてみよう。

○まず、「棄捐」を「棄てられる」と読むことの論拠：

隋樹森『箋注』には、拠例として劉向『戦国策』序の「儒術之士、棄㆒捐《セラル》於世《ニ》㆓」を挙げている。饒《じょう》学斌《がくひん》は古詩十九首全体を緊密にまとまったものととらえ、その主旨として「此遭《あヒテ》㆑讒《ざん》《ニ》被《ラレ》㆑棄《テ》、憐《レミテ》㆓同患《ヲ》㆒而遙《カニ》深《ク》恋《フル》㆑闕《ヲ》者《ノ》之辞《ナリ》也」（古詩十九首は讒言に遭《あ》って、宮中から棄てられたために同じ境遇にある者に共感を示し、政治の中枢より離れた所から深く宮闕（朝廷・天子）を恋い慕った者の言葉である）とみて、「棄捐全什《ハ》本《ノ》旨《ニシテ》、別離之根由《ナリ》也」（根本原因）也」という。「棄捐（棄てられる）」ということが古詩十九首全体を貫く本旨であって、この「行行重行行」の詩篇でも重要な言葉として捉えられている（『月午楼古詩十九首詳解』光緒丁丑（三年）序本）。

文法的には「棄捐というのは見《ラル》二棄捐《セ》一ということで、被《ラル》二棄捐《セ》一とも同じことである。能動態と受動態の語気が同一句式になるのは我々の言語の特別の処である」と理解される（朱自清「古詩十九首解」）。

○「棄捐」を「（あれこれ思い悩むことを）打ち棄てて」、の意味に読むことの論拠：

曹植の「贈《ル》二白馬王彪《ニ》一」詩に「心悲《シミテ》動《カスモ》二我神《ガヲ》一、棄置《シテ》莫《なカラン》二復《タ》陳《のブル》一」の句、劉琨《こん》の「扶《ふ》風《ふう》歌」詩に「棄置《シテ》勿《なカレ》二重《ネテ》陳《ブル》一、重《ネテ》陳《ブレバ》令《しム》二心《ヲシテ》傷《マ》一」の句があり、これらの句は「棄捐勿復道」と類似している（北京大学文学史教研室『両漢文学史参考資料』）。

「さいごの聯の上の句、棄捐勿復道が棄捐して復《ま》た道《い》う勿からんと、みずから絶望する語であることは、類似の句として、『文選』のおなじ巻の魏文帝「雑詩」二首の第二に見える棄置勿復陳、また楽府「婦病行」の棄置勿復道、みなその意味であることによって、たしかめられる（吉川幸次郎「推移の悲哀）」。

○「努力加餐飯」を「努力して餐飯を加へん」と読む論拠：

『文選』六臣注の呂延済に既に「自勉《ラつとムルの》之辞《ナリ》」と判断されているが、もとより明確な論拠は示されていない。明の陸時雍《りくじよう》は「棄捐勿復道、努力加餐飯、前《ニハ》為《シ》レ廃《スルヲ》レ食《ヲ》、今《ハ》乃《チ》加《フ》レ餐《ヲ》。亦無《タなクシテ》レ奈《いかんトモスル》、而自寛《ラゆるウスト》云耳《フのみ》」（「棄捐勿復道、努力加餐飯」という句について、前には食事ものどを通らぬことをいい〔「衣帯日已緩」をさす〕、今はしっかりと食事を取ろうといっている。これは、どうしようもなく、みずから慰めているということである）（『古詩鏡』巻二、四庫全書本）と、一つの処世態度として理解している。

呉淇は更により具体的に、「棄捐《ノ》二句、又《タ》承《ク》二人老歳晩《イとしルルヲ》一。当《リテ》二生別之時《ニ》一、已分《ニぶんトスルモ》二棄捐《セラルルヲ》一、却《ツテ》又《タ》不《ず》レ忍《ビ》二明明《ニ》説出《キダスニ》一。至《ツテ》二此《ノ》歳晩《レ》人老《ユルニ》一、方才《はじめテやうやク》説出《キダス》。然《レドモ》猶《ホ》不《ず》二肯《テ》灰心《セ》一、『努力《シテ》加《ヘント》二餐飯《ヲ》一』。蓋《けだシ》留《メ》三得《テ》顔色二在《リ》、尚冀《ホねがフナリ》二他日之《の》会面《ヲ》一也」（「棄捐」以下の二句は、前の二句の「人老《イ》」「歳（月）晩《ル》」を承《う》けたもので、「生別《キレ》（離）」の時に、（彼女は）遠ざけられ棄てられてしまったことは仕方がないと内心思ったが、その時にはそのことをはっきりと口に出して言うには忍びなかった。しかし、今や歳月は過ぎゆき、老いを自覚するに至り、ようやく言い出したのである。しかし、それでもなお気を落としたくはなく、「努力して餐飯を加えん」とするのである。思うに、これはできるだけ容色を衰えさせないようにして、なお他日の再会を願ったものである）（『六朝選詩定論』巻四）と、その前後の状況を想像している。

また杜維沫《といまつ》は、白居易の作品にこの「行行重行行」の詩に擬して作った「古意」という詩があり、その中に「寄《スルモ》レ書《ヲ》多《クハ》不《ず》レ達《セ》、加《フルモ》レ飯《ヲ》終《ニ》無《シ》レ益、心腸不《ず》二自《おのづから》寛《ゆるヤカナラ》一、衣帯何由《ニよりテカせまカラン》窄」の句があって、「加餐飯」というのは必ずしも相手に対するいたわりを述べた言葉ではない。「加餐」するのに「努力」が必要だというのは、相手を思うあまり、「心腸　自ら寛やかならざる」ために、ご飯が喉を通らない、ということの別の言い方にすぎない、という（『漢魏六朝詩歌鑑賞集』）。

○「努力加餐飯」を相手へのいたわり・思いやりの語と取る説、及びその論拠：

『史記』「外戚世家」に「平陽主拊《うチテ》二其《ノ》（＝衛子夫）背《ヲ》一曰《ハク》、行《ケヨ》矣、彊飯《きようはんシ》、勉《メヨ》レ之《ヲ》」とあり、また楽府の「飲馬長城窟行」（『楽府詩集』

三八、相和歌辞一三）に「上《ニハ》有《リ》レ加《ヘヨト》ニ餐飯《ヲ》一、下《ニハ》有《リ》ニ長《ク》相《ヒ》憶《フト》一」の句があって、「強飯」とか「加飯」という言葉は明らかに漢代通行の他人を慰め励ます言葉である（朱自清「古詩十九首釈」）。吉川幸次郎はこれにつけ加えて、いわゆる李陵の蘇武に与うる詩の第三に、「努力崇明徳」というのがあって、やはり相手への期待であることを指摘している（「推移の悲哀」）。

〔語釈〕の項に触れたように近人郭在貽は、ここで用いられている「努力」とは通常の「努力する、勉める」という意味ではなく、現代語の「保重」とか「自愛」（どちらの語も相手の健康を願って言う言葉、どうぞ御自愛下さいといった意味）という語に相当するという。「努力」は「加餐飯」にかかっていく副詞的用法ではなく、「努力」「加餐飯」とは並列の関係にあり、この句は「どうぞお身体を大切に。たくさん御飯を召し上がられますように」の意味であるとする。「努力加餐飯」の句の「努力」の用法から、この句は当然相手へのいたわりの言葉となる。

備考

この詩は既に『文選』五臣注者の一人張銑《ちょうせん》に「此の詩の意は、忠臣の佞人《ねいじん》が讒譖《ざんしん》に遭うが為に放逐《ちく》せらるるものなり」とされているように、讒言を受けて放逐された臣下が（君主を慕って）作った詩として旧来読まれてきた。その場合、おおよそ「賢臣が讒を受けて国を追われるが、君主を忘れるに忍びず、離れていく程にますます慕う気持ちが強くなっていく。しかし、邪佞《じゃねい》の臣が君主の耳目を蔽っているため、賢臣は帰ろうとは思わない」といった趣旨としてこの詩が読まれている。

元代の劉履『選詩補注』、明代の閔斉華《びんせいか》『文選瀹注《やくちゅう》』（崇禎甲三月戌銭謙益序本）、清代の王尭衢《おうぎょうく》『古唐詩合解』、呉淇『選詩定論』、張庚『古詩十九首解』等、それぞれ細部の読みに違いは認められるが、趣旨の理解は基本的に等しい。劉履・閔斉華・王尭衢らが逐臣自ら歌ったもの、つまり直叙としているのに対し、呉淇・張庚がそれぞれこれを「此《レ》臣《ノ》不《ル》レ得《え》ニ于君《ヲ》一之《の》詩、借《リテ》ニ遠別離《ヲ》一以《テ》寓意《ス》」、「此《レ》臣《ノ》不レ得《シテえ》ニ於君《ヲ》一而寓三意《ス》於遠別離《ニ》二」と言っているように、臣下と君主との「遠別離」に仮託したものとする点において違いが見られるだけである。

「行行重行行」という詩が男女間の相思の口ぶりであるのは、むしろ自明と思えるものであるが、男女間の思いを君臣間の思いに喩えるのは『楚辞』・「離騒」以来、培われてきたいわば伝統的読詩法であり、上記のように解釈するのは、中国の過去における、正統的解釈と言えるであろう。

これに対し、明代の張鳳翼『文選纂註評林』（万暦庚辰張鳳翼序本）、清代の張玉穀『古詩賞析』（漢文大系本）、方東樹『昭昧詹言《しょうまいせんげん》』等は、この詩を政治的権力闘争が背景にあるものとして読むのではなく、純粋に男女間の情愛を歌ったもの、「棄婦の詩」（張鳳翼）、「思婦の詩（家にある妻が外地にある夫を慕う歌）」（張玉穀・方東樹）として読んでいる。

現在では、中国においても、また日本においても、「思婦の詩」として解釈されるのが普通である（朱自清「古詩十九首釈」、馬茂元『古詩十九首初探』、余冠英『漢魏六朝詩選』、北京大学中国文学史教研室『両漢文学史参考資料』、程千帆・沈祖棻《しんそふん》『古詩今選』、『漢魏六朝詩鑑賞辞典』〔曹旭《そうきょく》執筆〕、聶石樵《じょうせきしょう》『先秦両漢文学史稿』〔北京師範大学出版社、一九九四年〕、岡田正之・佐久節『国訳

文選』、鈴木虎雄訳解『玉台新詠集』（岩波書店、一九五三年）吉川幸次郎「推移の悲哀」（『吉川幸次郎全集6』所収）、星川清孝『歴代中国詩精講』、目加田誠『中国詩選㈠』、内田泉之助『玉台新詠（上）』（明治書院、一九七四年）斯波六郎「〝行行重行行〟評釈」（『中国中世文学研究』十九号、一九八九年）など）。

男女間の情愛を歌ったものとみなす点では変わりはないが、「何かの事情により妻と別れて遠行する夫の立場から歌ったもの」とみる解釈もある（斯波六郎・花房英樹『文選』筑摩書房、一九六三年。花房英樹『文選』（四）集英社、一九七四年）。

一方、この詩は前半が離・涯・知・枝で支部韻、後半が緩・返・晩・飯で元部韻というように脚韻が異なっていること、また前半と後半とで言葉使いに差があるとも認められることから、これを前半と後半とに分けて解釈しようとするものもある。『玉台新詠』の一テキストには前半と後半とで別々の詩としているのもあるように（〔語釈〕8参照）、十分可能な解釈である。

饒《じょう》学斌《がくひん》はこのような立場に立って、前半を棄てられた臣下が同患の者を憐れみ思いやったものと取り、後半を棄てられた者が、遙かに深く（宮）闕—宮中、つまりは君主—を恋い慕って歌ったものと取っている。前半において「各々」とか「会面」とか「南、北」とか言っているのは、身分上同列にあるもの同士の言い方で、また後半の「遊子」「思君」といっている遊子とは、明らかに臣下のことであり、「思君」というのは「思友」ではないからだ、という（『月午楼古詩十九首詳解』）。

詩の趣意は男女の情を述べたものと考えながらも、前半と後半に落差を認め、前半を男性が歌ったもの、後半は女性が歌ったもので掛け合いのような形をとったもの、と取るものに、入谷仙介『古詩選』（一九六六年三月、朝日新聞社刊）、興膳宏・川合康三『文選』（この項は川合執筆）などがある。

（田中　和夫）

曹《そう》操《そう》

0 短歌行　短《たん》歌《か》行《かう》

1 對酒當歌　酒《さけ》に対《むか》へば　当《まさ》に歌《うた》ふべし

2 人生幾何　人生《じんせい》　幾何《いくばく》ぞ

3 譬如朝露　譬《たと》へば朝露《てうろ》のごとし

4 去日苦多　去日《きよじつ》　苦《はなは》だ多《おほ》し

5 慨當以慷　慨《がい》して当《まさ》に以《もつ》て慷《かう》すべし

6 憂思難忘　憂思《いうし》　忘《わす》れ難《がた》し

7 何以解憂　何《なに》を以《もつ》てか　憂《うれ》ひを解《と》かん

8 唯有杜康　唯《た》だ杜《と》康《かう》有《あ》るのみ

9 青青子衿　青青《せいせい》たる　子《きみ》が衿《えり》

10 悠悠我心　悠悠《いういう》たる　我《わ》が心《こころ》

11 但爲君故　但《た》だ君《きみ》が為《ため》の故《ゆゑ》に

12 沈吟至今　沈吟《ちんぎん》して今《いま》に至《いた》る

13 呦呦鹿鳴　呦呦《いういう》として鹿《しか》鳴《な》き

14 食野之苹　野《の》の苹《よもぎ》を食《くら》ふ

15 我有嘉賓　我《われ》に嘉《か》賓《ひん》有《あ》らば

16 鼓瑟吹笙　瑟《しつ》を鼓《こ》し　笙《しやう》を吹《ふ》かん

17 明明如月　明明《めいめい》たること月《つき》の如《ごと》きも

18 何時可掇　何《いづ》れの時《とき》にか　掇《と》るべけん

19 憂從中來　憂《うれ》ひは中《うち》より来《きた》りて

20 不可斷絶　断絶《だんぜつ》すべからず

21 越陌度阡　陌《みち》を越《こ》え　阡《みち》を度《わた》り

22 枉用相存　枉《ま》げて用《もつ》て相《あ》ひ存《そん》せよ

23 契闊談讌　契闊《けつくわつ》　談讌《だんえん》して

24 心念舊恩　心《こころ》に旧恩《きうおん》を念《おも》はん

25 月明星稀　月《つき》明《あき》らかに星《ほし》稀《まれ》にして

26 烏鵲南飛　烏鵲《うじやく》　南《みなみ》に飛《と》ぶ

27 繞樹三匝　樹《き》を繞《めぐ》ること　三匝《さんさふ》

28 何枝可依　何《いづ》れの枝《えだ》にか　依《よ》るべき

29 山不厭高　山《やま》は高《たか》きを厭《いと》はず

30 海不厭深　海《うみ》は深《ふか》きを厭《いと》はず

31 周公吐哺　周公《しゅうこう》　哺《ほ》を吐《は》きて
32 天下歸心　天下《てんか》　心《こころ》を帰《き》せり

テキスト　『先秦漢魏晋南北朝詩』魏詩一（上-349）◆『文選』二七、楽府上◆清、沈徳潜『古詩源』五、魏詩◆北宋、郭茂倩『楽府詩集』三〇、相和歌辞・平調曲（本辞）◆元、左克明『古楽府』四（文淵閣四庫全書本）◆明、馮惟訥『（古）詩紀』二一、魏一◆明、陸時雍『古詩鏡』四（文淵閣四庫全書本）◆明、李攀竜『古今詩刪』三（二首其一、和刻本）◆『魏武帝集』楽府（二首其一、明、張溥『漢魏六朝百三名家集』、清刊本）◆清、朱乾『楽府正義』六（本辞）◆清、張玉穀『古詩賞析』八（漢文大系本）◆黄節『漢魏楽府風箋』一〇◆丁福保『全漢三国晋南北朝詩』「全三国詩」一（二首其一）◆『曹操集』（不分巻、二首其一、中華書局香港分局、一九七三年）

校語
6 **憂思**　『古詩源』『古詩賞析』には、憂を幽に作る。
8 **唯**　『古詩源』『古詩賞析』には、惟に作る。同意。
11 **但爲君故**　『楽府詩集』には、この一句なし。
12 **沈吟至今**　『楽府詩集』には、この一句なし。
18 **掇**　『楽府詩集』『曹操集』には、輟に作る。『楽府正義』も輟に作るが、清の朱嘉徴『楽府広序』に拠って掇の字に作るべきだと注する。
25 **稀**　『（古）詩紀』『古詩賞析』には、希に作る。同意。『魏武帝集』に「晞」に作るのは、形訛《けいか》。
27 **三匝**　『古詩源』に「币」に作る。両字は通用（匝のほうが俗字ともいう）。
30 **海**　『魏武帝集』には、水に作る。

＊　曹操「短歌行」には、すでに掲げた本辞《ほんじ》（本来の歌辞の意。ただし曹操の作品も楽府古辞ではなく、擬古楽府詩《ぎこがふし》〔替え歌〕の一種である）のほかに、晋代（あるいは魏晋の時代）、朝廷で歌われた際の歌辞の形態も伝わる。梁の沈約《しんやく》『宋書』（南斉時の成立）巻二一、楽志三（荀勗《じゅんきょく》〔音律に精通した晋の人〕、旧詞を撰《えら》んで施用せし者）によれば、本辞の21〜28（越陌度阡〜何枝可依）の八句（四句一解《かい》〔楽章〕の構成のうちの、第六解と第七解）が削除されている（矢田博士「曹操『短歌行（対酒篇）』考—歌われなかった「月明星稀」以下の四句を中心に—」〔早稲田大学『中国詩文論叢』第13集、一九九四年所収〕は、この削除の原因の一端を考察する）。しかも17（明明如月）以下の四句が13（呦呦鹿鳴）以下の四句の前に置かれている（本辞の第五解と第四解が逆転）。なお文字にも若干異同がある。7何以解憂を「以何解愁」に作り、30海不厭深を「水不厭深」に作る。

　北宋の郭茂倩《かくもせん》『楽府詩集』巻三〇は、本辞より八句短いこの歌辞（六解）を、「晋楽《しんがく》の奏する所」として収め、「何時可掇」の掇を輟に作る（清の朱乾『楽府正義』巻六も同じ）。ちなみに明の馮惟訥『（古）詩紀』巻二一には、この歌辞を「魏晋楽の奏する所」という（注記）。八解の本辞と六解の（魏）晋楽の歌辞とでは、明らかに性格が異なるので本辞のみを校勘の対象とした。『楽府詩集』や『先秦漢魏晋南北朝詩』などが両者を並記して収めるのは、このためである。

詩型・韻字

四言古詩。歌《か》・何《か》・多《た》（下平声歌韻〔歌韻〕）／*慷《かう》・忘《ばう》・*康《かう》（下平声陽韻〔陽*唐韻〕）／衿《きん》・心《しん》・今《きん》（下平声侵韻〔侵韻〕）／鳴《めい》・苹《へい》・笙《しやう》（下平声庚韻〔庚韻〕）／月《げつ》（入声月韻〔月韻〕）・掇《てつ》（入声曷韻〔末韻〕）・絶《ぜつ》（入声屑韻〔薛《せつ》韻〕）の通押／阡《せん》（下平声先韻〔先韻〕）・*存《そん》・△恩《おん》（上平声元韻〔魂*△痕韻〕）の通押／稀《き》・飛《ひ》・依《い》（上平声微韻〔微韻〕）／深《しん》・心《しん》（下平声侵韻〔侵韻〕）。一解ごとに換韻する。

語　釈

0**短歌行**　楽府題。曹操には、さらにもう一首、「周《ノ》西伯昌《しょう》」と歌い起こす作品が伝わる。行は曲の意（音楽用語）。内容ではなく、メロディーに即して名づけられた楽曲《うた》を指す。『楽府詩集』のなかで分類される相和歌辞・平調曲の語とともに、本書所収の曹丕《そうひ》「燕歌行」の語釈「0燕歌行」の条（八一三頁）参照。

楽府題中の「短歌」「長歌」の名の由来については、まだ定説がない。西晋の崔豹《さいひょう》『古今注《ここんちゅう》』巻中、音楽第三は、人の寿命の長短はあらかじめ定まっていて、妄りに求められないことを歌うためだとするが、唐の李善は『文選』巻二七、「長歌行」の条で、この説を否定する。そして「古詩」（『文選』巻二九、蘇武「詩」二首其二）の「長歌《シテハ》正《ニ》激烈」、魏の武帝《（ママ）》（文帝曹丕）の「短歌微吟《シテ》不レ能《ハ》レ長《ウスル》」などを引いて、「行声《こうせい》（歌声）に長短有りて、寿命を言ふに非ざるなり」と結論する。郭茂倩『楽府詩集』巻三〇、「長歌行」の条も、この李善説を祖述する。清の張雲璈《ごう》『選学膠言《こうげん》』巻一二も、李善の説を踏まえて、「歌行の長短は、篇幅を謂ふに非ず。今人は誤解すること久し。鄭夾漈《ていきょうせい》云ふ、『長短の歌行は、皆《みな》其の歌声発越《はつえつ》（高揚）して、自《おのづか》ら長短有り』」と述べ、きわめて興味深い解釈を呈示する。

ちなみに石田公道「短歌行私見」（北海道教育大学『語学文学』五号、一九六七年）にいう。短歌行の名は「一節（四句）の歌詞が一般の楽府よりは短かく、歌曲として独立することの出来る最も短かい形式から成っていた」ためであり、逆に長歌行は「全章一韻で貫かれた長篇の作」であるためであろう、と。他方、清水茂「楽府『行』の本義」（同『中国詩文論藪』〔創文社、一九八九年〕所収）には、こういう。長歌行・短歌行・艶歌行《えんかこう》・燕歌行《えんかこう》など、「〇歌行」の歌は音階とは関係なく、「うたわれる歌のことばの長短、したがってテンポの遅速にかかわる」呼称であり、行は本来、旅行用の音楽を意味し、三音階のきわめて簡単なメロディーを指したのではないか、と。

1**対酒当歌**　対酒は「酒《さけ》に対《たい》しては」とも訓《よ》む。酒宴にのぞむ、ここでは特に酒を飲むことを指す。「当歌」の語は従来、①「当《まさ》に歌ふべし」と訓んで、当然……すべきだ（……するのがあたりまえだ）、きっと……のはずだの意、②当を「対酒」の対と互文同義（当対の当）に捉えて、「歌に当《あ》たる（当《むか》ふ）」とでも訓み、歌を聞く意、の二説に分かれる。わが国の注釈書は、ほとんど①の説を採るが、中国では二分され、むしろ②の説を採るものが多い。また②の説を採りつつ、①の説でも可と注するものもある（北京大学中国文学史教研室『魏晋南北朝文学史参考資料』〔中華書局、一九六二年〕など）。

この二説の異同に関して、蕭《しょう》滌非《てきひ》『漢魏六朝楽府文学史』

（人民文学出版社、一九八四年）は、要領よくまとめる（一二三二頁）。以下はその大意……清の趙翼《ちょうよく》『陔余叢考《がいよそうこう》』巻二四（古詩別解）の条にいう。現在、曹操詩中の「当歌」の当を、宜（よろしく……べし）の意に解釈しているが、しかしこの当は、『世説新語』（文学篇42）の「王長史（濛）（…往《キテ》与《と》レ支《し》〈道林〉語《ルモ》）不二大《はなはダシクハ》当対《セ》一」（好敵手ではないこと）や、元稹「叙《のベテ》レ詩《ヲ》寄《スル》二楽天《ニ》一書」の「当《タリ》レ花《ニ》対《フ》レ酒《ニ》」などの当字と同様に、「対」の意味であり、今なお「門当戸対」（家柄などがつり合う意）の俗語もある、と。他方、明の王世貞《おうせいてい》『芸苑卮言《げいえんしげん》』巻三はいう。本詩は下句の「人生幾何ぞ」との関連で、「酒に遇《あ》へば即ち当に歌ふべし」の意である、と。この二説はどちらも通じ、本句に対する唐宋人の理解もすでに分かれている（李白の詩と柳永の詞を引く）。ただ②の「当対」の場合、歌は他《ほか》の人の歌を聴く、①の「該当」（当然……すべきである）の場合は、みずから歌う、の相異を生む、と（ただし後引の趙福壇『曹魏父子詩選』は、②の説を採りながら、みずから歌う方向で解釈する）。

この蕭滌非のまとめ方は、充分参照に値する。清の呉淇《ごき》『六朝選詩定論』巻五（河北師範学院中文系古典文学教研組編『三曹資料彙編』〈中華書局、一九八〇年〉所引）の、「口で酒を飲みながら、耳で歌を聴く」（一廂口中飲酒、一廂耳中聴歌）は②（当対）の立場であり、清の王尭衢《おうぎょうく》『古唐詩合解』巻下の、「対《ヘバ》レ酒《ニ》必《ズ》当《ニ》《シ》二歌詠《ス》一」は①（該当）の立場である。

ちなみに、王云路『漢魏六朝詩歌語言論稿』（第八章、陝西人民出版社、一九九七年）は、「当歌」の語は魏晋六朝文人詩中の常套《じょうとう》語であるとして、宋の謝霊運「善哉行《ぜんさいこう》」の「撃レ節当レ歌、対レ酒当レ酌」、梁の何遜《かそん》「揺扇聯句《ようせんれんく》」の「在レ握時揺動、当レ歌掩抑揚」（掩は同《とも》にの意）、梁の舞曲歌辞「明之君《めいしくん》」の「楽哉太平世、当レ歌復当レ舞」（周捨《しゅうしゃ》の作）、陳の張正見「対《フ》レ酒《ニ》」の「当レ歌対二玉酒一、匡坐酌二金罍一」（匡坐《きょうざ》は正坐、金罍《きんらい》は黄金《こがね》で飾った酒壺・酒ガメ）など、あわせて六例をあげ、みな「対歌」の意味である（論者の訳が付されていないので、返り点のみ付す）。これは、当の字に「応・和」（応《こた》える・和する）の意味があるためである、とする。しかしその用例を逐一検討すれば、一句中における「当歌」の位置とも密接に関連しつつ、やはり二種の用法が並存しているようである。なかでも謝霊運詩や「明之君」などは、「当《まさ》に歌ふべし」の意味に捉えることも充分可能であろう。

2 **人生幾何** 人生は人の生命《いのち》。『左伝』襄公《じょうこう》八年の条に見える逸詩（現存の『詩経』中には見えない周代の詩《うた》）に、「俟《まツモ》二河《か》之《の》清《すムヲ》一、人寿《じんじゅ》（人の寿《いのち》）幾何《いくばくゾ》」とある。

3 **譬如朝露** 朝露は、日の出とともに消えゆく露を指し、はかなさの象徴となる。『漢書』巻五四、蘇武伝のなかに、李陵が蘇武に対して匈奴への降服を勧めた言葉として、「人生《ハ》如《シ》二朝露《ノ》一、何《ゾ》久《シク》自《ラ》苦《シムコト》如《クナル》レ此《かクノ》」云々と見える。また後漢の作者未詳「古詩十九首」其一三（『文選』巻二九）に、「浩浩《こうこうトシテ》（果てしなく流れるさま）陰陽移《リ》、年命（人の命）《ハ》如《シ》二朝露《ノ》一」とある。漢代に広く流布した無常観であり、後漢の秦嘉《しんか》も「人生《ハ》譬《たとフ》二朝露《ニ》一」（「留《リテ》レ郡《ニ》贈《ル》レ婦《つまニ》詩」三首其一）と歌う。

4 **去日苦多** 去日は過ぎ去った日々の意。「苦多」には、従来①苦《はなは》だ多し、②多きに苦しむ（和刻本『古今詩刪』には「苦《ム》レ多《ヲ》」とある）の二説がある。漢の楽府「善哉行《ぜんさいこう》」（作者未詳）の「歓《よろこブ》日尚《なホ》少《ナク》、戚《うれフル》日苦多《シ》」や、後漢の秦嘉「留《リテ》レ郡《ニ》贈《ル》レ婦《ニ》詩」三首其一の「憂艱《ゆうかん》常《ニ》早《ク》至《リ》、歓会常《ニ》苦晩《シ》」の苦も、対句構造から判断すれば、明らかに副詞「甚だ」の意味（痛苦の意味から転じた程度副詞）である。日本の訳注書の大半は、この①（甚の類義語）の説を採る。ところが逆に中国のそれは、大半が②の立場である。たとえば北京大学中国文学史教研室『魏晋南北朝文学史参考資料』は、苦を「患《うれ》う」の意、「苦多」を「あまりも多きに苦しむ」（苦於太多）と解釈し、朱東潤主編『中国歴代文学作品選』上編第二冊（上海古籍出版社、一九七九年）も、「苦多」を「多きを恨む」意とする。なお趙福壇《ちょうふくだん》『曹魏《そうぎ》父子詩選』（生活・読書・新知三聯書店・香港分店、一九八二年）は、苦を名詞と見なし、すでに過ぎ去った歳月のなかで、「憂慮が歓楽よりもずっと多い」と訳するが、これは妥当ではあるまい。

5 **慨当以慷**　「当《ニ》二慨《シテ》而慷《ス》一」とほぼ同意の表現（星川清孝『歴代中国詩精講』学燈社、一九五四年など）。以は而と同じく、二つの動作をつなぐ助字。清の王引之『経伝釈詞』巻一や楊樹達『詞《し》詮《せん》』巻七など参照）。二字熟語「慷慨」の上下を転倒し、かつ二字を引き離して用いたのは、押韻と四字句形成のためである（余冠英『三曹詩選』人民文学出版社、一九七九年など）。また「当《ニ》二以《テ》慷慨《ス》一」に同じともする（『中華活葉文選』合訂本三〔上海古籍出版社、一九八一年再版〕や、金性尭ほか『古詩選読』上冊〔上海古籍出版社、一九八四年〕など）。二字熟語を離して用いた例としては、『詩経』王風「中谷有蓷《ちゅうこくゆうたい》」の「嘅《がいトシテ》其《レ》嘆《なげク》矣」（嘅嘆を分離）などがある（黄節『漢魏楽府風箋』巻一〇に指摘）。

慷慨は精神の興奮、気持ちの高ぶりを表す語（双声）で、忼《こう》慨とも書く（じつは忼が本字で、慷はその俗字）。黄節は『漢魏楽府風箋』のなかで、『史記』巻七、項羽本紀（いわゆる四面楚歌の条）の「於《イテ》レ是《ここニ》項王悲歌忼慨《シ》、（自《ラ》為《リテ》レ詩《ヲ》曰《ハク》、『力抜《キ》レ山《ヲ》兮気蓋《おほフ》レ世《ヲ》……』）」を引いて、「歌声の激昂して平《たひ》らかならざるを謂ふ」と説明する。これは、歌声が激しく高揚することを表す用例として重要であり、『魏晋南北朝文学史参考資料』（前掲）以下、中国の訳注書は多く「慷慨」を歌声の描写とする説を採る。筆者の訳も、この立場である。

他方、呉小如『読書叢札《そうさつ》』（北京大学出版社、一九八七年）はいう。「忼は高く挙がる意で、心情の場合は高ぶって抑えがたいこと、声の場合は声を張りあげ、長く引いて歌うことを指す。また慨は嘆息する意。従って『慨当以慷』（当は匹敵する、つり合う意）の句は、はじめは長くため息をついて、心中の煩悶を吐き出し、そのあとさらに、それにつり合うように高々と声を張りあげることをいう」（要約）と。この説によれば、一句は「慨して当《あ》たるに慷を以てす」とでも訓むことになろう。

当は、道理上当然……すべきだ（するのがよい）、もしくは、必ず……になるはずであるの意。従って一句は、（人生の短かさを思えば）、当然感情《こころ》を激しく高ぶらせて、思う存分歌を歌うべきである（またそうせざるを得ないはずだ）の意。なお網祐次『文選』下（明治書院、一九六四年）は、これを歌声と関連づけず、ただ「これを思えば、なげかずにはいられず」と訳し、花房英樹『文選（詩騒編）』四（集英社、一九七四年）も、「慨《なげ》いて当《まさ》に以《もっ》て慷《いた》むべし」と訓み、同じく「それを思えば、嘆き痛まずにはおれない」と訳する。つまり「慷慨」の語には従来、歌声の描写と心情の描写の二説が並存していたことになる。もちろん心情がかっと慷慨した結果、歌声も慷慨するわけであるが……。伊藤正文ほか『漢・魏・六朝詩集』（後引）の訳「高ぶる心、歌に託すも」は、この折衷案と評せるであろう。

ちなみに安徽亳《はく》県《曹操集》訳注小組『曹操集訳注』（中華書局、一九七九年）は、「当以」には実際の意味はないとする。また雷慶翼『古典詩詞名篇正解』（学林出版社、一九九六年）は、当を「且《カツ》」の意とする。

6 **憂思**　憂愁、憂慮、悲哀の意。思も憂の意で、一種の類義語をなす。漢代の「古楽府《こがふ》」（『先秦漢魏晋南北朝詩』漢詩一〇）に、「天寒知《リ》二被《ひ》（かけぶとん）ノ薄《キヲ》一、憂思知《ル》二夜ノ長《キヲ》一」とある。

7 **解憂**　「消（銷）憂」とほぼ同意。憂は前句の「憂思」と同意。

8 **杜康**　杜康は酒造りの名人。後漢の許慎『説文解字』巻一四下、酒の条に、「杜康　秫酒《じゅつしゅ》（モチアワ〔モチキビ〕で造った酒）を作る」とあり、李善注に引く西晋の張華《ちょうか》『博物志』（逸文）にも、「杜康　酒を作る」とある。ここでは酒の代称。「憂ひを解く」酒の効能については、『漢書』巻六五、東方朔《とうぼうさく》伝に、「銷《けス》レ憂《ヒヲ》者《ハ》莫《シ》レ若《クモノ》レ酒《ニ》」（東方朔の言葉）と見え、『詩経』邶風《はいふう》「柏舟《はくしゅう》」の毛伝にも、「非《ズ》四我《ニ》無《キニ》三酒《ノ》、可《キモノ》二以敖遊《テごうゆうシテ》一（遊んで）忘《ル》レ憂《ヒヲ》也」と見える。入谷仙介『古詩選』（朝日新聞社、一九六六年）にいう。「醸造術が発達する以前の酒は必ずしも美味でなく、酔いによって得られる興奮、その興奮をともにすることによる人間の共感がもっぱら飲酒の目的であった。この詩などは特によく酒のそうした性格を示しているであろう」と。

9 **青青子衿**　次の句とともに、鄭《てい》国の学校が廃《すた》れたとき、残留する学生が学窓を去った友人に呼びかけた歌（古注）とされる『詩経』鄭風「子衿《しきん》」篇の冒頭二句を、そのまま用いたもの。この点に関して、高橋和巳《かずみ》ほか『漢詩鑑賞入門』（創元社、一九六二年）にいう。「魏晋のころは断章取義的な気風が残っていて、作詩の場合にも、前作品の句をしばしばそのままおそうことがある」と指摘する。

なお『詩経』「子衿」篇は、この二句に続けて、「縦《たとヒ》我不《ずトモ》レ往《カ》、子寧《きみなんゾ》不《ル》レ嗣《つガ》レ音《おんヲ》」（嗣音は音信《たより》を寄せる意）と歌う。ここは、「曹操が自己を補佐する賢人を切に求める意」（伊藤正文ほか『漢・魏・六朝詩集』平凡社、一九七二年）をこめて用いたもの。衿は青衿、周代の学生服を指す。「青青」は、その学生服の色。黒い色を指そう（邱英生・高爽『三曹詩訳釈』黒竜江人民出版社、一九八二年など）。

10 **悠悠我心**　悠悠は、思慕の情が悠《なが》く続くさま。吉川幸次郎『三国志実録』（『吉川幸次郎全集』第七巻〔筑摩書房、一九七四年〕所収）は、一句を「すぐれた人物は、もっともっといるにちがいない。わたくしの心は、わたくしとそれらいまだ求めあてられざる人材との間に存在する距離を思うとき、もどかしさにみちる。そうした距離をもちつつ、わたくしの一生が時間の流れの上に流れすぎてゆくもどかしさよ」と解説する。

11**君**　作者の思慕する、優れた若者（賢才）を指す。

12**沈吟**　この畳韻の語は従来、①（忘れずに）深く考え続ける（『文選』五臣〔劉良〕注に、「深思の意に喩《たと》ふ」とある）、②声を低くして（「子衿」の詩を）吟詠する、の二説がある。「古詩十九首」其一二（『文選』巻二九）の、「馳《はセテ》レ情《こころヲ》整《へ》二中帯（下着の帯）一、沈吟《ヲ》聊《シテいささカ》躑躅《てきちょくス》（立ちもとおる）」は、①の用例（思案する意）である。入谷仙介『古詩選』が、沈吟を「思考の内容を一人言としてぶつぶつ言いながら思いにふける」と注するのも、①の立場である。

他方、朱東潤主編『中国歴代文学作品選』上編第二冊は、沈吟を「低声吟詠」の意とし、「子衿」の詩を低吟することをいうとする。この②の説を採るものには、『曹操諸葛亮著作選注』（曹操諸葛亮著作選注小組、湖北人民出版社、一九七五年）や邱英生ほか『三曹詩訳釈』、万雲駿主編『古典詩詞曲選析』（広西人民出版社、一九八三年）など、中国のほうに多く見られる解釈である。ここでは、ひとまず①の説に従った。

13**呦呦鹿鳴**　以下の四句は、君主が群臣や嘉賓《かひん》を招いて酒宴を開き、心をあわせて共に天下を治めようとする歌、『詩経』小雅「鹿鳴《ろくめい》」篇の冒頭四句をそのまま用いたもの。「鹿鳴」篇は、このあと「吹《キ》レ笙《しょうヲ》鼓《ならシ》レ簧《ふえヲ》、承《ささゲテ》レ筐《かごヲ》是《これ》将《おこなフ》、人之《の》好《よみセバ》レ我《ヲ》、示《（ママ）》（寘《おカン》）二我周行《ガしゅうこうニ》一」（将は引出物をくばる意。後漢の鄭玄《じょうげん》の解釈によれば、後の二句は、わが徳を愛する賓客（賢者）に対しては、周の朝廷のしかるべき地位に寘《お》いて優遇したい、の意となる。鄭玄の注には、さらに「己《おの》れの維《こ》れ賢〔者〕を是《こ》れ用ふるを言ふ」とある）。周振甫《しゅうしんぽ》「短歌行」（李景華主編『三曹詩文賞析集』〔巴蜀《はしょく》書社、一九八八年〕）は、「ここは鄭玄注の解釈に従って、嘉賓がほんとうに来たら、登用して職務上の地位を与えようとすることを指す」とする。

ちなみに、この条は単に四句に限らず、「鹿鳴」全章の意を含めて解釈すべきだとする説は、すでに『魏晋南北朝文学史参考資料』にも見える。いずれにせよ四句は、「曹操が自分に好意をよせる賢哲の士を厚遇する意志のあることを言ったもの」（伊藤正文ほか『漢・魏・六朝詩集』）である。呦呦《ゆうゆう》は、鹿が口をすぼめ、長く声を引いて鳴くさまをいう擬声語。鹿はおいしい草を見つけると、一匹では食べず、「呦呦然として鳴いて相《あ》ひ呼《よ》び（友を呼び集め）」（毛伝）て食べるという。

14**食野之苹**　食は「はム」とも読む。苹は草の名、ヨモギの類。ちなみに13・14の二句は、漢代詩経学によれば、自然界の動植物などに託して人事（15・16句）を言い起こす一種の発想法、いわゆる興《きょう》にあたる。

15**嘉賓**　招かれた立派な客の意。ここでは優れた人材を指す。

16**鼓瑟吹笙**　瑟は二十五弦の大きな琴、笙は十三管もしくは十九管の笛。

17**明明如月**　月は、夜空に明るく輝く月と捜し求める優れた人材（賢才）を兼ねていう。吉川幸次郎『三国志実録』にいう。「すぐれた人材、それはこうこうとなかぞらに照る月のように、顕著な現象である」と。ちなみに雷慶翼『古典詩詞名篇正解』は、如を「然」と解し、一句を「明明然たる月」の意とする。

18**何時可掇**　掇には従来、①手にとる、つかむ（張玉穀『古詩賞析』に「掇《てっ》取《しゅ》するなり」とある）、②拾う、すくう（『説文解字』巻一二上に、「拾ひ取るなり」とある）の二説がある。前者の場合、月そのものをつかむ、後者の場合は、月の光をすくい取る意味になろう。李白の詩（「宣州の謝朓楼《しゃちょうろう》にて校書叔《しゅく》雲《うん》に餞別す」、『正編』六八〇頁参照）の「明月を覧《と》る」という奇想は、本詩にもとづくものか（蔡厚示「志深筆長、梗概多気」〔『漢魏六朝詩歌鑑賞集』人民文学出版社、一九八五年〕など）。

　ちなみに掇の異文「輟」は、「とどム」と読み、停止させる意。従って一句は、月の運行を止めることができないことをいう。なお「掇」に作る場合も、じつは「輟」に通じて停止する意と見なす説もある（『魏晋南北朝文学史参考資料』や陰法魯審訂『昭明文選訳注』第四冊〔吉林人民出版社、一九九二年〕など）が、やや劣るようである。

19 **憂従中来**　憂は、優れた人材（賢才）がなかなか求めがたい憂慮・心配。伊藤東涯『操觚字訣《そうこじけつ》』巻四にいう。「愁ハ、カナシミ、モノサミシキ意、アツマリテ、ノビヌナリ。詩語ニ旅愁・愁雲ナドトツヅク。憂ハ、心ヲイタメ、物ヲキヅカヒスル患《うれひ》ナリ。鬱シテトケヌナリ」と。中は心、心中。

20 **不可断絶**　李善注に「月の掇《と》るべからざること、由《な》ほ憂ひの絶つべからざるがごときを言ふなり」と指摘されるように、「明明如月」の二句は、断ちきりがたい憂慮の比喩ともなる。

21 **越陌度阡**　越・度は、ほぼ同意。一歩一歩道をのり越え進む意。和刻本『文選』には、越を「わたリ」と訓む。唐の五臣（李周《りしゅう》翰《かん》）注にいう。「阡《せん》・陌《はく》は皆《みな》道なり。南北を阡と曰ひ、東西を陌と曰ふ」と。この一句は、李善注に引く後漢の応劭《おうしょう》『風俗通』（逸文）に見える漢代の里語《ことわざ》「越《エ》レ陌《ヲ》度《リ》レ阡《ヲ》、更《こもごも》為《ル》二客《かく》・主《しゅ》（賓客と主人）ニ一」を利用したもの。「はるばる遠くから訪れて」の語感が加わる。

22 **枉用相存**　枉は枉駕《おうが》・枉顧の意。（方向をまげて）わざわざお出でいただくという、客の来訪に対する敬語。この意味で吉川幸次郎『三国志実録』に、作者曹操が「枉《おう》、すなわち過度の行為といわれようとも、（賢才を）訪問に行きたく思う」と解釈する（花房英樹ほか『文選』〔筑摩書房、一九六三年〕なども、ほぼ同じ）のは、妥当ではない。この点に関しては、すでに松浦友久『詩歌三国志』（新潮社、一九九八年）の注にいう。枉は、「相手に強いて〜させる（〜してもらう）」が基本義であり、「相手に対しては敬詞」「自己に対しては謙詞」として、その用法は安定している。従って、ここでは当然「枉《ま》げて（どうか）私を存問してほしい」と依頼する謙詞（相手に対する敬詞）と読むべきであろう（一八九頁）、と。用は以とほぼ同じく、リズムを整えるために軽く置かれた助字、もしくは副詞語尾。また「相存」の相は、動作の対象の存在を表す接頭語。ここでは「私を存《と》う」意。存は、唐の五臣（李周翰）注に「問《フ》也」とある。訪問する、起居・安否を問う意。

23 **契闊談讌**　契闊はケツカツ（双声）と読み、『詩経』邶《はい》風「撃鼓《げきこ》」のなかに、「死生《しせい》契闊、与《と》レ子《きみ》成《ス》レ説《えつヲ》」（鄭玄《じょうげん》の解釈によれば、従軍兵士が仲間とかわした誓いの言葉で、死ぬも生きるも共に勤苦のなかにあって、私は君と愛しあい助けあう意となる。説は説愛）と見える言葉。毛伝に「契闊、勤《ハ》苦也」とある。さらに鄭玄の注には、契の音を「苦結《くけつノ》反」（ケツの音を表す反切表示。松枝茂夫『中国名詩選』上〈岩波文庫、岩波書店、一九八三年〉などは、ケイカツと読むが、穏当ではあるまい）と指摘するほか、「韓詩《かんし》（漢の韓嬰《かんえい》を中心とする韓詩学派の説《ニ》云《フ》、約束《スル》也」とある。つまり漢代、契闊には少なくとも①勤苦（骨折る、苦労する）、②約束（堅く誓いあう）の二説があったことになる。また談讌は、楽しくくつろいで語りあう、もしくは楽しく語りあい、酒を酌みかわすことをいう（前者の場合の讌は集まり語る意で、一種の類義語を作る。後者の場合の讌は醼と同じく、会飲する意）。

かくして「契闊談讌」の語は、毛伝・韓詩の解釈の異同を反映して説が大きく分かれる。「心をこめて酒宴談笑」（内田泉之助『古詩源』上〈集英社、一九六四年〉）、「心くだきて　酒席しつらえ」（伊藤正文ほか『漢・魏・六朝詩集』）、「心遣いして、話や酒盛りに花を咲かせ」（花房英樹『文選（詩騒編）』四）などは、明らかに毛伝（勤苦）による解釈である。入谷仙介『古詩選』に、「契《くるしみなやめる》闊ひとには談《かた》り讌《うたげ》し」と訓み、「常日ごろの苦労の数数をさかなに語りかわし、くみかわそう」とあるのも、やはり毛伝に従った解釈である（ただし、文脈の捉えかたには異同がある）。なお『後漢書』文苑伝上に見える傅毅《ふき》の「迪志詩《てきしし》」（永平年間〈五八―七五年〉の作）中にも、「契闊《タルコト》　夙夜、庶《こひねがフ》レ不《ルヲ》ニ懈忒《かいとく》（なまけしくじる）一《セ》」とあり、唐の李賢注に「契闊は辛苦を謂ふなり」とある。

他方、清の胡承珙《こしょうきょう》は『毛詩後箋《ごせん》』（光緒一六年〈一八九〇〉）、広雅書局）巻三の原注で、曹操の本例や後漢末の繁欽《はきん》「定情詩」（『玉台新詠』巻一）の「何《ヲ》以《テカ》致《いたサン》ニ契闊《ヲ》一、繞《めぐル》レ腕《ヲ》双跳《そうちょう》脱《だつ》（二つの腕輪）」などの用例は、いずれも「周旋」（応接する、交際する）を意味して、まさに「約結」（堅く誓いあう、固い交りを結ぶ）の意味と近い、と指摘する。諸橋轍次『大漢和辞典』巻三や伊藤正文「曹操詩補注稿」（神戸大学教養部紀要『論集』二〇号、一九七八年）、徐中舒主編『漢語大字典』一（「死生相約」〈命をかけて誓う〉意）なども、この韓詩「約束」説に従う。田部井文雄ほか『漢文名作選〈第2集〉3　古今の名詩』（大修館書店、一九九九年）は、この解釈に従って、「固い交わりを結んで、くつろいで語り合い」云々と訳す。

ところで契闊の語を、『詩経』の古注（毛伝・韓詩）以外の意味に捉えて解釈することも多い。清の黄生『義府』巻上にいう。「今人、久別を謂ひて契闊と曰ふは、『詩（経）』邶風の『死生契闊』の語に本づく。……今人は通じて契闊を以て隔遠の意と為し、又《ま》た契を読みて挈《けつ》と為す」と（ただし黄生自身は、これは『詩経』注の誤りをうけたものであり、契闊は「死生」の語と対《つい》をなして、「契は合なり、闊は離なり」と考える）。「久別」を意味する契闊の用例は、古く『後漢書』独行伝（范冉《はんぜん》）中に、「（王）奐《かん》曰《ク》、行路《ハ》倉卒《そうそつトシテ》、非《ズ》下陳《のブル》ニ契闊《ヲ》一之所《ニ》上、可《シ》下共《ニ》到《リテ》ニ前亭《ニ》一宿息《シ》、以《テ》叙《のブ》中分隔《ヲ》上」と見え、諸橋轍次『大漢和辞典』巻三も、この用例を「遠く隔たる。疎遠になる。久別。久闊」云々の意とする。『魏晋南北朝文学史参考資料』は、こうした発言や用例を踏まえていうのであろう。契闊は、ほぼ聚散・合離と同意であるが、曹操詩では偏義複詞として「闊」（長い間別れる）の意味だけを用いたとし、「久別重逢」（久々の再会を果たす）云々と訳す。

他方、余冠英『三曹詩選』は、契闊（契は意気投合、闊は疎遠）を同じ偏義複詞として捉えながら、逆に契の一字だけに意味があるとして、「二人の心がぴたりと合って、一緒にうちとけて語り、酒盛りする」と訳す。しかし前後の文脈、およびそうした意味の古い用例が見あたらないことから、この余冠英の説は他の諸説に比べて劣るようである（中国の『漢語大詞典』二や『漢語大字典』一にも、この意味の用例をあげない）。ここではひとまず、契闊の三説（勤苦・約束・久別）のうちの「久別（重逢）」の立場で訳した。清の王尭衢『古唐詩合解』巻下も、「契闊は隔絶するなり」とし、「契闊を叙《の》べ、同《とも》に飲燕（飲宴）す」と解釈する。

24**心念旧恩**　念は「常に思ふなり」（『説文解字』巻一〇下）の意。自覚的に思い続けて忘れないことをいう。旧恩は、昔の友情、かつての情愛。

25**月明星稀**　稀は「まばラニシテ」とも読む。照りわたる月の光のために、星の光が薄れてまばらにしか見えないさま。次の句とともに、北宋の蘇軾「（前）赤壁ノ賦」に引かれて広く知られる名句。

26**烏鵲**　烏鵲には、①カササギ（カラス科に属する）、②烏《カラス》と鵲《カササギ》、③カラスの意味がある。このうち①と③は、いわゆる偏義複詞としての用法であろう。ここでは①の通説が適切と考えられる。すでに矢田博士「曹操『短歌行（対酒篇）』考」（前掲）によって指摘されるように、カササギ（烏鵲・鵲）は予知能力にすぐれ、風の多い年には低い枝に巣をかける鳥とされ（『淮南《えなん》子《じ》』繆称訓《びゅうしょうくん》の「鵲ノ巣ハ知ル二風之所ヲ一レ起コル」と後漢の高誘注参照）、この性質から、「古来、この鳥が低いところに巣を作るというのは、為政者の徳が普《あまね》くゆきわたった平和な治世の象徴とされた」（矢田論文）。たとえば『荀子《じゅんし》』哀公篇には、昔の王者の泰平の世における瑞祥として、鳳凰や麒麟《きりん》の出現とともに、「烏鵲《うじゃく》の巣、俯《ふ》して窺ふ可《べ》きなり」を記す。類似の話は『荘子』馬蹄《ばてい》篇（伊藤正文「曹操詩補注稿」にも引く）、『淮南子』氾論《はんろん》訓《くん》などにも見える。従って、「《烏鵲》が枝に巣をかけようとしないこと、あるいは、枝から飛び去ってしまうこと」は、おのずと「政局の乱れを暗示するもの」と受けとられることになる（矢田論文）。

なお「烏鵲」の語はまた、文脈上、明君を捜し求める優れた人材（賢者）を比喩する（『魏晋南北朝文学史参考資料』や『漢・魏・六朝詩集』など）。李善注は、よるべない「客子《かくし》」（旅人）、余冠英『三曹詩選』は流亡の人民にたとえたとするが、ここでは穏当ではあるまい。李如鸞《りじょらん》『古代詩文名篇賞析』（北京出版社、一九八五年）参照。

ちなみに②の「烏《カラス》と鵲《カササギ》」説を採るものには、星川清孝『歴代中国詩精講』や吉川幸次郎『三国志実録』など、中国では邱英生ほか『三曹詩訳釈』や王景霓《おうけいげい》ほか『漢魏六朝詩訳釈』（黒竜江人民出版社、一九八三年）などがある。さらに③のカラス（鴉）説としては、『三国志演義』第四八回（宴《うたげシ》二長江ニ一　曹操賦《ふス》レ詩ヲ）がある。

27**三匝**　三は実数ではなく、不特定多数を表す用法。また匝は、ひとめぐりする回数を数える量詞。～周。従って三匝とは、何度もぐるぐると（飛びめぐること）をいう。

29 **山不厭高**　次の句とともに、『管子《かんし》』形勢解の、「海《ハ》不辞《セ》水《ヲ》、故《ゆゑニ》能《ク》成《ス》其《ノ》大《ヲ》。山《ハ》不辞《セ》土《ヲ》、故《ニ》能《ク》成《ス》其《ノ》高《キヲ》。明主《ハ》不厭《いとハ》人《ヲ》、故《ニ》能《ク》成《ス》聖《ヲ》（李善注所引『管子』には、聖を衆〔多いこと〕に作る）」を踏まえて、胸襟を開いて優れた人材（賢才）をより多く求めて、悲願の王業を達成しようとする熱意を表白したもの。『管子』と類似した表現は、すでに網祐次『文選』下（前出）や林東海『古詩哲理』（学林出版社、一九八八年）などに指摘されるように、秦漢以前の書や文中に散見する。たとえば客臣（他国出身の臣下）を追放する政策の非を説いた秦の李斯《りし》「上《ル》書《ヲ》秦《ノ》始皇《ニ》」（『文選』巻三九）の、「太山《ハ》（＝泰山）不譲《ゆづラ》土壌《ヲ》、故《ニ》能《ク》成《ス》其《ノ》大《ヲ》。河海《ハ》不択《えらバ》細流《ヲ》、故《ニ》能《ク》就《なス》其《ノ》深《キヲ》。王者《ハ》不却《しりぞケ》衆庶《しゆうしよヲ》、故《ニ》能《ク》明《ラカニス》其《ノ》徳《ヲ》」（「不択」は、選択的に拒否したりせず、すべてを受け入れる意。衆庶は多くのさまざまな人々）、『韓非子』大体篇の、「太山《ハ》不立《テ》好悪《こうおヲ》、故《ニ》能《ク》成《ス》其《ノ》高《キヲ》。江海《ハ》不択《バ》小助《ヲ》（ここでは細流）、故《ニ》能《ク》成《ス》其《ノ》富《ヲ》。故大人（君主）《ハ》……歴《つクシテ》心《ヲ》於山海《ニ》而国家富《とメリ》」（歴心は重視する意）、前漢の韓嬰《かんえい》『韓詩外《げ（がい）》伝《でん》』巻三、東野の鄙人《ひじん》（東郊の田舎の人）が斉の桓公《かんこう》に向かって述べた言葉のなかの、「夫《レ》太山《ハ》不譲《ラ》礫《れき》石《せき》（小石）《ヲ》、江海《ハ》不辞《セ》小流《ヲ》、所以《ゆゑニ》成《ス》其《ノ》大《ヲ》也」などが、ただちにあげられよう。いずれも君主は巨大な容量を誇る山水（泰山や河海〔江海〕）を手本として、多種多様な人材をえり好みせずに受け入れる大きな度量を持つべきだ、と主張する。

なお大野実之助『中国詩選』二（教養文庫、社会思想社、一九七一年）は、従来の訓《よ》みは誤りだとして、「山厭《やまいと》わざれば高《たか》く、水厭《みずいと》わざれば深《ふか》し」と訓む。これは、山不厭高が「山不辞土、故能成其高」、海不厭深が「海不辞水、故能成其大」の二句を、それぞれ一句に縮約した表現であることに着目して、文意の明解さを求めた結果であろう（対句ゆえに特殊な句作りも許されるとの判断も働いているか）。この「新説」と関連して興味深いのは、中国の傅亜庶《ふあしよ》『三曹詩文全集訳注』（吉林文史出版社、一九九七年）や林東海『古詩哲理』（前出）などが、厭を「満足する」意にとり、「山は（高いが決して）その高さに満足せず、海は（深いが決して）その深さに満足しない」と訳すことである。この二説は、いわば曹操のいささか舌足らずの縮約表現がもたらした「新説」といえようが、やはり厭は『管子』中の辞（拒絶する）などとほぼ同意にとり、一句で典故となる二句全体を表すもの、つまり「山は小さな土塊《つちくれ》をも拒まずして受け入れるゆえに高くなり、海は小川をも拒ばずに受け入れるゆえに深くなれるのだ」の意として理解すべきであろう。入谷仙介『古詩選』の訳「山はいくら高くともかまわん、海はいくら深くともかまわん（おれのまわりには人間がいくらいてもかまわんのだ）」も、参考になる。

31 **周公吐哺**　周公は周の文王の子、武王の弟で、名は旦《たん》。幼い成帝（武王の子）を補佐して周王朝の基礎を築いた聖人とされる。彼は、魯の国に赴任する子の伯禽《はくきん》を戒めて、「吾《われノ》於《ケル》天下《ニ》、亦《まタ》不軽《カラ》矣。然《レドモ》一沐《いちもくニ》三《タビ》握《にぎリ》髪《ヲ》、一飯《ニ》三《タビ》吐《クモ》哺《ほヲ》（哺は口の中に含んだ食物。一沐〔一回の洗髪〕・一飯〔一回の食事〕云々は、賢士を少しも待たせることなく会見する意）、猶《ホ》恐《ル》失《ハンコトヲ》天下之士《ヲ》」云々と語ったという（『韓詩外伝』巻三）。これの類話は『史記』巻三三、魯周公世家のなかにも見え、「一飯三吐哺」

の下に、「起チテ以テ待スレ士ニ」（待は接待・待応の意）の句がある。曹操はここで、洗髪や食事を中断してまでも人材の発掘と優遇につとめ、天下の人望を集めた周公旦を敬慕するとともに、幼い成帝を補佐して王朝の基礎を固めたその献身的行為に、漢の献帝（後漢最後の天子）を助ける自分の姿勢を重ねあわせて歌ったものであろう。

32**帰心**　心を寄せる。帰は帰着、本来落ちつくべきところに落ちつく意。

通釈

短歌行

美酒を飲んで大いに歌おう。人の生《いのち》は短きもの。あたかも朝露《あさつゆ》のごとく、過ぎ去りし日々の、まことに多きことよ。

（それを思えば）わが歌声は激しく高ぶりゆくばかり、憂いは（なかなか）忘れがたい。いかにしてこの憂いを払わん、ただ杜康《さけ》があるのみ。

青《くろ》き衿《えり》の（服を着た）優れし若者たちよ。わが心は長く（長く）慕《した》えり。ひたすらその訪れを待つために、今もなお深く思いにふけるのだ。

鹿はなごやかに鳴きかわし、仲よく野の苹《よもぎ》を食《は》む（という）。われもまた嘉《よ》き客人《まろうど》あらば、瑟《おおごと》をかなで笙《ふえ》を吹いて（心から歓待しよう）。

明るく輝く、あの月のごときさえも、永遠に手のなかにつかめぬ。（まるで優れた人材がなかなか捜し求められないように。そのため）深い憂いが心の奥から湧きあがりきて、（なかなか）断ちきることができないのだ。

はるかな道のりを踏み越えて、ぜひとも私を存《たず》ねてきてほしい。久しぶりに心ゆくまで飲み語らい、昔の交誼《よしみ》をあたためよう。

月が照りわたって、星光《ほしかげ》の薄れた夜、烏鵲《かささぎ》が南へ飛びゆく。木のまわりを何度も飛びめぐるのは、身をよせるべき枝を探しあぐねてのことであろうか。

山は土塊《つちくれ》さえも心よく受け入れてこそ高く、海は小川をも心よく受け入れてこそ深くなる。かの周公旦《たん》は、食べかけを吐き出してまで来客に会い、（優れた人材を登用した。）かくして天下の人々がみな心をよせたのだ（私も周公に見習いたく思う）。

諸説の異同

細部の諸説（「短歌行」「苦多」「沈吟」「掇」「契闊」「烏鵲」などの解釈や、作成年代等）は、〔語釈〕や〔備考〕の条参照。

備考

本詩は、当時流行のメロディーにあわせて作られた独創的な替え歌と考えられ、おそらく盛大な酒宴の席上、心地よい酩酊《めいてい》感に身をゆだねながら、即興的に歌いあげられたものであろう。自己の幕下に優れた人材を広く集めて、天下を統一したいとする平素の悲願と、その困難を深く自覚するために生じる憂いとが率直にほとばしり出る。清の王尭衢《おうぎょうく》も『古唐詩合解』巻下のなかで、「孟徳《もうとく》（曹操の字《あざな》）、功業未《いま》だ建《た》たざるの日に於いて、燕飲《えんいん》（宴会）に当たりて此の歌を作る」と指摘する。

四句一解《かい》（解は楽章）の構成をもち、八段落から成る（ただし文脈的に二解《かい》を一まとめにして四段落に分けてもよい）。各解ごとの論理的なつながりは、きわめてゆるやかであり、『詩経』の言葉を二回（2句と4句）そのまま引用するほか、当時流布していた里語《ことわざ》や先行詩文中の言葉をあまり改変せずに用いて、乱世の英雄らしい振幅の大きな骨太《ほねぶと》の調べをかもし出す。それは、久しく沈滞していた、『詩経』以来の四言形式を再生させたものとして高く評価できよう。入谷仙介『古詩選』にいう。「酒宴の歌としての酔いの進行と、心理の変転とが微妙にからみあって、詩の骨格を支えている」と。詩中を貫く荒々しい情感の噴出こそ、後漢末という激動の時代と、曹操という詩人肌の強烈な個性との鋭い摩擦から生まれた「ますらおぶり」であり、清の魏源《ぎげん》は「風雲の気有り」（『詩比興箋《きようせん》』序）と評した。曹操の名高い「烈士《ハ》暮年《ニモ》、壮心不ㇾ已《やマ》」（「歩出夏門行」〔亀は寿《いのちなが》しと雖も〕）の句が、おのずと思い起こされてくる。

ちなみに、石田公道「短歌行私見」（前出）は、本詩を曹操（魏の武帝）の作とする定説に疑問を投げかけていう。本詩は章節の区分（四章もしくは八章）の差異を問わず、主題や文脈に一貫性がなく、不自然な措辞《そじ》や表現上の重複が見られ、元来、章節ごとにばらばらに成立したものであり、「一人一時の作」とは考えがたい。「既に漢代末期には現在のような形で歌いつがれ、魏の朝廷などでは盛行していたのではあるまいか。そして歌柄の格調の荘重にして堂々としており、歌詞の内容も王者の風格を備えている点から、魏の武帝の作として伝えられるに至ったのではあるまいか。或いは武帝自ら好んで詠歌したものでもあろうか」と。しかし本詩は、宴席上における即興の替え歌と考えることによって、古典の引用や、辞句の重複や、粗けずりの迫力といった特色が、自然なものとして納得される。逆に石田説は全くの推測で、客観的な論拠に欠けている。

久しい動乱を平定するために最も必要なものは、多くの優れた人材である。曹操は賢才の招致と登用に、積極的かつ大胆であった。門地（家柄）や素行に関係なく、「唯だ才あれば是れ挙げよ」（唯才是挙）という。建安一五年（二一〇）の春に発布された、この「求賢令」（通称。陳寿『三国志』巻一、武帝紀）のなかには、「今、天下尚《な》ほ未だ定まらず、此れ特に賢（者）を求むるの急時なり」ともある。当時、曹操はすでに「去日苦《はなは》だ多き」56歳である。赤壁の戦い（二年前の建安一三年）に敗退して、天下が三分に向かう趨勢《すうせい》のなかで、王業の夢はしだいに遠ざかり、憂いのみ深まりゆく。張可礼編著『三曹年譜』（斉魯書社、一九八三年）も、詩中の後半に見られる人材招致の熱烈な願望表現に着目し、前述の「求賢令」と同時の作とする。

もちろん、現在なお本詩の作成年代を確定することはできない。小説『三国志演義』（第四八回）は、赤壁の戦いの前夜の作とするが、単なるフィクションにすぎない。ただ詩意のうえから、今日一般に赤壁の戦い以後の作と見なされることが多い（『曹操集訳注』〔前出〕や傅《ふ》長君《ちようくん》「曹操『短歌行』試解」〔華東師範大学中文系資料室編『古典文学名篇賞析』上海教育出版社、一九八二年所収〕など）。前掲の張可礼『三曹年譜』建安一五年作説も、もちろんその範囲内に属する。筆者もほぼ同意見である。

周振甫「短歌行」（前出）も、建安一五年一二月に発布された「譲《ゆづリテ》ㇾ県《ヲ》（封邑三県を辞退して）明《ラカニスル》㆓本志《ヲ》㆒令」（通称。『三国志』武帝紀所引『魏武故事』）と本詩との内容上の類似性に着目して同年作の可能性があると指摘する。そして同年（もしくは翌年）の作と考えられる阮瑀《げんう》「為《ためニ》㆓曹公（操）《ノ》㆒作《リテ》ㇾ書《ヲ》与《フ》㆓孫権《ニ》㆒」（『文選』巻四二）のなかの、「離絶以来、一日として前《さき》の好《よし》みを忘るる無し。亦《ま》た猶《な》ほ姻媾《いんこう》の義あり（曹操が自分の弟の娘を孫策の末弟にめあわせ、子の彰《しょう》のために孫賁《そんふん》〔孫堅の兄の子〕の娘をめとったことを指す）、恩情已《すで》に深し」の語に着目する。曹操は孫権と親戚の間柄にあったので、「心に旧恩を念《おも》ふ」と歌うのだ。そして「離絶以来」云々の語は、詩中の「但為君故、沈吟至今」にあたる。当時、孫権は28歳なので、56歳の曹操は彼を「青青たる子《きみ》が衿《えり》」になぞらえることができる。孫権は曹操と袂《たもと》を分かった後、赤壁の戦いを起こして天下三分の形勢を作り出し、曹操の天下統一の理想をうち砕いて、憂いをかきたてた。天下を統一して人望を集めるためには、孫権の帰順こそ重要だと考えて、彼が帰順したら、賓客としてもてなし、高い地位を与えようとして、特に孫権をなつかしむのだ、と（要約）。

他方、徐澄宇《じょちょうう》『楽府古詩』（香港・今代図書公司、刊行年月未詳。作者の一九五五年の「導言」あり）は、曹操が南征したとき、かつての友人劉備をなつかしんで作った詩であるとする。劉備はかつて曹操につき従い、後にそのもとを離れて南の荊州《けいしゅう》に行き、さらに孫権と協力して曹操に敵対した。「月明星稀」以下の四句は、劉備が南方に赴いて後、まだ身をよせるところがないことをいい、「山不厭高」以下の四句は、劉備に向かって、もし帰順したならば、心よく受け入れて礼遇すると呼びかけたものである。従来、詩中の友人「君」が遠方にいる旧友劉備を指すことに気づいていない、と（要約）。

周振甫と徐澄宇の両説は、いずれも本詩を特定の人物を思い描いて作成されたと見なす説である。清の方伯海《ほうはくかい》（『文選集成』の著者。花房英樹『文選（詩騒編）』四所引）の「篇中に君と曰ひ、嘉賓と曰ひ、相存と曰ひ、旧恩と曰ふ。意中に確《かく》として指す所の人あり。其れ先主（劉備）と孫権か」や、王壬秋《おうじんしゅう》（駱鴻凱《らくこうがい》『文選学』（台湾中華書局、一九六八年）評隲《ひょうしつ》第八所引）の「『子衿』の四句は孫呉（孫権）を指し、……『月明』の四句は劉備を招致せんと欲するなり」は、周・徐両説の中間ともいうべき説である。しかしこれらの諸説も、定説と見なせるほどの確証はなく、現在のところ臆測の域を出ていない。

ちなみに劉知漸『建安文学編年史』（重慶出版社、一九八五年）は、赤壁の戦いの一年前にあたる建安一二年（二〇七）、曹操53歳の作とする。曹操はこの年、長城を出て北の烏桓《うかん》（烏丸《うがん》とも書く。東胡の一種）族を征伐した後、鄴城《ぎょうじょう》に凱旋しようとして、昌国《しょうこく》（劉知漸は、鄴城の西の新昌〔侯国〕の誤りと見なす）を通ったとき、長いあいだ彼につき従わなかった名士邴原《へいげん》が思いがけずまっ先に出迎えてくれたことに驚喜して、即興的に歌いあげたものとする。これは、「烏鵲」を自己に帰順しようとしない名士の比喩と見なし、烏桓征伐の後、曹操の地位に変化が生じて、公然とみずからを周公旦になぞらえるようになった状況を反映する、と。この説もまた臆測の域を出ないようである。

（植木　久行）

王《おう》 粲《さん》

0 七哀詩　七哀《しちあい》の詩《し》

1 西京亂無象　西京《せいけい》　乱《みだ》れて象無《みちな》く

2 豺虎方遘患　豺虎《さいこ》　方《まさ》に患《わざわひ》を構《かま》ふ

3 復棄中國去　復《ま》た中国《ちゅうごく》を棄《す》て去《さ》り

4 遠身適荊蠻　身《み》を遠《とほ》ざけて　荊蛮《けいばん》に適《ゆ》く

5 親戚對我悲　親戚《しんせき》　我《われ》に対《むか》ひて悲《かな》しみ

6 朋友相追攀　朋友《ほうゆう》　相《あ》ひ追攀《ついはん》す

7 出門無所見　門《もん》を出《い》でて　見《み》る所《ところ》無《な》く

8 白骨蔽平原　白骨《はっこつ》　平原《へいげん》を蔽《おほ》ふ

9 路有飢婦人　路《みち》に飢《う》ゑたる婦人《ふじん》有《あ》り

10 抱子棄草閒　子《こ》を抱《いだ》きて　草間《さうかん》に棄《す》つ

11 顧聞號泣聲　顧《かへり》みて　号泣《がうきふ》の声《こゑ》を聞《き》くも

12 揮涕獨不還　涕《なみだ》を揮《ふる》ひて独《ひと》り還《かへ》らず

13 未知身死處　未《いま》だ身《み》の死《し》する処《ところ》を知《し》らず

14 何能兩相完　何《なん》ぞ能《よ》く両《ふた》つながら相《あ》ひ完《まった》からんと

15 驅馬棄之去　馬《うま》を駆《か》つて之《これ》を棄《す》て去《さ》る

16 不忍聽此言　此《こ》の言《げん》を聴《き》くに忍《しの》びざればなり

17 南登霸陵岸　南《みなみ》のかた霸陵《はりょう》の岸《きし》に登《のぼ》り

18 迴首望長安　首《かうべ》を廻《めぐ》らして長安《ちょうあん》を望《のぞ》む

19 悟彼下泉人　悟《さと》る　彼《か》の下泉《かせん》の人《ひと》

20 喟然傷心肝　喟然《きぜん》として　心肝《しんかん》を傷《いた》ましむるを

テキスト　『先秦漢魏晋南北朝詩』上「魏詩」二　◆『文選』二三　◆『古詩源』六「魏詩」　◆唐、欧陽詢『芸文類聚』三四　◆宋、真徳秀《しんとくしゅう》『文章正宗』二二上（文淵閣四庫全書本）　◆『王侍中集』一（明、張溥《ちょうふ》『漢魏六朝一百三家集』二九（同上））　◆明、馮惟訥《ふういとつ》『古詩紀』二五（同上）　◆明、陸時雍《りくじよう》『古詩鏡』六（同上）　◆明、張象之『古詩類苑』八九　◆『王仲宣集』二（明、楊徳宗《ようとくそう》輯・清、陳朝輔《ちんちょうほ》増訂『建安七子集』二（台湾中華書局、一九七一年））　◆清、張玉穀《ちょうぎょくこく》『古詩賞析』九「魏詩」　◆丁福保『全漢三国晋南北朝詩』全三国詩三　◆呉雲・唐紹忠《とうしょうちゅう》『王粲集注』

校語

2 **豺**　『芸文類聚』『古詩類苑』では、「犲」に作る。異体字。

遘　『古詩賞析』では、「構」に作る。『文選』李善注に、「遘《ハ》与《と》レ構同《ジ》。古字通《ズル》也」とある。

3 **復**　宋、魯訔《ろぎん》『杜工部草堂詩箋』（叢書集成本）二〇「将《ニ》レ適《ゆカント》ニ呉

楚《ニ》留別《ス》章使君留後兼《ネテ》幕府諸公《ニ》得《タリ》柳《ノ》字《ヲ》」詩の注では、「捐」に作る。

4**遠**　『古詩紀』『古詩鏡』『全漢三国晋南北朝詩』では、「委」に作る。また、『草堂詩箋』注（前出）四「通泉駅南《ノカタ》去《ルコト》通泉県《ヲ》十五里山水作《ノ》」詩の注では「遠身」を「身遠」に作る。

6**相追**　『芸分類聚』に「追相」に作る。

9**飢**　『六臣注文選』（四部叢刊本）では、「五臣作《ル》饑字《ニ》」とあり、『文章正宗』に、「饑」に作る。二字は同義。

13**處**　宋、呉城『韻補』（叢書集成本）二「完」字注では、「所」に作る。

17**覇**　『類聚』『建安七子集』では、「灞」に作る。二字は通用する。

18**迴**　『先秦漢魏晋南北朝詩』では、「廻」に作るが、『文選』等に「迴」とあるのに従う。『漢魏六朝一百三家集』『古詩紀』『古詩鏡』『類苑』『賞析』『全漢三国晋南北朝詩』では、「回」に作る。いずれも同義。

詩型・韻字

五言古詩。患《かん》（去声諫韻〔諫韻〕）・蠻《ばん》・攀《はん》（上平声刪韻〔刪山*韻〕）・原《げん》（上平声元韻〔元韻〕）・*閒《かん》・還《くわん》（上平声寒韻〔寒桓*韻〕）・言《げん》（上平声元韻〔元韻〕）・安《あん》・肝《かん》（上平声寒韻〔寒桓韻〕）の通押。

語釈

0**七哀**　直訳すれば、「七つ（七種）の哀しみ」となる。が、「七」が具体的に何を指すのかは未詳。古くは、『五臣注文選』の呂向《りょきょう》が、「七哀《トハ》謂《フ》痛《いたンデ》而哀《シミ》、義《ニシテ》而哀《シミ》、感《ジテ》而哀《シミ》、怨《ンデ》而哀《シミ》、耳目聞見《シテ》而哀《シミ》、口嘆《ジテ》而哀《シミ》、鼻酸《シテ》（鼻にツンとくること）而哀《シムヲ》」というが、これはただ単に、「七」という数に事象を当てはめただけの付会の説と言ってよい。今日では、A＝七つの哀しみ、B＝いろいろな哀しみ、C＝A・B、いずれとも決し難いが、悲哀をいう、という説がある。本稿では、B説を採る。詳しくは、〔諸説の異同〕の項参照。

「七哀詩」は、建安時代から現れる、悲哀を歌った五言詩。死を悼むニュアンスが強い。唐、呉競《ごきょう》『楽府古題要解《がふこだいようかい》』（『津逮秘書《しんたいひしょ》』第一四集など）が、後漢末に始まった楽府題であるとして以来、その説を踏襲するものが多い。これに対して興膳宏《こうぜん》・川合康三『文選』では、「『楽府詩集』にも収められず、普通は楽府とみなされない」として、これに否定的な見解を示し、「枚乗の『七発』、曹植の『七啓』など、『七』の様式〔『文選』には『七』の部類が立てられている〕と関係があるかも知れないが、七編がセットになった作品は残っていない。ただ、「七哀」と題した詩はいずれも複数であり、王粲は『文選』の二首のほかにも一首、曹植は『文選』の一首以外にも断片が残り、晋の張載は二首の『七哀詩』が『文選』に収められている」と指摘する（『鑑賞中国の古典』一二〔川合康三執筆〕角川書店、一九八八年）。

後に詳しく触れるように、本作品は、漢末の動乱を哀しんで作られた連作（現存するものは三首）のうちの第一首とされている。

1**西京**　長安。東都・洛陽を「東京《とうけい》」というのに対していう。

無象　A＝政治に筋道がなくなる、B＝秩序がなくなる、と言う二説がある。両者とも基本的には、「象」を「道」ととること に基づいている（『文選』李善注では、『老子』〔上篇『仁徳』

第三五〕の「執《リテ》二大象《ヲ》一、天下《ニ》往《ク》」につけられた河上公注に「執《トハ》、守《ル》也。象《トハ》、道也。聖人守《レバ》二大道《ヲ》一、則《チ》天下万民移《シテ》レ心《ヲ》帰二往《スル》之《これニ》一也」とあるのを引く。この説を採るものの多くは、これに基づくものと思われる）。このうちA説は、道を「政道」に限定して捉える解釈、B説は、より広く社会全体の筋道すなわち、「秩序」と捉えて解釈する。なお、「象」を「形象」の意味に解し、戦乱のために形のくずれて秩序のない様子ととるものもある（網祐次『文選』下、『新釈漢文大系』一五、明治書院、一九六四年など）。

ここでは、乱れを政治だけではなく、広く社会全体のそれと見る立場に立つB説を採る。

後漢末、朝廷は黄巾の乱による混乱を収拾することもできず、外戚と宦官が権力を争っていたが、中平六年（一八九）、山西に勢力を張った董卓は、強力な軍隊を率いて上洛し、袁紹らを洛陽から追い払い、帝位を継いだ少帝を廃し、時にわずか9歳であった献帝劉協《りゅうきょう》（一八九―二二〇在位）を立て、暴虐の限りをつくした。初平元年、袁紹・曹操らは董卓誅滅を名分として挙兵、董卓は献帝を擁して、首都洛陽を焼き払って長安へ移った。初平三年（一九二）、董卓は呂布らに殺され、ついで董卓の部下であった李傕《りかく》や郭汜《かくし》らが反乱を起こして、掠奪・放火・殺人をほしいままにしたため、長安一帯は大混乱となった。ここに言う「乱無象」とは、この間の動乱を言う。この間、王粲も洛陽から長安へ移り、さらに、難を避けて長安から、祖父王暢《ちょう》の門下生で、荊州刺史（長官）となっていた劉表を頼って荊州（湖北省襄樊《じょうはん》市付近）へと向かった。

本作品は、この混乱に巻き込まれた作者が、直接目撃した悲惨な状況を描写したものである。その制作時期については、A＝初平三年（一九二）、作者が16歳、B＝同四年、作者が17歳、という二説がある。ここでは、A説を採る。詳しくは、〔諸説の異同〕の項参照。

2 **豺虎**　山犬と虎。凶暴な者たちを言う。具体的には、この一連の動乱の実行者と、それに乗じて、暴虐をつくす者たちを指す。この語は、現代中国語でも「むごい悪人。賊」の喩えとして用いられている。

方　まさに。ちょうどその時に。

遘患　「遘」には、A＝あう、B＝構える（〔校語〕2に記したように、『文選』李善注の示す見解も、これと同じである）、の二つの意味がある。ここではBを採るが、「遘」には、「構」と通じて、「（事を）なす」意があるので、敢えて「騒ぎをしでかそうとかまえている」（網祐次『文選』下など。傍点増子）と訳す必要はないであろう。

「患」は、憂と同じく、災難。具体的には、動乱を起こした者たちの乱暴狼藉を指す。つまり、「遘患」とは、乱をなす、暴虐の限りをつくす意。

3 **復棄**　「復」はふたたびする。繰り返す。「またもや」。前記したように、王粲が都を棄てたのは洛陽に次いで二度目のことである。

中国　中原。都のある地域。黄河中流域の洛陽（河南）、長安（陝西）付近を言う。

4 **遠身**　〔校語〕4に示したように、「遠身」を「委身」とするテキストが少なからず存する。「遠身」には、①身を遠ざける、②身を託すという二義がある。一方、「委身」にも、①託身、②棄身、③置身、④嫁ぐ、⑤脱身などのように、身をまかせる、身を投じる、身をゆだねるという意がある（羅竹風主編『漢語大詞典』巻四）。王粲の霊なら、⑤の意味を踏まえて「脱出」と採るべきか。

荊蛮　荊州付近の地。「荊」は、春秋戦国時代にこの地に都を定めた「楚」の別称である。「蛮」の字が物語るように、中原地方の人々にとって、この地方は長く自らの土地とは隔絶した異域と認識されていた。それだけに、その地へ赴かざるを得ない作者の心には、世界の果てに行くという、言い知れぬ寂寥感が込められていると見てよいであろう。

6 **相追攀**　「相」は、動作の対象を示す接頭語。「追攀」には、A＝追いすがって別れを惜しむ（内田泉之助『古詩源』上〈漢詩大系四、集英社、一九六四年〉など多数）、B＝たすけあう（諸橋轍次『大漢和辞典』一二）という二説がある。両者とも論拠を示さないが、「攀」には、「攀援」などの熟語があるように、「引き止める」「つかむ」意がある。また、前野直彬・石川忠久『漢詩の解釈と鑑賞事典』（旺文社、一九七九年）等に、「車のかじ棒にすがって引き止める」とあることなどから、ここでは、A説を採る。

8 **白骨蔽平原**　戦乱の犠牲となった人々の白骨が、野ざらしとなって平原をおおいつくさんばかりである。これを誇張表現とする説もある（王守華ほか『漢魏六朝詩一百首』〈上海古籍出版社、一九八一年〉など）。しかし、

①『後漢書』九「献帝紀」興平元年（一九四）に、「是時ノ、穀ハ一斛《こく》ハ（二石に同じ。漢代は二〇リットル弱）五十万（銭）、豆麦ハ一斛二十万、人相ヒ食啖《しよくたん》シ、白骨委積ス」とあること。

②曹操「蒿里行《こうりこう》」にも、この動乱時の様子が「白骨露《あら》ハレ二於野一ニ、千里無シ二鶏鳴一」とうたわれていること（『古詩源』五「魏詩」）。

などを勘案すれば、本作品の描写は、単なる誇張ではなく、作者の目撃した実景をうたったものと見てよいであろう。入谷仙介『古詩選』（中国古典選一三、朝日新聞社、一九六六年）では、「王粲が、長安を逃げ出したのも、この飢饉が直接の原因だったかもしれない」とする。

このように白骨が野ざらしとなったままであるのは、動乱の犠牲となった人々が多い事を示すだけでなく、それを集めて葬ることのできる生存者が、いかに少ないかをも同時に示している（劉《りゆう》亜《あ》玲《れい》ほか『中国歴代詩歌鑑賞辞典』中国民間文芸出版社、一九八八年）。

12 **揮涕**　涕《なみだ》をぬぐう。「涕」は涙、「揮」は、手で払い去る意。松枝茂夫『中国名詩選』上（岩波文庫、岩波書店、一九八三年）に、「子の泣き声に涙しつつも」とするが、採らない。

独不還　決して戻ろうとしない。「独」は、強意ないしは、「却」と同じ。多く、下に否定の語を伴う。

13 **未知**　（現在までの事態として）まだ、わからない。「未」は、「未だ……ず」と訓読する再読文字。この句は、次の句と共に、子を棄てた婦人のつぶやきである。

14 **何能両相完**　どうして、二人とも生きおおせられようか（いや、

生きおおせられない）。「何能」は、反語的用法。「どうして……できようか（いや、できない）」。「能」は、能力的にできる意。「両」は、この場合、母子を指す。「完」は、まっとうする。この場合、生を全うする。生きおおせる。

15**棄此去**　その母と子を見棄てて立ち去った。「此」は、母子（より限定的には母親）を指す。「その場を棄てて立ち去った」とする説もある（高木正一ほか『漢詩鑑賞入門』〈高橋和巳執筆〉創元社、一九六二年など）。

16**不忍此言**　婦人の言葉を聴くにたえない。「不忍」は、忍びない。耐えない。「聴」は、「聞」（きこえる）に比べ、より自覚的にきく意。耳を傾ける。「此言」は、第13・14句の婦人の言葉。

17**霸陵岸**　霸陵の高台。霸陵は、長安の東南郊外にある前漢の文帝劉恒《りゅうこう》（前一八〇—一五七在位）の陵《みささぎ》。文帝の在位した二三年間は、漢の宿敵・匈奴の大規模な侵攻もなく、安定した時代であったとされる。松浦友久『中国名詩集—美の歳月』（朝日文庫、朝日新聞社、一九九二年）では、「一首の結びのこの部分では、文帝時代の平和な長安と、現在の戦乱の長安との対比が、発想の起点になっているだろう」とする。「岸」は、水のほとりではなく、丘などの高い所を言う。

18**迴首望長安**　振り返って、遠く長安を望み見る。「迴」は、めぐらす、「首」は、頸部から上全体を言う。頭の類語。「望」は、遥か遠くを眺めやる意。

19**下泉**　『詩経』曹風の篇名。伝統的には、曹の共公姫襄《きじょう》（前六五二—六一八在位）の悪政に苦しむ人々が、衰退した周王室の善政の再現を望む詩と解釈されている。その中には、「念《おもフ》彼周京《ヲ》」、「念《フ》彼《ノ》京師《ヲ》」とあるように、今や衰退したかつての周の都・鎬京《こうけい》の盛時を慕い、懐かしむ言葉が繰り返される。松浦友久『中国名詩集—美の歳月』では、「鎬京は長安のすぐ西郊、事実上、ほとんど同じ場所と意識されている。長安の動乱、漢王朝の衰退を嘆く王粲が、『下泉』の作者の思いを我が思いとして『悟』るのは、まさにこのためにほかならない」とする。同時に、「下泉」とは、「黄泉」「泉下」と同様、死後の世界をも意味し、「下泉人」とは、戦乱の犠牲となって死んでいった人々をも指す。

なお、「下泉」が『詩経』を踏まえていることに対しては、ほぼ全ての注釈書が触れている（一部には、このことには触れず、『死後の世界』を意味するとだけ指摘するものもある〈内田泉之助『古詩源』上など〉）が、死後の世界を意味するとの見解には否定的な意見もある。詳しくは、〔諸説の異同〕の項参照。

また、「下泉人」を霸陵に埋葬される文帝を指すという説もある（北京大学中国文学史教研室『魏晋南北朝文学史参考資料』宏智書店、原版は中華書局、一九六二年など）。しかし、そこまで限定する必要はないであろう。

20**喟然**　ため息をついて嘆くさま。

傷心肝　心を痛める。第一義的には「心臓や肝臓が、えぐられ傷つけられる」意であるが、「断腸」と同じように、中国固有の臓器感覚をともなった詩的表現である（松浦友久「『断腸』考」〔『詩語の諸相—唐詩ノート（増訂版）』所収、研文出版、一九九五年〕参照）。

通釈

七哀《しちあい》の詩

西の京《みやこ》（長安）は混乱に陥り、秩序は全く失われてしまった。山犬や虎のように凶暴な者どもが今まさに暴虐の限りをつくしている。私は、またもや中原の地を棄て、身を遠ざけて遥か荊州の地へと落ちのびていく。親戚の者たちは私の面前で別離の悲しみにくれ、友たちは追いすがって別れを惜しんでくれた。

（それをふりきるようにして）都の城門を出てみれば、あたりは荒れ果てて見るものとてなく、（うち続く戦乱の犠牲となった人々の）白骨が、平原をおおいつくさんばかりに散乱している。

路傍に飢え疲れた婦人がいた。彼女は、胸に抱いた幼子《おさなご》を草むらに棄てているではないか。激しく泣き叫ぶその声に振り返り、あふれる涙を手でぬぐいながらも、我が子のもとへは決して戻ろうとはしない。「我が身がどこで果てるのかさえわからない始末。どうして母子《おやこ》二人そろって、無事生きながらえることなどできましょう」とつぶやきながら。

私は馬を駆って、この哀れな母子を見捨てて去った。（これ以上）彼女のつぶやきを聴くに忍びなかったからである。南のかた霸陵の高台に登り、振り向いて遥か長安を望み見る。今こそはっきりわかった。悪政に虐げられたあの「下泉」の作者たちが、名君の出現を待ち望みつつ、ため息をついて心を痛めたその悲しみの深さを。

諸説の異同

異同の所在　Ⅰ

七哀の意味

異同の類別

A　七種の哀しみ。

B　いろいろな哀しみ。

C　A・B説のいずれとも決し難いが、悲哀を主題とする。

A説を採るもの：星川清孝『新訂　歴代中国詩精講』（学燈社、初版一九五四年、新訂版一九七五年）、高木正一ほか『漢詩鑑賞入門』（高橋和巳執筆）、鈴木虎雄『中国戦乱詩』（筑摩叢書一一九、筑摩書房、一九六八年）、鈴木修次『漢魏詩の研究』（大修館書店、一九六七年）、北京大学中文系古代文学教研室『中国文学史参考資料簡編　上』（北京大学出版、一九八八年）、松浦友久『中国名詩集—美の歳月』など。

B説を採るもの：林俊栄《りんしゅんえい》『魏晋南北朝文学作品選』（吉林人民出版社、一九八〇年）、王景霓《おうけいげい》ほか『漢魏六朝詩訳釈』（黒竜江人民出版社、一九八三年）、陳昌渠《ちんしょうきょ》『魏晋南北朝詩選』（四川教育出版社、一九八七年）、陳舜臣・松浦友久監修『漢詩で詠む中国歴史物語2　漢末～南北朝時代』（〈植木久行執筆〉世界文化社、一九九六年）など。

C説を採るもの：北京大学中国文学史教研室『魏晋南北朝文学史参考資料』、季鎮淮《きちんわい》ほか『歴代詩歌選』（中国青年出版社、一九八〇年）、横山伊勢雄『中国古典詩聚花1　政治と戦乱』（尚学図書、一九八四年）、鎌田正監修『漢文名作選3　漢詩』（〈高木重俊執筆〉大修館書店、一九八四年）、佐藤保・中村嘉弘『鑑賞漢詩の心』（〈中村嘉弘執筆〉有斐閣、一九八四年）など。

異同の論拠

A説（七種の哀しみとする説）

(1)　『文選』五臣注（呂向注）は、七哀について「七哀謂痛而哀、義而哀、感而哀、怨而哀、耳目聞見而哀、口嘆而哀、鼻酸而哀二」（訓読は、〔語釈〕に前出）と説明する。

(2) しかし、この解釈は、単にかなしみの発し方を七という数に合わせて説こうとしたまでで、明の徐師曾《じょしそう》の『文体明弁』巻一一に、「七哀ノ義ハ未ダレ詳ナラ、文選ノ呂向注ハ、不レ足ラレ信ズルニ」（訓点は増子）というように、ほとんど信頼できない。

(3) 王粲の「七哀」は三首現存し、曹植には『文選』に収める「七哀詩」以外、「七哀詩」を称する逸句が二例存在する。

(4) こうしたことから、七哀詩というのは、人間のいろいろな哀しみの場面を七通り述べる連作として作られたものであって、このことは既に鈴木虎雄『玉台新詠』の注釈（正確には『玉台新詠集』上、岩波文庫、一九五三年〔増子〕）で指摘するように、「七」と称される文体様式から着想を得たものではなかろうか。

(5) 「七」という文体は、『文選』にも賦・詩・騒に並べて特に「七」という区分を設けており、枚乗の「七発」、曹植の「七啓」、晋の張協の「七命」を収録する。

(6) 「七」という文体の来歴については、晋の傅玄《ふげん》（二一七—二七八）の「七謨」序に詳しい。

(7) 「七哀詩」は、散文における「七」の趣向を詩にもちこみ、七つの悲哀の場面を連作としてたたみかけることを予定する、建安年間において生まれた新趣向の作品形式であったのではなかろうか。

結論：七哀とは、七首から成り、悲哀の場面七通りを歌う形式をいう。

（以上、鈴木修次『漢魏詩の研究』）

B説（いろいろな哀しみとする説）

○ 七哀とは、悲しみの多さを示したもので、実際の数ではない。

結論：七哀とは、いろいろな哀しみをいう。

（以上、陳昌渠『魏晋南北朝詩選』）

○ 「七哀詩」は、人々の出会う悲哀の諸相を描くことを主題《テーマ》とする。この詩は動乱の世相を生々しく再現した一幅の難民図、と評してよい。

結論：七哀とは、いろいろな哀しみをいう。

（以上『漢詩で詠む中国歴史物語2　漢末～南北朝時代』〔植木久行執筆〕）

C説（A・B説のいずれとも決し難いが、悲哀を主題とするものとする説）

詩題の「七哀」は、後漢末に起こった新しい楽府題と考えてよい。王粲には三首の作があり、曹植・阮瑀《げんう》にも一首ずつが残っている。題の意味は不明であるが、いずれの作品も悲哀の感情をうたう点で共通する。

結論：七哀とは、悲哀を主題とするものである。

（以上、鎌田正監修『漢文名作選3　漢詩』〔高木重俊執筆〕）

異同の所在　II

下泉の意味

異同の類別

A　死後の世界をも意味する。

B　死後の世界を意味しない。

A説を採るもの：星川清孝『新訂　歴代中国詩精講』、北京大学中国文学史教研室『中国文学史参考資料』、伊藤正文・一海知義

『漢・魏・六朝詩集』（（伊藤正文執筆）中国古典文学大系一六、平凡社、一九七二年）、前野直彬・石川忠久『漢詩の解釈と鑑賞事典』、林俊栄『魏晋南北朝文学作品選』、陳昌渠『魏晋南北朝詩選』、北京大学中文系古代文学教研室『中国文学史参考資料簡編　上』、松浦友久『中国名詩集―美の歳月』など。

B説を採るもの：横山伊勢雄『中国古典詩聚花　1政治と戦乱』、興膳宏・川合康三『文選』など。

異同の論拠

A説（死後の世界をも意味するとする説）

(1)「下泉」は、『詩経』の詩題であるが、同時に死後の世界をも意味する。

(2) 詩歌における自由なイメージの展開としては、そうした連想を拒否できない。

(3) ここでは、戦乱の長安で死んでいった無数の人々、「白骨平原を蔽う」と歌われた有名無名の死者たち、そうした「下泉」の人々への連想が重なっていると見ておくのが、享受史的に妥当であろう。

結論：「下泉」は、死後の世界をも意味する。

（以上、松浦友久『中国名詩集―美の歳月』）

B説（死後の世界を意味しないとする説）

(1) この下泉を冥土《めいど》に見て、下泉の人を戦死者とする説（『文選』李《り》周翰《しゅうかん》注（五臣注））がある。

(2) しかし、善政への憧憬へと収斂する詩にはそぐわない。

結論：「下泉」は、死後の世界を意味しない。

（以上、横山伊勢雄『中国古典詩聚花　1政治と戦乱』）

異同の所在　III

本詩の成立時期

異同の類別

A　初平三年（一九二）、作者が16歳の頃に作られた。

B　初平四年（一九三）、作者が17歳の頃に作られた。

C　A、Bいずれとも特定できない。

A説を採るもの：高木正一ほか『漢詩鑑賞入門』、李宝均『曹氏父子和建安文学』（上海古籍出版社、一九七八年）、南充師範学院中文系古典文学教研班『古代詩歌選』（四川人民出版社、一九七九年）、季《き》鎮淮《ちんわい》ほか『歴代詩歌選』（中国青年出版社、一九八〇年）、林俊栄『魏晋南北朝文学作品選』、韓兆琦《かんちょうき》ほか『漢魏六朝詩選注』（（韓兆琦執筆）、北京出版社、一九八一年）、呂慧鵑《りょけいけん》ほか『中国著名文学家評伝1』（（沈玉成執筆）、山東教育出版社、一九八三年）、鎌田正監修『漢文名作選3　漢詩』（（高木重俊執筆）、呉雲・唐紹忠『王粲集注』、王気中「王粲《七哀詩・西京乱無象》賞析」（『漢魏六朝詩鑑賞集』、人民文学出版社、一九八五年）など。

B説を採るもの：北京大学中国文学史教研室『魏晋南北朝文学史参考資料』、伊藤正文・一海知義『漢・魏・六朝詩集』、金冠英『漢魏六朝詩選』（人民文学出版社、一九五八年初版、一九七八年再版）、王守華ほか『漢魏六朝詩一百首』（上海古籍出版社、一九八一年）、横山伊勢雄『中国古典詩聚花　1政治と戦乱』、興膳宏・川合康三『文選』、劉亜玲『中国歴代詩歌鑑賞辞典』（（李娜《りだ》執筆）中国民間文芸出版社、一九八八年）など。

C説を採るもの：陸侃如《りくかんじょ》『中古文学系年』上（人民文学出版社、一九八五年）、など。

異同の論拠

A説（初平三年（一九二）、作者が16歳の頃に作られたとする説）

(1) 初平三年（一九二）、16歳の王粲は、年齢の近い友人の士孫萌《しそんほう》と共に南下して、荊州に身を寄せ、劉表に従うこととなった。

(2) 『三国志』（魏書二一）「王粲伝」では、彼のこの時の年齢を17歳とする。

(3) しかし、『文選』巻二三所載の王粲「士孫文始に贈る」詩の李善注に、『三輔決録《さんぽけつろく》』趙岐《ちょうき》注（摯虞《しぐ》注とすべきである）を引いて、士孫萌が南下したのは、（初平三年（一九二）六月に）王允が殺される前のことであることを記している。

(4) このことは、王粲の「士孫文始に贈る」詩そのものにも、「我、我が友と曁《とも》に」、「荊楚に遷る」の語が見えることからも明らかである。

(5) これらのことから、『三国志』の記述が誤っていることがわかる。

結論：本詩は、作者16歳の頃の作である。

（以上、呂慧鵑ほか『中国著名文学家評伝1』（沈玉成執筆））

B説（初平四年（一九三）、作者が17歳の時に作られたとする説）

(1) 『三国志』魏書の王粲伝によれば、曾祖父王龔《きょう》と祖父王暢《ちょう》が漢の三公であった貴族の家に生まれている。

(2) 初平元年（一九〇）、軍閥の董卓が献帝を強要して長安に遷都した頃、王粲も帝に従って長安に入った。

(3) 長安では大学者蔡邕《さいよう》にその才を愛され、17歳の頃に黄門侍郎に召されたが、都の混乱のため就任しなかった。当時董卓が暗殺されて混乱に陥っていたのである。

(4) そこで王粲は、湖北省の荊州に割拠していた劉表に頼るべく、長安を逃れ出た。しかし、「容状《ようじょう》短小《たんしょう》（背丈が低いこと〔増子〕）」で風采があがらず、あまり優遇されなかった。二〇八年に劉表が死に、荊州が曹操に征服されるとその部下となって、やがて建安の七子の中心となるのであるが、この詩を作ったのは、若く多感な貴族の子として世の混乱に巻きこまれている頃であった。

結論：本詩は、作者17歳の頃の作である。

（以上、横山伊勢雄『中国古典詩聚花　1政治と戦乱』）

C説（A、Bいずれとも特定できないとする説）

(1) 王粲の作品には、「登楼賦」と「七哀詩」がある。

(2) 清、厳可均《げんかきん》『全後漢文』巻九〇（『全上古三代秦漢三国六朝文』所収）に王粲の「登楼賦」を載せているが、その中に「遭《あヒテ》紛濁《ふんだくニ》而遷逝《うつりゆク》兮、漫《トシテ》逾《こエ》紀《ヲ》以《テ》迄《いたル》今《ニ》」（訓点は増子）とある。

(3) 『文選』李善注では、孔安国『尚書伝』に、「十二年を紀と曰ふ」とあるのを引いている。

(4) 王粲が荊州に来たのは、西暦一九三年（初平四年）のことであるから、「逾紀」という二字から推せば、「登楼賦」は一九三年の前後に作られたことになる。

(5) 丁福保『全三国詩』巻三に、王粲の「七哀詩」三首を載せている。

(6) その第一首に「復棄中国去、遠身適荊蛮」、第二首に「荊蛮非《ハズ》我《ガ》郷《ニ》、何《なんすレゾ》為久《シク》滞淫《たいいんセン》」という句がある。その内容は、「登楼賦」と近い。

(7) しかし、その制作された年月は特定できない。「登楼賦」「七哀詩」が近い時期に作られたと推定されるのみである。
結論：A・Bいずれとも、特定しがたい。

（以上、陸侃如『中古文学系年　上』）

備考

I「七哀詩」の他の二首について

本詩は、先に記したように、連作の一首と考えられている。本来、題名の示すように果たして七首あったか否かは定かではない。しかし、現存する三首が共に漢末の戦乱を描き出していることは確かであり、これらが連作であることをうかがわせる。このうち、第一首目の本詩及び第二首の作品は、『文選』二三に、第三首の作品は、宋、韓元吉《かんげんきつ》『古文苑』八にそれぞれ収録されている（四部叢刊初編所収）。

従来の説では、第一首と第二首は、その詩句に関連性があることなどから、ほぼ前後して作られたと考えられているが、第三首に関しては、前二首より後に作られた、ないしは、作者そのものも王粲ではないのではないかとの説さえ提出されている。

今、当該の詩二首を示し、鈴木修次『漢魏詩の研究』（前出）の提出した問題を整理しておく。

其二　　其の二

荊蛮非我郷　何為久滞淫　　荊蛮《けいばん》は我《わ》が郷《きょう》に非《あら》ず、何為《なんす》れぞ　久《ひさ》しく滞淫《たいいん》せん

方舟溯大江　日暮愁我心　　方舟《はうしゅう》　大江《たいこう》を溯《さかのぼ》り、日暮《にちぼ》　我《わ》が心《こころ》を愁《うれ》へしむ

山岡有余映　巌阿増重陰　　山岡《さんかう》　余映《よえい》有《あ》り、巌阿《がんあ》　重陰《ちょういん》増《ま》す

狐狸馳赴穴　飛鳥翔故林　　狐狸《こり》　馳《は》せて穴《あな》に赴《おもむ》き、飛鳥《ひちょう》　故林《こりん》に翔《か》ける

流波激清響　猨猴臨岸吟　　流波《りうは》　清響《せいきよう》を激《はげ》しくし、猨猴《えんこう》　岸《きし》に臨《のぞ》んで吟《な》く

迅風払裳袂　白露霑衣襟　　迅風《じんぷう》　裳袂《しようべい》を払《はら》ひ、白露《はくろ》　衣襟《いきん》を霑《うるお》す

独夜不能寐　摂衣起撫琴　　独夜《どくや》　寐《い》ぬる能《あた》はず、衣《ころも》を摂《ととの》へて起《た》ちて琴《こと》を撫《ひ》く

糸桐感人情　為我発悲音　　糸桐《しとう》　人《ひと》の情《じょう》に感《かん》じ、我が為《ため》に悲音《ひおん》を発《はっ》す

羈旅無終極　憂思壮難任　　羈旅《きりよ》　終極《しゅうきよく》無《な》く、憂思《ゆうし》　壮《さかん》にして任《た》へ難《がた》し

〔語　釈〕
○**滞淫**　久しくとどまり続ける。○**方舟**　二艘の舟を並べる。「舟を方《なら》べて」。○**余映**　日没後の残光。○**巌阿**　山の隈《くま》。○**重陰**　重なり合った暗さ。○**故林**　もといたなつかしい林。○**猨猴**　さるの類。○**迅風**　疾風。はやて。○**裳袂**　衣裳のたもと。○**糸桐**　琴。○**羈旅**　旅。○**無終極**　終わるあてもなく続く。

其三　　其の三

辺城使心悲　昔吾親更之　　辺城《へんじよう》　心《こころ》をして悲《かな》しましむ、昔《むかし》吾《われ》親《した》しく之《これ》を更《へ》たり

冰雪截肌膚　風飄無止期　　冰雪《ひようせつ》　肌膚《きふ》を截《さ》き、風飄《ふうひよう》　止《とど》まる期《とき》無《な》し

百里不見人　草木誰当遅
登城望亭燧　翩翩飛戍旗
行者不顧反　出門与家辞
子弟多俘虜　哭泣無已時
天下尽楽土　何為久留茲
蓼虫不知幸　去来勿与諮

百里《ひやくり》　人《ひと》を見《み》ず、草木《そうもく》　誰当《たれ》か遅《おさ》めむ
城《しろ》に登《のぼ》りて亭燧《ていすい》を望《のぞ》めば、翩翩《へんぺん》として戍旗《じゆき》飛《と》ぶ
行《ゆ》く者《もの》　顧反《こはん》せず、門《もん》を出《い》でて家《いえ》と辞《じ》す
子弟《してい》　俘虜《ふりよ》多《おほ》く、哭泣《こくきふ》　已《や》む時無《ときな》し
天下《てんか》　尽《ことごと》く楽土《らくど》なるに、何為《なんす》れぞ久《ひさ》しく茲《ここ》に留《とど》まる
蓼《りようちゆう》虫は辛《から》きを知《し》らず、去《さ》らんかな与《とも》に諮《はか》ること勿《な》かれ

〔語　釈〕

○**辺城**　国境を守備するとりで。○**風飄**　つむじ風。飄は一字でも、つむじ風をあらわす。○**誰当**　二字で「だれ」。当は語助詞。口語的な用法である。○**遅**　他動詞の「治」（平声chí）に同じ（『古文苑』に載せる宋、章樵《しようしよう》の説）。手入れをする。（草木を）かりとる。○**亭燧**　秦・漢の時代に、辺塞の「障《しよう》」の下に位置する軍事施設「亭」の狼煙《のろし》台。○**戍旗**　守りの兵のたてる旗。○**顧反**　かえる。もどる。同義語。○**蓼虫**　（辛い）蓼《たで》を食う虫。この句は、環境になれきって、感覚が麻痺しているさまをたとえる。○**去来**　「来」は、助字。さっさと去る。○**勿**　禁止を示す。○**諮**　（上位者が下位者に）相談する。

(1)　其の二は、「荊蛮非《ハズ》ニ我《ガ》郷《ニ》一、何為《レゾ》久《シク》滞淫《セン》」から始まることから、其の一の「遠《ザケテ》レ身《ヲ》適《ク》ニ荊蛮《ニ》一」を受けて展開されているのかも知れない。

(2)　王粲の「登楼賦《ノ》」（『文選』一一所収〔増子〕）は、荊州にある時の作と推定されるが、そこにおいて「風蕭瑟《しようしつトシテ》而並《ビ》興《コリ》兮、天惨《さん》惨《さんトシテ》而無《シ》レ色、獣《ハ》狂顧《きようこシテ》以《テ》求《メ》レ羣《ヲ》兮、鳥《ハ》相《ヒ》鳴《キテ》而挙《あグ》レ翼《ヲ》」とのべる叙景に、其の二は通じるものがある。

(3)　其の三は、従軍の身においての悲哀をうたうものである。余冠英『漢魏六朝詩選』は、建安二〇年（二一五）、曹操の西征に従った時の作として考える。

(4)　其の三は、其の一において示された激越さに再びあやかろうとするものであるが、王粲の作品としては少しく味わいが乏しいように思われる。

(5)　そういう点を問題にして疑うながら、果たして王粲の作であるかどうか疑う余地がある。

(6)　しかしやはり、建安風の詩であることはたしかで、そこでは建安詩にしばしば扱われる軍行の悲哀が、また違った角度からとりあげられている。

（以上、第三章「建安詩人各論」）

II　本詩の評価について

本詩の著しい特徴は、漢末の混乱の中、作者自身が、難民の一人として直接目撃した悲惨な現状を活写した点にあろう。とりわけ、第10句から14句に描かれた、幼い我が子を棄てる婦人の場面は、多分に類型化された表現であるとされつつ（盧《ろ》昆《こん》・孫安邦《そんあんぽう》『漢魏南北朝隋詩鑑賞辞典』〔王気中執筆〕、山西人民出版社、一九八九年など）、そこに身を置いた人でなければ描写できぬものと言ってよい。後世、民衆の悲惨な状況をルポルタージュした人としては、杜甫が

第一に挙げられよう。このため、「七哀詩」を杜甫の一連の戦争被害者をうたった作品群の祖とする見方もある。今、その代表的な見解を参考までに引用しておきたい。

○ 此レ少陵ノ（杜甫）「無家別」「垂老別」諸篇之祖也（清、沈徳潜《しんとくせん》『古詩源』巻六）

○ 王仲宣ガ（王粲）「七哀詩」ノ「路ニ有リノ二飢エタル婦人一」六句ハ、杜甫ガ宗祖ナリ（清、何焯《かしゃく》『義門読書記』四六「文選」詩）。

（増子 和男）

曹《そう》丕《ひ》

0 燕歌行
1 秋風蕭瑟天氣涼
2 草木搖落露爲霜
3 羣燕辭歸雁南翔
4 念君客遊思斷腸
5 慊慊思歸戀故鄉
6 君何淹留寄他方
7 賤妾煢煢守空房
8 憂來思君不敢忘
9 不覺淚下沾衣裳
10 援琴鳴絃發淸商
11 短歌微吟不能長
12 明月皎皎照我牀

燕歌行《えんかかう》
秋風蕭瑟《しうふうせうしつ》として　天気《てんき》涼《すず》しく
草木揺落《さうもくえうらく》して　露《つゆ》　霜《しも》と為《な》る
群燕《ぐんえん》辞《じ》し帰《かへ》り　雁南《がんみなみ》に翔《と》ぶ
君《きみ》が客遊《かくいう》を念《おも》へば　思《おも》ひ腸《はらわた》を断《た》つ
慊慊《けんけん》として帰《かへ》るを思《おも》ひて　故郷《こきやう》を恋《こ》
ひん
君何《きみなん》ぞ淹留《えんりう》して　他方《たはう》に寄《よ》る
賤妾煢煢《せんせふけいけい》として空房《くうばう》を守《まも》り
憂《うれ》ひ来《きた》りて君《きみ》を思《おも》ひて　敢《あへ》て忘《わす》れず
覚《おぼ》えず　涙《なみだ》下《くだ》りて衣裳《いしやう》を沾《うるほ》すを
琴《こと》を援《ひ》き絃《げん》を鳴《な》らせば　清商《せいしやう》　発《はつ》し
短歌微吟《たんかびぎん》　長《なが》うする能《あた》はず
明月皎皎《めいげつかうかう》として我《わ》が牀《しやう》を照《て》らす

13星漢西流夜未央　星漢《せいかん》西《にし》に流《なが》れて　夜未《よるいま》だ央《つ》きず
14牽牛織女遥相望　牽牛《けんぎう》　織女《しょくぢょ》　遥《はる》かに相《あ》ひ望《のぞ》む
15爾獨何辜限河梁　爾《なんぢ》独《ひと》り何《なん》の辜《つみ》ありてか　河梁《かりやう》に限《かぎ》らるる

テキスト　逯欽立『先秦漢魏晋南北朝詩』魏詩四（上-394）◆『文選』二七、楽府上◆『玉台新詠』九◆『古詩源』五◆梁、沈約『宋書』二一、楽志三（平調）◆北宋、郭茂倩『楽府詩集』三二、相和歌辞・平調曲◆元、左克明『古楽府』四（文淵閣四庫全書本）◆明、陸時雍『古詩鏡』四（文淵閣四庫全書本）◆『魏文帝集』二（明、張燮《ちょうしょう》『（漢魏）七十二家（文）集』）◆明、馮惟訥『（古）詩紀』二二、魏二◆明、梅鼎祚『漢魏詩乗』一二、魏二◆梅鼎祚『古楽苑』一六、相和歌辞・平調曲◆明、李攀竜『古今詩刪』三（和刻本）◆明、鍾惺・譚元春『古詩帰』七◆『魏文帝集』二（明、張溥『漢魏六朝一百三家集』、清刊本）◆清、朱乾『楽府正義』六◆清、朱嘉徴『（漢魏）楽府広序』九、相和歌辞・平調曲◆清、張玉穀『古詩賞析』八（漢文大系本）◆丁福保『全漢三国晋南北朝詩』「全三国詩」二

校語

0**燕歌行**　『玉台新詠』『魏文帝集』（『七十二家集』『漢魏六朝一百三家集』）『詩紀』『楽府広序』「全三国詩」『先秦漢魏晋南北朝詩』は、二首其一として収める。また、『楽府詩集』は「燕歌行七解」に作り、『宋書』も「七解」の注記をもつ。

1**涼**　『玉台新詠』『楽府詩集』『漢魏詩乗』『古詩鏡』『古楽府』『楽府正義』は、「凉」に作る。俗字。

2**草木**　『楽府広序』には「艸木」に作る。同意。

3**羣燕**　『楽府詩集』『楽府広序』『漢魏詩集』『魏文帝集』（『漢魏六朝一百三家集』）には、「燕」を「鷰」に作る。異体字。

雁　『文選』『詩紀』『古詩帰』『魏文帝集』（『七十二家集』『漢魏六朝一百三家集』）『古楽府』『古今詩刪』『古詩鏡』『漢魏詩乗』『古楽苑』には「鴈」に作る。別体字。『宋書』『楽府詩集』『楽府広序』『楽府正義』には「鳫」に作る。

4**念君客遊**　『楽府詩集』『楽府広序』は、「君」を「吾」に作る。形訛であろう。また『宋書』『楽府広序』『古今詩刪』は、「遊」を「游」に作る。同意。

思斷腸　『玉台新詠』『宋書』『楽府詩集』『古楽府』『古楽苑』『楽府広序』『楽府正義』『魏文帝集』（『漢魏六朝一百三家集』）『全三国詩』『先秦漢魏晋南北朝詩』には「多思腸」（思腸多し、思腸は愁腸の意）に作る。

6**君何**　『文選』には「何爲」（なんすれぞ、理由を問う）に作り、『玉台新詠』には「君爲」に作る。

他方　『文選』には「佗方」、『宋書』には「它方」に作る。同意。

7**煢煢**　『文選』『楽府詩集』『古楽苑』『漢魏詩乗』『楽府広序』『魏文帝集』（『漢魏六朝一百三家集』）『楽府正義』には、「焭焭」に作る。俗字。『魏文帝集』（『七十二家集』）『古詩源』には、「㷀㷀」に作る。異体字。

8**不敢忘**　『玉台新詠』には「不可忘」に作る。

9**沾**　『文選』『玉台新詠』『宋書』『楽府詩集』『漢魏詩乗』『楽府広序』『魏文帝集』（『漢魏六朝一百三家集』）『楽府正義』には、

「霑」に作る。同意。

10**援琴**　『宋書』『楽府詩集』『古楽府』『古楽苑』『楽府広序』には、「琴」を「瑟」に作る。

12**照我牀**　『楽府広序』には、「照」を「炤」に作る。同意。『古楽府』『楽府正義』『古詩賞析』には、「牀」を「床」に作る。俗字。

15**何辜**　『玉台新詠』には、「辜」を「幸」に作る。形訛。

詩型・韻字

七言古詩。涼《りやう》・霜《さう》・翔《しやう》・腸《ちやう》・郷《きやう》・方《はう》・房《ばう》・忘《ばう》・裳《しやう》・商《しやう》・長《ちやう》・牀《しやう》・央《あう》・望《ばう》・梁《りやう》（下平声陽韻〔陽韻〕）。毎句韻。

語　釈

0**燕歌行**　楽府題。燕歌（燕の地〔今の北京市周辺、河北・遼寧省一帯の地〕特有のメロディー）にあわせてうたう行《うた》。『文選』の李善注に引く『歌録』（撰者不詳。清の王謨輯『漢魏遺書鈔』参照）に、「燕、地名、猶楚・宛《えん》之類。此不言古辞、起自此也」という。清の朱乾『楽府正義』は、より詳しく説明していう。

「燕歌行」、与「斉謳行《せいおうこう》」「呉趨《ごすう》行」「会吟行」、倶《とも》以各地声音（各地特有の曲調・メロディー）為主。後世声音失伝。於是《ここ》但賦風土。而燕自漢末・魏《ぎ》初、遼《りよう》東西（遼東・遼西地区）為慕容《ぼよう》（鮮卑族）所居。地遠勢遍（ママ）（偏《かたより》の形訛）、征戍《せいじゆ》不絶。故為《つく》此者、往往為離別之詞、与「斉謳」諸行、又自不同。庾信《ゆしん》所謂「『燕歌』遠別、悲不自勝《たへ》」（「哀江南賦」の序）者也。

また『楽府詩集』に引く唐の呉兢《ごきよう》『楽府解題』に、

晋楽奏魏文帝「秋風」「別日」二曲（「燕歌行二首」）。言時序遷換、行役不帰、婦人怨曠《えんこう》（夫との別れを嘆き悲しむ）、無所訴。

とあり、同書に引く北宋の沈健《しんけん》『（楽府）広題』には、

燕、地名也。言良人（夫の意）従役燕、而為此曲。

という。「燕歌行」の行は音楽用語。メロディーに即して名づけられた楽《う》曲《た》の意。『文選』二七、楽府上、古辞「飲馬長城窟行」の李善注に、『（漢書）音義』を引いて、「行、曲也」という。清水茂「楽府『行』の本義」（『日本中国学会報』第三六集、一九八四年、のち、同『中国詩文論藪』〔創文社、一九八九年〕に再録）参照。ちなみに、本詩は『楽府詩集』相和歌辞・平調曲に収める。相和歌辞とは、笛や笙などの管楽器と琴・瑟・箏・琵琶などの弦楽器の伴奏をともなう、俗楽系統の宮廷楽（相和歌）の歌詞をいう。また平調とは、宮（五音階の一）を礎音として展開する音階による曲、あるいは標準音階による調、の意とされる。鈴木修次『漢魏詩の研究』（大修館書店、一九六七年）第二章第三項「三　清商三調について」参照。

1**秋風蕭瑟**　蕭瑟は、風が草木を吹き動かして発する音、風がものさびしく吹くさまをいう。双声の擬声語。さわさわ。宋玉の「九弁」に「悲哉《かな》秋之為《た》気也《や》、蕭瑟兮草木揺落而変衰」とあり、五臣（李周翰）注に「蕭瑟、秋風皃《かたち》」という（『文選』三三）。後漢の王逸注には、「陰冷促急、風疾暴也」とある。また潘岳《はんがく》「秋興賦」（『文選』一三）の五臣（呂延済）注には「蕭瑟、秋声」という。

天気涼　天気は気候や大気。あたりをつつむ気配を含めていう。涼は、いわゆる涼しさよりも、ひややか、寒冷に近い意味をもつ。つめたい、ひんやりする。『礼記』「月令」篇、孟秋（七月）の条に、「涼風至《リ》、白露降《ル》」とある。

2 **草木揺落**　宋玉「九弁」にもとづく表現（前掲）。揺落とは、草木の枯れ葉が秋風に吹かれて落ちる、葉が色あせ枯れて散りゆく意。松浦友久『唐詩の旅—黄河篇』（現代教養文庫、社会思想社、一九八〇年）にいう。「目に触れる秋のさまざまな光景を『揺れ落ちる』という事実だけに集約した表現であり、季節感あふれる詩語として、『楚辞』以来、好んで用いられた」と指摘する（一四六頁）。

露為霜　『詩経』秦風「蒹葭《けんか》」篇に「蒹葭蒼蒼《トシテ》、白露為《ル》レ霜《ト》。所謂《いはゆる》伊人《かノ》（いとしいあの人）、在《リ》二水《ノ》一方《ニ》一」云々とあり、すでに思慕の情をにじませる。その毛伝に「白露凝戻《ぎょうれいシテ》（凝りかたまって）為《ル》レ霜《ト》」とあり、当時は露が冷却されて霜となり、さらに凝結して氷になる、と考えられた。露や霜が天から降るとされたことは、前野直彬『風月無尽—中国の古典と自然』（東京大学出版会、一九七二年）「露と霜」の条参照。ちなみに、晩秋九月の二十四節気は、寒露節と霜降節から成る。

3 **群燕辞帰**　『礼記』「月令」篇、仲秋（八月）の条に、「鴻鴈《こうがん》来《リ》、玄鳥《げんちょう》帰《ル》」（玄鳥は燕）とあり、宋玉「九弁」にも「燕翩翩《へんぺんトシテ》其《レ》辞《シ》帰《リ》兮、……鴈廱廱《ようようトシテ》（仲よく群れ飛ぶさま）而南遊《ニブ》兮」とある。候鳥（渡り鳥）の燕は、後漢の王逸注（「九弁」）に「将《ニ》レ入《ラントテ》二大海《ニ》一、飛《ンデ》徊翔《かいしょうスル》（めぐりまわる）也」とあるように、秋、南海方面へ飛び去り、春に再び飛来すると考えられ、「海燕」という言葉も生まれた。沈佺期「古意」の〔語釈〕（二一〇一頁）参照。

雁南翔　遠景（「群燕辞帰」は近景）。翔は本来、『説文解字』四上に「回飛《スル》也」とあるように、鳥が羽を大きく広げてゆるく飛びめぐる意。ここでは飛とほぼ同意。「かけル」とも読む。南翔には、(1)南へ飛び去る（斯波六郎・花房英樹『文選』〈世界文学大系、筑摩書房、一九六三年〉など）、(2)（北から）南に飛んでくる（鈴木虎雄『玉台新詠集』下〈岩波文庫、岩波書店、一九五六年〉など）の二説があるが、ここでは(1)をとる。雁の類は、候鳥（渡り鳥）のなかでも、『管子』「戒」篇に「夫《そレ》鴻鵠《こうこくハ》、春北《シテ》而秋南《シ》、而不レ失《ハ》二其《ノ》時《ヲ》一」とあるように、去来の時期が最も正確な鳥とされ、しばしば束縛された不自由な存在である人間と対照的に描かれる。清の王堯衢《おうぎょうく》『古唐詩合解』下に、「霜飛び木（の葉）落ちて、鳥も亦た帰るを知る。独り君子（夫を指す）のみ客遊して返らざるを言ふ」と注する。後漢の張衡「両京賦《ノ》」（『文選』二）に、鴻雁の類を「上春《ニハ》（正月）候《うかがヒ》来《リ》、季秋《ニハ》（九月）就《おもむク》レ温《ニ》。南《ノカタ》翔《ビ》二衡陽《こうようニ》一、北《ノカタ》棲《すム》二雁門《がんもん》（山の名。山西省代県の西）《ニ》一」と詠むように、雁は春に無人の塞北《さいほく》の地、北の極《はて》の沙漠へと渡りゆき、秋には洞庭湖の南、瀟《しょう》湘《しょう》の地（衡陽付近）や彭蠡《ほうれい》湖（江西省の鄱陽《はよう》湖）付近に南下して、その地で越冬すると考えられた。植木久行『唐詩歳時記』（学術文庫、講談社、一九九五年）三七頁以下や、黒川洋一ほか編『中国文学歳時記』秋（下）（同朋舎、一九八九年）「秋雁」の条（都留春雄執筆、一九二頁）など参照。

4 **念君客遊**　君は行役（遠征）の夫を指す。客遊とは、故郷を離れて他郷へ赴くこと、他郷への旅の意。ちなみに、念は自覚的にいつまでも深く思いつづける意。『説文解字』一〇下に「常《ニ》思《フ》也」とあり、清の朱駿声《しゅしゅんせい》『説文通訓定声』臨部 弟《(ママ)》三に「謂《フ》ニ長久《ニ》思《フヲ》レ之《ヲ》」とある。わが伊藤東涯『操觚字訣《そうこじけつ》』五に、「ワガ胸中ニヂツトオモヒハナレヌナリ」という。

思断腸 腸《はらわた》がずたずたにちぎれるような深い悲しみ、胸つぶれるつらい思いをいう。「思」は、愁・悲・怨・哀などの意味をもつ（郭在貽《かくざいい》「唐詩異文釈例」〔『文史』一九輯、一九八三年所収。『郭在貽語言文学論稿』（浙江古籍出版社、一九九二年）に再録〕参照）。李景華主編『三曹詩文賞析集』（巴蜀書社、一九八八年）に「思《ハ》、悲哀」という（馮鍾芸執筆）。別本「多思腸」は、「思腸（愁腸の意）多し」と訓む。邱英生ほか『三曹詩訳釈』（黒竜江人民出版社、一九八二年）は、「多《しばしば》ゝ思腸あり」と訓むらしい。ちなみに、大野実之助『中国詩選』II（現代教養文庫、社会思想社、一九七一年）には、「多思《たし》の腸《はらわた》」と訓むが、穏当ではあるまい。

ところで、鈴木虎雄『玉台新詠集』下は、「念《おも》ふ君が客遊、思腸《おもひはらわた》を断たんことを」と訓んで、「わたしはあなたが旅へでてゐて腸をちぎられるおもひをしてをられるとおもふ」と訳す。つまり、「念」の字を一句全体にかけ、「思断腸」の主語を君（夫のこと）とする。暨《き》南《なん》大学中文系中国古代文学教研室編『中国歴代詩歌名篇賞析』（湖南人民出版社、一九八三年）や、李文初『漢魏六朝詩歌賞析』（広東人民出版社、一九八六年）なども、思断腸（多思腸）の主語を君（夫）と見なす。

5 **慊慊思帰** 後漢の張衡「思玄賦《ノ》」（『文選』一五）に、「悲《シミ》ニ離居之労《スルヲ》レ心《ヲ》兮、情悁悁《えん》《トシテ》而思《フ》レ帰《ルヲ》」とあり、『文選』所収の旧注に引く『字林』に「悁《ハ》、忿恨《ふんこん》也」とあり、五臣（呂向）注に「憂心也」とする。慊慊は心の満たされぬさま。五臣（張銑）注に「心不《ル》レ足《ラ》兒《かたち》」とあり、『大広益会玉篇』八に「切歯《シテ》（歯ぎしりして）恨《ム》也」とする。慊慊は前掲の「悁悁」とほぼ同義であるらしい。曹植「浮萍《ふひょう》篇」にも「慊慊《トシテ》仰《イデ》レ天《ヲ》歎《ズ》」という。「思帰」の思は、こまごまと思いめぐらす、細かく心をくだく意。

恋故郷 恋は「したフ」とも読み、断ちきれずに心ひかれる意。故郷は、より具体的には故郷に残してきた妻を思慕する意を含む。

6 **淹留** 久しい、もしくは久しく（旅先に）滞在する意。『爾雅』「釈詁下」に、淹・留ともに「久《シキ》也」とし、『広韻』下平声二十四塩韻に「淹」を「滞也」「久《シク》留《マル》也」と注する。一般に「淹《ひさ》しく留まる」と解釈する。

寄他方 和刻本『六臣註文選』には、寄を「ヤトル」と読む。身をよせる、寄宿、寄寓の意。他方は異郷、よその土地。方は地の意。許逸民・黄克・柴剣虹『楽府詩名篇賞析』（北京十月文芸出版社、一九八八年）にいう。「第六句は帰郷できない原因を追究しようとしているわけではなく、その原因（戦争か徭役）については、妻も承知している。ここは夫の帰りを今か今かと待ちのぞむ心情を表わそうとするのだ」と。

7 **賤妾** 婦人の卑下した自称。ここでは妻の自称、「賤《いや》しき妾《わらわ》」。妾は本来、罪を犯して入れ墨された女奴隷をいい、転じて自分を卑下した自称詞となる。五臣（呂向）注に「婦人自ら謙《へりくだ》りて妾と称す」とある。漢代の楽府古辞「東門行」にも、「賤妾与レ君共《ニ》餔《くらハン》レ糜《かゆヲ》」という（『古詩源』三）。なお、張竜虎編著『人称称謂詞匯釈《わいしゃく》』（広東人民出版社、一九八八年）「三、女性所用的自称」の条など参照。

煢煢　孤独で憂いに沈むさま。李善注に「煢《けいハ》、単也」、五臣（呂向）注に「孤独兒《ノかたち》」、空海『篆隷《てんれい》万象名義』第六帖、卂《しん》部に「単也、無《シ》二兄第一」、王尭衢『古唐詩合解』下に「煢煢《ハ》、憂《フル》貌」とある。先行の用例としては、屈原の作とされる「遠遊」に「魂《ハ》煢煢《トシテ》而至《ル》レ曙《あけぼのニ》」とある。また劉向《りゅうきょう》「九歎」の「憂苦」に「独《リ》煢煢《トシテ》而南《ニ》行《ク》」とあり、後漢の王逸注に「煢煢《ハ》、独《リノ》貌」という（『楚辞補注』本）。

守空房　空房は主人《あるじ》のいない部屋、空閨とほぼ同意。空は空虚、本来そこにあるべきものが欠けてない状態をいう。また「守」は、本来、あとに残って番をする意、ここでは、夫の帰りを待って閉じこもることをいう。

8
憂来思君　文脈的には「思君憂来」（前掲の『三曹詩文賞析集』）の意。憂は、ある状態の発生にともなう心中の恐れ。伊藤東涯『操觚字訣』四に、「心ヲイタメ、物ヲキヅカヒスル患ナリ」という。来は動詞、生じる、湧きあがる意。曹操（魏の武帝）「短歌行」（本書所収）に「憂《ヒハ》従《リ》レ中《うち》来《リテ》、不レ可《カラ》二断絶《ス》一」といい、曹丕《そうひ》（魏の文帝）「善哉《ぜんさい》行」（『文選』二七）に「憂《ヒ》来《ルニ》無《シ》レ方《みち》（一定の方向）」とある。大野実之助『中国詩選』IIは、「憂来」を「憂《うれ》えて」と読む。これは、来の字を助字（動詞のあとにつけた接尾辞）と見なして読まないのであろう。唐の耿湋《こうい》「秋日」（『正編』一六四頁参照）詩などの「憂来」は助字としても捉えうるが、この曹丕の用例とは若干異なるようである（前掲の曹操「短歌行」の用例参照）。

不敢忘　和刻本『六臣註文選』は「敢て忘れざらしむ」と訓む。忘れようにも、なかなか忘れられない意。直訳すれば、「あなたのことを忘れてしまうだけのふんぎりがつかない」こと。『操觚字訣』二にいう。「敢ハ果敢・勇敢・進取ナリ。犯ナリ。ナンノソノト、オシ切リテスルコトナリ。又忍為ナリト注ス。コレヲ不レ敢トイヒテ、遠慮シ、ハバカルコトナリ。ナカナカト云《フ》コトバナリ。ミナアヘテト訓ス」と。これを参照すれば、あなたのことを忘れてしまうに忍びない、という謙譲した表現となろう（忘れてしまうなどという、ぶしつけなことはできない）。前掲の『三曹詩文賞析集』（馮鍾芸執筆）も「謙恭的説法」とする。ちなみに、『玉台新詠』には「不レ可レ忘」に作り、そうしたニュアンスを欠く。前漢の司馬相《しば》如《しょうじょ》の作とされる「長門賦《ノ》」（『文選』一六）に、「妾人《わらはハ》窃《カニ》自《ラ》悲《シミ》兮、究《ムレドモ》二年歳《ヲ》一（わが命の終わるまで）而不二敢《テ》忘《レ》一」とある。

9
不覚　……に気づかない。いつのまにか……していたの意。蘇武の作と伝えられる「別《ル》二李陵《ニ》一」詩（『古文苑』八）に、「不レ覚《エ》涙沾《スヲ》レ裳《ヲ》」とある。

涙下沾衣裳　「古詩十九首」其一九（『文選』二九）に、「涙下《リテ》沾《ス》二裳衣《ヲ》一」という（裳衣は衣裳と同意。押韻のために転倒）。衣裳とは、ツー・ピースのとき、上半身に身につけるものを衣といい、下半身につけるものを裳という。『詩経』邶《はい》風「緑衣」の毛伝に「上《ヲ》曰《ヒ》レ衣《ト》、下《ヲ》曰《フ》レ裳《ト》」とある。裳とは、具体的にいえば、刺繡などを施した美しく長いスカートの類をいう。

10 **援琴**　援は引きよせて手にとる意、『説文解字』一二上に「引《ク》也」とある。司馬相如の「長門賦《ノ》」（前掲）に「援《キテ》二雅琴《ヲ》一以変《ヘテ》レ調《ベヲ》兮、奏《ス》二愁思之不《ル》レ可《カラ》レ長《ウス》一」といい、李善注に引く「風賦《ノ》」に「臣援《キテ》レ琴《ヲ》而鼓《ス》レ之《ヲ》」とある（ただし、通行本はこの句を欠く）。鈴木修次『漢魏詩の研究』（前掲）第二章第三項「三　清商三調について」にいう。「琴は通常七弦である。そのうちの五弦は、それぞれの弦の散声（弦の徽〔弦の音の高低を表示するしるし〕を押さえることなくそのままはじいて出す音）を宮・商・角・徴《ち》・羽の五音階に従って配し、残りの二弦は少宮（清宮）と少商（清商）——宮の倍音と商の倍音、すなわち基準音階の宮・商よりは一オクターヴ（一均）高い宮・商——をその散声において配する。それは、基音となる宮・商の半律にあたる宮・商である。『初学記』巻一六に引く『三礼図』に、七弦を宮・商・角・徴・羽・少宮・少商と説明しているのは、このことを物語る。つまり、五音階による音の連続的展開において、どれかの一音を基準にしてそこから七音をとり、それを弦の散声において配したものが、琴の原理的構造である」と（要約）。

発清商　「清商を発す」とも訓む。また発には、(1)発する、出る（鈴木虎雄『玉台新詠集』下など）、(2)かなでる（斯波六郎・花房英樹『文選』など）の二説がある。清商は清商調という楽調（曲調）の名、「清苦にして哀愁を含める音調」（岡田正之『古詩源』〈有朋堂書店、一九二二年〉）、「切迫した短いリズムと繊細なメロディを特色とする」（伊藤正文ほか『漢・魏・六朝詩集』〈中国古典文学大系、平凡社、一九七二年〉）という。五臣（李周翰）注に「清商《ハ》、秋声《ノ》也」とあるのは、五音（宮・商・角・徴・羽）を五行に配当し、それをさらに四季に分けたとき、商は秋の音とされることにもとづく（『礼記』「月令」篇の秋三か月の各条に、「其音《ノ》商《ハ》」とある）。『管子』「地員」篇に「凡《ソ》聴《クニ》レ商《ヲ》、如《シ》二離《ルル》レ群《レヲ》羊《ノ》一」といい、「古詩十九首」其五（『文選』二九）には「上《ニ》有《リ》二弦歌声《ノ》一、音響一《ニ》何《ゾ》悲《シキ》。……清商随《ツテ》レ風《ニ》発《おこり》、中曲正《ニ》徘徊《ス》」云々とある。増田清秀『楽府の歴史的研究』（創文社、一九七五年）第六章「一　清商曲の源流」には、本詩を含めた清商の用例をとりあげ、「旋律を表わすもの、すなわち、清商の清は濁に対し、商は五音の一つで、それを主音にした旋律をいう」「清商を主音にした旋律」とする。ちなみに、音声の清濁とは、調べの高低をいう（清のほうが高調子）。また前掲の鈴木修次『漢魏詩の研究』（同条）も、本詩を含めた清商の豊富な用例をあげていう。「商の清なるもの、すなわち清越な響きをもつ商声」、「清宮・清角などと同じく、また清声・清歌・清曲などと同じく、いずれも清越な響きをもつ音曲という意味であったであろう。ただ、『説文』にも『商、秋声也』とあり、「古詩十九首」其五の李周翰の注にも『清商、秋声也』とあるように、清商ということばは秋の声にもたとえられるべき感傷的な連想をもちうることばであったので、清歌・清曲といってもよいところでも、好んで『清商』ということばが用いられたものであるように思う」と指摘する。他方、邱英生ほか『三曹詩訳釈』（黒竜江人民出版社、一九八二年）は、本詩の清商を相和歌に属する平調・清商・瑟調を含めた箇称（略称）であるとする。前掲の『三曹詩文賞析集』もほぼ同じ立場であり、ここの清商とは相和歌辞・平調曲に属する「燕歌行」の曲調そのものを指すのではないかと推測する（馮鍾芸執筆）。

11 **短歌微吟**　従来、⑴短くつまり、低くかすれる女性の歌声、⑵琴の発する短く切迫した調べと、女性の口ずさむかすかな歌声、⑶清商曲の短く切迫した節奏《リズム》と、そのかぼそい音声《ひびき》（声調）、の三説がある。〔諸説の異同〕参照。短は短促、微は細微の意。伊藤正文「曹丕詩補注稿（楽府）」（神戸大学教養部紀要『論集』二三号、一九七九年所収）には、「微吟」を「指《シテ》二歌声之纎妙《ニシテ》、若《ク》レ存《スルガ》 若《キ》レ亡《なきガ》 者《ヲ》一言《フか》歟」とする。

不能長　長は長くする、のどかに引きのばす、いつまでものびやかに続ける意。岡田正之『古詩源』にいう。「心の激するがために長つづきせずとなり」と。清の呉淇《ごき》『六朝選詩定論』五（北京大学中国文学史教研室選注『魏晋南北朝文学史参考資料』〔中華書局、一九六二年、いま宏智書局の影印による〕所引）にいう。「歌《ノ》不《ト》レ能《ハ》レ長《ウスルは》者、為《ル》二琴《ノ》所《ト》一レ限《ル》也。古人多《ハク》以《テ》レ歌《ヲ》配《シ》レ絃《ニ》、……故《ニ》正調之不レ似二今人《ノ》専《ラ》鼓《かなデテ》不《ルニ》一レ歌《ハ》。……琴《ノ》弦《ハ》僅《カニ》七。……外、或《イハ》縵《ゆるク》（慢）或《イハ》緊《ちぢム》。其《ノ》弦《ハ》因《リテ》有《リ》二四調一。曰《ヒ》二縵宮《ト》一、曰《ヒ》二縵《まん》角《ト》一、曰《ヒ》二緊羽《ト》一、曰《フ》二清商《ト》一。……（清商《ハ》）其《ノ》節極《メテ》短促《ニシテ》、其《ノ》音極《メテ》纎微《ナリ》。長謳《くうたヒ》曼《ゆるク》詠《うたフハ》、不レ能《ハ》レ逐《もとムル》焉。故《ニ》云《フ》（レ不《ト》レ能《ハ》レ長《ウスル》）」と。ちなみに、邱英生ほか『三曹詩訳釈』は、「長とは、節奏《リズム》が舒慢《ゆったり》することを指し、しばしばそうして哀怨な情感を表出しようとする」と説明し、「不能長」を「悲しみを表わすすべがない」と訳する。また沈徳潜『古詩源』が本句（第11句）を「恰《あたカモ》似《タリ》三自《ラ》言《フニ》二其《ノ》詩《ヲ》一」と評釈するのは、この歌辞とはほかならぬ本詩（「燕歌行」）であろうとする『三曹詩文賞析集』の説と類似する。

12 **明月皎皎照我牀**　作者未詳「古詩十九首」其一九（『文選』二九）の「明月何《ゾ》皎皎《タル》、照《ラス》二我《ガ》羅《うすぎぬノ》床幃《しょうい》（寝台のたれまく）一《ヲ》。憂愁《シテ》不レ能《ハ》レ寐《いヌル》、攬《とリテ》レ衣《ヲ》起《チテ》徘徊《ス》」を踏まえて、憂愁のために寝つけないことを暗示する。ちなみに、牀は寝たり坐ったりする台の総称（後漢の劉熙《りゅうき》『釈名』六「釈牀帳第十八」に「人の坐臥する所を牀と曰ふ。牀は装なり。自ら装載する所以なり」とある）で一般に寝台と訳すが、呉小如『詩詞札叢』（北京出版社、一九八八年）に収める「説曹丕《燕歌行》」は坐床《こしかけ》の意であるとしていう。「牀（床）の字には広狭・古今の二義がある。狭義・今義では眠床《ベッド》をいい、広義・古義では坐床を指す。坐床には二人用の〝牀〟、やや小さい〝坐榻《ざとう》〟、および一人用の枰《こしかけ》がある。本詩の『牀』は、じつは坐床《こしかけ》を指し、それは堂上の女性が琴をかなでる場所でもあって、彼女が眠る閨房《ねや》中（の寝台）ではない。晋の王徽之《おうきし》はかつて弟の王献之の死後、〝霊牀〟（引用者注……霊柩を安置する台）に坐《こしか》け、琴を取ってかなでた（引用者注……『世説新語』「傷逝」篇）といい、旁証とすることができる。詩意から見ると、この女主人公は一晩中一睡もしていない」と（大意）。徐震堮『世説新語校箋』下（中華書局、一九八四年）の附録「世説新語詞語簡釈」の「牀」にも、「坐具、今謂《フ》二之《ヲ》榻《ト》一」とある（ただし、霊牀の用例は見えない）。興味深い一説ではあるが、やや穿《うが》ちすぎのようである。座具については、小野和子「椅子と座」（荒野泰典ほか編『アジアのなかの日本史Ⅵ　文化と技術』〔東京大学出版会、一九九三年〕

所収）が参考になる。皎皎は「けうけう」とも読む。しらじらと明るく輝くさま、白く明るいさま。

13**星漢西流**　曹操「歩出夏門行（観滄海）」にも、「星漢粲爛《さんらん》《トシテ》、若《シ》レ出《ヅルガ》二其裏《ノうちヨリ》一」という。星漢には従来、(1)天河《あまのがわ》（五臣〔呂延済〕注）、(2)星や天の河（鈴木虎雄『玉台新詠集』下）、の二説がある。王尭衢『古唐詩合解』に、「星《ハ》、大火《たいか》心星（蠍《さそり》座の大きな赤い星、アンタレス）也。漢《ハ》、天河也」とするのは、(2)の変形である。北京大学中国文学史教研室選注『魏晋南北朝文学史参考資料』（前掲）は、沈約《しんやく》の「夜夜曲《ノ》」（『玉台新詠』五）の「河漢（天の川）縦《たてニシテ》且《ツ》横、北斗横《ニシテ》復《タ》直《なほシ》。星漢空《シク》如《シ》レ此《クノ》（いたずらにめぐり動くばかり）、寧《ゾ》知《ランヤ》心有《ルヲ》レ憶《おもフ》」という用例を踏まえて、昔の人のいう星漢は衆星（多くの星）と天の川を広く指すとする。西流の流は、移る、かたむく意。余冠英『漢魏六朝詩選』（人民文学出版社、一九五八年）にいう。「昔の人は、天象（星の明暗・位置・形など）を観察する方法で時間を測定した。本詩に描く景色は初秋の夜で、牽牛星と織女星は天の川の両側にあり、夕ぐれどき、ちょうど天頂に見える。このとき、天の川は西南を指しているはずだ。いま『星漢　西に流る』といえば、天の川が西に移って、夜がおのずと深まったのである」と。他方、季鎮淮・陳貽焮ほか『歴代詩歌選』第一冊（中国青年出版社、一九八〇年）にいう。「銀河《あまのがわ》は地球の自転と公転とによって、いつもその天空における位置を変える。夏には南北方向へ移動し、冬には東西方向に変わる。『西に流る』とは、深秋の夜がしだいに深まり、銀河がすでに西にかたむくことを指す」と。両説は、詩の背景となる季節の捉えかたで、初秋と深秋に分かれる。ここでは、詩中の「露　霜と為る」によって、ひとまず深秋と見なしておきたい。曹丕「雑詩二首」其一（『文選』二九）にも、秋の夜を「天漢廻《めぐリテ》　西《ニ》流《ル》」と歌う。

夜未央　未央の解釈は、(1)未だ央《つ》きず、未だ央らず、(2)未だ央《なか》ばならず、の二説に分かれるが、後者を採るものは岡田正之『古詩源』や北京大学中国文学史教研室選注『魏晋南北朝文学史参考資料』など、きわめて少数である。この解釈のゆれは、じつは『詩経』小雅「庭燎《ていりょう》」の「夜如何《いかん》其（其は助字）、夜未央」のそれにもとづく。毛伝に「央《ハ》、旦也」とするのは、「夜未《いま》だ旦《あした》（あけがた）に至らざるを謂ひ、央を訓《よ》みて旦と為すを謂ふに非ず」（『毛詩正義』一一）。また鄭箋《ていせん》には「猶《ホ》レ言《フガ》二夜未《ダ》《ずト》渠《にはカニ》央《つキ》一也」という（渠《きょ》は、一説に疑問詞や否定詞につく添え字で、リズムを整えるために置くともいう）。他方、南宋の朱熹《しゅき》『詩集伝』には、「央《ハ》、中也」という。ところで、屈原「離騒」の「及《バン》二年歳之未《ダ》一レ晏《おそカラ》、時亦《タ》猶《ホ》其未《ダ》《ルニ》レ央《キ》」の王逸注に「央《ハ》、尽也」とあり、屈原の作とされる「九歌」の一つ、「雲中君」の「爛《らん》昭昭《トシテ》兮未《ダ》レ央《やマ》」に対する王逸注に「未央《トハ》、未《ダ》レ已《マ》《ル》也」という。そして魏の張揖《ちょうゆう》『広雅』「釈詁」にも、央を「尽也」「已也」といい、清の王念孫『広雅疏証』一上・四下には、いずれも前掲の「庭燎」詩をあげている。五臣（呂延済）注に「央《ハ》、極也」とするのも、こうした立場である。つまり、「夜未だ央《なか》ばならず」の説は、比較的新しい説であり、本詩の用例はより古い解釈にしたがって「未だ央《つ》きず」と読むべきであろう。前漢の都長安にあった「未央宮」も、「未だ央《つ》きざる宮」という祝頌の意をこめて名づけられたものである。

14**牽牛織女**……　牽牛（星）とは男星《おぼし》・彦星《ひこぼし》とも呼ばれる鷲《わし》座の首星アルタイル、銀河の東にある。また織女（星）は女星《めぼし》・棚機《たなばた》つ女《め》・おりひめぼしとも呼ばれる琴座の首星ベガ、銀河の西にある（ただし、中国では古く、織女星は銀河の東、牽牛星は銀河の西、と誤解されていた）。後漢の班固「西都賦《ノ》」に「左《ニシテ》二牽牛《ヲ》一而右《ニス》二織女《ヲ》一」（ただし、昆明池のほとりにたつ二星の像を指す）とあり、「古詩十九首」其一〇に「迢《ちょう》迢《タル》牽牛星、皎皎《タル》河漢《ノ》女（織女星）。……　河漢清《ク》且《ツ》浅《シ》、相《ヒ》去《ルコト》復《タ》幾許《いくばくゾ》。盈《えい》盈《トシテ》一水間《へだテ》、脉《みゃく》脉《トシテ》不レ得レ語《ルヲ》」という（本書所収）。牽牛星と織女星は、ともに天の川に近い白色の一等星である。後漢以後、二星は人格化されて夫婦と見なされ、七月七日の夜（七夕）にしか会えない有名な悲恋伝説が生まれた。本詩の李善注に引く曹植「九詠」注（自注？）にいう。「牽牛《ヲ》為《シ》レ夫《ト》、織女《ヲ》為《ス》レ婦《ト》。織女・牽牛之星《ハ》、各《おのおの》処《をル》二一旁《ニ》一（天の川の両端）。七月七日《ニ》、得《タリ》二一《タビ》会同《スルヲ》一矣」と。六朝・唐代の七夕伝説によれば、七月七日の夕《よる》、織女はかささぎの架けた橋（鵲橋《じゃくきょう》、烏鵲《うじゃく》橋）のうえを、きらびやかな鳳車に乗って天の川を渡り、牽牛に会うとされる。『（宋本）白氏六帖事類集』二九、「鵲第十四」、「塡河」の条に引く『淮南子《えなんじ》』に、「烏鵲塡《うづメテ》レ河成《シ》レ橋《ヲ》、渡《ラシム》二織女《ヲ》一」とあり、『杜工部草堂詩箋』二一、「玉台観」の注に引く『淮南子』にもほぼ同文が見える（「渡」の上に「以」の一字がある。今日通行の『淮南子』には見えない）。詳しくは、守屋美都雄訳注『荊楚歳時記』（東洋文庫、平凡社、一九七八年）、中村喬『中国の年中行事』（平凡社選書、平凡社、一九八八年）、小南一郎『西王母と七夕伝承』（平凡社、一九九一年）、工藤重矩「七夕の鵲は如何にして橋を架けるか」（福岡教育大学国語科『研究論集』三八、一九九七年所収）、本書七七一～七七三頁など参照。

相望　相は互いに。望は本来、足をそばだてて（伸びあがって）、見えにくい遠方をながめやる意。

15**爾独**……　爾は二人称、ここでは牽牛・織女を指す。ただし、大野実之助『中国詩選』II（前掲）は、織女のみを指すとし、「織女がわが身の象徴であるかの如く感じられてきて、そなた（織女）だけがどのような罪があって」云々と訳す。「独」は限定して意を強める用法、ただ……だけ。本句は、二星にも似た自分たち夫婦の悲しい運命を嘆くもの。問いかけとも、つぶやきともとれる。

何辜　辜は罪、あやまち。何の罪を犯しての意。一説に、「何《ノ》故《ゆゑニ》」（どういうわけで）とほぼ同意とする（余冠英『三曹詩選』〈人民文学出版社、一九五六年初版〉など）。張可礼「曹丕《燕歌行》賞析」（人民文学出版社編輯部編『漢魏六朝詩歌鑑賞集』〈一九八五年〉所収）にいう。「天上の牽牛と織女には過《あやま》ちがないことをいう。その目的は、地上のこの女性と夫にも過ちがないことを暗示するためである」と。

限河梁　限は隔、分けへだてる意。河梁は、李陵の「与《フ》二蘇武《ニ》一三首」其三（『文選』二九）に「携《ヘテ》レ手《ヲ》上《ル》二河梁《ニ》一」とあるように、本来、川にかかる橋の意。ここでは、単に「河《かわ》」（天の川）をいい、梁の字は添え字（偏義複詞、帯字）。つまり、「河《かわ》に限《へだ》てられ」て会えないことをいう。王尭衢『古唐詩合解』下にいう。「限《ラル》二於河之無《キニ》レ梁《はし》一」と。

通釈

燕の地のメロディーによる行《うた》

秋風がものさびしく吹いて、気候は（めっきり）ひややかになりました。（黄ばんだ）草木の葉は（風に）揺れ落ち、（白い）露は（寒さのために）霜に変わりました。燕の群れは（巣作りした家に）別れを告げて帰りゆき、雁も（暖かな）南の方へと飛んでいきます。

（私は）行役《たび》に出たまま帰らぬあなたのことを深く思いつづけ、あまりの悲しみに胸はつぶれんばかり。（あなたも）心満たされぬままに帰郷を思いめぐらし、故郷《ふるさと》をなつかしんでおられることでしょう。（そうならば）あなたはどうしてよその土地にぐずぐずと身を寄せておられるのですか。

賤妾《わたくし》は一人ぽっちであなたのいない部屋に閉じこもり、あなたを思《した》うあまり心配がこみあげ、なかなか忘れきれません。（いつしか）涙が落ちて衣裳《ころも》をぬらすのにも気づかぬほどです。

（やるせないままに）琴をひきよせ、絃《いと》をかきならしますと、悲しくもすみきった（秋の）曲調《しらべ》がおこります。（それにあわせて）歌い口ずさむ声も（おのずと）短くつまってかすれがちとなり、（切れぎれにとだえて）、のびやかに歌いつづけることはできません。明るい月がしらじらと（一人寝の）寝台を照らします。

天の川は（いつしか）西にかたむいて、夜もかなりふけました。牽牛星《ひこぼし》と織女星《たなばたつめ》は、ともに（その両岸から）はるかに相手の姿をながめるばかり。「あなたたちだけは、どんな罪を犯したために、天の川に隔てられて（会えないでいる）のですか」。

諸説の異同

異同の所在　Ⅰ

「短歌微吟」の解釈

異同の類別

A　短くつまり、低くかすれる女性の歌声。

B　琴の発する短く切迫した調べと、女性の口ずさむかすかな歌声。

C　清商曲の短く切迫した節奏《リズム》と、そのかぼそい音声《ひびき》（声調）。

A説を採るもの：鈴木虎雄『玉台新詠集』下、内田泉之助『古詩源』上（漢詩大系、集英社、一九六四年）、網祐次『文選』（詩篇）下（新釈漢文大系、明治書院、一九六四年）、大野実之助『中国詩選』Ⅱ、伊藤正文ほか『漢・魏・六朝詩集』、内田泉之助『玉台新詠』下（新釈漢文大系、明治書院、一九七五年）、李文初『漢魏六朝詩歌賞析』、呉小如「説曹丕《燕歌行》」など。

B説を採るもの：花房英樹『文選四』（詩騒編）（全釈漢文大系、集英社、一九七四年）、暨南大学中文系中国古代文学教研室編『中国歴代詩歌名篇賞析』、王景霓・湯擎民ほか『漢魏六朝詩訳釈』（黒竜江人民出版社、一九八三年）、王強模ほか『歴代抒情詩詞』（貴州人民出版社、一九八四年）、石川忠久『玉台新詠』（中国の古典、学習研究社、一九八六年）など。

C説を採るもの：清の呉淇『六朝選詩定論』（前掲）、趙福壇『曹魏父子詩選』（生活・読書・新知三聯書店・香港分店、一九八二年）、松枝茂夫編『中国名詩選』上（岩波文庫、岩波書店、一九八三年）、邱英生ほか『三曹詩訳釈』、張可礼「曹丕《燕歌行》賞析」（前掲）、賀新輝主編『古詩鑑賞辞典』（中国婦女出版社、一九八八年、牛淼様執筆）、北京大学中文系古代文学教研室選編『中国文学史参考資料簡編』上冊（北京大学出版社、一九八八年）、殷義祥『三曹詩選訳』（巴蜀書社、一九八九年）など。

異同の論拠

三説とも、特にその論拠を明示したものはないようである。ここに各説の代表的な訳例をあげて参考に供する（訳や解釈は一句全体）。

A説…「かすかに口ずさむ歌声も切れぎれにとだえて、長く続けることができぬ」（内田泉之助『古詩源』上）。

B説…「かなで出たのは、おのずと短く切迫した声調《しらべ》である。歌をうたっても低い声で口ずさむにすぎず、思いっきり大きな声で歌うことはできない」（暨南大学中文系『中国歴代詩歌名篇賞析』）。

C説…「彼女が清商曲をかなでたわけは、清商曲はリズムが短く切迫し、音響《ひびき》も低くかすかで、彼女の哀怨・悲痛な感情と密接な関係があるためである。〝短歌〟の一句は、清商曲の特徴を描き出しているだけでなく、さらに重要なのは、この女性の弾奏時の深い心情と苦しい姿を表わしていることである。彼女は琴をひきはじめたとき、琴を借りて愁いを消そうと思ったが、その短促・低微な琴の調べは彼女の哀怨・憂愁と共鳴しあって、その結果、愁いがかえってつのった。彼女はやむなく弾奏を中止せざるをえなかった」（張可礼「曹丕《燕歌行》賞析」）。

筆者は、ひとまずA説を採って通釈した。

異同の所在　II

段落（章節を含む）の分け方

異同の類別

A　二句を一解、ただし、第7・8・9句のみ三句一解。

B　二句を一解、ただし、最後の第13・14・15句のみ三句一解。

C　四段（三句・三句・五句・四句）。

D　三段（四句・七句・四句）。

E　三段（二句・九句・四句）。

F　六段（三句・三句・三句・二句・二句・二句）。

G　五段（三句ずつ）。

A説を採るもの：鈴木虎雄『玉台新詠集』下、余冠英『漢魏六朝詩選』、伊藤正文「曹丕詩補注稿（楽府）」など。

B説を採るもの：『宋書』楽志、郭茂倩『楽府詩集』、『魏文帝集』（『漢魏六朝一百三家集』）、清の呉兆宜『玉台新詠箋注』、朱乾『楽府正義』、斯波六郎・花房英樹『文選』、花房英樹『文選四』（詩騒編）、許逸民ほか『楽府詩名篇賞析』など。

C説を採るもの：清の張玉穀『古詩賞析』、網祐次『文選』（詩篇）下など。

D説を採るもの：『三曹詩文賞析集』（馮鍾芸執筆）など。

E説を採るもの：邱英生ほか『三曹詩訳釈』など。

F説を採るもの：王強模ほか『歴代抒情詩詞』など。

G説を採るもの：王向峰『古典抒情詩鑑賞』（春風文芸出版社、一九八四年）、呉小如「説曹丕《燕歌行》」など。

異同の論拠

A説は特に論拠を明示していない。B説の『宋書』楽志は、歌曲として実際に歌われていた姿において記録しようとする目的をもち、以下の書はそれを継承する。ちなみに、「解」とは音楽の一章節、つまり、曲のくぎりめをいう。『楽府詩集』二六に「凡そ諸調の歌詞は、並びに一章を以て一解と為す」とある。
C説を採る『古詩賞析』は、秋景→夫の心情の推測→妻の側→夜景の描写とする。
D・E・F説は、ともに論拠を明示していない。
G説を採る王向峰『古典抒情詩鑑賞』は、本詩を三句一章の特殊な分段の章法であり、秋景→秋思→秋悲→秋吟→秋望の描写であるとする。呉小如「説曹丕《燕歌行》」も、本詩は三句一節と見なすべきであり、そのように分けてこそ節奏《リズム》が整うだけでなく、構造も厳密になるとする。筆者の通釈は、G説による。
ちなみに、こうした諸説の生まれる原因は、(1)中国古典詩には珍しい奇数句（一五句）の詩であること、(2)毎句押韻であるため、換韻による段落分けができないこと、などであろう。

備 考

本詩は、故郷で空閨を守る妻の、出征した夫に対する思慕の情を歌う閨怨《けいえん》詩である。整った最初の七言詩としても注目され、清の何《か》焯《しゃく》『義門読書記』四七には、「『秋風』（前漢の武帝作「秋風辞《ノ》」を指す）之変《ニシテ》、七言之祖《ナリ》」と評している。
ところで、本詩の作成年代について、元の劉履《りゅうり》『選詩補注』二（河北師範学院中文系古典文学教研組編『三曹資料彙編』〔中華書局、一九八〇年〕所引）にいう。

此《レ》婦人《ノ》思《フ》二其君子《ノ》（夫のこと）遠行《シテ》不《ルヲ》レ帰《ラ》之詞《ナリ》。豈《あに》（疑辞〔推測〕の用法）帝為《たリシ》二中郎将一時、代《ニ》述《シテ》閨中之意《ヲ》一而作《レルか》歟。然《レドモ》不レ可《カラ》レ考《フ》矣。

と。これに対して、洪順隆『魏文帝曹丕年譜暨作品繋年』（新編中国名人年譜集成第廿一輯、台湾商務印書館、一九八九年）は、そのモチーフは認めながらも、作成年代の臆測は誤りだと批判していう（大意）。

曹丕が五官中郎将になったのは、建安一六年（二一一）正月のことである（『三国志』一、「武帝紀」）が、曹丕は就任後、もはや北征してはおらず、その誤りは明白である。冒頭の二句は、曹操が建安一二年（二〇七）の秋七、八月、烏丸《うがん》族（蒙古系遊牧民族）を征伐するために、盧竜塞《ろりゅうさい》（今の河北省喜峰口）を出て白《はく》狼《ろう》山（今の内蒙古自治区）に登ったときの季節と合致する。とくに「燕歌行」其二の冒頭「別《ルル》日何《ゾ》易《やすク》、会日難《キャ》、山川悠遠《トシテ》路漫漫《タリ》（長いさま）」は、烏丸（＝烏桓）を北征するために通ったところと似ている。曹丕はこの年、父の北征に従って燕の地に赴き、燕声（燕の地特有のメロディー）を倣《まね》つつ、行役の良人《おっと》を思慕する妻の情を代述して作ったのであろう。本詩を建安一二年七、八月ごろの作と考える（曹丕は当時21歳）。

と。やや論拠に乏しいように思われるが、参考に値する一説として付記しておきたい。

（植木 久行）

曹《そう》植《しよく》

0七歩詩
1煮豆持作羹
2漉豉以爲汁
3萁在釜下然
4豆在釜中泣
5本自同根生
6相煎何太急

七歩《しちほ》の詩《し》　伝、曹植
豆《まめ》を煮《に》て持《もつ》て羹《あつもの》と作《な》し
豉《し》を漉《こ》して以《もつ》て汁《しる》と為《な》す
萁《まめがら》は釜下《ふか》に在《あ》つて然《も》え
豆《まめ》は釜中《ふちゆう》に在《あ》つて泣《な》く
本自《もと》　同根《どうこん》より生《しやう》ぜしに
相《あ》ひ煎《に》ること　何《なん》ぞ太《はなは》だ急《きふ》なる

テキスト 逯欽立『先秦漢魏晋南北朝詩』魏詩七（上-460）◆清、沈徳潜『古詩源』五 ◆劉宋、劉義慶『世説新語』上、文学第四（南宋版、尊経閣文庫蔵）◆『太平広記』一七三、俊弁一、「曹植」の条に引く『世説』◆明、馮惟訥『(古)詩紀』二四、魏四 ◆『陳思王集』四（明、張燮『(漢魏)七十二家(文)集』）◆『陳思王集』二（明、張溥『漢魏六朝一百三家集』、清刊本）◆『陳思王集』九（明、嘉靖二〇年序刊）◆明、梅鼎祚『漢魏詩乗』一五、魏五 ◆清、朱緒曾『曹集考異』五 ◆清、張玉穀『古詩賞析』九（漢文大系本）◆丁晏『曹集銓評』四（葉菊生校訂）◆古直『曹子建詩箋定本』二 ◆丁福保『全漢三国晋南北朝詩』「全三国詩」二 ◆趙幼文『曹植集校注』二

＊「七歩詩」として伝わる作品には、六句型と四句型の二種類があり、それぞれ別々に継承されたらしい。ここでは、この伝承形態にもとづいて、四句の「七歩詩」を後に付載する。

校語

0**七歩詩** 『世説新語』は詩題を欠く。また『太平広記』所引『世説』には、「重《ネテ》作《リテ》二三十言《ノ》自愍詩《ヲ》一云《フ》」として本詩を引く（「自愍詩《びんし》」とは、自ら愍《あわれ》む詩の意）。ともに〔備考〕参照。

1**煮** 『太平広記』所引『世説』、『(古)詩紀』『陳思王集』(『(漢魏)七十二家(文)集』)『古詩賞析』『曹集銓評』『曹子建詩箋定本』には「煑」に作る。俗字。

持作羹 『曹集銓評』に「燃豆萁」に作り、『曹植集校注』に「然豆萁」に作る。これは四句型「七歩詩」の第1句を参照して改めたもの（後に付載する四句型「七歩詩」参照）。

2**豉** 『世説新語』に「䜴」に作る。異体字。『曹集考異』に「叔」に作り、『曹子建詩箋定本』に「菽」に作る（四部叢刊『世説新語』にも「菽」に作る）。叔と菽は、ともに豆の意。

以爲汁 『太平広記』所引『世説』に、「取作汁」に作る。

3**萁** 『世説新語』には「箕」に作る。形訛（ただし、四部叢刊本では「萁」に作る）。

在釜下 『漢魏詩乗』に「在」を「向」に作る。同義。『(古)詩紀』『古詩源』『古詩賞析』には、「釜下」を「釜中」に作る。『古詩賞析』の注にいう。「『中』の字は当《まさ》に『下』の字に作る

を是《ぜ》と為すべし」と。

然　『世説新語』『曹集考異』『曹集銓評』に「燃」に作る。然は燃の原字。

4**豆在釜中泣**　『太平広記』所引『世説』に、「豆向釜中泣」に作る。同義。

5**本自**　『(古)詩紀』『陳思王集』(『(漢魏)七十二家〔文〕集』『漢魏六朝一百三家集』)『漢魏詩乘』『古詩源』『古詩賞析』『曹集銓評』『曹植集校注』には、「本是」に作る。ほぼ同義。

詩型・韻字

五言古詩。汁《しふ》・泣《きふ》・急《きふ》(入声緝韻〔緝韻〕)。

語釈

0**七歩詩**　七歩あるく間に作った詩。「七歩詩」の題は『世説(新語)』に見えず、逸話にもとづいて命名された仮りの題らしい。「歩」には、(1)ふたあしの長さ(複歩)、(2)ひとあしの長さ(単歩)の両意があるが、八木沢元「七歩詩管窺」(『二松学舎大学論集』昭和四八年度(一九七四年)、のち明治書院刊、同『霞城の春―中国文学論集』に再録)は、「『七歩詩』の場合も、中国の旧例では、複歩説に従うべきであろう」と指摘する。『太平広記』所引『世説』には「自愍詩《じびん》」と題する。〔備考〕参照。

ちなみに、南宋の曾慥編『類説』四に引く『玉箱雑記』に、「曹植七歩《ニ》成《テシ》レ章《ヲ》、号《セラル》ニ繡虎《しゅうこト》一」とある。「七歩之才」は、俊敏な文才をいう成語として用いられる(最も古い用例は『北史』五六「魏収伝」に見える)。

1**持作羹**　持は、ここでは単なる連結の語として用いられ、第2句の「以」と同例。作者未詳「古詩三首」其二に、「烹《テ》レ穀《ヲ》持《もって》作《なシ》レ飯《ト》、采《リテ》レ葵《ヲ》持《テ》作《ス》レ羹《ト》」とある(『先秦漢魏晋南北朝詩』漢詩一二)。太田辰夫『中国語史通考』(白帝社、一九八八年)五八頁参照。やや俗語的用法らしい。伊藤正文『曹植』(中国詩人選集、岩波書店、一九五八年)に、「持は過程をあらわす接続詞で、以と同じ」とする。星川清孝『歴代中国詩精講』(学燈社、一九六四年)に、「大切に保存する」(持《じ》してと訓む)と注するのは誤り。

作は第2句の「為」と同意。それぞれ「作る」「為《つく》る」とも訓む。「羹」は、肉や野菜を入れて煮た、とろりとした濃厚な吸い物。ポタージュの類。伊藤正文『曹植』は、「羹は吸い物。ここでは豆乳のことであろう」とする。豆乳とは、大豆を水につけて軟かくしたものをすりつぶし、布でこして粕《かす》を除き、加熱した食品(凝固剤を加えない)。

2**漉豉**　漉《ろく》は、濾過《ろか》して粕をとりのぞく意。豉は豆豉《とうし》、水につけた豆を煮たり蒸したりしたのち、それを発酵させ、塩をまぜて作った調味料、味噌《みそ》の類。田中静一編著『中国食品事典』(書籍文物流通会、一九七四年)調味料の部、「豆豉」にいう。「製品は黒褐色で光沢があり、豆は軟らかくしかも粒状を保持し、硬いものはなく、酸味や苦味のないものが良品である。豆豉を日本の納豆と考える人があるが、製法や使用法(塩からく、料理の味つけの補助として使う)から見ると、味噌・醤油に近いものである」と。なお同じ田中静一編著『中国食物事典』(柴田書店、一九九一年)「21　調味料」の部の「豆豉　トウチ」の条も参照に値する。

汁　しる、つゆ。『説文解字』一一上に「液也」とある。一説に

「豆乳（豆汁）」のこととする（竹田晃『世説新語』上（中国の古典、学習研究社、一九八三年。同書は「豉」を「豆を煮てすりつぶしたもの」とする）、陳昌渠『魏晋南北朝詩選』（四川教育出版社、一九八七年））。

冒頭二句の具体的な料理法は、じつはよくわからない。入谷仙介『古詩選』（新訂中国古典選、朝日新聞社、一九六六年）は、「ご汁のようなものであろうか」とする。ご汁とは、「水に浸して柔らかくした大豆をひいた『ご』（豆汁）を入れた味噌汁」（『広辞苑』第三版、岩波書店）をいう。ここでは、江戸時代の田興甫（谷淇園）『補註蒙求国字解』六に、「羹ヲ調エル《ママ》ニ、味噌ヲ擂《すりこし》漉テ用ユ」といい、趙福壇『曹魏父子詩選』（生活・読書・新知三聯書店・香港分店、一九八二年）に、「豆豉のなかから味を調える汁液《しる》をこし出す」という説に従って解釈する。この立場では、「豆を煮て持《も》って羹《あつもの》を作らんと、豉《みそ》を漉《こ》して以て汁と為《な》す」（一海知義『漢詩一日一首（春夏）』（平凡社、一九七六年））とも訓める。ちなみに、伊藤正文『曹植』は、「豆を煮て、それで豆乳を作り、醗酵させた豆をこして、汁を作る」と訳す。

3 **萁**　萁《き》は豆の茎、まめがら。榊原篁洲《さかきばらこうしゅう》『古文真宝前集諺解大成』（漢籍国字解全書、早稲田大学出版部、一九二八年）は、「豆を採《とり》たるあとの幹《カラ》、葉とともに薪とすべき者」と注する。

釜　かま。岡崎敬「中国古代におけるかまどについて」（同『中国の考古学―隋唐篇』（同朋舎、一九八七年）所収）によれば、漢の時代は、かまどの上に水を入れた釜をかけ、その上に甑《こしき》をのせて炊さんした。当時の釜は、口のせばまった、今日の日本の茶釜に近い金属性（主に鉄製）のものであり、甑は数個から十数個の穴をあけた鉢型土器であった。箄《すのこ》がしかれた甑のなかに粒食する粟や麦の穀物を入れて釜の上に置き、ふたをして蒸しあげる方式である。本詩の描写も、かまどにかかる釜甑を指そう。ちなみに、口径の広い平底の鍋《なべ》は唐代以降に使用され、種々の調理が可能になったという。

ちなみに、大野実之助『中国詩選』II（現代教養文庫、社会思想社、一九七一年）は、「萁向釜下然」を「萁《き》は釜《かま》に向《むか》って下に然《も》え」と訓むが、「萁は釜の下に向《あ》って然え」などと訓むべきであろう。「向」は「在」や「於」と同意（前置詞）。宇野明霞原撰・釈大典刪補『詩家推敲』上や、江藍生『魏晋南北朝小説詞語匯釈《わいしゃく》』（語文出版社、一九八八年）参照。

4 **泣**　室町時代の笑雲和尚（清三《せいさん》）『古文真宝前集抄』に、「豆ヲ煮ル声ガ、泣クヤウニ聞コユルゾ」という。また榊原篁洲『古文真宝前集諺解大成』にもいう。「豆は萁に燃《たか》れて、釜の中にてしふ〳〵と煮ゆる声、人の泣声の如くきこゆる也」と。泣は、『説文解字』一一上に「無《クシテ》レ声出《ダスヲ》レ涕《なみだヲ》曰《フ》レ泣《ト》」とあり、この意味で哭（『説文解字』二上に「哀《シム》声也」とある）の字と相異する。つまり、なき声の有無（大小）が哭と泣の差異である。ちなみに、萁は兄の文帝曹丕《そうひ》、豆は曹植自身の比喩となる。あかあかと燃える火は、曹丕の激怒を象徴しよう。

5 **本自同根生**　第5・6句は、熱さにたえかねて泣く豆の口ぶりになぞらえていう。「本自」は、二字で一語、もともと、もとより。自は副詞の後についた接尾辞（語助）、「猶自」「已自」「正自」「必自」「空自」「便自」などの自と同例（副詞接尾辞）。やや俗語的な用法であり、田興甫『補注蒙求国字解』六に「本《モ》‐自《ト》同根《ヨリ》生《ス》」と読む。六朝期、「〜自」をともなう複音節語が増加した。ちなみに、後漢時代の用例としては、楽府古辞「雁門太守行」の「本自《もと》益州広漢蜀民《ノ》」（『楽府詩集』三九）や、作者未詳「古詩、為《ニ》二焦仲卿妻《ノ》一作《ル》」の「本《もとも》自《ト》無《ク》二教訓一、兼《テ》愧《はヅ》二貴家《ノ》子《タルニ》一」（『玉台新詠』一）などがある。詳しくは、森野繁夫「簡文帝蕭綱の詩にみえる「〜自」―「本自」を中心として」（同『六朝詩の研究』〔第一学習社、一九七六年〕第三章第四節に付す）参照。徐仁甫『広釈詞』一〇（冉友僑校訂、四川人民出版社、一九八一年）、「本自―本是」の条に、「七歩詩」をあげていう。「自《ハ》‐作《ニ》レ是《レバ》二、則《チ》本自《ハ》猶《ホ》《キ》二本是《ノ》一也」と。「本是」も口語系の語彙であり、文語表現では「是」を省略することもできる。森野繁夫の前掲論文にいう。「意味・用法にいささかの違いがあるが、「自」と「是」との音がよく似ていることから生じた異同であろう」と。なお、志村良治『中国中世語法史研究』（三冬社、一九八四年）の「中世中国語の語法と語彙」（八九頁）や、江藍生『魏晋南北朝小説詞語匯釈』「自[2]」の条など参照。一説に、「自」を「より」と訓むが、誤りであろう。〔諸説の異同〕参照。

同根　「根を同じうして」とも訓む。曹丕と曹植は、ともに曹操と卞《べん》氏の間に生まれた兄弟である。『諸儒箋解古文真宝前集』にいう。「豆と萁と、同根より生ずること、兄弟の同胞（同胎）より出づるがごときに喩ふ」と。

6相煎　「相ひ煎《い》ること」「相ひ煎《せん》ず（す）ること」とも訓む。「相」は、動作に対象（第一・二・三人称、すなわち、我・汝・彼〔之〕）があることを表す接頭辞。ここでは、「私（豆）を煎《に》る」意。「互いに」（両相之辞）の意味に対して、偏指（一個の人称のみを指す）の用法ともいう。詳しくは、許世暎「談談世説新語中『相』字的特殊用法」（『大陸雑誌』第二七巻九期、一九六三年）や、江藍生『魏晋南北朝小説詞語匯釈』「相」の条など参照。「煎」は、水分がなくなるまで煮つめる意。伊藤東涯『操觚《そうこ》字訣《じけつ》』五、「煎煮烹」にいう。「火去レ汁也。……　汁アルヲ、乾クマデニツメル」と。

何太急　何は、どうして（詰問）。ここでは、詠嘆の語気をおびる。太は、あまりにも……しすぎる、ひどく、の意。急は、きびしく苦しめさいなむ、むごい、容赦なく迫る、などの意。ちなみに、「何太…」で、「何とまあ、……ではないか」の意味にもなる（蔣紹愚「杜詩詞語札記」〔『語言学論叢』第六輯、一九八〇年所収〕参照）が、ここでは婉曲的な詰問の語気をおびた表現、と理解しておきたい。笑雲和尚『古文真宝前集抄』にいう。「言フハ、甚シク我ヲ責メテ、七歩ノ中ニ詩ヲ作レトアルハ、御情ナイゾ」と。同母弟の曹植に対する、文帝曹丕の残酷な迫害の隠喩。

通釈

七歩あるく間に作った詩

豆を煮たてて、（とろりとした）吸い物を作り、豆豉《みそ》をこして、（その味を調える）汁《つゆ》とする。萁《まめがら》は釜《なべ》の下で（ぱちぱちと勢いよく）燃え、豆は釜の中で（熱さにたえかねて、しくしく）泣いて（訴えているかのよう）。「（私たちは）もともと同じ根から生まれた（兄弟）なのに、（あなたは）どうして（こうまで）ひどく（私を）

煮つめて（苦しめる）のですか」。

諸説の異同

異同の所在

「本自」の訓みと用法

異同の類別

A「もと（より）」と訓む。自は接尾辞。

B「本《も》と…自《よ》り」と分けて訓む。自は前置詞（介詞）。

A説を採るもの：服部南郭考訂『新刻蒙求』下（寛政二年〔一七九〇〕再版）、田興甫『補注蒙求国字解』、南開大学中文系語言学教研組編『中国古典語読法』下冊（池田武雄訳、京都府立大学中国文学研究室刊、一九七〇年、二二六頁）、森野繁夫「簡文帝蕭綱の詩にみえる「〜自」―「本自」を中心として」、小尾郊一『文選（文章編）七』（全釈漢文大系、集英社、一九七六年）、森三樹三郎ほか訳『世説新語　顔氏家訓』（中国古典文学大系、平凡社、一九六九年、九六頁。ただし、「本《も》と自《おのず》から」と訓む）、徐仁甫『広釈詞』、塩見邦彦「唐詩俗語新考」（『立命館文学』第四三〇―四三二号合併号、一九八一年四〜六月号）など。

B説を採るもの：江戸時代の林鵞峰『世説新語』（明刊凌瀛初校本に訓点を施した手校手跋本、内閣文庫蔵）、諸橋轍次『大漢和辞典』一、「七歩之詩」の条（一〇〇頁、大修館書店、いま縮写版第三刷による。修訂版も同じ）、八木沢元『世説新語』（中国古典新書、明徳出版社、一九七〇年）、目加田誠『世説新語』上（新釈漢文大系、明治書院、一九七五年）、諸橋轍次・鎌田正・米山寅太郎『広漢和辞典』上、「七歩之才」の条（二〇頁、大修館書店、一九八一年）、小川環樹・西田太一郎・赤塚忠『角川新字源』「七歩詩」の条（五頁、角川書店、いま一九八五年刊の二二九版による）など。

異同の論拠

A説（「もと（より）」と訓む説）

「本自」は、後漢末のころから、すでに民歌および民歌風の作品に用いられた口語系の語であり、六朝期、伝統的な詩中にもしだいに多用されるようになる。「本自」は、「本」と意味的に通じあう「自」を結びつけて、「本」の意味を補足し、同時にZiという音によって重みを加え、音調を安定させたものである。この言葉を使用する場合の心理を推測してみるに、「本」一字では不充分にしか表せなかった強意表現が、「自」を加えることによって可能となるわけで、主語となっている人、あるいは物が、もともと何如なる性格であるかを取りたてて述べ、また、言うまでもなくそれが当然であることを主張するための語として、意味的にも音調的にもピッタリくるものであったに違いない。

（以上、森野繁夫「簡文帝蕭綱の詩にみえる「〜自」―「本自」を中心として」）

六朝以来使用されはじめた俗語で、「もとより」の意である。この「自」は、意味のない接尾辞であって、このほかに「各自」「猶自」「尚自」「空自」「忽自」「徒自」などがある。

（以上、塩見邦彦「唐詩俗語新考」）

B説の論拠は特に提示されていないが、「本と同根自《よ》り生ず」でも意味が通じ、別に不自然な感じがしないためであろう。しかし、徐仁甫『広釈詞』にも指摘されるように、「自」を「是」に作る異文の存在（〔校語〕参照）は、A説の信憑性を高める。「本是」の場合には、「本《もと》是（あるいは本是《トレ》）同根《ヨリ》生《ズ》」以外の訓みは考えがたいためである。しかも、「七歩詩」中に口語系語彙を用いることは、志人小説『世説新語』に収められた逸話の性格とも符合する。五言の二・三のリズムの点でも問題ない（第3・4句は、意味的には一・三・一に切れるが、対句の場合は破格的な句法も許され、必ずしも本句と同列には論じられない）。B説はおそらく誤読であろう。A説を採る。

〔付　録〕

＊四句型で伝わる「七歩詩」

0七歩詩　　七歩詩《しちほし》

1煮豆燃豆萁　　豆《まめ》を煮《に》るに　豆萁《とうき》を燃《た》く

2豆在釜中泣　　豆《まめ》は釜中《ふちゅう》に在《あ》つて泣《な》く

3本是同根生　　本是《もと》　同根《どうこん》より生《しやう》ぜしに

4相煎何太急　　相《あ》ひ煎《に》ること　何《なん》ぞ太《はなは》だ急《きふ》なる

テキスト　国会図書館蔵『附音増広古注蒙求』（日本の大永五年〔一五二五〕写本）「陳思七歩」の条に引く『世説』◆敦煌本古類書（書名不詳、ペリオ二五二四号）「七歩」の条（王三慶『敦煌本古類書語対研究』〔文史哲出版社、一九八五年〕に収める影印による。羅振玉編『鳴沙石室古籍叢残』に収める「唐写本類書残巻第一種」と同じ）◆『初学記』一〇、帝戚部、「王第五」に引く劉義慶『世説』◆『文選』六〇、任昉「斉竟陵文宣王行状」の李善注所引『世説』◆『太平御覧』六〇〇、文部、「思疾」に引く『魏志』◆『太平御覧』八四一、百穀部、「豆」に引く『世説』◆源為憲『世俗諺文』上（続群書類聚三〇輯下、巻八八五）「七歩才」の条に引く『世説』◆源光行『百詠和歌』九（続群書類聚一五輯上、巻四〇六）、文物部・詩◆『古文真宝前集』五言古風短篇◆『十訓抄』第六「可レ存二忠直一事」（国史大系第一五巻）の「附」（附録）◆『陳思王集』九（明、嘉靖二〇年序刊、内閣文庫蔵）◆明、梅鼎祚『漢魏詩乗』一五、魏五に引く『漫叟詩話』◆『陳思王集』二（明、張溥『漢魏六朝一百三家集』、清刊本）◆『（古本）蒙求』（佚存叢書本）下、「陳思七歩」の条に引く『世説』◆清、朱緒曾『曹集考異』五◆丁福保『全漢三国晋南北朝詩』「全三国詩」二

校　語

0**七歩詩**　『附音増広古注蒙求』に引く『世説』に、「魏文帝《ノ》嘗令《メテ》二陳思王《ヲシテ》七歩《ニシテ》作《ラ》レ詩《ヲ》、如不《シンバ》レ成《ラ》、当《ニ》《シ》レ行《フ》レ法《ヲ》。即《チ》応《ジテ》レ声《ニ》曰《ハク》」（訓点は引用者）として引用するのをはじめとして、『世説』所引のものは、みな詩題を欠く。敦煌本古類書には、「文帝命《ジテ》令《メ》二七歩《ニシテ》成《サ》レ詩《ヲ》、若不《シンバ》レ成《ラ》、将《ニ》《す》レ誅《セント》、王応《ジテ》レ声《ニ》曰《ハク》」として、『太平御覧』所引『魏志』（今日通行の『三国志』魏志には見えない）には、「文帝嘗《テ》欲《ス》レ害《セント》レ植《ヲ》、以《テ》二其《ノ》無《キヲ》レ罪、令《メ》二植《ヲシテ》七歩《ニシテ》為《ラ》レ詩《ヲ》、若不《シンバ》レ成《ラ》、加《ヘントス》二軍法《ヲ》一。植即《チ》応《ジテ》レ声《ニ》曰《ハク》」として、それぞれ詩を引き、詩題を欠く。『百詠和歌』も詩題を欠くが、『十訓抄』は「七歩の詩云」とする。

1**煮**　『附音増広古注蒙求』、『初学記』所引『世説』、『太平御覧』所引『魏志』、『百詠和歌』、『陳思王集』（明、嘉靖序刊）、『（古本）蒙求』所引『世説』は、「煑」に作る。俗字。

燃　「全三国詩」に「然」に作る。原字。

豆　『十訓抄』に「其」に作る。

萁　『太平御覧』所引『魏志』、『太平御覧』所引『世説』、『百詠和歌』、『十訓抄』、『陳思王集』（嘉靖序刊）に、「箕」に作る。形訛。

敦煌本古類書に、第1句を「萁在釜下然」に作り、『文選』李善注所引『世説』に、「萁在竈下然」に作る。『太平御覧』所引『世説』にも、「箕（ママ）在釜下燃」に作る。

2**豆在**　『世俗諺文』所引『世説』、『百詠和歌』に、「豆子」に作る。

3**本是**　『太平御覧』所引『世説』、『世俗諺文』所引『世説』、『百詠和歌』に、「本自」に作る。

4**相煎**　敦煌本古類書に「相並」に作る。形訛。『十訓抄』に「相煮」に作る。

何太急　敦煌本古類書、『太平御覧』所引『世説』に、「何乃急」に作る。また『世俗諺文』所引『世説』に、「何火急」に作る。

詩型・韻字

五言古詩。泣《きふ》・急《きふ》（入声緝韻〈緝韻〉）。

語　釈

3**本是**　『附音増広古注蒙求』の訓点「本是《トレ》」をはじめとして、一般に「本《も》と是《こ》れ」と訓む。ここでは、是を副詞接尾辞（リズムを整え、実義なし）と見なして、二字で「もと（より）」と訓む。前掲の〔語釈〕「本自」の条参照。

同根生　古くは「同根にして」云々と訓む（『附音増広古注蒙求』など）。

通　釈

七歩あるく間に作った詩

豆を煮るのに、豆がらを燃やす。豆は釜《なべ》の中で（熱さにたえかねてしくしく）泣いて（訴えているかのよう）。「（私たちは）もともと同じ根から生まれた（兄弟）なのに、（あなたは）どうして（こうまで私を）ひどく煮つめて（苦しめる）のですか」。

備　考

古来、曹植の作として伝わる「七歩詩」は、やや卑俗な調べながら、「至性の語にして、貴きは樸質に在り」（沈徳潜『古詩源』）などと評される。また、すでに述べたように、「七歩詩」には、六句型と四句型の二種が伝わり、原初形態がどちらであるのかも詳かではない。清の陳祚明《ちんそめい》は、『采菽《さいしゅく》堂古詩選』六（『三曹資料彙編』所引）に、

窘急《きんきゅう》（さし迫った状態）中《ちゅう》ノ至性ノ語ニシテ、自然ニ流出ス。繁簡ノ二本並ビニ佳《よ》シ。多ケレバ二二語一、便チ覚ユ三淋漓《りんり》ニシテ（調べののびやかなさま）似タルヲ二楽府一。少ナケレバ二二語一、簡切ニシテ似タリ二古詩一。

と評している。

ところで、本詩が果たして曹植の自作か、それとも後人の偽作か、という問題についても、古来、種々の議論がある。元の郝経《かくけい》『続後漢書』二九中、「曹植伝」は、陳寿『三国志』一九の本伝「（黄初）六年、（文）帝東征シ、還リテ過《よぎ》リ雍丘《ようきゅう》（河南省開封市の東南）ニ、幸シテ植ノ宮ニ、増ス二戸五百ヲ一」を踏まえて、

六年、（曹）丕東征ス。還リテ過リテ二雍丘ニ一、寓《やど》リ二植ノ宮ニ一、令ム二植ヲシテ作ラ一レ詩ヲ。丕憐レミ之ヲ、増ス二戸五百ヲ一。

と述べ、その弟子、荀宗道《こうそうどう》の注には『世説』を引く（その「七歩

詩」は四句型)。清の朱緒曾『曹集考異』一二に収める「年譜」は、この説によって、「七歩詩」を黄初六年(二二五)、曹植34歳のときの作、とする。鄧永康「曹子建年譜新編(下)」(『大陸雑誌』第三四巻三期、一九六七年、のち台湾商務印書館・新編中国名人年譜集成第一六輯『魏曹子建先生植年譜』に再録〈一九八一年〉)も、ひとまず朱緒曾の年譜にしたがって黄初六年の作としながらも、作品の信憑性そのものを疑う(後述)。また古直『曹子建詩箋定本』は、「蓋し黄初・太和間の作」の冒頭に置く。

しかし、今日では、曹植の作品としての信憑性に欠ける、とする偽作説に傾く。張為騏「曹子建七歩詩質疑」(『国学月報』第二巻一号、一九二九年)は、(1)曹植の別集に不載(宋本『曹子建文集』や『曹子建集』〈四部叢刊・四部備要〉に未収)、(2)「七歩詩」を載せる劉義慶『世説新語』は、資料としての信憑性に乏しい、(3)『世説新語』に見える「東阿王」という爵号は、文帝の死後の太和三年に封ぜられたものである(このことは、すでに丁晏「魏陳思王年譜」〈同『曹集銓評』所収〉に指摘される)、の三点を主な論拠として、偽作説を主張する。また鄧永康「曹子建年譜新編(下)」にも、こういう(大意)。

『太平御覧』六〇〇所引『魏志』に「七歩詩」を引くが、その記事は今日通行のそれ(陳寿『三国志』)に見えない。「七歩詩」を作ることは、頗る情理にそむく。任城王(曹彰)は、都に召された後、秘密裡に殺されている。文帝は曹植を排除しようとしたが、のちに気が変わり、植の宮殿にたちよったときに詔して、詩ができなければ斬罪に処するというはずはない。かく理不尽に弟を殺すという悪事をしでかすほど、文帝は愚かではない。従って、このことがたとえあったとしても、必ず黄初二年か四年、植が都にいたときのことであろう。とすれば、(『続後漢書』の注者)荀宗道《こうそうどう》が黄初六年に「七歩詩」を引くのは誤りである。しかし、後人傅会《ふかい》の可能性がきわめて高い。おそらく文帝の凶暴さと陳思王植の詩才を明らかにしようとしたのであろう。それで(馮惟訥の)『詩紀』にいう。「本集不載、疑ふらくは傅会に出づるか」(『詩紀』の題下注は「本集不載」のみ。それ以下は、じつは丁晏『曹集銓評』の語)と。

ちなみに、清の宝香山人『三家詩』曹集一にいう。「『世説新語』も亦た『斉諧』(『荘子』「逍遥遊」篇に見える古代の志怪小説集。六朝・宋の東陽无疑《むぎ》撰『斉諧記』もある)の余(末流)なり。此の詩の「同根」「相ひ煎る」は、其の兄に対《むか》つて語るに似たるに因りて、七歩を以てこれに付会せしのみ」という(『三曹資料彙編』所引)。要するに、〝七歩作詩〟の逸話は、曹植の俊敏な詩才と、兄の文帝に迫害された不遇な境涯に同情した、晋宋間の無名氏の間に自然に生まれたものであろう。八木沢元「七歩詩管窺」(前掲)に、

「七歩詩」は、晋宋間無名氏の作で、口耳相伝え、民間に伝誦されていたのを、劉義慶が『世説』中に採録したものであろう。

という説が、現在のところ比較的穏当であろう。もっとも、『世説』が旧文を纂輯《さんしゅう》する性格をもつ軼事《いつじ》小説であることを考えるならば、この逸話はすでに先行の書にも収められていた可能性もある。

ここで、南朝宋の劉義慶撰『世説新語』(南宋版)「文学篇」をあげてみたい。

文帝常《かつテ》令《メ》二東阿王(曹植)《ヲシテ》七歩中《ニ》作《ラ》レ詩《ヲ》、不《レバ》レ成《ラ》者、行《ハントス》二大法《ヲ》一。応《ジテ》レ声《ニ》便《チ》為《リテ》レ詩《ヲ》曰《ハク》、「煮《テ》レ豆《ヲ》持《もつテ》作《シ》レ羹《ト》、漉《シテ》レ豉《ヲ》以《テ》為《ス》レ汁《ト》。箕(其)《ハ》在《ツテ》二釜下《ニ》一燃《エ》、豆《ハ》在《ツテ》二釜中《ニ》一泣《ク》。本自《もと》同根《ヨリ》生《ゼシニ》、相《ヒ》煎《ルコト》何《ゾ》太《ダ》急《ナルト》」。帝

深ク有リ二慙《は》ヅル色一。

＊注　敦煌本古類書は、最後の一句を「帝善《よ》ミスレ之ヲ」に作り、『太平御覧』六〇〇所引『魏志』も、「文帝善ミスレ之ヲ」に作る。

今日伝存の『世説新語』は、書名自体が『世説』→『世説新書』→『世説新語』へと三変したことに示唆されるように、その本文は劉義慶編纂時の旧態のままではなく、そのため、逸文と目されるものも多い。「七歩詩」に関していえば、『太平広記』一七三、俊弁一、「曹植」の条に「『世説』に出づ」として見える文は、前掲のそれとはかなり異なっている。

魏ノ文帝嘗テ与二陳思王植一同ジウシテレ輦ヲ出遊シ、逢《ほう》下見《けん》ス両牛ノ在ツテ二牆間ニ一闘フニ上。一牛不シテレ如カ、墜チテレ井ニ而死ス。詔シテ令メレ賦セ二死牛ノ詩ヲ一、不レ得レ道《い》フヲ二是ノ牛ヲ一、亦タ不レ得レ云フヲ二是ノ井ヲ一、不レ得レ言フヲ二其ノ闘ヒヲ一、不レ得レ言フヲ二其ノ死ヲ一。走ラスコトレ馬ヲ百歩ニシテ、令メレ成サ二四十言ヲ一、歩尽キテ不レバレ成ラ、加ヘントス二斬刑ヲ一。子建策《むちう》チテレ馬ヲ而馳セ、既ニ攬《と》リテレ筆ヲ賦シテ曰ハク、「両肉斉《ひと》シウシテレ道ヲ行キ、頭上ニ戴ク二横骨ヲ一。行キテ至リテ二凶土ノ頭《ほと》リニ一、峍起《たちま》チ相ヒ唐突ス。二敵不二倶ニハ剛ナラ一、一肉臥ス二土窟ニ一。非ズ二是レ力不ルニレ如カ、盛意不レバナリトレ得レ泄《も》ラスヲ」。賦シ成リテ、歩猶ホ未ダレ竟《をは》ラ、重ネテ作リテ二三十言ノ自《じ》愍《びん》詩ヲ一云フ、「煮テレ豆ヲ持テ作シレ羹ト、漉シテレ豉ヲ取《もつ》テ作スレ汁ト。其ハ在ツテ二釜下ニ一然エ、豆ハ向《おい》テ二釜中ニ一泣ク。本《もと》自同根ヨリ生ゼシニ、相ヒ煎ルコト何ゾ太ダ急ナルト」。

＊注　輦《れん》は天子の車。逢見は出くわす。不如はかなわない。両肉は両牛。横骨は角《つの》。『三国志演義』（一二〇回本）第七九回「兄逼《せま》ツテレ弟曹植ニ賦スレ詩ヲ、……」には、「凹骨」に作る。凶《きよう》土は牆（土塀）、凶は凶の俗字。峍起は突然。唐突は向こうみずに衝突する。『三国志演義』には、「相遇凷山下、欻起相搪突」に作る。凶は凷《かい》（塊《つちくれ》）の形訛か。二敵は二牛。臥土窟は井戸に落ちて死ぬ。非是の是は接尾辞。盛意不得泄は、力を充分発揮できない意。

これによれば、曹植は兄の文帝に、馬を百歩走らす間に「死牛詩」を作るように命じられると、すぐさま作りあげ、まだ百歩に満たなかったので、さらに「自愍詩—自ら愍《あわれ》む詩」を作ったという（これと類似した話は、『三国志演義』第七九回にも見え、「兄弟」の題で四句型詩（いわゆる「七歩詩」）を作ったとする）。

八木沢元「七歩詩管窺」は、古田敬一「類書等所引世説新語について」（『広島大学文学部紀要』第三号、一九五三年）を参照して、『太平広記』に引く『世説』『世説新書』『世説新語』の三分類とその内容が、それぞれ三変したテキストを忠実に反映しており信頼できる、と認めていう。

劉義慶（『世説』）八巻本・劉峻（字は孝標）注十巻本では、（『太平広記』所引『世説』のごとく）、どちらも馬を走らせること百歩の中に、「死牛詩」を作り、残余の短時間中に、自分の意志で、四十言の六（ママ）句五言詩、「自愍詩」を作ったとなっていた。然るに（劉峻注十巻本を三巻二十六篇とし、内容にも相当変改を加えた新テキスト『世説新書』の撰者、梁陳の）顧野王は、両詩を分断、「自愍詩」という詩題を削除してこの詩を独立させ、なお、馬を走らせることとか、百歩中の残余の間とかいう色々の条件を外して、ただ、文帝の勅令により、「七歩」の中に、四句二十言の五言詩を作ったというふうに改訂したものと考える。顧野王のこの「改訂版七歩詩」は、従来の「自愍詩」と「七歩成章」という民間伝誦のエピソードとの両者を参酌して、改訂したものであろうと思う。そして今本『世説新語』に収録されている六句型「七歩詩」は、『太平広記』所引の『古本世説』と『古註蒙求』・『初学記』所引の『世説』と合計三種の系統が参酌されて、改訂されたものであろうと思う。

この八木沢説は、きわめて大胆な仮説であるが、必ずしも定説とは見なしがたい。植木久行「南朝期における曹植評価の実態（上）」（早稲田大学『中国古典研究』第二二号、一九七七年）は、それを批判していう。

(1)『太平広記』に引く『世説』『世説新書』『世説新語』は、必ずしも当時存在していた書物からの直接的な引用ではない。資料不足の現段階では、『文選』李善注、『蒙求』李瀚《りかん》（翰にも作る）の自注、『初学記』所引『世説』は、『初学記』に「劉義慶世説」と明記されるように、劉義慶無注八巻本、もしくは劉孝標有注十巻本と考えるほうが自然である。

(2)『魏書』二一下、「彭城《ほうじよう》王勰《きよう》伝」には、太和二〇年（四九六）、二一年ごろのこと（補注…太和二一年と推定される）として、北魏の孝文帝（在位四七一―四九九）が自ら路傍の大きな松の木をテーマに詩を作り、異母弟の勰に向かっていう。

「吾始メテ作ル二此ノ詩ヲ一。雖モレ不ト二七歩ナラ一、亦タ不レ言《おもハ》レ遠シト。汝可シレ作ルレ之ヲ。比《およんデ》レ至ルニ二吾ガ所ニ一、令ムルなラレ就レ之ヲ也ト」。時ニ勰去ルコトレ帝ヲ十余歩ナリ。遂ニ且ツ行《あるキ》且ツ作リテ、未ダレ至ラ二帝ノ所ニ一而就《なル》。詩ニ曰ハク、「問フ二松林ニ一、松林経タル二幾冬《いくふゆ》ヲカ一。山川何如《いかん》三昔ニシテ一、風雲与ハレ古ヘト同ジト」。高祖大イニ笑ヒテ曰ハク、「汝《なんぢ》ノ此ノ詩モ亦タ調三責スル吾ヲ一耳《のみ》ト」。

この話は明らかに〃七歩作詩〃の逸話を前提としており（補記……ほぼ同じ文が唐の李延寿『北史』一九に見え、中華書局刊・標点本の校勘記に「即ち曹植歩行して詩を賦す故事を用う」という）、顧野王（五一九―五八一）が生まれる以前のことである。つまり、〃七歩作詩〃の逸話は、五世紀末にはすでに今日知られるように世間に流布していたか、もしくは『世説』などの書に載っていたのであり、陳の顧野王によって、〃七歩作詩〃の逸話が始めて編成されたのでは決してない。梁の昭明太子（五〇一―五三一）の「錦帯書十二月啓」（中呂四月）に「詩成《ル》二七歩ニ一」の語があることも、これを傍証する。

(3)斉梁の任昉「斉竟陵文宣王行状」（四九四年ごろの作）に「陳思見《らル》レ称《たたへ》二於七歩ニ一」とある。八木沢論文では、これを「七歩詩」伝説とは直接関係のない、別系の「七歩成章」の逸話にもとづくとする。しかし、その論文に指摘する「七歩成章」の典拠は、現在のところ、南宋の曾慥撰『類説』四に引く『玉箱雑記』（撰者未詳）を最古のものとする。つまり、その推定は根拠に乏しい。

(4)『太平広記』所引『世説』の内容（文章）は、唐前期の李善注等に引く『世説』にくらべて、より卑俗・稚拙である。

かくて植木論文は、「劉義慶撰『世説』（無注八巻）のなかに、すでに〃七歩作詩〃の逸話が載っていたと思われる」と結論する。とすれば、六句型「七歩詩」は四句型よりも新しいことになり、梁陳の間、顧野王が「七歩」の趣旨を加えて四句に改作したものとする八木沢説も、再考を要しよう。黄永年「従七歩詩的由来評曹植詩的整理」（『学林漫録』一三集、一九九一年）も、前掲の「自愍詩」を載せる『世説』（『太平広記』一七三所引）のほうが、劉義慶撰『世説』の原本であり、今日通行の宋版以下の『世説新語』は、劉孝標が注した時に改編・刪略されたものであろう、とする。しかし、その論拠は、①『隋書』と『旧唐書』の両経籍志や『新唐書』芸文志には、劉義慶撰以外の『世説』は見えないこと、および②『太平広記』巻首の「引用書目」の中に『世説』と『世説新語』が並列されているのは、それぞれ劉義慶撰の原本（無注本）と劉孝標の注釈本を指すはずである、の二点にすぎず、単なる臆測の域を出ていない。

　ちなみに、朱緒曾『曹集考異』五には、七歩の用例の一つとして

　唐史《ノ》青《せい》上書《シテ》自薦《ラすすメテ》云《フ》、「臣聞《ク》、曹子建《ハ》七歩《ニシテ》成《ス》レ章《ヲ》。陛下若《シ》試《ムレバ》レ臣《ヲ》、五歩之内《ニ》、可《シ》レ塞《ふさグ》二明詔《ヲ》一」。

という文をあげるが、その典拠は未詳（清の沈炳震輯『唐詩金粉』巻二?）。『全唐詩』一一五、史青の小伝には、

　開元初《ノメ》、上書《シテ》自三薦《シテ》能《クスト》レ詩《ヲ》、云《フ》、「子建《ハ》七歩《ナリ》、臣《ハ》五歩之内《ニシテ》、可《シト》レ塞《グ》二明詔《ヲ》一」。明皇（玄宗）試《ムルニ》以《テスレバ》二「除夕」「上元」「竹火籠」等《ノ》詩《ヲ》一、応《ジテ》レ口《ニ》而出《デ》、上称賞《ス》。

とあり、「七歩成章」の傍点部を欠く。史青の伝記は今日よくわからない。仮に『曹集考異』所引の文章によれば、「七歩成章」の語は玄宗の開元年間にまで溯ることができる。筆者自身は、「七歩成章」の語は、『三国志』曹植伝にある「言出《ツレバ》為《シ》レ論《ヲ》、下《セバ》レ筆《ヲ》成《ス》レ章《ヲ》」という曹植自身の言葉と、前掲の〝七歩作詩〟の逸話とを踏まえて作りだされたものであろう、と推測する。

　要するに、現時点では、八木沢説は単なる臆測の域を出ず、説得力に欠けている。入谷仙介『古詩選』にいう。

　この詩の卑俗さは、おそらく曹植の作ではないであろう。しかし相い争うべき理由のないはずの人人が、さまざまな矛盾の結果、たがいに烈しく争っている現実はあまりにも多い。そういう現実に直面した人間の悲しみを歌って、この詩には卑俗ながらもある真実を伝えている。それがこの素性も定かでない小さな詩を、時間の経過に耐えて生きながらえさせた原因であろう。

と。ちなみに、本詩の伝承と密接にかかわりあう『世説』（『世説新語』の名称は五代・宋以後に発生）の伝本については、楊勇「世説新語『書名』『巻帙』『板本』考」（『東方文化』〔香港中文大学〕第八巻第二期、一九七〇年）、八木沢元「世説から新書・新語への発展―世説新語伝本考」（鳥居久靖先生華甲記念論集『中国の言語と文学』一九七二年、のち同『霞城の春―中国文学論集』に再録）、渡部武「『世説新語』以前の『世説』伝本をめぐる問題」（『安田学園研究紀要』第一七号、一九七六年）、松岡栄志「『世説新語』の原名について」（伊藤漱平教授退官記念『中国学論集』汲古書院、一九八六年）など参照。

（植木　久行）

0 野田黄雀行　　野田黄雀行《やでんくわうじやくかう》

1 高樹多悲風　　高樹《かうじゆ》　悲風《ひふう》多《おほ》く

2 海水揚其波　　海水《かいすい》　其《そ》の波《なみ》を揚《あ》ぐ

3 利劒不在掌　　利剣《りけん》　掌《たなごころ》に在《あ》らざれば

4 結友何須多　　友《とも》を結《むす》ぶに　何《なん》ぞ多《おほ》きを須《もち》ひん

5 不見籬間雀　　見《み》ずや　籬間《りかん》の雀《すずめ》の

6 見鷂自投羅　　鷂《たか》を見《み》て　自《みづか》ら羅《あみ》に投《とう》ずるを

7 羅家得雀喜　　羅家《らか》　雀《すずめ》を得《え》て喜《よろこ》ぶも
8 少年見雀悲　　少年《せうねん》　雀《すずめ》を見《み》て悲《かな》しむ
9 抜劒捎羅網　　剣《けん》を抜《ぬ》いて　羅網《らまう》を捎《はら》へば
10 黄雀得飛飛　　黄雀《くわうじやく》　飛《と》び飛《と》ぶを得《え》たり
11 飛飛磨蒼天　　飛《と》び飛《と》んで　蒼天《さうてん》を磨《ま》し
12 來下謝少年　　来《きた》り下《くだ》りて　少年《せうねん》に謝《しや》す

テキスト　逯欽立『先秦漢魏晋南北朝詩』魏詩六（上―424～425）
◆『古詩源』五　宋本『曹子建文集』六（続古逸叢書）◆『曹子建集』六（明、活字本、四部叢刊）◆『楽府詩集』三九、相和歌辞・瑟調曲 ◆元、左克明『古楽府』五（文淵閣四庫全書本、二首其二）◆明、陸時雍『古詩鏡』五（文淵閣四庫全書本）◆『陳思王集』二（明、張溥『漢魏六朝一百三家集』清刊本）◆『陳思王集』八（明、嘉靖二〇年序刊）◆『曹子建集』六（四部備要本）◆明、鍾惺・譚元春『古詩帰』七 ◆明、梅鼎祚《ばいていそ》『漢魏詩乗』一三、魏三 ◆梅鼎祚『古楽苑』二〇、相和歌辞・瑟調曲 ◆明、馮惟訥『（古）詩紀』二三、魏三（明、万暦一四年刊）◆『陳思王集』三（明、張燮『（漢魏）七十二家（文）集』）◆清、朱乾『楽府正義』八 ◆清、朱嘉徵『（漢魏）楽府広序』一一、相和歌辞・瑟調曲 ◆清、張玉穀『古詩賞析』九（漢文大系本）◆清、朱緒曾『曹集考異』六 ◆丁福保『全漢三国晋南北朝詩』「全三国詩」二 ◆丁晏『曹集銓評』五（葉菊生校訂本）◆古直『曹子建詩箋定本』三 ◆黄節『曹子建詩注』二 ◆趙幼文『曹植集校注』一

校語
4 **結友**　『曹集考異』に「交結」に作る。
5 **籬間**　『古楽府』に「籬」を「離」に作る。形訛。また『楽府詩集』に「間」を「閒」に作る。本字（古字）。
9 **捎**　『曹集考異』に「削」に作る
11 **磨**　『古詩鏡』『古楽府』『古詩帰』『（古）詩紀』『古詩源』『全三国詩』『陳思王集』（『（漢魏）七十二家（文）集』、明・嘉靖版、『漢魏六朝一百三家集』）『曹子建集』（四部叢刊、四部備要）『楽府広序』『古詩賞析』『曹集銓評』『曹集考異』『曹子建詩箋定本』『先秦漢魏晋南北朝詩』『曹子建詩注』『曹植集校注』には、「摩」に作る。同意。
蒼天　『楽府正義』に「倉天」に作る。形訛。

詩型・韻字　五言古詩。波《は》*・多《た》・羅《ら》（下平声歌韻（歌戈韻*））／悲《ひ》・飛《ひ》*（上平声支微韻*（脂微韻））／天《てん》*・年《ねん》（下平声先韻（先韻））、換韻。

語釈
0 **野田黄雀行**　楽府題。宋の郭茂倩《かくもせん》『楽府詩集』には、相和歌辞・瑟調曲に収める。この楽府題は、現存文献によるかぎり、曹植の作を最初とする。曹植の命名した新題か（韓兆琦ほか『漢魏南北朝詩選注』〔北京出版社、一九八一年〕、鍾憂民『曹植新探』〔黄山書社、一九八四年、一四九頁〕など）。『楽府詩集』巻三九に引く陳の沙門智匠《ちしよう》撰『古今楽録』には、「王僧虔《おうそうけん》ノ『〔大明三年宴楽〕技録』有《リ》ニ『野田黄雀行』一、今不レ歌《ハ》」とあり、そのメロディーは陳代すでに失われたらしい。ちなみに、漢の

短簫《たんしょう》鐃歌《どうか》（鼓吹曲、軍楽）にも、「黄爵《こうしゃく》（＝雀）行《こう》」がある（『楽府詩集』巻一六）が、この作品との関連は不明。

　野田は郊外（城外）の田畑。黄雀は、すずめの一種、にゅうないすずめ。上体が黄色味をおびており、それで黄雀という。

入谷仙介『古詩選』（朝日新聞社、一九六六年）にいう。「楽府古辞の一つに『艾如張《がいじょちょう》』〔漢の短簫鐃歌—引用者注〕というのがあり、網を張って黄雀を捕えることを歌う。それをはじめとして、すずめは時時楽府に顔を見せる小鳥である。ちょっとおどけたような野趣のある所が、民衆的な楽府にふさわしかったのであろう」と。北京大学中国文学史教研室選注『魏晋南北朝文学史参考資料』（中華書局、一九六二年、いま宏智書局の影印本による）も、「山出《うムモ》二黄雀《ヲ》一亦《タ》有《リ》レ羅《かすみあみ》、雀以《すでニ》高《ク》飛《べバ》奈レ雀《ヲ》何《セン》（雀をいかんせん）」云々と歌う漢の（短簫）鐃歌「艾如張」は、本詩の構想にヒントを与えた、と指摘する。ちなみに、鄭文『漢詩選箋』（上海古籍出版社、一九八六年）によれば、「艾如張」は、統治者の刑法が苛密で、あたかも黄雀が空高く飛んでかすみあみを避けるように、人々がその危害を避けて遠く去る、とそしる曲である、という。

　他方、黄雀は『戦国策』楚四にも見える。荘辛《そうしん》が楚の襄王《じょうおう》に向かって、天下を忘れて遊びにふけっていると、他国の侵略にあう、と諫める場面の一節に、次のようにある。

　黄雀《モ》因《ル》レ是《これニ》以《のみ》（蜻蛉《とんぼ》に似ている）。俯《シテ》噣《ついばミ》二白粒（白い米つぶ）《ヲ》一、仰《ギテ》棲《すミ》二茂樹《ニ》一、鼓《うチ》レ翅《はねヲ》（はばたき）奮《ヒテ》レ翼《つばさヲ》、自《ラ》以為《おもヘラク》無《ク》レ患《うれヒ》（心配ごと）、与レ人無《シト》レ争《フ》也。不レ知《ラ》下夫《かノ》公子王孫（貴公子たち）、左《ニ》挟《きしはさミ》レ弾《だん》（はじき弓）ヲ、右《ニ》摂《とり》レ丸《たまヲ》、将《まさニ》《ルヲ》中加《ヘ》二己《おのれニ》乎十仞《じん》之上（きわめて高い枝の上）一、以《テ》二其頸《ノくびヲ》一為《サント》レ招《まとト》。昼《ハ》遊《ブモ》二乎茂樹《ニ》一、夕《べニハ》調《ととのヘラル》二酸鹹《さんかんニ》一（料理される）。

　清の朱乾は、『楽府正義』八で、本詩は「義を此《ここ》に取る。大概《たいがい》（たぶん）相《あ》ひ戒めて禍を免るるに在らん。…… 子建（曹植の字）は兄弟危疑の際に処《を》り、勢は馮河《ひょうが》（徒歩で黄河を渡る、無謀で危険な比喩）に等しく、情は弾雀（はじき弓でねらわれる雀）に均《ひと》し。…… 意《おも》ふに漢の鼓吹・鐃歌《どうか》の「黄雀行」も亦た此の意なり」という。聶文郁《じょうぶんいく》『曹植詩解訳』（青海人民出版社、一九八五年）も、本詩は、この『戦国策』の話を踏まえて変化・発展させたものである、とする。

　「野田黄雀行」の「行」は、音楽用語、メロディーに即して名づけられた楽曲《うた》、の意。『文選』二七、楽府上、古辞「飲馬長城窟行」の李善注に、『（漢書）音義』を引いて、「行《ハ》、曲也」という。清水茂「楽府『行』の本義」（『日本中国学会報』第三六集、一九八四年。のち、同『中国詩文論藪』〈創文社、一九八九年〉に再録）参照。

1 **高樹多悲風**　多は、しばしば……しがちである、の意。『淮南子《えなんじ》』一八、「人間訓《じんかん》」に、「夫鵲《それかささぎハ》先《ヅ》識《しレバ》二歳之多《キヲ》レ風、去《リテ》二高木《ヲ》一而巣《すくフ》二扶枝《ふし》（より低い傍《かたわ》らの枝）一」とある。悲風は、ここでは「悲しい風」（伊藤正文『曹植』〈中国詩人選集、岩波書店、一九五八年〉）というよりは、むしろ「勁疾之風（強い疾風）」（北京大学中国文学史教研室選注『魏晋南北朝文学史参考資料』など）を意味しよう。伊藤正文ほか『漢魏六朝詩集』（中国古典文学大系、平凡社、一九七三年、一二六頁）には、「喬木は烈しい風に吹き撓《たわ》められ」と訳す。また、邱英生ほか『三曹詩訳釈』（黒竜江人民出版社、一九八二年）は、「多は常常（しばしば、つねに）」、「悲風は、すさまじい風、ここでは大風を指す」とし、「高く大きな樹は、しばしば大風を招きよせる」と訳す。李文禄・王巍『建安詩文鑑賞』（吉林大学出版社、一九八七年）も、これとほぼ同じ。ちなみに、『初学記』三、歳時部、秋の条に引く『梁元帝纂要《さんよう》』に、「風《ヲ》曰《フ》二商風・素風・凄風・高風・涼風・激風・悲風《ト》一」とある。「多悲風」は、曹植の愛用句、その「雑詩六首」（『文選』二九）其一に「高台多《シ》二悲風一」、其五に「江介《こうかい》（長江のほとり）多《シ》二悲風一」とある。また作者不詳「古詩十九首」其一四（『文選』二九）にも、「白楊多《ク》二悲風一、蕭《しょう》蕭《トシテ》愁殺《しゅうさつス》二人《ヲ》一」という。

2 **海水揚其波**　邱英生ほか『三曹詩訳釈』にいう。「其は語気詞。実義なし」と。後漢の張衡「西京賦《ノ》」（『文選』二）に、「長風激《げきシ》二於別隯《べっとう》（離れ島）《ニ》一、起《コシテ》二洪濤《こうとうヲ》一而揚《あグ》レ波《ヲ》」とある。「其」は、もちろん指示詞としても捉えられるが、リズムを整える軽い用法とも見なせよう。入谷仙介『古詩選』にいう。「大陸国であり、平原の中央に文明の発達した中国では、海洋は世界のはてのうすぐらい場所であり、奇怪な生物のうようよと棲む恐ろしい所であった。その海がざわざわと波立っているというのは、心をいたませるぶきみな風景である」と。世界のはて、太陽の光もとどきかねる暗黒の地に広がる無気味なおどろおどろしき存在、人間の認識能力を越えた、恐ろしい怪物の生息する黒い水の広がり、といった「海」独特のイメージについては、吉川幸次郎「森と海」（『吉川幸次郎全集』第一九巻所収）、前野直彬『風月無尽—中国の古典と自然』（東京大学出版会、一九七二年）、植木久行「瀚海・海風考」（早稲田大学『中国文学研究』第八期、一九八二年）、石川忠久「文学に現れた海—中国と日本」（『中国文学の比較文学的研究』〈汲古書院、一九八六年〉）など参照。ちなみに、清の李光地『榕村《ようそん》詩選』（前掲の『魏晋南北朝文学史参考資料』所引）は、本句は首句を受けて、「風、樹に著《つ》けば（吹きつけると）、則ち波浪の声を作《な》すを言ふなり」とするが、やや穏当さを欠く。

ところで、冒頭二句のイメージ・比喩寓意等については、古来、さまざまな説が提出されてきた。その主なものを以下に列挙し、参考に供する。○清の朱乾『楽府正義』…「風・波は以て険患を喩《たと》ふ」（余冠英『曹操曹丕曹植詩選』〈大光出版社、一九六六年〉など）、○岡田正之『古詩源』（有朋堂書店、一九二二年）…「高きもの大なるものには災厄多し」（内田泉之助『古詩源』上〈漢詩大系、集英社、一九六四年〉など）、○吉川幸次郎「三国志実録」曹氏父子伝（『吉川幸次郎全集』第七巻、七一頁。もと一九五八年に発表）…「激情は摩擦によってこそ生まれることを、暗示する比喩」、○金性尭ほか『古詩選読』（上海古籍出版社、一九八四年）…「才高ければ禍を招きやすい比喩」、○小守郁子「曹植詩所感」（『名古屋大学文学部研究論集』ＬＸＩＩＩ、一九八六年）…第一句は「悲劇的な状況を象徴し、第二句はその〈悲風〉によって翻弄される人間の運命を象徴する」、○清の呉汝綸《ごじょりん》『古詩鈔』（河南師範学院中文系古典文学教研組編『三曹資料彙編』〈中華書局、一九八〇年〉所引）…「『高樹』の句は、高位に在る者競ひて善を為さざるを言ふなり、『海水』の句は、天下騒動するを言ふなり」（劉維崇

『曹植評伝』〔黎明文化事業公司、一九七七年〕など）、○伊藤正文『曹植』：「この篇の状況を設定する句であり、それはそのまま曹植の心象風景につながる。海の字など、海は晦（くらい）で、暗憺たる感情をこめていると見てもよい」、○入谷仙介『古詩選』：「圧迫された曹植の精神的不安を象徴する」、○大上正美『中国古典詩聚花—思索と詠懐』（小学館、一九八五年）：「冒頭の二句こそ曹植の後半生を象徴するものであり、そこでは選ばれてあることの悲劇性と、悲劇をも悲劇として定立させてくれないほどの翻弄《ほんろう》しつくす悪意と恐怖の波がイメージ化されている」、○趙幼文『曹植集校注』（人民文学出版社、一九八四年）：「高樹は曹丕政権を象徴し、悲風は法制が峻厳であることをいう」「海水は群臣をたとえ、揚其波は（群臣が）あおりたてて迫害を拡大することをいう」、○賀新輝主編『古詩鑑賞辞典』（中国婦女出版社、一九八八年）：第一句は「高位にある者が虐殺を行なう隠喩」、第二句は「天下の秩序が乱れている隠喩」、○北京大学中文系古代文学教研室選編『中国文学史参考資料簡編』上冊（北京大学出版社、一九八八年）：「時勢の動揺と、詩人の心中にわきあがる波」、など。

3 **利剣不在掌**　剱は剣の古字。利剣は（身を守る）鋭利な剣。ここでは、権勢・権力の比喩。朱乾『楽府正義』は「以て難を済《すく》ふの権に喩《たと》ふ」とする。岡田正之『古詩源』は「自己の利益をなすべき条件の類」と注する。掌は、手のひら。「掌に在り」とは、手に持つ意。本句は、「もしも……ならば」の仮定条件にも、「……であるからには」の既定条件にも捉えることができる。ただ前者は広く一般的な命題として解釈し、後者は曹植自身の境遇にひきつけて解釈する、といった相違がある。

4 **結友何須多**　須は用の意。「何須……」は反語、どうして……する必要があろうか、それには及ばぬ、の意。小守郁子「曹植詩所感」にいう。「〈利剣〉すなわち権力をもたない結びつきの無力さへの絶望を表わす。〈何須多〉の『多』は友人の多数の意と、友人に対する期待の大きさの意と、どちらにもとれる」と。大上正美『中国古典詩聚花—思索と詠懐』は、「わたしの手に鋭い剣がない以上、わたしとの交友に多くのことを期待などするべきでないのだ」と訳すが、ここでは通説に従って多数の意に捉えておきたい。小守郁子の前掲論文では、「何ぞ多きを須《ま》たん」と訓む。また、入谷仙介『古詩選』は、「こういう不安な時こそ頼もしいのは護身の具である切味の鋭い剣、しかしそれは私の手にない。てのひらの中に鋭い剣を握っているたのもしいやつ、友とするにはそんな男が必要なので、数ばかり多くたってしようがない」と訳すが、従わない。ここでは、許逸民・黄克・柴剣虹『楽府詩名篇賞析』（北京十月文芸出版社、一九八八年）に、「利剣は権勢の隠喩、〝不在掌〟は、自分が権勢を失った地位にいることを明言する。権勢がないからには、どうして多くの友だちと交遊する必要があろうか。これは曹植の自責である」とする解釈に従う。『漢魏晋南北朝隋詩鑑賞詞典』（〔林家英執筆〕山西人民出版社、一九八九年）も、ほぼ同じである。他方、李文禄・王巍『建安詩文鑑賞』にいう。「一方では、自分が殺される友人を救助できない苦衷を間接的に表白し、同時にまた、もしも利剣を掌握して高位にあるならば、多くの友人の助力を得て、国家のために驚嘆すべき大事業をなしとげられるのに、と暗に表白した」と。邱英生ほか『三曹詩訳釈』や李景華主編『三曹詩文賞析集』（黄岩柏・王巍執筆）巴蜀書社、一九八八年）もほぼ同じである。この立場にたてば、「友人を多く作るべきではない」（伊藤正文ほか『漢魏六朝詩集』）や「友だちを多く作っても無駄である」（内田泉之助『古詩源』上）の意訳も、よく理解できよう。要するに、第3・4句こそ本詩の主題であり、権勢なきゆえに迫害される友人を守りきれない作者の深い苦衷と悲憤を表白する、と考えたい。

5 **不見籬間雀**　本句以下の後半八句は、悲劇的な状況下における、作者のはかない希望をイメージ化したもの。「不見」は、不特定多数の読者（聞き手）に向かって呼びかけ、各自の見聞・経験・知識などを喚起する反語の句法。楽府系の作品に散見する。「見」は、見かける、聞く、知るなどの意。見かけた（聞いた）ことがないか、あろうの意になる。「ごらん」（伊藤正文『曹植』）などと訳すのは意訳。籬は、竹や柴《しば》で編んだ垣根。間は、漠然と場所を表す用法、あたり。辺と同意。雀は、『説文解字』四上に「依《ル》レ人《ニ》小鳥也」とある。「籬間の雀」とは、垣根のあたりを飛びまわるスズメ。ただし、一羽と考える必要はない。

6 **鷂**　タカの一種、和名、はしたか、はいたか。猛禽。鷹に似るが、やや小さい。『爾雅《じが》』一〇、「釈鳥」、「鷂は負雀《ふじゃく》なり」の郭《かく》璞《はく》注に、「鷂は鷂なり。江東（江南）、之《これ》を呼びて鷂と為す。善く雀を捉ふ。因りて名づくと云ふ」とある。沼口勝「魏晋の文学と『焦氏易林』」（日本中国学会第四四回大会、一九九二年一〇月、東京学芸大学における研究発表）は、前漢の焦延寿『焦氏易林』大有之萃《だいゆうしすい》（大有之第一四、萃の条）の、「雀行《キテ》求《メ》レ食《ヲ》、出《デテ》レ門《ヲ》見《テ》レ鷂《ヲ》、顛蹶《てんけつ》（うろたえるさま）上下《シテ》、幾《ンド》無《シ》レ所レ処《ル》」（訓点等は引用者）などが、本詩に影響を与えていると指摘する。

自投羅　羅は、鳥をとらえるかすみ網。前掲の『魏晋南北朝文学史参考資料』に、「雀はタカを見ると、あわてふためいて避けようとし、思いがけなくもかえって鳥を捕える網のなかに飛びこんでしまった」と説明し、朱東潤主編『中国歴代文学作品選』上編第二冊（上海古籍出版社、一九七九年再版）には、「雀はタカを見て気が動転し、自分から網に飛びこんだ」と説明する。大上正美『中国古典詩聚花―思索と詠懐』は、鷂《たか》とワナを、逃れるすべもなく張りめぐらされた二重の悪意と見なす。鷂《た》鷹《か》を強暴、黄雀を弱小の比喩とするのは、曹植の「鷂雀賦」にも見え、民間に由来するらしい（韓兆琦ほか『漢魏南北朝詩選注』や朱緒曾『曹集考異』参照）。ちなみに、雀は災難にあった友人の比喩（林俊栄『魏晋南北朝文学作品選』（吉林人民出版社、一九八〇年））と考えてよい。

7 **羅家**　かすみ網をはる家《ひと》、猟師。趙福壇『曹魏《そうぎ》父子詩選』（生活・読書・新知三聯書店・香港分店、一九八二年）は、迫害者の比喩とする。

8 **少年**　若者。趙幼文『曹植集校注』は、曹植が期待する援助者、と見なす。

9 **捎羅網**　捎は除く、はらい除く意。ここでは、剣でなぎはらう、切りはらう意。趙幼文『曹植集校注』は、「羅網」を法律の比喩とする。第9・10句には、曹植の切実な願望がこめられていよう。

10**得飛飛**　得は前の「得雀」（得は獲得）とは異なり、……できる（実現）意。飛飛は、動詞を重ねて（AA型）、動作の反復・持続（継続）を表す用法（ここでは、時間の短さを表わさない）。太田辰夫『中国語歴史文法』（朋友書店、一九八一年影印）動詞の「重複形式」（一八四頁）によれば、韻文以外に用いられることは少ないという。ここでは、助けられた雀が喜びをあらわにして、軽やかに高く飛びすすむさまをいう。

11**磨蒼天**　磨（＝摩）は、接近する、両方をすりあわせる、こする。蒼天は青空。『詩経』王風「黍離《しょり》」に、「悠悠《タル》蒼天」とある。「蒼天を磨す」という表現は、曹丕《そうひ》「芙《ふ》蓉《よう》池《ちノ》作」（『文選』二二）にも、「脩《ながキ》条《えだ》摩《ス》㆓蒼天《ヲ》㆒」とあり、その李善注に引く東方《とうぼう》朔《さく》「七言」に「折《ルモ》㆓羽翼《ヲ》㆒兮摩《ス》㆓蒼天《ヲ》㆒」とある。天にとどくほどの高さを形容する。本句には、作者の、自由な飛翔への熱望がこめられていよう。

12**来下**　「飛下来」の意。吉川幸次郎「三国志実録」に、「さっとつぶてのようにおりて来て」と訳す。

謝少年　謝は感謝する意。入谷仙介『古詩選』に、「若者のまわりを感謝の心を表すかのように、さえずりながら飛びまわる」と訳す。王蒓父『古詩源箋注』（華正書局、一九七五年）に、謝を「辞去也」（別れを告げる）とするのは、誤りであろう。

通釈

郊外の畑にあそぶ黄雀《すずめ》の行《うた》

高い樹には激しい風が吹きつけやすく、大きな海には怒濤がさかまくものだ。するどい剣が手の中にないからには、どうして多くの友人と交わる必要があろうか（交わるべきではない）。

ご覧になったことがないか。垣根のほとりにあそぶ雀が、（恐ろしい）鷂《はいたか》を見かけるや、（気もそぞろに）みずからかすみ網のなかに飛びこんでしまうのを。

網をしかけた猟師は雀を捕らえて喜んだが、少年《わかもの》は（捕らえられた）雀を見て哀れに思った。（少年が）剣を抜いてその網を切りはらうと、雀は軽やかに飛びたつことができた。ぐんぐん飛んで青空（の高み）にとどかんばかり、（やがて）舞い降りて、（助けてくれた）少年にお礼をいった。

諸説の異同

特記事項なし。ただし、詩中の寓意や比喩、作成年代の細かな異同等については、〔語釈〕や〔備考〕の条参照。

備考

曹植と兄の曹丕は、後漢末の真の実力者、魏《ぎ》王曹操の跡目相続をめぐって激しい抗争をくり広げた。「事柄は、曹丕対曹植の争いよりも、側近者対側近者の権力闘争であったと思われる。もう少し明瞭に言えば、曹丕の継承が既定のコースで、曹操の寵愛を利用した楊修・丁儀《ていぎ》兄弟・邯鄲淳《かんたんじゅん》・楊俊《ようしゅん》・荀惲《じゅんうん》・孔桂《こうけい》らが、曹植を擁して王位奪取を企て、曹丕側がそれに応戦したのが実情であるようだ。そうして結局は曹真《そうしん》をはじめ重臣たちの援護をうけた曹丕側の勝利に帰した」（伊藤正文『曹植』解説）。曹丕の側近としては、賈詡《かく》・呉質・桓階《かんかい》・邢顒《けいぎょう》・衛臻《えいしん》・毛玠《もうかい》・崔琰《さいえん》などがあげられる（鄧永康『魏曹子建先生植年譜』〔新編中国名人年譜集成、台湾商務印書館、一九八一年〕建安二二年の条参照）。

建安二二年（二一七）、曹丕が魏の太子になると、曹植側は敗北して忍従の生活を強いられるようになる。建安二四年、側近の楊修が誅殺され、曹植の不安が増大する。建安二五年（＝延康元年＝曹魏の黄初元年、二二〇年）正月庚子（二三日）、曹操が没して、曹丕が魏王となる。そして同年一〇月辛未（二九日）曹丕は漢の禅《ゆず》りを受けて魏（曹魏）の皇帝に即位した（『資治通鑑』六九）。曹植の側近丁儀・丁廙《ていよく》（翼）兄弟が殺されたのも、この年であり、楊俊の自殺は黄初三年（二二二）である。清の朱乾『楽府正義』にいう。

「友朋（友人）の難に在るも、援求する力無《な》きを自ら悲しみて作る。……　此れは以て諸《これ》を己《おのれ》に責む」と。また余冠英『曹操曹丕曹植詩選』は、「友（の死）を悼《いた》むの作」とする（趙福壇『曹魏父子詩選』なども同じ）。真の友情とは、その危難を救いえてこそ成立しよう。友人の苦難を目の前にして救いえない悲憤と無力感が表出する。

本詩の作成年代に関して注目すべき発言をしたのが、黄節『曹子建詩注』二である。まず晋の陳寿『三国志』一九、「陳思王植伝」の裴松之《はいしょうし》注に引く魏の魚豢《ぎょかん》『魏略』の一節を引く。

及ンデ二太子（曹丕）ノ立ツニ一、欲シレ治メント二丁儀ノ罪ヲ一、転ジテレ儀ヲ為シ二右刺姦《うしかん》（罪法を掌る）ノ掾《えん》（属官）ト一、欲スルモ二儀自ラ裁《た》ツ（自殺）ヲ一、而儀ハ不レ能《よ》クセ。乃チ対《むか》ッテ二中領軍夏侯尚《かこうしょう》ニ一叩頭《こうとう》シテ求ムルモレ哀レミヲ、尚ハ為《ため》ニ涕泣シテ、而不レ能《あた》ハレ救フ。後遂ニ因リテ二職事ニ一、収《とら》ヘテ付シテレ獄ニ殺スレ之ヲ。

黄節は、この『魏略』にもとづいていう。「詩中の〈籬間の雀〉は、即ち（丁）儀を指すかと疑ふ。〈少年〉は、即ち（夏侯）尚を指すかと疑ふ。（丁）儀の、哀れみを（夏侯）尚に求むるに当たりて、（夏侯）尚涕泣《ていきゅう》するは、猶ほ少年の、雀を悲しむがごときなり。（曹）植、此の篇を為《つく》るは、当《まさ》に（丁）儀を収《とら》へて獄に付するの前に在るべし。（夏侯）尚の能《よ》く（丁）儀を救ふを深く望むは、少年の雀を救ふがごときなり」と。この黄節の説は、要するに、雀を丁儀になぞらえ、少年を（魏王曹丕の信任が厚い）夏侯尚にたとえて、丁儀を救ってくれるよう夏侯尚に依頼した詩と見なし、丁儀が投獄される以前の作とする。聶文郁『曹植詩解訳』や劉維崇『曹植評伝』などは、この説に従う。李宝鈞『曹氏父子和建安文学』（上海古籍出版社、一九七八年）や邱英生ほか『三曹詩訳釈』などが、本詩を丁儀・丁廙《よく》兄弟が曹丕に殺されるのを救いえなかった作者の悲憤を歌うとするのも、黄節の説を部分修正したものにすぎない（林俊英『魏晋南北朝文学作品選』などもほぼ同じ）。前掲の「友を悼むの作」と見なす説も、これと近い。

ところで、丁儀・丁廙兄弟が誅殺されたことは、『三国志』「陳思王植伝」に、「文帝（曹丕）即キ二（魏）王ノ位ニ一、誅ス二丁儀・丁廙并ビニ其ノ男口ヲ一」とあるが、『資治通鑑』六九、黄初元年（二二〇）の条——より詳しくは二月丁卯（二一日）と夏五月戊寅（三日）の記事の間——に、やや詳しく、

王（曹丕）貶《おと》シテレ植ヲ為シ二安郷侯ト一、誅ス二右刺姦掾《えん》ノ沛国《はいこく》ノ丁儀及ビ弟ノ黄門侍郎（丁）廙并ビニ其ノ男口ヲ一、皆植之党也。

という。張可礼編著『三曹年譜』（斉魯書社、一九八三年）には、時間をより限定して二人の死を同年二月の条に繫《か》け、黄節の説を引きつつ、本詩は黄初元年（＝延康元年＝建安二五年）二月の作とする（曹植29歳）。この立場にたてば、黄雀は無実の被害者（丁儀・丁廙ら）、羅家は凶暴な迫害者（曹丕）、少年は権勢をもつ救援者（夏侯尚）を、それぞれ示唆することになろう。小守郁子「曹植詩所感」は、黄節の説を妥当として次のように評する。

運命は暗転して、自豪も希望も消え去り、その上頼みとする側

近の処刑は、彼を極度の不安と孤独に陥れたであろう。彼はこの時、小児のように無力な存在として己を痛感したに違いない。この作品にはそうした怯《おび》え、あるいは竦《すく》みが感じられる。その実感がこの篇の表現を自《おの》ずからに規定し、かつその迫真性の源になっていると思われる。

ただし、この黄節の説（および、それを修正した通説）に対しては、きわめて注目すべき反論がある。許逸民・黄克・柴剣虹『楽府詩名篇賞析』にいう。

黄節の説は筋道が通っているが、史実に拘泥しすぎる。実は曹丕が帝と称した後、曹植の友人で誅殺されたのは、丁儀一人に限らない。たとえば『三国志』二三、「楊俊伝」によれば、楊俊も曹植が太子となるのを支持して、曹丕の恨みをかった。黄初三年（二二二）、捕らえられて投獄されたとき、多くの役人が命乞いし〝叩頭して血を流した〟が、曹丕は結局許さず、楊俊は死を免れえないことを知って自殺した。「野田黄雀行」は、黄初三年（曹植31歳）ごろに作った、友人の死を悼《いた》む作と理解できる。趣旨は内心の鬱屈した怒りを吐露する点にあり、専らある一人・一事のために作ったのではない。

許逸民らのこの説も、一説として充分傾聴に値する。他方、古直『曹子建詩箋定本』は、本詩を「蓋し建安間の作」（巻三の冒頭）の一つと見なし、しかも同巻の最後に置いたのは、建安年間の末の作と考えたのであろうか。現時点では、本詩は建安年間の末から黄初三年前後に到る期間の作、と捉えておくべきであろう。

ちなみに、清の陳祚《ちんそ》明《めい》『采菽堂古詩選』六（『三曹資料彙編』所引）には、

此《レ》応《まさニ》下自《ラ》比《シ》二黄雀《ニ》一、望《ムナル》中援《たすケヲ》於人《ニ》上、語悲《シケレドモ》而調《ベ》爽《カナリ》。或《イハ》亦《タ》有《リテ》レ感《ズル》二於親《シ》友之蒙《かうむルニ》レ難《ヲ》、心《ニ》傷《ム》レ莫《キヲ》レ救《フ》。

と評する。黄雀を曹植自身の比喩とする指摘は、絶えず生命の危険におびやかされた文帝の黄初年間の状況を考えるならば、全くの誤りであるとして一蹴することはできない。興味深い一説として書きとめておく。

（植木　久行）

阮《げん》籍《せき》

0 詠懐詩八十二首 其一　詠懐詩《えいくわいし》八十二《はちじふに》首《しゆ》　其《そ》の一《いち》

1 夜中不能寐　夜《や》中《ちゆう》　寐《い》ぬる能《あた》はず

2 起坐弾鳴琴　起《き》坐《ざ》して鳴琴《めいきん》を弾《だん》ず

3 薄帷鑒明月　薄帷《はくゐ》に明月《めいげつ》鑒《て》り

4 清風吹我襟　清風《せいふう》　我《わ》が襟《えり》を吹《ふ》く

5 孤鴻号外野　孤《こ》鴻《こう》　外野《ぐわいや》に号《さけ》び

6 翔鳥鳴北林　翔鳥《しやうてう》　北林《ほくりん》に鳴《な》く

7 徘徊将何見　徘徊《はいくわい》　将《は》た何《なに》をか見《み》る

8 憂思独傷心　憂思《いうし》して独《ひと》り心《こころ》を傷《いた》ましむ

テキスト 逯《りよく》欽立《きんりつ》輯校『先秦漢魏晋南北朝詩』魏詩一〇（上-496）◆梁、昭明太子蕭統《しようとう》『文選』（唐、李善注）二三（胡刻本）◆同上（唐、六臣注）二三（『和刻本文選』二所収影印本、一九七五年）◆清、沈徳潜《しんとくせん》『古詩源』六〈魏詩〉◆明、張溥《ちようふ》『漢魏六朝一百三家集』第二八冊〈阮歩兵集〉（明刊本＝国立公文書館内閣文庫所蔵本（人見竹洞旧蔵本））◆明、馮惟訥《ふういとつ》『古詩紀』二九（『文淵閣四庫全書』集部三一八所収鈔本）◆明、張《ちよう》之《し》象《しよう》『古詩類苑』八二〈人部〉（汲古書院、一九九一年＝国立公文書館内閣文庫所蔵本（紅葉山《もみじやま》文庫旧蔵本）の影印本）◆明、陸時《りくじ》雍《よう》『古詩鏡』七（『文淵閣四庫全書』集部六三七所収鈔本）◆明、浦《ほ》南金《きんなん》ほか『集録真西山　文章正宗』二九（明、嘉靖二三年（一五四四）杭州府刊本＝国立公文書館内閣文庫所蔵本）◆宋、真徳秀《しんとくしゆう》編／明、唐順之《とうじゆんし》評『西山先生真文忠公　文章正宗』二三（明、嘉靖《かせい》四〇年（一五六一）刊本＝国立公文書館内閣文庫所蔵本（山本北山旧蔵本））◆清、王士禛《おうししん》選／宋犖《そうらく》校『古詩箋』三〈魏・二〉（文政三年（一八二〇）刊官版＝国立公文書館内閣文庫所蔵本）◆清、張玉穀《ちようぎよくこく》『古詩賞析』一〇〈魏詩〉（『漢文大系』第一八巻（冨山房、一九一四年）所収排印本）◆清、呉淇《ごき》『六朝選詩定論』七（康熙《こうき》八年（一六六九）序刊本＝国立公文書館内閣文庫所蔵本）◆清、王堯衢《おうぎようく》『古唐詩合解《がつかい》箋注』古詩四（清刊本（懐徳堂蔵板））◆釈空海『文鏡秘府論』南（第一〜六句）（東方文化学院、一九三〇年＝図書館寮蔵平安時代写本の影印本）◆唐、欧陽詢《おうようじゆん》ほか『芸文類聚《げいもんるいじゆう》』二六〈人部一〇〉―〈言志〉（京都、中文出版社、一九八〇年再版＝明、嘉靖刊胡纉宗《こさんそう》序本を底本とする点校排印本）◆唐、徐堅《じよけん》ほか『初学記』一―〈天部・上〉―〈月三〉〈風六〉（いずれも前半四句のみ）（北京中華書局、一九六二年＝清朝古香斎袖珍《しゆうちん》本を底本とする点校排印本）◆北宋、李昉《りぼう》ほか『太平御覧』七〇〇―〈服用部・二〉―〈帷〉（第3・4句のみ）（京都、中文出版社、一九三五年＝四部叢刊本（日本帝室図書寮・京都東福寺所蔵南宋蜀刊本を主体とする）の影印本）◆丁福保《ていふくほう》編『全漢三国晋南北朝詩』―〈全三国詩〉五―〈魏〉（京都、中文出版社、一九七九年）◆李《り》志《し》鈞《きん》ほか『阮《げん》嗣《し》宗《そう》集』巻下（上海古籍出版社、一九七八年＝嘉《か》靖《せい》二二年〔一五四三〕范《はん》欽《きん》刊本〔北京図書館蔵〕による点校排印本）◆北京大学中文系古代文学教研室選編『魏晋南北朝文学史参考資料』（北京中華書局、一九六二年）◆陳伯君校注『阮籍集校注』（北京中華書局、一九八七年）

校語

0**詠懐詩**　『一百三家集』『古詩紀』『古詩鏡』『全漢三国晋南北朝詩』『古詩源』『古詩賞析』では「詠懐」に、『古詩選』では「咏懐」に作る。「咏・詠」は同義。また『西山先生真文忠公文章正宗』では「詠歌」に作る。『集録真西山 文章正宗』では巻首の〈目録〉に「詠歌」に作り、本文の詩題は「詠懐」に作る。

1**夜中**　『文鏡秘府論』では「中夜」に作る。

不能寐　『初学記』に引く一本では、「不能寝」に作る。

3**鑒**　『文選』（胡刻本）『文章正宗』（二種とも）『古唐詩合解』では「鑑」に作る。同義。

4**我襟**　『文選』（胡刻本・六臣注本）『一百三家集』『古詩類苑』『文章正宗』（二種とも）『六朝選詩定論』『古唐詩合解』『芸文類聚』『初学記』（月三・風六とも）『太平御覧』『阮嗣宗集』では「我衿」に作る。同義。

6**翔鳥**　『文選』（胡刻本）『文章正宗』（二種とも）『古唐詩合解』では「朔鳥」に作る。また、大野實之助『中国詩選』二（現代教養文庫719、社会思想社、一九七一年）では「鴹《よう》鳥《ちょう》」に作り、「鴹鳥――鳥、美しい模様があり、嘴が赤い。昼に休み夜飛ぶという鳥。悪い権力者の譬喩となっている」と注するが、ここでの「鴹」は「翔」の古字としての用法と見るのがよいであろう（『集韻』に「翔……或ヒハ从《したが》フレ鳥ニ」、『漢書』「礼楽志」への唐、顔師古の注に「鴹、古翔字」とある）。

鳴　『芸文類聚』では「歸」に作る。

詩型・韻字

五言古詩。琴《きん》・襟《きん》・林《りん》・心《しん》（下平声侵韻〔侵韻〕）。

語釈

0**詠懐詩**　胸中に秘められた懐《おも》いを詠ずる詩。阮籍には、この詩題による五言詩が八二首、*また四言詩が一三首現存する。それらは一時に作られたものではなく、編次も本来は現行のものと違っていたと推察される（邱《きゅう》鎮《ちん》京《けい》『阮籍詠懐詩研究』下篇第四章〈詠懐詩的版本及源流〉〔台北、文津出版社、一九七九年〕に詳しい考察があり、〈詠懐詩編次異同表〉も附せられている）。

＊　ちなみに『文選』『六朝選詩定論』にはそのうち一七首を、『古詩賞析』には一一首を、『古唐詩合解』には四首を集録しており、いずれも「其ノ一」を含んでいる。一方、明、李《り》攀《はん》龍《りょう》『古《こ》今《こん》詩《し》刪《さん》』六には七首を、明、鍾《しょう》惺《せい》・譚《たん》元《げん》春《しゅん》『古詩帰』には三首を収めるが、これら二書には「其ノ一」は含まれない。

これらの「詠懐詩」の制作動機については、夙《つと》に南朝宋の顔延之が、

説者、阮籍在リテ二晋文ノ代ニ一、常ニ慮《おもんぱか》ル二禍《か》患《かん》ヲ一。故ニ発スル二此ノ詠ヲ一耳。

（『文選』巻二三「詠懐詩十七首」の題下注）

と言い、また唐の李善も、

籍於二魏末晋文之代一、常慮二禍患及一レ己《おのれニ》。故有二此詩一多刺《そしル》下時人無二故旧之情一逐中勢利上而已。観二其体趣一、実謂二幽深一、非二夫作者一不レ能三探二測之一。（同右。呂向《りよきよう》注も同じ）

と言っている。混乱の世に生きる自己の命運や、王朝の将来に対する不安、憂悶の情が、これらの作の基調をなしているということになろう。

三国時代、魏の後半期より司馬氏が勢力を強め、王朝簒奪の策謀を着々と進めた。司馬氏に同調せず反抗する地方軍は次々に撃滅され、粛清・殺戮が幾度となく行われた末、泰始《たいし》元年（二六五）、ついに司馬炎《しばえん》が王位について国号を晋とし、魏はここに滅びた。この前後の時期、知識人たちは政治に関与して生命の危険にさらされることを嫌い、韜晦的・隠逸的態度に出た。その典型として伝えられているのが、いわゆる「竹林の七賢」である。

「竹林の七賢」とは、『魏氏春秋』や『世説新語』任誕《にんたん》篇などによれば、阮籍・嵆康《けいこう》を代表格とし、山濤《さんとう》・向秀《しようしゆう》・劉伶《りゆうれい》・王戎《おうじゆう》・阮咸《げんかん》を加えた七人である。彼らは「清談」（老荘思想を主とする哲学的・形而上的談論）に耽《ふけ》り、琴を弾き、酒を大いに飲み、一般常識に背を向けた生活を送ったという。彼ら七人が実際にグループ化し活動したかどうか、その史実性は疑われているが、しかし右の伝説は、当時の知識人の思潮――司馬氏が簒奪者という立場を糊塗するため、儒家思想を支配者の論理として歪曲・悪用し、厳格な礼教を提唱したことに対する消極的抵抗の精神――を象徴化したものとして意味づけることができよう。

中でも阮籍については、〝俗人には白眼で、同志には黒眼で対応した〟という「青眼白眼」の故事（「阮籍不レ拘《とらハレ》二礼教一、能為二青白眼一。見二礼俗之士一、以二白眼一対レ之」。――『晋書《しんじよ》』阮籍伝。また『世説新語』簡傲《かんごう》篇に引く『晋百官名』）や、〝気の向くままに車を走らせ、道が行き止まりになると大声で泣いて帰った〟という「窮途の哭《こく》」の故事（「籍時率《したがヒテ》レ意独駕、不レ由二径路一。車跡之所レ窮、輒《すなはチ》痛哭而返」――『晋書』阮籍伝、また『世説新語』棲逸《せいいつ》篇に引く『魏氏春秋』）など、奇矯な言動が伝えられている。それらの奇行は――もとより多少の誇張を含んだ伝承であろうが――彼の一種の自己防衛の手段だったと考えられる。彼はそのように狂気を装うことで、この厳しい時代を生き抜こうとしたのである（阮籍の生涯・思想・環境の諸問題については、松本幸男『阮籍の生涯と詠懐詩』〈木耳社、一九七七年〉、同『魏晋詩壇の研究』第五章〈阮籍の生涯と「詠懐詩」〉〈朋友書店、一九九五年〉に詳しい。前者には「詠懐詩八十二首」の全訳注と一字索引とが併載されている）。

このような韜晦的姿勢の中で制作された彼の「詠懐詩」諸篇は独特の底冷えするような雰囲気をもち、孤独の憂愁、疎外された者の心の闇をたしかに感じ取ることができる。その瞑想的・内省的作風は後世に大きな影響を与え、陶淵明の「飲酒二十首」、庾信《ゆしん》の「擬詠懐詩二十七首」、陳子昂《ちんすごう》の「感遇三十八首」、李白の「古風五十九首」などは、いずれも阮籍の本連作に触発されたものと言われる。

もっとも「詠懐詩」の表現自体は、筆禍を恐れたためでもあ

ろう、晦渋・難解なものである。この点についても既に李善が、

嗣《し》宗《そう》（阮籍の字《あざな》）身《ハ》仕《つかへ》乱朝《ニ》、常《ニ》恐《ル》罹《かかり》謗《そしりニ》遇《フヲ》禍《わざはひニ》。因《ツテ》兹《ここニ》発《ス》詠《ヲ》。故《ニ》毎《つねニ》有《リ》憂生之嗟《なげき》。雖《モ》志在《リ》刺《トし》譏《きニ》、而《レドモ》文多隠《くいん》避《ぴス》。百代之下、難《シ》以《テ》情《ヲ》測《リ》。故《ニ》粗《ほぼ》明《ラカニシテ》大意《ヲ》、略《スル》其《ノ》幽旨《ヲ》也。

と、その難解さを告白している。以後、多くの注釈者たちは、阮籍詩の語句から隠れた意味を読み取ろうとし、往々牽強附会に陥った。そのため、

詠懐之作、其《ノ》帰《ハ》在《リ》于魏晋易《フル》代《ヲ》之事《ニ》。而《シテ》其《ノ》詞旨亦《モ》復《タまタ》難《シ》以《テ》直《チニ》尋《ネ》。若《シ》篇篇附会《スレバ》、又失《スル》之《ヲ》也。（清、何焯《かしやく》『義門読書記』巻四六〈文選　詩〉）

など、解釈過剰を戒める発言も散見する。

したがって、この「其一《ノ》」についても、詩中の景物が作者のどのような心境を示しているのか、また、当時の史実を反映するものであるか否かなど、理解しにくい点は少なくない。現行の注釈書・解説書のうち、作者の体験・当時の史実に最も密着した解釈を施すのは、郭光《かくこう》『阮籍集校注』（中州古籍出版社、一九九一年）である。同書は、「其一《ノ》」の制作年代を嘉平《かへい》六年（二五四）、阮籍45歳のときと特定し、この年の秋九月、司馬師《しばし》が魏の少帝曹芳《そうほう》の帝位を奪ったことを悲しみ憤って作った、と推察している。そして〝第5・6句の「孤鴻」「翔（朔）鳥」はともに少帝の廃謫を悲しむ作者の姿であり、第7句「徘徊将《タ》何《ヲカ》見《ル》」は、目に見えるものが司馬氏一派の陰険兇悪な姿ばかりであることを言外に示す〟と解説している。

これに対し、詩中の景物に一々仮託を想定する読み方を警戒する姿勢を最も鮮明に示しているのは、『漢詩大講座』第五巻〈名詩評釈〉（加藤虎之亮《とらのすけ》執筆）アトリエ社、一九三六年）であろう。同書に言う、

此の詩なども、孤鴻在野は君子の放たれたるに比し、翔鳥鳴林は小人の位に在るに比すといへる者もあるが、餘り吟味立てせぬ所に妙味がある様に思はれる。これは清風明月の夜の叙景を主とし、かかる良夜には何人《（なんぴと）》にても、人生の真に触れたる感の起るもの。況《（いはん）》や乱離の世、姦臣跋扈、忠良命を保ち難き時世に於ては、具体的には陳《（の）》べ難き感が無限に起り来るものである。左様の状態を叙したものではあるまいか。

――いま本稿でこの詩を解釈するに当っては、この詩の中に現れる六種の素材、すなわち〝夜の不眠・弾琴・明月・風・鳥・徘徊〟が、後漢～魏の詩にしばしば見られるものであることを重視した。それら先行諸作の中での右の六種の素材の扱われ方を見ると、一作品の中に一種の素材のみが単独で用いられる例は稀であり、おおむね数種が組合せて用いられている。そのような作例がこの時期に集中的に見られる事実は、この時期、右の六素材をさまざまに組合せて一首の詩を制作することが流行現象になっていたことを物語っているであろう。したがって、阮籍が右の素材群を本作品に取り入れた時点において、それらには既に先行の多くの用例を背景とする一定の詩的イメージが定着していたと考えられる。本稿ではこの点を、解釈上の一応の立脚点とした。

右の六素材に伴われるイメージについては以下の〔語釈〕のそれぞれの項目中に述べるが、ここでは六種のうち五種（夜の不眠・明月・風・鳥・徘徊）を共有する先行例を二首挙げ、後漢以降多く見られる本作品の類例の一端を明らかにしておきたい（問題の素材群に傍点を付して示す）。

長歌行二首　其二　　後漢　楽府古辞

昭昭素明月　　昭昭たり　素明の月
暉光燭我牀　　暉光《きこう》　我が牀《しょう》を燭《てら》す
憂人不能寐　　憂人　寐《い》ぬる能はず
耿耿夜何長　　耿耿《こうこう》として　夜《よる》　何ぞ長き
微風吹閨闥　　微風　閨闥《けいたつ》に吹き
羅帷自飄颺　　羅《ら》帷《い》　自《おのづか》ら飄颺《ひょうよう》す
攬衣曳長帯　　衣《ころも》を攬《と》りて長帯《ちょうたい》を曳《ひ》き
屣履下高堂　　屣履《しり》して高堂《こうどう》より下《くだ》る
東西安所之　　東西　安《いづ》くにか之《ゆ》く所ぞ
徘徊以彷徨　　徘徊《はいかい》して以て彷徨《ほうこう》す
春鳥翻南飛　　春鳥は翻《ひるがへ》つて南に飛び
翩翩独翺翔　　翩翩《へんぺん》として独《ひと》り翺翔《こうしょう》す
悲声命儔匹　　悲声もて儔匹《ちゅうひつ》を命《よ》び
哀鳴傷我腸　　哀鳴して我が腸を傷《いた》ましむ
感物懐所思　　物《もの》に感《かん》じて思ふ所を懐へば
泣涕忽沾裳　　泣涕《きゅうてい》　忽《たちま》ち裳《もすそ》を沾《うるほ》す
佇立吐高吟　　佇立《ちょりつ》して高吟《こうぎん》を吐し
舒憤訴穹蒼　　憤《いきどほ》りを舒《の》べて穹蒼《きゅうそう》に訴へん

この詩は『玉台新詠』巻二には〈魏、明帝（曹叡《そうえい》）「楽府詩二首」其一〉として収める。親しい友人と別れている嘆き、もしくは出征中の夫を思う妻の心情を詠ずる詩と解せられる。

雑詩二首　其一　　魏　曹丕

漫漫秋夜長　　漫漫として秋夜長く
烈烈北風涼　　烈烈として北風涼し
展転不能寐　　展転して寐ぬる能はず
披衣起彷徨　　衣を披《き》て起《た》つて彷徨《ほうこう》す
彷徨忽已久　　彷徨《ほうこう》　忽《たちま》ち已《すで》に久しく
白露霑我裳　　白露　我が裳《もすそ》を霑《うるほ》す
俯視清水波　　俯《ふ》して清水の波を視《み》
仰看明月光　　仰《あふ》いで明月の光を看る
天漢回西流　　天漢　回《めぐ》りて西に流れ
三五正縦横　　三五　正に縦横《じゅうおう》
草虫鳴何悲　　草虫　鳴くこと何ぞ悲しき
孤雁独南翔　　孤雁　独《ひと》り南に翔《かけ》る
鬱鬱多悲思　　鬱鬱《うつうつ》として悲思多く
緜緜思故郷　　緜緜《めんめん》として故郷を思ふ
願飛安得翼　　飛ばんことを願へども安《いづ》くんぞ翼《つばさ》を得ん
欲済河無梁　　済《わた》らんと欲するも河《かは》に梁《はし》無し
向風長歎息　　風に向つて長歎息《ちょうたんそく》し
断絶我中腸　　我が中腸を断絶す

この詩は作者の出征中、望郷の念を詠じたものと解せられる。

ここで注目に値するのは、右の二首のいずれにおいても、作中の景物はすべて作中主体の悲しみを増しこそすれ、慰め癒やす働きを成し得てはいないという点である。言い換えれば、これらの詩は、同傾向のイメージをひたすら積み重ねて詩情を高揚させてゆく一元的な技法によっており、異質のイメージの対立・緊張から詩的感興を導くという着想には乏しい。このことは、阮籍が本作品を作る際の姿勢にも影響を与えている筈であり、本作品の境地を考察する上で——とりわけ第3・4句の「清風・明月」の意味、および第5・6句の「孤鴻・翔鳥」の比喩性（これらについては〔語釈〕の各項ならびに〔諸説の異同〕ⅠⅡを参照されたい）——無視することはできないであろう。

1**夜中**　「夜半」に同じ。『春秋』荘公七年の条に「夏四月辛卯《しんぼう》、夜、恒星不レ見《エ》、夜中、星隕《おツルコト》如《シ》レ雨《ノ》」、『国語』呉語に「呉王昏《ゆふべニ》乃《チ》戒《いましメしメ》令二秣《まぐさかヒ》レ馬食《はマ》レ士《ニ》、夜中《ニ》乃《チ》令《しレム》下服《とり》レ兵擐《ヲつらぬキ》レ甲《こうヲ》、係《つなギ》二馬舌《ヲ》一、出《サ》中火竈《ヲそうヨリ》上」とあり、「夜」「昏」よりも夜が深まった時間帯を指す語として使われている。後者の韋昭《いしよう》注に「夜中《トハ》、夜半也」とある。

なお、特に本句の「夜中」について、『文選』呂延済《りよえんさい》注に「夜中《トハ》、喩《たとフ》二昏乱《ニ》一」、『文鏡秘府論』割注に「謂《いフ》二時《ノ》暗《キヲ》一」と見える。

不能寐　眠ることができない。『詩経』邶風《はいふう》「柏舟《はくしゅう》」に「耿《こう》耿《こうトシテ》不レ寐《いネ》　如《ごとシ》レ有《ルガ》二隠憂《いんゆう》一」、同「終風」に「寤《さメテ》言《ここニ》不レ寐《ネ》　願言《おもフテここニ》則嚏《チていス》」、小雅「小苑」に「我心《ガ》憂傷《ス》　念《おもフ》二昔先人《ノ》《ヲ》一　明発《マデ》不レ寐《ネ》　有《リ》レ懐《おもフ》二二人《ヲ》一」などと詠ぜられてより、唐末に至るまで、〝眠るべき夜という時間帯に、心中に悩みがあって眠れない〟ことを詠ずる詩はきわめて多い。詩人たちは夜を〝心中の悩みが顕在化する場〟としてとらえていた感がある。そして詩中に示される悩みの内容もまた類型的であり、①離別・相思の情（閨怨詩を含む）、②旅愁・望郷の念（辺塞詩を含む）、の二種に大別することができる（詳しくは、宇野直人「夜の詩情」〔『中国古典詩歌の手法と言語』、研文出版、一九九一年〕を参照されたい）。これら二種の詩情は〝落ちつくべきところに落ちつけず、安らぎを得られない不安・憂愁〟と概括することができよう。

後漢～魏の時期、この類型はすでに確立していた。先に挙げた楽府古辞「長歌行」、曹丕「雑詩二首」其《ノ》一もその例であるが、そのほかにやはり「不レ能《ハ》レ寐《ヌル》」の語を用い、かつ特に本作品との関連で注目されるのが次の二首である。まず「古詩十九首」其《ノ》一九——

明月何《ゾ》皎皎《タル》　照《ス》二我《ガ》羅牀《ノ》幃《ヲ》一
憂愁不レ能《ハ》レ寐《いヌル》　攬《とリテ》レ衣《ヲ》起《たチテ》徘徊《ス》
（中略）
出《いデテ》レ戸《こヲ》独《リ》彷徨《シ》　愁思当《まさニ》レ告《グ》レ誰《ニカ》
引《キテ》レ領《くびヲ》還《かへリテ》入《レバ》レ房《ニ》　涙下《リテ》沾《うるほス》二裳衣《ヲ》一

は、全体の構成がとりわけ本詩と似ている。先行の説の中にもその点を指摘したものがある。

此首《ノ》（＝阮籍「詠懐詩」其《ノ》一）起結《ノ》似《タリ》二之《こノ》詩（＝「古詩十九首」其ノ一九）一。（古直『阮嗣宗詠懐詩箋定本』〔台北、国立編訳館中華叢書編審委員会、一九八四年〕）

また、魏、王粲《おうさん》「七哀詩三首」其《ノ》二に、

（前略）

迅《じん》風《ぷう》払《ヒ》二裳袂《しようべいヲ》一　白露霑《うるほス》二衣襟《ヲ》一
独夜不レ能《ハ》レ寐《いヌル》　摂《とりテ》レ衣《ヲ》起《たチテ》撫《ぶス》レ琴《きんヲ》
糸桐感《ジ》二人情《ニ》一　為《ために》レ我《ガ》発《ス》二悲音《ヲ》一
羇旅無《ク》二終極一　憂思壮《さかンニシテ》難《シ》レ任《たへ》

とあり、不眠に悩む作中主体が風に吹かれ、琴をつまびく展開が本作品に類似する。阮籍の本作品第1句の〝不眠〟も、基本的にこれらの先例の踏襲を企図したと見て差支えないであろう。

本作品の〝不眠〟と先行例とのかかわりをどうとらえるかについては、右と異なる立場もある。たとえば、入谷仙介『古詩選』（新訂中国古典選第一三巻、朝日新聞社、一九六六年）は、

……王粲や古詩の場合には、不眠をもたらす悲哀の直接の動機として故郷から離れた流浪の旅がある。阮籍の場合はそのことの直接の原因は語られない。そのことは不眠の原因が個人的な体験であるよりも、人間一般にかかわる、より広く複雑な内容をふくむことを思わせる。

と述べ、成瀬哲生「阮籍の詠懐詩　空間と時間」（『中国の古典文学―作品選読』〈東京大学出版会、一九八一年〉）も、

阮籍の「不能寐」は、もはや具体的な対象をもっているわけではない。ただ自己の存在を、説明抜きに、もてあます身体として、何ものかにうったえるだけである。

と述べる。この両説は、本作品と他の類例との差異を重く見て、そこに重要な意味を読み取ろうとするものである。たしかに本作品には、不眠の原因は明示されない。が、それは単に、先に述べたように、この時期すでに〝不眠〟の詩の型が定着していたからに過ぎないのではないか。この作品の中に〝不眠〟の一般的イメージの転換・訂正を図る措辞が無い以上、阮籍は多くの先例と同じ方向でこの状況設定を行ったと見るのが穏当であろう。この第1句によって、作中主体の〝落ちつかず、不安な心情〟が暗黙の了解事項として読者に伝えられるのであり、それ以上の特別な意味を見いだす必要は無いように思われる。

2 **鳴琴**　こと。当時の知識人のたしなみであり、時に心中の不安をしずめるため奏でられる（右の「夜中」の項に挙げた王粲の「七哀詩」を参照）。本句もその例であり、『文選』呂延済《りよえんさい》注に「弾《ジテ》レ琴《ヲ》欲《ス》三以《テ》自《ラ》慰《メント》二其《ノ》心《ヲ》一」、『文鏡秘府論』割注《わりちゆう》に「憂来弾《ジテ》レ琴《ヲ》以《テ》自《ラ》娯《シム》也」と見える。また、阮籍の同時代人嵇康《けいこう》に「琴賦《ノ》」があり、琴の音が人の心に与える働きを論じている（『文選』巻一八）。なお「鳴」は、ここでは楽器に冠する用法。「鳴笛」（ふえ）「鳴桴《めいふ》」（鼓を打つばち）「鳴鞞《めいへい》」（小鼓）「鳴瑟《めいしつ》」「鳴絃」などの語もある。

3 **薄帷**　うすいとばり。これがどこにかけられたものか、明示するものは少ないが、ここでは〝寝台のカーテン〟とする説（内田泉之助『古詩源』上〈漢詩大系第四巻、集英社、一九六四年〉、網祐次《あみゆうじ》『文選』下〈新釈漢文大系第一五巻、明治書院、一九六四年〉、星川清孝『新訂　歴代中国詩精講』〈学燈社、一九七五年〉）に従う。なおこの点については、清、呉淇《ごき》『六朝選詩定論』に興味深い言及がある（〔備考〕の(1)を参照）。

また、聶文郁《じようぶんいく》『阮籍詩解訳』（青海人民出版社、一九八九年）では、この句全体につき、「薄」を〝うすい〟と取るのは

文脈上問題があるとし、「薄」は動詞で〝到る、倚《よ》り近づく〟意、「鑒」は〝視《み》る、看《み》る〟意として、句全体を「窓べにやって来て明月を看る」と解釈する。同書に、

憂思のため眠れず、琴を弾いても憂思を払拭できない。そこで窓べに移動して明月を看る。作者が窓べに移動してこそ、清風を感知することができる。野外で叫ぶ孤鴻の姿を目にとめ、また北林で月下に群れ飛ぶ鳥の存在を知ることもできる。（原文中国語）

と説いている。

鑒　てらす。『文選』李善注に『広雅』を引いて「鑒《ハ》、照《ラス》也」、張銑《ちょうせん》注に「帷帳、鑒《ハ》照《ラス》也」とある。以来、これが通説である。『文鏡秘府論』のこの字への傍注に「カヽミル」とあり、割注に「薄帷中《ノ》映《ズ》㆓明月之光《ヲ》㆒」、また『六朝選詩定論』に「堂上《ノ》帷既《ニ》薄《ケレバ》、則《チ》自《ラ》能《ク》漏《ラスコト》㆓月光《ヲ》㆒若《ごとクニシテ》㆑鑒《てらスガ》然《リ》」とある。

一説に、動詞として「視る、看る」意とする（前項の聶文郁説）。

明月　晴れた夜空に輝く月。月の美称。詩では、悲しみを誘発するものとして扱われることが多い。その悲しみの要因は、親しい人との離別、故郷との離別、また過去をなつかしむ心情、などである（参照：佐藤保『漢詩のイメージ』第一章〈月〉〈大修館書店、一九九二年〉）。

4 **清風**　すがすがしい風。後漢～魏の詩に見える用例では、作中主体が〝風に吹かれる〟描写は、作中主体の心の乱れや悲しみを導き出す働きをしていることが多い。前掲の楽府古辞「長歌行」、曹丕「雑詩二首」其一、王粲「七哀詩」其二はいずれもそうであったが、そのほか、

穆穆《トシテ》清風至《リ》　吹《ク》㆓我《ガ》羅《ノ》裳裾《しょうきょヲ》㆒
（中略）
安《クニカ》得《ン》㆓抱柱《ノ》信《モテ》　皎日以《テ》為《スヲ》㆑期《ヲ》
（「古詩八首」其八）

では恋する娘の悩ましい心情を、

微陰翳《おほヒ》㆓陽景《ヲ》㆒　清風飄《ひるがへス》㆓我《ガ》衣《ヲ》㆒
眇眇《びょうびょうタル》客行《ノ》士　遥役《シテ》不㆑得㆑帰《ルヲ》
（魏、曹植「情詩」）

では旅に出た夫の帰りを待ちこがれる妻の心情を、それぞれかき立てるものとして風が登場する。また、

秋日多《シ》㆓悲懐㆒　感慨《シテ》以《テ》長歎《ス》
終夜不㆑遑《いとまアラ》㆑寐《ヌルニ》　叙《ス》㆓意《ヲ》於濡翰《じゅかんニ》㆒
明燈曜《てらスモ》㆓閨中《ヲ》㆒　清風凄《せいトシテ》已《ニ》寒《シ》
（後略）
（魏、劉楨《りゅうてい》「贈《ル》㆓五官中郎将《ニ》㆒四首」其三）

のように、知友に会えない悲しみを増幅するものとして「清風」が現れた例もある。

以上、第3・4句の「清風・明月」のイメージをどうとらえるかについて、〔諸説の異同〕Ⅰを参照。ここでは、この両者とも、作中主体の悲しみを深める働きをしていると見る。もとより「清風」も「明月」も、それ自体は美しく、高潔な景物であるが、心に悲しみや悩みをいだく者にとっては、それらはかえって自己の心情・境遇との落差を感じさせ、悲しみ・悩みを深める契機となるわけであろう。

5 **孤鴻**　一羽のがん。群れから離れたがん。鴻は、雁の大きいもの。おおとり。『詩経』小雅「鴻雁《こうがん》」第三章に「鴻雁于《ここに》飛《ビ》　哀鳴嗷嗷《ごうごうタリ》」、その第一章に対する後漢・鄭玄《じょうげん》の箋に「鴻雁知《ル》レ避《クルヲ》二陰陽寒暑《ヲ》一。興《スルは》者、喩《たとフ》丁民知《ル》丙去《リテ》二無道《ヲ》一就《つクヲ》乙有道《ニ》甲」とあり、鴻は有道の治世を求める流民にたとえられる。

阮籍に近い時代の先例では、魏、曹植「雑詩六首」其一に、

孤雁飛《ビテ》南《ニ》遊《ビ》　過《リテ》レ庭《ニ》長《ク》哀吟《ス》
翹思《シテ》慕《ヒ》二遠人《ヲ》一　願《ハクハ》欲《ス》レ託《セント》二遺言《ヲ》一
形影忽《チ》不レ見《エ》　翩翩《トシテ》傷《マシム》二我《ガ》心《ヲ》一

とあり、流罪となって去った親友が「孤雁」にたとえられている。また前掲の曹丕「雑詩二首」其一には、

草虫鳴《クコト》何《ゾ》悲《シキ》　孤雁独《リ》南《ニ》翔《かけル》
鬱鬱《トシテ》多《ク》二悲思一　緜緜《トシテ》思《フ》二故郷《ヲ》一

とあり、郷里に帰れず不安をいだく旅人が「孤雁」にたとえられている。このように「孤雁」という語は『詩経』のイメージを背景としつつ、〃不安・不如意〃を象徴する役割を帯びていると言えよう。

号　叫ぶ。長く声を引いて鳴く。聶文郁『阮籍詩解訳』は、『楚辞』九章「悲回風」に、秋から冬にかけて鳥獣が同類を呼び合うようすを述べて「鳥獣鳴《イテ》以号《テよブ》レ群《ヲ》兮」とあるのを引き、〃この「号」は雌雄が呼び合う声であり、阮籍の「孤鴻号」も正にその意である〃と説く。そして、第5句全体を、「あの偶《つれ》を失った孤鴻は哀しげに野外に号《さけ》ぶ」と口語訳している（原文中国語）。

外野　遠い野原。『春秋左氏伝』昭公二五年の条に、周代の歌謡と伝えられる「鸜鵒《くよくノ》歌」――「鸜《くヤ》之鵒《よくヤ》之、公出《デテ》辱《はづかシメラレン》之。鸜鵒之羽《はねウツ》、公在《リ》二外野《ニ》一、往《ゆきテ》饋《おくル》二之《ニ》馬《ヲ》一……鸜鵒鸜鵒、往《ゆクニ》歌《ヒ》来《タルニ》哭《こくセン》」を載せる。これは文中、魯の大夫師己《しき》によって、魯の昭公の運命を予告するものとして引用されている。つまり師己は、〃もともと魯に棲息しない鸜鵒が魯に現れたのは禍《わざわい》の前兆であり、鸜鵒は昭公のたとえである。歌全体は、昭公が国外に出奔し、客死することを予言している〃と解釈するのである。そして「公在《リ》二外野《ニ》一」の句は、〃昭公が大夫季を討伐して敗れ、斉に逃れたことを指す〃とされる。

これによれば「外野」は〃闘争に敗れて逃げた者が身を置く場所〃というイメージを帯びることになる。

6 **翔鳥**　飛ぶ鳥。後漢～魏にかけての詩に現れる〃飛鳥〃は、これもやはり悲しみを誘うものとして扱われることが多い。前掲「長歌行」（八四七頁）のほか、

楽《シミ》往《ゆキ》哀《シミ》来《リテ》摧《くだキ》二肺肝《ヲ》一　耿耿《トシテ》伏《シ》レ枕《ニ》不レ能《ハ》レ眠《ル》
披《き》レ衣《ヲ》出《デテ》レ戸《ヲ》歩《ほシ》二東西《ニ》一　仰《イデみ》看二星月《ヲ》一観《ル》二雲間《ヲ》一
飛鶬鳴《キテ》レ晨《あしたニ》声可《シ》レ憐《ム》　留連顧懐不レ能《ハ》レ存《スル》

（魏、曹丕「燕歌行二首」其《ノ》二）

は、本作品と同様〃作中主体の不眠、徘徊、それを照らす月〃という状況の中で、鳥の声が別離の悲しみを深め、

飛鳥繞《めぐリテ》レ樹《ヲ》翔《かけリ》　嗷嗷《きようきようトシテ》鳴《キテ》索《もとム》レ群《ヲ》

（魏、曹植「雑詩六首」其《ノ》三）

は、夫を慕う妻の心が、つれを求めて飛ぶ鳥にたとえられている。また、

静夜不レ能《ハ》レ寐《ヌル》　耳《ニ》聴《ク》二衆禽《ノ》鳴《クヲ》一

（中略）

哀《かなシイカナ》彼《かノ》失群《ノ》燕　喪《うしなツテ》レ偶《つれヲ》独《り》煢《けい》煢《けいタリ》

（中略）

余《ガ》情偏《ひとヘニ》易《ク》レ感《ジ》　懐《おもヘバ》レ往《ヲ》増《ますます》〻憤《リ》盈《みツ》

（魏、曹叡《そうえい》「長歌行」）

は、夜間の多くの鳥の鳴き声と、群れをはぐれた燕の姿とが共に作中主体の悲しみをそそる景物として描かれている。

以上、第5・6句の「孤鴻・翔鳥」は、いずれも作中主体の悲しみの心が投影されたものと解することができる。異説について〔諸説の異同〕IIを参照。

なお、「孤鴻・翔鳥」について興味深い指摘を二、三挙げると、まずこれらの鳥の描写が実景ではなく、作者の心象の景であることを特に強調する説がある。

これは現実の情景ではなく、阮籍の心象風景と言ってよい（田部井文雄・高木重俊『漢文名作選』3〈漢詩〉〔大修館書店、一九八四年〕）。

成瀬哲生「阮籍の詠懐詩　時間と空間」の中で、

たちまちまがまがしい風景が、阮籍の脳裏に幻想される。……夜は、聴覚が、視覚の上位にある。聴覚が、視覚の範囲を超えた、外野の広がりと北林のしげみを幻想させるのだ。

と説くのも同系列の立場と言えよう。本稿では、これらは実景であると共に作者の心境の象徴でもあるとする立場（劉亜玲《りゅうあれい》ほか『中国歴代詩歌鑑賞辞典』〔王洪執筆〕北京、中国民間文芸出版社、一九八八年）に従った。

また、聶文郁『阮籍詩解訳』がこの第6句を〃伴《つれ》を求める飛鳥は北林で鳴く〃と口語訳しているのは、右の曹植・曹叡の作例を重視したものであろうか。

さらに、この句の「翔鳥」が夜間に群れ飛ぶ理由につき、〃月が明るくて落ちつかないため〃と説明するものが散見する（清、呉淇『六朝選詩定論』〔〔備考〕(1)参照〕、余冠英『漢魏六朝詩選』〔北京、人民文学出版社、一九七八年〕、林俊栄『魏晋南北朝文学作品選』〔吉林人民出版社、一九八〇年〕、王景霓《おうけいげい》ほか『漢魏六朝詩訳釈』〔黒龍江人民出版社、一九八三年〕など）。

北林　北方の森林。もと、森の名。『詩経』秦風「晨風《しんぷう》」に「䮗《いつタリ》彼《かノ》晨風《しんぷう》　鬱《タリ》彼《かノ》北林　未《ダ》レ見二君子《ヲ》一　憂心欽欽《きんきんタリ》」、毛伝に「北林、林《ハ》名《ノナリ》」とある。本作品では単に〃北方の森林〃の意に取ってよいであろう。ただ、「北林」という語は、普通名詞として使われる場合でも、右の『詩経』の句意に基づき〃憂心〃の象徴となる場合が少なくない（『漢魏南北朝詩選注』〔韓兆琦《かんちょうき》執筆、北京出版社、一九八一年〕、田部井文雄・高木重俊『漢文名作選』3に指摘がある）。程千帆《ていせんぱん》・沈祖棻《しんそふん》『古詩今選』（上海古籍出版社、一九八三年）は、特に阮籍のこの作品の場合、この語を用いることで〃自己の憂鬱が『詩経』の詩人と同じである――つまり「君子」に会えないことによる――ことを表す〃とする。

この点につき、阮籍に近い時代の先例を観察すると、たとえば魏、曹丕の「善哉行二首」其二《ノ》に「飛鳥翻《かヘッテ》翔《しょうぶシ》舞　悲鳴《シテ》集《マル》二北林《ニ》一　楽《シミ》極《マリテ》哀情来《タリ》　寥亮《りょうりょうトシテ》摧《くだク》二肝心《ヲ》一」とある。ここでは銅雀《どうじゃくえん》園での宴遊を詠ずる中で、楽しみの果てに悲しみの生ずるきっかけをなす景物として〝北林で悲しげに鳴く鳥〟が現れる。また曹植の「種葛篇《しゆかつへん》」に「出《デテ》レ門《ヲ》当《ニ》二何《ヲカ》顧《ミル》一　徘徊《シテ》歩《ほス》二北林《ニ》一」とある。これは夫に裏切られた妻の心情を詠ずる中で、悲しみにくれつつ歩む場所として〝北林〟が現れる。「北林」の語は、たしかに〝求めるものが得られぬ悲しみ〟と結びついていると考えられよう。

7 徘徊　行ったり来たりして進まないこと。また、ゆるやかに進むようす。畳韻の語（pái huái〔buai ɦuai〕）。「徘徊」する主体が何であるかにつき、日本の注釈書は例外なく作中主体とするが、中国の注釈書では説が分かれている。〔諸説の異同〕Ⅲを参照。本稿では、作中主体が徘徊するものと取る。

将何見　そもそも、何を見ようとするのか。ここでの「将」について、的確に説明したものが見当たらないが、中澤希男《なかざわまれお》・澁谷玲子『漢文訓読の基礎』（教育出版、一九八五年）のⅣ〈助字要説〉で「将」の働きを九通りに分類した中の、④―㋑に当たると見るのが穏当であろう。同書に「④『はた』　上の意を受けてこれを翻す意を表す。㋑そもそも（抑）。」と説き、文例「既為《ニ》レ盗《スヲ》矣、仁将焉《クニカ》在《ラン》」（列子、説符）を挙げる（三〇三頁）。

「何見《ヲカン》」はここでは反語で〝闇夜に戸外をさまよい歩いても何も見えない〟ことを言い、自己の前途に希望の無いことにたとえている。少しニュアンスの異なる解釈として、次のような諸説がある。

曹植「雑詩六首」其一《ノ》の結びの「形景忽《チ》不レ見《エ》　翩翩《トシテ》傷《マシム》二我心《ガヲ》一」の意を転用したもので、〝孤鴻や翔鳥を探し求めるが、それらの姿が見えない〟ことを言う（黄節『阮歩兵詠懐詩註』〔北京、人民文学出版社、一九五七年〕）。

＊右の曹植詩は先の「孤鴻」の項に既出。

見えるのは孤鴻と翔鳥ばかりであり、このことから人生の不遇と邪臣の権勢を知った（網祐次《あみゆうじ》『文選』（下）〔新釈漢文大系第一五巻〕）。

見えるのはただ陰険で欺瞞的な司馬氏の一派のみであることを示す（郭光『阮籍集校注』）。

見えるのはただ心を傷ましめるものばかりである（程千帆・沈祖棻『古詩今選』、王守華ほか『漢魏六朝詩一百首』〔上海古籍出版社、一九八一年〕）。

なお、この第7・8句では、作中主体は戸外を徘徊しているが、彼が作中のどの段階で外出したかにつき、説が分かれている。〔諸説の異同〕Ⅳを参照。本稿では、第3・4句の「清風」「明月」に誘われるように外へ出たものと解する。

8 憂思　心配する心。憂心。『礼記』儒行に「雖《モ》レ危《シト》、起居竟《つひニ》信《ジ》二其《ノ》志《ヲ》一、猶《ホ》将《ニ》レ不《ル》レ忘《ランドレ》二百姓《ひやくせい》之病《ヲ》一也、其《ノ》憂思有《リ》二如《クナルニ》レ此《かクノ》者《ノ》一」とあり、天下国家に関する悩みを表す語である。魏、曹操の「短歌行」に、賢才を得て世を治められぬまま歳月が過ぎてゆく悩みを詠じて「慨《シテまさニ》当《シ》二以慷《テス》一　憂思難《シ》レ忘《レ》」とあるのも同様である。阮籍の「憂思」もまた同じ方向――つまり魏王朝の前途に悩む――でとらえてよいであろう。

通釈

胸底の懐《おも》いを告白する

夜がふけても寝つかれず、起き出して坐り、琴をつまびいてみる。

寝台のうすい帷《とばり》をすかして明るい月かげが照らし、（帷をひるがえして）すず風が私の襟もとをなでる。

（月と風とに誘われて外へ出ると）群れを離れた一羽の鴻《おおとり》が、はるか向こうの野原で苦しげに叫び、空高く飛ぶ鳥の群れも北の森で悲しげに鳴いている。

私はあてどもなく歩き回るが、いったい何を見ようとするのか（見えるものはない）。ただひたすらに（世の中とわが身との）行く末を悩みわずらい、自分の心を苦しめるばかりだ。

諸説の異同

異同の所在　Ｉ

第3・4句の「明月・清風」が意味するもの

異同の類別

Ａ　作中主体の憂愁・寂寞をさらに増幅させる。

Ｂ　清新・爽快な情緒、安らぎをもたらす。

Ｃ　作中主体の高潔さを示す。

Ｄ　月光は現実の諸事象を照らす知性の光、清風は孤独な魂を吹きぬける寂寥を示す。

Ａ説を採るもの：清、張玉穀『古詩賞析』巻一〇、吉川幸次郎「阮籍の『詠懐詩』について」（全集第七巻、筑摩書房、一九七四年／初出＝『中国文学報』第五冊、一九五六年）、成瀬哲生「阮籍の詠懐詩　時間と空間」（伊藤漱平編『中国の古典文学―作品選読』）、興膳宏《こうぜんひろし》・川合康三『鑑賞　中国の古典』第一二巻〈文選〉（川合康三執筆）角川書店、一九八八年）、于非《うひ》ほか『昭明文選訳注』第三冊（吉林文史出版社、一九九二年）など。

Ｂ説を採るもの：邱鎮京《きゅうちんけい》『阮籍詠懐詩研究』（台北、文津出版社、一九七九年）、佐藤保・中村嘉弘『鑑賞　漢詩のこころ』（佐藤保執筆）有斐閣選書、一九八四年）、『中国古典詩聚花』④〈思索と詠懐〉（大上正美執筆）小学館、一九八五年）、『漢魏六朝詩歌鑑賞集』（張国星執筆）北京、人民文学出版社、一九八五年）、『漢詩で詠む中国歴史物語』第二巻（植木久行執筆）世界文化社、一九九六年）など。

＊　右の張国星論文は、のち賀新輝《がしんき》主編『古詩鑑賞辞典』（北京、中国婦女出版社、一九八八年）、盧昆《ろこん》・孫安邦《そんあんぽう》主編『漢魏晋南北朝隋詩鑑賞辞典』（山西人民出版社、一九八九年）に再録。

Ｃ説を採るもの：劉亜玲ほか『中国歴代詩歌鑑賞辞典』（王洪執筆）。

Ｄ説を採るもの：入谷仙介『古詩選』（新訂中国古典選第一三巻）。

異同の論拠

言及されていない。本稿では〔語釈〕の「詠懐詩」「清風」「明月」の欄に述べた理由により、Ａ説に従う。

異同の所在　II

第5・6句の「孤鴻・翔鳥」が意味するもの

異同の類別

Ａ　いずれも作中主体の孤独・悲嘆・不安の象徴となる。

Ｂ　「孤鴻」は疎外された賢者、「翔鳥」は跋扈する小人のたとえである。

Ａ説を採るもの：清、王尭衢『古唐詩合解』、北京大学中国文学

史教研室『魏晋南北朝文学史参考資料』（北京中華書局、一九六二年）、余冠英『漢魏六朝詩選』、邱鎮京『阮籍詠懐詩研究』一九六頁、季鎮淮ほか『歴代詩歌選』（中国青年出版社、一九八〇年）、王景霓ほか『漢魏六朝詩訳釈』、程千帆・沈祖棻『古詩今選』、『鑑賞漢詩のこころ』（佐藤保執筆）、『中国古典詩聚花』④〈思索と詠懐〉（大上正美執筆）、『漢魏六朝詩歌鑑賞集』（張国星執筆）、『中国歴代詩歌鑑賞辞典』（王洪執筆）、于非ほか『昭明文選訳注』第三冊、郭光『阮籍集校注』など。

B説を採るもの：『文選』呂向注、清、張玉穀『古詩賞析』巻一一、岡田正之・佐久節『国訳文選』中巻（国訳漢文大成文学部第三巻、国民文庫刊行会、一九二二年）、吉川幸次郎「阮籍の『詠懐詩』について」、入谷仙介『古詩選』、『漢詩で詠む中国歴史物語』第二巻（植木久行執筆）など。

異同の論拠

A説（孤鴻・翔鳥のどちらも孤独・悲嘆・不安のイメージとする説）

『詩経』秦風「晨風」に「鴥《タル》彼《かノ》晨風　鬱《タル》彼《ノ》北林　未《ダ》見君子《ヲ》　憂心欽欽《タリ》」とある。ここでは暗にこの意を用い、自己の憂心が古代の詩人と同じであることを示している。

（程千帆・沈祖棻『古詩今選』）

悲しげに鳴く孤鴻・翔鳥は、景物であるとともに詩人自身の象徴である。「北林」は『詩経』の「鴥《タル》彼《ノ》晨風　鬱《タル》彼《ノ》北林　未《ダ》見君子《ヲ》　憂心欽欽《タリ》」（秦風―晨風）に基づき、暗に思念・憂心の意を含む。「北林」は「外野」とともに、さらに凄清幽冷なる境地を構成しているのである。

（『中国歴代詩歌鑑賞辞典』（王洪執筆））

この二句は、嘉平六年（二五四）秋九月、司馬師が斉王曹芳（少帝）を廃したことを背景としている。「孤鴻」は阮籍自らにたとえたもので、斉王廃位の悲しみを表している。「朔鳥」が北林に鳴くのは、〝故旧を忘れない〟意を表す。「古詩十九首」其一の「胡馬《ハ》依《リ》北風《ニ》　越鳥《ハ》巣《クフ》南枝《ニ》」、李善の注に引く『韓詩外伝』中の詩句「代馬《ハ》依《リ》北風《ニ》　飛鳥《ハ》棲《ム》故巣《ニ》」、いずれも同じ意である。阮籍はこの句に、斉王廃位による悲憤を託したのである。

（郭光『阮籍集校注』）

B説（孤鴻は疎外された賢者、翔鳥は跋扈する小人と、対比的にとらえる説）

「孤鴻《ハ》、喩《たとフ》賢君孤独《ニシテ》在《ルニ》外《ニ》。翔鳥《ハ》、鷙《し》鳥《ちょう》、以《テ》比《ス》権臣《ノ》在《ルニ》近《キニ》。謂《フ》晋《ノ》文王《ヲ》」

（『文選』呂向注）

「孤鴻《ノ》二句《ハ》、以《テ》孤鴻《ノ》在《ルヲ》野《ニ》比《ス》君子之被《るルニ》放《タ》。翔鳥《ノ》鳴《クハ》林《ニ》比《ス》小人之在《ルニ》位《ニ》。君《ハ》在《リ》北《ニ》、故《ニ》曰《フ》北林《ト》。如《もシ》徒《ダ》以《テ》為《サバ》賦《スト》景《ヲ》、便《チ》失《セン》神理《ヲ》」

（清、張玉穀『古詩賞析』巻一一）

＊その他、吉川幸次郎「阮籍の『詠懐詩』について」は右の二節を引きつつ、

……たといそこまではっきりした比喩でなくとも外《はるか》なる野にさけぶ孤鴻は、この世に於ける不幸なものの象徴であり、北の林に鳴きさわぐ朔鳥ないしは翔鳥は、この世の邪悪なものの象徴であるとして、読みとることが、むしろ自然である。

として、B説の立場を取る。入谷注・植木注、ともにこの流れを汲

むものと見ることができる。

本稿では、〔語釈〕の「翔鳥」の項に述べたように、後漢～魏の詩に現れる〝飛鳥〟がしばしば悲しみを誘うものとして扱われること、また同じく「北林」の項に述べたように、「北林」という語が〝憂心〟の象徴となること（これについては〔異同の論拠〕に引いた程・沈説、王説にも触れられている）を重視し、ひとまずA説に従った。

なお、この点については〔備考〕(2)をも参照されたい。

異同の所在 Ⅲ

第7句「徘徊」の主体

異同の類別

A　作中主体自身。

B　作中主体、ならびに第5・6句に現れる鳥たち。

A説を採るもの：『古詩賞析』頭注（〔岡田正之執筆〕漢文大系第一八巻、冨山房、一九一六年）、内田泉之助『古詩源』上（漢詩大系第四巻）、星川清孝『歴代中国詩精講』、聶文郁『阮籍詩解訳』、松浦友久『中国名詩集―美の歳月』（朝日文庫、朝日新聞社、一九九二年）、『漢魏六朝詩歌鑑賞集』（張国星執筆）、『中国歴代詩歌鑑賞辞典』（王洪執筆）、于非ほか『昭明文選訳注』第三冊など。

B説を採るもの：余冠英『漢魏六朝詩選』、季鎮淮ほか『歴代詩歌選』、林俊栄『魏晋南北朝文学作品選』、王守華ほか『漢魏六朝詩一百首』、王景霓ほか『漢魏六朝詩訳釈』など。

異同の論拠

A説は、言及されていない。

B説では、余冠英の注に、

この二句は人を指すとともに鳥を指す。孤鴻・翔鳥も人と同じように眠られずに徘徊しており、この状況ではどんなものを見ても、すべて人を憂傷させる景物となるのである。

と説かれている。人（＝作中主体）と鳥とを同列に捉えることにより、詩の主題〝憂いと悲しみ〟とが強調されるとする立場であり、林俊栄の注もほぼ同文、残る二書にも同趣旨の言及が見られる。

一方のA説は〝作中主体が外を徘徊する〟と取るものである。この系列に基本的に属しながら異彩を放っているのが、

主人公は、鳴琴・明月・清風・孤鴻・翔鳥のすべてに対して徘徊する。

と解する聶文郁の説である。聶説では、

この句の「徘徊」は、上の「鳴琴」「明月」「清風」「孤鴻」「翔鳥」等の句義に即して言えば、〝去るにしのびず、いつづける〟（「流連」）の意味である。

と指摘し、

これらのものにこだわりつづけて、私は何を見いだすことができるか？

憂思がまつわりついて、ただひとり心を傷めるのみである。

と口語訳している。この説によれば、詩中の事物はすべて、作中主体が救済を求めて眼差しを向ける対象であり、悲しみを誘う厭わしい事物としてよりも、なつかしく慕わしいものとして解せられることになる。そのため、作中主体はいつまでもそれらから離れるにしのびず、そばにいつづけるのである。

ただ、この説の場合、鳴琴・明月・清風についてはそれでよいとしても、孤鴻・翔鳥までその方向でとらえるのはやや自然さを欠く

ように思われる。

本稿では、作中主体と、客体としての諸〻の景物とを峻別することにより、作中主体がさまざまなものとかかわりつつしだいに孤独感・憂愁を深めてゆく過程がより効果的に示されると考え、ひとまずA説に従った。

異同の所在　Ⅳ

作中主体が戸外に出ているのは、詩中のどの部分からか

異同の類別

A　第5・6句から。

B　第7・8句から。

A説を採るもの：田部井文雄・高木重俊『漢文名作選』3〈漢詩〉。

B説を採るもの：花房英樹『文選』（詩騒編）三（全釈漢文大系第二八巻、集英社、一九七四年）、前野直彬・石川忠久『漢詩の解釈と鑑賞事典』（旺文社、一九七九年）、入谷仙介『古詩選』、成瀬哲生「阮籍の詠懐詩　時間と空間」（『中国の古典文学―作品選読』）、佐藤保・中村嘉弘『鑑賞　漢詩のこころ』（佐藤保執筆）、『中国古典詩聚花』④〈思索と詠懐〉（大上正美執筆）、『漢詩で詠む中国歴史物語』（植木久行執筆）など。

＊　その他、訳文や解説文中に、主人公がどの段階から外へ出たかを明示しないものも多く、中国の解説書はほとんどすべてがそうである。

異同の論拠

A説（第5・6句の時点で外にいるとする説）

第3・4句で明月の光とさわやかな風に触れたあと、主人公は、その月と風とに誘われて、心の憂いを和らげるものを求めて戸外に出る。

（『漢文名作選』3〈漢詩〉（田部井文雄・高木重俊執筆））

B説（第7・8句から外に出るとする説）

月や風がわが心を慰めてくれたと思う間もなく、さまざまな鳥の不吉な鳴き声が再びわが心をかき乱し、主人公はついに立ち上がって外に出てみる。

（『鑑賞　漢詩のこころ』（佐藤保執筆））

＊　『中国古典詩聚花』（大上正美執筆）も、ほぼ同趣旨。

さまざまの景物が触発する物思いに耐えかねて、主人公はついにふらふらと外へさまよい出る。

（入谷仙介『古詩選』）

いま考察するに、本作品5・6句の「孤鴻・翔鳥」は、いずれも戸外にある不吉な、異常な存在として詩中に現れる（〔諸説の異同〕Ⅱのどちらの説を取ってもその点は変らない）。右のB説の場合、作中主体はそのような忌むべき存在にみずから接近すべく外へ出てゆくことになり、やや不自然の感を免れない。

それに対しA説では、作中主体は先立つ第3・4句の「明月・清風」に誘われて外出することになる。月と風とは、ここで作中主体の悲しみを誘発する働きをしているとは言え、それら自体が嫌悪すべき存在なのではない（〔語釈〕の各項を参照）。したがって、B説に比べて不自然さの度合は低い。

そこで、A説を取る場合の作中主体の心と行動とを冒頭から辿ると、

眠られぬほどの不安、悲しみ→琴を弾いても心は癒やされない

→風が吹き、月が照らす→一瞬、それら美しき景物と自身との落差に打ちひしがれる→しかし、やがて美しきものとの同化、一体化を求めて外へ出てゆく→が、戸外を行くうち、不吉な鳥の声や羽ばたきを耳にする……

となる。これはたしかに理解しやすい展開であると言えよう。そこで本稿では、このA説に従った。

備考

(1)　清、呉淇《ごき》の評釈

清、呉淇の『六朝選詩定論』七では、この作品の内容について、西晋、張華の「情詩二首」其一や、魏、王粲「七哀詩三首」其一と比較しながら興味深い分析・考察が加えられている。王粲の詩は本書八〇〇頁以降に取り上げられているので、ここにはまず張華の詩の本文を挙げ、その次に呉淇の文を録して参考に供したい。張華の詩は、遠方の夫を思う妻のようすを詠じたものである。

情　詩　　　　情　詩

清風動帷簾　　清風　帷簾《いれん》を動かし
晨月照幽房　　晨月《しんげつ》　幽房を照らす
佳人処遐遠　　佳人《かじん》は遐遠《かえん》に処《を》りて
蘭室無容光　　蘭室には容光無し
襟懐擁虚景　　襟懐《きんかい》に虚景《きよえい》を擁《よう》し
軽衾覆空床　　軽衾《けいきん》もて空床《くうしょう》を覆《おほ》ふ
居歓惜夜促　　歓《よろこ》びに居りては夜《よる》の促《みじか》きを惜み
在慼怨宵長　　慼《うれ》ひに在りては宵《よる》の長きを怨む
拊枕独嘯歎　　枕《まくら》を拊《う》ちて独《ひと》り嘯歎《しょうたん》し
感慨心内傷　　感慨して心《こころうち》 内に傷《いた》む

○「鑒」字従「薄」字生出、宜与茂先《もせん》（＝張華の字《あざな》）「情詩」照看。阮是「詠懐」、応在中堂宿。張「情詩」応在幽房。堂上止有薄帷、幽房帷外又有簾。故幽房之中、必風動簾開、帷啓而後見月、因月而見所感之物。堂上之帷既薄則自能漏月光若鑒然。風反因之而透入、吹我衿矣。

至野外之哀鴻、林間之鳴鳥、我皆得而聞之矣。于野外写所聞。正于室内無所見、一琴之外、無他長物（むだなもの）、無可感之物也。看茂先所謂「蘭室」之中、衾也、枕也。昔佳人所共之物甚多、該之曰「虚景」、曰「無容光」、皆可触目感心者、総従「月」字生出。

鳥不夜翔、曰「翔鳥」正以月明。故即曹孟徳（曹操。孟徳はその字《あざな》）曰「月明星稀、烏鵲《うじゃく》南飛」。

○仲《ちゅうせん》宣（王粲の字《あざな》）詩「出門無所見」、嗣宗（阮籍の字《あざな》）詩「徘徊将何見」。仲宣是写門外物景之蕭索、是有着的（執着のある人）却以「無所見」三字掃之使無。嗣宗是写室中意景之蕭索、是無着的（執着の無い人）却以「将何見」逗之欲有。

○已是一首唐律詩。然唐律初成、猶有斉梁習気。而此作清澈《せいてつ》（清く、すきとおっている）、固非唐人所及。

(2)　「詠懐詩」に現れる鳥

第5・6句の「孤鴻・翔鳥」について、興膳宏・川合康三『鑑賞中国の古典』第一二巻〈文選〉では、A説の立場を執りつつも、「詠懐詩」の中に現れる鳥がしばしば大きな鳥と小さな鳥とに二分されることを思い起こせば、「鴻」に対して「鳥」は小さな鳥に属するであろうし、両者は対立する関係に立つように思われる。そうだとしたら、夜のしじまのかなたからその叫びが響いてくる孤独な大鳥とは、阮籍自身の姿であろうか。そしてざわめく小鳥たちとは、孤鴻の孤独を際立たせる衆人ということになる。とはいえ、ほかの詩の大鳥・小鳥が広い天空に羽ばたく大きな生き方と、小さな世界で安住する生き方とを表し、いずれを選ぶかは詩によって異なるものの、両者が明確に対比されているのに対して、ここでは孤鴻も朔鳥もそれぞれの存在の悲しさを帯びて声をあげているかにみえる。

と指摘する。文中、「詠懐詩」に現れる鳥がしばしば大・小に二分されることから、本作品の「孤鴻・翔鳥」もまた「対立する関係に立つように思われる」と、B説成立の可能性にも触れた部分は興味深い問題提起であり、ここで確認しておく必要があろう。

そこで「詠懐詩八十二首」を通覧すると、鳥が現れる作品は、全八二首のうち二九首に及んでいる。それらの含意の性質・軽重は詩によってさまざまであるが、それにしても連作中、三首に一首の割合で鳥が登場していることになり、これが本連作の一特色であることは疑い得ない（この点については、川合康三「阮籍の飛翔」〔『中国文学報』第二九冊、一九七八年〕に既に指摘がある）。

それらのうち、或る種類の鳥が単独で現れるのは、
其ノ八・其ノ一一・其ノ一二・其ノ一三・其ノ一四・其ノ一六・其ノ一七・其ノ二一・其ノ二四・其ノ二六・其ノ三〇・其ノ三六・其ノ三八・其ノ四三・其ノ四七・其ノ四九・其ノ五一・其ノ五五・其ノ五六・其ノ六四・其ノ六六・其ノ六八・其ノ七六・其ノ七九
の二四首にのぼり、複数の鳥が現れるのは次の七首である（七首のうち其ノ八・其ノ四七では、詩中の別の箇所にさらに他の鳥が単独で取り上げられている）。

A　寧《むし》ロ与二燕雀一翔《かけ》ルモ　不レ下随ツテ二黄鶴ニ一飛バ上（其ノ八）
B　雲間ニ有リ二玄鶴一　抗ゲテレ志ヲ揚グ二哀声ヲ一
（中略）
豈ニ与二鶉《じゅん》鷃《あん》一遊ビ　連《れん》翩《ぺん》トシテ戯レンヤ二中庭ニ一（其ノ二一）
＊鶉鷃―かやくき。
C　鷽《がく》鳩《きゅう》ハ飛ビ二桑《そう》楡《ゆ》ニ一　海鳥ハ運《めぐ》ル二天池ニ一（其ノ四六）
＊鷽鳩―こばと。海鳥―大鵬。
D　高鳥翔《かけり》二山《さん》岡《こう》ニ一　鷰雀棲《す》ム二下林ニ一（其ノ四七）
E　鳴鳩嬉《あそ》ビ二庭樹ニ一　焦明遊ブ二浮雲ニ一（其ノ四八）
＊鳴鳩―いかるが。焦明―南方の神鳥（五方神鳥の一）。
F　鳴雁飛ビテ南ニ征《ゆ》キ　鶗《てい》鴂《けつ》発ス二哀音ヲ一（其ノ九）
＊鶗鴂―もず。
G　天網彌《わた》リ二四野ニ一　六《りく》翮《かく》掩《おほ》ハレテ不レ舒《の》ビ
随フレ波ニ紛《ふん》綸《りん》ノ客　汎汎トシテ若シ二浮ベル鳧《かも》ノ一（其ノ四一）
＊六翮―鴻鵠の羽。

右のうち、大きな鳥と小さな鳥とが明らかに対比的に扱われているのは、A～Eの五首である。F・Gの二首では必ずしも対比感は明瞭ではない。そして、対比的に扱うA～Eでの詠みぶりの特色として、次の三点を指摘することができる。

①「寧与……、不……」「豈与……」など、選択・比較の措辞によって、両者の格差が明らかにされている（A・B）。

②「燕雀」↕「黄鶴」、「鳴鳩」↕「焦明」など、鳥の名自体か

ら既に格の違いが感得される（A・B・C・E）。

③　それぞれの鳥が棲息する空間によって、両者の格差が示される（B・C・D・E）。

これらの点を念頭に置いて、いま一度、本作品第5・6句の「孤鴻・翔鳥」を観察すると、①②③のどれにも当てはまらないことが判明する。①のように、選択・比較の措辞が見られるわけではなく、②のように、鳥の名から格差を導くこともできない。また③についても、本作品の「外野」と「北林」とは対比感をもたず、むしろどちらも〝不安・悲しみ〟につながるという共通性が強い（語釈）を参照）。

したがって、「詠懐詩八十二首」全体での鳥の扱われ方を考慮に入れても、B説を取る決定的な理由は見いだすことはできないと言えよう。

（宇野　直人）

陶《とう》潜《せん》

飲酒　其五
結廬在人境
而無車馬喧
問君何能爾
心遠地自偏
採菊東籬下
悠然見南山
山氣日夕佳
飛鳥相與還
此中有眞意
欲辨已忘言

飲《いん》酒《しゅ》　其《そ》の五《ご》
廬《いほり》を結《むす》びて人境《じんきゃう》に在《あ》り
而《しか》も車馬《しゃば》の喧《かまびす》しき無《な》し
君《きみ》に問《と》ふ　何《なん》ぞ能《よ》く爾《しか》ると
心《こころ》遠《とほ》ければ　地《ち》自《おのづか》ら偏《へん》なり
菊《きく》を採《と》る　東籬《とうり》の下《もと》
悠然《いうぜん》として南山《なんざん》を見《み》る
山気《さんき》　日夕《にっせき》に佳《よ》く
飛鳥《ひてう》　相《あ》ひ与《とも》に還《かへ》る
此《こ》の中《うち》に　真意《しんい》有《あ》り
辨《べん》ぜんと欲《ほっ》すれば已《すで》に言《げん》を忘《わす》る

テキスト　『先秦漢魏晋南北朝詩』晋詩一七（中―998）◆『文選』三〇◆『古詩源』九◆汲古閣旧蔵、宋刻遞修本『陶淵明集』三（北京図書館所蔵。略称『汲古閣本』）◆南宋、紹興十年刊刻『陶淵明文集』三（清、同治三年、何氏篤慶堂重刊本。略称『蘇写本』）◆南宋、紹熙三年、曽集刊刻『陶淵明詩一巻雑文一巻』（香港文文出版社景印「鉄琴銅剣楼」旧蔵本、一九七〇年。略称『曽集刻本』）◆南宋、湯漢註『陶靖節先生詩註』三（古逸叢書三編之三二、北京図書館所蔵本複製、中華書局刊行、一九八八年。略称『湯漢注本』）◆元、李公煥箋『箋註陶淵明集』三（四部叢刊初編所収本。略称『李公煥注本』）◆覆宋本縮刊袖珍本『陶淵明集』三（清、光緒二年、桐城徐氏重翻本。略称『縮刊袖珍本』）◆明、何孟春註『陶靖節集』三（台湾国立中央図書館所蔵、嘉靖二年重刊本。略称『何孟春注本』）◆明、黄文煥析義『陶元亮詩』三（北京師範大学図書館所蔵。略称『陶詩析義』）◆明、張自烈評『箋註陶淵明集』三（東洋文庫所蔵、崇禎五年刊本。略称『張自烈評本』）◆清、呉瞻泰註『陶詩彙注』三（東京大学東洋文化研究所所蔵、雲南叢書集部所収、許印芳校印本）◆清、温汝能評『陶詩彙評』三（民国一一年、上海掃葉山房石印本）◆清、陶澍註『靖節先生集』三（東洋文庫所蔵、道光二〇年刊本）◆『古文真宝』前集・二 ◆明、張溥輯『漢魏六朝百三名家集・陶彭沢集』◆明、鍾惺・譚元春『古詩帰』九 ◆明、馮惟訥『古詩紀』四五（文淵閣四庫全書所収本）◆清、王堯衢『古唐詩合解』四 ◆清、陳祚明『采菽堂古詩選』一三 ◆清、張玉穀『古詩賞析』一三

校語

0 **飲酒**　『文選』は「雑詩二首」に作る。『古文真宝』も「雑詩」に作る。なお底本をはじめ、『陶淵明集』のほとんどすべてが、この連作詩の詩題を「飲酒二十首」とするが、『李公煥注本』だけは「飲酒十二首」に作っている。これはその収録詩数から見ても明らかな誤刻であろう。

3 **能**　『汲古閣本』『蘇写本』『曽集刻本』『縮刊袖珍本』に「一作為」と注する。

5 **採**　『文選』『古詩源』『靖節先生集』『古詩帰』『古唐詩合解』『古詩賞析』では「采」に作る。同義。

籬　『蘇写本』では『蘺』に作る。まがきの意。

6 **悠然**　『汲古閣本』『曽集刻本』『縮刊袖珍本』に「一作時時」と注する。

見　『文選』では「望」に作る。『汲古閣本』『曽集刻本』『縮刊袖珍本』に「一作望」と注する。なお『芸文類聚』巻六五でも、「望」に作っている。

7 **佳**　『汲古閣本』『湯漢注本』『縮刊袖珍本』では「嘉」に作る。

9 **中**　〔テキスト〕に挙げた諸本のうち、『古詩源』などではみな「中」に作るが、底本の『先秦漢魏晋南北朝詩』以下、『文選』『汲古閣本』『曽集刻本』『縮刊袖珍本』では「還」に作る。また『古文真宝』では「間」に作る。一般に「中」の方が世に親しまれていることに鑑みて、いまは『古詩源』などに従い、通行の文字を採っておく。詳しくは〔諸説の異同〕Ⅲを参照。なお『汲古閣本』『曽集刻本』『縮刊袖珍本』には「一作中」と注する。一方、「中」に作る『蘇写本』『湯漢注本』では「一作還」と注する。

10 **辨**　『文選』『古詩源』『汲古閣本』『蘇写本』『曽集刻本』『湯漢注本』『李公煥注本』『縮刊袖珍本』『何孟春注本』『張自烈評本』『陶彭沢集』では「辯」に作る。

已　『汲古閣本』『蘇写本』『曽集刻本』『縮刊袖珍本』に「一作

忽」と注する。

詩型・韻字 五言古詩。喧《けん》・□偏《へん》・△山《さん》・*還《くわん》・言《げん》（上平声元刪*△韻〔元刪*△山韻〕）、下平声先□韻〔仙□韻〕）

語釈

0 **飲酒** 本詩は二〇首連作の第五首にあたり、『陶淵明集』では「飲酒」という総題の後に、次のような序文が付せられている。

余閑居《シテ》寡《すくナク》レ歓《ビ》、兼《ネテ》比《このごろ》夜已《はなはダ》長《シ》。偶《たまたま》ゝ有《リ》二名酒一、無《シ》二夕《ベトシテ》不《ルハ》レ飲《マ》。顧《ミテ》レ影《ヲ》独《リ》尽《クシ》、忽焉《トシテ》復《タ》酔《フ》。既《ニ》酔《フ》之後、輒《チ》題《シテ》二数句《ヲ》一自《ラ》娯《シム》。紙墨遂《ニ》多《ク》、辞《ニ》無《シ》二詮次一。聊《カ》命《ジテ》二故人《ニ》一書《セシメ》レ之《ヲ》、以《テ》為《ス》二歓笑《ヲ》一爾《のみ》。

これに従えば、作者淵明が酒を飲んだ酔い心地のうちに書きつらねた詩の断片を、友人にたのんで浄書してもらったものということになる。題は「飲酒」とあるが、そのなかには必ずしも直接酒と結びつかない内容のものもあり、そのテーマに関しても明らかな一貫性は見えない。ただそれらは一時の感情を述べたものでなく、思弁性のつよい作品が多いことから見て、いわゆる〝詠懐詩〟（松浦友久編『漢詩の事典』〔大修館書店、一九九九年〕五九四頁参照）の系譜に連なるものと考えられよう。

本詩は、作者淵明が義熙元年（四〇五）に帰隠してから一二年を経た義熙一三年（四一七。通説によれば、この年作者53歳）頃の作（〔備考〕参照）。閑居の日々のなかで、自らの体験を通じて感得した「理」が平明なことばによって説かれており、それが難解な哲学的言辞を弄する同時代の「玄言詩」とは異なった、独特の抒情効果を生んでいる。

なおこの詩の詩題について、〔校語〕に指摘したとおり、現存する各種宋本『陶淵明集』は、みな「飲酒」に作るが、『文選』では、本詩と「飲酒」其の七を併せて、「雑詩二首」と題して収録している。また、やや時代が降る『芸文類聚』巻六五「産業部、園」でも「宋、陶潜雑詩曰」として、「帰園田居」其の一の六句と、本詩のはじめの六句、さらに「飲酒」其の七のはじめの四句を続けて引く。このことから、本詩の題が「飲酒」ではなく、本来「雑詩」であったと見る向きもあるが、宋版の諸本が「飲酒」で一致している点から見れば、説得力に欠けよう。

1 **結廬** 家を構える意。「結」は、構える意。『文選』李善注に、「結、猶《ホ》レ構《ノ》也《キ》」とある。「廬」は、家、すまい、の意。『六臣注文選』劉良注に、「廬、室也」とある。また『文選集注』巻五九上所引『文選鈔』では、「結《ブトハ》レ廬《ヲ》、謂《フ》レ為《つくルヲ》二小廬舎《ヲ》一也」と注する。「結廬」で、小さく粗末な家を作ることをいう。

この点に関して、大上正美《おおがみまさよし》『中国古典詩聚花④思索と詠懐』（小学館、一九八五年）は、詩語のもつニュアンスに着目し、「（結廬は）粗末なわが家を構える意だけではない。官界から身を遠ざける意を暗示する。恐らく加えて、田園で自給する語感をも有する」と説く。

たしかに、「及《ビ》二魏《ノ》受《クルニ》一レ禅《ヲ》、常《ニ》結《ンデ》レ草《ヲ》為《つくり》二廬《ヲ》於河之湄《ほとりニ》一、独《リ》止《マル》二其《ノ》中《ニ》一」（晋の皇甫謐《こうほひつ》『高士伝』巻下「焦先」）や、「後坐《シテ》レ事《ニ》免《ぜラレ》、歩《ミテ》帰《ル》二郷里《ニ》一。潜《ニ》居《シ》二山沢《ニ》一、結《ンデ》レ草《ヲ》為《ル》レ廬《ヲ》。独《リ》与《ニ》二諸生一織《リテ》レ席《ヲ》自給《ス》」（『後漢書』巻五一「李恂伝」）といった当時の用例を見る限り、官界から退いて隠棲する際に「結廬」の語が用いられているようである。

ちなみに、古直『陶靖節詩箋』（広文書局、一九七四年再版）巻三では、「漢書《ノ》揚雄伝《ニ》、結《ブニ》以《テスト》二倚廬《ヲ》一。周寿昌曰《ハク》、陶潜結廬《ノ》二字即《チ》節三取《スト》此語《ヲ》二」とし、「結廬」の語が『漢書』「揚雄伝」所載「解嘲」の「曠《むなシクスルニ》以《テシ》二歳月《ヲ》一、結《ブニ》以《テス》二倚廬《ヲ》一」の句を踏まえるとする。「倚廬」とは、喪中に墓側に建てる仮小屋の意。また林庚《りんこう》・馮沅君《ふうげんくん》『中国歴代詩歌選』上編(1)（人民文学出版社、一九六四年）などは、「結廬」に〝寄居・寄寓〟（仮住まい）の意が含まれるとも言う。

人境　人里。村里。鈴木虎雄『陶淵明詩解』（弘文堂書房、一九四八年。平凡社東洋文庫、一九九一年復刊）に、「人境は、人間の居る地域をいふ、深山幽谷の類に非るをいふ」と注するように、おそらく、当時の一般的な隠者たちが身を置く「山林」に対して言ったものであろう。淵明「戊申歳《ノ》六月中、遇《フ》レ火《ニ》」にも、「草廬寄《セ》二窮巷《ニ》一、甘《ンジテ》以《テス》レ辞《ヲ》二華軒《ヲ》一」とあり、かれが山中ではなく、田園の村落のなかに隠棲したことがうかがえる。

なお唐満先『陶淵明集浅注』（江西人民出版社、一九八五年）をはじめ、現代中国の注釈書のなかに、「人境」をひろく世俗、人間社会という意味で、「人間」「人世」「世上」などと意訳するものが多い。この点に関して、大上正美「『飲酒其五』試解（上）」（『高校通信東書国語』一六九号所収、東京書籍、一九七七年）は、淵明の詩文に見える「人間《じんかん》」等の用例を検討したうえで、「『人境』とは、『車馬の喧』を予想させるものであっても、『人間』（官界）を拒否した上で淵明が身をおく空間なのである」と指摘する。

2 而無車馬喧　それなのに車や馬に乗った役人たちが騒がしく来訪することもない。「而」は、順接、逆接、ともに用いられるが、ここでは逆接の助字。それでいて、それなのに、の意。

清の邱嘉穂《きゆうかすい》『東山草堂陶詩箋』巻三は、「此《ここニ》云《ヘバ》三結《ビテ》レ盧《ヲ》在《リト》二人境《ニ》一、宜《シク》レ有《ル》二車馬之喧一、而《レドモ》竟《つひニ》無《シ》レ之。是《ここヲ》以《ツテ》而字作《なシ》二転語《ノ》用《ヲ》一、両意抑揚《シテ》相拗《ひねヂレ》、便覚《チユルナリ》而字《ノ》有《ルヲ》レ力」として、この作品における「而」字の働きを高く評価する。

また谷川英則「而かも車馬の喧しき無し―陶淵明と唐の詩人たち―」（『集刊東洋学』二一号所収、一九六九年）は、この詩のような、句首に置かれる「而無」――すなわち逆接的用法の「而」と否定詞「無」の組み合わせ――が、『詩経』の中に見えるものの、それ以後ほとんど用いられない点を指摘し、この詩の冒頭の二句が、「楚辞的表現の中からむっくり頭を持ち上げた詩経的表現であって、元来は四言のものであった『而無』が、五言の中に新生した形である」と結論づけている。「……である、にもかかわらず……ではない」という言い回しが、当時の五言詩の一般的表現でなかったことは留意されてよい。

「車馬」は、貴人高官たちが乗りまわす華美な車馬。ここでは、それに乗った訪問客を指す。魏の嵆康《けいこう》『聖賢高士伝賛』（前漢、劉向『列女伝』巻二「楚接輿妻」にも同じ話が見える）「狂接輿《しようよ》」に、「楚王聞《キ》二其賢《ナルヲ》一、使《ム》下使者《ヲシテ》持《ツテ》二金百鎰《いつヲ》一聘《セ》上レ之《ヲ》。曰《ハク》、願《ハクハ》先生治《メヨト》二江南《ヲ》一。接輿笑《ツテ》而不《レ》応《ヘ》、使者去《リ》、妻従《リ》レ市来《ル》。曰《ハク》、門外《ノ》車馬、迹《あと》何《ゾ》深《キヤト》也」とある。車のわだちの跡が地面に深くついているとは、立派な車が来たしるし。

「喧」は、喧騒。「車馬《ノ》喧」で、訪問客の車馬の騒々しさを言うと同時に、俗世間との交渉の煩わしさにたとえる。つまり、「無《シ》二車馬《ノ》喧《シキ》一」と言うことによって、客の出入りや世俗との交流が絶えてないことを意味することになり、これは、淵明「戊申《ノ》歳六月中、遇《フ》レ火《ニ》」に言う、「草廬寄《セ》二窮巷《ニ》一、甘《ンジテ》以辞《テス》二華軒《ヲ》一」の句と比較的近い内容となる。なお楊勇『陶淵明集校箋』（正文書局、一九七六年）は、本詩の第1・2句と、西晋の左思「詠史詩」其の四（『文選』巻二一）の「寂寂《タリ》楊子《ノ》宅、門《ニ》無《シ》二卿相《ノ》輿一」との影響関係を指摘する。

3**問君**　読者の疑問を自ら問いかける、自問自答の表現。「君」は作者自身を指す。きみにたずねるが……。淵明の「擬古」其の二にも「問《フ》レ君《ニ》今何《ゾ》行《ク》、非《ズ》レ商《ニ》復《タ》非《ズ》レ戎《ニ》」とある。ちなみに、こうした対話形式そのものは古く漢代の賦によく見える手法であるが、淵明はこれを詩のなかでしばしば用いている。

何能爾　どうしてそのような状態が可能なのか。「爾」は、前二句「結廬在人境、而無車馬喧」を承ける。「しかり」と読んで、そうである、の意。「然」に同じ。また『六臣注文選』張銑注では、「問《フ》レ君《ニ》何《ゾ》能《ク》如《キトハ》レ此《クノ》者、自《ラ》以《テ》発《シ》レ問《ヒヲ》将《ニ》レ明《ラカニセント》二下《ノ》文《ヲ》一也」として、「如此」とパラフレイズする。「如此《じょし》（上声）」の反切で「爾《じ》（上声）」となる。『世説新語』などの口語系資料に多用されていることから見て、当時の白話的用法と言ってよいだろう。淵明の「形影神」其の一「形贈影」にも、「我《ニ》無《ケレバ》二騰化《ノ》術一、必《ズ》爾《ランコト》不二復《タ》疑《ハ》一」と見える。

4**心遠地自偏**　「心遠」とは、心が世俗から遠くかけ離れていること。この語の出典として、『文選』李善注では、魏の嵆康「琴《ノ》賦」（『文選』巻一八）の「体清《ク》心遠《ク》、邈《ばくトシテ》難《シ》レ極《メ》兮」をあげる。

「偏」は、中心をそれて一方にかたよること。転じて、中央から離れた辺鄙な場所をいう。「偏僻」（かたいなか）の意。『六臣注文選』張銑注に、「遠《ハ》、謂《フ》二心《ノ》自《ラ》幽遠《ナルヲ》一、雖《モ》レ処《ルト》二喧境《ニ》一、如《キ》二偏僻《ノ》一也」とある。

この句に関して、従来の注釈書類の解釈は二つに分かれる。一つは、「地自偏」を一種の比喩表現と見なして、A＝「心遠」の状態でありさえすれば、住む場所も自然と辺鄙な趣になる、または辺鄙な場所と同じことになる、と解する説。もう一つは、「地自偏」を作者の主観的な感覚ではなく、実際に「偏」なる地に住んでいたとして、B＝「心遠」の状態にあり、住居も辺鄙な場所にある、と解する説である。〔通釈〕ではA説を採っている。詳しくは、〔諸説の異同〕Iを参照されたい。

5**採菊**　菊の花を摘む。菊は古来、延命長寿の妙薬とされ、晩秋にその花びらを摘み取って食べる習俗があった。その伝統は古く、『楚辞』「離騒」に、「朝《あしたニ》飲《ミ》二木蘭之墜露《ヲ》一兮、夕《ゆふべニ》餐《くらフ》二秋菊之落英《ヲ》一」とうたわれている。また淵明の「九日閑居」詩の序にも「余閑居《シテ》、愛《ス》二重九之名《ヲ》一、秋菊盈《みツルニ》レ園《ニ》、而《モ》持《スルニ》レ醪《ろうヲ》靡《なシ》レ由《よし》。空《シク》服《シテ》二九華《ヲ》一、寄《ス》二懐《ヒヲ》于言《ニ》一」とある。「九華」とは、九日の「黄華」の意で、菊を指す。

「九華」（九花）の名が示すとおり、この花は九月九日重陽の節句との結びつきが深く、すでに漢代にはこの日に菊の花を摘む風習があった。漢の崔寔《さいしょく》『四民月令《がつりょう》』（『芸文類聚』巻八一所引）には、「九月九日可《シ》レ採《ル》二菊花《ヲ》一」とある。また魏の文帝曹丕は、重陽節にあたって知人に菊を送り、「歳往《キ》月来《リテ》、忽《チ》逢《フ》二九月九日《ニ》一。……故《ニ》屈平悲《シミ》二冉冉《ぜんぜんトシテ》之将《ニ》一レ老《イント》、思《フ》レ餐《くらフコトヲ》二秋菊之落英《ヲ》一。輔《たすケ》レ体《ヲ》延《ブルニ》レ年《ヲ》、莫《なシ》二斯《こレヨリ》之貴《キハ》一。謹《ンデ》奉《ジ》二一束《ヲ》一、以《テ》助《ケン》二彭祖《ほうそ》之術《ヲ》一」（『芸文類聚』巻四所引「与《フルノ》二鍾繇《しょうようニ》一書」）と述べている。おそらく、本詩の「採菊」もたんに美しい花を愛でるためだけではなく、（重陽節の行事の一環として）食用に供するためでもあったのだろう。

なお付言すれば、ふつう菊は単独で食するものではなく、酒といっしょに服用するのが当時の習慣であった。これを菊酒（菊花酒）という。『西京雑記』巻三には「九月九日、佩《おビ》二茱萸《しゅゆヲ》一、食《くらヒ》二蓬餌《ほうじヲ》一、飲《メバ》二菊花酒《ヲ》一、令《ム》二人《ヲシテ》長寿《ナラ》一。菊花舒《のブル》時、並《ビニ》採《リ》二茎葉《ヲ》一、雑《まじヘ》二黍米《ヲ》一醸《シ》レ之《ヲ》、至《リテ》二来年《ノ》九月九日《ニ》一始《メテ》熟《シ》、就《チ》飲《ム》焉。故謂《フ》二之《ヲ》菊花酒《ト》一」として、菊花酒の具体的な製造法が記されているが、六朝時代においては、こうした本格的な醸造よりも、『六臣注文選』の呂向注に「菊《ハ》、香草。黄華、可《シ》二以《テ》泛《うカブ》一レ酒《ニ》」と言うごとく、酒に菊の花びらを浮かべて飲む略式の方が一般に行われていたようである。梁の王筠《おういん》「摘《ミ》二園菊《ヲ》一、贈《ル》二謝僕射《ぼくやノ》挙《ニ》一詩」に、「泛《カベテ》酌《メバ》宜《シ》二長久《ニ》一、聊《カ》薦《すすメン》二野人《ノ》誠《ヲ》一」とあり、淵明「飲酒」其の七にも「秋菊有《リ》二佳色一、裛《ぬレテ》レ露《ニ》掇《とル》二其英《ヲ》一。汎《うカベ》二此忘《ルル》レ憂《ヒヲ》物《ニ》一、遠《クス》二我《ガ》遺《わすルルノ》レ世情《ヲ》一」とある。この点は、本詩の詩題が「飲酒」であることと連関させるべきであろう。

ちなみに菊にはさまざまな種類があるが、植木久行『唐詩歳時記』（講談社学術文庫、一九九五年）によれば、詩歌のなかに白菊が詠まれるのは中唐以降のことで、唐以前では主として黄色い菊（金菊）が愛されたらしい。

「採」の字は、一本に「采」に作る。手でとりいれる、摘み取る意。同義。

東籬下　家の東にある垣根のあたりで。「籬」は、竹や柴を編んでつくった垣根。まがき。

ちなみに、この句と次句の両句は、夏目漱石『草枕』によってわれわれ日本人にもよく親しまれている。「うれしい事に東洋の詩歌はそこを解脱したのがある。採菊東籬下、悠然見南山。只それぎりの裏《うち》に暑苦しい世の中をまるで忘れた光景が出てくる。垣《かき》の向うに隣りの娘が覗《のぞ》いてる訳でもなければ、南山に親友が奉職してゐる次第でもない。超然と出世間《しゅっせけん》的に利害損得の汗を流し去つた心持ちになれる」。

6 **悠然**　A＝作者の心の形容と解するもの、B＝作者の心境であると同時に、「南山」のたたずまいの形容と解するもの、C＝作者と「南山」との距離をいうと解するもの、の三説がある。〔通釈〕では、C説を採っている。〔諸説の異同〕IIを参照。

見　〔校語〕に示したように、『文選』と『芸文類聚』では「望」に作るが、現存する『陶淵明集』の諸本はみな「見」に作る。しかし、北宋の蘇軾によると、当時（蘇軾の在世は、一〇三六年—一一〇一年）は「望」に作る『陶淵明集』も存在していたらしい。『東坡題跋』巻二「題《ス》二淵明《ノ》飲酒詩《ノ》後《ニ》一」に、以下のようにある、「因《リテ》レ採《ルニ》レ菊《ヲ》而見《ル》レ山《ヲ》、境与《ト》レ意会《ス》、此《ノ》句最《モ》有《リ》二妙処一。近歳《ノ》俗本皆作《ル》レ望《ムニ》二南山《ヲ》一、則《チ》此《ノ》一篇神気都《すベテ》索然《タリ》矣。古人用《フルコト》レ意《ヲ》深微《ナリ》、而《レドモ》俗士率然《トシテ》妄《みだリニ》以《テ》レ意改《ム》。此《レ》最《モ》可《シ》レ疾《にくム》」と。

蘇軾は、「望南山」に作るテキストを「俗本」と断定し、本来「見南山」とあったものを後世の俗人が妄りに書き改めたと非難しているが、『文選』の諸本がみな「望南山」に作っている（『唐写文選集注残本』巻五九上も同じく「望」に作る）ところを見ると、必ずしもそうとは言えないようである。むしろ、かれの発言によって明らかになるのは、北宋時代、「望南山」に作るテキストが（「見南山」のテキストに比べて）かなりひろく流布していたという事実であろう。蘇軾はまた次のように言う、「採菊之次、偶然《ニ》見《ル》レ山《ヲ》、初《すべテ》不レ用《ヒ》レ意《ヲ》、而《シテ》境与《ト》レ意会《ス》、故《ニ》可《キ》レ喜《ブ》也。今皆作《ル》レ望《ムニ》二南山《ヲ》一」（『東坡題跋』巻二「書《ス》二諸集《ノ》改字《ヲ》一」）と。

ところが現在では、「見」に作るテキストしか存在せず、「望」に作るものが見えない。これは、現存する『陶淵明集』がいずれも南宋以後の版に出ることと無関係ではあるまい。石川忠久「陶淵明詩研究箚記」（二松学舎大学院『二松』六号、一九九二年）では、南宋時代、さきの蘇軾の発言を受けて、『陶淵明集』になんらかの改訂が加えられた可能性を指摘している。

ちなみに、蘇軾の所説とは反対に、本来は「見」ではなく「望」であったとする説もある。詳しくは、〔備考〕を参照されたい。

「見」字の解釈について、明の鍾惺《しょうせい》は「見《ノ》字、無心《ニシテ》得レ妙《ヲ》」（『古詩帰』巻九）と説く。これは前掲、蘇軾の発言――「採菊之次、偶然《ニ》見《ル》レ山《ヲ》、初《すべテ》不レ用《ヒ》レ意《ヲ》」――をふまえたもの。わが国の注釈書類においても「見」を〝見る〟（意識的）ではなく、〝目に入る〟、〝見える〟（無意識的）と解するものが多い。

「『見』は見ようという気もなく見ること、すなわち、『見える』という意で、無意志的な見方であるのに反し、『望』は遠くをのぞみ見る、『見ようという意志が働いて見る』というように有意志的な見方の字である。それはあたかも『視聴』に対する『見聞』という語と同じ差異である」（大矢根文次郎『陶淵明研究』（早稲田大学出版部、一九六七年））。

南山　通説では、淵明の故郷にある「廬山」をいうとされる。丁福保『陶淵明詩箋注』（芸文印書館、一九七七年第五版）に、「南山《ハ》指《シテ》二廬山《ヲ》一而言《フ》」とあり、斯波《しば》六郎『陶淵明詩訳注』（北九州中国書店、一九八一年再版）にも「南山は廬山、九江城の南にあたる故に南山といふ」とある。もっとも、本詩以外で明らかに廬山を「南山」と呼んだ例は意外に少なく、管見の限り、『晋書《しんじょ》』「翟《てき》湯伝」（湯は、東晋初、尋陽の隠者として名高く、淵明の妻翟氏はかれの一族と目される）に「司徒王導辟《スルモ》、不レ就《カ》、隠《ル》二於県界《ノ》南山《ニ》一」とあるにすぎない。そこで本詩の「南山」を固有名詞でなく普通名詞と見るものもある。星川清孝『陶淵明』（集英社、一九六七年）などは、「南方の山」と注する。

一方、これとは別に、「南山」を陝西省西安市（かつての長安）の南にある「終南山」と見なす説もある。王瑤「陶淵明」（『祖国十二詩人』所収、中華書局、一九五三年）では、本詩の「南山」が『詩経』「小雅、鹿鳴《ろくめい》之《の》什《じゆう》、天保」の「如《ク》二月之恒《ゆみはりナルガ》一、如《ク》二日之升《ルガ》一、如《ク》二南山之寿《ノ》一、不レ騫《かケ》不レ崩《レ》」を踏まえたものであるとして、長寿の象徴としての「南山」説を提唱する。

『詩経』に言う「南山」は、終南山のこと。古代の中国人たちは、そのどっしりとして変わらぬ姿を永遠・不変のシンボルとして詩に詠んできた。王瑤論文が例示する、前漢の揚雄「解嘲」(『文選』の四五)の「四皓采《ル》二栄《ヲ》於南山《ニ》一」以下、六例を見ても、詩語としての「南山」には、長寿となんらかの結びつきのあることがうかがえる。したがって、本詩の「南山」もまた、そうした中国古典詩の伝統のうえに立脚したものであり、そうであれば「悠然望南山」(ここでは「見」ではなく、内容の点から「望」を採用している)の句は、「悠久なる長寿を願う」と解釈すべきだ、というのが王瑤説である。

たしかに、上句「採菊東籬下」は、延年長寿と関係の深い菊についてうたったものであるから、続くこの句も長寿への希求を述べたものと考えれば、内容的にはぴったりとくる。現在のところ、この説を積極的に支持するのは、石川忠久「陶淵明詩研究箚記」(前掲)だけにとどまるが、興味深い一説と言えよう。

ただし、「南山」という語をすべて『詩経』の典故に結びつける方法論に対して、批判的な向きもある。李嘉言「漫話〝悠然見南山〟」(『人民文学』八八号、一九五七年)では、もし「南山」が『詩経』に言う終南山を指すとすれば、「去《リ》去《リテ》　欲《スル》二何《クニカ》之《ゆカント》一、南山有《リ》二旧宅一」(「雑詩」其《ノ》七)、「種《ウ》レ豆《ヲ》南山《ノ》下、草盛《ンニシテ》　豆苗《とうびょう》稀《まれナリ》　」(「帰《ル》二園田《ノ》居《ニ》一」其《ノ》三)といった、淵明の他の詩句に見える「南山」の語が解釈できない、として王瑤論文に反論している。

ただ付け加えれば、本詩の「南山」を『詩経』「小雅」に結びつけるのは、必ずしも王瑤論文に始まるものではない。というのは、晩唐の司馬扎《しばさつ》「效《ならフ》二陶彭沢《ニ》一」詩に、「独《リ》有《リ》二南山《ノ》高《キ》一、不二与レ人共《ニ》老《イ》一」とあることからすると、淵明の詩に見える「南山」を長寿の象徴とする読み方がすでに唐代にはあったと考えられるからである。おそらく、本詩の「南山」は直接には「廬山」を指して言ったものであるとしても、後世の読者たちはそこに『詩経』のイメージを重ね合わせて読んできたということであろう。

7 **山気**　A＝山にかかる「もや・かすみ・きり」の類、B＝山の景色・たたずまい、おもむき、という二説がある。

A説を採るもの：星川清孝『陶淵明』、石川忠久『NHK漢詩をよむ―陶淵明』(日本放送出版協会、一九八九年)、鎌田正・田部井文雄監修『研究資料漢文学』(〔坂口三樹執筆〕明治書院、一九九三年)三・詩Ⅰ、孫鈞錫《きんしゃく》『陶淵明集校注』(中州古籍出版社、一九八六年)など。

B説を採るもの：斯波六郎『陶淵明詩訳注』、一海知義『陶淵明』(中国詩人選集四、岩波書店、一九五八年)、松枝茂夫・和田武司『陶淵明全集』(岩波文庫、一九九〇年)上、魏正申『陶淵明集訳注』(文津出版社、一九九四年)など。

A、B両説ともに、異同の論拠は示されていない。この語の先行用例として、『六臣注文選』巻三三、前漢の淮南《わいなん》王劉安「招隠士」に「山気巃嵸《ろうしょうトシテ》　兮石嵯峨《タリ》、谿谷嶃巖《ざんがんトシテ》　兮水増《ス》レ波《ヲ》」とあり、五臣注(劉良)では「巄嵸(五臣注本は「巃」を「巄」に作る)、雲気《ノ》貌」と注する。また西晋の潘岳「楊氏七哀詩」には「山気《ハ》冒《シ》二岡嶺《こうれい》ヲ一、長風鼓《ハうツ》二松柏《ヲ》一」とある。

この二例から判断すると、「山気」とは山の「雲気」、すなわち「もや・かすみ」の類を指すようであるが、本詩の文脈においては、B説＝「山の景色」と意訳しても内容的に大差はない。つまり、語義はA説の通りであったとしても、実際は「もや・かすみ」のかかった山の風景を「佳」とするのであるから、「山のもや」は「山の景色」のなかに含まれるわけである。

六朝時代、ことに淵明の生きた晋末宋初の頃は、山水詩が勃興し、その結果、それ以前にはありふれた自然現象にすぎなかった、「もや・かすみ」がようやく詩的認識の対象となりはじめた時代であった。合山究『雲烟の国』（東方書店、一九九三年）では、次のように言う、「中国文学において雲烟は、上代からずっと同じように重視されてきたわけではない。古代においても『楚辞』などでは、雲霧の描写がさかんに行われていたが、それは、詩人が自然美における雲烟の価値を自覚したからではなく、雲霧に満ちたその風土のおのずからなる反映にすぎなかった。普通の詩の世界において、詩人が意識的に雲烟嵐靄《らんあい》に着目しはじめたのは、やや降って六朝時代になってからである。山水詩の祖として知られる宋の謝霊運は好んで山水に遊び、精妙な山水詩を多く作ったが、大体このあたりから、江南の山水につきものの雲烟の美が、詩人の間に少しずつ認識されるようになったようである」と。当時の詩人たちにとっては、山そのものの姿よりも、雲霧を帯びたその風景のなかに美があったと言えよう。『六臣注文選』李《り》周《しゅう》翰《かん》注もまた「日暮、山気蒙翠《もうすいス》、所《ノ》レ謂《フ》佳也」と解説する。ちなみに、淵明の郷里にある廬山は、雲霧の多く発生する場所として知られる。

もっとも、山が夕もやにかすむことをいうのではなく、逆にもやが澄み晴れた情景をいうと解する説もある。大上正美「『飲酒其五』試解（下）」（『高校通信東書国語』一七一号、一九七八年）では、B説＝「山のたたずまい」を批判し、「ここの淵明の用例も、山にかかるもやととる必要はないが、刻々生々する山の気とすべきであって、それを山のたたずまいと訳してしまっては静止的・固定的に過ぎると思われる。『帰鳥』の詩に『日夕　気は清し』とあり、日暮れに一段と澄み晴れる意である。従って、山の気は夕暮れに一段と晴れてすばらしさをます、と訳したい。山の気は刻々生々する、静のなかに動を含むものである」と主張する。同じく、鈴木虎雄『陶淵明詩解』は「山気は山の晴れたるモヤの類なるべし」という注を付し、「あだかも夕陽を浴みて山の晴れたる気は一層うるはしく」と訳している。また『文選集注』所引『文選鈔』にも、「向《ヒテ》レ晩《ニ》山気清美也。故言《ニフ》レ佳《ト》」とあり、山の雲気が夕暮れに澄み晴れたことを「佳」と言うのだと解している。

なお南宋の施《し》徳《とく》操《そう》『北窓炙《しゃ》輠《か》録』（叢書集成初編所収）巻下では、「山気」を「山色」に作る。

日夕　『詩経』「王風、君子于役《うえき》」の「日之夕矣、羊牛下来《リル》」の句に基づく詩語で、日の夕べ、夕方をいう。淵明の「乞食」に、「談諧《かなヒテ》終《へ》ニ日夕《ノゆふべヲ》一、觴至《レバ》輒《チ》傾《ク》レ杯《ヲ》」とあり、「飲酒」其の一にも「忽与《チ》ニ一樽酒《ノ》一、日夕歓《ビテ》相持《ヒス》」とある。別に釈清潭『続国訳漢文大成　陶淵明集』（国民文庫刊行会、一九二九年）が「秀気は朝夕掬《きく》すべきなり」と注するように、「日夕」には「朝夕、日夜」の意もあるが、ここでは文脈上（次に「飛鳥相与還」とある）ふさわしくない。

また大上正美「『飲酒其五』試解（下）」（前出）に、「『日夕』の語、魏晋にとりわけ多い。ただ多くの詩人がそれを焦燥感の象徴として表現するのに対し、淵明の場合は価値ある瞬間として歌う」との指摘がある。

8飛鳥　「鳥」は、陶淵明の文学における重要なモチーフの一つ。とりわけ、本詩のような「帰鳥」を詠ずる作品が多く、そこでは作者自身の内面世界の投影として、哲学的かつ象徴的な意味を付与されて用いられる。『文選集注』所引『文選鈔』が「以《テ》レ鳥《ヲ》為《ス》レ喩《ヘト》也」と説くように、この「飛鳥」もまた実景であると同時に、万物の本源的世界に帰還し自得している自分自身の姿に喩えているのであろう。『六臣注文選』李周翰注では「飛鳥《ハ》昼《ニ》遊《ビテ》而夕《ニ》相《ヒ》与《ニ》帰《ル》二于山林《ニ》一。此《レ》得《テ》二天性《ヲ》一自任《ラほしいままニスル》者也」と説く。

なお『文選』李善注では、この句の出典として、『管子』「宙合」の「夫《レ》鳥之飛《ブハ》、必《ズ》還《リ》レ山《ニ》集《ル》レ谷《ニ》也」を引用している。

相与還　つれだって（山のねぐらへと）かえってゆく。「相与」は、淵明以前にもよく使用される語で、ある動作が共同で行われることを表す。（他のものと）いっしょに。淵明の「詠《ズ》二貧士《ヲ》一」其の一にも、「朝霞開《キ》二宿霧《ヲ》一、衆鳥相《ヒ》与《ニ》飛《ブ》」とある。

「還」は、「往」の反義語、行く先からもとの場所へもどること。淵明「帰去来兮《ノ》辞」に、「雲無心《ニシテ》以《テ》出《デ》レ岫《ヲ》、鳥倦《ミテ》レ飛《ブニ》而知《ル》レ還《ルヲ》」とある。

9此中　このなかに、もしくは、ここに。「中」には、「なか」の他に、たんに場所を示す用法がある。蔣紹愚《しょうしょうぐ》「唐詩詞語小札」（『唐詩語言研究』、中州古籍出版社、一九九〇年）では、「中」は方位と時間を表す名詞（すなわち、「処」や「時」に相当する）であって、現代中国語の「中間」の「中」とは異なるとして、唐詩のなかから、「此中《ノ》逢《ヒ》二故友《ニ》一、彼地《ノ》送《ル》レ還《ルヲ》レ郷《ニ》」（張説「南中《ニテ》別《ル》二蔣五《ニ》一」）など一〇の用例を列挙している。そして右の句に見える「中」は、「地」に対して言ったもの（対句）であるから、「此中」は「此地」に等しい、と説明する。現代中国の注釈書類にも、本詩の「此中」を「此時此地」と訳すものがあり、またわが国の研究書・注釈書では、岡村繁『陶淵明——世俗と超俗』（ＮＨＫブックス、日本放送出版協会、一九七四年）、大上正美「『飲酒其五』試解（下）」、大上正美『中国古典詩聚花④思索と詠懐』、鎌田正・田部井文雄監修『研究資料漢文学』三（坂口三樹執筆）などが「ここ」と訓じている。

「此」の指す内容については、①第8句のみ、②第7句〜第8句、③第5句〜第8句、④第1句〜第8句、の諸説がある。そのうち、従来もっとも支持されているのが①であろう。つまり、鳥たちがねぐらへとかえってゆく姿のなかに「真意」があるという解釈である。しかし、これについて、加藤国安「陶淵明『飲酒』詩—其五—新釈」（『漢文教室』第一七三号所収、大修館書店、一九九二年）では「もし真に①説ならば、陶淵明は（他の詩においても）繰り返しその事実なることを、『弁じ』ているわけで、これだと次句の『言を忘る』というほどの、瞬時的な悟境ゆえの捕捉不能な至難さはないと感じられてならない」と反論し、「此中」は「やはり④の個々の全てを等しく網羅した上で、その全体の要約としての①なのだ」と主張している。

なお「中」は一本に「還」に作る（〔諸説の異同〕Ⅲ参照）。そうであれば、「此の還《かへ》りに」と読み、鳥がねぐらへ還っていく、この行為に……、という意味になる。

真意　大別して、A＝人間としての真実なる在り方、本来の姿、B＝心から願っている思い、自分の本心、C＝人生・生活の真の意義、D＝真実を希求する心、E＝天地自然の妙趣・真理、という五つの説がある。詳しくは〔諸説の異同〕Ⅳを参照されたい。〔通釈〕ではひとまず、E説に従った。

　なお古直『陶靖節詩箋』では、この句の「真」の先行用例として『老子』第二一章「窈《ようタリ》兮冥《タリ》兮、其中《ノ》有《ニリ》レ精、其精《ノ》甚真《ダナリ》」を引く。奥深く微かな中に霊妙な精気がこもり、その精気はこのうえなく真実である、の意。次の句が『荘子』、そしてこの句が『老子』に基づくという見解である。

10 **欲辨已忘言**　（「真意」を）弁別的に説明しようとすると、すでに言葉を忘れてしまった。『六臣注文選』李周翰注では「我欲《スルモ》レ言《ハント》二此真意《ノヲ》一、吾亦《モタ》自入《ラル》二真意《ノニ》一也。故遺《ニ》三忘《シテ》其言《ノヲ》二而無《キ》レ言《フ》也」とし、鳥がねぐらへ還ってゆく姿に「真意」を感じた作者が、それを言葉によって説明しようとするが、自分もそのなかに没入してしまって説明できなくなった、と解する。「辨別」、「辨析」のものと区別して子細に説き明かすこと。「辨」。一本に「辯」に作る。同義。

　つとに指摘されるように、この句の発想は、基本的に『荘《そう》子《じ》』に基づくものであろう。『荘子』には、「辯《ズトハ》也者、有《ル》レ不《ル》レ辯《ぜ》也」（「斉物論篇」）、「夫《レ》大道不《ハ》レ称《セ》、大辯不《ハ》レ言《ハ》。……言辯《ハズレバ》而不《チ》レ及《バ》」（同上）、「語之所《ノ》レ貴《ブ》者《ハ》、意也。意有《ニハリ》レ所レ随《フ》。意之所レ随《フ》者《ハ》、不《ル》レ可《カラ》二以《テ》レ言《ヲ》伝《フ》一也」（「天道篇」）とあり、言葉によるものではなく、言論が分析的になればなるほど真実は把握できないものだ、という認識が示されている。

　『文選』李善注では、この句の直接的な出典として、『荘子』「外物篇」の「言者《ハ》、所三以《ナリいルル》在レ意《ヲ》。得《テ》レ意《ヲ》而忘《ル》レ言《ヲ》」を引用する。言葉はあくまでも意味をとらえる手段であって、意味が分かったなら言葉は忘れてしまってよい、という意味。

　一方、斯波六郎『陶淵明詩訳注』では、「知北遊篇」の「狂屈曰《ハク》、唉《ああ》、予知《レリ》レ之《ヲ》、将《ニ》レ語《つゲント》レ若《なんぢニ》。中《なかバシテ》レ欲《スルニ》レ言《ハント》而忘《レタリ》二其所《ノ》レ欲《セシ》レ言《ハント》一」の条をその出典に挙げる。知という者が道を体得する方法をたずねたところ、狂屈は「わたしはそれを知っている、お前に話してやろう」と言ったが、話をしようと思っているうちに、その話そうとすることを忘れてしまった、という話である。

　ちなみに「忘言」の語、本詩以外にも散見し、晋の傅《ふ》咸《かん》「与《フル》二尚書同僚《ノ》一詩《ニ》」にも「得《テ》レ意《ヲ》忘《ル》レ言《ヲ》、言在《ハリ》二意後《ノニ》一」とあり、梁の呉均「詠懐詩二首」其の一にも「心中欲《シ》レ有《ラント》レ言、未《ダ》レ得《ニ》二忘《ルル》レ言者《ヲ》一」とある。また「忘」字について、大上正美『中国古典詩聚花④思索と詠懐』では、「忘は、亡（言を亡くす）と解してもよい」と注する。

　なお清の何《か》焯《しゃく》『義門読書記』では、「辯字《ノハ》与《ノ》二前問字《ノ》一相応《ヒズ》」（巻五〇「陶靖節詩」）と説き、この句の「辯（＝辨）」が、第3句「問君何能爾」の「問」に呼応する点を指摘している。

通釈

　酒を飲む　其の五

人里に家を構えているのに、車馬に乗った役人たちが騒がしく来訪することもない。君にたずねるが、どうしてそのようなことが可能なのか。心が世俗から遠く離れていれば、住むところもおのずと辺鄙《へんぴ》な趣きになってくるものだ。家の東の垣根のあたりで（酒に泛《う》かべる）菊の花びらを摘み取っていると、はるか遠くに南山の姿が見える。モヤにけむった山の景色は夕暮れにいっそう美しく、飛ぶ鳥はつれだってねぐらへと還ってゆく。ここにこそ自然の真理があるのだ。その真理を言葉によって説明しようと思うと、もはやその言葉を忘れてしまった。

諸説の異同

異同の所在

第4句「心遠地自偏」の解釈　I

異同の類別

A　心が遠く世俗から離れていれば、（住む場所が人里にあっても）自然と辺鄙なところと同じような趣になってくる。

B　心が世俗から遠ざかっており、住む場所も辺鄙なところにある。

A説を採るもの：『六臣注文選』張銑《ちょうせん》注、釈清潭『続国訳漢文大成　陶淵明集』、一海知義『陶淵明』、星川清孝『陶淵明』、都留春雄・釜谷武志『陶淵明』（鑑賞中国の古典13、角川書店、一九八八年）、松枝茂夫・和田武司『陶淵明全集』上、松浦友久『中国名詩集』（朝日文庫、朝日新聞社、一九九二年）、李華『陶淵明詩文選』（人民文学出版社、一九八一年）、唐満先『陶淵明集浅注』、孫鈞錫《きんしゃく》『陶淵明集校注』、李華主編『陶淵明詩文賞析集』（張翥《しょ》・李華執筆）巴蜀書社、一九八八年）、魏正申『陶淵明集訳注』など。

B説を採るもの：鈴木虎雄『陶淵明詩解』、斯波六郎『陶淵明詩訳注』、内田泉之助『文選』下（新釈漢文大系15、明治書院、一九六四年）、網祐次『文選』（中国古典新書、明徳出版社、一九六九年）、入谷仙介『古詩選』下（新訂中国古典選24、朝日新聞社、一九七八年）、大上正美『中国古典詩聚花④思索と詠懐』など。

異同の論拠

A説（心が世俗から離れていれば、自然と辺鄙なところと同じようになってくる、と解する説）

とくに言及されていない。ただ、釈清潭『続国訳漢文大成　陶淵明』が、「身は市に在るも、心は山に在り、心が山に在るときは、市街の土地も、山間の土地と異ならず、大隠は市に蔵るの意」という注を付す。

B説（心が世俗から遠ざかっており、住む場所も辺鄙なところにある、と解する説）

偏は片よりたること、淵明の家は柴桑の村の中でも南面のはづれと見えたり、心が世人と離れてをるゆゑ自然と住する地も一方に偏じたる処にありといふなり、是は実事なり、車馬の喧なしといふも実事なり、「帰園田居」詩の中にも開荒南野際とあり、又た野外罕人事、窮巷寡輪鞅といふあり、いづれも村はづれの閑かなる状をいふ、かかる村端にてあればこそ遠人の村も眺められる、又た次の句の南山も思ふままに見られるのである。

（以上、鈴木虎雄『陶淵明詩解』）

〔筆者補説〕案ずるにA、B両説の異同の論点は、主として「地自偏」の解釈に求められる。これを比喩と見なし、「辺鄙なところと同じように」と解釈するのがA説の立場であり、反対に比喩ではなく、事実と見て「辺鄙な場所に住んでいる」と解するのがB説である。

だが、本詩の冒頭「結廬在人境」との関係を重視すれば、A説のほうがややすぐれるであろう。なぜなら、作者淵明は世間一般の常識を覆して、まず冒頭に「人里に隠棲している」と明言しているわけであるが、B説のように「ひとの訪れない僻地に住んでいる」と解してしまうと、なぜ「人境」に住まねばならないか、あるいはなぜそれを読者に示さねばならないか、いまひとつ釈然としないからである。たしかに、辺鄙な場所であれば「車馬喧」はないかもしれないが、それでは「人境」と「地偏」との関係が曖昧になってしまう。そうして見ると、やはり『六臣注文選』張銑注が「遠《トハ》、謂《フ》二心自《ラ》幽遠《ナルヲ》一、雖《モ》レ処《ルト》二喧境《ニ》一、如《キ》二偏僻《ノ》一也」と説くように、「人境」と「地偏」を対立する関係と見て、賑やかな人里に住んではいるが、そこはあたかも（人里とは異なる）いなかのようである、と解釈したほうが論理的には無理がないであろう。本稿では、ひとまずA説に従った。

なおB説を採るもののなかに、前掲、鈴木説に従って「偏」を「村はずれ」と意訳するものが多い。おそらくこれは、第1句「結廬在人境」との論理的な整合性を求めようとした――「村はずれ」もいちおう「人境」に属する――結果であろうが、残念ながら「村はずれ」という意味での「偏」の用例が示されておらず、説得力に欠けるのは否めない。ついでながら、『世説新語』「軽詆《けいてい》篇」には、会稽《かいけい》に住んでいた東晋の高柔を劉惔《たん》が見下《みくだ》して、「故《もとヨリ》不レ可《カラ》下在《リテ》二偏地《ニ》一居《ル》上、軽《ク》在《リテ》二角鰯《かくだくノ》中《ニ》一為《ニ》レ人《ノ》作《ス》二議論《ヲ》一」と述べる条があり、ここでの「偏地」は中央・都（建康）に対する地方・いなか（会稽）の意で用いられている。

異同の所在　II

「悠然」の意味

異同の類別

A　ゆったりと、のどかに（作者の心の形容）。

B　ゆったり、のどか（作者の心境であると同時に、「南山」のたたずまいの形容）。

C　とおく、はるかに（作者と「南山」との距離）

A説を採るもの：鈴木虎雄『陶淵明詩解』、斯波六郎『文選』（世界文学大系70、筑摩書房、一九六三年）、星川清孝『古詩源』下（漢詩大系5、集英社、一九六五年）、星川清孝『陶淵明』、星川清孝『古文真宝前集』上（新釈漢文大系9、明治書院、一九六七年）、網祐次『文選』、小尾郊一『文選』（全釈漢文大系、集英社、一九七六年）、猪口篤志『評釈中国歴代名詩選』（右文書院、一九八二年）、石川忠久『NHK漢詩をよむ―陶淵明』、北京大学中国文学史教研室『魏晋南北朝文学史参考資料』（中華書局、一九六二年）下冊、林庚・馮沅君『中国歴代詩歌選』上編(1)、王叔岷《おうしゅくびん》『陶淵明詩箋証稿』（芸文印書館、一九七五年）、唐満先『陶淵明集浅注』、孫鈞錫『陶淵明集校注』、魏正申『陶淵明集訳注』など。

B説を採るもの：斯波六郎『陶淵明詩訳注』上篇「陶淵明について」、吉川幸次郎『陶淵明伝』（新潮社、一九五八年）、一海知義『陶淵明』、内田泉之助『文選』、一海知義・興膳宏『陶淵明・文心雕龍』（世界古典文学全集25、筑摩書房、一九六八年）、入谷仙介『古詩選』下、田部井文雄・高木重俊『漢文名作選』3漢詩（大修館書店、一九八六年）、都留春雄・釜谷武志『陶淵明』、松枝茂夫・和田武司『陶淵明全集』上など。

＊　なお斯波六郎『陶淵明詩訳注』の下篇「陶淵明詩鈔訳」の

方では、A説を採っている。

C説を採るもの：『六臣注文選』呂向《りよきよう》注、王瑤『陶淵明集』（人民文学出版社、一九五六年）、逯欽立『陶淵明集』（中華書局香港分局、一九八七年）、井上一之「『悠然見南山』考」（『中国詩文論叢』第九集、中国詩文研究会、一九九〇年）、松浦友久『中国名詩集』。

＊なお大上正美「『飲酒其五』試解（下）」、大上正美『中国古典詩聚花④思索と詠懐』、鎌田正・田部井文雄監修『研究資料漢文学』第三巻・詩Ⅰ（坂口三樹執筆）では、「作者の心の形容であると同時に、南山との距離の広がりをも示す」とし、A説とC説の両方を採っている。

異同の論拠

A説（作者の心理状態と見て、「ゆったりと、のどかに」と訳す説）

とくに言及されていない。

B説（作者の心と「南山」の両方の形容として「ゆったり」と解する説）

「悠然として南山を見る」（悠然見南山）といふことも、悠然としてをるのは、勿論見る者の心の状態ではあるが、しかしながら、見る者をして、かく悠然たらしめたのは何か、と考へてみれば、それは南山そのものから醸し出される気分といへよう。してみれば、「悠然として南山を見る」とは、即ち、「悠然としてをる南山を見る」ことに外ならないともいへるのである。かうなると、淵明が南山なのか、南山が淵明なのか、その区別がつかない。

（以上、斯波六郎『陶淵明詩訳注』上篇「陶淵明について」）

普通、「悠然」は、「見」という動詞の副詞であり、詩人自身が悠然として、南の山、すなわち廬山を見ているのである、と解されている。しかし、「悠然見南山」という句は、いま一つの読み方をも容れ得る。それは「悠然」を、見る淵明の形容でなく、見られる南山の形容として読むことである。そうした意味をいわんとして、不可能ではない。たとえば、同じ連作「飲酒二十首」のうち、きびしい冬にもその姿を変えぬ松の木の姿をたたえた詩に、「凝霜殄異類、卓然見高枝」という句がある。この「卓然」は、しゃっきと、といった語感であり、高き枝を形容する語である。「卓然見高枝」が、しゃきとした高い枝が見えるということであれば、「悠然見南山」も、のんびりとした南の山が見えるということであり得る。

結論：「悠然見南山」という言葉は、悠然として南山を見る、とも読み得れば、南山の悠然たるを見る、とも読み得る。

（以上、吉川幸次郎『陶淵明伝』）

悠然を南山にかけて、人間を超越した姿で横たわる南山を見るというように解釈することもできる。おそらくこの悠然は見ている作者と見られる山の両方にかかるもので、山と人とが人と物の差別を超えて一つに融合した境地をさすものであろう。こういう表現はあいまいという点ではあいまいであって、論理的思考のためには不利であるけれども、詩的言語としては非常に効果的である。

（以上、入谷仙介『古詩選』）

＊なお、石川忠久「陶淵明詩研究箚記―『飲酒』其五・『遊斜川』」は、B＝吉川説に依拠しながらも、「本人が悠然としていることを詠うのではない。南山が悠然と騫《か》けもせず崩れもしないでいる姿を、車馬の往来の喧しい世界の対極とし

て、仰ぎ看るのである」として、「悠然」を作者の心の形容ではなく、「南山」に直接かかる「形容語」と見なす。

C説（「とおく、はるかに」と訳す説）

(1)『詩経』『楚辞』に見える「悠」の基本義は、①憂思のさま、②「遠」（空間的）・「久」（時間的）、の二つであり、これは伝統的な字書の解釈とも一致する。

(2)漢代から東晋までの詩に見える「悠」及び「悠悠」の用例を、他の語との結びつき（親疎関係）の点から分析すると、名詞との親疎関係では、我心などの心情を表す語と、道や天体などの悠久なる存在を表す語との結びつきが強く、動詞との親疎関係においては、行く、見る、思う、の三方向の動詞と強く結びついていることが確認される。この傾向は、『詩経』の用例ともほぼ一致するものであり、少なくとも淵明の時代までは、この『詩経』における意味・用法が基本的に継承されていたと考えられる。

(3)同様に淵明の詩に見える「悠」の用例を考察すると、わずかに散文的・口語的な用法を含みながらも、全体としてそれ以前の詩の伝統的用法の範囲内にある（つまり、①憂思のさま、②遠・久の二義で解釈されうる）。

(4)「悠然」自体は、淵明以前にほとんど見られない希少な語であるが、これは必ずしも淵明の造語というわけではなく、晋代に活発化した形容詞・副詞の接尾辞化（～然）・二音節化の一例にすぎない。なお「～然」などの接尾辞化による意味的変化はほとんど認められない。

(5)東晋の郭璞《かくはく》「遊仙詩」に「悠然《トシテ》心《ニ》永懐《クヒ》、眇爾《びょうじトシテ》自《ラ》遐《はるカニ》想《フ》」とあり、斉の劉絵《りゅうかい》「餞《はなむけス》謝文学《ニ》離夜詩」にも「悠然《トシテ》在《リ》天隅《ニ》、之子《このこ》去《リテ》安《クニカ》極《ル》」とある。これらの同時代の用例を見ても、「悠然」は「悠悠」と同じく、遠く、永くといった空間的・時間的なへだたりを表す語として用いられている。

(6)「のんびり、ゆったり」といった安定した精神状態を表す語には、「従容《しょうよう》」、「恬然《てんぜん》」、「晏然《あんぜん》」などがあるが、本詩において「従容見南山」とせず、「悠然見南山」としているのは、「見（ないし望）」という動詞があるためであり、それにきわめて結びつきの強い「悠然」が用いられたのはごく自然なことであろう。

結論：本詩の「悠然」は、淵明以前の伝統的用法のもとで解釈されるべきであり、この詩のみを突出した事例として扱うのは不自然である。したがって、「悠然」は、はるか、遠くという意味で理解すべきである。

（以上、井上一之「『悠然見南山』考」）

なおB説に対する反論として、猪口篤志『評釈中国歴代名詩選』は、次のように言う、「吉川幸次郎氏は悠然を南山にかけて、『悠然たる南山を見る』と解しているが、句法はそれでもよいが、味は乏しくなる。悠然は前の心遠とも関連のある文字である」と。また大上正美『中国古典詩聚花④思索と詠懐』では、「吉川幸次郎氏は『悠然』を見る淵明の心の形容であると同時に、見られる南山の形容であると理解された。ただその場合、心の形容はよしとして、のんびりとした南山という形容例があるか、疑問が残る。もともと『悠然』は、時間的に空間的にはるかに遠くの意である。ここでの用例も、ゆったりと自得する心を悠然と形容すると同時に、はるかに遠く南山が見える、と対象との距離を指示すると解した方がよいのではないか。少なくともゆったりとした山と言うよりも、むしろ自然ではないか」としている。

「悠然」を「南山」の修飾語と見るB＝吉川説は、句法上可能であるとはいえ、それを山の姿の形容と解するのは、「悠」の用例に即して言っても、やはり無理がある。一方、「悠然」を「のんびり、ゆったり」と訳すA説は、それを心の形容と見る点ではひとまず了解されよう。しかし、『詩経』にも見えるとおり、同じ心理状態であっても、「悠」は憂いのさまをいう語であって、閑適のさまをいう語ではない。少なくとも、「悠」の伝統的な意味・用法と「のんびり、ゆったり」という日本語訳との間にはかなりの飛躍があることを認めざるをえないであろう。いま本稿ではC説を採っておく。ちなみに、欧米の注釈書類を見ると、A. R. Davis "T'ao Yuan-ming" (Hong Kong University Press, 1983) も、「悠然」を"distantly"と英訳し、Arthur Waley "A Hundred and seventy Chinese poems" (Constable and Company Ltd., 1918) では、この句を"Then gaze long at the distant summer hills"と解釈している。

異同の所在　III

第9句の本文

異同の類別

A「此還有真意」

B「此中有真意」

A説を採るもの：『先秦漢魏晋南北朝詩』『文選』『汲古閣本』『曽集刻本』『縮刊袖珍本』。

B説を採るもの：『古詩源』をはじめ、右以外の諸テキスト(『古文真宝』を除く)。

異同の論拠

淵明の別集として現存する最古のテキストと目される『汲古閣本』、及び唐代の筆写にかかる『唐写文選集注残本』はともに「還」に作っており、年代の古さという意味では「還」の方が有力視されるべきであろう。ただ、『汲古閣本』に「一作中」という注があること、また南宋の施徳操《しとくそう》『北窓炙輠録《しゃかろく》』も「中」に作っていることなどから見ると、必ずしも南宋以後になってはじめて「中」に作るテキストが現れたわけではなく、すでに北宋時代から「還」と「中」の両種のテキストがあったものと思われる。にもかかわらず、それ以後のテキストがほとんど「中」を採り、「還」を採用しなかったのは、程千帆《ていせんぱん》「陶詩〝結廬在人境〟篇異文釈」(『古詩考察』、上海古籍出版社、一九八四年〔初出：『国文月刊』三五期、一九四五年〕)が指摘するように、詩句として見た場合「還」よりも「中」の方が優れると判断したからであろう。すなわち、A＝「此還有真意」を採ると、「飛鳥」が「還」ることだけに「真意」があることになり、「真意」の指す範囲がごく限られたものになってしまう。これに対して、B＝「此中有真意」であれば、第4句「心遠地自偏」や第5・6句「採菊東籬下、悠然見南山」なども「此中」に含めて考えることが可能になり、「真意」のもつ意味がいっそう深まると言えよう。いま本稿では、一般に「中」の方が世に親しまれていることを重んじ、通行の文字＝Bを採ることにした。

異同の所在　IV

「真意」の意味

異同の類別

A　人間としての真の在り方、本来の姿。

B　心から願っている思い、自分の本心。

C　人生・生活の真の意義。
D　真実を希求する心。
E　自然の意趣・真理。

A説を採るもの：吉川幸次郎『陶淵明伝』、松枝茂夫『中国名詩選』中（岩波文庫、一九八三年）、大上正美『中国古典詩聚花④思索と詠懐』、都留春雄・釜谷武志『陶淵明』、松枝茂夫・和田武司『陶淵明全集』上、鎌田正・田部井文雄監修『研究資料漢文学』第三巻、詩Ⅰ（坂口三樹執筆）など。

B説を採るもの：『文選』李善注、温汝能『陶詩彙評』三、斯波六郎『陶淵明詩訳注』、斯波六郎『文選』、王叔岷『陶淵明詩箋証稿』、小尾郊一『文選』など。

C説を採るもの：北京大学中国文学史教研室『魏晋南北朝文学史参考資料』下、孫鈞錫『陶淵明集校注』、石川忠久『NHK漢詩をよむ―陶淵明』など。

D説を採るもの：一海知義『陶淵明』、一海知義・興膳宏『陶淵明・文心雕龍』。

E説を採るもの：『文選集注』所収『文選鈔』、逯欽立『陶淵明集』、星川清孝『陶淵明』、星川清孝『古文真宝前集』上、岡村繁『陶淵明―世俗と超俗』、猪口篤志『評釈中国歴代名詩選』、程千帆・沈祖《しんそ》棻《ふん》『古詩今選』上（上海古籍出版社、一九八三年）、侯爵良・彭華生『陶淵明名篇賞析』（北京十月文芸出版社、一九八九年）など。

異同の論拠

A説（人間としての真の在り方と解釈する説）

「真」という言葉は淵明のしばしば使うものであって、百二十首弱のその詩のうちに、この詩をも含めて、真の字は六度あらわれる。おなじ連作「飲酒二十首」の第二十首、つまり連作最後の詩に、「羲農去我久、挙世少復真（羲と農とは我を去ること久しく、世を挙《こぞ》りて真に復《かへ》ること少《まれ》なり）」というのは、その第一である。伏羲の時代も神農の時代も、余の住んでいる現代からは遠く去ったいにしえごととなりはて、それらの時代には存在した「真」を回復することは、今の世の人人のすべてに、稀少にしか許されぬ、というのが一聯全体の意味である。過去の中国の思想は、理想の時代を、上古の世に設定するのが、常であった。淵明も例外ではない。しからば「真」とは、そうした黄金時代には保持されたとする、人間の真実な生き方の意であるとしなければならない。おなじ意味のことは、「農を勧む」と題する四言の詩のはじめにも見える。「悠悠上古、厥初生民。傲然自足、抱樸含真（悠悠たる上古、厥《そ》の初めて生くる民あるや。傲然として自ずから足らい、樸を抱き真を含みぬ）」すなわち真の字を含む詩の第二であるが、ここにいう「真」もまた、上古の世に存在した、真実な生活、もしくは真実な心情を、意味すること、いうまでもない。

（以上、吉川幸次郎『淵明伝』）

＊なお、同書では、「真意」の「意」について補足し、「真意」の二字は、真すなわち真実への端緒、示唆、予兆、ということなのではあるまいか。南山の方へと帰りゆく飛鳥の姿、その中にこそこの世の真実はある、とはっきり輪郭を伴った事体としていい切ったのではなく、その中に真実への示唆がある、此の中に真の意（きざし）有り、と、事体を雰囲気に於いてとらえ、余裕をおいていったとする方が、より淵明的で

ある」と述べる。

「辛丑歳《ノ》七月、赴《キテ》レ仮《ニ》還《ラントスルニ》二江陵一《ニ》、夜行《ク》二塗口一《ヲ》」にも「養真衡茅下（真を衡茅の下に養ふ）」とあるように、淵明は自己の理想とする境地を、しばしば「真」の語で表す。

（以上、鎌田正・田部井文雄監修『研究資料漢文学』第三巻、詩I）

B説（自分の本心と解釈する説）

楚辞《ニ》曰《ハク》、狐死《シテ》必《ズ》首《ス》レ丘《ニ》、夫《レ》人孰《たれカ》能《ク》反《そむカント》二其《ノ》真情一《ニ》。王逸注《ニ》曰《ハク》、真、本心也《ト》。

＊　今本『楚辞』（「七諫・自悲」）では「能」の下、「反」の上に「不」字がある。その場合、「夫れ人孰《たれ》か能く其の真情に反《かへ》らざらんや」と読む。また『楚辞』王逸注、及び『文選集注』所収李善注では、「真」の下に「情」の字がある。「真情は本心なり」。

（以上、『文選』李善注）

（真意は）真想（引用者注：「始《メテ》作《なリテ》二鎮軍参軍一《ト》、経《シトキニ》二曲阿一《ヲ》作《ル》」詩の「真想初《メヨリ》在《リ》レ襟《ニ》、誰《カ》謂《いハン》形迹拘《ニこうセラルト》」）に同じ。役人生活を捨てて隠遁生活をしようとする心もちをいふ。帰去来辞に「鳥飛ぶに倦んで還るを知る」の句で隠遁の心もちを表はしてをる。

（以上、斯波六郎『陶淵明詩訳注』）

真意は、俗事から離れて、田園で静かな暮しをしたいという、心のそこからの考え。一句は、この鳥の、巣に帰って息《いこ》う姿にこそ、私の本意にかなうものがある、ということであろう。

（以上、斯波六郎『文選』）

E説（自然の意趣・真理と解釈する説）

真《ハ》謂《フ》二道之本一《ヲ》也。鳥《ハ》日晩《くレテ》還《ル》レ山《ニ》、是《レ》帰《リテ》レ栖集《ニつどヒ》、息《やム》二其《ノ》労倦一《ヲ》。故《ニ》言《フ》レ有《リト》二真意一也。

（以上、『文選集注』所収『文選鈔』）

真意は、自然の意趣。『荘子』「漁夫」に「真《ナル》者《ハ》、所ヨ以受《クル》二於天一《ヨリ》也。自然《ニシテ》不《ル》レ可《カラ》レ易《かフ》也。故《ニ》聖人法《のつとリ》レ天《ニ》貴《ビ》レ真《ヲ》、不《ハレ》レ拘《とら》二於俗一《ニ》」とある。

（以上、逯欽立『陶淵明集』）

真意は真の意味。宇宙人生の真の趣。真とは仮象の奥にあって、万象をあらしめている本体、すなわち「真理」をさす。同じ「飲酒」第二十首に「世を挙げて真に復《かへ》ること少《まれ》なり」とある「真」と同じもの。当時「意」と「理」とは似た用語例が多い。例えば「意会」と「理会」、「理味」と「意味」などである。また「意」と「味」とも近いもので、おもむき（趣）あじわい（味）心持ち（気）のことに用いる。趣意、趣味、気味等。

（以上、星川清孝『陶淵明』）

なおC説、D説はともに論拠が示されていない。ちなみに、淵明の詩に見える「真」については、福永光司「陶淵明の『真』について──淵明の思想とその周辺」（『東方学報』第三三冊所収、一九六三年）が、前代ならびに同時代の思想家たちとの比較検討を通じて、その思想史的意義を解明しており示唆に富む。それによれば、淵明にとっての「真」とは、「先ず第一に、本来的・絶対的で、そしていつわりのない天地自然の世界の在り方をよぶ言葉であり」、この考え方は老荘思想を忠実に継承したものである。そして当時流行していた仏教思想が「万象を幻化とみ、不真とみる」のに対して、淵明は「人間の生命に対してはその夢幻性を強く自覚し、現実の社会に対してはその虚偽性を激しく憤っているにもかかわらず、人間に対する天地自然の世界に対してはその永遠性に信頼し、その真実性を肯定している」と説く。いま本稿では、淵明における「真」が自らを含めた人間社会全体に対置するものと見て、ひとまずE説に従っておく。

備考

(1)「悠然見南山」と「悠然望南山」　この詩の第6句目「見南山」を「望南山」に作るテキストがあることについては、北宋の蘇軾が「採《ル》レ菊《ヲ》東籬《ノ》下、悠然《トシテ》見《ル》二南山《ヲ》一。因《リテ》レ採《ルニ》レ菊《ヲ》而見《ル》レ山《ヲ》、境《ト》与レ意会《かいス》。此《ノ》句最《モ》有《リ》二妙処一。近歳《ノ》俗本皆作《ル》レ望《ムニ》二南山《ヲ》一。則《チ》此《ノ》一篇《ノ》神気都《すべテ》索然《タリ》矣。古人用《フルコト》レ意《ヲ》深微《ナリニ》、而《レドモ》俗士率然《トシテ》妄《みだりニ》以《テ》レ意《ヲ》改《ム》。此《レ》最《モ》可《シ》レ疾《にくム》」と評して以来、歴代の著名な文人たちによって重ねて取り上げられ、その結果、今日では「見南山」が原型であったとする見方が一般に支持されている。

しかし、蘇軾の見解はあくまでも一字の文学的優劣を論じたものであって、けっして文献学的立場から文字の正誤を究明したものではない。したがって、それに対する反論・再考の余地は十分に残されていると言ってよいだろう。そこでいま、「見」を排して、「望」を支持する説をいくつか紹介して参考に供したい。

まず清の何焯《かしゃく》は、「望南山」に作る『文選』について、次のように述べている。

悠然《トシテ》望《ム》二南山《ヲ》一。望、一《ニ》作《ル》レ見《ニ》。就《キテ》二一句《ニ》一而言《ヘバ》、望《ノ》字《ハ》誠《ニ》不レ若《しカ》二見《ノ》字《ノ》為《ルニ》レ近《キ》二自然《ニ》一。然《レドモ》山気・飛鳥《ハ》皆望中所《ナリ》レ有《ル》。非《ザル》二復《タ》偶然《ニ》見《ルニ》一レ此《ヲ》也。

（『義門読書記』巻四七「文選・詩」）

「非《ザル》二復《タ》偶然《ニ》見《ルニ》一レ此《ヲ》也」とは、蘇軾『東坡題跋』巻二の「採菊之次、偶然《ニ》見《ル》レ山《ヲ》、初《すべテ》不レ用《ヒ》レ意《ヲ》、而《シテ》境《ト》与レ意会《ス》、故《ニ》可《キ》レ喜《ブ》也」という発言を受けたもの。蘇軾は東の籬《まがき》のもとで菊を摘んでいると、偶然に山が目に入ったと説くが、何焯は次の句の「山気」や「飛鳥」は偶然に見えるものではなく、遠く「望」んで見るものである、と主張する。

同様に、王瑤「陶淵明」（前出）に引く、黄侃《こうかん》もまた「望《ノ》字不レ誤《ラ》。不《ンバ》レ望《マ》二南山《ヲ》一、何《ニ》由《リテ》知《ラン》二其《ノ》佳《ナルヲ》一耶。無《クシテ》レ故《ゆゑ》改《メ》レ古《ヲ》以《テ》申《ブ》二其《ノ》謬見《びゅうけん》《ヲ》一。此《レ》宋人之病《へいナリ》」として、「望」字を支持している（程千帆「陶詩〝結廬在人境〟篇異文釈」（前出）でも同文を引用し、「手批《しゅひ》李注『文選』伝鈔本」に依ると注する）。いずれも本詩の文脈の上から「見」より「望」が優れるという見解である。

一方、王瑤「陶淵明」では、こうした印象批評的発言とは別に、以下の二つの論拠を示して「望」字を推している。

一つは、蘇軾以前にあって「見南山」が原型であることを積極的に立証する資料がなく、むしろ「望南山」であったことをうかがわせる資料が見えることである。

たとえば、六朝・梁代に成る『文選』の諸テキストはいずれも「望南山」に作っており、中唐の白居易「効《ならフ》二陶潜《ノ》体《ニ》一詩十六首」の其の九にも、「時《ニ》傾《ケ》二一樽《ノ》酒《ヲ》一、坐《そぞろニ》望《ム》二東南《ノ》山《ヲ》一」とある。さらに、魏の嵆康「思《フノ》レ親《ヲ》詩」には「望《ンデ》二南山《ヲ》一兮発《ス》二哀嘆《ヲ》一」とあり、これは「南山」という詩語と「望」という動詞の結びつきの強さを示していると考えられよう。

また蘇軾自身「今皆作《ル》レ望《ムニ》二南山《ヲ》一」（『東坡題跋』巻二「書諸集改字」）と述べ、当時の各『陶淵明集』がみな「望南山」に作っていたことを明らかにしている。とすれば、原本は「望南山」に作っており、それを蘇軾が意図的に「見南山」に改めたために、今本『陶淵明集』ではみな「見南山」になったのではないか、という推測も成り立つのである。

さらに二つめの論拠として、王瑤論文では、詩句の意味のうえで「見」よりも「望」がふさわしいと考える。つまり、「望」は〃望み見る〃という意味ではなく、〃願う、希求する〃(想望)という意味だと説く。王瑤によれば、そもそも本詩の第5・第6の両句は、たんなる閑適の情を述べたものではなく、淵明自身がつとに抱いていた〃服食求神仙〃の考えを表したものである。

まず第5句の「採菊」は、延年長寿のためにその花びらを食べるという意味。それは、とくに淵明ひとりに限ったことではなく、漢代から六朝時代の資料のなかに、その当時一般に菊を採って長寿を祈る習俗があったことが記されている。

つづく第6句「南山」の語は、『詩経』「小雅、鹿鳴之什《ろくめいのじゅう》、天保」の「如《ク》二月之恒《ゆみはりナルガ》一、如《ク》二日之升《ルガ》一、如《ク》二南山之寿《ノ》一、不レ騫《かケ》不レ崩《レ》」を典故とするものであるから、当然長寿の象徴としての意味合いを含むことになる。もちろんこの「南山」の用例も、淵明だけではなく、当時の詩文のなかにいくつか見い出すことができる。

したがって、「採菊東籬下、悠然望南山」とは、延命長寿の目的をもって菊を採り、悠久なる長寿を「望」む、という意味になり、この場合「望」は、〃望み見る〃よりも、〃願う〃で解した方が無理がない。逆にこれを「悠然見南山」にすると、淵明の抱く〃服食求神仙〃の思想が曖昧になってしまうであろう。

——以上が王瑤論文の論旨であるが、石川忠久「陶淵明研究箚記」(前出)でも王瑤論文と同じ論拠をあげたうえで、「従って、淵明が菊を摘んで南山を望む、と言えば、自然、養生を計って長生を願う、という意味になるのである。此の場合、意味の上からは『望』が勝るのは、言うまでもない」と結論づけている。また徐復「『陶淵明集』挙正」(『徐復語言文字学論稿』、江蘇教育出版社、一九九五年)でも「望」を〃思慕する〃(向往)と解し、「望」字を支持している。ただし同論文は、「南山」を終南山ではなく、廬山の隠者、翟湯《てきとう》(〔語釈〕「南山」の項参照)を指していったものと考えており、この点は牽強付会と言えなくもない。

いずれにせよ、『陶淵明集』の原本が伝わらない以上、にわかに断定を下すのは危険であるが、現在の『陶淵明集』及びその作品の解釈が、蘇軾から少なからず影響を受けていることはここで改めて指摘しておく必要があるだろう。

(2)　本詩の制作時期

本詩を含む「飲酒二十首」連作がいつ作られたのかについては、これまでさまざまな意見が出されている。いまその主だった説を挙げてみよう。

A＝作者39歳説(南宋の呉仁傑『陶靖節先生年譜』、清の陶澍《じゅ》『靖節先生年譜考異』上、逯《りょく》欽立《きんりつ》「陶淵明事迹詩文繫年」〔『陶淵明集』所収〕、劉本棟『陶靖節事跡及作品編年』〔文史哲出版社、一九九五年〕、古直『陶靖節詩箋』。なお古直のみ、淵明の享年を52歳とする)

B＝作者40歳説(南宋の王質『栗里譜』、方祖燊《しん》『陶潜詩箋註校証論評』〔蘭台書局、一九七七年再版〕。方氏は享年56歳説を唱える)

C＝作者41歳説(明の何孟春『陶靖節集』三、梁啓超「陶淵明年譜」〔『陶淵明』所収、商務印書館、一九二七年四版〕。梁氏は享年

56歳説を唱える）

D＝作者42歳説（北京大学中国文学史教研室『魏晋南北朝文学史参考資料』下）

E＝作者45歳説（李辰冬『陶淵明評論』（東大図書公司、一九八四年再版）。李氏は享年56歳説を唱える）

F＝作者47歳説（鄧安生『陶淵明新探』（文津出版社、一九九五年）。鄧氏は享年59歳説を唱える）

G＝作者52歳説（南宋の湯漢『陶靖節先生詩註』三、李華「陶淵明『飲酒二十首』繋年補証」（『陶淵明新論』所収、北京師範学院出版社、一九九二年））

H＝作者53歳説（清の温汝能『陶詩彙評』三、王瑤『陶淵明集』、楊勇『陶淵明集校箋』、呉雲「『飲酒』二十首初探」（『陶淵明論稿』所収、陝西人民出版社、一九八一年）、唐満先「陶淵明的『飲酒二十首』作于何時」（『九江師専学報』一・二期合刊、一九八五年）、銭玉峰『陶詩繋年』（台湾中華書局、一九九二年）、上田武訳注『陶淵明伝』補説13（汲古書院、一九八七年））

I＝作者66歳説（袁行霈《こうはい》「陶淵明享年考辨」（『文学遺産』一期、一九九六年））

右は本作品制作時における作者淵明の年齢によって、関連の先行発言を整理したものであるが、さらに淵明の生年・享年については論者によって見方が異なるため、制作年代の点も加味すると、より細かく下位分類することができる。たとえば、同じA＝39歳説を採る南宋の呉仁傑『陶靖節先生年譜』が元興二年（四〇三）を主張し、一方、近人の古直『陶靖節詩箋』が義熙一〇年（四一四）を主張するごとくである。しかし、こうした細々とした諸説の当否をここで具体的に検討することはあまり意味がないように思われるので、いまはひとまずこの問題（本作品の制作時期）に関する大きな論点・対立点を提示し、併せてそれに対する若干の私見を述べておきたい。

さてこの問題を考える際に重要な手がかりになるのは、次に示す二篇の詩――其の一六と其の一九――である。この二篇をいかに解釈するかによって、本作品の成立時期が決定されると言ってよい。

（「飲酒」其ノ一六）

少年罕人事　　少年より　人事罕《まれ》にして
遊好在六経　　遊好　六経《りくけい》に在り
行行向不惑　　行き行きて不惑に向《なんなん》とするに
淹留遂無成　　淹留《えんりゅう》して遂に成る無し
竟抱固窮節　　竟《つい》に固窮《こきゅう》の節を抱きて
飢寒飽所更　　飢寒　更《へ》し所に飽く
弊廬交悲風　　弊廬《へいろ》　悲風を交え
荒草没前庭　　荒草　前庭を没す
披褐守長夜　　褐《かつ》を披《き》て長夜を守るに
晨鶏不肯鳴　　晨鶏《しんけい》　肯《あえ》て鳴かず
孟公不在茲　　孟公　茲《ここ》に在らず
終以翳吾情　　終《つい》に以て吾が情を翳《かげ》らす

疇昔苦長飢　　疇昔《ちゅうせき》　長飢《ちょうき》に苦しみ
投耒去学仕　　耒《すき》を投じて去りて学仕《がくし》す

将養不得節　将養《しょうよう》　節《せつ》を得ず
凍餒固纏己　凍餒《とうだい》　固《もと》より己に纏《まと》ふ
是時向立年　是の時　立年《りつねん》に向《なんなん》とするも
志意多所恥　志意　恥づる所多し
遂尽介然分　遂に介然《かいぜん》の分を尽くし
終死（一作《ル》二払衣《ニ》一）帰田里　死を終ふるまで（衣を払って）田里に帰る
冉冉星気流　冉冉《ぜんぜん》として星気　流れ
亭亭復一紀　亭亭《ていてい》として復た一紀
世路廓悠悠　世路《せいろ》　廓《ひろ》くして悠悠たり
楊朱所以止　楊朱《ようしゅ》の止《とど》まりし所以《ゆゑん》なり
雖無揮金事　金を揮《ふる》ふの事無しと雖も
濁酒聊可恃　濁酒　聊《いささ》か恃《たの》むべし

（「飲酒」其ノ一九）

まず前者、其の一六について見ると、第3句に「行行向不惑」とある。「不惑」とは言うまでもなく、40歳のこと。本連作詩の制作時期を40歳前後に置くA、B、C、Dの四説がその主要な論拠とするのは、いずれもこの句である。たとえば、A説、逯欽立「陶淵明事迹詩文繫年」では次のように述べる、「『飲酒』其の一六に『行行向不惑』とあるのは、39歳を言う。また其の一九に『是時向立年……亭亭復一紀』とあり、『向立年』とは29歳のこと。その年から『一紀』、すなわち一〇年を経たわけであるから、ちょうど39歳となる（要約、原文中国語）」と。ただし、其の一九の「一紀」については、一〇年ではなく、一二年と解する説がある。I説、袁行霈論文では、『尚書』「畢命」の孔安国伝、及び『国語』「晋語四」の韋昭注により「一紀」は一二年であると断定し、B説＝王質『栗里譜』、C説＝何孟春『陶靖節集』、G説＝湯漢『陶靖節先生詩註』等、一二年と見なす論者が圧倒的に多い。だとすれば、其の一六詩は、「向不惑」すなわち39歳の作、一方の其の一九詩は「向立年」の一二年後、すなわち41歳の作ということになり、本連作詩二〇首を同一時期の作と見なしたうえで、作品繫年を試みる逯説は、その前提が崩れることになろう（もっとも、連作詩だからといって必ずしも同時期の作である必要はない）。そもそも、其の一六詩に「行行向不惑」とあるのは、本作品執筆の時点を指すのだろうか。それを未来と見るのは無理であるとしても、過去を追想したものと考えるのは不可能ではない。実際、H説＝王瑤『陶淵明集』では、「第一六首に『行行向不惑　淹留遂無成』というのは、昔のことを追述したもので、『四十《ニシテ》無《シ》レ聞《コユル》』』（引用者注：陶淵明『栄木』詩）の意を説明しており、この詩を作った実際の時間をいうのではない。第一九首中に見える『是時向立年』にも追述の語気がある（原文中国語）」と主張している。したがって、其の一六のみを根拠として、本連作詩制作時の年齢を40歳前後と断定するのは、説得力に欠けると言わねばならない。

次に後者、其の一九詩を見てみよう。先にもふれたように、この詩の第10句に「亭亭復一紀」とあり、これが本連作詩の制作時を指すことは従来、ほとんど異論のないところである。しかし、「復一紀」がいつを起点とするのかが明確でない。そこでこれを第5句「是時向立年」（29歳）と見るのが、A、B、C、Dの四説である。B＝作者40歳説を唱える、王質『栗里譜』に言う、「有《リ》二飲酒詩一云《フ》、是《ノ》時向《トスルモ》二立年《ニ》一、志意多《シ》レ所レ恥《ヅル》。遂《ニ》尽《クシ》二介然《ノ》分《ヲ》一、終《フルマデ》レ死《ヲ》帰《ルト》二田里《ニ》一。当《ニ》《シ》下在《ル》中壬辰（引用者注：以下同じ。三九二年）・癸巳（三九三年）《ニ》上為《リシ》二州《ノ》祭酒《ト》一之時《ニ》上、所《ナリ》レ謂《フ》二投《ゲテすきヲ》レ耒 去《リテ》学仕《スト》一。又云《フ》、冉冉《トシテ》星気流《レ》、亭亭《トシテ》 復《タ》一紀《ト》。至《リテ》レ是《ニ》得二十二年《ヲ》一」と。一方、E、F、G、H、I説では、第8句「終死帰田里」を起点として、義熙元年（四〇五）の彭沢令の辞職から「一紀」と見なしている。湯漢『陶靖節先生詩註』では次のように言う、「彭沢之帰、在《リ》二義熙元年乙巳《ニ》一。此云《フハ》二復一紀《ト》一、則《チ》賦《スルハ》二此《ノ》飲酒詩《ヲ》一、当《ニ》《シ》二是《レ》義熙十二三年《ノ》間《ナル》一」と。

「亭亭復一紀」（たゆみなく「一紀」が過ぎ去った）の起点を「是年向立年」とするか、「終死帰田里」とするかは、作品の解釈に関わるだけに、にわかに断定できないが、ここでひとつ気になるのは、前掲、王質『栗里譜』が「終死帰田里」の句を、29歳で江州祭酒を辞職したことを指す、と解していることである。A、B両説で王質以外にこの点についてコメントするものはないが、淵明が最終的に隠遁した義熙元年41歳以前に本作品の制作時期を置く論者は、必然的に王質と同じ解釈に帰するはずである。だが、I説、袁行霈論文も指摘するように、29歳で辞職したことを「終《フルマデ》レ死《ヲ》帰《ル》二田里《ニ》一」（この句を「払衣帰田里」に作るテキストもあるが、『汲古閣本』『蘇写本』『曽集刻本』『湯漢注本』などの宋本ではみな「終死」に作っている）と言ったと見るのはやや不自然であろう。淵明はその後、義熙元年までの間に何度か仕官しているからである。とすれば、「終死帰田里」とはやはり、義熙元年の帰田のことを述べたと見なすべきであり、本詩をそれ以前の作とするA、B両説の可能性は低いと言えるかもしれない。そしてもう少し踏み込んで言うと、もし「終死帰田里」が41歳のおりのことを指すのであれば、文脈上「復一紀」の起点を「向立年」とするのは難しい。というのは、第5・6句「是時向立年　志意多所恥」が29歳のことを指し、第7・8句「遂尽介然分　終死帰田里」が41歳のことを指すと、続く第9・10句「冉冉星気流　亭亭復一紀」は、当然、その前文（＝第8句）の内容を受けているはずだからである。そうして見ると、「復一紀」の起点は、「終死帰田里」であり、本詩（少なくとも其の一九詩）は義熙元年から「一紀」を経た義熙一三年頃（作者53歳）に作られたとするのが、現在のところもっとも穏当だと思われる。

（井上　一之）

0 歸園田居

其一

1 少無適俗韻
2 性本愛丘山
3 誤落塵網中
4 一去三十年
5 羈鳥戀舊林
6 池魚思故淵
7 開荒南野際

園田《ゑんでん》の居《きよ》に帰《かへ》る　其《そ》の一《いち》

少《わか》くして俗《ぞく》に適《てき》する韻《ゐんな》無く
性《せい》　本《もと》　丘山《きうざん》を愛《あい》す
誤《あやま》りて塵網《ぢんまう》の中《うち》に落《お》ち
一去《いつきよ》　三十年《さんじふねん》
羈鳥《きてう》は旧林《きうりん》を恋《こ》ひ
池魚《ちぎよ》は故淵《こゑん》を思《おも》ふ
荒《くわう》を南野《なんや》の際《さい》に開《ひら》き

守拙歸園田　拙《せつ》を守《まも》りて園田《ゑんでん》に帰《かへ》る
方宅十餘畝　方宅《はうたく》　十餘《じふよ》畝《ほ》
草屋八九間　草屋《さうをく》　八九《はつく》間《けん》
楡柳蔭後簷　楡柳《ゆりう》　後簷《こうえん》を蔭《おほ》ひ
桃李羅堂前　桃李《たうり》　堂前《だうぜん》に羅《つら》なる
曖曖遠人村　曖曖《あいあい》たり　遠人《ゑんじん》の村《むら》
依依墟里煙　依依《いい》たり　墟里《きより》の煙《けむり》
狗吠深巷中　狗《いぬ》は吠《ほ》ゆ　深巷《しんかう》の中《うち》
鷄鳴桑樹巓　鷄《にはとり》は鳴《な》く　桑樹《さうじゆ》の巓《いただき》
戸庭無塵雜　戸庭《こてい》　塵雑《ぢんざつ》無《な》く
虛室有餘閑　虚室《きよしつ》　餘閑《よかん》有《あ》り
久在樊籠裏　久《ひさ》しく樊籠《はんろう》の裏《うち》に在《あ》りしも
復得返自然　復《ま》た自然《しぜん》に返《かへ》るを得《え》たり

テキスト　『先秦漢魏晋南北朝詩』晋詩一七（中―991）◆『古詩源』八　◆汲古閣旧蔵、宋刻逓修本『陶淵明集』二（略称『汲古閣本』）◆南宋、紹興十年刊刻『陶淵明文集』二（略称『蘇写本』）◆南宋、紹熙三年、曽集刊刻『陶淵明詩一巻雑文一巻』（略称『曽集刻本』）◆南宋、湯漢註『陶靖節先生詩註』二　◆元、李公煥箋『箋註陶淵明集』二　◆覆宋本縮刊袖珍本『陶淵明集』二（略称『縮刊袖珍本』）◆明、何孟春註『陶靖節集』二　◆明、黄文煥析義『陶元亮詩』二（略称『陶詩析義』）◆明、張自烈評『箋註陶淵明集』二　◆清、呉瞻泰註『陶詩彙注』二　◆清、温汝能評『陶詩彙評』二　◆清、陶澍註『靖節先生集』二　◆『古文真宝』前集・三　◆明、張溥『漢魏六朝百三名家集・陶彭沢集』◆明、鍾惺・譚元春『古詩帰』九　◆明、馮惟訥『古詩紀』四五　◆清、王堯衢『古唐詩合解』四　◆清、陳祚明『采菽堂古詩選』一三　◆清、張玉穀『古詩賞析』一三

校語
0 **園田居**　『陶詩析義』には「居」字がない。また『古詩源』『陶詩彙注』『陶詩彙評』『古文真宝』『古詩帰』『古詩紀』『古唐詩合解』『采菽堂古詩選』『古詩賞析』では「田園居」に作る。
1 **韻**　『縮刊袖珍本』『古詩帰』では「韵」に作る。別体字。また『汲古閣本』『曽集刻本』『縮刊袖珍本』に「一作願」と注する。
2 **丘**　『蘇写本』『陶詩彙評』『靖節先生集』『陶彭沢集』『古詩賞析』では「邱」に作る。同音同義。孔子の名を避けて書いたもの。また『縮刊袖珍本』『陶詩彙注』では「𠀉」に作る。「𠀉」も、孔子の名を避けた闕字。
5 **羈**　『汲古閣本』『蘇写本』『曽集刻本』『湯漢注本』『李公煥注本』『陶詩彙注』『陶詩彙評』『古詩賞析』では「覊」に作る。「羈」の別体字。同音同義。また『縮刊袖珍本』『何孟春注本』『陶詩析義』『張自烈評本』では「覉」に作る。俗字。さらに『古文真宝』『古唐詩合解』は「羇」に作る。同じく俗字。
戀　『汲古閣本』『曽集刻本』『縮刊袖珍本』に「一作眷」と注す

る。

7野　『縮刊袖珍本』では「埜」に作り、「一作畆」と注する。「埜」は「野」の古字。なお『汲古閣本』『曽集刻本』に「一作畒」と注する。

9畝　『汲古閣本』『曽集刻本』『湯漢注本』『李公煥注本』『古詩帰』では「畒」に作る。また『縮刊袖珍本』『陶詩析義』『張自烈評本』『古詩紀』では「畆」に作る。俗字。

10屋　『汲古閣本』『曽集刻本』『湯漢注本』『縮刊袖珍本』に「一作舎」と注する。

11簷　『汲古閣本』『曽集刻本』『湯漢注本』『李公煥注本』『縮刊袖珍本』『何孟春注本』『陶詩析義』『張自烈評本』『古詩帰』『古詩紀』『古唐詩合解』『采菽堂古詩選』では「園」に作る。また「園」字を採る『汲古閣本』『曽集刻本』『湯漢注本』『縮刊袖珍本』は、「一作簷」の注を付する。一方、「簷」字を採る『陶詩彙注』『陶詩彙評』は、「一作園」と注する。

13曖曖　『陶詩析義』では「瞹瞹」に作る。「瞹」は、「曖」の譌字。明らかでないさま。

14煙　『陶詩析義』『張自烈評本』『古文真宝』『陶彭沢集』『古詩帰』『古唐詩合解』『采菽堂古詩選』では「烟」に作る。別体字。『古詩賞析』では「煙」に作る。

15巷　『陶彭沢集』では「港」に作る。

16巓　『古詩源』『靖節先生集』『古文真宝』『古詩帰』『古詩紀』『古詩賞析』では「顚」に作る。同義。

17雑　『古唐詩合解』では「維」に作る。

18閑　『何孟春注本』『陶詩析義』『陶詩彙注』『陶詩彙評』『靖節先生集』『古詩帰』『古詩賞析』では「閒」に作る。また『陶彭沢集』『古唐詩合解』では「間」に作る。

19裏　『古詩帰』『古詩紀』では「裡」に作る。

20復　『汲古閣本』『曽集刻本』『縮刊袖珍本』に「一作安」と注する。

返　『蘇写本』『古文真宝』では「反」に作る。

詩型・韻字

五言古詩。山《さん》・年《*ねん》・淵《*えん》・田《*でん》・間《かん》・前《*ぜん》・煙《*えん》・巓《*てん》・閑《かん》・然《△ぜん》（上平声刪韻（山韻）、下平声先《*△》韻（先仙《*△》韻））。

語釈

0帰園田居　いなかの住居に帰る。「園田」は「田園」に同じ。日本語としても、また現代中国語としても、すでに成熟した概念であるため、日中の注釈書類においてはとくに意識されず、そのまま訳語として用いられることが多いが、本来、「田」と「園」は異なる二つの概念を表す。すなわち、「田」は田畑、「園」は『説文解字』に「園、所《ハ》㆓以樹《ウル》㆑果《ヲ》也」とあるように、果樹園のこと。『史記』巻一〇七「魏其武安侯列伝」に、灌夫《かんぷ》の豪奢ぶりを描いて、「陂池《ひち》田園、宗族賓客為《ス》㆓権利《ヲ》㆒」とあるのは、こうした「田園」本来の意味を伝えるものと言えよう。しかし、それが後になると都会に対する〝いなか〟（郊外、農村）の意味を担うようになったらしい。陶淵明の時代にあって、後者の意味がどれほど成熟していたかはさだかでないが、『漢書』巻五〇「汲黯《きゅうあん》伝」に「於《イテ》㆑是《ニ》黯隠《ルル》㆓於田園《ニ》㆒者《こと》数年」とあることから、遅くとも後漢には、「田園」はすでに〝隠遁の場〟として人々に意識されていたことがうかがえる。したがって、この詩の「園田居」という語についても、現在のところ、①「田畠の間にあるわが住居」（鈴木虎雄『陶淵明詩解』〔弘文堂書房、一九四八年〕）と、②「いなかの我家」（青木正児『中華飲酒詩選』〔筑摩叢書32、一九六一年〕）、という二つの解釈が行われているようである。ここではひとまず、②の解釈に従っておく。

本詩は、官を辞してわが家に帰った作者が、田園における閑居のよろこびを詠じたもの。五首からなる連作詩全体の総序的役割を果たす。もっとも、各種宋本、および『李公煥《りこうかん》注本』『何孟春《かもうしゅん》注本』『張自烈《ちょうじれつ》評本』『陶詩彙評《いひょう》』などでは、この連作詩の詩題を「五首」ではなく、「六首」に作っている。が、その第六首については、湯漢《とうかん》註『陶靖節先生詩註』が、「此《レ》江《こう》淹《えんノ》擬作、見《ユ》二文選一。其《ノ》音節、文貌絶《はなはダ》似《タリ》。至《リテハ》三但《ダ》願《ハクハ》桑麻成《リテ》、蚕月《ニ》得《ンコトヲ》二紡績《ヲ》一、則《チ》与二陶公《ノ》語一判然《タリ》矣」と注記するように、じつは淵明の作ではなく、『文選』巻三一に載せる、梁の江淹「雑体詩三十首」のなかの「陶徴《とうちょうくん》君田居」と題する詩であることがすでに明らかとなっている。『陶詩彙注』『靖節先生集』などは、第六首を削り、詩題を「五首」に改める。なお『芸文類聚』巻六五「産業部上・園」に、「宋陶潜雑詩曰」として、本詩の7句目「開荒南野際」から12句目「桃李羅堂前」までの六句と、「飲酒二十首」其の五のはじめの六句、さらに「飲酒」其の七のはじめの四句とが続けて引用されている。本詩の詩題を「雑詩」とするのは、類書編纂時における記載上の単純なミスではないかと思われるが、さらに「帰園田居」其の三を引いて、これも「宋陶潜雑詩」と記しているところからすると、唐初の『陶淵明集』では、「雑詩」と題していたのだろうか。なお疑問が残る。ちなみに、『太平御覧』巻一八一「居処部九・屋」にも、この詩の第1、2句と9、10句のわずか四句が引用されているが、そこでは「陶潜集」としか記されていない。

この詩の制作時期に関しては、大別して、A＝太元一九年（三九四）、淵明30歳とするもの、B＝義熙《ぎき》二年（四〇六）、淵明42歳とするもの、の二説がある。A説を採るものは、南宋の王質『栗里譜』（『陶淵明年譜』〔中華書局、一九八六年〕所収）、『古詩賞析』。B説を採るものは、南宋の呉仁傑『陶靖節先生年譜』（『陶淵明年譜』所収）をはじめ、多数を占める。A説の論拠は、この詩の3、4句目に「誤《リテ》落《チ》二塵網《ノ》中《ニ》一、一去三十年」とあること。そして、19、20句目の「久《シク》在《リシモ》二樊籠《ノ》裏《ニ》一、復《タ》得《タリ》レ返《ルヲ》二自然《ニ》一」から、『宋書』本伝に記す「親老《イ》家貧《シク》、起《チテ》為《ル》二州《ノ》祭酒《ト》一。不レ堪《ヘ》二吏職《ニ》一、少日《ニシテ》自《ラ》解《キテ》帰《ル》」のおり、つまり29歳で就いた江州の祭酒《さいしゅ》を辞職したときの作であると見なす。

一方、B説を採る呉仁傑『陶靖節先生年譜』は、「味《ハハバ》二其《ノ》詩《ヲ》一、蓋《シ》自《リ》二彭沢一帰《リシ》明年《ニ》所《ナラン》レ作《ル》也」としか述べず、明確な論拠を示していない。「帰去来兮《ノ》辞」の序によると、淵明が彭沢《ほうたく》の県令を辞めて、最終的に郷里に隠遁したのは、義熙元年（四〇五）、冬一一月のこと。しかし、王瑤『陶淵明集』（人民文学出版社、一九五六年）が指摘するように、この連作詩のなかに「桑麻日《ニ》已《ニ》長《ズ》」（其の二）や「草盛《ンニシテ》豆苗稀《まれナリ》」（其の三）といった、冬の情景とは思えない表現が見えるから、帰田の年の作とはまず考えられない。そこで、呉仁傑の言う「自《リ》二彭沢一帰《リシ》明年」、すなわち義熙二年という説が出てきたものであろう。現在、内外の注釈書のほとんどすべてが、このB説を採用しており、斯界においてすでに通説となっている感がある。

1**適俗韻**　この三字の構造については、A＝適俗の韻（修飾語＋被修飾語）と見るものと、B＝俗韻に適する（動詞＋目的語）と見るものの二説がある。詳しくは、〔諸説の異同〕Iを参照されたい。なお〔通釈〕では、A説を採っている。

　また「韻」については、A＝おもむき・趣味（鈴木虎雄『陶淵明詩解』など）、B＝もちまえ・さが・性質・性情・気質・気風・品性（斯波六郎『陶淵明詩訳註』〔北九州中国書店、一九八一年再版〕など多数）、C＝調べ・調子・響き（王叔岷《しゅくびん》『陶淵明詩箋証稿』〔芸文印書館、一九七五年〕など多数）、D＝風習・習俗（星川清孝『古文真宝前集』上〔新釈漢文大系9明治書院、一九六七年〕など）、という四つの説がある。程千《ていせん》帆《ぱん》「陶詩〝少無適俗韻〟韻字説」（『古詩考察』所収〔初出：一九四五年『国文月刊』36・37期〕、上海古籍出版社、一九八四年）によれば、この字の原義は、音楽における〝調和〟の意味であった。それが、次第に優美なもの、調和を得たもののすべてに適用されるようになり、①人の〝風度〟（風格態度）、②〝条理〟、さらに③〝性情〟の意味までもつようになったらしい。共通しているのは、いずれも抽象的・観念的なものであるという点である。そして、程千帆論文では、これら三つの意味のうち、この詩の「韻」にもっともふさわしいのは、③〝性情〟であるが、また①〝風度〟でも通じる、とする。〔通釈〕ではひとまず、B説の〝気質〟、〝気品〟の意で解釈しておく。

　なお村上哲見「『適俗の韻』について」（『中国文人論』所収〔初出：『中田勇次郎先生頌寿記念東洋文芸論叢』、平凡社、一九八五年〕、汲古書院、一九九四年）は、ことばのニュアンスという点に注目し、本来、「韻」は人柄・人物のあり方を指すことばで、それ自体としては価値判断以前のニュートラルな位置づけであるはずなのに、実際は「韻」というだけで、明確に肯定的評価を含んでいる、と指摘する。そして、「適俗韻」という表現について、「この『韻』は『風韻』『風気韻度』などと通ずるもので、それ自体相当に肯定的評価のニュアンスを備えており、時には『なお風雅と言うがごとし』といえるくらいであるのに対し、『俗』の方は六朝時代では明確に軽蔑の意をともなうようになっており、従って『適俗』といえば否定的評価を示すはずである。そうした相反するニュアンスをもつことばを結びつけたところにこの表現の特異性があり、従って奇妙にも感じられるのである」と述べ、この風変わりな語を『抜俗之韻』のような常識的表現をひとひねりしたパロディ的表現」と見る。もしそうであるなら、この句は、世の中でうまく立ち回っている俗人たちに対する皮肉を含んでいるか。

2**性本愛丘山**　生まれつき、丘や山の世界が好きだった。「性」は、先天的にその人に備わっている性質。本来の性格。「丘山」は、丘や山といった自然を指す。

3**塵網**　「塵」は、世間の煩雑なもの、または世俗。「網」は、自由を束縛するもの。すなわち「塵網」とは、世俗のしがらみのことで、俗世間や役人生活にたとえる。梁の江淹「雑体詩・許徴君自序詩」（『文選』巻三一）に「五難既《ニ》灑落《ス》、超《エテ》レ迹《ヲ》絶《ツ》二塵網《ヲ》一」とあり、『六臣注文選』呂延済の注には「塵網《ハ》、喩《フ》二世事《ニ》一」と言う。また淵明の「辛丑歳《ノ》七月、赴仮《シテ》還《リ》二江陵《ニ》一、夜行《ク》二塗口《ヲ》一」に「閑居三十載、遂与《ニ》二塵事一冥《くらシ》」とあるが、この「塵事」もほぼ同じ意であろう。

なお王叔岷『陶淵明詩箋証稿』では、この句の「落《らく》」字が「絡《らく》」の仮借字である、と説く。「絡」は、つながる、からまる意。

4 **一去三十年**　ひとたび「丘山」の世界を離れてから、三〇年になる。「去」は、動詞で、離れる、遠ざかる意。しかし、わが国の注釈書では、「たちまちのうちに三十年が過ぎ去った」（都留春雄・釜谷武志『陶淵明』〈鑑賞中国の古典13、角川書店、一九八八年〉など）、あるいは「そのままずっと三十年になった」（星川清孝『陶淵明』〈集英社、一九六七年〉など）と、「一去」を「たちまち過ぎた」、「それ以来ずっと」と訳すものが目につく。

なお「三十年」に関して言うと、一般に淵明が最初に出仕したのが、太元一八年（三九三）、29歳のときとされており、最後の官職である彭沢《ほうたく》の県令を辞めたのが、義熙元年（四〇五）41歳であるので、この間、わずか一三年にすぎず、どうしても「三十」という数と合わない。そこで、この詩の制作時期を義熙二年（四〇六）、42歳と見る注釈者たちのあるものは、「三十」を誤りと見なして、本文自体を「十三」に改定している。しかし、〔校語〕に示したとおり、旧来の『陶淵明集』諸本では、いずれもみな「三十」に作っているので、ここではそれに従って訳しておく。詳しくは、〔備考〕を参照。

5 **羈鳥**　A＝旅の鳥、B＝束縛された鳥・籠のなかの鳥、という二説がある。「羈」は本来、「おもがい」（馬の頭部におおいかける革のひも）のことで、転じて、つなぐ、束縛することをいう。また「寄」の仮借字として、旅の意にも用いることがある。詳しくは〔諸説の異同〕IIを参照。ただしここでは、次句「池魚思故淵」と明確な対偶をなしており、この点から見れば、B説の方が適切であるように思われる。〔通釈〕では、B説を採用した。

6 **池魚**　池に飼われている魚。西晋の潘岳《はんがく》「秋興賦《ノ》」の序に、「譬《ヘバ》猶《ホ》三池魚籠鳥《ノ》、有《ルガ》二江湖山藪《そう》之思《ヒ》一」とある。淵明の「始《メテ》作《なリテ》二鎮軍参軍《ト》一、経《シトキニ》二曲阿《ヲ》一作《ル》」に「望《ンデハ》レ雲慙《はヂ》二高鳥《ニ》一、臨《ンデハ》レ水愧《はヅ》二游魚《ニ》一」と言うように、中国の古典詩において「鳥」と「魚」は、伝統的に自由な存在の象徴としてうたわれる。それがこの詩にあっては、逆に「飛ぶ自由を奪われた鳥＝羈鳥」、「自由に泳げない魚＝池魚」と、その伝統的なイメージが反転されて用いられており、結果として不自由なさまがいっそう強く印象づけられることになる。「羈鳥」も「池魚」もともに、宮仕えしていた自分自身の比喩と考えられよう（したがって、この点からも「羈鳥」は、A説「旅の鳥」ではありえないことになる）。

故淵　「池魚」がかつて住んだ、もとの川の淵。「淵」は、水を深くたたえたところ。

7 **開荒**　荒れ地を開墾する。「荒」は、草の生い茂った荒れ地。『晋書』巻六七「温嶠《おんきょう》伝」に「縁《リテ》レ江《ニ》上下、皆有《リ》二良田一、開《キ》レ荒《ヲ》須《まテバ》二一年之後《ヲ》一即《チ》易《ハル》」とある。

南野際　南の野原に。「野」は郊外をいう。「際」は、「間」あるいは「辺」。一説に、はて、涯（星川清孝『陶淵明』など）。

8**守拙**　世渡り下手な本性を守り通す。「拙」は「巧」の反義語で、要領の悪さ、世渡り下手なことをいう。「雑詩」其の八に「人皆尽《ことごとク》獲《えタルニ》レ宜《シキヲ》、拙生失《フ》二其《ノ》方《ヲ》一」、「詠《ズ》二貧士《ヲ》一」其の六に「人事固《まことニ》以《テ》拙《ナルモ》、聊《いささカ》得《ン》二長《ク》相《ヒ》従《フヲ》一」、また「与《フル》二子《ノ》儼等《らニ》一疏」にも「性《ハ》剛《ニシテ》才《ハ》拙、与《レ》物多《シ》レ忤《たがフコト》」などとあり、淵明の詩文において、ひときわ印象的な用語の一つとなっている。もっとも、この「拙」字を愛用した詩人としては、かれ以前に西晋の潘岳がおり、その「閑居《ノ》賦」(『文選』巻一六)の序のなかで、「雖《モ》二通塞《つうそく》有《リト》レ遇、抑《そもそも》亦《タ》拙者之效也」など、六度にわたって、自らの「拙」を強調している。淵明、潘岳ともに、隠逸に至る要因として、自らの「拙」が意識されているが、淵明がここで「守」という動詞を用いることによって、反価値的なものをむしろ積極的に評価しようという姿勢を示していることは留意されてよいだろう。

9**方宅**　A＝四角い宅地、B＝住宅の周囲・そば、という二説がある。

A説を採るもの：斯波六郎『陶淵明詩訳注』、一海知義『陶淵明』(中国詩人選集4、岩波書店、一九五八年)、唐満先『陶淵明集浅注』(江西人民出版社、一九八五年)ほか多数。

B説を採るもの：李華『陶淵明詩文選』(人民文学出版社、一九八一年)、孫鈞錫『陶淵明集校注』(中州古籍出版社、一九八六年)など。

A説では、「方」を、四角の意で解し、B説は、「そば(旁)」、「周囲(方円、四周)」、「めぐる(環繞)」と見なす。いずれにしろ、家の敷地を言うことにかわりはない。〔通釈〕では、ひとまずA説で解釈した。

なお『芸文類聚』巻六五では、「方澤」に作る。これに関して、王叔岷『陶淵明詩箋證稿』は、「沢《たく》」は「宅《たく》」に通じる、と言う。

十餘畝　十畝あまりの広さ。「畝」は、土地面積の単位。当時の一畝は、約五アール。石川忠久『中国古典詩聚花②〈隠逸と田園〉』(小学館、一九八四年)に、「十餘畝は、こぢんまりした広さのニュアンス」と注釈し、また同じく石川忠久『漢詩への招待』(新樹社、一九八七年)でも「すこしばかりの敷き地のなかに」と訳すなど、「十餘畝」の面積を狭いと見る向きがある。しかし、『晋書』巻九〇「呉隠之《いんし》伝」に「数畝《ノ》小宅《ニシテ》、籬《り》垣《えんハ》仄陋《そくろう》、内外《ニ》茅屋六間《ニシテ》、不《レ》容《いレ》二妻子《ヲ》一」とあり、また西晋の束晳《そくせき》「近遊《ノ》賦」にも「世《ニ》有《リ》二逸民一、在《リテ》二乎田疇《ニ》一宅《ハ》弥《わたル》二五畝《ニ》一」とあり、さらに東晋の孫綽《そんしゃく》「遂初《ノ》賦」序にも「建《ツ》二五畝之宅《ヲ》一」とあるところから見て、当時の(隠逸者の)住居のなかで、「十餘畝」の宅地は比較的広い方に属するのではあるまいか。

10**草屋**　草ぶきの家屋。質素な家をいう。

八九間　「間」については、A＝柱と柱の間・一部屋、B＝間口の長さの単位(一間＝六尺＝一四五センチメートル)、という二つの説が行われている。

A説を採るもの：一海知義『陶淵明』、大矢根文次郎『陶淵明研究』(早稲田大学出版部、一九六七年)など。

B説を採るもの：鈴木虎雄『陶淵明詩解』、猪口篤志『評釈中国歴代名詩選』(右文書院、一九八二年)など。

〔通釈〕では、A説を採った。部屋数が八つか、九つほどある、の意。

11**楡柳**　にれと柳。『芸文類聚』では、「柳」を「竹」に作る。

蔭　一般的には草木のかげをいうが、ここでは動詞として、「おおう」、「覆い隠す」という意味で用いられている。にれや柳が「後簷」をおおうように生い茂ること。

榊原篁洲『古文真宝前集諺解大成』（漢籍国字解全書11、早稲田大学出版部、一九二七年）に、「楡柳の類は枝葉盛に茂りて後簷をかざし掩ふ也」と説く。なお石川忠久『中国古典詩聚花②〈隠逸と田園〉』など、「（軒端に）影をおとす」と訳すものもある。

後簷　家の後ろののきば。『芸文類聚』では、「後檐」に作る。「檐」が正字で、「簷」は別体字。

12**羅**　羅列する。つらなる。桃や李が並んで植わっていることをいう。

堂前　広間の前、すなわち家の前の庭を指す。「堂」は、広間、あるいは表座敷。また一説に、母屋《おもや》（石川忠久『NHK漢詩をよむ—陶淵明』（日本放送出版協会、一九八九年）など）。

13**曖曖**　うす暗いさま。ぼんやりかすむさま。重言《ちょうげん》の語。『楚辞』「離騒」に「時曖曖《トシテ》其将《レ》レ罷《きはマラント》兮、結《ンデ》ニ幽蘭《ヲ》一而延佇《えんちょス》」とあり、後漢の王逸《おういつ》の注に「曖曖《トハ》、昏昧貌《ノさま》」と解説する。榊原篁洲『古文真宝前集諺解大成』では、「字彙、晻曖《あんあいハ》、日不《ルノ》レ明《カナラ》貌、又《タ》云《フ》、晻曖《ハ》、深邃《しんすい》也、おぼろにうちかすみたる中に遠村の人家林木の間に点綴して幽《かすか》に見ゆるを云也」と説く。

なお鈴木虎雄『陶淵明詩解』では、「曖曖は、日のクラキ貌、夕日のさまなり」という語釈を付し、「かなたの村をながむれば夕日がもやを帯びてやや暗くなつてをる」と解釈している。

遠人村　遠くの人里。遠村の人家。

14**依依**　A＝煙がなよなよとたなびき流れるさま、B＝したわしげなさま・心ひかれるさま・なつかしげなさま、C＝煙のぼんやりとしてかすかなさま、D＝遠くかすかなさま、というおよそ四つの説に分かれる。〔通釈〕では、A説を採った。詳しくは、〔諸説の異同〕Ⅲを参照されたい。なお「依依」は、「曖曖」と同じく、重言の語。原義は、物事が連続してとぎれないこと。

墟里煙　村里の（炊事の）煙。「墟里」は、村里、村落をいう。清の聞人倓《ぶんじんたん》『古詩箋』巻六に「凡有《ツル》ニ大丘一之里、謂《フ》ニ之《ヲ》墟里《ト》一」とあるように、「墟」は「虚」と同じく、もとは大きな丘のこと。また異説として、清の王堯衢《おうぎょうく》『古唐詩合解』（帝都書林、江戸・明和一年（一七六四年））では「里中之廃宅《ヲ》曰《フ》レ墟《ト》」と注し、「墟里」を〝廃墟〟と見る。鈴木虎雄『陶淵明詩解』も「石垣などくづれたる城跡めきたる村里なり」と説く。

「煙」について、一海知義『陶淵明』は、「ふつう炊煙と解されているが、あるいはもやをいうのかも知れぬ」と注し、岡村繁『陶淵明　世俗と超俗』（NHKブックス224、日本放送出版協会、一九七四年）でも「まぢかにたなびく村里のもや」と訳している。六朝時代の「煙」字が、〝けむり〟と〝モヤ・カスミ〟の両義をもっていたことは、合山究『雲烟の国—風土から見た中国文化論』（東方選書24、東方書店、一九九三年）第八章「中国文学と雲烟」に詳しい。ちなみに、同書の報告によれば、詩のなかで「煙」字の使用が俄然多くなるのは、六朝・宋のころであり、このうち「モヤ・カスミ」の「煙」もかなり多く用いられているようである。〔通釈〕ではひとまず、〃けむり〃と訳しておいた。

15**狗吠深巷中**　犬は村の奥まった路地で吠える。「深巷」は、奥まった路地。次の句とともに、漢の楽府古辞「鶏鳴」（『楽府詩集』巻二八、相和歌辞三）の、「鶏《ハ》鳴《ク》高樹《ノ》巓、狗《ハ》吠《ユ》深宮《ノ》中」の句を踏まえる。犬と鶏の組み合わせは、はやくも『老子』第八〇章に「隣国相《ヒ》望《ミ》、鶏犬之声相《ヒ》聞《コユ》」と見え、以来、村落ののどかな様子を描く際に、詩歌のなかにしばしば詠み込まれる。

16**鶏鳴桑樹巓**　鶏は桑の樹のてっぺんで鳴く。「巓」は、（山の）頂上、てっぺん。西晋の陸機の「赴《ク》レ洛《ニ》道中《ノ》作」其の一に、「虎《ハ》嘯《ほユ》深谷《ノ》底、鶏《ハ》鳴《ク》高樹《ノ》巓」とある。

17**戸庭**　戸口と庭先。門のうち、自らの住居のなかをいう。

塵雑　世俗の雑事。「塵」は俗世、「雑」は煩雑、乱雑。暗に世俗の往来を指す。なお鈴木虎雄『陶淵明詩解』、大矢根文次郎『陶淵明研究』などは、文字通り、〃塵やがらくた〃の意でとり、この句を「塵ひとつない」清潔さをいうものと見なしている。

18**虚室**　A＝無駄なものの一切ない、がらんとした部屋、B＝しずかな部屋・ひっそりと寂しい部屋、という二説がある。

A説を採るもの：釈清潭『続国訳漢文大成　陶淵明集』（国民文庫刊行会、一九二九年）、斯波六郎『陶淵明詩訳注』、鈴木虎雄『陶淵明詩解』、松枝茂夫・和田武司『陶淵明全集』上（岩波文庫、一九九〇年）など多数。

B説を採るもの：岡村繁『陶淵明　世俗と超俗』、唐満先『陶淵明集浅注』、魏正申『陶淵明集訳注』（文津出版社、一九九四年）など。

『荘子』「人間世篇」には、「瞻《みレバ》二彼《ノ》闋《むなシキ》者《ヲ》一、虚室《ニ》生《ジ》レ白《ヲ》、吉祥《ハ》止《とどマル》レ止《とどマルモノニ》」とあり、「虚室」を空虚な悟りの心にたとえている。もし本詩が、『荘子』のこの条を踏まえたものであるとすれば、「虚室」とは、おそらく空虚な部屋であると同時に、官途や名利を忘れ去った作者自身の心の比喩でもありうるだろう。〔通釈〕では、A説を採用している。

餘閑　十分な余暇。「餘」は、たっぷりとあること。「閑」は、ひま、ゆとり。なお石川忠久『NHK漢詩をよむ―陶淵明』など、「閑」を〃静けさ〃と解するものもある。

19**樊籠裏**　鳥かごのなか。「樊」も「籠」もともに、鳥獣を入れるおりやかごのこと。転じて、自由を束縛するもの。ここでは、窮屈な役人生活にたとえる。『荘子』「人間世篇」に、孔子の発言として「若《なんぢ》能《ク》入《リテ》遊《ビテ》二其《ノ》樊《ニ》一而無《カレ》レ感《ズルコト》二其《ノ》名《ニ》一」とある。もし鳥かごのような窮屈な世界に入っても、名声などに心を動かされてはいけない、の意。

別に、「樊」を〃マセ〃と解する立場もある。鈴木虎雄『陶淵明詩解』では、「樊は、枝をさして鳥などの畠にはいらぬやうにせしマセなり、籠は鳥を入れるカゴ」と言い、逯欽立『陶淵明集』（中華書局香港分局、一九八七年）も、「樊、籬《り》障《しょう》」と注する。

20**復**　また。ふたたび。

得返　かえることができた。「返」は、もとのところへ帰る意。

自然　「自《おのづか》ら然《しか》り」（それ自身でそうである）ということで、そのもの本来の状態、あるがままの状態、または作為によって本性が歪められていない自由な状態をいう。『老子』第二五章に「人法《ハのつとり》レ地《ニ》、地法《ハリ》レ天《ニ》、天法《ハリ》レ道《ニ》、道法《ハル》二自然《ニ》一」とある。また淵明の「形影神」序に「言《フ》下神《ノ》辨《ジテ》二自然《ヲ》一以《テ》釈《とケルヲ》上之《ヲ》」と言い、さらに「帰去来兮辞《ノ》」序にも、「質性《ハ》自然《ニシテ》、非《ズ》二矯励《ノ》所《ニ》レ得《ル》一」とある。魏正申『陶淵明集』など、現代中国の注釈書類では、これを〃大自然〃、〃田園〃の意で解するものが少なくないが、六朝時代の「自然」は、natureの訳語としてのそれとは概念が異なることに留意したい。

通釈

田園の住居に帰る　其の一

少《わか》いときから俗世間に適応できるだけの気品がなく、生まれつき、丘や山の世界が好きだった。

それが誤って世俗のしがらみのなかに落ち込んでしまい、ひとたび（自然の世界を）離れて、三〇年にもなった。籠のなかの鳥は、むかし住んでいた林を恋い慕い、池に飼われている魚は、住み慣れたもとの川の淵を思いつづけるものだ。（そこで）南の野原に荒れ地を開墾しようと、世渡り下手な本性を守り通して、故郷の田園に帰ってきた。

私の四角い宅地は、一〇畝あまりの広さがあり、草ぶきの家屋は、八つか、九つほどの部屋もある。楡《にれ》や柳は、家の後ろののきばをおおうように生い茂り、桃や李は、家の前の庭にずらりと並んでいる。ぼんやりとかすむ遠くの人里、たなびき流れる村里の煙。犬は村の奥まった路地で吠え、鶏は桑の樹のてっぺんで鳴いている。わが家の門のなかに入れば、世俗の雑事などまったく無く、がらんとした部屋に入れば、あり余るほどの自由な時間がある。

思えば長いあいだ鳥かごのなかで窮屈な暮らしをしていたが、ふたたび、自分本来の（自由な）状態に立ち返ることができたのだ。

諸説の異同

異同の所在　I

「適俗韻」の構造

異同の類別

A　適俗の韻（修飾語＋被修飾語）。

B　俗韻に適する（動詞＋目的語）。

A説を採るもの：程千帆「陶詩〃少無適俗韻〃韻字説」、村上哲見「『適俗の韻』について」、王堯衢『古唐詩合解』、鈴木虎雄『陶淵明詩解』、斯波六郎『陶淵明詩訳注』、一海知義『陶淵明』、石川忠久『中国古典詩聚花②〈隠逸と田園〉』、松枝茂夫・和田武司『陶淵明全集』上、松浦友久『中国名詩集』（朝日文庫、朝日新聞社、一九九二年）、王瑤『陶淵明集』（人民文学出版社、一九五六年）、逯欽立『陶淵明集』、唐満先『陶淵明集浅注』など。

B説を採るもの：森伯容『古文前集餘師』（京都書林、江戸・天保七年〈一八三六〉）、榊原篁洲『古文真宝前集諺解大成』、釈清潭『続国訳漢文大成　陶淵明集』、星川清孝『陶淵明』、星川清孝『古文真宝前集』上、猪口篤志『評釈中国歴代名詩選』、近藤春雄『詩経から陶淵明まで』（武蔵野書院、一九八九年）など。

異同の論拠

A説（「適俗の韻」と読む説）

釈清潭『続国訳漢文大成　陶淵明集』や星川清孝氏（新釈漢文大系『古文真宝前集』）のように「適俗韻」を「俗韻に適す」のように訓読するのはおそらく成立しない。星川氏は「俗韻」を「世俗の調子」と説明しておられるが、「俗韻に適す」という訓が成立するためには、そうした意味での「俗韻」という連語の存在が前提となるであろう。ところが、六朝時代においては、「適俗」およびそれと類似の表現は頻繁にみえるが、「俗韻」というのはほとんどみられない。また五言の詩句の常例として、二字目、三字目を「適する無し」のように構成するのは、有り得ないとはいえないまでも、いささか特殊であり、ここを無理してそのように読まねばならぬ理由は考え難い。

結論：「適俗韻」の構造は、「適＋俗韻」ではなく、「適俗＋韻」のように解すべきである。

（以上、村上哲見「『適俗の韻』について」）

B説（「俗韻に適する」と読む説）

俗韻は俗調に同じ。淵明の「龐《ほう》参軍に答ふ」の詩に「談諧《かな》ひて俗調無し」とある。一に「俗に適ふ韻無し」と読む説もあるが、わが国では古文真宝に「俗韻に適ふこと無し」と読んでいるのがよいであろう。白楽天の「鄧魴張徹落第」の詩に「古琴に俗韻無し」とある。

結論：「無適俗韻」は、世俗の調子に合うことがなかった、という意味であり、「俗韻に適する無く」と訓読する。

（以上、星川清孝『陶淵明』）

「韻」字の解釈はともかくとして、現代中国の訳注書類ではほとんどすべてがA説を採っている（これは中国人の感覚として「無」＋「適」＋「俗韻」の構造が不自然であることを示唆するだろう）。B説は白居易の詩を根拠にしているが、なんといっても用例に乏しい。いまはひとまずA説に従っておく。

異同の所在 Ⅱ

「羈鳥」の意味

異同の類別

A　旅の鳥。

B　束縛された鳥、籠のなかの鳥。

A説を採るもの：釈清潭『続国訳漢文大成　陶淵明集』、鈴木虎雄『陶淵明詩解』、斯波六郎『陶淵明詩訳注』、一海知義『陶淵明』、大矢根文次郎『陶淵明研究』、星川清孝『陶淵明』、星川清孝『古文真宝前集』上、一海知義・興膳宏『陶淵明・文心雕龍』（世界古典文学全集25、筑摩書房、一九六八年）、入谷仙介『古詩選』下（中国古典選24、朝日新聞社、一九七八年）、都留春雄・釜谷武志『陶淵明』、鎌田正・田部井文雄監修『研究資料漢文学』第三巻・詩Ⅰ（坂口三樹執筆）明治書院、一九九三年）など。

B説を採るもの：榊原篁洲『古文真宝前集諺解大成』、森伯容『古文前集餘師』、漆山又四郎『訳註陶淵明集』（岩波文庫、一九二八年）、松枝茂夫『中国名詩選』中（岩波文庫、一九八四年）、石川忠久『中国古典詩聚花②〈隠逸と田園〉』、石川忠久『NHK漢詩をよむ—陶淵明』、松枝茂夫・和田武司『陶淵明全集』上、松浦友久『中国名詩集』、北京大学中国文学史教研室『魏晋南北朝文学史参考資料』下（中華書局、一九六二年）、逯欽立『陶淵明集』、程千帆・沈祖《しんそ》棻《ふん》『古詩今選』上（上海古籍出版社、一九八三年）、唐満先『陶淵明集浅注』、孫鈞錫『陶淵明集校注』、魏正申『陶淵明集訳注』など。

異同の論拠

A説（旅の鳥、と解する説）

「羇鳥」は客鳥、羇旅の鳥、晋の王讃の「雑詩」に「人情旧郷に依る、客鳥故林を思ふ」とあるのと同じ意味である。家を離れて官途にある者が、故郷を思うことに喩える。

（以上、星川清孝『古文真宝前集』上）

「羇鳥」の「羇」は「寄」と同じ。旅先で仮住居すること。羇旅の羇である。

（以上、入谷仙介『古詩選』下）

「羇鳥」は、故郷を離れて旅にある鳥。陸機「従兄車騎に贈る」詩に、「孤獣 故藪を思ひ、離鳥 旧林を悲しむ」とある。

（以上、都留春雄・釜谷武志『陶淵明』）

B説（束縛された鳥、または籠のなかの鳥、と解する説）

「羈」はつなぎほだす也《なり》、鷹或は鸚鵡の類、あしかはを以《もつて》 係《かけ》て養ふを羈鳥と云ふ、羈《つなが》れたる鳥 猶《なほ》 旧棲し林を忘るることなく恋ひ慕ふ也、鸚鵡の賦に、順《したがひ》テ二櫳檻一ニ以テ俯仰シ、思フ二鄧林之扶疎《ふそ》一タルヲ と云《いふ》の意 也《なり》

（以上、榊原篁洲『古文真宝前集諺解大成』「五言古風長篇」）

〔筆者補説〕A説が渡り鳥をイメージしているのに対して、B説は鷹やオウムのような鳥をイメージしており、結果として両説の間には大きな相違が生じている。ここでは、この句の「羈鳥」が、次の句「池魚」（自由に泳ぎ回ることのできない池の魚）と対偶表現をなすと見て、B説を採用することにした。A説＝「旅の鳥」の傍証例がいずれも「客鳥・離鳥」であることも、A説の実証性の乏しさを示していると言えよう。

異同の所在 III

「依依」の意味

異同の類別

A　煙がなよなよとたなびき流れるさま。ゆらゆらと立ち上るさま。

B　慕わしげなさま。なつかしく、心ひかれるさま。

C　煙のかすかなさま。

D　はるか遠くにぼんやり見えるさま。

A説を採るもの：榊原篁洲『古文真宝前集諺解大成』、漆山又四郎『訳註陶淵明集』、斯波六郎『陶淵明詩訳注』、入谷仙介『古詩選』下、星川清孝『陶淵明』、松枝茂夫・和田武司『陶淵明全集』上、松浦友久『中国名詩集』、鎌田正・田部井文雄監修『研究資料漢文学』第三巻・詩Ⅰ（坂口三樹執筆）、丁福保『陶淵明詩箋注』（芸文印書館、一九七七年第五版）、王叔岷『陶淵明詩箋証稿』、楊勇『陶淵明集校箋』（正文書局、一九七六年）、北京大学中国文学史教研室『魏晋南北朝文学史参考資料』下、李華『陶淵明詩文選』、唐満先『陶淵明集浅注』、孫鈞錫『陶淵明集校注』、魏正申『陶淵明集訳注』など。

B説を採るもの：釈清潭『続国訳漢文大成　陶淵明集』、一海知義『陶淵明』、大矢根文次郎『陶淵明研究』、一海知義・興膳宏『陶淵明・文心雕龍』、伊藤正文・一海知義『漢魏六朝詩集』（中国古典文学大系16、平凡社、一九七二年）、石川忠久『中国古典詩聚花②〈隠逸と田園〉』、石川忠久『NHK漢詩をよむ―陶淵明』、都留春雄・釜谷武志『陶淵明』、逯欽立『陶淵明集』など。

C説を採るもの：星川清孝『古文真宝前集』上、松枝茂夫『中国名詩選』中、王瑤『陶淵明集』、姜書閣・姜逸波『漢魏六朝詩三百首』（岳麓書社、一九九二年）など。

D説を採るもの：蒋宗許「読逯注『陶淵明集』札記」（『中国語文』一九八七年第三期）、諸橋轍次『大漢和辞典』など。

異同の論拠

A説（煙のたなびくさま、と解する説）

『詩』小雅「采薇篇」、「楊柳依依」。柳葉の柔弱なるがたよたよと悠揚する貌《さま》、物に依り傍《そ》ふが如《ごとく》なるを「依依」と云《いふ》也《なり》。烟のたちのぼるも裊《じょう》々としてなびく貌《さま》、物に依り傍《そ》ふが如《ごとく》なる故に「依依」と云《いふ》也《なり》。

（以上、榊原篁洲『古文真宝前集諺解大成』）

「依依」は、物ごとが断ち切れずに続くさま。ここでは、煙やモヤが緩やかにたなびき流れるさまをいう。

（以上、松浦友久『中国名詩集』）

C説（煙のかすかなさま、と解する説）

「依依」は、「依稀」に同じく、気がかすかに立ちのぼる。かすかにたなびく。

（以上、星川清孝『古文真宝前集』上）

D説（はるか遠くにぼんやりと見えるさま、と解する説）

思うに、この詩の「曖曖」と「依依」は、互文である。つまり、「依依」と「曖曖」とはほぼ同じ意で、遠くぼんやりしているさまを表す。この意味で用いる例は少くない。たとえば、（中唐）銭起《せんき》「送《ル》元評事《ノ》帰《ルヲ》山居《ニ》」に「憶《ヒ》家《ヲ》望《ム》雲路《ヲ》、東去独《リ》依依《タリ》」とあり、この「依依」が、はるかなさまをいうことは明らかであろう。また（晩唐）韓偓《かんあく》「離《レテ》家《ヲ》第二日却《ツテ》寄《ス》諸兄弟《ニ》」に「却《ツテ》望《メバ》山川《ヲ》空《シク》黯《あん》黯《タリ》、迴《めぐツテ》看《レバ》僮僕《ヲ》亦《タ》依依《タリ》」とあるが、この「黯黯」と「依依」も互文であって、「依依」の前に「亦」字を用いていることから、「依依」が「黯黯」と同じであることはいっそう明らか。「迴看」するためには、必ず「依依」でなければならないのである。さらに、（晩唐）趙嘏《ちょうか》「送《ル》滕邁郎中《ノ》赴《クヲ》睦州《ニ》」にも「詩《ニ》尋《ヌレバ》片石《ヲ》依依《トシテ》晩《くレ》、帆《ニ》挂《リテ》孤雲杳杳《トシテ》軽《シ》」と言う。ここの「依依」と「杳杳」も互文であり、「依依」は「杳杳」とほとんど同じことである。（原文中国語）

（以上、蒋宗許「読逯注『陶淵明集』札記」）

なおB説（慕わしげなさま、と解する説）は、とくに論拠を明示していない。都留春雄・釜谷武志『陶淵明』では、この詩の「依依」を、淵明の「答《フ》龐《ほう》参軍《ニ》」にいう「依依《タル》旧楚、邈邈《ばくばくタル》西雲」の「依依」と同一視して、「心ひかれるさま」と解しているようだが、淵明の詩中に見える「依依」が必ずしもすべて同義であるとは限らない。中国古典詩に見える「依依」はきわめて多義的な詩語であり、用いられる文脈に応じて意味が異なってくるからである。いま本稿では、A説がもっとも通行していることを重んじ、ひとまずA説に従っておく。

ちなみに、鈴木虎雄『陶淵明詩解』では、「依依は、よりそふ貌。はかばかしく立ちのぼらぬ貌なり」という、独自の解釈を示している。

備考

通説によれば、この詩は帰田の翌年、すなわち義熙二年（四〇六）、作者42歳の作である。しかし、淵明が初めて仕官したのが、太元一八年（三九三）、29歳とされており、41歳で帰田するまで、その間一三年であるので、詩の第3句目、4句目にある「誤《リテ》落《チ》塵網《ノ》中《ニ》、一去三十年」の記述と時間的に符合しない。そこで従来、この「一去三十年」の句をめぐって、さまざまな解釈が示されてきた。いま、その代表的な説をいくつか紹介しておこう。

まず、この問題に言及する諸家の立場は、大きく二つに分けることができる。すなわち、「三十年」の文字に誤りがあると見るものと、反対に「三十年」が正しいと見るものである。年代的に言えば、前者の方が古く（南宋の王質『栗里譜』のように、作者30歳説を採るものを除く）、後者はそれを受けて出てきたものと言えよう。

さて前者の立場に立つものとしては、以下の三説がある。第一は、南宋の呉仁傑《ごじんけつ》のA＝「十三年」説。『陶靖節先生年譜』義熙二年丙午《へいご》の条では、次のように言う、「按 太元癸卯《きぼう》（引用者注：癸巳の誤り）、先生初仕為州祭酒、至乙巳《いつし》去彭沢而帰、纔《わづかニ》一周、不応云三十年、当作一去十三年」と。淵明が江州の祭酒として初めて仕官（起家）したのが、太元一八年（三九三）のことであり、義熙元年（四〇五）に帰郷するまで一三年であるから、「三十年」はむしろ「十三年」に作るべきだ、という見解である。現代の注釈書類では大部分がこの説を支持しており、一海知義『陶淵明』、石川忠久『中国古典詩聚花② 〈隠逸と田園〉』、王瑤『陶淵明集』、唐満先『陶淵明集浅注』、呉沢順『陶淵明集』（岳麓書社、一九九六年）などは、すでに本文を「三十年」から「十三年」に改めている。

第二は、元の劉履《りゅうり》のB＝「踰十年」説。『選詩補註』巻五に、「三、当作踰、或在十字之下。按 靖節年譜、太元十八年、起為州祭酒、時年二十有九、正合飲酒詩、投耒去学仕、是時向《なんなんトス》立年之句。以此推之、至彭沢退帰、才《わづかニ》十三年、此云三十誤矣」とあり、「三十年」は「踰十年」、もしくは「十三年」に作るべきだと主張する。後者の仮説は、さきの呉仁傑の説をそのまま踏襲したものであろう。一方、前者の「三」を「踰」とする説について言えば、意味のうえでは通じるものの、「踰」字を「三」字に誤写するということは、まったく有りえないとは言えないまでも、可能性はきわめて低いと言ってよいだろう。元の何孟春『陶靖節集』が、この説を支持する。

そして最後は、C＝「已十年」説。この説を唱える、清の陶澍《じゅ》『靖節先生集』巻三は、前掲、B、劉履の説と、A、呉仁傑の説を引用した後、続けて次のように述べる、「又按、三当作已、不作踰。三豕《さんし》渡河。已之悞《あやまルコト》三、久矣」と。たしかに、劉履の言う「踰」よりは、「已」の方が字形の相似の点で「三」に誤る可能性は高いように思われる。ただし陶澍がその実例として挙げた秦の呂不韋《りょふい》主編『呂氏春秋』巻二二「慎行論・察伝篇」には、「夫己与三相近、豕与亥相似」とあり、「三豕」を「己亥」の誤りとしている。つまり、『呂氏春秋』は、「己」字を「三」字に誤った例について言及しているのであって、これを「已」を「三」に誤った例として引用するのは、まことに不適切だと言わねばならない。現代の注釈書のうち、この説に従うものにA. R. Davis "T'ao Yuan-Ming" (Hong Kong University Press, 1983) などがある。

一方、「三十年」を肯定する立場にも、およそ三つの説がある。第一は、D＝いままでに過ぎ去った年数（＝三九年間）の一〇の位を挙げた、とする説。清の方東樹『昭昧詹言《しょうまいせんげん》』巻四では、次のように述べる、「公以義熙元年乙巳《いつし》冬、自彭沢帰、自是終身不再出、時年四十一歳。其仕以三十六、首尾共《あはセテたダ》止六年耳《ナルのみ》。所云三十年、指已去之年、挙其大数、対今四十言之。若曰前《フガさきダツコト》此《ニ》三十《ニシテ》尚《ホ》未《ダ》能《ハ》立《ツ》、今《ニシテ》而四十、乃《チ》得《タリ》決《スル》計《ヲ》耳《ヲのみ》。意蓋《シ》如《シ》此《クノ》、勿《カレ》以《テ》詞《ヲ》害《スルコト》《ヲ》可也。蓋《シ》三十九以前《ハ》、仍《なホ》繋《つなグ》以《テスル》三十《ヲ》耳。姑《しばらク》解《スルコト》之《ヲ》如《シ》此《クノ》、以《テ》俟《まツ》通賢《ヲ》」と。方東樹の所説は、必ずしも明快とは言いがたいが、要するに40代（厳密には42歳）の現在に対して、30代までの時間を概数として、「三十年」と言ったものと考えているようである。この説の注目すべき点は、「一去三十年」の句を仕官してからの年数ではなく、生まれてからの年数を言うものと解している点であろう。同様に「三十年」を仕官以前の年にさかのぼって計算するものとして、楊勇『陶淵明年譜彙訂』（『陶淵明集校箋』所収）、鍾優民「陶淵明的田園詩」（『陶淵明論集』所収、湖南人民出版社、一九八一年）、入谷仙介『古詩選』下などがある。

第二は、E＝「三十年」を「一世」と解する説。王叔岷『陶淵明詩箋証稿』では、この詩の「一去三十年」の句は、「帰園田居」其の四にある「一世異《ことニス》朝市《ヲ》」の句と呼応するものであり、「三十年」は「一世」の意である、と主張する。星川清孝『古文真宝前集』（上）なども、この説を採用しており、「一世」は「一生」と同じであるから、「一去三十年」とはそのままずっと一生をすごしたとの意である、と説明している。

そして第三は、逯欽立『陶淵明集』の、F＝「三十年」は「十年」の誇張表現であり、いかにも長かったという気持ちを「三十年」と表現した、とする説。同書によれば、「十」であるのに「三十」と称するのは、古代に前例があり、その実例として『史記』「匈奴伝」の「秦滅《ボシ》六国《ヲ》、而《シテ》始皇帝使《ム》蒙恬《もうてんヲシテ》将《ひきヰ》十万之衆《ヲ》、北《ノカタ》撃《タ》《ち》胡《ヲ》」と、同「蒙恬伝」の「乃《チ》使《ム》蒙恬《ヲシテ》将《ひきヰ》三十万衆《ヲ》、北《ノカタ》伐《タ》戎狄《じゅうてきヲ》」の条を挙げている。

「三」が誇張の数字であるという点において、このF説はたしかに興味深い説だと思うが、「十年」を「三十年」と表現した先行用例として『史記』を引用するのは妥当性を欠く。というのも、すでに李華「陶淵明『帰園田居』詞語考釈四題」（『陶淵明新論』所収、北京師範学院出版社、一九九二年）が指摘しているように、同一の事件について「始皇本紀」では「蒙恬伝」と同じく「三十万」と記しており、さらに「主父偃《えん》伝」でも「三十万」と記していることからすると、「十万」と記す「匈奴伝」の方に誤りがあると考えられるからである。とはいえ、李華主編『陶淵明詩文賞析集』（蘇者聡執筆、巴蜀書社、一九八八年）など、現代中国の注釈書のいくつかはこの説を高く評価しており、わが国でも松枝茂夫・和田武司『陶淵明全集』（上）が支持している。

（井上　一之）

0責子　　子《こ》を責《せ》む

1白髪被兩鬢　　白髪《はくはつ》　両鬢《りやうびん》を被《おほ》ひ

2肌膚不復實　　肌膚《きふ》　復《ま》た実《ゆたか》ならず

3雖有五男兒　　五男児《ごだんじ》有《あ》りと雖《いへど》も

4總不好紙筆　　総《す》べて紙筆《しひつ》を好《この》まず

5阿舒已二八　　阿舒《あじよ》は已《すで》に二八《にはち》なるも

6懶惰故無匹　　懶惰《らんだ》なること故《もと》より匹《たぐひ》無し

7 阿宣行志學
8 而不愛文術
9 雍端年十三
10 不識六與七
11 通子垂九齡
12 但覓梨與栗
13 天運苟如此
14 且進杯中物

阿宣《あせん》は行〻《ゆくゆく》志学《しがく》なるも
而《しか》も文術《ぶんじゅつ》を愛《あい》せず
雍《よう》と端《たん》とは年十三《としじふさん》なるも
六《ろく》と七《しち》とを識《し》らず
通子《つうし》は九齢《きうれい》に垂《なんなん》とするも
但《た》だ梨《なし》と栗《くり》とを覓《もと》むるのみ
天運《てんうん》　苟《いやし》くも此《か》くのごとくんば
且《しばら》く杯中《はいちゅう》の物《もの》を進《すす》めん

テキスト　『先秦漢魏晋南北朝詩』晋詩一七（中―1002）　◆汲古閣旧蔵、宋刻逓修本『陶淵明集』三（北京図書館所蔵。略称『汲古閣本』）　◆南宋、紹興十年刊刻『陶淵明文集』三（略称『蘇写本』）　◆南宋、紹熙三年、曽集刊刻『陶淵明詩一巻雑文一巻』（略称『曽集刻本』）　◆南宋、湯漢註『陶靖節先生詩註』三　◆元、李公煥箋『箋註陶淵明集』三　◆覆宋本縮刊袖珍本『陶淵明集』三（略称『縮刊袖珍本』）　◆明、何孟春註『陶靖節集』三　◆明、黄文煥析義『陶元亮詩』三（略称『陶詩析義』）　◆明、張自烈評『箋註陶淵明集』三　◆清、呉瞻泰註『陶詩彙注』三　◆清、温汝能評『陶詩彙評』三　◆清、陶澍註『靖節先生集』三　◆『古文真宝』前集・二　◆明、張溥『漢魏六朝百三名家集・陶彭沢集』　◆明、鍾惺・譚元春『古詩帰』九　◆明、馮惟訥『古詩紀』四五　◆清、陳祚明『采菽堂古詩選』一三　◆清、張玉穀『古詩賞析』一四

校語
4 **總**　『汲古閣本』『曽集刻本』『湯漢注本』『李公煥注本』『縮刊袖珍本』では「揔」に作る。「總」と同義。また『蘇写本』では「惣」に作る。「揔」に同じ。
5 **二八**　『汲古閣本』『曽集刻本』『湯漢注本』『縮刊袖珍本』に「一作十六」と注する。
6 **懶**　『蘇写本』『曽集刻本』『李公煥注本』『縮刊袖珍本』『何孟春注本』『陶詩析義』『張自烈評本』『陶詩彙評』『古文真宝』『陶彭沢集』『古詩紀』では「懶」に作る。俗字。また『古詩帰』は「嬾」に作る。ほぼ同義。
惰　『汲古閣本』『曽集刻本』『湯漢注本』『縮刊袖珍本』に「一作放」と注する。
故　『古詩賞析』は「固」に作る。また『汲古閣本』『曽集刻本』『縮刊袖珍本』に「一作固」と注する。
8 **愛**　底本のみ「好」に作り、その他の諸テキストではいずれも「愛」に作る。底本を見ると、本詩は本集（『陶淵明集』）及び『（古）詩紀』に見えるとあり、「好」字の校語として「曽本、蘇写本、焦本作ル㆑愛ニ」と注記している。となると、ここの文字（「好」）は『古詩紀』に従ったことになるが、『古詩紀』（四庫全書本）自体は「愛」に作っており、釈然としない。いまはひとまず諸本に従っておく。ちなみに同じ編者（逯欽立）の撰にかかる『陶淵明集』（中華書局、一九八七年）では「愛」字を採っている。
9 **三**　『陶詩析義』『張自烈評本』では「二」に作る。また『陶詩彙

注』では「年十三、一作十二三」と注する。

11九　『汲古閣本』『曽集刻本』『湯漢注本』『縮刊袖珍本』に「一作六」と注する。

12覓　『曽集刻本』『湯漢注本』『李公煥注本』『縮刊袖珍本』『何孟春注本』『陶詩析義』『張自烈評本』『古詩紀』『古詩賞析』は「覔」に作る。俗字。『蘇写本』では「念」に作り、「一作覔」と注する。また『汲古閣本』『曽集刻本』『縮刊袖珍本』に「宋本作念」という校語がある。

梨　『張自烈評本』では「黎」に作る。あかざ（藜）の意。また『古詩賞析』は「棗」に作る。なつめ。

14杯　『古文真宝』では「盃」に作る。俗字。

詩型・韻字

五言古詩。實《じつ》・筆《ひつ》・匹《ひつ》・術《＊じゅつ》・七《しち》・栗《りつ》・物《△ぶつ》（入声質物△韻〔質術＊物△韻〕）。

語釈

0責子　子供たちをしかる。息子たちの不出来をユーモラスに叱責したもの。この詩の創作意図については〔備考〕を参照されたい。

「子」について、『汲古閣本』『蘇写本』『曽集刻本』『湯漢注本』『縮刊袖珍本』などの宋本、及び『李公煥注本』『何孟春注本』『張自烈評本』では、題下に「舒儼《げん》、宣俟《し》、雍份《ひん》、端佚《いつ》、通佟《とう》。凡《ソ》五人。舒、宣、雍、端、通皆《ハ》小名《ナリ》」（『何孟春注本』は「凡」を「共」に、『蘇写本』は「皆」を「時」に作る）」と注記する。この注が誰の手になるものなのかは不明であるが、淵明に五人の男子がいたこと、しかもその名がみな「亻《にんべん》」を共有し、上から「儼・俟・份・佚・佟」といったことは、かれ自身が書いた「与《フル》二子《ノ》儼等《らニ》一疏」にも見える。したがって、この詩に詠まれる「舒・宣・雍・端・通」が、題下注のとおり「儼」以下の五人を指すと考えて間違いなかろう。

なおこの詩の制作年代については、諸家によって見解が分かれる。詳しくは、〔諸説の異同〕Ⅰを参照されたい。

1被　おおう。かぶさる。

両鬢　左右のびんの毛。「鬢」は、耳ぎわの髪の毛。白髪の目立つ箇所。西晋の左思の「白髪賦」に「星星《タル》白髪、生《ズ》二于鬢垂《びんすいニ》一」とある。また淵明の「飲酒」其の一五にも、「歳月相《ヒ》催逼《シせまり》、鬢辺早《クモ》已《ニ》白《シ》」とある。鬢が白いとは、すでに年老いたことをいう。

2不復　高校漢文の教科書類では、これを部分否定の句形だとして、ことさらに強調しているが、形式──否定詞の直後に副詞が置かれる──は「不全……」「不常……」などの部分否定と共通していても、「二度とは……しない」の意はない。六朝時代の詩文（とくに口語的性質の強い文章）のなかで否定詞・副詞・接続詞などの後に「復」が置かれることが多く、これらはただ語調を整えるだけで、「また、もう一度」といった実義をもたないとされる。

清の劉淇《りゅうき》『助字辨略』巻五「復」字の条では、六朝・宋の劉義慶編『世説新語』「品藻」の「阿奴今日不三復《タ》減《ぜ》二向子期《しょうしきニ》一」や淵明「形影神三首・形贈《ル》レ影《ニ》」詩の「謂《フ》二人《ハ》最《モ》霊智《ナリト》一、独《リ》復《タ》不レ如《クナラかくノ》レ茲」などの用例をあげ、「此《ノ》復字《ノ》、語助也」と説明する。また蔣紹愚「唐詩詞語札記」（『北京大学学報』一九八〇年第三期、所載）でも、「（復は）語助詞。形容詞、副詞の後に置かれ、還、又といった意味はなく、ただ語助の働きをするだけである（原文中国語）」とし、こうした用法が唐詩においても見られることを報告している（もっとも近年の中国語法概説書類では、副詞と接続詞に後置される「復」を「語助詞」でなく、接尾辞と見なすようになってきている）。

　なおわが国では「不復……」を否定の強調形式と見る傾向がつよい。原田種成「『不復』の訳について」（『漢文教室』第七一号、大修館書店、一九六五年）では、「不復……」の句例を先秦から唐宋にかけて検討したうえで、「『復』も『不復』となれば、本来の『ふたたび』『もう一度』の意は無くなって、『まったく……ない』『まるっきり……ない』『全然……ない』と訳す」べきだとして、「復」を否定を強調する助字と見なす。

実　（皮膚が）充実している。また肌などがかたくひきしまっていること。堅実。

3 **五男児**　淵明の五人の息子、儼《げん》・俟《し》・份《ひん》・佚《いつ》・佟《とう》をいう。

4 **総**　統括を表す副詞で、「みな」「すべて」の意。原義は「ふさ」（名詞）であるが、転じて「すべる、あつめる」（動詞）意となり、後に副詞の用法が派生してきた。藤堂明保等編『中国文化叢書①言語』「中古漢語の語法と語彙」（志村良治執筆）大修館書店、一九六七年）によれば、「総」の副詞用法の早い例が、本詩のこの句である。

紙筆　紙と筆。ともに勉強道具であることから、読み書き・学問の換喩（メトニミー）として用いられる。

5 **阿舒**　「阿」は、六朝時代の文献（主に小説）にひろく見られる語で、名詞の頭に冠する接頭辞。もとは親しみを込めるために用いられたが、しだいに本来の意味が弱まり、用法が拡大化した。江藍生『魏晋南北朝小説詞語匯釈』（語文出版社、一九八八年）によれば、この語の使用状況は以下の四つに類別できる。

　①親族呼称の前に置かれる場合（阿兄など）、②ひとの姓、名、字の前に置かれる場合（阿郭など）、③人称代詞の前に置かれる場合（阿儂など）、④指示代詞の前に置かれる場合（阿堵など）。ここは、幼名（小名）なので、ひとまず②のケースに属すると見てよいだろう。

　ところで、前掲、江藍生『小説詞語匯釈』では、小名に用いられる「阿」に、さらに二つのケースがあることを報告している。すなわち、小名のなかの一字を取って、それに親しみを表す接頭辞「阿」を冠する場合と、小名そのものに、「阿」が含まれる場合である。たとえば、東晋の王胡之（小名は、脩齢）を「阿齢」と呼ぶのは、前者のケース。一方、『世説新語』「豪爽篇」に見える「阿黒」は、劉孝標《りゅうこうひょう》の注に王敦《おうとん》の小名とあることから、後者のケースに属することが確認される。とすると、本詩の「阿舒」についても、同様に「阿」＋小名「舒」（もしくは「舒×」・「×舒」）と見る説と、「阿舒」を小名と見る説の二つの可能性が考えられよう。

　わが国の注釈書を見渡すと、おおむね前者、つまり「舒」小名説に傾いているようである。たとえば、斯波六郎『陶淵明詩訳注』（北九州中国書店、一九八一年再版）は、「名は舒であるが、親しんで阿をつけた」と言い、また一海知義『陶淵明』

（中国詩人選集4、岩波書店、一九五八年）でも「阿は名前の上につける愛称、何何ちゃんというのにあたる」と述べている。一方、「阿舒」小名説の立場を採るものに、松枝茂夫・和田武司『陶淵明全集』上（岩波文庫、一九九〇年）、松枝茂夫『中国名詩選』中（岩波文庫、一九八四年）、松浦友久『中国名詩集』（朝日文庫、朝日新聞社、一九九二年）などがある。

だがしかし、当時の人々の意識のなかで、小名に関するこうした厳密な区別がじっさいにあったのかどうか、いささか疑問である。前掲の「脩齢」（王胡之の小名）のような二音節の小名の場合は別として、「舒」のような一音節の場合、それを呼びやすくするために人名に用いる接頭辞「阿」もしくは接尾辞「子」を付けて二音節化するのはごく自然なことだと言えよう。したがって、「阿」を付けたからといって、必ずしも親しみを込めて、「舒ちゃん」と呼んでいるとは限らないし、またかといって、「舒」ではなく、「阿舒」が正式な小名として公認されていたわけでもないだろう。というのも、「阿舒」という場合、その意味の中心はあくまでも「舒」にあり、「阿」はその添字にすぎないからである。事実、当時の人々が文章を書くさい、しばしば小名の「阿×」を「×」と略記することがあったらしい。たとえば、柳士鎮『魏晋南北朝歴史語法』（南京大学出版社、一九九二年）が指摘しているように、「阿瞞《まん》」を小名とする魏の曹操は、「曹阿瞞」ではなく、ときに「曹瞞」と記されている。これは、当時の人々の意識において、「阿」が実際の意味をもたなかったことを示唆するものであろう。また本詩の後文に、第三子、第四子を「阿雍・阿端」と呼ばず――第一子、第二子はいずれも「阿」を冠するにもかかわらず――「雍端」と簡略化していることから見ても、小名「阿×」と「×」の区別がかなり曖昧であったと考えられる。要するに、「舒」と「阿舒」は、いずれも長男の小名と見ることができるわけである。〔通釈〕では、ひとまず「阿舒」と訳しておいた。「阿宣」についても同じ。

ちなみに、長男「阿舒」の誕生に際し、淵明は「命《なヅク》レ子ニ」と題する四言詩を作っているが、そのなかに「名《ヅケテ》レ汝ニ曰《ヒ》レ儼ト、字《あざなス》二汝ニ求思ト一」とある。「阿舒」の名は儼《げん》、字を求思《きゅうし》といった。

二八　九九の乗法による表現で、16歳をいう。なおこうした漢文独特の数字の表記に関して、猪口篤志『評釈中国歴代名詩選』（右文書院、一九八二年）では、次のように説く、「漢詩文の数字のあらわし方で、上の数が小さくて下の数が大なる時は、乗数をあらわす。たとえば二八は十六、三五は十五となる（上下同じ数までは同じ）。逆に上の数が大きくて下の数が小さいときは、分数をあらわすことがある。十二は十分の二、十一は十分の一となるように（但し序数と明確に区別するためには中に之の字を入れる。十之二、十之一という風に）」と。

また陶文鵬・丘万紫『陶淵明詩文賞析』（広西教育出版社、一九九〇年）では、本詩のなかに「一」と「四」を除く、十以下の数字が巧みに取り込まれている点に着目し、ここに諧謔の趣が感じられる、と言う。

6 **懶惰**　なまける。怠惰なこと。

故　もともと、以前から。この字の解釈に関しては諸説がある。詳しくは、〔諸説の異同〕IIを参照。

無匹　たぐいがない。「匹」は、偶、配に同じ。肩を並べるもの、対等するもの、の意。一説に、類、比に同じとして、「無類の、比べるものがない」と訳す。いずれも最上級の表現なので、内容の上では大差がない。

7 **阿宣**　次男、俟《し》の小名。

行　現代中国語の「将要」に当たる、近い未来を表す時間副詞。将、欲とほぼ同じ。「ゆくゆく」と読み、「もうすぐ……だ」、「まもなく……しようとする」の意。淵明「帰去来兮《ノ》辞」に「善《よミシ》二万物之得《タルヲ》レ時《ヲ》、感《ズ》二吾生《ガ》之行〻《ゆくゆく》休《スルニ》一」とある。

志学　『論語』「為政篇」の「子曰《ハク》、吾十有五《ニシテ》而志《ス》二于学《ニ》一」に基づく語で、15歳をいう。

8 **文術**　文章・学術。学問をいう。一説に読書・作文の意。用例のきわめて乏しい詩語であるが、「武術」の語があるので、それに対応させて言ったものか。

9 **雍端**　三男の份《ひん》、四男の佚《いつ》の小名。この二人は同年であるため、①一方が庶子（妾の子）であるとする説と、②双子であるとする説がある。いずれの説もとくに確かな根拠があるわけではないが、この問題は淵明に妾がいたことを認めるかどうかという、伝記上重要な点に関わっているため、古来諸家の間で議論が喧《かまびす》しい。

まず、①説を採る、宋の馬《ば》永卿《えいけい》『嬾真子』巻三は、「与《フルノ》二子《ノ》儼等《ニ》一疏」のなかで、淵明が息子たちに「汝等《なんぢらハ》雖《モ》レ不《ト》二同生《ナラ》一（おまえたちは同じ母から生れたわけではない）」と明言していることを主要な論拠として、以下のように説く、「五柳《ノ》『与《フルノ》二子《ノ》儼等《ニ》一疏』云《ヘラク》、汝等雖《モ》レ不《ト》二同生《ナラ》一。又云《ヘラク》、況《ンヤ》共父之人《ヲヤ》。則《チ》知《ル》三五子《ノ》非《ザルヲ》二一母《ニ》一。或《ヒト》云《ヘラク》、以《テ》二五柳之清高《ナルヲ》一、恐《ラクハ》無《カラン》二庶出一。但《ダ》前《ノ》後嫡母《アルのみト》耳。僕以《テ》二『責《ムノ》レ子詩《ヲ》』一考《フルニ》レ之《ヲ》、正《ニ》自《ラ》不《ラ》レ然。詩云《ヘラク》、白髪被《ヒ》二両鬢《ヲ》一……（中略……）且進《メント》二盃中物《ヲ》一。且《ツ》雍端《ノ》二子、皆年十三、則《チ》其《ノ》庶出《ナルコト》可《キ》レ知《ルのみ》也已。噫《ああ》先生《ノ》清徳如《シ》レ此《クノ》。而乃《チ》有《ルハ》二如《キ》夫人《ノ》（妾）一、亦可《シ》二一笑《ス》一」と。

これに対して、②双子説を主張する、清の陶澍《とうじゅ》『靖節先生年譜考異』（太元一九年の条）は、「澍按《ズルニ》、先生《ノ》長子儼《ハ》、蓋《シ》前妻《ノ》所《ム》レ生、餘《ハ》或《イハ》翟《てきニ》（＝継室の翟氏）出《ツ》、故《ニ》疏《ニ》言《フ》レ雖《モ》レ不《ト》二同生《ナラ》一。若《キハ》二份佚《ひんいつノ》同歳《ノ》一、以《テ》下顔誄『居無《シ》二僕妾《ニ》一』上証《セバ》レ之《ヲ》、当《ニ》二是孿生《れんせいナル》一《ベキ》耳」と述べ、劉宋の顔延之「陶徴士誄《ノるい》」の「居無《シ》二僕妾《ニ》一（家に下僕や妾を置かなかった）」という記載から、淵明に妾がいなかった、と主張している。陶澍の依って立つ「陶徴士誄《ノるい》」の記述には年代的に見て一定の説得力があり、梁啓超『陶淵明年譜』以下、今日②説に従うものは多い。

もっとも、古直『陶靖節年譜』（義熙七年の条）は、「居無《シ》二僕妾《ニ》一」の「妾」について、陶澍の考えるような〝側室〟の意味ではなく、じつは〝女子の給事者〟の意味であることを例証し、淵明に〝側室〟がいなかったとする陶澍の説に反論している。

10 **不識六与七**　「六」と「七」の区別がつかない。「識」は、識別する、見分けること。なおこの句の解釈については、異説がある。詳しくは、〔諸説の異同〕Ⅲを参照されたい。

11 **通子**　末子、佟《とう》の小名。「子」は、人物、動物、植物、器具などの名詞に後置される接尾辞。人物には、主としてその年齢が小さい場合（「童子」など）やその人を卑しんでいう場合（「奴子」など）に用いられる。また江藍生『魏晋南北朝小説詞語匯釈』（前出）は、普通名詞だけでなく、小名にも用いられることが多いと言う。ここは、佟が五人の息子のなかで最年少であるために「子」を付したのであろう。

垂　ほぼ近いことを表す状態副詞。「なんなんトス」と読み、「ほとんど」の意。転じて、「まもなく……になろうとする」。現代中国語の「幾乎」、「将近」に当たる。唐の杜甫に「垂老別《ノ》レ」と題する詩があるが、この「垂」も同じ用法。「垂老」とは、老年に近づく意。

九齢　9歳。「齢」は、年齢。

12**但覓**　「但」は限定の字。「只」の類語。ただ……だけ。

「覓」は、さがし求めること。『玉篇』に「覓、索《ムル》也」とあり、『広韻』に「覓、求《ムル》也」とある。また晋の趙至「与《フルノ》二嵆茂斉《ニ》一書」（『文選』巻四三）に「渉《わたリテ》レ沢《ヲ》求《メ》レ蹊《こみちヲ》、披《ひらキテ》レ榛《ヲ》覓《ム》レ路《ヲ》」とあり、「覓」は「求」とほぼ同じ意味で用いられている。ここでは鈴木虎雄『陶淵明詩解』（麗沢叢書六、弘文堂書房、一九四八年）が言うように、「（梨や栗を）ほしがってさがす」意。ただし、大矢根文次郎『陶淵明研究』（早稲田大学出版部、一九六七年）や一海知義『陶淵明』の言う「ねだる」は意訳のしすぎであろう。

ちなみに、魏晋南北朝時代にあって、「覓」はどちらかと言えば、口語の語彙に属する語であったらしく、その用例は、詩では清商曲のような民間歌謡、文では『世説新語』などの小説類に偏って見られる。こうした点からも、本詩が当時の口語を駆使した特異な作品であることがいっそうよく理解されよう。

なお〔校語〕に示したように、『蘇写本』では「覓」を「念」に作っており、『汲古閣本』『曽集刻本』には「宋本作《ル》レ念《ニ》」との校語がある。「念」であれば、ずっと思い続けること。すなわち、始終「梨と栗」のことばかりを考えている。

梨与栗　梨と栗。清の聞人倓箋《ぶんじんたん》『古詩箋』五言詩巻六「陶潜」では「陶弘景《ノ》別録《ニ》、梨《ハ》性冷利、多食《スレバ》損《ナフ》レ人《ヲ》、謂《フト》二之《ヲ》快果《ト》一。呂氏春秋《ニ》、伊尹曰《ハク》、果之美《ナル》者、箕山之栗《ナリト》」と注する。また鎌田正・田部井文雄監修『研究資料漢文学』第三巻・詩Ⅰ（坂口三樹執筆、明治書院、一九九三年）では「梨や栗は、現代でいえば、幼児のおやつに相当するもの」と述べる。さらに唐満先『陶淵明集浅注』（江西人民出版社、一九八五年）でも、同じく「零食（おやつ）」と解している。もちろん意味的には、そうしたイメージをもっているのであろうが、同時にまた音声的な側面にも注意を払う必要があろう。すなわち現代中国語で「梨lí」、「栗lì」と発音されるこの二字は、中古音にあっても、〔lii〕と〔liět〕と、共通の声母をもっていた。ここはそうした音声的相似による可笑しさをねらった、一種の言語遊戯であろう。

なお『古詩賞析』巻一四は「梨」を「棗」に作っている。なつめの意。音は、「サウ」。

13**天運**　天命。天から与えられた運命。『陶詩析義』巻三では、「責子《ノ》詩《ニ》忽《チ》説《ク》、天運如《シト》レ此《クノ》。非《ザル》二真責《ムルニ》一子《ヲ》也。国運已《ニ》改《マリ》、世世不《ハ》レ願《ニ》二出仕《ヲ》一、父子共《ニ》安《ンジテ》二于愚賤《ニ》一足《レリ》矣。一語《ノ》寄託、尽《ク》逗《とどマル》二本懐《ニ》一」と述べ、東晋から劉宋へと王朝が交代した当時の情勢に対する作者淵明の感慨がこの句に託されていると見る。清の何焯《かしゃく》『義門読書記』巻五〇に「国亡《ビ》主滅《ブ》。何《ゾ》暇《いとまアラン》下復《タ》恤《あはレミ》二子孫《ヲ》一為《スニ》中門戸《ノ》計《ヲ》上。故《ニ》帰《スル》二之《ヲ》天運《ニ》一也」とあるのも、ほぼ同じ立場である。

苟　もしもほんとうに。仮定の副詞。現代中国語の「如果」、「果真」に相当する。

14**且**　訓は、「しばらク」。いまはしばらく……しよう。まあまあ、とりあえずは……でもしよう。「聊」（いささカ）と同じく、陶淵明の詩文のなかでたいてい篇末近くに置かれ、妥協・諦観といった作者の屈折した心理をにじませる。暫時的願望（かりそめのねがい）の辞と言ってよい。なお「且」と「聊」のニュアンスに関しては、田部井文雄「陶淵明における『且』と『聊』について」（『漢文教室』一二二号、大修館書店、一九七七年）に詳しい。

進　飲む、食べる。酒食を口にもってゆくこと。『世説新語』「術解篇」に「荀勗《じゆんきよく》嘗《テ》在《リ》二晋武帝《ノ》坐上《ニ》一、食《ラヒ》レ筍《たけのこヲ》進《ム》レ飯《ヲ》」とある。「進飯」とは、めしを食べる意。また同「任誕篇」では、魏の阮籍《げんせき》が母の喪に遭いながら、酒を飲み肉を食らうさまを、「阮籍遭《ヒ》二母《ノ》喪《ニ》一、在《リテ》二晋文王《ノ》坐《ニ》一、進《ム》二酒肉《ヲ》一」と記す。さらに淵明の「飲酒」其の七に「一觴雖《モ》二独《リ》進《ムト》一、杯尽《キテ》壺自《ラ》傾《ク》」とあるのも同じ意味であろう。

杯中物　さかずきの中の物、すなわち酒。

通釈

子供たちをしかる

白髪が両方の鬢《びん》にかぶさり、肌にも張りがなくなるとしになってしまった。五人の男の子がいるというのに、どの子もみな学問嫌いときている。阿舒はもう「二八」の16歳だというのに、もともとたぐいのないなまけもの。阿宣はもうすぐ「志学」の15歳になろうというのに、文章や学術を好まない。雍と端は13歳になったのに、「六」と「七」との区別もつかない。通子はもうじき9歳になるのに、ただ梨と栗とを欲しがりさがしているばかりだ。ああ、天から与えられた運命がほんとうにこのように定められているならば、とりあえずいまは杯中の酒でも飲むとするか。

諸説の異同

異同の所在　I

本詩の制作時期

異同の類別

A　作者35歳（東晋・義熙二年（四〇六））。
B　作者36歳（義熙七年（四一一））。
C　作者40歳（義熙七年（四一一））。
D　作者42歳（義熙二年（四〇六））。
E　作者43歳（義熙三年（四〇七））。
F　作者43歳（義熙七年（四一一））以前。
G　作者44歳（義熙四年（四〇八））。
H　作者45歳（義熙五年（四〇九））。
I　作者45歳（義熙一二年（四一六））。
J　作者51歳（義熙一一年（四一五））。

A説を採るもの：梁啓超「陶淵明年譜」（『国学小叢書　陶淵明』所収、商務印書館、一九二三年）、方祖燊『陶潜詩箋註校証論評』（蘭台書局、一九七七年）、孫守儇『陶潜論』（正中書局、一九七八年）など。

＊　右の書は、淵明の生卒年を咸安二年（三七二）―元嘉四年

（四二七）とし、享年56歳説を唱える。

B説を採るもの：古直「陶靖節年譜」（『陶靖節詩箋』付録）など。

＊右の書は、生卒年を太元元年（三七六）—元嘉四年（四二七）とし、享年52歳説を唱える。

C説を採るもの：陳怡良『陶淵明之人品与詩品』（文史哲大系65、文津出版社、一九九三年）など。

＊右の書は、生卒年をA、梁啓超説に従う。

D説を採るもの：楊勇「陶淵明年譜彙訂」（『陶淵明集校箋』所収、正文書局、一九七六年）、銭玉峰『陶詩繋年』（台湾中華書局、一九九二年）、李華主編「陶淵明年譜簡編」（『陶淵明詩文賞析集』附録、巴蜀書社、一九八八年）、李華「陶淵明年譜弁証」（『陶淵明新論』所収、北京師範学院出版社、一九九二年）、魏正申『陶淵明集訳注』（文津出版社、一九九四年）など。

E説を採るもの：呉雲『陶淵明論稿』（陝西人民出版社、一九八一年）など。

F説を採るもの：鄧安生『陶淵明新探』（文津出版社、一九九五年）など。

＊右の書は、生卒年を太和四年（三六九）—元嘉四年（四二七）とし、享年59歳説を唱える。

G説を採るもの：王瑤『陶淵明集』（人民文学出版社、一九五六年）、大矢根文次郎『陶淵明研究』、唐満先『陶淵明集浅注』、孫鈞錫『陶淵明集校注』（中州古籍出版社、一九八六年）、侯爵良・彭華生『陶淵明名篇賞析』（北京十月文芸出版社、一九八九年）、『漢魏晋南北朝隋詩鑑賞辞典』（山西人民出版社、一九八九年、王孫執筆）、陶文鵬・丘万紫『陶淵明詩文賞析』（広西教育出版社、一九九〇年）など。

H説を採るもの：劉本棟『陶靖節事跡及作品編年』（文史哲出版社、一九九五年）など。

I説を採るもの：李辰冬『陶淵明評論』（東大図書有限公司、一九八四年再版）など。

＊右の書は、生卒年をA、梁啓超説に従う。

J説を採るもの：逯欽立「陶淵明事迹詩文繋年」（『陶淵明集』附録、中華書局、一九八七年）など。

異同の論拠

大半の論者は、本詩に「阿舒已二八」とあることから、長男儼の生年に一五年を加算する方法を採用している。しかし、もっとも肝心な長男の生年を特定するにあたっては、おのおの見解を異にしており、現在のところ定説というべきものがない。

まずA説を採る梁啓超は、淵明の「怨詩楚調示龐《ほう》主簿鄧《とう》治中」詩に「弱冠逢世阻、始室喪《うしなフ》其偏」とあること、そして南宋の湯漢の注に「其年二十喪偶、継娶《めとル》翟《てき》氏」とあることを主要な根拠として、20歳頃に最初の妻を亡くしたと考える。一方、淵明の「与子儼等疏」を見ると「汝等雖不同生」とあるので、少なくとも長男だけは前妻の子でなければならないことになる。そこで前妻の亡くなる一年前、すなわち淵明19歳の年に長男儼が生まれたと推定する。

これに対して、E説の呉雲、G説の王瑤、H説の劉本棟、およびI説の李辰冬らは、A説の梁啓超と同じく、「怨詩楚調示龐主簿鄧治中」詩を根拠としながらも、『礼記《らいき》』「内則《だいそく》」に「三十而有室、始《メテ》理《をさむ》二男事《ヲ》一」とあることに基づき、前妻を亡くしたのは、20歳ではなく、30歳のときだと考える。これに長男が前妻の子であること、さらに次男俟《し》（これを後妻の子とする）と2歳離れていることを考えあわせると、長男の生年は、淵明28歳から30歳までの三年間に限定される。このうち長男の生年をもっとも早い28歳に設定するのが、E＝43歳説であり、29歳と見るのがG説、そしてもっとも晩い30歳に設定するのが、H・I＝45歳説となる。もっともこの一、二年の時差は、ほとんど恣意的なものにすぎない。

一方、B説を採る古直と、D説を採る楊勇はともに、劉宋の顔延之「陶徴士誄《ノ》」（『文選』五七）の「母老《イ》子幼《ク》、就養勤匱《ス》。遠《ク》惟《おもヒ》二田生《ノ》致《ス》レ親《ニ》之義《ヲ》一、近《ク》悟《ル》二毛子《ノ》捧《グル》レ檄《げきヲ》之懐《ヲ》一」の句を根拠に、淵明が江州の祭酒として出仕する以前にすでに子供がいた点に着目している。そして、最初の仕官を20歳のときと見る古直は、長男の生年を21歳以前と見なし、通説どおりに29歳で仕官したと見る楊勇は、長男の生年を27歳のときと考える。

F説、鄧安生は、顔延之の「誄」を論拠とする点ではB説、D説と同じであるが、さらに淵明の「帰去来兮辞《ノ》」序に「幼稚盈《みツ》レ室《ニ》」とあることに着目する。すなわち、義熙元年（四〇五）の帰田のさい、淵明にはすでに子供がたくさん――少なくとも、同年の第三子份《ひん》と第四子佚《いつ》はこのとき生まれていなければならない――いたわけである。そこで、かりに義熙元年に第五子佟《とう》が2歳であったと想定すると、7歳年長の長男儼《げん》はこのとき9歳となり、その生年は太元二〇年（三九五）以前であったと推測される。

なおJ説を採る逯欽立だけは、これらの論者とは視点を異にしており、「阿舒已《ニ》二八」の句から制作時期を推定するのではなく、「白髪被《フ》二両鬢《ヲ》一」という表現からのアプローチを試みている。つまり、「雑詩」其の六の「奈何《ゾ》五十年、忽《チ》已《ニ》親《みづかラス》二此《ノ》事《ヲ》一」の句、ならびに其の七の「弱質与《ニ》レ運頽《くづレ》、玄鬢早《ク》已《ニ》白《シ》」の句によると、淵明が白髪になったのは50歳頃と考えられるから、同様に「白髪被《ヒ》二両鬢《ヲ》一、肌膚不二復《タ》実《ナラ》一」という本詩も、ほぼ同時期、51歳頃の作だろうと主張するわけである。楊勇もまたこの句に着目し、40歳以上でなければこうしたことばは口にできないとして、A＝35歳説とB＝36歳説に異議を唱えている。

異同の所在　II

「故」の意味

異同の類別

A「もとヨリ」と読んで、もともと、以前から、と訳すもの。

B「ことさらニ」と読んで、ことさらに、と訳すもの。

C「まことニ」と読んで、まことに、まったく、たしかに、と訳すもの。

A説を採るもの：一海知義『陶淵明』、一海知義『陶淵明・文心雕龍』（世界古典文学全集25、筑摩書房、一九六八年）、猪口篤志『評釈中国歴代名詩選』、唐満先『陶淵明集浅注』、孫鈞錫『陶淵明集校注』、石川忠久『漢詩への招待』（新樹社、一九八七年）、都留春雄・釜谷武志『陶淵明』（鑑賞中国の古典13、角川書店、一九八八年）、近藤春雄『詩経から陶淵明まで』（武蔵野文庫11、武蔵野書院、一九八九年）、松浦友久『中国名詩集』、鎌田正・田部井文雄監修『研究資料漢文学』第三巻・詩I（坂口三樹執筆）など。

B説を採るもの：鈴木益堂校正『古文真宝前集』（文徳堂、江戸・安政二年〔一八五五年〕）、漆山又四郎『訳注陶淵明集』（岩波書店、一九八二年再版）、星川清孝『陶淵明』（集英社、一九六七年）、星川清孝『古文真宝前集』上（新釈漢文大系9、明治書院、一九六七年）など。

C説を採るもの：釈清潭『続国訳漢文大成　陶淵明集』（国民文庫刊行会、一九二九年）、斯波六郎『陶淵明詩訳注』、松枝茂夫『中国名詩選』中、石川忠久『NHK漢詩をよむ─陶淵明』、松枝茂夫・和田武『陶淵明全集』上、魏正申『陶淵明集訳注』など。

異同の論拠

A説、B説、C説いずれも異同の論拠が明示されていない。ただ石川忠久『NHK漢詩をよむ─陶淵明』だけは、「強調を示す。全く」という語釈を付する。一方、張相『詩詞曲語辞匯釈』下（中華書局、一九七九年第三版）では、この語の釈義として①「猶《ホ》レ固《ノ》也、本也、自也」、②「猶《ホ》レ常《ノ》也、久也、素也」、③「猶《ホ》レ仍《ノ》也、還也、尚也」、④「猶《ホ》レ云《フガ》二故意、或《イハ》特意《ト》一也」という四つをあげ、本詩を②「素」（もとより）の用例として挙げている。〔通釈〕では、ひとまずA説を採っておく。

異同の所在　III

「不識六与七」の解釈

異同の類別

A　六と七との区別がつかない。

B　六と七の数え方がわからない。

C　六と七とを足すと一三（自分の年）になることさえわからない。

A説を採るもの：釈清潭『続国訳漢文大成　陶淵明集』、鈴木虎雄『陶淵明詩解』、斯波六郎『陶淵明詩訳注』、星川清孝『古文真宝前集』上、星川清孝『陶淵明』、一海知義『陶淵明・文心雕龍』、松枝茂夫『中国名詩選』中、都留春雄・釜谷武志『陶淵明』、石川忠久『NHK漢詩をよむ─陶淵明』、松枝茂夫・和田武『陶淵明全集』上、松浦友久『中国名詩集』、鎌田正・田部井文雄監修『研究資料漢文学』第三巻・詩I（坂口三樹執筆）、魏正申『陶淵明集訳注』など。

B説を採るもの：近藤春雄『詩経から陶淵明まで』など。

C説を採るもの：一海知義『陶淵明』、王叔岷《おうしゅくびん》『陶淵明詩箋証稿』（芸文印書館、一九七七年第五版）、大矢根文次郎『陶淵明研究』など。

異同の論拠

A説（六と七との区別がつかないと解する説）

六と七との見分けがつかない。「六と七となるを識らず」と読み「六と七とを足すと自分の年十三になることすらわからぬ」との解もあるが、識は「識別する」の義であるから前解に従うのがよい。

（以上、星川清孝『陶淵明』）

C説（六と七とを足すと一三になることさえわからないとする説）

「与」という語は、現代中国語の「加」（たす、＋《プラス》）とほぼ同じ意である。つまり、年が十三にもなって、六＋《プラス》七が十三になることもわからない。

（以上、王叔岷『陶淵明詩箋証稿』）

〔筆者補説〕案ずるに、「六」と「七」という数字が、「雍」と「端」の年齢、13歳にちなんだ数字の戯れであると見る点、そしてこの句が数の数え方さえわからない息子たちの愚鈍さをいうと見る点において、A説、C説ともに共通している。しかし、星川清孝『陶淵明』も指摘するとおり、「識」の語義に即して考えれば、C説よりはA説の方がややすぐれるように思われる。「与」が現代中国語の「加」に等しいとする王叔岷説は注目すべき見解ではあるが、その所説の適否については今後、慎重に検討する必要がある。〔通釈〕ではA説を採った。なおB説(六と七の数え方がわからないとする説)は、とくに論拠を明示していない。

備考

本詩の制作意図については、さまざまな見方がある。ここではその主なものをいくつか紹介しておこう。

第一は、わが子への情愛を率直に綴った、情緒的・感傷的な作品と見る立場である。本詩に言及した現存する最古の資料と目される杜甫「遣興《けんきょう》五首」其の三には、次のようにある、「陶潜避《ケシ》レ俗《ヲ》翁《ナルニ》、未《ダ》二必《ズシモ》能《ク》達《セ》一レ道《ニ》。観《ルニ》三其《ノ》著《ス》二詩集《ヲ》一、頗《ル》亦《タ》恨《ム》二枯槁《ナルヲ》一。達生豈《ニ》是《レ》足《ラン》、黙識《もくし》蓋《シ》不レ早《カラ》。有《リ》レ子《ト》賢与レ愚、何《ゾ》其《レ》掛《ケン》二懐抱《ニ》一」。杜甫はここで、淵明がわが子の賢愚を気に掛けることを揶揄しているが、これは要するに、かれがこの詩を作者淵明の真情——嘆きと失望——を忠実に表現した作品として読んでいるからにほかならない。清の温汝能『陶詩彙評』巻三が「老年人望《ムコト》レ子《ニ》尤《モ》切《ナリ》、起語情真《ナリ》」と言うのも同様の見解であろう。

第二は、第一の見方と正反対に、諧謔の作とする立場である。杜甫の文学を祖述する一方で、淵明にも強い関心を寄せていた北宋の黄庭堅は、次のように述べている、「観《ル》二淵明之詩《ヲ》一、想三見《スレバ》其《ノ》人《ノ》豈弟慈祥《ナルヲ》一、戯謔《ナルコト》可《キ》レ観《ル》也。俗人便《ハチ》謂《フ》淵明《ノ》諸子皆不肖《ニシテ》而淵明《ノ》愁嘆見《ハルト》二於詩《ニ》一、可《キ》レ謂《フ》二痴人《ノ》前《ニ》不《ト》一レ得レ説《クヲ》レ夢《ヲ》也」と(『豫章黄先生文集』巻二六「書《ス》二陶淵明責子《ノ》詩《ノ》後《ニ》一」)。黄庭堅によれば、本詩はもともと戯れ(戯謔)の詩にすぎず、本詩から淵明の嘆きを読みとる「俗人」の姿勢は見当違いということになる。たしかに「責子」という詩題とは裏腹に、その内容は明るいユーモアをたたえており、少なくとも作品の志向という点から言えば——作者の意図は別として——失望慨嘆と対照的な方向にあると言ってよい。また当時の口語を自在に駆使している(この点については[語釈]の項で随時指摘しておいた)ことは、本詩がいわゆる正統的な詩歌作品として作られたのでないことを示唆するであろう。したがって、本詩を諧謔的・遊戯的な作品と見なしたとしても、あながち無理な想像とばかりも言えないのではあるまいか。唐満先『陶淵明集浅注』など今日、この説を支持するものが多いのは、こうした理由によるものだろう。

第三は、わが子に対して書かれた訓誨の作とする立場である。明の游潜《ゆうせん》『夢蕉詩話』は、「淵明有《リ》二命子、責子《ノ》諸作一、蓋自《ラ》示《ス》二訓誨《ノ》意《ヲ》一也」と説く。また大矢根文次郎『陶淵明研究』にも次のようにある、「だれだって愛子の前途がよかれと祈り思わぬ者はない。そういう意味での心配はしているが、それがたんなる愚痴ではない。お前たちもそろそろ自己の前途を考えてしっかり勉強してくれよと励ましおしえているのである」と。愚鈍な息子を誇張して描くことが、はたして「励まし」になるのかどうか、やや疑念が残るが、本詩が一般的な読者に向けてではなく、とくにわが子に向けて書かれたという見解は、たしかに興味深い。実際、淵明には「命《なヅク》レ子《ニ》」、「与《フル》二子儼等《らニ》一《ノ》疏」といった、子への教誨を旨とする作品が存在する。

なお付け加えれば、淵明の生きた六朝時代は、子供(とくに貴族の子弟）に対する関心がとみに高まった時代であった。銭穆「略論魏晋南北朝学術文化与当時門弟之関係」（『新亞学報』第5巻第2期、一九六三年）によれば、当時、子弟を教誨する文章、すなわち「誡子書」の類が盛んに作られており、その数の多さは史上前例を見ないほどだという。前掲の淵明「与子儼等疏」もその一例である。また淵明と時代をほぼ同じくする劉宋の劉義慶編『世説新語』に、「夙慧《しゅくけい》篇」（早熟の秀才、いわゆる神童に関する逸話を集める）が置かれており、それに先行する西晋の左思には、二人の幼い娘を詠じた「嬌女詩」という作品がのこされている。これらは、たんに子弟教育の重視というだけでなく、社会全体にわたって子供が注目を集めていたことを暗に物語っていよう。本詩に関しては従来、その特異な内容から作者の創作意図・執筆目的の点に関心が集中してきたが、「子供」という、古代中国の文学規範からやや逸脱した題材をもつ本詩のような作品が現れた背景として、当時のこうした社会風潮を考慮に入れる必要があるように思われる。

（井上　一之）

0雑詩　其一　　雑《ざつ》詩《し》　其《そ》の一《いち》

1人生無根蔕　　人生《じんせい》　根蔕《こんてい》無《な》く
2飄如陌上塵　　飄《へう》として陌上《はくじやう》の塵《ちり》のごとし
3分散逐風轉　　分散《ぶんさん》して風《かぜ》を逐《お》ひて転《てん》ず
4此已非常身　　此《こ》れ已《すで》に常《つね》の身《み》に非《あら》ず
5落地爲兄弟　　地《ち》に落《お》ちて兄弟《けいてい》と為《な》るは
6何必骨肉親　　何《なん》ぞ必《かなら》ずしも骨肉《こつにく》の親《しん》のみならん
7得歡當作樂　　歓《くわん》を得《え》ては当《まさ》に楽《たの》しみを作《な》すべし
8斗酒聚比鄰　　斗酒《としゅ》もて比隣《ひりん》を聚《あつ》めん
9盛年不重來　　盛年《せいねん》　重《かさ》ねて来《きた》らず
10一日難再晨　　一日《いちじつ》　再《ふたた》び晨《あした》なり難《がた》し
11及時當勉勵　　時《とき》に及《およ》んで当《まさ》に勉励《べんれい》すべし
12歳月不待人　　歳月《さいげつ》　人《ひと》を待《ま》たず

テキスト　『先秦漢魏晋南北朝詩』晋詩一七（中―1005）◆『古詩源』九　◆汲古閣旧蔵、宋刻遞修本『陶淵明集』四（略称『汲古閣本』）◆南宋、紹興十年刊刻『陶淵明文集』四（略称『蘇写本』）◆南宋、紹熙三年、曽集刊刻『陶淵明詩一巻雑文一巻』（略称『曽集刻本』）◆南宋、湯漢註『陶靖節先生詩註』四　◆元、李公煥箋『箋註陶淵明集』四　◆覆宋本縮刊袖珍本『陶淵明集』四（略称『縮刊袖珍本』）◆明、何孟春註『陶靖節集』四　◆明、黄文煥析義『陶元亮詩』四（略称『陶詩析義』）◆明、張自烈評『箋註陶淵明集』四　◆清、呉瞻泰註『陶詩彙注』四　◆清、温汝能評『陶詩彙評』四　◆清、陶澍註『靖節先生集』四　◆『古文真宝』前集・二　◆明、張溥『漢魏六朝百三名家集・陶彭沢集』◆明、馮惟訥『古詩紀』四五　◆清、陳祚明『采菽堂古詩選』一四

校語

1**蔕**　『陶詩析義』では「葉」に作る。また『陶詩彙注』に「一作葉」と注する。

3**逐**　『陶詩析義』では「隨」に作る。

5**落地爲**　『蘇写本』では「流落成」に作る。また『汲古閣本』『曽集刻本』『縮刊袖珍本』『陶詩彙評』『古詩紀』に「一作流落成」と注する。『陶彭沢集』では「一《ニ》作《ルハ》二流落成《ニ》一非《ナリ》」という。

7**歡**　『古詩紀』『采菽堂古詩選』は「懽」に作る。よろこぶ意。「歡」に同じ。

8**比**　『陶彭沢集』は「北」に作る。誤刻か。

詩型・韻字

五言古詩。塵《ちん》・身《しん》・親《しん》・鄰《りん》・晨《しん》・人《じん》（上平声真韻〔真韻〕）。

語釈

0**雑詩**　「雑詩」の定義に関しては、古来諸説があり、以下の三つが今日有力なものと見なされる。

①内容が特定の題材に限定されず、作者の雑感をうたったもの（無題詩）、とする説。唐の李善は、『文選』巻二九、魏の王《おう》粲《さん》「雑詩」の題下において「雑《トハ》者、不レ拘《かかはラ》二流例《ニ》一、遇《あへバ》レ物《ニ》即《チ》言《フ》。故《ニ》云《フ》レ雑《ト》也」という注を付している。つまり、「雑詩」とは一定の慣例にしばられず、事物にふれたおりの感興をそのまま言詠した詩だと言うわけである。現在、わが国の陶詩注釈書類では、この李善の説を敷衍し、「雑詩とは、特定の題やモチーフをもたない一種の無題詩」と注し、さらに内容的には「詠懐詩の系譜に属する」と見なすものが大半を占める。また王《おう》叔《しゅく》岷《びん》『陶淵明詩箋証稿』（芸文印書館、一九七五年）、楊勇『陶淵明集校箋』（正文書局、一九七六年）も、李善の説を引用し、「随筆、雑感の類」と説明している。

②古人の作の題目を失ったもの（失題詩）、とする説。空海『文鏡秘府論』「南巻・論文意」に、「雑詩《トハ》者、古人所《ノ》レ作《リシ》、元有《ルモ》二題目《一》、撰《えらビテ》入《ルルニ》二文選《ニ》一、文選失《ス》二其《ノ》題目《ヲ》一、古人不レ詳《ラカニセ》、名《ヅケテ》曰《フ》二雑詩《ト》一」とあり、これに従えば「雑詩」とは、作者みずからが名づけたものではなく、本来の題を失った詩に『文選』の編者がかりそめにつけた題名ということになろう。もっとも、この詩のように本集所載の「雑詩」である場合には、この説は当てはまらない。

③別集、総集を問わず、編集時にさまざまなテーマの詩をとりまとめて呼ぶためにつけられたもの、とする説。『世界大百科事典』12（平凡社、一九五六年）「雑詩」の項（斯《し》波《ば》六郎執筆）では、「幾首かの詩をとりまとめて、それに『雑詩』と題したのが、この名のおこりのようである」と説明する。長谷川滋成《しげなり》「『雑詩』という意味」（広島大学文学部『中国中世文学研究』2号、一九六二年）、都留春雄・釜谷武志『陶淵明』（鑑賞中国の古典13、角川書店、一九八八年）などが、この説を支持している。ところで、この説の重要な点は、「雑詩」中の一つひとつの詩が、無題であっても、また反対にあらかじめ題名をもつものであってもかまわないという点であろう。というのは、①説のように「雑詩」がもともと無題であったと考えると、『文選』巻三〇「雑詩下」に採録する、陶淵明「雑詩二首」が、本集で「飲酒」（其の五と其の七）に作っている事実をうまく説明できないからである。この点、③斯波説に従えば、本

来「飲酒」と題された連作詩のなかから二首を選び、これを後に『文選』の編者がとりまとめたさいに「雑詩」と題したのだと考えることができる（本詩の場合は、淵明自身または『陶淵明集』の編者が編集時に名づけた）。

また、そもそも「雑」の字は、「ぼろぎれを寄せ集めた衣」の意であり、こうした「雑」字の原義に即して考えてみても、「不レ拘《ラ》ニ流例《ニ》一、遇《ヘバ》レ物《ニ》即《チ》言《フ》」という李善の説明よりは、さまざまなもの（詩）がいりまじる、とする斯波説の方が、より自然な解釈であるように思われる。〔通釈〕ではひとまず「雑詩」のまま訳しておく。

『陶淵明集』の諸本では、「雑詩十二首」に作り、この詩は、其の一に配されている。

なおこの詩の制作時期に関して、王瑤『陶淵明集』（人民文学出版社、一九五六年）では、「雑詩」其の六に「奈何《いかんゾ》五十年、忽《チ》已《ニ》親《みづかラス》ニ此《ノ》事《ヲ》一」とあることによって、義熙一〇年（四一四）、淵明50歳の作とする。もっとも、同書は一二首全体をこの一年の作と見なすのではなく、内容の共通性から全体を二つの組に分け、其の一から其の八までの前八首が、義熙一〇年の作、其の九からの後四首が隆安五年（四〇一）、作者37歳の作としている。「雑詩」である以上、主題のみならず、制作時期もばらばらであってかまわないとも思うが、現在のところ、義熙一〇年説が通説となっているようである。

1**人生**　古典中国語における「人生」は、①人として生まれ生きる（ありさま）、②人の生命・人の生涯、という二つの意味・構造を有する。中国古典詩の世界では、どちらかと言えば、①の意味で用いられることが多い。たとえば、淵明の「栄木」に、「人生若《ク》レ寄《スルガ》、顦《しょう》顇《すい》有《リ》レ時」とあり、同じく「自《ラ》祭《ルノ》文」にも「人生実《ニ》難《シ》」とある。さらに「古詩十九首」其の一三に「人生忽《こつトシテ》如《ク》レ寄《スルガ》、寿無《シ》ニ金石《ノ》固《キ》一」、魏の曹丕《そうひ》「善哉行」に「人生如《シ》レ寄《スルガ》、多憂《クうれフルモ》何《ヲカ》為《サン》」とあるが、これらはいずれもこの意味で解するのがふさわしい。関連の注釈書では、青木正児『中華飲酒詩選』（筑摩書房、一九六一年）、松浦友久『中国名詩集』（朝日文庫、朝日新聞社、一九九二年）などが、①の意味で解釈している。〔通釈〕でも、①の意味を採用した。

根蔕　「蔕」字の解釈については、A＝果実のへた、または花の蕚《がく》、B＝草木の根、という二説がある。詳しくは、〔諸説の異同〕Iを参照されたい。〔通釈〕では、A説を採っている。

2**飄陌上塵**　（風に吹かれて）あてどなく漂泊するさま。

陌上塵　路上の塵埃。「陌《はく》」は、道。本来は、田のあぜ道を指し、東西に通じる道を「陌」、南北に通じる路を「阡《せん》」という（一説に、東西を「阡」、南北を「陌」という）。

なお「人生」を「塵」に喩えた先行用例として、「古詩十九首」其の四に、「人生寄《ス》ニ一世《ニ》一、奄忽《えんこつトシテ》若《シ》ニ飄《ひょう》塵《じんノ》一」とあり、両者の影響関係を指摘するものが多い。青木正児『中華飲酒詩選』に次のようにある、「『文選』に載せた漢代の古詩十九首の中に『人生レテ一世ニ寄ルハ、奄忽トシテ飄塵ノ如シ』と曰ふ思想と同じである。此の文選の詩の李善註に尸子《しし》と云ふ道家の書を引いて、『老萊子曰ク、人ノ天地ノ間ニ生ルルハ寄ルナリ。寄ル者ハ固ヨリ帰ル。』と有る。乃ち知る、是は道家思想の無常観に本づくものである」と。

3**分散**　わかれちる。ちりぢりになる。

逐風転　風のまにまに転がりゆく。「逐風」とは、風のあとを追いかけること。この句は、路上の塵が風に吹かれて転がりゆくように、人もまた運命に翻弄され、さまざまに変転することをいう。

なお『陶詩析義』では「逐」を「随」に作っており、これに従って、古直『陶靖節詩箋』（広文書局、一九七四年再版）、鈴木虎雄『陶淵明詩解』（麗沢叢書六、弘文堂書房、一九四八年）、一海知義『陶淵明』（中国詩人選集四、岩波書店、一九五八年）など「随」字を採るものが少なくない。「随風」であっても意味的に違いはない。

4**常身**　「常身」については、大別して、A＝永遠に変わらない体、B＝もとの姿・以前の体、という二つの解釈がある。詳しくは、〔諸説の異同〕IIを参照されたい。〔通釈〕では、A説を採っている。

5**落地為兄弟**　ひとたび生まれ落ちて兄弟となる。「落地」とは、人がこの世に生まれ落ちること。

なお古直『陶靖節詩箋』をはじめ、一海知義『陶淵明』、石川忠久『NHK漢詩をよむ―陶淵明』（日本放送出版協会、一九八九年）など、「落地為」を「落地成」に作るものがあるが、いずれのテキストによっているのか詳らかでない。

6**何必骨肉親**　必ずしも血を分けた肉親である必要はない。『論語』「顔淵第十二」に、「君子《ハ》敬《シテ》而無《ク》レ失、与《ハ》レ人恭《シクシテ》而有《ラバ》レ礼、四海之内皆兄弟也。君子何《ゾ》患《ヘン》三乎無《キヲ》二兄弟一也《や》」とあるのに基づく句で、世の中、皆兄弟であるから、人はだれとでも親しむべきことをいう。淵明の「与《フルノ》二子儼《ノげんらニ》等一疏《そ》」にも、「然《レドモ》汝等雖《ハ》レ不《モ》二同生《ナラ》一、当《ニ》レ思《フ》二四海皆兄弟之義《ヲ》一」とあり、また「祭《ルノ》二程氏妹《ていしノ》一文《ヲ》」には「誰《カ》無《カラン》二兄弟一、人亦《タ》同生」と言う。

「何必」は、反語の表現で、どうして……である必要があろうか、あるいは、どうして……だけに限ろうか、の意。なお「骨肉親」の解釈については、A＝骨肉の親（名詞）、B＝骨肉が親しい（主語＋述語）、という二つの説がある。詳しくは、〔諸説の異同〕IIIを参照されたい。

ちなみに、『文選』巻二九に前漢の蘇武の作として載せる「詩四首」其の一に、「骨肉縁《ハリ》二枝葉《ニ》一、結交亦《タ》相因《モヒル》。四海皆《ハ》兄弟、誰《カ》為《ラン》二行路人《ノ》一」とあり、何孟春《かもうしゅん》註『陶靖節集』など、本詩の詩想がここから得られたとする向きがある。

8**斗酒**　わずか一《ひ》と斗《ます》ほどの酒で（共に楽しむ）。「斗」は酒器。もとは北斗七星をかたどって長い柄《え》があり、酒を酌むのに用いたが、漢魏の頃には酒器（さかずき）としてふつうに使われた。「古詩十九首」其の三に、「斗酒《モテ》相娯楽《ヒシ》、聊厚《カシトシテ》不レ為レ薄《サシト》」とあり、淵明の「庚戌《こうじゅつ》歳九月中、於《イテ》二西田《ニ》一穫《かくス》二早稲《ヲ》一」詩にも、「盥濯《かんたくシテ》息《いこヒ》二簷下《ニ》一、斗酒《モテ》散《ズ》二襟顔《ヲ》一」とある。なお酒器のうち、最も小さいものを升といい、斗はその最大のものをいう。唐宋以後になると、酒を飲むときは杯や盞《せん》を使うようになり、斗はもっぱら容量をはかる単位になった。王瑤『陶淵明』に言う、「斗は酒器のこと。魏晋時にいう『斗酒』とは、後世の『杯酒』にほぼ等しい（原文中国語）」と。また当時の文献を見ると、一度に数斗の酒を飲むひとがおり（たとえば西晋の石崇《せきすう》「金谷詩序」にも「罰酒三斗」とある）、それから考えると、近隣の人々が集って飲むのに「斗酒」を用いるのは、けっして多い量をいうのではないだろう。「わずか」と解した所以である。参照：王瑤『中古文学史論』(北京大学出版社、一九八六年)「文人与酒」(邦訳：石川忠久・松岡榮志訳『中国の文人』(大修館書店、一九九一年))。

ただし、「斗」を酒器ではなく、度量衡量詞と見る立場もある。「六朝の一斗は我が国の一升あまりであったらしく、唐代の一斗は、六朝よりも増量して略ぼ我が三升に当る。時によって分量は異なるが、詩に謂ふ所は計量の単位たるに過ぎず、用ゐる所は必ずしも一斗と限らず、数斗でも『斗酒』であらう」(青木正児『中華飲酒詩選』)と。呉承洛《ごしょうらく》『中国度量衡史』(商務印書館、一九五七年)によると、晋代の一斗は、二・〇二三ℓであった。

比隣　隣近所。近隣の人々。温汝能『陶詩彙評』に、「比隣《トハ》猶《ホ》《キ》二並隣《ノ》一也。又《タ》音《ハ》避。五家《ヲ》為《ス》レ比《ト》、是《レモ》亦《タ》近隣之称《ナリ》」と言うように、もともと「比 bì」は、周代の五人組を指す(「隣」も「五家」の意)。それが後に近所の意となったものか。魏の曹植「贈《ル》二白馬王彪《ひょうニ》一」詩(『文選』巻二四)にも、「丈夫志《サバ》二四海《ヲ》一、万里《モ》猶《ホ》《シ》二比隣《ノ》一」とある。

9 **盛年不重来**　若く盛んなときは、二度とはやって来ない。「盛年」は、血気盛んな年ごろ、若いとき。温汝能『陶詩彙評』では、「愚按《ズルニ》　男子自《リ》二二十一歳一至《ル》二三十歳《ニ》一、則《チ》為《ス》二盛年《ト》一」と注する。魏の呉質の「答《フルノ》二魏太子《ニ》一牋《せん》」(『文選』巻四〇)に、「盛年一《タビ》過《ギナバ》、実《ニ》不レ可《カラ》レ追《フ》」とあり、陳の江総「置《ク》二酒《ヲ》高殿《ノ》上《ニ》一」詩には、「盛時不二再《ビ》得一、光景《えいは》馳《スルコト》如《シ》レ電《いなずまノ》」とある。

10 **一日難再晨**　一日という日は二度と朝を迎えることはない。「晨」は、朝。上句と同様、過ぎた時間は引き戻すことができないことをいう。

11 **及時**　時期を逸することなく。しかるべき時に。「古詩十九首」其の一五に、「為《スハ》レ楽《シミヲ》　当《ニ》《シ》レ及《ブ》レ時《ニ》、何《ゾ》能《ク》待《タン》二来茲《らいしヲ》一」とある。北京大学中国文学史教研室『魏晋南北朝文学史参考資料』下(中華書局、一九六二年)など、「時」をとくに「盛年」に限定して、「若く盛んなうちに」と解する向きもあるが、ここでは、そのとき、そのときのチャンスを逃さないで、と解しておく。

当勉励　当然つとめはげまねばならない。「勉励」は、つとめはげむ、努力すること。その対象に関しては、①学業・仕事、②行楽・飲酒(青木正児『中華飲酒詩選』など多数)、③善事(逯欽立『陶淵明集』)、などいくつかの説があるが、ここではそれらすべて——作者にとって価値のあるあらゆる人間的営為——を包括し、何事に対してもつとめはげむ、と解釈しておく。松浦友久『中国名詩集』では、以下のように説く、「『勉励』すべきことがらは、かつてこの詩句について説かれたような『学問』や『道徳』には限らない。また、近年の訳注に説かれるような『行楽』や『飲酒』には限らない。要は、その時その時に自分の意欲が向かうそれぞれのことがらについて、その時を失うことなく『勉め励む』べきことを、作者の体験的な実感として歌っているわけである」と。

通釈

雑詩　その一

人としてこの世に生まれ生きることは、(植物とは違って)根や蔕《へた》のようなしっかりとした拠り所がなく、そのあてどなくただよいゆくさまは、あたかも路上の塵埃のようなもの。ちりぢりになって、風のまにまに転がりゆく、（人としてこの世にある以上）この体はもとより恒常不変のものではない。

この地上に生まれ落ちて兄弟となるのは、なにも骨肉の近親でなければならないことはない（世の中みな、兄弟なのだから）。何か楽しいことがあったときには、思う存分楽しむべきだ。わずか斗《ます》に一杯ほどの酒であっても、隣近所のものを招き集めて共に楽しもう。

若く盛んな時期は、二度とはめぐってこない。一日という日は二度と朝を迎えることもない。それぞれの時機を逃すことなく、今なしうることに全力を傾ける。歳月は人を待ってはくれないのだから。

諸説の異同

異同の所在　Ⅰ

「根蔕」の意味

異同の類別

A　根と、果実のへた（または花の萼《がく》）。

b　草木の根。

A説を採るもの：榊原篁洲『古文真宝前集諺解大成』（漢籍国字解全書11、早稲田大学出版部、一九二七年）、鈴木虎雄『陶淵明詩解』、一海知義『陶淵明』、青木正児『中華飲酒詩選』、内田泉之助・星川清孝『古詩源』下（漢詩大系5、集英社、一九六四年）、大矢根文次郎『陶淵明研究』（早稲田大学出版部、一九六七年）、星川清孝『陶淵明』（集英社、一九六七年）、星川清孝『古文真宝前集』上（新釈漢文大系9、明治書院、一九六七年）、一海知義・興膳宏『陶淵明・文心雕龍』（世界古典文学全集25、筑摩書房、一九六八年）、松枝茂夫『中国名詩選』中（岩波文庫、一九八三年）、都留春雄・釜谷武志『陶淵明』、石川忠久『NHK漢詩をよむ―陶淵明』、松枝茂夫・和田武司『陶淵明全集』下（岩波文庫、一九九〇年）、松浦友久『中国名詩集』、李華『陶淵明詩文選』（文学小叢書、人民文学出版社、一九八一年）、郭維森・包景誠『陶淵明集全訳』（貴州人民出版社、一九九二年）、魏正申『陶淵明集訳注』（文津出版社、一九九四年）、『漢語大詞典』（漢語大詞典出版社、一九九四年）など。

B説を採るもの：清、温汝能『陶詩彙評』、古直『陶靖節詩箋』、丁福保『陶淵明詩箋注』（芸文印書館、一九七七年第五版）、北京大学中国文学史教研室『魏晋南北朝文学史参考資料』下、方祖燊『陶靖節詩箋註校証論評』（蘭台書局、一九七七年再版）、王叔岷『陶淵明詩箋証稿』、楊勇『陶淵明集校箋』、唐満先『陶淵明集浅注』（江西人民出版社、一九八五年）、釈清潭『続国訳漢文大成　陶淵明集』（国民文庫刊行会、一九二九年）、斯波六郎『陶淵明詩訳注』（北九州中国書店、一九八一年再版）、鎌田正・田部井文雄監修『研究資料漢文学』第三巻・詩Ⅰ（坂口三樹執筆）明治書院、一九九三年）など。

異同の論拠

A説の方は、とくに異同の論拠を示していない。一方、B説を採る丁福保『陶淵明詩箋注』巻四は、「根蔕《ハ》猶《ホ》㆓根柢《ノ》㆒。蔕《ト》与《ハ》㆑柢為《リ》㆓同音仮借字《ナリ》㆒。老子、深《クシ》㆑根《ヲ》固《クスト》㆑柢《ヲ》、柢亦《タ》作《ル》㆑蔕《ニ》。西京賦《ノニ》、蔕倒㆓垂《スト》于藻井㆒。蔕皆柢之仮借《ナリ》」と注記する。「蔕《てい》」が「柢《てい》」の同音仮借字であるという説は、丁福保の創見にかかるものではなく、すでに清の段《だん》玉裁《ぎょくさい》『説文解字注《せつもんかいじちゅう》』第一篇下に見えている。この説に従えば、「根蔕」とは「根柢」であり、「柢」（木の根、根もと）は「根」と同義であるから、「根蔕」とは、結局「根」の意となる。A説は、「根」と「蔕」とを分けて考え、B説は、「根蔕」を一語と見なすわけであるが、いずれにせよ、ものごとの基礎、拠りどころ、の意であることにはかわりがない。

ただ、段玉裁や丁福保は、『老子』第五九章の「是《レヲ》謂《フ》深《クシ》根《ヲ》固《クシ》蔕《ヲ》、長生久視之道《ナリト》」に基づいて、「蔕」が「柢」に通じるという見方を示しているが、はたしてこの詩においても適用できるのかどうか、いささか疑問である。かりに『老子』においてそうした例があったとしても、それは常用例ではなく、あくまでも少数例であり、常用表現としての「根蔕」（根とへた）の用例を否定する材料とはなりえないであろう。いま本稿では、A説を採っておく。

異同の所在　II

「常身」の意味

異同の類別

A　永久不変の体。

B　もとの姿、以前の体。

A説を採るもの：榊原篁洲『古文真宝前集諺解大成』、釈清潭『続国訳漢文大成　陶淵明集』、鈴木虎雄『陶淵明詩解』、斯波六郎『陶淵明詩訳注』、一海知義『陶淵明』、青木正児『中華飲酒詩選』、内田泉之助・星川清孝『古詩源』下、大矢根文次郎『陶淵明研究』、一海知義・興膳宏『陶淵明・文心雕龍』、星川清孝『陶淵明』、星川清孝『古文真宝前集』上、都留春雄・釜谷武志『陶淵明』、石川忠久『NHK漢詩をよむ―陶淵明』、松浦友久『中国名詩集』、鎌田正・田部井文雄監修『研究資料漢文学』第三巻・詩Ⅰ（坂口三樹執筆）、唐満先『陶淵明集浅注』など。

B説を採るもの：松枝茂夫『中国名詩選』中、松枝茂夫・和田武司『陶淵明全集』下、北京大学中国文学史教研室『魏晋南北朝文学史参考資料』下、李華『陶淵明詩文選』、孫欽錫『陶淵明集校注』（中州古籍出版社、一九八六年）、魏正申『陶淵明集訳注』など。

異同の論拠

A説、B説ともに、異同の論拠を明示していない。そこで、私見をもって、論点を整理しておきたい。

まず、この両説の大きな相違は、「常」字の解釈にある。A説では、「常」を「恒、久」の意でとり、B説では、「嘗、故」の意で解釈するわけである。またA説では、人の体は本来的に「常身＝恒常不変の体」ではない、と見るのに対して、B説の方は、前文「分散《シテ》逐《ヒテ》風《ヲ》転《ズ》」（路上の塵のように風のまにまにあちこち吹き飛ばされる）の結果、もはや「常身＝むかしの姿」ではなくなった、と考える。〔通釈〕では、ひとまずA説に従った。

なおこのほかの興味深い説として、以下の二説がある。一つは、逯欽立《りょくきんりつ》『陶淵明集』（中華書局香港分局、一九八七年）の、「『常身』とは、『常理』に合った実体」とする説。同書は、「形影神《けいえいしん》三首・形贈《ル》影《ニ》」詩に「草木得常理《ヲ》、霜露栄悴《セシム》之《ヲ》」とあることから、「常身」は、根蔕をもち、枯れたり栄えたりする草木などの植物を指し、その反対の「非常身」とは、こうした植物とは異なる人類全体を指す、と説く。第1句「人生無《シ》根蔕」を踏まえて、人と植物とを対比させてとらえようとするものである。

もう一つは、「常住之身」とする説。林庚《りんこう》・馮沅君《ふうげんくん》『中国歴代詩歌選』上〔一〕（人民文学出版社、一九六四年）では、次のように説く、「『常身』とは、『常住の身』である。仏教では二種類の『身』があると考える。一つは永恒法性の常住の身。もう一つは、死生変易の無常なる、父母より生まるる身。そして後者には何の意義もないのである（原文中国語）」と。

関連の注釈書・論文のなかでは、蔣宗許「読逯注『陶淵明集』札記」（中国社会科学出版社『中国語文』一九八七年第三期）が、この説を支持している。古来、陶淵明の文学に仏教の影響を見ようとする論者は少なくないが、この詩の発想が、じっさいに仏教の思想的系譜に連なるものであるのかどうか、やはり慎重に取り扱うべきであろう。

ちなみに、古直『陶靖節詩箋』は、この詩の第3・4句「分散逐風転、此已非常身」について「案《ズルニ》靖節《ノ》此《ノ》理《ハ》本《ヅク》二乎荘列《ニ》一」という注釈を加え、『荘子』「大宗師篇《だいそうし》」の「夫《そレ》蔵《シ》二舟《ヲ》於壑《たにニ》一、蔵《シテ》二山《あみヲ》於沢《ニ》一、謂《おもフ》二之《ヲ》固《シト》一矣、然《レドモ》而夜半有《ル》レ力者、負《ヒテ》レ之《ヲ》而走《ル》、昧《ナル》者《ハ》不《ル》レ知《ラ》也」および『列子』「天瑞篇《てんずい》」の「運転亡《なク》レ已《やムコト》、天地密《ひそカニ》移《ル》。疇《たれカ》覚《さとラン》レ之《ヲ》哉。故《ニ》物《ノ》損《スル》二於彼《かしこニ》一者《ハ》盈《みチ》二於此《ここニ》一、成《ル》二於此《ニ》一者《ハ》虧《かク》二於彼《ニ》一。損盈成虧《そんえいせいき》、随《ツテ》世《しようジ》随《ツテ》死《ス》。往来相《ヒ》接《シ》、間《うかがフニ》不レ可《カラ》レ省《ル》。疇《たれカ》覚《ラン》レ之《ヲ》哉。凡《ソ》一気《モ》不二頓《とみニハ》進《つキ》一、一形《モ》不二頓《にはかニハ》虧《かケ》一。亦《タ》不レ覚《ラ》二其《ノ》成《ルヲ》一、不レ覚《ラ》二其《ノ》虧《かクルヲ》一。亦《タ》如《シ》二人《ノ》自《リ》レ世《うまレテ》至《ルマデノ》レ老《ニ》、貌色智態、亡《なク》二日《トシテ》不《ルハ》レ異《ナラ》、皮膚爪髪《そうはつ》、随《ツテ》世《しようジ》随《ツテ》落《チ》、非《ザル》三嬰孩《えいがいノ》時《ヨリ》有《ルニ》二停《マリテ》而不《ルコトかハラ》レ易也」を引用している。

異同の所在　III

「骨肉親」の解釈

異同の類別

A　骨肉の親（名詞）。

B　骨肉が親しい、骨肉が相親しむ（主語＋述語）。

A説を採るもの：榊原篁洲『古文真宝前集諺解大成』、斯波六郎『陶淵明詩訳注』、一海知義『陶淵明』、一海知義・興膳宏『陶淵明・文心雕龍』、内田泉之助・星川清孝『古詩源』下、星川清孝『古文真宝前集』上、星川清孝『陶淵明』、松枝茂夫『中国名詩選』中、都留春雄・釜谷武志『陶淵明』、石川忠久『NHK漢詩をよむ―陶淵明』、松枝茂夫・和田武司『陶淵明全集』下、松浦友久『中国名詩集』、鎌田正・田部井文雄監修『研究資料漢文学』第三巻・詩I（坂口三樹執筆）、林庚・馮沅君『中国歴代詩歌選』上〔一〕など。

B説を採るもの：釈清潭『続国訳漢文大成　陶淵明集』、青木正児『中華飲酒詩選』、北京大学中国文学史教研室『魏晋南北朝文学史参考資料』下、李華『陶淵明詩文選』、唐満先『陶淵明集浅注』、孫欽錫『陶淵明集校注』、魏正申『陶淵明集訳注』など。

異同の論拠

とくに言及されていない。A説では、この句を「（この世に生まれて兄弟になるのは）必ずしも骨肉の近親だけに限らない」と解釈する。一方、B説は、「骨肉のものだけが親しいわけではない」、もしくは「血のつながった兄弟だけに親しむ必要はない」と解釈している。

周知のように、「親」字は、名詞で解することもできれば、形容詞または動詞で解することもできるため、こうした異同が生じることになった。ただ「何必」の語法に即して考えた場合、B説の解釈が成立しうるかどうか、やや疑問である。もしB説のように解釈するならば、「何必骨肉親」ではなく、「骨肉何必親」という語順になる方が自然ではないか。実際、梁の劉孝威《りゅうこうい》「箜篌謡《くごよう》」（『先秦漢魏晋南北朝詩』「梁詩」巻一八）には、「結交《ハ》在《リ》二相《ヒ》得《ルニ》一、骨肉何《ゾ》必《ズシモ》親《シカラン》」とある。〔通釈〕では、ひとまずA説を採っておいた。

なお、A説内にも下位分類として、①上句「落《チテ》レ地《ニ》為《ル》二兄弟《ト》一」と、この句を独立させて考えるもの（一海知義『陶淵明』、松枝茂夫・和田武司『陶淵明全集』下など）、②上句とで二句一意——句またぎ——と見なすもの（内田泉之助・星川清孝『古詩源』下、星川清孝『古文真宝前集』上など）、の二説がある。

つまり、①説では、上句の「為兄弟」を『論語』の「四海之内、皆兄弟也」に基づくものと見なし、「生まれ落ちれば誰もが兄弟のようなものである」と訳すため、この句を「肉親だけに限る必要はない」と独立して訳すことになるわけである。

一方、②説では、二句で『論語』の意を表すと考え、「この地上に生まれて兄弟となるのは、どうして骨肉の近親だけに限ろう」と訳す。内容のうえで、それほど大きな相違はないが、この句の主語という点について言うと、②説に比べて①説の方がやや曖昧になるように思われる。ひとまず、②説に従う。

ところで、B説を採る、青木正児『中華飲酒詩選』は、この二句を『論語』ではなく、道家思想の系譜に連なるものとして位置づけたうえで、「地に生まれ落ちて偶然兄弟と為ったので、何にも骨肉血縁の者に限って親しいわけではない」と、独自の解釈を示している。加えて、同書ではその根拠を次のように説明する、「此の詩を載せた『古文真宝』の旧注に、論語の『四海之内、皆兄弟也』（顔淵篇）を引いて、大抵交遊は皆兄弟である、何にも骨肉が至親であるとする必要はない、と解してゐる。是は儒家思想を以てしたのであるが、鄙見ではやはり前の道家思想の続きと見る。即ち常身に非ざる人間として、風に吹き飛ばされた塵の如く地上に落ち、偶然にも兄弟と云ふ関係に置かれたまでであるから、何も骨肉が親しいとは限らない。次の章に『比隣ヲ聚ム』即ち兄弟以外の他人に親しむことを言ふ為の伏線である」と。

備考

本詩は『陶淵明集』の諸本において「雑詩十二首」の第一首めに置かれているが、この連作詩の編次に関して、かねてからいくつかの問題が指摘されている。以下にその問題点を紹介しておこう。

まず第一は、『陶淵明集』全体にわたる〝錯簡〟の可能性について。つまり、「雑詩」は元来十二首だったのかどうか、後人が編集する過程で、「雑詩」以外の作品が混入した可能性がないかどうか。より具体的に言えば、「其十二」は「雑詩」ではない、とする向きがある。

たとえば、南宋の湯漢註『陶靖節先生詩註』が、巻四に「雑詩十二首」と題して、そのうちの一一首を収めながら、其の一二だけは別に「帰去来兮辞」の後に置いているのは、その代表的な例であろう。もっとも、この其の一二＝非「雑詩」説は、湯漢に始まるものではなく、かれ自ら「東坡《ノ》和陶《ニ》無《シ》二此《ノ》篇一」と説明しているように、もともと北宋の蘇軾に端を発するものであるらしい。実際、蘇軾の本集には「和雑詩十一首」とあり、其の一二に和韻する詩が見えない。

また、清の蔣薫《しょうくん》評『陶靖節詩集』巻四では、「雑詩十二首、前七篇《ハ》皆是歳月不《ルノ》レ待《タ》レ人《ヲ》意《ナリ》。代耕以後《ニハ》、却《テ》有《リ》二謀生覊役《きえき》之感一。至《リテハ》二末婣《ノじよう》婣《じょうノ》六句《ニ》一、恐《ラクハ》非《ザラン》二雑詩《ニ》一、或《イハ》擬古之十、亦欠落《シテ》不《ル》レ全《カラ》者《ナラン》」とし、「雑詩」其の一二を「擬古」其の一〇とする見方を示している。さらにまた、呉鷺山『読陶叢札』（浙江文芸出版社、一九八五年）『「雑詩」和『蜡日』』では、其の一二を「蜡日《きじつ》」の第一首もしくは第二首ではないかと疑う。

たしかに、「雑詩」一二首のうち、其の一二のみが、〝孌童《れんどう》〟（美童）をテーマとした異質な作品——いわゆる〝孌童詩《れんどうし》〟——であり、これがこの連作詩のなかでほかの作品とどのような関連性をとり結ぶのか、はなはだ理解に苦しむところである。しかも、この詩だけ六句しかないというのも、連作詩全体の統一性から見て、やや不自然な印象を免れない。蔣薫が「欠落シテ不レ全カラ」と言う所以である。参考までに、其の一二の詩の全文を示しておこう。

嫋嫋松標崖　嫋嫋《じょうじょう》として　松　崖に標《ひょう》す
婉孌柔童子　婉孌《えんれん》たり　柔童子
年始三五間　年始めて三五の間
喬柯何可倚　喬柯《きょうか》　何ぞ倚《よ》るべけん
養色含精気　色を養ひて精気を含み
粲然有心理　粲然《さんぜん》として　心理有り

次に、この連作詩をめぐるもう一つの疑問点は、「雑詩」内部における〝錯簡〟の可能性である。この点に関して、清の何焯《かしゃく》『義門読書記』巻五〇では、次のように言う、「金源ノ劉従益ノ和陶詩ハ、以テ二此ノ篇ヲ一合シテ三『栄華難シ二久シク居リ一』為ス二一篇ト一。『日月不ヲ二肯ヘテ遅カラ一』合シテ三『我行未ダ二云《ここ》ニ遠カラ一』為ス二一篇ト一」と。

つまり、金源（金国）の劉従益（一一七九—一二二二）の「和陶詩」では、淵明の「雑詩」其の一と其の三を合わせて一篇とし、また其の七と其の一一を合わせて一篇と見なしているらしい（すなわち「雑詩」は一二首ではなく、一〇首となる）。むろん、この事実だけでは、劉従益の目睹した『陶淵明集』が実際に其の一と其の三を一首としていたのか、それともかれの独断によってこの二首を一つに合わせたのか、いま一つ判然としない。しかし、少なくともこの注を付した何焯が「雑詩」の編次に疑いを抱いていることは明らかであろう。温汝能『陶詩彙評』、陶澍『靖節先生集』などがこの注を再引するのも、同じ見地に立つものと考えられる。いま「雑詩」其の三の全文を以下に示しておく。

栄華難久居　栄華　久しく居り難し
盛衰不可量　盛衰　量《はか》るべからず
昔為三春蕖　昔は三春の蕖《きょ》と為《な》り
今作秋蓮房　今は秋の蓮房と作《な》る
厳霜結野草　厳霜　野草に結び
枯悴未遽央　枯悴《こすい》するも未だ遽《には》かには央《つ》きず
日月還復周　日月は還《かへ》り復《ま》た周《めぐ》るも
我去不再陽　我は去つて再び陽《い》きず
眷眷往昔時　眷眷《けんけん》たり　往昔の時
憶此断人腸　此を憶《おも》へば人の腸《はらわた》を断《た》たしむ

（井上　一之）

0 歸去來兮辭　帰《き》去来《きょらい》の辞《じ》

1 歸去來兮　帰《かへ》りなんいざ
2 田園將蕪胡不歸　田園《でんゑん》　将《まさ》に蕪《あ》れんとす　胡《なん》ぞ帰《かへ》らざ

3既自以心爲形役
4奚惆悵而獨悲
5悟已往之不諫
6知來者之可追
7實迷途其未遠
8覺今是而昨非
9舟遙遙以輕颺
10風飄飄而吹衣
11問征夫以前路
12恨晨光之熹微

る
既《すで》に自《みづか》ら心《こころ》を以《もつ》て形《かたち》の役《えき》と為《な》す
奚《なん》ぞ惆悵《ちうちやう》として独《ひと》り悲《かな》しまん
已往《いわう》の諫《いさ》められざるを悟《さと》り
来者《らいしや》の追《お》ふべきを知《し》る
実《じつ》に途《みち》に迷《まよ》ふこと其《そ》れ未《いま》だ遠《とほ》からず
今《いま》の是《ぜ》にして昨《さく》の非《ひ》なるを覚《さと》る
舟は遙遙《えうえう》として以《もつ》て軽《かろ》く颺《あが》り
風《かぜ》は飄飄《へうへう》として衣《ころも》を吹《ふ》く
征夫《せいふ》に問《と》ふに前路《ぜんろ》を以《もつ》てし
晨光《しんくわう》の熹《き》微《び》なるを恨《うら》む

テキスト　『先秦漢魏晋南北朝詩』晋詩一六（中—986）◆『文選』四五　◆汲古閣旧蔵、宋刻逓修本『陶淵明集』五（略称『汲古閣本』）◆南宋、紹興十年刊刻『陶淵明文集』五（略称『蘇写本』）◆南宋、紹熙三年、曽集刊刻『陶淵明詩一巻雑文一巻』（略称『曽集刻本』）◆南宋、湯漢註『陶靖節先生詩註』四付録　◆元、李公煥箋『箋註陶淵明集』五　◆覆宋本縮刊袖珍本『陶淵明集』五（略称『縮刊袖珍本』）◆明、何孟春註『陶靖節集』五　◆明、張自烈評『箋註陶淵明集』五　◆明、張溥輯『漢魏六朝百三名家集・陶彭沢集』◆清、温汝能評『陶詩彙評』四付録　◆清、陶澍註『靖節先生集』五　◆『古文真宝』後集・巻一・辞類　◆南宋、謝枋得編『文章軌範』（漢籍国字解全書）七　◆清、林雲銘註『古文析義』一〇　◆清、呉楚材・呉調侯編『古文観止』七

校語

0 **歸去來兮辭**　『文選』は「歸去來」に作る。また『宋書』巻九三「隠逸伝」、『晋書』巻九四「隠逸伝」、『南史』巻七五「隠逸伝」、『芸文類聚』巻三六「隠逸・上」でも同じく「歸去來」に作る。一方、『陶彭沢集』『古文真宝』『文章軌範』『古文析義』『古文観止』では「歸去來辭」に作る。『蘇写本』は「辭」を「辤」に作る。「辭」に通ず。

なお『汲古閣本』『蘇写本』『湯漢注本』『縮刊袖珍本』『陶詩彙評』『靖節先生集』には題下に「并序」の二字（『陶彭沢集』では「有序」の二字）があり、長文の序を附す。また『曽集刻本』『李公煥注』『何孟春注本』『張自烈評本』にも題の後に序文が附せられている。本来この序文は、本文と併せて読まれるべきものであるが、ここでは、本文の通読の便を考え、後（「備考」の項）に掲載する。

3 **心**　『汲古閣本』『曽集刻本』『縮刊袖珍本』に「一作身」と注する。

5 **往**　『蘇写本』『李公煥注本』『縮刊袖珍本』『何孟春注本』『張自烈評本』『陶詩彙評』では「徃」に作る。俗字。

7 **實**　『文選』『汲古閣本』『蘇写本』『曽集刻本』『湯漢注本』『李公煥注本』『縮刊袖珍本』『何孟春注本』『張自烈評本』『陶彭沢集』『陶詩彙評』では「寔」に作る。同義。なお『芸文類聚』

も『文選』等に同じ。

途　『古文真宝』では「塗」に作る。同じく「みち」の意。なお『宋書』『南史』も「塗」に作る。

9遙遙　『古文真宝』『文章軌範』『古文析義』『古文観止』では「搖搖」に作る。舟の揺らぎ動くさま。なお『宋書』では「超遙」に作る。

11征　『蘇写本』では「沍」に作る。

12熹　『汲古閣本』『蘇写本』では「憙」に作る。よろこぶ、たのしむ意。また『汲古閣本』『曽集刻本』『縮刊袖珍本』に「一作晞」と注する。なお『宋書』『晋書』では「希」に作る。

詩型・韻字　辞《じ》。歸《き》・悲《*ひ》・追《*つい》・非《ひ》・衣《い》・微《び》（上平声支*微韻〔脂*微韻〕）。

語　釈

0**帰去来兮辞**　「辞」とは『楚辞』への連想をともなう短篇の韻文。本来は、独特な朗唱形式（いわゆる〝楚声〟）をもった楚地特有の文体であったが、前漢時代、賦という文体が盛行するに及び、辞はついに賦の一体に位置づけられるようになる。もっとも漢代においてもあまり作られておらず（現存作品四篇）、以後陶淵明の時代までの間では作られた形跡がない。『文選』には「辞」の実作品として、漢の武帝「秋風辞」と本作品のわずか二篇を収録する。

ただし淵明自身がこの作品を「辞」と名づけたかどうかは、疑わしい。〔校語〕でもふれたとおり、『文選』、『芸文類聚』、および『宋書』、『晋書』、『南史』の各本伝ではいずれも「帰去来」と題する。また唐の許嵩《きょすう》『建康実録』巻一〇でも「作《リ》ニ帰去来一章《ヲ》一、以《テ》叙《ス》ニ其《ノ》志《ヲ》一」と記し、『北堂書鈔』巻一五四でも「陶淵明帰去来兮」と呼ぶなど、唐代までの文献においては、一様に「帰去来」、または「帰去来兮」と呼んでいる。さらに淵明自身は、本篇の序文のなかで「命《なヅケテ》レ篇《ニ》曰《フ》ニ帰去来兮《ト》一」としか述べておらず、「辞」とは名づけていない。そこで、「『辞』の一字は後人がつけ加えたもの」（前野直彬『文章軌範』下〔新釈漢文大系18、明治書院、一九六二年〕）と見なす向きもある。あるいは、『文選』が本作品を「辞」の類目の下に収めたために、後世「帰去来兮辞」と呼ばれるようになったものか。姑《しばら》く後考を俟《ま》つ。

本作品には、その前に長い自序（〔備考〕参照）が添えられており、この作品の制作にいたる事情がつぶさに記されている。いまその内容を要約すると、次のようになる。——作者淵明は、家が貧しいうえに、幼い子供が多く、生活に困っていた。そこで叔父のはからいで、彭沢《ほうたく》（今の江西省湖口県）の県令（知事）になることができた。しかし、しばらくすると役人生活が性に合わず、望郷の念に駆りたてられるようになった。そこへ武昌（今の湖北省鄂州《がくしゅう》市）に嫁いだ妹が亡くなったという知らせを受けたので、矢も楯もたまらず辞職を願い出て郷里（尋陽《じんよう》郡柴桑《さいそう》県。今の江西省九江県）に帰った。時は、乙巳《いっし》（きのと・み）の歳一一月。すなわち、東晋の安帝の義熙《ぎき》元年（四〇五）、淵明41歳の年であった。——

もっとも、これは淵明自身による説明であり、『宋書』、『晋書』、『南史』の各本伝、および梁の蕭統《しょうとう》「陶淵明伝」（『曽集刻本』付載）では、辞職の動機について別の話を伝えている。

それによれば——あるとき、県の上級機関である郡から監査官が派遣されることになり、役人が淵明に礼装して出迎えるよう頼んだところ、「私は、わずかばかりの俸給のために、郷里の小人にぺこぺこできない（我不レ能《ハ》下為《ニ》二五斗米《ノ》一折《リテ》レ腰《ヲ》向《フ》中郷里《ノ》小人《ニ》上）」と憤慨して即日辞職した。——

ちなみに、先述の序文の最後に「命篇曰帰去来兮、乙巳歳（義熙元年）十一月也」とあることから、これを本作品の制作時期とするのが定説となっている。ただ、『晋書』では作賦の時期を義熙二年とし、『建康実録』巻一〇、および北宋の陳舜《ちんしゅん》兪《ゆ》『廬山記』巻二では、義熙三年とするなど、若干の異同が見られる。また、逯欽立《りよくきんりつ》「陶淵明事迹詩文繫年」（『陶淵明集』付録、中華書局、一九八七年）では、序の中で冬十一月に書いたと言いながら、本文の第39、40句に「農人告《グルニ》レ余《ニ》以《テシ》二春《ノ》及《ベルヲ》一、将《ニ》レ有《ラント》レ事《ニ》二於西疇《ニ》一」と、春の情景が描かれていることを理由に、序文は義熙元年、辞の本文は翌年の春以降に書かれたものと推定する。もっとも文学作品がつねに経験したことを書かねばならない道理はないから、内容が春耕に及んでいるからといって、かならずしも春に書かれたとは限らない。実際、銭鍾《せんしよう》書《しょ》『管錐編』第四冊（中華書局、一九七九年）では、これを帰田前の作と見なし、本文の45句「木《ハ》欣欣《トシテ》以《テ》向《フ》レ栄《ニ》」、47句「善《よミス》二万物之得《タルヲ》レ時《ヲ》一」、56句「或《イハ》植《たテテ》レ杖《ヲ》而耘耔《うんしス》」といった春の描写を実景描写ではなく、想像の言説であるとの見方を示している。

本作品は、官を棄て故郷の田園へと帰ってゆく喜びと、隠遁生活における精神的充足感（閑適の情）をつづったもの。内容的には、後漢の張衡「帰田賦」（『文選』一五）、晋の潘岳「閑居賦」（同一六）などの「帰田」（隠遁といっても山林系と田園系がある）をモチーフとする作品の系譜に列なるものと言える。ただ本作品は、辞賦作品でありながら、辞賦特有の〝敷陳性〟（羅列的描写法）があまりつよくないこと、賦的表現の基礎をなす修辞性・装飾性が極力抑えられていること、韻律的により複雑で変化に富んでいること（この点については、松浦友久「陶淵明の『辞賦』—『帰去来兮辞』を中心に」〔『中国文学研究』第二三期、一九九七年〕に詳しい）——などの点によって、先行諸作品には見られなかった、新しい表現性を獲得している。

なお本作品の段落分け・構成に関しては、従来いくつかの説がある。本稿では、押韻と内容の二点から、①1句～12句、②13句～32句、③33句～48句、④49句～60句、の四つの段落に分けることにした。詳しくは、〔諸説の異同〕Iを参照されたい。

1 帰去来兮　さあ、帰ろう。「兮」は、『楚辞』によく見える語で、歌の調子を整える助字とされる。

その上の「帰去来」の三字については、古くから論議を呼んできた。その構造・意味に関して、現行の訳注書類では、A＝「帰」（動詞）＋「去来」（助詞）と見て、「さあ、帰ろう」と解する説、B＝「帰去」（動詞）＋「来」（助詞）と見て、「さあ、帰ってゆこう」と解する説、C＝「帰」「去」「来」すべてを動詞と見て、「帰り去ろうとし、帰りきた」と解する説、のおよそ三説がならび行われている。

ただし、「去」の基本義——意識の中心点から離れる——に即して考えた場合、動詞「帰」＋動詞「去」と見るB説や、「帰去」と「帰来」の合成語と見るC説にはやや難があるように思われる。すでに松浦友久「『来↕去』対比の基本義―辞典類の記述の適否を中心に―」（早稲田大学中国文学会『中国文学研究』第一九期、一九九三年）に詳論されているように、「去↕来」の対比の基本義は、「（発話者の発話時における）意識の中心点を核とした〝離開〟↕〝接近〟」という点にあり、それゆえ「去」には「こちらからあちらにゆく」といった、距離の遠近に重点は置かれない。もしかりにB説、C説のように「去」を動詞と見るならば、その目的語（発話者の意識の中心点）は「彭沢＝職場」のはずであり、これは「帰」の目的語（すなわち故郷の我が家、田園）と矛盾するものと言わねばならない。またもし「帰りゆく」という意味であれば、意識の中心点は「故郷の我が家」にあるはずだから、「帰去」ではなく、むしろ「帰来」と言うべきであろう（実際、当時の詩歌のなかで「帰来」という複合語はあるが、「帰去」という複合語は見られない）。

さらに「帰」（動詞）＋「去」（動詞）説の成立を困難にさせる反証として、『晋書』巻九四「祈嘉《きか》伝」の「隠去来。隠去来」、陳の沙門智匠『古今楽録』（『楽府詩集』巻四九「西烏夜飛」所引）の「白日落《ツ》西山《ニ》、還去来」といった複数の「……去来」の用例の存在が指摘できる。つまり、「帰去来」のみならず、「去」と「来」を一つのセットとする「動詞＋去来」の形式が六朝時代にひろく存在していた可能性が考えられるわけである。

そこで、いま本稿では「帰去来」の構造を「帰去」＋「来」ではなく、「帰」＋「去来」と見て、ひとまずA説を採ることにした。詳しくは、〔諸説の異同〕IIを参照されたい。

わが国では古来、この句を「カヘンナンイザ」（近来は「カヘリナンイザ」）と読みならわしているが、これは『日本書紀』（巻二二「去来《いざ》穂別天皇《ほわけのすめらみこと》」の自注に「去来、此をば伊奘《いざ》と云ふ」とある）や『万葉集』（巻一、山上憶良の歌に、「去来子《イザコ》等《ドモ》、早《ハヤク》日本辺《ヤマトヘ》」とある）などで「イザ」に「去来」をあてていることに由来するという。もっとも江戸の林羅山・鵜飼石斎『古文真宝後集諺解大成』（漢籍国字解全書、早稲田大学出版部、一九二七年）のように、これを「カヘリサラメヤ」と読むものもある。

ちなみに、吉岡義豊「帰去来の辞について」（京都大学文学部『中国文学報』第六冊、一九五七年）、および同「帰去来の辞と仏教」（『石浜先生古希記念東洋学論叢』所収、一九五八年）では、当時「帰去来調」と呼ばれる念仏讃歌（仏曲）が行われていた事実を指摘したうえで、本作品はその影響を受けて成った「欣求《ごんぐ》浄土《じょうど》の讃文」だと結論づけている。この場合の「帰去来」とは、「帰依法」、「南無仏」などと同じく、仏教の真理（または仏）に帰依し奉る、という意味になる。本作品が仏教思想に基づくという結論はしばらく措くとしても、「帰去来」の語が当時の仏教用語でもあったという指摘は興味深い（この点については、丁永忠『陶詩仏音辨』〈四川大学出版社、一九九七年〉にさらに詳しく論じられている）。

なお唐巻子本『陶文残』（纂喜廬《さんきろ》叢書所収）では「兮」を「矣」

に作る。第33句「帰去来兮」も同じ。

2蕪　（土地が）荒れる。雑草が生い茂ること。『古文析義』では、「陶公作《なルハ》レ令《ト》二彭沢《ニ》一、只《ダ》有《ルノミ》二八十三日一。其《ノ》離《ルルコト》二田園《ヲ》一未《ダ》レ久《シカラ》。故《ニ》曰《フ》レ将《ニ》レ蕪《レント》、猶《ホ》幸《ヒニ》其《レ》未《ダ》二尽《クハ》蕪《レ》一也《ル》」と説く。なお『宋書』は「田園将蕪」を「園田荒蕪」に作る。

胡不帰　どうして帰らないのか。「胡」は反語の助字。「何」の類語。「胡不」で、「どうして……しないのか」、「……すればいいではないか」という詰問・勧誘を表す。『詩経』邶《はい》風「式微」に「式《もっテ》微《おとろヘ》　式《テ》微《フ》、胡《ゾ》不《ル》レ帰《ラ》」とあるのに基づく語。

3既自以心為形役　自ら心を肉体のしもべとしてしまった。「心」は精神、「形」は肉体。『淮南子』「精神訓」に、「故《ニ》心《トハ》者形之主也、而《シテ》神《トハ》者心之宝也。形労《シテ》而不《レバ》レ休《マ》則《チ》蹶《たふレ》、精用《ヒテ》而不《レバ》レ已《やマ》則《チ》竭《つク》。是《ノ》故《ニ》聖人貴《ビテ》而尊《ブ》レ之《ヲ》、不《ル》二敢《テ》越《エ》一也」とある。「役」は使役すること（動詞）、または使役されるもの・ひと（名詞）をいう。本来肉体は精神に使われるものなのに、糊口のために自ら求めて役人となり、逆に精神が肉体に使役されるにいたったことをいう。「帰去来兮辞《ノ》」序に「嘗《テ》従《ヒシハ》二人事《ニ》一、皆口腹《ニ》自《ラ》役《セラル》」とあるのを言い換えたもの。

また『古文析義』では「心《ヲ》為《ス》二形《ノ》役《ト》一一語、是《レ》帰去之由《ナリ》。居《リ》レ官《ニ》鞅掌《おうしょうトシテ》、百憂交《こもごも》〻集《マレバ》、則《チ》此《ノ》心不レ能《ハ》二自《ラ》主《ル》一、反《ッテ》為《ル》三形体《ノ》所《ト》二役一使《スル》。自《ノ》字、独《ノ》字、猶《ホ》レ言《フガ》二自作《ラなシ》自受《ラク》一、徒《ラニ》悲《シムハ》無レ益《シト》也。末段《ノ》寓《シ》レ形《ヲ》委《ヌルノ》レ心《ヲ》句《ト》与《ハ》レ此呼応《スルコト》極《メテ》霊《ナリ》」と説き、この二句と50句「寓《スルコト》二形宇内《ニ》一復《タ》幾時《ゾ》」、51句「曷《ゾ》不《ル》三委《ネテ》レ心任《セ》二去留《ヲ》一」との対応関係を指摘している。

4奚　「何」の類語。反語の助字。

惆悵　うらみ嘆くさま。または失望するさま。「惆」は失意、「悵」は恨む意。双声の連語。『楚辞』「九辯」に「惆悵《トシテ》兮而私《ひそカニ》自憐《ラム》」とあるのをふまえる。

5已往之不諫　過ぎ去ったことはいまさら改めることができない。「已往」は過去。「諫」は、直言して間違いを正すこと。次の句とともに、『論語』「微子篇」に「楚狂《ノ》接輿《しょうよ》歌《ツテ》而過《ギテ》二孔子《ヲ》一曰《ハク》、鳳《ヤ》兮、鳳《ヤ》兮、何徳之衰《ヘタル》也。往者《ハ》不レ可《カラ》レ諫《ム》、来者《ハ》猶《ホ》可《シ》レ追《フ》。已《ヤ》而《ミナン》、已而《ミナン》、今之従《フ》レ政《ニ》者《ハ》殆《あやフシ》而」とあるのに基づく。接輿が「政に従う」ことのあやうさを説き、孔子に隠遁するよう、すすめたときの言葉。東晋の王羲之《ぎし》「与《フルノ》二会稽王《ニ》一牋」にも「往者《ハ》不レ可《カラ》レ諫《ム》、来者《ハ》猶《ホ》可《シ》レ追《フ》」と見える。

6来者之可追　これからのことは、追い求めることができる。「来者」は未来、将来。『六臣注文選』李周翰注では「追」を「追改」とパラフレーズして、「心《ニ》悟《ル》三已往之事不《ル》レ可《カラ》レ諫《ム》而《レドモ》来事亦《タ》可《キヲ》二追改《ス》一。謂《フココロハ》雖《モ》レ為《ルト》レ官《ト》、今将《ニ》二帰去《セント》一、是《レ》追改也」と解釈する。

魏の嵆康《けいこう》「述志詩《ノ》」にも「往事既《ニ》已《ニ》謬《あやまレリ》、来者《ハ》猶《ホ》可《シ》レ追《フ》」とある。

7迷途其未遠　道に迷いはしたが、まだそれほど遠くまでは行っていない。人生の進路を道にたとえたもので、『楚辞』「離騒」に「回《めぐラシ》二朕車《わガヲ》一而復《かへシ》レ路《ヲ》、及《バン》二迷《フコト》レ途之《ニ》未《ダ》レ遠《カラルニ》一」とあるのをふまえる。「迷途」とは、官吏になったことを指す。「其」は、句中に用いて語調を整える字。「以」「之」「而」などと同じく、辞賦作品によく用いられる。

なお「未遠」について、ふつうはじめて出仕をしてから今日までの時間を指すとされるが、『古文析義』などでは、序文に「仲秋《ヨリ》至《ルマデ》レ冬《ニ》、在《ルコト》レ官《ニ》八十餘日」とあることから、彭沢の県令となって月日がさほど経過していないので、「未《ダ》レ遠《カラ》」と言った、と説く。

『古文真宝』、及び唐巻子本『陶文残』では「途」を「塗」に作る。

8覚　さとる。はっと気づいて理解する。『古文析義』に「覚《ノ》字承《ケテ》二上悟《ノ》字《ヲ》一来《リ》、与《ニ》二迷《ノ》字一対《ス》（照応する）」と言う。

今是而昨非　今が正しく、昨日まで（の自分）が間違っていた。「是」は、正しい。『文選』李善注では、この句の典故として、『荘子』「寓言篇」の「孔子行年六十《ニシテ》而六十《むそタビ》化《ス》。始《メノ》時所《レ》是《ぜトセシ》、卒《つひニシテ》而非《ひトス》レ之《ヲ》。未《ダ》レ知《ラ》三今之所《ル》レ謂《フ》レ是《ト》之非《ザルヲ》二五十九《ノ》非《ニ》一也」を引用する。孔子ははじめに正しいと考えたことを、最後には誤りとした。だから今正しいと言うことも、それまで五九回否定してきたことと同じ結果になるかもしれない、という意味。また同じ『荘子』の「則陽篇」には、「蘧伯玉、行年六十《ニシテ》而六十《タビ》化《ス》。未《ダ》丁嘗《テ》不《ンバアラ》丙始《マルモ》二於是《トスルニ》一レ之《ヲ》而卒《をはラ》乙詘《しりぞクルニ》レ之《ヲ》以《テスルニ》甲レ非《ヲ》也。未《ダ》レ知《ラ》三今之所《ル》レ謂《フ》レ是《ト》之非《ザルヲ》二五十九《ノ》非《ニ》一也」と、ほぼ同じ内容の文が見える。ともに、年六〇にして、五九年の非をさとった、ということ。

9遙遙　原義は「はるかなさま」であるが、「遙」は古く「搖」に通じ、「舟の揺らぎ動くさま」をいうとされる。ゆらゆらと。重言。『古文真宝』、『文章軌範』、『古文析義』、『古文観止』、唐巻子本『陶文残』では「搖搖」に作る。

なお『宋書』だけは「超遙」に作るが、清の胡紹瑛《こしょうえい》『文選箋証』巻二九は、『楚辞』などの先行用例を検討したうえで、「超遙」も「遙遙」と同じく、「不安之貌《さま》」であり、ここは舟が揺れ動くさまをいうと説く。

以　賦作品において—とくに六言句の第四字に置かれて—文の調子を整える字。

颺　風がものを吹き上げたり、持ち上げたりすること。ここは舟が風を受けて舞い上がるように進むことをいう。

10飄飄　風の吹くさま。ひゅうひゅうと。重言の擬音語。

11征夫　A＝旅人、B＝道を行く人、C＝舟の船頭、という三説がある。〔諸説の異同〕Ⅲを参照。〔通釈〕では、この句と次の句を舟行ではなく、陸行と見て、B説を採用している。道で出会った人たちに家までの道のりをたずねた。

前路　これから先の道のり。「帰去来兮《ノ》辞」の序によると、淵明が県令を務めた彭沢県から柴桑の実家までは、「百里」ある。約四五キロの道のり。

12晨光之熹微　朝の光がまだ弱くて見通しがきかない。「晨光」は朝日の光。「熹」は光。『文選』李善注所引の『声類』に「熹、亦《タ》熙字也。熙、光明也」とある。「熹微」で日の光のかすかなことをいう。平声の畳韻連語。

ただし、『六臣注文選』劉良注では「熹微《トハ》、日欲《スル》レ暮《レント》也」と注し、この句を夕暮れの情景をいうものと見なしている。わが国の注釈書のなかにも、この説を支持するものは多く、松平康国『文章軌範国字解』（漢籍国字解全書、早稲田大学出版社、一九一六年）では、「まだ家路までは余程あるのに、夕方に及んで日の光もうすくらくなったので、夜に入りはせぬかと、恨めしく思った」と訳出している。朝、彭沢を発って、早くも夕方になってしまったということで、時間の経過に比重を置いた解釈と言えよう。

星川清孝『陶淵明』（集英社、一九六七年）は、この見方に反論し、以下のように説く、「これを夕暮れの日光の暗いことと解する説もあるが、熹は微陽、夜明けの光。楊万里の詩に『東暾《とうとん》（朝日）淡くして未だ熹《あきら》かならず』と。蘇東坡の『帰去来詞』にも『露未だ晞《かわ》かざるに、征夫《せいふ》予《わ》が帰路を指《ゆびさ》す』とあって朝と解している」と。

なお『宋書』、『晋書』では「希微」に作る。かすか、の意。

通釈

帰去来兮の辞

さあ、帰ろう。郷里の田園は荒れ果てようとしているのに、どうして帰らないのか。自ら求めてわが心を肉体のしもべとしてしまったのだから、なにをいまさら恨み嘆いてひとり悲しむことがあろう。過ぎ去ったことはいまさら改めることができない、という言葉の意味を悟り、未来のことはなお追い求めることができる、ということを知った。まさしく道に迷いはしたが、まだそれほど遠くへは行っていない。今の私が正しく、昨日までの私が間違っていたことがはっきりとわかった。舟はゆらゆらと揺れながら風を受けて軽やかに進み、風はひゅうひゅうと私の着物に吹きつける。道で出会った人に家までの道のりをたずねては、朝の光がおぼろげでよく見えないのを残念に思う。

13 乃瞻衡宇　乃《すなは》ち衡宇《かうう》を瞻《み》る
14 載欣載奔　載《すなは》ち欣《よろこ》び載《すなは》ち奔《はし》る
15 僮僕歡迎　僮僕《どうぼく》　歡《よろこ》び迎《むか》へ
16 稚子候門　稚子《ちし》　門《もん》に候《ま》つ
17 三逕就荒　三径《さんけい》　荒《くわう》に就《つ》くも
18 松菊猶存　松菊《しようきく》　猶《な》ほ存《そん》す
19 携幼入室　幼《えう》を携《たづさ》へて室《しつ》に入《い》れば
20 有酒盈罇　酒《さけ》有《あ》りて罇《そん》に盈《み》つ
21 引壺觴以自酌　壺觴《こしやう》を引《ひ》きて以《もつ》て自《みづか》ら酌《く》み
22 眄庭柯以怡顔　庭柯《ていか》を眄《み》て以《もつ》て顔《かほ》を怡《よろこ》ばしむ
23 倚南窗以寄傲　南窓《なんさう》に倚《よ》りて以《もつ》て傲《がう》を寄《よ》せ
24 審容膝之易安　膝《ひざ》を容《い》るるの安《やす》んじ易《やす》きを審《つまびら》かにす
25 園日渉以成趣　園《ゑん》は日〻《ひび》に渉《わた》つて以《もつ》て趣《おもむき》を成《な》し
26 門雖設而常關　門《もん》は設《まう》くと雖《いへど》も常《つね》に関《とざ》せり
27 策扶老以流憩　策《つゑ》もて老《お》いを扶《たす》けて以《もつ》て流憩《りうけい》し
28 時矯首而遐觀　時《とき》に首《かうべ》を矯《あ》げて遐観《かくわん》す
29 雲無心以出岫　雲《くも》は心《こころ》無《な》くして以《もつ》て岫《しう》を出《い》で

30 鳥倦飛而知還　鳥《とり》は飛《と》ぶに倦《う》みて還《かへ》るを知《し》る
31 景翳翳以将入　景《けい》は翳翳《えいえい》として以《もっ》て将《まさ》に入《い》らんとし
32 撫孤松而盤桓　孤松《こしょう》を撫《ぶ》して盤桓《ばんくわん》す

校語

15 **歡**　『古文析義』では「懽」に作る。なお『晋書』では「來」に作る。

17 **逕**　『古文真宝』では「徑」に作る。なお『宋書』『晋書』『南史』も同じ。

19 **携**　『文選』では「攜」に作る。「攜」の俗字。『蘇写本』『文章軌範』では「擕」に作る。俗字。『靖節先生集』『古文真宝』『古文析義』『古文観止』では「攜」に作る。なお『宋書』『晋書』『南史』でも「攜」に作る。

20 **罇**　『張自烈評本』『古文真宝』『文章軌範』『古文析義』『古文観止』では「樽」に作る。同義。なお『晋書』は「樽」に作り、『宋書』は「盈罇」を「停尊」に作る。

21 **酌**　『汲古閣本』『曽集刻本』『縮刊袖珍本』に「一作適」と注する。

22 **眄**　『張自烈評本』『文章軌範』では「盻」に作る。『宋書』も同じ。また『六臣注文選』（四部叢刊本）でも「盻」に作る。にらむ意。

23 **窗**　『文選』では「窻」に作る。『蘇写本』では「牕」に作る。『汲古閣本』『曽集刻本』『湯漢注本』『李公煥注本』『何孟春注本』では「牎」に作る。『張自烈評本』『古文真宝』『古文析義』『古文観止』では「牕」に作る。『縮刊袖珍本』『陶詩彙評』『文章軌範』では「窓」に作る。なお『南史』は「牕」に作る。

傲　『文選』では「慠」に作る。別体字。

25 **趣**　『汲古閣本』『曽集刻本』『縮刊袖珍本』に「一作逕」と注する。

26 **關**　『李公煥注本』では「関」に作る。俗字。

28 **遐**　『古文真宝』『古文析義』では「游」に作る。また『六臣注文選』（四部叢刊本）の注に「五臣作游」とある。

29 **以**　『湯漢注本』『李公煥注本』『何孟春注本』『陶詩彙評』では「而」に作る。『晋書』も同じ。

30 **倦**　『六臣注文選』（四部叢刊本）の注に「五臣作勌」とある。同義。

韻字

奔《ほん》・門《もん》・存《そん》・罇《そん》・顔《□がん》・安《*あん》・關《□くわん》・觀《△くわん》・還《□くわん》・桓《△くわん》（上平声元寒*△删□韻〔魂寒*△桓删□韻〕）。

語釈

13 **乃**　ようやく、やっと。「即（すぐに）」の反義語。一説に、発語の辞でとくに意味はない、とする。

瞻　目をあげて見る。瞻望（遠くを仰ぎ見る）する。「瞰（下を見る）」の反義語。

衡宇　衡門屋宇。『六臣注文選』の劉良注に「衡宇謂《ハフ》二其所《ノ》レ居《ル》衡門屋宇《ヲ》一也」と言う。「衡門」とは、冠木《かぶき》門のこと。『詩経』陳風「衡門」に「衡門之下、可二以棲遅《シテ》《ス》一」とあり、毛伝に「衡門、横《ハ》レ木《タヘテ》為《ヲつくル》レ門《ヲ》、言《フ》二浅陋《ナルヲ》一也」と説明する。二本の柱の上に一本の横木を渡しただけの粗末な門。「衡」は「横」に同じ。

「屋宇」は、家の屋根。「衡宇」で、衡門の家、すなわち隠者の住む粗末な家を意味し、ここでは作者の旧宅を指す。一説に、家の門と屋根。

14**載**　訓は、「すなはチ」。語助詞（実義をもたない）で、「又」の類語。「載〜載〜」と連用して、「……したり……したり」、「……しながら……する」といった、二つの動作が同時に行われることを示す。『詩経』によく見える語法。

15**僮僕**　下僕、召使。籃輿《らんよ》を担ぐなどの雑役のほか、農作業などの生産労働にも従事した。当時の官僚階級にとって、家に奴隷を置くのはごくふつうのことであり（多いものになると数千人の規模となる）、隠者の陶淵明といえども例外ではない。かれが「門生」（同じく召使）の類を所有していたことは、『宋書』の「潜有《リ》㆓脚疾㆒、使《ム》㆔一門生二児《ヲシテ》　輿《かつガ》㆓籃輿《ヲ》㆒」の条からもうかがうことができる。これらの下僕は、金銭によって売り買いができた。参照：朱大渭他『魏晋南北朝社会生活史』（中国社会科学出版社、一九九八年）第一章。なお「僮」を「わらべ」と見て、「子供と下僕」と解する説もある。

16**稚子**　おさな子。「稚」は小。淵明には、儼《げん》・俟《し》・份《ひん》・佚《いつ》・佟《とう》という五人の息子がいた。詳しくは、「責《ム》㆑子《ヲ》」詩の〔語釈〕を参照されたい。

17**三径**　庭の三つの小道。漢の趙岐《ちょうき》『三輔決録』（『文選』李善注所引）の「蔣詡《しょうく》、字《ハ》元卿。舎中三径、唯《ダ》羊仲・求仲《ノミ》従《ツテ》㆑之《ニ》遊《ブ》。皆挫《くじキ》㆑廉《ヲ》（才気を抑制し）逃《レテ》㆑名《ヲ》不㆑出《デ》」という故事に基づく。漢の蔣詡という隠者がすまいの庭に三本の小道を作り、親友の羊仲、求仲と三人だけでそこを歩いて楽しんだ。

この故事から「三径」の語は後世、隠者のすまいの象徴として用いられ、梁の虞羲《ぐき》「数名詩《ノ》」にも「三径日《ひび》〻荒疏《シ》、偕人心不㆑懌《よろこバ》」とうたわれている。

ちなみに、蔣詡の故事は、魏の嵆康《けいこう》『聖賢高士伝賛』（『太平御覧』巻五一〇所引）にも見え、また羊仲と求仲の二人の名は、淵明の作と伝える『集聖賢群輔録』（陶澍『靖節先生集』巻九）上に「求仲、羊仲。右二人不㆑知《ラ》㆓何許《いづこノ》人《ナルカヲ》㆒、皆治《ムルヲ》㆑車《ヲ》為《シ》㆑業《ト》、挫《キ》㆑廉《ヲ》逃《ル》㆑名《ヲ》。蔣元卿之去《リ》㆓兗州《ヲ》㆒、還《ルヤ》㆓杜陵《ニ》㆒、荊棘《モテ》塞《ギ》㆑門《ヲ》、舎中《ニ》有《リテ》㆓三径㆒不㆑出《デ》、惟《ダ》二人《ノミ》従《ツテ》㆑之《ニ》游《ブ》。時人謂《フ》㆓之《ヲ》二仲《ト》㆒。見《ユ》㆓嵆康《ノ》高士伝《ニ》㆒」と記されている。『集聖賢群輔録』が淵明の作だとすれば、ここの「三径」の語は、直接的には嵆康『高士伝』に基づくものか。

なお『聯珠詩格《れんじゅしかく》』の注には「三径《トハ》者、松径、竹径、菊径也」と言うが、林羅山・鵜飼石斎『古文真宝後集諺解大成』では、「三径は、門へ出る路、背戸へ通ふ路、井へ往く路なり」と説く。いずれも論拠は不明。

就荒　荒れはじめる。荒れかけている。「就」は、「つク」。ある状態に向かって進行すること。ただし、松平康国『文章軌範国字解』では、「就」は「帰」に同じ、と釈く。また、吉川幸次郎『陶淵明伝』（新潮文庫、一九五八年）は「荒るるに就《ちか》きも」と読み、柳町達也『古文真宝』（中国古典新書、明徳出版社、一九八四年）では「就《すなは》ち荒れ」と読む。

18**松菊**　「松」は『論語』「子罕《しかん》篇」に「子曰《ハク》、歳寒《クシテ》、然《ル》後知《ル》㆓松柏之後《おくルルヲ》㆑彫《しぼムニ》也」と記されるごとく、厳しい冬の到来にあたってすべての草木が枯れ萎《しぼ》むなかでひとり葉を散らさずに残る常緑樹の代表。一方、「菊」は草木が葉を落とす晩秋を待って、霜中に清楚な花を咲かせる。一年の最後を飾る花。ともに、その姿が、苦難に耐える人間の節操にたとえられる。淵明の「和《ス》二郭主簿《ニ》一」其の二にも、「芳菊開《キテ》レ林《ヲ》輝《かがやキ》、青松冠《シテ》レ巖《いはほニ》列《ス》。懐《おもフ》此《ノ》貞秀《ノ》姿、卓《トシテ》為《ルヲ》二霜《ノ》下傑《ノ》一」とある。

20**盈**　いっぱいに満ちる。

罇　酒を入れるかめ。焼き物の酒樽。

21**引壺觴**　酒つぼと杯を引き寄せる。「壺」は「酒つぼ」、「觴」は「杯」。「引」は、引き寄せる、取る。ただし「引」を「引満」(酒を杯になみなみとつぐ)の意で解する説もある(前野直彬『文章軌範』下)。

自酌　手酌で(酒を)飲む。

22**眄**　流し目で見る。なにげなく見やる。あるいは、派生義で、たんに見る意。『広雅』に「眄、視也」とある。

もっとも『朱子語類』巻一三九では「張以道曰《ハク》、眄《みテ》二庭柯《ヲ》一以《テ》怡《よろこばシム》レ顔《ヲ》。眄《べん》、読《ムコト》如《シ》レ俛《ふノ》、読《ミテ》作《ス》レ盼《はんト》者《ハ》非《ナリト》」と述べ、「眄」は「俛」、すなわち、うつむく意であると解釈している。一方、「盼」は、目の黒目と白目がはっきりと分かれたさま。目もとが美しいこと。清の何焯《かしやく》『義門読書記』巻四九もまた、『朱子語類』の説を引用し、「此《ノ》説甚《ダ》異《ナリ》、当《ニ》《シ》二更《ニ》考《フ》レ之《ヲ》。秦少游《ノ》詩《ニ》、昔同《ともニ》二裴《はい》博士《ト》一、酌《ミテ》レ酒《ヲ》俛《ふス》二庭柯《ニ》一」と説く。

なお〔校語〕で示したとおり、『張自烈評本』『宋書』『六臣注文選』(四部叢刊本)は「盻」に作るが、こちらは、「にらみ見る」の意。「眄《べん》」「盼《はん》」「盻《けい》」の三字は音義ともに異なるにもかかわらず、実際は古くから混同して用いられており、すでに南宋の王観国『学林』巻一〇にその点に関する指摘がある。高歩瀛『魏晋文挙要』(中華書局、一九八九年)は、それぞれの原義を考えると、ここは「眄」に作るのが正しい、と言う。

庭柯　庭の木の枝ぶり。「柯」は、草木の枝。

怡顔　顔がほころぶ。喜悦の色が顔にあらわれること。「怡」は、「悦」の類語。西晋の陸機「漢高祖《ノ》功臣《ノ》頌」(『文選』四七)に「怡《バシテ》レ顔《ヲ》高覧《シ》、弭《とどメテ》レ翼《ヲ》鳳戢《をさム》」とある。また喜ぶ理由について、『六臣注文選』呂向注では「言《フココロハ》其枝柯《ノ》相《ひ》掩覆《えんぷうシ》、以《テ》為《ス》レ可《シト》レ栄《ユ》、故《ニ》悦《ブ》也」と説く。

23**倚南窓**　南側の窓にもたれる。「倚」は、寄りかかる意。

寄傲　誰はばかることのない傲岸な思いを、いまの状況のなかに預け任せる。「寄」は寄託、寄寓。「傲」はおごること。傲岸、傲世。一説に、膝などを崩して体を楽にすること、踞《うずい》(松平康国『文章軌範国字解』)。

24**審**　よくわかる。訓は「つまびらカ」。林羅山・鵜飼石斎『古文真宝後集諺解大成』に「審は、『字彙』に、詳也、熟《よ》く究めるなり、能《よ》く合点する義なり」と釈く。ただし吉川幸次郎『陶淵明伝』では、これを「げにも」と読み、逯欽立『陶淵明集』でも副詞として「誠然、真正是(まことに)」と注する。

容膝之易安　『韓詩外伝』巻九の次の故事に基づく。――かつて楚の荘王が北郭先生を楚の宰相に迎えようとした。先生はその妻に対して、宰相となれば食前に方丈(一丈四方)の珍味を並べ、駟《し》(四頭立ての馬車)に乗り従者を連れて外出することもできる、と言って相談したところ、妻はこう答えた、「今如《もシ》結《ビ》レ駟《しヲ》列《スルモ》レ騎《ヲ》、所《ハ》レ安《ンズル》不レ過《ギ》レ容《ルルニ》レ膝《ヲ》。食《ハ》方二丈《ナルモ》於前《ニ》一、所《ハ》レ甘《シトスル》不レ過《ギ》二一肉《ニ》一」と。そこで先生は楚王の招きに応じなかった。――人はどれほど贅沢をきわめても、一人で享受しうる量はごくわずかにすぎない、という意味。「容膝」は、膝を入れるだけの狭い空間。ここでは自宅の部屋の狭さをいう。

　ちなみに、「今如」以下の句は、『韓詩外伝』では北郭先生の妻の発言としているが、漢の劉向《りゅうきょう》『列女伝』巻二では、楚の於陵《おりょう》子終《ししゅう》の妻のことばとしている。

25**園日渉以成趣**　この句の解釈については、A＝わが園は日々散歩していると、自ずと趣き深くなってくると解するもの、B＝わが園は日々散歩することによって門外の道となると解するもの、C＝わが園は日ましに自ずと趣き深くなってくると解するもの、D＝わが園を毎日散策していると自然と小走りの歩調になると解するもの、のおよそ四説がある。〔通釈〕ではA説を採用している。詳しくは、〔諸説の異同〕Ⅳを参照されたい。

　「園」は、『説文解字』に「園、所ヨ以樹《うウル》レ果《ヲ》也」と説くごとく、本来は、果樹園、菜園の類をいう。それが魏晋以後、個人の庭園――いわゆる園林――を指すようになり、また同時に隠居の場所として人々に意識されるようになった。この点については、呉世昌「魏晋風流与私家園林」（『羅音室学術論著』所収、中国文芸聯合出版公司、一九八四年）に詳しい。

27**策扶老**　「策」は杖（名詞）。または、杖つく（動詞）。この三字の構造・意味に関しては、A＝杖で老いた身をたすけて歩くと解する説と、B＝「扶老」という杖をついて歩くと解する説の二説がある。またB説内部にも下位分類として、「扶老」を、①竹の名とするもの、②藤の名とするもの、③鳩杖（頭に鳩の飾りのある杖）とするもの、④木の名とするもの、などいくつかの説がある。詳しくは、〔諸説の異同〕Ⅴを参照されたい。〔通釈〕では、この句と次の句「時矯首而遐観」が対偶関係にあることを重視し、「矯首（動詞＋目的語）」に対して「扶老（動詞＋目的語）」の構造で解するA説を採った。

流憩　あまねく憩《いこ》う。あちこちで休む。「流」は、水の流れのように一か所にとどまらないこと。松平康国『文章軌範国字解』では「定まりたる処なきを謂ふ」と説く。次の句の「遐」に対応し、同じく副詞として下の動詞「憩」を修飾する。

　ただし、「流」を動詞と見て、「歩いたり、休んだりする」と解釈する説もある。『六臣注文選』呂延済の注に「周流《シテ》而憩息《スル》也」と言う。また吉川幸次郎『陶淵明伝』では、「憩《いこ》いを流《なが》くし」と読み、ぼんやりと休憩する、と訳す。

　なお『宋書』では「流愒」に作る。「愒」と「憩」は同義。

28**時**　時々。時おり。

矯首　頭をふりあげる。『楚辞』九章「惜誦」の「矯《あゲテ》二茲媚《こノヲ》一以私《テ》処兮《ス》」に対する王逸注に「矯、挙《ハ》也」とある。また西晋の陸機「思帰賦《ノ》」に「羨《うらやンデ》二帰鴻《ヲ》一以矯《テゲ》レ首《ヲ》、挹《くミテ》二谷風《ヲ》一而如《シ》レ蘭《ノ》」とある。

　なお『晋書』では「翹」に作る。あげる意。「挙」の類語。

遐観　はるか遠くを見る。『五臣注文選』（『六臣注文選』の校語）『古文真宝』『古文析義』および唐巻子本『唐文残』では「游観」に作る。その場合は、まわりを眺める意。

29**雲無心以出岫**　雲は無心に山の洞穴からわき出る。俗世の名利に束縛されない作者の自由闊達な心境にたとえたもの。『六臣注文選』李周翰注に「言《フココロハ》　雲《ハ》自然之気、無《クシテ》二心意一、以出《テヅ》二於山岫之中《ヨリ》。自喩《ラフ》心《ニ》不営《マ》事《ヲ》、自為《ラ》縦逸《スニ》」と説く。「岫」を「山の峰」と訳す注釈書が多いが、適切ではない。「岫」は、山の中にある洞穴をいう。和訓は「くき」。古代中国の社会通念として、雲は山の洞穴から湧き起こるものだと考えられていた。東晋の王彪《ひょうし》之『廬山記』(『北堂書鈔』巻一五八「地部・穴篇」)にも、「箕《き》風《ふう》吐《キテ》穴《ヨリ》而蓬勃《ほうぼつタリ》、暈雲《うんうん》出《デテ》岫《ヨリ》而鬱蓊《うつおうタリ》」と見える。

なお『太平御覧』巻八「天部・雲」では、この二句を引用し、「以」を「而」に作る。

30 **鳥倦飛而知還**　鳥は飛ぶのに疲れると、自らの巣に帰ってゆくことを知っている。「倦」は、疲れる。『六臣注文選』李周翰注に「言《フココロハ》　鳥《ハ》昼《ニ》飛《ビつかレテ》勌　而暮《ニ》還《ル》故林《ニ》。亦猶《タホ》《キ》人《ノ》日出《デテ》而作《はたらキ》、日入《リテ》而息《いこフガ》也」という。鳥が昼飛び、夕暮れになるとねぐらへ帰るその姿は、自然の摂理にかなった行動として淵明の文学のなかで象徴的な意味をもってうたわれることが多い。「飲酒」其の五にも「山気日夕佳《ニク》、飛鳥相与《ヒニ》還《ル》」とある。

なお『宋書』『南史』では「倦」を「勌」に作る。同義。

31 **景**　日光。ここは夕日をさす。

翳翳　うす暗いさま。日がかげるさま。『文選』李善注所引、丁儀《ノ》妻《ノ》「寡婦賦」に「時《ハ》翳翳《トシテ》而稍《やうやクかげリ》陰、日《ハ》亹亹《びびトシテ》以《テ》西《ニ》墜《おツ》」とある。

将入　(太陽が) 西に沈んでゆこうとする。

32 **撫**　手でそっとなでる。愛撫する。また一説に、慕う、たよりすがる意。『六臣注文選』呂向注に「撫《ハ》、攀也。謂《ヘラク》、賞《シ》其《ノ》堅貞《ナルコトヲ》、故《ニ》盤桓《シテ》而恋《フルナランヲ》之」と説く。

孤松　一本松。堅固な貞操の象徴。「飲酒」其の八に「青松在《リ》東園《ニ》、衆草没《ス》其《ノ》姿《ヲ》。凝霜殄《つくスモ》異類《ヲ》、卓然《トシテ》見《ル》高枝《ヲ》」とある。

盤桓　前に進まず、ぐずぐずすること。その場を立ち去りかねるさま。たちもとおる。「徘徊」の類語。平声の畳韻連語。『広雅』「釈訓」に「般桓、不《ル》進《マ》也」とある。

なお清の何焯『義門読書記』巻四九では、ここまでの四句について「感《ジ》王室之将《ニ》微《おとろヘントルニ》、願《フ》守《ランコトヲ》其《ノ》後《ルルしぼムニ》彫　之節《ヲ》也」と説く。

通釈

ようやく遠くにわが家が見えはじめると、私はうれしくて走りだした。召使たちは喜んで迎えてくれ、幼い子らは門のところで私を待ってくれている。(門を入ると) 庭の三つの小道は荒れはじめているが、松と菊だけはなおそのままに残っている。子供をつれて部屋に入れば、酒がめいっぱいの酒がある。酒つぼと杯を引き寄せて手酌《てしゃく》で飲みながら、庭木の枝ぶりをながめて顔をほころばせる。南側の窓にもたれて誰はばかることのない傲岸な思いにひたっていると、やっと膝を入れるだけのこの狭いわが家であっても身を落ちつけることができるのだと、しみじみわかるのである。わが園は日々散策していると、おのずと趣き深くなり、門は設けてあるけれどいつも閉めきったまま。杖をついて老いの身をたすけ、あちらこちらで休みつつ、時々頭をあげてははるか遠くを見やる。雲は無心に山の洞穴からわき起こり、鳥は飛び疲れると自分の巣に帰ってゆくことを心得ている。日ざしがかげりつつ西に沈んでゆこうとするとき、私は一本松をそっと撫でながらその場を立ち去りかねている。

33歸去來兮
34請息交以絶游
35世與我而相遺
36復駕言兮焉求
37悅親戚之情話
38樂琴書以消憂
39農人告余以春及
40將有事於西疇
41或命巾車
42或棹孤舟
43既窈窕以尋壑
44亦崎嶇而經丘
45木欣欣以向榮
46泉涓涓而始流
47善萬物之得時
48感吾生之行休

帰《かへ》りなんいざ
請《こ》ふ　交《まじは》りを息《や》めて以《もつ》て游《いう》を絶《た》たん
世《よ》と我《われ》と相《あ》ひ遺《わす》る
復《ま》た駕《が》して言《ここ》に焉《なに》をか求《もと》めん
親戚《しんせき》の情話《じやうわ》を悦《よろこ》び
琴書《きんしよ》を楽《たの》しみて以《もつ》て憂《うれ》ひを消《け》さん
農人《のうじん》　余《われ》に告《つ》ぐるに春《はる》の及《およ》べるを以《もつ》てし
将《まさ》に西疇《せいちう》に事有《ことあ》らんとす
或《ある》いは巾車《きんしや》を命《めい》じ
或《ある》いは孤舟《こしう》に棹《さを》さす
既《すで》に窈窕《えうてう》として以《もつ》て壑《がく》を尋《たづ》ね
亦《ま》た崎嶇《きく》として丘《をか》を経《ふ》
木《き》は欣欣《きんきん》として以《もつ》て栄《えい》に向《む》かひ
泉《いづみ》は涓涓《けんけん》として始《はじ》めて流《なが》る
万物《ばんぶつ》の時《とき》を得《え》たるを善《よ》みし
吾《わ》が生《せい》の行ゝ《ゆくゆく》休《きう》するに感《かん》ず

校語

34 **游**　『縮刊袖珍本』『何孟春注本』『文章軌範』では「遊」に作る。同義。なお『宋書』『南史』も同じ。
35 **遺**　『蘇写本』『湯漢注本』『李公煥注本』『縮刊袖珍本』『何孟春注本』『張自烈評本』『陶彭沢集』『陶詩彙評』『靖節先生集』では「違」に作る。
39 **余**　『文章軌範』では「予」に作る。
及　『文選』では「兮」に作る。『汲古閣本』『曽集刻本』『縮刊袖珍本』に「一無及字。一作暮春、又作仲春」と注する。なお『六臣注文選』（四部叢刊本、宋明州刊本）では「及」の字を脱する。また『芸文類聚』では「及」と次の句の「將」が倒錯し、「將及」に作る。
40 **於**　『文選』では「乎」に作る。『張自烈評本』『古文真宝』では「于」に作る。なお『宋書』では「于」に作り、『晋書』では「乎」に作る。
42 **棹**　『湯漢注本』では「櫂」に作る。かい。同義。『古文析義』では「掉」に作る。ふるう意。
44 **經**　『汲古閣本』『曽集刻本』『縮刊袖珍本』に「一作尋」と注する。
丘　『蘇写本』『陶彭沢集』『陶詩彙評』『靖節先生集』『古文観止』では「邱」に作る。同義。
45 **以**　『古文析義』では「而」に作る。
47 **善**　『陶彭沢集』『文章軌範』『古文析義』『古文観止』では「羨」に作る。うらやむ。

韻字

游《いう》・求《きう》・憂《いう》・疇《ちう》・舟《しう》・丘《きう》・流《りう》・休《きう》（下平声尤韻〔尤韻〕）。

語釈

33**帰去来兮** さあ帰ろう。冒頭の語を繰り返したもの。ただし冒頭の「帰去来兮」は帰田前のことばであるのに対して、この段は帰田後のことを述べているので、「帰去来兮」ということばは一見文脈になじまない。そこで、この点について、①辞という文体の形式上、冒頭の句を繰り返してリズムをとったにすぎない（星川清孝『陶淵明』）、②現実には帰ってきているのだから、ここは心理的に隠者の生活へ帰ってしまおうという意味をこめて用いられた（前野直彬『文章軌範』下）、③もう一度冒頭の句を繰り返して俗世間（役人生活）との交際を絶つ決意を示した（石川忠久『ＮＨＫ漢詩をよむ―陶淵明』〔日本放送出版協会、一九八九年〕）、といった説明がなされている。

なお柳町達也『古文真宝』（中国古典新書、明徳出版社、一九八四年三版）は、この句が帰来した喜びを述べたものと見て、「帰りたるかないざ」と読み、「帰ってほんとによかったわい」と訳出している。

34**請** 敬意を含んだ動詞。自分がそうしたくて、しかも相手にそれを許してもらいたいという願望を表す。「どうか……させていただきたい」。現代中国語で言えば、「請譲我」または「請允許我」に当たる。

息交（世俗との）交際をやめる。「息」は止めること。「交」は交際。

絶游（世俗との）交遊を断ち切る。「絶」は謝絶。「游」は交遊。ここの「息交以絶游」は、「息絶交游」を互文で表現したもの。

35**相遺**（世間と私とは）お互いに忘れあっている。「遺」は見捨てる、忘れる。『文選』李善注所引の桓譚《かんたん》『新論』に「凡《ツ》人《ノ》性《ハ》難《キ》ㇾ極《メ》也。難《キ》ㇾ知《リ》也。故《ニ》其《ノ》絶異《ナル》者《ハ》、常《ニ》為《ル》㆔世俗《ノ》所《ト》㆓遺失《スル》㆒焉」とある。

なお〔校語〕の項に示したとおり、『蘇写本』をはじめ、「遺」字を「違」に作るテキストも広く通行している。「相違」であれば、「相ひ違《たが》ふ」、つまりお互いに背《そむ》き合っているという意味になる。「違」は、違背、意見が合わない、相いれない。

36**復** また。ふたたび。

駕言『詩経』邶風《はいふう》「泉水」に「駕《がシテ》言《ここニ》出遊《ス》」とあるのに基づく語。「駕言」の二字でその下の「出遊」、すなわち家を出て仕官することを意味する。このように出典の一部分だけを切り取って、その前後の語の代用とする手法を〝断語〟という。「駕」は、車に馬をつけて出発の準備をすること。「言」は、リズムを整える助字で、とくに意味はない。訓は、「ここに」。また一説に、我の意で、訓は「われ」とも。

兮 文の調子を整えるために句中に用いる助字。『楚辞』系の作品に多用される。唐巻子本『陶文残』では「矣」に作る。

焉求 何を求めようか。求めるものはもう何もない。「焉」は「何」の類語。ここは反語の助字。「求」は追求。

37**親戚** 身うち、一族のもの。『礼記《らいき》』「曲礼《きょくらい》・上」の疏によれば、「親」は族内（父方の親族）を指し、「戚」は族外（母方の親族）を指す。「親戚」で、血縁関係にあるものすべてを含む。

『古文観止』など、これをたんに「郷里《ノ》故人」または「親しい人々」と解釈するものもあるが、本作品のような自得の場としての隠遁生活を詠ずる賦作品のなかでは、家族生活の営みが重要な意味をもっていることが多い（本作品の第16句「稚子候《ツ》レ門《ニ》」もその一例）。したがって、この句も友人との交流というよりは、一族との団欒を意味するものと考えておきたい。

情話　真心のこもった言葉。腹をわった話。「情」はまこと、真実。

38**琴書**　弾琴と読書は、古代中国の士大夫たちにとって必須の教養であった。とりわけ琴を弾くこと（上古は五弦。周代以降七弦が普通。現在の日本の「コト」は、「箏のコト」で、十三弦が普通）は、風流の道として六朝時代の文人たちにすこぶる愛好された。淵明もまた〝無弦琴〟を弄び楽しんだことでよく知られている（『宋書』陶淵明伝）。

また淵明の「与《フル》二子《ノ》儼等《ニ》一疏《そ》」に「少《わかクシテ》学《ビ》二琴書《ヲ》一、偶《たまたま》愛《ス》二閑静《ヲ》一。開《キテ》レ巻《ヲ》有《ラバ》レ得《うル》、便《チ》欣然《トシテ》忘《ル》レ食《ヲ》」とあり、同じく「答《フ》二龐《ほう》参軍《ニ》一」詩にも「衡門之下、有《リ》レ琴有《リ》レ書。載《すなはチ》弾《ジ》載《チ》詠《ズ》、爰《ここニ》得《タリ》二我《ガ》娯《シミヲ》一」とある。

消憂　心の憂いを晴らす。

39**農人**　農夫。『詩経』小雅「甫《ほ》田《でん》」に「我取《リ》二其陳《ノヲ》一、食《ラハス》二我《ガ》農人《ニ》一」とあるのに基づく。

告余以春及　春が来たことを私に教えてくれる。「以」字は、「春及」までかかると見て、「農人　余に告ぐるに春の及べるを以てす」と訓読するのがふつうであるが、解釈の可能性としては「以」の内容を下句までかけ、「農人　余に告ぐるに春の及び、将に西疇に事有らんとするを以てす」と読むことも考えられよう。前野直彬『文章軌範』は次のように説明する、「伝統的な解釈では、『農民が春が来たと知らせに来た。さあ西の畑で耕作を始めよう』と、作者が耕作に行くように解するものが多いが、実際には彼は耕作をせず、山の中へ遊びに入ってしまうのである。むしろここは、農民から耕作を始めますと知らせに来たので、淵明が監督に出かけたものと考えたい。彼は自身で農耕に従事した詩を作ってはいるが、同時に『僮僕』などにも耕作をさせたに違いないので、ただその小作農たちといっしょに働き、話しあった点が他の知識人とは違うのである」と。

なお〔校語〕に示したように、『六臣注文選』や『汲古閣本』『曽集刻本』などの宋本の「一作」では「及」字がない。これはこの句が七言句であることから、次の句（六言）とリズムをそろえるために恣意的に改めたものであろうか。また『宋書』では「春及」を「上春」に、『晋書』では「暮春」に、『九条本文選』では「初春」に作っており、この句の文字はあまり安定していないようである。

40**有事**　仕事が始まる。「事」は勤労、仕事の意。ここでは、農作業をさす。『六臣注文選』の劉良注に「有《リトハ》レ事、謂《フ》二耕作《ヲ》一也」と言う。

ただし、前野直彬『文章軌範』は「有事は耕作と解釈するのがふつうであるが、今ではもうわからなくなっている。春の仕事始めの民俗的な行事を催すという意味であったかもしれない」と疑う。

西疇　自分の家の西にある田。「疇」は田畑。『六臣注文選』の劉良注に「西疇《ハ》、謂《フ》二潜《ガ》所《ヲル》レ居之西《ヲ》一也。疇《ハ》、田也」と言う。一方『文選』李善注の引く、『国語』の賈逵《かき》注では「一井《せいヲ》為《ス》レ疇《ト》」とある。この説によれば、「疇」とは、一井、すなわち一里四方の田地のこと。

多くの注釈者の指摘するように、「西」の方向は、後出、第57句の「東皐」に対応している。もっとも清の何焯『義門読書記』は、ここの「西」は方角の西ではない、と主張する。何焯によれば、古く「西」と「先」は音が通じることから、「西疇」は「先疇」、すなわち先祖から代々伝えてきた田をいう。

41 **或命巾車** 「巾車」の意味については、A＝ほろをかけた車、「衣車」と解する説と、B＝（粗末な）車を布でぬぐい飾る、と解する説の二説がある。A説に従ってこの句を読めば、「或いは巾車を命ず」となり、B説に従えば、「或いは命じて車を巾せしむ」と読むことになる。〔通釈〕では次句との対応という点から、ひとまず「巾車（名詞）」↕「孤舟（名詞）」と見るA説を採った。詳しくは〔諸説の異同〕Ⅵを参照されたい。

ただし、本句の文字については、やや問題がある。というのは、『文選』巻三一、梁の江淹の「雑体詩・陶徴君田居」と題する詩に「日暮巾《ス》二柴車《ヲ》一、路闇《くらク》光已夕《ニゆふべナリ》」とあり、李善はその注に本作品を引用して、「或巾柴車」と記しているからである。江淹の模擬詩について言えば、「日暮巾柴車」の句が必ずしも「帰去来兮《ノ》辞」を模擬したとは限らないので、本句の文字を決定しうるだけの積極的な材料とはなりえない。だが、李善の注に関しては、「帰去来《ノ》詞《ニ》曰《ハク》」と出典を明示していることから考えて、「或巾柴車」に作るテキストが唐代に行われていたことはほぼ間違いない（現存する宋本『六臣注文選』では「帰去来兮《ノ》辞」の本文を「或命巾車」に作りながら、この文字の異同に言及していないが、これは『李善注文選』の正文自体が後人によって改変されていたことを示唆するものと考えられる。だが、注文にまでは改変が及ばなかったために、江淹の模擬詩に付した李善注の文字がそのまま残ったのであろう）。

これを受けて、清の段玉裁『説文解字注』七篇下では次のように言う、「周礼《しゆらいニ》、巾車之官。鄭注、巾《ハ》猶《ホ》レ衣《ノ》也。然《レドモ》呉都《ノ》賦《ニ》、呉王乃《チ》巾《スト》二玉路《ニ》一。陶淵明《ノ》文《ニ》曰《ハク》、或《イハ》巾《シ》二柴車《ヲ》一、或《イハ》櫂《こグ》二孤舟《ヲ》一。皆謂《フ》二払拭《シテ》用《フルヲ》レ之《ヲ》。不《ル》レ同《ジカラ》二鄭説《ニ》一也。陶《ノ》句《ハ》見《ユ》二文選《ノ》江淹雑体詩《ノ》注《ニ》一。今本作《ルハ》三或《イハ》命《ズ》二巾車《ヲ》一、不レ可《カラ》レ通《ズ》矣」と。また清の梁章鉅《りようしようきよ》『文選傍証』巻三七も段玉裁の意見を支持している。

現行の訳注書類のなかでは、吉川幸次郎『陶淵明伝』、柳町達也『古文真宝』などが、「或巾柴車」の文字を採用している。

ちなみに「柴車」とは、装飾のない粗末な車、ぼろ車のこと。『韓詩外伝』巻一〇に「疏《そ》食《し》悪肉《モ》、可《キ》二得《テ》而食《ラフ》一也。駑《ど》馬《ば》柴車《モ》、可《キ》二得《テ》而乗《ル》一也」とある。「巾柴車」で、粗末な車をきれいに拭う意。

「或」は下句の「或」と連動して「或……或……」の句形をなす。「あるものは……、あるものは……」といった人や事物をさす場合もあるが、ここでは「……したり、……したり」といった動作が交代に行われることを示す用法と考えるのが穏当であろう。現代中国語の「有時……有時……」に当たる。辞賦作品によく見える句法。

42 **棹** 本来は「舟のかい」を指す。「櫂」に同じ。ここでは、動詞として、「（かいで）舟をこぐ」という意味で用いられている。棹《さお》さす。

孤舟 一そうの舟。淵明の「始《メテ》作《なり》二鎮軍参軍《ト》一、経《シトキニ》二曲阿《ヲ》一作《ル》」に

「眇眇《びょうびょうトシテ》　孤舟逝《ゆキ》、緜緜《めんめんトシテ》　帰思紆《まつハル》」とある。

なお『北堂書鈔』巻一五四「歳時部、春篇」に「陶淵明、帰去来兮」として、第39「農人」の句から第46句「泉涓涓《トシテ》而始《メテ》流《ル》」までが引用されてあるが、ここ（第41、42）の二句は脱している。これは伝写のミスか。また『宋書』『南史』では「孤舟」を「扁舟」に作る。小さな舟の意。

43**既**　次句の「亦」とともに、「既……亦……」の形式で、並列関係を示す。「……をし、また……もする」。現代中国語の「既……也……」に相当する句法。辞賦作品によく用いられる。

窈窕　（谷などの）奥深いさま。下の「壑」字にかかる。晋の曹攄《ちょ》「贈《ル》ニ石荊州《ニ》一詩」に「轗軻《かんかトシテ》　石行難《ク》、窈窕《トシテ》　山道深《シ》」とあり、晋の湛方生《たんほうせい》「廬山神仙詩序《ノノ》」にも「窈窕沖深《トシテ》、常含《ニンデ》レ霞《ヲ》而貯《たくはフ》レ気《ヲ》」とある。上声の畳韻連語。

尋壑　谷川にしたがってゆく。「尋」は、「沿って」の意。「沿」、「縁」に同じ。「尋」を「沿」の意で用いる例は唐代の詩文中にも見られる。参照：蔣紹愚『唐詩語言研究』付録「唐詩詞語小札」（中州古籍出版社、一九九〇年）。「壑」は、谷川、または、みぞ。『六臣注文選』の李周翰注では「謂《フ》ニ行《リテ》レ舡《ヲ》以《テ》尋《ヌルヲ》レ之《ヲ》也」と言う。この句は水路について言ったもの。なお『宋書』『南史』では「尋」を「窮」に作る。きわめる。

44**崎嶇**　（地形や路などが）凸凹《でこぼこ》して平らでないさま。ここは下の「丘」を修飾する。後漢の張衡「南都賦《ノ》」（『文選』巻四）に「上平衍《ハニシテ》　而曠蕩《こうとうタリ》、下蒙籠《ハもうろうトシテ》　而崎嶇《きくタリ》」とあり、淵明の「帰《ル》ニ園田居《ノニ》一」其の五にも「悵恨《シテ》　独策《りつゑツキテ》　還《リ》、崎嶇《トシテふ》　歴《ニ》榛曲《しんきよくヲ》一」とある。双声連語。『六臣注文選』の李周翰注では「駕《シテ》レ車《ヲ》以《テ》渉《わたル》レ之《ヲ》也」と言う。この句は陸路について言ったもの。

45**欣欣**　春色のさま。草木などが生気に満ち溢れるさま。生き生きと。『六臣注文選』の呂向注に「欣欣《ハ》、春色貌《ノさま》」と言う。重言。

向栄　草木が盛んに繁ろうとしている。「向」は、「垂」と同じく、近い未来を表す語。まもなく……になろうとする。「栄」は、枝葉が生い茂ること。一説に、草木が花を咲かせようとしている。

46**涓涓**　水が少しずつ流れ出るさま。ちょろちょろと。『六臣注文選』の呂向注に「涓涓《ハ》、泉流貌《ノさま》」と言う。重言。西晋の潘岳「秋興賦《ノ》」（『文選』巻一三）に「澡《すすギ》ニ秋水之涓涓《タルニ》一兮、玩《もてあそブ》ニ游《ゆう》儵之潎潎《へいへいタルヲ》一」と見える。

始流　（冬の間、凍っていた泉が春になって）ようやく流れだした。「始」は、ようやく、やっと。『李《り》公煥《こうかん》注本』に「始《ハ》、音試」と注するように、「始」字は副詞で読む場合、去声（shì）で発音される。

47**善**　喜ぶ、好む、賛美する。また一説に、羨む。『文章軌範』などでは「羨」に作る。

万物之得時　万物がそれぞれにこの春のよき時節を得ていること。「得《レ》時《ヲ》」は、時宜に適《かな》う。時節の変化のとおりに生きること。『文選』李善注はこの句の典故として、『大戴礼《だたいれい》』に「君道当《レバ》、則《チ》万物皆得《ニ》其宜《ノよろシキヲ》一」とあるのを引用する。なお『芸文類聚』では「時」を「所」に作る。

48**感**　心が強く動く。感慨を抱く。

行休　自分の人生がまもなく終わろうとしている。「行」は、近い未来を表す副詞。「ゆくゆく」と読み、「もうすぐ……だ」、

「まもなく……しようとする」という意味を表す。「将」、「欲」の類語。

「休」は、『文選』李善注が指摘するように、『荘子』「刻意篇」の「其《ノ》生《ヤ》若《ク》レ浮《カブガ》、其《ノ》死《ヤ》若《シ》レ休《いこフガ》」を踏まえたもので、死を意味する。また『六臣注文選』の張銑注は「休《ハ》謂《フ》レ死《ヲ》也。言《フココロハ》感《ズル》ニ吾《ガ》人生《ノ》行《ゆくゆく》〻将《ニ》レ死《セントスルニ》也」と述べる。「行休」とは「将死」と言うのに同じ。淵明の「遊《ブ》ニ斜川《ニ》一」詩にも「開歳倏《たちまチ》五日、吾《ガ》生行《ゆくゆく》〻帰休《ス》」と見える。

ただし、逯欽立『陶淵明集』では「休」を原義通り、「休む」意と見なし、「将退休（もうすぐ官を辞めて引退する）」と解している。また『古文真宝』の注には「触《レ》レ物《ニ》興《シ》レ懐《ヒヲ》、嘆《ズ》ニ其《ノ》昔行《キ》今止《マルヲ》一」とあり、『古文観止』もまた「行休《トハ》、謂《フ》ニ昔行《キテ》而今休《ムヲ》一也」と解釈する。「行」、「休」ともに動詞と見なす説である。林羅山・鵜飼石斎『古文真宝後集諺解大成』、柳町達也『古文真宝』などもこれに従う。なお『芸文類聚』では「吾生」を「吾年」に作る。

通釈

さあ、帰ろう。どうか私が世俗との交際を絶ちきることを許してもらいたい。世間と私とは互いに忘れてしまっている以上、ふたたび仕官して、いったい何を追い求めようというのか。（いまは）親戚たちの真心のこもった話を喜び、琴と書物とを楽しんで心の憂いを晴らすことにしよう。農夫が私に春が来たことをおしえてくれる。もうじき西の田で仕事が始まるだろう。ときには幌をかけた車の支度をさせ、ときには一そうの舟をこいで出かけて行く。奥深い谷川にそって行き、また高く低く続く丘を越えて行けば、草木は生き生きとして盛んに生い茂ろうとし、泉の水が（春になって）ようやくちょろちょろと流れだしている。万物がそれぞれにこの春のよき時節を得ていることを喜びつつも、自分の人生が終わりにさしかかっていることに強く心を動かされる。

49 已矣乎　已《や》んぬるかな

50 寓形宇内復幾時　形《かたち》を宇《う》内《だい》に寓《ぐう》すること復《ま》た幾時《いくとき》ぞ

51 曷不委心任去留　曷《なん》ぞ心《こころ》に委《ゆだ》ねて去留《きよりう》を任《まか》せざる

52 胡爲乎遑遑兮欲何之　胡為《なんす》れぞ遑《くわう》遑《くわう》として何《いづ》くにか之《ゆ》かんと欲《ほつ》する

53 富貴非吾願　富貴《ふうき》は吾《わ》が願《ねが》ひに非《あら》ず

54 帝郷不可期　帝郷《ていきやう》は期《き》すべからず

55 懐良辰以孤往　良辰《りやうしん》を懐《おも》ひて以《もつ》て孤《ひと》り往《ゆ》き

56 或植杖而耘耔　或《ある》いは杖《つゑ》を植《た》てて耘耔《うんし》す

57 登東皐以舒嘯　東皐《とうかう》に登《のぼ》りて以《もつ》て舒嘯《じよせう》し

58 臨清流而賦詩　清流《せいりう》に臨《のぞ》みて詩《し》を賦《ふ》す

59 聊乘化以歸盡　聊《いささ》か化《くわ》に乗《じよう》じて以《もつ》て尽《つ》くるに帰《き》し

60 樂夫天命復奚疑　夫《か》の天命《てんめい》を楽《たの》しみて復《ま》た奚《なに》をか疑《うたが》はん

校語

49**乎**　『張自烈評本』では「夫」に作る。

50**復幾時**　『汲古閣本』『曽集刻本』『縮刊袖珍本』では「能復幾時」に作り、「一無能字」と注する。なお『芸文類聚』では「復得幾時」に作る。

52**胡爲乎**　『文選』『文章軌範』『古文観止』では「乎」の字がない。なお『宋書』『南史』も同じ。

遑遑兮　『文選』『蘇写本』『靖節先生集』『古文真宝』『文章軌範』『古文析義』『古文観止』では「兮」の字がない。『宋書』『晋書』『南史』『芸文類聚』も同じ。また『汲古閣本』『曽集刻本』『湯漢注本』『縮刊袖珍本』に「一無兮字」と注する。『張自烈評本』では「皇皇兮」に作る。

55**辰**　『張自烈評本』では「晨」に作る。『晋書』も同じ。

往　『李公煥注本』『縮刊袖珍本』『何孟春注本』『張自烈評本』『陶詩彙評』『古文析義』では「徃」に作る。俗字。

57**皐**　『文選』『曽集刻本』『文章軌範』では「皐」に作る。「皐」の別体字。『陶詩彙評』『古文観止』では「皋」に作る。

60**夫**　『古文析義』では「乎」に作る。

疑　『汲古閣本』『曽集刻本』『縮刊袖珍本』に「一作爲」と注する。

韻字

時《し》・之《し》・期《き》・耔《し》①・詩《し》・疑《ぎ》（上平声支韻〔之韻〕）。

①『広韻』では耔を「上声止韻」に収めるが、『集韻』では「平声之韻」とする。

語釈

49**已矣乎**　わが国の訓読では伝統的に「やんぬるかな」と読む。『論語』「公冶長《こうやちょう》篇」に「子曰《ハク》、已《ンヌルカナ》矣哉。吾未《ダ》レ見《ル》下能《ク》見《テ》二其《ノ》過《ヲ》一而内《ニ》自《ラ》訟《せムル》者《ヲ》上也」とあり、また『楚辞』「離騒」に「乱《ニ》曰《ハク》、已《ンヌルカナ》矣乎、国《ニ》無《ク》レ人莫《シ》二我《ヲ》知《ル》一兮、又《タ》何《ゾ》懐《おもハン》二乎故都《ヲ》一」とあるのに基づく語。

なお六朝時代の賦作品の篇末部分に「已矣乎（哉）」の語がしばしば用いられていることから、これを「乱辞」（篇末に置かれて一篇の主旨を総結する章）の始まりを示す、一種の記号と見る説もある。詳しくは、井上一之「陶淵明『帰去来兮辞』の〝已矣乎〟をめぐって―六朝辞賦に見える〈乱辞〉の展開」（『中国詩文論叢』第一三集、一九九四年）を参照されたい。

50**寓形**　身を寄せる。「寓」は、寄寓、仮住まいの意。「形」は、人の肉体をいう。人生を仮の宿りと見て、生きることを「寓形」と表現した。『文選』李善注に引く、『尸子《しし》』に「老萊子《ろうらいし》曰《ハク》、人《ノ》生《クルヤ》二於天地《ノ》間《ニ》一、寄也《ト》」とある。

宇内　この世、天下、世界。「宇」は、天地四方。ちなみに、「宇」が空間を指すのに対して、「宙」は過去から未来への無限の時間をいう。

復　反語を強調する副詞。いったい全体。現代中国語の「又」に相当する。淵明の「読《ム》二山海経《ヲ》一」其の一にも「俯仰《シテ》終《フ》二宇宙《ヲ》一、不《シテ》レ楽《シマ》復《タ》何如」とある。

幾時　どれほどの時間があろうか。いくばくもない。反語の表現。

51 **曷** 反語の助字。「何」の類語。本篇第2句の「胡不帰」と同様、「胡不……」「何不……」「曷不……」の句形で、「どうして……しないのか」「……すればいいではないか」という詰問・勧誘を表す。『宋書』では「奚」に作る。

委心任去留 この解釈に関しては、注釈者によって様々である。まず「委心」について言えば、①「心に委ぬ」と読み、自分の心の欲するままに従う、と解する説（唐満先『陶淵明集浅注』〔江西人民出版社、一九八五年〕、松枝茂夫・和田武司『陶淵明全集』〔岩波文庫、一九九〇年〕）、②「心を委ぬ」と読み、心をあなたまかせにする、または心を自然のなりゆきにゆだねる、と解する説（前野直彬『文章軌範』、一海知義・興膳宏『陶淵明・文心雕龍』〔世界古典文学全集25、筑摩書房、一九六八年〕）、③「心を委《す》つ」と読み、（富貴を求める）俗な心を棄てる、と解する説（『古文観止』に「委《ハ》、棄《すツル》也」とあり、『六臣注文選』の劉良注に「言《フココロハ》不下委《ラン》二棄《シテ》常俗之心《ヲ》一任《まかセテ》レ性《ニ》去留《セ》上也」と説く）などの諸説がある。

次に、「任去留」については、①「去留」を「行止」の意にとり、出処進退を心にまかせる、と解する説（李華『陶淵明詩文選』〔人民文学出版社、一九八一年〕、松枝茂夫・和田武司『陶淵明全集』）、②「去留」を「死生」の意にとり、生死を天命にまかせる、と解する説（鎌田正・田部井文雄監修『研究資料漢文学』第六巻・文〔渡部英喜執筆、明治書院、一九九三年〕）、③「去留」を「自然の推移」ととり、すべてを自然の推移にまかせる、と解する説（星川清孝『陶淵明』）などがある。

李善が指摘するように、もしこの句が魏の嵆康「琴賦《ノ》」（『文選』一八）の「斉《ひとシクシテ》二万物《ヲ》一兮超《トシテ》自得《シ》、委《ネテ》二性命《ニ》一兮任《まかス》二去留《ヲ》一」を踏まえるとするならば、「委」は「安」、すなわち「……に身を落ちつける」ことであり、「委心」とは、すべてを自分の心にゆだね従う、という意味になろう。先行諸説のなかでは、①がこれに該当する。

一方「去留」とは、「曽《かつテ》不レ吝《やぶさカニセ》二情《ヲ》去留《ニ》一」（淵明「五柳先生伝」）の句からも証されるように、基本的には「去ることと止まること」をいう。したがって、この句の「任去留」は、『六臣注文選』の劉良注に言う「任《セテ》レ性《ニ》去留《ス》」、すなわち「自分の性質に従って出処進退をする」と解釈するのが穏当であろう。ひとまず①説に従っておく。

52 **胡為乎** 「何為」同様、「なんすレゾ」と読み、「どうして……するのか」の意。反語。ここの「乎」は句中の語気詞であるが、『文選』『宋書』『南史』『文章軌範』『古文観止』及び唐巻子本『陶文残』には脱している。

遑遑 心の不安定なさま。そわそわ。または、慌ただしいさま。『文選』李善注は、この語の典故として、『孟子』「滕文公《とうぶんこう》・下」の「伝《ニ》曰《ハク》、孔子三月無《ケレバ》レ君、則《チ》皇皇如《タリト》也」の条を引く。「皇皇」は「遑遑」に同じ。一説に、名利を求めてあくせくすること。

欲何之 どこへ行こうとするのか。すなわち、何を追い求めようとするのか、という意味。「何」はこの場合、場所をたずねる疑問詞。「いづクニ」。「之」は動詞で「往」の類語。なお唐巻子本『陶文残』では「何」を「行」に作る。

53 **富貴**　財産と地位。『文選』李善注所引の『大戴礼《だたいれい》』に「孔子曰《ハク》、所謂賢人《トハ》者、躬《みハ》為《ルトモ》二匹夫《ひっぷト》一而不《ト》レ願《ハ》二富貴《ヲ》一」とある。ここでは、暗に官吏になることを指す。

54 **帝郷**　天帝のいるところ。仙界。『荘子』「天地篇」に「乗《リテ》二彼白《ノ》雲《ニ》一、至《ル》二于帝郷《ニ》一。三患莫《なク》レ至《ルコト》、身《ハ》常《ニ》無《シ》レ殃《わざはヒ》」とあるのに基づく。晋の湛方生《たんほうせい》「廬山神仙《ノ》詩《ノ》序」には「既《ニ》白雲《ニ》之《レ》可《シ》レ乗《ル》、何《ゾ》帝郷《ヲ》之《レ》足《ラン》レ遠《シトスルニ》哉」とある。

なお『古文真宝』の注に「帝郷《ハ》、京都也」と釈くが、『古文析義』は「俗《ニ》解《シテ》二帝郷《ヲ》一作《なスハ》二京都《ト》一、与二富貴《ノ》句一豈《ニ》不《ラン》二重複《セ》一」として、この説を否定する。星川清孝『陶淵明』も言う、「天子の都と解して、仕官のことと説くのは誤りである。都に仕官することをのぞむことができないというのでは帰去来の主旨に反する」と。

不可期　（神仙の住む世界などは）あてにすることができない。「期」は、期待する、あてにする。

55 **懐**　心の中で大切に思う。うれしく思う。一説に、待ち望む。また一説に、なつかしむ。さらにまた、『六臣注文選』の李周翰注は「懐《ハ》、安也。孤《ハ》、独也。言《フココロハ》安《ンジテ》二此《ノ》良辰《ニ》一、独《リ》住《キ》二田園《ニ》一、以《テ》習《フ》二其《ノ》性《ニ》一也」と注し、前野直彬『文章軌範』でも「懐は安らかな気持ちをもつこと」と釈く。

良辰　よい時節。「辰」は「時」に同じ。後漢の班昭「東征賦《ノ》」（『文選』九）に「時《ハ》孟春之吉日兮、撰《えらンデ》二良辰《ヲ》一而将《ニ》レ行《カント》」とある。ここは、第47句「善《ミス》二万物之得《タルヲ》一レ時《ヲ》」を受ける。春は万物が活動を開始し、また耕作に適した時節でもある。一説に、天気のよい日。

56 **或**　ある時は。

植杖　杖を地に挿《さ》して立てる。「植」は、立てること。『論語』「微子篇」に「丈人《じょうじん》曰《ハク》、四体不レ勤《メ》、五穀不レ分《カタ》、孰《たれヲカ》為《スト》二夫子《ト》一。植《たテテ》二其《ノ》杖《ヲ》一而芸《くさぎル》」とあり、朱子『論語集注』は「植、立《ツル》レ之《ヲ》也」と釈く。

ただし、「杖を立てる」といっても、その動作が何を意味するのか、いま一つ釈然としない。前野直彬『文章軌範』では「つまり杖を手から離すこと」と補足説明するが、柳町達也「『帰去来辞』解釈上の問題点」（『東京学芸大学研究報告』一七号、一九六六年）では、『六臣注文選』の李周翰注に「植杖《ハ》、謂《フ》下挿《さシテ》二其《ノ》所レ執《とル》之杖《ヲ》於田《ニ》一、以《テ》除《クヲ》中田中之草《ヲ》上也」とあるのに基づいて「手に執る杖を畑に突きさして、それによって畑の雑草を取る意となり、『杖』は除草用の農具として用いたことになる」と解釈している。

一方、『論語集解』の引く、孔安国の注には「植《ハ》、倚《よル》也」とある。この説によれば、「植杖」とは杖にもたれること。「丈人」の老いたさまをいうのであろう。また王瑤『陶淵明集』（人民文学出版社、一九五六年）のように、「植」を「置」と解し、杖をかたわらに置く、と解釈するものもある。いまはひとまず通説に従い、『論語』の「荷蓧丈人」にならって杖を田につきたてる、と解しておく。

ちなみに、この「荷蓧丈人」は躬耕自活する理想的な隠者として、淵明の「癸《き》卯《ぼうノ》歳始春、懐二古田《ス》舎《ニ》一」其の一に「是《ここヲ》以《テ》植杖《ノ》翁、悠然《トシテ》不二復《タ》返《ラ》一」とうたわれている。

耘耔　「耘」は、草を刈ること。訓は「くさぎル」。「芸《うん》」と同義。

「耔」は、作物の根元に土をかぶせること。訓は「つちかフ」。「耘耔」で、農作業を指す。『詩経』小雅「甫田」に「或《イハ》耘《くさぎり》或《イハ》耔《つちかフ》、黍《しよ》稷《しよく》薿《ぎよく》薿《ぎよくタリ》（茂るさま）」とあるのに基づく。

ただし、林羅山・鵜飼石斎『古文真宝後集諺解大成』では、『六臣注文選』の李周翰注に「耘耔《ハ》、謂《フ》レ除《クヲ》レ草《ヲ》也」とあるのを引用して、「耘耔の二字共にくさぎると訓す。田の草を去るなり」と述べる。柳町達也「『帰去来辞』解釈上の問題点」などもこの説に従う。なお『晋書』では「芸耔」に作り、『南史』では「芸耔」に作る。秄は耔の本字。

57 **東皐** 「東皐」の解釈については、A＝東の「丘」とする説、B＝東の「水辺の小高いところ」「高い岸」とする説、C＝東の「水田」とする説、D＝東の「山沢」とする説、といった四説がある。〔諸説の異同〕Ⅶを参照。〔通釈〕では、B説を採用している。

「東」とあるのは、『六臣注文選』の呂向注に「春事起《コル》レ東《ヨリ》、故《ニ》云《フ》レ東《ト》也」と説くように、春の方角を指す。また第40句「西疇」に対応すると見ることもできる。

なお梁の范雲《はんうん》「餞《はなむけス》二謝文学《ニ》一離夜詩《ノ》」に「爾《なんぢハ》払《ヒ》二後車塵《ノヲ》一、我事《ハことトセン》二東皐粟《ノヲ》一」とあり、また梁の任昉《じんぼう》「贈《ルノ》二徐徴君《ニ》一詩」に「東皐有《リ》二儒素一、杳《トシテ》与二栄名一絶《ツ》」とあり、さらに梁の沈約「郊居賦《ノ》」にも「思《ヒテ》二幽人《ヲ》一而軫念《しんねんシ》、望《ンデ》二東皐《ヲ》一而長想《ス》」とある。「東皐」は隠逸を連想させる詩語として六朝後期の詩文に散見する。

舒嘯 ゆるやかに息を吐く。「舒」は「緩」。ゆっくりと、のびやかに。「嘯」は、口をすぼめて長く声を発すること。または、声を長く引いて歌うこと。『詩経』召南「江有汜《こうゆうし》」に「其《レ》嘯《キ》也歌《フ》」とあり、鄭玄の箋に「嘯《トハ》者、蹙《すぼメテ》レ口《ヲ》而出《いだス》レ声《ヲ》」とある。訓は「うそぶク」。

58 **臨清流而賦詩** 清らかな流れに臨んで詩を作る。「賦」は、詩歌をつくること（動詞）。この句は、嵆康「琴賦《ノ》」（『文選』一八）に「臨《ンデ》二清流《ニ》一、賦《ス》二新詩《ヲ》一」とあるのをふまえたもの。

59 **聊** とりあえずは（……しよう）。願望の辞であるが、「いささカ」いう和訓が示すように、控え目なかりそめの願いを表す。そうすることが最終的な解決にならないことを示すもので、「且」とともに淵明が愛用する語である。参照：田部井文雄「陶淵明における『且』と『聊』について」（『漢文教室』一二二号、大修館書店、一九七七年）。

乗化 自然の変化の摂理にしたがう。「化」は、自然界の変化。大化。

帰尽 死という終局に至る。『孔子家語』「本命解」に「化《シ》二於陰陽《ニ》一、象《かたどリテ》レ形《ニ》而発《スル》、謂《ヒ》二之生《ト》一、化窮《マリ》数《すう》尽《クル》、謂《フ》二之死《ト》一」とある。また晋の廬山諸沙弥「観《テ》レ化《ヲ》決《スルノ》レ疑《ヲ》詩」にも「万化同《ともニ》帰《シ》レ尽《クルニ》、離《レテ》レ化《ヲ》化乃《チ》玄《ナリ》」とある。

60 **楽夫天命復奚疑** 天から与えられた運命を楽しんで、いったい何を疑うというのか。「復」は、反語の強調に用いられる副詞。「奚」は、「何」の類語。ここは反語の用法。『易経』「繋辞上・伝」に「楽《シミ》レ天《ヲ》知《ル》レ命《ヲ》、故《ニ》不レ憂《へ》」とある。

通釈

ああ、人がこの世に身を寄せるのは、一体どれほどの時間があるというのか。どうしてすべてを自らの心にゆだね、出処進退をそれにまかせようとしないのか。どうしてかくもあたふたとして、一体どこへ行こうとするのか。富や地位は私の願うところではない。仙界もまたあてにはできない。この春の良き時節を心に喜んでは、たった独り出かけ、時には（『論語』のなかの「荷蓧丈人」にならって）杖を田につきたてて、草を刈ったり、土寄せしたりする。東にある水際《みぎわ》の小高い地に登ってゆるやかに長い息を吐き、清らかな水の流れに臨んで詩を作る。とりあえずは自然の変化の摂理に従って、死へと帰着することにしよう。天命を楽しみ受けいれ、何の疑いも抱くまい。

諸説の異同

異同の所在　I

本作品の構成・段落分け

異同の類別

A　全文を①1句～12句「悵晨光之熹微」、②13句「乃瞻衡宇」～32句「撫孤松而盤桓」、③33句「帰去来兮」～48句「感吾生之行休」、④49句「已矣乎」～最終60句、の四段落に分ける。

B　全文を①1句～12句「悵晨光之熹微」、②13句「乃瞻衡宇」～32句「撫孤松而盤桓」、③33句「帰去来兮」～51句「曷不委心任去留」、④52句「胡為乎遑遑兮欲何之」～最終60句、の四段落に分ける。

C　全文を①1句～12句「悵晨光之熹微」、②13句「乃瞻衡宇」～32句「撫孤松而盤桓」、③33句「帰去来兮」～52句「胡為乎遑遑兮欲何之」、④53句「富貴非吾願」～最終60句、の四段落に分ける。

D　全文を①1句～8句「覚今是而昨非」、②9句「舟遙遙以軽颺」～32句「撫孤松而盤桓」、③33句「帰去来兮」～48句「感吾生之行休」、④49句「已矣乎」～最終60句、の四段落に分ける。

E　全文を①1句～12句「悵晨光之熹微」、②13句「乃瞻衡宇」～24句「審容膝之易安」、③25句「園日渉以成趣」～32句「撫孤松而盤桓」、④33句「帰去来兮」～48句「感吾生之行休」、⑤49句「已矣乎」～最終60句、の五段落に分ける。

F　全文を①1句～12句「悵晨光之熹微」、②13句「乃瞻衡宇」～20句「有酒盈罇」、③21句「引壺觴以自酌」～32句「撫孤松而盤桓」、④33句「帰去来兮」～51句「曷不委心任去留」、⑤52句「胡為乎遑遑兮欲何之」～最終60句、の五段落に分ける。

G　全文を①1句～12句「悵晨光之熹微」、②13句「乃瞻衡宇」～48句「感吾生之行休」、③49句「已矣乎」～最終60句、の三段落に分ける。

H　全文を①1句～32句「撫孤松而盤桓」、②33句「帰去来兮」～最終60句、の二段落に分ける。

I　全体を二部に分け、1句～48句「感吾生之行休」を辞の本部、49句「已矣乎」～最終60句を辞の乱辞とし、辞の本部を①1句～12句「悵晨光之熹微」、②13句「乃瞻衡宇」～32句「撫孤松而盤桓」、③33句「帰去来兮」～48句の、三段落に分ける。

J　全体を二部に分け、1句～48句「感吾生之行休」を辞の本部、49句「已矣乎」～最終60句を辞の乱辞とし、辞の本部内を①1句~32句「撫孤松而盤桓」、②33句「帰去来兮」~48句の、二段落に分ける。

A説を採るもの：水谷誠「『帰去来辞』の段落分けと換韻に関する一、二の指摘」（早稲田大学中国詩文研究会『中国詩文論叢』第一集、一九八二年）、熊永謙「『帰去来辞』結構談」（『貴州大学学報』社会科学版、一九八七年第一期）、大矢根文次郎『陶淵明研究』（早稲田大学出版部、一九六七年）、星川清孝『陶淵明』、小尾郊一『文選』（全釈漢文大系31、集英社、一九七六年）、都留春雄・釜谷武志『陶淵明』（鑑賞中国の古典13、角川書店、一九八八年）、石川忠久『NHK漢詩をよむ—陶淵明』、松枝茂夫・和田武司『陶淵明全集』下、鎌田正・田部井文雄監修『研究資料漢文学』第六巻・文（渡部英喜執筆）、李華『陶淵明詩文選』、唐満先『陶淵明集浅注』、高歩瀛『魏晋文挙要』など。

＊ このうち、水谷論文は、最終段落の換韻部分に関する専論であり、全文にわたる段落分けに言及するものではない。だが、ここではA説とB説（またはC説）との異同の論点を明確にするため、ひとまずA説に入れておく。また熊論文では、まず全体を二つの部分に分け、1句~32句を前半部分、33句~60句を後半部分として、H説と共通の立場を採るが、前半、後半それぞれを二段落に区切るのはA説と同じ。

B説を採るもの：釈清潭『続国訳漢文大成　陶淵明集』（国民文庫刊行会、一九二九年）、吉川幸次郎『陶淵明伝』、一海知義・興膳宏『陶淵明・文心雕龍』、一海知義・伊藤正文『漢魏六朝唐宋散文選』（中国古典文学大系23、平凡社、一九七〇年）、岡村繁『陶淵明—世俗と超俗』（日本放送出版協会、NHKブックス224、一九七四年）、楊勇『陶淵明集校箋』（正文書局、一九七六年）など。

＊ 岡村繁『陶淵明』は、52句を「胡為乎」と「遑遑兮欲何之」の二句に分け、全六一句とする。

C説を採るもの：伊藤正文「陶淵明『帰去来辞』」（東京大学中国文学研究室編『倉石博士還暦記念　中国の名著』〈勁草書房、一九六一年〉所収）。

D説を採るもの：松平康国『文章軌範国字解』。

E説を採るもの：岡三慶『文章軌範評林大成』（明治一二年〈一八七九〉出版）。

F説を採るもの：明の郎瑛『七修類藁』巻三〇。

G説を採るもの：林羅山諺解・鵜飼石斎大成『古文真宝後集諺解大成』、徐巍『陶淵明詩選』（三聯書店香港分局、一九八二年）、張啓成・徐達など『文選全訳』四（〈徐達執筆〉中国歴代名著全訳叢書、貴州人民出版社、一九九四年）など。

H説を採るもの：侯爵良・彭華生『陶淵明名篇賞析』（北京十月文芸出版社、一九八九年）など。

＊ なお明の郎瑛『七修類藁』巻三〇に、「朱文公又《タ》曰《ハク》、首《はじめニ》云《ヒ》二帰去来兮《ト》一、中《ニモ》云《フ》二帰去来兮《ト》一、了《つひニ》無《シ》二端緒一。疑《フラクハ》為《リシカト》二二篇一」とあり、南宋の朱熹は、この作品を二篇——二段落ではなく——と見なしている。

I説を採るもの：井上一之「陶淵明『帰去来兮辞』の〝已矣乎〟をめぐって—六朝辞賦に見える〈乱辞〉の展開」（早稲田大学中国詩文研究会『中国詩文論叢』第一三集、一九九四年）、戎椿年「『帰去来兮辞』三題」（『北京師範大学学報』第3期、一九九〇年）。

J説を採るもの：李華主編『陶淵明詩文賞析集』（〈周振甫執筆〉

巴蜀書社、一九八八年）。

異同の論拠

A説（①1句〜12句、②13句〜32句、③33句〜48句、④49句〜最終60句、の四段落とする説）

全体は四段落に分かれ、段落の切れ目で換韻する。「帰・非・衣・微」の上平五微の韻と、「悲・追」の上平四支の韻とは通韻。「奔・門・存・罇」の上平十三元の韻と、「顔・関・還」の上平十五刪の韻、「安・観・桓」の上平十四寒の韻とは通韻。「游・求・憂・疇・舟・邱・流・休」は下平十一尤の韻。「時・之・期・耔・詩・疑」は上平四支の韻。

（以上、都留春雄・釜谷武志『陶淵明』）

第四段は、「已矣乎」からで、韻は「時・之・期……」と踏むが、第四段の三句目の末尾の「留」は、第三段の「……流・休」に続いてもいる。したがって押韻上はこの句までを第三段とすることもできるが、意味の上からは「已矣乎」で分けられる。

（以上、石川忠久『NHK漢詩をよむ—陶淵明』）

(1)　B説は、52句「胡為乎遑遑兮欲何之」を換韻部分とし、その句末の「之」が54句末「期」以下と押韻すると見なすわけであるが、これでは段落の第1句目と第3句、第5句……の奇数句が押韻していくことになる。しかし、陶淵明の辞賦および詩の押韻状況を調査した結果、辞賦では奇数句の押韻はまったくない。また詩でも「和ス二郭主簿ニ一」其の一の第一句目に押韻する以外に奇数句の押韻は見られない。

(2)　またB説のように、51句「曷不委心任去留」までを一段として、46句末の「流」、48句末の「休」と51句末の「留」が押韻していると考えると、陶淵明の作品における偶数句の押韻という事実のなかでは、49句「已矣乎」が余分な句となってしまう。

(3)　さらに内容面から判断しても、52句を換韻部分としたのでは、50句「寓形宇内復幾時」、51句「曷不委心任去留」、52句「胡為乎遑遑兮欲何之」という一連の疑問・反語句を途中で分断してしまうことになる。

結論：49句「已矣乎」が換韻部分であり、51句末の「留」は押韻字ではない。尤韻の押韻は、48句末の「休」までで、之韻の押韻は、50句末「時」から始まって、52句「之」以下に続いている。

（以上、水谷誠「『帰去来辞』の段落分けと換韻に関する一、二の指摘」）

B説（①1句〜12句、②13句〜32句、③33句〜51句、④52句〜最終60句、の四段落とする説）

とくに異同の論拠を明示していない。

C説（①1句〜12句、②13句〜32句、③33句〜52句、④53句〜最終60句、の四段落とする説）

とくに異同の論拠を明示していない。

D説（①1句〜8句、②9句〜32句、③33句〜48句、④49句〜最終60句、の四段落とする説）

第一大段は、過去を言う。第二大段は、現在を言う。第三大段は、楽しみ極まって感ずる所を言う。第四大段は、自然に安んずるを言う。

（以上、松平康国『文章軌範国字解』）

E説（①1句〜12句、②13句〜24句、③25句〜32句、④33句〜48句、⑤49句〜最終60句、の五段落とする説）

第一段落は、「帰去」する理由について述べる。第二段落は、第一句「帰去来兮」を受けて退隠の事を説く。第三段落は、第二句「田園将無胡不帰」の「園」字を受けて、園中の情景を叙す。第四段落は、第二句目の「田」字を受け、退隠後世間と絶交し、農作業をしたり、山水を楽しんだりする中で、物にふれ忽然として覚悟することがあったことを説く。第五段落は、「天命」の二字をこの一篇の帰結とする。すなわち、画龍点睛の筆法である。

（以上、岡三慶『文章軌範評林大成』）

F説（①1句～12句、②13句～20句、③21句～32句、④33句～51句、⑤52句～最終60句、の五段落とする説）

余細《カニ》観《レバ》レ之《ヲ》、亦有《タリ》二端緒一。共《あはセテ》有《リ》二五段一、毎段換韻《ス》。

（以上、郎瑛『七修類藁』）

G説（①1句～12句、②13句～48句、③49句～最終60句、の三段落とする説）

第一段落は、その「帰去」の理由を述べる。第二段落は、「帰去」の後の景象の美や交遊の楽しみを述べる。第三段落は、「帰去来兮辞」一篇の要旨をきっぱりと言い尽くす。

（以上、『古文真宝後集諺解大成』）

第一段落は、官を辞め帰郷するときの愉快な心情を描く。第二段落は、帰郷後の隠遁生活の楽しさを描く。第三段落は、人の命が有限である以上、あわてて他のものを追及する必要はなく、自然の変化に従って「楽天安命」の生活をおくるべきことを述べる。（原文中国語）

（以上、徐巍『陶淵明詩選』）

H説（①1句～32句、②33句～最終60句、の二段落とする説）

この作品は、前後の二つの部分に分かれ、各部分は「帰去来兮」の語をもって始まる。前半部分では、作者淵明の出仕に対する悔恨、辞任後の愉快な気持ち、および帰田の楽しみが描かれる。後半部分は、帰田後の作者の長期的な計画――世俗と交わりを絶ち、再び出仕せず、農耕し詩を賦し、天命を楽しむ――を述べる。（原文中国語）

（以上、侯爵良・彭華生『陶淵明名篇賞析』）

I説（全体が辞の本部〔1句～48句〕と乱辞〔49句～最終60句〕の二つの部分から構成され、さらに辞の本部は①1句～12句、②13句～32句、③33句～48句、の三段落に分かれると見る説）

(1)　「乱」は、古く『詩経』にも見えるものであるが、『楚辞』の中の九篇の篇末に乱辞が置かれていることから、後世の辞賦作品でもこの形式を踏襲するものが少なくない。たとえば、現存する漢賦のうち十二例が、篇末に乱辞をともなっている。

(2)　一般に乱辞の始まりは、「乱曰」という記号によって示されるが、漢代には「訊曰」、「系曰」、「重曰」、「頌曰」、「辞曰」、「歌曰」などの広義の「乱辞」およびそれを示す記号が現れ、その傾向は六朝の辞賦作品にも継承されていく。

(3)　六朝の辞賦作品のうち、宋の鮑照「遊思賦《ノ》」、梁の簡文帝「悔《ノ》賦」、梁の元帝「蕩婦秋思賦《ノ》」、梁の蕭子暉《しょうしき》「冬草賦《ノ》」、梁の江淹「恨《ミノ》賦」、同「石劫《せききょう》《ノ》賦」、梁の呉均「砕珠賦《ノ》」の計七篇の篇末近くに「已矣哉」という句が置かれており、それに続く一段を形式、内容の両面から検討した結果、賦の乱辞と見なすことができる。

(4)　「乱曰」に代わって、六朝時代、「已矣哉」が乱辞の始まりを示す記号となった要因として、『楚辞』「離騒」の乱辞「乱《ニ》曰《ハク》、已《ンヌルカナ》矣哉。国無《ク》レ人莫《シ》二我《ヲ》知《ル》一兮、又《タ》何《ゾ》懐《ハン》二乎故都《ヲ》一……」との関連を想定できる。

結論：六朝時代の七つの辞賦作品に、「已矣哉」をともなう乱辞が見えていることから、「帰去来兮辞」の「已矣乎（＝哉）」以下の段も乱辞である可能性が高い。また「已矣哉」が乱辞の始まりを示す記号――「乱曰」に等しい――である以上、それは意味性よりも記号性の方に比重が置かれており、したがって通説のように「已矣乎」を「絶望慨嘆」の語と解することにはやや無理がある。

（以上、井上一之「陶淵明『帰去来兮辞』の〝已矣乎〟をめぐって」）

J説（全体が辞の本部（1句～48句）と乱辞（49句～最終60句）の二つの部分から構成され、辞の本部は①1句～32句、②33句～48句、の二段落に分かれると見る説）

「帰去来兮辞」は三つの段落に分けることができる。第一段、第二段はともに「帰去来兮」の語を用いて始まる。第三段は、結びとなり、「已矣乎」を用いて始まるが、これはちょうど屈原の「離騒」が、「乱曰」によって一篇を結び、「乱曰」の後に「已矣哉」を用いて文を始めるのと同じである。（原文中国語）

（以上、李華主編『陶淵明詩文賞析集』）

〔筆者補説〕一般に一つの文学作品をいくつかの段落に分ける場合、その決め手となるのは内容と押韻である。とりわけ韻文においては、押韻の変わり目、すなわち換韻の部分が段落分けの目安となることが多い。この作品に関して言えば、12句「恨晨光之熹微」までが、「帰・悲・追・非・衣・微」と韻を踏み、13句「乃瞻衡宇」で換韻した後、「奔・門・存・罇・顔・安・関・観・還・桓」と押韻していることは異論のないところであろう。問題はその後である。33句「帰去来兮」で換韻し、「游・求・憂・疇・舟・丘・流・休」と続くが、この下平声尤韻がどこまでなのか。また54句「帝郷不可期」から「期・耔・詩・疑」と上平声支韻が韻字となるが、それがどこから始まるのか。つまり、51句「曷不委心任去留」の「留」字が前段と同じ尤韻に属するため、この部分だけ韻が錯綜しているように見える。そこで、49句「已矣乎」から52句「胡為乎遑遑兮欲何之」までの換韻部分をめぐって、それを49句と見るA説と、52句と見るB説（およびF説）に大きく分かれるわけである。

結論を先取りして言えば、すでにA説＝水谷論文の指摘するとおり、52句で換韻すると考えると、奇数句が押韻することになり、韻文（辞賦）の一般的な原則にそぐわない。したがって、49句で換韻するとみるA説が穏当であろう。

ところで、かりに49句「已矣乎」で換韻し、そこから新しい一段が始まるとして、この一段は本作品の構成のなかでどう位置づけられるべきなのか。これが、もう一つの問題である。A説～H説は、これを本文の一部と位置づけ、それ以前の段落と対等に見るが、新説であるI説とJ説は、その前の諸段落と分けて考える。つまり、1句～48句が辞の本部であるのに対して、49句～60句は辞の乱に当たると考えるわけである。漢代以後の辞賦のなかに、序、賦本部、乱という三部構成をもつものが少なくないこと、そしてこの作品が辞賦作品であることを考え合わせると、この新説はあながち見当はずれと決めつけるわけにはいかないだろう。ただし、本稿では解釈辞典としての本書の性格を重んじ、I説とJ説は参考にとどめ、ひとまず通説であるA説を採用しておく。

なお清の孫人龍『陶公詩評註初学読本』巻二(『陶淵明詩文彙評』、世界書局、一九七四年再版、所引)に、「通篇凡五韻ツ。耿介《こうかい》ノ中ニ仍《なホ》和シテ而不レ迫ラ、得タリ二風人之遺旨ヲ一。先叙シ二決レシテ計ヲ欲スルノレ帰ラント意ヲ一、次ニ叙ス二帰来ノ情景ヲ一。雲鳥如レ此シ、胡《ク》ゾ不ルレ帰ラ乎。前後呼応シ、自ラ見《あらは》ス二章法ヲ一。是レ早春光ノ景ナリ、亦タ見ス二帰来之可キヲ一レ楽シム。末ニ叙ス下帰来不ルノ二復タ出デ一意ヲ上、結ビニ出ス二大旨意ヲ一、真ニ本領ナリ」とあるが、段落をどこで区切るのかは詳らかでない。

異同の所在

第1句「帰去来兮」の構造・意味

異同の類別

A「帰」(動詞)+「去来」(助詞)。「さあ、帰ろう」。

B「帰去」(動詞)+「来」(助詞)。「さあ、帰ってゆこう」。

C「帰」(動詞)+「去」(動詞)+「来」(動詞)。「帰り去ろうとし、帰り来た」。

A説を採るもの：周策縦「説〝来〟与〝帰去来〟」(香港中国語文学会編『王力先生記念論文集』中文分冊〔三聯書店香港分店、一九八七年〕所収)、吉川幸次郎『陶淵明伝』、前野直彬『文章軌範』下、大矢根文次郎『陶淵明研究』、一海知義・興膳宏『陶淵明・文心雕龍』、都留春雄・釜谷武志『陶淵明』、松枝茂夫・和田武司『陶淵明全集』下、鎌田正・田部井文雄監修『研究資料漢文学』第六巻・文(渡部英喜執筆)など。

B説を採るもの：林羅山・鵜飼石斎『古文真宝後集諺解大成』、久保天随『古文真宝新釈後集』、(東京博文館、一九〇九年)、平山政濆《せいとく》『便蒙釈義文章軌範評林』(明治二四年〔一八九一〕再版)、松平康国『文章軌範国字解』、星川清孝『古文真宝後集』(新釈漢文大系16、明治書院、一九六三年)、星川清孝『陶淵明』、小尾郊一『文選』、王瑤『陶淵明集』、逯欽立『陶淵明集』(中華書局、一九八七年)、李華『陶淵明詩文選』、唐満先『陶淵明集浅注』、孫鈞錫『陶淵明集校注』(中州古籍出版社、一九八六年)など。

C説を採るもの：柳町達也「『帰去来辞』解釈上の問題点」、清の林雲銘『古文析義』巻一〇、清の毛慶蕃《もうけいばん》『古文学餘』巻二六、呉楚材・呉調侯『古文観止』、釈清潭『続国訳漢文大成 陶淵明集』、柳町達也『古文真宝』など。

異同の論拠

A説(「帰」を動詞、「去」と「来」を助詞とする説)

最初の行は、カエンナンイザと読むのが、日本での古くからの読みくせである。この読みくせは、なかなか正しいであろう。何となれば、帰去来兮という四つの漢字の、意味の中心は、帰の字にのみある。二字目の去は、帰の字の下にそえられた軽い助字、そえことばであり、三字目の来の字は、一そうかるくそわった助字である。最後の兮《けい》に至っては、純粋なリズムのための助字であって、全く意味をもたない。帰去来兮は、現代の中国語でいうならば、回去了罷というのと、相当る。回去了罷の重点がただ回の字にのみあるように、帰去来兮という四字に於ける意味の重点、したがって心理の中心は、ただ帰の字にのみある。去来兮というあとの三字は、帰りゆかんとする意志が、感情によってせき立てられる心理の波だちを表現するにすぎない。かえんなんいざ、という読みくせは、その意味で大へん正しいであろう。

(以上、吉川幸次郎『陶淵明伝』)

「帰去来兮」は、さあ、早く帰ろうよの意。わが国では古来、「帰りなんいざ」と読み慣わしている。これは菅公に創まると伝える。「去来」は促しすすめる意の語助詞。『晋書』隠逸、祈嘉伝に「隠去来、隠去来（さあ早く隠れろ、隠れろ！）」。また『万葉集』巻一、山上憶良の歌に「去来子等《イザコドモ》、早日本辺《ハヤクヤマトヘ》（さあみんな、早く日本へ帰ろうよ！）」。

（以上、松枝茂夫・和田武司『陶淵明全集』）

「来」「兮」は助字。『孟子』離婁上に「盍《ゾ》《ルヤ》レ帰《ラ》乎来。（盍ぞ帰らざるや）」とあり、『戦国策』斉策と『史記』孟嘗君伝とに「長鋏帰《ラン》来乎（長鋏帰らんか）」という用例がある。「兮」は主に『楚辞』に用いられ、語調を整える助字。「去」は「帰」に添えた助字。

（以上、鎌田正・田部井文雄監修『研究資料漢文学』）

(1)『史記』孟嘗君伝の「長鋏帰来らんか」や『楚辞』招魂の「魂兮帰来（魂よ帰れ）」などに見える「来」は、誘語の助字である。また、『世説新語』に「何次道、丞相の許《もと》に往く。丞相麈《しゅ》尾《び》を以て坐を指し何を呼び共に坐して曰く、来来、此は是れ君の坐なり」とあり、この「来来」にも「さあ、おいで」との誘語的ニュアンスが看取される。今日においても、人を呼んだりうながしたりするさい「さあ」「まあ」の意で「来」が使われることがある。

(2) 六朝時代の文章の特徴として、助字の使用が頻繁になったことと、それらの助字の中に前代にない新しい用法ができたことが指摘できるが、これは中国語がより明瞭なより微細な表現を求めて発達していった結果と考えられる。そして、そうした時代の要求から、かつて「来」で表していたものを晋代になって「来」の上に「去」の字を加え、「去来」という二字の複合語で表すようになったのだろう。

結論：「去」、「来」ともに勧誘の意を表す助字である。

（以上、大矢根文次郎『陶淵明研究』）

(1)「来」にはたしかに感嘆詞としての用法があるが、「帰去来兮」の場合、「兮」字がある以上、感嘆詞ではない。

(2)「帰」字は、ここでは主要動詞であり、その基本義は家にかえるということであるが、この語自体は、行動の過程や完成を強調するものではない。

(3)「去」字には本来、家を「離れる」（離去）という意味がある。むろん職場を去る（去官）と考えても通じるが、淵明の「去」の用例を見ると、離れる所が帰ってくる所と同一地点、すなわち家を指すことが多い。したがって、「去来」には「立ち去ってまた帰ってくる」（去而復来）という意味が根底に含まれている。この語は当時、一種の熟語となっていたために、「去」本来の「立ち去る」という意味はすでに希薄化しており、「去来」で「かえる」の意味をもつようになったらしい。だが、「去来」本来の「去ってもどる」という帰還の過程の意味がのこっているので、ここでは「帰」字の補助的な助詞として、動作の過程を補足ないし強調する働きをしていると考えられる。

(4) 当時の詩文に、強い決心と願望を表す「去去」という語が見え、また一方「来」字は音声的に長くひきのばすのに都合がよく、願望の助詞となることがある。したがって、「帰去来兮」は作者の強い決心と願望を表すことにもなる。

(5)「去」字はもともと「離れる」意で、「来」は助詞の場合、方向の制限を受けない。そこで「帰去来兮」の語は、作者の帰宅前、帰宅後のどちらにおいても用いることができる。

結論：「帰」は本動詞、「去来」は助詞で、その「かえる」動作の過程を補足的に説明すると同時に、「いざ、帰ろう」、「帰りたい」という作者の強い決心と願望を表す。（原文中国語）

（以上、周策縦「説〝来〟与〝帰去来〟」）

B説（「帰」「去」ともに動詞、「来」を助詞とする説）

「来」の字はつけ字であって、帰ろうという気持ちを表すまでのことである。『史記』孟嘗君伝に「長鋏帰《ラメヤ》来乎、食《スルニ》無《シ》レ魚。長鋏帰《ラメヤ》来乎、出《ヅルニ》無《シ》レ輿《こし》。長鋏帰《ラメヤ》来乎、無《シ》二以《テ》為《ルコト》一レ家《ト》」とあり、『二程全書』に「性《ノ》中《ニ》只《ダ》有《ル》二箇《こノ》仁義礼智《ノ》四者一而已。曷《ゾ》嘗《テ》有《ラン》二孝弟一来」とある。按ずるに、これらはみな「来」の字を語助としている。もしこれを往来の来と見なせば、大いに本来の意味を失するであろう。

結論：「来」は語助であり、「帰去来兮」は「帰り去らめや」と読む。

（以上、『古文真宝後集諺解大成』）

「来」の字には意味がなくて、単に句末の語助である。その例は、『孟子』に「盍帰乎来」といい、『荘子』に「嘗以語我来」といい、その註に「来は語助なり」とあるから、やはりこれに従う方がよい。

（以上、『古文真宝新釈後集』）

「来兮」は助辞である。「来」と「哉」は古音で通用する。ゆえに「哉」の意味で読むべきである。

結論：「来兮」を助字と見て、「カヘリサランヤ」と読む。

（以上、『便蒙釈義文章軌範評林』）

「帰去来兮」の本意は、帰去である。来は助字。兮も強意・詠嘆の助字である。『孟子』「離《り》婁《ろう》篇」に「文王作興すと聞きて曰く、盍帰乎来（なんぞ帰らざるや）と」、「告子篇」に「孔子　陳に在りて曰く、盍帰乎来（なんぞ帰らざるや）と」、『戦国策』「斉策」に「長鋏よ帰来乎（帰らんか）」とある。これらの「来」はすべて助字である。

（以上、星川清孝『古文真宝後集』）

「来」と「兮」は感嘆詞で、興奮と喜びを示す。『爾《じ》雅《が》』釈訓に「不誒、不来也」とあり、『漢書』「韋《い》賢《けん》伝」の注に「誒、嘆声」として、「来」を感嘆詞と見なしている。また『荘子』「人間世《じんかんせい》篇」の「嘗以語我来」も、「来」を感嘆詞とする。（原文中国語）

（以上、逯欽立『陶淵明集』）

C説（「帰」「去」「来」すべてを動詞とする説）

任地の彭沢を起点に言えば、「帰去」となり、郷里の南村を起点に言えば、「帰来」である。本作品のなかで、彭沢を出発してから帰宅するまでの情景が次第次第に明らかに描かれているので、「帰去」と「帰来」とを合わせて、「帰去来」と言った。

（以上、林雲銘『古文析義』）

同時代の「去来」の用例を見ると、淵明の「飲酒」其四に「厲響思清遠、去来何依依」とあり、また魏の阮籍「詠懐詩」其七十四に「咄嗟栄辱事、去来味道真」、同じく其七十七に「招彼玄通士、去来帰羨遊」とあり、いずれも往来の意である。

（以上、柳町達也『古文真宝』）

(1)　吉川幸次郎『陶淵明伝』に、二字目の「去」が「帰」の字の下にそえられた軽い助字、そえことばである、と述べるが、「去」はゆく意で、助字に用いることはない。「帰去」は帰りゆく意で、帰ると同意になり、英語の go back の意となる。

(2) 通説では、ここの「来」は「聞二文王作一、興曰、盍レ帰乎来」（『孟子』離婁上）、「予其有二以語一レ我来」（『荘子』人間世篇）、「長鋏帰来乎。食無レ魚」（『戦国策』斉策）、「嗟来、桑戸乎」（『荘子』大宗師篇）などの「来」と同じで、句末または句中の助字とされる。しかし、これに従って、カヘンナンと読むとき、辞の中間に見える「帰去来兮」の意味が通じなくなる。そこでこの点を説明し、古来、歌曲においては、韻の換わるところで冒頭のことばを繰り返し詠嘆して、帰去の得策であることを表したものと言っているが、それも解釈として落ちつかない。

(3) 元来、「来」は「去」の反対語であり、「帰去」と「帰来」とを合わせて「帰来」の「帰」を省き、「帰去来」としたものではないか。初めに彭沢の令をやめて帰去しようと決意したのが冒頭の「帰去来兮」であり、ついで郷里の柴桑里に帰来した喜びをのべ今後は絶えて仕えまいと決意したのが中間に見える「帰去来兮」の意であり、以後は日々田園を友とし自適の生活を送るその全篇のつもる喜びを、この「帰去来兮」の四字に含めて、冒頭に出し、再度中間に掲げたと見るのが妥当であろう。

結論：「去」も「来」もともに動詞であり、冒頭の「帰去来兮」は、まだ帰らないときに、これから帰ろうと決意する意。一方、第三段落の「帰去来兮」は、帰ってよかった、という帰来の喜びを述べる。

（以上、柳町達也『「帰去来辞」解釈上の問題点』）

異同の所在　III

第11句「征夫」の意味

異同の類別

A　旅人。

B　道を行くひと。

C　舟の船頭。

A説を採るもの：林羅山・鵜飼石斎『古文真宝後集諺解大成』、松平康国『文章軌範国字解』、星川清孝『古文真宝後集』、星川清孝『陶淵明』、小尾郊一『文選』、神塚淑子『文選』下（中国の古典24、学習研究社、一九八五年）、都留春雄・釜谷武志『陶淵明』、松枝茂夫・和田武司『陶淵明全集』下、『研究資料漢文学』第六巻・文（渡部英喜執筆）など。

B説を採るもの：柳町達也『「帰去来辞」解釈上の問題点』、柳町達也『古文真宝』、王瑤『陶淵明集』、楊勇『陶淵明集校箋』、李華『陶淵明詩文選』、唐満先『陶淵明集浅注』、孫鈞錫『陶淵明集校注』など。

C説を採るもの：吉川幸次郎『陶淵明伝』、前野直彬『文章軌範』下、一海知義・興膳宏『陶淵明・文心雕龍』、網祐次『文選』（中国古典新書、明徳出版社、一九六九年）、松枝茂夫『中国名詩選』中（岩波文庫、一九八四年）、石川忠久『NHK漢詩をよむ―陶淵明』など。

異同の論拠

いずれの説もとくに言及していない。わが国の訳注書類、および高校漢文の教科書類では、A説＝「旅人」を採るものが多いように見受けられる。しかし、柳町論文が指摘するように、土地不案内の旅人に道を尋ねるというのはやや不自然さを免れない。一方、B＝「道を行くひと」と考えれば、この点はすっきりする。とはいえ、これ舟の中の作者、淵明が岸を歩くひとに問いかけるというのは、これはこれで実際の情景としてふさわしくない。そこで、C＝「舟の船頭」という説が出てきたのであろう。

思うに、「征夫」は『詩経』以来の伝統をもつ詩語である。『文選』李善注も引用する『詩経』小雅「皇皇者華《こうこうしゃか》」には「駪駪《しんしんタル》（衆多のさま）征夫、毎《いへどモ》レ懐《フトなシ》靡レ及《ブ》」とあり、毛伝に「征夫《ハ》、行人也」とある。したがって、この作品の「征夫」も、まず基本義の「行人」、すなわち「道路を往く人」（または使者）の意で解するのが妥当であろう。C説を採るものは、舟の中から道行く人に問いかけるのは不自然だと反論するが、前の二句（9句、10句）はたしかに舟行であるにしても、この二句は陸行をいうものと見ることもできる。実際、『古文析義』は「陸行《ハ》多岐《ニシテ》、与二舟行一不レ同《ジカラ》。故《ニ》問《フ》二前路《ヲ》一」と解説している。

異同の所在

第25句「園日渉以成趣」の解釈　Ⅳ

異同の類別

A　わが園は日々散策していると、自然と佳い趣きをなしてくる。

B　わが園は日がたつにつれて、自ずと趣き深くなってくる。

C　わが園は日々散策することによって門外の道となる。

D　わが園を日々散策していると、自然と小走りの歩調になる。

A説を採るもの：蔣宗許「読逯注『陶淵明集』札記」（『中国語文』一九八七年、第三期）、柳町達也「『帰去来辞』解釈上の問題点」、『六臣注文選』劉良注、『古文析義』、『古文観止』、松平康国『文章軌範国字解』、星川清孝『陶淵明』、柳町達也『古文真宝』、都留春雄・釜谷武志『陶淵明』、『研究資料漢文学』第六巻・文（渡部英喜執筆）、李華『陶淵明詩文選』、唐満先『陶淵明集浅注』、孫鈞錫『陶淵明集校注』など。

B説を採るもの：釈清潭『続国訳漢文大成　陶淵明集』、吉波彦作『古文真宝後集詳解』（大同館書店、一九二八年）、前野直彬『文章軌範』下、松枝茂夫『中国名詩選』中、松枝茂夫・和田武司『陶淵明全集』下、石川忠久『NHK漢詩をよむ—陶淵明』など。

C説を採るもの：逯欽立『陶淵明集』、神塚淑子『文選』下など。

D説を採るもの：吉川幸次郎『陶淵明伝』、一海知義・興膳宏『陶淵明・文心雕龍』、小尾郊一『文選』、李華主編『陶淵明詩文賞析集』（周振甫執筆）など。

異同の論拠

A説（わが園は日々散策していると、自然と佳い趣きをなしてくる、とする説）

「園」とは、古来散歩をする場所である。大抵の文士はみなこの風雅な趣味をもっており、それゆえ漢の董仲舒《とうちゅうじょ》が三年もの間、園を窺わなかったことが後世篤学の模範と見なされた。「成趣」とは、楽しみとなる、風情のある趣味となる、という意味で、この句は園の中を日々漫遊するとその趣が多い、と言うことを述べたものにすぎない。それを李善が誤って注を付け、それをみだりに承けた逯欽立『陶淵明集』の解釈は、まったく不適切である。（原文中国語）

（以上、蔣宗許「読逯注『陶淵明集』札記」）

李善注は「趣」を「趨」の意にとり、陶澍、顧皜《ここう》（筆者注：『陶淵明箋註』）もこれに従い、吉川博士も「わが歩調はいそいそと、趣、すなわち小ばしりの歩調になりがちである」と述べている。が、しかし、なぜ小ばしりの歩調になりがちなのか、はっきりしない。かつ、渉の字、流憩の流の字とそぐわなくなる。また高成田忠風は「渉」の字を経（ふ）る意に解し、「日渉」を日数が立つ意にみ、「庭園は手入れをするので、日を経るに従って風趣が加はり」と釈くが、「渉」の字は下句の「設」の字と対し、その目的語はそれぞれ「園」と「門」とにみるのが妥当であろう。私は林西仲（筆者注：『古文析義』）説に従い、園を日々そろそろと歩きまわれば、自然と佳趣をなしている意に見たい。

（以上、柳町達也『『帰去来辞』解釈上の問題点』）

「日」は日日。「渉」は、遊歩する。かちわたる。歩いて水を渡る。水の勢いに逆らわず、ころばぬようにそろそろと歩く。この「渉」字は、下句の「流」・「游」字とあい映ずる。「趣」は佳趣（よき風情）・風趣・景趣・野趣の趣の意。鮑照の詩に「遇《あへバ》レ物《ニ》雖《モ》レ成《スト》レ趣《ヲ》、念者不レ解《サ》レ憂《ヒヲ》」の句がある。

（以上、柳町達也『古文真宝』）

B説（わが園は日がたつにつれて、趣き深くなってくる、と解する説）

とくに言及されていない。

C説（わが園は日々散策することによって門外の道となる、と解する説）

「成趣」とは、「成趨」、すなわち散歩の場所となった、の意。『文選』李善注に、「爾雅曰《ニハク》、堂上謂《ヒ》二之《ヲ》行《ト》一、堂下謂《ヒ》二之《ヲ》歩《ト》一、門外謂《ヒ》二之《ヲ》趨《ト》一、中庭謂《フト》二之《ヲ》走《ト》一。郭璞曰《ハク》、此皆《レナ》人《ノ》行《キ》歩《ミ》趨《はしり》走《ル》之処、因《リテ》以《テ》名《ヅクト》」とある。（原文中国語）

（以上、逯欽立『陶淵明集』）

D説（わが園を日々散策していると、自然と小走りの歩調になる、と解する説）

『爾雅』「釈宮」に「堂上　これを行と謂ひ、堂下　これを歩と謂ふ。門外　これを趨と謂ひ、中庭　これを走と謂ふ」とある。郭璞注に「此れ皆　人の行き歩み趨り走るの処、因て以て名づく」とする。

（以上、小尾郊一『文選』）

〔筆者補説〕右に示したように、現行の注釈書類では、この句の解釈に関して四説が並び行われているが、その対立点として、二つの点があげられる。すなわち、「日渉」と「成趣」の二点である。

前者について言えば、「日ましに、日がたつにつれて」と解するB説と、「毎日散歩する」と解するA説、C説、D説とで対立している。これは「渉」字に①「経過する」、②「歩きまわる」という二つの意味があることから生じた相違であろう。ただし、語順の点から見て「日渉」に、B説の言う「日が経過する」という意味があるのかどうか、いささか疑問を感じないわけにはいかない。「渉」を「歴」の意で用いる用例として、たしかに淵明「雑詩」其の一一にも、「離鵾《りこん》鳴《キ》二清池《ニ》一、渉《わたリテ》レ暑《ヲ》経《ヘタリ》二秋霜《ヲ》一」とあるが、この場合、「渉暑」（暑を渉る）であって、「暑渉」でないことは注意されてよい。ちなみに、『漢語大詞典』第五冊（漢語大詞典出版社、一九九五年）では、ここの「渉」を「游玩、游覧（遊びに出る）」と解釈している。

後者「成趣」については、「趣」字を文字通り「おもむき」と解するもの（A説、B説）と、「趨」字に通じると見るもの（C説、D説）との二説がある。しかし、結論から言えば、後者の説が誤りを犯していることは明らかであろう。

というのは、C説、D説ともに、『文選』の李善注をその主要な論拠としているが、清の胡克家《こくか》『文選考異』巻八、及び清の胡紹《こしょう》煐《えい》『文選箋証』巻二九がつとに指摘しているように、李善の用いた『文選』のテキストでは本来「成趨」ではなく、「成趨」に作っていたと考えられるからである。つまり、李善の注はあくまでも「園日渉以成趨」という本文を説明しているのであって、「成趣」についてコメントしているわけではない。それをここの「趣」字の解釈として引用・依拠することははなはだ妥当性を欠くと言わざるをえないであろう。

そしてさらに問題なのは、李善の注の記述内容が正確に理解されていない、ということである。D説は李善注所引の『爾雅』をあげて「趨」字（すなわち「趣」字）を「小走りの歩きかた」と解しているが、『爾雅』の本文ならびにそれに対する郭璞の注（「此《レ》皆《ナ》、人《ノ》行《キ》歩《ミ》趨《リ》走《ル》之処、因《リテ》以《テ》名《ツク》」）による限り、これが歩調をいうものとは理解しがたい。すでに松浦友久「李善音注『趨、避声也』―「帰去来兮辞」の修辞効果に関する一考察」（中国詩文研究会『中国詩文論叢』第一四集、一九九五年）に詳論されているように、李善が引用した『爾雅』の記述は、「宮殿のどの通行空間がどのような呼称をもつか」を説明したものであって、少なくとも李善は、本作品の「趨」字を「門外の歩行空間」、つまり「門外のみち」と解釈しているわけである。したがって、もし李善注に依拠するのであれば、「わが園を日々散策していると、自然と小走りの歩調になる」（D説）ではなく、「わが園は日々散策することによって門外の道となる」（C説）と解釈しなければならないはずである。もっとも、原文が「成趣」であれば、李善の解釈に拘泥する必要はない。〔通釈〕では、ひとまずA説を採っておく。

異同の所在　V

第27句「策扶老」の解釈

異同の類別

A「策（動詞）＋扶（動詞）＋老（目的語）」と見て、杖をついて老いた身をたすけて歩く、と解する。

B「策（動詞）＋扶老（目的語）」と見て、「扶老」という杖をついて歩く、と解する。

A説を採るもの：林羅山・鵜飼石斎『古文真宝後集諺解大成』、釈清潭『続国訳漢文大成　陶淵明集』、星川清孝『古文真宝後集』、星川清孝『陶淵明』、小尾郊一『文選』、石川忠久『帰去来の辞――隠者のうた』（伊藤漱平『中国の古典文学―作品選読―』所収、東京大学出版会、一九八一年）、石川忠久『NHK漢詩をよむ―陶淵明』、鎌田正・田部井文雄監修『研究資料漢文学』第六巻・文（渡部英喜執筆）など。

B説を採るもの：明の何孟春『陶靖節集』、松平康国『文章軌範国字解』、吉川幸次郎『陶淵明伝』、一海知義・興膳宏『陶淵明・文心雕龍』、柳町達也『古文真宝』、前野直彬『文章軌範』下、松枝茂夫・和田武司『陶淵明全集』下、都留春雄・釜谷武志『陶淵明』、王瑤『陶淵明集』、楊勇『陶淵明集校箋』、逯欽立『陶淵明集』、李華『陶淵明詩文選』、唐満先『陶淵明集浅注』、孫鈞錫『陶淵明集校注』、龔斌『陶淵明集校箋』（上海古籍出版社、一九九六年）など。

異同の論拠

A説（杖をついて老いた身をたすける、と解する説）

李善が曰ふ、易林に曰ふ、鳩杖　老を扶け、衣食　百口、と。困学紀聞に云ふ、扶老は藤の名なり、と。又扶老は、杖の名、杖能く老人を助くるに依て、扶老と号す。杖に成るかづらなれば、扶老藤と云ふあり。但だ此所《ここ》をば、老を扶くと読むべし。淵明年寄りたるほどに、屋敷の内を行《あり》くにも、杖をつくなり。吾老《わがおい》は、杖に助けられたるとなり。

（以上、林羅山・鵜飼石斎『古文真宝後集諺解大成』）

つえをついて老体を支え、あちこち歩き回って休息する。『易林』巻十二に「鳩杖は老を扶け、衣食は百口」とある。

（以上、小尾郊一『文選』）

第21句「引壺觴以自酌」からの十二句は、ゆったりと安らぐ様子。後半の六句「策扶老以流憩」からは〝老〟が姿をのぞかせ、夕日の沈む情景と共に、後段の感慨を引き起こす伏線を張る。従って「策扶老」は「扶老」を竹の名とする説を取らない。

（以上、石川忠久『帰去来の辞―隠者のうた』）

「策扶老」とは、杖をついて老体をいたわること。時に淵明は四十一歳。隠者としての生活を送るので「老」という語を使ったものと思われる。

（以上、鎌田正・田部井文雄監修『研究資料漢文学』）

B説（「扶老」という杖をついて歩く、と解する説）

「策扶老」とは、（老いを扶けるという名をもった）扶老竹の杖をつく。これは隠者であることを示し、また実際に彼は足が悪かった。「扶老」は邛竹《きょうちく》（筇竹ともかく。蜀都賦に「邛杖は、節を大夏の邑に伝ふ」とある）のこと。興古盤江以南から出て、節《ふし》が高く中が実《み》ち、杖にするのによいところから扶老竹とも、扶竹ともいう。竹譜（晋の武昌の戴凱之《たいがいし》の作）にも竹の一種とあり、『山海経』中山経に「亀山多シ二扶竹一」とある。なお、普通、「策モテ老イヲ扶ケ」と読み、杖に老体を扶ける意に釈く。が、不自然である。淵明はこのとき四十一歳であり、退官し、また四十を初老というところをみると、「老」ということばもうなづけ、上の「携フレ幼ヲ」を承け、次句「時ニ矯グレ首ヲ」とも形が似ていていいように見える。が、「策《つゑツク》二扶老ヲ一」とみる方が自然であろう。

（以上、柳町達也『古文真宝』）

「扶老」は竹の名で、すなわち扶竹のこと。杖にすることができるので、杖を「扶老」という。『山海経』「中山経」に「亀山多シ二扶竹一」とあり、郭璞の注に「邛竹也、高節ニシテ実チレ中ニ、中ツレ杖ニ也。名ヅク二之ヲ扶老竹ト一」とある。（原文中国語）

（以上、龔斌『陶淵明集校箋』）

「扶老」は藤である。『後漢書』「蔡順伝」の注（筆者注：『後漢書』巻三九「周磐伝」注所引『汝南先賢伝』）に見える。また『談助』には「邛竹可シレ為《つくル》レ杖ヲ、磥砢《らいか》不レ凡ナラ。謂フ二之ヲ扶老ト一」ともいう。

（以上、明の何孟春『陶靖節集』）

「策」は持つこと。「扶老」は鳩杖。『玉燭宝典』に「『風俗通』ニ云ヘラク、『周礼』ニ、羅氏、献ジテレ鳩ヲ養フレ老ヲ。漢無シ二羅氏一、故ニ作リテ二鳩杖ヲ一以テ扶クレ老ヲ。『続漢書』礼儀志ニ、三老五更ハ杖トス二玉杖ヲ一、長サ九尺、端以テレ鳩ヲ為スレ飾ト」とある。（原文中国語）

（以上、逯欽立『陶淵明集』）

〔筆者補説〕この句の「扶老」が「動詞＋目的語」であるのか、それとも一つの名詞（「策」の目的語）であるのかはひとまず措くとして、名詞としての「扶老」については古くから数多くの考証がなされてきている。さきの〔異同の論拠〕と多少重複する点もあるが、ここでは主要な説を四つ紹介しておきたい。

第一は、①竹の名とする説。清の何焯『義門読書記』巻四九は、『山海経』「中山経」に「亀山多《シ》二扶竹一」とあり、郭璞の注に「邛《きょうハ》、竹也。高節《ニシテ》実《チ》レ中《ニ》、中《ツ》レ杖《ニ》。名《ヅク》二之《ヲ》扶老竹《ト》一」とあることを根拠に、「扶老」を竹と断定する。晋の戴凱之『竹譜』にも、「竹之堪《フルハ》レ杖《ツクニ》、莫《シ》レ尚《たふとキハ》二於邛《ヨリ》一、一曰《ニフ》二扶老《ト》一」とあり、前掲、何孟春『陶靖節集』が引用する『談助』でも「扶老」を竹と記している。

第二は、②藤の名とする説。何孟春『陶靖節集』は、『後漢書』巻三九「周磐伝」注所引『汝南先賢伝』に、「俄《にはカニシテ》而有《リ》二扶老藤一生《ジテ》繞《めぐル》レ之《ヲ》」とあることから、「扶老《ハ》、藤也」と説く。宋の王応麟『困学紀聞』巻一三も同様の見解を示している。

第三は、③鳩杖（頭に鳩の飾りのある杖）とする説。逯欽立『陶淵明集』、徐巍『陶淵明詩選』、王瑤『陶淵明集』などが『風俗通』を根拠にこの説を立てる。『文選』李善注が引く、『易林』「萃之井」にも「鳩杖《ハ》扶《ケ》レ老《イヲ》、衣食百口《ハ》」とある。

第四の説として、清の胡紹煐『文選箋証』は、④木の名とする説を紹介している。『詩経』大雅、文王之什「皇矣《こうい》」に「其檉其椐」とあり、この「椐」に対して陸璣『毛詩草木鳥獣虫魚疏』巻上は「椐樻、節中腫《レテ》似《タリ》二扶老《ニ》一、今《ノ》霊寿是《レ》也。今人以《テ》為《ス》二馬鞭《ばべん》及《ビ》杖《ト》一」という注釈をほどこす。すなわち、「扶老」と「霊寿」は同じものということになる。さらに、『漢書』巻八一「孔光伝」の「賜《フ》二太師《ニ》霊寿《ノ》杖《ヲ》一」という句に対して、孟康は「扶老《ハ》、杖也」、また服虔《ふくけん》は「霊寿《ハ》、木名」という注を付しており、これによれば「扶老」とは杖になる木をいう。

なお胡紹煐『文選箋証』は、この問題に言及して、結局竹なのか、木なのか、よくわからないとしているが、高歩瀛『魏晋文挙要』では、杖とはそもそも「扶老（老いを扶ける）」の道具であって、邛竹、霊寿及び藤はいずれも杖とすることができるために、すべて「扶老」の名があるにすぎない、と説明している。

異同の所在　VI

第41句「巾車」の意味

異同の類別

A　幌をかけた車。

B　（粗末な）車を布で拭ってきれいにする（出発の準備をすること）。

A説を採るもの：『古文観止』、一海知義・興膳宏『陶淵明・文心雕龍』、小尾郊一『文選』、松枝茂夫・和田武司『陶淵明全集』下、都留春雄・釜谷武志『陶淵明』、王瑤『陶淵明集』、逯欽立『陶淵明集』、唐満先『陶淵明集浅注』、孫鈞錫『陶淵明集校注』、郭維森・包景誠『陶淵明集全訳』（貴州人民出版社、一九九二年）、孟二冬『陶淵明集訳注』（吉林文史出版社、一九九六年）、龔斌『陶淵明集校箋』など。

B説を採るもの：『六臣注文選』呂延済注、清の段玉裁『説文解字注』七篇下、清の梁章鉅『文選旁証』巻三七、高歩瀛『魏晋文挙要』、柳町達也「『帰去来辞』解釈上の問題点」など。

＊　ただし『説文解字注』、『文選旁証』、及び柳町論文では、本文を「或巾柴車」に作るべきだと主張する。しかし、「巾」を動詞と見なす点で便宜上B説に入れておく。

異同の論拠

A説（幌をかけた車、と解する説）

魏の郭遐叔《かくかしゅく》の「嵇康に贈る」詩に「巾車、僕に命ず」とある。

（以上、一海知義・興膳宏『陶淵明・文心雕龍』）

『孔叢子《くぞうし》』「記問」に「巾車もて駕《が》せんことを命じ、将に唐都に適《ゆ》かんとす」とある。『周礼《しゅらい》』春官「序官」に「巾車」の語があり、鄭玄注に「巾は猶ほ衣のごとし」とあり、（賈公彦《かこうげん》の）疏《そ》には「巾は猶ほ衣のごとしとは、玉・金・象・革等もて、其の車を衣飾す。故に巾は猶ほ衣のごとしと訓《よ》む」とある。

（以上、小尾郊一『文選』）

『文選』李善注に「『孔叢子』《ニ》、孔子歌《ヒテ》曰《ハク》、巾車命《ジ》レ駕《ヲ》、将《ニ》レ適《ゆカント》二唐都一。鄭玄『周礼注』曰《ニハク》、巾、猶《ホ》レ衣《ノ》也《キ》」とある。また皇甫謐《こうほひつ》「答《フルノ》二辛曠《しんこう》書一」に「巾車順《したがフ》レ命《ニ》」とある。（原文中国語）

（以上、龔斌『陶淵明集校箋』）

B説（車を布で拭ってきれいにする、と解する説）

巾は、飾るという意味である。ここはその車を飾り、あるいはいっそうの船を漕いで、遊びに出かけようとすることをいう。

（巾、飾也。言《フココロハ》装《ハ》二飾《シ》其車《ノヲ》一、或《イハ》挙《ゲ》二棹《ヲ》於孤舟《ニ》一、将《ニ》二游行《セント》一也）

（以上、『六臣注文選』呂延済注）

梁の江淹「陶徴君田居」詩に「日暮巾《ス》二柴車《ヲ》一」とあり、李善の注では「帰去来兮辞」を引用して、「或巾柴車」に作っている。この点について段玉裁は以下のように述べる。『周礼』「春官宗伯」の「巾車」の官に鄭玄は「巾猶《ハホ》レ衣《ノ》也《キ》」と注しているが、これは使用前に（車を）衣でおおうことを言ったものである。しかしまた「巾」とは「飾」、すなわち払拭することもいう。つまり巾ではらって用いるのである。それゆえ劉昌宗《りゅうしょうそう》『周礼音』（『経典釈文』所引）では、「巾」の音について「居観《きょきんノ》反《はん》」（「キン」の去声）という注をつけているのであろう。西晋の左思「呉都賦」に「乃《チ》巾《ス》二玉輅《ヲ》一」とあるのは、まさに天子の車を巾でぬぐって出かけることをいったものであり、また『左伝』襄公《じょうこう》三一年の条に「巾《シ》レ車脂《ヲあぶらサス》レ轄《ニ》」とあるのも同じである。「帰去来兮《ノ》辞」の通行本に「命巾車」に作っているのは、おそらく誤りであろう。

〔江文通《ノ》、擬《スルノ》二陶徴君田居《ニ》一詩《ニ》、曰《ハク》、日暮巾《スト》二柴車《ヲ》一。注《ニ》引《キテ》レ此《ヲ》作《ル》三或《イハ》巾《スニ》二柴車《ヲ》一。段曰《ハク》、周礼《ニ》、巾車、鄭注《ニ》、巾猶《ハホ》レ衣《ノ》也《キ》。此謂《レフ》二未《ダ》レ用《ヒ》之先《ニ》、以《テ》レ衣《ヲつつム》レ籠《ヲ》之。又《タ》巾《ハ》、飾也。飾《ハ》、即《チ》払拭《ノ》字。以《テ》レ巾《ヲ》払拭《シテ》而用《フル》レ之《ヲ》也。故《ニ》劉昌宗、音《ハ》居観《ノ》反《ト》。左思《ノ》、呉都賦《ニ》、乃《チ》巾《スト》二玉輅《ヲ》一。正謂《フ》二巾《シテ》レ之《ヲ》而出猟《スルヲ》一也。左伝《ノ》、巾《シ》レ車《ヲ》脂《サストハ》レ轄《ニ》、正《ニ》同《ジ》レ此《レニ》。作《ルハ》レ命《ズニ》二巾車《ヲ》一、恐《ラクハ》有《ラント》レ誤《リ》〕

（以上、『文選旁証』）

「巾」は『文選』呉都賦「呉王乃《チ》巾《ス》二玉路《ヲ》一」の巾で、（ぬので）ぬぐう、払拭する、飾る意。『左伝』襄公三十一年に「巾《シ》レ車《ヲ》脂《サス》レ轄《ニ》」の句がある。

（以上、柳町達也「『帰去来辞』解釈上の問題点」）

なお林羅山・鵜飼石斎『古文真宝後集諺解大成』では、「又案ずるに、周礼春官の注に、巾車は役車なり。しかれば農民諸工の器物米穀を運ぶ雑車なり。淵明隠居の時、似合はしき事なり」と述べている。

異同の所在　Ⅶ

第57句「東皐」の意味

異同の類別

A　東にある丘。

B　東にある高い岸、水辺の小高い地。

C　東にある田。

D　東にある山沢。

A説を採るもの：林羅山・鵜飼石斎『古文真宝後集諺解大成』、一海知義・興膳宏『陶淵明・文心雕龍』、吉川幸次郎『陶淵明伝』、前野直彬『文章軌範』下、柳町達也『古文真宝』、小尾郊一『文選』、都留春雄・釜谷武志『陶淵明』、石川忠久『NHK漢詩をよむ―陶淵明』、松枝茂夫・和田武司『陶淵明全集』下、『研究資料漢文学』第六巻・文（渡部英喜執筆）、神塚淑子『文選』下など。

B説を採るもの：松平康国『文章軌範国字解』、星川清孝『陶淵明』、逯欽立『陶淵明集』、李華『陶淵明詩文選』、唐満先『陶淵明集浅注』、孫鈞錫『陶淵明集校注』、李華『陶淵明詩文賞析集』（周振甫執筆）、魏正申『陶淵明集訳注』、郭維森・包景誠『陶淵明全訳』、孟二冬『陶淵明集訳注』、『漢語大詞典』（漢語大詞典出版社、一九八九年）など。

C説を採るもの：『六臣注文選』呂向注、『古文観止』、久保天随『古文真宝新釈後集』、下森来治『文章軌範講義』（少年叢書漢文学講義、興文社、一九一七年）、楊勇『陶淵明集校箋』、高歩瀛『魏晋文挙要』、龔斌『陶淵明集校箋』、諸橋轍次『大漢和辞典』など。

D説を採るもの：岡田正之・佐久節『国訳文選』下（国訳漢文大成、国民文庫刊行会、一九二二年）。

異同の論拠

いずれの説もとくに論拠を明示していない。唯一、A説＝前野直彬『文章軌範』が、「『皐』はふつう湿地のことであるが、また『高』と発音が通ずるため、高地の意味にも用いられる。ここは『登る』とあるのだから、後者の意味にとるべきである」とコメントするが、その発言の根拠――「皐」を「高」の意味で用いる具体例――にはふれていない。

案ずるに、「皐」字は字源的には、「獣屍《じゅうし》がさらされている形で、雨風にうたれて白くなったもの」（白川静『字統』）をいう。だが一方で、かなり早い時期から「沼沢」の意味をもつようになったらしく、『楚辞』「離騒」に「歩《あゆマス》二余馬於《ヲ》蘭皐《ニ》一兮」と見え、王逸の注には「沢曲《ヲ》曰《フ》レ皐《ト》」とある。B説にいう「岸」または「水辺の土地」というのも、この「沢」の義から派生したものであろう。

ところで、魏晋以後の詩文に用いられる「東皐」について見ると、こうした基本義とは異なる意味をもっているようである。『文選』李善注も挙げる、魏の阮籍「奏記詣《ル》二蔣公《ニ》一」（『文選』巻四〇）の「方将《ニ》耕《シ》二於東皐之陽《ニ》一、輸《いたス》二黍稷《しょしょく》之税《ヲ》一」、西晋の潘岳「秋興《ノ》賦」（『文選』巻一三）の「耕《シ》二東皐之沃壌《ニ》一兮、輸《ス》二黍稷之餘税《ヲ》一」、さらに梁の江淹「雑体詩・陶徴君田居」（『文選』巻三一）の「種《うウルコト》レ苗《ヲ》在《リ》二東皐《ニ》一、苗生《ジテ》満《テリ》二阡陌《せんぱく》一」などの用例から判断する限り、「皐」は「沼沢」のことではなく、「田畑」を指すものと考えられる。潘岳「秋興《ノ》賦」が明らかに阮籍の作品を踏まえているように、もし「帰去来兮《ノ》辞」が同じく阮籍の文を踏まえているとすれば、ここの「東皐」も「耕於東皐之陽」の「東皐」、すなわち「東方の田」の意である可能性が高いと言えよう。

ただし、前掲、前野直彬『文章軌範』も指摘するとおり、この句の「東皐」は「耕」ではなく、「登」の目的語であり、続いて「舒嘯」とあるので、単純に「田畑」の意であるとは考えにくい。ここでは、「皐」の基本義「沢」の意を生かし、また「登」の目的語であることも考慮して、ひとまず「高い岸、水辺の小高い地」と解するB説を採っておく。

なお涂宗濤《とそうとう》「『帰去来辞』〝登東皐〟当為〝癹東皐〟」（『重慶師範学院学報』一九九〇年第三期）では、「皐」の基本義が「沼沢」であれば、それは低湿な地であるはずなのに、「登」という動詞が用いられているのは理にかなわないとして、「登」は「癹《はっ》」（草を除く）の誤りではないかと主張する。

備考

(1)「帰去来兮辞」の序

〔校語〕に記したとおり、この辞の序文を左に掲げ、簡単な語釈を付す。なおテキストによる文字の異同も少なくないが、ここでは底本（逯欽立『先秦漢魏晋南北朝詩』）に依り、校勘は略に従う。

余家貧。耕植不足以自給。幼稚盈《みち》室、缾《へい》無儲粟《ちょぞく》。生生所資、未見其術。親故多勧《すすむ》余為長吏。脱然有懐《おもふこと》、求之靡途《なしみち》。会《たまたま》有四方之事、諸侯以恵愛為徳。家叔以余《おもひ》貧苦、遂見用為小邑《しょうゆう》。于《おいて》時風波未静。心憚《はばかる》遠役。彭沢《ほうたく》去家百里。公田之利、足以為《つくる》酒。故便求之。及少日、眷《けん》然《ぜん》有帰歟《かな》之情。何則、質性自然、非矯励《きょうれい》所得《うる》。飢凍雖切、違己交《こもごも》病。嘗従人事、皆口腹自役。於是《ここに》悵《ちょう》然《ぜん》慷慨、深愧《はづ》平生之志。猶望一稔《いちじん》、当斂《をさめて》裳《しようを》宵逝《しようせいす》。尋《ついで》程氏妹喪《そう》于武昌。情在駿奔《しゅんぽん》、自免去職。仲秋至冬、在官八十餘日。因事順《したがふ》心。命《なづけて》篇曰帰去来兮。乙巳《いつし》歳十一月也。

○**耕植**　耕田植桑、すなわち農耕と養蚕。ここは農事一般をさす。○**缾無儲粟**　かめには食料の貯えがなかった。「缾」は、「瓶」に同じ。穀物を貯蔵するかめ。「粟」は、穀物の総称。ここでは、ひろく食料をさす。○**生生所資**　生活を維持するのに必要なもの。上の「生」は動詞で、維持する意。下の「生」は、名詞で、生活の意。「生生」で、生計を営むことをいう。「資」は、頼りとする、必要とする。○**親故**　親戚と旧友。○**長吏**　県の上級官吏。令、丞、尉など。○**脱然**　気分が晴れやかになるさま。さっぱりと。または、ほっとして。一説に、ふと、にわかに。心が変わって。○**四方之事**　天下四方を経営する大事業。具体的には晋の王室を復興する大事をいう。「帰去来兮辞」の作られた義熙《ぎき》元年（四〇五）の二年前、すなわち東晋の元興二年（四〇三）一二月、桓玄《かんげん》は晋王朝を倒して帝位を簒奪し、国号を楚と改める。が、翌年二月、劉裕《りゅうゆう》が劉毅《りゅうき》、何《か》無忌《むき》らと桓玄討伐の兵を起こし、五月に桓玄は敗死する。そして、この年の三月には、晋の安帝がようやく都建康にもどって復位を果した。ここに言う「四方之事」とは、こうした一連の事件、直接には元興三年の劉裕等の挙兵を指すのであろう。なお李公煥『箋注陶淵明集』は、この年の三月、淵明が建威将軍の参軍となって、都に使いしたことを指すと言う。この場合、「四方之事」とは、四方に奔走する意。また、「四方」を「諸侯之国」と解し、当時の地方軍閥間の権力闘争を指す、とする説もある。○**諸侯**　州郡の長官、また各地の軍閥をいう。当時、刺史や太守は、その地方の軍事の実権を握っていた。逯欽立『陶淵明集』では、劉裕等を指すとし、龔斌『陶淵明集校箋』では、建威将軍・江州刺史の劉敬宣を指すと言う。○**以恵愛為徳**　恩恵を施すことを美徳とする。人材を愛惜することで自分の徳を示そうとする。つまり、当時の刺史たちが、争って人材を登用したことをいう。○**家叔**　わが叔父。陶澍『靖節先生集』は、淵明の「晋故征西大将軍長史孟府君伝」にいう叔父の陶夔《とうき》を指すと言う。時に太常卿《たいじょうけい》（国の祭祀礼楽を掌る官職）の任にあった。

○**小邑**　小さな県。ここは、彭沢県を指す。「邑」は、県の別称。○**風波未静**　時局が不安定であること。暗に桓玄討伐の戦乱がまだ完全には終息していなかったことを指す。○**遠役**　遠隔地に赴任する。「役」は行役。○**彭沢**　県名。晋代の彭沢県治（県庁所在地）は、今の江西省湖口県の東にあったとされる。淵明はここの県令になったので、後世「陶彭沢」とも呼ばれた。○**百里**　約四五キロ。当時の一里は、四四一メートル。○**公田之利**　官田からの収入。「公田」は、俸禄の一部に供する官有の地。「利」は、収益。『宋書』「陶淵明伝」には「公田悉《ニことごとク》令《ム》㆔吏《ヲシテ》種《ヱ》㆓秫稲《しゅっとうヲ》㆒。妻子固請《クこフ》㆑種《ヱンコトヲ》㆑秔《こう(うるち)ヲ》、乃使《チム》㆓二頃《けい》五十畝《ぼヲシテ》種《ヱ》㆑秫《しゅっ(もちごめ)ヲ》　五十畝《ヲシテ》種《ヱ》㆑秔《こうヲ》㆒」とある。○**眷然**　心ひかれるさま。懐かしく思うさま。○**帰歟之情**　家に帰りたい気持ち。『論語』「公治長篇」の「帰与《ランかな》、帰与《ラン》。吾党之《ガ》小子狂簡、斐然《はいぜんトシテ》成《ス》㆑章《ヲ》、不㆑知《ラ》㆔所㆓以裁《ヲさいスル》㆒㆑之《ヲ》」とあるのに基づく。孔子は魯の郷里に帰ろうと思った。「歟」は「与」に同じ。語気助詞。○**質性自然**　生れつきの性質が、ありのままで率直である。○**非矯励所得**　無理に直すことができない。「矯励」は、無理をして励むこと。○**交病**　身も心もともに苦しむ。「交」は、ともに、いずれもみな。一説に、受ける、感じる。「病」は、思い患《わずら》う、憂え苦しむ。○**人事**　俗事。官界における交際。「従《フ》㆓人事《ニ》㆒」で、役人になることをいう。○**悵然慷慨**　失望して、感情が高ぶること。「悵然」は失意のさま、または、うらみ嘆くさま。「慷慨」は、心がたかぶること。○**一稔**　作物を一度収穫すること。一年を指す。「稔」は作物がみのること。「年」に通じる。○**斂裳**　はかまをたくしあげる。大急ぎで旅装を整える意。「裳」は、もすそ。したばかま。○**宵逝**　その夜のうちに逃げ去る。○**程氏妹**　淵明の三歳下の妹。程氏に嫁いだのでそう呼ぶ。李公煥『箋注陶淵明集』に「程氏《ノ》妹《トハ》、従《フ》㆓夫姓《ノニ》㆒也」とある。淵明は彼女の死の一八か月後（二周忌）にあたる義熙三年（四〇七）五月に、「祭《ル》㆓程氏妹《ノ》㆒文《ヲ》」を作っている。○**武昌**　今の湖北省鄂州市。○**駿奔**　すみやかに走る。「駿」は、疾、速。ここは、妹の葬儀に駆けつけることをいう。○**因事順心**　上述の事情（妹の死）によって、自分の本心に従うことができた。一説に「事」は、官を辞めて帰田したこと、また一説に、「因《ツテ》㆑事《ニ》」は「そこで」の意。「於《テ》㆑是《ニ》」に同じとする。また「順㆑心」を「心のままに」と解して、次の「命㆑篇」にかかると見る説もある。○**乙巳歳**　東晋の安帝の義熙元年（四〇五）をいう。通説によればこの年、淵明、41歳。

(2)　「帰去来兮辞」と北原白秋

本作品が、中国文学のみならず、日本の文学に対しても影響を与えたことはよく知られている。そして「帰田」または「帰郷」というこの作品のモチーフは、平安朝の漢詩から近代の詩や小説にいたるまでじつに幅広い分野のなかで深く根をおろしていると言ってよい。たとえば北原白秋にも本作品に想を得て作りあげられた「帰去来」と題する詩がある。

山門《やまと》は我が産土《うぶすな》、
雲騰《あが》る南風《はえ》のまほら、
飛ばまし今一度《いまひとたび》、

筑紫《つくし》よかく呼《よ》ばへば
恋《こ》ほしよ潮《しほ》の落差《らくさ》、

火照《ほでり》沁《し》む夕日の潟《かた》。
盲《し》ふるに、早やもこの眼《め》、
見ざらむ、また葦かび、
籠飼《ろうげ》や水かげろふ。

帰らなむ、いざ、鵲《かささぎ》、
かの空や櫨《はじ》のたむろ、
待つらむぞ今一度《いまひとたび》。

故郷《ふるさと》やそのかの子ら、
皆老いて遠きに、
何《なん》ぞ寄る童《わらべ》ごころ。

一九四一年四月、雑誌『婦人公論』に発表されたもの。自序に「飛行して郷土を訪問せるはすでに十二年の昔になりぬ」とあり、故郷柳川への帰省にさいして作られたことがわかる。「帰らなむ、いざ、鵲」とは、もちろん、「帰去来兮辞」の冒頭の句「帰去来兮」を踏まえるだろう。少壮時にはモダンな詩作に力を注いだ白秋が、その晩年に至って漢詩、とくに陶淵明の文学に傾倒していったことは、その振幅が大きいだけに興味深い。白秋にとって、この旅行が最後の帰省であり、またこの作品が詩の絶筆となった。

ちなみに、国木田独歩にも「帰郷」をモチーフとした『帰去来』という小説がある。

（井上　一之）

謝《しゃ》朓《ちょう》

0 玉階怨　　玉階怨《ぎょくかいゑん》
1 夕殿下珠簾　　夕殿《せきでん》　珠簾《しゅれん》を下《くだ》し
2 流螢飛復息　　流螢《りうけい》　飛《と》びて復《ま》た息《いこ》ふ
3 長夜縫羅衣　　長夜《ちやうや》　羅衣《らい》を縫《ぬ》ふ
4 思君此何極　　君《きみ》を思《おも》ひて　此《ここ》に何《なん》ぞ極《きは》まらん

テキスト　逯欽立輯校『先秦漢魏晋南北朝詩』斉詩三（中−1420）◆『謝宣城集』二 ◆『玉台新詠』一〇 ◆『漢魏六朝百三家集』（明、張溥撰）「謝宣城集」不分巻 ◆『芸文類聚』三〇 ◆『楽府詩集』四三 ◆『古詩紀』六八 ◆『古詩源』一二

校語　なし。

詩型・韻字　五言古詩。息《そく》・極《きよく》（入声職韻〈職韻〉）。

語釈

0 **玉階怨**　「玉階」は、玉《ぎよく》（大理石）で作られた、宮殿の階《きざはし》。「怨」は、悲しみ、満たされぬ思いの意であるが、「実現の可能性がありながら、それが実現されないことに対する不満・憤

懣」が中心的な概念である。詳しくは松浦友久「詩語としての〝怨〟と〝恨〟—閨怨詩を中心に」（『詩語の諸相』〈研文出版、一九八一年〉）を参照されたい。「玉階怨」で、宮殿に住む宮女の悲しみ。楽府《がふ》題で、『楽府詩集』には「相和歌辞楚調曲《そうわかじ》」として収め、本篇の他に斉の虞炎と唐の李白の作を一首ずつ収めている（〔備考〕参照）。

1夕殿 夜の宮殿。「夕」は、夕暮れを含む夜。例えば「七夕」は「七月七日の夜」。

珠簾 簾の美称。「珠」は、真珠。「珠簾」で「珠《たま》の簾《すだれ》」ということになるが、その実物については説明が分かれ、ⓐ真珠で飾ったすだれ、ⓑ真珠を綴ったすだれ、という二つの解釈がある。本篇についていえば、ⓐ説を採る注解書に、前野直彬・石川忠久『漢詩の解釈と鑑賞事典』（旺文社、一九七九年）、石川忠久『玉台新詠』（学習研究社、一九八六年）があり、ⓑ説を採るものに、洪順隆『謝宣城集校注』（台湾中華書局、一九六九年）、曹融南『謝宣城集校注』（上海古籍出版社、一九九一年）、森野繁夫『謝宣城詩集』（白帝社、一九九一年）、松浦友久『中国名詩集』（朝日文庫、一九九二年）がある（明記するもののみ）。ⓐ説については拠りどころを示すものはないが、ⓑ説については拠りどころを挙げる文献がある。

珠簾：綴珠之簾也。『晋書』苻堅載記「懸《ケ》二珠簾《ヲ》於正殿《ニ》一、以《テ》示《ス》二群臣《ニ》一」。（洪順隆『謝宣城集校注』）

（田口補：『晋書』巻一一三、苻堅載記上の記事。ただし『晋書』には「以《テ》朝《セシム》二羣臣《ヲ》一」に作る）

王嘉『拾遺記』：「石虎于《おイテ》二太極殿前《ニ》一起《コシ》レ楼《ヲ》、高《サ》四十丈、結《ビテ》レ珠《ヲ》為《シ》レ簾《ト》、垂《レ》二五色《ノ》玉佩《ヲ》一、鏗鏘《こうそうトシテ》和鳴《ス》。」（曹融南『謝宣城集校注』）

（田口補：『拾遺記』巻九。ただし『拾遺記』には「于」を「於」に、「鏗鏘和鳴」を「風至《レバ》鏗鏘《トシテ》和鳴《スルコト》清雅《ナリ》」に作る）

文献的にはⓑの解がまさるが、いま、簾の美称と解し、通釈は「珠の簾」としておく。

2流螢 夜の闇の中をあちらこちらへ、流れるように飛ぶ螢。枝から枝へ移ってゆく鶯を「流鶯」というのと同じ用法。なお、中国の古典詩文の世界では、螢は晩夏から秋のものであり、第3句に「長夜」というのと矛盾はしない。上野理「伊勢物語の藤と螢」（『東洋文学研究』第一七号、一九六八年）、山崎みどり「螢のイメージ」（『中国詩文論叢』第三集、一九八四年）など参照。

息 「いこふ」と訓《よ》んだり、「やむ」と訓んだりし、ⓐ螢が止まると解する説と、ⓑ螢火が消えると解する説がある。ⓐ説を採る注解書に、鈴木虎雄『玉台新詠』下（岩波文庫、一九五六年）、内田泉之助『玉台新詠』下（明治書院、一九七五年）、石川忠久『玉台新詠』、玉景霓ほか『漢魏六朝詩訳釈』（黒竜江人民出版社、一九八三年）、森野繁夫『謝宣城詩集』、松浦友久『中国名詩集』など、ⓑ説を採るものに、星川清孝『古詩源』下（集英社、一九六五年）、星川清孝『新訂歴代中国詩精講—研究と評釈—』（学燈社、一九七五年）、前野直彬・石川忠久『漢詩の解釈と鑑賞事典』、松枝茂夫『中国名詩選』中（岩波文庫、一九八四年）などがある。いま、ⓐの解を採る。

3**長夜**　秋の夜長。

羅衣　薄絹の衣。

4**君**　宮女が思う対象であるから、本来は天子を指す。ただし、前野・石川『漢詩の解釈と鑑賞事典』に、「当時、こういった詩のテーマは、すでに特殊なものではなくなっていたから、第四句の『君』にことさら天子を思い浮かべなくともよかろう」というように、天子に限定しない解釈もある。

通　釈

玉階怨

夜の御殿には珠《たま》の簾《すだれ》をおろしてある。闇の中を蛍が流れるように飛んでは、またふっと動きをとめる。この秋の夜長、うすぎぬの衣を縫って過ごしている宮女は、わが君を思いつづけてきわまることがない。

諸説の異同

特記事項なし。

備　考

〔語釈〕に述べたとおり、本篇は楽府詩であり、後代の同題の作品に唐の李白の作がある。清の王琦は『李太白文集輯註』に「題ハ始マルレ自リ二謝朓一、太白蓋《けだ》シ擬スレ之ニ」といい、この題が謝朓に始まること、李白が敬愛する謝朓にならって同題の詩を作ったと考えられることを指摘している。李白の「玉階怨」については『正編』六三二頁以下に詳しいが、いま、参考のために本文と書下し文のみ、左に掲げておく。

玉階怨　　李白

玉階生二白露一　玉階に　白露生じ
夜久侵二羅襪一　夜久しくして　羅襪《らべつ》を侵す
却二下水精簾一　水精《すいしやう》の簾《すだれ》を却下するも
玲瓏望二秋月一　玲瓏《れいろう》として　秋月を望む

この「玉階怨」という題の由来について、清の朱乾は『楽府正義』巻九「相和歌辞楚調曲」謝朓「玉階怨」の条の解題で、

班婕《はんしようよ》妤為《れ》二趙飛燕ニ譖《そし》ラ一、退イテ処《を》ルニ東宮一。作リレ賦ヲ自《みづか》ラ悼《いた》ミテ云フ、華殿塵ニアリ兮、玉階苔ニアリト。玉階怨出ヅレ此《これ》ヨリ。（田口補：『漢書』巻九七下班倢伃伝には「苔」を「菭」に作る。「菭」は「苔」と同義で、「こけ」の意）

といい、「玉階怨」の淵源を漢の班婕妤の賦に求める。また、陳昌渠『魏晋南北朝詩選』（四川教育出版社、一九八七年）には、晋の陸機の「倢伃怨」（田口補：『陸士衡文集』巻七）に「寄セテレ情ヲ在リ二玉階一、託スルハレ意ヲ唯《ただ》団扇ノミ」という句があることを指摘して、「玉階怨」の題はこの句にもとづく、という。両説とも、楽府として古辞を指摘したものではなく、発想の拠りどころと思われる先行作品を指摘しているのであるが、謝朓以前に「玉階怨」の淵源を探る手がかりとして興味深いので、ここに紹介しておく（この両説、植木久行氏の教示による）。

また、謝朓のこの作品は、平仄配置が唐の絶句にほぼかなっており――第4句は二字目の「君」が平字であるのに対して四字目の「何」も平字であるが、下三字が「仄平仄」（挟み平・子類特殊形式）となる句は「平仄仄」となる句と同等と見なされ、許容される――、絶句の先駆的作品とされる。清人沈《しん》徳潜はいう、「竟《つひ》ニ是レ唐人ノ

絶句。在リトモ二唐人中一ニ為《た》ラン二最上ノ者一」と（『古詩源』巻一一注）。

（田口　暢穂）

北朝《ほくちょう》楽府《がふ》

0 敕勒歌　勅勒《ちょくろく》の歌《うた》

1 敕勒川　勅勒《ちょくろく》の川《かは》
2 陰山下　陰山《いんざん》の下《もと》
3 天似穹廬　天《てん》は穹廬《きゅうろ》に似《に》て
4 籠蓋四野　四野《しや》を籠蓋《ろうがい》す
5 天蒼蒼　天《てん》は蒼蒼《そうそう》たり
6 地茫茫　地《ち》は茫茫《ばうばう》たり
7 風吹草低見牛羊　風《かぜ》吹《ふ》き草《くさ》低《た》れて牛羊《ぎうやう》を見《み》る

テキスト 『先秦漢魏晋南北朝詩』北斉詩三（下-2289）◆『古詩源』一四◆『楽府詩集』八六◆『古詩紀』一一一◆『古詩箋』七言歌行鈔二

校語
4 **蓋**　南宋の洪邁『容斎随筆』一の引用では「罩《とう》」に作り、『資治通鑑』一五九胡三省注での引用も「罩」に作る。「蓋」「罩」二字はともに「おおう」の意で、ほぼ同義。

詩型・韻字

雑言古詩。下《か》・野《や》（上声馬韻〔馬韻〕）／蒼《さう》*・茫《ばう》*・羊《やう》（下平声陽韻〔陽唐*〕）。

語釈

0 **勅勒歌** 『楽府詩集』八六に引く『楽府広題』に「其《ノ》歌本《もト》鮮卑語、易《かヘテ》為《ス》二斉言《ト》一」とあって、鮮卑語の歌を漢訳したもの。「勅勒」とは、南北朝時代には長城一帯から甘粛西部にかけて広がっていたトルコ系の遊牧民族で、古く漢魏の頃に「丁零《ていれい》」と呼ばれ、下って隋唐には「鉄勒《てつろく》」と呼ばれていた。「勅勒」「丁零」「鉄勒」は、いずれもチュルク（TüRKトルコ）の音訳と思われる。一方、同じ遊牧民族である鮮卑族とその言語もトルコ系であったとするのが有力で（小川環樹「勅勒の歌」〔『東方学』一八、一九五九年六月。その後、『風と雲』朝日新聞社、一九七二年に所収〕参照）、勅勒語と鮮卑語が同一の言語であったかどうかはなお断定できないが、漢民族から言えばひとしくトルコ系の胡語で、詩題に勅勒といい、『楽府広題』に鮮卑というのも、両者の間にそれほどの区別を考えていないのであろう。なお、『古詩源』では作者を北斉の斛律金《こくりつきん》として収載しているが、無名氏の作とするのが妥当であろう。〔諸説の異同〕I参照。

1 **勅勒川** 勅勒の人々が住むあたりを流れる川。魏嵩山主編『中国古典詩詞地名辞典』（江西教育出版社、一九八九年）には「おおむね今の内蒙古河套以東、大黒河流域一帯に当たる」という。別に「川」を平原の意とする説もある。〔諸説の異同〕II参照。

2 **陰山** 内蒙古北境の陰山山脈。長城とゴビ砂漠の間に位置し、古来、漢民族と西北遊牧民との自然の国境と意識されてきた。

3 **穹廬** 遊牧民の移動式の住居である天幕。包（パオ）。

4 **籠蓋** 蓋いかぶさっていること。

四野 四方の原野。

5 **蒼蒼** 空があおあおと広がること。

6 **茫茫** 広々と果てしないさま。『集韻』平声三、茫の条に「茫茫《ハ》、広大皃《ノかたち》」とある。

7 **見牛羊** 風に吹かれて草が垂れふし、牛や羊のすがたが視野に入る。〔諸説の異同〕III参照。

通釈

勅勒の歌

勅勒の川のあたり、陰山のふもと。おおぞらは包のように、四方の原野を蓋っている。天はあおあおと広がり、野は果てしなく。風が吹いて草がたなびけば、牛や羊のすがたが見える。

諸説の異同

異同の所在 I

作者について

異同の類別

A 無名氏の作。

B 斛律金の作。

異同の論拠

清の沈徳潜『古詩源』では、「勅勒歌」を斛律金の作として収載している。斛律金は北魏に服属していた高車丁零族（勅勒族）の統率者で、山西省大同付近に根拠を構えていた。後、北魏が東魏・西魏に分裂すると、東魏の実権を握る高歓を援け、高氏による北斉建国に功績があり、北斉朝の重臣となった。唐代に編纂された『北斉書』二、神武帝記下に、東魏の武定四年（五四六）、高歓は西魏の玉壁城を攻めたが、手ひどい負け戦となってしまった。この時、西魏の側ではことさらに高歓は弩（いしゅみ）に当たったとの噂を流した。そこで高歓は、「乃《チ》勉《つとメテ》坐《シテ》見二諸貴《ヲ》一、使《ム》二斛律金《ヲシテ》勅勒《セ》一、神武自《ラ》和《シ》レ之《ニ》、哀感流涕《ス》」と、記されている。同じく唐代に編まれた『北史』六、斉本紀上にも全く同文の記載がある。『北斉書』や『北史』の記録からは、斛律金の歌った「勅勒歌」が、その自作であるかどうかは明らかでないが、宋の王灼『碧雞漫志』一になると、「高歓玉壁之役《ニ》、士卒《ノ》死《スル》者七万人、慚憤《シテ》発《シテ》レ疾《ヲ》帰《リ》、使《ム》三斛律金《ヲシテ》作《ラ》二勅勒歌《ヲ》一、其《ノ》辞《ノ》略《ニ》曰《ハク》、山蒼蒼《ハ》、天茫茫《ハ》、風吹《キ》草低《シテ》見《ルト》二牛羊《ヲ》一。歓自《ラ》和《シ》レ之《ニ》、哀感流涕《ス》」とあって、ここではっきり斛律金が命ぜられて作ったことになってしまった。また宋の黄庭堅『山谷題跋』七、「題《ス》二韋深道《ノ》諸帖《ニ》一」にも「斛律明月《ハ》胡児也。不下以《テ》二文章《ヲ》一顕《ハレ》上。老胡（高歓）以《テ》二重兵《ヲ》一困《シミ》二勅勒《ノ》川《ニ》一、召《シテ》二明月《ヲ》一作《ラシメ》レ歌《ヲ》以《テ》排《はらフ》レ悶《ヲ》。倉卒之間、語《ノ》奇壮《ナル》如《シ》レ此《かくノ》。蓋《シ》率《したがヒ》レ意《ニ》道《いヘル》二事実《ヲ》一耳《のみ》」といい、やはり斛律金（明月は金の息子。黄庭堅の思い違いであろう）が「倉卒の間」に作ったことにしている。沈徳潜『古詩源』が斛律金を「勅勒歌」の作者とするのも、それらを承けたものといえよう。

一方、宋代の『楽府詩集』には「勅勒歌」の題下注に、宋の沈建『楽府広題』を引いて以下のように記されている。「楽府広題《ニ》曰《ハク》、北斉《ノ》神武攻《メ》二周《ノ》玉壁《ヲ》一、士卒《ノ》死《スル》者十《ニ》四五、神武恚《い》憤《シテ》疾発《ス》。周王下《シテ》レ令《ヲ》曰《ハク》、『高歓《ノ》鼠子、親《みづから》犯《ス》二玉壁《ヲ》一、剱弩《ど》一発《スレバ》、元凶自《ラ》斃《たふレント》。』神武聞《キ》レ之《ヲ》、勉《メテ》坐《シテ》以《テ》安《ンジ》二士衆《ヲ》一、悉《ク》引《まねキ》二諸貴《ヲ》一、使《メ》三斛律金《ヲシテ》唱《ハ》二勅勒《ヲ》一、神武自《ラ》和《ス》レ之《ニ》。其歌《ノ》本《もト》鮮卑語、易《かヘテ》為《ス》二斉言《ト》一。故《ニ》其《ノ》句長短不レ斉《ひとシカラ》　」。ここに明らかに「其歌《ノ》本《ト》鮮卑語、易《ヘテ》為《ス》二斉言《ト》一」といっており、本歌《もとうた》としてトルコ語の古い民歌が推定されることは小川環樹「勅勒の歌」に考証がある。そうなると、「勅勒歌」をただちに斛律金など一個人の作品というのは無理があって、作者は一応無名氏としておくのが穏当であろう。

異同の所在　II

「川」の解釈

異同の類別

A　「河川」の意。

B　「平原」の意。

異同の論拠

『漢魏晋南北朝隋詩鑑賞辞典』（山西人民出版社、一九八九年）「勅勒歌」（賀聖遂・駱玉明執筆）にいう、「〈勅勒川〉は、勅勒の人々が聚居している地区のひとすじの河川」。多くの注釈書が「川」をこのように常識的に「河川」の意に解しているのは当然である。しかし、一方に陳鼎如・頼征海『古代民謡注析』（江西人民出版社、一九八五年）のごとく、「〈川〉は、平原、勅勒族が放牧している平原を指す。また、河流の名ともいう」と、少数ながら「平原」「平坦な陸地」と見るものもある。一般に詩詞中の「川」字で「陸地也」と釈しうる例は、張相『詩詞曲語辞匯釈』（中華書局、初版本、一九五三年）六、「川」の条にいくつかの詩句が挙げられている。「勅勒歌」は張相の取り上げた例句中に含まれていないが、『漢語大字典』第一冊（四川辞書出版社等、一九八六年）「川」字の字解には、「平川、平坦な陸地」の一項を立て、張相『詩詞曲語辞匯釈』「川」字条および「敕勒歌」が引かれている。「川」字の解釈としてはＡＢいずれも成立しうると考えられ、入谷仙介『古詩選』（中国古典選、朝日新聞社、一九六五年。文庫版は一九七八年）は「敕勒川の川は河流をふくむ平原。敕勒族の居住する平原地帯」と説いている。

異同の所在 III

「見」の訓みと解釈

異同の類別

Ａ　「見《み》る」と訓む。

Ｂ　「見《あらは》る」と訓む。

異同の論拠

これまで日本での訳注は、ひとしく「牛羊を見《み》る」と訓んできており、特に「見」字に注記を添えることもない。松浦友久『中国名詩集』（朝日新聞社、一九九二年）だけが例外的に「牛羊見《あらは》る」との訓を採用し、「〈見〉は、〈現〉と〈見〉の意を合わせ含む。現われた姿が、眼に見えるのである」と言い添えている。「見」は後世のように「見る」と「現る」とを意味の区分によって書き分けるのが一般的となる以前には、ともに「見」一字だけで表記される。しかも、「見《み》る」（目に入る）の義は、「現れる」ことによって目に入ってくることになるという、両者に密接な意味の引伸関係があってのことだろうから、時として「見《み》る」と「見《あらは》る」との区分は、経書の古注（音注）などでの指摘でもない限り、容易に決定できぬことがある。まして、この詩の場合、「風が吹き、草が低《た》れて」、その結果としての「見牛羊」であるから、「（姿が）現れて、（目に）見え

る」というのが適解かと思われ、その解釈を踏まえた上でならば、「見《み》る」「見《あらは》る」の両訓ともにありうるだろう。

（坂田　新）

林《りん》 逋《ぽ》

0 山園小梅　　山園《さんゑん》の小梅《せうばい》

1 衆芳搖落獨暄妍　衆芳《しゅうはう》　揺落《えうらく》して　独《ひと》り暄妍《けんけん》

2 占盡風情向小園　風情《ふうじゃう》を占《し》め尽《つ》くして小園《せうゑん》に向《むか》ふ

3 疎影横斜水清淺　疎影《そえい》　横斜《わうしゃ》して　水《みづ》　清浅《せいせん》

4 暗香浮動月黄昏　暗香《あんかう》　浮動《ふどう》して　月《つき》　黄昏《くわうこん》

5 霜禽欲下先偸眼　霜禽《さうきん》　下《お》りんと欲《ほっ》して　先《ま》づ眼《め》を偸《ぬす》み

6 粉蝶如知合斷魂　粉蝶《ふんてふ》　如《も》し知《し》らば　合《まさ》に魂《こん》を断《た》つべし

7 幸有微吟可相狎　幸《さいは》ひに微吟《びぎん》の相《あ》ひ狎《な》るべき有《あ》り

8 不須檀板共金尊　須《もち》ひず檀板《だんばん》と金尊《きんそん》と

テキスト　『全宋詩』一〇六-2-1217 ◆『林和靖先生詩集』二（四部叢刊初編所収四巻本、明写本）◆『和靖詩集』二（四部備要所収四巻本、清、同治一二年〔一八七三〕刊本）◆『林和靖詩集』下（『和刻本漢詩集成』宋詩11所収巻本、江戸、貞享三年〔一六八六〕刊本）◆沈幼徴校注『林和靖詩集』二（両浙作家文叢、浙江古籍出版社、一九八六年）◆南宋、呂祖謙『宋文鑑（皇朝文鑑）』二四（中華書局校点本、一九九二年）◆南宋、蔡正孫『詩林広記』後集九（中華書局校点本、一九八二年）◆南宋、劉克荘『分門纂類唐宋時賢千家詩選（後村千家詩）』七「百花門」（『和刻本漢詩集成』総集篇9所収、江戸、天保九年刊本）◆元、方回『瀛奎律髄』二〇「梅花類」（上海古籍出版社校点本『瀛奎律髄彙評』、一九八六年）◆『千家詩』七言千家詩下（江蘇広陵古籍刻印社影印本、一九九一年、内題「増補重訂千家詩註解」〔謝枋得選、王相註〕）◆清、呉之振等『宋詩鈔』「和靖詩鈔」（中華書局校点本、一九八六年）◆清、陳焯『宋元詩会』六（四庫全書文淵閣本）◆清、厲鶚『宋詩紀事』一〇（上海古籍出版社校点本、一九八三年）◆清、張景星等『宋詩別裁集（宋詩百一鈔）』五（上海古籍出版社校点本、一九七八年）◆民国、陳衍『宋詩精華録』一（広文書局、一九七一年）

校語

0 **山園小梅**　別集各本・『宋詩鈔』では「山園梅二首」に作る。『宋文鑑』では「山園梅花」に作り、『分門纂類唐宋時賢千家詩選』『千家詩』『宋詩紀事』『宋詩精華録』では「梅花」に作る。

1 **暄妍**　『千家詩』『宋詩精華録』では「鮮妍」に作る。

2 **占盡**　『千家詩』『宋詩精華録』では「占斷」に作る。

風情　『宋文鑑』では「東風」に作る。

8 **金尊**　『宋文鑑』『詩林広記』『唐宋時賢千家詩選』『瀛奎律髄』『宋元詩会』では「金樽」に作る。

詩型・韻字 七言律詩。園《ゑん》・昏《*こん》・魂《*こん》・尊《*そん》（上平声元韻〈元魂*韻〉）。

語釈

0 **山園小梅** 「山園」は、林逋が廬（巣居閣）を結んだ孤山の庭園、を指す。孤山は、杭州（浙江省）市街の西側に広がる湖・西湖の北側に浮かぶ小島。白堤（白居易にちなむ）によって東の湖畔（＝市街）に、西冷橋によって北の湖畔につながっている。その中央に標高二、三〇メートルほどの小山（孤山）が東西にのび、その頂に林逋の廬があったという（南宋・潜説友『咸淳臨安志』二三「山川」、清・李祁《き》「巣居閣記」等）。なお現在も孤山北の斜面には林逋の墓があり、梅林がその周辺を囲んでいる。またその傍らに林逋にちなむ放鶴亭（明、嘉靖年間創建）が建てられている。

林逋は、後半生を孤山に隠棲して二〇年間城市に足を踏み入れず、終生妻を娶らず子もいなかった、という（『宋史』四五七「隠逸上」）。また、梅と鶴を好み、「妻《トシテ》梅《ヲ》レ而子《トス》レ鶴《ヲ》」（明、田汝成『西湖遊覧志』二「孤山」）といわれた。〔備考〕(3)参照。

1 **衆芳揺落** 「衆芳」は、さまざまな、おおくの花。「揺落」は、（植物が）しぼんで散り落ちること。『楚辞』「九弁」に「悲《シイ》哉秋之為《ルヤ》レ気、蕭瑟《トシテ》兮草木揺落《シテ》而変衰《ス》」とあり、王逸は「華葉隕零《シ》、肥潤去《ル》也」と注する（『楚辞補注』八）。

暄妍 暖かで麗しい様。「暄」は、暖かなこと。春まだ浅く肌寒い時期に、梅の咲く一角だけが春の雰囲気を先取りして暖かく感じられることをこの字によって示す。「妍」は、艶やかで美しい様。六朝・宋の鮑照「採桑」に、「季春梅始《メテ》落《チ》、女工事《トス》二蚕作《ヲ》一……是節《ノ》最《モ》暄妍、佳服又《タ》新爍」とある。

2 **占尽** 「占」は、占有する、の意。「尽」は、動詞の後に置いて「すっかり……しつくす」の意。一本に「占断」に作るが、意味は同じ。白居易の「題《シ》二孤山寺《ノ》山石榴花《ニ》一示《ス》二諸《ミノ》僧衆《ニ》一」詩に「容艶新妍占《ヨ》二断《ス》春《ヲ》一」の句、晩唐の呉融「杏花」詩に「花中占断《シテ》得《タリ》二風流《ヲ》一」の句があり、本詩に通ずるところが多い。

風情 風雅高尚な趣、風情。

向 「むかふ」と訓じるが、「在」「於」の類語。俗語用法。白居易の「上陽白髪人」詩に、「妬《シテ》令《メ》三潜《カニ》配《セ》二上陽宮《ニ》一、一生遂《ヒニ》向《カフ》二空房《ノ》宿《ニ》一」とあり、この用法と同じ。

3 **疎影** まばらな姿。春の盛り、桃や李が枝もたわわに花をつけるのに比べ、梅がいかにもまばらに花を咲かす様子をいう。

4 **暗香** そこはかとなく漂う香り。この林逋の詩により、「疎影」「暗香」の語が、後世、梅の代名詞の如く用いられるようになった。〔備考〕(1)参照。

月黄昏 月光がほの暗い様。「黄昏」は、一般に日が沈む前後の夕暮れ時を指すが、通釈では「月」を形容する語として採った。〔諸説の異同〕Ⅰ参照。

5 **霜禽** 「霜」字の解釈の相異によって、主に、霜を帯びた鳥、白い鳥、霜枯れ時の鳥、冬の鳥、冬を経た鳥等、数多くの解釈が現在行なわれている。通釈では「白」の隠喩として「霜」の字を解釈した。〔諸説の異同〕Ⅱ参照。

偸眼 こっそりのぞき見ること。梅に心惹かれながらも、その高潔な様に、鳥がすぐさま近づけないことを表す。杜甫の「数《しば〵》

陪《シテ》二李梓州《ニ》一泛《ビ》レ江《ニ》、有《リ》三女楽《ノ》在《ル》二諸舫《ニ》一、戯《レニ》為《リ》二艶曲二首《ヲ》一贈《ル》レ李《ニ》」其《ノ》一に、「競《フニ》将《テシ》二明媚《ノ》色《ヲ》一、偸《ム》レ眼《ヲ》艶陽《ノ》天」とある。この句は、唐の詩僧・斉己「早梅」詩の「禽窺《ヒ》二素艶《ヲ》一来《ル》」の句にヒントを得たものと思われる。

6 **粉蝶** 白い蝶。「粉」は、おしろい。

如 もし……ならば。仮定の副詞。梅の咲く季節、蝶は飛ばないので、この字を用いる。

合断魂 「合」は、「応」と同じで、きっと……に違いない、の意。「断魂」は、「銷魂」と同じく、極度の悲しみ、苦しみ、驚き、喜び等によって、魂が抜け落ちた貌をいう。『漢語大詞典』六-1095（漢語大詞典出版社、一九九〇年）では、「銷魂神往、形容一往情深或哀傷（魂が抜け落ち恍惚とすること。対象に対して気持ちが深まるのを抑えきれない様子や、いたみ悲しむ様子を形容する）」と説く。

なお、この句は、杜牧の「初春雨中、舟次《シ》二和州《ニ》一横《リテ》レ江《ヲ》……」詩の「梅径香寒《ク》蜂未《ダ》レ知《ラ》」の句にヒントを得たものであろう。

7 **幸有** 「幸」は、思いがけない幸福を表す。さいわいなことに……がある。

微吟 低く小声で詩を吟詠すること。ここでは、吟詠すべき自作の新しい詩がある、という意味を兼ねていよう。

可相狎 「可」は、……にふさわしい。「狎」は、親しむ、近づくの意。

8 **不須** 必要ない。……するまでもない。

檀板共金尊 「檀板」は、檀＝まゆみの木でつくった拍板。拍板は、カスタネットの類の打楽器で、てのひら大の板を幾つも重ね、それをなめし皮でつないだもの。歌をうたう際、これを打ち鳴らして拍子をとった。「金尊」は、「金樽」に同じ。黄金色の酒樽。きらびやかな酒樽をいう。ともに華やかな酒宴を彩るもの。「共」は、「与」「并」と同じ。

通釈

孤山の庭園の小さな梅

さまざまな花々がしぼんで散ってしまった後、ただ梅の花だけが美しくあでやかに咲き誇り、この小さな庭で早春の風雅な趣を独占している。

疎らな花の枝は、横に斜めにのび、浅く清らかな水の面に影を映し、かすかな芳香は、おぼろにかすむ月明かりの中、そこはかとなく漂う。

霜のように白い鳥は、枝に舞い下りようとして、まずこっそり流し目を送る。春の盛りの白い蝶が、もし梅花の白く高潔な様を知ったならば、きっと驚きのあまり魂を奪われ恍惚とすることだろう。

さいわい、ここにはわたしの低く詩を吟ずる声があり、この高潔な梅花と親しむにはそれが相応しい。檀板のにぎにぎしい歌声と黄金の酒樽の華やかな花見の宴などは無用である。

諸説の異同

異同の所在 Ⅰ

「黄昏」の解釈

異同の類別

A 時間帯を表す語（夕ぐれ時、たそがれ時）として解釈する。

B 月（光）を形容する語として解釈する。

A説を採るもの：小川環樹『宋詩選』（世界文学大系7B所収、筑摩書房、一九六三年、のち筑摩叢書74）、前野直彬編『宋詩鑑賞辞典』（〔和泉新執筆〕東京堂出版、一九七七年）、佐藤保『中国名詩鑑賞8　宋詩附金』（明治書院、一九七八年）、前野直彬・石川忠久編『漢詩の解釈と鑑賞事典』（旺文社、一九七九年）、松枝茂夫『中国名詩選』下（岩波文庫、岩波書店、一九八六年）、山本和義・大野修作・中原健二『宋代詩詞』（〔大野修作執筆〕鑑賞中国の古典22、角川書店、一九八八年）、矢嶋美都子・宇野直人『研究資料漢文学5　詩Ⅲ』（〔宇野直人執筆〕明治書院、一九九二年）等。

＊ ただし、この説を採るもののほとんどが、「月もおぼろなたそがれ時」というように、Bの解釈も中に取り込んでいる。

B説を採るもの：『宋詩一百首』（中華書局上海編輯所、一九五九年）、今関天彭・辛島驍『宋詩選』（漢詩大系16、集英社、一九六六年）、芦田孝昭『中国詩選四―蘇東坡から毛沢東まで』（現代教養文庫、社会思想社、一九七四年）、林庚・馮沅君『中国歴代詩歌選』下・一（人民文学出版社、一九七九年）、喩長剛・王士博・徐翰逢『宋代文学作品選』（吉林人民文学出版社、一九八一年）、市川桃子・斎藤茂『中国古典詩聚花③詠史と詠物』（尚学図書、一九八四年）、沈幼徴『林和靖詩集』二（両浙作家文叢、浙江古籍出版社、一九八六年）、金性堯『宋詩三百首』（上海古籍出版社、一九八六年）、傅庚生・傅光『百家唐宋詩新話』（〔厳寿澂執筆〕四川文芸出版社、一九八九年）、劉学林・遅鐸『袖珍千家詩詞典』（陝西人民出版社、一九八九年）、松浦友久『中国名詩集―美の歳月』（朝日文庫、朝日新聞社、一九九二年）、鄧南・陳明貞『宋詩精華』（中国古典文学精華叢書、人民文学出版社、一九九二年）、陳達凱『宋詩選』（中国詩歌宝庫、上海書店、一九九三年）、趙斉平『宋詩臆説』（北京大学出版社、一九九三年）等。

異同の論拠

A説（「黄昏」を時間帯を表す語として解釈する説）

言及されていない。

B説（「黄昏」を月・月光を形容する語として解釈する説）

今関天彭・辛島驍『宋詩選』では、（南宋、蔣津）『葦航紀談《いこう》』の説を引用している（但し、書き下し文のみ掲載し原文を載せず、『説郛《せっぷ》』及び『五朝小説大観』所収の『葦航紀談』の記載とかなり文字・表現の異同が認められる）。ここでは、今関・辛島両氏が依拠したと思われる、明、楊慎の『升庵詩話』一二（『升庵詩話箋証』、上海古籍出版社、一九八七年による）に引く文を後に掲げる。

『葦航紀談』云《イフ》、「黄昏以《ハ》対《テスレバ》二清浅《ニ》一、乃《チ》両字《ニシテ》非《ザル》二一字《ニ》一也。月黄昏《トハ》、謂《ヒ》二夜深《クシテ》香動《キ》、月為《ニ》レ之《ガ》黄《ニシテ》而昏《キヲ》一、非《ズ》レ謂《フニ》二人定《マルノ》時《ヲ》一」。

右文の要旨をまとめれば、以下の二点の如くになろう。

(1) 出句の下三字、〈水〉と〈清浅〉が主述関係であることから、〈黄昏〉を時間帯を表す一語として採るべきではなく、〈月〉を形容する二字の述語（「黄色く昏い」）と採るべきである。

(2) 夜が更けて、梅花の芳香が漂い始め、その芳香によって月が黄色くぼんやりとなるのであって、〈人定時〉をいったのではない。

なお、楊慎は、右の『葦航紀談』の一文を引用した後、「蓋《シ》昼午《ノ》後、陰気用《ヒ》レ事《ヲ》、花房斂蔵《ス》。夜半《ノ》後、陽気用《ヒテ》レ事《ヲ》、而花敷《キ》レ蕊《ヲ》散《ズ》レ香《リヲ》。

凡《ツ》花皆然《ナリ》、不《ル》二独《リ》梅《ノミナラ》一也」とその意見を敷衍して総括している。

現代の訳書で、(1)と同様の指摘をするものには、金性堯『宋詩三百首』があり、「黄昏、這裏指月色朦朧、与上句清浅相対、有双関義（「黄昏はここでは月の色がおぼろなことをいい、上句の「清浅」と対で、二重の意味がある」）という。ただし、末尾に「有双関義」というように、金氏はおそらくA説をも兼ねこの語を解釈したようである。

(2)と同様の指摘をするものに、楊磊『宋詩欣賞』（黒竜江人民出版社、一九八四年）がある。「黄昏」の語義について特に言及してはいないが、「梅花的香気清淡、在白天裏人們不易嗅覚。只有在月色皎潔、万籟倶寂的夜晩、才能够更好地嗅覚到（梅花の香りは淡く、日中その香りを感ずることはなかなかない。月明かりが冴えて、あたりが静まりかえった夜中になって、ようやくより確かに感じることができるようになる）」という。沈幼徴『林和靖詩集』も、この点に言及している。

いま案ずるに、「暗香～」の句は、上句が梅の楚々とした高潔なたたずまいを詠じたものであるのに対し、その芳香を賛美した表現である。『葦航紀談』及び楊慎の記述のように、梅花の芳香がはたして深夜に最も香るか否かは未詳だが、視界の限られた夜中に人の感覚がより研ぎすまされることは無理なく理解され、その点、楊磊氏の指摘は十分に首肯できるものである。『葦航紀談』では「人定時」、つまり深夜を想定しているが、時間帯を表す語としての「黄昏」は、ふつう「たそがれ」時を指す（A説の殆ど全てが「たそがれ時」として解釈している）。しかし、「たそがれ」は、沈みゆく夕日によってつくり出される世界であり、月光が支配する世界ではない。少なくとも、月光が人の注意を引く時間ではない。かりに一種の詩的レトリックであったとしても、たそがれ時に月を登場させることの必然性がここではきわめて低いと言わなければならないだろう。さらに、対句における「水清浅」と「月黄昏」の文法構造等の点を考慮に入れ総合的に判断すれば、B説が妥当であると考えられる。

なお、入谷仙介氏は「月の沈む時刻」と解釈する第三の説を採っている（新訂中国古典選18『宋詩選』、朝日新聞社、一九六七年、のち朝日文庫、中国古典選33）。この説は、『葦航紀談』にいう「人定時」に近い。

異同の所在　II

「霜禽」の解釈

異同の類別

A　「霜」の本義を文字通り生かした解釈（「霜を帯びた鳥」「霜に打たれた鳥」「霜を冒して飛ぶ鳥」）。

B　「霜」を時節（冬～初春）を表象する語とする解釈（「冬の鳥」「霜枯れ時の鳥」「霜枯れ時を生きのびた鳥」「霜夜の鳥」等）。

C　「霜」を「白」の隠喩とする解釈（「白い鳥」）。

A説を採るもの：小川環樹『宋詩選』、前野直彬編『宋詩鑑賞辞典』（C説も兼ねる）、佐藤保『中国名詩鑑賞8　宋詩附金』（B説も兼ねる）、松浦友久『中国名詩集―美の歳月』等。

B説を採るもの：『宋詩一百首』、今関天彭・辛島驍『宋詩選』、入谷仙介『宋詩選』、芦田孝昭『中国詩選四―蘇東坡から毛沢東まで』（A説も兼ねる）、前野直彬・石川忠久編『漢詩の解釈と鑑賞事

典』、松坂茂夫『中国名詩選』下、徐放『宋詩今訳』（人民日報出版社、一九八六年）、左成文・李漢超主編『宋金文学作品訳注講析』（遼寧人民出版社、一九八七年）、山本和義・大野修作・中原健二『宋代詩詞』、矢嶋美都子・宇野直人『研究資料漢文学5　詩Ⅲ』、陳達凱『宋詩選』、趙斉平『宋詩臆説』等。

C説を採るもの：林庚・馮沅君『中国歴代詩歌選』下・一（B説も兼ねる）、喩長剛・王士博・徐翰逢『宋代文学作品選』、楊磊『宋詩欣賞』、金性堯『宋詩三百首』、繆鉞等主編『宋詩鑑賞辞典』（蘇者聡執筆）、上海辞書出版社、一九八七年）、孫映逵主編『中国歴代詠花詩詞鑑賞辞典』（王恩宗執筆）江蘇科学技術出版社、一九八九年）、鄧南・陳明貞『宋詩精華』等。

異同の論拠

A説（「霜」の本義を文字通り生かした解釈）

言及されていない。

B説（「霜」を時節（冬～初春）を表象する語とする解釈）

(1)「霜橙（霜を経てよく熟した九年母《くねんぼ》）」「霜梨（霜を経た梨）」と同様の用法であろう。（晩秋から初冬の景物ではなく）晩冬から初春の景物を「霜」の字で形容する例として、蘇軾の「甘菊」詩に「越山春初《メテ》寒《ク》、霜菊晩《ニ》愈《ミ》好《シ》」の句があり、また梅の咲き始める時節を「霜」の字で表すこともある（蘇軾「再《ビ》和《ス》ニ楊公済《ノ》梅花十絶《ニ》一」其《ノ》六「莫《カレ》下向《カヒテ》ニ霜晨一怨《ム》ニ未《ダ》《ルヲ》レ開《カ》、白頭朝夕自《ラ》相《ヒ》催《ス》」）。

(2)C説を採ると、この語と対になる「粉蝶」も色彩としては白であり、二句が白いものと白いものとを対にしたことになって、最も拙劣な対句・合掌対に近くなる。

結論：第一義的には「霜枯れどきを生き抜いた（冬を経た）鳥」の意である。

（以上、宇野直人『研究資料漢文学5　詩Ⅲ』要旨）

〝霜禽〟、或謂白色羽毛的鳥、這裏応是冬日不畏天寒的鳥。〝粉蝶〟、就是春天才出現的胡蝶了。一実一虚（「霜禽」は、白い羽毛の鳥と解する説もあるが、ここでは冬の寒空をおそれない鳥とするべきである。「粉蝶」とは、春になってようやく現れる胡蝶のことである。〔頸聯は〕一句が実景を他の一句が想像の景を描く〈一実一虚〉〔の対句〕である）。

（以上、趙斉平『宋詩臆説』）

C説（「霜」を「白」の隠喩とする解釈）

梅花的品種較多、有白梅、紅梅、臘梅等。詩中用〝霜〟字和〝粉〟字、表明詩人所指的是白梅。……詩人写這両句詩、采取了陪襯的手法、用〝霜禽〟、〝粉蝶〟襯托出梅花的潔白和芳香、用〝偸眼〟、〝断魂〟襯托出梅花高雅和神采、取到了〝衆星中顕一月之孤明〟的良好芸術效果（梅花の品種はかなり多く、白梅、紅梅、臘梅等がある。詩の中で「霜」の字と「粉」の字が用いられていることは、詩人がうたうのが白梅であることを表している。……詩人はこの二句を書くとき、〈陪襯 pèichèn（他の事物を付加してある事物を際立たせる）〉の手法を用いた。「霜禽」、「粉蝶」によって梅花の白さと芳香を引き立て、「偸眼」、「断魂」によって梅花の高雅な様、美しい姿を引き立て、あたかも「きら星のあまた輝く中でぽつんと月が一際明るく輝く」かの如き素晴らしい芸術的効果をかち得ている）。

（以上、楊磊『宋詩欣賞』）

案ずるに、この三説の異同は、「霜」の字のもつイメージの多様性から派生している。いまここで、実際に「霜＋名詞」の構造をもつ関連の代表的な二字の熟語を検討してみると、主として以下の三種の用法に帰納することができる。

① 晩秋から初冬の季節感を表象する語としての用法――「霜葉」「霜菊」「霜蟹」「霜天」「霜信」「霜砧」等。

② 白の隠喩――「霜鶴」「霜鬢」「霜髪」「霜刃」「霜毫」等。

③ 高潔なさま、厳しいさまを形容する――「霜操」等。

①は、二十四節気の一つ「霜降」が晩秋の節気であることに代表される通り、歳時の中で「霜」が冬の到来を告げるものとして古典的に意識されつづけた結果、定着した用法であろう。一般的にいって、中国の黄河・長江流域の地で霜の下りるのは、冬を中心とし、さらに晩秋と初春を加えた時節である。したがって、晩秋～初春の光景をうたった詩の中に「霜」の登場する可能性は、同程度に存在し、また実際にどの時節にも用例は見られるが、頻度としては圧倒的に晩秋～初冬の一時期に偏っている。これは、中国人の伝統的時間意識と密接に関係があろう。万物が衰え枯れる季節・冬を人の老死になぞらえ、その到来を憂え恐れる心情が、秋～冬の顕著な可視的変化である霜に鋭敏に反応した結果、この時期における頻用をもたらしたものと考えられる。

②は、「霜」の視覚的イメージが抽出された用法といえよう。むろん、背後には、霜の冷たくひんやりとした触感的イメージも合わせもっている。

③は、その触感的イメージが強調された用法と考えられる。

もちろん、このような派生義的用法を云々する以前の問題として、A説のように霜に打たれた実景を指し、寒冷の様を強調する本義に基づく用法が存在することはいうまでもない。①に分類した「霜葉」「霜菊」等は、①の中でもそうした基本義的用法に近いものである。

さて、以上のような点に基づき、AB説の中で唯一明確な論拠を提示する宇野氏の説を検討してみたい。なお、同氏の説は、前に便宜的にB説に分類したが、厳密にいえば他のB説とも一線を画す。すなわち、他のB説が「冬の鳥」「霜枯れ時の鳥」等、冬という季節を全面に出して解釈するのに対し、同氏は「冬を経た鳥」「霜枯れ時を経た鳥」といい、時節として早春・初春を意識しつつ訳出する。同氏が前掲(1)の論拠部分で掲げた幾つかの用例は、本詩の製作時期が梅の咲く頃、すなわち晩冬～初春であるという立場から、季節感を表象する語としての「霜」の字が、晩秋～初冬を表す古典的用法（前掲①）以外にも、適用されることを証明したものである。その適否をここで検討してみたい。

まず第一に、「霜橙」「霜梨」についていえば、これは前掲三種の中、①に属する表現であろう。「霜橙」は、杜甫の「自《リ》レ京赴《キシトキノ》ニ奉先県《ニ》一詠懐五百字」詩に「霜橙圧《ス》ニ香橘《ヲ》一」の用例があるが、杜甫が自らこの詩の制作時期を「十一月《ノ》初《メニ》作《ル》」と注している。「霜梨」は、李白の「尋《ネ》ニ魯城《ノ》北《ノ》范居士《ヲ》一、失《ヒ》レ道《ヲ》落《ツ》ニ蒼耳《ノ》中《ニ》一、見《テ》レ范《ヲ》置《キ》レ酒《ヲ》摘《ミテ》ニ蒼耳《ヲ》一作《ル》」詩に「酒客愛《シ》ニ秋蔬《ヲ》一、山盤薦《ム》ニ霜梨《ヲ》一」の用例がある。このように、この二例に限っていうかぎり、明らかに何れも「霜枯れ時を経た」「冬を経た」という意味の用例としては不適切である。

続いて、蘇軾の「甘菊」詩の用例は、嶺南・恵州（広東省）の、中原と異なる特殊な風土を詠じたものであって、普遍的な用例とするにはやや飛躍がある。「甘菊」詩における「越山」は、南越＝広東の山をいう。したがって、引用の二句は「ここ南越の山の麓（恵州）では、春になってようやく冷え込み始める。菊も歳の暮れに近づくにつれてますます美しくなる」の意味となろう。このばあいの「霜」の字は、従来の菊の伝統的イメージを踏襲した用法（①の用例）と見做すべきで、ここでは菊を二字の熟語化するため用いた一種の添字的用法と考えられる。従って、①の用法と認めることはできても、晩冬から初春の景物を形容した典型的用例ではない（嶺南の菊について蘇軾は「記《ス》二海南《ノ》菊《ヲ》一」という一文も記している（『蘇軾文集』七三、中華書局、一九八六年）。

蘇軾「再和楊公済梅花十絶」其六の用例は、確かに時節としては晩冬～初春に違いないが、「霜晨」「霜暁」等の語は、「霜のおりたあけ方」「霜のまだ融けやらぬ早朝」の意であり、「霜」の本義を生かした用法である。第一義的には、朝早いこと、または早朝の厳しい寒気を強調する表現と考えられる。したがって、A説を補強する用法と見做すことはできても、「霜枯れどきを経た」「冬を経た」という訳語にただちに結びつくものであるとは考えにくい。

以上のように、所引の用例についていえば、宇野氏の説を決定的に裏付ける材料とは見做しがたい。

続いて、C説に対して直接の疑義を提示する、(2)の〈合掌対〉に関する指摘について検討したい。〈合掌対〉は、本来五言詩の対句についていったもので（のち七言詩においても適用）、そのことばが示す通り、両の手の五本の指を合わせたように、対句の二句において、「（全く）同一・同質の事象が、同位的に、対偶されている」（松浦友久『中国詩歌原論』、大修館書店、一九八六年、六「詩と対句」、二六四頁）ものである。だが本詩のばあい、かりに「霜禽」を「白い鳥」と解したとしても、他の五字に関してそれを認めることは難があろう。つまり、「欲下先偸眼」と「如知合断魂」とが、「（全く）同一・同質の事象」であることは認めがたい（〈正対〉と見做すことはあるいは可能であろう）。また、そもそも〈合掌対〉か否かという問題は、原文そのものに内包された問題であって、訳出の如何によって左右される類のものではあるまい。〈合掌対〉は、「白い鳥」を「冬を経た鳥」と訳し変えたことでそれを免れられるというような、解釈次元の問題ではない筈である。

筆者の考えを述べれば、C説（もしくはA説）を採るのが妥当であると考える。原詩の措辞を尊重し直訳的に解釈するならばA説も可能であろう。A説は、作者が「白」の字の重複を避け「霜」と「粉」の字を用いた工夫に留意した解釈と見做し得るからである。ただし、詩人の第一の表現意図を汲み取るならば、下句の「粉蝶」を多くの訳書が「白い蝶」と訳出するのと同様に、やはり「霜禽」も「白い鳥」と訳すのが自然であると思われる。

ここで、楊磊氏の説を些か補強すれば、中唐の李賀「昌谷詩」に「霜禽竦《あグ》二烟翅《ヲ》一」の句があり、清の王琦は「霜禽《トハ》、鳥之白色《ナル》者《ニシテ》、鷗《おう》鷺《ろ》之属《ナリ》」（『李長吉歌詩彙解』三）と注している事実が挙げられる。むろん、これも古人による一つの解釈であって絶対的論拠にはなり得ないが、一つの有力な指摘と見做すことはできるであろう。

なお、C説を採るものの中には、林逋の「梅妻鶴子」の逸話にふれて、「霜禽」を具体的に鶴を指す、と説くものも存在する（繆鉞等『宋詩鑑賞辞典』）。鶴はしばしば「霜鶴」の語によって形容される。この点をも考慮に入れれば、この説にも一定の説得力がある。

備考

(1) 本詩は、北宋以来、梅の絶唱としてつとに評価が高い。ことに、頷聯の「疎影横斜水清浅、暗香浮動月黄昏」に対する評価は極めて高く、また詩人に与えた影響も甚大であった。北宋末～南宋初の人・周紫芝は、この二句が「膾二炙《スルコト》天下《ニ》一殆《ド》二百年」と述べている（『歴代詩話』所収『竹坡詩話』）。周紫芝の時代は林逋の当時から実際には「二百年」も離れてはいないが、林逋の没（一〇二八）後、早くからこの二句が注目され、北宋末に至るまで一様に高評価を得ていたことは、北宋中後期を代表する各著名詩人の言説の中に如実に見て取ることができる。

例えば、北宋中期文壇の領袖・欧陽脩（一〇〇七―一〇七二）は「評《スル》レ詩《ヲ》者謂《フ》、『前世詠《ズル》レ梅《ヲ》者多《シ》矣、未《ダ》レ有《ラ》二此句《ノ》一』」と、当時の最高級の評価を伝え（『帰田録』二）、司馬光（一〇一九―一〇八六）も、当時の人がこの二句を絶賛して「曲二尽《ス》梅之体態《ヲ》一」といったことを記録している（『温公続詩話』）。また、北宋後期を代表する蘇軾（一〇三六―一一〇一）と黄庭堅（一〇四五―一一〇五）もそれぞれこの二句に注目しコメントを残している。蘇軾は、この二句がまさしく梅花の本質をとらえており、決して桃や李の花を詠じたものと見紛うことのないものであることを述べ、林逋の「写物之功」を讃えている（『蘇軾文集』六八、「評《ス》二詩人《ノ》写物《ヲ》一」）。黄庭堅は、欧陽脩の称賛を追認しつつも、他の林逋の詩にこの二句を凌ぐ佳句（「梅花三首」其一頷聯「雪後《ノ》園林纔《わづカニ》半樹、水辺《ノ》籬落忽《チ》横枝」、『全宋詩』一〇六-2-1218）があることを指摘する（四部叢刊『豫章黄先生文集』二六「書《ス》二林和靖《ノ》詩《ニ》一」）。

このような詩評の言辞ばかりではなく、北宋当時の多くの詩歌の中に、実際にこの二句の影響の大きさを見て取ることができる。

○冷《ハ》侵《シ》二瘦枝清浅《ノ》処《ヲ》一　香《ハ》暗《カニ》度《リ》　妝《ハ》成《ス》二処士横斜《ノ》句《ヲ》一

（北宋・強至「漁家傲」詞）

○暗香浮動《シテ》月黄昏　堂前一樹春《ナリ》

（北宋・蘇軾「阮郎帰」詞）

○自《リ》レ読《ミテ》二西湖処士《ノ》詩《ヲ》一　年年臨《ンデ》レ水《ニ》看《ル》二幽姿《ヲ》一

晴窓画《キ》出《ダス》横斜《ノ》影　絶《ヘテ》勝《ル》前村夜雪《ノ》時《ニ》

（北宋・陳与義「和《ス》二張規臣《ガ》水墨梅《ノ》五絶《ニ》一」其五）

北宋のこうした好評価を得て、「疎影」と「暗香」の語はそれぞれ梅の代名詞の如き地位を獲得した。南宋に入ると、詞の作者として著名な姜夔《きょうき》は、自ら「疎影」「暗香」という名（詞牌）の曲を創作している。また、林逋の隠棲地・孤山のある杭州が南宋の国都になったため、都の思い出を誘うよすがとしてこの詩句が引かれた次のような詩もある。

孤山山下小斜橋　客魂曾《テ》共《ニ》二暗香《ト》一飄《フ》

五年不《ル》レ踏《マ》西湖《ノ》路　想《ス》見黄昏清浅《ノ》処

（南宋、范成大「次下韻《ス》子文《ガ》探《シ》二梅《ヲ》水西《ニ》一、春已《ニ》深《クシテ》、猶《ホ》未《ダ》上開《カ》……」）

なお、林逋のこの二句に、基づく先行の作品があることを指摘するものがある。明、李日華『紫桃軒雑綴』巻四では、この二句が、五代の詩人・江為の「竹影横斜水清浅、桂香浮動月黄昏」句の「竹影」「桂香」を改めて「疎影」と「暗香」とし、専ら梅を詠じた表現としたことによって、「千古の絶調」となった、と説く。ただし、江為の詩が断句で全編伝わらず、また明代に至るまで同様の指摘がされていないことから、江為の詩句自身の信憑性を疑うものもある（金性堯『宋詩三百首』）。

(2)　本詩の頷聯は、前述のように、後世絶大なる評価をもって迎えられたが、頸聯「霜禽欲下先偸眼、粉蝶如知合断魂」の二句に対しては必ずしも同様の好評価が与えられたわけではなかった。例えば、北宋末、蔡居厚の『蔡寛夫詩話』（郭紹虞『宋詩話輯佚』下、中華書局、一九八〇年）では、以下のようにいう。

「疎影……、暗香……」、誠《ニ》為《リ》二警絶一。然《ドモ》其《ノ》下聯乃《ハチ》云《フ》、「霜禽……、粉蝶……」、則《ハチ》与《ト》二上聯一気格全《ク》不二相《ヒ》類《セ》一、若《シ》レ出《ツルガ》二両人《ニ》一。乃《ハチ》知《ル》二詩《ノ》全篇佳《キ》者誠《ニ》難《キヲ》一レ得。

明の王世貞に至っては、その著『藝苑卮《げいえんし》言《げん》』巻四（『歴代詩話続編』所収）の中で「直《たダ》五尺《ノ》童耳《のみ》」と酷評している。また、清の紀昀《いん》は次のように本詩を評している。

三四（頷聯）及《ビ》前《ノ》一聯《ハ》皆《ナ》名句、然《レドモ》全篇倶《ニ》不レ称《ルコトかなハ》、前人已《ニ》言《フ》レ之《ヲ》。五、六《ハ》（頸聯）浅近、結《モ》亦《タ》滑調《ナリ》（『瀛奎律髄彙評』、上海古籍出版社、一九八六年）。

宋詩全般に酷評を下した王世貞の言を除いても、なお北宋と清代に同様の批判があることは、注意されてよいであろう。

いま、本詩を前半と後半に分けて鑑賞すると、確かに両者の間には明確な筆致の相違が存在する。前半は、梅の高貴で清羸《せいるい》なさまを、梅そのものを描写することによって描きだしている。文法的にも、各句の主語が梅本体の描写である。一方、後半二聯は、「霜禽」と「粉蝶」、「微吟（＝作者自身）」と「檀板」「金尊」といった一連の比較対象を登場させることによって、間接的に梅の高貴で清羸な様を際立たせるという手法をとっている。

作者・林逋の意図を汲み取れば、前半を直接描写、後半を間接描写という構成をとることによって、梅の高潔な様子を多角的包括的に描写する、という狙いがおそらくあったに違いない。しかし、前掲の本詩後半に対するマイナス評価は、こうした作者の意図に反して、前後半の間の差異を問題とし、後半が前半の格調を損ねているととらえたようである。

思うに、本詩後半へのマイナス評価は、北宋以降の詩人が梅に寄せた思い入れの深さと無関係ではないだろう。宋代詩人の愛好を経て、梅には隠士や仙人等の脱俗のイメージがより強固に投影されるようになり、全ての花木の中で特殊な地位を占めるようになった。世俗と対置する厳しさと高潔なる精神をこの花木の中に見出したわけである。そのような固定イメージに沿って本詩をながめると、確かに頸聯には作者の意図が見え隠れしやや作為的な印象を受ける。また、尾聯にいたっては作者自身が顔を出す上、たとえそれが梅を引き立たせるためだとはいえ、「檀板」「金尊」といった世俗の垢にまみれたものも登場する等、作者の意図に反してコミカルな印象を受けやすい。前半で高められた脱俗的で高潔なイメージに充足感を抱き、そのさらなる展開を期待して後半を読んだ後、かえってそこに作者の作為と遊びを感じて、些かの幻滅を覚えた読者がいたとしても、決しておかしくはない。

しかし、それも本詩が梅花を詠じた詩であったがゆえの、あるいはまた前半の句の出来栄えが非常に素晴らしいがゆえの幾分厳しすぎる評価に思われる。もしかりに、ここで述べたイメージのギャップが頸聯のマイナス評価を生んだ最大の要因であったとしたならば、それは作者・林逋にとっては極めて皮肉な結果だといえるであろう。なぜなら、梅花のそのようなイメージ形成に他でもなく本詩の頷聯がとりわけ大きな貢献をしたと考えられるからである。本詩の頷聯が多くの詩人に推賞され、ひとり歩きして梅花のイメージを決定づけた結果、めぐりめぐって同一作品の別の表現を駆逐するという現象をもたらしたということになる。

前半を静的に、後半を動的に、また直接間接の描写を織り混ぜ、総合的に梅の実相に迫ろうとした、作者の梅への愛着と表現に対する情熱とをまず第一に正当に評価すべきである。

(3) 最後に、本詩の作者・林逋と鶴の逸話を引き、隠者・林逋の暮らしぶりの一端を垣間見たい。北宋・沈括の『夢渓筆談』巻一〇（「人事二」）の記載を掲げる。

林逋隠二居シ杭州ノ孤山ニ一、常ニ蓄《やしな》フ二両鶴ヲ一、縦《はな》テバレ之ヲ則チ飛ビテ入リ二雲霄《うんしよう》ニ一、盤旋シテ久シテレ之ヲ、復タ入ル二籠中ニ一。逋常ニ汎《うか》ベテ二小艇ヲ一、遊ブ二西湖ノ諸寺ニ一。有レバ三客ノ至ル二逋ノ所ニ一居ル、則チ一童子出デテ応ジレ門ニ、延《ひ》キテレ客ヲ坐セシメ、為ニ開イテレ籠ヲ縦《はな》ツレ鶴ヲ。良《やや》久シウシテ、逋必ズ棹サシテ二小船ニ一而帰ル。蓋シ嘗《つね》ニ以テ二鶴ノ飛ブヲ一為スレ験ト也。

林逋が鶴を飼い、外出中に来客があった時には、その鶴を家童に放たせ、その空中を旋回する様を見て帰宅した、ということが記されている。「（梅妻）鶴子」という称の由来の逸話である。

芭蕉に、「梅白し昨日ふや鶴を盗まれし」（『甲子吟行』「梅林」）の句があるが、これは林逋の逸話を踏まえたものである。

＊　校了後、〔諸説の異同〕Ⅱに関する論考として、宇野直人「林和靖『山園小梅』詩の鳥と蝶について」（『村山吉廣教授古稀記念中国古典学論集』、汲古書院、二〇〇〇年）が出た。併せて参照されたい。

（内山　精也）

曾《そう》　鞏《きよう》（許彦国《きよげんこく》）

0　虞美人草行
虞美人草《ぐびじんさう》の行《うた》

1　鴻門玉斗紛如雪
鴻門《こうもん》の玉　斗《ぎよくと》　紛《ふん》として雪《ゆき》の如《ごと》し

2　十萬降兵夜流血
十万《じふまん》の降兵《かうへい》　夜《よる》　血《ち》を流《なが》す

3　咸陽宮殿三月紅
咸陽《かんやう》の宮　殿《きゆうでん》　三月《さんげつ》　紅《くれなゐ》なり

4　霸業已隨烟燼滅
覇業《はげふ》　已《すで》に烟燼《えんじん》に随《したが》ひて滅《めつ》す

5　剛强必死仁義王
剛強《がうきやう》は死《し》して　仁義《じんぎ》は王《わう》たり

6　陰陵失路非天亡
陰陵《いんりよう》に路《みち》を失《しつ》せるは　天《てん》の亡《ほろ》ぼすに非《あら》ず

7　英雄本學萬人敵
英雄《えいゆう》　本《もと》と学《まな》ぶ　万人《ばんにん》の敵《てき》

8　何用屑屑悲紅妝
何《なん》ぞ用《もち》ひん　屑屑《せつせつ》として紅妝《こうしやう》を悲《かな》しむを

9　三軍散盡旌旗倒
三軍《さんぐん》　散《さん》じ尽《つ》くして　旌旗《せいき》　倒《たふ》れ

10　玉帳佳人坐中老
玉　帳《ぎよくちやう》の佳人《かじん》　坐中《ざちゆう》に老《お》ゆ

11　香魂夜逐劍光飛
香魂《かうこん》　夜《よる》　剣光《けんくわう》を逐《お》ひて飛《と》び

12 青血化爲原上草　青血《せいけつ》 化《くわ》して原上《げんじやう》の草《くさ》と為《な》る
13 芳心寂寞寄寒枝　芳心《はうしん》 寂寞《せきばく》として 寒枝《かんし》に寄《よ》せ
14 舊曲聞來似歛眉　旧曲《きうきよく》 聞《き》き来《きた》りて 眉《まゆ》を歛《をさ》むるに似《に》たり
15 哀怨徘徊愁不語　哀怨《あいゑん》 徘徊《はいくわい》 愁《うれ》ひて語《かた》らず
16 恰如初聽楚歌時　恰《あた》かも初《はじ》めて楚歌《そか》を聴《き》きし時《とき》の如《ごと》し
17 滔滔逝水流今古　滔滔《たうたう》たる逝水《せいすい》 今古《きんこ》に流《なが》れ
18 漢楚興亡兩丘土　漢楚《かんそ》の興亡《こうばう》 両《ふた》つながら丘土《きうど》
19 當年遺事久成空　当年《たうねん》の遺事《ゐじ》 久《ひさ》しく空《くう》と成《な》る
20 慷慨樽前爲誰舞　樽前《そんぜん》に慷慨《かうがい》して誰《た》が為《ため》にか舞《ま》ふ

テキスト　『全宋詩』一〇九三―18―12399（許彦国）◆北宋、阮閲『詩話総亀』前集二一「詠物門下」（四部叢刊初編所収、明刊『増修詩話総亀』影印本）◆南宋、胡仔『苕渓漁隠叢話』前集六〇（不分巻、人物類、「草」。書目文献出版社影印本、一九八四年）◆元、黄堅『古文真宝』前集五　◆明、編者未詳『詩淵』4―2413　◆清、厲鶚『宋詩紀事』四二「許彦国」（上海古籍出版社、一九八三年）

校　語

0 **虞美人草行**　『古文真宝』『詩淵』では「虞美人草」に作る。
1 **玉斗**　『詩話総亀』では「刁斗」に作る。ちなみに、「刁斗」は、鍋と銅鑼を兼ねた行軍用の器具。
3 **宮殿**　『詩話総亀』では「春殿」に作る。
8 **何用**　『全宋詩』『宋詩紀事』では「何須」に作るが、ここでは『詩話総亀』『苕渓漁隠叢話』『古文真宝』『詩淵』で「何用」に作るのに従う。同義。
9 **散盡**　『全宋詩』『宋詩紀事』では「敗盡」に作るが、ここでは『詩話総亀』『苕渓漁隠叢話』『古文真宝』『詩淵』で「散盡」に作るのに従う。
12 **青血**　『全宋詩』『宋詩紀事』では「清血」に作るが、ここでは『詩話総亀』『苕渓漁隠叢話』『古文真宝』『詩淵』で「青血」に作るのに従う。同義。
13 **芳心**　『詩話総亀』では「芳菲」は、花の芳しい香、芳しい草花をいう。
15 **哀怨**　『詩話総亀』では「哀語」に作る。
19 **久成空**　『全宋詩』『宋詩紀事』では「總成空」に作るが、ここでは『詩話総亀』『苕渓漁隠叢話』『古文真宝』『詩淵』で「久成空」に作るのに従う。
20 **樽前**　『全宋詩』『宋詩紀事』では「尊前」に作るが、ここでは『詩話総亀』『苕渓漁隠叢話』『古文真宝』『詩淵』で「樽前」に作るのに従う。同義。

詩型・韻字

七言古詩。*雪《せつ》・血《けつ》・*滅《めつ》（入声屑韻〔屑*薛韻〕）・王《わう》・亡《ばう》・妝《しやう》（下平声陽韻〔陽韻〕）、倒《たう》・老《らう》・草《さう》（上声皓韻〔皓韻〕）、枝《し》・*眉《び》・△時《じ》（上平声支韻〔支脂*△之韻〕）、*古《こ》・*土《ど》・舞《ぶ》（上声麌韻〔麌*姥韻〕）。換韻。

語　釈

0 **虞美人草行** 「虞美人草」は、ケシ科の二年生草本植物、ヒナゲシを指す。初夏に白、紫、朱色、ピンク色などの四弁の花を開く。麗春花、満園春ともいう。もとヨーロッパの原産であるが、唐の前後に中国に輸入されたといわれる（水上静夫『花は紅・柳は緑―植物と中国文化―』、八坂書房、一九八三年）。「虞美人草」と中国古典詩歌については〔備考〕(2)を参照。

「虞美人」は、楚王・項羽（名は籍、羽は字。BC二三二―二〇二）の愛姫。『史記』七、「項羽本紀」では、項羽の最期（垓下の戦）の条に一度だけ登場する。

……夜聞《ク》二漢軍四面皆楚歌《スルヲ》一。項王乃《チ》大《イニ》驚《キテ》曰《ハク》、「漢皆已《ニ》得《タルカ》レ楚《ヲ》乎。是《レ》何《ゾ》楚人之多《キ》也《ト》」。項王夜起《キテ》飲《ム》二帳中《ニ》一。有《リ》二美人一、名《ハ》虞、常《ニ》幸《セラレテ》従《フ》。駿馬名《ハ》騅《すい》、常《ニ》騎《ス》レ之《ニ》。於《イテ》レ是《ニ》項王乃《チ》悲歌忼慨《シ》、自《ラ》為《リテ》レ詩《ヲ》曰《ハク》、「力《ハ》抜《キ》レ山《ヲ》兮気《ハ》蓋《フ》レ世《ヲ》、時不レ利《アラ》兮騅不レ逝《カ》、騅《ノ》不レ逝《ル》兮可《キ》二奈何《スル》一、虞《ヤ》兮虞《ヤ》兮奈レ若《ヲ》何《セント》」。歌《フコト》数闋《すうけつ》、美人和《ス》レ之《ニ》。左右皆泣《キ》、莫《シ》二敢《ヘテ》仰視《スル》一。

右の『史記』本文では「虞」＝名とするが、『漢書』三一、「項籍伝」および裴駰《はいいん》『史記集解』（南朝宋、徐広の言）では「虞」＝姓とする。「行」は詩歌のスタイルの一種。歌行体。

なお、本詩の作者については、従来、①曾鞏の弟曾布の妻・魏夫人、②許彦国、③曾鞏、の三説がある。この中、真の作者である可能性が最も高いのは②許彦国であり、最も低いのが③曾鞏であるが、わが国での通行性に鑑み、ここでは作者名を曾鞏と標記した〔備考〕(1)参照。

1 **鴻門玉斗紛如雪** 『史記』「項羽本紀」の「鴻門の会」の故事を踏まえる。「鴻門」は地名、陝西省臨潼県の東北。「玉斗」は玉製のひしゃく。「紛」は乱れ散る様。

倒秦の最大勢力・項羽軍（四〇万）に先んじて、劉邦軍（一〇万）は秦の都・咸陽を陥落させた。遅れて関中に到着した項羽はその報に接し激怒する。かくて、咸陽の東、鴻門（項羽の陣営地近辺）で両者の会見の場が設けられた。会見の場で、項羽の参謀・范増（当時、70数歳）は劉邦を殺害するようしきりに項羽に合図を送るが、項羽はそれに応じず、結局、劉邦殺害に失敗する。身の危険を感じた劉邦は密かに鴻門を脱し、間道を通って単騎で四〇里先の自陣（覇上＝今の陝西省西安市の東、白鹿原の北端）へと駆け戻り、参謀の張良を残して、自らが用意した貢ぎ物を項羽と范増に届けさせ謝罪させた。項羽は「白璧」（環状の白玉）を贈られそれをそっと坐上に置いたが、「玉斗」を贈られた范増は、それを地に置くや、剣を抜いて撞《つ》きこなごなにし、「唉《ああ》、豎子《じゅし》不レ足《ラ》二与《ニ》謀《ルニ》一。奪《フ》二項王《ノ》天下《ヲ》一者、必《ズ》沛公也。吾《ガ》属、今為《ラン》二之《ガ》虜《とりこト》一矣」と慨嘆した、という（『史記』「項羽本紀」）。

「鴻門の会」は、漢と楚の覇権争奪の一大クライマックスであり、項羽がこの時、范増の謀略を無視して劉邦を殺害しなかったことが、結果的に数年後に自らを滅ぼす伏線となった。本詩は冒頭の一句に、この故事を踏まえる表現を配し、勝利の美酒を酌むべき「玉斗」が粉々に砕け散る様を描写することによって、項羽の末期を暗示したのだといえよう。

2 **十万降兵夜流血** 「鴻門の会」の直前、項羽は河北にて秦の将軍・章邯《しょうかん》と戦ってこれを破り、投降した秦兵を自軍の中に吸収して、新安（河南省洛陽の西）まで進軍した。秦の都に近づくにつれ、秦の投降兵たちの間に不穏な空気が充満し、それを察知した項羽は、関中後略の足手纏いとなるのを危惧して、新安城の南で、秦兵二十余万人を「阬（生き埋め。一説に、断崖から突き落とす）」にして殺害した（『史記』「項羽本紀」）。本詩の「十万」と、『史記』の伝える人数（二十余万）とは一致しないが、詩的言語の特性として、ここでは「何十万もの人」の意が込められていると考えてよいであろう。

3 **咸陽宮殿三月紅**　「鴻門の会」の数日後、項羽軍は咸陽城に攻め入り、秦の降王・子嬰を殺害した。さらに秦の宮殿に火を放ったが、規模の広大さゆえ「火、三月不レ滅《セ》」（火が三ヵ月間、燃え続いた）という（『史記』「項羽本紀」）。

4 **覇業已随烟燼滅**　「覇業」は、武力によって天下統一をなしとげる事業。徳によって天下を統一する「王業」の対語。それが「烟燼」＝けむりともえかすとともに消滅した、の意。「覇業」は、直接には始皇帝の天下統一の業を指すが、同時にまた項羽のそれをも暗示している。

5 **剛強**　力があって猛々しい強者。ここでは、始皇帝や項羽を指す。

仁義　慈しみ深く寛大で正直な人。ここでは、劉邦を指す。咸陽攻略に際し、劉邦は投降してきた秦王・子嬰を諸将の要求に抗して処刑しなかった（項羽は処刑）。また、秦の財宝に封印をして全く手をつけず（項羽は財宝や美女を全て収奪し、宮殿に火を放った）、秦の苛酷な法律に苦しんでいた土地の父老を前に法を簡約にする約束をした（項羽は、秦の財産の収奪が終わると事後処理など顧みず、すぐさま咸陽を後にして東行した）。この一句は直接には、咸陽攻略時の、項羽とは好対照な劉邦の行為を踏まえていったものであろう。

6 **陰陵失路非天亡**　「陰陵」は、今の安徽省定遠県の西北の地名。垓下（安徽省霊壁県の東南）で漢軍に包囲された項羽は精鋭八百余騎とともに、夜半、囲いを破って脱出し、淮河を渡り陰陵に到達したが、ここで道に迷う。路傍の農夫に道を尋ねたところ、農夫は嘘をついて誤った道を教えた。このため、項羽の軍勢は大沼沢地に陥り行く手を失い、漢の追手に追いつかれてしまった。そこで引き返して東に進路を取り、東城（安徽省定遠県の東南）に辿り着いたが、項羽の軍勢はわずかに二八騎を残すのみであった。一方、項羽を追う漢の軍勢は数千人。脱出不可能なことを悟った項羽は、「吾起《コシテヨリ》レ兵至《ルマデ》レ今八歳《ナリ》矣。身七十餘戦《シ》、所《ノ》レ当《タル》者破《リ》、所《ノ》レ撃《ツ》者服《シ》、未《ダ》二嘗《テ》敗北《セ》一、遂《ヒニ》覇三有《ス》天下《ヲ》一。然《ドモ》今卒《ヒニ》困《くるシム》二於此《ニ》一。此《レ》天之亡《ボスナリ》レ我《ヲ》、非《ザル》二戦之罪《ニ》一也。……」という言葉を残した（『史記』「項羽本紀」）。「此天之亡レ我、非二戦之罪一也」とは、自分がいま滅びようとするのは天の命であって、戦術が下手だったからではない、の意。本詩では、この項羽の言に批判を加えている。「陰陵失路」、すなわち農夫に謝った道を教えられたのは、大衆の人望に乏しいからであって、決してそれは天命ではなく、自らが招いた結末である、と説く。

7 **英雄本学万人敵**　「英雄」は項羽を指す。『史記』「項羽本紀」が伝える、若い時分の項羽の言葉を踏まえる。若い頃、項羽は叔父・項梁に教育されたが、書を学んでも身につかず、剣を習っても物にならず、仕舞には項梁に叱責された。それに対し項羽は「書《ハ》足《ル》三以《テ》記《スニ》二名姓《ヲ》一而已《のみ》、剣《ハ》一人《ノ》敵、不レ足《ラ》レ学《ブニ》。学《バン》二万人《ノ》敵《ヲ》一」

と答えた、という。これを聞いた項梁は項羽に兵法を教えた。

「学万人敵」とは、一人で何万という敵《あいて》に立ち向かい打ち勝つ術（兵法）を学ぶ、ということ。

8**何用**　「どうして……する必要があろうか」の意の反語。「何必」「何須」の類語。

屑屑　くよくよと未練がましいさま。

紅妝　美人のよそおい。ここでは、虞美人を指す。

9**三軍**　諸侯の軍隊をいう。上軍・中軍・下軍からなり、一軍は一万二五〇〇人。なお、天子の軍隊は「六軍」。ここでは、項羽の軍を指す。

旌旗　のぼりとはた。ここでは、項羽軍の旗さしものの類。

10**玉帳佳人**　「玉張」は将軍の陣のとばり。「玉」は美称。「佳人」は美人の意。ここでは虞美人を指す。

坐中老　あっという間に老け込む。「坐中」は座席に腰を下ろしている間、すなわち短い時間をいう。

11**香魂**　芳しき女性の魂。虞美人の魂をいう。

逐剣光飛　剣の一瞬のきらめきの後を追って、魂が肉体を離れて飛び去った、の意。『史記』「項羽本紀」に、虞美人の最期についての記述はないが、①項羽が垓下を脱出した時の切迫した状況、②虞美人が項羽の歌に和したと伝えられる詩が死を覚悟した内容であること（〔備考〕(2)参照）等から、虞美人は項羽が脱出する直前に垓下で命を絶ったものと伝えられている（一説に自決）。この句は、虞美人の死の情景を描写する。

12**青血**　A＝鮮血とするもの、B＝凝固して黒々とした血と解するもの、の二説がある。

A説を採るもの：佐藤保・和泉新『古文真宝』（〔佐藤保執筆〕中国の古典26、学習研究社、一九八四年）、孫映逵主編『中国歴代咏花詩詞鑑賞辞典』（〔薛屹峰執筆〕江蘇科学技術出版社、一九八九年）、矢嶋美都子・宇野直人『研究資料漢文学5　詩Ⅲ』（〔宇野直人執筆〕明治書院、一九九二年）、田口暢穂編『漢詩・漢文解釈講座4　漢詩Ⅳ（中・晩唐以降）』（〔佐藤正光執筆〕昌平社、一九九五年）等。

B説を採るもの：榊原篁洲『古文真宝前集』（漢籍国字解全書11、早稲田大学出版部、一九一一年）、高木正一ほか『漢詩鑑賞入門』（創元社、一九六二年）、星川清孝『古文真宝前集（上）』（新釈漢文大系9、明治書院、一九六七年）、前野直彬・石川忠久編『漢詩の解釈と鑑賞事典』（旺文社、一九七九年）等。

いずれも特に明確な論拠は示されていないが、①上句「香魂」と対になる語であること（女性の艶冶な点を象徴する語であることが相応しい）、②「清血」に作るテキストもあり、また実際「青」と「清」は通用の字であること等を総合すれば、A説が妥当であろう。

13**芳心**　美女の芳しき心。虞美人の心情をいう。

寒枝　虞美人草の茎をいう。「寒」は、風にふるえて小刻みに揺れるさまを表現したものであろう。

14**旧曲**　垓下で項羽と虞美人が唱和した歌。項羽の歌については、0虞美人草行の注を参照。虞美人の和詩は、〔備考〕(2)を参照。

斂眉　愁いに眉をひそめる。〔備考〕(2)の資料(a)(b)を参照。

15**徘徊**　行ったり来たりすること。ここでは、風に揺れる虞美人草をこう表現している。畳韻の語で、中古音は〔buai ɦuai〕。

16**恰如**　「ちょうど……のよう」の意。

初聴楚歌時　「四面楚歌」の故事を踏まえる。0虞美人草行の注を参照。

17**滔滔**　（水が）盛んに流れる様。

逝水流今古　孔子が川岸で流れゆく水を見つめ、「逝《ク》者《ハ》如《キ》レ斯《ク》夫《ノ》、不レ舎《カ》二昼夜《ヲ》一」と慨嘆して以来、時の経過の速やかなることをいうばあい、しばしば流水が引き合いに出される。永遠不変の自然の営みと、限りあるはかない人の一生の対比を強調する。

18**丘土**　①墳墓、もしくは、②廃墟、荒れ果てた地をいう。揚雄『方言』一三に「冢、自《リ》レ関《シテ》而東《ハ》謂《フ》二之《ヲ》丘《ト》一」とあるように、中国古典で丘はしばしば墳墓の地として描写されることが多い。②の例としては、『楚辞』九章「哀郢《あいえい》」の「曾《テ》不レ知《ラ》夏之為《ルヲ》レ丘《ト》兮……」の句がある。ここでは、単に①当時の英雄たちが泉下の人となったということを表すばかりではなく、②彼らの造った建造物や彼らの残した事跡をも跡形もなく消え去った、ということを表していると考えられ、したがって①②の双方を包括した用法であろう。

19**当年遺事**　漢と楚が争った当時の歴史的事跡。

20**慷慨**　気持ちが高ぶること。『史記』「項羽本紀」、垓下の戦いの条に、「項王《ハ》乃《チ》悲歌忼慨《シ》、自《ラ》為《リテ》レ詩《ヲ》曰《ハク》……」とある（0虞美人草行の注を参照）。「忼慨」は「慷慨」に同じ。後漢、許慎『説文解字』一〇下では、「忼慨《トハ》、壮士不《ル》レ得レ志《ヲ》也」と説く。

樽前　酒樽の前。多くは宴席をいう。ここでは、酒を前にして、の意。末句の解釈は、「慷慨」「舞」の主体を誰とするかによって、説が分かれている。〔通釈〕では、「慷慨」「舞」の主体をともに作者として解釈した。詳しくは、〔諸説の異同〕を参照のこと。

通釈

虞美人草の歌

鴻門で、劉邦が范増に贈った玉斗は粉々に砕かれて、あたかも雪のように乱れ散り、秦の幾十万もの投降兵が、項羽の一声で虐殺され、一夜の中におびただしい血が流された。

都・咸陽に到着するや項羽は大宮殿に火を放ち、その火は赤々と三ヵ月間燃え続き、始皇帝（や項羽）が武力によって成し遂げた天下統一の偉業も、その煙や燃えさしとともに跡形もなく消え去った。

武力に頼る強者《つわもの》は必ず死滅し、慈愛に満ちた仁者のみが王として君臨できる。だから、項羽が陰陵で道に迷い農夫にだまされ窮地に立たされたのも、断じて項羽のいう天命によるものではなく、自らが招いた末路だったのだ。

英雄・項羽は、もともと、一人で万の敵《あいて》に立ち向かう軍略・兵法をこそ学んだのではなかったか。なのに、何をくよくよ未練がましく一人の美女の行く末を思って悲しみにひたる必要などあるのだ。（諸侯にも比すべき）項羽の大軍は散々になり、軍旗は踏み倒されて戦いに破れ、項羽の傍に侍る虞美人も見る間に老け込んでいった。

虞美人の芳しき魂は、夜半、剣の一瞬のきらめきの後を追って、肉体を離れて飛び去り、清らかな鮮血は大地にそそがれて、野原に生える草と化したのであった。

爾来、寂しい胸の内を、風にふるえるかよわい草の葉ずえに託し、かつて垓下で聞いたなつかしい調べを耳にするや、愁いに眉をひそめて、葉を揺らすのであった。

哀しみや恨みを胸に秘めて風の中をさまよい、押し黙ったまま一言も発しない。ちょうど、四面に楚の歌が鳴り響くのにじっと耳を凝らしたあの時と全く同じように。

川の水は今も昔も変わることなく盛んに流れ行くが、漢と楚の興亡の蹟はいまやいずれも跡形もなく丘の土におおわれてしまった。当時の事跡は、全てとうの昔にむなしく尽き果てた。今、こうして酒を前に気持ちを高ぶらせつつ、いったい誰のために舞えばよいのだろうか。

諸説の異同

異同の所在

末句「慷慨」と「舞」の主体

異同の類別

A 「慷慨」「舞」ともに虞美人草とする説。

B 「慷慨」「舞」ともに作者とする説。

C 「慷慨」＝作者、「舞」＝虞美人草とする説。

A説を採るもの：高木正一ほか『漢詩鑑賞入門』、星川清孝『古文真宝前集（上）』、孫映逵主編『中国歴代咏花詩詞鑑賞辞典』（薛屹峰執筆）等。

B説を採るもの：榊原篁洲『古文真宝前集』、前野直彬・石川忠久編『漢詩の解釈と鑑賞事典』、佐藤保・和泉新『古文真宝』（佐藤保執筆）、松浦友久『中国名詩集—美の歳月』（朝日文庫、朝日新聞社、一九九二年）、宇野直人『研究資料漢文学5　詩Ⅲ』（宇野直人執筆）等。

C説を採るもの：田口暢穂編『漢詩・漢文解釈講座4　漢詩Ⅳ（中・晩唐以降）』（佐藤正光執筆）等。

異同の論拠

A説

言及されていない。

B説

慷慨して舞わんとする主体は、懐古の詩の常道として、むろん作者自身であるが、ここでは同時に、虞美人の楚の舞いと、虞美人草の風の舞いが、イメージとして重なっているであろう。

（以上、松浦友久『中国名詩集—美の歳月』）

(1) 本詩の最終段四句では、内容は既に虞美人草から離れ、歴史の流れに対する人の無力さを嘆く作者自身の心情吐露に移っている。したがってこの最終句も、その流れの上から、主語を作者と見るのが自然であろう。

(2) 「慷慨」という語は、天下・国家・社会に関する心情を表すものであるから、これを虞美人草（もしくは、それがたとえる虞美人）の心情とするよりも、作者自身のものとするのが穏当であろう。『史記』項羽本紀の「四面楚歌」の場面にもこの語が現れるが、その主語も虞美人ではなく、項羽である。また、酒を飲んで舞うというのも、李白の「月下独酌」の例のように、どちらかと言えば男性を主語とするほうがふさわしいであろう。

（以上、宇野直人『研究資料漢文学5　詩Ⅲ』）

C説

言及されていない。

いま按ずるに、①本詩が「歌行」体の詩であり、「歌行」は一般的に作者の一人称的視点から描写される傾向が強い、という点（松浦友久『中国詩歌原論』第八章〔大修館書店、一九八六年〕等）、及び、②一句内の（動作主体）の一貫性、という二点を考慮すると、B説が最も妥当性が高い。

A説の最大の難点は、「慷慨」の用法が伝統的なそれから外れるという点にある。〔語釈〕で挙げた『説文解字』の釈義に明らかなように、「憤慨」は壮士の心境をいうばあいに用いられることが多く、美女の心情描写としてはなじまない。

C説の難点は、一句内の動作（「憤慨」と「舞」）主体が相異なることになり、一貫性が保たれない、という点にある。但し、C説の、「舞」の主体を虞美人草とする点については、以下に述べる二つの理由から、少なくともイメージ領域において、読者にそれを連想させることを作者が企図しつつ言葉を選んだ、とみることは可能であろう。

第一に、本詩が、――詠史・懐古を基調として展開するが――タイトルに明らかなように詠物の詩であるという点である。従って、詩の末尾で詠物の対象本体を連想させる描写を盛り込むことは至って自然である。

第二に、この詩の内容を根底から支えているものは、虞美人草の伝承（この草が虞美人草の曲調に感応して葉を揺らす）に他ならず、さらにその伝承を成立させている要素が、まさしく虞美人草の「舞」という形象であった、という点である。すなわち、虞美人草の「舞」こそが、一連のイメージ展開の起点にある、という点である。

備考

(1)〔語釈〕にも掲げたように、本詩の作者については、①曾鞏の弟・曾布（一〇三六―一一〇七）の妻・魏夫人、②許彦国（北宋後期の人）、③曾鞏（一〇一九―一〇八三）、の三説がある。

まず、わが国で最も一般的な曾鞏説から検証すると、本詩は曾鞏の別集『元豊類稿』五〇巻に収録されておらず、しかもこの説の初出文献はおそらく元、黄堅『古文真宝』であり、三説の中で成立が最も遅い。むろん、説の成立時間の先後がその信憑性自体を左右するとは限らないが、『古文真宝』には、先行二説に対する反証が一切提示されておらず、しかも北宋以降元に至るまでの間、他にこの説を積極的に裏付ける資料が何一つ存在しないことから、信憑性はかなり低いと見なければならない。そもそも『古文真宝』は、童蒙・初学者向けの簡便な普及性教科書という性質を有しており、厳密な校訂を経た別集や選集とは質を異にしている。したがって、そこに曾鞏と明記されたという事実のみをもってそれに全面的に依拠するのは、早計にすぎるといわざるを得ない。

わが国において、曾鞏説が定着した背景には、江戸時代における『古文真宝』の普及が極めて大きな役割を演じている。この書物がわが国に輸入され注目されたのは室町時代のこと、五山の僧侶たちによってであったが、それが一般大衆レベルまで広まったのは、江戸時代である。『三体詩』等と並んで、江戸時代を通じ最も多く刊行された漢詩文集のベストセラー（ロングセラー）がこの書であり、井原西鶴も松尾芭蕉も近松門左衛門も漢詩文の基礎的教養は概ねこの書物によって養っていた、という興味深い指摘もある（林望『書誌学の回廊』、日本経済新聞社、一九九五年）。

①の魏夫人説は、北宋末、阮閲『詩話総亀』前集や南宋初・胡仔『苕渓漁隠叢話』前集に引かれる『冷斎夜話』（北宋末、恵洪の撰。但し、通行本に当該文は収録されていない）に見える。

②の許彦国説は、胡仔『苕渓漁隠叢話』前集に見え、①への反証として、胡仔自らの以下の如き見聞が挙げられている。

此詩ノハ（「虞美人草行」）乃チ許彦国表民ノ作ナリ。表民、合肥ノ人ナリ。余昔随三侍セシトキ先君ノ（胡仔の父・胡舜陟）守タルニ二合肥一、嘗テ借リ二得渠ノ家集ヲ一、集中ニ有リ二此ノ詩一。今曾端伯（曾慥）編シ二詩選ヲ一（『本朝百家詩選』一〇〇巻、現在佚）、亦タ列シ二此ノ詩ヲ於表民ノ詩中ニ一、遂ヒニ与二余ノ所レ見ル所レ聞ク暗合ス、覧ル者可シ二以テ無カルレ疑ヒ、亦タ知ル二冷斎之妄ヲ一也。

胡仔は、(A)自分が許彦国の出身地である合肥（安徽省合肥市）に滞在した折、許氏家伝の集を見る機会があり、その集の中に本詩が収録されていたことと、(B)当時刊行されていた曾慥《そうそう》の『本朝百家詩選』にも彼の作品として収録されていたこと、——の二点を反証として挙げている。

以上、三説の中、明確な論拠が挙げられているという点において、②の許彦国説が現在では最も確かな説と判断される。なお、許彦国は北宋後期の詩人。『全宋詩』には計一二首の詩が収められている。その中、以下に掲げる七言絶句は、本詩と内容的にも重なり合っており、本詩を解釈する上で大いに参考となろう。

詠項籍廟二首　　項籍廟を詠ず二首
（其二）　　（其の二）
千古興亡莫浪愁　　千古の興亡　浪《みだ》りに愁ふること莫かれ
漢家功業亦荒丘　　漢家の功業　亦た荒丘
空餘原上虞姫草　　空しく余す　原上　虞姫《ぐき》の草
舞尽春風未肯休　　春風に舞ひ尽くして　未だ肯へて休《や》まず

(2) 虞美人草の伝説の起源は必ずしも古くはない。文献的に遡れるのは北宋までであり、虞美人の時代と伝承が定着した時代との間には、実に一千年以上の空白の時間が横たわっている。そもそも、虞美人草＝ヒナゲシだとすると、〔語釈〕に記したように、ヒナゲシがシルクロードを通って中国にもたらされたのが、唐代前後のこととされるので、唐以前には遡り得ない伝承である可能性が大きい。

(a) 褒斜《ほうや》山谷中ノ虞美人草、状ハ如ク二鶏冠ノ一、大ニシテ而無ク レ花、葉ハ皆ナ相ヒ対ス、或ハ唱ヘバ二虞美人ヲ一、則チ両葉如ク二人ノ撫《う》ツレ掌ヲ之状ノ一、頗ル中《あた》ル二節拍ニ一（曾慥『類説』一五に引く、北宋初期、張榭『賈氏談録』）。

(b) 高郵ノ人、桑景舒、性知リレ音ヲ、聴キテ二百物之声ヲ一、悉ク能ク占ヒ二其ノ災福ヲ一、尤モ善クス二楽律ヲ一。旧伝ニ有リ二虞美人草一、聞ケバ三人ノ作スヲ二虞美人曲ヲ一、則チ枝葉皆ナ動キ、他曲ハ不レ然ラ。……（北宋後期、沈括『夢渓筆談』五）

右の(a)(b)二文は、遅くとも北宋の中頃までにはこの伝承が確かに存在したことを証明している（但し、(a)の虞美人草は「葉皆相対」とあるので、葉が互生するヒナゲシではないようである。なお、晩唐、段成式の『酉陽雑俎《ゆうようざつそ》』巻一九にも、音に感応する「舞草」のことが記載されている）。

この伝承が詩歌の一般的題材となったは、恐らく伝承の定着からやや後れて、北宋の後半以降のことであろう。その早期の作例に属するのが、北宋後期、陳師道（一〇五三—一一〇二）の「虞美人草」（『全宋詩』一一一九-19-12745）や、本詩・許彦国の作ということになる。

一方、虞美人自身の経歴については、『史記』「項羽本紀」の「四面楚歌」の条に、わずかに一度登場するだけで、殆ど全く解らない。その末期についても、『史記』には言及されていない。唐・張守節『史記正義』によれば、虞美人の墓は「濠州定遠県（安徽省定遠県）の東六十里」にあるという。すると、伝説で自刎したという垓下（安徽省霊璧県）からは南に一二〇キロ離れている。従って、もし死去の地＝埋葬の地であるならば、虞美人は垓下で死んだわけではなく、項羽とともに夜半垓下を脱出し、――味方の軍勢二八騎となり項羽が死を覚悟した――東城において死んだという推測が成り立つことになろう。

最後に、虞美人が項羽の「垓下の歌」に和したと伝えられる作品を以下に掲げる。（『史記正義』に引く）『楚漢春秋』によって伝えられた歌である。『楚漢春秋』は、前漢・陸賈の撰とされ、司馬遷も『史記』制作にあたり、これに材を取ったとされる佚書である。もしこの詩が『楚漢春秋』の原本に記録されていたとしたら、五言詩の最早期の作例となり、文学史的にも価値ある作品ということになる。

漢兵已略地　　漢兵　已に地を略し
四方楚歌声　　四方　楚歌の声なり
大王意気尽　　大王　意気　尽く
賎妾何聊生　　賎妾《せんしょう》　何ぞ生を聊《やすん》ぜん

ちなみに、本詩および前掲(a)(b)の伝承の伝える「旧曲」や「虞美人曲」が、紀元前三世紀の項羽や虞美人が歌ったメロディーそのままのものであるとはとうてい考えられない。いわゆる（漢～六朝の）古楽府の題としても虞美人の歌は全く記録されていないからである。北宋の頃の実態から言えば、おそらく詞（曲子詞）の曲調（詞牌）としての「虞美人」を、彼らは「旧曲」と称したのだと推定される。ジャンルとしての詞は、唐の後半辺りから流行し始め、五代を経て、北宋に至って隆盛を迎えた。詞牌「虞美人」は、もともと唐の教坊曲であり、曲調（詞牌）としては比較的古い部類に属する。従って、次々に「新曲」が制作され流行していた北宋中～後期の実態から言えば、これを「旧曲」と称したとしても、決して事実に反してはいない。

以上のように、この「虞美人草行」は、モチーフとしては千年以上昔の古い故事を下敷きとしてはいるものの、「虞美人草」の伝承にせよ、「虞美人」のメロディーにせよ、そしてまた虞美人草そのものでさえ、北宋の当時からすれば比較的新しい過去に成立した素材を作品化した例であると結論づけられる。

（内山　精也）

司《し》馬《ば》光《こう》

0居洛初夏作　洛《らく》に居《を》りし初夏《しょか》の作《さく》
1四月清和雨乍晴　四月《しぐわつ》　清和《せいわ》　雨《あめ》　乍《たち》まち晴《は》れ
2南山當戸轉分明　南山《なんざん》　戸《こ》に当《あ》たつて　転《うた》た分明《ぶんめい》
3更無柳絮隨風起　更《さら》に柳絮《りうじよ》の風《かぜ》に随《したが》つて起《お》こる無《な》く
4惟有葵花向日傾　惟《た》だ葵花《きくわ》の日《ひ》に向《むか》つて傾《かたむ》く有《あ》り

テキスト　『全宋詩』五一一―9―6224　◆南宋、胡仔『苕渓漁隠叢話』後集二二（人民文学出版社校点本、一九八一年）　◆南宋、蔡正孫『詩林広記』後集一〇　◆南宋、于済・蔡正孫『唐宋千家聯珠詩格』二「後聯有無字對格」（汲古書院『和刻本漢詩集成』総集篇9所収、江戸、文化元年〔一八〇四〕刊本、二〇巻）　◆『千家詩』七言千家詩下　◆民国、陳衍『宋詩精華録』一　◆江戸、津坂東陽選・斎藤拙堂評『絶句類選評本』一「節序」（早稲田大学図書館蔵本、二二巻、文化二年刊本）

校語
0**居洛初夏作**　『千家詩』『宋詩精華録』では「客中初夏」に作る。『唐宋千家聯珠詩格』『絶句類選評本』では「初夏」に作る。
3**随風起**　『詩林広記』『唐宋千家聯珠詩格』『千家詩』『宋詩精華録』『絶句類選評本』では「因風起」に作る。

詩型・韻字　七言絶句。晴《＊せい》・明《めい》・傾《＊けい》（下平声庚韻〔庚清韻＊〕）。

語釈
0**居洛初夏作**　本詩は、通行の司馬光の別集（四庫全書『伝家集』八〇巻、四部叢刊『温国文正司馬公文集』八〇巻、汲古書院『増広司馬温公全集』一一六巻）には収録されていない。『全宋詩』では初出を蔡正孫の『詩林広記』後集と注記するが、詩話類では胡仔の『苕渓漁隠叢話』後集の方が採録の時期は早い（蔡正孫は南宋後期の人であり、胡仔は南宋初期の人である）。さらに厳密にいえば、両者がともに引く、『東皐雑記』が初出である（ただし『東皐雑記』は散逸して現存しない。北宋後期の人・孫宗鑑〔一〇七七―一一二三〕に『東皐雑録』があり、『説郛《せっぷ》』等の叢書に部分的に収録されているが、これを指すか）。
『苕渓漁隠叢話』では詩題を記さず、『詩林広記』に至って、「居洛初夏作」と明記されるようになる。『千家詩』等の「客中初夏」という詩題が、読者には最もなじみ深いであろうが、本稿では底本を『全宋詩』に依るという立場から、ひとまず『全宋詩』（『詩林広記』）の標題に従った。「居洛」の「洛」は洛陽（河南省）、北宋の西京《せいけい》であった。なお、別題「客中初夏」の「客」は「客寓」「客居」の意。故郷を離れ、異郷に仮ずまいすること。司馬光は、陝州夏県涑《そく》水郷（山西省）の人であり、距離的にさほど遠く離れてはいないが、彼にとって洛陽はやはり異郷にあたる。

清の顧棟高『司馬太師温国文正公年譜』（年譜叢刊『司馬光年譜』、中華書局、一九九〇年）によれば、司馬光が洛陽に客寓したのは、熙寧四年（一〇七一）—元豊八年（一〇八五）、53歳～67歳の約一五年間である。この一五年に及ぶ洛陽滞在期に、司馬光は、周の威烈王から五代・後周に及ぶ編年体の通史『資治通鑑』二九四巻を完成させている。また、土地を購入して居宅を築き「独楽園」という名をつけ、閑適の日々を楽しんだ。洛陽滞在の古老を集め、中唐の白居易に倣って「耆英会」「真率会」という雅会を開いたのもこの頃である。

1 **四月清和**　「四月」は、陰暦の初夏の月である。「清和」は、（気候が）すがすがしく穏やかなこと。一説に、太平の世の形容。白居易の「七言一二句贈《ル》二駕部呉郎中七兄《ニ》一」詩に「四月天気和《ニシテ》且清《シ》」とある。また、司馬光はこの語をしばしば詩中で用いている。この詩同様、初夏の用例としては、「首夏木陰薄《ク》、清和自《ラ》一時」（「首夏二章呈《ス》二諸鄰《ニ》一」其一（『全宋詩』五〇一-9-6061））や「首夏清和新《タニ》雨晴《ル》」（「效《ヒ》二趙学士《ノ》体《ニ》一成《シ》二口号十章《ヲ》一献《ズ》二開府太師《ニ》一」其八（『全宋詩』五一一-9-6217））の句がある。

乍　動詞もしくは形容詞の前に置き、①ある状況が突然予期せず起こったことを表したり（「突然」の意）、②ある状況になって間もないことを表す（「……したばかり」の意。「初」「纔」と同義。）副詞。本詩ではともに解釈可能だが、ひとまず②の意で通釈した。

2 **南山**　南の方に見える山。中国古典詩では、主として①未来永劫尽き果てることのない堅固で永遠なものの象徴、②隠棲の地、の二種類のイメージが投影されている。

①は古く『詩経』の昔から存在している。例えば、「南山之寿」という成句がある。この語は、『詩経』小雅「天保」に基づく用法だが、六朝以来、臣下が王室の長久と皇帝の長寿を祈ることばとして定着した。さらに、国家が賢者を得て太平の基盤が固まったことを楽しむという意の、「南山有台」という成句もある（『詩経』小雅「南山有《リ》レ台」）。よって、①の系譜は王朝・国家の安泰を願望する、儒家的色彩の強い用例といえる。

②は、東晋、陶淵明の詩句「種《ク》レ豆《ヲ》南山《ノ》下」（「帰《ル》二園田《ノ》居《ニ》一」其三）や「悠然《トシテ》見《ル》二南山《ヲ》一」（「飲酒」其四）、唐の王維「君言《フ》不レ得レ意《ヲ》、帰二臥《セント》南山《ノ》陲《ほとりニ》一」の句（「送別」）、孟浩然「北闕休《メ》レ上《ルヲ》レ書《ヲ》、南山帰《ル》二弊廬《ニ》一」の句（「歳暮帰《ル》二南山《ニ》一」）等がその代表例。

したがって、「南山」の語には、当時の士大夫にとってまさしく一大命題であった〈出処進退〉の両局面のイメージがそれぞれ存在したことになる。

さて、司馬光の詩集を繙くと、①の例としては、仁宗に進呈した「瞻《みル》二彼《ノ》南山《ヲ》一」詩七章（『全宋詩』五〇〇-9-6049）があり、②の例としては、「送《ル》二雷太簡《ヲ》一」詩（『全宋詩』四九九-9-6042）の「南山《ニ》有《リ》二白雲一、応《ジ》レ物《ニ》任《セヨ》レ所《ニ》レ適《フ》」の句がある。「南山」の語をどうとらえるかは、制作時期の比定の問題とも関わっており、詳細は〔諸説の異同〕Ⅰの項を参照されたい。〔通釈〕では、文字通り「南の山」と訳出した。

当戸　「当」は、「対」と同義。門戸に向い合う、の意。『礼記』檀弓上に「既《ニ》歌《ヒテ》而入《リ》、当《タリテ》レ戸《ニ》而坐《ス》」とあるように、古くは多く人が屋内にいて戸口に向い合うことをいったが、唐宋以降、戸外の景物が門戸と向い合うことをいう用例が増加する。中唐の銭起「過《ル》二孫員外《ノ》藍田《ノ》山居《ニ》一」詩に、「近《ク》レ窓《ニ》雲出《デ》レ洞《ヲ》、当《タリテ》レ戸《ニ》竹連《ナル》レ山《ニ》」の句がある。ここでは、家の戸口の真正面に、ほどの意。

転分明 「転」は、形容詞の前に置き、徐々に状況が変化していくことを表す副詞。「ますます」「だんだんと」の意。「分明」は、はっきりして明瞭なこと。杜甫の「天河」詩に「常時任《セ》二顕晦《ニ》一、秋至《リテ》転《タ》分明」の句がある（「転」の字、一に「輒」に作る）。

3 **更無柳絮随風起** 「更」は、ここでは否定を強調する副詞、「まったく（……ない）」の意。「絶」と同義（張相『詩詞曲語辞匯釈』巻一参照）。杜甫の「石壕《ノ》吏」詩に「室中更《ニ》無《ク》レ人、惟《ダ》有《リ》二乳下《ノ》孫一」の句があり、本詩と同様の呼応文型の中で使用されている。「柳絮随風起」は、東晋の謝道韞《しゃどううん》（謝安の長兄謝奕《しゃえき》の娘）が伯父の謝安の語に和して雪の舞う様を詠じた「未《ダ》レ若《カ》二柳絮《ノ》因《リテ》レ風《ニ》起《コルニ》一」の語（劉義慶『世説新語』言語篇）に基づく。〔校語〕に記したように、『千家詩』等では本詩第3句の下三字を「因風起」に作り、『世説新語』の表現により一層近い。「柳絮」は、柳の種子を包むわた。主に晩春に、風に吹かれて空中を乱舞する。唐宋詩では、晩春の風物として、しばしば詩にうたわれている。

なお、「柳絮」を小人に比喩すると解釈するものもある。〔諸説の異同〕I参照。

4 **惟有葵花向日傾** 「惟」は、限定の副詞。散文では、限定の終助詞「のみ」と呼応させて訓読されるのが一般的だが、詩では吟詠の際の余情効果に考慮して、「のみ」を省略することが多い。「葵」は植物の名。中国古典詩歌でうたわれる「葵」は、主として①フユアオイ（冬葵）、②タチアオイ（蜀葵）、③トロロアオイ（黄蜀葵）、④ヒマワリ（向日葵）、の四種がある。主君に対する忠誠心をいう成句として、「葵藿傾陽」や「葵藿之心」等の語があるが、この「葵」は、①フユアオイをいったものである（「藿《かく》」は豆の葉）。フユアオイは古代から蔬菜として栽培され、その葉が食用に供されていた。そして、その葉が日に向って傾く性質があることから、日＝皇帝に対し極めて忠誠な臣下の心ばえに喩られるようになる（『淮南子』説林訓篇）。

一方、②③は主にその花を観賞用として栽培する。また、元来向日性はない。しかし①と混同され、中唐以降、時代が下るにつれ、『淮南子』の典故を踏まえた誤用の作例が増加してゆく。④ヒマワリは、北米原産の植物で、明代に輸入された。したがって、本詩にうたわれた「葵花」は、①～③の何れかを指すと考えてよい。さらに、花期を考慮に入れると、③トロロアオイは晩夏～初秋の間に花弁をつけるので除外され、①か②の何れかということになる。現在日中の訳書では、①②④の三種が行なわれている。〔通釈〕では、②タチアオイ（蜀葵）説を採った。詳細は、〔諸説の異同〕IIを参照されたい。

中国古典に見られる「葵」に関する名物考証をしたものに、青木正児「葵藿考」と「向日葵」の二篇の文章があり（青木正児『中華名物考』所収、平凡社、東洋文庫479、一九八八年）、前述の内容が詳細かつ截然と述べられている。本稿も青木氏の考証に基づく。

なお、「葵花」を忠臣＝作者自身になぞらえたとする解釈もある。〔諸説の異同〕Ⅱ参照。

通　釈

洛陽に客寓中の初夏につくった詩

初夏四月、いましがた雨もあがり、空気は穏やかですがすがしい。南の山が家の真向いに望まれ、晴れ空になるにつれ、いよいよくっきり見えてきた。

この時節、もはや柳絮が風に吹かれて乱れ飛ぶこともなく、ただ蜀葵の花が太陽に向って傾く姿があるばかり。

諸説の異同

異同の所在　Ⅰ

寓意の有無と作詩時期

異同の類別

A　「柳絮」が姦臣＝新法党の人々を指し、元豊八年（一〇八五）神宗の死によって新法党の人々が退けられ、「葵花」＝忠臣、すなわち司馬光等旧法党の時代が到来したことをうたうとする、元豊八年・寓意説。

B　Aと同様の寓意を認めつつも、元豊八年と特定せず、司馬光が洛陽に客寓した熙寧四年（一〇七一）―元豊八年（一〇八五）の一五年間の何れか一年の四月の作とする説。

C　純粋な叙景詩ととり、司馬光が洛陽に客寓した熙寧四年（一〇七一）―元豊八年（一〇八五）の一五年間の何れか一年の四月の作とする、非寓意説。

A説を採るもの：明、王相注『千家詩』七言千家詩下（江蘇広陵古籍刻印社影印本、一九九一年、内題「増補重訂千家詩注解」）、民国、陳衍『宋詩精華録』一（広文書局、一九七一年）、陳伯谷『宋詩選講』（香港上海書局、一九七三年）、今関天彭・辛島驍『宋詩選』（漢詩大系16、集英社、一九六六年）、山本和義等『中国文学歳時記　夏』（〔松原朗執筆〕同朋舎出版、一九八九年）、矢嶋美都子・宇野直人『研究資料漢文学5　詩Ⅲ』（〔宇野直人執筆〕明治書院、一九九二年）等。

B説を採るもの：繆鉞等主編『宋詩鑑賞辞典』（〔周慧珍執筆〕上海辞書出版社、一九八七年）、金性堯『宋詩三百首』（上海古籍出版社、一九八六年）。

C説を採るもの：前野直彬・石川忠久編『漢詩の解釈と鑑賞事典』（旺文社、一九七九年）、鎌田正・米山寅太郎『漢詩名句辞典』（大修館書店、一九八〇年）、石川忠久『中国古典詩聚花②隠逸と田園』（尚学図書、一九八四年）、田口暢穂『心象紀行　漢詩の情景①自然への讃歌』（東方書店、一九九〇年）等。

異同の論拠

A説（元豊八年・寓意説）

柳絮飛《ビ》尽《キ》無《ク》㆓跡《ノ》可《キ》㆑尋《ヌ》、惟《ダ》有《ルノミトハ》㆓葵花《ノ》向《カッテ》㆑日《ニ》而開《ク》㆒、以《テ》喩《フル》㆓新主当《タリ》㆑陽《ニ》、小人《ノ》道消《エ》、君子《ノ》道長《さかんナルニ》㆒也。

此《ノ》詩《ハ》元祐入相《ノ》時之作。

（以上、『千家詩』、王相注）

是他入相時的作品、以葵藿傾陽自比、表示躊躇満志的態度（彼が朝廷に入り宰相に就いた時の作品で、「葵藿」が日に向って傾くことをもって自らになぞらえ、得意満面の様子を表している）。

（以上、陳衍『宋詩精華録』）

（以上、陳伯谷『宋詩選講』）

第一句は、世の平和なこと。第二句は、南山が雲におおわれぬことをもって、天子の徳の明らかなこと。第三句は、柳絮をもって小人に比し、その乱飛しないことを以て、その屏息していること。そして第四句は、自分のひたすらな忠誠をうたったものという。

（以上、今関天彭・辛島驍『宋詩選』）

(1) 前半二句は、有徳の天子の出現によって天下が太平になったことを暗に示す。後半、第三句の〝もはや柳絮が飛ばない〟というのは、姦臣、とくに新法党の人々が力を失ったことを指し、第四句の「葵花」は忠臣、ここでは作者自身を、「日」は天子をたとえ、句全体で、作者の天子への忠誠心の表明となる。

(2) 純粋な叙景詩ととることも可能だが、〝君子や目上の人を仰ぎ慕う〟意を示す「葵藿傾陽」「葵藿之心」「葵傾」などの成句は、『淮南子』説林訓以来、南北朝、唐代にしばしば見られ、特に本詩の場合は前半の「南山」（〝繁栄する国家〟のイメージ）「清和」（天下太平の形容）の用法とも共鳴するので、やはり全体に寓意が込められていると見なすのが自然のように思われる。

結論：本詩は、元豊八年三月、神宗が崩じて哲宗が即位、王安石らの新法党が退けられて旧法党が復権し、中心人物の司馬光がまた都に戻ることになった、その折の感慨を、のどかな情景描写に託して詠じたものであろう。

（以上、宇野直人『研究資料漢文学5　詩Ⅲ』、一部要旨）

B説（寓意は存在するが、作詩時期を特定しない説）

(1) 陳衍『宋詩精華録』は「此詩元祐入相時之作」とするが、決してそうではない。『詩林広記』はこの詩を収め「居洛初夏作」に作り、引用の『東皐雑記』も「温公居《リテ》二洛陽《ニ》一、作《ル》二此《ノ》詩《ヲ》一」と明記している。よって、洛陽滞在期の作であるべきである。

(2) 後半の二句は、「わたしは風に吹かれるままに飛ぶ柳絮と同じではない（人に付和雷同したりしない、気軽に王安石になびいたりしない）、わたしのこの忠誠心は、たとえ洛陽で苦しい生活をしようとも、日に向う葵花のように変わらない」の意味である。

（以上、周慧珍『宋詩鑑賞辞典』、要旨）

陳衍『宋詩精華録』は「元祐入相時之作」とするが、詩題に「居洛」「客中」とあり、おのずから「入相時」ではない。陳氏はおそらく第三句を見て、新党が勢いを失ったことをいったと推測して判断したのであろうが、これはただ願望を述べたことばであって、ひたすら願う気持ちをこめただけである。

（以上、金性堯『宋詩三百首』）

C説（非寓意説）

引退中の、おそらくは独楽園でののどかな一齣をうたったものであろう。ところがどんな詩にでも寓意を読みとり作者の境遇なり不満なりと結びつけて解釈する人はいるもので、殊に中国の伝統的な注釈態度にそれが多い。（中略）我々は、このような解釈にとらわれることなく、素直に、初夏のすがすがしい戸外の様を味わえばよいのだ。

＊　中略の部分は、A説の解釈を述べる。

（以上、前野直彬・石川忠久『漢詩の解釈と鑑賞辞典』）

いまここで、改めてA～Cの三説を概括すれば、まず寓意の存在を認めるか否かにより、A・B両説とC説の二つに大別できる。

まず作者名、詩題を取り払って、純粋に本詩を吟味した場合、各句ののどの表現も、初夏の描写として一貫性があり特に不自然な箇所もなく、あえて寓意を読み取らずとも十二分に解釈可能であり、その点、C説の立場は一つの確かな見識に基づくものである。A・B両説を採る訳書も、殆ど全て通釈のレベルでは原詩に忠実な、初夏ののどかな光景を詠じた作品として、本詩を訳出している。したがって、この事実からもC説の一貫性は確かに補強されている。では、A・B両説はいわゆる単なる牽強付会の臆説なのかといえば、少なくともこの詩の伝承過程を考慮に入れると、そう簡単には断を下せない。

〔語釈〕においてすでに示したように、本詩は通行の司馬光の別集には収録されておらず、現存の文献で知り得る限りでは、詩話や童蒙の書『千家詩』によって伝播した作品である。そしてその淵源となるのが、初出文献『東皐雑録』ということになろう（『苕渓漁隠叢話』及び『詩林広記』に引く）。『東皐雑録』の記載は、「温公（司馬光）居《リ》洛陽《ニ》」で始まり、本詩四句を引用した後、「愛君忠義之志、概見《ス》於此《ニ》」の語で結ばれている。このように、本詩は初出文献の時点で、司馬光の洛陽客寓期の作、寓意あり、という情報をすでに付加されており、A・B両説の如き読みが期待されて詩が提示されていたことになる。したがって、C説の立場はむろん尊重されて然るべきだが、本詩の伝承過程を念頭に置けば、むしろ寓意を読み取り解釈するのが自然であり、それを払拭した読み方の方がかえって不自然だということができるわけである。以上のような意味において、本詩に寓意を読み取るA・B両説の立場にも十分に由って来る根拠が存在している。

それでは続いて、A・B両説を検討する。A・B両説が本詩に寓意を読み取る、その最大の根拠は、ともに結句「惟有葵花向日傾」の存在であろう。本詩初出文献の『東皐雑録』の「愛君忠義之志、概見《ス》於此《ニ》」という語も、この句から導きだされたものに違いない。この句を足掛かりとする点で共通しながら、AB二説に分かれるのは、筆者が考えるにB説の事実誤認に起因しているように思われる。

B説（特に金氏の説）は、ともに陳衍『宋詩精華録』の「元祐入相時之作」という説に言及し、洛陽滞在中と明記する詩題と齟齬することからそれを否定し、A説の可能性を考証しないままにB説を提示している。しかし、陳衍のコメントはおそらく大まかな経緯を述べたもので、「元祐年間に復権して宰相として入朝する直前の作」という程の意味で記したのに違いなく、細かな事実関係を踏まえたコメントではない。

清、顧棟高の『司馬太師温国文正公年譜』によれば、新法を擁護推進した神宗が死去し哲宗が即位したのが、元豊八年（一〇八五）三月七日、同年五月に司馬光に陳州知事の辞令と上京の命が下り、同月二三日上京して程なく、司馬光は門下侍郎（副宰相）を拝命した。そして、翌元祐元年（一〇八六）に尚書左僕射《ぼくや》（宰相）の位についている。事実関係に多少の誤認があるが、陳衍はこのような一連の経緯を指して、前掲のコメントを残したものと考えられる。したがって、元豊八年四月の時点では、司馬光にはまだ辞令は下っておらず、「居洛」「客中」という詩題も司馬光の経歴と決して齟齬せず、A説の主張はなお有効なわけである。

このように、寓意説の中では、詩意と司馬光の経歴とがもっとも緊密に連係するという意味において、A説がより高い妥当性をもつかのように見える。しかし、B説に妥当性がないかといえば、筆者はそうは考えない。結句を願望の表現とする金氏の解釈はやや原詩から離れるので難があるが、周氏の解釈はむしろ、『東皐雑記』の作者の考えに最も近いのではないかと考えられる。

　つまり、A説を代表して宇野氏のことばを借りれば、本詩の前半は「有徳の天子の出現によって天下が太平になったことを暗に示」したこととなり、A説の立場を採ると、「愛君忠義之志」どころか、司馬光は神宗崩御直後に神宗の治世に対し暗に痛烈な批判を加えたことになり、儒教倫理上はなはだ大きな問題を残すと考えられるからである。結果として、司馬光の忠誠心を強調するどころかそれと全く逆の効果をもたらす危惧すら生じかねない。

　周氏はおそらく本詩を洛陽赴任後程なくして作られたと考えたようである。前掲『司馬太師温国文正公年譜』によれば、司馬光は熙寧四年（一〇七一）四月に判西京留司御史台の任に着いている。洛陽着任の時期もやはり初夏四月であった。そして、司馬光の別集（『温国文正司馬公文集』巻一一。『全宋詩』五〇七-9-6172）には、洛陽着任後程なくして作られた次の詩が収録されている。

　　初到洛中書懐　　初めて洛中に到り懐ひを書す

三十餘年西復東　三十余年　西　復た東
労生薄宦等飛蓬　生を薄宦《はくかん》に労して　飛蓬に等し
所存旧業惟清白　存する所の旧業　惟だ清白
不負明君有樸忠　明君に負かず　樸忠《ぼくちゅう》有り
早避喧煩真得策　早に喧煩《けんはん》を避くるは　真に得策
未逢危辱好収功　未だ危辱《きじょく》に逢はざるは　功を収むるに好し
太平触処農桑満　太平　触るる処　農桑　満ち
贏取閭閻鶴髪翁　贏《か》ち取れり　閭閻《りょえん》鶴髪の翁

右の第3・4句は本詩の結句「惟有葵花向日傾」に相通じ、第7・8句は本詩の前半二句に通じよう。右の詩に司馬光の時政に対する不満を読み取ることも可能だが、何れにせよ、洛陽着任直後、神宗が健在で新法党の面々がまさに政治の中枢を握っていた頃に、司馬光が自らの忠義を強調し、太平をうたった詩句を残していることは注意されてよい。しかも、右の詩は司馬光の各種別集に全て収録され、司馬光自身の作である信憑性の極めて高い詩である。右の詩の存在は、B説周氏の主張を補強しているといってよいであろう。しかも、A説に比べ、B説周氏の主張の最大の利点は、本詩結句がうたうところの、主君に対する忠誠心が、自身が不遇であるがゆえにより強調され、しかも神宗～哲宗という皇位交替と無関係の一貫性が保持される点にある。

　以上の点を総括すれば、A～C各説にそれぞれ一定の論拠と説得力があり、甲乙つけがたいが、この詩が伝播した過程を前提に置き、しかも忠義を主張する司馬光の立場を考慮に入れれば、Bの周氏の説がより妥当であるように思われる。さらに、筆者の考えを付け加え、本詩の製作時期を限定すれば、前掲「初到洛中書懐」詩とほぼ同時の、熙寧四年（一〇七一）初夏四月、司馬光53歳の作とするのが妥当であるように思われる。

異同の所在　II

「葵花」が具体的に何の植物を指すか

異同の類別

A　フユアオイ（冬葵）を指す。
B　タチアオイ（蜀葵）を指す。
C　ヒマワリ（向日葵）を指す。

A説を採るもの：矢嶋美都子・宇野直人『研究資料漢文学5　詩III』。

B説を採るもの：山本和義等『中国文学歳時記　夏』、渡部英喜『漢詩歳時記』（新潮社、新潮選書、一九九二年）。

C説を採るもの：前野直彬・石川忠久編『漢詩の解釈と鑑賞事典』、石川忠久『中国古典詩聚花② 隠逸と田園』、劉学林・遅鐸『袖珍千家詩詞典』（陝西人民出版社、一九八九年）、竹内実・萩野脩二『閑適のうた　中国愛誦詩選』等。

異同の論拠

A説（冬葵説）

一説にヒマワリ、また一説に蜀葵（たちあおい）とするが、両者とも実際には向日性は無く、特にヒマワリは明末以降に中国に入った植物なので、ここでは冬葵のこととする説（青木正児「葵藿考」「向日葵」）に従う。冬葵の場合にも、日に向かって傾く性質があるのは花では無く、葉であるが、表現を優美にするため、花に向日性があるように詠ずる習慣があった。（以上、宇野直人『研究資料漢文学5　詩III』）

B説（蜀葵説）

(1) 向日葵は、北米原産で、中国に移植されたのは明末以降である。したがって、これが明以前の古典詩文に詠まれたことはない。

(2) 盛唐期以前に詠まれた葵は、大部分は蔬菜としての葵である。その葉がつねに太陽に向かって傾くことから、道や天子を敬慕することや天子への忠誠心に喩られた葵は、蔬菜の葵である。

(3) 中唐以降は、蔬菜の葵に代わって、観賞用花卉《かき》の蜀葵が、多く詩に詠まれるようになる。蜀葵は、六朝期にすでに賦の題材となっているが、当初は、花が太陽を向くという発想はなかった。ところが蔬菜「葵」との混同から、蜀葵は、花を太陽に向けるものとして、また転じては忠臣の象徴として、詩文に詠まれるようになった。中唐の戴叔倫の「葵花を歎ず」に「花開きて能く日に向かい、花落ちて蒼苔に委る」とあるのが、その初期の作例である。（以上、松原朗『中国文学歳時記　夏』、一部要旨）

C説（向日葵説）

言及されていない。

三説のうち、Cのヒマワリ説の可能性は、前掲両者の所説によって消滅したといってよいであろう。では、AB両説の何れが本詩の実態に近いのであろうか。結論を述べれば、筆者はB説が妥当であると考える。

まず、A説の論拠の一つとして挙げられている青木氏の二篇の文章についてここで事実関係を確認しておくと、まず青木氏の文章は全く本詩に関して言及していない。青木氏の文章は、「葵藿傾陽」等の成句に見られる「葵」が冬葵であること、向日性があるのはその花ではなく葉であること、蜀葵や黄蜀葵とは別種の植物であるが、後世（宋元以降）混同されたこと、蜀葵等と区別するため向日葵と呼ばれるようになったこと等を記し、ヒマワリとも混同されている「葵」を一つ一つ混乱の糸を解きほぐし、植物学的に検証したものである。したがって、A説を主張するためには、本詩の作者（司馬光）が、青木氏の指摘するような宋元以降の混同と誤認を犯すはずのないことを証明しなければならない。しかし、実際にはそれは甚だ困難であろう。

前掲B説の論拠にも挙げられている通り、すでに中唐期の蜀葵の花を詠じた詩に向日性がうたわれている事実が存在することは、そのおよそ二五〇年後の北宋中期にその傾向がより強まる可能性が高いことを予想させる。

蜀葵の向日性を詠じた作例ではないが、司馬光の当時、「葵花」＝蜀葵の花という認識が相当浸透していたことを見て取れる作例が存在する。例えば、蘇轍の「賦園中所有十首」其一〇（『欒城集』巻二）では、「葵花開已闌、結子圧枝重、長條困風雨、倒臥枕丘壟、憶初始放花、岌岌《きゅうきゅう》旌節聳……」とある。この詩では冒頭「葵花」と記すだけだが、「長條」や「岌岌旌節聳」という表現は、茎が直立し丈が二メートル前後になる蜀葵を詠じたものに違いない。この詩に和した蘇軾の詩（『蘇軾詩集』巻五、「和子由記園中草木十一首」其二、中華書局）にも「葵花雖粲《さん》粲《さん》、蒂《へた》浅不勝《たへ》簪」の句がある。冬葵の花は「大さ三四分許り（一センチ前後）」（青木正児「葵藿考」に引く小野蘭山『本草綱目啓蒙』の記載）であるから、この「葵花」も冬葵の花を指して詠じたとは考えられず、やはり蜀葵の花をいったものであろう。ちなみに、この蘇軾兄弟の作例は、治平元年（一〇六四）の作であり、司馬光の本詩よりも先行するものである。この蘇軾・蘇轍の作例は、司馬光の当時、特に「蜀葵花」と記さなくとも、「葵花」といえば蜀葵の花を指すことが一般的認識であったことを暗示していよう。

また、本詩の結句が目の前の実景を詠じたものとするならば、花としてそれなりに人目を惹くものを描写しているに違いない。近寄ってよく観察でもしない限りわからないほど、冬葵のように「至って小」（前掲書所引『本草綱目啓蒙』）さな花をわざわざ選び取ることは、本詩全編の叙景の姿勢としても不自然だと思われる。一方、蜀葵は観賞用の花卉であり、紅、白、黄、紫等の大型の花弁をつける。別名が「端午花」というように、一般的には陰暦の五月の初めに開花する。本詩がそのやや早咲きのものを詠じたのだとすれば、決して不自然ではあるまい。

以上、①中唐期にすでに蜀葵の花の向日性を詠じた作例が存在すること、②司馬光の当時、「葵花」＝蜀葵の花という認識が一般的であったと考えられること、③本詩が実景を詠じたとすると、冬葵の花は極めて小さく、本詩の叙景の姿勢とそぐわなくなること、④一方、蜀葵の花は大型で人目を惹き、開花の時期も本詩とほぼ適合すること、の四点から、本詩に詠じられた「葵花」は、おそらく蜀葵の花（B説）を指すと思われる。

（内山　精也）

蘇《そ》軾《しょく》

0 飲湖上初晴後雨二首　其二
湖上《こじやう》に飲《いん》し　初《はじ》め晴《は》れて後《のち》に雨《あめ》ふる二首《にしゆ》

1 水光瀲灩晴方好
水光《すゐくわう》　瀲灩《れんえん》として　晴《は》れて方《まさ》に好《よ》し

2 山色空濛雨亦寄
山色《さんしよく》　空濛《くうもう》として　雨《あめ》も亦《ま》た奇《き》なり

3 欲把西湖比西子
西湖《せいこ》を把《と》りて西子《せいし》に比《ひ》せんと欲《ほつ》すれば

4 淡粧濃抹總相宜
淡粧《たんしやう》　濃抹《のうまつ》　総《す》べて相《あ》ひ宜《よろ》し

テキスト　『全宋詩』七九二-14-9172　◆南宋刊本『東坡集』四　◆明、成化年間重修『東坡七集』『東坡集』四　◆南宋、紹興年間刊本『集注東坡先生詩前集』四　◆南宋、王十朋『(増刊校正)王状元集注分類東坡先生詩』一〇「燕飲上」　◆南宋、施元之・顧禧『注東坡先生詩』六（汎美図書公司影印本。但し巻六は欠巻部分。目録による）　◆明、茅維『東坡先生詩集』（王状元分類集注改編本）一七「燕集」　◆清、宋犖『施注蘇詩』六　◆清、査慎行『補注東坡先生編年詩』九　◆清、馮応榴『蘇文忠公詩合注』九　◆中華書局校点本『蘇軾詩集』九-2-430（清、王文誥『蘇文忠公詩編注集成』）　◆南宋、于済・蔡正孫『唐宋千家聯珠詩格』二「後聯散用人事格」　◆明、田汝成『西湖遊覧志餘』一〇「才情雅致」（上海古籍出版社、一九五八年）　◆明、袁宏道選・譚元春増刪『東坡詩選』二　◆清、陳焯『宋元詩会』二一　◆清、呉之振等『宋詩鈔』「東坡詩鈔」　◆清、周之鱗・柴升『東坡先生詩鈔』「七言絶」（『宋四名家詩選』）　◆清、陳訏『宋十五家詩選』「東坡詩選」　◆清、張景星等『宋詩別栽集（宋詩百一鈔）』八　◆民国、陳衍『宋詩精華録』二　◆『千家詩』七言千家詩上　◆江戸、村瀬石斎選『蘇東坡絶句』二

校語

0 **飲湖上初晴後雨二首**　『唐宋千家聯珠詩格』では「西湖」に作る。『千家詩』では「湖上初雨」に作る。

其二　『集注東坡先生詩前集（五注本）』『王状元集注分類東坡先生詩』『茅維改編集注分類本』では第一首に列す。

1 **水光**　『補注東坡先生編年詩』『蘇文忠公詩合注』に「一作湖（光）」の校語がある。『西湖遊覧志餘』では「湖光」に作る。

方　『唐宋千家聯珠詩格』『千家詩』『西湖遊覧志餘』では「偏」に作る。

2 **空濛**　『唐宋千家聯珠詩格』では「朦朧」に作る。

3 **欲**　『唐宋千家聯珠詩格』『西湖遊覧志餘』『蘇軾詩集』（王文誥編注集成本）では「若」に作る。

4 **總**　『宋本東坡集』『集注東坡先生詩前集』『王状元分類集注東坡先生詩』では「揔」に作る。「揔」は「總」に同じ。『千家詩』『補注東坡先生編年詩』では「也」に作る。『唐宋千家聯珠詩格』では「兩」に作る。

詩型・韻字 七言絶句。奇《き》・宜《ぎ》（上平声支韻〔支韻〕）。

語釈

0**飲** 「宴飲」に同じ。宴を催して酒を飲むこと。

湖上 「湖」は、杭州西湖。「湖上」は、A＝湖水の上、B＝湖のほとり、の二説ある。〔通釈〕ではA説を採った。〔諸説の異同〕I参照。

初晴後雨 本詩「其一」に、「朝曦迎《ヘテ》客《ヲ》艶《タリ》重岡、晩雨留《メテ》人《ヲ》入《ラシム》酔郷」とあり、朝から日中は晴れていたのが、夕暮時に雨に変わったことがわかる。

1**瀲灩** 音は「レンエン」(liàn yàn)、韻母をそろえた畳韻語。満ちあふれた水が揺れ動く様。西晋、木華の「海賦《ノ》」に「浟湙《ゆうえき》瀲灩《トシテ》、浮《カベテ》天《ヲ》無《シ》岸」とあり、李善は「瀲灩《トハ》、相《ヒ》連《ナル》之貌《かたち》」と注する（『文選』一二）。また『集韻』では、「水溢《ルル》皃《かたち》」と注する（巻八「去声下」）。詩の用例としては、南朝、梁の何遜「行《キテ》経范僕射《ノ》故宅《ヲ》」詩に、「瀲灩《タリ》故池《ノ》水、蒼茫《タリ》落日《ノ》暉」の句、中唐、盧綸の「上巳日《ノ》、陪《シ》斉相公《ニ》花楼宴《ス》」詩に、「樹色参差《トシテ》緑《ニ》、湖光瀲灩《トシテ》明《カナリ》」の句がある。また、「瀲灩」ではないが、晩唐の楊夔「送《ル》鄭谷《ヲ》」詩に「春江瀲瀲《トシテ》清《ク》且《ツ》急、春雨濛濛《トシテ》密《ニシテ》復《タ》疏」の対句があり、本詩前半二句はこれを踏まえるか。

方 「正」に同じ。それこそ、の意。

2**空濛** 音は「クウモウ」(kōng méng)、畳韻の語。小雨が降りしきり、ぼんやりかすむ様。南朝、斉の謝朓「観《ル》朝雨《ヲ》」詩に、「空濛《トシテ》如《ク》薄霧《ノ》、散漫《トシテ》似《タリ》軽埃《ニ》」とあり、呂延済は「空濛、雨《ノ》微《ナル》皃《かたち》」と注する（『六臣注文選』三〇）。

亦奇 「亦」は、同様にまた、の意。「奇」は、ぬきんでてすばらしい、の意。奇妙な、不思議な、の意ではない。

3**把** 「以」に同じ。目的語を前置するための（口語的）助字。

西子 春秋時代・越国出身の美女・西施のこと。「顰《ひそ》みにならう」の故事によって知られる。西施は胸を病んでおり、時折胸をおさえ苦しそうに眉をひそめることがあったが、それがまた美しいと評判だった。村の女がそれを真似たところ、その醜さに皆が逃げだした、という故事。『荘子』「天運篇」等に見える。ちなみに、現代漢語では「東施效顰 (Dōng Shī xiào pín)」といい、どこに長所があるかもわからず、むやみやたらに人を真似ることの喩として引用される（「東施」とは、「顰みにならう」った村の女を指す）。本詩の結句は、この故事から連想されたものであろう。

なお、西施は、呉王・夫差に敗れた越王・句践《こうせん》の屈辱を晴らすため、越の謀臣・范蠡《はんれい》によって、夫差に献呈された。夫差が西施の色香に迷ううちに、句践は態勢を立て直し、夫差を討ち呉を滅ぼした。亡国の美女でもある（『呉越春秋』五「句践陰謀外伝第九」、『越絶書』一二「越絶内経九術第十四」等）。

4**淡粧** 薄化粧。

濃抹 入念な化粧。厚化粧。「抹」は、ぬりつけること。なお、「淡粧」「濃抹」が、各〻西湖のどのような景色に対応するかについては、説が分れている。〔通釈〕では特定せず、訳出した。〔諸説の異同〕II参照。

総相宜 「総」は、すべて、みな、の意。「相宜」は、ぴったり似合う、ちょうどいい、の意。

通釈

西湖に船を浮かべて酒を飲んだところ、始めは晴れていたが、やがて雨に変わった。

満々と水をたたえた湖面が陽光を浮かべてきらきら輝き、晴れた西湖こそすばらしい。周りの山々がそぼ降る雨にぼんやりかすみ、雨降りの西湖もまたひとときわだ。

西湖をかの西施にたとえてみるならば、それは薄化粧も厚化粧も結局どれも美人にはよく似合う、といったところ。

諸説の異同

異同の所在　Ⅰ

「湖上」の解釈

異同の類別

A　湖面の上（船を湖に浮かべる）、とする解釈。

B　湖のほとり、とする解釈。

A説を採るもの：岩垂憲徳『蘇東坡詩集』（続国訳漢文大成、国民文庫刊行会、一九二八年）、近藤光男『蘇東坡』（漢詩大系17、集英社、一九六四年）、今関天彭・辛島驍『宋詩選』（漢詩大系16、集英社、一九六六年）、前野直彬編『宋詩鑑賞辞典』（横山伊勢雄執筆）東京堂出版、一九七七年）、佐藤保『中国の名詩鑑賞8　宋詩附金』、明治書院、一九七八年）、向島成美『中国古典詩聚花⑤山水と風月』（尚学図書、一九八四年）、松浦友久『中国名詩集―美の歳月』（朝日文庫、朝日新聞社、一九九二年）、田口暢穂編『漢詩・漢文解釈講座4　漢詩Ⅳ（中・晩唐以降）』（矢田博士執筆）昌平社、一九九五年）等。

B説を採るもの：入谷仙介『宋詩選』（中国古典選33、朝日文庫、朝日新聞社、一九七九年）、前野直彬・石川忠久編『漢詩の解釈と鑑賞事典』、矢嶋美都子・宇野直人『研究資料漢文学5　詩Ⅲ』（宇野直人執筆）明治書院、一九九二年）等。

異同の論拠

A説（湖面の上、とする解釈）

熙寧六年（一〇七三）正月二十一日、病後、知事の陳襄に招かれて城外に春を訪ねた。たまたま人から清酒を贈られたので、陳襄とともに酒のさかなは舟から釣り上げようと酒を携えて湖上に漕ぎ出した。

（以上、近藤光男『蘇東坡』）

＊A説を採る諸書が、右とほぼ同様の内容を記す。

B説（湖のほとり、とする解釈）

言及されていない。

いま案ずるに、名詞の後に置かれる方位詞「上」には、数種の意味があるが、物の表面・上部を表すA説の釈義、物の傍らを表すB説の釈義は、ともに古くから伝統的に使用されており、語法的に安定した用法である。

A説の方向を表す用例としては、『易経』下「渙」の象伝に、「風行《クハ》二水上《ニ》一渙《ナリ》」とある。B説のそれとしては、『論語』子《し》罕《かん》篇に、「子在《リテ》二川上《ニ》一曰《ハク》、逝者《クハ》如《キ》レ斯《クノ》夫……」等がある。

蘇軾は、詩題や詩中で「湖上」の語を用いることが多く、さらに詩題に「飲《ス》二湖上《ニ》一」とあるものも少なくないが、概ねABともに解釈可能で、何れか一方に特定するのは難しい。本詩も両様に解釈できるが、歴代の編年詩集で本詩の直前に載せられた二首の詩を考慮に入れれば、A説の方が実態により近いようである。二首の詩の篇題を以下に掲げる。

①「正月二十一日病後、述古邀《まねイテ》往《キ》二城外《ニ》一尋《ヌ》レ春《ヲ》」

②「有《リ》下以《テ》二官法酒《ヲ》一見《らルル》レ餉《おく》者上、因《リテ》用《ヒ》二前韻《ヲ》一、求《ム》三述古《ニ》為《ニ》移《シテ》レ廚《ヲ》飲《センコトヲ》二湖上《ニ》一」

①は、上官（知事）の陳襄（字、述古）が、病気休養中の蘇軾を、郊外の遠出に誘い、それに答えた詩。①の詩に陳襄が次韻した作品も現存する（「和《ス》下蘇子瞻通判在《リテ》二告中《ニ》一聞《キ》二余出《ガ》レ郊《ツルヲ》以《テ》レ詩《ヲ》見《ルルニ》寄《セ》上」詩、『全宋詩』四一五-8-5097）。

②は、人に酒を贈られたのを契機に、陳襄に西湖に舟を浮かべて酒を飲むことを提案した詩。詩中「欲《ス》レ艙《セント》　湖中赤玉鱗《ノ》」「遊舫已《ニ》粧《ヒテ》　呉榜穏《カナリ》」の句があることが、この点を傍証している。そして、本詩、実際に舟を浮かべての宴ということになったのであろう。

異同の所在　II

「淡粧」と「濃抹」は、各〻西湖の如何なる風景を指したものか

異同の類別

A　晴れた景色が「淡粧」を、雨の景色が「濃抹」を指すとする説。

B　晴れた景色が「濃抹」を、雨の景色が「淡粧」を指すとする説。

A説を採るもの：程千帆・沈祖棻『古詩今選』（上海古籍出版社、一九八三年）、毛谷風『宋人七絶選』（書目文献出版社、一九八七年）、鄧南・陳明貞『宋詩精華』（中国古典文学精華叢書、人民文学出版社、一九九二年）等。

B説を採るもの：岩垂憲徳『蘇東坡詩集』、王水照『蘇軾選集』（上海古籍出版社、一九八四年）、傅庚生・傅光『百家唐宋詩新話』（〔王水照執筆〕四川文芸出版社、一九八九年）、矢嶋美都子・宇野直人『研究資料漢文学5　詩III』（宇野直人執筆）等。

異同の論拠

A説（淡粧＝晴れ、濃抹＝雨とする説）

言及されていない。

B説（淡粧＝雨、濃抹＝晴れ、とする説）

本詩は二首連作で、第一首の冒頭「朝曦迎《ヘテ》レ客《ヲ》艶《タリ》二重岡《ニ》一、晩雨留《メテ》レ人《ヲ》入《ラシム》二酔郷《ニ》一」とあり、「朝曦（朝日）」を「艶」と称しており、（晴れた景色の方が）厚化粧と符合する。また、蘇軾の後の作品「次《ス》下韻仲殊雪中游《ブノ》二西湖《ニ》一二首《ニ》上」の其《ノ》二に「水光瀲灩《トシテ》　猶《ホ》浮《ベ》レ碧《ヲ》、山色空濛《トシテ》　已《ニ》斂《ム》レ昏《ヲ》」とあり、「雪」中の「山色空濛」の様を描いて、「斂昏（薄暗い中につつまれる）」としていることも、（雨の景色が）厚化粧と符合しない。この様に、晴れ模様を厚化粧になぞらえ、雨模様を薄化粧になぞらえるのが適当である。

（以上、傅庚生・傅光『百家唐宋詩新話』王水照評）

なお、王水照氏は右文の後、敢えていずれかを特定せず、この二句が、気象条件に左右されない西湖の美しさを、化粧の如何に左右されない西施の絶世の美貌と同様であることを、広く言ったものとする、別解を述べている。このAB両説何れにも与《くみ》しない別解と同様の説を採るものに、繆鉞等『宋詩鑑賞辞典』（陳邦炎執筆）があり、「今日この詩を鑑賞する際、是が非でも厚化粧、薄化粧をそれぞれ晴れ、雨に属すると解したならば、かえってこの完全無欠な比喩や、変幻自在の詩の構想を損なうことになるであろう」と述べている。

備考

(1) 本詩は、神宗の熙寧六年（一〇七三）、蘇軾が杭州にて迎えた二度目の春の作品である。時に蘇軾38歳。歴代の西湖を詠じた詩の中で、最も人口に膾炙した作品。殊に後半の二句は、後世「西湖の定評（誰もが認める不変の評語）」となった（陳衍『宋詩精華録』二）。西湖の別名「西子湖」は、本詩が愛誦された結果、南宋以降定着したものである。

本詩流行の影響はすでに北宋末〜南宋の詩詞の中に顕著に認められる。例えば、

長《つね》ニ愛シテ二東坡ヲ一眼不レ枯レ　解《よ》ク将《もっ》テ二西湖ヲ一比セリ二西子ニ一

（『詩話総亀』前集一六「留題門」に引く釈恵洪の詩）

莫カレレ言フ老子無シト二人ノ顧ミル一　猶ホ有リ三西施ノ作ス二淡粧ヲ一

（陸游「湖中ノ微雨戯レニ作ル」）

＊ 陸游は雨の西湖を「淡粧」と解していたことがわかる。

君不ヤレ見　若《も》シ把リテ二西湖ヲ一比セバ二西子ニ一　淡粧濃抹総ベテ相ヒ宜シキヲ

（劉過「古詩」）

坡ハ謂フ西湖正ニ如シト二西子ノ一　淡粧濃抹臨ム二鏡台ニ一

（劉過「沁園春・寄ス二辛承旨ニ一、時ニ承旨招クモ、不レ赴カ」詞）

除二-却セバ淡粧濃抹ノ句ヲ一　更ニ将テ二何ノ語ヲ一比セン二西湖ニ一

（武衍「正月二日泛ブ二舟ヲ湖上ニ一」）

等の句がある。また、元の方回は、「問フ二西湖ニ一」という詩の中で、本詩を踏まえ、宋が滅亡した原因が西湖にあることを詠じている。

誰将西子比西湖　誰か西子を将《もっ》て西湖に比する
旧日繁華漸欲無　旧日の繁華　漸やく無からんと欲す
始信坡仙詩是讖　始めて信ず　坡仙の詩は是れ讖《しん》なるを
捧心国色解亡呉　捧心の国色　解《よ》く呉を亡ぼす

（『桐江続集』巻二四）

杭州に遷都して以来、南宋の皇帝は、西湖の美しさに酔い痴れて、西湖の周辺に盛んに御苑や離宮を建造し、故国奪回の志をすっかり失ってしまった、といわれる。――蘇軾が西湖を西施に喩えたことが、〈讖〉＝予言となってしまった。西湖の美しさは、西施が呉を滅ぼしたように、宋王朝を滅ぼす結果になった、と方回は蘇軾の詩にからめて痛烈に風刺しているわけである。この詩において言及された西施の美しさは、呉を滅亡に追いやった亡国のそれである。

なお、本詩はわが国でも愛誦され、芭蕉が奥の細道の旅の途中に詠んだ「象潟や雨に西施がねぶの花」の句は、本詩を踏まえる。

(2) 西湖を西施の美貌になぞらえた本詩は、蘇軾にとっても得意の作であったらしい。「六月二十七日望湖楼酔書」における「跳珠」の同様、後年蘇軾は幾度か同類の表現を用いて杭州や穎州《えいしゅう》（安徽省阜陽市）の西湖をうたっている。

水光瀲灔トシテ猶ホ浮カベレ碧ヲ　山色空濛トシテ已ニ斂ムレ昏ヲ

（「次ス下韻仲殊ガ游ブノ二雪中西湖ニ一二首ニ上」其ノ二）

西湖真ニ西子　烟樹転ズ二眉目ヲ一

（「次ス三韻劉景文ノ登ルニ二介亭ニ一」）

祇ダ有リ三西湖ノ似タル二西子ニ一　故ニ応ニ二シ宛転為ニレ君ガ容《かたちづく》ル一

（「次シテ二前韻ニ一答フ二馬忠玉ニ一」）

西湖雖モレ小ナリト亦タ西子　縈《えい》流《りゅう》作シレ態ヲ清クシテ而丰《ほう》ナリ

（「再ビ次二-韻ス徳麟ノ新タニ開クニ二西湖ヲ一」）

これらの用例の中、前三例は一五年を隔てて再び知事として杭州を訪れた際に詠んだものである（最後は、元祐七年〔一〇九二〕、揚州知事の任に在る時の作）。「西湖」と「西子」の登場する三例は、本詩の存在を知らぬまま読んだならば、そもそもが風景と美女を比べるという奇抜な比喩ゆえに、些か唐突すぎる憾が残ろう。これらの用例も過去の自作を典故とした作例と見做すことができる。「六月二十七日望湖楼酔書」〔備考〕(2)参照。

また、直接〈西子〉にこそ触れないが、蘇軾が西施を意識して詠んだに違いないとする、南宋初期の人・陳善の次のような指摘もある。

東坡酷《きはメテ》愛西湖、嘗作詩云、「若把西湖比西子、淡粧濃抹総相宜」。識者謂此両句、已道尽西湖好処。公又有詩云、「雲山已作歌眉斂、山下碧流清似眼」。予謂《おもへラク》此詩又是為《たル》西子写生也。要識西子、但看西湖、要識西湖、但看此詩。（『捫蝨《もんしつ》新話』上集巻一）

ちなみに、「雲山已作……」の句は、前掲「次韻仲殊雪中游西湖二首」其二と同時期の作で、「次韻曹子方運判雪中同《ともニ》游西湖」詩に含まれている。

（内山　精也）

0 春夜

春夜《しゅんや》

1 春宵一刻直千金

春宵《しゅんせう》　一刻《いつこく》　直《あたひ》　千金《せんきん》

2 花有清香月有陰

花《はな》に　清香《せいかう》有《あ》り　月《つき》に　陰《かげ》有《あ》り

3 歌管樓臺聲細細

歌管《かくわん》　楼台《ろうだい》　声《こゑ》　細細《さいさい》

4 鞦韆院落夜沈沈

鞦韆《しうせん》　院落《ゐんらく》　夜《よる》　沈沈《ちんちん》

テキスト　『全宋詩』八三一-14-9608　◆明、成化年間重修『東坡七集』続集二（四部備要本）　◆明、万暦年間『重編東坡先生外集』四（内閣文庫蔵本、八六巻）　◆明、茅維『東坡先生詩集』〔王状元分類集注改編本〕二二「時序」（汲古書院『和刻本漢詩集成』宋詩13所収三二巻本、江戸、正保四年〔一六四七〕刊本）　◆清、馮景『施注蘇詩続補遺』巻下（広文書局影印、古香斎十種本）　◆清、査慎行『補注東坡先生編年詩』四七「補編詩」（新文豊出版公司影印本）　◆清、馮応榴『蘇文忠公詩合注』四九「補編詩」（中文出版社影印本）　◆中華書局校点本『蘇軾詩集』四八-8-2592　◆南宋、楊万里『誠斎詩話』（丁福保『歴代詩話続編』所収）　◆南宋、魏慶之『詩人玉屑』八「誠斎論東坡介甫詩流麗相似」条　◆南宋、劉克荘『分門纂類唐宋時賢千家詩選（後村千家詩）』六「昼夜門」　◆南宋『錦繡万花谷』後集三「春門」（上海辞書出版社、明、嘉靖年間刊本影印本、一九九二年）　◆『千家詩』七言千家詩上　◆明、李蓘『宋藝圃集』四（四庫全書文淵閣本）　◆清、周之鱗・柴升『東坡先生詩鈔』「七言絶」（『宋四名家詩選』の一、早稲田大学図書館蔵、江戸、天保一二年〔一八四一〕和刻本）　◆江戸、津阪東陽編・斎藤拙堂評『絶句類選評本』一「節序」　◆江戸、村瀬石斎選『蘇東坡絶句』四（汲古書院『和刻本漢詩集成』宋詩11所収四巻本、江戸、文化一四年〔一八一七〕刊本）

校語

0**春夜** 『千家詩』『宋藝圃集』では「春宵」に作る。
1**直** 『(茅維改編)東坡先生詩集』『蘇文忠公詩合注』『蘇軾詩集』『千家詩』『東坡先生詩鈔』『蘇東坡絶句』では「値」に作る。
3**聲細細** 『誠斎詩話』『詩人玉屑』『絶句類選評本』では「人寂寂」に作る。
4**沈沈** 『詩人玉屑』『錦繡万花谷』では「深深」に作る。

詩型・韻字

七言絶句。金《きん》・陰《いん》・沈《ちん》(下平声侵韻〔侵韻〕)。

語釈

1**春宵** 春の夜。白居易「長恨歌」に、「雲鬢花顔金歩揺《きんぽよう》、芙蓉帳《ノ》暖《カニシテ》度《ル》二春宵《ヲ》一、春宵苦《シンデ》レ短《カキニ》日高《クシテ》起《ク》、従《リ》レ此君王不二早朝《セ》一」の句がある。本詩起句は、中国近世の戯曲作品では、「長恨歌」のイメージ(新婚初夜)が重ねられ、新婚の夜を大事に過ごす戒めのことばとして、しばしば引用されている(元、王実甫「西廂記」、明、梅禹金「崑崙奴」等)。

一刻 ほんの短い時間。古代の水時計(漏)の時間の単位で、一昼夜を百等分した長さ。およそ一五分。現代漢語でも一五分を一刻という。なお、現代中国で、本詩起句に由来する「一刻千金」の語が、成語として用いられている。時間の貴重なことをいう場合に引用される。

直 「値」に同じ。

千金 非常に高価な喩え。『史記』平準書に「一黄金一斤」とあり、『索隠』に「秦以《ハテ》二一鎰《ヲ》一為《シ》二金《ト》一、漢以《ハテ》二一斤《ヲ》一為《ス》二一金《ト》一」と注する(「一鎰《イツ》」=二〇両〔三二〇グラム〕で、「一斤」=一六両〔二五六グラム〕)。ちなみに、漢代の換算法によれば、「千金」は二五六キログラムの黄金に相当する。

2**月有陰** 月に薄雲がかかったさまをいう。おぼろ月。一説に、「陰」は、影=月光をいう、とする(王啓興等『千家詩新注』、湖北人民出版社、一九八一年)。「陰」を「蔭(おおう)」の意にとり「月光が大地を普く照らす」と解する(石一丁『千家詩新釈』、巴蜀書社、一九九〇年)ものもある。ともに採らない。

3**歌管** 歌声と笛の音。「管」は管楽器、笛や笙の類。

4**鞦韆** ぶらんこ。寒食〜清明節の頃、高木に五色の縄を吊り下げ行なう。女子の遊び。鞦韆の遊びは、春秋時代、斉の桓公が北方異民族の山戎を討ちに遠征して以来、中国に伝わったとされ、そのため「山戎戯」とも呼ばれた(南宋、陳元靚『歳時広記』一六に引く『古今芸術図』)。また一説に、元来「千秋」と呼ばれ、漢の後宮で宮女たちが天子の長寿を祝うため行なう遊戯であったのが、やがて「秋千」と転倒して呼ばれるようになり、さらに革偏をつけて表記されるようになった、という(『歳時広記』一六「後庭戯」)。また、唐の玄宗は、寒食節になると官女をぶらんこで遊ばせ、それを「半仙戯」と呼んだ、という(『開元天宝遺事』)。

院落 庭、中庭。家屋の前後の、塀や棚で囲まれた空間をいう。本詩のように「楼台」と対で用いられることが多い。例えば、中唐、白居易「宴散《ズ》」詩に、「笙歌帰《リ》二院落《ニ》一、灯火下《ル》二楼台《ヲ》一」の句が、北宋の王安石「山陂」詩に「山陂《ノ》院落今挼《もみ》レ種《ヲ》、城郭《ノ》楼台已《ニ》放《ツ》レ灯《ヲ》」の句がある。

沈沈 深くしずむさま。ここでは、夜がふけていくさま。晩唐、羅隠「秋夜寄《ス》二進士《ノ》顧栄《ニ》一」詩に、「秋河耿耿夜沈沈、往事三更尽《ク》到《ル》レ心《ニ》」の句がある。

通釈

春の夜

春の夜は、ほんのひとときが千金の値打ちがあるほど素晴らしい。花は清らかな芳香を漂わせ、月は薄雲がかかっておぼろにかすむ。

たかどのからにぎやかに漏れていた歌や笛の音も、今やかすかに聞こえるばかり。中庭にはぶらんこがひっそり垂れ下がり、夜はしんしんと更けてゆく。

諸説の異同

特記事項なし。

備　考

(1)　本詩は、宋代の古い蘇軾の別集（『東坡集』『東坡後集』『王状元集百家注分類東坡先生詩』『施顧注蘇詩』）には、何れも収録されていない集外詩（逸詩）である。現在確認し得る範囲で初出の文献は、南宋、楊万里（一一二四—一二〇六）の『誠斎詩話』である。『誠斎詩話』では、本詩と王安石の「夜直」詩を並べた後、末尾で「二詩流麗相似、然亦有甲乙」と、暗に優劣の評価を下している。王安石の「夜直」は、以下の通りである。

金爐香燼漏声残　金爐《きんろ》　香燼《こうつ》きて　漏声残《ろうせいざん》し
翦翦軽風陣陣寒　翦翦《せんせん》たる軽風　陣陣の寒
春色悩人眠不得　春色　人を悩まして　眠り得ず
月移花影上欄干　月は花影を移して欄干に上らしむ

誠に甲乙つけがたい二首であり、即座に何れか一方に軍配を挙げるのは困難を極める。しかし、評者、楊万里の平素の詩観に鑑みれば、彼がより高く評価したのは、おそらく王安石「夜直」の方であろう。

楊万里は、『誠斎詩話』の別の箇所で、「五七字絶、句最《モ》少《ナク》、最《モ》難《シ》レ工《ミナリ》。雖《モ》二作者《ト》一亦難《シ》レ得《ルコト》二四句全好《クシキ》者《ヲ》一。晩唐人《ノ》與《ト》二介甫（＝王安石）一最《モ》工《ミナリ》レ此《ニ》」と、絶句の名手として唯一実名を挙げて王安石を絶賛している。また、淳熙一四年（一一八七）、楊万里が64歳の時、自ら編んだ詩集の序文でも、「学《ブ》二半山老人《ノ》七字絶句《ヲ》一」と、王安石の七言絶句を学んだことを明記している（「誠斎荆渓集《ノ》序」）。この他、「読《ム》レ詩《ヲ》」という絶句でも、「船中《ノ》活計只《ダ》詩編、読二了《シテ》唐詩《ヲ》一読《ム》二半山《ヲ》一、不《ンバ》二是《レ》老夫《ナラ》一朝不《レ》食《ハ》、半山《ノ》絶句当《ツ》二朝餐《ニ》一」（半山は王安石の号）と詠じ、王安石の絶句への傾倒ぶりを見せている。これらの事実は、楊万里が最終的に蘇軾と王安石のどちらを選んだかを間接的に物語っているといえよう。

(2)　本詩は集外詩であり、したがって、作詩時期等、作品の背景にある事情は全くわからないが、わが国の多くの注釈書（小川環樹『蘇軾下』〈中国詩人選集二集、岩波書店、一九六二年〉、芦田孝昭『中国詩選四』〈教養文庫、社会思想社、一九七四年〉、佐藤保『中国名詩鑑賞8』〈明治書院、一九七八年〉、宇野直人『研究資料漢文学5　詩Ⅲ』〈明治書院、一九九二年〉等）が言及するように、おそらく蘇軾の若い頃の作品であろう。

祖本が南宋後期の編とされる『重編東坡先生外集』（明、万暦三六年刊）では、本詩は巻四に編せられている。『外集』に収録された作品は、基本的に編年編集されており、巻四には「史館、居憂、杭倅」という標題が付されている。「史館」とは、最初の任官地の鳳翔より都の開封に帰った蘇軾が試験に合格し、館職の直史館を得て都に滞在した時期（治平二年〔一〇六五〕二月―治平三年六月）を指し、「居憂」とは、父の蘇洵が死去し、故郷の眉山にその亡骸を埋葬し喪に服した時期（治平三年六月―熙寧元年〔一〇六八〕七月）を指す。そして、「杭倅」とは、父の喪が明け都に戻った二年半後に任命された杭州通判在任期を指す。「春夜」詩の前に「杭州」「西湖」の名を含む詩が列せられていることを考慮すると、『外集』の編者は本詩を蘇軾の杭州通判在任時の逸詩と判断したようである。『外集』の編集状況に基づけば、本詩は熙寧五―七年（一〇七二―七四）の間の寒食節の作ということになろう。蘇軾、37～39歳の頃である。

一説に、本詩を若い頃宮中に宿直した当時（おそらくは『外集』にいう「史館」の時期を指す）の作とするものもある（その基づく理由は未詳。おそらく、「鞦韆」の語がその根拠となったものと思われるが、「鞦韆」の遊戯は唐宋時、宮中のみならず、民間でも広く行なわれており、この語をもって宮中宿直の作と判断することは困難である）。

なお、この他にも春の朧月夜を詠った蘇軾の次のような詩が伝わっている。「寒食夜」と題するこの詩も、本詩同様、集外詩であるが、人気のない中庭を描き、ぶらんこも登場する等、共通点が少なくない。参考として以下に掲げる。

漏声透入碧窓紗　漏声　透《とほ》り入る　碧窓紗《へきそうしゃ》
人静鞦韆影半斜　人静かにして　鞦韆　影　半ば斜めなり
沈麝不焼金鴨冷　沈麝《ちんしゃ》　焼かず　金鴨《きんおう》冷やかに
淡雲籠月照梨雲　淡雲　月を篭《こ》めて　梨花を照らす

○沈麝―香の名。○金鴨―鴨の形をした香炉。

（『東坡続集』巻二）

(3) 最後に、本詩が後世の文学に与えた影響について簡単に触れておく。本詩起句が元明の戯曲の中で引用された点については、すでに〔語釈〕において言及した。その他、明の唐寅は本詩を踏まえる次のような詩を残している。

花月吟效連珠体十一首　其四　　花月吟　連珠体に効ふ十一首

春宵花月直千金　春宵の花月　直《あたひ》千金
愛此花香与月陰　此の花香と月陰とを愛す
月下花開春寂寂　月下　花開いて　春　寂寂
花梢月転夜沈沈　花梢　月転じて　夜　沈沈
杯邀月影臨花酔　杯は月影を邀《むか》へて　花に臨んで酔ひ
手弄花枝対月吟　手は花枝を弄して　月に対して吟ず
明月易虧花易老　明月　虧《か》け易く　花　老い易し
月中莫負賞花心　月中　負《そむ》く莫かれ　花を賞《め》づるの心

（『唐伯虎全集』巻二、「七言律詩」）

また、本詩はわが国でも江戸時代に流行し愛誦された。例えば其角の俳句、

夏の月　蚊を疵にして　五百両

や、蕪村の「もろこしの詩客は千金の宵をしみ、我朝の歌人はむらさきの曙を賞す」と前書きのある句、

春の夜や　宵あけぼのの　其の中に

にその流行のほどを知ることができる。また、幕末の漢詩人・日柳《くさなぎ》燕石《えんせき》には、「春暁」と題す次のような七絶もある。

花気満山濃似霧　花気　山に満ちて　濃《こま》やかなること霧に似た

り

嬌鶯幾囀不知処　嬌鶯《きょうおう》　幾たびか囀り　処を知らず
吾楼一刻価千金　吾が楼　一刻　価千金なるは
不在春宵在春曙　春宵に在らずして春曙《しゅんしょ》に在り

（内山　精也）

0題西林壁　西林《せいりん》の壁《かべ》に題《だい》す

1横看成嶺側成峯　横《よこ》に看《み》れば嶺《れい》と成《な》り　側《かたはら》には峯《ほう》と成《な》る
2遠近高低無一同　遠近《えんきん》　高低《こうてい》　一《いつ》も同《おな》じき無《な》し
3不識廬山眞面目　廬山《ろざん》の真面目《しんめんもく》を識《し》らざるは
4只縁身在此山中　只《た》だ　身《み》の　此《こ》の山中《さんちゅう》に在《あ》るに縁《よ》る

テキスト　『全宋詩』八〇六—23—9339　◆南宋刊本『東坡集』一三　◆明、成化年間重修『東坡七集』『東坡集』一三　◆南宋、紹興年間刊本『集注東坡先生詩前集』一三（北京図書館蔵本。本文欠。目録のみ）◆南宋、王十朋『（増刊校正）王状元集注分類東坡先生詩』七「山岳」◆南宋、施元之・顧禧『注東坡先生詩』二一　◆明、茅維『東坡先生詩集』（王状元分類集注改編本）二三「寺観」◆清、宋犖『施注蘇詩』二一　◆清、査慎行『補注東坡先生編年詩』二三　◆清、馮応榴『蘇文忠公詩合注』二三　◆中華書局校点本『蘇軾詩集』二三—4—1219（清、王文誥『蘇文忠公詩編注集成』）◆蘇軾『東坡志林』一「記遊」（唐宋史料筆記叢刊、五巻、中華書局、一九八一年）◆北宋、恵洪『冷斎夜話』七（中華書局、一九八八年）◆明、袁宏道選、譚元春増刪『東坡詩選』五　◆清、周之鱗・柴升『東坡先生詩鈔』「七言絶」（『宋四名家詩選』）◆清、沈徳潜『宋金三家詩選』「東坡詩選」下（斉魯書社影印本、一九八三年）◆清、乾隆帝『唐宋詩醇』三七　◆民国、陳衍『宋詩精華録』二　◆江戸、津阪東陽編・斎藤拙堂評『絶句類選評本』六「遊覧」◆江戸、村瀬石斎選『蘇東坡絶句』三

校語

2**遠近高低無一同**　『東坡志林』では「到処看山了不同」に作る。『冷斎夜話』では「遠近看山了不同」に作る。

無一同　『注東坡先生詩』『施注蘇詩』『補注東坡先生編年詩』『蘇文忠公詩合注』では「各不同」に作る。『蘇軾詩集』『全宋詩』では「總不同」に作る。本稿は原則として『全宋詩』を底本とするが、ここでは南宋刊本『東坡集』に従う。

詩型・韻字

七言絶句。峯《ほう》（上平声冬韻〔鐘韻〕）・同《どう》・中《ちゅう》（上平声東韻〔東韻〕）通押。

語釈

0**題**　①詩を作る、②詩を建物の壁や柱に書き付ける、の二義あるが、ここでは②「題識《だいし》・題写」の意。

西林　廬山（江西省九江市の南）の西北の麓にある古刹・西林寺のこと。北宋、陳舜兪の『廬山記』（巻一「叙山北篇第二」、内閣文庫所蔵宋刊五巻本）によれば、西林寺は、もともと東晋の沙門曇現の禅室であったが、後その高弟・恵永禅師がここに居住し、太和二年（三六七）、当時江州刺史であった光禄卿の陶

範が恵永のために寺院を建てたのが始まり、という（但し、太元二年〔三七七〕の創建というのが一般に行なわれている説である）。北宋の太平興国年間に、乾明寺と改名した。一時、伽藍は失われたが、現在修復中という。また、唐の開元年間創建の七層からなる西林塔が残っている。東晋の高僧・慧遠《えおん》の名声によって、東林寺の方が広く内外に知れわたっているが（東林寺は中国八大道場の一つに数えられる）、創建の時期は西林寺の方がやや早い（東林寺は東晋、太元一一年〔三八六〕の創建。但し陳舜兪『廬山記』では太元九年とする）。

本詩は、元豊七年（一〇八四）四月、蘇軾49歳の作である。元豊二年（一〇七九）七月、知事として湖州（浙江省湖州市）に在る時、蘇軾は御史官によって弾劾され、御史台の獄に繋がれた（烏台詩案）。同年年末、死一等を減ぜられ、黄州（湖北省黄州市）に流され、ここで丸四年間を過ごし、この年の正月、汝州団練副使移任の命を受け、ようやく黄州での幽閉生活から解き放たれた。蘇軾は、四月の初旬、黄州を離れ船で長江を下り、中旬に九江に到着し、かねてからの願望であった廬山の名所巡りを一〇日余り楽しんだ。本詩を詠む直前には、東林寺をも訪れている。〔備考〕(1)参照。

1 **横看**　横に見わたす。

嶺　ひと連なりの山なみ。

側成峯　「側看成峯」というのを縮めた言い方。「側」は、かたわら。「峯」は、聳え立つ山のピーク。

南宋初期の人・姚寛は、この句が南山宣律師『感通録』の「廬山七嶺、共会於東、合而成峯」という語を踏まえる、とする（『西渓叢語』下、中華書局、唐宋史料筆記叢刊本）。

2 **無一同**　一つとして同じ様子のものはない、の意。『注東坡先生詩』は、「各不同」に作り、注として『華厳経』の「於一塵中、大小刹種種差別如塵数、平坦高下各〻不同、仏悉往詣、各〻転法輪」という経文を引いている。

3 **真面目**　本当の姿。実相。

4 **縁**　「因」の類語。……という理由からである、の意。王安石の「登飛来峯」詩に、「不畏浮雲遮望眼、自縁身在最高層」の句がある（『臨川先生文集』三四）。王安石の詩は、慶暦七年（一〇四七）の作であり、本詩に先行する。そのため、本詩が王安石の詩に触発されたと指摘するものもある（『百家唐宋詩新話』〔蔡中民執筆〕、四川文芸出版社、一九八九年）。

通釈

西林寺の壁に書きつけた詩

横にずっと眺めやると、ひと連なりの山脈となり、傍から見上げると、険しく聳え立つ峰となる。見る位置の遠近・高低にしたがって、山容は一つとして同じではない。

廬山の真の姿が見極められないのは、それはただ自分がこの山の中にいるからに他ならないのだ。

諸説の異同

特記事項なし。

備考

(1)　元豊七年（一〇八四）四月、廬山を訪れた蘇軾は、山麓に点在する仏教寺院を巡り、僧侶と交流しつつ、廬山の自然を愛《め》で楽しんだ。この廬山滞在中に蘇軾は計一二首の詩を詠み、簡単な遊記も書き残している。「記スレ遊ブヲ二盧山ニ一」と題するその遊記を参考として以下に掲げる。

僕初メテ入レバ二盧山ニ一、山谷奇秀、平生所ニシテレ未ダレ見ル、殆ド応接ニ不レ暇アラ、遂ヒニ発シテレ意ヲ不レ欲セレ作ルヲレ詩ヲ。已ニシテ而見レバ二山中ノ僧俗ヲ一、皆云フ、「蘇子瞻来レリ矣ト」。不レ覚エ作リテ二一絶ヲ一云フ、「芒鞵《ぼうかい》青竹ノ杖、自ラ挂ケテ二百銭ヲ一遊ブ。可レ怪シム深山ノ裏、人人識ルト二故侯ヲ一」。既ニ自ラ哂《わら》ヒ二前言之謬ヲ一、又復タ作リテ二両絶ヲ一云フ、「青山若クレ無キガレ素、偃蹇《えんけん》トシテ不二相親シマ一。要セバレ識ルヲ二盧山ノ面ヲ一、他日是レ故人ナラント」。又云フ、「自リレ昔憶ヒ二清賞ヲ一、初メテ遊ブ杳靄《ようあい》ノ間。如今不二是レ夢ナラ一、真ニ箇レ是レ盧山ナリト」。是ノ日有リテ下以テ二陳令舉（陳舜兪）ノ『盧山記』ヲ一見ラルル寄セ者上、且ツ行キ且ツ読ミ、見テ三其ノ中ニ云フヲ二徐凝、李白之詩ヲ一、不レ覚エ失笑セリ。旋イデ入ル二開元寺（開先寺の誤り）ニ一、主僧求メレ詩ヲ、因リテ作リテ二一絶ヲ一云フ、「帝遣メ二銀河一派ヲ垂レ一、古来惟ダ有リ二謫仙ノ辞一。飛流濺沫知ル多少ゾ、不下与《ため》ニ二徐凝ノ一洗ハ中悪詩ヲ上」。往二来スルコト山南ノ北ヲ一餘日、以為スニ勝絶不レ可カラ二勝ゲテ談ズ一、択ベバ二其ノ尤ナル者ヲ一、莫シレ如クニ二漱玉亭、三峡橋ニ一、故ニ作ルニ此ノ二詩ヲ一。最後ニ与二摠（総に同じ）老一同《とも》ニ遊ビ二西林ニ一、又作リテ二一絶ヲ一云フ、「横看成嶺側成峯〜ト」。僕盧山ノ詩尽クニ於此ニ一矣。

（『東坡志林』巻一、『蘇軾文集』、中華書局〔明、茅維編七五巻本〕では巻六八「題跋」に収録し、題は「自ラ記スニ盧山ノ詩ヲ一」に作る）

右の文によれば、蘇軾が盧山で作った詩の掉尾を飾るのが本詩である。歴代の蘇軾編年詩集では、本詩を含む一二首の盧山詩の配列が一定ではない。ちなみに、各本において本詩の置かれた位置を記せば、

(a)『東坡集』→第一〇首目。末尾が、「盧山二勝」の二首。
(b)『宋刊施注本』→(a)に同じ。
(c)『清刊施注本』→(a)に同じ。
(d)『査注本』→第五首目。「初メテ入ル二盧山ニ一三首」「贈ル二東林総長老ニ一」の後。
(e)『合注本』→(d)に同じ。
(f)『編注集成本』（中華書局『蘇軾詩集』）→第一二首目。

というようになる。右の文において引用もしくは言及された詩は計七首であるので、残りの五首を含めた計一二首の最終的な制作順序は現在知る術はない。しかし、この七首に限っていえば、右文と順序が符合するのは、(a)〜(f)の中、わずかに(f)だけである。(f)の編者、王文誥は、現存する蘇軾の伝記研究の中で、最も詳細かつ精確な『蘇詩総案』四五巻を残しており、その中で王文誥は、右の文に基づき従来の編年詩集における配列を改めたことを明記している（『蘇詩総案』二三）。

さて、右の文によって本詩が、蘇軾が慧遠ゆかりの古刹、東林寺を訪れた後、東林寺の住持・常総とともに西林寺に遊び、その折、寺の壁に書き付けたものであったことがわかる。恵洪『禅林僧宝伝』二四（四庫全書本）の記事によれば、常総は元豊三年（一〇八〇）に東林寺が禅寺に変わった時、請われて初代の住持となり、元祐四年（一〇八九）には照覚大師の称号を贈られた、という高僧である。このように、本詩は盧山諸寺を代表する高僧との交流の最中に作られた。しかも、本詩の後半では、哲理が展開されているため、本詩を純粋な詩としてとらず、「偈」（梵語gāthāの略。仏の功徳を讃える四句から構成される韻文）としてとらえる解釈が、すでに北宋末〜南宋初には行なわれている（胡仔『苕渓漁隠叢話前集』三九に引く、恵洪『冷斎夜話』。但し、

中華書局校点本『冷斎夜話』とは異同がある)。

もっとも、別集収録の蘇軾自身が「偈」と明記した諸作品と比較すると、やはり本詩は質を異にしており、純粋な「偈」と見做すのも無理のようである。清の紀昀《きいん》は本詩を評して、「亦是禅偈。而不甚露禅偈気、尚不取厭。以為高唱則未然」(『紀文達公評蘇文忠公詩集』二三)と述べている。このコメントには、紀昀が本詩を「偈」と見做すか「詩」と見做すかで苦慮した跡が如実に表れ出ているが、かえってそれが本詩の性格を的確に表現しているように思われる。「偈」を作るという意識はないまでも、その濃厚な宗教的雰囲気の中で、おそらく蘇軾も第一の読者である常総を意識しつつ、故意に禅味豊かな本詩を作り上げたのだと思われる。

何れにせよ、宋以降の禅宗の普及に伴い、本詩のように禅僧との交流の中で生まれ、禅味に富む作品は、禅宗の僧侶から愛好された。わが国でも、五山の僧侶が蘇軾の詩を愛好し、その詩を講義したことは著名な事例である。五山僧における当時の蘇軾詩愛好の様子を現在に伝えるものに、彼らが蘇軾詩に注釈を加えた『四河入海』二五巻が伝わっている。また、中国でも、明末に、蘇軾の禅関連の詩文・言行を集めた『東坡禅喜集』(徐長孺輯、唐元徴刻、九巻本。この他、同題の二巻、四巻、一四巻本が現存する)が編纂刊行され、わが国にも伝えられている。

(2) 盧山と蘇軾のつながりについて少し補足する。前掲『東坡志林』の文に引用された詩の中で、蘇軾は「自昔憶清賞、初遊杳靄間。如今不是夢、真箇是盧山」(「初入盧山三首」其二/『蘇軾詩集』二三-4-1210、中華書局)と、盧山に入山した感動を率直に述べている。周知の通り、蘇軾はその一生の間、国内を東西南北縦横に旅しているが、ある名勝地を訪れて、そこに訪問することがかねてからの夢であった、というような直接表現で感動を表出することは意外に少なかった。蘇軾にとって盧山はそれほど特別な山であった、といえるであろう。なにゆえ、蘇軾にとって特別な山であったかといえば、次のような三点を指摘できる。

まず第一に、前述の通り、盧山が六朝以来の古刹が集中する仏教の聖地であったこと、第二に陶淵明の隠棲の地であったこと、第三に李白や白居易等唐代詩人によって称賛された天下に名高い風光明媚な土地であったこと、の三点である。

第三の点については、説明を要しまい。盧山は詩跡(歌枕)として古来盛んに詩に詠まれた土地であり、しかも李白、白居易という唐代の代表詩人が名篇を残した場所である。詩人としてすでに当代第一の評をほしいままにしていた蘇軾にとっても、盧山が作詩意欲を掻き立てるに足る十分刺激的な対象であったことは想像に難くない。

そして、第一、第二の仏教および陶淵明に対する傾倒は、何れも盧山を訪れる直前まで生活していた黄州において顕著になったものである。

仏教についていえば、母が篤い仏教徒であったこともあり、蘇軾は青年期から関心を寄せ、殊に杭州通判在任中は頻りに西湖周辺の仏寺に足を運び僧侶と交遊しているが、官吏であるという自覚からか、主としてそれは知的関心の域に止まっていた。しかし、黄州謫居の時期には、自ら東坡居士と号して仏典を愛読し、友人（陳慥）に殺生を戒めるよう勧めたり（「岐亭五首」の序文に見える。『蘇軾詩集』二三-4-1203）、鄂州（湖北省武漢市）の知事に、嬰児を殺す土地の悪習を改めるよう求める手紙を書き贈ったり（「与《フル》朱鄂州書《ニ》」『蘇軾文集』四九-4-1416）し、信仰の生活を実体験している。このように、仏教に対する理解を体験的に深めた時期を経て後の廬山詣《もうで》であるから、当時蘇軾が高僧との交流に以前には見られない格別な思い入れをしていたとしても決して不思議ではない。

最後に陶淵明について述べる。蘇軾は黄州に謫居して二年目、黄州の東の荒地を手に入れ、ここを東坡と名付けて躬耕《きゅうこう》の日々を開始した。当時友人・王鞏に宛てた書簡（「与《フ》王定国《ニ》」其《ノ》一三、『蘇軾文集』五二-4-1520）の中で、蘇軾はこの躬耕生活に触れ、「自欲《ラ》号《ス》鏖糟陂裏《セントおうそうひリノ》陶靖節《ト》」と述べ、自らを陶淵明に擬している。その号「東坡」が、陶淵明「帰去来の辞」の「東皐」を踏まえるという説もある（村上哲見「東坡詞札記　その二」『宋詞研究・唐五代北宋篇』所収、創文社、一九七六年）。また、おそらく黄州謫居の当時、廬山の東林寺で陶淵明の詩集が刊行された噂を耳にした蘇軾は、それを所望して入手すると、体調が思わしくない時に詩集を繙き一首だけ読むことを習慣とした。全て読み終えてしまうと、気を紛らわす楽しみが無くなることを恐れてのことであった（「書《ス》淵明羲農去《ガ》我久《ルコトヲ》詩《シノニ》」『蘇軾文集』六七-5-2091）。この時期、「江城子・陶淵明以《テ》正月五日《ヲ》遊《ビ》斜川《ニ》……」詞や「帰去来の辞」をアレンジした「哨偏」詞等の作品も残している。

陶淵明への共感を高めた晴耕雨読の日々に別れを告げた後、最初に訪れた名勝地が他ならぬ、陶淵明隠棲の地であった。「悠然《トシテ》見《ル》南山《ヲ》」、「此中有《ノニリ》真意」（「飲酒」其《ノ》五）と、陶淵明が詠じた境地を、蘇軾が追体験したいと願っていただろうと推論しても、決して穿ち過ぎではあるまい。

一二首の廬山詩の中に直接陶淵明に言及した詩は存在しないが、前掲文の二番目に引用された絶句（「初《メテ》入《ル》廬山《ニ》三首」其《ノ》一、『蘇軾詩集』二三-4-1209。歴代編年詩集では何れも第一首に編せられている）はそれを連想させる。後半二句、「要《セバ》識《ルヲ》廬山《ノ》面《ヲ》、他日是故人《ナラン》」とあり、蘇軾の自注に「山南山面也」とある。この自注は詩中の「廬山面」が廬山の南面を指すことをいったものであろう。そして、蘇軾が廬山を訪れた当時手にした陳舜兪『廬山記』には、陶淵明の故居が廬山の南、栗里にあったと明記されている（巻二「叙山南篇第三」）。とするならば、蘇軾があえて山の南側とわざわざ注した理由は、陶淵明との関連を無視しては考えられないであろう。したがって、以上の点を踏まえると、この二句は次のような詩意となろう。——廬山の真の姿を見極めようと思っても今はかなわぬこと。将来、陶淵明のように官を辞してこの地を訪れれば、廬山はきっと真の表情を見せてくれるだろう。

廬山で詠んだ詩の劈頭と掉尾に廬山の実相を極めんとする詩句があるのは、おそらく偶然ではない。これは単に蘇軾が廬山の持つ宗教的雰囲気に触発されたことを表すばかりではなく、「弁ぜんと欲して已に言を忘れた」という陶淵明の「真意」を、廬山にいる間、終始蘇軾が追求していたことを表しているように筆者には思われるのである。

以上の「題西林壁」詩の蘇軾の表現意図に関する諸問題については、内山精也「蘇軾〝廬山眞面目〟考─『題西林壁』の表現意図をめぐって─」(『中国詩文論叢』15、中国詩文研究会、一九九六年)を参照されたい。

(内山　精也)

0六月二十七日　六月《ろくぐわつ》二十七日《にじふしちにち》望湖《ばうこ》楼《ろう》酔書《すゐしよ》
望湖樓醉書

其一　其《そ》の一

1黒雲翻墨未遮山　黒雲《こくうん》　墨《すみ》を翻《ひるがへ》して　未《いま》だ山《やま》を遮《さへぎ》らず

2白雨跳珠亂入船　白雨《はくう》　珠《たま》を跳《をど》らして　乱《みだ》れて船《ふね》に入《い》る

3巻地風來忽吹散　地《ち》を巻《ま》き　風来《かぜきた》つて　忽《たちま》ち吹《ふ》き散《さん》ず

4望湖樓下水如天　望湖楼下《ばうころうか》　水《みづ》　天《てん》の如《ごと》し

テキスト

『全宋詩』七九〇-14-9154　◆南宋刊本『東坡集』三(宮内庁書陵部蔵本影印本、古典研究会叢書、漢籍之部16、汲古書院、一九九三年)　◆明、成化年間重修(『東坡七集』)『東坡集』三(四部備要本)　◆南宋、紹興年間刊本『集注東坡先生詩前集』三(北京図書館蔵本、五注)　◆南宋、王十朋『(増刊校正)王状元集注分類東坡先生詩』九「楼閣」(四部叢刊初編所収、二五巻本)　◆南宋、施元之・顧禧『注東坡先生詩』四(汎美図書公司影印本、四二巻)　◆明、茅維『東坡先生詩集』六「寓興」　◆清、宋犖『施注蘇詩』四(広文書局影印、古香斎十種本)　◆清、査慎行『補注東坡先生編年詩』七　◆清、馮応榴『蘇文忠公詩合注』七　◆中華書局校点本『蘇軾詩集』七-2-339(清、王文誥『蘇文忠公詩編注集成』)　◆南宋、呂祖謙『宋文鑑』二八　◆明、李蓘『宋藝圃集』四(四庫全書文淵閣本)　◆明、袁宏道選・譚元春増刪『東坡詩選』一(内閣文庫蔵本、一二巻)　◆清、陳焯『宋元詩会』二一(四庫全書文淵閣本)　◆清、呉之振等『宋詩鈔』「東坡詩鈔」　◆清、周之鱗・柴升『東坡先生詩鈔』「七言絶」(『宋四名家詩選』)　◆清、陳訏『宋十五家詩選』「東坡詩選」(早稲田大学図書館蔵、江戸、文政一〇年和刻本)　◆清、張景星等『宋詩別裁集(宋詩百一鈔)』八　◆清、乾隆帝『唐宋詩醇』三三　◆江戸、津阪東陽編・斎藤拙堂評『絶句類選評本』六「遊覧」　◆江戸、村瀬石斎選『蘇東坡絶句』二

校　語

0**六月二十七日望湖樓醉書**　『王状元集注分類東坡先生詩』『東坡先生詩集』『補注東坡先生編年詩』『蘇文忠公詩合注』『蘇軾詩集』『全宋詩』では末尾に「五絶」の二字がある。『注東坡先生詩』『施注蘇詩』では末に「五首」の二字がある。

詩型・韻字

七言絶句。山《さん》(上平声刪韻〈山韻〉)・船《せん》*・天《てん》(下平声先韻〈先仙*韻〉)通押。

語　釈

0**六月二十七日**　北宋第六代皇帝・神宗の熙寧五年(一〇七二)の晩夏六月。蘇軾、37歳。当時、中央では神宗の信任を得て王安石が政局を支配し、衆議を押し切り新法を断行していたが、蘇

軾はこれに真っ向から反対して外任を請い、熙寧四年六月、杭州通判（杭州は今の浙江省杭州市、通判は副知事）を拝命した。そして、同年一一月、杭州に着任している。〔備考〕(1)

望湖楼　杭州西湖の北東岸にあった楼。南宋、施諤『淳祐臨安志』（巻六「楼観」）によれば、乾徳五年（九六八）、呉越王・銭俶の創建で、看経楼ともいい、銭塘門外一里のところにあった（『咸淳臨安志』および『王状元集注分類本』に引く『〔杭州〕図経』の記述もほぼ同じ）。また、明、田汝成『西湖遊覧志』（巻八「北山勝蹟」）によれば、先徳楼ともいい、昭慶寺の前にあった。昭慶寺は現在の少年宮の辺りにあった寺院。銭塘門からほぼ一里（約五五三メートル）の所に位置し、『淳祐臨安志』等の記載とも符合する。現在、西湖の東北の角、少年宮広場の西、断橋の東に、望湖楼が再建されている。

一説に、杭州城南西の鳳凰山にあったとする（小川環樹『蘇軾』〈中国詩人選集二集、岩波書店、一九六二年〉、小川環樹・山本和義『蘇東坡詩集』第二冊〈筑摩書房、一九八四年〉）が、採らない。前述した通り、望湖楼はすでに南宋の地方志に明記され、同時に本詩も引用されており、記述に一貫性が保たれている。『咸淳臨安志』付載の「西湖図」を見ると、鳳凰山下に望湖亭の名が見え、鳳凰山説はおそらくこれを指していったものと思われるが、これは「楼」ではなく「亭」である。しかも鳳凰山は、西湖湖畔から些《いささ》か離れており、そこに身を置いたとしても本詩におけるような緊迫した臨場感は望むべくもない。

なお、『王状元集注分類本』の注に、晩年、蘇軾が嶺南に流された時、〈鄱陽湖口〉の望湖亭に、この絶句の真蹟を残し、それが南宋初期なお存したことが記されている（但し「望湖楼」は「望湖亭」に作るという）。この〈鄱陽湖口〉が湖口（江西省湖口県）を指すとすれば、嶺南への旅の途中、蘇軾がそこを経過したのは、ちょうど初秋七月（元祐九年〈一〇九四〉）前後のことであり、時節はほぼ一致する。しかし、本詩が杭州通判期に作られたことは、杭州知事期（元祐四年）の作品に本詩承句「跳珠」の語を踏まえた作例があることからも疑問の余地はない（〔備考〕(2)参照）。〈鄱陽湖口〉の望湖亭に本詩の真蹟が残っていた理由は、おそらく、詩人・書家としての蘇軾の名声を慕う土地の識者が、南遷の旅の途次にある蘇軾に本詩を書写してくれるよう求め、それに応じて書き残したものが保存され残っていたのではないか、と推察される。

酔書　酔いにまかせて書きつけた詩、の意。

1 **翻墨**　墨汁をひっくりかえす。杜甫の「白帝」詩に、「白帝城中雲出《デ》レ門《ヲ》、白帝城下雨翻《ヘス》レ盆《ヲ》」の句がある。また、柳宗元の「別《ル》二舎弟宗一《ノ》一《ニ》」詩に、「桂嶺瘴来《リテ》雲似レ墨《ニ》、洞庭春尽《キテ》水如《シ》レ天《ノ》」の句がある。

2 **白雨**　白く輝く雨脚。起句「黒雲」の対で用いられたものだが、単に修辞上の配慮だけからではなく、「未遮山」を承けて、作者のいる場所ではまだ陽が射しているにもかかわらず、夕立が降り出したことをも表していよう。

跳珠　真珠をおどらせる。大粒の雨粒を真珠に見立て、それが湖面や船に落ち、はねる様を、こう表現した。白居易の「三游洞序」に、「水石相薄《ヒリ》、磷磷鑿鑿、跳《ラシ》レ珠《ヲ》濺《そそギ》レ玉《ヲ》、驚二動《セシム》耳目《ヲ》一」とある。なお、後年、知事として約一五年ぶりに杭州を訪れた蘇軾は、「与二莫同年一雨中飲《ス》二湖上《ニ》一」詩の中で、「不《ルコト》レ見二跳珠《ヲ》一十五年」と詠じている。〔備考〕(2)参照。

「跳」の字は現代漢語では第四声（去声）の音 tiào だが、ここでは平声 tiáo。「跳」は『広韻』では本来的に濁音の平声（蕭韻）。『集韻』では平声・去声両収。現代語ではその去声の方が継承された。したがって、蘇軾自身は本来的に平声で作っていたわけであり、ここでも平声（第二声）で読まれることが相応しい。程千帆氏に同様の指摘がある（『宋詩精選』、江蘇古籍出版社、一九九二年）。

3 **巻地風**（むしろを巻くように）大地を巻き上げるように吹く強風。「巻」は、「捲」に同じ。「捲土（重来）」「席巻」というのと同じ用法。

4 **水如天** 水面が静かに澄みわたって天空のようにみえるさま。また、水面と天空がとけあうようにみえるさま。前掲の柳宗元の用例（「別《ル》二舎弟宗一《ニ》一」）の他、李賀の「貝宮夫人」詩にも、「空光帖妥《トシテ》水如《シ》レ天」の句がある。

通釈

六月二十七日、望湖楼に登り、酔いにまかせて書きつけた詩

黒々とした雲が、墨汁をひっくり返したかのように、じわじわと迫ってきて、まだ山々をおおい隠さぬうちに、見る間に、白い雨粒が、真珠をばらまいたかのように、ばらばらと船の中に飛び込んできた。

やがて、大地を巻き上げるような風がやって来て、すっかり雨雲を吹き飛ばしてしまうと、望湖楼の下には、みはるかす青空を映した静かな湖水が広がった。

諸説の異同

特記事項なし。

備考

(1) 蘇軾は地方官として二度杭州を訪れている。二度の杭州赴任を、時期、職掌、年齢の順で記すと、以下のようになる。

①神宗・熙寧四年（一〇七一）一一月—同七年（一〇七四）九月。通判（副知事）。36～39歳。

②哲宗・元祐四年（一〇八九）七月—同六年（一〇九一）二月。知事兼両浙西路兵馬鈐轄。54～56歳。

①は、王安石等新法党との軋轢によるものであり、②は、旧法党内の派閥（洛、蜀、朔党）抗争を逃れてであった。ともに政争の末の赴任であった点で共通するが、この二つの時期に残した蘇軾の足跡は幾分異なる。だが、この二つの時期は、それぞれ別の側面から、後世、杭州の地に蘇軾の名を永く刻むことになった。

①は、蘇軾の詩人としての才が遺憾なく発揮された時期である。彼の代表作の多くがこの時期に作り出され、またそれら代表作が、同時代および後世、愛誦されたことによって、景勝地としての杭州西湖は更に著名になった。本詩や、「飲湖上初晴後雨」は、この時期の蘇軾詩を代表する作であるばかりでなく、歴代の杭州西湖を詠じた夥しい詩歌の中で最も人口に膾炙した作品の一つである。

②は、地方官としての技量が存分に発揮された時期である。一年半の在任期に、杭州は旱魃と大雨に見舞われたが、蘇軾は日々の糧を失った飢民を救済する目的で土木事業を興し、また病に苦しむ民衆のため病院を建てた。現在、西湖の西側を南北に延びる

堤（蘇堤）は、救荒策の一環として、飢民を動員して西湖の泥を浚った時の副産物である。南宋～明清の間に、西湖周辺の名勝地を十か所厳選した〈西湖十景〉なる呼称が徐々に定着していったが、蘇堤は十景の一つに数えられ（「蘇堤春暁」）、多くの文人墨客がこれを素材として詩歌や絵画を作っている。

ちなみに、南宋以降、西湖の畔に祠堂（四賢堂）が建てられ、唐の李泌、白居易や宋の林逋とともに、蘇軾の杭州における功績が顕彰された、という（明、田汝成『西湖遊覧志』巻二「孤山三堤勝蹟」）。なお近年、蘇堤の南のつけ根に、蘇東坡紀念館が建てられている。

(2)　西湖を題材とした作品に限っていうと、佳作はことごとく前期（①）に集中しており、作詩頻度は前期とほぼ同じ（年間平均一〇〇首前後）であるにもかかわらず、後期（②）には見るべき作品は生み出されていない。しかし、約一五年を挟んだ前後二度の杭州在任期中の作品に、ある興味深い現象を認めることができる。それは、一五年という時空を超えて、蘇軾が前期中に詠んだ詩の詩語や発想をそのまま利用し、それを典故として詩を詠んでいる、ということである。

宋代以前の典故の手法は、概ね前代、前々代くらいまでの著名作品を下敷きにするのが一般的であった。ところが、後期（②）の蘇軾は前期（①）の自分の作品を典故として詩を詠んでいた可能性が高い。

本詩との関連でいえば、次の「与莫同年雨中飲湖上」詩はこの点を傍証している。

到処相逢是偶然　到る処　相ひ逢ふは　是れ偶然
夢中相対各華顛　夢中　相対すれば　各おの華顛
還来一酔西湖雨　還り来って一酔す　西湖の雨
不見跳珠十五年　跳珠を見ざること　十五年

結句の「跳珠」の語には、「不見十五年」＝一五年間目にしなかった、という時空的制限が加えられ、さらに転句の「西湖雨」という語によって地域的制限が加えられ、ある特別な意味が込められている。これらの制限によって、この詩における「跳珠」は、蘇軾が「十五年」前に見た「西湖の雨」の光景と同じ形象を形容したものでなければならなくなる。そしてこの一連の仕掛けによって、読者は自ずと本詩「六月二十七日……」其の一を想起することになるのである（ちなみに、前期中、本詩以外に蘇軾は「跳珠」の語を用いた詩を詠んでいない）。

なお、詩語「跳珠」に見られる、この典故の手法は、「飲湖上初晴後雨」其の二についても認められ、後期杭州在任期の蘇軾が意図的にこの手法を運用していたことがわかる。「飲湖上初晴後雨」（備考）(2)参照。

さて、過去の自作を典故にするという、従来には見られない特殊な用典法が、何故蘇軾には実行可能であったのだろうか。〈僻典〉と呼ばれるマニアックな用典を別にすれば、従来の用典法が前代より以前の作品を下敷きにした理由は、むろん同時代の読者における古典知識の常識の範疇を超えない、という暗黙の了解が当時の詩人間に成立していたからに他ならない。誰も知らない典故を用いたところで、誰にもその表現意図を理解されなければ、作者の表現目的は全く達成されたことにならない。しかし、蘇軾がさりげなくこの用典法を用いることができたのは、主として、蘇軾には次のような特殊な背景が存在していたからと考えられる。

　第一に、蘇軾の詩が同時代相当広範な愛読者を持っていたこと、第二に、印刷術の普及に伴い、蘇軾の詩集が折々に民間で編纂刊行され流布していたことを指摘できる。蘇軾は、元豊二年（一〇七九）、朝政誹謗の詩を多数作ったという嫌疑で、御史台の獄に繋がれたが、その裁判の過程で杭州通判期の詩を編纂刊行した詩集が証拠物件として御史官によって提出されている（朋九万『東坡烏台詩案』）。二度の杭州赴任の間に、御史台投獄の事件は起こっており、蘇軾は杭州通判時代の自分の詩がどれほど愛読されていたかを正しく肌身で実感していたはずである。就中、本詩および「飲シ二湖上ニ一初メ晴レテ後雨フル」詩は、蘇軾にとっても会心の作であったに相違なく、それが結果として、自作を典故とする作例を生み出したものと思われる。

　以上の用典に関する問題も含め、二度の杭州期の詩歌をめぐる諸問題については、内山精也「蘇軾の二度の杭州在任期における詩に就いて」（『中国詩文論叢』5、中国詩文研究会、一九八六年）を参照されたい。

　また、連作という視点から、五首全ての特徴を論じたものに、山本和義「蘇軾望湖楼酔書攷」（『南山国文論集』1、一九七六年）がある。


（内山　精也）

陸《りく》　游《ゆう》

0 遊山西村　　山西《さんせい》の村《むら》に遊《あそ》ぶ

1 莫笑農家臘酒渾　　笑《わら》ふこと莫《な》かれ　農家《のうか》の臘酒《らふしゅ》の渾《にご》れるを

2 豊年留客足鶏豚　　豊年《ほうねん》　客《かく》を留《とど》むるに　鶏豚《けいとん》　足《た》る

3 山重水複疑無路　　山重《さんちょう》　水複《すいふく》　路《みち》　無《な》きかと疑《うたが》ひ

4 柳暗花明又一村　　柳暗《りうあん》　花明《くわめい》　又《ま》た一村《いっそん》

5 簫鼓追随春社近　　簫鼓《せうこ》　追随《ついずい》して　春社《しゅんしゃ》　近《ちか》く

6 衣冠簡朴古風存　　衣冠《いくわん》　簡朴《かんぼく》にして　古風《こふう》　存《そん》す

7 従今若許閑乗月　　今《いま》より若《も》し　閑《かん》に月《つき》に乗《じょう》ずるを許《ゆる》さば

8 拄杖無時夜叩門　　杖《つゑ》を拄《つ》いて　時《とき》　無《な》く　夜《よる》　門《もん》を叩《たた》かん

テキスト　『全宋詩』二一五四-39-24272『剣南詩稿』一（銭仲聯『剣南詩稿校注』1-102、上海古籍出版社、一九八五年）◆『新刊剣南詩稿』一（中華書局『古逸叢書三編』、南宋淳熙一四年〔一一八七〕、厳州郡斎刻本影印本）◆明、羅椅『澗谷精選陸放翁詩集』前集五（四部叢刊初編所収、一〇巻本）◆清、周之鱗・柴升『放翁先生詩鈔』「七言律」（『宋四名家詩選』、汲古書院『和刻本漢詩集成』宋詩16所収本、江戸、享和元年〔一七一六〕刊本）◆清、楊大鶴『箋註剣南詩鈔』四（広文書局影印本、一九八二年）◆清、乾隆帝『唐宋詩醇』四二 ◆清、沈徳潜『宋金三家詩選』「陸放翁詩選」上（斉魯書社影印本、但し頷聯のみで他の六句は抄録せず）◆清、張景星等『宋詩別裁集（宋詩百一鈔）』六

校語

4 **柳暗** 『新刊剣南詩稿』では「柳闇」に作る。

5 **春社** 『澗谷精選陸放翁詩集』では「村社」に作る。

詩型・韻字

七言律詩。渾《こん》・豚《とん》・村《そん》・存《そん》・門《もん》（上平声元韻〔魂韻〕）。

語釈

0 **遊山西村** 銭仲聯『剣南詩稿校注』によれば、南宋、乾道三年（一一六七）の春、陸游43歳の作。時に陸游は故郷の山陰（浙江省紹興市）にいた。この前年、陸游は鑑（鏡）湖の畔・三山の麓に新居を構えており、本詩もその新居において制作されたと考えられる。従って、「山西村」は、おそらく三山の西側に位置する村落を指すであろう。

　三山は、石堰山、行宮山、韓家山の総称。紹興の西の城門・偏門の西約四キロに位置する。なお、行宮山と韓家山の中間に、現在もなお〈陸家池〉と呼ばれる池塘があり、その池の周辺が陸游三山の故居であった、という（『古城紹興』、浙江人民出版社、一九八四年）。

　また、陸游の詩集『剣南詩稿』には、しばしば「西村」なる村落が登場するが、それらに描かれた村の様子は本詩と通い合う部分が多く、「山西村」＝「西村」である可能性が大きい（〔備考〕参照）。

1 **莫笑** 笑ってはいけない、笑わないで下さい、の意。「莫」は、「勿」「毋」等に同じく禁止の語。

臘酒渾 「臘」は旧暦の一二月。「臘酒」は旧暦一二月に仕込んだ酒。「渾」は混濁する。

2 **足鶏豚** 「足」は、十分豊富にある、の意。「豚」は、一般に子豚をいう。なお、首聯二句を、A＝村人の招待のことばと解するもの、B＝作者自身の読者へのことばと解するもの、の二説がある。

　A説を採るもの：鈴木虎雄『陸放翁詩解』（弘文堂、一九五〇年）、前野直彬『陸游』（漢詩大系19、集英社、一九六四年）、今関天彭・辛島驍『宋詩選』（漢詩大系16、集英社、一九六六年）、石川忠久『陸游詩集』（中国の詩集⑨、角川書店、一九七三年）、前野直彬編『宋詩鑑賞辞典』（〔中島敏夫執筆〕東京堂出版、一九七七年）、田口暢穂編『漢詩・漢文解釈講座4 漢詩Ⅳ（中・晩唐以降）』（〔三野豊浩執筆〕昌平社、一九九五年）等。

　B説を採るもの：一海知義『陸游』（中国詩人選集二集8、岩波書店、一九六二年）、小川環樹『宋詩選』（世界文学大系7B所収、筑摩書房、一九六三年、のち筑摩叢書74）、芦田孝昭『中国詩選4』（教養文庫、社会思想社、一九七四年）、佐藤保『中国の名詩鑑賞8』（明治書院、一九七八年）、前野直彬・石

川忠久編『漢詩の解釈と鑑賞事典』（旺文社、一九七九年）、中島敏夫他『歳時と風俗』（中国古典詩聚花6、尚学図書、一九八五年）、松枝茂夫『中国名詩選』下、（岩波文庫、一九八六年）、繆鉞等編『宋詩鑑賞辞典』（鄧小玉執筆）上海辞書出版社、一九八七年）、徐放『陸游詩今訳』（宝文堂出版、一九八八年）、村上哲見・浅見洋二『蘇軾・陸游』（鑑賞中国の古典21、角川書店、一九八九年）、矢嶋美都子・宇野直人『研究資料漢文学5　詩Ⅲ』（宇野直人執筆）明治書院、一九九二年）、陳達凱『宋詩選』（中国詩歌宝庫、上海書店、一九九三年）等。

いずれも異同の論拠が明示されていない。〔通釈〕では、B説を採っている。なお、A説の立場によれば、本詩は以下のような構成となる。(1)首聯―村人からの招待状、(2)頷聯―招待に応じ村へと赴く（山西村の環境説明）、(3)頸聯―村に到着（山西村の特徴づけ）、(4)尾聯―帰宅後、村人に向って示す感謝の意（再訪の希望）。

3 **山重水複**　山が幾重にも重なり、川が複雑に入りくむ、の意。

疑無路　（この先）道がない（行き止まり）かと思われる、の意。「路」は水陸ともに使用可能の語であり、かつまた紹興一帯が有数の水郷地帯であることから、本詩の「路」を水路と限定する説もある。ちなみに、「路」＝水路の代表例としては、東晋、陶淵明の「桃花源記」中の用例（「縁《そヒテ》レ渓《ニ》行《キ》、忘《ル》二路之遠近《ヲ》一」、「得二其《ノ》船《ヲ》一、便《チ》扶《そヒ》二向《さきノ》路《ニ》一、処処誌《しるス》レ之《ヲ》」）を挙げることができる。

4 **柳暗花明**　柳は緑濃く茂ってほの暗く、花はぱっと明るい、の意。全く同一表現の先行例としては、王維「早朝」詩に「柳暗《ク》百花明《カニ》、春深《ハシ》五鳳城」、李商隠「夕陽楼」詩に「花明柳暗繞《リテ》レ天《ヲ》愁《フ》」の句がある。また、類似の先行例としては、杜甫「遭《フ》三田父《ノ》泥飲《シテ》美《ほムルニ》二厳中丞《ヲ》一」詩に「歩屧《しょうシテ》随《ヒ》二春風《ニ》一、村村自《カラ》花柳」、北宋、陳師道「登《ル》二燕子楼《ニ》一」詩に「緑暗《キハ》連《ナルノ》レ村《ニ》柳、紅明《カナルハ》委《すてラレシ》レ地《ニ》花」の句がある。

又一村　上句「疑無路」に呼応し、「（行き止まりかと思ったのに）さらにまた村落が一つあらわれた」の意。

頷聯の対句について、今人、銭鍾書は、以下の唐宋詩人による数例を挙げ、この対句が陸游の全くの独創になるものではないことを示しつつ、同時に、先行例を無駄なく吸収しより洗練して詠じた、陸游の構成能力を絶賛している（『宋詩選注』、人民文学出版社、一九八九年第二版）。

○盛唐、王維……遥《カニ》愛《ス》雲木秀《ナルヲ》　初《メテ》疑《フ》路不《ルカト》レ同《ジカラ》
　安《クンゾ》知《ラン》清流転《ジテ》　忽《チ》与《ニ》二前山《ノ》一通《ズルヲ》（「藍田山石門精舎」）

○中唐、盧綸……暗《ニ》入《ル》無《キノ》レ路山　心《ニ》知《ル》有《ルノ》レ花処（「送《ル》三吉中孚《ノ》帰《ルヲ》二楚州《ニ》一」）

○中唐、耿湋……花落《チテ》尋《ネ》レ無《キヲ》レ径　鶏鳴《キテ》覚《ユ》レ有《ルヲ》レ村（「仙山行」）

○中唐、柳宗元……舟行《キテ》若《ク》レ窮《マルガ》　忽《チ》又無《シ》レ際（「袁家渇記」）

○北宋、王安石……青山繚繞《トシテ》疑《フ》レ無《キカト》レ路　忽《チ》見《ル》千帆《ノ》隠映《シテ》来《タルヲ》（「江上」）

○南宋、強彦文……遠山初見《メテ》疑《ヒ》レ無《キカト》レ路　曲径徐《ロニ》行《ケバ》漸《ヤク》有《リ》レ村
（周煇『清波別志』巻中所引の断句）

5 **簫鼓**　たて笛と太鼓。祭りのお囃子《はやし》。王維「涼州郊外游望」詩に「婆娑《トシテ》依《リ》二里社《ニ》一、簫鼓賽《ユ》二田神《ニ》一」、蘇軾「蝶恋花・密州上元」詞に「撃鼓吹簫、却《ツテ》入《ル》二農桑社《ニ》一」とある。

追随　後を追いかける、の意。「簫鼓追随」の解釈は、主として、A＝簫と鼓の音が互いに追いかけ合うように絶え間なく鳴り響くと解するもの、B＝簫と鼓の音が作者の後を追いかけるようにと解するもの、C＝楽隊が次から次へと現れると解するもの、の三説ある（詳細は〔諸説の異同〕参照）。〔通釈〕では、A説を採っている。

春社　立春後五番目の戊の日。土地の神を祭る春祭り。他の陸游詩に見える「社日（祭りの日）」については、〔備考〕参照。

6 **衣冠簡朴古風存**　村人の服装は質素で、昔ながらのよき風俗を残している、の意。陶淵明「桃花源詩」に、「俎豆猶《ホ》古法《ニシテ》、衣裳無《シ》新製」とあるのを踏まえる。「衣冠」は衣服と帽子で、服装を表す。一説に、祭りのための正装とするが、採らない。本詩と「桃花源記」の関係については、〔備考〕参照。

7 **従今**　「従」は、「自」に同じく、後に時間や場所の起点を表す語を伴い、「……から」「……より」の意。

若　「如」に同じく、仮定の辞。もし……ならば。

乗月　月明かりに便乗して、月に照らされて、の意。

8 **拄杖**　①杖をつく（動詞＋目的語）、②杖（二字の名詞）、の二義ある（宋代以降、②の用例が増加する）が、ここでは①の意。

無時　時間を定めずに、約束せずに、の意。

なお、尾聯について、劉義慶『世説新語』任誕篇の、東晋、王徽之（王羲之の子）の故事を踏まえる、とする説もある（矢嶋美都子・宇野直人『研究資料漢文学5　詩Ⅲ』等）。――大雪の晩、王徽之は酒興に乗じて小舟に乗り友人（戴逵）に会いに出かけたが、翌日、友人宅の前まで来ると、踵を返して、友人に会わずに帰った。その理由を聞かれて王徽之は、「もともと興に乗じて出かけたまでのこと。興がつきれば帰る（のは当然）。戴君に会うまでもないだろう」と答えた、という故事。

通釈

山西の村に遊ぶ

農家の師走《しわす》仕込みの酒がにごっているなどと、笑わないでいただきたい。

昨年は豊年で、客をもてなし引き止めるのに十二分な鶏と豚があるのだから。

山が幾重にも重なり、水が複雑に入りくんで、この先、道は行き止まりかと思われた頃、柳が小暗く茂り、花が明るく咲き誇るその先に、また村落が一つ現れた。

笛と太鼓の音が追いかけ合うように絶え間なく聞こえ、春祭りももう間近。

村人の出で立ちはみな質素で、昔ながらの醇良な風俗をいまなお留めている。

これから後、暇な時にふらりと月明かりに乗じてやって来ることをお許しいただければ、わたしは杖をつき、気の向くまま、真夜中に門を叩きにまいりましょう。

諸説の異同

異同の所在

「簫鼓追随」の解釈

異同の類別

A　簫と鼓の音が互いに追いかけ合うように鳴り響く、という解釈。

B　簫と鼓の音が作者の後を追いかけてくる、という解釈。
C　楽隊が次々と現れ練り歩く、という解釈。

A説を採るもの：一海知義『陸游』、芦田孝昭『中国詩選4』、佐藤保『中国の名詩鑑賞8』、中島敏夫他『歳時と風俗』、田口暢穂編『漢詩・漢文解釈講座4　漢詩Ⅳ（中・晩唐以降）』（三野豊浩執筆）等。

B説を採るもの：小川環樹『宋詩選』、前野直彬『陸游』、前野直彬『宋詩鑑賞辞典』、前野直彬・石川忠久編『漢詩の解釈と鑑賞事典』、松枝茂夫『中国名詩選』下、村上哲見・浅見洋二『蘇軾・陸游』等。

C説を採るもの：鈴木虎雄『陸放翁詩解』、徐放『陸游詩今訳』、趙斉平『宋詩臆説』（北京大学出版社、一九九三年）、陳達凱『宋詩選』等。

異同の論拠

A説

この句は次の「衣冠簡朴」と対句であり、「簡朴」が「衣冠」の状態についての客観的な説明になっているのと同様に、「追随」は「簫鼓」の状態の客観的な説明になっていると考えるとつりあいがとれる。

（以上、田口暢穂編『漢詩・漢文解釈講座4　漢詩Ⅳ（中・晩唐以降）』（三野豊浩執筆担当））

B・C説

言及されていない。

備考

陸游が生きた南宋前半期の朝廷は、異民族国家・金に奪われた淮河以北の国土をいち早く奪回することを主張する主戦派と、金との講和を最重視して現状維持に努める和平派とに二分され、総じて後者の官僚が重用されるばあいが多かった。陸游は、詩歌の中で、失地回復の夢をしばしば繰り返して詠じ、生涯、主戦派としての立場を貫いた。したがって、約四五年におよぶ官吏としての経歴は決して平坦ではなく、出仕期間中も十数年間を祠禄官（道観管理を名目とする実務を伴わない閑職）に甘んじたまま、故郷の山陰で暮らしている。

本詩が作られた前年、乾道二年（一一六六）、陸游は隆興府（江西省南昌市）通判（副知事）の任に在ったが、盛んに主戦論を展開したため、同年春、和平派官僚の猛反発に遭って免職処分にさせられ、帰郷を余儀なくされた。夏に帰郷した陸游は、三山に新居を構え、通判として夔州《きしゅう》（四川省奉節県）に赴任する乾道六年（一一七〇）までの約四年間、ここに閑居したのであった。

陸游は八〇年の生涯の間に、九千首以上の詩を残しており、同一のモチーフを繰り返しうたう場合が少なくない。本詩についても、後年、(a)「山西村」＝西村や(b)故郷の「社日」を詠じた詩を、それぞれ系統的に残している。本詩を解釈する上でも参照価値が十分あると思われるので、その代表例を以下に掲げる。

(a)①　西村

今年四月天初暑　今年の四月　天　初めて暑く
買蓑曾向西村去　蓑《みの》を買ひ　曾て西村に向かって去《ゆ》く
桑麻満野陂水深　桑麻　野に満ちて　陂水《ひすい》深く
遥望人家不知路　遥かに人家を望めども路を知らず
再来桑落陂無水　再び来れば　桑　落ち　陂《ひ》に水無く

閉門但見炊煙起　門を閉ざし　但だ見る　炊煙の起こるを
疑是羲黄上古民　疑ふらくは是れ羲黄《ぎこう》上古の民なるかと
又恐種桃来避秦　又た恐らくは　桃を種《う》ゑ来りて秦を避けしならん

（淳熙八年〔一一八一〕秋、陸游57歳、『剣南詩稿』四四）

② 西村

乱山深処小桃源　乱山　深き処　小桃源
往歳求漿憶叩門　往歳　漿《しょう》を求めて　門を叩きしを憶《おも》ふ
高柳簇橋初転馬　高柳　橋に簇《むらが》りて　初めて馬を転じ
数家臨水自成村　数家　水に臨んで　自《おのづ》から村を成す
茂林風送幽禽語　茂林《もりん》　風は送る　幽禽《ゆうきん》の語
壊壁苔侵酔墨痕　壊壁《かいへき》　苔《こけ》は侵《をか》す　酔墨の痕《あと》
一首清詩記今夕　一首の清詩　今夕《こんせき》を記す
細雲新月耿黄昏　細雲　新月　黄昏《こうこん》に耿《かがや》く

（嘉泰元年〔一二〇一〕夏、陸游77歳、『剣南詩稿』四六）

(b)
③ 春社

社肉如林社酒濃　社肉　林の如くして　社酒　濃《こまや》かなり
郷鄰羅拝祝年豊　郷鄰《きょうりん》　羅拝して　年の豊かなるを祝《いの》る
太平気象吾能説　太平の気象　吾　能《よ》く説く
尽在鼕鼕社鼓中　尽《ことごと》く在り　鼕鼕《とうとう》たる社鼓の中

（紹熙四年〔一一九三〕春、陸游69歳、『剣南詩稿』二七）

④ 社肉〈春社効《ならフ》二宛陵先生ノ体ニ一〉

社日取社豬　社日　社豬《しゃちょ》を取り
燔炙香満村　燔炙《はんしゃ》して　香り　村に満つ
飢鴉集街樹　飢鴉《きあ》　街樹に集まり
老巫立廟門　老巫《ろうふ》　廟門に立つ
雖無牲牢盛　牲牢《せいろう》の盛んなること無しと雖も
古礼亦略存　古礼　亦《ま》た略《ほ》ぼ存す
酔帰懐余肉　酔帰して　余肉を懐《いだ》き
霑遺偏諸孫　霑遺《てんい》して　諸孫に偏《あま》ねし

（嘉泰三年〔一二〇三〕春、陸游79歳、『剣南詩稿』五三）

もし本詩にうたわれた〈山西村〉が右(a)①②の〈西村〉と同一の村落を指すとするならば、陸游の家からは、実際にはせいぜい一キロと離れてはいない近隣にあったと予想される。それを本詩において「山重水複疑無路」と、あたかも遠路はるばる旅してきたかのように描出した背景には、意図的に陶淵明〈桃花源〉のイメージを〈山西村〉に重ね合わせようとする、陸游の明確な創作意識が働いていたからと考えることができる。すなわち、陸游は、陶淵明「桃花源記」にいう、

……林尽キ二水源ニ一、便チ得タリ二一山ヲ一。山ニ有リ二小口一、髣髴トシテ若シレ有ルガレ光。便チ捨テレ船ヲ従リレ口入ル。初メ極メテ狭ク、纔《わず》カニ通スノミレ人ヲ。復タ行クコト数十歩、豁然トシテ開朗ナリ。……

という状況を頷聯において援用し、ある意味で俗世と不連続な空間として〈山西村〉を描き出そうとした、ということができる。右の(a)①②詩では、それぞれ直接〈桃花源〉に言及しており、この点を傍証しているといえるだろう。

(b)の③④は、それぞれ豊かな田園の村祭りを活写している。④の詩は、都・臨安（浙江省杭州市）にあって、故郷の春社を思い、北宋の梅堯臣の詩のスタイル（具体的には「和ス二孫端叟寺丞ノ農具十五首ニ一」や「和ス二孫端叟ノ蚕具《さんぐ》十五首ニ一」を指すであろう）に模して詠じ

た四首連作の一首である。頸聯の二句には、本詩と通うところがある。

（内山　精也）

高《こう》啓《けい》

0 尋胡隠君　胡隠君《こいんくん》を尋《たづ》ぬ

1 渡水復渡水　水《みづ》を渡《わた》り　復《ま》た水《みづ》を渡《わた》り
2 看花還看花　花《はな》を看《み》　還《ま》た花《はな》を看《み》る
3 春風江上路　春風《しゆんぷう》　江上《かうじやう》の路《みち》
4 不覚到君家　覚《おぼ》えず　君《きみ》が家《いへ》に到《いた》る

テキスト　『高太史大全集』（明、景泰元年〔一四五〇〕徐庸《じよよう》刊本＝四部叢刊集部所収）巻一六 ◆『高青邱詩《こうせいきゆうし》集注《しつちゆう》』（清、金檀《きんだん》輯注＝雍正六年〔一七二八〕金檀序刊）巻一六 ◆『高太史詩鈔』（江戸、仁科白谷《にしなはつこく》編＝天保六年〔一八三五〕刊）巻下 ◆『高青邱詩醇』（江戸、斎藤拙堂《さいとうせつどう》編＝天保七年〔一八三六〕序刊）巻五 ◆『青邱高季迪先生絶句集』（清、金檀注、江戸、中島棕軒《そうけん》校＝天保一〇年〔一八三九〕刊）巻一

校語

1 **渡水復渡水**　近人、楚庄《そそう》選注・朱沢吉《しゆたくきつ》校閲『元明清詩選』（天津、新蕾出版社、一九八四年）では「渡山復渡水」に作る。同書の〔注釈〕欄にこの句を解釈して「経過一座座山、一条条河……」とあるので、これは誤植ではないが、どのテキストによったも

のかは明示されていない。

2看花還看花　『大全集』本では「看花還看芲」に作る。「芲」は「花」の俗字体。

詩型・韻字

五言絶句。花《くわ》・家《か》（下平声麻韻〈麻韻〉）。

語釈

0胡隠君　胡という姓の隠者。経歴などは不詳である。「隠君」は隠者の敬称。隠者とは、社会の混乱や自己の失意から生ずる苦悩、不安をしずめるため、俗世と交渉を絶って静かに暮らす教養人である。この詩は制作年代は不明だが、作者の郷里、蘇州（江蘇省）で作られたものであろう。

1水　川。蘇州のあたりは川や堀が縦横に流れる水郷地帯である。

3江上　川のほとり。

4不覚　知らないうちに。いつの間にか。

通釈

隠者の胡先生をたずねて

川を渡り、また川を渡り、花を見、また花を見て、春風《はるかぜ》の吹く川ぞいの路《みち》を歩くうち、いつの間にかあなたの家についていた。

諸説の異同

特記事項なし。

備考

本詩の平仄・音調について

この詩の前半二句は対句だが、「渡水」「看花」を繰り返し、同じ意味の「復」「還」を並べている。このような手法は絶句としては珍しいが、ここではかえって古朴な味わいを出す効果を挙げている。

音調の点でも前半二句は破格である。格律上、本来ならば、

仄仄平平仄
平平仄仄平

となるところ、この詩では、

仄仄仄仄仄
平平平平平

となっている。両句とも、いわゆる「拗句《おうく》」（平仄が常格によらない句）である。

ただ、この二句は、それぞれ単独に見ればいずれも破格であるが、両句間の平仄の対応関係を見ると、「救拗《きゅうおう》」（破格を是正する処置）が施されていることがわかる。すなわち、第1句の三・四字が〝平平〟であるべきところを〝仄仄〟としたので、第2句の三・四句が本来〝仄仄〟であるべきところを〝平平〟に改め、破格を救っている（△印）。このように、対句の前の句の破格を後の句で救うという手法は唐代以来しばしば見られ、「対句救」と呼ばれる。この点については、呉丈蜀《ごじょうしょく》『読詩常識』（上海古籍出版社、一九八五年）第九章の〈三　拗救〉の項に、唐詩の例を挙げて解説されているが、ここではその中から二例を引用しておこう（○＝平、●＝仄、◎＝平韻）。

人事有リ二代謝一　○●●●●
往来成ス二古今ヲ一　●○○●◎
（孟浩然「与《と》二諸子一登ル二峴山ニ一」首聯）

右の二句は本来「●●○○●　○○●●○」であるべきところ、前句の三・四字を●●としたため、後句の第三字を●ではなく○と

した（第一字はうるさく問わない）。

槲《こく》葉《よう》落《チ》二山路《ニ》一　●●●○●
枳《き》花《か》明《ラカナリ》二駅墻《ニ》一　●○○●◎

（温庭筠「商山早行」頸聯）

右の二句も「●●○○●　○○●●○」であるべきところだが、前句の第三字を●にしたため、後句の第三字を○にして救っている。

＊

本詩の場合、作者がこのように破格な句作りを行った理由は、音調がかもし出す雰囲気を優先したことにあると想像される。この二句の現代中国音を示せば、

Kān huā huān kān huā
Dù shuǐ fù dù shuǐ

となる。

つまり第1句は母音uの連続で、そのくぐもった音調が〃川をわたり、また川をわたる〃単調なそぞろ歩きと春の陽気のものうさを音声面から補強し、つづく第2句は一転して母音aばかりの明るい音調となり、ここかしこに咲き乱れる春の花の美しさを音声面で表示しているのだと言えよう。〔補注：第二句の「看」は、明代では古典詩においても一般に去声に読まれることが多かったはずであるが、ここでは高啓が古典的な平声を生かして全平の一句とし、第二句の全仄と救拗関係にしたものと思われる。以上、松浦友久〕

＊

「尋《ヌ》二胡隠君《ヲ》一」は高啓の代表作として有名であるが、清朝以来の明詩の総集や高啓詩の選集類をひもといてみると、実はこの詩を収めていないものも少なくない。

『明音類選』（明、黄佐編＝嘉靖三年〔一五二四〕刊）、『明詩帰』（清、程如嬰《ていじょえい》・朱衣編＝順治七年〔一六五〇〕刊）、『明詩綜』（清、朱《しゅ》彝《い》尊《そん》編＝康熙四四年〔一七〇五〕刊）、『明詩別裁集』（清、沈徳潜《しんとくせん》編＝乾隆三年〔一七三八〕自序刊）、『明三十家詩選』（清、汪端《おうたん》編＝道光元年〔一八二一〕自序刊）、『箋註宋元明詩選三百首』（清、朱梓《しゅし》・冷昌言《れいしょうげん》編、華《か》黼《ほ》臣《しん》箋註＝同治四年〔一八六五〕朱梓序刊）、『高青邱詩鈔』（清、李漁《りぎょ》評、江戸、広瀬淡窓・旭荘《きょくそう》選＝明治一二年〔一八七九〕刊）、『明十家詩選』（明治、田辺新之助編選＝明治三四年〔一九〇一〕、宝永館書店刊）、『明詩紀事』（清、陳田編＝光緒三二年〔一九〇六〕—宣統三年〔一九一一〕刊）

など、いずれもその例である。これらの諸書に収められた高啓の詩には長篇の古詩が多い。彼の本領はむしろその方面にあったと見なされていたのであろう。

（宇野　直人）

王士禛《おうししん》

0 秋柳四首有序　　秋柳四首《しうりうししゆ》　序有《じよあ》り　其《そ》の一《いち》

其一

1 秋來何處最銷魂　　秋来《しうらい》　何《いづ》れの処《ところ》か最《もつと》も銷魂《せうこん》
2 殘照西風白下門　　残照《ざんせう》　西風《せいふう》　白下《はくか》の門《もん》
3 他日差池春燕影　　他日《たじつ》　差池《しち》たり　春燕《しゆんえん》の影《かげ》
4 秪今憔悴晩煙痕　　秪今《ただいま》　憔悴《せうすゐ》せり　晩煙《ばんえん》の痕《あと》
5 愁生陌上黃驄曲　　愁《うれ》ひは生《しやう》ず　陌上《はくじやう》　黄驄《くわうそう》の曲《きよく》
6 夢遠江南烏夜村　　夢《ゆめ》は遠《とほ》し　江南《かうなん》　烏夜《うや》の村《むら》
7 莫聽臨風三弄曲　　聴《き》く莫《なか》れ　風《かぜ》に臨《のぞ》む三弄《さんろう》の曲《きよく》
8 玉關哀怨總難論　　玉関《ぎよくくわん》の哀怨《あいゑん》　総《すべ》て論《ろん》じ難《がた》し

テキスト　『帯経堂全集』巻三〈丁酉稿〉◆『漁洋山人精華録』（清、林佶編＝康熙三九年〔一七〇〇〕刊）◆『漁洋山人精華録訓纂』（清、恵棟《けいとう》編）巻五・上◆『漁洋山人精華録箋注』（清、金栄《きんえい》注、徐淮《じよわい》編）巻一◆『漁洋山人秋柳詩箋』（清、王祖源注＝拠天壌閣叢書本〔同治五年（一八六六）序刊〕排印、民国二五年〔一九三六〕刊）

校語
4 **秪**　『訓纂』『箋注』『秋柳詩箋』は「祇」に作る。同音同義。

詩型・韻字
七言律詩。魂《こん》・門《もん》・痕《*こん》・村《そん》・論《ろん》（上平声元韻〔魂痕*韻〕）。

語釈
0 **秋柳**　秋の柳。この詩は、柳をめぐるさまざまな悲哀のイメージを、種々の故事を織り交ぜつつ詠じたものである。詩材としての柳にまつわる伝統的イメージとして、大きなものが三種あり、いずれもこの詩に反映されている。そこでまず、それらについてここで概括しておくことにしたい。

A　柳は、人との別れの悲しみを誘発するものとされる。『詩経』の時代から、既に柳は〝春〟の季節感と、人との別れのイメージとを伴って詠ぜられている。たとえば、周王朝の異民族征伐を背景に、郷里の妻の不安や出征兵士の心情を詠じた「小雅―采薇《さいび》」（全六章）の第六章に、帰還途中の兵士たちのやみがたい望郷の念をのべて、

昔我往《ユキシトキ》矣　楊柳依依《タリ》
今我来《タル》思　雨《フルコト》レ雪霏霏《タリ》

とあるのは有名な例である。

このような、柳と〝別れの悲しみ〟との結びつきは、漢代以降、旅人へのはなむけとして柳の枝を贈る風習が定着したことによってますます強められたと想像される。そのような中で、やがて別れの笛の曲として「折楊柳」という題名の曲が成立し、これも歴代の詩中にしばしば言及され、「秋柳」

詩でも尾聯二句に登場している。

また『楽府詩集』巻二一〈横吹曲辞〉には、漢の横笛曲（軍中で、鼓角〔つづみとつのぶえ〕を用いて奏でた楽曲）の一つとして「折楊柳」が採録され、唐末までの歌詞二三首が収められているが、それらもすべて〝別れの悲しみ〟を詠ずる。また同じく巻八一〈近代曲辞〉には、中唐の白居易が創始した「楊柳枝」が採録され、五代までの歌詞七七首が収められているが、それらにおいても、白居易の連作八首の「其八」に、

人言柳葉似愁眉　更有愁腸似柳糸

とあるのを始めとして、同傾向の内容のものが少なくない。

〝人と別れる悲しみ〟は、柳の詩にとって最も有力なイメージであると言える。

B

隋の煬帝《ようだい》が大運河「通済渠《つうさいきょ》」を開鑿し、その両岸に楊柳の並木を植えた故事により、とくに唐代後半から〝滅んだ昔の王朝をしのばせる樹木〟として、哀惜の念をこめて詠ずることが多くなる。

楊柳枝詞九首　其六　中唐　劉禹錫

煬帝行宮汴水浜　煬帝の行宮《あんぐう》　汴水《べんすい》の浜《ひん》

数株残柳不勝春　数株《すうしゅ》の残柳　春《はる》に勝《た》へず

晩来風起花如雪　晩来　風起りて　花　雪の如く

飛入宮牆不見人　飛んで宮牆《きゅうしょう》に入りて人を見ず

台城　晩唐　韋荘

江南霏霏江草斉　江南霏霏《ひひ》として江草斉《ひと》し

六朝如夢鳥空啼　六朝《りくちょう》　夢の如く　鳥　空しく啼《な》く

無情最是台城柳　無情　最も是れ台城の柳

依旧煙籠十里堤　旧《きゅう》に依り　煙は籠《こ》む　十里の堤《つつみ》

C

柳の枝は、美女の姿態にたとえられる。

隔《へだ》戸楊柳弱裊裊《じようじよう》　恰似十五女児腰（杜甫「絶句漫興九首」其九）

金谷園中柳　春来似舞腰

弱柳従風疑挙袂《たもと》　叢蘭浥《うるほ》露似沾《うるほ》巾（李益「上洛橋」）

（劉禹錫「和楽天春詞、依憶江南《おくこうなん》曲拍為句」）

ちなみに、佐藤保『漢詩のイメージ』（大修館書店、一九九二年）の〈付録　中国イメージ小辞典〉の「柳」の項に「①春。②別離。③腰。④眉。⑤若い女性。⑥妓女」を挙げ、「……柳が一般にエロティックなイメージを喚起するのは、柳の細くしなやかな姿が女性の姿態を想わせるばかりでなく、柳の街路樹が植えられている花柳界のイメージがあるからである」（四〇五頁）と指摘する。

なお、秋の柳を詠じた先例はきわめて稀であるが、明の高啓の七絶「秋柳」は、その少ない作例の一つである。

秋柳　明　高啓

欲挽長條已不堪　長條を挽《ひ》かんと欲するも已《すで》に堪へず

都門無復旧毿毿　都門　復た旧《きゅう》毿毿《せんせん》無し

此時愁殺桓司馬　此の時　桓司馬《かんしば》を愁殺せん

暮雨秋風満漢南　暮雨　秋風　漢南に満つ

さて、王士禛の「秋柳四首」は、順治一四年（一六五七）、

彼が24歳の秋八月、歴下（山東省済南市）の大明湖に赴いたときに作られた。王士禛は後年、その折のようすを次のように回想している。

順治丁酉秋、予客済南。諸《もろもろ》名士雲集明湖、一日会飲水面亭。亭下楊柳千餘株、披払水際、葉始微黄、乍染秋色、若搖落之態。予悵然有感、賦詩四章。（『菜根堂詩集序』）

余少《わか》在済南明湖水面亭、賦秋柳四章。一時和者甚衆《おほ》。後三年、官揚州。則江南北和者、前《さき》此已数十家、閨秀亦多和作。（『漁洋詩話』）

これらによれば、彼が大明湖に遊んだ丁酉（一六五七年）の秋、ちょうど、郷試のため名士たちがその地に集まっており、一同は湖畔の水面亭にて会飲した。そのとき、亭辺の柳並木の枝は水面を払うようにそよぎ、その葉は黄ばみ始めて秋のさびしさを感じさせた。彼はこれに心を打たれ、その場で「秋柳」の連作四首を作った。これは大好評を博し、ただちに大勢の人々が唱和した。三年後、王士禛が揚州府推官として赴任したときには、長江の南北の唱和者はすでに数十人、その中には女流詩人も多く含まれていたのである。

この連作自体にも、次のような序文が冠せられている。

昔江南王子感落葉以興《おこ》悲、金城司馬攀長條而隕《おと》涕《なみだ》。僕本《もと》恨人、性多感慨。寄情楊柳、同《どう》小雅之僕夫、致託悲秋、望湘皐《しょうこう》之遠者。偶成四什、以示同人、為《ため》我和之。丁酉《ていゆう》秋日、北渚亭《ほくしょてい》書。

＊「丁酉」は順治一四年（一六五七）、「北渚亭」は大明湖の西にある亭である。先に挙げた二つの文章では「水面亭」となっているが、それは北渚亭とは別の亭である。王士禛の記憶違いであろうか。

この序文には、「秋柳」詩を作るに当たっての作者の姿勢が表明されている。それは前述の伝統イメージＡＢＣを包含しつつ展開されており、本詩を理解する上で重要なので、ここでその内容を分析しておこう。

○「江南王子感落葉以興悲」

これは、南朝梁の簡文帝（五〇三―五五一）が「秋興の賦」を作ったことを指すと見られる。

秋何興而不尽、興何秋而不傷《いた》……復《また》有登山望別、臨水送帰、洞庭之葉初下、塞外之草前衰。攸《ゆう》征人与《と》行子、必承《う》瞼而沾《うるほ》衣《ころも》……。（『芸文類聚』巻三「秋」、『全梁文』巻八）

これは明らかに、戦国・楚の宋玉「九辯」（『楚辞』所収）の冒頭部分をパラフレーズした内容である。

悲哉秋之為《た》気也《や》　蕭瑟兮草木搖落而変衰
憭慄兮若《ごと》在遠行　登山臨水兮送将帰

つまり王士禛はここで、秋という季節には「征人与行子」、すなわち旅する人の悲しみがつきものであることを再確認しているのであり、前述の伝統イメージＡの継承を宣言していることになる。

＊なお、橋本循『王漁洋』（漢詩大系第二三巻〈集英社、一九六五年〉）は、「江南王子」は楚の屈原を指すものと推察し、「感落葉以興悲」の句は『楚辞』九歌「湘夫

人」に「嫋嫋《じようじようタル》　兮秋風　洞庭波《ダチテ》　兮木葉下《ル》」とあるのをふまえた、と解する。

が、「江南」と言えば、一般には長江下流の南岸一帯、今の江蘇省南部、安徽省・浙江省の一部を指し、楚（今の湖南・湖北両省）とは重なりにくいと思われるので、本稿では通説に従った。

○「金城《ノ》司馬攀《ハひキテ》二長條《ヲ》一而隕《おとス》レ涕《なみだヲ》　」

これは『世説新語』言語篇・『晋書』巻九八に収める東晋の将軍桓温《かんおん》（三一二—三七三）の故事である。

桓公北征《シテ》経《ヘ》二金城《ヲ》一、見《ルニ》下前《さきニ》為《たりシ》二琅邪《ノ》一時《ニ》種《ヱシ》柳《ヲ》上、皆已《すでニ》十囲《タリ》。慨然《トシテ》曰《ハク》、木《スラ》猶《ホ》如《シ》レ此《かくノ》、人何《ヲ》以《テ》堪《ヘンヤト》。　攀《ひキ》レ枝《ヲ》執《とリ》レ條《えだヲ》、泫然《げんぜんトシテ》流《ス》レ涙《ヲ》。

以前、みずから植えた柳の成長を目のあたりにして、時の流れの速さに感じ、涙を流した、というもの。王士禛はここで、柳が〝時の流れへの嘆き〟を喚起した故事を挙げたのである。これは伝統イメージBの提示である。

○「僕本《もと》恨人《ニシテ》、性多《シ》二感慨一」

これは南朝梁、江淹の「恨みの賦」（『文選』巻一六）冒頭の次の句によっている。

試《ミニ》望《ムニ》二平原《ヲ》一、蔓草縈《まとヒ》レ骨《ニ》、拱《きようぼくをさム》木斂レ魂《ヲ》。人生到《レバ》レ此《ここニ》、天道寧《なんゾ》論《ぜンヤ》。於《テ》レ是《ここニぼくもと》僕本恨人《ニシテ》、心驚《イテ》不《やマ》レ已。直《チニ》念《おもフいにしへノ》二古者伏《シテ》レ恨《ミニ》而死《セルモノヲ》一。

この賦は、古来、恨みをいだいて死んで行った有名人たちに思いを馳せ、死を免れない人生への悲しみを吐露したものである。作中、秦の始皇帝、趙王、李陵、王昭君、馮衍《ふうえん》、嵇康《けいこう》らの事例を挙げ、〝いかなる人生も死によって終結させられ、死を前にして恨まぬ者はない〟と結んでいる。

王士禛はここで、「恨みの賦」に「僕本《もと》恨人《ニシテ》、……直《チニ》念《おもフ》二古者《いにしへノ》伏《シテ》レ恨《ミニ》而死《セルモノヲ》一」とあるのに倣い、〝自分も古来の（柳にかかわる）さまざまな人物を想起しよう〟と宣言したものと察せられる。「秋柳」其《ノ》一の中には、戦国・衛の荘姜《そうきよう》と戴嬀《たいき》、楚の屈原、初唐の太宗、西晋の何準の娘、東晋の桓伊と王徽之《おうきし》らが登場する。

○「寄《セテ》二情《ヲ》楊柳《ニ》一、同《ズ》二小雅之僕夫《ニ》一」

「小雅《ノ》僕夫」とは、直接には『詩経』小雅「出車」に見える僕夫（馬の御者）を指すであろう。

我《われ》出《いだス》二我車《ガ》一　于《おいテスかノ》二彼牧《ぼくニ》一矣
自《より》二天子《ノ》所一　謂《フ》二我《ニ》来《タレト》一矣
召《シ》二彼《ノ》僕夫《ヲ》一　謂《いフ》二之《ニ》載《のセヨト》一矣
王事多《シ》レ難　維《これ》其《それ》棘《すみヤカナリ》　矣

この「出車」は『詩経』小雅の「鹿鳴之什」に属し、その一つ前に「采薇」が、一つ後に「杕杜《ていと》」が収録されている。この「采薇」「出車」「杕杜」の三篇はほぼ同じ内容であり、周王朝成立に際しての出征兵士たちの労苦を詠じ、これをねぎらう意を表している。右の「出車」も、兵が命令を受けて出陣し、敵を討って凱旋するまでを述べ、その間に兵士の労苦や、郷里の人々が出兵兵士を思う情をまじえている。王士禛の序では、すぐ上に「寄情楊柳」とあるので、ここでは「出車」の直前に収録され、「昔我往《ゆキシトキ》　矣　楊柳依依《タリ》」の句（前掲）を含む「采薇」をも併せて指しているように感じられる。

つまりこの一文は、秋柳の詩の中で出征兵士の心情を詠じようとする意志を示したものであり、伝統イメージAの再提示ということになる。

○「致《シテ》二託《ヲ》悲秋《ニ》一、望《ム》二湘《しょう》皐《こう》之遠者《ヲ》一」

上文が『詩経』にかかわるのに対し、この文は『楚辞』にかかわる。『楚辞』九歌「湘夫人」の中で、祭者が湘夫人（湘水の女神）と会えないわびしさを詠じて、

帝子降《ル》二兮北渚《ニ》一　目眇眇《トシテ》兮愁《ヘシム》レ予《ヲ》
嫋嫋《タル》兮秋風　洞庭波《ダチテ》兮木葉下《ル》
（中略）
搴《とり》二汀洲《ノ》兮杜若《ヲ》一　将《ニ》三以《テ》遺《おくラント》二兮遠者《ニ》一
（帝子・遠者はいずれも湘夫人を指す）

とあるのによっている。これは〝高貴な女性への思慕の念を詠じよう〟ということで、伝統イメージのCから発展した着想と言えよう。

以上をまとめると、この序文において王士禛は、秋の柳を主題として詩を作るに当たり、

①旅人の悲しみ
②時の移り変わりへの嘆き
③出征兵士の心情
④高貴な女性への思慕

という四つの要素を盛りこむこと、ならびに、作中、古来の有名人の事跡をまじえることを予告しているのである。これらは「秋柳」其《ノ》一の中にたしかに看取することができる（〔語釈〕の各項を参照）。

そして、こうしたさまざまな要素によって作り出された境地の底に一貫して流れているのは、明末清初という時代を生きた作者の、明王朝滅亡への哀惜の思いであると考えられる。詳細は〔備考〕の(1)を参照されたい。

1 **銷魂**　悲しさのあまり、気がめいる。梁、江淹の「別れの賦」（『文選』巻一六）の冒頭に、

黯然《トシテ》銷魂《スル》者《ハ》　唯《ダ》別《レノミ》而已矣

とあるのにより、〝別れ〟の情緒をいう常用語。この語を柳に結びつけた先例として、

惜《ム》レ取《ルヲ》二楊枝《ヲ》一暮《くれ》復《まタ》朝《あした》　未《ダ》レ経《ざルニ》二攀《はん》折《せつヲ》一欲《ス》二魂消《エント》一
（明、胡安「柳枝詞」）

がある。

この第1句でただちに〝別れ〟のイメージを提示し、詩全体の方向を決定している。

2 **残照西風**　落日の光と西風。この四字は、李白「憶《おく》秦《しん》娥《が》」詞の中の、漢代の遺跡を詠じた句、

西風残照　漢家《ノ》陵闕

から取ったもので、〝昔の王朝をしのぶ情〟、言い換えれば〝過去との別れ〟のイメージを喚び起こす。序文の予告②がここで具現されたわけである。

また、「残照」「西風」の語がいずれも柳にかかわるものであることは、次の諸例に見るとおりである。

含《ミ》レ烟《ヲ》惹《ひカレ》レ霧《ニ》毎《つねニ》依依《タリ》　万緒千條払《フ》二落暉《ヲ》一
（晩唐、李商隠「離亭賦《シ》二得《タリ》折楊柳《ヲ》一二首」其《ノ》二）

解《よク》籠《こメテ》二飛靄《あいヲ》一延《ひキ》二芳景《ヲ》一　不《シテ》レ逐《をハ》二乱花《ヲ》一飄《ひるがヘル》二夕暉《せききニ》一

（五代、徐夤《じょいん》「柳」）

清涼亭上幾株ノ霜　脱葉難シレ遮《さへぎり》夕照ノ光

（元、薩都剌「清涼亭衰柳」）

伝語ス西風宜シク二停マリ待ツ一　黛《まゆずみ》ハ残シ黄ハ浅クシテ不レ禁《ぜ》レ吹《ク》ヲ

（金、高士談「楊柳」）

白下門　秦淮河が長江に流れ入る水門のあたり。今の江蘇省南京市の東方。唐代、金陵県の県治（知事が駐在する地）をここに移し、白下県と改名した。そこで「白下」はのちに南京の別名となった。南京は、明の太祖がはじめに都を置いた地であると共に、はるか以前、六朝（呉・東晋・宋・斉・梁・陳。二二二―五八九）代々の都でもあり、人に懐古の念を起こさせる地名でもある。したがって「白下」は、上の「残照西風」と共に、予告②のイメージを背負っている。

また「白下ノ門」は、旅人を送迎する場所であり、やはりしばしば柳とともに詠ぜられる。

駅庭三楊樹　正ニ当タル二白下ノ門ニ一

（李白「金陵白下亭留別」）

東門白下ノ亭　摧《くだ》キテレ甓《かはら》ヲ蔓《はび》コル二寒葩《かんぱ》一　……

楊花飛バシ二白雪ヲ一　枝島緑トシテ煙斜メナリ　……

沼沼トシテ陌頭青シ　空シク復タ可シレ蔵スレ鴉《からす》ヲ

（王安石「東門」）

したがってこの語は〝旅人との別れ〟につながる。序文の予告①がここに具現していることになる。

この第2句では、第1句で提示された〝別れ〟のイメージがさらに二つの方向――〝過去との別れ〟と〝旅人との別れ〟に具体化されている。

3 **他日**　現在ならぬ日々。過去にも未来にも用いる。ここでは前者、すなわち、以前の日々をいう。

差池　互いに入れ違う。そろわない。

この語からは『詩経』邶風《はいふう》「燕燕《えんえん》」の冒頭に「燕燕于《ここ》ニ飛《と》ビ差二池ス其ノ羽ヲ一」とあるのが連想される。この「燕燕」につき、詩序（旧注）・集伝（新注）ともに、周末、衛の夫人荘姜《そうきょう》が戴嬀《たいき》の帰国を見送った折のことを詠じた詩であると説く。

『春秋左氏伝』隠公三年・四年の条によれば、衛の荘公《そうこう》は斉国より妻を迎えた。これが荘姜である。荘姜は子供に恵まれなかったため、荘公はさらに陳国から戴嬀を妻として迎えた。戴嬀は荘公の子を生み、荘姜はこれを養子として引き取った。この子は荘公の没後、王位を継いで桓公《かんこう》となる。ところがやがて内乱のため桓公は殺害され、戴嬀は悲嘆にくれつつ陳国へ帰ることとなった。それを見送る荘姜の心情を詠じたのが「燕燕」の詩であるとされる。作中、戴嬀のすぐれた人柄をたたえると共に、衛国の将来を案ずる心情をのべている。

したがってこの句は、見送る側からすれば序文の予告④――〝高貴な女性への思慕〟を表し、送られる側からすれば予告①――〝旅する者の悲しみ〟を表すものとなる。

なお、「差池」という語も、柳のある情景の中で使われた例がある。

楊柳垂レテレ地ニ　燕差池タリ　緘《とざ》シテレ情ヲ忍ビレ思ヒヲ落《お》トス二容儀ヲ一

（梁、沈約「陽春曲」）

4 **憔悴**　やせ衰える。やつれる。ここでは、直接には秋の柳のしおれかけたようすを形容している。

前句の「差池」が『詩経』の語であったのに対応して、この「憔悴」は『楚辞』の語である。

屈原既《ニ》放《タレテ》、遊《ビ》於江潭《ニ》、行《ク》吟《ス》沢畔《ニ》。顔色憔悴《シ》、形容枯槁《ス》。（『楚辞』漁父）

これは楚国の政争に敗れ、追放されてさまよう屈原の姿を描写した箇所であり、前句同様〝祖国と別れて旅する者の悲しみ〟すなわち予告①の具現である。

以上、頷聯二句は、ともに不如意のうちに愛する祖国を離れた王族が登場する点、注目に値しよう（〔備考〕の(1)を参照）。

晩煙　夕もや。「煙」（もや）も柳の詩によく現れる。

啼鳥噪《そう》蟬《せん》堪《ヘ》悵望《スルニ》　舞煙揺水自《ラ》因依《ス》
（五代、徐夤《じょいん》「柳」）

濛濛《タル》堤岸柳含《ム》煙《ヲ》　疑《フラクハ》是《レ》陽和二月《ノ》天《ナルカト》
（五代、徐鉉「柳枝《ノ》辞」其《ノ》三）

また、とくに柳が繁茂するようすを「煙」にたとえる例も多い。

大業《ノ》末年春暮《ノ》月　柳色如《ク》烟《ノ》絮如《シ》雪《ノ》
（白居易「隋堤《ノ》柳」）

来歳春風一千《ママ》樹　緑煙和《シテ》雨《ニ》暗《ニ》重《ナル》城《ニ》
（金、元好問「郷郡雑詩」）

千樹垂《ル》糸《ヲ》両岸《ノ》煙　緑波春雨白鷗《ノ》天
（明、僧永瑛「柳塘」）

したがって本詩の「晩煙《ノ》痕」も、葉を落とし衰えた秋の柳を形容したものと解することができよう。

5 **陌上**　道ばた。「陌」は、もと、耕地の間の道。転じて、通り。街道。

「陌」という語も柳の描写につきものである。

陌頭《ノ》楊柳枝　已《ニ》被《かうむル》春風《ノ》吹《クヲ》
（唐、郭元振「子夜春歌二首」其《ノ》二）

忽《チ》見《テ》陌頭楊柳《ノ》色《ヲ》　悔《ユラクハ》教《メシヲふ》夫壻《せいヲシテもとメ》覓封侯《ヲ》
（盛唐、王昌齢「閨怨」）

日暮吹《ク》簫《ヲ》楊柳《ノ》陌　路人遥《カニ》指《サス》鳳凰楼
（中唐、李端「贈《ル》郭駙馬《ニ》二首」其《ノ》一）

三条《ノ》陌上払《ヒ》金羈《ヲ》　万里《ノ》橋辺映《ズ》酒旗《ニ》
（中唐、滕邁「楊柳枝詞」）

黄驄曲　「黄驄」は、うすい赤毛の馬。ここでは唐の太宗の愛馬黄驄驃《こうそうひょう》のこと。太宗は高麗《こうらい》への出征中、この愛馬が死んだのを悲しみ、楽人に「黄驄《ノ》畳曲」を作らせた（『新唐書』巻二一「礼楽志」など）。

この故事の中に柳は登場しないが、ただ柳と馬とはよく組合せて詩に詠ぜられる。

遺《スレバ》却珊瑚《ノ》鞭《ヲ》　白馬驕《おごリテ》不《カ》行

章台《ニ》折《ル》楊柳《ヲ》　春日路傍《ノ》情

（盛唐、崔国輔「長楽少年行」）

相《ヒ》逢《ウテ》意気為《ためニ》君《ガ》飲《ム》　繫《つなグヲ》馬高楼垂柳《ノ》辺
（盛唐、王維「少年行」）

本詩ではこのような、柳が馬への連想を伴う伝統をふまえつつ、〝出征中の悲しみ〟にかかわる馬の故事として、この「黄驄曲」の故事を取り上げたのであろう。これは予告③の具現である。

6烏夜村　江蘇省呉江県の南にあった村。西晋の宰相何充の弟、何準がここに隠棲していた。或る晩、烏《からす》が群れ騒いだときに娘が誕生し、のちにこの娘が東晋の穆帝《ぼくてい》の皇后となったときにも烏の群れが騒いだという（南宋、范成大『呉郡志』巻九）。

　この故事にも柳が出て来るわけではないが、烏もやはり柳とよく組合せて詠ぜられる。ここでは前句の「黄驄曲」の場合と同様の着想によって、烏にかかわる故事を取り上げたのであろう。これは東晋のとき皇后に立てられた娘の話であり、予告④の具現である。

　なお、柳の詩の中で、馬と烏とを対にして取り上げた例としては、

　長《キ》時《ハ》須《ラク》《ク》レ払《フ》レ馬《ヲ》　密《ナル》処《ハ》少《シク》蔵《ス》レ鴉《からすヲ》
　　　　　　　　　（晩唐、李商隠「謔《たはむル》レ柳《ニ》」）
　元灞《ノ》柔条《ハ》堪《ヘ》レ繋《つなグニ》レ馬《ヲ》　白門《ノ》疎影《ハ》不レ蔵《セ》レ鳥《ヲ》
　　　　　　　　　（明、徐桂「詠《ズ》二新柳《ヲ》一」）

などがある。王士禛のこの詩の場合、実物の馬や烏ではなく、それらにかかわる故事を並べたところに、作者の工夫を窺うことができよう。

　以上、頸聯二句でも王族に関連する故事が並べられ、かつ、それらがいずれも「愁《ヒ》生《ズ》」「夢《ハ》遠《シ》」と、悲観的観点からとらえられていることが特色である。これによって、第5句では〃馬の死さえ手あつく哀悼した名君太宗の偉業は、時の流れのはるか彼方に消え去った〃という内容が暗示され、第6句では〃聡明な皇后の存在も夢のように遠い昔のこととなった〃という内容が暗示される。したがってこの両句は、それぞれ予告③④の現れであると共に、さらにそれらを包摂する形で予告②をも具現していることになる。

7莫聴　耳を傾けるな。じっと聞き入るな。「聴」は「去声 ting」に読む。

三弄笛　三たび吹奏される笛の音《ね》。東晋の王徽之《おうきし》（字は子猷《しゆう》。王羲之の子である）が都の建康（南京）に向かう途次、船着き場の舟中にいたとき、岸べを笛の名手桓伊《かんい》（字《あざな》は子野）が通りかかったと知り、人をやって一曲所望した。すると桓は車を下りて、調性の異なる笛の曲を三曲吹き、そのあと互いに一言も交わさずに別れた、という（『世説新語』任誕）。

　王子猷出《いデテ》レ都《ニ》、尚《なホ》在《リ》二渚下《しよかニ》一。旧《もとヨリ》聞《クモ》二桓子野《ノ》善《ク》吹《クヲ》レ笛《ヲ》、而不二相《ヒ》識《しラ》一。遇《たまたま》桓於《より》二岸上一過《ギ》、王在《リ》二船中《ニ》一。客有《ニ》二識《リテレル》レ之者《ヲ》一云《フ》、是《レ》桓子野《ナリト》。王便令《チしメテ》二人《ヲシテ》与《ためニ》相聞《ヒぶんせ》一云《フ》、聞君善吹《クク》レ笛《クトヲ》。試為《ミニためニ》レ我《わガ》一奏《タビセヨト》。桓時已《ニすでニ》貴顕《ナレドモ》、素《もとヨリ》聞《クノ》二王名《ヲ》一。即便《すなはチ》廻《めぐリテ》下《リ》レ車《ヨリ》、踞《きよシ》二胡牀《こしようニ》一、為《ためニ》作《なス》二三調《ヲ》一。弄畢《ろうシをはツテ》、便《チ》上《リテ》レ車《ニ》去《ル》。客主不レ交《ヘ》二一言《ヲモ》一。

柳と笛もよく組合せて詠ぜられ、本詩と同様、〃悲しくなるから吹くのをやめよ〃と詠じている例も頻見する。

　此《ノ》日令《ム》二人《ヲシテ》腸欲《セ》レ断《タント》　不レ堪《ヘ》下将《ルニ》入《レテ》二笛中《ニ》一吹《カント》上
　　　　　　　　　（中唐、滕邁「楊柳枝」）
　陽関休《やメヨ》レ畳《じようスルヲ》曲《ヲ》　司馬易《シ》レ傷《やぶリ》レ情《ヲ》
　　　　　　　　　（元、許有孚「柳巷」）
　征人《ノ》遠道那《なんゾ》堪《ヘン》レ折《ルニ》　休《メヨ》下共《ニ》二梅花《ト》一笛裏《ニ》吹《クヲ》上
　　　　　　　　　（明、徐桂「詠《ズ》二新柳《ヲ》一」其一）

本詩では、別れの笛曲「折楊柳」への連想から、次の最終句

へと続いてゆく。この連想の背景にあるのが、有名な次の詩句である。

羌笛《きょうてき》何《ゾ》須《ヒン》怨《ムヲ》二楊柳《ヲ》一　春光不レ度《わたラ》玉門関

（盛唐、王之《おうし》渙《かん》「涼州詞」）

＊『訓纂』の注では「何《ゾ》須《ヒン》」を「何《ノ》心《アリテカ》」に作る。

この王之渙の「涼州詞」は、辺境守備の兵士の、内地の人々と別れている嘆きを詠じたもので〝いま羌笛（羌族〔西北のチベット族〕の笛）のしらべが聞えて来るが、「折楊柳」の曲をうらめしげに吹いていてわれわれの悲しみを深めるのはやめてもらいたい。なぜなら、ここ玉門関（次項を参照）には春の日光は訪れず、したがって柳が芽吹くこともない。本物の柳も無いところに柳の曲など不似合ではないか〟という意をのべている。

つまり本詩の尾聯二句は、この王之渙の二句を『世説』の故事と合成して再現したものと言える。ここで序の予告②が再び具現しているわけである。

8 **玉関**　玉門関（甘粛省敦煌県西）。中央アジアとの往来の要所であると共に、中国から見てさいはての地であった。

哀怨　悲しくうらめしげなこと。上の「玉関」を承けて、玉門関に駐屯する兵士たちの心情を表すものと取る。〔諸説の異同〕を参照。

玉門関というさいはての地で「折楊柳」を聴く悲しさは、この曲が喚び起こす悲しみの極点である。そのきっかけとなる「折楊柳」を「莫《レ》レ聴《ク》」と禁ずることによって〝そんなことを想像して、これ以上悲しみを深めるのはよそう〟という意を表し、詩全体の結びとしたのである。

総難論　まったく、口に出して言うことはむつかしい。言うに言われぬほど程度がはなはだしいことを示す。「総《テ》」は、ここでは強調を表す白話的用法であろう。「論」は、ここでは動詞用法の韻字。「平声 lún」に読む。

通釈

秋の柳に寄せて

秋になって、最も深い悲しみに心をふさがれるのはどこだろう。それは夕映えに染まり、秋風に吹かれる南京の、白下の門のあたりである。

（旅人がしじゅう出入りするその門の柳には）かつて春のつばめがしきりに飛び交って、青々と茂る葉に影を落し（そのかたわらを聡明な王妃、戴嬀《たいき》が旅立って行っ）たものだが、その柳も今やすっかりしおれ果て、まるで夕もやの名残りのよう（それは古《いにしえ》の楚の憂国の士、屈原のやつれた姿をさえ思わせる）。

（むかし唐王朝を確立した名君、太宗が愛馬を追悼して作らせた）かの黄驄の曲が、道ばたで奏でられるのを聞くにつけても悲しみがこみ上げる。（西晋の何準の令嬢が穆帝の皇后に立てられたという）江南の烏夜村の物語も、もはや夢のように遠い昔話となった。

風の中で三たび吹奏される「折楊柳」の笛曲に耳をかたむけるのはやめたまえ。辺境のとりで玉門関を守る兵士の悲しみ、嘆きこそ、まことに筆舌に尽くしがたいものなのだから。

諸説の異同

異同の所在

尾聯の解釈

異同の類別

A　第8句を第7句の理由説明と取り、〝笛の曲を聴くのはやめたまえ。玉門関の兵士たちの嘆きは筆舌に尽くしがたいのだから〟と解する。

B　第8句を第7句の理由説明とする点はA説と同じだが、第8句の「玉関」「哀怨」を並列と見て、〝王之渙が詠じた玉門関のさびしさ（＝「玉関」）も、また別れの笛曲「折楊柳」にこめられた哀怨のひびき（＝「哀怨」）も、いずれもたえうるものではないから〟と解する（この説では、第8句は「玉関　哀怨　総《すべ》て論じ難し」と訓読される）。

C　第7・8句はそれぞれ別の故事を、悲哀の漸増効果を図って並べたものと見て、〝笛の曲を聴くのはやめたまえ。まして、玉関門で吹く「折楊柳」などは言うまでもない〟と解する。

D　第7・8句が悲哀の漸増を図っているとする点はC説と同じだが、第7句の桓伊の故事がすでに「折楊柳」への連想を含んでいると見て、〝ただでさえ悲しい「折楊柳」を聴くのはやめたまえ。まして、玉門関で聴く「折楊柳」の悲しさは、とうてい説明できはしない〟と解する。

A説を採るもの：高橋和巳『王士禛』（中国詩人選集二集第一三巻、岩波書店、一九六二年）、石川忠久『NHK漢詩をよむ』花鳥のうた（日本放送出版協会、一九八七年）、松浦友久『中国名詩集―美の歳月』（朝日文庫、朝日新聞社、一九九二年）。

B説を採るもの：近藤光男『清詩選』（漢詩大系大二二巻、集英社、一九六七年）、蘆田孝昭『中国詩選』四〈蘇東坡より毛沢東へ〉（現代教養文庫721、社会思想社、一九七四年）。

C説を採るもの：松枝茂夫『中国名詩選』(下)（岩波文庫、一九九一年）。

D説を採るもの：橋本循『王漁洋』（漢詩大系第二三巻、集英社、一九六五年）。

異同の論拠

いずれも言及されていない。

察するに、B説は、第8句の「総」を〝すべて、みな〟の意に取り、「総」の上に、この字が指し示す二つ以上の事物が存在する必要があることから、「王関」「哀怨」を並置と見たものであろう。しかしこの説は、

①　地名の「玉関」と、感情を表す「哀怨」とを並置と見るのはやや自然さを欠くように思われること、

②　「総」は、〔語釈〕で指摘したように、〝とうてい、どうしても〟という強調の意にもなりうること、

この二つの点から、さらに別の解釈の可能性を感じさせる。

またC説は、第7句・第8句それぞれに現れる故事の自立性を重視したものと思われる。たしかに、第7句の桓伊の故事には、本来は柳の木も「折楊柳」の曲も登場しない（〔語釈〕に引く原文を参照）。しかし、「秋柳」という詩題の詩の中で〝笛〟が出て来れば、連想が「折楊柳」に及ぶことは自然であり、その連想を排除する方がむしろ困難であろう。その点、D説の方が受け入れられやすい。

そこでA説かD説かということになるが、本稿では、〔語釈〕でも触れたように、この7・8句は前掲の王之渙の二句の再現であり、同じ構造（後の句が前の句の理由説明になっている）をもつも

のと考えて、A説に従った。

備考

(1)本詩に底流する亡国の悲哀本詩には多くの故事が引用されているが、とりわけ中間二聯に現れる四つの人物故事――衛の荘姜と戴嬀、楚の屈原、唐の太宗、西晋の何準の娘――は、一見、いかなる脈絡のもとに並べられているのか判りにくい。が、〔語釈〕の「秋柳」の項で触れたように、本詩の隠れた主題が明の滅亡を悼む心情であることに注目すれば、俄然、この四者に一貫性が浮かび上がって来る。それと共に、本詩が歴下（山東省済南市）の地で作られたにもかかわらず、第2句で「白下」（江蘇省南京市）という場違いな地名を出し、第7句でもう一度、南京に関わる桓伊の故事を出していることについても納得がゆく。南京は明の太祖が始めに都を置いた地であると共に、六朝の古都であり（〔語釈〕の「白下門」の項を参照）、唐以来、詩人たちの詠史懐古の情をかき立てる地名でもあるからである。

このように、前後を南京のイメージで囲まれた中間二聯の四故事の中でも特に重要なのは、頸聯の二つの故事にこめられた寓意性であろう。この点については、『秋柳詩箋』に引く李兆元の箋に明快に述べられているので、次に抄録する。

此先生弔《とむらフ》明亡《ほろブルヲ》之作。第一首追憶太祖開国時。……太祖定鼎《かなへヲ》金陵、故入手先以白下門三字点明其地。用意何取于白下而遠引之乎。……残照西風、已隠写一亡国景象。第五句、以唐太宗比明太祖、追憶業創之艱而傷《いたム》後人不能継也。烏夜村者、后之所居。按明紀、洪武元年、立妃馬氏為皇后。……太祖之創業、馬后佐助為多。夢遠云者、追憶開国母后之徳、而傷後代無嗣音也。結句玉関哀怨、則以春光之不度《わたラ》、比明社之難復、真覚黯然魂銷矣。

これによれば、頸聯二句は、明の太祖、ならびに太祖をよく輔佐した馬皇后を追憶し、明の建国当初の盛んな時代が遠く消え去った悲しみを暗示したものということになる。そのように考えれば、溯って頷聯二句に、動乱の祖国を失意のうちに去った二人の古人を詠ずるのも、亡国の悲しみを彩るものとしてきわめて適切に感じられる。

また、橋本循『王漁洋』に見える解説も参考になるので、あわせて摘記しておく。

……この詩が一世を轟動して、一時の名士の和するもの数百人に至ったのは何故であろうか。近人の陳子展《ちんしてん》が「中国文学史講話」で次のように述べている。「当時、満清が入関してから久しからず、多くの名士は、大むね亡国の隠痛を抱きながらも、口に出しては言えない。忽ち此詩を見て、隠約のうちに南京の福王（神宗の孫）のことを説いているのであり、それが亦た己れの心事を説いているようであり、そこでこの秋柳という題目を借りて、満腹の哀怨を吐露する機会をつかんだというのが、『秋柳詩』の有名になった社会的根拠である」と。漁洋が明清交替の際に生まれ、祖国の明の滅亡《（ママ）》を悲しい心を抱いて、深い感懐に陥ったであろうことは前にも述べた。多分にこの詩には、そうした感懐が盛られているであろう。殊にこの詩の序を読めば何か考えさせられるところがある。詩の意味が朦朧としているのは、あるいは作者漁洋の作為的なものかも知れない。

〔同書八五頁〕

(2) 本詩が人気を博した要因

〔語釈〕欄で検証したとおり、本詩は、柳にまつわるさまざまの語句・故事・イメージによって組み立てられており、きわめて理知的・頭脳的な作風である。このような特色は、実は清代の詩一般に当てはめることのできる典型的意味をもっている。

――満州族の清王朝は、漢民族に対し、一面では辮髪《べんぱつ》の強制や言論の弾圧を行ったが、他面、漢人の学者・知識人を優遇、とりわけ康熙《こうき》・雍正《ようせい》・乾隆《けんりゅう》の諸帝が学問芸術を好んだこともあり、清朝前半期、つまり一八世紀末までは文化的に非常な活況を呈した。詩人とその作品の多いこと、詩集・詩派の多いことは、中国史上、空前であったが、この時期、多くの詩人はまた学者としても一家を成しており、このことが清詩の作風に大きな影響を与えている。

清朝初期の学者たち、とりわけ明の遺老（顧炎武《こえんぶ》、黄宗羲《こうそうぎ》、王夫《おうふう》之《し》など）は、明末の心学が観念的・主観的に過ぎた点を反省し、博学と実証とによる、客観的根拠をもった実学――世直しに役立つ学問――を主張した。いわゆる清朝考証学の起りである。その根柢には、古典を研究し、古人の心を理解することを通じて、漢人の民族意識を覚醒させようという意図がひそんでいた。この主張は時とともに実学的意義を失い、古典の一字一句にこだわる、考証のための考証になってゆくが、その、古典の尊重と博学の重視の姿勢とが詩作にも適用され、清詩は、典故（詩句の典拠となる故事）の多さ、用字の的確さ、構成の精密さなど、一種知識主義的な趣を強く帯びることとなったのである。

この点、本詩は清詩の典型的作風を見事に先取りしたものと言えよう。加えて、〔備考〕の(1)で触れたように、本詩が当時の知識人たちの心事をひそかに、しかし巧みに語っている点を考え合せるならば、本詩が大明湖畔の宴席で発表されるや、ただちに大勢の唱和者を得、その後三年の間に、唱和者が江南にまで及んだという（〔語釈〕の「秋柳」の項を参照）のも、まことにもっともなことと思われる。

（宇野　直人）

魯《ろ》迅《じん》

0 自嘲

自《みづか》ら嘲《あざけ》る

1 運交華蓋欲何求

運《うん》　華蓋《くわがい》に交《まじ》はりて　何《なに》をか求《もと》めんと欲《ほっ》する

2 未敢翻身已碰頭

未《いま》だ敢《あへ》て身《み》を翻《ひるがへ》さざるに　已《すで》に頭《かうべ》を碰《う》つ

3 破帽遮顏過鬧市

破帽《はばう》　顔《かんばせ》を遮《さへぎ》りて　鬧市《だうし》を過《す》ぎ

4 漏船載酒泛中流

漏船《ろうせん》　酒《さけ》を載《の》せて　中流《ちゆうりう》に泛《うか》ぶ

5 横眉冷對千夫指

眉《まゆ》を横《よこ》たへて冷《ひや》やかに対《たい》す　千夫《せんぷ》の指《ゆび》

6 俯首甘爲孺子牛

首《かうべ》を俯《ふ》して甘《あま》んじて為《な》る　孺子《じゆし》の牛《うし》

7 躲進小樓成一統

小楼《せうろう》に躲《のが》れ進《すす》みて一統《いつとう》を成《な》さん

8 管牠冬夏與春秋

牠《か》の冬夏《とうか》と春　秋《しゆんじう》とに管《くわん》せんや

テキスト　『集外集』（上海、群集図書公司、一九三五年五月）◆『魯迅日記』一九三二年一〇月一二日の項　◆自筆書幅①（柳亜子あて。一九三二年一〇月一二日）◆自筆書幅②（年代不明。右の『集外集』口絵および上海魯迅紀念館編『魯迅詩稿』〔上海人民美術出版社、一九九一年八月〕に収める）◆自筆扇面（日本の友人・杉本勇乗あて。一九三二年一二月二一日）

校語

3 **破帽**　書幅①では「舊帽」に作る。

4 **漏船**　書幅①では「破船」に作る。

5 **冷對**　扇面では「冷看」に作る。

8 **管牠**　書幅①・扇面では「管他」に作る。

＊　ちなみに『集外集』は、右の〔テキスト〕欄に掲げ、本稿の底本とした単行本のほか、次の三種類の『魯迅全集』にも収録されている。

①『全集』全二〇巻（魯迅先生紀念委員会、一九三八年）——第七巻

②『全集』全一〇巻（北京、人民文学出版社、一九五六年）——第七巻

③『全集』全二〇巻（北京、人民文学出版社、一九七三年）——第七巻

これらは、必ずしも三五年刊の単行本『集外集』の原型をそのまま踏襲してはいない。字体・標点（，と。）も含めて単行本と同一なのは①のみであり、②は横組で簡体字を使用、③は縦組で簡体字を使用している。しかし字体の繁・簡を除いては、これら三種の『全集』所収の「自嘲」と、単行本所収のそれとの間に文字の異同は無い。

詩型・韻字

七言律詩。求《きう》・*頭《とう》・流《りう》・牛《ぎう》・秋《しう》（下平声尤韻〔尤侯韻*〕）。

語釈

0**自嘲**　自分で自分をあざけり笑う。中国伝統詩の歴史の中で、「自嘲」という詩題の系譜はさほど古くはなく、中唐あたりから見られる。それらの内容には大体一定の方向性があり、〝社会や他人に背を向けてひたすら個人的な世界にとじこもる自分を憐れむ〟〝不遇な境涯、自堕落な境涯にある自分を戯画化する〟というように概括することができる。たとえば、

　面黒《クシテ》頭雪白《ク》　自《ラ》嫌《ヒ》還《まタ》自《ラ》憐《ム》
　（中略）
　任《まかセ》二従人《ノ》棄《き》擲《てきスルニ》一　自《ラ》与《と》レ我周旋《ス》
　（中唐、白居易「喜《ンデ》レ老《ヲ》自《ラ》嘲《ル》」）

　世変真《まことニ》難《ク》レ料《はかり》　吾《われ》癡《ちニシテ》只《ダ》自《ラ》嘲《ル》
　（南宋、陸游「自嘲《ラ》解《リス》レ嘲《ヲ》」）

　退閒驚《キ》二客《ノ》至《ルニ》一　衰懶怕《おそル》二書《ノ》来《タルヲ》一
　（南宋、范成大「詠《ジ》レ懐《ヒヲ》自《ラ》嘲《ル》」）

などの詩句は、この詩題の詩がもつ傾向を端的に表している。その他、

　五十八翁方《ニ》有《リ》レ後　静思堪《ヘ》レ喜《ブニ》亦《タ》堪《ヘタリ》レ嗟《なげクニ》
　（中略）
　持《じシテ》レ盃《ヲ》祝願《スルニ》無《シ》二他《ノ》語一　慎《ミテ》勿《レ》三頑愚似《タルコト》二汝《ガ》爺《ニ》一
　（白居易「自嘲」）

は、家庭生活の中でのつつましい喜びと願いとを詠じ、

　三月降《リテ》レ霜花木死《シ》　九秋飛《ビテ》レ雪麦《ばく》禾《か》災《ヒアリ》
　蟲《ちゅう》蝗《こう》水《すい》旱《かん》霖《りん》霪《てんノ》雨　尽《ことごとク》逐《ヒテ》二商山《ノ》副使《ヲ》一来《タル》
　（北宋、王禹偁《おううしょう》「自嘲」）

は、〝不運な自分の行くところ、常に天災が起こる〟と、不遇感を強調し、

　平生《ノ》蹤跡半《バス》二九区《ニ》一　酔倒時《ニ》得《タリ》二蛾眉《ノ》扶《たすクルヲ》一
　（中略）
　巻《ケバ》レ簾《ヲ》月色招《キテ》レ人《ヲ》酔《ハシム》　三百《ノ》青銅徑《ただチニ》自《ラ》沽《かハン》
　（北宋、鄧粛《とうしゅく》「自嘲」）

は、退廃的な生活ぶりを誇張して詠じている。

　このような前代の作例に共通する詩想上の特色として、①公人としての主張、もしくは社会に対する前向きの思考が見られないこと、②意志表明と言えば、せいぜい〝他人や世間の思惑にとらわれず生きようとする心情〟であること、を指摘することができる。

　魯迅の旧体詩（伝統詩型によった詩。旧詩）は、本詩を含め、大多数は『集外集』に収録されるまで新聞・雑誌等に公表されたことがなく、ただ日記に備忘のように書きとめられていた。しかし魯迅は晩年に至って初めて自作の旧体詩の集成に熱意をもち『集外集』を編定、さらに『集外集拾遺』の編纂中に歿した。『集外集』は魯迅自身の校定を経ているので、「自嘲」もこの集に収められた形を決定稿と考え、本稿の底本とした。

　本詩は、一九三二年の九月から一〇月にかけて作られた（単行本『集外集』の目次では誤って〈一九三三年〉と標示されている）。その初稿は、『魯迅日記』一九三二年一〇月一二日の条に見える。そこに「午後、柳亜子《りゅうあし》のために一本の書幅を書いた」（為柳亜子書一条幅）としてこの詩の全文が示され、つい

で「郁達夫《いくたつぷ》にごちそうになり、ひま人たる私は戯れの詩を作った。半聯を借用し、一首の律詩にまとめて……」（達夫賞飯、閑人打油、偷得半聯、湊成一律……）と、作詩の背景が説明されている。ただ、魯迅が郁達夫（一八九六—一九四五）にごちそうになり、この詩を完成させたのは、実はこれより更に一週間前のことであった。『日記』の一〇月五日の条に「晩、郁達夫・王映霞夫妻が聚豊園《しゅうほうえん》に宴を設け、人々を招待した。同席は柳亜子夫妻、達夫の兄嫂林徽音《りんきいん》であった」（晩達夫、映霞招飲于聚豊園、同席為柳亜子夫婦、達夫之兄嫂林徽音）とあるのがそれである。このとき、郁達夫の兄・郁華夫妻が上海に来訪したので、達夫夫妻の主催のもとに、魯迅・詩人柳亜子夫妻・作家林徽音らが加わって歓迎の宴を開いたのである。

熊融「〝偷得半聯〟別解」では、この席上での魯迅と郁達夫のやりとりが、次のように紹介されている。


魯迅が到着すると、達夫は冗談まじりに語りかけた。

「このところご苦労さまですね」。

「うむ」、魯迅はほほえんで答え、

「きのう思いついた二句の聯語をきみに報告できるよ」と、この詩の頸聯を示した。

「するとどうやらあなたの華蓋の運は、まだ離れていないようですね」と、達夫はさらに冗談を言った。

「やあ、そう言われたところで、また半聯が浮かんだ。これで一首の詩にまとめられるぞ」、と魯迅は言った。

（『人民日報』一九六二年二月二二日——呉岫光《ごしゅうこう》ほか『魯迅旧詩匯釈』(上)〔陝西人民出版社、一九八五年〕引）


この記事に従えば、前述の『魯迅日記』に見える「偷得半聯」は、郁達夫の発言「あなたの華蓋の運」云々を拝借した、ということであり、この詩の第1句がその「半聯」に相当することになる。しかしこれについては異説もある。〔諸説の異同〕Ⅰを参照。

次に、本詩制作時の魯迅の境遇と時代情勢に触れておこう。魯迅は一九一八年の『狂人日記』発表を皮切りに、二二年までに『孔乙己《コンイーチー》』『故郷』『阿Q正伝』などを次々に発表、文学革命を実作面から裏づける役割を果し、その後、北京大学への出講のかたわら雑感文の発表を続けていたが、二五年、第一次国共合作によって呼び起された北京文化界の対立をめぐって守旧派と論争、さらに二六年、三・一八事件が起きると軍閥政府を糾弾した。そして同年八月、教え子の許広平《きょこうへい》とともに北京を脱出、短期間の厦門《アモイ》滞在（厦門大学教授となるも辞任）を経て二七年一月、広東に移住し、中山大学教授となった。しかしここでも四・一二反共クーデターに抗議して辞任、同年秋に上海に移住して許広平と同居し、二九年九月、49歳の年に長子海嬰《かいえい》をもうけた。その後、三六年に56歳で病歿するまで、上海に定住している。

上海在住期の魯迅は、国民党政府の文化政策、左派内部の誤った傾向等々、左右の各方面に対し、鋭い批判の文章を繰り返し発表して倦まなかった。すでに二八年より太陽社、創造社の批判に応じて革命文学論争を展開、二九年には反左翼文学の新月社と論争、三〇年二月より文芸大衆化論争に加わると共に、同月には中国自由運動大同盟、翌三月には左翼作家連盟に、いずれも発起人として参加、このとき国民党の浙江《せっこう》省党支部より〝反動文人〟として逮捕状が申請された。そして三一年五月には民族主義文学批判、三二年（「自嘲」を作った年）には芸術大衆化論争や、第三種人批判の論文を発表している。

当時の世相もまた風雲急を告げていた。魯迅が広東に移った二七年の四月には国民党政府がソ連と断交、共産党はソヴィエト運動に転じ、五月には日本軍の第一次山東出兵、二八年五月に済南事変、六月に張作霖《ちょうさくりん》の爆死、一〇月に蔣介石《しょうかいせき》が国民党政府主席に就任して英・米・仏の承認を得ている。三一年一月には魯迅と親交のあった柔石《じゅうせき》ら青年作家二四人が逮捕され、二月七日、秘密裡に殺された。九月には柳条湖事変により満州事変が勃発、三二年一月、上海事変と満洲国の成立、一〇月、リットン報告書発表……と、近代史の大事件が文字通り踵《くびす》を接している。

このように、「自嘲」が作られたとき、魯迅の境遇も、中国社会全体も激しく揺れ動いていた。そのためもあってか、とりわけ中国の解説書類では、この詩を当時の社会へのメッセージ性の強いものととらえ、〝表面は「自嘲」だが、それは実はユーモアをこめた反語であり、実は敵対勢力を嘲笑・諷刺している〟というふうに説くもの、また、詩中の語句の一々について、当時の政治的・社会的趨勢と対応させようとするものが多い。しかし本稿ではあくまでも、はじめに述べた、この詩題の伝統的傾向がこの詩の構想を支配しているものとして解釈した。そうしなければ、魯迅がことさらに旧体詩という形式を選んで、この詩を作った意味がうすれてしまうと考えるからである。もし新しい思想や主張を表現しようというのであれば、魯迅は別の形式を選んだことであろう。この点に関しては〔備考〕欄をも参照されたい。

1 **華蓋**　星の名。算命術で、人の運勢が華蓋星に当たると運気が悪くなるという。魯迅は評論集『華蓋集』（一九二六年刊）の〈題記〉の中で「華蓋の運は、僧侶にとっては好運であり、頭上に華蓋をいただくことは、言うまでもなく成仏し開祖となるきざしである。しかし俗人はまったくだめで、華蓋が上にあると封じこめられ、障害にぶつかるしかない」（這運、在和尚是好運；頂有華蓋、自然是成仏作祖之兆。但俗人可不行、華蓋在上、就要給罩住了、只好碰釘子）と述べている。

交　遭遇する。出逢う。算命学の用語に「交運」があり、〝運命の転折点〟を意味する。したがって「運交華蓋」は、「運命の転機として華蓋に出逢う」の意。

未敢　……する勇気がない。……する意志が固まっていない。意志を否定する形。ちなみに、巴金《はきん》「懐念魯迅先生」に「真理のために敢《あえ》て愛し、敢て恨み、敢て説き、敢て做《な》し、敢て追求した」（為了真理、敢愛、敢恨、敢説、敢做、敢追求）と、魯迅を語るキー・ポイントとして「敢」の字を用いている。

翻身　からだの向きを変える。ここでは〝生き方を変える〟という含みをもつものと解する。〔諸説の異同〕IIを参照。

碰　ぶつける。

以上、首聯については、魯迅がさまざまな敵対勢力に囲まれ、迫害されている状況を指すと説くものが多い（殷維漢《いんいかん》「魯迅先生〝華蓋〟詩箋注」〔『工人日報』一九五六年一〇月一八日〕、張向天《ちょうきょうてん》『魯迅旧詩箋注』〔広東人民出版社、一九五九年八月初版〕、周振甫《しゅうしんぽ》『魯迅詩歌注』〔浙江人民出版社、一九六二年四月〕、など〕。次に、その主なものの要旨を挙げよう。

「この聯は魯迅が一生涯受けつづけた艱難の概括であり、辛亥革命後の排斥と失敗、北洋軍閥期、反動文人からの批判、上海定住後、新月派、創造社、太陽社からの攻撃を広く指す」〔北京師院中文系『魯迅詩歌選講』〔一九七六年〕〕。

「一九二五—六年、北京で北洋軍閥やその支持者たちと戦っていたとき、魯迅はその境遇を〝華蓋の運〟にたとえ、その時期の雑文集を『華蓋集』『華蓋集続篇』と名づけた。国民党の統治下でも圧迫を受け、〝五色旗の下でも青天白日旗の下でも、同じように華蓋が運勢を支配し、晦《くら》い気が頭上をふさいでいる〟と述べた〔「革〝首領〟」——『而已集《じいしゅう》』所収〕。本詩を作った三二年ごろ、魯迅は著作の発行を禁じられ、青年同志の柔石らが殺害されるなどによって、やはり「運　華蓋に交はりて」と詠ぜざるを得なかった」〔倪墨炎《げいぼくえん》『魯迅旧詩浅説』〔増訂本〕〔上海教育出版社、一九八七年〕〕。

さらに、より広く、この聯は半植民地的・半封建的な状況にある国民全体の運命の縮図である、と説くものもある〔徐竹心「関于魯迅詩注的幾個問題」〔『遼寧第一師院学報』一九七七年第三期〕〕。

3 **遮過**　遮蔽する。おおいかくす。「通過する」意に取るものと「訪れる」意に取るものとがあるが、ここでは前者に従う。〔諸説の異同〕Ⅲを参照。

鬧市　にぎやかな市街。『子華子』「晏子」に「門如《ク》二鬧市《ノ》一、惟《ダ》利《ノミ》是《レ》視《ル》」、張籍「寄《ス》二元員外《ニ》一」に「門巷不レ教《シメ》レ当《ラ》二鬧市《ニ》一　詩篇転《うた》《タ》覚《ユ》レ足《ルヲ》二工夫一」とあり、卑俗な、避けるべき場所として言及されている。この語は、詩での用例は少ないが、右の張籍の詩句は『佩文韻府』巻三四上〈四紙—市〉の項にも採録されており、魯迅は当然これを顧慮したであろう。

4 **漏船**　破損して水の漏《も》れる船。

載酒　酒を設ける。単に船に酒を積みこむだけではなく、痛飲することをも含む。これは西晋の畢卓《ひったく》が〝船に酒を満載し、右手に酒杯を、左手に蟹のハサミ（上等の酒肴）を持っておれば一生満足だ〟と言った故事（『晋書《しんじょ》』巻四九本伝に「得下酒《ノ》満《タセル》二数百斛《ヲ》一船《ヲ》上、四時《ノ》甘味置《キ》二両頭《ニ》一、右手《ニ》持《じシ》二酒杯《ヲ》一、左手《ニ》持《シ》二蟹螯《かいごうヲ》一、拍《セバ》二浮酒船中《ノニ》一、便《チ》足《ランをふル》レ了《ニ》二一生《ヲ》一矣」とあるによる）、ならびに、杜牧の七絶「遣《やル》レ懐《おもヒヲ》」に「落《らく》二魄《たくシテ》江南《ニ》一載《セテ》レ酒《ヲ》行《ク》」（『正編』四二七頁）とあるのなどをふまえていよう。つまり、ほしいままの豪遊というイメージを伴う語である。

なお銭文輝「〝漏船載酒泛中流〟析」では「載酒」の「載」が〝運ぶ〟ことではなく〝設ける〟意であることを、『史記』礼書、『詩経』大雅「旱麓《かんろく》」、また『漢書《かんじょ》』揚雄《ようゆう》伝（「載《セテ》レ酒《ヲ》問《フ》二奇字《ヲ》一」の故事）などを引いて論じたあと、

この句は、魯迅が一九〇一年、南京で勉学中に作った「只《ダ》恐《ル》新秋帰《ルヲ》二寒雁《ニ》一　蘭艭載《セテ》レ酒《ヲ》槳軽揺《ス》」（「惜《シム》レ花《ヲ》四律」其《ノ》二）と比べると、「載酒」が船上で酒宴の用意をすることであり、船で酒を運ぶのではないことが一致する。が、右の青年期の詩句が、春江に舟を浮かべて酒を酌む描写に借りて、花を詠じ春を惜しむ情緒を表しているのに対し、晩年の「自嘲」の

詩句は、急流に舟を進ませて豪飲する描写を用いて、老練な革命戦士が困難を恐れぬ気概を表している、と述べる（『南京師院学報』一九七八年二期）。

中流　川の、両岸からの中央。流れの中心。

以上、頷聯にこめられた寓意につき、〔諸説の異同〕Ⅳを参照。

5 **横眉**　眉をあげる。怒りのようす。「横眉立眼」「横眉怒視」「横眉瞪目」など、怒りのまなざしを表す四字熟語につながるものと解しうる。〔諸説の異同〕Ⅴを参照。

千夫指　敵対者の指弾・圧迫。「千夫」の意味について〔諸説の異同〕Ⅵを、「指」の品詞・意味について〔諸説の異同〕Ⅶを参照。

6 **俯首**　頭を下げる。すなおに従うたとえ。韓愈の「応《ズル》二科目《ニ》一時与《フルノ》レ人書《ニ》」に、志をもつ者の自負を示して「若《キハ》二俛《ふシ》レ首《ヲ》帖《たレ》レ耳《ヲ》、揺《ゆるガシテ》レ尾《ヲ》而乞《フガ》レ憐《ミヲ》者、非《ザル》二我之志《ニ》一也」とあり、元来は卑屈な、忌むべきしぐさである。魯迅はここでそれを逆用し、〝わが子のためならば、平生の志を曲げてもよい〟という意味をこめているのであろう。

孺子牛　わが子のための牛。「孺子」は、幼児。童子。四つんばいになって牛のまねをし、わが子を背中に乗せてやること。『春秋左氏伝』哀公六年に見える〝斉の景公が庶子茶《と》のため四つんばいになって牛のまねをし、はずみで倒れて歯を折った〟という故事（茶《と》に対する鮑牧《ほうぼく》の諫言に「女《なんぢ》忘《レタル》下君之為《リテ》二孺子《ノ》牛《ト》一而折《リシヲ》中其歯《ヲ》上乎《か》」、西晋、杜預《どよ》の注に「孺子《トハ》、茶也。景公嘗《かつテ》銜《ふくミテ》レ縄《ヲ》為《リ》レ牛《ト》、使《ム》二茶《ヲシテ》牽《ひカ》一レ之《ヲ》。茶頓《たふル》レ地《ニ》、故折《ニル》二其歯《ヲ》一」とあるによる）。魯迅は三一年四月一五日の李秉中《りへいちゅう》あての手紙の中で、〝今の世に子供が多いのはまことに心を痛めることだ。養育費はともかく、将来の教育について、国にも期待できないし、個人の手にも負えない〟と語ったあと、海嬰の誕生に触れ、「ふと注意するのを忘れて赤ん坊ができてしまいました。その将来を考えると、いつも悲しくなります。が、こうなったからにはしかたがなく、……ますますつとめ働き、孺子の牛となるしかありません。もはやとやかく言いますまい」（偶失注意、遂有嬰児。念其将来、亦常惆悵、然而事已如此、亦無奈何、……只得加倍服労、為孺子牛耳、尚何言哉）と述べている（許広平編『魯迅書簡』上、一九頁〔北京、人民文学出版社、一九五二年〕）。したがってこの句は、第一義的には、作者がわが家で海嬰の相手をして遊ぶことをいうと解するのがよいであろう。

中国の解説書類では、〝幼少の者への魯迅の愛情を表す〟（張向天『魯迅旧詩箋注』）〝圧迫されている弱者に服務する〟（殷維漢「魯迅先生〝華蓋〟詩箋注」）、ひいては〝無産階級および大衆のために尽くす〟（毛沢東「在延安文芸座談会上的講話」〔一九四二年〕、周恩来「在魯迅逝世十周年紀念大会上講話」〔『新華日報』（重慶版）一九四六年一〇月二一日〕、北京師院中文系『魯迅詩歌選講』など）と解する系譜がある。が、作者の本来の心情に即して見るならば、

ここでの「孺子」の本義は〝息子海嬰〟であり、〝幼少者・青年世代・無産階級〟云々はいずれも引申義である。とする説（陸志亢《りくしこう》「我対《自嘲》中〝孺子牛〟的理解」〔中国魯迅研究学会・《魯迅研究》編輯部編『魯迅研究』第一三輯（中国社会科学出版社、一九八八年）所収〕）が穏当と思われ

る。

7小楼　小さなたかどの。ここでは、当時、魯迅が許広平・海嬰とともに居住していた上海のアパート。

一統　統一すること。また、或る勢力や状況を保持すること。

8管牠　かまわない。なるにまかせる。「不レ管《せ》」の類語。「牠」は、動詞のあとについて目的語を導き出す助字。

冬夏与春秋　季節の移り変わり。ここでは、家庭の外の状況の移り変わりにたとえていると見られる。〔諸説の異同〕Ⅷを参照。

以上、尾聯の含意について〔諸説の異同〕Ⅸを参照。

通釈

自分で自分をあざける

わが運勢が、俗人にはありがたからぬ華蓋に遭遇してしまったからには、もはや何を求めようか。生き方を変革する意志がまだ固まらないうちに、もう頭をぶつけてしまったのだ。

破れた古帽子で顔をかくし、繁華街を通りぬけたり、水漏れのボロ船に乗って酒を酌みつつ、川のまん中にただよったりするような、人目をはばかる、険呑な日々を送っている。

いく千もの敵人の攻撃には、眉をあげて冷厳に対抗するが、わが子と動物ごっこをするときは、頭を下げ四つんばいになって、心やすらかに牛となろう。

小さな住みかに身を隠して、（小さいなりに）一つの世界を築き上げるのだ。外界の状況の移ろいなどには、決して心を乱されまい。

諸説の異同

異同の所在　Ⅰ

『魯迅日記』に「半聯を借用して一首の律詩にまとめた」とある、「半聯」とは作中のどの句を指すかについて

異同の類別

A　先人の詩句を借りたのではなく、郁達夫の発言によって詩想がひらめいた第1句を指すとする。

B　清末民国初期の南社の詩人、姚鵷雛《ようえんすう》の詩句をふまえた第3句を指すとする。

C　清、銭季重の詩句を借りた第6句を指すとする。

D　第7句を指すとする。

A説を採るもの：熊融「〝偸得半聯〟別解」、高田淳『魯迅詩話』（中公新書249、中央公論社、一九七一年）。

B説を採るもの：胡冰《こひょう》「也談《魯迅詩本事》」（『魯迅研究札記』〔新文芸出版社、一九五八年〕）、于羽《うう》「為〈魯迅旧詩箋注〉提供一点材料」（『読書』一九五九年二三期）。

C説を採るもの：啓明《けいめい》「《魯迅旧詩箋注》商榷」（『羊城晩報』一九五九年一二月五日）、郭沫若「孺子牛的変質」（『人民日報』一九六二年一月一六日）、一六巻本『魯迅全集』第七巻・注（北京、人民文学出版社、一九八一年）。

D説を採るもの：錫金《せききん》「魯迅詩本事」（『文学月刊』一九五六年一一月）

異同の論拠

A説（「半聯」は第1句を指すとする説）

一九五六年一二月六日付「新民報晩刊」に掲載された「孺子牛的初筆」に、〝一九三二年一〇月五日の宴席で、魯迅が郁達夫と未完成の詩について語り合い、郁が「あなたの華蓋の運はまだ消えてい

ませんね」と言うと、魯迅は「その一言で私はまた半聯が浮かびました」と言った〞と見える。この資料によれば、「偸得」とは先人の詩から句を借りたということではなく、郁達夫の発言に触発されたことを表す。したがって「半聯」は、「華蓋の運」という語を含む第一句を指す。

（以上、熊融「〝偸得半聯〞別解」）

B説（「半聯」は第3句を指すとする説）

第三句は、清末民国初期の南社の詩人、姚鵷雛《ようえんすう》（字《あざな》、錫鈞《せききん》）の詩句である。その詩の全文はもう憶えていないが、〈南社詩集〉に収められていたように思う。

（以上、胡冰「也談《魯迅詩本事》」）

C説（「半聯」は第6句を指すとする説）

清、洪稚存《こうちそん》（字、亮吉《りょうきつ》）の『北江詩話』巻一に、同時代の銭季重の詩句として「酣酒或《イハ》化《ス》荘生《ノ》蝶　飯後甘《ンジテ》為《ル》孺子《ノ》牛」を載せている。魯迅はこれによって第六句を作ったので、そのことを「偸得半聯」と言った。

（以上、啓明「《魯迅旧詩箋注》商権」）

なお右の詩句の「飯後」を、郭沫若論文・『全集』注は「飯飽」に作る。

D説（「半聯」は第7句を指すとする説）

首聯の第一句は『華蓋集』題記から出たものであり、第二句の「碰頭」は魯迅の用語で、「碰釘子」＝運が悪い、の意であろう。頷聯は魯迅の生活体験であり、他の者はこれと同じ体験をすることはできない。頸聯は有名であり多言を要しない。尾聯のうち第八句は全体の結びであり、第七句が最も戯れの意味合いが強い。魯迅の言う「偸得」とはこの一句ではなかろうか。

（以上、錫金「魯迅詩本事」）

本稿ではひとまずA説に従った。他の三説はそれぞれ何らかの弱点を有するようである。B説については、既に次のような反論がある。

或る人は、姚鵷雛の詩句は「破帽遮《リテ》顔《ヲ》過《ギ》鬧市《ヲ》　冷攤《れいたん》（さびれた露店の意か）負《ヒテ》手《ヲ》（手を背中で組んで）對《ス》残書《ニ》」であると言う。しかし姚詩の原句は実は「暇日軒眉哦《ガシ》大句《ヲ》　冷《れい》攤《たん》負《ヒテ》手《ヲ》対《ス》残書《ニ》」となっている。もしこの他に「破帽」云々の詩句が姚の詩集の中に発見できないなら、魯迅が姚詩を借りたという説は不確かなものとなる。また、かりに詩中の三字、五字程度が一致しても、ただちにその詩句を借用したと断言することはできない。たとえば明、劉昂《りゅうこう》「山中《ニテ》聴《ク》雨《ヲ》」の詩の中にも「嵩高山下逢《ヒ》秋雨《ニ》　破帽遮《リ》頭《ヲ》水没《ス》腰《ヲ》」とあるが、この「破帽遮頭」四文字を見て、魯迅がこれに基づいたと考えるのはあまりに粗暴であろう。

（芝子《しし》「魯迅〈自題小像〉写作年代及其他」〈『光明日報』一九六〇年四月九日〉）。

C説については、この説を採る郭沫若自身が、次のような懐疑的な説明を加えている。

魯迅の借用は「半聯」ではなく半句（＝「甘為孺子牛」）であり、もっと厳密に言えば「甘為」の二字のみである。「孺子牛」の故事は『左伝』哀公六年の条に見え、他の人々もしばしば用いている。

D説は、右に見る通り主観的に過ぎ、もう少し納得のゆく根拠を示してもらいたいところであろう。

異同の所在　Ⅱ

第2句（翻身）の含意

異同の類別

A　転身する。生き方を変える。

B　成仏する。

C　体をかわして、災難をよける。

A説を採るもの：高田淳『魯迅詩話』、石川忠久『NHK漢詩をよむ』六〇年度下期（日本放送出版協会、一九八五年）。

B説を採るもの：松浦友久・坂田新『心象紀行／漢詩の情景』③〈理想への意志〉（坂田新執筆）東方書店、一九九〇年）。

C説を採るもの：『魯迅選集』第一二巻（松枝茂夫訳注）岩波書店、一九六四年）、日本語版『魯迅全集』第九巻（入谷仙介訳注）学習研究社、一九八五年）。

異同の論拠

いずれも言及されていない。

ただA説を採る高田淳『魯迅詩話』に、

〈翻身〉は高楼から下を見下すお偉方や、仏の慈悲の仮面をつけた和尚に転身することである。あたかも『西遊記』の孫悟空が、翻筋斗（とんぼ返り）して和尚や妖怪に変身したように、化ける意味である。新中国では、圧迫された人びとが解放され人民として生まれかわることを、ファンシェンという。魯迅はそのことを敢えてせず、あくまで凡人のままでいようとするから、折角の〈華蓋〉花の傘も目をふさぐだけで、〈碰頭〉頭をぶつける他ないわけだ。

と解説を加える。

また、曹礼吾「魯迅旧体詩臆説」（『天津師院学報』一九八〇年第四期）は、この句を作詩当時の作者の境遇に引きつけて次のように説くが、これもA説の範疇に入るだろう。

当時、蘇区（ソヴィエト地区）はすでに土地改革を実行し、農民を指導していたが、魯迅自身はまだ白区（国民党支配下の地区）に身を置いていた。そこで〝未敢〟（ソヴィエト地区に移る意志が固まらない）と言ってたわむれた。〝碰頭〟は、迫害を受けていることを指す。

本稿ではA説に従ったが、特に転身の方向を限定せず、単に「生き方を変える」意に解するにとどめた。

B・C説は、いずれも第1句の内容を強く承ける形で導かれたものであるが、第2句が「未敢」（未だ敢て……せず）という意志の否定になっている点から見て、いずれもやや苦しいように思われる。

まずB説であるが、「華蓋」が僧侶にとって成仏の兆であることは、〈語釈〉に示したとおり、魯迅『華蓋集』の〈題記〉に見える。しかしその記述によれば、華蓋によって成仏するか否かは当人が僧侶であるか否かによって決まるので、当人の意志に関わるものではない。したがって、ここで「未《ダ》ニ敢《テ》翻《サ》レ身《ヲ》」と、意志否定の形を用いていることは、この「翻身」が成仏の意ではないことを物語っているのではなかろうか。

またC説のように「翻身」を「災難をよける」意に解する場合、「未《ダ》ニ敢《テ》翻《サ》レ身《ヲ》」は「まだ災難をよける意志が固まらないうちに」「まだ災難をよける勇気が出ないうちに」となり、内容上、自然さを欠くようである。

異同の所在 III

第3句「過閙市」の意味

異同の類別

A「にぎやかな街を通り抜ける」とする。

B「にぎやかな街に出てゆく」とする。

A説を採るもの：張向天『魯迅旧詩箋注』、江西大学図書館『魯迅詩歌選注』（一九七六年）、南京大学中文系『魯迅詩注』（一九六八年）、鍾衆《しょうしゅう》「学魯迅的榜様」（『北京師範大学学報』一九七五年四期）、呉奔星《ごほんせい》「〈自嘲〉試解」（『山東文芸』一九七八年九期）、高田淳『魯迅詩話』、蘆田孝昭『中国詩選』四（現代教養文庫721、社会思想社、一九七四年）、日本語版『魯迅全集』第九巻（入谷仙介訳注）、など。

B説を採るもの：石川忠久『NHK漢詩をよむ』六〇年度下期、松浦友久・坂田新『心象紀行／漢詩の情景』③。

異同の論拠

言及されていない。

〔語釈〕で触れたように、「閙市」という語は世俗の醜さを象徴するような、忌避すべき場所として詩に詠ぜられるので、ここでもA説のように〝破帽で顔をかくして通り過ぎる〟と取るのが自然であろう。

B説に従えば〝破帽で顔をかくして繁華街へ出て行く〟となり、何らかの目的意識をもった、強い意志を伴う行動の描写となる。が、詩の文脈に照らすと、この部分にそのような毅然とした内容を置くのはやや唐突で、流れにそぐわない感がある。

異同の所在 IV

頷聯「破帽遮《リテ》レ顔《ヲ》過《ギ》ニ閙市《ヲ》一　漏船載《セテ》レ酒《ヲ》泛《ブ》ニ中流《ニ》一」の含意

異同の類別

A　両句とも、社会から自分の存在を隠蔽しようとする心情を表す。

B　上句は反動派の追跡・迫害を避けるようすを描写し、下句はそのように危険な環境のたとえである、とする。

C　両句ともに比喩であり、上句は環境の困難を、下句は環境の危険をたとえで表している。

D　上句は禍を恐れる自嘲、下句は禍を恐れぬ気概を表す。

E　上句は特務（秘密情報機関員、スパイ）と対決する姿勢を表し、下句は危急の情勢にあって従容としていることを表す。

F　上句は悪者の集まる閙市への蔑視・無視であり、下句は反革命文化への対抗・憤懣を表す。

G　上句は自己が困難な境遇の中で不屈の闘志を保つことを、下句は祖国がきわめて危険な状況にさらされていることを表す。

H　両句とも、敵人への反抗・闘争の気概を表す。

A説を採るもの：殷維漢「魯迅先生〝華蓋〟詩箋注」（『工人日報』一九五六年一〇月一八日）、高田淳『魯迅詩話』。

B説を採るもの：周振甫《しゅうしんぽ》『魯迅詩歌注』。

C説を採るもの：周葱秀《しゅうそうしゅう》「破帽・冬夏春秋・歌吟」（『陝西教育』一九七八年四期）。

D説を採るもの：劉逸生《りゅういっせい》「読魯迅詩箋注有感」（『羊城晩報』一

九六三年五月八日)。

E説を採るもの：倪墨炎『魯迅旧詩浅説』。

F説を採るもの：寥　立《りょうりつ》「対魯迅〈自嘲〉詩頷聯的解釈」(『教学参考資料』高中語文版、一九七三年四期)。

G説を採るもの：徐竹心《じょちくしん》「関于魯迅詩注的幾個問題」(『遼寧第一師院学報』一九七七年第三期)。

H説を採るもの：張向天『魯迅旧詩箋注』、陳鋭鋒《ちんえいほう》「魯迅詩二首分析」(貴陽師院、一九七七年四期)、呉奔星《ごほんせい》「〈自嘲〉試解」(『山東文芸』一九七八年九期)、魏紹馨《ぎしょうけい》「魯迅詩歌研究中的幾点異議」(『破与立』一九七八年三期)。

異同の論拠

A説(両句とも、社会に対する韜晦の心情を表すと取る説)

他人に自分を認めてもらいたくないし、自分も汚濁の社会を見たくない。酒を飲むときも、ぼろ船で河の中へ行って飲んで、そこで始めて心の平静を得、人の注意も引かずにすむ。

(殷維漢「魯迅先生〝華蓋〟詩箋注」)

B説(上句＝敵からの隠蔽、下句＝危険な環境のたとえ、とする説)

反動派の追跡・迫害を避けるため、閙市では破帽で顔をかくす。そのように、環境は非常に危険であり、まるで水の漏る船が酒を積んで浮かんでおり、ちょっと油断すれば沈んでしまうようなものである。

(周振甫『魯迅詩歌注』)

C説(上句＝環境の困難の比喩、下句＝環境の危険の比喩、とする説)

当時、魯迅は帝国主義、国民党反動派およびその走狗文人の圧迫のもと、きわめて困難で危険な環境にあった。「破帽」や「漏船」は実物ではなく比喩であり、自己の環境のむつかしさにたとえている。これは詩全体のユーモラスな風格に一致している。ユーモアの中に、暗黒政治への怒りと、苦しい闘争の中での革命楽観主義精神を表現している。

(周葱秀「破帽・冬夏春秋・歌吟」)

D説(上句＝禍を恐れる自嘲、下句＝強敵を恐れぬ気概を表す、とする説)

上句は劣悪な環境でそうせざるを得ない自嘲だが、下句は自嘲ではなく、強敵を恐れぬ気概である。漏船で中流に乗り出す危険は誰にでもわかる。魯迅はそれをあえてし、そこで酒を飲むことにより、自己の頑強と勇気とを示し、敵人と困難とを蔑視する気概を示した。上句でいったん萎縮し、下句でたちまち跳躍して自己の勇気を示すという手法であり、芸術上の異彩を作り上げている。

(劉逸生「読魯迅詩箋注有感」)

E説(上句＝敵と対決する姿勢、下句＝危急の中で従容としているようす、とする説)

上句は当時の革命活動家の日常のことであり、国民党反動派の支配の下、悪者や特務(秘密情報機関員・スパイ)と対決することを表す。下句の「泛」は、魯迅が落ちついて自若としていることを表す。杜甫「敬《つつしミテ》寄《ス》二旅弟唐十八使君《ニ》一」に「我能《レク》泛《ブ》二中流《ニ》一」とあり、清、仇兆鰲《きゅうちょうごう》の『詳注』に「言《フ》二泛《ビテ》レ険《ニ》而行《クヲ》一。亦《タ》喩《フル》二己《おのれ》之不《ルニ》レ畏《おそレ》二権悪《ヲ》一也」とあるのと同義である。魯迅はかつて「危険は人を緊張させる。緊張は人に、自分の生命力を自覚させる。危険の中に漫遊するのは大いによろしい」（「准風月談」――「秋夜紀游」）と語っている。この詩の「過《グ》二閙市《ヲ》一」も「泛《ブ》二中流《ニ》一」も戦闘なのである。戦闘は危険だが、けっこうなことでもあるのだ。

（倪墨炎『魯迅旧詩浅説』）

F説（上句＝悪の巣窟への蔑視・無視、下句＝反革命的環境への対抗を表す、とする説）

上句は閙市を蔑視し、一顧だに与えないことを表し、あわせて時流に迎合しない精神をも描写している。閙市とは、特務・叭児《はじ》（権力者の走狗）・無聊文人らが集まり瘴気を放つ場所に違いない。

下句は一種の抵抗の精神を描く。許広平の「魯迅先生の日常生活」に「かれは不快なとき、夜半に大酒を飲むことがあった。それも私の気づかぬときである」「不快なとき、勢いにまかせてやや飲みすぎることがあった」（「欣慰的紀念」）とある。この句でも、この種の憤懣、不快の情が表現されており、それはひとえに環境との対立という意味である。「中流」とは反革命文化――暗殺・逮捕・密告・監禁・検閲・集中攻撃――に囲まれていることを表す。

（廖立「対魯迅〈自嘲〉詩領聯的解釈」）

G説（上句＝自己の闘争心、下句＝祖国の危急の形勢、とする説）

この両句は自己と国家とを分けて描いている。上句は自分を巧みに隠して閙市に身を置く闘争精神を描く。下句は当時の祖国が反動的統治のもとで危急艱難の状況にあることを描いており、それは「過《グ》二閙市《ヲ》一」の歴史背景と言ってもよい。

（徐竹心「関于魯迅詩注的幾個問題」）

H説（両句とも敵対者への闘争心を表すとする説）

両句は反動勢力とその圧迫に対する二つの回答である。一つは反抗であり、一つは恐れぬ心である。上句は闘争の意志と、暗黒時代における叛逆者のイメージである。礼法と繁栄とで塗り固められた閙市を破帽の姿で傲然と往来することは、強烈な反抗を表す。下句の「漏船」「中流」は環境の危険を象徴するが、魯迅はその中にあって死をおそれぬ革命者の強い闘志を示し、敵人への烈しい憤懣を放射する。杜甫に「我能《レク》泛《ビ》二中流《ニ》一　搪突《スレバ》　鼉《だ》獺《だつ》嗔《いかル》」の句がある（「敬《つつしミテ》寄《ス》二族弟唐十八使君《ニ》一」）が、魯迅もこれと同じ内容を表している。

（張向天『魯迅旧詩箋注』）

破帽で顔をかくせば怪しげであり、すぐに見破られてしまう。また水の漏る船に酒を積めば、どんなに注意深くしても船は沈む筈であり、「中流に泛《うか》ぶ」必然性がなくなる。この両句を理解するには、囲剿《いしょう》（とりかこんで滅ぼす）と反囲剿、迫害と反迫害という階級闘争の視点からすべきである。「閙市」は、敵が支配し、社会が混乱し、革命者が地下工作をする都市を、「中流」は、革命の気運が奔騰前進するようすを象徴している。

（呉奔星「〈自嘲〉試解」）

「閙市」は豺狼が道にはだかる国統区、「中流」は階級闘争の中心である。

（陳鋭鋒「魯迅詩二首分析」）

この二句は、華蓋に圧迫される社会環境の中で奮闘し、前向きに生きる闘争的態度を表す。「破帽」は〝高官厚禄〟に対立し、「漏船」は〝高楼大厦〟に対立する。

（魏紹馨「魯迅詩歌研究中的幾点異議」）

以上のように、この頷聯については最も多様な見解が出されている。それらを大別すれば、

① 両句を逃避的・韜晦的心情の表現ととらえる説。

② 両句を反抗心・闘争心の比喩としてとらえる説。

の二種に分けることができる。右のA～Hは、完全に①に属するものから順次、②の色彩がしだいに強まってゆくように、各説を排列したものである。

本稿ではあくまでも詩句のイメージに即して判断し、A説に従った。ここで特に考慮すべきは〔語釈〕で触れた、「鬧市」「載酒」という語のもつ附帯観念であろう。

まず上句であるが、「破帽」で顔をかくすのは、忌むべき「鬧市」を避けるためであり、この句自体には戦闘的な気概は少しも感じられない。

下句から闘争精神を見出すのも無理のようである。「漏船」の中にいるということは、それ自体きわめて不安定でたよりない感覚を呼び起す。「載酒」は頽廃的な豪遊のイメージをもち、社会・人生への建設的姿勢にはつながらない。また、かりに〝水のもるぼろ船の中で痛飲する〟ことが闘争の比喩であると考えてみても、それはとても勝利に終るとは思われず、不自然を通り越して滑稽な印象すら与えてしまう。

異同の所在　V

第5句「横眉」の意味

異同の類別

Ａ　眉をあげる。腹を立てて目をむいたようす。

Ｂ　眉を動かさない。平然としているようす。

A説を採るもの：高田淳『魯迅詩話』、呉奔星「〝横眉〟小議」（『文史哲』一九七七年三期）、同『魯迅旧詩新探』（江蘇人民出版社、一九八一年）、日本語版『魯迅全集』第九巻（入谷仙介訳注）。

B説を採るもの：『魯迅選集』第一二巻（松枝茂夫訳注）、芦田孝昭『中国詩選』四、鎌田正・米山寅太郎『漢詩名句辞典』（大修館書店、一九八〇年）、石川忠久『ＮＨＫ漢詩をよむ』六〇年度下期、松浦友久・坂田新『心象紀行／漢詩の情景』③。

異同の論拠

A説（「眉をあげる」とする説）

「横眉」は「横目」と同じである。今日、或る地方では「横」の字をhèng（去声）と読むと、〝服従しない〟の意になる。そこで「横眉」はhèng méiと読むべきであり、〝じろりと見る、にらみつける〟意となる。敵に対し、目をいからしてにらみつけるのである。ここでは平仄の関係で「目」ではなく「眉」を用いた。

（呉奔星「〝横眉〟小議」）

横眉立目、あるいは横眉立眼の略。腹を立てて目をむいた顔つき。

（日本語版『魯迅全集』第九巻〔入谷仙介訳注〕）

B説（「眉を動かさない」とする説）

言及されていない。

異同の所在　VI

第5句「千夫」の意味

異同の類別

Ａ　「敵人」の意。

Ｂ　「民衆、国民」の意。

A説を採るもの：毛沢東「在延安文芸座談会上的講話」（一九四二年）、張向天『魯迅旧詩箋注』、銭璱之《せんしつし》・馬瑩伯《ばえいはく》「試評《魯迅詩歌注》」（『雨花』一九六二年一二期）、王漢元「〝千夫〟〝孺子〟及其它」（『羊城晩報』一九六五年一〇月一六日）、高瀛洲《こうえいしゅう》「〝千夫〟辨――与淞戒同志商権」（『語文教学通訊』一九八〇年第七期）。

B説を採るもの：周恩来「在魯迅逝世十周年紀念大会上講話」（重慶版『新華日報』一九四六年一〇月二一日）、稗山《はいざん》「也談《魯迅旧詩箋注》」（『羊城晩報』一九五九年一二月二八日）、周正挙「魯迅詩〈自嘲〉中〝千夫〟試釈」（『徐州師範学院学報』一九七九年第四期）、淞戒《しょうかい》「関于〝千夫〟的質疑」（『語文教学通訊』一九八〇年第三期）。

異同の論拠

A説（「千夫」を敵人とする説）

「千夫指」とは『漢書』王嘉伝の「千夫《ノ》所レ指《ス》、無《クシテ》レ病而死《ス》」とあるのを用いた。そこでの「千夫」は群衆の意である。しかしこの詩ではこれを反用して敵人の意に用いた。魯迅は李秉中《りへいちゅう》宛ての手紙の中で、当時、デマや中傷が自分を取り巻いていることを語り、こう言っている。

「三《タビ》告《グレバ》投《ジ》レ杼《ヲ》、賢母《モ》生《ズ》レ疑《ヒヲ》」（『戦国策』秦策の故事。曽子《そうし》〔名は参《しん》〕と同姓名の者が人を殺したとき、人が曽子の母に、「曽参が人を殺した」と語った。二人目までは母はそれを信じなかったが、告げる者が三人になると驚き疑った、という。虚言も、それを言う者が多いと真実になってしまうたとえ）「千夫《ノ》所レ指《ス》、無《クシテ》レ病而死《ス》」と申します。今の世に生きていますと、あすどうなるか、全くわかりません。

この詩での用法も右の手紙と同じであり、したがって「千夫」は敵人である。

（銭璱之・馬瑩伯「試評《魯迅詩歌注》」）

「千夫」は官名で「千夫長」のこと。『尚書』牧誓篇に見え、唐、孔穎達《くようだつ》の『尚書正義』に解説されている。この詩では帝国主義者、軍閥の代名詞となっている。

（張向天『魯迅旧詩箋注』）

(1)『漢書』王嘉伝の「千夫所レ指《ス》、無《クシテ》レ病而死《ス》」は俚諺であり、〝人が大勢になると巨大な精神的圧力を形成し、病のない人をも死に追いやる〟という意味にすぎない。

(2)「千夫《ノ》指」は「千夫《ノ》所レ指《ス》」の省略と見ることも可能だが、下句の「孺子《ノ》牛」との対応関係から「千夫之指」の省略形と見る方が適切である。

(3)詩の主題および頸聯二句相互の関係から見て、「千夫」は民衆ではあり得ない。この聯の上下二句は、句全体の内容も各語句も、対立する関係になっている。「千夫」は悪辣・強大、「孺子」は善良・弱小。前者に対しては鉄の意志で立ち向かい、後者に対しては心安らかに牛のまねをする。これら利害を度外視した行動は、常識人・知恵者にはできないことであり、作者はここで正に〝自嘲〟の名目の下に、天空にもとどく大勇と、無比のまごころとを表現したのである。

もし「千夫」を〝強大な民衆の力〟と見なしてしまうと、これに指弾される敵人の印象はあいまいな上、進退窮まったようなものとなる。すると「横《タヘテ》レ眉《ヲ》冷《ヤカニ》対《ス》」にも切実な意味がなくなる。当時の社会状況、また詩中の「未《ダ》《ルニ》三敢《テ》翻《サ》レ身《ヲ》已《ニ》碰《ウツ》レ頭《ヲ》」から見て、敵人たちはまだ民衆に包囲される苦境に陥ってはおらず、非常に強大なのである。

（高瀛洲「〝千夫〟辨——与淞戒同志商権」）

B説（「千夫」を民衆とする説）

「千夫」は民衆であり、「千夫《ノ》所レ指《ス》」が暴君・独裁者である。「所」は及物動詞（他動詞）の前に置かれて名詞性の語句を作る。「指」は、名詞では〝手の指〟、動詞では〝指弾する〟。「千夫《ノ》所レ指《ス》」は〝民衆に指弾される人〟つまり暴君・独裁者となる。聯の上下句の対応関係から見ても、「千夫」「孺子」ともに民衆を指すと解して差支えない。

「千夫」を敵人と解する場合、「千夫《ノ》指」は〝敵人に指弾される人〟となり、これをどう解釈するか、理解に苦しむ。

（周正挙「魯迅詩〈自嘲〉中〝千夫〟試釈」）

「千夫」とは民衆であり、「千夫《ノ》指」が敵人を指す。その理由は次の二点である。

(1) 用典の観点。「千夫《ノ》指」の出典は『漢書』王嘉伝の「里諺《ニ》曰《ク》〝千人《ママ》所レ指《ス》、無レ《クシテ》病而死《スト》〟」である。明らかに、そこでの「千人」は群衆であり、「千人《ノ》所レ指《ス》」は王侯貴族である。

(2) 律詩の観点。「千夫《ノ》指」は、下句の「孺子《ノ》牛」に対応する。もし「千夫」を〝敵人〟とすれば「指」は〝指弾・罵倒〟という動詞となり、名詞の「牛」と対にならない。ここでの「千夫《ノ》指」は「千夫《ノ》所レ指《ス》」の略であり、「所レ指《ス》」は名詞である。

（淞戎「関于〝千夫〟的質疑」）

なお、右の淞戎論文が『語文教学通訊』（一九八〇年第三期）に発表されると、同誌に多くの反響が寄せられた。同誌の同年第七期の〈来稿綜述〉欄には、それらを次のように概括している。

(1) 「千夫」の出処については『尚書』牧誓の孔穎達『正義』とするものと、『漢書』王嘉伝に引く里諺とするものとがある（原文はいずれも前出）。

(2) 「千夫」を〝民衆〟と解する人々の根拠は、もし「千夫」を敵人と取ると、敵が多く味方が少ないことになり、また「千夫《ノ》指」は〝敵人に指弾される〟事柄ということになる。これは明らかに魯迅の本意ではない。

(3) 「千夫」を〝敵人〟と解する人々の根拠は次の二点である。

① 魯迅は一九三一年二月四日、李秉中宛ての手紙に、上海文壇の悪者たちが自分を陥れようとしていることを述べて「千夫《ノ》所レ指《ス》、無レ《クシテ》病而死《ス》」を引用している。この詩の「千夫《ノ》指」はすなわちこれであり、つまり反動派の中傷・迫害を表す。

② 「未《ダ》二敢《テ》翻《サ》一レ身《ヲ》」「碰《うツ》レ頭《ヲ》」「破帽」「漏船」「躲《のがレ》進《ム》」等々、すべて環境の劣悪さを述べている。「華蓋運《ノ》」「千夫」という語も敵人の多いことを表すと見て、はじめて全体が統一される。

察するに、A・B両説のどちらでも句全体の意味は同じになるが、本稿では、下句の「孺子《ノ》牛」との対応関係から見てもより自然なA説に従った。〔異同の論拠〕のA説部分のうち、特に高瀛洲説の(2)(3)を参照されたい。

異同の所在　Ⅶ

第5句「指」の品詞性・意味

異同の類別

A　名詞。「指令、糾弾、圧迫」の意。

B　動詞。「指弾する」の意。

A説を採るもの：張向天『魯迅旧詩箋注』、王漢元「〝千夫〟〝孺子〟及其它」、李《り》淦華《かんか》「関于〝千夫指〟的理解」（『南京師院学報』一九七八年三期）、淞戎「関于〝千夫〟的質疑」、高瀛洲「〝千夫〟辨——与淞戎同志商榷」。

B説を採るもの：呉剣青「対《魯迅旧詩箋注》的幾点商榷」（『羊城晩報』一九五九年一二月五日）、周正挙「魯迅詩〈自嘲〉中〝千夫〟試釈」。

異同の論拠

A説（「指」を名詞とする説）

「千夫」は一切の民衆の敵の総称であり、「指」は名詞で、下の「孺子《ノ》牛」の「牛」と対になる。「指」には指揮、命令の意がある。反動派は民衆を圧迫する指示、号令を出すのである。

（張向天『魯迅旧詩箋注』）

B説（「指」を動詞とする説）

「千夫《ノ》指」は、動詞「対《ス》」の賓語（目的語）である。つまり「対《ス》」の対象は「千夫《ノ》指」であり、決して「千夫」ではない。なぜなら「千夫《ノ》指」は「千夫《ノ》所レ指《ス》」の短縮形だからである。「所」は及物動詞（他動詞）の前につき、名詞的語句を作る。「所レ指《ス》」とは「所レ指《スノ》的人」、「指」は名詞では〝手の指〟、動詞では〝指弾する〟であり、ここは動詞である。したがって「千夫《ノ》所レ指《ス》」とは、大勢の民衆に指弾される者、つまり暴君・独裁者である。

（周正挙「魯迅詩〈自嘲〉中〝千夫〟試釈」）

本稿では、前の〔異同の所在〕Ⅶの場合と同様、下句の「孺子牛」との対応関係を重く見て、A説に従った。

異同の所在　Ⅷ

第8句「冬夏与春秋」の含意

異同の類別

A　政治情勢の変化を表す。

B　特に反動派が作り出す政治的傾向や、革命者に対するさまざまな圧迫の手段を表す。

C　農民が支配者に物品を献納すること、ひいては支配者に奉仕することを表す。

A説を採るもの：倪墨炎『魯迅旧詩浅説』。

B説を採るもの：張向天『魯迅旧詩箋注』、徐竹心「関于魯迅詩注的幾個問題」、周葱秀「破帽・冬夏春秋・歌吟」、魏紹馨「魯迅詩歌研究中的幾点異議」、呉奔星「『自嘲』試解」。

C説を採るもの：曹礼吾「魯迅旧体詩臆説」。

異同の論拠

A説（政治情勢の変化を表すとする説）

「冬夏与春秋」とはすなわち春夏秋冬であり、ここでは季節の変化をもって、政治情勢の変化にたとえている。

（倪墨炎『魯迅旧詩浅説』）

B説（反動派による政治傾向や、彼らの圧迫の手段を表すとする説）

「冬夏与春秋」の重心は「春秋」にある。『春秋』はもと孔子の著作で、春秋時代二四二年間の歴史事実について、是非を問い、評価を加えている。この詩でもこの語を用いて〝褒貶、批評〟の代用語としたのであり、国民党反動派の批判・罵倒・侮蔑・伯害を指している。

（張向天『魯迅旧詩箋注』）

春・夏の気候は温暖・酷熱、秋・冬の気候は粛殺・厳寒である。これは敵人の革命者に対するやり方——鎮圧と捧場（おだて）とを暴露したものである。

（周蔥秀「破帽・冬夏春秋・歌吟」）

C説（支配者への奉仕を表すとする説）

『淮南子《えなんじ》』覧冥訓《らんめいくん》に「春秋冬夏、皆献《ズ》二其《ノ》貢職《ヲ》一」とある。このような状態は、奴隷の主人が奴隷に対して望むことである。だから、それに対して「管牠」（意に介しない）と言ったのである。

（曹礼吾「魯迅旧体詩臆説」）

異同の所在 IX

尾聯「躱《のがレ》二進《ミテ》小楼《ニ》一成《サン》二一統《ヲ》一　管《センヤ》三牠《カノ》冬夏与《トとニ》二春秋《ニ》一」の含意

異同の類別

A　許広平との生活、ひいては自己の家庭生活を大切にしたいと述べている。

B　許広平との同居問題に借りて、反動派を嘲笑・蔑視している。

C　自己の快適さばかりを求めて政治にかかわろうとしない人々を諷刺している。

D　一・二八事変以後、国民党政府が弱腰の政策に終始し、祖国がますます危機に陥ってゆくのを気にかけないようすなのを諷刺している。

E　戦闘の足場を固め、敵と徹底的にわたり合う決心を表している。

A説を採るもの：高田淳『魯迅詩話』、石川忠久『NHK漢詩をよむ』六〇年度下期。

B説を採るもの：張向天『魯迅旧詩箋注』。

C説を採るもの：董大中「魯迅《自嘲詩》小釈」（『山西日報』一九六一年九月二三日）。

D説を採るもの：周振甫『魯迅詩歌注』。

E説を採るもの：徐竹心「関于魯迅詩注的幾個問題」、倪墨炎『魯迅旧詩浅説』。

異同の論拠

A説（外界を無視し、自己の家庭を大切にすることを表すとする説）

〈小楼〉は、妻がおり子がいるわが家をいう。そこにわが身を納めて、小さいながらも一つの世界とおさまりかえる。かくて、外の〈冬夏春秋〉の変化は、われ関せず焉《えん》ときめこむ。これは、魯迅の「自虐的なくせ」から出た自嘲というものであろう。

（高田淳『魯迅詩話』）

当時、家の外では八方敵ばかりの魯迅にとって、〝小楼〟内だけが自分の天下であり、妻子の存在が安らぎであったに違いない。

（石川忠久『NHK漢詩をよむ』）

B説（反動派への嘲笑・蔑視とする説）

一九二六年、魯迅は厦門に、許広平は広州におり、北と南に別れていた。このころ二人の仲に関する流言が広まっており、魯迅はしばしば広平女士への手紙の中で、そのことへの憤りを語っている（両人の往復書簡集『両地書』に見える）。一方、国民党政府はしきりに〝南北一統〟の偉業を喧伝していたが、魯迅はこれに対し「〝南北一統〟と言っても何ほどのことがあろう。われわれだって南北一統の小天下を有しているのだ」と語っている。つまりこの聯は、敵人の流言や国民党の動向を軽蔑し、無視する姿勢を表している。

＊なお、これほど具体的ではないが、殷維漢「魯迅先生〝華蓋〟詩箋注」にも「この小楼は自分の天下である。彼は外界のいかなる変動にもわずらわされず、小楼の中で自由自在な生活ができる。両句は一見、この上なく消極的だが、実は彼が憤怒の情を胸中に秘めていることを暗示している」とあり、同系列の見解と見られよう。

（張向天『魯迅旧詩箋注』）

E説（徹底抗戦の覚悟を表すとする説）

〝小楼に入って一統を成す〟とは、塹壕戦のイメージをユーモラスに表したものである。魯迅は「闘争にはまずとりでを確保しなくてはならない。ただやみくもに突撃するのは無謀の勇でしかない」と語っている（『魯迅書信集』三八二頁）。第7句の「躲《のが》レ㆓進ム小楼ニ㆒」はすなわち〝とりでの確保〟であり、いっそう有利に戦うための行動である。

（徐竹心「関于魯迅詩注的幾個問題」）

魯迅の書斎は戦場であり、書きもの机は陣地である。小楼の中で、何ものにも干渉されず、一意専心、全力で戦闘に集中する。これが「成ス㆓一統ヲ㆒」の含意である。

（倪墨炎『魯迅旧詩浅説』）

C・D説は、論拠が示されていない。

第7句の「躲」字が退却的なニュアンスを伴うこと、また「管牠」が〝ままよ、どうにでもなれ〟と、事態を放擲する心境を示すこと、それに詩題との関連も合せて考えると、やはりA説が最も自然であろう。他の四説はいわゆる引申義を前面に出した立場と言える。

備考

石川忠久「魯迅の旧詩」（『近代中国の思想と文学』、大安、一九六七年）では、魯迅の旧体詩について、

……旧詩は、新詩同様作るのは好きでない、と序に言うものの、量も多く、魯迅自身の対し方はかなり根深いものがあって、新詩とは比較にならない比重を持つ。

……魯迅二十歳の一九〇〇年の作から、死の前年（一九三五）の暮の作まで、途中断続するが三十五年にわたっており、魯迅の本質を窺わしめる貴重な資料となっている。

と位置づけ、その大半を占める三〇年代の作を三種に類別して、

㈠いわゆる打油詩
㈡即興的な詩
㈢本格的な詩

とする。つまり一口に魯迅の旧体詩と言っても、作詩の時と場合とによって、異種の創作意識が使い分けられており、読解・解釈の際、それぞれに即した対応が求められることになる。

それでは、この「自嘲」は右の三種のうちのどれに相当するであろうか。魯迅自身は、〔語釈〕の冒頭に引いたように、この詩のことを「打油」と言っており、それに従えば㈠ということになる。が、魯迅のこの発言は、文学革命の担い手だった者が旧体詩を作ることから来る一種の〝はにかみ〟とも取れるので、必ずしも文字通りに受け取る必要は無い。『魯迅選集』第一二巻に収める本詩への注（松枝茂夫執筆）にも「打油詩は戯詩の意で、魯迅の自謙であ

る」と指摘されている。

結論から言えば、この詩は㈢の〈本格的な詩〉に属すると考えられる。その理由は、韻律・内容の両面から述べることができる。

まず韻律面であるが、前掲の石川論文によれば、右の㈠㈡の詩に共通して見られる特色として〃押韻・平仄などの厳格な規律からの自由さ〃がある。ところが「自嘲」は、押韻・平仄（二四不同・二六対・粘法）が厳格に守られており、右の特色を備えていないのである。

この詩の内容もこれを傍証する。石川論文で㈠に属する作例として挙げられている一首をここに再示し、「自嘲」と比較してみよう。「自嘲」と同じ七律形式を取っている点も興味を引く。

崇実　　実を崇《たふと》ぶ

闊人已騎文化去　闊人（かねもち）已に文化に騎《の》りて去り
此地空餘文化城　此の地　空しく餘す　文化の城《まち》
文化一去不復返　文化一たび去つて復た返らず
古城千載冷清清　古城千載　冷《ひ》えて清清たり
専車隊隊前門站　専車隊隊（ぞろぞろ）たり　前門の站《えき》
晦気重重大学生　晦気重重たり　大学生
日薄楡関何処抗　日（日本）は楡関に薄《せま》りて何《いづ》れの処《ところ》にか抗せん
烟花場上没人驚　烟花場（花柳界）上　人の驚く没《な》し

同論文では「日本軍の侵攻に『実』すなわち財宝を持って逃げる政府要人を諷刺したものである。これは唐の崔顥の「黄鶴楼」のもじりで…（中略）…原詩の一々についてもじっている。このようなもじりは、江戸の狂詩には多いやり方で、魯迅がはたしてそこからヒントを得たかどうか」と評している。

ひるがえって「自嘲」を観察するに、その作風がこの種のパロディー性と質を異にしていることは明らかであろう。仮に諷刺の意図があるとしても、それは字句の表面には現れず、暗示にとどまっている。そして、諷刺を暗示にとどめることは、むしろ正統的旧体詩の本領であると言える。

また、伊藤正文「旧詩について」（日本語版『魯迅全集』第九巻所収）では、〃『集外集』およびその拾遺二篇に収める旧体詩と、他の文集に収める旧体詩とは、明らかに性格を異にしている。前者が旧体詩本来の形態と内容を備えるに比して、後者は古典作品の替え歌であったり、小説や雑文の行文中の重要な要素として位置づけられる性格のものであったりする〃（要約）と述べられる。「自嘲」はもとより『集外集』に収録されている。

これらの点から、本稿では、「自嘲」には旧体詩に対する本格的な作詩意識が投入されていると見なすことにした。

（宇野　直人）

付録

1 詩人小伝

凡例

一、まず唐代の詩人を、詩人名の五十音順に排列した。唐代以外の詩人は、「歴代」の部に一括し、各詩人の時代（没年）順に排列した。

一、参考文献は、各詩人の伝記研究に直接関係するものだけに限った。

一、次に掲げる書物は、唐代詩人の伝記研究の基本的文献であり、引用も多次にわたるので、各「小伝」中では刊記を省略している。

○傅璇琮『唐代詩人叢考』（中華書局、一九八〇年）

○譚優学『唐詩人行年考』（四川人民出版社、一九八一年）、同『唐詩人行年考（続編）』（巴蜀書社、一九八七年）

○呂慧鵑・劉波・盧達編『中国歴代著名文学家評伝』第二巻・続編一（山東教育出版社、一九八三年・一九八九年）

○王達津『唐詩叢考』（上海古籍出版社、一九八六年）

○傅璇琮主編『唐才子伝校箋』全五冊（中華書局、一九八七～一九九五年）

○小川環樹編『唐代の詩人―その伝記』（大修館書店、一九七五年）

なお『唐才子伝校箋』は分担執筆であるため、たとえば梁超然「陳陶伝」のように記し、第五冊（補正）に有益な指摘がある場合は、陶敏「陳陶伝補正」のように記した。また傅璇琮主編『唐五代文学編年史』（傅璇琮・陶敏・李一飛・呉在慶・賈晋華共著、遼海出版社、一九九八年）も、伝記研究の優れた労作であるが、いわゆる編年史であるため、参考文献の条に逐一あげることはしていない。

一、興膳宏編『六朝詩人伝』（大修館書店、二〇〇〇年）は、六朝期の詩人の伝記を知る基本文献として有益であり、引用も多いので、各「小伝」中では刊記を省略した。

一、参考文献は、中国語版を前に、日本語版を後に置き、それぞれを原則として年代順に排列した。

(1) 唐代

韋応物《いおうぶつ》（七三七？—七九一、または七九二？）

字は不詳。京兆《けいちょう》万年（陝西省西安市）の人。関中の望族の出身であったため、天宝の後半、恩蔭《おんいん》によって玄宗の身辺を警護する三衛（禁衛軍の一）となったが、その寵愛を恃んで、任侠無頼の振舞いが多かった。しかし、安史の乱後、悔悟して、読書に励み詩を学んだ。代宗・徳宗に仕え、洛陽の丞・滁《じょ》州刺史・江州刺史・蘇州刺史などを歴任したので、韋江州・韋蘇州などと称される。彼は、これらの官職を退任するごとに、病を以て同徳精舎《しょうじゃ》・善福精舎・永定精舎などの寺院にくりかえし隠棲した。五言律詩や五言古詩に長じ、白居易からも「高雅閑淡、自ら一家の体を成す」（「与《フル》二元九一書」）と高く評価された。詳しくは『正編』参照。

李良鎔《よう》「読韋応物詩札記」（『四川師院学報』一九八三年第三期）、儲仲君「韋応物分期的探討」（『文学遺産』一九八四年第四期）、傅《ふ》璇琮《せんそう》「韋応物伝」（『唐才子伝校箋』四〔第一冊〕）、熊建国「『韋応物繫年考証』補遺」（『重慶師院学報〔哲社版〕』一九九七年第三期）、陶敏・王友勝校注『韋応物集校注』「簡譜」（中国古典文学叢書、上海古籍出版社、一九九八年）、植木久行「唐代作家新疑年録(3)」（『文経論叢』第二五巻第三号、弘前大学人文学部、一九九〇年）。

（高橋　良行）

韋《い》荘《そう》（八三六？—九一〇）

字は端己《たんき》。京兆《けいちょう》杜《と》陵《りょう》（陝西省西安市の東南）の人。中唐の詩人韋応物《いおうぶつ》の四世の孫。中和三年（八八三）、有名な「秦婦吟《しんぷぎん》」を作り、「秦婦吟秀才」と呼ばれた。乾寧《けんねい》元年（八九四）、59歳にして初めて進士に及第。のち、王建が建てた前蜀に入り、吏部侍郎平章事（宰相）で終わる。詳しくは『正編』参照。

王水照「韋荘」（呂慧鵑《りょけいけん》ら編『中国歴代著名文学家評伝』第二巻）、王仲犖《おうちゅうらく》「大唐帝国末日的挽歌—韋荘詩篇」（『唐詩研究会論文集』〔陝西人民出版社、一九八三年〕所収）、周祖譔《しゅうそせん》・賈晋華「韋荘伝」（『唐才子伝校箋』一〇〔第四冊〕）、黄震雲「韋荘生年小考」（『唐代文学研究』第四輯、一九九三年）、斉濤「韋荘生平新考」（『文学遺産』一九九六年第三期）。

（松尾　幸忠）

王《おう》維《い》（六九九〔七〇一〕—七六一）

字は摩詰《まきつ》。蒲州《ほしゅう》（山西省永済市）の人。済州《せいしゅう》司倉参軍、右拾遺《うしゅうい》、監察御史《かんさつぎょし》、殿中侍御史などを歴任。安禄山の乱のとき、強制されて反乱軍に仕えたため左遷されたが、のち次第に昇進し、尚書右丞《しょうしょゆうじょう》に至って没した。宮廷詩人としての活動のかたわら、長安東南郊外の輞川《もうせん》の別荘で過ごすことが多く、彼の自然詩の多くはそこで作られた。詳しくは『正編』参照。

楊軍「王維詩文系年」（『天津師大学報』一九八三年第四期）、陳貽焮《ちんいきん》「王維」（呂慧鵑ら編『中国歴代著名文学家評伝』第二巻）、王従仁「王維五考」（『寧夏大学学報〔社会科学版〕』一九八四年第一期)、陳鉄民「王維伝」(『唐才子伝校箋』二〔第一冊〕)、譚優学「王維生平事迹再探」(『唐詩人行年考〔続編〕』)、張清華『王維年譜』(学林出版社、一九八八年)、陳鉄民『王維新論』(北京師範学院出版社、一九九〇年)、張清華『詩仏王摩詰伝』(河南人民出版社、一九九一年)、畢宝魁「王維生年考弁」(『文献』一九九六年第三期)。

(田口　暢穂)

王《おう》　建《けん》(七六六?—八三一〜二以後)

字は仲初。潁川《えいせん》(河南省許昌市)の人とされるが、京兆府渭南県(陝西省渭南市)の人か。楽府の名手として、また「宮詞百首」の作者として知られた。詳しくは『正編』参照。ちなみに、遅乃鵬の詳細な「王建年譜」(同『王建研究叢稿』〔巴蜀書社、一九九七年〕所収)は、生没年を「七七〇?—八二九?」とする。

譚優学「王建行年考」(『唐詩人行年考〔続編〕』)、同「王建伝」(『唐才子伝校箋』四〔第二冊〕)、卞孝萱・喬長阜「王建」(『中国歴代著名文学家評伝』続編一)、遅乃鵬『王建研究叢稿』(前掲)。

(水谷　誠)

王昌齢《おうしょうれい》(六九〇?—七五六?)

字は少伯《しょうはく》。京兆《けいちょう》(陝西省西安市)の人。一説に太原(山西省太原市)の人。早年、貧窮に苦しみ、中国西北辺境に従軍生活を送ったとされる。開元一五年(七二七)、37歳頃、進士科に及第し、秘書省校書郎・汜水《しすい》県(河南省汜水県)の尉に任ぜられたが、江寧県(江蘇省南京市)の丞や巫州(潭陽郡)竜標県(湖南省洪江市)の尉に左遷された。「安禄山の乱」勃発後、至徳元載(七五六)、竜標から江寧(通説では故郷)に帰って、混乱の中で亳《はく》州(安徽省亳州市)刺史呂丘《りょきゅう》暁《ぎょう》によって殺されたという。詳しくは『正編』参照。

王燕玉「王昌齢謫竜標地域弁」(『中国歴史文献研究集刊』一九八四年第四期)、屈光「王昌齢任校書郎年代弁疑」(『洛陽師専学報〔社会科学版〕』一九八五年第三期)、傅璇琮《ふせんそう》「王昌齢伝」(『唐才子伝校箋』二〔第一冊〕)、李珍華・傅璇琮「王昌齢事迹新探」(『古籍整理与研究』第五期、一九九〇年)、黄益元「王昌齢生平事迹弁証」(『文学遺産』一九九二年第二期)、李厚培「王昌齢両次出塞路線考」(『青海社会科学』一九九二年第五期)、李厚培「王昌齢初仕有関問題考弁」(『貴州社会科学』一九九五年第二期)、岡田充博「登科以前の王昌齢(上)(中)(下　その一)(下　その二)—王昌齢評伝・一〜四」(『横浜国立大学教育学部人文紀要〔哲学・社会科学〕』40、一九九三年、『同〔語学・文学〕』41〜43、一九九四〜一九九六年)、岡田充博「『登科以前の王昌齢』補正」(『横浜国立大学人文紀要第II類〔語学・文学〕』44、一九九七年)、岡田充博「登科前後の王昌齢(上)(中)—王昌齢評伝(五)(六)」(『横浜国立大学人文紀要第II類〔人文科学〕』1・2、一九九八・一九九九年)。

(高橋　良行)

王《おう》　勃《ぼつ》(六五〇?—六七六?)

字は子安、絳州《こうしゅう》竜門(山西省河津市)の人。わずか27歳?で没した早熟の詩人。楊炯《ようけい》・盧照隣《ろしょうりん》・駱賓王《らくひんのう》らとともに、初唐の四傑と呼ばれる。詳しくは『正編』を参照。なお没年は、『正編』の六七五?を、一年遅い六七六（上元三年）?に改めたが、死亡直前の状況は現在なお不明である。植木久行「初唐詩人王勃生卒年考」（後掲）参照。

何林天「論王勃」（『晋陽学刊』一九八二年第二期）、王気中「王勃」（『中国歴代著名文学家評伝』第二巻）、姚乃文「王勃生卒年考弁—兼与何林天同志商榷」（『晋陽学刊』一九八四年第二期）、徐俊「王勃行年弁正」（『文史』第二七輯、一九八六年）、傅璇琮「王勃伝」（『唐才子伝校箋』一（第一冊））、張志烈『初唐四傑年譜』（巴蜀書社、一九九三年）、駱祥発『初唐四傑研究』（東方出版社、一九九三年）、高木重俊「王勃の生涯と文学」（『北海道教育大学紀要（第一部A）』三二巻一号、一九八一年）、植木久行「初唐詩人王勃生卒年考」（弘前大学人文学部『文経論叢』二四巻三号、一九八九年）。

（植木　久行）

温庭筠《おんていいん》（八〇一?—八六六）

字は飛卿《ひけい》。もとの名は岐《き》。并州祁《き》（山西省祁県（太原市の西南））の人。ただし当地は先祖の籍貫（いわゆる郡望）で、温庭筠自身は京兆府鄠《こ》県（陝西省戸県）を故郷とするらしい。唐初の宰相温彦博の末裔と伝える。生年については定説はなく、従来は夏承燾《かしょうとう》・顧学《こがく》頡《けつ》の元和七年（八一二）説が通行していたが、近年では陳尚君の貞元一七年（八〇一）説が有力になりつつあり（例えば梁超然「温庭筠伝」〔『唐才子伝校箋』〕、『唐五代文学編年史』〔晩唐巻〕など）、ここではその新説に従った。若い時から頭脳明敏で文章にすぐれ、また音律に詳しく、器楽の演奏に長じていた。同時期の詩人では李商隠と名を斉しくし、「温・李」と呼ばれた。科挙を受けるときは、いつもふところ手をしたまま、一韻ごとに一たび吟じて、瞬時に詩句を作りあげたので、「温八吟」と呼ばれた。また、八度腕ぐみをすると八韻（一六句）の詩ができたので、「温八叉《はっさ》」と名づけられたとも言う。ただし、温庭筠が実際に科挙に応じたのは開成四年（八三九）、39歳のころとされ、この時以降、何度か受験したが、いつも不合格であった。不合格の原因の一つに、日頃の素行不良があったとも言う。大中九年（八五五）、沈詢《しんじゅん》が試験官のとき、他の受験生に答えを教えたかどで、翌年、随州随県（湖北省随州市）の尉に左遷された。このとき、襄陽（湖北省襄樊市）節度使徐商に招かれて巡官（属官）となり、峴《けん》山（襄陽の南にある）に隠棲していた段成式らと詩を酬唱しあう。のち咸通《かんつう》二年（八六一）ごろ、襄陽を離れ、翌三年、淮南（揚州）に至る。同四年、夜酔って禁令を犯したため、巡査に歯をへし折られるという事件があり、これを淮南節度使令狐綯《れいことう》に訴えたところ、平素の行動が都にまで知れわたり、温庭筠自ら都に赴いて、冤罪を晴らしたという。咸通六年（八六五）ごろ、国子助教に任じられるが、ほどなく宰相楊收の怒りをかい、方城県（河南省南陽市の東北部）の尉に左遷され、まもなく没した。

『全』五七五-9-6694、『旧唐書』一九〇下、『新唐書』九一（温大雅伝の附伝）、『唐詩紀事』五四、『唐才子伝』八。

張爾田「与竜榆生論温飛卿貶尉事」（『詞学季刊』二巻一期、一九三四年）、顧学頡「新旧唐書温庭筠伝訂補」（『国文月刊』六

二、一九四七年、のち『顧学頡文学論集』（中国社会科学出版社、一九八九年）に再録。同論文集には、「温庭筠交游考」「温庭筠行実考略」も収める）、夏承燾「温飛卿繋年」（『唐宋詞人年譜』（修訂本）、上海古籍出版社、一九七九年所収）、張翠宝「温庭筠詩集研注」（年譜等を含む。国立台湾師範大学『国文研究集刊』第二〇号、一九七九年）、陳尚君「温庭筠早年事跡考弁」（『中華文史論叢』一八輯、一九八一年）、黄震雲「温庭筠雑考三題」（『江海学刊』一九八三年五期）、牟懐川「温庭筠生年新証」（『上海師範学院学報』（社会科学）一九八四年一期）、王達津「温庭筠生平的若干問題」（『唐詩叢考』所収）、梁超然「温庭筠伝」『唐才子伝校箋』八（第三冊）、牟懐川「温庭筠改名案詳審」（『文史』第三八輯、一九九四年）、梁超然「温庭筠考略」（『唐代文学研究』第六輯、一九九六年）、横山弘「温庭筠伝」（『唐代の詩人―その伝記』所収）、村上哲見『宋詞研究―唐五代北宋篇』（創文社、一九七六年）。

（松尾　幸忠）

賈《か》至《し》（七一八―七七二）

字は幼幾《ようき》、また幼隣に作る。河南洛陽（河南省洛陽市）の人。一説に洛陽は郡望で、実は長楽（冀州《きしゅう》信都県（河北省冀州市））の人であるともいう。開元年間の初め、中書舎人となった賈曾《かそう》の子。明経科に及第し、天宝元年（七四二）、校書郎から単父《ぜんぽ》県（山東省）の尉となり、高適《こうせき》や独孤及《どくこきゅう》らと交遊する。安史の乱が起こると、玄宗に随って蜀《しょく》（四川省）に入り、中書舎人となり、至徳元載（七五六）、粛宗《しゅくそう》への譲位の詔勅を起草する。乾元《けんげん》元年（七五八）二月、中書舎人に在任中、「早朝《つとにちょうシテ》大明宮《ニ》、呈《ス》両省《ノ》僚友《ニ》」詩（七律）を作り、杜甫や王維・岑参《しんじん》らが唱和した。同年三月、汝州《じょしゅう》（河南省）の刺史に転出する。翌年三月、反乱軍の安慶緒《あんけいしょ》を相州（河南省）に包囲した唐朝の軍が大敗したため、身の危険を感じて逃げ出し、岳州（湖南省）の司馬に左遷された。同年の秋、岳州につくと、恩赦にあった旧友の李白と再会し、一緒に洞庭湖に舟を浮かべて楽しみ、詩を唱和した。代宗の宝応元年（七六二）の冬、中書舎人に復帰し、礼部侍郎・兵部侍郎・京兆尹《けいちょういん》などを歴任して、大暦七年（七七二）、右散騎常侍で没した。享年55歳。

賈至の詩文に対する評価は、在世当時から高い。詩の調べは清《せい》暢《ちょう》、俊逸の気に富む。杜甫はその詩文を、「雄筆　千古に映ず」（「別《レ》唐《とう》十五誡《かいニ》、因《リテ》寄《ス》礼部賈侍郎《ノ》（至）《ニ》」詩）と讃えた。また中唐の古文作家梁粛《りょうしゅく》は、文章家としての力量を、天宝年間以後、李華・蕭穎士《しょうえいし》・独孤及らと肩を並べる、と高く評価した（「補闕李君《ノ》前集序《ノ》」）。

『全』二三五-4-2591、『旧唐書』一九〇中、『新唐書』一一九、賈曾の付伝、『唐詩紀事』二二、『唐才子伝』三。

傅璇琮「賈至考」（『唐代詩人叢考』）、同「賈至伝」（『唐才子伝校箋』三（第一冊））、郁賢皓・陶敏「『全唐詩』作者小伝正補」（共著『唐代文史考論』洪葉文化事業有限公司、一九九九年）。

（植木　久行）

賈《か》島《とう》（七七九―八四三）

字は浪（閬《ろう》）仙。自ら碣石山人《けつせきさんじん》、苦吟客と称す。河北范陽《はんよう》（北京市付近）の人。はじめ出家して無本と号した。のち、韓愈に才能を認められて還俗。元稹や白居易の平易な詩風に反対して、より良い表現を求めて、一字一句に苦吟を重ねた。詳しくは『正編』参照。なお、出身地の范陽について、『正編』の河北省涿県を北京市付近と改めたのは、当時、范陽が幽薊一帯を指したことから、直ちに河北省涿県を指さないこと。韓愈「送無本帰范陽詩」（『韓昌黎集』巻五）の詩句には、彼が幽都の人とされており、『新・旧唐書』地理志などから、幽都は今日の北京市の西南と考えられていることなどによる。呉汝煜・胡可先「賈島伝」（後掲）参照。

汪賢度「賈島」（『中国歴代著名文学家評伝』第二巻）、呉汝煜・胡可先「賈島伝」（『唐才子伝校箋』五〔第二冊〕）、陶敏「賈島伝補正」（同上・第五冊）、大木康「賈島　長江集」（近藤光男『唐詩集の研究』〔研文出版、一九八四年〕）、植木久行「唐代詩人新疑年録(1)」（弘前大学人文学部『文経論叢』二三巻三号、一九八八年）。

（増子　和男）

韓　翃《こう》（?—?）

字は君平《くんぺい》。南陽（河南省南陽市）の人。天宝一三載（七五四）の進士。生年とともに、進士科に登第する以前の事跡はつまびらかではない。その後、淄青《しせい》節度使（治所は山東省青州市）侯希逸《こうきいつ》の幕僚となったが、辞めてその後約一〇年間仕えることなく閑居して後、大暦九年（七七四）、汴宋《べんそう》節度使（治所は河南省開封市）田神玉《でんしんぎょく》の幕僚となり、神玉の没後、宣武節度使（治所は河南省開封市）李勉の幕僚となった。建中（七八〇—七八三）の初め、徳宗に詩才を認められ、駕部郎中・知制誥を経て中書舎人に至った（「寒食詩」〔本書一三一頁〔備考〕の項参照〕）。また、美女・柳氏との愛情物語でも良く知られ、その話は許尭佐の伝奇「柳氏伝」として今日に伝わる。銭起・盧綸らと共に、大暦十才子の一人に数えられる。『新唐書』「芸文志」や『唐才子伝』巻四などには、『韓翃詩集』五巻を著録するが、明人の編纂した『韓君平集』三巻が今日伝えられている。

『全』二四三-2-2726、『新唐書』二〇三「盧綸伝」附伝、『唐詩紀事』三〇、『唐才子伝』四。

王夢鷗「柳氏伝及其作者問題」（同『唐人小説研究』二集〔台湾芸文印書館、一九七三年〕所収）、傅璇琮「関於《柳氏伝》与《本事詩》所載韓翃事迹考実」（傅璇琮『唐代詩人叢考』所収）、蔣寅「韓翃」（『中国歴代著名文学家評伝』続編二）、傅璇琮「韓翃伝」（『唐才子伝校箋』四〔第二冊〕）、陶敏「韓翃伝補正」（同上・第五冊）。

（増子　和男）

寒《かん》山《ざん》（?—?）

姓名・生没年・本籍は、いずれも未詳。そもそも実在したかどうか疑わしいが、唐末・五代には、詩集が流布し、寒山（寒山子《かんざんし》〔寒山の一窟に住む子《おとこ》の意〕の略称）なる人物も実在した、と考えられた（晩唐の李山甫・斉己《せいき》・貫休の詩）。

風狂の隠遁者（詩僧?）で、『寒山子詩集』の作者たる「寒山（子）」は、（都長安付近?の）半耕半読の知識人であり、科挙に落第、やがて家を棄て妻子と別れて各地を放浪したが、30余歳以後、天台山（浙江省にある仏教・道教の霊場）中の「寒山（の一窟）」

（初唐の台州刺史閭丘胤《りよきゆういん》の作に仮託される「寒山子詩集序」に見える「寒巌《かんがん》」——台州唐興《とうこう》県（天台県）の西七〇里にある岩窟——の別称）に隠棲して、三〇年間以上過ごしたらしい。唐末・五代の有名な道士杜光庭《とこうてい》撰とされる『仙伝拾遺』（『太平広記』五五所引）によれば、大暦年間（七六六—七七九）、天台の翠屛山《すいへいさん》に隠棲した。山は奥深くて夏でも雪があったので寒岩（＝寒巌）とも呼ばれた。それでみずから寒山子と号したのだ、とする。隠棲後、当地の名刹国清寺《こくせいじ》の僧豊干《ぶかん》（封干）や拾得《じっとく》と時おり会って、親交を深めたという。寒山の詩（すべて無題）に、「慣《レ》居《をルニ》幽隠処《ノ》、乍《たちまチ》向《カフ》国清中《ノニ》。時訪《ニネ》豊干老《ヲ》、仍《さらニ》来《リテ》看《ル》拾公《じっこうヲ》」とある。享年は70歳以上、100歳を越えたともいう。

寒山は、かつて初唐期の人とも考えられたが、近年は大暦年間（八世紀後半）前後の中唐期の人、と見なすのが通説である。ただしその生年は盛唐期、もしくは初唐の末ともいう。

現存詩は三〇〇余首。すべて詩題を欠き、本来山中の木や石《いわ》、あるいは村の民家の壁などに題《しる》されていたものという（大半が五言古詩）。山中幽居の情趣や悟達の境地を詠むほか、世相を諷刺したり、世俗を戒め励ます教戒・説理の詩が多い。豊かな人生体験に根ざした禅趣と勧戒性に富む詩は、中国よりも日本（の禅宗の間）で深く愛好されてきた。

『全』八〇六-12-9063、『新・旧唐書』、『唐詩紀事』、『唐才子伝』、いずれも本伝なし。

余嘉錫『四庫提要弁証』巻二〇、寒山子詩集の条（中華書局、一九八〇年再版）、王運熙・楊明「寒山子詩歌的創作年代」（『中華文史論叢』一九八〇年四輯、王運熙『漢魏六朝唐代文学論叢』〔上海古籍出版社、一九八一年〕に再録）、銭学烈「寒山子与寒山詩版本」（『文学遺産増刊』一六輯、一九八三年）、陳之卓「寒山子生活年代及身份」（『唐代文学論叢』総第四輯、一九八三年）、張伯偉「寒山」（『中国歴代著名文学家評伝』続編一）、連暁鳴・周琦「寒山子生平新探」（『東南文化』一九九〇年六期）、徐光大「寒山拾得和他們的詩」（同『寒山子詩校注』〔陝西人民出版社、一九九一年〕）、津田左右吉「寒山詩と寒山拾得の説話」（『津田左右吉全集』第一九巻〔岩波書店、一九六五年〕）、入矢義高「寒山詩管窺」（『東方学報（京都）』二八、一九五八年）、木村英一「寒山詩について」（『日本中国学会報』一三集、一九六一年）、入谷仙介・松村昂『寒山詩』（禅の語録、筑摩書房、一九七〇年）、入谷仙介「寒山伝」（『唐代の詩人—その伝記』）、愛宕元「寒山子説話について—閭丘胤序を中心として」（京都大学教養部『人文』第XXIX集、一九八三年）。

（植木　久行）

韓《かん》　愈《ゆ》（七六八—八二四）

字は退之《たいし》。河南府河陽県（河南省孟州市）の人。四門博士《しもんはかせ》、刑部侍郎、潮州刺史、吏部侍郎《りぶじろう》等を歴任。没後、礼部尚書を追贈された。

柳宗元とともに古文復興運動の担い手として知られ、白居易と並ぶ、中唐詩壇の中心人物でもあった。詳しくは『正編』参照。

呉汝煜・胡可先「韓愈伝」（『唐才子伝校箋』五〔第二冊〕）、劉国盈『韓愈評伝』（北京師範学院出版社、一九九一年）、成復旺『韓愈評伝』（広西教育出版社、一九九七年）、卞孝萱・張清華・閻琦『韓愈評伝』（南京大学出版社、一九九八年）、張清華「韓愈年譜彙証」（同『韓学研究』下冊〔江蘇教育出版社、一九八八年〕）、劉国盈『韓愈叢稿』（文化芸術出版社、一九九九年）、陳克明『韓愈年譜及詩文繫年』（巴蜀書社、一九九九年）、太田次男「韓愈―特にその官人生活を中心にして」（『中唐文人考』〔研文出版、一九九三年〕所収）。

（田口　暢穂）

魚玄機《ぎょげんき》（八四三？―八六八）

字は幼微《ようび》、蕙蘭《けいらん》。長安（陝西省西安市）の人。咸通年間（八六〇―八七四）に補闕《ほけつ》李億《おく》の妾となったが、正夫人に疎まれて咸宜観《かんぎかん》（都長安の道観）に入り女道士となった。詩才があり、李郢《りえい》・温庭筠らと交際した。咸通九年（八六八）、侍婢の緑翹《りょくぎょう》を殺害した罪で処刑された。この事件に想を得た小説に、森鷗外の「魚玄機」がある（本文参照）。魚玄機の生年には、八四〇、八四三、八四四年などの諸説があるが、しばらく辛島驍《からしまたけし》「魚玄機・薛濤年表」に従った（ただし、疑問符を付す）。『唐女郎魚玄機詩』一巻（宋版）が残る。

『全』八〇四-11-9047、『新・旧唐書』に本伝なし、『唐詩紀事』七八、『唐才子伝』八。

陳文華『唐女詩人集三種』（上海古籍出版社、一九八四年）、梁超然「魚玄機伝」（『唐才子伝校箋』八〔第三冊〕）、曲文軍「女詩人魚玄機考証三題」（『復印報刊資料　中国古代、近代文学研究』一二期、一九九二年）、徐有富「論魚玄機」（『程千帆先生八十寿辰記念文集』〔江蘇古籍出版社、一九九二年〕所収）、梁超然「魚玄機考略」（『唐代文学研究』第七輯、一九九八年）、辛島驍『魚玄機・薛濤』（漢詩大系一五、集英社、一九六四年、前掲の年表所収）、西村富美子「唐代女流詩人論―魚玄機」（『四天王寺大学紀要』六、一九七三年）。

（山﨑　みどり）

許渾《きょこん》（七八七？―八五四？）

字は用晦《ようかい》（一に仲晦）。潤州《じゅんしゅう》丹陽（江蘇省丹陽市）の人。許渾の伝記は、従来、不明な部分が多かったが、近年少しずつ明らかになりつつある。

(1)生卒年について……従来、聞一多による貞元七年（七九一）生年説があったが、その根拠は不明。今日でも、この説を採用しているものもある（例えば、譚優学《たんゆうがく》〔後掲〕、及び同氏の執筆になる『唐才子伝校箋』七〔第三冊〕、傅璇琮《ふせんそう》ほか『唐五代文学編年史』〔晩唐巻〕、遼海出版社、一九九八年など）。しかし、作品内容を詳細に検討した結果、現在では貞元三年（七八七）～四年ごろの生まれとする説がかなり有力である（羅時進は四年、卞孝萱《べんこうけん》・喬長阜《きょうちょうふ》は三年説をとる。後掲）。卒年については、大中八年（八五四）説（聞一多、植木久行）、大中九年説（郭文鎬《かくぶんこう》、卞孝萱・喬長阜・謝栄福）、大中十二年説（董乃斌《とうだいひん》、譚優学）等あり、一定しない（前二者の主な論拠は、晩唐の顧陶の「唐詩類選後序」、後一者の主な論拠は許渾の「聞《ク》ニ辺将劉皐《りゅうこうノ》無《クシテ》レ辜《つみ》受《クルヲ》ロ戮《りくヲ》一」詩である）が、諸説を比較検討すると、大中八、九年ごろに没したと考えるのが穏当なようである。

(2)経歴について……従来、許渾の事跡は、かなり漠然としていたが、近年出版された羅時進『丁卯集箋証』（江西人民出版社、一九九八年）は、比較的詳細な年代比定を行なっている。同書によれば、許渾は二〇代前半、越に赴いて天台山に遊び、三〇代後半の長慶四年（八二四）から翌宝暦元年にかけて北方に赴き、薊門《けいもん》（北京市付近）にまで旅したことがあった。何度か落第を経験し、大和六年（八三二）ようやく進士に及第。しかしすぐには仕官できず、開成元年（八三六）、節度使盧鈞《ろきん》の幕下に入るため南海（広東省広州市）に赴いた。開成三年（八三八）春、潤州（江蘇省鎮江市付近）に戻り、秋、宣州当塗（安徽省）の尉となり、翌年、当塗県令、さらに翌年には太平（同）県令を歴任し、のち監察御史となった。会昌三年（八四三）、職を辞して東帰し、潤州司馬となる。のち、再び上京し、大中三年（八四九）監察御史（二度目）となるが、病のため帰り、大中四年、故郷潤州の丁卯橋《ていぼうきょう》の村舎にて自らの作品五〇〇篇を集め、『烏絲闌《うしらん》（欄）詩』（宋、岳珂の『宝真斎法書賛』巻六には「唐許渾烏絲欄詩真跡」として一七一篇を収める）を編集した。また、同年から翌五年にかけて睦《ぼく》州（浙江省建徳市の東）刺史、大中六年には虞部《ぐぶ》員外郎となったが、病のため東都に分司した。大中八年（八五四）、郢州《えいしゅう》（湖北省）刺史となり、ほどなく没したらしい。一説に、大中一二年に詠まれた作品（「聞辺将劉皐無辜受戮」）を最後として、それ以降詠まれた作品が無いため、これよりほどなくして没したともいう（因みに羅氏は、許渾の没年を咸通初年（八六〇）以降と考えている）。この羅説は、細部においては、譚説や卞・喬説とも異同があり、今後なお研究の進展が望まれる。

『正編』も参照。

唐邦治「唐郢州刺史許渾伝」（『鎮・丹・金・溧《りつ》・揚・聯合月刊』第二期、一九四六年）、董乃斌「唐詩人許渾生平考索」（『文史』二六輯、一九八六年）、譚優学「許渾行年考」（『唐詩人行年考（続編）』）、羅時進「許渾生年考」（『陝西師大学報』哲社版、一九八八年）、王遠彦「許渾生卒年考」（『湖北大学学報』哲社版、一九八八年）、卞孝萱・喬長阜「許渾」（『中国歴代著名文学家評伝』（続編一）所収）、郭文鎬「許渾刺郢及卒年考」（『江漢論壇』一九八九年五期）、王遠彦「関于許渾的家世与籍貫」（同上）、郭文鎬「許渾棄官東帰考」（『北方論叢』一九八九年六期）、譚優学「許渾伝」（『唐才子伝校箋』七〔第三冊〕）、謝栄福「許渾卒年、卒官質疑」（『文史』三五輯、一九九二年）、馬暁地「許渾生平考弁」（『東北大学文学部研究年報』四四、一九九四年）、李立朴『許渾研究』（貴州人民出版社、一九九四年）、羅時進『丁卯集箋証』（前掲）。植木久行「杜牧卒年論拠考―許渾らの没年にも触れて」（『集刊東洋学』六八、一九九二年）。

（松尾　幸忠）

荊《けい》　叔《しゅく》（？―？）

字・本籍ともに未詳で、その伝記もまったく不明である。ただ荊叔が題《か》きつけたとされる「題ス二慈恩塔ノニ一」詩が、現存する宋代の拓本『慈恩雁塔唐賢題名』（残巻）中に見えることから、ほぼ貞元年間から咸通年間の初め（七八五―八六〇）に至る期間の人であろう、と推測される。とすれば、中唐後期から晩唐初めの人になる。

『全』七七四-11-8774、『新・旧唐書』に本伝なし、『唐詩紀事』八〇（不知名）、『唐才子伝』には本伝なし。
松浦友久・植木久行『長安・洛陽物語』（集英社、一九八七年）一二八頁以下。

（植木　久行）

元《げん》稹《しん》（七七九―八三一）

字は微之。洛陽（河南省洛陽市）の人と称するが、代々、京兆府万年県（陝西省西安市）に住む。白居易とは終生の親友であった。白居易との唱和による詩風「元和体」は、一世を風靡した。詳しくは『正編』参照。

卞孝萱・劉維治「元稹」（『中国歴代著名文学家評伝』第二巻）、呉企明「元稹伝」（『唐才子伝校箋』六〔第三冊〕）。

（水谷　誠）

高《こう》適《せき》（七〇一？―七六五）

字は達夫。渤海（＝徳州）蓨《ちょう》（河北省景県）の人。李白や杜甫と親交を持つ。詳しくは『正編』参照。

蕭滌非・余正松「高適」（『中国歴代文学家評伝』第二巻）、陳鉄民「高適繫年考補」（『文史』第二六輯、一九八六年）、周勲初「高適伝」（『唐才子伝校箋』一〔第一冊〕）、余正松『高適研究』（巴蜀書社、一九九二年）、植木久行「唐代詩人新疑年録(1)」（弘前大学人文学部『文経論叢』第二三巻第三号、一九八八年）、川口喜治「高適研究の現状と展望」（大阪市立大学『中国学志』三〔屯号〕、一九八八年）。

（水谷　誠）

顧《こ》況《きょう》（七二七？―八一五？）

字は逋翁《ほおう》。自ら華陽山人と号した。蘇州（江蘇省）の人。至徳二載（七五七）の進士。建中二年（七八一）ごろ、浙江東西（鎮海）節度使韓滉《かんこう》の判官となる。貞元三年（七八七）、秘書郎となり、ほどなく著作佐郎に遷る。生来、詼諧《かいぎゃく》を楽しみ、権貴（宰相）を嘲笑したことをとがめられて、貞元五年三月、饒州《じょうしゅう》（江西省鄱陽《はよう》県）司戸参軍に左遷された。晩年は道教の聖山茅山《ぼうざん》に隠棲して「華陽真《かようしん》逸《いつ》」と号し、90歳近くまで生きたらしい。山水画家としても名高い。況の子、非熊《ひゆう》の依頼を受けた皇甫湜《こうほしょく》が、『顧況集』二〇巻の序文を作る。

顧況の生卒年は未確定であるが、一般に生年は七二七年前後、没年は八一五年前後と見なされている（傅璇琮「顧況考」〔『唐代詩人叢考』〕参照）。

『全』二六四-4-2927、『旧唐書』一三〇、李泌伝付伝、『新唐書』に本伝なし、『唐詩紀事』二八、『唐才子伝』三。

傅璇琮「顧況考」（前掲）、趙昌平「顧況伝」（『唐才子伝校箋』三〔第一冊〕）、王啓興・張虹『顧況詩注』（唐詩小集、上海古籍出版社、一九九四年）、陳尚君・陶敏「顧況伝補正」（『唐才子伝校箋』第五冊）、胡正武「顧況任新亭監之『新亭』考」（『文献』一九九六年第二期）、布目潮渢・中村喬『唐才子伝之研究』（アジア史研究会、一九七二年）。

（山﨑　みどり）

常《じょう》建《けん》（?—?）

字は不詳。盛唐の人。『新・旧唐書』に本伝が無く、出身地をはじめとする事跡のほとんどが不明である。王昌齢とともに進士に及第し、盱眙《くい》（江蘇省盱眙県）の尉となったが、官吏としては不遇であったらしく、最後には隠居した。山水や寺観を題材にした詩が多く、また辺塞詩にも優れた作品を残した。詳しくは『正編』参照。

盧文暉「常建」（『中国歴代著名文学家評伝』続編一）、傅璇琮「常建伝」（『唐才子伝校箋』二（第一冊））、陳尚君「常建伝補正」（同上・第五冊）。

（増子　和男）

岑《しん》参《じん》（七一五?—七七〇?）

字は不詳。荊州江陵《けいしゅうこうりょう》（湖北省荊州市）の人。一説に南陽（河南省南陽市）の人というのは、その郡望を言ってのこととされる。30歳で進士に合格後、二度にわたって節度使の幕僚として西域に赴いた。その体験をふまえた辺塞詩に、独自の境地を開いた。詳しくは『正編』参照。

なお、『正編』では、その生年を、聞一多「岑嘉州繫年考証」（『唐詩雑論』『聞一多全集』三、開明書店、一九四八年所収））の提出した説に従って七一五年としたが、①七一六年生年説（劉開揚「岑参年譜」（後掲）など）、②七一七年生年説（孫映逵《そんえいき》「岑参伝」（後掲）など）があって、確定し難い。

また、吐魯番《トルファン》で発掘された文書によって、彼の西域での事跡の一部が明らかとなった（本書一八五頁の岑参「白雪歌……」の〔諸説の異同〕の項参照）。

彭蘭「岑参」（『中国歴代著名文学家評伝』第二巻）、廖立《りょうりつ》『岑参評伝』（人民文学出版社、一九九〇年）、王勛成「岑参去世年月弁考」（『蘭州大学学報』（社会科学版）一九九〇年第四期）、孫映逵「岑参伝」（『唐才子伝校箋』三（第一冊））、陶敏「岑参詩人名注釈及系年補正」（『中国首届唐宋詩詞国際学術討論会論文集』（江蘇教育出版社、一九九四年）所収）、陶敏「岑参伝補正」（『唐才子伝校箋』第五冊）、劉開揚「岑参年譜」（同『岑参詩集編年箋註』（巴蜀書社、一九九五年）所収）。

（増子　和男）

沈佺期《しんせんき》（?—七一四～五?）

字は雲卿《うんけい》、相州《そうしゅう》内黄（河南省内黄県）の人。生年は顕慶元年（六五六）、永徽元年（六五〇）などともされるが、確定できない。上元二年（六七五）、宋之問《そうしもん》や劉《りゅう》希夷《きい》・張鷟《ちょうさく》（『遊仙窟』の作者）らとともに進士科に及第する。協律郎より考功員外郎へと累遷した。長安二年（七〇二）、知貢挙《ちこうきょ》（科挙試験委員長）となり、長安四年、給事中に在任中、かつて賄賂《わいろ》を受けた罪で投獄された。神竜元年（七〇五）、則天武后の政権が倒されて中宗が即位すると、武后の寵臣張易之《ちょうえきし》兄弟の一味として、宋之問や杜審言らとともに嶺南に左遷された。沈佺期の左遷地が最南の辺地、驩州《かんしゅう》（ベトナム北部）であったのは、二つの罪状が加算された結果である。翌年、恩赦にあって北帰して台州録事参軍となる。神竜三年には召されて起居郎となり、修文館直学士を兼ねた。のち中書舎人・太子少詹《しょうせん》事《じ》などを歴任し、玄宗の開元二、三年（七一四、五）ごろ没。有名な「竜池篇」は、最晩年の開元二年の作。

沈佺期は則天武后・中宗の時代、宮廷詩壇の中心として活躍し、宋之問とともに「沈・宋」と並称され、五言律詩の声律をより精密にするとともに、当時未成熟だった七言律詩の声律の確立に大きく寄与した。詩は応制（応詔）詩が多く、華麗であるが、嶺南での作は凄絶で真情がこもる。

『全』九五-2-1020、『旧唐書』一九〇中、『新唐書』二〇二、『唐詩紀事』一一、『唐才子伝』一。

馬茂元「読両『唐書・文芸（苑）伝』札記」（同『晩照楼論文集』上海古籍出版社、一九八一年）、譚優学「沈佺期行年考」（『唐詩人行年考（続編）』）、祝尚書「沈佺期行年考略」（『古籍整理与研究』一九八七年第一期）、傅璇琮「沈佺期伝」（『唐才子伝校箋』一〔第一冊〕）、林東海「沈佺期」（『中国歴代著名文学家評伝』続編一）、連波・査洪徳『沈佺期詩集校注』（中州古籍出版社、一九九一年、年譜も収める）、福島吉彦「沈佺期伝」（『唐代の詩人―その伝記』）、高木重俊「沈佺期の生涯と文学」（『中国文化　漢文学会報』四四号、一九八六年）。

（植木　久行）

薛濤《せつとう》（七七〇？―八三二）

字は洪度《こうど》。芸妓であったが詩をよくし、元稹《げんしん》・王建などの文人とも交際した。剣南西川《けんなんせいせん》節度使武元衡《ぶげんこう》は、彼女に「校書郎」を授けられるよう、朝廷に上奏したという。詳しくは『正編』参照。

陳文華『唐女詩人集三種』（上海古籍出版社、一九八四年）、呉企明「薛濤伝」（『唐才子伝校箋』六〔第三冊〕）。

（山﨑　みどり）

宋之問《そうしもん》（？―七一二～三）

字は延清《えんせい》、虢州《かくしゅう》弘農（河南省霊宝市）の人。汾《ふん》州（＝西河郡、山西省汾陽市）の人ともされるが、これは郡望らしい。生年は未詳。一説に顕慶元年（六五六）の生まれともされるが、憶測の域を出ない。上元元年（六七五）、沈佺期《しんせんき》・劉希夷《りゅうきい》・張鷟《ちょうさく》（『遊仙窟』の作者）らとともに進士科に及第する。則天武后の天授元年（六九〇）、楊炯《ようけい》とともに習芸館学士となり、のち洛州参軍、尚方監《しょうほうかん》の丞《じょう》、左奉宸内供奉《さほうしんないきょうほう》などを歴任する。武后の寵臣、張易之《ちょうえきし》兄弟に媚《こ》び諂《へつら》い、宮廷詩人として活躍。なかでも「竜門応制」詩（七〇〇年前後の作）は、「奪錦袍《だっきんぽう》」の故事で名高い。神竜元年（七〇五）、武后の政権が倒されて中宗が即位すると、張兄弟の一味として沈佺期や杜審言《としんげん》らとともに、嶺南に左遷された。宋之問の場合は瀧《そう》州（広東省羅定《らてい》市）の参軍であり、この時期、真情にあふれた詩を作った。翌年、洛陽に逃げて帰り、弟の之遜《しそん》とともに恩人の密議を告発して、鴻臚寺《こうろじ》の主簿《しゅぼ》に復帰する（ただし、新説では恩赦にあって帰ったのだとする）。大平公主（武后の娘）の推薦で考功員外郎に抜擢され、修文館直学士を兼ねた。こうして再び中宗朝で宮廷詩人として活躍する。景竜三年（七〇五）の秋、収賄《しゅうわい》の罪で越州（浙江《せっこう》省紹興市）の長史に左遷された。景雲元年（七一〇）六月、睿宗《えいそう》が即位すると、過去の悪辣《あくらつ》な行為を咎《とが》められて、再び嶺南の欽《きん》州（広西チワン族自治区欽州市）に流された。この途中、桂州（桂林市）で数か月滞在、玄宗即位後の先天年間（七一二―三）、流刑地（欽州。一説に桂州）で自殺を命じられて死ぬ。享年は未詳。

宋之問は、沈佺期とともに「沈・宋」と並称されて、則天武后・中宗朝に活躍した宮廷詩人であり、応制（応詔）詩が多い。彼は、七言詩にすぐれた沈佺期とは異なり、特に五言詩にすぐれ、詩風は精麗、律詩の確立に大きく貢献した。明の胡応麟《こおうりん》は、その（五言）排律を、初唐期の冠《かん》（第一）と評した（『詩藪《しそう》』内編巻四）。

『全』五一-1-618、『旧唐書』一九〇中、『新唐書』二〇二、『唐詩紀事』一一、『唐才子伝』一。

何格恩「新旧唐書宋之問伝考証」（『民族雑誌』四巻五期、一九三六年）、王達津「宋之問与『霊隠寺』詩」（『唐詩叢考』）、譚優学「宋之問行年考」（『唐詩人行年考（続編）』）、傅璇琮「宋之問伝」（『唐才子伝校箋』一（第一冊））、王啓興「宋之問」（『中国歴代著名文学家評伝』続編一）、郁賢皓「宋之問事跡和交遊考弁」（『文学遺産』一九九三年一期、郁賢皓・陶敏『唐代文史考論』（洪葉文化事業有限公司、一九九九年）に再録）、陳尚君・陶敏「宋之問伝補正」（『唐才子伝校箋』第五冊）、福島吉彦「宋之問伝」（『唐代の詩人―その伝記』）、高木重俊「宋之問論」上・下（『北海道教育大学紀要（第一部A）』三七巻一号・同二号、一九八六～七年）。

（植木　久行）

張《ちょう》　謂《い》　（?―七七四在世）

字は正言《せいげん》、懐州河内（河南省沁陽市）の人。生年は未詳。一説に景雲二年（七一一）生まれとするが、確証に乏しい。若くして嵩山《すうざん》（河南省）で勉学し、開元二〇年代、営州（遼寧省朝陽市）都督張《ちょう》守珪《しゅけい》の幕僚となる。このあと、西域（新疆ウイグル自治区）に赴く？　天宝二年（七四三）、丘為《きゅうい》らとともに進士科に及第した。天宝一三、四載（七五四、五）ごろ、安西・北庭節度使封常清《ほうじょうせい》の幕僚として、再び西域に滞在。このとき、有名な辺塞詩人岑参《しんじん》も、封常清の幕僚であった。

至徳年間（七五六―八）、淮南《わいなん》節度使高適《こうせき》の幕僚となったらしい。乾元《けんげん》元年（七五八）、尚書礼部（員外?）郎に在任中、夏口（湖北省武漢市）に使いし、秋八月、夜郎（貴州省）に流される途中の李白と再会して、旧交をあたためた。永泰元年（七六五）から大暦二年（七六七）ごろ、潭州《たんしゅう》（湖南省長沙市）刺史となり、詩人元結と交遊する。のち帰京して太子左庶子《さしょし》となり、大暦六年（七七一）の冬には礼部侍郎となって、同七、八、九年の春の知貢挙《ちこうきょ》（科挙試験委員長）となる。没年は未詳、大暦一〇年（七七五）ごろか。従来、大暦一二年に成る懐素《かいそ》の「自叙帖」（『唐文拾遺』四九）によって、張謂は当時なお生存していたと考えられたが、この考証は誤りである。陶敏・李一飛・傅璇琮『唐五代文学編年史』中唐巻（遼海出版社、一九九八年）二九二頁や、後掲の熊飛論文参照。

『全』一九七-3-2015、『新・旧唐書』に本伝なし、『唐詩紀事』二五、『唐才子伝』四。

傅璇琮「張謂考」（『唐代詩人叢考』）、同「張謂伝」（『唐才子伝校箋』四（第二冊））、陶敏「張謂伝補正」（同上・第五冊）、熊飛「唐代詩人張謂生平事迹考略」上・下（『文献』一九九九年第三期・同第四期）

（植木　久行）

張説《ちょうえつ》（六六七—七三〇）

字は道済、また説之《えつし》。河東（山西省永済市）の人。13歳のとき、父が没し、以後、洛陽（河南省洛陽市）に移る。初唐から盛唐への橋渡しを示す作風を持つ詩人として重要である。詳しくは『正編』参照。

傅璇琮「張説伝」（『唐才子伝校箋』一〔第一冊〕）、喬象鍾「張説」（『中国歴代著名文学家評伝』続編一）、植木久行「唐代詩人生卒年論拠考三題—張九齢・李益・張説」（早稲田大学『中国文学研究』第一六期、一九九〇年）。

（水谷　誠）

張祜《ちょうこ》（七九二?—八五四?）

字は承吉。南陽（河南省南陽市）の人とも、清河（河北省清河県）の人ともいう。江南の蘇州に住み、何度も進士科を受けたが落第する。元和一五年（八二〇）ごろ、令狐楚《れいこそ》は彼の才能を認めて、その詩三〇〇首を朝廷に献じた。しかし、元稹《げんしん》によって阻まれ、むなしく江南へ帰っていくこととなったという。会昌五年（八四五）、池州（安徽省貴池市）刺史の杜牧を訪ねて、そこで厚遇された。この時の唱和詩が現存する。官途は不遇で、江南各地の節度使の幕僚で終わったため、処士と呼ばれた。

張祜は、江南の地を愛し、杭州、蘇州、常州、鎮江などの名刹《めいさつ》に遊び、勝れた題詠を残した。張祜の詩と白居易の「長恨歌」とをめぐる応酬（『唐摭言《とうせきげん》』巻一三や『本事詩』嘲戯篇など）は、白居易の蘇州刺史在任中のことか。晩年は、丹陽（江蘇省鎮江市）に隠棲して没したという。

『全』五一〇-8-5794、『新・旧唐書』に本伝なし、『唐詩紀事』五二、『唐才子伝』六。ただし、『唐詩紀事』『唐才子伝』では張祐に誤る。詳細は本書二四四頁参照。

譚優学「張祜行年考」（同『唐詩人行年考』）、呉在慶「張祜卒年考弁」（『人文雑誌』一九八五年第二期）、同「関于張祜生平及詩歌系年、弁疑的幾個問題」（『文学遺産』一九八五年第四期）、喬長阜「張祜生卒年和三入長安考」（『唐代文学研究』第一輯、一九八八年）、尹占華「張祜系年考」（『唐代文学研究』〔広西師範大学出版社、一九九〇年〕所収）、呉在慶「張祜伝」（『唐才子伝校箋』六〔第三冊〕）、尹占華『張祜詩集校注』（甘粛文化出版社、一九九七年）。

（水谷　誠）

張籍《ちょうせき》（七六六?—八三〇?　一説に七六五・七六七・七六八・七七〇生、八二九卒）

字は文昌《ぶんしょう》。呉郡（江蘇省蘇州市）の人。後、和州（安徽省和県）に移り住んだ。徳宗の貞元一五年（七九九）、進士に登第、太常寺太祝《たいしゅく》・国子《こくし》助教・国子博士・水部員外郎・国子司業《しぎょう》などの職を歴任したので、世に張水部・張司業と称される。かつて韓愈について学び、その賞賛を得たので、韓門の弟子の一人とされるが、彼は白居易とも親友であり、その文学的理念もまた白居易とあい似通っていた。終生、貧困に苦しみ、晩年には重度の眼疾を患った。詳しくは『正編』参照。なお、季《き》鎮淮《ちんわい》「張籍二題」（後掲）は、韓愈の文章中における張籍への言及の語気から見て、韓愈の方が年長であること、また白居易の詩中における張籍の年齢表現は、端数のない数によって表現したもので、実数ではないことから、張籍の生年を大暦五年（七七〇）に比定する。これは、韓愈（七六八年生）より張籍の方が年長という従来の定説を覆すものであり、一定の説得力を持っている。

朱宏恢「従白居易張籍的酬唱詩看他們的交往」（『徐州師範学院学報（哲学社会科学版）』一九八八年第二期）、刁抱石《ちょうほうせき》『唐張文昌先生籍年譜』（台湾商務印書館、一九九三年）、呉汝煜《こじょいく》「張籍伝」（『唐才子伝校箋』五（第二冊））、李一飛「張籍行迹仕履考証拾零」（『中国韻文学刊』一九九五年第二期）、季鎮淮「張籍二題」（『文学遺産』一九九六年第一期）、遅乃鵬「『張籍王建交游考述』商榷」（『文学遺産』一九九八年第三期）。

（高橋　良行）

陳《ちん》子《す》昂《ごう》（六六一？—七〇二？）

字は伯玉《はくぎょく》。梓《し》州射洪《しゃこう》（四川省射洪県）の人。六朝中期風の韻律のみを重視した詩風を拒否し、復古に重きを置いた質実で力強い詩風は、李白や杜甫などの盛唐詩人の先駆をなす。詳しくは『正編』参照。

なお、『正編』では、生卒年を羅庸「陳子昂年譜」（徐鵬『陳子昂集』（中華書局、一九六〇年）所収）に従ったが、諸説があり、ここでは、生卒年ともに断定を避けた。

葛暁音「関于陳子昂的死因」（『学術月刊』一九八三年二期）、韓理洲『陳子昂評伝』（西北大学出版社、一九八七年）、同『陳子昂研究』（上海古籍出版社、一九八八年）、蕭滌非・呉明賢「陳子昂」（『中国歴代著名文学家評伝』第二巻）、傅璇琮「陳子昂伝」（『唐才子伝校箋』一（第一冊））、王輝斌「陳子昂死因及雪獄探求」（『湖南師大社会科学学報』一九八九年第六期）。

（増子　和男）

陳《ちん》陶《とう》（？—八七九？）

字は嵩伯《すうはく》、本籍は未詳（長江以北の人）。進士科を受験したが落第、大和年間（八二七—八三五）以降、南の江南（福建・江蘇省）や嶺南（広東省）の地に遊んで、詩を刺史や節度使（観察使）などに献げたが、結局仕官しなかった。大中三年（八四九）ごろ、洪州（江西省南昌市）の西山に隠棲し、咸通《かんつう》四、五年（八六三、四）、詩僧貫休《かんきゅう》と唱和した。そして柑橙《みかん》を売って生計を立て、蘭《らん》（香草）を植え、詩歌を吟じ、飲酒と読書を楽しんで、乾符《けんぷ》六年（八七九）ごろ（一説に乾符初年（八七四）ごろ）没したらしい。晩唐の詩人方《ほう》干《かん》・曹松《そうしょう》・杜荀鶴《とじゅんかく》に、彼の死を悼む詩が残る。生年は未詳（一説に八〇八？、八〇四？など）。陳陶は楽府詩にすぐれ、本書に収める「隴西行《ろうせいこう》」は特に有名。ちなみに唐末五代には、晩唐の詩人陳陶と南唐の隠士陳陶の二人がおり、その事跡はしばしば混同されたが、陶敏「陳陶考」（後掲）によって、ほぼ明確に識別されるようになった。

『全』七四五-11-8465、『新・旧唐書』に本伝なし、『唐詩紀事』六〇、『唐才子伝』八。

陶敏「陳陶考」（『中華文史論叢』一九八六年第一輯。郁賢皓・陶敏『唐代文史考論』（洪葉文化事業有限公司、一九九九年）に再録）、梁超然「陳陶伝」（『唐才子伝校箋』八（第三冊））、陶敏「陳陶伝補正」（同上・第五冊）、小林太市郎『禅月大師の生涯と芸術』（『小林太市郎著作集』三〔淡交社、一九七四年〕）第三章。

（植木　久行）

鄭《てい》谷《こく》（八五一？—九一〇？）

字は守愚《しゅぐ》。袁《えん》州宜春《ぎしゅん》（江西省宜春市）の人。大中九年（八五五）ごろ、長安で早くもその才能を李朋、馬戴らによって称賛されたという。大中一一年ごろ、父鄭史が永州（湖南省永州市）刺史になると、当地に赴き、咸通《かんつう》三年（八六二）ごろまで滞在。のち、荊門（湖北省荊州市）の白社に隠棲。咸通一二年（八七一）ごろより宜春に帰り、たびたび科挙に応ずるが、いずれも落第。乾符《けんぷ》年間の初めごろ、宜春から同州（陝西省大荔《だいれい》県付近）、さらに都長安に移る。広明元年（八八〇）、黄巣が長安を陥落させると、約六年間、巴蜀《はしょく》（四川省）の地に逃れる。光啓元年（八八五）、僖宗《きそう》が都に戻ったのを機に、鄭谷も帰京するが、同一二月より翌年の半ばにかけて再び巴蜀を旅する。光啓三年（八八七）春、進士に及第。この後、三たび巴蜀を旅する。大順年間（八九〇—八九一）には江南に遊び、景福元年（八九二）春ごろ、長安に帰る。景福二年（八九三）冬、あるいは乾寧《けんねい》元年（八九四）春、鄠《こ》県（陝西省戸県）の尉に任じられ、尋《つ》いで京兆府《けいちょうふ》の参軍を兼ねる。ほどなく右拾遺となり、同三年、補闕《ほけつ》に遷る。同四年、都官郎中に遷る。これにより「鄭都官」と呼ばれる。また、かつて「鷓鴣《しゃこ》」の詩（七律）を作り、諸家の高い評価を得たため、「鄭鷓鴣《しゃこ》」とも称された。のち、天復二～三年（九〇二～九〇三）秋ごろ、宜春に帰り隠棲したのち没した。没年・享年は、生年とともに未詳。ここまでは主に趙昌平の説（後掲）に従ったが、傅義《ふぎ》「鄭谷年譜」（後掲）は、「大中二年（八四八）生—後梁開平三年（九〇九）没」と推定する。

『全』六七四-10-7705、『新・旧唐書』に本伝なし、『唐詩紀事』七〇、『唐才子伝』九。

王達津「鄭谷生平系詩」（『唐詩叢考』）、趙昌平「鄭谷年譜」（『唐代文学論叢』第九集〔陝西人民出版社、一九八七年〕所収）、譚優学「鄭谷行年考」（同『唐詩人行年考〔続編〕』）、趙昌平「鄭谷伝」（『唐才子伝校箋』九〔第四冊〕）、同「鄭谷伝箋」（厳寿澂《げんじゅちょう》・黄明・趙昌平箋注『鄭谷詩集箋注』付録七、上海古籍出版社、一九九一年）、傅義「鄭谷年譜」（同『鄭谷詩集編年校注』〔華東師範大学出版社、一九九三年〕所収）。

（松尾　幸忠）

杜《と》秋《しゅう》娘《じょう》（？—？）

杜が姓、秋が名で、娘《じょう》は女性に対する呼称（年少とは限らない）。金陵《きんりょう》（潤州《じゅんしゅう》の別名、今の江蘇省鎮江市）の人。晩唐の詩人杜牧の「杜秋娘詩」の序に拠れば、15歳の時、鎮海節度使李錡《りき》（唐の同族で淄川王《しせんおう》孝同の五世の孫。『新唐書』二二四上、『旧唐書』一一二）の妾《しょう》となったが、李錡は謀反を起こして誅せられた（元和二年〔八〇七〕）。このため罪人の身内として強制的に宮女にさせられ、憲宗の寵愛を受けることになった。子の穆宗《ぼくそう》が即位すると、その第六子漳王《しょうおう》（李湊）のおもり役（養母）となった。しかし成長した漳王が、大和五年（八三一）、当時の権力者鄭注《ていちゅう》に誣告《ぶこく》されて冤罪《えんざい》をこうむると、杜秋娘もこの事件に連座して故郷の金陵に帰され、窮乏した余生を送ったという。

他方、清の馮集《ふうしゅう》梧《ご》『樊川《はんせん》詩集注』巻一によれば、杜秋娘は漳王の養母杜《と》仲陽《ちゅうよう》を指すとも、あるいは杜秋娘が寵愛を受けたのは、憲宗ではなく穆宗であったとも伝える。また傅璇琮『李徳裕年譜』（斉魯書社、一九八四年）大和九年の条には、杜仲陽（秋娘）が帰郷したのは大和三年であり、漳王の罪に連座したものではなく、杜牧の見聞の誤りだと考証する。しかし、ここではしばらく、開成二年（八三七）、金陵で見聞した杜牧の記載に従った。

『全』七八五-11-8862（ただし「無名氏二」の雑詩として「金縷衣」一首を収録）、『新・旧唐書』に本伝なし、『唐詩紀事』『唐才子伝』にも見えない。

呉在慶『杜牧論稿』（厦門大学出版社、一九九一年）、胡可先『杜牧研究叢稿』（人民文学出版社、一九九三年）、市野沢寅雄『杜牧』（漢詩大系一四、集英社、一九六五年）。

（山﨑　みどり）

杜《と》荀鶴《じゅんかく》（八四六―九〇四？）

字は彦之《げんし》、池州石埭《せきたい》（安徽省石台県）の人。みずから九華《きゅうか》山人《さんじん》と号した。杜牧の妾が生んだ子とも伝えられるが、確証に乏しい。若いころ盧山《ろざん》（江西省）で約一〇年間勉学する。そして詩作に没頭し、「死《ハ》是《レ》不《ルノ》レ吟《ゼ》時」（「苦吟」詩）とまで言い切り、詩名もあがったが、長く進士科に落第。大順二年（八九一）、46歳のとき、ようやく及第する。この間、生活に困窮し、各地を旅したりしたが、黄巣の乱後、九華山に隠棲した。現存する宋蜀《そうしょく》刻本《こくぼん》『杜荀鶴文集』（『唐風集』）三巻は、景福元年（八九二）、友人の顧雲が、進士科及第以前の近体詩（律詩・絶句）三〇〇余篇を編纂した詩集である。

晩年、宣州節度使田頵《でんくん》の幕僚となる。天復三年（九〇三）、大梁《たいりょう》（河南省開封市）の朱温《しゅおん》（全忠）のもとに使いし、そのまま幕下に留まった。哀帝の天祐《てんゆう》元年（九〇四）、主客員外郎・知制誥《ちせいこう》となり、翰林《かんりん》学士に充《あ》てられたが、にわかに病死した。享年59歳。一説に後梁の開平元年（九〇七）の没とするが、疑わしい。

杜荀鶴は、「詩旨未《ず》《ハダ》レ能《あたハ》レ忘《ルル》レ救《フヲ》物《ひとヲ》」（「自叙」詩）と主張して、黄巣の乱後の農民の苦しみを詠む「山中寡婦」詩など、一連のすぐれた近体の社会詩を作ったが、個人の不遇感や酬唱投献の作も多い。『杜荀鶴文集』の巻頭を飾る「春宮《しゅんきゅう》怨《えん》」は、宮詩の佳作として知られ、特に「春暖《カニシテ》　鳥声砕《くだケ》、日高《クシテ》　花影重《かさナル》」の一聯は、清新な表現として名高い。

『全』六九一-10-7925、『新・旧唐書』に本伝なし、『旧五代史』二四、『唐詩紀事』六五、『唐才子伝』九。

蕭文苑「杜荀鶴」（『中国歴代著名文学家評伝』第二巻）、葉森槐注『杜荀鶴詩選』（黄山書社、一九八八年）、周祖譔・呉在慶「杜荀鶴伝」（『唐才子伝校箋』九〔第四冊〕）、中島みどり「杜荀鶴伝」（『唐代の詩人―その伝記』）。

（植木　久行）

杜《と》審言《しんげん》（六四八以前―七〇八）

字は必簡《ひっかん》。襄《じょう》州襄陽（湖北省襄樊市）の人とされるが、父の依《い》芸《げい》の代に洛州鞏《きょう》県（河南省鞏義市）に居をうつす。生年は、『旧唐書』本伝の「年六十餘《ニシテ》　卒《ス》」によって、卒年（七〇八）の六十数年前、すなわち貞観二二年（六四八）以前の数年間、と考えられる。西晋の鎮南大将軍杜《と（ど）》預《よ》（二二二―二八四）の後裔で、盛唐の大詩人、杜甫の祖父にあたる。高宗の咸亨《かんこう》元年（六七〇）、進士に及第し、隰城《しゅうじょう》県（山西省汾陽市）の尉となった。その後、官を重ねて洛陽の丞になったが、武后の聖暦元年（六九八）、罪に触れて吉州（江西省吉安市）の司戸参軍に左遷。任地に赴くと同僚（司馬の周《しゅう》季《き》重《じゅう》ら）との間に不和が生じ、かれらに陥れられ獄に繋がれる。翌聖暦二年、審言の息子で16歳になる并《へい》が周季重を刺殺、同時にみずからも殺されてしまう。審言はこの事件により官職を免ぜられて洛陽に帰ったが、のち杜并の孝行に深く感激した武后は、召見して著作佐郎を授け、次いで膳部員外郎にうつった。神竜元年（七〇五）、張柬之《かんし》らのクーデターによって武后が退位して、中宗が復位するに及び、武后の寵臣であった張易之《えきし》・昌宗兄弟が誅殺され、かれらとつき合いのあった審言も巻き添えとなって峰州《ほうしゅう》（ベトナム北部）に流された。後、ほどなくして都に召還されて、国子監主簿となり、景竜二年（七〇八）五月、修文館直学士となった後、にわかに病に倒れ、その年の秋冬の際に病没した。

杜審言はみずからの才を恃んで傲慢なふるまいが多く、人に疎まれたようであるが、当時から文名は高く、李嶠・崔融《さいゆう》・蘇《そ》味《み》道《どう》とともに「文章の四友」と称された。晩年は沈佺期《しんせんき》や宋之《そうし》問《もん》と唱和し、かれらとともに近体詩の基礎を築いたことで知られる。また杜甫の詩が、この祖父から影響を受けたとする評者も多い。現在、詩四三首（『全』）が残る。

『全』六二一-3-733、『旧唐書』一九〇上・文苑伝、『新唐書』二〇一・文芸伝上、『唐詩紀事』六、『唐才子伝』一。

傅璇琮「杜審言考」（『唐代詩人叢考』）、同「杜審言伝」（『唐才子伝校箋』一〔第一冊〕）、徐定祥『杜審言詩注』（上海古籍出版社、一九八二年）、王雄夫「杜審言伝」（『唐代文学論叢』第五輯、一九八四年）、陳貽《ちんい》焮《きん》「杜審言」（呂慧鵑ら編『中国歴代著名文学家評伝』続編一）、吉川幸次郎『杜甫私記』「家系」（筑摩叢書、筑摩書房、一九八〇年）、興膳宏「杜審言伝」（『唐代の詩人―その伝記』）、植木久行「唐代作家新疑年録（3）」（弘前大学人文学部『文経論叢』二五巻三号、一九九〇年）。

（井上　一之）

杜《と》甫《ほ》（七一二―七七〇）

字は子美《しび》。少陵《しょうりょう》と号す。三〇代の前半には、一一歳年上の李白と交遊を結ぶ。科挙に幾度も応じたが志を遂げず、長安で一〇年に及ぶ不遇な浪人生活を送る。七五五年に起こった安史の乱に際しては、反乱軍占領下の長安に軟禁され、「春望《しゅんぼう》」等の詩を制作。48歳以降の生涯の後半は、家族を伴って長安を離れ、成都（四川省）、さらには三峡の谷間の夔《き》州（重慶市奉節県）を放浪し、最後は洞庭湖の南を流れる湘江のほとり（湖南省）で困窮の生涯を閉じた。「杜甫一生憂ふ」と評される。自己の不遇を、社会の不幸と重ね合わせながら詠出する詩篇は、鍛錬された言語に支えられて、重厚な風格を示す。克明な社会描写は、詩による歴史の記録として「詩《し》史《し》」と称され、また完璧な人格を体した詩人として「詩《し》聖《せい》」の名をほしいままにし、また律詩に勝《すぐ》れた伎倆《ぎりょう》を示して、絶句に得意な李白とともに「李《り》絶《ぜつ》杜《と》律《りつ》」と評された。詳しくは、『正編』参照。

蕭滌非・鄭慶篤「杜甫」（呂慧鵑ら編『中国歴代著名文学家評伝』第二巻）、傅璇琮「杜甫伝」（『唐才子伝校箋』二〔第一冊〕）、陳文華『杜甫伝記唐宋資料考弁』（台湾文史哲出版社、一九八七年）、莫礪鋒『杜甫評伝』（南京大学出版社、一九九三年）、李殿先・李紹先『杜甫懸案掲秘』（四川大学出版社、一九九六年）。

（松原　朗）

杜《と》 牧《ぼく》（八〇三―八五二）

字は牧之《ぼくし》。京兆《けいちょう》万年（陝西省西安市）の人。『通典《つてん》』の撰者杜佑《とゆう》の孫。大和二年（八二八）進士に及第、のち揚州などで自由奔放な生活を送るが、中年以降は黄州、池州、睦《ぼく》州及び湖州の刺史を歴任。考功郎中・知制誥《ちせいこう》となって長安に帰り、中書舎人で没した。詳しくは『正編』参照。

呉企明「杜牧伝」（『唐才子伝校箋』六〔第三冊〕）、呉在慶『杜牧論稿』（厦門大学出版社、一九九一年）、同「杜牧詩文弁偽・系年研究述評」（『唐代文学研究年鑑』〔広西師範大学出版社、一九九一年〕所収）、繆鉞《ぼくえつ》「杜牧卒年再考弁―与羅時進同志書」（『文史』第三五輯、一九九二年）、胡可先『杜牧研究叢稿』（人民文学出版社、一九九三年）、植木久行「杜牧生卒年論拠考―許渾らの没年にも触れて」（『集刊東洋学』六八、一九九二年）。

（松尾　幸忠）

白居易《はくきょい》（七七二―八四六）

字は楽天《らくてん》。酔吟《すいぎん》先生・香山居士《こうざんこじ》と号した。下邽《かけい》（陝西省渭南市）の人。遠い祖先の籍貫（原籍）から、太原（山西省太原市）の人とも称する。幼少より天才ぶりを発揮し、28歳で郷試、29歳で礼部試《れいぶし》進士科、32歳で吏部試書判抜萃科《しょはんばつすいか》、35歳で制挙才識兼茂明於体用科《さいしきけんもめいおたいようか》にそれぞれ及第。以後、高級官僚の道を歩み、数度の外任（江州司馬・忠州刺史・杭州刺史・蘇州刺史）を経て、71歳の折、刑部尚書をもって致仕した。その作風は、一貫して平易暢達《ちょうたつ》であり、作品（韻文と散文）の量・質ともに、中唐期最大の文人と結論づけられる。自撰の詩文集『白氏文集《ぶんしゅう》』七五巻（うち四巻は欠）がある。『正編』も併せて参照。

朱金城『白居易集箋校（全六冊）』（上海古籍出版社、一九八八年）、羅聯添『白楽天年譜』（国立編訳館、一九八九年）、呉企明「白居易伝」（『唐才子伝校箋』六〔第三冊〕）、謝思煒『白居易集綜論』（中国社会科学出版社、一九九七年）、太田次男ほか『白居易研究講座（全七巻）』〔1・2　白居易の文学と人生Ⅰ・Ⅱ、3・4　日本における受容〈韻文篇・散文篇〉、5　白詩受容を繞る諸問題、6　白氏文集の本文、7　日本における白居易の研究〕（勉誠社、一九九三～一九九八年）、下定雅弘『白氏文集を読む』（勉誠社、一九九六年）、太田次男『旧鈔本を中心とする白氏文集本文の研究（全三冊）』（勉誠社、一九九七年）、静永健『白居易「諷諭詩」の研究』（勉誠出版、二〇〇〇年）。

（埋田　重夫）

皮日休《ひじつきゅう》（八四一？―九〇二？）

字は初め逸少《いっしょう》、のち襲美《しゅうび》。一般に襄陽《じょうよう》の人とされるが、皮日休自身は「皮子世録」（『皮子文藪』巻一〇）のなかで「襄陽の竟陵」に住んだと称する。しかし、襄陽（湖北省襄樊《はん》市。当時、襄州に属する県名）と竟陵（湖北省天門市。当時、復州に属する県名）とでは属する州が異なるため、正確には復州竟陵の人と言うべきであろう。「襄陽」と称したのは、当時復州が襄州に鎮する襄陽（山南東道）節度使の管轄下にあったことと、晋代、祖先の皮初が襄陽太守になったこと（後述）に依るものであろう。生卒年ともに確証を欠くが、ここではしばらく沈《しん》開生「皮日休系年考弁」（『研究生論文撰集』中国古代文学分冊（江蘇人民出版社、一九八三年）所収）に従う。皮日休の「皮子世録」によれば、皮家は鄭の子皮の後裔に属し、晋の時には、襄陽の太守になった皮初がおり、隋以後、この襄陽《（ママ）》の竟陵に住み、皮日休に至ったという。唐以前には何人かの官吏を出したが、唐に入ってからは官に就く者もなく、没落した家柄であった。皮日休も初めは仕官せず、襄陽（襄樊市）の鹿門山に隠れ、酒を好み、「酔民」「酔士」「酔吟先生」「間気布衣」などと号した。咸通《かんつう》三年（八六二）から六年にかけて、安徽、湖北、湖南、江西、陝西などを旅行する。懿《い》宗《そう》の咸通八年（八六七）、礼部侍郎鄭《てい》愚《ぐ》の下で進士に及第した。翌年、博学宏詞科を受けたが及第せず、職を求めて東遊し、咸通一〇年、蘇州に至る。同年、崔璞《さいはく》が蘇州刺史に着任すると、その従事となる。一月後、この地に閑居していた陸亀蒙《りくきもう》が自分の作品を持参して面会を求めてきたのを機会に、両者の間で詩の唱和が始まり、咸通一二年（八七一）春まで、ほぼ一年余りにわたって詠み続けられる。その後まもなくこれらの酬唱詩は陸亀蒙の手によって『松陵集』としてまとめられ、皮日休がその序文を書いた。僖《き》宗《そう》の乾符《けんぷ》元年（八七四）、都に赴き太常博士となる。のち呉に帰るが、乾符六年（八七九）、黄巣の乱に遭遇し、捕われの身となる。翌広明元年、黄巣は長安に入って帝と称し、皮日休に翰林学士の位を授けた。この時期を境として、彼の伝記には不明な部分が多くなる。具体的には、その死因をめぐる、さまざまな説の存在である。その主要なものに、(1)黄巣に讖《しん》文（予言の類）の作成を命じられたが、その内容が黄巣をそしったものと誤解されて、殺された、(2)黄巣の乱が平定された後、反乱軍に身を置いたことをとがめられて誅された、(3)黄巣の乱後、長安を逃れて、会稽（浙江省紹興市）に隠れ、越王銭鏐《せんりゅう》の下で生涯を終えた、の三種がある。(1)または(2)の説に従えば、皮日休の没年は、黄巣が死んだ中和四年（八八四）前後になる。(3)の説に従えば、その没年は天復二年（九〇二）ごろである。これらの諸説は、すでに北宋の筆記小説類（孫光憲『北夢瑣言』、銭易『南部新書』、晁公武『郡斎読書志』など）に見られるもので、近年の中国における諸研究もそれらの資料を再検討して、いずれかの説を採る。現在のところ比較的信憑性が高いのは、(2)もしくは(3)の説であり、ここではしばらく(3)の説に従った。

『全』六〇八-9-7012、『新・旧唐書』に本伝なし、『唐詩紀事』六四、『唐才子伝』八。

周連寛「皮日休的生平及其著作」（『嶺南学報』第一二巻第一期、一九五二年）、繆鉞《ぼくえつ》「皮日休的事跡思想及其作品」（『四川大学学報』二期、一九五五年）、同「再論皮日休参加黄巣起義軍的問題」（『歴史研究』一九五八年第二期）、蕭滌非《しょうてきひ》「皮子文籔」前言（『皮子文籔』（中華書局、一九五九年）所収）、張志康「皮日休究竟是怎様死的？」（『学術月刊』一九七九年第八期）、沈開生「皮日休系年考弁」（前掲）、劉揚忠「皮日休簡論」（『中国古典文学論叢』第一輯、人民文学出版社、一九八四年）、袁宏軒「皮日休死因探考」（『山西師大学報』（社会科学）総四七期、一九八五年)、梁超然「皮日休伝」(『唐才子伝校箋』八(第三冊))、陳尚君・陶敏「皮日休伝補正」(『唐才子伝校箋』第五冊)、中島長文「皮日休伝」(『唐代の詩人―その伝記』)、本田済《わたる》「読皮子文藪」(木村博士頌寿記念『中国哲学史の展望と模索』(創文社、一九七六年)所収、のち『東洋思想研究』(創文社、一九八七年)に再録)、西川素治「皮日休試論―その伝記を中心として」(『中国農民戦争史研究』五号、一九七九年)。

(松尾　幸忠)

孟浩然《もうこうねん》（六八九―七四〇）

字も浩然、一説に諱《いみな》を浩とする。襄陽《じょうよう》(湖北省襄樊市)の人。官界に地位を得ることができぬまま、その生涯の大半を郷里襄陽で過ごした。田園生活を詠じて独特の趣をもつ。詳しくは『正編』を参照。

陳貽焮《ちんいきん》「孟浩然」(呂慧鵑ら『中国歴代著名文学家評伝』第二巻)、陳鉄民「孟浩然伝」(『唐才子伝校箋』二(第一冊))、劉文剛「両唐書孟浩然伝弁証」(『文史』第二八輯、一九八七年)、同「孟浩然生平蠡測」(『古籍整理与研究』一九八七年第一期)、李浩「孟浩然事迹新考」(『唐代文学研究』第一輯、一九八八年)、徐鵬「孟浩然作品繫年」(同『孟浩然集校注』(人民文学出版社、一九八九年)所収)、曹永東「孟浩然年譜」(同『孟浩然詩集箋注』(天津古籍出版社、一九八九年)所収)、劉文剛『孟浩然年譜』(人民文学出版社、一九九五年)、芳村弘道「孟浩然三十代の行旅」(『学林』一号、一九八三年)、芳村弘道「晩年の孟浩然」(『立命館文学』一九八九年六月号)。

(田口　暢穂)

楊巨源《ようきょげん》（七五五―？）

字は景山《けいざん》。河中(山西省永済市)の人。正確な没年は未詳であるが、伝記関連史料からみて、大和五年(八三一)の末以降、大和九年(大和年間最後の年である八三五)以前に死去したと考えられる。徳宗の貞元五年(七八九)、進士科に及第。その後は、憲宗の元和《げんな》年間から穆宗《ぼくそう》の長慶年間にかけて、監察御史・秘書郎・太常博士・虞部《ぐぶ》員外郎・鳳翔《ほうしょう》少尹《しょういん》・国子司業《こくししぎょう》などを歴任し、70歳の折、国子祭酒をもって致仕した。晩年は故郷にもどり、河中少尹となって余生を送った。この間の事情について、韓愈の「送《ルノ》二楊少尹《ヲ》一序」(『韓昌黎文集』巻二一)では、「丞相有《リ》二愛《シテ》而惜《シム》レ之《ヲ》者一。白《まうシテ》以《テ》為《シテ》二其《ノ》都《ノ》少尹《ト》一、不レ絶《タ》二其《ノ》禄《ヲ》一」とある。題材では離別詩に秀れ、様式では律詩や七言句を得意とした。中唐詩壇を代表する白居易・元稹・劉禹錫・張籍たちと親しく交遊し、彼らから深く敬愛された詩人である。その結果として唱和詩が残されている。また唐の趙璘《ちょうりん》『因《いん》話録《わろく》』巻二、商部上によれば、若い頃の苦吟のため、晩年になっても頭を揺する癖があったという。

『全』三三三-5-3736、『新・旧唐書』に本伝なし、『唐詩紀事』三五、『唐才子伝』五。

呉汝煜・胡可先「楊巨源伝」(『唐才子伝校箋』五(第二冊))、陶敏「楊巨源伝補正」(同上・第五冊)、朱金城「白居易交游考」楊巨源の条(同『白居易研究』(陝西人民出版社、一九八七年)所収)、植木久行「唐代作家新疑年録(6)」楊巨源の条

・（弘前大学人文学部『文経論叢』第二八巻第三号、一九九三年）、同上「唐代作家新疑年録⑽」楊巨源の条（同上『文経論叢』第三二巻第三号、一九九七年）。

（埋田　重夫）

李益《りえき》（七四八―八二九？）

字は君虞《くんぐ》。隴西姑蔵《ろうせいこぞう》（甘粛省武威市）の人。大暦四年（七六九）の進士。七言絶句にすぐれ、辺塞詩を得意とした。詳しくは『正編』参照。

卞孝萱・喬長阜「李益」（呂慧鵑ら編『中国歴代著名文学家評伝』第二巻）、関眉「李益従軍経歴考弁」（『文献』第二一輯、一九八五年）、譚優学「李益伝」（『唐才子伝校箋』四（第二冊））、陶敏「李益伝補伝」（『唐才子伝校箋』第五冊）、植木久行「唐代詩人生卒年論拠考三題―張九齢・張説・李益」（早稲田大学『中国文学研究』第一六期、一九九〇年）。

（山﨑　みどり）

李賀《りが》（七九一？―八一七？）

字は長吉。河南福昌（河南省宜陽県）の昌谷の人。父の名、晋粛が諱《いみな》を犯すとして、ついに進士を受験することができなかった。その後、李賀は、長安で奉礼郎（従九品上の小官）となるが、やがて職を辞して故郷の昌谷へ帰り、27歳で没したという。なお、銭仲聯「李賀年譜会箋」などは、生卒年代を七九〇―八一六と論証し、今日、通説となりつつある。詳しくは『正編』参照。

劉瑞蓮『李賀』（中華書局、一九八一年）、劉衍『李賀評伝』（山西人民出版社、一九八四年）、袁行霈「李賀」（『中国歴代著名文学家評伝』第二巻）、呉企明「李賀伝」（『唐才子伝校箋』五（第二冊））、楊其群『李賀研究論集』（北岳文芸出版社、一九八九年）、森瀬壽三「李賀古里考」（同『唐詩新攷』（関西大学出版部、一九八八年）所収）、原田憲雄『李賀歌詩編』（全三冊、東洋文庫、平凡社、一九九八～九九年）。

（山﨑　みどり）

李商隠《りしょういん》（八一三？～八五八、一説に八一一・八一二生など）

字は義山《ぎざん》、号は玉谿生《ぎょくけいせい》、また樊南生《はんなんせい》。懐州河内《かだい》（河南省沁《しん》陽市）の人。祖父の代に鄭州滎陽《けいよう》（河南省滎陽市）に移居した。文宗の大和三年（八二九）、牛僧孺《じゅ》派（進士派）の天平節度使令狐楚《れいこそ》の幕僚となり、令狐楚・綯《とう》親子の尽力で、開成二年（八三七）、進士に登第。しかし、翌三年、政敵で李徳裕派の涇原《けいげん》節度使王茂元の幕府に入り、その娘と結婚した。その後、秘書省校書郎・弘農尉・盩厔《ちゅうしつ》尉などの諸官や鄭亜・盧《ろ》弘正・柳仲郢《えい》など観察使・節度使の幕僚を交互に転々とし、官僚としては不安定で不遇の生涯を送った。この間、会昌二年（八四二）には母を、また大中五年（八五一）には、妻の王氏を亡くしている。大中一二年、病を得て鄭州に帰り、まもなく卒した。

李商隠の一生は、牛・李両党の重要な人物と等しく交際があり、その党派性については、両『唐書』以来、諸説がある。しかし、実際の状況からいえば、その前期には牛党の者と多く交わっており、後期には李党の者が多いようである。おそらく、李商隠自身には、固定的な党派的観念は希薄だったのであろうが、両派（特に令狐綯ら牛派）の目には、両党派の間を遊泳した背恩の徒と映ることも多かったのであろう。

李商隠は、晩唐の大詩人であり、駢文《べんぶん》の名手でもあった。その無題・詠史・詠物の諸篇や七律・七絶の二体は最も高い完成度を示している。詳しくは『正編』参照。

傅璇琮《ふせんそう》「李商隠研究中的一些問題」（『文学評論』一九八二年第三期）、周建国「試論李商隠与牛李党争」（『文学評論叢刊』第二二輯、一九八四年）、梁超然「李商隠伝」（『唐才子伝校箋』七（第三冊））、劉智亭「李商隠与牛李党争」（『陝西師大学報（哲社版）』一九八五年第四期）、梁超然「李商隠考略二題」（『唐代文学研究』第五輯、一九九四年）、周建国「李商隠桂管罷帰及三峡行役詩探微―兼論証陳寅恪《ちんいんかく》先生的一項仮説」（『古籍研究』一九九五年第三輯）、毛水清「論李商隠与鄭亜」（『唐代文学研究』第六輯、一九九六年）、劉学鍇《かい》『李商隠詩歌研究』（安徽大学出版社、一九九八年）。

（高橋　良行）

李《り》白《はく》（七〇一―七六二）

字は太白《たいはく》、号は青蓮《せいれん》。李謫仙《たくせん》・李翰林《かんりん》・詩仙《しせん》とも称される。西域のオアシス都市に生まれ、5歳頃、蜀《しょく》（四川省）に移住。家系については不明な点が多く、父母の名すら明らかでない。生涯、旅に明け暮れ、一定の土地に定住することはほとんどなかった。活動範囲は、現在の四川省、湖北省、湖南省、江西省《こうせい》、安徽省《あんき》、江蘇省《こうそ》、浙江省《せっこう》、河南省、河北省、山西省、山東省、陝西省《せんせい》、北京市、重慶市等に及ぶ。

詩風は奔放飄逸《ひょういつ》、ダイナミックでスケールの大きな時空表現にその特色がある。楽府体、歌行体等の歌辞系の作品に秀れたものが多く、また近体詩のなかでは、とりわけ絶句を得意としている。主題としては、終生愛し続けた月・酒・神仙に関するものが多いが、その他、羇旅《きりょ》詩、遊覧詩、懐古詩、詠懐詩、離別詩、閨情《けいじょう》詩等、幅広くさまざまなジャンルで秀作を残している。杜甫とともに中国最大の古典詩人と評されるが、その支持層の広さには、杜甫を上回るものがあり、中国各地に残るおびただしい数の李白伝承・李白遺跡が、それを端的に物語っている。詳しくは『正編』参照。

安旗《あんき》『李白研究』（西北大学出版社、一九八七年）、郁賢皓《いくけんこう》『李白詩選』（上海古籍出版社、一九九〇年）、裴斐《はいひ》・劉《りゅう》善良《ぜんりょう》編『李白資料彙編・金元明之部』（古典文学研究資料彙編、中華書局、一九九四年）、郁賢皓主編『李白大辞典』（江西教育出版社、一九九五年）、李紹先・李殿元『李白懸案掲秘』（四川大学出版社、一九九六年）、郁賢皓『天上謫仙人的秘密―李白考論集』（台湾商務印書館、一九九七年）。筧《かけひ》久美《み》子《こ》『李白』（『鑑賞中国の古典』第一六巻、角川書店、一九八八年）、松浦友久《まつうらともひさ》『李白伝記論―客寓の詩想』（研文出版、一九九四年）、『月刊しにか』（一九九五年六号）特集詩仙・李白』（大修館書店、一九九五年）、松浦友久『李白詩選』（岩波文庫、岩波書店、一九九七年）、市川桃子《いちかわももこ》・葛暁音《かつぎょうおん》『李白の文』（汲古書院、一九九九年）。

（寺尾　剛）

劉長卿《りゅうちょうけい》　（七一八？―七九〇？　一説に七二六？生）

字は文房《ぶんぼう》。河間（河北省河間市）の人（『中興間気集』巻下、李季蘭の条）。一説に宣州（安徽省宣州市）の人（『元和姓纂《げんなせいさん》』巻五、『極玄集』巻下）というが、ともにその郡望を指すらしい。晩年、随州《ずいしゅう》（湖北省随州市）刺史となったので、世に劉随州とも称される。

若い頃、洛陽の嵩山《すうざん》に住んで勉学に励み、玄宗の開元年間、進士科に応じたが、天宝の後期に初めて登第した。粛宗の至徳三載（七五八）、海塩（浙江省海塩県）の令となったが、同年、事を以て下獄し、翌年、潘州《はんしゅう》南巴（広東省電白県）の尉に左遷された。後に量移され、代宗の永泰元年（七六五）前後、入京した。大暦の初め、検校《けんこう》祠《し》部《ぶ》員外郎・転運使判官となり、揚州に駐在した。後に鄂《がく》岳《がく》転運留後《りゅうご》に抜擢されるが、鄂岳観察使呉《ご》仲孺《ちゅうじゅ》のために誣奏され、大暦一〇年秋から一一年秋の間に、睦州（浙江省建徳市の東）司馬に流された。徳宗の建中の初め、随州刺史に移された。建中三年（七八二）、淮西《わいせい》節度使李希烈《りきれつ》が謀反して随州に拠ったので、長卿は江州に流寓した。晩年、淮南節度使の幕府に入り、貞元六年（七九〇）前後に卒したと考えられる。

劉長卿は、年代的には杜甫と近く、早年より詩に巧みであったが、詩人として名声を博するのは、中唐の粛宗・代宗期以後である。文学史的には銭起と併称されて「銭劉」、韋応物と併称されて「韋劉」とも呼ばれ、大暦の詩風の代表的な詩人である。平生、近体詩に力を入れ、五律に最も巧みで、「五言の長城」と自称したが（権徳輿「秦徴君《しんちょうくん》校書与《トとノ》ニ劉随州一唱和集《ノ》序」）、当時の人もこれを許した。詩は自身の不遇に根ざした慨嘆が多いが、時に国家民生の危難に関わる作もある。離別詩・紀行詩・辺塞詩などにすぐれた。

なお、儲仲君《ちょちゅうくん》『劉長卿詩編年箋注（上・下）』（後掲）は、劉長卿詩の編年作業の結果、劉長卿の生年を李白や杜甫と同世代とする従来の通説を斥け、開元一四年（七二六）前後とする。

『全』一四七-3-1479、『新・旧唐書』に本伝なし、『唐詩紀事』二六、『唐才子伝』二。

陳暁薔「劉長卿生年事跡初考（上・中・下）」（『大陸雑誌』第二九巻三・四・五期、一九六四年）、傅璇琮《ふせんそう》「劉長卿事迹考弁」（『中華文史論叢』第八輯、一九七八年、同『唐代詩人叢考』に再録）、郁賢皓「劉長卿別李白事迹小弁」（『中華文史論叢』一九八〇年第一期）、劉乾「劉長卿三題」（『唐代文学論叢』一九八二年第一期）、房日晰「劉長卿籍貫為洛陽補正」（『中州学刊』一九八二年第二期）、張君宝「劉長卿生年弁証―兼考其貶睦州之年」（『唐代文学論叢』第五輯、一九八四年）、張君宝「劉長卿事迹弁誤一則」（『文学遺産』一九八六年第五期）、傅璇琮「劉長卿伝」（『唐才子伝校箋』二〔第一冊〕）、趨志方「劉長卿与越中交游」（『紹興師専学報』一九九〇年第一期）、劉乾「劉長卿二三事」（『文献』一九九〇年第三期）、楊世明「劉長卿行年考述」（『四川師範学院学報（哲社版）』一九九〇年第四期）、蔣寅『大暦詩人研究』（中華書局、一九九五年）、張伝峰「劉長卿貶南巴諸詩箋証」（『湖州師専学報』一九九五年第四期）、儲仲君『劉長卿詩編年箋注（上・下）』「前言」「劉長卿簡表」（中華書局、一九九六年）、楊世明校注『劉長卿集編年校注』「前言」「劉長卿年譜」（人民文学出版社、一九九九年）、高橋良行

「劉長卿集伝本考」（『中国文学研究』第三期、一九七七年）、高橋良行「劉長卿札記―『五言長城』の評語をめぐって」（『愛知淑徳大学論集』第六号、一九八一年）。

（高橋　良行）

盧《ろ》綸《りん》（七四八？―七九九？）

字は允言《いんげん》。河中蒲（山西省永済市）の人。大暦年間（七六六―七七九）の初め、何度か進士の試験に応じたが、及第しなかった。のち、宰相元載《げんさい》に才能を認められ、検校戸部郎中・監察御史となった。「大暦十才子」の一人に数えられる。『新唐書』「芸文志」や『唐才子伝』巻四などには、『盧綸詩集』一〇巻を著録するが、明人の編纂した『盧綸集』六巻が今日伝えられている。

なお、生年に関しては、一九九〇年、西安市の南部から、盧綸の弟、盧綬《ろじゅ》の誌石「大唐故盧府君墓誌銘」が出土し、七四八年生年説が有力になってきた（本書六六二頁「長安春望」〔諸説の異同〕の項参照）。

『全』二七六-5-3124、『旧唐書』に本伝なし、『新唐書』二〇三「盧綸伝」、『唐詩紀事』三〇、『唐才子伝』四。

傅璇琮「盧綸考」（『唐代詩人叢考』所収）、王達津「盧綸生平系詩」（『唐詩叢考』）、卞孝萱・喬長阜「盧綸」（『中国歴代著名文学家評伝』続編一）、傅璇琮「盧綸伝」（『唐才子伝校箋』四〔第二冊〕）、卞孝萱・喬長阜「盧綸的生平与創作」（『四川師範大学学報』〔社会科学版〕一九八八年第二期）、劉初棠「盧綸簡譜」（同『盧綸詩集校注』〔上海古籍出版社、一九八九年〕所収）、傅璇琮「盧綸家世事迹石刻新証」（『文学研究』第一輯、南京大学出版社、一九九二年）、喬長阜「盧綸事迹考弁」（『唐代文学研究』第四輯、一九九三年）、陶敏・陳尚君「盧綸伝補正」（『唐才子伝校箋』第五冊）、植木久行「唐代作家新疑年録(7)」（弘前大学人文学部『文経論叢』第二九巻第三号、一九九四年）、同「唐代作家新疑年録(10)」（弘前大学人文学部『文経論叢』第三二巻第三号、一九九七年）。

（増子　和男）

(2) 歴代

屈《くつ》原《げん》（紀元前三三九年頃〔一説に三五三年頃〕―前二七八年頃）

名は平、原はその字。戦国時代の楚《そ》の貴族の家柄に生まれ、懐王（前三二八―前二九九）の左徒（唐代の左右拾遺〔供奉諷諫を掌る官〕に相当する官〔正義〕）となる。初め、内政・外交両面で活躍し、懐王の信頼も厚かった。しかし、かねて彼の才能を妬んでいた同列の上官大夫《たいふ》〔靳尚《きんしょう》〕は、屈原が起草していた憲令の草稿を奪おうとしたが、屈原はこれを与えなかったので、彼を「一令が出るたびに、その功績を誇って『自分でなければできる者はいない』といっております」と讒言する。懐王は怒って屈原を遠ざけるようになる。屈原は懐王が事情を正しく理解せず、方正の人が受け入れられないことを嘆き、「離騒《りそう》」を作ったという（『史記』）。ここには単に個人的対立のみならず、楚王朝内部の政治的対立があったことが推測される。後世追慕される屈原の生きざまを知るには、彼の生きた時代の楚と周辺諸国の情勢を見る必要がある。

この当時、富国強兵の実効を挙げていた強国秦《しん》は天下統一を目指し、周辺諸国を圧迫していた。秦は東方の強国斉《せい》を討とうとしたが、時に斉と楚は同盟関係にあった。秦の恵王は両国の分断を図り、張儀を楚に派遣して、楚が斉と断交したならば、商於の地六百里を献上しようと約束する。楚の懐王は張儀を信じて、斉と断交し、使いを派遣して約束の土地を受け取ろうとすると、張儀は約束したのは六里だといって、応じようとしない。怒った懐王は兵を出して秦を討ったが、かえって負け、楚の漢中の地を取られてしまう。懐王は全軍を繰り出して秦を撃ち、深く秦の藍田《らんでん》まで迫る。虚を衝くように魏《ぎ》は楚に兵を進める。楚の兵は恐れて秦より兵を引く。この間、かつての同盟国斉は楚を救おうとはしなかった。翌年、秦は先の戦いで取った楚の地、漢中を返還して楚と和睦を結ぼうとする。懐王は土地よりも張儀を引き渡すことを要求し、張儀は楚に行く。張儀は要路の位にあった靳尚に賄賂を贈り、また懐王の寵姫鄭袖《ていしゅう》に詭弁を弄して助けを請う。懐王はついに張儀を放免してしまう。この時、政治の中枢から遠ざけられていた屈原は、斉に使いをしていたが、使いから帰った屈原は、懐王が張儀を許したことを知り、諫めたが間に合わなかった。

屈原は秦の策略に翻弄されている懐王とその側近たちに対して強く不満を抱く。懐王の三〇年（前二九九年）、秦〔の昭王〕は楚〔懐王〕と姻戚になるための会談をしようと、武関の地に懐王を誘う。屈原は王が秦に行くことに反対するが、懐王の子、子蘭《しらん》は行くことをすすめる。出かけた懐王はみすみす秦に拘留され、国土割譲を迫られる。懐王は拒絶し、やがて秦に客死する。懐王の長子頃《けい》襄王《じょうおう》が立ち、弟の子蘭を令尹《れいいん》〔宰相〕とする。楚の国の人々は子蘭が懐王に秦に行くことを薦めた結果、懐王が秦に客死したことで、子蘭を非難する。屈原もそうした人々の一人であった。令尹の子蘭は自分に批判的な屈原を上官大夫に命じて頃襄王にそしらせ、頃襄王は怒って屈原を放逐する。屈原は祖国の将来を案じつつ、絶望の内に石を抱いて汨羅《べきら》江《こう》に身を投げる。その後、楚は秦のために国土を削られ、数十年後に秦によって滅ぼされる。

以上は主として、屈原の伝記の基本的な資料である『史記』八四

「屈原賈生列伝《かせい》」によったものである。代表作は「離騒」「懐沙《かいさ》」「橘頌《きっしょう》」等。『史記』の屈原伝は彼の政治家としての外的な側面を述べているが、「離騒」「懐沙」などは、もっぱら彼の内面的な思いが表現されている。現実の政治的闘争においては敗者であったが、残されたこれらの詩篇（辞賦）からは祖国に対する痛切な愛国の至情が伝わってくる。

ただし、『史記』の屈原伝には理想的な忠臣としての屈原、漢代の学者によって儒教化された伝説的な屈原の姿が付加されていると見る向きもある（胡適「読『楚辞』」など。稲畑耕一郎「屈原否定論の系譜」（『中国文学研究』第三期、早大中国文学会刊）所収参照）。

（田中　和夫）

項《こう》羽《う》（前二三二―前二〇二）

名は籍《せき》、羽（子羽）は字。日本では多く項羽の呼称で通行する。下相（江蘇省宿遷市）の人。祖父は戦国末期の楚の将軍で、秦軍の侵攻の中で死んだ項燕。楚が滅び、秦の始皇帝が天下を統一して巡遊する様子を見て、「彼、取って代わるべきなり」と叫んだという（『史記』項羽本紀）。やがて「長《たけ》八尺余、力能《よ》く鼎《かなえ》を扛《あ》げ、才気人に過《す》ぐ」（『史記』項羽本紀）として、江南で知られるようになった。秦二世の元年（前二〇九）七月、陳勝らが決起して以来、全国各地で秦への反乱が始まり、羽も叔父項梁《こうりょう》とともにかつての楚の旧領の人々をひきいて立ちあがった。またたく間に反秦勢力の中心となり、前二〇七年、秦を滅ぼして都咸陽《かんよう》を焼き払った。羽は西楚《せいそ》の覇王《はおう》と号して彭城《ほうじょう》（江蘇省徐州市）に都し、梁・楚九郡を領土として国内最大の王侯となったが、漢王劉邦《りゅうほう》が反旗を翻し、以後五年にわたって項羽と劉邦の抗争、いわゆる漢楚興亡の戦いが続いた。前二〇二年、劉邦軍によって垓下《がいか》（安徽省霊璧県東南）に追い詰められ、敗軍のなかで自殺した。時に31歳。

逯欽立『先秦漢魏晋南北朝詩』漢詩一、『史記』七、『漢書』三一。

（坂田　新）

漢高祖《かんのこうそ》劉邦《りゅうほう》（前二五六？―前一九五）

前漢の初代天子。姓は劉、名は邦。字は季《き》（末子の意）としか伝わっていない。高祖は諡号《しごう》（おくり名）。沛《はい》（江蘇省沛県）の人。戦国末期に生まれ、秦の天下統一後、亭長という下級警吏となった。やがて始皇帝陵《しこうていりょう》建設のため囚人を護送することになったが、途中に囚人の逃亡があいついだため、劉邦自身も処罰をおそれて逃亡生活にはいった。前二〇九年、陳勝らの反乱に端を発した反秦暴動は全国に波及し、劉邦も沛の人々に推されて故郷の反乱部隊をひきいた。項羽を中心とする軍勢に加わって主将の一人となり、前二〇七年には他将にさきがけて秦都咸陽《かんよう》に侵攻した。秦の滅亡後、漢王となり、やがて五年間にわたって項羽と天下の覇権を争い、前二〇二年、名実ともに統一王朝の皇帝となった。長安に新都を建設し、前後あわせて四〇〇年にわたる大王朝の基礎を築いた。なお、劉邦の生年・享年には異説があるが、『史記集解』に引く皇甫謐《こうほひつ》の語に従えば、秦の昭王の五一年（前二五六）出生、享年62歳。

逯欽立『先秦漢魏晋南北朝詩』漢詩一、『史記』八、『漢書』一。

（坂田　新）

漢武帝劉徹《かんのぶていりゅうてつ》（前一五七—前八七）

前漢第七代の天子。姓は劉、名は徹。武帝は諡号《しごう》。景帝の皇子として生まれ、母は王夫人。はじめ異母兄の劉栄が皇太子となっていたが、廃嫡《はいちゃく》されて劉徹が立ち、景帝の死（前一四一）によって帝位を継いだ。即位以後、多くの諸侯を廃絶させて中央に権力を集中し、周辺の異民族へも積極的な外征を行ない、漢の版図《はんと》は武帝によって最大期を迎えた。また、国内では儒教を国教とし、その後、儒教が長く中国専制王朝の思想的な支えとなる先河を開いた。音楽をつかさどる官署「楽府《がふ》」の設立でも知られる。武帝の在位は五五年に及び、前漢の最盛期ではあったが、その晩年には武帝自身が怪しげな道術に迷ったり、宮中での勢力争いから皇太子を死に追いやる巫蠱《ふこ》の乱が生ずるなど、財政破綻とそれによる社会の不安定さが、いろいろな方面に見られるようになった。享年71歳。

逯欽立『先秦漢魏晋南北朝詩』漢詩一、『史記』一二、『漢書』六。

（坂田　新）

漢代楽府《かんだいがふ》　→　「歴代——総集類」の条参照。

古詩十九首《こしじゅうきゅうしゅ》　→　「歴代——総集類」の条参照。

王粲《おうさん》（一七七—二一七）

字は仲宣《ちゅうせん》。山陽高平《こうへい》（山東省鄒《すう》県）の人。代々高官を輩出した名家の出身で、曾祖父の王龔《きょう》は太尉、祖父の王暢《ちょう》は司空と、当時臣下として最高の位であった三公（後漢では太尉・司徒・司空の三つの位）までのぼりつめた。

初平元年（一九〇）、軍閥の董卓が、後漢最後の皇帝である献帝を強要して洛陽から長安に遷都したとき、王粲もまた帝に従い長安に入った。

やがて、大学者蔡邕《さいよう》によって、才能を認められ、17歳にして黄門侍郎に召されたが、董卓の暗殺に伴う混乱のため果たせなかった。そこで、長安の混乱を避け、祖父王暢の門下生であった劉表の割拠する荊州（湖北省）に赴いたが、「容貌短小」で風采が上がらないために優遇されなかった。建安一三年（二〇八）、劉表が殺されて、荊州が曹操に征服されるや、劉表の子の琮《そう》を説いて帰順させ、自らも召されて、丞相掾、軍謀祭酒、侍中などの要職を歴任。建安二二年（二一七）、曹操が呉の孫権を征討するのに従ったが、その途中、病死した。

「建安七子」を代表する人物で、詩文に長じ辞賦をよくした。博覧強記で、算術にも明るく、筆を執るや、たちどころに文を作り、しかも一句の誤りもなかったとされる。その詩には悲痛なものが多く、社会の混乱と民衆の苦難とを直截に描写するところに他に抜きん出た特徴を持つ。今日、『王仲宣集』四巻（明代の輯本）が伝わる。

逯欽立『先秦漢魏晋南北朝詩』魏詩二、陳寿『三国志』二一、鍾嶸『詩品』上品。

李宝均「王粲」（同『曹氏父子和建安文学』〔上海古籍出版社、一九七八年〕所収）、沈玉成「王粲」（呂慧鵑ら編『中国歴代著名文学家評伝』第一巻、山東教育出版社、一九八三年)、「王粲年譜」「王粲資料匯編」(呉雲・唐紹忠『王粲集注』(中州書画社、一九八四年)所収)、陸侃如『中古文学繋年』下(人民文学出版社、一九八五年)、林香奈「王粲」(『六朝詩人伝』)。

(増子　和男)

曹《そう》　操《そう》(一五五―二二〇)

字は孟徳《もうとく》、幼名は阿瞞《あまん》。沛《はい》国譙県(安徽省亳州《はくしゅう》市)の人。後漢末の傑出した政治家、軍略家、詩人である。黄巾の乱の平定で頭角を現わす。建安元年(一九六)、後漢最後の天子献帝《けんてい》(劉協)を迎えて群雄に号令し、同五年(二〇〇)には、官渡《かんと》の戦いで宿敵の袁《えん》紹《しょう》を破り、北中国をほぼ制圧した。建安一三年(二〇八)南征し、孫権・劉備の連合軍と赤壁(湖北省)で戦って敗退し、かくして三国鼎立《ていりつ》の形勢がほぼ定まった。以後、曹操は魏《ぎ》公、続いて魏王に封じられ、三国・魏の実質上の創始者となる。建安二五年(二二〇)正月、洛陽(河南省)で病没した。享年は66歳。魏の建国後、武帝と諡《おくりな》される。

曹操は建安年間、自己の幕下に多くの文人を集めて優遇し、子の曹丕《そうひ》・曹植とともに建安文学の領袖として、七子(王粲《おうさん》・劉楨《りゅうてい》・陳琳《ちんりん》・徐幹《じょかん》ら七人)を中心とする鄴《ぎょう》(魏国の都、河北省臨漳《りんしょう》県の西南)下《か》の文壇(建安一〇年以降)に対して、適切な保護と指導を行なった。

現存する曹操詩の完篇一八首は、すべて楽府《がふ》詩であるが、単なる模倣作品ではない。清新な民歌(楽府体)を借りて、厳しい現実(時事)を描写し、政治の理想を表白し、遊仙思想を批判するものである。それは士大夫《したいふ》(知識人)らしい言志の作品として、沈鬱・高古な気骨を特色とする。今日、『魏武帝集』一巻(明代の輯本)が伝わる。

逯欽立『先秦漢魏晋南北朝詩』魏詩一、陳寿『三国志』一、鍾嶸『詩品』下品。

張可礼『三曹年譜』(斉魯書社、一九八三年)、徐公特「曹操」(呂慧鵑ら編『中国歴代著名文学家評伝』第一巻、山東教育出版社、一九八三年)、章映閣『曹操新伝』(上海人民出版社、一九八九年)、植木久行「曹操楽府詩論考」(目加田誠博士古稀記念『中国文学論集』竜渓書舎、一九七四年)、川合康三『曹操』(集英社、一九八六年)、竹田晃『曹操』(学術文庫、講談社、一九九六年)、石井仁『曹操―魏の武帝』(新人物往来社、二〇〇〇年)、川合康三「曹操」(『六朝詩人伝』)。

(植木　久行)

曹《そう》　丕《ひ》(一八七―二二六)

字は子桓《しかん》。沛国譙県(安徽省亳州市)の人。曹操の第二子、曹《そう》植《しょく》の同母兄にあたる。幼児より文武両面を学んで育ち、後漢末の建安一六年(二一一)、五官中郎将・副丞相《じょうしょう》となり、同二二年(二一七)、曹植との跡目相続争いに勝って、魏《ぎ》の太子となる。同二五年(二二〇)、曹操の死後、魏王の地位を継ぎ、同年一〇月には、後漢王朝に代わって魏朝を建て、洛陽(河南省)に都を置いた。七年間の在位中、呉の孫権を討つために二度、広陵(江蘇省、長江の北岸)まで親征したが、失敗する。他方、九品官人法を設けて六朝貴族制の基礎を作った。黄初七年(二二六)五月、病死した。享年は

40歳。

曹丕は20代のころ、曹操の後継者として、魏の都鄴《ぎょう》（河北省臨《りん》漳《しょう》県の西南）に集まった「建安の七子」（王粲《おうさん》・劉楨《りゅうてい》など）を中心とする文人たち（曹操の幕僚）で形成された、文学史上最初の文学集団の実質的な領袖となり、互いに詩を贈答し、五言詩を士大夫《したいふ》（知識人）の真情を表白する文学様式とした。

曹丕の現存詩は、楽府《がふ》詩を中心に約四〇首伝わり、題材は自身の生活以外、いわゆる思婦や征夫の心情を、流麗かつきめ細やかに歌った作品にすぐれる。なかでも本書に収めた「燕歌行」は、現存最古の成熟した七言詩として有名である。文芸評論家の劉勰《りゅうきょう》は、その文才を「洋洋《ようよう》として清綺《せいき》（清麗）なり」（『文心雕竜』「才略」篇）と評した。

曹丕はまた、文学批評の先駆として名高い『典論』「論文」篇のなかで、「文章は経国の大業《たいぎょう》にして、不朽の盛事なり」と、文学の価値（特にその社会的効用）を高らかに宣言するとともに、作家の個性（気）や詩賦ジャンルにおける華麗さを重視した。なお中国最初の類書『皇覧《こうらん》』の編纂でも知られ、今日、『魏文帝集』二巻（明代の輯本）が伝わる。

逯欽立『先秦漢魏晋南北朝詩』魏詩四、陳寿『三国志』二、鍾嶸『詩品』中品。

徐公特「曹丕」（呂慧鵑ら編『中国歴代著名文学家評伝』第一巻、山東教育出版社、一九八三年）、張可礼『三曹年譜』（斉魯書社、一九八三年）、洪順隆『魏文帝曹丕年譜暨作品繫年』（新編名人年譜集成二一輯、台湾商務印書館、一九八九年）、夏伝才・唐紹忠『曹丕集校注』（中州名家集、中州古籍出版社、一九九二年、年譜も収める）、吉川幸次郎「三国志実録　曹植兄弟」（『吉川幸次郎全集』第七巻、筑摩書房、一九七四年）、成瀬哲生「曹丕年譜ノート」（北海道大学『文学部紀要』XXXI—1〔通巻五一号〕、一九八二年）、川合康三「曹丕」（『六朝詩人伝』）。

（植木　久行）

曹《そう》 植《しょく》（一九二—二三二）

字は子建《しけん》。沛《はい》国譙《しょう》県（安徽《あんき》省亳州《はくしゅう》市）の人。曹操の第四子、曹丕《ひ》の同母弟にあたり、建安文学の集大成者と評される。幼児から文武両面を学んで育ったが、彼の早熟な文才は、父曹操を驚嘆させた。建安九年（二〇四）、曹操が袁氏を破って鄴《ぎょう》（河北省の南端、臨漳《りんしょう》県の西南）を奪い取ると、曹植らも鄴城に移り住んだ。以後、従軍の時を除いて、鄴下の文壇で宴飲遊楽して詩賦を作る。曹操は彼の才能を愛したが、その奔放な行動が災いして、結局、兄曹丕との跡目相続争いに敗れた。

曹操の死後、曹丕が魏王を継ぎ、続いて魏朝を建てる（二二〇年）と、曹植の生活は一変する（当時、29歳）。彼の側近は次々と殺され、他の兄弟たちとともに封地での厳重な監視下に置かれた。そしてしばしば過失を検挙され、軟禁同然の不遇な生活を送ることになる。有名な「七歩の詩」は、冷えきった暗い兄弟関係を象徴する。こうした状況は、文帝曹丕が没し、明帝曹叡《そうえい》が即位した（二二六年）晩年期にあっても、少しも好転せず、たび重なる国替えのなか、最後の任地陳郡《ちんぐん》（河南省淮陽《わいよう》県）で絶望のあまり病死する。享年は41歳。死後、「思」（前《さき》の過ちを追悔する意）と諡《おくりな》されたため、陳思王とも呼ばれる。

曹植の詩は、「骨気奇高、詞彩華茂《しさいかぼう》」、いわば文質彬彬《ひんぴん》たる至高の存在と評される（鍾嶸《しょうこう》『詩品』）が、二二〇年の曹操の死、曹丕の魏王即位以後、急速に変貌し、個性的で多彩、スケールの大きな文学へと成長した。後期の一二年間、曹植は王室と骨肉の間柄にあるという血統上の近親性によって、さらにはみずから犯した罪を贖《つぐな》う決意のもとに、政治への参与を強く希望した。しかし王族に対する苛酷な冷遇が続くなか、そうした政治への熱意は、むなしく挫折する。その慷慨の気は発憤の文学を生み、五言詩を士大夫《したいふ》（知識人）の真情を表白する文学様式として確立した。また「洛神の賦」の名作もあり、今日、南宋版『曹子建文集』一〇巻が伝わる。

逯欽立『先秦漢魏晋南北朝詩』魏詩六、陳寿『三国志』一九、鍾嶸『詩品』上品。

鄧永康「曹子建年譜新編」上・中・下（『大陸雑誌』第三四巻第一・二・三期、一九六七年。のち『魏曹子建先生植年譜』（台湾商務印書館、一九八一年）に収められる）、張可礼『三曹年譜』（斉魯書社、一九八三年）、徐公持「曹植」（呂慧鵑ら編『中国歴代著名文学家評伝』第一巻、山東教育出版社、一九八三年）、趙幼文『曹植集校注』（人民文学出版社、一九八四年）、伊藤正文『曹植』（岩波書店、一九五八年）、植木久行「曹植伝補考」（早稲田大学『中国古典研究』第二一号、一九七六年）、林香奈「曹植」（『六朝詩人伝』）。

（植木　久行）

阮《げん》　籍《せき》（二一〇―二六三）

字は嗣宗《しそう》、陳留尉氏《いし》（河南省開封市朱仙鎮南西）の人。正始年間（二四〇―二四八）の詩人の代表であり、嵇康《けいこう》（二二四―二六三）とともに「竹林の七賢」の代表に数えられる。父は「建安の七子」の一人、阮瑀《げんう》（？―二一二）である。阮籍ははじめ魏《ぎ》の朝廷に仕えたが、曹爽《そうそう》が殺されてからは司馬氏に仕え、歩兵校尉《ほへいこうい》に至った。魏・晋の交代期、多くの知友が非業《ひごう》の死をとげる中で、彼は奇行をもって自己保全を図った。俗人には白眼で、同志には黒眼で応対した〝青眼白眼《せいがんはくがん》〟の故事（『世説新語《せせつしんご》』簡傲《かんごう》篇に引く『晋百官名』、『蒙求《もうぎゅう》』阮籍青眼など）や、気の向くままに馬車を走らせ、道が行き止まりになると大声で泣いて帰った〝窮途《きゅうと》の哭《こく》〟の故事（『世説新語』棲遅《せいち》篇に引く『魏氏春秋』など）は特に名高い。

代表作は五言「詠懐詩八十二首」である。恐怖政治と陰謀の渦巻《うずま》く濁世に生きる憂愁や、自己の価値観を告白した連作であるが、筆《ひっ》禍《か》を避けるため、比喩や寄託の手法を多く用いた結果、難解な部分も少なくない。しかし、自己の心の秘密をこっそり打ち明けるような作風と、象徴性に富んだ手法は、後世の詩人たちに多大の影響を与えた。ほかに、散文「達荘論」「大人先生伝」などによって、超俗的思想を開陳している。本来の作品集は散佚し、明人が編輯した『阮歩兵集』がある。

逯欽立『先秦漢魏晋南北朝詩』魏詩一〇、『晋書』四九、鍾嶸『詩品』上品。

羅竹風「阮籍」（呂慧鵑ら編『中国歴代著名文学家評伝』第一巻、山東教育出版社、一九八三年）、徐公持『阮籍与嵇康』（上海古籍出版社、一九八六年)、松本幸男『阮籍の生涯と詠懐詩』附、詠懐詩訳注・索引(木耳社、一九七七年)、松本幸男『魏晋詩壇の研究』(朋友書店、一九九五年)。吉川幸次郎『阮籍の詠懐詩について』(岩波文庫、岩波書店、一九八一年)、西岡淳「阮籍」(『六朝詩人伝』)。

(宇野　直人)

陶《とう》潜《せん》（三六五—四二七）

字は淵明。一説に名は淵明、字は元亮。また一説に、宋に入って名を淵明から潜に改めたともいう。江州尋陽《じんよう》郡柴桑《さいそう》県(県治は現在の江西省九江県)の人。『宋書』本伝に「潜、元嘉四年(四二七)卒、時年六十三」とあり、六朝・宋の顔延之《がんえんし》「靖節徴士誄《せいせつちょうしのるい》」(『汲古閣本』等の宋本『陶淵明集』付載)にも「春秋六十有三、元嘉四年某月日卒於潯陽県柴桑里」とあることから、東晋の哀帝の興寧三年(三六五)生まれとするのが通説。ただ『宋書』が記載する享年には問題が多く、必ずしも信頼できないこと(袁行霈《えんこうはい》「陶淵明享年考弁」〈後出〉参照)、また顔延之《がんえんし》の「誄」についても、『文選』(巻五七、「陶徴士誄」)では「春秋六十有三」を「春秋若干」に作ることから、興寧三年生年説に異議を唱える論者も少なくない。父の名は伝わらず、その事跡も明らかでないが、潜が8歳のころに亡くなったらしい。母は東晋の征西将軍桓温《かんおん》の長史孟嘉《もうか》(『晋書』巻九八)の第四女であり、曾祖父は東晋の大司馬陶侃《とうかん》(二六七—三三二、『晋書』巻六六)とされる。東晋王朝の名士を族祖にもつとはいえ、陶潜の時代にはすでに没落して貧しかったようである。二〇代に入るころ、家の経済状況はさらに悪化し、一家は貧困にあえぐようになる。太元一八年(三九三)、潜は糊口をしのぐため己を屈げて29歳で起家、江州の祭酒(一説に別駕祭酒)となった。しかし職務に耐えられず、ほどなく辞職。のち州から主簿として召されても応じることなく、家で閑居の日々を送っていた。隆安三年(三九九)頃、江州刺史桓玄《かんげん》に仕え、翌春、玄が荊州刺史に転じたのにともなって、江陵(湖北省荊州市)へ赴任。ついで使いを奉じて都建康(江蘇省南京市)に至り、五月、任務を終えて帰る(遅くとも隆安五年〈四〇一〉七月には江陵に帰任)。その年の冬、母の孟氏が亡くなり帰郷、家で喪に服す。元興三年(四〇四)二月、劉裕《りゅうゆう》が桓玄討伐の兵を起こすと、潜は京口《けいこう》(江蘇省鎮江市)へ赴き、鎮軍将軍劉裕の参軍となった。さらに翌義熙《ぎき》元年(四〇五)には建威将軍・江州刺史劉敬宣《けいせん》の参軍にうつり、三月、敬宣の命を受けて都に使いするが、八月、今度は叔父の口利きで彭沢《ほうたく》県(江西省湖口県)の県令に就任。しかしこの仕官もまた意に染まず、しばらく勤めると望郷の念に駆り立てられるようになり、一一月、程氏に嫁いだ妹が亡くなったのを機に、ついに官を棄てて郷里へ帰ることを決意する。その折に作られたのが有名な「帰去来兮辞」である。41歳で官界と訣別した後は、郷里の田園に隠棲して躬耕生活を実践するが、それによってかえって隠者としての名声が高まり、尋陽の名士(周続之《ぞくし》、劉遺民とともに「尋陽三隠」と称される)として、貴族や官僚たちと交流することが多くなる。義熙一一年(四一五)には尋陽に赴任してきた顔延之《がんえんし》と知り合い、また義熙一四年(四一八)頃には、江州刺史王弘《おうこう》とも親交を結ぶ。しかし農耕に頼る生活はしだいに困窮の度を深めていき、元嘉四年(四二七)63歳の冬、飢餓と貧困のうちに郷里で病没した。死後、靖節《せいせつ》と諡《おくりな》される。

南人の没落士族の家庭に生まれ、生涯の大半を尋陽という地方都市で過ごすことになった陶潜は、当時の文学の中心から遠く離れたところに身を置いたことで、時代の流行に束縛されない、きわめて個性的な作品を生み出すことができた。その詩の多くは、田園における日常生活のなかでみずから感得した苦悩と悟りが平明かつ素朴なことばによって綴られており、中国のみならず日本や韓国などでも幅広い読者を獲得している。後世、隠逸詩人の宗《そう》、また田園詩人とも称される。今日、『陶淵明集』一〇巻が伝わり、詩は一二四首、文は「帰去来兮辞」などの辞賦作品のほかに、「五柳先生伝」、「桃花源記」などの名篇が残る。

逯欽立『先秦漢魏晋南北朝詩』晋詩一六、沈約『宋書』九三・隠逸伝、房玄齢等『晋書』九四・隠逸伝、李延寿『南史』七五・隠逸伝上、鍾嶸《しょうこう》『詩品』中品。

楊勇「陶淵明年譜彙訂」（『陶淵明集校箋』〔正文書局、一九七六年〕所収）、唐満先『陶淵明浅注』（江西人民出版社、一九八五年）、許逸民校輯『陶淵明年譜』（年譜叢刊、中華書局、一九八六年）、逯欽立「陶淵明事迹詩文繋年」（『陶淵明集』〔中華書局香港分局、一九八七年〕所収）、李華「陶淵明年譜弁証」（同『陶淵明新論』〔北京師範学院出版社、一九九二年〕所収）、鄧安生『陶淵明新探』（文津出版社、一九九五年）、王定璋『陶淵明懸案掲秘』（四川大学出版社、一九九六年）、袁行霈「陶淵明享年考弁」「陶淵明年譜彙考」（同『陶淵明研究』〔北京大学出版社、一九九七年〕所収）、吉川幸次郎『陶淵明伝』（新潮社、一九五六年）、廖仲安著・上田武訳『陶淵明伝』（汲古書院、一九八七年）、都留春雄・釜谷武志『陶淵明』（鑑賞中国の古典13、角川書店、一九八八年）、松枝茂夫・和田武司『陶淵明全集』（岩波文庫、岩波書店、一九九〇年）、釜谷武志「陶淵明」（『六朝詩人伝』）。

（井上　一之）

謝《しゃ》朓《ちょう》（四六四―四九九）

字は玄暉《げんき》。陳郡陽夏《ようか》（河南省太康県付近）の人。南斉《なんせい》の詩人。晋の太傅《たいふ》謝安《しゃあん》の一族で、宋の詩人謝霊運《しゃれいうん》とは同族にあたる。そのため霊運を「大謝」、謝朓を「小謝」と呼ぶ。また宣城《せんじょう》（安徽《あんき》省宣州市）の太守であったため、「謝宣城」とも呼ばれる。

豫章王《よしょうおう》太尉参軍から中央の高官を歴任、尚書吏部郎に至ったが、東昏侯《とうこんこう》の時、始安王蕭遥光《しょうようこう》を即位させようとする江祏《こうゆう》らの誘いに乗らなかったため、遥光の怒りを買い、獄に下されて死んだ。

竟陵王蕭子良《きょうりょうおうしょうしりょう》の周囲に集った詩人グループ「竟陵の八友」の一人。清新秀麗な詩風で知られ、同じく「八友」の一人である沈約《しんやく》に「二百年来、此の詩無し」とたたえられた。また、南宋の厳羽《げんう》が「謝朓の詩、已《すで》に全篇唐人《とうひと》に似る者有り」（『滄浪詩話《そうろうしわ》』「詩評」）と評したごとく、唐代に至って完成された近体詩の韻律を先取りしているような面もある。『謝宣城集』五巻が伝わる。

逯欽立『先秦漢魏晋南北朝詩』斉詩三〜四、蕭子顕『南斉書』四七、李延寿『南史』一九、鍾嶸『詩品』中品。

陳慶元「謝朓詩歌系年」（『文史』二一輯、一九八三年）、林東海「謝朓」（呂慧鵑ら『中国歴代著名文学家評伝』第一巻、山東教育出版社、一九八三年）、曹融南「謝朓事迹詩文繋年」（同『謝宣城集校注』〔上海古籍出版社、一九九一年〕附載）、網祐次『中国中世文学研究』（新樹社、一九六〇年）、森野繁夫『謝宣城詩集』解説・年譜（白帝社、一九九一年）、斎藤希史「謝朓」（『六朝詩人伝』）。

（田口　暢穂）

北朝楽府《ほくちょうがふ》　→「歴代――総集類」の条参照。

林　逋《りんぽ》（九六七―一〇二八）

字は君復《くんぷく》、銭塘《せんとう》（浙江省杭州市《せっこうしょうこうしゅうし》）の人。幼くして父を失い、学問に努めたが、科挙の勉強は一切せず、栄利を追い求めなかった。若い頃、江淮《こうわい》（今の江蘇省及びその周辺一帯）を漫遊した後、故郷の杭州に帰り、西湖《せいこ》北辺の孤山《こざん》に隠棲して、二〇年間、城市《まち》に足を踏み入れなかった、という。孤山の頂に庵を結び、周辺に梅を植え、鶴を飼った。終生、妻を娶らなかったため、「梅妻鶴子《ばいさいかくし》（梅を妻とし、鶴を子とした）」といわれた。時の皇帝・仁宗はその死を悼み、和靖《かせい》先生と謚《おくりな》した。詩は律詩に長じ、『林和靖詩集』四巻がある。

『全宋詩』一〇五-2-1190、『宋史』四五七・隠逸伝上、『宋詩紀事』一〇。

（内山　精也）

曾　鞏《そうきょう》（一〇一九―一〇八三）

字は子固《しこ》、建昌軍南豊県（江西省南豊県）の人。仁宗の慶暦元年（一〇四一）、23歳の時、上京して太学に入学。この頃、遠縁の姻戚関係にある二歳年少の王安石と知り合う。また、欧陽脩《おうようしゅう》に知遇を得て、文を絶賛された。翌慶暦二年、礼部省試《しょうし》（科挙の中央試験）を受験するも落第して（王安石は及第）帰郷、以後約一五年間、故郷に在った。嘉祐《かゆう》元年（一〇五七）、再び上京し、翌嘉祐二年、39歳にして進士科に及第。同年の進士に、蘇軾《そしょく》・蘇轍《そてつ》兄弟や程顥《ていこう》等がいる。嘉祐五年（一〇六〇）から神宗の熙寧《きねい》二年（一〇六九）に及ぶ一〇年間、都で編校史館書籍、英宗実録検討等の職にあったが、新法の施行と前後して地方に転出、越州（浙江省紹興市）、斉州（山東省済南市）を始め、七州の知事、副知事を歴任した。元豊三年（一〇八〇）、勾当《こうとう》三班院に任じられ、翌元豊四年には、史館修撰を拝命し、太祖から英宗に至る事績を編集した『隆平集』二〇巻を著した。元豊六年（一〇八三）、母の喪に服するため帰郷する途次、病没した。名文家として知られ、唐宋八大家の一人に数えられる。『元豊類稿』五〇巻がある。

『全宋詩』四五八-8-5512、『宋史』三一九、『宋詩紀事』二〇。夏漢平『曾鞏』（中華書局、中国文学史知識叢書、一九九三年）、李震『曾鞏年譜』（蘇州大学出版社、一九九七年）。

（内山　精也）

司馬光《しばこう》（一〇一九―一〇八六）

字は君実《くんじつ》、陝州《せんしゅう》夏県（山西省夏県）涑水郷《そくすいきょう》の人。仁宗の景祐《けいゆう》五年（＝宝元元年、一〇三八）、20歳の時、進士に及第した。仁宗の後期、北方出身の論客として頭角をあらわし、仁宗の末年から英宗期にかけ、知諫院、翰林《かんりん》学士、御史中丞《ぎょしちゅうじょう》等、中央の要職を歴任した。神宗が即位し、王安石を抜擢して新法を施行し始めると、保守派の論客として新法の不便を力説、王安石と真っ向から対立したが、新法党の天下は揺るがず、熙寧《きねい》三年（一〇三〇）九月、都開封《かいほう》を離れ、翌年四月、判西京留守司御史台として洛陽に転任した。以来約一五年間、洛陽に滞在し、この間に『資治通鑑《しじつがん》』二九四巻（『考異』『目録』各三〇巻）を完成させた。元豊八年（一〇八五）三月、神宗が死去して哲宗が即位し、太皇太后高氏の摂政が始まると、都に召還され、翌元祐元年（一〇八六）閏二月、尚書左僕射《さぼくや》兼門下侍郎《もんかじろう》（宰相）を拝命したが、同年九月、病没した。死後、太師・温国公の称が贈られ、文正と諡《おくりな》された。『温国文正公文集』八〇巻がある。

『全宋詩』四九八-9-6007、『宋史』三三六、『宋詩紀事』一四。清・顧棟高《ことうこう》『司馬温公年譜』（中州古籍出版社、一九八七年）、明・馬巒《ばらん》、清・顧棟高『司馬光年譜』（年譜叢刊、中華書局、一九九〇年）、木田知生『司馬光とその時代』（中国歴史人物選6、白帝社、一九九四年）。

（内山　精也）

蘇《そ》軾《しょく》（一〇三六―一一〇一）

字は子瞻《しせん》、眉州《びしゅう》眉山（四川省眉山県）の人。仁宗の嘉祐《かゆう》二年（一〇五七）、22歳の時、欧陽脩《おうようしゅう》が知貢挙《ちこうきょ》（試験総監督官）の科挙（進士科）に応じ、弟の轍《てつ》（字は子由《しゆう》）とともに及第した。嘉祐六年（一〇八一）には制科に応じ、再び弟とともに好成績で入選（蘇軾は三等、轍は四等。宋代の制科では、三等が実質的に最優等の成績）。

神宗が即位すると、新法を唱える王安石が抜擢され、官界は新法をめぐって議論が沸騰し、蘇軾は新法推進派の急進的な手法を痛烈に批判し、王安石としばしば対立した。しかし結局、神宗は新法を支持したので、熙寧《きねい》四年（一〇七一）、蘇軾は外任を請い、都を離れ、杭州《こうしゅう》（浙江省杭州市）、密州（山東省諸城市）、徐州（江蘇省徐州市）、湖州（浙江省湖州市）の四州の知事、副知事を歴任した。元豊二年（一〇七九）、皇帝及び朝廷を誹謗《ひぼう》した詩が多いと、御《ぎょ》史台《しだい》に弾劾され、約一〇〇日間、御史台の獄に繋がれた。世にいう「烏台詩案《うだいしあん》」である。恩赦によって、彼は死一等を減ぜられ、黄州（湖北省黄岡市）へと流される。

黄州に貶謫されて三年目の元豊五年（一〇八二）春、蘇軾は城外東南の荒れ地を手に入れ、ここを東坡《とうば》と命名し、自ら東坡居士《こじ》と号して晴耕雨読の生活を開始した。同年の秋と冬には城外、長江に臨む赤壁に遊び、「前後赤壁賦」や「念奴嬌《ねんどきょう》・赤壁懐古」を作った。

元豊八年（一〇八五）、哲宗が即位し、太皇太后高氏の摂政体制になると、都に召還され、中書舎人、翰林学士等の要職を歴任したが、旧法党内の派閥抗争（洛蜀《らくしょく》党議）に巻き込まれ、元祐四年（一〇八九）、杭州知事に転出、ついで潁州《えいしゅう》（安徽省阜陽《ふよう》市）・揚州（江蘇省揚州市）の知事を歴任した後、兵部尚書として召還され、礼部尚書に遷った。元祐八年（一〇九三）、太皇太后高氏が死去した後、定州（河北省定州市）に転出、ほどなく哲宗の親政が始まり、再度新法を施行することが宣言され、蘇軾は嶺南《れいなん》に流された。紹聖《しょうせい》元年（一〇九四）、嶺南の恵州《けいしゅう》（広東省恵州市）に着任し、約三年間、当地で過ごし、ここに骨を埋めるべく、郊外の白鶴峰に新居を構えたが、紹聖四年（一〇九七）、儋州《たんしゅう》（海南省儋州市中和鎮）左遷の命が下され、海を越えて海南島へ渡った。元符三年（一一〇〇）哲宗が死去、代わって徽宗《きそう》が即位し、皇太后向《しょうし》氏の摂政体制となり、本土に帰還、翌建中靖国《けんちゅうせいこく》元年（一一〇一）夏、長江まで戻った時点で病を得、常州（江蘇省常州市）で没した。海南島（及び嶺南）で作った作品は「東坡海外の文」と称され、特に後世の文人に愛唱された。徽宗の親政期、蘇軾の著述は禁書とされたが、南宋の孝宗の時、名誉を回復し、太師の称が贈られ、文忠と諡《おくりな》された。詩・詞・文いずれも優れ、書画も善くした。文は唐宋八大家の一人に数えられる。『東坡七集』一一五巻、『東坡詞』一巻、『東坡志林』五巻等がある。

『全宋詩』七八四-14-9083、『宋史』三三八、『宋詩紀事』二二。王保珍『増補蘇東坡年譜会証』（国立台湾大学文史叢刊、一九六九年）、曾棗荘『蘇軾評伝』（四川人民出版社、一九八一年）、王水照編『宋人所撰三蘇年譜彙刊』（上海古籍出版社、一九八九年）、孔凡礼『蘇軾年譜』（年譜叢刊、中華書局、一九九八年）、山本和義『蘇軾』（中国詩文選19、筑摩書房、一九七三年）、横田輝俊『天才詩人・蘇東坡』（中国の詩人11、集英社、一九八三年）。

（内山　精也）

許彦国《きょげんこく》（？—？）

字は表民《ひょうみん》、青州（山東省青州市）の人。一説に合肥（安徽省合肥市）の人。進士に挙げられたが、不遇のまま終わった。生卒年、経歴ともに未詳。北宋後期の詩人で、詩集三巻があったというが、散逸して伝わらない。

『全宋詩』一〇九三-18-12398、『宋詩紀事』四二。

（内山　精也）

陸《りく》游《ゆう》（一一二五—一二〇九）

字は務観《むかん》、越州山陰（浙江《せっこう》省紹興《しょうこう》市）の人。祖父の陸佃《でん》は、王安石の門人で、徽宗《きそう》の時、宰相位まで昇った高官である。陸游、3歳の時、北宋の首都・開封《かいほう》が金軍に包囲されて陥落、徽宗・欽宗《きんそう》の二帝が北へ拉致《らち》されて北宋は滅亡、高宗が即位して南宋が始まる。紹興二三年（一一五三）、29歳の時、科挙の両浙漕試《りょうせっそうし》（地方試験）に応じて首席合格したが、翌年の礼部省試《しょうし》（中央試験）で落第した。陸游が首席であった地方試験で次席だったのが、宰相秦檜《しんかい》の孫で、それを憎んだ秦檜が陸游を本試験で落第させたのだ、といわれる。南宋の官僚は、奪われた北半分の国土をいち早く奪回することを唱える主戦派と現状維持を望む講和派とに二分されたが、主戦派の官僚が重用された時期は総じて極めて短く、そのため生涯、主戦論を唱えた陸游の官僚としての経歴は不遇であった。彼が官僚として異彩を放ったのは、孝宗即位後の紹興三二年（一一六二）～隆《りゅう》興《こう》二年（一一六四）の数年間と、乾道《けんどう》八年（一一七二）、四川宣撫《せんぶ》使《し》・王炎の幕僚として対金戦略の最前線・南鄭《なんてい》（陝西省漢中市）に在った半年間の二時期だけである。前者は、通判（副知事）として鎮江（江蘇省鎮江市）に赴任、前線の緊迫感を初めて体験したが、やがて金との和議が成立し、彼は罪を得て帰郷した。後者は長官が都に召還されたため、すぐ成都へ転任となった。もっとも、南鄭に赴任する前の乾道六年（一一七〇）、故郷から夔州《きしゅう》までの長旅は『入蜀記《にゅうしょくき》』としてまとめられ、范成大《はんせいだい》の『呉船録《ごせんろく》』と並んで、宋代紀行文学の双璧とされる。また、成都にあって、范成大と交流を深め、多数の詩を詠じている。しかし、上官である范成大に対する礼儀を失するとして、同僚から批判されて失職、自ら放翁《ほうおう》と号した。淳熙《じゅんき》五年（一一七八）、都に召還された後は、仕官と免職とを繰り返し、総じて故郷の山陰で生活した時間が長かった。寧宗の嘉定二年（一二〇九）の年末、85歳で没した。成人後の六〇年間で約一万首の詩を詠じ、宋代通じて最も多作した詩人である。『剣南詩稿』八五巻、『渭南《いなん》文集』五〇巻、『老学庵筆記』一〇巻等がある。『全宋詩』二一五四-39-24250、『宋史』三九五、『宋詩紀事』五三。

朱東潤『陸游伝』（上海古籍出版社、一九六〇年）、欧小牧『陸游年譜』（人民文学出版社、一九八一年）、于北山『陸游年譜』（上海古籍出版社、一九八五年）、小川環樹『陸游』（中国詩文選20、筑摩書房、一九七四年）、村上哲見『円熟詩人・陸游』（中国の詩人12、集英社、一九八三年）。

（内山　精也）

高啓《こうけい》（一三三六―一三七四）

字は季迪《きてき》。槎軒《さけん》・青邱子《せいきゅうし》と号した。長洲《ちょうしゅう》（江蘇省蘇州市）の人。元末の不穏な時期に成長、早くから才気をもって名を馳せ、16歳のころ既に詩社を結成して「北郭の十友」に数えられた。二〇代初めには、元朝に抵抗して蘇州に自立した張士誠《ちょうしせい》の文学者集団と交際し、呉淞《ごしょう》青邱《せいきゅう》（江蘇省呉県）に住んだ。しかし至正二七年（一三六七）、張士誠は朱元璋《しゅげんしょう》（のちの明の太祖洪武帝）に滅ぼされ、翌二八年、明が成立する。洪武二年（一三六九）、高啓は同郷の十数名とともに『元史』の編者として朝廷に招かれ、翰林院《かんりんいん》国史編修に任ぜられた。翌三年二月には翰林院編修となり、さらに秋には戸部右侍郎に抜擢されるが、高啓はこれを辞退して青邱に帰った。この行動は、彼が以前、太祖の宿敵張士誠と親しかったことと共に、太祖の猜疑心《さいぎしん》をあおったものと見え、洪武七年（一三七四）、友人の蘇州刺史魏観《ぎかん》の罪に連座して腰斬の刑に処せられ、39歳の生涯を終えた。『高太史大全集』『鳧藻集《ふそうしゅう》』などがある。

高啓の詩は二一〇〇首余りが伝わる。彼は明初、楊基《ようき》・張羽・徐《じょ》賁《ほん》とともに「呉中の四傑」と称せられたが、それ以上に、明代を代表する最高の詩人である。明代の各時期、詩人たちの党派的結合や、詩論の提示、他派との論争はたいへん活発であったが、詩の創作自体の達成度という点では、高啓に迫る者は現われなかった。

本文の［備考］（一〇一九頁）でも触れたように、彼の詩才は長篇の古詩に最もよく発揮され、雄大な構想が力強く、一気呵成《いっきかせい》に詠ぜられてゆく。「金陵《きんりょう》の雨花台《うかだい》に登りて大江《たいこう》を望む」「青邱子《せいきゅうし》の歌《うた》」などが代表例。また律詩では精緻な対偶感覚を、絶句では機知に富んだ句作りを見せており、その幅広い詩才を実感させずにはおかない。日本でも江戸期以降ひろく愛読され、多くの刊本がある。

『明史』二八五、『明詩紀事』甲・七。

久保天随『高青邱詩集』（続国訳漢文大成）、入谷仙介『高啓』（中国詩人選集二集、岩波書店、一九六二年）、蒲池歓一『高青邱』（漢詩大系二一、集英社、一九六六年）。

（宇野　直人）

王士禛《おうししん》（一六三四―一七一一）

字は子真《ししん》、また貽上《いじょう》。阮亭《げんてい》、漁洋山人《ぎょようさんじん》などと号した。山東新城《しんじょう》（山東省桓台《かんだい》県）の人。名の士禛は、彼の没後、世宗雍正《ようせい》帝の諱《いみな》

（胤禛《いんしん》）を避けて「士正」と改められ、さらに乾隆三〇年（一七六五）、詔《みことのり》により「士禎《してい》」の名を贈られた。彼は明・清交替期の動乱のなかで成長したが、幼時より読書・詩作を好み、順治七年（一六五〇）、17歳で童試に及第した。このころから詩名が広く知られ、同一四年、郷試に際して歴下《れきか》（山東省済南市）に遊んだ折、名士たちと会飲して作った「秋柳詩四首」によって名声を確立した。翌一五年、進士に及第し、揚州府推官から経筵講官《けいえんこうかん》、国史副総裁を経て刑部尚書に至った。康熙《こうき》五〇年、78歳で没し、文簡《ぶんかん》と諡《おくりな》されている。『帯経堂集《たいけいどうしゅう》』『漁洋山人精華録』『漁洋詩話』『池北偶談《ちほくぐうだん》』『香祖筆記』『古詩選』など多くの著作がある。

王士禛は詩・詞・古文に秀でたが、とくに詩においては康熙朝の詩壇の中心人物として「一代の正宗」と称せられ、また同時期の朱《しゅ》彝尊《いそん》（一六二九—一七〇九）とともに「南朱北王」と並称される。晩唐の司空図《しくうと》や南宋の厳羽《げんう》の説を受けついで「神韻説《しんいんせつ》」を提唱、沈《しん》徳潜《とくせん》（一六七三—一七六九）の「格調《かくちょう》説」、袁枚《えんばい》（一七一六—一七九七）の「性霊《せいれい》説」に先立つ詩論として大きな影響力をもった。「神韻」とは何か、彼自身は明確な説明をしていないが、淡泊で落ちつきがあり、含蓄・余韻を尊ぶ作風を指すと思われる。その主張に基づいて唐詩の選集『唐賢三昧集《とうけんさんまいしゅう》』（三巻）を編纂、王維や孟浩然らの、自然と自我とが融合したような境地の叙景詩を多く採録し、李白・杜甫は一首も採らなかった。彼自身の詩は一〇〇〇余首が伝わり、旅游・懐古・贈答の作が多い。自説「神韻説」が最もよく体現されているのは絶句であり、「真州絶句六首」「秦淮《しんわい》雑詩二十首」などが代表例として挙げられよう。

『清史稿』二七一、『国朝先正事略』六。

高橋和巳『王士禛』（中国詩人選集二集、岩波書店、一九六二年）、橋本循『王漁洋』（漢詩大系二三、集英社、一九六五年）。

（宇野　直人）

魯《ろ》迅《じん》（一八八一—一九三六）

本名周樹人《しゅうじゅじん》。字は豫才《よさい》。浙江《せっこう》省紹興《しょうこう》市の人。「魯迅」は、五〇種以上にのぼる筆名の、代表的な一つである。次弟周作人は文学者として、末弟周健人は生物学者として有名。

裕福な官吏の家庭で幼少年期を過ごしたが、13歳のとき祖父が投獄され、16歳のとき父が病没してより家運が傾いた。光緒二四年（一八九八）、18歳のとき、戊戌《ぼじゅつ》の政変に刺激されて新思想、とりわけ西洋思想に興味をもち、南京《なんきん》の江南水師学堂、礦路《こうろ》学堂に学んだ。卒業後、光緒二八年（一九〇二）三月、官費留学生として日本へ渡り、東京の弘文学院、ついで仙台医学専門学校（現・東北大学医学部）に入学する。しかし医専在学中、西洋医学で中国人の身体を救うよりも、その精神を改造することが急務と考えて退学、東京で文筆活動に入った。

宣統《せんとう》元年（一九〇九）に帰国、郷里の浙江省で教職につくが、民国元年（一九一二）、南京臨時政府が成立すると、蔡元培《さいげんばい》に招かれて教育部に入り、まもなく政府の北京移転にともなって北京に移住した。そして民国七年（一九一八）、友人の勧めによって、小説「狂人日記」を発表する。これは胡適《こせき》、陳独秀らの文学革命運動に呼応したものであり、続いて「孔乙己《コンイーチー》」「故郷」「阿Q正伝」などを次々に発表、中国の近代文学を確立する役を果たした。その間、北京大学などで教鞭をとっている。

民国一五年（一九二六）、三・一八事件を機に北京を出、厦門《アモイ》（福建省）、広東《カントン》を経て上海《シャンハイ》に居を定めた。以後は妻の許広平とともに上海の租界に住み、左右の各方面に対して鋭い批判の文章を書き、論争や文壇活動も精力的に続行、民国一九年（一九三〇）には中国左翼作家連盟の、同二五年（一九三六）には抗日民族統一戦線の中心となるが、同年、過労のため上海の自宅にて没した。創作集『吶喊《とっかん》』『彷徨《ほうこう》』『故事新編』『野草』『朝花夕拾《ちょうかせきしゅう》』などのほか、古典研究の業績として『中国小説史略』『唐宋伝奇集』『古小説鉤沈《こうちん》』などがあり、また外国文学の翻訳も多い。

魯迅は旧詩（伝統詩型による旧体詩）を生涯にわたって作っており、六〇余首が今日に伝わる。いずれも時代をよく反映し、彼の小説や雑感文などと同様、独特の切迫感と重苦しさに充ちている。

（宇野　直人）

2 テキスト解題

凡　例

一、「唐代」の総集《そうしゅう》（一個人の作品集〔別集《べっしゅう》〕ではない、二人以上の作品を集めたもの）類・別集類、「歴代」（唐代を除く時代）の総集類・別集類、「その他」に分け、この順序で排列した。

一、唐代の詩を含みつつ歴代にわたる、いわゆる通代の総集類は、唐代の総集類のなかに収めた。

一、総集類は、書名の五十音順に排列した。

一、唐代の別集類は、詩人名の五十音順に排列し、それぞれの詩人ごとに、原則として成立年代順に排列した。

一、歴代の別集類は、各詩人の時代(没年）順に排列し、それぞれの詩人ごとに、原則として成立年代順に排列した。

一、最後の「その他」には、伝記の基本文献、および種々の別集や総集を集めた叢書《そうしょ》の類を収め、名称の五十音順に排列した。ただし後者の一部は、総集類にも分類されるので、当該条のなかに見出しを設けた。

一、漢代楽府、古詩十九首、北朝楽府は、総集類に準ずるものとして、しばらく歴代の総集類に収めた。

(1) 唐　代

●総集類

『瀛奎律髄《えいけいりつずい》』

四九巻。元、方回の編。至大二〇年（一二八三）の自序を持ち、唐宋期の、五言・七言のすぐれた律詩のみを収録するので、「律髄」の称がある。三〇五家の約三〇〇〇首の作品を内容に従って分類配列し、評語と圏点を付す。このうち、宋代は二一一家、一七六五首で、唐代を凌いで多い。これは方回が、南宋に流行した江西詩派の詩学を継承する詩論家であり、『瀛奎律髄』の選詩の基準もここにあることと対応している。因みに江西詩派は「一祖三宗」（杜甫を一祖とし、黄庭堅・陳師道・陳与義を三宗とする）の説を標榜し、特に黄庭堅の詩風を自覚的に継承しようとする。清代に宋詩が重視されると、本書は詩人たちの注目を集めて、大きな影響力を持った。李慶甲《りけいこう》集評校点『瀛奎律髄彙評』（上海古籍出版社、一九八六年）が使いやすい。

（松原　朗）

『河岳英霊集《かがくえいれいしゅう》』→『唐人選唐詩新編』の条参照。

『楽府詩集《がふししゅう》』

一〇〇巻。宋、郭茂倩《かくもせん》撰。上代から五代に至る楽府作品五二九〇首を収録した楽府の代表的な総集。詳しくは『正編』参照。なお、増田清秀『楽府の歴史的研究』（創文社、一九七五年）に収める資料篇（第一章・第二章）も参考になる。

（山﨑　みどり）

『極玄集《きょくげんしゅう》』→『唐人選唐詩新編』の条参照。

『御覧集《ぎょらんしゅう》』→『唐人選唐詩新編』の条参照。

『国秀集《こくしゅうしゅう》』→『唐人選唐詩新編』の条参照。

『古今詩刪《ここんしさん》』

三四巻。明、李攀竜《りはんりょう》編。徐中行校訂の明版が伝存（国立公文書館内閣文庫等）。古代から明代に至る詩の選集であるが、文学の復古を唱える立場上（古文辞《こぶんじ》派の頭目の一人）、宋・元の詩を収めない。『和刻本漢詩集成　総集篇8・9』にも所収。

（植木　久行）

『古唐詩合解《ことうしがっかい》』

一二巻。清の王尭衢《ぎょうく》著。王尭衢、字は翼雲、長洲（今の江蘇省蘇州市）の人。上古から唐代までの古体詩・近体詩八〇〇余首を選録したもので、雍正《ようせい》一〇年（一七三二）の自序を持つ。古代の「虞《ぐ》舜《しゅん》の歌」から隋の楽府まで二〇〇余首四巻、古風・絶句・律詩・排律の順に六〇〇余首八巻の計一二巻。その自序によれば、詩の源流から唐詩までの流れを概観する意図で編まれている。重要な詩語や典故には箋釈を施し、詩の篇法や主題についても繁簡おりまぜて説いている。テキストには、雍正年間の文英堂刻本、武漢市古籍書店が王氏の家蔵原本によって影印した『古唐詩合解箋注読本』、排印本の『（銅版）古唐詩合解』（文化図書公司、一九六七年）などがある。

（高橋　良行）

『古文真宝《こぶんしんぽう》』

前集一〇巻・後集一〇巻、計二〇巻。永陽（安徽省来安県）の黄堅（元初の人か。伝記未詳）編。戦国から宋代までの古詩を前集に、古文を後集に収める。前集には詩型別に一一類に分けて、漢の劉邦から宋末の謝枋《しゃへい（ぼう）》得《とく》まで六一名二一七首（他に無名氏六首を含む）を収める。唐詩人では李白・杜甫・韓愈などの詩が比較的多く選ばれている。詳しくは『正編』参照。

（高橋　良行）

『才調集《さいちょうしゅう》』→『唐人選唐詩新編』の条参照。

『三体詩《さんたいし》』

三巻本、二〇巻本など、各種の版本がある。南宋、周弼《しゅうひつ》撰。七言絶句、七言律詩、五言律詩の三体の唐詩を選んだもの。中晩唐の詩を多く選んでおり、『唐詩選』が初盛唐の詩を重視するのと好対照をなしている。詳しくは『正編』参照。村上哲見『漢詩と日本人』（講談社、一九九四年）も参考になる。

（田口　暢穂）

『詩《し》淵《えん》』

編者未詳。収められた最後期の作品が明初の高啓であることから、編者は明初の人であろう。体裁に不備のあることから、稿本の段階にあるものと考えられる。北京図書館蔵。主題に従って、作品を分類編集する体裁を取る。収録作品は、五万余首。この中の二、三割は本書にのみ見え、とりわけ宋元から明初の、他書に見えない作品を大量に保存する点で、重要である。また編者は原文を正確に書写しているので、唐以前の作品については、貴重な書誌的資料となっている。一九八四年以降、書目文献出版社から影印本（全六冊、ただし現存する稿本〔全書の約三分の二〕は全二五冊）が出版されて、利用しやすくなった。劉卓英主編『《詩淵》索引』（書目文献出版社、一九九三年）もある。陳尚君「『詩淵』全編求原」（同『唐代文学叢稿』〔中国社会科学出版社、一九九七年〕所収）も参照。

（松原　朗）

『四庫全書《しこぜんしょ》』→「その他」の条参照。

『四部叢刊《しぶそうかん》』→「その他」の条参照。

『四部備要《しぶびよう》』→「その他」の条参照。

『松陵集《しょうりょうしゅう》』→「唐代――別集類」の条参照。

『石倉十二《せきそうじゅうに》代詩《だいし》選《せん》』

明、曹学佺《そうがくせん》編。石倉は学佺の号。『石倉歴代詩選』とも言う。国立公文書館内閣文庫所蔵本は五〇六巻であり、古詩一三巻、唐詩一〇〇巻、拾遺一〇巻、宋詩一〇七巻、金・元詩五〇巻、明詩初集八六巻、次集一四〇巻から成る。『四庫提要』（巻一八九）は、『千頃堂書目』を引用して、明詩にはこのあと三集～六集まであったが、すでに散佚した、と指摘する。ただし、『北京図書館古籍善本書目』（北京図書館、一九八九年）には明、崇禎《すうてい》刻本八八八巻を著録する。

（松尾　幸忠）

『千家詩《せんかし》』

二巻。南宋、謝枋《へい（ぼう）》得《とく》編・明、王相《おうしょう》注。または四巻（上記二巻に王相編・注の二巻を増補したもの）。もと、南宋、劉克荘《りゅうこくそう》編『分門纂類《ぶんもんさんるい》唐宋時賢千家詩選』二二巻があり、唐宋詩人の近体詩一二八一首を時令《じれい》・節候《せっこう》・気候等、一四門に分かって収録していた。ここにいう『千家詩』は、『増補重訂千家詩』と呼ばれる書で、劉克荘編とされる『千家詩』の中から七言絶句と七言律詩を精選増刪し、各一巻として注を付したものと考えられる。ただし謝枋得の編というのは疑わしい。四巻本はこの二巻本に王相編注の『新鐫《しんしゅん》五言千家詩』五言絶句・五言律詩各一巻をあわせて一書としたもの。現行本は、この四巻本が普通である。中国や台湾では現在でも初学者むけの入門書として盛んに刊行されている。二、三の例を挙げておく。『千家詩』(王正湘編注、湖南人民出版社、一九八〇年)、『詳解千家詩』(影印、台湾広文書局、一九八〇年)、『千家詩新注』(王啓興ほか注、湖北人民出版社、一九八一年)、『千家詩』(影印、中国書店、一九九〇年)、『千家詩・神童詩・続神童詩』(李宗為校注、上海古籍出版社、一九九三年)など。

なお、和刻本に『鼎鐫《ていしゅん》註釈解意懸鏡千家詩』二巻(正保三年〔一六四六〕刊他)がある。この本は謝枋得編・陳生高《ちんせいこう》註とあり、七言絶句・七言律詩のみの二巻で、中国刊行の本とは収録作品もやや異なり、注も無論、違っている。

(田口　暢穂)

『全五代詩《ぜんごだいし》』

九〇巻、補遺一巻。清、李調元《りちょうげん》の編。乾隆《けんりゅう》四五年(一七四五)の自序が付される。李調元自身が編集した叢書『函海』に所収。その後の重修補刊本『函海』では、一〇〇巻・補遺一巻に再編されている。唐滅亡の後、華北に相継いで興亡した短命の五代の王朝(後梁・後唐・後晋・後漢・後周)、及び当時の華南にあった一〇国の詩を網羅し、各人に小伝を付している。何光清点校本(全三冊、巴蜀書社、一九九一年)などがある。詳しくは今井清「全五代詩について」(『東方学報』〔京都〕第四一冊、一九七〇年)参照。

(松原　朗)

『全唐詩《ぜんとうし》』

九〇〇巻。清・聖祖康熙帝勅撰。曹寅《そういん》の主事、彭《ほう》定求以下一〇人の編集。中華書局の活字本(一九六〇年初版、重刊あり)が通行する。収録詩人数は唐・五代を合せて二二〇〇余人、収録作品数は四万八九〇〇余首。最も周到な唐詩の総集として、今なお研究上の利用価値が高い。これに漏れた作品を多く集めるのは、陳尚君の『全唐詩補編』(中華書局、一九九二年)である。なお『全唐詩』に代わる『新編全唐詩』の編集が、中国で進行中である。詳しくは『正編』参照。

周勛初「季振宜『唐詩』的編纂与伝流」(『第三届中国唐代文化学術研討会論文集』〔台湾薬学書局、一九九七年〕)、佟培基「『全唐詩』工作底本探秘」(『文史』第四三輯、一九九七年)、本田夏彦「全唐詩逸と上毛箕輪の下田氏」上・下(『東洋文化』一二〇・一二一号、一九三四年)も参考になる。

(松原　朗)

『全唐詩録《ぜんとうしろく》』

一〇〇巻、清、徐倬《じょたく》編。太宗皇帝から無名氏に至るまでの詩を選んだ、『全唐詩』の簡約版とも言うべきもの(ただし、刊行は『全唐詩』に先だつ)。各詩人には小伝が附され、また作品によっては、詩話・詩評などが附されていることもある。康熙四五年(一七〇六)、皇帝が南巡した折、徐倬がこの書を進呈したところ称賛され、さらに御製の序文を賜ったことから、『御定全唐詩録』とも呼ばれる。台湾宏業書局の影印本（一九七六年）もある。

（松尾　幸忠）

『捜玉集《そうぎょくしゅう》』→『唐人選唐詩新編』の条参照。

『唐《とう》音《おん》』

一五巻。唐詩の選集。編者は元の楊士弘《ようしこう》（字は伯謙）。詩編の選定と編集に一〇年の歳月をかけ、至正四年（一三四四）に完成。唐代三〇〇年の詩歌作品を、始音（一巻）・正音（一二巻）・遺響《いきょう》（一巻）の三つに分け、合わせて一三四一首を収録する。全体の傾向として、盛唐詩よりも中唐詩・晩唐詩を重視する姿勢が強い。こうした『唐音』独自の批評基準・編集形態は、後世の批評家に極めて大きな影響を与えた。例えば四変説をほぼ確立した明の高棅《こうへい》『唐詩品彙』は、南宋の厳羽や元の楊士弘の評価や分類を、踏襲し発展させたものである。『四庫全書』所収。享和二年（一八〇二）の官版もある。

（埋田　重夫）

『唐音統籤《とうおんとうせん》』

一〇三三巻。明の胡震亨《こしんこう》編。『明史』芸文志では一〇二四巻、『四庫全書総目』では一〇二七巻とするが、北京故宮博物院に蔵する范《はん》希仁《きじん》の鈔補本は一〇三三巻である。全巻を十干の名称によって、甲《こう》籤《せん》から癸籤《きせん》までの一〇部に分かち、九番目の壬籤《じんせん》までが唐五代詩の選集である。詳しくは『正編』や兪大綱「紀唐音統籤」（国立中央研究院『歴史語言研究所集刊』第七本第三分、一九三七年所収）を参照。

（宇野　直人）

『唐賢三昧集《とうけんさんまいしゅう》』

上中下の三巻。清の王士禛《おうししん》著。康熙二七年（一六八八）序刊。書名の「三昧」は仏教用語で、束縛から解放され解脱した自由自在の境地を言う言葉。盛唐の王維から奚賈《けいこ》まで計四二家四四五首を採るが、李白・杜甫の詩は収めていない。本書は明代以来の表面的、浮薄的な盛唐詩の模倣を矯正するために、自ら主張した「神韻説」を具体的に体現した詩選集である。清一代に大きな影響を与え、姚鼐《ようだい》『評点唐賢三昧集』、呉煊《けん》・胡棠『唐賢三昧集箋註』（広文書局、一九六八年刊の影印本あり）、潘《はん》徳輿『唐賢三昧集評』など、多くの評注本が出された。

（高橋　良行）

『唐五十家詩集《とうごじっかししゅう》』→「その他」の条参照。

『唐詩解《とうしかい》』

五〇巻。明の唐汝詢《とうじょじゅん》編（成立年不詳）。明の高棅《こうへい》編『唐詩正声』『唐詩品彙』、及び李攀竜《りはんりょう》編『唐詩選』のなかから秀れた詩を厳選し、さらに「長恨歌」等の若干の作品をも加えて、校勘・注釈したもの。収録詩人一八四人、収録作品約一〇〇〇首。明末刻本、清順治一六年（一六五九）刊の武林趙孟竜刊本などがある。なお唐汝詢は明末清初にかけての詩人・学者（一五六四―一六六〇?）。5歳のとき失明するが、詩文をよくした。澤田瑞穂「盲詩人唐汝詢生卒考」(『中国詩文論叢』第一集、一九八二年)参照。

(寺尾　剛)

『唐詩紀《とうしき》』

一七〇巻。明、黄徳水・呉琯《ごかん》編。万暦一三年(一五八五)序刊。明の馮惟訥《ふういとつ》『古詩紀』の後を継ぐ意図をもつ総集であるが、初唐詩紀六〇巻・盛唐詩紀一一〇巻を刊行しただけで終わった。編纂の着手者は黄徳水。ただ彼が初唐詩紀編纂の途中で没したため、呉琯がその遺稿(一六巻)を得て補足し、さらに盛唐詩紀を編纂したもの。国立公文書館内閣文庫等に所蔵されるほか、影印本も出ている。

(植木　久行)

『唐詩帰《とうしき》』

三六巻。明の鍾惺《しょうせい》・譚元春《たんげんしゅん》の著。明の万暦年間刊。もと『詩帰』の後半部であり、前半部は『古詩帰』である。編者の二人は、共に竟陵《きょうりょう》(湖北省天門市)の人であり、共通の文学的主張を持っていたので、人々は「竟陵派」と称した。この書は初唐五巻・盛唐一九巻・中唐八巻・晩唐四巻から成っているが、他の明代の選集と同じく、盛唐に厚く、中・晩唐に薄い。箋注はないが、独創的な見解に富む評語と圏点が付されている。その独創性のゆえに毀誉褒貶も激しかったが、当時大流行し、唐詩の享受や鑑賞、詩作に多大の影響を与えた。テキストには、湖北人民出版社の排印本(一九八五年)がある。

(高橋　良行)

『唐詩鏡《とうしきょう》』

五四巻。明の陸時雍《りくじよう》著。明末の唐詩選集としては善本のひとつ。序はなく、もと『古詩鏡』と合編されており、前に「総論」一巻が付されている。全体は、初唐詩八巻・盛唐詩二〇巻・中唐詩二〇巻・晩唐詩六巻から成り、各時期は詩人ごとに配列し、さらに各詩人の作は詩型ごとに配列されている。各詩型が採られ、作家の小伝や目録、評点があるが、箋釈はない。ただ評点は核心をつき、時に独創的な見解が見られる。テキストには明刊本があり、『四庫全書』にも収められている。

(高橋　良行)

『唐詩三百首《とうしさんびゃくしゅ》』

六巻。清の孫洙《そんしゅ》撰。乾隆二八年(一七六三)成立。収録されている作者は七五人、詩は三一〇首。唐代各時期の名作を過不足なくほぼ均等に網羅する。詳しくは『正編』参照。陶今雁『唐詩三百首詳注』(江西人民出版社、一九八〇年)、沙霊娜訳詩・何年注釈・陳敬容校訂『唐詩三百首全訳』(貴州人民出版社、一九八三年)、田部井文雄『唐詩三百首詳解』上・下(大修館書店、一九八八年・一九九〇年)、深沢一幸『唐詩三百首』(角川書店、一九八九年)なども刊行された。

(寺尾　剛)

『唐詩《とうし》選《せん》』

七巻。明、李攀竜《りはんりょう》の撰と伝えるが、疑わしい。ただし、山岸共「唐詩選の実態と偽書説批判」(『日本中国学会報』第三一輯、一九七九年)や森瀬壽三「『唐詩選』藍本考」(同『唐詩新攷』〔関西大学出版部、一九九八年〕所収)などは、李攀竜の撰、もしくはその手に成る可能性が強いとする。詩体別に四六五首の詩を収めており、収録作品は初唐・盛唐の詩を中心とする。詳しくは『正編』参照。村上哲見「『唐詩選』と嵩山房—江戸時代漢籍出版の一側面」(『日本中国学会創立五十年記念論文集』〔汲古書院、一九九八年〕所収)、同『漢詩と日本人』(講談社、一九九四年)も参考になる。

(田口　暢穗)

『唐詩《とうし》百《ひゃく》名家《めいか》全集《ぜんしゅう》』　→　「その他」の条参照。

『唐詩《とうし》品彙《ひんい》』

九〇巻、拾遺一〇巻。明の高棅《こうへい》編。正編は洪武二六年(一三九三)、拾遺は洪武三一年(一三九八)の成立。正編に拾遺をあわせると、作者は六八一人。詩は六七二三首になる。詳しくは『正編』のほか、蔡瑜《さいゆ》『高棅詩学研究』(国立台湾大学出版委員会、一九九〇年)参照。

(植木　久行)

『唐詩《とうし》別裁集《べっさいしゅう》』

二〇巻、清の沈徳潜《しんとくせん》編。初刻は康熙五六年(一七一七)、詩体別編集である。『正編』も参照。

(植木　久行)

『唐詩《とうし》類苑《るいえん》』

二〇〇巻。明、張之象《ちょうししょう》の編。張之象が当時(明の万暦時期)集めえた三万首に近い唐詩を、詩体や作者による編集ではなく、詩の主題に従って分類編集したもの。死後の万暦二九年(一六〇一)刊。その後これを基礎に、明の胡震亨《こしんこう》『唐音統籤《せん》』、清の季振宜《きしんぎ》『唐詩(稿本全唐詩)』、康熙帝勅撰『全唐詩』と、次第に唐詩全集の整備は進んだ。しかし『唐詩類苑』は、主題による分類という編集方法の独自性によって、今日なお、唐詩を題材論的関心から読むときに第一に参照すべき資料として、高い学術的価値を持っている。近年、汲古書院より影印本(全七巻〔全八冊〕、索引を含む)が出版され(一九九〇〜九五年)、そこには中島敏夫の詳細な解題が付されている。

(松原　朗)

『唐人選唐詩新編《とうじんせんとうししんぺん》』

傅璇琮《ふせんそう》編撰。唐詩研究集成の一環として、陝西《せんせい》人民教育出版社から一九九六年刊行。以前に出版された『唐人選唐詩十種』(中華書局上海編輯所編、一九五八年。『正編』参照)を、最新の唐詩研究成果(新しい資料・優れた版本等)を踏まえて、さらに充実させたもの。「唐人選唐詩」各々の「前記」、本文につけられた「校記」は、極めて詳細なものとなっている。収録する唐詩の総集は、許敬宗《きょけいそう》等撰『翰林学士集《かんりんがくししゅう》』、崔融《さいゆう》編『珠英集《しゅえいしゅう》』、殷璠《いんはん》編『丹陽集《たんようしゅう》』、殷璠編『河岳英霊集《かがくえいれいしゅう》』、芮挺章《ぜいていしょう》編『国秀集《こくしゅうしゅう》』、元結《げんけつ》編『篋中集《きょうちゅうしゅう》』、李《り》康成《こうせい》編『玉台後集《ぎょくだいこうしゅう》』、令狐楚《れいこそ》編『御覧詩《ぎょらんし》』、高仲武《こうちゅうぶ》編『中興間気集《ちゅうこうかんきしゅう》』、姚合《ようごう》編『極玄集《きょくげんしゅう》』、韋荘《いそう》編『又玄集《ゆうげんしゅう》』、韋穀《いこく》編『才調集《さいちょうしゅう》』、佚《いつ》名《めい》編『捜玉小集《そうぎょくしょうしゅう》』の合計一三種に及んでいる（ただし、『唐写本唐人選唐詩』のみは収めない）。

以下、〔テキスト〕の条に採りあげた総集のみ、詳しく説明する。

『河岳英霊集《かがくえいれいしゅう》』

二巻。盛唐の殷璠《いんはん》選。天宝一二載（七五三）以後に成立した唐詩の総集。二四人の詩人と二三四首の作品を収める。書名は、「河岳」（中国）の「英霊」（優れた詩人）を集める意。選詩と評論を一体化させ、明確な理念をもつ本格的な批評文学書として注目される。入選基準と創作理論については、「高雅」「奇警《きけい》」の重視、「風骨《ふうこつ》」「興象《きょうしょう》」の提唱、古体詩型の尊重などが強く認められる。南朝・初唐にかけて流行した声律美のみを追求する、作為的な線の細い作風は、盛唐詩歌の風情（趣）に反するものとして排除・軽視されている。この点で、盛唐の芮挺章選『国秀集』の主張と、極めて対照的である。『四部叢刊初編』「集部」影印の明刻本や和刻本がある。詳しくは、呂光華「河岳英霊集考」（『中華学苑』第三一期、一九八五年）、李珍華・傅璇琮『河岳英霊集研究』（中華書局、一九九二年）、傅璇琮「盛唐詩風和殷璠詩論」「唐人選唐詩与《河岳英霊集》」「《河岳英霊集》音律説管窺」（『唐詩論学叢稿』（黒竜江人民出版社、一九九二年）所収）、王運熙・楊明『隋唐五代文学批評史』（上海古籍出版社、一九九四年）、傅璇琮「河岳英霊集　前記」（同『唐人選唐詩新編』（前掲））、中沢希男「唐人選唐詩考」（群馬大学教育学部『紀要』二二―四、一九七三年）、公庄博「『河岳英霊集』編纂年代について」（『禅文化研究所紀要』一七、一九九一年）を参照。

『国秀集《こくしゅうしゅう》』

三巻。盛唐の芮挺章《ぜいていしょう》選。天宝三載（七四四）以後に成立した唐詩の総集。今本が収録する作家は八五人、作品は二一八首で、このなかには、選者である芮挺章の詩篇二首を含む。初唐期に活躍した李嶠《りきょう》・宋之問《そうしもん》・杜審言《としんげん》・沈佺期《しんせんき》の四人を除いて、他の大多数は盛唐詩人が占めている。入選作品としては、序に示される如く、「綺靡《きび》」「婉麗《えんれい》」にして「管弦」（楽器演奏）にかなう近体詩や歌行詩が数多く採られている。『四部叢刊初編』「集部」影印の秀水沈氏《しんし》蔵、明翻《みんほん》宋刻本《そうこくほん》や和刻本がある。詳しくは、傅璇琮「国秀集　前記」（同『唐人選唐詩新編』（前掲））、王運熙・楊明『隋唐五代文学批評史』（前掲）、中沢希男「唐人選唐詩考」（前掲）、近藤光男『（四庫全書総目提要）唐詩集の研究』「国秀集三巻」の条（研文出版、一九八四年）を参照。

『御覧集《ぎょらんしゅう》』

一巻。中唐の令狐楚《れいこそ》選。憲宗《けんそう》（李純）の元和《げんな》九年（八一四）から元和一二年（八一七）までの間に成立した唐詩の総集。別名は『元和御覧詩』『唐新詩』『選進集』。入選した詩人は、大暦・貞元から元和に至る三〇人で、令狐楚と同時代の張籍（一首）や楊巨源（一四首）を含む。収録する作品は、軽艶な風格が多く、近体詩（律詩・絶句）を中心として三一〇篇（現存するもの二八〇余篇）に及ぶ。明の毛晋の汲古閣本《きゅうこかくぼん》や和刻本がある。詳しくは、傅璇琮「御覧集　前記」（同『唐人選唐詩新編』（前掲））、中沢希男「唐人選唐詩考」（前掲）を参照。

『極玄集《きょくげんしゅう》』

二巻。中唐の姚合《ようごう》選。盛唐から中唐にかけての作品を収める唐詩の総集で、「詩の玄妙を極める」の意。詩人二一人、詩篇九九首から成り、入選詩歌には五言律詩が多く、様式・題材ともに、姚合の批評基準が明確に認められる。また各詩人名の下には、字・里貫《りかん》・登科年・官歴などの原注があり、伝記研究においても重要な史料となる。明の毛晋の汲古閣影宋鈔本《えいそうしょうほん》、汲古閣刊本、和刻本がある。詳しくは、呉彩娥「『極玄集』的選録標準試探」（『古典文学』第六集、台湾学生書局、一九八四年）、傅璇琮「極玄集　前記」（同『唐人選唐詩新編』〔前掲〕）、中沢希男「唐人選唐詩考」（前掲）、近藤光男『〔四庫全書総目提要〕唐詩集の研究』「極元《（ママ）》集二巻」条（〔今原和正執筆〕、前掲）を参照。

『又玄集《ゆうげんしゅう》』

三巻。唐末五代（前蜀）の韋荘《いそう》選。姚合の『極玄集』を継承した唐詩の総集。韋荘の光化三年（九〇〇）の自序によれば、「清詞麗句」を入選の基準とする。原本は一五〇人、三〇〇首から成るが、今本では、一四五人、二九七首を著録する。詩人の配列に不統一が認められるものの、初期の詩人としては宋之問《そうしもん》を取り上げ、中晩唐の作家を多く採録する傾向にある。杜甫・詩僧・女流詩人などの作品に加えて、比較的長篇の詩が採られていることも注意される。古典文学出版社影印の日本江戸昌平坂《しょうへいざか》学問所官板本《かんぱんぼん》（和刻本）がある。詳しくは、龔祖培「『又玄集』考述─兼及弁疑与『全唐詩』補遺」（『文史』第三八輯、一九九四年）、傅璇琮「又玄集　前記」（同『唐人選唐詩新編』〔前掲〕）、中沢希男「唐人選唐詩考」（前掲）を参照。

『才調集《さいちょうしゅう》』

一〇巻。唐末五代（後蜀）の韋縠《いこく》選。五代に成立した唐詩の総集で、巻ごとに一〇〇首収録し、合計数は一〇〇〇首（重複分を除いた実数は九九九首）。「唐人選唐詩集」のなかでも最大最多の規模を誇る。編次は詩型・作者に拠らず、各巻の下に「古律雑歌詩」と注記してまとめている。初唐・盛唐・中唐・晩唐の作品を採りながら、より多く唐代後半の詩篇を採録する傾向が強い。杜甫や韓愈といった深厚・奇崛《きくつ》の作風は、軽視されて入選せず、全体的には閨怨詩的な流麗・艶冶《えんや》な作品を多く選ぶ。『四部叢刊初編』「集部」影印の述古《じゅっこ》堂鈔本《どうしょうほん》、汲古閣刊本、和刻本がある。また評注本としては、清の殷元勛《いんげんくん》・宋邦綏《そうほうすい》『才調集補注』、清の呉兆宜《ごちょうぎ》『才調集箋注』などがある。詳しくは、傅璇琮・龔祖培「『才調集』考」（『唐代文学研究』第五輯、一九九四年）、傅璇琮「才調集　前記」（同『唐人選唐詩新編』〔前掲〕）、近藤光男『〔四庫全書総目提要〕唐詩集の研究』「才調集一〇巻」の条（〔今原和正執筆〕、前掲）を参照。

『捜玉集《そうぎょくしゅう》』

一巻。佚名編の唐詩の総集。別名は『捜玉小集』。武則天の初唐から玄宗の開元前期までの詩人三四人、詩篇六一首を含み、作品の排列は、応制・戎旅《じゅうりょ》・閨怨《けいえん》・懐古などの内容順となる。また採用される詩型では、五言律詩と七言歌行体詩が多い。明の毛晋の汲古閣刊本や和刻本がある。詳しくは、李珍華・傅璇琮「『捜玉小集』考略」（『中国典籍与文化論叢』、一九九三年）、傅璇琮「捜玉小集前記」（同『唐人選唐詩新編』〔前掲〕）、伊藤正文「捜玉小集について」（京都大学『中国文学報』第一五冊、一九六一年）、中沢希男「唐人選唐詩考」（前掲）を参照。

（埋田　重夫）

『唐宋詩醇《とうそうしじゅん》』

四七巻。清、高宗乾隆帝《けんりゅうてい》の勅撰。乾隆一五年（一七五〇）に成る。唐・宋の六大家（李白・杜甫・韓愈・白居易と蘇軾《そしょく》・陸游）の詩の選集。乾隆帝がみずから批評する。『四庫全書』にも所収。『正編』参照。

（植木　久行）

『唐百家詩選《とうひゃくかしせん》』

二〇巻。北宋の王安石編。友人の宋敏求《そうびんきゅう》家蔵の唐詩集にもとづいて、詩人一〇四人、一二〇〇余首を集めた選集。その複雑な編纂プロセスについては、程千帆著、松岡栄志ほか訳『唐代の科挙と文学』（凱風社、一九八六年）第六章に詳しい。『四庫全書』にも所収。『正編』参照。

（植木　久行）

『唐文粋《とうぶんすい》』

一〇〇巻。「とうもんずい」とも読まれる。北宋、姚鉉《ようげん》の編。唐代の詩文を、一六類に分けて収める。やや先行する『文苑英華』が多様な作品を幅広く収めるのに対して、散文・韻文ともに擬古的な風格を取るものに限定する。従って巻一〇から巻一八までに収録されている九八一首の詩歌は、近体詩を含まず、すべて古体詩によって占められる。『正編』も参照。

（松原　朗）

『万首唐人絶句《ばんしゅとうじんぜっく》』

一〇一巻。南宋の洪邁《こうまい》編。紹熙《しょうき》三年（一一九二）成立。唐代の五七言絶句を一巻ごとに一〇〇首ずつ、七絶七五巻、五絶二五巻にまとめ、さらに六絶一巻三八首を加えたもの。詳しくは『正編』を参照。霍松林《かくしょうりん》主編『万首唐人絶句校註集評』（全三冊、山西人民出版社、一九九一年）もある。

（宇野　直人）

『文苑英華《ぶんえんえいが（か）》』

一〇〇〇巻。宋の李昉《りぼう》等編。北宋の雍熙《ようき》三年（九八六）に完成。南朝・梁から唐代に至るまでの詩文を収録（ただし九割近くは唐代の作品）。収録作者約二二〇〇人、作品総数約二万篇。唐代直後に編纂されたため、資料的にも極めて貴重。詳しくは『正編』参照。花房英樹「文苑英華の編纂」（『東方学報』〔京都〕一九、一九五〇年）や李致忠「関于『文苑英華』」（『文献』一九九七年第一期）なども参考になる。

（寺尾　剛）

『名媛詩帰《めいえんしき》』

三六巻。明、鍾惺《しょうせい》編。漢代より明代に至る女流詩人の作品を時代順に編集し、一部評注を施したもの。国立公文書館内閣文庫には、明刊本を蔵する。

（山﨑　みどり）

『又玄集《ゆうげんしゅう》』→『唐人選唐詩新編』の条参照。

『和刻本漢詩集成《わこくほんかんししゅうせい》』→「その他」の条参照。

●別集類

韋応物《いおうぶつ》

『韋江州集《いこうしゅうしゅう》』
一〇巻、附録一巻。明の嘉靖二七年（一五四八）、華雲の太華書院刻本。『四部叢刊初編』「集部」所収。

『韋蘇州集《いそしゅうしゅう》』
一〇巻、拾遺一巻、四冊。明の万暦三一年（一六〇三）刊、「淵蘇二子之一」、朱墨套印《とういん》本。名古屋市蓬左《ほうさ》文庫蔵。

『韋蘇州集《いそしゅうしゅう》』
一〇巻。明の銅活字本『唐五十家詩集』第七冊（上海古籍出版社、一九八一年）所収。

『須渓先生校本韋蘇州集《しゅけいせんせいこうほんいそしゅうしゅう》』
一〇巻、拾遺一巻。宋、劉辰翁《りゅうしんのう》校訂。江戸の宝永三年（一七〇六）刊。長沢規矩也編『和刻本漢詩集成　唐詩8』所収。

『韋蘇州集《いそしゅうしゅう》』
一〇巻。『四部備要』所収。

『韋蘇州集《いそしゅうしゅう》』
一〇巻。『国学基本叢書』所収。

（高橋　良行）

韋荘《いそう》

『浣花集《かんかしゅう》』
一〇巻、補遺一巻。『四部叢刊初編』「集部」所収。『正編』参照。

『浣花集《かんかしゅう》』
一〇巻、補遺一巻。清、席啓寓《せきけいう》輯『唐詩百名家全集』所収。『正編』参照。

『韋荘集《いそうしゅう》』
一冊。向迪琮《しょうてきそう》校訂。北京人民文学出版社、一九五八年。

『韋荘集校注《いそうしゅうこうちゅう》』
一冊。李誼《りぎ》校注。四川省社会科学院出版社、一九八六年。

（松尾　幸忠）

王維《おうい》

『王右丞文集《おうゆうじょうぶんしゅう》』
一〇巻。北宋後期から南宋初めごろ（一〇六〇年代―一一二〇年代）の間の刊。東京、静嘉堂文庫蔵。詳しくは『正編』参照。

『王摩詰文集《おうまきつぶんしゅう》』
一〇巻。北宋期の蜀刊本。上海古籍出版社影印本（一九八二年）がある。また同社刊『宋蜀刻本唐人集叢刊』の一として再度影印された（一九九四年）。『正編』も参照。

『須渓先生校本唐王右丞集《しゅけいせんせいこうほんとうおうゆうじょうしゅう》』
六巻。南宋、劉辰翁《りゅうしんのう》（号、須渓先生）による校訂本。『四部叢刊初編』「集部」所収。『正編』も参照。

『類箋唐王右丞詩集《るいせんとうおうゆうじょうししゅう》』

一〇巻・附八巻。明、顧起経《こきけい》注。明、嘉靖三五年（一五五六）刊。詳しくは『正編』参照。

『唐王右丞詩集《とうおうゆうじょうししゅう》』

六巻。明、顧可久《こかきゅう》（前項、顧起経の叔父）注。明、嘉靖三九年（一五六〇）序刊。明、万暦一八年（一五九〇）刊本による、正徳四年（一七一四）刊和刻本が普及する。詳しくは『正編』参照。

『王右丞集《おうゆうじょうしゅう》』

二八巻・附二巻。清、趙殿成《ちょうでんせい》注。乾隆二年（一七三七）序刊。『王右丞集箋注』の書名で知られている。詳しくは『正編』参照。

『王維集校注《おういしゅうこうちゅう》』

全四冊。陳鉄民校注。中華書局、一九九七年。

（田口　暢穂）

王《おう》　建《けん》

『王司馬集《おうしばしゅう》』

八巻。『（文淵閣）四庫全書』所収。清の康熙《こうき》年間、胡介祉《こかいし》による校刊本（底本は毛晋汲古閣本）にもとづく。古体詩二巻、近体詩六巻から成る。ちなみに司馬は、王建の就いた陝《せん》州司馬の官をいう。

『唐王建詩集《とうおうけんししゅう》』

九巻。江戸、恩田仲任訓点、文化七年（一八一〇）刊。『和刻本漢詩集成　唐詩8』所収。『正編』も参照。

（植木　久行）

王昌齢《おうしょうれい》

『王昌齢詩集《おうしょうれいししゅう》』

三巻。明の正徳一四年（一五一九）、勾呉《こうご》の袁翼《えんよく》刊本。台湾国家図書館蔵。

『王昌齢詩集《おうしょうれいししゅう》』

三巻。明の朱警編『唐百家詩』（嘉靖一九年（一五四〇）序刊）所収。内閣文庫蔵。『唐人雑詩』本と、排列・字体・袁翼の跋語など、基本的に同一。

『王昌齢詩集《おうしょうれいししゅう》』

三巻。編者未詳。明の覆宋《ふくそう》刊『唐人雑詩』（静嘉堂《せいかどう》文庫蔵）所収。詳しくは『正編』参照。

『王昌齢集《おうしょうれいしゅう》』

二巻。明の黄貫曾《こうかんそう》編。嘉靖三三年（一五五四）、黄氏浮玉山房刊『唐詩二十六家』（内閣文庫蔵）所収。『正編』も参照。

『王昌齢集《おうしょうれいしゅう》』

二巻。明、銅活字本『唐五十家詩集』第三冊（上海古籍出版社、一九八一年）所収。『正編』も参照。

『和刻本王昌齢詩集《わこくぼんおうしょうれいししゅう》』

五巻、拾遺一巻（版心は上下二巻に作る）。明の許自昌校、江戸の菊隠（未詳）訓点、皆川淇園《きえん》訂補。『正編』も参照。

（高橋　良行）

王《おう》　勃《ぼつ》

『王勃集《おうぼつしゅう》』

二巻。明、徐縉《じょしん》?編『唐五十家詩集』（銅活字本、上海古籍出版社、一九八一年影印、第一冊）所収。一六世紀前半刊。賦一一篇と詩八七首を収める。

『王子安集《おうしあんしゅう》』

一六巻。明、張燮《ちょうしょう》編、明末の崇禎《すうてい》一三年（一六四〇）序刊。『四部叢刊初編』「集部」所収。『国学基本叢書』も、この校輯本による排印本である。『正編』参照。

『王勃集《おうぼつしゅう》』

一巻。明、楊一統編『唐十二（名）家詩』（明、万暦一二年（一五八四）序刊）所収。国立公文書館内閣文庫等所蔵。

『王勃集《おうぼつしゅう》』

二巻。明、許自昌編『前唐十二家詩』（明、万暦三一年（一六〇三）序刊）所収。内閣文庫等所蔵。

『王子安集《おうしあんしゅう》』

一六巻。『（文淵閣）四庫全書』所収。前掲の張燮《ちょうしょう》校刊本による。

『王勃集《おうぼつしゅう》』

二巻。清、江標《こうひょう》輯『唐人五十家小集』所収。『正編』参照。

『王子安集註《おうしあんしゅうちゅう》』

二〇巻。清末の蔣清翊《しょうせいよく》注。『王勃集』に対する最初の詳細な注釈本。この標点排印本（中国古典文学叢書、上海古籍出版社、一九九五年）も出て、読みやすくなった。『正編』参照。

『王勃集《おうぼつしゅう》』

二巻。芥（川）煥点、延享四年（一七四七）、京都玉樹堂刊の和刻本。『和刻本漢詩集成　唐詩1』所収。『正編』参照。

（植木　久行）

温庭筠《おんていいん》

『温庭筠詩集《おんていいんししゅう》』

七巻、別集一巻。『四部叢刊初編』「集部」所収本（景江南図書館蔵、述古堂精鈔本）。

『温庭筠詩集《おんていいんししゅう》』

七巻、集外詩一巻、別集一巻。清、席啓寓《せきけいう》輯『唐詩百名家全集』（洞庭東山席氏刊、康熙四一年（一七〇二））所収。

『温飛卿詩集箋注《おんぴけいししゅうせんちゅう》』

七巻、別集一巻、集外詩一巻。明末、曾益《そうえき》原注、顧予咸《こよかん》補注、清初、顧嗣立《こしりつ》重訂並びに集外詩続注。上海古籍出版社刊行（一九八〇年）の標点本がある。

『温飛卿詩集《おんぴけいししゅう》』

二巻、別集一巻。藤森大雅（弘菴）、林戇（鳳岡）校。天保四年（一八三三）藤森氏如不及斎・林氏梅花深処刊本。汲古書院影印本（『和刻本漢詩集成　唐詩10』一九七四年）がある。

（松尾　幸忠）

賈《か》島《とう》

『唐賈浪仙長江集《とうかろうせんちょうこうしゅう》』

一〇巻。翻宋本（宋本を翻刻したもの）。『四部叢刊初編』「集部」所収。

『唐賈浪仙長江集《とうかろうせんちょうこうしゅう》』

一〇巻。日本、江戸、正徳五年（一七一五）刊。『和刻本漢詩集成　唐詩8』所収。『正編』参照。

『唐賈《とうか》浪仙長《ろうせんちょう》 江集《こうしゅう》』

一〇巻。閬仙《ろうせん》詩附集一巻。清、王灝編『畿輔《きほ》叢書初編』や『叢書集成初編』所収。『正編』参照。

（増子　和男）

韓《かん》　翃《こう》

『韓君平集《かんくんぺいしゅう》』

三巻。明、徐縉《じょしん》？編『唐五十家詩集』（明、銅活字本）所収。上海古籍出版社影印（一九八一年）。

（増子　和男）

寒《かん》　山《ざん》

『寒山詩集《かんざんししゅう》』

一巻。日本宮内庁書陵部所蔵の宋版（南宋刊本）。詩三〇四首を収める。なお以下の別集と同時に、拾得《じっとく》と豊干《ぶかん》の詩も付す。本書は、南宋の紹定《しょうてい》二年（一二二九）、東皐寺《とうこうじ》の僧可明《かめい》が、天台山国清《こくせい》寺《じ》の僧志南《しなん》の刊行した『三隠集《さんいんしゅう》』（散佚。三隠とは寒山・拾得・豊干の総称。淳煕《じゅんき》一六年〔一一八九〕刊）によって翻刻《ほんこく》したテキストに、僧無我慧身《むがえしん》が一篇を補刻したもの（補刻年代未詳）。島田翰は、明治三八年（一九〇五）、民友社から本書の排印本『宋大字本寒山詩集』を出した。審美書院の影印本もある（一九二八年）。

ちなみに、この宋版は北京図書館所蔵の宋版『寒山子詩』一巻（刊刻年代未詳。詩三一一首所収、書陵部本よりも古いか。『天禄琳《てんろくりん》琅《ろう》書目続編』の著録本）とは異なる。銭学烈「寒山子与寒山詩版本」（『文学遺産増刊』一六輯。一九八三年）参照。

『寒山子詩集《かんざんししゅう》』

一巻。建徳の周氏所蔵の景宋《えいそう》刊本。『四部叢刊初編』「集部」（後印本）所収。詩三一五首を収める。

『寒山子詩集《かんざんししゅう》』

一巻。鎌倉末期の正中二年（一三二五）、禅尼宗沢による精刻な覆宋《ふくそう》刊本。外典《げてん》の五山版としては最古のものとされ、南宋末（理宗以後）の宋版を底本とするらしい。詩を五言《ママ》・七字・三字に分類して収める（三一三首）。大谷大学図書館所蔵。石井光雄による覆制本もある（一九五八年。ただし拾得・豊干の詩を欠く）。広山秀則「正中版寒山詩集について」（『大谷学報』第四一巻第二号、一九六一年）参照。

『寒山子詩集《かんざんししゅう》』

一巻。元刊本によった朝鮮翻刻本（高麗覆宋本）とされる。ただし、前掲の銭学烈の論文によれば、明の正徳九年（一五一四）、玉峰が朝鮮本によって翻刻したものである。『四部叢刊初編』「集部」（初印本）所収。

『寒山子詩集《かんざんししゅう》』

一冊（不分巻）。明、万暦二七年（一五九九）跋刊。国立公文書館内閣文庫所蔵。

『寒山詩集《かんざんしゅう》』

一巻。明末の呉明春の校刻本にもとづく写本。『（文淵閣）四庫全書』所収。

『寒山詩《かんざんし》』

一巻。江戸の寛永年間（一六二四―一六四四）、前掲の五山版によって翻刻したもの。内閣文庫所蔵。『和刻本漢詩集成　唐詩1』

所収。

『寒山詩《かんざんし》』

一巻。江戸の寛永一〇年（一六三三）刊。同じく五山版の翻刻であるが、文字や訓読法などに少し異同がある。内閣文庫所蔵。『和刻本漢詩集成　唐詩1』所収。

（植木　久行）

韓《かん》　愈《ゆ》

『昌黎先生集《しょうれいせんせいしゅう》』

四〇巻（賦詩一〇巻、文三〇巻）、外集一〇巻、遺文一巻。宋刊本。台湾故宮博物院に南宋淳熙《じゅんき》元年（一一七四）重刊本の残闕本があり、また東京の静嘉堂文庫にも淳熙一六年（一一八九）刊と推定される本の残闕本がある（ともに補写を含む）。故宮博物院本は闕巻《けっかん》や闕丁《けっちょう》を他本で補って、民国七一年（一九八二）、同博物院から影印本が刊行された。別に北京図書館蔵の宋蜀刊本『昌黎先生文集』（四〇巻、外集一〇巻。残闕本）があり、上海古籍出版社『宋蜀刻本唐人集叢刊』の一として影印されている（一九九四年）。

『新刊経進詳註昌黎先生文集《しんかんけいしんしょうちゅうしょうれいせんせいぶんしゅう》』

四〇巻、外集一〇巻、遺文三巻。宋、文讜《ぶんとう》註、王儔《おうちゅう》補註。韓文公志三巻を附す。南宋紹興《しょうこう》一九年（一一四九）の序、乾道《けんどう》二年（一一六六）の上進表が付いた蜀刊本。ただし巻一二から一八までを欠く残闕本である。『五百家註本』『世《せ》綵堂《さいどう》』とは別の附註本として価値があろう。上海古籍出版社『宋蜀刻本唐人集叢刊』の一として影印された（一九九四年）。

『五百家註音弁昌黎先生文集《ごひゃくかちゅういんべんしょうれいせんせいぶんしゅう》』

四〇巻、外集一〇巻。南宋、魏仲挙《ぎちゅうきょ》輯註。南宋慶元《けいげん》刊本がある。また上海商務印書館から民国元年（一九一二）に影印本が刊行された。

『昌黎先生集考異《しょうれいせんせいしゅうこうい》』（『韓文考異《かんぶんこうい》』）

一〇巻。南宋、朱熹《しゅき》校訂。南宋紹定《しょうてい》刊本がある。『正編』も参照。

『朱文公校昌黎先生集《しゅぶんこうこうしょうれいせんせいしゅう》』

四〇巻、外集一〇巻、伝一巻、遺文一巻。南宋、王伯大《おうはくだい》輯註。南宋宝慶三年（一二二七）序。朱熹『考異』を注の形で取り入れ、諸家の注と自身の音釈を加えたもの。これの元刊本を『四部叢刊初編』「集部」に収める。

『昌黎先生集《しょうれいせんせいしゅう》』

四〇巻、外集一〇巻、遺文一巻。南宋、廖瑩中《りょうえいちゅう》校註。所謂《いわゆる》世《せ》綵《さい》堂《どう》本。『五百家註』と『考異』をあわせて刪節《さんせつ》したテキスト。後、明の万暦年間に徐時泰《じょじたい》が覆刻し、東雅堂《とうがどう》本と呼ばれた。清の同治八年（一八六九）、江蘇書局から重刻本が刊行され、南宋、陳景雲『韓集点勘』四巻が附載されている。この東雅堂本は『四部備要』に収められるほか、香港商務印書館刊排印本（一九六四年）、台湾新興書局の影印本（民国五九年〔一九七〇〕）などがあって、最も通行度が高い。

『唐韓昌黎集《とうかんしょうれいしゅう》』

四〇巻、外集一〇巻、遺文一巻。明、蔣之翹《しょうしぎょう》輯注。明、崇禎《すうてい》六年（一六三三）序。柳宗元の『河東先生集』と合刻した、『韓柳全集』の一半である。この崇禎刊本に拠る和刻本があり（万治三年〔一六六〇〕刊）、汲古書院『和刻本漢詩集成　唐詩7・8』（一九七五年）に収められる。

『昌黎先生詩集《しょうれいせんせいししゅう》注《ちゅう》』

一一巻。清、顧嗣立《こしりつ》注。清、康熙《こうき》三八年（一六九九）序、秀野草堂刊本。韓愈の詩のみを取って、諸家の注を刪節して附し、自らの注を補ったもの。この本には文政九年（一八二六）刊の官板がある。

『韓昌黎詩《かんしょうれいし》集編年箋注《しゅうへんねんせんちゅう》』

一二巻。清、方世挙《ほうせいきょ》箋注。乾隆二三年（一七五八）、雅雨堂刻本。

『韓昌黎詩《かんしょうれいし》繋年集釈《けいねんしゅうしゃく》』

全二冊。一二巻。今人、銭仲聯《せんちゅうれん》集釈。古典文学出版社、一九五七年。上海古籍出版社の再刊本がある（一九八四年）。

『韓愈《かんゆ》全集校注《ぜんしゅうこうちゅう》』

全五冊。屈守原・常思春主編。四川大学出版社、一九九六年。

（田口　暢穂）

魚玄機《ぎょげんき》

『唐女郎魚玄機詩《とうじょろうぎょげんきし》』

一巻。南宋の臨安府《りんあんぷ》睦親坊南《ぼくしんぼうみなみ》の陳宅書籍鋪《ちんたくしょせきほ》刻本。いわゆる南宋の書棚本《しょほうぼん》であり、現在、北京図書館蔵（清、黄丕烈《こうひれつ》旧蔵本）。清、江《こう》標《ひょう》の影刻本（『唐五十家小集』所収）などもある。

（山﨑　みどり）

許《きょ》　渾《こん》

『許用晦文集《きょようかいぶんしゅう》』

二巻、拾遺二巻。『続古逸叢書』所収。四五四首の詩を収める。『正編』参照。また李立朴「許渾詩集版本考述」（『程千帆先生八十寿辰紀念論文集』〔江蘇古籍出版社、一九九二年〕所収）も参照。

『丁卯集《ていぼうしゅう》』

二巻。『四部叢刊初編』「集部」所収。三〇一首の詩を収める。『正編』参照。

『丁卯詩《ていぼうし》集《しゅう》』

二巻、続集一巻、続補一巻、遺詩一巻。清、席啓寓《せきけいう》輯『唐詩百名家全集』（洞庭東山席氏刊、康熙四一年〔一七〇二〕）所収。

『丁卯集《ていぼうしゅう》箋註《せんちゅう》』

八巻。清、許培栄《きょばいえい》箋注。乾隆二一年（一七五六）跋刊。京都大学文学部所蔵。

『許渾詩《きょこんし》校注《こうちゅう》』

一冊。江聡平校注。台湾中華書局、一九七三年。

『丁卯集《ていぼうしゅう》箋証《せんしょう》』

一冊。羅時進著。江西人民出版社、一九九八年。

（松尾　幸忠）

元《げん》　稹《しん》

『元氏長《げんしちょう》慶集《けいしゅう》』

六〇巻、集外文章一巻。明、嘉靖《かせい》三一年（一五五二）、東呉の董《とう》氏刊本。『四部叢刊初編』「集部」所収。

『元氏長《げんしちょう》慶集《けいしゅう》』

六〇巻、補遺六巻。『（文淵閣）四庫全書』所収。明、万暦三二年（一六〇四）、馬元調《ばげんちょう》校刻本（『白氏長慶集』との合刻本）による。『正編』も参照。

（植木　久行）

高《こう》　適《せき》

『高常侍《こうじょうじ》集《しゅう》』

八巻。明、銅活字本。『四部叢刊初編』「集部」や、明、徐縉《じょしん》?編『唐五十家詩集』所収。ちなみに常侍は、死の前年（七六四年）に就いた散騎常侍の官をいう。『正編』も参照。

『高常侍《こうじょうじ》集《しゅう》』

一〇巻。『（文淵閣）四庫全書』所収。南宋の慶元《けいげん》年間（一一九五—一二〇〇）以後の宋版の影抄《えいしょう》本《ぼん》、いわゆる影宋写本による。詩八巻、文二巻から成る。

『高常侍《こうじょうじ》集《しゅう》』

二巻。台湾商務印書館刊『国学基本叢書』所収。

（植木　久行）

顧《こ》　況《きょう》

『華陽真逸詩《かようしんいつし》』

二巻。清、江標《こうひょう》輯『唐五十家小集』（光緒二一年〔一八九五〕元和の江氏霊鶼閣《れいけんかく》が、南宋の陳道人《ちんどうじん》本を用いて湖南使院で影刻したテキスト）所収。

（山﨑　みどり）

常《じょう》　建《けん》

『宋本常建詩集《そうほんじょうけんししゅう》』

二巻。『天禄琳琅叢書』（故宮博物院、一九三三年）第一集所収。原田憲雄「常建詩集校注」（『京都女子大学人文論叢』一三〔一九六六年〕所収）が依拠したテキスト。

『常建集《じょうけんしゅう》』

二巻。明、徐縉《じょしん》?編『唐五十家詩集』（明、銅活字本）所収。上海古籍出版社影印（一九八一年）。

『常建集《じょうけんしゅう》』

二巻。明、朱警《しゅけい》編『唐百家詩』（嘉靖三一年〔一五四〇〕）所収。内閣文庫所蔵。

『常建詩《じょうけんし》』

三巻。文淵閣四庫全書本。

『常建詩集《じょうけんししゅう》』

三巻。『崔常詩集《さいじょうししゅう》』（日本、江戸、熊谷維〔竹堂〕点、江戸白松堂刊本、正徳三年〔一七一三〕）所収。『崔顥詩集』二巻と合わせて刊行したもの。『和刻本漢詩集成　唐詩1』所収。

（増子　和男）

岑《しん》　参《じん》

『岑嘉州詩《しんかしゅうし》』

七巻。唐、杜確編。明、正徳一五年〔一五二〇〕、熊相済南刊本。『四部叢刊初編』「集部」所収。詳しくは『正編』参照。

『岑嘉州集《しんかしゅうしゅう》』

二巻。明、張遜業編『唐十二家詩』、嘉靖三一年〔一五五二〕、江東黄埻《こうしゅん》東壁図書府刊。内閣文庫所蔵。詳しくは『正編』参照。

『岑嘉州集《しんかしゅうしゅう》』

八巻。明、徐縉?編『唐五十家詩集』（明、銅活字本）所収。上海古籍出版社影印（一九八一年）。

『岑嘉州詩《しんかしゅうし》』

八巻。日本、江戸、淀上菊隠点。寛保元年（一七四一）、京都天王寺屋市郎兵衛刊本。『和刻本漢詩集成　唐詩5』所収。

（増子　和男）

沈佺期《しんせんき》

『沈佺期集《しんせんきしゅう》』

四巻。明、徐縉《じょしん》？編『唐五十家詩集』（銅活字本、上海古籍出版社、一九八一年影印、第二冊）所収。一六世紀前半刊。

『沈雲卿集《しんうんけいしゅう》』

二巻。明、朱警《しゅけい》編『唐百家詩』（明、嘉靖《かせい》一九年（一五四〇）序刊）所収。国立公文書館内閣文庫等所蔵。

『沈佺期集《しんせんきしゅう》』

一巻。明、楊一統《よういっとう》編『唐十二（名）家詩』（明、万暦一二年（一五八四）序刊）所収。内閣文庫等所蔵。

『沈佺期集《しんせんきしゅう》』

二巻。明、許自昌《きょじしょう》編『前唐十二家詩』（明、万暦三一年（一六〇三）序刊）所収。内閣文庫等所蔵。

（植木　久行）

薛濤《せつとう》

『薛濤詩《せつとうし》』

一巻。清、馮兆年《ふうちょうねん》輯『翠琅玕館叢書《すいろうかんかん》』第四集（清、光緒年間刊）所収。

『薛濤詩箋《せつとうしせん》』

一冊。今人、張篷舟《ちょうほうしゅう》箋。人民文学出版社、一九八三年。

（山﨑　みどり）

宋之問《そうしもん》

『宋之問集《そうしもんしゅう》』

二巻。明、徐縉《じょしん》編？　この輯本は『四部叢刊続編』「集部」のなかに影印され（校勘記を付す）、従来、編者（刊刻者）が未詳なまま、版心から明の崦西精舎《えんせいせいしゃ》刻本などと呼ばれた。正徳・嘉靖《かせい》年間（一六世紀前半）の刊行である。陳尚君「明活字本『唐五十家詩集』印行者考」（同『唐代文学叢考』中国社会科学出版社、一九九七年所収）によれば、崦西とは徐縉（蘇州の人。一五四五年ごろ没）の号であり、明銅活字本『唐五十家詩集』の編者も彼であるという。陶敏「『宋之問集』考弁」（『唐代文学研究』第六輯、一九九六年）も参照。

『宋之問集《そうしもんしゅう》』

二巻。明、朱警編『唐百家詩』（明、嘉靖一九年（一五四〇）序刊）所収。国立公文書館内閣文庫等所蔵。

『宋之問集《そうしもんしゅう》』

一巻。明、楊一統編『唐十二（名）家詩』（明、万暦一二年（一五八四）序刊）所収。内閣文庫等所蔵。

『宋之問集《そうしもんしゅう》』

二巻。明、許自昌編『前唐十二家詩』（明、万暦三一年（一六〇三）序刊）所収。内閣文庫等所蔵。

（植木　久行）

張《ちょう》 説《えつ》

『張説之文集《ちょうえつしぶんしゅう》』

二五巻。明、嘉靖《かせい》一六年（一五三七）、伍《ご》氏竜池草堂刻本。巻頭に永楽《えいらく》七年（一四〇九）の伍徳の自記を掲げる。『四部叢刊初編』「集部」所収。『正編』も参照。

『張燕公集《ちょうえんこうしゅう》』

二五巻。『（文淵閣）四庫全書』所収。前掲の『張説之文集』を増補した重編本である。

『張燕公集《ちょうえんこうしゅう》』

二五巻。台湾新文豊出版公司刊『叢書集成新編』所収。『正編』も参照。

（植木　久行）

張《ちょう》 祜《こ》

『張承吉文集《ちょうしょうきつぶんしゅう》』

一〇巻。北京図書館蔵、南宋初、蜀刻本。書名の文集は詩集の意。四六八首所収。これは、内閣文庫蔵唐百家詩本『唐張処子集』（明刊五巻本）などの通行本に比べて、約一〇〇首以上も多い。しかも後半の五巻には、『全唐詩』未収の作品が多く、孫望『全唐詩補逸』（『全唐詩外編』『全唐詩補編』所収）の巻八～一一の四巻は、主にこの宋版を利用して逸詩を収録する。上海古籍出版社の影印本（一九七九年・一九九四年〔『宋蜀刻本唐人集叢刊』〕）がある。

（水谷　誠）

張《ちょう》 籍《せき》

『張文昌文集《ちょうぶんしょうぶんしゅう》』

巻数未詳。巻一～四のみ現存。宋刻本。宋代、蜀の地で刊刻された唐人別集のひとつ。書名には文集とあるが、詩のみ三一七首収める。現存する収録詩数からみて、本来、五巻本と思われる。北京図書館蔵。『続古逸叢書』及び『宋蜀刻本唐人集叢刊』⑰（上海古籍出版社、一九九四年）に、影印本を所収。

『唐張司業詩集《とうちょうしぎょうししゅう》』

八巻。明刻本。清、丁丙《ていへい》跋。『四部叢刊初編』「集部」所収。

『張司業詩集《ちょうしぎょうししゅう》』

八巻。『国学基本叢書』所収。

『張籍詩集《ちょうせきししゅう》』

八巻、聯句《れんく》、附録二首。中華書局、一九五九年刊。明の嘉靖・万暦年間刊行の八巻本（四部叢刊本の底本と同じ）を底本とし、『四庫全書』本・『唐詩百名家』本・『全唐詩』本などと校勘した排印本。詩四五〇余首を収める。

（高橋　良行）

陳子昂《ちんすごう》

『陳伯玉文集《ちんはくぎょくぶんしゅう》』

一〇巻。明、楊春重編。楊澄校正。明、弘治四年（一四九一）、楊澄刊本。『四部叢刊初編』「集部」所収。

『陳子昂集《ちんすごうしゅう》』

二巻。明、徐縉?編『唐五十家詩集』（明、銅活字本）所収。上海古籍出版社影印（一九八一年）。

『陳伯玉集《ちんはくぎょくしゅう》』

二巻。明、朱警編『唐百家詩』（嘉靖三一年〔一五四〇〕）所収。内閣文庫所蔵。

『陳子昂集《ちんすごうしゅう》』

二巻。明、張遜業編『唐十二家詩』、嘉靖三一年（一五五二）、江東黄埻《こうじゅん》東壁図書府刊。内閣文庫所蔵。

『陳伯玉集《ちんはくぎょくしゅう》』

二巻。明刊。『景印岫《しゅう》廬《ろ》現蔵罕《かん》伝善本叢刊』（台湾商務印書館、一九七三年）所収。

『陳拾遺集《ちんしゅういしゅう》』

一〇巻。文淵閣四庫全書本。

『陳子昂集《ちんすごうしゅう》』

今人、徐鵬校。中華書局、一九六〇年。

（増子　和男）

鄭《てい》　谷《こく》

『鄭守愚文集《ていしゅぐぶんしゅう》』

三巻、南宋中期の蜀刻本。『四部叢刊続編』「集部」所収本（景印蕭山朱氏蔵宋刊本）には、校勘記一巻（民国二三年、胡文楷撰）を附す。また『宋蜀刻本唐人集叢刊』（上海古籍出版社、一九九四年）のなかにも再影印された。傅義「鄭谷『雲台編』叙録」（『文史』第二九輯、一九八八年）も参照。

『雲台編《うんだいへん》』

三巻。清、席啓寓《せきけいう》輯『唐詩百名家全集』（洞庭東山席氏刊、康熙四一年〔一七〇二〕）所収。

『鄭谷詩集箋注《ていこくししゅうせんちゅう》』

一冊。厳寿澂《ちょう》・黄明・趙昌平箋注。上海古籍出版社、一九九一年。

（松尾　幸忠）

杜《と》荀鶴《じゅんかく》

『杜荀鶴文集《とじゅんかくぶんしゅう》』

三巻。景雲元年（八九二）、友人の顧雲が、進士科及第（八九一年）以前の五言・七言の近体詩（絶句・律詩）三〇〇余篇の提供を受けて、三巻に編纂した詩集。『四庫提要』一四九などは杜荀鶴の自編とするが、妥当ではない。これはおそらく四庫全書本『唐風集』（後述）に収める顧雲の序に、「僕……乃《チ》分《カチテ》為《シ》二上中下三巻《ト》一」云々の語が欠落していたこととも関連しよう。この現存最古のテキストは、上海図書館所蔵の南宋中期一二行本である。本書はまず上海古籍出版社から一九八〇年に影印され、さらに同社刊『宋蜀刻本唐人集叢刊』の一種として再影印された（一九九四年）。各巻の冒頭は、まず「杜荀鶴文集巻第一（二・三）」と題され、さらに「唐風集」の三字がある。顧雲の序によれば、唐風集が原題である。各巻はみな詩型などを分けずに、「雑詩」として詩を収める。

『唐風集《とうふうしゅう》』

三巻、唐の顧雲編？『（文淵閣）四庫全書』所収。本書は、前掲の宋蜀刻本『杜荀鶴文集』とは異なり、分体別編集（今体五言〔一二六首〕、今体七言〔一四〇首〕、今体五言七言絶句〔五二首〕の三巻構成）である。ただ分体・不分体のどちらが、顧雲編の原型であるかは未詳。

『唐風集《とうふうしゅう》』

三巻。中華書局上海編輯所編『杜荀鶴詩』（『聶夷《じょうい》中《ちゅう》詩』と合刊、中華書局、一九五九年）のなかに収める。本書は、貴池の劉氏刻本『貴池先哲遺書 貴池唐人集』本を底本として、『全』と対校した排印本。采華書林の影印本もある。

（植木 久行）

杜審言《としんげん》

『杜審言詩集《としんげんししゅう》』

一巻。明、朱警編『唐百家詩』（明、嘉靖一九年〔一五四〇〕序刊）所収。国立公文書館内閣文庫蔵。

『杜審言集《としんげんしゅう》』

二巻。明、許自昌輯『前唐十二家詩』（明、万暦三一年〔一六〇三〕晋安鄭能刊本）所収。内閣文庫蔵。

『杜審言集《としんげんしゅう》』

二巻。明、除縉？『唐五十家詩集』（明、銅活字本、上海古籍出版社、一九八一年）所収。

（井上 一之）

杜《と》 甫《ほ》

『宋本杜工部集《そうほんとこうぶしゅう》』

二〇巻、補遺一巻。北宋、王洙《おうしゅ》編。北宋、王琪《おうき》重編刊行。現存する最古の杜甫集。詳しくは『正編』参照。

『九家集注 杜詩《きゅうかしっちゅうとし》』

三六巻。南宋、郭知達《かくちたつ》集注。王洙・宋祁《そうき》・王安石・黄庭堅・薛夢符《せつぼうふ》・杜田・鮑彪《ほうひょう》・師尹《しいん》・趙彦材《ちょうげんざい》の宋代九家の注釈を編集したもの。『新刊校定集注 杜詩《しんかんこうていしっちゅうとし》』ともいう。詳しくは『正編』参照。

『杜陵 詩史《とりょうしし》』

三二巻。南宋、魯訔《ろべん》編年。南宋、王十朋《おうじっぽう》集注。ただし、王十朋は仮託とされる。『正編』も参照。

『分門集注 杜工部詩《ぶんもんしっちゅうとこうぶし》』

二五巻。欠名集注。

『草堂詩箋《そうどうしせん》』

四〇巻。南宋、魯訔編年。南宋、蔡夢弼《さいぼうひつ》集注。『正編』参照。

『銭注 杜詩《せんちゅうとし》』

二〇巻。清、銭謙益《せんけんえき》注。杜詩の底本に南宋、呉若《ごじゃく》の本が採用されている点で（呉若本自体は亡逸）、重要である。『杜工部集 箋注《とこうぶしゅうせんちゅう》』ともいう。『正編』参照。

『杜詩詳注《とししょうちゅう》』

二五巻。清、仇兆鰲《きゅうちょうごう》注。現在までのところ、最も詳細な杜甫の注である。『杜少陵集詳注《としょうりょうしゅうしょうちゅう》』ともいう。詳しくは『正編』参照。

＊杜甫の注釈・受容史については、許総『杜詩学発微《はつび》』（南京大学出版社、一九八九年）参照。加藤国安訳注『杜甫論の新構想―受容史の視座から』（研文出版、一九九六年）は、当該書の内編に対する懇切な訳注書である。

（松原 朗）

杜《と》 牧《ぼく》

『樊川文集《はんせんぶんしゅう》』

二〇巻、外集一巻、別集一巻。唐、裴延翰《はいえんかん》編。このうち、外集と別集は宋人の編纂であり、艶詩のたぐいは、多くこの二集に含まれる。『正編』参照。

『樊川文集夾註《はんせんぶんしゅうきょうちゅう》』

四巻、外集夾註一巻。朝鮮刊本。注者未詳。国立公文書館内閣文庫等所蔵。許山《のみやま》秀樹「『樊川文集夾註』の成立と版本」（早稲田大学中国文学会『中国文学研究』第二〇期、一九九四年）によれば、注釈者は南宋期の中国人と推定され、少なくとも三種の版本が現存し、なかでも最も古い永楽一四年（一四一六）跋刊の足本は、お茶の水図書館成簣堂《せいきどう》文庫所蔵本だけであるという。一九九七年、遼寧省図書館所蔵本が影印された（新華書店北京発行所）。『正編』参照。

『樊川詩集注《はんせんししゅうちゅう》』

四巻、別集一巻、外集一巻、補遺一巻。清、馮集梧《ふうしゅうご》注。嘉慶三年（一七九八）自序、嘉慶六年、馮氏徳裕堂刊本。『正編』参照。

『樊川集《はんせんしゅう》』

六巻、補遺一巻。清、席啓寓《せきけいう》輯『唐詩百名家全集』（洞庭東山席氏刊、康熙四一年〔一七〇二〕）所収。

（松尾　幸忠）

白居易《はくきょい》

『白氏文集《はくしぶんしゅう》』

七一巻。『前集』（正式名は『白氏長慶集《ちょうけいしゅう》』）五〇巻、『後集』二〇巻、『続後集』一巻（本来は五巻）から成るいわゆる「前・後・続集本」七一巻は、「白氏集後記」〔3673〕（会昌五年、74歳、洛陽）に記される原本の体裁と完全に一致することから、テキストとしての価値が極めて高い。この系統に属するものに『那波道円本白氏文集』（陽明文庫本・四部叢刊本）がある。またこれ以外に、詩を先にし文を後に配したいわゆる「先詩・後筆本」があるが、この系統のテキストには、北宋刊本の流れを直接に受け継ぐと評される『南宋紹興《なんそうしょうこう》刊本白氏文集』や『明馬元調《みんばげんちょう》校本白氏文集』がある。因みに『清汪立名《しんおうりつめい》編訂本白香山《はくこうざん》詩集』（四部備要本・世界書局本）は、原本復原の試みから、白居易詩（散文を含まない）を「前・後・続集本」の体裁に編訂し、独自の注記を加えたもの。詳しくは『正編』参照。なお白居易研究講座第六巻『白氏文集の本文』（勉誠社、一九九五年）や、太田次男『旧鈔本を中心とする白氏文集本文の研究（全三冊）』（勉誠社、一九九七年）、岡村繁「『白氏文集』の旧鈔本と旧刊本」（『東方学会創立五十周年記念　東方学論集』東方学会、一九九七年所収）も参照。

（埋田　重夫）

楊巨源《ようきょげん》

『楊少尹詩集《ようしょういんししゅう》』

一巻。別集の名称は、かつて鳳翔《ほうしょう》少尹・河中少尹の任にあったことに拠る。清、席啓寓《せきけいう》輯『唐詩百名家全集』（康熙四一年序、洞庭席氏刊本）所収。国立公文書館内閣文庫等所蔵。

『晩唐楊巨源詩《ばんとうようきょげんし》』

一巻。清、龔賢《きょうけん》編『中晩唐詩紀』（清刊本）所収。内閣文庫等所蔵。

（埋田　重夫）

皮日休《ひじつきゅう》

『松陵集《しょうりょうしゅう》』

一〇巻。咸通《かんつう》一〇年（八六九）末から一二年初めにかけて、陸亀蒙との間で唱和し合った詩を中心に、陸亀蒙が編集、皮日休が序文を書いたもの。厳密な意味では総集に属するが、皮日休の詩の八割が本集に収められているという点で、極めて重要な意味を持つため、特に別集類に収めた。古体・今体・雑体に大きく分け、さらに五言・七言の別、律絶の別等を設けて詩体別に編纂されている。東北大学文学部中国文学研究室編『皮日休詩索引』（采華書林、一九八三年）には、『湖北先正遺書』集部所収本の影印を収め、沢崎久和「『松陵集』の構成と編次―沈《しん》開生氏「皮日休系年考弁」補正」（福井大学『国語国文学』第二六号、一九八七年）の専論もある。

（松尾　幸忠）

孟浩然《もうこうねん》

『孟浩然詩集《もうこうねんししゅう》』

三巻。北宋末?の蜀刊本。孟浩然の詩集としては、現存最古の版本。上海古籍出版社の影印本があり、また同社刊『宋蜀刻本唐人集叢刊』の一として再度影印された（一九九四年）。なお『正編』も参照。

『孟浩然集《もうこうねんしゅう》』

四巻。明刊本。影印本が『四部叢刊初編』「集部」に収められる。また、『四部備要』に収める『孟襄陽集《もうじょうようしゅう》』も、この明刊本に拠ったもの。『正編』も参照。

『孟浩然詩集《もうこうねんししゅう》』

三巻。宋、劉辰翁《りゅうしんのう》批閲《ひえつ》。元禄三年（一六九〇）和刻本。他の本と異なり、類題編集である。『正編』も参照。

『孟浩然集校注《もうこうねんしゅうこうちゅう》』

全一冊。徐鵬校注。人民文学出版社、一九八九年。

『孟浩然詩集箋注《もうこうねんししゅうせんちゅう》』

全一冊。曹永東注。天津古籍出版社、一九八九年。

（田口　暢穂）

李益《りえき》

『李益集《りえきしゅう》』

二巻。明、銅活字本『唐五十家詩集』（上海古籍出版社、一九八一年）所収。

『李尚書詩集《りしょうしょししゅう》』

一巻。清、張澍《ちょうじゅ》輯『二酉堂叢書《にゆうどうそうしょ》』所収。道光元年（一八二一）、武威《ぶい》の張氏二酉堂刊本。『叢書集成新編』にも収める。

（山﨑　みどり）

李賀《りが》

『李長吉文集《りちょうきつぶんしゅう》』

四巻。南宋中期、蜀刻本（眉山《びざん》刊本）。『続古逸叢書』所収。『宋蜀刻本唐人集叢刊』の一として再影印された（上海古籍出版社、一九九四年）。『正編』も参照。

『李賀歌詩編《りがかしへん》』

四巻、外集一巻。南宋、紹興《しょうこう》年間初頭刊（南宋初、修刻）。いわ

ゆる宣城本《せんじょうぼん》である。民国六〇年（一九七一）、本書を所蔵する台北の国立中央図書館が、影印刊行した。阿部隆一『増訂　中国訪書志』（汲古書院、一九八三年）参照。

『（李賀《りが》）歌詩編《かしへん》』

四巻、常熟《じょうじゅく》の瞿氏《くし》鉄琴銅剣楼《てっきんどうけんろう》蔵本。宣城本系統のテキスト。『四部叢刊初編』「集部」所収。蒙古《もうこ》（憲宗六年〔一二五六〕）刊本であり、金刊本《きんかんぼん》の名はその俗称。

『錦嚢集《きんのうしゅう》』

四巻、外集一巻。清、影元鈔本。民国一二年（一九二三）、秀水《しゅうすい》の金氏《きんし》による影印本（梅花草堂影印善本之二、元の至元一四年〔一二七七〕の復古堂刊本と伝える）がある。錦嚢とは、李賀の逸話に基づき、彼の作品をいう。

『唐李《とうり》長吉歌詩《ちょうきつかし》』

四巻、外集一巻。宋、呉正子《ごせいし》箋注。宋、劉辰翁《しゅうしんのう》評点。元や明代の刊本が伝わる。呉正子は最も古い李賀の注釈者。文政元年（一八一八）江戸昌平坂《しょうへいざか》学問所刊本（いわゆる官板《かんぱん》）の影印が、『和刻本漢詩集成　唐詩5』に収められている。『昌平叢書』にも収録。

『歌詩編《かしへん》』

四巻、集外詩一巻。明、毛晋《もうしん》輯。毛氏汲古閣刊『唐四名家集』所収。著名な蔵書家毛晋が、宣城本系統のテキストに集外詩を加えて覆刻したもの。

『協律鉤言《きょうりつこうげん》』

四巻、外集一巻。清、陳本礼《ちんほんれい》箋注。清の嘉慶一三年（一八〇八）序、陳氏裒露軒《ゆうろけん》刊本。『陳氏叢書』や『香港中文大学罕伝善本叢書初編』所収。協律とは、李賀の就いた官職協律郎（実際は奉礼郎）をいう。

『李長吉集《りちょうきつしゅう》』

不分巻。朝鮮活字本。歌類・引類・曲類・楽類・地理類・題詠類・総類に分類。内閣文庫所蔵の稀本。

『三家評注《さんかひょうちゅう》李長吉歌詩《りちょうきつかし》』

清、王琦《おうき》『李長吉歌詩彙解《いかい》』、清、姚文燮《ようぶんしょう》『昌谷集註』、清、方《ほう》世挙《せいきょ》（字扶南《ふなん》）『李長吉詩集批注《ひちゅう》』の三書を収録する。中華書局上海編輯所、一九五九年や、中華書局香港分局、一九七六年などがある。『正編』も参照。

『李長吉詩評注《りちょうきつしひょうちゅう》』

四巻、外集一巻。清、呉汝綸《ごじょりん》評注。新文豊出版公司、民国六八年（一九七九）刊。

（山﨑　みどり）

李商隠《りしょういん》

『李義山詩集《りぎさんししゅう》』

六巻。明の嘉靖《かせい》二九年（一五五〇）、毗陵《ひりょう》の蔣氏刻本。『四部叢刊初編』「集部」所収。

『李義山集《りぎさんしゅう》』

三巻。明の崇禎《すうてい》一二年（一六三九）、毛氏汲古閣刻『唐人八家詩』所収。劉学鍇《かい》・余恕《じょ》誠『李商隠詩歌集解』（全五冊）（中国古典文学基本叢書、中華書局、一九八八年）は、これを底本として校注を加え、排印したもの。

『李義山詩集箋注《りぎさんししゅうせんちゅう》』

一六巻。清の姚培謙《ようばいけん》箋。清の乾隆五年（一七四〇）、華亭の姚氏《ようし》松桂読書堂刻本。中文出版社による影印本（一九七九年）がある。

『重訂《ちょうてい》李義山詩集《りぎさんししゅう》 箋注《せんちゅう》』

三巻。集外詩箋注一巻・年譜一巻・詩話一巻。清の朱鶴齢《しゅかくれい》注、清の程夢星《ていぼうせい》刪補。乾隆八年（一七四三）序、今有堂刻本。『正編』も参照。

『玉谿生詩箋註《ぎょくけいせいしせんちゅう》』

三巻。清の馮浩《ふうこう》箋注。清の乾隆二八年（一七六三）序、四五年（一七八〇）徳聚堂刊。『玉谿生詩箋注』（中国古典文学叢書、上海古籍出版社、一九七九年）は、この校点排印本である。他に『四部備要』本もあるが、六巻とする。

『玉谿生詩詳註《ぎょくけいせいししょうちゅう》』

三巻。清の馮浩箋注。清の乾隆二八年（一七六三）序、四五年（一七八〇）徳聚堂刊。『正編』も参照。

『李義山詩集《りぎさんししゅう》（輯評《しゅうひょう》）』

三巻。清の朱鶴齢箋注、清の沈厚塽《しんこうそう》輯評。何焯《かしゃく》・朱彝尊《しゅいそん》・紀昀《きいん》三家の評語が併載されている。清の同治九年（一八七〇）、広州倅署《さいしょ》刊、三色套印《とういん》本。なお『正編』も参照。

（高橋　良行）

李《り》　白《はく》

『李太白文集《りたいはくぶんしゅう》』

三〇巻。宋刊本。「宋本」と略称する。現存最古の李白の別集。日本の静嘉堂文庫所蔵本と北京図書館所蔵本（ただし北京図書館本は、静嘉堂本に比べて後印であり、巻一五から巻二四までの一〇巻の分を欠いた残缺本〔残缺は清の繆曰芑《ぼくえつき》影宋鈔本によって補う〕）の二種が今日に伝わり、いずれも影印本がある。前者は平岡武夫編『李白の作品』（京都大学人文科学研究所、一九五八年。同朋舎出版によって再刊）のなかに、後者は『李太白文集』（全三冊、李致忠跋、宋蜀刻本唐人集叢刊、上海古籍出版社、一九九四年）として刊行されている。詳しくは『正編』や、詹鍈《せんえい》「宋蜀本『李太白文集』的特点及其優越性」（『文学遺産』一九八八年第二期）参照。

『分類補注《ぶんるいほちゅう》 李太白詩《りたいはくし》』

二五巻。宋、楊斉賢《ようせいけん》集注、元、蕭士贇《しょうしいん》補注。「蕭本」と略称される。元の至大《しだい》三年（一三一〇）の原刊本が、東京の前田尊経閣文庫に蔵される。詳しくは『正編』、および芳村弘道「元版系統の『分類補註李太白詩』について」（立命館大学『学林』第一四・一五合併号、一九九〇年）、同「元版『分類補註李太白詩』と蕭士贇」（『日本中国学会会報』第四二集、一九九〇年）参照。

『景宋咸淳《えいそうかんじゅん》 本李翰林集《ぼんりかんりんしゅう》』

三〇巻（詩二〇巻、文一〇巻）。明代に重刊された南宋の咸淳五年（一二六九）の刊本を、清の光緒三四年（一九〇八）に劉世珩《りゅうせいこう》が影印刊行したもの（ただし、明刊本も現存）。「劉本」「景宋咸淳本」と略称する。『正編』も参照。

『李詩通《りしつう》』

二一巻。明、胡震亨《こしんこう》評註。清、順治七年（一六五〇）刻本。『正編』も参照。

『李太白詩集注《りたいはくしっちゅう》』

三六巻。清、王琦《おうき》編注。一名『李太白文集輯註』『李太白全集《りたいはくぜんしゅう》』。「王本」「王注本」と略称する。清の乾隆二四年（一七五九）跋刊。それまでの李白集の集大成とも言うべき注釈本。『正編』も参照。

『李《り》白集《はくしゅう》 校注《こうちゅう》』

精装本二冊、平装本四冊。今人、瞿蛻園《くぜいえん》・朱金城《しゅきんじょう》 校注。上海古籍出版社、一九八〇年。

『李《り》白全集《はくぜんしゅう》 編年注《へんねんちゅう》 釈《しゃく》』

三冊。今人、安旗《あんき》主編。巴蜀書社、一九九〇年。初の編年体による李白全集。

『李《り》白全集《はくぜんしゅう》 校注《こうちゅう》 彙釈《いしゃく》 集評《しゅうひょう》』

八冊。今人、詹鍈《せんえい》主編。百花文芸出版社、一九九六年。これまでの李白全集のうち最大規模の全集。


（寺尾　剛）

劉長卿《りゅうちょうけい》

『劉《りゅう》 随州《ずいしゅう》 文集《ぶんしゅう》』

一一巻、外集一巻。朝鮮旧刊本。明の弘治一三年（一五〇〇）、随州の知州李充嗣による地方刊刻本（郡斎本）。監察御史宗彝《そうい》の序、近古外史沈宝《しんぽう》の後跋がある。巻一〜一〇に詩五一一首、一一に文一一篇、外集に詩を収めている。名古屋市蓬左《ほうさ》文庫蔵。『愛知淑徳大学論集』第一八号（一九九三年）に、筆者による解題と影印を載せる。

『劉《りゅう》 随州《ずいしゅう》 文集《ぶんしゅう》』

一〇巻、外集一巻。明の正徳一二年（一五一七）、随州の従仕郎判事湯鏊《とうごう》による地方刊刻本。湯鏊の序、随州儒学訓導陳清《ちんせい》の後序がある。文は収めない。四部叢刊本『劉随州詩集』、四部備要本『劉随州集』の底本である。静嘉堂文庫蔵。

『劉《りゅう》 随州《ずいしゅう》 集《しゅう》』

一〇巻。序跋はない。明の銅活字本『唐五十家詩集』第六冊（上海古籍出版社、一九八一年）所収。

『劉《りゅう》 随州《ずいしゅう》 集《しゅう》』

一一巻。巻一〜一〇に詩、一一に文。『百部叢書集成（畿輔叢書）』所収。
＊高橋良行「日本現存『劉長卿集』解題」（早稲田大学『比較文学年誌』第一四号、一九七八年）も参照。

（高橋　良行）

盧《ろ》 綸《りん》

『盧綸集《ろりんしゅう》』

六巻。明、徐縉？編『唐五十家詩集』（明、銅活字本）所収。上海古籍出版社影印（一九八一年）。

『唐盧綸詩集』

三巻。明、劉成徳編、国□鳳（碧梧）点。日本、江戸、元禄二年（一六八九）、江戸伊勢屋清兵衛刊本。『和刻本漢詩集成　唐詩8』所収。

『盧綸詩集校注』

近人、劉 初棠《りゅうしょとう》校注。上海古籍出版社、一九八七年。


（増子　和男）

(2) 歴　代

●総集類

『漢魏《かんぎ》六朝《りくちょう》百三名家集《ひゃくさんめいかしゅう》』　→「その他」の条参照。

漢代楽府《かんだいがふ》

現存する漢代の楽府（楽曲の伴奏をともなう民間歌謡）は、五〇首を越え、大半が作者不詳で、後漢期のものが多い。悲惨な生活（「婦病行《ふびょうこう》」「孤児行」）、戦さの苦しみ（「戦城南《せんじょうなん》」）、男女の愛（「上邪《じょうや》」）、生命のはかなさ（「薤露《かいろ》」）などを歌うほか、若い夫婦の心中《しんじゅう》を扱った長篇の「孔雀東南飛《くじゃくとうなんぴ》」もあって、当時の民衆の息吹《いぶき》を生き生きと伝えている。

（植木　久行）

『玉台新詠《ぎょくだいしんえい》』

一〇巻。梁の徐陵《じょりょう》編。漢代から梁代に至る艶歌《えんか》（女性を詠んだ詩歌）を集めた享楽的な詩集。梁の皇太子蕭綱《しょうこう》（後の簡文帝）が自ら主宰する文学集団内で流行しつつあった「宮体詩《きゅうたいし》」（東宮スタイルの詩の意）を詩集の中核（巻七・八）にすえ、その源流を歴代の詩歌に求めて、宮体詩創作の意義を確立しようとする編纂意図をもつ。書名は、後宮に住む麗人たちのつれづれを慰める新しい歌集の意。

詩集の前八巻は、漢代から梁代に至る五言詩、第九巻は雑言体の歌詞、第一〇巻は五言二韻（四句）の詩を収める。明の趙均《ちょうきん》覆宋《ふくそう》本《ぼん》（後述）所収の詩歌は六五〇首を越え、なかでも蕭綱の詩八〇首が断然多い。

本書の成立は、蕭綱が皇太子に即位した年（兄の昭明太子蕭統《しょうとう》の没年）から三年後にあたる中大通六年（五三四）ごろと考証され（興膳宏「玉台新詠成立考」〔『東方学』第六三輯、一九八二年〕）、これは文質彬彬《ひんぴん》たる文学作品を収めた『文選《もんぜん》』の成立時から、わずか数年後のことである（徐陵は時に28歳ごろ）。ただ近年、詳細な版本研究を行なった劉躍進は、陳代編定の可能性を示唆した（同『古典文学文献学叢稿』学苑出版社、一九九九年）。

本書は艶歌の選集であったため、テキストの乱れがひどい。明代の通行本は、いわゆる妄増詩《もうぞうし》二〇〇首を含む俗本であった。かくて明末（一六三三年）、趙均による覆宋本（文学古籍刊行社や台湾・世界書局など影印）の刊行は、まさに画期的な事件であり、清の呉《ご》兆宜《ちょうぎ》『玉台新詠箋注《せんちゅう》』（中華書局、一九八五年の点校本が便利）や、紀容舒《きようじょ》（一説に子の紀昀《きいん》）『玉台新詠考異』（『四庫全書』や『叢書集成初編』所収）などの基礎研究を導いた（植木久行「明末・清初の『玉台新詠』研究」〔『中国文学研究』（早大）第七期、一九八一年〕、同「明代通行『玉台新詠』本の解題」〔『小尾博士古稀記念　中国学論集』汲古書院、一九八三年〕参照）。

本書は、『文選』とともに漢魏六朝文学を研究する基本文献であり、鈴木虎雄（全三冊、岩波文庫、岩波書店、一九五三〜五六年）、内田泉之助（全二冊、明治書院、一九七四〜七五年）、石川忠久（学習研究社、一九八六年）の三種の訳注書があり、『箋注』本による小尾郊一・高志真夫編『玉台新詠索引』（山本書店、一九七六年、乾隆三九年刊本の影印を付す）もある。ちなみに、敦煌《とんこう》で発見された唐写本（巻二の後半の残巻）の影印は、羅振玉《らしんぎょく》輯『鳴沙石室古籍叢残《そうざん》』や『敦煌書法叢刊』第一六巻・詩詞（二玄社、一九八五年）など参照。『四部叢刊初編』本は、明、五雲渓館活字本の影印である。

（植木　久行）

『古詩紀《こしき》』

一五六巻。明の馮惟訥《ふういとつ》編。もとは単に『詩紀』と言った。上古より隋末に及ぶ現存詩を、網羅的に採録することを期して編集された。うち前集一〇巻は、先秦時期の無名氏（作者不明）の古逸詩を収め、正集一三〇巻は、前漢から隋に至る歴代の詩歌を収め、外集四巻は、筆記小説に記録された逸詩を収め、そして別集一二巻は、前人の詩評を選録する。明の嘉靖《かせい》年間刊。『古詩紀』の誤りを正したものに清、馮舒《ふうじょ》の『詩紀匡謬《きょうびゅう》』がある。後の丁福保《ていふくほ》『全漢三国晋南北朝詩』と逯欽立《りょくきんりつ》『先秦漢魏晋南北朝詩』は、いずれもこの『古詩紀』の周到な基礎の上に修訂を加えたものである。『詩紀匡謬』を付した文淵閣四庫全書の影印本（全二冊、中文出版社、一九八三年）などが流布する。鈴木修次・一海知義「馮惟訥とその詩紀」（『日本中国学会報』第一二集、一九六〇年）も参照。

（松原　朗）

『古詩帰《こしき》』

一五巻。明、鍾惺《しょうせい》、譚元春《たんげんしゅん》編。竟陵《きょうりょう》（湖北省天門市）の同郷である二人が共同して古詩を選び、評語を付けたもの。古逸、漢、魏、晋、宋、斉、梁、陳、北魏、北斉、北周、隋に分類されているが、巻一〇は陶淵明のみで一巻とするなど、竟陵派の詩歌理論を反映した個性的な編集となっている。当時きわめて広く流行し、古文辞派攻撃に威力を持ったという。国立公文書館内閣文庫には、明の万暦四五年（一六一七）序刊本を蔵する。

（山﨑　みどり）

『古詩源《こしげん》』

一四巻。清、沈徳潜《しんとくせん》の編。康熙五八年（一七一九）の自序を持ち、上古より隋に至る一六二人、九七六首の詩を選録している。上古の詩は「古逸」と称され、『詩経』『楚辞』に収められたものを除いて、伝説的な天子、尭・舜より秦に至る時期の無名氏（詠み人知らず）の作を収める。また漢代より隋までは、その時代の代表的な詩人の作を中心に収める。最も多いのは、陶潜（淵明）の八一首、これに鮑照（四二首）・曹植（三八首）・謝朓《ちょう》（三三首）・謝霊運（二五首）・庾《ゆ》信（二四首）が続いている。『古詩源』と同様の詞華集に『古詩賞析』があり、日本では明治以降、共に多くの読者を持った。ちなみに沈徳潜は、勇健な詩風を提唱して清朝を代表する格調派の詩人であり、南北朝時代の後期（梁と陳）の収録作品が比較的に少ないのは、彼がこの時期の艶情的、耽美的な作風を嫌ったためである。訳注書に、集英社（漢詩大系）の『古詩源』上・下（内田泉之助・星川清孝著）がある。

（松原　朗）

古詩十九首《こしじゅうきゅうしゅ》

梁の昭明太子『文選《もんぜん》』に、作者名を記さずに、「古詩十九首」というタイトルで収載されている一九首の五言詩。各詩篇に詩題もないので、通常その掲載の順序によって、「古詩十九首　その一」とか、あるいはその詩の初句をとって、「古詩十九首」「行行重行行」といったように書かれて区別されている。作者不詳。

梁・陳の徐陵『玉台新詠』には、これら一九首のうち、「西北有高楼」（古詩十九首の第五首）、「東城高且長」（同第一二首）、「行行重行行」（同第一首）、「渉江采芙蓉」（同第六首）、「青青河畔草」（同第二首）、「庭前有奇樹」（同第九首、ただし『文選』では「庭中」に作る）、「迢迢牽牛星」（同第一〇首）、「明月何皎皎」（同第一九首）の八首は、前漢の枚乗《ばいじょう》の作として掲げられている。『文選』の李善注によれば、一九首中に「駆カル二馬ヲ上東門ニ一」（「駆車上東門」）、「遊二戯ス宛《えん》ト与《と》ㇾ洛ニ」（「青青陵上柏」）といった後漢の都洛陽に関する言葉があることから、一九首すべてを枚乗の作とすることについては否定的である。

また、劉勰《りゅうきょう》『文心彫竜《ぶんしんちょうりゅう》』には「古詩華ハ麗、或イハ称ス二枚叔ト一。其ノ孤竹（「冉冉孤生竹」）一篇ハ傅毅《ふき》之詞。比ベテㇾ采ヲ而推セバ、両漢之作乎《か》」（古詩は華麗なものであり、ある人は枚乗の作だというが、「冉冉《ぜんぜん》たる孤生の竹」の一篇は傅毅の作である。全体としては「采《ことば》」を〔両漢の詩篇と〕比べると、前漢・後漢の両漢にまたがるものか）とする。現代では、詩篇の内容から考えて、その作られた時期を後漢末まで下げる説も有力であるが（劉大杰《りゅうだいけつ》『中国文学発展史』、馬茂元『古詩十九首初探』、林庚・馮沅君《ふうげんくん》『中国歴代詩歌選』など）、前漢の作品も混入している可能性を否定することはできない。必ずしも一人、一時の作ではなく（沈徳潜《しんとくせん》『説詩《せつし》晬語《さいご》』）、前漢・後漢にまたがって複数の作者によって作られたもの、作者不詳、としておくのが妥当であろう。

男女（夫婦）の別離の悲しみを歌うもの、歳月の逝きやすく、人生の留めがたいことを嘆くもの、長命を求める神仙の術への懐疑を述べるもの、さらには長命を得られないからには今を享楽しよう、といった刹那《せつな》的感情に走ることを歌うもの等、人生の悲哀に目を注いだ歌いぶりがその基調をなしている。表現の上からは、「全体すべて最も身近で平明かつ質朴な文句を用いて、曲折に富んだ微妙な人間の感情を写し取っていて、それまでの辞賦《じふ》の持っていた貴族的な気風は全く影を潜め、また六朝詩の持つ淫靡《いんび》な装飾性もない」とも評されている（前掲『中国文学発展史』二一六頁）。

文学史的には、中国の詩が『詩経』の四言詩から五言詩へと形式的に進歩した過程のなかで、「実に五言〔詩〕の冠冕《かんべん》〔＝最初の傑出した作品〕なり」（同上『文心彫竜』）と位置づけられている。

（田中　和夫）

『古詩賞析《こししょうせき》』

二二巻。清、張玉穀《ちょうぎょくこく》編。上古から隋までの詩・楽府・謡諺を時代順に収録し、評釈を加えたもの。編者の張玉穀は、『古詩源』の編者である沈徳潜《しんとくせん》の門人であったといわれ、本書の体裁は『古詩源』に類似している。乾隆三七年（一七七二）の自序を持ち、収録する詩は、唐虞《とうぐ》三代一〇二首、秦一首、両漢一二四首、魏七八首、晋一七九首、宋八五首、斉三六首、梁七三首、陳一四首、北魏五首、北斉・後周各九首、隋三五首の、総数七五〇首である。岡田正之校訂本（漢文大系一八、冨山房、一九一四年、『文章軌範』と合刊）は、訓点や頭注が付されて、広く流布する。

（山﨑　みどり）

『古詩箋《こしせん》』

三二巻。清の聞人倓《ぶんじんたん》箋注。清の王士禛《おうししん》編『古詩選』に注を施した書。聞人倓は、字訥甫《とつほ》、江蘇《こうそ》松江の人。二〇年以上をかけて本書を完成、各作品の時代背景、本事や、難解な箇所について解説する。上海古籍出版社の標点本（乾隆年間の芷蘭《しらん》堂刻本に拠る。一九八〇年刊）がある。原本の『古詩選』三二巻は漢・魏から元に至る古詩の選本で、その選択に王士禛の主張がよく表われている。五言古詩一七巻、七言古詩一五巻から成るが、五言詩は両漢の作が大半を占め、魏・晋以下は少数を厳選、唐では陳子昂《ちんすごう》、張九齢、李白、韋応物、柳宗元の五名の作のみを収める。七言詩は古歌から金、元にわたって収め、杜甫を最も尊重し、「初唐の四傑《しけつ》」や元稹、白居易の作は収めていない。

（宇野　直人）

『古詩類苑《こしるいえん》』

一二〇巻。明、張之象《ちょうししょう》の編。張之象が当時（明の万暦時期）において網羅的に集めた、上古より隋に至る時期の一万首弱の詩を、『唐詩類苑』と同様に詩の主題に従って分類編集したもの。作品の収集に当たっては、やや先行する馮惟訥《ふういとつ》の『古詩紀』を材料に用いている。死後の万暦三〇年（一六〇二）刊。魏晋南北朝期の詩歌を題材論的な視点から研究するときには、今日なお利用価値が高い。近年、汲古書院から影印本（全二冊）が出版され（一九九一年）、中島敏夫の解題が付されている。同氏編の索引（古詩類苑第三巻として汲古書院より一九九六年刊）もある。

（松原　朗）

『采菽堂古《さいしゅくどうこ》詩選《しせん》』

三八巻、補遺四巻。清の陳祚明《ちんそめい》（一六二三―一六七四）の編。『采菽堂定本漢魏六朝詩鈔』ともいう。漢から隋までの詩、約四〇〇〇首（ほかに補遺、約四七〇首）を作者別、時代順に収める。明の馮惟訥《ふういとつ》『古詩紀』を底本として編選したもの。死後の康熙四八年（一七〇九）刊。各作品の後に詳細な評語が付されており、作品内容の解釈、表現手法の分析等、見るべき点が少なくない。静嘉堂文庫等蔵。

（井上　一之）

『詩《し》経《きょう》』

『詩経』は西周王朝初期から春秋中期まで、紀元前一二世紀から紀元前六世紀までのおよそ五〇〇年間余に及ぶ、周の王朝及びその支配下にある諸侯の国々の詩、三〇五篇を収めた中国最古の詩集。司馬遷の『史記』によれば、孔子が周の歌謡三〇〇〇余篇のなかから重複しているものを除き、礼儀にかなうものを選んで編纂したとされる。この説は長く信じられてきたが、現在は疑われている。紀元前六世紀の中頃には今見られるものとほぼ同じような形にまとめられた、と推定されている。

前漢のはじめ、『詩経』を伝える主たる者に四家があった。斉の轅固《えんこ》、魯《ろ》の申培《しんばい》、燕の韓嬰《かんえい》、魯の毛亨《もうこう》である。それぞれ国名あるいは姓氏名をとって斉詩・魯詩・韓詩・毛詩と称される。それぞれその本文に異同があるとともに、詩の解釈にも相違があった（なお最近、安徽省阜陽《ふよう》双古堆漢墓から発掘されたいわゆる「阜陽漢簡『詩経』」は、これら四家の詩とも異なったものであることが判明している）。そのうち、斉詩・魯詩・韓詩は前漢の初期に学官に立てられた国家公認の詩学であった。一方、毛詩は河間の献王のもとで行われていたが、漢の朝廷の学官には立てられていなかった。この毛詩は先秦の古文字で記されていたとされ、「古文」詩といわれる。後漢末の大儒鄭玄《じょうげん》がこの毛詩をもとに注釈『毛詩鄭箋《ていせん》』を作るに及んで、毛詩は鄭玄の箋とともに広く世に行なわれるようになっていった。それとともに三家詩は次第に失われていき、現在三家詩は断片的に残っているだけである。輯本に「魯詩故」「斉詩伝」「韓詩故」「韓詩内伝」「韓詩説」「薛君《せつくん》韓詩章句」等（馬《ば》国翰《こくかん》輯『玉函山房輯佚書』）がある。この三家詩の詩説について、広く唐宋以前の経・史・諸子等々から博捜し、考究したものに清の王先謙『詩三家義集疏』がある。『詩経』の完本としては、『毛詩鄭箋』二〇巻（後漢、鄭玄撰）のみが現代に伝えられている。『詩経』はこの『毛詩鄭箋』を基本として読まれてきているわけである。

『毛詩』には各詩篇の冒頭に「詩序」（詞書き）が付いており、その詩が作られた状況が記されている。この「詩序」は、当時の国家体制護持に寄与しようと意図されて作られたものらしく、詩本文との関係が希薄であるものも多い。しかも、「詩序」が付された経過には不明の所がある。その『毛詩』に後漢の鄭玄が注釈—箋—を付け加えた『毛詩鄭箋』には、「毛詩」の解釈に付け加えてさらに三礼（『儀礼』『礼記』『周礼』）に関連づけて解釈する傾向が強い。六朝期には儒学者達の間で経典（『詩経』も含めて）の解釈の差が大きくなり、それぞれ自らの解釈を是として相争う事態が生じた。唐王朝によって南北全土が統一されると、二代皇帝、太宗李世民の命によって、各経典間の解釈の統一が図られ、『五経正義』が編纂される。その中の一つとして、『毛詩正義』が編まれたが、そこではこの『毛詩鄭箋』がその解釈の基本に据えられている。

宋代になると、この「詩序」に対する疑問が出されはじめた（鄭《てい》樵《しょう》『詩弁妄』など）。「詩序」を取り除いて、「詩」が作られた際の原意に戻って解釈し直そうとするものである。代表的なものに朱熹《しゅき》の『詩集伝』がある。『毛詩鄭箋』に比べると、特に国風の詩篇の解釈に大きな隔たりが見られる（例えば「桃夭《とうよう》」「碩鼠《せきそ》」など）。現代では、基本的にはこの『詩集伝』の解釈によりながら、さらに語学的、民俗学的な新成果、あるいは甲骨文などの出土文物資料に基づいた新知見を導入した、新しい現代的な「詩」解釈によって読まれている。経典として読まれてきた、その詩解釈の束縛からは完全に脱却したものとなっている。

『毛詩』二〇巻（後漢。鄭玄撰〔『四部叢刊初編』「経部」所収〕。毛亨の「詁訓伝」に鄭箋を加えたもの、いわゆる『毛詩鄭箋』、『毛詩正義』四〇巻（漢毛亨伝、鄭玄撰。唐孔穎達疏〔嘉慶二〇年江西南昌府学開雕、阮元校勘『十三経注疏』本、他各種十三経注疏本〕）。『詩集伝』八巻（南宋、朱熹撰『四部叢刊三編』「経部」所収）、陳奐《ちんかん》『詩毛氏伝疏』（北京中国書店影印）、馬瑞辰《ばずいしん》『毛詩伝箋通釈』（『皇清経解続編』所収）、胡承珙《こしょうきょう》『毛詩後箋《ごせん》』（『皇清経解続編』所収）、王先謙『詩三家義集疏』（中華書局）、『毛詩・尚書』（漢文大系一二、冨山房刊。『毛詩鄭箋』と『詩集伝』の合刻、訓点付き）。

吉川幸次郎『詩経国風（上下）』（中国詩人選集、岩波書店）、高田真治『詩経（上下）』（漢詩大系、集英社）、目加田誠『詩経・楚辞』（中国古典文学大系一五、平凡社）、加納喜光『詩経（上下）』（学習研究社）等。マルセル・グラネ著、内田智雄訳『中国古代の祭礼と歌謡』（東洋文庫、平凡社）。

（田中　和夫）

『全漢三国晋南北朝詩《ぜんかんさんごくしんなんぼくちょうし》』

五四巻。民国の丁福保《ていふくほ》（字は仲祜《ちゅうこ》。一八七四―一九五二）の編。漢から隋までの七〇〇人余りの詩を収めた詩歌の総集。「全漢詩」以下、「全三国詩」「全晋詩」「全宋詩」「全斉詩」「全梁詩」「全陳詩」「全北魏詩」「全北斉詩」「全北周詩」「全隋詩」の一一集から成る。編纂の体例は、基本的に明の馮惟訥《ふういとつ》『古詩紀』に準拠するが、それを増刪し、併せて清の馮舒《ふうじょ》『詩紀匡謬《きょうびゅう》』等によって修正を加えたうえで、一九一六年、上海医学書局から刊行された。しかし遺漏がなお多く、考証にも甚だ精確さを欠くなど、問題が多い（曹道衡「『先秦漢魏晋南北朝詩』評介」（『古典文学知識』一九八六年第三期、江蘇古籍出版社）参照）。とりわけ『古詩紀』同様、収録作品の出処を明示していない点は、最も不便である。今日、台湾芸文印書館の影印本のほか、中華書局の断句排印本（一九五九年）、台湾世界書局の重印本（一九六二年）が流布する。

（井上　一之）

『先秦漢魏晋南北朝詩《せんしんかんぎしんなんぼくちょうし》』

一三五巻。近人、逯欽立《りょくきんりつ》（一九一〇―一九七三）の編。一九四〇年から輯校作業に取りかかり、六四年に完成、八三年、中華書局から刊行された。上古から隋末に至る約八〇〇人の詩及び謡《よう》諺《げん》（ともに零章残句を含む）を収録する。全体は、先秦詩・漢詩・魏詩・晋詩・宋詩・斉詩・梁詩・北魏詩・北斉詩・北周詩・陳詩・隋詩の一二編に分かれ、各時代それぞれ年代順（作者の卒年を基準とする）に作者が配列されている。本書は馮惟訥《ふういとつ》『古詩紀』の基礎の上に、楊守敬『古詩存目』を参照して訂正補充を試みた書であるが、取材の広博さ（引用書目、二五四種）、考証の精密さ（作品の真偽、時代、作者、詩題の考証）――の二点において、『古詩紀』のみならず、丁福保《ていふくほ》『全漢三国晋南北朝詩』をもはるかに凌駕する。とくに収録作品に対する出処の明示と諸本間の校勘は、馮・丁の二書にはなかったものであり、唐以前の詩歌の総集のなかで、現在最も完備した書と評せよう。ただし、これだけ膨大な資料を独力で編纂する以上、多少の遺漏や部分的な錯誤は免れがたい。本書の出版にあたって中華書局編輯部がいちおう修正を施したが、それでも作者の誤認、偽作の混入、出処及び巻数の誤記、断句の不当等の問題点が指摘されている。劉躍進「関於『先秦漢魏晋南北朝詩』編撰方面的一些問題」（『清華大学学報』一九八九年第二期）、張亜権「読『先秦漢魏晋南北朝・先秦詩』札記」（『文学遺産』一九九〇年第二期）を参照。また遺漏を補うものに、駱玉明・陳尚君「『先秦漢魏晋南北朝詩』補遺」（『文学遺産』一九八七年第一期）などがある。

（井上　一之）

『全宋詩《ぜんそうし》』

七二冊、三七八五巻。北京大学古文献研究所編、北京大学出版社刊。準備期間をあわせ、約一二年の歳月をかけて完成された（刊行は一九九一年～一九九八年の約八年間）。現存する宋詩の、最も体系的かつ網羅的な総集。詩人の生卒年に従って編次され、底本とした別集に従って巻を分けている。別集が複数存在する場合には、主要なテキストによる校勘がなされ、校語が注記されている。また、作品の出典が必ず注記され、『全唐詩』と比べて資料価値がより高い。資料の来源は、別集や各種総集の他、類書や歴代の詩話、筆記から、地方志や金石資料にまで及ぶ。今世紀に至って発見された敦煌遺書や『詩淵《しえん》』等を活用している点も特筆に値する。遺漏や誤編、誤植の補訂作業もすでに進行しており、『補編』が近々刊行される予定であるという。

（内山　精也）

『宋詩鈔《そうししょう》』

原本は巻を分けていないが、『四庫提要』では「一〇六巻」とする。清の呂留良《りよりゆうりよう》、呉之振《ごししん》、呉爾尭《ごじぎよう》（自牧）編。宋代の詩人八四名の詩をそれぞれの別集から選録した書（ただし冒頭の目録には詩人一〇〇名の名が掲げられている）。従来、宋詩の総集や選本が存在せず、明代には唐詩を尊ぶ風潮が強かったことに鑑み、宋詩の再評価を促すために編集された。詩人ごとに小伝と批評とを附載し、宋詩の選集の中では、収録する詩人・作品の数が最も多い。清の康熙一〇年（一六七一）、石門呉氏鑑古堂の刻本が出、一九一四年、上海涵芬楼《かんぷんろう》がこれに校補を加えて影印刊行した。国学基本叢書の四冊本（活版排印本、台湾商務印書館、一九六八年）、上海三聯書店の一冊本（涵芬楼本の縮版影印、一九八八年）などがある。なお清の管庭芬《かんていふん》・蔣光煦《しょうこうく》編の『宋詩鈔補』（八〇巻）があり、右の二本ともにこれを附載している。

（宇野　直人）

『宋詩精華録《そうしせいかろく》』

四巻。清末・民国初の陳衍《ちんえん》編。唐の四変説に倣い、宋を初宋（神宗の元豊以前）、盛宋（元豊以後、北宋末まで）、中宋（南宋初～中期）、晩宋（永嘉の四霊以降）に四分し、各々一巻とする。のべ一二九名の詩人、六九一首の詩を収録し、それぞれ短評を加える。上海商務印書館の鉛印本（一九三七年）、江西人民出版社の校点本（一九八四年）と巴蜀書社の校注本（一九九二年）がある。

（内山　精也）

『宋詩別裁集《そうしべっさいしゅう》』

八巻。清の張景星、姚培謙《ようばいけん》、王永祺《えいき》編。原名は『宋詩百一鈔《そうしひゃくいっしょう》』。乾隆二六年（一七六一）、誦芬楼《しょうふんろう》の刊。中華書局の縮印本（一九七五年）と上海古籍出版社の校点本（一九七七年）がある。詩型によって巻を分かち、のべ一三七名の詩人、六四五首の詩を収録する。

（内山　精也）

『楚《そ》辞《じ》』

戦国時代、愛国の情を強く抱きながらその意見が入れられず、怨みをのんで死んだ楚の悲運の貴族詩人、屈原の作品（「離騒」「懐沙」など）と、「屈原の弟子」（王逸『楚辞章句』）の宋玉《そうぎょく》、さらに景差《けいさ》等の、屈原に続く楚の人々によって作られた詩篇等々をあわせた、南方楚国の言語で書かれた歌辞群をまとめて「楚辞」という。また広く彼等の詩に習って漢代の詩人が作った辞賦をも含めて楚辞という。「離騒」「橘頌」は屈原の自伝的な詩篇、「漁父《ぎょほ》」篇は屈原と漁父との問答に仮託して、屈原と当時の道家思想との現実に対応する立場の違いを表わしたもので、司馬遷『史記』のなかに屈原の事跡の一部分として取り入れられている詩篇、「天文」篇は天地自然・歴代帝王の事跡等についての疑問が次々と提示された特異な詩篇等々と、その作品ごとに異なった多様な内容を持っている。北中国を背景として質朴な言語表現をとっている『詩経』とは異なって、南方の風土を背景として、想像性・浪漫性豊かな詩的言語風俗を保っている。

前漢の成帝の時、劉向が屈原・宋玉・賈誼《かぎ》等の作品を集め、これに自作の「九嘆」を加えて『楚辞』一六篇を編纂したと伝えられる。後漢の王逸がこれをもとに自作の「九思」及び班固の序文を加えて注釈を施したものが『楚辞章句』一七巻である。これが今日見られる『楚辞』の最も基本的な伝本であり、最も古い注釈書。各種の版本があるが、四部叢刊本が見やすい。代表的な注釈書として、宋の洪興祖《こうこうそ》撰『楚辞補注』一七巻、南宋の朱熹《しゅき》撰『楚辞集注』八巻がある。清の林雲銘撰『楚辞燈』は日本において、江戸時代より広く読まれてきている。なお、『楚辞』の書目をまとめたものに姜亮夫『楚辞書目五種』（上海古籍出版社刊）がある。

また、日本で出版された『楚辞・近思録』（漢文大系二二、冨山房刊）は、王逸章句と朱熹の集注を合刻してあり、便利である。訳注書に『新釈楚辞』（青木青児全集四、春秋社）、星川清孝『楚辞』（新釈漢文大系三四、明治書院）、藤野岩友『楚辞』（漢詩大系三、集英社）、目加田誠『楚辞訳注』（目加田誠著作集三、竜渓書舎）等がある。

（田中　和夫）

北朝《ほくちょう》楽府《がふ》

北朝の楽府（歌謡）は、情愛の歌を中心とする南朝のそれとは異なり、北方遊牧民族らしい豪快かつ荒々しい気風を特色とする。遊牧地の風景を歌う「勅勒《ちょくろく》の歌」、老父に代わって従軍した美少女を歌う「木蘭《もくらん》の詩」は、特に有名である。

（植木　久行）

『文選《もんぜん》』

もと三〇巻、通行の李善《りぜん》注（六臣《りくしん》注）本は六〇巻。『梁書《りょうじょ》』「昭《しょう》明《めい》太子伝」や『隋書《ずいしょ》』「経籍志《けいせきし》」に拠れば、六朝《りくちょう》・梁の昭明《しょうめい》太子蕭統《しょうとう》（五〇一―五三一）の編。その編纂時期は、本書所載の作者のうち最後に亡くなった陸倕《りくすい》の没年である、梁の普通七年（五二六）以後、蕭統の没する中大通三年（五三一）までのほぼ五年の間、と推定される。東周から梁代に至る、およそ一〇〇〇年間に制作された詩文のなかから佳篇秀作を精選し、一三〇余名の作家の、八〇〇篇近い作品を収録する。編集形態は、当時の総集の慣例に従って文体別編集になっており、賦《ふ》以下、三七種の文体類目のもとに、個々の作品をおおむね作者の年代順に排列する。ただ巻帙《かんちつ》の過半（六〇巻中、三一巻）を占める賦と詩の二様式については、さらに内容分類をも行い、賦は一五類、詩は二三類に細分される。西晋《せいしん》の摯虞《しぐ》『文章流別集』以後、六朝時代に相次いで編纂された総集のなかで現存する最古の書物である。

編者とされる蕭統は、梁の武帝、蕭衍《しょうえん》の長子。天監《てんかん》元年（五〇二）、2歳で皇太子になったが、帝位に就くことなく、31歳の若さで病没（昭明は、その諡号《おくりな》）。学問と文学を好み、周辺に才学の士を招き集めて、かれらと古典を研究討論し、著述活動にも励んだ。ただし『文選』の編者を蕭統とする通説に対して、否定的な見解もある。古くは空海『文鏡秘府論《ぶんきょうひふろん》』「南巻」に引く、「或《あ》るひと」（初唐の元兢《げんきょう》（字思《し》敬《けい》））の説に、「梁の昭明太子蕭統、劉孝綽《りゅうこうしゃく》等と『文選』を撰集す」云々とあって、周辺の有力文人たちの関与を指摘する。近年、蕭統は単なる名目的な編者にすぎず、詩文の侍講《じこう》として蕭統に仕えた劉孝綽（四八一―五三九）こそ実質的な編者だとする新説が発表された（清水凱夫《よしお》『新文選学』（研文出版、一九九九年）、岡村繁《しげる》『文選の研究』（岩波書店、一九九九年）参照）。この新説は現在、日中両国の学界でその当否が検討されている。

ところで現存資料によれば、六朝当時、『文選』の社会的評価はさほど高くはなく、隋・唐時代以後、急速に大きな影響力をもった。これは隋の文帝楊堅《ようけん》による科挙《かきょ》の実施に伴って、『文選』が手頃な規模をもつ実用的な模範詩文選集として、受験者たちに注目された結果であった。唐初には、『文選』を研究対象とする「文選学」が、『文選音義』を著した曹憲《そうけん》を中心に、揚州江都《ようしゅうこうと》（江蘇省揚州市）の地に勃興する。その門下から輩出した学者のうち、最も有名な人が李善（?―六八九）である。善は顕慶《けんけい》三年（六五八）、詳細な注釈を施した『文選注』六〇巻を高宗に献上した。これがいわゆる『李善注文選』である。この李善注本には、敦煌《とんこう》で発見された二種類の唐写本残巻（羅振玉《らしんぎょく》『鳴沙石室古籍叢残《そうざん》』第六冊所収。饒宗頤編『敦煌吐魯番本文選』（中華書局、二〇〇〇年）が再影印）の他に、南宋の淳熙《じゅんき》八年（一一八一）尤袤《ゆうぼう》によって刊行されたテキスト（一九七四年、中華書局影印）があり、これはさらに清の胡《こ》克家《こくか》によって重刻され（一九七七年、中華書局影印。通称、胡《こ》刻《こく》本《ぼん》）、『文選』の標準的なテキストとして今日最も通行する。しかし『李善注文選』は、典拠の引証を中心とする注釈であったため、正文の意味が容易に理解できないという憾《うら》みがあった。当時の人士の、こうした不満を解消すべく、呂延済《りょえんせい》・劉良《りゅうりょう》・張銑《ちょうせん》・呂向《りょきょう》・李《り》周翰《しゅうかん》の五人の学者が共同で『五臣《ごしん》注文選』三〇巻を執筆した。訓《くん》詁《こ》・通釈を中心とする本書は、玄宗の開元六年（七一八）に献上されたのち、唐代を通じて盛行したが、一方で粗雑浅陋《せんろう》な注釈とする批判もあった。五臣注本の現存最古のテキストは、南宋紹興《しょうこう》三一年（一一六一）の建陽《けんよう》陳氏崇化《すうか》書坊《しょぼう》刊本（一九八一年、台湾国立中央図書館影印）とされる。宋代になると、李善注と五臣注を合刻した、いわゆる六臣注が広く行われるようになった。これには二系統があるため、五臣注を前にし李善注を後にした合注本をとくに『六《りく》家《か》注』と呼び、李善注を前にし五臣注を後にしたものを『六臣注』と呼ぶ。前者には、南宋の紹興年間に刊行された明州《めいしゅう》刊本『六家注文選』六〇巻（一九七四年、汲古書院影印）があり、後者には、南宋末に刊行された上海涵芬楼《かんぷんろう》旧蔵『六臣注文選』六〇巻（『四部叢刊初編』「集部」所収。一九八七年、中華書局再影印）や、江戸、慶安五年刊本『和刻本文選』（一九七四～七五年、汲古書院影印）などがある。

なお李善単注本・五臣単注本・六臣注本の三系統のほかにも、数種類の無注本・有注本が伝わる。そのうち研究者の関心を最も集めてきたのは、旧鈔本『文選集注《しっちゅう》』（一九三五年～一九四二年、『京都帝国大学文学部景印旧鈔本《えいいんきゅうしょうほん》』第三～第九集に影印。のち増補されて『唐鈔文選集注彙存』〔三冊、上海古籍出版社、二〇〇〇年〕に影印収載される）であろう。この書はほとんどがわが国のみに伝わる『文選』の貴重な写本であり、もと一二〇巻（今は残欠を含めて二四巻が現存）、李善注や五家注（五臣注）以外に、文選鈔《しょう》（撰者《せんじゃ》未詳。一説に公孫羅《こうそんら》）、文選音決《おんけつ》（初唐の公孫羅撰）、陸善経《りくぜんけい》（盛唐の人）注をも収録する。文選鈔以下は、中国で失われた『文選』の旧注の姿をとどめ、正文および李善の注文を現存版本と校合する際にもきわめて有益である。

ちなみに、『文選』の全訳には、陰法魯審訂『昭明文選訳注』（全六冊、吉林文史出版社、一九八八～九四年）、小尾郊一・花房英樹『文選』（全七冊、集英社、一九七四～七六年）、網祐次・内田泉之助・中島千秋・原田種成『文選』（全八冊〔詩篇・賦篇・文章篇〕、明治書院、一九六三年～、未完結）などがあり、高橋忠彦・神塚淑子『文選』（二冊、学習研究社、一九八五年）、興膳宏・川合康三『文選』（角川書店、一九八八年）などの選訳もある。また斯波六郎『文選索引』『文選諸本の研究』の基本文献のほか、近年では清水・岡村の前掲書以外にも、森野繁夫『文選雑識』（六冊、第一研究社、一九八一～八九年）、小尾郊一・富永一登・衣川賢次『文選李善注引書攷証《こうしょう》』（研文出版、一九九〇～九二年）、富永一登『文選李善注引書索引』（同上、一九九六年）、同『文選李善注の研究』（同上、一九九九年）などの研究書が出た。鄭州大学古籍所編『中外学者文選学論集』（二冊、兪紹初・許逸民主編、中華書局、一九九八年）は、中国内外の主要な論文を収めていて、参考になる。

（井上　一之）

●別集類

王《おう》粲《さん》

『王侍《おうじ》中《ちゅう》集《しゅう》』

一巻。明、張溥『漢魏六朝一百三家集』所収。文淵閣四庫全書本。

『王仲《おうちゅう》宣集《せんしゅう》』

四巻。明、楊徳宗輯・清、陳朝輔増訂『（彙刻）建安七子集』（台湾中華書局、一九七一年）所収。

『王粲集《おうさんしゅう》注《ちゅう》』

近人、呉雲・唐紹忠注。中州書画社、一九八四年。

（増子　和男）

曹《そう》操《そう》

『魏武《ぎぶ》帝集《ていしゅう》』

一巻。明、張《ちょう》溥《ふ》編『漢魏六朝百三名家集』所収。各種の文（令・表・書など）や楽府詩（二四首）を収める。

『曹操集《そうそうしゅう》』

不分巻（一冊）。中華書局が、近人丁福保《ていふくほ》編『漢魏六朝名家集』（初刻）に収める『魏武帝集』四巻を底本として、さらに補充と校訂を加えたもの。詩集・文集（三巻）・孫子注・附録（江耦《こうぐう》編「曹操年表」など）・補遺から成る。一九五九年排印。香港分局本は一九七三年刊。安徽《あんき》亳《はく》県《曹操集》訳注小組『曹操集訳注』（中華書局、一九七九年）は、本書の再版を編年体に再編成したものである。


（植木　久行）

曹《そう》　丕《ひ》

『魏文帝集《ぎぶんていしゅう》』

二巻。明、張溥《ちょうふ》編『漢魏六朝一百三家集』所収。詩は、楽府と（徒《と》）詩《し》に分けて巻二に収める。


『魏文帝集《ぎぶんていしゅう》』

一〇巻（附一巻）。明、張燮《ちょうしょう》編『（漢魏）七十二家（文）集』（前掲の張溥本の底本となる）所収。国立公文書館内閣文庫は、明刊本を所蔵する。


（植木　久行）

曹《そう》　植《しょく》

『曹子建文集《そうしけんぶんしゅう》』

一〇巻。南宋の孝宗（一一六二―一一八九年在位）時の江西《こうせい》大字刊本。現存唯一の宋版で、『続古逸叢書』第五種（上海商務印書館、一九二二年影印）所収。もと常熟の瞿《く》氏鉄琴銅剣楼《てっきんどうけんろう》の所蔵、現在は上海図書館所蔵。詩や賦、各種の散文を、二〇〇余篇収める。ちなみに、同じ民国期、蔣汝藻《しょうじょそう》編『密韻楼景宋本《みついんろうえいそうぼん》七種』のなかにも、『新彫《しんちょう》　曹子建文集』（宋版巻一〇の末に見える呼称）として収められた。朴現圭「曹植集編纂過程与四種宋版之分析」（『文学遺産』一九九四年第四期）参照。


『曹子建集《そうしけんしゅう》』

一〇巻。明、活字本。『四部叢刊初編』「集部」所収。傅増湘《ふぞうしょう》の双《そう》鑑楼《かんろう》旧蔵本の影印である。


『陳思王集《ちんしおうしゅう》』

一〇巻。明、嘉靖《かせい》二〇年（一五四一）序刊。国立公文書館内閣文庫所蔵。


『陳思王集《ちんしおうしゅう》』

二巻。明、張溥《ちょうふ》編『漢魏六朝一百三家集』所収。詩は、楽府と詩に分けて巻二に収める。


『陳思王集《ちんしおうしゅう》』

一〇巻（附一巻）。明、張燮《ちょうしょう》編『（漢魏）七十二家（文）集』所収。内閣文庫は、明刊本を所蔵する。前掲の張溥本の底本となる。


『曹子建集《そうしけんしゅう》』

一〇巻。『四部備要』所収。明刻本による校刊。詩を巻五、楽府を巻六に収める。


『曹集　考異《そうしゅうこうい》』

一二巻。清、朱緒曾《しゅしょそう》編著。南宋の嘉定《かてい》六年（一二一三）一〇巻本（四庫全書本は、この系統）によって排列し、校訂・注釈を施した労作。終わりに叙録と年譜各一巻を置く。執筆時期は、次の丁晏《ていあん》『曹集銓評』とほぼ同時期。『金陵《きんりょう》　叢書』丙集の九（蔣氏慎修書屋校印、一九一四年）所收。

『曹集《そうしゅう》　銓評《せんぴょう》』

一〇巻。清、丁晏編著。同治四年（一八六五）の自序あり。葉菊生の校訂本は、文学古籍刊行社、一九五七年刊。『曹子建集評注二種』（台湾・世界書局、一九七三年）にも収録。逸文や年譜などを付す。

『曹子建《そうしけんし》詩箋定本《せんていほん》』

四巻。近人、古直《こちょく》編著。詩と楽府各二巻から成り、大まかな編年体構成をとる。『層冰《そうひょう》堂《どう》五種』（上海中華書局、一九三五年。国立編訳館中華叢書編審委員会、一九八三年）所収。

『曹子《そうし》建詩《けんし》注《ちゅう》』

二巻。近人、黄節《こうせつ》著。詩と楽府七一首に対する注釈書。一九二八年の自序あり。葉菊生の校訂本は、人民文学出版社、一九五七年刊。前掲の『曹子建集評注二種』にも収録。

『曹植《そうしょく》　集《しゅう》　校注《こうちゅう》』

三巻。今人、趙《ちょう》幼文《ようぶん》校注。人民文学出版社、一九八四年。詩文約二五〇篇を作成年代によって、建安・黄初・太和の三巻に分け、未定の作品を最後に置く。逸文や年表なども付す。

（植木　久行）

阮《げん》　籍《せき》

『阮嗣《げんし》宗集《そうしゅう》』

二巻。明、嘉靖《かせい》二二年（一五四三）、陳徳文・范欽《はんきん》による刊本。上巻に文を、下巻に詩を収める。上海古籍出版社の排印本『阮嗣宗集』はこれを底本とし、『古詩紀』等の選本や類書類に収める詩句と対校し、作品ごとに校勘記を附したものである。

『阮歩兵集《げんぽへいしゅう》』

一巻。明、張溥編『漢魏六朝一百三家集』所収。国立公文書館内閣文庫には、その明刊本を蔵する。

『阮籍集《げんせきしゅう》　校注《こうちゅう》』

近人、陳伯君校注。北京中華書局、一九八七年。

（宇野　直人）

陶《とう》　潜《せん》

『陶淵明集《とうえんめいしゅう》』

一〇巻（詩四巻、文六巻）。今日見ることのできる四種類の宋本『陶淵明集』の一つ。本書はもと明、毛晋の汲古閣に所蔵されていたもので、後世、汲古閣本と称される。その後、清代の蔵書家黄丕《こうひ》烈《れっ》の士《し》礼居《らいきょ》へ帰し、さらに楊氏海源閣、周《しゅう》暹《せん》と移って、現在は北京図書館蔵。刊刻年代は不明。宋刻逓修《ていしゅう》本であるが、橋川時雄『陶集版本源流考』（文字同盟社、一九三一年）、郭紹虞「陶集考弁」（『照隅室古典文学論集』上編〔上海古籍出版社、一九八三年〕所収）などは南宋の刻本と断定し、清の毛扆《い》『汲古閣珍蔵秘本書目』、清の楊紹《ようしょう》和《わ》『楹書隅録《えいしょぐうろく》』、及び袁行霈《えんこうはい》「陶淵明享年考弁」（『文学遺産』一九九六年第一期）は、これを北宋の刻本と見なす。いずれにせよ陶淵明集のなかで現存する最古のテキストと目され、資料価値はきわめて高い。

『陶淵明文集《とうえんめいぶんしゅう》』

一〇巻（詩四巻、文六巻）、巻末に佚名氏の紹興一〇年（一一四〇）一一月の跋が付されていることから、このとき刊刻されたのであろう。本書は従来、北宋の文人蘇軾《そしょく》（一〇三六―一一〇一）の筆写にかかるものとされ、「蘇写大字本」または「蘇写刻本」とも称される。たしかに筆跡は蘇軾に類似するものの、実際に蘇軾自身の写本に拠って刊刻されたものかどうか、確証に乏しい。じつは蘇軾の筆跡をまねた「蘇写大字本」は、すでに北宋の宣和四年（一一二二）、王仲良の手によって刊刻されており、この紹興本は宣和刻本の翻刻本ではないかともされる。現在、本書の原本は伝わらないが、康熙三三年（一六九四）、清代の蔵書家銭曾《せんそう》が所蔵していた一本を毛扆《もうい》が汲古閣で翻刻してから、多くの重刊本が生まれた。主なものに、嘉慶一三年（一八〇八）京口魯銓重刊本、同治三年（一八六四）何氏篤慶堂重刊本などがある。

『陶淵明詩《とうえんめいし》一巻雑文一巻《いっかんざつぶんいっかん》』

詩一冊、文一冊。南宋の紹熙《しょうき》三年（一一九二）、曾集《そうしゅう》によって刊刻されたため、「曾集刻本」または「紹熙本」と称される。本書が一〇巻本『陶淵明集』と大きく異なる点は、不分巻であること、そして偽作と疑われる「五孝伝」と「集聖賢群輔録」（一名「四八目」）が収められていないことである。この点については、曾集みずから「題記」のなかで「去《ル》三其《ノ》巻第与《トヲ》二夫《か》ノ五孝伝以下、四八目《ノ》雑著《ヲ》二」と記しており、刊行者（曾集）の手が加えられた結果である。しかし書中には数多くの校語が見られ、『陶淵明集』の旧貌を窺うえで参考価値は高い。本書の最も古いテキストとされるのは、瞿《く》氏《し》鉄琴銅剣楼《てっきんどうけんろう》旧蔵本（現在は北京図書館蔵）である。本書は過去何度も影刻（印）されており、光緒年間の影刻本、民国初年の影印本、一九三〇年の上海涵芬楼（商務印書館）石印本（『続古逸叢書』所収）、一九七〇年の香港文文出版社影印本、一九七四年の台湾芸文印書館線装本などがある。

『陶靖節先生詩註《とうせいせつせんせいしちゅう》』

四巻（詩のあとに「桃花源記」「帰去来兮辞」を付す）。補註一巻。南宋、湯漢《とうかん》（字伯紀《はくき》、号は東澗）の撰。『陶淵明集』の注釈本の嚆矢《こうし》とされる。湯漢の自序によれば、南宋の淳祐元年（一二四一）に成る。従来、同年の刊と見られてきたが、近年の考証の結果、咸淳元年（一二六五）頃に刊刻されたようである（陳杏珍「影印宋本『陶靖節先生詩註』説明」〈中華書局影印『陶靖節先生詩註』付録、一九八八年〉参照）。北京図書館に南宋刻本（松岡榮志「続『陶淵明集』版本小識―宋・元版二種」〈『漢文教室』一七三号、大修館書店、一九九二年〉によれば、これは原刻本ではなく、後刻本であるらしい）が蔵されるほか、乾隆四五年（一七八〇）呉氏刻本、嘉慶元年（一七九六）呉騫《ごけん》拝経楼叢書本などがある。このうち北京図書館所蔵本は、「古逸叢書三編之三十二」として、一九八八年、中華書局から影印刊行され、拝経楼叢書本は『陶靖節詩集』と題して『叢書集成初編』に収められている。

『箋註《せんちゅう》　陶淵明集《とうえんめいしゅう》』

一〇巻（詩四巻、文六巻）。元、李公煥《りこうかん》輯。一説に、箋註本体は宋人の編にかかり、李公煥は巻頭の「総論」（諸家の評）を集録したにすぎないともいう。ただ湯漢の注を引用していることから見て、成書年代は咸淳元年（一二六五）以後であることは疑いない。おそらく宋末もしくは元初のころの編集であろう。本書は湯漢注本を拡充し、さらに諸家の注釈・評論を広く集めたもので、元代に刊刻された。現在、数種類の元刻本が伝わる。そのうち上海涵芬楼《かんぷんろう》旧蔵本（いま北京図書館蔵）が影印されて『四部叢刊初編』「集部」

に収められた結果、容易に見ることができる。

『靖節先生集《せいせつせんせいしゅう》』

一〇巻（詩四巻、文六巻）。清、陶澍《とうじゅ》（字子霖《しりん》、諡は文毅。一七七八―一八三九）の撰。『靖節先生集 集注《せいせつせんせいしゅうしっちゅう》』ともいう。道光一九年（一八三九）に完成し、その死後、翌道光二〇年に刊行された。陶淵明集の評注本は、南宋の湯漢『陶靖節先生詩註』以後、数多く出版されているが、本書はそれら前人の成果をひろく吸収したうえで、注釈、評論、考証、そして文字の校勘を行い、いずれもかつてないほどに詳密かつ周到である。また巻首には「諸本序録」（諸家の序録を集め、各種の版本を説明）と「誄伝雑識《るいでんざつし》」（陶淵明の伝記資料を集める）が置かれ、巻一〇には「諸本評陶彙集」（歴代諸家の評論を集める）が、巻末の二巻には「靖節先生年譜考異」が収められている。光緒九年（一八八三）、江蘇書局が翻刻し、のち『四部備要』にも収められ、現在流布する。また一九五六年、北京文学古籍刊行社が標点排印本（戚煥塤《せきかんけん》校、線装二冊）を刊行している。

（井上　一之）

謝《しゃ》　朓《ちょう》

『謝宣城 詩集《しゃせんじょうししゅう》』

五巻。明鈔本。『四部叢刊初編』「集部」に収める。賦・楽府・詩の順に作品を収めている。

『謝宣城 集《しゃせんじょうしゅう》』

不分巻。明、張溥《ちょうふ》編『漢魏六朝百三家集』所収。この本は賦・詩・文をあわせて一巻にまとめている。

『謝宣城 集 校注《しゃせんじょうしゅうこうちゅう》』

全一冊。曹融南校注。上海古籍出版社、一九九一年。

（田口　暢穂）

林《りん》　逋《ぽ》

『林和《りんか（な）》 靖先生詩集《せいせんせいししゅう》』

四巻、補一巻。明《みん》写本。『四部叢刊初編』「集部」所収。明・正徳年間（一五〇六―一五二一）に洪鍾《こうしょう》が重輯したテキストの系列を引く。

『林和靖先生詩集《りんかせいせんせいししゅう》』

二巻。江戸・貞享三年（一六八六）、京都柳枝軒茨木多左衛門の刊。汲古書院『和刻本漢詩集成　宋詩11』所収。

『和靖詩集《かせいししゅう》』

四巻、拾遺一巻、附録一巻。『四部備要』所収。清・同治一二年（一八七三）の朱孔彰《しゅこうしょう》刻本を底本とし、清・康熙《こうき》四七年（一七〇七）の呉調元《ごちょうげん》刻本によって「校正」したテキスト。ただし、朱孔彰が一度校正した呉調元刻本の誤りを、再び呉調元本に従って復したため、誤りが存する。

『林和靖先生詩集《りんかせいせんせいししゅう》』

四巻、附録一巻。今人・沈幼徴《しんようちょう》校注。両浙作家文叢、浙江古籍出版社、一九八六年。近人・邵裴子《しょうはいし》が一九三五年に商務印書館より出したテキストを底本とし、諸本によって校訂し、注釈を加えたテキスト。

（内山　精也）

曾《そう》　鞏《きょう》　＊本書選録の詩は曾鞏の別集には見えない作品であるが、最も代表的なテキストを参考として記す。

『南豊先生元豊類稿《なんぽうせんせいげんぽうるいこう》』
五〇巻、附録一巻。烏《う》程《てい》の蔣《しょう》氏《し》密《みつ》韻《いん》楼《ろう》所蔵元刊本の影印本が『四部叢刊初編』「集部」に収められている。

『曾鞏集《そうきょうしゅう》』
五二巻（末尾の二巻は「南豊先生集外文」）、輯《しゅう》佚《いつ》不分巻。今人・陳《ちん》杏《きょう》珍《ちん》、晁《ちょう》継《けい》周《しゅう》校点。中国古典文学基本叢書、中華書局、一九八四年。

（内山　精也）

司《し》馬《ば》光《こう》　＊本書選録の詩は司馬光の別集には見えない作品であるが、最も代表的なテキストを参考として記す。

『温国文正公集《おんこくぶんせいこうしゅう》』
八〇巻。南宋・紹興《しょうこう》三年（一一三三）刊本の影印本が『四部叢刊初編』「集部」に収められている。

『増広司馬温公文集《ぞうこうしばおんこうぶんしゅう》』
一一六巻（存九五巻）。南宋・紹興《しょうこう》一三～一四年の刊。国立公文書館内閣文庫所蔵。汲古書院より影印本が刊行されている（一九九四年）。

『伝家集《でんかしゅう》』
八〇巻。『四庫全書』所収。

（内山　精也）

蘇《そ》　軾《しょく》

『東坡集《とうばしゅう》』
四〇巻。南宋刊本。蘇轍《そてつ》撰の墓誌銘によると、蘇軾の著述には『東坡集』四〇巻、『後集《こうしゅう》』二〇巻、『奏議』一五巻、『内制』一〇巻、『外制』三巻、『和陶淵明詩』四巻があったという。これらは何れも南宋期に刊行されたが、明・成化《せいか》四年（一四六八）に、『和陶淵明詩』と『東坡集』及び『後集』の収録に漏れた詩文を合わせて『詩集』一二巻とし、それに『応詔集《おうしょうしゅう》』一〇巻を加えた全集、いわゆる「東坡七集《とうばしちしゅう》」が新たに刊行され、後世、全集系のテキストとして最も通行した。『東坡集』は、南宋刊本が複数現存するが、巻数や作品の配列は全く同じであり、明・成化本も南宋本の規模と体裁をそのまま踏襲する。四〇巻の中、巻一八までが詩で、元祐六年（一〇九一）杭州知事時代までの詩を基本的に編年配列によって収める。宋本の影印本には、倉田淳之助編『蘇詩佚注《いっちゅう》』所収（京都大学人文科学研究所、一九六五年）の吉州刻本と汲古書院『東坡集』（古典研究会叢書・漢籍之部16）の杭州刻本があり、「東坡七集」系のテキストには、『四部備要』所収のものと『国学基本叢書』所収のものがある。

『集注東坡先生詩前集《しっちゅうとうばせんせいしぜんしゅう》』
一八巻。巻一～四及び目録のみ残存。北京図書館所蔵。現存する蘇軾の別集のなかで最古のテキスト。南宋紹興《しょうこう》年間（一一三一－一一六二）の刊。巻一～三は「十注」本、巻四は「五注」本。『東坡集』の体裁を襲い、各家の注が加えられたテキスト。

『王状元集注分類東坡先生詩《おうじょうげんしっちゅうぶんるいとうばせんせいし》』
二五巻。宋、王十朋《おうじっぽう》の編と称し、南宋中期に成立したテキスト。南宋主として建安（福建省建甌市）一帯の書坊や家塾で刊行され、南宋～明の間、最も通行した。「紀行」「述懐」「詠史」等、七八の項目によって分類し、諸家の注を載せる。和陶詩《わとうし》は収めない。南宋末以降の版では「増刊校正」の四字を冠するテキストが多い。『四部叢刊初編』「集部」所収のテキストは元刻本。江戸・明暦二年（一六五五）、京都上村吉右衛門刊の和刻本が汲古書院『和刻本漢詩集成宋詩11・12』に収められている。

『**注東坡先生詩**《ちゅうとうばせんせいし》』

四二巻。南宋・施元之《しげんし》（・施宿《ししゅく》父子）、顧禧《こき》注。「施顧注」。巻一〜三九を編年詩、巻四〇を翰林帖子《かんりんじょうし》詩、末尾の二巻を和陶詩とする。元・明の間はほとんど顧みられなかったが、清に入って注目されるようになった。完本は現存せず、近年、我が国『四河入海《しかにっかい》』（笑雲清三《しょううんせいさん》編、室町時代の禅僧四人の蘇詩注釈を集めたもの）に引用された注を利用して輯佚本が刊行されている。今人・鄭騫、厳一萍編校『増補足本施顧注蘇詩』（芸文印書館、一九八〇年）。

『**東坡先生集注**《とうばせんせいしっちゅう》』

三二巻。明・茅維《ぼうい》の編。『王状元集注分類東坡先生詩』の改編本。分門を三〇類に減らし、和陶詩や東坡七集『続集』の王状元本未収の詩を収録する。『四庫全書』所収。汲古書院『和刻本漢詩集成宋詩13』に、江戸・正保四年（一六四七）、京都林甚右衛門刊の和刻本が収められている。

『**施注蘇詩**《しちゅうそし》』

四二巻、続補遺二巻。清・宋犖《そうらく》刻、邵長蘅《しょうちょうこう》補訂。宋犖が自ら所蔵する宋本施顧注の不全本を邵長蘅に委嘱して校訂補足させたテキスト。『注東坡先生詩』未収の詩約四〇〇首を続補遺とし、馮景《ふうけい》が注を加えている。『四庫全書』所収。乾隆年間（一七三八―一七九五）刊の古香斎十種本の影印本がある（台湾広文書局、一九七八年第三版）。

『**補注東坡先生編年詩**《ほちゅうとうばせんせいへんねんし》』

五〇巻。清・査慎行《さしんこう》の編。「査注」。巻一〜四五が編年詩、巻四六は春帖子詩、巻四七・四八が補遺詩、末尾の二巻が他集互見詩。施顧注を参照しつつ蘇軾の残存詩を全面的に編年し直した労作。『四庫全書』所収。乾隆年間（一七三八―一七九五）、香雨斎刻本の影印本がある（新文豊出版公司『蘇詩補注』、一九七九年）。

『**蘇文忠公詩合注**《そぶんちゅうこうしがっちゅう》』

五〇巻。清・馮応榴《ふうおうりゅう》の編。「合注」。査慎行注本の規模を踏襲し、諸家の注を網羅したテキスト。乾隆年間（一七三八―一七九五）刻本の影印本がある（中文出版社、一九七九年）。我が国、続国訳漢文大成所収の『蘇東坡詩集』は、「合注」を底本とする。

『**蘇文忠公詩編注集成**《そぶんちゅうこうしへんちゅうしゅうせい》』

四六巻、総案四五巻。清・王文誥《おうぶんこう》の編。総案は蘇軾の最も詳細な伝記考証である。総案における考証をもとに、「合注」の末尾二巻（「査注」の巻四七、四八）の補遺詩を本編に一部編入したほか、巻四七以下を削除している。嘉慶年間（一七九六―一八二〇）、武林韻山堂刻本の影印本がある（台湾学生書局、一九七九年第二版）。

『**蘇軾詩集**《そしょくししゅう》』

五〇巻。今人・孔凡礼《こうはんれい》校補。中華書局、一九八二年。王文誥注本を底本とし、宋刊本一一種を含む一七種のテキストを用いて校勘。王文誥が削除した合注末尾の四巻を再録し、末尾に二九首の佚詩を増補している。『全宋詩』の底本。

（内山　精也）

陸《りく》　游《ゆう》

『剣南詩稿《けんなんしこう》』

八五巻。陸游、63歳の時、厳州（浙江省建徳市）にて二〇巻本が刊行され、後、息子の子虡《しきょ》、子遹《しいつ》がその補編を刊行。陸游の没後、子虡が一集にまとめて刊行した。『剣南詩稿』のテキストと編纂過程については、村上哲見の二篇の考証、①「陸游『剣南詩稿』の構成とその成立過程」（『小尾博士古稀記念中国学論集』〔汲古書院、一九八三年〕所収）、②「ふたたび陸游『剣南詩稿』について」（『神田喜一郎博士追悼中国学論集』〔二玄社、一九八六年〕所収）を参照。

『新校剣南詩稿《しんこうけんなんしこう》』

二〇巻。北京図書館に残本（存一〇巻）があり、中華書局から影印本が刊行されている（『古逸叢書三編』、一九八五年）。陸游の生前、淳熙《じゅんき》一四年（一一八七）、厳州にて刊行された、現存最古の刊本。前掲、村上論文②に考証がある。

『澗谷精選陸放翁詩集《かんこくせいせんりくほうおうししゅう》　前集《ぜんしゅう》』

一〇巻。宋・羅椅《らい》の編。明の弘治一〇年（一四九七）に、宋・劉《りゅう》辰翁《しんのう》編『須渓《しゅけい》精選陸放翁詩集後集』八巻、明・劉景寅《りゅうけいいん》編『別集』と合刻されたテキストが『四部叢刊初編』「集部」に収められている。

『箋注《せんちゅう》　剣南詩鈔《けんなんししょう》』

六巻。清・楊鶴年《ようかくねん》の選、雷瑨《らいしん》の注。詩型別に計二一七七首を選録。民国、上海掃葉山房石印本の影印本がある（広文書局、一九八二年）。

『剣南詩稿校注《けんなんしこうこうちゅう》』

八五巻、「放翁集外詩」一巻。今人・銭仲聯《せんちゅうれん》の校注。上海古籍出版社、一九八五年。明、毛晋《もうしん》の汲古閣《きゅうこかく》本を底本として諸本によって校勘し、注を附したテキスト。

（内山　精也）

高《こう》　啓《けい》

『高太史大全集《こうたいしだいぜんしゅう》』

一八巻。高啓自編の選本『缶鳴集《ふめいしゅう》』（九〇〇余首を収録）をもとに、徐庸《じょよう》が他の作品を補って全集として刊行したもの。景泰《けいたい》元年（一四五〇）刊。二〇〇〇余首を詩体別に分類して収めるが、遺漏や誤脱も少なくないと言われる。『文淵閣本四庫全書』に写本を、『四部叢刊初編』「集部」に影印本を収める。

『高青邱《こうせいきゅうし》　詩集注《しっちゅう》』

一八巻・補遺一巻。清、金檀《きんだん》注。雍正《ようせい》六年（一七二八）序刊。『青邱《せいきゅう》　高季迪《こうきてき》先生詩集《せんせいししゅう》』ともいう。『高太史大全集』の遺漏を補い、文集『鳧藻集《ふそうしゅう》』、詞集『扣舷集《こうげんしゅう》』を附載。高啓の詩文集として最も完備したものとされ、『四部備要』に、その校刊本を収める。また、我が明治期、近藤元粋《こんどうげんすい》の評語を附した『輯注増補高青邱全集』（明治三〇年〔一八九七〕、東京、青木嵩山《すうざん》堂刊）は、本書を底本としたもの。

『高太史詩鈔《こうたいししし しょう》』

二巻。江戸、仁《に》科白谷《しなはっこく》編。天保《てんぽう》六年（一八三五）、酔古堂刊。巻上に五七言古詩・五言律詩を、巻下に七言律詩・五七言絶句を収録。長沢規矩也《ながさわきくや》編『和刻本漢詩集成』第一七輯〈補篇第一輯〉（汲古書院、一九七七年）に、その影印本を収める。

『高青邱《こうせいきゅう》 詩醇《しじゅん》』

七巻。江戸、斎藤拙堂《さいとうせつどう》編。嘉永三年（一八五〇）、江戸和泉屋金右衛門等刊。高啓の詩六二二首を、詩体ごとに分類して収録し、木版本が広く流布する。

『青邱《せいきゅう》 高季迪先生絶句集《こうきてきせんせいぜっくしゅう》』

三巻。清、金檀《きんだん》注。江戸、中島棕隠《なかじまそういん》校。天保一〇年（一八三九）、京都山城屋佐兵衛等刊。金檀の序文、作者略伝、詩評を冠し、巻一に五絶・六絶を、巻二～三に七絶を収録する。『和刻本漢詩集成』第一七輯（前掲）に、その影印本を収める。

（宇野　直人）

王士禛《おうししん》

『帯経堂集《たいけいどうしゅう》』

九二巻。康熙《こうき》五〇年（一七一一）刊。『帯経堂全集《たいけいどうぜんしゅう》』ともいい、『漁洋集』文一四巻・詩三八巻、『蚕尾集《さんびしゅう》』文八巻・続文二〇巻、『蚕尾詩』一二巻から成る。国立公文書館内閣文庫等蔵。帯経堂は、王士禛の書堂の名。

『漁洋山人精華録《ぎょようさんじんせいかろく》』

一〇巻。作者自身が選定し、門人の林佶《りんきつ》が編次した選本。康熙三九年（一七〇〇）刊。古体詩四巻・今体詩六巻から成り、総計一〇〇〇余首。『四部叢刊初編』「集部」所収。

『漁洋山人精華録箋注《ぎょようさんじんせいかろくせんちゅう》』

一二巻。清、金栄《きんえい》注、徐淮《じょわい》編。雍正《ようせい》年間（一七二三―一七三五）刊。

『漁洋山人精華録訓纂《ぎょようさんじんせいかろくくんさん》』

一〇巻・附年譜二巻。清、恵棟《けいとう》編。乾隆《けんりゅう》年間（一七三六―一七九五）刊。『四部備要』所収。

（宇野　直人）

魯迅《ろじん》

『集外集《しゅうがいしゅう》』

民国二四年（一九三五）、上海の群衆図書公司刊。魯迅の詩文集。楊霽雲《ようせいうん》が民国二三年に収集整理し、魯迅自身が協力して出版した。清の光緒《こうしょ》二九年（一九〇三）から民国二二年までに書かれた評論・序跋・旧詩・新詩のうち、単行本未収録のものを収めている。『魯迅全集』第七巻（北京、人民文学出版社刊）所収。またその邦訳が、学習研究社刊『魯迅全集』第九巻（相浦杲《あいうらたかし》・伊藤正文ほか訳、一九八五年）として公刊されている。

（宇野　直人）

(3)　その他

『漢魏《かんぎ》六朝《りくちょう》百《ひゃく》三名家《さんめいか》集《しゅう》』

一一八巻。明の張溥《ちょうふ》(字は天如。一六〇二―一六四一)の編。『漢魏六朝一百三家集』ともいう。明の張燮《ちょうしょう》『七十二家集』を基礎として、馮惟訥《ふういとつ》『古詩紀』と梅鼎祚《ばいていそ》『歴代文紀』の中から著作の多い作者を選び出し、さらに増益したもの。漢の賈誼《かぎ》から隋の薛道衡《せつどうこう》まで、唐以前の作家一〇三人の詩文を収める。一人一集、ほぼ年代順に排列されているため、作風の変遷の跡を通覧するのに都合がよい。各集の巻首には「題辞」が付され、作家の事跡と創作に対する編者の総評が述べられている。ただ本書はなにぶん規模が大きいため、編録の規準に混乱が見られ、考証の不十分な箇所も少なくない。明の婁東《ろうとう》張氏刊本が東洋文庫に蔵されるほか、光緒五年の重刊本が影印されて流布する(江蘇江陵古籍刻印社、一九九〇年)。また「題辞」に注釈を施した単行本として、殷孟倫注『漢魏六朝百三家集題辞注』(人民文学出版社、一九六〇年)がある。

(井上　一之)

『四《し》庫《こ》全《ぜん》書《しょ》』

本文を筆写した著録本は、総数三四六一種(一説に文津閣本《ぶんしんかくぼん》は三五〇三種)、七万九三〇九巻(一説に七万九三三七巻、端数については諸説がある)。清の乾隆《けんりゅう》帝の勅命によって編集・分類された中国最大の叢書。四庫とは、経《けい》・史《し》・子《し》・集《しゅう》などのいわゆる四部の書庫の意。事業の推進母胎として、翰林院内に四庫全書館が開設され、総纂官の紀昀《きいん》・陸錫熊《りくせきゆう》・孫士毅《そんしき》を中心にしながら、おびただしい学者・官僚が投入されて完成した。基本となる底本には、勅撰本・内府本・永楽大典本《えいらくたいてん》・各省の採進本《さいしんぼん》・私人の進献本・通行本の六種が用いられ、中国全土から書籍を収集し整理する際には、清朝政府による徹底的な思想統制・禁書摘発が行なわれた。繕写《ぜんしゃ》した書籍はそれぞれ、文淵閣《ぶんえんかく》(北京紫禁城)・文溯閣《ぶんそかく》(奉天〔瀋陽〕離宮)・文源閣《ぶんげんかく》(北京円明園)・文津閣《ぶんしんかく》(熱河〔承徳〕離宮)・文宗閣《ぶんそうかく》(鎮江金山寺)・文匯閣《ぶんわいかく》(揚州大観堂)・文瀾閣《ぶんらんかく》(杭州聖因寺)の七閣に分蔵されたが、このうち文源閣本は義和団の乱の時に、文宗閣本と文匯閣本は太平天国の変の際に、それぞれ灰燼《かいじん》に帰した。四庫全書に関係する著作としては、紀昀等『四庫全書総目提要』二〇〇巻、于敏中《うびんちゅう》等『四庫全書簡明目録』二〇巻、王太岳等『四庫全書考証』一〇〇巻などがある。

(埋田　重夫)

『四《し》部《ぶ》叢《そう》刊《かん》』

清末民国初の著名な出版家である張元済《ちょうげんさい》によって編集され、一九一九年から一九三六年にかけて、商務印書館から出版された大型の叢書。涵芬楼《かんぷんろう》蔵本や蔵書家私有本などから、貴重な宋元の旧刻本、明清の精刻本・精鈔本《せいしょうぼん》・手稿本などを影印したもの。図書館の善本や珍本を中心としながら、日本に秘蔵されているものまで収録され、中国古典の研究史上、極めて大きな意義を持つ。初編(一九一九～一九二二年)・続編(一九三四年)・三編(一九三六年)から成り、収める書の総計は、四七七種、一万一九二一巻に及んでいる。経《けい》・史《し》・子《し》・集《しゅう》のいわゆる四部分類によって各書を排列し、『四庫全書』の後を継ぐものとして注目される。版本・校勘の学術価値も高く、これまで容易に参看することのできなかった宋元版が多数（一〇〇種以上）含まれている点は、『四部叢刊』の大きな特色と言ってよい。

（埋田　重夫）

『四部備要《しぶびよう》』

中華書局から出版された大型の叢書。経・史・子・集のいわゆる四部分類に拠りながら、主として丁氏《ていし》聚珍仿宋《しゅうちんほうそう》活字によって排印したもの。全部で三五〇余種、一万一三〇〇余巻の書籍を収めており、体例も完備する。そのうえ実際に活用され、常備・参照されることを重視して編纂されたため、閲読に資する優れた数多くの注釈本を採用・収録し、清代の学者による考証や注疏の成果を最大限に利用する。『四部叢刊』の特色と互いに補完しあう性質を持つ叢書、とも言えよう。刊行の開始は一九二四年である。

（埋田　重夫）

『宋詩紀事《そうしきじ》』

一〇〇巻。清、厲鶚《れいがく》撰。乾隆一一年（一七四六）の自序によれば、二〇年の歳月をかけ、三八一二家の詩人を収めたという。各詩人につき小伝を付し、宋の計有功の『唐詩紀事』に倣《なら》って詩話、筆記、方志、類書等に挙げられている各家の詩を収録し、その末尾に該当する記事を載せており、宋一代の詩話の〝淵海〟（『四庫提要』）と評される。上海古籍出版社刊行の標点本（一九八三年）もある。なお、清の陸心源による『宋詩紀事小伝補正』がある。

（松尾　幸忠）

『唐五十家詩集《とうごじっかししゅう》』

上海古籍出版社が北京図書館・天一閣・杭州大学図書館から集めた明銅活字《みんどうかつじ》印本の唐人詩集五〇種を、一九八一年、『唐五十家詩集』と題して影印出版したもの。初唐から中唐までの詩人五〇人の詩集が収められている（ただし晩唐期の詩人のものはない）。その大多数は、明の徐縉《じょしん》が一六世紀前半に編纂したと伝えられる『五十家唐詩活字本』のものと推定されている。宋元代の旧本の名残りが認められる詩集も多く、資料的に極めて貴重である。陳尚君「明銅活字本『唐五十家詩集』印行者考」（同『唐代文学叢考』〔中国社会科学出版社、一九九七年〕所収）参照。

（寺尾　剛）

『唐才子伝《とうさいしでん》』

一〇巻。元の辛文房《しんぶんぼう》著。唐の詩人の伝記及び詩文の評論集。成立は元の成宗大徳八年（一三〇四）。三九八人の詩人について言及（うち単独で本伝が立てられている詩人は二七八人）、とりわけ中晩唐詩人の伝記研究における貴重な資料となっている。なお近年出版された傅璇琮《ふせんそう》主編『唐才子伝校箋』（全五冊、中華書局、一九八七〜九五年）は、最新の説を収め、唐詩人伝記研究における必読書である。また孫映逵『唐才子伝校注』（中国社会科学出版社、一九九一年）や李立朴『唐才子伝全訳』（貴州人民出版社、一九九五年）などもある。『正編』も参照。

（寺尾　剛）

『唐詩紀事《とうしきじ》』

八一巻。宋の計有功《けいゆうこう》撰。唐詩及び唐詩人についての評論集。詩人一一五〇人を採り上げ、その作品、事績、評論等を記している。唐宋代における唐詩に関する資料集成といった側面が強く、現在散佚してしまっている文献資料も豊富に収録されていて貴重。王仲鏞『唐詩紀事校箋』（上下二冊、巴蜀書社、一九八九年）は、参照すべき労作である。詳しくは『正編』も参照。

（寺尾　剛）

『唐詩百名家全集《とうしひやくめいかぜんしゅう》』

三二六巻。清、席啓寓《せきけいう》（啓寓、に作るのは誤り）編。康熙四一年（一七〇二）刊。『百家唐詩』『唐人百家詩』とも言う。劉長卿から始まり、中・晩唐の作家を中心に一〇〇名の詩人達の別集類を集めたもの。当初、一〇四家を収める予定であったが、白居易、元稹、皮日休、陸亀蒙の四人が未刊となる。巻首には葉燮《しょうしょう》の「百家唐詩序」及び啓寓の自序が付される。国会図書館古籍資料室等所蔵。

（松尾　幸忠）

『和刻本漢詩集成《わこくぼんかんししゅうせい》』

長沢規矩也《きくや》編、汲古書院発行。唐詩篇一〇冊、宋詩篇六冊、補篇四冊、総集編一〇冊。江戸時代の学者の訓点本を影印したもの。唐詩篇には、王勃、駱賓王《らくひんのう》、李嶠《りきょう》、張九齢、孟浩然、寒山、崔顥《さいこう》、常建、王昌齢、王維、李白、杜甫、岑参《しんじん》、李賀、柳宗元、韓愈、盧《ろ》綸《りん》、韋応物、賈島、白居易、杜牧、温庭筠《おんていいん》、皮日休、韓偓《かんあく》等の詩集を、宋詩篇には、林逋《ぽ》、王安石、蘇軾、黄庭堅、曾幾《そうき》、范成大、楊万里、陸游等の詩集を収録する。このなかには、宋、楊斉賢集註、元、蕭士贇《しょうしいん》補注『分類補註李太白詩』や宋、呉正子撰『唐李長吉歌詩』のような希覯本《きこうぼん》を含む。また総集篇には、『古詩紀』『唐人選唐詩』（『河岳英霊集』等）『唐詩鼓吹《こすい》』（注釈本）『唐詩正声箋註』『古今詩刪《ここんしさん》』『唐宋時賢千家詩選』『唐宋千家聯珠《れんじゅ》詩格』など、有益なものも多く収められている。

（山﨑　みどり）

『松陵集《しょうりょうしゅう》』

→「唐代——別集類」の条参照。

漢詩年表

（注）●〈　〉印は原則として、政治・軍事関連の事項を記す。文学事項は別記。また重要詩人の生卒年は〈　〉印の後に、卒年順に記す。
●〔備考〕には、漢詩関連以外の文化・学術事項及び日本の政治・文化事項を収め、日本関連は＊印を付して区別する。

時代	西暦	歴史事項	備考
殷	前一六世紀	〈湯王、夏を滅ぼし商朝(殷)を建つ〉	
西周	前一一世紀 前七七一	〈武王、商の紂《ちゅう》王を伐ち周朝を建つ〉 〈幽王、殺され、西周亡ぶ〉	
東周 春秋	前七七〇	〈平王、国都を洛邑《らくゆう》に遷す(東周成立)〉 『詩経』成立(前六世紀半頃)	孔子(前五五一?—前四七九)
東周 戦国	前四〇三	〈韓《かん》・魏《ぎ》・趙《ちょう》、諸侯となる〉 屈原《くつげん》(前三三九?—前二七八?) 宋玉《そうぎょく》 (前二九〇?—前二二二?)	墨子《ぼくし》(前四六八?—前三七六?) 孟子《もうし》(前三七二?—前二八九?) 荘子《そうし》(前三六九?—前二八六?) 韓非《かんぴ》(前二八〇?—前二三三)
秦	前二二一 前二〇六	〈秦始皇帝、全中国を統一(秦朝成立)〉 〈劉邦《りゅうほう》、秦を滅ぼし、漢王となる〉	「焚書坑儒《ふんしょこうじゅ》」(前二一三)
前漢	前二〇二 前一九五 前一二〇 前九九	〈劉邦(高祖)、垓下《がいか》の戦いで項羽を破り、帝位に就く(漢朝成立)〉 賈誼《かぎ》(前二〇〇?—前一六八?) 枚乗《ばいじょう》(?—前一四〇) 項羽、「垓下《がいか》の歌」を作って死す(前二三二—)。 劉邦、「大風《たいふう》の歌」を作り、のち死す(前二四七?—) 〈武帝、楽府《がふ》を設置す〉 司馬《しば》相如《しょうじょ》(前一七九?—前一一八?) 東方朔《とうぼうさく》(前一五四?—前九三?) 武帝 劉徹《しばせん》(前一五七—前八七) 蘇武《そぶ》(?—前六〇) 司馬遷《しばせん》(前一四五?—前八七?)、匈奴《きょうど》に降った李陵を弁護し、宮刑に処せらる。後、『史記』完成(前九三頃)	〈武帝、董仲舒《とうちゅうじょ》の建議を容れ、儒教を国教とす〉(前一三四) 劉安(前一七九—前一二二)『淮南子《えなんじ》』
新	八	〈王莽《おうもう》、漢を滅ぼし新朝を建つ〉 揚雄《ようゆう》(前五三—一八)	
後漢	二五 八二 一六六 一八四	〈劉秀(光武帝)、帝位に就く(後漢成立)〉 張衡《ちょうこう》(七八—一三九) 班固《はんご》(三二—九二)、『漢書』を完成 王逸《おういつ》、『楚辞章句《そじしょうく》』を完成(一一六?) 作者不詳「古詩十九首」、後漢後期に成る? 〈党錮《とうこ》の禍《か》起こる〉 〈黄巾の乱〉 蔡邕《さいよう》(一三三?—一九二) 禰衡《でいこう》 (一七三—一九八)	＊〈倭奴《わど》国の使者、光武帝より印綬を受く〉(五七) 王充《きょうじゅう》(二七—九七?)『論衡《ろんこう》』 許慎《きょしん》『説文解字《せつもんかいじ》』成る(一〇〇)

	三　国	西　晋	東　晋	宋
			五胡十六国	

	「建安(一九六—二二〇)七子」(孔融・陳琳《ちんりん》・阮瑀《げんう》・徐幹《じょかん》・応瑒《おうとう》・劉楨《りゅうてい》・王粲《おうさん》)活躍す
二〇八	〈赤壁《せきへき》の戦い〉 孔融《こうゆう》 (一五三—二〇八) 阮瑀(一六七?—二一二) 蔡琰《さいえん》 (一七〇?—二二五?) 陳琳 (一五五?—二一七) 徐幹(一七〇?—二一七) 応瑒 (一七五?—二一七) 劉楨 (一七五?—二一七) 王粲 (一七七—二一七)
二一七	曹丕《そうひ》、魏《ぎ》の太子となり、この頃『典論《てんろん》』を著す
二二〇	〈曹丕(文帝)、帝位に就く。後漢亡び、魏朝成立〉 曹操 (一五五—二二〇)
二二一	〈蜀《しょく》の劉備、帝位に就き、諸葛亮《しょかつりょう》を丞相とす(蜀の建国)〉
二二二	〈呉《ご》建国。三国鼎立時代始まる〉 曹丕(一八七—二二六) 曹植《そうしょく》 (一九二—二三二)
	「竹林七賢」(阮籍・嵆康・山濤《さんとう》・向 秀《しょうしゅう》・劉 伶《りゅうれい》・阮咸《げんかん》・王戎《おうじゅう》)、竹林に遊ぶ(二四五頃)
二六三	〈劉 禅《りゅうぜん》、魏に降り、蜀亡ぶ〉 嵆康《けいこう》 (二二四?—二六三?) 阮籍《げんせき》 (二一〇—二六三)
二六五	〈司馬炎《しばえん》(武帝)、帝位に就く。魏朝亡び、晋朝成立〉
二八〇	〈呉亡び、晋が天下を統一す〉
	陳寿《ちんじゅ》(二三三—二九七)、『三国志』を完成(二八〇?)
二九一	〈八王の乱始まる(—三〇六)〉 張 華《ちょうか》(二三二—三〇〇) 潘岳《はんがく》 (二四七—三〇〇) 石崇《せきすう》 (二四九—三〇〇) 陸機《りくき》 (二六一—三〇三) 陸雲《りくうん》 (二六二—三〇三) 左思《さし》 (二五〇?—三〇五?)
二九六	石崇、金谷園《きんこくえん》の別荘で宴会を催し、潘岳らと詩の競作を行う
三一一	〈漢の劉 曜《りゅうよう》らにより洛陽陥落。中 原《ちゅうげん》の士族、南へ大移動す(永嘉の南渡)〉
三一七	〈司馬睿《しばえい》、晋王となる。これより東晋時代始まる〉 劉 琨《りゅうこん》(二七一—三一八)
三二二	〈王敦《おうとん》のクーデター(—三二四)〉 郭璞《かくはく》(二七六—三二四)
三五三	王羲之《おうぎし》ら四一名、会稽《かいけい》山陰で蘭亭《らんてい》の会を催す。「蘭亭記」(「臨河叙」)
三五六	〈桓温《かんおん》、北伐し、洛陽を奪回す〉 王羲之(三〇三—三六一) 孫綽《そんしゃく》 (三一四—三七一)
三八三	〈淝水《ひすい》の戦い〉
三九八	〈拓跋珪《たくばつけい》(道武帝)、帝位に就く。北魏王朝成立〉
三九九	〈孫恩《そんおん》・盧循《ろじゅん》の乱起こる(—四一一)〉
四〇四	〈劉 裕《りゅうゆう》、クーデターを起こし、桓玄《かんげん》を伐つ〉
四〇五	陶淵明、彭沢《ほうたく》県令を辞職し帰田。「帰去来の辞」を作る
四二〇	〈劉裕(武帝)、帝位に就く。東晋王朝亡び、宋朝成立〉 陶淵明(三六五—四二七) 謝霊運《しゃれいうん》 (三八五—四三三) 謝恵連《しゃけいれん》 (四〇七—四三三)
四三九	〈北魏、華北を統一す〉
四五三	〈宋の文帝、皇太子に殺害され、劉 駿《りゅうしゅん》が帝位に就く(孝武帝)〉 顔延之《がんえんし》(三八四—四五六) 鮑 照《ほうしょう》 (四一四?—四六六)

鄭 玄《じょうげん》(一二七—二〇〇)『毛詩鄭箋』

趙 岐《ちょうき》(一〇八?—二〇一)『孟子章句』

魏、太学を立て博士を置く(二二四)

＊〈邪馬台国《やまたいこく》女王卑弥呼《ひみこ》、魏に使者を送る〉(二三九)

何晏《かあん》(?—二四九)『論語集解』

＊〈倭の女王壱与《いよ》(?)、西晋に朝貢す〉(二六六)

杜預《どよ》(二二二—二八四)『春秋左氏経伝集解』

摯虞《しぐ》(?—三一一)『文章流別志論』

干宝《かんぽう》(?—三三六)『捜神記《そうしんき》』

＊〈大和朝廷、成立〉(三五〇頃)

葛洪《かっこう》(二八一?—三六四)『抱朴子《ほうぼくし》』

慧遠《えおん》(三三四—四一六)、廬山《ろざん》東林寺で白《びゃく》蓮社《れんしゃ》を結成(四〇二)

顧愷之《こがいし》(三四五?—四〇六)『論画』

鳩摩羅什《くまらじゅう》(三四四—四一三)

宋の文帝、儒学館を立て、翌年、玄学・史学・文学の三館を設立す(四三八)

劉 義慶《りゅうぎけい》(四〇三—四四四)『世説新語』

范曄《はんよう》(三九八—四四五)『後漢書』

斉	梁	陳	隋
北魏	東魏・西魏	北斉・北周	

年	事項	その他
四七九	〈蕭 道成《しょうどうせい》(高帝)、帝位に就く。宋朝亡び、南斉《なんせい》王朝成立〉 王融《おうゆう》(四六七―四九三)	〈北魏の太武帝、仏教を排斥す〉(四四六) 宋の明帝、総明館を立て、儒・道・文・史・陰陽の五部学に分かつ(四七〇)
四八七	竟陵王蕭 子良《しょうしりょう》(四六〇―四九四)、鶏籠山《けいろうざん》に西邸を開き、「竟 陵 八友《きょうりょうはちゆう》」(蕭 衍《しょうえん》・沈約《しんやく》・謝朓《しゃちょう》・王《おう》融《ゆう》・蕭 琛《しょうちん》・范雲《はんうん》・任昉《じんぼう》・陸倕《りくすい》)ら文学の士を招く。この頃、「四声八病《しせいはっぺい》」説、成立す(永明新体詩の出現)	
四八八	沈約《しんやく》、『宋書』を完成	
四九五	謝朓《しゃちょう》(四六四―四九九)、宣城《せんじょう》太守となる	
五〇二	〈蕭 衍《しょうえん》(武帝)、帝位に就く。南斉亡び、梁朝成立〉 江淹《こうえん》(四四四―五〇五) 任昉《じんぼう》(四六〇―五〇八) 沈《しん》約《やく》(四四一―五一三) 何遜《かそん》(四六六?―五一九?) 呉均《ごきん》(四六九―五二〇) 劉 勰《りゅうきょう》(四六七?―五三七?)の『文心雕 龍《ぶんしんちょうりゅう》』完成(五〇二?) 鍾 嶸《しょうこう》(四六七?―五一九?)の『詩品』完成(五一三―五一九の間) 昭明太子蕭 統《しょうとう》(五〇一―五三一)・劉 孝綽《りゅうこうしゃく》(四八一―五三九)ら、『文選』を編纂す(五二六―五三一の間) 徐陵《じょりょう》、『玉 台新詠《ぎょくだいしんえい》』を編纂す(五三四?)	*百済より五経博士が来日(五一三)
五三五	〈北魏、東西に分裂す〉	*仏教が日本に伝来(五三八)
五四六	東魏の斛律金《こくりつきん》(四八八―五六七)、宴会で「勅 勒歌《ちょくろくか》」を歌う	
五四八	〈侯景《こうけい》の乱起こる(―五五二)〉 蕭 衍《しょうえん》(四六四―五四九)	
五五〇	〈高洋(文宣帝)、帝位に就く。東魏《とうぎ》亡び、北斉《ほくせい》王朝成立〉	
五五一	〈侯景、簡文帝蕭 綱《しょうこう》(五〇三―五五一)を殺し、漢帝と称す〉	
五五二	〈湘東王蕭 繹《しょうえき》(五〇八―五五四)即位す(元帝)〉	
五五四	〈西魏《せいぎ》軍により江陵《こうりょう》陥落。元帝殺さる〉 庾信《ゆしん》、梁の使者として長安に赴き、そのまま西魏に留まる	
五五六	〈西魏亡ぶ〉	
五五七	〈陳覇先《ちんはせん》(武帝)、帝位に就く。梁朝亡び、陳朝成立〉〈宇文覚《うぶんかく》(閔帝《びんてい》)、北周を建国〉 陰鏗《いんこう》(五一一?―五六三?)	
五七七	〈北周、北斉を滅ぼし、北方中国を統一す〉 王褒《おうほう》(五一四?―五七七?)	
五八一	〈楊堅《ようけん》(文帝)、帝位に就く。北周亡び、隋朝成立〉 庾信《ゆしん》(五一三―五八一) 盧思道《ろしどう》(五三一?―五八三?) 徐陵《じょりょう》(五〇七―五八三)	
五八九	〈隋、陳を滅ぼし、中国を統一す〉 江総《こうそう》(五一九―五九四)	顔之推《がんしすい》(五三一―五九〇?)『顔氏家訓《がんしかくん》』
五九八	科挙制施行	陸法言らの『切韻《せついん》』完成(六〇一)
六〇四	〈楊広(煬帝《ようだい》)、父の堅を殺し、即位す〉 薛道衡《せつどうこう》(五四〇―六〇九)	*〈十七条憲法制定〉(六〇四)
六一八	〈李淵《りえん》(高祖)、帝位に就く。隋亡び、唐王朝成立〉 虞世基《ぐせいき》(五五二?―六一八)	*〈第一回遣隋使派遣〉(六〇七)

時代	年	事項	関連事項
唐・初唐	六二六	〈玄武《げんぶ》門《もん》の変。李世民(太宗)即位〉	李世民、文学館を開き、十八学士を
	六二七	〈貞観《じょうがん》の治《ち》(—六四九)〉　虞世南《ぐせいなん》(五五八—六三八)　魏徴《ぎちょう》(五八〇—六四三)　王績《おうせき》(五九〇?—六四四)	置く(六二一)
	六五五	〈則天武后、高宗の皇后となる〉　上官儀《じょうかんぎ》(?—六六四)　王勃《おうぼつ》(六五〇?—六七六?)	欧陽詢《おうようじゅん》らの『芸文類聚《げいもんるいじゅう》』成る(六二四)
	六五八	李善《りぜん》(?—六九〇)、『文選注(李善注文選)』六〇巻を高宗に献上	*〈第一回遣唐使派遣〉(六三〇)
	六八四	〈則天武后、中宗を廃し睿《えい》宗を立つ〉　駱賓王《らくひんのう》(?—六八四)　盧照隣《ろしょうりん》(六三四?—六八九?)	孔穎達《くようだつ》ら『五経正義』を撰す(六四〇)
	六九〇	〈則天武后、即位して周を建国〉　楊炯《ようけい》(六五〇—六九五?)　陳子昂《ちんすごう》(六六一?—七〇二?)	玄奘三蔵、インドより帰国(六四五)
	七〇五	〈李顕(中宗)、帝位に復し、唐、復活す。武后死去〉　蘇味道《そみどう》(六四八?—七〇五?)　崔融《さいゆう》(六五三—	『大唐西域記』
		七〇六)　杜審言《としんげん》(六四八以前—七〇八)	*〈大化の改新〉(六四五)
	七一〇	〈韋《い》皇后、中宗を毒殺。李隆基、韋后を殺し、李旦(睿《えい》宗)即位す〉	許敬宗らの『文館詞林《ぶんかんしりん》』成る(六五八)
盛唐	七一二	〈睿宗、譲位し、李隆基(玄宗)、即位。これより盛唐時代〉　宋之問《そうしもん》(?—七一二?)	*〈壬申《じんしん》の乱〉(六七二)
	七一三	〈開元の治(—七四一)〉　李嶠《りきょう》(六四五?—七一四?)　沈佺期《しんせんき》(?—七一四?)　蘇頲《そてい》(六七〇—七二七)　張説《ちょうえつ》(六五九	唐の中宗、修文館を設置し、大学士
		(六六七—七三〇)　張九齢(六七八—七四〇)　孟浩然《もうこうねん》(六八九—七四〇)　王之渙《おうしかん》(六八八—七四二)　賀知章《がちしょう》(六五九	などを置く(七〇八)
		—七四四)　李邕《りよう》(六七五—七四七)　常建《じょうけん》(開元年間在世)　崔顥《さいこう》(?—七五四?)	*〈平城京に遷都。奈良時代始まる〉
	七一八	呂延祚《りょえんそ》、『五臣注文選』三〇巻を玄宗に献上	(七一〇)
	七四四	李白、長安を放逐され、河南にて初めて杜甫・高適《こうせき》と出会う	*『古事記』成る(七一二)
	七四五	楊太真、貴妃(楊貴妃)となる	*『日本書紀』成る(七二〇)
	七五三	阿倍仲麻呂《あべのなかまろ》、帰国の船が難破す。出発前、送別の宴で王維が詩を贈る	徐堅《じょけん》ら、『初学記』を献ず(七二五)
	七五五	〈安史の乱起こる(—七六三)。洛陽、陥落す〉	*『懐風藻《かいふうそう》』成る(七五一)
	七五六	〈安禄山《あんろくざん》、大燕皇帝と称す。長安も陥落。玄宗、四川に逃げ、楊貴妃殺さる。李亨《りこう》(粛宗)即	〈唐将高仙芝《こうせんし》、タラス河畔の戦いで
		位〉　王昌齢《おうしょうれい》(六九〇?—七五六?)	イスラム軍に敗北〉(七五一)
		李白、盧山《ろざん》に隠棲し、のち永王璘《りん》の幕僚となる。王維、安禄山軍に捕らえらる	*僧鑑真《がんじん》、日本に渡来(七五四)
	七五七	〈安禄山、殺さる。唐軍、回紇《ウイグル》の援軍を得、長安・洛陽を奪回す。粛宗・玄宗、長安に戻る〉	
		李白、大逆罪に問われ、潯陽《じんよう》の獄に繋がる。次年、夜郎《やろう》に流謫さるるも、のち赦免さる	
	七五九	〈史思明、帝位に就き、大燕皇帝と称す。洛陽、再び占拠さる〉	
	七六〇	杜甫、成都の浣花渓《かんかけい》に草堂を築く	陸羽《りくう》(七三三—八〇四?)『茶経』を作る
	七六一	〈史思明、殺さる〉　王維《おうい》(六九九?—七六一)	(七六一)
	七六二	〈上皇玄宗・粛宗、崩御。洛陽を奪回す。李豫《よ》(代宗)即位。これより中唐時代〉　李白(七〇一—七六二)	
	七六三	〈史朝義、自殺し安史の乱終わる。吐蕃《とばん》、長安を占領。代宗、陝《せん》州に避難す〉　高適《こうせき》(七〇一?—	
		七六五)　厳武《げんぶ》(七二六—七六五)　岑参《しんじん》(七一五?—七七〇?)　賈至《かし》(七一八—七七二)　元結《げんけつ》(七一九—七七二)　張《ちょう》	
		謂《い》(?—七六四在世)　銭起(?—七八〇?)　寒山(大暦年間在世?)	

唐

中唐

七六六 杜甫(七一二—七七〇)、夔《き》州の西閣に寓居す
七七〇 阿倍仲麻呂(六九八—)、唐土において死す
七八一 〈華北・華中の有力藩鎮の乱が起こる〉 韓翃《かんこう》(?—七八五?) 戴叔倫《たいしゅくりん》(七三二—七八九) 劉長卿《りゅうちょうけい》
(七一八?—七九〇?) 韋応物《いおうぶつ》(七三七?—七九二?) 僧皎然《きょうねん》(七三〇?—七九三在世) 盧綸《ろりん》(七四八?—七九九?)
八〇五 〈王伾《ひ》・王叔文ら政治改革派(永貞の革新)、失脚〉 孟郊《もうこう》(七五一—八一四)
改革に参与した柳宗元、劉禹錫《りゅううしゃく》ら八人(八司馬)、罪を問われ、柳は永州へ、劉は朗州へ流さる
八一〇 元稹《げんしん》、江陵《こうりょう》の士曹参軍に貶謫さる
八一一 賈島《かとう》、初めて韓愈と出会う
八一五 〈宰相武元衡《ぶげんこう》(七五八—)、刺客に殺さる〉 顧況《こきょう》(七二七?—八一五?) 李賀《りが》(七九一?—八一七?) 柳宗
元(七七三—八一九)
白居易、江州の司馬に貶謫さる
八一九 憲宗、仏指骨を宮中に迎えんとす。韓愈《かんゆ》、「論仏骨表」を上奏して仏教を批判、潮州《ちょうしゅう》に流さる
八二〇 〈憲宗、宦官の陳弘志に殺さる。太子李恒(穆《ぼく》宗)即位〉
八二一 〈牛李《ぎゅうり》の党争始まる(—八四七)。吐蕃《とばん》と和す〉 韓愈(七六八—八二四)
八二四 元稹《げんしん》、白居易のために『白氏長慶集』五〇巻を編集す
八二六 〈敬宗、宦官の劉克明に殺さる。李昂《りこう》(文宗)即位〉 李益(七四八—八二九?) 張籍(七六六?—
八三〇?) 王建(七六六?—八三一?) 元稹《げんしん》(七七九—八三一) 楊巨源《ようきょげん》(七五五—八三一在世) 薛濤《せっとう》(七七〇?—
八三二)
八三三 杜牧、牛僧孺《ぎゅうそうじゅ》の招きに応じて揚州へ赴任
八三五 〈甘露の変〉 令狐楚《れいこそ》(七六六—八三七) 裴度《はいど》(七六四—八三九)
八三七 杜牧、金陵(潤《じゅん》州)を通って杜《と》秋娘《しゅうじょう》の境遇を聞き、「杜秋娘詩」を作る

晩唐

八四〇 〈文宗崩御し、李瀍《りてん》〔炎〕(武宗)即位す。これより晩唐時代〉 劉禹錫《りゅううしゃく》(七七二—八四二) 賈島《かとう》
(七七九—八四三)
八四五 〈会昌《かいしょう》の廃仏。武宗、道教以外の宗教を禁止す〉 白居易(七七二—八四六) 李紳《りしん》(七七二—八四六) 李《り》
徳裕《とくゆう》(七八七—八四九) 杜牧《とぼく》(八〇三—八五二) 許渾《きょこん》(七八七?—八五四?) 張祜《ちょうこ》(七九二?—八五四?) 李商《りしょう》
隠《いん》(八一三?—八五八) 李群玉《りぐんぎょく》(?—八六二?) 温庭筠《おんていいん》(八〇一?—八六六) 魚玄機《ぎょげんき》(八四三?—八六八)
八七四 〈王仙芝《おうせんし》、蜂起す〉
八七五 〈黄巣《こうそう》の乱起こる(—八八四)〉 李頻《りひん》(?—八七六) 陳陶《ちんとう》(?—八七九?)
八八〇 〈黄巣軍、洛陽・長安を占拠。黄巣、即位し、大斉を建国。僖《き》宗、四川に逃る〉 陸亀蒙《りくきもう》(?
—八八一?)

〈唐の徳宗、楊炎《ようえん》の建言を容れ、両
税法を施行〉(七八〇)
顔真卿《がんしんけい》(七〇九—七八五)
＊〈平安京に遷都。平安時代始まる〉
(七九四)
〈徳宗、宦官を宮市使となす〉(七九七)
沈既済《しんきせい》(七四八?—七九七?)「枕中記」
「任氏伝《じんしでん》」
杜佑《とゆう》(七三五—八一二)、『通典《つてん》』を完成
(八〇一)
＊空海・最澄、第一六回遣唐使とし
て入唐(八〇四)
元稹《げんしん》、「鶯鶯伝《おうおうでん》」を作る(八〇四)
＊空海の『文鏡秘府論《ぶんきょうひふろん》』成る(八一〇
頃?)
＊『凌雲《りょううん》集』成る(八一四)
＊『文華《ぶんか》秀麗《しゅうれい》集』成る(八一八)
白行簡《はくこうかん》(七七六—八二六)「李娃伝《りあでん》」
＊『経国《けいこく》集』成る(八二七?)
開成石経《かいせいせきけい》、成る(八三七)

北宋	五代十国	唐 / 晩唐

八八四 〈黄巣、殺され、大乱終わる〉
八八五 〈僖宗、四川から帰京。李克用、長安に迫り、僖宗、再び鳳翔《ほうしょう》に逃る〉
八八七 〈各地の群雄、相互に侵攻し、混乱激化す〉 高駢《こうべん》（八二一—八八七）
八九一 〈朱全忠、長安に侵攻し、昭宗、鳳翔《ほうしょう》に避難す〉 皮日休《ひじつきゅう》（八四一？—九〇二？）
九〇四 〈昭宗、朱全忠に殺さる。李柷《りしゅく》（祝）（哀帝）、即位す〉 杜荀鶴《とじゅんかく》（八四六—九〇四？）
九〇七 〈朱全忠（太祖）、唐朝を滅ぼし後梁を建国。五代の分裂時代に入る〉 司空図《しくうと》（八三七—九〇八） 羅《ら》
隠《いん》（八三三—九〇九） 韋荘《いそう》（八三六？—九一〇） 鄭谷《ていこく》（八五一？—九一〇？） 貫休《かんきゅう》（八三二—九一二）
九二三 〈李存勗《りそんきょく》（荘宗）、後梁を滅ぼし後唐を建国〉 韓偓《かんあく》（八四二？—九二三？）
九三六 〈石敬瑭《せきけいとう》（高祖）、後唐を滅ぼし後晋を建国〉
九四〇 趙《ちょう》 崇祚《すうそ》、『花間集』を編集
九四六 〈契丹、後晋を滅ぼす〉
九四七 〈劉知遠（高祖）、帝位に就き、後漢を建国〉
九五一 〈郭威《かくい》（太祖）、帝位に就き、後周を建国〉
九六〇 〈趙匡胤《ちょうきょういん》（太祖）、後周を滅ぼし宋を建国〉
九七三 殿試、始まる
九七五 〈南唐亡び、後主李煜《りいく》、宋に降る〉 李煜（九三七—九七八）
九七九 〈宋、北漢を滅ぼし中国を統一す〉 柳開（九四七—一〇〇〇） 王禹偁《おううしょう》（九五四—一〇〇一）
九八六 『文苑英華《ぶんえんえいが》』一〇〇〇巻、完成
一〇〇四 〈宋、契丹と澶淵《せんえん》の盟を結ぶ〉 楊億《ようおく》（九七四—一〇二〇）「西崑体《せいこんたい》」 林逋《りんぽ》（九六七—一〇二八）
一〇四三 〈范仲淹《はんちゅうえん》ら政治改革を推進（慶暦の新政）〉 蘇舜欽《そしゅんきん》（一〇〇八—四八） 范仲淹《はんちゅうえん》（九八九—一〇五二） 柳《りゅう》
永《えい》（九八七？—一〇五三） 梅尭臣《ばいぎょうしん》（一〇〇二—六〇） 蘇洵《そじゅん》（一〇〇九—六六）
一〇六九 〈王安石《おうあんせき》、参知政事になり新法を行う〉
一〇七〇 〈司馬光《しばこう》ら王安石の新法に反対す〉 欧陽脩《おうようしゅう》（一〇〇七—七二）
一〇七六 〈王安石、失脚〉 文同（一〇一八—七九） 曾鞏《そうきょう》（一〇一九—八三）
一〇七九 蘇軾《そしょく》、詩を以て朝政を誹謗した科《とが》で御史台の獄に下り、黄州《こうしゅう》に流さる（烏台詩案《うだいしあん》）
一〇八六 〈司馬光、宰相となり、新法を廃止す（元祐《げんゆう》の更化）〉 司馬光《しばこう》（一〇一九—八六） 王安石《おうあんせき》（一〇二一—八六）
この頃黄庭堅《こうていけん》・秦観《しんかん》・張耒《ちょうらい》・晁補之《ちょうほし》（蘇門四学士）、蘇軾の門下に遊ぶ
一〇九四 〈新法党復活、元祐の旧党排斥さる〉 秦観（一〇四九—一一〇〇）
蘇軾（一〇三六—一一〇一）、恵州《けいしゅう》へ流謫さる。三年後、海南島へ赴任
一一〇二 〈蔡京《さいけい》、宰相となり、新法を行う。旧法党弾圧さる〉 陳師道（一〇五三—一一〇二） 黄庭堅（一〇四五—

孟棨《もうけい》の『本事詩《ほんじし》』成る（八九二以後？）
＊〈日本、遣唐使を廃止〉（八九四）
韋荘《いそう》、『又玄集《ゆうげんしゅう》』を編む（九〇〇）
李昉《りほう》ら、『太平広記』を完成（九七八）
『太平御覧《たいへいぎょらん》』一〇〇〇巻、完成（九八三）
陳彭年《ちんほうねん》ら、『大宋重修広韻』を編む（一〇〇八）
＊『和漢朗詠集』成る（一〇一三頃）
＊〈藤原道長、摂政となる〉（一〇一六）
＊『本朝文粋《ほんちょうもんずい》』成る（一〇三七頃）
范仲淹《はんちゅうえん》、「岳陽楼記」を作る。欧陽《おうよう》脩《しゅう》、「酔翁亭《すいおうてい》記」を作る（一〇四六）
欧陽脩、『五代史記』を完成（一〇五三）
欧陽脩・宋祁《そうき》、『新唐書』を完成（一〇六〇）
周敦頤《しゅうとんい》（一〇一七—七三）「愛蓮説」
蘇軾、「前赤壁賦」「後赤壁賦」を作る（一〇八二）
司馬光、『資治通鑑《しじつがん》』完成（一〇八四）
程顥《ていこう》（一〇三二—八五）・程頤《ていい》（一〇三三—一一〇七）

北宋　南宋　金　元　明

	一一〇五) 晁補之(一〇五三—一一一〇) 蘇轍《そてつ》(一〇三九—一一一二) 張耒(一〇五四—一一一四)
一一一一	呂本中《りょほんちゅう》(一〇八四—一一四五)、『江西詩社宗派図』を作り、「江西詩派」始まる
一一一五	〈完顔阿骨打《ワンヤンアクダ》(太祖)、金を建国〉
一一二五	〈金、遼を滅ぼす〉
一一二六	〈金軍、宋を攻む。汴京《べんけい》、陥落〉
一一二七	〈金軍、徽《き》宗・欽《きん》宗らを捕らえて北帰、北宋亡ぶ(靖康《せいこう》の変)。趙構《ちょうこう》(高宗)、南京で即位す(南宋成立)〉 陳与義《ちんよぎ》(一〇九〇—一一三八)
一一四二	〈南宋、金と和議を締結(紹興《しょうこう》の和議)。岳飛《がくひ》、殺さる〉 李清照《りせいしょう》(一〇八四—一一五五?)
一一六一	〈金軍南侵し、南宋軍に大敗す(采石《さいせき》の戦い)〉 曾幾《そうき》(一〇八四—一一六六) 范成大《はんせいだい》(一一二六—九三) 尤《ゆう》袤《ぼう》(一一二四—九四) 朱熹《しゅき》(一一三〇—一二〇〇) 楊万里(一一二七—一二〇六) 陸游《りくゆう》(一一二五—一二一〇) 徐照《じょしょう》(?—一二一一) 「永嘉四霊《えいかしれい》」 姜夔《きょうき》(一一五五?—一二二一?)
一一八七	陸游、自選詩集『剣南詩稿』を刊行
一一八九	陸游、官を辞して郷里に帰る
一二二五	陳起《ちんき》、『江湖集』を刊行。姜夔・劉克荘《りゅうこくそう》・戴復古《たいふくこ》(一一六七—?)ら「江湖派」と称せらる
一二三四	〈モンゴル、金を滅ぼす〉 耶律楚材《やりつそざい》(一一九〇—一二四四) 劉克荘(一一八七—一二六九)
一二五〇	元好問《げんこうもん》(一一九〇—一二五七)、金詩の総集『中州集』を刊行。この頃周弼《しゅうひつ》、『三体詩』を編纂?
一二七一	〈モンゴルのフビライ(世祖)、国号を元と改む(元王朝成立)〉
一二七九	〈元、南宋を滅ぼし中国を統一〉 文天祥《ぶんてんしょう》(一二三六—八二) 方回《ほうかい》(一二二七—一三〇七)
一三一五	はじめて科挙を実施す。この頃虞《ぐ》集《しゅう》(一二七二—一三四八)・楊載《ようさい》(一二七一—一三二三)・范梈《はんぼう》(一二七二—一三三〇)・掲傒斯《けいけいし》(一二七四—一三四四)の「元詩四大家」創作活動を行う
一三五一	〈紅巾の乱(—一三六六)〉
一三六八	〈朱元璋《しゅげんしょう》(太祖洪武帝)、帝位に就き、明を建国。大都、陥落し、元朝亡ぶ〉 楊維楨《よういてい》(一二九六—一三七〇) 高啓《こうけい》(一三三六—七四)
一四二一	〈成祖永楽帝《えいらくてい》、北京に遷都〉 この頃、楊士奇《ようしき》らを代表とする「台閣体《だいかくたい》」の詩文盛行
一四四九	〈土木の変〉 祝允明《しゅくいんめい》(一四六〇—一五二七)・文徴明《ぶんちょうめい》(一四七〇—一五五九)「呉中四才子」 楊慎《ようしん》(一四八八—一五五九) 李東陽《りとうよう》(一四四七—一五一六)を首領とする「茶陵《ちゃりょう》詩派」 隆盛(一四六五頃—八八頃) 李夢陽《りぼうよう》(一四七三—一五三〇)・何景明《かけいめい》(一四八三—一五二一)らの「前七子」、詩文復古運動を唱導(一五〇〇頃—〇六頃) 李攀竜《りはんりょう》(一五一四—七〇)・王世貞《おうせいてい》(一五二六—九〇)らの「後七子」、復古運動を展開(一五五〇頃)

*〈白河上皇の院政始まる〉(一〇八六) 米芾《べいふつ》(一〇五一—一一〇七)『書史』『画史』
*〈保元の乱〉(一一五六)
*〈平治の乱〉(一一五九)
*〈平清盛、太政大臣となる〉(一一六七)
*日本僧栄西、入宋す(一一六八)
*〈平氏、滅亡〉(一一八五)
*〈源頼朝、幕府を開く。鎌倉時代始まる〉(一一九二)
陸九淵(一一三九—九三)
〈南宋、偽学の禁〉(一一九七)
洪邁《こうまい》(一一二三—一二〇二)『万首唐人絶句』
*日本僧道元、入宋す(一二二三)
厳羽《げんう》(?—一二六四?)『滄浪詩話《そうろうしわ》』
*〈元寇・文永の役〉(一二七四)
マルコ・ポーロ、元に至る(一二七四)
*〈第二次元寇・弘安の役〉(一二八一)
関漢卿《かんかんけい》(一二三〇?—一三〇〇?)「竇娥冤《とうがえん》」
王実甫《おうじつぽ》(?—?)「西廂記《せいしょうき》」
*〈鎌倉幕府滅亡。南北朝時代始まる〉(一三三三)
*〈南北朝統一、室町時代〉(一三九二)
『永楽大典《えいらくたいてん》』二万二八七七巻、完成(一四〇八)
瞿佑《くゆう》(一三四一—一四二七)『剪灯新話《せんとうしんわ》』
*〈勘合貿易始まる〉(一四三四)
*〈応仁の乱、戦国時代始まる〉(一四六七—七七)

明	後金	清	中華民国	中華人民共和国

一五九四	袁宗道《えんそうどう》(一五六〇—一六〇〇)・袁宏道《こうどう》(一五六八—一六一〇)・袁中道《ちゅうどう》(一五七〇—一六二七)の「公安派」、「後七子」に反対し「性霊説」を主張(一五九〇頃)
一六一六	〈東林・非東林の党争始まる〉
一六二九	〈ヌルハチ(太祖)、後金を建国〉　鍾惺《しょうせい》(一五七四—一六二四)ら「竟陵《きょうりょう》派」
一六三一	張溥《ちょうふ》(一六〇二—四一)ら「復社」を結成
一六三六	〈李自成の反乱起こる〉
一六四四	〈後金のホンタイジ(太宗)、国号を清に改む〉　譚元春《たんげんしゅん》(一五八六—一六三七)
	〈李自成、北京を占領し、明亡ぶ。清、李自成軍を破り北京に遷都〉　銭謙益《せんけんえき》(一五八二—一六六四)・呉偉業《ごいぎょう》(一六〇九—七一)らの「江左三大家」
一六七三	〈三藩の乱(—八一)〉　朱彝尊《しゅいそん》(一六二九—一七〇九)「浙西《せっせい》詩派」　査慎行《さしんこう》(一六五〇—一七二七)
一六八八	王士禛《おうししん》(一六三四—一七一一)、『唐賢三昧集《とうけんさんまいしゅう》』を編集し、「神韻説」を提唱
一七〇六	『全唐詩』『歴代賦彙』完成
一七一一	『佩文韻府《はいぶんいんぷ》』完成
一七一九	沈徳潜《しんとくせん》(一六七三—一七六九)、『古詩源』を編む。「格調説」を提唱
一七八一	『四庫全書』完成
一七九六	〈白蓮教徒の乱(—一八〇五)〉　袁枚《えんばい》(一七一六—九八)「性霊説」
一八四〇	〈阿片戦争勃発(—四二)〉　龔自珍《きょうじちん》(一七九二—一八四一)
一八五一	〈太平天国の乱(—六四)〉　曾国藩《そうこくはん》(一八一一—七二)
一八九八	〈戊戌変法〉　黄遵憲《こうじゅんけん》(一八四八—一九〇五)
一九〇五	科挙制度廃止
一九一一	〈辛亥《しんがい》革命〉
一九一二	〈孫文、中華民国成立を宣言、清朝亡ぶ〉
一九一九	〈五四運動起こる〉
一九二一	〈中国共産党結成〉　魯迅《ろじん》(一八八一—一九三六)
一九三七	〈蘆溝橋《ろこうきょう》事件、日中戦争始まる(—四五)〉
一九四九	〈中華人民共和国建国〉

羅貫中《らかんちゅう》、『三国志通俗演義』を刊行(一五二二)
王守仁〔陽明〕(一四七二—一五二八)
*〈室町幕府亡ぶ、安土桃山時代〉(一五七三)
呉承恩《ごしょうおん》(一五〇〇?—八二?)『西遊記』
*〈徳川家康、江戸に幕府を開く。江戸時代始まる〉(一六〇三)
*〈江戸幕府、鎖国令発布〉(一六三九)
凌濛初《りょうもうしょ》(一五八〇—一六四四)『二刻拍案驚奇《はくあんきょうき》』
馮夢竜《ふうむりょう》(一五七四—一六四六)『喩世明言』
蒲松齢《ほしょうれい》(一六四〇—一七一五)『聊斎志異《りょうさいしい》』
呉敬梓《ごけいし》(一七〇一—五四)『儒林外史』
*〈寛政異学の禁〉(一七九〇)
曹雪芹《そうせっきん》(一七一五?—六三?)『紅楼夢』刊行(一七九一)
*〈明治時代始まる〉(一八六八)
*〈日清戦争〉(一八九四—九五)
*〈日露戦争〉(一九〇四—〇五)
*〈大正時代始まる〉(一九一二)
*〈昭和時代始まる〉(一九二六)
王国維《おうこくい》(一八七七—一九二七)

(井上　一之　編)

あとがき

『校注 唐詩解釈辞典』に続いて、ここに『続校注 唐詩解釈辞典〔付〕歴代詩』をお送りする。正編の刊行以来、すでに十三年以上の年月が過ぎている。当初は、正編に準じて比較的順調に進行する予定だったのが、種々の原因で大幅に延引する結果となった。早い時点で担当原稿を完成された共著者のかたがた、また、続編の刊行を待ち続けられた読者のかたがたには、諸般、御海容くださるよう、謹んでお願い申し上げる。

巻頭の「漢詩概説」に記したように、本書は、『校注 唐詩解釈辞典』の続編として、正編に収めきれなかった有力な唐詩を精選編集するとともに、日・中の漢詩読書史のなかで重要な役割を果たしてきた歴代の名作を、『詩経』から魯迅に至るまで、厳選して収録している。正編一六〇首、続編一五四首、合計三一四首の主要作品が網羅されたことによって、読者は、漢詩読書史の大勢を重点的に把握されるとともに、その研究・解釈・鑑賞等に関わる正確な情報を容易に把握されることになるであろう。

本書の執筆に当たっては、所引の諸文献を始め、多くの先行著作から、直接・間接に大きな恩恵を受けている。正編の場合と同様、折りおりに改訂を加えてゆきたいと考えているので、お気づきの点など忌憚なき御意見をお寄せいただければ幸いである。

一千ページを超える本書が刊行されるまでには、多くのかたがたの貴重なお力添えを得ている。古屋昭弘氏には、今回も、中国言語学専攻の立場から、多大な御助力を頂いた。また、共著者の一人ではあるが、植木久行氏には、編者に数倍する重要かつ中心的な役割を果たして頂いた。特に記して、感謝の気持を表わしたい。

編集・刊行に関しては、企画から出版に至るまで、大修館書店編集部、とりわけ担当の前田八郎氏に、一貫してお世話になった。三冬社の中古苑生、竹澤マサ、竹村文子、中島金平、筒井装子の各氏にも、多大な御協力をお願いした。専門的な漢詩文の印刷を、美しく正確に仕上げられた壮光舎印刷の御努力も、省みて忘れがたい。

文字通り多年にわたった企画・執筆・編集・刊行の作業、いまそれを終えるに当たり、お世話になった皆様に心から御礼申しあげる。

二〇〇一年二月三日　節分の佳日に

松浦友久

〔編著者〕
松浦《まつうら》　友久《ともひさ》
早稲田大学文学部教授　文学博士
『中国詩歌原論――比較詩学の主題に即して』(大修館書店), 『李白研究――抒情の構造』(三省堂), 『詩語の諸相――唐詩ノート』(研文出版), 『リズムの美学――日中詩歌論』(明治書院), 『李白――詩と心象』(社会思想社), 『李白詩選』(岩波書店), 『中国名詩集――美の歳月』(朝日新聞社), 等。

〔共著者〕　五十音順
稲畑耕一郎《いなはたこういちろう》　早稲田大学文学部教授
井上《いのうえ》　一之《かずゆき》　中央学院大学法学部助教授
植木《うえき》　久行《ひさゆき》　弘前大学人文学部教授
内山《うちやま》　精也《せいや》　早稲田大学教育学部助教授
宇野《うの》　直人《なおと》　共立女子大学国際文化学部助教授　文学博士
埋田《うめだ》　重夫《しげお》　静岡大学人文学部教授
坂田《さかた》　新《しん》　愛知文教大学国際文化学部教授　副学長
高橋《たかはし》　良行《よしゆき》　早稲田大学教育学部教授
田口《たぐち》　暢穂《のぶお》　鶴見大学文学部教授
田中《たなか》　和夫《かずお》　宮城学院女子大学学芸学部教授
寺尾《てらお》　剛《たけし》　愛知淑徳大学文学部助教授
増子《ますこ》　和男《かずお》　梅光学院大学文学部教授
松尾《まつお》　幸忠《ゆきただ》　岐阜大学地域科学部助教授
松原《まつばら》　朗《あきら》　専修大学文学部教授
水谷《みずたに》　誠《まこと》　創価大学文学部教授
山崎《やまざき》みどり　姫路獨協大学外国語学部教授

続 校注 唐詩解釈辞典〔付〕歴代詩

2001年4月20日　初版発行

編著者　松《まつ》　浦《うら》　友《とも》　久《ひさ》
発行者　鈴　木　一　行
発行所　株式会社　大　修　館　書　店
101-8466　東京都千代田区神田錦町3-24
電話　03(3294)2354(編集)　03(3295)6231(販売)
振替　00190-7-40504
[出版情報]　http://www.taishukan.co.jp

印刷／壮光舎　製本／三水舎　装幀／山崎登
Printed in Japan　ISBN4-469-03212-3

校注　唐詩解釈辞典

松浦友久　編

本書は、日中両国の唐詩読書史において最も基本的かつ重要な役割を果してきたと思われる作品一六〇首を精選し、唐詩作品が立体的・系統的に理解できるように配慮した。

【本書の内容構成】

唐詩概説
作品解釈〔①原詩、②テキスト、③校語、④詩型・韻字、⑤語釈、⑥通釈、⑦諸説の異同、⑧備考〕
詩人小伝
テキスト解題
唐詩年表
唐代官制簡表など

A５判・上製・函入・八七八頁　本体　一〇、〇〇〇円

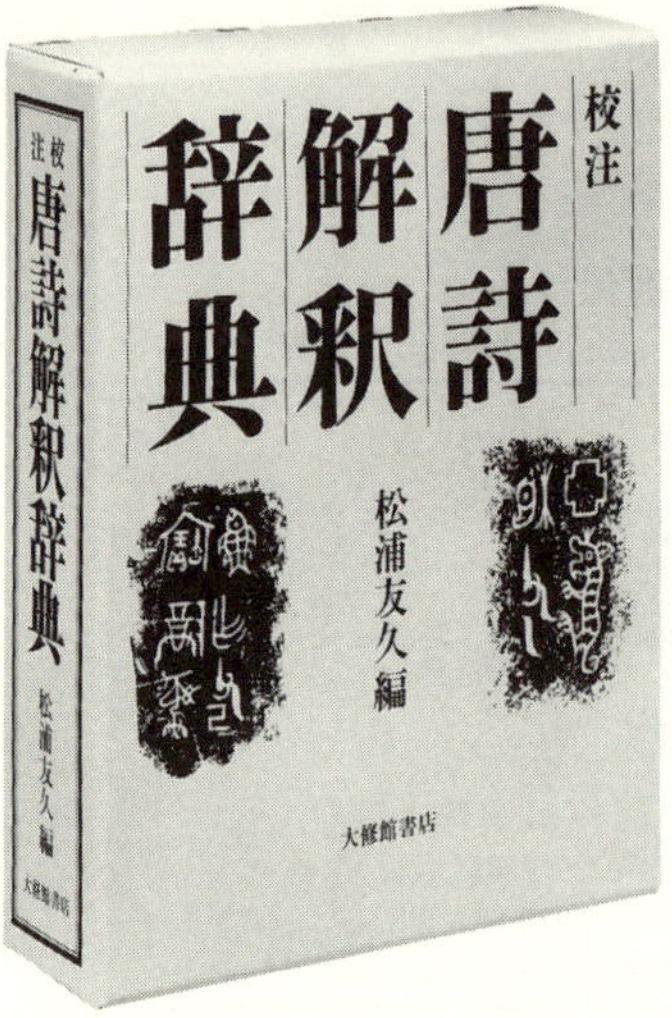